MICHAEL PEINKOFER

ZAUBERER

MICHAEL PEINKOFER

ZAUBERER

Die komplette Saga

Piper München Zürich

Diese Ausgabe umfasst die Einzelbände »Die Zauberer«, »Die Zauberer. Die Erste Schlacht« und »Die Zauberer. Das dunkle Feuer«.

Von Michael Peinkofer liegen bei Piper vor:

Die Zauberer
Die Zauberer. Die Erste Schlacht
Die Zauberer. Das dunkle Feuer
Die Rückkehr der Orks
Der Schwur der Orks
Das Gesetz der Orks
Orks. Die komplette Saga
Zauberer. Die komplette Saga
Unter dem Erlmond. Land der Mythen 1
Die Flamme der Sylfen. Land der Mythen 2
Das Zauberer-Handbuch. Schreib deinen eigenen Fantasy-Roman

FSC®
www.fsc.org
MIX
Papier aus verantwortungsvollen Quellen
FSC® C083411

Sonderausgabe
ISBN 978-3-492-70278-2

Karte: Daniel Ernle
Satz: C. Schaber Datentechnik, Wels
Druck und Bindung: CPI – Clausen & Bosse, Leck
Printed in Germany

Vorwort

Bisweilen geht es einem als Autor ganz ähnlich wie den Romanfiguren: Hals über Kopf stolpert man ins Abenteuer, und noch ehe man es realisiert hat, hat die Geschichte bereits begonnen …

Als ich vor sieben Jahren anfing, die Abenteuer zweier Orks mit den (nach orkischem Empfinden) äußert wohlklingenden Namen Balbok und Rammar niederzuschreiben, ahnte ich freilich noch nicht, wohin mich dies führen würde. Weder konnte ich wissen, dass DIE RÜCKKEHR DER ORKS zu einem bahnbrechenden Erfolg werden und noch zwei weitere Bände folgen würden (auch wenn ich es insgeheim natürlich gehofft und mir schon im ersten Band einige Hintertürchen offengelassen hatte), noch konnte ich ahnen, dass die Trilogie über die Orks noch drei weitere Romane inspirieren würde, die sich dann nicht mit den Erlebnissen Balboks und Rammars beschäftigen, sondern rund eintausend Jahre früher spielen, zu einer Zeit also, da Erdwelt noch von Elfen beherrscht wurde und der mächtige Rat der Zauberer in der Eisfestung von Shakara residierte.

Der Titel dieser neuen Trilogie: DIE ZAUBERER.

Ausgehend von dem Material, das sich während der Arbeit an den ORKS angesammelt hatte, fasste ich schon bald den Entschluss, die Vorgeschichte jener Ereignisse zu erzählen und all die Fragen zu beantworten, die im Lauf der Zeit aufgeworfen worden waren:

Was geschah während des Zweiten Krieges? Wer war der geheimnisvolle Farawyn? Wie kam es zum Bündnis zwischen Orks und Menschen? Und woher kam Rurak der Zauberer, der Balbok und Rammmar das Leben schwer machte?

In DIE ZAUBERER, DIE ZAUBERER – DIE ERSTE SCHLACHT und DIE ZAUBERER – DAS DUNKLE FEUER wurden all jene Fragen beantwortet, um der Saga von Erdwelt eine neue dramatische Dimension zu erschließen. In diesem Band, der nun vor Ihnen liegt, sind erstmals alle drei Romane enthalten, einschließlich des Wörterbuchs und der Grammatik der elfischen Sprache – Lesestoff für viele Stunden, der Sie, liebe Leser, hoffentlich gut unterhalten wird.

In Erdwelt zu verweilen und die Geschichte dieses phantastischen Kontinents zu erzählen, hat mir immer große Freude bereitet, und so ist es kein Zufall, dass ich, während ich diese Zeilen schreibe, mit dem Verfassen eines neuen Romans beschäftigt bin, der ebenfalls in Erdwelt spielt und die Abenteuer zweier gewisser Orks in einer abenteuerlichen Zukunft fortschreibt.

Die Erdwelt-Saga geht also weiter – ihre Ursprünge jedoch liegen hier, in grauer Vorzeit, als sich eine dunkle Macht erhebt, um die Welt zu unterjochen und sich drei mutige Novizen diesen Plänen entgegenstellen, junge Zauberer, deren Namen auch in ferner Zukunft noch bekannt sein werden.

Granock.

Aldur.

Alannah.

Folgen wir ihnen auf ihren abenteuerlichen Spuren.

Michael Peinkofer,
im Herbst 2012

DIE
ZAUBERER

Personae Magicae

Zauberer

Semias	Vorsitzender des Hohen Rates
Cethegar	sein Stellvertreter
Farawyn	Meister, Mitglied des Hohen Rates
Palgyr	sein Rivale, ebenfalls Ratsmitglied
Riwanon	Meisterin, Mitglied des Hohen Rates
Labhras Sgruthgan Cysguran	Ratsmitglieder, Anhänger Palgyrs
Syolan	Chronist von Shakara
Codan	ein naturkundiger Meister
Atgyva	Hüterin des Wissens, oberste Bibliothekarin von Shakara
Daior	Zaubermeister

Elfen

König Elidor	Herrscher des Elfenreichs
Fürst Ardghal	sein oberster Berater
Alannah	eine elfische Novizin
Aldur	ein elfischer Novize
Alduran	Aldurs Vater
Mangon	Lordrichter von Tirgas Lan

Accalon	Kommandant der Grenzfeste Carryg-Fin
Zenan	Novizen aus Shakara
Trea	
Haiwyl	
Pryll	
Caia	

Menschen

Fürst Erwein	Herr von Andaril
Ortwein von Andaril	sein ältester Sohn
Granock	Novize in Shakara

Kobolde

Argyll	Diener Farawyns
Flynn	Diener Cethegars
Níobe	Dienerin Riwanons
Ariel	Diener des Hohen Rates

Orks

Borgas	Häuptling der Knochenbrecher
Gunrak	ein *faihok*
Rambok	ein widerspenstiger Unhold

Prolog

Es wäre schon ziemlich dreist, wollte man behaupten, die Ursachen für den Beginn des Zweiten Krieges und damit für jenen letzten Kampf, der über das Schicksal der Welt entscheiden sollte, wären einfach und klar zu benennen. Weder war es allein die Trägheit der Elfen noch die Gier der Zwerge, weder das Machtstreben der Menschen noch die permanente Gewaltbereitschaft der Orks, die letztlich das Reich ins Chaos stürzten. Es war vielmehr alles zusammen, zahlreiche Kräfte, die den Strom der Vernichtung speisten.

Doch wenn es eine Gruppierung gibt, die in besonderer Weise für die Geschehnisse Verantwortung trägt, dann ist es jener Stand, dem auch ich angehöre, der unwürdige Schreiber dieser Chronik.

Dwethiana.

Die Weisen.

Oder wie die Sterblichen zu ihnen sagen und wie auch ich sie des besseren Verständnisses halber fortan nennen werde: die Zauberer.

Zu allen Zeiten hat es sie gegeben, diejenigen, die das Schicksal oder die Vorsehung mit besonderen Gaben ausgestattet hat. Gaben, die sie befähigen, die Gesetze der Natur zu beugen. *Reghas* pflegen wir eine solche Gabe zu nennen, die sich nicht selten auch als Bürde erweist, denn sie birgt eine große Verantwortung.

Um diese zu schultern, wurde vor Urzeiten, noch während des Goldenen Zeitalters, der Magische Rat gegründet, dessen Angehörige sich mit einem feierlichen Eid dazu verpflichteten, ihre *reghai* zum Dienst und zum Wohle aller einzusetzen.

Über Jahrtausende standen die Zauberer den Elfenkönigen bei, beschützten sie und berieten sie bei ihren Entscheidungen, und sie waren maßgeblich daran beteiligt, als das Reich unter der Regentschaft Sigwyns des Eroberers seine bis dahin größte Ausdehnung erfuhr: Von *gylmaras* im Westen bis zu den Wildlanden im Osten, von *yngaia* bis an die Gestade der See erstreckte es sich.

Doch Sigwyns Stern sank, als seine Gemahlin Liadin ihn betrog, und das Reich drohte sich zu spalten. Um dies zu verhindern, taten die Zauberer, was getan werden musste, auch wenn es den selbst auferlegten Regeln widersprach: Sigwyn wurde entmachtet, und aus dem Magischen Rat wurde der Hohe Rat der Elfen, der dem König fortan nicht mehr nur beratend zur Seite stand, sondern ihn auch kontrollieren sollte.

Ruhe und Ordnung kehrten nach *amber* zurück, doch mit der Größe des Reichs zeigte sich auch seine Schwäche. Die Verwaltung über weite Entfernungen aufrechtzuerhalten, erwies sich als schwierig, und in jenen Städten, die weit entfernt lagen vom Zentrum des Reichs, schwelte die Glut des Aufruhrs.

König Iliador der Träumer war es, der den Hohen Rat bat, diesem Missstand abzuhelfen, und er wurde gehört. Einem jungen Zauberer namens Qoray, der aus der fernen Stadt Anar stammte, gelang es, die Kraft der Elfenkristalle zu nutzen, um die Pforten von Zeit und Raum zu öffnen und das zu errichten, was wir den Dreistern nannten: eine magische Verbindung, die es uns erlaubte, innerhalb eines Augenblicks von einem Ort des Reichs zum anderen zu reisen. Von Dinas Lan, dem strahlenden Zentrum des Reichs, konnte man mittels des Dreisterns nach Norden in die Ordensburg von Shakara gelangen oder nach Osten ins ferne Anar sowie nach Süden auf jenes Eiland, das zugleich Vergangenheit und Schicksal des Elfenvolks ist – die Fernen Gestade. Durchschritt man jene Kristallpforten, erreichte man einen Augenaufschlag später seinen Zielort, ohne die Mühsal und die Gefahren einer langen Reise auf sich zu nehmen.

Der König zeigte sich davon begeistert und ebenso der Rat, der im Gegenzug für diese Leistung weitere Rechte von der Krone zugesprochen erhielt. Niemand fragte sich, woher Qoray seine

Kenntnisse nahm oder was er selbst damit bezweckte. Dies erfuhr die Welt erst, als Scharen grässlicher Unholde aus den Kristallpforten quollen. Da nämlich zeigte Qoray sein wahres Gesicht und nannte sich auf einmal Margok, und unter diesem Namen überzog er *amber* mit Tod und Verderben.

Lange Jahre währte der Krieg der Elfen gegen jene grobschlächtigen, brutalen Wesen, die Margok unter Zuhilfenahme verbotener Zauber selbst ins Leben gerufen hatte. Margoks Kreaturen nannte er sie – sie selbst jedoch, nicht willens oder nicht in der Lage, dies auszusprechen, gaben sich einen anderen Namen: Orks.

In verlustreichen Kämpfen gelang es, die Unholde zu besiegen und sie zurückzutreiben hinter die Gipfel des Schwarzgebirges, bis an die Gestade des *gylmaras*, der seither »Modersee« genannt wird. Margok flüchtete, wohin, das fragte niemand. Die meisten, auch viele seiner Anhänger, hielten ihn für tot. Die Kristallpforten wurden geschlossen, und das Silberne Zeitalter begann, in dem die im Krieg zerstörten *dinai* wieder aufgebaut wurden, diesmal als stolze Festungen mit wehrhaften Mauern, die die Namen Tirgas Lan und Tirgas Dun erhielten.

Die Drachen verließen die Welt, neue Rassen tauchten auf und beanspruchten ihren Platz unter den Völkern Erdwelts, unter ihnen die Zwerge, die Gnomen …

Und die Menschen.

Kaum jemand im Elfenreich maß den Meldungen aus dem Osten Bedeutung bei, in denen es hieß, die wilden Lande jenseits der *dwaimaras* würden auf einmal von Kreaturen besiedelt, die wie die Söhne Glyndyrs und Sigwyns aufrecht auf zwei Beinen gingen und sich aus dem Zustand ursprünglicher Unschuld erhoben. Doch die Menschen, wie sie sich nannten, waren ebenso strebsam, wie sie fruchtbar waren. So schnell, wie sie sich vermehrten, unterwarfen sie sich das Land im Osten und besiedelten es. Eine Gefahr für das Elfenreich stellten sie dennoch nicht dar. Denn jung und unerfahren, wie sie waren, suchten die *gywara* Streit unter ihresgleichen und lieferten einander blutige Schlachten, sodass ihr Einfluss nicht zu groß werden konnte. Zu jener Zeit verstanden es sowohl die Könige der Zwerge als auch die Herrscher des Elfenreichs, die Streitigkeiten unter den Menschen immer wieder zu schüren, sodass ihr Volk nicht erstarken konnte.

Jahrtausende vergingen, und die Welt wandelte erneut ihr Gesicht. Um sein Reich inmitten der immer größer werdenden Anzahl von Völkern zu behaupten, brauchte der Elfenkönig mehr denn je die Hilfe des Hohen Rates. Und je größer der Einfluss der Zauberer wurde, desto mehr von ihnen wurden gebraucht.

Überall im Reich suchte man nach ihnen – ohne zu ahnen, dass das, was man fand, den Anfang vom Ende bedeutete …

Aus der Chronik Syolans des Schreibers
I. Buch, 3. Kapitel

BUCH 1

LHUR'Y'NEWITH
(Zeit der Veränderung)

1. NEIDORAN EFFRANOR

Es war ein finsteres Ritual, das auf der Lichtung stattfand, eingehüllt von der Dunkelheit einer mondlosen Nacht und umgeben von der schwarzen Wand des Waldes.

Zehnmal war der dumpfe Schlag der Trommeln erklungen, zehnmal hatte sich die Klinge ins Herz eines unschuldigen Opfers gesenkt, zehnmal war die geheime Formel gesprochen worden, die in verbotenen Schriften die Zeit überdauert hatte.

Carryg ai gwaith …

Zehn Menschen hatten ein grausames Ende gefunden, Dorfbewohner aus dem Süden, die man in den Nächten zuvor aus ihren Hütten verschleppt hatte. Niemand würde je erfahren, was mit ihnen geschehen war. Ihre Schreie hatten sich mit dem heiseren Gebrüll der Urwaldtiere zu einem schaurigen Chor vermischt, um dann jäh zu verstummen.

Carryg ai gwaith …

Das Ritual war beendet, die Anweisungen waren genau befolgt worden, und jeder der in weite Kutten gehüllten Schatten, die auf der Lichtung standen, wartete darauf, dass der Bannspruch seine Wirkung entfaltete.

Carryg ai gwaith …

Stein zu Blut.

Die Veränderung trat so langsam und unmerklich ein, dass sie kaum jemandem auffiel, zumal der flackernde Schein der Fackeln nicht ausreichte, um die Lichtung ganz zu erhellen.

Reglos standen die Schatten inmitten der zehn steinernen Figuren, zu deren Füßen je eines der leblosen Opfer lag, das Herz durchbohrt und die Gesichtszüge in namenlosem Schrecken erstarrt.

Mit jedem Augenblick, der verstrich, wurden die Mienen der Toten blasser und sanken ihre Augen tiefer in die Höhlen, bis die Toten schließlich den Eindruck erweckten, als hätten sie ihr Leben nicht eben erst ausgehaucht, sondern schon vor langer Zeit, und als hätte die Feuchtigkeit des Dschungels ihre Körper konserviert. Ihre Haut wurde nicht nur bleich, sondern auch runzlig wie welkes Laub, während das Fleisch darunter zu verdörren schien. Bald spannte sich die Haut dünn und ledrig über die Knochen, und die Gesichter wurden zu grässlichen Schädelfratzen. Allerdings blieb der entsetzte Ausdruck darin unverändert.

Gleichzeitig war zu beobachten, wie das Blut, das den menschlichen Körpern entzogen wurde, unterhalb der Statuen zusammenfloss – dunkelrote Rinnsale, die in dünnen gezackten Linien an den Sockeln und schließlich an den Standbildern selbst hinaufkrochen.

»Es beginnt!«, rief jener Schatten, der das Ritual geleitet hatte und in der Mitte der Lichtung stand, die blutige Klinge noch in der Hand. »Sie erwachen …!«

Nicht nur die Trommeln und Schreie der Opfer waren längst verstummt, sondern auch die Geräusche des Urwalds, so als hielte die Natur den Atem an und harrte bang der Ereignisse, die über die Welt hereinbrechen würden.

Gebannt beobachteten die Vermummten, wie sich die Blutbahnen weiter über die lebensgroßen Figuren ausbreiteten, wie sie den Brustkorb überzogen und die muskulösen geschuppten Arme und sich dabei immer weiter verästelten, wie sie die Klauen bedeckten und den peitschenähnlichen Schweif und wie sie sich schließlich am Hals emporwanden und den kahlen Schädel mit dem zähnestarrenden Maul umhüllten.

Ein heftiger Windstoß ließ die Flammen der Fackeln fauchen und die Blätter der Bäume rascheln, und schlagartig verschwanden die blutigen Linien, die die Standbilder wie Spinnennetze überzogen hatten – geradeso, als hätte sie etwas mit unfassbarer Gier ins Innere der steinernen Figuren gesogen.

Fast im selben Augenblick ging mit den Statuen eine dramatische Veränderung vor sich.

Sie öffneten die Augen.

Wo zuvor noch kalter, grauer Stein gewesen war, loderte auf einmal orangerote Glut, und dann schüttelte der erste der steinernen Krieger die Reglosigkeit ab, die ihn über Jahrtausende hinweg gebannt hatte, und stieg von seinem Sockel.

Das schmutzige Grau des alten Gesteins war zu giftigem Grün geworden, das von schwarzen Linien und Zacken durchzogen war. Die Kreatur legte den Kopf in den Nacken und stieß ein kehliges Zischen aus, wobei ihre gespaltene Zunge vor- und zurückglitt. Dann erst bemerkte sie offenbar die Vermummten auf der Lichtung, und auf einmal zögerte sie.

Sie begriff, dass etwas nicht stimmte, aber sie konnte nicht wissen, wie viel Zeit vergangen war, seit sie das letzte Mal Angst und Schrecken in dieser Welt verbreitet hatte. Ein ganzes Zeitalter war seither verstrichen.

Doch in dieser mondlosen Nacht, zu jener düsteren Stunde, kehrten die Krieger des Bösen zurück: Einer nach dem anderen erwachte zum Leben und verließ seinen Sockel, auf dem er die letzten Jahrtausende geruht hatte. Unzählige Winter waren gekommen und gegangen – der Blutdurst der Kreaturen jedoch war ungebrochen, und so rissen sie ihre Mäuler auf und entblößten ihre langen spitzen Zähne, während sie sich bedrohlich auf die Vermummten zu bewegten, ungeachtet der Tatsache, dass sie ihnen ihre Befreiung zu verdanken hatten.

Die Schatten scharten sich um ihren Meister, während sich ihnen die Kreaturen immer mehr näherten. Ihre Augen leuchteten in der Dunkelheit, ihr Atem zischte voller Bosheit und Wut.

Schon streckten sie ihre Klauen aus, um die Vermummten zu packen – aber es kam nicht dazu.

Denn der Meister hob die noch blutige Klinge in den wolkenverhangenen Himmel und sprach mit lauter Stimme jene Worte, die einst verboten worden waren und dennoch die Jahrtausende überdauert hatten. Sie retteten ihm und seinen Anhängern nicht nur das Leben, sondern machten die furchterregenden Krieger aus dunkler Vergangenheit auch zu ihren ergebenen Dienern.

Gaida ai'lafanor'ma rhula rhyfal'raita'y'taith – Kraft dieser Klinge gebiete ich den Kriegern der Dunkelheit!

Schlagartig verharrten die Kreaturen, blickten mit einer Mischung aus Unglauben und hilfloser Wut zu dem Dolch empor, der mit jenem Blut benetzt war, das in ihren Adern floss – und der dunkle Zauber, dem sie unterlagen und der sie allen Regeln der Natur zum Trotz zu denkenden, auf zwei Beinen wandelnden Wesen gemacht hatte, ließ ihnen keine Wahl, als zu gehorchen.

Die Glut in ihren Augen verlosch, und eines nach dem anderen sank auf die Knie, beugte das kahle schuppige Haupt vor seinem neuen Herrscher und erneuerte zischelnd den Eid, den sie bereits einmal geschworen hatten, vor undenklich langer Zeit.

Einem anderen Herrscher …

2. YMADAWAITH

Aldur mochte den frühen Morgen; wenn die Dämmerung die Nacht vertrieb und die Sonne über den Horizont stieg, um mit ihrem goldenen Licht das Land zu bestreichen. Morgentau lag auf den Wiesen und verdampfte zu Nebel, und mit dem neuen Tag schien auch neues Leben zu erwachen, so als würde eine Welt geboren.

Aldur stellte sich dann vor, dass die leuchtende Scheibe, die sich immer weiter über diese Welt erhob und deren Strahlen sein Gesicht streichelten und seine Glieder wärmten, *calada* wäre, der Ursprung allen Lichts. Wen der Urschein erleuchtete, so hieß es, der war gesegnet, dazu ausersehen, große Taten zu vollbringen, und nahm eine bedeutende Rolle in der Geschichte des Elfenvolkes ein. Aldur hatte diese Vorstellung stets gefallen. Sie war sein geheimer Traum gewesen, und an diesem Morgen stand er der Verwirklichung dieses Traumes näher denn je zuvor in seinem noch jungen Leben.

Der Elfenfürst blinzelte. Leiser Wind zupfte ein Lindenblatt vom Baum und wehte es geradewegs auf seine Schulter. Ein weiteres gutes Zeichen. Das Schicksal war ihm gewogen. Es hieß seinen Aufbruch gut und wollte ihn segnen.

Zugleich war es ein Abschiedsgruß.

Wie lange, fragte sich Aldur wehmütig, würde es dauern, bis er wieder einen Lindenbaum zu sehen bekam? Oder bis er wieder den wärmenden Schein der Sonne in seinem Gesicht spüren durfte? In Shakara, so hieß es, gab es nur den kalten Schein der Kristalle, der die Flure und Gänge der Ordensburg erhellte.

»Sohn«, erklang plötzlich eine sanfte Stimme und holte ihn zurück aus seinen Gedanken.

Aldur blickte auf.

Er war so in sich selbst versunken gewesen, dass er vergessen hatte, dass er am Boden kniete, das Haupt gesenkt, und dass er keineswegs allein war. Zahlreiche Gestalten hatten sich in einem weiten Kreis um ihn versammelt, die die bunten Gewänder des *anrythan* trugen. Sie erwiesen ihm die Ehre, ihn zu verabschieden.

»Nahad«, erwiderte er leise.

Vor ihm stand Alduran, der zugleich sein Vater war und sein Lehrmeister. Von dem Augenblick an, da offenbar geworden war, dass das Schicksal Aldur mit einer Gabe bedacht hatte, war der junge Elf den magischen Pfaden gefolgt. Er war Aldurans Schüler gewesen und von diesem in der Zauberkunst unterwiesen worden. Er hatte die ersten Prüfungen abgelegt und sich seiner Gabe als würdig erwiesen. Nun sollte er den letzten Schritt tun, die letzte Etappe der Reise antreten, an deren Ende er jene Ehren erlangen würde, die auch schon seinem Vater zuteilgeworden waren.

»Die Stunde des Abschieds ist gekommen«, sagte Alduran, dessen blassen, von blondem Haar umwehten Zügen die vielen Jahre, die er schon lebte, nicht anzumerken waren, denn alle Mitglieder des Elfenvolkes hörten zu altern auf, sobald sie das Erwachsenenalter erreicht hatten; dass manche Elfen älter aussahen als andere, hing mit ihrem Seelenleben zusammen und mit dem Grad ihrer inneren Reife. Faktisch jedoch waren sie vom Tage ihrer Volljährigkeit an *anmarwa*, was bedeutete, dass ihre Existenz in der sterblichen Welt nicht enden würde – es sei denn, sie fanden ein gewaltsames Ende oder entschlossen sich, der Welt zu entsagen und nach den Fernen Gestaden zu reisen, dem Ursprung und dem Ziel allen elfischen Strebens.

Aber so weit war Alduran noch lange nicht …

Aldur schluckte, als er seinen Vater vor sich stehen sah, den silbernen Reif in Händen, mit dem er seinen Sohn krönen und damit seine Volljährigkeit für alle erkennbar machen würde. Aldurs Gestalt straffte sich. Wie oft in den letzten Jahren hatte er diesen Augenblick herbeigesehnt, wie hart dafür gearbeitet – und nun, da er gekommen war, wünschte er sich fast, er wäre noch nicht gekommen. Er wollte sein Heim verlassen, wollte hinausziehen in die Fremde, um Ruhm und Ehre zu erwerben und das Erbe seines Vaters anzutreten – aber zugleich gab es auch etwas in ihm, das sich bereits zurücksehnte in die Geborgenheit jener Wände, die ihm während der vergangenen knapp zwei Jahrzehnte Schutz und Zuflucht gewesen waren, Heimat und Trost.

Aldur hatte seine Mutter nie kennengelernt. Unmittelbar nach seiner Geburt hatte sie Erdwelt verlassen und sich zu den Fernen Gestaden begeben. Sein Vater jedoch war geblieben und der beste Lehrherr gewesen, den sich ein Junge, dem *reghas* zuteilgeworden war, nur wünschen konnte. Niemals hatte es Alduran an Aufmerksamkeit oder Härte fehlen lassen, sodass aus dem Halbwüchsigen mit der außergewöhnlichen Begabung ein junger Mann geworden war, der seine Fähigkeit wohl zu gebrauchen wusste. Sie sinnvoll einzusetzen und mit den Gaben anderer Magier zu vereinen, war das nächste Ziel, aber dies konnte nicht innerhalb des väterlichen Horts erreicht werden, sondern nur an einem weit entfernten Ort, der jenseits des Großen Gebirges lag und umgeben war von der eisigen Kälte des *yngaia*.

Die Ordensburg von Shakara …

Dort, im spirituellen Zentrum des Elfenreichs, in der geistigen Heimat aller Zauberer, würde er seinen Weg zu Ende gehen. Aldur hatte immer gewusst, dass dieser Tag kommen würde.

»Sohn«, sagte Alduran noch einmal, und seine Stimme bebte dabei wie das Laub im Wind, »wie viele Väter wie mich gibt es auf dieser Welt? Wie viele, die sich rühmen dürfen, einen Sohn wie dich zu haben? Wie viele, denen das Glück widerfährt, die Welt durch die Augen ihres Kindes zu sehen und auf diese Weise noch einmal zu erleben, was ihnen selbst vor langer Zeit zuteilwurde? Nie zuvor war ich stolzer als in diesem Augenblick.«

»Danke, *nahad*«, erwiderte Aldur und senkte wieder den Blick. »Ihr wählt Worte, die ich nicht verdiene. Ich habe nur stets versucht, Euch ein guter Schüler zu sein.«

»Du bist weit mehr als das gewesen, Aldur. In mancher Weise sehe ich mich in dir, und ich erinnere mich, wie ich selbst einst an dieser Stelle kniete, um aus den Händen meines Vaters die Krone der Volljährigkeit zu empfangen. Auch ich war begierig darauf zu erfahren, was sich jenseits dieses Hains befindet, und zugleich voller Furcht vor dem, was mich erwartete. Und ich hatte auch allen Grund dazu. Denn ich verfügte nicht annähernd über deine Kräfte, Sohn, und meine Gabe, die sich darauf beschränkt, das Grün der Bäume und Gräser wachsen zu lassen, lässt sich mit der deinen nicht vergleichen. Ich habe es dir schon einmal gesagt, und ich sage es dir wieder: Du, Aldur, könntest dereinst der größte und mächtigste aller Magier Erdwelts werden!«

Die Versammelten spendeten Beifall, indem sie die Handflächen gegeneinander rieben. Es klang wie das Rauschen des Waldes und mischte sich unter das Rascheln des Windes in den Bäumen.

»Wisse«, fuhr Alduran fort, »dass ich nie zuvor in meinem Leben einen strahlenderen Jüngling erblickte. Nie zuvor hatte ich einen Schüler, der meinen Lehren so gehorsam folgte und der auch nur annähernd so begabt war im Umgang mit den Kräften, die ihm die Vorsehung schenkte. Auf Schultern wie den deinen ruhen in diesen unruhigen Zeiten die Hoffnungen unseres Volks.«

Erneut bekundeten die Anwesenden ihr Wohlwollen und ihre Zustimmung, indem sie die Handflächen aneinander rieben. Auf ein Zeichen Aldurans hin setzte der Beifall schlagartig aus, und ein Augenblick der Stille trat ein. Selbst der Wind schien den Atem anzuhalten. Aldur wusste, dass der bedeutsame Moment gekommen war. Er schloss die Augen – dann spürte er das kühle Silber der Krone auf seiner Stirn.

»Erhebe dich, Sohn«, sagte Alduran, »als vollwertiges Mitglied deines Volkes, um deinen Platz in der Geschichte Erdwelts einzunehmen.«

Aldur stand auf. Erst dann öffnete er die Augen und blickte in das Gesicht seines Vaters, das vor Stolz strahlte. Aldur erwiderte das Lächeln, wenn auch nicht aus innerer Freude, sondern aus Pflichtgefühl und Gehorsam. Er wandte sich den Anwesenden zu, um ihren Beifall und ihre Glückwünsche entgegenzunehmen, und in diesem Moment war ihm, als wandte er nicht nur seinem Vater den Rücken zu, sondern auch dem Leben, das er bislang geführt hatte, fernab vom Weltgeschehen und umgeben vom Immergrün der Bäume. Sein Leben, so schien es ihm plötzlich, hatte gerade erst begonnen, und eine ganze Welt wartete darauf, von ihm erobert zu werden.

»Aldur«, sagte sein Vater, nachdem der Applaus auf der Lichtung verklungen war, »vergiss niemals, wer du bist. In deinen Adern fließt das Blut von Königen – erweise dich dessen würdig.«

»Das werde ich, *nahad*«, versprach Aldur.

»So wirst du Aldurans Hain nun verlassen und dich auf den Weg nach Norden begeben. Meine Diener werden dich nach Shakara begleiten, danach jedoch wirst du auf dich allein gestellt sein.«

»Ich weiß, *nahad*.«

»Nur drei Dinge nimm mit dir: dieses Empfehlungsschreiben, das ich aufgesetzt habe und mit dem ich meinen besten Schüler der Obhut des Ordensmeisters Semias empfehle« – er überreichte Aldur einen schmalen Köcher aus Leder, der das Schriftstück enthielt – »sowie die Gabe, die dir verliehen wurde. Gebrauche sie weise, zum Ruhm deines Geschlechts und zum Wohle ganz Erdwelts. Willst du das schwören?«

»Ich schwöre es, *nahad*«, erwiderte Aldur ohne Zögern, dessen Gedanken den Ereignissen bereits vorauseilten. In seiner Vorstellung hatte er den väterlichen Hort bereits verlassen und den Schutz der Wälder, hatte die Straße nach Norden eingeschlagen, wo sein Schicksal auf ihn wartete. Ein innerer Drang, wie er ihn nie zuvor verspürt hatte, erfüllte ihn mit einem Mal, und er wollte nur noch fort, das Blütentor durchreiten und die Enge des Hains hinter sich lassen, um großen Abenteuern und Taten entgegenzueilen.

Entsprechend steif stand er da, als Alduran ihn umarmte und ihn zunächst auf die Wangen, dann auf die gekrönte Stirn küsste. Noch einmal applaudierten die Gäste. Ihre Reihen teilten sich, und der Zug der Diener erschien. Sie führten ein schlankes weißes Pferd mit sich, das von strahlender Schönheit war. Es war gezäumt und gesattelt. Unruhig scharrte es mit den Hufen.

»Alaric ist das dritte, das ich dir mit auf den Weg geben möchte«, fuhr Alduran in seiner Aufzählung fort. »Das Gestüt, dem er entstammt, ist nicht weniger königlich als dein eigenes, denn seine

Ahnen waren es, auf denen Sigwyn einst in die Schlacht ritt. Sorge gut für ihn, und er wird dich auf seinem Rücken sicher an jedwedes Ziel tragen.«

»Danke, *nahad*«, sagte Aldur. Statt Alduran noch einmal zu umarmen, verbeugte sich der Jüngling respektvoll, wie es ein Schüler vor seinem Lehrer tat, dann wandte er sich um, und raschen Schrittes ging er auf den Hengst zu, der laut schnaubte und in dessen Augen ein unstetes Feuer loderte. Offenbar, dachte Aldur, sehnte er sich ebenso nach der Ferne wie er selbst.

Er griff nach den Zügeln, tätschelte den Hals des Tieres und strich über seine lange Mähne. Dann schwang er sich in den Sattel, dessen Leder sich weich auf dem Pferderücken schmiegte, und Aldur hatte das Gefühl, vor Abenteuerlust und Tatendrang zu bersten. Alaric, der dies zu spüren schien, wieherte und bäumte sich auf der Hinterhand auf, und der silberne Reif um Aldurs Stirn blitzte im frühen Licht des Tages, als der junge Zauberer das Tier wendete und zum Tor hinausritt. Die Dienerschaft schloss sich ihm an, und unter den Blicken Aldurans und seines Gefolges verließ der Zug den Hain.

Die Augen des Fürsten füllten sich dabei mit Tränen, denn ein Gefühl sagte ihm, dass er den jungen Mann, der seine Obhut verließ, niemals wiedersehen würde.

Und er sollte recht behalten.

3. LOFRUTHAIETH!

Wie anders als in den Ehrwürdigen Gärten war es an diesem Ort.

Es gab kein Licht, keine Sonne und damit auch keine Wärme, die die Voraussetzung für jedes Leben war. Es wuchsen keine Bäume und keine Blumen, die in prächtigen Farben blühten. Es gab keine Brunnen, die lustig plätscherten, und keine Flöten spielten fröhliche Weisen.

Kälte, Stille und Dunkelheit herrschten in der Kerkerzelle, und dennoch war es dort nicht annähernd so finster wie in Alannahs Seele.

Immer wieder sah sie die schrecklichen Ereignisse vor ihrem inneren Auge, ohne dass sie verstehen oder auch nur im Ansatz begreifen konnte, was tatsächlich geschehen war.

Und vor allem: Warum war es gerade ihr passiert?

Nichts hatte darauf hingedeutet, nichts die Katastrophe erahnen lassen. Dennoch war es aus ihr hervorgebrochen, so unvermittelt wie ein Sommergewitter, wie ein Blitz, der aus heiterem Himmel in ein Gebäude einschlug.

Noch immer sah sie ihn vor sich, wie er sich am Boden wand, schreiend und am ganzen Körper zitternd. Überall war Blut gewesen, an ihren Kleidern und an ihren Händen, die sie noch immer wie von Sinnen rieb, obwohl Alannah sie in der Dunkelheit nicht einmal sehen konnte, als könnte sie damit die Schuld wegreiben, die an ihr klebte – auch wenn sie völlig ahnungslos gewesen war, unwissend im gefährlichsten Sinn des Wortes.

In der Dunkelheit, die sie umgab, hatte sie jedes Zeitgefühl verloren. Sie vermochte nicht zu sagen, wie lange sie bereits an diesem düsteren Ort weilte, und es entzog sich auch ihrer Kenntnis, ob es draußen Tag war oder Nacht. Ihr Kerker, der sich tief unter den Mauern Tirgas Lans befand, hatte keine Fenster und nur eine Tür, die aus massivem Eisen bestand und mehrfach verriegelt war. An Flucht war also nicht zu denken. Aber Alannah wollte auch nicht fliehen. Denn selbst wenn es ihr gelungen wäre, dieser Zelle zu entkommen – vor ihrem schlechten Gewissen gab es kein Entrinnen. Unablässig würde es sie verfolgen und sie peinigen. Immer wieder würde es ihr vor Augen führen, was sie getan hatte, denn die schrecklichen Bilder hatten sich unauslöschlich in ihr Gedächtnis gebrannt.

Irgendwann vernahm sie ein Geräusch: Schritte, die durch den Korridor auf der anderen Seite der Tür hallten und sich rasch näherten.

Alannah hielt den Atem an.

Würde sie nun endlich erfahren, was mit ihr geschehen würde? Und vor allem: Bekam sie Aufschluss über das, was sich in den Ehrwürdigen Gärten zugetragen hatte?

Unmittelbar vor ihrer Zellentür setzte der harte Klang der Schritte aus. Alannah hörte dumpfe Stimmen, konnte aber nicht verstehen, was gesprochen wurde. Dann wurden die eisernen Riegel zurückgezogen, und die Zellentür schwang knarrend auf.

»Lady Alannah?«

Der fahle Schein einer Kristallfackel blendete Alannahs Augen, die sich an die Dunkelheit gewöhnt hatten, und es dauerte einen Moment, bis sie wieder etwas erkennen konnte. Dann gewahrte sie auf der Türschwelle eine große, Respekt einflößende Gestalt, die in einen weiten Umhang mit Kapuze gehüllt war. Ein Diener begleitete die Gestalt und trug die Fackel.

»Lady Alannah?«, fragte der fremde Besucher noch einmal. Seine Stimme klang streng, unverhohlene Anklage lag darin.

»J-ja?«

Der Besucher trat vor und schlug die Kapuze zurück. Scharf geschnittene Gesichtszüge kamen darunter zum Vorschein, die eiserne Entschlossenheit verrieten. Das lange dunkle Haar war streng zurückgekämmt und zu einem Zopf geflochten, die schmalen Augen blickten Alannah in stillem Vorwurf an.

»Ihr wisst, wer ich bin?«, erkundigte er sich.

»Sollte ich das?«, fragte Alannah.

»Ich bin Mangon, Lordrichter von Tirgas Lan«, stellte der Fremde sich vor, und Alannah erstarrte innerlich.

Auch wenn sie ihm noch nie zuvor begegnet war, hatte sie natürlich schon von Mangon gehört, dem obersten Richter des Reiches. Sein Sinn für Gerechtigkeit war legendär, aber auch seine Erbarmungslosigkeit gegenüber jenen, die das Gesetz missachteten. Nie hätte Alannah geglaubt, ihm eines Tages gegenüberzustehen, schon gar nicht als Angeklagte – aber genau das war nun der Fall. Verwirrt fragte sie sich, warum sich der Lordrichter persönlich ihres Falles annahm.

»Wahrscheinlich fragt Ihr Euch«, sagte Mangon, sie offenbar bis in den letzten Winkel ihrer Seele durchschauend, »weshalb ich hier bin.«

»D-das ist wahr«, gab Alannah zu.

»Eure ebenso unüberlegte wie frevlerische Tat hat Seine Majestät den König in eine überaus schwierige Lage gebracht.«

»In eine schwierige Lage? Wie das?«

»Dieser Jüngling, der in den Ehrwürdigen Gärten auf grausame Weise sein Leben verlor, war nicht irgendein Mensch, Lady Alannah. Er war der jüngste Sohn des Fürsten von Andaril.«

»Aber der Fürst von Andaril ist ein Vasall des Reiches«, wandte Alannah ein. »Er wird nicht …«

Sie unterbrach sich selbst, als ihr klar wurde, wie unsinnig ihre Worte waren. Der Fürst von Andaril mochte dem Elfenkönig treu ergeben sein, er war in erster Linie ein Mensch, und als solcher war ihm Rache für seinen Sohn wichtiger als seine Loyalität gegenüber seinem König.

»Unser Herrscher muss Vorsicht walten lassen«, erklärte Lordrichter Mangon. »Unter den Menschen gärt und brodelt es. Einige wollen sich wohl gegen uns erheben. Das sind nicht mehr die Primitiven, mit denen es noch unsere Väter zu tun hatten. Ihre Macht und ihr Einfluss wachsen beständig, und es gibt nicht wenige, die behaupten, dass dieser Rasse die Zukunft gehört. Umso wichtiger ist es, dass diese Sache bereinigt wird. Die Folgen wären ansonsten unabsehbar, womöglich würde ein neuer blutiger Krieg ausbrechen.«

»Keine Sorge«, versicherte Alannah. »Ich werde alles tun, was zur Klärung des Falles beiträgt.«

»Klärung?« Mangon hob die schmalen Brauen. »Was gibt es zu klären? Ihr habt den Jungen umgebracht, das wisst Ihr so gut wie ich. Ihr seid eine Mörderin!«

»I-ich weiß«, sagte Alannah leise, während sie sich zum ungezählten Mal fragte, was nur geschehen war. Eben noch war sie ein Kind der Ehrwürdigen Gärten gewesen, geliebt, geschätzt und von allen geachtet – und von einem Augenblick zum anderen fand sie sich in einer Kerkerzelle wieder und wurde des Mordes beschuldigt.

»Dann gesteht Ihr die Tat?«, fragte der Lordrichter.

Alannah seufzte. Was sollte sie auf diese Frage antworten? Sollte sie das Offensichtliche bestreiten? Leugnen, dass sie es gewesen war, die den armen Jungen getötet hatte? Als Kind der Ehrwürdigen Gärten war sie zuvorderst der Wahrheit verpflichtet. Die Wahrheit stand über allen anderen.

»Ja«, sagte Alannah leise, »ich gestehe, dass ich den Menschen getötet habe.«

»Wie kam es dazu?«, wollte Mangon wissen, und Alannah hatte das Gefühl, dass sein gestrenger Blick sie geradewegs durchbohrte.

»Ich weiß es nicht«, antwortete sie ehrlich.

»Ihr wisst es nicht mehr?«

Alannah schüttelte den Kopf. »Nein, ehrenwerter Herr Lordrichter, das sagte ich nicht. Ich habe das, was geschah, nicht etwa *vergessen*, doch weiß ich nicht, *wie* es geschah. Ich – ich kann es mir nicht *erklären*.«

»In diesem Fall, werte Lady, kann ich Eurem Gedächtnis auf die Sprünge helfen: Ihr habt den Jungen kaltblütig ermordet!«

»Das ist nicht wahr!«, beteuerte Alannah.

»Nein?« Der Lordrichter trat einen Schritt auf sie zu. »So berichtet mir, was geschah, auch wenn Ihr es nicht *erklären* könnt, wie Ihr Euch auszudrücken beliebt. Erzählt es freiheraus und überlasst die Erklärungsversuche jenen, die sich mit den Motiven von Mördern und Totschlägern auskennen. Und bleibt bei der Wahrheit«, sagte er drohend. »Wenn Ihr mich belügt, werde ich es erkennen.«

»Ich bin ein Kind der Ehrwürdigen Gärten und der Wahrheit verpflichtet«, erinnerte ihn die Gefangene. »Dennoch«, fügte sie dann kleinlaut hinzu, »werdet Ihr mir nicht glauben, so fürchte ich.«

»Ihr solltet nicht versuchen, mit mir zu spielen.« Mangon verschränkte grimmig die Arme vor der Brust. »Ich durchschaue Euch, Alannah. Indem Ihr versucht, mir weiszumachen, ich wäre Euch gegenüber voreingenommen, wollt Ihr mich milde stimmen. Aber dieser Plan wird nicht aufgehen.«

»Es ist kein Plan«, versicherte Alannah. »Was ich Euch zu sagen versuche, ist nur …«

»Eure Aussage!«, verlangte der Lordrichter streng, und der jungen Elfin blieb nichts anderes, als ihm zu berichten – auch wenn sie bereits zu wissen glaubte, wie dieses Verhör enden würde.

Mit ihrer Verurteilung …

»Es war am frühen Morgen«, begann sie dennoch. »Ich war zeitig erwacht und hatte den Rosenteich aufgesucht, um mich mit einem Bad zu erfrischen, wie ich es öfter tue. Aber an diesem Morgen fühlte ich, dass etwas anders war.«

»Inwiefern?«

»Ich hatte den Eindruck, beobachtet zu werden«, antwortete Alannah. »Ich sah mich um und fragte, ob da jemand sei, aber ich erhielt keine Antwort. Also nahm ich an, dass ich mich wohl geirrt hätte. Das merkwürdige Gefühl jedoch blieb. Als ich dann aus dem Wasser stieg, hörte ich ein verdächtiges Geräusch. Ich wollte nach meinen Kleidern greifen, aber noch ehe ich dazu kam, teilte sich das Gebüsch, und ein Jüngling trat daraus hervor …«

»Ein Mensch«, ergänzte Mangon.

»Ich weiß nicht, wie es ihm gelingen konnte, die Ummauerung der Ehrwürdigen Gärten zu überwinden – dennoch stand er plötzlich vor mir, wirklich und leibhaftig, und seine Blicke schienen mich zu verschlingen. Ich erschrak, weil ich mich hilflos und ausgeliefert fühlte, und riss abwehrend die Arme empor – und in diesem Moment geschah es.«

»Ihr habt ihn getötet«, sagte der Lordrichter.

Alannah nickte.

»Obwohl er Euch noch nicht einmal angerührt hatte.«

»Es ist Sterblichen verboten, die Ehrwürdigen Gärten zu betreten«, stellte Alannah klar. »Dieser Jüngling begehrte zu sehen, was kein sterblicher Mann je erblicken darf.«

»Und dafür habt Ihr ihn bestraft.«

»Ja«, stimmte sie zu, »und nein. Ich weiß nicht genau, was geschehen ist.«

»Das will ich Euch sagen: Ihr habt die Brust des Jungen durchbohrt, und das mit derartiger Kraft, dass die Tatwaffe im Rücken wieder ausgetreten ist. Und während er zuckend vor Euch am Boden lag und starb, hattet Ihr noch die Geistesgegenwart, die Waffe zu verstecken, sodass man sie bisher nicht finden konnte. Ist es nicht so gewesen?«

»Nein.« Alannah schüttelte entschieden den Kopf. »Es gab keine Tatwaffe.«

»Keine Tatwaffe?« Mangon zeigte ihr ein freudloses Grinsen. »Wollt Ihr behaupten, Ihr, eine junge Elfin von zartem Wuchs, hättet mit bloßer Hand seinen Brustkorb durchstoßen?«

»Keineswegs«, antwortete Alannah, »aber es gab auch keine Waffe, wie Ihr sie begreift. Es war etwas, das … das *aus meinen Händen* kam.«

»Aus Euren Händen? Was redet Ihr da?«

»Ich habe Euch gesagt, Ihr würdet mir nicht glauben.«

»Und das wundert Euch?«

»Ich verstehe es selbst nicht, Herr Lordrichter«, versicherte Alannah mit Verzweiflung in der Stimme. »In dem Augenblick, als dieser junge Mensch mir gegenüberstand, ist etwas mit mir geschehen. Eine Veränderung, die ich weder verstehe noch angemessen beschreiben kann. Aber in diesem Moment, als ich nackt und scheinbar völlig hilflos war, fühlte ich plötzlich eine innere Kraft, wie ich sie noch nie zuvor verspürt habe – und auf einmal lag dieser Mensch blutüberströmt vor mir.«

»Wollt Ihr behaupten, Eure Gedanken hätten ihn durchbohrt?«, fragte Mangon, und leiser Spott lag in seiner Stimme. »Oder gar Euer Blick?«

»Nein. Was seinen Brustkorb durchschlug, war etwas, das aus meinen Fingerspitzen kam.« Alannah betrachtete ihre schlanken Hände, während sie sprach. »Es war kalt, und es war hart und dazu spitz wie ein Speer. Es durchstieß die Brust des Jungen, noch ehe ich selbst recht begriff, was geschah.«

»Wovon genau sprecht Ihr?«, wollte Mangon wissen.

»Eis«, sagte sie leise. »Ich spreche von Eis, Herr Lordrichter. So klar wie Kristall – und so tödlich wie eine Klinge …«

4. LEIDOR

Es gab Leute, die nannten Andaril eine Burg, was zum Teil richtig war, denn ein zinnenbewehrter Turm bildete den Mittelpunkt der Siedlung, in den bei Gefahr zumindest jene flüchten konnten, die es verstanden hatten, sich beizeiten die Gunst und das Wohlwollen des Fürsten Erwein zu sichern.

Manche nannten Andaril auch eine Stadt, was auf die vielen Hütten und Häuser zurückzuführen war, die sich rings um die Burg erstreckten und zwischen denen sich ein unüberschaubares Gewirr enger und engster Gassen wand. Händler boten dort ihre Waren feil, und wie es hieß, gab es kaum etwas, dass es in Andaril nicht zu kaufen gab, von der Liebe einer Hure bis hin zur Klinge eines gedungenen Mörders. Und dann waren da noch jene, die Andaril schlicht als Dreckloch bezeichneten, als stinkenden Haufen Abfall.

Granock gab diesen Leuten durchaus recht, hatte aber erfahren müssen, dass die übrigen Städte des Ostens von Sundaril bis Taik kaum besser waren. Schmutz übersäte auch dort die Gassen, der Gestank war nicht weniger beißend, und wenn man nicht zu den Privilegierten gehörte, war man dazu verurteilt, sein Leben in schäbigen Baracken zu fristen, zusammen mit Ratten und anderem Ungeziefer, und von den wenigen Brocken Fleisch zu leben, die die Obrigkeit einem großmütig hinwarf, die sich dann darüber amüsierten, wenn sich die Armen darum balgten wie Hunde um einen abgenagten Knochen.

Granock hasste sie.

Die Edlen in ihren noblen Gewändern. Die Ritter und Fürsten, die geschworen hatten, das einfache Volk zu schützen, es in Wahrheit jedoch ausbeuteten und unterdrückten. Am meisten jedoch hasste er jene, die diese Welt beherrschten und die all diese Missstände hätten beseitigen können, wenn sie es nur gewollt hätten. Stattdessen jedoch kümmerten sie sich nur um ihre eigenen Belange.

Die Elfen.

Es kam selten genug vor, dass sich einer von ihnen in den Menschenstädten blicken ließ, aber wenn es doch geschah, so ließ es sich Granock nicht nehmen, es den spitzohrigen Burschen heimzuzahlen. Auf dem Schwarzmarkt wurden Höchstpreise für ein Elfenschwert bezahlt, auch elfische Schmuckstücke und Fibeln standen hoch im Kurs. Die Elfen waren die Herren der Welt und entsprechend wohlhabend, folglich hatte Granock kein Problem damit, sich an ihnen zu bereichern. Auch reiche Kaufleute aus Taik oder Girnag, die aus purer Prahlerei einen Beutel klingenden Goldes am Gürtel trugen, waren ein lohnendes Ziel – so wie die beiden, die in diesem Augenblick das Wirtshaus verließen.

Knarrend öffnete sich die Tür, aus dem Schankraum fiel gelbes Licht auf die Gasse, das den Schmutz und den Unrat beleuchtete. Eine Meute Ratten spritzte mit entsetztem Quieken davon.

Die Umrisse zweier feister Männer waren zu sehen, die heiser lachten. Ihre Zungen waren bereits schwer vom Alkohol, und Granock zweifelte nicht daran, dass sie den Weg zum nächsten Bordell einschlagen würden, um dort für bare Münze zu erstehen, was jede Frau mit halbwegs gutem Geschmack ihnen andernfalls verweigert hätte. Noch war also reichlich Gold in ihren Beuteln.

Granock lugte hinter einer Häuserecke hervor, zog sich die Kapuze seines Umhangs noch tiefer ins Gesicht und wartete ab. Die beiden Betrunkenen torkelten genau in seine Richtung.

Ein verwegenes Grinsen huschte über seine sonnengebräunten, von wirrem dunklem Haar umrahmten Züge. Er hatte es sich zur Gewohnheit gemacht, seinen Opfern eine Chance zu geben, eine Möglichkeit, ihre Barmherzigkeit über ihre Gier und ihre Ichsucht zu stellen, und er wollte auch diesmal keine Ausnahme machen, obwohl sein Magen bis zu den Knien hing und er eine anständige Mahlzeit gut hätte vertragen können.

Inzwischen waren sie so nah heran, dass er hören konnte, worüber sie sich unterhielten.

»Hassu gehört?«, fragte der eine Kaufmann den anderen.

»Was'n?«

»Der jüngsse Sohn von Fürss Erwein …«

»Was iss mit ihm?«

»Tot«, sagte der eine nur.

»Issas wahr?«

»Jawoll.« Ein tiefes Rülpsen war zu hören. »Angeblisch soll's 'ne Elfin gewesen sein.«

»Ei-eine Elfin?«

»Genau. Der junge Herr war ssu Bessuch in der Elfenstadt, und da ham se ihn einfach abgestochen.«

»Oje«, meinte der andere Kaufmann, um im nächsten Moment in albernes Kichern zu verfallen.

»Was hassu denn? Iss keine komische Geschichte.«

»Nee«, gab der andere zu. »Musse nur grade an was denken.«

»Woran?«

»Dass ich froh bin, dass ich nich' abgestochen wurde – sonst könnte ich jetz' nich' zu Madame Lavanda und ihren Damen gehen, und das wär' verdammt schade.«

»Da hassu recht. Verdammt schade …«

Wieder lachten die beiden und klopften sich gegenseitig auf die Schulter. In diesem Moment erreichten sie jene Häuserecke, hinter der Granock lauerte und nun hervortrat.

»Almosen!«, krächzte er und gab sich Mühe, dabei möglichst elend zu klingen. »Bitte ein Almosen, ihr hohen Herren …«

»Hundsfott!«, fuhr der eine Kaufmann ihn an und schien schlagartig stocknüchtern. »Was fällt dir ein, mich derart zu erschrecken?«

»Verzeiht, Herr«, gab sich Granock unterwürfig. »Wenn Ihr nur eine milde Gabe für mich hättet. Ich habe weder etwas zu essen noch ein Dach über dem Kopf.«

»Das ist dein Problem, Bettler«, beschied ihm der Kaufmann hart, »und ganz gewiss nicht meines!«

»Aber Euer Beutel ist voller Gold – könnt Ihr nicht etwas davon erübrigen?«

»Bist du von Sinnen? Mein Gold geht dich überhaupt nichts an! Sei froh, wenn ich dich nicht bei der Stadtwache melde und prügeln lasse. Gesindel wie dich sollte man davonjagen.«

»Jawoll«, stimmte der andere Kaufmann zu. »Oder erschlagen wie eine Ratte!«

»Das ist eine sehr gute Idee«, stimmte sein Saufkumpan zu. »Und jetzt hinweg, Bursche, ehe ich meinen Dolch ziehe und dir damit das ungewaschene Gesicht in Streifen schneide!«

»Ist das Euer letztes Wort?«

»Mein allerletztes«, versicherte der Hartherzige – und brachte sich damit um sein Geld.

Denn Granock machte keine Anstalten, sich davonzumachen, wie es von ihm verlangt wurde – stattdessen hob er die Hände und streckte sie den Kaufleuten verlangend entgegen.

»Was soll das denn jetzt, Bursche? Hast du immer noch nicht begriffen, dass du von mir nichts …?«

Der feiste Kaufmann verstummte inmitten seiner Rede. Und nicht nur das – er erstarrte auch, und das im wörtlichen Sinn: Sein Mund blieb offen stehen, und seine Hand verharrte am Griff des Dolchs. Der andere Händler teilte das Schicksal seines Kumpels. Stieren Blickes und mit einem dämlichen Grinsen im Gesicht starrte er Granock an.

»Was denn, hohe Herren?«, fragte dieser, während er daranging, die Erstarrten um ihre Geldbeutel zu erleichtern. »Solltet Ihr Eure Meinung etwa geändert haben und mir doch etwas geben wollen? Habt Ihr plötzlich Euer großes Herz entdeckt? Aber nein, doch nicht gleich die ganze Börse!«

Mit einem Messer durchschnitt er kurzerhand ihre Gürtel und nahm die Beutel mit dem Gold an sich – dass dadurch die seidenen Hosen ihren Halt verloren und bis auf die Knöchel nach unten rutschten, war nur eine kleine Revanche für das, was die Armen tagtäglich erdulden mussten.

»Ihr könnt froh sein, Freunde, dass ich Euch nur die Gürtel durchschneide und nicht die Kehlen«, beschied er ihnen, während er sah, wie es im Augenwinkel des einen Kaufmanns zuckte, unendlich langsam, aber deutlich erkennbar. Der Effekt ließ bereits nach – er musste zusehen, dass er wegkam.

»Bis zum nächsten Mal«, feixte er und tippte sich zum Gruß mit zwei Fingern an die Stirn. Dann wandte er sich um und rannte mit wehendem Umhang die Gasse hinab, um in der Dunkelheit zu verschwinden.

Zwei, drei Minuten lang lief er, dann wurden seine Schritte auf einmal langsamer, und er blieb stehen. Er hatte plötzlich das seltsame Gefühl, beobachtet zu werden, und sah sich um.

Da gewahrte er in einem dunklen Torbogen eine noch dunklere Gestalt, die dort völlig reglos stand.

»Guten Abend«, grüßte sie ihn, und Granock glaubte, im Dunkel ein blitzendes schmales Augenpaar auszumachen. »Ich habe auf dich gewartet …«

5. REGHAS

Granocks Entsetzen war nicht tief genug, um länger als einen Augenblick zu währen. Er war ohne Eltern auf der Straße aufgewachsen und hatte von Kindesbeinen an gelernt, sich auf eigene Faust durchzuschlagen. Entsprechend robust und unerschrocken war er.

»Wer ist da?«, fragte er in die Dunkelheit, weniger aus Interesse, als um Zeit zu gewinnen. Vielleicht, sagte er sich, war dies ja sein Glückstag, und er würde Gelegenheit erhalten, noch einmal reiche Beute zu machen.

»Du bist ein Dieb«, stellte der Schemen fest, von dem Granock im wenigen Mondlicht, das in die enge Gasse fiel, kaum mehr als dunkle Umrisse ausmachen konnte. »Ein einfallsreicher Dieb zweifellos, aber nichtsdestotrotz nur ein Dieb.«

»Und?«, fragte Granock dagegen. Der Fremde sprach mit eigenartigem Akzent und singendem Tonfall.

»Wie viel hast du erbeutet? Zehn Goldstücke? Fünfzehn?«

»Wer weiß«, sagte Granock achselzuckend und wog die klimpernden Beutel in der Hand. »Hab es noch nicht gezählt.«

»Auf jeden Fall ein guter Fang«, stellte der Fremde fest.

»Auf jeden Fall.«

»Und damit bist du zufrieden, Granock?«

Der junge Dieb merkte auf. »Woher kennst du meinen Namen?«

»Ich habe dich beobachtet, Junge«, entgegnete der Fremde zu seiner Verblüffung, »schon eine ganze Weile lang. Und ich weiß manches über dich – vielleicht mehr als du selbst.«

»Was du nicht sagst.« Granock bemühte sich, unbeeindruckt zu klingen – in seinem Inneren jedoch empfand er tiefe Bestürzung. Wer war dieser Fremde? Und wieso behauptete er, ihn beobachtet zu haben?

Die Antwort lag auf der Hand.

Er musste für die Stadtwache arbeiten. Einer von Erweins Spitzeln, der sich eine Belohnung verdienen wollte, indem er den berüchtigten »Blitzdieb«, wie sie ihn nannten, endlich fasste.

Aber so leicht konnte man Granock nicht schnappen.

»Wer bist du?«, wiederholte er seine erste Frage. »Komm heraus aus deinem Versteck, damit ich dich sehen kann!«

»Wozu?«, kam es zurück. »Damit du mit mir das Gleiche anstellen kannst wie mit diesen bedauernswerten Kreaturen?«

Granock blickte die Gasse hinab. Irgendwo dort hinten standen die beiden Kaufleute, reglos wie zu Statuen erstarrt. Allerdings war es nur noch eine Frage von Augenblicken, bis die Wirkung des Banns nachlassen würde. Die feisten Kerle würden zu sich kommen, begreifen, dass sie ausgeraubt worden waren, und lauthals nach den Wachen schreien. Bis dahin musste Granock verschwunden sein. Das Gespräch mit dem Schatten hatte für seinen Geschmack bereits viel zu lang gedauert.

Es war Zeit, es zu beenden.

Er streckte die Hände aus, um den Fremden in Starre zu versetzen. Ein tiefer Atemzug, ein konzentrierter Gedanke – aber die erwartete Wirkung blieb aus.

»Was denn?«, rief der Fremde. »Ist das alles, was du aufbieten kannst? Lassen dich deine Kräfte plötzlich im Stich?«

Zornesröte schoss Granock ins Gesicht. Noch einmal streckte er die Hände in Richtung des Fremden aus, um ihn erstarren zu lassen – aber erneut trat die erwünschte Wirkung nicht ein.

»Erbärmlich«, kommentierte der Schatten. »Ich würde lachen, wenn es nicht so traurig wäre.«

»Was ist traurig?«, fragte Granock zerknirscht.

»Dass du dir selbst im Weg stehst. Ich kenne dich, mein Junge. Du nennst dich Granock, und deine Mutter hast du nie kennengelernt, weil sie starb, als sie dir das Leben schenkte. Dein Vater hat dir die wichtigsten Regeln des Überlebens beigebracht, ehe er sich zu Tode gesoffen hat mit dem billigen Fusel, den er in Unmengen trank. Er starb in einer Gasse wie dieser, einsam und allein. Willst du auch so enden?«

»Woher weißt du das alles?«, fragte Granock erschrocken.

»Wie ich schon sagte: Ich habe dich beobachtet.«

»Aus welchem Grund? Was willst du von mir? Hat Fürst Erwein dich geschickt?«

»Nein«, erklärte der Fremde und trat aus der Dunkelheit. »Ich bin in höherem Auftrag hier. Mein Name ist Farawyn.«

Das Mondlicht fiel auf das Gesicht des Unbekannten, und Granock konnte sehen, mit wem er es zu tun hatte: Die vornehm wirkenden Gesichtszüge mit den hohen Wangenknochen, mit der scharf geschnittenen Nase und der schmalen Augenpartie waren fraglos die eines Elfen. Daher also der eigenartige Akzent und der seltsame Tonfall.

»I-Ihr seid kein Mensch«, stellte Granock wenig geistreich fest.

»Nein«, gab der andere zu, aus dessen schulterlangem grauem Haar ein spitzes Ohrenpaar hervorlugte. »In meinen Adern fließt das Blut der Söhne Sigwyns, und ich gehöre dem Hohen Rat der Elfen an.«

»Dem Hohen Rat?«, fragte Granock verwundert. »Aber das bedeutet, dass Ihr ein … ein …«

»Dass ich in den Wegen der Magie beschlagen bin«, half Farawyn aus. »Ich bin das, was ihr Menschen einen Zauberer nennt. Das sollte dir erklären, weshalb dein kleiner Trick bei mir nicht funktioniert hat.«

»Aber … was tut Ihr hier? Ich meine, Ihr sagtet, Ihr hättet mich beobachtet …«

»In der Tat.«

»Wozu? Aus welchem Grund?«

»Mein Junge«, sagte Farawyn und trat weiter auf ihn zu, bis dass er ganz dicht vor Granock stand, »ist dir nie der Gedanke gekommen, dass du zu Höherem berufen sein könntest als dazu, durch dunkle Gassen zu streunen und arglose Kaufleute auszurauben?«

»Zu Höherem berufen? Was meint Ihr damit?«

»Diese Gabe ist ganz erstaunlich.«

»Vielleicht.« Granock zuckte mit den Schultern. »Ich habe sie, solange ich denken kann. Wenn ich es mir nur fest genug wünsche, kann ich Menschen erstarren lassen.«

»Keineswegs«, widersprach Farawyn kopfschüttelnd. »Es sind nicht die Menschen, die du erstarren lässt – es ist die Zeit um sie herum. Die Kaufleute bewegen sich noch immer, nur eben sehr viel langsamer als du. Wenn der Bann von ihnen abfällt, werden sie glauben, dass nur ein Augenblick verstrichen ist – und sich wundern, wo ihre Geldbörsen geblieben sind.«

»Allerdings«, pflichtete Granock ihm grinsend bei.

»Eine herausragende Fähigkeit«, sagte Farawyn, »deren Wirkung allerdings nur von sehr kurzer Dauer ist.«

»Was soll's?«, fragte der junge Dieb. »Bislang bin ich ganz gut damit zurechtgekommen.«

»Bislang«, gab Farawyn zu. »Aber würdest du nicht gern lernen, deine Kräfte noch wirkungsvoller einzusetzen? Möchtest du nicht eine bevorzugte Stellung einnehmen unter den Sterblichen?«

Granock brauchte nicht lange zu überlegen.

»Nein«, erwiderte er rundheraus.

»Warum nicht?«

»Ganz einfach: weil ich alles habe, was ich zum Überleben brauche. Und weil ich ganz gewiss nicht auf den Rat eines Elfen angewiesen bin, um …«

Er verstummte, als plötzlich aufgeregtes Geschrei zu vernehmen war. »Zu Hilfe! Zu Hilfe!«, brüllte jemand aus Leibeskräften. »Wir wurden ausgeraubt …!«

»Natürlich brauchst du den Rat eines Elfen nicht«, sagte Farawyn leichthin. »Zieh nur weiter deiner Wege und stiehl dich durchs Leben. Vermutlich wird es noch eine ganze Weile dauern, bis sie dir auf die Schliche kommen, doch dann werden sie eine Möglichkeit finden, dich zu fassen. Den ›Blitzdieb‹ nennen sie dich, richtig? Nun, ich bin sicher, sie werden dich in ihren Kerkern zuvorkommend behandeln.«

»Zuvorkommend?«, fragte Granock, während bereits das Stampfen von Soldatenstiefeln und das Klirren von Kettenhemden in den Gassen widerhallten. »Was meint Ihr damit?«

»Zweifellos werden sie dich foltern, um zu erfahren, wie du diese erstaunlichen Dinge bewerkstelligst. Aber da du das selbst nicht weißt, wirst du ihnen eine Antwort schuldig bleiben. Also werden sie dich weiterfoltern und immer weiter, gemäß dem Gesetz der Unvernunft. Irgendwann wirst du die Schmerzen nicht mehr ertragen. Dann wirst du entweder anfangen, ihnen Lügen zu erzählen, oder den Verstand verlieren. Vorausgesetzt, du bist dann überhaupt noch am Leben.«

Granock machte ein verdrießliches Gesicht. Was der Elf ihm da vor Augen führte, waren keine sehr erbaulichen Aussichten. Und wenn er ehrlich gegenüber sich selbst war, musste er sich eingestehen, dass auch er insgeheim diese Befürchtungen hegte. Bislang hatte er immer Glück gehabt – aber wer vermochte zu sagen, wie lange dieses Glück noch andauern würde?

»Ich hingegen«, fuhr der Zauberer fort, »biete dir nicht nur Schutz, sondern auch die Möglichkeit, andere kennenzulernen, die über ähnliche Fähigkeiten verfügen wie du.«

»Andere? Ihr meint, es gibt noch mehr von meiner Art?«

»Das will ich meinen, junger Freund«, versicherte Farawyn amüsiert – an dem Geschrei, das durch die Gasse hallte, schien er sich gar nicht zu stören.

»Es war der Blitzdieb!«, hörte man einen der Kaufleute brüllen.

»Wo ist er hin?«

»Das wissen wir nicht. So schnell er aufgetaucht ist, so plötzlich ist er auch wieder verschwunden.«

»Könnt ihr ihn beschreiben? Wie sah er aus?«

»Auch das wissen wir nicht …«

»Es gibt einen Ort«, erklärte der Zauberer weiter, »an dem sich all jene versammeln, die die Vorsehung mit einer besonderen Gabe bedacht hat. Dieser Ort ist ihnen Zuflucht und Heimat. Dort lernen sie, ihre Fähigkeiten zu vervollkommnen, und sie stellen sie in den Dienst eines höheren Ideals.«

»Was meint Ihr mit *höherem Ideal*?«

Farawyn lächelte. »Es mag dir seltsam erscheinen, aber es gibt hehrere Ziele, als sich den Wanst zu füllen und in einem warmen Bett zu schlafen.«

»Ach ja?« Granocks Erstaunen war keineswegs gespielt. »Und welche?«

»Er kann noch nicht weit sein!«, rief jemand heiser durch die Nacht. »Vermutlich ist er in diese Gasse gelaufen. Los, Männer, folgt mir!« Erneut waren Stiefeltritte und das Geklirr von Rüstzeug zu hören. Jeden Augenblick würden die Soldaten der Stadtwache auftauchen.

»Komm mit mir, und ich verspreche dir, dass du Gelegenheit erhalten wirst, es herauszufinden«, antwortete der Zauberer auf Granocks Frage und hielt ihm die schlanke weiße Hand hin. »So pflegt ihr Menschen doch ein Abkommen zu besiegeln, oder?«, fragte er, als er die Verwirrung im Gesicht des jungen Diebs erkannte.

Granock nickte, aber trotz der Verfolger, die sich geräuschvoll näherten, zögerte er.

Was sollte er tun? Er hatte nun wirklich nichts für Elfen übrig. Ihre überhebliche Art gefiel ihm nicht, und wenn er ehrlich war, flößten sie ihm auch ein wenig Furcht ein. Dieser Farawyn machte da keine Ausnahme. Andererseits hatte er wohl keine Wahl, wenn er nicht in wenigen Augenblicken in Ketten gelegt und abgeführt werden wollte.

»Also schön«, knurrte er und ergriff die Hand des Zauberers.

»Eine gute Entscheidung«, lobte Farawyn, während er ihn bereits mitzog, die Gasse hinab und in den Schutz der Dunkelheit. »Ich werde dir eine Welt zeigen, die größer ist als alles, was du dir vorzustellen vermagst …«

6. TWAR ELIDOR

Sorgen.

Elidor gestand es sich nicht gern ein, aber seit er zum Königsamt berufen worden war und die Elfenkrone schwer und drückend auf seiner Stirn ruhte, waren Sorgen seine täglichen Begleiter.

Vorüber waren die Tage, da er stundenlang in den Ehrwürdigen Gärten hatte lustwandeln und den Lautenklängen lauschen können, da eine Ode genügt hatte, ihn aus der Wirklichkeit in das Reich der Muße zu entführen. Die Zeit, in der er sich der Kunst widmen konnte, war knapp geworden, und selbst dann waren ihm Lautenspiel und Gesang nicht mehr der Quell jener unschuldigen Freude, die er einst bei ihrem Genuss verspürt hatte.

Denn stets verfolgten ihn seine Sorgen, und mit jedem Tag, der verstrich, wurden sie immer noch zahlreicher: Zwergenkönige, die mit der Besteuerung unzufrieden waren; Händler, die eine Herabsetzung der Zölle forderten und drohten, andernfalls die Barbaren des Nordlandes mit geschmuggelten Waffen zu beliefern; Trolle, die die Waldsiedlungen und die Äußeren Haine bedrängten; Menschenfürsten, die ihren Reichtum und ihre Ländereien mehren wollten; und natürlich die Orks, jene Unholde, die jenseits des Schwarzgebirges hausten und in blanker Zerstörungswut gegen die Grenzbefestigungen anrannten.

Und als wäre all dies noch nicht genug, war es auch noch zu einem Zwischenfall gekommen, der die ohnehin schon wackeligen Beziehungen zu den Menschen noch mehr ins Wanken gebracht hatte.

Erwein, der Fürst der Menschenstadt Andaril, war zu Beratungen über die Herabsetzung der Grenzzölle nach Tirgas Lan gekommen. Obwohl die Menschenstädte – ebenso wie die Zwergenreiche entlang des Scharfgebirges – offiziell Teil des Elfenreichs waren, hatten sie sich im Lauf der vergangenen Jahrhunderte mit einer denkwürdigen Mischung aus Frechheit, Trotz und Starrsinn weitgehende Selbstständigkeit errungen. Zwar gehörten die großen Städte Sundaril und Andaril ebenso wie ihre entfernteren Nachbarn Taik, Girnag und Suln nach wie vor zum Reichsverbund und waren dem Elfenkönig nicht nur zum Tribut verpflichtet, sondern auch zur Gefolgschaft. Jedoch strebten die Stadtherren und Fürsten unverdrossen nach immer noch mehr Unabhängigkeit, was Elidor den seiner Ansicht nach stärksten Triebfedern menschlichen Handelns zuschrieb: Machthunger und Habgier.

Ihnen zu geben, wonach sie verlangten, und zugleich dafür zu sorgen, dass ihre Macht im Osten des Reiches nicht zu groß und damit vielleicht zur Gefahr wurde, war eine jener Künste, die man von ihm als König verlangte. Statt die Saiten der Laute in harmonischem Dreiklang zu zupfen, musste er die Interessen des Reiches durchsetzen und dabei noch den Schein wahren, ein gütiger und wohlwollender Herrscher zu sein. Keine leichte Aufgabe für jemanden, dessen erklärtes Ziel es einst gewesen war, ein der Kunst geweihtes Leben zu führen, bis zu jenem fernen Tag, da er Erdwelt verlassen und zu den Fernen Gestaden reisen würde.

Aus diesem Grund hatte es Elidor seinen Beratern überlassen, die Fäden der Politik für ihn zu ziehen, und da sie in diesen Dingen sehr viel erfahrener und beschlagener waren als er, hatten sie ein System ausgeklügelt, das den Stadtstaaten der Menschen weitgehende Freiheit einräumte und sie dennoch so eng wie nur irgend möglich an das Reich band: Indem man ihnen bestimmte Privilegien zukommen ließ und sie mit wechselhafter Aufmerksamkeit behandelte, schürte man gezielt den Neid und die Missgunst der Menschen untereinander. Statt begehrlich nach Tirgas Lan zu blicken, führten sie untereinander Kriege. Blutige Scharmützel zwischen den Soldaten Sundarils und jenen aus Andaril waren eher die Regel als die Ausnahme, und auch die übrigen Städte gefielen sich darin, ihre Kräfte in ebenso sinnlosen wie aufreibenden Kämpfen zu messen.

Es hatte eine Zeit gegeben, da hatte Elidor dieses Vorgehen als unmoralisch empfunden. Inzwischen jedoch war er überzeugt, dass es der einzige Weg war, die Menschen in Zaum zu halten – und dass man damit letztlich noch größeres und schrecklicheres Blutvergießen vermied.

Nun jedoch war etwas geschehen, das das mühsam konstruierte System, mit dem man die Menschen unter Kontrolle hielt, erschüttert hatte.

Iwein, Fürst Erweins jüngster Sohn, der seinen Vater zu den Unterredungen nach Tirgas Lan begleitet hatte, war zu Tode gekommen. Nicht durch ein tragisches Unglück, sondern durch die Hand einer Elfin.

Es war Mord gewesen.

Der erste, den ein Elb seit undenkbar langer Zeit begangen hatte.

Warum nur, fragte sich Elidor wieder und immer wieder, hatte diese Untat ausgerechnet in seine Regierungsperiode von gerade mal hundertvierzehn Jahren fallen müssen?

Es war in den Ehrwürdigen Gärten geschehen, einem Ort, dessen Betreten Menschen untersagt war. Erweins eigensinniger, gerade erst dem Kindesalter entwachsener Sohn hatte es dennoch getan – und furchtbar dafür bezahlt. Und natürlich verlangte Erwein Genugtuung für den Schmerz, der ihm zugefügt worden war.

Aus einer Begegnung, die der Sicherheit des Reiches hatte dienen sollen, war ein Krisentreffen geworden. Denn eines ließ sich mit Bestimmtheit sagen: Die Zölle zu senken oder steuerliche Vergünstigungen auszusprechen, würde diesmal nicht reichen, um den Unmut der Menschen zu besänftigen.

Elidor unterdrückte ein resigniertes Seufzen. Das durfte er sich nicht erlauben in der Gegenwart jenes Menschen, der mit seinem Gefolge aus fünf Kriegern vor seinem Thronpodest stand, am ganzen Körper bebend vor Zorn und mit dunkel geränderten Augen. Er hatte einen ungepflegten zotteligen Bart und in wilden Strähnen hängendes Haar, und über seinem Kettenhemd trug er einen roten Waffenrock mit dem schwarzen Adler Andarils auf der Brust.

»Fürst Erwein«, hörte sich Elidor selbst sagen und bemühte sich, seine Stimme dabei so sanft wie nur irgend möglich klingen zu lassen. »Bitte seid meiner Anteilnahme versichert. Ich war zutiefst betroffen, als ich von dem schrecklichen Vorfall hörte, und …«

»Eure Anteilnahme in allen Ehren, Hoheit«, fiel Erwein dem König unter Missachtung jeglichen Hofprotokolls ins Wort, »aber die gibt mir nicht den Sohn zurück, den ich verloren habe.«

»Das weiß ich, Fürst, aber …«

»Dem Schicksal hat es gefallen, dass jede meiner drei Frauen mir einen Sohn schenkte«, fuhr Erwein düster fort. »Ortwin ist der älteste, groß an Wuchs wie an Körperkraft, aber langsam im Denken und leicht zu durchschauen. Nurtwin war mein Zweitgeborener, doch die Zwerge erschlugen ihn in der Schlacht von Kamlach. Vor sechzehn Wintern schließlich kam Iwein zur Welt, und von früher Jugend an zeigte er, dass er eines Fürsten von Andaril würdig war. Auf ihm ruhte all meine Hoffnung für die Zukunft. Nun jedoch lebt er nicht mehr, wurde er niedergestreckt von der Hand einer feigen Mörderin. Der Quell meiner Freude ist versiegt. Und Ihr, Hoheit, sprecht von Anteilnahme?«

Ehe der König etwas erwidern konnte, ergriff Fürst Ardghal, sein Oberster Berater, das Wort; er war in der Kunst der Diplomatie und des geschickten Verhandelns ungleich beschlagener als der schöngeistige Elidor. »Seine Majestät bestreitet keineswegs Euren hohen Verlust, Fürst Erwein«, versicherte Ardghal beflissen, »noch maßt er sich an, auch nur annähernd nachfühlen zu können, wie groß Euer Schmerz sein muss. Euer Wertvollstes wurde Euch genommen, und niemand von uns, nicht einmal der König selbst, vermag auszudrücken, wie groß unser Bedauern über diesen Zwischenfall …«

»Zwischenfall?«, schnitt Erwein auch dem Berater das Wort ab. »Was Ihr als einen Zwischenfall bezeichnet, Ardghal, nenne ich feigen, niederträchtigen Mord!«

Das feindselige Lodern in den Augen des Fürsten war unübersehbar, und Elidor erschauderte angesichts des Zorns, der ihm vonseiten des Menschen entgegenschlug. Noch niemals zuvor hatte er solch rohe Gefühle, einen solchen Ausbruch negativer Empfindung erlebt, und in diesem Moment erahnte er, wozu Menschen fähig waren, die sich zum Äußersten getrieben sahen.

Erneut war es Ardghal, der das Sprechen übernahm, und Elidor war ihm dankbar dafür, denn der König merkte, wie sein Selbstbewusstsein unter den glühenden Blicken des Menschen dahinschwand wie Eis in der Sonne.

»Seit ungezählten Jahren, Fürst Erwein, ist innerhalb dieser Mauern niemand mehr eines gewaltsamen Todes gestorben. Ihr müsst uns glauben, dass wir über die Tatsache, dass dies nach all der langen Zeit geschah, nicht weniger schockiert sind als Ihr – und dass wir alles Nötige tun werden, den Hergang der Tat lückenlos aufzuklären. So hat der König bereits den obersten Lordrichter beauftragt und ...«

»Ist er ein Mensch oder ein Elf?«, wollte Erwein wissen.

»Er ist ein Sohn Sigwyns«, antwortete Ardghal.

»Und Ihr erwartet, dass ich dem Ergebnis dieser Untersuchung traue, die von einem Elfen durchgeführt wird?«, fragte Erwein spitz. »Der Täter war ein Elf, das Opfer ein Mensch – folglich sollte auch die Untersuchung von Menschen durchgeführt werden.«

»Ich bedaure«, entgegnete Ardghal in seltener Direktheit, »ein solches Vorgehen ist in den Gesetzbüchern des Reiches nicht vorgesehen. Die Söhne und Töchter Sigwyns haben als Hüter der Traditionen dafür zu sorgen, dass ...«

»Ich will Gerechtigkeit!«, beharrte Erwein und erhob dabei seine Stimme, sodass die Elfenwächter, die den Thronsaal säumten, zusammenzuckten. Mit einem fragenden Blick erkundigte sich Gethen, der Hauptmann der Wache, ob seine Leute eingreifen sollten, aber Ardghals kaum merkliches Kopfschütteln hielt sie zurück. Die Situation war auch so schon unerfreulich genug.

»Und Gerechtigkeit soll Euch widerfahren«, antwortete der königliche Berater dem Fürsten bestimmt. »Im Namen meines Herrschers König Elidor verspreche ich Euch, dass Ihr sowohl der Untersuchung als auch der anschließenden Verhandlung zu jeder Zeit beiwohnen dürft.«

»Ich will nicht irgendwelche Untersuchungen oder sonst einen elfischen Firlefanz«, wehrte Erwein ab. »Ich will den Täter!«

»Was?«, fragten sowohl der König als auch sein Berater wie aus einem Mund.

»Eine Elfin, deren Namen ich noch nicht einmal erfahren habe, hat meinen jüngsten Sohn getötet. Ich verlange ihre Auslieferung. Ich selbst werde dafür sorgen, dass sie ihrer gerechten Bestrafung zugeführt wird!«

»Noch ist sie nicht verurteilt«, gab Ardghal zu bedenken.

»Urteil hin oder her – sie wird bestraft werden!«, sagte Erwein rundheraus. »Mein Herz dürstet nach ihrem Blut, und ich werde diesen Durst stillen!«

»Das kommt nicht infrage!«, rief König Elidor, noch ehe sein Berater etwas erwidern konnte.

Zum einen empörte sich seine empfindsame Seele gegen die Rohheit, mit welcher der Mensch auftrat, und gegen die Dreistigkeit, mit der er Forderungen an ihn stellte. Es stimmte, Erweins Sohn war von Elfenhand getötet worden, aber es war auch eine Tatsache, dass der junge Iwein in die Ehrwürdigen Gärten eingedrungen war und damit gegen ein Gesetz verstoßen hatte. Elidor war weit davon entfernt, ein Unrecht gegen das andere aufzurechnen, aber er würde auf gar keinen Fall einen Elfen der Gerichtsbarkeit der Menschen übergeben, die weder Anklage noch Verteidigung kannte, sondern nur das scharfe Beil des Henkers.

Erneut ergriff er das Wort, wenn auch sehr viel ruhiger und besonnener als zuvor. »Als Herrscher von Tirgas Lan sehe ich mich außerstande, Eurer Bitte um Auslieferung der Täterin nachzukommen.«

»Was ich geäußert habe, Hoheit, war keine Bitte«, stellte Fürst Erwein klar. »Es war eine Forderung, die zu erfüllen ich Euch dringend ersuche. Andernfalls …«

»Seht Euch vor, Fürst Erwein«, warnte ihn Ardghal. »Die Worte, die Ihr wählt, könnten Euch einen hohen Preis kosten.«

»Oder Euch«, konterte der Mensch ungerührt.

»Denkt an den Treueid, den Ihr geschworen habt.«

»Das tue ich. Als Euer Vasall bin ich der Krone von Tirgas Lan zum Gehorsam verpflichtet – und die Krone hat umgekehrt dafür zu sorgen, dass ihren Untertanen Gerechtigkeit widerfährt, Hoheit, Elfen und Menschen gleichermaßen. Oder wollt Ihr das leugnen?«

»Keineswegs, Fürst«, antwortete Elidor kühl.

»Wie kommt es dann«, fuhr Erwein fort, »dass Menschen und Elfen nicht gleich sind für die Krone? Dürfte sich ein Mensch, der einen Elfen ermordet hat, vor einem Gericht der Menschen verantworten? Natürlich nicht. Man würde ihn vor den Lordrichter führen, und er wäre verurteilt, noch ehe die Verhandlung überhaupt begonnen hätte.«

»Das ist nicht wahr!«, erhob Ardghal entschieden Einspruch.

»Nein?« Erneut blitzte es in Erweins zu Schlitzen verengten Augen. »Dann beweist es und übergebt mir die Elfin, auf dass ich selbst über Iweins Mörderin richte. Eine Woche Bedenkzeit will ich Euch geben.«

»Ihr ... Ihr fordert mich heraus?«, fragte Elidor, fassungslos über so viel Unverschämtheit.

»Das tue ich«, bestätigte Erwein rundheraus. »Eine Woche lang werde ich Iwein betrauern. Dann jedoch werde ich zurückkehren, Hoheit, und Ihr werdet mir die Mörderin entweder ausliefern ...«

Er verstummte.

»Oder?«, fragte Elidor.

Trotz seines Zorns und seines Schmerzes vermied Erwein eine direkte Antwort, so klug war er. »Geht in Euch und überlegt, ob Ihr Euch Andaril zum Feind machen wollt«, sagte er nur, dann verließ er den Thronsaal mit seinem Gefolge, ohne auf seine Entlassung durch den König zu warten.

Betroffen blickte Elidor ihm nach.

Ihm war bewusst, dass dieser Augenblick den Wendepunkt seiner Herrschaft bedeuten konnte, dass alles auf dem Spiel stand, was seine Vorgänger weise und vorausschauend aufgebaut hatten. Dennoch sah er sich außerstande, Erweins Zorn zu besänftigen oder den Fürsten der Krone gegenüber zumindest wieder wohlwollend zu stimmen.

»Ardghal?«, fragte er, nachdem die Menschen den Thronsaal verlassen hatten, über dem sich die Palastkuppel spannte. Die kreisrunde Öffnung, die sich in der Mitte des Saals befand und von einer Balustrade umgeben war, gewährte jedem Besucher einen Blick in die Schatzkammer Tirgas Lans, die sich genau unter dem

Thronsaal befand. Doch wehe dem, der es gewagt hätte, sich am Besitz des Elfenkönigs zu vergreifen …

»Eine schwierige Situation, mein König«, gab der Berater seine Einschätzung kund. »Erwein könnte seinen Streit mit der Nachbarstadt Sundaril begraben und sich mit den anderen Menschenherrschern verbünden. Dann könnten sie gemeinsam gegen Tirgas Lan ziehen. Der Ausgang eines solchen Kriegs wäre unabsehbar.«

Als Schöngeist, der er nun einmal war, bereitete Elidor schon die Vorstellung klirrender Waffen Übelkeit. Es war schlimm genug, dass es überall im Reich immer wieder zu kleinen blutigen Streitigkeiten kam. Einen ausgewachsenen Krieg konnte und wollte er nicht verantworten.

»Was für Möglichkeiten haben wir, einen solchen Krieg zu verhindern?«, fragte er.

Ardghal tauschte einen Blick mit den anderen Beratern, die um den Thron versammelt waren, dann antwortete er: »Ich hatte vor, Erwein mit dem Amt eines außerordentlichen Schwertführers des Reiches zu betrauen, aber …«

»Ein außerordentlicher Schwertführer des Reiches?« Elidor hob die Brauen. »Ich wusste nicht, dass es ein solches Amt gibt.«

»Tut es auch nicht«, entgegnete der Berater schulterzuckend. »Es wäre eigens für Erwein geschaffen worden. Nach unserer bisherigen Erfahrung übersteigt seine Geltungssucht alles andere.«

»Außer der Liebe zu seinem jüngsten Sohn«, wandte Elidor resignierend ein.

»Oder seinem Verlangen nach Rache«, konsternierte Ardghal.

»Und … wenn wir es tun?«, fragte der König nach einer Weile.

»Was meint Ihr?«

»Wenn wir ihm geben, wonach er verlangt und ihm die Mörderin ausliefern? Sie ist eine Tochter der Ehrwürdigen Gärten, gewiss, aber sie hat unleugbar jene Freveltat begangen.«

»Hoheit sollten nicht einmal daran denken, diesen Schritt zu unternehmen«, riet Ardghal rundheraus ab. »Eine Elfin dem Beil eines Menschenhenkers zu überstellen, würde nicht nur Euer Ansehen bei den Söhnen und Töchtern Sigwyns unwiderruflich beschädigen. Die Menschen würden annehmen, dass sich der

Herrscher von Tirgas Lan von ihnen einschüchtern ließe und des Friedens willen erpressbar wäre – und das kann sich das Reich noch weniger leisten als einen Krieg.«

»Also bleibt keine Wahl?«, fragte Elidor, dessen ohnehin schon bleiches Gesicht noch um einige Nuancen blasser geworden war. »Wir können nur den Weg des Krieges beschreiten?«

»Ich fürchte, mein König«, antwortete Ardghal leise und so endgültig, dass es Elidor kalte Schauer über den Rücken jagte.

Den Ellbogen auf die Lehne des Elfenthrons gestützt, ließ der König seinen Kopf auf die geballte Faust niedersinken. Die andere Hand fuhr zur Krone Sigwyns auf seinem Haupt. Am liebsten hätte er sie abgelegt, um sich der Entscheidung zu entziehen, die unausweichlich vor ihm lag, hätte sich wieder der Musik und den anderen schönen Dingen des Lebens zugewandt, statt sich mit derlei Problemen herumzuschlagen. Aber er war der Herrscher, und kein anderer als er hatte darüber zu befinden, was geschehen musste.

»Mit Verlaub, mein König – es gibt noch eine andere Möglichkeit«, sagte plötzlich jemand neben ihm.

Überrascht blickte Elidor auf.

Der gesprochen hatte, war Palgyr, ein Zauberer und Angehöriger des Hohen Rates. Es war üblich, dass jeweils ein Abgesandter Shakaras den Amtsgeschäften des Königs beiwohnte, so wie es in den Reformen nach Sigwyns Tod festgelegt worden war. Für gewöhnlich hielten sich diese Abgesandten, die lediglich als Beobachter am Hofe weilten, um den Hohen Rat über die Vorgänge in Tirgas Lan zu informieren, im Hintergrund und mischten sich nur dann ein, wenn der König sie ausdrücklich dazu aufforderte oder die Situation es unumgänglich machte.

Elidor wusste nicht, ob er erleichtert oder bestürzt darüber sein sollte, dass der Zauberer das Wort ergriff. Zum einen hoffte er, die Hilfe zu erhalten, die er sich so sehnlich wünschte. Zum anderen bedeutete dies wohl, dass er dabei war, als König gänzlich zu versagen.

»Was willst du, Zauberer?«, schnarrte Ardghal unwillig. »Der König hat dich nicht um eine Stellungnahme gebeten.«

»Dessen bin ich mir bewusst, mein König«, sagte Palgyr an Elidor gewandt; den Berater ignorierte er geflissentlich. »Ich habe das

Wort auch nicht in meiner Eigenschaft als Abgesandter Shakaras ergriffen, sondern als treuer Untertan der Krone Tirgas Lans.«

Elidor hob die Brauen. »Also sprecht«, forderte er den Zauberer auf, und Palgyr drängte sich an den königlichen Beratern vorbei vor den Thron.

Er hatte hagere, von spärlichem grauem Haar und einem ebenso grauen Bart umrahmte Gesichtszüge, denen die scharfe Hakennase und die kleinen stechenden Augen etwas von einem Raubvogel verliehen. »In der Tat«, sagte er, »ist es eine prekäre Lage, in die man Euch gebracht hat, mein König.« Der Zauberer erwähnte nicht, wem er die Verantwortung dafür gab, aber die missmutigen Mienen Ardghals und der anderen Berater machten deutlich, dass sie sich angesprochen fühlten. »Auf den ersten Blick betrachtet, habt Ihr nur die Wahl: eine Auseinandersetzung zu führen, die niemand hier will, oder dem Ansehen der Krone nachhaltig zu schaden und so das Reich zu schwächen.«

»So ist es«, bestätigte Elidor.

»Falsch«, widersprach Palgyr. »Denn es gibt noch eine andere Möglichkeit. Eine, die weder Eurem Ansehen Schaden zufügen noch zu sinnlosem Blutvergießen führen wird.«

»Gerede!«, ging Ardghal unwirsch dazwischen. »Was sollte das für eine Möglichkeit sein?«

Wieder schien Palgyr den Berater gar nicht zur Kenntnis zu nehmen. »Wo kein Täter ist, gibt es auch keinen Kläger.«

»Was genau meint Ihr damit?«, fragte Elidor verwirrt.

»Fürst Erweins Zorn und sein Durst nach Rache richten sich auf die Elfin, die seinen Sohn ermordet hat, und er verlangt ihre Auslieferung. Aber was, wenn sie nicht mehr existiert? Wenn das Objekt seiner Rachsucht nicht mehr greifbar wäre?«

»I-Ihr meint ...?«, fragte Elidor stockend; das Unaussprechliche wollte ihm nicht über die Lippen.

»Nein, das nicht.« Palgyr schüttelte den Kopf. »Würden wir so unsere Probleme lösen, wären wir kaum besser als die Menschen, die wir so gern der Barbarei bezichtigen, nicht wahr?«

»Was schlägst du dann vor?«, verlangte Ardghal zu wissen.

»Die Täterin«, erwiderte der Zauberer rundheraus, »müsste entkommen. Sie müsste zu einem Ort fliehen, wo sie niemand finden kann und sie vor den Nachstellungen der Menschen sicher wäre. Erwein würden wir sagen, dass die Mörderin trotz aller Vorsichtsmaßnahmen geflohen und unauffindbar wäre.«

»Erwein ist kein Narr«, wandte Ardghal ein. »Er würde diese Lüge sofort durchschauen.«

»Das würde er zweifellos«, gestand Palgyr ein. »Aber was weiter? Er würde uns der Lüge bezichtigen, aber ohne Beweise ist so eine Anschuldigung wertlos. Allein mit dieser Behauptung würde er sicherlich keinen Rückhalt bei den anderen Städten und Stammesfürsten finden, und ohne die kann er keinen Angriff gegen Tirgas Lan führen. Der Fürst von Andaril wird also erwägen müssen, was ihm wichtiger ist – seine eigene Machtposition oder die Rache für den Tod seines Sohnes. Und ich glaube zu wissen, wie seine Wahl ausfallen wird.«

»Ach, das glaubst du!«, sagte Ardghal. »Und was, wenn du dich irrst? Es steht viel auf dem Spiel, Zauberer.«

»Nicht mehr als ohnehin schon«, entgegnete Palgyr. »Mit dem Unterschied, dass mein Plan zumindest die Möglichkeit einer friedlichen Lösung bietet.«

»Dein Vorhaben beruht allein auf Mutmaßungen und Spekulationen«, hielt Ardghal dagegen. »Was ist, wenn Erwein ganz anders reagiert, als du vorherzusagen glaubst? Was ist, wenn ihn die anderen Menschenfürsten auch ohne Beweise unterstützen, weil sie unsere List durchschauen?«

»Ich kenne die Menschen genau«, behauptete der Zauberer. »Ihr Handeln ist leicht vorauszusagen. Auch für sie steht zu viel auf dem Spiel. Wenn sie ihre eigenen Rechte nicht gefährdet sehen, gehen sie ein solches Risiko nicht ein.«

»Die Menschen sind wankelmütig! Heute entscheiden sie so, morgen ganz anders. Man kann ihr Handeln nicht voraussehen!«

»Ich behaupte es zu können!«, sagte Palgyr überzeugt.

»Und wenn du dich irrst, bedeutet es unseren Untergang!«

»Schweigt!«, gebot Elidor, worauf der Berater zwar verstummte, jedoch laut nach Luft schnappte. Es war das erste Mal, dass der König ihm das Wort verbot. Und es war das erste Mal, dass der Elfenherrscher auf jemand anderen hörte.

»Meister Palgyr hat recht«, ergriff Elidor für den Zauberer Partei. »Ihr habt mich vor eine Wahl gestellt, die ich unmöglich treffen kann. Palgyrs Vorschlag jedoch birgt die Hoffnung auf Frieden. Wollt Ihr das bestreiten?«

»Nun … äh … nein«, kam Ardghal nicht umhin zuzugeben. »Aber bedenkt, Hoheit: Der Orden von Shakara versucht vielleicht, auf diese Weise seinen Einfluss am Hofe auszuweiten.«

»Keineswegs«, beteuerte Palgyr. »Wie ich schon sagte: Ich spreche nicht in meiner Eigenschaft als Gesandter des Hohen Rates, sondern um Blutvergießen zu vermeiden. Wenn Ihr es wünscht, wird der Rat niemals erfahren, dass diese Unterredung stattgefunden hat.«

»Ihr würdet den Eid brechen, den Ihr als Mitglied des Rates geleistet habt?«

»Meinen Eid«, stellte Palgyr klar, »habe ich auf Tirgas Lan geschworen. Ich habe gelobt, meine Kräfte zum Wohle des Reiches einzusetzen, und nichts anderes habe ich im Sinn. Wie werdet Ihr Euch also entscheiden, mein König?«

Elidor hielt dem fragenden Blick des Zauberers nicht stand. »Fürst Ardghal?«, wandte er sich an seinen Berater.

»Mir ist nicht wohl dabei, Hoheit«, bekundete dieser.

»Aber haben wir eine Wahl?«, hielt ein anderer dagegen. »Wir wollen keinen Krieg mit den Menschen, aber wir können ihnen auch keine Tochter Sigwyns ausliefern. Der Vorschlag des Zauberers ist der einzig gangbare Weg.«

»Also gut«, sagte Elidor und seufzte laut. »Wir nehmen den Vorschlag des Zauberers an.«

»Eine kluge Entscheidung, mein König«, sagte Palgyr. »Schon in wenigen Stunden wird dieses Problem gelöst sein.«

»Wie wollt Ihr das bewerkstelligen?«

»Das lasst meine Sorge sein, Hoheit. Nur brauche ich freie Hand.«

»Die habt Ihr.«

»Auch gegenüber dem Lordrichter?«

»Gewährt«, sagte Elidor, noch ehe Ardghal etwas einwenden konnte.

»Gut«, sagte Palgyr nur, und ein rätselhaftes Lächeln spielte um seine Lippen.

7. TROBWYN

Die Kerkerzelle war eng und dunkel, und Alannah hatte das Gefühl, dass die Wände immer noch mehr zusammenrückten.

Sie vermochte nicht zu sagen, wie viel Zeit vergangen war, seit der Lordrichter ihre Zelle verlassen hatte. Mangon hatte deutlich gemacht, dass er sie für schuldig hielt, und mit ihrer Aussage hatte sie seine Meinung nicht ändern können. Im Gegenteil, sie hatte die Tat im Grunde gestanden, nur hatte sie ihren Hergang völlig unglaubwürdig geschildert. Obwohl sie mit keinem einzigen Wort gelogen hatte; alles war genau so geschehen, wie sie es berichtet hatte.

Wieder sah sie den durchbohrten Leichnam vor sich liegen. Die Kleidung des Jünglings war blutbesudelt, seine leblosen Augen weit aufgerissen. Hilflos hatte Alannah vor ihm gestanden und ihn angestarrt, und erst allmählich war die Erkenntnis in ihr Bewusstsein gesickert, dass keine andere als sie selbst diese furchtbare Tat begangen hatte. Die Waffe, mit der sie unwillentlich das Unvorstellbare getan hatte, war unter der wärmenden Sonne geschmolzen und mit dem Blut im Gras versickert. Dann endlich hatte Alannah voller Verzweiflung um Hilfe gerufen.

Von allen Seiten waren sie herbeigeeilt, die anderen Kinder der Ehrwürdigen Gärten, und Bestürzung hatte um sich gegriffen, denn gleich zwei Tabus waren an jenem Tag gebrochen worden: Zum einen hatte zum ersten Mal ein Mensch den geheiligten Ort im Herzen Tirgas Lans betreten, zum anderen war erstmals Blut vergossen worden innerhalb der Weißen Mauern – und Alannah trug die Schuld daran.

Der Lordrichter hatte ihr klargemacht, dass sie sich für ihr Vergehen würde verantworten müssen. Es stand zu viel auf dem Spiel, denn der Friede zwischen Elfen und Menschen war in Gefahr. Dass der Jüngling, dessen Namen Alannah noch nicht einmal kannte, seinerseits einen Frevel begangen und in eine geheiligte Stätte des Elfenvolks eingedrungen war, schien niemanden mehr zu kümmern. Man wollte die angebliche Mörderin bestraft sehen – und Alannah wurde das dumpfe Gefühl nicht los, dass es dafür auch noch andere Gründe gab.

Ihr Volk weilte schon so lange in Erdwelt, dass es sich als einen Teil davon betrachtete, anders als die Menschen oder die Zwerge, die man in der Elfensprache nur als *gystai* bezeichnete, als geduldete Gäste. In dieser langen Zeitspanne hatten die Elfen gelernt, niederer Gewalt zu entsagen, und es gab nicht wenige, die behaupteten, Glyndyrs Volk stünde kurz davor, auf eine andere, höhere Bewusstseinsebene zu wechseln, um im Einswerden mit der Natur seine höchste Erfüllung zu finden. Lyrik, Musik und alles Schöngeistige dienten dazu, die Seele zu erheben und die Elfen auf eine höhere Form des Seins vorzubereiten, wohingegen jede Art von Gewalt, sei sie körperlicher oder seelischer Natur, einen Rückschritt bedeutete und daher verpönt und geächtet war. Manche vertraten gar die ehrgeizige Auffassung, dass die Elfen – im Gegensatz zu Menschen und Zwergen – zu solch niederen Taten überhaupt schon nicht mehr fähig wären.

Alannah jedoch hatte das Gegenteil bewiesen. Der Zwischenfall in den Ehrwürdigen Gärten hatte gezeigt, dass auch eine Tochter des Elfengeschlechts in der Lage war, ein wehrloses Geschöpf zu töten, und er strafte jene Lügen, die behauptet hatten, die Vollendung des Elfenstammes stünde bereits unmittelbar bevor.

Dies, nahm Alannah an, war der eigentliche Grund dafür, dass ihre Verurteilung und Bestrafung bereits beschlossen waren. Man wollte sich von ihr abgrenzen, wollte die ruchlose Mörderin möglichst rasch loswerden und sich und aller Welt beweisen, dass sie nur eine Ausnahme darstellte und alle übrigen Söhne und Töchter Sigwyns anders waren als sie. Die Frage war nicht, *ob* man Alannah verurteilen würde, sondern nur noch, wie die Bestrafung ausfallen würde.

Der Gang zum Henker – ein Berufsstand, der sich in den Menschenstädten einer außergewöhnlich guten Auftragslage erfreute – verbot sich selbstredend. Wahrscheinlich, so nahm Alannah an, würde sie verbannt werden, ausgeschlossen aus den Ehrwürdigen Gärten und vertrieben aus Tirgas Lan. Unter den Menschen jedoch würde sie vogelfrei sein, und vermutlich würde es nicht lange dauern, bis irgendein grobschlächtiger Barbar, dessen rohen Körperkräften sie nichts entgegenzusetzen hatte, über sie herfallen würde und …

Alannah fuhr aus ihren Gedanken auf, als erneut die Zellentür geöffnet wurde. Quietschend schwang sie auf, aber wider Erwarten war es nicht der strenge Lordrichter, der auf der Schwelle stand, sondern – zu Alannahs Überraschung – eine Frau.

Sie war groß und schlank und trug eine lange purpurfarbene Robe, die ihr bis zu den Knöcheln reichte. In der Hand hielt sie einen langen Stab, dessen oberes Ende oval geformt war und eine Öffnung bildete, in die ein kleiner Kristall eingesetzt war. Das blaue Leuchten, das von ihm ausging, erhellte die Kerkerzelle. Während sich Alannahs Augen noch den veränderten Lichtverhältnissen anpassten, schlug die Besucherin die Kapuze zurück, sodass ihr Gesicht, dessen obere Hälfte zunächst bedeckt gewesen war, gänzlich sichtbar wurde.

Alannah hielt den Atem an.

Denn noch nie zuvor in ihrem Leben, nicht einmal unter den Kindern der Ehrwürdigen Gärten, war sie solcher Schönheit begegnet.

Der Teint der Fremden war dunkler als bei den meisten Elfinnen, die Haut aber glatt und makellos. Volle Lippen formten einen sinnlichen Mund, die Nase war schmal und gerade, und das Gesicht mit den hohen Wangenknochen war insgesamt so ebenmäßig, dass man es als *dyrfraida* bezeichnen musste, als in jeder Hinsicht vollkommen. Zusammen mit den schmalen, strahlend blauen Augen, deren Blick fast hypnotisch war, bildeten sie jenen Ausdruck perfekter Harmonie, nach dem Künstler oft vergeblich suchten. Das gelockte Haar der Fremden, das offen auf ihre Schultern fiel, war pechschwarz.

»Bist du überrascht?«, fragte die Besucherin, die Alannahs Gesichtsausdruck richtig deutete. Ihre Stimme war seidenweich.

»Ein wenig«, gestand Alannah. Sie gab dem jähen Drang nach, den sie verspürte, sich vor der Unbekannten zu erheben, die ungleich größere Würde und Autorität ausstrahlte als der Lordrichter. »Offen gestanden hatte ich jemand anderen erwartet.«

»Mangon«, riet die Fremde.

Alannah nickte.

»Er wird dich nicht mehr aufsuchen, mein Kind.«

»Warum nicht?«

»Der Fall wurde ihm entzogen«, antwortete die Unbekannte rätselhaft. »Was für ein trister Ort«, fügte sie hinzu, während sie sich in der Zelle missbilligend umsah.

»Das … ist wohl wahr«, sagte Alannah leise.

»Du solltest nicht hier sein, Tochter. Es ist nicht deine Bestimmung, auf dem Altar politischer Ränke geopfert zu werden. Doch genau darum geht es hier.«

»Wenn Ihr es sagt, *dun'ra*«, erwiderte Alannah, die respektvolle Anrede gebrauchend, und senkte das Haupt.

»Du hast jemanden getötet«, stellte die Besucherin fest.

»Das ist wahr.«

»Auf welche Weise?«

»Das … weiß ich nicht genau. Und es spielt wohl auch keine Rolle mehr. Lordrichter Mangon ist der Ansicht, allein das Ergebnis einer Tat wäre entscheidend.«

»Lordrichter Mangon«, sagte die Besucherin, »ist ein überaus kluger Mann …«

»Ich weiß, *dun'ra*«, sagte Alannah kleinlaut.

»… klug genug, um seine eigenen Grenzen zu erkennen«, fuhr die Unbekannte fort, und als Alannah überrascht den Blick hob, sah sie den Anflug eines Lächelns auf den anmutigen Zügen.

»W-wer seid Ihr?«, erkundigte sie sich zaghaft.

»Mein Name ist Riwanon, Ordensmeisterin und Mitglied des Hohen Rates von Tirgas Lan.«

»I-Ihr seid eine Zauberin?«

»Ganz recht, mein Kind«, bestätigte die Besucherin.

Daraufhin sank Alannah ehrerbietig auf die Knie. Wie allen anderen Kindern, die in der Obhut der Ehrwürdigen Gärten heranwuchsen, hatte man auch ihr beigebracht, den Mitgliedern des Hohen Rates den gleichen Respekt zu erweisen wie dem König selbst und ihnen stets in tiefer Dankbarkeit zu begegnen. Denn ohne den Rat und seine magischen Kräfte hätte das Reich schon vor langer Zeit zu existieren aufgehört, und die Welt wäre in Dunkelheit versunken.

»Wie ist dein Name, Kind?«, wollte Riwanon wissen.

»A-Alannah.«

»Wer sind deine Eltern?«

»Ich habe keine. Solange ich zurückdenken kann, bin ich ein Kind der Ehrwürdigen Gärten. In ihrer Obhut wuchs ich auf.«

»Ich verstehe. Nun, Alannah – weißt du, was man über die Kinder der Ehrwürdigen Gärten sagt?«

»Was, *dun'ra*?«

»Wie es heißt, haben manche von ihnen – besonders jene, die von Geburt an in der Obhut der Gärten leben – besondere Fähigkeiten.«

»Besondere Fähigkeiten?«, fragte Alannah ungläubig. »Was wollt Ihr damit sagen?«

»Nun«, erwiderte Riwanon, »ich will damit sagen, dass das, was dir widerfahren ist, möglicherweise mit dieser Fähigkeit zu tun hat, die zu kontrollieren du lernen solltest. Der Tod des Menschen war ein Unfall, der …«

Weiter kam Riwanon nicht, da sie unterbrochen wurde.

Lächerlich. Einfach lächerlich, sagte plötzlich jemand – und das, zu Alannahs größter Verblüffung, nicht etwa laut, sondern lediglich in ihrem Kopf, sodass sie sich schon einen Augenblick später fragte, ob ihr verwirrter Geist ihr nur einen Streich gespielt hatte.

»Das ist nicht recht, Níobe«, rügte Riwanon streng. »Du darfst nicht über sie urteilen, ehe wir sie nicht angehört haben.«

Was gibt es da noch anzuhören?, maulte die Stimme, die nicht nur in Alannahs Kopf zu sein schien, sondern offenbar auch von der Zauberin vernommen wurde. *Was ich bislang mitbekommen habe, genügt mir voll und ganz!*

Über Riwanons rechter Schulter tauchte plötzlich das eigenartigste Wesen auf, das Alannah je gesehen hatte. Gehört hatte sie allerdings schon von ihnen, aber es war das erste Mal, dass sie einen zu Gesicht bekam.

Es war ein Kobold.

Oder um genau zu sein: eine Koboldfrau, wie Alannah an der Oberweite und dem langen goldblonden Haar feststellte, das unter dem umgedrehten Blütenkelch hervorwallte, der dem eigentümlichen Wesen als Kopfbedeckung diente.

Alannah erinnerte sich, dass Kobolde häufig die Begleiter von Zauberern waren. Man bekam sie selten zu sehen, aber angeblich nannte jeder Magier – zumindest aber jeder Ordensmeister – einen solch kleinwüchsigen Helfer sein Eigen, der ihm mit Rat und Tat zur Seite stand und sich mit ihm – Alannah erinnerte sich, auch davon gehört zu haben – kraft seiner Gedanken verständigte. Zwar hatte die junge Elfin dies immer nur für eine Legende gehalten, doch offenbar entsprach es der Wahrheit.

Die Koboldin war nur etwa eine Elle groß; ihre Kleidung bestand aus einem aus immergrünen Blättern gefertigten Kleid und besagtem Hut, ein leuchtend gelber Kelch von einer Alannah unbekannten Orchideenart. In ihrem sommersprossigen Gesicht, dessen Backen so ausgeprägt waren, dass man die kleinen Augen darüber kaum sehen konnte, prangte ein spitzes Näschen, darunter war der Mund missbilligend verzogen. Die Fäustchen der dünnen Arme hatte das Wesen entrüstet in die Hüften gestemmt, während es Alannah von Kopf bis Fuß musterte.

Tut mir leid, Herrin, meinte es dann, ohne die Lippen zu bewegen. *Eine besondere Begabung kann ich nicht erkennen – schon viel eher ein besonders ausgeprägtes Maß an Dummheit.*

»Wie darf ich das verstehen, Níobe?«, erkundigte sich die Zauberin ruhig. »Glaubst du dem Mädchen etwa nicht?«

Natürlich nicht, antwortete die Wichtin. *Sieh sie dir doch nur mal an! Zaundürr und kreidebleich im Gesicht. Und dann dieses blasse, fast weiße Haar …*

»Was hat denn mein Haar damit zu tun?«, fragte Alannah empört. Einen Augenblick lang kam es ihr ziemlich seltsam vor, sich mit einem Wesen zu unterhalten, das ihr kaum bis zu den Knien reichte und noch dazu beim Sprechen den Mund nicht benutzte.

Aber dieses Gefühl verflog schlagartig, als Níobe ihr eine geharnischte Erwiderung an oder vielmehr *in* den Kopf warf.

Was dein Haar damit zu tun hat? Das will ich dir sagen!, blaffte das kleine Wesen und sprang von der Schulter seiner Meisterin auf den Boden, wo es empört auf- und abhüpfte. *Jeder weiß, dass das Haar einer blonden Frau goldfarben sein soll! Nicht nur, dass das schöner anzusehen ist, es ist auch allgemein bekannt, dass goldblonde Frauen klüger sind. Ein Goldschopf wäre niemals so dämlich, einen Menschen zu erstechen, und vor allem nicht, sich dann auch noch erwischen zu lassen!*

»A-aber ich habe mich nicht erwischen lassen«, verteidigte sich Alannah. »Ich habe um Hilfe gerufen!«

Nachdem du die Tat begangen hattest? Hältst du das für sehr intelligent?, fragte die Koboldin. *Der freche Mensch hat dich angegafft. Er war widerrechtlich in die Ehrwürdigen Gärten eingedrungen und hatte den Tod verdient!*

»Das ist nicht wahr!«

Warum nicht?

»Kein Wesen hat den Tod verdient. Es gibt kein Verbrechen, das den Tod rechtfertigt!«

Ist das deine Überzeugung?

»Natürlich. Und jetzt fort mit dir, Kobold, ehe ich dich …«

Willst du mir etwa drohen? Die ohnehin schon schmalen Augen des Wesens hatten sich zu winzigen Schlitzen verengt. *Das solltest du hübsch bleiben lassen, Weißkopf, weil ich dir nämlich sonst die Augen auskratze!*

Tatsächlich war zu sehen, wie aus den schlanken Fingerchen plötzlich spitze Krallen wuchsen, und auch im kleinen Mund der Koboldin zeigten sich auf einmal zwei Reihen messerscharfer Zähne.

Alannah hatte während der vergangenen Tage viel erduldet. Ohne es zu wollen, war sie zum Mordwerkzeug geworden, man hatte sie verhaftet und in dieses finstere Loch gesteckt und sie eines Verbrechens beschuldigt, das sie nie hatte begehen wollen. Und als wäre dies alles noch nicht genug, trat nun auch noch ein zeternder Blumenknilch auf, der ihr vor Augen führen wollte, wie unendlich töricht sie angeblich war, und der sie dann auch noch bedrohte.

So nicht!

In einem impulsiven Ausbruch sprang Alannah auf, riss die Hände empor, die anders als ihre Füße nicht in Ketten lagen, und noch ehe sie recht begriff, was sie da tat, geschah es abermals.

Kälte befiel sie, ein eisiger Schauer, der sich in ihrem Innersten wie eine Faust zusammenballte – und wie an jenem dunklen Tag in den Ehrwürdigen Gärten schoss plötzlich ein Speer aus Eis aus Alannahs Händen, geradewegs auf den Kobold zu.

»Nein«, schrie die Elfin noch im selben Moment, als ihr klar wurde, was sie da tat – aber es war bereits zu spät.

Der Eisspeer war verschleudert und hätte Níobe durchbohrt, doch als stieße er auf ein unsichtbares Hindernis, zersplitterte er in unzählige Bruchstücke, die rings um die Koboldin zu Boden prasselten und im nächsten Moment zu Wasser wurden.

Níobe hatte zu hüpfen aufgehört.

Mit großen Augen stand sie da und starrte an Alannah empor.

Ups.

Alannah nahm es nur am Rande wahr. Entsetzt blickte sie auf ihre Hände, die einmal mehr etwas getan hatten, was sie nicht *wirklich* gewollt hatte noch recht begreifen konnte, auch wenn es ihr nun schon zum zweiten Mal passiert war.

»Verzeih mir«, flüsterte sie und sank erneut auf die Knie, diesmal um sich zu vergewissern, dass der Koboldin auch wirklich nichts geschehen war. »Das – das wollte ich nicht, bitte glaub mir …«

»Sie glaubt dir«, erklärte Riwanon, »ebenso wie ich. Und natürlich verzeiht sie dir.«

Tue ich das?

»Allerdings«, sagte die Zauberin in einem Tonfall, dem auch Níobe nicht mehr zu widersprechen wagte. »Im Grunde sind wir es, die sich entschuldigen müssen, mein Kind«, sagte sie dann zu Alannah. »Wir haben dich provoziert.«

Alannah, die vor Entsetzen über sich selbst noch immer nicht klar denken konnte, schüttelte heftig den Kopf. »Nur mich trifft die Schuld. Ich allein habe …« Sie verstummte, als ihr klar wurde, was Riwanon gerade gesagt hatte. »I-Ihr habt mich provoziert?«

»Ganz recht.« Die Zauberin nickte.

»Dann … habt Ihr damit gerechnet, dass etwas Derartiges geschehen würde?«, fragte Alannah fassungslos.

»Mehr noch, mein Kind – wir haben es herausgefordert.«

»Aber … wieso? Was habt Ihr davon?«

»Wir wollten wissen, woran wir bei dir sind.«

»Und nun wisst Ihr es?«

»Allerdings.«

»Dann verratet mir, was das zu bedeuten hat«, bat Alannah leise, fast flehend. »Was geschieht mit mir?«

Die Zauberin lächelte, als wollte sie der Dramatik des Augenblicks spotten. »Was dir widerfahren ist, mein Kind, wird unter uns Zauberern *reghas* genannt. Es ist eine Gabe, die du vom Schicksal erhalten hast.«

»Eine Gabe?« Alannah lachte freudlos auf. »Wohl eher ein Fluch.«

»Was du daraus machst, ist dir überlassen, denn auch ein freier Wille wurde dir gegeben«, entgegnete Riwanon. »Aber wisse, dass jeder, der dem Orden der Zauberer angehört, über eine solche Gabe verfügt. Es ist die Voraussetzung, um als Novize in die Ordensburg von Shakara aufgenommen zu werden. Wusstest du das?«

»Nein.« Alannah schüttelte den Kopf.

»Über eine solche Gabe zu verfügen, die wir kraft unserer Gedanken einsetzen können und die die Fähigkeiten eines gewöhnlichen Wesens bei Weitem übersteigt, bedeutet große Macht und damit auch Verantwortung. Bisweilen ist sie eine Bürde, aber wir helfen uns gegenseitig dabei, sie zu tragen. Die Frage ist, mein Kind, ob du dies möchtest – oder ob du in Zukunft auf dich allein gestellt sein willst.«

»Was genau bietet Ihr mir da an, *dun'ra*?«

»Ich biete dir an, mich zu begleiten.«

»Wohin?«

»In die Ordensburg nach Shakara, wo du als Novizin dem Bund der Zauberer beitreten wirst.«

»Ich? Eine Zauberin?«

»Der Gedanke erscheint dir abwegig?«

»Allerdings.«

»Dann denke an das, was du getan hast. Dieses Eis ist deinen Händen nicht aus Zufall entsprungen, Alannah. Die Vorsehung hat dir die Kraft dazu gegeben.«

»Die Vorsehung? Aber ich habe jemanden getötet ...«

»Hat jemand eine solche Gabe und ist nicht imstande, sie zu kontrollieren, kann er damit furchtbaren Schaden anrichten, denn dann gehorcht sie den dunklen Stimmen, die in jedem von uns sprechen und die wir als Zorn, Hass und Furcht kennen. Dies wollte ich dir zeigen, deshalb hatte ich Níobe gebeten, dich herauszufordern.«

Alannah blickte auf ihre Hände. »Und wenn ich diese Gabe gar nicht will? Wenn ich sie nur rasch wieder loswerden möchte?«

»Es gibt keinen Weg, sich ihrer auf Dauer zu entledigen. Man könnte versuchen, sie erlöschen zu lassen, dir die Erinnerung daran zu nehmen – aber irgendwann würde sie zurückkehren. Du musst dich deiner Gabe stellen, Alannah. In Shakara wirst du lernen, mit ihr zu leben und sie zum Nutzen aller einzusetzen.«

»Und ... die Ehrwürdigen Gärten?«

»Die Gärten musst du nach allem, was geschehen ist, ohnehin verlassen«, antwortete die Zauberin hart, »hier ist kein Platz mehr für dich. Aber ich biete dir ein Leben in Gemeinschaft und unter Gleichgesinnten, wohingegen du ausgestoßen und auf dich gestellt wärst, entschiedest du dich gegen meinen Vorschlag. Natürlich liegt es bei dir – aber bedenke, dass es auf der ganzen Welt kein einsameres Wesen gibt als jenes, dessen Fähigkeiten größer sind als die der anderen. Man wird dich meiden und hassen.«

»Und was wird Lordrichter Mangon dazu sagen?«, fragte Alannah. »Er will, dass ich bestraft werde ...«

»Folgst du mir nach Shakara, wirst du ihn nie wiedersehen.«

»Wie ist das möglich?«, fragte Alannah, die sich diesen Gesinnungswandel nicht erklären konnte. Hatte der Lordrichter bei seinem Besuch nicht überdeutlich gemacht, dass der Friede mit den Menschen durch sie bedroht sei und man dieses Risiko nicht eingehen konnte?

»Ein Vorteil, wenn man dem Orden der Zauberer angehört«, erklärte Riwanon, deren Lächeln noch ein wenig breiter wurde. »Wir helfen uns gegenseitig.«

»Was ist Eure Gabe?«, wollte Alannah wissen und legte fragend den Kopf schief. Sie ahnte, dass ein Zusammenhang mit Lordrichter Mangons plötzlichem Meinungswandel bestand.

»Wie alle Ordensmeister habe auch ich meinen Namen nach meinen Fähigkeiten erhalten«, erwiderte die Zauberin. »Aus diesem Grund nennt man mich ›Riwanon‹, was ›Netz der Schönheit‹ bedeutet – und in diesem Netz hat sich der gute Mangon wohl verfangen.«

Alannah stand vor Staunen der Mund offen. Hatte die Zauberin tatsächlich Gefühle in dem hartherzigen Lordrichter wecken können, der bisher immer als unbestechlich und mitleidlos gegolten hatte? Noch immer wusste sie nicht, was sie von alldem halten sollte. Aber was geschehen war, ließ sich nicht mehr rückgängig machen. Die Pforten der Ehrwürdigen Gärten hatten sich unwiderruflich hinter ihr geschlossen, dafür hatte sich ihr ein anderes Tor geöffnet. Es mochte an einen fernen, unbekannten Ort führen, aber immerhin hatte Alannah dort eine Zukunft, wohingegen sie in Tirgas Lan nur Schande und Vertreibung erwarteten.

Die Wahl fiel nicht schwer …

»In Ordnung«, willigte sie daher ein, »ich will es tun. Ich will Euch nach Shakara begleiten und eine Novizin des Ordens werden.«

»Freut mich, das zu hören«, sagte Riwanon, die offenbar keinen Augenblick daran gezweifelt hatte, wie Alannah sich entscheiden würde.

Mich freut es nicht, aber mich fragt ja niemand, tönte es in Alannahs Kopf.

»Verzeih, Níobe, ich wollte dich nicht übergehen«, sagte Alannah schnell. »Was vorhin passiert ist, tut mir wirklich leid. Meinst du, wir können vielleicht Freundinnen werden?«

Die Koboldin schaute zu ihr auf, das Näschen gerümpft, die Backen empört gebläht.

Nö, antwortete sie.

»Nein? Warum nicht?«

Weil du die falsche Haarfarbe hast, deshalb …

8. LITHAIRT'Y'SHAKARA

Die Reise war zu Ende.

Nach langer Pilgerschaft, die ihn immer weiter nach Norden geführt hatte, durch die Ebene von Scaria und die ausgedehnten Wälder, die sich zwischen Schwarzgebirge und Zwergenreich erstreckten, und über die steilen Pässe des Nordwalls, hatte Aldur endlich die Weiten der Eiswüste erreicht.

Hier lag der Ort, an dem sich sein Schicksal erfüllen sollte. Schon bald, sagte er sich, würde seine Ausbildung vollendet sein, und er würde die Nachfolge all jener antreten, die vor ihm die Wege der Magie beschritten hatten. Der Gedanke machte ihn unsagbar stolz.

So schwer es ihm zunächst gefallen war, die vertraute Umgebung zu verlassen, so sehr hatte er inzwischen Gefallen an der Fremde gefunden. Von innen betrachtet, war ihm der väterliche Hain stets wie ein schützender Hort erschienen, dessen Mauern aus dichtem Geäst ihn in all den Jahren beschützt hatten; von außen jedoch kam er ihm wie ein Gefängnis vor, und er war froh, ihn hinter sich gelassen zu haben.

Aldurs Vater war niemals müde geworden, ihm einzuschärfen, dass sein bisheriges Leben lediglich als Vorbereitung auf das gedient hatte, was nun folgen würde. Weshalb also sollte Aldur auch nur ein einziges Mal zurückblicken, da es nun endlich so weit war?

Breitbeinig, mit vor der Brust verschränkten Armen, stand er auf dem Vordeck des Schiffs, das mit atemberaubender Geschwindigkeit durch die Eiswüste schnitt, ohne dass der Kiel den Schnee je berührte; denn das keilförmige Gefährt, an dessen Bug sich ein kunstvoll gearbeiteter Schwan als Galionsfigur erhob und dessen steil aufragendes Deck die Quartiere der Passagiere und Mannschaften barg, ruhte auf drei langen, schmalen Kufen, auf denen es beinahe lautlos dahinglitt. Zu hören war nur das Knarren der Wanten und Segel, die sich unter dem rauen Nordwind blähten und den Eissegler unaufhaltsam seinem Ziel entgegentrieben.

Obwohl die Fahrt durch die Weiten der *yngaia* vergleichsweise wenig Zeit in Anspruch nahm, schien sie Aldur gar kein Ende nehmen zu wollen. Stundenlang stand er vorn am Bug und blickte ungeduldig nach Norden, sah jedoch nichts als die endlos scheinende Weite der Weißen Wüste, die nur hin und wieder von steil aufragenden Eisnadeln durchbrochen wurde. Die Luft war so kalt, dass der Atem fast gefror, dabei aber kristallklar. Die letzten Nebelfetzen waren am Fuß des Nordwalls zurückgeblieben, die Eiswüste selbst zeigte sich als blendend weiße Fläche, die sich nach allen Seiten hin scharf gegen den immergrauen Himmel abgrenzte.

Je weiter es nach Norden ging, desto weniger Macht hatte die Nacht über den Tag; nur wenige Stunden währte die Dunkelheit, dann konnte der Eissegler seinen Weg schon wieder fortsetzen. Und endlich, als Aldur aus seiner Kajüte trat, um den neuen Tag zu begrüßen, erblickte er in der Ferne, worauf er die ganze Zeit über so ungeduldig gewartet hatte.

Shakara.

Dieser Augenblick, da die Ordensburg in der Ferne auftauchte und er jenen Ort, den er bislang nur aus Erzählungen kannte, zum ersten Mal mit eigenen Augen sah, würde ihm für immer unvergesslich bleiben, davon war Aldur überzeugt.

Stolz und erhaben hob sich die Eisfestung gegen das Grau des Himmels ab, ein trutziges Bollwerk inmitten der Schneewüste, umgeben von Eisnadeln, die die Ordensburg wie stumme Wächter umgaben. Die Festung selbst mutete auf den ersten Blick wie ein riesiger zerklüfteter Eisberg an; wer sich ihr jedoch näherte, der erkannte, dass sie aus glitzernden Mauern und blendend weißen, von Zinnen gekrönten Türmen mit schmalen Fenstern bestand. Am auffälligsten war die Flamme, die auf dem höchsten Punkt der Zitadelle loderte und blaues Licht verbreitete. Sie war das Symbol des Ordens und stand für jene hohe Kunst, die im ehrwürdigen Shakara gelehrt und betrieben wurde.

Magie …

Weder erhielt die Flamme Nahrung, noch stiegen von ihr Rauch oder Hitze auf. Zauberkraft war es, die sie nährte, jene Energie, die den Elfenkristallen innewohnte und die ihnen nur die Weisen zu entlocken vermochten. Schon von Weitem wies die Wächterflamme jenen, die nach Shakara gelangen wollten, den Weg – und schreckte zugleich jene ab, die sich der Festung in unlauterer Absicht näherten.

Und das seit Jahrtausenden.

Noch nicht einmal während des Großen Krieges, als das Heer der Orks über Erdwelt hergefallen war und Margok versucht hatte, die Elfenkrone an sich zu reißen, war Shakara Ziel eines Angriffs gewesen; selbst der Dunkelelf hatte es nicht gewagt, seine frevlerischen Klauen nach jener geweihten Stätte auszustrecken, die die Heimat so vieler Helden des Goldenen Zeitalters gewesen war.

Auch die wenigen Menschen, die die Eiswüste bevölkerten und die, anders als ihre Artgenossen aus dem Süden, noch immer wenig mehr als Tiere waren, wagten es nicht, der Festung zu nahe zu kommen; die Eisbarbaren glaubten, dass Shakara die Heimat höherer Wesen sei, was in gewisser Weise ja der Wahrheit entsprach. Schon die Eissegler, mit denen die Elfen die *yngaia* zu durchfahren pflegten, waren für diese Kreaturen mit ihrem schlichten Verstand Wunderwerke. Unvorstellbar, dass sie jemals lernen könnten, selbst damit umzugehen, oder dass je auch nur einer von ihnen seinen frevlerischen Fuß in die Ordensburg setzen könnte. Wer behauptete, dass die Menschen den Elfen ähnlich oder gar ebenbürtig wären, der brauchte sich nur diese Primitiven anzusehen, um eines Besseren belehrt zu werden.

Dies war Aldurs innerste Überzeugung.

Zudem war er der Auffassung, vom Schicksal auserwählt zu sein, ein Erleuchteter unter Erdwelts Kreaturen. Sein Leben lang hatte man ihm klargemacht, wie außergewöhnlich er doch sei und wie einzigartig seine Begabung, und er war bereit und willens, endlich die Früchte dieser besonderen Segnung zu ernten. Er stellte sich vor, wie man ihn in Shakara empfangen, wie man die große Pforte für ihn öffnen und ihn in allen Ehren willkommen heißen würde, so wie es sich für den Sohn eines verdienten Magiers geziemte.

Was das betraf, erlebte der junge Elf jedoch eine herbe Enttäuschung …

Aldur sprang von Bord, kaum dass der Eissegler vor den Toren Shakaras zum Stillstand gekommen und Anker geworfen hatte. Er wartete nicht erst ab, bis die Landeplanke angelegt war, und überließ es seiner Gefolgschaft, den wenigen weltlichen Besitz zu entladen, der ihm geblieben war: Neben einigen Schriftrollen und Kleidungsstücken war dies Alaric, der stolze Hengst, den ihm sein Vater für die weite Reise nach Norden geschenkt hatte. Seine wohl wichtigsten Besitztümer jedoch trug Aldur bei sich, nämlich die Krone der Volljährigkeit und das Schreiben an den Ordensmeister Semias, das sein Vater ihm mitgegeben hatte. Forsch trat er vor die Pforte, deren Flügel noch immer geschlossen waren, und begehrte Einlass.

»Öffnet das Tor!«, verlangte er selbstbewusst und mit lauter Stimme, die sogar das laute Heulen des Windes übertönte, der klagend um die Mauern der Ordensburg strich. »Öffnet das Tor für Aldur, des Aldurans Sohn, der gekommen ist, um seine Ausbildung abzuschließen!«

Die Worte verhallten – wie es schien – ungehört. Der Wind trug sie davon, ohne dass sich das mit blitzendem Silber beschlagene Tor auch nur einen Spalt geöffnet hätte.

»Öffnet!«, verlangte Aldur erneut. »Hier ist Aldur, des Aldurans Sohn …!«

Diesmal erfolgte eine Reaktion, wenn auch ganz anders, als Aldur es sich vorgestellt hatte. Denn nicht etwa die hohe Pforte, die ihn an Größe um das Sechsfache überragte, öffnete sich, sondern eine sehr viel kleinere Tür, die seitlich davon ins Eis eingelassen und so mit diesem verbunden war, dass selbst das elfische Auge sie nicht entdecken konnte.

Blaues Licht drang aus dem Inneren hervor, in dem die Silhouette einer hageren, in einen weiten Umhang gehüllten Gestalt zu erkennen war.

»Aldur, des Aldurans Sohn?«, erkundigte sie sich.

»J-ja«, bestätigte Aldur ein wenig verwirrt. Verstohlen blickte er nach dem Haupttor, das jedoch noch immer fest verschlossen war.

»Wir haben dich erwartet«, erklärte der Hagere und machte einen Schritt zur Seite, um ihn eintreten zu lassen.

Aldur zögerte. Er musste zugeben, dass er sich seine Ankunft in Shakara anders vorgestellt hatte – allerdings war er noch nie zuvor an diesem Ort gewesen und kannte die lokalen Gepflogenheiten nicht.

Zumindest hatte der Pförtner gesagt, dass man ihn erwartete. Das war wenigstens schon etwas …

Er überwand seine Verwunderung und trat ein. Jenseits der Tür war ein niedriger Gang. Die gewölbte Decke wurde von Pfeilern aus Eis getragen, die jedoch keinerlei Schmuck oder Verzierung aufwiesen. Aldur gestand sich ein, dass er ein wenig enttäuscht war. Sollte dies der Ort sein, der ihm von seinem Vater stets wortreich und in den prächtigsten Farben geschildert worden war? Natürlich, es waren einige Jahrhunderte vergangen, seit Alduran die Ordensburg besucht hatte. Womöglich hatten sich einige Dinge verändert …

»Folge mir«, sagte der Hagere, der eine eigentümliche Haartracht trug; sowohl sein graues Haupthaar als auch sein Bart waren zu zahllosen langen Zöpfen geflochten. Der energische Blick, der unter den buschigen Augenbrauen hervorstach, berührte Aldur unangenehm, und die sonore Stimme schien keinen Widerspruch zu dulden. Für einen Pförtner, empörte sich der junge Elf, trat der Hagere reichlich unverschämt auf.

Aldur tat dennoch wie ihm geheißen und folgte dem Fremden den Gang hinab. Hinter ihnen schloss sich die Tür mit dumpfem Klirren und ließ das Eis des Korridors erbeben.

»Was ist mit meinem Gepäck?«, erkundigte sich Aldur. Seine Stimme hörte sich seltsam dumpf und kraftlos an.

»Du wirst es nicht brauchen«, beschied ihm der Pförtner.

»Aber ich wüsste trotzdem gern, wo es geblieben ist«, beklagte sich Aldur. »Das Pferd, das sich in meinem Besitz befindet, ist ein überaus wertvolles Tier, aus dem Gestüt Aldurans und …«

Er verstummte, als der andere stehen blieb, sich umwandte und ihn mit einem eisigen Blick bedachte. Ohne ein Wort zu verlieren, drehte sich der Pförtner wieder um und setzte seinen Weg fort.

»Vielleicht«, rief Aldur ihm hinterher, »hast du nicht verstanden, wer ich bin. Mein Name ist Aldur, des Aldurans Sohn. Ich bin nach Shakara gekommen, um meine Ausbildung abzuschließen und ein großer Magier zu werden, der …«

»Ein großer Magier?«, fragte der andere über die Schulter zurück. »Woran erkennt man, dass ein Magier groß ist?«

»Nun«, antwortete Aldur forsch, »ein großer Magier ist der, der über große Macht verfügt, oder nicht?«

»Nein.« Erneut blieb der Pförtner stehen und wandte sich um. »Ein großer Magier ist der, der seine Macht einsetzt, um Großes zu tun. Steht dir der Sinn nach Heldentaten, Aldur? Nach unsterblichem Ruhm? Nach einem Platz in den Chroniken der Geschichtsschreiber?«

»Durchaus«, antwortete Aldur unverblümt.

»Das dachte ich mir«, entgegnete der Pförtner düster und wollte weitergehen.

»Dieses Schreiben«, rief Aldur und griff unter seinen Umhang, um den ledernen Köcher hervorzuziehen, »ist an Vater Semias gerichtet, den Vorsteher dieses Ordens.«

»Ich weiß durchaus, wer Semias ist«, erwiderte der andere, »allerdings bezweifle ich, dass du dir schon das Recht erworben hast, ihn ›Vater‹ zu nennen.«

»V-Verzeihung«, stammelte Aldur betroffen, obgleich er sich schon im nächsten Moment fragte, weshalb er, ein Elf aus vornehmem Hause, sich vor einem Pförtner entschuldigte. Er beschloss, seinen Ärger hinunterzuschlucken, sich jedoch bei nächster Gelegenheit über den Bediensteten zu beschweren. Immerhin nahm der Hagere das Schreiben entgegen, ließ es dann aber unter seinem Umhang verschwinden – Aldur konnte nur hoffen, dass es seinen Adressaten auch erreichte.

Nachdem sie ein weiteres Stück gegangen waren, dachte Aldur, der Gang würde nun enden und er etwas von der Pracht und Herrlichkeit Shakaras zu Gesicht bekommen. Aber er wurde abermals enttäuscht. Der Gang verbreiterte sich lediglich und wurde ein wenig höher. Zu beiden Seiten waren die Wände von schmalen Türen durchbrochen. Eine davon stand offen, und im blauen Licht, das den Gang erhellte, konnte Aldur in eine kleine, schmucklose Kammer mit Wänden aus nacktem Eis sehen. Möbel gleich welcher Art gab es nicht, ein Loch im Boden diente offenbar der Verrichtung der Notdurft.

»Bitte sehr«, sagte der Pförtner, auf die Zelle deutend.

»Bitte sehr?«, echote Aldur, der nicht wusste, was der Alte von ihm wollte.

»Deine Unterkunft«, wurde der andere deutlicher.

»Meine – *was*?« Aldur warf einen weiteren, missbilligenden Blick in die Zelle. Besonders das Loch im Boden löste spontanen Widerwillen in ihm aus.

»Hier wirst du die Zeit bis zu deiner Berufung verbringen«, erklärte der Hagere, »in Stille und Meditation.«

»I-ich verstehe«, sagte Aldur zögernd. »Und wie lange wird es dauern, bis ich …?«

Erneut brachte ihn der scharfe Blick des anderen zum Schweigen – und Aldur glaubte zu verstehen: Dieser überaus kühle Empfang, diese karge Unterkunft, all das gehörte bereits zu seiner Ausbildung. Der Ordensmeister wollte sehen, ob Aldur bereit war für die Herausforderungen von Shakara. Man wollte herausfinden, welche Opfer er zu bringen bereit war. Natürlich, so musste es sein.

Mit einem knappen Nicken wollte er die Zelle betreten, der Pförtner jedoch ergriff seinen Arm, um ihn zurückzuhalten.

»Was ist denn noch?«, fragte Aldur gereizt.

»Dein weltlicher Besitz«, erklärte der Hagere. »An diesem Ort brauchst du ihn nicht.«

»Mein weltlicher Besitz?« Aldur blickte an sich herab. »Aber ich habe nichts mehr außer der Kleidung, die ich am Leibe trage.«

Der Pförtner nickte, und für einen Moment kam es Aldur so vor, als huschte ein Lächeln über seine bärtigen Züge. »Genau von diesem Besitz spreche ich, *bashgan*.«

Aldur musste tief Luft holen, um das zu verdauen. Nicht nur, dass der unverschämte Alte ihn mit einer Bezeichnung für Dienstboten angesprochen hatte – er verlangte auch noch von ihm, seine Kleider abzulegen!

»Aber ich …«

»Worauf wartest du?«, fragte der Pförtner ungehalten, und Aldur beugte sich instinktiv der Autorität in seiner Stimme. Außerdem versuchte er sich erneut einzureden, dass all dies bereits zu seiner Ausbildung gehörte und Teil einer Prüfung war, der man ihn unterzog.

Mir grimmiger Miene löste er die Verschnürung seines Umhangs und legte ihn ab. Dann entledigte er sich seiner Stiefel und der reich bestickten Tunika, unter der er ein wollenes Untergewand trug. Auch dieses verlangte der Pförtner von ihm und ebenso die Hosen. Auch das letzte Stück Stoff, das seine Blöße bedeckte, musste Aldur ablegen, sodass er schließlich völlig nackt vor dem Alten stand, zitternd am ganzen Körper vor Kälte und Scham.

Von dem Hochgefühl, das ihn erfüllt hatte, als er übermütig vom Deck des Eisseglers gesprungen war, war nichts mehr geblieben. Des Aldurans Sohn fühlte sich elend und wertlos, kam sich klein und gedemütigt vor, was noch nie zuvor in seinem Leben der Fall gewesen war. Gesenkten Hauptes wollte er sich abwenden und in die Zelle treten, doch der Pförtner ließ ihn noch immer nicht gehen.

»Was wollt Ihr denn jetzt noch?«, fragte Aldur verzweifelt, und es fiel ihm nicht einmal auf, dass er die respektvolle Anrede gebrauchte. »Ich habe Euch alles gegeben, was ich hatte!«

»Eines fehlt noch.« Der Alte deutete auf Aldurs Stirn, die noch immer der silberne Reif der Volljährigkeit schmückte.

»Auch das noch«, seufzte der junge Elf, griff nach der Krone, die ihn weder vor der Kälte schützen noch seine Blöße zu verhüllen vermochte, und gab sie dem Alten. »Aber Ihr sollt wissen, dass ich mich beim Ordensmeister beschweren werde.«

»Tu das nur, *bashgan*«, sagte der Pförtner gelassen, während er ihn sanft, aber bestimmt in die Zelle schob.

»Wer seid Ihr?«, verlangte Aldur noch zu wissen, als sich der Alte bereits anschickte, die Tür hinter ihm zu schließen; immerhin brauchte Aldur einen Namen, wenn er sich über diesen ungehobelten Kerl beschweren wollte.

»Cethegar«, lautete die erschütternde Antwort, »Stellvertretender Vorsitzender des Hohen Rates und des Ordens der Zauberer.«

Und damit schlug die Tür vor Aldurs Nase zu …

9. UCYNGARAS

Die Große Halle der Ordensburg von Shakara war von dumpfem Gemurmel erfüllt. Die übergroßen Statuen der Könige aus der Altvorderenzeit säumten die Halle; ihre erhobenen Schwerter bildeten ein Spalier, das zugleich das Dach der Halle trug. Unter den gestrengen Blicken der alabasternen Giganten hatte jene Institution zusammengefunden, die den Königen von Erdwelt seit Jahrhunderten zur Seite stand, sowohl in Zeiten des Krieges, wenn die Existenz des Reiches bedroht war, als auch in friedlichen Tagen.

Einst, während des Goldenen Zeitalters der Elfenherrschaft, hatte der Rat der Weisen, wie er ursprünglich hieß, lediglich eine beratende Funktion innegehabt. Seit Sigwyn dem Eroberer jedoch hatte sich dies grundlegend geändert. Dessen Herrschaft hatte nach ruhmreichen Regierungsjahren, in denen er die Grenzen des Reiches beständig erweitert hatte, zusehends die Züge einer Diktatur angenommen. Die wankelmütige Liebe seiner Gattin Liadin hatte Sigwyn dazu gebracht, jene Werte zu verraten, an die er einst so fest geglaubt und in deren Namen er ein Großreich errichtet hatte. Argwohn und Misstrauen waren seine beständigen Begleiter geworden, und das Reich hatte kurz davor gestanden, zu einem Ort der Finsternis zu werden, wo die Angst regierte und der eigene Monarch mehr gefürchtet war als jeder äußere Feind.

Schließlich aber hatte der Hohe Rat Sigwyn entmachtet, dessen Neffen auf den Elfenthron gebracht und das Reich damit aus der Krise geführt. Seither oblag es dem Rat, den jeweiligen Herrscher Erdwelts nicht nur mehr zu beraten, sondern ihn auch zu kontrollieren, um einzugreifen, wenn die Verhältnisse es erforderlich machten …

Auf diese Weise war der Einfluss des Ordens beständig gewachsen, und es gab nicht wenige, die behaupteten, die wichtigen Entscheidungen im Reich würden längst nicht mehr in Tirgas Lan getroffen, sondern im hohen Norden, jenseits des Gebirges, im fernen Shakara. Entsprechend hatte auch die Verantwortung des Ordens zugenommen. Es gab Zauberer, die dieser Entwicklung kritisch gegenüberstanden. Andere hingegen wollten die Zuständigkeit des Rates noch weiter ausdehnen und forderten mehr oder minder unverblümt die Abschaffung der Monarchie. Auf diese Weise war ein Richtungsstreit entbrannt zwischen jenen Zauberern, die sich auf ihre Wurzeln besinnen und zu den alten Traditionen zurückfinden wollten, und jenen, die mutig vorwärtsstrebten, einem neuen Zeitalter entgegen.

Viele Versammlungen wurden in jenen Tagen einberufen zu dem Zweck, den Disput beizulegen, doch mit jeder einzelnen von ihnen traten die Gegensätze der Parteien nur noch deutlicher zutage …

»Hochweise Schwestern und Brüder«, rief Semias, der Älteste des Rates, der auf dem erhöhten Sitz an der Stirnseite der Halle Platz genommen hatte. Über ihm schwebte der riesige, an die zehn Mannslängen hohe Kristall, der die Ordensburg mit Licht und Wärme versorgte und der ein Splitter jenes Urquells der Kraft und Freude war, aus dem alle Elfen schöpften. Lüster, an denen unzählige winzig kleiner, leuchtender Kristalle hingen, tauchten das ehrwürdige Gewölbe in taghellen Schein.

Entlang der Statuen waren steinerne Sitze errichtet worden, sechzig an der Zahl, je dreißig auf jeder Seite. Die Ratsmitglieder hatten darauf Platz genommen, und noch immer, während sich ihr Vorsitzender erfolglos Gehör zu verschaffen suchte, dauerten ihre teils mit großer Leidenschaft geführten Debatten an.

»So hört doch, ehrwürdige Schwestern und Brüder!«, kämpfte Semias' brüchiges Organ gegen gelassene und entrüstete, beschwichtigende und aufgebrachte, keifende und sonore Stimmen an – vergebens. Schließlich wusste sich das Oberhaupt des Rates nicht anders zu helfen, als sich von seinem Sitz zu erheben, mit beiden Händen nach dem Zauberstab zu greifen und ihn in einer Ehrfurcht gebietenden Geste zur Decke emporzustoßen.

Eine energetische Entladung löste sich aus dem riesigen Kristall, der dort hing, und erfasste nicht nur den Stab, sondern auch Semias' hagere Gestalt und ließ sie einen Augenblick lang sonnenhell erstrahlen. Daraufhin verstummte das Gemurmel in der Halle, und aller Blicke waren wie gebannt auf den Vorsitzenden gerichtet, dessen schlichtem Äußeren kaum jemand die Jahrhunderte ansah, die auf seinen schmalen Schultern ruhten.

Auf einmal herrschte Stille, die so vollkommen war, dass man eine Nadel hätte fallen hören. Semias nahm sich die Zeit, seinen lautlos anklagenden Blick über die Reihen der Versammelten schweifen zu lassen. Erst dann ergriff er das Wort.

»Ist es schon so weit gekommen?«, fragte er mit einer Stimme, die seine innere Erregung nur mäßig verbarg. »Achten wir unsere eigenen Regeln nicht mehr? Wie, beim Lichte des Annun, können wir dann von anderen erwarten, dass sie das tun?«

Erneut glitt sein Blick über die Versammelten, von denen einige schuldbewusst die Häupter senkten. »Mir ist bewusst«, fuhr er fort, »dass dies schwierige Zeiten sind und es viele Fragen zu klären gilt. Dennoch sollten wir der Tradition und jener Gesetze gedenken, nach denen dieser Orden schon seit so vielen Jahrtausenden agiert.«

»Sehr richtig«, rief jemand vom linken Flügel her; es war Farawyn, eines jener Ratsmitglieder, die am vehementesten dafür eintraten, die Zuständigkeit und Kompetenzen des Ordens zu erweitern. Das von kurz geschnittenem schwarzem Haar umrahmte Gesicht des Zauberers wirkte asketisch wie das des Vorsitzenden, und in seinen Augen loderte wilde Erregung.

»Was du nicht sagst, Bruder Farawyn«, meldete sich ein anderes Ratsmitglied zu Wort, das auf der rechten Seite Platz genommen hatte. Sein Haupt war kahl bis auf die Seiten; von dort hing langes graues Haar bis auf die Schultern herab. Vom Kinn wallte ein grauer Bart über die Brust des Zauberers, seine Augen lagen in tiefen Höhlen, und seine Nase war lang und scharf wie der Schnabel eines Falken. »Ausgerechnet du machst dich dafür stark, dass wir die alten Gesetze und Traditionen achten?«

»Wieso erstaunt dich das, Bruder Palgyr?«, fragte Farawyn dagegen und gab sich keine Mühe, seine Abneigung zu verbergen; dass Palgyr und er Rivalen waren, war kein Geheimnis.

»Nun, Farawyn – bist nicht du es, der sich seit einiger Zeit dafür einsetzt, dass die Rechte des Rates gegenüber denen des Königs gestärkt werden sollten?«

»Das ist wahr.«

»Und bedeutet dies nicht, dass die alten Traditionen gebrochen werden? Dass die Gesetze gebeugt werden müssen?«, fragte Palgyr weiter, und zustimmendes Gemurmel wurde laut, nicht nur von seiner eigenen Seite, sondern auch vom gegenüberliegenden Ratsflügel.

»Dies habe ich nie gefordert, Bruder Palgyr«, entgegnete Farawyn, das Wort »Bruder« sorgsam betonend. »Es stimmt, dass ich dafür eintrete, die Rechte des Rates zu stärken, aber ganz sicher denke ich nicht daran, mit den grundlegendsten Traditionen unseres Ordens zu brechen.«

»Die da wären?«, fragte Palgyr provozierend.

»Die Harmonie der Natur«, erwiderte Farawyn ohne Zögern, »die Freiheit der Gedanken sowie das Lebensrecht aller Kreaturen, die auf Erdwelts Fluren wandeln. Dies sind die grundlegendsten aller Gesetze, auf denen alle anderen Regeln unseres Ordens beruhen. Wer an ihnen zweifelt, rüttelt an dem Fundament, auf dem diese Gemeinschaft errichtet ist.«

»Wohl gesprochen«, sagte Palgyr. »Aber ist es dir auch ernst mit diesen Worten?«

»Willst du mich der Lüge bezichtigen?«

»Dich? Einen Mitbruder des Ordens?«, fragte Palgyr in gespieltem Erschrecken und verzog das Gesicht. »Selbst du solltest mich gut genug kennen, um zu wissen, dass ich so etwas niemals tun würde. Was mir allerdings jüngst zu Ohren kam …« Er verstummte, um seine Worte wirken zu lassen.

»Was ist dir denn zu Ohren gekommen, Palgyr?«, fragte Farawyn, der die Anrede »Bruder« diesmal geflissentlich überging. »Was haben dir deine Spitzel zugetragen, die du auf mich angesetzt hast und auf alle, die mir nahestehen?«

Statt zu antworten, wandte sich Palgyr Hilfe suchend an den Vorsitzenden. »*Nahad,* du bist der Älteste und Weiseste unter uns. Sag du mir, ob ich derartige Unterstellungen wirklich hinnehmen muss – oder sollte dich die Zuneigung zu deinem ehemaligen Schüler daran hindern, in dieser Sache Recht zu sprechen?«

»Keineswegs«, erwiderte Semias ruhig. »Farawyn mag einst mein Novize gewesen sein, aber das ändert nichts daran, dass ich weder seine Ansichten teile noch sein Verhalten entschuldige.«

»Aber *nahad* …«, wandte Farawyn ein.

Doch Semias ließ ihn nicht ausreden. »Bruder Palgyr hat recht. Wenn du ihn oder irgendjemanden sonst in diesem Kreis derart schwer beschuldigst, musst du deine Behauptungen mit Beweisen untermauern können. Bist du dazu in der Lage?«

Man konnte sehen, wie Farawyns Kieferknochen mahlten. In seinen Augen blitzte Widerstand. »Nein«, gestand er dann, »das kann ich nicht. Noch nicht.«

»So erteile ich dir einen verschärften Tadel wegen übler Nachrede – zum zweiten Mal in Folge. Dir ist bekannt, dass bei drei Verfehlungen dein Ausschluss aus dem Hohen Rat beantragt werden kann.«

»Ja.« Farawyn nickte. »Aber das bedeutet nicht, dass ich in Zukunft schweigen werde.«

»Habt ihr gehört?«, fragte ein anderes Mitglied des rechten Flügels laut. »Er stellt die Autorität des Ältesten infrage!«

»Das tut er nicht«, widersprach eine Zauberin, deren Schönheit nahezu blendend war. »Du drehst Farawyn das Wort im Mund herum, Bruder Sgruthgan.«

»Und du hörst offenbar nicht aufmerksam genug zu, Schwester Riwanon«, konterte der Angesprochene. »Oder sollte sich der gute Farawyn in deinen Netzen verfangen haben? Jeder von uns weiß, wie gut du sie zu spinnen vermagst …«

»Schweig, Bruder Sgruthgan!«, rief Semias, noch ehe die Zauberin etwas erwidern konnte. »Auch dir erteile ich hiermit eine Rüge wegen übler Nachrede und werde …«

»Und wenn er seine Behauptung beweisen kann?«, fragte Palgyr dazwischen.

Semias starrte zuerst Palgyr, dann Sgruthgan ungläubig an. »Du kannst beweisen, dass Bruder Farawyn und Schwester Riwanon eine Verbindung eingegangen sind?« Er sog scharf die Luft ein. Dann aber schüttelte er den Kopf. »Nun, ich glaube nicht, dass dies für den Rat von Interesse …«

»Auch dann nicht, wenn es dabei um eine Verschwörung gegen den Hohen Rat und seine Mitglieder geht?«, unterbrach ihn Palgyr, und das zufriedene Lächeln in seinem von Falten zerfurchten Gesicht belegte, dass er jedes seiner Worte genoss.

Ein Raunen ging durch die Reihen der Ratsmitglieder.

»Elender Lügner!«, rief Farawyn und konnte von seinen Vertrauten nur mit Mühe davon abgehalten werden, auf die andere Seite der Halle zu stürmen, um sich auf Palgyr zu stürzen.

»Ein Lügner ist nur derjenige, der die Unwahrheit sagt«, konterte Palgyr. »Ich jedoch kann meine Behauptung beweisen, deshalb wiederhole ich sie laut und für jeden vernehmlich: Ich sage, dass sich Bruder Farawyn und Schwester Riwanon heimlich verbündet haben mit dem erklärten Ziel, die bestehende Ordnung unserer Gemeinschaft außer Kraft zu setzen und den Orden nachhaltig zu schwächen!«

»Warum sollten sie so etwas tun wollen?«, fragte Semias erschüttert. »Sagtest du nicht eben selbst, Bruder Farawyn wolle die Position des Ordens stärken?«

In Palgyrs Augen funkelte es, als er antwortete: »Ich bin sicher, er will uns mit seiner List weismachen, dass unsere alten Regeln und Traditionen nicht mehr ausreichen würden und wir neue Gesetze bräuchten. Er will uns dadurch alle in Zugzwang bringen. Das wäre doch durchaus möglich, oder etwa nicht, Schwestern und Brüder?«

Diesmal war nicht nur dumpfes Gemurmel zu hören – Tumult brach aus. Auch wenn Palgyr es nicht beim Namen genannt hatte, der Vorwurf des Hochverrats stand im Raum. Heftige Debatten brachen aus, die sich beileibe nicht nur auf die beiden unterschiedlichen Lager begrenzten; selbst die Angehörigen derselben Partei waren geteilter Meinung. Der Riss ging quer durch den Rat, wie Palgyr zufrieden feststellte.

Es dauerte lange, bis es Semias gelang, wieder einigermaßen für Ruhe zu sorgen. In jüngerer Zeit hatte es kaum eine Ratssitzung gegeben, in deren Verlauf es nicht zu heftigen Auseinandersetzungen gekommen wäre; an einen Aufruhr wie diesen jedoch konnten sich selbst die ältesten Ratsmitglieder kaum erinnern …

»Wir alle kennen nun deine Meinung, Bruder Palgyr«, sagte Semias, nachdem sich die Gemüter wieder etwas beruhigt hatten. »Nun verrate uns endlich, welche Beweise du für die angebliche Verschwörung von Bruder Farawyn und Schwester Riwanon vorlegen kannst. Und ich würde dir raten, deine Worte mit Bedacht zu wählen, denn du bewegst dich auf sehr dünnem Eis.«

»Dessen bin ich mir bewusst, ehrwürdiger Vorsitzender«, erwiderte Palgyr elegant, »zumal es gegen deinen besten Schüler geht, nicht wahr?«

»Ich sagte dir schon, dass das eine nichts mit dem anderen zu tun hat«, verteidigte sich Semias, zu Palgyrs Entzücken und seinem eigenen Ärgernis; Palgyr hatte ihn in die Defensive gedrängt, und das machte ihn in den Augen der anderen Ratsmitglieder verdächtig. Palgyr wusste das. Er hatte einiges Geschick darin, andere zu manipulieren, und brachte dieses Talent rücksichtslos zum Einsatz.

»Natürlich«, sagte er mit listigem Grinsen. »Nun, seid alle versichert, dass ich sowohl meine als auch Sgruthgans Behauptung beweisen kann.«

»Dann los«, forderte Farawyn ihn auf, »ich habe nichts zu befürchten. Meine Loyalität gehört dem Rat und dem Orden.«

»Ebenso die meine«, behauptete Riwanon, deren Brust sich in heftigem Zorn hob und senkte.

»So?«, rief Palgyr. »Dann verrate uns, weshalb ihr euch ganz bewusst Novizen gewählt habt, die den Fortbestand sowohl des Ordens als auch dieses Rates infrage stellen!«

Erneut war Palgyr ein Manöver gelungen, mit dem niemand gerechnet hatte. Erst vor wenigen Tagen waren die Zauberer von ihrer *cwysta* zurückgekehrt, ihrer Suche nach jungen Novizen, die sie wie jedes Jahr in die entlegensten Teile des Reiches geführt hatte. Die Einführung der neuen Schüler und ihre Vorstellung vor dem Rat hatte noch nicht stattgefunden, von daher kam es unerwartet, dass Palgyr dieses Thema zur Sprache brachte.

»Inwiefern?«, wollte Semias wissen.

»Frag die beiden selbst«, forderte ihn Palgyr auf. »Ich bin sicher, sie werden dir viel zu erzählen haben.«

»Tatsächlich?«, wandte sich der Vorsitzende an Farawyn.

»Ich weiß nicht, was Palgyr meint«, behauptete dieser störrisch.

»So?«, hakte Palgyr nach. »Entspricht es etwa nicht den Tatsachen, dass du hingegen aller Tradition und unter Umgehung geltenden Rechts die Suche nach jenen, die das Schicksal mit *reghas* bedacht hat, diesmal auch auf die Städte der Menschen ausgedehnt hast?«

»Auf die Städte der Menschen?«, fragte Semias verunsichert.

»Und dass du dort«, fuhr Palgyr genüsslich fort, den Blick auf Farawyn gerichtet, »auf einen Menschen gestoßen bist, den du in die Geheimnisse unseres Ordens einzuweihen gedenkst?«

Erneut brach Unruhe aus. Zwischenrufe wurden laut, von denen nur die wenigsten Farawyn freundlich gesonnen waren. Palgyr war auf dem besten Weg, den gesamten Rat gegen seinen Rivalen aufzubringen – und dabei hatte er noch nicht einmal gelogen …

»Was hast du dazu zu sagen, Bruder Farawyn?«, fragte Semias seinen ehemaligen Schüler. »Sicher kannst du die Vorwürfe, die gegen dich erhoben wurden, entkräften.«

»Nein, ehrwürdiger Meister, das kann ich nicht«, gestand Farawyn rundheraus ein, womit er eine neue Welle der Empörung auslöste, tobender noch als die zuvor. Einige Zauberer des rechten Flügels begnügten sich inzwischen nicht mehr damit, ihn zu beschimpfen und mit wüsten Titulierungen zu versehen – hier und dort wurden auch Fäuste geballt und Zauberstäbe drohend gehoben.

»Haltet ein, Schwestern und Brüder!«, rief Semias und reckte beschwörend seinen eigenen Stab empor, doch dem Zorn der Menge war kaum beizukommen. Die Tatsache, dass sich Farawyn erdreistet hatte, einen unwürdigen Menschen in die geheiligten Hallen von Shakara zu bringen, und das hinter dem Rücken des Rates, ließ viele Zauberer, auch jene, die bisher eher auf seiner Seite gestanden hatten, in wildem Zorn entbrennen. Der Vorsitzende musste erneut seine ganze Autorität aufbringen, um die Aufmerksamkeit der Ratsmitglieder zurückzugewinnen.

»Haltet ein!«, rief er noch einmal, und die Falten in seinem von schlohweißem Haar umrahmten Gesicht schienen während der letzten Augenblicke noch tiefer geworden zu sein. »Haltet ein, meine Freunde! Zu allen Zeiten hatte ein jedes Ratsmitglied das Recht, sich zu verteidigen. Wollt ihr eurem Bruder Farawyn dies verweigern?«

Die Reaktion der Ratsmitglieder fiel unterschiedlich aus. Einige schienen sich zu besinnen, andere bebten immer noch vor Zorn und starrten Farawyn feindselig an. Aber auch sie achteten die Autorität des Ältesten.

»Nur zu«, verlangte Palgyr spöttisch. »Er soll sich erklären dürfen – auch wenn er den Frevel bereits gestanden hat.«

Hier und dort wurde zwar noch gemurrt und gegrummelt, der Aufruhr jedoch hatte sich gelegt. Alle Blicke richteten sich auf Farawyn, dem in diesem Moment klar wurde, wie sich ein überführter Verbrecher auf der Anklagebank fühlen musste.

Alleingelassen.

Schuldig.

Von allen gehasst …

»Es ist wahr, meine Freunde«, gab er noch einmal zu, »ich bin in den Städten der Menschen gewesen. Und ich habe einen Menschen gefunden, der« – Farawyn ließ den Blick über die Reihen der Ratsmitglieder schweifen – »über eine Gabe verfügt.«

Es war, als hätte man ein Hornissennest in die Halle geworfen.

»Frevel, Frevel!«, rief Sgruthgan aufgebracht. »Weshalb dichtest du ausgerechnet diesen nichtswürdigen barbarischen Menschen ein solches Privileg an?«

»Barbarisch mögen die Menschen wohl sein«, räumte Farawyn ein, »aber sie sind uns auch ähnlich.«

»Uns ähnlich?«, rief Palgyr. »In welcher Hinsicht?«

»In vielerlei Hinsicht«, erklärte Farawyn zum Ärger seiner Mitelfen. »Sie gleichen uns, so wie wir einst gewesen sind, vor vielen tausend Jahren. Noch sind sie jung und unreif, aber in ihnen schlummert großes Potenzial. Sobald sie lernen, es zu nutzen, wird ihr Zeitalter beginnen – und unseres zu Ende gehen.«

»Blasphemie!«, rief Palgyr, kreischte es gar, dass sich seine Stimme fast überschlug. »Er beleidigt das ehrwürdige Elfengeschlecht!«

»Ich beleidige das Elfengeschlecht nicht mehr und nicht weniger als jeder Einzelne von euch«, konterte Farawyn, »denn eure Wut zeigt mir, dass euch diese Gedanken nicht neu sind. Wut wird von Furcht genährt, und eure Furcht beweist, dass ihr alle schon längst wisst, was ich euch gerade offenbarte.«

»Sag konkret, was du damit meinst!«, forderte Semias ihn auf, und es wurde wieder still im Saal; gespanntes Schweigen breitete sich aus.

»Dass wir in einer Zeit der Veränderung leben, *nahad*«, antwortete Farawyn, »in einer Zeit des Umbruchs. Ein altes Zeitalter geht, ein neues zieht herauf. Wer dies nicht sieht oder nicht sehen will, der ist ein Narr.«

»So sind wir deiner Meinung nach wohl alle Narren?«, fragte Palgyr lauernd.

»Ein Narr ist jeder, der seine Augen vor der Welt verschließt«, beschied Farawyn ihm ruhig. »Den Orden von Shakara gibt es nicht deshalb seit Jahrtausenden, weil er sich der Wirklichkeit verweigert hätte, sondern weil er sie zu allen Zeiten hinterfragt und sich ihr angepasst hat, immer und immer wieder. Es war ein schmerzlicher Prozess, der viele Opfer gekostet hat, aber als Lohn dafür existiert der Orden noch immer. Über die Jahrtausende hinweg hat er Bestand gehabt, weil seine Mitglieder es stets verstanden haben, die veränderten Gegebenheiten zu erkennen und darauf zu reagieren. Wir haben Drachen getrotzt und Könige gekrönt, haben dem Bösen die Stirn geboten und im Großen Krieg gekämpft. Nun stehen wir erneut vor einem Scheideweg, meine Freunde, und wir müssen uns überlegen, wohin der Pfad uns führen soll, den wir einschlagen – zurück in die Vergangenheit oder in eine neue, vielversprechende Zukunft.«

»Die alte Leier«, konterte Palgyr. »Als Nächstes wirst du uns wieder weismachen wollen, unsere Gesetze und Traditionen bedürften einer grundlegenden Reformierung …«

»Sie aus deinem Lästermaul zu hören, mindert nicht den Wert meiner Botschaft, Bruder Palgyr«, entgegnete Farawyn ungerührt. »Unser Orden wie unser ganzes Volk stehen vor einer einfachen

Wahl: Entweder wir bleiben, was wir sind, und gehen kämpfend unter, oder aber wir passen uns an …«

Palgyr fiel ihm ins Wort: »Wem denn? Den Menschen?«

»Allerdings.«

»Aber Bruder Farawyn, das sind Primitive«, wandte eine junge Zauberin namens Maeve ein. »Sie sind ebenso streitsüchtig wie grausam und kennen keine Kultur.«

»Damit magst du recht haben, Schwester«, gab Farawyn zu. »Dennoch könnten uns die Menschen eines Tages als die Herren von Erdwelt beerben. Denn anders als etwa die Zwerge, die sich in ihrer schlichten Einfalt gefallen, verfügen die Menschen über die Fähigkeit, sich selbst zu reflektieren und sich daher zu entwickeln. Bald schon könnten sie uns ebenbürtig sein, wenn nicht sogar in mancher Hinsicht überlegen.«

»Lächerlich«, schnaubte Palgyr.

»Und wenn ich dir sage, dass ich es *gesehen* habe?«

»Deine seherische Gabe in allen Ehren, Farawyn«, winkte Palgyr ab, »aber in diesem Fall könnte sie auch deiner Eitelkeit erlegen sein.«

»Und wenn nicht?«, fragte Farawyn. »Was dann? Können wir es uns leisten, dieses Risiko einzugehen? Der junge Mensch, den ich gefunden habe, verfügt über eine höchst erstaunliche Fähigkeit, wie keiner von uns sie besitzt.«

»Unmöglich!«, rief jemand.

»Ich gebe zu, es ist schwer zu glauben«, räumte Farawyn ein, »aber unter den Menschen gibt es ebenfalls solche, die das Schicksal zu Höherem ausersehen hat. Was, wenn die Sterblichen irgendwann von sich aus einen Orden von Zauberern heranbilden? Könnten wir uns das leisten? Wenn wir die Menschen von unseren Erkenntnissen ausschließen, werden sie auf eigene Faust mit ihren Kräften experimentieren. Wir alle wissen, wie verlockend es ist, über Fähigkeiten zu verfügen, wie kein anderer sie hat. Selbst unter uns Elfen hat es Zauberer gegeben, die der Versuchung erlegen sind, und wir alle wissen um die Schwäche und die Unvollkommenheit der Menschen. Wollen wir also riskieren, dass sie in ihren Reihen Zauberer haben – und dass diese Zauberer irgendwann zu unseren Feinden werden?«

Schweigen hatte sich in der Ratshalle ausgebreitet. Selbst jene, die sich zuvor noch lautstark empört hatten, waren nachdenklich geworden, abgesehen von Palgyr und seinen Vertrauten, die verdrossen dreinblickten und kein Hehl daraus machten, was sie von Farawyns Einstellung hielten.

»Auch mir ist der Gedanke nicht wirklich willkommen, Menschen in unseren Orden aufzunehmen und sie an Geheimnissen teilhaben zu lassen, die das stolze Elfengeschlecht über Jahrtausende bewahrt und gehütet hat«, fuhr Farawyn fort. »Aber die Menschen klopfen an das Tor der Geschichte, und es liegt an uns, es ihnen zu öffnen, bevor sie es einrennen. Die Menschen mögen jung sein und unerfahren und bisweilen auch grausam und brutal, aber ihnen sind auch ein gesunder Ehrgeiz und Wissbegier zu eigen. Sie sind – wie ich schon sagte – in vielerlei Hinsicht so, wie wir vor vielen tausend Jahren waren, schon deshalb sollten wir uns ihrer annehmen. Oder wir stellen uns ahnungslos und warten, bis sie so mächtig geworden sind, dass sie uns gefährlich werden – aber ich für meinen Teil hätte die Menschen lieber zum Freund als zum Feind.«

Vereinzelt wurden wieder Gespräche aufgenommen, aber nicht mehr zornig und voller Unmut wie zuvor, sondern sehr viel besonnener. Farawyns Rede hatte viele wenn schon nicht umgestimmt, so doch nachdenklich gemacht. Sogar der weise Semias schien die Angelegenheit in einem anderen Licht zu sehen.

»Gut gesprochen, Bruder Farawyn«, sagte er. »Aus deinen Worten muss jedem, der guten Willens ist, ersichtlich werden, dass du nur das Wohl des Ordens im Blick hast. Und ich gebe dir recht: Ein Bündnis mit den Menschen ist einem Krieg mit ihnen jederzeit vorzuziehen.«

»Das ist lächerlich«, wandte Palgyr ein, der erstaunlich lange an sich gehalten und geschwiegen hatte. Wahrscheinlich, so nahm Farawyn an, hatte er sich ausgerechnet, dass es ihn in den Augen der anderen Zauberer ins Unrecht setzen würde, wenn er zu früh Einspruch erhob. Also hatte er seinen Rivalen zunächst seine Argumente vortragen lassen – um sie nun in Bausch und Bogen abzuschmettern.

»Ihr wollt den Menschen Zugang zu unseren Geheimnissen gewähren! Zu den Mysterien, die seit Tausenden von Jahren von unserem Orden gehütet werden! Ihr seid Narren! Wer von euch je mit Menschen zu tun hatte, weiß, dass sie Barbaren sind, Primitive, die nur ihren Instinkten folgen, und sie werden auch nie etwas anderes sein. Ihrem Aussehen nach mögen die Menschen uns ähneln – innerlich jedoch unterscheiden sie sich kaum von den Unholden der Modermark.«

»Vielleicht, Bruder Palgyr«, konterte Semias, noch ehe Farawyn etwas entgegnen konnte, »solltest du nicht ausgerechnet die Orks zum Vergleich heranziehen – denn sie haben mehr mit uns gemein, als uns lieb sein kann, wie du weißt.«

»Und also?«, tönte Palgyr und breitete effektheischend die Arme aus. »Willst du uns vorschlagen, als Nächstes auch die Unholde an die magischen Mysterien heranzuführen?«

»Das hat er weder gesagt noch gemeint«, sprang Farawyn dem Ältesten bei. »Aber wir alle wissen, dass die Orks das Ergebnis eines fehlgeleiteten Experiments sind, das einst ein Abtrünniger dieses Ordens mit treulosen Söhnen und Töchtern des Elfengeschlechts durchgeführt hat.«

»Margok«, rief Palgyr aus, worauf nicht wenige in der Halle, unter ihnen auch Semias, nervös zusammenzuckten. »Ich scheue mich nicht, seinen Namen auszusprechen, denn der Verräter ist nicht mehr – und wir alle sollten uns davor hüten, seinen dunklen Pfaden jemals wieder zu folgen.«

»Was willst du damit sagen?«, fragte Farawyn scharf.

»Ich sage nur, dass wir den Anfängen wehren müssen. Auch Margok wollte den Zauberern einreden, dass sie in veränderten Zeiten leben und sich ihnen anpassen müssten – und wie wir alle wissen, hatte er in Wahrheit nichts als seinen eigenen Vorteil im Sinn. Die Welt musste einen hohen Blutzoll zahlen, damit die begangenen Fehler korrigiert werden konnten. Hätte man Margoks Ziele früher erkannt und seinem Treiben Einhalt geboten, wäre den Völkern Erdwelts viel erspart geblieben.«

»Und was bedeutet das nun wieder?«, fragte Farawyn verärgert. »Dass wir uns bis in alle Ewigkeit sämtlichen Veränderungen verweigern sollen? Dass wir die Augen verschließen sollen vor dem, was in der Welt vor sich geht?« Dass sein Rivale ihn in die Nähe des Dunkelelfen rückte, konnte er noch als Polemik durchgehen lassen. Aber er würde es nicht dulden, dass Palgyr die traumatische Erfahrung des Krieges zum Instrument seiner Politik machte. »Wenn wir das tun, Schwestern und Brüder, wenn wir uns der Welt und ihren Veränderungen verweigern, wird dieser Orden schon bald zu einer Versammlung greiser Schwätzer verkommen, die keine Ahnung haben von dem, was draußen in der Wirklichkeit vor sich geht. Dass die Zeiten sich ändern, ist eine Tatsache, an der wir nicht vorbeikommen – ihr nicht und auch Palgyr nicht!«

»Aber ich bin nicht bereit, dafür all unsere Prinzipien mit Füßen zu treten«, entgegnete dieser.

»Das tun wir nicht, sondern wir passen unsere Prinzipien lediglich den Bedingungen an«, sagte jemand mit fester, sonorer Stimme – es war Cethegar, der Stellvertretende Ratsvorsitzende.

Die Augen des alten Zauberers, über denen sich buschige Brauen wölbten, blitzten in kaltem Zorn, und die zahllosen Zöpfe, zu denen sowohl sein graues Haupthaar als auch sein langer Bart geflochten waren, schienen vor Wut zu beben. Bislang hatte Cethegar der Versammlung wortlos gelauscht, wie es die Art des finster blickenden, wortkargen Zauberers war. Nun jedoch konnte er nicht länger schweigen.

»Ich weiß, dass die Furcht vor Veränderung euch in ihren Klauen hält, Schwestern und Brüder, aber ihr dürft euch nicht zu ihrem Sklaven machen. Farawyn hat recht, wenn er euch zu mehr Offenheit gemahnt, und er tut gut daran, nicht nur an die Vergangenheit des Ordens zu denken, wie das manche hier tun, sondern auch an seine Zukunft.«

»Ich danke dir, Vater Cethegar«, sagte Farawyn und verbeugte sich.

»Danke mir nicht zu früh«, knurrte der Graue, »denn mein Zorn trifft auch dich. Niemals hättest du eine solch weitreichende Entscheidung allein treffen dürfen, Bruder Farawyn. Du hättest deine Pläne hier im Rat vortragen müssen, und wir hätten sie gebührend diskutiert. So jedoch hast du deine Ordensschwestern und -brüder in Zugzwang gebracht, und das in voller Absicht.«

»Das bedaure ich aufrichtig«, erwiderte Farawyn ohne Zögern, »und ich nehme deine Rüge demütig an, Vater Cethegar. Aber als ich jenen Menschen fand, musste ich handeln. Es blieb keine Zeit für Beratungen. Ich musste eine Entscheidung treffen, und das habe ich getan – jetzt muss ich euch alle bitten, mir zu vertrauen und diese Entscheidung zu billigen.«

Er hatte in die Weite der Halle gesprochen, und manches Ratsmitglied, das zuvor noch verkniffen dreingeblickt und Palgyrs Argumentation gefolgt war, schien inzwischen zu schwanken. In den Augen der meisten Zauberer hatte beider Meinung etwas für sich, sowohl die des wilden und ungestümen Farawyn als auch jene Palgyrs, der vor allem bei den älteren Zauberern hohes Ansehen genoss.

Cethegar und Semias traten zueinander, um sich kurz auszutauschen. Gewöhnlich tat man dies mittels der Kobolde, doch der Zutritt zum Ratssaal war den Wesen mit ihrer erstaunlichen Begabung verwehrt, und so mussten die Zauberer unmittelbar miteinander kommunizieren.

»Schwestern und Brüder«, sagte Semias schließlich und hob dabei einmal mehr Respekt gebietend den Zauberstab. »Farawyn mag falsch gehandelt haben, doch obwohl wir die Einwände von Bruder Palgyr ernst nehmen und für wichtig erachten, können wir in Farawyns Verhalten keine Freveltat noch eine verräterische Absicht erkennen. Über eine Bestrafung Bruder Farawyns wird deshalb hinweggesehen …«

»Wie überraschend«, knurrte Palgyr.

»… stattdessen werden wir darüber abstimmen, ob der Mensch als Novize in Shakara aufgenommen wird oder nicht. Jeder von euch möge über seine Entscheidung nachdenken, die nicht nur unseren Orden, sondern die ganze Welt betrifft. Wenn wir das nächste Mal zusammentreffen, verehrte Schwestern und Brüder, wird sich zeigen, wessen Ideen die größere Anhängerschaft gefunden haben – die Farawyns oder Palgyrs.«

»Eine weise Entscheidung, Vater«, entgegnete Palgyr beflissen. Ihm war anzusehen, dass ihm der Aufschub gelegen kam; wahrscheinlich, so vermutete Farawyn, würde er nichts unversucht lassen, um zumindest jene im Rat, die ihre Wahl noch nicht endgültig getroffen hatten, auf seine Seite zu ziehen.

»Ganz gleich, wie die Entscheidung ausfällt«, fügte Cethegar hinzu, dessen stechender Blick zwischen den beiden Rivalen hin und her pendelte, »ein jeder von euch wird sich ihr beugen und keinen Versuch unternehmen, sie auf wie auch immer geartete Weise zu umgehen. Ist das klar?«

Farawyn und Palgyr sahen ihn an. Vater Semias mochte die fleischgewordene Sanftmut sein – Cethegar hingegen verkörperte trotz oder gerade wegen seines hohen Alters gleichermaßen Willensstärke wie Entschlossenheit. Farawyn hatte kein Problem damit. Ein klares Wort war ihm allemal lieber als jene hinterhältigen Ränke, die Palgyr und seine Anhänger zu schmieden pflegten.

»Verstanden, Vater«, sagte er deshalb und nickte knapp, worauf sich sein Rivale zu einer wortreichen Erklärung hinreißen ließ, in der er noch einmal den hohen Wert der Tradition und unantastbarer Gesetze beschwor.

»Gut«, stellte Semias anschließend erleichtert fest, »damit ist die Sache einstweilen beigelegt. Ich möchte nicht, dass …«

»Verzeiht, *nahad*, aber das ist sie keineswegs«, wandte Riwanon ein, die gemeinsam mit Farawyn von Palgyr beschuldigt worden war. »Bruder Palgyr hat auch mich der Verschwörung bezichtigt, und ich frage mich immer noch, mit welchem Recht er dies getan hat. Denn weder wusste ich, dass sich Farawyn in den Städten der Menschen aufgehalten hat, noch dass er von dort einen Aspiranten mitbrachte.«

»Das stimmt«, sagte Palgyr, »aber du solltest dich dennoch nicht unwissend geben, Schwester Riwanon.«

»Worauf willst du anspielen?«, fragte die Zauberin spitz.

»Dass auch du eine Novizin in Shakara einzuführen gedenkst, die dem Orden mehr Not denn Nutzen bereiten wird.«

»Tatsächlich?«, fragte Riwanon, während sie überlegte, wie der andere davon Wind bekommen haben konnte.

»Tatsächlich«, bestätigte Palgyr und legte eine Kunstpause ein – um sodann einen erneuten Sturm der Entrüstung in der Ratshalle zu entfesseln. »Ihr Name ist Alannah. Sie wurde aus den Ehrwürdigen Gärten von Tirgas Lan verstoßen und ist eine geständige Mörderin!«

10. DAIFODUR

»Nun? Wie ist es ausgegangen?«

Riwanon, die zusammen mit Farawyn im Nebenraum der Ratshalle gewartet hatte, konnte vor Neugier kaum an sich halten. Da es bei der Beratung und der anschließenden Abstimmung um ihrer beider Novizen gegangen war, hatte man Farawyn und sie von der Ratssitzung ausgeschlossen. Ungewöhnlich lange hatte sich die Besprechung der übrigen Zauberer hingezogen, doch obwohl Semias und Cethegar, die beiden Ältesten des Rates, müde und erschöpft wirkten, als sie den Nebenraum betraten, wirkten sie zufrieden.

»Es ist gut«, sagte Semias und lächelte. »Der Mensch kann bleiben. Mit einer knappen Mehrheit hat der Rat für ihn eine Ausnahme beschlossen und ihn als Farawyns Schüler in Shakara aufgenommen – allerdings nur auf Probe. Sollte er sich etwas zuschulden kommen lassen oder sich der ihm erwiesenen Ehre als unwürdig erweisen, wird er der Ordensburg verwiesen und darf niemals zurückkehren.«

»Das ist nur recht«, meinte Farawyn; ein erleichtertes Lächeln suchte man jedoch vergeblich in seinen Zügen. »Wie hat Palgyr die Entscheidung aufgenommen?«

»Er trägt sie mit Fassung«, antwortete Cethegar. »Allerdings war es denkbar knapp. Palgyr und seine Anhänger haben ganze Arbeit geleistet. Nur eine knappe Mehrheit war am Ende noch auf deiner Seite.«

»Dennoch eine Mehrheit«, sagte Farawyn. »Das ist alles, was ich wollte.«

»Du siehst viel in diesem Menschen, nicht wahr?«, fragte Semias.

»Allerdings, *nahad*. Ich denke, dass er das Zeug hat, einst ein großer Zauberer zu werden. Die Gabe, die ihm verliehen wurde, ist mehr als außergewöhnlich, und ich vermute, dass er sie noch um ein Vielfaches steigern kann.«

»Wir werden sehen«, sagte Cethegar beschwichtigend. »Zuerst jedoch sollte er ein Bad nehmen – diese Menschen pflegen zu stinken wie ein ganzer Pferch Schweine. Und wenn er hier unter uns leben soll, musst du ihm Manieren beibringen.«

»Natürlich, Vater.«

»Und was ist mit Alannah?«, fragte Riwanon vorsichtig. Sie hatte die junge Elfin, die sie aus dem Kerker befreit hatte, in ihr Herz geschlossen. Seit ihrer Abreise aus Tirgas Lan hatte sie Gelegenheit gehabt, Alannah näher kennenzulernen, und dabei festgestellt, dass hinter der schönen Fassade ein nicht minder anmutiger Geist wohnte, dessen Klugheit und Besonnenheit die Zauberin beeindruckt hatten. Sie brannte darauf, Alannah als Schülerin zugeteilt zu bekommen und sie in den Geheimnissen der Magie zu unterweisen …

»Auch sie darf bleiben«, antwortete Semias zu Riwanons Freude. »Der Orden gewährt ihr Zuflucht und Schutz – aber die Entscheidung darüber war noch knapper als jene über den Menschen. Bitte sag mir, mein Kind, was hat dich geritten, ausgerechnet diese Elfin nach Shakara zu bringen?«

»Alannah ist keine Mörderin. Nach allem, was ich von Lordrichter Mangon erfahren habe, hat dieser Menschenjunge durch seine Dummheit und Dreistigkeit sein unrühmliches Ende selbst verschuldet. Alannah entfesselte in ihrer Bedrängnis unbewusst Kräfte, die bisher unerkannt in ihr schlummerten. Sie wollte dem Menschen nichts antun, und sie der Politik zu opfern, wäre das wirkliche Verbrechen gewesen.«

»Auf welche Weise hast du davon erfahren?«, wollte Semias wissen.

Riwanon überlegte. »Ich glaube, Níobe hörte es als Erste – der übliche Tratsch unter Kobolden.«

»Wieso fragst du, alter Freund?«, wandte sich Cethegar an Semias. »Vermutest du etwas?«

»Ich bin mir nicht sicher.« Semias schüttelte das weiße Haupt. »Ich fürchte nur einfach, dass etwas vor sich geht. Etwas Bedrohliches …«

»Auch ich empfinde das«, stimmte Farawyn zu.

»Hast du etwas gesehen?«, erkundigte sich Cethegar.

»Nein.« Farawyn schüttelte den Kopf. »Jedenfalls nichts Konkretes.«

Im Lauf der Zeit hatte er sich daran gewöhnt, dass ihn Träume und Ahnungen heimsuchten, die mehr waren als Reflexionen seines inneren Selbst. Die Vergangenheit spiegelte sich darin, doch bisweilen gaben sie auch Ausblick auf die Zukunft, allerdings in Form abstrakter Bilder und Eindrücke, die sich häufig nicht in Worte fassen ließen. Farawyn hatte gelernt, mit dieser Gabe zurechtzukommen. Während andere Zerstreuung fanden, indem sie sich an Literatur, Musik und Tanz erfreuten und an den Farben des Lichts, waren Farawyns düstere Ahnungen sein ständiger Begleiter. Eine finstere Wolke schien über ihm zu schweben, und entsprechend bedrückend war seine Ausstrahlung.

»Dennoch hegst du eine Befürchtung«, hakte Semias nach.

»Ja, *nahad*«, gestand Farawyn zögernd. »Palgyr …«

»Es ist bekannt, dass Palgyr und du Rivalen seid, schon seit langer Zeit«, fiel ihm der alte Ordensmeister ins Wort. »Aber du solltest Rivalität nicht mit Übelwollen verwechseln. Palgyr mag in vielerlei Hinsicht anders sein als du, abweichende Ansichten vertreten und manche Dinge in einem anderen Licht sehen. Dennoch ist er ein geachtetes Mitglied des Hohen Rates, und er würde niemals etwas tun, das dem Orden oder dem Reich schaden könnte.«

»Seid Ihr Euch da ganz sicher, *nahad*?«

»Wenn du derartige Verdächtigungen gegen einen Mitbruder aussprichst«, entgegnete Cethegar hart, »erfüllt dich entweder tiefe Missgunst, oder du musst handfeste Beweise haben.« Er sah Farawyn mit seinen stechenden Augen an. »Hast du solche Beweise?«

Farawyn senkte das Haupt. »Nein, ehrwürdiger Vater.«

»Lass nicht zu, dass deine Rivalität mit Palgyr dein Urteilsvermögen trübt, Farawyn«, mahnte Semias.

Farawyn nickte. »Wir leben in einer ungewissen Zeit, einer Zeit des Umbruchs. Noch sind wir Elfen die dominierende Rasse Erdwelts. Aber diese Tage sind, davon bin ich überzeugt, gezählt.«

Semias hob mahnend den Zeigefinger. »Obwohl ich letztendlich auf deiner Seite stehe, Farawyn, muss ich dir sagen, dass ich längst nicht so radikal bin wie du, denn ohne unsere Traditionen und Werte sind wir Elfen nichts.«

»Wir müssen uns verändern, *nahad*«, war Farawyn überzeugt. »Wir müssen die neuen Zeiten erkennen und uns ihnen anpassen, auch wenn das heißt, uns von überkommenen Regeln zu verabschieden.«

»Und was dann?«, fragte Cethegar. »Es gibt nicht wenige unter uns, die keine Existenz einem Leben ohne Tradition jederzeit vorziehen würden. Was du überkommen nennst, gibt ihnen Halt und Sicherheit, deshalb darfst du nicht zu sehr daran rütteln.« Er sah Farawyn und Riwanon an. »Ihr beide habt heute zwei Siege davongetragen, damit gebt euch fürs Erste zufrieden – auch wenn der zweite Sieg kein ganzer war.«

»Wieso?«, fragte Riwanon, die sofort begriff, dass diese Einschränkung sie beziehungsweise Alannah betraf. »Was heißt das?«

Semias seufzte schwer. »Die Abstimmung in Alannahs Fall fiel wie gesagt ziemlich knapp aus, und die Gegenseite war zutiefst empört. Um die erhitzten Gemüter zu besänftigen, unterbreitete Palgyr einen Vorschlag.«

»Was für einen Vorschlag?«, fragte Farawyn misstrauisch.

»Er vertrat die Ansicht, man könne Alannahs Charakter besser beurteilen und sich eher eine objektive Meinung über sie bilden, wenn nicht Riwanon ihre Meisterin sei.«

»Was?«, schnappte die Zauberin. »Was unterstellt er mir!«

»Er unterstellt dir gar nichts«, sagte Semias. »Doch um die Gegenseite zu beschwichtigen und damit sich der Rat über diese Frage nicht entzweit, unterstützte ich Palgyrs Vorschlag.«

»I-ich verstehe.« Riwanon nickte, doch Tränen der Enttäuschung blitzten in ihren wasserblauen Augen. »Ihr habt richtig gehandelt, *nahad*. Nur frage ich mich, was Palgyr mit einem solchen Manöver bezweckt.«

»Er führt irgendetwas im Schilde«, war Farawyn überzeugt. »Wenn ich nur wüsste ...«

»So weit würde ich nicht gehen.« Semias wandte sich mit seinen nächsten Worten wieder an die Zauberin. »Palgyr hegte lediglich die Befürchtung, du könntest voreingenommen sein und deiner Schülerin nicht mit der erforderlichen Distanz begegnen – und ich denke, dass sich das auch nicht ganz von der Hand weisen lässt.«

»Und wer soll jetzt Alannahs Meister werden?«, fragte Riwanon wütend. »Etwa sein Handlanger Cysguran?«

»Nicht Cysguran«, sagte Cethegar, »sondern ich!«

Diese Antwort erstaunte die Zauberin zwar zunächst, beruhigte sie aber auch ein wenig. »Zu wissen, dass sie von jenem Meister unterwiesen wird, der auch mich in die magischen Geheimnisse einführte, ist mir ein großer Trost, Vater«, sagte sie und verbeugte sich.

»Hm«, machte der alte Zauberer nur und nickte knapp, während sich seine buschigen Brauen grimmig zusammenzogen – wie immer, wenn er allzu warmherzige Gefühle zu verbergen suchte. »Ich werde alles daransetzen, aus dem Mädchen ein gutes und wertvolles Mitglied unseres Ordens zu machen. Aber eines steht schon jetzt fest.«

»Was, Vater?«, fragte Riwanon.

»Sie ist nicht du«, entgegnete Cethegar leise, und Riwanon brauchte einen Moment, um seine Worte als Kompliment zu verstehen. Cethegar war ebenso bekannt wie berüchtigt dafür, ein besonders strenger Lehrer zu sein, der seine Schüler aufs Äußerste forderte, jedoch geizig war mit Anerkennung und Lob. Dass er ihr eine solche Achtung entgegenbrachte, half Riwanon ein wenig über die Niederlage – nun, über die teilweise Niederlage – hinweg.

»Und wen werde ich unterrichten?«, fragte sie.

»Ein vornehmer junger Elf aus ruhmreichem Hause«, eröffnete Semias lächelnd, »der mit einer ganz besonderen Gabe gesegnet ist ...«

»... und ein wenig Schliff durchaus gebrauchen kann«, fügte Cethegar grummelnd hinzu.

11. GALWALAS

Alles hatten sie ihm genommen.

Seinen Besitz.

Seine Kleider.

Und seinen Stolz.

Aldur hockte in der winzigen Zelle, deren Boden, Wände und Decke aus purem Eis bestanden und deren einzige Einrichtung ein Loch im Boden war, und er fror jämmerlich.

Doch er zitterte nicht nur vor Kälte, sondern auch vor Wut. Wut über den Elfen, der ihn hier eingesperrt hatte – und Wut über sich selbst.

Er kam einfach nicht darüber hinweg, dass er in einem der mächtigsten Zauberer des Ordens nur einen gemeinen Pförtner gesehen hatte, und er fragte sich, ob man ihn wohl überhaupt jemals wieder aus dieser Zelle herauslassen würde.

Er musste an zu Hause denken, an den väterlichen Hain, und er verspürte das starke Verlangen, dorthin zurückzukehren und alle magischen Ambitionen fahren zu lassen.

Schon im nächsten Moment jedoch ermahnte er sich selbst. Ein einzelner ihm übel wollender Zauberer würde nicht ausreichen, um ihn vom Traum seines noch jungen Lebens abzubringen. Solange er denken konnte, hatte er nichts anderes gewollt, als in den Orden einzutreten und ein Weiser zu werden. Auf dieses Ziel hatte er seine ganze Jugend lang hingearbeitet, und er würde es nicht aufgeben, nur weil er in eine hinterhältige Falle getappt war, die man ihm aus Böswilligkeit oder Neid oder warum auch immer gestellt hatte.

Niemals!

Aldur begann zu meditieren, so wie Meister Cysguran es ihm geraten hatte. Und das half: Während er nackt und mit verschränkten Beinen auf dem eisigen Boden saß, die Handflächen aneinander gepresst und die Augen geschlossen, spürte er kaum mehr die Kälte, die er eben noch als unerträglich empfunden hatte. Was sie ihm auch nehmen und wie sie ihn auch demütigen mochten, er war entschlossen, sich durch nichts und niemanden von seinem Weg abbringen zu lassen – und im Kosmos seiner eigenen Gedanken, in Selbstvergessenheit und Kontemplation, fand er die innere Ruhe, die er brauchte, um Raum und Zeit hinter sich zu lassen und neue Kraft zu schöpfen für Körper und Geist.

Wie lange er in diesem Zustand verharrte, wusste er nicht. Die Meditation endete abrupt, als die Tür seiner Zelle plötzlich geöffnet wurde. Abrupt fand er sich in der Wirklichkeit wieder.

»J-ja?«, fragte er und erschrak über den krächzenden Klang seiner Stimme.

Es ist so weit, erhielt er zur Antwort – eine Antwort, die er nur in seinem Kopf hörte. *Geh deinem Schicksal entgegen, Aldurans Sohn!*

Sehnlich hatte Aldur auf diesen Augenblick gewartet, doch als er sich aus dem Schneidersitz erheben wollte, versagten ihm die blutleeren Beine den Dienst, und er brach zusammen.

Es dauerte eine ganze Weile, bis es ihm gelang, sich zu erheben. Dann folgte er der Stimme mit steifen Schritten nach draußen in den Gang. Zunächst bedeckte er noch seine Blöße mit den Händen, aber dann scherte er sich nicht mehr darum. Er fühlte sich frei und innerlich gestärkt, und ob bekleidet oder nicht, er würde dem Schicksal entgegengehen, so wie die lautlose Stimme es ihm gesagt hatte.

Am Ende des Korridors war gleißend helles Licht, das ihn zu locken schien.

Geh nur. Geh …

Aldur schritt auf das Licht zu, die ersten Meter noch unsicher und auf wackeligen Beinen, dann immer festeren Schrittes. Er blinzelte, doch seine Augen gewöhnten sich rasch an den grellen Schein, der ihn im nächsten Moment erfasste und ganz einhüllte.

Gut so. Bleib stehen.

Aldur kam auch dieser Aufforderung nach – und hatte plötzlich das Gefühl, dass unzählige Augenpaare auf ihn gerichtet waren und ihn intensiv musterten. Um seine Nacktheit scherte er sich nicht mehr, die innere Ruhe gab ihm Stärke und Vertrauen in sich selbst.

»Aldur, des Aldurans Sohn«, erklang eine Stimme wie Donnerhall. »Aus welchem Grund bist du hier?«

»Um Aufnahme zu erbitten in den Orden und in die ehrwürdigen Hallen von Shakara«, antwortete Aldur. Es war eine Formel. Als Kind schon hatte er diese Worte auswendig lernen müssen. »Um Vollkommenheit zu erlangen im Umgang mit der Gabe, die mir verliehen wurde. Und um dem Orden, dem Reich und der Krone zu dienen«, fügte er hinzu.

»Gut gesprochen«, scholl es zurück. »So ergeht meine Frage an euch, Schwestern und Brüder des Ordens von Shakara. Sollen wir diesen jungen Mann, dessen Vater ebenfalls einst Mitglied unserer Gemeinschaft war, in unseren Kreis aufnehmen? Sollen wir ihn unterweisen in der Kunst der Magie und ihn teilhaben lassen an ihren Geheimnissen?«

»Einiges spricht dagegen«, ließ sich eine Stimme vernehmen, in der Aldur die von Cethegar erkannte. »Seine Begabung mag außergewöhnlich sein und seine Abstammung makellos, dennoch habe ich Züge an ihm entdeckt, die eines Weisen unwürdig sind. Eingebildet ist er und überheblich …«

»D-das weiß ich, ehrwürdiger Meister«, gab Aldur freimütig zu, der das Gefühl hatte, unbedingt etwas sagen zu müssen; da er nichts sehen konnte, sprach er einfach in das gleißende Licht. »Und ich gelobe Besserung …«

»Was weiß ein Affe vom Fliegen?«, fragte Cethegar dagegen. »Kannst du Dinge versprechen, die du niemals kennengelernt hast? Hochmütig bist du und selbstverliebt. In diesen Mauern hingegen werden Demut und Weisheit gelehrt. Wirst du diese Dinge je begreifen?«

»Das kann ich«, versicherte Aldur, und spontan sank er auf die Knie. Es widerstrebte ihm, das Haupt vor jemandem zu beugen, den er noch nicht einmal sah, und die herablassende Art des Ordensmeisters verletzte ihn zutiefst – aber noch ungleich größer war seine Furcht, abgewiesen zu werden und wieder in den väterlichen Hain zurückkehren zu müssen. Denn was hätte er in diesem Falle tun sollen? Sein ganzes bisheriges Leben wäre auf einmal völlig sinnlos gewesen. Er musste in den Augen der Zauberer Gnade finden!

Seine Hemmungen fielen wie zuvor seine Kleider. Es war ihm gleichgültig, wie sehr sie ihn demütigen und verlachen würden, so wie ihm seine Nacktheit gleichgültig geworden war. Nicht länger war er der Sohn eines Elfenfürsten und Zauberers, sondern nur noch eine elende Kreatur, die darum bettelte, mehr werden zu dürfen.

»Dennoch«, sagte plötzlich eine andere Stimme, die ungleich weicher und versöhnlicher klang als die des gestrengen Cethegar, »verfügt Aldur über eine große Gabe, die das Schicksal ihm sicher nicht von ungefähr verliehen hat.«

»Wo viel Licht ist, ist auch tiefer Schatten«, knurrte Cethegar.

»Er wird Anleitung brauchen. Das Verständnis eines erfahrenen Lehrers, der ihm beibringt, das Richtige vom Falschen zu unterscheiden. Jemanden, der trotz aller Schatten das Licht in ihm zur Entfaltung bringt.«

Daraufhin setzte Schweigen ein, das ewig zu dauern schien.

»Aldur, des Aldurans Sohn«, erklang es schließlich. »Du bist als Novize in den Orden von Shakara aufgenommen. Betrachte es als eine Ehre, der du dich würdig erweisen musst.«

»Das – das werde ich«, versicherte Aldur unendlich erleichtert. »Das werde ich, ehrwürdiger Vater!« Er senkte das Haupt abermals, bis seine Stirn den eisigen Boden berührte. »Danke, danke! Ich danke Euch von ganzem Herzen!«

»Danke nicht mir, Aldur. Danke dem Schicksal, das dich mit einer solchen Gabe gesegnet hat – und dem Schreiben deines Vaters, das mich milde stimmte.«

»Ich danke Euch«, sagte Aldur dennoch noch einmal. Er war überzeugt, dass es Semias war, dem er seine Aufnahme in den Orden zu verdanken hatte, denn an ihn war die Empfehlung seines

Vaters gerichtet gewesen. Wäre es hingegen nach dem finsteren Cethegar gegangen, wäre er sicherlich abgewiesen worden.

Seine Erleichterung, in den Orden aufgenommen zu sein, war so überwältigend, dass er am Boden kauern blieb, nackt, wie er war. Er merkte nicht, wie sich seine Umgebung veränderte und jemand leise zu ihm trat. Erst als sich weicher Stoff auf seine Schultern legte und wohlig wärmend an ihm herabfloss, regte er sich wieder.

»Erhebe dich, Novize Aldur«, sagte eine Stimme, die süß und unschuldig klang wie der Gesang eines Vogels an einem Frühlingsmorgen.

Aldur blickte auf und stellte fest, dass das Licht erloschen war; er war nicht mehr von grellem Schein umgeben, sondern befand sich inmitten eines kreisrunden Gewölbes. Entlang der Wände, die aus purem Eis zu bestehen schienen und von blau und violett schimmernden Adern durchzogen wurden, standen Frauen und Männer unterschiedlichen Alters, in weiten Roben und mit langen, kunstvoll gearbeiteten Stäben in den Händen. Ihre Blicke waren ernst, ihre Mienen wirkten geradezu gravitätisch.

Die Zauberer von Shakara!

Aldur war eingeschüchtert. Erst jetzt, da ein Umhang um seine Schultern lag, wurde er sich wieder seiner Blöße bewusst, und er errötete. Die Zauberer zeigten keine Regung, ihr forschender Blick blieb auf ihn gerichtet.

»Willst du nicht aufstehen?«, fragte die Stimme noch einmal, und noch immer klang sie so sanft und liebevoll, dass sie alle Scham und Bitterkeit aus seinem Herzen vertrieb.

Er schaute an der Gestalt empor, die zu ihm getreten war, und sah schließlich in die anmutigen Züge einer Frau, die ohne Zweifel die schönste war, die er je gesehen hatte. Schwarz gelocktes Haar umrahmte ein vollendetes Gesicht, dessen Teint ein wenig zu dunkel war für eine Elfin. Sie hatte hohe Wangen, einen sinnlichen Mund, und die Augen waren so blau wie die Seen des Waldlandes.

»W-wer seid Ihr?«, brachte Aldur verblüfft hervor.

»Riwanon«, sagte sie mit ihrer betörenden Stimme. »Ich bin deine Meisterin.«

12. NOTHU

Granock war wütend – vor allem auf sich selbst.

In hilflosem Zorn ballte er die Fäuste, während er auf dem eisig kalten Boden kauerte. So hatte er sich das ganz bestimmt nicht vorgestellt …

Als ihm der Zauberer in Andaril begegnet war und ihm etwas von einem besseren Leben, von einer höheren Berufung und einer größeren Welt erzählt hatte, da hatte er ihm geglaubt und war ihm bereitwillig gefolgt.

Warum nur?

Welchen Anlass hatte er gehabt, einem Zauberer zu vertrauen, dessen Ohren so spitz waren wie die eines Ferkels und der – mal abgesehen von seinen großartigen Versprechen – immerzu in Rätseln sprach? Granock mochte die Elfen nicht besonders; dazu hatten sie ihm bislang auch noch nie Anlass gegeben. Und wie es aussah, würde sich daran wohl auch nichts ändern.

Der Zauberer – Farawyn – hatte von einem Ort gesprochen, an dem er keine Verfolgung zu fürchten bräuchte, an dem er Gleichgesinnte träfe und lernen würde, seine Fähigkeit gezielter einzusetzen. Was aber war stattdessen passiert? Nach zwei Wochen anstrengender Reise hatten sie den Tempel von Shakara zwar tatsächlich erreicht, jedoch war Farawyns Freundlichkeit plötzlich wie weggeblasen gewesen. Er hatte Granock geradezu gezwungen, seine Kleidung abzulegen, und ihn in eine winzige Zelle gesteckt, deren dicke Tür aus vereisten Bohlen sich im nächsten Moment hinter ihm geschlossen hatte.

Da saß er nun, nackt und frierend – und gab sich selbst die Schuld daran. Was hatte er auch auf einen Elfen hören und nach höheren Dingen streben müssen? War es ihm etwa nicht gut gegangen? Hatte er irgendetwas entbehrt?

Nein!

Bis zu dem Tag, da er den verdammten Elf getroffen hatte, hatte Granock ein Leben in Freiheit geführt. Damit schien es nun vorbei zu sein ...

»G-gr-großartig, g-ga-ganz großartig«, maulte er vor Kälte stammelnd vor sich hin, und seine Stimme klang brüchig und schwach. »D-da wäre ich besser i-in Andaril geblieben. Fürst Erweins Stadtwache hä-hätte mir zumindest meine K-K-Kleider gelassen. W-wenigstens bis zum Tag meiner Hinrichtung ...«

Er stand auf und ging in der Enge der Zelle auf und ab. Dabei ahnte er, wie sich die Bären fühlen mussten, die in Andaril und anderen Städten der schaulustigen Menge vorgeführt wurden, in Käfige gesperrt und ihrer Freiheit beraubt. Einen Unterschied freilich gab es – die Tiere wurden mit Nüssen und fauligem Obst gefüttert, während er seit einer halben Ewigkeit nichts mehr zwischen die Zähne bekommen hatte. Er solle die Einsamkeit zur Meditation und inneren Einkehr nutzen, hatte Farawyn gesagt. Wie denn, wenn sein knurrender Magen jede Ruhe zunichtemachte? Und wie, verdammt noch mal, sollte er zu sich finden, wenn er immerzu aufpassen musste, dass sein Hintern nicht am Boden festfror?

Anfangs hatte Granock in seiner Zelle gezetert und geschrien, hatte wie von Sinnen mit den Fäusten gegen die Tür gehämmert. Aber da offenbar niemand Notiz von ihm nahm, hatte er irgendwann damit aufgehört und sich in sein Schicksal gefügt – allerdings nicht ohne Farawyn und allen anderen Spitzohren die übelsten Krankheiten an den Hals zu wünschen. Das Einzige, was ihn noch zu wärmen vermochte, war die Flamme des Zorns, die in seinem Inneren loderte, aber auch sie drohte zu verlöschen, je länger seine Gefangenschaft dauerte und je müder er wurde.

Seine Glieder schmerzten vor Kälte, er zitterte am ganzen Leib, und nur die Tatsache, dass er auf der Straße aufgewachsen war und dort manch harten Winter überstanden hatte, bewahrte ihn davor, sich den Tod zu holen. Nur ab und zu setzte er sich, um sich auszuruhen, die übrige Zeit ging er ruhelos umher. Die Augen fielen ihm dabei fast zu vor Müdigkeit, aber er wusste, dass er sich weder hinlegen noch einschlafen durfte, sonst wäre es um ihn geschehen.

Mit eiserner Disziplin hielt er sich wach – wie viele Stunden schon hätte er nicht zu sagen vermocht. Dann, plötzlich, hörte er vor seiner Zellentür Schritte.

»Hallo?«, rief er und sprang zur Tür. »Ist da jemand?«

Erneut waren Schritte zu hören, kurz und trippelnd wie die einer Ratte in den Hinterhöfen Andarils.

»Hallo!«, rief er erneut und drosch von innen gegen die vereisten Bohlen der Tür. »Ist da wer? Lasst mich raus, verdammt noch mal!«

Er konnte hören, wie sich jemand am Türriegel zu schaffen machte und ihn dann mit einem lauten Ratsch zurückzog. Die Tür wurde geöffnet, jedoch nur einen Spalt – und in diesem Spalt erschien die wohl unwahrscheinlichste Kreatur, die Granock je in seinem Leben erblickt hatte.

Es war ein Kobold.

Aus Erzählungen kannte er die kleinwüchsigen Bewohner des Wald- und Wiesenlandes, jedoch hatte er noch nie eines dieser scheuen Wesen zu sehen bekommen. Offenbar stimmte es aber, was man über Kobolde berichtete: Sie waren etwa eine Elle groß, hatten fein geschnittene, pausbäckige Gesichter und trugen grüne Kleidung aus Blättern und geflochtenen Pflanzenfasern. Als Kopfbedeckung trugen sie umgedrehte Blütenkelche, was putzig aussah und bei Granock trotz seiner misslichen Lage für einen jähen Ausbruch von Heiterkeit sorgte. Er konnte nicht anders, als lauthals loszulachen, als das kleine Wesen seine üppige Leibesmitte durch den Türspalt quetschte und mit tapsenden Schritten in seine Zelle trat.

Der Kobold schaute zu ihm hoch, den Kopf in den Nacken gelegt und die Fäustchen der dünnen Arme in die Seiten gestemmt. Seiner mitleidigen Miene war zu entnehmen, dass er glaubte, Granock hätte den Verstand verloren. Erst allmählich begriff er, dass der Mensch über ihn lachte, und seine Miene verzog sich zu einem mürrischen Ausdruck.

Was gibt es denn da zu lachen?, fragte er forsch.

»Ein Kobold«, prustete Granock und verfiel in noch lauteres Gelächter, in dem sich seine aufgestaute Wut und Frustration entluden. »Das muss ein Scherz sein! Ein gelungener Scherz …«

Der Wicht teilte seine Heiterkeit keineswegs. Ratlos blickte er an sich herab, konnte an seiner Erscheinung jedoch nichts entdecken, was einen solchen Ausbruch der Heiterkeit auch nur halbwegs rechtfertigte. *Möchte wissen, was so komisch ist,* knurrte er.

»Alles, einfach alles!«, blökte Granock. »Die kleinen Augen, die spitze Nase – und erst dieser Hut!«

Der Kobold griff nach der Krempe seiner Blütenkappe, die frisch und kein bisschen welk aussah und der Kälte auf unbegreifliche Weise trotzte, und rückte sie zurecht. *Was stimmt denn nicht mit meinem Hut?,* wollte er wissen, worauf Granock nur noch lauter wieherte.

Was für ein roher, ungehobelter Klotz du bist, konstatierte der Kobold, während er den Spieß umdrehte und den Menschen von Kopf bis Fuß musterte, einen Ausdruck offener Missbilligung im runden Gesicht. *Und du bist überall behaart!*

Granocks Gelächter brach ab, und er sah seinerseits an sich herab. Um seine Nacktheit hatte er sich nicht mehr geschert – in der langen Liste der vielen Dinge, die ihn störten, rangierte sie ziemlich weit unten.

»Zum Glück«, konterte er, »sonst hätte ich mir in diesem elenden Gefängnis längst den Hintern abgefroren, und zwar buchstäblich.«

Buchstäblich, kam es zurück. *Du kannst lesen und schreiben? Wie überraschend …*

Granock blieb eine Antwort schuldig – nicht etwa, weil ihm keine Erwiderung eingefallen wäre, sondern weil ihm erst jetzt aufgefallen war, dass die Lippen des Kobolds fest geschlossen blieben, während er sprach, und dass er die Stimme des Knilchs nur in seinem Kopf wahrgenommen hatte.

»W-was ist los mit mir?«, fragte er verblüfft und griff sich instinktiv an die Ohren. »Verliere ich jetzt den Verstand?«

Kaum, versetzte der Wicht prompt. *Was man nicht hat, kann man nicht verlieren.*

»Du sprichst mit mir, aber ich höre dich nicht. Das ergibt keinen Sinn …«

Nein, gab der Kobold zu. *Es sei denn, man hätte jemals etwas von Gedankenübertragung gehört. Aber das dürfte in deinem Fall ziemlich unwahrscheinlich sein.*

»Gedankenübertragung?« Granock kam sich vor wie ein Idiot. Das kam dabei heraus, wenn man einem Elfen vertraute: Man fand sich splitternackt in einer Kerkerzelle aus Eis wieder und unterhielt sich mit einem Wichtelmännchen, das noch nicht einmal den Mund aufmachen musste, um sich verständlich zu machen …

Das mit dem Wichtelmännchen habe ich gehört – und ich nehme es persönlich!

»Du kannst auch meine Gedanken lesen?«

Unglücklicherweise – ein solches Durcheinander von Gefühlen, Bildern und wirren Ideen habe ich noch selten erlebt. Gut, dass sie dir beibringen werden, wie du das alles für dich behältst.

»Sie?«, fragte Granock.

Die Zauberer, erklärte der Kobold. *Ihretwegen bist du doch hier, oder nicht?*

Granock nickte. Es stimmte, deshalb war er nach Shakara gekommen – um mehr über sich und seine besondere Fähigkeit zu erfahren, und die Einzigen, die ihm da weiterhelfen konnten, waren die Zauberer. Nach allem, was ihm seit seiner Ankunft widerfahren war, glaubte er allerdings mehr und mehr, dass man ihn nach Strich und Faden verar…

Ich muss doch sehr bitten!, fiel ihm der Kobold in seine Gedanken. *Pass auf deine Wortwahl auf! Du bist hier nicht mehr unter Menschen, verstanden?*

»Für jemanden, der so klein ist, bist du reichlich unverschämt«, stellte Granock fest.

Und für jemanden, der aus dieser Zelle raus will, bist du ziemlich frech, konterte der Wicht. *Eigentlich hatte ich ja den Auftrag, dich hier rauszuholen, aber wenn du nicht willst …*

Schon wandte sich der Knirps ab.

»Warte!«, rief Granock. »Ich hab's nicht so gemeint.«

Ach nein? Der Kobold blickte über die Schulter zurück, die Augen zu winzigen Schlitzen verengt.

»Nein«, versicherte Granock, während er sich auf die Knie niederließ und dem Kobold die Hand reichte. »Fangen wir einfach noch mal von vorn an: Mein Name ist Granock.«

Ich weiß, knurrte es in seinem Kopf. *Komischer Name.*

»Und wie heißt du?«

Ariel.

»Freut mich, Ariel. Und, willst du nicht einschlagen?«

Der Kobold schaute auf die noch immer ausgestreckte Hand, die fast halb so groß war wie er selbst.

Nö.

Damit wandte er sich endgültig ab und ließ den Menschen einfach zurück.

»U-und jetzt?«, fragte der verblüfft.

Ariel antwortete nicht, aber er ließ die Zellentür offen, was Granock als Aufforderung betrachtete, dem kleinen Kerl zu folgen. Er trat auf den Gang, und gleißendes Licht brandete ihm von einer Seite entgegen, dass er geblendet den Kopf zur Seite drehte.

Es ist so weit, hörte er Ariels Stimme in seinem Kopf. *Geh deinem Schicksal entgegen ... Granock.*

Es schien den kleinen Wicht Überwindung zu kosten, den Namen zu denken, und es »hörte« sich für Granock auch ziemlich missbilligend an. Er tat dennoch, wozu man ihn aufgefordert hatte, und ging den Korridor hinab, der Quelle des Lichts entgegen. Dabei musste er sich wiederholt an den Eissäulen abstützen, die das niedrige Gewölbe trugen, sonst wäre er wegen seiner Müdigkeit und seiner vor Kälte steifen Gelenke gestürzt.

Warte!, sagte Ariel irgendwann, und Granock blieb stehen.

Er hörte Stimmen, die vom Ende des Eisstollens herabdrangen – eine fremde Sprache, Elfisch zweifellos. Die Augen zu Schlitzen verkniffen und mit einer Hand gegen das helle Licht schirmend, glaubte Granock plötzlich, im gleißenden Schein etwas auszumachen.

Es war eine junge Frau, doch Granock hielt sie zunächst für eine Täuschung, für einen Streich, den ihm seine erschöpften Sinne spielten. Er blinzelte, aber das vermeintliche Trugbild blieb bestehen: Von Licht umflossen, stand die grazile Gestalt vor ihm, vollendet von den schlanken Fesseln bis hinauf zu den schmalen Schultern, auf die hellblondes, fast weißes Haar herabfiel.

Die Frau wandte ihm den Rücken zu. Sie war nackt wie er selbst, aber anders als seine sonnengebräunte Haut schien ihre weiß, und obwohl er weder ihr Gesicht noch ihre Ohren sehen konnte, hegte er keinen Zweifel daran, dass sie eine Elfin war, denn solche Vollkommenheit hatte er nie zuvor erblickt, jedenfalls nicht in den Freudenhäusern Andarils, in die er seine Beute hin und wieder getragen hatte. Ansonsten fehlte ihm der Vergleich, aber er bezweifelte, dass es eine Menschenfrau gab, die es an Anmut mit dieser Gestalt aufnehmen konnte. Und da war noch mehr – etwas, das seine Begierde weckte und ihn …

Mäßige dich!, plärrte auf einmal Ariel in seinem Kopf, und ein Blick an sich herab sagte Granock, dass der Kobold – zumindest dieses eine Mal – recht hatte. Er wandte den Blick von der holden Weiblichkeit ab, und die Kälte, die auf dem Gang herrschte, kühlte sein erregtes … Gemüt rasch wieder ab.

Die Stimmen verstummten, und ein untrügliches Gefühl sagte ihm, dass er nun an der Reihe war. Langsam ging er weiter, nun festeren Schrittes als zuvor, und schließlich umgab ihn das Licht von allen Seiten. Von einem Augenblick zum anderen waren sowohl die Kälte als auch die Müdigkeit verflogen, und er fühlte sich kräftig und ausgeruht.

Gut so. Bleib stehen, verlangte Ariel.

Granock verharrte. Nun, da es ihn einhüllte, blendete ihn das Licht nicht mehr, aber er hatte das Gefühl, dass sich jenseits des grellen Scheins etwas verbarg. Etwas oder jemand, der nicht gesehen werden wollte …

»Granock aus der Menschenstadt Andaril«, ertönte plötzlich eine donnernde Stimme, die nicht mehr Elfisch sprach, sondern sich – wohl als Zugeständnis an ihn – der Sprache der Westmenschen bediente. »Aus welchem Grund bist du hier?«

»Aus welchem Grund ich …?« Granock verstummte. Was sollte die dämliche Frage? Wer hatte denn vorgeschlagen, ihn nach Shakara mitzunehmen und ihm eine größere Welt zu zeigen?

»Was suchst du?«, half die Stimme nach, als er die Antwort schuldig blieb.

Er machte eine hilflose Handbewegung. »Ein paar Kleider wären nicht schlecht«, meinte er vorsichtig. »Und vielleicht etwas zu essen?«

»Da hört ihr es!«, tönte eine andere Stimme. »Meine Befürchtungen bestätigen sich schon jetzt! Der Mensch ist in keiner Weise würdig, in die glorreichen Hallen Shakaras aufgenommen zu werden!«

Zustimmendes Gemurmel ließ darauf schließen, dass jenseits des Lichtscheins sehr viel mehr Beobachter waren, als Granock bisher angenommen hatte. Ein wenig eingeschüchtert bedeckte er seine Blöße.

»Es geht nicht mehr darum, über Granocks Aufnahme zu befinden, Schwestern und Brüder«, sagte Farawyn, dessen Stimme Granock sofort erkannte. »Darüber wurde längst entschieden, und der Beschluss steht fest.«

»Wohl gesprochen«, erwiderte jemand.

»Deshalb frage ich dich, Granock«, fuhr Farawyn fort, »bist du hier, um Aufnahme zu erbitten in den Orden und in die ehrwürdigen Hallen von Shakara? Willst du Vollkommenheit erlangen im Umgang mit der Gabe, die dir verliehen wurde? Und willst du ferner dem Orden, dem Reich und der Krone dienen?«

»Äh … ich – ich schätze schon«, entgegnete Granock ein wenig zögerlich. Hätte man ihn gefragt, ob er mehr über seine seltsame Fähigkeit erfahren oder lernen wollte, noch besser damit umzugehen, hätte er ganz einfach Ja gesagt. Aber das blumige Geschwafel des Elfen verwirrte ihn. Was, in aller Welt, wollten die Spitzohren von ihm?

Das habe ich gehört, Mensch! Benimm dich gefälligst!

Granock zuckte zusammen, und ohne dass er zu sagen vermochte, ob die Worte von ihm selbst kamen oder ob sie ihm ein gewisser Kobold in den Mund legte, sagte er mit fester Stimme: »Ja, Meister, das will ich.«

»So ergeht meine Frage an euch, Schwestern und Brüder des Ordens von Shakara«, kam es von jenseits des Lichts. »Sollen wir diesen jungen Mann als ersten Spross des Menschengeschlechts in unseren Kreis aufnehmen? Wollen wir ihn unterweisen in der Kunst der Magie und ihn teilhaben lassen an ihren Geheimnissen?«

»Ich habe noch immer Vorbehalte«, sagte jemand – es war dieselbe Stimme, die schon vorhin Bedenken geäußert hatte. »Aber ich fühle mich an den Ratsbeschluss gebunden und beuge mich der Mehrheit, Farawyn.«

»Ich danke dir dafür, Bruder Palgyr«, kam es zurück, »und ich versichere euch allen, dass es der richtige Schritt ist. Auch Menschen verfügen über die Gabe, und nur wenn wir dies akzeptieren, wird unser Orden auch noch auf längere Zeit Bestand haben. Ein morscher Halm, der sich gegen den Wind stemmt, bricht schließlich – ein junger Halm jedoch ist biegsam und übersteht den Sturm.«

Granock verstand schon wieder nicht, obwohl die Unterhaltung in der Sprache der Menschen geführt wurde. Was sollte das ganze Gerede von morschen und jungen Halmen? Was hatte das mit ihm zu tun?

Du verstehst es wirklich nicht, oder?, vernahm er Ariel wieder. *Farawyn hat viel riskiert für dich. Er hat sich vor dem Hohen Rat für dich eingesetzt, wider Meister Palgyr und all die anderen, die dagegen waren, einen Menschen in Shakara aufzunehmen. Er hat sich durchgesetzt, und du bist der erste, der erste Mensch, dem die Ehre zuteilwird, dem Orden der Zauberer beitreten zu dürfen …*

Granock klappte vor Überraschung der Unterkiefer nach unten. Er hatte tatsächlich noch nie von einem Zauberer gehört, der ein Mensch gewesen wäre, aber darüber hatte er bislang auch nie groß nachgedacht. Es war bekannt, dass die Spitzohren ihre Geheimnisse hüteten wie die Zwerge ihr Gold, aber darauf, dass er der allererste *Mensch* sein könnte, den man nach Shakara holte und der nun hier stand, um als Novize in den Orden aufgenommen zu werden … nein, darauf wäre er nie gekommen.

Er empfand Stolz und Entsetzen zu gleichen Teilen. Stolz, weil seine Anwesenheit ein Beleg dafür war, wie überaus selten und außergewöhnlich seine Fähigkeit war. Entsetzen, weil ihm in diesem Moment klar wurde, dass er der einzige Mensch unter lauter Elfen sein würde. Und plötzlich wünschte er sich fast, dass man ihn ablehnte und zurück nach Andaril schickte.

Knie nieder, forderte Ariel ihn auf. *Dies ist ein wichtiger Augenblick …*

Granock folgte der Anweisung, ohne wirklich darüber nachzudenken. Unbekleidet war er schon zuvor gewesen – wirklich nackt fühlte er sich jedoch jetzt erst.

Bis vor wenigen Tagen hatte es nichts gegeben, dem er besondere Bedeutung beigemessen hätte. Er hatte sorglos in den Tag hineingelebt und sich dank seiner Gabe mit allem versorgt, was er brauchte. Selten hatte er mehr genommen, als er selbst brauchte, und wenn, dann nur, um jenen zu helfen, die noch weniger hatten, und davon gab es in Andaril mehr als genug. Er hatte nach seinen eigenen Regeln gelebt und nach seiner eigenen Philosophie. Das Leben war für ihn ein Würfelspiel gewesen, bei dem man mal gewann und dann wieder verlor.

Auch die Reise nach Shakara war für ihn nichts anderes gewesen als ein Glückswurf. An die Kraft der Vorsehung, der die Elfen so große Bedeutung beimaßen, hatte er nie geglaubt.

Bis zu diesem Augenblick.

Denn als Granock am Boden kauerte, so nackt, wie er einst aus dem Schoß seiner Mutter gekrochen war, hatte er zum ersten Mal das Gefühl, dass das Leben vielleicht mehr war als ein Spiel und dass er Teil von etwas Bedeutsamem sein konnte. Wie hatte Farawyn doch in Andaril gesagt?

»Ich werde dir eine Welt zeigen, die größer ist als alles, was du dir vorzustellen vermagst …«

Auf dem eiskalten Marmor kniend, das Haupt demütig gesenkt, bekam Granock nicht mehr mit, was jenseits des Vorhangs aus weißem Licht gesprochen wurde. Weder hörte er, wie die Ratsmitglieder seine Aufnahme bestätigten, noch merkte er, wie jemand leise zu ihm trat. Erst als sich der wärmende Stoff eines Umhangs auf seine Schultern legte, schaute er auf.

Das Licht war erloschen, und er sah sich einer Unzahl in Roben gekleideter Elfen gegenüber, die in einem weiten Kreis um ihn herumstanden und ihn musterten. Der ihm den Umhang umgelegt hatte, war kein anderer als Farawyn, in dessen bärtigen, von dunklem Haar umrahmten Zügen sich die Andeutung eines Lächelns abzeichnete.

»Steh auf, Novize Granock«, forderte er ihn auf.

»N-Novize? Das heißt, ich bin …?«

»Du bist in den Orden aufgenommen – einstweilen und nur auf Probe«, schränkte Farawyn ein, »aber wenn du deine Sache gut machst und unsere Regeln befolgst …«

»Das werde ich«, versicherte Granock rasch, der plötzlich begierig war, mehr über die Zauberer und jenen Orden zu erfahren, zu dem er auf einmal gehörte. »Ich werde Euch nicht enttäuschen … Meister.«

Es kostete ihn ein wenig Überwindung, das Wort auszusprechen, denn noch nie zuvor hatte er jemanden so genannt, und er befürchtete fast, es könnte falsch und unaufrichtig klingen. Wenn dies der Fall war, ließ Farawyn es sich jedoch nicht anmerken.

»Ich weiß«, sagte er nur. »Folge nun Ariel in den Saal der Novizen. Dort wirst du deine Mitschüler kennenlernen, und ihr werdet gemeinsam den Treueid leisten.«

»Den Treueid?«

Ein wissendes Lächeln spielte um die Züge des Zauberers, so als hätte er die Frage erwartet. »Im Zuge eurer Ausbildung«, sagte er, »werdet ihr Geheimnisse ergründen, die anderen verschlossen bleiben sollen. Euch werden Dinge offenbar, von denen kein anderer erfahren darf, und euer Wissen wird euch stark und mächtig machen. Denkst du nicht, dass wir uns vorher eurer Loyalität versichern sollten?«

»D-doch, natürlich«, versicherte Granock, und er kam sich unendlich dumm vor. Auf einmal schämte er sich seiner Blöße – nicht so sehr der körperlichen als vielmehr der, die in seinem Kopf herrschte. Es gab so vieles, das er noch nicht wusste und das ihm die anderen Novizen sicher voraushatten, dennoch hatte Farawyn alles darangesetzt, ihn zu seinem Schüler zu machen.

»Meister, ich …«

»Ja?«

Granock schluckte. Er wollte noch etwas sagen, wollte dem Elfen zu verstehen geben, wie dankbar er ihm war, aber er fand nicht die rechten Worte und schwieg.

»Geh jetzt«, sagte Farawyn, und Granock nickte, erhob sich und wandte sich ab, erleichtert darüber, den prüfenden Blicken der anderen Zauberer zu entgehen, die den Kreis um ihn herum für ihn geöffnet hatten.

Das milde Lächeln, das sein neuer Meister ihm hinterherschickte, bemerkte er nicht – ebenso wenig wie das Flackern in den Augen eines anderen Zauberers, der den Namen Palgyr trug.

13. ARWEN-HUN YMLITH DYNAI

Der Saal der Novizen war ein lang gezogener Raum, schmucklos und mit weißen Wänden, an denen Fackeln in Halterungen steckten. Deren Feuer loderte jedoch nicht etwa orangerot, sondern war blassblau, genau wie das Licht auf dem obersten Turm der Ordensburg.

Es war das erste Mal, dass Granock ein solches Feuer aus der Nähe sah, deshalb blieb er interessiert vor einer der Fackeln stehen und musterte die blaue Flamme, von der keine Wärme ausging. Vorsichtig bewegte er den Finger darauf zu, wollte ihn kurz hineinstecken …

»Das würde ich an deiner Stelle nicht tun«, sagte jemand hinter ihm.

Granock kam sich vor, als hätte man ihn beim Äpfelklauen erwischt. Er fuhr herum – um sich dem anmutigsten Wesen gegenüberzusehen, das seine Augen je erblickt hatten.

Wäre sie ein Mensch gewesen, hätte er sie auf siebzehn oder achtzehn geschätzt. Doch fraglos handelte es sich bei ihr um eine Tochter des Elfengeschlechts. Weißblondes Haar wallte bis weit über die Schultern und umrahmte ein ebenso schmales wie blasses Gesicht mit hohen Wangenknochen, das jedoch in keiner Weise hochmütig wirkte. Ihre Augen blitzten wie Smaragde und schauten ihn ebenso freundlich wie offen an. Dazu kamen der Duft zarter Blüten, der sie umgab, und eine Stimme, die süß war wie Honigtau. Schon der bloße Vergleich mit jeder anderen Frau, die Granock je kennengelernt hatte, wäre eine Beleidigung für sie gewesen.

Obwohl zusätzlich zu ihrer weißen Tunika ein Umhang ihre schlanke Gestalt bedeckte, war er sicher, dass dies die Elfin war, deren Silhouette er vorhin im Gegenlicht gesehen hatte und die ihm zunächst wie ein Trugbild vorgekommen war. Ein Irrtum, wie sich nun herausstellte.

Glücklicherweise …

»Ich … äh …«, stammelte er unbeholfen.

»Elfenfeuer«, sagte sie freundlich, auf die blauen Flammen deutend. »Es geht keine Hitze davon aus, aber Sterbliche vermag es dennoch zu verbrennen.«

Granock grinste schief. »Danke für die Warnung.«

»Du bist der Mensch, nicht wahr?«

»Schätze ja.«

»Ich habe schon von dir gehört.«

»Wirklich?« Granock war noch immer zu überrascht, um etwas Geistreiches zu erwidern.

Die Elfin beherrschte die Menschensprache fließend – wenn auch mit dem leicht lispelnden Akzent, der ihrem Volk zu eigen war –, und er fand, dass er ihre Zuvorkommenheit zumindest ansatzweise erwidern sollte.

»Shumai«, antwortete er mit dem einzigen Wort aus der Sprache der Elfen, das er kannte, und beugte sich dabei ein wenig vor, um eine Verneigung anzudeuten.

Sie lächelte und erwiderte etwas in ihrer Sprache, die sich aus ihrem Mund leicht und melodiös anhörte, ein wenig wie Vogelgesang. Leider verstand Granock nichts davon, und offenbar machte er ein derart belämmertes Gesicht, dass sie laut lachen musste.

Er war dankbar, dass sie wieder in seine Sprache wechselte, als sie sagte: »Sehr weit ist es mit deinem Elfisch noch nicht her.«

»Nein«, gab er zu. Es ärgerte ihn, dass sie gelacht hatte, aber er war selbst schuld. Wie kam er darauf zu versuchen, weltgewandt zu wirken? Was hatte er erwartet? Dass ein einziges Wort genügte, um sie zu beeindrucken?

»Wie ist dein Name?«

»Granock«, antwortete er.

»Granock.« Sie nickte. »Und wie weiter?«

»Nichts weiter. Nur Granock.« Wieder grinste er, aber diesmal wirkte es wie eine Entschuldigung. »Reicht das nicht?«

»Der Name sagt nichts aus«, erklärte sie. »Er verrät weder etwas über deine Herkunft noch über deine Familie.«

»Da gibt es nichts zu verraten.« Er machte eine abwinkende Geste. »Ich habe keine Familie. Und eine Heimat auch nicht. Ich lebe mal hier, mal dort, gerade wie's mir gefällt. Zuletzt hatte es mich nach Andaril verschlagen ...«

»Andaril?« Sie zuckte merklich zusammen.

»Ja, warum?«

»Nichts.« Sie schüttelte den Kopf.

»Kennst du die Stadt?« Diesmal grinste er verwegen. »Ein übles Nest, sag ich dir. Überall Schmutz und zwielichtige Gestalten. Ich habe sogar ...«

»Ich sage dir doch, es ist nichts«, unterbrach sie ihn, energischer, als es nötig gewesen wäre.

Granock verstummte. Was für unberechenbare, launische Wesen diese Elfen doch waren.

»Entschuldige«, bat sie, »ich hab's nicht so gemeint.«

»Schon gut.« Er musterte sie misstrauisch.

Sie straffte sich, und dann lächelte sie ihn wieder an, und es überlief ihn heiß und kalt. »Mein Name ist Alannah«, stellte sie sich vor. »Ich war ein Kind der Ehrwürdigen Gärten, ehe ich nach Shakara kam.«

»Kind«, echote er und konnte nicht verhindern, dass sein Blick an ihrer schlanken und dennoch sehr weiblichen Gestalt hinabhuschte.

»Das Wort gibt die Bedeutung der elfischen Bezeichnung *ganeth* nur unzureichend wieder«, erklärte sie unbedarft. »Es meint eine junge Frau, die den Geschlechtsakt noch nicht vollzogen hat.«

»D-den Ge-Geschlechtsakt?«, stammelte Granock und starrte sie aus großen Augen an.

»Rhiw«, bekräftigte sie auf Elfisch. »Geschlechtsakt – sagt ihr Menschen nicht so dazu?«

»Äh ... doch, doch«, beeilte sich Granock zu versichern und konnte nicht verhindern, dass er dabei rot wurde. Er hatte manches erwartet, aber ganz sicher nicht, sich mit einer so wunderschönen jungen Frau über derlei Dinge zu unterhalten.

»Was hast du?«, fragte sie. »Du wirkst plötzlich so … so fahrig.«

»E-es ist nichts, wirklich«, wiegelte er ab. Die Röte in seinem Gesicht nahm jedoch noch weiter zu.

»Oh, ich weiß«, rief sie plötzlich und schlug sich mit der flachen Hand vor die Stirn. »Ihr Menschen pflegt über *rhiw* längst nicht so offen zu sprechen wie wir. Ihr macht eine große Sache daraus, richtig? Sehr groß und sehr geheimnisvoll …«

»I-irgendwie schon«, gab er zu. »Bei euch scheint das anders zu sein …«

Erneut lächelte Alannah ihn an, und er hatte das Gefühl, dass ihr Lächeln strahlender war als jedes Elfenfeuer. »An diesem Ort«, erklärte sie, »werden die Rätsel des Kosmos entschlüsselt. Da kämen wir nicht weit, würden wir uns schämen, über ganz natürliche Vorgänge zu sprechen.«

Die Argumentation konnte Granock nachvollziehen, doch obwohl er in Sachen *rhiw* offensichtlich über weit größere Erfahrung verfügte als sie, war dies kein Thema, über das er sich mit einer so schönen jungen Frau unterhalten wollte.

Jedenfalls nicht beim allerersten Treffen …

Er wollte gerade etwas sagen, als sich ein anderer Elf zu ihm und Alannah gesellte. Seinem Äußeren nach war er in Alannahs Alter. Seine Gestalt war hager, langes blondes Haar wallte offen über seine Schultern. Bekleidet war auch er mit einer weißen Tunika und mit einem ebenso weißen Umhang, aber anders als Alannah blickte er streng, geradezu grimmig drein. Er sagte etwas auf Elfisch, worauf sich ein kurzer Wortwechsel zwischen ihm und Alannah entspann, bis sie entschieden den Kopf schüttelte.

»Nein«, sagte sie schließlich in der Sprache der Menschen, »er hat mich nicht belästigt, Aldur. Außerdem ist es unhöflich, vor ihm in einer Sprache zu sprechen, deren er nicht mächtig ist.«

»Er spricht also kein Elfisch?«, fragte der Elf und bedachte Granock mit einem vernichtenden Blick. »Warum wundert mich das nicht?«

»Shumai«, sagte dieser und lächelte unbeholfen. »Zu mehr reicht es leider noch nicht.«

»Und dennoch haben sie dich genommen«, murrte Aldur, der mit dieser Entscheidung des Hohen Rates offenbar ganz und gar nicht einverstanden war.

»Ja.« Granock zuckte mit den Schultern. »Ehrlich gesagt, weiß ich auch nicht, wieso. Muss wohl an meinen verborgenen Fähigkeiten liegen ...«

»Fähigkeiten? Was weißt du schon von Fähigkeiten?«, fuhr der Elf ihn an. »Meine Familie hat seit vielen Generationen mächtige Zauberer hervorgebracht. Und wer bist du?« Verächtlich zog er die Mundwinkel nach unten und fügte noch hinzu: »Oder sollte die Frage besser lauten: *Was* bist du?«

»Lass ihn in Frieden«, ergriff Alannah für Granock Partei, ehe dieser etwas entgegnen konnte.

»Du stellst dich auf die Seite des Menschen?«, fragte Aldur in einer Mischung aus Verwunderung und Verärgerung. Er schnaufte verächtlich. »Er ist der Erste seiner Art, der in diese Hallen aufgenommen wurde. Und das ausgerechnet zusammen mit uns!«

»Ich stelle mich auf niemandes Seite«, berichtigte sie ihn. »Aber der Hohe Rat hat seine Aufnahme in den Orden beschlossen, und es steht weder mir noch dir noch sonst jemandem zu, diese Entscheidung infrage zu stellen.«

»Hör zu«, meinte Granock, der sich unwohl fühlte in seiner Haut – nicht nur, weil er sich wie ein Aussätziger vorkam, sondern auch, weil ein Mädchen für ihn die Verteidigung übernommen hatte. Er wandte sich Aldur zu. »Ich will keinen Ärger, verstehst du? Als Farawyn mich fragte ...«

»*Meister* Farawyn«, verbesserte Aldur.

»Na schön – als *Meister* Farawyn mich fragte, ob ich nach Shakara mitkommen will, da hatte ich nicht groß die Wahl. Denn andernfalls hätte mich die Stadtwache von Andaril geschnappt und in den Kerker geworfen.«

»In den Kerker?«, fragte Alannah. »Was hast du verbrochen?«

»Nichts weiter«, versicherte Granock. »Nur hin und wieder was ... hm ... geborgt.«

»Gestohlen«, drückte Aldur es ein wenig klarer aus. »Du bist ein elender Dieb.«

»Von irgendwas musste ich ja leben«, verteidigte sich Granock. »Außerdem glaube ich nicht, dass sich einer von euch vorstellen kann, wie es in so einer Menschenstadt ist.«

Alannah hob die Brauen. »Wie meinst du das?«

»Na ja, ihr mit euren strahlenden Palästen, euren gepflegten Gärten und dem ganzen Schnickschnack – ihr habt doch gar keine Ahnung, was draußen in der Welt vor sich geht. Während ihr im Überfluss schwelgt und euch den Kopf zerbrecht über Fragen der Philosophie, über den Sinn des Lebens und das Wesen des Kosmos', kämpfen die Menschen tagtäglich ums Überleben.«

»Was du nicht sagst«, entgegnete Aldur und musterte ihn geringschätzig. »Dass du mit Philosophie nicht viel zu schaffen hast, sieht man dir an.«

Granock merkte, wie die Wut in ihm hochschäumte. Dieser Aldur bestätigte all die Vorurteile, die er von jeher gegen Elfen gehabt hatte: Er war hochmütig und arrogant und von einer geradezu kaltherzigen Gleichgültigkeit hinsichtlich der wirklichen Welt. Granock war überzeugt, dass ein guter Teil des Elends, das in den Ostlanden herrschte, letztendlich dieser Gesinnung der Elfen zu verdanken war, die nichts gegen die Willkür der Fürsten und Clanchefs unternahmen. Schlimmer noch – wenn es ihnen zum Vorteil gereichte, hetzten sie die Menschenherrscher sogar noch gegeneinander auf, und es kümmerte sie nicht, wenn Hunderte Menschen in den Kriegen starben, die sie damit heraufbeschworen.

Dass Granock diesen eitlen Gockel Aldur nicht gehörig zurechtstutzte oder ihm zumindest sagte, für was für einen aufgeblasenen, eingebildeten Zeitgenossen er ihn hielt, hatte zwei Gründe: Zum einen war er – Granock – der einzige Mensch in der Ordensburg, und ihm war klar, dass er irgendwie mit den Elfen auskommen musste; der andere Grund war Alannah. Granock war fasziniert von ihr, und er wollte sie nicht in eine unangenehme Lage bringen. Auch wenn es ihm widerstrebte, es war besser, gute Miene zum bösen Spiel zu machen und sich zu fügen.

»Lass gut sein«, sagte er deshalb beschwichtigend zu Aldur. »Ich will keinen Ärger.«

»Dann hättest du nicht herkommen sollen.«

»Wie ich schon sagte – ich hatte keine Wahl. Nun bin ich nun einmal hier, das ist nicht zu ändern ...«

»Vielleicht doch«, knurrte der Elf.

»... also sollten wir die Dinge so nehmen, wie sie sind«, fuhr Granock unbeirrt fort – und dann reichte er seinem Kontrahenten die Hand. »Ich denke, wir sollten einfach noch mal von vorn anfangen, was hältst du davon?«

Augenblicke starrte Aldur auf die ausgestreckte Hand. Dann sah er Granock direkt in die Augen. »Du bittest um einen Neuanfang? Nachdem du mich beleidigt hast?«

»Hab ich das?«, fragte Granock und grinste schief. »Dann sind wir ja quitt.«

Aldur jedoch senkte den Blick und starrte erneut auf Granocks ausgestreckte Hand, so lange, bis dieser sie seufzend zurückzog.

»Dann eben nicht«, meinte Granock. »Irgendwie schade.«

»Ich will dir etwas zeigen, Mensch«, sagte Aldur und rief die anderen Novizen herbei, die ein Stück abseits standen und sich unterhielten; er benutzte dafür die Elfensprache.

Während sie sich näherten – Granock zählte vier männliche Elfen und drei weibliche, allesamt in Tuniken und mit Umhängen bekleidet –, tuschelten sie miteinander. Den Blicken nach zu urteilen, die Granock erntete, war Aldur nicht der Einzige, der wenig begeistert war davon, dass ein Mensch in Shakara aufgenommen worden war.

»Darf ich vorstellen?«, fragte Aldur großspurig. »Dies, meine Freunde, ist Gwailock. Er kommt aus einer Menschenstadt und will die Geheimnisse der Magie ergründen.«

»Granock«, verbesserte der Mensch und sah in die Runde. »Der Rest stimmt.«

»Mit welchem Recht begehrst du, Gwailock, Aufnahme in diese erlauchte Gemeinschaft?«, fragte Aldur. »Was haben du oder deine Familie dafür getan? Welche Ahnen kannst du benennen, die schon vor dir in Shakara gewesen sind und die Wege der Magie beschritten haben?«

Granock brauchte nicht lange zu überlegen. »Keine«, antwortete er rundheraus. »Ich bin der erste Mensch hier, wie ihr wisst. Also kann auch kein Vorfahr von mir hier gewesen sein. Ist doch einleuchtend, oder? Wir Menschen nennen so etwas ›Logik‹.«

Alannah kicherte, und auch zwei der anderen Schüler grinsten, was Aldur ungemein ärgerte. »Dann lass es mich anders ausdrücken«, sagte er. »Jeder hier wurde mit dem gesegnet, was wir *reghas* nennen – eine besondere Gabe, die uns vom Schicksal verliehen wurde. Ogan hier zum Beispiel« – er deutete auf einen Novizen, der im Vergleich zu den anderen etwas kleiner und auch untersetzter war und dem es peinlich zu sein schien, beim Namen genannt zu werden – »kann es durch pure Willenskraft regnen lassen.«

»Und?«, fragte Granock dagegen. »Das kann ich auch – ich muss vorher nur genug trinken.«

Wieder kicherte Alannah, und selbst Ogan musste lachen, obwohl der Scherz auf seine Kosten ging. Die übrigen Schüler, allen voran Aldur, blickten Granock mürrisch an. Offenbar hatte er nicht ihren Humor getroffen.

Wenn sie überhaupt welchen hatten …

»Haiwyl«, fuhr Aldur fort, »kann kraft seiner Gedanken massives Metall verformen. Trea ist in der Lage, durch feste Materie hindurchzusehen, Zenan wiederum kann seine Körperkräfte dergestalt auf einen Punkt konzentrieren, dass er mit einem einzigen Fingerdruck einen Stein zertrümmern kann.«

»Wie praktisch«, entgegnete Granock offenbar völlig unbeeindruckt.

»Und nun frage ich dich, Gwailock von den Menschen – bist du in der Lage, auch nur etwas annähernd Großartiges zu vollbringen?«

»Ich komme zurecht«, antwortete Granock ausweichend – dass der Elf fortwährend seinen Namen verhunzte, überhörte er geflissentlich.

»Natürlich«, spottete Aldur und wandte sich den anderen zu. »Habt ihr das gehört, Schwestern und Brüder? Er behauptet von sich, er käme zurecht! Ha!«, rief er. »Ein nichtswürdiger Mensch wird niemals in der Lage sein, *dies hier* zu tun!«

Damit wirbelte er wieder nach Granock herum, und auf seiner ausgestreckten Rechten, deren Handfläche er nach oben gedreht hatte, flackerte loderndes Feuer – kein kaltes Elfenlicht und keine Illusion, sondern echtes, verzehrendes Feuer, dessen zuckender Schein Aldurs Züge beleuchtete und sie auf unheimliche Weise verzerrte.

»Nicht, Aldur!«, rief Alannah mahnend – aber der junge Elf war nicht aufzuhalten. Er fühlte sich in seinem Stolz gekränkt und wollte Genugtuung, indem er seinen Rivalen vor den Augen aller demütigte.

»Siehst du das?«, rief er triumphierend und starrte Granock aus funkelnden Augen an. »Das ist wahre Macht, Mensch! Den Elementen zu gebieten und beliebig über sie zu verfügen – dazu werden Menschen niemals in der Lage sein. Wie also kannst du auch nur annehmen, dass an diesem Ort Platz für eine Kreatur wie dich sein könnte?«

Granocks Antwort fiel anders aus, als Aldur erwartet hatte. Kurzerhand trat der junge Mensch einen Schritt zurück, was der Elf als Zeichen von Furcht wertete und mit verächtlichem Gelächter quittierte. Dann jedoch hob Granock die Arme, richtete die Hände auf die Flamme und schloss die Augen, um sich zu konzentrieren.

Und im nächsten Moment geschah etwas, womit keiner der Elfen, am wenigsten Aldur, gerechnet hatte.

Die Flamme in seiner Hand, die eben noch fauchend gelodert hatte, *stand plötzlich still*. Weder verlor sie an Leuchtkraft noch an Hitze, noch verlosch sie – aber sie bewegte sich nicht mehr, war vor den Augen der verblüfften Novizen auf einmal so starr wie ein Bildnis aus Stein.

»Ich denke«, sagte Alannah, die als Erste die Fassung zurückgewann, »das ist Antwort genug …«

14. DAIL'Y'DAN

Die Woche war vorüber, das Ultimatum, das Fürst Erwein König Elidor gestellt hatte, verstrichen. Nun würde sich zeigen, ob die schönen Worte wie Wahrheit, Aufrichtigkeit und Gerechtigkeit, die die Elfen so gern in den Mund nahmen, für alle Wesen Erdwelts galten oder ob sie ihre Bedeutung verloren in dem Augenblick, da ihre Einhaltung den Interessen der Elfen zuwiderliefen.

Erwein wartete nicht erst ab, bis der Kastellan ihn und seine Leute beim König angekündigt hatte; sobald sich die Pforten des Thronsaals öffneten, schritt er voran, gefolgt von zehn seiner besten Kämpfer, die mit Kettenhemd und Lederzeug gerüstet waren und Schwerter an den Seiten trugen. Nur ihre Helme hatten sie abgenommen und trugen sie unter dem Arm – eine letzte Geste des Respekts gegenüber ihrem Lehnsherrn.

Eine Woche lang hatte Erwein um seinen Sohn getrauert, hatte mit dem Schicksal gehadert, das ihm nach seinem Zweitgeborenen Nurtwin auch noch seinen jüngsten Spross genommen hatte, sodass ihm nur noch Ortwin blieb, sein ungeliebter ältester Sohn, der es weder an Klugheit noch an Geschick mit den beiden anderen aufnehmen konnte.

Auf den jungen Iwein hatte der Fürst all seine Hoffnung gesetzt: Ihm hatte er einst Titel und Besitz übertragen wollen, er hätte die Adelsmacht behaupten sollen gegenüber Bürgern und Magistraten, die nach immer mehr Einfluss lechzten. Nun jedoch war die Zukunft ungewiss, und die Schuld daran lag bei einem Elfenweib, das seinen jüngsten Sohn ruchlos dahingemordet hatte.

Erwein war klar, dass er das Geschehene nicht rückgängig machen konnte, aber er wollte Gerechtigkeit. Er wollte, dass die Mörderin bezahlen musste für das, was seinem Sohn widerfahren war. Die Elfin würde sterben, von des Henkers Hand, öffentlich hingerichtet auf dem Marktplatz von Andaril.

Mit grimmiger Miene näherte sich Erwein dem Thron. Elidor und seine Berater blickten ihm entgegen, und wie immer war es beinahe unmöglich zu sagen, was hinter den blassen Gesichtern mit den schmalen Augen vor sich ging. In mancher Hinsicht waren die Elfen den anderen Völkern Erdwelts noch immer ein Rätsel; vieles von dem, was sie sagten und taten, war für Menschen unverständlich, dennoch hatte Erwein sich bislang ihrer Herrschaft gebeugt. Doch vielleicht, sagte er sich, während er vor den Königsthron trat, waren diese Tage nunmehr gezählt.

»Seid mir gegrüßt, Fürst Erwein«, sagte Elidor, auf dessen Haupt die Elfenkrone blitzte. Über seine Schultern erhob sich die mit rotem Samt gepolsterte und mit reichlich Schnitzereien verzierte Rückenlehne des Elfenthrons, über ihm wölbte sich die weite Kuppel des Thronsaals.

Es hatte Zeiten gegeben, da war Erwein von derlei Blendwerk beeindruckt gewesen. Das war vorbei.

Anstatt den Gruß zu erwidern, nickte er nur knapp, was einen empörten Ausdruck in den Gesichtern der königlichen Berater zur Folge hatte. Der Fürst von Andaril registrierte es mit Genugtuung. »Nun, Hoheit?«, fragte er. »Wie steht es? Die Woche Bedenkzeit, die ich Euch zugestanden habe, ist um.«

»Dessen bin ich mir bewusst«, versicherte der König, der auf Erweins offene Provokation mit demonstrativer Gelassenheit reagierte.

»Und? Wie habt Ihr Euch entschieden? Werdet Ihr mir die Mörderin ausliefern? Oder gewährt Ihr in Euren Mauern einer überführten Verbrecherin Zuflucht?«

Man konnte sehen, wie Ardghal, der Oberste Berater am königlichen Hof, zusammenzuckte. Er schien etwas erwidern zu wollen, Elidor jedoch hielt ihn mit einer beiläufigen Bewegung seiner Hand zurück. »Davon soll keine Rede sein«, erwiderte der König ruhig. »Jedoch kann ich Eurer Bitte dennoch nicht entsprechen.«

»Nein?«, hörte sich Erwein selbst keuchen, atemlos vor Erstaunen, denn er hatte fest mit einer anderen Antwort gerechnet. Seiner Überzeugung nach hatte Elidor gar keine andere Wahl, als sich seiner Forderung zu beugen, wollte er nicht eine verlustreiche Auseinandersetzung riskieren. Zudem hätte Erwein dem blutleeren Monarchen niemals den Mut zugetraut, eine direkte Konfrontation mit den Menschen zu wagen. Offenbar hatte er sich in diesem Punkt gründlich geirrt.

»Nein«, bestätigte Elidor knapp.

»Das bedeutet also, dass Ihr Euch meinem Ersuchen verweigert!« Der Herr von Andaril schnaubte. »Dass Ihr es vorzieht, eine Mörderin zu schützen, als sie der menschlichen Gerichtsbarkeit zu übergeben, die in Anbetracht der Tat und vor allem des Opfers zuständig wäre. Ist das Eure Auffassung von Gerechtigkeit, *Hoheit*?« Das letzte Wort betonte er derart, dass es in keiner Weise Respekt zum Ausdruck brachte, sondern das genaue Gegenteil.

Erneut zuckten die königlichen Berater, während Elidor selbst Ruhe bewahrte. »Nein, Fürst Erwein«, erwiderte er, »das bedeutet es keineswegs. Ich habe Euer Ersuchen, gleichwohl es im Zorn und unter Missachtung aller Umgangsformen ausgesprochen wurde, wohl erwogen. Aber noch ehe ich zu einem Entschluss gelangte, wurden meine Überlegungen gewissermaßen … nun, gegenstandslos.«

»Gegenstandslos? Was soll das heißen?«

»Das heißt, dass es nicht mehr von Belang ist, ob ich Eurer Bitte entspreche oder nicht, Fürst Erwein – denn die Täterin befindet sich nicht mehr in meinem Gewahrsam.«

»Sie … sie befindet sich nicht mehr …?« Erwein blieb vor Staunen der Mund offen stehen. Augenblicke lang starrte er den König an, während sein Verstand die Bedeutung der Worte zu begreifen versuchte. »Was genau wollt Ihr damit sagen?«

»Damit will ich sagen, dass die Täterin aus dem Kerker von Tirgas Lan entflohen ist«, gab Elidor zur Antwort, ohne dabei auch nur die Miene zu verziehen. »Wir wissen nicht, wie es dazu kommen konnte, können es uns nicht erklären – aber die Mörderin Eures Sohnes ist geflüchtet. Natürlich hat der Lordrichter sofort

Soldaten entsandt, die alles daransetzen werden, die Verbrecherin wieder einzufangen, aber …«

»Hoheit«, knurrte Erwein mit zornbebender Stimme, »erwartet Ihr allen Ernstes, dass ich Euch das glaube?«

»Das kommt ganz darauf an, Fürst«, entgegnete diesmal Ardghal, und in seiner Stimme schwang eine leise Drohung.

»Worauf?«

»Nun«, antwortete der königliche Berater, »wenn Ihr Euch weiter derart gebärdet und vielleicht sogar so weit geht, Euren König öffentlich einen Lügner zu nennen, dann wäre ein Krieg zwischen unseren Völkern wohl unvermeidlich. Ich bezweifle allerdings, dass die anderen Fürsten und Stammesherren nur um einer entkommenen Mörderin willen ihren Besitz und ihre Herrschaft aufs Spiel setzen. Folglich wäre ein Angriff auf Tirgas Lan von Eurer Seite ein törichtes, weil aussichtsloses Unterfangen. Wenn Ihr also fragt, ob Ihr den Worten Eures Königs Glauben schenken solltet, so muss ich diese Frage unbedingt bejahen – denn andernfalls werdet Ihr alles verlieren: Euren Titel, Euren Besitz, Eure Macht.«

»A-aber wie …?«, stammelte Erwein.

»Bislang«, schnitt Ardghal ihm das Wort ab, »ist nichts geschehen bis auf …« Er zuckte mit den Schultern. »Nun ja, wir sind bereit, über Euer impertinentes Verhalten hinwegzusehen und es der Trauer um Euren Sohn zuzuschreiben – sofern Ihr hier und jetzt erklärt, dass Ihr fortan wieder ein treuer Vasall der Krone sein und ihre Gesetze achten werdet.«

Erwein war zu einer Erwiderung nicht fähig. Er stand vor dem Thron, den Helm unter dem Arm und seine Krieger im Rücken, und kam sich dennoch hilflos und überrumpelt vor. Sein Vertrauen auf das Ultimatum, das er Elidor gestellt hatte, war so felsenfest gewesen, dass er gar nicht auf den Gedanken gekommen war, die Elfen könnten noch einen Ausweg aus dem Dilemma finden. Genau das jedoch war geschehen.

Sie hatten die Mörderin entkommen lassen – und damit entfiel für den König jede Verpflichtung. Natürlich würde er unermüdlich behaupten, dass die besten Kämpen des Reiches losgeschickt worden wären, sie im Namen des Gesetzes einzufangen und wieder zurückzubringen, aber ebenso war klar, dass sie niemals auch nur eine Spur von ihr finden würden. Für Elidor hatte sich das Problem damit erledigt.

Und natürlich hatte Ardghal recht – die anderen Führer der Menschen, die Erwein im Falle eines Krieges auf seine Seite zu ziehen gehofft hatte, würden jede Hilfe verweigern, solange er keine stichhaltigen Beweise dafür liefern konnte, dass man die Elfin absichtlich hatte entkommen lassen. Mit einem geschickten Manöver hatte man Erweins vermeintlich machtvolle Position zunichtegemacht, und sein Zorn auf die Mörderin seines Sohnes wandelte sich in hilflose Wut, die in ihm brodelte wie Lava in einem Vulkan, der kurz vor dem Ausbruch stand.

»Wollt Ihr das öffentlich erklären?«, bohrte Ardghal unbarmherzig nach. »Wollt Ihr feierlich schwören, der Krone von Tirgas Lan und ihrem Träger Elidor fortan wieder treu und ohne jedwede Bedingung zu dienen?«

Erwein antwortete nicht. Zu groß war seine Wut, zu heftig sein Widerwille, auch wenn ihm klar war, dass er keine andere Wahl hatte, wenn er nicht seine eigene Vernichtung heraufbeschwören wollte.

»Fürst Erwein?«, fragte der königliche Berater noch einmal – und Erwein nickte zögernd.

»Schwört Ihr es?«, fragte Ardghal.

»Ich … schwöre es«, erklärte Erwein stockend.

»Dann seid Ihr hiermit entlassen«, sagte Ardghal. »Geht und zieht Eures Weges!«

Gesenkten Hauptes wandte sich der Fürst von Andaril ab. Er wollte nicht, dass sie seine Augen sahen, in denen Trotz und Wut loderten. Raschen Schrittes verließ er den Thronsaal. Als Sieger hatte er den Elfenpalast verlassen wollen, aber er kam sich vor wie ein geprügelter Hund.

Erwein schritt, umringt von seiner Leibgarde, durch die langen und hohen, von Elfenwachen gesäumten Korridore zurück in die Eingangshalle. Er verspürte den heißen Drang, seine Klinge zu ziehen und sie dem nächstbesten Elfen in den Leib zu rammen. Dass er es nicht tat, war seinem Machtinstinkt zuzuschreiben, der seine Wut und Rachsucht noch überwog.

Der Fürst fühlte sich getäuscht und hintergangen, aber so sehr er sich grämte, so genau wusste er auch, dass er im Grunde machtlos war. Natürlich hätte er Tirgas Lan den Krieg erklären und in eine zwar gerechte, aber von Beginn an aussichtslose Schlacht ziehen können, an deren Ende er alles verloren hätte. Er zog es vor, an der Macht zu bleiben. Er hatte eine Niederlage erlitten, gewiss, aber vielleicht bot sich ja irgendwann eine Möglichkeit, doch noch Rache zu nehmen, und dann umso blutiger. Er würde sich nach Andaril zurückziehen und abwarten, bis sich eine Gelegenheit ergab, es dem selbstgefälligen König und seinen spitzohrigen Beratern heimzuzahlen.

Nicht einmal in seiner Verzweiflung hätte er jedoch zu hoffen gewagt, dass sich diese Gelegenheit schon so bald ergeben würde …

»Herr von Andaril«, zischelte eine Stimme. »Fürst Erwein …«

Erwein blieb stehen. In der Eingangshalle des Palasts, deren hohe Decke von zahllosen Säulen getragen wurde, herrschte reges Treiben, das der in Gedanken versunkene Fürst allerdings jetzt erst bemerkte. Elfen in wallenden Gewändern gingen geschäftig umher, passierten das große Tor oder standen beisammen und waren in lebhafte Diskussionen vertieft. Die große Halle war erfüllt von einem Tuscheln und Wispern, das sich wie das Rascheln von Laub anhörte. Die Stimme, die er gehört hatte, musste also von ganz nah gekommen sein …

»Fürst Erwein«, sagte sie noch einmal, so dicht neben ihm, dass Erwein zusammenzuckte und einen Satz zur Seite machte.

Seine Leibwächter griffen alarmiert nach ihren Schwertern, was ihnen die Aufmerksamkeit nicht nur der Palastbesucher, sondern vor allem der Elfenwachen eintrug.

»Sagt Euren Leuten, sie sollen sich gefälligst ruhig verhalten, Fürst«, riet die Stimme Erwein. »Andernfalls wird der Tag blutig enden …«

Erwein wusste nicht, was er davon halten sollte, aber er gab seinen Männern mit einer Geste zu verstehen, dass die Schwerter in den Scheiden zu bleiben hatten. Dann blickte er sich um, konnte aber die Quelle der zischelnden Stimme nirgends ausmachen. Dabei war er sicher, dass der Sprecher direkt neben ihm stand, so deutlich hatte er sie gehört …

»Hier, bei der Säule«, zischte es wieder.

Erwein fuhr herum – und hatte für einen Moment den Eindruck, etwas über den reich verzierten Marmor huschen zu sehen. Ein flüchtiger Schatten, eine schemenhafte Gestalt, durchsichtig wie Elfenkristall …

»Folgt mir, Fürst«, verlangte die Stimme.

»W-wohin?«, fragte Erwein verblüfft. Er verspürte nicht das geringste Verlangen, der Aufforderung eines Wesens zu folgen, das er noch nicht einmal sehen konnte.

Er bemerkte die verwunderten Blicke, mit denen ihn seine Männer bedachten. Offenbar konnten sie noch nicht einmal die Stimme des Unsichtbaren hören und zweifelten an seinem Verstand. Er konnte es ihnen nicht verdenken; für sie musste es den Eindruck haben, als spräche er mit leerer Luft. Wahrscheinlich glaubten sie, der Verlust seines Sohnes und die Niederlage vor dem König wären zu viel für ihn gewesen. Und vielleicht hatten sie ja recht. Vielleicht verlor Erwein tatsächlich den Verstand. Er wäre nicht der Erste, den die Elfen mit ihren Intrigen in den Wahnsinn getrieben …

»Es gibt etwas zu besprechen, Fürst Erwein«, zischelte die Stimme wieder und stürzte ihn damit in noch größere Zweifel.

»Zu besprechen?«, flüsterte er. »Ich wüsste nicht, worüber wir zu sprechen hätten.«

»Euch wurde von meinesgleichen Unrecht angetan, Herr von Andaril. Großes Unrecht …«

Von meinesgleichen hatte er gesagt. Der Besitzer der Stimme musste also ein Elf sein – allerdings einer, der sich auf die Kunst verstand, sich unsichtbar machen zu können.

Ein Zauberer!

Der Gedanke jagte Erwein kalte Schauer über den Rücken. Er mochte die Magier nicht. Sie waren ihm unheimlich, und zudem standen sie auf der Seite des Königs!

»Was willst du von mir, Zauberer?«, flüsterte Erwein deshalb abschätzig. »Dich an meinem Unglück weiden?«

»Keineswegs, Fürst«, wisperte es. »Ich will wiedergutmachen, was geschehen ist.«

»Wie könntest du das? Iwein, mein jüngster und liebster Sohn, ist tot. Auch du kannst ihn nicht wieder lebendig machen.«

»Das nicht«, räumte der fast Unsichtbare ein, dessen Silhouette wieder für einen kurzen Moment vor der Säule zu sehen war. »Aber Ihr solltet wissen, dass nicht alle so denken wie Elidor. Der König hat Feinde unter den Elfen, mächtige Feinde, die Euch einen Handel anbieten möchten.«

»Ist das dein Ernst?«

»Folgt mir, dann werdet Ihr Euch überzeugen können.«

Erwein schaute sich um. Die Elfen, die sich in der Halle aufhielten, bemerkten den Zauberer nicht; dessen Gestalt schien stets die Farben der Umgebung anzunehmen, sodass er nahezu unsichtbar war.

»Elidor hat Euch verraten«, flüsterte der Zauberer wieder. »Hinter Eurem Rücken lacht er über Euch und Eure Einfalt. Und er tritt das Andenken Eures Sohnes mit Füßen.«

Erwein spürte erneut Zorn in sich aufwallen; die Flamme des Hasses loderte wieder auf, so als hätte der Zauberer der noch schwelenden Glut frischen Wind zugefächelt.

»Wollt Ihr Euch rächen, Fürst Erwein?«, fragte die Stimme. »Wollt Ihr Genugtuung für das, was Eurem Sohn angetan wurde? Wollt Ihr die wahren Schuldigen ebenso leiden sehen, wie Ihr leiden musstet?«

»Die wahren Schuldigen?«, ächzte Erwein. »Soll das heißen, dass …?«

»Folgt mir«, verlangte die Stimme, während sie sich bereits entfernte, »und Ihr werdet alles erfahren. Ich versichere Euch, dass Euch Gerechtigkeit widerfahren wird …«

Erweins Zögern währte nur noch einen Augenblick, dann schritt er dem kaum sichtbaren Schemen hinterher, getrieben vom Durst nach Rache. Seinen Männern aber befahl er zurückzubleiben.

Sie waren überzeugt davon, dass ihr Anführer den Verstand verloren hatte.

15. PRYS'Y'DAIL

Noch nie zuvor war Fürst Erwein von Andaril an diesem Ort gewesen – und er wusste auch nicht, wie er hierher gelangt war.

Als man ihm die Augenbinde abnahm, sah er zunächst nichts als orangefarbene Flecke vor seinen Augen. Er blinzelte und brauchte einen Moment, um zu erkennen, dass es sich bei den tanzenden Flecken um das Feuer von Fackeln handelte, die in rostigen Wandhalterungen steckten. Mit ihrem flackernden Licht beleuchteten sie ein fensterloses Gewölbe, von dessen Decke Moosfetzen und Wurzelwerk hingen.

»W-wo bin ich hier?«, wollte er wissen; die niedere Decke und das feuchte Moos dämpften seine Stimme.

»Ihr seid nicht in der Position, Fragen zu stellen, Fürst Erwein«, sagte jemand hinter ihm. »Ich fürchte, das müsst Ihr schon mir überlassen …«

Erwein fuhr herum und sah sich einer Phalanx von Speeren gegenüber, deren Spitzen mit mörderischen Widerhaken versehen waren. Die Krieger, die sie auf ihn richteten, trugen Helme aus schwarzem Leder, die die obere Hälfte ihrer Gesichter bedeckten, und ebenfalls schwarze Lederrüstungen. Trotz der Helme, die ihre Gesichter wie Halbmasken verbargen, konnte Erwein erkennen, dass er es mit Elfen zu tun hatte; ihre Haut war blasser als die von Menschen, ihre Gestalt schlanker und – zumindest dem Anschein nach – zerbrechlicher.

Hinter ihnen ragte eine weitere Gestalt auf, die auf einer Art Thron saß. Der Schein der Fackeln erreichte sie nicht mehr, sodass sie nur als schemenhafter Umriss zu erahnen war. Dennoch glaubte Erwein, dass die Gestalt auf dem Thron eine Kutte oder Robe trug, deren Kapuze weit über den Kopf gezogen war.

Instinktiv griff der Fürst nach seinem Schwert – um festzustellen, dass es ihm abgenommen worden war. Nur noch die leere Scheide hing an seinem Gürtel, und erst da kehrte die Erinnerung zu ihm zurück.

Nach seiner Niederlage am Königshof, nachdem er erfahren hatte, dass Iweins Mörderin angeblich die Flucht geglückt war, war er von einem geheimnisvollen Schatten angesprochen worden, einem Zauberer, der in der Lage war, sich unsichtbar zu machen. Dieser hatte von einer Möglichkeit zur Rache gesprochen, die sich ergeben würde, wenn Erwein ihm folgte – und verblendet von Wut und Trauer hatte sich der Fürst darauf eingelassen.

Danach verloren sich seine Erinnerungen. Das Einzige, woran er sich noch entsann, war, dass er einen geheimnisvollen Trank eingenommen hatte, den ihm der unsichtbare Zauberer reichte. Aber schon diese Erinnerung war sehr verschwommen und unklar, und er hatte keine Ahnung, woher der Unsichtbare auf einmal die Phiole gehabt hatte und wo er diesen Trank zu sich genommen hatte. War das noch im Palast der Elfen gewesen? Die Erinnerung war zu undeutlich, um diese Fragen beantworten zu können, und was danach geschehen war, entzog sich Erwein völlig. Der Inhalt des Fläschchens musste ihn willenlos gemacht und ihm die Erinnerung geraubt haben.

Auf jeden Fall befand er sich in diesem unterirdischen Gewölbe und sah sich von Feinden umringt. Und Erwein, Fürst von Andaril, glaubte zu verstehen.

»Natürlich«, sagte er bitter und nickte. »Ich hätte es gleich erkennen müssen …«

»Wovon sprecht Ihr, Fürst?«, fragte die Gestalt auf dem Thron. Es war die Stimme eines Mannes, und der Akzent und ihr weicher Klang verrieten, dass es sich auch bei ihm um einen Elfen handelte.

»Ich spreche von all dem hier«, erwiderte Erwein und machte eine Geste, die das Gewölbe, die Krieger und den geheimnisvollen

Unbekannten einschloss. »Ich hätte wissen müssen, dass Elidor niemals den Mut aufbringen würde, eine offene Konfrontation mit mir zu wagen. Stattdessen lockt er mich an diesen entlegenen Ort, um mich heimlich aus dem Weg zu schaffen.«

»Ihr haltet mich für Elidors Henker?«, fragte der Schatten.

»Wofür sonst?«

Der Elf in der Kutte antwortete auf seine Weise: Er gab seinen Leuten ein unmerkliches Zeichen, worauf sie die drohend gesenkten Speere hoben und an die Wände zurücktraten. Nicht länger war Erweins Leben unmittelbar bedroht.

»Das, Fürst von Andaril, sollte Euch zeigen, dass ich Euch nicht schaden will. Die Wachen waren lediglich eine Vorsichtsmaßnahme. Euch wird nichts zustoßen, Fürst Erwein, das versichere ich Euch – ganz egal, wie diese Unterredung ausgehen mag.«

»Eine Unterredung also?«, fragte Erwein misstrauisch. »Worüber?«

»Hat mein Bote Euch nicht unterrichtet?«

»Er sagte mir, dass nicht alle Elfen auf Elidors Seite stünden und ich eine Möglichkeit erhalten würde, mich für Iweins Tod zu rächen.«

»Wenn es so wäre«, erkundigte sich der Schatten, »was wärt Ihr bereit, dafür zu tun?«

»Alles«, antwortete Erwein ohne Zögern.

»Seid Ihr Euch da auch ganz sicher?«

»Durchaus. Liefert mir die Mörderin und lasst mich meine Klinge im Blut derer baden, die sie schützen – und ich werde im Gegenzug alles tun, was Ihr von mir verlangt.«

»Ihr Menschen«, tönte es vom Thron herab. »Allzu leichtfertig versprecht ihr Dinge, deren Ausgang ihr unmöglich abschätzen könnt. Entscheidet Ihr Euch, diesen Weg zu beschreiten, wird es kein Zurück mehr für Euch geben, Fürst.«

»Das ist mir gleichgültig«, versicherte Erwein. »Gerechtigkeit ist alles, was ich will.«

»Und Ihr würdet jeden Preis dafür zahlen?«

Der Fürst zögerte. Trotz seiner Wut, die noch immer ungebrochen war, mahnte ihn eine innere Stimme zur Vorsicht. Nur etwas gab es, das er seiner Rachsucht nicht opfern würde, so heiß sie auch in seiner Brust brennen mochte, und das war seine Macht. Er war nicht bereit, sich einer aussichtslosen Revolte anzuschließen, deren Scheitern von Beginn an feststand, und darüber seinen Titel und seinen Besitz zu verlieren. Zu allem anderen jedoch war er bereit, selbst seine Seele würde er verpfänden, um seine Rachegier zu befriedigen …

Zu allem anderen ist er jedoch bereit, wisperte eine Stimme in seinem Bewusstsein, *selbst seine Seele würde er verpfänden, um seine Rachegier zu befriedigen …*

Erweins Nackenhaare sträubten sich. Er versuchte noch zu begreifen, woher die Stimme gekommen war, als der Schatten auf dem Thron leise zu lachen begann.

»Eure Seele will ich nicht, Fürst Erwein«, versicherte der Unheimliche, »dafür aber Euer Schwert und Euren Treueschwur.«

»I-Ihr wisst, was ich denke!«, stellte Erwein fest, zugleich verblüfft und erschrocken, ja, nahezu entsetzt. »Ihr könnt meine Gedanken lesen?«

»Bedauerlicherweise nicht«, erhielt er zur Antwort. »Aber ich kenne Mittel und Wege, mir Eure Gedanken offenbar zu machen, Fürst von Andaril. Und deshalb weiß ich, dass wir einen gemeinsamen Feind haben, gegen den wir uns verbünden sollten – oder wollt Ihr die Mörderin Eures Sohnes nicht bestrafen?«

»Doch«, versicherte Erwein. »Aber was versprecht Ihr Euch von dem Bündnis mit einem Menschen? Wer seid Ihr überhaupt?«

»Das tut nichts zur Sache. Gelobt mir Treue, Erwein von Andaril, und ich versichere Euch, dass ich Euch schon bald nicht nur die Mörderin Eures Sohnes ausliefern werde, sondern auch jene, die ihr Unterschlupf gewähren.«

»Das klingt gut«, gestand Erwein ein. »Aber wer sagt mir, dass Ihr mich nicht betrügt?«

Der Schatten hob einen Arm und winkte beiläufig, worauf sich ein Elfenkrieger näherte, der Erweins Schwert auf seinen ausgestreckten Handflächen trug. Er deutete eine Verbeugung an, dann reichte er die Klinge dem Fürsten. Verblüfft nahm Erwein die Waffe entgegen.

»Nehmt dies als weiteren Beweis dafür, dass Ihr mir trauen könnt und dass ich Euch traue«, sagte der Schatten. »Wenn Ihr mir folgt, Fürst von Andaril, wird nicht nur Euer Durst nach Rache gestillt, sondern Ihr werdet auch mächtiger werden, als Ihr es Euch erträumen könnt – oder wie würde es Euch gefallen, Herrscher über alle Menschen von Erdwelt zu werden?«

»Herrscher – über alle – Menschen?« In Erweins Augen blitzte es begehrlich. Der Gedanke gefiel ihm und machte Trauer und Zorn für einen Moment vergessen. »Was muss ich dafür tun?«

»Ich habe Euch mein Vertrauen bereits erwiesen, Fürst Erwein – Ihr braucht es nur zu erwidern.«

»Das werde ich«, versicherte der Herr von Andaril ohne Zögern. Die Aussicht, Iweins Tod rächen zu können, war an sich schon verlockend genug. Nun kam auch noch das Versprechen hinzu, seine Macht – und damit auch seinen Wohlstand – erheblich zu mehren.

»Seid Ihr Euch auch ganz sicher, Fürst Erwein?«

»Ja, das bin ich.«

»Eure Entscheidung steht fest?«

»Unverrückbar.«

»Auch wenn es gegen den König geht, dem Ihr zur Treue verpflichtet seid?«

»Ich habe keinen König mehr«, entgegnete Erwein mit fester Stimme.

»Gut, Freund«, erwiderte der Schatten zufrieden, »so sprecht mir nach: Ich, Erwein, Fürst von Andaril …«

»Ich, Erwein, Fürst von Andaril …«

»… entsage hiermit dem Eid, den ich auf die Elfenkrone geleistet habe.«

»… entsage hiermit dem Eid, den ich auf die Elfenkrone geleistet habe«, echote der Fürst ohne Zögern.

»Nicht länger diene ich der Fahne Tirgas Lans, sondern jener meines neuen Herrn, und ich werde nicht zögern, Leib und Leben für ihn einzusetzen …«

»Nicht länger diene ich der Fahne Tirgas Lans, sondern jener meines neuen Herrn, und ich werde nicht …« Erwein stutzte. Eine böse Ahnung überkam ihn plötzlich. Aber dann dachte er wieder an seinen toten Sohn – und vor allem an das Versprechen, dass er Herrscher über alle Menschen Erdwelts werden sollte –, und er sprach den Satz zu Ende: »Und ich werde nicht zögern, Leib und Leben für ihn einzusetzen …«

»… noch will ich seine Befehle jemals infrage stellen oder an meiner Treue zu ihm zweifeln«, fuhr der Schatten fort. »Breche ich diesen feierlichen Eid, so wird sein Fluch mich treffen und sowohl mich als auch die meinen vernichten.«

Erneut zögerte Erwein. So sehr es ihn dazu drängte, dieses Bündnis zu schließen, so wenig gefielen ihm die Worte, die der Elf auf dem Thron ihm vorgab. Eisige Schauer durchrieselten ihn, und die Stimme tief in seinem Inneren, die ihm sagte, dass er dabei war, einen schweren Fehler zu begehen, wurde lauter.

»Was ist mit Euch, Fürst?«, erkundigte sich der Schatten spitz. »Bröckelt Eure Loyalität bereits, noch ehe der Treueid geleistet ist?«

»Keineswegs«, versicherte Erwein – und er sprach die Eidesformel zu Ende.

»Dies schwöre ich bei meinem Blut«, diktierte der Schatten.

»Bei meinem Blut«, bestätigte Erwein, und er umfasste die Klinge seines Schwertes mit der rechten Hand und zog sie schnell daran herab, so wie es bei den Menschen Brauch war, wenn sie jemandem bei ihrem Blut Treue schworen. Sodann hielt er dem Schatten die geballte Faust entgegen, aus der roter Lebenssaft tropfte.

»So ist das Bündnis besiegelt«, sagte der Elf auf dem Thron, ehe er sich erhob und von seinem Podest stieg.

Als er in den flackernden Schein der Fackeln trat, erkannte Erwein, dass er tatsächlich eine Robe aus nachtschwarzem Stoff trug, deren Kapuze weit über den Kopf geschoben war; darunter schien nur Finsternis zu sein. Die Wachen machten der unheimlichen Gestalt respektvoll Platz und formten ein Spalier, durch das der Unbekannte schritt, bis er dicht vor Erwein stand.

»Verbündete«, sagte er, »sollten keine Geheimnisse voreinander haben!«

Und dann schlug er die Kapuze zurück und zeigte dem Fürsten von Andaril sein Antlitz.

16. ASGUR DARAN

Granocks Freude, den eingebildeten Aldur vor aller Augen bloßgestellt zu haben, war nur von kurzer Dauer. Denn schon am nächsten Tag begann die Ausbildung, und dem jungen Menschen wurde nur zu klar, um wie viel überlegen seine elfischen Mitschüler ihm waren. Nicht genug damit, dass sie fast alle aus vornehmen Familien stammten und mehr über Zauberkunst wussten als jedes andere Wesen, dem Granock je begegnet war – sie hatten auch jene Sprache, in der sämtliche Lehrbücher und die Schriften der Weisen verfasst waren, von Kindesbeinen an lernen können und beherrschten sie fließend, während Granock sie sich erst mühevoll beibringen musste.

Die anderen Novizen begannen bereits mit der praktischen Ausbildung und wurden von ihren Meistern darin unterwiesen, die ihnen verliehenen Kräfte zu kontrollieren und wirkungsvoller einzusetzen. Farawyn hingegen verdonnerte seinen Schüler erst einmal zum Studium der elfischen Sprache. Granock saß Stunden und Tage in der Bibliothek oder in der Abgeschiedenheit seiner Kammer und paukte, während die anderen draußen ihren Spaß hatten.

Die Mahlzeiten wurden von allen Novizen gemeinsam eingenommen, und Granock hörte die anderen lachend von ihrer spannenden Ausbildung erzählen. Allerdings musste er sich anstrengen, um sie auch wirklich zu verstehen, denn Farawyn hatte den anderen Schülern verboten, sich in Granocks Gegenwart der Menschensprache zu bedienen, angeblich, damit er das Elfische schneller erlernte. Granock aber wurde das Gefühl nicht los, dass sein

Meister ihn damit demütigen wollte, und Aldur und einige andere sprachen mit voller Absicht so schnell, dass er nur jedes dritte Wort verstand und sich den Rest erschließen musste, mit wechselhaftem Erfolg.

Obwohl Granocks Sprachstudien vergleichsweise rasche Fortschritte machten, fühlte er sich ausgeschlossen und einsam. Vor allem eine Frage stellte er sich in den Tagen nach seiner Aufnahme in den Orden der Zauberer immer wieder: Was, bei allen Völkern Erdwelts, hatte er hier verloren? Was, so grübelte er, hatte ihn nur geritten, Farawyn zu folgen? Hatten seine bisherigen Erfahrungen mit Elfen nicht gezeigt, dass es besser war, ihre Gesellschaft zu meiden? Und hatten seine Erlebnisse in Shakara dies nicht bestätigt?

Allenthalben wurde er ausgegrenzt und angefeindet, ob bei den Mahlzeiten im Saal der Magie oder bei den allmorgendlichen Versammlungen, an denen alle Novizen teilzunehmen hatten. Nur zwei Ausnahmen gab es: Alannah, die Granock aus unerfindlichem Grund weit weniger feindlich gesonnen war als die anderen, und Ogan, der dickliche Elfenjunge, der offensichtlich nicht sehr viel Selbstvertrauen hatte und ebenfalls von Aldur und seinen Kumpanen ausgeschlossen wurde. Zu behaupten, dass Alannah und Ogan die Gesellschaft des Menschen suchten, wäre eine Übertreibung gewesen, aber zumindest mieden sie ihn nicht, und wenn sie mit ihm redeten, dann sprachen sie langsam, damit er ihr Elfisch auch verstand. Alles in allem war das aber nicht genug, um sich in Shakara heimisch zu fühlen oder zumindest an einem Ort, an den man irgendwie hingehörte.

Granock war ein Kind der Straße; eine Familie hatte er nie gehabt, und eigentlich wusste er nicht einmal, was ein Zuhause war. Er brauchte weder das eine noch das andere, um zu überleben. Und dennoch gab es tief in ihm diese verborgene Sehnsucht, von der er sicher war, dass Farawyn sie kannte. Sein Meister hatte ihn immerhin mit der Aussicht gelockt, dass er in Shakara Gleichgesinnte treffen, dass er dort eine Zuflucht finden würde – und Granock war so töricht gewesen, dem Wort eines Elfen zu trauen.

Was davon zu halten war, das bekam er nun zu spüren.

In Shakara gab es keine Gleichgesinnten, und es war auch keine Zuflucht. Stattdessen fühlte er in sich immer mehr das Verlangen, diesen Ort so rasch wie möglich zu verlassen. Er hätte es niemals für möglich gehalten, aber inzwischen sehnte er sich geradezu nach dem Schmutz und dem Elend von Andaril. Wenigstens hatte er dort gewusst, woran er war. Dort gehörte er hin, seine Feinde waren ihm offen begegnet und nicht mit verschlagener Falschheit, und dank seiner Gabe hatte er sich zu wehren gewusst, denn er verfügte über Kräfte, die dort sonst keiner hatte. Unter den Blinden, so hieß es, war der Einäugige König – in Shakara jedoch war er der einzige Blinde unter lauter Sehenden, so kam er sich jedenfalls vor.

Farawyn hatte ihn getäuscht, ihn unter falschen Versprechungen an diesen entlegenen Ort gelockt, und das alles wurde noch schlimmer gemacht durch diese stumpfsinnige Büffelei. Die Begeisterung, die er noch am Tag seiner Aufnahme in den Orden empfunden hatte, war verflogen. Da hatte er noch zum ersten Mal in seinem jungen Leben geglaubt, Teil von etwas Großem, Bedeutendem zu sein. Er hatte geradezu darauf gebrannt, mehr über den Orden und seine Mitglieder zu erfahren, über ihre Gesetze und Gebräuche und natürlich auch über die Geheimnisse der Zauberei. Stattdessen wurde er von allen Seiten angefeindet, und ausgerechnet er, der nie etwas anderes als die Freiheit gekannt hatte, sah sich festen Regeln unterworfen, die ihn einzwängten in allem, was er tat. Disziplin war offenbar eine der obersten Regeln in Shakara, und auch damit hatte Granock seine Probleme.

Knapp vier Wochen weilte er nun schon in der Ordensburg, und immer noch machte er brav das, was man ihm auftrug, und verplemperte seine Zeit mit völlig unsinnigen Sprachstudien. Vielleicht blieb er ja nur, dachte er, weil er auf einen Grund wartete, der gut genug war, um zu tun, was er bislang immer getan hatte, wenn es ihm an einem Ort nicht mehr gefallen oder ihm der Boden unter den Füßen zu heiß geworden war – nämlich klammheimlich zu verschwinden.

Noch war es nicht so weit, redete er sich ein, während er zum wiederholten Mal die Konjugation des Verbs *faru* büffelte, aber vielleicht schon sehr bald …

»*Fara* – ich mache«, flüsterte er leise vor sich hin, während er an dem schlichten Tisch in seiner fensterlosen schmalen Kammer saß, deren übrige Einrichtung aus einer einfachen Liege und einer Truhe bestand, in der er seine wenigen Habseligkeiten aufbewahrte. Die Unterkunft war dürftig, dabei aber weitaus komfortabler als viele andere Plätze, an denen er in Andaril die Nächte verbracht hatte, sodass er zumindest in dieser Hinsicht keine Veranlassung zur Klage sah. »*Farain* – du machst ... *faran* – er macht ... *farawen* – wir machen ... *faranai* – ihr macht ... *faranor* ...«

Er unterbrach sich, weil an die Tür seiner Kammer geklopft wurde.

»Ja?«, fragte er laut, dankbar für die Unterbrechung.

Die Tür wurde ein Stück geöffnet, und zwei Gesichter erschienen im Spalt, das eine rund, mit rosigen Backen und Augen, die wie schwarze Knöpfe aussahen, das andere so schön und anmutig, dass es Granock einen leichten Stich versetzte.

»Du bist hier?«, fragte Ogan überflüssigerweise, während sich Alannah damit begnügte, ihn anzulächeln. Es war später Nachmittag; offenbar waren die beiden gerade von einer Übung zurückgekehrt.

»Wo sonst?«, fragte Granock achselzuckend.

»Machen deine Studien Fortschritte?«, wollte Alannah wissen. Wie immer sprach sie langsam, damit er sie verstand.

»Es geht«, antwortete er auf Elfisch und schnitt eine Grimasse. »Die Sprache der Orks wäre wahrscheinlich einfacher.«

»*Korr*«, bejahte die Elfin lächelnd auf Orkisch. »Sie ist in der Tat sehr einfach zu erlernen, sogar noch einfacher als die Menschensprache.«

Er grinste matt. »Ist das ein Kompliment?«

»Das kommt auf die Sichtweise an, würde ich sagen. Aber ich finde, dass du dich wacker schlägst. Dein Elfisch ist schon recht fließend, und du hast viele Wörter gelernt.«

»Ich tue, was ich kann.«

»Nur an deinem Akzent musst du noch arbeiten«, meinte Ogan. »In unseren Ohren klingst du wie ein bellender Hund.«

»Und du für mich wie eine Nachtigall«, konterte Granock, worauf der untersetzte Elf herzlich lachte. Granock kannte Ogan inzwischen gut genug, um zu wissen, dass dessen Sticheleien nicht böse gemeint waren – im Gegensatz zu einem gewissen anderen Novizen …

Als bräuchte man nur an ihn zu denken, um ihn herbeizurufen, wurde die Tür zu Granocks Kammer plötzlich vollends aufgestoßen: Kein anderer als Aldur stand auf einmal hinter Alannah und Ogan. Granock sah, dass der hagere Elf, genau wie die beiden anderen Elfen, nicht die weiße Tunika der Novizen und den üblichen Umhang darüber trug, sondern warme Kleidung, einen langen Mantel aus weißgrauem Fell und dazu lederne Stiefel. Zusammen mit den geröteten Gesichtern ließ dies darauf schließen, dass die Schüler den Tag außerhalb der Festungsmauern verbracht hatten.

Außerhalb …

Allein der Gedanke weckte in Granock Sehnsucht. Wie sehr wünschte er sich, die Enge der Ordensburg zu verlassen und wieder einmal den freien Himmel über sich zu sehen. Die anderen Schüler waren offenbar in diesen Genuss gekommen, während er einmal mehr hatte zurückstehen müssen, und dies trug nicht gerade zur Hebung seiner Laune bei. Deshalb also hatten Alannah und Ogan nur verschämt die Köpfe hereingesteckt – weil sie es ihm nicht unter die Nase hatten reiben wollen, indem sie ihn ihre Pelzkleidung sehen ließen. Aldur legte sich da weniger Zurückhaltung auf …

»Sieh an«, tönte der Elf mit hohntriefender Stimme, »wen haben wir denn da? Wenn das mal nicht unser menschlicher Novize ist, der sich noch immer vergeblich müht, die Sprache der Vernunft zu erlernen.«

»Komm schon, Aldur, lass ihn in Ruhe«, sagte Ogan.

»Was mischst du dich denn ein, Zauberlehrling?«, fragte Aldur geringschätzig. Ogan war zwar Elf, entstammte aber anders als die meisten Novizen keiner vornehmen Familie, was ihn Aldur zu jeder Zeit spüren ließ. »Mein Feuer hat dein jämmerliches bisschen Regen heute schön verdampfen lassen, also sei lieber still.«

»Du hast nicht ehrlich gekämpft«, wandte Ogan ein.

»Nicht ehrlich? Du meinst wohl, ich war dir gegenüber nicht rücksichtsvoll genug, was?« Aldur lachte spöttisch. »Was bringt dich auf den Gedanken, dass wir hier Rücksicht lernen? Im Kampf gegen die Mächte des Bösen stehst du wütenden Trollen gegenüber oder Horden von Orks. Was glaubst du wohl, wie rücksichtsvoll die mit dir umspringen werden?«

Ogans Mundwinkel fielen herab, und er senkte den Blick. Das half allerdings wenig, denn ein weiterer Wortschwall kam über Aldurs schmale Lippen, von dem Granock allerdings so gut wie nichts verstand. Das war wohl auch so beabsichtigt. Nur der letzte Satz war offenbar auch für seine Ohren bestimmt: »Vielleicht hat Gwailock ja recht, und deine Fähigkeit ist tatsächlich so viel wert wie Pisse!«

Granock war noch weit davon entfernt, die Elfensprache vollständig zu beherrschen, aber selbst er erkannte, dass Aldurs Wortwahl für elfische Verhältnisse ungewöhnlich derb und vulgär war.

»Du bist abscheulich«, sagte Alannah entsprechend empört.

»Weshalb?« Aldur grinste und bedachte Granock mit einem Seitenblick. »Ich habe nur wiederholt, was ein anderer gesagt hat. Die Menschen haben eben eine sehr ungeschliffene Wortwahl.«

»Das habe ich ganz sicher nicht gesagt«, widersprach Granock entschieden. »Nie und nimmer!«

Aldur grinste gehässig. »Ich würde dir auch raten, dich in dieser Hinsicht zurückzuhalten. Es steht dir nicht an, die *reghai* anderer zu beurteilen. Nicht bei dem bisschen Zauberkunst, das du beherrschst und von dem wir noch nicht einmal wissen, ob du es nicht nur einem unglücklichen Zufall zu verdanken hast, einem …« Den Rest verstand Granock nicht, aber dem entsetzten Ausdruck in den Gesichtern der beiden anderen Elfen entnahm er, dass es wenig schmeichelhaft war, was Aldur noch von sich gab. Offenbar hatte der Elf die Niederlage, die ihm Granock bei ihrer ersten Begegnung beigebracht hatte, noch nicht verwunden und wollte die ihm vor aller Augen zugefügte Schmach tilgen.

»Bitte, Aldur, lass ihn in Ruhe«, forderte Alannah.

»Er hat dir nichts getan«, sagte Ogan, wagte es aber nicht, den hageren Elf dabei anzuschauen.

»Wer hat dich gefragt, *tubur*?«, blaffte Aldur. Granock kannte auch dieses Wort nicht, aber er nahm an, dass es eine Beleidigung war, die sich auf Ogans untersetzte Statur bezog.

Aldur streckte die rechte Hand aus, formte damit eine Kralle, aus der im nächsten Moment eine Feuerlohe züngelte. »Das«, erklärte er, »ist wahre Zauberkraft – oder willst du das bestreiten, Mensch?«

Granock hob abwehrend die Hände. »Ich bestreite nichts.« Er hatte keine Lust, sich schon wieder mit diesem Angeber herumzuzanken.

»Du glaubst also auch, dass ich von uns beiden der bessere Zauberer bin?«

Granock zuckte mit den Schultern. »Wenn du es sagst.«

»Und du pflichtest mir bei, dass dein Zeitzauber nur ein billiger Trick ist? Ein Scherz, der …« Wieder verstand Granock nicht alles, aber die Botschaft kam auch so an.

»Was immer du meinst, Aldur«, sagte er achselzuckend.

»Und wenn ich meine, dass du hier nichts verloren hast?«, legte der andere nach, sichtlich enttäuscht darüber, dass seine Provokationen nicht die gewünschte Wirkung zeigten. »Dass deine Mutter eine *laigurena* war und dein Vater ein *gaffro*?«

»Ich habe sie niemals kennengelernt«, entgegnete Granock gelassen. »Ich weiß nicht, was sie waren.«

»*Barn* waren sie, der Staub unter den Stiefeln«, zischte Aldur, »genau wie alle anderen Menschen, die so dumm sind, an unserer Vorherrschaft zu zweifeln.«

»Du hast Glück«, sagte Granock nur.

»Weshalb?«

»Dass Meister Farawyn mir verboten hat, meine Gabe einzusetzen«, antwortete Granock in der Menschensprache, wissend, dass der Elf ihn verstand. »Andernfalls würde ich dich jetzt erstarren lassen, dir deine Funzel auspusten und dir dein Felljäckchen ins große Maul stopfen.«

»Du … du wagst es, so mit mir zu sprechen?«, rief der hagere Elf großspurig. »Mit Aldur, des Aldurans Sohn?«

»Beruhige dich«, versuchte Alannah ihn zu besänftigen. »Du bist selbst schuld. Du hättest Granock nicht derart provozieren dürfen.«

»Dafür wird er bezahlen!«, schnaubte Aldur, und die Flamme in seiner Rechten züngelte höher, als hätte man Öl hineingegossen.

»Ich fordere Genugtuung für diese Beleidigung – und er soll sich nicht auf seinen Meister hinausreden!«

»Ich rede mich nicht heraus!«, versicherte Granock. »Aber ich habe Farawyn mein Wort gegeben, und ich werde es nicht brechen!«

»Ein Mensch, der sein Wort hält? Lächerlich!«, zischte der Elf und hob drohend die brennende Hand. »Aber im Grunde spielt es keine Rolle, ob du dich wehrst oder nicht. Einmal hast du mich mit deinem Trick überrascht, ein zweites Mal würde es dir ohnehin nicht gelingen!«

Und dann ballte er die Faust, öffnete sie wieder – und die Feuerlohe jagte davon!

Statt jedoch quer durch den Raum zu schießen und die Bücher, die aufgeschlagen vor Granock lagen, in Brand zu setzen, so wie Aldur es beabsichtigt hatte, zerplatzte der Flammenball mitten im Flug in grellem Funkenregen, und weißer Dampf wallte in der Kammer auf.

Eine Barriere aus Eis hatte sich dem Feuer unvermittelt entgegengestellt und es gelöscht.

»Was soll das?«, fuhr der hagere Elf Alannah an. »Warum hast du das getan?«

»Weil ich nicht zulassen werde, dass du dich an einem Wehrlosen vergreifst, Aldur, Sohn des Alduran«, erklärte sie ihm mit bebender Stimme. Zornesröte war ihr ins Gesicht gestiegen, und eine blonde Haarsträhne hing ihr trotzig in die Stirn, was sie in Granocks Augen nur noch schöner machte. »Granock hat dir gesagt, dass sein Meister ihm verboten hat, seine Kraft einzusetzen. Er kann sich also nicht verteidigen, ohne das Wort zu brechen, das er Farawyn gab. Wenn du dich mit jemandem messen willst, dann mit einem ebenbürtigen Gegner.«

»Hast du das gehört, Mensch?«, wandte sich Aldur spöttisch an Granock. »Auch sie ist davon überzeugt, dass du mir nicht gewachsen bist.«

Schon hatte sich in seiner Hand ein neuer Feuerball gebildet – der jedoch jäh verlosch, als etwas Unerwartetes geschah.

Die schmucklose Rückwand der Kammer, deren weiße Quadern fast nahtlos aneinandergefügt waren, flimmerte plötzlich –

und zu aller Überraschung trat eine grau gewandete Gestalt daraus hervor, deren Haar und Bart zu Zöpfen geflochten waren und deren Gesicht einen grimmigen Ausdruck zeigte.

Cethegar!

Der Magier trat zwischen die streitenden Schüler und rammte wütend den Zauberstab auf den Boden, womit er ein kleines Beben auslöste.

»Was soll das?«, fuhr er die Novizen an, und seine Augen unter den buschigen Brauen glommen wie glühende Kohlen. »Habt ihr nichts Besseres zu tun, als eure Fähigkeiten in sinnlosem Kräftemessen zu vergeuden?«

»Bitte verzeiht, Meister«, sagte Alannah und senkte ehrerbietig das Haupt. »Ich weiß, ich hätte nicht …«

»Ich habe alles gesehen«, behauptete Cethegar, dessen *reghas* sich also nicht nur darauf beschränkte, durch Wände *gehen* zu können. »Ich weiß, warum du es getan hast. Dennoch kann ich keine unerlaubten Duelle unter den Novizen dulden.«

»Ja, Meister. Bitte entschuldigt.«

»Zumindest«, knurrte Cethegar, »hast du es nicht aus Eigennutz getan. Du jedoch« – und damit wandte er sich Aldur zu – »hast deine Gabe aus reiner Geltungssucht eingesetzt. Und weil du diesem da« – er schaute Granock nicht an, während er auf ihn deutete – »die Aufnahme in den Orden missgönnst.«

»Ist das nicht verständlich, Vater?«, fragte Aldur keck, worauf die Glut in den Augen des Ältesten nur noch zunahm. »Die meisten Novizen Shakaras wurden ihr Leben lang auf ihre Aufgabe vorbereitet. Der Mensch hingegen …«

»Der Hohe Rat hat seine Aufnahme in den Orden beschlossen!«, unterbrach ihn Cethegar. »Willst du die Entscheidung des Rates infrage stellen?«

»Nein, Vater, natürlich nicht«, behauptete Aldur allem Anschein zum Trotz. »Aber ich frage mich …«

»Jeder von euch«, fiel Cethegar ihm erneut ins Wort, »verdankt seine Anwesenheit hier einzig der Gunst des Rates. Das Schicksal mag euch eure Gabe verliehen haben, aber allein der Hohe Rat und die Ältesten befinden darüber, ob ihr es wert seid, dass man euch hier zu Höherem ausbildet. In deinem Fall, Aldur, Sohn des Alduran, hatte ich Bedenken, und offen gesagt hege ich sie immer noch. Wäre da nicht das Schreiben deines Vaters, das Semias milde stimmte, hätten wir dein Ersuchen wohl abgelehnt. Deine Mutter hingegen …« Cethegar verstummte so abrupt, als hätte er sich auf die Zunge gebissen.

Aldur jedoch, der dem Blick des Ältesten ausgewichen war und betreten zu Boden gestarrt hatte, sah überrascht auf. »Meine Mutter?«, fragte er. »Ihr wisst etwas über meine Mutter?«

»Vergiss, dass ich das sagte«, entgegnete der Zauberer rasch. »Ich habe mich hinreißen lassen in meinem Zorn. Aber höre, Aldur, Sohn des Alduran: Die Aufnahme in den Orden ist eine Gunst, kein Verdienst. Keiner von euch hat Grund, damit zu prahlen, du am allerwenigsten, Aldur, hast du das verstanden?«

»Ja, Vater«, erwiderte Aldur leise und wieder gesenkten Hauptes. Die Erwähnung seiner Eltern hatte seine zur Schau gestellte Überheblichkeit jäh verpuffen lassen.

»Und wie oft«, polterte Cethegar, »muss ich dir noch sagen, dass du Semias und mich nicht ›Vater‹ nennen sollst? Dieses Recht hast du dir noch lange nicht errungen!«

Damit wandte er sich ab und verließ die Kammer auf demselben Weg, auf dem er sie betreten hatte, nämlich nicht durch die Tür, sondern durch die glatte Wand.

»Meister Cethegar!«, rief Granock, der sich für die unerwartete Hilfe bedanken wollte, aber da war der alte Zauberer bereits verschwunden.

Einen Augenblick lang stand Aldur unbewegt, den Blick noch immer zu Boden gerichtet. Dann fuhr er herum und stürzte zur Tür hinaus, wobei er Ogan unsanft zur Seite rempelte.

»Weg ist er«, meinte Granock und konnte sich ein Grinsen nicht verkneifen. »Geschieht ihm recht.«

»Sei vorsichtig«, sagte Alannah ernst. »Der Sohn des Alduran ist soeben ein zweites Mal gekränkt worden – das wird er dir nie verzeihen …«

17. MARWURAITH ÁDANA

Sie kamen aus der Finsternis.

Die Wachen, die rund um den *bolboug* – so nannten die Orks ihre Dörfer und Siedlungen – verteilt waren, konnten sie nicht sehen. Und selbst wenn, wären ihre Sinne vom vielen Blutbier viel zu benommen gewesen, als dass sie hätten reagieren können.

Ein dumpfes Rauschen, das sich aus dem schweigenden Nachthimmel senkte, dann zuckten die kurzen Armbrustbolzen durchs Dunkel und durchbohrten die Kehlen der Wachen – und das nackte Grauen brach über das Dorf der Orks herein.

Die Wachen waren die Ersten, die den Angreifern zum Opfer fielen, doch sie blieben nicht die Einzigen. Mit knöchernen Schwingen stürzten sich die unheimlichen Kreaturen in steilem Sturzflug in die Schlucht, deren Felswände mit zahlreichen Löchern und Spalten durchsetzt waren – den Höhlen, in denen die Orks zu Hause waren.

Kaum hatten die Flugwesen den Grund der Schlucht erreicht, sprangen ihre Reiter aus den Sätteln und legten neue Bolzen auf die Armbrüste, um ihren blutigen Auftrag auszuführen. Ein Ork, der vor einer der Höhlen lag, weil er zu betrunken gewesen war, den Eingang zu finden, schreckte auf. Ein Bolzen schwirrte lautlos heran, traf ihn zwischen die gelben Augen und riss ihn zurück zu Boden.

Die Angreifer drangen weiter vor. In der Mitte des *bolboug*, wo die Schlucht am breitesten war, gab es eine Feuerstelle. Die Glut glomm noch schwach. Darüber hing, an einem riesigen Dreibein,

ein monströser Kessel, aus dem beißender Gestank aufstieg. Darum verstreut lagen weitere Orks, die dem Blutbierrausch verfallen und eingeschlafen waren. Ihr Schnarchen übertönte jeden anderen Laut, während sich ihnen die dunklen Schatten näherten und ihre Dolche zückten und ihre Schwerter zogen. Im nächsten Moment ging das Schnarchen über in ein Gurgeln, und Fontänen schwarzen Orkbluts spritzten und trafen zischend auf die noch schwelende Glut.

Die Mordlust der Angreifer war jedoch noch nicht befriedigt. Sich mit Handzeichen verständigend, teilten sie sich in zwei Gruppen und wandten sich den Höhlen zu. Ein Ork, der grunzend aus seiner Behausung kroch, vielleicht um sich noch einmal Blutbier zu holen oder auch nur um seine Notdurft zu verrichten, bekam einen Bolzen in den Nacken und brach lautlos zusammen. Den toten Ork keines weiteren Blickes würdigend, stieg der Schütze über den Leichnam hinweg, zog sein Schwert und schlich in die Höhle.

Er verzog das Gesicht angesichts der von Moder und Fäulnis geschwängerten Luft, die ihm entgegenschlug. Es dauerte einen Moment, bis sich seine Augen an die Dunkelheit gewöhnt hatten, dann jedoch sah er sie, die übrigen Bewohner der Höhle, die tief und fest schliefen.

Es war ein ganzer Clan, bestehend aus vier jüngeren Kriegern, einigen Orkweibchen und einer Handvoll Orklinge, die sich wie junge Schweine in eine Grube mit Morast gewühlt hatten und deren Schnarchen dem der älteren Unholde in nichts nachstand. Angewidert spuckte der Eindringling aus.

Dann begann er erneut sein Mordwerk.

Gleichgültig versah das Schwert in seiner Hand seine Arbeit. Unabhängig vom Alter oder Geschlecht des Opfers schnitt es durch Fleisch und Adern und entfesselte Ströme von Blut.

Plötzlich regte sich etwas hinter dem Mörder.

»Murt! Muruchg!«, rief eine heisere Stimme, und aus der vollständigen Dunkelheit, die in der Tiefe der Höhle herrschte, wankte eine massige Gestalt.

Einem jähen Impuls gehorchend, sprang der Mörder zurück, und das keinen Augenblick zu früh, sonst hätte ihn der mit Widerhaken versehene Speer durchbohrt, mit dem der Ork nach ihm stach. So entging der Eindringling dem Angriff und schlüpfte durch den Höhleneingang nach draußen.

Der Ork folgte ihm wutschnaubend – und besiegelte damit sein Schicksal. Denn mit kaltblütiger Gelassenheit trat der Mörder beiseite, sodass sein Verfolger an ihm vorbei ins Leere rannte, dann ließ er das Schwert mit furchtbarer Wucht herabfahren.

Es traf den Ork im Genick und trennte ihm mit einem einzigen Streich den Kopf von den Schultern. Mit dumpfem Laut schlug das abgetrennte Haupt auf den Boden und rollte davon.

Der Mörder spuckte abermals aus. Er säuberte die Schwertklinge an der Fellbekleidung des Toten, schritt über ihn hinweg und suchte die nächste Höhle auf.

So ging es weiter.

In jede Behausung drangen die unheimlichen Mörder ein und zeigten kein Erbarmen. Sie badeten ihre Dolche und Schwerter im Blut der Orks, und als von Osten der Morgen über der Modermark heraufdämmerte und die Dunkelheit der Nacht in lange Schatten bannte, waren sie bereits wieder verschwunden, so plötzlich, wie sie aufgetaucht waren.

Nicht ein einziger Ork blieb in dieser Nacht am Leben.

Der Tod hatte Einzug gehalten im *bolboug*.

18. DARTHAN'Y'ÁTHYSTHAN

Granock konnte sein Glück kaum fassen.

Eben noch hatte er an seinem Tisch im Lesesaal der großen Bibliothek von Shakara gesessen, um wie an jedem Morgen jene neuen Wörter und Grammatikregeln abzuschreiben, die er den Tag über lernen sollte, als plötzlich Farawyn zu ihm getreten war.

»Bist du bereit, mit deiner Ausbildung zu beginnen?«, hatte der Zauberer gefragt.

Für einen Moment war Granock unsicher gewesen, ob sein Meister tatsächlich eine Antwort erwartete oder ob die Frage eines jener eigenartigen Rätsel war, für die Elfen offenbar eine allgemeine und Zauberer eine ganz besondere Vorliebe hatten.

»A-aber sicher«, hatte Granock dennoch geantwortet, der endlosen Sprachstudien und der öden Büffelei überdrüssig.

Daraufhin hatte Farawyn ihn aufgefordert, Bücher und Schreibzeug liegen zu lassen und ihm zu folgen, und während Granock dies tat, hatte er fast den Eindruck, dass es gar kein Umhang war, der sich hinter dem Zauberer bauschte, sondern Flügel, und er hatte alle Mühe gehabt, mit Farawyn Schritt zu halten.

Sie gelangten in Bereiche der Eisfestung, die Granock noch nie zuvor betreten hatte. Sein Herzschlag beschleunigte sich, was nicht nur am schnellen Gehen lag, sondern auch an der gespannten Erregung, die er verspürte. Würde er nun endlich in der Kunst der Zauberei unterwiesen werden wie alle anderen Schüler des Ordens?

Freu dich nicht zu früh. Du bist ein Mensch, das solltest du niemals vergessen …

Granock vernahm die Stimme in seinem Kopf und sah sich suchend um. Er wusste ja inzwischen, dass die Kobolde, die kleinwüchsigen Diener der Zauberer, sich kraft ihrer Gedanken verständlich machten, aber er konnte nirgends einen der winzigen Knilche entdecken.

Das mit dem Knilch hab ich gehört, du viel zu groß geratener Flegel!

Ob Farawyn den Kobold ebenfalls »hörte«, wusste Granock nicht. Ohne sich auch nur ein einziges Mal nach seinem Schüler umzudrehen, schritt der Meister zügig voran. Sie passierten lange Flure, schritten über gewundene Treppen und hohe Galerien, von denen aus man in prächtige, von riesigen Säulen gestützte Hallen blicken konnte. Blaues Licht sorgte für Helligkeit, und allenthalben waren Zauberer mit ihren Novizen zu sehen. Vergeblich hielt Granock Ausschau nach Alannah, Ogan oder einem anderen bekannten Gesicht. Offenbar gab es in Shakara noch sehr viel mehr Novizen, als er bislang angenommen hatte.

Magisches Talent ist längst nicht so selten, wie du glaubst, beschied ihm die Stimme in seinem Kopf. *Du bist nur einer von vielen, also bilde dir bloß nichts ein.*

Erneut fragte sich Granock, wem er diese freundlichen Kommentare wohl zu verdanken hatte, als Farawyn plötzlich stehen blieb. Eine Pforte öffnete sich vor ihnen, gleich darauf setzte sich Farawyn wieder in Bewegung, und sie traten in einen kreisrunden Raum, über dem sich eine Kuppel aus Eis wölbte. Oder war es Elfenkristall? Der Unterschied ließ sich nicht feststellen, und vielleicht gab es ja auch gar keinen …

Da soll es keinen Unterschied geben? Du bist mir ein Zauberlehrling!

»Dies«, erklärte Farawyn, »ist ein Übungsraum. Es gibt viele davon in Shakara, dennoch liegt mir dieser besonders am Herzen, denn unter dieser Kuppel habe ich selbst meine ersten Lektionen erlernt.«

»Wer war Euer Meister?«, wollte Granock wissen – und dann schoss ihm der Gedanke durch den Kopf, ob ihn das überhaupt etwas anging.

»Semias«, antwortete Farawyn bereitwillig. »Er war ein gütiger und weiser Lehrer, vielleicht bisweilen etwas zu milde. Ein Fehler, den ich keinesfalls machen werde.«

»Natürlich nicht«, erwiderte Granock ein wenig vorlaut und auch nicht ohne sarkastischen Unterton.

»Das Verhältnis zwischen Lehrer und Schüler«, fuhr Farawyn fort, »sollte von gegenseitigem Respekt geprägt sein sowie vom Gehorsam des Novizen seinem Meister gegenüber. Hast du damit ein Problem?«

»Wenn es so wäre«, antwortete Granock ausweichend, »hätte ich wohl kaum die letzten Wochen mit dem Erlernen Eurer Sprache zugebracht, während alle anderen Schüler bereits in praktischen Dingen unterwiesen wurden.«

Farawyn nickte, aber dann tadelte er Granock sogleich. »Bisweilen klingt dein Elfisch, als würdest du die Laute mit dem Hintern formen und nicht mit dem Mund. Aber du hast viele Wörter gelernt, und im Großen und Ganzen ...«

Meister!, tönte es entsetzt in Granocks Kopf – und offenbar nicht nur in seinem. *Eure Ausdrucksweise!*

»Ich passe mich lediglich menschlichen Gepflogenheiten an, Argyll«, entgegnete Farawyn laut. »Die Menschen bedienen sich einer sehr direkten, groben und bisweilen auch bildhaften Sprache.«

Das ist nicht zu überhören.

»Verzeiht, Meister«, bat Granock sichtlich verwirrt, »aber wer ist das, der immerzu ...?«

»Der Novize hat völlig recht, Argyll«, unterbrach ihn Farawyn. »Es ist unhöflich, sich in anderer Leute Gedanken zu mischen, ohne sich zumindest vorgestellt zu haben. Also komm heraus und zeig dich.«

Wenn's unbedingt sein muss ...

Das Echo der Stimme, die durch Granocks Kopf geisterte, klang wenig begeistert. Dennoch regte sich im nächsten Moment etwas unter dem weiten Umhang, den der Zauberer trug, und ein kleinwüchsiges Wesen mit einer Knollennase und winzig kleinen Äuglein, die Granock scharf musterten, kroch darunter hervor. Die Kleidung des Kobolds war waldgrün, sein weißes Haar im Nacken kurz geschnitten, während es über der Stirn als hoher Schopf aufragte. Den eigentlich obligatorischen Blütenkelch-Hut trug der Kobold nicht; seine spezielle Haartracht machte das praktisch unmöglich.

»Darf ich vorstellen, Granock?«, fragte Farawyn. »Dies ist Argyll, mein Kobold und persönlicher Diener. Argyll – Granock.«

Danke, wir kennen uns bereits. Wie kann jemand nur ein solches Durcheinander zwischen seinen Ohren haben?

»Ist es denn wirklich so schlimm?«, fragte Granock ehrlich besorgt – immerhin war dies schon das zweite Mal, dass er darauf angesprochen wurde.

Schlimm ist gar kein Ausdruck – katastrophal trifft es eher. Wie kommt ihr Menschen nur mit diesem ganzen Drunter und Drüber zurecht?

»Bisweilen gar nicht«, gab Granock zu, was dem Kobold ein Grunzen der Genugtuung entlockte, und das nicht nur gedanklich; Granock hörte es auch mit den Ohren.

»Schön, wenn ihr euch gut versteht«, meinte Farawyn, und ein Lächeln huschte über seine Lippen. »Für die Dauer deiner Ausbildung wird Argyll nicht nur mein Diener sein, sondern auch der deine, Granock ...«

Muss das wirklich sein?

»... und zwar so lange«, fuhr Farawyn unbarmherzig fort, »bis du die Prüfungen abgelegt hast und dir ein eigener Kobold zugeteilt wird. Vorausgesetzt natürlich, du bringst die Ausbildung zu Ende.«

»Ihr zweifelt an mir?«, fragte Granock erschüttert.

»Du zweifelst ja selbst an dir«, entgegnete der Zauberer, »und das aus gutem Grund. Sollte es auch nur den geringsten Anlass zur Beschwerde gegen dich geben, wird der Rat dich von der Ausbildung ausschließen und aus Shakara hinauswerfen. Allerdings erst, nachdem man *ángovor* über dich verhängt hat.«

»Was meint Ihr?«, fragte Granock, der das Wort nicht kannte.

»Der *ángovor* ist ein Bann«, erklärte Farawyn, »der den Verurteilten seine Erinnerungen raubt. In alter Zeit wurde er oft angewandt, inzwischen gehört er jedoch zu den *anmeltith*, zu jenen Bannsprüchen, die nur mit besonderer Genehmigung des Rates ausgesprochen werden dürfen.«

»Ich verstehe.« Granock grinste, doch dahinter ließ sich seine Unsicherheit kaum verbergen. »Dann sollte ich mich wohl besser benehmen, was?«

Pfff! Erst mal wissen, was Benehmen ist!

»Unglücklicherweise«, sagte Farawyn mürrisch, wobei er Argyll mit einem strafenden Blick bedachte, »bist du nicht der Einzige, der hier ein wenig Nachhilfe in Sachen Anstand dringend brauchen könnte.« Er richtete seine Augen wieder auf Granock. »Aber die Tatsache, dass du meine Weisungen die Sprachstudien betreffend ohne Klagen und Rumgejammer befolgst, lässt mich hoffen.«

»Darf ich Euch etwas fragen, Meister?«

»Was möchtest du wissen?«

»Warum wollt Ihr nun doch mit meiner Ausbildung beginnen? Meine Kenntnisse in Eurer Sprache sind noch längst nicht vollkommen, und ich …«

»Sie reichen aus«, war Farawyn überzeugt, worauf Granock meinte, abermals ein *Pfff* in seinem Kopf zu vernehmen.

»Meister Cethegar ist der Ansicht, dass ich nicht mehr länger warten sollte«, fuhr Farawyn fort, »weil der Abstand zu den anderen Novizen sonst zu groß werde.«

»Meister Cethegar?« Granock machte große Augen. Dass sich ausgerechnet der stets so grimmige Zauberer auf seine Seite stellte, hatte er nicht erwartet, und er fragte sich, ob es etwas mit jenem Zwischenfall in seiner Kammer zu tun hatte, der sich vor einiger Zeit ereignet hatte …

»Ich selbst bin nicht dieser Ansicht«, erklärte Farawyn, »aber ich kann mich dem Wunsch des Stellvertretenden Ordensmeisters nicht verschließen. Also werden wir mit deiner Ausbildung jetzt beginnen.«

Nach all den Tagen der Niedergeschlagenheit und der Frustration bemächtigte sich Granocks ein Hochgefühl. »Dann werde ich jetzt lernen, meine Kräfte gezielt und konzentriert einzusetzen?«, fragte er aufgeregt. »Ich werde einen Zauberstab bekommen und in die Geheimnisse der Magie eingeweiht werden?«

»So ist es.«

»Jetzt sofort?«

Man kann über ihn sagen, was man will, kommentierte Argyll ebenso lautlos wie trocken. *Geduld ist jedenfalls nicht seine Stärke …*

»Du hast es wohl sehr eilig?«, fragte Farawyn, die Zwischenbemerkung des Kobolds nicht beachtend.

»Ist das nicht verständlich?«, fragte Granock dagegen. »Nach all der Zeit, die ich verschw… ich meine, die ich mit dem Studium eurer Sprache verbracht habe, bin ich natürlich sehr begierig darauf, auch mal was Praktisches zu lernen.«

»Du hältst das Erlernen einer Sprache für Zeitverschwendung?«, hakte Farawyn nach, und eine Zornesfalte bildete sich über den dunklen Brauen des Zauberers.

»N-nein«, versicherte Granock.

Er lügt, stellte Argyll ungerührt fest. *Und er hat eine Menge Wut im Bauch …*

»Wut? Auf wen?«

»Auf niemanden«, beteuerte Granock und schaffte es, seine wahren Gedanken zu verbergen, indem er still und leise ein Sauflied rezitierte, das er irgendwann in einer Spelunke aufgeschnappt hatte.

Was, in aller Welt, haben denn Agathas Schenkel mit dem Erlernen der elfischen Sprache zu tun?, wollte der Kobold wissen. *Und warum sind ihre Brüste wie Weinfässer?*

»Meister Cethegar hat mir etwas anderes berichtet«, erwiderte Farawyn auf Granocks Antwort, die Bemerkung seines Kobolds einmal mehr überhörend.

Also doch, dachte Granock. Grund für Cethegars plötzlichen Meinungswandel war also tatsächlich der Vorfall in seiner Kammer, bei dem Alannahs Lehrer so unverhofft hinzugekommen war.

»Was hat Meister Cethegar denn berichtet?«, fragte Granock sehr vorsichtig.

»Er sagte, du hättest Streit gehabt. Streit mit anderen Novizen.«

»Das ist nicht wahr.«

»Willst du behaupten, der Stellvertretende Ordensmeister hätte mich belogen?« Farawyns ohnehin Respekt gebietende Stimme schwoll furchteinflößend an.

»Nein.« Granock schüttelte hastig den Kopf. »Nein, aber es gibt nur *einen* Novizen, mit dem ich immerzu Ärger habe.«

»Wie ist sein Name?«

»Aldur«, antwortete Granock rundheraus. Einerseits fühlte es sich nicht gut an, einen anderen Novizen anzuschwärzen, andererseits fragte er sich, weshalb er jemanden decken sollte, der ihm ständig Knüppel zwischen die Beine warf und ihn herausforderte, wann immer er konnte. »Der Kerl kann mich nicht leiden und lässt keine Gelegenheit aus, mich vor den anderen zu demütigen.«

Hatte sich Granock Verständnis von seinem Meister erhofft, so wurde er bitter enttäuscht, denn Farawyn fuhr auf: »Du solltest dich schämen!«

»Weshalb?«, fragte der junge Mensch erstaunt.

»Was du sagst, ist übelwollend und verleumderisch. Aldur ist einer unserer talentiertesten Novizen. Er ist der Spross einer vornehmen Familie und folgt einer großen Tradition. Sein Vater Alduran war einst selbst hier und hat den Pfad der Magie beschritten. Und anders als du ist Aldur sein ganzes bisheriges Leben lang auf diese Ausbildung vorbereitet worden.«

»Tatsächlich?« Trotz flackerte in Granocks Augen. »Warum fragt Ihr mich dann, wenn Ihr die Wahrheit nicht wissen wollt?«

»Ist es denn die Wahrheit, was du mir berichtest?«, fragte Farawyn dagegen. »Oder ist es nicht vielmehr das, was dein Neid und deine Eifersucht dir diktieren?«

»Neid und Eifersucht?« Granock glaubte, nicht recht zu hören. »Ihr habt keine Ahnung, wovon Ihr sprecht!«

»Sei vorsichtig, Novize!« Farawyn hob mahnend den Zeigefinger. »Du vergreifst dich im Ton ...«

»Die Wahrheit ist, dass ich ausgeschlossen werde«, fuhr Granock ungeachtet der Warnung fort, und er sprach in seiner Erregung lauter, als er beabsichtigte. »Die Wahrheit ist, dass die meisten anderen Novizen in mir eine minderwertige Kreatur sehen, Ungeziefer, das es aus Shakara zu vertreiben gilt. Und die Wahrheit ist auch, dass ich ...« Er stockte, dann brachte er den Satz leise zu Ende, den Blick zu Boden gerichtet: »... dass ich oft zweifle.«

»An wem? An dir?«

»An mir. An Euch. An allem«, erklärte Granock, hob den Kopf und sah Farawyn direkt ins Gesicht. »Meine Mitschüler, allen voran der geschniegelte Aldur, beugen sich den Regeln des Ordens ohne Zögern und offenbar mit großer Freude, während ich ...«

Er unterbrach sich erneut, diesmal, weil er sich an die Warnung erinnerte, die Farawyn ihm vorhin hatte zukommen lassen, an die

Androhung, ihn nicht nur der Ordensburg zu verweisen, sondern auch den Bann *ángovor* über ihn auszusprechen. Aber wahrscheinlich hatte er sich bereits um Kopf und Kragen geredet. Aldur würde sich bestimmt darüber freuen …

»Während du was?«, hakte Farawyn nach. Die Zornesfalte auf seiner Stirn war noch tiefer geworden, die Augenbrauen hatten sich zur Nasenwurzel hin geneigt.

»Während ich mir immerzu Fragen stelle«, sagte Granock mit Resignation in der Stimme. »Was soll das alles hier? Welchen Sinn hat es? Warum hat das Schicksal oder was auch immer gerade mich dazu auserwählt, als erster Mensch Shakara betreten zu dürfen? Was steckt hinter alldem? Hat das alles eine höhere Bedeutung?«

Farawyn betrachtete ihn eine endlos scheinende Weile lang. Dabei hellte sich seine Miene zu Granocks Überraschung wieder auf, und die Zornesfalte verschwand. »Das ist alles?«, fragte er schließlich.

»Genügt das denn nicht?« Verzweiflung schwang in Granocks Stimme. »Ich habe keine Ahnung, was ich hier soll, und ich komme mir vor wie ein Ausgestoßener. Mein Leben lang habe ich auf der Straße gelebt, wie Ihr wisst, und ich habe gelernt, mich dort durchzuschlagen. Aber noch niemals zuvor habe ich mich auch nur annähernd so einsam gefühlt wie hier in Shakara.«

»Ich weiß«, sagte Farawyn nur.

»Ihr … wisst es?«

»Ich bin dein Meister. Es gehört zu meinen Aufgaben, zu wissen, was mit dir los ist, was in dir vorgeht. Außerdem«, fügte Farawyn mit entschuldigendem Lächeln hinzu, »bist du für Argyll wie ein offenes Buch.«

»Aber wenn Ihr wisst, wie es in mir aussieht, wieso fragt Ihr mich dann?«

»Muss ich dir darauf wirklich antworten?«

Granock dachte kurz nach, dann schüttelte er den Kopf. »Nein«, sagte er leise, »das müsst Ihr nicht. Es war eine Prüfung, nicht wahr? Ihr wolltet wissen, ob ich Euch die Wahrheit sage.«

»Vieles von dem, was wir hier tun und was hier geschieht, mag dir auf den ersten Blick sinnlos erscheinen«, erklärte Farawyn. »Aber ich darf dir versichern, Junge, dass nichts davon wirklich sinnlos ist. Alles dient dem Zweck, dein Talent zu fördern und dich umfassend auszubilden, was auch die Stärkung deines Charakters mit einbezieht, auch in Augenblicken, in denen du es vielleicht nicht vermutest.«

Granock nickte. »Ich … verstehe.«

»Befreie deshalb deinen Geist von allen Zweifeln und Fragen, Junge, und verlasse dich ganz auf die Regeln und Traditionen des Ordens. Öffne dich ihnen, gib dich ihnen hin, dann verleihen sie dir Sicherheit. Sie mögen dich zu Beginn einengen und dir das Gefühl geben, gefangen zu sein. Aber sie geben dir auch Halt bei all dem, was du im Zuge deiner Ausbildung noch sehen und erleben wirst. Darauf musst du vertrauen.«

»Das fällt mir ziemlich schwer, Meister«, gestand Granock. »Bisher habe ich immer nur das getan, was *mir* richtig erschien, und ich habe nie Regeln befolgt, deren Sinn ich nicht verstand.«

»Dann wirst du es lernen müssen«, sagte Farawyn. »Weißt du, aus welchem Grund?«

»Nein, Meister«, gab Granock zu. »Vielleicht aus Dankbarkeit?«

»Dummkopf«, sagte Farawyn. »Glaubst du tatsächlich, ich hätte dich aus reiner Freundlichkeit hergeholt? Oder dass der Hohe Rat deiner Aufnahme in den Orden zugestimmt hätte, nur um mir einen Gefallen zu tun? Die Sache ist denkbar knapp ausgegangen; es hätte nicht viel gefehlt, und mein Ersuchen, dich als Novizen anzunehmen, wäre abgeschmettert worden.«

»Ich … weiß«, antwortete Granock kleinlaut. Der Kobold Ariel hatte ihm ja bereits erzählt, dass Farawyn viel riskiert hatte, damit er – Granock – in Shakara aufgenommen wurde. Doch das war Wochen her, und Granock hatte sich keine Gedanken mehr darüber gemacht; andere Dinge hatten ihn beschäftigt.

»Es hat darüber eine heftige Debatte gegeben«, fuhr Farawyn fort, »und meine Gegner im Rat haben versucht, die Situation zu ihren Gunsten zu nutzen, um meine Position hier in Shakara ganz allgemein zu schwächen. Am Ende jedoch hat der Rat deiner Aufnahme zugestimmt und damit das in meinen Augen einzig Richtige getan.«

»Doch warum denkt Ihr so, Meister?«, fragte Granock.

»Weil ich die Zukunft gesehen habe«, erklärte Farawyn. »Wir mögen die Augen fest vor ihr verschließen, mögen uns selbst blenden und uns über die Tatsachen hinwegzutäuschen versuchen – aber die Zukunft lässt sich nicht aufhalten, mein Junge. Sie kommt auf uns zu, unerbittlich. Selbst du mit deiner erstaunlichen Fähigkeit kannst die Zeit nicht lange genug festhalten, um der Zukunft Einhalt zu gebieten. Und in dieser Zukunft bricht eine neue Ära an, in der deinesgleichen eine wichtige Rolle spielen wird.«

»Meinesgleichen?« Granock schaute ihn an. »Ihr meint die … die Menschen?«

Farawyn nickte. »Selbst meine Gegner im Rat haben längst erkannt, dass deiner Rasse die Zukunft gehört. Du magst der erste Mensch in Shakara sein, Granock, aber sicher nicht der letzte. Ich sehe große Entwicklungen voraus, und ich ahne, dass du ein großer Zauberer werden wirst. Ja, den Menschen gehört die Zukunft, und verwehrt man sie den Menschen, wird es keine Zukunft geben. Die Menschen nämlich sind unsere Erben, die Erben des Elfengeschlechts. Treten sie dieses Erbe nicht an, wird irgendwann das Böse siegen. Damit das nicht geschieht, Granock, und damit meine Vision von der Zukunft wahr wird, müssen wir uns gegenseitig Vertrauen schenken. Nicht nur du und ich, sondern die Elfen den Menschen und umgekehrt.«

Farawyns Stimme war leiser geworden, dabei aber nicht weniger eindringlich. Zuletzt hatte er Granock die Hand auf die Schulter gelegt und ihm dabei tief in die Augen geschaut – und obwohl die harte Schule des Lebens auf der Straße Granock gelehrt hatte, allem und jedem mit Misstrauen zu begegnen, war er sich sicher, dass zumindest dieser Elf nicht sein Feind war.

»Ich verstehe, Meister«, sagte er leise.

»Wirklich?«

»Ich hoffe es«, meinte Granock mit entschuldigendem Lächeln. »Was Ihr über die Zukunft sagt, kann ich nicht wirklich nachvollziehen, aber ich will Euch einfach glauben.« Er machte eine kurze Pause, bevor er weitersprach: »Vieles hier ist neu und ungewohnt für mich. Aber ich will und werde lernen, denn ich möchte mehr über mich herausfinden und über diese seltsame Fähigkeit, die ich habe.

Nach all den Jahren, in denen ich kein Zuhause hatte, keine Familie und keine Freunde, möchte ich endlich wissen, wer ich bin.«

»Ein guter Vorsatz«, sagte Farawyn anerkennend. »Die Menschen werden es dir danken. Irgendwann.«

»Dankbarkeit brauche ich nicht, ich bin bis jetzt auch ohne ausgekommen. Aber ich will Anerkennung.«

»Auch die wirst du bekommen«, war Farawyn überzeugt. »Folge dem Pfad der Magie und sei ein gelehriger Schüler, und sie werden dich alle respektieren, ungeachtet deiner Herkunft. Man wird dir einen Zaubernamen geben, so wie allen Zauberern, und er wird nicht nur für die Fähigkeit stehen, die dir das Schicksal verliehen hat, sondern für dich als ganze Person.«

»Aber ich habe schon einen Namen«, wandte Granock ein.

»Du hast schon einen Namen?« Farawyn schien ehrlich erstaunt.

»Ja. Aldur hat ihn mir gegeben. Er nennt mich Gwailock.«

»Oh«, machte Farawyn.

»Alannah und Ogan wollen mir nicht sagen, was es bedeutet. Wollt Ihr es mir verraten?«

»Nun«, erwiderte Farawyn ein wenig zögernd, »offenbar handelt es sich um eine Verballhornung deines Namens und ist von dem Wort *gwaila* abgeleitet. Allerdings ist dies kein Begriff, den ich der elfischen Hochsprache zurechnen würde, deshalb hast du dieses Wort bislang auch nicht gelernt.«

»Was bedeutet es?«

»So viel wie ›schäbig‹ oder ›schmutzig‹, und das mit einer ziemlich wertenden Note.«

»Ich verstehe«, sagte Granock nur.

»Aldur ist nicht böse«, versuchte sein Meister zu erklären. »Es fällt ihm nur schwer zu verstehen, weshalb mit einer uralten Tradition gebrochen wurde. Und wahrscheinlich findet er es ungerecht, dass dir in den Schoß gefallen ist, wofür er sein Leben lang hart arbeiten und kämpfen musste.«

»Kämpfen?«, wiederholte Granock. »Was immer er bislang auch getan hat, ums nackte Überleben hat Aldur sicher noch nie gekämpft.«

»Kaum«, stimmte Farawyn zu.

»Wie kann er dann behaupten, dass ich es leichter gehabt hätte als er?«

»Mit demselben Recht, mit dem du bislang angenommen hast, dass alle Elfen arrogant und hochmütig wären«, konterte Farawyn mit mildem Lächeln.

Granock wollte widersprechen, aber Argyll machte mit einem leisen Räuspern auf sich aufmerksam; der Kobold las in seinen Gedanken und wusste, dass Farawyn mit seiner Vermutung richtig lag: Es stimmte, Granock hatte für Elfen tatsächlich nie sehr viel übrig gehabt. Vielleicht aber hatte er sich in ihnen geirrt. Zumindest gab es Ausnahmen …

»Wir alle werden unsere Vorurteile revidieren und einander vertrauen müssen«, sagte Farawyn. »Auch Aldur wird das eines Tages begreifen. Er braucht nur etwas Zeit.«

»Wenn Ihr meint, Meister …« Granock war hinsichtlich des Aldurans Sohn nicht wirklich überzeugt.

»Und nun kommen wir zu deiner ersten Lektion«, sagte der Zauberer unvermittelt.

»Die erste Lektion?« Granock schaute ihn fragend an – er hatte angenommen, dass das Gespräch selbst schon die erste Lektion gewesen wäre, dass Meister Farawyn ihn damit auf die Probe hatte stellen wollen.

»Willst du denn nichts Neues lernen?«, fragte Farawyn verwundert.

»Doch, natürlich«, beeilte sich Granock zu versichern. »Was wollt Ihr mir beibringen?«

Farawyn bedachte Argyll mit einem amüsierten Seitenblick. »Ich werde dir zeigen, wie du deine Gedanken vor fremdem Zugriff schützen kannst. Du willst doch bestimmt nicht, dass ständig ein Kobold darin herumschnüffelt, oder?«

»Nein«, bestätigte Granock grinsend, »das will ich wirklich nicht, Meister Farawyn.«

Pfff, machte es in seinem Kopf, und erstmals seit seiner Ankunft in der Ordensburg hatte Granock das Gefühl, dass die Versprechungen, mit denen Farawyn ihn nach Shakara gelockt hatte, möglicherweise wahr werden könnten.

19. AMWELTHYR RHYFANA

Die Gerüche, die für gewöhnlich über einem *bolboug* lagen, waren für Wesen, die nicht zur Gattung Ork gehörten, ohnehin schwer zu ertragen. Fäulnis und Moder waren allgegenwärtig, und es roch auch nach verfaulendem Fleisch. All das mutete jedoch wie zarter Blütenduft an im Vergleich zu dem bestialischen Gestank, der nach dem nächtlichen Massaker über dem Dorf der Orks lag.

Es war eine einsame, vermummte Gestalt, die sich an diesem Morgen einen Weg zum Grund der Schlucht suchte, über baufällige Brücken, die aus grauer Vorzeit stammen mochten und die von den Orks dann benutzt worden waren, und über schmale Pfade. Kleine Steine rieselten bei jedem Schritt in die Tiefe, und wäre auch nur einer der Dorfbewohner noch am Leben gewesen, so hätte der Vermummte, der die Kapuze seines Mantels tief ins Gesicht gezogen hatte, seine Unvorsichtigkeit mit dem Leben bezahlt. So jedoch blieb er unbehelligt.

Der erste Leichnam, auf den er stieß, war der eines Wachtpostens, der offenbar vom Rand der Schlucht in die Tiefe gestürzt war. Seine Glieder standen in grotesken Winkeln von seinem Körper ab, der Armbrustbolzen, der ihn getroffen hatte, steckte noch in seiner Kehle, und sein zähnestarrendes Maul war zu einem stummen Schrei aufgerissen. Der Angriff musste unerwartet erfolgt sein, das war deutlich zu erkennen, und er schien schon einige Zeit zurückzuliegen: Die narbige grüne Haut des Unholds hatte bereits begonnen, sich zu zersetzen, und verwesendes Fleisch war darunter hervorgetreten, an dem sich Ratten, Moorwürmer und anderes

Ungeziefer zu schaffen machten. Schon zuvor hatten sich die Krähen an dem Kadaver gütlich getan und ihm die Augen ausgehackt, sodass der unförmige Schädel den Besucher aus leeren Augenhöhlen anstarrte.

Es war kein erhebender Anblick, dennoch nahm ihn der Vermummte mit Gleichmut zur Kenntnis. Unberührt bewegte er sich weiter, und nachdem er an zwei weiteren Leichen vorbeigegangen war, die ähnlich grausig zugerichtet waren wie die erste, erreichte er das eigentliche Dorf. Der Gestank, der wie zäher Nebel zwischen den fast senkrecht aufragenden Wänden der Schlucht hing, war so durchdringend, dass sich die Kapuzengestalt eine Hand auf Mund und Nase legte.

Kadaver lagen überall, entlang der in den Fels gehauenen Stiegen und Pfade ebenso wie in den Eingängen der Höhlen, die zu beiden Seiten der Schlucht im Fels klafften. Die meisten waren jedoch um die große Feuerstelle zu finden, die an der breitesten Stelle der Schlucht angelegt worden war. Offenbar hatten die Orks gerade ein Fest abgehalten, als sie aus dem Hinterhalt attackiert worden waren. Darauf wiesen auch die abgenagten Gnomenknochen hin, die ringsum verstreut lagen; die Gnomen waren nicht nur die Erzfeinde der Orks, mit denen sie um die Vorherrschaft in der Modermark stritten, sie schmeckten ihnen auch gut.

Der Zustand der Orkleichen an der Feuerstelle ähnelte dem des Wachtpostens. Überall sah der Vermummte verwesendes Fleisch, aus dem hier und dort bereits bleiche Rippenknochen ragten, abhängig davon, in welchem Umfang die Aasfresser sich daran gelabt hatten und wie weit der Verfall fortgeschritten war. Die Nächte in der Modermark waren klamm, tagsüber jedoch sorgte schwüle Feuchte dafür, dass die Verwesung rasch voranschritt.

Die Spuren der Angreifer, die offenbar ebenso unerwartet wie erbarmungslos zugeschlagen hatten, waren allenthalben noch zu finden: Armbrustbolzen, die in den Leichen steckten, oder Dolche, die man im Herzen der Opfer zurückgelassen hatte. Aber der Vermummte bemerkte auch, dass manche Dinge fehlten: Vielen der Toten waren die Kettenhemden ausgezogen worden, die die Orks nicht nur zu Kriegszeiten trugen, sondern als alltägliche Kleidung;

anderen hatte man ihre Waffengurte abgeschnallt – das folgerte der Unbekannte, weil er wusste, dass Orks selten unbewaffnet herumliefen, auch nicht, wenn sie daheim im *bolboug* feierten –, und er sah auch nur noch sehr wenige *saparak'hai*, jene Speere, wie Orks sie benutzten, und nur noch hier und dort eine breitschneidige Axt, ebenfalls eine bevorzugte Waffe der Orks.

Der Vermummte nickte. Die Angreifer hatten die Orks beraubt, das war eindeutig …

*»Kuun!«**, erklang plötzlich ein grollender Ruf, der den Vermummten herumfahren ließ – dann sah er sich einer Horde bis an die Hauer bewaffneter Orks gegenüber. Ihre Harnische waren rostig, ebenso wie die Helme, die Kettenhemden und die stachelbewehrten Schulterbrünnen, die einige von ihnen trugen. Blutunterlaufende Augenpaare starrten feindselig aus grünen Fratzen, gelbe Zähne wurden gefletscht, während die Unholde drohend ihre Waffen schwangen – Speere, Äxte und Schwerter, an denen noch das Blut derer klebte, die sie bereits gemeuchelt hatten.

Aus den Blutzeichen, die sie sich in die Gesichter geschmiert hatten, und den noch frischen Skalps, die an ihren Gürteln hingen, folgerte der Vermummte, dass es sich nicht um Überlebende aus dem Dorf handelte, sondern um Angehörige eines anderen Clans, die sich auf dem Kriegspfad befanden. Vermutlich hatten sie den *bolboug* ihrer Artgenossen überfallen wollen und hatten dann überrascht festgestellt, dass ihnen jemand zuvorgekommen war …

»Oignash, oignash!«, rief einer der Orks, der die anderen überragte und auch breiter gebaut und muskulöser war; fraglos handelte es sich um den Anführer der Gruppe. Eine breite Narbe zog sich quer über sein hässliches grünes Gesicht. *»Achgosh-bonn ann bolboug. Krich'dok'dh umbal sabal'dok?«***

Die anderen Orks, fünfzehn an der Zahl, verfielen in höhnisches Gelächter. Für sie stand fest, dass sich der Vermummte in die Modermark verirrt hatte – ein leichtes Opfer, das zu bezwingen

* Orkisch: »Fremder!«

** »Was für eine Überraschung – ein Mensch im Dorf der Orks. Ist der Idiot gekommen, um zu kämpfen?«

und zu verhackstücken nicht viel Zeit in Anspruch nehmen würde. Ihre Waffen drohend erhoben, traten sie näher.

Der Fremde war jedoch weit davon entfernt, in Panik zu geraten. Er wandte sich nicht zur Flucht, sondern blieb gelassen stehen, hob die Hände, griff nach der Kapuze und schlug sie zurück.

»*Sul-coul!*«, rief der Anführer der Orkmeute daraufhin, und in seiner Stimme lag eine Mischung aus Abscheu und Entsetzen, und auch seine Krieger schreckten zurück, als sie ihren Irrtum erkannten.

Es war kein Mensch, der sich im *bolboug* herumtrieb, sondern ein Elf. Und das war nicht die einzige Überraschung, die der Fremde zu bieten hatte …

»*Achgosh-douk*«, begrüßte er den Anführer des Kriegstrupps ungerührt, um in fließendem Orkisch fortzufahren: »Kuruls dunkle Ausgeburten sollten sich schämen, einem einzelnen Wanderer aufzulauern. Das bringt weder Ruhm noch Ehre noch einen vollen Magen.«

Erstaunt schauten sich die Unholde an, und ihr Anführer raunte verblüfft: »Du … du sprichst unsere Sprache?«

»Wenn ihr dieses Gegrunze eine Sprache nennt, dann ja«, bestätigte der Fremde. Sein Haupthaar war schütter, der Bart ergraut. Für die Orks jedoch machte es keinen Unterschied. Für sie sahen alle Schmalaugen – wie sie die Söhne Sigwyns nannten – gleich aus, nämlich abgrundtief hässlich.

»Was willst du hier?«, verlangte der Narbige zu erfahren, nachdem er seine Überraschung verwunden hatte. »Die Modermark gehört den Orks.«

»*Korr,* das weiß ich«, bestätigte der Elf. »Nur fragt sich, ob diejenigen, die dieses Dorf überfallen haben, das genauso sehen.«

»Hast du eine Ahnung, was hier geschehen ist?«

Der Grauhaarige nickte. »Ich habe mich umgeschaut. So wie es aussieht, hat der Angriff die Dorfbewohner völlig überrascht. Die meisten von ihnen ereilte der Tod im Schlaf, ohne dass sie auch nur die Möglichkeit gehabt hätten, sich zu wehren.«

Der Anführer der Orks verzog angewidert das blutbeschmierte grüne Gesicht. »Der Clan der Bluthunde war ein feiges und hinterhältiges Pack, aber ein solches Ende haben nicht einmal sie verdient.«

»Anscheinend blieb keiner von ihnen am Leben«, sagte der Elf. »Man hat sie alle getötet – und das schon vor einigen Wochen.«

»Korr«, bejahte der Anführer des Kriegstrupps und grunzte. »Aber wer hat das getan? Die Milchgesichter, die auf der anderen Seite der Berge siedeln, sind Schwächlinge – ihnen ist so etwas nicht zuzutrauen. Der Clan der Pestfresser kann es ebenfalls nicht gewesen sein, und wir Knochenbrecher …«

»Es waren Schmalaugen«, stellte der Grauhaarige fest.

Die Orks starrten ihn überrascht an. »Was?«

»Ich sagte, es waren Schmalaugen«, wiederholte der Elf. »Seht euch nur diese Bolzen an. Kein Ork vermag so etwas herzustellen, geschweige denn, es mit dieser Genauigkeit abzuschießen. Und dann der Zustand der Leichen – hätten Orks hier gewütet, wären zumindest einige von ihnen verstümmelt. Die Toten wurden auch nicht skalpiert, um Kriegstrophäen mitzunehmen. Wer immer den *bolboug* angegriffen hat, ist zudem äußerst diszipliniert und effektiv vorgegangen.«

Der Anführer des Orktrupps nickte. Das war weder die übliche Herangehensweise der Orks noch die der als dumm verschrienen Menschen. »Angenommen, du hättest recht«, sagte er, und seine narbigen Züge zerknitterten sich noch mehr; er schien angestrengt nachzudenken. »Wieso verrätst du deine eigene Rasse? Was hast du davon?«

»Ich bin hier, um euch zu warnen«, sagte der Grauhaarige schlicht.

»Uns?« Die gelben Augen des Orks weiteten sich, sodass die blutroten Adern darin noch deutlicher sichtbar wurden. »Uns willst du warnen? Wir sind die Knochenbrecher, der größte und gefährlichste aller Stämme!«

»Auch die Bluthunde haben sich für groß und gefährlich gehalten«, gab der Elf zu bedenken. »Beides bedeutet nichts, wenn der Feind in der Nacht und aus dem Hinterhalt angreift.«

»Und vor diesem Feind willst du uns warnen?«

»*Korr,* aber ich werde nicht mit einem niederen Diener darüber sprechen, sondern nur mit eurem Häuptling.«

»*Sul-coul!*«, fuhr der Anführer des Kriegstrupps den Elfen an, und seine Untergebenen zuckten erschrocken zusammen; der Grauhaarige jedoch ließ keine Reaktion erkennen. »Willst du mich beleidigen? Ich bin kein Diener, damit du es weißt! Ich bin Gunrak der Gefürchtete, und wenn du mich nicht mit Respekt behandelst, reiße ich dir den Kopf von den Schultern!«

Zornig schlug er sich mit der Faust auf die Brust, und die erwartungsvollen, blutgierigen Blicke, mit denen ihn die anderen Orks bedachten, ließen vermuten, dass er seine Drohung schon des Öfteren wahr gemacht hatte.

Der Elf jedoch blieb auch weiterhin gelassen. »Ich bin gekommen, um euch mitzuteilen, was ich weiß«, stellte er klar, »aber ich werde es nur eurem Häuptling Borgas sagen. Also bringt mich entweder zu ihm und lebt, oder lasst es bleiben und endet wie die Bluthunde. Mir ist es gleich.«

»Du … du weißt, wer unser Häuptling ist?«, fragte Gunrak. Das Schmalauge versetzte ihn immer wieder in Erstaunen.

»Allerdings.«

»Und du wirst nur ihm verraten, was du weißt?«

»Das sagte ich.«

Der Ork überlegte, und man konnte seiner gerunzelten Stirn ansehen, wie sehr ihn das anstrengte.

Das Ergebnis war durchwachsen …

»Kannst du mir«, knurrte er feindselig, »auch nur einen einzigen Grund nennen, weshalb ich auf dich hören sollte, anstatt dich einfach an Ort und Stelle zu massakrieren?«

»Sehr einfach – weil dein Überleben davon abhängt, deshalb«, antwortete der Elf. »Und nicht nur deins, sondern das deines ganzen Stammes.«

Erneut dachte Gunrak nach und machte ganz den Eindruck, als hätte man ihm ein unlösbares Rätsel aufgegeben. Dann jedoch hellte sich seine Miene etwas auf, und ein verschlagenes Grinsen breitete sich sogar darauf aus. »Ich weiß jetzt!«

»Was weißt du?«

»Was ich tun werde.«

»Ich auch«, versicherte der Alte voll Überzeugung. »Du wirst mich zu deinem Häuptling bringen.«

»Douk«, widersprach Gunrak und schüttelte trotzig das Haupt, »ich werde dich aufschlitzen und dir das freche Maul mit deinen Eingeweiden stopfen!«

»Ork«, sagte der Grauhaarige ungerührt, »deine Gedanken reichen nicht weiter, als du spucken kannst. Wie hat es dein Volk nur geschafft, all die Jahrtausende zu überleben? Wenn du mich tötest, ändert das nichts an der Gefahr, in der ihr alle schwebt. Ihr beraubt euch nur der Möglichkeit, etwas darüber in Erfahrung zu bringen, sodass ihr euch verteidigen könntet.«

»Wenn schon!«, konterte Gunrak, und er zitierte – weil ihm das besonders gelehrig erschien – eine orkische Weisheit, die in Anlehnung an ein Sprichwort der Menschen entstanden war: *»Krich'dok umm, krich'dok sochgash.** Los, macht ihn fertig!«

Ob die anderen Orks die Entscheidung ihres Anführers für richtig hielten, war nicht festzustellen. Wenn nicht, war ihre Furcht vor ihm so groß, dass sie alle Zweifel überwog. Die *saparak'hai* drohend gesenkt, stapften sie auf den Elfen zu, der ihnen mit lauter Stimme Einhalt zu gebieten suchte – vergeblich.

Schon wollten die ersten Krieger mit ihren Kampfspeeren zustoßen, um deren mit Widerhaken versehene Spitzen in die Eingeweide des Elfen zu treiben, als dieser die Handflächen nach vorn streckte und gleichzeitig ein Wort ausstieß, das in den Ohren der Unholde geradezu schmerzte, und es war, als würden die vordersten Angreifer gegen eine unsichtbare Mauer rennen.

»Was, bei Koruk, ist los?«, rief Gunrak erbost. »Los doch, ihr Schwächlinge! Holt euch seinen Kopf!«

Die Angst vor dem Zorn ihres Anführers trieb die Orks erneut gegen den Elfen an. Der war einige Schritte zurückgewichen, jedoch nicht aus Furcht, wie sich schon im nächsten Moment zeigte, denn wieder streckte der Grauhaarige seine Hände aus, doch diesmal beschrieb er mit beiden Armen eine gegenläufige Bewegung –

* »Kommt Zeit, kommt Krieg.«

der eine Arm strich nach unten, der andere nach oben –, und erneut stieß der Alte ein Wort hervor, das in die Ohren der Unholde stach.

Die Wirkung des Zaubers war eine andere als zuvor. Diesmal war es nicht, als würden die Orks gegen ein unsichtbares Hindernis laufen, sondern als wäre es genau umgekehrt, als würde etwas gegen sie rammen, sie erfassen und zurückschleudern.

Einer der Orks flog in hohem Bogen durch die Luft, vier weitere stolperten nach hinten und stießen mit ihren nachrückenden Kumpanen zusammen. Einer der Unholde hatte das Pech, in den *saparak* seines Hintermanns geworfen und aufgespießt zu werden, die anderen stürzten und rissen ihre Gefährten mit zu Boden.

Fassungslos starrte Gunrak auf den Haufen grüner Leiber und rostiger Rüstungsteile, in den sich seine eben noch so furchterregende Truppe verwandelt hatte. Dann hob er den Blick und sah den Alten ungläubig an, und plötzlich kam ihm die erschreckende Einsicht.

Der Fremde hatte es abermals geschafft, ihn zu überraschen. Nicht nur, dass er ein Schmalauge war und die Sprache der Orks beherrschte, er war auch ein *dhruurz*, ein …

»Zauberer!«, stieß der Ork erschrocken hervor. Seine Krieger, kaum dass sie begriffen hatten, mit welcher Sorte Gegner sie es zu tun hatten, wichen furchtsam zurück.

Die Angst vor jenen, die sich übernatürlicher Kräfte bedienten, war bei den Orks tief verwurzelt. Zum einen war das ihrer Geschichte zuzuschreiben und ihrer Entstehung, zum anderen auch ihren Erfahrungen. Wut blitzte hier oder dort in den eitrig gelben Augen auf und unverhohlene Aggression – aber beides war nicht stark genug, die Furcht zu überwinden.

»Wie steht es also?«, fragte der Alte. »Werdet ihr mich nun zu eurem Häuptling Borgas bringen?«

»Korr«, sagte Gunrak unterwürfig, »das werden wir. Dein Wille ist uns Befehl, großer Zauberer …«

20. CRĒUNA’Y’MARGOK

Ein *bolboug* war wie der andere.

Kannte man eines der Orkdörfer, die wie Schimmelpilz entlang der Westseite des Schwarzgebirges wucherten und sich bis weit in die Modermark erstreckten, kannte man im Grunde alle.

Die Behausungen bestanden aus Höhlen oder Spalten im Fels, die eine Laune der Natur geschaffen hatte und die häufig schon vor Unzeiten von anderen halb intelligenten Wesen bewohnt worden waren. In der Mitte befand sich ein Versammlungsplatz, auf dem abends für gewöhnlich ein großes Feuer brannte. Über diesem hing dann ein riesiger Kessel, in dem es brodelte und zischte und von dem ein strenger Geruch von kochenden Ghulaugen, Maden und gestopften Gnomendärmen ausging. Wenn sie nicht gerade auf Beutezug oder Jagd waren (was allerdings die meiste Zeit über der Fall war), pflegten die Krieger nach Sonnenuntergang um das Feuer mit diesem Kessel zu sitzen, gierig zu fressen und sich mit Blutbier zu berauschen. Gelegentlich fielen sie dann wie tot um, und zumindest einige von ihnen wachten nie wieder auf. In diesem Fall überließ man ihre Körper dem natürlichen Verfall – ihre Köpfe jedoch, zumindest jene der tapfersten Krieger, wurden zu Ehren Kuruls geschrumpft, des dunklen Geistes, den die Orks mehr als alles andere fürchteten.

Aufbewahrt wurden die *shrouk-koum'hai*, wie die Schrumpfköpfe in der Orksprache genannt wurden, in der Höhle des Häuptlings, die zugleich auch den Schrein für Kurul barg. Diese Höhle war natürlich größer als alle anderen, und bis an die Zähne bewaffnete

Orkkrieger, die *faihok'hai*, hielten davor Wache und schlugen jeden in Stücke, der sich der Höhle unbefugt näherte, ob Freund oder Feind; um Fragen zu stellen oder Einzelheiten zu klären, war später immer noch genügend Zeit.

Auch als sich Gunrak der Häuptlingshöhle näherte, zuckten die Waffen der Krieger nervös, doch die beiden *faihok'hai* hielten sich zurück. Ein Bote war vorausgeschickt worden und hatte sowohl die Rückkehr des Kriegstrupps angekündigt als auch den unheimlichen Besucher, der ihn begleitete.

Die *faihok'hai* verzogen ihre Fratzen in unverhohlener Missbilligung, als sie den Fremden in seiner dunklen Kutte gewahrten. Es handelte sich bei dem Unbekannten nicht nur um ein Schmalauge, er war auch ein *dhruurz*, was schon zwei gute Gründe waren, ihn nach allen Regeln der Kunst zu massakrieren. Aber Borgas wünschte den Fremden zu sehen, also mussten sie ihn am Leben lassen. Denn die Furcht vor ihrem Häuptling saß den *faihok'hai* noch weit tiefer in den Knochen als die Verachtung, die sie allen Zauberern entgegenbrachten.

Ungerührt schritt der Elf an den Leibwächtern vorbei auf den Höhleneingang zu, der zu beiden Seiten von auf Pfählen gesteckten Köpfen gesäumt wurde. Gnomenschädel waren darunter, aber auch solche von Menschen, die sich zu weit über das Gebirge gewagt hatten. Wenn der Zauberer davon beeindruckt war, so ließ er es sich nicht anmerken. Scheinbar ungerührt passierte er die grausige Staffage und trat in die Höhle. Schummriges Halbdunkel empfing ihn, das von bestialischem Gestank durchdrungen war. Am Schrein vorbei, von dem ihm Dutzende schrumpeliger, an ihren Haaren aufgehängter Orkköpfe entgegengrinsten, gelangte er in die eigentliche Häuptlingshöhle, das Herz des *bolboug*.

Oder, wie der Magier angesichts des beißenden Geruchs dachte, wohl eher seinem Gedärm …

Was Borgas, das Oberhaupt der Knochenbrecher-Orks, seinen Hof nannte, war eine stinkende Ansammlung von Schmutz und Unrat. Abgenagte Knochen übersäten den Boden, an denen vereinzelt noch faulige Fleischreste hingen, und der Geruch von Blutbier hing schwer und ranzig in der ohnehin schlechten Luft. Tageslicht drang nicht bis hierher, der Schein einiger Fackeln musste ausreichen, um den Thronsaal des Stammesführers zu beleuchten.

Gleichwohl schien Borgas nichts zu entbehren, und auch an Selbstbewusstsein mangelte es ihm nicht. Gelassen, die Glieder weit von sich gestreckt, fläzte er auf einem unförmigen Steingebilde, das mit Fellen gepolstert war und wohl sein Herrscherstuhl sein sollte. Eine große Axt mit rostigem Blatt, das fleckig war von getrocknetem Blut, lehnte daneben, der Griff glatt und abgewetzt vom häufigen Gebrauch.

Borgas selbst war ein Ork, wie man ihn sich vorstellte: groß und von enormer Leibesfülle, dabei vor Kraft und Bosheit strotzend. An seinen Waden und Armen spannte sich die grüne Haut über Berge von Muskeln, als würde sie im nächsten Moment reißen, sein Gesicht war eine verschlagene Fratze, die eine Unzahl von Narben aufwies – ein Zeichen dafür, dass Borgas seine Machtposition bereits eine Weile innehatte und schon manchen Rivalen aus dem Feld geschlagen hatte, und das im wörtlichen Sinn. Sein langes schwarzes Haar hatte er über dem Scheitel zu einem Schopf gebunden, sodass es fast wie eine Helmzier aussah; der Knochen, der hineingebunden war, verstärkte diesen Eindruck noch. Das eine Auge des Orkhäuptlings war trübe, wohl infolge eines Messerstichs, der darüber und darunter eine tiefe Narbe hinterlassen hatte, das andere jedoch starrte dem Besucher blutunterlaufen entgegen.

»*Achgosh-douk,* großer Borgas, Häuptling des großen und gefürchteten Stammes der Knochenbrecher«, entbot der Zauberer ihm seinen Gruß, sich erneut des Orkischen bedienend, das er so flüssig beherrschte. »Es ist gut, dass du mich in deinen Hallen empfängst«, fügte er in Ermangelung eines Dankeswortes hinzu, das die Sprache der Orks nicht kannte.

»Ob es gut ist oder nicht, Zauberer, wird sich erst zeigen«, entgegnete Borgas zähnefletschend. Weder machte er Anstalten, sich zu erheben, noch den Gruß zu erwidern. »Wenn du meine Zeit verschwendest, wirst du dir wünschen, deinen Fuß niemals in meine Höhle gesetzt zu haben.«

»Ich schätze mich glücklich, dass du mich überhaupt empfangen hast, großer Borgas«, sagte der Zauberer ölig; er wusste genau, welchen Ton er anschlagen musste, um sich bei einem Ork einzuschmeicheln. »Unter allen Unholden und Häuptlingen wollte ich dir die Nachricht überbringen, denn dein Stamm ist der gefürchtetste von allen, deine Krieger sind die tapfersten und mutigsten.«

»Korr«, stimmte der Häuptling zu. »Aber um das zu erfahren, brauche ich dich nicht, Zauberer. All das weiß ich schon längst.«

»Natürlich«, stimmte der Fremde zu. »Ich bin jedoch gekommen, um dir etwas mitzuteilen, das du noch *nicht* weißt.«

»Nämlich?«

»Ich will dich warnen«, eröffnete der Zauberer rundheraus. »Dich und deinen ganzen Stamm.«

»Vor wem?« Borgas grinste über seine ganze von Narben verunstaltete Visage. »Etwa vor dir?«

»Nein, Häuptling – sondern vor dem, was dem Stamm der Bluthunde widerfahren ist. Ihr Dorf wurde mitten in der Nacht überfallen, die Krieger im Schlaf gemeuchelt ...«

»Ich hab's gehört, der Bote hat es berichtet«, unterbrach ihn Borgas gleichmütig. »Die Bluthunde waren unsere Todfeinde, also erwarte nicht, dass ich mich darüber aufrege.«

»Das tue ich nicht – aber was, wenn dieser Feind, der die Bluthunde meuchelte, auch dein *bolboug* überfallen und alle Bewohner niedermetzeln will?«

»Mein *bolboug*?« Das Grinsen fiel aus Borgas' Gesicht wie getrockneter Dung vom Hintern eines Trolls. Er griff nach der Axt, die an seinen Thron gelehnt stand. »Bei Borsh dem Stinkfisch – willst du unbedingt sterben, Zauberer?«

»Noch lange nicht«, antwortete dieser, »und ich nehme an, dass du es auch noch nicht so eilig damit hast. Aus diesem Grund wollte ich dich vor der drohenden Gefahr warnen und dir sagen, wie du ihr begegnen kannst.«

»Gefahr.« Borgas' Mundwinkel bogen sich spöttisch nach unten. »Die Knochenbrecher fürchten keine Gefahr.«

»Diese hier werden sie fürchten, wenn sie erst wissen, worum es sich handelt«, war der Elf überzeugt. »Denn es waren keine gewöhnlichen Feinde, die die Bluthunde überfielen, keine Zwerge und keine Gnomen, keine Trolle und keine Menschen.«

»Was soll es dann gewesen sein?«, fragte jemand, der sich bislang unauffällig im Hintergrund gehalten hatte und nun in gebückter, fast lauernder Haltung um den Thron herumschlich. Für einen Ork war er ungewöhnlich klein und hager. Sein grüner Schädel war kahl geschoren, das rostige Kettenhemd, dessen Gewicht ihn zu Boden ziehen wollte, schlotterte knirschend um seinen Leib wie ein Sack. Um seinen Hals hatte er an dünnen Lederschnüren allerlei Gegenstände hängen, darunter Knochen, Federn und andere Talismane. Die Augen, die tief in den Höhlen lagen, starrten in unverhohlener Feindseligkeit.

»Wer will das wissen?«, fragte der Elf.

»Unser Schamane«, erklärte Borgas, ehe der Hagere etwas erwidern konnte. »Sein Name ist Rambok.«

»Genießt er dein Vertrauen?«

Borgas streifte den Schamanen mit einem geringschätzigen Blick. »Ich bin ein Ork«, erklärte er. »Mein Vertrauen schenke ich niemandem. Aber Rambok versteht sich gut mit Kurul, also beantworte seine Frage: Was war es, das die Bluthunde die warzige Haut über die Ohren gezogen hat?«

»Kreaturen, wie sie keiner von euch kennt«, sagte der Zauberer. »Ausgeburten der Dunkelheit.«

»Schmarren!«, schnaubte Rambok und wedelte abwehrend mit der knochigen Klaue. »Wir Orks entstammen selbst der Dunkelheit! Womit also willst du uns Angst machen, Zauberer?«

»Vor geflügelten Kreaturen, die auf knöchernen Schwingen durch die Nacht gleiten und sich lautlos auf jene stürzen, die es am wenigsten erwarten«, gab der Zauberer zur Antwort. »Und vor grausamen Kriegern, die auf diesen Kreaturen reiten und nur Mord und Vernichtung im Sinn haben. *Davor* will ich euch warnen.«

»Korr«, sagte Borgas, und das laute Schlucken, das dem Wort folgte, war Beleg dafür, dass die Warnung zumindest bei ihm angekommen war.

Nicht so bei Rambok. »Hör nicht auf ihn, Häuptling«, sagte der Schamane. »Der Fremde lügt. Kreaturen wie die, von denen er spricht, gibt es in der ganzen Modermark nicht.«

»Ich habe auch nicht behauptet, dass sie aus der Modermark kämen.« Der Zauberer strich sich das lange graue Haar zurück, das seine Glatze umgab. »Niemand weiß, woher genau sie kommen, denn sie sind in der Lage, große Entfernungen in nur einem Augenblick zurückzulegen. Schon morgen könnten sie in die Modermark zurückkehren und sich neue Opfer suchen. Vielleicht einen anderen Stamm. Vielleicht euch.«

Der Grauhaarige ließ seine Worte wirken, die wiederum für einige Sorgenfalten in den ohnehin zerknitterten Zügen des Orkhäuptlings sorgten.

»Natürlich«, fuhr der Zauberer schließlich fort, »kannst du einfach nur abwarten, Häuptling. Aber was, wenn es tatsächlich dein Dorf sein sollte, das sich die Todbringer als Nächstes vornehmen? Wer wird den Orks zu Hilfe kommen, wenn sich die dunklen Schwingen des Grauens auf sie herabsenken und jeden Krieger, jedes Weib und jeden Orkling im *bolboug* töten?«

Borgas schaute ihn an. Ratlosigkeit sprach aus seinen Zügen, und einmal mehr betrachtete sein Schamane es als seine ureigenste Pflicht, seinen Häuptling zu beruhigen.

»Hör nicht auf ihn«, zischelte er Borgas von der Seite ins spitze, schartige Ohr. »Er ist ein Elf, vergiss das nicht. Welchen Grund sollte er haben, uns vor einer tatsächlich drohenden Gefahr zu warnen? Außerdem hat er nicht einen Beweis für seine Behauptung vorgelegt …«

Für einen Ork war dies erstaunlich scharfsinnig gesprochen, aber der Zauberer hatte auch darauf eine Antwort parat.

»Ihr wollt Beweise?« Er griff unter seine weite Robe, worauf Gunrak und einige der *faihok'hai*, die an der Höhlenwand Wache hielten, nervös zusammenfuhren und ihre *sparak'hai* hoben. Aber es war keine Waffe, die der Graue hervorholte, sondern eine Kugel.

Eine harmlos aussehende Kugel aus Glas …

»Was willst du denn damit?«, spottete Rambok.

»Euch die Existenz der Todbringer beweisen«, entgegnete der Zauberer schlicht.

»Mit diesem Ding da?«

»Allerdings. Die Kugel besteht aus Elfenkristall und ist dank meiner Fähigkeit in der Lage, mir Dinge und Begebenheiten zu zeigen, die sich an weit entfernten Orten ereignen.«

»Elfenzauber«, stieß der Schamane hervor, und es klang nicht nur geringschätzig, sondern geradezu angewidert.

»Ihr wusstet, was ich bin, als ihr mich in euer Dorf ließet«, konterte der Graue.

»Nun gut«, sagte Borgas, »ich will Gewissheit. Los doch, befrag schon deine Kugel, Zauberer. Ich will sehen, ob du die Wahrheit gesprochen oder gelogen hast.«

»Aber Häuptling«, wandte Rambok ein, entsetzt über so viel Naivität. »Er ist ein Elf! Täuschung ist sein Geschäft! Er kann dir in seiner Kugel alles Mögliche zeigen, das …«

»Ich will es sehen!«, rief Borgas energisch, und dem Schamanen war klar, dass es seiner Gesundheit nicht zuträglich sein würde, noch weitere Einwände vorzubringen.

Der Zauberer trat näher, die Kugel in der Hand. Er stellte sich damit vor Borgas hin und hielt ihm das Ding unter die Schnauze, während er leise Beschwörungen sprach. Obwohl ihre eigene Sprache eine Abwandlung des Elfischen war, verstanden die Orks nichts davon, gleichwohl berührte sie der Klang der Worte unangenehm; Gunrak und die *faihok'hai* zuckten unter jeder Silbe zusammen, Rambok empfand sogar Schmerzen. Lediglich Borgas schien nichts zu spüren, er starrte nur gespannt auf das Kristall.

Im einen Moment war noch nichts zu sehen, und der Häuptling sagte sich, dass sein Schamane wohl recht hatte und der Zauberer ein Betrüger oder Aufschneider war, ein Wichtigtuer, der mit seinem Leben spielte. Er dachte sich bereits eine möglichst qualvolle Todesart für den dreisten Elfen aus, als sich die Kugel plötzlich … *veränderte*.

Der Kristall, eben noch klar wie Wasser, trübte sich ein. Milchiger Nebel schien die Kugel plötzlich zu erfüllen, und Borgas merkte, wie sich seine Nackenborsten sträubten. Der Nebel zerriss zu einzelnen Schwaden, dahinter wurde grauer Himmel sichtbar. Und aus diesem Himmel stürzten sie im nächsten Moment herab.

Die Todbringer.

»Iiieeeh!«, schrie Rambok, der aller Abneigung gegen Elfenzauber zum Trotz dennoch in die Kugel geblickt hatte, und auch Borgas war das Entsetzen anzumerken.

Es waren riesige Skelette, die sich aus dem Himmel senkten, mit furchterregenden, länglichen Schädeln und spitzen Schnäbeln. Ihre Körper bestanden aus wenig mehr als bleichen Knochen, und so auch ihre Flügel, die wie die von Fledermäusen geformt waren. Dennoch hielten sie sich in der Luft, von dunkler Magie getragen.

Die knochigen Kreaturen wurden gelenkt von Kriegern in schwarzen Rüstungen und Helmen, die die obere Hälfte ihrer Gesichter bedeckten. An ihrem schlanken Wuchs, ihrer aufrechten Haltung und ihrer bleichen Haut war zu erkennen, dass es sich um Elfen handelte. Bewaffnet waren sie mit Lanzen, an denen dunkle Banner wehten, mit gebogenen Elfenklingen sowie mit Armbrüsten, die sie über den Schultern hängen hatten.

Obwohl die Kugel nicht größer war als Borgas' Klaue, konnte der Häuptling darin seltsamerweise alle Einzelheiten erkennen – und so sah er auch die Mordlust, die in den Sehschlitzen der Helme loderte, so kalt und tödlich, dass sie selbst einem Ork das Blut in den Adern gefrieren ließ. Der Schwarm der Todesvögel war offenbar zu einem einzigen Zweck ausgesandt worden: um zu vernichten!

»Nun?«, fragte der Zauberer genüsslich, als sich die Kugel wieder eintrübte und das Bild verschwand. »Will dein Schamane immer noch behaupten, ich würde mir das alles nur ausdenken, Borgas?«

Der Häuptling streifte seinen Berater mit einem fragenden Seitenblick. Rambok schien nicht weniger entsetzt als er selbst. Ein Orkschamane vermochte Gnomenknochen zu befragen und die Zukunft aus dem Satz des *bru-mill* zu lesen – angesichts einer solchen Bedrohung jedoch verblassten seine Fähigkeiten. Kleinlaut zog sich Rambok zurück.

»Wer sind sie?«, wollte Borgas schaudernd wissen. »Wer sind die Krieger, die auf Knochen reiten?«

»Ich schäme mich, es dir einzugestehen, Häuptling«, sagte der Zauberer leise, »aber jene Kämpfer gehören, wie du sicherlich selbst erkannt hast, meiner Rasse an – es sind Elfen.«

»Dass die Schmalaugen unsere Dörfer angreifen und Orks töten, wenn diese im Blutbierrausch schnarchen, ist nicht weiter verwunderlich«, entgegnete Borgas, »schließlich sind sie unsere erklärten Feinde. Aber warum greifen sie uns gerade jetzt an? Der letzte Krieg gegen die Schmalaugen liegt lange zurück.« Er beugte sich vor, und seine Unterlippe, von der ein Speichelfaden hing, zitterte leicht. »Und warum bedienen sich die Elfen auf einmal schwärzester Magie, wo sie doch immer von sich behaupteten, auf der Seite des Lichts zu stehen?«

»Sehr einfach, Häuptling«, sagte der Zauberer. »Weil viele Meilen von eurem *bolboug* entfernt, jenseits des Gebirges, im fernen Tirgas Lan, eure *Ausrottung* beschlossen wurde.«

»Unsere Ausrottung?«, fragte Borgas.

»So ist es. Elidor, der König der Elfen, will sich in die Tradition Sigwyns des Eroberers stellen und seinen Namen unauslöschlich in die Bücher der Geschichte schreiben – und zwar mit eurem Blut.«

Borgas nickte, doch dann wandte er ein: »Aber warum hat er uns dann nicht den Krieg erklärt? Warum kommt er nicht an der Spitze seiner Armee geritten, um uns aus der Modermark zu vertreiben?«

»Eine Kriegserklärung wird es diesmal nicht geben, Häuptling, und auch keine Armee«, sagte der Zauberer. »Stattdessen wurden die Todbringer ausgesandt, eine geheime Vereinigung, gegründet, um alle Unholde zu töten, da sie seit dem Ende des letzten großen Krieges wie ein Stachel im Fleisch des Reiches sitzen.«

Borgas schluckte erneut. Zwar imponierte ihm das Vorhaben des Elfenkönigs, seine Gegner allesamt zu verderben, ungemein, aber er verspürte nicht das geringste Verlangen, nächtens von Elfenkriegern auf knöchernen Flugtieren massakriert zu werden.

»Und warum erzählst du mir das alles, Zauberer?«, fragte er. »Wieso verrätst du deinesgleichen, um uns zu warnen?«

»Weil ich denke, dass König Elidor einen Fehler begeht«, antwortete der Graue. »Bei allem, was uns trennt, dürfen wir nie vergessen, dass Orks und Elfen gemeinsame Wurzeln haben.«

»Du glaubst an dieses Märchen?«

»Es ist kein Märchen – aber wenn es dich glücklich macht, daran zu glauben, dass Kurul dich in die Welt gespuckt hat, dann tu das ruhig. Mir jedoch ist klar geworden, dass die Orks nicht untergehen dürfen, denn indem wir sie töten, töten wir auch uns selbst.«

»Was du nicht sagst«, schnaubte Borgas. Was der Zauberer von sich gab, war für ihn das übliche Elfengeschwätz, das aus den Schmalaugen zu plätschern pflegte wie das Blut aus einer frisch durchschnittenen Gnomenkehle, und es ergab wie immer wenig Sinn.

»Du musst mir keinen Glauben schenken, wenn du nicht willst«, sagte der Zauberer. »Ich bin sicher, in einem der anderen *bolboug'hai* wird sich ein Häuptling finden, der geneigt ist, sich mit mir zu verbünden, wenn er auf diese Weise die Herrschaft über alle Orks antreten kann und …«

»Wie war das?« Borgas horchte auf. Das war das erste vernünftige Wort, das der Elf von sich gegeben hatte.

»Ich bin nicht nur gekommen, um dich vor der drohenden Gefahr zu warnen, Häuptling der Knochenbrecher«, erklärte der Zauberer großspurig. »Meine Warnung wäre sinnlos, würde ich dir nicht auch ein Bündnis anbieten.«

»Ein Bündnis?« In den Winkeln von Borgas' Augen zuckte es misstrauisch. »Mit einem Elfen?«

»Einem Elfen, der sich der Vergangenheit und seiner Verantwortung bewusst ist«, sagte der Graue.

»Dennoch einem Elfen«, beharrte Borgas. »Muss ich dich daran erinnern, wie viele von uns ihr abgeschlachtet habt während des letzten großen Krieges?«

»Und muss ich dich daran erinnern, wie viele Elfen eure *saparak'hai* niederstreckten?«, fragte der Zauberer dagegen. »Deine Haltung wird dir nicht Macht und Ruhm eintragen, sondern einen baldigen Tod. Und am Ende wird dein Kopf nicht zu Kuruls Ehren geschrumpft, sondern auf einen Stock gespießt durch die Straßen von Tirgas Lan getragen werden. Aber wenn das der Pfad ist, den du beschreiten willst …«

Der Zauberer machte Anstalten zu gehen. Die *faihok'hai* schielten unruhig nach ihrem Häuptling und warteten auf sein Zeichen, sich den unverschämten Kerl vornehmen zu dürfen.

»Warte«, sagte Borgas, worauf die Orkkrieger enttäuscht die gepanzerten Schultern sinken ließen. »Einen Augenblick noch.«

»Ja?«, fragte der Zauberer, der stehen geblieben war.

»Was genau bietest du mir?«, wollte Borgas wissen.

»Kurz gesagt: das Überleben«, gab der Elf zur Antwort, indem er sich wieder umdrehte. »Und wenn du ein treuer Verbündeter bist und den Pakt nicht brichst, den wir schließen werden, noch sehr viel mehr.«

»Die Herrschaft über alle Orkstämme?« Die Augen des Häuptlings funkelten begehrlich.

»Und was immer deine Kraft und meine Klugheit zusammen bewirken können«, antwortete der Zauberer nickend. »Und zudem reiche Beute und grenzenlose Macht.«

»Was soll das heißen?«, rief Rambok dazwischen. Schweigend und fassungslos hatte der Schamane dem Wortwechsel gelauscht, nun jedoch konnte er nicht länger an sich halten. »Willst du behaupten, unser großer und mächtiger Häuptling wäre weniger klug als du?«

»Keineswegs, ich ...«

»Lass es gut sein, Borgas«, wandte sich der Schamane beschwörend an seinen Anführer. »Wir brauchen den Elfen und seine Ratschläge nicht.«

»Und ob wir sie brauchen!«, widersprach der Häuptling knurrend. »Oder hast du eine Kristallkugel, in der du unsere Feinde sehen kannst?«

Rambok schüttelte den Kopf. *»Douk.«*

»Kannst du das Überleben unseres Stammes garantieren?«

Wieder Kopfschütteln. *»Douk.«*

»Oder mir vielleicht ein Bündnis anbieten, das mich zum Oberschädel aller Orks macht?«

Erneutes Kopfschütteln.

»Dann tu mir – verdammt noch mal! – den Gefallen und halt die Schnauze!«, fuhr Borgas seinen Berater an und schlug gleichzeitig mit der Faust zu; der Hieb traf Rambok mitten ins Gesicht und ließ seinen Rüssel in einem Regen aus schwarzem Orkblut zerplatzen. Stöhnend versank der Schamane hinter dem Thron und tauchte nicht wieder auf.

»Und nun wieder zu uns«, wandte sich Borgas an den Zauberer. »Worin besteht mein Teil des Abkommens?«

»Du musst dich bereithalten.«

»Wofür?«

»Das werde ich dir noch früh genug mitteilen. Aber du darfst meine Befehle weder hinterfragen noch jemals zögern, sie auszuführen, auch wenn du ihren Sinn und Zweck nicht gleich durchschaust. Bedenke immer: Wenn du deinen Teil der Abmachung erfüllt hast und wir über unsere Feinde triumphieren, wirst du über die ganze Modermark herrschen.«

»Was genau hast du vor, Zauberer?«, fragte Borgas. »Willst du einen Aufstand anführen? Gegen den Elfenkönig?«

Darauf blieb der Zauberer eine Antwort schuldig. Stattdessen sagte er: »Bist du einverstanden, so willige in das Bündnis ein.«

Borgas brauchte nicht lange zu überlegen. Der Zauberer kannte die Mentalität und das Wesen der Unholde genau, denn er hatte den richtigen Ton getroffen, jene Mischung aus Dreistigkeit, Prahlerei und haltlosen Versprechungen, mit der sich ein Ork beeindrucken ließ. Die Aussicht, sich zum Anführer aller Stämme aufzuschwingen, war für einen Orkhäuptling so verlockend, dass sie alle Vernunft und Vorsicht überwog. Ganz abgesehen davon, dass Borgas etwas unternehmen musste, um den *bolboug* vor den Todbringern zu schützen.

»Korr«, willigte er ein, »ich bin einverstanden.«

»Bist du sicher?«

»Ja doch, Zauberer! Was erwartest du? Dass ich unser Abkommen mit meinem Blut unterschreibe?«

»Keine schlechte Idee«, meinte der Graue, »wenn auch etwas veraltet. Ich bevorzuge diese Methode …«

Und auf einmal knisterte aus der Kristallkugel, die noch immer in seiner Rechten lag, ein gezackter lilafarbener Blitz, der Borgas traf. Brüllend und am ganzen Körper zuckend, saß der Häuptling auf seinem Thron, während der Blitz über seine Brust tanzte – und im nächsten Moment wieder erlosch. Rauch kräuselte vom Leib des Orks auf, und der beißende Gestank von verschmorter Haut war zu riechen.

Das alles war so schnell gegangen, dass die Leibwächter nicht dazu gekommen waren zu reagieren. Jetzt sprangen sie vor, die *saparak'hai* drohend gesenkt, aber Borgas hielt sie zurück. Der Schmerz war ebenso schlagartig verschwunden wie der Blitz, allerdings schien irgendetwas … *anders* zu sein.

Verwundert schaute der Ork an sich herab und stellte fest, dass sowohl sein Kettenhemd als auch der darunter liegende Rock aus Leder über seiner Brust zerfetzt waren. In die grüne Haut hatte sich ein Zeichen eingebrannt, dessen Ränder noch immer schwelten. Wäre der Häuptling der Orks des Lesens mächtig gewesen, hätte er erkannt, dass es sich dabei um eine Rune aus dem elfischen Alphabet handelte, um den Buchstaben »M«.

»Das«, erklärte der Zauberer schlicht, »wird dafür sorgen, dass du unser Abkommen niemals vergisst.«

»Ver-verstanden«, stöhnte Borgas, während sich zumindest ein kleiner Teil von ihm fragte, ob es nicht doch besser gewesen wäre, auf seinen Schamanen zu hören. Aber ein anderer Teil, der bedeutend größere, sagte ihm, dass es weitaus schrecklichere Folgen gehabt hätte, sich jetzt noch gegen den Zauberer zu wenden.

»Ich werde euer Dorf verlassen«, kündigte der Graue an, »aber schon in wenigen Tagen werdet ihr Nachricht von mir erhalten. Rüstet euch inzwischen zum Krieg. Die Zeit der Veränderung ist angebrochen.«

»Korr«, grunzte Borgas. Bevor er sich aber ganz der Aussicht auf grenzenlose Macht und Beute hingab, sagte er schnell: »Eines allerdings musst du mir noch verraten.«

»Nämlich?«

»Deinen Namen, Zauberer. Du hast uns noch nicht gesagt, wie du heißt.«

Der Elf bedachte ihn mit einem eisigen Blick, und sein hageres Gesicht hatte, wie Borgas in diesem Moment feststellte, etwas von einem Raubvogel.

»Nennt mich Rurak«, sagte der Zauberer.

21. ÍAS SHA LHUR

»Sieh an, haben sie dich endlich aus der Bibliothek gelassen. Da sollte ich mich wohl fürchten.«

Granock brauchte sich nicht nach dem Sprecher umzudrehen, um zu wissen, dass es Aldur war, der sich über ihn lustig machte. In Begleitung der Novizen Zenan und Haiwyl, die ihn trotz – oder gerade wegen – seiner großtuerischen Art bewunderten und ihm auf Schritt und Tritt folgten, betrat Aldurans Sohn den Übungsraum, in dem sich erstmals auch Granock hatte einfinden dürfen, nachdem Farawyn ihn eine Woche lang unterwiesen und ihm die Grundregeln angewandter Zauberkraft beigebracht hatte.

Natürlich war Granock noch weit vom Kenntnisstand der anderen Novizen entfernt. Aber es war ihm endlich gestattet, am Unterricht teilzunehmen, und er war nicht gewillt, sich die Freude, die er darüber empfand, von einem neidischen Elfen verderben zu lassen.

»Ob du dich fürchtest oder nicht, ist deine Sache«, beschied er Aldur deshalb kühl. »Aber du solltest dich an den Gedanken gewöhnen, dass du jetzt einen Konkurrenten mehr hast.«

»Konkurrenz?« Aldur verzog das Gesicht. »Habt ihr das gehört, Freunde? Dieser … dieser *Mensch* glaubt, er wäre eine Konkurrenz für mich.«

»Unglaublich«, meinte Zenan.

»Wie vermessen«, sagte auch Haiwyl herablassend. »Weißt du denn nicht, dass Aldur der beste Novize unseres *dysbarth* ist?«

»Es gibt immer einen, der noch besser ist«, antwortete Granock.

»Und du glaubst, das wärst du?« Haiwyl lachte silberhell.

Doch Aldur war über Granocks Äußerung sichtlich verärgert. Die blasse Miene des jungen Elfen hatte sich verfinstert, und es war wohl gut, dass sie weitere Gesellschaft bekamen.

Alannah und Ogan betraten den Saal. Genau wie Aldur waren sie überrascht, Granock anzutreffen, aber anders als dieser empfanden sie darüber ehrliche Freude.

»Wie schön«, meinte Ogan. »Dann darfst du also endlich am Unterricht teilnehmen!«

»Farawyn hat es mir erlaubt, sofern ich das Sprachstudium dadurch nicht vernachlässige«, erklärte Granock. »Ich werde also in Zukunft in der Nacht lernen müssen.«

»Du Armer«, meinte Alannah, und es klang ehrlich. »Brauchst du ein wenig Hilfe? Ogan und ich könnten dich unterstützen bei …«

»Natürlich, nur zu«, fiel Aldur ihr ins Wort. »Helft dem Menschen noch dabei, die Geheimnisse unseres Volkes zu ergründen, und sorgt dafür, dass …« Was der Elf weiter sagte, konnte Granock nicht verstehen, denn wieder entzogen sich zu viele Verben seiner Kenntnis der elfischen Sprache, und Aldur redete auch zu schnell. Als Alannah antwortete, schnappte er ein paar Worte wie »Tradition«, »Verrat« und »Glaube« auf, doch in welchem Zusammenhang sie gesprochen wurden, erkannte er nicht.

Die anderen Novizen, von denen immer mehr eintrafen, versammelten sich um die Streitenden, sodass sich innerhalb kürzester Zeit eine Traube aus neugierigen Zuhörern um sie bildete. Einige der Hinzukommenden kannte Granock bereits, wenn auch nur sehr flüchtig – Sinian beispielsweise, der seine Größe verändern konnte, oder Dryn, die in der Lage war, mit den Tieren zu sprechen. Andere hatte Granock noch nie zuvor gesehen – den Blicken nach, mit denen sie ihn bedachten, kannten sie ihn jedoch alle.

Granock hatte noch nicht viel Übung darin, das Mienenspiel von Elfen zu deuten, jedoch glaubte er, in ihren Gesichtern ein gutes Maß an Misstrauen zu erkennen und hier und dort auch unverhohlene Ablehnung. Offenbar war Aldur bei Weitem nicht der

Einzige, der es für eine schlechte Idee hielt, einen Menschen in Shakara aufzunehmen – aber anders als noch vor ein paar Tagen ließ sich Granock dadurch nicht mehr entmutigen. Er würde kämpfen und wenn schon nicht die Sympathie, so doch den Respekt der anderen erlangen.

Schon Alannahs wegen …

Granock kam nicht umhin, sie zu bewundern. In ihrem hellen Gewand und mit dem langen Haar, das sie zu einem Zopf geflochten hatte, sah sie geradezu bezaubernd aus. Die spitzen Ohren störten nicht, im Gegenteil, ihre Schönheit war im besten Sinn des Wortes überirdisch. Beleuchtet vom blauen Schein des Elfenkristalls, der unter der hohen Decke hing und für Licht und Wärme sorgte, kam sie ihm vor wie ein Wesen aus einer anderen, fernen Wirklichkeit, und für einen kurzen Augenblick gab er sich der Überlegung hin, wie es wohl sein müsste, die pfirsichweiche Haut ihrer Wangen zu berühren …

Der Gedanke genügte, um Granock innerlich erbeben zu lassen. Gleichzeitig zuckte er zusammen und war froh darüber, dass Farawyn ihm beigebracht hatte, wie man die eigenen Gedanken vor Fremden abschirmte. Schweigend lauschte er dem Disput, von dem er auch weiterhin kaum ein Wort verstand und der jäh abbrach, als die Lehrerin den Saal betrat.

Granock hatte schon gehört, dass sich die Meister der einzelnen Novizen beim Gruppenunterricht abwechselten. Und ausgerechnet an diesem Tag war Riwanon an der Reihe, die Meisterin Aldurs!

Das überlegene Grinsen in den Zügen des jungen Elfen deutete darauf hin, dass er sich einen Vorteil von dieser Konstellation versprach.

Die Zauberin mit dem langen schwarz gelockten Haar bot stets einen betörenden Anblick. Selbst Alannahs Anmut verblasste im Vergleich zu ihr. Aber Riwanons Schönheit war eine andere als die Alannahs – eine oberflächliche, die für Granock etwas Verruchtes hatte (und er hatte einige Erfahrung im Umgang mit verruchten Frauen). Oder hatte er diesen Eindruck nur, weil er wusste, dass sie Aldurs Meisterin war?

»Schau an«, sagte Riwanon zu Aldur und Alannah, deren Streitgespräch abbrach; Einigkeit jedoch hatten sie nicht erzielt. Mit grimmigen Mienen standen sich die beiden inmitten des Kreises gegenüber, den die anderen Schüler um sie herum gebildet hatten. »Wie es scheint, haben wir hier eine exakte Nachbildung der Verhältnisse im Hohen Rat«, fuhr die Zauberin fort, und auf einmal lächelte sie, doch für Granock war unmöglich zu erkennen, ob dieses Lächeln ehrlich gemeint war oder nicht. »Auf der einen Seite die Traditionalisten unter Palgyr, in unserem Fall repräsentiert durch Aldur; auf der anderen Farawyn und seine Anhänger, die mutig vorwärtsstreben und die Zukunft nicht fürchten, so wie Alannah …«

»Mit Verlaub, Meisterin«, wandte Aldur ein, »auch ich fürchte mich nicht vor der Zukunft. Ich denke nur, dass es gewisse Regeln gibt, die man nicht gedankenlos brechen sollte.«

»Sie wurden nicht gebrochen«, widersprach Riwanon in aller Ruhe. Sie schien ihren Novizen bereits gut genug zu kennen, um genau zu wissen, wovon er sprach. »Der Hohe Rat hat ihre *Änderung* beschlossen. Das ist ein Unterschied.«

»Ich weiß«, murrte Aldur, und er klang wenig überzeugt.

»Bei allen Meinungsverschiedenheiten und Differenzen«, sagte Riwanon, nicht nur an Aldur und Alannah, sondern an alle gerichtet, »dürft ihr niemals vergessen, was euch eint: Ihr alle seid hier, um die Geheimnisse der Magie zu erforschen, und ihr alle seid Schwestern und Brüder im Dienst für das Reich. Habt ihr das verstanden?«

Allenthalben wurde beifällig genickt, lediglich Aldur ließ es bei einer leichten Andeutung bewenden. Granock wusste nicht recht, was er von Riwanons Ansprache halten sollte: Dass es Streitigkeiten unter den Elfen gab, hatte er nicht gewusst, und er tat sich schwer damit, in den anderen Novizen Brüder und Schwestern zu sehen.

Als könnte sie seine Unsicherheit spüren, wandte sich Riwanon ihm zu. »Wie ich sehe«, sagte sie, »haben wir einen neuen Schüler in unseren Reihen.« Mit diesen Worten schenkte sie ihm ein Lächeln, so bezaubernd, dass es sein Misstrauen beinahe hinwegwischte. »Du bist Granock, richtig? Bruder Farawyn hat mir bereits von dir erzählt.«

Granock konnte nicht verhindern, dass er rot wurde. Alannah und einige andere Novizinnen kicherten, und er kam sich vor wie ein Idiot.

»Natürlich«, fuhr Riwanon fort, »sind die anderen Schüler dir bereits um einiges voraus. Dennoch ist es wichtig, dass ich zunächst erfahre, auf welchem Kenntnisstand du dich befindest. Wärst du bereit für einen kleinen Versuch?«

»Klar«, erwiderte Granock lapidar, obwohl er sich keineswegs so selbstsicher fühlte, wie seine Antwort vielleicht klang.

»Meine Aufgabe ist es, jene speziellen Fähigkeiten, die euch das Schicksal verliehen hat, zu trainieren«, erklärte Riwanon. »Sie mögen unterschiedlich sein – die Strategien, nach denen ihr sie einsetzen könnt, sind es nicht. Um beurteilen zu können, auf welchem Stand du dich befindest, werde ich dich gegen einen der anderen Schüler antreten lassen. Gibt es jemanden, der sich freiwillig dafür meldet?«

Zu Granocks Bestürzung ging Alannahs Hand nach oben, aber Riwanon schien damit nicht einverstanden. »Sonst niemand?« Sie schaute erwartungsvoll ihren eigenen Novizen an. »Wie wäre es mit dir, Aldur?«

»Mit Vergnügen«, versicherte der Elf grinsend, und Granock wäre am liebsten auf und davon gerannt. Auf eine Gelegenheit wie diese hatte sein Erzfeind bestimmt nur gewartet. Nun konnte er ihn nach allen Regeln der Kunst fertigmachen und bekam am Ende sogar noch eine Auszeichnung dafür.

»Bei allem Respekt, Meisterin«, mischte sich Alannah ein, »haltet Ihr das für eine gute Idee?«

»Willst du meine Entscheidung infrage stellen, Alannah? Gerade du?« Riwanons Tonfall hatte sich kaum merklich verändert, doch auf einmal lag in ihrer Stimme eine Autorität, der sich keiner der Schüler entziehen konnte.

»Natürlich nicht«, versicherte Alannah. »Es ist nur, ich weiß nicht, ob …«

Granock traute seinen Augen nicht. Natürlich, es fiel ihm noch immer schwer, die Mienen der Elfen zu deuten. Aber wenn er sich nicht sehr irrte, empfand Alannah ehrliche Sorge um ihn. Offenbar hatte sie sich nur aus dem Grund freiwillig gemeldet, um ihn im Übungskampf zu schonen.

Er würde dem eingebildeten Elfen zeigen, was ein Mensch, der auf den Straßen Andarils aufgewachsen war, konnte!

»Ich verstehe, was du meinst«, sagte Riwanon jedoch, und ihr Blick glitt zwischen Aldur und Granock hin und her. »Vielleicht sollten wir euren neuen Mitschüler in seinem ersten Duell nicht allein antreten lassen. Willst du ihm zur Seite stehen, Alannah?«

»Gewiss, Meisterin.« Die Elfin schien unsagbar erleichtert – und auch Granock konnte mit dieser Entscheidung gut leben. Im Grunde, sagte er sich, war er mit allem zufrieden, was ihn in Alannahs Nähe sein ließ.

»Dann bezieht Aufstellung«, wies Riwanon die drei Teilnehmer des Kampfes an, während die übrigen Schüler respektvoll zurückwichen. Die Tatsache, dass sie nicht nur ein wenig Platz machten, sondern sich bis an den äußersten Rand der Halle zurückzogen, verhieß nach Granocks Ansicht nichts Gutes.

Riwanon führte die Duellanten in die Mitte des Gewölbes, wo sie einander gegenüber Aufstellung nehmen mussten, Alannah und Granock auf der einen Seite, Aldur auf der anderen.

»Ihr kennt die Regeln«, sagte die Zauberin. »Keine unlauteren Bannsprüche und keine verbotenen Flüche. Ich möchte, dass ihr lediglich eure Fähigkeiten zum Einsatz bringt. Der Kampf ist dann zu Ende, wenn eine Partei wehrlos ist. Habt ihr verstanden?«

Die Schüler nickten.

»Dann möge der Begabtere gewinnen!« Riwanon wollte sich bereits zurückziehen, wandte sich aber noch einmal um. »Eines noch, Aldur.«

»Ja, Meisterin?«

»Ich soll dir Grüße von Meister Farawyn bestellen. Wenn dieses Duell vorüber ist, wirst du Granock nie wieder ›Gwailock‹ nennen, ganz gleich, wie der Kampf ausgeht.«

»Aber Meisterin, ich …« Eine leichte Veränderung in ihrem Gesichtsausdruck genügte, um seinen Einwand verstummen zu lassen. »Verstanden«, sagte er nur und nickte.

Granock, der sich ein Grinsen verkneifen musste, glaubte zu verstehen. Dieses Duell sollte weniger sein bisheriges Können demonstrieren, als ihm vielmehr die Möglichkeit zur Bewährung geben. Wenn er Aldur vor den Augen der anderen Novizen einen ordentlichen Kampf lieferte, würde ihm das vielleicht ein wenig Respekt einbringen.

Auf einmal war es ihm unangenehm, Alannah an seiner Seite zu haben, schließlich hatte er gelernt, auf sich aufzupassen. Und hatte er nicht schon einmal unter Beweis gestellt, dass er diesen arroganten Elfen schlagen konnte?

Ein grimmiges Lächeln spielte um seine Züge, während er Aldur zunickte. Der Elf erwiderte die Geste, und beiden war klar, dass sie einander in dem bevorstehenden Duell nichts schenken würden.

»Viel Glück, Mensch!«, sagte Aldur spöttisch. »Glaub mir, du wirst es brauchen.«

»Warte es ab«, konterte Alannah, während sie zurücktraten und voneinander Abstand nahmen.

Erst da fiel Granock auf, dass der Boden der Halle mit Markierungen versehen war, die blass leuchteten – oder waren sie vorhin noch gar nicht da gewesen? Eine der Linien beschrieb einen weiten Kreis, der von einer weiteren Linie in der Mitte geteilt wurde und so jeder der Parteien ihren Platz zuwies. Granock bemerkte, dass die Luft oberhalb der Trennlinie flimmerte, so als gäbe es dort eine unsichtbare Barriere, die verhindern sollte, dass sie den Kampf verfrüht begannen.

Die Duellanten nahmen ihre Plätze ein und warteten. Plötzlich war Granock wieder dankbar dafür, dass er nicht allein in seiner Hälfte stehen musste. Alannah neben sich zu wissen, gab ihm ein Gefühl von Sicherheit, auch wenn er das niemals offen zugegeben hätte.

»Parur?«, erkundigte sich Meisterin Riwanon, die sich zu den anderen Schülern gesellt hatte und den Kampf aus sicherer Entfernung beobachten würde.

»Parur«, versicherten Alannah und Aldur wie aus einem Munde – und das Flimmern über der Trennlinie erlosch.

Wenn Granock jedoch glaubte, dass die Auseinandersetzung sogleich beginnen würde, irrte er sich. Denn trotz seiner gegenteiligen Beteuerungen schien Aldur doch zumindest so viel Respekt vor ihm zu haben, dass er nicht unüberlegt losschlug.

»Was ist?«, rief er stattdessen herüber. »Wo bleibt dein Zauber, Mensch?«

»Wollte ich dich auch schon fragen«, konterte Granock. Ihm war klar, dass der andere ihn zu einem Angriff provozieren wollte, aber so leicht wollte er es ihm nicht machen. »Du bist der Erfahrenere von uns beiden, nicht wahr? Warum also machst du nicht den ersten Schritt? Fürchtest du etwa meine Erwiderung?«

Aldur lachte – und im nächsten Moment flammte grelles Feuer in seiner rechten Hand auf.

»Granock, Vorsicht!«, rief Alannah – aber der Glutball, den Aldur schleuderte, kam so schnell auf ihn zugeflogen, dass Granock nicht mehr reagieren geschweige denn seine Fähigkeit zum Einsatz bringen konnte. Mit vor Schreck aufgerissenen Augen sah er das lodernde Geschoss heranrasen, und es hätte ihn voll erwischt, wäre es nicht an einer Eiswand zerschellt, die sich im Bruchteil eines Augenblicks vor ihm errichtete.

Alannah hatte eingegriffen!

Ein Klirren wie von zersplitterndem Glas lag in der Luft, als Feuer und Eis aufeinander prallten. Funkelnde Bruchstücke stoben davon, die noch in der Luft schmolzen und als glitzernde Wassertropfen zu Boden spritzten. Gleichzeitig stieg zischender Dampf auf, als Hitze und Wasser einander verzehrten.

»Was soll das, Aldur?«, rief Alannah durch die Schwaden zur anderen Seite der Halle. »Das ist nur eine Übung, hörst du?«

»Für dich vielleicht«, entgegnete der Elf mürrisch, dann entfesselte er abermals seine Kräfte: Auf einmal loderten links und rechts von Granock und Alannah zwei Flammenwände empor, von denen mörderische Hitze ausging.

Diesmal jedoch war Granock darauf gefasst und handelte. Blitzschnell breitete er die Arme aus und verlangsamte mit einem Gedankenimpuls die Zeit. Daraufhin wirkten die Flammen wie eingefroren, als bestünden sie nicht aus Feuer, sondern aus Glas. Alannah zauberte zwei Eislawinen, die tosend auf die Feuerwälle niederprasselten, sodass sie zischend verlöschten.

»Was sagst du nun?«, rief Granock triumphierend. »Dass wir damit so leicht fertig werden, hättest du nicht gedacht, was?«

»So wie ihr offenbar nicht daran gedacht habt, dass es sich um eine Falle handeln könnte«, konterte Aldur und schuf erneut knisternde Flammen, die sich zu einer lodernden Walze formten und auf Granock zurollten.

Granock konzentrierte sich, um erneut die Zeit zu bannen – aber er vermochte es nicht. Weder konnte er seine Gedanken in der erforderlichen Intensität bündeln, noch verspürte er die innere Kraft dazu – und jäh fiel ihm ein, dass er noch nie in seinem Leben mehrmals hintereinander von seiner Fähigkeit Gebrauch gemacht hatte. Offenbar bedurfte er einer gewissen Erholung, einer Phase der Regeneration, bis er erneut einen Zeitzauber wirken konnte.

Die Feuerwalze rollte unaufhaltsam heran, während Aldurs schadenfrohes Gelächter durch das Gewölbe hallte. Er hatte darauf spekuliert, dass Granocks Kräfte nachlassen würden. Mit einem Scheinangriff hatte er sie ausgezehrt und dann zur eigentlichen Attacke ausgeholt. Eine geschickte Taktik, die eigentlich Bewunderung verdiente – im Augenblick allerdings hätte Granock dem Elfen lieber die Faust ins Gesicht gedroschen, als ihn zu beglückwünschen.

»Granock! Den Kopf runter!«, gellte Alannahs Ruf, und Granock warf sich an Ort und Stelle zu Boden. Im nächsten Moment zuckten mehrere Eisgeschosse durch die Luft, die jedoch allesamt von der Flammenwalze verzehrt wurden und zu unscheinbaren Wolken verpufften. Das lodernde Inferno schien diesmal nicht aufzuhalten zu sein – und im nächsten Moment hatte es Granock erreicht.

Er spürte die Hitze auf seiner Haut und warf sich gleichzeitig zur Seite. Er spürte, wie ihm die Flammen den Nacken versengten, und der beißende Geruch von verbranntem Haar stieg ihm in die Nase. Er rollte über den harten Boden und wollte sich wieder aufraffen, doch schon sah er sich einer weiteren Bedrohung gegenüber.

Der Feuerwalze mochte er mit knapper Not entgangen sein – aber er sah in einiger Entfernung Aldur, der die gespreizten Hände direkt auf seinen menschlichen Rivalen richtete und …

»Aldur, nicht!«, schrie Alannah. Granock drehte sich nach ihr um und sah sie in einiger Entfernung schwer keuchend dastehen. Zorn sprach aus ihren Blicken, schweißnasse Haarsträhnen hingen ihr ins gerötete Gesicht – und trotz der Gefahr, in der er schwebte, fand Granock, dass sie nie besser ausgesehen hatte.

»Warum nicht?«, fragte Aldur höhnisch. »Ich tue nichts, was gegen die Regeln verstoßen würde.«

Und dann griff er an!

Gleich mehrere Feuerbälle schossen aus seinen Händen, und Alannah gab ihr Bestes, sie abzuwehren. Um erneut einen Schutzwall zu errichten, um sie aufzuhalten, reichten ihre Kräfte nicht mehr aus. Also schickte sie den Brandkugeln wiederum Speere aus Eis entgegen, die Aldurs Feuerbälle verlöschen ließen. Einer jedoch fand seinen Weg durch Alannahs Phalanx – und traf Granock.

Gleißende Hitze blendete ihn und versengte ihm Haut und Haare, während er gleichzeitig das Gefühl hatte, von einem riesigen Hammer getroffen zu werden. Der Aufprall schleuderte ihn in hohem Bogen durch die Halle und ließ ihn gegen die Wand krachen.

»Nein!«, hörte er Alannah entsetzt rufen, doch ihr Mitgefühl kam die Elfin teuer zu stehen. Sie verfehlte einen weiteren Feuerball, den Aldur ihr entgegenschleuderte, und wurde ebenfalls getroffen.

Auch sie spürte die sengende Hitze, auch sie wurde von der Wucht des Aufpralls zurückgeworfen und taumelte gegen die Wand, an der sie matt und entkräftet niedersank, geradewegs neben Granock, der bereits dort kauerte. Anders als Granock, der im Gesicht und an den Händen Verbrennungen davongetragen hatte und aus einer Platzwunde am Kopf blutete, hatte sie jedoch kaum Blessuren erlitten. Ihr Gesicht und ihr Kleid waren lediglich rußgeschwärzt, und ihr Haar war in Unordnung geraten, ansonsten war sie unversehrt.

»Bist du in Ordnung?«, erkundigte sie sich besorgt bei Granock.

»D-denke schon«, stammelte er und griff sich an den blutenden Kopf. »Hat mich voll erwischt …«

»Hast du denn noch keinen Heilzauber gelernt?«

Er schaute sie staunend an; deshalb also war sie unverletzt, während er sich fühlte, als wäre ein wütender Troll über ihn hergefallen. »Nein«, stöhnte er, »das muss Farawyn wohl vergessen haben …«

»Willst du dich ergeben?«

»Wieso ergeben? Das Duell ist vorbei, oder nicht?«

»Noch ist keiner von uns kampfunfähig«, sagte Alannah und schaute zu Aldur hin. »Das Duell geht also weiter – es sei denn, wir geben auf.«

»Kommt nicht infrage.« Entschlossen stand Granock auf, obwohl er noch ein wenig unsicher auf den Beinen war.

»Bist du sicher?« Alannahs Blick verriet ehrliche Besorgnis. »Ohne Heilzauber könntest du sterben.«

»Wenn schon«, knurrte Granock. »Ich *muss* Aldur eine Lektion erteilen, sonst wird er keine Ruhe geben, bis ich …«

»Vorsicht!«, unterbrach ihn Alannahs Warnruf. Fast gleichzeitig wurde er von den Füßen gerissen.

Und das war gut so. Denn dort, wo er eben noch gestanden hatte, klatschte ein weiterer Feuerball gegen die Wand, der mit noch größerer Wucht geschleudert worden war als die zuvor. Hätte Alannah ihn nicht im letzten Moment mit sich nach unten gerissen, wäre Granock abermals getroffen worden.

»Verdammt!«, maulte er. »Der Kerl will mich tatsächlich umbringen.«

»Er hält sich genau an die Regeln«, wandte Alannah ein.

»Warum nur tröstet mich das nicht?«

Erneut zischten faustgroße Glutbälle heran, die schwarze Rauchfahnen hinter sich herzogen, jagten über Granock und Alannah hinweg und zerplatzten an der Wand. Aldur stand in einigem Abstand, ein überlegenes Grinsen im blassen Gesicht. Offenbar waren seine Kräfte bedeutend größer als jene von Granock und Alannah, oder er hatte einfach nur gelernt, sie effektiver zu nutzen. Eine Erholungspause jedenfalls schien er nicht zu brauchen, denn schon startete er den nächsten Angriff.

»Auseinander!«, rief Alannah, und sie und Granock warfen sich nach links und rechts, während die zornige Lohe zwischen sie fuhr. Fauchend schlug der Feuerball gegen die Wand, so heftig, dass das ganze Gewölbe zu zittern schien, und zerplatzte zu Myriaden kleiner Flammen, die zu Boden regneten und dann verloschen.

»Verdammt«, fluchte Granock in der Sprache der Menschen. »Wir müssen ihm das Handwerk legen, ehe er einen von uns ernsthaft verletzt!«

Fieberhaft überlegte er. Wahrscheinlich hatten sich seine Kräfte inzwischen so weit erholt, dass er einen weiteren Zeitzauber wirken konnte – aber Aldur war ihm überlegen. Der Elf hatte in der Tat gelernt, seine Gabe gezielt einzusetzen, und Granock begriff allmählich, was Farawyn meinte, als er von der Vervollkommnung magischer Fähigkeiten gesprochen hatte; sie konnte den Unterschied zwischen Leben und Tod bedeuten.

»Gebt euch geschlagen!«, rief Aldur. »Alles andere wäre Wahnsinn!«

»Von wegen!«, schrie Granock zurück, dessen Novizentunika in Fetzen an seinem Körper hing; dass er einige schmerzhafte Verbrennungen davongetragen hatte, spürte er kaum. »Noch hast du uns nicht besiegt!«

»Doch, das hat er«, wandte Alannah leise ein. »Eine Niederlage einzugestehen, ist keine Schande – in Starrheit unterzugehen hingegen Dummheit.«

»Wir werden nicht untergehen«, war Granock überzeugt. »Vertrau mir.«

»Hast du einen Plan?«

»Vielleicht – aber ich weiß nicht, ob er funktionieren wird.«

Das war keine sehr zuverlässige Auskunft, und Granock konnte es Alannah nicht verdenken, dass sie ihr Gesicht argwöhnisch verzog. Wer war er denn, dass sie ihm ihr Leben anvertrauen sollte? Doch nur ein Mensch, und noch nicht einmal einer, den sie besonders gut kannte. Und was seine Kenntnisse in Sachen Zauberei betraf, war dies seine allererste Lektion – und mit etwas Pech auch seine letzte.

»Einverstanden«, sagte sie dennoch. »Ich vertraue dir.«

Er war davon so überrascht, dass erst das hässliche Fauchen, das von der anderen Seite der Halle herüberdrang, ihn wieder aus seiner Erstarrung riss.

Aldur formte erneut eine Feuerwalze, die noch größer und vernichtender werden sollte als die davor. Er rief aus dem Nichts einen Strudel lodernder Flammen hervor, den er vor sich hertrieb. Unaufhaltsam wirbelte das Feuer auf Granock und Alannah zu, und nichts und niemand schien ihm Einhalt gebieten zu können …

»Eis, wir brauchen Eis!«, brüllte Granock, um das Fauchen des Feuers zu übertönen, das auf einmal die Halle erfüllte.

»Ich bin geschwächt«, rief Alannah zurück. »Meine Kräfte werden nicht ausreichen, das Feuer zu löschen.«

»Darauf kommt es nicht an. Schick ihm alles, was du hast – den Rest übernehme ich!«

Alannahs ratloser Gesichtsausdruck ließ erkennen, dass sie keine Ahnung hatte, was Granock vorhatte. Dennoch stellte sie keine weiteren Fragen, hob die Hände, und dann explodierte ihre geballte Gedankenkraft nahezu in einer Eruption gletscherblauen Eises, das direkt aus ihren Handflächen zu kommen schien, sich zu einer Lawine vereinte und in einem kurzen Bogen auf Aldurs Feuerwalze zuschoss.

Die Elemente prallten aufeinander, und durch die Hitze schmolz das Eis augenblicklich, verpuffte zu zischendem Dampf, doch aufgrund der enormen Wucht, mit der Alannah das Eis geschleudert hatte, verdampfte es nicht vollständig, sondern gischtete als Wasser durch die feurige Barriere und traf Aldur als warmer Schwall.

Gleichzeitig wirkte Granock seinen zweiten Zeitzauber, und indem er die Zeit um Aldur herum nahezu zum Stehen brachte, ließ er das Wasser erstarren, das den Elfen wie ein bizarr geformter Glaspanzer einhüllte. Auch Aldur bewegte sich nicht mehr, er war in dem erstarrten Wasser gefangen und sein Kontakt zur Außenwelt unterbrochen, sodass sein Zauber und damit auch die Feuerwalze in sich zusammenfielen.

Das Duell war entschieden.

»Wer ist Sieger?«, fragte Granock schwer atmend in Riwanons Richtung; erneut den Zauber zu wirken, hatte ihn nahezu seine ganze Kraft gekostet.

»Alannah und du«, kam es ein wenig widerwillig zurück. »Aldur hat verloren.«

Ogan und zwei oder drei andere verfielen in lauten Jubel – die übrigen Novizen verharrten in stiller Betroffenheit. Granock war dennoch zufrieden und hob den Bann auf.

Das Wasser, das allen Naturgesetzen zum Trotz Aldur wie einen harten Panzer umgeben hatte, klatschte zu Boden. Der Elf war bis auf die Haut durchnässt und prustete. Seine Busenfreunde Zenan und Haiwyl eilten besorgt zu ihm.

Aldur brauchte einen Moment, um zu begreifen, was geschehen war, dann wurden seine sonst so blassen Züge purpurrot. »Nein!«, brüllte er so laut, dass sich seine Stimme überschlug. »Das kann nicht sein! Das ist nicht möglich! Das Duell ist noch nicht zu Ende!«

»Doch, das ist es«, widersprach Alannah, »und du bist der Unterlegene.«

»Nur weil dieser da nicht ehrlich gekämpft hat«, fauchte Aldur, anklagend auf Granock zeigend.

»Was meinst du mit ehrlich?«, fragte Ogan genüsslich, der sich mit Meisterin Riwanon und den anderen Novizen näherte. »Meinst du etwa, er hätte rücksichtsvoller gegen dich vorgehen sollen? Was bringt dich auf den Gedanken, dass wir hier Rücksicht lernen? Im Kampf gegen die Mächte des Bösen stehst du wütenden Trollen gegenüber oder Horden von Unholden – was glaubst du wohl, wie rücksichtsvoll die mit dir umspringen?«

Aldur erkannte, dass es seine eigenen Worte waren, die nun gegen ihn verwendet wurden, und wütend marschierte er davon, während Granock und Alannah die Gratulationen ihrer Mitschüler entgegennahmen. Die meisten davon waren halbherzig dahingesagt und hörten sich nicht sehr aufrichtig an; dennoch hatte Granock das Gefühl, dass er sich zum ersten Mal die Achtung und den Respekt der anderen Novizen erworben hatte. Nicht einmal das

Lob, das Meisterin Riwanon ihm aussprach, bedeutete ihm jedoch auch nur annähernd so viel wie der Kuss, den Alannah ihm auf die Wange hauchte.

»Gut gemacht, *cyfail*«, flüsterte sie.

Erst sehr viel später an diesem Tag, als er wieder in der Abgeschiedenheit seiner Kammer weilte und eines seiner Lehrbücher zurate zog, erfuhr er, dass dieses Wort »Freund« bedeutete.

Nachdem Riwanon Granocks Verletzungen mit einem Heilzauber innerhalb von Augenblicken kuriert hatte, begann der eigentliche Unterricht, für den an diesem Tag allerdings kaum noch jemand wirkliches Interesse aufbringen konnte. Das dramatische Duell stand den Novizen noch viel zu deutlich vor Augen, als dass sie gleich wieder zur Tagesordnung hätten übergehen können. Zu ungeheuerlich war das, was geschehen war, zu überraschend der Ausgang des Kampfes, zu eindeutig die Niederlage, die der beste Schüler des *dysbarth* vor aller Augen erlitten hatte.

Als die Lektion beendet war und alle Schüler den Saal verließen, blieb Aldur allein bei seiner Meisterin zurück, noch immer mit bebender Brust und zorngeballten Fäusten.

»Besiegt zu werden ist schwer zu ertragen, nicht wahr?«, fragte ihn Riwanon sanft.

»Er hat mich nicht besiegt, Meisterin«, widersprach Aldur trotzig. »Dass er das Duell für sich entscheiden konnte, war reines Glück.«

»Sich eine Niederlage einzugestehen, ist keine Schande, Aldur. Im Gegenteil, wenn wir unsere Schwächen erkennen, um an ihnen zu arbeiten und sie auszumerzen, ist das der Beginn unseres Triumphs.«

»Ich verstehe«, sagte Aldur widerwillig. Ihm stand der Sinn im Augenblick so gar nicht nach abgedroschenen Weisheiten.

»Du fühlst dich erniedrigt und gedemütigt, nicht wahr?«, sagte sie und legte ihm tröstend die Hand auf die Schulter. »Und du bist nicht gewillt, diese Schmach auf dir sitzen zu lassen.«

»Das stimmt«, gab Aldur mit leiser Stimme zu. »Woher wisst Ihr das, Meisterin?«

»Es ist meine Begabung, mich in die Herzen anderer Wesen zu versetzen und ihre geheimen Wünsche, Ängste und Hoffnungen zu erkennen«, erinnerte ihn seine Meisterin. »Ich weiß, was du fühlst. Ich weiß, dass du dir große Ziele gesetzt hast. Der größte Zauberer von allen willst du werden. Dein Leben lang hast du dich im väterlichen Hain darauf vorbereitet und dafür auf vieles verzichtet. Doch nun, da du alles erreichen könntest, was du dir vorgenommen hast, hast du auch Angst zu versagen, die Erwartungen nicht zu erfüllen, die sowohl dein Vater als auch du selbst in dich gesetzt haben. Oder sollte ich mich irren?«

Aldur schaute seine Meisterin an. Es war ihm unangenehm, dass sie ihn so vollkommen durchschaute. Am liebsten hätte er ihr gesagt, dass sie mit ihren Vermutungen völlig falsch lag, aber so war es nicht.

»Nein«, sagte er leise, »Ihr irrt Euch nicht.«

»Ich rate dir, lass deine Ängste und Unsicherheiten fahren und besinne dich auf deine Stärken«, sprach Riwanon zu ihm. »Dann nämlich wirst du nicht nur ein mächtiger Zauberer werden – sondern vielleicht tatsächlich der mächtigste von allen.«

Ihre Hand verließ seine Schulter und berührte seine Wange, zärtlich und liebkosend. Nicht wie die einer Meisterin bei ihrem Novizen.

Sondern wie eine Frau bei ihrem Geliebten.

22. YMOSURIAD NYSA

Hoch über jenem zerklüfteten Landstrich, der die natürliche Grenze zwischen dem Elfenreich und dem wilden Niemandsland Arun bildete, thronte, eingebettet in den mächtigen Wall von Cethad Mavur, die Grenzfestung Carryg-Fin.

Sie war bereits in alter Zeit errichtet worden, noch vor dem großen Krieg, der Erdwelt entzweite, doch ihre Türme reckten sich so stolz in den Himmel wie ehedem. Acht Grenzfestungen hatte es einst gegeben, doch die anderen sieben waren allesamt im Krieg zerstört worden. Einzig Carryg-Fin war übrig geblieben, und dort befand sich die Kommandantur der Grenztruppen, die am äußersten Rand der Zivilisation ihren Dienst versahen, viele Meilen von Tirgas Lan entfernt, zum Schutz und zum Wohl des Reiches.

Der Name des Elfenkriegers, der das zweifelhafte Glück hatte, Carryg-Fin zu befehligen, war Accalon. Als Soldat in der Armee zu dienen, gehörte zur Bürgerpflicht eines jeden einfachen Elfen, der sich später in Politik oder Gemeinwesen verdingen wollte; nur wenige gab es, die von dieser Regelung ausgeschlossen waren, etwa der *celfaidydian*, der *tavalian* oder der *dwethian**. Derartige Tätigkeiten konnte ein Elf jedoch nur dann ergreifen, wenn er über die entsprechende Fähigkeit verfügte und in besonderer Weise dazu ausersehen war.

Accalons Familie hatte solche Fähigkeiten stets missen lassen. Seit Generationen wartete man in seinem Heimathain darauf, dass

* Künstler, Heiler und Zauberer

sich in dieser Hinsicht etwas ändern, dass ein Elf geboren würde, dessen Gaben ihn dazu prädestinierten, etwas anderes zu sein als ein Soldat der königlichen Armee – aber als hätte das Schicksal nichts als Missachtung für Accalons Sippe übrig, hatte sie noch nie etwas anderes als Krieger hervorgebracht, Beamte oder Verwalter, von denen es im Elfenreich so viele gab.

Immerhin war es Accalon gelungen, sich vom einfachen *rhyfal'ras* zum *swaidog* emporzuarbeiten, zum königlichen Offizier. Mit vorbildlichem Einsatz und bemerkenswertem Mut in unzähligen Scharmützeln gegen die Orks hatte er sich dieses Privileg erstritten – zum Vorteil jedoch hatte es ihm kaum gereicht.

An den Tag, an dem er noch auf dem Schlachtfeld zum Leutnant befördert worden war, erinnerte sich Accalon genau; denn an jenem Tag hatte er geglaubt, dass er das Schicksal wenden und der Erste aus seiner Familie sein könnte, der zu Höherem ausersehen wäre. Mit Fleiß und Strebsamkeit hatte er seine Offizierskarriere weiterverfolgt, hatte unzählige Strafexpeditionen gegen die Unholde befehligt, die ihn bis weit in die Modermark geführt und mehrmals fast das Leben gekostet hatten. Und wie hatte das Reich es ihm gedankt?

Indem man ihn zum Hauptmann befördert und zum Befehlshaber einer Grenzfestung ernannt hatte, die sich jedoch nicht an der Ostgrenze des Reiches befand, sondern tief im Süden, zwischen Meer und Ostsee, auf jener Landzunge, die das Elfenreich und das dunkle Land Arun verband und die von alters her durch die Große Mauer geteilt wurde. Dorthin versetzt zu werden, war keine Auszeichnung, sondern kam einer Strafe gleich.

Der erste Grund dafür war das Klima, drückend und von entsetzlicher Schwüle. Die feuchte Hitze kam aus dem Süden, machte die Luft schwer und war vor allem in den Sommermonaten unerträglich. Hinzu kamen die Einsamkeit und die karge, trostlose Landschaft, die jedes Leben zu entbehren schien; für einen Elfen, der an den fruchtbaren Ufern des *Gylafon* aufgewachsen war, ein schier unerträglicher Anblick, der auf Geist und Seele lastete. Immer wieder kam es vor, dass einen Soldat unerträgliche Schwermut überkam und er sich von einer der hohen Burgzinnen zu Tode stürzte.

Aber obwohl er wenig begeistert darüber gewesen war, hatte Accalon die Versetzung widerspruchslos hingenommen und sich damit getröstet, dass man seit Generationen niemanden aus seiner Familie mehr ein so hohes Amt übertragen hatte. Im Lauf der Jahre jedoch, in denen er an der Grenze seinen Dienst versah, hatte er sich zu fragen begonnen, ob Carryg-Fin und die Große Mauer überhaupt noch einen militärischen Sinn machten oder vielleicht eher Relikte aus einer anderen, längst vergangenen Zeit waren.

Der letzte Angriff aus dem Süden war während des Krieges erfolgt – seither waren die gefährlichsten Gegner, mit denen es die Grenztruppen zu tun bekommen hatten, ein paar halbnackte Menschen gewesen oder eine Herde verirrter *ilfantodion*. Vielleicht, so vermutete Accalon bisweilen, wollte man in Tirgas Lan einfach nicht zugeben, dass die Grenze sicher und die Befestigungen deshalb überflüssig geworden waren. Mit Rechthaberei und Starrsinn, das hatte Accalon gelernt, ließ sich manches erklären, was in der Politik vor sich ging, ganz anders als beim Militär: Wer in der Hitze des Gefechts eine Fehlentscheidung traf, wurde augenblicklich dafür bestraft und bekam meist keine zweite Möglichkeit, sich zu bewähren.

Darüber dachte Accalon nach, während er zum ungezählten Mal am Fenster der Kommandantur stand und gen Süden blickte. Dort zeichneten sich der Dschungel und die Berge Aruns als gezacktes dunkles Band ab, über dem sich der Abendhimmel blutrot färbte. Vielleicht, so überlegte er, wäre es gut gewesen, wenn sich auch der König und seine Berater hin und wieder auf einem Schlachtfeld hätten bewähren müssen. Dann hätten sie womöglich besser verstanden, was es bedeutete, für seine Entscheidungen verantwortlich zu sein. Und vielleicht hätten sie dann auch begriffen, was es hieß, ein Kommando auf einem entlegenen Außenposten zu führen, fernab von jeglicher Zivilisation und von allen vergessen.

Nicht Angreifer von außen waren der gefährlichste Feind von Accalons Truppe, sondern die Langeweile. Der Stumpfsinn des Alltags setzte den Elfen zu, und längst nicht nur den einfachen Soldaten, sondern auch den Korporälen und Offizieren. Zwar bemühte sich Accalon, dem entgegenzuwirken, indem er täglich Übungen ansetzte: Mit endlosem Exerzieren, Waffendrill und Märschen durch das trostlose Niemandsland versuchte er, die Disziplin aufrechtzuerhalten, aber es war ein aussichtsloser Kampf, dessen Scheitern absehbar war. Wie giftiges Unkraut wucherten Nachlässigkeit und Ungehorsam unter seinen Leuten, und wo immer Accalon sie auszurotten versuchte, schienen sie nachher nur umso üppiger zu gedeihen.

Erst vergangene Woche hatte er einen jungen Fähnrich auspeitschen lassen, der volltrunken und in schmutziger Uniform zum Wachdienst erschienen war. Woher er den Schnaps gehabt hatte, mit dem er sich betrunken hatte, war noch immer ungeklärt, aber Accalon hatte nicht gezögert, ein Exempel zu statuieren und den Fähnrich vor aller Augen mit fünf Peitschenhieben zu bestrafen. Der Offiziersanwärter, ein junger Mann aus Tirgas Dun, war bei seinen Untergebenen beliebt, entsprechend groß war die Abneigung, die Accalon seither entgegenschlug. Doch als Befehlshaber einer Grenzfestung war es nicht seine vordringlichste Aufgabe, von seinen Männern gemocht zu werden, sondern dafür zu sorgen, dass sie zu jeder Zeit wachsam und einsatzbereit waren – auch wenn er selbst nicht mehr an die Notwendigkeit dieser Mission glaubte. Er hatte jedoch einen Befehl, und ein guter Soldat führte Befehle aus, die man ihm auftrug, und zwar stets nach bestem Gewissen, auch dann, wenn sie den eigenen Überzeugungen zuwiderliefen.

Die Nacht brach herein, während er darüber nachsann, und der ferne Dschungel Aruns verschmolz mit dem Dunkel des Himmels; nur der bleiche Mond am Himmel und die lodernden Fackeln auf den Wehrgängen spendeten noch spärliches Licht. Wie jeden Abend, ehe er zu Bett ging, ließ Accalon seinen Blick noch einmal über die Türme und Mauern der Festung schweifen.

Die Kommandantur in den großen Turm zu verlegen, der die Mitte der Festung einnahm, war Accalons erste Amtshandlung gewesen, nachdem er den Befehl über Carryg-Fin übernommen hatte. Von dort aus hatte er einen guten Überblick und konnte nicht nur den Innenhof der Burg einsehen, sondern sah auch den großen Wall, der sich nach Nordosten und Südwesten wie eine leuchtende

Schlange durch die trostlose Landschaft wand. Im Laufe der vergangenen Jahrhunderte war der Cethad Mavur immer wieder ausgebessert worden; unter Verwendung dessen, was der Krieg von den anderen sieben Grenzzitadellen übrig gelassen hatte, hatte man versucht, dem Zahn der Zeit zu trotzen, der in Form von Wind und Wetter an dem alten Mauerwerk nagte – ein weiterer schier aussichtsloser Kampf, den man an der Südgrenze des Reiches austrug.

Der Anblick der Wachen, die mit Piken, Hellebarden oder Armbrüsten bewaffnet im Schein der Fackeln ihren Dienst versahen, besänftigte Accalon ein wenig. Im Grunde, sagte er sich, waren es gute Männer, denen wie ihm selbst nur wenig Glück beschieden war. Welchem ungünstigen Schicksal sie es zu verdanken hatten, dass es sie ausgerechnet hierher verschlagen hatte, wusste er nicht, aber er hoffte, dass, wenn sie sich bewährten und ihr Los nur tapfer genug ertrugen, der König sich irgendwann ihrer entsinnen und sie in die Heimat zurückholen würde, in zehn Jahren oder hundert, vielleicht auch erst in tausend …

Ungezählte Briefe hatte Accalon nach Tirgas Lan geschickt, in denen er von der Situation an der Grenze berichtet hatte, aber keiner von ihnen war beantwortet worden. Abgesehen von dem Versorgungstransport, der einmal im Monat in Carryg-Fin eintraf, bestand ansonsten kein Kontakt zur Außenwelt. Der Befehl, dem sie alle zu gehorchen hatten, lautete unverändert, die Südgrenze zu sichern gegen alle Feinde des Reiches.

»Was für Feinde, mein König?« Accalon sprach die Frage laut aus, und Hohn und Resignation schwangen in seiner Stimme mit. Er nahm nicht an, dass auch nur einer seiner Briefe König Elidor tatsächlich erreicht hatte – vermutlich hatten dessen Berater, allen voran der verschlagene Fürst Ardghal, sie alle abgefangen.

Es war kein Geheimnis, dass Ardghal mit dem Militär nicht viel anfangen konnte und er fürchtete, die Generäle könnten ihm seine Machtposition beim König eines Tages streitig machen. Also war er darauf bedacht, Elidors Aufmerksamkeit möglichst auf andere Dinge zu lenken. So war es seit Jahrzehnten, und so würde es vermutlich auch bleiben, solange Elidor regierte.

Dennoch würde Accalon seine Pflicht erfüllen.

Tag für Tag.

Monat für Monat.

Jahrzehnt für Jahrzehnt ...

Der Gedanke deprimierte ihn, und er beschloss, sich zur Ruhe zu legen – allerdings nicht, ohne sich vorher noch einen Schluck von dem Schnaps zu gönnen, den er dem pflichtsäumigen Fähnrich abgenommen hatte. Das Zeug stank wie Schwefel und brannte wie Feuer, aber es sorgte für einen traumlosen Schlaf. Vermutlich, nahm Accalon an, stammte es aus einer Zwergenbrennerei und war mit dem letzten Versorgungszug nach Carryg-Fin geschmuggelt worden. So genau wollte er es gar nicht wissen, denn dann wäre er verpflichtet gewesen, dagegen vorzugehen, und eigentlich wollte er das nicht. Was konnte es schaden, sich hin und wieder einen Schluck zu genehmigen, solange die Disziplin nicht darunter litt?

Noch einmal ließ er seinen Blick über die in Dunkelheit versinkende Festung schweifen, dann wollte er sich vom Fenster abwenden – und hielt plötzlich inne.

Einer der beiden Doppeltürme, die das Eingangstor säumten, war unbesetzt!

Zuerst glaubte Accalon, einer Täuschung erlegen zu sein, aber da war tatsächlich niemand auf der Turmplattform zu sehen; von dem Wachtposten fehlte jede Spur.

»Was bei Sigwyns Erben ...?«

Accalon fühlte heißen Zorn durch seine Adern wallen. Aufgrund der ereignislosen Jahrzehnte, die er nun schon in Carryg-Fin verbrachte, dachte er, es mit einem neuen Fall von dreister Pflichtverletzung zu tun zu haben – dass das Fehlen des Turmpostens einen anderen Grund haben könnte als die eine unentschuldbare Nachlässigkeit, kam ihm nicht in den Sinn.

Dies änderte sich schlagartig, als der Hauptmann zum anderen Turm hinüberblickte und sah, wie der Wachmann dort in wilde Zuckungen verfiel. Der Soldat ließ seine Hellebarde fallen und machte groteske Verrenkungen, deren Ursache Accalon zunächst schleierhaft war. Dann jedoch erblickte er die Klaue, die sich von hinten um den Hals der Wache gelegt hatte und dem Elf die Luft abdrückte. Eine zweite Klaue erschien, packte den Kopf des Elfen und riss ihn ruckartig herum, sodass das Genick des Soldaten brach. Leblos sackte der Elf zu Boden, und sein Mörder, der unmittelbar hinter ihm stand, kam zum Vorschein.

Accalon zog scharf die Luft ein.

War es möglich?

Nein, es musste ein Trugbild sein, etwas, das ihm seine abgestumpften und gleichwohl übermüdeten Sinne vorgaukelten. Der Leichnam des Soldaten jedoch, der leblos auf der Turmplattform lag und im Fackelschein deutlich zu sehen war, war absolut real – also war es auch sein Mörder!

Entsetzen ergriff von Accalon Besitz, während er die scheußliche Gestalt anstarrte, die aufrecht auf zwei Beinen ging, mit einem Reptil jedoch sehr viel mehr gemein hatte als mit einem Elfen: schuppenbesetzte Haut, ein langer Schweif, der wie eine Peitsche zuckte, und ein grässliches, nach vorn gewölbtes Maul, in dem mörderische Zähne prangten. Mit geschlitzten, von bösem Lodern erfüllten Augen blickte sich die grässliche Kreatur um, und in diesen Moment wurde Hauptmann Accalon klar, dass das Warten ein Ende hatte.

Carryg-Fin war nicht länger ein vergessener Posten.

Die Festung wurde angegriffen!

Der Name der Kreatur, die die Ostmauer überwunden hatte, lautete Dinistrio, und er beschrieb genau, was sie war und was der einzige Zweck ihres frevlerischen Daseins.

Zerstörung …

Zusammen mit ihren Artgenossen war sie vor langer Zeit ins Leben gerufen worden, nicht auf natürliche Weise, sondern in einem verbotenen Experiment, das Elfen und Tiere zu einer neuen, anderen Rasse verschmolzen hatte. Der Frevler, der dies gewagt hatte, war nicht mehr – seine Erben jedoch hatten die Krieger der Dunkelheit erneut gerufen, auf dass sie wieder Furcht und Schrecken verbreiteten.

Carryg ai gwaith.

Stein zu Blut.

Dinistrio sah, wie das Leben aus der zerbrechlich wirkenden Kreatur wich, die er mit seiner rechten Klaue gepackt und hoch in die Luft gehoben hatte. Zunächst hatte das Wesen noch dagegen angekämpft und versucht, sich aus dem Todesgriff zu befreien. Doch seine Bewegungen wurden matt und fahrig, panische Furcht sprach aus seinen geweiteten Augen.

Dinistrio war es gleichgültig. Mit einem Schnauben warf er den erschlaffenden Körper über die Mauerbrüstung in die Tiefe. Ein weiterer Elfenkrieger kam auf ihn zugerannt, dem er mit einem einzigen Hieb seiner riesigen Pranke die Kehle zerfetzte. In einem Blutschwall kippte der Soldat vom Wehrgang und verschwand in der Dunkelheit.

Dinistrio schaute sich um. Das elfische Erbe, das in ihm steckte, verlieh ihm ein ausgezeichnetes Sehvermögen. Im Licht seiner unheilvoll lodernden Augen konnte er beobachten, wie seine Artgenossen die Zinnen der Festung erklommen, um sich im nächsten Moment ebenso erbarmungslos auf deren Besatzung zu stürzen wie er selbst.

Die gespaltene Zunge fuhr aus seinem Maul und nahm Witterung auf, schmeckte den Geruch des Blutes, der die Nachtluft tränkte. Dinistrio wollte seinen Weg fortsetzen, als er merkte, wie ihn etwas in den Rücken stieß.

Mit einem Zischeln fuhr er herum – und sah sich zwei weiteren der schmächtigen Kämpfer gegenüber, die die Festung bewachten. Mit Rüstungen aus Leder und Helmen aus Metall versuchten sie ihre zerbrechlichen Körper zu schützen, bewaffnet waren sie mit seltsamen Äxten, die überlange Stiele hatten und oben, über dem Axtblatt, zusätzlich eine dornenartige Spitze. Dinistrio wusste nicht, dass man diese Waffen »Hellebarden« nannte. Die Verteidiger reckten sie ihm abwehrend entgegen. Von einer der Dornenspitzen troff schwarzes Blut.

Sein Blut.

Dinistrio fühlte keinen Schmerz, aber der Anblick seines eigenen Lebenssafts machte ihn wütend. Fauchend griff er nach einer der Waffen und riss sie dem Krieger aus der Hand, um das Axtblatt schon im nächsten Moment mit großer Kraft herabfahren zu lassen.

Der Helm des Elfen hatte dem furchtbaren Hieb nichts entgegenzusetzen, und der Schädel des Elfen wurde bis zum Nasenbein gespalten. Blutüberströmt kippte er vom Wehrgang, sein Kamerad folgte ihm wenig später mit durchbissener Kehle.

Schmatzend und mit dem Blut des Kämpen gurgelnd, blickte sich Dinistrio noch einmal um, die Augen zu Schlitzen verengt. Verteidiger, die noch aufrecht standen, waren auf den Mauern nicht mehr zu sehen; wohin er auch schaute, sah er seine Artgenossen, die ihrem Blutdurst freien Lauf ließen.

Über den Innenhof eilten weitere Wachen heran, die der Kampflärm aus dem Schlaf gerissen hatte und die aus den Unterkünften drängten. Mit weit aufgerissenen Schlünden fielen die Echsenkrieger auch über sie her, und keine Brünne war stark genug, dem Biss ihrer Kiefer zu widerstehen. Pfeile schwirrten durch die Nacht, aber ihre Spitzen vermochten die Schuppenhaut der Angreifer nicht zu durchdringen. So fiel ein Verteidiger nach dem anderen, und Dinistrio näherte sich seinem Ziel.

Der Kommandantur von Festung Carryg-Fin …

Accalon empfand tiefe Bestürzung.

Nicht so sehr über die Tatsache, dass Carryg-Fin einem Angriff ausgesetzt war – für einen solchen Fall war er ausgebildet worden, darauf hatten seine Leute und er sich in zahllosen Übungen vorbereitet –, sondern vielmehr darüber, dass er je an der Notwendigkeit ihrer Mission gezweifelt hatte.

Wie oft hatte er sich in letzter Zeit gefragt, ob der Dienst an der äußersten Grenze des Reiches überhaupt noch sinnvoll war, da es jenseits des Cethad Mavur doch nichts mehr zu geben schien als endlose Wildnis. Doch aus ebendieser Wildnis war unvermittelt ein mörderischer Gegner erwachsen, der mit erbarmungsloser Härte zuschlug.

»Die Reihen schließen! Schilde nach vorn! Die … Arrrgh!«

Der Ruf des Unterführers, der auf dem Innenhof stand und die in Unordnung geratene Verteidigung zu organisieren suchte, wurde zu einem heiseren Schrei. Accalon sah, dass eine Pike den Elf durchbohrt hatte, gestoßen von einem der furchterregenden Angreifer. Damit nicht genug, richtete der grässliche Gegner die Waffe auch noch auf und rammte ihr stumpfes Ende in den Boden, sodass der aufgespießte Unterführer schreiend in der Luft zappelte, zum Entsetzen der Soldaten, deren Reihen daraufhin noch mehr ins Wanken gerieten.

Ohnehin gab es keine feste Schlachtordnung. Die Feinde waren so unvermittelt und mit derartiger Gewalt über die Festung hergefallen, dass sie die äußere Verteidigung rasch durchbrochen hatten. Scheinbar ohne Mühe hatten sie die Mauern überwunden und die Posten überwältigt. Sie befanden sich bereits im Innenhof, wo ihrer Raserei nur noch schwer beizukommen war. Entsetzt sah Accalon vom Turmfenster aus, wie ein weiterer Unterführer von einer Pike durchbohrt wurde, und dem Hornisten, der das Signal zum Gegenangriff geben wollte, wurde mit bloßen Klauen der Kopf abgerissen. Mit bestialischer Wildheit fielen die Echsenwesen über die Besatzung der Festung her, und Accalons Krieger hatten ihnen kaum etwas entgegenzusetzen.

Vergeblich schienen aller Waffendrill und alle Übungen. Vielleicht hatte sich der Hauptmann aber auch nur selbst etwas vorgemacht, und die jahrzehntelange Routine hatte seine Männer müde und träge werden lassen, sodass sie keine ernstzunehmenden Gegner mehr waren. Wut überkam ihn, als ein weiterer Wachsoldat von den Pranken eines Angreifers zerfetzt wurde, während die anderen panikerfüllt die Flucht ergriffen, nur um kurz darauf kaltblütig niedergemetzelt zu werden. An Gegenwehr dachte kaum noch jemand. Mit dem Schwert in der Hand fuhr Accalon herum, um hinauszustürzen und sich selbst in den Kampf zu werfen. Harcon jedoch, sein Stellvertreter und seine rechte Hand, hielt ihn zurück.

»Nein, Accalon!«, beschwor er seinen Kommandanten. »Tu das nicht!«

»Aber unsere Leute werden sterben, wenn wir nichts unternehmen! Sie haben gegen diese Kreaturen keine Chance!«

»Und du glaubst, sie hätten eine, wenn du dich opferst?« Harcon, der unmittelbar nach Beginn des Kampfes mit zwei Unterführern in die Kommandantur gestürmt war, um seinen Anführer zu bewachen, schüttelte den Kopf. »Sobald wir den Turm verlassen, sind wir verloren. Nur diese Mauern können uns noch schützen.«

»Aber die Männer im Hof und auf den Wehrgängen …«

»Sind verloren«, sagte Harcon so hart und endgültig, dass es Accalon wieder zur Besinnung brachte.

So sehr es ihm widerstrebte, sein Stellvertreter hatte recht. Im Falle eines Angriffs lautete ihr Auftrag, die Festung so lange wie möglich zu halten und einen Boten nach Tirgas Lan zu entsenden. Dies und nichts anderes hatte er zu tun.

»Lasst zum Sammeln blasen«, wies er die beiden anderen Unterführer an. »Alle ziehen sich in diesen Turm zurück und werden ihn mit ihrem Leben verteidigen.«

»Verstanden«, schnarrte es zurück, und die beiden eilten hinaus, um den Befehl auszugeben.

»Wer sind diese Angreifer? Woher kommen sie?«, fragte Harcon, und Accalon hörte Todesangst in der Stimme seines Stellvertreters, der über die Jahrzehnte auch sein Freund und Vertrauter geworden war.

Doch wie so viele Male, wenn er im Gefecht gewesen war und seine Leute angesichts des schrecklichen Feindes in Panik auszubrechen drohten, überkam ihn selbst eine innere Ruhe, deren Ursprung er nicht zu ergründen vermochte. Vielleicht war es lediglich sein Pflichtgefühl, das ihn zur Räson rief und ihm sagte, was er zu tun und zu lassen hatte; vielleicht war es aber auch eine besondere Gabe, mit der ihn das Schicksal gesegnet hatte …

»Ich weiß es nicht, Harcon«, erwiderte er ebenso ruhig wie entschlossen. »Der schwärzeste Dschungel Aruns mag diese Kreaturen ausgespien haben, aber sie werden diese Grenze nicht überschreiten. Denn hier stehen wir, und wir werden unser Blut dafür geben, sie aufzuhalten.«

»Glaubst du denn, dass wir das können?«, fragte Harcon, während grässliche Laute vom Hof her in die Kommandantur drangen.

»Auch das weiß ich nicht«, entgegnete Accalon und brachte es fertig, dem Freund ein verwegenes Lächeln zu schenken. »Aber die Männer und ich werden unser Bestes geben.«

»Die Männer und du?« Harcon hob die Brauen. »Was … was hat das zu bedeuten?«

»Du weißt, was es bedeutet, Harcon. Nimm dir das schnellste Pferd, das wir im Stall haben, und dann reite nach Norden.«

»Nein!«, rief Harcon entsetzt und schüttelte den Kopf.

»Der König muss erfahren, was hier geschehen ist.«

»Dann schick jemand anderen.«

»Wen? Wenn es jemandem gelingen kann, sich nach Tirgas Lan durchzuschlagen, dann dir.«

»Aber mein Platz ist hier bei dir! Ich will bleiben und zusammen mit dir und den anderen sterben!«

»So eilig hast du es damit?«

»Du wirst deine Meinung nicht ändern, oder?«, fragte Harcon resignierend.

»Nein, treuer Soldat. Du wirst nach Tirgas Lan reiten und dort berichten, was hier geschehen ist. Das ist der Befehl, den ich dir erteile. Womöglich ist es der letzte, also beschäme mich nicht, indem du ihn missachtest.«

In Harcons Augenwinkeln zuckte es, und seiner verkniffenen Miene war anzusehen, welchen inneren Kampf er austrug. »Ich werde deinen Befehl befolgen«, flüsterte er.

»Dann geh jetzt. Leb wohl, Bruder.«

»Leb wohl, Bruder.«

Sie umarmten einander, dann wandte sich Harcon zum Gehen. Er hatte die Kommandantur kaum verlassen, als von draußen stampfende Schritte zu hören waren und Leutnant Nivan hereingestürzt kam, einer der beiden Unterführer, die Accalon vorhin losgeschickt hatte. Er blutete aus einer Schulterwunde, sein Gesicht war von Entsetzen gezeichnet. »Die Bestien!«, brüllte er heiser. »Sie sind auf dem Vormarsch! Dugan ist tot, sie haben ihn bei lebendigem Leib zerfetzt …«

»Wo sind die anderen Krieger?«, wollte Accalon wissen. »Wo sind die Wachen?«

»Die meisten tot«, stieß Nivan hervor. »Der Innenhof ist übersät von Leichen …«

»Wie viele Leute haben wir noch?«, wollte er wissen.

»Nur eine Handvoll.«

Das blanke Schwert in der Hand, stürzte Accalon an Nivan vorbei nach draußen und die breite Treppe hinab. Der Anblick, der sich ihm bot, war erschreckend.

In der Eingangshalle des Turms drängten sich an die fünfzig Mann, der klägliche Überrest der einstmals stolzen Besatzung von Carryg-Fin. Einige von ihnen waren verwundet, die meisten nur leicht bewaffnet – und ihnen allen stand das Entsetzen in die leichenblassen und blutbesudelten Züge geschrieben.

Accalon wusste, was zu tun war. Die Männer brauchten Führung.

»Korporäle zu mir!«, bellte er, während er wieder einige Stufen hinaufstieg, um sich einen besseren Überblick über den versprengten Haufen zu verschaffen. Nur zwei Mann traten vor, einer von ihnen so schwer verwundet, dass er sich kaum noch auf den Beinen halten konnte. Sein Oberschenkel war aufgerissen. Fleischfetzen hingen aus der Wunde, die er mit blutigen Händen zu schließen versuchte.

Accalon war klar, dass er mit diesem jämmerlichen Aufgebot dem Ansturm der Feinde nicht lange würde standhalten können. Aber er hatte einen Auftrag zu erfüllen – und daran würde er sich halten …

»Dieser Turm«, verkündete er mit lauter Stimme, »stellt das letzte Bollwerk dar, das letzte Hindernis, das zwischen diesen Kreaturen und dem Reich steht – und ich schwöre, dass ich bis zum letzten Atemzug dafür kämpfen werde, dass keine dieser Bestien ihren frevlerischen Fuß auf unsere geliebte Heimaterde setzt!«

»Heimaterde!«, schrie ein Soldat panisch. »Dreck ist das! Ich will hier weg …!«

»Wer hat das gesagt?«, rief Accalon mit scharfer Stimme.

»Wer immer es sagte, er hat recht«, pflichtete der unversehrte Korporal dem Unbekannten zu. »Carryg-Fin ist ein verlorener Posten. Jeder weiß das, und wenn Ihr ehrlich wärt …«

Weiter kam er nicht.

Accalons gebogene Elfenklinge durchbohrte seine Kehle, noch ehe er weitere aufrührerische Worte hervorbringen konnte. In einem Blutschwall brach der Korporal zusammen.

Accalon blickte sich mit fiebrigen Augen um. »Ist hier noch jemand der Ansicht, dass wir das Feld räumen und Carryg-Fin dem Feind kampflos überlassen sollten?«

Niemand antwortete, doch schon im nächsten Augenblick spielte es ohnehin keine Rolle mehr – denn etwas warf sich mit fürchterlicher Wucht gegen das Tor, sodass sich die dicken Holzriegel bogen.

»Sie kommen!«, schrie jemand panisch.

»Sie sind hier!«, brüllte ein anderer.

»Zurück vom Tor, bildet eine Reihe!«, rief Accalon mit derartiger Autorität, dass seine Leute ihm selbst angesichts des nahenden Todes gehorchten. Indem sie sich am Fuß der Treppe dicht aneinander drängten, bildeten sie einen waffenstarrenden Kordon, der dem Feind – so hoffte Accalon – für eine Weile Widerstand leisten würde. Wenigstens so lange, wie Harcon brauchte, um ein Pferd zu besteigen und ein gutes Stück zwischen sich und der Festung Carryg-Fin zu bringen.

Der Gedanke an Harcon machte Accalon einen Moment lang traurig, und er bedauerte, dass sie einander niemals wiedersehen, dass sie niemals Gelegenheit erhalten würden, ihre Freundschaft zu vertiefen und sich ihre gegenseitige Wertschätzung zu versichern. Gleichzeitig jedoch tröstete er sich mit dem Gedanken, dass zumindest einer von ihnen dem Massaker entgehen würde.

Wieder krachte etwas mit Urgewalt gegen die Pforte. Die Männer zuckten zusammen, klammerten sich an ihre Hellebarden und Spieße wie Ertrinkende an ein Stück Treibholz.

Dann ein letzter Stoß – und der mächtige Holzriegel zerbarst, die Splitter prasselten Accalon und seinen Leuten entgegen. Im nächsten Moment brach das nackte Grauen aus dem flackernden Zwielicht jenseits der Pforte hervor.

Es waren fünf, und erst jetzt, da er sie aus der Nähe erblickte, registrierte Accalon, wie furchterregend sie tatsächlich waren. Große, kräftige Kreaturen, die aufrecht gingen, deren Beine jedoch nach hinten gebogen waren wie die Hinterläufe eines Tieres und in dreizehigen scharfen Krallen ausliefen. Ihre kraftstrotzenden Körper waren von grünbrauner Schuppenhaut bedeckt und an einigen Stellen gar mit dicken Hornplatten gepanzert. Bekleidet waren sie lediglich mit rostigen Ketten, die mehrfach um Hüfte und Brust geschlungen waren. Die langen Arme, die fast bis zum Boden reichten, liefen in riesigen klauenbewehrten Pranken aus, in denen einige der Ungeheuer erbeutete Elfenwaffen trugen, die darin allerdings wie Spielzeuge wirkten und um die sich bisweilen noch die Hände der unglücklichen Vorbesitzer klammerten.

Am scheußlichsten jedoch waren die Köpfe der Echsenkrieger, die mit ihren langen, zähnestarrenden Mäulern etwas von den *coracdai* des Smaragdwaldes hatten …

Selbst Accalons Entschlossenheit geriet für einen Augenblick ins Wanken. Er wollte zurückweichen, aber dann erinnerte er sich an den Auftrag, an den Schwur, den er geleistet hatte, und an seine Familie, der er Ehre machen wollte.

»Armbrustschützen – schießt!«, brüllte er, und die wenigen Armbrustschützen, die verblieben waren, jagten den Angreifern ihre Bolzen entgegen.

Die meisten dieser Geschosse, die auf kurze Distanz selbst Brünnen und Schilde zu durchschlagen vermochten, prallten wirkungslos von den Schuppen und Hornplatten ab, mit denen die Echsenkrieger vor allem im Bereich von Brust und Schultern gepanzert waren. Wenn ein Bolzen eine Schwachstelle fand und in das Fleisch einer der Kreaturen drang, schien er keinen Schaden anzurichten; die Echsenmänner scherten sich nicht darum, Schmerz schienen sie ebenso wenig zu kennen wie Furcht oder Nachsicht.

Ihr Anführer, der die anderen noch um Haupteslänge überragte, verfiel in markerschütterndes Gebrüll, dann schleuderte er den Elfenkriegern etwas entgegen. Es landete vor ihnen auf dem Boden und rollte hin und her, ehe es schließlich liegen blieb.

Accalon hätte am liebsten laut aufgeschrien.

Harcon schien ihn aus weit aufgerissenen Augen direkt anzustarren.

»Bruder!«, entfuhr es Accalon, und Trauer und Verzweiflung ergriffen von ihm Besitz. Ihm wurde klar, dass jener erbarmungslose Feind, mit dem sie es so unverhofft zu tun bekommen hatten, noch um vieles gefährlicher war als zunächst vermutet. Denn die Echsenkreaturen waren nicht nur roh und grausam, nahezu unverwundbar und von körperlicher Überlegenheit – sie waren offenbar auch intelligent und verschlagen. Wahrscheinlich hatte sich Harcon noch ein Pferd schnappen können, bevor die Echsenkrieger ihn erwischten. Sie hatten erkannt, dass er ein Bote war, und nun hatten sie den letzten Überlebenden der Elfen den Kopf dieses Boten zu Füßen geworfen, um ihnen zu zeigen, dass alles, was sie unternahmen, zum Scheitern verurteilt war. Es ging ihnen darum, Furcht und Schrecken zu verbreiten, und sie machten ihre Sache gut.

Aus der Kehle des Anführers drang etwas, das wie Gelächter klang. Accalon sah das Haupt des geliebten Freundes auf dem Boden liegen, musste an die vielen Getreuen denken, die der Überfall der Kreaturen das Leben gekostet hatte – und heißer Zorn ergriff von ihm Besitz, der alle Furcht und alle Schrecken bei Weitem überwog.

»Zum Angriff!«, brüllte er aus Leibeskräften. »Zeigen wir ihnen, was es heißt, sich mit Tirgas Lan anzulegen!«

»Zum Angriff!«, echote es aus den Reihen seiner verbliebenen Männer, und mit einer Mischung aus Mut, Verzweiflung und ohnmächtiger Wut stürzten sich die letzten Verteidiger von Carryg-Fin auf den grauenvollen Feind.

Accalon drängte sich in die erste Reihe und stellte sich dem Anführer der Echsenwesen zum erbitterten Duell. Elfenstahl und Reptilienkrallen prallten mit furchtbarer Wucht gegeneinander.

Als Soldat der königlichen Armee hatte Accalon viele Gefechte geführt und gegen so manchen Gegner gekämpft, vor allem gegen Orks und Trolle. Kein Unhold, und wäre er noch so wild gewesen, konnte es jedoch an Blutdurst und Raserei mit den Kreaturen aufnehmen, die so unvermittelt aus dem Dunkel der Nacht aufgetaucht waren. Vergeblich stieß Accalon seine Klinge immer wieder vor – der Stahl glitt wirkungslos von der Panzerung des Echsenwesens ab. Erneut ließ die massige Kreatur ein Lachen vernehmen, dann fuhren ihre Pranken wie Fallbeile herab – und die beiden Wachsoldaten, die eben noch an Accalons Seite gewesen waren, gingen blutüberströmt nieder.

Accalon gab einen lauten Schrei von sich, als wollte er seinen Schrecken und seine Furcht übertönen, und schlug abermals mit dem Schwert zu. Diesmal traf er das Bein des Wesens, was dieses nicht einmal zu registrieren schien, obschon dunkles Blut aus der Wunde schoss.

»Beim Licht von *calada*!«, entfuhr es dem Anführer der Elfen. »Was sind dies nur für Kreaturen?«

Die Frage blieb unbeantwortet – dafür holte das Monstrum zu einem weiteren Schlag aus. Accalon sah die Pranke des Echsenwesens heranwischen und duckte sich geistesgegenwärtig. Nur um Haaresbreite verfehlte ihn die mit messerscharfen Krallen bewehrte Klaue und fällte einen Soldaten, der hinter ihm gestanden hatte. Das Kettenhemd des Kriegers riss wie altes Pergament, und eine tiefe Wunde klaffte quer über seiner Brust. Dennoch gelang es dem Soldaten, sich noch aufrecht zu halten und seine Hellebarde abermals zu heben.

»Für Elidor und Tirgas Lan!«, brüllte er mit heiserer Stimme und wollte die Waffe in einem weiten Bogen gegen den Angreifer schwingen, als zwei von dessen Artgenossen über ihn herfielen. In Windeseile hatten sie ihn zu Boden gerungen, dann schnappten ihre grässlichen Kiefer zu und setzten seinem Heldenmut ein Ende.

Accalon hatte viel gesehen, er war auf vielen Schlachtfeldern gewesen und hatte dem Tod manches Mal ins Auge geblickt. Diesmal aber musste er sich abwenden.

Doch wohin er auch blickte, überall bot sich das gleiche grässliche Bild: Geschuppte Echsenwesen mit peitschenden Schwänzen fielen über seine Leute her und metzelten sie ohne Gnade nieder. Hier und dort versuchte noch ein Elf, Widerstand zu leisten, aber der Kampf war zu Ende, die Schlacht längst entschieden. Starr vor Entsetzen musste Accalon mit ansehen, wie auch die letzten seiner Soldaten ein grausames Ende fanden und ihren Kameraden in den Tod folgten.

Anders als in Liedern besungen und in Gedichten verklärt, lag nichts Heldenhaftes darin; es war ein elendes Zugrundegehen, und die Schreie seiner Männer, die mit dem Mut der Verzweiflung fochten, klangen Accalon im Ohr. Schließlich verstummte ihr Gebrüll, und eine Stille setzte ein, die nicht weniger grausam war – und jäh wurde Accalon bewusst, dass er als einziger Elf noch am Leben war.

Der letzte Krieger von Carryg-Fin …

Wankend schaute er sich um, sah ringsum nichts als die blutüberströmten Leichen seiner Krieger – und ihre erbarmungslosen Mörder, die sich über sie gebeugt hatten und ihr Fleisch und ihre Eingeweide fraßen.

Erneut überkam ihn unsagbare Wut, und er verspürte nur noch den einen Wunsch: dorthin zu gehen, wohin auch Harcon und die anderen gegangen waren, in ein Reich, das jenseits allen irdischen Strebens lag und in dem sie Erfüllung fanden. Accalon war bereit zu sterben. Er würde nicht zögern, seinen Freunden und Kameraden zu folgen.

»Für Elidor und die Elfenkrone!«, schrie er so laut, dass sich seine Stimme überschlug – dann stürzte er sich auf den nächstbesten Gegner, wild entschlossen, ihm die Klinge bis zum Heft in den Leib zu rammen.

Er erreichte den Echsenkrieger jedoch nie – denn von unerwarteter Seite zuckte die Pranke des Anführers heran und schmetterte ihn zu Boden. Accalon hörte seine eigenen Knochen knacken und verlor für einen kurzen Moment die Besinnung. Als er die Augen wieder aufschlug, lag er inmitten blutiger, zerfetzter Leiber und war bestürzt darüber, noch am Leben zu sein. Sein Schwert hatte er verloren, aber es war ohnehin nutzlos im Kampf gegen einen Gegner wie diesen.

»Na los!«, herrschte er den Anführer der Kreaturen an, der über ihm stand und mit glühenden Augen auf ihn herabblickte. »Worauf wartest du, widerwärtige Missgeburt? Tu endlich, was du tun musst, und bring es zu Ende!«

Der Echsenmann schnaubte, dann ließ er wieder jene kehligen Laute vernehmen, die wohl Gelächter sein sollten.

»Du … verspottest mich?«, fragte Accalon fassungslos. »Nachdem du meine Festung eingenommen und alle bis auf mich ermordet hast, verspottest du mich auch noch?«

Die Kreatur lachte immer noch. Dann bückte sie sich und hob etwas vom Boden auf. Es war ein Schwert, nicht Accalons, sondern irgendeins, das der Echsenmann vom Boden aufgelesen hatte und ihm vor die Füße warf.

Accalon griff danach, ohne sich jedoch zu erheben. Misstrauisch fragte er sich, was die Kreatur damit bezweckte. Wollte sie keinen Wehrlosen töten? Nach der bestialischen Wildheit, mit der die Echsenwesen über die Elfenkrieger hergefallen waren, war dies mehr als unwahrscheinlich. Was aber hatte das Ungeheuer vor?

Ein grunzender Laut drang aus dem Rachen des Reptilwesens, ein Laut, der sich wie eine Aufforderung anhörte. Als Accalon nicht augenblicklich reagierte, fuhr die Pranke des Wesens auf ihn zu, packte ihn, riss ihn in die Höhe und stellte ihn auf die Beine. Und als wäre dies noch nicht genug, hob sie auch noch einen blutigen Helm vom Boden auf, den sie ihm aufsetzte.

Auch die anderen Echsenwesen verfielen daraufhin in kehliges Gelächter, während ihr Anführer erneut ein dumpfes Grunzen ausstieß, wieder und wieder – bis Accalon begriff, dass dies nicht nur der willkürliche Laut eines Tieres war.

Die Kreatur versuchte zu sprechen, und – was noch schlimmer war – sie bediente sich der Elfensprache!

Das Wort, das ihre Zunge zu formen suchte, lautete *negésidan …*

Der Bote!

Das also war es, was diese grauenvollen Wesen von ihm wollten, aus diesem Grund hatten sie ihn am Leben gelassen: damit er nach Hause ging und dort berichtete, was sich zugetragen hatte – so wie Elfenkrieger es hin und wieder mit gefangenen Orks taten, auf dass ihre Kunde Angst und Schrecken verbreitete und sie von den Grenzen fernhielt.

Sie hatten Harcon nicht entkommen lassen und ihm den Kopf abgeschlagen. Denn einerseits hatten sie mit seinem abgetrennten Haupt das Entsetzen der Überlebenden schüren wollen, andererseits hatte er das Grauen noch nicht in seinem ganzen Ausmaß gesehen und miterlebt. Das war bei Accalon anders; er hatte mit angesehen, wie seine Krieger bis auf den letzten Mann dahingemetzelt worden waren. Außerdem fügten sie ihm, indem sie ausgerechnet ihn überleben ließen, eine besondere Schmach zu.

Sein von Trauer, Angst und Zorn gepeinigter Verstand hatte Mühe, mit all diesen Erkenntnissen zurechtzukommen, aber eines begriff er doch: dass diese Wesen nicht nur halbwegs intelligent und der Sprache mächtig waren, sondern offenbar auch einen Plan verfolgten.

Alles in ihm wehrte sich dagegen, sich zum Werkzeug dieser Kreaturen machen zu lassen. Er brauchte nur das Schwert zu heben, das der Anführer der Echsenmänner ihm gegeben hatte, und sich hineinzustürzen, dann wäre sein Dasein zu Ende, und jede weitere Schmach würde ihm erspart bleiben.

Aber er entschied sich anders.

Auch wenn es ihm widerstrebte und es das genaue Gegenteil von dem war, was ein königlicher Offizier nach Accalons Verständnis zu tun hatte, würde er die Forderung der Echsenmänner erfüllen – denn auf diese Weise würde er Tirgas Lan vor dem neuen Feind aus dem Süden warnen können. Vielleicht war es dann möglich, geeignete Abwehrmaßnahmen zu treffen …

»Negésidan«, blökte der Anführer der Bestien noch einmal, während sich Accalon langsam zurückzog, das Schwert in der Hand und sich wachsam umblickend.

Die Echsenkrieger bedachten ihn mit feindseligen Blicken, jedoch griff ihn keiner von ihnen an. Sie ließen ihn am Leben, damit er die Kunde des Überfalls verbreitete – und genau das hatte er vor. Es war ein weiter Weg bis nach Tirgas Lan, aber er würde ihn auf sich nehmen. Der König und seine Berater mussten erfahren, was sich an der Südgrenze des Reiches zugetragen hatte und welcher grässliche neue Feind den Elfen erwachsen war. Vielleicht würden Harcon und all die anderen dann nicht völlig umsonst gestorben sein.

Accalon wankte hinaus in den Hof. Die Leichen gefallener Soldaten lagen überall verstreut, die Gliedmaßen teils abgehackt oder abgerissen, und der Geruch des Todes tränkte die schwüle Nachtluft. Während Accalon zum Stall ging, um sich ein Pferd zu holen, wurde ihm klar, dass nichts mehr war wie noch vor einigen Stunden.

Eine Zeit der Veränderung war angebrochen.

Nach Jahrhunderten des Friedens hatte der Krieg wieder in Erdwelt Einzug gehalten.

23. GWYR PERAIGA …

»Nun, Schüler? Machst du Fortschritte?«

Granock, der gerade die Schrittfolge übte, die Meister Cethegar ihn gelehrt hatte, blickte auf, und da er gerade einen Ausfall geprobt und sein ganzes Gewicht auf das rechte Bein verlagert hatte, verlor er das Gleichgewicht und geriet ins Taumeln. Er ruderte mit den Armen, um nicht zu stürzen, den Übungszauberstab in beiden Händen.

»So leicht bist du aus der Balance zu bringen?« Farawyn konnte sich ein Schmunzeln nicht verkneifen. Er trat in die kreisrunde Arena, die für die Waffenübungen vorgesehen war. »Dann musst du noch viel und lange üben.«

»Ich weiß, Meister«, gab Granock zu und wischte sich mit dem Ärmel den Schweiß von der Stirn. »Deshalb bin ich hier. Meister Cethegar, der uns im Umgang mit dem Zauberstab unterweist, hat gesagt, dass ich den anderen gegenüber noch viel aufzuholen habe, wenn ich die Prüfungen bestehen will.«

»Und damit hat er recht, fürchte ich«, stimmte Farawyn zu.

Die Ausbildung der Novizen in der Ordensburg von Shakara war strengen Regeln unterworfen. An den meisten Tagen war Gruppenunterricht angesetzt, und sie lernten von Zauberern, die sich auf bestimmte Gebiete spezialisiert hatten. Meisterin Riwanon beispielsweise brachte ihnen bei, ihre speziellen Fähigkeiten zu vervollkommnen, bei Meister Codan wurden sie in den Gesetzen der Natur unterrichtet und bei Syolan dem Schreiber in der Geschichte des Ordens und des gesamten Elfenreichs. Nur an zwei

Tagen pro Woche wurden die Schüler von ihren eigenen Meistern unterwiesen, was in Granocks Fall bedeutete, dass er stumpfsinnige Sprachübungen zu pauken hatte, worauf Farawyn bestand. Auf diese Weise wurde sein Elfisch zwar immer besser, doch gleichzeitig vergrößerte sich der Abstand zu den anderen Schülern stetig, die bereits Bannsprüche wirken und Gedankenbarrieren errichten konnten.

Was den Unterricht mit dem Zauberstab betraf, so war es Tradition, dass dieser von einem der beiden Ältesten erteilt wurde. Meister Cethegar hatte es übernommen, die Schüler in die hohe Kunst der Selbstverteidigung einzuführen – mit der ganzen Strenge, die dem alten Zauberer mit der grimmigen Miene zu eigen war.

Daran, etwas anderes als einen Übungszauberstab in die Finger zu bekommen, war für die Novizen im Augenblick noch nicht zu denken. Einen eigenen Stab, in der Elfensprache *flasfyn* genannt, würden sie erst sehr viel später erhalten, wenn sie alle Prüfungen abgeschlossen und sich bewährt hatten.

»Du übst den Schattenkampf?«, erkundigte sich Farawyn bei Granock, der den rund fünf Ellen langen Stab mit beiden Händen vor sich hielt.

»Ja«, antwortete Granock. »Meister Cethegar hat es mir befohlen. Aber ich verstehe nicht, warum …«

»Fragen«, tadelte Farawyn. »Immer wieder Fragen. Warum kannst du nicht einfach vertrauen?«

»Ich vertraue Euch, Meister«, versicherte Granock und wischte sich eine Strähne seines schweißnassen dunklen Haars aus der Stirn. »Dennoch würde ich bisweilen gern den Grund erfahren, warum ich was tue und wofür es gut sein soll. Was ist so falsch daran?«

»Fragen verwirren deinen Geist, mein Junge. Sie lenken dich vom Wesentlichen ab und verleiten dich dazu, dort nach Antworten zu suchen, wo es keine gibt.«

»Dann gebt Ihr sie mir«, verlangte Granock – die elfische Eigenart, aus allem ein Mysterium zu machen, ging ihm mitunter ungemein auf den Geist.

Farawyn seufzte. »Nun gut«, meinte er. »Vorher gibst du ja doch keine Ruhe. Der Schattenkampf geht auf die Elfenkrieger der Vorzeit zurück, die tatsächlich mit Holzstäben bewaffnet waren. Aus diesen Stäben, die sie *fyna* nannten, gingen später die Zauberstäbe hervor. Zwar setzen wir sie heute nicht mehr in direktem Kampf als Waffe ein, ihre Form jedoch ist nahezu unverändert. Und der Schattenkampf ist wie vor Tausenden von Jahren für uns eine Methode, mit dem Stab eins zu werden.«

»Eins werden mit einem Stück Holz?« Granock bedachte den Stab in seinen Händen mit einem abschätzigen Blick. »Ich weiß nicht recht …«

»Nur auf diese Weise lernst du den Stab genau kennen – und auch dich selbst«, erklärte Farawyn. »Wenn Meister Cethegar also sagt, dass du den Umgang mit dem *flasfyn* weiter üben sollst, dann aus gutem Grund.«

»Hm«, machte Granock und führte einige der genau festgelegten Bewegungsabläufe aus, die Cethegar den Novizen beigebracht hatte: ein Stoß nach vorn, gefolgt von einem Ausfallschritt, dann eine Vierteldrehung nach links und eine halbkreisförmige Bewegung mit der linken Hand …

»Was genau macht der Zauberstab, Meister?«, fragte Granock und brach mitten in der Bewegung ab. »Ist in Wahrheit er es, der die magischen Kräfte birgt?«

»Keineswegs. Hast du je beobachtet, wie ein Blitz in einen Baum einschlägt, der auf einem einsamen Berggrat steht?«

Granock schüttelte den Kopf.

»Oder in die Fahnenstange auf einem hohen Turm?«

Diesmal nickte Granock. »Das schon.«

»Mit dem Zauberstab verhält es sich nicht sehr viel anders. Er empfängt die Kraft der Kristalle, jene Energie, die ganz Erdwelt durchdringt, und verleiht uns ihre Stärke. Dabei ist nicht entscheidend, wie groß ein *flasfyn* ist oder aus welchem Material er gefertigt wurde, sondern wer sein Träger ist. In den Händen dessen, der diese Kräfte zu bündeln und zu kontrollieren weiß, kann ein Zauberstab eine tödliche Waffe sein. Es kommt auf die Gedanken dessen an, der ihn führt. *Tarthan* und *dailánwath* beispielsweise sind gefährliche Werkzeuge in den Händen dessen, der sie zu nutzen weiß.«

»Was heißt das, Meister?«, fragte Granock. Er hatte andere Schüler diese Worte verwenden hören, wusste jedoch nicht, was sie bedeuteten.

»Der *tarthan* ist eine Art Gedankenstoß, ein Impuls, der hier seinen Anfang nimmt« – Farawyn deutete auf seinen Kopf – »und den Gegner so hart zu treffen vermag wie ein Hammerschlag. Die Kraft des *dailánwath* hingegen zwingt anderen Wesen deinen Willen auf, allerdings nur unter bestimmten Voraussetzungen.«

»Ihr meint, Ihr könnt andere in ihrem Denken und Handeln beeinflussen?«

»Mit gewissen Einschränkungen durchaus.«

»Das kann nicht sein.« Granock schüttelte den Kopf.

»Nein?« Farawyn lächelte schwach. »Bildest du dir so viel ein auf deinen angeblich freien Willen? Du solltest deine Zweifel besiegen, Junge, sonst wirst du die Prüfungen niemals bestehen, die am Ende der Ausbildung auf dich warten. Wie ich schon sagte: Es kommt nicht auf den Zauberstab an, sondern auf den, der ihn benutzt. Die uns verliehene Gabe und die Macht der Elfenkristalle sind letztlich immer nur so stark wie unser eigener Glaube an unsere Fähigkeiten.«

»Ich verstehe«, murmelte Granock. Denn das erklärte auch, weshalb Aldur stärker war als alle anderen Novizen: Selbstzweifel waren bestimmt nicht seine Sache. »Ihr meint also, dass ich in der Lage bin, alles zu bewirken, was ich mir vorstellen kann?«

»Es ist eher andersherum«, erklärte sein Meister geduldig. »Du wirst niemals in der Lage sein, etwas zu tun, das du dir *nicht* vorstellen kannst. Denn ganz gleich, wie ausgeprägt deine Begabung sein mag und wie bedeutend deine Fähigkeit«, sagte Farawyn und deutete auf die linke Seite von Granocks Brust, »letzten Endes ist *das Herz* der Ort, wo entschieden wird, ob aus einem durchschnittlichen Wesen ein Zauberer wird.«

Granock kam nicht mehr dazu, etwas zu erwidern. Stimmen drangen in den Saal. Die anderen Schüler kamen, die nächste Unterrichtseinheit begann.

»Glaub mir, Junge«, sagte Farawyn, der sich bereits zum Gehen wandte, »du wirst noch mehr als genug Gelegenheit erhalten zu zeigen, zu welcher Sorte du gehörst.«

Kaum hatte Farawyn das Rund der Arena verlassen, erschienen Alannah, Ogan und die anderen Novizen. Und natürlich auch Aldur und seine ständigen Begleiter Zenan und Haiwyl. Auch Trea, das Waldelfenmädchen, dessen Blick selbst massiven Fels zu durchdringen vermochte, gehörte zu der Gruppe; wie man munkelte, hatte sie eins ihrer magischen Augen auf Zenan geworfen.

Es dauerte nicht lange, bis Meister Cethegar kam, den üblichen grimmigen Ausdruck im Gesicht. Die vielen Zöpfe, zu denen sein Haar und sein Bart geflochten waren, verliehen dem alten Zauberer ein geradezu furchterregendes Aussehen, und Granock schwor sich, dass er sein Haar ebenfalls einmal auf diese Weise tragen würde, irgendwann, wenn er ein großer und weiser Zauberer geworden war.

Ein weiser Zauberer willst du werden? Dann lern zuerst, deine Gedanken zu beherrschen, Granock Holzkopf, plärrte eine Stimme in seinem Kopf.

Granock schalt sich selbst einen Narren, dass er immer noch vergaß, seine Gedanken abzuschirmen, wie Farawyn es ihm beigebracht hatte. Der Kobold mit der langen roten Nase und dem triefäugigen Blick, der auf Cethegars Schulter hockte und, wie Granock wusste, auf den Namen Flynn hörte, starrte ihn mit einem Blick an, in dem sich Hohn und Grimm mischten.

»Was bringt Ihr uns heute bei, Meister Cethegar?«, fragte Alannah beflissen; als Cethegars Novizin war sie eine der wenigen, die es wagten, den Ältesten direkt anzusprechen. Besonders Aldur verhielt sich in Cethegars Anwesenheit auffallend still, was Granock ganz angenehm war. »Vielleicht einen neuen Schattenkampf?«

»Nein, Mädchen«, antwortete Cethegar brummend, während Ogan und ein weiterer Novize namens Pryll die Übungsstäbe ausgaben. »Ich habe euch alles beigebracht, was es über den Schattenkampf zu wissen gibt. Nun will ich sehen, ob ihr auch aufgepasst habt oder ob ich meine Zeit mit euch vergeudet habe. Ihr werdet das, was ihr im Schattenkampf gelernt habt, nun an eurem Gegner erproben. – Granock, Aldur, in die Arena!«

Die Aufforderung war so unvermittelt und in so beiläufigem Ton erfolgt, dass Granock zögerte. »M-Meister?«, fragte er unsicher.

»Du hast mich doch gehört, oder nicht? Los, auf den Kampfplatz mit dir, und nimm des Aldurans Sohn mit, wenn er sich nicht von allein bewegen kann!«

Den Namen von Aldurs Vater sprach Cethegar stets mit einer gewissen Distanz aus, die man auch als Spott deuten konnte. Wäre es nicht der Älteste gewesen, hätte ihn Aldur längst zur Rede gestellt. Seinen verkniffenen Zügen war anzumerken, dass ihm das nicht gefiel.

Wortlos leistete er der Aufforderung des Meisters Folge und fand sich in der Mitte des Kampfplatzes ein, wobei er es fertigbrachte, Granock nicht ein einziges Mal anzusehen. Granock scherte sich nicht darum. Es war ihm mittlerweile völlig schnuppe, dass der Elf ihn für einen Barbaren hielt, mit dem er sich nicht abgeben wollte. Nun, im bevorstehenden Übungskampf würde ihm nichts anderes übrig bleiben.

Dem Duell blickte Granock mit gemischten Gefühlen entgegen. Zweimal war es ihm gelungen, des Aldurans Sohn mit einer Mischung aus Gewitztheit und Glück zu bezwingen und vor den Augen der anderen Novizen bloßzustellen. Ein drittes Mal, da war er sich sicher, würde der Elf dies nicht mit sich machen lassen. Im Gegenteil würde Aldur alles daransetzen, sich an ihm zu rächen, und da Granock nur über unzureichende Erfahrung im Umgang mit dem Stab verfügte, würde ihm dies fraglos auch gelingen.

Zögernd fand sich auch Granock in der Mitte des Runds ein, das auf dem Boden markiert war. Die anderen Schüler gruppierten sich auf Cethegars Zeichen hin rings um den Kampfplatz. Granock trat unruhig von einem Fuß auf den anderen, während er den Stab in seinen Händen wog und immer wieder den Griff wechselte. Bald hielt er das Holz waagrecht vor der Brust, dann wie einen Speer auf seinen Gegner gerichtet, schließlich wie ein Schwert an einem Ende.

Aldur hingegen war die Ruhe selbst. Überlegenheit sprach aus seiner Haltung, Spott aus dem Grinsen in seinem blassen Gesicht. »Gibt es bestimmte Regeln?«, erkundigte er sich.

»Natürlich«, antwortete Cethegar grimmig. »Erinnert euch an die Bewegungsabläufe, die wir einstudiert haben, und denkt daran, dass der Stab die Erweiterung eures Bewusstseins ist. Aus ihm kommt all eure Kraft.«

»Dürfen wir diese Kraft auch einsetzen?«, erkundigte sich Aldur lauernd.

Cethegar schüttelte so entschieden den Kopf, dass seine Zöpfe flogen. »Es ist euch verboten, eure speziellen Fähigkeiten zu gebrauchen. Wenn ihr jedoch einen Bannspruch kennt, der sich mithilfe des Zauberstabs anwenden lässt, so steht es euch frei, ihn zu benutzen.«

»Verstanden.« Aldur schien zufrieden, denn sein Grinsen wurde noch breiter.

»Hast auch du verstanden, Mensch?«

»Natürlich«, antwortete Granock, obwohl er von Bannsprüchen im Zusammenhang mit Zauberstäben nicht die geringste Ahnung hatte. Er erinnerte sich an das, was Meister Farawyn ihm vorhin über *tarthan* und *dailánwath* gesagt hatte, aber er wusste nicht, wie sich diese Dinge bewerkstelligen ließen. In dem bevorstehenden Kampf würde er sich allein auf seine Schnelligkeit verlassen müssen und statt Zaubermuskelkraft zum Einsatz bringen.

»Dann möge der Kampf beginnen«, sagte Cethegar und nickte den beiden zu – und abermals standen sich Granock und Aldur als Gegner gegenüber.

Was ihre Lehrer dazu anstiftete, sie immer wieder gegeneinander antreten zu lassen, konnte Granock nur vermuten. Vielleicht waren die Meister der Ansicht, dass sie ihre Feindschaft und Rivalität nur bezwingen konnten, indem sie sich immer wieder miteinander maßen – Elfen pflegten mitunter solch verquere Ansichten zu haben. Vielleicht war es aber auch nur so, dass ihre gegenseitige Abneigung so groß war, dass sich ihre Wege zwangsläufig immer wieder im Kampf kreuzten.

Die Erfahrung des Zauberduells hatte Granock gelehrt, dass er aufgrund seines geringeren Wissensstandes sehr viel verwundbarer war als seine elfischen Mitschüler. Diese Tatsache würde sich Aldur fraglos zunutze machen. Was immer Granock also tat, er musste ihm zuvorkommen und schneller sein.

Ein langes Belauern und Umkreisen gab es diesmal nicht. Mit einem Kampfschrei und einer Bewegung aus der Schattenkampftechnik drehte sich Granock um die eigene Achse und wirbelte auf Aldur zu, so unerwartet und schnell, dass diesem keine Zeit zum Reagieren blieb – und noch ehe er begriff, was geschah, traf ihn ein Stoß von Granocks Stab vor die Brust und schleuderte ihn von den Beinen.

Unsanft landete der Elf auf dem Allerwertesten, was unter den Novizen allgemeine Heiterkeit auslöste – und einmal mehr die Zornesröte in Aldurs Gesicht schießen ließ.

Wütend sprang er auf, aber Granock gab ihm nicht die Zeit, zum Gegenschlag auszuholen. Abermals ging sein Stab nieder und traf den Elfen am Kopf, woraufhin ein Raunen durch die Reihen der Schüler ging. Vermutlich, dachte Granock, war es Frevel, den *flasfyn* auf diese primitive Weise einzusetzen.

Aldur wankte. Mit der rechten Hand griff er sich an die Stirn und stellte fest, dass er eine blutende Wunde davongetragen hatte. »Du kämpfst wie ein Eisbarbar«, stellte er fest, »mit roher Kraft und ohne Verstand.«

»Es hat gereicht, um dich zu verwunden«, konterte Granock, während sie einander umkreisten.

»Ja«, stimmte Aldur zu, »aber zu mehr auch nicht.« Er wirkte einen Heilzauber, und die Wunde an seiner Stirn schloss sich. »Jetzt bin ich an der Reihe.«

Unvermittelt stieß er den Stab nach vorn. Der Abstand zwischen ihnen war viel zu groß, als dass das Holz Granock hätte erreichen können. Der Stoß traf den jungen Menschen trotzdem, und zwar mit großer Wucht. Stöhnend brach er in die Knie.

Aldur riss seinen Stab waagrecht hoch, und Granock hatte das Gefühl, einen Tritt gegen das Kinn zu bekommen. Er hörte seinen Unterkiefer knacken, seine Zähne schlugen hart aufeinander, und sein Kopf wurde mit derartiger Wucht in den Nacken geschleudert, dass er glaubte, er würde ihm von den Schultern fliegen. Ihm wurde schwarz vor Augen.

Erneut ging ein Raunen durch die Reihen der Novizen. Das Duell schien ziemlich einseitig zu werden. Nach der Begegnung von vergangener Woche hatten die meisten vermutet (und einige wohl auch gehofft), dass ihr menschlicher Mitschüler wieder für eine Überraschung sorgen würde, und zumindest der Beginn des Kampfes hatte zu dieser Hoffnung auch Anlass gegeben. Nun jedoch hatte sich das Blatt gewendet. Aldur war am Zug, während sich Granock mühte, wieder auf die Beine zu kommen.

Schwerfällig rappelte er sich auf und ging zum Gegenangriff über. Den Stab schwingend, wollte er Aldur zurücktreiben, aber der war darauf gefasst, und während Granock die Folgen der beiden vorherigen Attacken noch gar nicht verkraftet hatte, erfolgte schon die nächste.

»Flasfyn-an!«, rief Aldur mit einer Stimme, die nicht nur in Granocks Ohren dröhnte, sondern auch in seinem Kopf, und der Zauberstab wurde ihm aus der Hand gerissen. Hilflos sah er das Holz durch die Luft fliegen, geradewegs auf Aldur zu, der es mühelos auffing und nun zwei Zauberstäbe zur Verfügung hatte und damit auch doppelt so viel Macht.

»Aldur, nicht!«, hörte Granock eine helle Stimme rufen, von der er wusste, dass sie Alannah gehörte. Offenbar sorgte sie sich um ihn – und das aus gutem Grund.

Der nächste *tarthan*, den Aldur dem Menschen verabreichte, warf Granock ein Stück durch die Luft. Rücklings landete er auf dem Boden und schlug hart mit dem Hinterkopf auf. Sterne tanzten vor seinen Augen, und mittendrin sah er Aldurs Gesicht, das vom blanken Hass verzerrt war.

Granock kam nicht dazu, sich noch einmal aufzuraffen. Eine riesige, unsichtbare Faust traf ihn, er krümmte und wand sich, hatte plötzlich den Geschmack von Blut auf den Lippen und spuckte aus. Irgendwer lachte, ein anderer (war es Ogan?) verlangte lautstark den Abbruch des Kampfes. Aber offenbar hatte Cethegar noch nicht genug gesehen. Er schien gewillt, das einseitige Spektakel bis zum bitteren Ende austragen zu lassen.

Granock warf sich herum. Sehen konnte er nichts mehr, weil ihm Blut in die Augen rann. Mit einer fahrigen Bewegung versuchte er, es aus dem Gesicht zu wischen, aber noch während er den Arm hob, traf ihn ein weiterer magischer Hieb.

Offenbar kannte Aldur weder Gnade, noch schien er es als Schande zu empfinden, einen Gegner, der bereits am Boden lag und ihm hoffnungslos unterlegen war, weiterhin zu attackieren. Und da ihm niemand Einhalt gebot, konnte sich Granock allmählich ausmalen, wie die Sache für ihn ausgehen würde.

Ein weiterer Hieb traf ihn, und hart krachte sein Kinn auf den kalten Steinboden. Er hatte das Gefühl, in einen dunklen, bodenlosen Abgrund zu stürzen. Über sich konnte er Stimmen hören, aber er begriff nicht mehr, was sie sagten. Er wartete darauf, dass Aldur seinen letzten, tödlichen Schlag ausführte …

24. … GWYR SIWERWA

»B-bitte …«

Granock hätte niemals geglaubt, dass er eines Tages einen Elfen um Gnade anflehen würde, aber in diesem Augenblick tat er es. Er hatte das Gefühl, keinen einzigen heilen Knochen mehr im Leib zu haben. Aber sein Wimmern um Gnade erstickte in einem kehligen Gurgeln, er spuckte Blut, und über dem Gewirr der Stimmen war auf einmal schallendes Gelächter zu hören.

Es war Aldur, der laut lachte.

Der Elf konnte sich nun endlich seines unliebsamen Rivalen entledigen, und zwar ein für alle Mal. Und er würde diese Gelegenheit nicht ungenutzt lassen. Granock schloss die Augen, wartete auf das Ende …

Aber es kam nicht.

»Arwen! Arwen!«, hörte er wie aus weiter Ferne eine Stimme rufen, offenbar die einer Frau.

Im nächsten Moment berührte ihn jemand an der Schulter und half ihm, sich auf den Rücken zu drehen. Etwas wischte sanft über sein Gesicht und tupfte das Blut auf seinen Lidern weg. Er blinzelte und konnte wieder ein wenig sehen, und er erblickte Alannah, die bei ihm kniete. Den Ausdruck in ihrem Gesicht, das schwor er sich, würde er sein Leben lang nicht mehr vergessen: Ehrliche Sorge lag darin, heillose Bestürzung – und eine unausgesprochene Entschuldigung.

Es war das erste Mal, dass Granock das Gefühl hatte, dass sie sich innerlich von ihrem Volk distanzierte, um für ihn, einen Menschen, Partei zu ergreifen. Und das war noch nicht alles. Denn irgendwo in ihren anmutigen Zügen glaubte Granock auch noch, eine Spur von Zuneigung zu erkennen, und das entschädigte ihn für alle Schmach und alle Schmerzen, die er erlitten hatte.

»D-danke«, brachte er mühsam hervor. Der krächzende Klang seiner Stimme erschreckte ihn. »Ohne deine Hilfe …«

»Ich habe nichts getan«, entgegnete sie. Das Blut in seinem Gesicht hatte sie mit einer Spitze ihres Umhangs abgewischt. »Wie geht es dir?«

»Als hätte mich ein Eisbär zum Frühstück gefressen und dann wieder ausgespuckt«, antwortete Granock. »Was, in aller Welt, sollte das?«

»Es war eine Prüfung«, erklärte Alannah leise. »Wie so vieles an diesem Ort.«

»Eine … Prüfung? Für mich?« Granock hob die Brauen; noch immer tosten Schmerzen durch seinen ganzen Leib. »Schon wieder?«

»Nicht für dich«, sagte sie mit leiser, traurig klingender Stimme. »Für Aldur.«

Mit diesen Worten deutete sie zur anderen Seite der Arena. Schwerfällig wandte Granock den Kopf. Es dauerte einen Moment, bis sich sein verschwommener Blick fokussierte, dann erkannte er drei vertraute Gestalten.

Eine von ihnen war Aldur, der jedoch ganz und gar nicht wie ein strahlender Sieger wirkte. Mit hängenden Schultern und gesenkten Hauptes stand er da, und das Grinsen war ihm längst vergangen.

Die anderen beiden waren Meister Cethegar, wie immer grimmig und schlecht gelaunt, und Meisterin Riwanon, die offenbar in der Zwischenzeit hinzugekommen war. Sie sprach so laut, dass Granock trotz seines brummenden Schädels hören konnte, was sie sagte. Jäh begriff er, was Alannah gemeint hatte, denn Riwanon hielt ihrem Schützling Aldur eine zornige Strafpredigt.

»Dass ich mit eigenen Augen sehen muss, wie mein Schüler alle Werte dieses Ordens mit Füßen tritt – ich kann es immer noch kaum fassen!«

»Ich habe es dir gesagt, Riwanon«, knurrte Cethegar. »Er ist überheblich, arrogant, und er lässt sich leiten von Zorn, Hass und blinden Vorurteilen. Es hätte ihm nichts ausgemacht, einen Schüler dieses Ordens zu töten, nur um einen Rivalen aus dem Feld zu räumen und aus Verachtung gegenüber den Menschen.«

»Ist das wahr, Aldur?«, fragte Riwanon streng, doch in ihrer Stimme schwang auch tiefe Enttäuschung mit. Die Fäuste in die Hüften gestemmt stand sie vor ihrem Schüler. Nie zuvor hatte Granock die wasserblauen Augen der Zauberin so funkeln sehen – und nie zuvor war sie so schön gewesen.

»Nein, Meisterin«, versicherte der Gescholtene kleinlaut und schüttelte den Kopf. »Ich habe nur getan, was Vater … *Meister* Cethegar mir aufgetragen hat: Ich trat gegen den Menschen an und habe ihn bezwungen.«

»Ihn bezwungen?« Der alte Zauberer lachte freudlos auf. »Getötet hättest du ihn um ein Haar. Es war nur ein Übungskampf, Junge! Es ging nicht darum, deinen Mitschüler vor aller Augen zu demütigen – und erst recht nicht darum, ihn zu töten! Dennoch hättest du es getan, hätte Riwanon dich nicht aufgehalten.«

Granock merkte auf. So also war es gewesen. Cethegar hatte den ungleichen Kampf angezettelt, weil er Aldurs Charakter auf die Probe hatte stellen wollen, und da er offenbar mit nichts anderem als dem Versagen des jungen Elfen gerechnet hatte, hatte er Riwanon hinzugerufen, die Aldurs Meisterin und in besonderer Weise für ihn verantwortlich war. Nicht Alannah, sondern sie war es gewesen, die den Kampf abgebrochen und damit sein Leben gerettet hatte.

»Wo ist dein Mitgefühl, Aldur?«, fragte die Zauberin streng. »Wo deine Fürsorge für einen Mitschüler?«

Aldur, der betreten zu Boden blickte, blieb eine Antwort schuldig.

»Und was mich am meisten erschreckt«, fügte Cethegar hinzu, »er scheint es genossen zu haben, den Menschen zu quälen!«

»Was für dunkle Abgründe verbergen sich in dir?«, fragte Riwanon ihren Schüler.

Erneut schwieg Aldur, und Granock konnte nicht verhehlen, dass er eine gewisse Genugtuung empfand. Immerhin, er war noch am Leben, aber eine Abreibung gönnte er Aldur durchaus, auch wenn die anderen Schüler, die in einiger Entfernung standen und verstohlen zu den Meistern blickten, darüber eher betroffen schienen. Es war nicht zu leugnen, dass Aldur innerhalb des *dysbarth* eine herausragende Stellung einnahm; alle respektierten ihn und einige fürchteten ihn sogar, was nicht zuletzt damit zusammenhing, dass seine Kräfte und Fähigkeiten denen der meisten anderen überlegen waren. Und da Selbstbewusstsein und Zauberkraft, wie Granock inzwischen wusste, in direktem Zusammenhang standen, war dies nicht weiter verwunderlich. Doch verlief zwischen Selbstbewusstsein und Arroganz eine Grenze, auch wenn diese manchmal sehr schwammig war. Eine Grenze, die Aldur regelmäßig überschritt.

Selbst eine Standpauke durch zwei Mitglieder des Hohen Rates, von denen eines immerhin ein Ältester war, vermochte daran offenbar nichts zu ändern, denn auf einmal erwiderte Aldur: »Was ich getan habe, tat ich, weil ich als der Stärkere das Recht dazu hatte. Granock ist kein Zauberer, und er wird nie einer sein, sonst wäre er in der Lage gewesen, sich zu verteidigen. Einer wie er sollte nicht in Shakara weilen. Mein Sieg über den Menschen hat das doch wohl deutlich unter Beweis gestellt, oder?«

»Nein«, widersprach Cethegar. »Nicht nur unsere magische Stärke macht uns zu dem, was wir sind, sondern auch moralische Verantwortung.«

»Was ist falsch daran, seine Überlegenheit auszuspielen?«, fragte Aldur. »Auch die Helden der alten Zeit haben es getan.«

»Das stimmt«, räumte Cethegar bitter ein, »und damit Mächte heraufbeschworen, die die Welt um ein Haar ins Chaos gestürzt hätten. Hüte dich, junger Novize, diesen Pfad zu beschreiten, sonst wirst du alles verlieren, woran du glaubst.«

»Höre auf Vater Cethegar«, pflichtete Riwanon dem Ältesten bei. »Wir alle wissen, was in dir vorgeht und was dich solche Dinge tun lässt.« Mit diesen Worten deutete sie in Granocks Richtung, der noch immer am Boden lag, den Kopf in Alannahs Schoß gebettet. »So wie jeder Zauberer musst auch du dich entscheiden, Aldur, ob du dein Dasein in den Dienst einer höheren Sache stellen oder nur deinen eigenen Zielen folgen willst. Der eine Weg führt ins Licht, der andere aber, dessen sei dir gewiss, in die Dunkelheit. Denn wenn es keine Moral mehr gibt, keine Gesetze und Regeln, an die du dich hältst, wie willst du dann das Richtige vom Falschen unterscheiden? Wie Unrecht erkennen, wenn du dich selbst zum Maß aller Dinge erhebst?«

Aldur hatte ihr zugehört, aber er zeigte keine Reue und entschuldigte sich auch nicht für sein Verhalten. Seine Sturheit war nach Granocks Meinung schon fast bewunderungswürdig.

Riwanon und Cethegar wechselten einen Blick. »Wenn du deine Einstellung nicht änderst«, wandte sich die Zauberin daraufhin wieder an Aldur und griff zum äußersten Mittel, »lässt du dem Rat keine andere Wahl, als dich von der Ausbildung auszuschließen und aus Shakara zu verbannen.«

Das zeigte Wirkung. »D-das dürft Ihr nicht«, stammelte Aldur, und zum ersten Mal erkannte Granock etwas wie Furcht in seinem Mienenspiel.

»Natürlich dürfen wir das«, brummte Cethegar. »Wer sollte uns daran hindern? Dein Vater, der sich damals zurückgezogen hat, als der Orden ...« Er unterbrach sich und schüttelte unwillig die grauen Zöpfe, die von seinem Haupt hingen. »Das gehört nicht hierher«, maßregelte er sich selbst. »Und du vielleicht auch nicht, Aldur, des Aldurans Sohn.«

Der Blick, mit dem er den Novizen bedachte, war vernichtend, aber Aldur hielt ihm dennoch stand. Die Blässe auf seinen Zügen jedoch wich einmal mehr der Zornesröte. Im nächsten Moment wandte er sich ab und stürzte aus der Halle.

Einen Augenblick stand Riwanon da und sah Cethegar an. Der Blick, den ihr alter Lehrer und sie tauschten, war unmöglich zu deuten. Dann verließ auch sie die Arena, offenbar um ihrem Schüler zu folgen.

»Aldur!«

Des Aldurans Sohn hörte die aufgebrachte Stimme seiner Meisterin durch den eisigen Korridor hallen, aber er reagierte nicht darauf, sondern ging einfach weiter.

»Aldur! Was fällt dir ein? Bleib hier!«

Erst als Riwanon ihre ganze Autorität in ihre Worte legte, hielt der Novize inne. Zornig blieb er stehen und stampfte mit dem Fuß auf. Dann fuhr er herum.

»Was ist?«, wollte er wissen.

»Niemand hat dich entlassen«, schalt sie ihn, während sie wie ein purpurfarbener Blitz den Gang herabkam, das vor Wut verzerrte Gesicht von schwarzem Haar umweht. »Wie kommst du darauf, dich einfach abzuwenden und den Ältesten und mich stehen zu lassen? Ein solches Verhalten ist unerhört!«

»Und was ist mit Eurem Verhalten?«, konterte Aldur nicht weniger erregt. Nun, da sie ganz allein waren und es weder andere Schüler gab, die ihnen zuhörten, noch einen Ältesten, der ihn nicht leiden konnte, sah er nicht ein, weshalb er sich noch länger zurückhalten sollte.

»Wie bitte?«, fragte Riwanon verblüfft.

»Was fällt Euch ein, Meisterin?«, wiederholte Aldur, ein wenig ruhiger diesmal. »Als meine Lehrerin hättet Ihr mir beistehen und mich verteidigen sollen. Ihr wisst, dass es Meister Cethegar auf mich abgesehen hat und mich fortwährend ungerecht behandelt. Dennoch habt Ihr nichts unternommen, um mich vor ihm in Schutz zu nehmen. Im Gegenteil, Ihr habt ihm noch recht gegeben. Und Ihr habt Euch an dieser Falle, die man mir stellte, beteiligt. Oder wollt Ihr etwa leugnen, dass es so gewesen ist?«

Zwar hatte er im ruhigen Tonfall gesprochen, dennoch stand außer Frage, dass er sich in der Wahl seiner Worte gehörig vergriffen hatte. Bei einem anderen, weniger begabten Schüler wäre dies Grund genug für eine sofortige Entlassung aus dem *dysbarth* gewesen. Und wohl auch bei einem anderen Meister. Riwanon jedoch fühlte nicht nur Aldurs Zorn, sondern auch seine Verletztheit und den tiefen Schmerz, der in ihm tobte, und ihre Wut verrauchte.

»Nein«, sagte sie entwaffnend ehrlich, »ich leugne es nicht. Aber du hast unrecht, wenn du glaubst, dass Vater Cethegar etwas gegen dich hat.«

»Vielleicht hat er nichts gegen mich persönlich, aber ganz bestimmt gegen meinen Vater. Immerzu macht er Andeutungen, aber wenn ich dann nachfrage, hüllt er sich in Schweigen. Wisst Ihr, was zwischen ihnen vorgefallen ist?«

»Nein«, antwortete die Zauberin, »das weiß ich nicht. Alles, was ich weiß, ist, dass sich Vater Cethegar um dich sorgt, und aus diesem Grund bat er mich, ein besonderes Auge auf dich zu haben. Ich sagte ihm, dass ich an deinem Verhalten nichts Auffälliges oder gar Anstößiges finden könnte, deshalb schlug er mir die Sache mit dem Duell vor. Es hat mir nicht gefallen, aber Cethegar ist nicht nur dir vorgestellt, sondern auch mir.«

»Ich verstehe«, knurrte Aldur bitter. »Also habt Ihr seinen Vorschlag angenommen ...«

»Ich sollte heimlich dazukommen, wenn er dich zu einem Duell gegen den Menschen aufgefordert hätte. Er sagte, ich würde sehen, wie du die Beherrschung verlieren würdest und mit ihr die Kontrolle über deine negativen Empfindungen. Er kündigte an, dass ich dich von einer Seite kennenlernen würde, die ich noch nie zuvor gesehen hätte. Und leider hat er recht behalten. Was ist nur in dich gefahren, Aldur?«

Erneut starrte der junge Elf zu Boden und schwieg.

»Du hättest den Menschen getötet, nicht wahr?«, fragte sie leise, fast flüsternd.

»Wollt Ihr darauf wirklich eine Antwort?«

»Nein«, gab sie zu, »wahrscheinlich nicht. Aber es ist notwendig, dass du deinen Hass zu beherrschen lernst. Der Mensch mag nicht dein Freund sein, aber er ist ebenso ein Schüler des Ordens wie du, und daher bist du ihm zur Loyalität verpflichtet, genau wie allen anderen Novizen.«

»Wenn Ihr es sagt ...« Er hob den Blick, und Zorn und Trotz lagen darin.

»O Aldur«, flüsterte sie, »was ist dir nur widerfahren, dass du solche Wut in dir trägst? Sie ist der Quell deiner Stärke, aber gleichzeitig birgt sie auch große Gefahr.«

Sie streckte die Hand aus, um ihn sanft an der Wange zu berühren, aber er zuckte zurück.

»Nein«, wehrte er ab, »tut das nicht!«

»Habe ich dich so enttäuscht?«, fragte sie, während er das Gefühl hatte, im Meer ihrer wasserblauen Augen zu ertrinken.

»Ich dachte, Ihr wärt anders als die übrigen Meister«, gestand er.

»Inwiefern?«

»Seht sie Euch doch nur an, alt wie sie sind und selbstgefällig. Nehmt nur Farawyn und Palgyr: Statt dem Rat zu dienen, verlieren sie sich in sinnlosem Streit, bei dem es letztlich nur um sie selbst geht. Der Orden und seine Zukunft sind ihnen gleichgültig, sie wollen nur ihre Namen in den Geschichtschroniken verewigt finden.«

»Und du glaubst, ich wäre anders?«

»Das *dachte* ich, aber jetzt …«

»Aldur«, sagte Riwanon, »es ist nicht so, dass ich deine besonderen Fähigkeiten nicht erkannt hätte oder sie nicht zu schätzen wüsste …«

»Wieso hintergeht Ihr mich dann?«, unterbrach er sie. »Wieso sprecht Ihr nicht mit mir, statt Euch mit Cethegar gegen mich zu verschwören?«

»Ich habe mich nicht gegen dich verschworen, Aldur. Aber ich fürchtete auch, dass du meinen Tadel nicht annehmen würdest. *Gwyr peraiga, gwyr siwerwa** heißt es.«

»Also habt Ihr stattdessen beschlossen, mich vor allen anderen zu demütigen.«

»Aber nein, Aldur, ich …«

Er ließ sie nicht mehr zu Wort kommen, sondern sagte: »Ihr habt mich verraten, Meisterin.« Er klang mit einem Mal unendlich traurig; Tränen traten ihm in die Augen. »Warum nur? Warum?«

»Es tut mir leid, Aldur«, versicherte sie. »Wenn ich gewusst hätte, wie sehr es dich verletzt …«

»Was habt Ihr denn erwartet?« Er schüttelte den Kopf. »Welchen Anlass habe ich Euch gegeben, mich derart zu behandeln? Warum habt Ihr das getan?«

* Elfisches Sprichwort, sinngemäß übersetzt: »Bittere Wahrheit ist gefährlich.«

»Weil ich …«, begann sie zögernd, aber die Wahrheit fand nicht den Weg über ihre Lippen.

»Warum?«, verlangte Aldur noch einmal zu wissen. »Sagt es mir, Meisterin! Bin ich Eurer Meinung nach nicht würdig, ein Zauberer zu sein?«

Sie riss die Augen weit auf. »Ob du nicht würdig wärst?«, fragte sie fassungslos. »Du glaubst, es ginge darum?«

»Worum denn sonst?«

»Aldur, Aldur«, sagte sie leise; nun endlich verstand sie seinen Schmerz und seine Furcht. »Ich halte dich keineswegs für unwürdig. Ich denke, dass du der begabteste Novize bist, der seit vielen hundert Jahren das Tor von Shakara durchschritten hat.«

»Was sagt Ihr?«, fragte er verdutzt.

»Nicht weil wir dich für unwürdig halten, haben wir dich dieser Prüfung unterzogen, sondern weil wir denken, dass Außergewöhnliches in dir steckt. Mit deiner Fähigkeit und deiner magischen Begabung könntest du einst der mächtigste Zauberer von allen werden. Das sagte ich dir bereits, und auch Cethegar weiß es.«

»Aber …«, stammelte Aldur verwundert. »Aber Ihr habt mich vor allen anderen Novizen gescholten und mich zum Idioten gemacht.«

»Weil ich sonst zu viel offenbart hätte.«

»Zu viel wovon?«

Als Antwort trat sie auf ihn zu und umfasste mit ihren schlanken Händen sein Gesicht. Diesmal wich er ihr nicht aus. Ein wohliger Schauer durchrieselte ihn unter ihrer Berührung. Gleichzeitig spürte er, wie sie ihren von purpurner Seide umflossenen, reifen und dennoch jugendlich straffen Körper in unverhohlenem Verlangen gegen ihn drängte, und ihre Lippen näherten sich seinen.

Der Augenblick, da sie sich küssten, war voller Magie. Nicht jener Sorte, die von den Meistern gelehrt wurde und zu deren Durchführung die Kenntnis alter Geheimnisse vonnöten war. Nein, es war eine andere Art von Zauber, die ungleich ursprünglicher war und so alt wie das Leben selbst. Aldur, der im väterlichen Hain aufgewachsen und dessen bisheriges Leben nur darauf ausgerichtet gewesen war, alle Prüfungen von Shakara zu bestehen und seiner Familie Ehre zu machen, hatte das Gefühl, in eine andere, neue Welt einzutauchen.

Sein Vater hatte ihm stets eingeredet, dass das Zusammenkommen von Mann und Frau eine notwendige Prozedur wäre und allein der Erhaltung des Elfengeschlechts diene. Aber so fühlte es sich ganz und gar nicht an. Er war überwältigt von der Zärtlichkeit, die Riwanon ihm schenkte, betört von ihrem Duft und hingerissen von den weichen und dennoch festen Rundungen ihres schlanken Leibes.

»Und nun«, flüsterte ihm die Meisterin ins Ohr, während sie ihren Schüler in Richtung ihres Gemachs zog, »werde ich dich auf andere Art und Weise prüfen …«

Aldur glaubte fast, einen Traum zu durchleben.

Aber es war die Wirklichkeit.

25. NEGÉSIDAN

Vollständig bei Bewusstsein war Accalon längst nicht mehr, aber sein soldatisches Pflichtgefühl ließ auch nicht zu, dass sein Geist vollends in den finsteren Abgrund der Ohnmacht glitt.

Eisern hielt er die Zügel des Pferdes umklammert, das nicht mehr jenes war, mit dem er Carryg-Fin verlassen hatte; schon am darauf folgenden Tag war es zusammengebrochen, und er hatte eine weite Wegstrecke durch das trostlose Niemandsland zu Fuß zurücklegen müssen. Erschöpft und halb verhungert hatte er schließlich die Gestade des *dwaímaras* erreicht. In einem der Dörfer, die das diesseitige Ufer der Ostsee säumten, hatte er sich mit dem Nötigsten versorgt, sich jedoch kaum eine Pause gegönnt, sondern seine Reise nach Tirgas Lan sogleich fortgesetzt. Zuvor hatte er sich ein neues Reittier besorgen müssen. Dessen Vorbesitzer hatte ihm das Pferd überlassen müssen, denn Accalon war Hauptmann der königlichen Armee und erklärte, auf einer wichtigen Mission zu sein, von der die Sicherheit des ganzen Reiches abhing. Zudem hatte er dem Elfen eine fürstliche Belohnung für seine patriotischen Dienste versprochen.

Tag und Nacht war er geritten und hatte sein Pferd seither noch dreimal gewechselt. Schlaf hatte er sich nur dann gegönnt, wenn er beim Reiten einnickte und vom Pferd zu fallen drohte. Seine geschundenen Glieder und die Wunden, die er beim Kampf gegen die Echsenkrieger davongetragen hatte, spürte er kaum noch; vor Erschöpfung war sein Bewusstsein nicht mehr in der Lage, Schmerz, Trauer oder auch Zorn zu empfinden. Nur seine Disziplin war es, die ihn im Sattel hielt und dafür sorgte, dass er sich Tirgas Lan unaufhaltsam näherte.

Meile um Meile …

Natürlich hätte er auch eine der südlichen Garnisonen aufsuchen und seine Wunden dort versorgen lassen können; der zuständige Kommandant hätte ihm sicherlich augenblicklich einen Boten zur Verfügung gestellt, der nach Tirgas Lan geritten wäre und die Nachricht von dem Überfall überbracht hätte. Aber Accalon wollte die Botschaft persönlich überbringen, wollte dem König selbst berichten, welch schrecklichen neuen Feind der schwarze Dschungel Aruns hervorgebracht hatte.

Noch immer stand ihm das Geschehen deutlich vor Augen, sah er seine Kameraden und Untergebenen unter den Pranken der grausamen Echsenkreaturen sterben, überall waren Blut und zerfetztes Fleisch.

Weder wusste er, woher die unheimlichen Krieger gekommen waren, noch wie viele es von ihnen gab – ein ganzes Heer von ihnen jedoch, das war ihm klar, konnte das Reich vernichten.

In solch trübe Gedanken versunken, lenkte er das Pferd nach Nordwesten. Und je müder er wurde und je mehr ihn die Erschöpfung niederdrückte, desto weniger war er in der Lage, Erinnerung und Gegenwart zu unterscheiden; immer wieder blickte er sich im Sattel um, ob ihm nicht jemand folgte. Jedes Mal erwartete er, schuppige Kreaturen aus dem Unterholz brechen zu sehen, was zwar nicht geschah, doch in Hauptmann Accalons Gedanken wurden aus den ohnehin grässlichen Echsenkriegern unbesiegbare Monstren von apokalyptischer Gestalt, und noch ehe er die ausgedehnten Wälder von Trowna erreichte, war er zu der Überzeugung gelangt, dass das Reich dem Untergang geweiht war und es in ganz Erdwelt nur eine einzige Person gab, die dieser schrecklichen Entwicklung noch Einhalt gebieten konnte.

Elidor, König aller Elfen und Herrscher des Reiches von Tirgas Lan …

26. CARIAD GWAHARTHUN

»Komm schon! Versuch es noch einmal!«

Doch Granock hörte seinen Freund Ogan kaum. Seine Laune war so weit gesunken, dass sie die frostigen Temperaturen außerhalb der Eisfestung noch weit unterbot.

»Was hast du denn?«, rief Ogan besorgt. »Möchtest du lieber eine Pause machen?«

»Nein«, entgegnete Granock genervt, »ich möchte am liebsten alles hinschmeißen. Ich komme mit diesem elenden Ding einfach nicht zurecht!« Und um zu demonstrieren, was er meinte, warf er den Übungszauberstab, den er in den Händen gehalten hatte, zornig zu Boden.

»Das ist nicht gut«, sagte der Elf voller Bestürzung. Er stand auf der anderen Seite des Kampfplatzes, den eigenen Zauberstab fest umklammernd. »Ihr müsst eins werden, der *flasfyn* und du, und das geht nicht, wenn du ihn wegwirfst.«

»Was du nicht sagst«, fuhr Granock seinen elfischen Mitschüler an, der fast zwei Köpfe kleiner war als er und dessen Kleidung über Bauch und Hüften auffällig spannte. Ogan wurde von Tag zu Tag dicker, und seitdem er auf der Ordensburg Shakara weilte, hatte man ihm bereits die dritte Tunika schneidern müssen.

»Du musst dich konzentrieren, Granock«, beharrte er. »Nur wenn du es dir vorstellen kannst, kannst du es auch tun.«

»Das habe ich allmählich verstanden«, knurrte Granock. »Aber es mir vorzustellen und es tatsächlich zu tun, sind zwei völlig verschiedene Dinge.«

»Sind sie nicht«, widersprach Ogan. »Sieh nur, selbst ich kann es, obwohl ich sonst der Schwächste von allen bin.«

Und um seine Worte unter Beweis zu stellen, ließ er ihnen einen konzentrierten Gedankenimpuls folgen, der Granock mit Wucht gegen die Brust traf und ihn zurücktaumeln ließ, bis sich seine Beine ineinander verhedderten und er zu Boden fiel.

»Siehst du?«, fragte Ogan und grinste übers ganze bleiche, feiste Gesicht.

»Ja«, stöhnte Granock, sich nur mühsam beherrschend, »ich seh's.«

Es war nicht das erste Mal, dass er an diesem Morgen auf den Hintern gefallen war – und das nicht nur im übertragenen Sinne. Anfangs hatte er sich darüber gefreut, dass sich Ogan als einer der wenigen Elfen, die sich überhaupt mit ihm abgaben, erboten hatte, ihm ein wenig Nachhilfeunterricht zu geben. Denn während die anderen Novizen bereits dabei waren, ihren Umgang mit dem Zauberstab zu perfektionieren, brachte der junge Mensch noch nicht einmal einen einfachen *tarthan* zustande, von einem *dailánwath* ganz zu schweigen.

Auf allen anderen Unterrichtsgebieten – von angewandter Metaphysik über Geschichts- und Naturkunde bis hin zur hohen Mysterik – hatte er rasch aufgeholt und brauchte den Vergleich mit den anderen Novizen nicht mehr zu scheuen. Auch seine Sprachkenntnisse wurden immer besser, und im Umgang mit der ihm eigenen Gabe wurde er zusehends geschickter. Wenn es allerdings darum ging, das zu wirken, was man landläufig als Zauberei bezeichnete, in Wirklichkeit jedoch nichts anderes war als das exakte Zusammenwirken mentaler Fähigkeiten und den Kräften, die den Elfenkristallen innewohnten, versagte er kläglich, und bislang hatte er diesen Missstand auch nicht beseitigen können.

Er wusste selbst nicht, woran es lag, nicht einmal Meister Farawyn konnte es sich erklären. Nachdem ihn die Niederlage gegen Aldur fast das Leben gekostet hätte, hatte sich Granock geschworen, den Umgang mit dem Zauberstab möglichst rasch zu erlernen, um niemals wieder einem Angriff so schutzlos ausgeliefert zu sein. An mangelnder Motivation konnte es also nicht liegen, und seine spezielle Gabe einzusetzen, fiel ihm unter Meister Farawyns Anleitung ebenfalls immer leichter.

Aber warum versagte er dann in der Zauberei? Das größte Kunststück, das Granock je mit einem Zauberstab zustande gebracht hatte, war, Aldur damit zu verprügeln, was nüchtern betrachtet ziemlich jämmerlich war. Allerdings hatte er einen Verdacht, worin sein Versagen begründet sein mochte, und er nahm an, dass auch Farawyn bereits darüber nachgedacht hatte. Aber bislang war noch keiner von beiden bereit gewesen, diese Vermutung laut zu äußern. Je länger seine fruchtlosen Übungen jedoch andauerten und je mehr Misserfolge Granock zu verzeichnen hatte, desto größer wurde seine Verzweiflung, und nun war er an den Punkt gelangt, an dem er sich erlaubte, das Ungeheuerliche zu Ende zu denken.

Vielleicht, sagte er sich, lag es daran, dass kein Elfenblut in seinen Adern floss – und dieser Gedanke deprimierte ihn noch ungleich mehr als alle misslungenen Versuche zusammen. Denn er bedeutete, dass, was immer er auch versuchen und wie hart er auch trainieren würde, er nie erreichen konnte, was arroganten Wichtigtuern vom Schlage Aldurs in den Schoß fiel.

Ärgerlich raffte er sich wieder auf die Beine. »Musste das schon wieder sein?«, rief er Ogan zu.

»Aber ja«, kam es unschuldig zurück. »Du möchtest doch etwas lernen, oder nicht? Also los, versuch es noch mal! Richte deinen Stab auf mich, konzentriere dich, und dann …«

»Und dann was?«, fragte Granock missmutig.

»Dann wirf mich mit deiner Gedankenkraft um«, brachte der Elf den Satz zu Ende. »Du musst es nur wirklich wollen. Leg deine ganze Energie in diesen einen Gedanken, deine ganze Leidenschaft und …«

»Blödmann«, knurrte Granock halb laut und auch nicht in der Elfensprache, sondern in seiner eigenen. »Was glaubst du wohl, was ich die ganze Zeit mache?«

Mit einer unwirschen Bewegung riss er den Zauberstab herum und brachte ihn in Position, richtete das Ende auf Ogan, der an die zwanzig Schritte von ihm entfernt stand. Dann schloss er die Augen, konzentrierte sich und …

Poff.

»War das alles?«, fragte Ogan. Der Umhang des Elfen hatte sich ein wenig gebläht, als ob ein leichter Windhauch hineingefahren wäre. Er selbst jedoch stand noch immer fest auf beiden Beinen – und das gönnerhafte Grinsen, das er zur Schau trug, fand Granock ausgesprochen unpassend. »Ein bisschen mehr musst du dich schon anstrengen, wenn du's lernen willst. Sieh her, so geht's!«

»Nein«, ächzte Granock – vergeblich. Der nächste Stoß erwischte ihn mit derartiger Kraft, dass er nicht nur abermals stürzte, sondern auch ein Stück über den glatten Boden schlitterte.

»Noch einmal?«, fragte Ogan unbedarft.

»Ja, noch einmal«, maulte Granock halb laut vor sich hin. »Komm doch einfach her, statt mit diesem blöden Stück Holz auf dich zu zielen, dann polier ich dir die Fresse!«

»Aber, aber«, sagte plötzlich eine Stimme hinter ihm. »Wer wird denn gleich so grob werden?«

Granock wandte den Kopf – und seufzte laut, als er Alannah erblickte, die im Eingang zur Halle stand und in ihrer schlichten weißen Tunika und mit ihrem langen Haar eine fast übernatürlich schöne Erscheinung bot.

»Du bist es«, sagte er wenig geistreich.

»Ich bin es«, bestätigte sie lächelnd.

Er hatte sie seit einer ganzen Woche nicht gesehen, weil ihr Meister sie auf eine Erkundung in die Eiswüste mitgenommen hatte. Nun war sie zurückgekehrt.

»Ich habe dich gar nicht eintreten hören«, sagte er.

»Das wundert mich nicht.« Sie lachte, dass es von der hohen Decke der Arena widerhallte, und es war das erste Mal, dass er sie so unbeschwert und heiter erlebte. Überhaupt kam sie ihm verändert vor, so als wäre in den zurückliegenden Tagen etwas geschehen, das sie zu einem anderen, fröhlicheren Wesen gemacht hatte. »Du warst ja auch ziemlich mit dir selbst beschäftigt.«

»Das ist wahr«, musste er zugeben und errötete.

»Was ist los?«, wollte sie wissen. »Du siehst aus, als hätte man dich der Schule verwiesen.«

»Dazu wird es vielleicht schon bald kommen«, befürchtete Granock. »Ich kann mit diesem verdammten Ding …«, er hob den Zauberstab, »… einfach nichts anfangen.«

»Und was kann Ogan dafür?«, fragte sie spitz.

»Nichts«, gestand er ein und errötete abermals. Alannah strahlte plötzlich Autorität und Selbstbewusstsein aus, wie er es zuvor nicht an ihr gekannt hatte.

»Vielleicht solltest du einfach härter trainieren, statt dich im Selbstmitleid zu ergehen und andere zu beschimpfen«, schlug sie vor. Der Blick, mit dem sie ihn dabei bedachte, war kaum weniger streng als der von Meister Farawyn.

»Wie bitte?«, fragte er ungläubig und glotzte sie an.

»Du hast mich schon verstanden. Wie willst du jemals ein Zauberer werden, wenn du nur am Boden hockst und lamentierst?«

Erst da fiel ihm auf, dass er tatsächlich noch immer auf dem Allerwertesten saß. Wie von einem wilden Gnom gebissen sprang er auf. »Du bist ungerecht«, hielt er ihr vor. »Ich habe hart für meine Ausbildung gearbeitet, vielleicht härter als jeder von euch. Ich musste eigens eine neue Sprache erlernen.«

»Zugegeben.« Sie nickte. »Aber willst du das jetzt für den Rest deines Lebens als Vorwand nehmen, nur Mittelmaß zu sein?«

»Wie bitte? Ich …«

»Du bist der allererste Mensch an dieser Schule, Granock. Mach etwas daraus.«

»Das will ich ja, aber …« Er verstummte.

»Was, aber?«

»Ich kann es nicht!«, herrschte er sie an und ertappte sich zum ersten Mal dabei, dass er nicht nur Sympathie für sie empfand. »Und möglicherweise werde ich es nie können!«

»Warum nicht?«

»Weil …« Er verstummte, wollte seine geheime Angst nicht aussprechen.

»Warum nicht?«, hakte sie nach. »Fürchtest du dich, dass Aldur dir überlegen sein könnte?«

»Nein, warum sollte ich?«, konterte er spöttisch. »Der Kerl hat ja nur vor, mich umzubringen.«

»Umso härter solltest du daran arbeiten, selbst den Umgang mit dem Zauberstab zu erlernen.«

»Und wenn ich das nicht kann? Wenn es mir verwehrt ist, weil ich … weil ich …«

»Weil du *was?*«

»Weil ich *ein Mensch* bin«, führte Granock den Satz verdrossen zu Ende und senkte den Blick. »Was dann, Alannah?«

»Ist das deine Angst?«, fragte sie, nun wieder mit sanfter Stimme.

Er nickte.

Alannah schaute Ogan fragend an. »Hältst du das für möglich?«

»Es könnte sein, ja.« Der dickliche Elf zuckte mit den breiten Schultern. »Womöglich ist ein Sterblicher nicht in der Lage, die Macht der Elfenkristalle zu beschwören, sie im Zauberstab zu bündeln und als gerichteten Impuls zu entsenden. Das würde bedeuten, dass ihm der Pfad der Weisheit auf ewig verwehrt ist.«

»Verstehst du nun meine Wut?«, fragte Granock.

»Durchaus«, bejahte Alannah, »aber ich kann es dennoch nicht gutheißen. Denn ehe du nicht alles versucht hast …«

»Ich *habe* alles versucht«, versicherte Granock. »Tagein, tagaus komme ich hierher, um zu üben, während die anderen noch meditieren oder längst zu Bett gegangen sind. Aber das ändert nichts daran, dass dieses verdammte Ding in meinen Händen nicht mehr ist als ein wertloses Stück Holz.«

In seiner Frustration hob er das Knie und wollte den Stab darüber zerbrechen – Alannah jedoch ließ es nicht zu: »Halt!«

»Was denn?«

»So einfach ist es also für dich? Du hast es versucht, es hat nicht geklappt, und das war's?«

»Du siehst doch, dass ich es nicht kann.«

»Und du glaubst, damit wäre alles erledigt? Dass du den Zauberstab nur zerbrechen bräuchtest, um deine Ängste und Selbstzweifel los zu sein?«

»Meine Ängste und Selbstzweifel – sollte ich welche haben – gehen dich nichts an.«

»Doch, Granock, das tun sie«, widersprach Alannah. »Denn wir sind beide Novizen von Shakara, und ob es dir gefällt oder nicht, wir tragen Verantwortung füreinander. Du kannst jetzt nicht aufgeben. Du hast die Verpflichtung, deine Ausbildung zu beenden.«

»Die Verpflichtung?« Er sah sie herausfordernd an. »Wem gegenüber?«

»Gegenüber deinem Meister ebenso wie deinen Mitschülern.«

Granock blies die Luft durch die Nase aus und erzeugte ein spöttisches Schnauben. »Willst du mir erzählen, Aldur würde es kümmern, wenn ich den Kram hinwerfe?«

»Aldur würde darüber hinwegkommen«, sagte Alannah spöttisch, »aber Ogan und ich wären sehr traurig. Und du vergisst Meister Farawyn.«

»Farawyn? Was hat er damit zu tun?«

»Genau das meine ich!«, tadelte Alannah, während sie selbst nach einem der Übungszauberstäbe griff, die am Eingang des Arenensaals auf einem Tisch mit schwungvoll geschnitzten Beinen bereitlagen. »Diese Ichsucht! Diese Ignoranz! Und immer wieder dieses Selbstmitleid! Denkst du denn nie darüber nach«, fragte sie, während sie den Zauberstab in der Hand kreisen ließ und damit bedrohlich auf Granock zutrat, »dass Farawyn etwas riskiert hat, indem er dich zum Schüler nahm?«

»Das musste er nicht«, wehrte Granock ab. »Ich habe ihn nie darum gebeten. Vielleicht ist es gut, wenn ich gehe, dann kann er sich einen anderen Schüler nehmen. Einen Elfen, der seine Erwartungen erfüllt.«

»Glaubst du denn, das könnte er noch?« Alannah begann ihn zu umkreisen, den Oberkörper leicht nach vorn gebeugt und das Haupt gesenkt, wie eine Raubkatze kurz vor dem Angriff, während sie den Zauberstab in der Hand locker umherwirbeln ließ. »Meister Farawyn hat alles aufs Spiel gesetzt, indem er dich nach Shakara holte: seinen guten Ruf, seinen Stand, seinen Einfluss. Denkst du nicht, dass du ihm etwas schuldig bist?«

»Nein!«, rief Granock trotzig, der sich immerzu um seine Achse drehte, um die Elfin im Auge zu behalten. »Ich habe ihn nie um seine Hilfe gebeten. Er hätte mich ebenso gut auch in Andaril lassen können.«

»Du Trottel!«, schalt sie ihn. »Begreifst du denn nicht, dass es hier um sehr viel mehr geht, als dir das Zaubern beizubringen? Du bist ein Symbol, Granock! Und ein Experiment!«

»Was soll denn das wieder heißen?«, fragte Granock, verwirrt von ihren Worten, obwohl er zugeben musste, dass er sich tatsächlich so vorkam: wie ein Experiment, das allerdings gründlich danebengegangen war.

»Meister Farawyns geistige Kräfte, seine Visionen und Träume, haben ihm offenbart, dass wir an der Schwelle eines neuen Zeitalters stehen – einer Epoche, in der Menschen und Elfen gleichberechtigt nebeneinander leben. Du bist sein Versuch, die anderen Zauberer davon zu überzeugen und zu beweisen, dass ihr Menschen uns Elfen ebenbürtig seid.«

»Ich? Aber …«

»Die meisten Elfen«, fuhr Alannah unbarmherzig fort, »sehen in euch Menschen nur Barbaren, die ihren Instinkten folgen wie Tiere. Farawyn und wenige andere jedoch sind der Überzeugung, dass noch ungleich mehr in euch steckt. Gelingt es ihm, einen menschlichen Novizen zum Zauberer auszubilden, wäre dies ein erster schlagkräftiger Beweis dafür und würde viele Elfen dazu bringen, ihre Einstellung euch Menschen gegenüber zu überdenken. Misslingt der Versuch, werden sich jene bestätigt sehen, die in euch nie etwas anderes gesehen haben als grunzende Totschläger. Dann wird Farawyn seinen Sitz im Rat verlieren und die Menschen den einzigen Fürsprecher, den sie bei den Elfen haben. Verstehst du jetzt, worum es in Wirklichkeit geht? Und warum Farawyn dabei weitaus mehr riskiert als du? Du hast eine Verantwortung!«

»Nein!«, widersprach Granock abermals. Alannahs Argumentation leuchtete ihm zwar ein, aber erneut spürte er die bohrende Angst zu versagen in sich. Diese Verpflichtung war zu viel für ihn, die Bürde zu schwer für seine Schultern.

»Du kannst dich ihr nicht entziehen«, beharrte Alannah, den Zauberstab drohend auf Granock gerichtet. »Du glaubst, du könntest Shakara einfach verlassen? Da irrst du dich, denn es geht längst nicht mehr nur um dich allein.«

»Aber ich will diese Verantwortung nicht, ich habe sie nie gewollt«, beschwerte sich Granock. »Vielleicht liegen Farawyns Gegner ja richtig und mein Volk besteht tatsächlich nur aus grunzenden Totschlägern und Barbaren! Vielleicht bin auch ich nur ein halbes Tier! Wer kann das sagen? Jedenfalls war ich immer ein Dieb und Herumstreuner, also haben sie vielleicht recht!«

»Du willst, dass sie triumphieren?«, fragte Alannah erbost. »Dass die Aldurs dieser Welt recht behalten? Dass sie es sind, die am Ende lachen? Dass sie mit dem Finger auf dich zeigen und sagen: Seht her, da ist Granock, der Mensch, der Zauberer werden wollte und damit nur bewiesen hat, dass kein Mensch zu etwas taugt?«

»Sei vorsichtig!«, stieß Granock wütend hervor. »Du wählst gefährliche Worte!«

»Diese Worte sind nichts im Vergleich zu dem, was man über dich erzählen wird, wenn du einfach aufgibst. In Schimpf und Schande werden sie dich aus der Ordensburg jagen und in die Einsamkeit des Nurwinters verstoßen. Und während du dort langsam erfrierst, werden sie über dich lachen und sich über die schwachen Menschen auslassen, und sie werden sich für die uneingeschränkten Herren Erdwelts halten, und daran wird sich die nächsten tausend Jahre auch nichts ändern, denn du, *Gwailock*, hast versagt!«

»Nenn mich nicht so!«, schrie er.

»Warum nicht? Der Name passt zu dir – vermutlich besser als jeder andere, den du dir …«

Weiter kam sie nicht.

Als würde eine unsichtbare Faust sie treffen, taumelte sie plötzlich einige Schritte zurück, strauchelte und fiel hin.

»Was zum …?« Verwirrt und entsetzt blickte Granock zu Ogan hinüber, aber der stand einfach nur da und hatte den Streit gebannt verfolgt, und seinen Zauberstab hatte er nicht einmal in der Hand. Der Impuls, der die Elfin von den Beinen gestoßen hatte, musste also von woanders gekommen sein.

Granock schauderte, als er auf den unscheinbaren Holzstab in seiner Hand blickte. Sollte es wirklich geschehen sein? Sollte er das Unbegreifliche getan haben?

»Sieh an«, meinte Alannah, während sie geschmeidig wieder auf die Beine kam. »Es scheint mehr in dir zu stecken, als selbst du vermutest.«

»Aber das … das war ich nicht«, sagte Granock fast entschuldigend.

»Wer soll es denn sonst gewesen sein?«, fragte sie. »Ogan vielleicht? Oder ich selbst?«

»Also ich nicht«, versicherte Ogan grinsend.

»Aber ich … ich …«, stammelte Granock verwirrt.

»Hör auf, an dir zu zweifeln!« Alannah richtete erneut den Zauberstab auf ihn. »Verteidige dich lieber. Der Kampf ist noch nicht vorbei!«

Sie hatte kaum zu Ende gesprochen, als ihn ein *tarthan* traf und einige Schritte zurücktaumeln ließ. Es gelang ihm, sich auf den Beinen zu halten, dann riss er den eigenen Zauberstab empor – und als Alannah einen weiteren Gedankenstoß entsandte, parierte ihn Granock mit einer instinktiven Bewegung.

Er merkte, wie etwas mit enormer Kraft an dem Holzstab rüttelte und ihn aus seiner Hand reißen wollte, aber im nächsten Moment war es wieder vorbei. Der Stoß hatte sich verflüchtigt, und Granock fasste den Zauberstab mit beiden Händen und schickte einen neuerlichen Gedankenimpuls los, der Alannah mit voller Wucht von den Beinen riss und gegen die Wand schleuderte.

»Alannah!« Entsetzt über das, was er getan hatte, ließ Granock den Übungsstab fallen und eilte zu ihr. Alannah war an der Wand niedergesunken und ein wenig benommen. Ansonsten schien sie jedoch unversehrt.

»Alles in Ordnung?«, fragte er sie dennoch besorgt. »Bitte entschuldige! Ich wusste nicht, dass …«

»Schon gut.« Sie lächelte. »Offenbar hat Meister Farawyn doch recht. Oder was meinst du?«

»Sieht so aus«, sagte er verlegen und half ihr dann auf. »Woher wusstest du …?«

»Was?« Sie schaute ihn durchdringend an. »Dass nackte Aggression deine magischen Kräfte entfesseln würde?«

»So ungefähr.«

Er dachte, sie würde nun antworten: Weil du ein Mensch bist, und ihr Barbaren seid nun mal voller Aggression.

Stattdessen aber sagte sie: »Aus eigener Erfahrung.« Ein Anflug von Trauer huschte über ihre Züge, der jedoch schon im nächsten Moment wieder verflogen war.

Granock begriff, dass sie niemals wirklich wütend auf ihn gewesen war. In Wahrheit war es ihr nur darum gegangen, ihn in die Enge zu treiben, weil sie geahnt hatte, dass dies seine verborgenen Fähigkeiten zutage fördern würde. »Ich danke dir.«

»Schon gut«, sagte sie und tat im nächsten Moment erneut etwas, womit er nicht rechnete. Sie trat vor, fasste ihn an den Schultern, beugte sich zu ihm und küsste ihn sanft und zart auf den Mund.

Der Kuss währte nur einen winzigen Augenblick – Granock jedoch kam es vor wie eine Ewigkeit. Nie zuvor hatte er eine Berührung als zärtlicher und erregender empfunden. Wie vom Donner gerührt stand er da, während sie ihm ein bezauberndes Lächeln schenkte und sich dann wortlos umdrehte, um zu gehen.

Granock starrte ihr hinterher, auch dann noch, als sie die Halle längst verlassen hatte, wobei er nicht wusste, ob er verwirrt oder einfach nur glücklich sein sollte. Etwas an Alannahs Verhalten hatte sich *ganz offensichtlich* verändert.

»Verschwende erst gar keinen Gedanken daran«, riss Ogan ihn unsanft aus seinen Gedanken.

»Woran?«, fragte Granock, der einen Moment brauchte, um wieder ins Hier und Jetzt zurückzufinden.

»Alannah«, sagte der Elf. »Ich habe deinen Blick bemerkt.«

»Ach?«

»Es lag Liebe darin«, war Ogan überzeugt.

»Schwachsinn.«

»Dein Mund mag es leugnen, doch deine Augen verraten dich. Aber wie auch immer, du solltest dich keinen falschen Hoffnungen hingeben. Alannah sieht in dir einen Kameraden und Freund, mehr nicht.«

»So? Und warum nicht mehr?«, fragte Granock trotzig. »Etwa weil ich ein Mensch bin? Habe ich nicht gerade bewiesen, dass wir Menschen euch Elfen ebenbürtig sind?«

»Auch wenn du ein Elf wärst, würde es nichts ändern«, behauptete Ogan, und dann fügte er noch hinzu, so als würde dies alles erklären: »Alannah ist ein Kind der Ehrwürdigen Gärten.«

»Und?«, fragt Granock, dem das nichts sagte.

»In der Obhut der Weißen Mauern aufzuwachsen, bedeutet, zu Höherem geboren und ausersehen zu sein. Das heißt, dass sie sich aufsparen und irdischen Freuden entsagen muss.«

»Ernsthaft?« Granock wusste nicht, ob er lachen oder heulen sollte.

»Mein voller Ernst. Du kannst sie selbst fragen, wenn du willst. Sie spricht sehr offen über diese Dinge.«

»Ich weiß«, murmelte Granock versonnen und wandte dann ein: »Aber Alannah ist dabei, eine Zauberin zu werden.«

»Die Geheimnisse der Magie zu kennen und sein Leben in Kontemplation zu verbringen schließen einander nicht aus, mein Freund«, erklärte Ogan. »Im Gegenteil – viele behaupten, dass nur jemand, der dem Irdischen entsagt, zum Kern wahrer Geheimnisse vorzudringen vermag.«

Granock sah so erschrocken aus, dass Ogan lachen musste. »Was ist daran so komisch?«, blaffte der junge Mensch.

»Nichts.« Der Elf gab sich Mühe, seine Heiterkeit zurückzudrängen. »Verzeih mir, aber die Vorstellung, dass Alannah und du …«

»Wieso?«, fragte Granock verärgert. »Was ist denn so verdammt abwegig daran? Ich meine abgesehen davon, dass sie ein Kind der Ehrwürdigen Gärten ist?«

»Siehst du diesen Stock?«, fragte Ogan und hob den Zauberstab in seiner Hand.

»Natürlich.«

»Und siehst du auch die Kuppel dort oben?«

Granock legte den Kopf in den Nacken und schaute hinauf zu der Halbkugel aus Kristall, die sich über der Arena wölbte und das Tageslicht in unzählige Blautöne filterte.

»Klar«, bestätigte er.

»Das eine hat mit dem anderen so viel zu tun wie eine Elfenprinzessin mit dir, mein Freund«, sagte Ogan mit einer Spur von Mitleid in der Stimme, dann ließ er ihn stehen.

»Aber …« Granock wollte noch etwas erwidern, doch der Elf wandte sich nicht mehr um, sondern verließ die Halle.

Granock blieb allein zurück.

So sehr er sich zunächst über den Erfolg, den er mit dem Zauberstab errungen hatte, gefreut hatte, so deprimiert war er nun wieder. Wofür er sich jedoch schon im nächsten Moment einen Narren schalt. Wer war er denn, dass er annehmen konnte, eine Elfin, noch dazu eine, die unbestritten das schönste Wesen Erdwelts war, würde sich ausgerechnet für ihn interessieren? Und warum verschwendete er überhaupt seine Gedanken an solchen Unsinn? Alannah war im Augenblick seine geringste Sorge. Vielmehr musste er sich gegen Aldur behaupten.

Für seine elfischen Mitschüler mochte es nur darum gehen, die Prüfung zu bestehen und in den Kreis der Zauberer aufgenommen zu werden. Für ihn – und in gewisser Weise auch für seinen Meister Farawyn – ging es um ihr Dasein …

27. GALWALAS'Y'TWAR

Elidor fühlte Panik in sich aufsteigen.

Es war einer jener Momente, in denen sich der Herrscher des Elfenreichs unendlich einsam fühlte, in denen die Krone zentnerschwer auf seiner Stirn zu lasten schien.

Gehetzt flogen seine Blicke zwischen seinen Beratern und dem Offizier hin und her, der vor dem Thronpodest kniete, das Haupt ehrerbietig gesenkt und ein Zerrbild seiner selbst: Der Waffenrock ging in Fetzen, er war über und über mit Blut besudelt, und Beine, Arme und Gesicht waren von Blessuren übersät.

»Und wann genau soll sich das alles zugetragen haben, Hauptmann Accalon?«, hakte Fürst Ardghal noch einmal nach. Elidor entging nicht der misstrauische Unterton in der Stimme des obersten königlichen Beraters. Offenbar hegte Ardghal seine Zweifel an dem Bericht des Offiziers.

»Vor acht Tagen, Sire«, antwortete Accalon mit brüchiger Stimme. »Seither war ich beinahe ununterbrochen unterwegs, um Eurer Majestät die Nachricht zu überbringen.«

»Und du sagst, außer dir hätte niemand überlebt?«

»Das ist wahr, Sire.«

»Wie ist das möglich?«, fragte Ardghal mit gerunzelter Stirn.

»Was – was meint Ihr?«

»Wie kann es sein, dass ausgerechnet der Befehlshaber einer Grenzfeste einen Überfall, wie du ihn schilderst, überlebt, während seine Soldaten bis auf den letzten Mann dahingemetzelt werden? Hätte ein Feind, der so grausam ist, wie du ihn beschreibst, nicht alles darangesetzt, die Verteidiger zunächst ihres Anführers zu berauben? Wäre das nicht die angemessene Strategie gewesen?«

»Vielleicht«, räumte Accalon ein. »Aber dieser Feind hatte kein solches Vorgehen nötig. Meine Männer hatten ihm auch so nichts entgegenzusetzen, und der einzige Grund, weshalb ich noch am Leben bin, ist der, dass der Anführer der Bestien es so wollte.«

»Seltsam …« Ardghal rieb sich das spitze Kinn. »Als Kommandant der Festung Carryg-Fin wäre es aber doch deine Pflicht gewesen, bei deinen Männern zu bleiben und bis zum letzten Tropfen Blut gegen den Feind zu kämpfen, richtig?«

»Bei allem Respekt, Sire«, begehrte Accalon auf, »wenn Ihr damit andeuten wollt, ich hätte mich dem Kampf entzogen, so wisst Ihr nicht, was Ihr sagt. Ihr seid nicht dabei gewesen, als diese Bestien über uns kamen und …«

»Du sprichst immerzu von Bestien«, unterbrach ihn König Elidor. »Welche der Kreaturen Erdwelts meinst du? Waren es Orks? Trolle?«

»Weder das eine noch das andere«, antwortete Accalon mit erschöpfter Stimme. Das Hofprotokoll hätte ihm längst gestattet, sich wieder zu erheben, aber dazu war er nicht mehr in der Lage. Eine Hand auf die unterste Stufe des Thronpodests gestützt, hockte er gebeugt da. »Diese Kreaturen waren nicht natürlichen Ursprungs.«

»Nicht natürlichen Ursprungs?« Ardghal schüttelte unwillig den Kopf und trat näher. »Was soll das nun wieder heißen?«

»Damit will ich sagen«, erwiderte Accalon leise, »dass dunkle Mächte im Spiel waren.«

»Dunkle Mächte?« Ardghal wandte sich an Elidor, der oben auf seinem Thron saß, vorgebeugt und Accalon verwirrt musternd. »Mein König, bedarf es noch eines weiteren Beweises?«

»Beweise?«, fragte Accalon. »Wofür?«

»Dass du die Unwahrheit sprichst, Hauptmann«, erklärte der Berater mit messerscharfer Stimme. »Willst du wissen, was ich glaube? Ich denke, dass die Festung in Wahrheit von Eingeborenen angegriffen wurde und dass deine Männer entweder zu feige oder aber zu nachlässig waren, um den Angriff abzuwehren. Dadurch ging Carryg-Fin verloren – und du erzählst uns etwas von unheimlichen Bestien und geheimnisvollen Mächten, um von deinem eigenen Versagen abzulenken.«

»Denkt Ihr das wirklich, Sire?«, fragte Accalon müde; er war zu erschöpft, um seiner Empörung ob dieser Anschuldigung Ausdruck zu verleihen.

»Allerdings, Hauptmann. Uns ist durchaus bekannt, dass es um die Moral der Grenztruppen schlecht bestellt ist. Du selbst hast mehrere Schreiben an den König geschickt, in denen du beklagtest, dass deine Truppen abstumpften und sich langweilten. Statt die Zeit mit Waffenübungen und Exerzieren zu verbringen, haben deine Soldaten wahrscheinlich Saufgelage abgehalten und ihre Sinne mit Rauchwerk aus dem schwärzesten Arun betäubt. Wer weiß, Hauptmann, vielleicht hast du selbst zu viel Lotus zu dir genommen, und die Schauergeschichten, die du uns hier auftischst, sind nur die Ausgeburten deines eigenen Rausches!«

Accalons Züge zeigten keine Regung; sie waren maskenhaft erstarrt. Er glotzte Ardghal fassungslos an, dann löste er den Blick vom königlichen Berater und richtete ihn auf seinen Herrscher. »Denkt auch Ihr so, mein König?«

»Nun, ich …« Elidor zögerte. Einerseits hatte der Soldat die weite und sehr beschwerliche Reise nach Tirgas Lan ganz offensichtlich auf sich genommen, angeblich, um vor einer neuen Gefahr zu warnen, die dem Reich erwachsen war. Andererseits war Fürst Ardghal überzeugend wie immer, und die Art und Weise, wie der königliche Berater die Dinge deutete, war ungleich erträglicher als die Annahme, die grausigen Schilderungen des Offiziers könnten der Wahrheit entsprechen.

»Ich denke, dass wir uns zurückziehen und eingehend darüber beraten sollen«, entschied Elidor schließlich, froh darüber, dass ihm eine derart unverbindliche Formulierung eingefallen war. »Betrachten wir den Bericht des Hauptmanns im Licht des Tages und in Ruhe, dann werden wir sicher …«

»Mit Verlaub, mein König, was gibt es da zu betrachten?«, wagte es Accalon, ihm ins Wort zu fallen; sein Entsetzen darüber, dass man ihm offenbar keinen Glauben schenkte, überwog nun doch seine Erschöpfung und seine Müdigkeit. »Meint Ihr wirklich, ich hätte mir das alles nur ausgedacht? Es ist die Wahrheit, Wort für Wort!«

»Wir zweifeln nicht daran, dass du es für die Wahrheit *hältst*, Hauptmann«, beschwichtigte Ardghal, »sondern wir …«

»Sondern Ihr bezweifelt, ob ich noch recht bei Verstand bin«, brachte Accalon den Satz zu Ende, und obwohl er müde war und der Ohnmacht nahe, gab ihm der Zorn Kraft genug, sich mühsam zu erheben. »Mein König, darf ich offen sprechen?«

»Ihre Majestät haben genug gehört«, sagte Ardghal, noch ehe Elidor etwas erwidern konnte. »Der König hat entschieden. Er wird deinen Bericht bedenken und dann …«

»Und was dann?«, rief Accalon klagend. »Sich der Wahrheit verschließen, bis es zu spät ist und der Feind vor den Mauern dieser Stadt steht?«

»Hauptmann!«, zischte Ardghal. »Ihr vergreift Euch im Ton!«

»Mein Leben lang bin ich Soldat der königlichen Armee gewesen«, entgegnete Accalon mit einer Stimme, die zu gleichen Teilen vor Wut und Müdigkeit zitterte. »In unzähligen Schlachten habe ich Euch gedient, Sire – zunächst an der Westgrenze im Kampf gegen die Orks, später dann als Offizier im Süden –, und obwohl es nicht immer leicht gewesen ist, war ich doch die meiste Zeit stolz darauf, Teil Eurer Armee zu sein. Als man mich zum Hauptmann beförderte und nach Carryg-Fin abkommandierte, da bin ich – ich gesteh's – nicht begeistert gewesen, aber ich hab es ohne Murren hingenommen, denn ich sah ein, dass die Grenzen unseres Reiches gesichert werden müssen. Das ist viele Jahre her, Sire. Inzwischen habe ich manches Mal an unserem Auftrag gezweifelt, denn – Fürst Ardghal wies bereits darauf hin – das endlose Nichtstun und scheinbar sinnlose Warten können die Kampfkraft eines Kriegers mehr zermürben als eine Belagerung über Jahre hinweg. Als Kommandant von Carryg-Fin habe ich alles darangesetzt, die Moral meiner Männer aufrechtzuerhalten, allen Widrigkeiten zum Trotz, doch ich konnte dennoch nicht verhindern, dass auch ich allmählich keinen Sinn mehr in unserem Auftrag sah …«

»Sieh an«, kommentierte Ardghal spöttisch.

»Ich habe begonnen, an allem zu zweifeln, selbst an Euch, Majestät«, gestand Accalon offen, »während ich mich immerzu fragte, weshalb wir auf jenem Posten inmitten trostlosen Niemandslands ausharren mussten. In jener Nacht jedoch, als uns diese grässlichen Kreaturen überfielen, erhielt ich die Antwort auf meine Fragen. Meine Zweifel waren wie weggewischt, und statt ihrer kehrte das Vertrauen in Eure Führerschaft zurück, mein König. Dieses Vertrauen allein gab mir die Kraft, trotz meiner Verwundungen Tag und Nacht zu reiten und kaum zu ruhen, um möglichst rasch nach Tirgas Lan zu gelangen und Euch vor der drohenden Gefahr zu warnen.« Er hob die zitternden Hände wie ein Bettler, der um ein Almosen fleht, und fügte mit jammernder Stimme hinzu: »Sagt jetzt nicht, mein König, ich hätte mich in Euch geirrt!«

»Hauptmann!«, rief Ardghal streng und gab den königlichen Leibwächtern ein Zeichen.

Die Gardisten traten vor, senkten die Hellebarden. Accalon jedoch scherte sich nicht darum. In gebückter Haltung, weil er sich vor Erschöpfung nicht aufrecht halten konnte, stieg er die Stufen des Thronpodests empor. »Bitte, mein König«, flehte er, »nehmt einem Krieger, der sein Leben in den Dienst Eures Reiches gestellt hat, nicht den Glauben an Euch. Es gab eine Zeit, da vermutete ich, dass in diesen Mauern nur Gleichgültigkeit herrscht, und ich will nicht, dass sich dieser schier unerträgliche Gedanke bewahrheitet. Meine Männer haben allesamt ihr Leben gelassen für Euch und Euer Reich. Es waren gute Soldaten, Majestät, aufrechte Kämpfer. Tretet ihr Andenken nicht mit Füßen, indem Ihr behauptet, sie wären für ein Hirngespinst gestorben.«

Die blassen Züge Elidors, der nicht wusste, was er erwidern sollte, wurden länger und länger, und im gleichen Maß, in dem sich die Ratlosigkeit im Gesicht des Elfenherrschers immer mehr ausbreitete, wuchs Accalons Verzweiflung. Wankend näherte er sich dem Thron, Stufe für Stufe. Unruhe brach unter den königlichen Beratern aus, aber Accalon sah nur noch seinen Herrscher, den er warnen musste.

»Bitte, mein König«, flehte er. »Ihr müsst erkennen, dass ich die Wahrheit spreche! Diese Kreaturen sind nicht *irgendein* Feind –

sie sind Ausgeburten des Bösen! Nichts vermag ihnen zu widerstehen, und es wird nicht lange dauern, bis sie auch diese Stadt angreifen! Ihr müsst handeln, mein König, solange es noch nicht zu spät ist! Eine neue Zeit steht bevor, ein Zeitalter des Krie…«

Die letzten Silben verließen den Mund des Hauptmanns nicht mehr. Plötzlich verstummte er und erstarrte. Ungläubige Enttäuschung im Gesicht starrte er seinen König an – dann brach er zusammen und blieb auf den Stufen des Thronpodests liegen.

In seinem Rücken steckte der Bolzen einer Armbrust.

Einen Augenblick lang war Elidor zu entsetzt, um etwas zu sagen. »Was – was hast du getan?«, fuhr er dann den königlichen Leibwächter an, der den tödlichen Schuss abgegeben hatte.

»Ihn trifft keine Schuld, Euer Majestät.« Fürst Ardghal trat vor. »Ich war es, der ihm den Befehl dazu gab.«

»Ihr? Aber …?«

»Ich befürchtete, der Rasende könnte Euch angreifen, mein König«, behauptete Ardghal unterwürfig. »Das konnte ich als Euer Oberster Berater nicht riskieren.«

Elidor atmete schwer aus, dann nickte er und blickte betroffen auf den Leichnam zu seinen Füßen. So vieles hatte Accalon auf sich genommen, so viele Schmerzen ertragen und Mühen erduldet, um nach Tirgas Lan zu gelangen. Nun war er tot, niedergestreckt von denen, deren Leben er hatte retten wollen.

Elidor überkam dumpfe Trauer, und dann erkannte er, dass er es nicht so weit hätte kommen lassen dürfen. »Kurz bevor er starb«, murmelte er betroffen, »sagte er, dass eine neue Zeit bevorstünde. Eine Zeit der Veränderung …«

»Aber, mein König!«, rief Ardghal, und er klang geradezu erschüttert. »Wollt Ihr dem Gerede eines Wahnsinnigen Glauben schenken? Dieser Offizier hatte den Verstand verloren, das war offensichtlich. Er war eine Gefahr für Euch und uns alle!«

Wie immer war Fürst Ardghal sehr überzeugend, dennoch zögerte der König diesmal, der Auffassung seines Beraters zu folgen. »Dennoch«, beharrte er, »etwas muss dort im Süden geschehen sein. Eine ganze Garnison wurde gemeuchelt …«

»Das wissen wir nicht mit Bestimmtheit«, wandte Ardghal ein. »Es könnte ebenso gut sein, dass der Hauptmann den Anforderungen und Entbehrungen seines Postens nicht mehr gewachsen war. Er hat die Einsamkeit nicht ertragen und darüber den Verstand verloren. Dann ist er geflohen und …«

»Ihr meint, er war ein Deserteur?«

»Diese Möglichkeit besteht durchaus, mein König.«

»Ich verstehe«, sagte Elidor und betrachtete den Toten auf den Stufen gleich mit einem sehr viel weniger schlechten Gewissen.

»Sorgt Euch nicht, mein König«, fuhr Ardghal fort. »Schon der nächste Versorgungszug, der nach Carryg-Fin aufbricht, wird von dort gute Nachricht bringen, dessen bin ich gewiss.«

»Das ist gut möglich«, wandte jemand ein, der sich, ebenso wie die anderen Berater des Königs, bislang im Hintergrund gehalten hatte. »Aber was, wenn Ihr Euch irrt?«

Fürst Ardghal erkannte sofort die Stimme von Meister Palgyr, den Abgesandten des Hohen Rates. Mit einem wütenden Schnauben wandte sich Ardghal zu dem Zauberer um, der vorgetreten war und den Obersten Berater herausfordernd anblickte.

»Erwartet Ihr allen Ernstes, dass ich Euch auf diese Frage eine Antwort gebe?«, brachte Ardghal ungehalten hervor.

»Nein, denn Ihr seid mir keine Rechenschaft schuldig, Fürst Ardghal«, entgegnete Palgyr ruhig. »Aber Eurem König müsst Ihr Rede und Antwort stehen, ebenso wie seinen Untertanen. Was, wenn sie Euch fragen, weshalb Ihr eine so ernste Warnung einfach in den Wind geschlagen habt?«

»Eine ernste Warnung? Ihr haltet das für eine ernste Warnung?« Ardghal deutete mit ausgestrecktem Arm die Stufen hinauf, auf den Leichnam. »Dieser Mann war ganz offensichtlich geistig verwirrt. Jeder der Anwesenden kann das bezeugen.«

»Ich weiß nicht recht«, widersprach Palgyr, »auf mich machte er einen anderen Eindruck. Entkräftet und ausgezehrt – ganz sicher. Panisch und verängstigt – auch das. Dem Zusammenbruch nahe – vielleicht. Aber einen verwirrten Eindruck hat er eigentlich nicht auf mich gemacht, und ich frage mich, ob ich der Einzige bin, der so denkt.« Und mit den letzten Worten schaute er sich in der Runde der übrigen königlichen Berater um.

Sie alle hatten bisher in Ardghals Schatten gestanden, und sie nutzten die Gunst der Stunde, um am Stuhl ihres gemeinsamen Gegners zu sägen. Allenthalben wurde genickt, um Palgyr zu unterstützen, womit sie die Position des Obersten Beraters gleichzeitig erheblich schwächten, und im nächsten Moment fühlte Ardghal auch den kritischen Blick des Königs auf sich gerichtet.

»Was, wenn Meister Palgyr recht hat, Fürst Ardghal?«, fragte Elidor. »Was, wenn Ihr Euch in Hauptmann Accalon tatsächlich geirrt habt? Wenn es diese Bedrohung, von der er sprach, tatsächlich gibt?«

»Unheimliche Bestien, die irgendeine dunkle Macht ins Leben gerufen hat?«, fragte Ardghal mit vor Sarkasmus triefender Stimme, ungeachtet der Tatsache, dass er selbst es nun war, der sich dem König gegenüber im Ton vergriff.

»Es wäre immerhin möglich, oder nicht? In einem solchen Fall müssten wir Abwehrmaßnahmen ergreifen. Vielleicht steht dem Reich ein Angriff bevor ...«

»Vielleicht«, wiederholte Ardghal nickend. »Wollt Ihr aufgrund einer solch vagen Vermutung das Heer zu den Waffen rufen? Wollt Ihr eine Streitmacht an die Südgrenze entsenden? Ist Euch klar, was ein solches Vorgehen im Volk bewirken würde? Panik und Furcht wären die Folgen! Bedenkt, was geschehen würde, wenn ich recht hätte und sich alles als Täuschung erwiese. Der große und mächtige Elidor würde vor ganz Erdwelt wie ein Narr dastehen, und was das bedeutet, brauche ich Euch wohl nicht zu sagen.«

Elidor schüttelte den Kopf; das war ihm tatsächlich nur zu klar. Menschen, Orks, Zwerge, Neider im Hohen Rat – sie alle warteten nur darauf, dass er Zeichen von Schwäche zeigte und sie auf seine Entmachtung drängen konnten. Chaos und erbitterte Machtkämpfe wären die Folgen ...

»Ihr habt recht, Fürst Ardghal, wie immer«, sagte Elidor zur sichtlichen Zufriedenheit seines Obersten Beraters. »Vorschnell zu handeln, wäre äußerst unklug und zudem gefährlich. Wir werden warten, bis der nächste Versorgungszug aus Carryg-Fin zurückgekehrt ist. Dann werden wir Gewissheit haben.«

»Aber dann könnte es zu spät sein«, gab Meister Palgyr zu bedenken. »Wenn Hauptmann Accalon die Wahrheit sprach …«

»Warum sollten wir das annehmen?«, blaffte Ardghal. »Habt Ihr auch nur einen einzigen ernstzunehmenden Hinweis dafür?«

»Vielleicht.« Palgyr stieg die Stufen zum Thron empor und auf den Toten zu. Er bückte sich und zog Accalons Schwert aus der Scheide, betrachtete die Klinge und rief dann: »Sieh an, das Schwert ist ganz schartig. Sogar tiefere Kerben befinden sich in der Klinge. Worauf immer dieses Schwert getroffen ist, es war härter als Elfenstahl.«

Elidor und die übrigen Berater schauten erschrocken drein, jedoch wagte niemand, ein zustimmendes Wort zu äußern, solange das Kräftemessen zwischen dem Zauberer und Fürst Ardghal nicht endgültig entschieden war.

»Wer kann schon sagen, was der Hauptmann mit seinem Schwert angestellt hat«, tönte Letzterer. »Aber nun gut, was sollen wir Eurer Ansicht nach tun?«

»Sehr einfach«, antwortete der Zauberer. »Eine Expedition gen Süden entsenden, die vor Ort herausfinden soll, was dort an der Grenze geschehen ist.«

»Eine Expedition, gewiss.« Ardghal rollte mit den Augen. »An der Westgrenze gibt es ständig Scharmützel mit marodierenden Orks, und im Osten, in den Menschenstädten, droht immerzu Unruhe; wir können nicht einen einzigen Mann entbehren. Ihr seht also, Meister Palgyr«, fügte er gönnerhaft hinzu, »Euer Rat ist gut gemeint, aber wertlos.«

»Ich habe nicht vorgeschlagen, Truppen an die Grenze zu entsenden«, sagte Palgyr.

»Nein?«

Er wandte sich direkt an Elidor. »Ihr bräuchtet nicht einmal einen einzigen Soldaten entbehren, mein König«, sagte er. »Der Orden soll im Süden nach dem Rechten sehen.«

»Der Orden der Zauberer?«, fragte Ardghal wenig begeistert. Er sah den König an. »Eure Majestät, wenn Ihr die Zauberer so bald hintereinander ein weiteres Mal um ihre Hilfe bittet und sich dann herausstellt, dass an der Südgrenze des Reiches alles in bester Ordnung ist, aber einer Eurer Festungskommandanten grundlos seinen Posten verließ …« Er schüttelte den Kopf, breitete in einer dramatischen Geste der Verzweiflung die Arme aus. »Eure Feinde und die Feinde aller Elfen würden Euch das als Schwäche auslegen.«

»Wie ich schon sagte«, griff Palgyr ein, bevor Elidor etwas erwidern konnte, »gehört meine Loyalität in erster Linie Euch, Eure Majestät. Es genügt, wenn ich dem Hohen Rat erzähle, dass Gerüchte aus Carryg-Fin bis nach Tirgas Lan gelangten, in denen von einer möglichen, bisher unbekannten Gefahr die Rede ist. Daraufhin wird man ganz routinemäßig eine Abordnung aus Zauberern von Shakara aus nach Süden entsenden. Auf diese Weise braucht Ihr keinen einzigen Mann zu entbehren, mein König, und wenn im Süden alles in Ordnung ist, war es der Hohe Rat, der auf ein falsches Gerücht hereinfiel. Also, was sagt Ihr?«

Einmal mehr hatte Palgyr seine Rede direkt an den König gerichtet und Ardghal übergangen. Entsprechend verärgert war der königliche Berater. Und noch mehr ärgerte es ihn, dass sein Regent dem Zauberer direkt Antwort gab, ohne auch nur noch ein einziges Mal nach Ardghals Meinung zu fragen. »Ich gebe zu, Meister Palgyr«, sagte Elidor, »Euer Plan gefällt mir. So werden wir es machen.«

»Euer ergebener Diener, Majestät«, erwiderte Palgyr und verbeugte sich tief.

28. DYSBARTHAN

In der Bibliothek von Shakara lagerten Schätze von unschätzbarem Wert – nicht solche aus Gold und Edelstein, auf die Menschen oder Zwerge so begierig waren, sondern Reichtümer des Wissens und der Literatur, die dort gesammelt wurden, seit zum ersten Mal ein Elf seinen Fuß auf *amber* gesetzt hatte. Und anders als die Menschen hatten die Elfen einen Weg gefunden, ihr Wissen auf Dauer zu bewahren.

Schriftrollen oder gebundene Folianten, wie es sie in schier unüberschaubarer Zahl auch in der Bibliothek von Shakara gab, hatten nur eine begrenzte Lebensdauer, zumal in der Kälte des Nurwinters. Die Bibliothek der Ordensburg jedoch war für die Ewigkeit errichtet und sollte auch dann noch als Quell der Erkenntnis und Hort der Kunst dienen, wenn ihre Erbauer Erdwelt längst wieder verlassen hatten. Deshalb vertrauten die Elfen ihre Wissensschätze und literarischen Ergüsse nicht nur aus Holz gewonnenem Papier oder Tierhäuten an, sondern auch der Macht der Kristalle, von denen sich einige dazu eigneten, die Gedanken telepathisch begabter Zauberer aufzunehmen und in ihrem Inneren zu speichern, unvergänglich, für alle Zeit.

Atgyva war der Name der alten Meisterin, die in diesen Tagen als Einzige über die Gabe des *dysbarthan* verfügte – so wurde jene Fähigkeit genannt, die vonnöten war, das Wissen, das Syolan und andere Gelehrte und Geschichtskundige auf Papier und Tierhäuten sammelten, in die Kristalle zu übertragen. Aufbewahrt wurden jene Kristalle, von denen einige nur fingerlang waren, andere, die umfassendere Aufzeichnungen enthielten, jedoch fast Mannsgröße aufwiesen, in Vertiefungen, die man in das Eis geschmolzen hatte.

Da Wissen und Kunst Dinge sind, deren Wachstum unkontrolliert erfolgt, gab es sowohl bei den schriftlichen Hinterlassenschaften als auch bei den Kristallen keine Ordnung nach thematischen Gebieten; Geschichtschroniken lagerten unmittelbar neben Gedichtbänden, Abhandlungen über Flora und Fauna Erdwelts wurden zusammen mit mathematischen Kommentaren, geographische Texte zusammen mit philosophischen Traktaten, astronomische Beobachtungen mit Liedern und Balladen aufbewahrt. Es war einzig das Gedächtnis der Obersten Bibliothekarin, das den Unterschied ausmachte zwischen reicher Themenvielfalt und unüberschaubarem Chaos.

Atgyva war alt, und es hieß, dass sie schon bald ihre Reise zu den Fernen Gestaden antreten wollte; jedoch würden die Ordensmeister sie erst aus ihren Diensten entlassen, wenn eine Nachfolgerin oder ein Nachfolger gefunden war, dem das verantwortungsvolle Amt des Wissenshüters übertragen werden konnte. Denn ein Volk ohne Wissen, ohne Kunst und ohne Vergangenheit war, wie Syolan, der Schreiber, nie müde wurde zu betonen, *fal fahilai dai gynt …*

Wie Blätter im Wind.

Die Novizen, die in Shakara in die Geheimnisse der Magie eingeweiht wurden, waren vollauf damit beschäftigt, die Mysterien zu begreifen, die ihre Meister ihnen darzulegen versuchten, und wenn sie die Bibliothek aufsuchten, dann nicht, um den Wissensschatz der Elfen mit eigenen Beiträgen zu bereichern, sondern um zu lernen. Meisterin Atgyva hatte dafür gesorgt, dass klassisches Lehrmaterial zur Verfügung stand, und so mussten die Zauberschüler ihre Nase ebenso in Schriftrollen und Bücher stecken, wie es Studenten außerhalb Shakaras taten, sei es in den Hainen der Elfen, an den Zunftschulen der Menschen oder in den Gildeburgen der Zwerge.

Die meisten Novizen nahmen dies als gegeben hin, einer jedoch schien es geradezu als Schmach zu empfinden.

»Schwachsinn«, zischte Aldur zum ungezählten Mal, während er im Lesesaal der Bibliothek saß, über ein Exemplar von Saithians

Abhandlung über die Kraft des elfischen Willens gebeugt. »Absoluter Schwachsinn …«

Alannah, die am anderen Ende des Tisches saß, blickte verärgert auf. »Sag mal«, fragte sie, »könntest du das unterlassen? Es ist dem Verständnis eines Textes nicht zuträglich, wenn man bei der Lektüre immerzu unterbrochen wird.«

»Ach ja?« Er deutete auf die Bücherstapel, die sich zwischen ihnen auf der Tischplatte türmten. »Hast du dich noch nie gefragt, wieso wir das ganze Zeug überhaupt lesen müssen?«

»Wieso wir das lesen müssen?« Alannahs Blick war voller Unverständnis. »Vielleicht, weil es unser Bewusstsein erweitert. Weil es uns Dinge vor Augen führt, die wir sonst nie erfahren würden. Weil es uns Geheimnisse enthüllt, die anderen verborgen bleiben. Weil es ein Privileg ist, diese Schriften überhaupt lesen zu dürfen. Such dir eine Antwort aus.«

»Nein.« Aldur schüttelte den Kopf. »Du hast meine Frage nicht verstanden. Sie lautete nicht, warum wir *das ganze Zeug* lesen müssen, sondern warum wir das ganze Zeug *lesen* müssen.«

»Was meinst du damit?«

»Du weißt nicht, wovon ich spreche, oder?«

»Ehrlich gesagt – nein.«

Aldur nickte, dann blickte er sich argwöhnisch um, als befürchtete er, man könnte ihn belauschen. Aber Alannah und er waren die Einzigen, die sich zu dieser späten Stunde noch in der Bibliothek aufhielten, die eine aus Wissensdurst, der andere, weil ihn der Ehrgeiz dazu trieb.

»Diese Bücher und Schriftrollen«, sagte er, auf die Regale deutend, die die Wände des Lesesaals säumten, »stellen nur einen Bruchteil des Wissens dar, das in Shakara gehortet ist. Das meiste davon befindet sich in Gewölben und Kammern, zu denen wir Schüler keinen Zutritt haben.«

»Denkst du, das wüsste ich nicht?«, fragte Alannah kopfschüttelnd.

»Schön, aber weißt du auch, dass es in diesen anderen Gewölben und Kammern keine Bücher gibt, sondern dort alles Wissen in magischen Kristallen aufbewahrt wird?«

»Auch das ist mir bekannt.«

»Und dass man, um sich jenes Wissen anzueignen, diese Kristalle lediglich berühren und sich konzentrieren muss? Im nächsten Moment geht der gesamte Inhalt auf dein Bewusstsein über. Im Bruchteil eines Augenblicks erfährst du alles, was dir der Verfasser mitzuteilen hatte.«

Alannah sah ihn an. »*Das* wusste ich nicht.«

»Das ist noch gar nichts. Unglaublich ist, dass man uns diese Möglichkeit, rasch und mehr zu lernen als alle anderen Novizen vor uns, willentlich vorenthält, obwohl das Reich dringend neue Zauberer braucht.«

»Nun«, meinte Alannah vorsichtig, »die Meister werden ihre Gründe dafür haben.«

»Durchaus«, bekräftigte Aldur. »In den frühen Tagen des Ordens war es üblich, auch Novizen am Ritual des *áthrothan* teilhaben zu lassen. Später ist man jedoch davon abgerückt.«

»Wieso?«

Aldur schnaubte verächtlich. »Angeblich hatte diese Art der Wissensvermittlung für einige Novizen nachteilige Folgen – schwache Geister, die den Verstand verloren haben, weil sie der Fülle an Erkenntnissen nicht gewachsen waren.«

»Wie schrecklich«, flüsterte Alannah.

»Schrecklich? Wohl kaum. In jenen Tagen wurde zumindest zweifelsfrei festgestellt, wer zum Zauberer taugt und wer nicht. Halbblütler, Schwachgeistige und Anwärter niederer Herkunft schieden durch dieses Verfahren aus.«

»O Aldur«, sagte Alannah vorwurfsvoll, »was du da sagst, ist grässlich!«

»Warum? Weil es auch deinen Liebling treffen würde?«

»Wen meinst du?«

»Tu nicht so! Es ist mehr als offensichtlich, dass du eine Schwäche für ihn hast. Ich frage mich nur, woher diese Schwäche rührt. Ist es körperliche Anziehung, was wirklich schändlich wäre? Oder ist es nur jenes Interesse, das weibliche Wesen allzu oft hilfsbedürftigen, schwachen Kreaturen entgegenbringen, was zwar lächerlich, aber wenigstens irgendwie anrührend wäre.«

»Du … du sprichst von Granock?«

»Natürlich, von wem sonst?« Aldur grinste übers ganze Gesicht. »Du bist sehr freundlich zu ihm …«

»Was man von dir und deinen Kumpanen nicht behaupten kann«, entgegnete sie, seine Anschuldigungen einfach übergehend. »Es mag euch gefallen oder nicht, aber der Rat hat Granock als Novizen in Shakara aufgenommen, und das macht ihn zu unserem Mitschüler.«

Aldur schüttelte entschieden den Kopf. »Es mag ihn zu *deinem* Mitschüler machen, aber ganz gewiss nicht zu meinem. Weil ich die Notwendigkeit erkenne und sie nicht leugne.«

»Von was für einer Notwendigkeit, bitte schön, sprichst du?«

»Von der Notwendigkeit, die reine Lehre zu bewahren«, erwiderte Aldur ohne Zögern. »Was ist uns Elfen denn noch geblieben? Einst hat uns ganz Erdwelt gehört, und wir waren die uneingeschränkten Herrscher. Inzwischen jedoch müssen wir uns das Land teilen. Allerorts kommen Kreaturen hervorgekrochen, die unverschämte Ansprüche anmelden. Zuerst die Orks, dann die Zwerge, zuletzt die Menschen. Man braucht kein Hellseher zu sein wie Farawyn, um zu erkennen, wohin das führen wird – wenn wir uns nicht auf das besinnen, was unser Volk von jeher von allen anderen unterschieden hat.«

»Und das wäre?«

»Die magische Gabe, Alannah«, antwortete Aldur fast beschwörend. »Kein anderes Wesen Erdwelts weiß die Macht der Kristalle für sich zu nutzen. Dieses Privileg unterscheidet uns von diesen niederen Kreaturen und macht uns groß und erhaben. Die Geheimnisse der Magie an Außenstehende zu verraten ist zugleich ein Verrat an unserem Volk.«

»Du übersiehst dabei nur eine Kleinigkeit.«

»Nämlich?«

»Dass Meister Farawyn Granock nicht von ungefähr nach Shakara gebracht hat. Er verfügt ebenso wie wir über eine magische Begabung. Dein Privileg, wie du es nennst, scheint also nicht nur Elfen vorbehalten zu sein.«

»Lass mich dir eine Frage stellen«, konterte Aldur. »Tagsüber steht die Sonne am Himmel, nachts der Mond. Ist diese Behauptung richtig?«

»Natürlich«, antwortete Alannah.

»Würdest du sagen, dass es tatsächlich nur eine Behauptung ist oder eine Regel?«

»Eine Regel«, war die Elfin überzeugt.

»Gut. Würdest du diese Regel infrage stellen, wenn an einem Tag der Mond am Himmel stünde und die Sonne verfinsterte, sodass der Tag zur Nacht wird?«

»Natürlich nicht.« Alannah schüttelte den Kopf. »Das Phänomen einer Sonnenfinsternis ist den Astronomen wohlbekannt und wurde hinreichend …« Sie unterbrach sich, als ihr klar wurde, worauf Aldur hinauswollte. »Willst du damit sagen, dass Granock eine Art Sonnenfinsternis ist?«

»Ich will damit sagen, dass es immer Ausnahmen von der Regel gibt, aber dass diese Ausnahmen kein Grund sind, die Regel deshalb infrage zu stellen. Vielleicht hat Farawyn ja recht, und dieser Mensch hat tatsächlich eine Gabe. Deshalb besteht noch längst kein Grund, seinesgleichen Tür und Tor zu öffnen und vom Beginn eines neuen Zeitalters zu schwafeln.«

»Sieh an«, sagte Alannah nur.

»Was meinst du?«

»Ich dachte immer, du könntest Granock nicht leiden, weil er ein Mensch ist. Aber das ist nicht der wahre Grund. In Wirklichkeit hast du Angst vor ihm.«

»Unsinn.«

»Natürlich streitest du es ab, aber ich durchschaue dich. Du fürchtest, dass er der Erste von vielen sein könnte, dass noch mehr Menschen hierher nach Shakara kommen und die Wege der Magie beschreiten, und das ängstigt dich.«

»Ja, und warum auch nicht?«, brauste Aldur auf. »Die Vorstellung, dass diese Barbaren, ichsüchtig und gewalttätig wie sie sind, die Geheimnisse des Kosmos ergründen, ist doch durchaus beängstigend, oder etwa nicht? Zumal wenn man bedenkt, dass es Elfen gibt, die daraus ihren Nutzen ziehen wollen.«

Alannah hob erstaunt die geschwungenen Augenbrauen. »Was soll das denn nun wieder heißen?«

»Bist du wirklich so naiv? Glaubst du, Farawyn hat Granock aus reiner Menschenfreundlichkeit hierher geschleppt? Weil er die

Menschen neben uns Elfen für gleichberechtigt hält? Natürlich nicht! Ihm geht es darum, Allianzen zu schmieden und Verbündete zu gewinnen.«

»Verbündete? Wofür?«

»Hast du denn noch nicht begriffen, was hier vor sich geht? Der Hohe Rat ist bis ins Mark gespalten, ein Richtungsstreit über die Zukunft des Ordens ist entbrannt. Während Meister Palgyr und einige andere die Rückkehr zu alten Werten und Traditionen fordern ...«

»... setzen sich Meister Farawyn und die Seinen für eine Öffnung des Ordens nach außen und eine ganze Reihe weiterer Reformen ein«, vervollständigte Alannah, um zu zeigen, dass sie keineswegs so unwissend war, wie ihr Gegenüber wohl dachte. »Natürlich weiß ich das«, fügte sie deshalb energisch hinzu.

»Schön, dann dürfte dir auch klar sein, was dabei auf dem Spiel steht. Das letzte Mal, als der Rat so zerstritten war, ging es um die Macht des Dreisterns und die Kristallpforten, und wir beide wissen, wie die Sache ausging.«

Alannah wusste es aus den Geschichtsbüchern. »Der Zauberer Qoray, der einen Weg gefunden hatte, Zeit und Raum zu teilen, sagte sich vom Orden los, um eine eigene Schule zu gründen, was er schließlich auch tat – mit furchtbaren Folgen.«

»So war es.« Aldur nickte. »Bar jeder Ehrfurcht und losgelöst von allen Traditionen führte er Experimente durch, wie sie schändlicher und grauenvoller kaum vorstellbar sind. Er rief die Orks ins Leben und überzog mit seinem Heer der Finsternis das Reich mit Krieg und Vernichtung. Seinen Namen änderte er und nannte sich nicht mehr Qoray, sondern ...«

»... Margok«, sagte Alannah schaudernd. »Aber was genau willst du damit sagen? Willst du Meister Farawyn in die Nähe des Dunkelelfen rücken?«

»Ich will damit gar nichts sagen«, stellte Aldur klar. »Ich frage mich nur, wie ein Mitglied des Hohen Rates dazu kommt, die grundlegendsten Prinzipien unseres Ordens infrage zu stellen – und die Regeln zu umgehen, die er für andere aufgestellt hat.«

»Von was für Regeln sprichst du?«

»Zum Beispiel von jener Regel, deretwegen wir hier sitzen und uns die Nacht um die Ohren schlagen, während gewisse andere Novizen längst im Bett liegen – nämlich dem Verbot, die Wissenskristalle zu benutzen.«

»Aber ich dachte, dieses Verbot gelte für alle Ordensschüler«, wandte Alannah ein.

»Für *fast* alle. Denn während wir gezwungen sind, unseren Kenntnisstand auf solch rückständige Weise zu mehren, ist es einem einzelnen Schüler erlaubt, auf die Kristalle zuzugreifen.«

Alannah zog die Stirn kraus. »Von wem sprichst du?«

Aldur seufzte laut, als hielte er Alannah für begriffsstutzig. »Von wem wohl? Von deinem Liebling natürlich. Von Granock!«

»A-aber – aber das ist doch Unsinn«, stammelte Alannah fassungslos. »Wie sollte Granock Zugang zu den verbotenen Bereichen der Bibliothek erlangen? Außerdem hast du selbst gesagt, dass sein Verstand der Macht der Kristalle wohl nicht gewachsen wäre und …«

»Es sei denn, sein Meister würde ihm helfen«, behauptete Aldur. »Farawyn ist schließlich sehr daran gelegen, dass sein Schützling die Prüfungen besteht.«

»Du redest dummes Zeug. Granocks Wissen ist das Ergebnis von viel Fleiß und harter Arbeit. Du hast ihn in seiner Kammer sitzen und lernen sehen!«

»Das haben wir beide. Und vielleicht sollten wir das ja auch, damit wir keinen Verdacht schöpfen. Aber ich habe noch keinen Menschen kennengelernt, der Elfisch so rasch erlernt hätte wie er.«

»Du hast zuvor noch *überhaupt* keinen Menschen kennengelernt«, verbesserte Alannah. »Es ist wahr, Granock macht rasche Fortschritte, aber das muss er auch, wenn er die Ausbildung zum Zauberer absolvieren will. Und er arbeitet härter dafür als jeder andere, mich eingeschlossen.«

»Härter als jeder andere?« Aldur lachte auf. »Wieso nur kommt es dann, dass nur wir uns hier die Zeit vertreiben?«

»Granock zieht es vor, allein zu lernen, und daran hast du keinen geringen Anteil. Statt böswillige Gerüchte über ihn in die Welt zu setzen, solltest du deine Nase wieder dorthin stecken, wohin sie gehört, nämlich in Saithians ›Kraft des elfischen Willens‹.«

Sie hatte sich sehr ereifert und sich dabei sogar von ihrem Stuhl erhoben. Das Gesicht zorngerötet stand sie am Ende des Tisches und starrte wütend auf ihren Mitschüler, der jedoch völlig gelassen blieb.

»Meine Teure«, sagte er und erhob sich ebenfalls, »wenn du mich besser kennen würdest, würdest du kein solches Urteil über mich fällen.«

»So?«

»Von frühester Jugend an wurde ich in der Kunst der Magie unterwiesen. Mein Vater Alduran, der selbst hier in Shakara weilte, war von jeher überzeugt davon, dass ein großer Zauberer aus mir wird, und dieses Ziel hat er mit aller Härte und Unnachgiebigkeit verfolgt.«

»Er?«, hakte Alannah nach. »Nicht du selbst?«

»Der Wunsch meines Vaters ist auch mein eigener«, behauptete Aldur. »Ich wollte nie etwas anderes, als in den Orden eintreten und ein Magier werden, so wie mein Vater es vor mir gewesen ist.«

»Dann verstehe ich jetzt«, sagte Alannah nur, deren Wut plötzlich verflogen schien.

»Was verstehst du?«

»Warum du nicht anders kannst, als so zu sein, wie du bist. Es ist nicht *dein* Ehrgeiz, der dich antreibt, sondern der deines Vaters.«

»Mein Vater hat nichts damit zu tun!«, brauste er auf und schlug mit der Faust auf den Tisch.

Doch unbeeindruckt fuhr Alannah fort: »Um seinetwillen willst du der Beste sein, um jeden Preis.«

»Ich selbst will der Beste sein«, korrigierte er sie. »Da du schon von Ehrgeiz sprichst, Alannah, will ich dir sagen, dass man davon nie genug haben kann, wenn man seine Ziele erreichen will.«

»*Seine* Ziele, Aldur«, sagte sie. »Gibt es denn nichts, was du dir selbst wünschst, unabhängig davon, was andere für dich geplant haben?«

»Ich will der Beste sein«, wiederholte Aldur steif. »Nicht mehr, aber vor allem nicht weniger. Das ist *mein* Wunsch.«

Alannah antwortete nicht sofort, sondern musterte ihn zunächst aus der Distanz, nun allerdings mit anderem Blick als zuvor. »Sieh an«, sagte sie schließlich. »Unter der rauen Schale ist ein weicher Kern zum Vorschein gekommen.«

»Ein weicher Kern? Wovon sprichst du?«

Alannah ließ die Frage unbeantwortet. Stattdessen schlug sie das Buch zu, in dem sie gelesen hatte, und legte es zu den anderen auf den Stapel. Dann wandte sie sich zum Gehen. Auf der Schwelle des Lesesaals jedoch wandte sie sich noch einmal um.

»Lass Granock in Ruhe«, sagte sie. »Er ist weder eine Gefahr noch eine Konkurrenz für dich.«

»Konkurrenz?« Aldur hob die Brauen. »In welcher Hinsicht?«

»In keiner einzigen«, erwiderte sie, ehe sie sich endgültig abwandte und die Bibliothek verließ.

29. CARIAD SHA RHIW

Aldur glaubte zu bersten.

Das Gefühl ähnelte dem, das er immer dann empfand, wenn er kraft seiner Gabe eine Feuerlohe entstehen ließ, ein Gefühl von einer übermächtigen Intensität, die sich in ihm anstaute und ihn ganz und gar ausfüllte, bis es in einer eruptiven Entladung aus ihm herausbrach. Aber diesmal war es nicht die Hitze des Feuers, die von ihm Besitz ergriffen hatte – sondern heiße Leidenschaft.

Das, was über ihm loderte, war aus Fleisch und Blut. Ein formvollendeter Körper, nackte Haut, feste Brüste, schweißglänzendes schwarzes Haar, das in wirren Strähnen herabhing.

Schließlich erlosch das Feuer in einer grellen Explosion, deren Nachwirkungen beide Leiber noch sekundenlang zucken ließ, dann glitt die Gestalt von ihm herab und neben ihn auf das weiche seidene Laken. Aldur wandte den Kopf und blickte in die ebenso erschöpften Züge seiner Meisterin, die sich merklich entspannten.

»Ich bin sehr mit dir zufrieden, mein braver Schüler«, flüsterte Riwanon lächelnd und strich ihm sanft durchs blonde Haar. »Du hast die Lektionen, die ich dir erteile, sehr gut begriffen.«

»Habt Ihr denn keine Angst?«, fragte Aldur leise und sah verstohlen auf Riwanons nackten Busen, der sich noch immer unter heftigen Atemzügen hob und senkte.

»Angst? Wovor?«

»Dass man uns entdecken könnte.«

Sie lachte leise. »Als deine Meisterin muss ich nun mal viel Zeit mit dir verbringen. Wie ich sie nutze, ist ganz allein mir überlassen.«

»Aber wenn Meister Cethegar davon wüsste …«

»Cethegar kennt mich«, versicherte Riwanon. »Ebenso wie Vater Semias.«

»Soll das heißen …?«

»Das heißt, dass sie sich meiner Schwächen nur allzu bewusst sind – ebenso wie meiner Stärken. Die Methoden meiner Ausbildung mögen ungewöhnlich sein, aber sie machen aus dir das, was du dir am meisten wünschst.«

»Und das wäre?«

Sie schaute ihn direkt an, und der Blick ihrer wasserblauen Augen schien geradewegs durch ihn hindurchzugehen, so als läge nicht nur sein Körper, sondern auch seine verborgensten Gedanken völlig unverhüllt vor ihr. »Du willst ein Mann sein, Aldur«, sagte sie. »Kein Jüngling mehr, dessen eigene Zweifel und Unsicherheit alles gefährden, wofür er sein Leben lang gearbeitet hat. Sondern ein erwachsener Mann, der sich seiner Fähigkeiten bewusst ist und der gelernt hat, seine Schwächen zu seinen Stärken zu machen.«

»Was meint Ihr damit?«, fragte Aldur. »Ich fürchte, ich verstehe nicht …«

»Das wirst du irgendwann«, war Riwanon überzeugt. »Es kommt der Tag, Aldur, an dem du begreifen wirst, dass alles, was wir hier in diesem Schlafgemach getan haben, deiner Ausbildung mindestens so förderlich war wie die anderen Dinge, die du in Shakara gelernt hast.«

»Da seid Ihr Euch sicher?«

»Ich weiß es«, sagte Riwanon. »Ich glaube an dich und deine Fähigkeiten, Aldur. Und ich denke, dass du einst der größte und mächtigste Zauberer von Shakara werden wirst – sofern du dir nicht selbst im Weg stehst.«

»Glaubt Ihr das wirklich, Meisterin?«, fragte er.

»Natürlich«, erwiderte sie, während sie sich aufreizend vor ihm räkelte, in ihrer ganzen unverhüllten Schönheit – und ihn dazu brachte, verschämt wegzusehen.

»Nun komm, Aldur«, kicherte sie. »Da ist nichts, das du nicht schon gesehen hättest.«

»Ich weiß, Meisterin, aber ich …«

»Was hast du?«

»Ich möchte Euch etwas sagen, das vielleicht ein bisschen respektlos klingt.«

»Nanu, plötzlich so förmlich?« Sie sah ihn von der Seite an, und ihre Hand wanderte nach seiner Leibesmitte. »Nachdem wir all diese Dinge miteinander getan haben?«

»Bitte, Meisterin, nicht«, wehrte er ab und wich vor ihr zurück. »Es ist wichtig, dass ich es Euch sage.«

»Nun gut.« Das Lächeln schwand aus ihrem Gesicht, und sie setzte sich im Bett auf, was die Situation für Aldur allerdings kaum entschärfte. Sie bemerkte, dass er erneut verschämt zur Seite blickte, und bedeckte mit dem Laken ihre Blöße. »Also«, fragte sie, »was ist so wichtig, dass du es mir unbedingt erzählen musst?«

»Es betrifft mich und Euch, Meisterin«, gestand Aldur.

»Inwiefern?«

»Ich habe in letzter Zeit viel nachgedacht«, sagte der junge Elf mit leiser Stimme. »Über das Schicksal und warum es Euch wohl zu meiner Lehrerin gemacht hat.«

»Und? Zu welchem Ergebnis bist du gekommen?«

»Ich denke, es war so geplant, von Anfang an. Es war kein Zufall, dass Ihr meine Meisterin wurdet. Nicht nur, dass Ihr mich in Dingen unterwiesen habt, die ich … die ich niemals zuvor …«

»Nicht doch«, neckte sie ihn, als er die richtigen Worte nicht fand und noch mehr errötete. »Nicht so schüchtern, junger Schüler.«

Aldur befeuchtete mit der Zunge nervös seine Lippen, bevor er weitersprechen konnte. »Also … Als ich nach Shakara kam, war ich voller Angst«, gestand er, was er noch niemandem offenbart hatte. »Mein Leben lang hat mein Vater mir eingeredet, dass ich der Größte sein müsste, der Stärkste und Beste von allen. Aber er hat mir nie gesagt, wie schwierig dies sein würde. Alduran hat immer so getan, als wäre es für mich ein Leichtes, in Shakara aufgenommen zu werden und die Prüfungen zu bestehen. Aber das ist es nicht. Wie weit kann es mit meiner Begabung her sein, wenn doch ein Mensch mein ärgster Konkurrent ist, wenn sogar ein Abkömmling dieser barbarischen, ungebildeten Rasse mir das Wasser reichen kann? Je länger ich in Shakara weile, desto mehr begreife ich, dass mein Vater mir nichts gegeben hat außer Selbstüberschätzung, Arroganz und einem Pferd aus seinen Stallungen.«

»Nanu?« Sie schürzte die Lippen. »Das sind ungewohnte Töne aus deinem Mund. Was hat dich so nachdenklich gemacht, mein junger Freund? Oder sollte ich besser fragen: wer?«

»Ihr, Meisterin.«

»Ich?« Riwanon sah ihn verständnislos an.

»Erst in Eurer Gegenwart erkenne ich, wer ich wirklich bin, was ich fühle und was ich will. Ihr habt das Beste in mir entdeckt und kehrt es nach außen, und Ihr gebt mir ein Zuhause, ein Heim – auf jede erdenkliche Weise.«

»Das … ist sehr freundlich von dir«, erwiderte die Zauberin verwundert. »Ich wünschte, ich könnte etwas darauf erwidern, das auch nur annähernd so …«

»Ich liebe dich, Riwanon«, fiel Aldur ihr ins Wort.

»Was?«

»Das war es, was ich dir sagen wollte«, offenbarte ihr der junge Elf, sichtlich erleichtert, dass ihm die Wahrheit endlich über die Lippen gekommen war.

»Du … du *liebst* mich?«, fragte sie ungläubig.

»In der Tat.« Aldur rang sich trotz der Anspannung, unter der er stand, ein Lächeln ab.

Die Reaktion seiner Meisterin fiel völlig anders aus, als er erwartet hatte. Sie war weder erfreut über sein Geständnis, noch war sie verärgert oder fühlte sich in irgendeiner Weise brüskiert. Stattdessen lachte sie, und es war nicht etwa ein verschämtes Kichern, sondern ein heiteres, amüsiertes Lachen, das sich für Aldur anfühlte, als würde jemand einen Eimer eiskalten Wassers über ihn auskippen.

Riwanon klatschte vor Vergnügen in die Hände, so komisch schien sie zu finden, was ihr Schüler ihr gerade eröffnet hatte. Dabei rutschte das Laken wieder herab und entblößte ihre Brüste, was sie jedoch nicht kümmerte.

Aldur kam sich vor wie ein Idiot. »W-was habt Ihr?«, fragte er, wieder die formelle Anrede gebrauchend. »Habe ich etwas so Dummes gesagt?«

»Nicht doch«, wehrte Riwanon ab, nachdem sie sich ein wenig beruhigt hatte. »Es ist nur … Ich hatte nicht geglaubt, dass du mir deine Liebe zu einem solch frühen Zeitpunkt gestehen würdest. Was das betrifft, habe ich dich falsch eingeschätzt. Aber auch eine Netzknüpferin kann eben dann und wann noch überrascht werden.«

»Was – was meint Ihr damit, Meisterin?«, fragte Aldur, der ihr nicht ganz folgen konnte.

»Meine anderen Novizen rückten erst viel später damit heraus. Dass sie mich unsterblich lieben würden, meine ich.«

»Habt Ihr …?« Aldur fiel es schwer, es laut auszusprechen. »Habt Ihr ihnen denn allen die Tür zu Eurem Schlafgemach geöffnet?«, fragte er verschämt.

»Aber natürlich«, antwortete sie ohne Zögern. Dann wurde sie auf einmal sehr ernst; es bedurfte ihrer Gabe nicht, um zu erkennen, dass sich ihr Schüler wie ein Trottel vorkam, dessen Gefühle man verraten hatte und den man verlachte. »Aldur, mein lieber Aldur«, sagte sie sanft. »Du musst doch erkennen, dass Liebe mit dem, was zwischen uns ist, nicht das Geringste zu tun hat.«

»Woher wollt Ihr das wissen?«, fragte er betrübt.

»Weil ich deine Gefühle genau erkennen kann und selbst nicht in der Lage bin, Liebe zu empfinden«, gestand sie offen und mit einer Nüchternheit, die ihn bestürzte. »Es ist die Kehrseite meiner Fähigkeit. Ich vermag die geheimen Gedanken anderer zu erahnen und ihre verborgenen Wünsche zu erkennen. Aber ich bin nicht in der Lage, Gefühle zu entwickeln. Und das ist gut so, sonst würde ich mich selbst in jenen Netzen verstricken, die ich für andere knüpfe.« Sie sah ihm direkt ins Gesicht. »Was du vor dir siehst, ist eine Hülle, Aldur, eine Illusion. Eine schöne Illusion, zugegeben, aber gleichwohl eine Illusion.«

»Das ist nicht wahr, Meisterin!«, widersprach er trotzig.

»Es *ist* wahr«, sagte sie mit weicher Stimme. »Meine Gabe befähigt mich dazu, genau die Person zu sein, die du dir wünschst. Ich vermag deine geheimen Träume zu erfüllen und ein Netz um dich zu knüpfen, aus dem du niemals entkommen könntest, wenn ich es nicht wollte. Deine Zuneigung jedoch kann ich nicht erwidern.«

»Aber das, was ich empfinde«, war er überzeugt, »ist stark genug für uns beide. Meine Liebe reicht für zwei!«

»Nein«, sagte sie streng. »Du versuchst, mein Herz zu erobern, aber da ist nichts zu erobern. Und was du für mich empfindest, Aldur, ist auch keine Liebe.«

»Da seid Ihr Euch so sicher?«

»Ich weiß es«, sagte sie, »auch aus Erfahrung.« Und der Schmerz, der für einen Moment über ihr ebenmäßiges Gesicht huschte, hinderte ihn daran, noch mehr Fragen zu stellen.

Stattdessen senkte er den Blick und murmelte: »Ich dachte, Ihr empfindet etwas für mich …«

»Das tue ich«, versicherte sie. »Ich schätze dich als meinen Novizen und meinen jugendlichen Liebhaber – deine Geliebte oder gar dein Weib kann ich jedoch niemals sein. Eine andere ist dafür ungleich besser geeignet.«

Aldur schaute auf. »Von wem sprecht Ihr?«

»Das weißt du genau.«

»Trea«, sagte Aldur. »Sie ist ein schönes Kind, gewiss, aber sie ist nicht annähernd wie Ihr.«

»Ich spreche nicht von Trea«, sagte Riwanon ernst, »sondern von Alannah.«

»Alannah?« Er riss erstaunt die Augen auf. »Aber … sie ist ein Kind der Ehrwürdigen Gärten!«

»Dennoch glaube mir, wenn ich dir sage, dass sie nicht so unantastbar ist, wie es scheint. Und nicht halb so unschuldig, wie du vielleicht glauben magst.«

»Was heißt das?«

»Die Ältesten haben uns verboten, darüber zu sprechen. Vertraue mir einfach.«

»Nun gut …«, sagte Aldur leise.

»Ich weiß, dass Alannah dir gefällt, schon vom ersten Tag an. Versuch erst gar nicht, es zu leugnen. Ich kenne jeden deiner Wünsche, kenne all deine Begierden. Aber etwas lass dir gesagt sein, junger Schüler.«

Aldur schluckte. »Ja?«

Mahnend hob sie den Zeigefinger. »Dein Herz magst du ihr schenken – dein Körper jedoch gehört mir, und zwar so lange, wie du mein Novize bist. Dies ist der Pakt, den wir beide schließen: Für die Dauer deiner Ausbildung wirst du dich von Alannah fernhalten und nur mir zu Gebote stehen!« Ihre Augen verengten sich zu schmalen Schlitzen, und auf ihrer Stirn hatte sich eine tiefe Falte gebildet, die sie gleich sehr viel weniger sinnlich und anmutig erscheinen ließ. »Was du danach machst, ist mir gleich. Bis zu deiner Entlassung als Novize jedoch gehörst du mir. Habe ich mich deutlich ausgedrückt?«

»Gewiss«, versicherte Aldur und fügte hinzu: »Meisterin.«

»Im Gegenzug«, führte sie weiter aus, »werde ich dir eine gute Lehrerin sein, dich auf die Prüfungen vorbereiten und das Beste in dir zutage bringen. Du weißt, dass ich das kann, du hast es vorhin selbst gesagt.«

»Ja, Meisterin.« Er nickte. »Das ist wahr.«

»Dann gilt unser Handel?«

Aldurs Zögern währte nicht allzu lange. »Er gilt«, sagte er, worauf sich die Züge seiner Meisterin entspannten und sie wieder makellos schön und begehrenswert wirkte.

»Ich muss mich jetzt anziehen«, sagte er. »Wenn Meister Cethegar die Runde macht, will ich in meiner Kammer sein.«

»Ich werde dich nicht aufhalten«, versicherte sie. »Nur eines noch …«

»Ja?«

»Ein Pfand«, verlangte sie. »Ich will ein Pfand dafür, dass du dich an unseren Pakt hältst. Ich habe mich dir offenbart. Was willst du mir im Gegenzug geben?«

»Ich weiß nicht, Meisterin.«

»Hast du mir nichts anzubieten?«

»Was ich an weltlichem Besitz hatte, hat man mir genommen«, erklärte er hilflos.

Sie lächelte nachsichtig, in ihren blauen Augen jedoch blitzte es. »Komm schon«, sagte sie, »ich kenne dich gut genug, um zu wissen, dass du nicht wirklich so naiv bist. Ich frage nicht nach materiellen

Dingen. Ich will etwas von dir wissen. Etwas, das du noch keinem anderen verraten hast und so bald auch keinem verraten wirst.«

»Ihr denkt an etwas Bestimmtes, oder nicht?«, fragte er.

Sie nickte. »Ich will deinen Geheimnamen erfahren.«

Aldur sog scharf die Luft ein. Dass sie sich so offen und unverblümt nach seinem *essamuin* erkundigte, war für ihn wie ein Schlag ins Gesicht. Dazu gehörte eine ganz Menge Unverfrorenheit.

Nur männliche Elfen hatten einen *essamuin*. Es war der geheime Name, der ihnen bei der Geburt gegeben wurde und den außer ihnen selbst nur ihr Vater kannte, bis zur Stunde ihrer Hochzeit. Seinen *essamuin* preiszugeben, galt als Zeichen äußersten Vertrauens, und im Allgemeinen verrieten Elfen ihn nur ein einziges Mal in ihrem Leben – jener Frau, an deren Seite sie den Rest ihres irdischen Daseins verbringen wollten.

Seine Liebe, der Tradition nach die unverzichtbare Voraussetzung für die Nennung des *essamuin*, hatte Riwanon zurückgewiesen, seinen geheimen Namen jedoch trachtete sie zu erfahren. Das war in höchster Weise ungebührlich – oder war es nur ein weiterer Test? Eine von den unzähligen Prüfungen, denen die Novizen von Shakara Tag für Tag unterzogen wurden und bei denen sie wieder und wieder ihre Eignung unter Beweis stellen mussten?

»Nun?«, fragte Riwanon, die sich auf den Bauch drehte, die Lippen schmollend geschürzt und das Kinn auf die verschränkten Arme gestützt. Die Rundungen ihres Körpers erhoben sich wie Inseln aus den Wellen, die das seidene Laken schlug. »Willst du ihn mir nicht verraten?«

»I-ich weiß nicht, Meisterin«, erwiderte Aldur unsicher. Zu sehr stand er noch unter dem Eindruck der vorangegangenen Eröffnungen, als dass er eine klare Entscheidung hätte treffen können.

»Du willst mir deinen geheimen Namen nicht nennen? Du lehnst also das Bündnis ab, das ich dir angeboten habe?«

»Nein, Meisterin, natürlich nicht.«

»Ich habe mich dir voll und ganz offenbart, meinen Leib und meine Seele. Und du willst mir nicht einmal einen Namen sagen?«

Noch einen Augenblick zögerte Aldur, dann überwand er sich.

»Ru«, sagte er leise, fast flüsternd. »Er lautet Ru …«

30. GAERA DAI CUTHUNA

Ein geheimer, verborgener Ort.

Eine verschworene Gemeinschaft.

Ein dunkles Ziel …

»Nun?«

»Ich freue mich, berichten zu können, dass sich alles wie vorgesehen entwickelt. Der Überfall auf die Grenzfestung hat den König in Zugzwang gesetzt. Er kann nicht mehr anders, als zu handeln.«

»Und Fürst Ardghal?«

»Ardghal ist gefährlich. Nach außen mimt er den Speichellecker, aber der König frisst ihm aus der Hand. Es hat einige Mühe gekostet, einen Keil zwischen sie zu treiben, doch schließlich ist es gelungen. Elidor fängt an, ihm zu misstrauen.«

»Das ist gut, denn umso mehr wird der König bereit sein, sein Vertrauen anderen zu schenken.«

»Genau so ist es. An dieser Stelle kommt der Hohe Rat ins Spiel, weise wie ehedem und hilfreich wie zu Sigwyns Tagen. Ich zweifle nicht daran, dass diese Narren eine Expedition entsenden werden. Wir müssen nur noch darauf achten, dass für die Mission die – wie soll ich es ausdrücken? – *geeignetsten* Zauberer ausgewählt werden. Das Verderben wird seinen Lauf nehmen, so wie wir es vorherbestimmt haben, und schon bald werden wir wieder stark sein und so mächtig wie in alter Zeit. Nicht als Helfer der Menschen und Handlanger der Zwerge, sondern als das, was wir gewesen sind und wieder sein werden: die Herrscher von Erdwelt!«

BUCH 2

GORWALA DWATHA
(Dunkle Horizonte)

1. DYTH'Y'PRAYF

Drei weitere Wochen waren vergangen. Wochen, in denen die Novizen von Shakara den Umgang mit ihren Fähigkeiten verfeinert und gelernt hatten, sie gezielt und überlegt einzusetzen. Man hatte ihnen beigebracht, die Macht der Elfenkristalle zu beschwören, und sie waren in den Grundzügen der Sterndeutung, der Philosophie, der Geschichte und der Naturkunde unterwiesen worden. Man hatte sie gelehrt, den *flasfyn* zu benutzen und ihn sowohl zur Heilung als auch zur Zerstörung einzusetzen. Man hatte den bewaffneten Kampf geübt, doch auch jenen, der nur mit Gedanken ausgetragen wurde, und man hatte darüber hinaus versucht, den Charakter und das Wesen der jungen Anwärter im Sinne des Ordens und nach dessen Prinzipien zu formen und zu fördern.

Der Tag der Prüfung war gekommen – jener Prüfung, nach der die Novizen die Einsamkeit der *yngaia* an der Seite ihrer Meister verlassen und wieder in die Welt zurückkehren durften. Der *safailuthan*, der erste, theoretische Teil ihrer Ausbildung zum Zauberer, war damit abgeschlossen, und was folgte, war sehr viel langwieriger und noch um vieles schwieriger: der *garuthan*, in dem die Schüler ihre Meister auf deren Missionen begleiteten und dabei lernten, wie die erworbenen Kenntnisse in der Praxis einzusetzen waren.

Für die Dauer des *garuthan* gab es keinen festgesetzten Zeitraum; er währte so lange, wie der Schüler brauchte, jenen Grad der Reife zu erlangen, der ihn dazu befähigte, ein Eingeweihter zu werden, und es oblag allein seinem Meister, darüber zu entscheiden, wann dies geschah. Es hatte Novizen gegeben, die sich um ihre Ausbildung und den Orden so verdient gemacht hatten, dass sie innerhalb weniger Tage in den Stand eines Eingeweihten erhoben worden waren; andere hingegen waren Jahrzehnte und Jahrhunderte ihren Meistern auf den Pfaden der Magie gefolgt, bis sie für würdig erachtet worden waren, den nächsten Schritt ihrer Ausbildung zu tun.

Mit der Beendigung des *garuthan* war eine wichtige Voraussetzung für die Ausbildung zum Zauberer geschaffen: Die Anwärter wurden aus der Obhut ihrer Meister entlassen und bekamen einen eigenen Kobold zugeteilt, der ihnen fortan als Diener zur Verfügung stand. Ihren eigenen Zauberstab jedoch erhielten sie erst, wenn sie nach einer weiteren Zeit der Übung und der inneren Reifung den Meistergrad erlangt und den dritten und letzten Teil der Ausbildung hinter sich gebracht hatten, den *hethfánuthan*. Aber auch für jene, die Meister der Magie geworden waren und entsprechend auch Mitglieder des Hohen Rates werden konnten, war die Zeit des Lernens niemals vorüber, wie Vater Semias nicht müde wurde zu erklären.

Baiwu dwan dysgu war sein Motto.

Zu leben heißt zu lernen …

Alannah, Aldur und Caia – eine weitere Novizin aus ihrem *dysbarth*, deren Fähigkeit darin bestand, zu einem Wesen aus reinem Licht zu werden – wussten das. Dennoch warteten sie gespannt darauf, dass endlich jenes Ereignis begann, auf das sie sich so sorgfältig vorbereitet und das sie in den zurückliegenden Wochen ebenso gefürchtet wie herbeigesehnt hatten.

Der *prayf*.

Die große Prüfung …

Und noch jemand hockte gemeinsam mit den drei Elfen in der Kammer, in der die Novizen darauf warteten, abgeholt und zur Prüfung vorgelassen zu werden: Granock, dessen Laune ins Bodenlose gesunken war.

Zwar war es üblich, dass die Schüler nicht einzeln, sondern in kleinen Gruppen die Aufgaben zu bestehen hatten, die sich der Hohe Rat für sie ausgedacht hatte. Dass man ihn jedoch ausgerechnet mit Aldur zusammengesteckt hatte, zeigte in Granocks

Augen nur, wie wenig ihm manche Angehörige des Hohen Rates den erfolgreichen Abschluss der Prüfung gönnten. Aldur, das war sicher, würde alles daransetzen, damit der junge Mensch im entscheidenden Augenblick versagte – und was das für Granock selbst, aber auch für seinen Meister Farawyn bedeutete, hatte Alannah ihm ja deutlich genug auseinander gelegt.

Man hatte den Prüflingen untersagt, sich miteinander zu unterhalten, und da niemand durchfallen wollte, nur weil er das Schweigegebot brach, herrschte in der Kammer eisige Stille. Einerseits hatte das den Vorteil, dass sich Granock die vernichtenden Kommentare seines Erzfeindes nicht anhören musste, andererseits konzentrierte sich so sein Denken auf ihn selbst, und wenn er ehrlich war, musste er sich eingestehen, dass er Angst hatte zu versagen.

Was im Zuge der Prüfung auf ihn und die anderen zukommen würde, wusste niemand. Wie es hieß, sollten sowohl ihre erlernten Fähigkeiten als auch ihr Charakter getestet werden. Granock hatte keine Ahnung, was das bedeutete, ihn tröstete nur der Gedanke, dass es den drei anderen genauso erging; niemand wusste, was sie draußen vor der Tür der Kammer erwartete.

Womöglich etwas, das ihre Vorstellungskraft überforderte, das ihre Fähigkeiten an ihre Grenzen brachte und vielleicht sogar ihr Leben gefährdete. Aus den Chroniken des Ordens wusste Granock, dass Schüler bei den Prüfungen tatsächlich schon den Tod gefunden hatten. Kein Meister würde eingreifen, um das Leben seines Novizen zu retten – so waren die Regeln. Dennoch hatte Granock in die Bedingungen der Prüfung eingewilligt. Welche andere Wahl hätte er auch gehabt, wenn nicht alle Mühen der vergangenen Monate vergeblich gewesen sein sollten?

Doch es war nicht nur sein pragmatischer Geist, der Granock dazu trieb, das Risiko einzugehen; in seinem Inneren hatte sich auch eine Menge Trotz aufgestaut, und er wollte es allen zeigen, die noch immer an ihm zweifelten. Er wollte sich endlich bewähren, nicht nur vor Aldur und vor dem Hohen Rat – sondern auch vor Alannah …

Immer wieder blickte er verstohlen zu der Elfin hinüber, während er heimlich dem Schicksal dafür dankte, dass es sie beide in einer Gruppe zusammengeführt hatte. Alannah jedoch reagierte nicht darauf. Die meiste Zeit über hielt sie die Augen fest geschlossen, um sich zu konzentrieren und ihre inneren Kräfte zu sammeln, ebenso wie Caia und Aldur es taten, dessen abschätzige Blicke Granock auf diese Weise wenigstens erspart blieben.

Am liebsten hätte Granock es ihnen gleichgetan, aber er konnte nicht; seine Unruhe war zu groß, und Meditation gehörte ohnehin nicht zu seinen Stärken, was vermutlich seinem menschlichen Erbe zuzuschreiben war. So blieb ihm nichts anderes übrig, als auszuharren und jeden einzelnen Augenblick der quälend langen Wartezeit bewusst mitzuerleben.

Was aus den anderen Prüfungsgruppen geworden war, wusste er nicht. Am frühen Morgen waren sie geweckt worden und gleich nach dem Frühstück, das nur aus etwas Wasser und Brot bestanden hatte, in kleine Gruppen aufgeteilt worden. Ob die anderen die Prüfung bereits hinter sich hatten, wer sie bestanden oder möglicherweise nicht überlebt hatte, entzog sich seiner Kenntnis, und diese Ungewissheit steigerte seine Anspannung noch.

Als es endlich so weit war und die Tür der fensterlosen, von schwachem blauem Licht erfüllten Kammer geöffnet wurde, fiel ihm ein Stein vom Herzen. Endlich war der Augenblick der Entscheidung gekommen. Der *prayf* begann.

Die erste Überraschung erwartete die vier Novizen bereits, als sie die Kammer verließen – denn auf der anderen Seite der Tür befand sich nicht mehr der lange Korridor, durch den sie hereingekommen waren, sondern die Weite der *yngaia*.

Heulender, eiskalter Wind schlug den Novizen entgegen, als sie hinaustraten in die ewige Dämmerung des Nurwinters. Firn knirschte unter ihren Füßen, vor ihnen erstreckte sich die Weiße Wüste als schier endlose Fläche, aus der nur hin und wieder vereinzelte Eisnadeln ragten. Es schneite leicht, und die wirbelnden Flocken sorgten dafür, dass die Eiswüste und der anthrazitfarbene Himmel am Horizont zu einem grauen Band verschmolzen.

Es war ein unheimliches Bild, jedoch nicht halb so einschüchternd wie der Anblick des monströsen Wesens, das vor den Mauern der Ordensburg auf die Novizen zu warten schien. Es stand auf vier Beinen, von denen jedes so dick wie eine Säule war, und sein wuchtiger Körper war von zottigem weißem Fell bedeckt. Das massige Haupt der Kreatur war stark nach vorn gewölbt und hatte ein Maul mit mörderischen Raubtierzähnen. Allerdings machte das riesige Tier, das so hoch wie zwei und so lang wie vier Pferde war, keine Anstalten, die Novizen anzugreifen. Im Gegenteil: Ledernes, aufwendig gearbeitetes Zaumzeug war um sein Haupt gelegt, und auf seinen Rücken war ein großer Korb geschnallt, der der Aufnahme von Passagieren diente.

Granock hatte von ihnen gehört – den *bóriai*, den riesigen Eisbären, die die *yngaia* bevölkerten und den Elfen als Reittiere dienten. Zu Gesicht bekommen hatte er bis zu diesem Tag noch keinen von ihnen, entsprechend eingeschüchtert war er, was allerdings nicht lange anhielt.

»Steigt auf!«, forderte der Zauberer, der die Tür ihrer Wartekammer geöffnet hatte. Granock hatte ihm bisher noch gar keine Beachtung geschenkt, zumal er hinter der Tür stand, die er aufgezogen hatte. Nun wandte Granock den Kopf und sah ihn an: Es handelte sich um einen hageren, langbärtigen Magier, dem Granock noch nie zuvor begegnet war. Seine Gewänder und die langen Haare flatterten im Wind. »Eure Reise beginnt hier und jetzt.«

»Wohin wird sie uns führen?«, erkundigte sich Alannah.

Der Granock unbekannte Zauberer hob den Arm und deutete zu einer besonders großen Eisnadel, die sich in einiger Entfernung gegen das Grau der Dämmerung abhob. »Dorthin«, erklärte er schlicht. »Die große Eisnadel zu erreichen ist eure Aufgabe. Wer auch immer von euch dieses Ziel erreicht, hat die Prüfung bestanden.«

»Das ist alles?«, fragte Granock ungläubig und war fast enttäuscht. »Sonst nichts?«

»Das genügt«, versicherte der Zauberer und bedachte Granock mit einem Blick, der den jungen Menschen erschaudern ließ.

Die Prüflinge verloren keine Zeit. Aldur war der Erste, der über die schmale Strickleiter den Reitkorb erklomm. Alannah und Caia folgten, ohne dass Aldur ihnen eine helfende Hand gereicht hätte, und zuletzt bestieg Granock den *bórias*, nicht ohne vorher noch einmal die schwarzen Augen und die furchterregenden Reißzähne des Raubtiers misstrauisch zu betrachten.

»Hast du Angst?«, fragte ihn Aldur höhnisch, als Granock in den Korb stieg. Es war das erste Wort, das er mit dem Menschen wechselte, seit sie am Morgen derselben Gruppe zugeteilt worden waren.

»Natürlich nicht«, schnaubte Granock verächtlich.

»Solltest du aber«, beschied ihm der Elf, während er nach den Zügeln des Eisbären griff. »Denn Angst ist es mitunter, die dafür sorgt, dass du am Leben bleibst.«

Aldur wartete, bis sich die Elfinnen auf den Sitzbänken, die an den Innenseiten des Korbs angebracht waren, niedergelassen hatten, dann ließ er die Zügel schnalzen, und mit einem ebenso verwegenen wie effektheischenden »Yaaah!« trieb er den Eisbär an.

Gehorsam setzte sich das Tier in Bewegung, langsam und schwerfällig zunächst, doch immer schneller werdend. Der Korb schwankte bei jedem seiner kraftvollen Schritte, die schließlich zu mächtigen Sprüngen wurden, und Granock hatte das Gefühl, die stählernen Muskeln zu spüren, die unter dem Boden des Korbs arbeiteten. Er blickte sich um, aber von der Ordensburg war nichts mehr zu sehen. Nicht etwa deshalb, weil sie sich schon so weit von ihr entfernt hätten oder weil der Schneefall so dicht gewesen wäre – der Zauberer hatte dafür gesorgt.

Die Kälte raubte Granock den Atem. Er hustete, und Dampfschwaden wölkten dabei aus seinem Mund. Dass man ihnen keine Mäntel gegeben, sondern sie in ihren dünnen Tuniken losgeschickt hatte, gehörte fraglos mit zur Prüfung. Man wollte sehen, wie sie mit widrigen äußeren Einflüssen zurechtkamen. Zu Beginn des Ritts fror Granock erbärmlich in der Tunika und dem leichten Umhang, aber dann erinnerte er sich an das, was Meister Farawyn ihn gelehrt hatte.

»Äußerlichkeiten«, hatte er Granock immer wieder eingeschärft, »sind nicht von Belang und vermögen dir nichts anzuhaben. Hitze und Kälte, Hunger und Durst, Erschöpfung und Schmerz – all das empfindest du nur, weil dein Körper dir diese Dinge signalisiert. Ignoriere diese Meldungen, konzentriere dich auf deinen Geist, finde zu dir selbst, dann registrierst du zwar diese äußeren Einflüsse, aber sie beeinflussen dich nicht mehr …«

Zu Beginn seiner Ausbildung hatte Granock das für Unsinn gehalten, für ein Ding der Unmöglichkeit. Doch mit jedem Tag, den seine Ausbildung länger dauerte, und mit jedem Schritt, den er weiter auf dem Pfad der Magie wandelte, war sein Vertrauen zu Farawyn gewachsen, und schließlich hatte er festgestellt, dass der Zauberer recht hatte: Hitze oder Kälte spielten keine Rolle für den, der gelernt hatte, sich allein auf sein geistiges Selbst zu konzentrieren. Granock tat sich immer noch schwer damit, was nicht zuletzt an seiner Vergangenheit lag. Der Kampf um die Befriedigung körperlicher Bedürfnisse hatte sein bisheriges Leben bestimmt, der Kampf um Nahrung und eine warme Unterkunft. In dieser Situation jedoch gelang es ihm, alle äußeren Einflüsse wegzudrängen, indem er sich sammelte und zur inneren Ruhe rief, und er glaubte zu spüren, wie die Kälte aus seinen Gliedern wich.

»Wie weit noch?«, erkundigte sich Caia bei Aldur, der den Eisbären lenkte, als hätte er nie etwas anderes getan.

»Schwer zu schätzen«, erhielt er zur Antwort. »Drei Meilen, vielleicht auch vier.«

»Bis dahin kann alles Mögliche passieren«, vermutete Alannah.

»Meinst du wirklich?«, fragte Granock. »Ehrlich gesagt sehe ich nichts, was uns gefährlich werden könnte.«

»Weil du ein blinder Narr bist«, beschied ihn Aldur abschätzig. »Dies ist der *prayf*. Wenn es so einfach wäre, zu der Eisnadel zu gelangen, hätten unsere Meister diese Aufgabe ganz sicher nicht zu unserer Prüfung bestimmt.«

Der Elf hatte natürlich recht. Granock verzog das Gesicht, presste die Lippen fest zusammen und beschloss, das Reden vorerst den anderen zu überlassen.

»Dieser Zauberer, der uns aus der Kammer entlassen hat«, rief Caia über das Heulen des Windes hinweg.

»Was ist mit ihm?«, fragte Alannah.

»Ich habe ihn noch nie zuvor gesehen.«

»Sein Name ist Daior«, rief Aldur über die Schulter zurück. »Meisterin Riwanon und er sind befreundet.«

»Befreundet?« Alannah lachte auf.

»Was gibt es da zu lachen?«

»Komm schon, Aldur, du weißt, warum ich lache. Wie es heißt, ist Meisterin Riwanon mit ziemlich vielen Männern *befreundet*. Nicht von ungefähr wird sie die ›Netzknüpferin‹ genannt, und in ihrem Netz hat sich schon so mancher verstr…«

Der Rest von dem, was sie sagen wollte, blieb ihr förmlich im Hals stecken. Unvermittelt hatte Aldur die Zügel losgelassen und sich zu Alannah umgewandt, und wie eine gefräßige Schlange schoss seine Rechte an ihre Kehle.

»Schweig!«, fuhr er sie an. »Es steht dir nicht zu, über meine Meisterin derart lästerliche Reden zu führen!«

Alannah, die ächzend nach Luft schnappte, konnte nichts erwidern, und Caia saß vor Schreck wie erstarrt auf ihrer Bank. Granock hingegen handelte.

»Bist du übergeschnappt? Lass sie los!«, rief er und erhob sich, um in dem schwankenden Korb auf Aldur zuzuwanken.

»Sie hat meine Meisterin beleidigt!«, zischte Aldur wütend.

»Nein«, rief Granock, »sie hat nur ausgesprochen, was jeder im Orden weiß. Außer dir, wie es scheint …«

»Schweig, Mensch!«, fuhr Aldur ihn an. »Oder der nächste Augenblick in deinem jämmerlichen Leben wird auch dein letzter sein!«

Sein Blick verriet so ungestümen Zorn, dass Granock verharrte, nur eine Armlänge von ihm entfernt. »Willst du mich umbringen?«, fragte er. »Am Tag der Prüfung?«

»Wenn es sein muss.« Aldur stieß Alannah von sich – er hatte ein neues Objekt gefunden, auf das er seine Wut richten konnte. Keuchend sank die Elfin auf den Boden des Korbs. Caia bückte sich zu ihr hinab, um ihr zu helfen. »Glaubst du denn, es gäbe irgendetwas, was du meiner Macht entgegensetzen könntest?«, rief Aldur.

»Du nennst mich einen blinden Narren, aber du selbst bist nicht weniger blind in deinem Zorn«, konterte Granock, der schreien musste, um den immer stärker werdenden Wind zu übertönen. »Ich weiß, dass du auf eine Gelegenheit wie diese nur gewartet hast, also los! Kein Meister ist in der Nähe, und selbst wenn, wäre es ihnen untersagt einzugreifen. Worauf wartest du? Eine Gelegenheit wie diese kriegst du nicht wieder!«

Aldur war deutlich anzusehen, dass Granock ihm aus der Seele sprach. Die Züge des Elfen erröteten und schwollen an, als wollten sie bersten, seine Hände begannen zu beben.

»Nein, Aldur«, keuchte Alannah heiser, während der *bórias* führerlos über die Weite der Schneewüste sprang; die ferne Eisnadel war längst nicht mehr sein Ziel. »Tu das nicht!«

»Es muss getan werden«, war Aldur überzeugt. »Für den Orden, für die Zukunft …«

»Du bist ein dämlicher Schwätzer«, entgegnete Granock, der endgültig genug hatte von diesem erbärmlichen, hochnäsigen Kerl. Natürlich war ihm Aldur hinsichtlich seiner Zauberkraft weit überlegen, aber dieser überhebliche Mistkerl beleidigte und verhöhnte ihn nicht nur schon wieder, so wie er es schon die letzten Wochen nahezu ohne Unterlass getan hatte, er hatte auch noch Alannah angegriffen, und damit hatte er eine Grenze überschritten, an die er besser nicht gerührt hätte.

»Und du«, sagte der Elf voller Abscheu, »bist nur ein törichter Mensch!« Damit hob er die Arme, um seinen Erzfeind bei lebendigem Leib zu rösten.

Aber weder kam Aldur dazu, seinen Feuerzauber zu wirken, noch konnte Granock seine eigene Fähigkeit zum Einsatz bringen. Denn in diesem Augenblick durchlief eine Erschütterung das Eis der *yngaia*, die so gewaltig war, dass der Bär aus dem Tritt geriet und strauchelte. Der Passagierkorb schwankte dadurch so heftig, dass sich die beiden Kontrahenten nicht auf den Beinen halten konnten.

Mit einem überraschten Ausruf ging Aldur nieder, während Granock gegen die Schanzung des Korbs prallte, die ihm nur knapp bis zum Gesäß reichte; beinahe wäre er über Bord gegangen, was bei dieser Höhe und den stampfenden Beinen des Eisbären sein sicheres Todesurteil bedeutet hätte.

»Wa-was war das?«, schrie Caia panisch.

»Was weiß ich?«, rief Granock zurück. »Ein Erdbeben oder …«

Ein neuerlicher Stoß erschütterte die Eiswüste, gefolgt von einem Laut, der so grässlich war, dass er dem Mensch und den drei

Elfen bis ins Mark fuhr. Ein Splittern und Bersten folgte, als wollte die Welt entzweibrechen.

Fast im selben Augenblick ließ Caia einen heiseren Schrei vernehmen. Die junge Elfin hatte sich halb aufgerichtet, spähte über den Rand des Korbes, und das Entsetzen stand ihr in die bleichen Züge geschrieben.

Granock fuhr herum und sah, wie sich das Eis der Weißen Wüste teilte. Der gewaltige Erdstoß hatte den gefrorenen Boden aufbrechen lassen und eine Kluft gebildet, die sich unter lautem Knacken verbreiterte – und auf die der führerlose Eisbär geradewegs zuhielt!

»Die Zügel!«, schrie Granock und griff nach den ledernen Bändern, die auf dem Boden des Korbs lagen. Aldur jedoch, der sich wieder auf die Beine gerafft hatte, kam ihm zuvor.

»Hände weg, Mensch!«, herrschte er ihn an. »Oder willst du uns alle umbringen?«

Mit atemberaubender Geschwindigkeit hielt der Eisbär auf den sich immer weiter verbreiternden Schlund zu. Ein anderes Tier hätte vermutlich seinen Instinkten gehorcht und das Weite gesucht – dieses jedoch, der Natur entwöhnt und dem Willen fremder Herren unterworfen, reagierte in wilder Panik und rannte geradewegs in sein Verderben. Mit aller Kraft zerrte Aldur an den Zügeln, aber das Tier gehorchte nicht mehr. Unaufhaltsam setzte es auf seinen pfeilerstarken Beinen weiter voran, seinem sicheren Ende entgegen – und dem seiner Reiter.

»Komm schon, Aldur!«, rief Alannah. »Unternimm etwas, oder wir werden alle sterben!«

»Ja, verdammt!«, fügte Granock grimmig hinzu. »Zeig endlich mal, was in dir steckt, statt immer nur große Töne zu spucken!« Und tatsächlich wünschte er sich in diesem Moment inständig, dass Aldur zumindest dieses eine Mal hielt, was sein großtuerisches Mundwerk versprach.

Mit zusammengepressten Zähnen, das Leder so fest um die Hände geschnürt, dass sie tief ins Fleisch schnitten, riss Aldur an den Zügeln, damit das panische Tier seine Laufrichtung änderte und zur Seite ausbrach. Die sich noch immer knackend ausdehnende Kluft schien auf sie zuzurasen und war inzwischen so breit, dass der Eisbär die andere Seite auch mit einem gewaltigen Sprung nicht mehr erreichen konnte. Er würde in die unergründliche Tiefe stürzen, und die Reiter auf seinem Rücken mit ihm.

Granock spähte über den Rand des heftig hin und her schaukelnden Korbs. Einfach abzuspringen wäre selbstmörderisch gewesen; er wollte erst zu diesem letzten Mittel greifen, wenn alle anderen Möglichkeiten ausgeschöpft waren. Er hätte die Zeit anhalten können, aber so hätte er nur sich selbst gerettet, nicht jedoch seine Mitschüler, die ebenfalls erstarrt worden wären. Ob es Granock gefiel oder nicht – ihr Überleben hing ausgerechnet von ebenjenem Elfen ab, der sein erklärter Feind war.

Ein Blick voraus: Der *bórias* würde jeden Moment die Spalte erreicht haben – und dann …

»Springen!«, brüllte Granock heiser. »Wir müssen abspringen, hört ihr?«

»Nein!«, stieß Aldur trotzig hervor, während er die entfesselte Kreatur weiter zu kontrollieren suchte.

»Aber wenn wir nicht springen, werden wir jeden Augenblick …«

Granock verlor abermals das Gleichgewicht, fiel in den Korb und stieß mit Alannah und Caia zusammen. Aldur hatte es endlich geschafft – der Eisbär hatte seine Laufrichtung urplötzlich geändert und preschte zur Seite.

Aldur hatte mit der Rechten eine Flammenkugel gebildet und sie dem Bären in den Weg geworfen, wo sie explosionsartig verknallt war. Daraufhin war das Tier erschrocken nach links hin ausgebrochen.

»Yaaah!« Die rechte Hand zur Siegerfaust geballt, die linke noch immer um die Zügel geschlossen, stand der Elf vorn im Korb und zwang dem Eisbären seinen Willen auf.

Alannah und Caia jubelten, und Granock kam nicht umhin, seinem Erzfeind seine Anerkennung auszusprechen.

»Gut gemacht«, lobte er, während Aldur den Eisbären auslaufen und schließlich in ruhigen Trab verfallen ließ.

»Spar dir deine Heuchelei, Mensch!«, schnauzte ihn der Elf an. »Außerdem habe ich es nicht für dich getan!«

»Natürlich nicht, entschuldige«, fauchte Granock und wandte sich enttäuscht ab.

Da jedoch durchlief eine neuerliche Erschütterung die Eiswüste. Wieder war infernalisches Getöse zu vernehmen, und im nächsten Augenblick gingen von dem Spalt Verzweigungen aus, die knackend und krachend durch das Eis fuhren. Nach allen Seiten setzten sie sich fort und verwandelten den eisigen Boden in ein Puzzle, und Aldur, der nicht wusste, wohin er den Eisbären lenken sollte, zögerte einen Augenblick zu lange. Zwar trieb er den *bórias* dann unbarmherzig an, jedoch tat sich unmittelbar vor dem Tier eine Kluft auf, zunächst schmal und ungefährlich, doch einen Herzschlag später klaffte sie auf wie das gefräßige Maul eines riesigen Untiers.

Zum Abspringen war es zu spät, schon traten die Vorderläufe des Eisbären ins Leere. Caia stieß einen gellenden Schrei aus, Granock eine wüste Verwünschung – dann kippte ihnen der gähnende Schlund entgegen, dessen senkrecht abfallende Wände aus graublauem Eis sich in bodenloser Schwärze verloren.

Schon glaubte Granock, dass sie verloren wären und der Abgrund sie verschlingen würde – doch da berührten die Pfoten des Bären plötzlich wieder festen Boden. Inmitten der tödlichen Leere hatte sich etwas gebildet, eine Art Untergrund, die dem Tier Halt gab und auf dem der Bär weiterlaufen konnte. Verblüfft blickten Granock, Aldur und Caia hinab und sahen die Brücke aus Eis, die eben noch nicht da gewesen war und nun die Kluft überspannte, und ihnen allen war klar, wem sie ihre unverhoffte Rettung zu verdanken hatten.

Alannah …

Die Elfin stand im rückwärtigen Bereich des Korbs, die Arme nach vorn gestreckt und das Gesicht verzerrt vor Anstrengung und Konzentration. Sie hielt sich gerade so lange aufrecht, wie der Eisbär brauchte, um die Brücke zu überqueren und die andere Seite der Spalte zu erreichen, dann sank sie erschöpft nieder.

»Das war großartig, einfach großartig!«, lobte Granock und sprang zu ihr. Auch Caia brach in lauten Jubel aus, während Aldur sich damit begnügte, anerkennend zu nicken. Natürlich war auch er froh, dass sie nicht in den Abgrund gestürzt waren, aber noch wesentlich lieber wäre es ihm gewesen, wäre er allein für ihre Rettung verantwortlich gewesen.

»Alles in Ordnung?«, fragte Granock die Elfin besorgt.

Alannah war sichtlich erschöpft, dennoch sagte sie leise: »Es geht mir gut …«

»Die Frage ist, wie lange noch«, versetzte Aldur.

»Wieso, was meinst du damit?«, fragte Caia.

»Seht euch das an!« Der Elf vorn im Korb deutete in die Richtung, die Granock für Norden hielt, aber da konnte er sich auch irren, denn graue Wolken verdunkelten den Himmel, sodass die Sonne nicht zu sehen war, und in dem immer dichter werdenden Schneegestöber reichte der Blick keine halbe Meile weit. Die Ordensburg war ebenso aus ihrem Blickfeld verschwunden wie die Eisnadel, die sie erreichen sollten.

Granock half Alannah auf die Beine, und sie blickten in die Richtung, die Aldur ihnen bedeutete: Ein Schneesturm rollte auf sie zu, eine Wand aus Nebel und flirrenden Flocken, die unaufhaltsam auf sie zuwalzte.

»Verdammt!«, rief Granock gegen den wieder stärker werdenden Wind an. »Wo kommt das denn plötzlich her?«

»Dieser Sturm ist nicht natürlichen Ursprungs«, war Alannah überzeugt, »ebenso wenig wie es das Beben war. Das alles ist Teil unserer Prüfung.«

Aldur drehte sich zu Granock um und bedachte ihn mit einem vernichtenden Blick. »Und du Narr hast gesagt, es würde leicht werden …«

Wäre es nicht gerade sein erklärter Erzfeind gewesen, der diese Worte sprach, Granock hätte seine Naivität eingestanden. So aber entgegnete er nichts, sondern starrte grimmig in die Richtung, aus der das Unwetter mit beängstigender Geschwindigkeit herangrollte. »So viel steht fest«, bemerkte er trocken. »Das wird ungemütlich.«

»Ich könnte eine Eiswand zum Schutz errichten«, sagte Alannah, noch immer sichtlich erschöpft, »aber meine Kräfte werden dazu kaum noch ausreichen …«

»Dann werden wir uns wohl etwas anderes einfallen lassen müssen«, murmelte Granock.

»Ach ja?«, fragte Aldur spöttisch. »Hast du einen Vorschlag, Mensch?«

»Allerdings«, sagte Granock. »Wir steigen ab, verwenden den Korb als Schutz und warten ab, bis der Sturm über uns hinweggefegt ist.«

»Was für ein Unsinn!«, wehrte Aldur ab. »Auf diese Weise werden wir dieses Inferno keinen Augenblick lang überstehen.«

»Du hast keine Ahnung vom Überleben, Elf«, beschied ihm Granock. »Ich habe schon ganz anderen Stürmen getrotzt als diesem.«

»Und wenn?«, hielt der überhebliche Elf dagegen. »Sich wie ein Insekt zu verkriechen, ist eines Elfen unwürdig.«

»Du kannst den Sturm auch gern wegzaubern«, schlug Granock mit bissigem Grinsen vor, »aber wenn du das vorhast, solltest du dich beeilen. Ich warte!«

Aldur erwiderte nichts. Aus seinen Augen jedoch schlugen unsichtbare Blitze, und seine Kiefer mahlten unter den Wangen.

»Hat wohl nicht funktioniert«, stellte Granock fest. »Dann machen wir es jetzt so, wie *ich* sage.« Dann befahl er mit lauter Stimme: »Alle raus aus dem Korb und abgestiegen, ehe der Sturm uns voll erwischt!«

»Verstanden«, bestätigte Alannah und schickte sich an, aus dem Korb zu klettern.

»Du … du folgst ihm?«, fragte Aldur verständnislos.

»Allerdings.« Sie nickte. »Denn ich will leben.«

Der Wind und der Schneefall hatten an Stärke zugenommen. Die Flocken waren kleiner geworden und schienen aus winzigen Eissplittern zu bestehen, die in ihre Gesichter nadelten. Dennoch harrte Granock aus, bis alle außer ihm den Korb verlassen hatten und von dem Eisbären geklettert waren. Dann erst stieg er selbst aus und löste die Schnallen, mit denen der Korb auf dem Rücken des Reittiers befestigt war. Der Korb rutschte seitlich herab und landete im Schnee, wo er sich überschlug und mit der Öffnung nach unten liegen blieb.

»Gut so!«, rief Granock gegen den Wind an, der sich inzwischen zu einem tosenden Orkan gesteigert hatte. Es war noch finsterer geworden, das Schneetreiben hatte weiter zugenommen, und der Tag war zur Nacht geworden. »Jetzt kriecht darunter und haltet den Korb fest, so gut ihr könnt, verstanden?«

»Was ist mit dem *bórias*?«, fragte Caia. »Wir müssen auch ihn schützen!«

»Der kann sich selbst am besten schützen!«, wehrte Granock ab. »Los jetzt, rein mit dir!«

Aldur und Alannah waren bereits unter den Korb geflüchtet, Caia und Granock folgten. Der dichte Schneefall, so hoffte Granock, würde binnen kürzester Zeit einen schützenden Wall um die behelfsmäßige Zuflucht auftürmen, damit der Orkan den Korb nicht wegriss, denn dann wären sie der Vernichtungskraft des Sturmes schutzlos ausgeliefert.

Unter dem Korb war es dunkel, und das Heulen des Orkans war nur noch gedämpft zu vernehmen. Für einen Moment glaubten die Novizen, die den Korb mit aller Kraft festhielten, damit er nicht davonflog, das heisere Gebrüll des Eisbären zu vernehmen. Doch schon im nächsten Moment war es wieder verstummt, und nur noch der heisere Atem des Windes war zu hören, der an dem Korb rüttelte und ihn davonzufegen drohte.

»Das ist Wahnsinn!«, rief Aldur. »Der Orkan wird den Korb hinwegreißen!«

»Wenn ich mich recht entsinne, hattest du keinen besseren Vorschlag, Elf«, konterte Granock. »Also hör gefälligst auf mit deinem Gejammer.«

»Gejammer?«, empörte sich Aldur. »Du wagst es, mich als einen Feigling hinzustellen?«

»Das hat er nicht getan«, setzte sich Caia für Granock ein.

»Wenn schon, er hat mich beleidigt«, zischte Aldur, »und dafür wird er eines Tages bezahlen ...«

Er unterbrach sich, als ein Windstoß ihren Unterschlupf an einer Seite hochhob und ihn fortzerren wollte. Schnee wirbelte herein, und Granock fürchtete schon, der Korb würde davonfliegen, aber dann ruckte er wie von selbst wieder zu Boden.

»Schön und gut«, erwiderte Granock ruhig, »aber erst müssen wir das hier überleben.«

Dem konnte nicht einmal Aldur widersprechen, und so saßen sie alle vier schweigend in der Dunkelheit und hielten mit schmerzenden Armen und Händen den Korb fest, während draußen der Schneesturm tobte. Erst nach einer halben Ewigkeit, als sie schon nicht mehr daran glaubten, dass das Inferno jemals enden würde, ließ der Sturm tatsächlich nach.

2. ARSWYTH OU DUFANOR

Das Heulen des Windes legte sich, ebenso wie die ungestüme Kraft, mit der an ihrem Unterschlupf gerüttelt wurde. Ihre Glieder schmerzten, aber mithilfe der Fähigkeiten, die ihre Meister ihnen beigebracht hatten, trotzten sie erfolgreich der Kälte.

»Alles wohlauf?«, fragte Granock an Caia und Alannah gewandt; Aldur war ihm ziemlich gleichgültig.

»Einigermaßen«, antwortete Alannah. »Immerhin sind wir noch am Leben.«

»Zufall«, zischte Aldur gehässig. »Nichts als glücklicher Zufall.«

»Wie du meinst«, entgegnete Granock, der sich ein Grinsen verkneifen musste – diese Runde war an ihn gegangen, da konnte der Elf sagen, was er wollte.

Mit vereinten Kräften hoben sie den Korb, was gar nicht so einfach war, weil er halb in einer Schneewehe steckte. Gegen die Helligkeit blinzelnd, krochen sie nacheinander aus dem Dunkeln.

Der Schneefall hatte aufgehört, der Wind nachgelassen. Dafür herrschte Nebel, der so dicht war, dass nicht einmal eines Elfen Blick ihn zu durchdringen vermochte. Schon nach ein paar Dutzend Schritten verlor sich der weiße Boden in zähem Grau. Von dem Eisbär, der sie getragen hatte, war weit und breit nichts mehr zu sehen. Vielleicht war es dem Tier gelungen, dem Sturm zu entfliehen, vielleicht war es auch in eine der Spalten gestürzt.

»Großartig«, kommentierte Aldur mit vor Sarkasmus triefender Stimme. »Den Sturm haben wir überstanden, aber was nun? In diesem Nebel werden wir den Weg zurück nicht finden.«

»Zurück?« Granock bedachte ihn mit einem geringschätzigen Blick. »Wovon sprichst du?«

»Wovon ich spreche, Mensch?« Der Elf schnitt eine Grimasse. »Ich dachte, das wäre angesichts unserer Lage sogar für dich offensichtlich. Ich spreche davon, zurück zur Ordensburg zu gehen, wo wir in Sicherheit sind.«

»Die Ordensburg ist nicht unser Ziel«, wehrte Granock ab. »Unser Auftrag lautet, zur Eisnadel zu gelangen.«

»Hast du den Verstand verloren?«, blaffte Aldur. »Unser Reittier ist weg, und wir haben die Orientierung verloren. Wie sollen wir diese verdammte Nadel jemals finden?«

»Wir müssen uns eben etwas einfallen lassen.«

»Und werden dabei elend erfrieren!« Aldur schüttelte den Kopf. »Das ist typisch für euch Menschen. Ihr wisst nicht, wann es Zeit ist aufzuhören. Das ist schon immer so gewesen, und deshalb werdet ihr es auch nie zu etwas bringen.«

»Und euch«, konterte Granock, »ist der Biss abhandengekommen, der unbedingte Wille. Ihr seid zu satt geworden, voll gefressen, deshalb wird eure Rasse früher oder später untergehen, ob ihr es wahrhaben wollt oder nicht.«

»Nichtswürdiger!«, zischte Aldur und trat drohend auf ihn zu. »Was fällt dir ein?«

»Ich dachte, du willst die Prüfung unbedingt bestehen«, sagte Granock. »Wenn wir unverrichteter Dinge zurückkehren, haben wir alle vier versagt, und sehr wahrscheinlich werden wir keine zweite Möglichkeit bekommen, die Prüfung zu bestehen, wenn wir diese hier nicht nutzen.«

»Du ganz sicher nicht, Mensch«, war Aldur überzeugt. »Uns hingegen wird der Hohe Rat bestimmt ein zweites Mal zum *prayf* zulassen.«

»Wie schön für dich«, knurrte Granock. »Dann viel Glück beim nächsten Mal – ich jedenfalls gebe hier und jetzt nicht auf!«

»Ich ebenfalls nicht«, stellte sich Alannah auf seine Seite.

»Was?« Aus Aldurs Blick sprach pures Unverständnis. »Aber … wa-warum? Warum gehst du ein solches Risiko ein? Dazu besteht kein Anlass …«

»Weil wir nur zusammen bestehen können«, sagte die Elfin. »Granock hat uns geholfen, nun ist es an uns, ihm zu helfen.«

»Unsinn. Was er getan hat, tat er, um zu überleben.«

»Dennoch haben wir Nutzen daraus gezogen«, beharrte Alannah. »Ist dir noch nicht der Gedanke gekommen, die Ältesten könnten sich etwas dabei gedacht haben, als sie uns in einer Gruppe zusammenbrachten?«

»Offen gestanden – nein.«

»Aber mir«, sagte die Elfin. »Ich bin mir fast sicher, dass sie einen bestimmten Zweck damit verfolgen. Unser Ziel ist die Eisnadel, daran hat sich nach wie vor nichts geändert.«

»Das ist verrückt!«, regte sich Aldur auf, hilflos in den sie umgebenden Nebel starrend. »Einfach verrückt!«

»Hat deine Meisterin dir denn gar nichts beigebracht?«, fragte Granock.

Aldur fuhr herum. »Ich rate dir, Mensch«, sagte er gefährlich leise, »spotte nicht über meine Meisterin!«

»Meister Farawyn«, fuhr Granock unbeirrt fort, »hat mich gelehrt, dass nur unsere eigene Vorstellungskraft die Grenze unseres Handelns ist – und dass allein im Herzen entschieden wird, ob aus einem durchschnittlichen Wesen ein Zauberer wird oder nicht.«

»Schöne Worte«, höhnte Aldur. »Aber sie ändern nichts daran, dass wir nicht wissen, wo sich die Eisnadel befindet.«

»Mein Gefühl sagt mir, dass wir in diese Richtung gehen müssen«, sagte Alannah und wies mit ausgestrecktem Arm in den Nebel.

»Ach ja? Und wenn du dich irrst? Wir sind noch nahe genug an der Ordensburg, um vielleicht zurückzufinden. Wenn wir uns aber noch weiter von Shakara entfernen, sind wir verloren.«

»Dann müssen wir eben dafür sorgen, dass wir die Orientierung nicht verlieren«, sagte Granock.

»Was du nicht sagst, Mensch. Und wie, bitte sehr, soll das funktionieren?«

»Indem wir einen Bezugspunkt schaffen. Eine Markierung, zu der wir im Zweifelsfall wieder zurückkehren können.«

»Eine Markierung im Nebel.« Aldur stieß ein verächtliches Schnauben aus. »Und wie, Mensch, willst du das bewerkstelligen?«

Bevor Granock antworten konnte, trat Caia vor, die unscheinbare Novizin, die sich an dem Wortwechsel nicht beteiligt hatte. Sie schloss die Augen und konzentrierte sich, und schon im nächsten Moment verwandelte sich ihre schlanke, zerbrechlich wirkende Gestalt in reine Energie, die sich als grelles Leuchten manifestierte. Ein Leuchten, das auch im dichten Nebel meilenweit zu sehen sein würde …

»Danke, Caia.« Granock nickte. »Also, hier ist mein Plan: Alannah und Aldur gehen voraus, um nach der Felsnadel zu suchen, Caia und ich bleiben hier und markieren diese Position. Wenn eure Suche erfolgreich ist, gibt Aldur ein Feuersignal, und wir kommen zu euch. Wenn nicht, dann kehrt ihr hierher zurück, und wir brechen die Prüfung ab.«

»Das würdest du tun?«, fragte Aldur misstrauisch. »Die Prüfung abbrechen?«

»Ob du es glaubst oder nicht, Elf«, antwortete Granock, »ich habe ebenfalls kein Interesse daran, jämmerlich zu erfrieren. Aber ich möchte alle Möglichkeiten ausschöpfen. Also?«

»Ich bin dabei«, versicherte Alannah.

»Geht schon«, sagte auch Caia, die wieder ihre normale Gestalt angenommen hatte. »Worauf wartet ihr?«

Es gefiel Aldur nicht, von einer Mitschülerin, die er als ihm weit unterlegen einstufte, gedrängt zu werden, und ebenso wenig behagte es ihm, dass ein Mensch den Plan entwickelt hatte, dem er nun folgen sollte. Aber er widersprach nicht.

Wortlos wandte er sich ab und ging in die Richtung, in die Alannah zuvor gedeutet hatte. Die Elfin folgte ihm, nicht ohne vorher noch einen Blick mit Granock zu wechseln.

»Viel Glück«, gab er ihnen mit auf den Weg.

»Danke«, erwiderte sie und folgte dann Aldur in den dichten Nebel. Als sie sich nach wenigen Schritten noch einmal umwandte, konnte sie Granock und Caia schon nicht mehr ausmachen. Ein Gefühl der Schwermut überkam sie, das sie jedoch mit aller Macht niederkämpfte. Sie beeilte sich, zu Aldur aufzuschließen.

Das Vorankommen war mühselig, denn sie versanken bis zu den Knien im Schnee. Alannah musste daran denken, dass ihrem Volk nachgesagt wurde, über frisch gefallenen Schnee wandeln zu können, ohne auch nur einen Fingerbreit einzusinken. Was natürlich Unfug war. Allerdings hätte sie in diesem Moment einiges darum gegeben, über eine solche Gabe zu verfügen.

Aldur kam schließlich auf den Gedanken, in regelmäßigen Abständen kleine, kontrollierte Feuerstöße auszustoßen und auf diese Weise eine Schneise in den Firn zu schmelzen. Da er aber keine Ahnung hatte, wohin sie sich wenden mussten, war er gezwungen, sich immer wieder bei Alannah nach der Richtung zu erkundigen, die sie einzuschlagen hatten, und das ärgerte ihn sehr.

»Wohin jetzt?«, knurrte er genervt. Noch immer hielt er Granocks Plan für unsinnig.

»Diese Richtung, denke ich«, antwortete Alannah, ein Stück vorausdeutend.

»Was bringt dich darauf?«

»Ein Gefühl, mehr nicht.«

»Wir riskieren also unser Leben aufgrund eines Gefühls?«

»Wir riskieren gar nichts«, stellte sie klar. »Granocks Vorschlag ist gut und sicher. Du brichst dir keinen Zacken aus der Krone, wenn du es zugibst.«

»Gut und sicher.« Er ließ einen Feuerstrahl aus seiner Hand lodern, der eine schmale Rinne in den Schnee vor ihnen fraß. »Glaubst du das wirklich? Das Chaos folgt den Menschen auf Schritt und Tritt. Wir wären besser ohne ihn dran.«

Alannah blieb stehen. »Wie kannst du so etwas sagen?«, fragte sie. »Sein Einfall mit dem Korb hat uns das Leben gerettet.«

»So wie meine Fertigkeit im Umgang mit dem *bórias*«, konterte Aldur. »Und hast du meinetwegen auch so ein Aufheben gemacht? Natürlich nicht.«

»Du bist eifersüchtig«, stellte sie fest.

»Unsinn.«

»Ich sagte es dir schon, Aldur – Granock ist keine Konkurrenz für dich. Du hast so vieles, das er entbehrt, und du wirst ein größerer Zauberer werden, als er jemals sein kann.«

»So?« Er funkelte sie herausfordernd an. »Warum stehst du dann auf seiner Seite?«

»Sehr einfach«, entgegnete sie kühl und hielt seinem Blick stand. »Weil du von euch beiden zwar der größere Zauberer sein magst, aber dein ganzes Denken dreht sich nur um dich«, warf sie ihm vor. »Dein Blick ist so sehr auf dich selbst gerichtet, dass du andere nicht einmal bemerkst. Weder jene, die deiner Hilfe bedürfen, noch solche, die dir wohlgesonnen sind.«

»Vom wem sprichst du?« Er lachte provozierend. »Etwa von dir selbst?«

Sie reagierte nicht auf die provokante Frage, sondern fuhr fort: »In dir steckt so viel Gutes, Aldur, mehr als du ahnst, aber du musst es auch zulassen. Granock mag dir in fast jeder Hinsicht unterlegen sein, aber anders als du übernimmt er Verantwortung für andere, und er setzt seine Stärke ein, um die Schwachen zu unterstützen.«

»Und das gefällt dir an ihm?«, fragte er sie. »Deshalb fühlst du dich zu ihm hingezogen?«

»Das tue ich keineswegs.«

»Nein? Und warum hast du dich dann von Beginn an für ihn eingesetzt und stellst dich immer wieder schützend vor ihn? Was ist es, das dich so für diesen Menschen einnimmt?«

»Das geht dich nichts an«, beschied sie ihm und reckte sich dabei so weit vor, dass ihr schmales, von der Kälte gerötetes Gesicht unmittelbar vor seinem schwebte. Der dampfende Atem, der aus beider Münder drang, vermischte sich, ehe er sich in der Kälte verflüchtigte.

Für einen endlos scheinenden Augenblick schien die Zeit und alles um sie herum jede Bedeutung zu verlieren – dann beugte sich Aldur vor, legte eine Hand auf ihren Hinterkopf, die andere auf ihre Wange, den Daumen unter ihr Kinn, um sie festzuhalten, und küsste Alannah hart auf den Mund.

Sie zog sich nicht zurück, aber sie erwiderte den heftigen, leidenschaftlichen Kuss auch nicht. Sie stand nur da und wartete, bis sich Aldur von ihr löste. Der Blick, mit dem sie ihn bedachte, war unmöglich zu deuten.

»Tu das niemals wieder«, sagte sie leise.

»Wieso nicht? Weil du ein Kind der Ehrwürdigen Gärten bist?«

»Genau das.«

Aldur lachte leise. »Wir wissen beide, dass es sich damit nicht so verhält, wie du uns alle glauben machen willst«, sagte er in Erinnerung an die Andeutung, die seine Meisterin ihm gegenüber gemacht hatte.

Auch wenn er keine Ahnung hatte, was genau Riwanon damit gemeint hatte, seine Worte verfehlten ihre Wirkung nicht. »Wer hat dir das gesagt?«, fragte Alannah leise.

»Das spielt keine Rolle«, sagte er, während er grinsend weiterging. »Ich habe recht, oder nicht?«

Gesenkten Hauptes, vor Erregung schwer und stoßweise atmend und vor Kälte und Entsetzen zitternd blieb sie zurück. Ausgerechnet an diesem Ort, in dieser angespannten Lage, in einer Situation, die über ihre Zukunft entscheiden sollte, wurde sie mit der *Vergangenheit*, mit der *Wahrheit* konfrontiert. Es traf sie völlig unvorbereitet ...

»Es stimmt«, gestand sie leise ein.

Abermals blieb Aldur stehen und wandte sich um. »Was stimmt?«

»Du scheinst es ohnehin zu wissen, also hat es wenig Sinn, es vor dir zu leugnen. Ich bin kein Kind der Ehrwürdigen Gärten mehr.«

Er betrachtete sie forschend, tat aber so, als würde ihre Eröffnung ihn keinesfalls überraschen.

»Ich wurde verstoßen, und Meisterin Riwanon sorgte dafür, dass ich in Shakara aufgenommen wurde«, fuhr sie fort. »Hätte sie es nicht getan, wäre ich vor Gericht gestellt worden.«

Deswegen also war Aldurs Meisterin mit Alannahs Geschichte so gut vertraut: Sie selbst war es gewesen, die die junge Elfin nach Shakara gebracht hatte. Dennoch waren ihm die Zusammenhänge noch immer schleierhaft ...

»Vor Gericht gestellt, ja?«, sagte er vorsichtig, um sie zum Weitersprechen zu bewegen.

»Ja«, sagte Alannah leise und wie zu sich selbst, wobei sie immer noch beschämt zu Boden blickte. »Wegen Mordes ...«

Diesmal konnte Aldur seine Überraschung nicht mehr verbergen. Mit manchem hatte er gerechnet, aber nicht damit.

»M-Mord?«, stammelte er verdutzt.

Alannah nickte nur.

»Aber wie …? Ich meine …«

»Es war keine Absicht«, erklärte sie und schaute wieder auf. Dass Aldur doch nicht so umfassend informiert war, wie er anfangs getan hatte, schien sie gar nicht zu registrieren; sie wollte nur noch ihre grausame Tat rechtfertigen. »Es ist einfach geschehen«, behauptete sie, und in ihrem Blick lag etwas Flehendes, die verzweifelte Bitte, Aldur möge ihr Glauben schenken. »Ein junger Mensch hat sich widerrechtlich Zugang zu den Ehrwürdigen Gärten verschafft und mich heimlich beim Baden beobachtet. Als ich ihn bemerkte, da … da …« Sie rang nach Worten. »Ich fühlte mich beschämt … und bedroht und … es passierte einfach.«

»Was passierte?«

»Meine *Gabe*«, sagte sie und hob die Hände an. »In diesem Moment erfuhr ich, dass ich über übernatürliche Kräfte verfüge – und der Mensch hat es ebenfalls erfahren, auf die denkbar schrecklichste Weise …«

»Du hast ihn umgebracht«, sagte Aldur, »mit deinem Eis.«

»So war es.« Wieder senkte sie das Haupt, schuldbewusst und verzweifelt.

»Aber du konntest nichts dafür«, war Aldur überzeugt. »Es war ein Unfall, und dieser Mensch hätte auch nicht dort sein dürfen!«

»Darum geht es nicht. Ich habe jemanden getötet, einen schwachen, wehrlosen Menschen«, sagte sie bekümmert. »Was auch immer ich jemals versuchen werde, was auch immer ich tun werde – niemals wird es mir gelingen, mich von dieser Untat reinzuwaschen.«

»Ich verstehe«, sagte er, und zum ersten Mal war das Lächeln, das sich auf seine hageren Züge legte, nicht von Hohn und Spott geprägt, sondern von Mitgefühl. »Und aus diesem Grund glaubst du, an Granock wiedergutmachen zu müssen, was du an jenem anderen Menschen verbrochen hast. Ist es so?«

Wieder nickte sie, zu einer verbalen Antwort war sie nicht fähig.

Aldur atmete tief durch, nahm die klare, eisige Luft in sich auf. Soweit es ihn betraf, war er mit dieser Erklärung sehr zufrieden, mehr noch, er freute sich sogar darüber. Denn es bedeutete zum einen, dass Alannah keine tieferen Gefühle für den Menschen empfand, wie er heimlich befürchtet hatte – und dass sie auch nicht unantastbar war. Dass sie eine angebliche Mörderin war, störte ihn nicht, schließlich hatte sie nur einen *Menschen* getötet, und dieser unverschämte Kerl hatte bei dem, was er getan hatte, durchaus eine drastische Strafe verdient …

»Lass uns weitergehen«, sagte er und streckte lächelnd die Hand nach ihr aus. »Meisterin Riwanon hat mich gelehrt, der Kälte mit der Kraft des Geistes zu trotzen – aber meine Füße haben keinen starken Geist.«

»Meine auch nicht«, sagte sie und schaute ihn an, dankbar dafür, dass er die Situation mit einem lockeren Spruch zu entschärfen versuchte.

»Dann komm«, forderte er sie auf. »Wir haben eine Eisnadel zu finden, irgendwo in diesem verdammten Nebel.«

»Dann bist du also mit Granocks Plan einverstanden?«, fragte sie, während sie auf ihn zuging, um dann seine ausgestreckte Hand zu ergreifen.

»Nein«, widersprach er und drückte ihre Hand, um ihr Mut zu machen, »aber ich verstehe jetzt, warum du diesem unsinnigen Plan zugestimmt hast, und ich werde an deiner Seite bleiben.«

Dann ließ er sie los, um mit einem erneuten Feuerstrahl einen Pfad in den knietiefen Schnee vor ihnen zu schmelzen …

Indem Aldur ihnen mit seiner feurigen Gabe einen Weg durch Schnee und Eis bahnte, kamen sie rasch voran, bis sich auf einmal irgendetwas in der weißen Nebelwand vor ihnen abzuzeichnen begann. Anfangs war es nur ein fahler Strich im milchigen Grau, aber während sie weiter darauf zugingen, traten die spitz zulaufenden Formen der Eisnadel hervor, die ihnen Meister Daior als Ziel genannt hatte.

»Siehst du das auch?«, fragte Alannah mit neuer Hoffnung.

»Tatsächlich«, sagte Aldur, der es kaum glauben konnte.

»Unser Ziel!«, rief die Elfin, und in ihrer Freude und Erleichterung fiel sie ihrem Mitschüler überschwänglich um den Hals. »Wir haben es fast erreicht!«

»Tatsächlich«, sagte Aldur noch einmal. Er grinste breit und war sich sicher, die Prüfung so gut wie bestanden zu haben.

»Worauf wartest du?«, drängte Alannah, noch immer außer sich vor Freude. »Gib das Signal, damit die anderen nachkommen können.«

»Nein«, sagte er nur.

»Wie-wieso nicht?«, fragte sie überrascht.

»Ich bin erschöpft«, erklärte er. »Die Art, wie ich uns den Weg durch den Schnee gebahnt habe, hat mich ausgelaugt.«

»Soll das ein Witz sein?«, stieß sie hervor, dann beäugte sie ihn misstrauisch und trat sogar einen Schritt zurück. »Damals in jenem Duell gegen Granock und mich hast du Flammenstürme entfesselt, die tausendmal größer waren. Worum geht es wirklich?«

»Schön«, erwiderte er. »Du hast mir die Wahrheit gesagt, also werde auch ich dir die Wahrheit sagen: Ich will nicht, dass er uns findet.«

»Wer?«

»Der Mensch natürlich, wer sonst?«

»Aber ...« Alannah schüttelte verständnislos den Kopf. »Aber er *soll* uns finden. Sobald wir auf die Eisnadel stoßen, sollst du ein Signal geben, so lautet der Plan.«

»*Sein* Plan«, sagte Aldur, »aber sicher nicht meiner. Nur wir zwei werden die Eisnadel erreichen, und wir werden behaupten, wir hätten die anderen beiden verloren. Oder besser noch: *sie* hätten *uns* verloren.«

»Was willst du damit erreichen?«, fragte sie atemlos und konnte kaum fassen, was er ihr da vorschlug.

Er hob beschwichtigend die Hände. »Keine Sorge, Caia wird die Prüfung ein zweites Mal ablegen dürfen.«

»Und Granock?«

»Nichts weiter«, sagte er mit unschuldigem Achselzucken. »Der Mensch wird des Ordens verwiesen, wie es längst hätte geschehen sollen, und dann hat alles seine Ordnung.«

»Sagt wer?«

»Sage ich«, antwortete Aldur. »Und außerdem auch alle, auf die es im Hohen Rat ankommt. Dieser aufsässige Mensch hat schon für genug Unruhe in Shakara gesorgt. Er muss verschwinden – und das ist *die* Gelegenheit.«

»Aber er vertraut uns!«

»Selbst schuld«, konterte der Elf kaltschnäuzig.

Er wollte sich abwenden und den Weg fortsetzen, aber Alannah lief auf ihn zu und packte ihn am Arm. »Das kannst du nicht tun!«

»Meine Liebe«, sagte er und wandte ihr das Gesicht zu, »wer sollte mich daran hindern? Natürlich könntest du versuchen, ihm ein Zeichen zu geben. Ich fürchte nur, du verfügst nicht über meine Fähigkeiten. Und deine Rufe wird niemand hören. Also …«

»Du Scheusal!«, schrie sie ihn an. »Du unfassbares widerwärtiges Scheusal!«

»Spar dir das. Vorhin hast du selbst zugegeben, dass du dich nur aus einem schlechten Gewissen heraus für ihn einsetzt«, sagte er. »Aber wenn sich in den Ehrwürdigen Gärten alles so zugetragen hat, wie du es mir geschildert hast, brauchst du kein schlechtes Gewissen zu haben, Alannah. Und solltest du mich belogen haben, so bist du eine ruchlose Mörderin und hast überhaupt kein Gewissen. Was ich damit sagen will, ist: Du gehörst zum Volk der Elfen, er ist nur ein Mensch, und es kann dir völlig egal sein, was mit ihm geschieht.«

Er schaute sie an, und sein Blick war voller Offenheit und Ehrlichkeit. Er meinte, was er sagte. Und es kam ihm gar nicht in den Sinn, dass ein vernünftiges Wesen der Logik seiner Argumentation nicht zustimmen würde.

Für einen Moment fehlten ihr die Worte. Dann holte sie Luft, um ihm eine geharnischte Entgegnung an den Kopf zu werfen und ihm zu erklären, dass er sich in ihr irrte und sie sehr wohl ein Gewissen hatte und dass dieses Gewissen sie daran hinderte, einen Kameraden, dem sie noch dazu ihr Leben verdankten, aufs Schändlichste zu verraten.

Aber gerade als sie den Mund öffnete, kam ihr in den Sinn, was ihr wohl widerfahren würde, wenn sie die Prüfung nicht bestand.

Vielleicht würde man ihr, nach weiteren Wochen oder gar Monaten der Bewährung, tatsächlich eine zweite Möglichkeit geben, die magischen Weihen zu erlangen. Aber wenn sie, und wäre es nur durch einen unglücklichen Zufall, noch einmal versagte, würde sie aus dem Orden ausgeschlossen und aus Shakara verstoßen werden, und da es kein Leben gab, in das sie zurückkehren konnte, würde sie fortan heimatlos sein, vogelfrei in einer Welt, deren Regeln und Gesetz sie eben erst zu begreifen begann. Sie würde nicht lange überleben, das war ihr klar.

Wie also sollte sie sich entscheiden? Wollte sie ihre sichere Zukunft als Angehörige des Ordens von Shakara wegwerfen für jemanden, für den sie eigentlich kaum mehr empfand als Mitleid? Wollte sie um Granocks willen auf den sicheren Triumph verzichten? Für einen *Menschen*, obwohl ein Mensch dafür verantwortlich war, dass sie die Ewigen Gärten hatte verlassen müssen und nun in dieser Lage steckte? Wer, bei Sigwyns Ahnen, sagte ihr, dass Granock für sie dasselbe tun würde? War es nicht völlig normal, in einer Situation wie dieser zuerst an sich selbst zu denken? Vielleicht hatte Aldur ja recht und ein Mensch gehörte tatsächlich nicht nach Shakara …

»Bisweilen mag ich mit Blindheit geschlagen sein«, gab Aldur zu, »aber in diesem Moment kann ich an deinen Augen erkennen, dass du mir im Grunde deines Herzens zustimmst, habe ich recht?«

Sie nickte langsam, entsetzt über sich selbst, und hörte ihn sagen: »Wir sind uns ähnlich, Alannah. Du magst es leugnen, aber es ist die Wahrheit.«

»Ja«, flüsterte sie, als fürchtete sie, ihr verräterisches Gespräch könnte belauscht werden.

»Dann komm jetzt mit mir«, forderte er sie auf und reichte ihr wieder die Hand. »Lass es uns gemeinsam zu Ende bringen, und schon morgen werden wir unserem großen Ziel ein gutes Stück näher sein.«

Wie in Trance streckte sie die Hand aus und wollte erneut nach Aldurs Hand greifen – aber plötzlich, nur einen Augenblick, ehe sich ihre Finger berührten, verharrte sie.

»Was ist?«, fragte Aldur.

»I-ich kann nicht«, erklärte sie, und es kostete sie alle Überwindung, diese drei Worte zu sprechen.

»Das ist ein Scherz, oder?«, fragte er. »Komm schon, worauf wartest du? Die Eisnadel, das Ziel unserer Prüfung, ist ganz nah!«

»Nein«, sagte sie, entschiedener diesmal, und zog ihre Hand zurück. »Ich werde nicht mit dir gehen.«

Er war völlig perplex. »Was?«

»Halt mich für verrückt«, hörte sie sich selbst sagen, »aber ich werde nicht jemanden, dem ich mein Leben verdanke, auf derart gemeine Weise hintergehen.«

»Aber das ... das ist gegen alle Vernunft!«

»Vielleicht«, räumte sie ein, »aber Granock ist unser Kamerad. Unabhängig von seiner Herkunft ist er ein Novize Shakaras wie wir.«

»Unsinn! Er ist ein Mensch, Alannah. Du bist ihm gegenüber zu rein gar nichts verpflichtet.«

»Doch, das bin ich«, erklärte sie störrisch. »Geh du nur. Ich werde bleiben.«

»Du tust es schon wieder«, keuchte er, die Augen vor Zorn weit aufgerissen. »Schon wieder ziehst du ihn mir vor.«

»Nein, Aldur. Es geht hier nicht um ihn oder um dich, sondern um grundsätzliche ...«

»Komm mir nicht mit Grundsätzen«, fiel er ihr laut ins Wort. »Ich habe deine wortreichen Erklärungen satt. Geh mit mir oder lass es bleiben, aber beschwer dich nicht, wenn du auf der Strecke bleibst. Ich habe dich gew...«

Eine schwere Erschütterung riss ihm das Wort von den Lippen, und Alannah und er hatten Mühe, sich auf den Beinen zu halten. Sie taumelten, und während es der Elfin gelang, auf den Beinen zu bleiben, wankte Aldur in den tiefen Schnee und fiel um.

»Was war das?«, rief er, während er sich sogleich wieder erhob.

»Wahrscheinlich eines dieser magischen Beben«, vermutete sie.

»Nicht schon wieder«, stöhnte Aldur.

Schon im nächsten Augenblick erfolgte der nächste Erdstoß, begleitet von einem markigen Knacken, das bis zu den Wurzeln der Welt hinabzureichen schien.

»Sieh!«, rief Alannah außer sich und deutete auf den Spalt, der sich im Boden bildete, genau zwischen ihnen und der Nadel, die sich verheißungsvoll im Nebel abzeichnete. Unter infernalischem Getöse teilte sich das Eis. Der Schnee, der darauf gelegen hatte, sackte in bodenlose Tiefe, und eine Kluft bildete sich, noch breiter als jene, in die sie alle ohne Alannahs Gabe gestürzt wären.

»Zurück!«, schrie sie entsetzt. »Wir müssen zurück ...!«

»Nein«, beharrte er. »Ich werde nicht umkehren! Nicht so kurz vor dem Ziel!« Damit setzte er sich in Bewegung und stapfte geradewegs auf die Kluft zu.

Alannah, die ihn nicht ins Verderben rennen lassen wollte, folgte ihm und rief ihm hinterher: »Bleib stehen! Das ist Wahnsinn!«

»Wahnsinn wäre es, jetzt noch umzukehren!«, schrie er zurück, trotzig wie ein Kind.

Schon einen Herzschlag später jedoch blieb er tatsächlich stehen – nicht etwa, weil er seinen Starrsinn aufgegeben und sich eines Besseren besonnen hätte, sondern weil sich aus der dunklen Tiefe des Spalts plötzlich etwas erhob. Etwas, das so groß und so unfassbar war, dass Aldur mit einem gellenden Aufschrei zurückwich.

Er stieß gegen Alannah, und sie stürzten beide rücklings in den Schnee, wo sie liegen blieben und fassungslos das Schauspiel verfolgten, das sich ihren ungläubig geweiteten Augen bot.

Denn aus der Eisspalte reckte sich eine gewaltige Hand. Jeder ihrer Finger allein war so groß wie ein ausgewachsener Elf, und ihre Haut hatte die Farbe und Beschaffenheit von Gletschereis. Einen schrecklichen Augenblick lang schwebte die Hand über der Eisspalte, dann griff sie nach der Abbruchkante und krallte sich daran fest. Eine zweite Hand erschien, gesellte sich zu der ersten, und dann zog sich etwas aus der Tiefe nach oben, das größer war als alles, was die beiden Elfen je zuvor in ihrem Leben zu Gesicht bekommen hatten.

Jenseits der beiden Eispranken erschien ein gigantisches, bläulich schimmerndes Gesicht, von dessen scharf geschnittener Nase und dem spitzen Kinn Eiszapfen hingen. Die strengen Züge des Riesen wurden umrahmt von einem langen weißen Bart und ebenso weißen langen Haaren, die Augen hatten weder Pupille noch Iris und funkelten wie das Licht der Sterne, und im Mund des Giganten steckten Zähne aus gezacktem Eis, jeder so groß wie ein Felsblock. Das heisere Fauchen, das aus diesem schrecklichen Maul drang, schien die Luft ringsum gefrieren zu lassen.

Dem Haupt folgte ein kurzer Hals, dann ein breiter graublauer Körper mit gewaltigen Muskelbergen, der lediglich mit einem Schurz aus weißem, zottigem Fell angetan war, und zum Schluss erschienen zwei Beine, als der Gigant einen Fuß auf den Rand der Kluft setzte, um sich vollends hochzustemmen. Dann richtete er sich zu seiner ganzen Größe auf. Wie zwei Türme ragten seine Beine in den Nebel, der Oberkörper und das furchterregende Haupt darüber waren nur noch vage auszumachen.

Starr vor Entsetzen blickten Aldur und Alannah an dem Titan empor. Ob die ungeheure Kreatur tatsächlich aus reinem Eis bestand oder ob es sich in Wahrheit um ein lebendes, atmendes Wesen handelte, war unmöglich festzustellen. Dafür aber wusste Alannah genau, mit wem sie es zu tun hatten, denn als Tochter der Ehrwürdigen Gärten kannte sie die Erzählungen, die sich um den Anbeginn der Zeit und die Entstehung von Erdwelt rankten.

»Das ist Ymir«, rief sie voller Entsetzen, »der Eisriese aus den alten Mythen!«

Und in diesem Moment richtete der Gigant den stechenden Blick seiner weißen Augen auf die beiden Elfen herab …

3. BAUWUTHAN TA MARWURAITH

Granock hasste es zu warten.

Schon früher, als er sich noch als Dieb durchs Leben schlug, hatte er es kaum ertragen können, im Dunkeln zu hocken und darauf zu lauern, dass sich ein Opfer näherte. Das Warten selbst machte ihm dabei nicht so viel aus. Die Ungewissheit war es, die ihm zusetzte, die Fragen, die einen immerfort quälten: Würde alles gut gehen? Würde er auch diesmal wieder ungeschoren davonkommen? Oder würde dies der Tag sein, da seine Glückssträhne riss und man ihn zu fassen bekam?

Auch an diesem Tag, während Caia und er im Nebel kauerten und darauf hofften, aus der Ferne ein Signal zu erhalten, musste Granock sich mit bohrenden Fragen auseinandersetzen: Hatte Alannahs Gefühl sie nicht getrogen? Befand sich die gesuchte Eisnadel tatsächlich hinter dieser Nebelwand? Und wenn ja, würde der Weg dorthin erneut mit mörderischen Gefahren und Todesfallen gespickt sein?

Hinzu kam noch, dass für ihn keineswegs feststand, dass sich Aldur an die Abmachung halten und das Signal geben würde, wenn Alannah und er das Ziel erreichten. Granock gab sich keinen Illusionen hin; wäre es nach Aldur gegangen, der Elf hätte ihn vermutlich schon längst in eine der Eisspalten gestoßen, um den Zauberern gegenüber zu behaupten, der tollpatschige Mensch hätte nicht aufgepasst und wäre aus Unvorsicht abgestürzt. Nur der Anwesenheit der beiden Elfinnen war es zu verdanken, dass sich des Aldurans Sohn bislang an die Regeln gehalten hatte, und Granock konnte nur hoffen, dass dies auch so bleiben würde.

Anfangs hatte man hin und wieder noch blasse Flammen aufblitzen sehen, wenn Aldur seine Fähigkeit dazu benutzt hatte, eine Schneise durch den frisch gefallenen Schnee zu brennen, aber dann war auch das flackernde Leuchten vom Nebel verschluckt worden.

Unmittelbar neben Granock flammte greller Lichtschein auf. Es war Caia, die ihr stoffliches Wesen einmal mehr aufgab und sich in jene strahlende Erscheinung verwandelte, die man auch durch den dichtesten Nebel sehen musste, wie bei einem Leuchtturm, der heimkehrenden Schiffen den Weg wies.

Aber es kehrte niemand heim, von Alannah und Aldur fehlte jede Spur.

»Sie sind jetzt schon ziemlich lange fort«, stellte Caia fest, nachdem sie sich wieder zurückverwandelt hatte. Die Sorge um ihre Mitschüler war ihr anzusehen, und auch die unerbittliche Kälte setzte ihr allmählich zu.

»Ja, ich weiß«, erwiderte Granock nur, der seine Füße in den Stiefeln schon kaum mehr spürte.

»Ich glaube, du hast einen Fehler gemacht«, sagte die schlanke, zerbrechlich wirkende Elfin kleinlaut.

»Inwiefern?«

»Du hast Aldur herausgefordert, und das war nicht gut.«

»Er ist ein eingebildeter Großkotz«, sagte Granock; Ogan hatte ihm inzwischen auch einige Wörter der Elfensprache beigebracht, die nicht in Meister Farawyns Lehrbüchern zu finden waren.

»Bescheidenheit mag nicht seine Stärke sein«, gab Caia zu, »aber er ist der mächtigste von allen Novizen. Und es heißt, seine Familie hätte gute Verbindungen zum Ältesten.«

»Und wenn schon!« Granock hielt ein Nasenloch zu und rotzte durch das andere in den Schnee. »Die helfen ihm weder, die Prüfung zu bestehen, noch aus diesem Nebel herauszufinden.«

»Dennoch hätten wir auf ihn hören und zur Ordensburg zurückkehren sollen, solange es noch möglich war«, war die Elfin überzeugt.

»Es ist noch immer möglich«, versicherte Granock. »Wenn ihre Suche erfolglos ist, werden die beiden hierher zurückkehren und …« Er verstummte, als er das Gesicht der Elfin sah. »Du hast Zweifel«, stellte er fest. »Du glaubst nicht, dass sich Aldur an den Plan hält.«

»Du bist ein Mensch und weißt nicht, was in einem Elfen vorgeht, dessen Ehrgefühl verletzt wurde.«

»Nein, das weiß ich nicht«, gab Granock zu. »Aber«, fügte er seinen eigenen Befürchtungen zum Trotz hinzu, um die Elfin zu beruhigen, »ich weiß, dass Alannah bei ihm ist, und ihr vertraue ich bedingungslos. Sie würde niemals zulassen, dass Aldur uns hier erfrieren lässt.«

Caia legte den Kopf schief. »Sie gefällt dir, nicht wahr?«

»Fang du nicht auch noch damit an«, knurrte er. »Leuchte lieber, damit sie uns sehen können, falls sie auf dem Rückweg sind.«

Erneut verblasste Caias stoffliche Erscheinung, und für einige Augenblicke wurde sie abermals zu einem Wesen aus reiner Energie, das so hell strahlte, dass sich Granock abwenden musste, um nicht geblendet zu werden.

»Ich sehe es dir an«, erklärte Caia, sobald sie wieder eine Elfin aus Fleisch und Blut war. »Du willst sie, und nachts träumst du von ihr. Aber du wirst sie niemals haben können.«

»Ich weiß«, murmelte Granock, »sie ist ein Kind der Ehrwürdigen Gärten.«

»Nicht nur das«, sagte Caia. »Selbst wenn sie sich entscheiden sollte, ihre Enthaltsamkeit aufzugeben und sich einen Mann zu nehmen, würde ihre Wahl nicht auf dich fallen.«

»Weil ich ein Mensch bin?«

»Nein«, antwortete Caia mit gnadenloser Ehrlichkeit, »weil auch Aldur ein Auge auf sie geworfen hat, und des Aldurans Sohn bekommt immer, was er will. Es ist ganz einfach, weil … Da! Sieh nur!«

Granock fuhr herum und sah sofort, was die Elfin meinte: Jenseits des Nebels, in genau der Richtung, in die Alannah und Aldur verschwunden waren, flammten grelle Flammen auf.

Das Feuer selbst war nicht zu sehen, wohl aber sein Widerschein, der den Nebel orangerot flackern ließ, und das nicht nur einmal, sondern gleich mehrmals hintereinander, aber in unregelmäßigen Abständen.

»Dieser elende Hundesohn!«, rief Granock, aber es sollte keine Beleidigung sein, sondern seine ehrliche Bewunderung zum Ausdruck bringen. »Er hat es tatsächlich geschafft – und er gibt das Signal!«

»Aber warum hört er nicht damit auf?«, fragte Caia, das ferne Flackern im Nebel beobachtend. »Warum verschwendet er seine Kräfte?«

»Was weiß ich?« Granock zuckte mit den Schultern. »Vielleicht muss er mal wieder allen beweisen, was für ein toller Kerl er ist.«

»Nein, das ist es nicht«, beharrte Caia, und in diesem Moment spürte Granock mehrere dumpfe Erschütterungen unter seinen Füßen. »Etwas muss vorgefallen sein …«

»Was auch immer es sein mag – wir müssen los!«, rief Granock und setzte sich bereits in Bewegung.

Caia folgte ihm in kurzem Abstand …

Das Vorankommen nötigte ihnen viel ab. Nicht so sehr wegen des Schnees, durch den Aldur ja eine Schneise geschmolzen hatte, sondern ihrer klammen Glieder wegen, die ihnen nur widerwillig gehorchten und bei jeder Bewegung schmerzten. Doch unaufhaltsam näherten sie sich dem Feuerwerk im Nebel.

Granock, der einen guten Teil seines Lebens im Freien verbracht und von entsprechend robuster Konstitution war, verfiel in einen gleichmäßigen Laufrhythmus, der seinen Atem und seine Kräfte schonte und sich über eine lange Strecke beibehalten ließ.

Anders Caia. Ihr zarter Körper war für Strapazen wie diese einfach nicht geschaffen, und zudem hatten die vielen zurückliegenden Verwandlungen an ihren Kräften gezehrt. So dauerte es nicht lange, bis die Elfin hinter Granock zurückfiel. Obwohl sie alles gab, vergrößerte sich der Abstand zwischen ihnen immer mehr, sodass Caia ihren Mitschüler im dichten Nebel zu verlieren drohte.

»Granock!«, rief sie mit nahezu letzter Kraft. »Ich kann nicht mehr …!«

Die Elfin strauchelte und fiel der Länge nach in den Schnee, der sie weich, aber eisig kalt empfing. Nässe drang durch ihre dünne Tunika, die ohnehin schon klamm an ihrem Leib klebte, und sie verspürte den Drang, einfach liegen zu bleiben und aufzugeben. Dass es nicht so kam, lag an der kräftigen Hand, die sie packte und in die Höhe zerrte.

»Nicht im Schnee liegen«, schärfte Granock ihr ein. »Wenn du liegen bleibst, wirst du jämmerlich erfrieren, Zauberkraft hin oder her.«

»Aber ich … kann nicht mehr«, stieß sie hervor, während der Nebel vor ihnen erneut von einer Kaskade orangeroter Glut beleuchtet wurde.

»Du musst! Denn sonst wirst du sterben!«

»Lass mich zurück und lauf allein weiter!«

»Dann wirst du erfrieren!«

»Die Meister werden mich finden.«

»Und die Prüfung?«

Erschöpft und abgekämpft, wie sie war, blickte Caia ihm tief in die Augen. »Vielleicht«, flüsterte sie, »bin ich es nicht wert, den Weg der Magie zu beschreiten …«

»Von wegen«, widersprach er störrisch und lud sie sich kurzerhand auf die Arme. »Wer es bis hierher geschafft hat, der bringt es – verdammt noch mal – auch zu Ende.«

»Aber was … was tust du?«

»Ich trage dich«, erklärte er überflüssigerweise, während er wieder in denselben raschen Schritt verfiel, den er zuvor schon an den Tag gelegt hatte.

»Warum tust du das?«, fragte sie ebenso erschöpft wie hilflos und drückte ihre Wange gegen seine linke Brust, wo sie sein Menschenherz kraftvoll schlagen hörte.

»Keine Ahnung«, gab er zu. »Ich weiß nur, dass ich mir immer Freunde gewünscht habe – und nun, da ich endlich welche habe, lasse ich sie ganz sicher nicht im Schnee zurück …«

»Aldur! Vorsicht!«, gellte Alannahs Warnruf.

Die Sonne schien sich zu verfinstern, als sich die geöffnete Pranke des Eisriesen abermals herabsenkte, um nach Aldur zu greifen.

Der Elf tat, was er schon zuvor getan hatte: Er ließ dem Riesen einen kurzen fauchenden Feuerstoß entgegensengen, und der Gigant zog seine Pranke zurück. Mehr allerdings vermochten die Flammen nicht auszurichten. Und Aldur merkte, dass sich seine Kräfte allmählich erschöpften.

Er fuhr herum und rannte zu Alannah, die kurz zuvor einen Hagel aus Eisspeeren auf den Riesen abgegeben hatte. Der jedoch hatte die Geschosse, die scheinbar aus den Händen der Elfin gejagt waren, mit den Fäusten zerschmettert. Erschöpft war Alannah daraufhin in den Schnee gesunken und schwer atmend liegen geblieben.

»Was ist das nur für eine Albtraumgestalt?«, fragte Aldur gehetzt.

»Das ist Ymir, der Urriese aus den alten Sagen«, keuchte Alannah. »Wie es heißt, war er einst der Anführer der Riesen, die mit den Ersten um das Schicksal der Welt fochten, doch er wurde besiegt und in die Tiefen Erdwelts verbannt. Entsprechend groß ist sein Hass auf alles, was an der Oberfläche lebt, sagt man.«

»Ich verstehe«, knirschte Aldur.

»Aber ich dachte stets, dass die Geschichte nur eine Sage ist«, fuhr Alannah atemlos fort, »ein Mythos aus alter Zeit.«

»Achtung!«, schrie Aldur, als erneut eine der Pranken des Riesen niederfuhr. »Lauf um dein Leben!«

Sie sprangen nach links und rechts durch den Schnee, der bereits an vielen Stellen niedergetreten war – und im nächsten Augenblick schlug dort, wo sie sich eben noch befunden hatten, eine riesige Faust in den Boden, einem Meteor gleich. Offenbar hatte der Riese es aufgegeben, einen der Winzlinge fangen zu wollen. Ihre Attacken hatten ihm zwar nichts anhaben können, aber sie hatten ihn wütend gemacht, und deshalb wollte er die beiden töten.

Die Erschütterung ließ das Eis erbeben, und schon einen Lidschlag später zeigten sich Risse, die von der Stelle ausgingen, wo der Riese die Faust in den Boden gerammt hatte, und sich nach allen Richtungen ausbreiteten.

Um ein Haar wäre Alannah in eine der sich krachend öffnenden Spalten gestürzt, aber sie setzte reaktionsschnell darüber hinweg, rollte sich ab und war im nächsten Moment wieder auf den Beinen – um vor Schreck die Luft anzuhalten: Aldur stellte sich Ymir zum Kampf!

Abrupt war der Elf stehen geblieben und hatte sich umgewandt, um eine Feuerwand zu schaffen und sie dem Riesen entgegenzuschicken. Ymir schrie gequält auf, als die Flammen, die ihm gerade bis zu den Knien reichten, über seine nackten Füße zuckten. Der Schrei ließ die kalte Luft erbeben und war so durchdringend, dass die Zauberschüler sich die Ohren zuhalten mussten.

Der Gigant brach in die Knie, die mit dem ganzen Gewicht seines ungeheuren Körpers tiefe Krater in den Boden schlugen. Die Erschütterung ließ die *yngaia* erbeben, erneut entstanden Risse, und Aldur konnte einen von ihnen nicht mehr ausweichen.

Als Ymir niedergesackt war, hatte der Elf zu laufen begonnen, um nicht von den Körpermassen des Riesen erschlagen zu werden, falls dieser fiel. Die Richtung war ihm dabei gleichgültig gewesen, er hatte nur rasch möglichst großen Abstand zwischen sich und den Giganten bringen wollen. Doch das Schicksal holte Aldur schon nach wenigen Augenblicken ein – in Form eines Spalts im Eis, der wie ein Blitz auf ihn zuschoss und ihn im nächsten Moment verschlang. Mit einem dumpfen Aufschrei verschwand der Elf in der sich öffnenden Kluft – und Alannah, die aus der Distanz zusah und nichts unternehmen konnte, war nun im Kampf gegen den Riesen auf sich allein gestellt.

Auf dem Boden kniend war der Riese zwar kleiner als zuvor, jedoch noch immer von ungeheurer Größe. Wie ein Gebirge ragten seine graublauen Körpermassen im Nebel auf, gekrönt von dem schrecklichen, von weißen Haaren umrahmten Gesicht, dessen Augen suchend umherblickten – bis Ymir Alannah wiederfand.

Die Elfin war ängstlich zurückgewichen und dabei fast ebenfalls in eine der vielen Spalten gestürzt, die den Boden mittlerweile durchzogen. Fieberhaft überlegte sie, womit sie der Raserei des Urriesen Einhalt gebieten konnte. Wenn selbst Aldurs Kräfte versagten, was konnte sie dann ausrichten?

In ihrer Verzweiflung entfesselte sie ihre gesamte Kraft in einer wahrhaften Explosion aus Eis. Es wuchs aus ihren Händen und türmte sich innerhalb weniger Augenblicke zu einem riesigen Schutzwall auf, der höher und größer war als alles, was die Elfin je mittels ihrer Fähigkeit geformt hatte. Wie lang war der Weg gewesen, der hinter ihr lag, wie gewaltig die Entwicklung, die sie durchlaufen hatte: von einer unwillkürlichen, spontanen Reaktion, die einen dreisten, aber dennoch harmlosen jungen Menschen das Leben gekostet hatte, bis hin zu dieser erstaunlichen Leistung, die sich als massive Eismauer vor ihr manifestierte.

Elfen und Menschen, Orks und wohl auch Trolle hätte diese Wand für eine ganze Weile aufzuhalten vermocht, nicht jedoch den Eisriesen. Nur für einen kurzen Moment verschwand seine Gestalt aus Alannahs Sicht hinter der blau schimmernden Mauer, im nächsten Augenblick drosch etwas von der anderen Seite mit derartiger Wucht gegen das Bollwerk, dass sich sogleich knirschend Sprünge im Eis bildeten.

Alannah fuhr herum und rannte um ihr Leben. Mit ihrer Zauberkraft war sie am Ende, die Zerstörungswut des Eisriesen besänftigen zu wollen, wäre ein aussichtsloses Unterfangen gewesen. Die Jahrtausende, die Ymir in seinem Exil in den Tiefen der Welt zugebracht hatte, ehe das Beben ihn daraus befreit hatte (oder war er es erst gewesen, der das Beben ausgelöst hatte?), hatten seinen Zorn ins Unermessliche gesteigert. Alles, was Alannah noch blieb, war die Flucht.

Trotz ihrer Erschöpfung rannte sie mit weiten, ausgreifenden Schritten, während sie nur darauf wartete, dass sich ein Riss im Boden auftun und sie verschlingen würde wie Aldur. Sie rechnete auch jeden Augenblick damit, dass eine gigantische Faust aus dem weißen Himmel fiel und sie zerschmetterte, und dies umso mehr, da sie hinter sich die stampfenden Schritte des Riesen vernahm und dazu erneut das hässliche Geräusch von berstendem Eis. Splitter flirrten durch die Luft, die unter dem wütenden Gebrüll des Eisriesen zu erbeben schien, und Alannah, deren physische Kräfte immer mehr nachließen, beging den Fehler, einen Blick über die Schulter zu werfen.

Was sie sah, erfüllte sie mit Entsetzen – der Riese war bereits unmittelbar hinter ihr!

Wie die Türme einer gigantischen Festung ragten seine Beine über ihr, wie Sonnen stachen seine Augen durch den Nebel – und wie ein offener Rachen senkte sich seine gespreizte Pranke herab, um die Elfin zu ergreifen!

Alannah schrie, fiel in den Schnee und wartete darauf, entweder zerquetscht oder wie ein Spielzeug hochgerissen und durch die Luft geschleudert zu werden.

Aber nichts dergleichen geschah. Stattdessen erklang über ihr ein heiseres Schnauben, das Überraschung verriet.

Alannah hob den Kopf, um einen Blick zu riskieren, aber gleißend helles Licht blendete sie. Dafür war im nächsten Moment jemand bei ihr, der sie an den Schultern packte und ihr beim Aufstehen half, und eine vertraute Stimme fragte: »Bist du in Ordnung?«

4. GYWARTHAN

Granock war weit herumgekommen und hatte schon manches gesehen. Jedoch konnte sich nichts davon mit jenen Dingen messen, deren Zeuge er Tag für Tag wurde, seit er bei den Elfen in Shakara weilte. Was man andernorts und ganz besonders in den Städten der Menschen als ausgemachtes Wunder bezeichnet hätte, gehörte in der Ordensburg zum Alltag, sodass Granock gelernt hatte, das Außergewöhnliche mit einer gewissen Gelassenheit hinzunehmen.

Diese Gelassenheit war es, die seinen Verstand daran hinderte, dem Wahnsinn zu verfallen, als er auf einmal des Eisriesen ansichtig wurde.

Der Augenblick, da sich der Nebel lichtete und sie den Giganten erstmals zu Gesicht bekamen, würde Granock wohl sein Leben lang nicht vergessen. Denn in diesem Moment wurde ihm klar, was Farawyn meinte, als er damals in Andaril von einer »größeren Welt« gesprochen hatte.

Natürlich hatte Granock schon von den Riesen gehört, die angeblich einst den Norden bevölkert hatten und in der großen Schlacht am Anbeginn der Zeit in die Tiefen der Welt verbannt worden waren. Jedoch hatte er niemals angenommen, dass sie tatsächlich existierten. Auf einmal ein leibhaftiges Exemplar dieser Riesen vor sich zu haben, war, als würde ein Albtraum Wirklichkeit.

Zuerst wollte Granock kapitulieren – dann jedoch erinnerte er sich an seine Kameraden, die in Not waren und seine Hilfe brauchten, und ihm war, als ob er Meister Farawyns Stimme hörte, die ihm einmal mehr ins Bewusstsein rief, dass die Grenzen seines Handelns nur in seiner eigenen Vorstellungskraft lagen.

Und er erblickte Alannah, die sich mit letzter Kraft gegen den Eisriesen zur Wehr zu setzen versuchte, die aber dessen roher Gewalt und schierer Größe nichts entgegenzusetzen hatte.

Da ging ein Ruck durch ihn, und eine Seite von ihm kam zum Vorschein, die er selbst noch nicht an sich kannte. Mit einer Besonnenheit, die der Gefahr zu spotten schien, erfasste er die Situation und wusste, was zu tun war.

Er gab Caia ein Zeichen, und sie verstand sofort, was er wollte. Indem sie ihre körperliche Gestalt aufgab und sich erneut in reines Licht verwandelte, zog sie die Aufmerksamkeit des Riesen auf sich – und Granock hatte freies Feld, um zu Alannah zu eilen.

Er musste ihr aufhelfen, denn die Elfin war völlig entkräftet und zitterte am ganzen Körper. Aber zu seiner Erleichterung war sie unverletzt. »E-es geht mir gut«, beantwortete sie die Frage nach ihrem Befinden. »Aber du hättest nicht kommen sollen …«

»Meine Entscheidung«, erklärte er nur, während er sah, wie der wütende Riese auf Caia zustampfte. Solange sich die Elfin im Zustand des Lichts befand, konnte er ihr nicht gefährlich werden, aber sobald sie wieder in ihre stoffliche Gestalt wechselte, war sie angreifbar und verletzbar wie jedes andere Wesen aus Fleisch und Blut. Granock musste rasch handeln.

»Wo ist Aldur?«, wollte er wissen.

»Er ist in eine Eisspalte gestürzt, dort drüben!« Alannah zeigte auf die andere Seite des von Rissen zerfurchten Schneefelds, das erneut unter den schweren Schritten des Riesen erzitterte.

»Wunderbar«, knurrte Granock und blies verächtlich durch die Nase. Nicht, dass er gesteigerten Wert darauf gelegt hätte, den arroganten Elfen zu retten, aber wenn sie gegen den Eisriesen bestehen wollten, mussten sie ihre Kräfte vereinen – und dazu brauchte er des Aldurans Sohn, ob es Granock gefiel oder nicht. »Wird es gehen?«, erkundigte er sich bei Alannah.

»Natürlich«, presste sie mit gequältem Lächeln hervor. »Los jetzt, beeil dich!«

Er nickte, dann rannte er los, eilte in gebückter Haltung über das Schneefeld, wobei er immer wieder über abgrundtiefe Klüfte setzen und sich vorsehen musste, nicht abzustürzen. Dabei behielt er stets auch den Riesen im Auge, der noch immer vergeblich versuchte, Caias Licht zu löschen.

Granock hatte keine Ahnung, wie lange die Elfin diesen Zustand beibehalten konnte, aber irgendwann würden ihre Kräfte versiegen, und dann musste er zur Stelle sein. Er hoffte nur, dass sein Zeitzauber wirken würde, denn auf etwas so ungeheuer Großes hatte er ihn noch niemals angewandt.

Nur deine Vorstellungskraft setzt deinen Fähigkeiten Grenzen, hörte er erneut Meister Farawyns Stimme in seinem Kopf und rannte weiter.

»Aldur? Aldur!« Heiser brüllte er den Namen seines Erzfeindes, während er sich suchend umblickte. Die Anzahl der Spalten, die sich im Eis gebildet hatten, war unüberschaubar. Wie, in aller Welt, sollte Granock herausfinden, in welche Kluft der verdammte Elf gestürzt war? Womöglich war Aldur längst nicht mehr am Leben und …

»Hier! Hier bin ich!«, ließ sich plötzlich eine nur allzu vertraute Stimme vernehmen, und Granock ertappte sich dabei, dass er sich freute, sie zu hören – auch wenn er nicht genau wusste, woher sie kam.

»Wo bist du?«, rief er. »Verdammt, ruf lauter, ich habe schließlich kein Elfengehör!«

»Aber Augen habt ihr Menschen doch, oder?«, kam es zurück. »Dann gebrauch wenigstens die!«

Es *war* Aldur, daran bestand kein Zweifel, und Granock glaubte nun auch zu wissen, aus welcher Spalte die Stimme drang. Nach einem Blick in Richtung des Eisriesen – Caia schlug sich noch immer tapfer – rannte er auf die entsprechende Kluft zu, und tatsächlich erblickte er den Elfen, der sich mit aller Kraft an einen schroffen Vorsprung aus Eis klammerte, nur einen guten Meter unter der Abbruchkante, unter ihm der gähnende Abgrund.

Nie zuvor hatte Aldur einen elenderen Anblick geboten: Seine Hände hatten sich vor Kälte blau verfärbt, er blutete aus einer

Platzwunde an der Stirn, und sicherlich hatte er nicht mehr damit gerechnet, noch gefunden, geschweige denn gerettet zu werden. Schon gar nicht von einem Menschen.

»Gib mir deine Hand!«, rief Granock ihm zu, während er sich bäuchlings in den Schnee fallen ließ und dem Elfen seine Rechte entgegenstreckte. Ein heiseres Fauchen des Eisriesen lenkte ihn für einen Moment ab. Caias Lichtgestalt begann zu flackern. Vermutlich hatte sie diesen Zustand noch nie zuvor so lange beibehalten, und allmählich überstieg es ihre Kräfte. Jeden Augenblick würde sie wieder stofflich werden …

»Hilf mir!«, verlangte Aldur ungeduldig.

»Was glaubst du wohl, warum ich hier bin? Greif zu!«

Einen kaum merklichen Augenblick lang zögerte der Elf, wohl weil ihm bewusst wurde, dass er sein Leben der Gnade eines erklärten Feindes übergab, wenn er Granocks Hand ergriff und den Vorsprung losließ. Aber er hatte keine Wahl, wenn er nicht sterben wollte. Er musste dem Menschen vertrauen, sonst war es aus mit ihm.

Des Aldurans Sohn biss die Zähne zusammen und riss seine Rechte vom Eis los, und nahezu gleichzeitig griff Granock zu.

»Die andere Hand«, verlangte er, und indem Aldur den Vorsprung ganz losließ und sich damit dem Wohlwollen seines Feindes auslieferte, rettete er sein Leben.

Der Elf war von hagerer Statur und somit leichter als Granock, sonst wäre der junge Mensch womöglich mit in den Abgrund gezogen worden. So jedoch gelang es ihm, Aldur aus der Eisspalte zu ziehen und über die rettende Kante hinweg auf einigermaßen sicheren Schnee. Keuchend lagen sie da, aber nicht lange.

»Caia!«, stieß Granock hervor. »Sie ist am Ende ihrer Kräfte. Wir müssen ihr helfen!«

Beide sprangen auf – und das keinen Augenblick zu früh. Caias Zauber war verloschen, und als zerbrechliches, im Vergleich zu dem Riesen winziges Wesen war sie dessen Zorn und Zerstörungswut schutzlos ausgeliefert.

»Hast du noch Kraft?«, fragte Granock den Elfen an seiner Seite.

»Soll das ein Scherz sein?«

Granock nahm an, dass dies eine Bejahung war, und rannte los, auf den Eisriesen zu. »Lauf, Caia! Lauf!«, brüllte er dabei so laut, dass sich seine Stimme nahezu überschlug.

Die Elfin fuhr herum und rannte, so schnell ihre dünnen, von den Strapazen entkräfteten Beine sie trugen.

»Was sollen wir tun?«, fragte Aldur, der Granock keuchend auf den Fersen blieb.

»Kannst du das Eis schmelzen?«, fragte der Mensch.

»Welches Eis?«

»Das zu seinen Füßen. Aber pass auf Caia auf!«

Aldur antwortete mit einem lauten Schnauben, das wohl signalisieren sollte, dass derlei Kleinigkeiten für ihn keine Schwierigkeit darstellten, dann streckte der Elf die Arme aus, konzentrierte sich einen Augenblick – und schickte einen lodernden Flammenstoß in Richtung des Riesen, der gerade nach seinem wehrlosen Opfer greifen wollte. Diesmal zielte das Feuer nicht auf Ymir selbst, sondern auf den Boden unter ihm.

Aldurs Angriff bewirkte zweierlei: Zum einen zog er die Aufmerksamkeit des Giganten auf sich, sodass er von Caia abließ, zum anderen bewirkte die Hitze, dass der Schnee und das Eis unter dem Riesen schmolzen, und ein unwahrscheinliches Schauspiel nahm seinen Lauf.

»Mehr! Mehr!«, forderte Granock, und Aldur steigerte seine Bemühungen. Eine Flammenlohe nach der anderen schoss aus seinen Händen und schnitt geradezu in den Boden, auf dem der Riese stand. Da das Eis von Rissen durchzogen war, drang die Hitze in die Spalten und schmolz auch dort das gefrorene Wasser.

Die aufsteigende Hitze vertrieb den Nebel, aber schon im nächsten Moment wurde er ersetzt von zischendem Dampf, der die Szenerie erneut in dichte Schwaden hüllte. Der Gigant, der nicht wusste, was geschah, reagierte entsprechend unentschlossen. Mit einer Mischung aus Ratlosigkeit und Wut schaute er sich um, während der Boden unter ihm nachgab.

Aldur, der inzwischen ahnte, was Granock vorhatte, gab alles, und in einem letzten Stoß feuriger Zerstörungskraft sorgte er dafür, dass sich das Eis vollends auflöste und der Gigant im Schmelzwasser versank. Den zornigen Aufschrei des Riesen bekam der Elf bereits nicht mehr mit, denn er brach entkräftet zusammen und verlor vor Erschöpfung das Bewusstsein.

Der Riese jedoch schwamm in einer dampfenden Flut aus Wasser und Eisschollen, die wie Korken auf und ab sprangen, als er wütend um sich schlug. Dann machte er Anstalten, aus dem Pfuhl herauszusteigen und sich dessen Urheber zu greifen – aber nun war Granock an der Reihe.

Indem er seine Hände auf den Riesen richtete und sich ganz und gar auf seine Fähigkeit konzentrierte, wirkte er einen seiner Zeitzauber.

Ohne Erfolg …

Die schiere Größe des Riesen und sein furchterregender Anblick sorgten dafür, dass Granocks Impuls an dem Giganten geradezu abprallte. Panik griff nach Farawyns Schüler, aber nur für einen kurzen Augenblick, dann war ihm erneut, als würde sein Meister zu ihm sprechen.

Die Macht der Vorstellung – du musst sie entfesseln!

Jetzt!

Granock schloss die Augen und redete sich ein, es nicht mit einer Kreatur von riesenhafter Größe zu tun zu haben, sondern mit einem Menschen aus Fleisch und Blut, einem ebenbürtigen Gegner.

Du wirst niemals in der Lage sein, etwas zu tun, das du dir nicht vorstellen kannst. Denn ganz gleich, wie ausgeprägt deine Begabung sein mag und wie bedeutend deine Fähigkeit, letzten Endes ist das Herz der Ort, wo entschieden wird, ob aus einem durchschnittlichen Wesen ein Zauberer wird …

Keine Zweifel mehr, redete sich Granock ein.

Nur noch Taten.

Und indem er seine ganze Überzeugung und seine ganze Kraft in einen einzigen entscheidenden Gedanken legte und dem Eisriesen seine Magie entgegenschleuderte, als wäre sie eine stoffliche Waffe, gelang es ihm, seine Fähigkeit voll zu entfalten.

Der Zeitzauber wirkte!

Von einem Augenblick zum anderen verstummte der Riese, und seine hektischen Bewegungen erstarrten. Sein Oberkörper, der bereits dabei gewesen war, sich aufs Trockene zu wälzen, glitt ins Wasser zurück, und da die gigantische Kreatur auch nicht mehr mit den Beinen strampelte, um sich an der Oberfläche zu halten, sackte sie in die bodenlose Tiefe des Eismeeres, das sich unter der *yngaia* erstreckte. Das Letzte, was von Ymir zu sehen war, waren seine grässlichen bärtigen Gesichtszüge und die weißen Augen, die in stummem Schrecken geweitet waren. Dann versank auch das Haupt des Riesen in der bodenlosen Tiefe, und das schäumende graue Wasser schloss sich über ihm.

Erschöpft brach Granock in die Knie und fiel vornüber. Auf allen vieren kauernd, rang er keuchend nach Luft, wobei er nicht zu sagen vermocht hätte, ob die körperliche oder die mentale Anstrengung größer gewesen war. Er brauchte eine Weile, um wieder zu Atem zu kommen, doch aufstehen konnte er auch dann noch nicht. Auf Fäusten und Knien kroch er durch den Schnee zu Aldur, der unweit von ihm lag und das Bewusstsein noch immer nicht zurückerlangt hatte.

»He«, sagte der Mensch und stieß den Elfen unsanft an.

Der blinzelte und schlug die Augen auf. Im ersten Moment verriet sein Blick pures Unverständnis, dann schien er sich schlagartig zu besinnen.

»Ymir!«, rief er, richtete sich auf und schaute sich mit weit aufgerissenen Augen um – aber wohin er auch blickte, er erspähte nichts als Schnee und Wasser, über dem weiße Schwaden lagen.

»Keine Sorge«, beschwichtigte ihn Granock. »Der kann uns nicht mehr gefährlich werden.«

»Er ist …?«

»… in die Grube gefallen, die du ihm gegraben hast«, vervollständigte Granock und grinste matt. »Gut gemacht.«

»Du … du hast mich gerettet«, stellte Aldur fest, Granocks Lob überhörend. »Du hast mich aus der Spalte gezogen …«

»Darauf würde ich mir an deiner Stelle nichts einbilden«, wehrte Granock ab. »Allein hätte ich den Riesen niemals besiegen können, also brauchte ich deine Hilfe. Ich habe dabei nur an mich gedacht.«

»Du hast mich gerettet«, wiederholte der Elf, so als müsste er sich den Sachverhalt laut vorsagen, um ihn zu begreifen. Einwände gleich welcher Art schienen ihn dabei nicht zu interessieren.

Sein Blick richtete sich auf die Eisnadel, die nach wie vor ihr Ziel war und sich schemenhaft im Nebel abzeichnete. In den grauen Schwaden war jedoch nicht zu erkennen, wie weit sie noch entfernt war. Sie hatten den Eisriesen bezwungen und damit ihre Leben gerettet, doch die Prüfung selbst galt erst als bestanden, wenn sie das vorgegebene Ziel erreicht hatten.

Granock folgte dem Blick des Elfen, und da erst wurde er der Eisnadel gewahr. »Da ist das verdammte Ding ja«, murmelte er, dann zerrte er an Aldurs Arm und sagte laut: »Nun komm schon, steh auf!«

»I-ich kann nicht«, flüsterte der Elf, der vergeblich versuchte, sich zu erheben.

»Mann, was soll das heißen?«

»Krämpfe«, stieß der Elf mit schmerzverzerrtem Gesicht hervor. »Eine Folge der Verausgabung ...«

»Was für ein Pech.« Granock verzog keine Miene.

»Worauf wartest du?«, fuhr Aldur ihn an. »Geh schon!«

Im ersten Moment wollte sich Granock tatsächlich abwenden, zumal der Tonfall des Elfen darauf schließen ließ, dass Aldur wieder die alte Arroganz annehmen wollte. Aber Granock besann sich und verharrte.

»Was starrst du mich an?«, fragte Aldur, der die Tränen der Wut und Enttäuschung kaum zurückhalten konnte. »Willst du dich an meinem Unglück weiden?«

Granock schüttelte den Kopf. »Ich versuche nur, aus dir schlau zu werden.«

»Was meinst du damit?«, knirschte Aldur zwischen zusammengebissenen Zähnen hervor.

Statt zu antworten, trat Granock vor, packte den Elfen und zerrte ihn kurzerhand hoch.

»W-was tust du?«

»Wonach sieht es denn aus?«, fragte der junge Mensch, während er sich den hageren Aldur quer über die Schultern lud. »Allmählich wird es wohl zur Gewohnheit für mich, euch Spitzohren durch die Gegend zu schleppen.«

»Warum tust du das?« Aldur war fassungslos und klang zugleich ziemlich elend. »Ich würde das für dich *niemals* tun. Im Gegenteil, ich wollte dich immer loswerden.«

»Ich bin eben kein Elf«, brummte Granock, der sich in Richtung Eisnadel in Bewegung setzte, »und deshalb mit einem Makel behaftet.«

»Mit was für einem Makel?«

»Menschlichkeit«, antwortete Granock schlicht.

5. YMARFA SHA DIFFROFUR

Wie lange der Marsch zur Eisnadel tatsächlich noch dauerte, wusste Granock später nicht mehr. Allerdings war der Weg noch um ein gutes Stück länger, als es zunächst den Anschein hatte. Alannah und Caia halfen ihm, Aldur zu stützen, der sich derart verausgabt hatte, dass sein Körper ihm erst ganz allmählich wieder gehorchte. So langten sie schließlich bei der Eisnadel an, erschöpft und verausgabt, aber überglücklich, das Ziel erreicht zu haben.

Allerdings brachen sie deswegen nicht in Jubel aus, dafür standen sie noch zu sehr unter dem Eindruck dessen, was sie erlebt hatten. Man beglückwünschte sich, und Caia küsste Granock, dem sie ihr Leben verdankte, zart auf die Wange, wohingegen Alannah ihn lediglich umarmte – das war es dann auch schon.

Und im nächsten Moment waren die Novizen nicht mehr allein: Unvermittelt trat Meister Daior zu ihnen. Ob er die ganze Zeit über am Fuß der Felsnadel gewartet oder eben erst zu ihnen gestoßen war, hätte keiner der vier Prüflinge zu sagen vermocht.

»Sehr gut«, sagte der Zauberer anerkennend. »Ihr habt euren Meistern Ehre gemacht. Ich beglückwünsche euch, die ihr die Prüfung bestanden habt – als Erste, wie ich hinzufügen möchte.«

»A-als Erste?«, fragte Caia verwundert.

Daior nickte. »Eure Gruppe ist bisher die Einzige, die den Anforderungen des Hohen Rats genügte«, erklärte er, »und das sicher nicht aus purem Zufall.«

»Was meint Ihr damit, Meister?«, wollte Alannah wissen.

Daior lächelte schwach. »Jeder Novize«, erklärte er, »wird bei seinem *prayf* mit dem konfrontiert, was ihm während der Ausbildung am schwersten fiel. Nur so kann der Hohe Rat beurteilen, ob ihr in der Lage seid, eure Schwächen zu bezwingen und über euch selbst hinauszuwachsen.«

»Aha«, sagte Aldur. »Und was waren unsere Schwächen?«

»Könnt ihr euch das nicht denken?«, fragte der Meister. »Allein euer Zorn ist es gewesen, der den Giganten geweckt und aus der Tiefe getrieben hat.«

»Moment mal«, hakte Granock ein. »Soll das heißen, dieser Kerl war Teil der Prüfung?«

»Natürlich war er das«, antwortete Alannah an Daiors Stelle. »Was hast du denn gedacht? Der Ymir ist eine Sagengestalt. Natürlich existiert er nicht wirklich.«

»Für mich war er real genug«, flüsterte Granock und schalt sich für seine eigene Naivität. Offensichtlich hatten die Zauberer bei der ganzen Sache ihre Hand im Spiel gehabt – würde ein Eisgigant so nahe bei der Ordensburg sein Unwesen treiben, hätten sie ansonsten längst eingegriffen.

»Nur aus Interesse«, fragte er, die Zusammenhänge erahnend, »worin besteht Eure Gabe, Meister Daior?«

»Man nennt mich Daior«, antwortete der Zauberer bereitwillig, »was von *daiórgryn** abgeleitet ist.«

»Ich verstehe«, sagte Granock. »Also seid Ihr es gewesen, der dafür sorgte, dass der Boden unter unseren Füßen erzitterte.«

»Für das Beben war ich zuständig«, gab Meister Daior zu, »für den Eisriesen jedoch hat die Einheit der Hunla gesorgt, die sich darauf verstehen, die Gestalten unserer Fantasie Wirklichkeit werden zu lassen.«

»Soll das heißen, der Riese war nur ein Traumgebilde?«, fragte Caia ungläubig.

»Sehr viel mehr als das«, widersprach Daior. »Was aus den Gedanken der Hunla erwächst, ist von der Wirklichkeit nicht zu

* elfisch für Erdbeben

unterscheiden und reagiert wie ein lebendes, atmendes Wesen. Der Eisriese hätte auch töten können, das steht außer Frage.«

»Das haben wir gemerkt«, kommentierte Aldur mit einem Zynismus, der eigentlich eher Granocks Domäne war.

»Ihr alle habt tapfer gekämpft, Novize Aldur«, sagte Daior und wandte sich dem jungen Elfen zu, »doch keiner so hart wie du. Du hast dich dem Riesen entgegengestellt und ihm getrotzt.«

»Nicht ich allein, Meister«, widersprach Aldur zur Verblüffung seiner drei Mitstreiter. »Wäre Granock nicht gewesen, würde ich nicht mehr unter den Lebenden weilen und hätte nichts zu unserer Rettung beitragen können. Ihm gebührt nicht weniger Lob als mir.« Damit wandte er sich dem Menschen zu, der noch vor wenigen Stunden sein erklärter Feind gewesen war, und hielt ihm die Hand hin.

»Am Tag, als wir uns das erste Mal trafen, wolltest du mir die Hand in Freundschaft reichen«, erinnerte Aldur. »Ich jedoch habe nur einen Gegner in dir gesehen. Ich war verblendet und töricht, doch die Geschehnisse dort draußen im ewigen Eis haben mir die Augen geöffnet. Hier ist meine Hand, Granock. Wenn du sie noch willst, ergreif sie, und ich will dir von nun an ein treuer Freund sein.«

»W-was war das?«, fragte Granock verblüfft, dessen Verstand tatsächlich Mühe hatte, mit der rasanten Entwicklung Schritt zu halten. »Ist das dein Ernst?«

»Du weißt, dass ich nicht scherze«, entgegnete Aldur. »Elfen haben keinen Humor.«

Da konnte Granock nicht anders, als herzhaft zu lachen, und in seiner Erleichterung und im Überschwang des Augenblicks trat er vor und umarmte Aldur, statt seine Hand zu ergreifen.

Der Elf wusste sichtlich nicht, wie er auf diesen Gefühlsausbruch reagieren sollte. Unter männlichen Elfen wurde der Austausch solcher Vertraulichkeiten als derb und bäuerisch empfunden. Noch am Morgen hätte sich Aldur daher entsprechend herablassend und abfällig geäußert, nun aber erwiderte er, nach einem kurzen Moment der Unsicherheit, die Umarmung des Menschen und dankte ihm dafür, dass Granock ihm nicht nur das Leben gerettet, sondern auch die Schande erspart hatte, den *prayf* wiederholen zu müssen.

»Sieh an«, kommentierte Alannah, die trotz ihrer Erschöpfung überglücklich war. »Wer hätte das gedacht? Sollten aus Feinden am Ende Freunde geworden sein?«

»Um nichts anderes geht es bei der Prüfung«, erklärte Daior. »Jeder *prayf* soll die Schüler etwas lehren, das sie zuvor noch nicht erkannt oder gegen das sie sich bisher gesperrt haben. Er soll ihr Bewusstsein weiten und ihnen eine der fundamentalen Wahrheiten offenbaren, die das Leben bestimmen.«

»Als da wäre?«, fragte Caia.

»Dass man in der Gemeinschaft stärker ist als allein«, sagte eine Stimme hinter ihnen, »und dass man Verbündete auch dort findet, wo man sie am wenigsten vermutet.«

Die Schüler wirbelten herum und sahen sich zu ihrer Verwunderung ihren Meistern gegenüber: Cethegar, Riwanon und Farawyn, die ebenso geheimnisvoll und unvermittelt aufgetaucht waren wie zuvor Daior. Riwanon und Farawyn stand der Stolz auf ihre Novizen in die Gesichter geschrieben, und sogar Cethegar blickte weniger grimmig drein als sonst.

»Eure Feindschaft«, fuhr Farawyn in seiner Erklärung fort, »blieb uns nicht verborgen, also beschlossen wir, sie zum Gegenstand eurer Prüfung zu machen. Aus diesem Grund wurdet ihr derselben Gruppe zugeteilt. Uns war klar, dass ihr die Mission nur bewältigen könnt, wenn ihr euren Zwist begraben und zusammenarbeiten würdet, wie es das Grundprinzip unserer Ordensgemeinschaft vorsieht.«

»Dann … war alles geplant?«, fragte Granock ungläubig. »Von Anfang an?«

»Bruder Daior und die Hunla haben lediglich dem Gestalt verliehen, was ihr in eurem Innersten empfunden habt«, erläuterte Riwanon. »In Wahrheit ist es euer Zorn gewesen, der das Eis erschütterte und den Riesen weckte, und es war euer Hass, der ihn nährte. Besiegen konntet ihr ihn erst, als ihr eure kindischen Rivalitäten hintanstelltet und euch füreinander eingesetzt habt.«

»Diese Lektion«, ergänzte Cethegar und strich sich über die Zöpfe seines Barts, »konnten wir euch nicht lehren. Ihr musstet von selbst darauf kommen – und das habt ihr getan. Ihr habt eure Rivalitäten und alles, von dem ihr glaubtet, es würde euch trennen, hinter euch gelassen und seid über euch hinausgewachsen. Deshalb verdient ihr Anerkennung – und habt zu Recht die Prüfung bestanden.«

Die Novizen wechselten staunende Blicke – so viel Lob auf einmal hatten sie noch nie zuvor aus dem Mund des gestrengen Ältesten vernommen. Doch Cethegar war noch für eine weitere Überraschung gut.

»Die letzten Wochen«, fuhr er fort, »waren der harten Arbeit gewidmet und der unermüdlichen Übung. Dieser Abend jedoch soll der Muße gehören. Der Saal der Novizen wird zur Stunde bereits geschmückt; dort werdet ihr heute Abend Gelegenheit haben, euren Triumph zu feiern, zusammen mit all jenen, die wie ihr die Prüfung bewältigt und den Sieg errungen haben – auch wenn sich abzeichnet, dass es diesmal nicht allzu viele sein werden.«

»Ogan?«, fragte Granock zaghaft.

Farawyn schüttelte den Kopf. »Er ist noch nicht so weit. Seine Gruppe hat aufgegeben.«

Granock nickte, und so sehr er sich über den eigenen Erfolg freute, überwog doch für einen Moment das Mitgefühl für den jungen Elfen, der ihm als einer der wenigen seiner Art von Beginn an freundschaftlich begegnet war.

»Und Zenan?«, wollte Aldur wissen. »Haiwyl?«

»Auch sie haben versagt«, stellte Riwanon unbarmherzig fest. »Aber sie werden Gelegenheit erhalten, sich ein zweites Mal zu bewähren. Der Orden braucht jene, die das Schicksal mit *reghas* bedachte. Ohnehin werden es immer weniger.«

»Aber daran wollen wir im Augenblick nicht denken«, vertrieb ausgerechnet Cethegar alle trüben Gedanken. Es war das erste Mal, dass Granock in den Augen des alten Zauberers Wohlwollen und Hoffnung blitzen sah – und es sollte auch das einzige Mal bleiben.

»Vater Cethegar hat recht«, pflichtete Farawyn dem Ältesten bei. »Wir wollen nicht über jene betrübt sein, die bei der Prüfung versagten, sondern uns über jene freuen, die sie bestanden und ihren Meistern Ehre gemacht haben.«

Farawyns Triumph überwog den der beiden anderen Meister bei Weitem, und das aus gutem Grund: Er hatte mehr als jeder andere Zauberer riskiert und alles gewagt, indem er einen Menschen als Novizen nach Shakara gebracht hatte, entgegen der Tradition und allen Widerständen zum Trotz. Nicht nur Granock war in den vergangenen Wochen und Monaten vielen Anfeindungen ausgesetzt gewesen, auch sein Meister, der sich immer wieder hatte vorhalten lassen müssen, er würde die alten Werte verraten und dem Orden erheblichen Schaden zufügen. Nun jedoch, nachdem der von ihm ausgewählte Mensch den *prayf* bestanden hatte, während Novizen elfischen Geblüts dabei versagten, würden die kritischen Stimmen verstummen oder zumindest bedeutend leiser werden.

Durch seinen Triumph hatte Granock Farawyns Theorie, dass Elfen und Menschen ebenbürtig seien, belegt und all jene Lügen gestraft, die in seinesgleichen nichts anderes als rohe Barbaren sehen wollten. Die Menschen waren in der Lage, Ungewöhnliches zu leisten – nicht mehr und nicht weniger hatte Granock bewiesen, und er konnte die Dankbarkeit, die ihm vonseiten seines Meisters dafür entgegenschlug, beinahe körperlich spüren. Vielleicht würden Farawyns Ansichten nun von mehr Mitgliedern des Ordens geteilt werden; vielleicht würde dieser Tag irgendwann als Wendepunkt in der Geschichte Shakaras angesehen werden, der dem Orden den Weg in eine neue Zukunft gewiesen hatte.

All das war möglich – aber Granock scherte sich nicht darum.

Nachdem sich die erste Begeisterung wieder gelegt hatte und die Erschöpfung sich bemerkbar machte, wollte er nur zurück in seine Kammer, die durchnässte Tunika durch trockene Kleidung ersetzen und sich etwas ausruhen. Danach wollte er seinen Sieg feiern, zusammen mit Alannah und Caia. Und sogar mit Aldur, was er noch vor ein paar Stunden für unmöglich gehalten hätte.

»Was ist das?«, fragte plötzlich Riwanon.

Granock schaute auf: Aus den weißen Nebelschwaden schälten sich die eindrucksvollen Formen eines *bórias*, auf dessen Rücken allerdings kein Reitkorb befestigt war. Es dauerte einen Moment, bis Granock den Reiter des Tieres ausmachen konnte. Eine geradezu winzige Gestalt kauerte im fellbesetzten Nacken des riesigen Eisbären: ein Kobold.

Es handelte sich um Ariel, den Diener des Hohen Rates. Um sich vor der Kälte der *yngaia* zu schützen, hatte sich der Wicht einen dicken Wollumhang übergeworfen, der allerdings fast größer war als er selbst, und die Blütenkappe hatte er durch eine Fellmütze ersetzt.

»Ariel!«, rief Farawyn überrascht. »Was führt dich zu uns?«

»Nachrichten vom Hohen Rat«, antwortete der Kobold, nachdem er den riesigen Bären zum Stehen gebracht hatte, wobei er weder Zügel noch Gerte gebrauchte. Offenbar bediente er sich dazu seiner mentalen Fähigkeiten.

»Was für Nachrichten?«, wollte Cethegar wissen. Die Freude über das gute Abschneiden seiner Schülerin war schlagartig aus seinen Zügen verschwunden, so als ahnte er, dass Unheil dräute.

»Eine Ratsversammlung wurde einberufen, die Euer sofortiges Erscheinen erforderlich macht, verehrte Meister. Ein unerwartetes Ereignis ist eingetreten …«

6. ANTURAITH DARAN

Und wieder hieß es warten – mit dem Unterschied, dass es diesmal nicht um Leben und Tod ging.

Dennoch fühlte Granock wachsende Unruhe, während er in der kleinen Kammer, die sich unmittelbar hinter dem Ratssaal befand, auf und ab ging. Zwar hatte Alannah mehrmals an der Tür zu lauschen versucht, doch diese war – vermutlich unter Zuhilfenahme magischer Mittel – dergestalt verschlossen, dass nicht einmal das empfindliche Gehör der Elfin etwas von dem zu erlauschen vermochte, was jenseits der Tür vor sich ging. So blieb ihnen also nichts Weiteres, als auf das Ende der Ratssitzung zu warten und Mutmaßungen anzustellen.

»Das alles gefällt mir nicht«, meinte Aldur, der auf einem der steinernen Hocker Platz genommen und grübelnd das Kinn auf die Faust gestützt hatte, den Ellenbogen aufs Knie gestemmt. »Wenn der Hohe Rat so unvermittelt zusammentritt, kann das kaum etwas Gutes bedeuten.«

»Das stimmt«, pflichtete Alannah bei. »Etwas muss vorgefallen sein.«

»Der Kobold sprach von einem ›Ereignis‹«, überlegte Aldur. »Was er damit wohl gemeint haben mag?«

»Müßig, darüber nachzudenken«, sagte Granock zu seinem neuen Freund; zwar konnte er noch immer kaum glauben, dass Aldur jedes feindliche Gefühl ihm gegenüber aufgegeben hatte, andererseits war er aus den Elfen nie wirklich schlau geworden, darum nahm er sich vor, sich darüber nicht auch noch den Kopf zu zerbrechen. »Der Rat wird entscheiden, was zu tun ist.«

»Zweifellos wird er das«, räumte Aldur ein, »aber wird er auch die richtige Entscheidung treffen? Der Rat ist seit einiger Zeit gespalten, Granock, und nicht mehr das, was er mal war. Da stimmt die eine Partei gegen die andere, einfach nur, um den vermeintlichen Widersachern eins auszuwischen.«

»Aber in Krisenzeiten werden die Ratsmitglieder sicherlich wieder als Einheit handeln«, gab sich Alannah überzeugt.

»Wir wollen hoffen, dass du recht hast«, meinte Aldur, »sonst wäre es um die Zukunft des Ordens schlecht bestellt.«

»Meinst du damit was Konkretes?«, fragte Granock.

»In mancher Hinsicht mag ich mich in dir getäuscht haben, mein Freund. Aber über uns Elfen weißt du wirklich nicht sehr viel.« Aldur lächelte nachsichtig. »Das letzte Mal, als der Orden in zwei gegnerische Parteien gespalten war, hat dies jemand für seine Zwecke genutzt, ein junger Zauberer, der sich zum Herrscher über ganz Erdwelt aufschwingen wollte. Ein blutiger Krieg war damals die Folge, und es gibt manche, die der Überzeugung sind, dass das Reich erneut am Rande eines solchen Krieges stünde.«

»Unsinn«, widersprach Alannah. »Nur äußerst übel wollende Zeitgenossen behaupten so etwas.«

»*Realisten* behaupten so etwas«, verbesserte Aldur. »Wenn es zu einer Spaltung des Rates kommt, wird sich jeder von uns fragen müssen, auf wessen Seite er sich stellen will – auf die Palgyrs und der Traditionalisten oder auf jene von Farawyn und seiner verrückten Ideen.«

»Das sind keine verrückten Ideen, sondern Visionen!«, behauptete Alannah. »Selbst du hast doch wohl inzwischen erkannt, dass das Miteinander von Menschen und Elfen auch Vorteile birgt.«

Ein Lächeln glitt über Aldurs Züge, und er nickte dankbar in Granocks Richtung. »In der Tat. Ohne die Hilfe unseres menschlichen Freundes würde ich nicht mehr unter den Lebenden weilen. Ich gebe gern zu, dass ich mich in Granock geirrt habe. Und auch, dass er ein sehr viel besserer Zauberer ist, als ich es jemals für möglich gehalten hätte.«

»Mann!« Granock plusterte die Backen auf. »Und das aus deinem Munde …«

»Aber«, schränkte Aldur ein, »sollten wir einer einzigen rühmlichen Ausnahme wegen jahrtausendealte Regeln und Gesetze brechen und alles infrage stellen, wofür unsere Ahnen unter Einsatz ihres Lebens gekämpft haben? Hätten unsere Vorfahren nicht an den Traditionen festgehalten, hätte der Orden schon vor langer Zeit zu existieren aufgehört, und Margok hätte triumphiert. Wir entehren ihr Andenken, wenn wir bedenkenlos verschenken, wofür sie so große Opfer gebracht haben.«

»Darum geht es doch gar nicht!«, wandte Alannah ein.

»Doch, genau darum geht es«, beharrte Aldur. »Du solltest deine Augen nicht vor der Wahrheit verschließen. So sehr mich Granocks Erfolg erfreut …«

In diesem Moment flog die Tür der Kammer auf, und Meister Cethegar erschien, den üblichen grimmigen Ausdruck im Gesicht. Aldur verstummte augenblicklich und sprang von seinem Hocker auf, um dem Ältesten Respekt zu erweisen.

Cethegar war nicht allein. Farawyn und Riwanon begleiteten ihn, und von ihren Gesichtern war die Besorgnis deutlich abzulesen. Als Letzter trat Vater Semias in die Kammer. Die Tür schloss sich hinter ihm von unsichtbarer Hand, fiel leise ins Schloss. Granock war sicher, dass von dem, was in der Kammer gesprochen wurde, ebenso wenig nach draußen drang, wie es zuvor umgekehrt der Fall gewesen war.

»Novizen«, sagte Vater Semias im Tonfall des gestrengen Lehrers, »wisst ihr etwas mit dem Begriff Carryg-Fin anzufangen?«

»Natürlich«, antwortete Alannah, die nicht lange nachzudenken brauchte. »Die Grenzfestung ist ein Teil des Cethad Mavur, des Schutzwalls zwischen Elfenreich und dem Südland Arun. Einst gab es mehrere dieser Festungen, aber nach dem Ende des großen Krieges ist nur diese eine geblieben, die seither das Reich nach Süden gegen das barbarische Wildland sichert.«

»Sehr gut«, sagte Cethegar und nickte seiner Novizin anerkennend zu.

»Und?«, fragte Granock vorlaut. »Was hat es mit dieser Festung auf sich?«

»Angeblich wurde sie erobert«, antwortete Farawyn. »Angegriffen in dunkler Nacht, die Besatzung niedergemetzelt bis auf den letzten Mann.«

»Wie entsetzlich«, hauchte Alannah.

»Bisher ist es nur ein Gerücht«, sagte Riwanon beruhigend.

Aldur nickte. »Wie könnte so etwas auch geschehen? Die Grenztruppen sind zahlreich und gut ausgebildet.«

»Längst nicht mehr«, widersprach Farawyn. »Die Kräfte der Grenzsoldaten sind ausgezehrt, und ihre Anzahl ist ebenso gesunken wie ihre Moral.«

»Das erklärt noch nicht, wie eine ganze Grenzgarnison einfach ausgelöscht werden soll«, wandte Aldur ein.

»So ist es«, stimmte Semias zu. »Aus diesem Grund werden wir einen Erkundungstrupp nach Carryg-Fin schicken und herausfinden, was genau dort geschehen ist. Die Gerüchte, die bislang über die Geschehnisse dort kursieren, sind teils widersprüchlich.«

»Inwiefern?«, fragte Alannah.

»Wie es heißt, soll der Kommandant der Festung das Massaker schwer verwundet überlebt haben. Aber was aus ihm geworden ist, weiß niemand«, erklärte der Älteste. »Und außerdem waren es angeblich keine irdischen Kräfte, die Carryg-Fin angriffen und zerstörten.«

»Keine irdischen Kräfte?«, echote Alannah. »Dann war Zauberei im Spiel?«

»Wir wissen es nicht«, gestand Cethegar. »Vielleicht ist gar nichts vorgefallen, und in Carryg-Fin ist alles in bester Ordnung. Wie gesagt, bisher haben wir nur Gerüchte.« Seine Miene verfinsterte sich, sodass er noch grimmiger wirkte als sonst. »Vielleicht aber hat etwas Dunkles, Bedrohliches die Grenze überschritten und ist ins Reich eingedrungen.«

»Und warum gehen die Zauberer von Shakara diesen Gerüchten nach?«, fragte Granock keck. »Warum kümmert sich nicht der König der Elfen um dieses Problem? Wofür hat er seine Armee?«

»Man muss bedenken, dass Elidor nicht gerade der stärkste Herrscher ist, der jemals auf dem Elfenthron saß«, erklärte Vater Semias. »In Wahrheit sind es Fürst Ardghal und die anderen Berater, die das Zepter schwingen und dem Hohen Rat in der Politik des Reiches eine Nebenrolle zugeschrieben haben. Elidor wird abwarten, bis sich das Gerücht als wahr oder falsch erweist.«

»Ich frage mich, warum Palgyr so erpicht darauf ist, gerade mich nach Carryg-Fin zu schicken«, murmelte Farawyn und strich sich nachdenklich mit einer Hand über den Bart.

»Womöglich hält er größere Stücke auf dich, als du ahnst«, sagte Semias. »Außerdem werden dich Bruder Cethegar und Schwester Riwanon auf der Reise begleiten.«

»Oder er will Cethegar und mich lediglich loswerden, um hier in Shakara freiere Hand zu haben als bisher«, befürchtete Farawyn. »Immerhin war er es, der uns über die Gerüchte hinsichtlich des Überfalls auf Carryg-Fin in Kenntnis setzte, die angeblich am Hofe in Tirgas Lan die Runde machen. Auch mir kommt es merkwürdig vor, dass König Elidor diesbezüglich gar nichts unternimmt, da muss ich Granock recht geben. Denn da Palgyr diese Gerüchte zu Ohren kamen und sie offensichtlich seine Besorgnis erweckten, dann muss auch Elidor davon erfahren haben. Zumindest hätte Palgyr in seiner beratenden Funktion den König über diese Gerüchte informieren müssen, wenn ihm die Bedrohung denn so real erscheint, dass er auf eine Expedition der Zauberer drängt.«

»Ich leugne nicht, dass es ungeklärte Fragen gibt«, gab Cethegar zu, »aber es liegt nun mal in unserem ureigensten Interesse, herauszufinden, ob diese Gerüchte überhaupt zutreffen und wenn ja, welche Macht hinter diesem Angriff steht, zumal wenn tatsächlich Zauberei im Spiel war.«

»Gut gesprochen, Bruder«, pflichtete ihm Semias bei. »Ich jedenfalls bin froh darüber, dass gerade ihr für diese Mission ausgesucht wurdet, denn wenn dem Reich tatsächlich eine Gefahr droht, möchte ich meine besten Zauberer am Ort des Geschehens wissen.«

»Danke, Vater«, sagte Farawyn und deutete eine Verbeugung an. »Ich bitte, meine unbedachten Worte und mein Misstrauen Bruder Palgyr gegenüber zu entschuldigen.«

»Schon gut«, sagte der Älteste, und für einen Moment war sein Blick der des Lehrers auf seinen Schüler.

»U-und was ist mit uns, ehrwürdiger Meister?«, erkundigte sich Alannah zaghaft und stellte damit die Frage, die auch den anderen Novizen auf den Nägeln brannte.

Riwanon wandte sich ihr zu, und ein Lächeln huschte über ihre sinnlichen Züge. »Als unsere Novizen, die den *prayf* erfolgreich abgelegt haben, werdet ihr uns natürlich begleiten.«

»I-ist das wahr?« Aldurs Augen weiteten sich in unverhohlener Begeisterung.

»Zügelt euren leichtsinnigen Drang nach Aufregung und Abenteuer«, wies ihn Meister Cethegar zurecht, »und betrachtet es als den Beginn eures *garuthan*, als eure erste große Möglichkeit, euch im Einsatz zu bewähren. Nicht nur die Blicke eurer Meister werden auf euch gerichtet sein, sondern die des gesamten Ordens. Macht ihm keine Schande, stattdessen tragt dazu bei, seine Ehre und sein gutes Ansehen unter den Völkern Erdwelts zu bewahren und zu fördern.«

»Das werden wir, Meister«, versicherte Granock – und zum ersten Mal empfand er Stolz. Stolz dazuzugehören und Teil von etwas Großem und Bedeutendem zu sein.

Die Situation erlaubte es nicht, in lauten Jubel auszubrechen oder sich gegenseitig zu beglückwünschen, aber ein Blick in die Gesichter seiner beiden Mitschüler verriet ihm, dass sie ebenso empfanden wie er. Sie begnügten sich damit, einander zuzulächeln, und eine Zuversicht, wie er sie noch nie zuvor verspürt hatte, ergriff von Granock Besitz.

Er zweifelte nicht mehr daran, dass er auch den *garuthan*, den zweiten Teil der Ausbildung zum Zauberer, erfolgreich absolvieren würde. Er würde nach Arun gehen und das erste große Abenteuer seines noch jungen Lebens bestehen – zusammen mit zwei Elfen, die entgegen jeder anfänglichen Erwartung seine Freunde geworden waren.

Alannah.

Und Aldur …

7. CASNOG SHA CENFÍGENA

Rurak.

Rurak ...

Und immer wieder: Rurak!

Im Verlauf des letzten Mondes hatte Rambok, der Orkschamane, den Namen hassen gelernt – denn seit Rurak im *bolboug* aus und ein ging, hatte Rambok nichts mehr zu melden.

Wenn Borgas, der Häuptling des Knochenbrecher-Stammes, früher Rat und Hilfe benötigt hatte, so hatte er seinen Schamanen gefragt – entsprechend hoch war die Bewunderung gewesen, die man Rambok im ganzen Dorf entgegengebracht hatte. Mit dem Auftauchen Ruraks jedoch hatte sich dies grundlegend geändert, denn seit der sich Borgas' Gunst erschlichen hatte, hörte der Häuptling nur noch auf den Elfen. Schlimmer noch, er hatte ihm Treue und Gehorsam geschworen und schien sich zur Ausnahme sogar an seinen Schwur halten zu wollen, zumal ihm der Zauberer im Gegenzug die Herrschaft über die ganze Modermark versprochen hatte. Darüber hatte Borgas seinen alten Schamanen, der ihm über lange Jahre treu gedient und ihn vor so mancher Meuchelei gewarnt hatte, die der eine oder andere Ork im Schilde führte, schlicht vergessen. Dabei war doch offensichtlich, dass der Zauberer ein falsches Spiel trieb!

In der Häuptlingshöhle kein regelmäßiger Gast mehr zu sein und die Gesellschaft des ebenso dickbäuchigen wie selbstgefälligen Borgas nicht mehr täglich ertragen zu müssen, damit hätte Rambok noch ganz gut leben können. Nicht jedoch mit dem erheblichen Fratzenverlust, den er seit Ruraks Auftauchen erlitten hatte. Er konnte seine Höhle kaum noch verlassen, ohne mit einem hämischen Grinsen bedacht zu werden, selbst die Orklinge zeigten mit dem nackten Finger auf ihn und kicherten. Da es Kurul gefallen hatte, ihn mager und mit geringer Körpergröße in die Welt zu spucken, konnte Rambok nicht einfach in *saobh* verfallen und ein mittelschweres Blutbad anrichten wie andere Orks, die sich Respekt verschaffen wollten. Schon früh war ihm klar geworden, dass er seinen Verstand benutzen musste, wenn er es im *bolboug* zu etwas bringen wollte, deshalb hatte er sich von dem Schamanen Hussa in dessen Künste einweihen lassen und von ihm gelernt, bis er ihn eines Tages der Tradition folgend hinterrücks umgebracht und ihn in seinem Amt beerbt hatte.

Seither hatte sich alles zu Ramboks Gunsten entwickelt: Als neuer Schamane des Dorfes war er zu Ansehen und auch zu einigem Wohlstand gelangt, und nicht einmal die *faihok'hai*, die besten und gefürchtetsten Krieger des Stammes, hatten es mehr gewagt, ihn auch nur schief anzusehen. Aber das lag, so schien es, eine Ewigkeit zurück. Die Gegenwart sah anders aus, und daran musste Rambok unbedingt etwas ändern.

Seit Tagen schon hatte er die Rede vorbereitet, die er vor Borgas halten wollte, und nur auf eine Gelegenheit gewartet, sie ihm vorzutragen. Da Rurak immer häufiger im *bolboug* weilte – oder zumindest einer seiner von Kopf bis Fuß in schwarze Kapuzenmäntel gehüllten Handlanger –, war es immer schwieriger geworden, den Häuptling allein in seiner Höhle anzutreffen. Eines Abends jedoch ergab sich die Gelegenheit.

Rambok, der den ganzen Tag über auf dem Dorfplatz herumgelungert und dabei ständig nach dem Eingang der Häuptlingshöhle gespäht hatte, sah Rurak gehen – und war im nächsten Moment auch schon auf dem Weg.

»Was willst du?«, fuhr der *faihok*, der vor dem Eingang Wache hielt, den Schamanen an.

»Faulhirn!«, blaffte dieser zurück und warf sich so eindrucksvoll in Positur, wie es seine magere Gestalt nur irgend zuließ. »Weißt du nicht, wer ich bin?«

»Auf jeden Fall jemand, der keine so großen Töne spucken sollte«, konterte der Krieger gereizt, »weil ich dir nämlich sonst den *saparak* durch die Gedärme treibe. Und ich glaube nicht, dass Borgas sich darüber beklagen würde.«

Zu gern hätte Rambok widersprochen, aber so, wie die Dinge derzeit lagen, hatte der *faihok* leider nur zu recht. Vermutlich würde Borgas es nicht einmal merken, wenn sein Schamane plötzlich fehlte.

»Ich will zum Häuptling«, erklärte er deshalb ein wenig leiser.

»Nur zu.« Der Krieger entblößte seine gelben Hauer und gab den Weg frei. »Für diesmal ist's gut. Aber komm mir noch einmal unverschämt, Quacksalber, dann werde ich dich bei lebendigem Leib häuten und dir deine räudige Pelle in den Schlund stopfen, hast du verstanden?«

Rambok blieb eine Antwort schuldig – nicht nur, weil er nichts zu erwidern wusste, sondern auch, weil er nicht daran zweifelte, dass der *faihok* seine Drohung wahr machen würde. Es war höchste Zeit, dass sich die Dinge änderten …

Durch den dunklen Vorraum und vorbei an dem Gewölbe, in dem die zu Kuruls Ehren geschrumpften Köpfe ruhmreicher Krieger aufbewahrt wurden, gelangte Rambok vor Borgas' Thron. Der Häuptling war gerade dabei, sich von einem seiner fünf Weiber, von denen eines hässlicher war als das andere, die Krallen spitzen zu lassen. Das krächzende Geräusch der Raspel hallte von der Höhlendecke wider und ging Rambok durch Mark und Bein.

»Du?«, fragte Borgas, als er den Schamanen erblickte. Der Tonfall war so, als hätte er einen Furunkel an seinem *asar* entdeckt.

»Verzeih mein ungebetenes Eindringen, großer Häuptling«, bat Rambok und verneigte sich tief. »Es gibt etwas, das ich dir zu sagen habe.«

»Tatsächlich?« Borgas verzog das Gesicht, während die Orkin weiter an seinen Krallen feilte. »Was willst du?«

»Rurak«, sagte Rambok nur, als würde das alles erklären.

»Was ist mit ihm?«

»Er treibt ein falsches Spiel«, stellte der Schamane klar.

»Was du nicht sagst. Und um mir das mitzuteilen, bist du zu mir gekommen?«

»*Korr,* großer Häuptling, denn als dein Schamane und Berater ist es meine Pflicht …«

»Was soll das geschwollene Geschwafel?«, herrschte ihn Borgas genervt an. »Als Berater habe ich dich entlassen, und als Schamane habe ich dich noch nie gebraucht. Also was willst du?«

»Dich vor einem großen Fehler bewahren«, fuhr Rambok in der Rede, die er vorbereitet hatte, fort, obgleich Borgas' nicht ganz so reagierte, wie er es bei seinen Proben vorausgesetzt hatte.

»Mich«, echote der. »Vor einem Fehler bewahren.«

»*Korr.*«

»Und vor welchem?«

»Du darfst dem Zauberer nicht über den Weg trauen. Ich fühle, dass er etwas plant. Unheil wird über den *bolboug* hereinbrechen, wenn du dem Elfen weiter folgst.«

»Sagt wer?«

»Die Knochen«, antwortete Rambok, auf das Sammelsurium kurioser Gegenstände deutend, das er um den dürren Hals baumeln hatte, »und die Knochen lügen nicht, das weißt du so gut wie ich. Sie sagen, dass es Unglück bringt, sich mit den Schmalaugen zu verbünden, noch dazu, wenn sie vorschlagen, dass wir unsere Traditionen und Gesetze über den Haufen werfen sollen!«

»Was meinst du damit?«

»Im Dorf wird erzählt, dass es schon bald einen Waffenstillstand mit den anderen Orkstämmen geben soll.«

»Und?«

»Das kann nicht dein Ernst sein!«, rief Rambok aus. »Du willst Waffenstillstand schließen? Mit den Blutbiersäufern? Den Kotzbalgern? Den Eisenfressern? Nachdem sie uns im vergangenen Winter so übel mitgespielt haben?«

»Die Zeiten ändern sich«, sagte der Häuptling nur.

»Die Zeiten, *korr*, aber nicht die Orks«, widersprach der Schamane. »Wo wären wir heute, wenn sich unsere Vorfahren geändert hätten und mit der Zeit gegangen wären? Womöglich würden wir bereits in gemauerten Behausungen leben und hätten es warm und behaglich – eine entsetzliche Vorstellung für einen Ork aus echtem Tod und Horn!«

»Ohne Zweifel«, stimmte Borgas zu. »Dennoch gibt es Zeichen, die auch deine Knochen nicht übersehen können – fliegende Ungeheuer beispielsweise, die unseren Fortbestand bedrohen.«

»Das wissen wir nicht«, gab Rambok zu bedenken. »Mit eigenen Augen haben wir sie nie gesehen.«

»Doch – in der Kugel des Zauberers«, beharrte Borgas, »und wir haben mitbekommen, was sie mit den Bluthunden gemacht haben. Es mag dir gefallen oder nicht, Schamane – aber wir leben am Beginn einer neuen Zeit. Vieles wird sich ändern. Ein Krieg wird kommen, der die Herrschaft der Schmalaugen hinwegfegen wird, und am Ende wird es in der Modermark nur noch einen einzigen Häuptling geben – nämlich mich. Geht das in deinen kahlen, hässlichen Schädel?«

»Korr«, versicherte Rambok, »aber wer sagt, dass du dich dazu des Zauberers bedienen musst? Auch ich kann dir all das verschaffen.«

»Du?«

»Gewiss, großer Häuptling«, behauptete der Schamane in seiner Not. Vom ursprünglichen Konzept seiner Rede hatte er sich inzwischen so weit entfernt, dass nichts mehr davon übrig war. Keines der Argumente, die er sich im miefigen Dunkel seiner Höhle zurechtgelegt hatte, hatte bislang verfangen, also musste Rambok improvisieren. »Habe ich dich je belogen?«

»Woher soll ich das wissen? Gemerkt habe ich jedenfalls nichts davon, sonst würde dein Kopf nicht mehr auf deinen Schultern sitzen!«

»Niemals«, gab sich Rambok selbst die Antwort, »und ich würde es auch niemals tun, denn die Knochen sagen stets die Wahrheit. Auf die kannst auch du dich verlassen, großer Häuptling, nicht jedoch auf die Versprechungen eines schmaläugigen Verräters, der dich lediglich für seine eigenen Ziele missbraucht und dich ausspeien wird wie giftigen *bru-mill,* sobald er keine Verwendung mehr für dich hat.«

»Ich verstehe.« Borgas nickte. »Du hingegen meinst es ehrlich mit mir und willst mir mit deinem Rat helfen, der Herrscher über alle *bolboug'hai* zu werden, richtig?«

»Korr.« Rambok nickte erleichtert. Endlich schien der Häuptling zu begreifen.

Doch Borgas verzog nur angewidert das Gesicht. »Ich sehe es anders«, erklärte er. »Ich denke, dass du nur neidisch bist und zerfressen von Eifersucht. Der Zauberer hat dich von deinem Platz verdrängt, und das macht dich madig, und jetzt willst du mich gegen ihn aufbringen. Aber das klappt nicht, Quacksalber, denn ich durchschaue deine Pläne, so wie ich sie immer durchschaut habe, von Anfang an. Eine Zeit lang war es ganz spaßig, dich in meinen Diensten zu haben, aber jetzt …«

»Tu das nicht, Häuptling!«, fiel Rambok ihm rasch ins Wort, ehe Borgas den Satz zu Ende bringen konnte. »Ziehst du denn die Verschlagenheit eines elfischen Zauberers der Treue eines orkischen Schamanen vor?«

»Ja«, antwortete Borgas, ohne auch nur einen Augenblick nachzudenken.

»I-ist das deine endgültige Antwort?«, fragte Rambok erschüttert.

»Meine Entscheidung steht unverrückbar fest«, erklärte Borgas. »Rurak ist mein neuer Berater. Für dich habe ich keine Verwendung mehr, du zu kurz geratene Beleidigung für jeden halbwegs schrecklichen Ork!«

»A-aber ich …«

»Was willst du? Dich beschweren?« Borgas schüttelte den Kopf. »Lass es bleiben. Das Leben war ohnehin besser zu dir, als so ein mickriger Kerl wie du es verdient hätte. Normalerweise hätte man dich schon als Orkling im Wald aussetzen oder an die Trolle verfüttern müssen, aber du warst schlau, und daher bist du Schamane geworden – wenn auch nur, indem du deinen Vorgänger im Schlaf erdolcht hast, statt ihn im ehrlichen Kampf zu besiegen, wie du immer behauptet hast.«

Rambok sog scharf die muffige Luft ein. »Woher weißt du …?«

»Ich habe das schon immer gewusst, aber ich hielt es für nützlich, dich bei mir zu haben, also habe ich dich gewähren lassen. Nun jedoch brauche ich dich nicht mehr. Also geh, ehe ich es mir anders überlege und dich doch nach an die Trolle verfüttere.«

»Aber großer Häuptling, ich …«

»Geh!«, brüllte Borgas so laut, dass selbst die Orkin zu seinen Füßen zusammenzuckte und für einen Moment zu raspeln vergaß.

Rambok griff sich an die Schläfe und taumelte zurück, als hätte ihn ein Schlag am Kopf getroffen. Tatsächlich fühlte er sich wie benommen, als er sich umdrehte und hängenden Hauptes aus der Höhle trottete, die er noch vor ein paar Wochen so selbstverständlich betreten hatte, als wäre sie seine eigene.

An den *faihok'hai*, die vor der Häuptlingsbehausung Wache hielten, schlich er vorbei wie ein geprügelter Hund, hoffend, dass sich der Krieger, mit dem er zuvor aneinandergeraten war, sich nicht an seine Drohung erinnerte. Denn eins war klar: Wäre tatsächlich jemand auf den Gedanken gekommen, dem Schamanen bei lebendigem Leibe die Haut abzuziehen und ihm damit das Maul zu stopfen, Borgas hätte nicht einen Krallenfinger gerührt, um dies zu verhindern.

So unmissverständlich, dass auch Rambok es verstehen musste, hatte ihm das Stammesoberhaupt klargemacht, dass an seiner Seite kein Platz mehr für den Schamanen war – und im selben Maße, wie seine Hoffnungen gesunken waren, waren Ramboks Wut und sein Hass gewachsen.

Borgas traf keine Schuld. Er verhielt sich lediglich so, wie es auch jeder andere halbwegs anständige Ork an seiner Stelle getan hätte: Er trachtete allein nach seinem Vorteil. Der tatsächliche Urheber des Übels war kein anderer als Rurak, und Rambok konnte es im Nachhinein kaum fassen, dass er den Zauberer so lange hatte gewähren lassen.

Was, bei Torgas Eingeweiden, hatte er erwartet? Dass der Elf irgendwann genug haben und aus dem *bolboug* verschwinden würde? Oder dass Borgas sein wahres Wesen durchschaute, um ihn dann eigenhändig zu ermeucheln?

Beides war gleich unwahrscheinlich. Wenn sich etwas ändern sollte, musste Rambok die Sache in die eigenen Klauen nehmen – auch wenn das bedeutete, sich dieselben mit Blut zu besudeln.

Die Überlegung war denkbar einfach: Bevor der Zauberer ins Dorf der Orks gekommen war und mit schönen Worten und bunten Bildern aus seiner Kristallkugel Borgas' bisschen Verstand durcheinandergebracht hatte, war – zumindest aus Ramboks Sicht – alles in schönster Ordnung gewesen. Verschwand der Elf also auf Nimmerwiedersehen, würde sich schon bald wieder alles so fügen, wie es vor seinem Auftauchen im *bolboug* gewesen war, und Borgas würde seinen Schamanen auf Knien bitten, wieder zu ihm zurückzukehren.

Die Vorstellung zauberte ein Grinsen in Ramboks grünes Gesicht und steigerte noch seine Entschlossenheit. Sein Plan stand fest. Es gab nur einen einzigen Ort, wo Rurak keinen Schaden mehr anrichten konnte – in Kuruls dunkler Grube.

Wenn der Zauberer das nächste Mal ins Dorf kam, würde Rambok ihn erwarten. Er würde sich an seine Fersen heften, ihm folgen und auf eine passende Gelegenheit warten – und seinen *saparak* in Ruraks verräterisches Elfenherz senken …

8. FAD AI DYR

Das Gefühl war überwältigend gewesen und mit nichts zu vergleichen, was Granock je erlebt hatte.

Ein blendend greller Blitz war aufgeflammt, und im nächsten Moment hatten sowohl der Mensch als auch seine elfischen Begleiter den Eindruck gehabt, ganz von Licht umhüllt zu sein. Aber das war noch nicht alles: Granock war es gewesen, als wäre er untergetaucht und rings von Wasser umgeben, während er gleichzeitig das Gefühl grenzenloser Freiheit verspürt hatte, so als wäre sein Geist keinen körperlichen Zwängen mehr unterworfen und könnte sich frei an jeden beliebigen Ort bewegen, zu jeder beliebigen Zeit.

Allerdings währte dieser Eindruck nur einen Augenblick. Schon im nächsten Moment war das Licht wieder erloschen, und Granock war enttäuscht, als die Reise unvermittelt endete und er sich wieder in den engen Grenzen seines eigenen Körpers wiederfand. Natürlich hatte man ihm gesagt, was geschehen würde, aber begreifen konnte er es dennoch nicht. Es war eines jener Wunder, von denen sein Meister Farawyn gesprochen hatte, vor – so schien es Granock – sehr langer Zeit.

Im Handumdrehen hatte sein Körper Tausende von Meilen zurückgelegt, hatte binnen weniger Augenblicke eine Entfernung überbrückt, zu deren Bewältigung normalerweise viele Tagesritte nötig gewesen wären. Die Weite der *yngaia*, die hohen Gipfel des Nordwalls, die Sümpfe und schließlich die Ebene von Scaria – all das hatte Granock hinter sich gelassen, ohne auch nur etwas davon zu sehen zu bekommen …

Auch noch mehrere Tage, nachdem seine Begleiter und er die Ordensburg von Shakara auf solch wundersame Weise verlassen hatten, hatte sein Verstand noch immer Mühe, es als Wirklichkeit zu akzeptieren, als etwas, das wirklich geschehen war.

»He! Sag mal, schläfst du mit offenen Augen?«

Er brauchte einen Moment, um zu begreifen, dass es Alannah war, die ihn angesprochen hatte. Dann jedoch war er schlagartig hellwach. Er wandte den Blick und sah sie neben sich auf dem Pferd sitzen, aufrecht und stolz, das lange Haar zum Schopf geflochten. Meister Cethegar, der ihren Trupp befehligte, hatte auf jeglichen Tross verzichtet. Nicht einmal ihre Kobolddiener begleiteten die Zauberer, und so waren es nur drei Meister und ihre Schüler, die auf der Straße Richtung Südosten ritten.

Nachdem sie die erste Etappe ihrer Reise wie im Flug hinter sich gebracht hatten, ging es nun ungleich langsamer voran. In Tirgas Lan hatten sie sich Pferde gekauft. In Narnahal, einer Landstadt, die sich südöstlich von Trowna befand, hatten sie die Reittiere dann gewechselt und waren seither auf dieser uralten Straße unterwegs.

»Nein, ich bin wach«, antwortete Granock schnell, der sich ertappt fühlte wie ein kleiner Junge, der Naschwerk stibitzt hatte. Tatsächlich war er so in Gedanken versunken gewesen, dass er gar nicht gemerkt hatte, wie die Elfin ihr Pferd neben das seine gelenkt hatte. Und ihrem forschen Tonfall nach hatte sie ihn bereits mehrfach angesprochen, denn gerade rügte sie ihn: »Sieht aber nicht so aus!«

»Tut mir leid.« Er zuckte mit den Schultern. »Es ist nur … Ich kann diese Sache einfach nicht vergessen!«

»Du meinst die Kristallpforte?«

Granock nickte. »Es war das Großartigste, das ich je erlebt habe. Besser als mein erster Zeitzauber, besser als das Bestehen der Prüfung, besser als …«

»Besser als *rhiw*?«, fragte sie keck und mit einem unschuldigen Lächeln, das dazu angetan war, einen jungen Kerl um den Verstand zu bringen.

»N-nicht unbedingt«, stammelte er errötend, einmal mehr verblüfft über die Offenheit, mit der sie über derlei Dinge sprach. »I-ich meine, es kommt darauf an.«

»Worauf?«

»Na ja, zum Beispiel auf …«

»Behelligt er dich schon wieder mit überflüssigen Fragen?«

Granock war fast dankbar, dass Farawyn auf der anderen Seite seines Pferdes erschien. Geschickt zügelte der Zauberer sein Reittier und brachte es dazu, dicht neben dem des Menschen zu traben. Der Umgang mit Pferden schien sämtlichen von Sigwyns Nachkommen in die Wiege gelegt zu sein.

»Nein, Meister, durchaus nicht«, versicherte Alannah. »Wir haben uns gerade sehr aufschlussreich unterhalten.«

»Darauf möchte ich wetten«, murmelte der Zauberer und streifte seinen Novizen mit einem Seitenblick, der nicht erkennen ließ, ob er den letzten Teil des Gesprächs mitbekommen hatte oder nicht. »Cethegar wünscht dich zu sprechen, Alannah.«

»Natürlich«, sagte sie nur und zügelte ihr Pferd, um sich zurückfallen zu lassen, denn ihr Meister hatte die Nachhut übernommen.

»Vorsicht, Schüler«, sagte Farawyn.

»Wieso? Was meint Ihr?«

»Du bist ein Mensch, vergiss das nicht. Mit den Wundern der Magie mag dein Verstand noch einigermaßen mithalten können – den Reizen einer Elfin jedoch wird er jederzeit erliegen.«

»Ich weiß nicht, wovon Ihr sprecht, Meister«, behauptete Granock, obwohl er sich in Wahrheit bis ins Mark durchschaut fühlte.

»Nein?« Farawyn verzog einen Mundwinkel zu einem halben Grinsen. »Dann ist es ja gut.«

Eine Weile lang ritten sie schweigend nebeneinanderher. Wenn Aldur, den Cethegar als Späher vorausgeschickt hatte, zurückkehrte, würde Granock die Vorhut übernehmen. Danach kam Alannah an die Reihe, und so ging es weiter. Während der Nacht ruhten sie nicht, sondern setzten ihren Ritt im Schein des Elfenlichts fort, das die Zauberstäbe ihrer Meister verbreiteten. Auf diese Weise würden sie schon bald das Grenzland erreichen.

»Darf ich Euch etwas fragen, Meister?«, erkundigte sich Granock nach einer Weile.

»Natürlich, was möchtest du wissen?«

»Die Kristallpforten …«

Farawyn lachte auf. »Ich dachte es mir. Sie lassen dich nicht los, nicht wahr?«

»Ja, Meister«, gestand Granock. »Wenn ich ehrlich sein soll, ich habe noch niemals zuvor etwas so Großartiges erlebt.«

»Großartig, in der Tat.« Der Zauberer nickte. »Und ebenso gefährlich. Vergiss nicht, dass es die Kristallpforten waren, die einst Krieg und Vernichtung über Erdwelt brachten.«

»Ich weiß«, murmelte Granock. »Margok …«

»Der Dunkelelf war einst ein geachtetes Mitglied unseres Ordens, und er brachte alle Voraussetzungen dafür mit, dereinst der mächtigste und größte aller Zauberer zu werden. Nicht von ungefähr war er es, der den Elfenkristallen die Fähigkeit entlockte, die Grenzen von Zeit und Raum zu durchbrechen. Aber leider hatte er nicht nur einen genialen Verstand und eine außerordentliche Begabung, sondern auch einen von Ehrgeiz zerfressenen ruchlosen Geist. Als man dies erkannte, schloss man Margok aus dem Orden aus und verstieß ihn. Allerdings versäumte man es, den Bann des *ángovor* über ihn zu verhängen …«

»Das Vergessen«, murmelte Granock.

»… und so«, fuhr Farawyn düster fort, »wurde es möglich, dass der Dunkelelf an einem entlegenen Ort sein frevlerisches Treiben fortsetzte. Schlimmer noch, nach seiner Verbannung aus dem Orden verlor er jegliche Skrupel und tat fortan nur noch das, wozu sein krankhafter Ehrgeiz ihn anstiftete – und das war geradezu entsetzlich.«

»Die Orks, richtig?«, fragte Granock. »Sie sind das Ergebnis von Margoks Experimenten.«

»Die Unholde und noch weitere grässliche Kreaturen, deren Existenz die Natur in ihrer Weisheit niemals hervorgebracht hat. Margoks abartige Phantasie kannte keine Grenzen, und so scharte er ein Heer der Finsternis um sich, das er im Verborgenen für den Kampf ausrüstete, bis es groß und schlagkräftig genug war, um es mit den Legionen des Elfenkönigs aufzunehmen. Als der Dunkelelf zurückkehrte, rechnete niemand mehr mit ihm. Das war einer der beiden Vorteile, die er auf seiner Seite hatte.«

»Und der andere Vorteil?«

»Waren die Kristallpforten, denn mit ihrer Hilfe war es Margok möglich, im Bruchteil eines Augenblicks Truppen zu verlegen und sie dort auftauchen zu lassen, wo man am wenigsten mit ihnen rechnete. Sich gegen einen solchen Gegner zu verteidigen, ist praktisch unmöglich, und schon bald verbreiteten Margoks dunkle Krieger Angst und Schrecken in ganz Erdwelt.«

»Wie konnte es dennoch gelingen, sie zu besiegen?«, wollte Granock wissen, der das Ergebnis des Krieges aus den Geschichtsbüchern kannte, die er in Shakara studiert hatte.

»Mit viel Mut und unter großen Opfern«, antwortete Farawyn, »vor allem aber, indem es uns gelang, die Kontrolle über die Kristallpforten zu erlangen. Seither befindet sich der Dreistern unter der Kontrolle des Hohen Rates.«

»Der Dreistern?« Granock schaute seinen Meister fragend an.

»Das Symbol der Kristallpforten«, erläuterte dieser, »denn mit Dinas Anar, Shakara und den Fernen Gestaden als Endpunkten und mit Dinas Lan, wie die Hauptstadt des Elfenreichs damals noch hieß, als strahlendem Zentrum bildeten die Strecken, auf denen man mittels der Kristallpforten reisen kann, einen dreizackigen Stern.«

»Dann war es wohl ein großes Privileg, dass wir die Kristallpforte durchschreiten durften.«

»Allerdings. Es gibt manch altgedienten Zauberer, dem das noch nie gestattet wurde.«

»Da sollte ich mich also glücklich schätzen, was?«

»Ja«, sagte Farawyn, »und nein.«

»Warum nicht?«

»Weil, mein unbedarfter Schüler, Ausnahmeregelungen nur in Ausnahmesituationen getroffen werden.«

»Habt Ihr Befürchtungen, was das Ziel unserer Reise betrifft?«, fragte Granock und konnte sich plötzlich einer gewissen Beklommenheit nicht erwehren.

»Allerdings«, bestätigte Farawyn und sandte ihm einen vieldeutigen Seitenblick, den Granock jedoch recht gut zu verstehen glaubte. Sein Meister wurde schließlich nicht von ungefähr »Der Seher« genannt. Offenbar hatte er Visionen gehabt oder hatte zumindest eine Ahnung von dem, was sie an der Grenze zu Arun erwartete …

»Darf ich …?«, wollte er sich zaghaft nach Einzelheiten erkundigen.

»Nein«, beschied ihm Farawyn barsch, und dann, ein wenig freundlicher, fügte er hinzu: »Noch nicht. Alles ist noch zu undeutlich und verschwommen, und ich habe noch zu wenig Hinweise.«

»Hinweise?«

Die Naivität, die aus Granocks Frage sprach, rang Farawyn ein Grinsen ab. »Eine Vision kommt nicht von allein zustande«, erklärte er. »Sie braucht etwas, worauf sie sich stützen kann. Vergleiche es mit einer Landkarte, mit deren Hilfe du in der Lage bist, dich auf unbekanntem Terrain zurechtzufinden, auch wenn du dort noch nie zuvor gewesen bist.«

»Ich verstehe«, sagte Granock, während er sich einmal mehr eingestand, dass er seinen Lehrer wohl niemals ganz begreifen würde. »Darf ich Euch trotzdem noch etwas fragen?«

»Sofern es nichts mit der Zukunft zu tun hat. Ich gebe es allmählich auf, dir das Fragenstellen abgewöhnen zu wollen. Es scheint in deiner menschlichen Natur zu liegen wie das Bedürfnis zu essen oder zu schlafen.«

»Ist das schlimm?«, fragte Granock betroffen.

»Nein.« Farawyn schüttelte den Kopf, während er sich vorbeugte und sein Pferd am Hals tätschelte, so als wollte er das Tier dafür loben, dass es seit Beginn des Ritts noch nicht eine einzige Frage gestellt hatte. »Also, was möchtest du noch wissen?«

»Es hat nichts mit den Kristallpforten zu tun«, versicherte Granock.

»Wie überraschend«, kommentierte sein Meister. »Es gibt also noch mehr Fragen, die deinen ruhelosen Geist beschäftigen.«

»Bei der Prüfung«, sagte Granock leise, »als wir gegen den Eisriesen kämpften …«

»Ja?«

»… da hatte ich plötzlich das Gefühl, Eure Stimme zu hören«, fuhr Granock fort, »und es war mir, als würde sie mir ganz genau sagen, was ich zu tun habe.«

»Und?«

»Meister, bitte verzeiht – wahrscheinlich ist es nur wieder eine jener Schwächen, die ich als Mensch nun einmal habe, aber ich frage mich immerzu, ob …« Er verstummte, als fehlten ihm die Worte.

»… ob es wirklich du gewesen bist, der den *prayf* bestanden hat«, sprach Farawyn aus, was seinem Schüler nicht über die Lippen wollte, »oder ob in Wahrheit ich es war, der dich aus dem Hintergrund gelenkt hat.«

»Ja, Meister«, gab Granock zu.

»Und wäre Letzteres der Fall?«

Granock war einigermaßen erschrocken. »Wenn das so wäre«, antwortete er, »müsste ich denken, dass es keinen einzigen vernünftigen Grund gibt, warum ich hier sein und Euch auf dieser Mission begleiten sollte.«

»Das würdest du denken?«

Granock nickte betreten, und Farawyn wollte zu einer Erwiderung ansetzen, als ihnen ein Reiter entgegenpreschte. Es war Aldur. Dicht über den Pferdehals gebeugt saß er auf dem Rappen, und sein weiter Umhang bauschte sich hinter ihm.

»Meister!«, rief er schon von Weitem, während das Tier mit trommelnden Hufen heransprengte.

»Was gibt's?«, rief Farawyn ihm entgegen und zügelte seinen eigenen Gaul. Riwanon und später auch Alannah und Cethegar schlossen auf.

»Dort, jenseits der Felsen!«, stieß Aldur atemlos hervor, auf die schroffen Gesteinsformationen deutend, welche die sanft ansteigende Straße zu beiden Seiten säumten. »Wir haben das Grenzland erreicht.«

»Gut, Sohn«, knurrte Cethegar durch seinen zu Zöpfen geflochtenen Bart. »Dann müssen wir von nun an vorsichtig sein. Denn jenseits dieser Felsen schwindet die Macht des Elfenkönigs mit jedem Schritt, den wir weiter nach Südosten tun.«

Er ließ die Zügel schnalzen und übernahm selbst die Vorhut, die anderen folgten mit etwas Abstand.

Der Anblick war eindrucksvoll, und eine Welle glutheißer Luft brandete ihnen entgegen und vermittelte eine erste Ahnung davon, was sie im Süden erwartete.

Eine weite Senke erstreckte sich vor den Reisenden, von niederem Gras und kargem Gebüsch bewachsen. Nur vereinzelt ragten Felsen auf. Und ganz im Südosten, wo sich die graubraune Ebene unter dem blassblauen Himmel verlor, erstreckte sich ein dunkles Band, das von einem Ende des Horizonts bis zum anderen reichte. Es war nur schemenhaft hinter der vor Hitze flirrenden Luft zu erkennen, aber unleugbar da.

Seit Zehntausenden von Jahren ...

»Der Cethad Mavur«, sagte Cethegar. »Von den Erben Sigwyns wurde er einst errichtet, um die Grenzen des Reiches zu sichern. Niemand weiß genau, was sich jenseits davon befindet, denn Sigwyn der Eroberer war der Letzte, der seinen Fuß in das Gebiet jenseits der Mauer setzte.«

»Was für ein Land ist Arun eigentlich?«, wollte Granock wissen, der seine Neugier einmal mehr nicht in Zaum halten konnte.

»Ein wildes, ungezähmtes Land, mit nichts zu vergleichen, was es nördlich der großen Mauer gibt«, antwortete Cethegar. »In den alten Chroniken wird berichtet, dass es in grauer Vorzeit, als weite Teile Erdwelts noch von Eis bedeckt waren, den Namen Anwara trug und von Drachen bevölkert wurde. Doch die Drachen entzweiten sich untereinander, und in dem Krieg, den sie einander lieferten, barst die Erde und gab ihr Innerstes frei, und eine tiefe Kluft entstand, die Anwara teilte. Der Himmel verdunkelte sich für viele Tage, ehe es zu regnen begann, und das Wasser, das herabfiel, füllte die Kluft, und auf diese Weise entstand der *dwaímaras*, dem die Menschen den Namen ›Ostsee‹ gaben, während sich die austretende Lava im Norden zu jener Erhebung türmte, die ihr ›Ostgebirge‹ nennt und die bis auf den heutigen Tag von den giftigen Dämpfen aus den Tiefen Erdwelts durchdrungen ist. Als die lange Nacht zu Ende ging und der Morgen eines neuen Zeitalters heraufzog, existierte Anwara nicht mehr. Zwei Länder waren es fortan, getrennt durch die Gestade der See: Anar im Norden und Arun im Süden.«

»Ich wusste nicht, dass die Ostsee auf diese Weise entstanden ist«, sagte Granock leise.

Alannah, die neben ihm auf ihrem Pferd saß, kicherte, und auch Aldur konnte sich ein Grinsen nicht verkneifen. »Was in den

Chroniken überliefert wird, muss nicht zwangsläufig so geschehen sein«, erklärte er. »Oftmals sind es auch nur symbolhafte Bilder für Ereignisse, die zum damaligen Zeitpunkt unerklärlich waren.«

»Vorsicht, Novize«, warnte Cethegar. »Den *prayf* magst du bestanden haben, aber noch fehlt es dir an Reife und Erfahrung. Wer die Wahrheit der Mythen leugnet, der leugnet auch seine eigenen Wurzeln. Was auch immer den *dwaímaras* entstehen ließ und das Land teilte, es müssen außergewöhnliche Kräfte gewesen sein, denn Arun ist in der Tat unvergleichlich. Ein wildes, zerklüftetes Land, das keine Zivilisation kennt und in dem das Recht des Stärkeren regiert. Hohe Berge gibt es dort und tiefe Klüfte, in die turmhohe Wasserfälle stürzen, und alles ist von Dschungel bewachsen, der so dicht und undurchdringlich ist, dass kaum ein Sonnenstrahl je den Weg zum Boden findet. Unglaubliche und gefährliche Kreaturen lauern dort, nicht von ungefähr bediente sich Margok ihrer im Krieg …«

»Leben auch Menschen in Arun?«, wollte Granock wissen.

»Deinesgleichen, Junge«, erwiderte der Älteste düster, »hat die Eigenschaft, überall Fuß zu fassen und zu gedeihen, wie Unkraut, das an seinen Nährgrund keine Ansprüche stellt. Tatsächlich gibt es Menschen, die den Cethad Mavur überwunden haben und gen Süden gezogen sind.«

»Und? Was ist mit ihnen geschehen?«

»Sie haben die Errungenschaft der Zivilisation gegen das Gesetz des Dschungels getauscht und sind wieder zu Wilden geworden, zu primitiven Kreaturen, kaum der Sprache mächtig. Hin und wieder greifen sie sogar die Grenzbefestigungen an.«

»Könnten sie es gewesen sein, die Carryg-Fin überfielen?«, fragte Alannah.

»Sicher können wir erst sein, wenn wir uns vor Ort umgesehen haben. Dort vor uns liegen die Antworten, also verlieren wir nicht noch mehr Zeit.«

Damit trieb der Älteste sein Pferd an und ritt der Gruppe voraus die Straße hinab, die sich zunächst schnurgerade und dann in weiten Kurven durch das karge Land zog. Riwanon, Alannah und Aldur folgten ihm, nur Granock zögerte noch.

»Worauf wartest du?«, fragte Farawyn.

Granock schickte ihm einen Blick, der deutlich machte, dass sein Meister ihm noch immer eine Antwort schuldig war. Farawyn jedoch schien der Ansicht zu sein, dass der junge Mensch für diesen Tag genug Fragen gestellt hatte.

»Du hast den Ältesten gehört«, sagte er. »Dort vor uns liegen die Antworten.« Er drückte seinem Pferd die Hacken in die Flanken und preschte davon.

»Auch auf meine Fragen?«, rief Granock ihm hinterher.

Aber Farawyn tat so, als würde er ihn nicht mehr hören.

9. LAIGALAI DORWAI

Die Kreatur mit dem Namen Dinistrio sah sie kommen: eine Kolonne winziger Gestalten, die auf Pferden saßen und sich über die alte Straße näherten.

Genau wie sein Meister es vorhergesagt hatte …

Dinistrios reptilienhafte Züge dehnten sich, sein langes Maul klappte auf und entblößte die messerscharfen Reißer. Entdeckung brauchte er nicht zu fürchten: Seine grünbraune und an Schultern und Rücken zusätzlich gepanzerte Schuppenhaut verschmolz mit der Umgebung; sie bot nicht nur im Dickicht des Dschungels, sondern auch in der Ödnis der Steppe eine hervorragende Tarnung. Bis auf kürzeste Distanz konnte er sich seinen Opfern nähern, um dann erbarmungslos zuzuschlagen. Als die perfekten Krieger hatte sein ursprünglicher Herr und Meister ihn und seinesgleichen ersonnen.

Ein Außenstehender hätte die kehligen Laute, die aus dem Schlund Dinistrios drangen, wohl nicht als Sprache empfunden. Dennoch dienten sie unter den Echsenkriegern als Mittel der Verständigung. Zumindest die Möglichkeit zur Kommunikation hatte ihr Herr und Meister ihnen gelassen, alles andere hingegen, das die Wesen ausgezeichnet hatte, die sie einst gewesen waren, hatte er ihnen genommen; vor allem Empfindungen wie Reue oder gar Nachsicht gegenüber einem Feind wären unerwünscht gewesen. Alles, was zählte, war der absolute Gehorsam gegenüber jenem, der die magischen Worte kannte – und dieser Gehorsam war seit Jahrtausenden ungebrochen …

»Da sind sie«, stellte Dinistrio fest. »Genau wie Zauberer gesagt hat.«

»Kommen zu uns«, entgegnete sein Artgenosse, der mit ihm am Fuß des Felsens stand. »Werden töten und ihr Blut trinken.«

»Nein.« Dinistrio schüttelte den Kopf. »Das nicht unser Befehl. Befehl lautet warten.«

»Warten?« Die Reptilienaugen des Kriegers, der anders als sein Anführer keinen Namen trug, flackerten enttäuscht. »Worauf?«

»Kommen nach Süden. Kommen in Wald. Gehen in Falle. Dann angreifen«, knurrte Dinistrio.

Der andere Echsenmann schnaubte eine Bestätigung.

Widerspruch gab es nicht unter den Kriegern der Finsternis, ebenso wenig wie Zweifel. Denn sie alle waren vom gleichen Zorn erfüllt und von der gleichen Lust nach Zerstörung getrieben.

Und nach blutiger Rache …

10. UR'Y'DINISTRIO

Am Abend des nächsten Tages erreichte der Trupp die Festung Carryg-Fin.

Anders als auf ihrer bisherigen Reise hatte sich Cethegar dagegen entschieden, den Ritt auch bei Nacht fortzusetzen. In der Steppe wäre das Elfenfeuer weithin zu sehen gewesen und hätte jedermann ihr Nahen angekündigt, und der Mondschein reichte bei Weitem nicht aus, das unwegsame Gelände zu beleuchten; die Gefahr, dass eines der Tiere einen Fehltritt tat und Ross und Reiter sich beim Sturz das Genick brachen, war zu groß.

So waren sie gleich bei Sonnenaufgang aufgebrochen und – bis auf wenige Pausen, die sie den Pferden und sich selbst gegönnt hatten – den ganzen Tag durchgeritten, um dann, am frühen Abend, endlich das Ziel ihrer Reise vor sich zu sehen: In einiger Entfernung erhoben sich die Türme der Grenzfestung inmitten der gezackten Linie der großen Mauer, die sich quer durch das Land zog.

Aus der Distanz betrachtet sah die Burg beinahe unversehrt aus – doch kreisten Aasfresser kreischend und in Scharen über den Mauern. Und je weiter sich die Zauberer und ihre Novizen Carryg-Fin näherten, desto deutlicher rochen sie den beißenden Gestank des Todes, der über der alten Festung lag.

Unterhalb eines großen Felsens, der aus dem trockenen Boden ragte, ließ Cethegar die Gruppe rasten und ritt allein voraus, um sich ein Bild von der Lage zu machen. Als er zurückkehrte, war sein ohnehin stets grimmiges Gesicht kreidebleich und das Entsetzen darin unübersehbar, ein Spiegelbild des Grauens, das offenkundig innerhalb der Burgmauern herrschte.

»Und?«, erkundigte sich Riwanon. »Wie schlimm ist es, Vater?«

Der Blick, den Cethegar ihr sandte, war geradezu schauderhaft. »Der Tod regiert in diesen Mauern, meine Freunde«, sagte er tonlos. »Wappnet euer Herz und euren Geist, auf dass er nicht zerbreche an dem, was ihr sehen werdet.«

Die Ankündigung ließ Böses erahnen. Granock spürte einen eisigen Schauer. Plötzlich hatte er Angst. Obwohl er erst vergleichsweise kurze Zeit in der Obhut der Elfen lebte, hatte er dort schon manches gesehen, das ihn an seinem Verstand zumindest hatte zweifeln lassen. Was, wenn das, was er innerhalb der Burgmauern sehen würde, zu viel war für einen menschlichen Geist, da doch schon der gestrenge Cethegar bei dem Anblick vom Grauen geschüttelt wurde?

Farawyn schien zu ahnen, was ihn beschäftigte, denn er legte ihm die Hand auf die Schulter, wie ein treu sorgender Vater es bei seinem Sohn getan hätte. Die Berührung gab Granock ein wenig Zuversicht, und zusammen mit den anderen Novizen packte er den wenigen Proviant zusammen, den sie dabeihatten, und sie stiegen wieder in die Sättel. Kein Wort wurde gesprochen, als sich der Trupp erneut in Bewegung setzte und der Zitadelle entgegenritt.

Ein Trauerzug, dachte Granock unwillkürlich.

Immer höher ragten die Burgmauern vor ihnen auf, die sich dunkel und drohend gegen den inzwischen blutroten Himmel abzeichneten. Das Kreischen der Harpyen hallte von den Türmen wider und ließ Granock erneut erschaudern. Er fragte sich, ob die anderen Novizen ebenso empfanden wie er, und bedachte Alannah und Aldur mit verstohlenen Blicken, vermochte den Ausdruck in ihren Gesichtern jedoch nicht zu deuten. Elfen verstanden es ungleich besser als Menschen, ihre Gefühle zu verbergen, und Granock wiederum hatte nicht genügend Übung darin, die Fassaden ihrer Mienen zu durchschauen. So fühlte er sich irgendwie allein, während der Trupp das von zwei hohen Türmen gesäumte Haupttor ansteuerte.

Der Stein des jahrtausendealten Mauerwerks reflektierte das rote Abendlicht, als würde die Zitadelle leuchten. Die Fahnen über den Zinnen, die einst die Farben und das Wappen Tirgas Lans geziert hatten, flatterten trostlos im Wind. Und über allem hing der grauenvolle Odem der Verwesung …

Granock nahm seinen Umhang und schlang ihn sich so um die Brust, dass er gleichzeitig auch seine untere Gesichtspartie bedeckte, aber der Gestank war dennoch so durchdringend, dass der Magen des Novizen grummelte. Ob es seinen elfischen Kameraden ebenso erging, war unmöglich festzustellen, denn noch immer waren ihre Gesichter unbewegte Masken. Der Blick ihrer Augen jedoch, das fiel Granock jetzt auf, war nicht mehr kühl und gelassen wie zuvor, sondern von Entsetzen gezeichnet!

Und das aus gutem Grund …

Das diesseitige Tor der Festung, deren Mauern an den Flanken direkt in jene des Cethad Mavur übergingen, stand offen, und die Zugbrücke, die über den schmalen, aber tiefen Graben führte, war heruntergelassen. Doch das war es nicht, was die Aufmerksamkeit der Ankömmlinge in Beschlag nahm, sondern die Pfähle, die vor der Brücke zu beiden Seiten in den trockenen Boden gerammt worden waren – und auf denen die sterblichen Überreste von Soldaten aufgespießt waren.

Dass es Elfen gewesen waren, war nur noch an den Kettenhemden und den Stofffetzen in den Farben der königlichen Armee zu erkennen. Das Fleisch befand sich wegen der Hitze, die am Tage herrschte, im Zustand fortgeschrittener Verwesung, und dazwischen lugten teils abgenagte bleiche Knochen hervor. Am grässlichsten jedoch waren die Schädel anzusehen, denen Krähen die Augäpfel ausgepickt hatten und die den Besuchern in stiller Anklage entgegenstarrten, während langes, blutverklebtes Haar im Wind flatterte.

Alannah ließ ein leises Stöhnen vernehmen und schlug die Hand vors Gesicht.

»Ruhig, ganz ruhig«, sagte Cethegar beruhigend und dirigierte sein Pferd über die Zugbrücke.

Die schweren Holzbohlen dröhnten dumpf unter den Huftritten, und Granock befürchtete schon, die aufgespießten Leichen würden die Häupter heben und sich über die Störung ihrer Ruhe beklagen. Aber nichts dergleichen geschah, und so lenkte auch der Rest des Trupps die Tiere durch das grausige Spalier, über die Brücke und durch das offen stehende Tor.

Im Burghof fanden sie noch mehr Leichen. Sie übersäten den Boden, viele von ihnen grausig entstellt und die wenigsten am Stück. Granock sah sie in grotesker Verrenkung im Sand liegen, die Münder oft zu lautlosen Schreien aufgerissen.

Was immer der Besatzung der Zitadelle widerfahren war, es musste mit derartiger Gewalt über sie hereingebrochen sein, dass ihnen kaum die Möglichkeit zur Gegenwehr geblieben war. Denn wohin er auch blickte, sah er nur tote Elfen, jedoch keinen einzigen der geheimnisvollen Angreifer am Boden liegen.

Waren bei dem Angriff tatsächlich übernatürliche Kräfte zum Einsatz gekommen?

Obwohl der Anblick grauenvoll und der Gestank betäubend war, kannte Cethegar keine Nachsicht. Unbarmherzig befahl er seinen Begleitern, aus den Sätteln zu steigen und sich in der Burg umzusehen, ob es irgendwo einen Hinweis gab, der Rückschlüsse auf die Identität des Feindes zuließ.

Mit höchst gemischten Gefühlen glitt Granock vom Rücken seines Gauls und schloss sich Aldur an. Beide sollten sie den großen Turm erkunden, der sich inmitten der Mauern erhob und wohl die Kommandantur beherbergt hatte. Alannah blieb bei ihrem Meister, Farawyn und Riwanon durchsuchten die Festung jeweils allein.

»Kein schöner Anblick, nicht?«, fragte Aldur, als sie die Eingangshalle des Turms passierten. In der Halle und auf der großen Treppe lagen weitere Leichen, und einige Krähen flatterten aufgeschreckt auf, als sie bei ihrem grausigen Festmahl gestört wurden.

»Ja«, bestätigte Granock düster, »wirklich nicht.«

Mehr wurde nicht gesprochen. Wortlos folgten die beiden Novizen den Stufen in die höher gelegenen Stockwerke des Turms, wo sie tatsächlich auch die Kommandantur vorfanden. Der Anblick, der sich ihnen bot, war jedoch immer der gleiche: verwesende, grauenvoll verstümmelte Leichen, wohin das Auge blickte. Bei einigen der Toten hatte Granock sogar den Eindruck, ihre Gliedmaßen wären ihnen nicht etwa durch einen Schwert- oder Axthieb abgetrennt, sondern mit purer Körperkraft abgerissen worden, und das, während sie noch gelebt hatten. Ein schrecklicher Kampf musste in der Festung getobt haben, wovon auch der blutverschmierte Boden zeugte. Unbeantwortet blieb jedoch die Frage, wie es dem grausamen Feind gelungen sein konnte, in die Zitadelle einzudringen.

In den Trümmern der Kommandantur ließ sich kein brauchbarer Hinweis finden, also kehrten Granock und Aldur wieder in den Hof zurück, wo die anderen bereits warteten. Auch sie schienen Schreckliches gesehen zu haben. Alannah war zu keiner vernünftigen Aussage fähig, über Riwanons sonst so anmutige Gesichtszüge schien sich ein grauer Schleier gebreitet zu haben, und in den Augen des gestrengen Cethegar sah Granock – er wollte es kaum glauben – Tränen der Trauer. Dabei war es nicht allein der schreckliche Anblick, der den Zauberern und ihren Novizen so zusetzte, sondern die unbeschreibliche Brutalität, mit der die Feinde vorgegangen waren.

»Ich denke, eines lässt sich zumindest sagen«, stellte Farawyn fest. »Dass es tatsächlich keine Aruner waren, die diesen Überfall verübten, dass dies nicht das Werk einiger mit Pfeilen und Bogen und mit Speeren bewaffneter Wilder sein kann.«

»In der Tat«, stimmte Cethegar zu, der seine schon zuvor geäußerte These bestätigt sah. »Zum einen wäre es ihnen niemals gelungen, ohne Weiteres in die Festung einzudringen, und wir würden dann außerhalb der Mauern Hinweise auf eine Belagerung oder zumindest einen Kampf finden, was jedoch nicht der Fall ist. Zum anderen sind die Waffen der Gefallenen nicht geraubt worden, soweit ich gesehen habe.«

»Und?«, fragte Riwanon, die den Zusammenhang nicht verstand.

»Ein Schwert aus Elfenstahl ist eine Beute, die sich niemand entgehen lässt, der im Dschungel tagtäglich ums Überleben kämpft. Wären es Aruner gewesen, hätten sie auch die Festung geplündert und alles mitgenommen, was sie hätten tragen können.«

Niemand widersprach. Cethegars Argumentation war schlüssig, auch wenn sie die Frage nicht beantwortete, die Alannah offen aussprach: »Aber wer könnte es dann gewesen sein? Habt Ihr eine Ahnung?«

Farawyn nickte. »Die habe ich, aber es wäre zu früh, etwas darüber zu sagen.«

»Hast du etwas gesehen?«, wollte Cethegar wissen, und offenbar meinte er damit Farawyns besondere Fähigkeit.

»Nur verschwommene Bilder und Eindrücke, die ich nicht zuordnen kann. Aber während ich diese Burg durchstreifte, habe ich Dinge gespürt, die ich ...« Er unterbrach sich und blickte zu Boden, schien sich einen Augenblick zu besinnen. »Morgen früh kann ich mehr darüber sagen, denke ich. Aber dazu ist es notwendig, dass ich die Nacht über innerhalb dieser Mauern verweile – allein.«

Granock glaubte, nicht recht zu hören. »Ihr wollt die Nacht *hier* verbringen? Und das ohne Beistand?«

»So ist es«, bestätigte Farawyn entschlossen und ohne die leiseste Unsicherheit in der Stimme. »Denn nur auf diese Weise werde ich Klarheit erlangen können über das, was hier geschehen ist.«

Granock schluckte. Obwohl ihm die Frage auf den Nägeln brannte, scheute er davor zurück, sie zu stellen: *Wie* wollte Farawyn herausfinden, was sich in Carryg-Fin zugetragen hatte? Nun, jedenfalls würde er nicht zulassen, dass sich sein Meister nachts ganz allein an einem so schrecklichen Ort aufhielt, und obwohl ihm der bloße Gedanke, ebenfalls innerhalb der Burgmauern auf das Morgengrauen zu warten, eine Gänsehaut bescherte, fasste er sich ein Herz und sagte: »Wenn Ihr bleibt, so werde ich auch bleiben, Meister.«

»Du?« Farawyn schaute ihn fragend an. »Wozu?«

»Um Euch beizustehen«, erklärte Granock schlicht. Er hätte gern noch manches mehr gesagt: dass er dem Zauberer dankbar dafür war, weil er an ihn geglaubt und ihn aus dem Schmutz und Elend Andarils geholt und ihm tatsächlich eine größere und bedeutendere Welt gezeigt hatte – und dass Granock, was er zuvor nie für möglich gehalten hätte, Vertrauen zu ihm gefasst hatte und sich um ihn sorgte. Aber er war kein großer Redner, deswegen kam ihm kein Wort davon über die Lippen.

»Du willst mir beistehen«, sagte Farawyn, »obschon ich dir ansehen kann, wie dieser Ort dich ängstigt?«

»Ängste sind dazu da, besiegt zu werden, oder nicht?«, fragte Granock.

Farawyn lächelte. »Selten hatte ein Zauberer einen treueren und mutigeren Novizen. Obwohl dich das Grauen in seinen Klauen hält, möchtest du deinem Meister beistehen.«

»Ich würde es nicht ganz so geschwollen ausdrücken«, sagte Granock lapidar, all seinen Instinkten zum Trotz, die ihn dazu drängten, die Leichenfestung so schnell wie möglich zu verlassen. »Also – erlaubt Ihr es?«

»Nein«, sagte Farawyn, und sein Schüler wusste nicht, ob er darüber enttäuscht oder erleichtert sein sollte. »Geh nur, Junge, es ist gut. Dieser Aufgabe muss ich mich allein stellen.«

Granock war verwirrt. »Seid Ihr sicher?«

»Völlig sicher. Und jetzt verlasst die Burg, allesamt. Wir sehen uns beim ersten Licht des Tages.«

»Beim ersten Licht des Tages«, bestätigte Cethegar, und damit schien alles gesagt zu sein.

An den Zügeln führten die Zauberer ihre Pferde nach draußen, die ob des allgegenwärtigen Todes unruhig die Köpfe hin und her geworfen und mit den Hufen gescharrt hatten. Inzwischen war das Rot des Himmels verblasst und die Nacht hereingebrochen. Der Mond stand als blasse Scheibe am dunkelgrauen Himmel und beleuchtete die schaurige Szenerie mit fahlem Schein.

Auf der Zugbrücke wandte sich Granock noch einmal um. Seinen Meister im Burghof stehen zu sehen, allein und von den grausam entstellten Leichen umringt, gefiel ihm ganz und gar nicht. Eine Hand griff ihn jedoch am Arm und zog ihn sanft, aber bestimmt weiter.

Alannah …

»Komm«, sagte die Elfin. »Du kannst deinem Meister nicht helfen.«

»Das ist mir klar«, murmelte Granock. »Es ist nur …«

»Ich weiß.« Sie sah ihn durchdringend an. »Es ist dieser Ort, nicht wahr? Das Grauen – man kann es beinahe stofflich fühlen.«

»Und nicht nur das«, stimmte Granock zu. »Ich habe auch den Eindruck, dass … dass …«

»Was meinst du?«, fragte Alannah leise. »Du kannst es mir ruhig sagen.«

»Dass es noch nicht vorbei ist«, antwortete Granock düster.

Farawyn sah seine Gefährten das Tor passieren und in die Dunkelheit entschwinden. Selbst sein Pferd hatte er ihnen mitgegeben, also war er nun völlig auf sich gestellt, das einzige lebende Wesen in einer Festung, in der noch bis vor Kurzem eine ganze Garnison ihren Dienst versehen hatte, Hunderte von Soldaten, deren Knochen jetzt bleich im Mondlicht schimmerten.

Zu gern hätte er Aldur angewiesen, von seiner Fähigkeit Gebrauch zu machen und die sterblichen Überreste der Kämpfer zu verbrennen, damit ihnen ein letzter Rest Würde blieb, aber das war nicht möglich. Der Feuerschein wäre weithin zu sehen gewesen, und wenn dort draußen eine Macht lauerte, die dem Elfenreich feindlich gesonnen war, wäre sie gewarnt gewesen.

Alles musste bleiben, wie es war. Es war nicht die Aufgabe der Zauberer, die Toten zu betrauern. Ihre Mission bestand darin herauszufinden, was geschehen war, und nichts anderes hatte Farawyn vor – auch wenn er sich vor dem Grauen, das er zu sehen kriegen würde, fürchtete …

Allein inmitten des Burghofs stehend, der zum Schauplatz eines grauenhaften Massakers geworden war, wartete der Seher ab. Der Mond verschwand hinter dichten Wolken, sodass sich absolute Finsternis über die Festung senkte, während es fern im Osten zu grollen begann.

Für Farawyn spielte es keine Rolle, ob es hell war oder dunkel; er schloss die Augen und versuchte, alles aus seinem Bewusstsein zu verbannen, was ihn ablenken konnte: das Entsetzen, die Trauer, den ohnmächtigen Zorn, selbst den beißenden Gestank der verwesenden Leichen. Und indem sich der Zauberer an seinen Stab klammerte und ihn dazu benutzte, eine schützende Aura hervorzurufen, die ihn umgab und sein Bewusstsein von äußeren Einflüssen trennte, gelang es ihm, seinen Geist zu fokussieren.

Langsam sank er nieder, nahm auf dem sandigen Boden Platz, der durchtränkt war vom inzwischen geronnenen Blut der Erschlagenen. Seine Sinne waren auf eine andere Welt, auf eine andere Wirklichkeit konzentriert, die sich jenseits des Sichtbaren befand, und auf einmal sah er durch die geschlossenen Lider schemenhafte Gestalten, die über den leblosen Körpern schwebten und nicht von ihnen lassen konnten.

Farawyn drängte die Furcht zurück, die ihn zu überkommen drohte. Langsam löste er eine Hand vom Zauberstab und führte sie zum Boden, legte sie flach auf den kalten, klumpigen Sand und wartete eine lange, sehr lange Zeit.

Dennoch erfuhr der Seher nicht, was er wissen wollte.

Aber als gegen Morgen das Gewitter heranzog, das sich in der Ferne zusammengebraut hatte, als der Himmel von dröhnendem Donner widerhallte und die uralten Burgmauern von flackernden Blitzen erhellt wurden, die auch die Knochen der Gefallenen aus der Dunkelheit rissen, um sie schon im nächsten Moment wieder darin versinken zu lassen – da fand ihn das Grauen …

11. YNSTA YMOSURIAD

Die Novizen und die beiden verbliebenen Meister hatten die Nacht im Schutz eines großen Felsens verbracht. Auf der Südseite des riesigen Steinblocks gab es einen Überhang, der sich über dem sandigen Boden wölbte, eine Art natürliches Dach, groß genug, um sowohl den Pferden als auch ihren Reitern vor dem Wolkenbruch Schutz zu bieten, der gegen Morgen niederging.

Es regnete selten im Grenzland von Arun, aber wenn, dann so heftig, dass das Wasser den kargen und festgebackenen Boden fast knöcheltief überschwemmte. Blitze zuckten am Himmel und ließen die nahe Burg und ihre Türme noch um vieles unheimlicher erscheinen, als es am vergangenen Abend im Licht der Dämmerung der Fall gewesen war.

Weder Granock noch einer seiner Kameraden hatte die Nacht über ein Auge zugetan. Zum einen hatten sie sich beim Wachehalten abgewechselt, zum anderen waren sie viel zu aufgewühlt von den grässlichen Bildern, die sie gesehen hatten, als dass sie hätten Ruhe finden können.

Den größten Teil der Nacht hatte Granock einfach nur unter dem Felsvorsprung gesessen und hinaus in die Schwärze gestarrt, während er sich immerzu gefragt hatte, was den Soldaten in der Zitadelle wohl widerfahren sein mochte. Genau wie Alannah und Aldur war auch ihm nicht verborgen geblieben, wie unruhig die grausigen Entdeckungen ihre Meister gemacht hatten, obwohl diese sich Mühe gaben, so beherrscht wie immer zu wirken. Selbst Cethegars Reaktion bewies, dass dies auch für ihn keine alltägliche Situation war. Etwas lauerte dort draußen in der Dunkelheit, und dieses Etwas flößte nicht nur den Novizen Angst ein, sondern auch ihren Lehrern. Und genau diese unbestimmte, nicht näher zu benennende Furcht war es, die Granock wach gehalten hatte.

Auch an Farawyn hatte er immerzu denken müssen, und er hatte sich gefragt, welche Schrecken sein Meister wohl gerade durchleben, welche Bilder er sehen und welche Wahrheiten er erfahren mochte. Er sprach Alannah darauf an, aber die Elfin war viel zu sehr mit ihren eigenen Gedanken beschäftigt, als dass sie ihm hätte Antwort geben können. Und so hatte jeder der Gefährten die Nacht in seine eigenen Gedanken versunken verbracht und den neuen Tag herbeigesehnt, der sich schließlich mit Blitz und Donner ankündigte.

Als die Dämmerung heraufzog, hatten sich die Wolken bereits entladen. Die Sonne schickte ihre ersten zaghaften Strahlen über die weite Ebene des Niemandlandes, und die Felsen und die Burg warfen lange Schatten – aus denen sich schließlich eine einsame Gestalt löste.

Farawyn …

Granock war erleichtert, nicht nur, weil die Nacht zu Ende war, sondern auch darüber, seinen Meister wohlbehalten wiederzusehen. Gemessenen Schrittes näherte sich der Zauberer, auf seinen Stab gestützt und den Saum seines Umhangs über den linken Arm geschlagen, damit er ihm beim Gehen im unebenen Gelände nicht hinderlich war.

»Darf ich ihm entgegenreiten, Meister?«, erkundigte sich Granock bei Cethegar. »Er sieht müde aus … und einsam.«

»Er ist nicht einsam, Junge«, versicherte der Zauberer, »auch wenn es dir so scheinen mag. Denn bei sich hat er die Bilder, die ihn während der Nacht ereilt haben und von denen er uns berichten wird.«

Granock war sich nicht sicher, ob dies im Hinblick auf seine Frage eine Erlaubnis oder eine Verneinung sein sollte, aber ein warnender Blick Riwanons sagte ihm, dass es wohl besser war, an Ort und Stelle zu bleiben und zu warten.

Es dauerte eine Weile, bis Farawyn zu ihnen stieß – inzwischen hatten die Novizen das Lager bereits abgebrochen und das wenige Gepäck, das sie mitführten, in die Satteltaschen gepackt. Alle waren gespannt, was Farawyn zu berichten hatte. Dem waren die Strapazen der vergangenen Nacht deutlich anzusehen. Und noch etwas glaubte Granock in der Miene des Meisters zu entdecken, das er zuvor noch nie darin erblickt hatte: leise Panik.

»Nun?«, erkundigte sich Cethegar, nachdem sich Farawyn gesetzt und einen Augenblick innegehalten hatte, um sich mit Wasser und etwas Proviant zu stärken. »Hattest du eine Vision? Konntest du mit den Geistern der Gefallenen sprechen?«

»Ihr habt mit den Geistern der gefallenen Soldaten gesprochen, Meister?«, fragte Granock verdutzt.

Farawyn lächelte matt, dann antwortete er rätselhaft: »Nun, vielleicht sah ich auch nur ein Echo von dem, was sich an jenem Ort zutrug.«

»Und was genau ist das gewesen, Bruder?«, fragte Riwanon und ließ sich bei ihm nieder.

Farawyn massierte sich die Schläfen. Es schien ihm schwerzufallen, sich zu erinnern – nicht deshalb, weil er es vergessen hatte, sondern weil sich sein Bewusstsein weigerte, die Bilder noch einmal heraufzubeschwören. »Eines weiß ich jetzt mit Bestimmtheit«, sagte er leise. »Es waren keine Menschen, die die Festung überfallen haben, ebenso wenig wie es Elfen waren.«

»Nein?«, fragte Cethegar und trat näher an ihn heran, während die Novizen respektvoll Abstand hielten. »Was ist es dann gewesen? Sag es mir.«

»Es waren grauenvolle Kreaturen«, flüsterte Farawyn leise. »Sie kamen aus dem Süden, und sie stammten weder aus dieser noch aus der anderen Welt.«

»Was willst du damit sagen?«

Farawyn blickte den anderen Zauberer betrübt an. »Ich bin mir nicht sicher, was für Wesen das waren. Aber ich stieß auch auf etwas anderes, das zutiefst beunruhigend ist …«

»Zutiefst beunruhigend?«, fragte Cethegar. »Wie nennst du dann das, was wir dort in der Festung vorgefunden haben?«

Er sprach Granock aus der Seele. Was, in aller Welt, mochte Farawyn noch entdeckt haben, das ihn derart verstörte?

Es schien Farawyn einige Überwindung zu kosten, offen auszusprechen, was er erlebt hatte, oder vielleicht fehlten ihm auch nur die passenden Worte dafür. »Ich habe das Grauen gesehen. Ich habe die Schreie der Sterbenden gehört und das Flehen derer, die am Leben bleiben wollten, aber keine Gnade fanden. Blut floss in Strömen und tränkte den Boden, und inmitten all dieses grausamen Mordens hatte ich den Eindruck, etwas … etwas Vertrautes zu fühlen.«

»Etwas Vertrautes?«, hakte Riwanon nach. »Was meinst du damit?«

»Es war nur eine kurze Empfindung, nur ein Gefühl, das mich für einen Moment erfüllte, ehe es mich wieder verließ – aber ich erinnere mich, dieses Gefühl schon einmal verspürt zu haben. Zu Hause, in Shakara.«

»In Shakara?« Cethegar schnappte nach Luft. »Einen Augenblick, Sohn! Weißt du auch, was du da sagst?«

Farawyn nickte.

Cethegar schwieg eine Weile. Die Augen in dem von grauen Zöpfen umrahmten Gesicht starrten leer und blicklos, während sein Verstand scheinbar erfolglos Tritt zu fassen suchte. Granock erging es nicht anders. Wenn sein Meister in Carryg-Fin etwas gefühlt hatte, das er in ähnlicher Weise bereits in der Ordensburg verspürt hatte, dann musste dies doch bedeuten, dass …

»Wie sicher ist diese Empfindung?«, erkundigte sich Aldur forsch. Der junge Elf musste die gleichen Schlüsse gezogen haben wie Granock, schien allerdings nicht gewillt, sie als Tatsachen hinzunehmen.

»Sehr sicher«, antwortete Farawyn. »Aber da ich keine Beweise habe, bleibt euch nichts als mein Wort.«

»Und wie oft habt Ihr dieses Gefühl in Shakara schon gespürt?«, fragte Aldur.

»Häufig«, antwortete Farawyn, was wiederum Anlass zu düsteren Spekulationen gab.

»Bei welchen Gelegenheiten?«, bohrte Aldur weiter.

Cethegar jedoch fuhr ihm scharf über den Mund. »Ein Zauberer muss sich vor keinem Novizen rechtfertigen, und es steht dir nicht zu, einen Meister zu verhören!«

»Das nicht«, gestand Aldur ein. »Aber wenn stimmt, was er uns gerade eröffnet hat, dann betrifft die Sache den gesamten Orden und geht uns alle etwas an.«

»Der Junge hat recht«, stimmte Farawyn zu und zog sich an seinem Zauberstab in die Höhe. Die kurze Pause schien ihm gutgetan zu haben, er wirkte ausgeruht und weniger angespannt als zuvor. Der gehetzte und leicht panische Ausdruck in seinen Augen allerdings war geblieben, wie Granock feststellte. »Ich weiß, was ich gespürt habe, und die Empfindung war so intensiv, dass kein Zweifel bestehen kann: Es gibt eine Verbindung zwischen dem, was hier geschehen ist, und der Ordensburg von Shakara.«

Nun war es heraus. Farawyn hatte das Unbegreifliche offen ausgesprochen. »Bei den Königen der alten Zeit«, flüsterte Cethegar, »ist dir klar, was du da sagst?«

»Nein, Vater – wie könnte es? Keiner von uns kann zu diesem Zeitpunkt ermessen, was dies bedeuten könnte. Aber wenn ich recht habe, so ist der Drahtzieher hinter diesem grässlichen Massaker nicht nur hier im Grenzland zu suchen, sondern er treibt auch in Shakara sein Unwesen.«

»Dann müssen wir zurück«, sagte Alannah hastig, »und das möglichst rasch. Wir müssen den Hohen Rat warnen und …«

»Warnen wovor?«, fiel ihr Granock ins Wort. »Man würde Meister Farawyn mit Fragen bedrängen, auf die er keine Antworten weiß. Seine Gegner im Rat würden sich das zunutze machen und seine Glaubwürdigkeit untergraben. Damit wäre nichts gewonnen. Im Gegenteil, wenn es einen Feind in Shakara gibt, so wäre er dadurch seinerseits gewarnt.«

»Für einen Novizen, in dessen Adern noch dazu kein elfisches Blut pulsiert, sprichst du erstaunlich vernünftig«, sagte Cethegar anerkennend. »In der Tat wäre es sinnlos, die Mission abzubrechen und zur Ordensburg zurückzukehren, solange Farawyn seinen Verdacht nicht mit Indizien untermauern kann.«

»Also?«, fragte Riwanon. »Was werden wir tun?«

»Was immer Carryg-Fin überfallen hat, ist laut Farawyn von Süden gekommen, aus Arun. Also werden wir dort hingehen und nach Hinweisen suchen in der Hoffnung, dass wir so auch etwas über den Drahtzieher des Überfalls in Erfahrung bringen. Bis dahin jedoch bleibt alles, was Bruder Farawyn gesprochen hat, unter uns, habt ihr verstanden?«

»Wem sollten wir davon erzählen?«, fragte Granock. »Es ist ja niemand hier.«

»Dennoch will ich euer Wort«, verlangte Cethegar. »Nichts von dem darf bis auf Weiteres diesen Kreis verlassen.«

»Natürlich nicht«, versicherte Alannah.

»Versprochen«, sagte Granock.

»Dein Versprechen in allen Ehren, Junge«, sagte Cethegar, »aber ich fürchte, ich brauche etwas, worauf ein wenig mehr Verlass ist. Deshalb werde ich euch allen hier und jetzt den feierlichen Schwur abnehmen, nichts von dem an fremde Ohren dringen zu lassen, was unter uns besprochen wurde.«

»Ich schwöre, Vater«, entgegnete Farawyn ohne Zögern, woraufhin sich Riwanon, Aldur und Alannah anschlossen. Auch Granock hob schließlich die rechte Hand und leistete den verlangten Eid, den Cethegar besiegelte, indem er ihn mit dem Zauberstab an der Stirn berührte. Granock war klar, wenn einer von ihnen wortbrüchig wurde, so würde dies schwere Bestrafung nach sich ziehen, vielleicht sogar den Ausschluss aus dem Orden, aber er sah ein, dass es keine andere Möglichkeit gab.

Solange sie keinen konkreten Anhaltspunkt dafür hatten, dass die Spur der Mörder tatsächlich zurück nach Shakara führte, war der von Farawyn geäußerte Verdacht höchst gefährlich, denn seine Feinde konnten sich dies zunutze machen, um ihn und seine Getreuen zu vernichten.

»Gut«, sagte Cethegar schließlich. »Verzeiht den Nachdruck meiner Forderung, aber wenn Farawyn richtig vermutet, so kann das, was hier am Rand der zivilisierten Welt geschieht, über das Wohl oder Wehe des Ordens und damit des ganzen Reiches entscheiden, und wir sollten nicht …«

Er verstummte, weil hinter ihm plötzlich heiseres Geschrei erklang. Der Zauberer fuhr herum, die knochige Hand um den Zauberstab geschlossen – nur um zu sehen, wie das eintönige Braun der Steppe zum Leben erwachte.

Allenthalben erhoben sich plötzlich hagere Gestalten, die nackt waren bis auf Lendenschürze und deren dunkles Haar ihnen bis zu den Schultern reichte. Ihre Haut war gebräunt von der Sonne und mit fremdartigen Symbolen aus weißer Farbe bemalt. Und sie waren mit dünnen, langen Speeren bewaffnet, von denen sie ganze Bündel bei sich trugen. Die Münder in den dunklen bärtigen Gesichtern waren weit aufgerissen, und sie schrien in unbändiger Wut.

»Wildmenschen aus Arun!«, rief Farawyn, der die Situation als Erster erfasste. »Sie müssen im Schutz der Dunkelheit die Mauer überwunden haben und herangekrochen sein!«

»Was, beim mächtigen Glyndyr, haben sie so weit nördlich zu suchen?«, rief Cethegar über das schrille Kreischen der Angreifer hinweg. »Ich wusste nicht, dass …«

»Vorsicht!«

Es war Granocks Stimme, die warnend gellte, und das gerade noch rechtzeitig, denn schon sausten die ersten Speere heran und hätten ihr Ziel wohl gefunden, wenn Cethegar nicht mit einer geschmeidigen Bewegung nach hinten gesprungen wäre. Die Speere bohrten sich zu Füßen des Zauberers in den Boden, wo sie bebend stecken blieben.

Die Wut der angreifenden Meute wurde dadurch nur noch mehr angestachelt, und unter gellendem Geschrei setzten die Krieger weiter heran. Granock war sicher, dass es gut vierzig Wilde waren, die keinerlei Gnade zeigen würden, wenn sie ihre Opfer erst in ihrer Gewalt hatten.

»Wartet, ihr Strauchdiebe!«, wetterte Cethegar, während ein halbes Dutzend weitere Speere durch die Luft flog und ihn hinter einem Felsblock in Deckung zwang. »Das werden wir euch gründlich verderben. – Alannah!«

»Ja, Meister?«

»Diese Wilden scheinen ziemlich erregt. Wie wäre es, wenn du ihre Gemüter ein wenig abkühlen würdest?«

»Mit Vergnügen, Meister«, antwortete die Elfin.

Die Angreifer hatten sich dem Felsen inzwischen weiter genähert. Einige von ihnen ließen die Speere fallen und griffen an die Stricke, die sie um ihre Hüften gebunden hatten, um primitive Totschläger herauszuziehen, an denen vielfach noch Blut und Kopfhaar unterlegener Gegner klebten.

Im nächsten Moment jedoch hielten die Angreifer inne, denn massive Kälte schlug ihnen entgegen, und einen Augenblick später bildete sich vor ihnen eine Mauer aus Eis, die sich so hoch türmte, dass keiner von ihnen sie ohne Weiteres überwinden konnte, und die es dennoch schafften, wurden auf der anderen Seite der Barriere von züngelnden Flammen erwartet.

Aldur entfachte keine große Feuersbrunst, denn die hätte Alannahs Eisbarriere schmelzen lassen. Er begnügte sich mit kurzen, gezielten Flammenstößen, die den Angreifern Haut und Haare versengten, und es schien ihm fast diebische Freude zu bereiten.

»Vorsicht«, mahnte Farawyn. »Diese Wilden sind uns um ein Vielfaches unterlegen. Wir wollen sie nicht töten. Es geht lediglich darum, ihnen eine Lektion zu erteilen.«

»Wie Ihr meint, Meister«, entgegnete Aldur und klang fast ein wenig enttäuscht, während sein Feuer flackernden Schein auf seine Züge warf.

Es dauerte eine Weile, bis die Menschen begriffen, dass sie ihres Gegners, obwohl sie ihm zahlenmäßig weit überlegen waren, nicht würden habhaft werden können. In ihrer Raserei rannten sie immer wieder gegen die Mauern an, die Alannah vor ihnen errichtete, und wem es gelang, über die Eisbarriere zu klettern, der machte Bekanntschaft mit Aldurs Flammenzauber. Der Elf lachte, als er einem Angreifer das lange Haar versengte und einem anderen, der sich bereits zur Flucht gewandt hatte, den Hintern. Cethegar bedachte ihn dafür mit einem strafenden Blick, doch der Novize tat, als würde er es nicht bemerken.

Schließlich rannten die Wildmenschen in heller Panik davon. Aldur war anzusehen, dass er ihnen am liebsten noch eine Lohe mit auf den Weg gegeben hätte, aber er beherrschte sich. Umgeben von geschwärztem Boden und schmelzendem Eis standen

Zauberer und Novize am Fuß des Felsens und blickten den Wildmenschen nach, die schreiend nach Süden flohen, dem Grenzwall entgegen.

»Da laufen sie«, spottete Aldur, und an Granock gewandt, fügte er hinzu: »Nimm es mir nicht übel, Freund. Ich habe schon intelligentere Abkömmlinge deiner Rasse gesehen.«

»Die Vorfahren dieser Menschen haben vor langer Zeit den Cethad Mavur überquert«, erklärte Farawyn. »Was sie dort vorgefunden haben, hat ihre Sitten verrohen lassen, ihre Instinkte jedoch geschärft. Elfen an ihrer Stelle hätten womöglich gar nicht überlebt.«

»Denkt Ihr das wirklich, Meister?«, fragte Alannah.

»Es ist durchaus möglich.«

»Und wenn schon.« Aldur zuckte mit den Schultern. »Heute haben sie sich mit den Falschen angelegt, da haben ihnen ihre Instinkte auch nichts genutzt.«

»Sei nicht so stolz auf deine Kunststücke«, wies Cethegar ihn zurecht. »Ein großer Zauberer brüstet sich nicht mit dem, was er vermag. Du solltest dir lieber die Frage stellen, was diese Menschen so weit im Norden zu suchen hatten, diesseits des Cethad Mavur.«

»Ihr habt einen Verdacht, nicht wahr?«, fragte Alannah. »Was genau ist es, das Euch Sorge bereitet?«

»Dass die Wildmenschen die Mauer überwunden haben, ist eine Sache«, meinte Cethegar verdrossen. »Schon in der Vergangenheit haben sie öfter Überfälle auf dieser Seite des Grenzwalls verübt, wurden jedoch immer wieder vertrieben.«

»Aber?«, fragte Farawyn.

»Diese Wilden stammen aus den dampfenden Dschungeln Aruns«, führte Cethegar aus. »Eis haben sie noch nie zuvor in ihrem Leben gesehen, ebenso wenig wie einen Mann, aus dessen Händen Feuer züngelte. Aber haben sie sich davor gefürchtet? Oder sich zumindest auch nur darüber gewundert? Nein! Sie ließen sich davon nicht beeindrucken und haben weiter angegriffen. Geflohen sind sie erst, als ihnen klar wurde, dass sie uns unterlegen waren, jedoch nicht aus Furcht vor unserem Zauber.«

»Was folgert Ihr daraus, Vater?«, fragte Riwanon.

»Diese Menschen müssen bereits zu einem früheren Zeitpunkt Kontakt mit Zauberern gehabt haben«, vermutete Cethegar, »und dieser Gedanke gefällt mir ganz und gar nicht, weil …«

»… weil es sich mit dem deckt, was ich in den Mauern von Carryg-Fin gespürt habe«, vervollständigte Farawyn.

»So ist es, Sohn.« Cethegar nickte grimmig, und auch Granock und den anderen wurde nun klar, was ihn so sorgte. Die Wildmenschen hatten auf Alannahs und Aldurs Zauber tatsächlich nicht so reagiert, wie man es von Primitiven erwarten durfte, was darauf schließen ließ, dass sie schon zu einem früheren Zeitpunkt mit vergleichbaren Phänomenen zu tun gehabt hatten. Und das wiederum deutete darauf hin, dass Cethegar und seine Begleiter nicht die ersten Zauberer waren, denen sie begegnet waren. Zusammen mit Farawyns Verdacht, dass man denjenigen, der für das Massaker von Carryg-Fin verantwortlich war, in Shakara finden würde, ergab das ein zutiefst beunruhigendes Bild.

»Was nun?«, fragte Riwanon. »Was sollen wir tun?«

»Was wir eben bereits vorhatten: Wir werden die Grenze überschreiten und uns nach Süden wenden, den Wildmenschen hinterher. Wenigstens haben wir jetzt eine Fährte, der wir folgen können.«

Die Novizen und ihre Meister wechselten angespannte Blicke. Auch wenn es niemand mehr offen aussprach, jedem von ihnen war klar, dass ihre Mission einen Wendepunkt in der Geschichte nicht nur des Ordens, sondern ganz Erdwelts bedeuten konnte. Wenn sich tatsächlich Beweise für das fanden, was Farawyn in Carryg-Fin gespürt hatte, würde dies Folgen haben, die zum gegenwärtigen Zeitpunkt noch völlig unabsehbar waren, vielleicht einen Krieg, einen neuen blutigen Konflikt, der ganz Erdwelt entzweite.

Keiner von ihnen ahnte, dass sie beobachtet wurden – von kalten Reptilienaugen, in denen unbändiger Hass loderte …

12. PENTHERFAD LAIMA

Rambok hatte lange warten müssen. Tage. Nächte. Zwei ganze Wochen. Dann endlich war seine Chance gekommen …

Inmitten des Waldes aus uralten, moosüberwucherten Eichen oberhalb des *bolboug* hatte sich der Schamane auf die Lauer gelegt. Er hatte Hunger gelitten und Durst, und in den Nächten, die um diese Jahreszeit feucht und empfindlich kalt waren, hatte er erbärmlich gefroren.

Mehrmals war er drauf und dran gewesen, in seine Höhle zurückzukehren, sich dort an einem Feuer zu wärmen und sich den Schlund mit einer Krallevoll frischer Maden vollzustopfen, aber er hatte dem Drang widerstanden und war geblieben. Zum einen, weil er im Dorf fortwährend verspottet und angefeindet wurde, seit Borgas ihn offiziell als Schamanen abgesetzt hatte. Zum anderen aber auch, weil sein Hass auf den dafür Verantwortlichen einfach zu groß war, um einfach aufzugeben.

Und schließlich war seine Ausdauer belohnt worden …

Ein Pfad führte durch den Wald hinab in die Schlucht mit dem *bolboug*. Rurak, der elfische Zauberer, der aus dem Nichts aufgetaucht war und Ramboks Leben zunichtegemacht hatte, erschien in Begleitung zweier weiterer Schmalaugen. Gemeinsam waren sie zum *bolboug* hinuntergestiegen und für einige Zeit in der Häuptlingshöhle verschwunden. Und als sie den Pfad wieder heraufkamen, schlich Rambok ihnen nach, die Klaue am Griff des *saparak*.

Zu gern hätte der eifersüchtige Schamane den kurzen, mit Widerhaken versehenen Speer einfach geschleudert und den Rücken des verhassten Zauberers damit durchbohrt. Aber in Anbetracht der beiden Begleiter wäre dies wohl ein törichtes, weil tödliches Unterfangen gewesen, und eines wollte Rambok ganz sicher nicht: selbst in Kuruls Grube hüpfen, in die er seinen Feind stoßen wollte.

Er besann sich also und folgte den drei Wanderern in sicherem Abstand und so lautlos er es vermochte. Er wusste, dass er sich vorsehen musste: Elfen hatten nicht nur lange und spitze, sondern auch sehr gute Ohren, und ihre Augen waren scharf wie die eines Falken. Vorsichtig setzte er einen Fuß vor den anderen. Das Moos und das welke, faulige Laub, das den Waldboden übersäte, dämpften seine Schritte, und er nutzte jeden Baum und jeden Strauch als Deckung.

Schließlich lichtete sich der Wald, und Rurak und seine Gefolgsleute traten auf eine Lichtung, wo sich – zu Ramboks Entsetzen – noch weitere Schmalaugen aufhielten!

Auch sie trugen weite Kutten, deren Kapuzen ihre Gesichter verhüllten. Soweit der Schamane es beurteilen konnte, waren sie unbewaffnet, aber ihre schiere Überzahl hätte ausgereicht, ihn zu bezwingen, zumal er kein sehr geschickter Kämpfer war. Außerdem sagte ihm ein Gefühl, dass diese Schmalaugen ganz besonders gefährlich waren, auch wenn sie keine sichtbaren Waffen trugen.

Im Schutz des Unterholzes pirschte er noch weiter vor. Was die Elfen miteinander beredeten, konnte er nicht verstehen, da sie sich ihrer eigenen Zunge bedienten. Aber er konnte sehen, dass einer von ihnen wild gestikulierte, und das galt auch bei den Schmalaugen als Zeichen von Aufregung. Offenbar war etwas geschehen, das die Schmalaugen unruhig machte.

Rambok grinste breit. Wie unruhig würden sie erst werden, wenn ihr Anführer in seinem Blut lag …

Der Schamane hatte Zeit. Er brauchte nur zu warten, würde Rurak auf den Fersen bleiben, und irgendwann, wenn der Zauberer am wenigsten damit rechnete, würde ihn der Zorn des Orks treffen. Die Vorstellung, wie es sich anfühlen würde, den *saparak* mit beiden Händen am Schulterblatt des Rivalen vorbei geradewegs in dessen Herz zu treiben, versetzte Rambok in Hochstimmung – so sehr, dass er zunächst gar nicht merkte, wie sich plötzlich etwas Hartes, Spitzes in *seinen* Rücken bohrte!

»Waffe fallen lassen«, zischte jemand in erbärmlich schlechtem Orkisch. »Augenblicklich, oder du bist tot!«

Die zweite Alternative gefiel Rambok ganz und gar nicht, also ließ er den *saparak* los, wenn auch höchst widerwillig.

»Hoch mit dir!«, verlangte die Stimme, und Rambok erhob sich aus seiner hockenden Haltung. »Umdrehen!«

Auch das tat Rambok, und er sah, dass der harte Gegenstand, den er in seinem Rücken gespürt hatte, ein Elfenspeer war, nadelspitz und messerscharf. Rambok war froh, keinen Widerstand geleistet zu haben. Die Tatsache allerdings, entdeckt worden zu sein, machte ihn weit weniger glücklich. Mit vorgehaltener Waffe zwang ihn der Elfenkrieger auf die Lichtung hinauszutreten, zu Rurak und seinen Kumpanen.

Als die Vermummten sahen, dass sich jemand näherte, unterbrachen sie ihr Gespräch. Auch Rurak wandte sich um, und es blitzte in seinen schmalen Augen, als er den Ork erkannte.

»Mein guter Rambok«, sagte er in seiner heuchlerischen Art. »Was führt dich zu mir? Hat Borgas dich geschickt?«

Der Schamane holte tief Luft. Er musste Zeit gewinnen, sich eine passende Ausrede zurechtlegen. Aber noch ehe er antworten konnte, ergriff sein Bewacher das Wort und sprach einige Sätze auf Elfisch. Rambok verstand die Sprache nicht, aber er konnte sich auch so denken, was der Kerl sagte – dass er den Unhold im Dickicht aufgestöbert hatte und dass er bewaffnet gewesen war.

Der Ausdruck in Ruraks blassem Gesicht veränderte sich daraufhin ein wenig, und seine Augen wurden noch schmäler. »Sieh an«, sagte er, wieder im flüssigen Orkisch. »Offenbar bist du uns durch den Wald gefolgt. Doch ich frage mich, aus welchem Anlass.«

»Aber nicht doch, großer Zauberer«, stritt der Schamane sogleich alles ab. »Ich war gerade zufällig auf der Jagd und …«

»Wenn ich recht darüber nachdenke«, fuhr Rurak in seinen Überlegungen fort, als würde er Ramboks Worte gar nicht hören,

»kann es eigentlich nur zwei Gründe dafür geben. Entweder, unser guter Häuptling Borgas treibt ein falsches Spiel und nimmt den Eid, den er mir gegenüber geleistet hat, nicht halb so ernst, wie ich es erwarten würde; deshalb hat er dich ausgeschickt, um mich auszuspionieren und meine wahren Pläne in Erfahrung zu bringen ...«

»Nein, großer Zauberer!«, beeilte sich Rambok zu versichern und schüttelte entschieden den Kopf, weil er, wenn Rurak von dieser Version überzeugt war, nicht nur mit dem Zauberer Ärger kriegen würde, sondern auch mit Borgas.

»... oder aber du hast auf eigene Faust gehandelt, weil du dich an mir rächen willst«, schloss Rurak.

»Ich? Mich an Euch rächen?« Rambok lachte laut auf, was allerdings nicht sehr überzeugend klang. »Wieso, bei Torgas stinkenden Eingeweiden, sollte ich etwas so Verrücktes tun?«

»Nun, immerhin habe ich dich von dem Platz verdrängt, den du als Schamane des *bolboug* innehattest. Ich könnte mir vorstellen, dass man dir im Dorf seither mit Missachtung und Spott begegnet, und das konntest du natürlich nicht auf dir sitzen lassen. Und in der geistigen Beschränktheit, die deinesgleichen nun einmal zu eigen ist, wolltest du mich aus dem Weg räumen, damit alles wieder so wird wie früher. Ist es nicht so?«

»A-a-aber nein!«, schnappte Rambok, die gelben Augen entsetzt geweitet. Konnte der Elf etwa seine Gedanken lesen? »So war es nicht, glaubt mir! Eure erste Vermutung war richtig – Borgas hat mich geschickt, um Euch auszuspionieren!«

»Borgas?«

»*Korr.*«

»Nachdem er mir Gefolgschaft geschworen hat?«

»*Korr.*« Rambok nickte. »Mit der Treue eines Orks ist es nicht allzu weit her, das solltet Ihr wissen.«

»Das ist wahr«, räumte der Zauberer ein. »Mit der Wahrheitsliebe deinesgleichen allerdings auch nicht. Wie soll ich also wissen, ob du mich belügst oder nicht?«

»Gar nicht.« Ein entschuldigendes Grinsen dehnte Ramboks Züge in die Breite. »Ihr werdet mir also vertrauen müssen.«

»Das muss ich keineswegs«, berichtigte Rurak. »Es gibt Mittel und Wege, durchtriebene Kreaturen wie dich dazu zu bringen, dass sie die Wahrheit sagen. Leutnant?«

»Ja, Meister?« Einer der anderen Vermummten, die offenbar keine Zauberer waren, sondern Soldaten, trat vor.

»Ich will, dass Ihr ihn in den Wald führt«, sagte Rurak auf Orkisch, damit Rambok alles verstand. »Sucht Euch zwei junge Weiden, biegt sie nach unten und nehmt Stricke, um sie am Boden zu halten. Dann bindet jedes seiner Beine an einem Baumwipfel fest. Gebt ihm eine Stunde, das Maul aufzumachen und zu reden. Wenn er danach nicht geplaudert hat, schneidet die Stricke durch.«

»Verstanden, Meister.«

»A-aber dann gibt es mich ja zweimal«, konstatierte Rambok entsetzt.

»Ganz recht.« Rurak nickte. »Die Kraft der Bäume wird deinen dürren Körper in zwei Hälften reißen und deine Eingeweide über den halben Wald verstreuen. Die Aasfresser werden ihre Freude daran haben – falls sie dein stinkender Kadaver überhaupt interessiert.«

»Nein, nicht!«, schrie der Schamane entsetzt und quiekte wie ein Ferkel, als ihn die Vermummten abführen wollten. »Das dürft Ihr nicht tun!«

»Mein unbedarfter Freund«, sagte Rurak mit unelfischem Grinsen. »Wer sollte mich daran hindern? Dein Häuptling hat dir seine Gunst entzogen, und es wird dich nicht überraschen, wenn auch ich dir nicht mehr besonders freundlich gesonnen bin.«

»Aber«, wandte Rambok mit rollenden Augen ein und suchte verzweifelt nach einem Grund, warum er nicht in zwei Hälften gerissen werden durfte, »ich könnte Euch vielleicht noch nützlich sein!«

»Eine Made wie du? Unwahrscheinlich.«

»Ich gebiete über die Macht der Knochen«, erklärte Rambok, »und ich kann die Geister der Ahnen anrufen. Kurul selbst hat mir die Fähigkeit dazu verliehen!«

»Was du nicht sagst«, bemerkte Rurak gelangweilt.

»Allerdings. Im Grunde«, führte der Schamane in seiner Not weiter aus, »bin ich ein Zauberer wie Ihr.«

»Ein Zauberer wie ich, sagst du?« Erstmals schien Ruraks Aufmerksamkeit geweckt.

»*Korr*, so ist es«, beteuerte Rambok, während er sich hilflos im Griff seiner Bewacher wand. »Seht nur die Talismane vor meiner Brust! Jeder einzelne davon macht mich mächtig und …«

»Ein Zauberer also …«, murmelte Rurak, und es war unmöglich festzustellen, was auf einmal hinter den blassen Gesichtszügen und den schmalen, verkniffenen Augen vor sich ging.

»*Korr*«, bestätigte Rambok eifrig nickend, um ein wenig hoffnungsvoll hinzuzufügen: »Ändert das irgendetwas zwischen uns?«

Rurak ließ sich mit der Antwort Zeit. Eine Weile lang musterte er den Ork von Kopf bis Fuß, während er ein Argument gegen das andere abzuwägen schien. »Ich denke schon«, sagte er dann zu Ramboks unendlicher Erleichterung. »Lasst ihn los!«, wies er seine Leute an. »Dann fesselt ihn und richtet ihn her.«

»M-mich herrichten?«, fragte Rambok bestürzt. »Wofür?«

»Das wirst du schon sehen«, beschied ihm Rurak mit einem Grinsen, das dem Ork nicht recht gefallen wollte. »Wir beide werden eine Reise machen, mein *Freund* …«

13. CODANA'Y'ARUN

Sie folgten den Spuren der Wildmenschen.

Nach zweitägigem Marsch hatten sie das karge Grenzland weit hinter sich gelassen, und der schier undurchdringliche dampfende Dschungel Aruns hatte sie in sich aufgenommen wie der Magen einer alles verzehrenden Bestie.

Unter den dichten Baumkronen, von denen Schlinggewächse und Moos bis zum Boden herabhingen, herrschte trübes Dämmerlicht und feuchte Hitze, in der sich der Geruch von Moder und Fäulnis stauten. Hinzu kamen die Moskitos, die in Schwärmen die schwere Luft durchflirrten, ohne dass man sich ihrer erwehren konnte. Was das Dickicht noch an anderen, größeren und weitaus gefährlicheren Kreaturen verbergen mochte, darüber wollte Granock lieber nicht nachdenken. Er selbst kam mit der Umgebung noch einigermaßen gut zurecht, doch den empfindsamen Elfen kam es so vor, als wären sie tatsächlich im Inneren eines riesigen Organismus gelandet, der fortwährend verdaute.

Anders als der Smaragdwald des Nordens, der seine Existenz der Hitze aus den Vulkanen und Erdspalten des Ostgebirges verdankte, wucherte der Dschungel von Arun über unwegsamem Gelände, das steil war und gebirgig und von tiefen Klüften durchzogen wurde. Dunkelgraue Felswände ragten jäh aus dem Dickicht auf und öffneten sich unvermittelt zu schmalen Schluchten, Hunderte von Mannslängen tief, in denen sich oft tosende Katarakte aus dem Grün des Waldes ergossen. Der Grund jener Täler, die in das Land schnitten, war derart von Pflanzen überwuchert, dass es scharfer Klingen bedurfte, sich einen Weg hindurchzuschlagen.

Oder Zauberei …

Da es anstrengend war, mit dem Zauberstab und kraft der Magie Äste und Zweige beiseitezubiegen, sodass ein Pfad durch den Dschungel entstand, wechselten sich die Meister darin ab, wer an der Spitze des Trupps ging, jeweils in Begleitung ihres jeweiligen Novizen. Die Pferde hatten sie zurücklassen müssen; zum einen hätten sich die Tiere einfach nicht in dieses nach Tod und Fäulnis stinkende Gebiet führen lassen, zum anderen wären sie im Dickicht ohnehin nicht von Nutzen gewesen. Also hatte Cethegar sie am Waldrand laufen lassen. Da es Tiere aus elfischen Gestüten waren, würden sie in der Nähe bleiben, bis ihre Reiter zurückkehrten, was – so hoffte Granock wenigstens – schon bald der Fall sein würde.

Im Norden des Reiches, im Territorium der Menschen, kannte er sich einigermaßen aus. Andaril und Sundaril hatte er ebenso kennengelernt wie Girnag, Taik und Suln, die großen Siedlungen im Westen, und auch die unzähligen Dörfer und Weiler dazwischen, die oft nur aus ein paar Blockhütten bestanden. Seit er jedoch unter den Elfen weilte, war seine Welt in so ziemlich jeder Hinsicht unüberschaubar geworden, und er bekam Dinge zu sehen, die er noch vor einigen Monden nicht für möglich gehalten hätte.

Natürlich hatte er von den unglaublichen Wundern gehört, die Erdwelt bereithielt, in den Eiswüsten des fernen Nordens, an den Gestaden des Südreichs und in den Dschungeln Aruns, aber für die meisten Menschen, die in den Städten lebten und dort einen täglichen Kampf ums Überleben führten, waren diese Orte so unerreichbar wie die Sterne. Auch Granock hätte niemals geglaubt, sie jemals zu bereisen, doch nun musste er feststellen, dass auch in jenen exotischen, teils sagenumwobenen Gebieten dasselbe eiserne Gesetz herrschte wie bei den Menschen – nämlich das des Stärkeren …

Allenthalben drangen scheußliche Laute durch den Dschungel: das Kreischen von Vögeln und anderen Kreaturen, die diese dampfende Hölle hervorgebracht hatte, und immer wieder auch heiseres Gebrüll aus riesigen zähnestarrenden Schlünden. Granock musste ich bemühen, seine Phantasie in Zaum zu halten, die sich entsetzliche, klauenbewehrte Bestien ausmalte. Sein Meister Farawyn schien das zu bemerken, denn er blieb auf dem schmalen Dschungelpfad stehen und wandte sich zu ihm um.

»Alles in Ordnung?«

»N-natürlich, Meister? Wieso fragt Ihr?«

»Vielleicht deshalb, weil du mir während der vergangenen Stunde nicht eine einzige Frage gestellt hast«, sagte Farawyn und ging weiter, wobei er den Zauberstab mit beiden Händen senkrecht vor sich hielt. Das Kraftfeld, das er dabei hervorrief, bog Zweige und Schlinggewächse wie von Geisterhand zur Seite und brach Äste gleich ab, sodass ein schmaler Durchgang entstand.

Granock folgte ihm dichtauf. »Vermisst Ihr meine Fragen denn?«

Farawyn schmunzelte. »Das nicht gerade. Aber ich überlege, was dir die Sprache verschlagen haben mag.«

»Dieser Dschungel«, gestand Granock und warf einen verstohlenen Blick zurück. Alannah und Aldur folgten ihnen mit einigem Abstand, sodass sie nichts von der Unterhaltung mitbekamen. »Er ist mir … unheimlich.«

»Aha«, sagte Farawyn. »Warum?«

»Ich weiß nicht, Meister.« Granock schaute sich erneut argwöhnisch um. »Ich glaube, es ist diese Dunkelheit. Und die ständigen Geräusche. Man hat das Gefühl, dass überall der Tod lauert.«

»Oder das Leben«, wandte Farawyn ein. »An einem Ort wie diesem, mein junger Novize, herrscht der ewige Kreislauf von Werden und Vergehen. Es gibt keine Vernunft, die ihn lenkt, und keine Barmherzigkeit, die ihn aufhält. Das mussten auch meine Ahnen bereits erfahren.«

»Eure Ahnen?«, hakte Granock nach. »Sind denn bereits Elfen hier gewesen?«

»Natürlich«, antwortete Farawyn, offenbar froh darüber, dass sein Schüler die Sprache wiedergefunden hatte. »Sigwyn selbst war es, der nach Süden zog, um Arun für das Elfenreich zu erobern.«

»Und warum gehört Arun heute nicht mehr zum Reich?«, fragte Granock.

»Weil, mein junger Freund, Sigwyn und die Seinen es damals mit einem Feind zu tun bekamen, der stärker war als jede Elfenarmee. Und dieser Feind war der Dschungel.« Farawyn machte eine kurze Pause und schüttelte sich leicht, als würde es ihm eiskalt über den Rücken rieseln. Dann fuhr er fort: »Gegen Drachen, Zwerge und Trolle hatte sich Sigwyns Streitmacht behauptet – vor diesem Urwald jedoch kapitulierte sie. Die grässlichen Kreaturen Aruns und die feuchte Hitze unter diesem grünen Blätterdach setzten den Elfen erheblich zu. Zwar unternahm Sigwyn alles, um dieses Gebiet zu besiedeln und dem Reichsverband einzugliedern, doch als sich angesichts der vielen Opfer, die man zu beklagen hatte, sogar innerhalb der Armee Widerstand bildete, blieb Sigwyn schließlich nichts anderes übrig, als aufzugeben und sich wieder aus Arun zurückzuziehen.«

»Und seither ist niemals wieder ein Elf in Arun gewesen?«

»Nein«, antwortete Farawyn. »Zumindest nahmen wir das immer an«, fügte er nachdenklicher hinzu.

»Und die Menschen?«

»Deinesgleichen kam erst viel später nach Arun, lange nachdem die Elfen das Land verlassen und den Cethad Mavur errichtet hatten zum Schutz vor den Bestien, die in den Tiefen des Urwalds hausen. Man tut gut daran, sich vor ihnen zu schützen.«

»Die Wildmenschen aber leben hier«, wandte Granock ein.

»Richtig«, gab sein Meister zu. »Wenn man allerdings bedenkt, was aus ihnen geworden ist, hätten sie sicherlich gut daran getan, nördlich des Grenzwalls zu bleiben. Aber darüber dachten sie nicht nach. Menschen brauchen keinen dringenden Anlass, um etwas zu tun. Allein es tun zu *können* genügt ihnen schon. Sie sind eine ebenso junge wie zähe Rasse, und sie fürchten die Gefahr nicht, wenn auch häufig genug deshalb nicht, weil sie die Konsequenzen ihres Handelns nicht absehen können.«

»Das … das klingt fast, als würdet Ihr die Menschen bewundern, Meister.«

»Beneiden trifft es wohl besser, Junge«, gestand Farawyn, ohne sich umzudrehen. »Ihr Menschen habt all das, was auch wir einst hatten, was uns im Lauf der Jahrtausende jedoch verloren ging:

Neugier, Tatendrang, unerschütterlichen Mut – und wohl auch die Torheit, die damit einhergeht. Aber darauf kommt es nicht an. Wir Elfen haben den Zenit unserer Macht längst überschritten und die großen Tage hinter uns gelassen. Ihr Menschen hingegen habt noch alles vor euch, euch gehört die Zukunft.«

Granock wusste beim besten Willen nicht, was er erwidern sollte. Dass Farawyn den Menschen aufgeschlossener gegenüberstand als die meisten anderen Zauberer, war kein Geheimnis, schließlich hatte er seine Position und seinen guten Ruf aufs Spiel gesetzt, um einen Abkömmling dieser Spezies als Schüler nach Shakara zu holen, auch wenn der Hauptgrund dafür sicherlich seine Visionen oder übersinnlichen Ahnungen gewesen waren. Derart überschwänglich wie soeben aber hatte er seine Gewogenheit gegenüber dem Menschenvolk noch nie zum Ausdruck gebracht, jedenfalls nicht in Granocks Gegenwart.

Wortlos ging der junge Menschennovize weiter hinter seinem Meister her, und er war ganz rot geworden, so sehr fühlte er sich persönlich angesprochen von den hehren Worten Farawyns hinsichtlich der Menschheit.

Auf einmal hielt der Zauberer inne, drehte sich zu ihm um und forderte Granock auf: »Bevor dir meine Worte noch mehr zu Kopf steigen, versuch es auch mal.«

Im ersten Moment wusste Granock nicht, wovon die Rede war, dann jedoch hielt ihm Farawyn den Zauberstab hin. »I-Ihr wollt, dass ich vorausgehe?«, fragte Granock. »Dass ich uns einen Weg durch den Dschungel bahne?«

»Sofern das nicht unter deiner Menschenwürde ist«, bestätigte Farawyn mit mildem Lächeln.

Granock schüttelte entgeistert den Kopf. Es war das erste Mal, dass er den *flasfyn* des Meisters gebrauchen durfte, und dies zeugte von großem Vertrauen. Stolz nahm er den Stab entgegen und wog ihn in den Händen. Er fühlte sich anders an als die Übungszauberstäbe, mit denen die Novizen bislang gearbeitet hatten, leichter von Gewicht, aber schwerer von Bedeutung.

Wie Granock schon herausgefunden hatte, glich kein *flasfyn* dem anderen. Sich einen Zauberstab zu suchen und ihn durch entsprechende Bearbeitung seinen Erfordernissen anzupassen, war die letzte Aufgabe eines Eingeweihten, ehe er zum vollwertigen Zauberer wurde – seine letzte Prüfung gewissermaßen, sein Meisterstück.

Farawyns *flasfyn* bestand aus Lindenholz, war an die sechs Fuß lang und von schlichter Schönheit; die Windungen und Verzierungen, die die Stäbe anderer Zauberer aufwiesen, entbehrte er, lediglich eine Reihe von Elfenrunen waren in Griffhöhe eingeschnitzt. Am oberen Ende teilte sich der Stab, und in die Gabel war ein kleiner, blau schimmernder Kristall eingesetzt.

»Komm schon«, drängte Farawyn. »Worauf wartest du?«

Granock nickte und trat vor, entschlossen, sich der Herausforderung zu stellen und seinem Meister zu zeigen, wozu er fähig war. Wie zuvor Farawyn trug er den Stab in beiden Händen senkrecht vor sich her, während er bedächtig einen Fuß vor den anderen setzte. Dabei konzentrierte er sich, bündelte alle geistige Kraft, die er aufzubringen vermochte, und übertrug sie in den Stab – doch das erhoffte Ergebnis blieb aus. Schon nach ein paar Schritten endeten seine Bemühungen, denn er musste vor einer undurchdringlichen Wand aus Ästen, Schlingpflanzen, Lianen und abgestorbenem Gestrüpp stehen bleiben.

»Was zum …?«

»Dein Problem ist immer dasselbe«, kritisierte Farawyn und machte ein mürrisches Gesicht. »Du gehst von vornherein davon aus, dass du versagst, dabei könntest du noch so vieles mehr tun.«

»Aber so ist es diesmal nicht, Meister«, verteidigte sich Granock. »Ich habe an mich geglaubt. Dennoch konnte ich das Dickicht nicht durchdringen. Es war, als hätte sich mir etwas entgegengestellt, eine unsichtbare Grenze.«

»Nur die Grenze deiner eigenen Vorstellungskraft«, war Farawyn überzeugt. »Versuch es noch einmal, und vergiss dabei alles um dich herum. Nur für deine Sinne macht es einen Unterschied, ob du dich im Dschungel Aruns befindest oder in der Übungshalle in Shakara – für dein Herz muss es ein und dasselbe sein, wenn du über dich hinauswachsen und die Wege der Magie erlernen willst.«

»Ein und dasselbe«, murmelte Granock, hob den Zauberstab wieder an und versuchte es abermals. Erneut versuchte er, seine Gedankenkraft zu bündeln, aber die Tatsache, dass die anderen inzwischen aufgerückt waren und er plötzlich Zuschauer hatte, war nicht gerade förderlich. Granock erwartete fast, dass Meister Cethegar fragen würde, was die Verzögerung solle, aber der Zauberer schwieg und ließ Farawyn gewähren. Den Regeln der Ausbildung zufolge bestimmte der jeweilige Meister ganz allein, wann er seinem Schüler im Zuge des *garuthan* eine Lektion erteilen wollte, und in Granocks Fall war es wohl gerade so weit.

Der junge Mensch bildete mit den Lippen lautlos eine Verwünschung, während er vor der Wand aus Dickicht stand, den Zauberstab seines Meisters in Händen, denn er kam sich vor wie ein Idiot. Er musste an Aldur und Alannah denken, die hinter ihm standen und ihn beobachteten, und er fühlte sich zutiefst verunsichert. Was würden die beiden über ihn denken, wenn er versagte? Und vor allem: Was würde *sie* über ihn denken?

Granock ertappte sich dabei, dass ihm das alles andere als gleichgültig war. Nach seinem sensationellen Abschneiden bei der Prüfung wollte er sich nicht vor Alannah blamieren, und die Angst vor dieser Blamage ließ ihn wütend werden. Da verfügte er schon über eine höchst ungewöhnliche Gabe, und was nützte sie ihm nun? Rein gar nichts! Den Dschungel erstarren zu lassen, machte nun wirklich keinen Sinn, denn die Zeit schien an diesem Ort ohnehin stillzustehen. Gegen Menschen und Elfen mochte man diese Gabe wirkungsvoll einsetzen können, den Wald und seine jahrtausendealten Bäume hingegen beeindruckte es nicht im Geringsten, dass man über die Zeit gebieten konnte.

»Worauf wartest du?«, sagte Farawyn. »Versuch es noch einmal. Ich weiß, dass du es kannst.«

»Na schön.« Granock schloss die Augen und stellte sich vor, nicht im dampfenden Dschungel zu stehen, sondern in der beruhigenden Kühle seiner Kammer in Shakara (was angesichts der Temperaturen und der schwirrenden Moskitos an sich schon eine Leistung war). Mit eiserner Disziplin gelang es ihm sogar, jeden Gedanken an Alannah aus seinem Bewusstsein zu verdrängen, und er gewann seine innere Ruhe zurück. Wenn es ihm nun noch gelang, seinen Willen zu bündeln und auf den *flasfyn* zu übertragen …

Er konzentrierte sich erneut – und merkte im nächsten Moment, dass er bereit war, gespannt wie ein Bogen, dessen Sehne so weit zurückgezogen war, dass sie jeden Augenblick reißen würde. Pfeilschnell verließ Granocks Gedankenimpuls sein Bewusstsein und ließ den Stab in seinen Händen erbeben.

Granock war sich sicher, diesmal erfolgreich gewesen zu sein und die Aufgabe gemeistert zu haben. Erwartungsvoll öffnete er die Augen – um sich nach wie vor derselben grünen Wand gegenüberzusehen.

Einen Moment lang war er fassungslos, dann packte ihn der Zorn. »Zum Henker!«, wetterte er, wohlweislich in seiner eigenen Sprache. »Da soll doch gleich der ganze verdammte …«

»Da stimmt etwas nicht«, sagte Farawyn hinter ihm.

»Was? W-wie …?«, stammelte Granock, während sich Farawyn an ihm vorbeidrückte und ihm den Stab abnahm, um sich seinerseits an dem Dickicht zu versuchen.

»Zurück!«, wies er Granock an, der sich daraufhin zu Aldur und Alannah gesellte, während Riwanon und Cethegar vortraten, um dem anderen Zauberer im Falle eines Falles beistehen zu können. Die Zauberstäbe hielten sie einsatzbereit in ihren Händen.

»Was ist?«, wollte Cethegar wissen.

»Offenbar eine Barriere«, antwortete Farawyn. »Ein Schutzzauber …«

»… oder ein Fluch«, ergänzte Riwanon.

Als sich auch Farawyn vergeblich mit dem Dickicht abmühte, hob sie ebenfalls den Stab, und sie bündelten ihre Kräfte – und endlich begann das Dickicht zurückzuweichen. Allerdings nicht wie zuvor, als es den Anschein gehabt hatte, als würde sich ein unsichtbarer Oger durch den Dschungel wälzen, sondern sehr viel träger und langsamer, so als würde sich etwas der Macht der Zauberer entgegenstellen. An ihrer Körperhaltung konnte Granock erkennen, wie viel Kraft es die beiden kostete, gegen die Barriere vorzugehen, die jemand – aus welchem Grund auch immer – an dieser Stelle errichtet hatte.

»Schwer zu glauben, dass Wildmenschen so etwas getan haben«, sagte Alannah mit leiser Stimme.

»Da hast du allerdings recht«, erwiderte Aldur flüsternd. »Vielleicht haben wir ihre Fährte ja längst verloren.«

»Oder wir wurden mit irgendeiner Absicht hergelockt«, sagte Granock.

Knarrend bogen sich die Äste, die von einem eigenen Willen erfüllt zu sein schienen, einige brachen mit dumpfem Knacken.

»Los!«, zischte Farawyn, nachdem er und Riwanon einen schmalen Korridor geschaffen hatten, und setzte sich in Bewegung. Die anderen, Meister und Novizen, folgten ihm, aber schon nach zwanzig Schritten endete der Pfad, denn auf der anderen Seite des schützenden Dickichts lag eine Lichtung, die erste, auf die sie gelangten, seit sie den Wald betreten hatten. Entsprechend empfindlich reagierten ihre Augen, obwohl das Sonnenlicht nur trübe durch die grauen Wolken sickerte. Da sich die Augen der Elfen offenbar rascher umgewöhnten als die von Granock, bekamen Aldur und Alannah vor ihm zu sehen, was sie auf der Lichtung erwartete, und ihren überraschten Lauten zufolge musste es ziemlich überwältigend sein.

Granock blinzelte, sein Blick klärte sich – und dann sah auch er das steinerne, moosüberwucherte Bauwerk in Form einer Pyramide.

Die Seitenwände des Monuments, das an die fünf Mannslängen hoch war, bestanden aus großen Steinquadern, und sie waren fast nahtlos aneinandergefügt, was von großer Baukunst zeugte. Die Spitze des Gebäudes krönte eine steinerne Säule, die allerdings abgebrochen war, und obwohl sie einst völlig glatt gewesen sein musste, hatten Sporen und Wurzeln daran Halt gefunden, sodass der Säulenstumpf wie ein uralter, knorriger Baum aussah; nur hier und dort lugte grauer Stein hervor, in den an einigen Stellen fremdartige Symbole gemeißelt waren. Auf der Vorderseite der Pyramide hatte es früher einen Eingang gegeben, der allerdings eingestürzt und von Trümmern verschüttet war. Die Überreste der abgebrochenen Spitze lagen auf der Lichtung verstreut und waren ebenso von Schlinggewächsen und Moos überwuchert wie das Gebäude selbst.

Der Bauweise nach war es elfischen Ursprungs. Aber da war auch noch etwas anderes. Etwas Düsteres, Dunkles, das sich nicht näher benennen ließ und das dennoch wie ein Schatten über der Lichtung lag.

»Was ist das?«, fragte Granock.

»Ein Schrein«, erklärte Farawyn.

»Ein Schrein? Wofür?«

Farawyn überließ Cethegar die Antwort. »In den alten Tagen«, erklärte der ältere Zauberer, »nachdem sich Margok vom Rat losgesagt hatte, gründete er seinen eigenen Orden und ließ sich von dessen Getreuen kultisch verehren. Pyramiden wie diese« – er deutete auf das uralte Bauwerk – »sprossen schon bald in ganz Erdwelt wie Pilze aus dem Boden. Sie dienten nur dem einen Zweck: dem Dunkelelfen zu huldigen.«

»Aber ich habe noch nie zuvor so etwas gesehen«, wandte Granock ein.

»Natürlich nicht. Die Zähne Margoks, wie seine Anhänger sie nannten, wurden nach dem Krieg zerstört. Nichts sollte mehr an den Dunkelelfen erinnern und an die Schrecken, die er über Erdwelt gebracht hat. Dieses Exemplar hier wurde wohl … übersehen.«

»Übersehen?«, wiederholte Alannah. »Irgendetwas stimmt doch hier nicht. Immerhin mussten zwei Zauberer gegen eine magische Barriere ankämpfen, damit wir hierher gelangen konnten. Und weshalb hat sich der Wald diese Lichtung nicht längst zurückerobert?«

»Er ist dabei«, sagte Cethegar mit Blick auf die überwucherte Pyramide. »Aber mancher Zauber ist so stark, dass er Jahrhunderte oder gar Jahrtausende überdauert.«

Alannah nickte. »Ich verstehe, Meister.«

»Ich nicht«, gestand Granock. »Ich verstehe ehrlich gesagt *überhaupt* nichts. Ich dachte, es hat nach Sigwyn keine Elfen mehr in Arun gegeben, und Sigwyn der Eroberer hat lange Zeit vor Margok gelebt, oder nicht? Wie also passt das zusammen? Wer hat dieses hässliche Ding gebaut?«

»Eine gute Frage, in der Tat«, brummte Cethegar.

»Vielleicht haben es die Menschen errichtet, die damals über die Grenze gekommen sind«, vermutete Alannah.

»Sicher nicht.« Farawyn schüttelte den Kopf. »Außerdem kann ich etwas fühlen, das diesen Ort umgibt.«

»Was ist es?«, fragte Riwanon.

»Etwas Dunkles«, entgegnete der Zauberer düster. »Elfen sind hier gewesen, hier auf dieser Lichtung, und sie sind einen grausamen Tod gestorben …« Er richtete den Blick auf die Wand aus Blättern und Gestrüpp, die die Lichtung wie eine Mauer umgab. »Irgendetwas verbirgt sich in diesen Wäldern, meine Freunde. Etwas Unheimliches, Böses.«

»Na großartig.« Granock schnitt eine Grimasse.

»Etwas Böses, sagt Ihr?« Aldur trat vor. »Meister, wäre es möglich, dass das, was Ihr fühlt, und das, was über die Grenze gekommen ist und die Besatzung von Carryg-Fin getötet hat … dass es ein und dasselbe ist?«

Granock sah das Erschrecken, das diese Frage im Gesicht seines Meisters hervorrief, doch noch ehe Farawyn etwas erwidern konnte, gab Cethegar die Antwort: »Man könnte zu dieser Vermutung gelangen, junger Novize – aber du würdest wohl keinen Meister finden, der sie offen ausspricht.«

»Weshalb nicht?«

»Weil bisweilen schon die Erwähnung eines Namens genügen kann, um die Herzen mit Furcht zu erfüllen und Entscheidungen herbeizuführen, die man bei klarem Verstande niemals treffen würde. Verstehst du, was ich meine?«

»Ich … äh … ich denke schon«, erwiderte Aldur unsicher, wobei Granock sich fragte, ob er tatsächlich verstand, was der Zauberer meinte, oder ob er sich nur keine Blöße geben wollte.

»Schön und gut«, sagte Granock unbedarft, »aber ich kapier noch immer kein Wort. Wovon genau sprecht Ihr da, Meister?«

»Wir alle wollen hoffen«, sagte Farawyn, nachdem Cethegars einzige Erwiderung aus einem düsteren Blick bestand, »dass du niemals eine Antwort auf diese Frage erhalten wirst, mein Junge, denn in diesem Fall …«

»Vorsicht!«

Riwanons Warnruf scholl über die Lichtung, und alle wirbelten zu ihr herum. Was sie sahen, entlockte zumindest den Novizen entsetzte Ausrufe – denn aus dem Gewirr der Moose und Farne, die den Boden der Lichtung bedeckten, walzte sich eine absonderliche Kreatur hervor. Ihr Körper war schwarz und schillernd und dabei an die zwei Fuß dick. Wie lang das Ding war, ließ sich noch gar nicht abschätzen. Ein Kopf war nicht wirklich zu erkennen, lediglich eine Phalanx langer Fühler, die offenbar die Schritte der Zauberer und Novizen als Erschütterungen wahrgenommen hatten, und ein scheußliches kreisrundes Maul, das die gesamte Vorderseite der Kreatur einnahm. Nicht nur der Rand, sondern der gesamte Rachen war von spitzen, nach innen gerichteten Zähnen versehen. Der ungeheure Körper, der sich aus einzelnen Segmenten zusammensetzte, wurde von Myriaden winzig kleiner Beine in atemberaubender Geschwindigkeit nach vorne getragen.

Es handelte sich bei dem Wesen um einen Tausendfüßler, wenn auch um den größten, den Granock je zu Gesicht bekommen hatte. Granocks Mund verzerrte sich vor Abscheu – dann war das Monstrum auch schon heran!

»Zurück! Zurück!«, rief Cethegar, während er seinen Stab hob und dem Tausendfüßler eine unsichtbare Barriere in den Weg stellte, um ihn aufzuhalten.

»Was, bei Glyndyrs Erben, ist das für eine Kreatur?«, schrie Riwanon.

»Frag nicht, Schwester!«, entgegnete Cethegar. »In den Tiefen Aruns gibt es Wesen, die noch um vieles gefährlicher und schrecklicher sind als dieses!«

»Wirklich?«, fragte Granock. »Also, für meine Verhältnisse reicht's!«

»Ich schließe mich an«, meinte Aldur – und entließ einen Flammenstoß auf die Bestie. Blitzschnell sank der Tausendfüßler nieder und ließ den Feuersturm über sich hinwegbranden. Die Flammen leckten dennoch über seinen Leib, doch der Panzerung seiner Ringsegmente schienen sie nichts anhaben zu können. Kaum war das Feuer erloschen, flitzte die Kreatur auf ihren winzig kleinen Beinen weiter.

Inzwischen war sie ganz aus ihrem Versteck gekrochen: Die Gesamtlänge des wulstigen, schillernden Körpers mochte an die zehn Schritte betragen. Mit einer Geschwindigkeit, die man ihrer Masse nicht zugetraut hätte, schoss sie auf die Zauberer zu, die bis zum Rand der Lichtung zurückgewichen waren.

Alannah war das Opfer, auf das es der Tausendfüßler abgesehen hatte!

Die Elfin hob die Arme und jagte dem Monster einen Eisspeer entgegen, der an der Panzerung des Untiers jedoch ebenso wirkungslos abprallte wie zuvor Aldurs Flammen.

»Vorsicht, Kind!« Cethegar, der die Gefahr erkannt hatte, in der seine Schülerin schwebte, eilte herbei, Farawyn kam von der anderen Seite. Beide hoben die Zauberstäbe, um die Kreatur aufzuhalten – aber der Tausendfüßler änderte abrupt die Laufrichtung und wich den unsichtbaren Hindernissen aus.

Die Segmente seines Körpers zogen sich eng zusammen, wie bei einer Stahlfeder – und im nächsten Augenblick schoss sein mörderisches Maul wie von einem Katapult geschossen auf die Elfin zu!

Das alles war so schnell vonstatten gegangen, dass Alannah nur noch schreien konnte, während sie den weit geöffneten Rachen auf sich zuschießen sah. Blitzschnell zuckte er heran – um nur wenige Schritte vor ihr zu verharren.

»Gib ihm Eis zu fressen!«, schrie Granock in seiner Sprache – die elfischen Worte wären ihm auf die Schnelle und in dieser unglaublich angespannten Situation niemals eingefallen. Sein Zeitzauber hatte bewirkt, dass der Angriff des Untiers verlangsamt war, dennoch war zu sehen, wie sich der offene Schlund des Tausendfüßlers weiter auf Alannah zubewegte …

… die in diesem Moment genau das tat, wozu Granock ihr geraten hatte!

Ein weiterer Speer aus Eis jagte scheinbar aus ihren Händen, und der prallte diesmal nicht an der Panzerung des Untiers ab, sondern fuhr geradewegs in dessen weit geöffneten Rachen.

Es gab ein hässliches Geräusch, als sich der eisige Spieß durch die Innereien des Tausendfüßlers grub und ihn der Länge nach aufspießte. Im nächsten Moment ließ die Wirkung von Granocks

Zauber nach, doch Alannah war bereits beiseitegetreten, sodass das Tier an ihr vorbeiflog. Zuckend wand es sich am Boden und verendete.

Die Gefährten wollten aufatmen – als ein gellender Schrei Cethegars sie abermals herumfahren ließ.

»O nein!«, rief Alannah, als sie sah, was ihrem Meister widerfahren war.

Von ihnen allen unbemerkt war ein weiterer Tausendfüßler aus dem Dickicht gekrochen, hatte sich von hinten auf den Zauberer zubewegt und die vorderen Reihen seiner spitzen Zähne in seinem rechten Fußgelenk vergraben.

»Cethegar!«, rief Farawyn entsetzt, während er und die anderen sich in Bewegung setzten, um ihrem Anführer zu Hilfe zu eilen. Was jedoch in den nächsten Augenblicken geschah, konnte keiner von ihnen mehr verhindern – selbst Granock nicht, der noch zu geschwächt war, um einen weiteren Zeitzauber zu wirken.

Einen gellenden Schrei ausstoßend kam Meister Cethegar zu Fall, woraufhin die Kreatur noch nachsetzte. Ihr zähnestarrender Schlund schien sich nach außen zu stülpen, verschlang den Fuß des Zauberers und fraß sich an seinem Bein empor bis zum Knie.

Alannah schleuderte einen Eisspeer, der jedoch wiederum an der Panzerung abprallte; auf die ungepanzerte Kopfpartie zu zielen, war Alannah nicht möglich, ohne Cethegar zu gefährden.

Der Zauberer erlitt grässliche Qualen. Sein Gesicht war schmerzverzerrt, und er schrie wie von Sinnen. Im nächsten Augenblick durchtrennten die Zähne des Untiers Fleisch, Sehnen und Knochen, und wo eben noch das rechte Bein des Zauberers gewesen war, gab es plötzlich nur noch einen blutigen Stumpf, aus dem schwallweise Blut pulste, während der Fuß und der Unterschenkel im Inneren der gefräßigen Kreatur verschwunden waren.

»Neeein!«, brüllte Alannah außer sich und wollte zu ihrem Meister eilen, Farawyn jedoch hielt sie zurück.

»Riwanon, hilf mir!«, brüllte er und brachte einen *tarthan* auf den Weg, der den Tausendfüßler seitlich traf. Obwohl Farawyn nicht gelang, was er beabsichtigt hatte, war klar ersichtlich, worauf er hinauswollte, und Riwanon unterstützte seine Bemühungen: Der nächste Gedankenstoß, der das Monstrum traf, erwischte es mit derartiger Wucht, dass es von seinen unzähligen Beinen gerissen wurde und umkippte. Für einen Moment lag es sich windend und ringelnd am Boden und bot seine ungepanzerte Unterseite dar.

»Aldur! Jetzt!«, befahl Farawyn – und der junge Elf, der darauf nur gewartet hatte, warf zwei Flammenspeere, die in die Bauchseite des Tausendfüßlers fuhren und ihn mit feuriger Glut verzehrten. Rauch drang zwischen den Ringsegmenten hervor, während sich die Kreatur zuckend hin und her warf und schließlich verendete.

Farawyn, Riwanon und die Novizen waren inzwischen längst zu Cethegar geeilt, der sich am Boden wand, sein rechtes Bein ein blutender Stumpf.

»Bei allen Mächten des Lichts!«, entfuhr es Alannah, als sie die grauenvolle Verwundung sah und das Blut, das den Boden tränkte. Sie sprach es nicht aus, aber es war klar, was ihr durch den Kopf ging – nämlich genau das, was auch Granock und Aldur in diesem Moment dachten: dass Cethegar verloren war.

Zu Hause in Shakara, wo es Heiler gab und die Macht der Kristalle stark war, konnte man eine Wunde wie diese vielleicht versiegeln und so die Blutung stoppen. Doch auch dann wäre Cethegar fürs Leben gezeichnet gewesen, und hier draußen, inmitten des tiefen Dschungels, sah es für sein Überleben sehr düster aus. Riwanon und Farawyn würden alles versuchen, ihn zu retten, gewiss, aber er würde dennoch sterben, und es würde ein langsames, grausames Dahinsiechen werden …

»Cethegar! Vater, könnt Ihr mich hören?«, fragte Riwanon, die an seiner Seite auf die Knie gesunken war, ungeachtet des Blutes, das den Boden tränkte. Der ältere Zauberer starrte sie aus weit aufgerissenen Augen an, aber er erwiderte nichts. Sein Körper zuckte, seine Zähne waren fest aufeinander gepresst. »Vater, ich bin es, Riwanon! Könnt Ihr mich verstehen?«

Er antwortete noch immer nicht, aber er nickte krampfhaft. »Sorgt Euch nicht, Vater«, fuhr Riwanon fort und senkte ihren Zauberstab, in dessen ovales Ende ein funkelnder Kristall eingesetzt war. Sie wollte die Wunde mit dem Kristall berühren, aber es gelang ihr nicht, weil Cethegar in immer unkontrolliertere Zuckungen verfiel.

»Festhalten!«, rief sie, worauf Farawyn, Granock und schließlich auch Aldur beherzt zupackten und den Zauberer am Boden hielten, sodass Riwanon ihrer Arbeit nachgehen konnte. Der Kristall an der Spitze ihres Stabes leuchtete auf, und als sie den blutigen Stumpf damit berührte, schloss sich die durchtrennte Schlagader, und der Blutschwall verebbte von einem Augenblick zum anderen.

Und das war noch nicht alles. Riwanon führte das Ende ihres Stabs über den entsetzlich anzusehenden Stumpf, aus dem zerfetztes Fleisch und zersplitterte Knochen ragten – und Granock traute seinen Augen nicht, als er sah, wie sich die Wunde mit atemberaubender Geschwindigkeit schloss.

In den Menschenstädten hatte Granock Kriegsveteranen gesehen, die im Kampf Gliedmaßen verloren hatten: Ihre vernarbten Stümpfe hatten ebenso ausgesehen wie der Cethegars, mit dem bemerkenswerten Unterschied, dass bei ihnen Jahre, wenn nicht Jahrzehnte seit ihrer Verwundung verstrichen waren und im Fall des Zauberers nur Augenblicke. Granock konnte nicht anders, als Riwanon mit einer Mischung aus Bewunderung und Bestürzung anzustarren.

Aber nicht nur er war höchst beeindruckt, auch Aldur sah seine Meisterin plötzlich mit anderen Augen. »D-das ist unfassbar«, stammelte er, während seine Blicke ungläubig zwischen der Zauberin und dem verheilten Stumpf hin und her flogen. »I-ich wusste nicht, dass Ihr auch ein *tavalian* seid …«

»Das bin ich keineswegs«, versicherte sie bescheiden. »Eine echte Heilerin hätte nicht nur die Blutung gestoppt, sondern ihm auch einen neuen Fuß wachsen lassen. Meinem Unvermögen ist es zu verdanken, wenn Cethegar von nun an verkrüppelt ist.«

»Das ist Unsinn«, wehrte Farawyn ab. »Ohne deine Hilfe wäre Cethegar verblutet, also mach dir keine Vorwürfe. Du hast sein Leben gerettet. Auch er selbst würde das sagen, wenn er könnte.«

Cethegar war in Ohnmacht gefallen, der grausame Schmerz war selbst für ihn zu viel gewesen. Ohnehin fragte sich Granock, wie jemand so etwas überleben konnte; ein Mensch im vergleichbaren Alter wäre mit Sicherheit gestorben. Da musste etwas sein, das den alten Zauberer schützte. Eine Kraft, die nur magischen Ursprungs sein konnte und die ihn offenbar am Leben hielt.

»Was machen wir jetzt?«, fragte Aldur leise. Ratlosigkeit schwang in seiner Stimme, und zum ersten Mal lernte Granock des Aldurans Sohn von einer sehr ruhigen, fast schüchternen Seite kennen. Was Meister Cethegar widerfahren war, schien ihn tief erschüttert zu haben, wohl weil es ihm drastisch vor Augen führte, dass Zauberer zwar mächtig und weise sein mochten, jedoch keineswegs unverwundbar waren.

»Wir werden weitergehen«, sagte Farawyn. »Schließlich haben wir noch immer eine Mission zu erfüllen.«

»Weiter*gehen*?« Granock schaute seinen Meister zweifelnd an. »Ihr wollt weitergehen? Trotz allem, was geschehen ist?«

»Haben wir eine andere Wahl?«, fragte Farawyn. »Nach allem, was wir hier vorgefunden haben, könnte das Fortbestehen des gesamten Reichs vom Gelingen unseres Auftrags abhängen.«

»Aber ich … ich meine … Meister Cethegar wird wohl kaum in der Lage sein, den Marsch fortzusetzen.«

»Wir werden sehen«, sagte Farawyn. »In wenigen Stunden wird er zu sich kommen und beschließen, was mit ihm selbst geschehen soll. Wir werden uns seiner Entscheidung fügen, ganz gleich, wie sie ausfällt.«

»Und wenn er verlangt, dass wir ihn zurücklassen?«, fragte Granock erschüttert.

»Dann werden wir auch das tun«, erwiderte Farawyn, ohne mit der Wimper zu zucken, was seinen menschlichen Novizen zutiefst entsetzte.

»Aber Meister!«, rief er. »Cethegar ist wie ein Vater für Euch! Ihr könnt doch unmöglich wollen, dass er …«

»Es geht nicht um das, was ich *will*. Wir alle wissen das. Und Cethegar weiß es auch.«

»Aber wir können ihn doch nicht einfach zurücklassen!«, widersprach Granock und schaute sich um in der Erwartung, dass die anderen seine Meinung teilten. Stattdessen blickte er jedoch in versteinerte Mienen. »Alannah, was ist los mit dir?«, fragte er. »Cethegar ist dein Meister, du bist ihm zur Treue verpflichtet.«

»Ich weiß«, erwiderte sie leise, »und genau aus diesem Grund werde ich mich an das halten, was er mir befiehlt, und werde keinesfalls etwas tun, was seiner Ehre und seinem Andenken schaden könnte.«

»Seiner Ehre und seinem Andenken?« Granock schnaubte angewidert. »Darum also geht es euch – selbst wenn ihr den armen Kerl dafür elend verrecken lassen müsst.«

»Vielleicht«, äußerte Riwanon in dem Versuch, zu vermitteln, »ist so etwas für einen Menschen nur schwer zu verstehen …«

»So etwas, Meisterin«, erwiderte Granock kopfschüttelnd, »ist für einen Menschen *überhaupt nicht* zu verstehen.«

»Ich denke, es ist besser, wenn du jetzt gehst«, sagte Farawyn ebenso leise wie bestimmt.

»Wohin?«, fragte Granock verwundert.

»Kletter auf den Baum und behalte die Umgebung im Auge!«, befahl der Zauberer, auf einen der knorrigen, von Würgefeigen überwucherten Waldriesen am Rand der Lichtung deutend. »Schlag Alarm, sobald sich jemand – oder etwas – nähert.«

»Aber ich …«

»Auf deinen Posten!«, befahl Farawyn, und Granock war klar, dass es besser war, nicht weiter zu widersprechen. Verärgert wandte er sich ab, nicht ohne Alannah noch einen verständnislosen Blick zuzuwerfen, dann lief er auf den Baum zu und kletterte empor. Schon im nächsten Moment war er zwischen den Blättern verschwunden.

»Menschlich, allzu menschlich«, sagte Riwanon zu Farawyn.

»Ja«, bestätigte dieser. »Das ist sein Makel – und sein größter Vorzug …«

Die ganze Nacht über kauerte Granock im Geäst und starrte ins mondbeschienene Halbdunkel, das über der Lichtung herrschte. Noch in der Nacht zuvor hätte er es vielleicht als bedrückend empfunden, an einem Ort wie diesem allein zu sein, nun jedoch war er richtiggehend dankbar dafür, denn auf die Gesellschaft der anderen konnte er im Moment gut verzichten.

Verwirrung war das Wort, das seinen Gemütszustand am besten umschrieb. Verwirrung über die Dinge, die er gesehen und erfahren hatte. Verwirrung über die Gefühle, die er dabei empfunden hatte. Verwirrung über die Reaktion der anderen.

Er war beinahe froh darüber, zum Wachdienst verdonnert worden zu sein, denn er hätte ohnehin nicht geschlafen. Sobald er die Augen schloss, sah er den blutenden Stumpf von Cethegars verstümmeltem Bein und hörte die entsetzlichen Schreie des Stellvertretenden Ordensmeisters. Die Erinnerung daran genügte, um Granock am ganzen Körper zittern und seinen Magen rebellieren zu lassen, nicht nur vor Entsetzen, sondern auch und vor allem aus Wut.

Wut auf Farawyn, der ihn vor den anderen zurechtgewiesen hatte. Wut auf Alannah, für die hohle Phrasen wie Ehre und Ansehen mehr zählten als das Wohl ihres Meisters. Vor allem aber Wut auf sich selbst – und während er über sich und seine Situation nachdachte, ließ der Zorn auf die beiden anderen nach und steigerte sich jener, den er gegen sich selbst empfand, sodass er im Lauf der Nacht zu regelrechtem Selbsthass wurde.

»Granock …?«

Es war die Stimme Aldurs, die ihn irgendwann gegen Morgen aus seinen Gedanken riss. Die Farbe des Himmels hatte jene von Schiefer angenommen, und von Osten her schickte sich die Dämmerung an, den Bann der Nacht zu brechen. Die Lichtung, auf die Granock von seinem hohen Posten aus blicken konnte, lag still und friedlich, und nichts erinnerte mehr an den dramatischen Kampf vom Vortag. Fast hätte man glauben können, alles wäre nur ein Albtraum gewesen – dass es nicht so war, war Aldurs bekümmertem Gesichtsausdruck zu entnehmen.

»Morgen«, begrüßte Granock den Elfen, der zu ihm auf den Baum geklettert war – und das so lautlos, dass Granock ihn nicht einmal gehört hatte. »Willst du mich ablösen?«

»Nein.« Aldur schüttelte den Kopf. »Ich soll dir sagen, dass wir in einer Stunde aufbrechen.«

»Also doch.« Granock nickte.

»Es ist das Beste für uns alle«, erklärte Aldur achselzuckend.

»Vielleicht. Es ist nur …«

»Was denkst du?«, fragte der Elf und schaute ihn erwartungsvoll an. »Willst du es mir verraten?«

Granock zögerte. Die ganze Nacht über hatte er nachgedacht und gegrübelt, und gegen Morgen war ihm tatsächlich aufgegangen, weshalb er sich tags zuvor derart vehement gegen seinen Meister aufgelehnt hatte. Aber sollte er das jemandem anvertrauen, der noch bis vor Kurzem sein erklärter Feind gewesen war? Zwar hatten sie ihre Rivalität offiziell begraben, aber konnte er Aldur wirklich vertrauen?

Zu seiner Überraschung verzog der Elf das Gesicht zu einem breiten Lächeln. »Ob du es mir verraten willst oder nicht – ich weiß ohnehin, was in dir vorgeht.«

»So?«

»Du machst dir Vorwürfe, weil du Meister Cethegar nicht rechtzeitig zu Hilfe gekommen bist. Ein Zeitzauber im rechten Augenblick hätte manches verhindern können …«

»Und?«, fragte Granock scharf, der sich durchschaut fühlte. »Würde es dir nicht ebenso ergehen?«

»Vielleicht«, räumte Aldur ein. »Aber dann würde mir einfallen, dass ich durch den Zauber, den ich zuvor gewirkt hatte, bereits jemanden gerettet habe und dass sich ein Leben niemals gegen ein anderes aufrechnen lässt. Und diese Regel gilt, so vermute ich, nicht nur bei uns Elfen, sondern auch bei euch Menschen.«

»Das … ist wahr«, gab Granock zu.

»Du brauchst dich also nicht zu grämen. Meister Cethegar hat seine Entscheidung getroffen. Mit dir hat das nichts zu tun.«

»Dann ist er inzwischen also erwacht?«

Aldur nickte. »Kurz nach Mitternacht kam er zu sich.«

»Und?«, erkundigte sich Granock besorgt. »Wie geht es ihm?«

»Du kennst den alten Knochen doch.« Aldur schnitt eine Grimasse. »Den kriegt so leicht nichts unter.«

»Also machen wir weiter.« Granock nickte düster. Der Gedanke, dass sie einen der Ihren verstümmelt im Dschungel zurücklassen würden, gefiel ihm noch immer ganz und gar nicht.

»Natürlich. Cethegar kann es kaum erwarten. Er brennt darauf, den Marsch fortzusetzen.«

»Er … tut was?«, fragte Granock verwundert.

»Er brennt darauf, den Marsch fortzusetzen«, wiederholte Aldur grinsend. »Was hast du denn gedacht? Der Alte ist so stur, dass er notfalls auch auf seinen Händen weiterlaufen würde.«

Granock wollte seinen Ohren nicht trauen. »Dann … lassen wir ihn nicht zurück?«

Aldur schüttelte den Kopf. »Um einen so zähen Brocken wie Cethegar aufzuhalten, muss man ihm wohl mehr als ein Bein abbeißen. Dank Riwanon ist die Wunde gut verheilt, und seiner robusten Natur ist es wohl zu verdanken, dass er sich auch ansonsten gut erholt hat. Du siehst also, es wird niemand zurückgelassen. Jedenfalls vorerst nicht.«

Granock war unsagbar froh, das zu hören. Zugleich aber kam er sich vor wie ein ausgemachter Trottel.

»Ich Idiot«, schalt er sich selbst. »Ich hätte mir denken können, dass Meister Farawyn niemanden seinem Schicksal überlässt.«

»Täusch dich nicht«, warnte Aldur. »Wäre es notwendig gewesen, hätte Farawyn keinen Augenblick gezögert, es zu tun – ebenso wenig, wie Cethegar gezögert hätte, es ihm zu befehlen. Die Mission hat Vorrang.«

»Ich weiß«, sagte Granock leise. »Aber das muss mir ja nicht gefallen, oder?«

»Seltsam«, sagte Aldur nur.

»Was ist seltsam?«

»Farawyn hat vorausgesehen, dass du genau das sagen würdest. Und er merkte an, dass es nichts mit der Gabe der Weissagung zu tun hätte, dass er es schon vorher wusste.«

»Nein?« Granock hob die Brauen. »Womit denn dann?«

»Mit deiner menschlichen Natur, mein Freund«, erwiderte Aldur lächelnd. »Und weißt du, was ich ihm erwidert habe?«

»Was?«, fragte Granock.

Das Zögern des jungen Elfen währte nur einen unmerklichen Augenblick. »Dass ich dich jederzeit mit mir nehmen würde, mein *Bruder*.«

14. HAUL'Y'ATHRO

Kristallklares Licht erhellte die große Halle, die einmal mehr erfüllt war von aufgeregtem Gemurmel. Erneut war der Hohe Rat zusammengetreten, diesmal zu einer außerordentlichen Sitzung.

Die Ratsmitglieder hatten zu beiden Seiten des lang gestreckten Gewölbes Platz genommen. Viele Sitze waren jedoch leer geblieben, denn einige Meister waren im Auftrag des Rates als Boten unterwegs, andere befanden sich im Zuge des *garuthan* mit ihren Schülern auf Reisen, wieder andere durchstreiften das Reich auf der Suche nach Begabten, die das Schicksal mit *reghas* bedacht hatte, und natürlich fehlten auch die Meister Farawyn, Riwanon und Cethegar, die an die Südgrenze des Reiches entsandt worden waren, um die geheimnisvollen Vorfälle dort zu untersuchen.

Vater Semias war es nicht gewohnt, eine Ratssitzung allein zu führen. Seine Nachsicht und Milde legten ihm manche Zauberer als Schwäche aus, und es dauerte eine ganze Weile, bis er für Ruhe gesorgt hatte und von seinem erhöhten Sitz an der Stirnseite der Ratshalle aus das Wort ergreifen konnte.

»Hochweise Schwestern und Brüder«, sagte er, »wir sind heute auf einen Antrag unseres geschätzten Bruders Palgyr zu dieser außerordentlichen Sitzung zusammengetreten. Wollen wir hoffen«, fügte der Älteste in einem seltenen Anflug von Sarkasmus hinzu, »dass der Anlass unser Erscheinen auch rechtfertigt.«

»Das tut er«, versicherte Meister Palgyr. »Und ich will deine letzte Bemerkung nur deinem hohen Alter zuschreiben, geschätzter Vater.«

»Du vergreifst dich im Ton!«, rügte ihn Semias.

»Hätte dein ehemaliger Schüler Farawyn den Antrag auf eine außergewöhnliche Ratssitzung gestellt, hättest du ihm sicher mit größter Freude entsprochen«, entgegnete Palgyr.

Das Gemurmel, das sich eben erst gelegt hatte, setzte wieder ein. Einige Ratsmitglieder, vor allem Angehörige des rechten Flügels, dem auch Palgyr angehörte, drückten ihre Zustimmung aus, während sich andere ob einer solchen Respektlosigkeit dem Ältesten gegenüber empörten.

Semias, dem die Einheit des Rates zu wichtig war, als dass er seine persönliche Eitelkeit über sie gestellt hätte, versuchte die Gemüter zu beschwichtigen: »Solltest du den Eindruck haben, dass deine Anliegen vor diesem höchsten Gremium unseres Ordens weniger Beachtung fänden als die anderer Ratsmitglieder, so ist dies unzutreffend, Bruder Palgyr«, versicherte er. »Jeder Angehörige dieses Rates hat selbstverständlich das Recht, eine Versammlung einzuberufen, wenn es die Situation erfordert.«

»So wie in diesem Fall«, bekräftigte Palgyr. Er verließ seinen Sitz und trat in die Mitte der Halle. Die Aufmerksamkeit, die ihm von allen Seiten entgegenströmte, genoss er dabei sichtlich. »Ich bedanke mich bei Vater Semias dafür, dass er meinem Antrag so rasch entsprochen und diese Zusammenkunft einberufen hat. Und ich danke auch euch, Schwestern und Brüder, für euer ebenso rasches wie zahlreiches Erscheinen.«

»Wir sind längst nicht vollzählig«, sagte Vater Semias einschränkend. »Wie ihr wisst, weilen zahlreiche Ratsmitglieder, unter ihnen auch der Stellvertretende Vorsitzende Cethegar, derzeit nicht in Shakara.«

»Dennoch befindet sich in dieser Halle, wenn mich meine Augen nicht trügen, eine beschlussfähige Mehrheit, oder nicht?«, wandte Palgyr ein.

»Das ist durchaus richtig«, bestätigte der Älteste seufzend. »Trage dein Anliegen also vor.«

»Hab Dank, Vater.« Palgyr deutete eine Verbeugung an, während sich unter Farawyns Anhängern Unmut regte. Ihnen allen war klar, weshalb dessen Rivale gerade zu diesem Zeitpunkt eine außerordentliche Versammlung einberufen hatte, ebenso wie sie nur zu gut wussten, weshalb er Semias gleich zu Beginn der Beratung angegriffen hatte: Er vermittelte dem Ältesten das Gefühl, ihn ungerecht behandelt zu haben, und sicherte sich damit schon im Voraus Zugeständnisse. Was immer Palgyr im Schilde führte, er schien es um jeden Preis erreichen zu wollen. Aber worum konnte es sich dabei handeln?

Zumindest in dieser Hinsicht herrschte bei seinen Gegnern im Rat Unklarheit. Bis zu dem Augenblick, da Palgyr nach einer wortreichen Einleitung auf den Kern der Sache zu sprechen kam …

»Und aus diesem Grund, Schwestern und Brüder«, rief er, »nehme ich für mich das Recht in Anspruch, das auch jedem anderen Meister zusteht, ob Mitglied dieses Rates oder nicht: das Recht, Lehrer zu sein!«

»Du … du willst dir einen Schüler nehmen?«, fragte Semias mit gerunzelter Stirn.

»So ist es, Vater.«

»Aber weshalb berufst du dann eine außerordentliche Versammlung ein? Du bedarfst nicht der Zustimmung des Rates, um dir einen Novizen zu wählen.«

»Dessen bin ich mir bewusst, weiser Vater«, versicherte Palgyr, der offenbar etwas verbarg. »Und ich hätte auch ganz sicher nicht die Dreistigkeit besessen, euch alle wegen etwas einzuberufen, das zur guten und bewährten Tradition unseres Ordens gehört. Der wahre Grund ist ein anderer. Ich nehme nicht nur das Recht für mich in Anspruch, mir einen Schüler nehmen zu dürfen, sondern auch jenes Sonderrecht, das unserem allseits geschätzten Bruder Farawyn vor diesem ehrwürdigen und hochweisen Rat eingeräumt wurde.«

»Von welchem Recht sprichst du?«, wollte Semias wissen.

»Wird der Rat mir zugestehen, was er auch Farawyn zugestanden hat?«, fragte Palgyr dagegen, und es blitzte in den schmalen Augen seines Raubvogelgesichts.

Semias' Zögern währte nur einen kaum merklichen Augenblick. Dem Ältesten war klar, dass er die Einheit des Rates und damit des gesamten Ordens nachhaltig gefährdete, wenn Palgyr nicht die gleichen Privilegien zugestanden wurden wie seinem Rivalen. »Nun«, erwiderte er deshalb, wenn auch zurückhaltend, »ich möchte doch annehmen, dass vor diesem Gremium alle gleich sind …«

»Nichts anderes habe ich erwartet«, behauptete Palgyr, und sein triumphierendes Lächeln gab Semias das Gefühl, einen folgenschweren Fehler begangen zu haben. Einen Fehler, der sich niemals wieder korrigieren ließ – auch wenn er in Wahrheit nicht wirklich die Wahl gehabt hatte.

»Diener«, rief Palgyr laut, »führe den Novizen herein!«

Wie Ihr wünscht …

Es dauerte einen Moment, dann wurde die große Pforte, die sich auf der anderen Seite der langen Halle befand, dem Sitz des Ältesten gegenüber, von außen geöffnet. Scheinbar wie von selbst schwang sie auf, und zwei Gestalten erschienen – die eine winzig und von schmächtigem Wuchs, die andere mannsgroß und in einen weiten Mantel gehüllt, dessen Kapuze sie tief ins Gesicht gezogen hatte und dessen Saum um ihre hageren Beine schlug.

Wenn die Aufnahme mehrerer Novizen in den Orden anstand, wurde dafür ein eigenes Ritual abgehalten, bei dem sich die Schüler in Einsamkeit und Askese geistig und körperlich reinigen mussten, ehe sie in den Lichtschein *caladas* treten durften und sich der Musterung durch den Hohen Rat zu stellen hatten. Bei einzelnen Aufnahmeanträgen wurde auf diese Prozedur verzichtet; der Schüler wurde sofort dem Rat vorgeführt, und sein Meister hatte dafür zu bürgen, dass er sich körperlich und geistig auf die bevorstehende Herausforderung vorbereitet hatte.

Ariel, der Ratsdiener, verließ nach einer Verbeugung wieder den Saal, schloss die Pforte, und zurück blieb nur der Schüler, der eingeschüchtert verharrte.

»Komm nur«, ermutigte ihn Palgyr und winkte ihn heran, worauf sich der Novize wieder in Bewegung setzte. Sein Gang war seltsam schleppend, der Mantel schlotterte um seine Gestalt, als bestünde sein Träger nur aus Haut und Knochen.

Anfangs bedachten die Ratsmitglieder Palgyrs Novizen mit Wohlwollen. Als jedoch die ersten einen Blick unter die Kapuze erheischten, setzte erneut Gemurmel ein, und als der Novize die Reihen der Zauberer passierte, sprangen sogar einige von ihnen auf, schwangen die Fäuste und bekundeten lautstark ihren Unmut.

»Unerhört!«, rief jemand.

»Eine Provokation ohnegleichen!«, schrie ein anderer.

»Das ist ein Angriff!«, meinte ein dritter. »Ein Angriff auf die Werte des Ordens!«

Semias fragte sich, was den Zorn seiner Schwestern und Brüder derart erregt haben mochte. Als Palgyrs Schüler schließlich bei seinem Meister anlangte und die Kapuze zurückschlug, sah auch der Älteste, was die Zauberer so in Aufruhr versetzte.

Palgyrs Novize war – ein Ork!

Er war nicht unbedingt ein typischer Vertreter seiner Art, dazu war er zu schmächtig und zu klein. Aber dieses Wesen mit der schmutziggrünen Haut, den fast waagrecht abstehenden Ohren und den gelben, blutunterlaufenen Augen war ganz zweifellos ein Unhold, ein Nachfahre jener unglücklichen Kreaturen, die der verschlagene Margok vor Tausenden von Jahren in der Abgeschiedenheit seines Schlupfwinkels gezüchtet hatte …

»Darf ich vorstellen?«, rief Palgyr in die aufgebrachte Runde. »Dies ist Rambok, der Schamane des Knochenbrecher-Clans!«

Die namentliche Vorstellung des Unholds trug in keiner Weise dazu bei, die Situation zu entschärfen. Im Gegenteil, die Zauberer des linken Flügels spien Gift und Galle und bedachten Palgyr lautstark mit Beschuldigungen aller Art, und selbst seine eigenen Leute, von denen offenbar längst nicht alle eingeweiht gewesen waren, machten lange Gesichter. Zwar unterstanden sie sich, ihren Wortführer öffentlich zu kritisieren oder gar anzugreifen, doch auch in ihren Zügen war zu lesen, dass sie die Anwesenheit eines Orks in Shakara zumindest für fragwürdig hielten, wenn nicht gar für blanken Frevel.

Selbst der sonst so sanftmütige Semias, dem die Eintracht des Ordens über alles ging, konnte nicht länger an sich halten. Seine von schlohweißem Haar umrahmten Züge röteten sich, und Blitze schienen aus seinen Augen zu schießen, als er sich von seinem Sitz erhob, die knochige Hand um den Zauberstab gekrallt.

»Schweigt!«, gebot er mit einer Stimme, die keinen Widerspruch duldete und bis in den letzten Winkel der Halle drang. Die Zauberer, die den Ältesten noch niemals zuvor so aufgebracht erlebt hatten, verstummten tatsächlich, und eisige Stille kehrte im Ratssaal ein, in der man eine Nadel fallen gehört hätte. Semias' schmaler Brustkorb hob und senkte sich unter heftigen Atemzügen, mit denen er versuchte, seine Wut unter Kontrolle zu bekommen, während er seinen Blick zuerst über die Ratsmitglieder schweifen ließ und dann hinauf zu den Statuen der Könige, die die Halle säumten. Doch die steinernen Standbilder blickten mit unbewegtem Gleichmut auf den Frevel hinab, der sich zu ihren Füßen abspielte.

»Was, Bruder Palgyr, hat dies zu bedeuten?«, fragte Semias, wobei er sich bemühte, nicht loszubrüllen. »Willst du dieses ehrwürdige Gremium beleidigen?«

»Keineswegs, Vater«, versicherte der Zauberer. »Ich bitte lediglich, mir zuzugestehen, was auch Farawyn zugestanden wurde: ein Wesen in den Orden einzuführen, das kein Elf ist, jedoch über Fähigkeiten verfügt, die ansonsten seine Aufnahme rechtfertigen.«

»Dieses ... *Wesen*, wie du es nennst«, polterte Semias, »ist ein Feind. Wie kannst du es wagen, es hierher zu bringen? Du trittst die Grundsätze dieses Ordens mit Füßen!«

»Auch das ist nicht der Fall«, wiegelte Palgyr ab. »Ihr selbst wart noch vor wenigen Wochen auf der Seite derer, die den Aufbruch in ein neues Zeitalter beschworen, in eine neue Zukunft. Ihr sagtet, dass der Orden sich verändern und sich anderen Völkern öffnen müsse ...«

»An *dieses* Volk hatte ich dabei ganz sicher nicht gedacht«, konterte der Älteste. »Die Unholde sind, wie du sehr wohl weißt, aus Margoks frevlerischen Experimenten hervorgegangen. Bösartige Kreaturen sind sie, verdorben bis ins Mark und ...«

»... und mit uns Elfen verwandt«, brachte Palgyr den Satz sicherlich anders zu Ende, als Semias es beabsichtigt hatte. »Das kannst du nicht leugnen, Vater.«

»Ich leugne es nicht«, entgegnete Semias widerstrebend.

»Wie schön.« Palgyr schnitt eine Grimasse. »Nachdem wir uns also in diesem Punkt einig sind, frage ich dich, wie es sich zwischen Elfen und Menschen verhält. Besteht zwischen ihnen auch nur die geringste Verwandtschaft?«

»Nicht, soviel bekannt ist«, gab der Älteste zu.

»Wie, so fragte ich, kann es dann aber zulässig sein, einen Menschen in diese Hallen aufzunehmen und ihn teilhaben zu lassen an den Geheimnissen unseres Ordens, dies einem Ork, dessen nahe Verwandtschaft zu unserem Volk eine Tatsache ist, hingegen zu verwehren?«

»Die Menschen waren niemals unsere Feinde, Palgyr«, belehrte ihn Semias. »Gegen Margoks Kreaturen hingegen haben wir in einem langen und blutigen Krieg gekämpft ...«

»... der Tausende von Jahren zurückliegt«, ergänzte der Zauberer. »Sollen wir uns deshalb bis in alle Ewigkeit sämtlichen Veränderungen verweigern? Die Augen vor dem verschließen, was in der Welt vor sich geht?« Palgyr machte eine Pause und sah Semias herausfordernd an. »Das waren Farawyns Worte«, stellte er fest.

»Du scheust dich nicht, die Argumente deines Gegners ins Feld zu führen, um deine Ziele durchzusetzen«, brummte Semias.

»Wer sagt, dass der geschätzte Bruder Farawyn und ich Gegner wären?«, fragte Palgyr in gespieltem Entsetzen. »Hat er das behauptet?«

Semias biss sich auf die dünnen Lippen.

»Ich gebe zu, dass Bruder Farawyn und ich in der Vergangenheit nicht immer einer Meinung waren«, gestand Palgyr ein. »Aber ist es denn nicht erlaubt, seinen Standpunkt zu ändern und den eines anderen anzunehmen? War es nicht genau das, was vor nicht allzu langer Zeit in diesem Saal gefordert wurde? Aus den Bahnen althergebrachten Denkens auszubrechen und neue Wege in eine neue Zukunft einzuschlagen?«

»Und du willst behaupten, dass du dazu bereit wärst?«, fragte Semias missmutig. »Dass du die Gesetze und Traditionen unseres Ordens nicht mehr gefährdet siehst?«

»Die Frage erübrigt sich, ehrwürdiger Vater«, erwiderte Palgyr. »Denn wenn es so wäre, hätte ich wohl kaum einen Ork hergebracht, um seine Aufnahme in den Kreis der Zauberer anzuregen.«

»Mit welchem Recht tust du dies? Was für eine Gabe hat der Unhold, die seine Aufnahme in unseren Kreis rechtfertigen würde?«

»Mit Verlaub, Vater«, sagte Palgyr, »er braucht über keine spezielle Gabe zu verfügen. Die Statuten unseres Ordens legen eindeutig fest, dass der Eintritt nicht nur Begabten und mit *reghas* Gesegneten offensteht, sondern auch ausgebildeten Zauberern anderer Orden. Rambok ist ein Schamane, also ein Zauberer seines Volkes, was ihn zu einem berechtigten Anwärter macht. Wenn du mir nicht glaubst, lese im Buch des Gesetzes nach, und du wirst meine Worte bestätigt finden.«

Erneut brach Gemurmel unter den Anwesenden aus, vor allem auf der linken Seite. Es war erschreckend, wie Palgyr die Regeln und Mechanismen des Rates aushebelte und die Argumente, die seine Gegner noch vor nicht allzu langer Zeit gegen ihn ins Feld geführt hatten, zu seinen eigenen machte. Jeder im Saal wusste das, einschließlich des Ältesten, aber keiner traute sich aufzustehen und Palgyr mit ebenso sachlichen wie überzeugenden Worten in seine Schranken zu verweisen. Denn niemand im Saal, nicht einmal seine Anhänger, wusste genau, was Palgyr im Schilde führte – aber den meisten war klar, dass es nicht das Wohl des Ordens war, das er dabei vor Augen hatte, sondern nur sein eigenes.

Unsicher, fast Hilfe suchend glitt Semias' Blick zunächst zu dem leeren Sitz neben seinem, dann hinüber zum linken Flügel, wo ebenfalls einige Plätze unbesetzt waren. Sein Bedauern darüber, dass weder Cethegar noch Farawyn anwesend waren, wurde mit jedem Herzschlag größer.

»Bruder Palgyr«, sagte Semias schließlich, nicht mehr aufgebracht wie zuvor, sondern ruhig und im sachlichen Tonfall, »du kennst die Regeln unseres Ordens ebenso, wie du seine wechselhafte Geschichte kennst.«

»Das will ich meinen, Vater. Und?«

Semias deutete auf den Ork. »Ich weiß nicht, was du mit dem hier bezweckst, aber ich bitte dich inständig, damit aufzuhören.«

»Womit? Wovon sprichst du, *nahad*?«

»Du weißt, wovon ich spreche. Jeder hier im Rat kennt dich, Bruder Palgyr, und schätzt dich als Verfechter der Moral, der Traditionen und Gesetze. Was du zu tun im Begriff bist, läuft allem zuwider, wofür du je vor diesem Gremium eingetreten bist.«

»Mit Verlaub, Vater, das sehe ich anders. Ich habe meine Lektion gelernt und stimme zu, dass sowohl das Reich als auch dieser Orden auf Dauer nur bestehen können, wenn wir uns nach außen hin öffnen und in unseren vermeintlichen Feinden Freunde zu finden suchen.«

»Und das ist wirklich deine Meinung?«, fragte Semias zweifelnd.

»Aber natürlich – den Fortbestand des Reiches und des Ordens zu sichern und ihren Ruhm zu fördern«, zitierte Palgyr aus der Eidesformel. »Etwas anderes hätte ich nie im Sinn. Früher nicht und auch jetzt nicht.«

»Und es geht dir nicht darum, es einem Rivalen heimzuzahlen, indem du dich seiner Argumentation bedienst, um damit genau Gegenteiliges zu erreichen?«

»Vater, wo denkst du hin?«, fragte Palgyr entrüstet, und um alle Zweifel auszuräumen, fügte er, auf die Statuen der Könige deutend, hinzu: »Der Zorn unserer Ahnen soll mich treffen, würden solche niederen Beweggründe mein Handeln diktieren.«

Vater Semias erwiderte nichts. Steif saß er da, den Blick auf Palgyr gerichtet, und dachte angestrengt nach.

»Vater!«, rief Meister Codan entsetzt. »Du wirst solchen Worten doch nicht etwa Glauben schenken? Palgyr geht es nur darum, uns alle bloßzustellen!«

»*Bruder* Palgyr lautet die korrekte Anrede, Bruder Codan«, verbesserte Palgyr kaltschnäuzig. »Und ich versichere sowohl dir als auch allen anderen Schwestern und Brüdern, dass ich keineswegs etwas so Schändliches plane. Gewiss, ich gebe es zu: Die Niederlage, die unser geschätzter Bruder Farawyn mir vor einiger Zeit in dieser Halle beibrachte, hat mich geschmerzt. Aber wie man es mir einst als jungen Novizen beibrachte, habe ich aus meiner Niederlage gelernt und eine Schwäche zur Stärke gemacht. Das Ergebnis meiner Läuterung seht ihr hier vor euch.« Und mit den letzten Worten wies er auf den Orkschamanen.

»Das Ergebnis deiner Läuterung?«, rief Codan erbost. »Du hast die Frechheit zu behaupten, dieser Unhold wäre deine Wiedergutmachung an Bruder Farawyn?«

»Nun, Bruder Codan, wenn du es so sehen willst …«

»Unerhört, unerhört!«, rief eine junge Zauberin, die unweit von Codan saß und aufgesprungen war. Doch sofort meldeten auch Palgyrs Anhänger sich zu Wort, und zu beiden Seiten des Saals erhoben sich die Ratsmitglieder von ihren Plätzen, verfielen in lautes Geschrei und schwenkten drohend die Fäuste.

Von seinem hohen Sitz aus sah Semias mit Besorgnis, was im Saal vor sich ging. Dies war fraglos eine historische Stunde. Genau das war geschehen, was zu verhindern der Älteste stets als die wichtigste seiner Aufgaben betrachtet hatte: Der Rat stand kurz davor, sich zu spalten, und mit ihm der ganze Orden. Und dies in einer Zeit der Unsicherheit und der Veränderung. Was auch immer geschah und welche Opfer er dafür auch immer bringen musste, der Älteste durfte nicht zulassen, dass die Einheit des Ordens verloren ging. Nicht in einer Zeit wie dieser, wie hoch der Preis dafür auch immer sein mochte …

Er hob die Arme, um den Tumult einzudämmen, aber es war, als wollte er kraft seiner Gesten und Worte einen tobenden Sturm besänftigen. Erst als er zum Zauberstab griff und eine energetische Entladung aus dem großen Kristall unterhalb des Gewölbes die Gestalt des Ältesten für einige Augenblicke sonnenhell erstrahlen ließ, legte sich das wüste Geschrei ein wenig, völlige Stille kehrte jedoch nicht ein, dazu war die Erregung zu groß.

»Schwestern! Brüder!«, beschwor Semias. »Haltet ein in eurer Raserei und eurem sinnlosen Streit!«

»Aber Vater!«, rief jemand. »Seht Ihr denn nicht, was hier geschieht?«

»Das tue ich«, versicherte der Älteste mit bebender Stimme, »und es erfüllt mein Herz mit tiefer Trauer, dass Bruder gegen Bruder und Schwester gegen Schwester steht. Wir sollten uns in diesen Augenblicken auf das besinnen, was uns eint, statt uns zu entzweien. Eine gemeinsame Vergangenheit. Gemeinsame Werte.

Und schließlich ein Schwur, den ihr alle geleistet habt und der uns aneinander bindet.«

Das erregte Getuschel, das hier und dort noch in der Halle zu hören gewesen war, verstummte, und aller Augen waren auf den Ältesten gerichtet, der es mit Autorität und Besonnenheit noch einmal geschafft hatte, die Ratsmitglieder beider Parteien zu beruhigen. Vermutlich das letzte Mal, wenn es nicht gelang, eine Lösung zu finden, mit der beide Seiten leben konnten. Die Existenz des Ordens stand auf dem Spiel.

»Es ist nicht zu leugnen«, sagte Semias leiser, »dass Bruder Palgyrs Argumentation auch etwas für sich hat.«

»Aber Vater …«

»Persönlich bin ich nicht seiner Meinung, doch objektiv betrachtet nimmt er für sich nur in Anspruch, was auch Bruder Farawyn zugestanden wurde.«

»Ich danke dir, Vater«, sagte Palgyr, der noch immer in der Mitte des Saales stand, den orkischen Anwärter neben sich, und deutete eine Verbeugung an.

»Die Unholde sind unsere Feinde, das steht außer Frage. Aber es gibt auch viele unter uns, die in den Menschen Feinde sehen und sich von ihnen bedroht fühlen. Wir alle wissen, dass Krieg und anderweitige gewalttätige Konfrontationen keine Lösung sind. Wenn wir die Grenzen des Reiches dauerhaft sichern und in Frieden leben wollen, so kann die Antwort nur ein gegenseitiges Einvernehmen sein, und dazu gehört auch, dass wir alte Vorurteile und Abneigungen überwinden.«

Der Älteste legte eine kurze Pause ein, so als würde er fast hoffen, dass sich Widerspruch regte. Aber die Ratsmitglieder, selbst Palgyrs erbitterte Gegner, hörten aufmerksam zu.

»Bei den Menschen«, fuhr Semias fort, »ist es uns gelungen, unser Urteil zu revidieren, und das Ergebnis erfreut uns alle: Der Novize Granock hat die Prüfung bestanden und befindet sich mit seinem Meister bereits auf einer Mission, die dem Wohl unseres Volkes und der Sicherheit des Reiches dient. Warum also sollte dies nicht auch für einen Unhold gelten? Wollen wir uns bei unserer Entscheidung wirklich von Äußerlichkeiten leiten lassen? Von der Farbe der Haut? Oder der Augen? Ich war gerade ebenso erschrocken wie ihr, eine von Margoks Kreaturen an diesem geweihten Ort zu erblicken. Aber den Prinzipien unseres Ordens folgend, trachte ich danach, hinter das Offenkundige zu schauen und die Wahrheit hinter dem Offensichtlichen zu ergründen. Und wer weiß, vielleicht steht dort die Zukunft des Ordens, auch wenn wir es zu diesem Zeitpunkt noch nicht ermessen können. Denn eines hat uns die Geschichte ganz sicher gelehrt: dass Kriege nicht allein durch Wachsamkeit und Misstrauen verhindert werden können, sondern dass Bündnisse und gegenseitiges Vertrauen mindestens ebenso wichtig sind.«

»Und wenn man unser Vertrauen missbraucht, Vater?« Es war Codan, der gesprochen hatte, nicht erregt und im Zorn wie zuvor, sondern beherrscht und ruhig, dafür aber voller Besorgnis. Der Blick, mit dem er Semias bedachte, traf den Ältesten bis ins Mark, denn er verlieh all jenen Bedenken Ausdruck, die auch der Älteste hegte – und die er doch leugnen musste, wollte er nicht, dass die Institution, an die er glaubte und der er zeit seines Lebens gedient hatte, in einem einzigen Sturm der Entrüstung auseinanderbrach.

Vielleicht hatte er sich etwas vorgemacht, und der innere Zerfall des Rates war schon sehr viel weiter fortgeschritten, als er es sich hatte eingestehen wollen. Wenn es so war, würde sich dieser Prozess nicht beliebig lange aufhalten lassen. Aber noch war es nicht so weit, noch war nicht alles verloren. Nicht an diesem Tag. Nicht unter seinem Vorsitz.

»Lass mich dir mit einer Gegenfrage antworten, Bruder«, sagte er ebenso beherrscht wie zuvor Codan. »Wenn wir dem Wort eines Mitbruders nicht mehr Glauben schenken dürfen, eines Elfen, der die Eidesformel geschworen und sein Leben in den Dienst des Ordens gestellt hat, wem können wir dann noch trauen? Sein Leben lang hat sich Bruder Palgyr für den Erhalt des Ordens und für die Wahrung seiner Werte und Traditionen eingesetzt …« Während er sprach, schaute er Palgyr direkt an, als wolle er ihn auf der Stelle bannen. »Ich kann nicht glauben, dass er all dies leichtfertig und eines kurzfristigen Vorteils willen aufs Spiel setzt.«

»Gut gesprochen, Vater.« Palgyr verbeugte sich abermals. »Tatsächlich liegt mir nichts ferner als dies. Und euch allen«, fügte er hinzu, an den linken Ratsflügel gewandt, »kann ich nur zurufen, nicht nachzulassen in eurem Bemühen, den Orden zu erneuern und ihn einer neuen Zukunft entgegenzuführen. Ich selbst habe mich dagegen gesträubt, aber das war ein Fehler. Farawyn hat mir die Augen geöffnet, und dafür bin ich ihm dankbar. Wir dürfen nicht abwarten, bis die Veränderungen uns einholen, sondern müssen ihnen mutig und entschlossen entgegentreten, so wie es auch unsere Vorfahren stets getan haben. Nur so werden wir der Geschichte auch weiterhin unser Siegel aufdrücken.«

Seine Worte verhallten und hinterließen nichts als Stille. Obwohl sie sicher nicht genügt hatten, um alle Vorbehalte auszuräumen, war die Aufregung schweigender Nachdenklichkeit gewichen. Semias wertete sie als ermutigendes Zeichen dafür, dass dieser Tag nicht als jener in die Chroniken Shakaras eingehen würde, an dem der Hohe Rat zerfallen war.

»Schwester und Brüder«, sagte er schließlich, nachdem er das Schweigen eine Weile hatte bestehen lassen, »wir wollen nun zur Abstimmung schreiten. Wer von euch ist dafür, Bruder Palgyrs Antrag auf Aufnahme eines Orks als Ordensnovizen zuzustimmen?«

Die ersten Meldungen erfolgten vom rechten Flügel, und das war wenig überraschend. Labhras und Cysguran, Palgyrs treue Parteigänger, hielten die Zauberstäbe hoch und signalisierten damit Zustimmung. Weitere Elfinnen und Elfen aus ihrem Umfeld gesellten sich hinzu, aber es waren nicht nur Ratsmitglieder der rechten Seite, die dem Antrag entsprachen, auch Codan und einige andere hoben die Zauberstäbe – nicht so sehr, weil sie Palgyrs Vorhaben befürworteten, sondern aus Vertrauen zu Vater Semias, der seine ganze Autorität in die Waagschale geworfen hatte, um eine Spaltung des Rates zu verhindern.

Es war eine politische Abstimmung. Nur wenige entschieden aufgrund ihres persönlichen Empfindens, die meisten nach den Zwängen, die die Situation ihnen auferlegte: Das Wohl des Ordens überwog alles andere. Auf diese Weise stimmte eine satte Mehrheit dafür, Palgyrs Antrag auf Aufnahme eines Orks in den Orden von Shakara zu entsprechen. Mehr, als es bei dem Menschen Granock und der angeblichen Mörderin Alannah gewesen waren …

»Ich danke euch, Schwestern und Brüder, für euer Vertrauen und euer Wohlwollen!«, rief Palgyr, der sich bemühte, sich seinen Triumph nicht zu sehr anmerken zu lassen. »Und natürlich danke ich auch dir, Vater«, wandte er sich an Semias, »denn ohne deine Vermittlung wäre diese Abstimmung sicherlich anders ausgegangen.«

»Ja«, sagte Semias leise, »das wäre sie ohne jeden Zweifel.« Und er wusste nicht, ob er darüber in Tränen ausbrechen sollte vor hilfloser Wut und Scham. »Damit ist es beschlossen, und es bleibt nur noch eines zu tun: den Novizen zu fragen, ob er gewillt ist, sich den Herausforderungen zu stellen, die in diesen ehrwürdigen Mauern auf ihn warten.«

Aller Augen richteten sich auf den Ork, der bereits während des Disputs den Anschein vermittelt hatte, immer noch kleiner und hagerer zu werden. Nun jedoch sank er regelrecht in sich zusammen, zumal als Palgyr ihm den Umhang von den Schultern riss und ihn der Ratsversammlung so präsentierte, wie der Dämon Kurul ihn der orkischen Überlieferung nach in die Welt gespuckt hatte: Der Ork schien nur aus unbehaarter grüner Haut und Knochen zu bestehen.

»Auf die Knie!«, verlangte Semias. Wie alle Zauberer beherrschte auch er die Dunkelsprache, aber deren Worte kamen ihm nur zögernd über die Lippen.

Der Unhold leistete der Aufforderung nicht nur Folge, sondern neigte sein Haupt so weit hinab, dass seine Stirn den Boden berührte.

»Rambok ist dein Name, richtig?«, erkundigte sich der Älteste.

»K-korr«, kam es zurück, während der Ork wieder leicht den Kopf hob, um mit blutunterlaufenen gelben Augen furchtsam zu Semias emporzuschielen.

»Ich frage dich also, Rambok«, sagte Semias, die uralte Formel ins Orkische übersetzend, was ihm allein schon wie ein Verrat vorkam, »bist du hier, um Aufnahme zu erbitten in den Orden und die ehrwürdigen Hallen von Shakara? Und willst du ferner dem Orden, dem Reich und der Krone dienen?«

Die Formulierung schien angesichts dessen, an den sie gerichtet waren, wie blanker Hohn. Semias fragte sich, wie Cethegar entschieden hätte, hätte er der Sitzung beigewohnt. Aber sein Freund und Vertrauter war nicht anwesend, und so oblag es Semias, die Entscheidung zu treffen, und genau das hatte er getan.

Der Unhold, der grün und nackt auf dem kalten Marmor kauerte und den Kopf noch immer dicht über dem Boden hielt, musste nicht lange überlegen.

»Korr«, stimmte er schlicht zu.

So unterwürfig sich Rambok den Elfen auch gegenüber gab, ein Ork ließ sich nicht einfach vor den Karren spannen wie ein gutmütiger Ochse, sondern behielt stets seinen eigenen Willen und verfolgte seine eigenen düsteren Ziele.

Auch dann, wenn es nicht den Anschein hatte …

15. DARGANFAITHAN ÉRSHAILA

Der Marsch durch den Urwald ging weiter, trotz der grässlichen Verstümmelung, die Meister Cethegar davongetragen hatte. Aufgrund des wirren Dickichts kamen die Gefährten ohnehin nur langsam voran, und indem Aldur und Granock Cethegar stützten, gelang es dem alten Zauberer tatsächlich, mit dem Marschtempo der anderen mitzuhalten. Zwar waren seine Gesichtszüge dabei vor Anstrengung verzerrt, denn trotz der stark beschleunigten Wundheilung hatte er mit heftigen Schmerzen und den Folgen des hohen Blutverlusts zu kämpfen, aber wann immer Farawyn, der die Führung übernommen hatte, eine Pause vorschlug, lehnte Cethegar ab. Granock bezweifelte, dass es gewöhnliche Körperkraft war, von der Cethegar zehrte; vermutlich schöpfte er aus ganz anderen Energiequellen, von denen ein Novize noch nichts wusste und die nur den erfahrensten und mächtigsten Zauberern vorbehalten waren …

Jenseits der Lichtung, auf der der Kampf gegen die Tausendfüßler stattgefunden hatte, waren sie erneut auf Spuren gestoßen. Ein Trupp Wildmenschen hatte den Wald durchquert und sich dabei alle Mühe gegeben, keine Fährte zu hinterlassen – Farawyns scharfem Blick jedoch waren auch die kleinsten Hinweise nicht entgangen: geknickte Zweige; Moos, das niedergetreten worden war und sich noch nicht wieder ganz aufgerichtet hatte; schließlich ein Zahn von einem Raubtier, mit einer Schnitzerei versehen, der offenbar als Talisman gedient hatte. Ob es tatsächlich jene Menschen waren, die die Zauberer vor dem Cethad Mavur angegriffen hatten, wusste niemand zu sagen. Aber da es die einzige Spur war und sie nach Süden führte, folgten sie ihr in der Hoffnung, am Ende der Fährte auf Antworten zu stoßen – während sie gleichzeitig befürchteten, dass jene Antworten den Zauberorden und mit ihm ganz Erdwelt in seinen Grundfesten erschüttern könnten …

Eineinhalb Tage lang währte der Marsch durch das endlose Grün, das mit jeder Meile, die die Reisenden weiter nach Süden gelangten, dichter und urwüchsiger zu werden schien. Bäume, die so dick und so hoch waren wie Wachtürme, ragten rings um ihnen auf; ihre Stämme verloren sich im dichten Gewirr der Äste und Blätter, das kaum je einen Sonnenstrahl durchließ und für modriges Halbdunkel sorgte und von dem ein dichtes Gewirr von Lianen hing, das wiederum von Moos und Flechten durchwachsen war. Und über allem lagen die feuchte Hitze und die ständigen Geräusche des Urwalds, Letzteres bisweilen so nah und drohend, dass die Wanderer zusammenzuckten und einen neuerlichen Angriff befürchteten.

Granock vermied es, darüber nachzudenken, was für Schrecken dieser Dschungel noch beherbergen mochte. Oben im Norden, in den Menschenreichen, hätte schon ein Tausendfüßler von solcher Größe als Abnormität gegolten – in Arun aber schienen derlei Kreaturen die Regel zu sein. Niemand hatte je ermessen, wie weit sich der Urwald nach Süden erstreckte und was für absonderliche Wesen ihn außerdem noch seine Heimat nannten.

Nachdem sie ein weites Tal durchquert hatten, durch das sich ein ebenso breiter wie dunkler Fluss schlängelte, führte ihr Weg steil bergan zwischen zwei riesigen Felsnadeln hindurch, die das Blätterdach durchstießen. Granock kam es vor, als würden sie ein riesiges Tor passieren, das in eine fremde, feindselige Welt führte.

Sie stießen auf einen natürlichen Pfad, der um eine der Nadeln herumführte und den wohl auch die Wildmenschen benutzt hatten. Zur Bergseite hin schmiegte er sich eng an den grauen Fels, über den verästelte Rinnsale krochen, die den Boden feucht und glitschig machten, zur anderen Seite fiel der Weg fast senkrecht ab, und je höher die Gefährten gelangten, desto mehr lichtete sich der Wald und desto weiter war der Ausblick, der sich ihnen über das grüne Meer bot.

Zum ersten Mal konnten sie wieder den Himmel sehen und frei atmen, und vor allem den Elfen war anzumerken, wie sehr sie beides entbehrt hatten. Jenseits der Felsnadeln jedoch fiel der Pfad steil ab und tauchte schon bald wieder in das schummrige Halbdunkel des Waldes ein, und ein dumpfes Rauschen kündete von einem nahen Wasserfall. Farawyn ordnete eine Pause an. Erschöpft sanken die sechs Wanderer am Fuß eines moosüberwucherten Baumriesen nieder, dessen knorrige Wurzeln ihnen als Sitzgelegenheit dienten.

Granock nahm den ledernen Wasserbeutel, den er an einem Riemen um die Schulter hängen und am Morgen erst aufgefüllt hatte, und gönnte sich einen Schluck. Es beeindruckte ihn sehr, mit wie wenig Wasser und Verpflegung seine elfischen Kameraden auskamen – ein Mensch war in dieser Hinsicht nicht ganz so genügsam, zumal wenn er noch einen Verwundeten zu stützen hatte. Cethegars Zustand war stabil, aber der Älteste sprach kaum ein Wort, und seine Haut hatte infolge der Anstrengung die Farbe und Beschaffenheit von altem Pergament angenommen. Seine Wangen waren eingefallen, die Augen lagen tief in den Höhlen und waren dunkel gerändert – die Entschlossenheit darin war jedoch ungebrochen.

Granock hielt Cethegar den Wasserbeutel hin, aber der Zauberer lehnte ab. »Heb das für dich selbst auf, Junge«, riet er ihm mit heiserer Stimme, »du brauchst es nötiger als ich …«

»Wo, in aller Welt, sind wir hier?«, fragte Aldur, dem der Marsch und die Hitze erheblich zusetzten. Wie alle anderen hatte auch er sich längst seines Umhangs entledigt, der nicht nur zu warm, sondern beim Marsch durch den Wald auch hinderlich war, und trug nur die einfache Tunika, die allerdings schweißdurchtränkt war und dreckverschmiert.

»Diese Doppelspitze, die wir heute Mittag passiert haben, muss jene sein, die der Geograph Ruvian in seinen Schriften erwähnt. Er ist damals mit Sigwyns Heer in Arun gewesen.«

»An der Doppelspitze hat Sigwyn sein Heer damals lagern lassen und nur noch Expeditionen ins Umland übernommen«, wusste Alannah zu berichten. »Sehr viel weiter ist er nie gekommen.«

»Das ist richtig«, bestätigte Farawyn.

»Moment mal«, meinte Granock. »Soll das heißen, dass wir … dass ihr die ersten Elfen seid, die jemals so weit nach Süden vorgedrungen sind?«

»Das stimmt«, bestätigte Farawyn nickend. »Jedenfalls so weit die Chroniken zurückreichen. Und dennoch habe ich das Gefühl, dass …« Er verstummte und biss sich auf die Lippen.

»Was, Meister?«, hakte Granock nach.

»Nichts weiter.« Farawyn schüttelte den Kopf. »Wir gehen weiter, dann werden wir sehen, was uns erwartet.«

Noch einen Augenblick gönnten sie sich Ruhe, dann setzten sie den Marsch fort. Erneut führte der Weg durch unwegsames Dickicht, das nur Zauberkraft zu entwirren vermochte, und mit jedem Schritt nach Süden nahm das Rauschen zu. Schließlich wurde es so laut, dass die Gefährten ihr eigenes Wort nicht mehr verstanden, und unvermittelt endete der Wald, und der Boden fiel lotrecht ab. Dort, in der bodenlosen Tiefe, aus der weißer Nebel emporstieg, lag die Quelle des Tosens.

Den alten Cethegar stützend, der seine Arme um ihre Schultern gelegt hatte, traten Aldur und Granock vorsichtig an den Rand der Kluft und spähten hinab. Ein Wasserfall war zu sehen, der in die Tiefe stürzte und sich zwischen schroffen Felswänden verlor – der Grund der Schlucht war von nebliger Gischt verschleiert. Nur das Donnern des Wasserfalls war zu hören und das Rauschen der Fluten, die gen Südwesten strebten, der See entgegen.

»Dies muss der Carryg sein«, schrie Farawyn gegen das Tosen an. »Weiter sind Sigwyns Mannen nie gekommen. Ruvian hat ihn als Grenzfluss in die alten Karten eingetragen.«

»Ich verstehe, warum«, sagte Granock – denn die Kluft, die sich vor ihnen erstreckte, stellte mit einer Breite von rund hundert Schritten ein Hindernis dar, das nicht ohne Weiteres überwunden werden konnte. Dass es dennoch keine Schwierigkeit darstellen würde, auf die andere Seite zu gelangen, lag an einem entwurzelten Baum, der so gestürzt war, dass er den Abgrund überbrückte. Tritte waren in die Rinde geschlagen, sodass man auf den dicken Stamm gelangen konnte, um dann auf ihm die Kluft zu überqueren. Offensichtlich würden die Zauberer nicht die Ersten sein, die ihn benutzten, um auf die andere Seite zu gelangen. Vielleicht hatte ein Sturm oder eine andere Laune der Natur den Baum derart niedergerissen, aber eine dumpfe Ahnung sagte Granock, dass die Wahrheit anders aussah.

Farawyn schien seinen Verdacht zu teilen. »Entweder«, meinte er, »die Wildmenschen haben sehr viel mehr Glück, als Sigwyn es damals hatte …«

»Oder?«, rief Riwanon über das Tosen des Flusses hinweg.

»… oder sie hatten fremde Hilfe«, brachte Farawyn seinen Gedanken zu Ende, wobei er offen ließ, was genau er damit meinte. Dem düsteren Gesichtsausdruck des Zauberers jedoch war zu entnehmen, dass er schlimme Befürchtungen hegte. Er wandte sich zu Cethegar um und bedachte ihn mit einem besorgten Blick. »Wird es gehen, Vater? Der Weg über den Abgrund ist gefährlich.«

»Gefährlich?« Der alte Zauberer bleckte die Zähne zu einem freudlosen Grinsen. »Dann sollte ich mich wohl besser vorsehen, nicht wahr?«

Farawyn übernahm erneut die Vorhut und bestieg als Erster den Stamm, dessen Oberseite bemoost und entsprechend glitschig war. Alannah folgte, dann Granock und Aldur, die es gemeinsam übernahmen, Cethegar über die behelfsmäßige Leiter nach oben zu stemmen. Obwohl ihm die Anstrengung sicher zusetzte, ließ der Zauberer kein Wort der Klage vernehmen, sondern stützte sich sogar auf seinen narbigen Beinstumpf. Sein Wille, die Kluft zu überwinden, war stärker als jeder Schmerz und jede Anstrengung.

Endlich hatten sie den Stamm erklommen, dessen Durchmesser an die zwei Mannslängen betrug, und gefolgt von Riwanon, die die Nachhut bildete, überquerten sie den Abgrund, dabei vorsichtig einen Fuß vor den anderen setzend. Nur ein Fehltritt, und alles würde vorbei sein – dann würden nicht nur sie selbst, sondern auch der alte Cethegar in den tosenden Abgrund stürzen, der unter ihnen klaffte und dessen weiße, nasskalte Nebel sie nach wenigen Schritten einhüllten.

Behutsam, den Blick auf ihre Füße gerichtet, arbeiteten sich Aldur und Granock voran, den Verstümmelten zwischen sich – und endlich lichtete sich der Dunst wieder. Die andere Seite, die sich als grüne Mauer jenseits der Kluft erhob, rückte in greifbare

Nähe, und sie konnten Farawyn und Alannah erkennen, die an der Kante standen und ihnen zuwinkten.

In diesem Moment geschah es.

Für einen winzigen Augenblick war Granock unaufmerksam und setzte den Fuß auf eine Stelle, wo Moos und Rinde von Feuchtigkeit durchdrungen waren – und schon glitt er aus!

Ein erstickter Schrei kam ihm über die Lippen, während er merkte, wie er den Halt verlor. Es gelang ihm gerade noch, sich aus Cethegars Umarmung zu lösen, um den Ältesten und Aldur nicht mit in die Tiefe zu reißen – dann taumelte er vom Stamm.

Vergeblich ruderte er mit den Armen. Weder gelang es ihm, das Gleichgewicht zu bewahren, noch gab es etwas, woran er sich hätte festhalten können. Über die abschüssige Wölbung des Stammes strauchelnd, ließ er sich nach vorn fallen in der Hoffnung, sich an der Borke festkrallen zu können – aber seine Finger fanden kaum Halt auf der glitschigen Oberfläche, und wo sie es doch taten, griffen sie nichts als Moos, das sich im nächsten Moment löste.

»Hiiilfe!«, schrie er panisch und warf sich herum, raste dem tödlichen Abgrund auf seinem Allerwertesten entgegen – und im nächsten Augenblick stürzte er in die Tiefe. »Neeeiiin …!«

Granocks Schrei gellte so laut, dass er das Donnern des Wasserfalls übertönte, der Abgrund kam ihm vor wie ein riesiges Maul, das ihn verschlingen würde und …

Just in dem Augenblick, als Granock mit dem Hintern voraus in die Tiefe stürzte, spürte er plötzlich festen Boden unter sich. Boden, der spiegelglatt war.

Und feucht und kalt.

Eis …

Verblüfft nahm er wahr, dass sich unter ihm eine Plattform aus gefrorenem Wasser gebildet hatte, einer großen Bratpfanne gleich, deren Stiel um den Stamm gewickelt war und ihn auf diese Weise in der Luft hielt.

Alannah!

Der Zauber der Elfin hatte Granock vor dem Sturz in die Tiefe bewahrt, aber in der drückenden Schwüle des Dschungels knackte das Eis bereits drohend. Granock war klar, dass er die Plattform sofort verlassen musste – wenn sie brach, würde es keine Rettung mehr geben.

Vorsichtig erhob er sich und versuchte, wieder auf den breiten Rücken des Stamms zu klettern, was infolge des Eises, das die Rinde überzog, jedoch nicht ohne Weiteres möglich war.

»Hier!«, rief jemand von oben, und Aldurs grimmig lächelndes Gesicht erschien über der Wölbung. Der Elf schob ihm etwas entgegen, und Granock traute seinen Augen nicht, als er Cethegars Zauberstab erkannte. »Halt dich fest!«

Granock zögerte keinen Augenblick.

Unter anderen Voraussetzungen wäre es wahrscheinlich ein Frevel gewesen, einen *flasfyn* auf solch profane Weise zu benutzen, noch dazu, wenn dieser dem Stellvertretenden Vorsitzenden des Hohen Rates gehörte. Wenn es um Leben oder Tod ging, schien es das Protokoll der Elfen aber nicht ganz so genau zu nehmen.

Zum Glück, dachte Granock. Kurzerhand griff er nach dem Ende des Stabes, und indem Aldur von oben zog, gelang es ihm tatsächlich, sich an der glatten Rinde und dem bereits schmelzenden Eis emporzuarbeiten. Der Moment, da er den sicheren Rücken des Stammes erreichte, kreidebleich im Gesicht, war auch jener Augenblick, da die Eisplattform ihrem eigenen Gewicht nachgab, mit markigem Knacken brach und in der Tiefe verschwand.

Granock war es einerlei – er war in Sicherheit. Und wie er nun feststellte, war es nicht nur Aldur, der das andere Ende des Stabes festgehalten und ihn wieder heraufgezogen hatte, sondern auch Meister Cethegar. Woher der Zauberer die Kraft dazu nahm, war Granock ein Rätsel, aber er konnte sehen, dass Cethegar noch um vieles blasser und ausgezehrter wirkte als zuvor. Husten schüttelte ihn, das jugendliche Feuer in seinen Augen schien nachgelassen zu haben. Ließen die magischen Kräfte, von denen er zehrte, allmählich nach? Hatte der Zwischenfall gar dazu beigetragen?

»A-alles in Ordnung, Meister?«, erkundigte sich Granock besorgt, noch ehe er ein Wort der Erleichterung oder des Dankes äußerte.

Cethegar stieß ein heiseres Keuchen aus. »Du stürzt um ein Haar in diesen bodenlosen Abgrund, und dann fragst du mich, ob alles in Ordnung ist?«

»Nun … ja.« Granock nickte.

»Du bist verrückt, Mensch«, beschied ihm der Zauberer schlicht. »Aber ich fange allmählich an zu verstehen, was Farawyn an dir und deinesgleichen findet. Los, helft mir gefälligst auf!«

Granock und Aldur rafften sich auf die Beine und halfen dann auch Cethegar dabei, sich wieder aufzurichten. Wie zuvor stützten sie ihn, und gemeinsam schleppten sie sich das restliche Stück zur gegenüberliegenden Seite der Schlucht, dabei peinlich auf jeden einzelnen Tritt achtend.

»So ist es gut, Meister«, versuchte Aldur ihm ein wenig Mut zuzusprechen. »Wir haben es gleich geschafft …«

»Du elender Grünschnabel nennst mich Meister?«, knurrte Cethegar.

»Natürlich.«

»Verdammt, Junge – du hast dir längst das Recht verdient, mich ›Vater‹ zu nennen«, fuhr ihn der Zauberer an.

Dann herrschte Schweigen, bis sie die andere Seite erreichten, wo sich die zerschmetterte Krone des Baumriesen wie ein kleiner entlaubter Wald erhob.

Alannah erwartete sie dort, und natürlich wollte sich Granock bei ihr für die unverhoffte Rettung bedanken – doch sie hob abwehrend die Hand und sagte: »Ich habe für dich lediglich das getan, was du auch für mich getan hast. Es gibt keinen Grund, mir zu danken.«

»Das sehe ich anders«, versicherte er. »Was ist nur los mit dir?«, fügte er fragend hinzu.

»Meister Farawyn und Meisterin Riwanon«, erwiderte sie, über die Schulter deutend. »Sie haben etwas entdeckt …«

Granock, Aldur und Vater Cethegar wechselten betroffene Blicke. Worauf immer die beiden Zauberer gestoßen waren, es schien wichtiger zu sein als das Leben eines Novizen.

Rasch folgten sie Alannah, die Cethegars Zauberstab trug. Sie fanden Farawyn und Riwanon jenseits des Gestrüpps der Baumkrone, zwischen zerklüftetem und von Wurzeln überwuchertem Fels.

Eine steinerne Säule erhob sich dort, die eindeutig nicht natürlichen Ursprungs war. Anders als die Bäume und Felsen ringsum war sie nicht von Moos bedeckt, was nur zwei Schlüsse zuließ: Entweder, sie war erst vor Kurzem davon befreit worden, oder etwas hatte dafür gesorgt, dass die Säule wider alle Regeln der Natur niemals davon befallen worden war.

Ohne dass er den genauen Grund dafür nennen konnte, merkte Granock, wie sich leises Grauen seiner bemächtigte. Trotz der schwülen Hitze, die ringsum herrschte, durchrieselten ihn kalte Schauer.

Den Elfen ging es nicht anders. Wie gebannt waren ihre Blicke auf die Säule gerichtet, die nur an die zwei Fuß dick war und rund zwei Mannslängen hoch. Ihre Oberfläche war nicht glatt, sondern mit reliefartigen Ornamenten versehen, die etwas Bedrohliches an sich hatten. An einigen Stellen sah Granock steinerne Augen aus der Säule starren, an anderen klafften aufgerissene, zähnestarrende Mäuler. All diese grausigen Verzierungen dienten jedoch nur dazu, ein großes Ornament zu umrahmen, das auf der Vorderseite der Säule in den Stein gemeißelt war – ein fremdartiges Zeichen, wie Granock es noch nie zuvor gesehen hatte.

»Was ist das?«, fragte er leise, auf das Symbol deutend.

»Eine Rune«, antwortete Cethegar mit einer Stimme, die aus einem tiefen Abgrund zu dringen schien.

»Eine Rune? Von welcher Schrift?«, wollte Granock wissen. Im Zuge seiner Sprachstudien hatte er auch das Elfenalphabet erlernt, aber keines der Zeichen darin ähnelte diesem.

»Von der alten Schrift«, erwiderte der Zauberer ebenso leise wie tonlos. »Jener Schrift, die verboten wurde, nachdem einer aus unseren Reihen sie für seine dunkle Magie missbrauchte. Sie war durchdrungen von der Macht des Bösen.«

Granock nickte, auch wenn er keine rechte Vorstellung davon hatte, was Cethegar ihm damit sagen wollte. Die Elfen jedoch schienen es genau zu wissen.

»Kennt Ihr die alten Zeichen, Vater?«, fragte Alannah, und die Tatsache, dass ihre Stimme dabei kaum zu vernehmen war, verriet ihre Anspannung.

»Bedauerlicherweise«, sagte Cethegar nur.

»Und? Wofür steht dieses dort?«

Cethegar seufzte und schloss die Augen, so als wünschte er sich, diese Frage hätte man ihm nicht gestellt. Er schien die Antwort zu scheuen, sie fast zu fürchten, denn sein Zögern währte lange. »Dieses Zeichen«, entgegnete er dann, »steht für viele Dinge, mein Kind. Am häufigsten jedoch wird es verwendet für den Buchstaben ›M‹.«

»Ein ›M‹?«, fragte Granock unbedarft. »Und wofür steht es?«

Diesmal war es Farawyn, der antwortete, ohne Zögern und mit entwaffnender Offenheit. »In den alten Tagen, vor dem Krieg«, erklärte er, »war dies das Zeichen, unter dem sich das Heer des Bösen sammelte. Es steht für Margok.«

Es war, als hätte man einen Stein in ein stilles Gewässer geworfen. Nach allen Seiten breitete sich die Erschütterung aus, und eine Welle schauriger Furcht erfasste die Gefährten.

»Margok …«, geisterte es umher, und Granock konnte die tiefe Besorgnis in den Augen der anderen sehen. Alannahs von der anstrengenden Wanderung gerötete Züge wurden leichenblass; Riwanon wandte sich ab, in der Hoffnung, man würde ihr dann ihr Entsetzen nicht ansehen; Farawyns Kiefer mahlten in seinem hageren Gesicht; und selbst der sonst so unerschrockene Aldur wirkte bekümmert. Am meisten jedoch traf es Granock, dass Vater Cethegar, der sonst ein Bollwerk der inneren Ruhe war, plötzlich am ganzen Leib zu zittern begann.

Natürlich – auch Granock hatte von Margok gehört, und er wusste, wie dieser einst gewütet und dass er Erdwelt in ein blutiges Schlachtfeld verwandelt hatte. Aber das lag lange zurück, viel länger, als die Geschichte oder die Erinnerung der Menschen reichte. Weshalb sich vor etwas fürchten, das vor so langer Zeit bezwungen worden war?

»Verzeiht, Meister«, wandte sich Granock deshalb an Farawyn und kam sich unendlich dumm dabei vor – wie ein Kind, das noch zu jung und zu unreif war, um die Zusammenhänge zu verstehen.

»Ja, mein Junge?«

»Was hat das alles zu bedeuten?«

»Es kann Verschiedenes bedeuten«, entgegnete der Zauberer leise. »Vor allem aber macht uns dieses Zeichen eines klar – dass dies hier das Land des Dunkelelfen ist …«

16. CYNLUNA TAITHA

Die Orte, an denen sie sich trafen, waren ebenso dunkel und verborgen wie ihre Ziele.

Aus Vorsicht wechselten sie immer wieder die Treffpunkte, denn eines war jedem von ihnen klar: dass eine vorzeitige Entdeckung ihrer Pläne sie vor den Lordrichter bringen würde – und auf Hochverrat standen die entsetzlichsten Strafen, die der König und der Hohe Rat verhängen konnten.

Flüche.

Verbannung.

Und schließlich – das Vergessen.

Dennoch ließen sie nicht ab von ihrem Vorhaben, denn die Aussicht auf die Belohnung, die sie sich davon versprachen, verdrängte alle Furcht.

»Ich gratuliere«, sagte die eine der beiden Stimmen, die sich im Dunkel der Zisterne unterhielten, aus der schon seit langer Zeit kein Wasser mehr geschöpft wurde. Das Gewölbe selbst jedoch war noch intakt und ließ jeden Laut flüsternd widerhallen, während es irgendwo leise plätscherte. »Alles entwickelt sich genau so, wie du es geplant hast.«

»Hast du etwa daran gezweifelt?«

»Anfangs«, gab der andere zu. »Ich konnte mit nicht vorstellen, wie du die Sache mit dem Unhold so einfädeln würdest, dass der Rat deinem Ansinnen entspricht. Aber du hast klug argumentiert. Am Ende konnte Semias nicht anders, als dich zu unterstützen.«

»Irrtum. Es waren nicht meine Argumente, die den alten Narren dazu gebracht haben, dem Antrag zuzustimmen, sondern einzig und allein die Furcht vor einer Spaltung des Rates. Nur aus diesem Grund war er bereit, etwas zu tun, das er selbst aus tiefster Seele hasst.«

»Aber er hat es getan, und nur das zählt.«

»Ich habe es gewusst, die ganze Zeit über. Wäre Cethegar dabei gewesen, hätten wir mit erheblich mehr Widerstand rechnen müssen, und wer weiß, ob wir dann Erfolg gehabt hätten. Semias jedoch ist ein Träumer. Wie ein Ertrinkender klammert er sich an vergangene Ideale und wäre bereit, dafür jedes Opfer zu bringen – dabei ist offensichtlich, dass nicht länger fortbestehen kann, was bis ins Mark zerstritten ist.«

»Viele der Ratsmitglieder sind seiner Empfehlung gefolgt ...«

»Weil sie ebensolche Narren sind wie Semias. Dennoch werden sie weiter an der Entscheidung zweifeln und sich in endlosen Debatten darüber ergehen, ob es richtig war, den Unhold aufzunehmen. Das wird diese Idioten eine Weile beschäftigen und von unseren eigentlichen Plänen ablenken, während sich der Rat weiter auflöst und zersetzt.«

»Das Gift, das du ihm verabreicht hast, wirkt sehr zuverlässig.«

»Auf niedere Empfindungen war schon immer Verlass, mein Freund. Missgunst, Neid und Hass – was täten wir nur ohne sie? Und dabei glaubte unser Volk, derlei Gefühle längst überwunden zu haben. Aber wie, so frage ich dich, hätten Margoks Kreaturen aus dem Elfengeschlecht hervorgehen können, wenn die Seele unseres Volkes nicht auch dunkle Seiten hätte? Und ist es nicht eine süße Ironie, dass ausgerechnet ein Unhold in dem Plan eingegliedert ist, an dem der Hohe Rat der Zauberer letzten Endes zerbricht, jene Institution, die es sich zur Aufgabe gemacht hat, nicht nur über die Geschicke, sondern auch über die Moral unseres Volkes zu wachen?«

»Fürwahr, das ist es«, stimmte der andere zu. »Und der Unhold selbst? Ahnt er etwas davon?«

»Rambok? Natürlich nicht. Was weiß die Fliege schon von der Kuh, an deren Hintern sie klebt? Vermutlich hasst er mich immer noch, aber er fürchtet mich auch, deshalb wird er in seiner Feigheit alles tun, was ich von ihm verlange.«

»Und dann? Was wirst du mit ihm tun, wenn er seinen Zweck erfüllt hat?«

»Dann wird er den Weg all derer gehen, deren Dienste ich bereits in Anspruch genommen, jedoch nicht für würdig erachtet habe, mir weiterhin zu dienen.«

»Und du fürchtest nicht den Zorn der Ahnen?«

»Wieso sollte ich?«

»Vor Semias und dem Hohen Rat hast du gesagt, dass du von den Ahnen bestraft werden willst, wenn du solch niedere Ziele verfolgst.«

»Und?«

»Das war eine Lüge.«

»Eine Lüge? Keineswegs, mein guter Cysguran. Als ich dem alten Narren versicherte, dass ich keine niederen Ziele verfolge, da habe ich in keinster Weise die Unwahrheit gesagt – denn ich strebe in der Tat nach sehr viel höheren Zielen, als er oder einer seiner jämmerlichen Schranzen im Rat jemals begreifen wird ...«

Damit warf Palgyr das kahle Haupt in den Nacken und lachte so laut, dass es von den feuchten Wänden widerhallte – und selbst die Ratten, die in dem uralten Gewölbe hausten, ergriffen quiekend die Flucht.

17. GELAN CARRYG FARUN

Während des weiteren Marsches wurde kaum ein Wort gewechselt. Und das nicht nur, weil jedes Mitglied des Erkundungstrupps aus Shakara seinen eigenen Gedanken nachhing; sie hatten das Gefühl, sich auf feindlichem Boden zu bewegen und von unsichtbaren Augen beobachtet zu werden, einfach nicht an diesen Ort zu gehören, ein fremder Klang in der Kadenz des wilden, gefährlichen Lebens zu sein, das um sie herum herrschte. Spätestens seit dem Angriff der Tausendfüßler war ihnen klar geworden, dass ein unachtsamer Augenblick im Dschungel Aruns einen ebenso schnellen wie grausamen Tod bedeuten konnte.

Es war nicht nur die erbarmungslose Natur, die sie gegen sich hatten, sondern auch etwas, das sich nicht greifen ließ, etwas, das im Dickicht und im Gewirr der Lianen lauerte und jeden Baum, jeden Farn und jeden Stein des Urwalds durchdrang.

Die grausame Präsenz des Bösen …

Den Elfen schien sie fast körperlich zuzusetzen, während Granock wachsende Verfolgungsangst beschlich. Immer wieder drehte er sich um, um dann jedes Mal nur Riwanon und Alannah zu sehen, die gemeinsam die Nachhut bildeten. Das unangenehme Gefühl, beobachtet zu werden, blieb jedoch bestehen.

Farawyn, der wiederum die Führung übernommen hatte und an der Spitze des kleinen Zuges schritt, schien Granocks Empfindungen zu teilen. Die Sorgenfalten, die sich tief in die Stirn des Zauberers eingegraben hatten, gaben davon schweigend Zeugnis, und die Augenbrauen des Sehers waren düster über der Nasenwurzel zusammengezogen.

Der Weg der Wanderer führte nicht nur durch das dichte Dickicht des Urwalds, sondern auch über schroffe, moosüberwucherte Felsen und an Wasserläufen vorbei, in denen sich mehr giftiges Gewürm tummeln mochte als in der ganzen Westmark. All dies endete jedoch schlagartig, um einer großen kreisrunden Fläche Platz zu machen, auf der mehrere steinerne Sockel standen, deren Anordnung zu geometrisch war, um zufälligen Ursprungs zu sein. Die Sockel, alle zwei Fuß hoch und etwa doppelt so breit, waren zudem sorgfältig behauen.

Jenseits davon, auf der gegenüberliegenden Seite der Lichtung, stieg steil ein Berg an, an dessen schroffem Fels üppiges Grün wucherte; im Licht der Dämmerung sah es aus, als würden schwarze Schlangen daran emporkriechen.

»Lauschiges Plätzchen«, murmelte Granock; dass Farawyn die Bemerkung wenig passend fand, gab er dem jungen Menschen mit einem strengen Blick zu verstehen.

»Was ist das hier?«, fragte Alannah. Mit dem Finger deutend, zählte sie die Steine. »Es sind zehn«, stellte sie fest. »Und sie sind im Kreis verteilt.«

»Zehn«, echote Cethegar düster.

»Offenbar handelt es sich um eine Art Kultstätte«, vermutete Farawyn.

»Möglich«, sagte Aldur, der zusammen mit dem jungen Menschennovizen Cethegar stützte. »Die Frage ist nur, wer hier einst verehrt wurde.«

»Oder was«, sagte Farawyn, der an einen der Sockel herangetreten war, um ihn näher in Augenschein zu nehmen. »Das letzte Ritual, das an diesem Ort abgehalten wurde, liegt noch nicht lange zurück.«

»Was bringt dich darauf?«, fragte Riwanon erstaunt und gesellte sich zu ihm.

Farawyn wies auf die Oberfläche des grauen Gesteins. »Blut«, sagte er. »Und zwar das von einem Menschen …«

»Was?« Granock vergewisserte sich, dass Aldur auch allein in der Lage war, Cethegar zu stützen, dann löste er sich aus dessen Umarmung und gesellte sich zu seinem Meister. Tatsächlich klebte geronnenes Blut auf dem Sockel. Granock bückte sich und vergewisserte sich, dass sein Meister recht hatte: Es war nicht der helle, leicht purpurfarbene Lebenssaft, der durch elfische Adern floss, sondern dunkles Menschenblut.

»Wildmenschen?«, fragte er Farawyn.

»Ich nehme es an. Vermutlich wurden sie gefangen und hierher gebracht, um geopfert zu werden.«

»Ein Opfer?«, fragte Granock betroffen. Auch in den Menschenreichen hatte es einst Kulte gegeben, die Menschenopfer praktizierten, aber das lag lange zurück.

»Auch auf den anderen Sockeln findet sich Blut«, rief Riwanon herüber, die zusammen mit Alannah die übrigen Monumente untersuchte. Die Novizin war blass im Gesicht, nicht so sehr von der Anstrengung des Marsches als vielmehr vor Abscheu. Dieser Ort schien ihr zuzusetzen, mehr als den anderen.

Farawyn schaute sich weiter um. Langsam schritt er die Sockelsteine ab, und bisweilen streckte er auch die Hand aus, um den jeweiligen Stein zu berühren.

»Wie steht es, Bruder?«, rief Cethegar keuchend. »Kannst du etwas fühlen?«

Farawyn, der an einem Steinsockel stehen geblieben war und die Augen geschlossen hatte, um sich zu konzentrieren, schüttelte den Kopf. Unter den gebannten Blicken seiner Gefährten ging er weiter zum nächsten Sockel, schloss wiederum die Augen und streckte die Hand aus. Erneut schien er nichts wahrzunehmen, und er wollte schon weitergehen, als er plötzlich innehielt, so als hätte ihn im letzten Augenblick eine Empfindung ereilt.

Noch einmal wandte er sich dem Stein zu, berührte die Oberfläche – zuckte zurück, als hätte er einen Schlag erhalten!

»Was ist mit Euch, Meister?«, fragte Granock erschrocken.

»Was hast du gesehen?«, wollte Cethegar wissen.

»Nur ein flüchtiger Eindruck«, gab Farawyn zur Antwort, seine offenbar schmerzende Hand reibend. »Ein … ein Bild des Schreckens, Tod und Verderben … Zehn sind es gewesen, Diener des Bösen mit grässlichen Klauen und lodernden Augen …«

»Was bedeutet das, Meister?«, fragte Granock verwirrt.

»Dies hier ist nicht irgendeine Kultstätte aus ferner Vergangenheit, mein Junge«, erwiderte Farawyn in düsterem Tonfall. »Vor noch gar nicht so langer Zeit wurde hier ein dunkles Ritual abgehalten und etwas zum Leben erweckt. Etwas, das noch vor kurzer Zeit auf diesen Sockeln stand, zu Stein erstarrt. Verbotene Worte haben es ins Dasein zurückgeholt – und das Blut unschuldiger Menschen …«

»*Etwas?* Was meint Ihr damit?«

»Auf diese Frage gibt es nur eine Antwort«, knurrte der alte Cethegar. »Zehn Sockel sind es, und mir fällt nur eines ein, das zehnfach existierte und auf das deine Beschreibung passt: Diener des Bösen, mit grässlichen Klauen und lodernden Augen …«

»Die *neidora*!«, flüsterte Riwanon erschrocken. »Ist es das, was du meinst, Vater?«

Cethegar nickte langsam.

»O nein«, hauchte die Zauberin, während Farawyn eine leise Verwünschung ausstieß. Die Novizen hingegen tauschten ratlose Blicke. Was war es, das ihre Meister derart beunruhigte? Von was für grässlichen Wesen war die Rede? Granock scheute sich nicht, einmal mehr zu fragen.

»Damals«, erklärte Cethegar, »als Margok die Welt bedrohte, fasste man in Shakara den Plan, einen geheimen Stoßtrupp auszusenden, dessen Auftrag lautete, den Dunkelelfen zu töten und Erdwelt so den aufziehenden Krieg zu ersparen.«

»Und?«, fragte Granock.

»Der Plan schlug fehl, wie ihr aus dem Verlauf der Geschichte wisst, und die Zauberer, die dem Stoßtrupp angehörten, wurden von Margok grausam bestraft. Von diesem Tag an war der Dunkelelf auf der Hut, und um sich selbst zu schützen, rief er die *neidora* ins Leben.«

»Was sind das für Kerle?«, wollte Granock wissen. Er kannte das elfische Wort *neidor*, das »Reptil« bedeutete, aber er wusste nicht, was mit *neidora* gemeint war.

Meister Cethegar zeigte sein übliches grimmiges Gesicht. »Als ihn der Rat aus dem Orden ausschloss, zog sich Margok in die Einsamkeit zurück, und später stellte sich heraus, dass er diese Zeit genutzt hatte, um seine frevlerischen Experimente durchzuführen. Dinge tat er, die kein Zauberer von Ehre jemals tun würde.«

»Zum Beispiel?«, hakte Granock nach.

»Er entschlüsselte das Geheimnis des Lebens und verging sich daran«, gab der Älteste zur Antwort, die Stimme gallebitter. »Mit falschen Versprechungen brachte er seine eigenen Gefolgsleute dazu, sich seinen Versuchen zu unterziehen, und so ging aus dem vornehmen Elfengeschlecht das grausame Volk der Orks hervor, die in so ziemlich jeder Hinsicht das Gegenteil von dem sind, was wir repräsentieren: Hässlichkeit statt Schönheit, Körperkraft statt Geistesstärke, Lüge statt Wahrheit, Niedertracht statt Edelmut. Margoks Hass war es, der jene Kreaturen formte, ein exakter Gegenentwurf des Volkes, von dem er selbst abstammte.«

»Das wissen wir, Meister«, sagte Alannah sanft. »Aber was hat es mit den *neidora* auf sich?«

»Die Orks waren nur der Anfang, Margoks wohl erfolgreichste Züchtung, da sie sich so hemmungslos vermehrte. Aber der Dunkelelf hat sich noch an vielen anderen Kreaturen versucht, in denen er die Eigenschaften verschiedener Wesen sammelte – Mischlinge, in deren Körpern vereint wurde, was niemals hätte zusammenkommen dürfen. So auch die *neidora*, die ihren Namen zu Recht tragen, denn Margok brachte es fertig, bei ihnen Elfen- und Echsenblut zu mischen. Das Ergebnis waren Wesen, noch um vieles grässlicher und gefährlicher als die Orks. Ungeheuer, die auf Befehl ihres Meisters ohne Widerspruch und Reue töteten. Sie waren Sklaven, für die nur das Wort ihres Meisters zählte, gefangen in ihren riesigen, schuppenbesetzten und beinahe unverwundbaren Körpern.«

»Und diese *neidora* waren Margoks Leibwächter?«, hakte Granock nach.

»Allerdings«, bestätigte Cethegar, »und sie machten ihre Sache gut, das kannst du mir glauben.«

»Warum hat er dann nicht noch mehr von ihnen ins Leben gerufen? Warum nicht ein ganzes Heer?«

»Du sprichst grässliche Dinge sehr gelassen aus, mein unbedarfter junger Freund«, rügte Cethegar. »Margok hat auch während des Krieges nie damit aufgehört zu experimentieren und immer neue, absonderliche Wesen ins Leben zu rufen. Die *neidora* jedoch blieben einzigartig. Ich nehme an, dass Margok durchaus vorhatte, mit diesen Kreaturen eine Armee aufzustellen. Der Krieg ging jedoch zu Ende, noch ehe es dazu kam.«

»Was ist mit den Leibwächtern geschehen?«, fragte Aldur.

»Sie verschwanden ebenso wie ihr Anführer, und schon bald ging die Erinnerung an sie in den Wirren der Nachkriegszeit verloren. Vielleicht hatten die Bewohner Erdwelts auch so viel Schreckliches durchgemacht, dass sie sich nicht mehr an sie erinnern wollten. Nun jedoch, nach so vielen Jahrtausenden, scheinen wir endlich Aufschluss darüber zu erhalten, was mit ihnen geschehen ist.«

»Ihr meint …?«, ächzte Alannah.

»Wenn es stimmt, was wir vermuten – und darauf deutet im Augenblick alles hin«, antwortete Farawyn anstelle Cethegars, »haben die *neidora* die letzten Jahrtausende auf dieser Lichtung überdauert, zu Stein erstarrt und vor den Augen der Welt verborgen.«

»Aber wie ist das möglich?«, fragte Granock verblüfft. »Eine so lange Zeit …«

»Jemand hat die Echsenkrieger unmittelbar nach Ende des Krieges hierher gebracht und sie mit einem Bannfluch versteinert«, gab Cethegar zur Antwort. »Auf diese Weise haben sie die Jahrtausende überdauert, bis sie vor Kurzem wieder zum Leben erweckt wurden.«

»Mit Menschenblut«, ergänzte Farawyn. »Ihr habt recht, Vater. Auf diese Weise fügt sich alles zusammen.«

»Die *neidora* sind zurückgekehrt …« In stiller Verzweiflung schaute sich Cethegar auf der Lichtung um. Inzwischen war es noch dunkler geworden. »Böse Dinge gehen in diesem Land vor sich«, flüsterte er. »Böse Dinge …«

18. CARRYG MARWURAITHA

Unweit des Rings, den die steinernen Sockel bildeten, fanden die Wanderer die Überreste eines Bauwerks, das aus dem grünen Dickicht ragte. Das Dach fehlte längst, das Mauerwerk war zur Hälfte eingestürzt und von Moos überwuchert. Dennoch konnte man erkennen, dass es sich einst um eine Art Wachtturm gehandelt hatte. In dessen Ruinen schlugen die Zauberer und ihre Novizen ihr Nachtlager auf.

Sie entrollten ihre Decken auf dem weichen Moos und packten den verbliebenen Proviant aus, der aus wenig mehr als einigen Brocken Pökelfleisch für Granock und Ambrosia-Zwieback für die Elfen bestand. Und wie an jedem Abend, wenn sie rasteten, wurden die Wachschichten festgelegt. Riwanon und Aldur übernahmen freiwillig die erste Wache, aber obwohl der Tag lang und der Marsch durch den Dschungel anstrengend gewesen war, fanden auch jene, die noch nicht zur Wache eingeteilt waren, keine Ruhe. Während Farawyn loszog, um die Steinsockel noch einmal eingehend zu untersuchen, kauerten Granock und Alannah bei Meister Cethegar, der ausgestreckt auf seiner Decke lag, jedoch ebenfalls kein Auge zutun konnte. Zu aufregend war das, was sie entdeckt hatten, zu beunruhigend, was es bedeuten mochte.

Granock sehnte sich nach einem Feuer. Nicht etwa, weil es kalt gewesen wäre und er sich daran wärmen wollte, sondern um die Schatten der Nacht zu vertreiben, die von allen Seiten herankrochen und sich dunkel und schwer auf die Seele des menschlichen Novizen legten.

»Nun«, sagte Meister Cethegar leise, der Granocks Unruhe zu spüren schien, »wenigstens wissen wir jetzt, wer die Grenzfestung überfallen hat.«

»Ihr meint, es waren diese Kreaturen?«, fragte Alannah.

»Was sonst?«

»Aber die Spur führt doch auch nach Shakara«, wandte Granock ein, einigermaßen froh darüber, sich ablenken zu können.

Cethegar nickte. »So scheint es.«

»Dann ist jemand aus Shakara für das Erwachen der *neidora* verantwortlich?«, fragte Alannah erschüttert und mit ängstlichem Blick.

»Genau das, mein Kind«, sagte der alte Cethegar. »Ich gebe es ungern zu, aber diese Möglichkeit ängstigt mich noch weitaus mehr als alle Kreaturen der Finsternis zusammen.«

»Verrat?«, fragte Granock fassungslos. »Aber wer sollte so etwas tun? Ich meine, wer käme infrage?«

»Es müsste jemand sein, der die Geheimnisse kennt«, sagte Cethegar.

»Geheimnisse? Was für Geheimnisse?«

»Die Ergebnisse seiner frevlerischen Experimente hat Margok in einem Buch festgehalten, dem *laiffro'y'essathian*«, erklärte Cethegar, »eine Sammlung verbotener Flüche und Bannsprüche und Wissen, das niemals hätte errungen werden dürfen. Gehalten in der alten geheimen Sprache, die Generationen lang unter Zauberern verwendet und nur jeweils vom Meister an den Novizen weitergegeben wurde, weswegen es keine schriftlichen Aufzeichnungen über sie gibt. Nach dem Ende des Krieges wurde ihre Benutzung aufgrund des Missbrauchs, den Margok mit ihr getrieben hatte, verboten. Wer immer die *neidora* aber zum Leben erweckte, muss nicht nur das ›Buch der Geheimnisse‹ gefunden haben, sondern auch die alte Zaubersprache beherrschen.«

»Und auf wen treffen diese Voraussetzungen zu?«, wollte Granock wissen.

Cethegar zuckte mit den Schultern. »Ich selbst beherrsche einige Brocken dieser Sprache«, gestand er bereitwillig, »ebenso wie Vater Semias, und wir beide haben unseren Schülern ein wenig davon beigebracht – allerdings nur so viel, dass sie das Böse erkennen, wenn es ihnen begegnet. Und natürlich nehme ich an, dass auch Meisterin Atgyva als Oberste Bibliothekarin und Hüterin des Wissens einige Kenntnisse darin besitzt …«

»Aber sie ist keine Verräterin«, war Alannah überzeugt, »ebenso wenig wie Vater Semias oder Ihr. Außerdem erklärt all das noch nicht, woher das Wissen stammte, mit dem man die Echsenkrieger aus ihrem steinernen Schlaf geweckt hat.«

»Was ist nach dem Krieg mit dem ›Buch der Geheimnisse‹ geschehen?«, wollte Granock wissen.

»Es verschwand spurlos, genau wie sein finsterer Urheber«, antwortete Cethegar. »Im Lauf der vergangenen Jahrhunderte hieß es immer wieder, Margoks Aufzeichnungen wären plötzlich irgendwo aufgetaucht, aber jeder Fund stellte sich dann als Fälschung heraus. Das Original blieb verschollen – bis zum heutigen Tag.«

»Also hat es jetzt tatsächlich einer gefunden, ja?«, fragte Granock.

»Gefunden und gelesen«, bestätigte Cethegar mit finsterem Blick, »und sich das Wissen des Dunkelelfen angeeignet, ohne dass wir in Shakara auch nur das Geringste davon ahnten. Aber wie auch? Wie es aussieht, ist Margoks Geist hier im Süden noch sehr viel lebendiger, als uns lieb sein kann.«

»Sein Geist?«, fragte Granock erschrocken.

»Kein Geist im wörtlichen Sinn«, beschwichtigte Alannah, ehe Cethegar antworten konnte. »Der Meister will damit lediglich sagen, dass die Macht des Bösen noch immer präsent ist.«

»Und irgendwo in Shakara einen willigen Diener gefunden hat«, fügte Cethegar hinzu und schüttelte verständnislos den Kopf, als könne er selbst nicht glauben, was er da sagte.

»Entweder das, meine Freunde«, erklang auf einmal Farawyns Stimme, der von seiner Erkundung zurückgekehrt war und die Turmruine durch einen breiten Riss in der Mauer betrat, »oder aber der Herrscher des Bösen selbst ist wiederauferstanden!«

Die Novizen erschraken, nicht über das unerwartete Auftauchen Farawyns als vielmehr über seine Worte. »Was genau wollt Ihr damit sagen, Meister?«, flüsterte Alannah.

»Ich habe den Schauplatz des Rituals noch einmal in Augenschein genommen, und die Visionen, die mich dabei heimsuchten, sind höchst beunruhigend. Sie zeigen mir etwas, das sehr alt ist und sehr böse – und zugleich sehr vertraut.«

»Die *neidora* sind tatsächlich sehr alt und sehr böse, selbst ohne ihren dunklen Herrn«, meinte Cethegar.

»Das stimmt«, räumte Farawyn ein, »aber vergessen wir nicht, dass außergewöhnliche Voraussetzungen nötig sind, um einen Bann, den der Dunkelelf selbst ausgesprochen hat, wieder aufzuheben. Du weißt genau wie ich, dass Margoks Leichnam nie gefunden wurde. Nachdem die letzte Schlacht zwischen Elfen und Orks geschlagen und die Niederlage der Unholde besiegelt war, verschwand der Dunkelelf spurlos. Einige behaupten, Drachenfeuer hätte ihn vernichtet. Andere sagen, er wäre in der Schlacht verwundet worden und später in einem unbekannten Versteck seinen Verletzungen erlegen. Wieder andere jedoch behaupten, er hätte überlebt und würde bis zum heutigen Tag nur auf eine Möglichkeit zur Rückkehr warten.«

»Geschwätz!«, stieß Cethegar abfällig hervor und – wie Granock feststellte – mit einem gewissen Maß an Trotz. Offenbar gab es auch Dinge, die Cethegar so sehr fürchtete, dass er über sie nicht einmal nachdenken wollte …

»Keiner von uns ist damals dabei gewesen«, räumte Farawyn ein, »sodass wir alle nur Vermutungen anstellen können. Aber die Chroniken berichten, dass Margoks Leichnam niemals gefunden wurde.«

»Und?«, fragte Granock, dem es auf einmal war, als würde ihm etwas die Kehle zuschnüren. »Soll das heißen, der Kerl ist noch am Leben?«

»Leben würde ich es nicht unbedingt nennen«, antwortete Farawyn. »Theoretisch gibt es Wege, einen Geist über eine sehr lange Zeitspanne zu bewahren, jedoch wurde meines Wissens noch nie der Versuch unternommen.«

»Ich verstehe nicht«, sagte Granock. »Ich dachte, Elfen wären unsterblich …«

Farawyn lächelte matt. »Ich wünschte, es wäre so. Aber auch wenn wir nicht sterblich sind in dem Sinne, wie es Menschen oder Orks sind, so sind auch unserer Lebensspanne Grenzen gesetzt. Das *lu*, unsere Lebensenergie, hält nicht ewig vor, und wenn sie nachlässt, so befällt uns eine unwiderstehliche Sehnsucht, der sterblichen Welt zu entsagen und nach den Fernen Gestaden zu reisen, jener Insel am Ende der Welt, auf der immerwährender Friede und Freude herrschen. Es hat Elfen gegeben, die in Erdwelt alt geworden sind, und einige, die sogar *sehr* alt geworden sind. Früher oder später jedoch sind sie alle in den Nebeln des Vergessens entschwunden.«

»Und wenn sie nicht gegangen wären?«, fragte Granock. »Wenn etwas sie aufgehalten oder daran gehindert hätte, die sterbliche Welt zu verlassen?«

»Dann wären ihre Körper verfallen, und ihr Dasein wäre ein Schatten dessen geworden, was es einst war«, sagt Farawyn sehr ernst. »Genau das könnte Margok widerfahren sein. Nicht tot und nicht lebendig, sondern irgendwo dazwischen, gefangen zwischen den Welten …«

»Autsch«, kommentierte Granock und kratzte sich am Hinterkopf. Auf solche Weise zu existieren, schien ihm wenig erstrebenswert.

»Das wäre möglich«, räumte Cethegar ein, »aber sehr wahrscheinlich ist es nicht. Derlei Vermutungen wurden schon zu früherer Zeit angestellt und haben sich allesamt als haltlos erwiesen.«

»Doch wir haben zum ersten Mal einen konkreten Beweis dafür, dass Margoks Macht noch immer wirkt«, widersprach Farawyn. »Vielleicht hat er sich in den Wirren der letzten Kriegstage hierher geflüchtet, in diesen Dschungel, hat seine Leibwächter in Stein gebannt und alles vorbereitet, um eines fernen Tages zurückkehren zu können. Und vielleicht hat er in dieser langen Zeit seine Kräfte gesammelt, um …«

Geräusche waren plötzlich zu vernehmen, ein Rascheln im nahen Gebüsch. Granock und Alannah sprangen auf, während Farawyn und Cethegar nach ihren Zauberstäben griffen. Das Rascheln näherte sich. Jemand lief durch den nächtlichen Wald und schien es sehr eilig zu haben.

Im nächsten Moment erschienen zwei schattenhafte Gestalten im Mauerdurchbruch – Riwanon und Aldur. Ihre Gesichter waren wegen der Dunkelheit zwar kaum zu sehen, aber dennoch war zu erkennen, dass sie von Schrecken gezeichnet waren.

»Was ist los?«, fragte Cethegar streng. »Warum habt ihr eure Posten verlassen?«

»Da kommt etwas«, presste Aldur zwischen keuchenden Atemzügen hervor. »Direkt auf uns zu …«

»Etwas?«, fragte Farawyn.

»Wir wissen nicht, was es ist, Vater«, antwortete Riwanon, »aber es bewegt sich rasch und bahnt sich mit brachialer Gewalt einen Weg durch das Unterholz.«

»Wir hörten nur stampfende Schritte und das Bersten von Holz«, erklärte Aldur. »Was es ist, vermögen wir nicht zu sagen – aber es weiß, dass wir hier sind, denn es kommt genau auf die Ruine zu.«

»So 'n Scheiß!«, stieß Granock hervor und in seiner eigenen Sprache – das Elfische kannte keine wörtliche Entsprechung.

Farawyn verzichtete darauf, seinem Schüler eine Rüge wegen seiner ungebührlichen Ausdrucksweise zu erteilen. Er und Cethegar tauschten einen Blick.

»Die *neidora*«, flüsterte Cethegar. »Sie kehren zurück …«

»Wir müssen augenblicklich aus diesem Trümmerhaufen raus«, entschied Farawyn. »Wenn sie die Mauern zum Einsturz bringen, werden wir lebendig begraben.«

Das Argument leuchtete allen ein, und so huschten sie nach draußen in das ungewisse Dunkel – zuerst Farawyn, dann Riwanon und Alannah und schließlich Granock und Aldur, die einmal mehr Vater Cethegar stützten.

»Dorthin!«, rief Farawyn, auf die Mitte der Lichtung deutend. »Dort haben wir freien Blick nach allen Seiten!«

»Und nicht den Hauch einer Deckung!«, warnte Granock.

»Im Kampf gegen die *neidora* wird keine Deckung benötigt, törichter Mensch«, beschied ihm sein Meister streng, »denn es gibt ohnehin nichts, was vor ihren Zerstörungskräften schützt. Es ist ein offener Kampf, wir gegen sie.«

»So sei es!«, rief Aldur grimmig, während sie sich ins Zentrum des Steinkreises begaben. »Ich werde diese elenden Kreaturen bei lebendigem Leib rösten!«

»Wir bilden einen Kreis, sodass wir uns nach allen Seiten verteidigen können«, ordnete Farawyn an. »Aldur – auf diese Seite. Riwanon – du hältst ihm den Rücken frei. Alannah – schicke ihnen alles entgegen, was du hast. Und Granock …«

»Keine Sorge«, versicherte dieser, während Aldur und er Cethegar behutsam zu Boden sinken ließen. »Ich werde die Zeit stillstehen lassen – so etwas haben diese miesen Ausgeburten sicher noch nie zuvor erlebt.«

Farawyn nickte und bedachte seinen Schüler mit einem ermunternden Lächeln, das zugleich eine Entschuldigung für die harschen Worte von vorhin war, die ihm Granock aber ohnehin längst verziehen hatte. Sie alle standen unter Anspannung, und der junge Mensch konnte fühlen, dass selbst sein Lehrer nicht frei von Angst war, was Granock einerseits beruhigte, andererseits aber auch seine eigenen Befürchtungen noch schürte.

In der Mitte des Kreises verharrend, Schulter an Schulter, starrten die Gefährten in die Nacht und auf den Rand des Waldes, der ringsum wie eine dunkle Mauer emporragte. Sie konnten das Geräusch hören, von dem Riwanon und Aldur berichtet hatten, und tatsächlich schien es sich rasch zu nähern: ein Krachen und Bersten, als ob sich etwas mit brachialer Gewalt einen Weg durch den Wald bahnte. Woher es kam, war schwer auszumachen, aber mit jedem Augenblick schien es näher zu kommen. Und schließlich war auch noch ein dumpfes Poltern zu hören, ein Stampfen, das den Boden jedes Mal leicht erbeben ließ.

Die Novizen tauschten ebenso ratlose wie bange Blicke.

»Das sind nicht die *neidora*«, stellte Cethegar fest, der in der Mitte der Zauberer und Novizen am Boden hockte.

»Nein?«, fragte Granock hoffnungsvoll.

Cethegar schüttelte den Kopf, dass die Zöpfe nur so flogen. »Nein«, bekräftigte er. »Das ist etwas noch sehr viel Größeres!«

»Was immer es sein mag«, ermahnte Farawyn seine Gefährten, »wir weichen nicht zurück, verstanden?«

»Verstanden«, bestätigte Granock bitter, während er mit zu schmalen Schlitzen verengten Augen auf den Waldrand starrte.

Das Stampfen wurde noch lauter und wuchtiger, und plötzlich wankten die Urwaldriesen auf einer Seite der Lichtung.

»Dort!«, schrie Alannah, und mit vor Entsetzen geweiteten Augen starrten die Gefährten auf die dunkle Wand, aus der im nächsten Moment ein ebenso riesiger wie grauenvoller Gegner hervorbrach. Mit Urgewalt sprengte er den Gürtel, den die Natur um den Steinkreis gezogen hatte, und in einer Kaskade aus Holzsplittern, abgerissenen Ästen und umherwirbelndem Blattwerk sprang sie auf die Lichtung – eine bizarre Kreatur, mit zwei Beinen, so dick wie Baumstämme, und zwei Armen, die fast bis zum Boden reichten und in hammerartige Enden ausliefen. Einen Kopf im eigentlichen Sinn hatte das Ding nicht, lediglich eine leichte Erhebung zwischen den breiten Schultern, in deren Mitte es rot leuchtete. An Größe jedoch übertraf der Koloss selbst einen ausgewachsenen Waldtroll: An die vier Mannslängen war er hoch und damit größer als jedes andere Wesen, das Granock jemals zu Gesicht bekommen hatte.

»Dies ist keine natürliche Kreatur!«, erklärte Cethegar, am Boden liegend. »Die Kraft des Bösen hat sie ins Leben gerufen – und die Kraft des Lichts soll sie vernichten!«

Damit hob er den Stab und stieß einen gellenden Schrei aus, woraufhin eine unglaublich starke, sogar schemenhaft sichtbare Energiewelle auf den Koloss zuraste. Granock zweifelte nicht, dass sie ausgereicht hätte, einen ganzen Trupp Orks zu Boden zu werfen. Der kopflose Riese jedoch wurde nur für einen Moment ins Wanken gebracht. So als müsste es sich gegen ein unsichtbares Hindernis stemmen, warf sich das Ungetüm nach vorn, und da es sein ganzes Gewicht in die Bewegung legte, beschleunigten sich seine Schritte noch, und es stampfte mit beängstigender Geschwindigkeit heran.

»Alannah!«, brüllte Farawyn, während er seinerseits einen Gedankenimpuls schleuderte, der den Riesen allerdings nicht mehr beeindruckte als jener Cethegars. Die Kreatur war nahe genug heran, dass Granock Einzelheiten erkennen konnte – und mit Erschrecken sah er, dass sie es nicht mit einem Wesen aus Fleisch und Blut zu tun hatten!

Der ganze kopflose Körper des Riesen bestand aus von Moos überwuchertem nacktem Fels. Ein ganzer Hagel von Eisspeeren brach über das Ungetüm herein, die jedoch an seinem steinernen Körper zersplitterten, ohne irgendeinen Schaden anzurichten.

»Warte nur«, schrie Aldur, und eine Flammenwand loderte auf einmal vor dem Riesen in die Höhe und umhüllte ihn für einen Augenblick, sodass die Gefährten bereits zu hoffen wagten. Aber im nächsten Moment durchbrach das Monstrum die Feuerwand, schritt unbeeindruckt durch die lodernden Flammen. Zwar schwelten kleine Brände auf seinem Leib, doch das war nur das Moos, das Feuer gefangen hatte.

Der Koloss stampfte unbeirrt weiter, und die Lichtung erzitterte unter seinen steinernen Beinen. Noch zwei Schritte, und er würde die Zauberer und ihre Novizen erreicht haben. Schon hob er die hammerähnlichen Fäuste, um sie auf die Elfen und den Menschen niedergehen zu lassen!

Granock wusste, dass er nun handeln musste. Statt zurückzuweichen wie zuvor, sprang er nach vorn. Er spürte sein Herz bis in die Kehle schlagen, Furcht wollte von ihm Besitz ergreifen, aber er zwang sich zur Ruhe und konzentrierte sich, rief sich ins Gedächtnis, was er gelernt hatte – und wirkte den stärksten Zeitzauber, den er je hervorgerufen hatte!

Jedes Lebewesen konnte er mit diesem machtvollen Zauber erstarren lassen …

Nicht jedoch den Riesen aus Stein!

Anders als bei den Angriffen von Farawyn und Cethegar zuckte der Koloss nicht einmal – und im nächsten Moment war er heran.

»Granock!«, gellte Farawyns Warnschrei.

Es wäre nicht nötig gewesen – der junge Mensch gehorchte seinen Instinkten, warf sich zur Seite und entging dem furchtbaren Hammerschlag des Steinmonstrums. Der Boden erzitterte, als die beiden Fäuste herabfielen und einen Krater in die weiche Erde schlugen. Granock spürte die Erschütterung, ebenso wie er den Atem des Todes spürte, der ihn streifte. Blitzschnell warf er sich herum, kam wieder auf die Beine – und sah seine Gefährten in einen verzweifelten Kampf verwickelt, gegen eine Kreatur, die ihnen sowohl an Größe als auch an Kraft um ein Vielfaches überlegen war.

Farawyn, Riwanon und Cethegar setzten ihre Zauberstäbe ein und trugen verschiedenartige Angriffe vor, die sich gegen eine Kreatur dieser Größe und Schwere jedoch allesamt als wirkungslos erwiesen. Aldur und Alannah versuchten mit Feuer und Eis gegen das Monstrum vorzugehen. Im Gegensatz zu Alannah, deren Kräfte rasch ermatteten, war Aldur in der Lage, mehrere Feuerstürme hintereinander zu entfesseln, aber auch das erwies sich gegen dieses Wesen als wirkungslos.

Granock verspürte den jähen Impuls, sich abzuwenden und zu fliehen, um zumindest sein Leben zu retten. Offensichtlich war der Kampf völlig aussichtslos, und seine Kameraden waren verloren. Jener Granock, der auf der Straße aufgewachsen und sein Leben lang auf sich allein gestellt gewesen war, hätte vermutlich auch keinen Augenblick gezögert, aber jener Granock existierte nicht mehr. Ausgerechnet unter den Elfen hatte er etwas gefunden, was er nie zuvor gekannt und wonach er sich stets gesehnt hatte. Die Zauberer hatten ihm ein Zuhause gegeben, er hatte unter den Elfen Freunde gefunden, fühlte sich ihnen zugehörig – und er würde sie keinesfalls im Stich lassen!

Einen wilden Kampfschrei ausstoßend lief Granock auf den Riesen zu, wobei er sich vorsehen musste, nicht von dessen im Sekundentakt herabfallenden Hammerhänden getroffen zu werden. Mit Urgewalt schlugen sie rings um ihn ein und zerpflügten den Boden, warfen das Erdreich auf und verwandelten die Lichtung in eine Kraterlandschaft.

Die Schlachtordnung der Gefährten hatte sich längst aufgelöst. Jeder Zauberer und jeder Novize kämpfte für sich und versuchte, dem Koloss auf seine Weise Schaden zuzufügen – mit verhaltenem Ergebnis.

Granock versuchte es abermals mit einem Zeitzauber. Wenn er sich auf einen der beiden Hammerarme konzentrierte, würde es ihm vielleicht gelingen, zumindest einen Teil des Riesen erstarren zu lassen. Aber auch diese Hoffnung zerschlug sich. Der Riese reagierte darauf ebenso wenig wie zuvor.

»Lass es, du Narr!«, fuhr Meister Cethegar ihn an, der sich kriechend in Sicherheit zu bringen versuchte. »Zeit vermag dem

Stein nichts anzuhaben, verstehst du nicht? Stein ist härter als Zeit!«

Granock begriff. Dies war der Grund, weshalb ihre Fähigkeiten allesamt versagten: Das Monstrum lebte nicht wirklich und hatte also auch nicht die Eigenschaften eines Wesens aus Fleisch und Blut. Weder vermochte ihm die Hitze des Feuers noch die Kälte des Eises etwas anzuhaben, und selbst der Zahn der Zeit fügte ihm keinen Schaden zu. Hartes Gestein und verderbliche Zauberkraft waren der Stoff, aus dem der Gigant bestand, und dagegen vermochte keine der Fähigkeiten der Novizen etwas auszurichten.

Erneut gingen die beiden Hämmer nieder. Aldur und Riwanon warfen sich nach verschiedenen Seiten, um ihnen zu entgehen, und wieder bäumte sich die gepeinigte Erde unter den vernichtenden Hieben geradezu auf, und Lehm- und Gesteinsbrocken wurden durch die Luft geschleudert.

»Hierher!«, rief Granock den beiden anderen Novizen zu. Er selbst hatte in einer Mulde Zuflucht gesucht und half Riwanon, sich in Sicherheit zu bringen. Die Meisterin wirkte abgekämpft, ihre Tunika war schmutzig und zerschlissen.

»Wo ist Aldur?«, fragte sie und warf sich herum – um zu sehen, wie ihr Schüler zwischen den stampfenden Pylonen des Riesen hin und her rannte und seiner Vernichtung zu entgehen suchte, während Farawyn das Monstrum von der anderen Seite attackierte: Ein gleißender Lichtblitz nach dem anderen jagte aus dem Ende seines Zauberstabs, aber auch dagegen schien der Koloss gefeit. Das Licht hüllte ihn Augenblicke lang ein, doch es vermochte seiner Zerstörungswut nicht Einhalt zu gebieten. Im Gegenteil. So als würde die Kreatur die zerstörerische Kraft der Blitze absorbieren, gebärdete sie sich nur noch wilder, und die Glut ihres Auges nahm an Intensität zu.

Abermals krachten die Hammerhände herab und rissen den Boden auf, und Farawyn entging dem Angriff nur mit knapper Not. Aldur nutzte die Gunst des Augenblicks, um sich in Sicherheit zu bringen, und revanchierte sich bei seinem Retter, indem er eine Flammensäule emporzüngeln ließ, die die Lichtung für Augenblicke taghell beleuchtete und die Aufmerksamkeit des Riesen auf sich zog. Das Monstrum fuhr herum, und zum ersten Mal war aus seinem Inneren etwas wie ein Knurren zu vernehmen. Es war kein Laut, wie ein lebendiges Wesen ihn verursacht hätte, sondern als würde Stein auf Stein scharren, ein Geräusch, das vor allem den Elfen durch Mark und Bein ging.

»Aldur, lauf!«, rief Granock entsetzt, als er sah, dass sein Freund der Nächste war, den der Koloss in sein glühendes Auge gefasst hatte. Schon stampfte das Monstrum auf den Elfen zu, und jeder einzelne Tritt ließ den Erdboden erbeben.

In seiner Not jagte Granock zwei dicht aufeinander folgende Gedankenimpulse los, die ohne die Verstärkung eines *flasfyn* jedoch nicht die geringste Wirkung zeigten. Im nächsten Moment hatte die steinerne Kreatur Aldur bereits erreicht, doch da trat der Elf in einen der Erdkrater und kam zu Fall. Granock sah ihn stürzen und fürchtete, dass dies Aldurs Ende war, denn der Gigant holte aus, um seinen winzigen Gegner mit seinen steinernen Fäusten zu zerschmettern, und es gab nichts, was sich dagegen tun ließ.

Da erhob sich plötzlich eine vertraute Gestalt nahe des Geschehens: Cethegar!

Er stützte sich auf seinen Stab, sodass er auf einem Bein stehen konnte, und trotz der Behinderung hatte der Anblick des Zauberers etwas Ehrfurchtgebietendes. Aufrecht stand er da, dabei so auf seinen Stab gestützt, dass seine Verstümmelung kaum auffiel. Wind zerrte an den Zöpfen seines Haupthaars und seines langen Bartes, und seine Augen schienen kaum weniger zu glühen als das des Giganten.

»Du!«, brüllte er mit lauter Stimme, die selbst der Riese zu vernehmen schien. »Ich weiß nicht, welche finstere Macht dich aus dem Boden gerissen und dir die Kraft verliehen hat, Leben zu heucheln – aber hier endet dein Weg, fürchterliche Kreatur!«

Trotzig blickte Cethegar an der steinernen Bestie empor, die einen Augenblick lang nicht zu wissen schien, was sie von alldem halten sollte. Dann jedoch verdunkelte sich das rote Leuchten des Auges, und der Gigant hob einen seiner beiden Hammerarme.

»Cethegar, nicht!«, brüllte Farawyn entsetzt und rannte los – aber es war absehbar, dass er zu spät kommen würde.

»Die dunkle Magie, die dich geboren hat, mag dich vor unseren Angriffen schützen!«, rief Cethegar, und Granock glaubte, eine Spur von Triumph in der Stimme des Zauberers zu hören. »Aber aus fester Materie bist du doch, daran vermochte auch dein finsterer Herrscher nichts zu ändern!«

Der Zauberer hatte kaum zu Ende gesprochen, als der steinerne Hammer niederfuhr – und Cethegar unter sich begrub!

»C-Cethegar …?«, hörte Granock Alannah rufen, während er selbst noch wie gebannt auf die Stelle starrte, wo der Zauberer eben noch gestanden hatte, ein Abbild des Mutes und der Unbeugsamkeit – ehe der Riese ihn geradezu in den Boden gestampft hatte.

Granock spürte, wie unbändige Wut in seine Adern schoss, und obwohl Riwanon ihn zurückzuhalten versuchte, setzte er sich in Bewegung, riss sich von ihr los und rannte auf den Koloss zu, zusammen mit Aldur und Farawyn, die den Tod Cethegars ebenfalls rächen wollten – so aussichtslos es auch sein mochte.

Auch wenn Granock den Stellvertreter Semias erst vergleichsweise kurze Zeit gekannt hatte, so schien es ihm doch in größtem Maße unrecht, dass dieser ehrwürdige und verdiente Zauberer ein solches Ende gefunden hatte. Tränen des Zorns traten ihm in die Augen, während er über die verwüstete Lichtung auf den Koloss zurannte, der in diesem Moment langsam die Hammerpranke hob, um die Überreste des Zauberers zu beschauen.

Aber – da war nichts!

Kein zerschmetterter Körper, keine Kleidungsfetzen, noch nicht einmal Blut …

Verwirrt hielt Granock in seinem Lauf inne und fragte sich, was das zu bedeuten hatte – als ihm plötzlich die Wahrheit dämmerte. Cethegar war nicht tot. Just in dem Augenblick, da ihn die Pranke des Kolosses ereilte, hatte er von seinem *reghas* Gebrauch gemacht, von seiner Gabe, sich durch feste Materie zu bewegen!

Auch dem Riesen dämmerte in diesem Moment, dass etwas nicht stimmte. Nicht nur, dass er keine Überreste seines Opfers fand – ganz plötzlich verfiel er auch in wilde Zuckungen. Abrupt warf er seine steinernen Arme in die Höhe, schien jedoch nicht mehr in der Lage, ihre Bewegungen zu kontrollieren. Wie ein Ork, der zu viel Blutbier getrunken hatte, wankte er hin und her, um schließlich auf einem Bein einzubrechen und mit dumpfem Schlag zu Boden zu gehen. Wie ein riesiger Käfer wand er sich auf dem Rücken, ehe es ihm endlich gelang, sich herumzudrehen und wieder aufzuraffen – doch im nächsten Moment richteten sich seine mörderischen Fäuste gegen ihn selbst!

Mit der ganzen Masse ihres Gewichts fielen die beiden Hämmer herab und krachten auf das rudimentäre Haupt, worauf sich Gesteinsbrocken daraus lösten und nach allen Seiten spritzten. Erneut wankte das Ungetüm, und Granock fühlte sich unwillkürlich an die Faustkämpfer erinnert, die in den Straßen Andarils für ein paar Kupferstücke gegeneinander antraten. Knirschend hob der Koloss die Fäuste, aber sie taten nicht das, was er wollte, sondern fuhren mit Urgewalt in seinen Unterleib, wo sie knackende Sprünge im Gestein hinterließen. Offenbar hatte Cethegar das geeignete Mittel gefunden, wie sich gegen den Koloss vorgehen ließ.

Granock wollte ob dieser Wendung einen heiseren Triumphschrei ausstoßen, aber der blieb ihm im Halse stecken, als er den entsetzten Ausdruck auf Farawyns Zügen bemerkte.

»Nein, Cethegar, nicht!«, schrie der Zauberer dem Steinmonstrum zu, das in diesem Moment abermals auf sich einschlug, worauf eine der Hammerfäuste mit hässlichem Knacken zerbarst.

Granock begriff: Es war nicht nur der Riese, der sich selbst zerstörte, sondern auch Cethegar, der in sein Inneres geschlüpft war und die Kontrolle über die ungeheure Kreatur übernommen hatte. Was immer der Zauberer dem Ungetüm zufügte, das fügte er auch sich selbst zu.

Die verbliebene Hammerfaust ging erneut mit der Wucht eines Kometeneinschlags nieder und zertrümmerte das flache Haupt des Riesen, und die drei Novizen und die beiden verbliebenen Meister hielten den Atem an: Was sich vor ihnen abspielte, war nicht nur das Ende einer finsteren, von dunkler Magie hervorgerufenen Kreatur, sondern auch eines der größten Zauberer, die Erdwelt je gesehen hatte. Mit einer Mischung aus Entsetzen und Bewunderung starrten Granock und Aldur auf den sich selbst zerstörenden Riesen, der schwerfällig von einem Bein auf das andere wankte, dann jedoch in einen Krater trat und das Gleichgewicht verlor. Unter fürchterlichem Getöse ging er nieder und wand sich am Boden; aus dem eben noch so Furcht einflößenden Monstrum war eine elende, todgeweihte Kreatur geworden.

»Cethegar, nein!«, rief Farawyn abermals und wollte auf den Giganten zueilen, der zwar ziellos um sich schlug, aber noch immer eine Gefahr darstellte. Riwanon war zur Stelle und hielt Farawyn zurück, und es schmerzte Granock zu sehen, wie sehr sein Meister beim Anblick des sterbenden Giganten litt.

»Lass mich los!«, fuhr Farawyn die Zauberin an, die ihn mit aller – und wohl nicht nur körperlicher – Kraft umklammert hielt. »Ich muss Cethegar retten!«

»Das kannst du nicht«, beschied sie ihm. »Er hat seinen Weg gewählt, wir müssen unseren wählen …«

Die Worte kamen ohne erkennbare Regung über Riwanons Lippen. Niemals hätte Granock geglaubt, dass die schöne Zauberin derart gefühlskalt war, aber es änderte nichts daran, dass sie recht hatte. Es stand nicht in ihrer Macht, Cethegar zu helfen. Der alte Zauberer hatte sich entschieden – hätte er es nicht getan, wäre inzwischen wohl keiner von ihnen mehr am Leben.

Der Koloss hatte sich wieder auf den Rücken gewälzt, eine seiner Beinsäulen war abgebrochen, und noch einmal fiel seine Faust mit vernichtender Wucht herab, zerschmetterte seinen nur ansatzweise vorhandenen Schädel, Trümmer wurden nach allen Seiten gesprengt, sodass sich die Zauberer und ihre Novizen in Deckung werfen mussten, und das rot leuchtende Auge verlosch.

Granock, der sein Gesicht in die feuchte Erde grub, konnte hören, wie Gesteinsbrocken pfeifend über ihn hinwegflogen und ringsum einschlugen. Dann kehrte Stille ein.

Der Novize zögerte noch einen Augenblick, ehe er es wagte, den Kopf zu heben und einen Blick zu riskieren. Ein Bild der Verwüstung bot sich ihm.

Der Steingigant war tot – wenn er überhaupt je gelebt hatte. Jedenfalls war der Zauber, der die unnatürliche Kreatur erfüllt hatte, erloschen, und ihre Trümmer lagen über die Lichtung verstreut.

Granock sah Farawyn und Riwanon, und zu seiner Erleichterung erblickte er auch Aldur und Alannah, und alle schienen sie unverletzt. Nur von Meister Cethegar fehlte jede Spur.

Unter anderen Voraussetzungen hätte Granock womöglich laut gejubelt, hätte grimmig die Faust geballt, weil sie dem Ungetüm die Stirn geboten hatten. Aber der Sieg schmeckte schal, und zum Jubeln gab es keinen Anlass. Der steinerne Riese mochte bezwungen sein, aber der Preis dafür war hoch gewesen, vielleicht zu hoch. Cethegar, ihr Anführer auf dieser Mission und der Stellvertretende Vorsitzende des Hohen Rates, war nicht mehr am Leben …

Benommen kamen die Gefährten in der Mitte der Trümmerlandschaft zusammen. Zunächst sagte keiner ein Wort. Alannah, Aldur, selbst Riwanon hatten Tränen in den Augen, und Farawyn schien sich kaum aufrecht halten zu können.

Auch Granock musste gegen die Trauer ankämpfen, damit sie ihn nicht überwältigte, aber seine Augen blieben trocken. Vielleicht lag es an seiner robusten menschlichen Natur oder daran, dass das entbehrungsreiche Leben, das er geführt hatte, ihn hart gemacht hatte. Vielleicht war es aber auch nur so, dass er anders als die Elfen den Verlust noch nicht erfasste, den sie alle erlitten hatten.

»Cethegar ist von uns gegangen«, sagte Farawyn schließlich mit bebender Stimme. »Er hat sich geopfert, damit wir leben. Wir alle werden ihm das niemals vergessen.«

»Eriod«, bestätigten die anderen wie aus einem Munde.

Niemals …

Schweigen kehrte ein, das eine quälende Ewigkeit lang dauerte. Während die Elfen stumm verharrten und in Gedanken von Cethegar Abschied nahmen, hielt Granock es irgendwann nicht mehr aus. So viele drängende Fragen gab es, die unbeantwortet waren, Entscheidungen, die getroffen werden mussten …

»Und was jetzt?«, fragte er deshalb zaghaft.

Farawyn schaute ihn an. »Was meinst du?«

»Wollt Ihr die Reise immer noch fortsetzen?«

»Mehr denn je«, antwortete Riwanon an Farawyns Stelle. »Zuvor war es nur unser Auftrag, der uns angetrieben hat – nun ist es auch unsere Verpflichtung Cethegar gegenüber. Wenn sein Opfer nicht umsonst gewesen sein soll, müssen wir weitermachen.«

»Um was zu tun? Ebenfalls getötet zu werden?« Granock konnte selbst kaum glauben, dass er die Worte offen aussprach.

»Hast du Angst?«, fragte Farawyn.

»Ja, Meister«, gestand Granock, »aber das ist nicht der Grund für meine Frage, denn Furcht ist dazu da, vom Mut bezwungen zu werden – und Ihr habt mich Mut gelehrt. Allerdings hat mir mein bisheriges Leben gezeigt, dass es unklug ist, sich einem Feind zu stellen, der stärker ist als man selbst.«

»Das ist nicht der Weg eines Zauberers«, belehrte ihn Aldur.

»Nein«, räumte Granock ein, »aber der des Überlebens.«

»Menschliche Pragmatik«, stellte Farawyn fest, als würde er an Granock erstmals etwas entdecken, das er bislang nur aus Lehrbüchern kannte. »Überaus interessant. Allmählich verstehe ich, wie ihr in so kurzer Zeit so viel erreichen konntet …«

»Ganz sicher nicht, indem wir sinnlose Opfer gebracht haben«, bekräftigte Granock. »Ich gebe Meisterin Riwanon recht, dass wir Cethegar ehren müssen – aber das tun wir nicht, indem wir unser aller Leben wegwerfen. Wir sollten zurückkehren, Verstärkung holen und diesen verdammten Wald dann Zoll für Zoll durchkämmen.«

»Wonach?«, fragte Farawyn. »Wir wissen ja noch nicht einmal, wer unser Gegner ist. Eines allerdings scheint mir offensichtlich.«

»Nämlich, Meister?«

»Wir sind ihm näher als je zuvor. Nicht von ungefähr hat er uns seinen Diener geschickt.« Er deutete auf einige Trümmerstücke, die in seiner Nähe lagen.

»Ihr meint, der Koloss war eine Art Wächter?«, fragte Alannah.

»Jedenfalls sollte er verhindern, dass wir diese Lichtung passieren«, war Farawyn überzeugt. »Also werden wir genau das tun. Denn erstmals, seit wir den Wald von Arun betreten haben, befinden wir uns im Vorteil.«

»Im Vorteil?« Granock sah ihn verdutzt an. »Wie könnt Ihr das sagen, Meister, nach allem, was geschehen ist?«

»Weil ich eines erkannt habe, mein junger Schüler«, erklärte Farawyn. »Nämlich dass all dies Teil eines hinterhältigen Plans ist. Der Überfall auf die Festung hat nicht etwa dazu gedient, die Grenze zu überrennen oder einen Angriff vorzubereiten, jedenfalls jetzt noch nicht.«

»Nein? Was dann?«

»Wir sollten dadurch hergelockt werden«, war Farawyn überzeugt.

»Hergelockt?«, wunderte sich Aldur. »Warum?«

»Um uns zu vernichten.«

»Vernichten?«, fragte Granock. »Wovon sprecht Ihr, Meister?«

»Erinnerst du dich, als ich sagte, ich hätte in Carryg-Fin etwas Vertrautes gespürt? Etwas, das ich aus Shakara kenne?«

Granock nickte.

»Dasselbe Gefühl habe ich jetzt wieder. Und es sagt mir nicht nur, dass der Ursprung von alldem in Shakara zu suchen ist, sondern dass wir auch bewusst in eine Falle gelockt wurden. Alles, was geschehen ist, seit wir Shakara verlassen haben, war sorgfältig geplant.«

»Sogar der Überfall durch die Wildmenschen?«, fragte Alannah ungläubig.

»Das nehme ich an. Ziel des Überfalls war es, dass wir den Wildmenschen in den Dschungel folgen, auf der Spur eines Rätsels, das wir nicht entwirren können und das uns lediglich beschäftigen soll.«

»Was für ein Rätsel?«, fragte Aldur vorsichtig. »Meint Ihr damit den Schrein, den wir gefunden haben, oder die *neidora*?«

»Die Echsenkrieger sind zurückgekehrt«, war Farawyn überzeugt. »Sie sind so wirklich, wie dieser Koloss aus Stein es war. Wer oder was auch immer diese Kreaturen der Dunkelheit zum Leben erweckt hat, verfügt über große Kraft und hat uns hergelockt, um uns zu töten.«

»Angenommen, Ihr hättet recht, Meister«, wandte Granock ein. »Wäre es dann nicht wirklich besser zu verschwinden?«

»Nein, Junge.« Farawyn schüttelte den Kopf. »Denn dies ist der Vorteil, von dem ich sprach: Unser Feind, wer immer er sein mag, wähnt uns vernichtet oder rechnet zumindest nicht damit, dass wir an seinem Wächter vorbeikommen, und das bedeutet, dass wir ihm zum ersten Mal einen Schritt voraus sind. Wenn wir uns jetzt zurückziehen, hätte Cethegars Opfer uns zwar vor dem Untergang bewahrt, aber wir würden es ihm schlecht danken. Denn er gab sein Leben nicht nur dafür, uns zu retten, sondern auch, damit wir herausfinden, welche Bedrohung sich in diesem Dschungel verbirgt. Und genau das werden wir tun.«

»Wohl gesprochen, Bruder«, stimmte Riwanon zu und nickte entschlossen.

»Und wenn auch das eine Falle ist?«, fragte Alannah. »Wenn unser unsichtbarer Feind damit gerechnet hat, dass wir den Wächter überwinden, und nun erst recht auf uns lauert?«

»Was denn?«, fragte Riwanon mit unverhohlenem Spott. »Fürchtest du dich etwa? Bereust du, die Ehrwürdigen Gärten verlassen zu haben? Es war nicht ganz freiwillig, wie du dich erinnerst«, fügte sie mit einem vielsagenden Blick in Aldurs Richtung hinzu.

»Riwanon, lass es!«, ermahnte Farawyn die Zauberin. »Das gehört nicht hierher. Vielleicht hat Alannah recht, und wir finden jenseits dieser Bäume tatsächlich unser Verderben.«

»Wirst du jetzt etwa auch schwach?«, fragte Riwanon. »Willst du dich zurückziehen, wie der Mensch es vorgeschlagen hat?«

»Ich keineswegs.« Farawyn schüttelte den Kopf. »Aber ich frage mich, ob wir die Novizen ziehen lassen sollten. Wenn selbst ein mächtiger Magier wie Cethegar sein Leben lassen musste, welche Möglichkeiten haben sie zu überleben?«

»Ich lasse meine Meisterin nicht im Stich«, verkündete Aldur trotzig. »Wenn sie sich in Gefahr begibt, dann folge ich ihr.«

Farawyn musterte den jungen Elfen einen Moment lang, dann wandte er sich seinem Schüler zu: »Und du, Granock?«

»Wie ich schon sagte, Meister: Es fehlt mir nicht an Mut. Wenn Ihr der Ansicht seid, dass dies der Weg ist, den wir einschlagen sollten, dann folge ich Euch.«

»Ebenso wie ich«, fügte Alannah entschlossen hinzu.

»Dann sei es.« Farawyn nickte und streckte die Rechte aus, die Handfläche nach unten gekehrt. »Für Cethegar«, sagte er, und die Gefährten traten heran und legten ihre Hände auf die seine.

»Für Cethegar«, wiederholten sie und besiegelten damit den Schwur, der sie aneinander band, gegen alle Gefahren, die in den Tiefen des Dschungels auf sie lauern mochten – und gegen die dunkle Verschwörung, deren Ursprung im fernen Shakara zu liegen schien und die bereits einen von ihnen das Leben gekostet hatte.

19. CRANUTHAN PELA

»Und du bist dir wirklich ganz sicher?«

Palgyrs bange Frage hallte vom hohen Gewölbe der Ratshalle wider, wo der riesige Kristall hing und schimmerndes Licht verbreitete.

»Das bin ich, Bruder«, bestätigte Semias, der gebeugt auf dem Sitz des Ältesten kauerte, die Züge kreidebleich und eingefallen. Ohnehin hatte es stets den Anschein, dass der Vorsitzende des Zauberrates an seinem hohen Alter schwer zu tragen hatte; in diesem Augenblick jedoch schien er kurz vor dem Zusammenbruch zu stehen, und es hatte weder mit der Last des Alters noch mit der Verantwortung seines hohen Amtes zu tun, sondern mit dem Verlust, den der alte Zauberer verspürt und der nicht nur sein Innerstes, sondern seine ganze Welt in ihren Grundfesten erschütterte. »Meister Cethegar ist tot«, sagte er leise. »Daran besteht nicht der geringste Zweifel.«

»Cethegar? Tot?«

Wie gestaltlose Phantome geisterten die Worte durch die Ratshalle, während die versammelten Zauberer entsetzte Blicke tauschten. Ihnen allen war klar gewesen, dass etwas Bedeutsames vorgefallen sein musste, wenn Semias so plötzlich eine Krisensitzung des Rates einberief. Mit einer solch schlimmen Nachricht jedoch hatten keiner gerechnet.

»Das kann nicht sein, Vater!«, rief Syolan, der Oberste Schreiber und Chronist von Shakara. »Erforsche dein Herz nach der Wahrheit!«

»Dies ist die Wahrheit, Sohn«, entgegnete der Älteste mit vor Schmerz verkniffener Miene. »Cethegars Geist und der meine waren durch unsichtbare Bande eng miteinander verknüpft. Der Stellvertretende Vorsitzende dieses Rates weilt nicht mehr in dieser Welt, glaubt mir.«

»Aber wie ist das möglich, Vater?«, fragte ein anderer fassungslos. »Cethegar war einer der mächtigsten Zauberer, die dieser Orden jemals gekannt hat.«

»Ich weiß«, sagte Semias bitter. »Doch scheint er auf jemanden getroffen zu sein, der noch mächtiger war.«

Noch immer sträubten sich einige dagegen, Semias' Worten Glauben zu schenken, während sich andere bereits der Trauer um ein geschätztes Ratsmitglied hingaben.

»Wenn es wahr ist, was Vater Semias sagt«, verschaffte sich Palgyr irgendwann über das aufgeregte Geraune der anderen Ratsmitglieder hinweg Gehör, »so müssen wir reagieren. Der Tod eines so großen und einflussreichen Zauberers darf nicht ohne Folgen bleiben.«

Von seinen Anhängern kam lautstarke Zustimmung. Fäuste wurden geballt, Trauer und Fassungslosigkeit schlugen in Zorn und Aggression um.

»Was schlägst du vor, Bruder Palgyr?«, fragte Semias mit resignierendem Kopfschütteln. »Was auch immer wir unternehmen, Cethegar wird davon nicht wieder lebendig. Nichts kann den Verlust, den wir erlitten haben, wiedergutmachen und die Lücke füllen, die Cethegar hinterlässt.«

»Das ist mir klar, und es liegt mir fern zu behaupten, jemals in seine Fußstapfen treten zu können, Vater«, konterte Palgyr ebenso beredt wie schmeichlerisch. »Aber wir sollten in dieser dunklen Stunde nicht in Trauer verfallen, sondern uns auf das besinnen, was wir tun können und müssen. Denn so erschütternd Cethegars Tod für uns alle sein mag, unsere Sorge hat zuvorderst den Lebenden zu gelten.«

»Wohl gesprochen, Bruder«, stimmte Labhras zu, Palgyrs loyaler Parteigänger.

»Wir alle wissen«, fuhr Palgyr fort, »dass Cethegar Shakara verlassen hat, um in unser aller Auftrag den angeblichen Überfall auf die Grenzfestung Carryg-Fin zu untersuchen, zusammen mit zwei weiteren Angehörigen dieses Rates, nämlich Bruder Farawyn und Schwester Riwanon. Wenn Cethegar nun also Unheil widerfahren ist – und daran zweifle ich nach Vater Semias' Worten nicht –, so bedeutet dies, dass auch die anderen Teilnehmer des Unternehmens in großer Gefahr schweben. Ihnen sofort und ohne Zögern beizustehen, muss unser vorrangiges Ziel sein, ehe wir uns der Trauer um ein so hohes und angesehenes Mitglied unseres Ordens hingeben.«

»Aber was schlägst du vor, Palgyr?«, verlangte Semias zu wissen. »Dass wir einen weiteren Erkundungstrupp entsenden, der dem ersten zu Hilfe kommt?«

»Genau das, Vater«, bestätigte Palgyr, »und ich zögere keinen Augenblick, mich hierfür freiwillig zu melden.«

»Du?«, fragte Semias, und aller Augen richteten sich auf Palgyr.

»Ja, ich«, versicherte dieser genüsslich und wandte sich an die ganze Versammlung, indem er effektheischend die Arme hob. »Jeder von euch weiß, dass Bruder Farawyn und ich nicht immer einer Meinung waren und dass wir hier, im Licht des Kristalls, manchen Disput erbittert ausgetragen haben. Dies bedeutet jedoch nicht, dass ich Farawyn nicht zu schätzen wüsste oder mir nicht an seinem Wohlergehen läge. Aus diesem Grund möchte ich es sein, der in offiziellem Auftrag an die südliche Grenze des Reichs geschickt wird, um nach unserem Bruder und unserer Schwester sowie ihren Novizen zu suchen. Nehmt es als Zeichen dafür, dass ich mich trotz mancher Meinungsverschiedenheit mit Farawyn und dem Ältesten Semias treu zum Orden und seinen Mitgliedern bekenne.«

Von Palgyrs Flügel kam tosender Beifall, und selbst auf der anderen Seite der Halle wusste man kaum anders als mit Zustimmung zu reagieren. Codan, Syolan und den anderen Ratsmitgliedern des linken Flügels kam es zwar seltsam vor, dass sich ausgerechnet Farawyns erbittertster Gegner so vehement für dessen Rettung einsetzte, jedoch wollte keiner von ihnen die ohnehin schon prekäre Lage noch komplizierter machen. Für Parteigezänk war dies die falsche Zeit, denn zumindest in einer Hinsicht hatte

Palgyr in jedem Fall recht: Jedes Zögern konnte den Tod Farawyns und Riwanons bedeuten.

Vorausgesetzt, sie waren überhaupt noch am Leben ...

Semias, der den Zweiten Vorsitzenden an seiner Seite schmerzlich vermisste und sich einmal mehr gezwungen sah, über Dinge zu entscheiden, die ihn allein überforderten, schickte nervöse Blicke in Richtung des linken Flügels. Als von dort kein Widerspruch kam, sagte er sich, dass es wohl am besten wäre, Palgyrs Vorschlag anzunehmen.

»So sei es«, verkündete er deshalb, »deinem Ersuchen wird stattgegeben, Bruder Palgyr. Als Vorsitzender des Hohen Rates erteile ich dir hiermit den offiziellen Auftrag, nach Carryg-Fin zu gehen und dort nach unseren Freunden zu suchen. Finde sie und bringe sie nach Shakara zurück – wohlbehalten, wenn es möglich ist, tot, wenn das Schicksal es so will. – *Diogala ys lynca, marwura ys tingan.*«

Semias hatte bewusst ein Zitat aus dem *Darganfaithan* gebraucht, dem Heldenepos über die Entdeckung der Welt, das die Sängerin Euriel vor mehr als dreißigtausend Jahren irdischer Zeitrechnung verfasst hatte. Der Held Asur wurde darin mit diesen Worten ausgesandt, die Welt der Sterblichen zu bereisen und zu erforschen, was allgemein als mythischer Beginn der Zeitrechnung gewertet wurde. Palgyr mit diesen Worten auf den Weg zu schicken und ihn so auf eine Stufe mit dem sagenhaften Helden zu stellen, sollte ihm schmeicheln; gleichzeitig sollte es ihm aber auch klarmachen, welche Verantwortung er damit auf sich nahm.

Wenn Palgyr den Hinweis bemerkt hatte, so ließ er es sich nicht anmerken. »Ich danke für das entgegengebrachte Vertrauen«, sagte er und deutete eine Verbeugung an. »Ich werde alles daransetzen, euch nicht zu enttäuschen.«

»Das glaube ich dir gern, Bruder Palgyr!«, versicherte Codan. »Dennoch würde ich es für eine gute Idee halten, dich auf deiner Reise zu begleiten.«

»Wozu?« Palgyr sah den Zauberer mit gespieltem Erschrecken an. »Misstraust du mir etwa?«

Codan beantwortete die Frage nicht direkt. »Ich werde dir mit meinen Kenntnissen die Natur und den Wald betreffend von großem Nutzen sein. Außerdem solltest du nicht allein gehen.«

»Keine Sorge, das habe ich nicht vor«, entgegnete Palgyr. »Allerdings möchte ich das Privileg jedes Anführers für mich in Anspruch nehmen und mir meinen Trupp selbst zusammenstellen, wenn es erlaubt ist.«

»Das ist dein gutes Recht«, räumte Semias ein.

»Aber Vater …«, wollte Codan widersprechen.

»Es ist sein gutes Recht«, wiederholte Semias mit Nachdruck. »Gerade in Augenblicken wie diesen sollten wir die Grundregeln unseres Zusammenlebens nicht vergessen. Ich frage dich, Bruder Palgyr: Wen willst du mitnehmen auf deiner Reise?«

»Bruder Sgruthgan«, antwortete Palgyr, »der mir bereits mehr als einmal treu beigestanden hat. Und Bruder Labhras, dessen Fähigkeit, in jedweder Zunge zu sprechen, auf einer Reise in unbekannte Gefilde von unschätzbarem Wert sein kann.«

»Sind die genannten Zauberer bereit, sich Bruder Palgyr anzuschließen?«, fragte Semias.

»Das sind wir«, beteuerte der fette Labhras und erhob sich schwerfällig von seinem Sitz. Sgruthgan tat es ihm gleich und sagte nur: »Jawohl.«

»So sei es«, willigte Semias ein. »Was immer dort an der Grenze lauert, hat Cethegar getötet, also wird es mehr als der Kraft eines einzelnen Zauberers bedürfen, Farawyn und die anderen davor zu retten.«

»Natürlich werde ich auch meinen Novizen auf die Reise mitnehmen«, kündigte Palgyr an, »damit er lernt und sieht, was es bedeutet, ein Zauberer in den Diensten des Reiches zu sein. Noch heute werden wir die Kristallpforte durchschreiten, um nach Tirgas Lan zu gelangen, und von dort augenblicklich aufbrechen und weder rasten noch ruhen, bis wir die Grenze erreicht und unseren Bruder und unsere Schwester gefunden haben. Das gelobe ich feierlich, ihr alle seid meine Zeugen!«

»Das sind wir«, bestätigte Semias, »und trotz der Trauer, die wir alle empfinden und die unsere Herzen schwer macht, hegen wir die Hoffnung, dass Farawyn und Riwanon noch am Leben sind und ihr sie finden werdet. Unsere guten Wünsche begleiten euch.«

»Danke, Vater«, entgegnete Palgyr, dann verließ er auch schon den Ratssaal, seine Parteigänger im Schlepp, deren Mienen ebenso zum Äußersten entschlossen schienen wie die seine.

Erst als sie draußen waren und sich das große Tor zum Ratssaal hinter ihnen geschlossen hatte, verzog ein zufriedenes Grinsen Palgyrs Gesicht.

20. TAMPYLA'Y'MARGOK

Es ging steil bergauf, durch Hohlwege und Schluchten, und Farawyn und Riwanon brauchten ihre Zauberstäbe nicht mehr, um durch das Dickicht zu gelangen, denn jenseits des Steinkreises, wo Meister Cethegar sein Leben gelassen hatte, waren die beiden Zauberer und die Novizen erneut auf einen Pfad gestoßen, der sich durch den Urwald schlängelte, und waren ihm gefolgt. Zwar waren im immer weicher und feuchter werdenden Boden keine Spuren auszumachen, aber Farawyn hatte dennoch das untrügliche Gefühl, dass der Weg erst vor Kurzem beschritten worden war und dass sie ihm nur zu folgen brauchten, um ans Ziel ihrer Reise zu gelangen.

Immer weiter ging es hinauf, über armdicke Wurzeln hinweg, und schließlich führten enge Serpentinen an einer moosüberwucherten Felswand empor. Sie mussten verdammt achtgeben, dass sie auf dem glitschigen Boden nicht ausglitten, denn auf der einen Seite des Pfades ging es tief hinab, auf der anderen ringelte sich allerlei giftiges Gewürm im Moos, das sich auf dem Fels der Bergflanke festkrallte.

Der Weg war mühevoll und schweißtreibend, nicht nur des steilen Aufstiegs wegen, sondern auch wegen der Hitze, und die Luftfeuchtigkeit nahm mit jedem Schritt noch zu und lastete schwer und drückend auf Granock und seinen Gefährten. Ihr Haar war klitschnass, und ihre Kleidung hatte sich schon bald derart voll gesogen, dass sie formlos und bleiern an ihnen hing.

Sehen konnten sie längst nichts mehr, denn sie marschierten durch die grauen Wolken, die sich über dem Dschungel ballten, und so umgab milchiger Dunst die Wanderer und ließ sie nicht einmal erkennen, wohin ihr Marsch sie führte. Am Mittag des zweiten Tages schließlich ging strömender Regen nieder, ohne dass sich die Dunst- und Nebelwand auflöste.

Für die Gefährten selbst machte es kaum einen Unterschied; ihre Kleidung, Ausrüstung und ihr Proviant waren bereits durchnässt, und da das Regenwasser lauwarm war, brachte es auch keine Abkühlung. Der von Feuchte gesättigte Boden allerdings vermochte kein Wasser mehr aufzunehmen, und auf einmal ergoss sich ein wahrer Gebirgsbach den Pfad herab und den Wanderern entgegen.

»Festhalten!«, ermahnte Farawyn seine Begleiter, was Granock mit einem freudlosen Schnauben quittierte. Woran denn, bitte schön? An leerer Luft? An glitschigem Felsgestein oder dem giftigen Moos? Er bekam schließlich eine Wurzel zu fassen, die von irgendwo herabhing und die ihm halbwegs vertrauenerweckend schien.

Vorsichtig arbeiteten sich die Gefährten weiter auf dem Pfad voran und erreichten eine Engstelle, die zwischen zwei Felsen hindurchführte. Im Wolkendunst, der sie noch immer umgab, sah Granock die Steine zunächst nur als dunkle Schemen zu beiden Seiten des Weges. Erst als er sie erreichte, erkannte er, dass sie glatt behauen waren und es sich um zwei Obelisken handelte, die eine Art Pforte bildeten. Sie schienen also nach wie vor auf dem richtigen Weg zu sein.

Granock drehte sich um. Als verschwommenen Umriss konnte er einige Schritte hinter sich Meisterin Riwanon erkennen, die einmal mehr die Nachhut übernommen hatte und sich beim Gehen auf ihren Stab stützte. Es war Granock nicht entgangen, dass die *flasfyna* ihren Trägern mehr Halt und sicheren Tritt verschafften, als dies ein gewöhnlicher Wanderstab vermochte, geradeso als würden sie für einen kurzen Moment mit dem Untergrund verwachsen.

Während sein argwöhnischer Blick zwischen den zwei bis drei Mannslängen hohen Obelisken hin und her pendelte, passierte Granock die Engstelle. Auf der anderen Seite erwarteten ihn mehrere verschwommene Schemen, die auseinanderzuhalten er allerdings inzwischen gelernt hatte: Die schlanke Gestalt, die sich schwer atmend auf einen Felsen stützte, war Alannah; der Schatten, der am Boden kauerte und das Gesicht in den Händen vergraben hatte, während er sich vom anstrengenden Aufstieg zu erholen suchte, war Aldur; und derjenige, der nach wie vor aufrecht stand, den Zauberstab mit dem matt leuchtenden Kristallkopf in den Händen, war Farawyn.

Granocks Meister blickte sich um, konnte in Dunst und Regenschleiern aber ebenso wenig ausmachen wie die anderen. Tatsächlich fragte sich Granock, ob diese undurchdringliche Suppe, die sie umgab, überhaupt natürlichen Ursprungs sein konnte. Nach allem, was er bislang erlebt hatte, hielt er es durchaus für möglich, dass jemand dieses Phänomen herbeigerufen oder künstlich erzeugt hatte. Die Zauberer jedoch würden sich dadurch nicht aufhalten lassen.

Da Farawyn nichts erkennen konnte, legte er den Kopf in den Nacken, so als würde er angestrengt lauschen, aber abgesehen vom immerwährenden Rauschen des Regens war nichts zu vernehmen. Selbst die Geräusche des Urwalds waren darunter verstummt, so als hätte der Regen alle Vögel und Tiere hinweggeschwemmt. Anderswo mochte Wasser, das vom Himmel fiel, Leben und Wachstum verheißen; an diesem Ort jedoch hatte Granock das Gefühl, dass es nur dazu diente, drohendes Verderben zu verschleiern.

»Weiter!«, bestimmte Farawyn, nachdem er sich und seinen Begleitern eine kurze Pause gegönnt hatte, wobei er sie selbst am wenigsten zu brauchen schien. Ähnlich wie Meister Cethegar schien auch Farawyn die Magie als Quelle körperlicher Kraft zu nutzen – eine Kunst, von der Granock und die anderen Novizen noch meilenweit entfernt waren; ihnen blieb nichts anderes, als ihre Muskeln anzustrengen und die Fähigkeiten ihrer Meister mit jugendlicher Kraft auszugleichen. Auch wenn es verdammt anstrengend war und Granock manche bittere Verwünschung auf den Lippen führte, für die er vorsichtshalber seine eigene Sprache benutzte …

Jenseits der Obelisken gab es – zu aller Überraschung – einen gepflasterten Weg. Die Steine waren uralt und ausgewaschen, und an vielen Stellen war Wurzelwerk durchgebrochen und schlängelte sich über die steinernen Platten, aber es war unleugbar ein künstlich angelegter Pfad, der sich zwischen mächtigen Bäumen wand.

Die Zauberer beschleunigten ihre Schritte und kamen nun viel rascher voran. Die Frage allerdings, wer diesen Weg angelegt haben und wohin er führen mochte, hielt sie nicht weniger in Atem als zuvor der anstrengende Aufstieg. Granock war sicher, dass Farawyn Vermutungen hegte, aber der Meister hatte damit aufgehört, den anderen seine Gedanken mitzuteilen. Wahrscheinlich, so nahm Granock an, wollte er die Novizen nicht beunruhigen, allerdings war die Ungewissheit, in der sie nun alle schwebten, auch nicht dazu angetan, trübe Gedanken zu mildern.

Ab und zu wechselte Granock einen Blick mit Aldur, der vor ihm marschierte und sich hin und wieder zu ihm umwandte. Obwohl Aldur ein Elf war und sehr viel mehr über den Orden und seine Vergangenheit wusste, schien auch er ziemlich ratlos, was all dies betraf. Was hatten die Entdeckungen zu bedeuten, auf die sie gestoßen waren? Was hatte es mit den geheimnisvollen Echsenkriegern auf sich, die angeblich zum Leben erweckt worden waren? Wer hatte das Steinmonstrum geschickt, das für den Tod des alten Cethegar verantwortlich war? Waren sie tatsächlich, wie Farawyn vermutete, an diesen Ort gelockt worden? Und wenn ja, wer steckte hinter all dem? Gab es tatsächlich einen Verräter in Shakara?

Noch vor ein paar Monaten hätte diese Frage Granock völlig kaltgelassen. Was ging es ihn an, wenn sich die Elfen gegenseitig das Leben schwer machten? Ob die Spitzohren einander gern hatten oder umbrachten, machte das Leben in den Menschenstädten nicht erträglicher und milderte nicht den harten Kampf ums Überleben, den die Sterblichen tagein, tagaus führen mussten. So oder ähnlich hätte er wohl gedacht.

Inzwischen jedoch hatte sich vieles geändert. Granock war nicht mehr der zornige junge Mann, als der er nach Shakara gekommen war. Er hatte erkennen müssen, dass die Welt tatsächlich sehr viel größer war, als er es sich hatte vorstellen können, und dass es im Leben um mehr ging als darum, sich den Magen zu füllen und ein festes Dach über dem Kopf zu haben.

In diese Gedanken war Granock so versunken, dass er nicht sofort registrierte, wie sich der Wald ringsum lichtete und jenseits des Regens und des Nebels etwas auftauchte, das auf den ersten Blick wie die Umrisse eines riesigen, spitzen Berges erschien. Aber es war kein Berg, der sich da aus Regen und Nebel schälte. Es war ein Bauwerk.

Granock, der den Blick gesenkt hielt, um auf dem unebenen Pflaster keinen Fehltritt zu tun, bemerkte es erst, als er gegen Aldur stieß, der verblüfft stehen geblieben war. Verwundert schaute auch Granock in die Richtung, in die der junge Elf starrte – und gab ein leises Ächzen von sich, als er das ebenso riesige wie unheimliche Gebilde gewahrte.

Eine Pyramide. Spitz zulaufend und aus schwarzen Quadern errichtet. Es handelte sich um ein wesentlich größeres Bauwerk als bei dem Schrein auf der Lichtung, wo sie gegen die riesigen Tausendfüßler gekämpft hatten. Um das massige Fundament des Gebäudes, verwittert von Wetter und Feuchtigkeit, hatten sich Wurzeln und Strauchwerk geschlungen; je höher es jedoch hinaufging, desto unberührter und makelloser wirkte das Mauerwerk.

Auf halber Höhe gab es einen Einschnitt, ein fremdartiges Muster, das in das dunkle Gestein gehauen war und um das Gebäude verlief. Oberhalb des Einschnitts entsprang auf jeder Seite der Pyramide ein Turm, der wiederum aus zwei aufeinander gestellten Pyramiden bestand, wobei die untere auf dem Kopf stand. Granock fand, dass die steinernen Stacheln, die so von allen vier Seiten des düsteren Bauwerks aufragten und deren Spitzen im Dunst mehr zu erahnen waren, ein wenig wie ein Zerrbild der großen Elfenkristalle aussahen, die er in Shakara gesehen hatte.

Auf der Vorderseite des Gebäudes gab es einen breiten Eingang. Eine Treppe, deren unterste Stufen noch von Moos und Wurzelwerk überwuchert waren, führte empor zu einem Portal, das den Besuchern wie ein dunkles Maul entgegenstarrte. Die viereckigen, sich nach oben verjüngenden Säulen, die die Eingangshalle stützten und wie riesige Zähne wirkten, verstärkten diesen Eindruck noch. Dahinter, im Halbdunkel nur noch schemenhaft zu erkennen, klaffte wie ein dunkler Schlund der Eingang mit zwei offen stehenden Türflügeln aus schwerem Eisen, von Rost arg zerfressen – Granock bezweifelte, dass sie ein großes Hindernis dargestellt hätten, wären sie geschlossen gewesen.

Das Portal sowie die Säulen, die es trugen, waren ebenfalls mit jenen fremden Schriftzeichen versehen, die die Wanderer schon auf der rätselhaften Stele vorgefunden hatten, und sie hatten auf Granock eine bedrückende, geradezu Furcht einflößende Wirkung. Er riss sich zusammen und sagte sich, dass es nichts gab, wovor er sich ängstigen musste.

Die Gesichter seiner elfischen Begleiter jedoch sagten etwas anderes …

»Was ist das, Meister Farawyn?«, erkundigte sich Alannah mit vor Anspannung fast versagender Stimme. Ihr flackernder Blick verriet, dass sie bereits einen Verdacht hatte.

»Etwa auch ein Schrein?«, fragte Granock. »Diese Pyramide ist allerdings wesentlich größer als die auf der Lichtung und auch … anders.«

»Ein Tempel«, antwortete Farawyn leise und mit der düstersten Stimme, mit der Granock seinen Meister je hatte sprechen hören.

»Dergleichen habe ich noch nie gesehen«, sagte Aldur leise.

»Dergleichen hat man in Erdwelt seit Tausenden von Jahren nicht mehr gesehen«, erwiderte Farawyn, »obwohl es einst mehrere von diesen Bauwerken gab.«

»Und jetzt gibt es sie nicht mehr?«, fragte Granock, der seine wachsende Unruhe mit Forschheit zu überspielen suchte.

»Doch, es gibt sie noch«, versicherte Farawyn. »Kennst du die Ruine südlich von Andaril?«

»Ich hab davon gehört«, sagte Granock, »aber ich war noch nie dort. Die Ruine ist der Schlupfwinkel von Mördern und Halsabschneidern.«

»Die Ruine«, erklärte Farawyn, »war einst ein Tempel wie dieser, erbaut von den Margokai.«

»Den was?«

»Den Anhängern Margoks«, half Riwanon aus. »In Tempeln wie diesen pflegten sie sich zu versammeln und ihre dunklen Rituale abzuhalten. Genau wie die Schreine wurden die Pyramidentempel nach dem Krieg eingerissen – aber dieser hier ist der Zerstörung offenbar entgangen.«

»Offenbar«, bestätigte Farawyn und schritt auf das Gebäude zu. Granock vermochte nicht zu sagen, weshalb, aber er spürte eine innere Blockade, seinem Meister zu folgen. Irgendetwas war an diesem Bauwerk, das sich nicht ohne Weiteres erklären ließ. Eine unheilvolle Aura, der sich Granock am liebsten entzogen hätte. Dass er es nicht tat, lag einerseits an dem Pflichtbewusstsein, das er neuerdings verspürte, andererseits aber auch an Aldur und Alannah, die ähnlichen Widerwillen zu empfinden schienen wie er und sich dennoch überwanden und Farawyn folgten.

Am Fuß der Treppe blieb der Zauberer stehen und blickte an den Säulen empor, um die Zeichen der verbotenen Schrift und Sprache zu entziffern. »Dieser Ort«, übersetzte er mit tonloser Stimme, »gehört Margok, Herrscher der Dunkelheit … Wer ihn betritt und nicht reinen Glaubens ist, der wird … *kroo-urk*«, sprach Farawyn das letzte Wort aus, das in die Säule gemeißelt war.

»Kroo-urk?«, wiederholte Granock, wobei ihn ein kalter Schauer durchrieselte. »Was bedeutet das?«

»Einen Tod unsagbarer Qualen sterben«, übersetzte Farawyn leise und mit einem Tonfall, der keinen Zweifel daran ließ, dass er der Drohung Glauben schenkte.

»Ach so«, meinte Granock, »und ich dachte schon, wir müssten uns Sorgen ma…«

Die letzte Silbe blieb ihm im Hals stecken, denn ein Laut drang plötzlich durch den Urwald, ein zugleich schriller und heiserer Schrei, der von solch roher Wildheit war, dass er unmöglich aus einer menschlichen Kehle stammen konnte.

Die Gefährten tauschten erschrockene Blicke. Niemand fragte, woher der Schrei gekommen war oder was er bedeuten mochte, zu sehr schreckten alle vor der Antwort zurück.

»Dort drüben!«, rief Aldur plötzlich und deutete auf den Waldrand. »Das Gebüsch bewegt sich!«

»Dort auch!« Alannah deutete in eine andere Richtung – und im nächsten Moment sah Granock in den sich lichtenden Regenschleiern eine wahre Albtraumgestalt: grobschlächtiger Wuchs, grünbraune Haut, das Haupt eines Reptils …

»Die *neidora*!«, rief Farawyn. »Sie sind hier! Sie haben uns eingeholt!«

Wie um seine Worte zu bestätigen, wiederholte sich der grässliche Schrei, und eine weitere der grausigen Kreaturen tauchte auf, die halb menschliche, halb tierische Formen hatte und deren Augen wie rote Lichter durch den Dunst stachen.

»Hinein, rasch hinein!«, drängte Farawyn und stürmte die Stufen zum Tempelportal hinauf, den Zauberstab in der Hand.

»Aber Meister …«, wandte Granock ein.

»Willst du bei lebendigem Leib zerfetzt und gefressen werden?«, fragte Farawyn über die Schulter zurück. »Dann bleib nur draußen. Wer überleben will, der folgt mir! Im Tempel können wir uns verteidigen!«

Das leuchtete ein, und so stürmte Granock seinem Meister hinterher die Stufen hinauf, gefolgt von Aldur und Alannah, während Riwanon einmal mehr den Rückzug der anderen deckte. Aus dem Augenwinkel erheischte Granock einen Blick auf weitere Echsenwesen, die aus dem milchigen Nebel traten, die zähnestarrenden Mäuler aufgerissen und die tödlichen Pranken schwingend. Gleichzeitig wiederholte sich das schreckliche Gebrüll, und Granock verspürte eine Angst, wie er sie noch nie zuvor in seinem Leben empfunden hatte. Sie schnürte ihm die Kehle zu und sorgte dafür, dass er kaum noch atmen konnte. Keuchend kämpfte er sich zusammen mit Aldur und Alannah die steilen Stufen empor.

»Los doch, ihr Narren!«, mahnte Riwanon sie zur Eile, während sie leichtfüßig an ihnen vorbeihuschte. Für einen Moment blickte Granock zurück und gewahrte die zehn Echsenkrieger – Monstren, die schrecklicher waren als alles, was er je zu Gesicht bekommen hatte. Ihre Augen glommen in unstillbarem Blutdurst, Geifer troff aus ihren Mäulern, während sie in grotesken Bewegungen auf den Tempel zusetzten.

»Scheiße!«, stieß Granock in der Menschensprache hervor.

»Wo du recht hast …«, sagte Aldur nur. Sie liefen ihren Meistern hinterher, an den Säulen vorbei und durch die Pforte.

Jenseits des Eingangs war es nicht nur einfach dunkel; Granock hatte das Gefühl, gegen eine Mauer aus bodenloser Schwärze zu laufen, und jede Faser seiner Existenz drängte danach, sofort wieder umzukehren. Aber hinter ihm waren die *neidora*, erklommen bereits die Stufen des Tempels.

»Das Tor! Schließt das Tor!«, wies Farawyn seine jungen Begleiter an, und obwohl Granock bezweifelte, dass das altersschwache und vom Rost zerfressene Eisen den *neidora* lange Widerstand leisten würde, tat er sofort, was sein Meister ihm sagte. Gemeinsam mit den anderen stemmte er sich gegen die Torflügel, die sich quietschend in ihren Angeln bewegten und dann donnernd zuschlugen.

Die Finsternis, die von einem Moment zum anderen herrschte, war so vollkommen, dass Granock das Gefühl hatte, davon verschluckt worden zu sein. Einen endlos scheinenden Augenblick lang blieb es dunkel, dann flammten die Elfenkristalle an Farawyns und Riwanons Zauberstäben auf.

»Rasch, den Riegel vor!«, mahnte Farawyn, und die Novizen legten die Schließvorrichtung des Tores um. Zahnräder, die sich wohl seit einer halben Ewigkeit nicht mehr bewegt hatten, griffen mit markigem Knirschen ineinander und verschlossen das Tor, und im nächsten Moment war von außerhalb des Tempels ein wilder, lang gezogener Schrei zu hören, voll unsagbarer Wut und Enttäuschung.

Die *neidora* waren leer ausgegangen – aber sie würden sich damit nicht abfinden …

In der Erwartung, dass sich schon im nächsten Moment etwas mit zorniger Urgewalt von außen gegen die Torflügel werfen würde, wichen Granock und seine Gefährten zurück.

Aber die erwartete Attacke erfolgte nicht.

Augenblicke verstrichen.

Noch immer kein Angriff.

»Sie haben sich zurückgezogen«, flüsterte Alannah hoffnungsvoll.

»Unwahrscheinlich«, knurrte Farawyn. »Schon viel eher hat sie etwas zurück*gerufen*. Oder aber sie fürchten sich vor diesem Ort.«

Er wandte sich um und hob seinen Stab, um die Umgebung ein wenig auszuleuchten. Erst jetzt kamen die Gefährten dazu, sich anzusehen, wohin sie sich geflüchtet hatten.

Es war eine Eingangshalle, quadratisch in ihrer Form und von vierkantigen Säulen getragen, die Decke so hoch, dass sie im spärlichen blauen Licht der Elfenkristalle nicht zu erkennen war; dem Widerhall der Stimmen nach zu urteilen, musste die Raumhöhe jedoch beträchtlich sein.

Auf der rückwärtigen Seite, der Pforte genau gegenüber, gab es einen weiteren Eingang, der in unergründliche Schwärze führte. Auch das viereckige Portal wurde von den unheimlich anmutenden Schriftzeichen der verbotenen Zaubersprache umlaufen, die zumindest ansatzweise zu entziffern Farawyn und Riwanon von ihren Meistern gelernt hatten.

Als Farawyns Blick jedoch auf die Zeichen fiel, tat er etwas, das er noch nie zuvor getan hatte und das Granock zutiefst entsetzte: Der Zauberer stieß einen lauten Schrei aus, und derartiges Entsetzen schien von ihm Besitz zu ergreifen, dass er sich nicht mehr auf den Beinen halten konnte. Am ganzen Körper zitternd, sank er an seinem Stab nieder.

»Was ist mit Euch, Meister?«, fragte Granock entsetzt und eilte zu ihm. »Was habt Ihr?«

»D-die Inschrift«, stammelte Farawyn nur, noch zu schockiert, um ausführlich antworten zu können.

»Was ist damit?«, wollte Aldur wissen.

»Ja, was bedeutet sie?«, drängte auch Granock.

»Sie besagt: ›Dies ist die Ruhestätte des Dunkelelfen. Der Ort, an den er gebracht wurde, um die Zeit zu überdauern‹«, übersetzte Meisterin Riwanon ohne erkennbare Regung.

»D-die Ruhestätte des Dunkelelfen?«, fragte Alannah entsetzt. »Soll das heißen, dass … dass …?«

»Genau das«, bestätigte Riwanon. »Das hier ist Margoks Grab.«

21. CYSGURA'Y'GORFÉNNUR

Das Entsetzen griff um sich wie eine Seuche.

Bislang waren die düsteren Vermutungen, die während des Marsches geäußert worden waren, nichts als Spekulationen gewesen, auch wenn sie aus dem berufenen Mund eines Sehers gekommen waren. Das Auftauchen der *neidora* jedoch und erst recht die Inschrift, auf die die Gefährten in der Eingangshalle des Tempels gestoßen waren, machten aus düsteren Mutmaßungen harte Tatsachen, die nicht mehr länger zu leugnen waren: Es musste tatsächlich jemandem gelungen sein, in den Besitz des *laiffro'y'essathian* zu gelangen, des »Buches der Geheimnisse«, in dem der Dunkelelf verbotenes Wissen und frevlerische Erkenntnisse niedergelegt hatte, mit denen auch die Echsenkrieger aus ihrem Jahrtausende währenden Schlaf geweckt worden waren. Und was beinahe noch schwerer wog: Jene Gerüchte, die seit dem Ende des Krieges umhergeisterten und in denen behauptet wurde, der Leichnam des Dunkelelfen wäre von seinen Anhängern nach der letzten Schlacht an einen verborgenen Ort gebracht und dort beigesetzt worden, entsprachen offenbar der Wahrheit.

Was all dies bedeutete, war im Augenblick noch nicht zu ermessen. Eines jedoch schien offensichtlich: dass der ebenso verräterische wie vernichtende Geist des Dunkelelfen noch immer am Wirken war …

»Ihr glaubt, dass diese Pyramide wirklich Margoks Grab beherbergt?«, fragte Alannah leise.

»Die Vorgeschichte dieser Reise, der Überfall auf Carryg-Fin, die Säule, das Auftauchen der *neidora*, das Ungeheuer aus Stein – alles deutet darauf hin«, bestätigte Farawyn. »Dennoch können wir nicht von diesem Ort weichen, ohne uns Gewissheit verschafft zu haben.«

»Gewissheit? Worüber?«, fragte Granock, aber die Blicke, mit denen sowohl sein Meister als auch die anderen ihn bedachten, machten deutlich, dass es eine höchst überflüssige Frage war.

Die Antwort lag auf der Hand – auch wenn sie Granock ganz und gar nicht gefiel …

»Wir müssen wissen, ob diese düsteren Mauern tatsächlich Margoks Leichnam bergen«, entgegnete Farawyn, »und wenn es so ist, müssen entsprechende Maßnahmen ergriffen werden.«

»Was für Maßnahmen? Der Kerl ist tot, oder nicht?«

»Das waren die *neidora* auch«, brachte Farawyn in Erinnerung, »und es war toter Stein, der verantwortlich ist für den Tod unseres Gefährten Cethegar. Das Böse vermag manches, Junge. Es kann kein Leben neu erschaffen, aber es vermag die Gesetze der Schöpfung auf manche Art zu manipulieren.«

Granock hatte keine Ahnung, was das genau bedeutete, und er war sich auch nicht sicher, ob er es überhaupt wissen wollte. Sein Meister jedenfalls schien entschlossen, dem Geheimnis des Tempels auf den Grund zu gehen, ganz gleich, was ihn in jenem finsteren Stollen erwarten mochte, der sich jenseits der Eingangshalle erstreckte.

»Wartet hier auf mich«, wies er seine Gefährten an und wollte gehen.

Riwanon hielt ihn jedoch zurück. »Farawyn, ich komme mit dir. Wenn du tatsächlich findest, was du vermutest, so werden unser beider Kräfte vonnöten sein.«

»Dann kommen wir auch mit«, erklärte Aldur entschlossen.

»Nein.« Farawyn schüttelte den Kopf. »Ihr müsst hierbleiben und die Stellung halten für den Fall, dass die *neidora* doch noch versuchen, durch das Tor zu brechen.«

»Aber Meister«, wandte Granock ein, »Ihr sagtet doch vorhin, dass sich die *neidora* wahrscheinlich vor dem Tempel fürchten und …«

»Ihr bleibt!«, befahl der Zauberer in einem Tonfall, der jeden Widerspruch ausschloss. »Nur Schwester Riwanon und ich werden gehen. Habt ihr verstanden?«

»Verstanden«, bestätigte Granock leise.

»Und wenn die *neidora* kommen?«, fragte Alannah.

»Dann ruft nach uns«, beschied ihr Farawyn. »Einstweilen habt ihr Waffen genug, um sie aufzuhalten.«

»Die haben wir«, bestätigte Aldur und ließ eine kleine Flamme auf seiner rechten Handfläche auflodern. »Fragt sich nur, *wie lange* wir sie aufhalten können.«

»Lange genug«, war Farawyn überzeugt, und nachdem er Granock versöhnlich zugezwinkert hatte, wandte er sich zum Gehen. Im nächsten Augenblick waren sowohl der Seher als auch die Netzknüpferin im dunklen Stollen verschwunden. Für kurze Zeit waren noch die leuchtenden Elfenkristalle ihrer Zauberstäbe auszumachen, dann waren auch sie nicht mehr zu sehen. Dass es in der Eingangshalle nicht stockdunkel wurde, lag an Aldurs Flamme.

»Du meine Güte!«, stieß Granock hervor. »So aufgebracht habe ich den Alten noch nie erlebt!«

»Er sorgt sich um uns«, war Alannah überzeugt.

»Ach ja?«, fragte Aldur, während er die Flamme zu einem beträchtlichen Feuerstrahl formte und diesen gegen einige der steinernen Bodenfliesen lenkte. Das Gestein begann daraufhin zu glühen und verbreitete orangeroten Schein. »Mir kam es eher so vor, als würde er uns absichtlich zurücklassen, damit wir ihm den Rückweg offen halten.«

»Mir auch«, stimmte Granock zu.

»Dann habt ihr alle beide keine Ahnung«, konterte die Elfin fast wütend. »Meister Farawyn hat uns aus einem einzigen Grund befohlen, hierzubleiben: weil er wusste, dass nichts von dem, was uns hier widerfahren wird, auch nur annähernd so schrecklich und gefährlich ist wie das, dem Meisterin Riwanon und er sich aussetzen werden.«

»Und das wäre?«, fragte Granock.

»Das absolut Böse«, entgegnete sie, und es hatte den Anschein, als würde die Glut dämonische Schatten auf ihre sonst so anmutigen Züge werfen.

Granock schauderte und schlug den Blick nieder. Einerseits schämte er sich, weil er für einen Moment tatsächlich an seinem

Meister gezweifelt hatte. Andererseits befiel ihn wieder jene unbegreifliche, aus seinem Innersten kommende Furcht, gegen die es kaum ein Mittel gab und die offenbar nicht nur sein Herz ergriffen hatte, sondern auch an seinem Verstand zu nagen begann.

Er fröstelte in seiner klammen Tunika und ließ sich unweit der wärmenden Glut auf den Boden nieder, das Gesicht in den Händen vergraben.

Erst da fiel ihm auf, wie still es in der Halle war, wenn niemand sprach. Kein Regenprasseln war zu hören, die Stimmen des Waldes waren ebenso verstummt wie das Gebrüll der Echsenkrieger. Schweigen herrschte.

Tödliche Stille – die Granock irgendwann nicht mehr aushielt.

»Glaubt ihr«, fragte er leise, »dass der Geist von diesem Kerl tatsächlich noch existiert?«

»Wessen Geist? Margoks?«, fragte Aldur.

»Still«, zischte Alannah energisch. »An einem Ort wie diesem seinen Namen laut auszusprechen, ist keine gute Idee.«

»Du denkst, er ist hier?«, fragte Granock.

»Es spielt keine Rolle, was ich denke. Die Fakten zählen, die Hinweise, auf die wir gestoßen sind. Diesen Tempel dürfte es streng genommen überhaupt nicht mehr geben, der Zahn der Zeit müsste ihn längst zerstört haben. Wer anders sollte diesen Tempel vor dem Zerfall bewahrt haben als die Anhänger des Dunkelelfen? Und zu welchem Zweck, wenn nicht dazu, seinen sterblichen Körper zu bewahren?«

Sie verstummte und überließ es ihren Gefährten, sich selbst die weiteren Antworten zu geben.

Ein seltsames Gefühl beschlich Granock und gesellte sich zu der Furcht, die ihn ohnehin schon in ihren Klauen hielt. Es war eine Ahnung, das dumpfe Gefühl, dass sie mit ihren Vermutungen erst an der Oberfläche der Wahrheit kratzten und dass das Geheimnis, das diese Mauern bargen, noch sehr viel erschreckender war, als sie es sich auszumalen vermochten …

»Habt ihr Angst?«, erkundigte sich Aldur plötzlich bei seinen Gefährten. Als niemand antwortete, schickte er Granock einen forschenden Blick.

»Ein wenig«, gestand dieser widerstrebend ein. »Und du?«

»Ein wenig«, wiederholte Aldur die Antwort des Menschen. »Alannah?«

»Es wäre im höchsten Maße töricht, an einem Ort wie diesem nicht von Furcht erfüllt zu sein«, sagte die Elfin, die sich sichtlich unwohl fühlte in ihrer Haut. Ihr Blick fiel auf die schmucklosen, aus großen Quadern zusammengefügten Wände, an denen große Eisenringe hingen, mit rostigen Ketten durchzogen. »Grässliches ist hier geschehen«, flüsterte sie. »Grässliches ...«

»Ist das so 'ne Art Vision?«, neckte Granock, um sie ein wenig aufzumuntern. »Willst du meinem Meister Konkurrenz machen?«

»Ich meine es ernst«, entgegnete sie ein wenig verärgert. »Fühlt ihr das denn nicht? Als ob die Geister derer, die hier zu Tode gequält wurden, noch immer da wären.«

»Hör auf!«, ermahnte Aldur sie. »Mit derlei Dingen treibt man keinen Spaß.«

»Mir ist auch nicht nach Spaß zumute«, versicherte sie, während sie abermals argwöhnisch umherspähte. »Dies ist ein dunkler, unheimlicher Ort. Ich kann das Böse fühlen ...«

»So wie du es in dir selbst fühlen konntest?«

Weder Granock noch Aldur hatte dies gesagt, sondern eine Stimme, die sehr viel sonorer war und von der Gelassenheit und der Erfahrung eines langen, sehr langen Lebens zeugte.

Erschrocken fuhr Alannah herum – und gab einen spitzen Schrei von sich, als kein anderer als Meister Cethegar vor ihr stand.

Cethegar, der sich geopfert hatte, damit sie alle überlebten, der vor ihren Augen eins geworden war mit einer Kreatur, die zerstörerischer gewesen war als alles, was ...

Oder hatte sie sich das nur eingebildet? War es nur ein Traum gewesen, eine Täuschung?

Natürlich, so musste es sein. Wie wäre es sonst möglich, dass sie selbst sich weder in der drückenden Hitze Aruns wiederfand noch in einem steinernen Gewölbe, sondern unter freiem Himmel, inmitten der klirrenden Kälte der *yngaia*?

Cethegar stand vor ihr, die Arme energisch in die Hüften gestemmt. In den Zöpfen seiner Haare und seines Bartes hatten sich kleine Eiskristalle verfangen, die im unwirklichen Nordlicht funkelten und dem alten Zauberer etwas Ehrfurchtgebietendes verliehen. Und er stand fest auf beiden Beinen, war nicht verstümmelt.

»W-was habt Ihr gesagt, Meister?«, fragte Alannah, noch immer verwirrt.

»Ich habe dich gefragt, ob du das Böse in dir fühlen konntest, damals, als du diesen Menschenjungen getötet hast.«

Die Last der Erinnerung ließ die Elfin zusammenzucken. »Verzeiht, Meister«, bat sie, »ich möchte nicht …«

»Was denn? Daran erinnert werden?« Er lachte spöttisch. »Dabei ist das noch die geringste Herausforderung, die hier in Shakara auf dich wartet. Stelle dich ihr und erweise dich deines Erbes als würdig, statt dich im Selbstmitleid zu suhlen.«

»Das tue ich nicht!«, verteidigte sie sich entschieden.

»Nein? Bist du nicht überzeugt davon, schuldig zu sein wegen des Todes dieses Menschen? Bist du in der Tiefe deines Herzens nicht der Auffassung, bestraft werden zu müssen?«

»Das ist nicht w…«, setzte sie erneut zum Widerspruch an, verstummte dann aber. Denn wenn sie ehrlich zu sich selbst war, dann hatte ihr Meister recht.

»Beantworte mir nur diese eine Frage, Novizin«, verlangte Cethegar streng. »Konntest du das Böse in dir fühlen, als du den Menschen getötet hast?«

Alannah brauchte nicht lange zu überlegen. Sie hatte ihre Gefühle oft genug erforscht, um genau zu wissen, was sie empfunden hatte. »Nein«, antwortete sie.

»Warum nicht?«, hakte er nach. »Du hast fraglos Böses getan. Warum hast du nicht entsprechend dabei gefühlt?«

»Weil alles so schnell geschah, dass ich nicht mehr dazu kam, etwas zu empfinden. Das erste Gefühl, woran ich mich entsinne, ist blanker Schrecken, Entsetzen über das, was ich getan hatte.«

»Also hast du nicht aus Vorsatz gehandelt.«

Alannah schüttelte den Kopf. »Nein, Meister.«

»Warum gibst du dir dann die Schuld an dem Geschehenen? Weder wusstest du, was passieren würde, noch hast du es absichtlich getan.«

»Dennoch *habe* ich es getan«, beharrte sie. »Ich war leichtfertig. Und ich habe Zorn verspürt, mich ihm hingegeben …«

»Das war möglicherweise ein Fehler«, räumte er ein. »Schuld und Versäumnis sind jedoch zwei verschiedene Dinge. Ahnungslosigkeit und Absicht sind es, die den Törichten vom Frevler unterscheiden.«

»Für den Jungen machte es keinen Unterschied«, wandte Alannah mit leiser Stimme ein.

»Nein«, gab Cethegar zu, »aber für dich wird es einen Unterschied machen. Hör auf, dir die Schuld für etwas zu geben, wofür du nichts kannst, sondern bekenne dich zu deinen Fehlern und arbeite an ihnen. Was geschehen ist, ist geschehen, du kannst es nicht rückgängig machen. Aber du musst die Gabe anerkennen, die dir das Schicksal gegeben hat, denn sie ist ein Teil von dir. Durch sie erwächst dir nicht nur die Möglichkeit, sondern auch die Pflicht, deinen Fehler wiedergutzumachen.«

Sie sah ihn an und fragte zaghaft: »Meint Ihr?«

»Das Schicksal hatte einen Grund, dir *reghas* zu verleihen, Kind, das solltest du nie vergessen. Wer warum dazu ausersehen ist, vermag niemand von uns zu sagen. Wir wissen nicht, welche Maßstäbe das Schicksal anlegt. Aber eines haben wir in all der Zeit gelernt: dass es nicht auf das ankommt, was wir waren oder getan haben, sondern was wir daraus machen …«

»Nein. Nein. Und nochmals: nein.« Resignierend schüttelte Alduran das Haupt, und sein blondes Haar schimmerte dabei im Sonnenlicht, das in goldenen Schäften durch das Blätterdach des Haines fiel. »Schon wieder hast du versagt, Aldur. Wie willst du jemals die Wege deiner Ahnen beschreiten, wenn du bei so geringen Herausforderungen schon so kläglich scheiterst?«

Aldur hielt den Blick gesenkt. Es war nicht mehr der Körper eines jungen Mannes, in dem er steckte, sondern der eines heranwachsenden Knaben, der sich alle Mühe gab, den strengen Weisungen seines Vaters zu folgen und dabei ständig das Gefühl hatte, den hohen Anforderungen nicht zu genügen, was offenbar auch der Wirklichkeit entsprach.

»Versuch es noch einmal«, verlangte Alduran streng. »Konzentriere deinen Geist nur auf diese eine Sache. Lege alles hinein, dein ganzes Streben. Du musst es in diesem Augenblick mehr wollen als alles andere, musst bereit sein, sogar dein Leben zu geben für diesen einen Moment. Bist du dazu in der Lage?«

»I-ich denke schon, *nahad*«, entgegnete der Knabe, zu eingeschüchtert, um etwas anderes zu erwidern.

»Dann tu es!«, rief sein Vater. »Jetzt! Für mich! Und für all deine Ahnen!«

Aldur nickte und schloss die Augen. Langsam streckte er die rechte Hand aus und richtete sie auf den dürren Wurzelstock, der vor ihnen auf der Lichtung stand – und indem er einen gezielten Gedankenimpuls entsandte, setzte der Junge die Wurzel in Flammen. Knisternd züngelte das Feuer daran empor, und Aldur öffnete die Augen in der Erwartung, wenigstens den Anflug eines stolzen Lächelns im Gesicht seines Vaters zu entdecken.

Vergeblich …

»Weiter!«, forderte Alduran. »Du hast erst die Hälfte der Aufgabe bewältigt. Nun lass das Feuer wieder verlöschen!«

Aldur nickte und schloss die Augen erneut. Abermals streckte er die Hand aus und konzentrierte sich, legte sein ganzes Sehnen und Streben in die Absicht, die soeben entfesselten Flammen wieder zu löschen.

»Los doch!«, redete sein Vater ihm beschwörend zu. »Du kannst es …«

Aldur gab alles, setzte seine ganze Kraft ein. Indem er die ausgestreckte Hand zur Faust ballte, wollte er die Flamme ersticken – aber wie schon unzählige Male zuvor gelang es ihm nicht. Das Feuer brannte weiter, und schließlich war es ein Bediensteter, der die Flammen auf profane Weise löschen musste – mit einem Eimer Wasser.

»Es tut mir leid, Vater«, sagte der Knabe hängenden Hauptes. »Ich habe schon wieder versagt …«

»In der Tat«, brummte Alduran. »Und du bist weit hinter meinen Erwartungen zurückgeblieben.«

Aldur nickte, mit den Tränen kämpfend.

»Feuer hervorzurufen scheint alles zu sein, was du kannst«, stellte sein Vater mit unverhohlener Missbilligung fest. »Ein Werk der Zerstörung entfesseln, weiter nichts.«

»Es ist eine mächtige Gabe«, verteidigte sich der Knabe kleinlaut.

»Mächtig«, pflichtete Alduran ihm bei, »und gefährlich. Denn eine Gabe wie diese, die nur die Kraft der Zerstörung birgt, verlangt nach einem ebenso starken wie besonnenen Geist. Hast du die Fähigkeit, sie zu beherrschen?«

»Ja, *nahad*«, beteuerte Aldur beflissen.

»Deine Antwort ist nichts wert, denn du weißt noch nichts von den Anfechtungen, denen sich ein Zauberer ausgesetzt sieht, von den Verlockungen des Bösen, denen er widerstehen muss. Je gefährlicher die Gabe, desto größer ist die Versuchung. Das gilt für alle Novizen, Aldur, aber ganz besonders für dich.«

»Warum, *nahad*?«

»Weil ...« Alduran unterbrach sich und biss sich auf die Lippen. »Das genügt«, entschied er kurzerhand. »Ich habe dir ohnehin schon zu viel gesagt.«

»Hat es ... etwas mit der Vergangenheit zu tun?«, fragte Aldur vorsichtig. »Mit meiner ... Mutter?« Das letzte Wort hatte er nur noch flüsternd gesprochen und mit furchtsam verkniffenen Augen – zu Recht, wie sich zeigte.

»Was fällt dir ein?«, fuhr Alduran ihn an, dass selbst die Diener, die sich am Rand der Lichtung aufhielten, erschrocken zusammenfuhren. »Was fällt dir ein, nach ihr zu fragen? Habe ich dir nicht gesagt, dass ich nicht über sie sprechen will?«

»D-doch, *nahad*. Ich dachte nur ...«

»Hör mir zu«, sagte Alduran beschwörend, packte seinen Sohn bei den Schultern und drehte ihn so, dass er ihm direkt in die Augen schaute. »Es hat nichts mit ihr zu tun. Deine Mutter weilt nicht mehr unter uns, schon seit vielen Jahren, und dabei wollen wir es belassen. Deine Zukunft, Aldur, liegt wie ein unbeschriebenes Blatt vor dir, und ich will sichergehen, dass du den rechten Weg einschlägst. Ich werde alles daransetzen, dass du eines Tages in Shakara aufgenommen wirst. Und dann wirst du unserem Namen Ehre machen, hast du verstanden?«

»Ja, *nahad* …«

»Die Erwartungen, die an dich gestellt werden, sind hoch, aber ich bezweifle nicht, dass du ihnen gerecht werden wirst. Wage es niemals, unserer Familie Unehre zu machen, oder ich schwöre bei allen *rhegai*, dass ich dich als meinen Nachkommen verleugnen werde. In dir ruht die Kraft, der beste und mächtigste Zauberer von allen zu werden – dies und nicht weniger erwarte ich von dir, diesem Ziel hast du dein Leben zu weihen. Hast du verstanden?«

Aldurs Zögern währte nur einen unmerklichen Augenblick.

»Ja, *nahad*«, sagte er dann.

Granock konnte es kaum glauben – wieder war ein Jahr vorüber.

Der Winter war gekommen, Schnee bedeckte das Land. Und wie immer, wenn die Tage kurz wurden und die Nächte lang, begingen die Menschen Erdwelts jenes Fest, an dem sie ihrer Familie und ihrer Freunde gedachten: das Lichtfest.

Als kleiner Junge hatte Granock es lustig gefunden, sich in den Straßen der Dörfer und Städte herumzutreiben, durch die Scheiben der Fachwerkhäuser zu blicken und den Menschen dabei zuzusehen, wie sie ihre Stuben schmückten und Speisen zubereiteten, wie sie gemeinsam sangen und sich beschenkten. Doch je älter er geworden war, desto deutlicher war ihm aufgegangen, dass er nie dabei war, wenn sie den Braten anschnitten und die Geschenke verteilten, wenn sie Punsch tranken und einander in den Armen lagen und sich ihrer gegenseitigen Liebe versicherten.

Denn das Lichtfest begingen nur jene, die eine Familie hatten oder andere Menschen, die ihnen etwas bedeuteten.

Granock jedoch war allein …

Als Junge hatte man ihm hin und wieder noch eine Zuckerstange oder ein Stück Gewürzbrot zugeworfen, das er dann heißhungrig verschlungen hatte. Dabei hatte er sich vorzustellen versucht, wie es sein musste, ein Heim zu haben und eine Familie, Menschen, die für ihn da waren. Rückblickend waren das schöne Lichtfeste gewesen, aber mit den Jahren hatte seine Freude daran nachgelassen.

Aus dem Knaben war ein Heranwachsender geworden, der nichts mehr geschenkt bekam und den die Leute nicht mal auf den öffentlichen Plätzen haben wollten, wo Freudenfeuer entzündet und ausgelassen gesungen und getanzt wurde. Sie schlossen ihn aus und mieden ihn, was ihm stets aufs Neue vor Augen führte, wie anders er war …

Und wie einsam.

Das ganze restliche Jahr über konnte er ganz gut damit leben, und er tröstete sich damit, dass er eine Fähigkeit besaß, die kein anderer Mensch außer ihm hatte. In den Tagen des Lichtfests jedoch wurde ihm schmerzlich bewusst, wie sehr er sich insgeheim nach menschlicher Nähe sehnte, nach Freundschaft und Geborgenheit, nach der Familie, die er nie gehabt hatte – und diese Sehnsucht war es, die ihn Jahr für Jahr die Gesellschaft der Menschen suchen ließ, um zumindest einen Hauch der Freude und der Nähe zu empfinden, die sie einander schenkten.

Den Namen des Dorfes kannte er nicht einmal.

Der Duft von Braten und von frischem Gewürzbrot hatte ihn angelockt, zusammen mit dem Flötenspiel und dem ausgelassenen Gelächter, das vom Dorfplatz her drang, und Granock, der den ganzen Tag über gewandert und bis auf die Knochen durchgefroren war, hatte das dringende Bedürfnis verspürt, sich ein wenig auszuruhen. Vielleicht, so sagte er sich, bekam er am Rande ja auch etwas vom Lichtfest mit.

Den ganzen Tag über hatte es geschneit, sodass die Dächer der Hütten von dickem Weiß bedeckt waren. Auch in den schmalen Straßen und Gassen lag Schnee, der niedergetreten war und Granocks Schritte dämpfte. Vor Kurzem jedoch hatte der Schneefall ausgesetzt, und die dichte Wolkendecke war aufgerissen, sodass sich ein glitzerndes Sternenmeer über den Häusern spannte, in das die aufsteigende Glut des Feuers rote und gelbe Funken mischte. Die Luft war klirrend kalt, dabei aber trocken, sodass die Nacht wie geschaffen war, sich um das Feuer zu versammeln und ein Freudenfest zu begehen.

Jedenfalls für jene, die eingeladen waren …

Dass Granock nicht dazu gehörte, war unübersehbar. Anders als die Dorfbewohner, die bunte Festtagskleidung angelegt hatten, trug er einen alten wollenen Umhang und dazu den Sack über der Schulter, in dem er seine wenige Habe mit sich führte. Sein dunkles Haar war lang und ungepflegt und hing ihm in fettigen Strähnen ins Gesicht, und seine schäbigen Stiefel verrieten, dass er in ihnen schon viele Meilen zurückgelegt hatte. Kurz, es war unschwer festzustellen, dass er als Landstreicher umherzog, und entsprechend missliebig waren die Blicke, die er auf sich lenkte.

Dennoch ließ er sich nicht beirren. Er war es gewohnt, angestarrt zu werden. Fremdenfeindlichkeit gehörte zu den hervorstechendsten Eigenschaften der Siedler, die die Westlande bewohnten, und natürlich entbehrte sie nicht einer gewissen Grundlage: Marodierende Orks und diebische Zwerge, aber auch Menschen, die sich als Räuber, Betrüger und Plünderer betätigten, waren in dieser Gegend eher die Regel als die Ausnahme.

Granock wusste das, insofern hatte er Verständnis für die vorsichtigen und argwöhnischen, ablehnenden und mitunter auch feindseligen Blicke, die ihm begegneten, als er den Dorfplatz erreichte. Die Feier hatte bereits begonnen. Eine Gruppe Flötenspieler hatte Aufstellung genommen und spielte einen fröhlichen Reigen, zu dem junge Männer und Frauen um das Feuer tanzten, während die Älteren beisammenstanden und sich lachend und scherzend unterhielten. Unter einem verschneiten Baldachin wurde über glühenden Kohlen ein Spanferkel geröstet, an einem Stand Gewürzbrot und allerhand süßes Zeug verkauft, dessen verlockender Geruch die kalte Luft tränkte.

Granock merkte, wie ihm das Wasser im Mund zusammenlief, und er trat auf den Verkaufsstand zu, hinter dem eine dicke Westländerin stand. Unter der spitzenverzierten Haube, die auf ihrem runden Kopf ruhte, lugten kleine Äuglein hervor, die sich missbilligend verengten, als sie den Fremden näher kommen sahen.

»Ein frohes Lichtfest, von ganzem Herzen«, entbot Granock freundlich den üblichen Gruß. »Sagt, ist es Euer Gewürzbrot, das da so köstlich duftet?«

Die Siedlerin antwortete nicht. Dafür fielen ihre vollen Wangen in unverhohlener Ablehnung herab.

»Bitte ein großes Stück«, verlangte Granock und griff in seinen Beutel, um das Geld hervorzuholen.

»Nein«, sagte die Siedlerin nur.

»Nein?« Granock hob die Brauen. »Ich verstehe nicht …«

»Es ist nicht genügend Gewürzbrot da«, schnarrte die Siedlerin im den Westländern eigenen Dialekt.

»Nicht genug da?« Granock deutete auf den riesigen Berg kleiner und großer, mit Nüssen oder Rosinen gespickter Brote, die sich auf dem Tisch häuften. »Aber da sind doch so viele …«

»Du hast sie gehört«, sagte plötzlich jemand so dicht neben ihm, dass er zusammenfuhr. Vier Männer aus dem Dorf, allesamt grobschlächtige Naturen mit tellergroßen Pranken, waren herangetreten, die Fäuste in die Hüften gestemmt. »Es sind nicht genügend Brote.«

»A-aber ich kann bezahlen«, versicherte Granock und zog die Hand aus der Tasche, die voller Kupfermünzen war, die er auch vorzeigte. »Gutes Geld, sundarilische Prägung …«

»Wir wollen dein Geld nicht«, stellte der Wortführer klar. »Also pack es wieder ein und verschwinde, ehe wir dich aus dem Dorf prügeln!«

»Ihr wollt mich vertreiben? Aber ich habe niemandem etwas getan …«

»Geh«, beharrte ein anderer der vier, ein Mann mit bärtigem, grimmigem Gesicht. »In unserem Dorf ist kein Platz für Landstreicher und anderes Gesindel.«

»Aber ich bin kein …«, setzte Granock zu einer Verteidigung an, um dann resignierend zu seufzen. Was sollte er lange erklären, wer er war und woher er kam – für die Leute aus dem Dorf machte es keinen Unterschied. Er war ein Fremder, ein Störenfried, und sie wollten ihn nicht bei sich haben, am allerwenigsten in dieser Nacht.

Der Wortführer der vier deutete sein Schweigen falsch und legte die Pranke demonstrativ auf den Griff des Dolchs, der an seinem Gürtel hing. Die Siedler des Westens waren bekannt dafür, dass sie hartgesottene Kerle waren, die nicht lange fackelten – anders hätten sie sich in diesem Land wohl auch kaum behaupten können.

»Schon gut«, sagte Granock und hob in einer Unschuldsgeste die Hände, nachdem er das Geld zurück in den Beutel gesteckt hatte. »Ich gehe schon. Aber ihr solltet wissen, dass dies nicht dem Wesen des Lichtfests entspricht. Das Fest ermahnt uns dazu, freundlich zu sein gegen jedermann, großherzig und …«

»Es reicht«, verkündete der andere und zog den Dolch ein Stück aus der Scheide.

Granock trat den Rückzug an.

Erst da bemerkte er, dass die Musik ausgesetzt und die Leute aufgehört hatten zu tanzen. Alle standen nur da und starrten ihn an, und einmal mehr kam er sich verlassen und zurückgewiesen vor.

Er schalt sich einen Narren, weil er sich eingebildet hatte, dieses Lichtfest werde anders verlaufen als die vorherigen, und gesenkten Hauptes passierte er die Gasse, die die Dorfbewohner für ihn bildeten. Ihre Blicke, die voll stummer Anklage waren, trafen ihn wie Stockschläge, und er schwor sich insgeheim, niemals, niemals wieder das Lichtfest begehen zu wollen. Eine junge Frau starrte ihn an, als wäre er ein Monstrum, und eine alte Frau spuckte aus, als er an ihr vorbeiging. Am meisten jedoch traf ihn der Blick eines kleinen Jungen, der ängstlich vor ihm zurückwich.

Was, in aller Welt, hatten sie diesem Knaben erzählt? Dass er sich bei Vollmond auf einsamen Waldlichtungen herumtrieb und heimlich kleine Kinder fraß?

Der Blick des Knaben schmerzte ihn deshalb so, weil er ihm klarmachte, dass sich niemals etwas ändern würde, weder an diesem noch am nächsten Tag noch irgendwann. Stets würden die Leute in ihm einen Fremden sehen, einen Feind, den sie mieden und vertrieben – und diese ernüchternde Einsicht war es, die hilflosen Zorn in Granocks Adern schießen ließ und ihn dazu brachte, einen jähen Entschluss zu treffen …

»Ihr wollt mich nicht in eurem Dorf haben?«, rief er, blieb stehen und wandte sich um. »Ihr jagt mich hinfort?«

»So ist es!«, rief der Wortführer der vier Kerle vom anderen Ende der Menschengasse. »Und jetzt verschwinde endlich, oder wir machen dir Beine!«

Zustimmendes Gemurmel wurde laut, das Granock nur noch mehr in Rage brachte. »Von wegen!«, rief er. »Ich werde nicht gehen. Dieses Mal werde ich bleiben, und wir alle werden zusammen das Lichtfest feiern!«

»Willst du frech werden?«, scholl es zurück, während der Dolch endgültig aus der Scheide gerissen wurde und im Widerschein des Feuers blitzte. »Dann werde ich dir wohl zeigen müssen, was es heißt ...«

Weiter kam der Hüne nicht.

Die Worte erstarrten auf seinen Lippen, und das im wörtlichen Sinn. Denn der Mann mit dem Dolch hatte jäh aufgehört, sich zu bewegen, ebenso wie alle anderen, die den Dorfplatz bevölkerten. Von Enttäuschung getrieben, hatte Granock seine Fähigkeit zum Einsatz gebracht, und aufgrund der unbändigen Wut, die er verspürte, war die Wirkung diesmal noch durchschlagender als sonst. Nicht nur der Wortführer, sondern jeder Mann, jede Frau und jedes Kind auf dem Dorfplatz waren erstarrt, samt der Abneigung in ihren Gesichtern.

»Und?«, fragte Granock in grimmiger Genugtuung. »Wollt ihr immer noch, dass ich gehe?«

Natürlich kam keine Antwort, und er ging die Gasse zurück zu dem Verkaufsstand, vorbei an dem Mann, der den Dolch in der Hand hielt und blöde vor sich hinstarrte.

»Zwei von denen mit Rosinen«, verlangte er und legte das Geld auf den Tisch, und als die reglose Siedlerin keine Anstalten machte, ihn zu bedienen, griff er einfach selbst zu. Herzhaft biss er in das Brot und genoss den süßherben Geschmack des Gewürzes, ehe er sich mit feierlicher Miene zu den erstarrten Dorfbewohnern umdrehte.

»Und jetzt«, verkündete er lauthals, »werden wir zusammen ein Lichtfest begehen, wie es noch keines gegeben hat ...«

22. *DRAGNADHA*

Die erste Etappe der Reise war rasch vonstatten gegangen.

Indem sie die Kristallpforte durchschritten, waren Palgyr und seine Begleiter auf schnellstem Wege nach Tirgas Lan gelangt. Dort hatten sie keine Zeit verloren und zu Pferd ihren Weg nach Südosten fortgesetzt, der fernen Grenze entgegen, wo zwei Ordensmitglieder in Not waren und – wenn man Vater Semias' Ahnung trauen durfte – der weise Cethegar sein Leben gelassen hatte. Was aus den Novizen geworden war, die ihre Meister auf der Reise begleiteten, wusste niemand, und es war Palgyr auch gleichgültig.

Sehr viel wichtiger waren ihm seine eigenen Pläne – und diese entwickelten sich zu seiner vollsten Zufriedenheit. Lange genug hatte er die Maske eines loyalen Mitglieds des Rates getragen, lange genug sich als jemand ausgegeben, dem die Werte und Prinzipien des Ordens über alles gingen, während er sie in Wirklichkeit lieber heute als morgen allesamt für erloschen erklärt hätte. Er hasste die Rolle, in die er hatte schlüpfen müssen, um seine wahren Absichten und Ziele zu verbergen – aber der Tag war nicht mehr fern, an dem er der Welt sein wahres Gesicht präsentieren konnte.

Der Tag der Befreiung.

Der Tag der Rückkehr …

In den vergangenen Jahren hatte Palgyr auf diesen Tag hingearbeitet. Er hatte im Stillen geplant und vorbereitet, hatte den Schein gewahrt, um sich nicht verdächtig zu machen. Er war im Auftrag des Rates als offizieller Gesandter am Hof von Tirgas Lan gewesen, aber in Wahrheit hatte er dort seine eigene Diplomatie betrieben. Er hatte nach außen hin die Traditionen gewahrt, während er in Wirklichkeit an ihrer Auflösung gearbeitet hatte. Er hatte jene verdammt, die von althergebrachten Regeln abwichen, während er selbst sie alle gebrochen hatte. Er hatte Wissen gesammelt und Dinge gesehen, die, wenn es nach der Auffassung des Rates ging, kein Zauberer je erfahren durfte. Er hatte Wasser gepredigt und Nektar gesoffen, und er hatte kübelweise Kreide gefressen, wenn er sich bei den langweiligen, trägen Idioten angebiedert hatte, die sich Ratsmitglieder schimpften.

Nun jedoch nahte der Augenblick, da er die Belohnung erhalten würde für all das. Er konnte es kaum erwarten, die Maske der Täuschung abzulegen und seine wahren Absichten zu offenbaren – und er war erpicht darauf, die dämlichen Gesichter seiner Feinde zu sehen …

»Werden sie kommen?«, erkundigte sich Labhras besorgt. Der feiste Zauberer, auf dessen kahlem, schweißnassem Schädel eine dreieckige Tätowierung glänzte, saß im Schatten einer mächtigen Eiche. Nicht weit von ihm hockte Sgruthgan auf einem Felsen und blickte nicht weniger argwöhnisch drein als sein fetter Kumpan. »Wir riskieren viel dieses Mal«, gab er zu bedenken. »Wenn auch nur einer von ihnen zurückkehrt oder …«

»Keiner von ihnen wird zurückkehren«, war Palgyr überzeugt. »Habt ihr nicht gehört, was geschehen ist? Sogar der ach so mächtige Cethegar hat sein Leben lassen müssen. Das sollte selbst einem Feigling wie dir einige Sicherheit geben.«

»Ich bin kein Feigling«, verteidigte sich Sgruthgan. »Aber ich verspüre auch kein Verlangen danach, die Abgründe von Borkovor unmittelbar kennenzulernen.«

»Das wirst du nicht«, versicherte Palgyr. »Mein Plan berücksichtigt jede Eventualität. Wir sind unseren Feinden stets einen Schritt voraus, und sie tun genau das, wozu wir sie …«

»Achtung!«, zischte Labhras. »Der Unhold kommt zurück!«

Palgyr verzog das Gesicht. Er hielt es für nicht notwendig, eines Primitiven wegen in seiner Rede innezuhalten, aber um seine Anhänger nicht noch mehr zu beunruhigen, tat er ihnen den Gefallen. Labhras und Sgruthgan waren verlässliche Helfer, standen loyal auf seiner Seite – jedoch nur, solange alles klappte und ihr persönliches Risiko nicht zu hoch war. Im Zweifelsfall, davon war Palgyr überzeugt, würde ihr eigenes Wohlergehen ihnen wichtiger sein als die Sache. Deshalb musste er auch bei ihnen stets auf der Hut sein.

Es raschelte im Gebüsch, und Rambok erschien, der Ork, den Palgyr zu seinem Zauberschüler gemacht hatte. Der Entschluss dazu war aus einer Laune heraus geboren worden. Die Aussicht, den Rat zu demütigen und ihn mit den eigenen Waffen eine Niederlage zu bereiten, war Palgyr zu verlockend erschienen, um die Gelegenheit ungenutzt hätte verstreichen zu lassen. Inzwischen allerdings ging ihm der Unhold, dessen Dummheit geradezu bodenlos war und dessen Ungeschick beklagenswert, auf die Nerven.

Die Dämmerung war über der Waldlichtung hereingebrochen, auf der die Zauberer ihr Lager aufgeschlagen hatten. Tirgas Lan hatten sie weit hinter sich gelassen und die südöstlichen Ausläufer des Waldes von Trowna erreicht. Die nächstgelegene Stadt war Narnahal, aber Palgyr hatte nicht vor, zur Landstadt zu reiten und dort die Pferde zu wechseln, wie Farawyn und die anderen es zweifellos getan hatten. Denn er hatte für sich und seine Gefährten ein sehr viel effizienteres Fortbewegungsmittel ausgewählt …

»Und?«, wandte er sich an Rambok, dessen gelbe Augen im Halbdunkel blitzten.

»Douk.« Der Schamane schüttelte den Kopf. »Weit und breit nichts zu sehen.«

»Weit und breit nichts zu sehen, *Meister*«, verbesserte ihn Palgyr.

»Weit und breit nichts zu sehen, *Meister*«, wiederholte der Ork mit unterwürfig gesenktem Haupt. Kaum zu glauben, dachte Palgyr verächtlich, dass dieser feige Speichellecker von einer Kriegerrasse abstammte, vor der sich einst sogar die Elfen gefürchtet hatten. Vermutlich waren schon seine Ahnen Feiglinge gewesen, und auch seine Nachkommen – wenn es denn jemals welche gab – würden nichts anderes als Feiglinge sein. Undenkbar, dass eine solche Kreatur jemals einen mutigen Krieger hervorbringen könnte oder gar zwei …

Als Margok die Orks züchtete, hatte er an vieles gedacht: Er hatte sie robust gemacht und widerstandsfähig, hatte ihren Blutdurst groß und ihre Moral winzig klein gemacht und damit gewissermaßen einen Gegenentwurf der Elfenrasse ins Leben gerufen. Nur eines entbehrten die Unholde leider, was den Dunkelelfen letztlich den Sieg gekostet hatte: Verstand.

»Halte dennoch weiterhin die Augen offen, Schüler«, beschied Palgyr dem Ork streng, »und wenn du sie siehst, dann tu genau das, was ich dir befohlen habe.«

»*Korr,* Meister.«

»Wenn du schon unterwegs bist, dann bring mir gleich noch etwas zu essen mit«, fügte Labhras grinsend hinzu.

»Und mir etwas zu trinken«, verlangte Sgruthgan. »Meine Kehle fühlt sich an wie ausgedörrt. Ich hasse den Süden und seine Hitze.«

»Korr«, wiederholte der Ork und verbeugte sich abermals, allerdings blieb Palgyr nicht das rebellische Blitzen in den gelben, blutunterlaufenen Augen verborgen.

»Im Gehorsam«, erklärte er deshalb, »erschließen sich dem Novizen die Geheimnisse der Zauberei. Es ist wie ein Handel zwischen Lehrer und Schüler.«

»Das verstehe ich, Meister«, versicherte Rambok. Eine Brise strich über die Lichtung und trieb den erbärmlichen Gestank, den der Ork am Leibe hatte, geradewegs an die Nasen der Zauberer, die angewidert die Gesichter verzogen. »Ich frage mich nur ...«

»Ja?«, wollte Palgyr wissen.

»... wann Ihr mir endlich etwas beibringen wollt«, brachte Rambok den Satz vorsichtig zu Ende. »Seit vielen Tagen diene ich Euch nun, aber noch immer habt Ihr mich nicht einen einzigen Moment in der Zauberkunst unterrichtet.«

»Geduld, mein junger Novize«, entgegnete Palgyr mit gönnerhaftem Grinsen. »Schon bald, das schwöre ich dir, wirst du deine verdiente Belohnung erhalten für ...«

»Da! Sie kommen!« Es war Labhras, der gerufen hatte. In freudiger Erregung war der feiste Zauberer aufgesprungen (wobei die Fettmassen unter seinem weiten Gewand ein Eigenleben zu bekommen schienen) und deutete mit den kurzen Fingern hinauf zum roten, von grauen und violetten Strichen durchzogenen Himmel.

Und tatsächlich – von Norden her, wo das Land bereits in Dunkelheit versunken war, näherten sich mehrere große Schatten, die auf weit ausgebreiteten Flügeln majestätisch durch die Lüfte glitten. Auf den ersten Blick hätten sie als – wenn auch ziemlich große – Vögel durchgehen können, allerdings hockten Reiter auf den Rücken der Kreaturen, und als sie weiter heran waren, konnte man schließlich auch erkennen, dass die fliegenden Schatten weder Haut noch Fleisch am Leib hatten, sondern lediglich aus Knochen bestanden.

Acht Skelette waren es, die durch die hereinbrechende Dunkelheit glitten, die Überreste von Kreaturen, die vor langer Zeit Erdwelt bevölkert hatten. Es waren schlanke Körper mit langen, stachelbewehrten Hälsen, an denen längliche Schädel hingen. Die kurzen Hinterbeine liefen in gefährliche Klauen aus, die vorderen Extremitäten waren verkümmert. Der Schwanz bestand lediglich aus Wirbeln und peitschte hin und her, während die Kreaturen auf Flügel dahinglitten, die wenig mehr waren als mit ledriger Haut bespannte dürre Knochenkonstrukte, aber dennoch auszureichen schienen, um die unheimlichen Kreaturen in der Luft zu halten. Ihr Geist mochte längst entschwunden sein und ihr Fleisch verrottet – ihre Gebeine jedoch wurden von magischer Kraft am Leben erhalten, um im Dienst ihrer dunklen Herren weiterhin ihre Pflicht zu tun.

»Los, entzünde die Lampen!«, wies Palgyr den Ork an, der daraufhin nach der Fackel griff, die im Boden steckte, und damit die mit ölgetränkter Erde gefüllten Tongefäße abschritt, die um die Lichtung verteilt waren. Im Nu hatte er sie alle entzündet, und die Flugkreaturen, die Augenblicke lang suchend über dem Wald gekreist waren, setzten zur Landung an.

Pfeilschnell schossen sie heran, ehe sie die löchrigen Schwingen ausbreiteten, um ihren Flug zu verlangsamen. Eine nach der anderen sank zwischen den Bäumen nieder und setzte im weichen Gras auf – Furcht einflößende, knochige Gestalten, deren lange Schädel keine Augen mehr hatten. Dennoch hatte es den Anschein, als würden die Tiere sich wachsam umblicken, während ihre zähnestarrenden Mäuler auf- und zuschnappten.

»Willkommen, Hauptmann«, grüßte Palgyr einen der Reiter, deren hoch zwieselige Sättel auf den blanken Rückenwirbel ihrer unheimlichen Flugtiere saßen. Darunter wölbten sich armdicke Rippen um einen hohlen Brustkorb. Weder schlug ein Herz darin, noch gab es sonstige Organe, ebenso wenig wie die Kreaturen Sehnen oder Muskeln hatten.

Der Angesprochene trug eine schwarze Lederrüstung, deren Helm die obere Hälfte seines blassen Gesichts bedeckte. Er erwiderte den Gruß, dann glitt er seitlich vom Rücken seines bizarren Reittiers. Die übrigen Krieger taten es ihm gleich, blieben jedoch bei ihren Skelettkreaturen, die unruhig die Schädel hoben und senkten und mit den Fußklauen im weichen Erdreich scharrten.

»Zu Euren Diensten, *dun'ras*«, sagte der Hauptmann und verbeugte sich tief und ehrfürchtig vor dem Zauberer, der sich die Geste gern gefallen ließ.

»Wurde alles erledigt, wie ich es angeordnet habe?«, verlangte Palgyr zu wissen.

»Ja, *dun'ras*. Ihr werdet zufrieden sein. Die Menschen müssten den Bestimmungsort inzwischen erreicht haben.«

»Gut so.« Palgyr nickte. Nichts würde dem Zufall überlassen sein, nicht dieses Mal … »Wir werden sofort aufbrechen.«

»Euer Wunsch ist uns Befehl«, versicherte der Unheimliche.

Palgyr grinste. Die *dragnadha* benötigten weder Futter noch Erholung. Das war einer der Vorteile, wenn man tot war …

Er wandte sich zu Sgruthgan und Labhras um. Die beiden Elfen waren schon dabei, sich für den Abflug zu rüsten, wobei Letzterer den Skelettkreaturen immer wieder argwöhnische Blicke zuwarf, wohl weil er sich fragte, ob deren Kräfte auch dazu ausreichten, seinen feisten Hintern in die Luft zu bekommen. Und noch jemanden gab es, der die *dragnadha* mit äußerst seltsamen Blicken bedachte: Rambok.

Der Ork, der pflichtschuldig die Signalfeuer entzündet und sie sofort nach der Landung der Krieger wieder gelöscht hatte, stand am äußersten Rand der Lichtung, wohin er sich furchtsam zurückgezogen hatte. Von dort aus betrachtete er die Skelette mit deutlich erkennbarem Unbehagen.

Palgyrs Hand umfasste den Schaft des *flasfyn* fester, während er auf Rambok zuschritt. Der hatte die geflügelten Kreaturen, die er bereits in der Kristallkugel gesehen hatte, natürlich wiedererkannt. Die Frage war nur, ob er die richtigen Schlussfolgerungen zog …

»Nun, Schüler?«, fragte der Zauberer, als er den Ork erreichte. Er genoss es, den Unhold so anzusprechen, weil es ihn jedes Mal daran erinnerte, wie er ihn dem Hohen Rat vorgeführt hatte.

»Das … das ist erstaunlich, Meister«, entgegnete Rambok stockend.

»Was ist erstaunlich?«

»Dass Ihr ebenfalls über solche Kreaturen gebietet«, erwiderte Rambok und machte große Augen. »Genau wie jene, die über den *bolboug* der Bluthunde hergefallen sind. Und jene Krieger dort sehen auch genau so aus wie jene, die die Orks getötet haben.«

»In der Tat«, sagte Palgyr und atmete innerlich auf. Offenbar war es um die Intelligenz des Schamanen tatsächlich so schlecht bestellt, wie er angenommen hatte. So brauchte er den Unhold noch nicht zu töten, und Rambok würde ihm weiterhin von Nutzen sein. »Ich sagte dir ja, dass es Elfenkrieger waren, die die Orks überfielen, und natürlich waren sie auch wie Elfen gekleidet.«

»Das wusste ich nicht«, sagte Rambok und senkte ein wenig schuldbewusst das Haupt.

»Du weißt manches nicht«, beschied ihm Palgyr großmütig.

»Was sind das für Kreaturen? Sie sind tot und trotzdem lebendig …«

»Nein«, widersprach Palgyr. »Sie *sind* tot. So tot, wie man nur sein kann. Aber sie bewegen sich. Das ist der Unterschied.«

»Was sind sie?«, fragte Rambok staunend. »Und was sind sie einmal gewesen?«

»Mein kleiner Ork.« Palgyr schüttelte mitleidig den Kopf. »Du weißt so wenig über die Welt, in die du geboren wurdest.« Dann fragte er Rambok: »Hast du je von Dragan gehört?«

»*Douk*«, verneinte Rambok.

»Dragan war einst ein mächtiger Drache. Sein Hort befand sich dort, wo heute Tirgas Lan steht, und es war König Sigwyn, der ihn bekämpfte und bezwang. Als Gegenleistung dafür, dass Sigwyn ihn am Leben ließ, versprach der Drache, die Stadt und den Königsschatz zu bewachen, was er dann auch tat – sogar über den eigenen Tod hinaus.«

»Wie das?«, fragte der Ork schaudernd.

»Der Überlieferung nach kämpfte Dragan im großen Krieg gegen den Herrscher der Dunkelheit auf der Seite der Elfen. In der Schlacht um Tirgas Lan, in der Margoks Heer vernichtend geschlagen und in alle Winde zerstreut wurde, wurde er getötet, aber wie es heißt, sah man ihn später noch viele Male, doch war er kein wirklicher Drache mehr, es waren nur noch dessen Gebeine, zusammengehalten von dem Schwur, den er einst geleistet hatte. Und es gibt nicht wenige, die behaupten, dass der *dragnadh*, wie er inzwischen genannt wird, bis zum heutigen Tag über den Palast von Tirgas Lan und seine Schätze wacht.«

»Und was hat das mit diesen *uchl-bhuurz'hai** zu tun?«, fragte Rambok vorsichtig, auf die Skelette deutend.

»In jeder Sage steckt ein wahrer Kern«, erklärte Palgyr. »Aber es war kein Schwur, der Dragan nach seinem Tod keine Ruhe finden ließ, sondern ein alter Zauber. Ein Fluch, der einen Drachen zum *dragnadh* werden lässt – zur untoten Kreatur, die ihrem Herrn willenlos gehorcht und jeden seiner Befehle ausführt.«

»Soll das heißen, d-dass ...«, begann der Ork und bedachte die acht schaurigen Kreaturen, deren Knochen im Licht des aufgehenden Mondes bleich schimmerten, mit noch größerer Bestürzung.

»Ganz recht«, bestätigte Palgyr grinsend. »All diese Kreaturen waren einst Drachen. Sicher nicht die größten ihrer Art und auch nicht in der Lage, feurigen Atem zu speien, aber dafür gehorsam und treu, selbst noch nach ihrem Tod.« Der Zauberer lachte kehlig. »Ihre Art mag vor langer Zeit ausgestorben sein, aber sie erweisen uns dennoch einen späten Nutzen, denn auf ihren Schwingen werden sie uns pfeilschnell nach Arun tragen.«

* orkisch für »Ungeheuer«

»Auf ihren Schwingen?« Der Schamane starrte den Zauberer aus großen blutunterlaufenen Augen an. »Ihr wollt tatsächlich …?«

»Allerdings«, bejahte Palgyr und schaute zur anderen Seite der Lichtung, wo zwei der Krieger bereits damit beschäftigt waren, den fetten Labhras in den Sattel einer der untoten Flugkreaturen zu hieven. Die Knochen des Drachen knirschten bedenklich, als es endlich gelang. »Die *dragnadha* werden uns in Windeseile nach Arun bringen, wo unsere Bestimmung auf uns wartet.«

Der Ork legte fragend den Kopf schief. »Ich dachte, dort warten andere Zauberer, die wir retten müssen?«

»Wo ist der Unterschied?«, fragte Palgyr dagegen und verfiel in höhnisches Gelächter, ehe er sich abwandte und den *dragnadh* des Hauptmanns bestieg, der mit einigen seiner Leute bei der Lichtung bleiben und auf die Rückkehr der Zauberer warten würde.

Dann, wenn die Arbeit getan und ein Schicksal, das vor so vielen Jahrtausenden seinen Anfang genommen hatte, endlich erfüllt werden würde …

23. *DAISAIMYG*

»Granock? Kannst du mich hören? Granock ...?«

Die Stimme klang dünn und fern. Vergeblich kämpfte sie gegen die Stille an, die Granock umgab, während er noch immer auf dem verschneiten Dorfplatz kauerte, neben dem Freudenfeuer, das in den Nachthimmel loderte, und umgeben von reglosen Gestalten.

Zu Beginn hatte er geglaubt, dass die Einsamkeit auf diese Weise etwas erträglicher werden würde. Aber das war nicht der Fall. Denn anders als vor seiner Ankunft, als er Zuneigung und Liebe in den Gesichtern der Menschen gesehen hatte, stand nur noch unverhohlene Abneigung in ihren reglosen Mienen. Er kauerte unter ihnen, fest entschlossen, das Lichtfest zu begehen. Doch je länger er in die grimmigen versteinerten Gesichter blickte, desto mehr wurde ihm bewusst, wie wenig er hierher gehörte.

»Granock? Kannst du mich hören?«

Dabei hatte er es sich so sehr gewünscht! Sein ganzes Leben lang hatte er sich danach gesehnt, irgendwo hinzugehören, hatte sich Menschen gewünscht, die ihn liebten und auf seine Rückkehr warteten, wenn sich der Tag dem Ende zuneigte. Aber für ihn gab es weder das eine noch das andere, und das würde sich wohl auch niemals ändern. Trauer bemächtigte sich seiner, Tränen stiegen ihm in die Augen, und er vergrub sein Gesicht in den Händen.

»Granock! Verdammt, Junge! Reiß dich zusammen ...!«

Endlich nahm er die Stimme auch bewusst wahr. Verwirrt blickte er sich um und fragte sich, wer ihn da nur rief. Ließ die Wirkung seines Banns bereits nach?

»Granock!«

Jemand packte ihn an der Schulter und rüttelte ihn, obwohl er ganz allein inmitten seiner erstarrten Opfer saß – und im nächsten Moment wurde ihm bewusst, dass es *zwei* Realitäten gab: eine, die nur in ihm selbst existierte, in seinem Kopf, in seiner Vorstellung – und eine, die wirklich war!

Kaum hatte er diese Einsicht gewonnen, schlug er die Augen auf, und zu seinem größten Erstaunen fand er sich nicht im grimmigen nordischen Winter wieder, sondern in der Eingangshalle des Pyramidentempels im dampfenden Dschungel Aruns. Und das Gesicht, das vor ihm schwebte, war weder reglos noch voller Abneigung. Im Gegenteil, dunkle Augen schauten ihn in unverhohlener Sorge an.

»Junge«, sagte Farawyn, der ihn noch immer an den Schultern gepackt hielt. »Bist du in Ordnung?«

»I-ich glaube schon …«

»Erinnerst du dich an deinen Namen? Weißt du, wer ich bin?«

»G-Granock«, murmelte er zur Antwort. »Und Ihr seid Farawyn, mein Meister …«

»Der bin ich«, bestätigte der Zauberer und gönnte sich ein erleichtertes Lächeln. Dann zog er Granock auf die Beine, der noch einige Mühe hatte, sich aufrecht zu halten. Seine Augen schmerzten, und sein Schädel dröhnte, als hätte er eine Sauftour durch alle Tavernen Andarils unternommen. Nur wenige Schritte entfernt sah er Aldur und Alannah stehen, die nicht weniger benommen wirkten, als er selbst sich fühlte. Riwanon kümmerte sich um sie, und auch in ihren Zügen entdeckte Granock ehrliche Sorge.

»Was ist passiert?«, wollte er wissen.

»Daisaimyg«, erklärte Farawyn. »Ein Wächterbann, der dafür sorgt, dass deine Ängste und Zweifel deinen Geist gefangen nehmen und dich in tiefe Verzweiflung stürzen. Mancher, der einem solchen Bann verfallen ist, hat dabei den Verstand verloren. Wären Meisterin Riwanon und ich nicht rechtzeitig zurückgekehrt, um nach euch zu sehen …«

»Verstehe«, sagte Granock und wandte sich zu seinen Kameraden um. »Hattet ihr ebenfalls …?«

»Ja«, sagte Alannah halblaut, und auch Aldur nickte. Beide wirkten beschämt und niedergeschlagen, und obwohl es Granock brennend interessiert hätte, was sie gesehen und erlebt hatten, fragte er sie nicht danach. Vielleicht ein anderes Mal …

»Habt Ihr in der Zwischenzeit etwas gefunden?«, erkundigte er sich bei Farawyn.

»Allerdings«, bestätigte der Zauberer grimmig und in einem Tonfall, der nichts Gutes verhieß. »Kommt mit. Wir müssen euch etwas zeigen …«

Die Novizen sahen sich an, ehe sie Farawyn den Gang hinab folgten, der in die dunklen Eingeweide des Tempels führte. Riwanon übernahm einmal mehr die Nachhut.

Das Licht der Elfenkristalle tauchte den Gang in blauen Schein, der jedoch schon nach wenigen Schritten von der Finsternis verschluckt wurde. Das Ende des Stollens war nicht auszumachen, und sie alle spürten die Anwesenheit von etwas Dunklem, Bösem, das in dem Tempel zu Hause war und hinter jeder Biegung lauern mochte.

Je mehr sie ins Innere des Tempels gelangten, desto kälter wurde es. Moder tränkte die feuchte Luft, und das blaue Licht warf unheimliche Schatten auf die mit grässlichen Darstellungen verunzierten Wände. In Stein gehauene Fratzen waren zu sehen, deren Blick die Eindringlinge zu verfolgen schien, aber auch wieder verschlungene Schriftzeichen, die keiner der Novizen zu entschlüsseln vermochte. Und schließlich waren auch Bilder in das dunkle Gestein gemeißelt, die Darstellung einer Schlacht, die zwischen zwei feindlichen Heeren tobte: Auf der einen Seite erkannte Granock inmitten spitzer Schwerter und konisch geformter Helme das Wappen Tirgas Lans, auf der anderen flatterte das finstere Banner des Dunkelelfen über einer Armee von Orks, Trollen, Drachen und noch anderem Gezücht.

»Der große Krieg«, erklärte Farawyn. »Dieses Relief stellt die Schlacht von Scaria dar. Es war der letzte Sieg, den Margok davontrug. Fast zehntausend Elfenkrieger fanden in dieser Schlacht den Tod.«

»Aber die Schlacht von Scaria ereignete sich gegen Ende des Krieges«, wandte Alannah ein, während sie das riesige Fries abschritten, das sich zu beiden Seiten des Korridors erstreckte. »Und diese Reliefe zu schaffen, muss eine lange Zeit in Anspruch genommen haben. Das würde bedeuten, dass …«

»Ganz recht«, stimmte Farawyn zu. »Es bedeutet, dass dieser Tempel erst *nach* dem Ende des Krieges errichtet wurde, von Anhängern des Dunkelelfen, die man zu dieser Zeit als besiegt und in alle Winde zerstreut glaubte.«

»Offenbar ein Irrtum«, versetzte Granock trocken.

Farawyn nickte. »Offenbar.«

Sie folgten dem Gang bis an sein Ende, wo sich ein weiterer, allerdings senkrecht verlaufender, quadratisch geformter Schacht befand, gut zwei Dutzend Schritte breit. Steinerne Stiegen führten an den Schachtwänden steil in die Tiefe.

»Seht euch vor«, mahnte Farawyn seine Begleiter. »Der Boden ist mit eisernen Stacheln bestickt. Ein Fehltritt, und es ist aus mit euch.«

Die Novizen, die kein Verlangen danach verspürten, aufgespießt zu werden, nahmen sich die Worte des Meisters zu Herzen und hielten sich eng an der Wand, während sie ihm die schmalen Stufen hinab folgten. Granock entging nicht, dass sein Meister immer wieder über die Schulter blickte, so als rechnete er jederzeit mit einem Angriff aus dem Hinterhalt.

Endlich erreichten sie den Grund des Schachts und sahen, dass Farawyn nicht übertrieben hatte: Ein Wald aus mannshohen eisernen Spießen erhob sich dort, der jedem, der auf den Stufen ausglitt und abstürzte, zum Verhängnis werden musste. Eisige Kälte herrschte in der Tiefe und ließ die Novizen frösteln.

»Erinnert euch an das, was euch beigebracht wurde«, sagte Riwanon. »Kälte existiert nicht. Entbehrung existiert nicht …«

Am liebsten hätte Granock widersprochen und ihr erklärt, dass dies keine verdammte Übung war und *diese* Kälte sehr wohl existierte. Aber er ließ es bleiben, und dann erregte etwas anderes seine ganze Aufmerksamkeit: der Zugang zu einem schmalen Gang, der auf den Grund des Schachts mündete und über dem der Novize jenes Runenzeichen gewahrte, dessen Bedeutung Cethegar ihnen bei der Stele erläutert hatte.

Es war das »M«.

Das Zeichen für Margok …

Mit Farawyn an der Spitze passierten sie den Gang, um in ein weiteres würfelförmiges Gewölbe zu gelangen, dessen Kanten je an die zwanzig Schritte messen mochten. Auch hier waren die Wände mit allerhand Zeichen und Reliefs versehen, und in der Mitte stand auf einem steinernen Sockel ein Sarkophag.

Dergleichen hatte Granock noch nie gesehen. Das Ding sah aus, als wäre es aus Knochen gefertigt, wobei die Gebeine von Drachen und anderen riesigen Kreaturen stammen mussten. Ein Knochen war an den anderen gefügt, und für Granock gab es keinen Zweifel, dass sich unter dem Sarkophagdeckel der Leichnam Margoks befand, des Dunkelelfen, der sich zum Alleinherrscher über Erdwelt hatte aufschwingen wollen und damit einen erbarmungslosen Krieg heraufbeschworen hatte!

»Es gibt ihn also tatsächlich«, flüsterte Alannah, während sie mit einer Mischung aus Abscheu und Bewunderung auf den Sarkophag zutrat. »Er existiert …«

»Vorsicht«, warnte Farawyn und hielt sie zurück, indem er ihren Arm ergriff. »Wir wissen nicht, welche verderblichen Kräfte von ihm ausgehen.«

»Nach so langer Zeit?«, fragte Granock schaudernd.

»Wenn du wüsstest, was Margok vermochte, würdest du diese Frage nicht stellen«, sagte Farawyn düster, während er den Steinsockel und den darauf ruhenden Sarkophag vorsichtig umrundete. »Keiner von uns weiß, was sein Leichnam vermag – und genau aus diesem Grund müssen wir ihn vernichten.«

»Wie?«, wollte Granock wissen.

»Indem wir unser aller Kräfte vereinen. Mit unseren Zauberstäben werden Riwanon und ich versuchen, sie zu bündeln und zu lenken. Weder die Zeit noch Feuer noch Wasser allein vermochten Margoks Überreste zu zerstören – aber möglicherweise alles zusammen.«

»Was sollen wir tun, Meister?«, fragte Granock. Die Furcht, die er tief in seinem Inneren verspürte, hatte sich nicht gelegt, aber da nun die Hoffnung bestand, das Böse, das diesen Tempel beherrschte, vernichten zu können, hatte er sich besser unter Kontrolle.

»Nehmt um den Sarkophag herum Aufstellung«, wies Farawyn sie an. »Dann fasst euch bei den Händen und konzentriert euch auf …«

Ein markerschütterndes Knirschen riss ihm die Worte von den Lippen, und die beiden Zauberer und ihre Novizen sahen entsetzt, wie sich drei der vier sie umgebenden Wände bewegten. Riesige Gegengewichte, die irgendwo an rasselnden Ketten in die Tiefe sanken, sorgten dafür, dass sich die Mauern knirschend hoben und nach oben glitten, und von der anderen Seite drang flackernder Fackelschein in die Grabkammer.

Hinter den sich hebenden Wänden kamen bis an die Zähne bewaffnete Kämpfer zum Vorschein, gut zweihundert an der Zahl – und es waren Menschen! Allerdings keine von denen, die in den wilden Dschungeln Aruns hausten, wie auf den ersten Blick zu erkennen war. Denn während die Wildmenschen verdreckte Gestalten waren, mit primitiver Kleidung aus Tierhäuten, trugen diese Kettenhemden und schimmernde Brünnen mit blitzenden Helmen, und ihre Waffenröcke waren mit dem Wappen Andarils versehen.

Als Granock das vertraute Zeichen ausgerechnet an diesem Ort erblickte, glaubte er zunächst, erneut einer Halluzination zu erliegen, aber wenn dies zutraf, mussten seine Gefährten sie teilen, denn mit ungläubig geweiteten Augen starrten auch sie auf die Soldaten, die ihre Schwerter und Äxte kampfbereit erhoben hatten und die nur auf den Befehl zu warten schienen, die Eindringlinge in Stücke zu hacken. Die eisig kalten Blicke, die unter den mit Nasen- und Wangenschutz bewehrten Helmen hervorstachen, verrieten äußerste Entschlossenheit.

»Was, bei Sigwyns Ahnen …?«, rief Farawyn, der nicht weniger überrascht war als Granock. Verwirrt schaute er sich um und versuchte zu begreifen, was zweihundert gepanzerte Menschenkämpfer ausgerechnet an diesen Ort verschlagen hatte.

Auf einmal bildeten die Krieger eine Art Gasse, um einem Mann Platz zu schaffen, bei dem es sich augenfällig um ihren Anführer handelte. Sein Gang war der selbstbewusste Schritt eines Mannes, der sich in der Position des Stärkeren wähnte, und sein Gesicht unter dem blitzenden, mit Rosshaar verzierten Helm verzerrte sich zu einem Grinsen, als er sich mit verschränkten Armen vor den Elfen aufbaute und sie mit zu Schlitzen verengten Augen taxierte. Granock hatte das Gefühl, diesen Mann kennen zu müssen, jedenfalls hatte er ihn bereits einmal gesehen, wenn auch nur kurz …

»So«, begann der Anführer der Krieger, auf dessen Waffenrock ebenfalls das Wappen Andarils prangte, »nun werden wir sehen, ob der Marsch durch diese grüne Hölle die Opfer wert war, die er forderte. Zwanzig meiner Männer sind dabei draufgegangen, wurden von Wilden erschlagen, von Raubtieren gefressen oder von giftigen Spinnen gebissen – aber nicht ein einziges Mal habe ich daran gedacht umzukehren, denn mehr als alles andere habe ich diesen Augenblick herbeigesehnt.« Er holte tief Luft, dann wies er mit ausgestrecktem Finger auf die beiden Elfinnen: »Wer von euch beiden spitzohrigen Weibern ist Alannah?«

»Wer will das wissen?«, fragte Farawyn, der seine Überraschung inzwischen verwunden hatte.

Einen Augenblick lang schien der Mensch nicht gewillt zu antworten, dann aber blies er seine Brust auf, und er hob das Kinn in unverhohlenem Hochmut. »Ich bin Erwein, Fürst von Andaril, und ich bin hier, um den feierlichen Schwur zu erfüllen, den ich geleistet habe: dass ich die Mörderin meines jüngsten Sohnes finden und seinen Tod blutig rächen werde …«

24. AMGWYD CWYMPAN

Alannah war entsetzt.

Nicht so sehr des bitteren Racheschwurs wegen, den der Fürst von Andaril geleistet hatte, sondern weil ihr in diesem Moment klar wurde, dass die Vergangenheit sie eingeholt hatte.

Cethegar hatte ihr klargemacht, dass sie sich ihren Dämonen stellen musste und dass niemals eine Zauberin aus ihr werden würde, wenn ihr das nicht gelang. Dennoch hatte er sich in einer Hinsicht geirrt: Die Angelegenheit betraf nicht nur Alannah allein. Die Elfin mochte inzwischen die Schuld, die sie auf sich geladen hatte, als Ansporn nehmen, um Gutes zu tun, mochte Wiedergutmachung üben, indem sie ihre Gabe in den Dienst einer größeren Sache stellte. Aber es gab andere, die würden ihr niemals vergeben.

»Antwortet mir!«, verlangte der Herr von Andaril, wobei seine funkelnden Blicke zwischen Meisterin Riwanon und Alannah hin und her pendelten. »Leugnen ist zwecklos. Ich weiß, dass eine von euch beiden jene mörderische Hure ist, die sich Alannah nennt und deretwegen ich hierhergekommen bin.«

»Achte auf das, was du sagst!«, ermahnte ihn Granock. Er hatte den Fürsten von Andaril nur bei zwei oder drei Gelegenheiten zu sehen bekommen, und da auch nur aus weiter Ferne, weshalb er ihn nicht sofort erkannt hatte. Aber er wusste, dass Erwein weder als besonders gerechter noch als übermäßig mildtätiger Herrscher bekannt war, und die harschen Worte, die der Fürst gerade gewählt hatte, ließen Granock den Zorn in die Adern schießen. »Die Reden, die du führst, gefallen mir nicht!«

»Du hältst dich da raus, du spitzohriger …« Erwein verschluckte das Wort und starrte Granock fassungslos an. »Du … du bist ein Mensch?«

»Oh, er hat wahrlich eine fürstliche Auffassungsgabe«, spottete Aldur.

»Warum, in ganz Erdwelt, befindet sich ein Mensch in elfischer Gesellschaft?«, stieß Erwein verwirrt hervor.

»Vielleicht, weil er den Gestank der Menschen nicht mehr ertragen konnte?«, schlug Granock vor.

»Hund!«, blaffte Erwein und zog sein Schwert. »Ich lasse mich nicht beleidigen, weder von Spitzohren noch von meinesgleichen!«

Granock wich keinen Schritt zurück, sondern fragte im ernsten Tonfall: »Was willst du von uns?«

»Wie ich schon sagte: Ich will Alannah.«

»Aus welchem Grund?«, verlangte Farawyn zu wissen.

»Auch das sagte ich schon«, knurrte der Herr von Andaril. »Weil sie meinen jüngsten Sohn getötet hat. Weil sie ihn regelrecht gepfählt hat mit ihrer Hexenkraft. Dabei war er noch fast ein Kind …«

Granock war wie vom Donner gerührt. Bislang war ihm das Gezeter des Fürsten wie das Gebell eines tollwütigen Hundes vorgekommen. Das allerdings änderte sich schlagartig. Alannah war tatsächlich in der Lage, kraft ihrer Fähigkeit einen Menschen mit einem Eisspeer zu durchbohren. Und hatte sie nicht überaus erschrocken reagiert, als Granock ihr gegenüber die Stadt Andaril erwähnt hatte? Und hatte Riwanon nicht erst vor Kurzem angedeutet, dass Alannah die Ehrwürdigen Gärten nicht freiwillig verlassen hatte?

All diese Hinweise setzten sich vor Granocks innerem Auge zusammen und ergaben ein erschreckendes Gesamtbild. Hatte Fürst Erwein etwa recht? Hatte Alannah tatsächlich einen kaltblütigen Mord an einem Menschen begangen? War sie deshalb stets so freundlich zu ihm gewesen? Aus einem schlechten Gewissen heraus? Und war sie deshalb aus den Ehrwürdigen Gärten *verstoßen* worden?

Unbewusst wandte Granock den Kopf, um Alannah fragend anzusehen, und auch sie schaute ihn an. Ihre Blicke trafen sich, und an ihren Augen konnte er erkennen, dass er mit seiner Befürchtung richtig lag.

»Warum hast du mir das nie gesagt?«, fragte er flüsternd.

»Weil ich Angst hatte«, entgegnete sie leise, Tränen in den Augen. »Es tut mir leid …«

»Du bist es also – du bist Alannah!«, schnarrte Fürst Erwein.

Sie nickte.

»Jene Alannah, die in der Obhut der Ehrwürdigen Gärten aufwuchs? Die einen feigen Mord begangen hat und deshalb vor den Obersten Lordrichter von Tirgas Lan geführt werden sollte, sich dann aber der Verhandlung durch Flucht entzogen hat?«

»Was soll das werden, Fürst?«, ging Farawyn dazwischen. »Was wollt Ihr von der Novizin?«

»Ich bin hier, um das Urteil zu vollstrecken, das damals nicht gefällt werden konnte«, knurrte Erwein, rot im Gesicht vor Zorn. »Ein Urteil, das jeder Richter gefällt hätte, wäre er nicht von Elfenglanz geblendet worden. Wer anderen den Tod bringt, der hat selbst keine geringere Strafe zu erwarten. Ich habe viel auf mich genommen, um hierher, an diesen Ort zu gelangen und der Gerechtigkeit Genüge zu tun.«

»Nein«, sagte Farawyn entschieden und trat vor, den *flasfyn* in beiden Händen.

»Ist sie etwa nicht überführt?«, fragte der Fürst. »Ist sie nicht geständig? Hat sie Gnade verdient, obwohl sie meinem Jungen keine gewährte?«

»Du bist blind vor Schmerz und Rachsucht«, entgegnete der Zauberer. »Würdest du die Augen für die Wahrheit öffnen, so würdest du erkennen …«

»Was für eine Wahrheit?«, schrie Erwein ihn an. »Doch nur die, die ihr Elfen dafür ausgebt! Die Wahrheit ist, dass mein Junge nicht mehr lebt und dass diese Hexe« – er wies mit seinem Schwert auf Alannah – »dafür verantwortlich ist. Also gebt sie mir heraus, damit sie ihre gerechte Strafe erhält!«

»Nein«, widersprach Farawyn. »Was du willst, ist nicht Gerechtigkeit, sondern Rache.«

»Wo ist der Unterschied?«

»Wenn du diesen Unterschied nicht kennst, solltest du dich nicht Fürst nennen und eine Stadt regieren«, sagte Farawyn.

Da aber trat Alannah vor, auf Erwein zu. »Fürst von Andaril …«

»Sieh an«, spottete dieser, »die Mörderin hat eine Stimme.«

»Die habe ich«, sagte Alannah, die erst anhielt, als die Spitze seines Schwertes ihre Brust berührte. »Und ich möchte nicht, dass Ihr denkt, dass ich mich aus Feigheit dem Gericht entzogen hätte.«

»Nein? Aus welchem Grund wohl sonst?«

»Weil ich die Einsicht gewonnen habe«, antwortete Alannah sanft, »dass der Tod Eures Sohnes nur dann einen Sinn bekommt, wenn ich Sühne übe, und zwar indem ich mein Leben, mein ganzes Sein dem Ziel weihe, andere zu retten. Als Zauberin von Shakara ist mir die Möglichkeit dazu gegeben.«

»Elfisches Geschwätz!«, knurrte Erwein.

»Was Eurem Sohn widerfahren ist«, fuhr sie fort, »war ein schrecklicher Unfall. Zu jenem Zeitpunkt wusste ich noch nichts von den Kräften, die mir innewohnen und die sowohl zum Guten als auch zum Bösen verwendet werden können. Diese Kräfte, von denen ich nichts ahnte, ließen sich damals noch nicht kontrollieren, deshalb trifft mich keine Schuld an dem, was geschah. Dennoch dürft Ihr mir glauben, dass mich der Tod Eures Sohnes an jedem einzelnen Tag bis in den Schlaf verfolgt und dass ich, sobald ich die Augen schließe, seinen durchbohrten Körper vor mir sehe, der …«

»Genug!«, herrschte der Fürst sie an und holte mit dem Schwert aus, um ihr den Kopf abzuschlagen. »Ich werde nicht zulassen, dass du elende Hexe sein Andenken besudelst!«

»Dennoch«, fuhr Alannah fort, in deren Augen Tränen glänzten, »weiß ich um den entsetzlichen Verlust, den ich Euch zugefügt habe, deshalb sollt Ihr Euren Willen bekommen. Ich liefere mich hier und jetzt Eurer Gerichtsbarkeit aus und bitte Euch um Verzeihung und um Gnade. Auf dass Ihr den Frieden finden möget, der mir versagt bleibt.«

»Nein!«, rief Farawyn energisch.

Alannah jedoch hatte ihre Entscheidung getroffen. Sie senkte das Haupt und wollte vor Erwein auf die Knie sinken, der sein Schwert zum Schlag erhoben hielt, unbeeindruckt von Alannahs Worten.

»Das reicht jetzt!« Farawyn packte Alannah am Arm, riss sie hoch und von Erwein weg, dann schob er sie zu Aldur und Riwanon, die sich schützend vor sie stellten. »Du hast gehört, was sie gesagt hat«, beschied er Erwein. »Es war ein Unfall, und sie bedauert, was geschehen ist!«

»Wie rührend!«, entgegnete Erwein spöttisch.

»Wenn dir das nicht genügt, Fürst, ist das deine Sache. Alannah ist eine Novizin Shakaras und steht damit unter dem Schutz des Ordens der Zauberer. Weder kann ich noch werde ich sie dir überlassen.«

»Ist das dein letztes Wort?«

»Allerdings.«

»Dann wird Blut fließen«, drohte Erwein.

»Sei kein Narr!«, beschwor ihn Farawyn. »Viele von euch werden sterben, vielleicht sogar alle!«

»Gut möglich«, räumte der Fürst ungerührt ein. »Aber wenn ich meine Klinge dafür im Blut der Mörderin baden kann, ist mir das den Verlust meiner Männer wert!«

Dann wandte er sich an Granock, der neben seinen Meister getreten war, die Fäuste in stillem Zorn geballt. »Du«, sagte er, »bist keiner von ihnen, deshalb steht es dir frei zu gehen. Mein Zorn richtet sich nur gegen die Mörderin und das Elfenpack, das sie beschützt.«

Granock zögerte, und er spürte, wie die Blicke seiner elfischen Gefährten auf ihm lasteten, besonders der von Alannah, die ihn in mancher Weise getäuscht hatte. Womöglich fürchtete sie, dass er sich nun gegen sie wenden würde, aber Granock war fest entschlossen, ihr und allen anderen eine Lektion in Sachen menschlicher Loyalität und Treue zu erteilen.

»Dann musst du auch mich vernichten, Fürst«, erwiderte er trotzig, »denn mein Platz ist bei meinen Gefährten.«

»Du verrätst deine eigene Rasse?«

»Unter meinesgleichen habe ich nie Freunde gehabt«, entgegnete Granock, »und in den Straßen der Stadt, über die du gebietest, habe ich gelebt wie ein herrenloser Köter. Diese Elfen jedoch haben mir ein Zuhause gegeben und mir beigebracht, was Freundschaft bedeutet. Bei ihnen habe ich alles gefunden, wonach sich mein Herz sehnte, also erwarte nicht, dass ich mich gegen sie wende.«

Der Fürst spuckte ihm vor die Füße. »Elender! Wie kannst du es wagen, so mit mir zu sprechen? Bogenschützen …!«

Die mit Äxten, Schwertern und Schilden bewehrten Kämpfer in der vordersten Reihe knieten daraufhin nieder, und hinter ihnen kamen Bogenschützen zum Vorschein, die ihre Pfeile bereits auf den gespannten Sehnen liegen hatten.

»Schießt sie nieder!«, gellte Erweins Befehl, und der gefiederte Tod flog dutzendfach auf die umzingelten Zauberer zu – allerdings nicht von allen drei Seiten, sondern nur von zweien, denn in einer blitzschnellen Reaktion hatte Granock die Hände emporgerissen und einen Zeitzauber vollführt, der zumindest die Schützen auf dem linken Flügel wie versteinert erstarren ließ.

Auf den anderen beiden Seiten jedoch schnellten die Pfeile von den Sehnen und hätten ihre Ziele sicherlich getroffen. Da aber loderten Flammen auf und verwandelten ein halbes Dutzend Pfeile in Asche, und vor Alannah und Riwanon wuchs eine Wand aus Eis in die Höhe, an der die Geschosse zersplitterten.

Die restlichen Pfeile wischte Farawyn mit einer Bewegung seines Zauberstabs aus der Luft, so als wären es lästige Stechmücken, die er verscheuchen wollte.

Dann rief er: »Hör auf damit, Fürst Erwein! Lass deine Rache dich nicht das Leben kosten!«

»Überlass die Entscheidung mir, Elf!«, entgegnete Erwein, und indem er beidhändig sein Schwert schwang, drang er auf den Zauberer ein, gefolgt von seinen Schergen.

Den ersten Hieb Erweins wehrte Farawyn kurzerhand ab, indem er den *flasfyn* als Kampfstab gebrauchte, und wundersamerweise hielt das Holz dem Stahl der Klinge stand. Darauf versetzte der Zauberer dem Fürsten einen Gedankenstoß, der ihn zurücktaumeln ließ, seinen eigenen Leuten entgegen. Auf der einen Flanke geriet der Ansturm der Menschen dadurch ins Stocken, auf der anderen jedoch griffen sie an, lauthals schreiend und die Waffen zum Schlag erhoben.

Alannah, die keinen der Angreifer verletzen wollte, überzog den Boden des Gewölbes mit Eis, worauf einige der Menschenkrieger ausglitten und im Fallen noch ihre Kameraden mitrissen. Den Rest erwartete Aldur. In den Zügen des Elfen war kein Hochmut zu erkennen, aber auch kein Mitleid. Er holte aus, um eine Feuerwand hervorzurufen, die die Angreifer verzehren und sie bei lebendigem Leibe verbrennen würde.

»Ncin!«, rief Farawyn entschieden.

»Wieso nicht? Sie sind dumm und dreist!«

»Sie sind Menschen!«, entgegnete der Zauberer, als würde das alles erklären, dann trat er auf Aldur zu und drängte ihn in Richtung Ausgang. »Los, wir ziehen uns zurück! Ich will kein Blutvergießen – nicht hier!«

»Aber …«

»Verstehst du denn nicht? Das ist genau das, was man von uns will!«

Granock, der soeben einen weiteren Zeitzauber gewirkt hatte, um die Bogenschützen daran zu hindern, abermals auf sie zu schießen, hatte Farawyns Worte mitbekommen und glaubte zu verstehen. Farawyn ging es nicht nur darum, das Leben der Angreifer zu schonen, er befürchtete offenbar auch, dass ein Blutvergießen auf diesem von Bosheit durchdrungenen Boden Unheil bewirken könnte.

Schulter an Schulter wichen Zauberer und Novizen vor den nachrückenden Soldaten Andarils zurück. Sie erreichten den Durchgang und gelangten wieder in den Schacht, wo jedoch eine böse Überraschung auf sie wartete.

Die steinernen Stufen, die vorhin noch aus den senkrecht abfallenden Wänden ragten, waren verschwunden! Ein verborgener Mechanismus hatte sie offenbar in die Schachtmauer gezogen, sodass sich diese nun völlig glatt präsentierte, ohne Vorsprünge, über die man hinaufsteigen konnte.

Die Zauberer saßen in der Falle!

Die Treppe gab es nicht mehr, und aus der Grabkammer drängten Erwein und seine Soldaten.

»Alannah«, rief Farawyn, »versiegle den Durchgang mit Eis!«

»I-ich kann nicht mehr«, sagte Alannah keuchend, »meine Kräfte sind erschöpft …«

»Granock?«

Granock hob die Hände und gab sein Bestes, aber auch er vermochte die Angreifer nicht mehr aufzuhalten. Schlagartig hatten seine Kräfte nachgelassen, aber der Grund dafür war nicht nur Ermüdung …

Farawyn ließ eine Verwünschung vernehmen und trieb die Angreifer mit einem Gedankenstoß abermals zurück, aber schon im nächsten Moment drängten sie erneut heran, Hass und Blutdurst in den Augen. Erwein und seine Männer wollten den Kampf, einen anderen Weg schien es für sie nicht zu geben …

»Meister?«, fragte Aldur, der sich schützend vor die anderen gestellt hatte und die Angreifer erwartete.

Granock sah die Verzweiflung in den Zügen Farawyns. Offenbar befürchtete er, dass all dies Teil eines größeren Plans war – eines Plans, der die Existenz des Tempels erklärte und die Anwesenheit der Menschenkrieger in Arun, und der Zauberer schien fieberhaft zu überlegen, wie er es anstellen konnte, nicht weiterhin die Spielfigur jener anderen, unbekannten Macht zu sein, die sie in den Dschungel gelockt hatte und die auch Erweins Schritte zu lenken schien …

Plötzlich geschah etwas Unerwartetes: Der Eisensporn, gegen den sich Granock gestützt hatte, gab nach und zog sich mit metallischem Knirschen in den Boden zurück, ebenso wie all die anderen Stacheln, die den Grund des Schachts übersäten. Und einen Herzschlag später fiel von oben ein blasses Licht herab.

Es war nur der fahle Schein des Mondes, aber Granocks an das Halbdunkel gewöhnte Augen brauchten dennoch einen Moment, um sich daran zu gewöhnen. Blinzelnd blickte er den Schacht hinauf und sah zum ersten Mal dessen oberes Ende, das sich offenbar genau in der Pyramidenspitze befand!

Der Schacht schien den ganzen Tempel zu durchmessen, von den düsteren Katakomben bis hinauf zum höchsten Punkt – und er öffnete sich! Die beiden riesigen, steinernen Tetraeder, die zusammen die Pyramidenspitze gebildet hatten, glitten knirschend auseinander. Darüber konnte Granock den gefleckten Mond erkennen, der inzwischen aufgegangen war und wie ein pupillenloses Auge durch graue Wolkenfetzen blinzelte.

»W-was hat das zu bedeuten?«, rief Granock verwirrt, aber weder sein Meister noch die anderen schienen eine Erklärung zu haben. Sie wichen weiter zurück, während Farawyn und Riwanon die Angreifer weiterhin mithilfe des *tarthan* auf Distanz hielten. Allerdings war es nur eine Frage der Zeit, bis Erwein und seine Soldaten sie abermals umzingelt hatten, und dann würde es ein hässliches Gemetzel geben, Farawyns Bemühungen zum Trotz.

Sehnsüchtig schaute Granock nach oben, aber die steinernen Stiegen, über die sie herabgelangt waren, erschienen nicht wieder. Dafür gewahrte er plötzlich etwas, das weit über der Pyramide schwebte und dessen Umrisse auf einmal vor der bleichen Scheibe des Mondes zu erkennen waren.

Granock traute seinen Augen nicht.

Es waren Vögel!

Große fliegende Kreaturen, die aus dem nachtschwarzen Himmel fielen und auf deren Rücken mit Lanzen bewaffnete Reiter saßen …

»Meister!«, rief Granock und deutete nach oben, und in Farawyns angespannten Zügen zuckte es auf einmal.

»Ich fühle etwas«, sagte er, »eine vertraute Präsenz. Und etwas sehr Altes …«

Granock hatte keine Ahnung, was das zu bedeuten hatte, und auch die anderen schienen es nicht zu wissen. Sie waren bis zur hinteren Schachtmauer zurückgewichen und standen im wahrsten Sinn des Wortes mit dem Rücken zur Wand. Allerdings waren Erweins Männer nicht mehr nachgerückt. Im Gegenteil, sie hatten sich wieder in den Verbindungsgang zurückgezogen, als sich die Pyramide geöffnet hatte und das Mondlicht auf den Grund des Schachts gefallen war.

»Was, in ganz Erdwelt, geht hier vor?«, knurrte Granock – aber niemand gab ihm eine Antwort.

Ein Blick nach oben zeigte ihm, dass die Vögel noch tiefer herabgesunken waren, geradewegs auf den offenen Schacht zu – und dass es gar keine Vögel waren.

Es waren Skelette! Riesige Knochengebilde mit lang geformten Schädeln und peitschenden Schwänzen. Nicht der Schlag ihrer nur aus Gebein und löchriger Haut bestehenden Flügel hielt sie in der Luft, sondern pure Magie!

»*Dragnadha*«, hörte Granock seinen Meister flüstern, ohne dass er wusste, was dieses Wort bedeutete.

Schon war die erste der bizarren Kreaturen so weit herabgesunken, dass die Pyramide sie aufnahm. Der Schacht war breit genug, und so sank sie mit unheimlich rauschendem Flügelschlag nieder, dirigiert von ihrem schattenhaften Reiter, der einen weiten Kapuzenumhang trug …

Die Robe eines Zauberers!

Granock schöpfte jähe Hoffnung, als er die Farbe des Umhangs gewahrte. Im nächsten Moment erblickte er auch das Gesicht unter der Kapuze und hätte fast gejubelt.

Es war Meister Palgyr!

Farawyns Rivale, gewiss, aber auch ein Mitglied des Hohen Rates. Sicher war er geschickt worden, um jenseits der Grenze nach dem Rechten zu sehen und dem Erkundungstrupp zu Hilfe zu kommen.

Granock war nicht der Einzige, der so dachte. Auch Alannah und Aldur atmeten sichtlich auf, als sie den Zauberer erkannten, und ihre Hoffnung wurde noch größer, als sie auf zweien der anderen *dragnadha* die Meister Labhras und Sgruthgan gewahrten, die zwar auch nicht gerade zu Farawyns Freunden zählten, jedoch ebenfalls Angehörige des Rates waren.

Die ersten Zweifel kamen Granock, als er die Reiter der anderen Knochenvögel – es waren insgesamt sechs – gewahrte. Sie trugen Rüstungen aus schwarzem Leder, die zwar fraglos elfischen Ursprungs waren, jedoch etwas Bedrohliches an sich hatten. Die Helme, die die Gesichter halb bedeckten und nur die Mundpartie frei ließen, verstärkten diesen Eindruck noch. Und hinter einem der Elfenkrieger saß ein Unhold im Sattel, ein Ork, aus dessen grünem Gesicht ein Paar gelber, sich argwöhnisch umblickender Augen starrte.

Granock warf Meister Farawyn einen Blick zu. Wenn der Zauberer verwundert war, so ließ er es sich nicht anmerken. Seine schlanke Gestalt straffte sich, als die Knochenkreaturen auf dem Grund des Schachtes aufsetzten und sich daraufhin zwischen den Zauberern und den Kriegern aus Andaril befanden.

Meister Palgyr taxierte die Gefährten, und Fürst Erwein eilte herbei. Sein eben noch zur Schau gestellter Hochmut verwandelte sich in Unterwürfigkeit, als er sich tief verbeugte.

»Was soll das?«, rief Palgyr barsch. »Wieso sind die Novizen noch am Leben?«

»I-ich ... Es tut mir leid«, antwortete Erwein stammelnd. »Sie haben Zauberei angewandt, und wir konnten nicht ...«

»Du hast versagt!«, beschied ihm Palgyr. »Du hast die Gelegenheit, dich an der Mörderin deines Sohnes zu rächen, ungenutzt verstreichen lassen.«

»E-es tut mir leid«, beteuerte der Fürst von Andaril noch einmal, was den Zauberer jedoch nicht zu interessieren schien. Er schaute auf und starrte wieder Granock und seine Gefährten an, dann konzentrierte sich sein Blick auf Farawyn.

»So sehen wir uns also wieder«, sagte er.

»Guten Tag, Bruder Palgyr«, entbot Farawyn seinem Rivalen einen höflichen Gruß, doch seine Stimme triefte dabei vor Sarkasmus. »Ein hübsches Reittier hast du da.«

Eine endlos scheinende Weile starrte Palgyr ihn nur an. Dann glitt er aus dem Sattel, und der *dragnadh* neigte sich zur Seite, damit sein Reiter absteigen konnte, ehe er sich klappernd wieder aufrichtete.

»Von dem Augenblick an, da ich erkannte, dass die Spur des Verrats nach Shakara führte, hatte ich dich im Verdacht«, sagte Farawyn ruhig, »aber ich habe meine Vermutungen für mich behalten, weil ich fürchtete, sie könnten ihren Ursprung mehr in meinem Herzen haben als in meinem Verstand. Nun jedoch sehe ich, dass ich auf mein Herz hätte hören sollen, *Bruder* Palgyr.«

»Bitte«, sagte der andere und verzog das Gesicht, »lassen wir das. Es ist nicht mehr nötig, den Schein zu wahren. Ich bin nicht dein Bruder und war es niemals, einfältiger Farawyn, und wenn du mich mit einem Namen ansprechen musst, dann nicht mit dem, den hirnlose Greise mir gaben, sondern benutze jenen Namen, den ich selbst mir gab: Nenne mich Rurak!«

»Rurak?«, fragte Alannah verwirrt. »Was … was hat das zu bedeuten?«

Farawyn übernahm die Antwort, indem er sagte: »Es bedeutet, dass das Böse, das in Arun wirkt, gerade seine Maske fallen gelassen hat. Aber er wird nicht mehr dazu kommen, die Früchte seines Verrats zu ernten!«

Unerwartet riss Farawyn seinen Zauberstab in die Höhe, um ihn gegen seinen Erzfeind einzusetzen – doch er musste feststellen, dass der *flasfyn* seine magischen Kräfte nicht mehr bündelte. Sogleich versuchte Farawyn einen *tarthan* anzubringen, aber der Gedankenstoß ging durch seinen Gegner hindurch, als wäre dieser nur aus Luft oder eine Illusion.

»Hört nur«, spottete Palgyr, der sich fortan Rurak nannte. »Das heisere Gebell eines zahnlosen Hundes.«

Labhras und Sgruthgan lachten lauthals. Dann stiegen auch sie aus den Sätteln, sprangen von ihren unheimlichen Reittieren und kamen heran. Farawyn versuchte abermals, einen Zauber zu wirken, aber erneut gelang es ihm nicht.

»Gib dir keine Mühe, Bruder«, beschied ihm Labhras grinsend. »An diesem Ort hat die Macht der Elfenkristalle keine Wirkung, und unsere Zauberkraft versickert mit der Zeit wie Wasser auf trockenem Sand. Anfangs vermag sie sich noch zu behaupten, aber dann schwindet sie unaufhaltsam.«

Farawyn und seine Gefährten tauschten düstere Blicke. Das also war der Grund dafür, dass Granocks und Alannahs Fähigkeiten erloschen waren. Der Meister hatte seine Zauberkraft noch ein wenig länger bewahren können, aber nun war auch sie weg.

»Nur für den Fall, dass ihr es noch nicht bemerkt haben solltet«, fügte Rurak grinsend hinzu, »ihr befindet euch in unserer Gewalt – und seid unsere Gefangenen.«

Der Verräter lachte schallend, und sein Gelächter hallte von den Schachtwänden wider, wobei es hinaufstieg, um sich schließlich in der mondhellen Nacht zu verlieren, die über der Pyramide und dem Dschungel von Arun herrschte.

25. DUFANOR'Y'DORWATHAN

Zumindest ein Teil des Rätsels war gelöst.

Die Gefährten wussten jetzt, wer der Verräter war, dessen Wirken Farawyn erspürt hatte, und sie wussten auch, wer Erwein von Andaril mit all den geheimen Informationen über Alannah versorgt und ihn gegen die Zauberer aufgehetzt hatte. Und vermutlich, so dachte Granock grimmig, hatte Palgyr, der seinen Ordensnamen abgelegt hatte und sich jetzt »Rurak« nannte, noch weit mehr als das getan …

»Die *neidora*«, stieß Farawyn hervor, der ähnlich zu denken schien. »Bist du das auch gewesen?«

»In der Tat.« Rurak nickte. »Es wäre schade gewesen, sie dort auf ihren steinernen Sockeln versauern zu lassen, da sie doch so überaus nützliche Diener sein können.«

»Was ist der Preis dafür gewesen?«

»Nicht viel.« Der Verräter schüttelte den Kopf. »Nur zehn sterbliche Leben. Ein geringer Preis, wie ich finde …«

»Scheusal«, knurrte Farawyn. »Nun zeigst du endlich dein wahres Gesicht.«

»Ja.« Rurak nickte. »Nun endlich. Ich war es leid, mich als Wortführer derer aufzuspielen, die das Gesetz achten und es zu schützen versuchen. Wie überaus langweilig, findest du nicht?«

»Diese Zauberer haben dir vertraut. Sie haben deinen Worten Glauben geschenkt.«

»Dann waren sie ziemlich töricht. Anders als du. Du hast mir nie wirklich geglaubt, nicht wahr?«

»Nein«, gab Farawyn resignierend zu. »Dennoch hätte ich nie gedacht, dass du so weit gehen würdest. Woher hattest du all dies Wissen? Woher die Macht, die *neidora* zu erwecken?«

Ein Lächeln der Genugtuung legte sich auf Ruraks von grauem Haar umrahmtes Raubvogelgesicht. »Das weißt du doch genau«, sagte er. »Es gibt nur ein Werk, in dem derlei Wissen jemals gesammelt wurde.«

»Das Buch der Geheimnisse«, flüsterte Farawyn schaudernd. »Du … du hast es gefunden?«

Rurak schüttelte den Kopf. »Ich brauchte es nicht einmal zu suchen. Einer meiner Ahnen, der bei Tirgas Lan gegen Margoks Horden kämpfte, nahm es an sich, nachdem die Schlacht entschieden war, und verbarg es an einem sicheren Platz, wohl wissend, dass es einst von unschätzbarem Wert sein würde.«

»Dann war dein Urahn ein törichter Narr«, konterte Farawyn, »denn das Buch Margoks hätte vernichtet werden müssen.«

»Es vernichten? Und all die Möglichkeiten, die es birgt, für immer verlieren?« Rurak lachte freudlos auf. »Ich danke dem Schicksal, dass meine Vorfahren mehr Verstand hatten als du. Über die Jahrtausende haben sie das Buch aufbewahrt, es dort verborgen, wo niemand es vermutet hätte. Jedoch hatte keiner von ihnen den Mut, es je zu öffnen und hineinzusehen …«

»Aus gutem Grund. Es heißt, dass den Verstand verliert, wer sich dem Wahnsinn des Dunkelelfen aussetzt.«

»Dann kann ich mich wohl glücklich schätzen, noch klaren Verstandes zu sein«, erwiderte Rurak mit einem Blick, der seine Worte Lügen strafte. »Ich nämlich hatte keine Furcht, das Erbe des Dunkelelfen anzunehmen, denn wie er bin ich ein großer und mächtiger Zauberer. Also habe ich gewagt, was seit Margoks Tagen niemand wagte …«

»Frevler«, zischte Farawyn, »wie konntest du nur?«

»… und auf diese Weise von Dingen erfahren, die meine Welt größer gemacht haben, als ein Kleingeist wie du es sich jemals vorstellen kann«, fuhr Rurak fort. »Du gefällst dir in der Rolle des Erneuerers und schockierst den Rat mit angeblich revolutionären Einfällen, dabei kratzt du in Wahrheit nur an der seit Jahrtausenden verkrusteten Oberfläche, und wie alle anderen im Orden gibst auch du dich mit den Brotkrummen zufrieden, die hin und wieder von der Tafel des Schicksals fallen. Ich aber will mehr als das, Farawyn.«

»Mehr? Was meinst du?«

»Ich will mit beiden Händen aus dem Überfluss schöpfen«, antwortete Rurak, wobei er seine knochigen Hände zu Fäusten ballte, »und ich will am Nektar der Erfüllung nicht nur nippen, sondern ihn eimerweise saufen! Ich will die absolute Macht, und das Buch der Geheimnisse hat mir den Weg dazu gezeigt, ob es dir gefällt oder nicht. Es wird sich vieles ändern im Reich, Freund Farawyn – und in gewisser Weise hast du den Grundstein dazu gelegt.«

»Ich?« Farawyn bemühte sich, sein Erschrecken zu verbergen, aber es gelang ihm nicht. »Wieso das?«

»Weil du mit deinen Vorschlägen zur Erneuerung des Ordens den Rat stets vollauf beschäftigt hast. Auf diese Weise konnte ich mich in der Rolle des Ordnungshüters aufspielen und dabei unbemerkt an den Fundamenten sägen, die du nur verrücken wolltest. Eine seltsame Ironie, nicht wahr?«

»Allerdings«, entgegnete Farawyn.

»Warte, bis du die wahre Tragweite meines Plans erfährst«, sagte Rurak grinsend. Damit wandte er sich ab und gesellte sich zu seinen Lakaien Labhras und Sgruthgan, die die Situation sichtlich genossen.

Man hatte die Gefangenen zurück in die Grabkammer geführt, wo der Knochensarkophag Margoks auf dem steinernen Podest ruhte. Fürst Erweins Soldaten hatten rings um den Sarkophag Aufstellung genommen, Fackeln in den Händen. Granock, Aldur und Alannah standen auf der linken Seite des grausigen Grabes, Farawyn und Riwanon auf der anderen, jeweils bewacht von zwei Kriegern aus Andaril. Da ihre Kräfte versiegt waren, hatte man den Zauberern ihre Stäbe gelassen. Ohne ihre Zauberei waren Farawyn und Riwanon nichts weiter als ein alter Mann und eine zarte Frau, die gegen zwei gepanzerte und schwer bewaffnete Kämpfer niemals bestehen konnten.

Rurak trat zu seinen beiden Lakaien am Fußende des Sarkophags, wo auch Fürst Erwein und der Ork standen, der, wie die Gefangenen inzwischen erfahren hatten, Ruraks Schüler war. Natürlich wollte Rurak auch damit den Hohen Rat demütigen, doch es war auch ein Beleg dafür, dass der Verräter den Kontakt mit den Kreaturen gesucht hatte, die jenseits des Schwarzgebirges hausten und deren Rasse einst von dem gezüchtet worden war, in dessen Grabkammer sie sich alle aufhielten: Margok.

Granock fragte sich, wie es möglich war, dass dessen unheilvolles Vermächtnis auch nach so langer Zeit noch immer nachwirkte. Die Antwort darauf war ebenso offenkundig wie deprimierend, besagte sie doch, dass Elfen und Menschen einander tatsächlich ähnlich waren: Obwohl sich die Söhne Glyndyrs gern verklärt gaben, wohnte ihnen – genau wie den Menschen – das Böse ebenso inne wie das Gute, und es war einem jeden von ihnen selbst überlassen, für welche Seite er sich entschied. Für das Licht, so wie Cethegar es getan hatte – oder für die Dunkelheit …

»Als ich vor dem Hohen Rat dafür plädierte, ausgerechnet dich, Farawyn, zur Südgrenze des Reiches zu schicken, da ging es mir natürlich darum, dich in Shakara aus dem Weg zu haben, denn du warst der Einzige, dem ich zugetraut hätte, meine Pläne zu durchschauen«, tönte Rurak großspurig.

»Was du nicht sagst«, knurrte Farawyn.

»Aber«, fuhr der abtrünnige Zauberer fort, »das war nicht mein einziges Ziel. Du magst es glauben oder nicht, aber es ging mir auch darum, dich hierher zu locken, an diesen Ort – denn ich brauche dich.«

»Du brauchst mich?« Farawyn verengte argwöhnisch die Augen.

»Dich«, bestätigte Rurak nickend, »oder vielmehr das, was dir innewohnt: deine Lebensenergie, deine Körperkraft ebenso wie deine geistige Stärke. Nenne es, wie du willst.«

»Wozu?«, fragte Farawyn, dessen bebender Stimme jedoch anzumerken war, dass er schon eine Vermutung hatte.

»Du ahnst es bereits«, erkannte auch Rurak. »Unter diesem Sarkophag ruhen die sterblichen Überreste Margoks, des größten Führers, den unser Orden jemals hervorgebracht hat …«

»Ansichtssache«, knurrte Granock, worauf ihm einer seiner Bewacher in die Kniekehlen trat, sodass er zusammenbrach.

»… und obwohl du diese Ehre nicht verdienst«, fuhr Rurak unbeirrt fort, noch immer an Farawyn gewandt, »wird es deine Lebensenergie sein, die den Dunkelelfen aus dem Reich der Toten zurückholt, auf dass er das Werk, das er in Erdwelt begonnen hat, fortsetze und schließlich zu Ende bringe!«

»Nein!«, rief Farawyn. »Das wagst du nicht!«

»Warum nicht? Ich weiß alles, was dazu nötig ist. Der Dunkelelf selbst hat es mir durch seine Schriften mitgeteilt. Er wusste, dass eine Zeit kommen würde, da wir uns seiner großen Taten erinnern und ihn aus dem Jenseits zurückholen würden – und nun ist es so weit!«

»Große Taten?«, rief Alannah. »Tod und Verderben hat er über Erdwelt gebracht. Tausende bezahlten seinen Ehrgeiz und Größenwahn mit dem Leben!«

»Gemach, hübsche Novizin«, mahnte Rurak. »Offenbar hast du es mit dem Sterben eilig, aber ein wenig musst auch du dich noch gedulden.« Er ließ seinen Blick über die Gefangenen schweifen. »Eigentlich solltet ihr schon längst tot sein. Mein ursprünglicher Plan hatte vorgesehen, dass ihr euch einen Kampf mit Fürst Erweins Männern liefert. Das Blut, das hätte fließen sollen, hätte Margoks Rückkehr würdig vorbereitet.«

»Ohne Zweifel«, stieß Aldur voller Abscheu hervor.

»Farawyn jedoch wusste dies zu verhindern, sei es aus purem Zufall oder weil er tatsächlich ahnte, welches Spiel ich trieb.«

»Aber warum ich?«, fragte Farawyn. »Warum musstest du ausgerechnet Riwanon, Cethegar und mich hierher locken? Bei deiner Skrupellosigkeit traue ich dir zu, dass du ohne mit der Wimper zu zucken einen deiner Verbündeten opfern würdest, um Margok wiederzuerwecken.«

»Nur sind die nicht stark genug, um dem Dunkelelfen die Kraft zu verleihen, die er braucht, um sich Erdwelt zu unterwerfen«, antwortete Rurak. »Nicht nur das *lu*, die Lebensenergie eines Elfen, werden bei dem Ritual auf Margok übertragen, sondern auch die Zauberkraft. Also brauche ich einen mächtigen Zauberer, der während des Rituals geopfert wird, denn umso mächtiger wird Margok sein, wenn er erwacht. Und du, Farawyn, bist – so ungern ich es eingestehe – einer der mächtigsten Zauberer des Ordens.«

»Aber Cethegar …«

»Cethegar war alt und schwach, sein *lu* näherte sich dem Ende und er sich der Zeit, da es ihn zu den Fernen Gestaden gezogen hätte. Du allerdings, Farawyn, bist geradezu ausersehen, dein *lu* und deine Zauberkraft Margok zu schenken.« Er grinste seinen alten Rivalen an und fügte hämisch hinzu: »Ich habe übrigens noch einen Trost für dich, *Bruder*: Der Orden der Zauberer wird grundlegend erneuert werden, so wie du es immer wolltest. Nur«, setzte er einschränkend hinzu, »vielleicht ein wenig anders als von dir gedacht …«

Farawyn stieg die Zornesröte ins Gesicht, und er knirschte: »Was auch immer du tust, glaubst du denn, der Rat wird all das widerspruchslos hinnehmen?«

»Der Rat, mein Freund, ist eine Versammlung verschwatzter Wichtigtuer und altersschwacher Greise. Keiner von ihnen hatte den Mut, mir entschieden entgegenzutreten, als ich einen Unhold zu meinem Novizen ernannte und damit die grundlegendsten Werte des Ordens offen in den Dreck trat. Und Semias, der Vorsitzende des Ordens, ist ein seniler Dummkopf, der alles tut, um ein Auseinanderbrechen des Rates und eine Spaltung des Ordens zu verhindern. Ich sehe also niemanden mehr, der mir noch gefährlich werden könnte, da der gute Cethegar tot ist und auch du nicht mehr lange unter den Lebenden weilen wirst.«

»Das hast du dir ja alles fein ausgedacht!«, knurrte Farawyn.

»Nicht wahr?« Rurak nickte. »Es hat mich auch eine lange Zeit meines Lebens gekostet, diesen Plan in allen Einzelheiten vorzubereiten und dabei immer noch den Schein zu wahren, ein loyales Mitglied des Ordens zu sein. So etwas ist nicht einfach, das kannst du mir glauben.«

»Was denn? Willst du meine Bewunderung?«

»Keineswegs – deine Lebensenergie genügt vollauf.«

»Ich werde mich nicht fügen«, stellte Farawyn klar.

»Ob du willens bist, doch zu opfern, oder nicht, spielt keine Rolle«, versetzte Rurak hart. »Der Dunkelelf wird dich verzehren, so oder so, und er wird sich deiner Kraft bemächtigen, um ins Diesseits zurückzukehren. Du bist dabei nur ein Mittel zum Zweck, mehr nicht.«

Damit war für Rurak alles gesagt. Er nahm am Fußende des Sarkophages Aufstellung, um mit dem Ritual zu beginnen, und hob die Hände mit gespreizten Fingern empor. Die Ärmel seines Gewandes rutschten dabei nach unten und entblößten seine knochigen Arme, dann sprach der Verräter eine Formel in jener alten verbotenen Sprache, deren Klang allein schon dazu angetan war, Furcht und Panik auszulösen.

Darauf folgte ein dumpfes Knirschen und Schaben, wie es entsteht, wenn Stein über Stein bewegt wird – und zur Verblüffung der Novizen und der beiden Zauberer bewegte sich der Sarkophag des Dunkelelfen mitsamt dem Sockel, auf dem er ruhte!

Ob Ruraks Worte einen geheimen Mechanismus in Gang gesetzt hatten, der den Steinsockel bewegte, war nicht festzustellen. Jedenfalls ruckte das massige Gebilde knirschend und kreischend Stück für Stück über den Boden. Darunter wurde ein senkrecht abfallender Schacht sichtbar, aus dem ein unheilvoll grünes Leuchten drang.

»Dort unten«, erklärte Rurak, nachdem der Sarkophag wieder zum Stillstand gekommen war, »ist das, was von Margoks Lebenskraft nach all den Jahrtausenden noch übrig ist. Der Dunkelelf ist schwach, aber er existiert noch immer – und wir werden ihm neue Nahrung geben.«

Damit sprach er eine weitere Formel, und der Sarkophag begann sich aufzurichten, mitsamt dem Sockel, auf dem er ruhte. Knirschend hob sich das Kopfende des grausigen Gebildes und stieg mit träger Langsamkeit immer weiter empor, bis es sich senkrecht aufgestellt hatte. Durch das Gewebe der Knochen glaubte Granock eine dunkle Gestalt zu erblicken, die sich unter dem Deckel aus Gebeinen verbarg. Ein Schauder durchlief ihn vom Scheitel bis zur Sohle, und blankes Grauen erfasste ihn.

»Neeein!«, brüllte Farawyn auf einmal, aber es war bereits zu spät.

Indem Rurak eine weitere Beschwörungsformel sprach, deren Wirkung sich nicht auf die Elfenkristalle stützte, sondern auf die

Kraft der Dunkelheit, bekam das Knochengebilde Risse und zersprang im nächsten Moment wie Glas. Die Bruchstücke zersplitterter Gebeine prasselten durch die Grabkammer und in den klaffenden Schacht, Staub stieg auf, der Jahrtausende alt war, und beißender Gestank breitete sich aus.

Granock, der instinktiv die Hände hochgerissen hatte, um sein Gesicht vor den Knochensplittern zu schützen, würgte und hustete, ehe er einen ersten, vorsichtigen Blick riskierte.

Was er sah, entsetzte ihn.

Es war der Dunkelelf.

Reglos stand er in dem Sarkophag, dessen beinerner Deckel zersprungen war. Und obwohl seit jener Zeit, in der das Heer der Finsternis geschlagen und sein dunkler Anführer vertrieben worden war, so viele Jahrtausende vergangen waren, sah Margok noch immer so aus, als bräuchte er nur die Augen zu öffnen, um ins Leben zurückzukehren und sein Vernichtungswerk fortzusetzen.

Gewiss, das Fleisch war verrottet, und die Haut spannte sich über bloße Knochen. Aber anders als bei den Zwergenmumien, die auf dem Jahrmarkt von Sundaril zur Schau gestellt wurden, wirkte die Haut dieses Leichnams weder pergamentartig noch hatte sie sich dunkel verfärbt, sondern war bleich und hell. Und da der Zauberer namens Qoray der Überlieferung nach groß und hager gewesen und leuchtend weiße Haut gehabt hatte, vermittelte der Leichnam den Eindruck, als wäre er direkt aus den Geschichtsbüchern an diesen düsteren Ort gelangt. Lediglich Margoks Augen straften diesen Eindruck Lügen, denn es waren nur zwei leere Höhlen, die den Anwesenden entgegenstarrten. Das weiße Haar, das beiderseits von dem kahlen Schädel hing, schien hingegen noch lange weitergewachsen zu sein, denn es reichte bis zum Boden herab und überwucherte – wie die Schlinggewächse des Dschungels die Tempelfundamente – die schwarze Rüstung, die der Dunkelelf trug und die ebenfalls noch völlig intakt war.

Obwohl sich Granock am liebsten vor Grausen abgewendet hätte, konnte er nicht anders, als auf den Leichnam zu starren, gleichermaßen fasziniert wie abgestoßen von dem Gedanken, dass Margoks Bosheit offenbar ausgereicht hatte, seinen Körper über die Jahrtausende vor dem Verfall zu bewahren. Aldur schien es ebenso zu ergehen, nur Alannah schaffte es, das Gesicht zur Seite zu drehen, um so dem Blick aus den leeren Augenhöhlen des Toten auszuweichen.

»Keine Sorge«, versicherte Rurak, »diese bemitleidenswerte Erscheinungsform wird nicht von langer Dauer sein. Sobald Farawyns Zauberkraft und Lebensenergie auf den Dunkelelfen übergegangen ist, wird er sich rasch erholen. Fleisch wird wieder auf seinen Knochen wachsen, und neue Macht wird ihn erfüllen, auf dass er uns zum endgültigen Sieg führe!«

»Er wird dich vernichten«, prophezeite Farawyn, von Grauen geschüttelt, »so wie er alle vernichtet hat, die auf seiner Seite standen.«

»Ich bin kein Narr, Farawyn«, stellte Rurak klar. »Margok hat Fehler gemacht, aber mit mir als seinem obersten Berater wird er sie nicht wiederholen. Wie einst wird er ein großes Heer um sich scharen, und er wird ein Reich errichten, wie es selbst zu Sigwyns Zeiten nicht existierte – ein Reich der absoluten Macht, in dem kein Platz ist für Zauderer und Schwächlinge und in dem nur die Starken herrschen.«

»Nur die Starken«, echote Farawyn, an Fürst Erwein gewandt. »Verstehst du, was er damit meint, Mensch? Er spricht von Elfen, und er spricht von Zauberern – aber ganz gewiss nicht von deinesgleichen.«

»Mir hat er etwas anderes gesagt«, konterte Erwein, »und ich glaube ihm.«

»Dann bist du ein Narr, denn er täuscht dich, so wie er uns alle getäuscht hat, und am Ende wirst du feststellen, dass du deinen eigenen Untergang herbeigeführt hast.«

»Meinen Untergang?«, wiederholte Erwein. »Und wenn schon, Elf. Soweit es mich betrifft, spielt es keine Rolle mehr. Mein Leben hat in dem Moment geendet, als mein geliebter Iwein das seine verlor.«

»Dann denke zumindest an jene, die du zu beschützen geschworen hast, an deine Untertanen und deine Soldaten …«

»Meine Kämpfer sind mir treu ergeben. Sie folgen mir überallhin, selbst in den Tod.«

»Törichter Mensch!«, rief Farawyn erregt. »Du weißt nicht, was du sagst! Ein Sturm wird über euch kommen, und er wird euch hinfortreißen wie lose Blätter im Wind. Blut wird fließen, und es wird ein großes Sterben geben, und ihr werdet bedauern, euch jemals in diesen Konflikt eingemischt zu haben. Denkt an meine Worte, hört ihr? Denkt an meine Worte …«

Noch während er sprach, wurde er von Erweins Männern ergriffen. Den Zauberstab entwanden sie ihm und warfen ihn weg wie ein wertloses Stück Holz, dann zerrten sie Farawyn zu der Kluft vor dem Sarkophag, aus der noch immer grünes Licht emporschimmerte, das den flirrenden Staub unheimlich leuchten ließ.

»Genug der Worte, mein guter Farawyn«, sagte Rurak, »es ist an der Zeit, Taten sprechen zu lassen.«

Auf sein Zeichen hin wurde Farawyn an den Rand der Grube bugsiert, und zu seinen Füßen sah der Zauberer das nackte Grauen, ein wirbelnder, leuchtender Schlund, der nur darauf zu warten schien, ihn zu verzehren.

»Jetzt!«, gellte Ruraks Befehl. »Stoßt ihn hinab …!«

26. DÍGYDAID

Rambok hatte sich alles angesehen, hatte alles aufmerksam verfolgt, während seine spitzen Ohren dem Wortwechsel der Schmalaugen gelauscht hatten. Verstanden hatte er dabei nicht allzu viel, da er ihre Sprache kaum beherrschte, aber was auch immer sie sagten, es konnte nicht annähernd so dringlich sein wie die Absicht, die er verfolgte und die noch immer unverändert war.

Er wollte Rurak töten!

Dass der Zauberer ihn zu seinem Schüler gemacht hatte, änderte daran nichts, ebenso wenig wie die Tatsache, dass der grauhaarige Elf noch sehr viel mächtiger zu sein schien, als Rambok es zunächst vermutet hatte: Der Elf vermochte sich Raum und Zeit zu unterwerfen und auf dem Rücken eines Knochenvogels durch die Lüfte zu reisen, aber das rechtfertigte nicht, dass er Rambok dessen Posten im *bolboug* weggenommen hatte. So etwas konnte ein Ork nicht vergessen. Und verzeihen schon gar nicht.

Was Rambok gesehen und erlebt hatte, seit er sich in Ruraks Diensten befand, hatte ihn sein Ziel keineswegs aus den Augen verlieren lassen. Ganz im Gegenteil – er war überzeugter denn je, dass Rurak den Tod verdient hatte. Der Ork durchschaute nicht, was für ein Spiel der Zauberer trieb, aber ihm war klar, dass Rurak sie alle getäuscht hatte.

Oder es zumindest versuchte …

Bildete er sich wirklich ein, dass Rambok keinen Verdacht geschöpft hatte, als er die Krieger sah, die das Dorf der Bluthunde überfallen hatten und auf einmal in Ruraks Diensten standen?

Dass Rambok es ganz normal fand, wenn sich untote Drachen in die Lüfte schwangen, und dass er es widerspruchslos hinnehmen würde, wenn ein Elf, der offenbar schon vor Jahrtausenden in Kuruls dunkle Grube gestürzt war, plötzlich wieder daraus befreit werden sollte? Niemals!

Über den Dunkelelfen wusste Rambok nicht viel; da es unter den Unholden keine schriftlichen Aufzeichnungen gab, geriet die Vergangenheit ziemlich schnell in Vergessenheit. Überliefert wurden nur die großen siegreichen Schlachten und die Namen derer, die sich darin ausgezeichnet hatten – aus welchem Grund man in den Krieg gezogen war, interessierte später niemanden mehr. Eines jedoch war dem Schamanen nur zu klar: dass es zu nichts Gutem führen konnte, einen Elfen, der bereits tot war, wieder ins Leben zurückzuholen, denn das besagte schon eine alte Weisheit: *sul-coul krok, sul-coul mark* – ein toter Elf ist ein guter Elf …

All diese Gründe waren es, die den Ork dazu brachten, unter seine Robe zu greifen und den Dolch zu zücken, den er dort verbarg. Die ganze Zeit über hatte er abgewartet, lauernd wie eine Spinne in ihrem Netz, um dann zuzuschlagen, wenn Rurak es am wenigsten erwartete – und in dem Augenblick, als der Zauberer die Arme ausbreitete und den Menschen befahl, das andere Schmalauge in den grün leuchtenden Pfuhl zu stoßen, handelte Rambok …

Am ganzen Körper bebend vor hilfloser Wut musste Granock mit ansehen, wie sein Meister an den Rand des Abgrunds gezerrt wurde, ohne dass sein Schüler oder irgendjemand sonst etwas dagegen unternehmen konnte. Auch Farawyn war die Verzweiflung anzusehen. Seine innere Ruhe und Überlegenheit, für die Granock ihn stets bewundert hatte, waren wie ausgelöscht. Furcht war in den Zügen des Meisters zu lesen, nicht so sehr um sein eigenes Schicksal als vielmehr vor dem, was geschehen würde, wenn er in diesen Schacht stürzen und der Dunkelelf zurückkehren würde. An Ruraks Worten und an der Wirkung des Zaubers schien Farawyn nicht den geringsten Zweifel zu hegen.

Als der Verräter den entsprechenden Befehl gab, wollten Farawyns Bewacher ihn sogleich über die Kante in die grün schimmernde Tiefe stürzen. Nichts schien ihn mehr retten zu können – als das Geschehen plötzlich eine unerwartete Wendung nahm!

Rurak, der im einen Moment noch triumphierend gelacht hatte, verstummte abrupt. Verblüfft senkte er den Blick und sah den Dolch, der in seiner Seite steckte. Der Griff war mit Tiersehnen umwickelt, und ein blank polierter Knochen bildete den Knauf – ohne Frage die Waffe eines Orks!

Granock, ebenso wie alle anderen, brauchte einen Moment, um zu begreifen, dass es der Unhold gewesen war, der sich unbemerkt an den Zauberer herangeschlichen und ihm die Klinge bis zum Heft in den Leib gerammt hatte. Aus unersichtlichem Grund hatte sich der orkische Novize plötzlich gegen seinen Meister gewandt, und nun stand er da, schwer atmend, und glotzte den verwundeten Zauberer stieren Blickes an.

Einen Herzschlag lang schien die Zeit stillzustehen, geradeso als hätte Granock von seiner Fähigkeit Gebrauch gemacht. Im nächsten Moment brach Chaos aus.

Rurak verfiel in wüstes Geschrei und versuchte, sich den Dolch aus dem Leib zu ziehen, was ihm jedoch nicht gelang. Labhras und Sgruthgan, die beide zu Tode erschrocken waren, riefen wild durcheinander und erteilten unterschiedliche Befehle, sodass Erwein und seine Männer Augenblicke lang nicht wussten, was sie tun sollten.

Und Granock handelte.

Seine beiden Bewacher waren ebenso abgelenkt wie alle anderen, und es gelang ihm, einem der Krieger blitzschnell die Klinge zu entwinden, die ihn bedrohte. Der Krieger gab eine halblaute Verwünschung von sich, die ihm jedoch auf den Lippen gefror, als ihm sein eigener Stahl in die Eingeweide fuhr. Stöhnend sank der Mann nieder, und noch ehe sein Kumpan begriff, was geschehen war, hatte Granock auch ihm eine klaffende Wunde beigebracht.

Granock fuhr herum und sah, dass Aldur und Alannah die Verwirrung ebenfalls genutzt hatten, um ihre Bewacher zu übertölpeln. Granocks Sorge galt jedoch zuvorderst seinem Lehrer.

Mit einem gewagten Sprung setzte er über den Schacht, an dessen Kante Farawyn erbittert mit seinen Bewachern rang. Einer der Menschenkrieger geriet an den Rand der Grube, worauf das alte

Gestein unter seinen Füßen wegbröckelte und er das Gleichgewicht verlor. Mit einem heiseren Schrei verschwand er in der Tiefe, und sogleich verstärkte sich das grüne Leuchten, denn der Dunkelelf hatte neue Lebenskraft erhalten, doch ein einzelner Mensch reichte noch lange nicht aus.

Der andere Wächter sprang zurück. Den Griff des Schwertes beidhändig umklammernd, wollte er Farawyn den Kopf abschlagen. Dass ihm dies nicht gelang, war Granock zuzuschreiben, der zwischen die beiden fuhr. Er führte einen kraftvollen Schwertstreich, den sein Gegner allerdings parierte. Dann ging Erweins Scherge zum Gegenangriff über.

Granock blockte den Hieb ab, der jedoch mit derartiger Wucht geführt war, dass der Novize ins Taumeln geriet, hinter ihm der gefährliche Abgrund. Der Soldat wollte nachsetzen – als Farawyn zur Stelle war.

Er war zur Seite gesprungen und hatte seinen Zauberstab vom Boden aufgelesen, um ihn als Schlagwaffe einzusetzen. Das untere Ende des *flasfyn* sauste herab und traf Erweins Büttel am Helm. Das Eisen und die Kettenhaube darunter vermochte der Hieb natürlich nicht zu durchdringen, aber der Soldat war abgelenkt und wusste einen Augenblick lang nicht, wen von seinen beiden Gegnern er als Nächstes attackieren sollte.

Granock nahm ihm die Entscheidung ab und rammte seinem Widersacher die Klinge tief in den Bauch. Knirschend durchdrang der Stahl das Kettengeflecht der Rüstung und wühlte sich durch Fleisch und Eingeweide, während sich die Augen des Kriegers in stillem Entsetzen weiteten. Er kippte zurück und riss damit die Klinge aus Granocks Hand, der sich sogleich Ersatz besorgen wollte – als er Ruraks heiseren Ruf vernahm.

»Halt!«

Granock und sein Meister fuhren herum.

Wie sie feststellen mussten, hatte sich Rurak den Dolch aus dem Leib gerissen. Die Wunde war tief, hatte jedoch offenbar kein lebenswichtiges Organ verletzt. Die linke Hand auf die Seite pressend, konnte sich der Verräter einigermaßen aufrecht halten – und mit der Rechten hielt er die Orkklinge an Riwanons Kehle!

»O nein«, ächzte Farawyn entsetzt.

Während es Granock und ihm gelungen war, sich zu befreien, hatten sich Labhras und Sgruthgan auf die Zauberin gestürzt und sie zu ihrem Anführer gezerrt. Der hielt ihr mit bebender Hand das blutige Messer an die Kehle, während ein irrsinniges Grinsen seine Raubvogelzüge in die Breite zog.

»Noch eine einzige Bewegung, und eure geschätzte Schwester verblutet vor euren Augen«, zischte er.

Erneut hatte es den Anschein, als würde die Zeit gefrieren. Erweins Soldaten, unter denen heillose Verwirrung ausgebrochen war, hielten ebenso inne wie Aldur und Alannah, die noch immer in heftige Handgemenge mit ihren Bewachern verstrickt gewesen waren, und es wurde so still, dass man eine Nadel fallen gehört hätte.

»Willst du ihr Leben opfern, um das deine zu retten, Farawyn?«, fragte Rurak lauernd. »Ist das deine Vorstellung von einem großen Zauberer? Sie ist ein Mitglied des Ordens, vergiss das nicht. Du hast ihr Treue und Loyalität geschworen bis in den Tod!«

Es war schwer zu sagen, was in Farawyn vor sich ging. Die Sorge um die Zauberin war ihm deutlich anzusehen, aber gleichzeitig sagte er sich wohl, dass es ohnehin kein Entkommen gab, für keinen einzigen von ihnen, wenn Rurak siegte und Margok ins Leben zurückkehrte. Wozu sich also nach Ruraks grausamen Spielregeln richten?

»Farawyn, bitte«, begann in diesem Augenblick Riwanon zu flehen. »Lass nicht zu, dass er mich tötet …«

In ihrer Stimme lag so viel Furcht und Drangsal, dass es Granock den Atem raubte. Wie er sie so in den Armen des Verräters sah, die blanke Klinge an der Kehle, da konnte er kaum an sich halten vor ohnmächtiger Wut. Seine Blicke flogen zu Farawyn und Aldur. Um wie vieles stärker mussten die beiden noch empfinden, war Riwanon für sie doch Schwester und Meisterin …

»Ich warte«, drängte Rurak. »Wirst du dich ergeben und diesen sinnlosen Kampf beenden? Oder willst du zusehen, wie einer Gefährtin das Blut aus der aufgeschlitzten Kehle sprudelt?«

»Farawyn, ich bitte dich von Schwester zu Bruder«, jammerte Riwanon. »Lass mich nicht so enden …«

»Bitte, Meister Farawyn«, ließ sich nun auch Aldur vernehmen. »Lasst nicht zu, dass meine Meisterin auf diese Weise ihr Leben lässt. Das ist ihrer nicht würdig …«

Farawyn zögerte noch, dann aber schüttelte er resigniert den Kopf und warf den Zauberstab von sich. Auch Granock ließ die Klinge fallen.

»Gut so«, sagte Rurak spöttisch und senkte den Dolch. »Wie überaus weise von dir …«

Er gab seinen Kumpanen ein Zeichen, worauf diese Riwanon losließen. Benommen taumelte die Zauberin in Richtung ihrer Gefährten, die inzwischen wieder von Bewaffneten umzingelt waren. Aldur und Alannah wurden ebenso an den Rand der Grube gedrängt wie Rambok der Ork, der völlig unerwartet zu ihrem Verbündeten geworden war.

»Dumme, undankbare Kreatur!«, fuhr Rurak ihn an. »Bin ich denn nicht gut zu dir gewesen? Habe ich dir nicht ungleich mehr gegeben, als Abschaum deiner Sorte verdient?«

»Du hast mich aus dem *bolboug* vertrieben«, erwiderte der Unhold störrisch. »Du hast dir das Vertrauen des Häuptlings erschlichen und dafür gesorgt, dass ihm mein Zauber auf einmal nicht mehr genügte.«

»Und deshalb störst du meine Pläne?«, stieß Rurak fassungslos hervor. »Wegen dieser Nichtigkeiten wagst du es, Hand an mich zu legen?«

»Sollen meine Männer ihn in Stücke hauen, Herr?«, fragte Fürst Erwein, der auf eine Gelegenheit wie diese nur gewartet hatte, denn für Unholde hatte der Herr von Andaril nicht viel übrig.

»Nicht nötig«, wehrte Rurak ab. »Margoks Zorn wird ihn treffen, genau wie alle anderen. Lasst uns das Ritual endlich zu Ende bringen!«

Auch Riwanon hatte sich zu ihren Gefährten gesellt. Die Zauberin war schwach auf den Beinen und schien dem Zusammenbruch nahe. Farawyn nahm sie in die Arme.

»Alles in Ordnung?«, fragte er besorgt.

Sie nickte. »E-es tut mir leid, Bruder. Ich hätte niemals verlangen dürfen, dass du …«

»Sorge dich nicht deswegen. Wir alle haben Augenblicke der Schwäche, in denen …« Er unterbrach sich, als er merkte, dass ihn die Zauberin in Richtung des gähnenden Abgrunds schob, in dem das Böse lauerte. »Riwanon, was …?«

»Tu es«, flüsterte sie ihm ins Ohr. »Tu es für mich! Lass es uns zu Ende bringen …«

Und sie legte ihr ganzes Gewicht in den Versuch, den Zauberer an den Rand des Schachts und darüber hinaus zu drängen, was dieser jedoch verhinderte, indem er sich aus ihrer Umarmung löste und sie von sich schleuderte, sodass sie zurücktaumelte – und sich dann in schallendem Gelächter erging.

»M-Meisterin?«, fragte Aldur, der fürchtete, die Zauberin hätte den Verstand verloren. »Was – was ist mit Euch?«

»Begreifst du es wirklich nicht, Novize?«, rief Rurak, der grinsend an Riwanons Seite trat. »Verstehst du nicht, was hier vor sich geht?«

Aldur verstand – und genau wie Granock und Alannah hatte er in diesem Augenblick das Gefühl, dass ihm der Boden unter den Füßen weggezogen wurde.

»Warum, Riwanon?«, fragte Farawyn erschüttert. »Warum nur?«

»Sehr einfach«, zischte sie. »Weil ich es leid war, nach euren Moralvorstellungen zu leben und mich von euren kleingeistigen Gesetzen bevormunden zu lassen. Ich will leben, Farawyn, frei und ungezwungen.«

»Und du glaubst, Margok ermöglicht dir das?«

»In einer Welt ohne Gesetze kann ich tun und lassen, was ich will«, war Riwanon überzeugt. »Es gibt keine Beschränkungen mehr, keine Regeln, die mich hemmen, und keine Schranken, die mich halten. Und Konkurrenz« – dabei bedachte sie Alannah mit einem verärgerten Blick – »wird einfach aus dem Weg geräumt.«

»Schwester.« Farawyn spuckte das Wort aus wie eine verdorbene Speise. »Wie konnte ich mich nur so in dir irren?«

»Nein, nein, Ihr habt Euch nicht geirrt«, versicherte Aldur, der einfach nicht glauben konnte, was er da hörte. »Meisterin Riwanon steht nach wie vor treu zum Orden und zum Hohen Rat! Ich würde nie etwas anderes von ihr denken!«

»Aldur«, sagte sie und schüttelte mitleidig den Kopf, »mein armer Aldur. Wie schrecklich das alles für dich sein muss. Aber glaube mir, es ist besser so.«

»Dann … ist es wahr?«, fragte er ungläubig. »Ihr seid eine … Verräterin? Schon die ganze Zeit über, während wir …«

»Armer Aldur«, wiederholte sie, und anders als zuvor klang ihre Stimme plötzlich sanft und liebevoll. »Ich wollte dich nicht verletzen.«

»Aber ich dachte, Ihr und ich …«

»Ich hatte dich vor mir gewarnt, Aldur. Aus gutem Grund …«

Er nickte, Tränen in den Augen.

»… aber weil du mein Novize bist und ich glaube, dass du erst ganz am Anfang deiner Entwicklung stehst, bieten wir dir an, dich uns anzuschließen.«

»I-ihr wollt, dass ich die Seiten wechsle?«

»Es steht nicht in meiner Macht, dies von dir zu verlangen, Aldur. Aber wenn du an all die Dinge glaubst, von denen du mir erzählt hast, so ist jetzt der Zeitpunkt gekommen, dich zu entscheiden. Sage dich von deinen falschen Freunden los! Bekenne dich zu deinem wahren Selbst, zu deiner wirklichen Berufung, und schließe dich uns an!«

»Schweig, Verräterin!«, rief Farawyn erbost.

»Wieso, was hast du?«, fragte Riwanon lächelnd. »Befürchtest du, er könnte den Pfad der Tugend verlassen und sich mir anschließen? Die Welt ist nicht mehr, was sie einmal war, Farawyn. Du selbst hast das immer wieder gesagt, dennoch bist du nicht bereit, dich zu ändern oder dein Denken in neue Bahnen zu lenken. Das Zeitalter der Elfen geht zu Ende, damit hast du recht. Deshalb erneuern wir das Reich, und es beginnt das Zeitalter der Zauberer. Eine neue, ruhmreiche Epoche, in der nichts mehr unsere Macht beschränken wird.«

»Das also wollt ihr.« Farawyn nickte. »Ich verstehe.«

»Die Welt ist kompliziert geworden. Immer mehr Rassen schaffen immer mehr Probleme. Der Dunkelelf hat dies schon vor langer Zeit erkannt, aber unsere Vorfahren waren entweder zu blind oder zu töricht, um das zu begreifen. Wir jedoch werden diesen Irrtum der Geschichte berichtigen.«

»Indem ihr mit der Macht des Bösen paktiert?«

»Komplizierte Probleme verlangen nach komplizierten Lösungen«, konterte Riwanon. »Nur ein Krieg vermag uns aus dem Geflecht unsinniger Regeln und Gesetze zu befreien, in das wir uns selbst verstrickt haben.«

»Daran ist nichts Kompliziertes«, wehrte Farawyn ab. »Es ist so einfach, wie es schon vor neunzehntausend Jahren war: Böse bleibt böse, die Zeit ändert nichts daran.«

Und noch ehe Riwanon oder sonst jemand etwas unternehmen konnte, hatte sich der Zauberer blitzschnell gebückt und das Schwert, das Granock vorhin hatte fallen lassen, vom Boden aufgelesen – und in einer fließenden Bewegung schleuderte er die blitzende Klinge.

Den Schein der Fackeln reflektierend, zuckte der Stahl durch die Luft – und fuhr geradewegs in Riwanons Leib.

»Neeein!«, schrie Aldur.

27. URA GYRTHARO

Aldurs Entsetzensschrei verhallte unter der steinernen Decke des Gewölbes.

Es war zu spät.

Mit derartiger Wucht fuhr die Klinge in die Brust seiner Meisterin, dass sie im Rücken wieder austrat. Unter anderen Bedingungen wäre es Riwanon nicht schwergefallen, das Schwert mit einem Gedankenbefehl abzuwehren – an diesem düsteren Ort jedoch war sie schutzlos.

Heiser rang sie nach Atem, während sie zurücktaumelte und in Labhras' Arme stürzte. Es war, als hätte ihre Schönheit Sprünge bekommen, ihr Atem ging schwer und stoßweise, während unter dem Heft der Waffe Blut hervorquoll und ihre Robe tränkte.

»Was habt Ihr getan?«, schrie Aldur den Zauberer an und ließ seinen Tränen freien Lauf. »Was habt Ihr nur getan?«

»Sie hat uns verraten«, sagte Farawyn mit tonloser Stimme.

Dann ging alles blitzschnell.

»Tötet sie!«, brüllte Rurak außer sich vor Zorn. »Tötet sie alle! Stürzt sie in den Pfuhl! Keiner von ihnen soll entkommen …!«

Seine Worte waren noch nicht verklungen, als Erweins Männer bereits vorwärts stürmten, die Äxte und Schwerter erhoben. Von beiden Seiten des Sarkophags kamen sie heran, um Farawyn und die Novizen in die Zange zu nehmen – alles, was blieb, war die Flucht nach vorn!

»Zum Ausgang, los!«, brüllte der Meister, und es lag solche Autorität in seiner Stimme, dass Granock und Alannah trotz des Schocks, unter dem sie standen, sofort gehorchten. Schon die Enthüllung, dass die Zauberin Riwanon, zu der sie stets mit Respekt und Bewunderung aufgeblickt hatten, eine Verräterin war, war schon schrecklich genug gewesen. Doch mit eigenen Augen zu sehen, wie ein anderer Zaubermeister sie dafür mit dem Tod bestrafte, zu sehen, wie Riwanons Blut hervorschoss, und ihren Todesschrei zu hören, war geradezu erschütternd.

Dennoch setzten sich Granock und Alannah augenblicklich in Bewegung, als Farawyn es ihnen befahl, nur Aldur zögerte. Er starrte auf seine Meisterin, die verblutend in Labhras' Armen lag, wollte zu ihr eilen, um ihr zu helfen, aber Farawyn hinderte ihn daran.

»Zum Ausgang!«, herrschte der Zauberer ihn an, während die Menschenkrieger sie schon fast erreicht hatten.

»Aber ich muss …«

»Flieh, du Narr!«, schrie Farawyn, packte ihn am Arm und riss ihn einfach fort – und das keinen Augenblick zu früh, denn wo sie eben noch gestanden hatten, flirrten im nächsten Moment bereits die Klingen der Angreifer durch die Luft.

»Elfin!«, rief Fürst Erwein mit Blutdurst in den Augen Alannah zu. »Du wirst mir nicht entkommen, Mörderin!«

Die Flüchtlinge rannten auf den Ausgang zu, der so nah war und dennoch so fern. Nicht genug damit, dass der Fürst von Andaril und seine blutrünstige Meute ganz knapp hinter ihnen waren – da war auch noch Rurak, der sich ihnen in den Weg stellte, breitbeinig und auf seinen Zauberstab gestützt, den blutigen Orkdolch in der Hand.

»Palgyr!«, zischte Farawyn seinem Novizen zu. »Wir müssen ihn uns schnappen!«

Granock verstand, was sein Meister meinte. Wenn es überhaupt eine Möglichkeit gab, aus dem Tempel zu entkommen, dann nur, wenn sie das Oberhaupt der Verschwörung als Geisel nahmen.

»Zurück! Zurück!«, schrie Rurak ihnen entgegen und hob abwehrend den Zauberstab, aber natürlich war er ebenso wenig in der Lage, einen *tarthan* zu wirken, wie alle anderen. Dennoch blieb er störrisch stehen – und wie ein betrunkener Stallknecht bei einer Dorfkeilerei stürzte sich Granock mit ausgebreiteten Armen auf ihn, umfasste ihn an der Hüfte, und Rurak schrie heiser auf, dann schlugen beide zu Boden.

»Auf die Beine, Verräter!«, herrschte der junge Menschennovize ihn an, und noch ehe sich's der benommene und durch den Messerstich des Orks geschwächte Zauberer versah, riss ihn der Novize in die Höhe, während Farawyn dem Verräter die Klinge entwand und sie ihm an die Kehle setzte. Dass Erwein und seine Leute schon fast zu ihnen aufgeschlossen hatten und sie einen Herzschlag später überrannt hätten, war plötzlich bedeutungslos.

»Bleibt zurück!«, rief Farawyn. »Bleibt zurück, oder euren Anführer ereilt dasselbe Schicksal wie die Zauberin!«

Sein Angriff auf Riwanon hatte allen klargemacht, dass Farawyn keine leeren Phrasen drosch. Die Soldaten blieben so ruckartig stehen, als wären sie gegen eine unsichtbare Mauer gerannt, und selbst Erwein stoppte seinen Lauf, obwohl ihm anzusehen war, dass sein Hass auf Alannah seine Loyalität gegenüber Rurak bei Weitem überwog. In seinen Zügen zuckte es, und man konnte sehen, wie er seine Möglichkeiten abwog.

Auch Rurak blieb es nicht verborgen. »Tut, was er sagt!«, krächzte er, an seiner Kehle die Klinge, an der sein eigenes Blut klebte und die er nicht noch einmal zu spüren bekommen wollte.

Daraufhin senkte auch Erwein das Schwert, während sich die Flüchtlinge in den Gang zurückzogen, der die Grabkammer mit dem Schacht verband: zuvorderst Alannah, die den noch immer wie benommenen Aldur mit sich zog, dann Granock und Farawyn, die gemeinsam Rurak unter Kontrolle hielten – und schließlich schlüpfte auch noch Rambok hinterher, der abtrünnige Ork, dessen Eigensinn das Blatt so unerwartet gewendet hatte.

»Ihr werdet nicht entkommen«, prophezeite Rurak, zischend wie eine Schlange. »Niemals …«

»Überlass das uns, Verräter«, beschied ihm Farawyn, während er kurzerhand den Gürtel seines Gewandes abnahm und dazu benutzte, den Zauberer zu binden. »Solange du bei uns bist, wird es niemand wagen, Hand an uns zu legen.«

»Dennoch wird euch die Flucht niemals gelingen. Der Zorn des Dunkelelfen wird euch ereilen, wohin immer ihr auch …«

»Der Dunkelelf wird nicht zurückkehren«, unterbrach ihn Farawyn barsch. »Dein Plan ist vereitelt, Palgyr, ob es dir gefällt oder nicht.«

Sie erreichten das Ende des Durchgangs und gelangten in den Schacht, wo die vermummten Elfenkrieger, die Palgyr eskortiert hatten, die *dragnadha* bewachten. Als sie Alannah und Aldur erblickten, zückten sie ihre gekrümmten Klingen – im nächsten Moment jedoch gewahrten sie ihren gefangenen Anführer und ließen die Waffen sogleich wieder sinken.

»Nur zu!«, forderte Granock sie auf. »Greift nur an! Aber dann müsst ihr euch einen neuen Rädelsführer suchen, kapiert?«

Auch wenn seine Sprachstudien weniger intensiv und sein Elfisch weniger flüssig gewesen wären – die Elfenkrieger hätten ihn auch so verstanden. Wohl weniger aus Sorge um ihren Anführer, sondern vielmehr aus Furcht vor dem, was ihnen widerfuhr, wenn er zu Schaden kam, wichen sie zurück. Die Flüchtenden hatten freies Feld.

»Los!«, verlangte Farawyn, mit dem Kinn auf die *dragnadha* deutend. »Auf die Tiere!«

»Auf *diese* Tiere?«, fragte Granock ungläubig. Doch dann wurde ihm klar, dass die *dragnadha* die einzige Möglichkeit darstellten, aus der Tiefe des Schachtes zu entkommen. Dennoch – besonders vertrauenerweckend kamen ihm die skelettierten Drachenkreaturen nicht gerade vor. Unruhig scharrten sie mit den Krallen, die nur aus Wirbelknochen bestehenden Schwänze wischten hin und her, und die zähnestarrenden Mäuler klappten unablässig auf und zu.

»Als diese Tiere zu Lebzeiten von Zauberern geritten wurden, waren die Menschen noch nicht einmal ein ferner Gedanke«, knurrte Farawyn. »Welche Art von Magie sie auch immer aus dem dunklen Schoß der Erde gerufen haben mag – heute ist der Tag, an dem sie uns wieder dienen werden.«

Damit griff er nach dem Zaumzeug des nächstbesten *dragnadh* und schwang sich auf dessen Rücken. Die Kreatur hob den länglichen Kopf und schlug mit den Flügeln, blieb jedoch ruhig. »Na los!«, drängte Farawyn seine Gefährten. »Worauf wartet ihr?«

Granock beschloss für sich, dass es besser wäre, sein Glück mit einem untoten Drachen zu versuchen als mit einer Meute wütender Andariler, und so bestieg auch er eines der Knochentiere. Den geifernden Rurak zerrte er mit sich und legte ihn wie eine Packlast vor sich quer über den Sattel. Auch Aldur, der wieder einigermaßen gefasst schien, ließ sich auf eines der Ungeheuer nieder. Alannah suchte sich das kleinste der Reittiere aus, doch kaum saß auch sie im Sattel, trat Rambok zu ihr.

»Nehmt mich mit!«, flehte er in seiner primitiven Sprache, die das Wörtchen »bitte« entbehrte. »Lasst mich nicht hier zurück!«

Die Elfin schaute dem Ork ins grüne Gesicht, und für einen kurzen Augenblick war es ihr, als könnte sie darin die Zukunft sehen, in Gestalt eines kurzen, gedrungenen und eines ebenso langen wie hageren Orks, und obwohl sie nicht viel Sympathie für die Unholde hegte, hatte sie das Gefühl, dass Ramboks Überleben für Erdwelt von größerer Bedeutung war, als sie es in diesem Augenblick zu erfassen vermochte

»Steig auf!« Und sie reichte ihm die Hand, worauf er ebenfalls auf den Rücken des klappernden, schnaubenden Untiers kletterte, dessen Klauen im nächsten Moment den Boden verließen.

»Hinauf! Hinauf!«, rief Farawyn, der die Führung übernommen hatte, und tatsächlich entfalteten die *dragnadha* ihre ledrigen Flügel und trugen ihre Reiter lotrecht den Schacht empor, die verdutzten Elfenwachen unter sich zurücklassend.

»Worauf wartet ihr?«, schrie Rurak zu ihnen hinab. »Unternehmt gefälligst etwas! Schließt die Pyramide! Schließt die Pyramiii…«

Sein Schrei verlor sich, als die *dragnadha* ihren Flügelschlag verstärkten. Granock hatte das Gefühl, von unwiderstehlicher Kraft gepackt und senkrecht emporgerissen zu werden, dabei war es das Tier unter ihm, das sich auf magische Weise in die Lüfte schwang. Mit rasender Geschwindigkeit ging es hinauf, an allen vier Seiten die steinernen Mauern, die rauschend vorbeiwischten. Mit jedem Klafter, den sie höher stiegen, wurde es wärmer, und Granock wurde erst jetzt bewusst, wie eisig kalt es in der Grabkammer gewesen war.

Über sich gewahrte er den Nachthimmel. Die Wolkendecke war aufgerissen, und ein voller Mond, von blitzenden Sternen umgeben, beschien den Dschungel Aruns. Davor schwebte der *dragnadh*

Farawyns, der seine knochigen Flügel ausgebreitet hatte und sich kraftvoll nach oben schwang …

Doch was war das? Von beiden Seiten des Schachtendes schoben sich plötzlich dunkle Schatten vor den Nachthimmel – riesige Steinblöcke, die sich, von einem verborgenen Mechanismus angetrieben, aufeinander zu bewegten. Der Schacht war dabei, sich zu schließen!

Granock biss die Zähne zusammen und ließ die Zügel schnalzen, die er um eine Hand gewickelt hatte, während die andere den zappelnden Rurak festhielt – ob er bei dem untoten Drachen jedoch etwas damit ausrichtete, wagte er zu bezweifeln.

»Schneller!«, rief Alannah von unten. »Wir müssen noch schneller werden!«

Die Elfin hatte recht; durch die Tränen, die ihm der Wind in die Augen trieb, sah Granock die beiden Hälften der Pyramidenspitze, die zugleich das Tor zum Schacht bildete, immer mehr zusammenrücken. Wenn sich die beiden Hälften schlossen, würden sie alles zermalmen, was sich zwischen ihnen befand …

Im nächsten Moment hatte zumindest Farawyn das Ende des sich verengenden Schachts erreicht und schoss hinaus ins Freie. Auch Granock strömte bereits die würzig-feuchte Luft des Urwalds entgegen, während die beiden Hälften der Pyramidenspitze immer weiter vor die fahle Scheibe des Mondes rückten. Im nächsten Moment war das Schachtende heran – und Granock schloss für einen Moment die Augen. Ein Knirschen war zu hören und ein hässliches Kratzen, und als der Novize die Augen wieder öffnete, hatte sein *dragnadh* das Tor passiert und war in die Nacht hinausgejagt.

Granock gab seiner menschlichen Natur nach und stieß einen grellen Freudenschrei aus. Sein nächster Gedanke jedoch galt seinen Freunden, und er drehte sich im Sattel, um nach ihnen zu sehen. Entsetzt erkannte er, dass die beiden Hälften der Pyramidenspitze schon beängstigend nah zusammengerückt waren – und im nächsten Augenblick stießen die *dragnadha* Aldurs und Alannahs aus der Kluft, die Flügel dicht am Körper gelegt, um auf diese Weise durch die Engstelle zu schlüpfen, die sich wenige Augenblicke später mit dumpfem Donner unter ihnen schloss.

In der Grabkammer war das Chaos ausgebrochen.

Ratlos, die Hände in hilfloser Wut zu Fäusten geballt, stand Fürst Erwein inmitten seiner Männer, die nicht weniger erzürnt waren als er selbst. Alles war so schnell gegangen, die Gefangenen getürmt, und der Zauberer Rurak befand sich in ihrer Gewalt!

Ganz abgesehen davon, dass er seine Möglichkeiten, die Mörderin Iweins ihrer gerechten Bestrafung zuzuführen, schwinden sah, war auch all das gefährdet, was der Zauberer dem Fürsten von Andaril versprochen hatte. Denn seine Vereinbarungen hatte Erwein mit Rurak getroffen und mit niemandem sonst, und so war es mehr als fraglich, dass sich seine beiden Stellvertreter im Zweifelsfall daran halten würden.

Was Labhras betraf, hatte es eine Weile gedauert, bis dem feisten Elfen aufgegangen war, was die Stunde geschlagen hatte, doch nun setzte er alles daran, die so unerwartet frei gewordene Stelle des Anführers einzunehmen. »Ihnen nach!«, brüllte er aus Leibeskräften, während er selbst zum Durchgang eilte, Sgruthgan im Schlepp.

Während Erwein und ein Gutteil seiner Männer in der Grabkammer zurückblieben, noch immer verwirrt von dem Geschehen, erreichten Labhras und Sgruthgan das Ende des Durchgangs – nur um festzustellen, dass Farawyn und seine Getreuen auf den Drachenvögeln geflüchtet waren und man den Pyramidenschacht geschlossen hatte.

»Öffnet den Schacht! Öffnet den Schacht, ihr Idioten!«, hörte man Labhras heiser brüllen, der mit Sgruthgan die verbliebenen *dragnadha* besteigen wollte, um den Flüchtigen nachzujagen.

In der Grabkammer war die Verwirrung noch immer so groß, dass niemand von Erweins Kriegern bemerkte, wie sich eine Zauberin, die tödlich verwundet auf den staubigen Steinfliesen lag, langsam bewegte …

Riwanon wusste, dass sie dem Tod geweiht war.

An einem anderen Ort hätte sie kraft ihrer Selbstheilung vielleicht überleben können; im Hort der Finsternis, wo die Elfenkristalle keine Wirkung hatten, gab es keine Rettung. Der von Farawyn geschleuderte Stahl hatte ihren Leib durchbohrt, und mit jedem neuerlichen Blutschwall, der aus der Wunde strömte, fühlte die Zauberin, wie das Leben sie verließ.

Der Gedanke, dass sie eines fernen Tages ein Schiff zu den Fernen Gestaden besteigen, dass sie in ewiger Freude und Erfüllung leben würde, war ihr stets fremd gewesen. Sie hatte es vorgezogen, das Leben in vollen Zügen und bis zur Neige zu genießen, und sie hatte geahnt, dass ihr ein anderes Ende beschieden sein würde, als es dem Rest ihres Volkes erstrebenswert schien. Dass es auf diese Weise und so plötzlich geschehen würde, hatte sie jedoch nicht vorausgeahnt.

Doch Riwanon wollte nicht gehen, wollte nicht verlöschen wie eine Kerze im Wind, ohne nicht noch ein letztes Mal lichterloh gebrannt zu haben. Sie wollte der Funke sein, der den Anstoß gab zu einer neuen Weltordnung, zu einer neuen Zeitrechnung …

Sie schaffte es nicht mehr, sich zu erheben, daher schleppte sie sich auf allen vieren auf den Abgrund zu, den tödlichen Stahl noch in der Brust. Labhras hatte es nicht gewagt, das Schwert herauszuziehen, weil sie dann noch schneller verblutet wäre.

Riwanons Willenskraft jedoch war ungebrochen. Sie hatte ein Ziel vor Augen, das sie erreichen wollte – auch wenn sich ihr Blick bereits eintrübte und sie die Kluft und den dahinter aufragenden Sarkophag nur noch als verschwommene Schemen wahrnahm.

Der Schmerz in ihrer Brust wollte sie zerreißen. Sie krallte die Fingernägel in die Fugen zwischen den steinernen Bodenplatten, zog sich Stück für Stück vorwärts, dabei eine dunkle Blutspur hinterlassend, und erreichte schließlich den Rand der Kluft.

Mit versiegender Kraft hob sie den Kopf und blickte über die Kante, sah den grün leuchtenden Strudel, der sich in der Tiefe drehte, und indem sie alle Energie einsetzte, die ihr geschundener, gepeinigter Körper noch aufzubringen in der Lage war, schob sie den Oberkörper über die Grubenkante, bis er das Übergewicht bekam – und mit einem letzten gellenden Schrei verschwand sie in der Tiefe.

Weder Erwein noch einer seiner Krieger hatte bemerkt, was geschehen war – die Veränderung jedoch, die im nächsten Moment eintrat, blieb ihnen nicht verborgen.

Denn der grüne Dunst, der aus dem Schacht wallte, verstärkte sich plötzlich und wurde zu dichtem Nebel, der aus dem Abgrund emporquoll, beleuchtet von einem unsteten Flackern, das die ganze Grabkammer erfüllte. Ein grässlicher Laut war zu hören, der aus tiefsten Tiefen zu dringen schien und so voller Zorn und Bosheit war, dass Erwein sogleich bereute, dem Pfad der Rache gefolgt zu sein und sich mit den dunklen Mächten eingelassen zu haben.

Er schaute zu seinen Männern, in deren Gesichtern sich nackte Furcht spiegelte. Einer nach dem anderen ließ die Waffe fallen, und sie wichen vor dem Schlund zurück, aus dem immer noch mehr giftgrüner Nebel wölkte, wie der Odem eines riesigen Ungeheuers. Dicht über dem Boden sammelten sich die Schwaden und breiteten sich nach allen Seiten aus. Erwein schauderte, als sie um seine Füße strichen und er tödliche Kälte spürte.

Er sah, wie der Nebel auch seine Männer einhüllte und an ihnen emporkroch – und im nächsten Augenblick waren entsetzte Schreie zu hören, die nicht nur mehr von nackter Furcht zeugten, sondern von grässlichen Schmerzen. Die Truppen des Fürsten von Andaril verschwanden hinter einer Wand aus grünem Nebel. Erwein hob die Hand, als wolle er sich zu ihnen vortasten – und stieß einen heiseren Schrei aus.

Mit vor Entsetzen weit aufgerissenen Augen sah er, wie sich das Fleisch von seinen Finger- und Handknochen löste und von den giftigen Schwaden zerfressen wurde. Und nicht nur das, der Nebel nagte sich weiter den Arm hinauf und unter die Rüstung, die vor ihm keinen Schutz bot.

Der Herrscher von Andaril lebte noch lange genug, um den Todesschreien seiner Männer zu lauschen und zu begreifen, dass er sie ins Verderben geführt hatte, während sich seine Haut vom Fleisch löste und sein Fleisch von den Knochen. Dann brach er zusammen.

In diesem Moment erwachte der Dunkelelf zum Leben.

28. GYRTHARO DAI AWYRA

Granock spürte, wie seine Zauberkräfte zurückkehrten. Es war ein Gefühl, als hätte ein unsichtbares Gewicht auf seinen Schultern gelegen, das nun von ihm genommen wurde. Und als sich Rurak, der gefesselt vor ihm über dem Sattel lag, erneut regte und Widerstand leisten wollte, da berührte ihn der Novize und ließ ihn kurzerhand erstarren.

»Gib endlich Ruhe«, knurrte der junge Mensch. »Du hast schon genug Unheil angerichtet.«

»Spürt ihr es auch?«, rief Farawyn, der ihnen auf seinem *dragnadh* vorausritt, über die Schulter hinweg. »Margoks Bann hat keine Wirkung mehr auf uns. Unsere Kräfte sind wieder da!«

»Ja«, entgegnete Granock trocken. »Rurak hat es auch schon gemerkt …«

Farawyn ließ sein Reittier hoch in die Luft steigen und dann abrupt wenden. Granock riss an den Zügeln und brachte seinen *dragnadh* auf diese Weise dazu, in der Luft zu verharren, wobei das Ungeheuer heftig mit den knochigen Flügeln schlug. Der Novize bemühte sich, nicht nach unten zu sehen, wo sich der Dschungel als endloses dunkles Meer präsentierte, aus dem vereinzelt schroffe Felsen ragten.

Er hatte herausgefunden, dass sich ein *dragnadh* nicht sehr viel anders dirigieren ließ als ein Pferd (wenn man einmal davon absah, dass es auch die Richtungen Oben und Unten gab), und solange er sich einredete, dass es der Sattel eines gewöhnlichen Reittiers war, auf dem er saß, kam er ganz gut mit der Situation zurecht. Er verbot sich, darüber nachzudenken, dass er auf den Überresten eines bereits vor Jahrtausenden gestorbenen Drachen saß und diese von nichts anderem als purer Magie in der Luft gehalten wurden.

»Wir müssen umkehren«, gab Farawyn bekannt.

»Was?«, fragte Alannah erstaunt.

»Nun, da wir unsere Kräfte zurückhaben, dürfen wir nichts unversucht lassen, den Tempel zu vernichten.«

»Nein!«, rief Aldur entsetzt. »Riwanon ist noch da drinnen!«

»Nichts kann sie mehr retten«, erklärte Farawyn, »aber Erdwelt kann noch gerettet werden. Allerdings darf die Grabkammer niemals wieder geöffnet werden, andernfalls wird die Bedrohung immer Bestand haben.«

Keiner der Novizen, nicht einmal Aldur, widersprach. Natürlich hatte der Meister recht – aber was konnten er und drei Novizen schon ausrichten? Sie waren hintergangen, manipuliert und in die Falle gelockt worden. Zwei ihrer Gefährten hatten sie verloren, den einen im Kampf, den anderen durch Verrat. Glaubte Farawyn wirklich, dass sie allein Margoks Erbe vernichten konnten?

»Wir sind nur zu viert«, gab Granock zu bedenken.

»Zu viert, ja«, räumte Farawyn ein, und ein verwegenes Grinsen spielte dabei um seine bärtigen Züge. »Aber vergiss nicht, wir sind *Zauberer*!«

Damit ließ er die Zügel schnalzen und lenkte seinen *dragnadh* durch den Pulk der Novizen hindurch zurück zum Tempel, dessen spitze Formen sich unter ihnen abzeichneten. Granock und die anderen folgten ihm.

Und dann sahen sie, wie sich die Spitze der Pyramide wieder öffnete, um vier weitere *dragnadha* auszuspeien, deren Reiter mit ihren Tieren sofort angriffen.

»Es sind Labhras und Sgruthgan und zwei weitere Elfen!«, rief Farawyn und befahl: »Überlasst die Verräter mir! Granock, du bleibst zurück. Rurak ist eine zu kostbare Beute, als dass wir riskieren dürfen, ihn zu verlieren!«

»Aber …«

»Du bleibst zurück!«, beharrte Farawyn energisch. »Aldur und Alannah – ihr kümmert euch um den Tempel!«

»Wie, Meister?«, wollte Aldur wissen.

»Da fragt ihr noch? Natürlich durch die Kraft der Elemente – Feuer und Eis!«, rief Farawyn zurück, bevor er auf seinem *dragnadh* davonschoss, dem Feind entgegen. Mit der linken Hand hielt er die Zügel umklammert, mit der Rechten stieß er den Zauberstab wie eine Waffe in die Höhe.

Die beiden Elfenkrieger, die Labhras und Sgruthgan eskortierten, jagten ihm auf ihren untoten Drachen entgegen. Beide waren mit Lanzen bewaffnet, mit denen sie den Zauberer durchbohren wollten, aber der Gedankenstoß, den Farawyn ihnen entgegenschickte, war so heftig, dass er einen der Krieger aus dem Sattel riss. Mit einem grellen Schrei verschwand er in der Tiefe, sein *dragnadh* flatterte davon. Der andere Reiter schaffte es, im Sattel zu bleiben, die geflügelte Kreatur unter ihm bäumte sich zwar auf, als sie sich gegen die unsichtbaren Kräfte stemme, die über sie hereinbrachen, doch im nächsten Moment war der *tarthan* über sie hinweggebrandet, und der Elfenkrieger setzte den Angriff fort.

Mit gesenkter Lanze sprengte er durch die Luft heran – und Farawyn setzte den anderen mächtigen Verteidigungszauber ein, den sein Zauberstab hervorzurufen vermochte: den *dailánwath* …

Anstatt sich zu ducken, richtete sich Farawyn im Sattel auf, während er sein Reittier auf der Stelle hielt. »Nicht mich«, rief er dem Angreifer entgegen, die Augen weit aufgerissen, während der Elfenkristall am Ende des Stabes aufleuchtete, *»ihn* …!«

Der Stab deutete auf Labhras, der sich in sicherer Entfernung wähnte. Der Elfenkrieger zügelte sein unheimliches Reittier, riss es herum, nur wenige Klafter, bevor die Lanzenspitze Farawyn erreicht hatte, und von einer neuen Absicht beseelt, jagte der Elf auf seinen Herrn zu, den Kopf gesenkt und die Lanze unter der Schulterbeuge.

Labhras begriff nie, wie ihm geschah. Sein Verstand war zu träge, um zu erfassen, dass sich sein Diener gegen ihn wandte, und so verbrachte er die letzten Augenblicke seines verräterischen Lebens damit, mit schreckgeweiteten Augen im Sattel eines untoten Drachen zu sitzen, während er den Elfenstahl der Lanzenspitze auf sich zurasen sah.

Im nächsten Augenblick durchstieß die Lanze seine Brust …

Von Weitem sah Alannah Labhras' furchtbares Ende. Von der Lanze seines eigenen Lakaien durchbohrt, kippte der feiste Zauberer rücklings aus dem Sattel. Seinen Mörder, der den Schaft der Waffe verbissen umklammerte und nicht in der Lage war, sich von dem Befehl zu lösen, den Farawyn ihm erteilt hatte, riss er gleich mit in die Tiefe. Als verschlungenes, schreiendes Knäuel stürzten die beiden dem Erdboden entgegen und verschwanden zwischen den Wipfeln der Bäume.

Die Elfin empfand weder Genugtuung noch Bestürzung. Aldur und sie mussten sich auf ihre Aufgabe konzentrieren.

»Dort ist der Tempel!«, rief Aldur, während sie mit atemberaubender Geschwindigkeit auf das Bauwerk zuhielten, dessen bedrohliche, im Mondlicht blau schimmernde Formen aus dem dampfenden Dschungel wuchsen. »Was sollen wir jetzt tun?«

»Farawyn sagte, wir sollen die Kraft der Elemente zum Einsatz bringen!«, schrie Alannah gegen den Wind und den rauschenden Flügelschlag der *dragnadha* an. »Ich denke, ich weiß, was er damit gemeint hat.«

»Ach ja? Und was?«

»Feuer!«, rief sie. »Überzieh die Pyramide mit Feuer!«

»Wenn's weiter nichts ist …«

Aldur zögerte noch einen Moment, denn er dachte an seine tödlich verwundete Meisterin, die irgendwo in den Tiefen dieses uralten Bauwerks lag. Dann konzentrierte er sich, und im nächsten Moment brach ein wahrer Feuersturm über die fünf Pyramidenspitzen herein, während die *dragnadha* das Bauwerk umkreisten. Die Hitze, die von den Flammen aufstieg, war nahezu unerträglich. Feuchtigkeit, die sich in dem uralten, porösen Gestein gesammelt hatte, verdampfte zischend, und dichter Dunst stieg auf, der sich wie eine Glocke über den Tempel legte.

Nach einer Weile ließ Aldur den Feuersturm abklingen. Zurück blieb schwarz verfärbtes Gestein, aus dem rot glühende Pyramidenspitzen ragten.

»Gut so!«, lobte Alannah, während sie ihr Reittier auf den Tempel zu dirigierte. »Nun bin ich an der Reihe!«

Sie ließ den *dragnadh* in der Luft verharren und richtete sich im Sattel auf. Dann ließ sie die Zügel los und richtete ihre Hände auf die Pyramide, bereit, diese mit Eis zu überziehen – aber es kam nicht dazu!

Denn der Stoß, der sie plötzlich traf, war so heftig, dass er sie aus dem Sattel stieß. Sie wäre in die Tiefe gestürzt, hätte nicht eine grüne Klauenhand sie gepackt und festgehalten.

Rambok …

Bislang hatte der Ork nur hinter ihr auf dem Rücken des *dragnadh* gesessen und leise Beschwörungen gemurmelt, wohl vor allem, um sich selbst zu beruhigen. Nun jedoch hatte er gehandelt, genau im richtigen Moment.

»Z-zieh mich hoch!«, verlangte Alannah matt, die kopfüber zwischen den Rippen des *dragnadh* hing. Obwohl der führerlose *dragnadh* wild und unkontrolliert mit den Flügeln schlug und um ein Haar auch noch Rambok von seinem Rücken beförderte, gelang es dem Ork irgendwie, sich mit der einen Klaue festzuhalten und mit der anderen Alannah heraufzuziehen. Die Elfin half mit, so gut es ging, und schließlich saß sie wieder im Sattel.

»Danke, Freund«, raunte sie über die Schulter, während sie mit zitternden Händen nach den Zügeln griff und das Reittier wieder unter ihre Kontrolle brachte.

Zum Aufatmen blieb jedoch keine Zeit. Sie sah, dass es Sgruthgan gewesen war, der sie angegriffen hatte. Offenbar war der Zauberer Farawyns Attacke entkommen und holte nun zum Gegenschlag aus.

Da schoss Aldurs *dragnadh* heran, direkt auf Sgruthgan zu, um ihn abzufangen. Alannah sah es und fragte sich bang, ob Aldur nach dem Feuersturm, den er entfesselt hatte, überhaupt noch in der Lage war, seine Gabe erneut einzusetzen. Sie wollte ihren Kameraden unterstützen, doch in ihrem Hinterkopf hallten Farawyns Worte wider:

… Erdwelt kann noch gerettet werden. Allerdings darf die Grabkammer niemals wieder geöffnet werden, andernfalls wird die Bedrohung immer Bestand haben …

Wenn all die Gefahren, die sie auf sich genommen, und die Entbehrungen, die sie erduldet hatten, und wenn all die Opfer nicht vergeblich gewesen sein sollten, dann musste Alannah jetzt handeln – auch wenn es möglicherweise bedeutete, nach Meister Cethegar noch einen weiteren großen Zauberer zu verlieren …

Sie riss ihr Reittier herum und lenkte es abermals auf den Tempel zu, dessen Spitzen noch immer in orangeroter Glut glommen. Erneut ließ sie die Zügel los und konzentrierte sich – und diesmal hielt sie niemand davon ab, eine Kaskade blauweißen Eises zu entfesseln …

»Stirb, Verräter!«

Aldur rief es mehr, um sich selbst Mut zu machen, denn er hatte keine Ahnung, ob seine Kräfte noch reichten, sich Sgruthgan entgegenzustemmen. Mit beängstigender Geschwindigkeit katapultierte ihn der *dragnadh* auf seinen Gegner zu, der mit wehendem Umhang auf dem Rücken seines eigenen Drachen saß und ihm gefasst entgegenblickte.

Aldur hielt den Atem an, und indem er seine ganze Konzentration aufbot und den Rest an verbliebener Energie in die ihm eigene Fähigkeit lenkte, gelang es ihm tatsächlich, eine weitere Feuerlanze aus seiner Hand schießen zu lassen, die mit wütendem Fauchen auf den Verräter zustach – um im buchstäblich letzten Augenblick abgelenkt zu werden und harmlos in der dunklen Nacht zu verlöschen.

Aldur, der seine letzte Kraft in den Feuerstoß gelegt hatte, fragte sich verblüfft, was geschehen war, doch bereits im nächsten Moment war es ihm klar: Sgruthgan bedeutete »Herr der stürmischen Winde«; offenbar bestand die Fähigkeit des abtrünnigen Zauberers darin, kraft seines Willens Stürme zu entfesseln, und ein ebensolcher Sturmwind hatte Aldurs Flammen erfasst und davongetragen.

Kaum hatte Aldur den Gedanken zu Ende gebracht, braute sich ein weiterer Sturmwind unmittelbar über seinem Kopf zusammen, um ihn aus dem Sattel zu reißen!

Sgruthgan lachte wie von Sinnen, während sein *dragnadh* flatternd auf der Stelle schwebte. Aldur riss an den Zügeln, ließ sein Reittier zur Seite hin abkippen, um es schon kurz darauf wieder aufzufangen und in einer steilen Flugbahn emporzulenken.

Ein weiterer *dragnadh* tauchte neben seinem auf, Farawyn in seinem Sattel.

»Komm mit!«, forderte er Aldur auf. »Wir müssen Alannah mehr Zeit verschaffen ...«

Alannahs Innerstes war zum Zerreißen gespannt.

Wie ein Bogen, der den äußersten Grad seiner Biegsamkeit erreicht hatte und kurz vor dem Bersten stand, bot sie alle Energie auf, zu der sie fähig war – und wie eine Sehne, die vorschnellte und den Pfeil abschoss, schleuderte auch sie todbringendes Verderben auf die Bastion der Feinde.

Blaue Wirbel verließen ihre Hände und wurden schon einen Lidschlag später zu massivem Eis, das einer riesigen Lawine gleich aus dem Nachthimmel stürzte und sich über die Tempelpyramide stülpte. Die Glut, die das Mauerwerk eben noch erhitzt hatte, verlosch jäh. Dampf stieg zischend auf, und die Temperaturen des Gesteins sackten innerhalb eines Augenblicks in ungeahnte Tiefen – zu viel für das jahrtausendealte, poröse Material.

Ein helles Knacken war in der Nacht zu hören – der erste, zaghafte Ton einer Symphonie der Zerstörung, die über den Tempel hereinbrach. Kurz darauf folgte ein helles Bersten, und eine der kleineren Pyramiden zerbrach. Ihre Trümmer stürzten in die Tiefe, und die Einschläge und die Erschütterung sorgten dafür, dass Sprünge im Mauerwerk entstanden, die weitere Zerstörungen zur Folge hatten. Teile der von Kammern und Stollen durchzogenen Pyramide stürzten ein, ehe ein weiterer Turm in sich zusammenfiel.

Schließlich bekam sogar die Pyramidenspitze Risse, und einige Trümmer fielen in den Schacht, aus dem die Flüchtigen vorhin noch entkommen waren.

Ein Zerfallsprozess war in Gang gesetzt worden, der nicht mehr aufzuhalten war, und als hätte das alte Mauerwerk nur darauf gewartet, nach all den Jahrtausenden endlich den Weg alles Vergänglichen zu beschreiten, nahm die Zerstörung ihren Lauf.

»Neeein!«

Sgruthgans wütender Schrei gellte durch die Nacht. Mit gefletschten Zähnen und fiebrigem Blick sah der Zauberer den Tempel in sich zusammenfallen – und mit ihm auch alle Hoffnungen, die er sich gemacht hatte, Träume von einer neuen Weltordnung, an der er hatte teilhaben wollen. Ruraks ehrgeizige Pläne waren gescheitert.

Riwanon und Labhras waren tot, Rurak befand sich in der Hand des Feindes, und Margoks Grabmal und damit auch die sterblichen Überreste des Dunkelelfen wurden von einstürzenden Felsmassen verschüttet. Nie würde man ihn ins Leben zurückrufen können.

Wut erfüllte den Zauberer, so abgrundtief und verzehrend, dass sie das Blut in seinem Leib kochen ließ. Die Adern in seinen Augäpfeln platzten, dünne purpurne Fäden rannen ihm aus Augen und Ohren und verliehen seinen kantigen Gesichtszügen ein schreckliches Aussehen. Mit einem gellenden Schrei auf den schmalen Lippen ließ er den *flasfyn* hoch in die Luft steigen, worauf eine blitzartige Entladung aus dem bewölkten Himmel fuhr und den Zauberstab einhüllte.

Von einer leuchtenden Aura umgeben, die nicht nur ihn, sondern auch den *dragnadh* einschloss, jagte der Abtrünnige durch die Nacht, auf die junge Elfin zu, die den Tempel zerstört hatte. Nur für einen kurzen Moment hatte er sie aus den Augen verloren, den die Novizin ruchlos genutzt hatte, und genau dafür würde sie bezahlen.

»Stirb!«, schrie er mit keifender Stimme, während er das Ende des Zauberstabs auf sie richtete, um einen Blitz auf sie zu schleudern, der sie bei lebendigem Leibe rösten würde.

Plötzlich jedoch hatte er nicht mehr freies Feld, denn zwei weitere *dragnadha* stürzten aus der Schwärze herab und setzten sich genau zwischen Sgruthgan und sein Ziel.

Farawyn und Aldur …

Das Wutgeschrei des Verräters wurde nur noch lauter. Farawyn schickte ihm einen *tarthan* entgegen, den Sgruthgan jedoch mühelos abwehrte. Und als würden Hass und Enttäuschung seine zauberischen Fähigkeiten noch potenzieren, nahm er den Kampf gegen alle drei Gegner gleichzeitig auf.

In Erwiderung des Gedankenstoßes, mit dem ihn Farawyn attackiert hatte, schoss er einen gezackten Blitz auf den anderen Zauberer ab. Farawyn entging diesem, indem er sein Reittier zur Seite ausbrechen ließ, doch aufgrund der Winde, die Sgruthgan entfesselt hatte, war Farawyn gezwungen, eine weite Schleife zu fliegen, ehe er zum Schauplatz des Kampfes zurückkehren konnte, und in dieser Zeit konnte sich Sgruthgan ganz den Novizen widmen, die ihre Kräfte verbraucht hatten und praktisch wehrlos waren.

Mit der ausgestreckten Linken entfesselte der Zauberer einen kleinen Wirbelsturm, der im nächsten Moment Aldur erfasste. Der *dragnadh* des Novizen schlug wie von Sinnen mit den Flügeln, um sich in der Luft zu halten, und die löchrige Haut spannte sich bedenklich unter der Beanspruchung, der sie ausgesetzt war. Es war nur eine Frage von Augenblicken, bis sie reißen und die Kreatur samt Reiter in die Tiefe stürzen würde.

Mit triumphierendem Gelächter fuhr Sgruthgan im Sattel herum und wandte sich Alannah zu, deren *dragnadh* in einer steilen Kurve heranraste, die Flügel weit ausgebreitet. Ihre einzige lächerliche Bewaffnung bestand aus einem Elfenschwert, das am Sattel ihres Reittiers gehangen hatte. Hinter ihr saß der verräterische Ork und klammerte sich an sie. Sgruthgan würde sie beide zerschmettern!

Indem er an den Zügeln riss, zwang er sein Reittier zu einer abrupten Wendung, die ihn gleichzeitig aus der Flugbahn der Elfin brachte. Er stieß erneut den Zauberstab in die Luft, woraufhin gleich mehrere Blitze herabzuckten und den Elfenkristall im Stab mit Energie aufluden – Energie, die Sgruthgan im nächsten Moment auf seine nahezu wehrlosen Gegner schleudern wollte.

Getrieben von etwas, das nur der Mut der Verzweiflung sein konnte, drehte die Elfin ihren *dragnadh* in der Luft herum und griff abermals an. Das aufgeregte Geschrei, das der Unhold hinter ihr veranstaltete, ließ vermuten, dass er ihre Todesverachtung nicht teilte. Pfeilschnell trugen die Knochenschwingen die Kreatur heran, das Elfenschwert blitzte – und Sgruthgan handelte.

Ein energetisches Summen drang aus dem Kristall seines Zauberstabs, wie immer, wenn er unmittelbar davorstand, eine todbringende Entladung zu verschleudern. Sgruthgan richtete den *flasfyn* auf das heranschießende Ziel, um es zu vernichten – als etwas Unerwartetes geschah!

Jäh hörte sein Reittier auf, sich in der Luft zu bewegen. Eben noch hatte der *dragnadh* kraftvoll mit den Flügeln geschlagen, doch auf einmal war er erstarrt und rührte sich nicht mehr.

»Was …?« Sgruthgan kam nie dazu, die Frage auszusprechen, denn in diesem Augenblick sackte der Sattel unter ihm weg. Wie zu Stein erstarrt stürzte der *dragnadh* in die bodenlose Tiefe, und Sgruthgan folgte ihm unweigerlich, den Zauberstab umklammernd und dabei aus Leibeskräften brüllend vor Enttäuschung und ohnmächtiger Wut. Noch während er stürzte, wurde ihm klar, dass er in seinem Zorn einen schwerwiegenden Fehler begangen hatte.

Er hatte den dritten Novizen aus den Augen verloren …

»Guten Flug«, sagte Granock trocken, als er Sgruthgan samt Reittier vom Himmel fallen sah.

Farawyns Befehl gehorchend, hatte sich der Mensch zunächst vom Kampfgeschehen entfernt, damit der gefangene Rurak nicht von seinen Lakaien befreit werden konnte. Als er das Feuer gesehen hatte, das Aldur entfesselte und das die Nacht über dem Dschungel zum Tag werden ließ, hatte er seine Meinung jedoch geändert. Aldur und Alannah waren seine Freunde, er konnte sie nicht im Stich lassen – nicht einmal dann, wenn sein Meister es ihm befahl. Es mochte töricht sein und typisch menschlich, aber Granock hatte das Gefühl gehabt, dass er gebraucht wurde, und dieses Gefühl hatte sich schon kurz darauf bestätigt …

Vom Rücken seines *dragnadh* aus, den zu dirigieren er inzwischen ganz gut gelernt hatte, blickte er seinen guten Vorsätzen zum Trotz in die Tiefe – von Sgruthgan war nichts mehr zu sehen. Der Dschungel hatte ihn verschluckt, und Granock war sicher, dass die Raubtiere nicht allzu viel von ihm übrig lassen würden.

Ein dunkles Rauschen erklang, und aus der Tiefe stieg ein *dragnadh* auf, der sich neben seinen setzte.

Farawyn …

Das Gesicht des Meisters war angespannt, eine tiefe Zornesfalte war auf seiner Stirn zu sehen. »Du hast meinen Befehl missachtet«, stellte er vorwurfsvoll fest. »Du hast nicht getan, was ich dir gesagt habe …«

»Meister, ich …«

»… und uns damit alle gerettet«, fuhr Farawyn fort, und die Zornesfalte löste sich auf, als das Gesicht des Zauberers von einem Lächeln in die Breite gezogen wurde. »Danke, mein Junge.«

»Ja, finde ich auch«, sagte Aldur, der von der anderen Seite heranflog, gefolgt von Alannah und dem Ork, der ihnen dankbar zuwinkte. »Du hast uns allen die Kehrseite gerettet. So sagt ihr Menschen doch, oder nicht?«

»So ähnlich«, bestätigte Granock grinsend.

»Gut gemacht, Novizen«, sagte Farawyn noch einmal.

Das war alles. Es gab keine Worte des Trostes oder des Bedauerns, keine Gratulation zu dem Sieg, den sie unter Aufbietung schmerzlicher Opfer errungen hatten. Zu groß war die Erschöpfung, die dem Zauberer ins Gesicht geschrieben stand, zu groß seine Erschütterung über das, was sie gesehen und erfahren hatten.

Noch einmal ließen sie die *dragnadha* einen weiten Kreis über der Pyramide beschreiben, die immer weiter in sich zusammenbrach und immer mehr verschluckt wurde von einer riesigen Staubwolke, die im blassen Mondlicht zu leuchten schien. Dann lenkten sie ihre Reittiere in nordwestliche Richtung, der Heimat entgegen, und während die Ruinen des Tempels allmählich hinter ihnen zurückfielen, kam Granock und seinen Freunden zum ersten Mal der hoffnungsvolle Gedanke, dass sie die gefahrvolle Mission überstanden hatten.

In diesem Augenblick regte sich Rurak. Der Zeitbann, den Granock über den Verräter verhängt hatte, fiel von ihm ab, und als er in der Ferne die Staubwolke sah und begriff, dass sein Traum in Trümmern lag, verfiel er in keifendes Geschrei. »Was habt ihr getan, ihr Narren? Dafür werdet ihr bezahlen! Ihr alle werdet dafür bezahlen, das schwöre ich euch bei den Runen auf Margoks Grab …«

Granock wollte ihn abermals zum Schweigen bringen, indem er von seiner Fähigkeit Gebrauch machte, aber wie er feststellen musste, hatte er sich gegen Sgruthgan zu sehr verausgabt. Als Rurak daher immer weiter schrie und wüste Verwünschungen gegen Farawyn und die Novizen ausstieß, hob Granock die Faust und schlug kurzerhand zu.

Rurak zuckte zusammen, und im nächsten Moment hing der Verschwörer besinnungslos über dem Sattel.

Es war genau, wie Farawyn gesagt hatte: Mitunter waren die Dinge keineswegs so kompliziert, wie behauptet wurde, sondern sehr einfach.

29. YNUR BLAIN UCYNGARAS

Atemlose Stille war eingekehrt in dem großen Saal, jener ehrwürdigen Halle, in der der Hohe Rat der Zauberer tagte.

Granock, Aldur und Alannah wussten es nicht, aber es hatte sich viel geändert seit jenem Tag, an dem der Rat dem Antrag Palgyrs gefolgt war und die Entsendung eines Erkundungstrupps nach Carryg-Fin beschlossen hatte. Denn anders als zu früheren Zeiten, da es häufig zu lautstarken Auseinandersetzungen zwischen den unterschiedlichen Flügeln gekommen war, herrschte diesmal traute Einigkeit. Alle anwesenden Ratsmitglieder hatten Farawyns Bericht gebannt gelauscht, unabhängig davon, welchem Lager sie angehörten. Und je weiter Granocks Meister in seinem Rapport fortgeschritten war, desto leiser war es in der Halle geworden, und als Farawyn dann endete, war es im Saal mucksmäuschenstill.

Das Schweigen war Granock unerträglich. Sechs Tage waren seit ihrer Flucht aus Arun vergangen, aber es war ihm, als hätten sich all die grässlichen Ereignisse, in deren Mittelpunkt sie gestanden hatten, eben erst abgespielt. Er fühlte sich unwohl unter den Blicken der riesigen steinernen Königsstatuen, die die Hallendecke trugen, obwohl sie ihm das Gefühl gaben, dass er Teil von etwas Großem, Bedeutendem geworden war, das die Geschichte verändern würde. Das war es gewesen, wonach sich jener heimatlose Menschenjunge, der er einst gewesen war, immer gesehnt hatte, dennoch hätte sich Granock in diesen Augenblicken am liebsten weit fortgewünscht. Denn aus dem Privileg, mit besonderen Fähigkeiten ausgestattet und zu Höherem auserwählt zu sein, ergab sich tatsächlich auch große Verantwortung, das hatten die vergangenen Wochen Granock gelehrt …

»Ich danke dir für deinen Bericht, Bruder Farawyn«, sagte der Vorsitzende Semias schließlich, der allein unter dem großen Kristall am Ende der Halle saß und während Farawyns Rede zunehmend blasser geworden war. Der Platz neben ihm war verwaist und erinnerte schmerzlich an den Verlust, den der Orden zu beklagen hatte, und besonders Semias schien noch immer schwer am Tode Cethegars zu tragen, den er selbst über die weite Entfernung hinweg gespürt hatte.

Auch einige der Ratssitze, die sich zu beiden Seiten der langen Halle erstreckten, waren leer: Sgruthgan und Labhras fehlten, die Verrat geübt und dafür mit dem Leben bezahlt hatten, außerdem Riwanon, deren falsches Wesen bis zuletzt niemand durchschaut hatte, und natürlich Palgyr, der nicht länger den rechten Flügel anführte; stattdessen stand er, in Ketten gelegt und von zwei grimmig dreinblickenden Zauberern bewacht, inmitten der Halle und wartete darauf, dass man das Urteil über ihn fällte …

»Nachdem wir nun gehört haben, was geschehen ist, Schwestern und Brüder«, wandte sich Semias den Versammelten zu, »ist es an uns, darüber zu befinden, was mit diesem Abtrünnigen hier zu geschehen hat. Nicht genug, dass er uns über einen langen Zeitraum hinweg getäuscht, dass er uns etwas vorgespielt und unser aller Vertrauen schmählich missbraucht hat – er hat auch gegen das Gesetz verstoßen und gegen die grundlegendsten Werte dieses Ordens, die zu verteidigen er stets geheuchelt hat. Mit Lug und Trug hat er uns getäuscht, während er sich verbotenen Künsten zugewandt hat, dem Studium von Schriften, die längst nicht mehr existieren dürften. Mehr noch, er hat eine Revolte und das Ende dieses Ordens geplant, wollte Tausende ins Unglück stürzen nur um des eigenen Machthungers willen – und um all dies zu erreichen, schreckte er auch nicht davor zurück, den Dunkelelfen ins Leben zurückrufen zu wollen, jene schreckliche Geißel, die bereits einmal über Erdwelt hergefallen ist.«

Der Älteste, der in diesem Augenblick weder müde wirkte noch gebeugt dasaß, sondern den sein Zorn mit grimmiger Kraft zu erfüllen schien, blickte in die Runde. »Ich weiß, dass die Entscheidung nicht allein bei mir liegt, und ich will eurem Urteil nicht vorgreifen, Schwestern und Brüder. Aber ich plädiere dafür, gegen Palgyr die höchste Strafe zu verhängen, die dieses Gremium aussprechen kann. Wer von euch will meinem Antrag folgen?«

Kein Herzschlag verging, da reckten sich die ersten Zauberstäbe in die Höhe, und die darin eingelassenen Kristalle leuchteten auf – das Zeichen der Zustimmung. Die Räte Codan und Syolan waren unter den Ersten, die dem Vorsitzenden beipflichteten, es folgten die weise Atgyva und noch viele mehr. Und schließlich hob sogar Palgyrs alter Parteifreund Cysguran den Stab.

»Da siehst du es«, beschied Semias dem Gefangenen mit grimmiger Genugtuung. »Selbst deine ehemaligen Freunde wenden sich von dir ab, Palgyr.«

»Mein Name ist Rurak!«, zischte dieser. Trotzig blickte er zu Semias auf, mit Wahnsinn in den lodernden Augen und die faltigen, hassverzerrten Züge umrahmt von wirrem grauem Haar. »Palgyr ist der Name, den ihr mir gegeben habt – Rurak jedoch ist meine wahre Natur.«

»Wie bedauerlich, dass wir sie nicht erkannt haben«, versetzte Semias. »Ich habe mich oft gefragt, woher diese maßlose Wut rührt, die dich erfüllte, von dem Tag an, an dem du deinen Fuß zum ersten Mal in diese Ratshalle gesetzt hast. Ich warb bei den anderen Ratsmitgliedern um Verständnis, führte ihnen immer wieder deine Verdienste um den Orden und das Reich vor Augen. Du jedoch hast mich die ganze Zeit hintergangen.«

»Einfältiger alter Narr«, zischte Rurak. »Es hat lange genug gedauert, bis du es gemerkt hast.«

»Nicht Einfalt war es, die mich die Augen vor der Wirklichkeit verschließen ließ, sondern die Sorge um die Einheit des Ordens und seine Zukunft. Für sie war ich bereit, manchen Kompromiss einzugehen – aber nun ist es damit vorbei. Endlich wissen wir, woher sich deine Bosheit nährt, Palgyr, der du dich jetzt Rurak nennst. Mit einstimmigem Beschluss hat der Hohe Rat der Zauberer dich verurteilt – nun höre, was deine Strafe sein wird.«

»Was wollt ihr tun? Mich töten?« Rurak grinste.

»Nein«, widersprach Semias, »denn damit wären wir nicht besser als jene Kräfte, deren Rückkehr du vorbereiten wolltest. Stattdessen wirst du dazu verurteilt, den Rest deines irdischen Daseins in Kerkerhaft zu verbringen – die dunklen Höhlen Borkavors warten auf dich.«

»B-Borkavor?«, wiederholte Rurak. Das Spotten war ihm schlagartig vergangen.

»Einst von Drachen angelegt, liegt Borkavor tief unter der Erde. Kein Licht ist je hinein- und kein Hilferuf je herausgedrungen. An diesem Ort wirst du dein Leben fristen«, kündigte Semias an. »Jahrzehnte lang. Jahrhunderte. Jahrtausende.«

»N-nein«, stammelte Rurak, mit vor Entsetzen bebenden Lippen. »Alles, nur das nicht. Nicht nach Borkavor …«

»Der Beschluss ist endgültig«, stellte der Älteste erbarmungslos klar. »Bringt ihn hinaus.«

Mit einer herrischen Bewegung, die seiner sonst so sanftmütigen Natur zu widersprechen schien, wies Semias die Bewacher des Gefangenen an, Rurak zu entfernen. Die Ketten klirrten, als sich der Verurteilte erfolglos zur Wehr zu setzen versuchte. Er wurde kurzerhand gepackt und hinausgezerrt, seine Schreie hallten von der hohen Decke wider, rührten aber weder die anwesenden Zauberer noch die steinernen Könige, die mit unbewegten Mienen auf ihn herabblickten, bis er schließlich verschwunden war.

Donnernd fiel die Tür der Ratshalle hinter ihm ins Schloss und ließ sein Geschrei verstummen.

»Und nun zu euch«, sagte Semias in die entstandene Stille und wandte sich damit erstmals auch an die Novizen, die an Farawyns Seite standen – Granock und Aldur zu seiner linken, Alannah und Rambok auf der rechten Seite. Zwar war inzwischen allen klar geworden, was der abtrünnige Palgyr bezweckt hatte, indem er einen Unhold nach Shakara brachte, jedoch hatte sich der Ork als nützlicher Verbündeter erwiesen, ohne dessen beherztes Eingreifen vieles ganz anders gekommen wäre.

»Obwohl ich vieles gesehen habe und reich bin an Jahren, finde ich kaum die rechten Worte, um zu beschreiben, was ihr nicht nur für den Orden, sondern für ganz Erdwelt getan habt. Im Augenblick der größten Gefahr seid ihr nicht zurückgewichen, sondern habt euren Meistern im Kampf gegen die womöglich größte Bedrohung beigestanden, die Erdwelt seit Tausenden von Jahren erlebt hat. Was geschehen wäre, wenn der Plan der Verschwörer gelungen und der Dunkelelf zurück ins Leben geholt worden wäre, mag sich niemand in dieser Halle vorstellen. Allen Widerständen zum Trotz habt ihr bis zuletzt gekämpft. Ihr habt das Andenken Cethegars geehrt und die Gefahr beseitigt – dafür gebührt euch unser aller Dank.«

Der Älteste hatte kaum zu Ende gesprochen, als tosender Beifall losbrach, der von beiden Seiten der Ratshalle über Farawyn und die Novizen hinwegbrandete. Viele Ratsmitglieder erhoben sich von ihren Sitzen, und wohin Granock und seine Gefährten auch schauten, blickten sie in heitere, erleichterte Gesichter – selbst die Könige der alten Zeit schienen plötzlich weniger grimmig dreinzublicken. Granock, Aldur und Alannah tauschten geschmeichelte Blicke, und als Farawyn ihm auch noch in väterlichem Stolz den Arm um die Schultern legte, errötete Granock beschämt.

Natürlich, es stimmte, sie hatten all das getan, was Vater Semias sagte – aber es kam Granock nicht so vor, als ob sie dafür belobigt werden müssten. Vielmehr hatte er einfach nur das Gefühl, ungeheures Glück gehabt zu haben …

»Die Chroniken unseres Ordens, die Bruder Syolan verfasst, werden von euren ruhmreichen Taten berichten«, fuhr der Älteste fort, »aber darüber hinaus wollen wir euren Mut und euren Einsatz auch noch anderweitig belohnen.«

»Das ist nicht nötig, *nahad*«, versicherte Farawyn rasch. »Euer Dank ist uns genug.«

»Vielleicht«, entgegnete Semias augenzwinkernd, »aber womöglich würde es dir ja auch gefallen, jenen Platz hier neben mir einzunehmen.«

»Du … du bietest mir den Stellvertretenden Vorsitz an, *nahad*?«, fragte Farawyn überrascht, fast bestürzt. »Ich soll Vater Cethegars Stellung einnehmen?«

»Nach allem, was geschehen ist, könnte ich mir keinen Geeigneteren dafür vorstellen«, erklärte Semias. »In Arun hast du allen bewiesen, dass du treu auf der Seite des Ordens stehst, selbst in der größten Gefahr. Ich denke, dass du die Zauberer in eine vielversprechende Zukunft führen wirst, und ich bin überzeugt, dass das auch Bruder Cethegar so gesehen hätte.«

»Glaubst du wirklich?« Farawyn schien keineswegs überzeugt, seine sonst zur Schau gestellte Selbstsicherheit war eindeutig erschüttert.

»Allerdings«, sagte der Älteste und streckte die Hand aus. »Und nun komm und nimm den Platz ein, der dir deinem Verdienst nach zusteht.«

Kaum hatte er die Aufforderung ausgesprochen, begannen die Ratsmitglieder laut Farawyns Namen zu skandieren, und auch Granock, Aldur und Alannah fielen in den Chor mit ein. Farawyn, der sichtlich bewegt war, schickte Granock einen zögernden Blick – und diesmal war es der Schüler, der seinen Meister mit einem energischen Nicken aufforderte, den Schritt in eine größere Welt zu wagen. Unter tosendem Applaus bestieg Farawyn das Podium der Vorsitzenden, und Semias begrüßte ihn mit einer herzlichen Umarmung. Dann wies er ihn an, auf Cethegars Sitz Platz zu nehmen, worauf sich der Beifall wieder legte.

»Was euch betrifft«, sprach Semias zu den Novizen, »so wollen wir auch euch für euren Einsatz belohnen. Nach allem, was ihr erlebt und durchlitten habt, sind wir der Ansicht, dass keine Prüfung, und wäre sie noch so schwierig, euch auch nur annähernd die Mühen abverlangen könnte, die hinter euch liegen. Ihr habt alle drei bewiesen, dass ihr in eurem Innersten bereits wahre Zauberer seid, auch wenn euch noch manche Kenntnis fehlt. In meiner Eigenschaft als Vorsitzender des Hohen Rates bestimme ich daher, dass euer *garuthan* hiermit abgeschlossen ist.«

Ein Raunen ging durch die Reihen der Ratsmitglieder. Granock, Aldur und Alannah sahen sich ungläubig an. Dass der *garuthan*, die zweite, zeitlich unbefristete Phase der Ausbildung zum Zauberer, bereits nach wenigen Wochen für beendet erklärt wurde, war schon vorgekommen, zuletzt allerdings zu Kriegszeiten, als man die Zauberer an der Front gebraucht hatte. Dass es nach so langer Zeit gleich drei Novizen auf einmal gelungen war, derart rasch in den *hethfánuthan* einzutreten, die letzte und abschließende Stufe der Ausbildung, war ein historisches Ereignis, das in den Chroniken des Ordens Eingang finden würde. Dass einer der Novizen auch noch ein Mensch war, war eine Sensation.

Es dauerte einige Augenblicke, bis Granock und seine Gefährten begriffen, was soeben geschehen war. Dann fielen sie einander um den Hals und gratulierten sich gegenseitig, und selbst Aldur war sich nicht zu schade für einen solch menschlichen Gefühlsausbruch.

»Ihr alle«, fuhr Semias lächelnd fort, den die Freude der Novizen anzustecken schien, »seid einen weiten Weg gegangen – auch du, mein Freund aus der Modermark.«

»Sprichst du mit mir?«, fragte Rambok einfältig.

»Allerdings. Nach allem, was wir nun erfahren haben, ist es dir ja wohl nie darum gegangen, ein Zauberer von Shakara zu werden. Du wolltest dich lediglich an Rurak rächen, der dir deinen Posten streitig gemacht und dich aus dem Dorf getrieben hatte, richtig?«

»K-korr«, stimmte der Ork vorsichtig zu. »Und?«

»Deinem Eingreifen ist es zu verdanken, dass eine große Gefahr von Erdwelt abgewendet werden konnte, daher wollen wir uns auch bei dir erkenntlich zeigen. Ein Novize bist du fortan nicht mehr, aber wenn du es willst, so steht es dir frei, in Shakara zu bleiben – als Botschafter deines Volkes.«

»W-wirklich?«, stammelte Rambok.

»Wenn ich eines aus alldem gelernt habe, dann dass es keinen Sinn hat, sich zu verschließen. Wir müssen die Zukunft gestalten, ehe sie uns bricht.«

»A-aber ich bin ein Ork«, gab der Schamane zu bedenken.

»Dessen bin ich mir bewusst.«

»Ich habe schlechte Manieren. Ich furze ohne Unterlass. Und ich schmatze beim Essen.«

»Nun«, sagte Semias lächelnd, »vielleicht können wir dir ja das eine oder andere abgewöhnen. Ich denke jedenfalls, dass wir viel voneinander lernen können – natürlich nur, wenn du es willst. Also?«

Ramboks Gesicht zerknitterte sich, als er einen Moment angestrengt nachdachte. Was genau unter seiner kahlen Schädeldecke vor sich ging, war unmöglich festzustellen – vermutlich sagte er sich, dass ihn sein Häuptling immerhin aus dem *bolboug* verjagt hatte und er in der Modermark nicht viel verpassen würde, denn schließlich nickte er. »*Korr,* Zauberer. Ich bin einverstanden.«

Beifall gab es diesmal nicht, lediglich Granock und Alannah klopften dem Ork anerkennend auf die Schulter. Die Vorbehalte der meisten Elfen Unholden gegenüber waren noch immer vorhanden, und das änderte sich nicht über Nacht. Aber ein Anfang war gemacht, der Anlass zur Hoffnung gab.

Auf eine friedliche Koexistenz.

Auf eine vielversprechende Zukunft.

Auf Frieden und Stabilität im Reich …

Semias wandte sich wieder Granock, Aldur und Alannah zu. »Da ihr nicht länger Novizen seid, sondern euch nun zu den Eingeweihten zählen dürft, müsst ihr euch nicht länger selbst um die Belange eures täglichen Lebens kümmern, sondern werdet dafür in Zukunft Helfer haben, die euch zur Seite stehen. Behandelt sie als Diener, und sie werden euch niemals mehr als das sein; behandelt sie als Freunde, und ihr werdet reich belohnt.«

Granock fragte sich noch, wovon der Älteste da sprach, als die Pforte der Ratshalle geöffnet wurde, wenn auch nur einen Spalt weit – und durch diesen Spalt trat ein kleines, nur etwa eine Elle großes Wesen, das Granock sofort erkannte.

Es war Flynn, Cethegars Kobold.

Die lange Nase des kleinen Kerls war gerötet, und seine Augen schienen noch mehr zu triefen als sonst, was wohl auf die Trauer um seinen Herrn zurückzuführen war. Ansonsten schien Flynn jedoch sehr gefasst. Selbstsicher und mit tapsenden Schritten trat er auf Alannah zu.

»Als Eingeweihte«, erklärte Semias, »bekommt jeder von euch einen Kobold zugeteilt, der ihm von nun an treu dienen wird. Flynn hat darum gebeten, einer alten Tradition gemäß der Schülerin seines verstorbenen Meisters Cethegar zu Diensten sein zu dürfen. Bist du damit einverstanden, mein Kind?«

Obwohl die Frage Alannah gegolten hatte, hatte der Älteste sie nicht angesehen, sondern den Blick zu Boden geschlagen. Seine Stimme war dünn und brüchig geworden während der letzten Worte, was belegte, wie sehr der Tod seines Freundes und Mitbruders ihn noch immer bewegte.

Alannah brauchte nicht nachzudenken. »Natürlich bin ich einverstanden«, versicherte sie sofort, strich sich das lange Haar hinter die Ohren und beugte sich dann zu Flynn hinab, um ihn willkommen zu heißen. Das Lächeln, das sie dem Kobold schenkte, spiegelte sich in dessen Zügen, und es war in diesem Moment schon klar, dass sie gut miteinander auskommen würden, auch wenn beide wussten, dass einen Zauberer vom Schlage Cethegars niemand ersetzen konnte.

Unter allgemeinem Beifall hob die Elfin den Kobold hoch und setzte ihn sich auf die Schulter. Dann erhob sie sich wieder. »Ich danke dem Hohen Rat für das in mich gesetzte Vertrauen«, sagte sie, nachdem sich der Beifall wieder gelegt hatte. »Ich werde es nicht enttäuschen.«

»Dessen bin ich mir sicher, mein Kind«, versicherte Semias und winkte, worauf erneut tapsende Schritte erklangen. Diesmal war es eine Koboldsfrau mit üppigen Formen und langem, fast bis zum Boden wallendem blondem Haar, die die Halle herabkam. Auch ihre Miene zeigte gleichermaßen Trauer als auch Hoffnung. Sobald die Ratsmitglieder die Koboldin erkannten, begannen einige von ihnen, aufgeregt zu tuscheln.

»Níobe hat uns versichert, dass sie nichts von den Umtrieben ihrer Herrin wusste«, gab Semias deshalb bekannt, »und wir haben keinen Grund, ihr nicht zu glauben. Wie Flynn hat auch sie gebeten, fortan dem Schüler ihrer ehemaligen Meisterin dienen zu dürfen, was bedeutet, dass du, Aldur, fortan ihr Herr und Meister bist. Natürlich nur, wenn du es wünschst …«

Aldur, der nicht wenig überrascht war, sah die Koboldin an, ließ sich jedoch nicht zu ihr nieder, sondern schaute von oben auf sie herab. Ihre Blicke begegneten sich, und es schien, als würden sie in Gedanken eine kurze Unterhaltung führen. »Ich bin einverstanden«, erklärte Aldur schließlich, an den Rat und die beiden Vorsitzenden gewandt, und streckte den Arm aus, um Níobe hinaufspringen zu lassen. Der Beifall fiel diesmal allerdings ungleich geringer aus als zuvor.

»Du, mein Junge«, wandte sich Semias schließlich an Granock, »stellst in mancher Hinsicht eine Ausnahme dar. Du bist der erste Mensch, der je Aufnahme fand in der Ordensburg von Shakara, doch mit allem, was du tust und sagst, scheinst du zu bestätigen, dass dein Meister Farawyn recht hatte: Offenbar sind uns die Menschen tatsächlich ebenbürtig, denn sie vermögen manches, das wir noch vor kurzer Zeit nicht für möglich gehalten hätten.«

»Danke, *nahad*«, sagte Granock leise und verbeugte sich, während sein Meister auf dem Sitz des Stellvertretenden Vorsitzenden fast barst vor Stolz. »Ihr seid sehr freundlich.«

»Leider«, fuhr Semias fort, »haben noch längst nicht alle dies erkannt, und während wir Elfen auf sehr vielen Gebieten Erstaunliches erreicht haben, ist es mit unserer Toleranz nicht weit her. Trotz allem, was du geleistet hast, gibt es dir gegenüber noch immer Vorbehalte, mein Junge, und das nicht nur unter den Zauberern, sondern auch unter ihren Dienern.«

»Verstehe«, sagte Granock und nickte. Er konnte sich denken, worauf diese Ansprache hinauslief – nämlich darauf, dass sich kein Kobold gefunden hatte, der bereit war, einem Menschen zu dienen. Im Grunde war es genau wie damals, auf den unzähligen Lichtfesten, die sie ohne ihn gefeiert hatten …

Granock straffte sich. »Ist nicht weiter schlimm«, sagte er tapfer, obwohl er sich gekränkt und zurückgesetzt fühlte. »Ich bin bislang auch ganz gut ohne Diener ausge…«

»Zum Glück«, fiel Semias ihm lächelnd ins Wort, »gibt es immer auch Ausnahmen. Wesen, die ihrer Zeit voraus sind und die schon heute mit den Erfahrungen von morgen denken und handeln. Und so freue ich mich, auch dir deinen *gwasanaith* vorstellen zu dürfen. Lange Jahre hat er diesem Rat gedient, doch nun hat er darum gebeten, wieder einem Zauberer zugeteilt zu werden, und seine Wahl ist dabei auf dich gefallen. Du kennst ihn bereits, Granock, denn er war der Erste, der dich mit den Regeln und Gebräuchen Shakaras vertraut machte. Und obwohl dies erst wenige Monde zurückliegt, erscheint es mir, als wäre seither eine Ewigkeit vergangen, denn es ist vieles geschehen, das unsere Welt verändert hat …«

Der Älteste unterbrach sich und schüttelte verärgert den Kopf, so als wollte er sich selbst dafür rügen, vom eigentlichen Thema abgekommen zu sein. »Es ist mir eine Freude, dir deinen Diener vorzustellen, Granock«, sagte er dann. »Ariel …«

Zum dritten Mal schlüpfte eines der putzigen Wesen durch den Türspalt und tapste barfüßig die Halle entlang. In einem grünen Rock und mit einem umgekehrten Blütenkelch auf dem Kopf trug der Kobold die für seine Art typische Kleidung. Auf seinen pausbackigen Zügen lag ein breites Grinsen.

Ist das zu glauben?, tönte es in Granocks Kopf. *Als ich dich das letzte Mal traf, warst du noch ein blutiger Anfänger – und nun sieh, was aus dir geworden ist!*

»Du hast darum gebeten, mein Diener zu werden?«, fragte Granock zweifelnd. Er hatte stets geglaubt, der kleine Ratsdiener hätte nichts als Verachtung für ihn übrig.

Ich hatte es satt, hier nur Türen auf- und zuzumachen, behauptete der Kobold achselzuckend, *und da sie gerade jemanden suchten …*

»Schon verstanden«, erwiderte Granock grinsend, dem in diesem Moment klar wurde, dass er den kleinen Kerl niemals dazu bringen würde, etwas Nettes über ihn zu sagen. Allein dass er hier war, war des Lobes genug.

»Wie steht es, Granock?«, erkundigte sich Semias. »Bist du gewillt, Ariel als deinen Diener …?«

Anstatt zu antworten, bückte sich Granock, packte den Kobold kurzerhand am Kragen seines Rocks und riss ihn in die Höhe. Ariels Gesichtszüge sahen entsprechend verunglimpft aus, als er schließlich auf Granocks Schulter landete.

An deinen Umgangsformen wirst du allerdings noch arbeiten müssen, weißt du?

»Das bedeutet dann wohl Ja«, meinte der Älteste lächelnd, und erneut gab es Beifall, den vor allem Ariel auskostete, indem er nach allen Seiten winkte und Handküsse verteilte. Für Granock war es ein eher stiller Genuss, hier zu stehen, im wahren Machtzentrum Erdwelts, und nicht länger das Gefühl zu haben, ein Ausgestoßener zu sein.

Noch vor einigen Wochen war er nichts als ein Landstreicher gewesen, ein Rechtloser und Dieb, der sich mithilfe seiner speziellen Fähigkeit über Wasser gehalten hatte – nun war er auf dem besten Wege, ein Zauberer zu werden.

Auch der weise Semias stimmte in den Beifall mit ein und erklärte die Versammlung dann offiziell für beendet – was folgte, war ein endlos scheinender Reigen von Gratulanten, die an den Eingeweihten vorüberzogen und ihrer Anerkennung nach elfischer Art wortreich Ausdruck verliehen. Granock wusste kaum, wie ihm geschah, und Ariel erwies sich bereits zum ersten Mal als nützlicher Helfer, indem er ihm jeweils die Namen und Posten der einzelnen Elfen zukommen ließ, die ihm die Hand schüttelten.

Syolan, Chronist des Hohen Rates … Gervan, neu gewählter Sprecher des rechten Flügels … Maeve, Zauberrätin … Tarana, Anführerin der flasfyn-*Kongregation …*

Einen guten Teil von dem, was der Kobold in sein Bewusstsein flüsterte, verstand Granock nicht. Er scherte sich nicht darum, obwohl es ihm klarmachte, wie fremd ihm die Welt der Elfen und Zauberer noch immer war und wie viel er noch lernen musste. An diesem Tag jedoch wollte er einfach nur seinen Triumph genießen, und so nahm er die Glückwünsche freudig entgegen.

Danach wurde die Feier in den großen Versammlungssaal der Ordensburg verlegt, wo ein wahres Festmahl gereicht wurde – die Novizen und viele andere Zauberer, die nicht dem Hohen Rat angehörten, warteten dort, und sowohl Farawyn als neuer Stellvertretender Vorsitzender als auch die frisch ernannten Eingeweihten wurden erneut mit tosendem Applaus begrüßt. Auch Ogan und Caia, die ihr Scheitern beim *prayf* längst verwunden hatten, drängten heran, um zu gratulieren. Der große Erfolg ihrer ehemaligen Mitschüler würde sie anspornen, noch fleißiger für jenen Tag zu üben, an dem sie ein zweites Mal versuchen würden, die Prüfung zu bestehen.

»Helden«, sagte Semias zufrieden und mit feuchtem Glanz in den Augen, »Vorbilder, zu denen man aufblicken kann – das war es, was diesem Orden lange Zeit gefehlt hat!«

Danach wurde von fleißigen Kobolden das Essen serviert, und die Feier wurde um vieles lauter und ausgelassener, als Granock es den Elfen und ihrem auf den ersten Blick so zurückhaltenden Wesen zugetraut hätte. Zwar vertrugen sie nicht annähernd so viel Vergorenes wie beispielsweise Zwerge, und ihre zur Laute vorgetragenen Lieder eigneten sich auch nicht wirklich dazu, aus heiserer Kehle mitgegrölt zu werden, aber es zeigten sich einmal mehr Gemeinsamkeiten zwischen Glyndyrs Erben und den Menschen.

»Hättest du das gedacht?«, erkundigte sich Granock bei Aldur, als sie einander aus großen Steinkrügen zuprosteten, die fraglos aus zwergischem Besitz stammten; das Bier, das darin schwappte, hatte man eigens für diesen Anlass von Schmugglern beschlagnahmt, die damit die Eisbarbaren hatten beliefern wollen.

»Was meinst du?«, fragte Aldur mit vom Alkohol schwerer Zunge, was darauf schließen ließ, dass er dem Gerstensaft noch nicht sehr häufig zugesprochen hatte.

»Na ja – noch vor ein paar Wochen sind wir erbitterte Feinde gewesen. Und jetzt sitzen wir hier und … und …«

»… und sind Freunde«, ergänzte Aldur wenig geistreich und hob den Krug. »Darauf wollen wir trinken – so macht ihr Menschen es doch, oder?«

»Allerdings.« Granock nickte. »Freunde für immer.«

»Für immer«, bestätigte Aldur, und als ihre Krüge aneinander stießen, gesellte sich auch noch ein dritter dazu, den Alannah in der Hand hielt.

»Nichts soll uns jemals wieder trennen«, fügte sie dem Trinkspruch hinzu, der fast an einen Schwur erinnerte, dann sahen Granock und Aldur staunend zu, wie Alannah ihren Krug leerte, ohne ihn nur einmal abzusetzen.

Sie lachten alle drei, und als Granock aufblickte, sah er Farawyn am Ende der Tafel sitzen, ein zufriedenes Lächeln im Gesicht. Das schien es gewesen zu sein, was er in seiner Vision gesehen hatte und wovon er insgeheim träumte – eine Zukunft, in der Menschen und Elfen nicht länger Gegner waren, sondern Hand in Hand agierten.

Granock erhob sich von der Bank und gesellte sich zu seinem Meister, der ganz allein saß. Viele Zauberer hatten sich bereits zurückgezogen, und die Novizen hatte man in ihre Kammern geschickt, da ein weiterer anstrengender Ausbildungstag auf sie wartete …

»Wie sieht's aus, Meister?«, fragte Granock, dem der Alkohol auch schon etwas zusetzte. »Wollt Ihr Euch nicht zu uns setzen?«

»Nein danke.« Farawyn schüttelte das Haupt. »Zu meinem neuen Posten gehört, dass ich ein wenig Distanz wahre. Außerdem habe ich nicht den Eindruck, dass du noch meine Hilfe brauchst.«

»Dann seid Ihr mit mir zufrieden?«

»Weit mehr als das, mein Junge. Du hast meine Erwartungen nicht nur erfüllt, sondern übertroffen.« Farawyn lächelte. »Weißt du noch, als du mich gefragt hast, ob ich dir bei der Prüfung geholfen hätte?«

Granock nickte.

»Die Antwort ist: Du hast dir selbst geholfen«, erklärte Farawyn. »Bisweilen kommt es vor, dass Zauberer auf unerklärliche Weise miteinander verbunden sind – so wie es etwa bei Vater Semias und Vater Cethegar der Fall war. Zwischen Lehrern und Schülern ist so etwas jedoch sehr selten. Wenn ich also zu dir gesprochen habe, so habe ich es getan, weil du zu mir Verbindung aufgenommen hast. Ungewöhnliche Fähigkeiten schlummern in dir, mein Junge, das haben inzwischen auch viele erkannt, die dich zunächst abgelehnt haben. Du hast jeden Grund bestätigt, aus dem ich dich nach Shakara geholt habe, und das erfüllt mich mit großem Stolz. Wir haben sehr, sehr viel erreicht.«

»Findet Ihr, Meister?« Granock ließ sich auf einen freien Stuhl sinken. »Meister Cethegar ist tot, Meisterin Riwanon hat sich als Verräterin entpuppt …«

»Aber die Verschwörung gegen das Reich wurde zerschlagen, der Angriff abgewehrt«, gab Farawyn zu bedenken.

»Trotzdem besteht die Bedrohung fort«, wandte Granock ein. »Die *neidora* sind immer noch dort draußen, oder nicht?«

»Das stimmt, aber ohne die Bosheit ihres finsteren Herren werden sie nicht lange überleben, sondern wieder zu Stein werden, das hat Rurak uns gestanden.«

»Dennoch sollten wir wachsam bleiben«, beharrte Granock.

»Das werden wir«, versicherte Aldur grinsend, der sich zu ihnen gesellt hatte, den Arm lässig um Alannahs Schultern gelegt, »aber erst morgen. Diese Nacht gehört uns, schon vergessen?«

»Hört, hört«, frotzelte Alannah lachend. »Und das aus dem Munde von Aldurans Sohn …«

»Des Aldurans Sohn hat völlig recht«, pflichtete Farawyn bei. »Heute sollt ihr feiern und die Früchte des Sieges genießen, der Ernst des Lebens kann bis morgen warten. Dann werdet ihr beiden die Nachfolge eurer Meister antreten.«

»Keine Sorge«, erwiderte Aldur, und niemand bemerkte das Blitzen, das für den Bruchteil eines Augenblicks in seinen Augen zu sehen war, »das werden wir.«

Epilog

Von dem riesenhaften, eindrucksvollen Bauwerk, das die Jahrtausende überdauert hatte, war nichts geblieben als Ruinen. Die Pyramiden, die ihre Spitzen drohend in den grauen Himmel gereckt hatten, waren zerfallen, die Säulen allesamt eingestürzt, und die mächtigen Mauern lagen in Trümmern.

Ein riesiger Berg von Schutt häufte sich dort, wo noch vor kurzer Zeit der Tempel gestanden hatte. Als er zusammenbrach, hatte er alles unter sich begraben, hatte alle zermalmt, die sich im Augenblick der Katastrophe in den Stollen und Gewölben aufgehalten hatten. Und dennoch regte sich hier und dort Leben.

Aasfresser, die aus den Tiefen des Dschungels angelockt wurden, durchforsteten das Schuttfeld nach Nahrung: Krähen und andere zumeist schwarz gefiederte Vögel, die mit ihren Schnäbeln im Schutt pickten, Hyänen, die auf knochigen Beinen umherstelzten, und schließlich fette Riesenwürmer, die sich zwischen Trümmern und durch Erdreich wühlten.

Eine dieser Kreaturen, halb Wurm, halb Ratte und groß wie ein Wolf, bohrte sich bis ganz hinab, wo sie auf einen Hohlraum stieß, in dem es überreichlich Nahrung gab. Doch das Tier kam nie dazu, sich daran gütlich zu tun, denn etwas erfasste und zerquetschte es, noch ehe es seinen ätzenden Speichel versprühen konnte.

Und aus der Tiefe kroch etwas empor, das jahrtausendelang geruht hatte.

In völliger Dunkelheit war es zu sich gekommen und hatte feststellen müssen, dass es eingeschlossen war – nun jedoch kroch es an die Oberfläche, durch den engen Tunnel, den die Wurmratte gebohrt hatte.

Ein Opfer hatte dafür gesorgt, dass sein Körper zu neuem Leben erwacht war, aber noch war es sich seiner nicht bewusst. Zu viel Zeit war verstrichen, zu vieles geschehen …

Keuchend kroch es weiter, wühlte sich durch den Dreck jener Welt, die es einst hatte besitzen wollen, vor langer Zeit. Dann griff eine der knochigen Hände hinaus in die feuchte Abendluft, und Stück für Stück befreite sich die Kreatur mit dem bodenlangen Haar und der dreckverschmierten weißen Haut aus der Öffnung. Obwohl nur das fahle Licht der Dämmerung über der Lichtung lag, wurden die noch schwachen Augen des Wesens geblendet.

Endlich richtete es sich auf, dann tat es das Erste, was ihm in den Sinn kam, nachdem es Jahrtausende schweigend und in dunkler Tiefe verbracht hatte. Es warf den Schädel in den Nacken und stieß einen gellenden Schrei aus, der allem Schmerz und allem Zorn Ausdruck verlieh, die sich in all der Zeit in der Kreatur aufgestaut hatten.

Es war ein schauriger, durchdringender Laut, wie ihn weder die Kehle eines Elfen noch die eines Tiers zustande bringen konnte – und im nächsten Moment wurde er beantwortet.

Zunächst nur aus einer, dann aus mehreren Kehlen, und während das der Tiefe entstiegene Wesen noch zwischen den Trümmern des einstigen Tempels stand und sich umblickte, teilte sich ringsum das Dickicht, und grobschlächtige Kreaturen traten hervor, zehn an der Zahl.

Sie gingen aufrecht auf zwei Beinen, hatten jedoch die Körper und Häupter von Reptilien, und zum ersten Mal flackerte im Bewusstsein der wiedergeborenen Kreatur ein leises Erinnern auf, das Echo einer fernen Vergangenheit.

Die Echsenwesen öffneten die Mäuler und brüllten etwas, das der Wiedergeborene zu seiner eigenen Verblüffung verstand.

Es war sein Name.

»Margok …«

Aus ihren Kehlen hörte er sich an wie das Gebrüll eines Raubtiers, aber es war fraglos *sein* Name – und mit ihm kehrte auch die Erinnerung zurück.

Er war Margok.

Er war der Dunkelelf.

Und er war zurück.

Noch war er schwach und entkräftet, aber schon sehr bald würde sich dies ändern. Dann würde er erneut Angst und Schrecken verbreiten, und wie einst würde das Land unter dem Ansturm seines Heeres erzittern.

Abermals warf er den Kopf in den Nacken und stieß einen Schrei aus, der von seinen Leibwächtern aufgenommen und weitergetragen wurde, hinaus in die Welt, die von allem nichts ahnte, und hinauf zu der blutroten Sonne, die wie ein düsteres Omen über Erdwelt versank.

ENDE

DIE ZAUBERER

DIE ERSTE SCHLACHT

Personae Magicae

Zauberer

Semias	Vorsitzender des Hohen Rates
Farawyn	sein Stellvertreter
Syolan	Chronist von Shakara
Cysguran	Ratsmitglied
Tarana	Meisterin
Filfyr	Meister, Ratsmitglied
Maeve	Meisterin, Ratsmitglied
Gervan	Sprecher des rechten Flügels
Atgyva	Bibliothekarin von Shakara
Tavalian	ein heilkundiger Zauberer
Sunan	Zaubermeister
Rurak	ehedem Palgyr, abtrünniges Ratsmitglied

Elfen

König Elidor	Herrscher des Elfenreichs
Fürst Ardghal	sein oberster Berater
Alannah	Eingeweihte in Shakara
Aldur	Eingeweihter in Shakara
Mangon	Lordrichter von Tirgas Lan
Ogan	Aspirant in Shakara
Caia	Aspirantin in Shakara

Nimon	Novize in Shakara
Fürst Narwan	königlicher Berater
General Tullian	Oberbefehlshaber des Elfenheeres
General Irgon	sein Stellvertreter
Alduran	Aldurs Vater

Menschen

Fürst Ortwein	neuer Herr von Andaril
Lady Yrena	seine Schwester
Granock	Eingeweihter in Shakara
Ivor	Schwertführer Andarils

Kobolde

Argyll	Diener Farawyns
Ariel	Diener Granocks
Flynn	Diener Alannahs
Níobe	Dienerin Aldurs

Zwerge

Thanmar	Aufseher von Nurmorod
Dolkon	sein Folterknecht

Orks

Borgas	Häuptling der Knochenbrecher
Rambok	Botschafter in Shakara, Vorfahr zweier später sehr bekannter Orks

Prolog

Das Goldene Zeitalter war vor langer Zeit zu Ende gegangen, nicht allmählich und in einem Jahrhunderte währenden Prozess des Verfalls, sondern schlagartig, in einem katastrophalen Ereignis, das als der »Große Krieg« in die Annalen Erdwelts eingegangen war … Schließlich konnte zu jener Zeit niemand wissen, dass ein noch verheerenderer Krieg folgen sollte, in dem das stolze Elfenreich im Rauch brennender Städte und in Strömen von Blut versank.

Dieser letzte Konflikt kündigte sich, so wie es alle Kriege tun, in vielen kleineren Ereignissen an, die unabhängig voneinander betrachtet das Ausmaß der Bedrohung kaum erahnen ließen. Die Menschen, die den Nordosten des Reiches bevölkerten, strebten zunehmend nach Unabhängigkeit; die Orks wagten sich erstmals seit Jahrhunderten wieder in größerer Zahl über den Kamm des Schwarzgebirges; in Tirgas Lan, der Hauptstadt des Reiches, saß mit Elidor ein schwacher König auf dem Thron; und in Shakara, der Ordensburg der Zauberer, war man sich uneins, wie man den Herausforderungen der neuen Zeit begegnen sollte.

Keine dieser Entwicklungen war für sich genommen bedenklich genug, als dass man in ihr den Auftakt zu Ereignissen gesehen hätte, die in der Lage waren, die Welt aus den Angeln zu heben. Erst die Verschwörung Palgyrs machte auch den Unbedarftesten unter uns klar, dass erneut ein Zeitalter im Begriff war, zu Ende zu gehen.

Palgyr war einer von uns gewesen. Ein Weiser, ein *dwethan*, oder, wie die Menschen uns nannten, ein Zauberer. Ein Angehöriger des Hohen Rates, der geschworen hatte, dem Elfenreich zu dienen und es kraft seines *reghas* zu beschützen, jener besonderen magischen Gabe, die ein jeder Zauberer sein Eigen nennt. Niemand von uns hatte geahnt, dass Palgyr im Geheimen dunklen, frevlerischen Künsten frönte und sein ganzes Streben darauf richtete, jenen zurückkehren zu lassen, der in alter Zeit das Reich gespalten und den Großen Krieg entfesselt hatte.

Margok.

Unter dem Namen Qoray war Margok einst ein angesehenes Mitglied des Ordens gewesen, bis er sich von diesem losgesagt hatte; in verbotenen Experimenten hatte er Orks gezüchtet und grässliche Chimären, die die Eigenschaften gleich mehrerer todbringender Kreaturen in sich vereinten. Und er hatte den Dreistern entdeckt, jene Verbindung, die das Reisen an weit entfernte Orte binnen eines Augenblicks möglich machte.

Nicht wenige behaupten bis zum heutigen Tag, dass Qoray der größte Zauberer gewesen sei, den Erdwelt jemals hervorgebracht hätte, aber er nutzte seine Fähigkeiten nicht zum Wohle aller, wie er geschworen hatte, sondern nur, um seinen eigenen Zwecken zu genügen. Besessen von dem Gedanken, die Welt zu beherrschen, stürzte er sie in einen blutigen Krieg, der viele Jahre währte und schließlich mit Margoks Niederlage endete; gefasst wurde er jedoch nie, und über all die Zeit, die verstrich, hielt sich das hartnäckige Gerücht, der Herrscher der Dunkelheit warte an einem entlegenen Ort darauf, ins Leben zurückzukehren und Erdwelt endgültig zu unterjochen.

Die meisten von uns gaben nichts auf derlei Gerede; wir verbrachten die Zeit damit, uns selbst zu genügen. Entsprechend blind waren wir gegenüber dem, was in der Welt geschah. An einem Richtungsstreit über die Zukunft des Ordens hatten sich unsere Gemüter erhitzt, und wir wähnten uns so sehr im Mittelpunkt des historischen Geschehens, dass wir nicht merkten, wie sich dieses an einen anderen, weit entfernten Ort verlagerte. Nach Arun, jenseits der Südgrenze des Reiches …

Dort, in einem verbotenen Tempel, warteten Margoks Überreste darauf, von neuer Kraft erfüllt und ins Leben zurückgeholt zu werden. Zwar gelang es, die Verschwörung des Verräters Palgyr, der sich nunmehr Rurak nannte und wie sein dunkler Meister vom Orden losgesagt hatte, zu vereiteln. Aber die Welt war danach nicht mehr dieselbe.

Verunsicherung hielt Einzug, Gerüchte machten die Runde, die Furcht vor einem neuen verheerenden Konflikt ging um. Palgyrs Verrat hatte Klüfte zutage treten lassen, deren Vorhandensein wir über die Jahrhunderte erfolgreich geleugnet hatten: Margoks Kreaturen hatten erstmals nach langer Zeit wieder die Modermark verlassen, und die Menschen waren offen als Feinde aufgetreten und hatten sich gegen den König gestellt, der sich als schwach und seinen Beratern hörig erwiesen hatte. Zwar wurden Strafexpeditionen in die Westmark durchgeführt, und man versuchte, die Rädelsführer unter den *gywara* zu fassen, doch sie waren halbherzig geplant und nur zum Teil erfolgreich; Palgyr jedoch, der Urheber der Verschwörung, wurde in die dunklen Kerker von Borkavor verbannt, wo er den Rest seiner Tage verbringen sollte, bis seine Bosheit und das Gift des Verrats ihn zerfressen hätten.

All dies warf kein gutes Licht auf die Zukunft des Reiches, aber wir alle, die wir dem Orden der Zauberer angehörten, trogen uns mit dem Schein einer friedlichen, unverdorbenen Welt. Wie Wanderer, die in einer mondlosen Nacht ihr Ziel verloren hatten, suchten auch wir am Firmament nach leuchtenden Fixpunkten, die uns den Weg weisen würden. Wir fanden sie in jenen, die in Arun dabei gewesen waren und die Pläne der Verschwörer vereitelt hatten, und wir nannten sie Helden.

Zuvorderst den Zauberer Farawyn, dessen Fähigkeit, in die Zukunft zu sehen, uns alle vor der Katastrophe bewahrt hatte. Nach dem gewaltsamen Tode des Ältesten Cethegar stand er nunmehr dem Orden vor, zusammen mit Vater Semias, der einst sein Meister gewesen war.

Als nächsten Aldur, den Spross eines stolzen Elfengeschlechts. Auf Geheiß seines Vaters war er nach Shakara gekommen, um der größte aller Zauberer zu werden.

Alannah, die Tochter der Ehrwürdigen Gärten, die lange nichts von ihren Fähigkeiten geahnt hatte und nur zum Orden gestoßen war, weil das Schicksal es so gewollt hatte.

Und schließlich Granock, den ersten Menschen, der jemals in unseren Reihen aufgenommen worden war, und dies auch nur, weil Farawyn allen Vorbehalten zum Trotz darauf bestanden hatte.

Als unwürdiger Verfasser dieser Chronik gestehe ich freimütig, dass auch ich zu jenen gehört habe, die die Anwesenheit eines *gywar* in Shakara als Frevel betrachteten, als Verstoß gegen die alten Werte und Traditionen, und dass ich noch immer eine gewisse Scheu dabei empfinde, seinen Namen zusammen mit den vorgenannten auf dieses Pergament zu bannen. Aber es steht außer Frage, dass Granock nicht weniger tapfer und mutig gekämpft hat als seine Verbündeten von elfischem Geblüt und dass auch er seinen Anteil an dem Sieg gehabt hatte, der in Arun errungen worden war.

Vielleicht war es der Blick auf jene Helden, der uns unsere Vorsicht vergessen ließ. Vielleicht auch nur unser Wunsch nach Frieden. Doch wir alle, die wir glauben wollten, dass die Gefahr gebannt und die Bedrohung beseitigt wäre, wurden schon bald eines Besseren belehrt …

Aus der Chronik Syolans des Schreibers
Anhang zum II. Buch, 8. Abschnitt

BUCH 1

SGRUTH DARAN
(Der Sturm beginnt)

1. ILAIS

Wenn es einen Ort gab, der von den hehren Werten und hohen Idealen, welche dic Gesellschaft der Elfen im Lauf von Jahrtausenden herausgebildet hatte, am weitesten entfernt war, dann war es dieser.

Borkavor.

Die Zitadelle des Feuers.

In alter Zeit von Drachen angelegt, war die Festung, deren Eingang weit im Nordosten lag und die sich tief ins Innere von Erdwelt erstreckte, einst ein Hort des Lebens gewesen. Unter der Herrschaft der Elfen jedoch war daraus eine Sammelstätte des Bösen und des Lasters geworden, ein Ort, an dem sich ihre dunkelsten Ängste bündelten – verkörpert durch jene, die dem ach so vollkommenen Dasein und der angeblich so überlegenen Moral des Elfengeschlechts entsagt und einen anderen Pfad beschritten hatten.

Rurak kannte die Geschichte Borkavors besser, als die meisten Elfen es taten. Zum einen, weil ein Großteil der Söhne und Töchter Sigwyns sich nicht für derlei Dinge interessierte; die meisten Elfen zogen die lichten Seiten des Lebens vor, widmeten sich den Musen und Künsten und verschlossen die Augen vor der schlichten Tatsache, dass es auch andere Kräfte in Erdwelt gab, die in das Spiel der Mächte eingriffen.

Zum anderen aber auch, weil sich Rurak eingehend mit der Geschichte der Festung befasst hatte, als er noch ein geachteter Zauberer gewesen war, ein Mitglied des Hohen Rates. Palgyr hatten sie ihn genannt, weil seine Gabe darin bestand, kraft einer magischen, aus Elfenkristall bestehenden Kugel Dinge zu sehen, die sich an weit entfernten Orten ereigneten. Inzwischen konnte Rurak nicht einmal mehr die eigene Hand vor Augen erkennen, denn in den Tiefen Borkavors herrschte ewige Nacht.

Als der Rat der Zauberer seine Strafe verkündet hatte, war Rurak sofort bewusst gewesen, was ihm bevorstand, und er verfluchte sich im Nachhinein dafür, dass er sich die Blöße gegeben hatte, für einen kurzen Moment Entsetzen auf seinen Zügen zu zeigen. Allein die Nennung Borkavors hatte genügt, um eine Unzahl an Vorstellungen, Ängsten und Befürchtungen in ihm auszulösen – die sich allesamt bestätigt hatten.

Borkavor war die Hölle.

Ein Ort, den es in der vollendeten Welt der Elfen nicht geben durfte. Aber er existierte dennoch. Die Geschichtsschreiber mochten behaupten, dass es die Notwendigkeit gewesen war, die einen solchen Ort erzwungen hatte, dass es in den Tagen nach dem Krieg gegen den Dunkelelfen keine andere Möglichkeit gegeben hatte als diese, um all jene zersetzenden Elemente, die sich sowohl dem Reich als auch dem Elfentum gegenüber als derart abträglich erwiesen hatten, für immer verschwinden zu lassen.

Aber das entsprach nicht der Wahrheit.

In Wirklichkeit waren es Hass und Rachsucht, jene zerstörerischen Kräfte, die einem jeden Wesen innewohnten und die Existenz eines Ortes wie Borkavor erst möglich machten – nur dass sich Sigwyns Töchter und Söhne nicht zu ihrem niederen Erbe bekannten. Alle anderen Völker Erdwelts – ob Orks, Zwerge, Menschen oder Trolle – fanden nichts dabei, zu ihren natürlichen Trieben zu stehen. Nur die Elfen nahmen für sich in Anspruch, diese weit hinter sich gelassen zu haben. Dabei hatten sie kaum geringere Freude daran, wehrlose Kreaturen zu quälen und sich an ihrer Not zu ergötzen. Anders ließ sich ein Ort wie dieser nicht erklären.

Dunkelheit herrschte, die allgegenwärtig war und nur dann durchbrochen wurde, wenn hoch über dem Gitter von Ruraks Zelle eine einsame Fackel auftauchte (oder war sie in Wahrheit tief unter ihm?) und man ihm etwas zu essen und zu trinken brachte. Wasser und Brot, das aus minderwertigem Mehl gebacken war.

Genug, dass er nicht verhungerte, aber zu wenig, um bei Kräften zu bleiben. Genau darum und um nichts anderes ging es in Borkavor: um ein langsames, allmähliches Sterben, von dem in der vollendeten Welt außerhalb der Felsenmauern niemand etwas erfahren sollte.

Die Dunkelheit und die unzureichende Nahrung waren eine Sache – die Furcht, die mit eiserner Klaue selbst nach den unerschrockensten Herzen griff und sich mit der Dauer des Aufenthalts in abgrundtiefe Verzweiflung steigerte, war ungleich schlimmer. Es war, als hätten die Angst und die Panik all jener, die in diesen Mauern eingeschlossen gewesen waren, in den Felsen Niederschlag gefunden, so als wären sie der steingewordene Beweis dafür, dass es aus Borkavor kein Entkommen gab. Wer hierherkam, der blieb für immer – und die Tatsache, dass Sigwyns Erben in gewisser Weise unsterblich waren, spendete in dieser Hinsicht wahrhaftig keinen Trost, sondern verlängerte die Qualen auf unabsehbare Zeit.

Rurak hatte Gefangene gesehen, die Jahrzehnte, Jahrhunderte in Borkavor verbracht hatten. Ihr *lu* war welk geworden wie Laub in der Sonne, ihre Haut bleich und die Augen blind, und schließlich hatten sie sogar ihren Verstand verloren, der ihre letzte Zuflucht gewesen war. Wer nach Borkavor kam, der verwirkte sein Recht darauf, einst die Welt zu verlassen, um nach den Fernen Gestaden zu ziehen. Er war dazu verdammt, wie ein Sterblicher zugrunde zu gehen und dem Vergessen anheimzufallen, in einem Tod, der sich über viele hundert Jahre erstreckte.

Wie lange er bereits an diesem Ort weilte, wusste der Zauberer nicht zu sagen. Wo es keinen Unterschied gab zwischen Tag und Nacht und die Jahreszeiten keine Rolle spielten, war Zeit ohne Bedeutung. Es mochte ein Jahr sein oder auch schon zehn, wahrscheinlicher war irgendetwas dazwischen. Rurak aß, wenn man ihm etwas zu essen brachte, und er schlief, wann immer er müde war. Und jedes Mal, wenn er die Augen öffnete, schwang die vage Hoffnung mit, dass sie etwas anderes erblicken würden als das undurchdringliche Dunkel. Eine Hoffnung, die ebenso vergeblich war wie töricht.

Die Dunkelheit war Ruraks ständiger Begleiter geworden. Sie war das Letzte, das er sah, wenn er die Augen schloss, und sie begrüßte ihn, wenn er erwachte. Und inmitten dieser Dunkelheit und der winzigen Zelle, in die man ihn gesperrt hatte, kreisten seine Gedanken um immer denselben Pol.

Rache.

Mit jeder Faser seines hageren, Tag um Tag alternden Körpers sehnte er sich danach, diesem Gefängnis den Rücken zu kehren und es jenen heimzuzahlen, denen er seinen Aufenthalt in dieser Verdammnis verdankte.

Der alte Narr Semias, der dem Zauberrat vorstand.

Sein oberster Günstling Farawyn, der Ruraks schärfster Gegner in Shakara gewesen war.

Der Mensch Granock, der auf Farawyns Betreiben hin als erster Vertreter seiner Art in den Orden der Zauberer aufgenommen worden war.

Und schließlich ein gewisser Unhold, der sich im entscheidenden Augenblick als Sandkorn im Mahlwerk der Verschwörung erwiesen hatte.

Ruraks Plan war vollkommen gewesen, bis in die letzte Kleinigkeit durchdacht. Zum Scheitern gebracht hatte ihn am Ende jenes Element des Zufalls, das sich nicht vorhersehen ließ. Ihn traf keine Schuld an dem, was geschehen war, deshalb suchte er die Gründe für sein Versagen nicht bei sich selbst, sondern bei seinen Gegnern, und mit jeder Stunde, die er im undurchdringlichen Dunkel des Kerkers zubrachte, wuchs sein Durst nach Rache und steigerte sich in maßlosen, alles zersetzenden Hass.

Rurak wusste, dass sein Hass ihn veränderte, dass er seine Energie schwächte, an seinen Kräften zehrte und ihn äußerlich altern ließ. Aber er hielt ihn auch am Leben.

Tag für Tag für Tag.

Bis zu jener Nacht, in der er die Stimme vernahm.

Komm.

Wie ein Echo hallte sie durch die Albträume, die ihn plagten, seit er den Fuß über die Schwelle der alten Drachenfeste gesetzt hatte. Die Schreie, die unentwegt durch die Stollen und Gewölbe

Borkavors gellten – sowohl die laut geäußerten als auch jene, die nur in Gedanken ausgestoßen wurden –, bildeten die Untermalung der grausigen Bilder, die Rurak vor sich sah, sobald er die Augen schloss. Auch sie, so nahm er an, waren ein Teil der Strafe …

Komm.

Der Ruf wiederholte sich, übertönte den schaurigen Gesang des Kerkers, drang hart und deutlich in sein schlaftrunkenes Bewusstsein.

Rurak!

Allmählich erwachend, wurde ihm klar, dass die Stimme nicht zu seinem Traum gehörte – aber vernahm er sie tatsächlich? Oder war sie nur etwas, das sein von der Einsamkeit gepeinigter Verstand ihm vorgaukelte? War sein Geist es leid, unablässig um dieselben eintönigen Gedanken zu kreisen? Bezahlte er nun den Preis für die Dunkelheit und die Verzweiflung? Stand ihm der Absturz in den Wahnsinn bevor?

Komm!

Nein. Weder war es seine eigene Stimme, die ihn rief, noch etwas, das seine Vorstellungskraft ihm vorgaukelte. Es lag so viel Herrschsucht darin, so viel Bosheit und unbeugsamer Wille, dass selbst der abtrünnige Zauberer darunter erschauderte. Niemand, der eine gewisse Zeit in Borkavor verbracht hatte, war zu einer solchen Aufforderung fähig …

Sie sind auf dem Weg zu dir. Schon in Kürze werden sie bei dir sein …

Rurak war nun vollends erwacht. Auch wenn es inmitten der Schwärze keinen Unterschied machte, öffnete er die Augen und schaute sich um. Erkennen konnte er natürlich nichts. Aber anders als zuvor, wo ihn die Einsamkeit wie ein gefräßiges Monstrum umlagert und mit messerscharfen Zähnen nach ihm geschnappt hatte, um ihm das dünn gewordene Fleisch seines Verstandes zu entreißen, fühlte er, dass er nicht mehr allein war.

Eine Präsenz war zu spüren, die er lange nicht mehr wahrgenommen hatte … zuletzt an jenem Tag im Dschungel von Arun, als seine Pläne, den Dunkelelfen ins Diesseits zurückzuholen, vereitelt worden waren. Die Erinnerung an die schmachvolle Niederlage schmerzte ihn noch immer, und in den dunkelsten Stunden war ihm gewesen, als könnte er noch immer das Hohngelächter seiner Feinde hören. Nun jedoch war es verstummt, und alles, was der abtrünnige Zauberer vernahm, war die Stimme, die ein um das andere Mal in seine Gedanken drang.

Komm jetzt. Die Zeit ist reif, mein Diener. Du hast lange genug gewartet.

»Mein Diener?« Rurak sprach die Worte laut aus. Sie klangen hohl und fremd in der Leere seiner Zelle. »Wer spricht da?«

Ahnst du das nicht längst? Hat es dir dein Hass nicht längst verraten?

»G-Gebieter …?« Ruraks Stimme verblasste zu einem Flüstern.

Die Antwort war ein unheimliches Gelächter, von dem der Zauberer wiederum nicht wusste, ob es nicht doch seiner eigenen Einbildung entstammte.

»W-wie ist das möglich?«, fragte er dennoch, sich an den letzten Rest verbliebenen Verstandes klammernd. »Ihr seid tot …!«

Das Gelächter wurde nur noch lauter.

»Mit eigenen Augen habe ich euch zurücksinken sehen in die Grube, der ich Euch entreißen wollte«, bekräftigte Rurak flüsternd. »Wie kann es da sein, dass …?«

Durch heldenhaftes Opfer, lautete die Antwort. *Noch ist die Zeit des Dunkelelfen nicht angebrochen, aber er ist ins Diesseits zurückgekehrt und ruft seine Getreuen. Und dir, Rurak, den sie einst Palgyr nannten, ist es vergönnt, der Erste unter seinen Dienern zu sein.*

»A-aber Gebieter, wie kann ich das?« Rurak schüttelte den Kopf. Trotz der Finsternis, die ihn umgab, fühlte er sich plötzlich beobachtet. »Wisst Ihr denn nicht, wo ich bin?«

An dem Ort, an den auch ich einst gebracht werden sollte. An dem so vielen meiner Anhänger ein unrühmliches Ende widerfahren ist. Aber nicht dir, Rurak, denn du hast mir die Treue gehalten in all den Jahren, hast dich nicht von den Irrlehren des Ordens verleiten lassen.

»Nein, Gebieter, niemals«, versicherte Rurak beflissen. Es war ihm inzwischen egal, ob die Stimme tatsächlich zu ihm sprach oder doch nur aus seinem Inneren kam. Ihm gefiel, was sie sagte, denn es war wie Balsam auf seine von Rachsucht geschundene Seele.

Und willst du mir auch weiterhin dienen?

»Mehr als je zuvor. Mit meiner ganzen Zauberkraft will ich Euch dienen und Euch helfen, jene zu vernichten, die Euren Plänen im Weg stehen.«

Ich habe nichts anderes erwartet. Also verlasse deinen Kerker und tu das, was ich dir sage.

»Meinen Kerker verlassen?« Plötzlich war sich Rurak sicher, dass es doch nur sein eigener angeschlagener Verstand war, der zu ihm sprach.

Du wirst Hilfe erhalten, sagte die Stimme. *Schon sehr bald. Und zweifle nicht an meinen Kräften, denn sie erstarken mit jeder Stunde, die ich länger auf Erden weile. Bald schon werden sie groß genug sein, um unsere Feinde zu vernichten …*

Die Stimme verhallte in der Finsternis der Zelle, und drückende Stille kehrte ein. Nicht einmal die allgegenwärtigen Schreie waren mehr zu hören.

»G-Gebieter?«, fragte Rurak zaghaft. »Gebieter …?«

Er erhielt keine Antwort mehr, und schon Augenblicke später fragte er sich, ob das eigentümliche Gespräch je wirklich stattgefunden hatte. Vielleicht war er ja eingenickt und hatte geträumt. Oder sein Verstand hatte als Folge der langen Kerkerhaft entschieden, eigene Wege zu gehen und sich von seinem Körper zu trennen.

Natürlich, so musste es sein.

Margok konnte unmöglich zu ihm gesprochen haben. Zum einen weilte der Dunkelelf nicht mehr im Diesseits, und selbst wenn noch ein Funke Leben in ihm gewesen wäre, wäre er wohl kaum stark genug gewesen, um an einen Ort wie diesen vorzudringen und die unzähligen Barrieren zu überwinden, die Borkavor von der Außenwelt trennten.

Ruraks Mut sank mit jedem Atemzug. Plötzlich jedoch glaubte er über dem Deckengitter seiner Zelle ein helles Funkeln wahrzunehmen. Oder täuschten ihn seine von der ständigen Dunkelheit träge gewordenen Augen? Er rieb sie sich, bis sie schmerzten, dann spähte er noch einmal empor – und sah fernen Fackelschein.

Jemand hatte den *caras* betreten, wahrscheinlich Elfenwächter mit *anadálthyra* vor den Gesichtern, die ihre Kameraden ablösen sollten. Der Zauberer sah, wie sich der Zug hoch über ihm in Bewegung setzte, der Wölbung der Kuppel folgte und schließlich im toten Winkel seines eingeschränkten Blickfelds verschwand.

Eine Weile lang war nichts zu hören. Dann ein leises Zischeln und Schnauben, und Rurak fühlte abermals eine Anwesenheit, die er so lange nicht mehr gewahrt hatte, dass sie ihm im Laufe seiner Kerkerhaft wie ein Traum erschienen war. Er setzte sich auf der steinernen Pritsche auf und blickte erwartungsvoll zum Gitter empor.

Etwas, das konnte er deutlich fühlen, hatte sich verändert. Die Schwärze in seinem Inneren schien zu weichen, seine Verzweiflung nicht mehr ganz so übermächtig, sein Ansinnen auf Rache nicht mehr ganz so aussichtslos zu sein. Womöglich würde er schon bald – sehr bald – Aufschluss darüber erhalten, ob der Dunkelelf tatsächlich noch am Leben war und inmitten dieser undurchdringlichen Mauern zu ihm gesprochen hatte. Oder ob Rurak der Zauberer wahrhaftig dabei war, den Weg all jener zu beschreiten, die vor ihm in den Kerkern Borkavors gesessen hatten …

Fackelschein erschien oberhalb der Gitteröffnung, der flackend und unstet in die Zelle fiel und Rurak blendete. Es war eine der seltenen Gelegenheiten, bei denen er das karge Innere seiner Zelle zu sehen bekam: kahle Wände aus nacktem Fels, ein steinernes Lager und eine Öffnung im Boden. Nicht gerade angemessen für einen Zauberer, dessen Pläne dahin gegangen waren, als Margoks Helfer über Erdwelt herrschen zu wollen.

Mit kriechenden Schritten, die wenig Elfisches an sich hatten, traten die Träger der Fackeln in sein Sichtfeld. Im ersten Augenblick glaubte Rurak, dass es Trolle wären, aber auch das war nicht der Fall.

Was sich dort oberhalb der Gitteröffnung versammelte, waren weder Elfen noch Trolle. Genau genommen waren es noch nicht einmal Kreaturen im herkömmlichen Sinn, denn sie waren nicht aus der natürlichen Schöpfung hervorgegangen, sondern künstlich gezüchtet worden – in verbotenen Experimenten, die jedes geltende Gesetz missachteten, jedoch das Genie ihres Urhebers offenbarten.

»Dinistrio!«

Rurak flüsterte den Namen, worauf einer der muskulösen und am ganzen Körper von Schuppen bedeckten Krieger über das Gitter trat und sich herabbeugte. Rurak konnte den nach vorn gewölbten Schädel sehen, die Fangzähne und die kleinen, kalten Reptilienaugen – und er wusste, dass er keiner Täuschung erlegen war.

Es war dem Dunkelelfen tatsächlich gelungen, allen Mauern und Barrieren zum Trotz nach Borkavor vorzudringen!

Er hatte ihm Helfer geschickt, die ihn befreien und zurückholen sollten in die Welt der Lebenden. Der Weg dorthin, das ahnte Rurak, würde nicht einfach sein und ihn nicht nur Schmerzen, sondern auch weitere Jahre seines Daseins auf Erden kosten. Er würde sein *lu* schwächen und einen Greis aus ihm machen, doch er hatte keine andere Wahl.

»Was ist mit den Wachen?«, fragte Rurak flüsternd hinauf.

Zur Antwort hielt der Echsenkrieger seine linke Klaue hoch – und Rurak blickte in das Gesicht eines Elfen.

Der Kopf war vom Rumpf getrennt worden, der Mund zu einem stummen Schrei weit aufgerissen.

Die Schrecken von Borkavor, dachte Rurak voller Genugtuung, während schuppenbesetzte Klauen das Zellengitter öffneten, hatten eine neue Bedeutung bekommen.

2. ÁTHYSYR DAI SHAKARA

»Und vorwärts! Nicht so langsam! Das Gewicht gleichmäßig auf beide Beine, verstehst du?«

Granock hörte seine eigene Stimme von der Kuppeldecke der Arena widerhallen und konnte es selbst kaum glauben: Noch vor zwei Jahren war er selbst einer der Novizen gewesen, die in endlosen Übungsstunden im Umgang mit dem *flasfyn* unterrichtet wurden; nun erteilte er selbst die Lektionen. Ein wenig befremdet stellte er fest, dass er sich dabei kaum anders anhörte wie seinerzeit der gestrenge Meister Cethegar …

»Auf beide Beine, habe ich gesagt!«

»Warum?«, fragte der Novize unbedarft zurück.

Die Antwort folgte auf dem Fuß, und zwar im wörtlichen Sinne. Anstatt dem vorlauten Jungen zu erklären, weshalb man beim Kampf mit dem Zauberstab stets mit beiden Beinen auf dem Boden zu stehen hat, rempelte Granock ihn kurzerhand an, worauf der Novize das Gleichgewicht verlor, mit den Armen ruderte und – zur Belustigung seiner Mitschüler – auf dem Hinterteil landete. Schon für einen Menschen war dergleichen eine entwürdigende Erfahrung. Für einen Elfen kam es einem Frevel gleich.

»Deshalb«, erklärte Granock grinsend, wobei er sich sicher war, dass keiner der anwesenden Schüler diese Lektion je vergessen würde. »Es ist wichtig, dass ihr im Kampf stets das Gleichgewicht behaltet, und das könnt ihr nicht, wenn ihr das Gewicht auf ein Bein verlagert. Geht das in deinen Schädel?«

»J-ja«, versicherte der Novize, ein junger Elf aus dem Südreich, der auf den Namen Nimon hörte. Granock streckte ihm die Hand entgegen und zog ihn wieder auf die Beine. Zumindest in dieser Hinsicht unterschied er sich von Meister Cethegar.

»Machen wir eine kurze Pause«, schlug er vor, zur hellen Freude seiner Schüler. Erleichtert stellten sie die Übungszauberstäbe an der Wand ab und setzten sich mit verschränkten Beinen auf den Boden.

Sie alle waren erst wenige Wochen in Shakara und mit den Gepflogenheiten noch nicht vertraut. Granock erinnerte sich lebhaft an seine erste Zeit im Orden der Zauberer. Nicht nur, dass er die Elfensprache mühsam hatte erlernen müssen; ein junger Mitschüler namens Aldur hatte keine Gelegenheit ausgelassen, ihm, dem ersten Menschen in diesen Hallen, das Leben zur Hölle zu machen.

»Wollt Ihr uns eine Geschichte erzählen, Eingeweihter Granock?«, erkundigte sich ein Mädchen, das dem Aussehen nach kaum älter als sechzehn Jahre sein mochte. Granock hatte schon vor langer Zeit gelernt, dass dieser Eindruck bei Elfen täuschen konnte.

»Was für eine Geschichte?«, hielt er dagegen.

»Ist es wahr, dass Ihr den Eingeweihten Aldur mit einem Zauberstab verprügelt habt?«, erkundigte sich Nimon vorlaut, der sich von seiner Lektion schon wieder erholt zu haben schien.

»Wer hat euch das erzählt?«, wollte Granock wissen, aber eigentlich erübrigte sich die Frage. Er blickte an den Neuzugängen vorbei zu den beiden Gestalten, die drüben am Eingang standen und für die Wartung und Instandhaltung der Übungszauberstäbe verantwortlich waren.

Ogan und Caia.

Die beiden waren zusammen mit Granock nach Shakara gekommen, aber anders als bei ihm war ihre Ausbildung noch im Stadium des *garuthan* begriffen. Die erste Prüfung hatten sie schon abgelegt und den *safailuthan*, den theoretischen Teil der Ausbildung zum Zauberer, erfolgreich hinter sich gebracht. Aber sie waren noch keine Eingeweihten, und zumindest Ogan bezweifelte ernstlich, dass er diesen Grad der Reife jemals erlangen würde. Denn darüber entschied keine Prüfung, sondern ganz allein der Hohe Rat;

nur wer sich in besonderer Weise um den Orden verdient gemacht hatte, trat in den dritten und letzten Abschnitt der Ausbildung ein.

Granock warf dem untersetzten Elf, der zu seinen besten Freunden gehörte, einen tadelnden Blick zu. »Gewissermaßen«, gestand er dann.

»Wie ist das passiert?«, wollte Nimon wissen.

»Nun ja, ich ...« Granock suchte nach Worten, um die Angelegenheit möglichst harmlos klingen zu lassen – er konnte ja schlecht erzählen, dass Aldur keine Gelegenheit ausgelassen hatte, um ihm zu schaden, und er sich deshalb mit allen Mitteln hatte verteidigen müssen. »Ich war noch jung damals und ziemlich ungestüm«, erklärte er dann. »Meister Cethegar, der unsere Ausbildung leitete, ließ uns mit dem *flasfyn* gegeneinander antreten. Und da ich bis zu diesem Zeitpunkt nicht wusste, dass ein Stab auch zu anderen Zwecken dienen kann als dazu, einfach zuzuschlagen, habe ich eben zugeschlagen.«

Die Novizen lachten meckernd, auch Ogan und Caia grinsten breit. Die Erinnerung schien ihnen noch immer zu gefallen.

»Cethegar ist der Meister, der damals in Arun gefallen ist, nicht wahr?«, fragte ein anderer Novize, und das Gelächter erstarb.

»Ja«, bestätigte Granock leise.

»Wie ist das damals gewesen? Es muss furchtbar sein, seinen Meister zu verlieren ...«

Granock schloss einen Atemzug lang die Augen. Fast schien es ihm, als wäre er rings von dichtem Grün umgeben. Er roch den Moder und die Fäulnis, sah die steinerne Bestie und hörte gellende Schreie ...

»Das ist es«, versicherte er nickend. »Allerdings ist Cethegar nicht mein Meister gewesen, sondern der der Eingeweihten Alannah. Aber ich bitte euch, sie nicht danach zu fragen, denn die Erinnerungen sind für sie noch immer schmerzlich, trotz all der Zeit, die vergangen ist.«

»Und ist es wahr?«, erkundigte sich Nimon. »Stimmt es, was man im Südreich erzählt? Dass der Dunkelelf ins Leben zurückkehren wollte?«

Die Heiterkeit, die vorhin noch die Kuppel erfüllt hatte, war mit einem Mal nur noch eine ferne Erinnerung. Wie immer, wenn die Rede auf derlei Dinge kam. Granock konnte die Furcht der jungen Novizen beinahe körperlich spüren, ihre Neugier und ihre Unsicherheit. Gebannt schauten sie ihn an.

»Es ist wahr«, gestand er. »Ein Zauberer, der diesem Orden angehörte, wandte sich von seinen Brüdern ab und versuchte, die sterbliche Hülle Margoks wieder zum Leben zu erwecken. Glücklicherweise konnten wir ihn daran hindern, aber ich …«

Granock biss sich auf die Zunge. Die blassen Gesichter, in die er blickte, waren auch so schon verängstigt genug – ohne dass er Einzelheiten preisgab und ihnen vom Verrat der Meisterin Riwanon erzählte oder davon, dass es in den vergangenen zwei Jahren kaum eine Nacht gegeben hatte, in der er nicht von jenen grässlichen Ereignissen geträumt hatte und schweißgebadet aus dem Schlaf geschreckt war. Sein menschliches Naturell schien einfach nicht mit den Schrecken fertig zu werden.

Nimon und die anderen starrten ihn wissbegierig an und warteten darauf, dass er seinen Satz zu Ende brachte. Entsprechend froh war er, als die Tür zum Übungsraum aufglitt und genau jener Elf erschien, dem er vor etwas mehr als zwei Jahren tatsächlich just an dieser Stelle eine Tracht Prügel verpasst hatte.

»Was denn?« Über die schmalen, fast asketisch wirkenden Züge huschte ein Lächeln, seltene Heiterkeit sprach aus den stahlblauen Augen. »Gibst du schon wieder mit deinen angeblichen Heldentaten an?«

»Aldur!«

Das unverhoffte Auftauchen des Freundes ließ Granock für einen Augenblick alles andere vergessen. Er wandte sich von seinen Novizen ab und ging dem Elfen entgegen, umarmte dessen hagere Gestalt. Früher wäre es Aldur niemals in den Sinn gekommen, eine solch bäuerische Bekundung menschlicher Zuneigung über sich ergehen zu lassen, doch inzwischen erwiderte er sie sogar.

»Seit wann bist du wieder hier?«

»Eben erst angekommen.«

»Und? Wie war es draußen in der *yngaia*? Du musst mir alles erzählen.«

»Das werde ich«, versicherte Aldur ruhig, jetzt wieder ganz ein Sohn seines Volkes. »Wie ich sehen kann, arbeitest du mit den Novizen.«

»Meister Farawyn hielt es für eine gute Idee«, erklärte Granock ein wenig verlegen. »Er meinte, ich könnte ihnen ein paar besondere Tricks beibringen.«

Aldur grinste. »Davon bin ich überzeugt. Hast du ihnen auch von der Lektion erzählt, die ich dir im Umgang mit dem *flasfyn* erteilt habe?«

»Du mir?« Granock hob die Brauen. »Wenn ich mich recht entsinne, bin nicht ich es gewesen, der am Ende mit brummendem Schädel auf seinem Hintern saß.«

Beide lachten und umarmten einander erneut, was zumindest einige der Novizen mit Befremden zu erfüllen schien. »Eingeweihter Aldur?«, fragte einer von ihnen. Die Ehrfurcht war seiner Stimme deutlich anzumerken.

»Ja, Novize?«

»Warum unterrichtet Ihr uns nicht im Umgang mit dem *flasfyn*?«

»Weil ich dazu nicht beauftragt wurde, Novize«, erklärte Aldur kurzerhand.

»Ich verstehe«, räumte der junge Elf ein, aus dessen Blick grenzenlose Bewunderung sprach. »Aber wärt Ihr nicht die bessere Wahl? Könntet Ihr uns nicht sehr viel mehr beibringen als ein Mensch?«

Granock zuckte noch nicht einmal innerlich zusammen. Er hatte sich längst daran gewöhnt, dass Elfen ihm zunächst mit Misstrauen begegneten. Selbst sein Anteil an der Aufdeckung von Palgyrs Verschwörung hatte daran nicht allzu viel geändert. Angesichts der Tatsache, dass es in den von Menschen besiedelten Ostlanden wiederholt Unruhen gegeben hatte und einige Clansherren sich mehr oder weniger offen gegen die Krone stellten, konnte er es ihnen nicht einmal verübeln.

Anders als Aldur.

Der Eingeweihte straffte sich, und seine ohnehin schon schmalen Elfenaugen verengten sich zu Schlitzen, durch die er den Novizen durchdringend taxierte.

»Wie heißt du?«, wollte er wissen.

»Eoghan«, drang es leise zurück.

»Eoghan«, wiederholte Aldur. »Somit trägst du einen großen, königlichen Namen – den du soeben mit Unehre beschmutzt hast.«

»Mit Unehre?« Der Novize schnappte erschrocken nach Luft. »Aber ich …«

»Dieser Mann«, verkündete Aldur, auf Granock deutend, »ist ein Mitglied unseres Ordens, und er ist ebenso mein Bruder, wie es jeder Sohn Sigwyns ist, der in diesen Hallen wandelt. In dunkelster Stunde habe ich Seite an Seite mit ihm gekämpft und würde ihm jederzeit mein Leben anvertrauen. Wer sich erdreistet, seine Fähigkeiten anzuzweifeln oder seine Loyalität infrage zu stellen, der muss mir persönlich Rede und Antwort stehen. Habt ihr das verstanden?«

Er ließ seinen Argusblick über die Novizen streifen und erntete eifriges Nicken. Granock, der ebenso geschmeichelt war wie peinlich berührt, senkte den Blick.

»Es tut mir leid, Eingeweihter Aldur«, beeilte sich Eoghan zu versichern. »Ich wollte nicht …«

»Für Entschuldigungen ist es zu spät, Novize«, stellte Aldur klar. »Wer meinen Bruder beleidigt, der beleidigt auch mich, und das werde ich nicht ungestraft hinnehmen. Du wirst den *dysbarth* verlassen und dich umgehend bei Meister Duran melden. Du wirst dich aller deiner Kleider entledigen und zehn Tage und zehn Nächte in einer der Eiskammern verbringen. Dort wirst du darüber nachdenken, was es bedeutet, einen Mitbruder zu beleidigen.«

»J-ja, Eingeweihter Aldur«, bestätigte der Junge stammelnd. Das Entsetzen war seinen kreideweißen Zügen deutlich anzusehen.

»Aldur«, raunte Granock. So dankbar er seinem Freund dafür war, dass er für ihn Partei ergriff, so überzogen fand er die Strafe. Er hatte andere Mittel und Wege gefunden, um aufsässige Novizen dazu zu bringen, ihre Nase weniger hoch zu tragen.

»Du ergreifst für ihn Partei?«, fragte Aldur ihn in einer Mischung aus Wut und Erstaunen. »Obwohl er deine Fähigkeiten als Lehrer öffentlich angezweifelt hat?«

»Nur weil er meine Fähigkeiten öffentlich anzweifelt, bedeutet das nicht, dass ich keine habe«, konterte Granock gelassen. »Außerdem kannte ich einst einen jungen Elfen, der ähnlich dachte und nicht weniger hart in seinem Urteil war …«

Was in Aldurs Innerem vorging, war nicht festzustellen, seine Miene blieb unbewegt. »Fünf Tage«, erklärte er schließlich. »Das ist mein letztes Wort. Und bedenke, Novize Eoghan, dass es Menschlichkeit war, die dir die Hälfte der Strafe erspart hat.«

»Ja, Eingeweihter Aldur.« Der junge Elf verbeugte sich tief und respektvoll.

»Und jetzt geh mir aus den Augen.«

Eoghan verbeugte sich abermals. Dann flüchtete er rasch aus der Halle. Seine Knie waren sichtlich weich dabei. Wahrscheinlich, so nahm Granock an, würde er sich übergeben, sobald er die Arena verlassen hatte. Manche Dinge änderten sich vermutlich nie.

Die übrigen Novizen vermieden es, ihrem menschlichen Lehrer in die Augen zu schauen. Die meisten blickten betreten zu Boden oder zur Kuppeldecke hinauf, andere kehrten zu ihren Übungszauberstäben zurück und taten so, als würden sie sie prüfen. Die restliche Unterrichtsstunde, da war Granock ganz sicher, würde ohne weitere Zwischenfälle verlau…

Da bist du ja!

Die helle Stimme, die durch sein Bewusstsein quäkte, unterbrach Granocks Gedankengang. Er wandte sich dem Eingang zu, wo eine untersetzte, nur eineinhalb Ellen große Gestalt erschienen war, die blattgrüne Kleidung trug und einen umgedrehten Blütenkelch auf dem Kopf. Als Granock den Kobold Ariel zum ersten Mal in dieser Montur erblickt hatte, hatte er sich ausgeschüttet vor Lachen. Inzwischen war Ariel sein persönlicher Diener, und an die Blütenmütze hatte sich Granock ebenso gewöhnt wie daran, dass Kobolde sich mittels Gedankenübertragung zu unterhalten pflegten. Und dass der ehemalige Hausmeister dabei gern einen flapsigen Umgangston anschlug …

Ist dir klar, was es heißt, die halbe Ordensburg auf Füßen absuchen zu müssen, die so klein sind wie meine?, maulte Ariel missmutig.

»Ich habe dir gesagt, wohin ich gehe«, konterte Granock. »Leider sind deine Ohren genauso klein wie deine Füße.«

Versuchst du jetzt auch noch, witzig zu sein? Als ob es nicht genügen würde, dass ein Mensch das Zaubern lernt!

Granock musste grinsen. Sich fortwährend über etwas zu beschweren, gehörte ebenso zu Ariel wie die dicken Pausbacken und die spitze Nase. Aber es änderte nichts daran, dass er ein treuer und zuverlässiger Diener war.

»Was gibt es?«

Meister Farawyn wünscht dich zu sprechen. Und den hochnäsigen Elfenbengel gleich mit.

Granock war froh darüber, dass Aldur von ihrer Unterhaltung nichts mitbekam. Die eigenen Gedanken abzuschirmen gehörte zu den Dingen, die einem als Erstes beigebracht wurden, wenn man nach Shakara kam. Ariel hatte nie ein Hehl daraus gemacht, dass er Aldur nicht besonders leiden konnte, auch wenn Granock keine Gelegenheit ausließ, die Vorzüge seines Freundes aufzuzählen.

»Verstanden«, bestätigte er nur.

»Gibt es Probleme?«, wollte Aldur wissen.

»Wir sollen zu Farawyn, alle beide«, erklärte Granock knapp. »Ogan?«

»Ja, Granock?« Der Freund näherte sich nur zögernd. Furcht stand in seinen Augen zu lesen, die fraglos Aldur galt. Wegen seines rundlichen Körperbaus und seiner vergleichsweise harmlosen Gabe, es regnen zu lassen, hatte Aldurans Sohn den armen Ogan schon häufig vorgeführt.

»Ich möchte, dass du mit dem Unterricht fortfährst.«

»Ich? Aber ich bin nur ein Aspirant …«

»Du weißt, wie man mit dem *flasfyn* umgeht, oder nicht?«

»Nun ja.«

»Dann lehre sie den Schattenkampf. Oder bring ihnen zur Not bei, wie man jemandem das Ding über den Schädel haut«, fügte Granock grinsend hinzu. »Kriegst du das hin?«

»Ich denke schon«, versicherte der Elf, und ein Lächeln plusterte seine ohnehin schon vollen Wangen.

»Dann immer zu«, forderte Granock ihn auf, während Aldur und er sich zum Gehen wandten.

Wenn der Älteste des Ordens zur Besprechung rief, ließ man ihn besser nicht warten.

Auf dem Weg zur Kanzlei hatten sie erstmals Gelegenheit, sich zu unterhalten. Níobe, Aldurs Koboldsdienerin, war damit beschäftigt, seine Sachen auszupacken, und Granock hatte Ariel gebeten, ihr dabei zur Hand zu gehen – nicht, weil sie Hilfe gebraucht hätte, sondern weil er mit Aldur allein sein wollte. Und weil er wusste, dass der gute Ariel insgeheim ein Auge auf die kesse Níobe geworfen hatte …

»Und?«, erkundigte er sich, während sie durch die von blauem Kristallfeuer beleuchteten Gänge schritten. »Wie ist es da draußen gewesen?«

»Kalt«, entgegnete Aldur nur. »Schnee und Eis, wohin man blickt. Man fragt sich, wie diese Kreaturen das aushalten.«

Granock schaute ihn von der Seite an. »Und? Bist du erfolgreich gewesen?«

»Soll das ein Scherz sein?« Aldur schüttelte den Kopf. »Du weißt, ich habe nichts mehr dagegen, auch Menschen in den Orden aufzunehmen. Aber Farawyn hatte schon bessere Ideen, als ausgerechnet unter den Eisbarbaren nach Begabten zu suchen. Diese Kerle können von Glück sagen, wenn sie sich aus Dummheit nicht alle gegenseitig erschlagen – das ist Gabe genug.«

Granock musste lachen. Trotz aller Vorbehalte hatten sich die Zauberer von Shakara bereit erklärt, außer Granock noch weitere Menschen in den Orden aufzunehmen. Voraussetzung dafür war allerdings, dass sie wie jeder andere Anwärter über *reghas* verfügten, jene einzigartige magische Gabe, die jeder Zauberer sein Eigen nannte. Eine rege Suche nach magischen Talenten hatte daraufhin eingesetzt, die sich nicht nur auf die Ostlande, sondern auch auf die Außenbezirke erstreckte, und es war Farawyn selbst gewesen, der darauf bestanden hatte, auch die Barbaren des Nordens einzubeziehen. Und das, obwohl es selbst unter den Menschen eine ganze Reihe gab, die behaupteten, die grobschlächtigen und am ganzen Körper behaarten Bewohner der südlichen *yngaia* gehörten nicht zu ihrer Art.

Dass ausgerechnet Aldur die zweifelhafte Ehre zugefallen war, die Eiswüste nach Anwärtern zu durchsuchen, war sicher kein Zufall gewesen. Noch war ihre Ausbildung zum Zauberer nicht abgeschlossen, und Granock nahm an, dass Farawyn Aldur eine Lektion hatte erteilen wollen – in Kälte, in Demut oder was auch immer. Er hatte schon vor langer Zeit damit aufgehört, die Handlungen seines Meisters zu hinterfragen.

»Und Alannah?«, fragte Aldur.

»Was soll mit ihr sein?« Granock zuckte mit den Schultern. »Sie ist noch immer in Tirgas Lan.« Er gab sich Mühe, unbekümmert zu klingen, damit sein Freund nicht merkte, wie sehr ihm Alannah fehlte, die ebenso schöne wie kluge Elfin, die das Dreigestirn ihrer Freundschaft ergänzte. Gemeinsam hatten sie die erste Prüfung bestanden, gemeinsam die Hölle von Arun durchlebt. Seither waren sie unzertrennlich.

Zumindest theoretisch …

»Noch immer?«, fauchte Aldur und sprach ihm damit aus der Seele. »Aber es sind nun schon vier Monate!«

»Du weißt doch, sie wollte alte Freunde besuchen, aus der Zeit, als sie noch ein Kind der Ehrwürdigen Gärten war«, brachte Granock in Erinnerung. »Schließlich erlässt Lordrichter Mangon nicht jeden Tag eine Amnestie.«

Unwillkürlich musste er an die dramatischen Ereignisse denken, die Alannah zum Orden geführt hatten. Als Elfin von hohem Geblüt war sie in der Obhut der Ehrwürdigen Gärten aufgewachsen. Eines Tages hatte Iwein, der jüngste Sohn des Fürsten von Andaril, sie dort beim Baden beobachtet, und Alannah, von Scham und Furcht überwältigt, hatte sich mit ihrer Gabe zur Wehr gesetzt, von der sie bis zu diesem Augenblick noch nichts geahnt hatte. Von einer Eislanze durchbohrt, war Fürst Erweins Sohn tot niedergesunken und Alannah des Mordes beschuldigt worden. Die Flucht nach Shakara war ihre einzige Möglichkeit gewesen, doch die Ereignisse von Arun und der wesentliche Anteil, den sie bei der Aufdeckung der Verschwörung gespielt hatte, hatten sie in den Augen des Lordrichters rehabilitiert.

»Ehrwürdige Gärten hin oder her«, murrte Aldur. »Wir sind ihre Freunde, hat sie das vergessen? Ihr Platz ist hier in Shakara und nicht in Tirgas Lan ...«

Sein Lamento wäre wohl weitergegangen, hätten sie nicht in diesem Moment das Vorgewölbe der Kanzlei erreicht. Mehrere Meister – unter ihnen auch Syolan der Schreiber und Tarana von der Zauberstab-Kongregation – hockten an den länglichen Tischen und waren in das Abfassen von Berichten vertieft. Falun, eine noch junge Rätin des linken Flügels, begrüßte die beiden Eingeweihten und führte sie durch den Säulengang zur Kanzlei. Die mächtigen Pforten schwangen auf, und Granock und Aldur sahen sich den beiden Ältesten des Ordens gegenüber.

Semias und Farawyn.

Vater Semias trug den Titel nicht nur ehrenhalber; infolge seiner gebückten Gestalt, des schlohweißen Haars und des Bartes, der ihm fast bis zum Bauch hinabreichte, sah er tatsächlich so aus, als weilte er schon länger als jedes andere Ordensmitglied auf dieser Welt. Wer den sanftmütigen, stets auf Ausgleich bedachten Zauberer jedoch näher kannte, der wusste, dass die Verschwörung Palgyrs und noch mehr der Verlust seines Freundes Cethegar sein *lu*, die Lebensenergie, die jedem Elfen innewohnte, beträchtlich gemindert hatten.

Auch an Farawyn waren die Vorfälle von Arun nicht spurlos vorübergegangen, aber im Vergleich zu Semias war er von geradezu jugendlicher Kraft erfüllt. Anders als die meisten Mitglieder des Ordens trug er das grauschwarze Haar und den Kinnbart kurz geschnitten, und aus seinen dunklen Augen sprach ein eiserner, unbeugsamer Wille. Seine Robe war von dunkelblauer Farbe und trug den stilisierten Elfenkristall auf der Brust, den er sich als Siegel gewählt hatte.

Sowohl an der Miene seines Meisters als auch an der des alten Semias konnte Granock sofort erkennen, dass etwas nicht stimmte. Während Farawyn auf seinen Lindenholzstab gestützt auf und ab ging, saß Semias am Ende der langen Beratungstafel, zusammengesunken und das Kinn auf die knochige Hand gestützt. Weder gab es ein Willkommen für Aldur noch ein freundliches Wort für Granock.

»Gut, dass ihr gekommen seid«, war alles, was Farawyn zur Begrüßung sagte. Dann deutete er auf zwei freie Stühle an der Tafel. »Setzt euch. Bruder Semias und ich haben mit euch zu reden.«

»Falls es um die Handhabung der *flasfyn*-Ausbildung geht«, meinte Granock, während Aldur und er Platz nahmen, »so möchte ich dazusagen, dass ich …«

»Nein, Sohn.« Semias schüttelte den Kopf. Über seine faltigen Züge glitt der Anflug eines Lächelns. »Darum geht es nicht, obwohl ich es wünschte. Glückliche Zeiten sind es, in denen wir uns um Nichtigkeiten sorgen.«

Granock kannte den Ausspruch. Es war ein Zitat aus dem Prolog der »Geschichte des Großen Krieges der Völker«, die ein Meister mit Namen Nevian vor vielen Jahrhunderten verfasst hatte. Das Studium der alten Schriften gehörte ebenfalls zur Ausbildung eines Zauberers, und wenn Semias wörtlich daraus zitierte, so signalisierte er damit, dass bedeutsame Dinge vorgefallen waren. Dinge von möglicherweise historischen Ausmaßen …

Granock merkte, wie seine Kehle trocken wurde. Seine Hände krallten sich in die Stuhllehnen, bis die Knöchel weiß hervortraten. »Was ist geschehen?«, fragte er gepresst – obwohl Farawyn ihn unzählige Male deswegen ermahnt hatte, war er seine Gewohnheit, Fragen zu stellen, nie ganz losgeworden. Ein Elf hingegen pflegte geduldig zu warten, bis, wie es hieß, die Weisheit zu ihm kam.

»Zwei Jahre lang«, erwiderte Semias leise, »war uns eine Zeit der Ruhe vergönnt …«

»Der trügerischen Ruhe«, verbesserte Farawyn, der seinen Stab in die dafür vorgesehene Halterung an der Wand gelegt und sich dann ebenfalls gesetzt hatte. »Ich war immer der Ansicht, dass sie nicht ewig währen würde. Zu vieles sprach dagegen.«

»Ich habe deinen Ausführungen stets mit Interesse gelauscht, Bruder Farawyn«, versicherte Semias. »Dennoch hatte ich wie wohl so viele Schwestern und Brüder unseres Ordens gehofft, dass sich deine Befürchtungen als unbegründet erweisen, dass die Geschichte uns nicht noch eine weitere Lektion erteilen würde. Aber damit habe ich mich wohl geirrt. Auch wenn ich nicht weiß, welchen Fehler wir begangen haben.«

»Der Fehler«, sagte Farawyn unbarmherzig, »bestand darin, ihn am Leben zu lassen. Er hätte getötet werden müssen und verbrannt und seine Asche in alle Winde zerstreut. Nur dann wären wir sicher gewesen.«

Semias' Mund klappte in namenlosem Schrecken auf und zu. Der Älteste wirkte hilflos, wie ein Fisch, der auf dem Trockenen lag und nach Atem rang. Die Todesstrafe war unter Elfen längst abgeschafft worden und wurde als unzivilisiert und barbarisch erachtet. Ihr so unverhohlen das Wort zu reden, wie Farawyn es gerade getan hatte, kam einem Frevel gleich. Dass Semias nicht widersprach, ließ jedoch darauf schließen, dass es bei der ganzen Angelegenheit nur um jene Person gehen konnte, die den Orden wie kaum eine andere getäuscht und hinters Licht geführt hatte …

»Palgyr«, sprach Granock seinen Gedanken laut aus. »Es geht um Palgyr, nicht wahr?«

»Nenne ihn nicht so«, wehrte Semias ab. »Unser Mitbruder dieses Namens existiert nicht mehr. An seine Stelle ist der Verräter getreten, der sich Rurak nennt.«

»… und der aus Borkavor entkommen ist«, fügte Farawyn ebenso leise wie düster hinzu.

»Was?« Während Aldur nach außen hin keine Regung zeigte, konnte Granock kaum an sich halten. »Das darf nicht wahr sein! Wann ist das geschehen?«

»Vor zwei Tagen«, erwiderte Farawyn knapp.

»Aber … wie?« Granock hatte Mühe, sich zu fassen. »Ich dachte, Borkavor wäre ein sicherer Ort!«, rief er. »Sagtet Ihr nicht, dass noch niemandem der Ausbruch gelungen wäre?«

»Das sagten wir, und so ist es auch gewesen«, stimmte Farawyn zu. »Aber wie ihr Menschen treffend zu sagen pflegt, gibt es für alles ein erstes Mal.«

Granock lachte freudlos auf. Farawyn hatte die Eigenart, auch bestürzende Wahrheiten gelassen auszusprechen. Dabei war zu diesem Zeitpunkt noch nicht annähernd abzuschätzen, was Ruraks Flucht zu bedeuten hatte. Unwillkürlich dachte auch Granock, dass es besser gewesen wäre, dem Verräter den Garaus zu machen und dafür zu sorgen, dass er keinen Schaden mehr anrichten konnte. Aber diese Möglichkeit gab es jetzt nicht mehr.

»Wisst Ihr schon, wie es geschehen ist, Vater?«, erkundigte sich Aldur.

»Nein.« Farawyn schüttelte den Kopf. »Ruraks Zelle befand sich im *caras*, dem am besten gesicherten Bereich des Kerkers, aus dem selbst ein Drache nicht zu entkommen vermag. Viele Klafter Fels, stählerne Gitter und auch zahlreiche magische Barrieren umgeben die Zellen. Sie zu umgehen, ist eigentlich unmöglich. Es sei denn …«

»Ja?«, hakte Granock nach.

»Es sei denn, man hat Hilfe«, führte Semias den Satz zu Ende. »Hilfe von außen, um genau zu sein.«

»Von außen?« Granock sah die beiden Ältesten forschend an. »Was wollt Ihr damit sagen, Vater?«

»Ich denke, du weißt sehr genau, worauf wir hinauswollen«, war Farawyn überzeugt.

»Aber … wie könnte das sein?« Granock schüttelte den Kopf. »Die Verschwörung wurde aufgedeckt, Ruraks Pläne vereitelt. Die Rückkehr des Dunkelelfen wurde verhindert, die Aufrührer unter dem Schutt des Pyramidentempels begraben.«

»All das ist wahr«, gab Farawyn zu. »Aber wir wähnten den Dunkelelfen bereits einmal besiegt – und es hätte nicht viel gefehlt, und er wäre zurückgekehrt.«

»Außerdem«, fügte Semias mit brüchiger Stimme hinzu, »wurden nicht alle Verschwörer beim Einsturz des Tempels getötet, wie ihr euch erinnern werdet.«

»Die *neidora* haben überlebt«, sagte Aldur gepresst. »Margoks grausame Leibwächter.«

Das Unbehagen, das ihn beschlich, als er an die zehn Echsenkrieger dachte, die vor langer Zeit aus einer frevlerischen Kreuzung von Elfen- und Reptilienblut hervorgegangen waren, war ihm deutlich anzusehen. »Sie waren nicht zugegen, als wir den Tempel zum Einsturz brachten, und unsere Versuche, sie ausfindig zu machen und zu vernichten, haben sich allesamt als fruchtlos erwiesen.«

»Ich dachte, dass die *neidora* ohne die Bosheit ihres Herrn nicht lange überleben könnten«, wandte Granock ein. »Dass sie schon bald wieder zu Stein erstarren würden.«

»Das nahmen wir an, zumal Rurak es uns gestanden hat«, stimmte Farawyn düster zu. »Aber es wäre nicht das erste Mal, dass er uns belogen hat.«

Granock holte tief Luft. Was er hörte, gefiel ihm nicht, und er hätte am liebsten noch weitere Einwände erhoben. Aber was nützte das, wenn selbst die Weisesten unter den Zauberen Shakaras ratlos waren?

»Trotz ihrer Grausamkeit und Stärke sind die *neidora* tumbe Kreaturen«, erhob Aldur an Granocks Stelle Einspruch. »Ich kann mir nicht vorstellen, dass sie allein Rurak befreit haben sollen.«

»Dann sind wir schon zu zweit, mein junger Freund«, stimmte Farawyn zu. »Es gibt zu viele Rätsel und offene Fragen, als dass sie aus der Ferne beantwortet werden könnten. Bruder Semias und ich haben daher beschlossen, den Vorfall vorerst geheim zu halten und in aller Stille zu untersuchen. Ich werde noch heute Nacht die Ordensburg verlassen und nach Borkavor aufbrechen – und ich möchte, dass ihr beide mich begleitet.«

Granock und Aldur tauschten einen verwunderten Blick. Sie waren nur Eingeweihte; noch vor den Ratsmitgliedern über solch dramatische Vorgänge in Kenntnis gesetzt zu werden, war ohnehin schon mehr, als selbst mancher altgediente Meister erwarten konnte. Dass Farawyn sie bei der Untersuchung auch noch dabeihaben wollte, erfüllte sie mit Ehrfurcht.

»Selbstverständlich«, schränkte Semias ein, als er die zurückhaltende Reaktion der beiden jungen Männer bemerkte, »steht es euch frei, Farawyns Bitte nicht zu entsprechen. Ihr könnt auch in Shakara bleiben und weiter eurem Dienst …«

»Nein, nein«, beeilte sich Granock zu versichern.

»Wir sind dabei«, fügte Aldur in fast schon menschlicher Beflissenheit hinzu. »Wir haben uns nur gefragt …«

»… warum ich euch beide mitnehmen will und keinen Zaubermeister, keinen Angehörigen des Rates«, brachte Farawyn den Satz zu Ende.

Die beiden nickten.

»Das will ich euch sagen: Ich will euch bei mir haben, weil ihr auch damals dabei gewesen seid. Was in Arun geschehen ist, hat ein Band zwischen uns geschaffen, das stärker ist, als jeder Schwur und jeder Eid es jemals sein könnte. Für die meisten Zauberer in Shakara ist Margok nur ein Name aus der Vergangenheit und die Bedrohung höchst abstrakter Natur – ihr beide jedoch wisst, welchem Gegner wir gegenüberstehen. Denn genau wie ich habt ihr dem Bösen ins Auge gesehen und seinen Pestatem gerochen.«

3. ANGHÉNVILA!

Etwas hatte sich verändert, und es war schnell gegangen.

Von einem Augenblick zum anderen schien die Zeit über dem Tal stillzustehen. Der kalte Nordwind, der von den Hängen des Scharfgebirges herunterwehte und den nahenden Winter ankündigte, hatte plötzlich ausgesetzt. Die Schreie der Tiere im nahen Wald waren verstummt, kein Vogel war mehr am Himmel zu sehen. Die Welt schien den Atem anzuhalten, so als wolle sie sich gegen ein nahendes Grauen wappnen …

Hienan ließ die Harke sinken, und mit ihm alle anderen Bauern, die auf dem Dorfacker ihrem Tagwerk nachgingen. In schweißtreibender Arbeit hatten sie dem steinigen Boden, der nach Süden zur Ebene von Scaria abfiel, karge Früchte abgerungen, die sie und ihre Familien mit etwas Glück über den Winter bringen würden. Nun aber war all dies vergessen, denn Unheil lag in der Luft, das konnten die Bewohner von Hod an diesem Morgen ebenso spüren wie die Vögel und die Waldtiere.

Hienan warf einen Blick zu seinem Vetter Kurn, der nur einen Steinwurf von ihm entfernt den Boden beharkt und einen halb gefüllten Korb Rüben neben sich stehen hatte. Auch Kurn hatte die Arbeit unterbrochen, und in seinen von der Feldarbeit gegerbten Zügen stand dieselbe Unruhe, die auch Hienan empfand.

Aber aus welchem Grund? Was war anders als noch vor wenigen Augenblicken?

Plötzlich hörten sie das schaurige Geräusch.

Trommelschlag.

Die schweigende Natur sorgte dafür, dass er deutlich zu vernehmen war, dumpf und aus westlicher Richtung – und er kam rasch näher. Nur zu gern hätte Hienan sich eingeredet, dass es eine der Zwergenpatrouillen wäre, die das Land südlich des Scharfgebirges hin und wieder passierten, die Siedler jedoch unbehelligt ließen. Aber der wilde, unstete Rhythmus und das grässliche Geklirr, das ihn begleitete, machten deutlich, dass es keine Zwerge waren, die sich da näherten.

Hienan wandte sich um und wollte zum Dorf laufen, um die Menschen dort zu warnen, als sein Vetter einen gellenden Schrei ausstieß und mit zitternder Hand nach Westen deutete. Hienan fuhr herum – gerade rechtzeitig, um den bleichen Schädel über dem Hügelgrat auftauchen zu sehen.

Ob er einst einem Menschen, einem Elfen oder einem Zwerg gehört hatte, war nicht mehr festzustellen – jemand hatte ihn bunt bemalt und als grausige Trophäe auf die Spitze einer Standarte gesteckt, die in diesem Moment über den Bergrücken stieg. Voller Entsetzen sah Hienan den dunkelroten, mit Blut gefärbten Stofffetzen, der darunter flatterte und auf den mit ungelenker Hand das Zeichen eines zerbrochenen Knochens gemalt war. Das Geräusch der Trommeln und das Klirren der Rüstungen schwollen an, und noch mehr Standarten und grausige Trophäen kletterten über den Hügel und schoben sich vor den aschgrauen Himmel. Und im nächsten Augenblick erklang der furchtbare Schrei.

»Unholde!«

Einige der Bauern warfen ihre Werkzeuge weg und ergriffen die Flucht. Andere, unter ihnen auch Hienan und sein Vetter, blieben stehen. Nicht, weil sie entschlossen waren, dem herannahenden Feind Widerstand zu leisten, sondern weil sie vor Entsetzen wie erstarrt waren.

Der einzige Unhold, den Hienan je zu sehen bekommen hatte, war tot gewesen. Ein Kopfgeldjäger, den die Dorfgemeinschaft angeworben hatte, damit er den nahen Wald von Orks säuberte, hatte ihn an sein Pferd gebunden und hinter sich hergezogen. Damals war Hienan noch ein Junge gewesen, und er hatte angenommen, dass der Unhold deshalb so grässlich ausgesehen hatte, weil der

Jäger ihn über Stock und Stein geschleppt hatte. Nun jedoch musste er erkennen, dass jeder einzelne der grünhäutigen Krieger einen solch grässlichen Anblick bot.

Grobschlächtige, muskelbepackte Körper, die mit rostigen Rüstungsteilen und Fetzen von Kettenhemden behangen waren. Darüber spannten sich breite Gürtel, an denen die Schädel und das Haar jener hingen, denen sie ein grausames Ende bereitet hatten. Am grässlichsten jedoch waren die Häupter der Unholde anzusehen: Die Unterkiefer waren nach vorn gewölbt, Hauer wie die eines Keilers staken daraus hervor, und aus den kleinen, gelb leuchtenden Augen sprach namenloser Hass. In ihren Pranken hielten die Unholde stählerne Äxte, die einst Zwergenkriegern gehört haben mochten, aber auch steinerne Kriegshämmer und riesige Keulen, sowie den *saparak*, den gefürchteten Kurzspeer mit den Widerhaken und der messerscharfen Klinge, der entsetzliche Wunden zu schlagen vermochte, die vom Biss eines Bären kaum zu unterscheiden waren; wo ein *saparak* hineinfuhr und wieder herausgerissen wurde, hinterließ er zersplitterte Knochen und zerfetztes Fleisch, die keines Heilers Kunst wieder zusammenzuflicken vermochte.

Die Schilde der Orks – so sie überhaupt welche hatten, waren von unregelmäßiger Form und aus allem zusammengeflickt, was die Unholde auf dem Schlachtfeld hatten finden können. Der Rost und das dunkle Blut, die sie überzogen, zeigte an, dass sie eine Weile nicht mehr im Kampf getragen worden waren, aber diese Zeit schien zu Ende zu sein. Hienan gab sich keinen falschen Hoffnungen darüber hin, was die Unholde wollten.

Menschenfleisch …

Immer mehr von ihnen tauchten auf der Hügelkuppe auf, und weitere Standarten gesellten sich zu der grausigen Phalanx. Zuerst war es nur ein halbes Dutzend Krieger, dann zwei Dutzend, dann vier – und schließlich standen so viele von ihnen auf dem Hügelgrat, dass Hienan sie nicht mehr zählen konnte. Der blecherne Ton eines Horns erklang, und noch bevor der schaurige Ruf verklungen war, setzten die Orks zum Sturm auf die Senke an.

Aus Dutzenden von Kehlen scholl schauriges Kriegsgebrüll, und endlich begriff Hienan, dass er fliehen musste, wenn er am Leben bleiben wollte.

»Lauft! So schnell ihr könnt!«, riefen jetzt auch die anderen, warfen ihre Harken fort und begannen zu rennen, während der Boden unter ihren Füßen vom Ansturm der Feinde erbebte. Wie eine Naturgewalt schwappten sie über den Grat und ergossen sich in das Tal. Grobschlächtige Klingen wurden geschwenkt, die grausigen Banner flatterten im Wind – und schon im nächsten Moment wurden die ersten Bauern vom Zorn der Unholde eingeholt.

Speere, mit furchtbarer Wucht geworfen, zuckten durch die Luft und suchten sich Opfer unter den Fliehenden. Aus dem Augenwinkel sah Hienan, wie Nerb, der Sohn des Pflugschmieds, mit derartiger Wucht in den Rücken getroffen wurde, dass die Spitze in der Brust wieder austrat. In einer Fontäne schreiend roten Blutes ging Nerb nieder, und Hienan verfiel in entsetztes Geschrei, während er immer weiterrannte, so schnell ihn seine mit Fell umwickelten Füße trugen.

Plötzlich schoss ihm ein Gedanke durch den Kopf.

Kurn!

Im Laufen fuhr er herum, um sich nach seinem Vetter umzuschauen. Er erschrak, als er sah, dass sich der Hügel hinter ihm grün und schwarz verfärbt hatte. Schon hatten die ersten Unholde den Acker erreicht und trampelten auf ein versprengtes Häuflein Menschen zu, das den verzweifelten Entschluss gefasst hatte, dem Feind Widerstand zu leisten.

Hienan schrie entsetzt auf, als er unter ihnen auch Kurn entdeckte. Breitbeinig und mit erhobener Harke stand sein Vetter da und wartete tapfer auf den Gegner, der sich unaufhaltsam näherte.

Einen Kampf gab es nicht.

Die Orks überrannten Kurn und seine Kameraden kurzerhand. Ein Axthieb traf Kurns Hals mit vernichtender Wucht; noch einen Herzschlag lang hielt sich sein kopfloser Torso aufrecht, dann kippte er von den Beinen.

»Nein! Neeein!«, hörte Hienan sich selbst brüllen, während er sich umwandte und weiterrannte, zurück zum Dorf. Tränen schossen ihm in die Augen, Übelkeit stieg in ihm hoch, sein Herz hämmerte gegen seine Brust, als wollte es bersten.

Er konnte die Fachwerkhütten mit den strohgedeckten Dächern bereits vor sich sehen, nur noch rund zweihundert Schritte entfernt. Die Alarmglocke wurde geläutet, auf dem Dorfplatz herrschte helle Aufregung. Die Menschen kreischten vor Entsetzen und schrien wild durcheinander. Einige versuchten, eine Verteidigung zu organisieren, was zwar tapfer, angesichts des schrecklichen Feindes jedoch aussichtslos war. Andere – vor allem Frauen und Kinder – wandten sich zur Flucht in die nahen Wälder, wieder andere flohen in ihre Häuser, die ihnen vor dem Ansturm der Unholde jedoch keinen Schutz bieten würden. Gleichwohl schlug auch Hienan den Weg zum Haus seines Onkels ein, bei dem er lebte, seit er ein kleiner Junge war. Aber schon im nächsten Moment wurde ihm klar, dass er sein Ziel nicht mehr erreichen würde.

Die Unholde hatten den Acker bereits durchquert und eine Spur der Verwüstung hinterlassen. Jetzt rannten sie durch die Talsohle auf das Dorf zu; die Furcht ihrer Opfer, die sie wie Raubtiere zu wittern schienen, spornte sie nur noch mehr an.

Gehetzt blickte Hienan über die Schulter – die Orks waren jetzt nur noch einen guten Steinwurf entfernt! Noch deutlicher als zuvor konnte er ihre hässlichen grünen Gesichter sehen, die gelben Augen und die Hauer, von denen stinkender Geifer troff. Er hörte das Stampfen ihrer Schritte auf dem Gras und ihren schnaubenden, stoßweisen Atem.

Er rannte, so schnell er nur konnte, holte das Letzte aus seinen von der Arbeit erschöpften Muskeln heraus. Plötzlich merkte er, wie ihn etwas in das linke Bein biss.

Es war ein stechender Schmerz, der von der Wade aufwärts fuhr. Hienan stieß einen Schrei aus, und ohne dass er es hätte verhindern können, landete er bäuchlings im Gras. Hastig versuchte er, sich wieder aufzurappeln, aber es gelang ihm nicht – denn in seinem linken Bein steckte die Spitze eines *saparak*. Die Klinge hatte den Knochen verfehlt, aber die Widerhaken sorgten dafür, dass sie festhing und ihn am Weiterkommen hinderte. Auf allen vieren schleppte er sich weiter, den Hütten entgegen, die in unerreichbare Ferne gerückt waren.

Ringsum konnte er sehen, wie die Bauern, die mit ihm vom Feld geflüchtet waren, von rasenden Unholden erschlagen wurden. Brandgeschosse zuckten durch die Luft und schlugen in die Dächer, die sofort Feuer fingen. Die Luft erzitterte unter grässlichem Kriegsgebrüll und entsetztem Geschrei. Da fiel ein dunkler Schatten über Hienan.

Er warf sich herum. Ein Ork stand über ihm, grobschlächtig und riesig groß. Das Letzte, was Hienan sah, waren die gefletschten Zähne und die mordlüstern flackernden Augen des Unholds. Dann fiel eine riesige Axt herab.

4. DAI DOMHONA'Y'BORKAVOR

Die Alten Chroniken berichteten, dass in grauer Vorzeit, als weite Teile Erdwelts noch mit Eis überzogen waren, das Land im Osten von Drachen bevölkert war und den Namen Anwar trug. Als sich die Drachen entzweiten und es zum Krieg zwischen ihnen kam, zerriss ihr Zorn das Land und teilte es in die Länder Anar im Norden und Arun im Süden. Dort, wo sich der Erdboden spaltete, entstanden die weite See des *dwaímaras* sowie das Ostgebirge, von den Elfen *mainídian'y'codíalas* genannt, dessen von Schwefeldämpfen durchsetzte Höhlen zur Heimat jener Drachen wurden, die die Katastrophe überlebten.

Die Festungen der *dragdai* erstreckten sich tief ins Innere der Berge, und wie es heißt, gibt es keinen Sterblichen, der sie je erkundet hätte. Die größte und stolzeste dieser Drachenburgen jedoch war Borkavor, der Hort des Feuers; hier hielt einst der Erste Drache Hof, und hier war es auch, wo unter König Parthalon das legendäre Bündnis zwischen Elfen und Drachen beschlossen wurde, das über Jahrtausende Bestand haben sollte und selbst den Großen Krieg überdauerte.

Nachdem die Drachen die Welt verlassen hatten, verwaisten ihre Festungen; die größte von ihnen wurde jedoch von den Elfen in Besitz genommen und einer neuen Verwendung zugeführt. Um vor jenen Abtrünnigen, die dem Dunkelelfen Margok gefolgt waren, für alle Zeit sicher zu sein, wurden sie in den Tiefen Borkavors eingekerkert; umgeben nicht nur von Wänden aus Stein und eisernen Gittern, sondern auch von giftigen Dämpfen, bewacht nicht nur vom Stahl unerschrockener Elfenkrieger, sondern auch von magischen Barrieren. Dort sollten sie bleiben, bis ihr *lu* erloschen und die Gefahr, die sie für die Welt darstellten, auf immer gebannt wäre. Viele Jahrhunderte lang hatten die Kerker Borkavors gute Dienste geleistet, nie war es jemandem gelungen, von dort zu entkommen.

Aber, wie Farawyn so treffend bemerkt hatte, es gab für alles ein erstes Mal …

Der Hohe Rat war weder über Ruraks Flucht noch über die kurzfristig anberaumte Untersuchung in Kenntnis gesetzt worden. Um kein unnötiges Aufsehen zu erregen, hatten Farawyn und die beiden Eingeweihten die Ordensburg zu nächtlicher Stunde verlassen. Borkavor lag weit im Osten, jenseits der *yngaia* und des Eismeers, fernab von jeglicher Zivilisation. Auf dem Landweg nahm die Reise mehrere Wochen in Anspruch und führte durch wildes, von Barbaren bevölkertes Land, doch Farawyn und seinen Begleitern stand ein anderes Fortbewegungsmittel zur Verfügung: eines, das in der Lage war, sie durch die eisig kalte Luft des Nurwinters zu tragen.

Granock erinnerte sich noch lebhaft, was er empfunden hatte, als er zum ersten Mal auf einen *dragnadh* gestiegen war. Furcht, Entsetzen und grenzenlose Verwunderung – von allem war etwas dabei gewesen. Aber da die furchterregenden Kreaturen die einzige Möglichkeit dargestellt hatten, aus Margoks Grabkammer zu entkommen, hatte er sich ihren Flugkünsten anvertraut und es nicht bereut.

Im Grunde, so hatte Farawyn ihm später erklärt, war ein *dragnadh* das, was von einem Drachen übrig blieb, wenn seine Seele den Leib verlassen und die Zeit sein Fleisch vertilgt hatte – das bloße Knochengerüst, das allerdings kraft eines Granock unbekannten Zaubers am Leben gehalten wurde. Da es sich obendrein um einen verbotenen Zauber handelte, war im Rat darüber diskutiert worden, die *dragnadha* zu vernichten. Am Ende war man aber, nicht zuletzt durch Farawyns Zuspruch, übereingekommen, sie in ihrer Existenz zu belassen und den Gelehrten und Alchemisten Shakaras zu Forschungszwecken zur Verfügung zu stellen, was sich nun als Vorteil erwies.

Aus dem Laboratorium Tavalians des Heilers entwendeten Farawyn und seine jungen Schützlinge die *dragnadha* – oder »borgten« sie, wie der Älteste es ausdrückte –, und schwangen sich auf ihnen hinaus in die kristallklare Nacht, die sich über der Yngaia erstreckte. Tief geduckt und sich an die ledernen Sättel schmiegend, die über die bloßen Wirbelknochen geschnallt waren, jagten die drei Reiter durch die Dunkelheit, trotzten der Kälte und dem Wind, der an ihnen zerrte.

Umgeben von der Weite der Eiswüste und einem Meer funkelnder Sterne hing Granock seinen Gedanken nach, während zu beiden Seiten die ledrigen Schwingen des untoten Drachen rauschten. Unzählige Dinge gingen ihm durch den Kopf, einige waren von höchst nebensächlicher Natur, andere nicht.

An seine Ausbildung musste er denken, an all das, was ihm widerfahren war, seit ihn Farawyn in den Gassen Andarils aufgelesen und nach Shakara gebracht hatte.

Und an Alannah …

Das Bild ihrer anmutigen, von weißblondem Haar umrahmten Züge begleitete ihn die Nacht und den darauffolgenden Tag hindurch und erfüllte ihn mit wohliger Wärme. Er trug es selbst dann noch in sich, als die *dragnadha* die in Wolken gehüllten Gipfel des Ostgebirges passierten und schließlich auf einem schneebedeckten Bergjoch zur Landung ansetzten.

Da Granock den Weg nicht kannte, war er stets nur Farawyn gefolgt, der sich an die Spitze der kleinen Gruppe gesetzt hatte. Sein Tier war das erste, dessen Krallen den Boden berührten. Glitzernder Firn wurde aufgeworfen, als der *dragnadh* mit den Flügeln schlug, um seinen Herrn abzusetzen. Auch Granock und Aldur brachten ihre Reittiere zur Landung, allerdings sehr viel weniger elegant. Aldur brauchte mehrere Versuche, bis er seinen *dragnadh* dazu bringen konnte, sich auf der schmalen Felsplattform niederzulassen, die nach zwei Seiten hin steil und in ungeahnte Tiefen abfiel. Granocks Tier setzte so hart auf, dass die bleichen Knochen knackten und es kurz so aussah, als würde es zusammenbrechen.

Müde und erschöpft ließen sich die Reiter aus den Sätteln gleiten. Zwar waren ihre Mäntel aus dem Fell des *bórias* gefertigt und daher überaus wärmend, jedoch hätten sie nicht ausgereicht, den Körper bei dieser Kälte und über eine so lange Zeitspanne hinweg vor Erfrierungen zu schützen. Zauberei hatte den Rest bewirkt, dennoch spürte Granock seine Beine kaum noch, als er endlich wieder festen Boden unter den Füßen hatte und im knirschenden Schnee die ersten Schritte tat.

Sie wurden bereits erwartet.

In graue Umhänge gehüllte Elfenwachen standen am Rand der Plattform. Drei von ihnen – allesamt betagte Krieger, die den Sommer ihres Lebens schon hinter sich hatten, traten vor, um sich um die *dragnadha* zu kümmern. Granock fiel auf, dass der Anblick der ungewöhnlichen Tiere sie nicht weiter störte; vermutlich war dies nicht der erste Besuch in Borkavor, den Farawyn auf diese Weise tätigte. In den letzten Monaten war der Älteste öfter für einige Tage weg gewesen, ohne dass er hätte verlauten lassen, wohin er gegangen war …

»Ehrwürdiger Farawyn!« Der Anführer der Wachen, ein ebenfalls betagter Elfenkrieger mit dünnem Bart und weißem Haar, das ihm bis zur Schulter reichte, verbeugte sich. »Seid uns willkommen in Borkavor.«

»Ich grüße Euch, Hauptmann Llewyn«, nannte der Älteste den Krieger beim Namen und bestätigte damit Granocks Vermutung. »Ich wünschte allerdings, der Grund für meinen Besuch wäre ein anderer.«

»Das geht uns ebenso«, versicherte Llewyn düster. »Wollt Ihr es sehen?«

»Deshalb bin ich gekommen«, bestätigte Farawyn. »Dies sind zwei Eingeweihte unseres Ordens, die mein volles Vertrauen genießen. Aldur, Granock – Hauptmann Llewyn, der Kommandant der Wache von Borkavor.«

Der Offizier verbeugte sich erneut, wobei Granock das Gefühl hatte, dass Llewyns prüfender Blick auf ihm ein wenig länger ruhte als auf Aldur. Er erwiderte die Begrüßung, dann setzte sich die Gruppe in Bewegung.

Schon der Zugang nach Borkavor war mit keiner anderen Pforte zu vergleichen, vor der Granock je gestanden hatte. Abgesehen von zwei eindrucksvollen steinernen Säulen ließ nichts darauf schließen, dass es auf dem einsamen Bergjoch noch etwas anderes gab als Schnee und Eis. Hauptmann Llewyn und Meister Farawyn jedoch gingen zielstrebig auf die Felswand zu, die sich zwischen den Säulen erstreckte – und waren im nächsten Moment darin verschwunden.

»Was, zum …?«

Es kam nur mehr selten vor, aber wenn er besonders überrascht war, verfiel Granock noch immer in die Menschensprache. Verblüfft wollte er stehen bleiben, als Aldur ihn am Arm packte und einfach mitzog. Granock stolperte auf den Fels zu und war sicher, dass er sich die Nase blutig stoßen würde – doch zu seiner Verblüffung traf er auf keinen Widerstand. Als bestünde das massive Gestein aus nichts als leerer Luft, glitt Granock geradewegs hindurch und fand sich im nächsten Moment in einem geräumigen Höhlengewölbe wieder, das von Fackeln beleuchtet wurde und in dessen Mitte es eine Zisterne gab. Einige der Elfenwachen, die hier ihren Dienst versahen, grinsten verstohlen, als sie Granock sahen – offenbar war er nicht der Erste, der das Tor passierte und ein ziemlich dämliches Gesicht dabei machte.

»Da staunst du, was?«, fragte Aldur, dem Granocks Verwunderung ebenfalls nicht verborgen blieb.

»Ein *ar-aragyr*, nichts weiter«, erläuterte Farawyn. »Der Fels wird für einen kurzen Augenblick durchlässig.«

»Wie ist das möglich?«, fragte Granock.

Sein Meister lächelte über seine Unwissenheit, fast wie früher. »Jedes Lebewesen und jedes Objekt«, erklärte er, »besteht aus kleinsten Teilchen, die einander fortwährend umkreisen. Dazwischen befindet sich nichts als leerer Raum. Gelingt es nun, diese Teilchen so zu lenken, dass sie einander ausweichen, ist man in der Lage, feste Materie durchlässig zu machen.«

»Ihr meint – wie Vater Cethegar?«, erkundigte sich Granock in Erinnerung an dessen magische Gabe.

»Nein.« Farawyn schüttelte den Kopf, und ein Anflug von Trauer huschte über seine Züge. »Cethegar war ein Meister unseres Ordens. Der Zauber des *ar-aragyr* wirkt nur für kurze Zeit und ist auf bestimmte Materialien beschränkt. Cetehgar hingegen konnte mit jedweder Art fester Materie verschmelzen – so hat er uns damals in Arun das Leben gerettet, wenn du dich erinnerst. Die Vorzüge des *ar-aragyr* liegen auf einem anderen Gebiet. Denn der Zauber ermöglicht es nicht nur, den Fels zu durchschreiten, sondern prägt sich auch ein, wer ihn passiert hat und aus welchem Grund. Für die meisten, die Borkavor betreten, öffnet er sich niemals wieder.«

»Also ist die Pforte eine Art magischer Wächter?«

Farawyn sandte Granock einen vielsagenden Blick. »Der erste von vielen«, bestätigte er dann.

Inzwischen hatten sie die Eingangshalle hinter sich gelassen und folgten einem breiten Stollen, der tiefer in die Festung führte. Die Wände waren glatt, so als wäre das Gestein unter immenser Hitze geschmolzen – aus dem Wenigen, das er über Borkavor und seine Entstehung erfahren hatte, folgerte Granock, dass es Drachenfeuer gewesen sein musste, das diese Gänge in den Berg getrieben hatte.

Über die Drachen selbst wusste er nur, was er im Zuge seiner Ausbildung über sie gelernt hatte, und das war nicht gerade viel. Fast hätte man glauben können, die Elfen mieden das Thema. Oder auch ihr Wissen über die einstmals größten und mächtigsten Kreaturen Erdwelts war beschränkt.

Nach allem, was Granock erfahren hatte, waren zu der Zeit, als die Elfen von den Fernen Gestaden ankamen und der historische Kalender begann, weite Teile Erdwelts Drachenland gewesen. Über die ersten Begegnungen mit den Töchtern und Söhnen Glyndyrs war nichts bekannt. War es zu einem Streit gekommen? Womöglich sogar zu kriegerischen Auseinandersetzungen? Granock wusste es nicht. Gesichert war hingegen, dass sich Drachen und Elfen unter der Regentschaft Parthalons des Weisen verbündet und über eine sehr lange Zeitspanne in Frieden miteinander gelebt hatten. Mehr noch, die Drachen waren schließlich sogar in den Dienst der Elfenherrscher getreten und hatten über Tausende von Jahren hinweg deren Schätze gehütet.

Aus Gründen, die nicht näher bekannt waren – oder wurden sie nur einfach verschwiegen? –, war die Zeit der Drachen jedoch irgendwann zu Ende gegangen. Ein rätselhaftes Sterben hatte unter ihnen eingesetzt. Die Letzten, die noch verblieben waren, hatten im Krieg auf der Seite des Elfenkönigs gegen Margoks finstere Horden gekämpft, worauf der größte und mächtigste unter ihnen zum Wächter der Königsstadt ernannt worden war; sein Feueratem hatte sie beschützt, bis er von Margok eigenhändig getötet worden war. Aber sein Geist, so hieß es, wache noch immer über Tirgas Lan.

Die Vorstellung, dass jene vorzeitlichen Kreaturen, um die sich so viele Lieder und Erzählungen rankten, einst genau die Höhlen und Stollen bewohnt hatten, die er nun durchschritt, erfüllte Granock mit Ehrfurcht. Selbst Aldur schien davon nicht unberührt zu bleiben.

Unvermittelt entließ sie der Korridor in eine Halle von ungeheurer Höhe. Wenige Schritte vor ihnen endete der Boden und fiel senkrecht ab, um sich in unergründlicher Schwärze zu verlieren. Auch die Decke des Gewölbes war so hoch, dass der Fackelschein sie nicht erreichte. Nur schemenhaft waren die Umrisse riesiger Stalaktiten zu erkennen. Fledermäuse flatterten geräuschvoll dazwischen umher, so als wären sie die winzigen, unscheinbaren Nachkommen jener, die diese Hallen einst beherrscht hatten.

Auf der anderen Seite des Grabens, der vor den Besuchern klaffte und an die fünfzehn Schritte breit war, ragte eine Felswand auf. Darin war, diesmal deutlich als solches zu erkennen, ein Tor eingelassen, das den Körperformen seiner Erbauer angepasst und eher breit als hoch war. Zwei aus dem Stein gehauene Drachenköpfe ragten über dem Tor aus dem Fels, Öllichter loderten in den Augenhöhlen. Das Tor selbst war mit einer riesigen Steinplatte verschlossen, die so massiv wirkte, dass keine Macht der Welt sie bewegen zu können schien.

Hauptmann Llewyn trat an den Rand des Abgrunds und vollführte eine Reihe von Handzeichen und Gesten. Daraufhin war ein markiges Knirschen zu vernehmen, und die Steinplatte senkte sich an mächtigen Ketten herab, die aus den Mäulern der Drachenköpfe kamen. Jedes einzelne Glied war so groß wie ein Wagenrad und so dick wie der Unterschenkel eines Mannes.

Das Quietschen und Ächzen des Mechanismus war unbeschreiblich. Granock fragte sich noch, wie ein Steinquader von solch ungeheurer Größe überhaupt bewegt werden konnte, als die Zugbrücke auch schon mit dumpfem Donner auf ihrer Seite des Grabens auftraf.

»Rasch«, sagte Farawyn nur, und sie überquerten die Kluft mit hastigen Schritten. Granock hatte keine Ahnung, was geschehen würde, wenn sie sich beim Begehen der Brücke zu viel Zeit ließen, und er verspürte wahrhaftig auch kein Verlangen danach, es herauszufinden.

Das schwere Eisengitter, das die Pforte zusätzlich verschloss, hob sich mit ohrenbetäubendem Rattern und ließ die Besucher und ihre Eskorte passieren. Kaum waren sie hindurch, senkte es sich wieder, und in Granocks Bewusstsein verbreitete sich das trostlose Gefühl, eingesperrt zu sein.

Es gab keine Fenster, durch die Tageslicht hereindrang, und die zahllosen Klafter von massivem Fels, die sich über ihnen türmten, drückten auf seine Seele. Dazu kam der beißende Gestank von Schwefeldampf, der schwer in der feuchtwarmen Luft lag. Die behelmten Wachen, die auf dieser Seite des Grabens ihren Dienst versahen, begrüßten die Zauberer respektvoll, fast unterwürfig. Auch wenn sie alle das königliche Zeichen auf ihren Brustpanzern trugen, schienen sie dem Orden jedoch nicht weniger treu ergeben zu sein. Vermutlich, so nahm Granock an, hing dies sowohl mit der gegenwärtigen Verwendung als auch mit der Vergangenheit dieser Festung zusammen.

Erst beim zweiten Hinsehen erkannte er, dass es gar keine Helme waren, die die Wachsoldaten trugen; vielmehr waren es lederne Kappen, deren zu beiden Seiten herabgezogener Wangenschutz eine Auswölbung nach vorn hatte und quer über Mund und Nase verlief. Darin steckte – Granock traute seinen Augen kaum – etwas, das wie der eingerollte Rüssel eines *ilfantodon* aussah. Noch ehe er fragen konnte, erklärte sich die Angelegenheit von selbst. Aus einer Vertiefung in der Wand nahm Llewyn drei der Lederkappen und reichte sie an die Besucher weiter mit der Aufforderung, sie aufzusetzen. Auch der Hauptmann und seine Leute zogen Kappen über, die sie am Gürtel bei sich trugen. Danach trat einer nach dem anderen an den steinernen Trog, der die Mitte der Torkammer einnahm, griff hinein, holte eines der rüsselähnlichen Gebilde heraus und steckte es in die dafür vorgesehene Halterung.

»*Anadálthyra*«, erklärte Aldur, als er Granocks verblüffte Miene bemerkte. »In den Gehäusen lebt eine Schneckenart, die man in den Höhlen Anars findet. Die Tiere atmen Schwefeldampf und geben dabei Atemluft an ihre Umgebung ab.«

»Sie geben sie ab?« Granock schaute den Freund ungläubig an. »Du meinst, wir atmen die … die …« Er stockte, weil ihm das Wort, nach dem er suchte, in der Elfensprache nicht einfiel. Er war sich nicht einmal sicher, ob es überhaupt einen adäquaten Ausdruck für das gab, was den Gedärmen hin und wieder zu entfleuchen pflegte.

»… die Körpergase«, half Aldur diplomatisch aus und grinste übers ganze Gesicht. »Genauso ist es.«

Granock brummte eine halblaute Verwünschung. Dann trat er ebenfalls an das Becken, tat es Aldur und Farawyn gleich und griff nach einem *anadálthyr*. Das Schneckenhaus, das tatsächlich einem eingerollten Rüssel ähnelte, war dunkelbraun und von schieferartiger Beschaffenheit. Das Tier, das darin lebte, war nicht zu sehen, aber das Gewicht des etwa faustgroßen Gebildes war weitaus größer, als Granock es angenommen hatte. Ein wenig zögerlich steckte auch er es in die dafür vorgesehene Halterung, und einer der Elfenwächter war ihm dabei behilflich, den Sitz der Haube seiner Gesichtsform anzupassen. Zuerst bemerkte Granock keine Veränderung – aber dann spürte er, wie sich etwas über seinen Mund und seine Nase stülpte. Weich, schleimig und klebrig! Panik und Ekel überkamen ihn, und er gab einen erstickten Laut von sich.

»Ruhig«, schärfte Farawyn ihm ein. Seine Stimme klang seltsam gedämpft durch den *anadálthyr*. »Das Tier sorgt dafür, dass keine Außenluft mehr in deine Lungen dringt, und das ist gut so. Denn die Dämpfe, die im Inneren Borkavors herrschen, sind so giftig, dass sie dich auf der Stelle töten würden.«

Granock kämpfte die Panik nieder, konnte sich aber nicht zum Atmen überwinden und hielt instinktiv die Luft an. Erst als er merkte, dass ihm schwarz vor Augen wurde, holte er zögerlich Luft. Der entsetzliche Gestank, den er erwartet hatte, blieb aus.

Was der *anadálthyr* von sich gab, war tatsächlich nichts als reine Atemluft.

»Alles in Ordnung?«, erkundigte sich Farawyn.

Granock nickte zögernd, und der Zug setzte sich in Bewegung. Sie verließen das Torhaus durch einen schmalen Stollen, der immer weiter hinabführte. Tatsächlich schienen die Dämpfe mit jedem Schritt intensiver zu werden – Granock erkannte es an den gelben Schwaden, die wie dichter Nebel in der Luft lagen und im Fackelschein unheimlich leuchteten. Schrille Geräusche waren hin und wieder zu hören, die aus den Tiefen des Berges drangen, jedoch nicht eindeutig zuzuordnen waren. Waren es die Schreie verzweifelter Kreaturen, die dort unten ein elendes Dasein fristeten? Waren es irgendwelche Tiere, die in den Höhlen lebten? Oder war es gar der Berg selbst, dessen Gestein unter seiner eigenen Masse und der Last der Jahrtausende ächzte? Alles schien Granock an diesem Ort möglich.

»Du bist verunsichert«, sagte Farawyn, der neben ihm ging. Es war keine Frage, sondern eine Feststellung. »Du fragst dich, wie Elfen einen solch düsteren Ort unterhalten können.«

»Nun – ja«, gestand Granock.

»Auch ich habe mir diese Frage oft gestellt. Die Antwort ist, dass die Welt, in der wir leben, nicht vollkommen ist. Wir Elfen mögen uns damit rühmen, die Krone der Schöpfung zu sein und alle Dunkelheit hinter uns gelassen zu haben, aber es entspricht nicht der Wahrheit. Schon einmal, vor dem Großen Krieg, sind wir diesem Irrtum erlegen und haben teuer dafür bezahlt. Borkavor wurde eingerichtet, um jene zu strafen, die sich gegen das Gesetz gewendet hatten. In Wirklichkeit ist es aber auch eine Bestrafung unserer selbst, ein giftiger Stachel im Fleisch unseres Volkes. Denn solange wir diesen Ort brauchen – und ganz offenbar brauchen wir ihn mehr denn je –, ist er das steingewordene Eingeständnis der Tatsache, dass auch unsere Rasse nicht vollkommen ist und das Dunkel in uns nach wie vor existiert.«

»Aber warum wird dann behauptet, dass es keinen Mord mehr unter den Elfen gebe? Und dass die Todesstrafe abgeschafft worden sei?«

»Sie ist abgeschafft worden«, bestätigte Farawyn. »Was nicht dazugesagt wird, ist, dass es Strafen gibt, die weit schlimmer sind als der Tod – und Verbrechen, die noch schlimmer sind als Mord. Viele Elfen glauben nicht, dass es Borkavor gibt. Sie leugnen diesen Ort ebenso, wie sie unser dunkles Erbe leugnen. Und indem sie die Augen vor der Gefahr verschließen, sind sie die leichtesten Opfer der Dunkelheit. Das ist schon immer so gewesen.«

Der Stollen endete und mündete erneut auf eine Steinbrücke, die sich über eine tiefe Kluft spannte. Orangefarbener Lichtschein drang von unten herauf, der den gelben Nebel beleuchtete, und es wurde schlagartig drückend heiß. Granocks Neugier trieb ihn an den Rand der Brücke, die weder eine Mauer noch ein Geländer besaß, und er spähte hinab. Ein rot glühender Lavastrom ergoss sich weit unten durch den schwarzen Fels.

»Von diesen Flüssen gibt es unzählige«, erklärte Aldur. »Sie verlaufen in südlicher Richtung und durchströmen Anar, das wir auch das ›Land des Feuers‹ nennen, ehe sie sich in unterseeischen Adern in den *dwaímaras* ergießen.«

Granock nickte, einmal mehr tief beeindruckt. Jäh wurde ihm bewusst, dass er trotz all der Zeit, die er nun schon unter den Elfen lebte, so gut wie nichts über sie und ihre Welt gelernt und noch weniger begriffen hatte. Wie sollte er auch? Zwei Jahre waren angesichts ihrer langen und bewegten Geschichte nicht mehr als ein Augenzwinkern; ein Menschenleben würde vermutlich nicht ausreichen, um all ihre Geheimnisse zu ergründen. Granock verstand inzwischen sogar, weshalb die Söhne Sigwyns hin und wieder mit einem gewissen Hochmut auf andere herabsahen.

Sie erreichten die andere Seite der Brücke, wo zwei Elfenkrieger Wache hielten, die beinahe ebenso alt zu sein schienen wie der Fels. Ihr Haar war weiß, ihre Haut hatte die Farbe und Beschaffenheit von altem Leder. Unwillkürlich fragte sich Granock, warum alle Wachen, die in Borkavor ihren Dienst versahen, Greise waren, aber er wollte nicht noch unwissender erscheinen, als er es ohnehin schon war, und daher behielt er seine Neugier für sich. Über eine Treppe, die sich senkrecht hinabwand und deren Stufen entschieden zu hoch waren, um Elfen oder Menschen einen bequemen Tritt zu bieten, gelangten sie rasch weiter in die Tiefe. Am Fuß der Treppe blieb Hauptmann Llewyn stehen.

»Hier ist es gewesen«, erläuterte er. »An dieser Stelle wurden die Wachen aufgefunden.«

»Ich verstehe«, sagte Farawyn nur und machte sich sofort daran, Boden und Wände des Stollens zu untersuchen.

»Aufgefunden?«, fragte Granock. »Es hat bei Ruraks Ausbruch Tote gegeben?«

»Fünf«, entgegnete Farawyn ohne erkennbare Regung.

»Warum habt Ihr das nicht schon früher gesagt?«

»Hätte es etwas geändert?«

Granock antwortete nicht. Es wäre schwer genug gewesen, Worte in der Menschensprache zu finden, die seinen Empfindungen Ausdruck verleihen konnten, geschweige denn welche in der Elfensprache. Aber ihm wurde jäh bewusst, dass der Tod der fünf Wachsoldaten ein neues Licht auf Ruraks Flucht warf; der abtrünnige Zauberer konnte tatsächlich nicht aus eigenem Antrieb entkommen sein. Er musste Hilfe von außen gehabt haben.

»Hier sind sie gefallen«, stellte Farawyn fest und deutete auf eine bestimmte Stelle in der Felswand. »Sie sind enthauptet worden, nicht wahr?«

Hauptmann Llewyn nickte. »Das ist richtig«, bestätigte er verblüfft. »Woher wisst Ihr …?«

»Diese Kerben«, erläuterte Farawyn und deutete auf einige Furchen im Fels, die parallel zum Boden und etwa in Schulterhöhe verliefen, »stammen von Äxten. Spuren von Metall finden sich daran. Und Blut.«

»Aber dieses Felsgestein ist überaus hart. Um eine solche Kerbe zu schlagen, müsste eine Axt mit ungeheurer Wucht geführt werden. Kein Elfenkrieger ist zu so etwas fähig. Und auch kein Mensch oder Zwerg.«

»Richtig.« Farawyn nickte. »Ich denke auch nicht, dass es Elfen, Menschen oder Zwerge gewesen sind, die Rurak befreit haben. Können wir jetzt seine Zelle sehen?«

»Gewiss.«

Der Hauptmann bedeutete ihnen zu folgen, und sie drangen noch tiefer in das unheimliche Höhlensystem ein. Immer öfter glaubte Granock jetzt Schreie zu hören, die durch den gelben Nebel geisterten, und insgeheim war er erleichtert darüber, nicht allein durch diese Stollen wandern zu müssen. »Die Sehnsucht nach Gesellschaft ist die größte Schwäche von euch Menschen«, hatte Farawyn einst zu ihm gesagt, »aber vielleicht auch eure größte Stärke in einer Welt, die mehr und mehr auseinanderfällt …«

An diesem Ort hatte Granock tatsächlich das Gefühl, dass die Welt in Auflösung begriffen war.

Er erinnerte sich, dass er, als er als Kind in den Straßen Andarils gelebt hatte, ohne Familie und ohne Obdach, gerne den Puppenspielern auf dem Marktplatz zugesehen hatte. Ihre Späße und Heiterkeit hatten ihn von seinem Elend abgelenkt und ihm das Gefühl gegeben, dass es jenseits des Unrats und der Armut auch noch etwas anderes geben musste. Doch irgendwann hatte er den Fehler begangen, einen Blick hinter die Kulissen der Puppenbühne zu werfen. Er hatte die Stäbe dort liegen sehen, an denen die Köpfe der Figuren befestigt waren, ohne Leben und ohne Ausdruck. Und er hatte den Puppenspieler gesehen – einen alten Mann, dem man ein Auge ausgestochen hatte und dessen Gesicht rot und aufgedunsen gewesen war vom billigen Wein, den er trank, um seine Not zu vergessen. An jenem Tag hatte Granock erkannt, dass die Dinge oft nicht so waren, wie sie schienen – und während er Farawyn und Aldur durch die dunklen Stollen Borkavors folgte, fühlte er genau wie jener achtjährige Junge. Er war dabei, einen Blick hinter die Kulissen zu werfen und Dinge zu erfahren, von denen er gar nichts wissen wollte.

Sie passierten eine Reihe von Toren, die Farawyn zufolge Bannflüchen unterlagen und magisch versiegelt waren. Auf dem Weg hinein wurde man nicht am Passieren gehindert; wer jedoch hinauswollte und nicht die entsprechende Befugnis hatte, der merkte plötzlich, dass ihm das Gehör fehlte oder das Augenlicht, oder er konnte sich nur mehr auf allen vieren fortbewegen.

Mit jeder weiteren Pforte, die sie passierten, und mit jedem Graben, den sie überwanden, wuchs Granocks Überzeugung, dass im

Grunde niemand von diesem Ort entkommen konnte. Es sei denn – und diese Sorge schien auch Farawyn zu beschäftigen –, sein Zauber war mächtiger als der der Drachenfestung.

In einem riesigen, kugelförmigen Gewölbe, das von einer weiteren Dutzendschaft hochbetagter Elfenkrieger bewacht wurde und in das unzählige kreisrunde, vergitterte Öffnungen eingelassen waren, endete ihr Marsch.

»Dies«, erläuterte Farawyn, als Aldur und Granock nach oben blickten, staunend angesichts der schieren Größe, »war einst das Herzstück Borkavors. Hier hüteten die *dragdai*, was ihnen am wichtigsten war.«

»Einen Schatz?«, riet Granock. »Gold? Edelsteine?«

»Die Zukunft ihrer Rasse«, entgegnete Farawyn kopfschüttelnd. »Hier wurden einst Dracheneier gelagert, und es gibt nicht wenige, die behaupten, dass es der sicherste Ort in ganz Erdwelt war. Es spricht nicht für unsere Zeit, wenn daraus ein Hort des Lasters wurde, in dem wir unsere dunklen Seiten zu verbergen suchen.« Der Älteste schüttelte den Kopf. »Welche Tür?«, wandte er sich dann übergangslos an Hauptmann Llewyn.

»Jene dort«, erwiderte der Offizier und deutete zu einer Tür hinauf, die sich fast am entgegengesetzten Pol der Kugel befand. Farawyn nickte und ging los, die anderen folgten ihm. Und während sich Granock noch verblüfft fragte, wie sie es schaffen sollten, ohne eine Leiter an jene Öffnung heranzukommen, wurde ihm klar, dass sie bereits die Hälfte des Weges zurückgelegt hatten.

Verwundert wandte er sich um und sah, dass der Eingang, durch den sie das Gewölbe betreten hatten, nun auf halber Höhe der Kugel lag – und dass die Wachleute in rechtem Winkel von der Wand abstanden, obwohl sie nach den Regeln der Natur eigentlich hätten herunterfallen müssen! Und mit jedem Schritt, den Granock sich dem anderen Pol näherte, wanderten sie weiter an der Gewölbewand empor, während er selbst ebenfalls das Gefühl hatte, mit beiden Beinen fest auf dem Boden zu stehen. Ein eindeutiges Oben und Unten schien es im Herzen Borkavors nicht zu geben, es lag jeweils im Auge des Betrachters. Granock geriet ins Wanken und wäre gestürzt, wenn Aldur ihn nicht aufgefangen hätte.

»Sachte, Freund«, meinte der Elf. »Die Wunder Borkavors scheinen etwas zu viel für dich zu sein.«

»Ein wenig«, gab Granock unumwunden zu. »Was, in aller Welt …?«

»Der *caras*«, antwortete Farawyn, der vor ihnen ging. »Eine Welt inmitten unserer Welt, in der die Gesetze der Schwerkraft aufgehoben scheinen. Nur die Drachen sind in der Lage gewesen, etwas Derartiges zu bauen – uns ist es nie gelungen.«

»Und wie?«, wollte Granock wissen, während er sich staunend umblickte. Inzwischen hatten sie die von Hauptmann Llewyn bezeichnete Gittertür fast erreicht, was bedeutete, dass die Wachen am Eingang inzwischen von der Decke hingen wie Eiszapfen im Tempel von Shakara.

»Auch das wissen wir nicht genau. Wir nehmen an, dass sie das Masseverhältnis des Gesteins verändern konnten, wie auch immer ihnen dies gelungen sein mag. Die Drachen sind eine Rasse voller Geheimnisse – und die meisten davon haben sie mitgenommen, als sie Erdwelt verließen.«

»Warum?«

Farawyn drehte sich zu Granock um; ein Lächeln huschte über seine angespannten Züge. »Vielleicht«, mutmaßte er, »weil sie in uns Elfen das erkannt haben, was viele von uns in euch Menschen zu erkennen glauben.«

»Eine Gefahr«, ergänzte Granock.

»So ist es«, stimmte sein alter Meister zu. »Dabei macht dieser Ort unmissverständlich klar, dass es ganz andere Gefahren gibt, die wir fürchten müssen.«

Inzwischen hatten sie die Öffnung erreicht, die auf beklemmende Weise unscheinbar war.

Ein Loch von etwa drei oder vier Ellen Durchmesser klaffte im Boden, das von einem dicken Metallgitter verschlossen wurde. Nach allem, was Granock bislang über Borkavor erfahren hatte, nahm er nicht an, dass das Gitter die einzige Sicherheitsvorkehrung war, aber zumindest war auf den ersten Blick nicht mehr zu erkennen. Darunter befand sich etwas, das man im besten Fall als Höhle bezeichnen konnte – im Grunde war es nur ein dunkles Loch. Ein steinerner Sockel diente als Schlafstatt, eine kleine Öffnung im Boden dazu, die Notdurft zu verrichten. Mehr Einrichtung gab es nicht; alles, was der Gefangene zum Überleben brauchte, musste von außen herbeigebracht werden.

Der Gedanke, in einer solchen Zelle eingesperrt zu sein, erfüllte Granock mit einem Schaudern. Nicht, dass die Kerker in Andaril oder irgendeiner anderen Menschenstadt besser ausgesehen hätten. Aber zum einen deprimierte ihn die Vorstellung, sein Dasein unter einer ungeheuren Masse Fels fristen zu müssen, vor Licht und Tag verborgen; zum anderen hatte er stets geglaubt, dass es einen Ort wie diesen in der so vollkommenen Welt der Elfen nicht geben konnte.

Ein Irrtum …

Mit einem Nicken gebot Farawyn den Wachsoldaten, das Gitter zu öffnen. Welcher Art der Mechanismus war, vermochte Granock nicht zu durchschauen – er sah nur, wie die Eisenstäbe, die das rechtwinklige Geflecht bildeten, sich wie von Geisterhand in den Fels zurückzogen. Das Gitter löste sich auf und gab den Zugang frei.

Ohne Zögern sprang Farawyn in die darunterliegende Kammer und schaute sich um. Granock wollte ihm folgen, wie er es immer tat, aber Aldur und Hauptmann Llewyn hielten ihn zurück. Es war besser, wenn sich der Älteste zunächst allein in der Zelle umblickte, in der bis vor Kurzem noch der Verräter Rurak gesessen hatte. Granock schauderte, wenn er nur an den abtrünnigen Zauberer dachte. Rurak war ein erklärter Feind der Menschen, auch wenn er sich ihrer gern bediente, um seine Ziele zu erreichen …

»Spürst du es auch?«, flüsterte Aldur plötzlich, der dicht neben ihm stand.

»Was meinst du?«

»Die Verzweiflung«, hauchte der Elf. »Sie tränkt die Luft an diesem Ort ebenso wie die Gase aus dem Innern des Berges und zehrt unablässig am *lu*, bis nichts mehr davon übrig ist.«

Granock nickte. Er wusste, dass es *lu* war, die Lebensenergie eines Elfen, die nicht nur über die Länge seines Aufenthalts auf dieser Welt entschied, sondern auch über sein äußeres Erscheinungsbild. In der Theorie waren Elfen unsterblich; ob sich ein Elf als junger Mann präsentierte oder als Greis, ob als Mädchen oder als alte Frau, war allein dem *lu* zuzuschreiben. Ein Leben in jener vollendeten Ausgewogenheit, die die Philosophen des Goldenen Zeitalters gefordert hatten, ließ das *lu* praktisch nie vergehen – ein Ort wie dieser jedoch, der mit all seinen Schatten und finsteren Seiten das genaue Gegenteil davon war, ließ es verlöschen wie eine Kerze im Wind. Dann war die Lebensenergie unwiederbringlich verloren …

»Warum nur merken die Wächter nichts davon?«, erkundigte sich Granock leise bei Aldur.

Der Freund sandte ihm einen düsteren Blick. »Das tun sie«, versicherte er. »Sie alle sind jünger als ich und sehen doch aus wie alte Männer. Es ist der Preis, den Borkavor fordert.«

Granock bedachte Hauptmann Llewyn mit einem verstohlenen Seitenblick. Nun erst wurde ihm klar, welches Opfer der Hauptmann und seine Leute brachten, damit ihr Volk in Sicherheit leben konnte, und er verstand, weshalb Farawyn ihnen mit derartiger Achtung begegnete. Allerdings bezweifelte er, dass man ihren Dienst im Reich zu schätzen wusste. Ignoranz, das hatte Granock schon früh erfahren, war nicht nur eine menschliche Eigenschaft.

Farawyn hatte sich unterdessen in der Zelle umgesehen. Vorsichtig, den Zauberstab aus Lindenholz in der Hand, trat er an den Steinsockel, der Rurak als Schlafstatt gedient hatte, legte die freie Handfläche darauf und schloss die Augen. Dies, wusste Granock, war Farawyns *reghas* – Dinge zu sehen, die anderen verborgen blieben. Es mochte die Zukunft sein oder die Vergangenheit, bisweilen auch Variationen der Gegenwart, durch die Augen eines anderen betrachtet. Damals in Arun hatte Farawyns Gabe ihnen wertvolle Hinweise auf die Identität der Verschwörer geliefert. Vielleicht würde sie ihnen auch diesmal verraten, was genau sich in der Nacht von Ruraks Flucht abgespielt hatte.

Gebannt schauten die Eingeweihten und die Wachen von Borkavor zu, wie der Zauberer sich konzentrierte und in sich selbst versank. Endlos scheinende Augenblicke stand er so, unbewegt und ungerührt, bis er plötzlich einen entsetzten Schrei ausstieß. Farawyn wankte und kam zu Fall, und nun konnte Granock nichts mehr daran hindern, seinem alten Meister zu Hilfe zu kommen.

Kurzentschlossen sprang er in die Zelle hinab. Er spürte die Aura der Kälte und des Todes, die darin herrschte, aber er kümmerte sich nicht darum. Seine Sorge gehörte allein Farawyn, der am Fuß des Steinsockels niedergesunken war. Das ohnehin blasse Gesicht des Elfen war totenbleich geworden.

»Meister! Ist alles in Ordnung mit Euch?«

Granock kniete neben ihm nieder und legte ihm die Hände auf die Schultern. Dabei blickte er besorgt in die edlen, von dunkelgrauem Haar umrahmten Gesichtszüge.

»Es geht schon«, behauptete der Älteste und richtete sich auf. Granocks helfende Hand wies er zurück, offenbar wollte er sich vor den Wächtern keine Blöße geben. »Wenigstens wissen wir jetzt, was geschehen ist.«

»Tatsächlich?« Granock schaute sich in der Zelle um – für ihn hatte sich nichts verändert.

»Hier, auf diesem Stein, hat Rurak gelegen, als es geschah«, erläuterte Farawyn, auf den Sockel deutend. »Ich kann seine verräterische Präsenz noch immer fühlen. Er hat gewartet, die ganze Nacht lang. Er wusste, dass sie kommen würden, woher auch immer.«

»Sie?« Granock hob die Brauen. »Wen meint Ihr?«

»Die *neidora*«, antwortete der Seher offen. »Unsere Vermutung hat sich als richtig erwiesen. Sie sind es gewesen, die in die Zelle eingedrungen sind und den Verbrecher befreit haben. Auch ihre Anwesenheit hat Spuren hinterlassen, die ich noch immer erfühlen kann.«

»Aber wie ist das möglich? Wie konnten die Echsenkrieger all die Sperren überwinden? Wie an den Wachen vorbeikommen?«

»Mit Lug und List – und nicht zu vergessen mit brachialer Gewalt. Ihrer Entstehung nach sind die *neidora* weitläufig mit den *dragdai* verwandt. Das würde erklären, weshalb ihnen die giftigen Dämpfe nichts anhaben konnten.«

»Aber Rurak konnten sie etwas anhaben«, beharrte Granock. »Heißt es nicht, dass keine Kreatur Erdwelts dem Gift widerstehen kann?«

»Der Abtrünnige ist keine Kreatur Erdwelts mehr«, hielt Farawyn hart dagegen. »Außerdem behaupte ich nicht, dass er bei seiner Flucht keinen Schaden genommen hat. Es ist uns nur nicht gelungen, ihn aufzuhalten. Was die Dämpfe betrifft, könnten seine Befreier ihn auch mit einem *anadálthyr* versorgt haben.«

»Aber habt Ihr nicht selbst gesagt, dass die Echsenkrieger zu dumm und zu plump wären, um etwas Derartiges zu ersinnen? Und wie sollen sie an den magischen Toren vorbeigekommen sein? Wie die Sperren gebrochen haben?«

»Nicht aus eigenem Antrieb«, stimmte Farawyn zu, »da gebe ich dir zur Ausnahme recht.«

»Aber das würde bedeuten, dass sie einen Zauber bei sich hatten, der stärker war als alle Bannflüche, die Borkavor schützen!«, ächzte Granock. »Stärker selbst als die Macht der Drachen!«

»Genau das.« Farawyn nickte und starrte einmal mehr düster vor sich hin. »Nun weißt du, warum Ruraks Ausbruch Bruder Semias und mir derartige Sorge bereitet.«

»Es geht gar nicht um Rurak selbst, nicht wahr?«, fragte Granock leise.

»Nein, Sohn – es geht um die Macht, die ihm die Flucht aus Borkavor ermöglicht hat. Die die *neidora* am Leben erhalten und alle Bannsprüche gebrochen hat.«

»Margok«, flüsterte Granock und fühlte sich schuldig dabei, obwohl er nur aussprach, was sein alter Meister dachte.

»Bedeutet das, dass es wieder anfängt?«, erkundigte sich Aldur von oben, dessen feinem Gehör das Gespräch nicht entgangen war.

Farawyn schaute zum Rand der Öffnung hinauf, wo sowohl der junge Elf als auch die Soldaten der Wache standen. Sein Blick jedoch schien in weite Ferne zu reichen, in eine dunkle und blutige Zukunft.

»Nein, mein junger Freund«, entgegnete er mit einer Stimme, die so tief und düster war wie die dunkelsten Kerker Borkavors. »Es bedeutet, dass es niemals aufgehört hat.«

5. ELIDOR BREUTHYR

Es tat gut, wieder zurück zu sein.

Zurück an jenem Ort, an dem alles begonnen hatte.

Das Wissen, ihre Heimat bei Nacht und Nebel verlassen zu haben, als angeklagte Mörderin, die von Glück sagen konnte, wenn sie den Rest ihrer Tage nicht in Borkavor fristen musste, hatte in den vergangenen beiden Jahren wie ein Stachel in Alannahs Fleisch gesessen.

Mit ihrem Gewissen war sie schon vor langer Zeit ins Reine gekommen, nicht zuletzt durch ihren Meister Cethegar, der ihr beigebracht hatte, dass es für sie nur eine Zukunft geben konnte, wenn sie lernte, die Vergangenheit zu akzeptieren. Alannah hatte eingesehen, dass sie keine Schuld an jenem tragischen Unfall traf, bei dem ihre magischen Fähigkeiten erstmals wirksam geworden waren und bei dem der jüngste Sohn Erweins von Andaril den Tod gefunden hatte; und irgendwann war ihr auch klar geworden, dass sie nichts für die rachsüchtige Verblendung konnte, die den Fürsten von Andaril in der Folge befallen und ihn zu einem Werkzeug des Bösen gemacht hatte.

In Arun hatte sie alles darangesetzt, wiedergutzumachen, was geschehen war, und natürlich war die Kunde von den Geschehnissen, die sich im tiefen Dschungel abgespielt hatten, auch an das Ohr des mächtigen Lordrichters Mangon gedrungen, der sie seinerzeit des vorsätzlichen Mordes beschuldigt und unnachgiebig verfolgt hatte, sodass sie nach Shakara hatte fliehen müssen.

Dennoch war der Amnestie, die der Lordrichter schließlich erlassen hatte, ein zähes diplomatisches Ringen vorausgegangen. Nicht nur Meister Farawyn, sondern auch Meisterin Maeve und weitere geachtete Mitglieder des Zauberrats hatten mehrfach in Tirgas Lan vorsprechen und sich für Alannahs Belange einsetzen müssen, und zuletzt hatte sich sogar Vater Semias in die Verhandlungen eingebracht und für ihre Integrität gebürgt. Irgendwann hatte sich Mangon erweichen lassen, und es ging das Gerücht, dass sich Elidor, der König des Elfenreichs, persönlich für Alannahs Straferlass eingesetzt hatte.

Schon wenige Wochen, nachdem die freudige Nachricht in Shakara eingetroffen war, hatte Alannah der Ordensburg den Rücken gekehrt und war nach Tirgas Lan aufgebrochen. Einerseits, um den Ehrwürdigen Gärten nach so langer Zeit wieder einen Besuch abzustatten und Freunden von einst zu begegnen, die sie schmerzlich entbehrt hatte; andererseits aber auch, um dem König ihre Aufwartung zu machen und ihm für seine Unterstützung zu danken.

Alannah hatte viel von Elidor gehört und war ihm auch schon in der Vergangenheit gelegentlich begegnet. Waren diese Begegnungen jedoch stets sehr flüchtiger Natur gewesen, erhielt sie nun erstmals Gelegenheit, den Herrscher des Elfenreichs näher kennenzulernen.

Und ihr gefiel nicht, was sie sah.

Elidor war noch jung, vielleicht zu jung, um das schwere Amt auszufüllen, das ihm der Erbfolge gemäß übertragen worden war. Ihr Ordensbruder Granock, der menschlicher Gewohnheit folgend das Alter eines Elfen stets nach seinem äußeren Erscheinen bemaß, hätte ihn wohl auf achtzehn oder neunzehn Jahre geschätzt; da sich Alter und Aussehen bei einem Elfen nicht zwangsläufig entsprachen und letztlich auch keine Aussage über seine *dwetha*, seine Weisheit trafen, war damit nicht allzu viel gesagt. Doch hinter Elidors jugendlichem Erscheinen wohnte tatsächlich das Herz eines Kindes, und es kam nicht von ungefähr, dass er sich schon zu Lebzeiten einen Beinamen erworben hatte. *Elidor breuthyr* nannte man ihn.

Elidor den Träumer.

Es war nicht nur diese Parallele zum unglücklichen König Ilidador, dessen mangelnde Weitsicht vor langer Zeit so viel Leid über Erdwelt gebracht hatte, die Alannah besorgt stimmte. Es war auch das mangelnde Interesse, das Elidor seinem Amt entgegenbrachte. Viel zu früh war er seinem Vater Gawildor auf den Thron gefolgt, der zu den Fernen Gestaden aufgebrochen war, ohne seinen Sohn je in die Belange der Politik eigeführt zu haben. Und so lagen die Regierungsgeschäfte in Wahrheit nicht in den Händen des gekrönten Herrschers, sondern in denen seiner Berater, allen voran der ebenso kluge wie scharfzüngige Elfenfürst Ardghal, der sich schon in der Vergangenheit nicht eben als Freund des Zauberrats hervorgetan hatte.

Während sich Elidor mit Dichtkunst und Gesang befasste, denen sein junger Geist größeren Reiz abzugewinnen schien als dem Regieren, wuchs die Macht Ardghals und seiner Schranzen beständig. Immer mehr Entscheidungen in Tirgas Lan wurden in Abwesenheit des Königs von seinen Beratern getroffen, was Elidor im Stillen begrüßte, auch wenn es im Widerspruch zu den uralten Gesetzen stand, auf deren Fundament das Elfenreich ruhte.

Während sich Fürst Ardghal alle Mühe gab, Alannahs Anwesenheit bei Hofe so gewissenhaft wie möglich zu ignorieren, war Elidor hocherfreut über ihren Besuch. Genau wie sie war auch der Königssohn in der Obhut der Ehrwürdigen Gärten herangewachsen, sodass sie zumindest dies gemeinsam hatten, auch wenn sie ansonsten Welten voneinander trennten.

»Und erinnert Ihr Euch noch an Nurima?«, erkundigte sich der König, der im Schneidersitz auf seinem Thron saß, ein glückseliges Lächeln im blassen Gesicht. Das glatte blonde Haar fiel ihm immer wieder in die Stirn, worauf er es mit fahrigen Bewegungen beiseitestrich.

»Ihr meint die Aufseherin der Schlafsäle?«, erkundigte sich Alannah, die seitlich auf einer Stufe des Thronpodests saß, dem Herrscher zu Füßen.

»Natürlich! Hat sie Euch auch gescholten?«

»Nicht nur einmal«, gab Alannah zu und musste in Anbetracht der Erinnerung ebenfalls lächeln. »Ich wurde mehrmals dabei erwischt, dass ich das Gebot des *taválwalas* gebrochen habe.«

»Ich ebenso«, gestand Elidor lachend. »Ist es nicht eine unsinnige Regelung, dass innerhalb der Ehrwürdigen Gärten nach Sonnenuntergang nicht mehr gesprochen werden darf? Vielleicht sollte ich mich dafür einsetzen, dass sie aufgehoben wird. Schließlich bin ich der König!«

»Das Gebot des *tavâlwalas*, Hoheit, dient der Ausformung von Gehorsam und Disziplin unter den jungen Elfen und hat durchaus seine Berechtigung«, erklärte Fürst Ardghal, der neben dem Thron stand und die Unterhaltung genau verfolgte. Alannah bemerkte den tadelnden Blick, mit dem der oberste Berater des Königs sie bedachte, aber sie missachtete ihn ebenso, wie er für gewöhnlich ihre Anwesenheit missachtete.

»Es ist eine Tradition«, sagte sie nur.

»Ihr habt recht, Zauberin Alannah«, pflichtete Elidor ihr zu, dessen Heiterkeit in dem Augenblick, als Ardghal das Wort ergriffen hatte, schlagartig verschwunden war. »Mit dem Begriff der Tradition lässt sich manches beschreiben, dessen Verständnis uns im Lauf der langen Zeit entglitten sein mag.«

Es waren die inhaltslosen Worte eines jungen Mannes, der von früher Kindheit an zur Diplomatie erzogen worden war und sie dennoch nicht zu nutzen wusste. Alannah entging nicht, dass Elidor unsicher in Ardghals Richtung spähte. Prompt wusste der Berater etwas zu verbessern.

»Die Besucherin aus Shakara bekleidet den Rang einer Eingeweihten, Hoheit«, verbesserte er. »Das bedeutet, dass sie noch keine Zauberin ist.«

»Ich danke Euch für den Hinweis, Fürst«, entgegnete Alannah spitz. »Aber ich bin sicher, dass der König seiner nicht bedurfte und sich des Unterschieds durchaus bewusst ist.«

»Davon bin auch ich überzeugt«, konterte der Berater ungerührt und taxierte sie aus seinen blauen, zu Schlitzen verengten Augen. »Vielmehr frage ich mich, ob auch Ihr Euch dessen bewusst seid.«

Alannah erwiderte nichts. Ardghal war ein Meister des geschliffenen Wortes und ihr sowohl an Erfahrung als auch an Macht weit überlegen. Sich mit ihm zu messen, wäre ein unsinniges Unterfangen. Die Ablehnung, die aus seinen Worten sprach, war zudem so deutlich, dass selbst Elidor sie bemerkte.

»Warum so feindselig, Fürst Ardghal?«, fragte er, aber es klang nicht so, als erkundigte sich ein König bei seinem Berater, sondern ein Schüler bei seinem Lehrer. »Die Eingeweihte Alannah ist eine teure Freundin.«

»Freundschaft, Hoheit, ist etwas, das verdient sein will.«

»Alannah hat unsere Freundschaft verdient«, versicherte der junge Monarch. »Habt Ihr vergessen, dass sie in Arun dabei gewesen ist? Dass sie die Interessen des Reiches an vorderster Front und unter Einsatz ihres Lebens verteidigt hat?«

»Das habe ich keineswegs vergessen, Hoheit – ebenso wenig, wie Ihr vergessen solltet, dass es ein Angehöriger des Zauberordens gewesen ist, der die Gefahr erst heraufbeschworen hat. Auch er war einst hier vor Eurem Thron und heuchelte Euch Freundschaft.«

»Ihr sprecht von Palgyr dem Verräter«, sagte Alannah. »Wollt Ihr behaupten, dass auch ich eine Verräterin bin?«

»Ich behaupte gar nichts«, versicherte Ardghal in bester diplomatischer Manier und hob abwehrend die Hände. »Als oberster Berater des Königs ist es lediglich meine Aufgabe, Feststellungen zu treffen. Und ich stelle fest, dass es noch selten zu einem guten Ende geführt hat, wenn Shakara einen …«, er unterbrach sich kurz, »… Abgesandten nach Tirgas Lan geschickt hat.«

Die Sprechpause war lang genug, um sie wissen zu lassen, wofür er sie in Wahrheit hielt: für einen Spitzel, den der Orden entsandt hatte, um dem König auf die Finger zu sehen. In der Vergangenheit hatte Ardghal es immer wieder verstanden, seine eigenen Interessen zu denen der Krone zu machen. Auch dies war nichts als ein weiterer Versuch, aber Alannah war nicht gewillt, darauf einzugehen.

»Offen gestanden bin ich nicht sehr beschlagen in der Geschichtskunde«, behauptete sie. »Meisterin Atgyva wäre Euch eine sehr viel wertvollere Gesprächspartnerin als ich.«

»Ich ebenfalls nicht!«, rief Elidor aus, noch ehe Ardghal etwas erwidern konnte. »Seid Ihr auch der Ansicht, dass es kaum etwas

Langweiligeres gibt als das Studium der Geschichte? Dass die Vergangenheit unseres Volkes nichts anderes ist als eine nicht enden wollende Aneinanderreihung langweiliger Eroberungen und Schlachten?«

»Diese langweiligen Eroberungen, Hoheit«, beschied Ardghal, »haben Euch den Thron eingetragen, auf dem Ihr sitzt.«

»Damit mögt Ihr recht haben«, erwiderte der König ungewohnt keck, »aber zum einen habe ich nie gebeten, auf diesem Thron zu sitzen, und zum anderen bin ich, wie Ihr sehr wohl wisst, der Ansicht, dass die edelsten Fähigkeiten unseres Volkes auf ganz anderen Gebieten liegen.«

»Darüber bin ich mir klar«, knurrte der Berater, und indem er Alannah mit einem weiteren vernichtenden Blick bedachte, ließ er sie wissen, dass er niemand anderem als ihr die Schuld für die plötzliche Aufsässigkeit des Monarchen gab.

»Wollt Ihr mir etwas vorspielen, Hoheit?«, fragte sie, um das Thema zu wechseln.

»Nichts lieber als das!« Elidor, der nur auf eine solche Aufforderung gewartet zu haben schien, sprang auf und hastete die Stufen hinab zu seiner Laute, die auf einem dafür vorgesehenen Ständer ruhte – ein wenig abseits des Throns, damit nicht jeder Besucher sofort darauf aufmerksam wurde.

Alannah folgte ihm, Ardghal keines Blickes würdigend. Doch der königliche Berater schien noch nicht gewillt, sich geschlagen zu gaben. »Mit Verlaub, Majestät«, wandte er ein, »das Lautenspiel am hellen Tage ist keine Beschäftigung, die eines Königs würdig wäre.«

»Warum denn nicht?«, fragte Elidor, der schon nach der Laute gegriffen und sich den Sängerkranz aufgesetzt hatte. »Viele Könige des Goldenen Zeitalters haben gesungen. Glyndyr der Prächtige, Parthalon der Weise …«

»Jene Könige sangen, um ihre Taten zu verewigen und sie der Nachwelt zu verkünden«, sagte der Berater. »Ihr hingegen …«

»Ich hingegen«, führte Elidor den Satz pflichtschuldig zu Ende, wobei er die Schultern sinken ließ wie ein Lausejunge, der gescholten wurde, »habe in meiner Regentschaft noch keine Taten vollbracht, derer zu entsinnen sich lohnen würde.«

»Dafür könnt Ihr nichts, Hoheit«, meinte Ardghal großmütig, »denn ein König kann nur so groß sein wie die Zeit, in der er lebt. Aber Euer Streben sollte darauf gerichtet sein, der bestmögliche König zu werden, der in Euch steckt – und das gelingt Euch nicht, indem Ihr Euch im Lautenspiel übt.«

»Nein«, gab Elidor traurig zu und zog sich den Sängerkranz vom Haupt. Die Laute stellte er zurück.

»Aber heißt es nicht in den Schriften Sigwyns, dass sich ein König auch in den schönen Künsten üben soll?«, wandte Alannah ein. »Dass er beschlagen sein soll in Dichtkunst und Gesang …?«

»… um den Geist zu erfrischen, der erschöpft ist vom Kampf und den immerwährenden Schlachten zwischen den Völkern der Welt«, brachte Ardghal das Zitat zu Ende. »Sigwyn wird nicht von ungefähr ›der Eroberer‹ genannt. Er war einer der größten Krieger, die unser Volk jemals hervorgebracht hat, der Einiger des Reiches. Wenn er zu den Musekünsten riet, dann nur, um sich abzulenken vom Lärmen der Waffen. Aber natürlich wusste er zu jeder Zeit, wo seine tatsächlichen Pflichten lagen.«

»Natürlich«, erwiderte Alannah.

»Ich kenne die Schriften der alten Zeit mit einiger Wahrscheinlichkeit besser als Ihr, Eingeweihte, und bedarf keinerlei Nachhilfe darin. Aber Ihr tätet gut daran, das Herz des Königs mit Euren Reden nicht zu verwirren.«

»Verzeiht.« Alannah senkte leicht das Haupt. »Das lag nicht in meiner Absicht. Dennoch frage ich mich, welche Lektionen wichtiger sein könnten als jene der Kunst? Ausgewogenheit, Geschmack, Feingefühl – all diese Tugenden werden durch die Künste vermittelt, und jede davon ist eines Königs würdig.«

»Jede davon«, gab Ardghal zu. »Aber noch ungleich wichtiger sind Voraussicht, Durchsetzungsfähigkeit und Strategie, und Ihr werdet mir zustimmen, dass von diesen Tugenden nicht eine einzige durch die Musen geschult wird. Aus diesem Grund sind Dichtkunst und Gesang keine Beschäftigungen für einen jungen König.«

»Nein? Und was sollte er stattdessen tun, um sich zu zerstreuen?«

»Das *Gem'y'twara* spielen, das nicht von ungefähr so heißt«, entgegnete Ardghal und deutete auf den kleinen runden Tisch, der vor einem der großen Fenster des Thronsaals stand. Durch das Glas waren die Türme des königlichen Palasts zu sehen, über denen das Banner Tirgas Lans wehte.

Alannah kannte *Gem'y'twara*.

Das Spielbrett bestand aus sieben Ebenen, die pyramidenförmig übereinander angeordnet waren. Jeder Spieler hatte acht verschiedene Figuren, die den wichtigsten Tugenden des Elfenkodex entsprachen und die er nach Belieben über die Ebene verteilen durfte: Weiser, Krieger, Heiler, Berater, Forscher, Schreiber, Rechtskundiger und Paladin. Lediglich die oberste Ebene blieb frei. Ziel einer Partie war es, die eigenen Figuren so zu postieren, dass es einer von ihnen gelang, die oberste Plattform zu besetzen. Dabei war es ebenso möglich, gegnerische Figuren zu schlagen wie eigene aus strategischen Gründen zu opfern. Die Figuren hatten, ihren Bezeichnungen entsprechend, verschiedene Eigenschaften, und welche auch immer zuerst die oberste Ebene erreichte, war der König des Spiels.

Es wurde behauptet, dass das Spielen von *Gem'y'twara* das strategische Denken fördere, was wohl einer der Gründe war, weshalb Fürst Ardghal Elidor dazu ermunterte. Andererseits gab die Art und Weise, wie jemand spielte – welcher Figur er den Vorzug gab und wie er sie zum Einsatz brachte –, beredte Auskunft über die Gefühle und Gedanken des betreffenden Spielers. Alannah nahm an, dass es Ardghal auch darum ging, einen Blick in das Innerste seines jeweiligen Gegners zu erheischen.

In den Ehrwürdigen Gärten, deren Schützlinge dazu erzogen wurden, später leitende Positionen in Politik und Verwaltung einzunehmen, wurde *Gem'y'twara* als Fach unterrichtet, weshalb Alannah einigermaßen darin beschlagen war. Allerdings hatte sie es lange nicht mehr gespielt, denn in Shakara war es verpönt; es schärfte, wie Vater Semias zu behaupten pflegte, die falschen Eigenschaften des Geistes, und allmählich verstand Alannah, was er damit meinte.

»Wenn ich nicht wüsste«, sagte Fürst Ardghal, der ihre Gedanken zu erraten schien, »dass *Gem'y'twara* in Euren Kreisen verboten ist, würde ich Euch gern zu einer Partie herausfordern.«

»Es ist keineswegs verboten, Fürst«, widersprach Alannah. »Wir sind jedoch der Ansicht, dass es weitaus sinnvollere Beschäftigungen gibt.«

»Der Ansicht bin ich nicht.« Aus den scharf geschnittenen Zügen kam ein triumphierendes Lächeln. »Wie steht es also?«

Nicht nur Ardghals Blick, auch der Elidors ruhte erwartungsvoll auf Alannah. Einerseits verspürte sie nicht die geringste Lust, sich in einem Spiel zu messen, dem sie schon als Kind in den Ehrwürdigen Gärten nur wenig hatte abgewinnen können. Andererseits hatte sie schon immer ein gewisses Talent darin gehabt, und wenn sich die Möglichkeit ergab, Ardghal zu demonstrieren, dass die Beschäftigung mit Kunst und Gesang nicht zwangsläufig andere Tugenden vernachlässigte, so würde sie dem König damit einen guten Dienst erweisen.

»Also gut, ich bin einverstanden«, erklärte sie, worauf Ardghal ihr einen der beiden Plätze am Spieltisch anbot.

Alannah ging zu einem der mit reichen Schnitzereien verzierten Stühle und nahm darauf Platz. Elidor stellte sich hinter sie. Einerseits, um ihre Strategie zu verfolgen, andererseits aber wohl auch, um sie moralisch zu unterstützen. Es war ein kleiner Affront gegen Ardghal, den dieser mit einem falschen Lächeln quittierte.

»Da ich mich nun schon in der Minderheit befinde«, versetzte er, »sollte es mir gestattet sein, die Partie zu eröffnen.«

»Bitte sehr«, sagte Alannah ungerührt.

Ardghal machte den ersten Zug, indem er seinen Weisen die erlaubten zwei Felder bewegte. Es war eine beliebige, nichtssagende Eröffnung, die ganz offenbar dazu diente, Alannahs Spielweise zu testen. Sie hätte den Weisen, dem Ardghal offenbar keine allzu große Bedeutung beimaß, schlagen können, aber sie tat es nicht. Stattdessen ließ sie ihren Paladin von der untersten Ebene auf die nächsthöhere wechseln und brachte ihn so in Position, dass er zusammen mit ihrem Krieger Ardghals Berater bedrohte und ihn dadurch in Zugzwang brachte. Ardghal reagierte sofort, indem auch er seinen Paladin in die Schlacht schickte, und während sich die beiden Figuren gegenseitig neutralisierten, schlug Alannah die Beraterfigur, sodass sie wieder auf der untersten Ebene beginnen musste.

»Seht nur, Fürst Ardghal«, meinte König Elidor grinsend. »Wie es aussieht, wird Euer Spiel für eine Weile ohne Berater auskommen müssen.«

Alannah unterdrückte ein Lachen, Ardghal strafte den jungen Monarchen mit einem tadelnden Blick. Dann ging die Partie weiter, und auf den mittleren Ebenen setzte ein heftiger Schlagabtausch ein. Ardghals Forscher schlug Alannahs Heiler, worauf diese den Weisen zum Einsatz brachte, der aufgrund seiner überlegenen Geisteskraft gleich zwei gegnerische Figuren auf die unterste Ebene schickte. Als sie erneut an der Reihe war, attackierte sie Ardghals Paladin, sodass sich dieser zurückziehen musste, und zum ersten Mal konnte sie auf der Stirn des königlichen Beraters eine kleine Sorgenfalte erkennen.

»Was ist, Fürst?«, erkundigte sie sich spitz. »Seid Ihr überrascht, dass jemand, der sich mit den schönen Künsten befasst, dennoch das *Gem'y'twara* beherrscht?«

»Noch ist die Partie nicht zu Ende«, stellte Ardghal klar. »Dieses Spiel zeichnet sich dadurch aus, dass es erst dann verloren ist, wenn es verloren ist. Vielleicht lernt unser junger König heute eine wichtige Lektion.«

»Daran hege ich nicht den geringsten Zweifel, Fürst – und zwar unabhängig davon, wie die Partie ausgeht.«

Es stellte sich heraus, dass Ardghal seinen Paladin nur zum Schein zurückgezogen hatte. Nun ließ er ihn erneut angreifen, in Begleitung des Forschers und des Kriegers, und attackierte Alannahs Rechtskundigen und ihren Schreiber. Vergeblich versuchte Alannah, wenigstens eine der beiden Figuren zu retten; hätte sie es getan, hätte sie ihren Weisen gefährdet, und das wollte sie nicht.

»Sehen Sie, Fürst«, sagte sie, »dies ist der Grund, weshalb ich dieses Spiel nicht mag. Man wird gezwungen, Entscheidungen zu treffen, die man nicht treffen will.«

»Erst unsere Entscheidungen machen uns zu dem, was wir sind, Eingeweihte Alannah. Entscheidungsschwache Kreaturen werden niemals einen Platz in der Geschichte einnehmen.«

»Vielleicht nicht«, räumte Alannah ein, »aber …«

Sie unterbrach sich, als plötzlich die Tür des Thronsaals aufgestoßen wurde. Ein Herold erschien, dessen Gewand die Farben von Tirgas Lan trug. Im Laufschritt kam er auf Ardghal und den König zu.

»Was gibt es?«, rief der Berater ihm entgegen.

»Krieg!«, rief der Herold zu aller Entsetzen.

»Was?« Ardghal sprang auf. »Was faselst du da?«

»Krieg«, wiederholte der Bote, der soeben atemlos bei ihnen anlangte. »Eine Armee von Orks hat die Grenze der Modermark überschritten und befindet sich auf dem Weg nach Osten. Mehrere Dörfer der Menschen wurden bereits verwüstet.«

Unvermittelt richtete sich Ardghals prüfender Blick auf Alannah. »Habt Ihr davon gewusst?«

»Natürlich nicht.« Sie schüttelte den Kopf. »Ich bin davon ebenso überrascht wie Ihr.«

Er ließ offen, ob er ihr glaubte oder nicht. Mit einem Schnauben wandte er sich wieder dem Boten zu, ohne den König vorher auch nur um seine Meinung gefragt zu haben. »Der vollständige Beraterstab soll sich im Thronsaal einfinden! Und dazu sämtliche Generäle!«

»Sehr wohl, Sire.« Der Bote verbeugte sich, dann machte er auf dem Absatz kehrt und verschwand.

Erst jetzt sprach Ardghal mit dem König. »Ihr wisst, was das bedeutet, Hoheit«, sagte er, als hätte er die Entscheidung darüber längst getroffen.

»Was?«, fragte Elidor, der von der Nachricht völlig überrumpelt schien.

»Ein ganzes Zeitalter lang haben die Unholde die Modermark nicht verlassen. Sie haben jenseits der Gipfel des Schwarzgebirges gelebt, wohin sie vor langer Zeit vertrieben wurden, und abgesehen von vereinzelten Vorstößen hat es seit Jahrhunderten keinen Angriff mehr auf das Reichsgebiet gegeben.«

»Vielleicht handelt es sich auch diesmal nur um ein Überfallkommando«, gab Alannah zu bedenken.

»Nein.« Der Fürst schüttelte entschieden den Kopf. »Ihr dürft mir glauben, wenn ich Euch sage, dass der königliche Geheimdienst in dieser Hinsicht ganz ausgezeichnete Arbeit leistet. Wir haben Beobachter, die uns zuverlässig darüber in Kenntnis setzen, was an den Grenzen dort geschieht. Und wenn sie sagen, dass eine Streitmacht der Orks auf dem Vormarsch ist, dann verhält es sich auch so.«

»Aber was … was sollen wir tun, Fürst Ardghal?«, fragte Elidor kleinlaut. Jede Aufsässigkeit war aus seiner Stimme gewichen.

»Ihr müsst jetzt stark sein, Majestät, und Euer Volk führen. Und Ihr müsst bereit sein, Entscheidungen zu treffen«, fügte Ardghal mit einem Seitenblick auf Alannah hinzu. »Auch solche, die Ihr vielleicht nicht treffen wollt.«

»Und wenn ich das nicht kann?«

»Dann werden Eure Berater Euch zur Seite stehen und Euch sagen, was zu tun ist«, versicherte Ardghal, und in diesem Augenblick wurde Alannah klar, dass Meister Farawyn in seiner Einschätzung nur allzu richtig gelegen hatte: Es war nicht nur so, dass Ardghal bestimmenden Einfluss in Tirgas Lan ausübte; der König war Wachs in seinen Händen …

»Und was werdet Ihr mir raten, Fürst?«

»Wozu jeder aufrechte Untertan Euch raten würde, Majestät. Ihr müsst zum Krieg rüsten und die Grenzen unseres Reiches sichern. Wir können nicht zulassen, dass unser geliebtes Tirgas Lan von Unholden bedroht wird!«

»Tirgas Lan?«, fragte Alannah. »Aber der Bote sagte, dass bereits mehrere Menschendörfer verwüstet wurden.«

»Und?«

»Nun – die Westmark ist ein Teil des Reiches, oder nicht? Sollten wir die Siedlungen der *gywara* also nicht verteidigen?«

»Normalerweise ja«, räumte Ardghal ein. »Aber die Menschen haben sich in jüngster Zeit keineswegs als so treue Vasallen erwiesen, als dass wir wertvolles elfisches Blut vergießen werden, um sie vor den Unholden zu beschützen.«

»Aber Ihr könnt die Menschen nicht sich selbst überlassen!«, wandte Alannah ein. »Die Fürsten und Clansherren der Menschen haben dem König einen Treueid geleistet …«

»… den sie nach Belieben brechen. Jeder weiß, dass es in den Ostlanden gärt und brodelt. Oder muss ich ausgerechnet Euch erzählen, was sich vor zwei Jahren zugetragen hat?«

»Nein«, versicherte Alannah, »das müsst Ihr nicht. Aber Ihr könnt nicht wegen des Verrats eines einzelnen Fürsten einer ganzen Rasse die königliche Huld entziehen.«

»Die Menschen«, entgegnete Ardghal, »sehen sich nicht als Teil des Reichs, sie haben es nie getan – weshalb also sollten wir für sie auch nur einen Finger krümmen? Wie es heißt, sehnen sie sich danach, das Joch der Elfenherrschaft abzuschütteln. Sollen sie nur sehen, wie weit sie ohne unsere Hilfe kommen.«

»Aber damit gebt Ihr den Norden des Reiches der Vernichtung preis!«

»Keineswegs. Kriegerisch, wie die Menschen nun einmal veranlagt sind, werden sie ihre Streitigkeiten beilegen und sich den Unholden zum Kampf stellen. Und unabhängig davon, wie diese Konfrontation ausgeht, werden wir es danach mit geschwächten Gegnern zu tun haben, mit denen wir leichtes Spiel haben. Eine Legion sollte ausreichen, Majestät, um mit dieser Bedrohung fertig zu werden«, fügte der Berater an Elidor gewandt hinzu. »Die fünfte Legion unter General Arrian hat erst vor Kürze ihr Winterlager südlich des Scharfgebirges bezogen. Ich schlage vor, dass Ihr den entsprechenden Marschbefehl augenblicklich unterschreibt.«

»Wenn Ihr meint, Fürst Ardghal …«

»So wartet!«, rief Alannah aus, die nicht glauben konnte, was sich da vor ihren Augen abspielte.

Im einen Augenblick war Ardghal noch entsetzt gewesen über den Einfall der Orks, um die Unholde schon im nächsten Atemzug zum Instrument seiner Politik zu machen. Es war bekannt, dass der Fürst die Menschen nicht mochte, womöglich sogar noch weniger als die Zauberer, und dass er sich seit dem Verrat Erweins von Andaril fortwährend neue Bestrafungen für sie ausdachte. Steuererhöhungen, ein Handelsembargo und diverse Strafexpeditionen schienen jedoch noch nicht genug zu sein; der Einfall der Unholde gab dem Fürsten eine willkommene Möglichkeit an die Hand, sich der aufsässigen Menschen für immer zu entledigen. Es war ein weiterer Beleg dafür, wie perfide der Verstand des königlichen Beraters arbeitete.

»Ja, *Eingeweihte* Alannah?«, fragte Ardghal herablassend. »Solltet Ihr uns noch etwas zu sagen haben?«

»Nun, ich … ich denke nur, dass der König selbst darüber befinden sollte, was in einem solchen Fall zu geschehen hat. Und er sollte zumindest die anderen Berater hören, ehe er seine Entscheidung trifft.«

»Das hätte nur dann Sinn, wenn es Alternativen gäbe, über die nachzudenken sich lohnen würde«, beschied Ardghal. »Aber es kann weder im Interesse der Krone liegen, die Grenzen des Reiches ungesichert zu lassen, noch unsere Krieger um unzuverlässiger Vasallen willen in den Tod zu schicken.«

»Der König hat einen feierlichen Eid geleistet, diese Vasallen zu beschützen!«

»Das ist wahr, Fürst Ardghal«, bekräftigte Elidor, »das habe ich tatsächlich.«

»So wie sie Euch Treue geschworen haben«, pflichtete der Berater bei. »Und haben sie sich daran gehalten? Das Bündnis wurde von den Menschen aufgekündigt, Hoheit, nicht von Euch. Wer einen Treueid bricht, der braucht sich nicht zu wundern, wenn er alleingelassen wird.«

»Aber nicht alle Menschen haben den König verraten«, wandte Alannah ein. »Viele stehen nach wie vor zu ihm!«

»Woher wollt Ihr das wissen? Etwa weil Ihr neuerdings einen Menschen in Euren Reihen habt?« Ardghal schnaubte. »Ich denke nicht, dass Euch dies dazu befähigt, einen Rat bezüglich einer Entscheidung von solcher Tragweite zu erteilen.«

»Wahrscheinlich nicht«, gab Alannah zu. »Ich weiß, dass die Menschen unvollkommen und mit Makeln behaftet sind, aber genau wie einst wir sind auch sie zum Guten fähig und in der Lage, aus ihren Fehlern zu lernen. Wenn Ihr sie jetzt unterstützt, Hoheit«, wandte sie sich direkt an den König, »werden sie es Euch ewig danken. Lasst Ihr sie jedoch fallen, verliert Ihr sie womöglich für immer.«

»Nun, ich …« Elidor wusste sichtlich nicht, was er erwidern sollte. Alannahs Argumente schienen ihm einzuleuchten, aber die Furcht vor Ardghal war groß. Immer wieder wanderten seine Blicke nervös zu ihm hinüber. In dem weiten dunkelblauen Gewand bot der königliche Berater einen respektvollen Anblick. Aufrecht und mit verschränkten Armen stand er da, ein Monument der Entschlossenheit.

»Die Ostlande sind bereits verloren, Majestät«, widersprach er denn auch. »Je eher Ihr das einseht, desto besser. Regieren bedeutet, sich mit der Wirklichkeit zu befassen, und in Wirklichkeit existieren die Verträge mit den Menschen nur noch auf dem Papier. Der Einfall der Unholde kommt überraschend, das ist wahr, aber er kommt für uns zur rechten Zeit. Tut, wozu ich Euch rate. Eine andere Möglichkeit gibt es nicht.«

»Es gibt immer eine andere Möglichkeit, Fürst«, widersprach Alannah, die noch immer am Spieltisch saß und am Zug war. Ganz plötzlich hatte sich ihr ein Ausweg aus dem Dilemma eröffnet, in das Ardghal sie gebracht hatte.

Kurzerhand griff sie nach der Figur des Weisen, brachte den gegnerischen Palatin zu Fall und sprang dank des dadurch errungenen Vorteils auf die oberste Plattform. »*Gem'y'twara*«, sagte sie mit einem Lächeln. »Ihr habt leider eine Kleinigkeit übersehen – und die Partie verloren.«

6. YMGAINGARUTHAN ESSA

Die Rückreise nach Shakara war eine Qual gewesen.

Nicht nur der eisigen Kälte wegen, die wiederum an den drei Männern nagte, die zusammengekauert auf den Rücken der *draghnada* saßen; sondern infolge des Wissens um das, was in Borkavor geschehen war, und der Folgerungen, die sich daraus ergaben. Die *neidora* waren also noch am Leben. Sie und niemand anders hatten Rurak aus dem Kerker befreit. Und was noch weitaus schlimmer war: Auch der dunkle Wille, der die Echsenkrieger lenkte, trieb noch immer sein Unwesen.

Wie, bei der Macht der Kristalle, war dies möglich? Granock und seine Gefährten hatten alles gegeben, um Margoks Rückkehr zu verhindern. Sie hatten gekämpft und gelitten, waren um ein Haar selbst zu einem Teil des mörderischen Komplotts geworden. Und sie waren selbst dabei gewesen, als Ruraks Pläne vereitelt und der Dunkelelf in seiner dunklen Grube verschüttet worden war.

Etwas schien jedoch überlebt zu haben, und dieser Gedanke erschreckte Granock bis ins Mark. Er hütete sich, Farawyn oder Aldur von seinen Ängsten zu erzählen. Zwar nahm er an, dass die beiden ähnlich empfanden wie er, aber er war sich nicht sicher. Vielleicht war es auch nur seine menschliche Natur, die ihn einmal mehr verriet. Während die Elfen ihre Empfindungen meisterlich zu verbergen vermochten, trug er sie mehr oder minder offen zur Schau. Es war wie mit den Fragen, die ihn beschäftigten und die er niemals lange für sich behalten konnte – in Gefühlsdingen fühlte er sich von den Elfen noch ebenso weit entfernt wie am Tage seiner Ankunft in Shakara.

Ihr erster Weg, nachdem sie nachts und in aller Heimlichkeit nach Shakara zurückgekehrt waren und die *draghnada* in Tavalians Laboratorium zurückgebracht hatten, führte sie zu Vater Semias. Durch leere Korridore, die vom schummrigen Licht der Elfenkristalle beleuchtet wurden, schlichen sie zu seinem Quartier, darauf bedacht, von niemandem gesehen zu werden – schließlich war der Rat nicht über die Reise nach Borkavor in Kenntnis gesetzt worden, und Farawyn wollte unangenehmen Fragen aus dem Weg gehen.

Es war das erste Mal, dass Granock die Kammer des Ältesten betrat – für gewöhnlich fanden Unterredungen in der Kanzlei oder einem der Nebenräume der Ratshalle statt. Es entsprach Semias' bescheidenem Wesen, dass sich seine Kammer trotz seines hohen Amtes in nichts von der eines Novizen unterschied. Ein karges Mobiliar, das lediglich aus einem Tisch, einer Truhe, einem Stuhl und einem Bett bestand, sollte den Bedürfnissen des Körpers genügen, ohne die Freiheit des Geistes zu beeinträchtigen.

Trotz der späten Stunde hatte Semias noch nicht geschlafen und die Zeit damit verbracht, im Licht seines *flasfyn* eine Schriftrolle zu studieren, die ausgebreitet auf dem Tisch lag – offenbar hatte er die Rückkehr der Gesandtschaft bereits erwartet. Sein Blick war wach und verriet gleichermaßen Sorge wie Neugier.

Mit gedämpfter Stimme berichtete Farawyn, was sie erfahren hatten: dass mehrere Elfenwachen bei Ruraks Flucht getötet worden waren und dass es offenkundig die *neidora* gewesen waren, die ihn befreit hatten. Die letzte, entscheidende Schlussfolgerung jedoch überließ er dem Ältesten selbst …

»Dann waren unsere Befürchtungen also berechtigt«, flüsterte Semias tonlos, wobei seine ohnehin schon bucklige Gestalt noch ein wenig tiefer in sich zusammenzusinken schien als sonst. »Der Geist des Dunkelelfen wirkt unverändert.«

»Aber wie kann das sein?«, wandte Farawyn ein. »Die Verschwörung ist zerschlagen, der Tempel zerstört …«

»Das Böse, mein junger Bruder, findet einen Weg, solange es Kreaturen gibt, die willens sind, sich ihm zu unterwerfen«, zitierte

Semias aus dem *Darganfaithan*, dem alten Heldenepos der Sängerin Euriel. »Es ist müßig, darüber nachzudenken, wie es geschehen konnte. Rurak ist entkommen, mit dieser Tatsache müssen wir uns auseinandersetzen. Und wir müssen herausfinden, woher die Macht kam, die stark genug war, die Barrieren Borkavors zu überwinden.«

»Es gibt keine Spur«, wandte Aldur ein.

»Doch, eine«, widersprach Farawyn. »Wenn wir davon ausgehen, dass es tatsächlich Margoks dunkler Geist gewesen ist, der die *neidora* gelenkt und angeführt hat, dann müssen wir dort mit der Suche beginnen, wo wir dem Dunkelelfen zuletzt begegnet sind – oder um ein Haar begegnet wären.«

»In Arun?«, fragte Granock vorsichtig. Schon der Gedanke, an jenen mörderischen Ort zurückzukehren, wo der Tod hinter jedem Baum lauerte, erschreckte ihn. »Ihr sprecht von Arun?«

»Dort verlor sich die Fährte«, bestätigte Farawyn, »und dort sollte sie wieder aufgenommen werden.«

»Geister hinterlassen keine Spuren«, gab Aldur zu bedenken.

»Und wenn mehr überlebt hat als nur ein Geist?«, hielt Farawyn dagegen. »Wir brauchen Gewissheit, deshalb muss unser Weg zurück in den Dschungel führen, in die grüne Hölle von Arun. Nur dort werden wir erfahren, was wir wissen wollen.«

»Ich verstehe«, sagte Granock und gab sich Mühe, möglichst unerschrocken zu klingen. »Ich denke, ich spreche auch für meinen Bruder Aldur, wenn ich sage, dass wir Euch auf dieser Expedition begleiten werden.«

»In der Tat«, bekräftigte des Aldurans Sohn entschlossen.

»Wir wissen euren Einsatzwillen zu schätzen, meine Kinder«, versicherte Semias, »ebenso wie euren Mut und euren Großmut. Doch fürchte ich, dass wir euch noch ungleich mehr in Anspruch nehmen müssen.«

»Inwiefern?«, wollte Granock wissen.

»Als Ältester kann ich es mir nicht mehr leisten, die Ordensburg für längere Zeit zu verlassen«, erläuterte Farawyn. »Man würde meine Abwesenheit bemerken und Fragen stellen, die wir zum gegenwärtigen Zeitpunkt weder beantworten können noch wollen.

Dadurch würden wir in eine Zwangslage geraten, in der wir nur verlieren können. Brächen wir unser Schweigen, würden wir damit wohl eine Panik auslösen; würden wir uns weiter weigern, die uns gestellten Fragen zu beantworten, würde das unseren Gegnern in die Hände spielen.«

»Ihr seht also«, nahm Semias den Gedanken auf, »dass Farawyn unmöglich die Reise nach Süden antreten kann. Stattdessen, meine Kinder, würde es diesmal an euch liegen, euch auf die gefahrvolle Erkundung zu begeben und Informationen über unseren Feind zu sammeln. Vorausgesetzt, ihr fühlt euch der Aufgabe gewachsen und nehmt den Auftrag an.«

»Natürlich«, hörte Granock sich im Brustton der Überzeugung versichern, noch ehe er überhaupt recht wusste, was er da sagte. In Wirklichkeit verspürte er nicht das geringste Verlangen, nach Arun und in den Dschungel zurückzukehren, der Meister Cethegar und so viele andere das Leben gekostet hatte. Aber sein Pflichtbewusstsein drängte ihn dazu, noch einmal das Land jenseits des Cethad Mavur aufzusuchen.

In alter Zeit war die große Mauer errichtet worden, um das Elfenreich vor den barbarischen Wildlanden zu schützen, die im Süden daran grenzten; der Errichtung der Mauer waren mehrere erfolglose Versuche vorausgegangen, Arun zu erobern und zu zähmen. Der Letzte, der danach getrachtet hatte, war König Sigwyn gewesen, aber auch ihm war es nicht gelungen. Der Feldzug hatte in einem Debakel geendet, so man im Bau eines befestigten Schutzwalls schließlich die einzige Möglichkeit gesehen hatte, das Reich dauerhaft nach Süden abzusichern.

Abgesehen von den Berichten, die während Sigwyns Feldzug entstanden waren, stand in den Chroniken so gut wie nichts über Arun zu lesen; von Menschen war die Rede, welche die Grenze irgendwann überquert hatten und daraufhin zu Wilden geworden waren, und von ebenso sagenhaften wie mörderischen Kreaturen, die die Wälder bevölkerten. Aber nirgendwo stand zu lesen, dass Anhänger Margoks offenbar schon vor langer Zeit nach Süden vorgestoßen waren und ihrem finsteren Herrscher zu Ehren einen Tempel errichtet hatten. Dort waren die sterblichen Überreste des

Dunkelelfen beigesetzt worden, und dort hatte Rurak versucht, sie wider jedes Gesetz der Natur ins Leben zurückzuzerren. Schon die Erinnerung daran jagte Granock eisige Schauer über den Rücken, und es gab tausend Orte, an die er lieber gereist wäre, als ausgerechnet nach Arun zurückzukehren. Aber für Farawyn würde er es tun.

»Mein menschlicher Bruder scheint es heute als seine Aufgabe zu betrachten, für mich zu sprechen«, meinte Aldur. »Aber natürlich hat er recht. Wenn Ihr es wünscht, Väter, werden wir nach Süden gehen.«

»Mein Wunsch wäre es«, entgegnete Semias seufzend, »dass alle unsere Kinder hier in Shakara bleiben und sich den Studien der alten Mysterien widmen könnten, so wie es im Kodex unseres Ordens vorgesehen ist. Aber die Zeiten sind andere. Ich habe mich lange geweigert, dies einzusehen, doch wir haben offenbar keine Wahl.«

»Nein, Bruder«, bekräftigte Farawyn, »die haben wir nicht. Wann könnt ihr aufbrechen?«, wandte er sich daraufhin an Granock und Aldur.

»Wann Ihr es wünscht«, gab Aldur zurück.

»Dann möglichst bald, denn die Zeit drängt. Packt eure Sachen noch heute Nacht und verliert zu niemandem ein Wort über euren Auftrag. Wir werden den Dreistern benutzen, um euch nach Tirgas Lan zu bringen. Von dort gelangt ihr rasch weiter …«

Granock verspürte einen zweifachen Stich im Herzen.

Zum einen, weil es stets Anzeichen einer Krise war, wenn der Dreistern verwendet wurde; die Kristallpforten, die es ermöglichten, im Bruchteil eines Augenblicks von einer Metropole des Reiches in eine andere zu reisen, waren Margoks Erfindung, und sie hatten während des Krieges unendlich viel Leid über die Bevölkerung gebracht, sodass sie nur noch in Ausnahmefällen benutzt werden durften.

Zum anderen, weil Farawyn die Hauptstadt Tigas Lan erwähnt hatte und weil Granock wusste, dass *sie* dort war …

»Was ist mit Alannah?«, erkundigte sich Aldur, der denselben Gedanken zu haben schien. »Wird sie uns ebenfalls begleiten? Auch sie ist damals in Arun dabei gewesen.«

»Die Eingeweihte Alannah weilt am Hof des Königs«, erwiderte Farawyn.

»Das wissen wir«, wandte Granock ein, »aber schließlich ist sie dort nur zu Besuch, oder? Es wäre ein Leichtes, sie abzuberufen und …«

Er verstummte, als er die Blicke der beiden Ältesten bemerkte.

»Die Eingeweihte Alannah«, begann Vater Semias schließlich zu erklären, »weilt nicht nur in Tirgas Lan, um alte Bekanntschaften aufzufrischen. Sie hat auch einen Auftrag.«

»Einen Auftrag?« Granock hob die Brauen – davon hörte er gerade zum ersten Mal.

»Einen geheimen Auftrag«, wurde Farawyn deutlicher. »Es geht darum, Fürst Ardghal auf die Finger zu sehen, der aus seiner ablehnenden Haltung uns gegenüber nie ein Hehl gemacht hat. Wir müssen in Erfahrung bringen, auf wessen Seite er steht.«

»Auf wessen Seite? Ihr haltet es für möglich, dass der königliche Berater …«

»Es sind dunkle Zeiten, in denen wir leben, Sohn«, sagte Vater Semias leise. »Seit Palgyr zum Verräter wurde, halten wir viele Dinge für möglich.«

»Aber eine solche Mission ist gefährlich«, wandte Granock ein, »und Alannah ist ganz auf sich gestellt.«

»Sie ist eine Eingeweihte«, erwiderte Farawyn nur, »und sie ist in der Lage, auf sich aufzupassen, das hat sie schon wiederholt bewiesen.«

»Dennoch habe ich kein gutes Gefühl dabei.«

»Hättest du ein besseres Gefühl dabei, sie nach Arun mitzunehmen?«, fragte Aldur mit einem freudlosen Lächeln.

Granock schüttelte den Kopf. Der Freund hatte recht. Alannah in Arun an der Seite zu haben würde bedeuten, sie den Gefahren dieses wilden und ungezähmten Landes auszusetzen, ganz abgesehen von dem, was sie dort vielleicht vorfinden mochten. Dennoch verspürte er das tiefe Bedürfnis, sie in seiner Nähe zu haben, ihr sanftmütiges Wesen, ihre wohlwollende Erscheinung, ihre strahlende Schönheit, die ihm zu jeder Zeit Trost und Hoffnung spendete. Es beschämte ihn, dass er dabei vor allem an sich dachte, aber sein Verlangen war stärker als sein Pflichtbewusstsein.

Er hörte nur mit einem Ohr, was Semias ihnen mit auf den Weg gab – dass sie auf der Hut sein und mit niemandem über ihren Auftrag reden, dass sie niemandem berichten sollten außer ihm und Farawyn. Auch die Warnungen des Ältesten bekam er nur am Rande mit. Granocks Gedanken galten Alannah und der Enttäuschung, die er empfand. Jeden Tag hatte er gehofft, dass sie endlich aus Tirgas Lan zurückkehren, dass er sie eines Morgens im Speisesaal erblicken würde, doch diese Hoffnung war vergeblich gewesen. Nun würde es noch sehr viel länger dauern, bis er sie wiedersah. Wenn sie sich in diesem Leben überhaupt noch wiederbegegnen würden …

Aldur, der besser zugehört zu haben schien, verbeugte sich tief und verabschiedete sich. Granock tat es ihm gleich und folgte dem Freund nach draußen. Auf der Schwelle von Semias' Kammer jedoch blieb er stehen und wandte sich noch einmal um.

»Meister?«, fragte er Farawyn.

»Ja, Junge?«

Granock biss sich auf die Lippen, suchte nach den passenden Worten. »Was Alannah betrifft …«

»Ich bin nicht mehr dein Lehrer«, fiel Farawyn ihm ins Wort, »aber einen guten Rat möchte ich dir dennoch geben: Du solltest lernen, deine Gefühle besser zu kontrollieren. Zumal, wenn sie nicht nur selbstloser Natur sind.«

Die Luft entwich aus Granocks Lungen wie aus einem alten Blasebalg. Verdutzt blickte er seinen alten Meister an, der ihn einmal mehr bis ins Mark zu durchschauen schien.

»Ich habe nicht …«, versuchte er einen halbherzigen Einwand, aber Farawyn ließ ihn erst gar nicht ausreden.

»Unter Zauberern soll ein Gefühl der Verbundenheit herrschen, der gegenseitigen Achtung und der Freundschaft«, zitierte er aus den Statuten des Ordens. »Nicht weniger, aber auch nicht mehr. Diese Regel ist ebenso einfach wie klar. Was geschieht, wenn sie nicht befolgt wird, hast du am Beispiel von Riwanon gesehen.«

Granock schluckte. Dass Farawyn Aldurs abtrünnige Meisterin anführte, die sie alle getäuscht und sich als Verräterin erwiesen hatte, erschreckte ihn. »Aber was hat das eine mit dem anderen zu tun?«, wandte er ein. »Riwanon hatte ganz offenkundig den Verstand verloren. Sie war verrückt.«

»Die Grenze zwischen Wahnsinn und dem, was ihr Menschen Leidenschaft nennt, ist oft fließend«, sagte Farawyn leise, »und bisweilen ist sie überhaupt nicht vorhanden.«

»Mein Bruder hat recht«, stimmte Vater Semias zu, der den Wortwechsel schweigend verfolgt hatte. »Hüte dich, mein junger Freund, vor dem, was in deinem Herzen lauert. Hüte dich davor …«

7. NYS'Y'CYLELLA

Es geschah erneut, und Alannah konnte nichts dagegen tun.

Von Wut und Entsetzen gleichermaßen erfüllt, schaute sie zu, wie blauer Frost aus ihren Fingerspitzen schoss, sich in der Luft zu einer mörderischen Eislanze formte und auf den wehrlosen Jungen zuraste. Der Ausdruck im Gesicht Iweins von Andaril war voller Widersprüche; er war über die Mauern der Ehrwürdigen Gärten geklettert, um verbotene Dinge zu sehen. Nun blickte er dem Tod ins Auge.

»Neeein!«

Nicht er schrie, sondern Alannah, die wusste, was geschehen würde, und es um jeden Preis verhindern wollte. Aber sie war machtlos. In stillem Vorwurf blickte der junge Mensch die Elfin an – im nächsten Moment wurde sein Brustkorb mit brutaler Wucht vom Eis durchbohrt.

Die Wucht des Aufpralls riss Iwein zurück. Blut war überall, und Alannah schrie weiter, brüllte so laut, dass sich ihre helle Stimme überschlug …

… und sie aus dem Schlaf schreckte.

Schweißgebadet fuhr sie hoch. Ihr Atem ging stoßweise, und ihr war übel. Sie schlug die Augen auf und schaute sich um, aber anstelle des zerfetzten Leichnams von Iwein erblickte sie nur die glatten weißen Wände ihres Gastgemachs im Palast der Ehrwürdigen Gärten.

Es war Nacht.

Ein bleicher Mond lugte durch das hohe Fenster, sein fahles Licht wies Alannah den Weg zurück ins Hier und Jetzt. Sie war kein Kind der Ehrwürdigen Gärten mehr, und der Tod des jungen Menschen lag zwei Jahre zurück. Aber weshalb träumte sie plötzlich wieder von den grausigen Ereignissen, die sich damals abgespielt hatten? Sie hatte geglaubt, diese Dinge mit Meister Cethegars Hilfe hinter sich gelassen zu haben, doch nun schienen ihre Schuldgefühle mit neuer Kraft zurückzukehren.

Aus welchem Grund?

Lag es an der Umgebung? Im fernen Shakara hatte sie ihren Frieden gefunden, aber hier, in unmittelbarer Nähe des Ortes, an dem sich der grässliche Vorfall ereignet hatte, schien ihr schlechtes Gewissen sie wieder einzuholen. Der Lordrichter mochte eine Amnestie erlassen haben – sie selbst jedoch hatte sich offenbar noch immer nicht verziehen.

Ist Euch nicht wohl, Herrin?

Flynn, ihr Diener, hielt draußen vor der Tür ihres Schlafgemachs Wache. Sie hatte ihm gesagt, dass es dazu keine Veranlassung gebe, aber der Kobold hatte dennoch darauf bestanden. Vielleicht, weil er schon einmal einen Herrn verloren hatte und nicht wollte, dass sich dies wiederholte.

Ich habe Euch schreien hören.

Alannah gab ihm zu verstehen, dass alles in Ordnung sei, während sie gleichzeitig das Gefühlschaos in ihrem Innern vor ihm abschirmte. Dann schlug sie die Decke zurück und schwang sich aus dem Bett, das sehr viel größer und komfortabler war als ihr Lager in Shakara. Zum Dasein eines Zauberers gehörte es, die weltlichen Bedürfnisse auf ein Mindestmaß zu beschränken und sich auf die wesentlichen Dinge des Lebens zu konzentrieren. Annehmlichkeiten gleich welcher Art lenkten den Geist von seiner eigentlichen Bestimmung ab und minderten die magischen Fähigkeiten.

Nackt, wie sie war, trat sie an das hohe Fenster. Der Mondschein übergoss ihr Haar und ihre Schultern mit weißem Licht. Noch immer hob und senkte sich ihre Brust unter heftigen Atemzügen. Sie schloss die Augen und führte eine Meditationsübung durch, um sich zu beruhigen, was ihr schließlich auch gelang. Inzwischen war sie sicher, dass es die räumliche Nähe war, die ihre Erinnerungen wieder lebendig werden ließ. Bislang hatte sie es vermieden, jenen

Bereich der Ehrwürdigen Gärten zu betreten, wo sich der schreckliche Unfall ereignet hatte. Aber vielleicht war dies notwendig, wenn sie die Geschehnisse von damals endgültig hinter sich lassen wollte.

Entschlossen streifte sie sich ihre Tunika und den Umhang über und schlüpfte in die Filzstiefel, die Flynn wie an jedem Abend peinlich gesäubert hatte, ehe er seinen Wachdienst angetreten hatte. Dann drückte sie die Klinke und öffnete die Tür einen Spalt.

Der nicht einmal eine Elle messende Kobold schaute zu ihr auf. Sein grüner Mantel war um die schmalen Hüften gegürtet; zwei Dolche steckten darin, die aus Tierknochen geschnitzt waren und die Haut eines normal großen Angreifers wohl nur hätten ritzen können. Alannah wusste jedoch, dass sie mit dem Gift der Bittereibe getränkt waren, das seinem Opfer ein ebenso langsames wie grauenvolles Ende bescherte. Das Haar des Kobolds war grau; unter seinen großen Augen hingen dicke Tränensäcke, die sich nach der Trauer um seinen vorigen Herrn nie wieder zurückgebildet hatten. Flynn war Alannah ein zuverlässiger und treuer Diener, aber er war nicht mehr derselbe wie vor dem Tod Meister Cethegars.

Wohin geht Ihr, Herrin?

»Ich muss hinaus«, erwiderte sie flüsternd.

In die Gärten?

Sie nickte.

Es lässt Euch noch immer keine Ruhe?

Alannah erwiderte nichts, aber sie verspürte ein Brennen in den Augen.

Es ist schwer, die Vergangenheit ruhen zu lassen, nicht wahr? Der Kobold schaute sie durchdringend an.

»Das ist es.«

Soll ich Euch begleiten?

»Das ist nicht nötig. Ich werde nicht lange bleiben.«

Dann hoffe ich, dass Ihr findet, was Ihr sucht.

Sie nickte und schlüpfte durch die Tür nach draußen. Sie abzuschließen, war nicht nötig – Flynn würde ihre Kammer besser bewachen, als jedes Schloss es vermochte.

Über die gewundene Treppe stieg Alannah in die Tiefe, vorbei an den bunten Bannern, die die Wände schmückten, und den Teppichen, die von der ruhmreichen Geschichte des Elfengeschlechts berichteten. Trotz der Zeit, die verstrichen war, waren ihr die Fluchten und Korridore des Palasts noch immer vertraut, als wäre sie gestern das letzte Mal hier gewesen. Mühelos fand sie den Weg zur kleinen Halle, die den Zugang zu den Ehrwürdigen Gärten bildete. Das silberne Gitter der Pforte war freilich wie in jeder Nacht verschlossen, um den Pflanzen die Ruhe zu verschaffen, die sie brauchten.

Es kostete Alannah kaum Mühe, das Schloss mittels magischer Kräfte zu öffnen. Es klickte leise, und ein Flügel des silbernen Tors schwang lautlos auf. Die Elfin hielt die Luft an, als sie hindurchtrat. Erst auf der anderen Seite atmete sie wieder ein und roch zum ersten Mal nach scheinbar undenklich langer Zeit wieder den Duft von Yasmin, Oleander und Magnolien.

Die Gärten lagen still und verlassen da.

Mondlicht fiel durch die Blätter und beschien die schlafende Blütenpracht, während die leise plätschernden Brunnen funkelnde Diamanten auszuschütten schienen.

Alannah folgte dem Pfad über eine gewölbte Brücke, vorbei an einem Busch, der zu einer kunstvoll gewundenen Säule zurechtgeschnitten worden war. An einer steinernen Bank, die im Schutz einiger Zypressen stand, gabelte sich der Weg. Der linke führte, wie Alannah wusste, zum Obstgarten sowie zum Hort der Düfte, wie das Herbarium genannt wurde. Der rechte durch den kleinen Laubwald und von dort zu dem Teich, in dem die Schüler bisweilen zu baden pflegten. Ein Ort der Unschuld und des kindlichen Vergnügens …

… bis zu jenem schicksalhaften Tag.

Alles in ihr drängte Alannah dazu, den linken Weg einzuschlagen und sich lieber am ewig frischen Duft von Lavendel und Thymian zu erfreuen. Aber sie wusste, dass sie ihre Albträume auf diese Weise niemals überwinden würde, also fasste sie sich ein Herz und ging stattdessen nach rechts. Es war der Weg, zu dem ihr auch Aldur geraten hätte, wenn er hier gewesen wäre.

Und Granock wohl ebenso …

Der Verlauf des Pfades hatte sich nicht verändert. Noch immer folgte er zunächst dem kleinen Wasserlauf, schlängelte sich dann zwischen den beiden großen, moosbewachsenen Felsen hindurch, auf denen, wie es hieß, schon Königin Liadin geruht hatte, und mündete schließlich in den *codana*, den Wald, der eigentlich nicht mehr war als ein großer Hain von Bäumen, die den Rosenteich umlagerten.

Still und schwarz lag das Wasser vor ihr, als Alannah auf die Lichtung trat. Der *levalas* spiegelte sich so scharf umrissen und deutlich darin, dass man hätte zweifeln mögen, welches der echte Himmelskörper war und welches das Abbild. Für Alannah war es, als täte sie einen Schritt zurück in ihre Vergangenheit.

Sie blickte sich um.

Es war schön, wieder hier zu sein, die Grillen zirpen zu hören und zu sehen, dass nichts von den Schrecken geblieben war. Der Rosenteich schien jener Ort des Friedens zu sein, der er immer gewesen war. Dennoch war es Alannah, als würden sich die grässlichen Ereignisse vor ihrem geistigen Auge wiederholen. Wie ein Ungewitter brachen sie über sie herein: Hier war sie damals aus dem Wasser gestiegen, dort hatte der junge Fürstensohn ihr aufgelauert.

Dann war es geschehen …

Entsetzt betrachtete sie ihre Hände, Tränen in den Augen – als sie in ihren Gedanken einen gellenden Schrei vernahm!

Neeein …!

»Flynn!«

Den Namen ihres Dieners auf den Lippen, fuhr Alannah herum. Ihr Blick glitt an der schlanken, mondbeschienenen Form des Turmes empor, der die Gärten weithin sichtbar überragte – und im nächsten Moment wurde das friedliche Bild, welches das Bauwerk eben noch geboten hatte, von grellrotem Feuer zerfetzt.

Eine Stichflamme, die viele Schritte lang war und so hell, dass sie die Nacht für einen Moment zum Tag machte, brach aus einem der Fenster, die die von Efeu umrankte Mauer durchbrachen. Als lodernder Pfeil schoss sie in die Nacht hinaus, der gellende Schrei in Alannahs Kopf verstummte. Jäh wurde ihr bewusst, dass es das Fenster ihrer Kammer war, aus dem die Flammen züngelten.

Schreiend begann sie zu laufen, den Pfad zurück, während sie in Gedanken immerzu den Namen ihres Dieners rief. Doch Flynn antwortete nicht.

Und noch ehe sie den Turm erreichte, wusste Alannah, dass ihr treuer Diener nicht mehr am Leben war.

In dieser Nacht fand Vater Semias keinen Schlaf.

Früher, wenn die Sorgen seines Amtes so übermächtig geworden waren, dass sie den Ältesten auch nachts nicht hatten ruhen lassen, hatte er sein Schlafgemach verlassen und die Gesellschaft seines alten Freundes und Weggefährten Cethegar gesucht. Obwohl – oder gerade weil? – sie so unterschiedlich gewesen waren, war ihre Freundschaft tief gewesen und die Anrede *Bruder* zwischen ihnen nicht nur ein leeres Wort. Als Cethegar gestorben war, hatte Semias sich gefühlt, als wäre ein Teil von ihm selbst gestorben. Etwas, das er in keinem anderen seiner Mitbrüder wiedergefunden hatte, so sehr er sich auch darum bemühte.

Natürlich, da war Farawyn.

Semias selbst hatte sich dafür eingesetzt, dass sein ehemaliger Schüler in das Amt des Ältesten eingesetzt wurde, denn er liebte ihn wie einen Sohn und vertraute ihm bedingungslos. Aber es war wohl eines der unveränderlichen Gesetze des Lebens, dass die Jugend dem Alter keinen Trost zu spenden vermochte, und so blieb Semias allein mit den Ängsten und Befürchtungen, die ihn vor allem des Nachts ereilten.

Wie oft hatte er in den vergangenen beiden Jahren an die Bedrohung gedacht, die dem Reich im fernen Arun erwachsen war, wie oft sich einen Narren gescholten, weil er blind gewesen war und den Verrat nicht durchschaut hatte! Aber sowohl Palgyr als auch seine stille Verbündete hatten es verstanden, ihre wahren Absichten so zu verschleiern, dass niemand sie erkannt hatte. Semias' einziger Trost war es gewesen, dass die Verschwörung am Ende aufgedeckt und vereitelt worden war. Doch nun zeigte sich, dass dies ein Irrtum gewesen war.

Das Böse hatte – in welcher Form auch immer – überlebt, und es wirkte weiter im Verborgenen. Ruraks Befreiung war dafür ein alarmierendes Beispiel, wenn auch, wie der Älteste sich inzwischen eingestehen musste, bei Weitem nicht das erste.

Die Unruhen jenseits der Grenzen, die Unzufriedenheit, die wie eine Seuche unter den Menschen grassierte, die Zollstreitigkeiten mit den Zwergen, dazu die erschreckende Gleichgültigkeit, mit der viele Elfen – einschließlich ihres noch jungen Königs – den Herausforderungen der neuen Zeit begegneten – all dies waren, wie die Geschichte lehrte, Zeichen einer zu Ende gehenden Ära.

Auch als Iliador der Träumer auf dem Thron von Tirgas Lan saß, war es so gewesen. Die Folge war ein verheerender Krieg gewesen, der Erdwelt an den Rand des Abgrunds gebracht hatte. Dass nicht wenige auch den derzeitigen Herrscher Elidor als *breuthyr*, als Träumer, bezeichneten, mochte nur eine Ironie der Geschichte sein. Semias sah es als unheilvolles Omen an.

Auf dem nackten Fußboden kauernd und die Augen fest geschlossen, suchte sich der Älteste in Meditation zu versenken, um wenn schon nicht seinem Körper, so doch seinem Geist jene Ruhe zu verschaffen, die er so dringend benötigte. Aber auch das war nicht ohne weiteres möglich. Die einfachen Entspannungstechniken, die mit zum Ersten gehörten, das den Novizen nach ihrer Aufnahme in den Orden beigebracht wurde, versagten angesichts der Ängste, die Semias plagten, und so musste er magische Kräfte bemühen, um in all der Wirrnis ein wenig Frieden zu finden.

Er brauchte die Augen nicht zu öffnen, um seinen *flasfyn* zu greifen, der neben ihm auf dem Boden lag. Das Holz, das sich warm in seine knochige Hand schmiegte, vermittelte ihm ein Gefühl von Sicherheit, und er öffnete sich dem Elfenkristall, der ins obere Ende des Zauberstabs eingesetzt war und seine eigene meditative Kraft verstärkte.

Der Trick, den Semias in letzter Zeit immer öfter anwenden musste, funktionierte auch dieses Mal. Er spürte, wie er zur Ruhe fand und seine angespannten Glieder sich entkrampften. Mit einem Mal hatte es den Anschein, als wären alle dunklen Vorzeichen und Bedrohungen in weite Ferne gerückt.

Bis zu dem Augenblick, da Semias das Geräusch hörte.

Es war nur ein leises Schaben, aber den geschärften Sinnen des Ältesten entging es dennoch nicht.

Schlagartig riss er die Augen auf. Der Zustand der tiefen Losgelöstheit, in den er sich selbst versetzt hatte, endete augenblicklich. Vor ihm lag die vom Schein des Elfenkristalls erhellte Kammer – und sonst nichts.

Semias blickte sich um.

Da war sein Lager, dort die Truhe, der Tisch und die säuberlich gestapelten Schriftrollen darauf. Woher war das Geräusch gekommen, das er eben doch so deutlich gehört hatte?

Er sann noch darüber nach, als die leere Luft sich vor ihm teilte und aus dem Nichts heraus ein Schemen auftauchte.

»Ihr …?«, war alles, was der Älteste hervorbrachte, während er instinktiv den Zauberstab hob.

Eine energetische Entladung zuckte aus dem Kristall und hüllte die fremde Gestalt ein, blieb jedoch ohne Wirkung. Denn seine Kraft schien von etwas aufgesogen zu werden, das der Schemen in den Händen hielt und auf Semias richtete. Kleine Blitze zuckten um den schwarzen Stahl mit der tödlichen Spitze, ehe sie zischend verloschen.

Mit weit aufgerissenen Augen sah Semias seinen Zauber verpuffen. Die Erkenntnis, dass etwas, das stärker und mächtiger war als er, in seine Kammer eingedrungen war, dämmerte ihm und machte ihm klar, dass seine Ängste berechtigt waren. Ein erstickter Schrei entrang sich seiner Kehle.

Dann zuckte die Klinge vor und fraß sich durch Haut und Muskeln bis in sein Herz.

Mit einem Aufschrei fuhr Granock aus dem Schlaf.

Er hatte Bilder gesehen, die mehr gewesen waren als ein bloßer Albdruck, der Vision vergleichbar, die er einst im Tempel von Arun gehabt hatte. Bilder von solcher Deutlichkeit, dass sie von der Wirklichkeit kaum zu unterscheiden waren.

Schwer atmend blickte er sich um. Er erkannte, dass er sich in seiner Kammer im Tempel von Shakara befand, aber die Erkenntnis beruhigte ihn nicht. Noch immer saß ihm der Schrecken in den Gliedern. Sein Pulsschlag raste, sein Atem ging in heftigen Stößen, Schweiß stand ihm auf der Stirn.

Es war nur ein Traum gewesen, redete er sich ein, eine Verbildlichung seiner innersten Ängste.

Aber warum beruhigte er sich dann nicht? Warum hatte er noch immer das Gefühl, dass die Bedrohung echt war?

Er hielt es nicht aus.

Mit einem Satz sprang er aus dem Bett und öffnete die Tür. Nur mit der Schlaftunika bekleidet, trat er auf den Gang hinaus, der still und dunkel vor ihm lag.

Granock begann zu laufen.

Die Quartiere der Meister befanden sich in den höher gelegenen Stockwerken, unweit der Bibliothek und der Lesesäle. Mit fliegenden Schritten eilte Granock den Korridor hinab, in dessen hohen, von Eis überzogenen Säulen sich glitzernd das blaue Licht brach, das die Ordensburg beleuchtete. Er hörte seine Schritte und den eigenen stoßweisen Atem, das Rauschen des Blutes in seinem Kopf. Endlich erreichte er die Treppe und stürmte hinauf – um jäh zurückzufahren, als er am oberen Ende eine Gestalt bemerkte!

Granock riss die Hände empor, um sich zu verteidigen, während die Gestalt sich blitzschnell umwandte und ihren *flasfyn* wirbeln ließ. Granock war schon dabei, einen Gedankenbefehl auf den Weg zu schicken, um einen *tarthan* zu wirken und den anderen Zauberer zu entwaffnen, als er erkannte, wer sein vermeintlicher Gegner war.

»Meister«, keuchte er ebenso verblüfft wie erleichtert.

»Junge«, stieß Farawyn nicht weniger verwundert hervor. »Was, bei der Macht der Kristalle …?«

»I-ich habe im Schlaf Bilder gesehen«, erklärte Granock stammelnd. »Vater Semias …«

»Ebenso wie ich«, bestätigte Farawyn nur, und im nächsten Moment waren sie schon gemeinsam unterwegs, hasteten den Gang entlang zur Kammer des Ältesten, in der sie sich noch am Vortag getroffen hatten.

Wie sie schon von Weitem erkennen konnten, stand die Tür offen. Schwacher Lichtschein fiel von innen nach draußen.

»Semias! Bruder!«, rief Farawyn laut, dass es von der hohen Korridordecke widerhallte, aber er bekam keine Antwort.

Er rief noch einmal, wobei Granock die Sorge hören konnte, die in seiner Stimme mitschwang. Dann hatten sie die Tür erreicht – und sahen auf den ersten Blick, dass sie zu spät gekommen waren.

Semias lag auf dem Boden.

Arme und Beine hatte der Älteste von sich gestreckt. Sein Gesicht war eine Maske des Grauens, Entsetzen sprach aus seinen leblosen Augen, die zur Decke emporgerichtet waren.

Granock wusste, dass der Zauberer tot war, noch ehe er die Schwelle der Kammer überschritt.

Semias' Gewand war blutbesudelt, in seinem Brustkorb klaffte eine schwärende Wunde. Neben ihm auf dem Boden lag ein Dolch, dessen Klinge von so abgrundtief schwarzer Farbe war, dass sie das Licht ringsum zu schlucken schien.

Erst ein einziges Mal in seinem Leben hatte Granock eine solche Waffe gesehen.

Vor wenigen Augenblicken.

Im Schlaf ...

8. LAUGURENAI'Y'ANDARIL

Es war ein Kampf auf Leben und Tod.

Immer wieder griffen die widerwärtigen Kreaturen an, deren schmutzig nasses Fell im Licht der Laterne glänzte, und schlugen die Hauer in das Fleisch ihrer Rivalen, während ihre langen nackten Schwänze über den Boden peitschten.

Fürst Ortwein von Andaril verzog angewidert das Gesicht. Nicht so sehr des Anblicks wegen, den die sich balgenden Ratten boten, sondern weil ihn die Tiere, die um das nackte Überleben kämpften, an seine eigene Situation erinnerten.

Wo sie den Knochen mit den fauligen Fetzen erbeutet haben mochten, war schwer zu sagen. Fleisch war schwer zu bekommen in diesen Tagen. Die Handelssperre, die der Elfenkönig über die Menschenstädte verhängt hatte, machte sich mehr und mehr bemerkbar. Nicht nur, dass keine Güter mehr aus dem Süden eintrafen, was vielleicht noch zu verschmerzen gewesen wäre; die Händler fanden auch niemanden mehr, dem sie ihre eigenen Waren verkaufen konnten. Der Geldfluss war ins Stocken geraten, und das bekamen auch die Handwerker und Bauern zu spüren. Die Tatsache, dass bei den Strafexpeditionen des vergangenen Sommers nicht wenige Kornspeicher in Flammen aufgegangen waren, verschärfte die Situation zusätzlich. Elend und Hunger herrschten in den Dörfern und Landstädten, und die wachsende Not entzweite die Menschen und trieb sie dazu, Dinge zu tun, die früher unvorstellbar gewesen waren. Dazu gehörte auch, seine Edlen zu verraten …

Anfangs hatte Ortwein gelacht, als die Krone einhundert Goldstücke für seine Ergreifung ausgesetzt hatte, denn er war überzeugt gewesen, dass niemand den Fürsten von Andaril für eine solch lächerliche Summe verraten würde. Doch im selben Maße, in dem das Elend zugenommen hatte, war das Kopfgeld gestiegen. Inzwischen waren es zehntausend Goldstücke, die für ihn geboten wurden, und in den Straßen und Gassen Andarils wurde schon für weitaus geringere Beträge gemordet.

Niemand konnte sich in diesen Tagen sicher fühlen.

Nicht einmal der Herr von Andaril ...

Ortwein lachte heiser auf und nahm einen Schluck aus der Weinflasche. Vorbei die Tage, da er seinen Vater auf die Jagd begleitet und sie abends in der großen Halle gefeiert, das beste Wildbret gegessen und Wein aus goldenen Bechern getrunken hatten. Inzwischen konnte er froh sein, wenn er überhaupt etwas zwischen die Zähne bekam, vom Wein, der dazu diente, die schmerzliche Erinnerung zu unterdrücken, ganz zu schweigen.

Da hockte er, der älteste Sohn des Fürsten von Andaril, Erbe der väterlichen Herrschaft, inmitten von Finsternis und Schmutz und Ratten, die sich um einen fauligen Knochen balgten. Der Gestank war so beißend, dass Ortwein ihn noch immer roch, obwohl sie nun schon – wie lange hier unten weilten?

Er versuchte, die Tage zu zählen, aber sein von billigem Fusel benebelter Verstand war dazu nicht in der Lage. Irgendwo im Halbdunkel, das jenseits des Laternenscheins herrschte, übergab sich einer seiner Gefolgsleute, und ein leises Plätschern zeigte an, dass sich ein anderer ungeniert in den Kanal erleichterte. Das also war aus dem einstigen Stolz von Andaril geworden – niederes Pack, das sich in dunklen Kavernen und Jauchegruben verstecken musste aus Furcht vor Verrat.

Erneut hob Ortwein die Flasche. Sie war leicht geworden, nur noch ein einziger Schluck war darin. »Auf dein Wohl, Vater«, knurrte er und kicherte leise in sich hinein. Dann setzte er die Flasche an die Lippen und ließ den letzten Rest Wein in sich hineinlaufen, schluckte ihn wie alles andere, das er im Lauf der vergangenen zwei Jahre geschluckt hatte.

Zuerst die Ermordung seines jüngeren Bruders Iwein.

Dann den Tod seines Vaters.

Die Übergriffe auf seine Ländereien.

Und schließlich die Flucht aus Andaril.

Ortwein wusste, dass sein Vater nie besonders viel von ihm gehalten hatte; dass er ihn als schwach und verweichlicht angesehen und seine Hoffnungen vor allem in Iwein gesetzt hatte. Und vermutlich hatte er damit recht gehabt …

Aus reiner Gewohnheit führte er die Flasche erneut an die Lippen, nur um daran erinnert zu werden, dass das verdammte Ding ja leer war. Frustriert schleuderte er sie nach den Ratten, die sich nur wenige Armlängen von ihm entfernt um den Knochen stritten. Quiekend stoben die Tiere auseinander, als das Glas mitten unter sie fuhr und klirrend zerbarst. Ein hämisches Grinsen glitt über Ortweins ausgemergelte, vom Leben unter Tage blass gewordene Züge. Wenigstens die Ratten hatten noch Respekt vor ihm.

Plötzlich gab es Unruhe.

Vom anderen Ende des in den Fels gehauenen Stollens drang aufgeregtes Geschrei herab. Ortwein spürte, wie ihm der Schreck in die Glieder fuhr. Seine Nackenhaare sträubten sich, sein Gesicht wurde heiß. War es nun so weit? Trug die Saat des Verrats Früchte? Hatte jemand seinen Fürsten für zehntausend Goldtaler verraten?

Die Furcht ließ Ortwein schlagartig nüchtern werden. Rascher, als er selbst es je für möglich gehalten hätte, sprang er auf und griff nach dem Schwert. Hastig wollte er es aus der Scheide reißen, als er sah, dass sich die Situation bereits geklärt hatte. Der Eindringling – offenbar nur ein einzelner – war von Ortweins Leibwache gestellt worden. Ihn mit ihren Klingen in Schach haltend, brachten die Kämpen den Fremden zu ihrem Fürsten, der einmal mehr angewidert das Gesicht verzog.

Der Eindringling war ein Bettler.

Sein Gewand hing in Fetzen, sein Gesicht war unter der weiten Kapuze nicht zu sehen, zumal er gebückt ging und auf den Boden starrte.

»Diesen hier«, berichtete Ivor, der Hauptmann der fürstlichen Leibwache, »haben wir an der Flussmündung aufgegriffen. Er sagt, dass er zu Euch will, Sire.«

»Hatte er Waffen bei sich?«, erkundigte sich Ortwein vorsichtig.

»Nein, Sire.«

»Sieh an.« Der Fürst von Andaril grinste freudlos. »Du hast es dir wohl recht einfach vorgestellt, an das Kopfgeld heranzukommen, wie? Hättest wohl nicht gedacht, dass ich noch treue Gefolgsleute habe, die mich beschützen?«

»Nichts dergleichen«, entgegnete der Bettler mit einer Stimme, die seine zerlumpte Erscheinung Lügen strafte und um vieles fester und energischer klang als die Ortweins. »Ich wollte lediglich den Fürsten von Andaril sprechen.«

»Was du nicht sagst.« Ortwein hatte Mühe, äußerlich gelassen zu bleiben. Wenn inzwischen jeder dahergelaufene Bettler wusste, dass er sich in diesen Kanälen verbarg, dann war es um seine Sicherheit schlecht bestellt.

Natürlich hätte er abstreiten können, dass er der Gesuchte war, aber diese Blöße wollte er sich vor seinen Männern nicht geben. »Aha«, machte er deshalb und verschränkte in einem letzten Rest von verbliebenem Stolz die Arme vor der Brust. »Und wer bist du, dass du glaubst, den Fürsten von Andaril einfach sprechen zu können?«

»Mit Verlaub, Fürst Ortwein«, entgegnete der Bettler, wobei er sein Haupt weiter gesenkt hielt, »mit deiner Fürstlichkeit ist es nicht mehr weit her. Ich musste eine ganze Weile suchen, bis ich dich fand. Wer käme schon darauf, den Herrscher von Andaril in den Kanälen von Taik zu vermuten? Wird Taik nicht die Stadt der Diebe genannt? Und ein Dieb scheint es mir zu sein, der sich hier unten versteckt hält …«

»Willst du frech werden?« Nun riss Ortwein doch sein Schwert heraus, das infolge der klammen Feuchtigkeit unter Tage Rost angesetzt hatte. Aber die Geste wirkte lächerlich angesichts des unbewaffneten Bettlers, der ohnehin schon von blanken Klingen umringt war.

Das Ärgernis war, dass der Fremde mit jedem einzelnen seiner Worte recht hatte.

Was für ein Fürst ließ seine Ländereien im Stich und floh bei Nacht und Nebel aus seiner Burg, um in einer benachbarten Stadt Zuflucht zu suchen? Und welcher Herrscher hauste in einem verpissten Rattenloch, nur um der Nachstellung durch seine Verfolger zu entgehen?

»Was ist nur aus dir geworden, Ortwein von Andaril?«, fuhr der Bettler ungerührt fort. »Ein Schatten deiner Selbst, das Zerrbild eines Fürsten! Hängst du so sehr an deinem lausigen Leben, dass es all dies hier rechtfertigt? Könnte dein Vater dich so sehen, würde er …«

»Schweig!«, herrschte Ortwein ihn an. »Was weißt du schon von meinem Vater?«

»Genug, um mich zu erinnern, dass er ein stolzer Krieger gewesen ist, ein Mann mit großen Plänen – die du allesamt verworfen zu haben scheinst. Hast du denn keinen Funken Ehre in deinem hageren Leib?«

»Ruhe!«, schrie Ortwein, dass es von der niederen Decke widerhallte. Der Bettler verstummte daraufhin tatsächlich, doch er hatte nur offen ausgesprochen, was Ortwein insgeheim dachte. Natürlich hätte er den Buckligen auspeitschen, ihm die Zunge herausschneiden oder ihn sogar töten lassen können. Aber die Stimme in seinem Inneren ließ sich dadurch nicht zum Schweigen bringen.

»Sollen wir ihm den Kamm stutzen, Hoheit?«, fragte Ivor pflichtschuldig.

»Später«, meinte Ortwein. »Zuerst will ich hören, was er zu sagen hat.«

»Du verschwendest dein Leben«, fuhr der Bettler fort. »Statt Widerstand zu leisten und den Tod deines Vaters und deines Bruders zu rächen, hast du dich feige verkrochen.«

»Ich habe Widerstand geleistet«, verteidigte sich Ortwein, dem es in mancher Hinsicht so vorkam, als spräche sein Vater zu ihm. »Aber der Feind war zu stark!«

»Hast du alles versucht? Die Bauern zum Militärdienst verpflichtet? Hilfstruppen ausgehoben? Söldner angeworben?«

»Nun, ich …«

»Du glaubtest, der Sturm würde an dir vorüberziehen«, fiel ihm der Bettler ins Wort. »Du hast gehofft, dass, wenn du dich nur still genug verhalten würdest, der Elfenkönig den Verrat deines Vaters vergessen und dich unbehelligt lassen würde. Das ist jedoch nicht der Fall gewesen, nicht wahr? Tirgas Lan hat deine Felder verwüsten und die Kornkammern niederbrennen lassen. Nun herrschen Mangel und Not in Andaril, und das Volk gibt dir die Schuld daran. Ist es nicht so?«

Ortwein konnte nicht anders, als stumm zu nicken.

»Und statt Gegenwehr zu leisten, statt deinen Feinden ins Gesicht zu lachen und sie mit dem Schwert zu bekämpfen, wie es dein Vater getan hätte, bist du feige geflohen. Den Kampf um die Herrschaft überlässt du anderen, während du dich hier versteckst und den Ratten beim Balgen zuschaust.«

»Ich habe das nicht so gewollt«, wandte Ortwein entrüstet und zugleich hilflos ein.

»Natürlich nicht. Aber deine Pläne wurden vereitelt, nicht wahr? Ebenso wie die deines Vaters. Und weißt du, wer Schuld daran trägt?«

»Natürlich weiß ich das – diese verdammten Elfen.«

»Das ist richtig. Dennoch sind es besondere Elfen gewesen, die sowohl deinen Bruder als auch deinen Vater getötet haben und für dein Unglück verantwortlich sind. Es waren Zauberer.«

Ortwein zuckte merklich zusammen.

»Wusstest du das nicht?«, erkundigte sich der Fremde. Er hob sein Haupt ein wenig, aber noch immer war das Dunkel unter der Kapuze undurchdringlich. »Es ist wahr, Fürst von Andaril. Zauberer sind es gewesen, die deinen Vater und seine Getreuen getötet und seine Pläne zunichtegemacht haben – und sie werden es dabei nicht bewenden lassen. Ihr Einfluss in Tirgas Lan ist noch stärker geworden seit jenen Tagen, und sie haben das Herz des Königs mit ihrem Hass vergiftet. Elidor setzt nicht länger auf ein friedliches Zusammenleben zwischen Menschen und Elfen, und er wird nicht eher ruhen, bis jeder Fürst und Clansherr der Ostlande entmachtet und sein Besitz der Krone zugeschlagen ist.«

»Nein!«, rief Ortwein entsetzt.

»Die Flamme des Krieges schwelt bereits«, versicherte der Bettler, »sie kann nicht mehr gelöscht werden. Was die Ostlande brauchen, ist jemand, der sie eint und gegen das Heer Tirgas Lans in die Schlacht führt. Dich, Ortwein von Andaril.«

»Mich?« Der Fürstensohn glaubte, nicht recht gehört zu haben.

»Wer könnte dazu geeigneter sein? Allem Anschein nach hast du es vergessen, aber in deinen Adern fließt das Blut Erweins, des größten Anführers, den die Ostlande je hervorgebracht haben.«

»Keineswegs«, versicherte Ortwein kopfschüttelnd, »aber vielleicht hast du vergessen, dass nicht nur mein Vater getötet wurde, sondern auch viele der besten Krieger Andarils! Fast die gesamte Leibwache des Fürsten wurde ausgelöscht!«

»Und? Heere sind dazu da, um wieder neu aufgestellt zu werden. Du hast gar keine andere Wahl.«

»Warum nicht?«

»Sehr einfach«, erwiderte der Bucklige und hatte trotz seiner elenden Erscheinung so gar nichts Unterwürfiges mehr an sich. »Dein Vater, Fürst Erwein, hat einen feierlichen Eid geleistet, die Zauberer zu bekämpfen – einen Eid, der auch seine Nachkommen bindet, denn er wurde mit Blut besiegelt.«

Ortwein fühlte einen eisigen Schauer seinen Rücken hinabrieseln. »Woher weißt du davon?«, erkundigte er sich leise. »Wer bist du?«

Endlich hob der Fremde sein Haupt und schlug die Kapuze zurück.

Das kantige Antlitz, das von einem grauen Bart und dünnem Haar umrahmt wurde, das von den Seiten eines ansonsten kahlen Schädels hing, sorgte für einen Aufschrei unter Ortweins Leuten. Auch der Fürstensohn selbst erkannte das Gesicht mit den stechenden Augen und der Raubvogelnase sofort wieder, obwohl es sich seit ihrer letzten Begegnung verändert hatte. Tiefe Falten hatten sich darin eingegraben, die Haut war grau geworden und sah an einigen Stellen aus, als hätte die Verwesung bereits eingesetzt. Gerade so, als wären seit ihrer letzten Begegnung nicht zwei, sondern zweihundert Jahre vergangen …

»Rurak!«, entfuhr es ihm atemlos. Nach allem, was damals geschehen war, hatte er nicht erwartet, den abtrünnigen Zauberer jemals wiederzusehen.

»Bist du überrascht?«

»E-ein wenig«, erwiderte Ortwein stammelnd. »Es gab Gerüchte. Manche besagten, du wärst tot.«

»Nein, Fürst von Andaril. Obwohl ich es mir bisweilen fast gewünscht hätte, denn man hat mich nach Borkavor verbannt.«

»Borkavor!«

Wie ein Echo geisterte das Wort durch die Reihen von Ortweins Leuten. Die Bilder, die es hervorrief, waren unterschiedlich, doch sie alle hatten den Schrecken gemein.

»Aber wie ist das möglich?«, fragte Ortwein schaudernd. »Es heißt, dass es aus Borkavor kein Entkommen gebe.«

»Es ist möglich«, erwiderte der Zauberer, »andernfalls würde ich wohl kaum hier vor dir stehen. Du solltest ›unmöglich‹ rasch aus deinem Wortschatz streichen, Fürst von Andaril, sonst wirst du es nie zu etwas bringen. Und ich habe Großes mit dir vor, genau wie einst mit deinem Vater.«

»Mit mir?« Ortwein blickte an seinem Gewand hinab, das zerschlissen war und verschmutzt und so gar nichts Fürstliches mehr an sich hatte.

»Gewiss. Wie ein Schwein magst du dich im Schlamm gesuhlt haben und wie eine Ratte im Dreck nach Nahrung gewühlt – aber die Zeit ist gekommen, sich aus den Niederungen zu erheben und den Blick nach Süden zu richten, wo die Urheber deines Elends sitzen. Nach Tirgas Lan …«

Ortwein konnte sehen, wie einige seiner Männer beifällig nickten und die Fäuste ballten. Auch auf seine gedemütigte Seele waren Ruraks Worte Balsam. Andererseits spürte er einen Anflug von Eifersucht, weil es dem Zauberer mit wenigen Worten gelungen war, seinen Leuten Mut zu machen. Wäre das nicht eigentlich seine Aufgabe gewesen?

»Und wie stellst du dir das vor?«, erwiderte er deshalb und straffte sich. »Unsere Feinde haben ganze Arbeit geleistet. Nicht nur mein Vater und seine Getreuen sind tot. Der gesamte Widerstand wurde zerschlagen.«

»Das ist nicht wahr.«

»Nein? Aber die Gerüchte …«

»… sind allesamt falsch«, versicherte Rurak. »Der Widerstand existiert noch immer. In diesem Augenblick ist er dabei, sich neu zu formieren, und schon bald wirst du von Dingen hören, die nur zu deutlich machen werden, dass die Feinde des Reiches längst nicht besiegt sind. Der Kampf geht weiter, Ortwein von Andaril!«

»Für dich vielleicht, aber nicht für mich! Glaubst du, ich habe aus purem Übermut meine Burg verlassen und mich in dieses Rattenloch verkrochen? Man hat ein Kopfgeld auf mich ausgesetzt, sodass ich keine andere Wahl hatte – aber das Volk zeigt wenig Verständnis für einen Fürsten, der die Flucht ergreift. Es wird mir nicht mehr folgen.«

»Es wird dir folgen«, war Rurak überzeugt, »denn es erwartet sehnsüchtig deine Rückkehr, ebenso wie die Landlords und Clansherren, die nach Führung dürsten.«

Mit einer fahrigen Geste strich sich Ortwein durch das fettige Haar. »Ist das wahr?«

»Gewiss.«

»Welcher finstere Zauber hat das bewirkt?«

»Kein Zauber, Fürst Ortwein, sondern die Kunde des nahenden Krieges«, gab Rurak zurück. »Schon wurden die ersten Grenzdörfer der Westmark verwüstet, und die Nachricht von massenweise enthaupteten Bauern und geschändeten Frauen zeigen Wirkung bei der Bevölkerung. Elfenkrieger sind auf dem Weg nach Norden, Fürst – und diesmal sind es nicht nur ein paar Hundert, sondern eine ganze Legion. Ihre Vorhut ist bereits eingetroffen.«

»Was? Aber …«

»Wie ich schon sagte, der Einfluss des Hohen Rats ist stärker geworden in Tirgas Lan. Diesmal wird der König nicht eher ruhen, bis auch der letzte Menschenherrscher ausgerottet ist. Die Entscheidung, die du treffen musst, ist nicht die über Krieg oder Frieden, Ortwein, denn sie wurde längst gefällt. Vielmehr musst du dir überlegen, ob du das Schwert erheben und an den Mördern deines Vaters Rache nehmen oder ob du dich weiterhin feige verkriechen willst und darauf warten, dass sie dich finden.«

»Er hat recht!«, tönte es aus den Reihen seiner Krieger. Hier und dort wurden drohend die Klingen emporgereckt.

»Tod den Elfen!«

»Untergang den Zauberern!«

»Rache für Fürst Erwein!«

Ortwein presste die Lippen zusammen, bis nur noch ein schmaler Strich übrig war. Derart entschlossen hatte er seine Männer lange nicht mehr erlebt. Es hatte den Anschein, als hätte ein anderer Geist von ihnen Besitz ergriffen.

Der Geist Erweins von Andaril!

Auch Ortwein konnte sich dem nicht entziehen. Er spürte neue Zuversicht – und er wäre im Leben nicht darauf gekommen, dahinter die Manipulation eines der Dunkelheit verfallenen Zauberers zu vermuten.

»Sei unbesorgt«, redete Rurak ihm weiter zu. »Alles, was du tun musst, ist, ein Heer aufzustellen. Die Lords und Clansherren werden sich dir anschließen aus Sorge um ihren Besitz; die Städte werden dich unterstützten, weil die Handelssperre ihnen die Lebensader abschnürt; und die Bauern werden deinem Banner bereitwillig folgen, weil in den Dörfern Elend und Hunger herrschen und sie um ihre Familien fürchten müssen. Du musst nur das Heft des Handelns ergreifen und das Geschenk annehmen, das die Vorsehung dir so bereitwillig bietet. Die Zeit ist reif, Ortwein von Andaril. Nun ist es an dir, zu vollbringen, was deinem Vater verwehrt blieb, und die Ostlande unter einer Krone zu einen.«

Die Worte des Zauberers waren süß wie Honig. Im Überschwang der Gefühle, die nicht nur ihn, sondern auch seine Männer erfassten, wechselte Ortwein das Schwert in die linke Hand, schloss die Rechte um die Klinge und fuhr daran herab, sodass hellrotes Blut den Stahl benetzte.

»Beim Namen meines ermordeten Vaters erneuere ich hiermit den Schwur, den dieser geleistet hat«, verkündete er feierlich. »Wir haben uns lange genug feige verkrochen. Die Zeit ist gekommen, um zurückzuschlagen!«

Seine Männer ballten die Fäuste und stimmten grölend zu, schrien die Furcht und die Mutlosigkeit der zurückliegenden

Monate hinaus und forderten lauthals Rache für das, was die Elfen ihnen angetan hatten und womöglich noch antun würden. Es dauerte nicht lange, bis sich aus dem wilden Geschrei ein Kriegsruf formte, in den bald alle Kämpfer Andarils einfielen:

»Tod den Elfen! Untergang den Zauberern!«

Unablässig wiederholten sie die Worte, als wären sie eine Beschwörungsformel, legten ihre ganze Leidenschaft und ihren Hass hinein – und Rurak wusste, dass er gewonnen hatte.

9. LAFANOR THWA

Die Nachricht von Vater Semias' grausamem Ende hatte sich wie ein Lauffeuer in Shakara verbreitet.

Natürlich wäre es Farawyn am liebsten gewesen, er hätte den Tod des Ältesten zumindest noch für einen Tag verheimlichen können, um ungestört erste Ermittlungen anstellen zu können. Aber dies hatte sich als unmöglich herausgestellt.

Granock nahm an, dass es die Kobolde gewesen waren, die das Gerücht von der Ermordung des Ältesten verbreitet und ihren Herren zugetragen hatten, und schon bald war Farawyn nichts anderes übrig geblieben, als zuzugeben, dass das schreckliche Gerücht der Wahrheit entsprach.

Der Älteste des Zauberordens war ermordet worden.

In seinem eigenen Schlafgemach.

Im Herzen von Shakara.

Es war, als hätte man in ein Wespennest gestochen. Einige der Ordensbrüder und -schwestern verfielen in nackte Panik, andere riefen lautstark nach Vergeltung, wieder andere zogen sich zur Meditation zurück. Sie alle waren sich jedoch darüber einig, dass der Tod des Ältesten eine Zäsur in der Geschichte Shakaras bedeutete, und nahmen ihn als dunkles Omen.

Natürlich war die gesamte Ordensburg in Alarmbereitschaft versetzt und die Wachen an den Ein- und Ausgängen verstärkt worden. Sogar die Novizen wurden zum Wachdienst herangezogen und gingen in den Korridoren auf Patrouille.

Es waren Stunden der Unruhe und des um sich greifenden Chaos, in denen Granock einmal mehr die Feststellung machte, dass sich Elfen und Menschen weitaus weniger unterschieden, als es bisweilen den Anschein hatte. Sigwyns Söhne und Töchter mochten länger auf Erden weilen und über größere Erfahrung und Weisheit verfügen; sobald jedoch etwas Unvorhergesehenes in ihr Leben brach, fiel die Beherrschtheit von ihnen ab wie ein fadenscheiniger Mantel, und manch niederer, längst vergessen geglaubter Instinkt kam wieder zum Vorschein.

Auch Farawyn schien sich dessen bewusst zu sein, und es war wohl mit ein Grund, warum er Semias' Tod zunächst hatte verheimlichen wollen. Lediglich einige ausgewählte Ratsmitglieder waren ins Vertrauen gezogen worden, darunter die Meisterinnen Maeve und Atgyva und der Schreiber Syolan sowie – auf Granocks ausdrücklichen Wunsch – der Eingeweihte Aldur. Ihnen oblag es, die Ordensburg nach Hinweisen zu durchsuchen, nach Spuren, die der Mörder womöglich hinterlassen haben könnte. Aber sie fanden nichts, ebenso wenig wie sie den Täter selbst fanden. Nur eines war zurückgeblieben: Die Waffe, mit der der grausame Anschlag verübt worden war.

Wie Granock inzwischen erfahren hatte, handelte es sich bei dem Dolch um den *lafanor thwa*, die Schwarzklinge, eine berüchtigte Waffe aus grauer Vorzeit. Ihre Herstellung und ihr Gebrauch waren seit Jahrtausenden verboten, sodass man dergleichen lange nicht in Erdwelt gesehen hatte. Nur Schmieden der Finsternis, wie Farawyn erklärt hatte, vermochten etwas Derartiges hervorzubringen.

Die Klinge des Dolchs war aus Stahl gefertigt, aber mit dunkler Magie gehärtet, und sie war mit Flüchen getränkt, sodass jeder Abwehrzauber dagegen wirkungslos war. Keine Heilkraft vermochte die Wunden zu schließen, die der *lafanor thwa* schlug. Schon die alleinige Existenz der Waffe machte klar, dass die Situation weitaus schlimmer war, als Farawyn und seine Vertrauten es nach Ruraks Flucht aus Borkavor befürchtet hatten.

Nicht nur, dass das Böse immer noch wirksam war in Erdwelt. Es war bereits bis nach Shakara vorgedrungen.

In aller Eile wurde eine Versammlung des Zauberrats einberufen, und nie zuvor hatte Granock die Abgeordneten in größerer

Aufregung erlebt; Chaos herrschte unter dem riesigen Elfenkristall, der unter dem Gewölbe des Ratssaals schwebte, und wäre es nicht um die Statuen der alten Könige gewesen, die mit unverändertem Gleichmut auf die Geschehnisse herabblickten, so hätte man den Eindruck gewinnen können, dass die ehrwürdige Halle selbst unter der allgemeinen Unruhe erzitterte. Viele Ratsmitglieder hatten ihre Augen vor den Zeichen der Zeit verschlossen und sich in ihre Geisteswelt geflüchtet in der Hoffnung, dass der Sturm vorüberziehen werde, ohne Schaden anzurichten. Der Tod des Ältesten jedoch hatte sie jäh aus ihren Träumen gerissen.

Es dauerte lange, bis die Ratsmitglieder ihre Plätze eingenommen hatten; aufgeregt diskutierten sie miteinander, unterstrichen ihre Worte durch wilde Gesten. Schon einmal, vor zwei Jahren, war das Böse nach Shakara gekommen und hatte sich Ruraks bemächtigt. Diesmal jedoch hatte der Feind kein Gesicht, und anders als damals hatte er ein Todesopfer gefordert. Granock hatte elfische Mienen inzwischen gut genug deuten gelernt, um zu sehen, dass sich in einigen von ihnen nackte Furcht spiegelte.

Farawyn, der auf dem Podium an der Stirnseite des Saals stand, unter dem großen Kristall, der ganz Shakara mit Licht und Energie versorgte, hob gebietend die Arme. Granock und Aldur, die vor der großen Pforte am anderen Ende der Halle einen Platz gefunden hatten, tauschten einen Blick. Erst seit sie Eingeweihte waren, war ihnen die Teilnahme an einer Beratung gestattet, allerdings nur als Zuhörer und auf ausdrückliche Einladung der Ältesten. Farawyn hatte mehrfach betont, wie viel ihm daran lag, die beiden jungen Männer zu seiner Unterstützung in seiner Nähe zu wissen. Allmählich begriff Granock, wieso.

Erst nach und nach legte sich die Unruhe. Die Stimmen wurden leiser, aber sie verstummten nicht ganz. Allenthalben wurde irgendwo getuschelt, die Furcht der Ratsmitglieder lag beinahe greifbar in der Luft.

»Schwestern und Brüder«, erhob Farawyn seine Stimme, die bewundernswert fest und sicher klang, »ich bitte Euch alle, Euch zu beruhigen. Was wir jetzt mehr denn je brauchen, sind ein kühler Verstand und eine ruhige Hand.«

»Gut gesprochen, Bruder Farawyn«, rief ein Ratsmitglied vom rechten Flügel – es war Meister Gervan, der nach dem Verrat und der Verstoßung Ruraks zum Sprecher seiner Fraktion aufgestiegen war. »Aber um mit kühlem Verstand zu überlegen und mit ruhiger Hand zu walten, braucht man Informationen. Und ich habe den begründeten Verdacht, dass uns diese vorenthalten werden!«

Wieder Getuschel und zustimmendes Gemurmel. Vor allem von der rechten Seite, aber, wie Granock mit Besorgnis feststellte, auch von Farawyns eigenem Flügel.

»Ich darf euch versichern, Schwestern und Brüder, dass ihr alle notwendigen Informationen bekommen werdet. Im Kodex unseres Ordens steht, dass es keine Geheimnisse geben soll unter den Mitgliedern des Rates, und so wollen wir es halten.«

»Gebt Ihr uns Euer Wort darauf?«, erkundigte sich Gervan.

»Natürlich.« Farawyn nickte. »Ihr alle wisst, was vergangene Nacht in diesen Mauern geschehen ist. Semias, der ehrwürdige Älteste und von allen geliebte Vater unseres Ordens, wurde ermordet, kaltblütig niedergestreckt von einer Waffe dunklen Ursprungs. Das ist alles, was wir bislang wissen.«

»Und was ist mit den Gerüchten?«

»Ich gebe nichts auf Gerüchte«, stellte Farawyn klar, und einmal mehr bewunderte Granock seinen alten Meister für dessen Gelassenheit.

»Auch nicht auf jene, die besagen, dass der Verräter Rurak vor wenigen Tagen aus Borkavor geflohen ist?«, hakte Gervan weiter nach.

Wäre ein Eiswurm durch den Boden des Ratssaals gebrochen, hätte das Entsetzen nicht größer sein können. Ein Aufschrei ging durch die Reihen der Ratsmitglieder.

»Ist das wahr?«, rief eine Angehörige des linken Flügels herüber.

»Unmöglich«, bekundete eine andere, während zwei Räte der rechten Fraktion drohend die Zauberstäbe hoben. Binnen weniger Augenblicke löste sich die soeben erst mühsam wiederhergestellte Ordnung auf. Alle riefen durcheinander, überall wurde wild gestikuliert, sodass Farawyn seine ganze Autorität aufbieten musste, um sich erneut Gehör zu verschaffen.

»Ihr sprecht von Gerüchten, Bruder Gervan«, wandte er sich an den Vertreter des rechten Flügels, »dabei habe ich den Eindruck, dass Ihr der Einzige seid, der bislang von diesen Dingen gehört hat.«

»Das ist unerheblich«, verteidigte sich der Angesprochene und strich die Falten seines weiten Gewandes glatt, als wolle er jede Verdächtigung von sich abwischen. Sein langes, zu einem Pferdeschwanz gebundenes Haar flog hin und her, als er heftig den Kopf schüttelte. »Mich interessiert nur eines, Ältester Farawyn: Ist es wahr, was man erzählt? Ist dem Abtrünnigen tatsächlich die Flucht geglückt?«

Nun kehrte Stille ein, und aller Augen, einschließlich Granocks und Aldurs, richteten sich auf den Ältesten. Granock beneidete seinen ehemaligen Meister nicht. Ihm war klar, dass dieser zum Wohle aller gehandelt hatte, indem er die Nachricht von Ruracks Flucht verschwieg. Das änderte allerdings nichts daran, dass er dem Rat bewusst wichtige Informationen verheimlicht hatte.

»Ja«, bestätigte Farawyn mit fester Stimme, worauf ein Raunen durch die Reihen ging. »Und? Was ändert es? Ist seit der letzten Nacht nicht offenkundig, dass das Böse längst nicht erloschen ist? Dass es weiter sein Unwesen treibt in Erdwelt und sogar in Shakara? Dass all jene, die die Gefahr für immer gebannt glaubten, sich geirrt haben?«

»Ihr versucht, vom eigentlichen Thema abzulenken, Ältester Farawyn«, beharrte Gervan. »Weshalb habt Ihr den Rat über diese alarmierende Entwicklung nicht umgehend in Kenntnis gesetzt?«

»Aus zwei Gründen. Zum einen, weil ich niemanden beunruhigen wollte ...«

»Wie rücksichtsvoll von Euch!«

»... zum anderen, weil ich mir zunächst selbst ein Bild von der Situation machen wollte.«

»Ihr seid in Borkavor gewesen?«

»Ja.«

»Ohne das Wissen und den Beschluss des Rates?«

»Ich hatte den Segen meines Amtsbruders Semias«, verteidigte sich Farawyn.

»Ich verstehe.« Gervan nickte. »Wie bedauerlich, dass Vater Semias nicht mehr hier ist, um Eure Aussage zu bestätigen.«

»Was wollt Ihr damit sagen?«

Nicht Farawyn hatte die Frage gestellt, sondern Granock. Die Häme in den Worten des Zauberers und die unausgesprochene Verleumdung, die darin mitschwang, hatte ihm die Zornesröte ins Gesicht getrieben, und er hatte den spontanen Ärger, den er verspürte, laut hinausgebrüllt. Schon im nächsten Moment bereute er es allerdings, denn die Ratsmitglieder drehten sich allesamt zu ihm um, und nun trafen ihre vorwurfsvollen Blicke nicht mehr Farawyn, sondern ihn, und anders als sein alter Meister wusste er keineswegs damit umzugehen.

»Wie überaus anrührend«, kommentierte Gervan spöttisch. »Der Menschenjunge ergreift für seinen Lehrer Partei. Habt Ihr Eurem Schützling nicht beigebracht, Ältester Farawyn, dass es seinem Rang untersagt ist, seine Stimme ungefragt im Rat zu erheben, noch dazu gegen einen Meister?«

»Dem Eingeweihten Granock«, ließ sich Farawyn vom anderen Ende des Saals vernehmen, »wird hiermit eine offizielle Rüge des Zauberrats zuteil. Sollte er noch einmal unaufgefordert das Wort ergreifen, wird er des Saales verwiesen. Ist das klar?«

»Verstanden«, erwiderte Granock kleinlaut. Die Rüge Gervans und auch der anderen Ratsmitglieder hätte er noch ertragen, aber der vorwurfsvolle Blick seines ehemaligen Meisters beschämte ihn zutiefst. »Es tut mir leid«, sagte er und senkte schuldbewusst das Haupt.

»Mein einstiger Schüler«, fuhr Farawyn fort, »mag überstürzt gesprochen und ohne Recht das Wort ergriffen haben, aber das ändert nichts daran, dass seine Frage nur zu berechtigt war. Was wollt Ihr mit Eurer Bemerkung bezwecken, Bruder Gervan? Wollt Ihr behaupten, dass ich aus Vater Semias' Ermordung einen Vorteil ziehe?«

»Der Gedanke, so abwegig er erscheinen mag, ist mir durchaus gekommen«, gab der Befragte zu, ohne mit der Wimper zu zucken, »und daran tragt Ihr selbst Schuld, Ältester Farawyn. Weshalb habt Ihr uns die Flucht des Verräters vorenthalten? Warum habt Ihr uns – Eure Schwestern und Brüder nicht nur im Orden, sondern auch in diesem erlauchten Gremium – nicht ins Vertrauen gezogen, wie es Eure Pflicht gewesen wäre?«

»Wie ich schon sagte: Ich wollte eine Panik vermeiden. Furcht ist Gift für jede Gemeinschaft.«

»Die Unwahrheit ebenso«, versetzte Gervan, wofür er von den Ratsmitgliedern Zustimmung erntete. Selbst Granock konnte in diesem Punkt nicht widersprechen.

Farawyn nickte und schien einen Augenblick nachzudenken. »Ihr habt recht, Bruder Gervan«, sagte er schließlich. »Das Amt, das ich bekleide, bedingt, dass man Entscheidungen treffen muss, und diese Entscheidungen können nicht immer richtig sein. Wahrscheinlich wäre es besser gewesen, den Rat umgehend über die Geschehnisse zu informieren.«

»Wahrscheinlich?«, hakte Gervan nach.

»Es *wäre* besser gewesen«, rang Farawyn sich auch noch dieses Zugeständnis ab, obgleich es ihm sichtlich schwerfiel. »Ich bedaure, Euch die Wahrheit vorenthalten zu haben, und ich bitte Euch alle um Verzeihung, Schwestern und Brüder.«

Gemurmel setzte ein, das darauf schließen ließ, dass die überwältigende Mehrheit der Ratsmitglieder geneigt war, Farawyns Entschuldigung anzunehmen.

»Ich denke«, erhob Rätin Maeve, die Sprecherin des linken Flügels, ihre hohe Stimme und verlieh der allgemeinen Meinung Ausdruck, »dass der Ordnung damit Genüge getan ist. Wenden wir uns nun den wirklich dringlichen Dingen zu.«

»Ihr habt recht, Schwester«, stimmte Gervan großmütig zu. »Also bitte teilt uns mit, ehrwürdiger Farawyn, was zum Stand der Ermittlungen zu sagen ist. Ist es wahr, dass es abgesehen von der Tatwaffe nicht die geringste Spur des Täters gibt?«

»So sehr ich es bedauere«, bejahte Farawyn nickend.

»Und entspricht es auch den Tatsachen, dass unmittelbar nach Entdeckung der schrecklichen Tat die Tore versiegelt wurden? Dass Ihr Patrouillen auf *bóriai* ausgesandt habt, die ebenfalls keine einzige Spur entdecken konnten?«

Die Erwähnung der riesenhaften Eisbären, die den Elfen des Nurwinters als Fortbewegungsmittel dienten, ließ Granock innerlich zusammenzucken. Im Zuge des *prayf*, der ersten Prüfung auf dem Weg zum Zauberer, war er gezwungen gewesen, eines dieser weißen Fellmonstren zu reiten, und hätte es um ein Haar nicht überlebt. Seither hatte er es peinlich vermieden, wieder auf einen *bórias* zu steigen.

»Auch das ist wahr«, gab Farawyn zu. »Diese Patrouillen haben in allen Himmelsrichtungen nach der Fährte des Mörders gesucht, sie jedoch nicht finden können.«

»Was bedeutet, dass er noch immer hier ist, oder nicht?«, hakte Gervan nach. »Hier in Shakara.«

»Möglicherweise«, entgegnete Farawyn zögernd, der bereits zu ahnen schien, worauf der andere hinauswollte.

»Ganz sicher«, verbesserte Gervan unbarmherzig, »denn es ist die einzig logische Schlussfolgerung. Wenn sich der Mörder jedoch noch immer in Shakara aufhält und bislang nicht gefunden wurde, so kann das nur eines bedeuten: Er ist einer von uns!«

Die Worte trafen wie Pfeile.

Obwohl auch dieser Gedanke auf der Hand lag, hatten einige Ratsmitglieder es bislang noch erfolgreich vermieden, ihn konsequent zu Ende zu führen. Die Sehnsucht nach einer heilen Welt überwog noch immer. Granock sah die wachsende Furcht in den Gesichtern, und er wusste, dass es genau das war, was Farawyn hatte verhindern wollen. Gervans harsche Worte bargen genug Zerstörungskraft, um den eben erst von seinen inneren Zwistigkeiten genesenen Zauberrat zu zerreißen, und es war eine bittere Ironie, dass ausgerechnet der Tod von Vater Semias, dem die innere Einheit des Ordens über alles gegangen war, zu einem Prüfstein zu werden drohte.

»Ein gefährlicher Gedanke, den Ihr da äußert, Bruder Gervan«, knurrte Farawyn.

»Dessen bin ich mir bewusst – aber nur für jene, die schuldig sind. Wer ein reines Gewissen hat, der hat nichts zu befürchten.«

»Was Ihr nicht sagt.« Farawyn schnaubte. »Und wie wollt Ihr die einen von den anderen unterscheiden? Ist Euch nicht klar, dass Ihr den Orden einer nie dagewesenen Zerreißprobe aussetzt, wenn Ihr anfangt, wilde Verdächtigungen auszusprechen?«

»Soll Vater Semias' Mörder entkommen, nur weil wir nicht den Mut aufbringen, die Dinge beim Namen zu nennen?«, hielt Gervan dagegen und erntete vor allem von seiner eigenen Fraktion Zustimmung.

»Nicht nach dem Täter sollten wir suchen, sondern nach Hinweisen, die zu seiner Ergreifung führen«, widersprach Meister Cysguran.

»Dass Ihr eine solche Meinung äußert, wundert mich nicht weiter«, zischte Gervan. »Schließlich seid Ihr ein Nutznießer dieser eigenartigen Politik der Beschwichtigung, die dem Bösen Tür und Tor geöffnet hat – sogar hier in Shakara!«

»Nehmt das zurück!«

»Wollt Ihr bestreiten, dass Ihr einst zu Palgyrs Anhängern gehört habt? Dass Ihr sein Parteigänger gewesen seid?«

»Keineswegs«, beteuerte Cysguran, der das graue Haar streng zurückgekämmt trug und dessen Mantel das Zeichen der Kristallgilde aufwies. »Aber das war lange bevor Palgyr sich Rurak nannte und zum Verräter wurde! Mit den dunklen Plänen, die er verfolgte, hatte ich nichts zu tun. Zudem habe ich den Flügel gewechselt.«

»Ich weiß«, entgegnete Gervan zähneknirschend und bedachte Cysguran, der ihm auf der anderen Seite der Halle gegenübersaß, mit einem abweisenden Blick. »Das ist nicht zu übersehen, Bruder.«

»Schluss jetzt!«, ging Farawyn dazwischen. »Hört auf mit diesem kleinlichen Geplänkel! Versteht Ihr nicht, dass es genau das ist, was unsere Feinde erreichen wollen? Unsere stärkste Waffe im Kampf gegen die Finsternis ist unsere Einheit, Schwestern und Brüder. Wenn wir anfangen, uns gegenseitig zu beschuldigen und uns selbst zu zerfleischen, dann haben unsere Feinde leichtes Spiel mit uns. Vater Semias hat das immer gewusst, deswegen hat er alles darangesetzt, unsere Einheit zu erhalten. Die Amnestie für Palgyrs ehemalige Anhänger war hierzu ein wichtiger Schritt, an dem zu zweifeln in höchstem Maße töricht wäre.«

»Das findet Ihr töricht?« Gervan breitete effektheischend die Arme aus. »Ein Wolf im Schafspelz ist noch immer ein Wolf, oder nicht? Und man täte gut daran, ihn in einen Käfig zu sperren.«

»Ganz richtig!«, bekräftigte jemand.

»Man muss hart durchgreifen«, rief ein anderes Ratsmitglied aus den hinteren Reihen.

»Aus diesem Grund«, fuhr Gervan fort, »beantrage ich die sofortige Internierung aller Personen, die in begründetem Verdacht stehen, mit der Befreiung Ruraks oder der Ermordung des Ältesten Semias in Verbindung zu stehen, und zwar ungeachtet ihres Alters, ihres Geschlechts oder ihres Amtes!«

Der rechte Flügel spendete fast geschlossen Beifall, nur ein paar wenige enthielten sich.

»Ihr wollt die Verdächtigen internieren?«, fragte Farawyn spitz.

»Ganz recht.«

»Und wer ist verdächtig?«, donnerte der Älteste, der seine Wut und Frustration nicht länger verbergen konnte. »Ich, weil ich Euch bewusst Informationen vorenthalten habe? Mein Koboldsdiener, weil er von meinen Plänen wusste? Der Eingeweihte Granock, weil er vorhin unberechtigt die Stimme erhoben hat? Seht Ihr nicht, wohin das führt?«

»Ich sehe nur einen Ältesten, der nicht willens oder nicht in der Lage ist, dem Gesetz zu seinem Recht zu verhelfen«, konterte Gervan hart. »Wollt Ihr ernstlich bestreiten, dass Euer Schützling in besonderer Weise verdächtig ist?«

»Weshalb?«, fragte Farawyn scharf, noch ehe Granock recht begriff, dass von ihm die Rede war.

»Da fragt Ihr noch?« Gervans ausgestreckter Zeigefinger flog herum und deutete auf Farawyns ehemaligen Novizen, als wolle er ihn durchbohren. »Seht ihn Euch doch nur an, Schwestern und Brüder!«

Wieder fühlte Granock die Blicke der Ratsmitglieder auf sich lasten, aber diesmal waren sie nicht nur unverhohlen vorwurfsvoll, sondern auch noch misstrauisch. Es war, als verpufften all das Wohlwollen und die Anerkennung, die er sich im Lauf der vergangenen beiden Jahre hart erarbeitet hatte, mit einem Schlag. Granocks Puls beschleunigte sich, unwillkürlich ballte er die Fäuste.

»Da!«, rief Gervan. »Seht Ihr es? Seine Gesichtszüge verfärben sich! Bei seiner Art gilt dies als sicheres Anzeichen eines schuldbewussten Gewissens!«

Ein Raunen ging durch die Reihen der Zauberräte. Granock wollte etwas sagen, wollte sich verteidigen, aber nicht nur Farawyns Verbot hinderte ihn daran, sondern auch der dicke Kloß in seinem Hals. Er atmete auf, als sein ehemaliger Meister für ihn das Wort ergriff.

»Sind das die Kriterien Eurer Beurteilung, Bruder Gervan?«, rief Farawyn laut. »Genügt es schon, anders zu sein, um von Euch als verdächtig eingestuft zu werden?«

»Dass Ihr meine Ansicht nicht teilen würdet, war abzusehen, Ältester Farawyn – schließlich seid Ihr selbst es gewesen, der den Menschen nach Shakara gebracht und ihn gegen alle Widerstände in unseren Orden eingeführt hat. Aber Ihr solltet Euch nicht von Eurer Schwäche für die menschliche Rasse blenden lassen.«

»Das tue ich nicht. Der Eingeweihte Granock hat ebenso wie der Eingeweihte Aldur seine Loyalität zum Orden hinreichend unter Beweis gestellt. Beide sind in Arun dabei gewesen und haben dem Grauen ins Auge geblickt.«

»Wer weiß?«, fragte Gervan lauernd. »Vielleicht haben sie das ja ein wenig zu lange getan …«

»Was soll das nun wieder heißen?«

»Ihr sprecht vom Eingeweihten Aldur, der bekanntermaßen ebenfalls zu Euren Günstlingen gehört. Jeder hier im Saal weiß, dass seine Meisterin eine Verräterin war.«

»Und?«, fragte Farawyn, während Granock aus dem Augenwinkel sehen konnte, wie sich Aldur neben ihm verkrampfte. Wie immer, wenn von seiner ehemaligen Meisterin Riwanon die Rede war.

»Ist es wahr, dass Ihr sowohl den Eingeweihten Granock als auch den Eingeweihten Aldur nach Borkavor mitgenommen habt, um Euch bei Euren Ermittlungen zu unterstützen, während Ihr uns, die ehrwürdigen Mitglieder dieses Rates, noch nicht einmal über den Vorfall in Kenntnis gesetzt habt?«, fragte Gervan scharf und sorgte damit erneut für Unruhe unter den Räten. Unwillkürlich fragte sich Granock, woher der Zauberer seine Informationen bekommen haben mochte.

»Ja«, gestand Farawyn, worauf ein unwilliges Murren durch den Ratssaal ging. »Aber ich habe mich dafür entschuldigt.«

»Dass sie an geheimen Unterredungen der Ältesten teilgenommen haben?«, hakte Gervan weiter nach. »An Unterredungen, die womöglich die Zukunft des Ordens betreffen?«

»Da es sich um geheime Absprachen zwischen Vater Semias und mir handelte«, gab Farawyn diplomatisch zur Antwort, »kann ich dazu nichts sagen.«

»Das ist auch nicht nötig. Ich denke, unsere Schwestern und Brüder im Rat haben auch so einen Eindruck bekommen.«

»Einen Eindruck wovon?«

»Ehrwürdiger Farawyn«, ergriff Meister Filfyr, ein weiterer Angehöriger des rechten Ratsflügels, das Wort, »niemand von uns zweifelt an der Lauterkeit Eurer Absichten, aber Ihr müsst verstehen, dass wir beunruhigt sind.«

»Beunruhigt? Weshalb? Weil ich zwei junge Eingeweihte, die unter Einsatz ihres Lebens ihre Loyalität unter Beweis gestellt haben, ins Vertrauen gezogen habe? Ist der Tod des Ältesten Semias nicht weitaus beunruhigender?«

»Ist Euch nie der Gedanke gekommen«, erkundigte sich Gervan, »dass das eine mit dem anderen zusammenhängen könnte? Vielleicht ist es ja nur Eure Gutmütigkeit, die Euren Blick für die Wirklichkeit verschleiert. Vielleicht liegt es aber auch an Aldur, der von seiner alten Meisterin die hohe Kunst des Netzknüpfens erlernt hat. Wir alle wissen, dass Riwanon nicht nur ihre magischen Talente aufgeboten hat, wenn es ihren Willen durchzusetzen galt. Womöglich hat sie ihren Schüler gelehrt, seinen jugendlichen Körper ebenso einzusetzen wie …«

Das war zu viel.

Aldurs Miene färbte sich schlagartig purpurrot. Ob willentlich oder nicht, Rat Gervan hatte seine verwundbarste Stelle getroffen, und der Zorn, den der sonst so beherrschte Elf bislang noch mühsam zurückgehalten hatte, brach in einem heiseren Schrei aus ihm hervor.

»Schweigt!«, brüllte er so laut, dass es von der hohen Decke widerhallte und sogar die steinernen Könige zusammenzuzucken schienen.

»Eingeweihter Aldur!«, rief Farawyn streng.

»Nein«, schrie der junge Elf mit einer Leidenschaft, die selbst Granock überraschte. »Niemand darf es wagen, meine Ehre oder die meiner Meisterin auf derartige Weise zu beschmutzen! Riwanon mag falsch entschieden und den Pfad der Dunkelheit eingeschlagen haben, aber das ändert nichts daran, dass sie eine große Zauberin gewesen ist!«

»Du vergreifst dich im Ton, Eingeweihter Aldur«, beschied Gervan ihm herablassend. »Und du sprichst Drohungen aus, die du nicht halten kannst.« Ein Grinsen huschte über seine schmalen Züge, und selbst Granock, der von Gesprächstaktik nicht allzu viel verstand, merkte, dass es dem Ratssprecher einzig darum ging, Aldur herauszufordern. Der junge Elf jedoch, außer sich vor Wut, tappte blindlings in die Falle.

»Ihr könnt mir glauben, Rat Gervan, dass ich durchaus über die Mittel verfüge, euch zu drohen«, entgegnete er zähneknirschend. »Ebenso, wie ich über die Mittel verfüge, meine Drohungen wahr zu machen!«

»Aldur!«, rief Farawyn abermals, aber die gefährlichen Worte waren bereits ausgesprochen.

»Habt Ihr das gehört, Schwestern und Brüder?«, erkundigte sich Gervan Beifall heischend. »Er hat mich angegriffen! Mich, einen Meister des Ordens und gewähltes Mitglied dieses Rates!«

Wieder setzte empörtes Gemurmel ein, in das sich wütende Schreie vom rechten Flügel mischten. Allerdings machten auch die Abgeordneten des linken Flügels kein Hehl aus ihrem Missfallen. Auch wenn Gervans Bemerkungen provozierend und ehrabschneidend gewesen waren, stand es einem Eingeweihten nicht zu, sich einem Ratsmitglied derart offen zu widersetzen.

»Der Eingeweihte Aldur«, verschaffte sich Farawyn Gehör, »wird hiermit des Saales verwiesen. Er soll sich in seine Kammer zurückziehen und dort so lange meditieren, bis ihm Umfang und Art seiner Bestrafung mitgeteilt werden.«

»Und das ist alles?«, donnerte Gervan, während zwei Elfenwächter vortraten, um Aldur aus dem Saal zu führen. »Nachdem er gezeigt hat, wie viel Aggression in ihm steckt, wollt Ihr ihn mit einer Verwarnung davonkommen lassen?«

»Allerdings.«

»Warum?«, wollte Gervan wissen, und am schlagartig verebbenden Geschrei war zu erkennen, dass er nicht der Einzige war, der sich für die Antwort interessierte.

Farawyn ließ sich Zeit. Sein Blick schweifte durch den Saal, maß zunächst die Ratsmitglieder des rechten, dann jene des linken Flügels. »Ihr alle kennt mich«, erwiderte er dann, »und welcher Fraktion Ihr auch immer angehört, Ihr wisst, dass ich niemand bin, der die Augen vor der Wirklichkeit verschließt. Mein *rhegas* besteht darin, Dinge zu sehen, die anderen verborgen bleiben, und ich kann euch sagen, dass Aldur keine Schuld am Tod von Vater Semias trifft.«

»Nein?« Gervans Augen blitzten. »Aber wer trägt dann Schuld daran? Konntet Ihr den Mörder etwa sehen?«

»Nein.« Farawyn schüttelte den Kopf. »Die Macht der Dunkelklinge verschleiert die Vergangenheit und hat die Spuren verwischt. Ich vermag den Bann nicht zu brechen.«

»Aber was Aldurans Sohn betrifft, seid Ihr Euch sicher.«

»Allerdings.« Farawyn nickte.

»Verzeiht, Ältester, wenn dies nicht sehr plausibel klingt. Vielleicht sind es ja nicht dunkle Kräfte, sondern Eure eigenen Gefühle, die Eure Sicht trüben. Wir alle haben soeben erlebt, wie leidenschaftlich Aldur seine alte Meisterin verteidigt, obwohl jeder von uns weiß, was sie getan hat. Riwanon hatte viele Gründe, Vater Semias zu hassen – womöglich hat er nur zu Ende gebracht, was sie längst geplant hatte.«

»Ein berechtigter Einwand«, pflichtete Cysguran vom anderen Flügel bei. Dass der Zauberer seine Haltung plötzlich geändert hatte, überraschte Granock nicht, schließlich bot sich für ihn dadurch eine willkommene Gelegenheit, sich selbst ins rechte Licht zu rücken und das Misstrauen auf jemand anderen zu lenken; die Ratsmitglieder jedoch werteten die Zustimmung, die er seinem Gegner gab, als Zeichen der inneren Einheit.

Abgeordnete beider Seiten pflichteten bei. Einige rieben, wie unter Elfen üblich, ihre Handflächen aneinander, um ihren Beifall zu bekunden; andere ließen die Kristalle ihrer Zauberstäbe glühen, um ihrer Zustimmung Ausdruck zu verleihen. In seltener Einhelligkeit versammelte Gervan die beiden Ratsflügel hinter sich, und selbst Farawyn war dagegen machtlos.

Betroffen schaute Granock zu Aldur, der kreidebleich geworden war und wie ein Beklagter vor Gericht wirkte. Ihm war anzusehen, dass er nicht begriff, weshalb sich die Stimmung im Ratssaal so plötzlich gegen ihn gewandt hatte. Granock hingegen verstand es umso besser, und das nicht nur, weil er schon sein ganzes Leben lang mit Ignoranz und Vorurteilen zu kämpfen hatte. Sondern auch, weil das, was gerade im Hohen Rat der Elfen vor sich ging, auf so frappierende Weise menschlich war, dass ihm fast davon übel wurde …

»Verdammt noch mal!«, platzte es ungeachtet des Redeverbots aus ihm heraus. »Ist das die elfische Art, sich dankbar zu zeigen? Ist Eure Furcht so groß, dass Ihr jetzt schon Helden zu Verdächtigen machen müsst?«

Die Beifallsbekundungen erstarben. Die Ratsmitglieder wandten sich Granock zu. Unglauben über so viel Unverfrorenheit sprach aus ihren Gesichtern.

»Eingeweihter Granock«, stöhnte Farawyn am anderen Ende des Saales, »ich hatte dich davor gewarnt, das Wort nicht noch einmal unaufgefordert zu ergreifen.«

»Verzeiht, Meister, aber Ihr selbst habt mir beigebracht, dass man nicht schweigen darf, wenn man Zeuge eines Unrechts wird – und was hier geschieht, ist Unrecht!«

»Darüber zu befinden steht dir nicht zu«, befand Meisterin Atgyva. »Wir wissen um deine Verdienste, Eingeweihter Granock, und wir achten sie. Aber noch bist du kein vollwertiger Zauberer und hast folglich auch nicht das Recht, einen Beschuldigten vor dem Rat zu verteidigen.«

»Ich habe das Recht des Freundes«, stellte Granock klar. »Das Recht des Kameraden, der zusammen mit Aldur dem Tod ins Auge geblickt hat. Das Recht des Bruders …«

»… das vor diesem erlauchten Kreis keine Anerkennung findet«, brachte Gervan den Satz zu Ende. »Zudem zählst du in meinen Augen selbst zum Kreise jener, vor denen wir uns in acht nehmen sollten, und schon aus diesem Grund …«

»Aber *ich* habe sowohl die Befugnis als auch das Recht, Aldur zu verteidigen!«, rief Farawyn mit unverhohlenem Zorn. »Ist es schon so weit gekommen, dass ein Mensch uns sagen muss, was rechtens ist und was nicht? Ist Euer Drang nach Ruhe und Frieden so groß, dass Ihr bereit seid, alles dafür zu opfern, selbst die Vernunft?«

»Keineswegs, Ältester Farawyn«, wehrte Gervan ab. »Unvernünftig wäre es, nicht jedem Verdachtsmoment nachzugehen. Und der Eingeweihte Aldur ist verdächtig.«

»Ihr alle steht in seiner Schuld!«

»Wir alle? Auch Vater Semias?«

Der Streit eskalierte.

Farawyns Worte hatten einige Abgeordnete nachdenklich gemacht, und zumindest der linke Flügel schien in der Mehrheit wieder von Gervans Kurs abzuweichen. Der rechte Flügel jedoch stellte sich fast geschlossen hinter seinen Sprecher und forderte lautstark Konsequenzen, während Aldur von den Wachen aus dem Ratssaal geführt wurde.

Granock starrte zu Boden, die Hände zu Fäusten geballt. Er wusste, dass es Gervan nur um Politik ging und darum, seine Gegner zu schwächen, und dass die meisten Ratsmitglieder tatsächlich nichts anderes wollten, als in Ruhe zu ihren Studien zurückzukehren, die ihnen mehr als alles andere bedeuteten. In diesem Augenblick wurde ihm jedoch klar, dass er einer Täuschung erlegen war. Früher hatte er stets geglaubt, dass die Elfen den Menschen überlegen waren und dies der Grund wäre für ihren oft zur Schau gestellten Hochmut.

In Wahrheit war das Gegenteil der Fall.

Im Lauf ihrer jahrtausendelangen Geschichte hatten die Elfen vieles erreicht und waren zu Dingen fähig, die zu bewerkstelligen ein Mensch wohl niemals in der Lage sein würde. Aber wenn die Furcht regierte, verschwanden alle Unterschiede. Menschen wie Elfen wurden dann zu Wachs in den Händen derer, die die Situation auszunutzen verstanden …

Es hatte eine Zeit gegeben, da hatte Granock die Elfen gehasst und gefürchtet. Später dann hatte er sie bewundert. In diesem Augenblick jedoch konnte er nicht anders, als sie zu verachten.

Noch einen Augenblick lang wohnte er dem erbitterten Streit bei, den sich Farawyn und einige seiner Anhänger mit dem Rest des Rates lieferten. Dann machte er auf dem Absatz kehrt und verließ den Saal, ohne auf seine Entlassung zu warten.

Natürlich war dies ein neuerlicher Verstoß, aber die Ratsmitglieder, allen voran der streitbare Gervan, waren so in ihren Disput vertieft, dass sie es noch nicht einmal bemerkten. Mit raschen Schritten passierte er die Pforte, die die Torwächter vor ihm öffneten.

War das klug?, fragte Ariel in die Stille, die entstand, als sich die Türhälften wieder schlossen und das Gezeter der Ratsmitglieder verstummen ließen.

Granock bedachte den Kobold, der vor der Ratshalle auf ihn gewartet hatte, mit einem Seitenblick. »Wahrscheinlich nicht«, gab er zu. »Aber es war menschlich.«

»Idioten! Allesamt sind sie Idioten, deren Verstand ebenso versteinert ist wie ihre Knochen!«

Aldur ließ seiner Frustration freien Lauf. Die Wachen hatten ihn aus dem Saal geführt und ihn dann entlassen, wobei sie ihm nochmals eingeschärft hatten, dass er dem Befehl des Ratsältesten Folge leisten und sich in seine Kammer zurückziehen solle. Aldur hatte nicht vor, sich der Anweisung zu widersetzen – in seinem Quartier hatte er wenigstens Ruhe vor den Verleumdungen der Ratsmitglieder.

Mein armer Herr! Das habt Ihr nicht verdient …

Die sanfte Stimme seiner Koboldsdienerin Níobe sickerte in sein Bewusstsein und legte sich wie Balsam auf seine aufgebrachte Seele. Trotz seines Zorns musste Aldur lächeln.

»Meine gute Níobe! Wenigstens du hältst zu mir.«

Natürlich, Herr. So wie Ihr zu mir gehalten habt, als es kein anderer tat.

Aldur nickte. Einst war die Koboldin mit dem goldblonden, kunstvoll geflochtenen Haar Riwanons Dienerin gewesen, aber da sie hatte glaubhaft machen können, dass sie von den Plänen ihrer Herrin nichts geahnt hatte, hatte der Amnestieerlass der Ältesten auch sie betroffen. Dennoch mieden die meisten Zauberer und auch viele ihrer Artgenossen Níobes Gesellschaft. Nur Aldur war bereit gewesen, sie als Dienerin aufzunehmen.

»Sie zittern und haben Angst«, murrte Aldur weiter. »So sehr, dass sie fast daran ersticken. Diese Narren sind nicht mehr in der Lage, Freund und Feind zu unterscheiden.«

Nein, Herr, das ist es nicht, widersprach Níobe sanft.

Aldur bedachte die Koboldin, die auf seinem angewinkelten Unterarm saß und ihn aus eng zusammengekniffenen Äuglein musterte, mit einem prüfenden Blick. »Ach nein?«, fragte er unwillig. »Was ist es dann, das diese Idioten daran hindert, ihren Verstand zu gebrauchen?«

Neid, flüsterte die Koboldin, wobei sie nach beiden Seiten spähte, als befürchtete sie, belauscht zu werden.

»Was meinst du damit?«

Ist das nicht offensichtlich? Ihr seid Aldur, der Sohn Aldurans, und Eure Fähigkeiten übertreffen die der meisten Ratsmitglieder bei Weitem, einschließlich jene Gervans.

»Und weiter?«

Ihr wisst doch, wie die Räte sind. Gervan ist nicht Sprecher des rechten Flügels geworden, weil er so einvernehmlich gehandelt, sondern weil er etwaige Gegner beizeiten hinter sich gelassen hat. Er weiß genau, was er will, und unternimmt alles, um seine Ziele durchzusetzen.

»Du meinst …?«

Ist das nicht offensichtlich? Zeiten der Krise, Herr, wurden schon immer dazu genutzt, die bestehenden Verhältnisse zu verändern. Ratsmitglied Gervan fürchtet Euch, denn er weiß sowohl um Eure Fähigkeit als auch um Eure Freundschaft zum Ältesten Farawyn. Er argwöhnt, dass Farawyn auf den Gedanken kommen könnte, Euch eines Tages zu seinem Nachfolger zu küren, und das will er verhindern.

»Durch Verleumdung und üble Nachrede?«, begehrte Aldur auf.

Gervans Worte allein sind es nicht, die Euch verletzt haben, nicht wahr?, fragte Níobe sanft. *Es ist die Zustimmung, die viele Räte ihm gegeben haben.*

Aldur schnaubte. Die Koboldin kannte ihn gut, vielleicht zu gut. Sie hatte die Wurzel seines Zorns erforscht, noch ehe er selbst sie gefunden hatte. Genau wie früher seine Meisterin …

Armer, armer Herr! Nachdem Ihr all dies für sie getan, nachdem Ihr in Arun Euer Leben für sie eingesetzt habt, danken sie es Euch auf diese Weise, flüsterte die Koboldin weiter. *Ich kann Euren Zorn gut verstehen, Herr, denn Ihr wurdet verraten. Verraten! Verraten …*

Das Wort hallte wie ein Echo in Aldurs Bewusstsein nach. Es dauerte einen Moment, bis er merkte, dass Níobe aufgehört hatte zu sprechen, denn sie waren plötzlich nicht mehr allein auf dem Gang. Rasche Schritte näherten sich, und im nächsten Moment bog Granock um die Ecke. Seine Züge waren feuerrot, das Haar hing ihm wild und wirr ins Gesicht. Ariel saß auf seiner Schulter und blickte nicht weniger bekümmert drein als er selbst.

»Aldur! Warte auf mich!«

»Was ist?« Der Elf blieb stehen und bedachte den Freund mit einem fragenden Blick. »Haben sie dich auch hinausgeworfen?«

»Nein.« Granock ließ ein wölfisches Grinsen sehen. »Ich bin vorher gegangen.«

»Sie sind Idioten«, blaffte Aldur, während er sich umwandte und weiterlief. »Einer wie der andere.«

»Selbst wenn du recht hättest«, wandte Granock ein, der Mühe hatte, mit ihm Schritt zu halten, »solltest du deine Meinung für dich behalten. Oder ein wenig leiser sprechen.«

»Weshalb? Glaubst du, ich fürchte mich vor denen?«

»Das nicht. Aber Gervan ist mächtig. Wie die Dinge stehen, könnte er leicht Vater Semias' Nachfolger werden.«

»Und was dann?«, fauchte Aldur. »Hat er dann das Recht, uns nach Gutdünken zu verdächtigen und zu beleidigen?«

»Sicher nicht«, gab Granock zu, »aber wir erweisen Farawyn einen schlechten Dienst, wenn wir …«

»Farawyn ist keinen Deut besser als der Rest dieser vergreisten Narren!«, ereiferte sich Aldur. »Statt sich gegen Gervans Unverschämtheiten zu verwehren und meine Ehre zu verteidigen, hat er mich des Saales verwiesen.«

»Aber doch nur, um dich zu schützen«, wandte Granock ein. »Farawyn hat sich für dich eingesetzt, gegen alle Widerstände.«

»Wirklich? Oder sagst du das nur, um deinen alten Meister in Schutz zu nehmen?«

»Was ist los mit dir?« Granock schaute den Elfen forschend an. »Der Aldur, den ich kenne, handelt nach seinem Verstand und nicht nach seinen Gefühlen. Seit wann vermag törichtes Geschwätz dich derart aus der Ruhe zu bringen?«

»Wenn dieses törichte Geschwätz meine Ehre beleidigt, habe ich allen Grund, aufgebracht zu sein«, verteidigte sich Aldur. »Aber ein Mensch kann das wohl nicht verstehen.«

»Glaubst du, Menschen hätten kein Ehrgefühl?« Granock schüttelte den Kopf. »Als ich vor zwei Jahren nach Shakara kam, verging kaum ein Tag, an dem ich nicht gekränkt wurde – vor allem von einem gewissen Novizen, der mich behandelte, als wäre ich der Dreck unter seinen Stiefeln.«

Aldur blickte beschämt zu Boden. Er wusste nur zu gut, dass er gemeint war.

»Dennoch«, fuhr Granock fort, »habe ich mich dadurch nicht beirren lassen – und nun sieh, wohin mich meine Beharrlichkeit gebracht hat. Wir sind Freunde geworden, oder nicht?«

»Das sind wir«, bestätigte Aldur.

»Und als dein Freund rate ich dir, diese Dinge nicht zu persönlich zu nehmen. Rat Gervan hat diese Beleidigungen nicht ausgesprochen, weil er sie glaubt, sondern weil er damit bestimmte Ziele erreichen will. Ich bin überzeugt, er will Semias' Nachfolger werden, und je erbitterter wir uns ihm widersetzen, desto eifriger spielen wir ihm in die Hände. Wir sollten vorsichtig sein, Aldur. Farawyn braucht uns an seiner Seite und nicht …«

Herr, es kommt jemand!

Ariels Warnung erreichte Granock einen Herzschlag, ehe er selbst die Schritte hörte, die sich den Gang entlang näherten. Er verstummte und fuhr herum – um einen überraschten Aufschrei von sich zu geben, als er die schlanke, in eine hellblaue Robe gehüllte Gestalt erblickte, die um die Biegung kam.

»Alannah!«

Granocks Trauer über Vater Semias' Tod und seine Bestürzung über die Vorfälle im Hohen Rat wichen heller Freude, als er die Elfin erblickte. Nun, da er sie wiedersah, merkte er erst, wie sehr er ihre Anmut und ihre Schönheit tatsächlich vermisst hatte.

Doch etwas stimmte nicht.

Ariel hatte ihn erst über Alannahs Eintreffen in Kenntnis gesetzt, als er ihre Schritte schon fast selbst gehört hatte. Für gewöhnlich pflegten die Kobolde befreundeter Zauberer ihr Kommen auf telepathischem Wege einander anzukündigen. Aber Flynn, Alannahs treuer Diener, saß nicht auf ihrer Schulter.

»Du bist wieder hier«, stellte Granock wenig geistreich fest, während Alannah und Aldur sich auf Elfenart begrüßten, indem sie ihre Handflächen aufeinanderlegten. Granock hieß die Freundin willkommen, indem er sie kurzerhand umarmte. Während andere Elfen derart plumpe Körperlichkeit verabscheuten und als roh und bäuerisch ansahen, hatte Alannah nie etwas dagegen einzuwenden gehabt. An diesem Tag jedoch erwiderte sie die Umarmung nur halbherzig, und auch ihre Wiedersehensfreude schien sich in Grenzen zu halten. Nur der Anflug eines Lächelns huschte über ihre blassen Züge, und Granock fühlte einen Stich im Herzen.

»Was ist passiert, Schwester?«, erkundigte sich Aldur. »Du siehst besorgt aus.«

»In der Tat, meine Freunde«, erwiderte Alannah. Es war das erste Mal, dass sie sprach, und Granock erschrak über den matten, krächzenden Klang ihrer sonst so silberhellen Stimme. »Ich muss zu Meister Farawyn. Etwas Schreckliches ist geschehen!«

10. PENTHERFAD

In der Nacht nach dem Streit im Hohen Rat gab es erneut eine geheime Unterredung. Unter dem Siegel absoluter Verschwiegenheit bestellte Farawyn Granock in seine Kammer, um, wie er es ausdrückte, Angelegenheiten von größter Wichtigkeit zu besprechen. Worum es dabei ging, war Granock nur allzu klar.

Wie er inzwischen erfahren hatte, war Alannah durch die Kristallpforte aus Tirgas Lan zurückgekehrt, und die Nachrichten, die sie gebracht hatte, waren in der Tat alarmierend. Nicht genug damit, dass die Orks ins Nordreich eingefallen waren, hatte es auch einen Anschlag auf ihr Leben gegeben. Zwar war dieser durch einen glücklichen Zufall misslungen, doch hatte ihr treuer Koboldsdiener Flynn dabei den Tod gefunden. Granocks Kenntnis der Lage reichte nicht aus, um in vollem Umfang beurteilen zu können, was all dies bedeutete und wie es zusammenhing. Er war nur erleichtert, dass Alannah noch am Leben war, und zugleich wild entschlossen, die Drahtzieher des gemeinen Anschlags, wer immer sie gewesen sein mochten, ausfindig zu machen und zur Rechenschaft zu ziehen.

Im Grunde, dachte er beklommen, während er durch die von mattem Lichtschein beleuchteten Korridore schlich, waren genau jene Befürchtungen wahr geworden, die sowohl Farawyn als auch Semias noch vor wenigen Tagen geäußert hatten. Nun war einer von ihnen nicht mehr am Leben.

Und es schien weiterzugehen …

Granock erreichte die Tür von Farawyns Quartier und klopfte mit dem verabredeten Zeichen. Es dauerte eine Weile, bis drinnen

Schritte zu hören waren, dann wurde die Tür einen Spalt geöffnet. Farawyns besorgtes Gesicht erschien. Die dunklen Augen musterten Granock einen endlos scheinenden Moment, so als wollten sie prüfen, ob er der war, als der er erschien. Dann wurde die Tür vollständig geöffnet, und Granock durfte eintreten. Rasch schlug er die Kapuze seines Gewandes zurück, die er tief ins Gesicht gezogen hatte.

Wie er feststellte, war Farawyn nicht allein.

Auch Alannah und Aldur hielten sich in der Kammer des Ältesten auf. Ihren verwunderten Mienen entnahm Granock, dass Farawyn auch sie im Glauben gelassen hatte, sie wären allein zu der nächtlichen Unterredung bestellt – wohl eine Vorsichtsmaßnahme, die der listige Zauberer ergriffen hatte.

Granock begrüßte seine Freunde mit einem knappen Nicken. Den leisen Schmerz, den er fühlte, als er Alannah sah, unterdrückte er. Ihre Erscheinung war so vollendet wie immer. Das Kleid, das bis zum Boden reichte, umfloss ihre schlanke Gestalt, und das helle Haar war zu einem langen Zopf geflochten, der ihren zarten Nacken entblößte. Es kostete Granock einige Mühe, nicht unentwegt auf sie zu starren.

»Meine jungen Freunde«, begann Farawyn flüsternd, »bitte verzeiht mir die kleine Unaufrichtigkeit, mir der ich euch zu diesem Treffen gelockt habe. Ich wollte nicht, dass einer vom anderen weiß für den Fall, dass … dass ihm etwas zugestoßen wäre«, brachte er den Satz nach kurzem Zögern zu Ende.

»Dass ihm etwas zugestoßen wäre?« Granock schluckte hart. »Ist es denn schon so weit gekommen?«

»Ich fürchte ja«, bestätigte Farawyn mit grimmiger Miene. »Nach den jüngsten Ereignissen kann sich niemand von uns mehr wirklich sicher fühlen, weder hier noch an irgendeinem anderen Ort. Deshalb habe ich euch zu mir gerufen, meine Kinder. Ich brauche eure Hilfe, und ich muss wissen, ob ich darauf bauen kann.«

»Natürlich, Meister, das wisst Ihr doch«, versicherte Granock ohne Zögern. »Ihr könnt jederzeit auf mich zählen.«

»Ebenso wie auf mich«, versicherte Alannah.

Farawyn schnitt eine Grimasse. »Die Jugend spricht leicht und ohne die Folgen zu bedenken. Hört euch erst an, was ich zu sagen habe, und trefft dann eure Entscheidung. Ich möchte nicht, dass …«

Er unterbrach sich, als plötzlich erneut an die Tür geklopft wurde.

»Erwartet Ihr noch jemanden?«, fragte Aldur und wandte sich der Tür zu, wobei er abwehrbereit die Hände hob.

»In der Tat«, bestätigte Farawyn, trat zur Tür und zog den Riegel zurück, der, wie Granock wusste, auch eine magische Barriere war und Bannflüche verschiedenster Art abzuwehren vermochte. Erneut öffnete der Zauberer die Tür einen Spaltbreit. Wer draußen stand, war im spärlichen Licht nicht auszumachen. Erst als Farawyn vollends öffnete und eine hagere Gestalt eintrat, die die Kapuze ihres Gewandes zurückschlug, erkannten die drei Eingeweihten den nächtlichen Besucher.

Es war Meisterin Maeve.

Granock war überrascht. Er hatte gewusst, dass die Zauberin zu Farawyns Anhängern im Hohen Rat zählte, aber er hätte nicht erwartet, sie unter seinen engsten Vertrauten zu finden. Maeve war Caias Meisterin; nach menschlichen Maßstäben war sie um die fünfzig Jahre alt und hatte angegrautes Haar, das sie hochgesteckt zu tragen pflegte, was ihre grazile Gestalt noch betonte. Ihre Nase war leicht gebogen, und ein Paar wasserblauer Augen blickte aus Zügen, die gleichermaßen würdevoll wie unnahbar wirkten. Granock konnte sich nicht erinnern, die Meisterin jemals lachen gesehen zu haben, aber von Caia wusste er, dass sich hinter dem beherrschten Äußeren ein ebenso sanftmütiges wie gütiges Wesen verbarg.

»Ich habe Schwester Maeve zu dieser Unterredung hinzugezogen«, erklärte Farawyn, als er die verwunderten Blicke der drei Eingeweihten bemerkte, »weil sie von nun an dem Zirkel des Vertrauens angehört.«

»Wie das?«, fragte Granock und biss sich sogleich auf die Lippen – schließlich stand es ihm nicht zu, die Entscheidung eines Ältesten anzuzweifeln. Aber in Anbetracht der Lage schien Farawyn gewillt, über derlei Dinge hinwegzusehen.

»Weil ich es gesehen habe«, sagte er nur und gab damit zu verstehen, dass er einmal mehr von seiner Gabe Gebrauch gemacht hatte. »Darüber hinaus habe ich vor, Schwester Maeve für die Nachfolge von Bruder Semias vorzuschlagen.«

»Eine Frau?« Aldur hob eine schmale Braue.

»Warum nicht? Im Kodex unseres Ordens steht nichts darüber, dass eine Frau nicht Älteste werden dürfte.«

»Ihr werdet Schwierigkeiten bekommen«, prophezeite Aldur nur. Was er persönlich von der Idee einer Ehrwürdigen Mutter als Ordensvorsteherin hielt, war ihm nicht anzusehen.

»Daran bin ich gewohnt«, erwiderte Farawyn gelassen. »Außerdem wird mein Antrag Gervan und seine Parteigänger für eine Weile beschäftigen und sie von meinem eigentlichen Vorhaben ablenken.«

»Was für ein Vorhaben?«, wollte Granock wissen. Er ahnte, dass nun er und seine Freunde ins Spiel kommen würden.

»Ihr selbst habt erlebt, in welchem Zustand sich der Hohe Rat befindet. Die jüngsten Ereignisse haben die Ratsmitglieder in Angst und Schrecken versetzt, was Ehrgeizlinge von Gervans Schlag für sich zu nutzen versuchen. Unsere eben erst zurückgewonnene Einheit droht daran zu zerbrechen.«

»Und?«, erkundigte sich Aldur. »Was lässt sich dagegen unternehmen?«

»Vermutlich nichts«, antwortete Farawyn mit entwaffnender Ehrlichkeit. »Semias und ich haben nach Ruraks Verrat alles darangesetzt, die Einheit unter uns Zauberern wiederherzustellen. Aber nur ein Narr würde versuchen, mit bloßen Händen einen Damm am Brechen zu hindern.«

»Was habt Ihr dann vor?«

»In seiner gegenwärtigen Verfassung«, erklärte der Seher weiter, »ist der Rat nicht beschlussfähig. Für solche Fälle sieht der Kodex vor, dass den Ältesten die uneingeschränkte Entscheidungsgewalt übertragen wird.«

»Das stimmt nicht ganz«, wandte Alannah leise ein, »und das wisst Ihr vermutlich.«

»Im Kodex ist von der formellen Erklärung des Notstands die Rede, die vorher durch den Rat erfolgen muss«, räumte Farawyn ein. »Eine solche Erklärung ist im Augenblick wohl nicht zu bekommen, obschon der Zustand des Zauberrates allein Grund genug wäre, sie zu erlassen. Eine Situation wie diese konnten die Gründer unseres Ordens nicht vorhersehen, als sie den Kodex verfassten. Wir müssen die Notstandserklärung also gewissermaßen … als gegeben betrachten.«

»Als gegeben betrachten?«, hakte Alannah nach. »Ihr erwartet von uns, dass wir den Kodex offen brechen und uns gegen den Hohen Rat stellen?«

»Nein, mein Kind, das erwarten wir keineswegs von euch«, stellte Farawyn klar. »Deshalb sagte ich vorhin, dass ihr euch erst entscheiden sollt, wenn ihr wisst, worum es geht.«

»Und worum geht es genau?«, erkundigte sich Granock.

»Im Augenblick«, erwiderte Meisterin Maeve an Farawyns Stelle, »kann sich niemand von uns sicher fühlen. Der Orden ist einem Angriff ausgesetzt, aber weder wissen wir, von welcher Seite dieser Angriff erfolgt, noch wer dahintersteckt. Das muss ein Ende haben.«

»Was wir brauchen«, fügte Farawyn grimmig hinzu, »sind Antworten: Wer hat Rurak tatsächlich aus Borkavor befreit? Wer hält die Echsenkrieger am Leben? Wer hat Vater Semias getötet, und wer steckt hinter dem Anschlag in Tirgas Lan? All diese Dinge sind gewiss nicht zufällig geschehen, sondern stehen in einem Zusammenhang. Es muss jemanden geben, der all dies plant und im Geheimen die Fäden zieht, und wir brauchen Gewissheit.«

Granock, Aldur und Alannah tauschten Blicke. Ihnen allen war klar, worauf der Älteste anspielte. Die Befürchtung, dass die Macht des Dunkelelfen noch immer nicht erloschen sein könnte, war in den letzten Tagen wiederholt geäußert worden. Nun schien sie konkrete Gestalt anzunehmen.

»Margoks Geist«, sagte Farawyn, als wollte er selbst den letzten Zweifel ausräumen, »scheint noch immer zu wirken. Seine Diener sind unter uns. Sogar hier in Shakara.«

»Seine Diener?« Granock blickte seinen Meister fragend an. »Glaubt Ihr, dass Meister Gervan …?«

»Was ich glaube, ist nicht von Belang, mein Junge«, sagte Farawyn matt. »Wir wurden schon einmal von einem Bruder hintergangen, der Mitglied des Hohen Rates war, und ich habe mir geschworen, niemals mehr so blind zu sein. Andererseits habe ich auch nicht vor, Gervans Fehler zu begehen und in jedem einen Feind zu sehen. Was wir brauchen, um die Lage verlässlich beurteilen und Freund von Feind unterscheiden zu können, sind verlässliche Informationen. Und ich fürchte, dass es in ganz Erdwelt nur einen Ort gibt, wo wir sie bekommen können.«

»Wo?«, fragte Alannah. Es war nicht mehr als ein tonloses Flüstern, denn ebenso wie Granock und Aldur konnte auch sie sich die Antwort bereits denken.

»In Arun«, sagte Meisterin Maeve.

»Ihr wollt uns nach Arun entsenden?«, fragte Aldur zweifelnd. »Der Rat wird niemals seine Zustimmung erteilen, drei Eingeweihte dorthin zu schicken. Und nach allem, was geschehen ist, wird Meister Gervan lieber selbst gehen wollen, als ausgerechnet mich ...«

»Der Rat«, stellte Farawyn fest, »wird nichts davon erfahren, denn dieser Beschluss wird nur von mir getroffen, unter Berufung auf das Notstandsgesetz.«

»Aber man wird unsere Abwesenheit bemerken.«

»Soweit es Bruder Gervan und seine Anhänger betrifft, werden Aldurans Sohn und der Eingeweihte Granock in die Eiswüste verbannt, wo sie im Lauf einiger Wochen in sich gehen und über ihre Verfehlungen vor dem Hohen Rat nachdenken sollen«, erklärte Farawyn schlicht.

»U-und was ist mit mir?«, fragte Alannah verblüfft.

»Die Eingeweihte Alannah ist bislang nicht offiziell aus Tirgas Lan zurückgekehrt«, gab Meisterin Maeve zur Antwort. »Weder hat die Kanzlei des Ältesten eine Rückmeldung erhalten, noch wurde sie bislang auf öffentlichen Plätzen gesehen.«

»Aber die Wächter an der Kristallpforte ...«, wandte Alannah ein. »Sie haben mich gesehen.«

»Ich habe ihnen einen magischen Eid abverlangt, der sie daran hindern wird, ihr Schweigen jemals zu brechen«, erwiderte die Zauberin ohne erkennbare Regung, was Granock ganz und gar nicht gefiel. Zaubereide hatten für denjenigen, der sie brach, äußerst dramatische Folgen für Leib und Leben. Sie jemandem abzuverlangen, galt unter Zauberern als Geste äußerster Hilflosigkeit und war verpönt. Was es bedeutete, wenn eine Meisterin des Rates ohne Zögern zu solch drastischen Maßnahmen griff, darüber wollte Granock gar nicht nachdenken.

»Ihr seht also, es wird euch niemand vermissen, wenn ihr Shakara morgen Nacht verlasst«, folgerte Farawyn mit einem Lächeln, das verriet, dass er sich den Plan wenn auch in aller Eile, so doch sehr genau zurechtgelegt hatte.

»Bereits morgen?«, fragte Granock.

»Ganz recht – die Sache duldet keinen Aufschub. Die Vorbereitungen für eure Reise werdet ihr in aller Stille treffen müssen und ohne Aufsehen zu erregen. Meisterin Maeve und ich werden euch dabei unterstützen.«

»Und was genau werden wir in Arun tun?«, wollte Aldur wissen.

»Ihr werdet jenen Ort aufsuchen, an dem der Dunkelelf begraben liegt – oder vielmehr das, was noch von ihm übrig ist. Was wir brauchen, ist Gewissheit. Wir müssen wissen, ob wir es lediglich mit Margoks unheilvollem Vermächtnis zu tun haben, das noch immer unter seinen Anhängern wirkt, mit den vernichtenden Gedanken und bösen Irrlehren, die er zu seinen Lebzeiten verbreitet hat, oder ob …«

»… oder ob der Dunkelelf selbst ins Diesseits zurückgekehrt ist«, brachte Alannah den Satz zu Ende, und Granock bewunderte sie dafür, wie gelassen sie Dinge aussprach, die er selbst nur mit viel Mühe über die Lippen gebracht hätte. Schon der Gedanke, an jenen finsteren Ort im undurchdringlichen Dschungel Aruns zurückzukehren und die Ängste und das Grauen noch einmal zu durchleben, erschreckte ihn. Die Vorstellung jedoch, dass es dort noch etwas Grässlicheres geben könnte als jene Schrecken, auf die seine Kameraden und er beim letzten Mal gestoßen waren, schnürte ihm die Kehle zu und ließ ihm kaum Luft zum Atmen.

»Ganz recht«, bestätigte Farawyn nickend. »Wenn es so ist, so haben wir keine Erklärung dafür, denn wir glaubten die Rückkehr des Dunkelelfen verhindert. Doch nur ein Narr würde seine Augen vor dem Offensichtlichen verschließen.«

»Nun wisst ihr, worum es geht«, sagte Meisterin Maeve, »und nun trefft eure Entscheidung: Werdet ihr gehen und tun, worum wir euch im Interesse nicht nur unserer Gemeinschaft, sondern des ganzen Reiches bitten?«

»Wenn nicht, so verlasst jetzt diese Kammer«, fügte Farawyn hinzu. »Vorher allerdings wird Schwester Maeve auch euch einen Eid abverlangen, auf dass ihr niemals ein Wort über das verlieren werdet, was innerhalb dieser Wände gesprochen wurde.«

Nicht nur Granock, sondern auch Aldur und Alannah waren sichtlich schockiert. Die Tatsache, dass Farawyn ihnen, seinen engsten Vertrauten, einen Zaubereid abnötigen würde, zeigte deutlich, wie weit das Misstrauen bereits vorangeschritten war. Es war wie eine Seuche, die um sich griff und einen nach dem anderen erfasste. Wenn nicht bald etwas geschah, würde ganz Shakara davon befallen werden, und die Zauberer würden anfangen, sich gegenseitig zu bekämpfen …

»Ich habe gesagt, dass Ihr Euch auf mein Wort verlassen könnt, Meister«, hörte Granock sich deshalb selbst sagen, »und dabei bleibt es.«

»Auch auf das Wort eines Elfen ist Verlass«, fügte Aldur hinzu, dem es trotz seiner Vorbehalte Farawyn gegenüber nicht schwerzufallen schien, seine Entscheidung zu treffen. Vielleicht, dachte Granock, weil ihm der Gedanke gefiel, ohne das Wissen des Rates zu handeln; vielleicht aber auch nur, weil Aldur nach den Ereignissen des Vortags den Eindruck hatte, ohnehin nichts verlieren zu können.

Anders als Alannah.

Die Elfin zögerte, nicht etwa weil es ihr an Mut oder Entschlossenheit gebrach, sondern weil sie eben erst in den Genuss einer lordrichterlichen Amnestie gekommen war. Alannah wusste besser als jeder andere, was es bedeutete, auf der falschen Seite des Rechts zu stehen und von den Hütern des Gesetzes verfolgt zu werden, und sie verspürte offenbar kein Verlangen danach, diese Erfahrung so bald schon zu wiederholen.

»Nun, mein Kind?«, drängte Farawyn sie zu einer Entscheidung.

»Los doch«, forderte Aldur sie auf, »worauf wartest du?«

»Du musst das nicht tun«, machte Granock ihr klar, obschon die Vorstellung, erneut von ihr getrennt zu sein, ihm das Herz nur noch schwerer machte. »Du hast in Tirgas Lan schon genug durchgemacht.«

»Das ist wahr«, flüsterte die Elfin und nickte, »und eben deshalb muss ich mit euch kommen. Ich will herausfinden, wer hinter diesem feigen Anschlag steckt und meinen getreuen Flynn ermordet hat.«

»Bist du sicher?«

Alannah nickte.

»Also ist es beschlossen«, sagte Farawyn mit der Endgültigkeit eines Richterspruchs. »Schwester Maeve wird in der Zwischenzeit nach Tirgas Lan entsandt. Bis dorthin reicht Rat Gervans spitze Zunge nicht, und ihre Fähigkeit wird uns am königlichen Hof sehr von Nutzen sein.«

»Ich vermag in die Herzen empfindender Wesen zu blicken, Bruder, aber nicht ihre Gedanken zu lesen«, schränkte die Zauberin ein.

»Dann blickt in das Herz von Fürst Ardghal«, trug Farawyn ihr auf. »Ich muss wissen, was sich dort verbirgt.«

»Fürchtet Ihr Verrat?«, fragte Granock.

»In diesen Tagen, mein Junge, können wir nicht vorsichtig genug sein. Freund und Gegner sehen einander gleich und sind kaum zu unterscheiden. Erdwelt geht dunklen Zeiten entgegen, meine Freunde, dunklen Zeiten.«

Granock erschauderte unter dem Blick, den ihm sein ehemaliger Lehrer schickte – denn einmal mehr hatte er das Gefühl, dass dieser Blick Dinge gesehen hatte, die jenseits der Gegenwart lagen, in einer düsteren Zukunft, die in dieser Nacht ein Stück nähergerückt war.

11. PARÁTHANA

Woher Rurak seine Informationen auch immer bezogen hatte – er behielt recht.

In dunkler Nacht und klammheimlich hatte Ortwein von Andaril die Stadt seiner Väter verlassen, um sich wie ein geprügelter Hund in dunklen Löchern zu verkriechen. Seine Rückkehr fiel gänzlich anders aus.

Hatte der junge Fürst anfangs noch Zweifel gehabt, so schwanden sie mit jeder Meile, die er und die Seinen auf dem Weg nach Andaril zurücklegten. Gerüchte machten die Runde, dass es zu Überfällen auf die westlichen Siedlungen gekommen wäre. Elfenkrieger, die der König entsandt hätte, um die widerspenstigen Menschen ein für alle Mal zu unterwerfen, hätten ein entsetzliches Blutbad unter den Siedlern angerichtet und seien nun auf dem Vormarsch nach Osten. Panische Furcht griff im hungernden Volk um sich, sodass es nur zu gern bereit war, den heimkehrenden Fürsten als seinen Herrn und Beschützer willkommen zu heißen.

Wie ein dunkler Herold eilte die Kunde von den nahenden Legionen König Ortweins voraus und ebnete seinen Weg wirkungsvoller als jede Streitmacht. Die befestigten Dörfer, die in den Senken zwischen Taik und Andaril lagen, öffneten ihm bereitwillig die Tore, und um ihre Familien und die wenige Habe zu schützen, die ihnen verblieben war, folgten die Bauern seinem Ruf zu den Waffen. Als er am vierten Tag nach dem Neumond Andaril erreichte, war sein einstmals versprengter Haufen bereits zu einer beträchtlichen Schar von fast fünfhundert Mann herangewachsen. Sein Einmarsch in die Stadt der Väter geriet zum Triumphzug.

Die Hauptstraßen waren festlich geschmückt; zu Hunderten jubelten die Bürger dem Fürsten zu, der an der Spitze seiner Kämpfer in die Stadt einritt und den Weg zur Burg einschlug, die inmitten des Häusermeers auf einem großen Felsen thronte. Das Banner Andarils flatterte auf dem höchsten Turm, und zum ersten Mal nach langer Zeit empfand Ortwein wieder etwas wie Stolz in seiner Brust.

Nicht weniger als acht Clansherren waren gekommen, die sich mit ihm verbünden wollten, und selbst das ferne Suln und die Diebesstadt Taik hatten Boten geschickt, die bewaffnete Unterstützung zusagten für den Fall, dass sich Ortwein den Elfen entgegenstellen wolle. Der junge Fürst nahm die Angebote dankbar an und ließ sich die Ehrerbietungen gefallen. Zwar hatte er den Eindruck, dass ein gewisser Zauberer an diesen Entwicklungen einen nicht unbeträchtlichen Anteil hatte, aber er wischte die Bedenken allesamt beiseite und zog es vor, die Früchte seines neuen Ruhmes zu genießen.

Anders als sein Schwertführer Ivor …

»Was hast du?«, erkundigte sich Ortwein mit schwerer Zunge, als sie in der Halle der Burg beisammensaßen. Es war spät nachts, und Ortwein hatte dem Wein mehr zugesprochen, als es gut für ihn war. Nur mit einem Lendenschurz bekleidet, saß er vor dem flackernden Kamin, einen gefüllten Becher in der Hand, während zwei junge Mädchen, die noch spärlicher bekleidet waren als er selbst, seinen ausgemergelten Körper mit duftenden Essenzen einrieben. »Ivor, alter Freund, du siehst so sauertöpfisch drein! Gefällt es dir nicht, wieder in Andaril zu sein? War dir das Dasein in den Kanälen lieber? Oder bist du nur neidisch, weil ein Schwertstreich dich so unansehnlich gemacht hat, dass sich die Weiber vor dir erschrecken?«

Er lachte über seinen eigenen Scherz, und auch die beiden Mädchen kicherten. Sie waren noch Jungfrauen, Bräute, die in der nächsten Woche verheiratet werden sollten. Ortwein gedachte die Gunst der Stunde zu nutzen, um das Recht der ersten Nacht einzufordern. Die Brautväter würden es ihm gern gewähren …

»Das ist es nicht, Fürst« Der junge Hauptmann der Wache, über dessen linke Gesichtshälfte eine tiefe Narbe verlief, schüttelte den Kopf. »Aber mir gefällt nicht, was ich sehe.«

»So?« Ortwein starrte auf die Brüste einer der beiden Frauen, die dicht vor seinem Gesicht schwebten. Seinen gierig lodernden Augen war anzusehen, dass er am liebsten hineingebissen hätte. »Weißt du, ich bin mit meiner Aussicht durchaus zufrieden.«

»Siehst du denn nicht, was hier vor sich geht? Das alles ist nicht, wie es sein sollte!«

»Glaub mir, mein Freund.« Ortwein grunzte genussvoll, während das andere Mädchen ihm den Nacken massierte. »Wärst du an meiner Stelle, würdest du das nicht sagen.«

»Genau das meine ich. Noch vor einigen Tagen haben wir gehaust wie die Ratten, waren noch weniger wert als der Dreck unter unseren Stiefeln – und nun plötzlich feiert man uns als Helden! Wo sind der Argwohn und die Feindseligkeit geblieben, die man uns nach dem Tod deines Vaters entgegengebracht hat? Wo die Verräter, die dir nachgestellt haben?«

»Das will ich dir sagen – sie sind verschwunden. Aufgefressen von der Furcht vor den Elfen. Diese heuchlerischen Bastarde können es sich nicht mehr leisten, uns zu hassen, denn sie erwarten, dass wir sie vor Elidors Legionen beschützen.«

»Und das können wir?«, fragte Ivor.

Ortwein, der bequem in seinem Sessel gefläzt hatte, richtete sich auf. Den Mädchen befahl er mit einer herrischen Geste, von ihm abzulassen. »Was versuchst du mir zu sagen?«, erkundigte er sich. »Bereust du, die Gosse von Taik verlassen zu haben? Möchtest du lieber zurück?«

»Ganz sicher nicht.« Ivor schüttelte den Kopf. »Aber ich frage mich, ob du die Folgen deines Handelns recht bedacht hast, mein Fürst.«

»Oho.« Ortwein schürzte in gespielter Anerkennung die Lippen. »Würde ein anderer so mit mir zu sprechen wagen, würde ich ihn auf der Stelle auspeitschen lassen. Du hast Glück, dass wir von Jugend an Freunde sind!«

»Und nicht als dein Schwertführer, sondern als dein Freund spreche ich zu dir, Ortwein«, erwiderte Ivor beschwörend. »Ein Krieg mit dem Elfenkönig ist nichts, worauf du dich leichtfertig einlassen solltest, ganz gleich, wozu andere dich drängen mögen.«

»Sie drängen mich nicht dazu. Es ist meine Bestimmung.«

»Glaubst du das wirklich? Auch dein Vater war überzeugt davon, und sieh, wohin es ihn gebracht hat.«

»Mein Vater hat nichts damit zu tun, Ivor«, stellte Ortwein klar. »Dies ist mein Krieg!«

»Nein, Fürst. Es ist vor allem Ruraks Krieg, nicht mehr und nicht weniger. Der Zauberer ist es, der am meisten Nutzen daraus zieht.«

»Du willst Nutzen daraus ziehen? Darum geht es dir? Bitte sehr, wie du willst! Ich schenke dir diese beiden Rosenblüten! Wenn du es wünschst, werden sie heute Nacht nicht mir zu Gebote stehen, sondern dir.« Die beiden jungen Frauen, die sich in einer Mischung aus Unsicherheit und Scham aneinanderdrängten, warfen Ivor furchtsame Blicke zu, wagten jedoch nicht zu widersprechen.

»Darum geht es nicht«, lehnte der Hauptmann ab. »Ich will, dass du die Augen öffnest und siehst, was dort draußen vor sich geht! Der Zauberer hat alle verhext – oder wie willst du dir sonst erklären, dass sie plötzlich auf deiner Seite stehen?«

»Glaubst du, darüber hätte ich nicht nachgedacht?«, fragte Ortwein dagegen. »Hältst du mich für so einfältig?«

»Und welche Antwort hast du dir gegeben?«, wollte Ivor wissen.

»Das sagte ich dir schon – die Abneigung gegen die Elfen hat all dies bewirkt. Zauberei, wie du sie fürchtest, war dazu nicht nötig. Der Hass und die Angst, die Tirgas Lan seit langer Zeit gesät hat, haben völlig ausgereicht. Die Menschen verlangen danach, dass jemand dem elfischen Hochmut Einhalt gebietet. Weißt du, was man über den Wald von Trowna erzählt?«

»Was, mein Fürst?«

»Es heißt, dass sich die Ebene von Scaria einst von den Ausläufern des Scharfgebirges bis hinab ans Meer erstreckte – weites Land, wild und ungezähmt. Die Elfen waren es, die den verdammten

Wald wachsen ließen, um das Südreich vor Einfällen aus dem Norden zu schützen.«

»Und?«

Ortwein spuckte den Wein aus, den er gerade hatte trinken wollen. »Ich habe es satt, dass sie unsere Welt verändern, mein Freund, und ich ertrage es nicht länger, dass sie über Erdwelt gebieten, als wäre es ihr Eigentum. Ich habe geschworen, den Tod meines Vaters zu rächen und die Ostlande von der Elfenherrschaft zu befreien, und genau das werde ich tun.«

»Indem du Erdwelt in einen Krieg stürzt? Noch niemals sind Menschen aus einem Kampf mit den Elfen als Sieger hervorgegangen!«

»Dann wird es das erste Mal sein«, entgegnete Ortwein überzeugt. »Denn diesmal sind wir nicht allein.«

»Sei vorsichtig«, warnte Ivor. »Der abtrünnige Zauberer wählt große Worte, aber wird er wirklich halten, was er verspricht? Auch dein Vater hat ihm vertraut, und das war ein Fehler …«

»Verdammt!« Mit einem Satz sprang Ortwein aus dem Sessel und schleuderte den Becher von sich, sodass er zersprang und die Scherben in alle Richtungen spritzten. Die Mädchen zuckten ängstlich zusammen. »Ich habe dir gesagt, du sollst meinen Vater aus dem Spiel lassen! Denkst du, ich hätte vor, seine Fehler zu wiederholen?«

»I-ich …« Der Schwertführer sah ein, dass er in seiner Kritik zu weit gegangen war. Errötend senkte er den Blick. »Verzeih mir, mein Fürst. Es ist nur … ich sorge mich um dich.«

»Das brauchst du nicht«, versicherte Ortwein, der sich rasch wieder gefasst hatte. »Rurak soll glauben, dass er sich unserer bedient, um seine Pläne zu verwirklichen – in Wirklichkeit jedoch ist es umgekehrt. Ich werde ihn benutzen, solange ich mir einen Vorteil davon verspreche, und mich dann seiner entledigen.«

Ivor sah den jungen Fürsten an, der nur wenige Monate älter war als er selbst. Gemeinsam waren sie aufgewachsen, gemeinsam hatten sie gejagt und gefochten, gemeinsam waren sie ins Exil geflüchtet. Noch nie zuvor jedoch waren sie einander so fremd gewesen wie in diesem Augenblick.

»Du spielst mit dem Feuer, Ortwein«, flüsterte er.

»Ich weiß, mein Freund.« Der Fürst nickte. »Aber wer tut das nicht in diesen Tagen?«

Reisevorbereitungen zu treffen, ohne selbst dabei in Erscheinung zu treten, erwies sich für Granock, Alannah und Aldur als weitaus schwieriger als angenommen. Wären Farawyn und Maeve nicht gewesen, die ihnen jede erdenkliche Unterstützung zukommen ließen, wäre es fast unmöglich gewesen, all jene Dinge zusammenzutragen, die für die Expedition benötigt wurden.

Mit Proviant und anderen Gegenständen des täglichen Bedarfs würden die drei Eingeweihten sich in Tirgas Lan oder später dann in Narnahal eindecken; ungleich wichtiger war es, aus der Bibliothek entsprechendes Kartenmaterial zu beschaffen und sich mit Waffen und Rüstzeug zu versorgen. Da sie noch über keine eigenen Zauberstäbe verfügten – ein *flasfyn* pflegte seinen späteren Besitzer erst im Lauf des *hethfánuthan* zu finden –, mussten welche aus dem Übungsarsenal genügen, in die Elfenkristalle eingesetzt waren, die jedoch nur eingeschränkte Wirkung hatten. Granock und seine Freunde beschlossen daher, sich zusätzlich mit Elfenklingen zu bewaffnen, die elegant zu führen waren und ihnen auch dann noch zu Gebote stehen würden, wenn ihre Zauberkräfte von einem Bann unterbunden wurden, so wie es schon einmal in Arun der Fall gewesen war. Unter ihren weiten Roben trugen sie außerdem Kettenhemden, die nach Farawyns Angaben von den Elfenschmieden der alten Zeit gefertigt worden waren und nur vergleichsweise geringes Gewicht hatten. Schulterpanzer und Beinschienen aus ebenso leichtem wie widerstandsfähigem Leder komplettierten die Rüstung.

Zu den breiten Hüftgürteln, an denen sich sowohl die Wasserschläuche als auch kleine Säckchen mit nützlichen Gegenständen befestigen ließen, trugen sie lederne Rucksäcke, in die sie neben ihrer Ausrüstung auch ihren Proviant packen konnten. Als Alannah mit drei kleinen Paketen erschien, von denen sie je eines in jeden Rucksack gab, sah Granock sie fragend an.

»Was ist das?«, wollte er wissen.

»Bysgéthena«, erwiderte sie. »Meisterin Maeve hat es mir gegeben.«

»Aha«, machte Granock nur und schnitt eine Grimasse.

»Was soll das heißen?«

»Nichts weiter.«

»Elfisches Gebäck schmeckt dir wohl nicht?«

Granock schaute sie herausfordernd an. »Die Wahrheit?«, fragte er.

Sie nickte. »Natürlich.«

»Das Zeug ist widerlich«, gestand er mit entwaffnendem Grinsen. »Wahrscheinlich muss man ein Elf sein, um daran Geschmack zu finden – oder ein Ork.«

»Das ist nicht witzig«, wies Alannah ihn zurecht. »Schon die alten Könige wussten die Vorzüge von *bysgéthena* zu schätzen. Außerdem ist es lange haltbar und überaus sättigend. Ein Stück genügt, um eine ganze Garnison satt zu bekommen.«

Granock antwortete nichts darauf. Das grunzende Geräusch, das er durch die Nase entließ, war Erwiderung genug.

»Was ist nun wieder?«

»Das ist eine maßlose Übertreibung«, gestand Granock. »Als ich noch ein Novize war und erst ein paar Wochen in Shakara, habe ich ein ganzes Dutzend *bysgéthenai* gegessen.«

»Hast du nicht.«

»Doch«, versicherte er. »Farawyn hatte mich dazu verdonnert, eure Sprache zu erlernen, und da ich den ganzen Tag über in meiner Kammer sitzen musste und nichts anderes zu tun hatte …«

»… hast du aus Langeweile Elfengebäck gegessen.«

»Vanda«, bestätigte er nickend.

»Den ganzen Tag.«

»Vanda.«

Einen Augenblick lang schien Alannah nur fassungslos zu sein. Mit in die Hüften gestemmten Armen stand sie vor Granock und starrte ihn an, um im nächsten Moment in schallendes Gelächter auszubrechen. Es tat Granock gut, sie nach der Anspannung der vergangenen Tage einmal so ausgelassen zu erleben. Er lachte mit, und für kurze Zeit schien es ringsum keine Festung zu geben, keine bevorstehende Mission und keine Bedrohung, die sich über Erdwelt zusammenzog … nur einen jungen Mann und eine junge Frau, die für eine kleine Weile ihre Pflichten vergaßen. Ihr Gelächter hallte von der Eisdecke der Kammer wider, die sich tief im Keller der Ordensburg befand, und es schien, als würde ein klein wenig von der Furcht und der Bedrückung, die sie eben noch empfunden hatten, von ihnen genommen. Viel zu früh jedoch holte die Wirklichkeit sie wieder ein. Ihr Lachen verlor sich wie eine Welle, die am Strand verebbt, und ein Augenblick der Stille folgte der ausgelassenen Heiterkeit.

»Du machst mich fröhlich«, stellte Alannah fest, und Granock glaubte, ein zärtliches Funkeln in ihren wunderschönen Augen zu erkennen. Ein wenig beschämt senkte er den Blick.

»Und?«, fragte er leise.

»Einem Elfen ist das noch selten gelungen.«

»Naja«, meinte Granock und verzog das Gesicht. »Vielleicht wisst ihr ja nur einfach nicht, was *Spaß* ist.« In Ermangelung eines elfischen Begriffs hatte er das Wort aus der Menschensprache gebraucht.

»Spaß«, echote Alannah.

»Ganz recht.«

»Was ist das?«

»Nun ja, so wie gerade eben …« Granock machte eine unbestimmte Handbewegung; er war nicht sehr geübt darin, Dinge zu erklären. »Wenn man lacht und zusammen an etwas Freude hat. Spaß eben.«

»Du meinst – *rhiw*?«, erkundigte sie sich und schaute ihn dabei so ahnungslos an, dass es ihn fast um den Verstand brachte.

»Nicht unbedingt«, schränkte er ein und hätte sich am liebsten selbst geohrfeigt, als er den Anflug von Enttäuschung auf ihren Zügen bemerkte. »Ich meine, auch das kann natürlich Spaß machen, aber ich weiß nicht, ob … ob …« Er schnappte nach Worten wie ein Fisch auf dem Trockenen nach Luft und kam sich vor wie ein Idiot.

»Du bist seltsam«, stellte Alannah fest.

»Stimmt.« Er zuckte mit den Schultern. »Ich rede andauernd dummes Zeug, nicht wahr?«

»Ja, aber das meinte ich nicht.« Sie schüttelte den Kopf. »Warum nur, frage ich mich immerzu, fühle ich mich in deiner Nähe so geborgen? Immerhin bist du nur ein Mensch.«

»Na, herzlichen Dank auch«, knurrte Granock und warf ein zusammengerolltes Seil in seinen Rucksack.

»Du weißt, wie ich es meine. Es ist nur, du … du bist …«

»Ja?«, fragte er. Ihre Blicke begegneten sich, und einen Herzschlag lang schien es etwas zwischen ihnen zu geben, ein unsichtbares Band, das sie vereinte – das jedoch schon einen Lidschlag später wieder zerriss, als jemand verhalten an die Tür der Kammer klopfte. Es war das Zeichen, das sie vereinbart hatten. Dennoch verlangte Alannah nach der Losung.

»Cethegar«, drang Aldurs Stimme leise zu ihnen herein, und die Elfin zog den Riegel zurück, um den Freund einzulassen, während Granock noch immer dastand und sie anstarrte, so als hätte sie einen ihm unbekannten Zauber gewirkt.

»Seid ihr fertig mit den Vorbereitungen?« Aldur trat in die Kammer, einige Schriftrollen unter dem Arm. »Diese Karten schickt uns Farawyn. Wir sollen sie uns genau einprägen, aber keinesfalls Abschriften erstellen. Kurz nach Mitternacht werden Meisterin Maeve und er die Kristallpforte für uns öffnen.«

»Verstanden«, sagte Granock nur, während sein Blick noch immer auf Alannah ruhte.

»Außerdem will Farawyn dich sehen, jetzt gleich«, fügte Aldur an Granock gewandt hinzu. »Aber pass auf, dass dich niemand sieht.«

»Verstanden«, sagte Granock wieder. Noch einen Augenblick verharrte er, dann riss er sich vom Anblick der Elfin los und verließ die Kammer mit raschen Schritten.

»Sehr gesprächig ist unser Freund heute nicht«, stellte Aldur fest, als er die Tür hinter Granock schloss und verriegelte.

»Er sorgt sich«, meinte Alannah. »So wie wir alle.«

»Wann willst du es ihm sagen?«, fragte Aldur und trat auf sie zu, um in einer zärtlichen Geste die Hände auf ihre schlanken Hüften zu legen.

»Noch nicht, Geliebter. Es wäre noch zu früh.«

»Zu früh?« Er beugte sich vor und küsste sie sanft auf den Mund. »Was meinst du damit? Ich habe dir meinen *essamuin* genannt, Alannah. Du hast mein wahres Wesen erblickt.«

»So wie du das meine, Ru. Dennoch will ich nicht, dass Granock von uns erfährt. Es könnte unsere Freundschaft trüben, gerade jetzt …«

Ein nachsichtiges Lächeln huschte über Aldurs bleiche Züge. »Du bist zu mild mit den Menschen. Das ist schon immer so gewesen.«

»Granock ist auch dein Freund«, brachte sie ihm in Erinnerung. »Er würde alles für dich tun.«

»Und ich für ihn«, versicherte er. »Aber ich liebe nur dich«, fügte er hinzu, und als er sie diesmal küsste, war es nicht weich und zaghaft, sondern voller Verlangen.

12. ARFA'Y'TAITH

Die Zitadelle, die sich auf dem Felsplateau erhob und deren spitze Türme sich gegen den glutroten Himmel abzeichneten, stammte aus grauer Vorzeit.

Jene Wesen, die einst die riesigen Quadern aufeinandergetürmt und die Festung errichtet hatten, waren von der Geschichte längst vergessen worden, ebenso wie die Schrift, die in den jahrtausendealten Stein gemeißelt, und die Sprache, in der sie gehalten war. Im Großen Krieg hatten Margoks Kreaturen das Bollwerk besetzt; *rark ur'ful* hatten sie es genannt, die »Blutburg«, und von den hohen Zinnen aus das Nordreich in Angst und Schrecken versetzt. Seither waren Jahrtausende vergangen, und natürlich hatte die Festung schon bessere Zeiten gesehen. Aber anders als die übrigen Bastionen entlang der Grenze zur Modermark war *rark-ur'ful* nie von den Elfen erobert worden und im Lauf der Zeit einfach in Vergessenheit geraten – zumindest bei jenen, die die Chroniken nicht so eingehend studiert hatten wie Rurak der Zauberer.

In einer der verbotenen Schriften hatte er einen Hinweis auf die Festung gefunden, die an den nördlichsten Ausläufern des Schwarzgebirges lag, unweit des von tiefen Schluchten durchzogenen Ödlandes, das die Orks *sgudar'hai ur-torga* nannten – Torgas Eingeweide. Mit ihrer versteckten Lage, den umgebenden Schluchten und ihrer Position am äußersten Ende eines Plateaus, das nur über eine schmale Passstraße erreicht und somit gut verteidigt werden konnte, bot sie einen geeigneten Schlupfwinkel. Hier hatte sich der Abtrünnige nach seiner Flucht verborgen. Von hier aus zog er die

Fäden seiner sorgsam gesponnenen Intrige, und hier würde auch der Feldzug beginnen, den er im Namen seines Herrn und Meisters zu führen gedachte.

Auf dem Balkon des höchsten Turmes stehend, beobachtete Rurak das Schauspiel, das sich zu seinen Füßen vollzog: Ein Kriegstrupp nach dem anderen kam über die heruntergelassene Zugbrücke und traf im Innenhof der Festung ein. An dem endlosen Band lodernder Fackeln, das sich an den schroffen Berghängen entlang den Pass heraufwand und in der dunklen Ferne verlor, war zu erkennen, dass es die ganze Nacht so weitergehen würde. Knochenbrecher, Pestfresser, Blutbiersäufer, Kotzbalger und wie sie sich sonst noch nennen mochten – nahezu alle Ork-Stämme waren dem Ruf nach Blut und Beute gefolgt. Was in den vergangenen Jahrtausenden keinem Unhold gelungen war, hatte Rurak bewerkstelligt: die Stämme der Orks zu einen und ihren Hass auf den gemeinsamen Feind zu konzentrieren.

Die Elfen.

»Korr«, knurrte eine kehlige Stimme hinter ihm. »Bist du zufrieden, Zauberer?«

Rurak wandte sich nicht um. Er wusste auch so, dass Borgas hinter ihm stand, der Häuptling der Knochenbrecher und sein besonderer Günstling. Weshalb er ausgerechnet ihn ausgesucht hatte, wusste Rurak inzwischen nicht mehr zu sagen. Wohl weil er rücksichtslos und grausam genug war, um alle Befehle ohne Zögern zu befolgen – und auch dumm genug.

»In der Tat«, stimmte er zu. »Du bist dabei, deinen Teil des Paktes zu erfüllen, Borgas.«

»Und wie sieht es mit deinem Teil aus, Zauberer? Vergiss nicht, dass du mich zum Herrscher der Modermark machen wolltest!«

Angesichts der Aufsässigkeit, die aus der Stimme des Orks herauszuhören war, hielt Rurak es nun doch für angezeigt, seine Aufmerksamkeit ganz dem Häuptling zuzuwenden. Er wandte sich um und trat vom Balkon zurück in die Halle, wobei sein schwarzes Gewand seine hagere Gestalt umrauschte. »Ich habe es nicht vergessen«, beteuerte er mit mühsam geheuchelter Freundlichkeit.

»Aber bei aller Gier nach Macht vergiss niemals, wer dein Herrscher ist, Borgas.«

Der Häuptling der Knochenbrecher merkte, dass er zu forsch gewesen war. Seine gedrungene grünhäutige Gestalt, die vor roher Muskelkraft zu platzen schien, duckte sich ein wenig. Der Schopf, zu dem er das lange schwarze Haar zusammengeknotet hatte, wackelte hin und her, als er das hässliche, narbenübersäte Haupt schüttelte. Seine Augen – sowohl das blutunterlaufene gesunde als auch das milchig trübe, dessen Sehkraft ein Messerstich hatte verlöschen lassen, nahmen einen treuherzigen Ausdruck an. »Niemals«, versicherte er. »Mein Hass gehört dir, Zauberer. Dir und dem dunklen Herrscher.«

»Das will ich hoffen. Bislang hast du deine Aufgabe gutgemacht, Borgas. Du hast den Stämmen der Orks meine Nachricht gebracht, und viele sind dem Aufruf gefolgt.«

»Iomash«, bestätigte der Ork beflissen. »Die Furcht vor den Todbringern hat sie dazu gebracht, ihren Streit zu begraben und sich mir anzuschließen.«

»Aber noch nicht alle Stämme.«

»Genug, um einen ehrenvollen Sieg zu erringen und mir das Anrecht auf die Vorherrschaft zu sichern.« Borgas fletschte die gelben Zähne und ballte die Klaue langsam zur Faust, so als stellte er sich vor, jemanden darin zu zerquetschen.

Rurak lachte leise.

Sollte der Unhold ruhig denken, dass er Herr der Lage war – in Wahrheit zogen andere an den Fäden. Der Zauberer selbst war es gewesen, der einst die Todbringer entsandt und die Orks damit in Aufruhr versetzt hatte, und auch seine zweijährige Abwesenheit hatte nichts daran geändert, dass sie Wachs in seinen Händen waren, allen voran der einfältige Borgas …

»Es wird Zeit für einen Sieg«, maulte der Ork weiter. »Die Überfälle auf die Siedlungen der Milchgesichter haben uns kaum Ehre eingetragen. Ein wenig Vieh und einige Skalpe, aber keine Beute, auf die ein Krieger stolz sein könnte. Nicht mal genug Blut, um die Spitze des *saparak* darin zu baden.«

»Du wirst deine Beute bekommen«, beschwichtigte Rurak.

»Wann?«

»Schon sehr bald, mein ungeduldiger Freund. Sobald das Heer der Orks vollständig versammelt ist, werden wir die Festung verlassen und entlang der Berge nach Süden vorstoßen.«

»Endlich«, schnaubte der Ork und schlug sich gegen die mit rostigen Eisenplatten gepanzerte Brust.

»Wir werden die Modersee umrunden und den Pass überschreiten«, kündigte Rurak an, »und dann werden wir ins Südreich einfallen. Zahllos wie die Maden in einem faulenden Kadaver werden die Orks über das Gebirge quellen, und wie flüssige Gallerte werden sie die Täler überschwemmen und alles Leben dort ersticken.«

Borgas' Gelächter klang wie das Röcheln eines verendenden Trolls. »Deine Sprache gefällt mir, Zauberer«, erklärte er grinsend.

»Es wird bald noch viel mehr geben, das dir gefällt, mein grüngesichtiger Verbündeter«, beschied Rurak. »Wenn Margok erst wieder unter uns weilt …«

»Der dunkle Herrscher ist also tatsächlich noch am Leben?«, erkundigte sich Borgas neugierig.

»Aber natürlich. Er hat mich in Borkavor gerufen. Seine Stimme durchdrang die Kerkermauern, und er hat mich allen Barrieren zum Trotz befreit.«

»Er … er spricht zu dir?«

»Ganz recht.« Rurak deutete auf sein kahles Haupt. »In meinen Gedanken.«

»Korr«, schnappte der Ork mit argwöhnischem Blick, »und wer sagt mir, dass der Dunkelelf nicht *nur* in deinem Kopf zu dir spricht? Ich habe Krieger erlebt, die nach einem Schlag auf den Schädel rote Gnomen gesehen haben!«

Der Häuptling bereute seine unbedachten Worte schon im nächsten Augenblick, denn plötzlich war ihm, als träfe ihn ein Keulenhieb. Die Wucht des Aufpralls war so stark, dass sie Borgas von den Beinen riss und ihn zurücktaumeln ließ. Dabei verhedderten sich seine kurzen Beine, und er landete auf dem *asar.* Als er verdutzt aufblickte, sah er Rurak über sich stehen.

»Wage es nie wieder, so mit mir zu sprechen!«, fauchte der Zauberer. »Hast du verstanden?«

»K-korr«, würgte Borgas hervor, der immer noch herauszufinden versuchte, woher der Schlag gekommen war, der ihn so unvermittelt getroffen hatte. Nirgendwo war eine Keule zu sehen, also musste es wohl ein unheilvoller Zauber gewesen sein, der dies bewirkt hatte.

»Bezweifle noch einmal, dass Seine dunkle Erlauchtheit zu mir gesprochen hat, und du wirst dein Hirn an dieser Wand wiederfinden«, knurrte Rurak, dessen Augen die Farbe von glühenden Kohlen angenommen hatten. »Sieh her, ich werde dir etwas zeigen.«

Mit einer beiläufigen Geste hatte er nach der Kugel gegriffen, die, wie Borgas wusste, Dinge zeigen konnte, die sich an weit entfernten Orten abspielten oder schon vor langer Zeit ereignet hatten.

»Die Kristallkugel«, stellte der Ork furchtsam fest. »Als ich das letzte Mal hineingeschaut habe, habe ich die Todbringer darin gesehen.«

»Diesmal wird es anders sein«, versprach Rurak verheißungsvoll. »Sieh nur her.«

Von Neugier getrieben, wandte Borgas den Blick und starrte mit dem gesunden Auge in die Kugel. Zunächst waren nur neblige Schleier zu erkennen, die sich jedoch schon im nächsten Moment lichteten; und was der Häuptling dann zu sehen bekam, ließ ihn grinsend die Zähne blecken.

Es waren Waffen.

Gepanzerte Belagerungstürme, Pfeilschleudern und Katapulte – aber auch Kriegsgerät, wie er es noch nie zuvor erblickt hatte. Riesige Ungetüme aus Stahl, Kampfkolosse, deren einziger Zweck es zu sein schien, Hunderte von Feinden auf einen Streich in Kuruls Grube zu befördern …

Borgas schnaubte aufgeregt durch die rüsselförmige Nase, dass gelbes Sekret auf seinen Brustpanzer spritzte. Sein fieberndes Auge hatte sich noch längst nicht sattgesehen, als die Kristallkugel wieder verlosch. Und schon einen Lidschlag später wusste der Häuptling nicht mehr zu sagen, ob er all diese Dinge wirklich erblickt hatte oder ob er einer Täuschung erlegen war.

»Dieser Ort, den du mir gerade gezeigt hast, Zauberer«, keuchte er, »gibt es ihn wirklich?«

»Gewiss.«

»Wo ist er?« Ein Kloß wanderte Borgas' Krötenhals hinauf und wieder hinab, als er gierig schluckte. »Wo sind diese Waffen?«

»Das ist ein Geheimnis«, stellte Rurak klar. »Aber jene Maschinen wurden nicht gefertigt, um in unterirdischen Gewölben zu verrosten, sondern um in die Schlacht geführt zu werden. Der Dunkelelf hat sie für seine Getreuen anfertigen lassen, damit sie Orgien der Vernichtung feiern und in seinem Auftrag glanzvolle Siege erringen.«

»Korr«, meinte Borgas zustimmend und rieb sich die Pranken. »Das hört sich gut an.«

»Zweifelst du immer noch an Margoks Existenz?«

»Douk.« Borgas schüttelte den klobigen Schädel. »Jetzt nicht mehr. Aber wo ist der dunkle Herrscher? Warum zeigt er sich uns nicht?«

»Das wird er«, versicherte der Zauberer, »sobald sein Heer sich am vereinbarten Ort eingefunden hat. Und wenn es so weit ist«, fügte er hinzu und beugte sich so weit vor, dass sein Gesicht dicht vor dem des Orks schwebte und er dessen fauligen Atem riechen konnte, »werden deine Leute und du ihm treu ergeben sein. Ihr werdet ihm folgen, wie ihr noch nie zuvor einem Anführer gefolgt seid. Ihr werdet ihm die Treue halten, wie ihr noch nie zuvor jemandem die Treue gehalten habt, und ihr werdet für ihn kämpfen, wie ihr noch nie zuvor in eurem Leben gekämpft habt.«

»U-und wenn wir das nicht tun?«, erkundigte sich Borgas.

»Dann«, entgegnete Rurak ungerührt, »werde ich am Pass eiserne Speere errichten lassen, auf denen ich dich und deine ganze verkommene Horde pfählen werde, auf dass die Blutfeste ihren Namen zu Recht tragen soll.«

Für einen Augenblick herrschte eisiges Schweigen in der Halle; nur das Knacken der brennenden Fackeln war zu hören. Aus weit aufgerissenen Augen starrte Borgas den Zauberer an, während er angestrengt überlegte, ob die Drohung ernst gemeint war. Schließlich schien er für sich zu einem Ergebnis zu kommen und brach in schallendes Gelächter aus.

Rurak wartete einen Augenblick. Dann fiel er in das Gelächter mit ein, und ihre Stimmen vereinten sich zu einem schaurigen Zweiklang, der von der Gewölbedecke zurückgeworfen wurde und durch die Festung scholl.

Aber nur einer von ihnen war der Ansicht, dass Rurak einen Scherz gemacht hatte.

13. GYBURTHAITH ESSA

»Lasst mich gehen! Auf der Stelle!«

Blitze schienen aus Aldurs Augen zu schlagen, während er Meisterin Atgyva wütend anblitzte. Vergeblich versuchte er, sich aus dem Kraftfeld zu befreien, das sie rings um ihn errichtet hatte, ohne dass es sie auch nur die geringste Mühe zu kosten schien.

»Auf gar keinen Fall«, beschied sie ihm. »Nicht bevor wir mit Bruder Farawyn gesprochen haben …«

Atgyva war die *gwarshura'y'gyburthaith* – die Wissenshüterin und Vorsteherin der Bibliothek von Shakara. In dieser Eigenschaft wurde die hagere Elfin, die ihr graues Haar kurz geschnitten trug, sodass ihre schlanken, spitz zulaufenden Ohren deutlich zu sehen waren, von allen Mitgliedern des Ordens geachtet und respektiert. Unabhängig davon, ob man Meister oder Novize war oder welchem Ratsflügel man angehörte – wer nach Wissen suchte, der kam an Atgyva nicht vorbei.

Weder gab es einen Katalog noch ein Gesamtverzeichnis, das über alle in der Bibliothek gelagerten Schriften und Speicherkristalle Aufschluss gegeben hätte; es war ein Geheimnis, das von einem Wissenshüter an den anderen weitergegeben wurde, seit Tausenden von Jahren. Argyva war die vierte *gwashura*, die der Orden im Lauf seiner langen Geschichte hervorgebracht hatte. Ihre Erinnerung reichte weiter zurück als die der meisten anderen Zauberer, und ihre eisgrauen Augen hatten vieles gesehen, das die jüngeren Ordensmitglieder nur aus den Geschichtsbüchern kannten. Es hieß, dass sie des Daseins in der Welt der Sterblichen überdrüssig wäre und sich nach den Fernen Gestaden sehnte, aber noch war kein Nachfolger gefunden, der wie sie über über die Gabe des *dysbarthan* verfügte – die Fähigkeit, geschriebene Worte mittels Gedankenkraft in Elfenkristalle zu übertragen und sie auf diese Weise für die Ewigkeit zu bewahren.

»Der Älteste hat nichts damit zu schaffen«, behauptete Aldur, während er sich weiter gegen das Energiefeld zur Wehr setzte, das nicht zu sehen, dafür aber umso deutlicher zu spüren war. Wie eine unsichtbare Wand umgab es ihn, die immer noch massiver zu werden schien, je heftiger er sich dagegen wehrte. »Er braucht es nicht zu erfahren.«

»Da bin ich anderer Ansicht«, beschied ihm Atgyva kühl, »und ich rate dir, deine Kräfte zu sparen, damit du ihm Rede und Antwort stehen kannst, wenn er hier eintrifft. Ich habe ihn bereits gerufen.«

»Und ihr glaubt, der Älteste hätte mitten in der Nacht nichts Besseres zu tun, als Eurem Ruf zu folgen?«, fragte Aldur aufgebracht dagegen. In Gedanken probierte er eine Reihe von Gegenzaubern aus, die das Kraftfeld aufheben oder es zumindest schwächen sollten, aber keiner davon zeigte Wirkung.

»Sieh an«, meinte Atgyva und verzog den schmalen Mund zu einem freudlosen Lächeln. »Offenbar gibt es Dinge, die du noch lernen musst, Eingeweihter.«

Aldur antwortete nicht. Mit zusammengebissenen Zähnen ging er weiter gegen das Kraftfeld an, versuchte sogar, sein *reghas* zum Einsatz zu bringen.

Vergeblich …

»Was ist hier los?«

Aldur wusste nicht, ob er bestürzt oder erleichtert sein sollte, als Farawyn den Vorraum der Bibliothek betrat, von dem aus unzählige, sich immer weiter verzweigende Korridore in die Kristallkammern führten. Der Älteste sah nicht aus, als ob er geruht hätte; er trug seine vollständige Robe, Sorgenfalten hatten sich in seine hohe Stirn gegraben.

»Verzeiht, Bruder, wenn ich Euch zu nächtlicher Stunde stören muss«, bat Atgyva, »aber dieser Vorfall verlangt Eure Aufmerksamkeit.«

»Aldur«, stieß Farawyn hervor, als er den jungen Elfen in dem Eindämmungsfeld erkannte. »Gefangen wie ein Dieb!«

»Und das aus gutem Grund«, versicherte Atgyva. »Ich habe ihn dabei erwischt, als er sich unerlaubten Zugang zur Bibliothek verschafft hat.«

»Das ist bedauerlich«, schnaubte Farawyn, wobei er Aldur mit einem tadelnden Blick streifte, »und ich kann nicht anders, *gwarshura*, als Euch um Entschuldigung für das Verhalten dieses Eingeweihten zu bitten. Dennoch ersuche ich Euch gleichzeitig um Nachsicht, denn ich habe des Aldurans Sohn mit einer Aufgabe betraut, die es womöglich vonnöten macht, dass er sich zusätzliches Wissen …«

»Auch Wissen aus dem verbotenen Bereich?«, fragte die Bibliothekarin.

Farawyn starrte sie verständnislos an. »Was?«

»Als ich den Eingeweihten Aldur fand, war er dabei, in den dunklen Büchern nach Wissen zu suchen.«

Farawyn fuhr herum. Nicht mehr nur milder Tadel, sondern unverhohlene Anklage sprach jetzt aus seinen Augen. »Ist das wahr?«, wollte er wissen.

Aldur wich seinem Blick aus. »Ja und nein, Vater«, erwiderte er. »Ich wusste nicht, dass es ein verbotenes Buch war, in dem ich las. Alles, was ich wollte, waren Informationen.«

»Worüber?«, erkundigte sich Atgyva scharf, aber Aldur blieb eine Antwort schuldig. Stattdessen blickte er Hilfe suchend zu Farawyn, der den Hinweis wohl verstand.

»Der Eingeweihte Aldur«, erklärte er leise, »wurde mit einer Mission betraut.«

»Ich verstehe«, sagte die Wissenshüterin ohne mit der Wimper zu zucken. »Und worin besteht diese Mission? Unerlaubt in die Bibliothek einzudringen und verbotenes Wissen zu stehlen?«

»Ich wusste nicht, dass es verboten ist«, beteuerte Aldur noch einmal. »Ich wollte nur …«

»Was?«, hakte sie nach.

»Wissen, womit wir es zu tun haben«, entgegnete er leiser und mit hängenden Schultern.

»Mit wem du es zu tun hast?« Argyva schnaubte. »Das hättest du schon sehr bald zu spüren bekommen! In diesen Büchern, Aldur, des Aldurans Sohn, lauert der Wahnsinn! Niemand kann lange in ihnen lesen, ohne dabei den Verstand zu verlieren, selbst ich nicht oder der Älteste Farawyn.«

»Entschuldigt.« Er senkte schuldbewusst das Haupt. »Dieser Gefahr war ich mir nicht bewusst.«

»Woher wusstest du überhaupt, wo jene Kristalle zu finden sind?«, hakte die Bibliothekarin weiter nach.

»Ich wusste es nicht«, beteuerte Aldur. »Ich bin lediglich meinem Gefühl gefolgt. Jene Kristalle …«

»Ja?«

»Es war ein wenig, als ob sie mich gerufen hätten«, gab Aldur flüsternd zur Antwort. »Seltsam, nicht wahr?«

»In der Tat.« Atgyva nickte, ihr Zorn schien schlagartig nachzulassen.

»Was denkt Ihr, Schwester?«, fragte Farawyn.

»Nun, ich … ich weiß nicht, was ich denken soll«, gestand die *gwarshura* offen. »Solange ich lebe, ist es nur ein einziges Mal vorgekommen, dass ein Eingeweihter von Büchern gerufen worden wäre.«

»Tatsächlich?« Farawyn hob eine Braue. »Und wer war das?«

»Das war ich selbst, Bruder«, erwiderte Atgyva flüsternd. »Wenn Aldur die Wahrheit sagt, so hat er möglicherweise die Fähigkeit des *dysbarthan* …«

»Ihr meint, er könnte Euer Nachfolger werden?«

»Vielleicht.« Sie nickte. »Ich müsste ihn einer eingehenden Prüfung unterziehen.«

»Zu gegebener Zeit«, stimmte Farawyn zu. »Vorerst ist der Eingeweihte mit einer Aufgabe betraut, deren Erfüllung keinen Aufschub duldet.«

»Keinen Aufschub?« Atgyva sah ihn verständnislos an. »Was soll das heißen? Jemand hat sich widerrechtlich Zugang zur Bibliothek verschafft und verbotenes Wissen gesucht. Natürlich muss umgehend der Hohe Rat informiert werden.«

»Ihr habt mich informiert«, sagte Farawyn. »Dabei wollen wir es bewenden lassen.«

»Das kann ich nicht. Als Hüterin des Wissens und Oberste Bibliothekarin bin ich nicht Euch, sondern dem Rat Rechenschaft schuldig. Ich habe Euch nur aus Freundschaft vorab informiert und weil ich weiß, dass dieser Eingeweihte zum Kreis Eurer Vertrauten gehört.«

»Ebenso wie Ihr, Schwester«, erwiderte Farawyn, »deshalb werde ich Euch jetzt etwas anvertrauen, das bislang nur sehr wenige in Shakara wissen …«

Und der Älteste berichtete. Von den Hinweisen, die er gesammelt hatte; von dem grässlichen Verdacht, den er insgeheim hegte; und von der geheimen Mission, auf die er die drei Eingeweihten zu entsenden gedachte.

»Wenn wir nicht wollen«, fügte er abschließend hinzu, »dass Furcht und Misstrauen unter den Ordensmitgliedern immer weiter um sich greifen, so brauchen wir zuvorderst verlässliche Informationen. Solange wir nicht wissen, wer unser Feind ist, können wir ihn auch nicht bekämpfen.«

»Das verstehe ich«, versicherte Atgyva.

»Dann versteht Ihr auch, weshalb der Rat nichts von diesem Zwischenfall erfahren darf. Rat Gervan hat ohnehin schon versucht, Aldur anzugreifen und meine Position auf diese Weise zu schwächen. Einen Vorfall wie diesen wird er womöglich zum Anlass nehmen, mich zu entmachten. Was dann geschieht, dürfte klar auf der Hand liegen. Angst und Argwohn werden um sich greifen, und die soeben erst notdürftig verheilten Wunden, die Ruraks Verrat verursacht hat, werden wieder aufbrechen. Wenn meine Vermutungen jedoch zutreffen, so brauchen wir einen Orden, der stark und handlungsfähig ist.«

Atgyva hatte aufmerksam zugehört. Als Farawyn endete, schien sie einen Augenblick nachzudenken. Dann hob sie mit einer beiläufigen Geste den Arm, und so unvermittelt, wie es erschienen war, erlosch das Kraftfeld wieder, das Aldur gefangen hielt.

»Ich danke dir, Schwester«, sagte Farawyn, und es war deutlich, dass nicht der Älteste sprach, sondern der um seinen Schützling besorgte Freund.

»Ich handle gegen meine Überzeugung«, stellte die Bibliothekarin fest, »und ich tue es nicht, weil ich diesem da vertraue« – sie deutete auf Aldur – »sondern weil ich Euch schätze, Bruder Farawyn. Bitte tragt dafür Sorge, dass diese Wertschätzung nicht enttäuscht wird. Sorgt dafür, dass der Eingeweihte seinen Fehler einsieht. Und dass er sich nicht wiederholt.«

»Das werde ich«, versicherte Farawyn und verbeugte sich vor der Bibliothekarin, die sich daraufhin abwandte und in einem der Korridore verschwand. Aldur würdigte sie keines Blickes.

»Alles in Ordnung?«, erkundigte sich Farawyn bei seinem Schützling. Die höfliche Zuvorkommenheit, die er Atgyva gegenüber an den Tag gelegt hatte, wich harter Strenge.

»Ja, Vater.« Aldur nickte.

»Was hattest du in der Bibliothek zu suchen? Wir hatten Euch alle Karten besorgt, die ihr benötigt.«

»Ich dachte, ich könnte noch mehr Informationen beschaffen, damit wir wissen, was uns in Arun erwartet. Ihr erwähntet einst einen Bericht über König Sigwyns Expedition, die Schriften des Geografen Ruvian. Sie wollte ich finden.«

»Aber das hast du nicht, oder?«

»Nein«, bestätigte der Eingeweihte. »Dafür stieß ich auf andere Aufzeichnungen und ich begann zu lesen … Ich erfuhr von ungeahnten Möglichkeiten, Vater. Von unglaublichen Dingen, die die Magie zu bewerkstelligen vermag …«

»Verbotene Dinge«, verbesserte Farawyn scharf. »Was du gesehen hast, war verbotenes Wissen. Die Wissenshüterin hat recht, wenn sie sagt, dass es gefährlich ist.«

»Vielleicht«, räumte Aldur ein. »Aber es gibt Zauberer, die es dennoch erforscht haben, oder nicht?«

»Jene Zauberer«, erwiderte Farawyn düster, »sind entweder dem Wahnsinn verfallen oder wurden Diener des Bösen. Es gibt keinen Weg, dieses Wissen zu nutzen, ohne ihm zu verfallen, Aldur. Deshalb ist es so bedrohlich.«

»Ich verstehe«, versicherte der junge Elf. »Aber warum werden diese Bücher dann überhaupt in der Bibliothek aufbewahrt? Warum wurden sie nicht längst vernichtet?«

»Aus zwei Gründen. Zum einen, weil jenes Wissen ein Teil unserer Vergangenheit ist und nur ein Narr seine eigenen Wurzeln abschlagen würde. Zum anderen, weil sich Wissen nicht töten lässt, indem man die Aufzeichnungen darüber vernichtet. Dazu ist weitaus mehr vonnöten, wenn es überhaupt möglich ist. Diese Schriften, werden nicht aufbewahrt, um gelesen zu werden, Aldur. Das Gegenteil ist der Fall.«

Der Eingeweihte nickte. »Verzeiht, Vater«, sagte er schließlich, »das wusste ich nicht. Bei allem, was ich tat, hatte ich nur das Gelingen unserer Mission vor Augen.«

»Das weiß ich, junger Freund«, versicherte Farawyn, nun etwas milder gestimmt als zuvor. »Dennoch muss ich dich zur Vorsicht mahnen. Dein Eifer ist mitunter größer als die Verantwortung, die zu tragen du in der Lage bist. Wäre Atgyva nicht bereit gewesen, auf eine Anzeige beim Hohen Rat zu verzichten, hätte die Sache böse für dich enden können – und für mich ebenso.«

»Ich weiß, Vater. Und es tut mir leid.«

»Wir werden nicht mehr darüber sprechen«, entschied Farawyn. »Mit niemandem, hast du verstanden? Nicht einmal mit deinen Freunden.«

»Verstanden, Vater.«

»In einer Hinsicht jedoch hast du recht gehabt«, meinte Farawyn und rang sich ein Lächeln ab.

»In welcher?« Aldur schaute fragend auf.

»Dass ihr womöglich noch mehr Informationen braucht. Wissen über die Gegner, die womöglich auf euch lauern.«

»Dann werdet Ihr mir helfen, Ruvians Bericht zu bekommen?«, fragte Aldur hoffnungsvoll.

»Nein, Eingeweihter«, erwiderte Farawyn, wobei ein rätselhaftes Grinsen um seine edlen Züge spielte. »Ich hatte dabei an etwas anderes gedacht …«

14. FARWYLA

In der Kammer der Kristallpforte, die sich unweit der großen Ratshalle befand, waren sie zusammengekommen.

Sowohl Farawyn als auch Meisterin Maeve hatten sich eingefunden, um Granock, Alannah und Aldur zu verabschieden und ihnen Glück für ihre bevorstehende Mission zu wünschen. Gemeinsam würden sie den Dreistern öffnen, der es den drei Eingeweihten ermöglichen würde, im Bruchteil eines Augenblicks die riesige Distanz nach Tirgas Lan zu überbrücken.

Schon der Gedanke daran war Granock unangenehm.

Nicht nur, weil die Kristallpforten eine Erfindung des Bösen waren und Erdwelt einst Tod und Verderben gebracht hatten; sondern auch, weil das Öffnen der Pforten nur in Sonderfällen erlaubt war und stets bedeutete, dass sich das Reich in Gefahr befand und am Rande einer Krise.

Schon einmal, vor ziemlich genau zwei Jahren, hatte Granock die Pforte durchschritten. Anfangs hatte er das Gefühl genossen und den Eindruck von Allmacht, der einen dabei durchströmte; aber dann hatte er Dinge gesehen und erlebt, die er nie wieder vergessen hatte und von denen er noch immer in seinen Träumen eingeholt wurde. Wenn er etwas ganz gewiss nicht wollte, dann diese Erfahrung wiederholen – und dennoch stand er hier, um genau das zu tun …

Es war früher Morgen.

Die Nacht hatten die Eingeweihten genutzt, um sich jeder auf seine Weise auf die bevorstehende Reise vorzubereiten. Während

Granock versucht hatte, noch ein wenig Schlaf zu bekommen, hatte Alannah noch einmal ihre Ausrüstung überprüft und sich danach in tiefe Meditation zurückgezogen. Was Aldur getrieben hatte, wussten sie nicht – er war den größten Teil der Nacht verschwunden gewesen und erst am Morgen in seine Kammer zurückgekehrt. Auf Granocks Frage, wo er gewesen sei, hatte er nur einsilbig geantwortet, und Granock war auch nicht weiter in ihn gedrungen; schließlich war es jedem von ihnen selbst überlassen, womit er die womöglich letzte Nacht auf Erden verbrachte.

Sie standen nebeneinander aufgereiht wie Soldaten. Die Kettenhemden aus Elfensilber trugen sie unter ihren Roben, damit sie nicht auf den ersten Blick erkennbar waren, die Schwerter an ihren Gürteln und das lederne Rüstzeug ließen jedoch keinen Zweifel am Charakter ihrer Mission. Jedem von ihnen war klar, dass sie Shakara womöglich nie mehr wiedersehen würden, und zumindest Granock hatte Mühe, die Schatten zu vertreiben, die dieser Gedanke auf sein Gemüt warf. Nach außen gab er sich unbeeindruckt, aber er war sicher, dass zumindest Meisterin Maeve die Furcht und die Unsicherheit spüren konnte, die er insgeheim empfand. Und er war ihr dankbar dafür, dass sie kein Wort darüber verlor.

»Meine jungen Freunde«, hob Farawyn zu einer kurzen Ansprache an, »ich brauche euch nicht noch einmal zu sagen, wie viel von diesem Auftrag abhängt. Es muss euch gelingen, Licht in das Dunkel der jüngsten Ereignisse zu bringen, oder der Rat wird daran zerbrechen. Lieber würde ich selbst nach Arun gehen, aber es ist unabdingbar, dass ich in Shakara bleibe, denn meine Gegner würden meine Abwesenheit unbarmherzig für sich nutzen. Das«, fügte er mit wehmütigem Lächeln hinzu, »hätte ich wohl bedenken sollen, ehe ich Cethegars Nachfolge antrat. Aber wenn ihr drei geht, so ist es fast, als wäre ich selbst dabei. Ihr alle seid in Arun gewesen und genießt mein uneingeschränktes Vertrauen.«

Der Blick des Zauberers wanderte von einem zum anderen, dennoch glaubte Granock zu bemerken, dass er auf Aldur ein wenig länger ruhte – oder war es nur Einbildung?

»Ihr alle«, fuhr der Älteste fort, »befindet euch im letzten Abschnitt eurer Ausbildung. Nutzt das Wissen, das ihr erworben habt, und wendet es klug und weise an. Verbergt eure Identität, und sagt niemandem, wer euch geschickt hat. Solltet ihr unterwegs gefangen oder gar getötet werden, so werde ich um der Einheit des Ordens Willen leugnen, von eurer Expedition gewusst zu haben.« Der Gedanke schien Farawyn selbst zu missfallen, denn er biss sich auf die Lippen und blickte zu Boden. »Als Trost«, fuhr er schließlich fort, »kann ich euch nur mit auf den Weg geben, dass das Leben in Shakara nicht mehr dasselbe sein wird, wenn ihr scheitert. Wir alle, vom Novizen bis zum Ältesten, sind auf das Gelingen eurer Mission angewiesen. Bringt uns Antworten – und bringt sie uns bald.«

»Verstanden, Meister«, erwiderte Granock stellvertetend für alle drei. »Wir werden unser Bestes geben.«

»Das weiß ich, Junge«, versicherte Farawyn – und ehe Granock wusste, wie ihm geschah, trat der Zauberer auf ihn zu und schloss ihn in die Arme wie einen Sohn.

Es war eine menschliche Geste, eines Ältesten in jeder Hinsicht unwürdig, aber keiner der Anwesenden störte sich daran. Von Aldur und Alannah verabschiedete sich Farawyn auf elfische Weise, aber auch dies schien inniger und unter größerer Gefühlsbewegung vonstattenzugehen als sonst. Jeder schien sich der Endgültigkeit des Augenblicks bewusst zu sein.

Auch Meisterin Maeve wünschte ihnen Glück, ebenso wie Ariel und Níobe, die sich beide in der Torkammer eingefunden hatten, um sich von ihren Gebietern zu verabschieden. Zunächst hatte Granock überlegt, seinen Diener mitzunehmen, aber die Reise war zu weit und zu beschwerlich, als dass die zerbrechliche Konstitution eines Kobolds ihr standgehalten hätte, von den unzähligen Gefahren, die unterwegs lauerten, ganz zu schweigen.

Leb wohl, Herr. Und nimm dich in acht. Der gute Ariel ist nicht in der Nähe, um auf dich aufzupassen.

»Keine Sorge«, versicherte Granock lächelnd, »ich werde vorsichtig sein.«

Der Kobold nickte, während er unruhig von einem Fuß auf den anderen trat. Sein kleines Gesicht blickte verdrießlich drein, der Blütenkelch auf seinem Kopf schien an diesem Morgen zu welken.

In seinen winzigen Äuglein blitzte es feucht. *Werden wir uns wiedersehen?*, fragte er.

»Natürlich«, versicherte Granock wider seine eigenen Befürchtungen. Es war kaum vorstellbar, dass es erst zwei Jahre her war, da Ariel ihn in seiner Eigenschaft als Ratsdiener in Shakara begrüßt und ihn als ungehobelten Klotz beschimpft hatte. Vieles hatte sich seither geändert.

Und manches auch nicht …

»Die Zeit drängt«, sagte Farawyn. »Die Wachen werden bald zurückkehren. Ihr müsst gehen.«

»Ich bin bereit«, versicherte Granock.

»Wir ebenso«, sprach Alannah für sich und Aldur.

»Schwester?«, wandte sich Farawyn fragend an Maeve.

»Ich weiß es nicht«, entgegnete diese kopfschüttelnd. »Sie sollten längst hier sein. Verzeiht, Bruder – aber vielleicht war es doch keine so gute Idee.«

»Vielleicht«, kam Farawyn nicht umhin zuzugeben.

»Was für eine Idee?«, erkundigte sich Granock unverblümt. Seine menschliche Angewohnheit, Fragen zu stellen, hatte er sich nie ganz abgewöhnen können.

»Aldur«, antwortete Farawyn, »hat mich darauf hingewiesen, dass es für euch von Vorteil wäre, einen Informanten bei euch zu haben. Jemanden, der wie ihr in Arun gewesen ist, jedoch auch die Schliche des Bösen kennt.«

»Was?« Granock schaute Aldur fragend an, der jedoch genauso überrascht zu sein schien wie er selbst. »Von wem sprecht Ihr?«

»Ich spreche von …«, begann der Älteste – als es an die Tür der Torkammer klopfte. Meisterin Maeve eilte, um zu öffnen, und zwei Gestalten traten über die Schwelle und schlugen ihre langen Kapuzen zurück.

Unter der einen kam das hübsche Gesicht der Elfin Caia zum Vorschein, mit der zusammen Granock seinerzeit den *prayf* abgelegt hatte. Da sie als Schülerin Maeves in den Plan eingeweiht war, war es nicht weiter verwunderlich, sie anzutreffen.

Unter der anderen Kapuze jedoch – Granock traute seinen Augen nicht – erschien das hässliche Gesicht eines Orks!

Es dauerte einen Moment, bis der Unhold den Stoff ganz von seinem unförmigen Haupt gezerrt hatte, wobei ihm ein ganzer Schwall übler Verwünschungen über die wulstigen Lippen kam. Dann präsentierte er sich den Anwesenden in seiner ganzen abscheulichen Hässlichkeit.

Er war nicht besonders groß und für einen Ork eher schmächtig. Sein Schädel war kahl, und eine Mischung aus Argwohn und Furcht stand in seinen tief liegenden Augen zu lesen. Normalerweise hätte die Anwesenheit eines Unholds in Shakara – noch dazu in der Torkammer! – namenloses Entsetzen ausgelöst. Dieser spezielle Unhold jedoch war den Eingeweihten bekannt. Sein Name war Rambok, und er hatte bei den Ereignissen in Arun eine zwar unrühmliche, jedoch höchst wichtige Rolle gespielt, die ihm das Wohlwollen Farawyns eingetragen hatte.

Da der Ork, der sich selbst als Schamanen bezeichnete, obwohl seine Zauberkraft nicht über die von einem Stück Holz hinausreichte, nicht zu seinesgleichen zurückkonnte, ohne um Leib und Leben fürchten zu müssen, hatte der Hohe Rat ihm Asyl gewährt. Als eine Art Botschafter seines Volkes war Rambok bei den Zauberern geblieben; in Erscheinung trat er allerdings nur höchst selten – meist begnügte er sich damit, in seiner Kammer zu sitzen, die sich tief unten im Keller befand, und dort vor sich hinzubrüten. Eine entwurzelte, einsame Kreatur, für die Granock im Grunde nur Mitleid empfand.

»Was hat er hier zu suchen?«, zischte Aldur, der das Mitgefühl des Freundes nicht zu teilen schien.

»Rambok wird euch begleiten«, erklärte Farawyn ruhig. »Als eine Art Führer …«

»Wir brauchen keinen Unhold als Führer«, stellte des Aldurans Sohn klar und deutete auf den Ork, der unruhig von einem Fuß auf den anderen trat und sich in seiner grünen Haut äußerst unwohl zu fühlen schien. »Auf seinesgleichen ist kein Verlass, Vater, das wisst Ihr so gut wie ich.«

»Ich habe auch nicht gesagt, dass ihr euch auf ihn verlassen sollt«, beschwichtigte Farawyn. »Darum geht es nicht.«

»Worum dann, Vater?«

»Rambok ist anders als ihr. Er denkt anders, zieht andere Schlüsse und fasst andere Pläne. Er soll euch helfen zu verstehen, wie die dunkle Seite handelt.«

»Kann er das denn?«, fragte Alannah, die ihren ersten Ekel bereits überwunden zu haben schien.

»Unter seinesgleichen gilt Rambok als zauberkundig und war lange Jahre Berater des Häuptlings Borgas«, brachte Farawyn in Erinnerung. »Über das, was in dunklen Gemütern vor sich geht, weiß er mehr als jeder von uns, und er hat sich bereit erklärt, sein Wissen mit euch zu teilen.«

»Tatsächlich?« Aldur starrte feindselig in Ramboks Richtung. »Dann sollten wir dir wohl dankbar sein, was?«

»Rambok tut, was kann«, entgegnete der Unhold in erbärmlich schlechtem Elfisch und verbeugte sich unterwürfig.

»Er hat unsere Sprache gelernt?«, staunte Alannah.

»Nur einige Worte.« Farawyn nickte. »Offen gestanden bin ich überrascht, dass seine Zunge überhaupt dazu fähig ist.«

*»Achgosh douk, Rambok. Soulbh urku chl sul'hai coul**«, entgegnete Alannah lächelnd in Ramboks Richtung.

Der Ork war überrascht. *»Achgosh douk, sul'hai-coul-boun«,* erwiderte er. *»Tounga ur'ork buchg ann kulas'mo.«*

»Was sagt er?«, wollte Granock wissen.

»Dass die Sprache der Orks sich wie ein Stich in seinem Ohr anfühlt«, übersetzte Alannah. »Ich nehme an, das ist seine Art, mir ein Kompliment zu machen.«

»Du … du sprichst seine Sprache?« Aldur starrte sie verständnislos an.

»Warum nicht? Narvan der Gelehrte hat eine Abhandlung darüber verfasst, schon vor sehr langer Zeit. Zudem sind ihre Sprache und die unsere miteinander verwandt, wie du weißt.«

Aldurs Antwort war ein geräuschvolles Schnauben. Wie alle Elfen wurde auch er nicht gerne daran erinnert, dass sie und die Orks dieselben Wurzeln hatten. Die Unholde waren nichts anderes als die Nachkommen jener, die einst aus Margoks verbotenen Ex-

* Guten Tag, Rambok. Es ist gut, dass du auf der Seite der Elfen bist.

perimenten hervorgegangen waren – Versuche, die zum Ziel gehabt hatten, eine neue, überlegene Rasse zu schaffen. Die Orks waren das traurige Ergebnis …

»Mit einem Unhold möchte ich nichts zu tun haben«, erklärte Aldur und verschränkte in ablehnendem Stolz die Arme.

»Tatsächlich?«, fragte Farawyn. »Ein kluger Mann hat mir erst vor Kurzem gesagt, dass es notwendig ist, seinen Gegner zu kennen, und er hat recht gehabt.«

»Vielleicht«, räumte Aldur ein. »Aber ganz gewiss hat er nicht daran gedacht, gemeinsam mit einem Ork in den Kampf zu ziehen.«

»Die Zeiten ändern sich. Unsere Welt ist grau geworden, Aldur, undurchschaubar selbst für uns. Wir können es uns nicht mehr leisten, Freund und Feind nach der Zugehörigkeit zu ihren Rassen zu beurteilen. In dem Konflikt, der uns womöglich bevorsteht, werden wir lernen müssen, ins Innere einer Kreatur zu blicken, um ihre Absichten zu erkennen.«

»Und ins Innere dieses Orks habt Ihr geblickt?«, fragte Aldur mit einem Anflug von Spott.

»Ich habe etwas gesehen, schon vor langer Zeit«, räumte Farawyn ein. »Eine Vision von Dingen, die einst kommen mögen oder auch nicht. In jedem Fall hat sie mich nachdenklich gemacht.«

»Und was genau habt Ihr gesehen, Vater?«, wollte Alannah wissen.

Farawyn hielt den forschenden Blicken stand, mit denen die drei Eingeweihten ihn betrachteten. »Dass es dereinst Unholde sein werden, die unsere Welt vor dem Bösen bewahren«, erklärte er knapp.

In einer spontanen Reaktion wollte Granock laut auflachen, so absurd hörte sich an, was sein ehemaliger Meister da sagte. Aber er ließ es bleiben. Farawyn wurde nicht von ungefähr der Seher genannt. Er hatte schon öfter bewiesen, dass sein *reghas* nicht zu unterschätzen war, und er schien immer besser darin zu werden, es zu benutzen …

»Oder«, fügte der Älteste fragend hinzu, wobei ein unheimliches, geisterhaftes Lächeln über seine Züge glitt, »soll ich euch noch von anderen Dingen erzählen, die ich gesehen habe?«

»Das wird nicht nötig sein«, versicherte Aldur. »Wenn Ihr es wünscht, so soll der Unhold uns begleiten. Aber ich warne ihn: Sollte er die Unwahrheit sagen oder auch nur den Versuch unternehmen, uns zu täuschen, so werde ich ihn bei lebendigem Leibe rösten.«

»Das wird er nicht«, war Alannah überzeugt und schenkte dem Ork ein weiteres Lächeln, das Granock zu seiner eigenen Verblüffung mit einem Hauch von Eifersucht zur Kenntnis nahm.

»So ist es beschlossen«, sagte Farawyn. »Zwei Elfen, ein Mensch und ein Ork begeben sich auf den Weg, um das zu tun, was die Weisen von Shakara tun sollten – welch seltsamen Verlauf die Geschichte bisweilen nimmt. Traut nichts und niemandem, meine Kinder, nicht einmal euren Augen, denn selbst sie vermögen euch zu täuschen. Mögen Albons Licht, Glyndyrs Geist und Sigwyns Tatkraft euch begleiten«, fügte er leiser hinzu, »denn die Zeiten, denen wir entgegengehen, sind dunkel.«

Und einmal mehr fragte sich Granock, ob sein alter Meister etwas wusste, das er ihnen verheimlichte.

Ihr Geschrei war weithin zu hören.

Heiseres, seelenloses Gebrüll aus Kehlen, die nach Blut dürsteten, dazu der Klang der Kriegstrommeln, der die Nacht erfüllte und von den Mauern der Burg widerhallte.

Rurak wusste nicht, wie viele es waren. Längst hatte er aufgehört, sie zu zählen, aber er schätzte, dass es wenigstens zweitausend Unholde waren, die den Weg zur Blutfeste gefunden hatten. Längst lagerten sie nicht nur mehr im Inneren des Hofes, der nur einer begrenzten Anzahl von Kriegern Platz bot, sondern auch auf den Türmen und Wehrgängen sowie außerhalb der Burg. Überall entlang der schmalen Straße, die sich am steilen Fels entlang den Berg heraufwand, sowie an den umliegenden Hängen sah man Fackeln lodern, vor denen grässliche Gestalten bizarre Schatten warfen.

Ein Lächeln der Genugtuung spielte um das schmale Gesicht des abtrünnigen Zauberers, während er auf dem Balkon des höchsten Turmes stand und auf das grausige Spektakel blickte. So musste es gewesen sein, damals, als Margok das Heer der Finsternis versammelt hatte – und so würde es wieder werden.

Nun?

Wie immer, wenn sein Herr und Meister zu ihm sprach, fühlte er zunächst eisiges Entsetzen. Sofort beruhigte er sich jedoch und labte sich an der Präsenz reiner Bosheit, die ihn erfüllte.

»Es ist geschehen, mein Gebieter«, berichtete er. »Die Streitmacht Eurer Diener ist versammelt.«

Was ist mit den Menschen?

Rurak lächelte. »Sie sind zu jung, um zu begreifen, was geschieht. Diese Narren glauben, ihre Häuser und Höfe zu verteidigen und für ihre Freiheit zu kämpfen – dabei sind sie nicht weniger unsere Diener wie die Orks, und sie werden Euch ebenso bereitwillig folgen.«

Du hast gute Arbeit geleistet.

»Ich danke Euch, Majestät.« Der Abtrünnige verbeugte sich, als ob der Herr der Finsternis direkt vor ihm stünde. »Ist die Zeit nun gekommen, um der Welt Eure Rückkehr zu offenbaren?«

Noch nicht. Nimm das Heer und ziehe an seiner Spitze nach Süden. Am Fuß des Schwarzgebirges, wo die Flüsse sich von alters her teilen und das Bild des Prächtigen steht, werdet ihr euch mit den Menschen vereinen. Und dort werde auch ich zu euch stoßen. Die Zeit ist reif, um zum vernichtenden Schlag gegen die Welt der Sterblichen auszuholen.

»Ich habe verstanden, Gebieter«, versicherte Rurak unterwürfig und verbeugte sich abermals. Dann war die Stimme in seinem Inneren verstummt.

Unterdessen dämmerte weit im Osten der neue Tag über dem Elfenreich herauf und schickte seine ersten zaghaften Strahlen über den gezackten Rand der Berge.

Ein neues Zeitalter begann.

BUCH 2

CRYSALION'Y'GWAITH
(Blutkristalle)

1. UR'Y'DORWATHAN

Der Weg war weit gewesen.

Die erste Etappe von Shakara nach Tirgas Lan hatten die Gefährten dank des Dreisterns innerhalb eines Herzschlags hinter sich gebracht; dann jedoch hatte die eigentliche Reise begonnen.

Auf Pferden, die sie in Tirgas Lan erworben und unterwegs noch viermal gewechselt hatten, waren Granock, Alannah, Aldur und Rambok nach Süden gelangt. Sie hatten Trowna hinter sich gelassen und ohne Zwischenfälle Narnahal erreicht, wo sie sich mit Proviant eingedeckt und zum ersten Mal nach Tagen wieder mit einem Dach über dem Kopf geschlafen hatten, auch wenn es nur das einer Scheune gewesen war. In den Gasthöfen oder Handelsstationen entlang der Straße haltzumachen, konnten sie nicht wagen, denn die Gesellschaft eines Menschen, zweier Elfen und eines Orks erregte zu viel Aufsehen.

Den kleinen Siedlungen, die sich entlang der Südpassage erstreckten, blieben sie ebenso fern und verließen die Straße, sobald sich Reisende oder eine Karawane näherten. Je geheimer ihr Ausflug gen Süden blieb, desto besser war es für sie alle. Farawyn hatte ihnen eingeschärft, dass sie niemandem vertrauen geschweige denn das Ziel oder den Zweck ihrer Reise offenbaren sollten. Denn wenn es stimmte, was der Älteste vermutete, so mochten überall am Wegesrand Spione lauern, die den Feind über ihre Pläne in Kenntnis setzen würden.

Als die vier schließlich das Niemandsland im Südosten erreichten, verspürten sie gleichermaßen Erleichterung wie Beklemmung.

Erleichterung, weil sie wussten, dass ihnen von nun an keine Bauern oder Kaufleute mehr begegnen würden; Beklemmung, weil das karge Land unmittelbar an Arun grenzte, das Ziel ihrer Reise. Nur noch ein Hindernis galt es zu überwinden: den Cethad Mavur, die große Mauer, die vor Unzeiten errichtet worden war, nachdem man festgestellt hatte, dass die Territorien im Süden nicht zu zivilisieren waren.

Über Tausende von Jahren hatten Elfenkrieger auf den Zinnen des Cethad Mavur gewacht und nach Feinden Ausschau gehalten. Die lange Zeit des Wartens hatte sie zermürbt, und als die Attacke schließlich tatsächlich erfolgt war, hatten sie längst nicht mehr damit gerechnet. Die Besatzung der Grenzfeste Carryg-Fin war von den *neidora*, Margoks gefürchteten Echsenkriegern, niedergemetzelt worden, und der Hohe Rat von Shakara hatte daraufhin drei seiner Mitglieder entsandt, um den Hergang des Überfalls zu ergründen. So hatte vor zwei Jahren alles begonnen, und als Granock die Türme und Mauern Carryg-Fins am Horizont auftauchen sah, musste er schaudernd an die grässlich entstellten Leichen denken, die sie damals vorgefunden hatten.

Inzwischen waren sowohl die Festung als auch der Grenzwall wieder besetzt. Nachdem er von den Vorfällen in Arun erfahren hatte, hatte König Elidor eine ganze Legion Elfenkrieger in Marsch gesetzt, um die Südgrenze des Reiches zu sichern. Seither war alles ruhig geblieben – aber was bedeutete das schon in Zeiten wie diesen?

Da sie keinen offiziellen Passierschein und also auch keine Befugnis hatten, die Grenze zu überschreiten, hielten Granock und seine Begleiter sich bis Einbruch der Dunkelheit verborgen. Ein gutes Stück südwestlich von Carryg-Fin hatten sie eine Stelle im Grenzwall ausgemacht, die sich für ihre Zwecke besonders eignete. Zwar gab es weit und breit kein Tor, aber nur wenige Soldaten besetzten dort die Mauer.

Der Plan der drei Eingeweihten war einfach, und sie setzten ihn ohne Zögern um: Indem Granock sein *reghas* zum Einsatz brachte, hielt er die Zeit auf dem Wehrgang an. Die Soldaten schienen zu erstarren; wenn die Wirkung des Zaubers nachließ, würden sie weder etwas gesehen haben noch sich an etwas erinnern. Über Stufen aus Eis, die Alannah kraft ihrer besonderen Fähigkeit errichtete, erklommen die vier ungleichen Gefährten die Mauer und gelangten auf der anderen Seite wieder hinab. Aldur nutzte seine feurige Gabe, um das Eis rasch wieder zu schmelzen. Wenn die Wächter aus dem Bann erwachen würden, den Granock über sie verhängt hatte, würden sie nichts weiter vorfinden als Wasser, das in der Erde versickerte. Und vier herrenlose Pferde …

Der Dschungel von Arun, der jenseits des Cethad Mavur wucherte, verschlang die vier Wanderer mit unersättlicher Gier. Von nun an waren sie ganz auf sich gestellt und auf die magischen Kenntnisse, die sie im Lauf ihrer Ausbildung erworben hatten. Farawyn würde ihnen diesmal nicht zu Hilfe eilen können; er durfte es nicht, um seine eigene Position nicht zu gefährden.

Schon zwei Jahre zuvor hatte Granock kein gutes Gefühl dabei gehabt, die Grenze nach Süden zu überschreiten. Diesmal wurde er den Verdacht nicht los, dass sie auf verlorenem Posten kämpften.

Je weiter es nach Süden ging und je tiefer sie in den Dschungel vordrangen, dessen von Moos und Flechten überwucherte Baumriesen ein schier undurchdringliches Blätterdach formten, desto mehr hatten die Gefährten das Gefühl, ein Teil davon zu werden. Dämmerlicht herrschte allenthalben, die feuchtwarme Luft roch nach Moder und Verwesung, und überall waren Geräusche, die vom beständigen Werden und Vergehen zeugten, vom Fressen und Gefressenwerden.

Nicht nur das Dickicht machte das Vorankommen beschwerlich, sondern auch der morastige Boden und das welke Laub, das den Wanderern mitunter bis zu den Knien reichte, sodass sie das Gefühl hatten, in Fäulnis und Verfall zu versinken. Von den unzähligen Insekten ganz zu schweigen …

»Mark douk, mark douk«, murmelte Rambok unablässig, während er nach den blutrüstigen kleinen Biestern drosch. »Nicht gut, nicht gut …«

»Was meinst du damit?«, wollte Granock irgendwann von ihm wissen. »Was, verdammt noch mal, ist nicht gut?«

Der Unhold, der vor ihm ging, blieb stehen und wandte sich zu ihm um. Der Blick aus seinen blutunterlaufenen Augen war düster und unheilvoll. »Verderben wartet«, krächzte er kehlig. »Knochen mir verraten.«

»Die Knochen?«, fragte Aldur, der die Nachhut bildete. »Welche Knochen meinst du? Die, die du um den Hals baumeln hast? Oder dein eigenes verkommenes Gestell?«

»Aldur«, zischte Alannah, die an der Spitze ging und dabei war, das Unterholz mit ihrem *flasfyn* zu teilen.

Rambok reagierte nicht auf die Beleidigung. Er blickte nur an sich herab und auf die unzähligen Gegenstände und Talismane, die an Lederschnüren und rostigen Ketten hingen – von kleinen Knochen und Vogelfedern bis hin zu getrockneten Gnomenkrallen war so ziemlich alles dabei. »Nicht spotten über Knochen«, bat er. »Sagen immer die Wahrheit.«

»Sieh an«, knurrte Aldur. »Dann haben sie dir ja schon etwas voraus.«

»Warum bist du so feindselig zu ihm?«, wollte Alannah wissen. »Rambok steht auf unserer Seite, hast du das schon vergessen?«

»Margoks Kreaturen«, stellte Aldur klar, »stehen immer nur auf einer Seite, nämlich auf ihrer eigenen.«

»Aber hast du nicht gehört, was Meister Farawyn gesagt hat? Die Zeiten ändern sich.«

»Die Zeiten vielleicht«, räumte der Elf bitter ein, »aber ein Ork ganz gewiss nicht. Für uns ist dies hier keine lebensfreundliche Umgebung – Unholde jedoch lieben den Duft von Fäulnis und Verwesung. Ist es nicht so?«

»*Korr*«, stimmte Rambok zu. »Aber auch Unholde sterben nicht gerne. Das niemals vergessen.«

Als sie ihren Marsch am darauffolgenden Tag fortsetzten, stieg das Gelände steil an. Ein schmaler Pfad wand sich in engen Serpentinen an einer Felswand empor, die sich fast senkrecht aus dem Dschungel erhob, und die Wanderer mussten aufpassen, damit sie auf dem feuchten und von Moos überzogenen Gestein nicht ausglitten und in die Tiefe stürzten. Zudem konnten sie schon bald die Hand nicht mehr vor Augen sehen, denn obwohl es heller wurde, als sie die Baumkronen hinter sich ließen, hüllte sie schon bald ein dichter weißer Dunst ein, der wie ein Leichentuch über dem Dschungel lag.

Schwermut senkte sich auf ihre Herzen, aber die vier Wanderer marschierten unbeirrt weiter. Stück für Stück arbeiteten sie sich empor und erreichten schließlich die sogenannte Doppelspitze – das Tor nach Arun, das schon der Geograf Ruvian in seinem Bericht erwähnt hatte.

Die beiden moosüberwucherten Obelisken, von denen niemand wusste, ob der Keil eines Künstlers oder eine Laune der Natur sie geformt hatte, ragten drohend in die Höhe, und das Wissen, dass nicht einmal Sigwyn der Eroberer es seinerzeit gewagt hatte, sie zu passieren, empfand Granock als nicht gerade ermutigend. Von hier an erinnerte er sich genau an den Weg.

Jeder Baum und jeder Fels, jeder Stein und jede Biegung hatten sich unauslöschlich in sein Gedächtnis eingebrannt – vermutlich deshalb, weil er diesen Pfad seit ihrem letzten Besuch in Arun unzählige Male gegangen war ... in den Albträumen, die ihn seither verfolgten.

Sie überquerten die Schlucht, die der Grenzfluss Carryg im Lauf von Jahrtausenden in den Fels gegraben hatte, und gelangten an Orte und Schauplätze, die sie kannten. Sie schauderten, als sie den Kreis der Steine passierten, wo die *neidora* nach Jahrtausende währender Ruhe wieder zum Leben erweckt worden waren. Trauer ergriff von ihnen Besitz, als sie die von Wurzeln und Schlinggewächsen überwucherte Ruine erreichten, wo der weise Cethegar sein Leben gegeben hatte, um das seiner Freunde zu retten.

Es gab kein Grab und keinen Gedenkstein, kein Monument, das auf sein selbstloses Opfer hingewiesen hätte. Aber Granock, Aldur und Alannah würden Cethegars Heldentat niemals vergessen.

Eriod.

Niemals ...

In stiller Andacht verharrten sie für eine kleine Weile, dann setzten sie ihren Marsch durch den Dschungel fort, bis sich endlich die Überreste jenes Tempels aus den Nebelschwaden schälten, in dessen tiefen Gewölben der Dunkelelf ins Leben hatte zurückgeholt werden sollen.

Granock kam es vor, als würden all die dunklen Träume, die ihn seit damals verfolgten, plötzlich wieder Wirklichkeit werden. Alannah blickte betreten zu Boden, während Aldurs Gesicht zu einer reglosen Maske erstarrte. Sie hatten alle drei die Macht der Magie genutzt, um ihre Körperkraft und Ausdauer auf dem langen Marsch zu verstärken. Als sie jedoch das Areal des Bösen betraten, fühlten sie sich gleichermaßen erschöpft und ausgelaugt. Selbst Rambok, der ungleich robuster war, schien es zu bemerken – ein Gefühl drückender, niederschmetternder Verzweiflung.

Granock hatte nicht gewusst, dass auch Unholde Furcht empfinden konnten – die ergrauten und von tiefen Sorgenfalten zerfurchten Züge des Orks sprachen in dieser Hinsicht jedoch Bände. Auch ihm schien nicht wohl dabei zu sein, an den Schauplatz jener schaurigen Ereignisse zurückzukehren, bei denen er eine so wesentliche Rolle gespielt hatte, wenn auch wohl ungewollt.

In der einen Hand den *flasfyn*, die andere am Griff des Schwertes, blickte Granock sich wachsam um. Er hatte das Gefühl, dass hinter der undurchdringlichen Wand aus milchigem Weiß Tausende von Augen lauerten, die auf ihn und seine Gefährten starrten, und die Geräusche, die hin und wieder aus dem Nebel drangen, schienen dies zu bestätigen.

»Was war das?«, zischte er, als es im Unterholz leise knackte.

»Nur ein Tier«, versuchte Aldur ihn zu beruhigen, aber die Stimme des Elfen bebte dabei, und er streckte abwehrend den Zauberstab in die Richtung, aus der das Geräusch gedrungen war.

Vorsichtig gingen sie weiter. Mit jedem Schritt, den sie sich der Tempelanlage näherten, lichtete sich der Nebel ein wenig, und schließlich standen sie am Fuß eines riesigen Berges von Trümmern. Die Schatten von Arun hatten sie eingeholt.

Hier, an diesem Ort, war Margoks Leichnam über all die Jahrtausende aufbewahrt worden. Hier hatten seine Anhänger versucht, ihn ins Leben zurückzuholen. Hier hatte Rurak seine größte Niederlage erlebt. Und hier war es auch gewesen, wo sich Aldurs Meisterin Riwanon als Verräterin erwiesen hatte.

Die ganze Zeit über hatte sie für die Gegenseite gearbeitet, war eine Spionin des Feindes gewesen, die sich gegen das Gesetz der Zauberer und die Werte ihrer Gemeinschaft verschworen hatte. Es war für Granock unbegreiflich, dass keiner ihrer Schwestern und Brüder im Orden etwas davon bemerkt hatte. Einmal hatte er Farawyn nach den Gründen dafür gefragt, und die Antwort des Ältesten hatte er nie vergessen: »Bisweilen«, hatte Farawyn gesagt, »sind es gerade jene, denen wir vertrauen, die uns am meisten zu täuschen vermögen.«

Von der Pyramide und ihren vier Türmen war kein Stein auf dem anderen geblieben. Die zerstörerischen Elemente, die Alannah und Aldur entfesselt hatten, hatten das Bauwerk zum Einsturz gebracht. Mit Donnergrollen war es in sich zusammengestürzt und hatte sowohl Margok als auch seine Anhänger unter sich begraben, Elfen wie Menschen. Nichts und niemand, sagte sich Granock, konnte eine solche Katastrophe überlebt haben.

Oder doch?

Es knirschte, als Aldur den Trümmerberg ein Stück hinaufstieg. Die schwarzen Quader, aus denen die Pyramide errichtet gewesen war, waren infolge der enormen Hitzeeinwirkung teils geschmolzen, um dann in bizarren Formationen zu erstarren, die sich unheimlich im Nebel abzeichneten. Mehrmals glaubten Granock und seine Gefährten, darin einen Angreifer zu erkennen, und erschraken. Aber außer ihnen schien sich niemand bei der Ruine aufzuhalten, jedenfalls im Augenblick.

»Kommt her und seht euch das an!«

Aldurs Stimme klang seltsam dumpf im Nebel. Mit dem *flasfyn*, dessen Kristall schwach leuchtete, signalisierte er den anderen seine Position.

»Was ist?«, fragte Granock. »Hast du etwas entdeckt?«

Aldur gab keine Antwort. Stattdessen ging er in die Knie und betrachtete den Boden aus erstarrter Schlacke. Offenbar war er tatsächlich auf etwas gestoßen.

»Was ist?«, wollte auch Alannah wissen, als sie bei ihm angelangten. Aldur deutete auf die Vertiefung, die sich vor ihm im schwarzen Gestein abzeichnete.

Auf den ersten Blick hätte man es für eine Scharte im Fels halten mögen, aber beim näheren Hinsehen erkannte Granock, dass die Form zu regelmäßig war, um zufällig entstanden zu sein. Es war ein Fußabdruck – jedoch stammte er weder von einem Menschen noch von einem Elfen, sondern allem Anschein nach von einem Tier, das allerdings aufrecht auf zwei Beinen ging.

»*Neidora*«, sprach Alannah das schreckliche Wort flüsternd aus. »Die Echsenkrieger sind hier gewesen.«

»In der Tat«, stimmte Aldur nickend zu, »und zwar, solange das Gestein noch weich gewesen ist.«

»Aber weshalb?«, fragte Granock.

»Vielleicht haben sie nach Überlebenden gesucht«, schlug Alannah vor.

»Die *neidora*?« Aldur lachte bitter auf. »Alles, was diese Kreaturen tun, ist töten und zerstören.«

»Meister Farawyn sagte, dass die Echsenkrieger nicht überleben können ohne den dunklen Willen ihres Meisters«, brachte Granock in Erinnerung. »Vielleicht war es Margok, den sie finden wollten.«

Ein Windstoß wehte plötzlich über das Trümmerfeld und wirbelte Staub auf. »Vorsicht«, warnte Alannah. »Du solltest den Namen des Dunkelelfen nicht so leichtfertig aussprechen. Vor allem nicht an einem Ort wie diesem ...«

»Wenn schon, er hat recht«, wandte Aldur ein, der bereits nach weiteren Spuren suchte und dazu noch ein Stück den Trümmerberg hinaufstieg. Die erstarrte Schlacke knirschte hässlich unter seinen Füßen. »Ohne Grund sind die *neidora* ganz bestimmt nicht in den schwelenden Trümmern herumgewandert.«

Granock und die anderen folgten ihm, wobei sie trotz der drückenden Schwüle des nahen Dschungels merkten, wie Furcht mit klammer Hand nach ihren Herzen griff. Tod und Vernichtung schienen den Boden überall dort zu tränken, wo die Echsenkrieger ihre Spuren hinterlassen hatten, und schließlich waren nicht nur mehr einzelne Abdrücke zu sehen, sondern eine vollständige Fährte.

»Hier müssen die *neidora* herabgekommen sein«, sagte Aldur.

»Die Abdrücke sind tiefer als die weiter unten«, stellte Granock fest. »Das Gestein muss also noch weicher gewesen sein, als sie es betraten.«

»Oder die *neidora* waren schwerer«, gab Alannah zu bedenken. »Möglicherweise haben sie etwas getragen.«

Die drei Freunde tauschten vielsagende Blicke. Dann gingen sie weiter, die Zauberstäbe abwehrbereit erhoben – auch wenn Granock sich ein wenig lächerlich dabei vorkam. Die Echsenkrieger allein waren schon schreckliche Gegner, selbst Farawyn fürchtete sie. Wenn aber tatsächlich der Dunkelelf …

»Seht euch das an!«

Aldurs Schrei riss ihn aus seinen Gedanken. Vor ihnen lag ein leicht ansteigender Hang aus Schlacke, in dessen Mitte eine Öffnung klaffte. Kein Eingang, sondern nur ein Loch von etwa eineinhalb Ellen Durchmesser. Und die Spuren der *neidora* führten geradewegs darauf zu.

»Was das ist?«, erkundigte sich Rambok.

»Wenn ich das wüsste, Unhold«, entgegnete Granock trocken, »wäre ich längst nicht mehr hier.«

Vorsichtig näherten sie sich der Öffnung, die ihnen wie ein dunkles Auge entgegenstarrte. Mit einer Handbewegung bedeutete Aldur Alannah, zurückzubleiben und ihnen Deckung zu geben; nur Granock und er schlichen weiter.

Von zwei Seiten bewegten sie sich auf das Loch zu, ahnend, dass es die Antwort auf ihre Fragen barg. Denn die Spuren der *neidora* endeten hier, und die Aura des Bösen schien sich ins Unermessliche zu steigern. Granock musste all seine Disziplin aufwenden, um nicht in Tränen der Verzweiflung auszubrechen und die Flucht zu ergreifen. Den Zauberstab in der Hand, besann er sich auf das, was Farawyn ihm für Fälle wie diesen beigebracht hatte.

Die Ruhe bewahren.

Sich seiner Fähigkeiten besinnen.

Den Blick auf das innere Selbst nicht verlieren …

Vorsichtig, so als erwarteten sie, dass jeden Augenblick das blanke Grauen aus der Öffnung hervorbrechen würde, legten sie die letzten Schritte zurück. Dann standen sie unmittelbar davor und blickten in die dunkle Schwärze.

Aldur streckte seinen Zauberstab aus und flüsterte einen Befehl. Der Elfenkristall am oberen Ende begann zu leuchten, und Aldur bückte sich und schob ihn ein Stück weit in die Öffnung. Das Elfenlicht war nicht stark genug, um die Finsternis in dem Schacht zu vertreiben; weder ließ es erkennen, wohin er führte, noch erreichte es den Grund. Das Einzige, was im bläulichen Schein des Kristalls zu sehen war, waren Tausende und Abertausende von Maden, die sich auf dem schwarzen Gestein tummelten. Angewidert verzog Granock das Gesicht.

»Der Schacht führt offenbar weit hinab«, stellte Aldur fest. »Irgendetwas scheint aus ihm hervorgekrochen zu sein.«

»Und die Echsenkrieger haben es mitgenommen«, fügte Granock beklommen hinzu.

»Es«, bestätigte Aldur. »Oder ihn.«

»Ihr glaubt wirklich, dass es der Dunkelelf war?«, fragte Alannah, die noch immer einige Schritte hinter ihnen stand, bereit, Speere aus Eis auf alles zu werfen, was ihnen aus der Öffnung entgegenkommen sollte.

Der Blick, den Aldur ihr sandte, war düster. »Nach allem, was wir wissen, ist dies wohl die einzig zulässige Schlussfolgerung. Nur der Dunkelelf konnte die *neidora* so lange am Leben erhalten. Und nur er verfügte über die Macht, Rurak aus Borkavor zu befreien.«

»Aber … wie kann er zurückgekehrt sein?«, stammelte Granock. »Ich meine, wir haben das Ritual doch verhindert!«

»Zumindest dachten wir das«, stimmte Aldur zu. »Aber etwas scheint dennoch überlebt zu haben. Etwas Dunkles, Böses.«

»Dann sollten wir umkehren und dem Rat davon berichten«, sagte Alannah tonlos.

»Dem Rat berichten?« Aldur lachte auf. »Wie stellst du dir das vor? Willst du erzählen, dass wir ein paar Spuren gefunden haben und ein dunkles Loch? Man wird uns niemals glauben.«

»Farawyn schon«, erwiderte Granock überzeugt.

»Er vielleicht. Aber was ist mit den anderen? Mit Cysguran, diesem kriecherischen Feigling? Und mit Gervan? Dieser elende Verräter wartet nur auf den geeigneten Augenblick, um Farawyn zu entmachten. Sollen wir diejenigen sein, die ihm den Grund dazu liefern?«

»Aldur!«, rief Alannah entsetzt. So verbittert hatte sie den Freund noch selten erlebt. Offenbar hatte er die Demütigung vor dem Hohen Rat noch immer nicht verwunden.

»Verzeiht meine harschen Worte, aber wir haben nicht einen stichhaltigen Beweis. Nichts, was wir dem Rat vorlegen und womit wir unsere Aussage belegen könnten. Nach allem, was vorgefallen ist, wird man uns niemals Glauben schenken. Mir nicht, weil ich angeblich zum Kreis der Verdächtigen gehöre. Dir nicht, weil du ein Mensch bist, Granock. Alannah wird man vorhalten, eine begnadigte Mörderin zu sein, und deshalb an ihrer Glaubwürdigkeit zweifeln. Und auf das Wort eines Unholds würde ich nicht einmal selbst vertrauen. Der Rat wird sich also spalten in jene, die Farawyn folgen, und solche, die ihn bekämpfen, und alles wird nur noch schlimmer werden – es sei denn, es gelingt uns, einen unwiderlegbaren Beweis dafür zu liefern, dass Margok tatsächlich überlebt hat.«

Als er den Namen des Dunkelelfen aussprach, war es, als dringe ein dumpfer Laut aus der düsteren Öffnung. Sie schauderten, selbst Rambok wand sich mit Grausen. Der Drang, diesen unwirtlichen Ort so rasch wie möglich zu verlassen, war übermächtig, aber Aldurs Argumente waren so überzeugend, dass seine Gefährten nicht widersprechen konnten.

»Du hast recht«, gab Granock widerstrebend zu. »Wir werden mehr brauchen als Worte, um den Rat zu überzeugen.«

»Farawyn hat uns ausgesandt, um Antworten zu finden, nicht um nach Beweisen zu suchen«, gab Alannah zu bedenken. »Aber ich fürchte, dass wir ihm einen schlechten Dienst erweisen würden, wenn wir jetzt umkehren.«

»Der Älteste sagte, dass er Gewissheit braucht«, bekräftigte Aldur, »und die wollen wir ihm verschaffen.«

»Und wie?«, fragte Granock.

Sein Freund deutete auf die Abdrücke im Boden. »Wir werden den Spuren der *neidora* folgen.«

»Und wenn sie … noch weiter nach Süden führen?«, wollte Granock wissen.

»Dann werden auch wir dorthin gehen.«

»Douk«, knurrte Rambok und schüttelte den Kopf. »Das keine gute Idee, ich euch sagen.«

»Warum nicht?«, fragte Granock. »Weißt du etwas, von dem wir nichts wissen?«

»Unter uns Orks«, erwiderte der Schamane, »gibt es Gerüchte …«

»Was für Gerüchte?«

»Über den *kriok ur'sochgal*«, ächzte der Unhold, und Granock konnte die Furcht sehen, die dabei in seinen Augen aufloderte.

»Und?«, erwiderte Aldur unbeeindruckt. »Auch bei uns erzählt man sich Geschichten wie diese. Das ist nichts weiter als dummes Zeug, wie jeder weiß.«

»Wirklich?« Der Ork schaute ihn giftig an. »Wie du so sicher, Schmalauge?«

»Einen Augenblick«, bat Granock, der nicht verstand, worum es eigentlich ging. »Habe ich etwas nicht mitbekommen? Von was für Gerüchten redet ihr? Und von welchen Geschichten?«

»Hast du niemals vom *agaras* gehört?«, fragte Alannah nur.

Granock hob eine Braue. »Sollte ich?«

»In den alten Überlieferungen, die noch aus den Zeiten vor der Ankunft stammen und die lange vor Ruvian und den anderen Geografen verfasst wurden, ist von einem großen Abgrund die Rede, der sich weit im Süden befinden soll, jenseits der Berge und der Wälder«, erklärte die Elfin. »Wie es heißt, stieg Erdwelt einst aus diesem Abgrund empor, zusammen mit den Drachen, die es bevölkerten. Die Elfen der Vorzeit nannten ihn den *agaras*.«

»Den Schnitt«, übersetzte Granock in seine Sprache.

»So ist es.« Alannah nickte.

»Und was hat es damit auf sich?«

Granock konnte sehen, wie sich ein Schatten über die Züge der Elfin legte. »Der Überlieferung nach«, erwiderte sie, »markiert der *agaras* den Ort, an dem Erdwelt endet …«

2. TRYASAL

»Maeve, Meisterin des Ordens von Shakara und Mitglied des Hohen Rates der Zauberer!«

Die Stimme des Hofmarschalls hallte von der hohen Decke des Thronsaals wider, und ein Raunen ging durch die Reihen der hohen Damen und Herren, die der königlichen Audienz beiwohnten und sich zwischen den kunstvoll verzierten Säulen drängten. Die Tür an der Stirnseite der Halle wurde geöffnet, und eine Frau trat ein, deren hohes Amt ihr auf den ersten Blick nicht anzusehen war.

Das graue Gewand, das bis zum Boden reichte und ihr beim Gehen um die Beine schlug, war äußerst schlicht gehalten; das eingestickte Emblem des Hohen Rates war die einzige Verzierung darauf. Ihr Haar trug sie hochgesteckt, was sie bieder wirken ließ und womöglich älter, als sie tatsächlich war. Ihr selbstsicherer Gang jedoch und ihre aufrechte Haltung ließen vermuten, dass sie sich sowohl ihrer Macht als auch ihrer Bedeutung nur zu bewusst war.

Die Zauberin war nicht allein. Eine junge Elfin folgte ihr mit einigen Schritten Abstand, deren Robe ebenso schlicht und schmucklos war. Ihr langes blondes Haar war kunstvoll geflochten, und mit einigem Unbehagen stellte Fürst Ardghal fest, dass sie eine Schönheit war. Dunkle Augen, eine kleine Nase und ebenmäßige, makellose Züge zierten das Gesicht der jungen Frau, die fraglos eine Schülerin Maeves war.

Die Angehörigen des Hofadels, die zu beiden Seiten des Thronsaals Aufstellung genommen hatten, wechselten verstohlene Blicke und tuschelten miteinander. Ardghal brauchte nicht lange nachzudenken, um zu wissen, worüber sie sprachen.

Es war gemeinhin bekannt, dass er kein Freund des Hohen Rates war und für eine strikte Trennung von Königtum und Magie eintrat. Im Lauf der Geschichte hatte Shakara immer wieder versucht, auf die Entscheidungen Einfluss zu nehmen, die in Tirgas Lan getroffen wurden. Begründet wurde dies mit der Vergangenheit, mit den Verfehlungen Sigwyns, der einer der größten Herrscher gewesen war, die Erdwelt je gesehen hatte, am Ende seiner Regierungszeit jedoch seiner Eifersucht erlegen und zum Despoten geworden war. Diesen Vorfall, der Jahrtausende zurücklag und sich noch lange vor dem Krieg ereignet hatte, nahmen die Zauberer von jeher zum Anlass, um Druck auf die Krone auszuüben und ihre Macht zu beschneiden. In Zeiten, in denen starke Herrscher auf dem Thron gesessen hatten, war der Einfluss Shakaras kaum zu bemerken gewesen. Wann immer die Elfenkrone jedoch auf dem Haupt eines schwachen Königs ruhte, erwachte der Machthunger der Zauberer zu neuem Leben.

Und Elidor *war* ein schwacher König …

»Vorsicht«, raunte Ardghal dem jungen Monarchen zu, der neben ihm auf dem Thron saß. Elidors ebenso blasse wie schlanke Finger hatten sich in den Armlehnen verkrallt, während er der Zauberin unruhig entgegenblickte. »Sie wird versuchen, Euch zu beeinflussen. Bleibt standhaft, mein König.«

Die Warnung war überflüssig. Elidor war auch so schon nervös genug; kleine Schweißperlen standen ihm auf der Stirn. Unmissverständlich hatte Ardghal ihm klargemacht, was es bedeutete, wenn Shakara zu viel Einfluss in Tirgas Lan gewann. Dass es dann Zauberer sein würden, die die Regierungsgeschäfte bestimmten, dass er das Erbe seines Vaters Gawildor verraten und zum Büttel seines eigenen Reiches werden würde. Und früher oder später, daran hegte Ardghal nicht den geringsten Zweifel, würde sich der Hohe Rat nicht mehr damit begnügen, indirekte Macht auszuüben, sondern offen nach der Elfenkrone greifen …

Die Zauberin und ihre Novizen gelangten vor dem Thron an. Sie verbeugten sich tief und – so kam es Ardghal vor – in geheuchelter Unterwürfigkeit.

»Als Mitglied des Hohen Rates und Abgesandte des Ordens von Shakara entbiete ich Euch meinen Gruß, Elidor, König des Elfenreichs«, sagte Maeve, und selbst Ardghal musste zugeben, dass ihre Stimme weit weniger autoritär und anmaßend klang, als er es befürchtet hatte. Im Gegenteil glaubte er Fürsorge und Mitgefühl darin zu erkennen – eine gefährliche Mischung. »Außerdem soll ich Euch die Empfehlung des Ältesten Farawyn aussprechen, des Vorstehers unseres Ordens.«

»Ich danke Euch, Meisterin Maeve«, entgegnete Elidor, und Ardghal schämte sich dafür, dass die Stimme des jungen Königs dabei vor Aufregung zitterte. »Im Namen meines Hofstaats und des gesamten Reiches heiße ich Euch in Tirgas Lan willkommen.«

»Ich bin es, die zu danken hat, Hoheit«, erwiderte die Zauberin beredsam und verbeugte sich abermals. »Der freundliche Empfang, den Ihr mir bereitet, wird den Hohen Rat in seiner Überzeugung bestätigen, dass der König von Tirgas Lan ein Freund und Förderer des Ordens ist.«

Spätestens jetzt sah sich Ardghal bemüßigt einzugreifen. »Verzeiht meine Impertinenz, Meisterin Maeve«, wandte er ein, »aber wenn der Hohe Rat so überzeugt davon ist, dass er in Tirgas Lan keine Feinde hat, weshalb seid Ihr dann hier?«

»Das wisst Ihr so gut wie jeder andere in diesem Saal, Fürst«, erwiderte die Zauberin ungerührt. »Um zu beobachten und die Aufgabe zu erfüllen, die dem Orden von alters her obliegt.«

»Ich bin mir der Vergangenheit nicht weniger bewusst als Ihr, Rätin Maeve«, konterte der königliche Berater, »dennoch ist viel Zeit verstrichen seit Sigwyns Tagen, und ich frage mich, ob der Hohe Rat noch in der Lage ist, die Aufgabe zu bewältigen, die ihm einst übertragen wurde. Immerhin hat sich die vorletzte Beobachterin, die nach Tirgas Lan entsandt wurde – ein Mitglied des Hohen Rates, genau wie Ihr – als Verräterin erwiesen. Und die letzte war, wenn ich mich recht entsinne, eine überführte Mörderin.«

Ein Raunen ging durch die Reihen der Höflinge. Ardghals Beschlagenheit in der hohen Kunst der Diplomatie wurde weithin gerühmt. Es kam nur selten vor, dass er so deutliche Worte gebrauchte.

»Die Eingeweihte Alannah, auf die Ihr Euch wohl bezieht, wurde vom obersten Lordrichter von allen Anschuldigungen freigesprochen«, konterte Maeve. »Zudem ist sie nicht als Beobachterin nach Tirgas Lan geschickt worden.«

»Gleichwohl haben sich während ihrer Anwesenheit hier dunkle Vorfälle ereignet, die uns alle sehr beunruhigt haben. Was also, frage ich mich, wird während Eures Aufenthalts am königlichen Hof geschehen, Ratsmitglied Maeve?«

Die Zauberin tat so, als überhörte sie die geschliffene Mischung aus Vorwurf und Spott, die in den Worten des Beraters mitschwang. In einer Unschuldsgeste hob sie stattdessen die Arme. »Dies vorauszusagen, Fürst Ardghal, liegt ebenso wenig in meiner Macht wie in Eurer. Aber Ihr dürft mir glauben, wenn ich Euch sage, dass uns jene Vorfälle nicht weniger beunruhigt haben als Euch.«

»Zumindest das«, räumte Ardghal ein, »will ich Euch gerne glauben, wenngleich der König …« Er wandte sich Elidor zu, um ihn in den Disput miteinzubeziehen. Zu seiner Verblüffung stellte der Berater jedoch fest, dass sein königlicher Schützling den Wortwechsel überhaupt nicht verfolgt hatte. Elidors Züge wirkten entrückt, und seine Augen waren offenbar die ganze Zeit über nur auf eine einzige Person gerichtet gewesen.

»Wie ist dein Name, mein Kind?«, erkundigte er sich bei Maeves junger Begleiterin.

»Caia«, entgegnete diese mit einer Stimme wie ein Windhauch. Dabei starrte sie verlegen zu Boden.

»Bist du eine Novizin?«

»Eine Aspirantin, Majestät«, verbesserte sie.

»Somit hast du den *prayf* bereits abgelegt.« Caia nickte.

Nun schaute sie auf. Der Blick ihrer rehbraunen Augen schien dazu angetan, Steine zu erweichen. Ardghal konnte fühlen, wie Elidor neben ihm erbebte.

»Der Ablauf des *áthysthan* ist Euch bekannt, Majestät?«, erkundigte sie sich verwundert.

»Nur in Teilen«, gab Elidor zu. »Unglücklicherweise sind die Angehörigen des Ordens nicht sehr freigiebig im Umgang mit ihren Geheimnissen.«

»Der Verlauf der Ausbildung zum Zauberer unterliegt keiner Geheimhaltung«, versicherte Meisterin Maeve. »Wenn Ihr es wünscht, so wird Caia Euch darüber in allen Einzelheiten in Kenntnis setzen, Majestät.«

»Das wünsche ich in der Tat«, bekräftigte der König, der den Blick noch immer nicht von der Aspirantin wenden konnte. »Vielleicht kann ich dich im Austausch mit einigen Liedern erfreuen, die ich zur Laute singe.«

»Das wäre wunderbar, Majestät«, erwiderte Caia ohne Zögern, und es schien ihr ernst damit zu sein – jedenfalls konnte Ardghal kein Falsch in ihren Augen erkennen. »Wie ich gehört habe, seid Ihr ein sehr talentierter Sänger.«

»Unglücklicherweise«, unterbrach Ardghal die Unterhaltung, »wird König Elidor wohl kaum Zeit finden, seine Sangeskünste unter Beweis zu stellen. Die Einfälle der Orks und der Krieg im Norden erfordern seine ganze Aufmerksamkeit, und er wird nicht …«

»Nun«, fiel Elidor ihm ins Wort, »dann werde ich mir die Zeit dafür eben nehmen müssen, Fürst.«

Seine Stimme klang ungewohnt selbstbewusst, nicht wie die eines Knaben, sondern wie die eines Mannes, der sich der Macht, die in seinen Händen lag, allmählich bewusst wurde. Und in diesem Moment dämmerte Ardghal von Tirgas Lan, seines Zeichens oberster Berater des Elfenkönigs, dass die Dinge eine für ihn ungünstige Wendung genommen hatten.

Die Meditation war zu Ende.

Wie die meisten Mitglieder des Ordens nutzte auch Farawyn die Stunde vor der Nachtruhe, um den Pfad der Weisen zu beschreiten und sich in jenen Zustand zu versenken, der den irdischen Bedürfnissen entrückt war und dadurch viele Dinge umso deutlicher hervortreten ließ. Schon die Zauberer der alten Zeit hatten sich jener Technik bedient, um ihren *asbryd* zu erfrischen und ihr *lu* zu stärken, und es geschah häufig im Zustand der Versenkung, dass Farawyn Visionen hatte.

An diesem Abend jedoch war die Meditation ereignislos geblieben. Farawyn hatte gehofft, Kunde von Granock und den anderen zu erhalten, aber es hatte sich einmal mehr gezeigt, dass er nicht in der Lage war, die Natur seiner Wahrnehmungen zu beeinflussen. Im Gegenteil – je mehr er es wollte, desto weniger schien seine Gabe ihm zu gehorchen.

So hatte er keine rätselhaften Bilder gesehen, die der Deutung bedurften, sondern lediglich in sein eigenes Inneres geblickt. Antworten hatte er dort keine gefunden, sondern immer nur neue Fragen, und mit der Erkenntnis, dass die Meditation diesmal ihre Wirkung verfehlt hatte, schlug der Älteste die Augen auf.

Die vertraute Umgebung seiner Kammer spendete ihm ein wenig Trost, der freilich nur eine Täuschung war. Die Situation im Rat hatte sich weiter zugespitzt. Gervan bestand noch immer darauf, dass alle Ordensmitglieder, die sich eines Bündnisses mit der dunklen Seite verdächtig gemacht hatten, inhaftiert und strengen Verhören unterzogen wurden, und er hatte einen Katalog von Forderungen vorgelegt, denen, wie er sagte, jeder Zauberer von Ehre zustimmen sollte.

Es ging darin um die Beschneidung der Redefreiheit, um die Aufhebung des Versammlungsrechts und eine verstärkte Kontrolle der Lehrinhalte, die die Meister ihren Novizen vermittelten. Ferner hatte Gervan verlangt, dass es ein Gremium geben müsse, das sich aus ausgewählten Ratsmitgliedern zusammensetze und in der Lage sein solle, rasch auf Bedrohungen aller Art zu reagieren. Natürlich, so Gervan weiter, müssten diesem Gremium umfangreiche Machtzugeständnisse gemacht werden, und mit einer Dreistigkeit, die Farawyn verärgert hatte, hatte er sich selbst als Oberhaupt jener Einrichtung ins Gespräch gebracht. Und als wäre das alles noch nicht genug, hatte Gervan weiter angeregt, die telepathischen Fähigkeiten der Kobolde dazu zu nutzen, die geheimen Gedanken der Ordensmitglieder zu erforschen, notfalls auch gegen deren Willen. Wer ein reines Gewissen habe, so sein Argument, habe schließlich nichts zu fürchten.

Farawyns Innerstes verkrampfte sich bei dem Gedanken an solche Maßnahmen, die den Kodex und die Grundprinzipien des Ordens mit Füßen traten. Aber es gab durchaus Ratsmitglieder, die Gervans Ansinnen unterstützten. Furcht hatte sich seit Vater

Semias' Tod in Shakara breitgemacht, und diese Furcht sorgte dafür, dass manche Zauberer bereit waren, ihre Freiheit gegen die vermeintliche Sicherheit einzutauschen, die Gervans Maßnahmen ihnen versprachen.

Der Älteste schüttelte den Kopf. Ein Teil von ihm empfand Mitleid mit diesen Narren. Der andere, weitaus größere Teil verachtete sie.

Mit einem Seufzen erhob er sich. Er verwarf sein ursprüngliches Vorhaben, wie an jedem Abend noch ein Kapitel von Royans Abhandlung über das Wesen der Zeit zu lesen, die er aufgeschlagen auf dem Tisch liegen hatte. Er war müde und wollte ruhen. Der neue Tag wartete wie ein lauerndes Untier am Ende der Nacht, und Ferawyn würde seine ganze Kraft brauchen, um ihn zu überstehen.

Zum ungezählten Mal an diesem Abend schweiften seine Gedanken ab und zogen gen Süden, ins ferne Arun, und er fragte sich, wie es Granock, Alannah und Aldur ergehen mochte. Hatten sie bereits eine Spur gefunden? Hatten sie Gewissheit bekommen, was seinen Verdacht betraf? Oder hatte sie dasselbe düstere Schicksal ereilt, das auch Cethegar …?

Farawyn schüttelte den Gedanken ab wie ein lästiges Insekt. Er durfte die Hoffnung nicht aufgeben. In einer Zeit, in der Angst und Furcht regierten und selbst die Rechtschaffenen zu Werkzeugen des Bösen zu werden drohten, war sie alles, was ihnen geblieben war.

Der Älteste wollte nach seinem Diener rufen, damit er ihm half, sich seiner Robe zu entledigen, als er eine Veränderung inmitten der vertrauten vier Wände wahrnahm.

Etwas war anders als sonst. Vermutlich war es schon vorhin so gewesen, aber in seiner Erschöpfung war es ihm nicht aufgefallen. Offenbar hatte die Meditation zumindest in dieser Richtung ein wenig Wirkung gezeigt.

Farawyn griff nach dem Zauberstab. Ein kurzer Befehl und eine Handbewegung, und die Beleuchtung in der Kammer erlosch. Nur noch der unwirkliche Schein des Elfenkristalls an seinem *flasfyn* blieb übrig. Mit zu Schlitzen verengten Augen blickte sich Farawyn um. Das Leuchten des Kristalls verstärkte sich – und schien plötzlich beantwortet zu werden. Unter der Schlafstatt des Ältesten loderte eine zweite Lichtquelle auf, die ganz sicher nicht dorthin gehörte!

Farawyn gab einen Laut der Genugtuung von sich. Er stellte die ursprüngliche Beleuchtung wieder her, dann bückte er sich, um unter das Bett zu sehen. Ein bläulich schimmernder Gegenstand lag dort, und in Erinnerung an seinen ehemaligen Schüler, der die Auffassung vertrat, dass auch ein Zauberstab letztlich vor allem ein Stab war, benutzte er den *flasfyn* dazu, den Gegenstand unter der Schlafstatt hervorzuholen.

Es war, wie Farawyn zu seiner Verblüffung feststellte, ein etwa faustgroßer, länglicher Kristall, der nur von einem einzigen Ort stammen konnte.

Aus der Bibliothek von Shakara …

Sie saßen am Feuer und starrten gedankenverloren in die Flammen, erschöpft und müde.

Die Aura des Bösen, die über dem Plateau lag, setzte nicht nur ihren Seelen zu. Auch körperlich fühlten sie sich matt und ausgelaugt, und Granock kam es vor, als hätte er seit tausend Tagen nicht geschlafen.

Sie hatten lange überlegt, ob sie ein Feuer entzünden sollten, es schließlich aber doch getan, um die Kreaturen fernzuhalten, die den nächtlichen Dschungel bevölkerten. Allerdings hatte sich Granock eines Tricks bedient, den er früher oft angewandt hatte, wenn er als Dieb auf der Flucht gewesen war und nicht hatte gesehen werden wollen: Er hatte für das Feuer eine Grube ausgehoben, sodass nur der Widerschein, nicht aber die Flammen selbst zu sehen waren, was die Gefahr der Entdeckung erheblich verringerte. Raubtiere wagten sich dennoch nicht heran, nur ihr schreckliches Gebrüll war allenthalben zu hören und jagte Granock kalte Schauer über den Rücken.

»Granock?«

Alannah saß neben ihm. Er genoss ihre Nähe und schöpfte Trost aus ihrer Gesellschaft, selbst an einem Ort wie diesem.

»Ja?«

»Glaubst du, dass Farawyn recht hat? Dass wir tatsächlich dunklen Zeiten entgegengehen und es Krieg geben wird?«

Granock schürzte die Lippen. »Ich will es nicht glauben«, erwiderte er leise. »Aber nach allem, was wir vorgefunden haben, wird sich seine Vision wohl einmal mehr bewahrheiten.«

»Beängstigend«, flüsterte sie. Er merkte, wie sie neben ihm erschauderte, aber er widerstand der Versuchung, seinen Arm um sie zu legen. »Es muss grässlich sein, die Zukunft zu kennen und zu wissen, was geschehen wird.«

»Farawyn weiß es nicht«, widersprach Granock. »Er kennt die Zukunft ebenso wenig wie wir. Er hat lediglich Visionen, und es liegt an ihm, sie zu deuten.«

»Dann scheint er immer mehr Übung darin zu bekommen«, konterte die Elfin und sandte ihm einen düsteren Blick. »In letzter Zeit pflegen seine Vorhersagen nämlich mit besorgniserregender Regelmäßigkeit einzutreffen.«

»Vielleicht«, gab Granock zu. »Oder er lebt nur einfach schon lange genug auf dieser Welt, um die Sterblichen und ihre Fehler genau zu kennen.«

»Du denkst auch, dass Margok zurückgekehrt ist, nicht wahr?«, flüsterte sie. »Aldur ist überzeugt davon, dass es seine Spur ist, der wir folgen …«

Granock erwidert nichts. Zu gefesselt war er vom Anblick ihres ebenmäßigen Gesichts, auf das die Flammen flackernde Schatten warfen, zu gebannt von ihrer Schönheit, der auch das umgebende Böse nichts anhaben konnte.

»Was hast du?«, fragte sie.

»Nichts, ich …« Verlegen wandte er sich ab und starrte wieder in das Feuer. Warum nur fühlte er sich in ihrer Nähe die meiste Zeit wie ein verdammter Trottel?

»Gibt es etwas, das du mir gerne sagen möchtest?«

Es lag so viel Milde und Zärtlichkeit in ihrer Stimme, dass er sich spontan ermutigt fühlte, ihr die Wahrheit zu sagen. Womöglich, sagte er sich, war dies ihre letzte Mission. Vielleicht würden sie schon in wenigen Tagen sterben, und er wollte nicht gehen, ohne ihr nicht wenigstens ein einziges Mal gezeigt zu haben, was er in Wahrheit für sie empfand. Vom dem Augenblick an, da er sie zum ersten Mal gesehen hatte, nackt und vollkommen, vor dem silbernen Licht des Kristalls von Shakara …

Vorsichtig streckte er seine Hand aus, berührte Alannah an der Stirn und strich ihr eine Strähne des hellen Haars aus dem Gesicht. Die Elfin regte sich nicht. Weder tadelte sie ihn für die Vertraulichkeit, noch wich sie zurück. Und Granock beschloss, noch einen Schritt weiterzugehen.

Das Herz schlug ihm heftig in der Brust, während er ein wenig näher an sie heranrückte. Wieder rührte sie sich nicht, und indem er alles auf eine Karte setzte, beugte er sich zu ihr hinüber und bewegte seine Lippen auf die ihren zu.

Er konnte ihre Nähe spüren, ihren Atem, ihren betörenden Duft, der sie selbst an diesem Ort umgab, und wartete darauf, dass sich ein sehnlichster Wunsch erfüllen und ihre Münder einander berühren würden.

Doch es kam nicht dazu.

Jäh war jenseits des Feuers ein Rascheln zu vernehmen. Alarmiert sprang Alannah auf und zog ihr Schwert – aber es war nur Aldur, der von seiner Wachschicht zurückkehrte.

»Alles in Ordnung?«, erkundigte er sich. »Ihr beide seht aus, als hättet ihr einen Geist gesehen.«

»Unsinn«, entgegnete Alannah ungewohnt barsch und rammte das Schwert in den Boden, wo es bebend stecken blieb. »Mit derlei Dingen treibt man keine Scherze. Nicht hier.«

»Schon gut.« Aldur setzte sich zu ihnen ans Feuer, um sich zu wärmen. Die Nächte waren klamm in dieser Höhe, und der Nebel schien einem in die Glieder und Gelenke zu kriechen. Der Elf griff nach einigen Zweigen und gab den Flammen noch ein wenig Nahrung. »Du bist mit der Wachschicht an der Reihe, Granock.«

Granock erwiderte etwas Unverständliches. Dann griff er nach seinem *flasfyn* und verließ die Lichtung, um den Faryn-Baum aufzusuchen, von dem aus sich nicht nur der Schuttberg des Tempels, sondern auch das angrenzende Tal einsehen ließ. Dabei mied er jeden Blickkontakt mit Alannah.

Die Sache war ihm unangenehm.

Was würde sie nun von ihm denken? Hatte er ihre Freundschaft verspielt, weil er seinen Gefühlen nachgegeben hatte? Wie würde sie reagieren, nun, da er ihr offenbart hatte, was er für sie empfand?

Ein Sturm von wirren und widersprüchlichen Regungen tobte in ihm, während er den Baum erklomm. Auf der breiten Astgabel kauernd, die sie als Posten ausgewählt hatten, griff er nach seiner Feldflasche und nahm einen tiefen Schluck. Das Wasser war bitter und schal, genau wie die Gefühle in seinem Innern, und einmal mehr tadelte er sich für seine Unbeherrschtheit. Was, verdammt noch mal, hatte er sich nur dabei gedacht?

Er ließ sich nieder und legte das Schwert griffbereit neben sich. Den Zauberstab behielt er in den Händen. Manche Kreaturen, die in den Wäldern Aruns hausten, schlugen so schnell und unerwartet zu, dass man nicht einmal mehr dazu kam, nach seiner Waffe zu greifen.

Indem er sich auf sein Pflichtgefühl besann und sich ganz und gar auf seine Aufgabe konzentrierte, gelang es ihm, seine Gedanken an Alannah zumindest vorübergehend zu verbannen. Wachsam spähte er in die Nacht hinaus, die von einem bleichen, fast vollen Mond beschienen wurde, unter dem sich der Urwald und die Ruinen als blaue Schatten abzeichneten.

Anfangs zuckte Granock bei jeder Bewegung zusammen, die er registrierte, aber schon bald hatte er sich an den Anblick der sich im Wind wiegenden Baumkronen und der unzähligen kleinen und großen Schatten gewöhnt, die zwischen den Trümmern umherhuschten und das alte Spiel des Überlebens spielten. Ein Schwarm Vögel flatterte kreischend in die Höhe, als irgendetwas seine Ruhe zu stören schien. Schon im nächsten Moment zuckte ein schlanker Schatten mit einem langen Schweif über den Himmel heran. Wie ein Blitz fuhr er in den Vogelschwarm und riss eines der Tiere, um dann ebenso rasch zu verschwinden, wie er aufgetaucht war. Das Recht des Stärkeren regierte mit unnachgiebiger Härte im Wald von Arun, und es kannte keine Nachsicht.

Plötzlich – Granock vermochte nicht zu sagen, wie viel Zeit bereits verstrichen war – hörte er am Fuß des Baumes ein Rascheln.

Und es war nicht das eher zufällige, willkürliche Geräusch, das Tiere verursachten.

Er fasste den Zauberstab fester und spähte hinab, doch im Dickicht, das rings um den Faryn-Baum wucherte, konnte er nichts erkennen. Dennoch – etwas war dort unten!

Granock biss die Zähne zusammen. Falls es ein Feind war, musste er ihn erledigen, ehe er auf das Lager stieß. Er konzentrierte sich, bereitete sich darauf vor, einen Zeitzauber zu wirken …

Und wenn es ein *neidor* war? Die Echsenkrieger waren berüchtigt dafür, gegen viele Bannsprüche immun zu sein.

Granock blieb keine Zeit, darüber nachzudenken, denn unvermittelt löste sich ein schlanker Schatten aus dem Gebüsch und schickte sich an, auf den Baum zu klettern. Schon wollte er ihn erstarren lassen, als er erkannte, dass es Alannah war!

»Hier«, zischte er halblaut, um auf sich aufmerksam zu machen. Die Elfin schaute zu ihm herauf und winkte, dann erklomm sie den Baum mit katzenhafter Behändigkeit.

Granock fühlte, wie sein Herz plötzlich schneller schlug. Weshalb kam sie zu ihm? Wollte sie mit ihm reden über das, was vorgefallen war? Was sollte er ihr sagen?

Einmal mehr wünschte er sich, vorhin nicht wie ein Narr gehandelt zu haben. Aber was geschehen war, war geschehen, es ließ sich nicht rückgängig machen. Nicht einmal dann, wenn man in der Lage war, einen Zeitzauber zu wirken.

Ihr Gesicht tauchte zwischen den Blättern auf, und zu seiner Erleichterung lächelte sie. Er streckte ihr die Hand entgegen, um ihr auf die Astgabel zu helfen, aber sie schaffte es aus eigener Kraft. Lautlos ließ sie sich neben ihm nieder, und eine Weile lang schwiegen sie, während er merkte, wie sein Verlangen zurückkehrte, stärker noch als zuvor.

»Alannah«, stieß er schließlich hervor, »ich …«

Sie antwortete nicht. Stattdessen legte sie die Hand auf seinen Mund und bedeutete auch ihm zu schweigen. Und im nächsten Moment tat sie etwas, das er sich stets erträumt, jedoch niemals zu hoffen gewagt hatte: Sie nahm seine Hand, führte sie an ihre Lippen, liebkoste sie – und schob sie dann in den Ausschnitt ihrer Robe.

Sie trug nichts darunter.

Ihr Kettenhemd und auch ihr Untergewand hatte sie abgelegt, sodass er ihre alabasterweiße Haut zum ersten Mal befühlen konnte. Sie war kälter, als er angenommen hatte, dabei aber makellos und glatt. Granock stockte der Atem, als sich seine Hand den sanften Rundungen ihrer Brüste näherte.

Obwohl er schon viele Frauen gehabt und das Geld, das er in den Städten der Menschen zusammengestohlen hatte, oftmals ins nächste Freudenhaus getragen hatte, empfand er zum ersten Mal in seinem Leben etwas für die Frau, mit der er zusammen war. Mit einer Zärtlichkeit, die ihn selbst überraschte, liebkoste er ihre Brüste. Als Alannah die Augen schloss und unter seiner Berührung erbebte, gab er jede Zurückhaltung auf.

Zum zweiten Mal in dieser Nacht bewegte er seine Lippen auf die ihren zu, diesmal allerdings nicht vorsichtig und sanft, sondern drängend und voller Verlangen. Die Elfin wich nicht zurück. Ihre Münder und ihre Zungen begegneten einander auf eine Weise, die Granock nicht erwartet hatte. In unzähligen einsamen Nächten hatte er sich ausgemalt, wie es sein würde, mit ihr das zu tun, was die Söhne und Töchter Sigwyns so unschuldig als *rhiw* bezeichneten. Aber ganz bestimmt hatte er nicht vermutet, dass die sonst so sanftmütige Elfin in solcher Leidenschaft entbrennen würde.

Voller Verlangen warf sie sich auf ihn, presste ihn nieder mit der ganzen Wucht ihres vollendeten jugendlichen Körpers, während sie ihn weiter küsste, in scheinbar unstillbarer Gier, so als wolle sie das Leben aus ihm saugen. Als sie fühlte, wie seine Begehrlichkeit erwachte, verlor sie keine Zeit. Zielstrebig wanderten ihre Hände unter seine Robe und die Tunika und umfassten seine Männlichkeit, und noch ehe er wusste, wie ihm geschah, hatte sie bereits ihr Gewand hochgeschlagen und sich über ihn gestülpt. Nur in seinen kühnsten Träumen hatte sich Granock diesen Augenblick vorzustellen gewagt, und zumindest für einen Moment wähnte er sich am Ziel seiner Wünsche. Alannah schlang die Beine um seine Leibesmitte, als wolle sie ihn nie wieder loslassen. Dabei bewegte sie sich so geschickt, dass er glaubte, vor Wollust vergehen zu müssen.

Weder fiel ihm auf, dass sie die Augen noch immer geschlossen hielt, noch dass sie kein einziges Wort gesprochen hatte. Erst als der Druck ihrer Schenkel so stark wurde, dass er stechenden Schmerz empfand und das Gefühl hatte, als müsse er zerbersten, dämmerte ihm, dass ihm ein folgenschwerer Irrtum unterlaufen war.

Und in dem Augenblick, als sich die weiße Haut seiner Geliebten grün verfärbte und ihre Augen so schwarz wurden wie die Nacht, ging ihm auf, dass sie nicht Alannah war …

3. CERWYD'RAI TAITHAI

Das Heer der Menschen befand sich auf dem Weg nach Westen, und Ortwein von Andaril ritt an der Spitze.

Die Tage, in denen der junge Fürst das Gefühl gehabt hatte, das Amt und der Titel, die ihm von seinem Vater hinterlassen worden waren, würden ihn erdrücken, waren endgültig vorüber. Stolz saß er auf seinem Pferd, umgeben vom Tross seiner Getreuen, und hätte es jemand gewagt, ihn daran zu erinnern, dass er noch vor nicht allzu langer Zeit ein elendes Dasein in den Gossen von Taik gefristet hatte, so hätte er diese Dreistigkeit mit dem Leben bezahlt.

Ortwein zog es vor, so zu tun, als wären diese Dinge nie geschehen. Sein Einritt in Andaril hatte einem Triumphzug geglichen, und als er die Stadt seiner Väter wieder verlassen hatte, hatte er es nicht als kümmerlicher Spross eines großen Herrschers getan, sondern als mächtiger Heerführer. Die Armee, die sich innerhalb kürzester Zeit unter seinem Banner versammelt hatte, war größer war als jede, die Erwein von Andaril jemals aufgestellt hatte.

Zu den rund zweihundert Kämpen Andarils hatten sich jene der anderen Handelsstädte gesellt. Selbst der erbitterte Rivale Sundaril hatte Unterstützung geschickt, sodass rund fünfhundert berittene Kämpfer das Heer anführten. Die Clansherren des Ostens hatten mehr als tausend Krieger entsandt, dazu kamen rund eintausend mit Pfeil und Bogen oder Steinschleudern bewaffnete Bauern. Siebenhundert Söldner aus den Oststädten komplettierten Ortweins Heer, und sogar eine Meute Eisbarbaren, unter denen sich dem

Vernehmen nach einige Berserker befanden, hatte sich ihnen angeschlossen. Insgesamt hatte Ortwein somit mehr als dreitausend Mann unter Waffen – genug, um die Elfen das Fürchten zu lehren.

»Nun?«, erkundigte sich der Fürst bei Ivor, der wie stets neben ihm ritt. »Bist du immer noch so misstrauisch wie zuvor?«

Sein Freund und Schwertführer, der über seinem Schuppenpanzer den Waffenrock Andarils mit dem Wappen des Fürstenhauses trug, sandte ihm einen undeutbaren Blick. »Ich wäre beruhigter, wenn wir in Andaril geblieben wären, um unseren Besitz und unsere Ländereien zu verteidigen.«

»Und damit in Kauf nähmen, dass diese spitzohrigen Bastarde die Flamme des Krieges erneut zu uns tragen?« Ortwein schüttelte den Kopf. »Nein, mein Freund. Wir tun das, wozu Rurak uns geraten hat, und ziehen ihnen entgegen. Diesmal sollen die Elfen am eigenen Leib spüren, was es heißt, Krieg zu verbreiten. Diesmal sollen ihre Felder verwüstet werden, und ihre Häuser sollen brennen.«

»Und du glaubst, dass sie dann von den Ostlanden ablassen werden?«, fragte Ivor zweifelnd.

»Wenn sie erst erfahren haben, was es heißt, den Zorn der Menschen heraufzubeschwören, werden sie es sich zweimal überlegen, ehe sie sich wieder mit uns anlegen.«

»Ich höre deinen Vater reden«, sagte Ivor, »und ich höre Rurak reden. Aber dich höre ich nicht.«

»Da ist kein Unterschied«, behauptete Ortwein. »Mein Vater hatte recht, als er sich mit Rurak gegen die Elfen verbündete. Es ist an der Zeit, das Joch abzuschütteln, das sie uns auferlegt haben.«

»Aber erst, nachdem wir uns gegen sie erhoben haben«, brachte Ivor in Erinnerung.

»Nachdem wir Jahrhunderte der Bevormundung und des Unrechts ertragen mussten«, versetzte Ortwein prompt. »Warum willst du nicht einsehen, dass dies der Kampf um unser Schicksal ist? Um unsere Zukunft und unsere Freiheit?«

»Weil ich nicht begreife, was ein abtrünniger Zauberer damit zu tun hat«, gab Ivor schlicht zur Antwort. »Warum hilft uns Rurak, der selbst ein Elf ist, gegen seinesgleichen?«

»Was weiß ich?« Der Fürst machte eine unbestimmte Handbewegung. »Uns kann es letztlich egal sein, wenn wir nur unsere Ziele erreichen.«

»Das dachte dein Vater vermutlich auch. Aber ein Zauberer lässt sich nicht so leicht hintergehen. Vielleicht sind es ja in Wahrheit seine Ziele, die wir verfolgen. Hast du daran schon einmal gedacht?«

Ortwein lachte spöttisch auf. »Was bringt dich auf diesen törichten Gedanken?«

»Ich habe das Gefühl, dass Rurak uns etwas verheimlicht.«

»Und was sollte das sein?« Der Fürst von Andaril bedachte seinen Freund mit einem durchdringenden Blick. »Bislang hat der Zauberer in jeder Hinsicht recht behalten. Er hat vorausgesagt, dass wir unter Jubel zurückkehren und sich die Landlords und Clansherren auf unsere Seite stellen würden – und genauso ist es gekommen.«

»Und wo ist das Elfenheer, von dem er gesprochen hat? Wo sind die Krieger, die angeblich ausgesandt wurden, um die Ostlande anzugreifen? Wir haben Scaria fast erreicht; dennoch haben unsere Kundschafter bisher nichts entdeckt.«

»Sie halten sich verborgen«, erwiderte Ortwein überzeugt. »Sie fürchten unsere Stärke. Rurak hat es vorausgesagt. Er war es, der uns riet, nach Westen zu ziehen.«

»Ich weiß.«

»Aber du traust ihm nicht.«

»Nein, mein Fürst.« Ivor schüttelte den Kopf. »Wäre es nicht möglich, dass er in Wahrheit andere Pläne verfolgt? Und dass wir darin nur eine untergeordnete Rolle spielen?«

»Was für Pläne sollten das sein?«

»Ich weiß es nicht«, musste der Schwertführer zugeben. »Aber ich habe kein gutes Gefühl bei all dem. Ich ahne, dass Rurak etwas im Schilde führt, auch wenn ich nicht ermessen kann, worum es dabei geht.«

»Geduld«, beschwichtigte Ortwein ihn. »Wenn wir erst mit Elfenschätzen beladen nach Andaril zurückkehren, wirst du deine Meinung ändern.«

»Mit Elfenschätzen beladen?« Ivor runzelte die Stirn.

»Gewiss – oder glaubst du, ich werde mich damit zufriedengeben, die Elfen in einer offenen Feldschlacht zu besiegen? Rurak sagt, dass unser Ziel letztlich Tirgas Lan sein muss.«

»Rurak, und immer wieder Rurak. Er hat dich geblendet, Ortwein. Du bist nicht mehr du selbst.«

»Im Gegenteil, mein Freund«, versicherte Ortwein. »Ich sehe die Dinge klarer als je zuvor, und du tätest gut daran, mich zu unterstützen, statt dich gegen mich zu stellen. Alle Welt huldigt mir in diesen Tagen, also solltest du keine Ausnahme machen.«

»Ja, mein Fürst«, entgegnete Ivor bitter. »Aber alle Welt ist auch nicht dein Freund.«

Beim ersten Sonnenstrahl brachen sie ihr Lager ab.

Obschon die Umgebung nicht dazu angetan war, hatten sowohl Aldur als auch Alannah ein wenig Ruhe gefunden. Wenn man den Zustand, in den sie verfallen waren, überhaupt als Schlaf bezeichnen konnte, so war er weder besonders tief gewesen noch sehr erholsam, aber immerhin fühlten sie sich wieder kräftig genug, um den Marsch fortzusetzen.

Da Granock nicht wie verabredet zum Lagerplatz zurückgekehrt war, um seine Gefährten zu wecken, ging Alannah los, um ihn zu holen. Vielleicht, so hoffte sie, würden sie ein paar Worte unter vier Augen wechseln können und über das sprechen, was sich gestern am Lagerfeuer zugetragen hatte.

»Granock?«, rief sie halblaut in die Krone des großen Faryn-Baumes, der ihnen als Wachturm diente.

Sie bekam keine Antwort.

»Granock …?«

Erst auf ihren zweiten Ruf hin war ein Rascheln zu vernehmen. Das dichte Geäst teilte sich, und das Gesicht ihres Freundes erschien.

»Da bist du ja! Warum bist du nicht längst zurückgekehrt? Wir wollen aufbrechen!«

Er nickte und kam aus seinem Versteck, kletterte ein Stück an der knorrigen Rinde herab. Schließlich sprang er und landete weich im welken Laub. Ohne Alannah eines weiteren Blickes zu würdigen, wollte er zum Lager zurückeilen.

»Granock«, sprach sie leise und berührte ihn am Arm.

Er blieb stehen und sah sie fragend an.

Alannah holte tief Luft. Seit den frühen Morgenstunden war sie wach gewesen und hatte sich zurechtgelegt, was sie ihm sagen wollte, aber nun, da es so weit war, lag etwas so Fremdes, Abweisendes in seinem Blick, dass ihr die Worte nicht über die Lippen wollten.

»Nichts«, sagte sie deshalb und schüttelte den Kopf. »Es ist nicht wichtig.«

Er nickte nur, dann ging er zum Lager. Alannah wollte ihm folgen, als sie etwas bemerkte. Am Fuß des Faryn-Baumes klebte etwas an der Rinde, das im Licht der Morgensonne glitzerte.

Die Elfin bückte sich und nahm es in Augenschein. Es war ein hauchdünnes, transparentes Gewebe, das natürlichen Ursprungs zu sein schien, jedoch offenbar abgestorben war, so als hätte sein Besitzer es abgestoßen. Der Vergleich mit einer Schlange drängte sich Alannah auf – aber was für eine Kreatur nannte eine solch eigentümliche Haut ihr Eigen?

Schaudernd blickte sich die Elfin um und hatte plötzlich das Gefühl, das umgebende Dickicht würde geradewegs auf sie starren. Rasch richtete sie sich auf und kehrte zum Lagerplatz zurück, wo ihre Gefährten bereits die Rucksäcke schulterten. Der Missmut in Aldurs Zügen war dabei nicht zu übersehen.

»Alles in Ordnung?«, erkundigte sie sich.

»Wie man es nimmt. Der Unhold ist verschwunden.«

»Rambok?« Alannah schaute sich auf der Lichtung um. Es stimmte, sie hatte den Ork den ganzen Morgen über noch nicht gesehen. »Bist du sicher?«

»Er ist jedenfalls nicht mehr hier. Dafür habe ich Spuren von ihm gefunden, die in diese Richtung führten.« Er deutete zum anderen Ende der Lichtung.

»Du meinst, er ist …«

»… geflohen, genau das.« Aldurs Miene verriet Abscheu. »Ich habe es von Anfang an für eine schlechte Idee gehalten, ihn mitzunehmen, aber Farawyn hat ja darauf bestanden. Nun seht ihr, was ihr davon habt.«

»Aber ich … ich kann nicht glauben, dass …«

»Dass er sich feige verzogen hat?« Aldur schüttelte den Kopf. »Wach auf, Alannah. Nicht alle Kreaturen Erdwelts denken so wie du. Vor allem dann nicht, wenn sie grüne Haut und gelbe Augen haben.«

»Das weiß ich«, versicherte sie gereizt. »Ich dachte nur, er wäre unser Verbündeter.«

»Ein Ork ein Verbündeter? Da würde ich mein Glück eher mit einem Eisbarbaren versuchen. Der Unhold wollte schon gestern nicht weitergehen. Nun hat er sich einfach aus dem Staub gemacht, das sieht seinesgleichen ähnlich.«

»Sollten wir nicht nach ihm suchen?«

»Wozu? Um ihn umzustimmen? Er würde uns bei der nächstbesten Gelegenheit wieder verraten. Außerdem verlieren wir dadurch nur unnötig Zeit. Unser Weg führt nach Süden.«

»Und Granock?«, fragte Alannah. »Was sagt er dazu?«

»Gar nichts«, entgegnete Aldur knapp und griff entschlossen nach seinem Zauberstab. »Unser menschlicher Freund ist heute Morgen etwas wortkarg. Er hat noch nicht ein einziges Wort gesagt, seit er von seiner Wachschicht zurück ist.«

»Ich weiß«, erwiderte Alannah nur.

Was hätte sie auch sagen sollen?

Dass sie wusste, weshalb er so schweigsam war? Dass niemand anderer als sie der Grund dafür war?

Ihr war klar, dass Aldur nie davon erfahren dürfte – denn dies würde das Ende ihrer Freundschaft bedeuten.

4. DALUN!

Als Granock wieder zu sich kam, wusste er nicht, was ihm mehr weh tat – sein Schädel oder seine malträtierte Leibesmitte. Es dauerte einen Moment, bis die Erinnerung an die zurückliegenden Geschehnisse zurückkehrte, und als sie es schließlich tat, hätte er sie am liebsten gestrichen.

Wie, beim Licht sämtlicher Elfenkristalle, hatte er nur so dämlich sein können?

Was auch immer ihn dort oben auf dem Baum besucht hatte und mit der Wucht eines Sommergewitters über ihn hereingebrochen war, mochte wie Alannah ausgesehen haben, aber sie war es ganz gewiss nicht gewesen. Hätte er auf seinen Verstand gehört statt auf sein bestes Körperteil, wäre ihm diese Einsicht fraglos früher aufgegangen. So aber …

Wo war er überhaupt?

Er versuchte, sich zu bewegen, aber es gelang ihm nicht. Also wollte er die Augen öffnen – nur um festzustellen, dass er sie schon die ganze Zeit über offen hatte.

Was, verdammt noch mal, war nur los mit ihm?

Er schaute sich um, aber er konnte nichts erkennen. Milchiges Weiß hüllte ihn zu allen Seiten ein, durch das nur hier und dort das sanfte Grün der Bäume schimmerte. Im ersten Moment dachte er an Nebel, aber es war feste Materie, die ihn umgab und am Bewegen hinderte. Hilflos schaute er an sich herab. Seinen Umhang und das Kettenhemd hatte man ihm genommen; er fand seinen Körper eingesponnen in ein Geflecht unzähliger klebrig weißer Fäden, die sich über seiner Haut und seiner Tunika spannten. Wo sein Schwert und sein *flasfyn* geblieben waren, fragte er besser gar nicht erst.

»Verdammt«, knurrte er leise. »Wo bin ich? Was haben die mit mir gemacht?«

Mit Unbehagen ging ihm auf, dass er noch nicht einmal wusste, wer »die« eigentlich waren.

Welche Kreatur war in der Lage, die Gestalt einer anderen anzunehmen und sich als deren Doppelgänger auszugeben? Granock zweifelte nicht daran, dass dabei dunkle Magie im Spiel gewesen war, und so gab er sich keinen Illusionen hin, was die Absichten seiner Häscher betraf. Sie hatten ihm eine Falle gestellt – und er war blindlings hineingetappt.

Das Letzte, woran er sich erinnerte (abgesehen von dem ebenso kurzen wie teuer bezahlten Vergnügen, das ihm vergönnt gewesen war), war entsetzlicher Schmerz, so als würde er in der Mitte seines Körpers auseinandergerissen. Ein unheimliches Augenpaar war über ihm erschienen, das aus einer glatten, konturlosen Fratze starrte.

Dann hatte er das Bewusstsein verloren.

Wie lange das zurücklag, wusste er nicht zu sagen, aber dem Licht nach, das durch die milchig weiße Schicht sickerte, musste inzwischen der neue Tag angebrochen sein.

Granock dachte an seine Gefährten. Sicher hatten sie seine Abwesenheit längst bemerkt und suchten nach ihm. Er musste einen Weg finden, diesem seltsamen Gefängnis zu entkommen und auf sich aufmerksam zu machen …

Erneut versuchte er, sich zu bewegen, aber wieder gelang es ihm nicht. Die Fäden, die in unzähligen Schlingen um seinen Körper gewunden waren, fesselten ihn nicht nur, sie verbanden ihn gleichzeitig auch mit der Hülle und fixierten ihn auf diese Weise. Unwillkürlich fühlte sich Granock an einen Kokon erinnert – mit dem Unterschied, dass er sich ganz sicher nicht in einen Schmetterling verwandeln würde, und wenn die Kerle, die ihn gefangen hatten, noch solange darauf warteten.

Wut überkam ihn, und er begann laut zu schreien. »He!«, rief er. »Kann mich jemand hören? Holt mich gefälligst hier raus!«

Seine Stimme klang dumpf, so als schlucke der Kokon seine Worte. Granock bezweifelte, dass auch nur ein Laut nach außen drang – schließlich konnte er auch nicht hören, was um ihn herum vor sich ging. Er versuchte es trotzdem noch einmal, dann versagte ihm die Stimme, und er ließ es bleiben.

Frustriert kauerte er in seinem bizarren Gefängnis und überlegte, was er tun sollte. Seine Gabe hatte ihm schon in manchen Fällen das Leben gerettet – aber wie konnte sie ihm hier von Nutzen sein? Vergeblich versuchte er, nach draußen zu spähen. Er vermochte nicht mehr zu erkennen als hier und dort einen Hauch von Grün, der darauf schließen ließ, dass er sich noch immer im Dschungel befand, und ab und an einen Schatten, der auf die lichtdurchlässige Hülle fiel. Eine endlos scheinende Weile verging auf diese Weise – bis Granock endlich einen seiner Häscher zu sehen bekam.

Die Kreatur ging aufrecht auf zwei Beinen und war von geringerem Wuchs – oder lag es daran, dass der Schatten, der auf den Kokon fiel, ihre Körperformen verzerrt wiedergab? Eine zweite Gestalt kam hinzu, und sie schienen sich zu unterhalten, aber Granock konnte nichts verstehen. Er bezweifelte, dass die Wände des Kokons in der Lage waren, Zauberkraft aufzuhalten, und so erwog er für einen Moment, die beiden Schemen dort draußen erstarren zu lassen.

Aber was dann?

Weder konnte er sie dazu zwingen, ihn zu befreien, noch konnte er die Zeit für immer anhalten. Nicht einmal für einen plumpen Racheakt war seine Gabe geeignet, denn seine Häscher würden es wohl kaum merken, dass sie einem Zeitzauber ausgesetzt gewesen waren.

Granock schnaubte. Bislang hatte er seine Fähigkeit immer für eine tolle Sache gehalten, für eine mächtige Waffe, die sich überall einsetzen ließ. In diesem Augenblick wurde er jedoch eines Besseren belehrt, und er konnte nicht verhindern, dass ihn leise Furcht beschlich.

Vielleicht, sagte er sich, hatte man ihn ja absichtlich in ein Gefängnis gesteckt, in dem ihm seine Fähigkeit nicht helfen konnte. Das würde bedeuten, dass man von seiner Anwesenheit in Arun gewusst hatte, und somit natürlich auch von der seiner Gefährten. Angst um Alannah und Aldur erfüllte ihn, und noch stärker als zuvor empfand er den Wunsch, sich aus seinem Gefängnis zu befreien und sie zu warnen.

Wenn sie nicht genau wie er schon längst gefangen waren …

Die Ungewissheit sog an ihm wie ein Egel, aber er konnte nichts tun, als abzuwarten – bis irgendwann ein riesiger dunkler Schatten auf ihn fiel.

Granock war so in seine Gedanken versunken gewesen, dass er jedes Zeitgefühl verloren hatte. War es bereits Abend und brach die Nacht herein? Verwirrt blickte er sich um und versuchte, aus dem wenigen, das er erkennen konnte, schlau zu werden.

Soweit er es beurteilen konnte, war der Tag noch keineswegs zu Ende; vielmehr hatte sich etwas vor die Sonne geschoben, das von geradezu riesenhafter Größe sein musste – und das am Leben war! Granocks Augen weiteten sich vor Entsetzen, als er sah, wie sich der riesige Schemen bewegte.

Dann ging alles blitzschnell.

Jäh wurde der Kokon gepackt und in die Höhe gerissen. Granock stieß einen erstickten Schrei aus, als er hoch in die Luft gewirbelt wurde und sich überschlug. Einen Herzschlag lang fürchtete er, irgendwo hart aufzutreffen, doch das war nicht der Fall. Er landete zwar nicht gerade sanft, aber ohne sich sämtliche Knochen zu brechen. Das Licht um ihn herum flackerte, und dunkle Schatten strichen über den Kokon hinweg, während der Untergrund zu schwanken begann.

Vergeblich versuchte Granock, sich aufzurichten, seine Fesseln hielten ihn unnachgiebig an Ort und Stelle. Erneut schrie er laut, aber niemand schien ihn zu hören – und im nächsten Moment erfasste ihn bleierne Müdigkeit. Mehr noch, gegenüber seinem Schicksal empfand der Eingeweihte plötzlich eine Gleichgültigkeit, die ihn selbst erschreckte.

Granock blieb noch lange genug bei Bewusstsein, um zu erkennen, dass es an der Atemluft lag, die im Inneren des Kokons immer knapper wurde – und dass er jämmerlich ersticken würde, wenn man ihn nicht bald befreite.

»Was? Wiederhole das!«

Der sonst so überlegen wirkende Fürst Ardghal war in heller Aufregung. Misstrauen und Zweifel sprachen aus dem Blick des königlichen Beraters.

Der Offizier der königlichen Armee, der vor ihm im Thronsaal stand, trat unruhig von einem Fuß auf den anderen. »Ich sagte, die Menschen rüsten zum Krieg gegen uns, Hoheit«, wiederholte er mit leiser Stimme.

»Und das ist sicher?« Es waren weder Ardghal noch König Elidor, der eingeschüchtert auf seinem Thron saß und einmal mehr den Eindruck erweckte, als wäre die Elfenkrone auf seinem Kopf zu groß für ihn, sondern Meisterin Maeve, die diese Frage stellte. Die Zauberin stand zusammen mit ihrer Schülerin Caia und den übrigen Beratern des Königs ein wenig abseits. Dennoch schien sie gewillt, ihrer Aufgabe als Beobachterin gerecht zu werden.

»Unsere Späher entlang des Scharfgebirges haben Truppenbewegungen gemeldet«, erklärte der Hauptmann. »Eine große Streitmacht ist von Andaril aufgebrochen und bewegt sich in südwestlicher Richtung.«

»Scaria entgegen«, folgerte Ardghal schnaubend.

»Oder auch der Westmark, um sich den Orks entgegenzustellen«, wandte Maeve ein. »Seid nicht Ihr selbst es gewesen, der die Menschen dazu gezwungen hat, in dem er ihnen den königlichen Schutz entzogen hat?«

»Ich habe sie dazu gebracht, Verantwortung zu übernehmen und sich zu verteidigen«, bestätigte der Berater mit mühsam zurückgehaltenem Zorn. »Ganz gewiss habe ich ihnen keinen Grund gegeben, sich gegen den König zu wenden.«

»Das ist nicht ganz korrekt, Sire«, wandte Maeve ein. »Wenn ich mich recht entsinne, ging es Euch darum, die Menschen und die Unholde gegeneinander auszuspielen und die Menschen dann für ihren Ungehorsam gegenüber der Krone zu bestrafen …«

»Und? Was gilt es Euch? Der Plan wurde nicht in die Tat umgesetzt – und Eure Vorgängerin hatte daran einen nicht unerheblichen Anteil.«

»Bei allem Respekt, Fürst Ardghal. Wie ich schon sagte, ist die Eingeweihte Alannah weder ein Mitglied des Rates, noch hatte sie eine offizielle Legitimation. Wollt Ihr mir weismachen, dass Ihr Euch von ihr hättet aufhalten lassen?«

»Keineswegs – ich bin das gewesen«, stellte Elidor klar. »Ich habe Fürst Ardghals Vorschlag verworfen, weil mir die Argumente Eurer Schwester überzeugend erschienen. Man kann nicht alle Menschen bestrafen, nur weil ein paar wenige zu Verrätern geworden sind.«

»Dennoch wurde eine Legion an den Nordrand von Trowna entsandt«, fügte Ardghal giftig hinzu. »Zumindest darauf habe ich bestanden – wie sich nun zeigt, in weiser Voraussicht.«

»Vielleicht war es in Wahrheit ja auch andersherum«, gab einer der anderen Berater zu bedenken, ein blassgesichtiger Elf mit tief liegenden Augen. »Vielleicht haben die Menschen von der Verlegung der fünften Legion erfahren und sie irrtümlich als kriegerischen Akt gedeutet.«

»Was wollt Ihr tun, Narwan?«, schnaubte Ardghal. »Mit den Menschen verhandeln? Viel eher sollten wir dafür sorgen, dass ihnen die Lust an Verrat und Revolte ein für alle Mal vergeht!«

»Vorsicht«, warnte Maeve. »Ihr seid dabei, eine Entscheidung über Krieg oder Frieden zu treffen. Wenn Ihr den Menschen jetzt eine Legion entgegenschickt, wird auf jeden Fall Blut fließen.«

»Was schlagt Ihr stattdessen vor? Sich diesen Barbaren kampflos zu ergeben? Ihnen die Tore von Tirgas Lan zu öffnen? Ihnen gar die Elfenkrone zu übergeben?«

Die übrigen Berater reagierten empört. Ardghal war einmal mehr dabei, sie auf seine Seite zu ziehen.

»In Shakara folgen wir dem Grundsatz, dass eine friedliche Verhandlung stets bessere Ergebnisse zeitigt als eine kriegerische Auseinandersetzung. Entsendet eine Abordnung und stellt fest, was die Menschen wollen.«

»Da gibt es nichts festzustellen«, schnaubte der Fürst und machte eine Handbewegung, als wolle er jeden Widerspruch beiseitewischen. »Wenn die Menschen widerrechtlich unser Gebiet betreten, noch dazu bewaffnet und in großer Anzahl, dann ist dies ein feindseliger Akt und wird entsprechend geahndet.«

»Das ist allerdings wahr«, gab selbst Narwan zu, und auch die anderen Berater und Hofbeamten schienen ihre Haltung zu überdenken. Maeve merkte, dass genau das einzutreten drohte, was Farawyn befürchtet hatte: Ardghal, dessen Machtfülle ohnehin schon größer war als die jedes anderen am Hofe, einschließlich des Königs, nutzte die Gunst der Stunde, um vollständige Regierungsgewalt zu erlangen. Denn wenn es tatsächlich zum Krieg mit den Menschen käme, würden die Generäle das Sagen haben, und diese waren weniger dem König, als vielmehr dem Fürsten treu ergeben …

Die stahlblauen Augen des obersten Beraters blitzten wie die eines Raubtiers. »Und wer weiß«, fügte er mit einem freudlosen Lächeln hinzu, »womöglich sollten wir nur denken, dass die Orks die Westmark angreifen.«

»Was meint Ihr damit?«, wollte Maeve wissen.

»Vielleicht war es ja eine Finte, ein Ablenkungsmanöver, damit die Menschen ungestört ihre Kriegsvorbereitungen treffen konnten. Sie wollten uns glauben machen, es ginge gegen die Unholde – in Wahrheit haben sie die ganze Zeit über den Angriff auf uns vorbereitet.«

Eisige Stille war im Thronsaal eingekehrt. Aller Blicke waren auf Ardghal gerichtet, der dies sichtlich genoss. Der junge König war der Erste, der die Sprache wiederfand. »Wollt Ihr damit sagen, Fürst«, fragte er leise, fast flüsternd, »dass Menschen und Unholde gemeinsame Sache machen? Dass sie sich gegen mich verbündet haben?«

Ardghal antwortete nicht sofort, sondern ließ den ungeheuerlichen Gedanken noch einen Augenblick wirken. »Wir wissen es nicht mit Bestimmtheit«, räumte er dann ein, »aber es wäre möglich. Wie Ihr wisst, Majestät, hat sich Andaril in der Vergangenheit schon einmal als Unruheherd erwiesen. Die Flamme des Widerstands schwelt dort noch immer. Gut möglich, dass sie neue Nahrung gefunden hat. Und wenn es so ist, sollten wir gewappnet sein.«

Maeve konnte die Angst in den Augen Narwans und der anderen königlichen Berater sehen. Und, was noch schwerer wog, sie konnte sie fühlen. Anfangs hatte das Misstrauen gegen Ardghal überwogen, dessen Machtbestrebungen in Tirgas Lan ein offenes Geheimnis waren. Nun jedoch dominierte die Furcht vor einem möglichen neuen Krieg das Denken der Höflinge.

Die Zauberin wandte ihre Aufmerksamkeit dem König zu, auf dessen jungen Schultern die Entscheidung ruhte. Noch reichten Ardghals Befugnisse nicht weit genug, um über Krieg und Frieden zu bestimmen. Elidor, den er mit allen Mitteln zu beeinflussen suchte, war seine Schwachstelle …

»Was wollt Ihr tun, Hoheit?«, fragte sie.

»Ihr müsst augenblicklich einen Angriffsbefehl erteilen, Hoheit«, sagte Ardghal, noch ehe der König etwas erwidern konnte. »Wenn die Menschen uns tatsächlich angreifen wollen, woran ich nicht den geringsten Zweifel hege, müssen wir sie möglichst früh aufhalten.«

»Und ich empfehle Euch, zunächst Boten zu entsenden, die mit den Menschen verhandeln sollen«, erklärte Maeve.

»Ihr seid keine Beraterin«, knurrte Ardghal.

»Nein, aber die Abgesandte Shakaras, und als solche steht es mir frei, dem König Vorschläge zu unterbreiten. Was Ihr braucht, ist Gewissheit, Majestät. Wenn Ihr es wünscht, werden die Zauberer von Shakara nicht zögern, Euch jede Unterst…«

»Daran zweifle ich nicht«, fiel Ardghal ihr spöttisch ins Wort. »Ich wette, dass der Hohe Rat nichts lieber täte, als den König in seiner Entscheidungsfreiheit zu beschneiden. Aber daraus wird nichts werden, das versichere ich Euch.« Erneut wandte er sich Elidor zu. »Wir sind den Menschen gegenüber zu nachgiebig gewesen, mein König. Es ist an der Zeit, ein Exempel zu statuieren. Ein Zeichen zu setzen, das überall im Reich verstanden wird und das unseren Feinden zeigt, wer der wahre Herrscher von Erdwelt ist.«

»So schürt man Hass und Furcht«, bemerkte Maeve. »Aber man erhält weder Liebe noch Respekt.«

»Hass und Furcht genügen vollauf«, war Ardghal überzeugt, »zumal in diesen unruhigen Zeiten. Was werdet Ihr also beschließen, Majestät?«

Elidor schaute seinen Berater aus großen Augen an. Die Tragweite der Entscheidung, die man von ihm verlangte, schien ihm bewusst zu sein. Dennoch – oder vielleicht gerade deshalb – war er nicht gewillt, sie zu treffen.

»Ich will darüber nachdenken«, kündigte er an. »Bringt mir meine Laute.«

»Aber Hoheit …«

»Ich sagte, dass ich beim Lautenspiel darüber nachdenken werde«, stellte Elidor klar. Eine senkrecht verlaufende Zornesfalte hatte sich zwischen seinen schmalen Brauen gebildet, aus seiner Stimme sprach ungewohnte Entschlossenheit. »Sollte ich mich nicht deutlich genug ausgedrückt haben?«

Ardghal zögerte einen Moment. »Doch, natürlich«, sagte er dann und verbeugte sich. »Bitte verzeiht.«

Elidors Zorn schien von einem Moment zum anderen wie weggeblasen. »Meine Liebe«, wandte er sich mit freundlichem Lächeln an Caia, die neben ihrer Meisterin gestanden und den Wortwechsel schweigend verfolgt hatte. »Willst du mir die Freude machen, mir beim Lautenspiel Gesellschaft zu leisten?«

Ein beschämtes Lächeln glitt über das Gesicht der jungen Elfin. »Wollt Ihr es gestatten, Meisterin?«, wandte sie sich zaghaft an Maeve.

Die Zauberin maß ihre Schülerin mit ruhigem Blick. Der Ausdruck, den sie in Caias braunen Augen bemerkte, gefiel ihr nicht, denn er verhieß nur noch mehr Ungemach.

Dennoch gab sie ihre Erlaubnis.

Es war nicht der Tag, an dem man dem Willen eines Königs widersprach.

5. TAVÁLWALAS

Südlich des Trümmerfeldes gab es keine Spuren der *neidora* mehr; die Fährte der Echsenkrieger verlor sich im weichen Boden des Waldes. Dennoch bestand Aldur darauf, dass sie ihren Marsch fortsetzten, weiter auf der Suche nach einem Beweis.

Der Dschungel des Hochlandes unterschied sich von jenem der tiefer gelegenen Regionen. Zwar waren die Bäume nicht weniger groß und mächtig und hallte der Wald auch hier von den Lauten unzähliger Kreaturen wider; jedoch gab es weniger Moos und Farn, und die Vegetation auf dem Boden war weniger dicht. Die Feuchtigkeit ließ etwas nach, und auch die Hitze nahm ab. Dafür merkten die Wanderer, wie die Luft immer dünner wurde.

Ihr Pulsschlag beschleunigte sich, und obschon der Boden fester wurde und besseren Tritt bot, spürte Alannah, wie der Marsch an ihren Kräften zehrte. Selbst Aldur wirkte schon bald matt und ausgezehrt, während Granocks menschlicher Organismus, der doch um so vieles schwächer war, keinerlei Ermüdungserscheinungen zeigte. Unermüdlich setzte er einen Fuß vor den anderen – gesprochen hatte er allerdings noch immer nicht, und Alannah gab sich nach wie vor die Schuld daran.

Weshalb nur hatte sie es in jener Nacht so weit kommen lassen? Warum hatte sie Granock nicht Einhalt geboten und ihn dadurch noch ermutigt? Warum, in aller Welt, hatten Aldur und sie ihm nicht gesagt, dass sie in Wirklichkeit mehr waren als nur Freunde?

Hatte – und dieser Gedanke entsetzte sie – Granock ihr Lügenspiel am Ende längst durchschaut? Hatte er sie am Lagerfeuer nur auf die Probe gestellt? War dies der Grund, warum er mit ihnen kein Wort mehr wechselte? Weil sie seinen Stolz verletzt und sein Vertrauen missbraucht hatten?

Je länger sie darüber nachdachte – und während des langen Marsches hatte sie dazu eine Menge Gelegenheit –, desto mehr neigte sie zu der Erkenntnis, dass dies der Grund für sein abweisendes Verhalten sein musste. Als sie am späten Nachmittag eine kurze Rast einlegten und Aldur vorausging, um das Gelände zu erkunden, entschied sie sich, Granock zur Rede zu stellen.

»Wie steht es?«, erkundigte sie sich bei ihm. »Willst du ewig schweigen?«

Er wandte den Kopf und schaute sie durchdringend an, sagte jedoch kein Wort.

»Ich weiß, dass ich einen Fehler gemacht habe«, versicherte sie, »und ich weiß auch, dass du allen Grund hast, um auf mich böse zu sein. Aber ich ertrage das nicht, Granock. Nicht an einem Ort wie diesem. Spürst du es nicht? Das Gefühl von Bedrohung, den Tod, der uns zu allen Seiten umgibt?«

Er hörte ihr zu, aber in seinem Blick war kein Verständnis. Im Gegenteil sah er sie an, als wüsste er überhaupt nicht, wovon sie sprach. Sie musste wohl noch deutlicher werden.

»Ich weiß, was du für mich empfindest«, gestand sie leise, während sie schuldbewusst den Blick senkte. Sie konnte es nicht ertragen, ihm dabei in die Augen zu sehen. »Nicht erst seit jener Nacht am Feuer … Ich weiß es schon sehr viel länger, und ich … ich habe es genossen. Du hast dich so sehr um mich bemüht, mir etwas gegeben, das ich niemals zuvor …«

Sie unterbrach sich und hob nun doch den Blick. Es erschien ihr unaufrichtig, ihm diese Dinge zu sagen, ohne ihn dabei anzusehen. »Ich habe mit dir gespielt, Granock«, flüsterte sie mit versagender Stimme. Tränen traten ihr heiß und brennend in die Augen. »Weder wollte ich dich damit verletzen, noch hätte ich jemals angenommen, dass ich selbst …« Sie verstummte erneut und schüttelte den Kopf. »Kannst du mir verzeihen?«

Er hielt ihrem fragenden Blick stand, aber weder antwortete er, noch zeigte er sonst eine Reaktion. Er war ihr auf eine Art und Weise fremd, wie es nie zuvor der Fall gewesen war.

»Granock?«, fragte sie.

Er wandte sich ab und ließ sie stehen.

»Granock, bitte! Ich ertrage diese Ablehnung nicht! Bitte rede doch mit mir!«

Aber er schwieg weiter. Indem er ihr den Rücken zuwandte, setzte er sich auf einen umgestürzten Baum und starrte dumpf brütend vor sich hin.

Alannah wischte die Tränen beiseite. Sie überlegte, ob sie ihm nachgehen und ihn erneut zur Rede stellen sollte – schließlich konnte er nicht für immer schweigen –, als sich Schritte näherten. Es war Aldur, der von seiner Erkundung zurückkehrte. Alannah brauchte nur in sein Gesicht sehen, um zu wissen, dass etwas vorgefallen war.

»Was ist?«, wollte sie wissen. »Hast du etwas gefunden?«

Der Elf nickte nur. »Kommt mit«, forderte er seine Gefährten dann auf. »Da ist etwas, das ihr euch unbedingt ansehen müsst!«

Er hatte das Gefühl, keine Luft mehr zu bekommen.

Vergeblich rang Granock nach Atem – das eiserne Band, das sich um seine Brust gelegt zu haben schien, ließ nicht zu, dass sich seine Lungen weiteten. Die Erinnerung an sein enges Gefängnis kehrte zu ihm zurück, und er fühlte Panik in sich aufsteigen, während seine Lungen wie Feuer zu brennen begannen. Er wollte um Hilfe rufen, aber nur ein kläglicher Laut kam ihm über die Lippen. Hilflos und mit ermattenden Kräften schlug er um sich und suchte sich aus dem Gewebe zu befreien, in das man ihn eingesponnen hatte, während er gleichzeitig an seine Freunde denken musste, die wohl niemals erfahren würden, was mit ihm geschehen war.

An Aldur, den einstmals so hochmütigen Elfen, der sein bester Freund gewesen war.

Und natürlich an sie.

Alannah …

Ihr Bild, das vor ihm auftauchte, die Erinnerung an ihre Anmut und Schönheit erfüllten ihn mit eigenartiger Kraft und Ruhe, selbst in dem Augenblick, da er diese Welt zu verlassen glaubte. Es war derselbe Moment, in dem Granock feststellte, dass das ihn umgebende Gespinst gar nicht mehr da war – und dass er von tiefer Ohnmacht umgeben gewesen war.

Er riss Augen und Mund gleichzeitig auf.

Die erste Überraschung war, dass er frei atmen konnte. Gierig sog er die Luft in seine Lungen. Dass sie beißend und bitter roch, bemerkte er noch nicht. Die zweite Überraschung bestand darin, dass der Kokon um ihn herum verschwunden war. Er war frei!

Granock brauchte einen Moment, um diese Neuigkeit zu verdauen. Sein Puls raste, und er keuchte noch immer, und in seinem Kopf konnte er das Blut rauschen hören. Erst als sich sein Zustand ein wenig besserte, kam er dazu, seine Umgebung als etwas anderes wahrzunehmen als eine Anordnung verschwommener Flecke. Er rieb sich die Augen, und sein Blick gewann an Schärfe. Mit einiger Verblüffung stellte Granock fest, dass er sich in einem Verlies befand. Offenbar hatte man ihn nur aus dem Kokon herausgeholt, um ihn in ein anderes – wenn auch etwas größeres – Gefängnis zu stecken.

Es war ein niederes Gewölbe, das von steinernen, schimmelüberzogenen Wänden getragen wurde. Die Front bildete ein massives Eisengitter, das zwar Rost angesetzt hatte, jedoch massiv genug erschien, um jeden Ausbruchsversuch zu vereiteln. Darin eingelassen war eine ebenfalls vergitterte Tür, die mit einer schweren Eisenkette gesichert war. Jenseits des Gitters loderte eine Fackel, die in einer Wandhalterung steckte und flackernden Schein verbreitete. Und in den unsteten Schatten der Flamme entdeckte Granock plötzlich eine gedrungene Gestalt!

Mit einem überraschten Aufschrei sprang er auf die Beine, nur um festzustellen, dass diese ihren Dienst noch sehr nachlässig versahen. Um ein Haar wäre er eingeknickt und wieder auf den Boden geschlagen. Ganz aufrichten konnte er sich allerdings nicht, das ließ die niedere Decke nicht zu.

»Wer ist da?«, stieß er hervor, während seine Augen fieberhaft nach dem Schemen suchten, den er eben noch ausgemacht zu haben glaubte. Schon hatte er den Eindruck, einer Täuschung erlegen zu sein, als er die Gestalt im Halbdunkel wiederfand.

Sie war nicht besonders groß und reichte Granock allenfalls bis an die Hüften; dennoch ging unverhohlene Bedrohung von ihr aus. Der Mantel aus schwerem Leder, der fast bis zum Boden reichte und um die Schultern mit einem Kragen aus Kettengeflecht versehen war, ließ sie noch bulliger wirken, als sie es ohnehin schon war. Ihr Schädel war kahl geschoren bis auf einen schmalen Streifen borstigen Haars, der von der Stirn bis zum Hinterkopf verlief und fast wie eine Helmzier aussah. Die Hände waren schwielige Pranken, die an schwere Arbeit gewohnt zu sein schienen. Darin hielt der Fremde eine etwa faustgroße Kugel von mattschwarzer Farbe, deren Zweck Granock nicht bekannt war.

Er zweifelte nicht daran, einen Zwerg vor sich zu haben. Zwar hatte er mit den bärtigen Bewohnern des Scharfgebirges, die sich vor allem auf die Herstellung und den Handel mit Geschmeide und Waffen verlegt hatten, nie viel zu tun gehabt. Aber die Übereinstimmungen in Körperbau und Größe waren unübersehbar, auch wenn sich dieser Zwerg in mancher Hinsicht von seinen nördlichen Brüdern unterschied. Zum einen trug er keinen Bart, sodass die Gesichtszüge mit dem Ungetüm von Nase und dem grausam verzogenen Mund deutlich zu erkennen waren. Zum anderen sprach aus seinen Augen, die das Lodern der Fackel immer wieder aus der Dunkelheit riss, auch nicht jene grantige Leutseligkeit, die Granock vertraut war, sondern unverhohlene Bosheit.

»Wer bist du?«, wollte Granock wissen.

Der Zwerg gab keine Antwort.

»Hör mir gut zu«, knurrte Granock und hatte Mühe, dabei ruhig zu bleiben. »Ich weiß weder, wo ich hier bin, noch, warum ich hier festgehalten werde. Also wenn du nicht dein blaues Wunder erleben willst …«

»Was willst du tun?«, kam es mit entwaffnender Offenheit zurück. Der Zwerg bediente sich der Elfensprache, seine Stimme klang wie knarrendes Leder. »Mich erstarren lassen? Ich glaube nicht, dass dir das in deiner Lage sehr viel nützen würde, Granock.«

Im ersten Augenblick wusste Granock nicht, worüber er mehr entsetzt sein sollte: darüber, dass der Zwerg seinen Namen kannte? Dass er über seine Fähigkeit Bescheid wusste? Oder darüber, dass der Einwand nur zu berechtigt war?

Er war hinter einem Gitter aus massivem Eisen gefangen, sodass sein *reghas* ihm einmal mehr nicht von Nutzen sein würde. Anders als im Kokon konnte er sich jedoch frei bewegen und zu seinem Häscher Blickkontakt aufnehmen. Und, was noch wichtiger war, er konnte mit ihm reden.

»Komm her«, sagte Granock, wobei er sich konzentrierte, um sich der Kunst des *dailánwath* zu bedienen – jenes Zaubers, den ihn sein Meister Farawyn gelehrt hatte und bei dem es darum ging, anderen seinen Willen aufzuzwingen.

»Was?«, fragte der Zwerg.

»Komm her«, forderte Granock noch einmal, wobei er sich bemühte, möglichst viel Autorität in seine Stimme zu legen.

»Was soll das werden?« Der Zwerg grunzte wie ein Schwein. »Versuchst du, einen deiner lächerlichen Zauber zu wirken?«

»Komm«, versuchte Granock es noch einmal und streckte verlangend die Hand in Richtung seines Häschers aus – aber der verfiel nur in spöttisches Gelächter.

»Was auch immer du versuchst«, prophezeite ihm der Zwerg, es wird dir nicht gelingen. »Zum einen wurde ich vor dir gewarnt, und zum anderen …«

Er kam nicht dazu, den Satz zu Ende zu sprechen – ein Stoß ereilte ihn, so als würde ihn eine unsichtbare Faust treffen, und ließ ihn gegen die Stollenwand taumeln.

»Offenbar kennst du nicht alle meine Tricks«, knurrte Granock, der den *tarthan* angebracht hatte – in Ermangelung eines Zauberstabs war er freilich nur schwach ausgefallen.

Der Zwerg, aus dessen unförmiger Nase ein dünner Blutfaden rann, lachte hämisch auf. »Du kannst nichts tun, gar nichts«, beharrte er, »denn keine deiner törichten Zaubereien wird dich aus dieser Zelle befreien. Das kann nur ich, also solltest du mich am Leben lassen. Oder willst du in diesem Verlies verrotten?«

Wieder lachte er, und Granock ballte wütend die Fäuste. Schon lange hatte er sich nicht mehr derart hilflos gefühlt. Zuletzt hatte es sich so verhalten, als er vor zwei Jahren nach Shakara gekommen war, als der einzige Mensch unter Elfen und der Erste seiner Art, der als Novize in den Orden der Zauberer aufgenommen wurde. Damals war Granock den Eindruck nicht losgeworden, dass er sich übernommen hatte. Wenn er ehrlich zu sich selbst war, musste er sich eingestehen, dass es ihm auch jetzt so erging. Aber anders als damals hatte er gelernt, seine negativen Gefühle zu beherrschen.

Statt seinem Zorn nachzugeben und seinen Kerkermeister zu beschimpfen, wie er es früher wohl getan hätte, setzte er sich auf den Boden und versuchte, seine verlorene Ruhe zurückzugewinnen. Der Zwerg deutete dies als Zeichen dafür, dass der Gefangene seinen Widerstand aufgegeben hatte und sich in sein Schicksal fügte.

»So ist es gut, Junge«, beschied er ihm mit falschem Wohlwollen. »Wenn du am Leben bleiben willst, ist dies deine einzige Möglichkeit.«

»Wo bin ich?«, erkundigte sich Granock leise.

»In Nurmorod«, erwiderte der Zwerg ohne Zögern.

»Nurmorod?« Granock durchforstete das geografische Wissen, das seine Ausbilder in Shakara ihm hatten angedeihen lassen, stieß jedoch nicht auf den geringsten Hinweis. »Von einem solchen Ort habe ich nie gehört«, stellte er klar.

»Natürlich nicht, wie solltest du?« Das Grinsen in dem von Pusteln übersäten Gesicht des Zwergs wurde noch breiter. »Die wenigsten haben das wohl. Aber das wird sich ändern, das kann ich dir versichern. Schon sehr bald.«

»Warum?«, wollte Granock wissen, einmal mehr um Gelassenheit ringend. »Was wird sich schon bald ändern?«

»Die Antwort auf diese Frage kennst du bereits, Junge, sonst wärst du wohl kaum hier.«

»Ich bin nicht freiwillig an diesen Ort gekommen, wo immer er auch sein mag«, brachte Granock in Erinnerung. »Ihr habt mich entführen lassen durch eines von diesen …«

»Die Baumgeister sind nützliche Diener«, räumte der Zwerg ein. »Einfältig und dumm, aber mit ihrer Fähigkeit, ihr Äußeres nach Belieben zu verändern, sind sie die geborenen Jäger. Und dazu noch überaus schweigsam.« Erneut lachte er.

»Baumgeister?«

»Nev'rai«, nannte der Zwerg ein Wort, das zwar der Elfensprache zu entstammen schien, das Granock jedoch noch nie zuvor gehört hatte. Womöglich, dachte er schaudernd, gehörte es zu jenen Bezeichnungen, die seit dem Ende des Krieges gemieden wurden, weil sie an die dunklen Zeiten erinnerten.

Erst jetzt nahm Granock wahr, dass es in dem Gewölbe keineswegs so still war, wie es ihm anfangs vorgekommen war. Ein fernes metallisches Dröhnen war ebenso zu vernehmen wie ein dumpfes, unheilvolles Stampfen, dessen Ursprung er sich nicht erklären konnte. Da ihm der Zwerg ohnehin keine Auskunft geben würde, unterließ Granock es zu fragen. Stattdessen begann er, auf Grundlage der wenigen Informationen, die ihm zur Verfügung standen, eigene Überlegungen anzustellen.

Dieses Wesen, das ihn im Wald überfallen hatte, war also ein Baumgeist gewesen und stand ganz offenbar in den Diensten dieses Zwergs. Daran, wie sich der Gestaltwandler sein Vertrauen erschlichen und ihn auf diese Weise hatte übertölpeln können, verschwendete er lieber keinen Gedanken mehr – er kam sich auch so schon vor wie ein ausgemachter Idiot. Viel beunruhigender war allerdings, dass der Baumgeist ganz offenbar von seiner Leidenschaft für Alannah gewusst hatte. Entweder, rätselte Granock, war der menschliche Verstand für diese Kreaturen ein ebenso offenes Buch wie für die Kobolde von Shakara, oder aber das Wesen hatte ihn beobachtet und mitbekommen, was sich zuvor am Feuer ereignet hatte.

Für keine dieser beiden Möglichkeiten konnte sich Granock besonders erwärmen, zumal er noch immer nicht wusste, in welchem Zusammenhang seine Entführung mit dem düsteren Ort stand, an den man ihn gebracht hatte.

»Nurmorod«, knurrte er leise.

»Ganz recht.«

»Und wieso bin ich hier?«

»Dieser Ort ist der Vervollkommnung gewidmet«, beschied der Zwerg ihm grinsend. »Alles hier dient diesem Zweck. Auch du.«

»Der Vervollkommnung.« Granock fragte sich, ob der Zwerg überhaupt wusste, was er da faselte. »Was meinst du damit?«

»Sei unbesorgt – das wird dir spätestens klar werden, wenn sich Dolkon um dich kümmert.«

»Dolkon? Wer ist das? Ist das dein Name?«

»Keineswegs. Ich bin Thanmar von Karst, oberster Aufseher von Nurmorod.«

»Ein Aufseher? Über wen?«

Der Zwerg lächelte nur. Eine Antwort gab er nicht.

»Und dieser Dolkon?«, bohrte Granock weiter nach. »Wer ist er, verdammt noch mal? Willst du mir wenigstens das sagen?«

»Natürlich.« Das Grinsen des Zwergs setzte für einen Moment aus, und seine Augen starrten so durchdringend aus dem hässlichen Gesicht, dass Granock schauderte. »Dolkon«, erklärte er, »ist der Herr dieses Verlieses – ein Zauberer der Schmerzen und ein wahrer Meister, wenn es darum geht, verstockte Zungen wie die deine zu lösen.«

»Ihr wollt mich foltern?«, fragte Granock ungerührt.

»Wirst du uns freiwillig verraten, was du weißt?«, hielt Thanmar dagegen.

»Nein.«

»Dann muss ich deine Frage wohl bejahen«, sagte der Zwerg und wandte sich ab, wobei er wieder sein hämisches Lachen vernehmen ließ. Dabei blickte er auf die Kugel, die er in seiner schwieligen Pranke hielt.

»Ich denke, Ihr habt genug gesehen, Meister«, murmelte er und schlurfte schwerfällig davon.

»He«, rief Granock ihm hinterher, »warte!«

Aber der Zwerg drehte sich nicht um und war im nächsten Moment den Gang hinab verschwunden.

Zurück blieb nur die brennende Fackel an der Wand – und das bedrückende Gefühl von wachsender Furcht.

»Alannah«, flüsterte Granock.

Aber er war allein.

6. MARWENT'Y'ILFANTODION

Als Alannah auf die Lichtung trat und den Blick über die enge, von Felsen umrandete Schlucht schweifen ließ, konnte sie Aldurs Reaktion verstehen.

Der Anblick war überwältigend.

Fast sah es aus, als wäre der Dschungel durch eine andere Sorte Wald ersetzt worden, dessen Bäume sich nicht weniger dicht, jedoch völlig bleich und kahl in den grau bewölkten Himmel reckten; aber das war nicht der Fall. Was dort in der Schlucht lag, waren Knochen.

Tausende, teils riesige Knochen …

Riesenhafte Skelette häuften sich neben verstreut liegenden Gebeinen, blanke Schädel neben solchen, an denen noch fauliges Fleisch hing, an dem sich geflügelte Aasfresser gütlich taten. Als die drei Eingeweihten die Schlucht betraten, flatterten die Vögel auf und stiegen kreischend in den Himmel. Ihre Schreie wurden von den Felsen zurückgeworfen und verschmolzen zu einem schaurigen Chor, der einem Trauergesang gleich über der Schlucht hing. Erst allmählich verhallte er und wich träger Stille, die sich schwer und drückend über den Todesacker breitete.

Einen Ort wie diesen hatte Alannah noch nie zuvor gesehen. Was, fragte sie sich, mochte hier geschehen sein? Sie ließ den Blick über das Knochenfeld schweifen; dabei entdeckte sie, dass es nur die Überreste einer einzigen Spezies waren, die sich über die Schlucht verteilten und dem allmählichen Verfall preisgegeben waren: mächtige Wirbelsäulen; Beinknochen, so dick wie Bäume;

Rippenbogen, deren bleiche Knochen wie eine kampfbereite Phalanx aufragten; und schließlich riesige Schädel, aus denen gefährlich aussehende Stoßzähne wuchsen, die fast kreisförmig gebogen waren und sich zum Ende hin verjüngten.

Obwohl Alannah derlei Kreaturen noch nie in Wirklichkeit zu Gesicht bekommen hatte, wusste sie, worum es sich handelte. Es waren die Überreste unzähliger *ilfantodion*.

In Büchern hatte sie von den riesenhaften Tieren gelesen, die einst weite Teile Erdwelts bevölkert hatten und die es in Arun angeblich noch immer gab. Aber abgesehen von den Schnitzereien aus *ilfúldur*, die Sigwyns Expedition seinerzeit aus den Südlanden mitgebracht hatte und die bis zum heutigen Tag in der Schatzkammer von Tirgas Lan aufbewahrt wurden, gab es keinen Beweis für ihre Existenz, sodass manche Gelehrte behaupteten, das *ilfantodon* wäre schon vor langer Zeit ausgestorben. Die unzähligen Skelette, vor allem jene, die noch jüngeren Ursprungs waren und an denen noch verwesendes Fleisch hing, bewiesen jedoch das Gegenteil.

»Sieht fast wie ein Friedhof aus«, kommentierte Aldur leise. »So als wären die Tiere hierhergekommen, um zu sterben.«

»Wie riesig sie sind«, befand Alannah angesichts eines Stoßzahns, der an seiner dicksten Stelle rund eine Armlänge maß.

»Die größten Kreaturen Erdwelts, riesiger selbst als die *bóriai* und die Drachen – so jedenfalls beschreibt Tyclan sie in seiner ›Chronik des Lebens‹.«

»Viele haben an seiner Schilderung gezweifelt, manche ihn gar einen Lügner genannt«, flüsterte Alannah. »Dies ist der Beweis dafür, dass er recht hatte.«

»Allerdings«, stimmte Aldur grimmig zu. »Wir wollen die Schlucht rasch durchqueren«, entschied er sodann. »Granock übernimmt die Nachhut!«

Der Freund, der ein Stück abseits gestanden und sich mit keiner Silbe zu dem ungewöhnlichen Schauplatz geäußert hatte, bestätigte mit einem knappen Nicken. Alannah wusste noch immer nicht, was sie von seinem Schweigen halten sollte, doch der Anblick des *ilfantodon*-Friedhofs war zu überwältigend, als dass sie weiter darüber nachgedacht hätte.

Sie folgte Aldur, der die Führung übernahm, und durchquerte die Senke. Die Zeit schien dabei stillzustehen.

Instinktiv atmete Alannah nur noch flach. Zwar war der Verwesungsgeruch weit weniger durchdringend, als sie angenommen hatte, was wohl den unzähligen Aasfressern zu verdanken war. Dennoch empfand die Elfin die Gegenwart des Todes und des Verfalls als bedrückend. Mit beiden Händen umklammerte sie ihren Zauberstab, so als wäre er ihre letzte Verbindung zu Licht und Leben.

»Warum gerade hier?«, fragte sie leise.

Aldur wandte sich zu ihr um. »Was meinst du?«

»Ich frage mich, wieso die *ilfantodion* gerade hierherkommen, um zu sterben.«

Der Elf zuckte mit den Schultern. »Vielleicht, weil ihre Natur sie dazu drängt«, mutmaßte er.

»Oder weil etwas sie an diesen Ort gerufen hat«, murmelte Alannah so leise, dass er es nicht hören konnte.

Es lag ihr fern, ihren Gefährten zu beunruhigen, aber je weiter sie in die Schlucht vordrangen, desto mehr hatte sie den Eindruck, dass etwas nicht stimmte. Sie wandte sich zu Granock um, der mit einigen Schritten Abstand hinter ihr ging. Er kam ihr anders vor als sonst. Seine Körperhaltung und seine Art zu gehen unterschieden sich grundlegend von dem Granock, den sie zu kennen geglaubt hatte. Gleichgültigkeit sprach aus jeder seiner Bewegungen, er kam ihr vor wie ein Fremder.

Was, so fragte sie sich, war nur mit ihm geschehen?

»Bleib du hier«, wies Aldur ihn unvermittelt an. »Alannah und ich werden uns ein wenig umblicken. Gib Alarm, wenn du etwas Verdächtiges bemerkst, in Ordnung?«

Granock nickte knapp, und Aldur fasste Alannah am Handgelenk und zog sie mit, um sich einige der Skelette aus der Nähe anzusehen. Es war unübersehbar, dass die *ilfantodion* eine besondere Faszination auf ihn ausübten.

»Siehst du das?«, fragte er, auf zwei herrenlose Stoßzähne deutend, die aus den Knochen aufragten. »Fast sieht es aus, als bildeten sie ein Tor.«

»Ja«, bestätigte Alannah, während sie vorsichtig umherspähte. »Glaubst du, die *neidora* sind hier durchgekommen?«

Aldur nickte. »Seit sie zum Leben erweckt wurden, sind die Echsenkrieger Kreaturen aus Fleisch und Blut und brauchen Nahrung. Gut möglich, dass sie sich an einem der Kadaver gütlich getan haben, um Zeit zu sparen.«

Alannah blickte schaudernd auf einen der Fleischhaufen, die in der schwülen Hitze verwesten und in unmittelbarer Nähe einen entsetzlichen Gestank verströmten. Die Vorstellung, dass jemand seine Zähne hineinschlagen und Fetzen fauligen Fleischs herausreißen könnte, war ihr unerträglich. Aber natürlich hatte Aldur recht. Die *neidora* waren auch Aasfresser, wenn die Not sie dazu trieb.

»Vielleicht finden wir dort drüben ein paar Spuren«, sagte der Elf und wollte vorausgehen.

»Aldur?«

»Ja?«

»Ich sorge mich«, sagte Alannah leise, während sie einen verstohlenen Blick in Granocks Richtung warf. »Etwas stimmt nicht mit unserem Freund.«

»Er benimmt sich eigenartig, das ist wahr – aber tun Menschen das nicht immer?«

»Ich scherze nicht«, stellte Alannah klar. »Seit wir den Lagerplatz verlassen haben, hat er noch kein Wort gesprochen. Anfangs dachte ich, es könnte daran liegen, dass er etwas herausgefunden hat. Ich meine, was uns betrifft.«

»Und?«

Sie schüttelte den Kopf. »Ich denke nicht. Viel eher hat es den Anschein, als ob …«

»Was?«

»Als ob er nicht er selbst wäre«, brachte sie den Satz flüsternd zu Ende. »Womöglich ist er krank. Vielleicht hat ihn eine Giftschlange gebissen, oder die Aura dieses Ortes ist ihm nicht bekommen. Oder aber …«

»Worauf willst du hinaus?« Aldur schaute sie direkt an.

»Ich weiß nicht. Ich frage mich nur, ob …«

Sie kam nicht dazu, den Satz zu beenden, denn in diesem Augenblick war ein sirrendes Geräusch zu vernehmen, und unmittelbar neben ihr bohrte sich etwas in den weichen, von Knochenstücken übersäten Boden.

Ein Pfeil!

Alannah erschrak, als sie den noch bebenden Schaft erblickte, der mit Vogelfedern versehen war. Das Geschoss hatte ihr gegolten!

Sie fuhr herum und sah ein ganzes Rudel weiterer Pfeile, die hoch in den grauen Himmel stiegen, um dann die Spitzen zu senken und auf sie herabzuprasseln. Dass keiner von ihnen sein Ziel erreichte, lag an dem Feuerball, der plötzlich aufflammte und die Geschosse von einem Moment zum anderen in Asche verwandelte.

Mithilfe seiner Gabe hatte Aldur eingegriffen, aber wenn er geglaubt hatte, dass eine Flammenkugel die Angreifer abschrecken würde, so hatte er sich geirrt. Aus dem Wald drang plötzlich zorniges Geschrei, und schon brachen mehrere Gestalten aus dem Unterholz.

»*Gytai!*«, schrie Alannah.

Wildmenschen ...

Sie waren fast nackt; ihre einzigen Kleidungsstücke waren Lendenschurze aus Fell, ihre Haut hatten sie mit Lehm und Dreck beschmiert, um sich zu tarnen. Ihr Haar hing in wirren Mähnen von ihren Köpfen, aus denen weiß leuchtende Augen starrten. Bewaffnet waren sie mit einfachen Bogen und den dazugehörigen Pfeilen, die sie nun erneut von den Sehnen schnellen ließen.

Ein ganzer Schwarm stieg in den Himmel, diesmal zu weit gestreut, als dass Aldur sie alle hätte vernichten können. Es war Alannah, die rasch eingriff, indem sie einen Schild aus Eis errichtete. Innerhalb eines Augenblicks wuchs er vor ihnen empor, sodass die Pfeile daran zersplitterten. Aber sowohl Alannah als auch Aldur war klar, dass keiner von ihnen in der Lage sein würde, die feindlichen Geschosse dauerhaft abzuwehren. Jeder Ausbruch von Feuer und jeder Schild aus Eis kostete wertvolle Kraft.

»Granock!«, rief Aldur deshalb. »Zeitzauber!«

Sie warteten, dass der Freund sich nach ihren Verfolgern umdrehen, ihnen die Spitze des Zauberstabs zuwenden und sie kraft seiner Gabe erstarren lassen würde – aber nichts dergleichen geschah. Granock schaute ihn mit derselben Gleichgültigkeit an, die er auch zuvor schon zur Schau getragen hatte, während immer noch mehr Wildmenschen aus dem Wald brachen, gellendes Kriegsgeschrei auf den Lippen und die beschmierten Gesichter zornverzerrt.

»Wir sind in ihr Territorium eingedrungen«, meinte Alannah.

»Schlimmer«, knurrte Aldur. »Ich könnte mir vorstellen, dass sie die *ilfantodion* als Götzen verehren. In ihren Augen haben wir heiligen Boden entweiht.«

»Das würde einiges erklären«, stieß Alannah heiser hervor, während ein weiteres Rudel Pfeile vom Waldrand aufstieg.

»Los, weg hier!«

Sie ergriffen die Flucht.

Natürlich hätten sie bleiben und sich mit den Wildmenschen ein Gefecht liefern können, das sie mit großer Wahrscheinlichkeit gewonnen hätten. Aber zum einen waren die Dschungelbewohner, die Nachkommen von Menschen waren, welche vor langer Zeit widerrechtlich den Cethad Mavur überschritten hatten, nicht ihre eigentlichen Feinde. Zum anderen hätte ein längerer Kampf sie nur unnötig geschwächt und womöglich Aufmerksamkeit auf sich gezogen, die sie vermeiden wollten.

Zu fliehen war die beste Lösung.

Im Laufschritt rannten Alannah und Aldur durch den Irrgarten der Skelette, gefolgt von Granock, der seine Schritte zwar ebenfalls beschleunigte, jedoch ganz offenbar nichts zu ihrer Rettung beitragen wollte. Die Wildmenschen nahmen die Verfolgung auf. Schreiend rannten sie den Eindringlingen hinterher und schossen im Laufen weitere Pfeile ab, die allerdings schlecht gezielt waren und ihre Ziele deshalb verfehlten.

»Hier entlang!«, entschied Aldur und zog Alannah in ein wahres Spalier von Knochen – Rippenbogen, die zu beiden Seiten aufragten, sodass sie fast ein Gewölbe bildeten. Alannah bezweifelte, dass die Knochen von ganz allein in diese Position gekommen waren. Wahrscheinlich hatten die Wildmenschen nachgeholfen, um auf diese Weise eine Art Tempel zu errichten – das faulige Obst und die Kadaver kleiner Tiere, die auf dem Boden lagen, bestätigten diesen Eindruck.

Opfergaben …

»Nun haben wir ihr Heiligtum entweiht«, konstatierte die Elfin trocken. »Das wird ihre Laune nicht bessern.«

Aldur ließ einen mürrischen Laut vernehmen. In Augenblicken wie diesen kamen seine Vorbehalte Menschen gegenüber wieder zum Tragen. Und Granock leistete auch weiterhin keinen Beitrag, dies zu ändern.

Hals über Kopf hasteten sie durch das Spalier und darüber hinaus, durchquerten im Laufschritt ein wahres Labyrinth aus Knochen und Schädeln, die teils schon so lange lagen, dass sie von Gras überwuchert waren. Sobald ihr empfindliches Elfengehör das Sirren von Pfeilen vernahm, schlugen Alannah und Aldur Haken oder flüchteten sich in den Schutz einer Deckung, und nicht selten zeigte das Geräusch von zersplitterndem Gebein, dass sie dem Tod nur knapp entgangen waren. Dann tauchte endlich der Ausgang der Schlucht vor ihnen auf!

»Schneller! Schneller1«, ermahnte Aldur seine Gefährten, und sie rannten mit fliegenden Schritten über die Knochenhalde, den schützenden Bäumen entgegen. Ihre Verfolger waren längst nicht mehr zu sehen, das Gewirr des Friedhofs hatte sie verschluckt, aber das aufgebrachte Geschrei war noch immer zu hören. Und nach wie vor stiegen Pfeile auf …

»Achtung!«

Alannahs Warnung ließ Aldur zur Seite springen – und das keinen Augenblick zu früh. Mit einem dumpfen Geräusch bohrte sich das Geschoss dort in den weichen Boden, wo er sich eben noch befunden hatte. Rasch legte er die verbliebene Distanz zum Unterholz zurück, Alannah zog er dabei mit sich – und im nächsten Moment umfing sie das schützende Blätterdach.

Sie warteten, bis Granock zu ihnen aufgeschlossen hatte, dann hasteten sie weiter. Erinnerungen an ihre letzte Begegnung mit den Wildmenschen kamen auf, die sich im Nachhinein als Teil einer sorgsam gestellten Falle erwiesen hatte. Standen die *gytai* mit ihren

Feinden im Bunde? Waren Alannah und ihre Gefährten erneut dabei, genau das zu tun, was andere vorausgeplant hatten?

Der Gedanke erschreckte die Elfin, aber sie verwarf ihn sogleich wieder. Schließlich hatte niemand wissen können, dass sie diese Richtung einschlagen würden, und die Wildmenschen handelten diesmal auch nicht nach fremdem Willen, sondern verteidigten lediglich ihr Territorium.

Oder …?

Ein Rest von Unsicherheit blieb, aber er war vorerst ohne Bedeutung. Atemlos rannten die drei Gefährten weiter, hetzten durch das Unterholz, in dem sie freilich eine deutlich erkennbare Spur hinterließen. Plötzlich konnte Alannah ein Plätschern hören, das von irgendwo vor ihnen kam – Wasser!

Sie folgten dem Geräusch und standen kurz darauf vor einem etwa fünf Schritt breiten Bach, der sich durch den Urwald wand. Das dunkle Wasser sah nicht eben vertrauenerweckend aus, aber natürlich bot es die Gelegenheit, sich abzusetzen, ohne Spuren zu hinterlassen.

Aldur zögerte keinen Augenblick und sprang hinein, das Nass reichte ihm nur bis zu den Knien. Alannah folgte ihm und schließlich auch Granock. Aldur bedeutete ihnen, stromabwärts zu waten, er selbst blieb stehen, um ihren Rückzug zu decken. Kaum hatten sie sich ein Stück entfernt, hob er die Hände und entließ einen lodernden Feuerstoß.

Die Flammen züngelten auf das Wasser, das sofort zischend verdampfte. Die Folge war eine weiße Wolke, die aufstieg und sich mit dem allgegenwärtigen Dampf zu einer Nebelwand vermischte. Aldur verdichtete sie, bis er halbwegs sicher sein konnte, dass kein Wildmensch sie mehr mit Blicken durchdringen konnte. Dann folgte er seinen Freunden den Bach hinab.

7. DAI CODANA

»Bist du nun zufrieden?«

Ortwein von Andaril stand am Ende des großen Tischs, der im Zelt des Feldherrn aufgebaut worden war. Vor ihm ausgebreitet lag eine Landkarte der Umgebung, angefertigt von seinen Spähern. Im Norden war die Ebene von Scaria zu erkennen, im Süden die Ausläufer des *Codana Trowna*. Entlang des Waldrands waren rot bemalte Steine verteilt, die die feindlichen Stellungen markierten.

»Zufrieden?« Ivor, sein Schwertführer, hob den Blick. »Wie darf ich das verstehen, mein Fürst?«

»Warst nicht du es, der sich beschwert hat, dass wir noch keinen einzigen Elfenkrieger zu sehen bekommen haben? Nun endlich ist es so weit!« Ortwein hieb mit der Faust auf den Tisch, dass es dumpf krachte. »Eine ganze verdammte Legion hat am Wald Posten bezogen und den Zugang nach Süden abgeriegelt. Willst du jetzt immer noch behaupten, der Zauberer hätte nicht die Wahrheit gesagt?«

»Und willst du immer noch behaupten, es wäre ein Leichtes, gegen die Armee des Elfenkönigs zu bestehen?«, hielt Ivor dagegen.

Ortweins Gesichtszüge verzerrten sich vor Zorn. Eine Kanne aus Zinn, die auf einem Beistelltisch stand und Wein enthielt, bekam seine Wut zu spüren. Mit einem blechernen Geräusch landete sie auf dem Boden, der Inhalt versickerte im Sand. »Hüte dich«, knurrte er. »Ich brauche keine klugen Ratschläge, sondern treue Vasallen.«

»Mein Leben gehört dir, und das weißt du«, entgegnete Ivor, ohne mit der Wimper zu zucken. »Ich habe dir Gefolgschaft geschworen und würde jederzeit für dich in den Tod gehen – von Rurak kannst du das wohl kaum behaupten. Wo steckt der Zauberer, nun, da es darauf ankommt?«

Ortwein knurrte unwillig. »Ich weiß es nicht«, gab er schließlich zu. »Er sagte, wir würden zu gegebener Zeit Hilfe erhalten.«

»Und Hilfe haben wir bitter nötig«, entgegnete Ivor und deutete auf die Karte. Den roten Steinen gegenüber lagen andere, die blau bemalt waren und die Abteilungen des eigenen Heeres anzeigten.

Ortweins ursprünglicher Plan war es gewesen, in einem überraschenden Vorstoß den Widerstand des Feindes zu brechen und nach Süden zu marschieren, doch daraus würde nichts werden. Ganz offenbar hatten die Elfengeneräle diesen Schritt vorausgesehen und eine Verteidigungslinie errichtet, die zu überwinden alles andere als einfach sein würde. Und in Anbetracht der Tatsache, dass er sein Heer in aller Eile ausgehoben und keine Zeit gehabt hatte, den Feldzug von langer Hand vorzubereiten, verfügte Ortwein auch nicht über die Mittel, um über längere Zeit hinweg einen Belagerungszustand aufrechtzuerhalten. Die Entscheidung musste gesucht werden, und das möglichst bald.

»Zahlenmäßig sind wir den Elfen weit überlegen«, führte der Fürst an, als wolle er sich selbst Mut machen. »Unsere Späher haben höchstens achthundert von ihnen gezählt.«

»Achthundert«, bestätigte Ivor, »aber jeder von ihnen wiegt fünf von unseren Bauern und wenigstens zwei unserer Söldner auf. Muss ich dich daran erinnern wie gefährlich sie sind?«

»Nein, das musst du gewiss nicht!« Ortwein blitzte ihn wütend an. »Nicht dein, sondern mein Vater ist es gewesen, der im Kampf gegen das Elfenpack gefallen ist. Aber wenn wir nach Süden vordringen wollen, haben wir keine andere Wahl, als sie anzugreifen – und zwar hier.« Er deutete auf einen Einschnitt, der sich ein Stück in den Wald erstreckte und wo der Karte nach nur eine kleine Abteilung von Elfenkriegern postiert war. »Wenn wir unsere Kräfte bündeln und sie hier attackieren, sollten wir in der Lage sein, ihre Linien zu durchbrechen.«

»Und dann?«, wollte Ivor wissen. »Sie werden sich uns nicht zum Kampf stellen, sondern sich zurückziehen, damit wir ihnen folgen, denn sie kennen den Wald besser als wir. Ihre Krieger sind in der Lage, mit den Bäumen so zu verschmelzen, dass sie fast unsichtbar werden. Und während die Spitze unseres Heeres von einem Feind angegriffen wird, den man nicht einmal sehen kann, werden die weiter westlich stationierten Einheiten in unsere ungeschützte Flanke einfallen und versuchen, unsere Streitmacht zu trennen. Und wenn ihnen das gelingt, dann werden sie uns einkesseln und uns einzeln vernichten. Es ist eine Falle, mein Fürst, die nur darauf wartet zuzuschnappen.«

Ortwein nickte. Seinem Gesicht war anzusehen, dass ihm die Argumente des Freundes nicht gefielen – aber dennoch schienen sie ihm einzuleuchten. »Was schlägst du stattdessen vor?«, fragte er.

»So wie die Dinge liegen, können wir den Kampf auf lange Sicht nicht gewinnen«, eröffnete Ivor unumwunden. »Die Beschaffenheit des Geländes, die Stärke des Gegners, unser Problem, das Heer zu versorgen – all das spricht gegen unser Vorhaben. Und es wird nicht mehr allzu lange dauern, bis der Winter hereinbricht und auch das Wetter sich gegen uns wendet.«

»Worauf willst du hinaus?«, fragte Ortwein, obwohl er die Antwort bereits ahnte.

»Schicke eine Gesandtschaft zu den Elfen«, schlug Ivor vor, »und nenne ihnen Bedingungen für einen sofortigen Abzug. Auch den Elfen kann nicht an einem sinnlosen Blutvergießen gelegen sein, also werden sie möglicherweise auf einige deiner Forderungen eingehen.«

»Sofortiger Abzug?« Ortwein starrte ihn ungläubig an. »Du sprichst von Rückzug!«

»Ich spreche davon, die Gegebenheiten zu erkennen und entsprechend zu handeln«, drückte Ivor es anders aus. »Wenn du es wünschst, werde ich die Verhandlungen führen. Ich fürchte mich nicht, der Wahrheit ins Auge zu sehen.«

»Natürlich nicht«, versetzte der Fürst. »Dein Name ist es auch nicht, über den in den Chroniken Schimpf und Schande ausgeschüttet werden wird. Geschichte, du Narr, wurde noch nie von jenen geschrieben, die sich nach den Gegebenheiten richten, sondern von denen, die ihren Visionen folgen!«

»Was ist deine Vision, Ortwein? Den Boden mit dem Blut unschuldiger Männer zu tränken?«

»Großmaul werden sie mich nennen«, fuhr der Fürst in seinem Lamento fort, »den ewigen Zauderer. Und was wird Yrena sagen, meine geliebte Schwester?«

»Worum geht es dir? Um das Wohl deines Volkes oder um deinen persönlichen Ruhm?«

»Was war das?« Ortwein starrte seinen Schwertführer fassungslos an. Ivor war sich bewusst, dass er eine Grenze überschritten hatte.

»Verzeih«, sagte er deshalb sogleich und deutete zum Ausgang des Feldherrenzelts, »aber diese Leute dort draußen vertrauen dir. Sie sind deinem Banner gefolgt, weil sie ihre Heimat, ihren Besitz und ihre Familien verteidigen wollen.«

»Und?«

Ivor biss sich auf die Lippen. Ihm war klar, dass der Fürst von Andaril die nächsten Worte nicht gerne hören würde, aber sie mussten dennoch ausgesprochen werden. »Als ihr Anführer ist es deine Pflicht, zuvorderst an sie zu denken. Es steht dir nicht zu, sie nur um deines Ruhmes willen zu opfern.«

»Schweig!«, brüllte Ortwein. »Dir steht es nicht zu, meine Motive infrage zu stellen! Du bist es nicht, den Rurak dazu ausersehen hat, der Herrscher über die gesamten Ostlande zu werden. Ich bin es!«

»Er hat dich verhext«, war Ivor überzeugt. »Dieser elende Zauberer hat deinen Verstand benebelt!«

»Schweig, sage ich!«, rief Ortwein. Er verließ seinen Platz am Ende des Kartentischs und stampfte wütend auf Ivor zu.

»Das kann ich nicht – weder als dein Freund noch als dein oberster Schwertführer!«

»Ich habe gesagt, du sollst schweigen!«

»Nein, Ortwein! Wenn du herrschen willst, dann verhalte dich entsprechend und handle so, wie man es von einem König erwar…«

Ivors Worte blieben ihm im Halse stecken.

Ein heiseres Keuchen kam ihm über die Lippen, gefolgt von einem dünnen roten Rinnsal, das ihm über das Kinn rann und auf seinen Schuppenpanzer troff.

Mit einer Mischung aus Unglauben und Entsetzen starrte er den Freund an, der unmittelbar vor ihm stand. Dann glitt sein Blick an sich selbst herab und erfasste den Stahl, der bis zum Heft in seinen Leib gedrungen war. Blitzschnell hatte Ortwein seinen Dolch aus der Scheide gerissen und ihn in einem jähen Zornesausbruch durch die Schuppen von Ivors Panzer getrieben.

»Schweig«, wiederholte der Fürst von Andaril, die Augen leuchtend vor Wut.

Ivor wollte etwas erwidern, der Anordnung zum Trotz, aber es gelang ihm nicht mehr. Er wankte und trat einen Schritt zurück, wobei die Klinge aus seinem Leib fuhr und Blut hervorsprudelte. Einen Augenblick lang hielt sich der Schwertführer noch aufrecht, dann brach er in die Knie. Der letzte Blick, den er Ortwein sandte, war voller Vorwurf und Bedauern zugleich. Dann fiel er nach vorn und blieb reglos liegen, der Boden ringsum verfärbte sich dunkel.

Ortwein stand über ihm, die blutige Klinge noch in der Hand und wie zur Statue erstarrt. Erst ganz allmählich begann sein von Gier und Ehrgeiz zerfressener Geist zu begreifen, was er angerichtet hatte.

»Ivor«, flüsterte er atemlos. »Was habe ich nur getan?«

Der Dolch entrang sich seinem Griff und fiel zu Boden, und auch Ortwein sank von Grauen geschüttelt nieder – als der Eingang des Zeltes plötzlich zurückgeschlagen wurde und einer der Wachtposten erschien.

»Sire!«

»Was?«, fragte Ortwein mit Tränen in den Augen. »Siehst du nicht, dass ich trauere?«

Der Soldat, ein Angehöriger der Leibwache und damit einer von Ivors Untergebenen, starrte entsetzt auf den Leichnam seines Anführers. Die unausgesprochene Frage stand deutlich in seinen Zügen, aber er stellte sie nicht, sondern stammelte stattdessen: »E-ein Besucher verlangt Euch zu sprechen!«

»Er soll warten!«

»Das haben wir ihm auch gesagt, aber er will nicht warten. Er sagt, Ihr hättet mit ihm gerechnet …«

Ortwein schaute auf.

Sein erster Gedanke galt Rurak und dem Versprechen, das ihm der Zauberer gegeben hatte. War er gekommen, um es einzulösen?

»Nun gut«, erklärte er schlicht und raffte sich auf. Den Leichnam des Freundes würdigte er keines Blickes mehr, während er an dem Wächter vorbei nach draußen trat.

Es war eine kalte Nacht.

Wind strich über die Ebene, die nur vereinzelt von Büschen und Sträuchern bewachsen war, und wehte welkendes Laub vom Wald herüber, wo Ortwein die feindlichen Stellungen wusste. Das Feldherrenzelt stand ein gutes Stück hinter den eigenen Linien, damit es auch im Fall eines Überraschungsangriffs der Elfen sicher war. Zusammen mit den Zelten der Unterführer gruppierte es sich um einen freien Platz, der von mehreren in den Boden gerammten Fackeln beleuchtet wurde. Inmitten dieses Platzes stand eine Sänfte, die von zwei kräftigen Gestalten getragen worden war, die schwarze Hauben über den Köpfen trugen und zur Unkenntlichkeit vermummt waren. Die Vorhänge der Sänfte, die aus dunklem Holz gefertigt war und eine eigentümliche Form besaß, waren geschlossen, sodass man nicht hineinsehen konnte.

»Wer verlangt mich zu sprechen?«, verlangte Ortwein zu wissen. »Bist du das, Zauberer?«

»Nein«, drang es so dumpf und unheimlich aus der Sänfte hervor, dass Ortwein und seine Leibwächter erschauderten. Die Stimme hörte sich an, als dringe sie aus großer Tiefe zu ihm, und Ortwein musste an sich halten, um bei ihrem Klang nicht in Panik zu verfallen.

»Wer seid Ihr dann?«, erkundigte er sich vorsichtig.

»Derjenige, den ihr erwartet habt«, sagte die Stimme nur, die zugleich so respektgebietend war, dass Ortwein nicht anders konnte, als sich ihr zu fügen.

»Wir haben Euch erwartet?«

»Rurak sagte euch, dass ihr Hilfe erhalten würdet, oder nicht?«, fragte die Stimme. »Und Hilfe könnt ihr auch bitter gebrauchen«, fügte sie hinzu und bediente sich dabei zu Ortweins Entsetzen genau jener Worte, die vorhin Ivor gebraucht hatte.

»Wer seid Ihr?«, verlangte er noch einmal zu wissen.

»Warum«, lautete die Gegenfrage, »verlangt ihr Menschen nach der Wahrheit, wenn ihr sie doch nicht ertragt? Ich weiß alles über dich, Fürst von Andaril. Ich weiß, wer du bist und wer dein Vater war, und ich kenne deine Ängste ebenso, wie ich deine Hoffnungen und alle deine Pläne kenne. Du wolltest Rurak also hintergehen? Wolltest deine Ziele zu seinen machen?«

»Das … das… stimmt so nicht«, stritt Ortwein ab. Furcht schnürte ihm die Kehle zu, er war nicht mehr in der Lage, klar zu denken. Die Bedrohung, die von der Sänfte ausging, hatte ihn völlig in Bann geschlagen.

Die Stimme lachte – ein kaltes, grausiges Gelächter, das Ortwein klarmachte, dass es sinnlos war zu leugnen, selbst wenn er dadurch vor seinen Männern das Gesicht verlor.

»Seid Ihr ein Seher?«, fragte er.

»Ein Seher, Fürst von Andaril, sieht Dinge, die geschehen werden – ich jedoch blicke auf Dinge, die schon vor langer Zeit geschehen sind und die sich nicht mehr ändern lassen.«

Wieder lachte er, dunkel und schaurig.

»Ihr sagtet, dass Ihr mir helfen wollt«, brachte Ortwein in Erinnerung. »Worin besteht diese Hilfe?«

»Das will ich dir sagen. Du scheust dich, den Feind anzugreifen, weil du das Gelände nicht kennst und nicht weißt, wie der Kampf ausgehen wird. Ich bin hier, um die Kräfteverhältnisse ein wenig zu deinen Gunsten zu verändern.«

»Zu meinen Gunsten?«

Die Stimme sprach einige Worte in einer kehligen und hässlichen Sprache, die Ortwein noch nie zuvor gehört hatte. Daraufhin griffen die beiden Sänftenträger nach den Hauben, um sie sich vom Kopf zu ziehen. Ein Raunen des Entsetzens ging durch die Reihen von Ortweins Leibwächtern – denn was zum Vorschein kam, waren die grausigen Fratzen von Echsen!

Auch Ortwein stieß einen Schrei aus, als er die beiden Kreaturen gewahrte, und er fragte sich unwillkürlich, welchem widernatürlichen Vorgang sie entsprungen sein mochten. Bereits im nächsten Augenblick wischte er jedoch alle Bedenken beiseite.

Rurak hatte Wort gehalten und ihm Hilfe geschickt – was galt es ihm, woher diese Wesen stammten oder wem die dunkle Stimme gehörte, die aus der Sänfte drang?

Wenn er dadurch erreichte, was seinem Vater versagt geblieben war, und die Herrschaft über die Ostlande errang, war ihm jedes Mittel recht. Und einen Schwertführer, der ihm ins Gewissen redete und ihm mit immer neuen Zweifeln zusetzte, gab es nicht mehr.

Sie waren dem Wasserlauf ein gutes Stück gefolgt. Als sie ihn wieder verließen, konnten sie in der Ferne noch immer das aufgeregte Geschrei der Wildmenschen hören, also rannten sie weiter, durchquerten weite Haine und enges Gestrüpp, kletterten über Wurzeln und Felsbrocken, bis sie schließlich im Schutz eines Hohlwegs Zuflucht fanden.

Alannah atmete schwer, auch Aldur rang nach Luft. Granock hingegen wirkte weder sonderlich erschöpft, noch schien sich sein Herzschlag nennenswert beschleunigt zu haben. Und natürlich sprach er noch immer nicht.

»Warum, bei allen Söhnen Glyndyrs, hast du sie nicht aufgehalten?«, stieß Aldur wütend hervor, nachdem er wieder Atem geschöpft hatte. »Es wäre doch nicht weiter schwer gewesen, die Wildmenschen erstarren zu lassen – so hast du uns unnötig einer Gefahr ausgesetzt!«

Granock stand unbewegt vor ihm. Einmal mehr zeigte er keine Reaktion.

»Willst du noch immer nicht antworten?«, blaffte Aldur. »Nicht einmal, wo wir ihren Pfeilen nur um Haaresbreite entgangen sind? Was ist nur los mit dir?«

»Das will ich dir sagen«, entgegnete Alannah bitter und trat an Aldurs Seite. »Er ist nicht der, für den wir ihn halten.«

»Was?« Der Elf starrte sie an, als hätte sie den Verstand verloren.

»Dieser da ist nicht Granock«, bekräftigte sie, während sie sich gleichzeitig eine Närrin schalt, weil sie so lange gebraucht hatte, um dahinterzukommen. Wären ihre Sinne nicht so verwirrt gewesen von der vergangenen Nacht …

»Was bringt dich auf einen solchen Gedanken?«, fragte Aldur, dessen Blicke verwirrt zwischen den beiden Freunden hin und her pendelten. »Seid ihr alle beide verrückt geworden?«

»Keineswegs.« Alannah schüttelte den Kopf. »Aber du wirst dich erinnern, dass dieser da den ganzen Tag über noch kein einziges Wort gesprochen hat.«

»Und? Er ist ein Mensch! Er tut öfter Dinge, die ich nicht verstehe!«

»Außerdem hat sein Organismus nicht die geringste Reaktion auf die Strapaze oder die veränderten Luftverhältnisse gezeigt«, fuhr Alannah fort. »Zudem habe ich heute Morgen etwas gefunden, das mich nachdenklich machte.«

»Was?«, wollte Aldur wissen.

»Ein Stück Haut«, antwortete sie. »Zunächst konnte ich nichts damit anfangen, aber dann musste ich an etwas denken, das ich als Kind in den Ehrwürdigen Gärten gehört habe: die Sage von den Baumgeistern oder *nev'rai*, wie wir sie nannten.«

»Die *nev'rai*?« Aldur deutete auf Granock, maßloses Erstaunen im Gesicht. »Du du willst sagen, er ist ein …«

»… ein Gestaltwandler«, brachte sie den Satz zu Ende. »Warum so überrascht? Auch die Weisen von Shakara kennen Wege, ihr Äußeres zu verändern.«

»Nicht wirklich«, wandte Aldur ein. »Ein Blendzauber kann bewirken, dass andere etwas in dir sehen, das du in Wirklichkeit nicht bist, aber er wechselt nicht deine Gestalt.«

»Bei den *nev'rai* ist es anders«, war Alannah überzeugt. »Ihre Haut vermag jedwede Form anzunehmen. Wollen sie sich verändern, so muss die alte Hülle jedoch abgestoßen werden.«

»Ist das wahr?« Aldur – der noch immer nicht glauben konnte, dass es nicht Granock sein sollte, der da vor ihm stand – wandte sich zweifelnd an den Freund. Der aber fuhr auf dem Absatz herum und ergriff die Flucht.

»Hiergeblieben!«

Alannah hatte damit gerechnet. In einer blitzschnellen Geste hob sie den *flasfyn*, und aus dem Nichts heraus materalisierte blauer Frost, der sich um die Beine des Flüchtlings legte. Von einem Augenblick zum anderen steckte der vermeintliche Granock bis zu den Knien in einem Eisklotz fest.

»Gib auf«, forderte Alannah ihn auf, »oder es wird dir schlecht bekommen.«

Der *nev'ra* zuckte. Durch halb geschlossene Lider taxierte er die beiden Elfen und schien fieberhaft zu überlegen, was er tun sollte. Zwar waren es noch immer Granocks Züge, die sein Gesicht bedeckten, jedoch hatten sich die darunter liegenden Formen verändert, sodass sie fremd und unheimlich wirkten. Risse bildeten sich auf der Haut, und im nächsten Moment griff der Gestaltwandler danach und zog sie ab. Darunter kamen blassgrüne Züge zum Vorschein, die glatt waren und konturlos. Die Augen wechselten ihre Farbe und wurden schwarz wie die Nacht. Feindselig starrten sie die beiden Elfen an.

»Beim Licht des großen Kristalls«, murmelte Aldur, »du hattest recht! Ich dachte immer, diese Kreaturen würden nicht existieren.«

»Vermutlich sollten wir das denken«, erwiderte Alannah. »In den alten Geschichten heißt es, Margok hätte die Baumgeister gezüchtet, indem er Elfen mit Pflanzen kreuzte – doch wie alles, was er ins Leben gerufen hat, sind auch sie unvollkommen. Zwar sind sie in der Lage, sich jedweder Umgebung anzupassen und ihre Gestalt zu verändern – ihre Fähigkeit zu sprechen haben sie jedoch verloren. Sie sind so stumm wie die Bäume, von denen sie abstammen.«

»Das erklärt, warum er den ganzen Tag über kein Wort gesagt hat«, knurrte Aldur, der allmählich die Fassung wiedergewann. »Aber es erklärt nicht, was mit dem echten Granock passiert ist. Was habt ihr mit ihm gemacht?«, wollte er von dem Baumgeist wissen. »Woher bist du gekommen? Wer hat dich geschickt?«

Natürlich antwortete die Kreatur nicht. Stattdessen war sie dabei, sich weiter zu häuten – und sich auf diese Weise aus ihrem frostigen Gefängnis zu befreien. Denn im selben Maß wie ihr Gesicht veränderte sich auch ihre übrige Physiognomie. Ihre Beine wurden dünner, und schon im nächsten Moment konnte das Eis sie nicht mehr festhalten.

Mit einer blitzschnellen Bewegung befreite sie sich, fuhr herum und setzte mit bloßen Klauen auf Aldur zu.

Alannah reagierte nicht rasch genug. Sie hob den Zauberstab, um den *nev'ra* erneut in Eis erstarren zu lassen, aber Aldur war schneller.

»Nein!«, rief sie entsetzt, als sie sah, wie ihr Gefährte die Hände hob. Doch es war bereits zu spät.

Ein blendend heller Feuerstoß züngelte aus den Handflächen des Elfen und dem Baumgeist entgegen, der entsetzt zurückfuhr. Doch Aldur beließ es nicht dabei, die Kreatur nur einzuschüchtern. Er verstärkte den Feuersturm noch, der den *nev'ra* bald ganz einhüllte und ihn bei lebendigem Leib verzehrte.

»Aldur, nicht!«, schrie Alannah, aber er hörte nicht auf sie, zumal das Fauchen der Flammen und die grellen Schreie des Baumwesens sie übertönten. Entsetzt sah sie, wie sich der *nev'ra* vor ihren Augen in ein bizarres schwarzes Etwas verwandelte, während die lodernden Flammen die Züge seines Peinigers beleuchteten – Züge, die zur hassverzerrten Fratze geworden waren.

»Aldur!«

Erst jetzt schien der Freund sie wahrzunehmen. Nachdem er eine letzte feurige Eruption auf den Weg gebracht hatte, ließ er von seinem Gegner ab, von dem nur noch schwelende Überreste geblieben waren, von denen gleichermaßen der Geruch von verkohltem Holz wie von verbranntem Fleisch aufstieg. Erschüttert wandte sich Alannah ab, Übelkeit befiel sie.

»Was hast du?«, wollte Aldur wissen.

»Du hast ihn getötet.«

»Er hat mich angegriffen.«

»Ich weiß.« Sie nickte und drehte sich wieder zu ihm um, mied es jedoch, den verbrannten Torso anzusehen. »Aber du hättest ihn nicht töten müssen.«

»Wäre er entkommen, hätte er den Feind gewarnt«, brachte Aldur zu seiner Verteidigung vor. »Außerdem haben sie Granock entführt, hast du das schon vergessen?«

»Nein.« Sie schüttelte den Kopf. »Aber du scheinst vergessen zu haben, dass der *nev'ra* unsere einzige Fährte war. Wie sollen wir Granock jetzt finden?«

»Du glaubst, dieses … Ding hätte uns etwas verraten? Du hast selbst gesagt, dass sie stumm sind. Und als Führer hätte er sich wohl kaum erboten.«

»Vielleicht nicht«, räumte Alannah ein, während ihr Tränen in die Augen stiegen. »Dennoch war es unnötig, ihn zu töten.«

»Du trauerst?«, fragte er fassungslos. »Um eine von Margoks Kreaturen?«

»Nein, Aldur«, widersprach sie. »Deinetwegen bin ich traurig. Denn ich konnte vorhin deine Augen sehen.«

»Und?«

»Du hast es genossen«, flüsterte sie. »Du hast es genossen, ihn zu töten. Und du hast die Macht genossen.«

»Was?« Er schüttelte ungläubig den Kopf. »Was bringt dich nur auf so einen Gedanken?«

»Sie«, sagte Alannah nur.

»Wer?«

»Sie hat schon damals mit mir um deine Seele gerungen. Und bisweilen habe ich das Gefühl, dass sie noch immer bei dir ist, auch wenn sie längst nicht mehr unter uns weilt.«

»Von wem sprichst du?«, verlangte er zu wissen.

»Von Riwanon. Deiner alten Meisterin.«

Aldur holte tief Luft. »Fängst du auch noch damit an?«, schnappte er. »Genügt es nicht, dass mir der Hohe Rat misstraut? Bist auch du jetzt gegen mich, *caríada*?«

Als sie die Verzweiflung in seiner Stimme hörte und er sie mit dem Kosenamen ansprach, den er ihr gegeben hatte, schmolz ihr Widerstand. Noch immer war sie entsetzt über seine Tat, aber das helle Licht ihrer Zuneigung ließ die Schatten an ihm verblassen.

»Nein, Ru«, erwiderte sie, und ihre angespannten Gesichtszüge wurden wieder sanfter. »Ich werde niemals gegen dich sein.«

»Wirst du es schwören?«, fragte er. »Beim Licht des großen Kristalls?«

»Wozu?«

»Wirst du es tun?«

»Was du verlangst, ist ungehörig.«

»Ungehörig war es, mich einem gemeinen Verdacht auszusetzen«, verbesserte er sie. »Also, wie steht es? Ich muss wissen, woran ich bin.«

Ihr Zögern währte nur einen Augenblick. Ganz offenbar hatte sie ihn tief verletzt, und wenn dies der Weg war, es wiedergutzumachen, so war sie dazu bereit. Als sie jedoch den Mund öffnete, um ihren Schwur zu tun, erklang ein fernes Hornsignal.

Granock war in unruhigen Schlaf gefallen. Auf dem Boden seiner Zelle kauernd, hatte er eine Meditationsübung nach der anderen absolviert, um sein inneres Gleichgewicht zurückzuerlangen. Dabei hatte ihn schließlich die Erschöpfung übermannt – bis ihn ein ohrenbetäubendes Rattern in die Wirklichkeit zurückriss.

Er fuhr hoch und war sofort hellwach. Das Erste, was er sah, war die Eisenstange, mit der jemand über die rostigen Gitterstäbe strich und so den grässlichen Lärm verursachte. Erst dann nahm er die kleinwüchsige Gestalt wahr, die das Ding in ihren schwieligen Händen hielt.

Es war ein Zwerg, und dazu das hässlichste Exemplar seiner Gattung, das Granock je gesehen hatte. Sein Gesicht, aus dem ein übelwollendes Augenpaar starrte, war eine einzige Narbe, die wohl von einer schweren Verbrennung herrührte, seine Nase nicht mehr als ein unförmiger Brocken Fleisch. Sein Schädel war kahl wie ein Felsklotz, Bartwuchs nur in Ansätzen vorhanden und auch nur an den wenigen Stellen, wo die Haut nicht vernarbt war. All das hinderte den Kerl jedoch nicht daran, sein lückenhaftes Gebiss zu einem ebenso breiten wie hämischen Grinsen zu entblößen. Über seiner Kleidung trug er eine Schürze aus braunem Leder, die so speckig und schmutzig war, dass sie wohl auch ohne ihn gestanden hätte; unzählige Flecken in den verschiedensten Schattierungen von Dunkelrot übersäten ihn. Granock zweifelte nicht daran, dass es Blut war, der Lebenssaft unschuldiger Opfer …

»Bist du endlich aufgewacht?«, erkundigte sich der Zwerg mit einer Stimme, die sich anhörte, als würde mit den Fingernägeln über Schiefer gekratzt. Er bediente sich der Menschensprache, die er fast ohne Akzent beherrschte – ein Anzeichen dafür, dass er unter Menschen gelebt haben musste. Granock bezweifelte allerdings, dass dies ein Vorteil war …

»Wie du siehst«, entgegnete er ruhig. Er verzichtete darauf aufzustehen und blieb einfach auf dem Boden sitzen. »Bist du Dolkon?«

Der Zwerg lachte leise. »Thanmar hat dir also bereits von mir erzählt?«

»Das hat er – und du siehst genauso aus, wie ich dich mir vorgestellt habe.«

Das Lachen ging in ein heiseres Kichern über, das Granock eine Gänsehaut verursachte. »Du liebst es, Scherze auf Kosten anderer zu machen, was?«, erkundigte er sich, und plötzlich verschwand die Heiterkeit aus seinen entstellten Zügen. »Das werde ich dir austreiben, du eingebildeter Bastard – das und noch manches andere. Du bist nicht der Erste, dem Dolkon Manieren beibringt.«

»Davon bin ich überzeugt«, konterte Granock mit Blick auf die Schürze des Folterknechts.

»Thanmar erzählte mir, dass du dich weigerst zu sagen, wer dich geschickt hat? Dass du nicht verraten willst, worin deine Mission besteht und wo deine Gefährten sind?« Die Art, wie er fragte, machte deutlich, dass er keine Antwort erwartete. Wahrscheinlich wollte er nicht einmal, dass Granock sein Schweigen brach, denn das hätte ihn um das Vergnügen der Folter gebracht.

»So ist es«, tat Granock ihm den Gefallen.

»Dann, fürchte ich, werden wir uns eingehender unterhalten müssen«, verkündete der Zwerg mit breitem Grinsen und stieß einen lauten Befehl aus, allerdings weder in der Menschensprache noch in seiner eigenen.

»Krich-dok!«

Das Wort war kaum verklungen, als auch schon stampfende Schritte zu vernehmen waren. Zwei Orks erschienen vor dem Zellengitter, die beide nicht weniger brutal und hässlich aussahen als ihr kleinwüchsiger Anführer. Über ihren Kettenhemden trugen auch sie blutbesudelte Schürzen; ihre Augen leuchteten bei der Aussicht, eine weitere wehrlose Kreatur quälen zu dürfen.

»Du machst gemeinsame Sache mit Unholden?«, erkundigte sich Granock, der sich Mühe gab, gelassen zu bleiben. Furcht war der größte Feind des Zauberers, das hatte Farawyn ihn gelehrt. Wenn er sich ihr ergab, hatte er den Kampf bereits verloren.

»Sie sind nützliche Diener«, bestätigte Dolkon, nun wieder in der Menschensprache, die die Orks nicht zu verstehen schienen. »Und bisweilen sind sie mir eine echte Inspiration.«

»Darauf möchte ich wetten«, sagte Granock.

Auf den Gefangenen deutend, erteilte der Zwerg seinen Schergen einige Anweisungen, worauf sie sich anschickten, die Zellentür zu öffnen. Kaum hatte der erste von ihnen jedoch seine Pranke an die Kette gelegt, erstarrte er inmitten seiner Bewegung. Der andere Unhold kam noch dazu, fragend zu grunzen, dann stand auch für ihn die Zeit still.

Statt überrascht zu sein, lachte Dolkon nur. »Man hat mir von deiner Fähigkeit berichtet. Allerdings muss dir klar sein, dass sie dich nicht dauerhaft vor mir bewahren wird.«

»Durchaus«, gab Granock zu, während er den Bann weiter aufrechterhielt. In Shakara hatte er gelernt, den Umgang mit seiner Gabe zu vervollkommnen, und er war selten so dankbar dafür gewesen wie in diesem Augenblick.

»Du kannst uns nicht ewig aufhalten. Irgendwann wirst du erschöpft sein …«

»Irgendwann«, gab Granock zu. »Aber bis dahin wird noch einige Zeit vergehen. Und es wird euch einige Mühe kosten, mich aus meiner Zelle zu holen.«

»Ich könnte einen Bogenschützen holen und dich erschießen lassen«, gab Dolkon zu bedenken.

»Ja – aber dann würde Thanmar als Nächstes dich erschießen, denn er würde nie erfahren, was ich weiß.«

Der Schatten, der sich auf das Gesicht des Zwergs legte, zeigte, dass Granock richtig vermutet hatte. Dolkon war Thanmars Untergebener und ihm zur Rechenschaft verpflichtet; sein Auftrag lautete, Informationen aus Granock herauszupressen, und nicht, ihn zu töten …

»Schön«, knurrte der Zwerg, »dann werde ich dich eben persönlich aus deiner verdammten Zelle schleifen!«

Wütend stampfte er auf das Gitter zu, um zu Ende zu bringen, was den Orks nicht gelungen war. Der Zeitenbann, den Granock wirkte, prallte von Dolkon ebenso wirkungslos ab wie zuvor von seinem Anführer – offenbar hatten die Zwerge die Fähigkeit, sich dagegen abzuschirmen. Der *tarthan* allerdings, den Granock hinterherschickte, erwischte den Folterknecht mit voller Wucht, riss ihn von den Beinen und schleuderte ihn gegen die rückwärtige Stollenwand.

Dolkon, der darauf nicht gefasst gewesen war, stieß sich den Schädel mit derartiger Wucht, dass er das Bewusstsein verlor und benommen niedersank.

»Wie gesagt«, knurrte Granock trocken, »es wird dich einige Mühe kosten, mich aus meiner Zelle zu holen.«

Aber im Grunde seines Herzens wusste er, dass die Zeit, die stets sein Verbündeter gewesen war, diesmal gegen ihn arbeitete.

8. CERACA'Y'MARGOK

Der Anblick war entsetzlich.

Eine Nacht lang hatte die Schlacht am Waldrand gedauert, dann war der Feind geschlagen und besiegt. Und Ortwein von Andaril und seine Mannen hatten kaum einen nennenswerten Beitrag dazu geleistet.

Gewiss, sie waren aufmarschiert, hatten den feindlichen Linien gegenüber Aufstellung bezogen, und zumindest die Bogenschützen und die Reiterei hatten vereinzelt auch Angriffe vorgetragen. Aber nur selten hatte ein Pfeil sein Ziel gefunden, und wohin auch immer die Lanzenreiter vorgestoßen waren, der Tod hatte bereits im Lager des Feindes Einzug gehalten.

Inzwischen hatte Ortwein erfahren, dass sie *neidora* genannt wurden – die unheimlichen Echsenkrieger, von denen es nicht nur zwei, sondern noch mehr gab. Woher sie kamen, wusste Ortwein noch immer nicht, und er wollte es auch nicht wissen, denn er ahnte, dass ihn die Antwort noch mehr verängstigt hätte als die leblosen, teils grässlich entstellten Körper, die den Weg des Heeres säumten.

Die ganze Nacht über waren fürchterliche Schreie aus den Lagern der Elfen zu hören gewesen und vereinzelt auch das Geklirr von Waffen; gegen Morgen jedoch war es immer stiller geworden, bis schließlich auch der letzte Laut verstummt war. Totenstille hatte sich über dem Waldrand verbreitet, und nun sah Ortwein auch den Grund dafür …

Der Mund des Elfen war weit geöffnet. Fast hätte man erwartet, einen Schrei des Entsetzens daraus zu vernehmen, wären da nicht die Augen gewesen. Leblos starrten sie aus dem abgetrennten Haupt, das auf einem Spieß steckte, den jemand in den Boden gerammt hatte – und es war nicht der Einzige.

Ein ganzer Wald von Lanzen, auf denen die Köpfe ihrer ehemaligen Besitzer staken, ragte entlang des Haines auf, dazwischen lagen die Torsos der erschlagenen Feinde, an denen sich bereits die Krähen gütlich taten. Obwohl längst nicht alle Gefallenen enthauptet worden waren, war kaum ein Leichnam unversehrt geblieben. Einige waren ihrer Gliedmaßen beraubt, andere regelrecht zerfetzt worden. Den *neidora* schien es Vergnügen bereitet zu haben, über die Truppen Tirgas Lans herzufallen und Angst und Schrecken in ihre Reihen zu tragen. Die Folge war ein Massaker, dessen Ausmaß alles überstieg, was Ortwein in seinem noch jungen Leben gesehen hatte. So weit er es ermessen konnte, war kein einziger der achthundert Elfenkrieger am Leben geblieben. Die *neidora* jedoch waren ins Lager der Menschen zurückgekehrt, wo ihr geheimnisvoller Anführer, der die Sänfte seit seiner Ankunft noch nicht ein einziges Mal verlassen hatte, auf sie gewartet hatte.

Mit dunkler Stimme hatte er die Schlacht für beendet erklärt und Ortwein aufgefordert, das Lager abzubrechen und am Grenzfluss entlang nach Süden zu marschieren – und der Fürst von Andaril hatte gehorcht.

Übelkeit befiel ihn, während er im Sattel saß und auf die grauenvoll entstellten Leichen blickte. Immer wieder schnaubte sein Pferd und hob unruhig den Kopf, so als wittere es den Tod und das Unheil. Nicht, dass Ortwein etwas für Elfen übriggehabt hätte; sie waren seine erklärten Feinde, und er wünschte sich nichts mehr, als das Joch ihrer Herrschaft abzuschütteln und sich selbst zum König auszurufen. Aber was er sah, ließ selbst ihn zweifeln.

Edle Recken, die ausgeweidet worden waren wie Schlachtvieh, aufrechte Kämpfer, die bei lebendigem Leib zerfetzt worden waren. Offiziere und Mannschaften, Herren und Knechte hatte das Schicksal gleichermaßen ereilt. Die *neidora* hatten vor niemandem haltgemacht und mit unbeschreiblicher Grausamkeit gewütet. Und obwohl es ein Sieg war, über den er sich hätte freuen müssen, obwohl es sein Weg war, der geebnet worden war, und die Echsenkrieger die Hilfe gebracht hatten, die Rurak der Zauberer versprochen hatte, blieb ein bitterer Nachgeschmack. Denn Ortwein ahnte, dass nicht der Elfenkönig, sondern kein anderer als er selbst der Empfänger jener blutigen Botschaft war, die die *neidora* hinterlassen hatten.

Dass es sinnlos war, sich ihrem finsteren Herrn zu widersetzen …

»Nun, Fürst von Andaril?«, tönte es aus der Sänfte, neben der Ortwein in langsamem Trab herritt, während zwei der Echsenkrieger sie trugen. »Bist du beeindruckt?«

»Beeindruckt, in der Tat«, log Ortwein. Das Grauen in seiner Stimme war unüberhörbar. »Eine ganze Legion des Feindes ist innerhalb einer Nacht vernichtet worden – wie könnte ich nicht beeindruckt sein?«

Die tiefe Stimme lachte nur – und Ortwein musste unwillkürlich an Ivor denken, den Freund, der ihn gewarnt und den er im Zorn erstochen hatte. Er hatte nicht das Gefühl gehabt, ein Unrecht zu begehen, als er Ivor getötet hatte – schließlich hatte er sich ihm widersetzt und damit seinen Treueid gebrochen. Aber er bedauerte die Tat dennoch, denn angesichts dieses Massakers sehnte er sich mehr denn je nach einem Freund. Er fühlte sich einsam und wurde den Eindruck nicht los, einen Pfad beschritten zu haben, auf dem es kein Zurück mehr gab.

»Was hat Eure Krieger veranlasst, so unter dem Feind zu wüten?«, fragte er schaudernd, als eine weitere Phalanx mit körperlosen Häuptern versehener Lanzen in Sichtweite kam.

»Das will ich dir sagen, Fürst von Andaril«, entgegnete die tiefe Stimme. »Es war Margoks Zorn.«

»Nein!«

Mit einem entsetzten Schrei fuhr Elidor aus dem Schlaf. Das Herz schlug heftig in seiner Brust, er zitterte am ganzen Körper, das blonde Haar klebte schweißnass an seinem Kopf.

Verwirrt blickte sich der König um. Er befand sich in seinem Privatgemach im Palast von Tirgas Lan. Ausgestreckt lag er auf einem samtenen Lager, seine Laute neben sich. Er wusste noch, dass er sich zurückgezogen hatte, weil die nicht enden wollenden Dispute seiner Berater ihn erschöpft hatten. Danach musste er eingeschlafen sein …

»Was ist Euch, mein König?«

Die Frauenstimme, so sanft wie eine Frühlingsbrise, ließ ihn zusammenzucken. Er richtete sich halb auf und wandte den Kopf. Caia, die junge Aspirantin und Schülerin Maeves, saß neben ihm. Die ganze Zeit über, während er geschlafen hatte, schien sie über ihn gewacht zu haben.

Der Anblick ihrer schönen, wie immer leicht geröteten Gesichtszüge besänftigte ihn ein wenig.

»Ich habe geträumt«, flüsterte er. »Die Legion, die ich auf Fürst Ardghals Drängen in Marsch gesetzt habe …«

»Was ist mit ihr?«

»Sie wurde vernichtend geschlagen.« Elidor blickte Caia durchdringend ein. »Ich habe schreckliche Dinge gesehen. Abgetrennte Häupter, die aufgespießt waren, grässliche Kreaturen, die Blut tranken …«

»Wie entsetzlich.« Ihr Blick verriet echtes Mitgefühl, und obwohl er wusste, dass es sich für einen König nicht geziemte, schmiegte er sich an sie und suchte bei ihr Trost. Für einen Moment war Caia wie erstarrt. Dann legte sie zaghaft eine Hand auf seinen Scheitel und strich behutsam darüber.

»Es war ein Traum«, sprach sie dabei beruhigend auf ihn ein, »nur ein Traum, mein König …«

»Aber es war so wirklich!«

»Träume, sagt der Kodex von Shakara, sind der Spiegel unserer Seele. Sie geben das wieder, was wir am meisten hoffen und wovor wir uns am meisten fürchten.«

»Meinst du?« Ein Lächeln huschte über seine Züge, das sie zaghaft erwiderte. »Du bist schön«, stellte er unumwunden fest.

Caia errötete. »Mein König, ich …«

»Unter all den Seelen, die mir in meinem bisherigen Leben begegnet sind, war keine wie du«, fuhr er leise fort. »Niemand, bei dem ich dieses Wohlwollen fand und dieses Verstehen. Niemand, dessen Wesen so sehr dem meinen entsprochen hätte.« Er hielt inne. »Ich möchte dir meinen *essamuin* anvertrauen«, erklärte er dann.

»Euren geheimen Namen?« Caia erschrak. »Majestät, diese Ehre kann ich nicht …«

»Er lautet Laylon«, sagte Elidor, ohne ihre Antwort abzuwarten. »Nun kennst du ihn.«

»Ja«, entgegnete sie flüsternd. »Nun kenne ich ihn.«

Ihre Blicke fanden sich, und einen endlosen Augenblick lang schien jeder die Seele des anderen zu erforschen, nur um dort sich selbst zu finden. Die Zauberer von Shakara glaubten an das *tingan*, das waltende Schicksal, und nichts anderes musste es gewesen sein, dass sie zueinandergeführt hatte, zwei suchende Seelen in einer verlorenen Welt …

Ihre Lippen bewegten sich aufeinander zu, ohne dass sie etwas dagegen tun konnten. Beide wussten, dass sie ein Tabu brachen; dass es einer Aspirantin nicht gestattet war, sich der Lust des *rhiw* hinzugeben, und dass es sich für den König von Tirgas Lan nicht geziemte, sich mit einer Abgesandten Shakaras zu verbinden. Aber es war ihnen gleichgültig, denn dieser Augenblick gehörte ihnen ganz allein.

9. FAD DORWY AWYRA

Alannah und Aldur waren in die Richtung gegangen, in der sie den Ursprung des Hornsignals vermuteten, und es hatte nicht lange gedauert, bis sie im tiefen Dschungel auf einen breiten Pfad gestoßen waren, der sich in südwestlicher Richtung über das bewaldete Hochplateau zog. Den Spuren nach mussten unzählige *ilfantodion* diesen Weg beschritten haben – wohl um, wie Aldur vermutete, zu ihrem Sterbeplatz in jener Schlucht zu gelangen, und das wohl schon seit undenklich langer Zeit. Dabei hatten sie eine Schneise durch den Dschungel gebahnt, die sich nicht wieder geschlossen hatte.

Über den Pfad der Tiere waren die beiden Elfen rasch vorangekommen. Bis zum Einbruch der Dunkelheit waren sie ihm gefolgt, dann hatten sie ihren Marsch unterbrochen und im Schutz einer Baumkrone die Nacht verbracht.

Bei Tagesanbruch setzten sie ihren Weg fort, und es dauerte nicht lange, bis sie im morastigen Boden auf weitere Spuren stießen. Zuerst dachten sie an die *gytai*, aber dann erkannten sie, dass die Urheber der Abdrücke genagelte Stiefel getragen hatten, sodass es folglich unmöglich Wildmenschen gewesen sein konnten. Auch eine rostige Gürtelschnalle, die Alannah fand, belegte diese Vermutung. Aber wer war es dann, der sich so weit im Süden herumtrieb?

Die Antwort erhielten sie gegen Mittag. Heftiger Regen hatte eingesetzt, der sich mit dumpfem Rauschen über das Blätterdach des Dschungels ergoss. Zwar blieb man unter den Kronen der Baumriesen weitgehend trocken, jedoch sorgte die Feuchtigkeit dafür, dass sich sowohl der Boden als auch die Kleider vollsogen und das Marschieren erschwerten. Die dichten Wolken, die den Himmel bedeckten, ließen den Wald in dämmrigem Halbdunkel versinken, und wo immer sich eine Lichtung öffnete, fielen graue Regenschleier herab.

In ihren Umhängen, deren Kapuzen sie hochgeschlagen hatten, waren Alannah und Aldur kaum gegen die knorrigen Baumwurzeln auszumachen. Im Gegenzug wurde ihre Sicht aber auch durch den Regen und das spärliche Licht eingeschränkt, was ihnen um ein Haar zum Verhängnis wurde. Denn als Alannah die rauen, tiefen Stimmen hörte, war es schon fast zu spät.

Abrupt blieb sie stehen und schlug in einer fließenden Bewegung ihre Kapuze zurück.

»Was ist?«, fragte Aldur.

»Schhh.« Sie legte einen Finger auf den Mund. Dann lauschte sie angestrengt. Dass der Blattbewuchs über ihr spärlich war und ihr der Regen deshalb ungehindert auf den Kopf prasselte, schien sie nicht einmal wahrzunehmen. Ihr feines Gehör suchte im allgegenwärtigen Rauschen nach den Stimmen, fand sie – und stellte fest, dass sie näher kamen!

Rasch packte sie Aldur, der sie fragend anschaute, und zog ihn in den Schutz eines moosüberwucherten Felsens. Dass sich Waldmaden und anderes Gewürm darauf ringelten, scherte sie nicht. Eng pressten Aldur und sie sich gegen das Gestein, während die Stimmen auf der anderen Seite lauter wurden.

Alannahs feines Elfengehör unterschied fünf verschiedene Männer. Was sie sagten, konnte sie nicht verstehen, jedoch erkannte sie die hart klingende Sprache der Zwerge!

Aldur, der offenbar dieselbe Feststellung machte, sah fragend zu ihr herüber. Bewohner des Scharfgebirges in Arun? Was hatte das zu bedeuten?

Alannah hielt es nicht aus.

Vorsichtig löste sie sich vom Gestein und ging in die Hocke, um einen Blick auf die andere Seite zu werfen. Aldur blieb hinter ihr, den *flasfyn* halb erhoben, um ihr zu Hilfe zu kommen, falls sie entdeckt würde.

Ganz langsam beugte sich Alannah vor und konnte endlich an dem Felsen vorbeispähen.

Sie hatte sich nicht geirrt.

Es waren tatsächlich fünf Mann, die auf der Lichtung standen – und es waren Zwerge. Allerdings waren es die heruntergekommensten Vertreter ihrer Art, die Alannah je erblickt hatte.

Anders als die zwar ein wenig einfältigen, aber stolzen Söhne des Scharfgebirges trugen diese hier weder lange Bärte noch die für ihr Volk so charakteristische Kleidung aus reich besticktem Leinen; vielmehr waren sie mit Leder und Kettenhemden aus schwarz brüniertem Eisen angetan, und ihr Haar war nach einer Art drapiert, die eher an Unholde denn an Zwerge gemahnte. Zwei der Krieger hatten ihre schwarzen Mähnen zusammengebunden, die übrigen hatten ihre Schädel kahl rasiert. Ihre Bärte – wenn sie überhaupt welche hatten – waren kurz gestutzt, borstig umrahmten sie die groben Gesichter. Bewehrt waren sie mit langen Holzstangen, die sie in ihren kurzfingrigen Pranken hielten, sowie mit Breitäxten, die sie auf dem Rücken trugen und die fast so groß waren wie sie selbst. Allerdings wusste Alannah, dass Zwerge dennoch trefflich damit umzugehen verstanden.

Die fünf Krieger schienen sich über etwas uneins zu sein. Aufgeregt diskutierten sie miteinander, dann war der heisere Ruf eines Horns zu hören, und ein Warnschrei erklang. Die Zwerge wichen beiseite, und aus den Regenschleiern und den Schatten trat eine riesenhafte Kreatur.

Alannah biss auf die Lippen, um nicht laut zu schreien. Nach all den Knochen, die sie in der Schlucht gesehen hatten, hatte sie geglaubt, eine ungefähre Vorstellung von einem lebenden *ilfantodon* zu haben.

Das war ein Irrtum gewesen.

Kein Knochenfund der Welt konnte auch nur annähernd so dramatisch sein wie das riesige Tier, zu dem sie nun emporblickte: Auf vier Beinen, die so dick waren wie die marmornen Pfeiler des Portals der Ehrwürdigen Gärten, ruhte ein ungeheurer Körper, der die Masse von zwei ausgewachsenen *bóriai* besaß; das riesige Haupt mit den großen Augen war konisch geformt und lief in ein spitzes

Maul aus, das zu beiden Seiten von gebogenen Stoßzähnen gesäumt wurde. Der ungeheure Rüssel reichte bis zum Boden und war dick und kräftig genug, um ein Dutzend Männer ohne Federlesens zu erschlagen; umhüllt war die Kreatur von runzliger, grünbrauner Haut, die an Baumrinde erinnerte und ungeheuer zäh und widerstandsfähig aussah.

Vielleicht mit Ausnahme des Eisriesen Ymir, der nicht wirklich gewesen war, sondern nur eine Projektion der Hunla, stellte das *ilfantodon* die gewaltigste Kreatur dar, die Alannah jemals zu sehen bekommen hatte. Die Vorstellung, dass diese Tiere einst auf den Schlachtfeldern eingesetzt und als Kampfkolosse gegen das Elfenheer in die Schlacht geschickt worden waren, erfüllte sie im Nachhinein mit Entsetzen.

Erst jetzt sah sie, dass auch dieses *ilfantodon* von einem fremden Willen gelenkt wurde. Im Genick der Kreatur, wo ihr fliehender Hinterkopf in den massigen Rumpf überging, saß ein weiterer Zwerg, der das Tier dirigierte. Die Tatsache, dass sich ein so gewaltiges Geschöpf von einem Wesen lenken ließ, das um so vieles kleiner war, entbehrte nicht einer gewissen Ironie, aber das machte das *ilfantodon* nicht weniger gefährlich.

Im Gegenteil …

Alannah begriff, dass die anderen Zwerge Treiber waren. Einer von ihnen ging dem riesigen Tier voraus, die anderen bezogen jeweils an einem der pfeilerartigen Beine Posten und versetzten dem *ilfantodon* bei Bedarf gezielte Stöße mit ihren Holzstangen, auf die die Kreatur sofort reagierte. Auf diese Weise bugsierten sie sie weiter vorwärts, an dem Felsen vorbei, hinter dem Alannah und Aldur Zuflucht gesucht hatten.

Erschrocken zuckte die Elfin in ihre Deckung zurück. Eng an den Fels gepresst, hob sie den Blick – nur um die ungeheuren Formen des Tieres zu sehen, die hoch über ihr vorbeizogen. Dem *ilfantodon* schien der Regen nichts auszumachen. Träge setzte es einen Fuß vor den anderen, wobei der Waldboden jedes Mal erbebte. Dann, endlich, war es an Alannahs und Aldurs Versteck vorbei und folgte dem Pfad, der offenbar nicht nur von Tieren benutzt wurde, die ihre letzte Ruhestätte suchten.

»Hast du gesehen?«, hauchte Alannah ihrem Gefährten zu.

»Ja«, erwiderte Aldur. »Die Frage ist, ob ich es auch glaube.«

»Diese Zwerge – woher kommen sie? Siedler aus dem Scharfgebirge?«

»So weit südlich?« Aldur schüttelte den Kopf. »Zwerge sind Handwerker, Bergleute und Schmiede. Sie graben Stollen, fertigen Waffen und horten Schätze, aber sie sind keine Entdecker. Die wenigen Kolonien, die sie errichtet haben, befinden sich alle oben im Norden. Mir ist kein einziger Fall bekannt, bei dem sich Zwerge weiter als ein paar Tagesmärsche von ihrem angestammten Gebiet entfernt niedergelassen hätten. Sie lieben die Berge, die Kälte – und ihr Bier.«

»Diese hier sind anders«, stimmte Alannah zu. »Ich habe noch nie zuvor einen Zwerg ohne Bart gesehen.«

»Natürlich nicht – weil du dann nicht mehr am Leben wärst«, war Aldur überzeugt. »Auf ihr Haar sind diese knorrigen kleinen Kerle mindestens ebenso stolz wie auf das, was sie mit ihrer Hände Arbeit den Tiefen des Berges entreißen. Seinen Bart zu verlieren gilt unter ihnen als Zeichen höchster Schande.«

»Diesen scheint es nichts ausgemacht zu haben«, meinte Alannah. »Dennoch sind es Zwerge gewesen, daran besteht kein Zweifel. Aber woher kommen sie?«

»Das werden wir sehr bald wissen«, erwiderte Aldur und schlug die Kapuze wieder hoch. Dass der Regen seinen Umhang durchnässt hatte und das Wasser von der Kapuze geradewegs in seinen Kragen rann, kümmerte ihn nicht. Unannehmlichkeiten wie diese zu ignorieren gehörte zu den ersten Dingen, die ein Novize in Shakara lernte.

»Was hast du vor?«

»Ihnen folgen«, erklärte der Elf und deutete in die Richtung, in der das *ilfantodon* in den Regenschleiern verschwunden war. »Nach offiziellem Kenntnisstand dürfte es weder diese Zwerge noch die Tiere geben, auf denen sie reiten. Worauf auch immer wir also stoßen werden, es wird die Alten Chroniken Lügen strafen und uns zwingen, die Dinge in einem neuen Licht zu sehen.«

»Und – Granock?«

Aldur nickte grimmig. »Gut möglich, dass die *nev'rai* mit den Zwergen unter einer Decke stecken. Oder dass sie gemeinsam einem anderen Herrn und Meister dienen.«

Alannah fragte nicht erst, wem die Anspielung galt. Über zahllose Generationen hinweg war der Cethad Mavur die Südostgrenze des Reiches gewesen. Keinem Gelehrten wäre es in den Sinn gekommen, jenseits der Großen Mauer etwas anderes zu vermuten als schwärzeste, unbezähmbare Wildnis. Und genau diese Tatsache schienen dunkle Elemente ausgenutzt zu haben.

Die Elfen folgten der Spur des *ilfantondon*, die schon bald nicht mehr die einzige war. Unzählige Abdrücke zeichneten sich im gestampften Waldboden ab, und es stellte sich bald heraus, dass der Pfad nur einer von vielen war, die sich durch den Dschungel zogen. Aldur und Alannah rätselten darüber, welcher Fährte sie nun den Vorzug geben sollten, als sie aus nicht allzu weiter Entfernung den Klang eines Signalhorns vernahmen.

»Das kam von dort drüben«, war Aldur überzeugt, und sie nahmen den nächstbesten Pfad, der in diese Richtung führte. Das Horn ertönte ein zweites Mal, und ein Sirren war zu hören, das keiner der beiden recht einzuordnen wusste.

»Da vorn!«, zischte Alannah und deutete geradeaus.

Ein gutes Stück vor ihnen schien der Dschungelpfad jäh zu enden. Graue Wolken waren am Ende des Blättertunnels zu sehen, dazu die Umrisse eines *ilfantodon* und mehrerer Zwerge.

Es war ein anderes Tier als jenes, das ihnen zuvor im Wald begegnet war – dieses trug eine breite Lastplattform auf seinem Rücken, auf der sich mehrere unförmige weißliche Gebilde stapelten. Alannah und Aldur wechselten einen fragenden Blick. Würden sie nun endlich ein paar Antworten erhalten?

Sie wollten sich näher heranpirschen, als die riesige Kreatur plötzlich schnaubte und unruhig zu stampfen begann, so als könnte sie die Nähe der ungebetenen Beobachter wittern. Rasch flüchteten sich die Elfen hinter einen Baum und pressten sich an dessen feuchte Rinde. Einige Augenblicke lang warteten sie ab. Die Zwerge, die das *ilfantodon* bewachten, schienen sie jedoch nicht bemerkt zu haben.

Lautlos huschten sie weiter, nun nicht mehr auf dem offenen Pfad, sondern zwischen den Bäumen hindurch, in gebückter Haltung und damit rechnend, jeden Augenblick entdeckt zu werden.

Plötzlich war der Wald zu Ende.

Schlagartig wurde es heller, das Grün der Baumkronen lichtete sich. Alannah, die die Vorhut übernommen hatte, nahm an, dass sie sich auf eine Lichtung zubewegten, und verlangsamte deshalb ihre Schritte, was ihr das Leben rettete. Denn nicht nur die Bäume endeten, sondern auch der Boden, auf dem sie standen!

Die Elfin gab einen erstickten Schrei von sich, als sie in die bodenlose Tiefe blickte, die sich plötzlich vor ihr öffnete. Jäh fiel der Waldboden ab. Nur einige Büschel Gras bewuchsen die Abbruchkante, hinter der gähnende Leere herrschte, ein nebliger Abgrund, dessen Boden nicht zu erkennen war. Schwindel ergriff von Alannah Besitz, und sie drohte nach vorn zu kippen. In einer blitzschnellen Reaktion packte Aldur sie am Gürtel und riss sie zurück. Er tat es mit derartiger Kraft, dass sie zusammenprallten und zu Fall kamen. Schwer atmend blieben sie liegen, nur eine Armlänge vom Abgrund entfernt.

»Was ist das?«, presste Alannah schockiert hervor.

»Ich weiß es nicht«, gab Aldur zu. »Aber ich kann mir denken, was Granock jetzt sagen würde: Da geht's nicht weiter.«

Alannah rang sich ein Lächeln ab. Ihr war klar, dass er sie aufheitern wollte, aber die Erwähnung des verschwundenen Freundes war nicht dazu angetan.

Sie richtete sich auf und starrte hinaus in die nebelverhangene Leere, die nahtlos in den tristen Himmel überging. Dass es zu regnen aufgehört hatte, nahm sie nur am Rande wahr. »Weißt du noch, was Rambok gesagt hat?«, fragte sie leise. »Die Sage vom *agaras*?«

»Und?«

»Hast du je daran gedacht«, hauchte sie atemlos, »dass es diesen Ort tatsächlich geben könnte?«

Aldurs Mienenspiel war unmöglich zu deuten. Er stand auf und trat vor an die Kante, als erneut ein Hornsignal erklang. Schaurig und dumpf drang es durch Wolken und Nebel, und wiederum war das Sirren zu hören. Und im nächsten Moment, Alannah und Aldur trauten ihren Augen nicht, löste sich etwas aus den milchig weißen Schleiern.

Zuerst war es nur ein verschwommener Fleck, aber je näher er kam, desto deutlicher traten seine Formen hervor. Es war ein dunkler Kasten, der die Länge und Breite eines Fuhrwerks haben mochte. Allen Naturgesetzen trotzend, schien er über dem Abgrund zu schweben, wobei er leicht vor und zurück schaukelte, während er sich langsam vorwärtsbewegte. Schließlich verschwand er aus Alannahs und Aldurs Blickfeld und schien einige Dutzend Schritte weiter anzulanden. Dort, wo die Zwerge waren.

Ein Rumpeln war zu hören und gedämpfte Stimmen, dann erschien das Fuhrwerk wieder. Diesmal war es mit jenen weißen Gebilden beladen, die das *ilfantodon* zuvor auf seinem Rücken getragen hatte, und schwebte dadurch ein gutes Stück tiefer. Durch den veränderten Lichteinfall wurde Aldur und Alannah klar, dass sie es keineswegs mit dunkler Magie zu tun hatten, sondern lediglich mit einer mechanischen Vorrichtung.

»Ein Seilzug«, stellte Aldur fest. »Sie benutzen ihn, um Material auf die andere Seite zu transportieren.«

»Auf die andere Seite?«, fragte Alannah.

Aldurs blasses Gesicht dehnte sich zu einem Grinsen. »Offenbar haben wir wohl doch nicht das Ende der Welt entdeckt.«

»Das habe ich auch nicht angenommen. Aber womöglich den Ort, der jener Sage zugrundeliegt.«

Er sah sie an, als hätte er ihr einen solch scharfsinnigen Gedanken nicht zugetraut. Es war einer der seltenen Augenblicke, in denen sie einen Hauch von Verunsicherung an ihm zu erkennen glaubte. Schon im nächsten Moment jedoch war Aldur wieder ganz er selbst. Mit den beunruhigenden Folgerungen, die sich aus ihrer Annahme ergaben, schien er sich erst gar nicht abgeben zu wollen.

»Was auch immer auf der anderen Seite ist«, entschied er stattdessen, »dort müssen wir hin.«

Sie widersprach nicht, auch wenn ihr die Vorstellung, die abgrundtiefe Kluft zu überqueren, nicht besonders angenehm war. »Wie willst du …«

»Das werden wir sehen, wenn wir da sind«, entgegnete Aldur knapp. »Lass uns gehen.«

Nun musste Alannah doch ein wenig lächeln. »In mancher Hinsicht«, bemerkte sie, »bist du Granock ähnlich geworden.«

»Findest du?«

Sie nickte. »Das gefällt mir«

»So?« Sein Blick war unmöglich zu deuten. »Ich hoffe, das ist nicht das Einzige, was dir an mir gefällt.«

Damit wandte er sich ab und huschte davon – während sie sich erschrocken fragte, wie viel Wahrheit in seinen rasch dahingesagten Worten stecken mochte.

Nur mit Mühe konnte Rurak den Blick von dem wenden, was die Kristallkugel ihm zeigte. Wer hätte gedacht, dass er den Menschen Granock, der damals wider seinen Willen nach Shakara gekommen und in den Orden der Zauberer aufgenommen worden war, schon so bald wiedersehen würde?

Bei der Aufdeckung der Verschwörung und den Vorgängen, die vor zwei Jahren um ein Haar zur endgültigen Vernichtung Margoks geführt hätten, hatte Granock als Zögling Farawyns eine maßgebliche Rolle gespielt, und es war abzusehen gewesen, dass sie einander erneut begegnen würden. Schon deshalb, weil sich der abtrünnige Zauberer für alles, was ihm angetan worden war, zu rächen gedachte.

Es war ihm ein Vergnügen gewesen, den verhassten Menschen in seiner Kerkerzelle sitzen zu sehen und darauf zu warten, dass die Folterknechte Nurmorods sich seiner annahmen. Bedauerlicherweise zeigte die Kugel nicht, was in den Köpfen der abgebildeten Personen vor sich ging. Bedauerte Granock, was er getan hatte? Bereute er, jemals nach Shakara gekommen und sich dem anmaßenden Wunsch verschrieben zu haben, ein Zauberer zu werden? Verfluchte er seinen Mentor Farawyn inzwischen bereits dafür, dass er ihn auf diese Mission entsandt hatte?

Ein Grinsen huschte über Ruraks ausgemergelte Züge. Farawyn, dieser alte Fuchs …

Von seinem Informanten in Shakara wurde der Abtrünnige sehr genau über die Geschehnisse im Hohen Rat auf dem Laufenden gehalten. Doch das höchste Gremium des Ordens war nicht über Granocks Entsendung in Kenntnis gesetzt worden, was nur bedeuten konnte, dass Farawyn einmal mehr auf eigene Faust gehandelt hatte.

Fast bewunderte Rurak seinen Erzfeind dafür.

Farawyn war ein Diener des Lichts, geradezu lächerlich in seiner Rechtschaffenheit; dennoch hatte er etwas an sich, für das selbst Rurak ihm Anerkennung zollen musste, nämlich einen unbeirrbaren Zug zur Macht, der im Zweifelsfall auch nicht davor haltmachte, die Gesetze des Ordens wenn schon nicht zu brechen, so doch zu umgehen. Im Grunde, kam Rurak nicht umhin zu denken, waren Farawyn und er zwei Seiten derselben Münze: Beide waren sie wild entschlossen, mit allen Mitteln zu kämpfen und ihrer Sache zum Sieg zu verhelfen. Nur dass sie auf unterschiedlichen Seiten des Krieges standen, dessen endgültiger Beginn nur noch eine Frage von Tagen war …

Fahles Tageslicht drang plötzlich herein, als der Eingang des Zeltes zurückgeschlagen wurde.

»Zauberer?«

Mit einem unwilligen Knurren wandte sich Rurak um. Er hasste es, in seinen Überlegungen gestört zu werden.

»Ja?«

Es war Borgas. Der feiste Ork stand im Eingang, in voller Kampfmontur, die von einem rostigen Kettenhemd über stachelbewehrte Arm- und Beinschienen bis hin zu einem breiten Ledergürtel reichte, an dem nicht nur ein Totschläger und mehrere Dolche baumelten, sondern auch das herrenlose Kopfhaar einiger besiegter Gegner. Auf dem hässlichen Schädel des Unholds saß ein unförmiger Helm, der mehrfach ausgebeult und an einigen Stellen geflickt war. Der Wangenschutz war auf beiden Seiten hochgeklappt, sodass es aussah, als stünden seitlich kleine Flügel vom Haupt des Häuptlings ab.

»Das Heer ist zum Abmarsch bereit«, meldete Borgas beflissen.

Angesichts des widerwärtigen Geruchs, der zum offenen Eingang hereinwehte, verzog Rurak das Gesicht. Er hatte schon viel über den Gestank gehört, der über einem Feldlager der Orks zu liegen pflegte, von der unbeschreiblichen Mischung aus Urin, Körpergasen, Exkrementen und fauligem Fleisch, die sich jedem, der sie einmal gerochen hatte, unauslöschlich in die Nasenschleimhäute einbrannte, einem Unhold jedoch zu höchstem Behagen verhalf. Sie allerdings tatsächlich ertragen zu müssen, zusammen mit der Gesellschaft von zweitausend Orks, die nur darauf warteten, ihre *saparak'hai* in die Körper besiegter Feinde zu stoßen und in deren Blut zu waten, übertraf alle Vorstellungen.

Im Hintergrund waren die Kriegstrommeln zu hören, die schon die ganze Nacht über geschlagen worden waren. Ein metallisches Klirren gesellte sich dazu, als die Krieger mit den geballten Fäusten auf die Schilde droschen – das Signal, dass sie bereit waren, in die Schlacht zu ziehen.

»Gut so.« Rurak nickte zufrieden. »Lass mein Pferd satteln. Ich werde die Hauptstreitmacht anführen.«

»Du?«, fragte der Häuptling, dem diese Vorstellung nicht zu gefallen schien.

»Hast du etwas dagegen?«

»Korr«, knurrte der Ork. »Ich frage mich, wie ich unter den *faihok'hai* der anderen Stämme Anerkennung finden soll, wenn ich nicht an ihrer Spitze in die Schlacht ziehe.«

Rurak schnaubte abwertend. »Es steht dir frei, dich zusammen mit deinen grünhäutigen Raufbolden in den Kampf zu stürzen, Borgas«, beschied er ihm, »solange du nicht vergisst, wer dein Herr und Meister ist.«

»Douk«, wiederholte der Unhold und schüttelte das klobige Haupt, »das werde ich nicht.«

»Sieh dich vor, Borgas – schon manchem, der mit lautem Gebrüll in die Schlacht gezogen ist, wurde allzu bald das Maul gestopft. Und jetzt lass uns aufbrechen.«

»Wohin?«, wollte der Häuptling wissen.

»Zum Mahnmal der Niederlage«, entgegnete der Zauberer rätselhaft. »Dort werden wir die Geschichte ändern und unseren großen Sieg erringen.«

10. DARGANFAITHIAN

»Brån! Brån!«

Man brauchte die Sprache der Zwerge nicht zu kennen, um zu verstehen, dass das eine Wort, das sie wieder und wieder riefen, während sie aufgeregt durcheinanderrannten, »Feuer« bedeutete.

Mithilfe seiner Gabe hatte Aldur einen abgestorbenen Baum in Flammen gesetzt – die Folge war Chaos, das unter den Zwergen und ihrem riesigen Nutztier ausbrach. Das *ilfantodon*, das soeben dabei gewesen war, die etwa mannsgroßen, weißlichen Gebilde in die Lastengondel zu verladen, die erneut diesseits des Abgrunds angekommen war, verfiel beim Anblick des Feuers in helle Panik und wich entsetzt zurück. Die aufgeregt schreienden Treiber versuchten, dem Tier mit ihren Stangen Einhalt zu gebieten, aber die Versuche muteten geradezu lächerlich an angesichts der schieren Masse der Kreatur.

Mit der Wucht von Steinschlägen stampften die Beine des *ilfantodon* umher und erfassten tatsächlich einen seiner kleinwüchsigen Herren. Der Zwerg begriff vermutlich nie, was ihm widerfuhr – das Gewicht des Riesen zerquetschte ihn im Bruchteil eines Augenblicks. Von Panik und Furcht getrieben, fuhr das Tier herum und rannte den Pfad hinab, zurück in den Wald, den schreienden Reiter im Genick. Die übrigen Zwerge rannten der entfesselten Kreatur in heller Aufregung hinterher. Dazu, sich zu fragen, woher das Feuer so plötzlich gekommen sein mochte, kamen sie zum Glück nicht. Im nächsten Moment waren sie verschwunden.

»Nicht schlecht«, lobte Aldur sich selbst. »Das war einfacher, als ich dachte.«

Auf sein Zeichen hin huschten sie aus ihrem Versteck und legten die kurze Entfernung zur Lastengondel zurück, die mit zweien der weißlichen Gebilde beladen war. Von einem tief hängenden Ast baumelte an einem Strick das Horn herab, dessen Klang sie vorhin gehört hatten – Aldur nahm an, dass es sich um das Signal zum Hinüberziehen der Fracht handelte.

Kurzerhand stieß er hinein und entlockte dem primitiven Instrument einen schaurigen Ton, der sich im unergründlichen Nebel verlor. Dann sprang er mit Alannah auf die Plattform, und sie kauerten sich hinter die nur etwa kniehohe Bordwand.

Sie brauchten nicht lange zu warten.

Schon wenige Augenblicke später setzte sich das Gefährt in Bewegung, verließ die Andockstelle und schwebte hinaus in die drohende Leere. Nicht nur die mehrfach geflochtenen, armdicken Seile knarrten dabei, sondern auch das Holz der Gondel. Alannah versuchte, nicht daran zu denken, was geschehen würde, wenn das eine oder das andere nachgab. Vor der bodenlosen Tiefe vermochte weder Aldurs Feuer noch ihr Eis sie zu schützen.

Zug um Zug ging es voran.

Auf der anderen Seite der Schlucht musste eine Winde sein, die mit großer Kraft angetrieben wurde und die sie Stück für Stück über den Abgrund brachte.

Was, so fragte sich Alannah, würde sie dort erwarten?

Und wenn es nun doch das sagenumwobene Weltenende war, auf das Aldur und sie in den Tiefen des unbekannten Kontinents gestoßen waren? Der messerscharfe Verstand der Elfin wischte die übersteigerten Ängste rasch beiseite. Aber schon die Tatsache, dass sie sich diese Frage stellte, machte ihr klar, an was für einem Ort sie sich befanden.

»Fühlst du es auch?«, flüsterte sie Aldur zu.

»Ja«, entgegnete dieser. »Dunkelheit und Furcht – genau wie an der Tempelruine.« Er wandte sich den beiden unförmigen Gebilden zu, die in der Gondel lagen. »Wenn ich nur wüsste, was das ist. Die Oberfläche ist weich, scheint aber sehr widerstandsfähig zu sein.«

Mit einem Blick in den Nebel vergewisserte sich Alannah, dass ihr Ziel noch nicht zu sehen war. Dann nahm auch sie die rätselhaften Formen in Augenschein. »Es sieht aus wie ein Gespinst aus unzähligen dünnen Fäden«, stellte sie fest. »Fast wie der Kokon einer Raupe oder …«

Sie verstummte und wechselte einen Blick mit Aldur. Beide hatten denselben schrecklichen Verdacht.

Aldur verlor keine Zeit. Kurzerhand zückte er seine Klinge und schnitt das Gewebe auf. Zu beider Entsetzen kam die Hand eines Menschen zum Vorschein.

Und sie bewegte sich!

Panisch schlug sie um sich, dabei traf sie Aldur und stieß ihn zurück. Ein ganzer Arm erschien, dann ein zweiter, und schließlich der kahle Schädel eines jungen Mannes.

Es war ein *gyta* – ein Wildmensch.

Dem entsetzten Ausdruck in seinen dunklen Gesichtszügen war zu entnehmen, dass er keine rechte Vorstellung davon hatte, was mit ihm geschehen war. Ein paar Worte seiner fremden Sprache kamen ihm über die Lippen, dabei zuckten seine Blicke hilflos zwischen Alannah und Aldur hin und her. Die Elfen schauten sich ihrerseits an, zu erschrocken, um etwas zu unternehmen.

Dann überstürzten sich die Ereignisse.

In einem Ausbruch von roher Kraft befreite sich der Mensch vollends aus seinem engen Gefängnis. Dabei brachte er die Gondel bedenklich ins Wanken.

»Nicht!«, versuchte Alannah ihn in der Sprache der Menschen zu beruhigen. »Wir sind Freunde … Elfen!«

Der Krieger schien sie nicht zu verstehen. Wütend stieß er den Kokon von sich, dann richtete er sich zu seiner vollen Größe auf. Seine Gestalt war sehnig und muskulös, das einzige Kleidungsstück bestand aus einem Lendenschurz.

»Freunde«, wiederholte Alannah und hob beschwichtigend die Hände, und für einen Moment glaubte sie etwas wie Verständnis in den Zügen des Wilden aufflackern zu sehen – als er von einem unsichtbaren Hieb getroffen wurde.

Benommen taumelte der Krieger zur Seite, stieß gegen die niedere Bordwand und kippte darüber hinweg. Mit einem dumpfen Aufschrei, den der Nebel noch zusätzlich dämpfte, verschwand er in der bodenlosen Tiefe.

Alannah wusste sofort, was dem Menschen widerfahren war – ein *tarthan*.

Ein Gedankenstoß …

»Warum hast du das getan?«, erkundigte sie sich entsetzt bei Aldur, der den leeren Kokon packte und ihn ebenfalls über Bord warf. »Der *gyta* hatte uns nichts getan!«

»Nein«, gab Aldur ungerührt zu, »aber er hätte uns verraten. Es war die einzige Möglichkeit.«

Die Elfin starrte ihren Gefährten noch immer an. Sie wusste, dass er recht hatte, aber die Kaltblütigkeit seines Handelns hatte sie dennoch erschreckt. Zumal sie wie schon zuvor bei dem *nev'ra* den Eindruck gehabt hatte, dass …

»Sieh«, raunte Aldur ihr plötzlich zu und deutete geradeaus. Alannah wandte sich um und hielt den Atem an. Denn wie ein Traum, aus dem man langsam erwacht, schälte sich die gegenüberliegende Seite aus dem Nebel.

Zunächst war es nicht mehr als eine Ahnung. Der Dunst schien plötzlich dichter zu werden, aber dann wurde klar, dass die dunkle Wand, die dräuend vor ihnen aufragte, nicht aus feuchter Luft, sondern aus massivem Fels bestand. Senkrecht erhob sie sich und nahm ihr gesamtes Blickfeld ein – ganz offenbar befanden sie sich am Fuß eines gewaltigen Gebirges. Was für eine Naturgewalt das Land einst gespalten und die tiefe Kluft geschaffen haben mochte, wusste Alannah nicht zu sagen – vielleicht dieselbe, die vor Unzeiten das Land Anwar geteilt hatte und den *dwaímaras* hatte entstehen lassen.

Je näher die Gondel der gegenüberliegenden Seite kam, desto mehr Einzelheiten traten hervor. Alannah sah den nackten grauen Fels, der von Rissen und Spalten zerfurcht war. Vegetation schien auf dieser Seite der Kluft nicht zu gedeihen, dafür gab es eine dunkle Öffnung, die wie ein drohendes Maul inmitten der Felswand klaffte und in der das Zugseil verschwand.

Das Ziel ihrer Reise …

»Bei Parthalons Erben«, hauchte Aldur atemlos. »Was für ein Ort ist das nur?«

»Einer, von dem die Welt nichts ahnt«, entgegnete Alannah beklommen, während sie sich der Öffnung unaufhaltsam näherten. Was immer sich jenseits davon verbarg, hatte über einen langen Zeitraum hinweg im Verborgenen gelebt, abgeschirmt von einer Lüge, im Schatten der Geschichte.

Sie hatten die Felswand fast erreicht, als sie erkannten, dass es tatsächlich ein Maul war, das sie verschlang – die Kiefer eines Drachen, die aus dem Gestein gehauen worden waren, einschließlich riesiger, gefährlich aussehender Zähne. Darüber lagen zwei dunkle leere Augenhöhlen. Unwillkürlich fühlte sich Aldur an einen Ort erinnert, den er erst vor Kurzem besucht hatte …

Dunkelheit stülpte sich über sie, als das Drachenmaul die Gondel verschlang. Der Nebel fiel zurück, von einem Augenblick zum anderen sahen sich die Elfen von schummrigem Halbdunkel umgeben. Die Öffnung im Fels entpuppte sich als Tunnel, der in eine geräumige, von Fackelschein beleuchtete Höhle führte.

Dutzende von Zwergen, die ähnlich gekleidet und beschaffen waren wie jene im Wald, wimmelten geschäftig umher. Mithilfe von Seilzügen, die an schwenkbaren Auslegern von der Decke hingen, luden sie die Kokons, die von der anderen Seite der Schlucht angeliefert wurden, auf großrädrige Karren um, die von Bergtrollen gezogen wurden.

Alannah hatte noch nicht viele Trolle in ihrem Leben gesehen, aber doch genug, um zu wissen, dass diese hier besonders große und hässliche Exemplare waren. Mit einem Zuggeschirr und Scheuklappen versehen und von den Peitschenhieben ihrer kleinwüchsigen Herren angetrieben, zogen die Unholde die Karren in Stollen, die von der Höhle abzweigten und in tiefer gelegene Bereiche der Anlage zu führen schienen.

Inmitten der Höhle, deren Durchmesser gut an die einhundert Schritte betragen mochte, war ein metallenes Gerüst errichtet worden, das bis knapp unter die Decke reichte und in dem sich die riesige Rolle drehte, über die das Zugseil lief. Angetrieben wurde sie über eine Welle, an deren anderem Ende ein halbes Dutzend Trolle zum dumpfen Klang einer Trommel eine Winde betätigte.

»Zeit auszusteigen«, raunte Aldur seiner Begleiterin zu – wenn sie in der Gondel blieben, bis sie das Gerüst erreichten, würden sie fraglos entdeckt werden. Noch hatten sie den Tunnel nicht ganz passiert, noch konnten sie sich mit einem Sprung in Sicherheit bringen.

Vorausgesetzt, sie wurden nicht dabei gesehen.

Aldur machte den Anfang.

In seinen Kapuzenumhang gehüllt, dessen Grau mit dem umgebenden Gestein zu verschmelzen schien, setzte er aus der Gondel und erklomm einen Vorsprung. Alannah spähte verstohlen nach den Zwergen, aber es blieb keine Zeit, um sich zu vergewissern, dass keiner von ihnen in ihre Richtung schaute. Sie sprang einfach, hoffend, dass die kleinwüchsigen Bergbewohner zu beschäftigt waren, um sich um etwas anderes zu kümmern – und sie hatte Glück.

Hart landete sie auf dem schroffen Fels und klammerte sich daran ein, bis Aldurs Rechte sich ihr helfend entgegenstreckte. Dankbar griff sie danach, und er zog sie zu sich hinauf auf den Vorsprung, der gerade groß genug war, um ihnen beiden Platz zu bieten. Von hier aus hatten sie einen guten Ausblick, ohne von unten gleich gesehen zu werden.

Die Gondel erreichte das Gerüst, und der verbliebene Kokon wurde abgeladen, wobei es einige Unruhe gab – offenbar ereiferten sich einige der Zwerge über die Platzverschwendung. Mithilfe einer Zugvorrichtung wurde der Kokon, in dem sich vermutlich ein gefangener Mensch befand, auf einen der Karren verladen. Die Peitsche knallte, und mit einem Knurren, das Alannah eisige Schauer über den Rücken jagte, setzte sich der Troll in Bewegung.

»Wohin bringen sie ihn?«, raunte sie Aldur zu. »Was haben sie mit den Gefangenen vor?«

Der Elf schüttelte den Kopf – er konnte es sich nicht denken. Atemlos sahen sie zu, wie der Wagen in einem der Stollen verschwand. Die übrigen Trolle betätigten unterdessen wieder die Winde. Die Gondel umrundete die Entladestation und verschwand auf demselben Weg, auf dem sie hereingekommen war – und mit ihr jede Gelegenheit, von diesem Ort zu entkommen.

»Komm schon«, sprach Aldur nicht nur Alannah, sondern auch sich selbst Mut zu. »Wir sind hergekommen, um herauszufinden, was hier vor sich geht, oder nicht?«

Sie nickte ihm zu, und er huschte erneut voraus. Dabei hielt er sich vom Fackelschein abgewandt und nutzte einmal mehr den grauen Umhang als Tarnung. Alannah folgte ihm; natürlich hätten sie wiederum ein Ablenkungsmanöver starten können, aber damit hätten sie die Zwerge in helle Aufregung versetzt, und das wollten sie nicht – das Überraschungsmoment sollte auf ihrer Seite bleiben. Die Elfin hätte einiges darum gegeben, Granock bei sich zu haben. Er war der eigentliche Spezialist, wenn es darum ging, Wachen auszuschalten oder ungesehen an einem Posten vorbeizukommen – dass ausgerechnet er verschwunden war, gehörte zu den vielen Widrigkeiten, mit denen sie auf dieser Expedition zu kämpfen hatten.

Lautlos glitten sie an der Felswand hinab, an deren Fuß sie reglos verharrten. Die Fackeln, die in metallenen Leuchtern steckten, reichten nicht aus, um die ganze Höhle zu erhellen; lediglich die Mitte mit der Entladestation war hinreichend beleuchtet. Im Schutz des Halbdunkels, das entlang der Wände herrschte, huschten Aldur und Alannah auf den Stollen zu, in dem das Fuhrwerk verschwunden war. Dabei blieben sie in gebückter Haltung und hielten ihre Gesichter abgewandt, damit sie den Fackelschein nicht reflektierten und sie so verrieten. Die Rucksäcke waren beim Laufen hinderlich, ebenso wie die Kettenhemden, die sie noch immer trugen und die nur deshalb nicht beim Laufen klirrten, weil sie aus Elfensilber gefertigt waren. Sie abzulegen hätte allerdings bedeutet, Spuren zu hinterlassen.

Aldur erreichte den Stollen zuerst. Rasch schlüpfte er hinein und wartete, bis seine Gefährtin zu ihm aufgeschlossen hatte. Mit der Lautlosigkeit einer Raubkatze setzte Alannah ihm nach und bog ebenfalls in den Felsengang ein, der an die sechs Schritte breit und mindestens ebenso hoch sein mochte – und in dem es erbärmlich nach Trolldung roch.

»Bah«, machte Aldur und verzog missbilligend das Gesicht. »Es grenzt an Zauberei, dass sie noch nicht an ihrem eigenen Gestank erstickt sind.«

Er bedeutete Alannah, sich eng im Schutz der Felswand zu halten, dann drangen sie weiter ins Innere des Berges vor, aus dem ihnen schaurige Geräusche entgegendrangen.

Heisere Schreie.

Grässliches Gebrüll.

Metallisches Dröhnen.

»Majestät! Majestät!«

Das quälende Organ, das immerzu nach ihm rief, riss Elidor aus dem Schlaf. Noch einmal wälzte sich der König des Elfenreichs auf den seidenen Kissen seines Lagers herum in der Hoffnung, dass die Stimme verstummen und ihn in Ruhe lassen würde, aber das war nicht der Fall.

»Majestät«, plärrte sie unnachgiebig weiter. »Ich flehe Euch an, erwacht endlich ...«

Elidor blinzelte.

Soweit er feststellen konnte, war es finstere Nacht. Wieso, bei der Krone seiner Väter, störte man ihn in seiner Ruhe? Konnte er nicht einmal in seinen Privatgemächern ungestört sein?

Seine Gedanken stockten, als er die Augen vollends öffnete und Fürst Narwan am Fußende der königlichen Schlafstatt bemerkte. In der Hand hielt der Berater eine Laterne, die er auf Gesichtshöhe hielt, sodass sie seine von Schrecken gezeichneten Züge beleuchtete.

»Narwan ...?«

Elidor richtete sich im Bett auf und rieb sich den Schlaf aus den Augen. Dem Stand des Mondes nach, der durch das hohe Fenster des Schlafgemachs zu sehen war, war die zweite Nachthälfte bereits angebrochen. »Was tut Ihr hier? Wo sind meine Diener?«

»Keiner von ihnen hat gewagt, Eure Ruhe zu stören, Hoheit. Sie sagten, Ihr hättet angeordnet, dass Ihr in keinem Fall geweckt werden wollt.«

Elidor nickte. Aufrecht im Bett sitzend, straffte er seinen nackten Oberkörper. »Und das entspricht den Tatsachen«, bekräftigte er. »Welcher Grund also ist gut genug, sich meinen Anordnungen zu wider…«

»Niederlage!«, ächzte Narwan nur. »Eine vernichtende, schreckliche Niederlage!«

Elidor war schlagartig hellwach. »Was soll das heißen?«, verlangte er zu wissen. »Hört auf, in Rätseln zu sprechen, Fürst! Werdet gefälligst deutlicher, oder ich …«

»Die fünfte Legion«, erklärte der Berater mit bebender Stimme und schien dabei Mühe zu haben, nicht in Tränen auszubrechen.

»Was ist mit ihr? So redet endlich!«

»Sie wurde vernichtend geschlagen, Hoheit! Aufgerieben bis auf den letzten Mann. General Arrian ist tot, ebenso seine Offiziere.«

»Was?« Elidor sprang aus dem Bett, sich um seine Nacktheit nicht im Geringsten scherend. »Wann ist das geschehen?«

»Schon vor zwei Tagen.«

»Und warum erfahre ich erst jetzt davon?«

»Weil«, entgegnete Narwan leise, »nicht ein einziger Eurer Krieger überlebt hat. Waldelfen, die zufällig auf Spuren des Kampfes stießen, sind nach Tirgas Lan gekommen, um Euch zu berichten. Sie warten im Thronsaal auf Euch.«

»Vernichtet! Bis auf den letzten Mann«, echote Elidor atemlos – und musste unter Schaudern an den Traum denken, den er gehabt, an die schrecklichen Bilder, die er gesehen hatte. »Wie konnte das nur geschehen? Heißt es nicht, die königliche Legion wäre unbesiegbar?«

»So heißt es«, bestätigte Narwan, der die Tränen nun nicht länger zurückhalten konnte. »Aber die Menschen haben ihnen keine Möglichkeit gegeben. Unbarmherzig haben sie gekämpft und …« Der Fürst sprach nicht weiter, sondern schlug die Hand vor den Mund.

»Was?«, wollte Elidor wissen.

»Unsere Soldaten wurden abgeschlachtet, die Gefallenen geschändet«, erwiderte der Berater zu seinem Entsetzen. »Was auch immer man jemals an Schlechtem über die Menschen gesagt hat, es entsprach der Wahrheit. Rohe Bestien sind sie, nichts weiter – und allem Anschein nach befinden sie sich auf dem Weg nach Süden.«

»Nach Süden?« Elidor, der zuletzt aufgeregt auf und ab gelaufen war, blieb stehen. »Wollt Ihr damit sagen, die Menschen kämen hierher? Nach Tirgas Lan?«

»Es wäre möglich, Hoheit«, stimmte Narwan zu, der erst jetzt die längliche Ausbeulung unter der seidenen Bettdecke bemerkte sowie den blonden Haarschopf, der hervorlugte. Seiner ausgeprägten Neugier folgend, drehte er die Laterne ein wenig, sodass ihr Schein das ganze Bett erfasste – und gab ein heiseres Stöhnen vor sich, als das Gesicht einer jungen Frau zum Vorschein kam.

Obwohl ihr Haar in schrecklicher Unordnung war und sie ihn flehend anschaute wie jemand, der sich vor Strafe fürchtete, war deutlich zu erkennen, wie wunderschön sie war. Nicht auf aufdringliche Weise, sondern auf eine ruhige und schlichte Art, die Narwan für seinen König als durchaus passend erachtete. Allerdings nur so lange, bis ihm klar wurde, dass er das Mädchen kannte – es war die Aspirantin, die zusammen mit der Zauberin Maeve aus Shakara gekommen war.

»Beim Barte Eoghans!«, rief der Berater erschrocken aus.

»Was habt Ihr?«, fragte Elidor, der die Zeit genutzt hatte, um in seine Tunika zu schlüpfen.

»Nichts«, behauptete der Berater, ließ rasch die Lampe sinken und wandte sich von der königlichen Schlafstatt ab. Die lange Zeit, die er bei Hofe verbracht hatte, hatte ihn gelehrt, dass es bisweilen am klügsten war, sich blind zu stellen.

»Dann ist es ja gut«, sagte Elidor nur. »Und nun lasst nach Fürst Adghal schicken! Ohnehin frage ich mich, weshalb nicht er, sondern Ihr mir diese Nachricht überbracht habt.«

»Das fragen wir uns alle, Hoheit.«

»Was soll das heißen?«

»Ich habe bereits nach ihm schicken lassen«, gestand Narwan.

»Und? Wo bleibt er? Wo ist mein oberster Berater, wenn ich ihn am nötigsten brauche?«

Narwans Blick war unmöglich zu deuten.

»Fürst Ardghal«, antwortete er leise, »ist spurlos verschwunden.«

11. CIMATH DAI ANGAN

Immer wieder passierten sie Quergänge, die den Stollen kreuzten, und da sie nicht wussten, wohin sie sich wenden sollten, folgten sie weiter dem Hauptkorridor.

Bis sie Gesellschaft erhielten.

Das Erste, was Alannah und Aldur hörten, war das metallische Klirren von Rüstungen. Dann stampfende Schritte, und schließlich Stimmen, die sich in einer rohen, grausamen Sprache unterhielten, die nur Alannah verstand.

»Orks«, zischte sie – und sie und Aldur zogen sich rasch in einen Nebengang zurück. Die Flamme, die dort loderte, brachte die Elfin mit eisigem Frost zum Verlöschen.

Im Halbdunkel, eng an die Stollenwand gepresst und darauf vertrauend, dass ihre Umhänge sie den Blicken der Unholde entzogen, warteten Alannah und Aldur ab.

Die Geräusche näherten sich und auch die Stimmen, und im nächsten Moment zogen die Orks nur wenige Schritte von ihnen entfernt vorbei. Es waren zehn, und sie waren bis an die Hauer bewaffnet – ein ganzer Kriegstrupp.

Alannah hielt den Atem an und fasste den Zauberstab fester, bereit, den Unholden eisiges Verderben entgegenzuschicken, falls auch nur einer den hässlichen Schädel zur Seite drehen sollte. Auch Aldur war entschlossen, sich zu verteidigen. Für zwei Eingeweihte, die sich mit Eis und Feuer zur Wehr setzen konnten, stellten zehn Orks kaum eine Bedrohung dar. Aber der Kampf hätte Spuren hinterlassen und ihnen Aufmerksamkeit eingetragen, die sie lieber vermeiden wollten …

Sie hatten Glück.

Ihrer einfältigen Natur gemäß, blickten die Orks weder zur einen Seite noch zur anderen, sondern stampften stur geradeaus, ihrem Anführer hinterher. Aldur und Alannah warteten, bis sie sich ein Stück entfernt hatten, erst dann lösten sie sich aus ihrem Versteck.

»Warum müssen diese Kreaturen nur so stinken?«, fragte Aldur voller Abscheu.

»Mich interessiert eher, seit wann Margoks Kreaturen mit Zwergen paktieren«, meinte Alannah. »Ich dachte immer, Zwerge und Orks wären unversöhnliche Todfeinde.«

»Gewöhnlich ist das auch so, aber mit diesen Zwergen hier stimmt etwas nicht.« Aldur hielt inne, legte den Kopf in den Nacken und lauschte den grässlichen Geräuschen, die durch das Gewölbe hallten. »Mit diesem ganzen Ort stimmt etwas nicht«, fügte er nachdenklich hinzu. »Irgendetwas geht hier vor sich. Etwas Böses …«

»Lass uns weitergehen«, forderte Alannah ihn auf. Von den Orks war weit und breit nichts mehr zu sehen, sie mussten in einen Nebenstollen abgebogen sein.

Zur Verblüffung der beiden Eingeweihten verbreiterte sich der Korridor, je weiter er ins Innere des Berges führte. Sowohl der Boden als auch Decke und Wände waren völlig glatt, was Aldur bekannt vorkam, Alannah jedoch in höchstes Staunen versetzte. »Wer, bei der Macht der Kristalle, ist in der Lage, so etwas zu bauen?«, fragte sie. »Es ist bekannt, dass die Zwerge in der Steinmetzkunst beschlagen sind, aber das …«

»Sie waren es nicht«, war Aldur überzeugt.

»Nein?«

Der Elf schüttelte den Kopf. »Ich habe so etwas schon einmal gesehen, Alannah. Stollen, die in den Stein geschnitten wurden, als bestünde er aus weicher Butter. Fels, dessen Oberfläche so glatt ist wie das Wachs einer Kerze.«

»Wo?«, wollte sie wissen.

»In Borkavor«, sprach er den Verdacht aus, den er nicht mehr losgeworden war, seit sie den Eingangstunnel passiert hatten. »Als ich mit Farawyn und Granock dort war, um Nachforschungen über Ruraks Flucht anzustellen.«

Alannah sah ihn verblüfft an. »Du … du meinst …?«

»Ich denke, dass diese Anlage einst von Drachen gebaut wurde«, bestätigte er. »Das würde die Beschaffenheit der Stollen erklären. Und es verrät uns auch, weshalb es keine Brücke über die Schlucht gibt …«

»Weil geflügelte Wesen so etwas nicht brauchen«, folgerte Alannah. »Du hast recht. Aber weshalb wissen wir nichts von diesem Ort?«

»Weil seit Anbeginn der Geschichte kein Elf so weit nach Süden vorgedrungen ist«, gab Aldur zurück. »Die Diener der Finsternis hingegen scheinen das Land jenseits der Großen Mauer weitaus besser zu kennen als wir, und ich nehme an, dass sie ihr Wissen vom Dunkelelfen selbst erhalten haben. Margok hat die verbotenen Schriften durchforscht und dort womöglich Kenntnis von Dingen erlangt, die bis an die Anfänge von *amber* zurückreichen, in die Zeit der Drachen.«

»Wusstest du, dass ein Drache das Zeichen Margoks war, als er noch ein Mitglied des Ordens war?«, fragte Alannah gepresst.

»Ja«, bestätigte Aldur, »und ich beginne zu verstehen, warum. Bei Nevian heißt es, die Entdeckung des Dreisterns durch Qoray sei damals völlig überraschend erfolgt, aber das ist ein Irrtum. Qoray ist nicht erst zu Margok geworden, nachdem er die Kristallpforten geöffnet hatte. Er wusste schon sehr viel früher, was er wollte.«

»Du meinst, er hatte seinen Verrat die ganze Zeit über geplant? Sogar schon damals, als er noch ein Novize war?«

»Er wusste, was in ihm steckte, und er war sich bewusst, dass er es nicht würde werden können, ohne vorher den Rat und das Reich zu vernichten«, bestätigte Aldur.

»Das hört sich fast an, als ob …«

»Was?«, hakte der Elf nach.

»Als ob du ihn bewundern würdest«, sagte Alannah so leise, als schäme sie sich dafür.

»Nicht für das, was er getan hat«, erwiderte Aldur, »aber für das, was er gewesen ist. Margok hatte alle Möglichkeiten. Er hat sie nur falsch genutzt, genau wie Riwanon.«

»Sieh dich vor«, riet Alannah ihrem Geliebten, »dass das Andenken an deine Meisterin deinen Blick für die Wahrheit nicht trübt. Der Dunkelelf war ein Scheusal, das Tausende unschuldiger Kreaturen in den Tod getrieben hat. Ich glaube nicht, dass er jemals die Wahl hatte.«

»Was verstehst du schon davon?« Er fuhr sie so scharf an, dass sie zurückschreckte, und er schickte eine knappe Entschuldigung hinterher.

»Was ist nur in dich gefahren?«, wollte sie wissen.

»Ich weiß nicht.« Aldur schüttelte den Kopf. »Wahrscheinlich ist es dieser Ort. Schon vor zwei Jahren sind wir im Dschungel auf ein Bauwerk gestoßen, von dem diese Träumer im Rat nicht die geringste Ahnung hatten – nun ist es gleich eine ganze Festung! Wären sie nicht so verdammt träge und würden sie ihre Augen nicht fortwährend verschließen, hätte uns das alles erspart bleiben können! Vermutlich existiert dieser Stützpunkt schon seit der Zeit des Großen Krieges, nur wurde er nie entdeckt. Ist es da ein Wunder, wenn aus allen Winkeln und Ritzen Diener des Dunkelelfen kriechen?«

»Erdwelt ist groß«, gab Alannah zu bedenken. »Der Rat kann nicht überall sein, und auch der König nicht. Man hat immer vermutet, dass es noch Schlupfwinkel des Feindes gibt, aber …« Sie verstummte und blieb stehen, schien sich innerlich zu verkrampfen. Ihr Gesicht nahm einen fremden, entrückten Ausdruck an.

»Was hast du?«

Alannah zuckte zusammen, als erwache sie aus tiefer Trance. Verblüfft sah sie ihn an. »Ich konnte gerade etwas fühlen«, hauchte sie atemlos. »Eine Empfindung, so stark wie ein Sinneseindruck.«

»Und?«, wollte Aldur wissen.

Alannah brauchte einen Moment, um sich über die Bedeutung ihrer Gefühle klar zu werden. »Granock«, sagte sie dann.

»Was ist mit ihm?«

»Er ist hier. In dieser Festung.«

»Was? Bist du sicher?«

Sie nickte.

»Aber wie …?«

»Ich habe es gefühlt. Tief in meinem Innern.«

»So etwas ist unter Zauberern möglich«, meinte Aldur. »Voraussetzung dafür ist allerdings eine tiefe innere Verbundenheit.«

»Er ist hier«, wiederholte Alannah mit einer Überzeugung, die auch die letzten Zweifel ausräumte.

Aldur schaute sie prüfend an, sein Zögern währte nur einen kurzen Augenblick. »Dann werden wir ihn suchen und befreien«, entschied er.

Solange er es vermochte, hatte Granock Widerstand geleistet.

Er hatte sich gegen den Fluss der Zeit gestemmt, sich mit aller Kraft dagegen gewehrt, die Unholde aus dem Bann zu entlassen – aber irgendwann war die Erschöpfung stärker gewesen, und der Damm war gebrochen.

Die beiden Orks, denen nicht klar gewesen war, dass sie unter der Wirkung eines Zaubers gestanden hatten, waren in seine Zelle gestürmt. Zunächst hatte er sie noch mit Gedankenstößen abwehren können, dann hatten sie sich auf ihn gestürzt, ihn mit grober Gewalt gepackt und nach draußen geschleift, wo Dolkon bereits gewartet hatte, mit einer blutenden Wunde am Schädel, aber einem breiten Grinsen im hässlichen Gesicht.

Durch wie viele Stollen und Korridore sie ihn gezerrt hatten, wusste Granock schon kurz darauf nicht mehr zu sagen; irgendwann erreichten sie ein Gewölbe, das von Fackelschein und einer mit glühenden Kohlen gefüllten Esse beleuchtet wurde, in der mehrere Eisen steckten; der glutrote Schein beleuchtete Folterbänke und rostige Käfige, die von der Decke baumelten und in denen sich die traurigen Überreste derer befanden, die vor Granock Dolkons Gastfreundschaft genossen hatten. An den Wänden waren Ketten angebracht, in denen halbnackte, ausgemergelte Gestalten mit blicklosen Augen darauf warteten, dass ein gnädiger Tod sie von ihrem irdischen Dasein erlöste. Welcher Rasse sie angehörten, war nicht mehr zu erkennen – die Behandlung, die der sadistische Zwerg ihnen hatte zukommen lassen, hatte sie in gestaltlose Schatten verwandelt.

Sie schnallten Granock auf eine der Folterbänke, und Dolkon, der darauf zu brennen schien, die Beule an seinem Hinterkopf zu rächen, verlor keine Zeit.

»Wohlan denn«, feixte er, »wollen wir also beginnen! Um dich für deinen Ungehorsam zu bestrafen, werde ich dir zuerst ein paar Knochen brechen lassen. Danach werde ich dich mit einem glühenden Eisen bekannt machen. Vielleicht steche ich dir damit auch ein Auge aus, aber das werden wir sehen, wenn es so weit ist. Womöglich hast du dich bis dahin ja bereits entschieden zu plaudern.«

Granocks Antwort fiel stumm aus – er sammelte allen Speichel, den er aufbringen konnte, und spuckte ihn dem Zwerg kurzerhand vor die Füße. Als Quittung dafür senkte sich die geballte Faust eines Orks mit derartiger Wut in seine Magengrube, dass er das Gefühl hatte, sein Rückgrat würde brechen.

»Das nächste Mal würde ich mir eine solche Unverschämtheit an deiner Stelle gut überlegen«, beschied ihm Dolkon grinsend und sagte ein paar Worte auf Orkisch. Die Folge war ein weiterer Hieb, der mit der Wucht eines Schmiedehammers in Granocks Eingeweide fuhr, sodass er sich augenblicklich übergeben musste. Das wenige, das er vor seiner Gefangennahme zu sich genommen hatte, stürzte aus seinem Rachen, aber da er an Armen und Beinen festgeschnallt war und den Kopf nicht vollständig drehen konnte, verblieb das Erbrochene in seinem Mund. Er würgte und spuckte, bis er sich endlich davon befreit hatte, sehr zur Erheiterung der Unholde und ihres kleinwüchsigen Herrn.

»Gut«, lobte Dolkon. »Ich sehe, du hast die Regeln des Spiels verstanden. Also fangen wir an: Wer ist dein Auftraggeber?«

»Du kannst mich mal«, stieß Granock zwischen zusammengebissenen Zähnen hervor. Es war nicht sehr phantasievoll und eines Zauberers wohl auch nicht würdig, aber es war das Beste, was ihm einfiel.

»Wir wissen, dass du aus Shakara gekommen bist. Aber wer genau hat dich geschickt? Und aus welchem Grund?«

Granock blieb die Antwort auch weiterhin schuldig. Stattdessen schloss er die Augen, versuchte seinen Atem, der wild und stoßweise ging, wieder unter Kontrolle zu bringen und den inneren Fokus zu finden …

… als sein linker Arm zu explodieren schien.

Granock konnte nicht anders, als lauthals zu schreien. Er riss die Augen auf und sah den grinsenden Unhold, der mit einer Eisenstange auf seinen linken Unterarm gedroschen hatte. Schon holte der Ork aus, um ein zweites Mal zuzuschlagen.

»Nein!«, hörte Granock sich selbst schreien – aber es war zu spät.

Mit erschütternder Gleichgültigkeit fiel die Stange ein zweites Mal herab, traf genau dieselbe Stelle – und diesmal gab der Knochen nach.

Granock konnte es knacken hören. Tränen schossen ihm in die Augen. Der Schmerz, der vom Arm aus in seinen Kopf und von dort bis in die Zehenspitzen schoss, war so überwältigend, dass er glaubte, die Besinnung zu verlieren, aber zu seiner eigenen Enttäuschung blieb er bei Bewusstsein. Mit vor Entsetzen weit aufgerissenen Augen starrte er auf das malträtierte Körperglied, das sich grotesk verformt hatte. Erst als ihm die Luft ausging, wurde ihm klar, dass er die ganze Zeit über wie von Sinnen geschrien hatte. Er verstummte jäh und rang nach Luft, sein Herz raste wie ein wilder Keiler. Seine Blicke flogen zwischen seinen Peinigern hin und her, so als hätte er Mühe zu begreifen, dass sie ihm dies angetan hatten.

»Nun?«, höhnte Dolkon. »Bist du auf den Geschmack gekommen?«

Granock biss die Zähne zusammen. Zu seinem Schmerz und seiner Furcht gesellte sich ohnmächtige Wut. Eine erneute Welle von Übelkeit befiel ihn, aber da sich sein Magen bereits entleert hatte, wurde er nur von Würgekrämpfen geschüttelt.

»Nicht schön, oder?«, fragte Dolkon mitleidlos. »Du kannst dir das ersparen, wenn du mir ein paar einfache Fragen beantwortest: Wer ist dein Auftraggeber? Und was sind seine Pläne?«

Granock kniff die Augen zusammen. Zu Beginn hatte sein Trotz ausgereicht, um dem Zwerg die Antworten zu verweigern, inzwischen war dazu einige Willensanstrengung nötig. Und Granock begann zu ahnen, dass mit Fortschreiten der Folter auch bloßer Wille allein nicht mehr genügen würde.

Geschwächt und aufgewühlt, wie er war, suchte er nach seinem inneren Ruhepol, aber er fand ihn nicht. Das Gleichgewicht zu wahren, so hatte Farawyn ihm immer wieder eingeschärft, war das Wichtigste für einen Zauberer. Aber was, fragte sich Granock panisch, wenn man das beschissene Ding einfach nicht mehr fand?

Er wartete darauf, dass auch sein anderer Arm in einer Eruption von Schmerz zerbersten würde, ebenso wie seine Beine. Aber Dolkon schien seine Pläne geändert zu haben. Vermutlich gehörte es zu seiner Taktik, sein Opfer stets im Unklaren darüber zu lassen, was als Nächstes geschah, und sie verfehlte ihre Wirkung nicht.

»Verdammt«, würgte Granock, »was hast du mit mir vor?«

»Das will ich dir verraten«, erwiderte der Zwerg, der an die Esse getreten war und nach dem geeigneten Brandeisen suchte. Die Glut beleuchtete sein grinsendes Gesicht und ließ es vollends zur Fratze werden. »Ich werde dich auseinandernehmen, Junge, Stück für Stück, und ich werde das so langsam tun, dass dir genügend Zeit bleibt, um dir zu überlegen, ob es sich wirklich lohnt, deinen elfischen Herren die Treue zu halten. Schließlich«, fügte er feixend hinzu, »bist du nur ein Mensch, nicht wahr?«

Endlich schien er das richtige Eisen gefunden zu haben. Entschlossen zog er das Folterinstrument seiner Wahl heraus – es war wie eine Gabel geformt und hatte mehrere Zinken, die alle orangerot glommen. Drohend kam er damit auf Granock zu.

»Gibt es ein Mädchen, das auf deine Rückkehr wartet?«, erkundigte er sich dabei.

»Wieso … interessiert dich das?«

»Weil ich mich gerade frage, wie sie es finden würde, wenn ich dieses hübsche Werkzeug in deine Visage drücke. Damit würdest du fast aussehen wie ich.«

»Was ist dir widerfahren, Dolkon?«, wollte Granock zähneknirschend wissen. Nicht, dass es ihn wirklich gekümmert hätte, aber es schien ihm der einzige Weg, um Zeit zu gewinnen. Zeit, die er brauchte, um sich zu erholen.

Zeit, Granock! Gewinne Zeit …

»Jemand hat mich ähnlich zuvorkommend behandelt wie dich«, beschied der Zwerg ihm grinsend, »und hat mir glühende Kohlen ins Gesicht geschüttet.«

»Wer? Die Unholde?«

Dolkon ließ sein krächzendes Gelächter vernehmen. »Weit gefehlt. Es war meinesgleichen.«

»Was hast du getan? Jemanden ermordet?« Granock versuchte ein Grinsen, was ihm nicht recht gelang.

Dolkon lachte auf. »Wenn es nur das gewesen wäre.«

Granock durchforschte das wenige Wissen, das er über Zwerge besaß. Welches Verbrechen konnte bei ihnen noch schlimmer geahndet werden als Mord? Plötzlich dämmerte ihm die Antwort.

»Du bist ein Ausgestoßener«, presste er hervor. »Deine Gilde hat dich ausgeschlossen.«

»Verraten wäre das passendere Wort«, berichtigte Dolkon.

»Was ist … passiert? Bist du deshalb zu einem solchen … Scheusal geworden?«

Der Zwerg grinste nur. »Jeder tut, was er am besten kann. Diesen einfachen Grundsatz haben meine Brüder nie verstanden.«

»Und was genau … war es, das du am besten konntest? Anderen Kreaturen … Schmerz zufügen?«

»Nein.« Dolkon lachte auf. »Es mag dich überraschen, aber es hat eine Zeit gegeben, da ich einer anderen Tätigkeit nachgegangen bin.«

»Du hast verbotenen Künsten gefrönt«, mutmaßte Granock. »Deshalb haben sie dich verstoßen, nicht wahr?«

»Nach Gewinn zu streben und Geschäfte zu machen, verstößt nicht gegen das Gesetz der Gilde.«

»Nein – aber sie mit den Anhängern Margoks abzuschließen, tut es sehr wohl. Das ist dein Geheimnis, nicht wahr? Und Thanmars ebenso. Deshalb haben sie euch eurer Bärte beraubt, und deshalb seid ihr hier. Ihr seid Zwerge ohne Gilde. Ohne Heimat. Ohne Ehre …«

»Genug gequatscht, Bürschchen«, beschied ihm der Folterknecht und hob das glühende Eisen. »Wollen sehen, ob du immer noch so klug daherredest, wenn ich dir ein paar zusätzliche Löcher in den Pelz gebr…«

Weiter kam er nicht.

Der Gedankenstoß, den Granock unter Aufbietung seiner allerletzten Kräfte einsetzte, traf den Zwerg vor die Brust und ließ ihn zurücktaumeln. Dabei ruderte er mit den Armen und zeichnete mit der Glut wilde Formen in die Luft.

»Hund!«, schrie er, während seine orkischen Helfer Granock bereits packten. Schon spürte er eine rostige Klinge an seinem Hals, die vor Blutdurst bebte.

»Nein!«, brüllte Dolkon außer sich. »Das könnte dieser Made vielleicht passen. So einfach lasse ich ihn nicht davonkommen!«

Wutschnaubend stampfte er zurück, augenscheinlich entschlossen, das Eisen mit den vier glühenden Zinken zur hellen Freude der Orks ins Gesicht des Gefangenen zu drücken.

Granock sah das Verderben auf sich zukommen, spürte die sengende Hitze. Er schloss die Augen, aber das Leuchten drang durch seine Lider, und er wartete nur darauf, den entsetzlichen Schmerz zu fühlen.

In diesem Moment flog die Tür der Folterkammer auf.

»Was, bei Normars Hammer …?«, hörte Granock Dolkon fluchen.

»Thanmar geschickt«, entgegnete eine Stimme, die Granock trotz der Qualen, die er litt, bekannt vorkam. »Zunge des Gefangenen lösen.«

Dolkon lachte spöttisch auf. »Dazu brauche ich deine Hilfe nicht, Schwächling! Das wäre der erste Gefangene, den ich nicht zum Sprechen bringe.«

»Aber ist ein Zauberer! Kann dir helfen.«

»Was du nicht sagst. Und wie?«

»Ich dir zeigen …«

Der Besucher trat ein, und Granock hob die Lider ein wenig, um durch die Tränenschleier einen Blick auf ihn zu erheischen. Als der Fremde schließlich in sein Blickfeld trat, wurde Granock jäh klar, warum ihm die Stimme so bekannt vorgekommen war. Sie gehörte keinem anderen als Rambok dem Ork!

»Du«, war alles, was Granock hervorbrachte. Er hatte Rambok seit seiner Entführung nicht mehr gesehen – was, beim großen Kristall, tat er hier?

»Der Gefangene kennt dich?«, erkundigte sich Dolkon misstrauisch. »Wie das?«

Rambok kicherte leise. »Habe ihn begleitet. Dachte, wäre auf seiner Seite. In Wahrheit Spion, zu euch geführt.«

»Ist das wahr?«

Der Folterknecht schien nach wie vor skeptisch zu sein – für Granocks malträtierten Verstand jedoch ergab in diesem Moment alles Sinn. Deshalb also war ihm im Dschungel aufgelauert worden, und deshalb hatte der Baumgeist von seiner Schwäche für Alannah gewusst. Rambok hatte sie verraten!

»Elender Schweinehund!«, brüllte Granock und brachte es irgendwie fertig, seine gesunde Hand zur Faust zu ballen. Ausrichten konnte er infolge der Fesseln damit freilich nichts. »Verdammter Verräter!«

Der Wutausbruch seines Gefangenen amüsierte Dolkon und ließ sein Misstrauen dem fremden Ork gegenüber in den Hintergrund treten. »Er scheint dich zu mögen, Unhold, das muss man dir lassen«, stellte er anerkennend fest.

»Er Mensch«, entgegnete Rambok, als erkläre das alles. »Menschen vertrauensselig und dumm.«

»Verräter!«, schrie Granock außer sich.

»Habe hier etwas«, sagte der Ork und durchsuchte das Bündel der unzähligen Talismane, die um seinen dürren grünen Hals baumelten. »Wird seine Kräfte bannen. Dann du leichtes Spiel.«

»Ein Schamane bist du also auch noch?«, donnerte Dolkon und hielt sich den Bauch vor Lachen.

»*Korr* – und noch manches andere.«

Rambok bedeutete den anderen Orks, zur Seite zu treten. Im nächsten Moment erschien seine hässliche Miene über Granock. Der fletschte die Zähne wie ein Raubtier und hätte dem Verräter am liebsten die Nase abgebissen.

»Nun, Mensch«, erkundigte sich der Unhold mit breitem Grinsen, »du dich erinnerst, was Farawyn gesagt? Über das, was in dunklen Gemütern, weiß Rambok mehr als ihr …«

Granock, der dem Ork eine Sammlung der übelsten Schimpfwörter aus den dunkelsten Gassen Andarils hatte zukommen lassen wollen, hielt plötzlich inne. Der Name seines alten Meisters hatte ihn aufhorchen lassen, aber sein gepeinigter Verstand erfasste dennoch nicht, was die Stunde geschlagen hatte. Erst als die eiserne Spange um sein rechtes Handgelenk aufsprang und er plötzlich den Griff eines Messers in seiner Rechten fühlte, da wurde es ihm klar.

Dolkons Gelächter brach plötzlich ab. »He, was machst du da?«, schrie er, während seine Schergen in argwöhnisches Grunzen verfielen.

»Gehört zum Zauber«, behauptete Rambok – und dann überstürzten sich die Ereignisse.

Mit einer Schnelligkeit, die ihm niemand, am allerwenigsten seine hünenhaften Artgenossen, zugetraut hätte, wirbelte Rambok herum, in seiner Klaue eine weitere Klinge, die er unter seinem Gewand hervorgezogen hatte.

Der Ork, der ihm am nächsten stand, bekam sie direkt in den Hals. Bis zum Heft fuhr sie hinein, sodass der Unhold zum Entsetzen seines verbliebenen Artgenossen und Dolkons gurgelnd niederging.

»Zerquetsche ihn!«, wies der Zwerg seinen Handlanger an, nachdem er die erste Überraschung verwunden hatte, und während sein Scherge mit geballten Fäusten auf Rambok zurollte, wandte Dolkon selbst sich Granock zu. Der hatte seine Hand bereits aus der Spange gezogen, und als das Gluteisen auf ihn herabfiel, drehte er sich blitzschnell zur Seite.

Keinen Augenblick zu früh!

Die Zinken bohrten sich in das morsche Holz, von dem bitterer Brandgeruch aufstieg. Fluchend versuchte Dolkon, sein Folterwerkzeug wieder freizubekommen, aber es gelang ihm nicht. Dafür handelte Granock mit der Kraft der Verzweiflung und rammte dem Folterknecht das Messer in die Brust.

Dolkon stand wie vom Blitz getroffen.

Sein Narbengesicht, das nur wenige Fingerbreit vor Granock schwebte, wurde lang, der Unterkiefer fiel ihm herab. In ungläubigem Erstaunen starrte der Zwerg auf Granock, dann kippte er zurück und brach neben der Folterbank zusammen. Hastig befreite Granock auch noch seinen zweiten Arm und richtete sich stöhnend auf – nur um zu sehen, dass Rambok in arge Bedrängnis geraten war.

Der Schamane mochte gut darin sein, unerwartet zuzuschlagen und aus dem Verborgenen heraus zuzustechen, und vermutlich wusste er auch, wo man einen Gegner treffen musste, damit er keinen Ärger mehr machte; im offenen Kampf gegen einen Artgenossen hatte er jedoch nicht die geringste Aussicht auf Erfolg.

Hals über Kopf hatte er sich hinter eine Folterbank geflüchtet, die anders als Granocks mit Löchern versehen war. Darüber schwebte ein Gegenstück, das dieselben Abmessungen hatte, jedoch mit mörderischen Metallstacheln versehen war und an einer Kette herabgelassen werden konnte.

Dafür freilich hatte der Schamane keine Augen – er quiekte wie ein Ferkel, während sein Artgenosse mit einem Eisenspieß nach ihm stocherte, den er sich kurzerhand geschnappt hatte. Und da Rambok mit dem Rücken zur Wand in einer Ecke kauerte, würde es wohl nicht mehr lange dauern, bis die Spitze ihr Ziel finden würde.

Was sollte Granock nur tun?

Beispringen konnte er dem Schamanen nicht, denn zum einen war er selbst noch an den Fußgelenken gefesselt, zum anderen wäre er in seinem Zustand wohl keine Hilfe gewesen. Einen Zeitbann zu wirken, wäre am einfachsten gewesen, aber auch daran war im Augenblick nicht zu denken. Einen Gedankenstoß hätte er vielleicht noch zuwege gebracht, aber er würde ganz sicher nicht stark genug sein, um einen in *saobh* verfallenen Ork zu beeindrucken …

Wie von Sinnen stach Dolkons verbliebener Handlanger auf Rambok ein, der reaktionsschnell hin und her zuckte und so den Hieben auswich, was seinen Häscher immer noch wütender machte.

Unter zornigem Gebrüll warf sich der Ork nach vorn über die Folterbank, um Rambok aus einem anderen Winkel zu erwischen.

In diesem Moment fiel Granocks Blick auf den Hebel der Kettenwinde – und er handelte.

Sein *tarthan* war gerade stark genug, um den Hebel umzulegen. Von Kettengeklirr begleitet, fiel die stachelbewehrte Abdeckung der Folterbank herab und schlug geradewegs auf den rasenden Unhold.

Es gab ein hässlich schmatzendes Geräusch, dunkles Orkblut besudelte die Bank und troff durch die Löcher zu Boden. Noch ein paar Mal zuckte der massige Körper des Unholds, und seine Beine, die nach wie vor auf dem Boden standen, stampften wütend auf. Dann war es vorbei, und Stille kehrte in der Folterkammer ein.

»Was für ein *umbal* …«

Während Rambok zögernd aus seinem Versteck hervorkroch, den Leichnam seines Artgenossen noch immer misstrauisch musternd, machte sich Granock daran, sich mit der unverletzten Hand von den Fußfesseln zu befreien. Hastig löste er die Splinte und zog seine Beine heraus. Sein gebrochener Arm bereitete ihm heftige Schmerzen, aber wenn er ihn eng an seinen Körper gepresst hielt, ging es einigermaßen.

»Weißt du, das war Hilfe in höchster Not«, beteuerte er atemlos. »Wenn du nicht gekommen wärst …«

»Du mir nicht vertrauen, was?«, erkundigte sich Rambok und brachte es fertig, trotz der überstandenen Schrecken beleidigt auszusehen. »Du denken, ich Verräter …«

»Entschuldige.« Granock nickte. »Das war ziemlich dämlich von mir. Ich hätte es besser wissen müssen.«

»*Douk*«, beschied ihm der Schamane. »Orks halten Versprechen nur wenn wollen. Nichts übrig für Menschen.«

»Warum hast du mir dann geholfen?«

Rambok streifte Dolkon, der reglos auf dem Boden lag, mit einem geringschätzigen Seitenblick. »Weil für Zwerge noch weniger übrig«, erklärte er knapp.

»Wie hast du mich überhaupt gefunden?«

»Ich gesehen, was Baumgeist mit dir angestellt. Dann deiner Spur gefolgt. Durch Dschungel. Geladen auf großes Tier mit vielen Schwänzen …«

»Ein *ilfantodon*«, folgerte Granock – das also war es gewesen, was er durch die milchige Haut des Kokons gesehen oder zumindest erahnt hatte. »Und wo sind wir hier?«

»Böser Ort«, erklärte der Unhold nur.

»Wo sind die anderen, Alannah und Aldur?«

»Douk.« Rambok schüttelte den Kopf. »Nicht wissen. Ich dir folgen in jener Nacht. Seither nicht wiedersehen.«

»Ich verstehe.« Granock nickte. »Danke, Rambok.«

Das Grinsen des Unholds war unmöglich zu deuten. »Gern geschehen«, behauptete er. »Du können gehen?«

Granock, der sich vollends auf der Folterbank aufgesetzt hatte und die Beine herabbaumeln ließ, nickte. »Ich denke schon.« Er gab sich einen Ruck und rutschte von den blutbesudelten Holzbohlen, die beinahe zu seiner letzten Ruhestätte geworden wären. Hart kam er auf dem Boden auf und er wäre um ein Haar gestürzt. Erst in der Senkrechten ging ihm auf, wie elend ihm tatsächlich war. Sein Kopf fühlte sich an, als sei er doppelt so groß, seine Leibesmitte war ein einziger pulsierender Schmerz, seine Beine zitterten und sein linker Arm brachte ihn halb um den Verstand, sobald er ihn auch nur ein wenig bewegte. Aber es gelang ihm, sich auf den Beinen zu halten.

»Hier«, meinte Rambok und wollte ihm die Schlinge eines Stricks um den Hals legen, den er in der Folterkammer gefunden hatte. Granock zuckte instinktiv zurück.

»Was soll das?«

»Du mein Gefangener. So wir nicht auffallen«, erklärte der Ork mit entwaffnender Logik.

Granock war geneigt, dem Strick um seinen Hals zuzustimmen, als ihm plötzlich ein hässlicher Verdacht kam.

»Moment!«

»Was wollen?«

»Wer sagt mir, dass du der echte Rambok bist und nicht einer von diesen Baumgeistern?«, fragte Granock. »Vielleicht sollst du mich ja nur von hier fortbringen, damit ich dich zu meinem Auftraggeber führe …« Seinem fiebrigen Geist schien dies plausibel, auch die Leichen Dolkons und der beiden Orks änderten nichts daran. Für die Anhänger des Dunkelelfen war ein Leben so wenig wert wie das andere. Warum sollten sie nicht ein paar ihrer Leute opfern, um dafür an wichtige Informationen zu gelangen?

»Dämlicher *umbal*!«, schnauzte Rambok ihn an. »Ich dir die ganze Zeit folgen, um dein hässliches Milchgesicht zu retten, und du nichts Besseres tun als zweifeln, wer ich bin? Außerdem«, fügte er leiser hinzu, »Baumgeister nicht reden.«

»Woher weißt du das?«, fragte Granock. Es stimmte – die falsche Alannah hatte kein Wort gesprochen, als sie sich in jener Nacht zu ihm geschlichen hatte …

»Er nichts sagen, als gefangen.«

»Du hast einen Baumgeist gefangen?«

»*Korr.* Den, der dich geschnappt. Wollte wissen, wohin dich bringen.«

»Und?«

»Nichts gesagt. Also folgen.«

»Ich verstehe«, sagte Granock, dem in diesem Augenblick zwei Dinge klar wurden: dass man Unholde erstens nie unterschätzen durfte und er sie zweitens wohl niemals verstehen würde.

»Schwestern und Brüder!«

Schweigen war im Ratssaal von Tirgas Lan eingekehrt, und Farawyn, der sich vom Sitz des Ältesten erhoben hatte, sprach mit lauter und klarer Stimme, die bis in den letzten Winkel der großen Halle drang.

»Ich danke Euch, dass Ihr meinem Aufruf zu einer sofortigen Zusammenkunft so zahlreich gefolgt seid«, fuhr der Zauberer fort, während er den Blick über die Sitzreihen zu beiden Seiten schweifen ließ. Soweit er es beurteilen konnte, war kein einziges der in Shakara weilenden Ratsmitglieder der Versammlung ferngeblieben. Auch Rat Gervan und sein Gefolge waren vollzählig versammelt, was allerdings nicht zwangsläufig Gutes bedeutete. »Die Nachrichten, die Schwester Maeve uns soeben aus Tirgas Lan gebracht hat, sind so alarmierend, dass ich keinen Augenblick säumen wollte, sie Euch mitzuteilen.«

»Soeben?«, echote Rat Gervan, ohne dass ihm eine Redeerlaubnis erteilt worden wäre. »Soll das bedeuten, dass Ihr erneut den Dreistern benutzt habt?«

»Wie es in Angelegenheiten von großer Dringlichkeit gestattet ist«, bestätigte Farawyn.

»In letzter Zeit pflegen sich derlei Angelegenheiten in verdächtiger Weise zu häufen«, hielt sein Gegner ihm vor. »Wie es heißt, haben kürzlich sogar einige Eingeweihte die Kristallpforte durchschritten.«

Farawyn ließ sich seine Betroffenheit nicht anmerken, aber natürlich fragte er sich, woher Gervan Kenntnis von jenen Vorgängen hatte. Gab es eine undichte Stelle? Hatte jemand sie heimlich beobachtet?

»In Zeiten der Not«, erwiderte er, ohne auf den Vorwurf einzugehen, »sind manche Maßnahmen erforderlich, die wir unter normalen Voraussetzungen nicht ergreifen würden.«

»Und in solchen Notzeiten leben wir?«

»Ich denke ja, Bruder Gervan.« Nicht Farawyn hatte geantwortet, sondern Rätin Maeve, die auf dem Rednerpodest stand, um von den Vorgängen in Tirgas Lan zu berichten. »Elidor, Herrscher des Reiches und Träger der Elfenkrone, hat sich mit einem offiziellen Hilfegesuch an uns gewandt.«

Dieser eine Satz veränderte alles.

Vergessen waren die Vorwürfe, die eben noch erhoben worden waren, vorüber das kleinliche Gezänk. Mit wenigen Worten hatte Maeve auch dem Letzten im Saal klargemacht, dass eine neue Zeitrechnung begonnen hatte.

Jedes einzelne Mitglied des Rates spürte den eisigen Hauch der Geschichte, der durch die Halle wehte, und zumindest Farawyn kam es vor, als strafften sich die Statuen der alten Könige und richteten sich zu noch beeindruckenderer Größe auf. Dass sich der Elfenkönig Hilfe suchend an die Zauberer von Shakara wandte, war ein epochales Ereignis, vergleichbar nur mit der Krönung Glyndyrs oder der Landnahme durch Sigwyn den Eroberer. Über Jahrhunderte hinweg war der Einfluss des Ordens am königlichen Hof immer weiter beschnitten worden, in erster Linie durch weltliche Berater, die die Kontrolle durch die Weisen von Shakara als ungebührliche Bevormundung abgelehnt hatten. Dass ausgerechnet der Sohn des Königs, der die endgültige Abkehr von Shakara vollzogen hatte, sich an den Orden wandte, war nicht nur eine historische Sensation. Für Farawyn war es auch ein persönlicher Triumph, die Wiedergutmachung eines Fehlers, den er selbst vor vielen Jahren begangen hatte …

Heftiges Stimmengewirr war im Ratssaal ausgebrochen. Die Mitglieder diskutierten die Neuigkeit aufgeregt miteinander, allenthalben wurde wild gestikuliert. Farawyn hatte damit gerechnet, dass die Nachricht einige Aufregung verursachen würde, doch das Ausmaß der Reaktion überraschte selbst ihn. In seinen Träumen hatte er kommen sehen, dass sich etwas ereignen würde – dies nun schien die Antwort zu sein.

Jedoch nicht alle Räte sahen in der unerwarteten Wendung einen Vorteil. Gervan war anzumerken, dass ihm die Entwicklung nicht behagte, und so wartete er nur, bis sich das Gemurmel ein wenig gelegt hatte, um dann erneut das Wort zu ergreifen. »Und das wisst Ihr mit Bestimmtheit?«, fragte er Farawyn.

»Allerdings. Schwester Maeve genießt mein volles Vertrauen.«

»Und wollt Ihr uns weismachen, Bruder, dass sich Tirgas Lan aus purer Höflichkeit zu diesem Schritt durchgerungen hat?«

»Keineswegs«, wehrte Farawyn ab. »Wenn der König unsere Hilfe erbittet, dann, weil er sie dringend benötigt.«

»Hilfe wobei?«, fragte einer von Gervans Gefolgsleuten.

»Wie es aussieht«, sagte Farawyn langsam, »haben sich die Ostlande gegen den König erhoben. Ein Heer, das unter der Führung des Fürsten von Andaril stehen soll, hat die Grenze zum Nordreich überschritten.«

»Aber Erwein von Andaril ist tot, schon seit zwei Jahren! Habt nicht Ihr selbst uns dies berichtet, als Ihr aus Arun zurückgekehrt seid?«

»Das habe ich, aber nicht von ihm ist die Rede, sondern von Ortwein, seinem ältesten Sohn. Offenbar ist ihm gelungen, was seinem

Vater versagt blieb, nämlich die Städte und die Clans unter einem Banner zu vereinen.«

»Sieh an«, meinte Rat Gervan wenig beeindruckt. »Und warum wendet sich der König an uns? Warum schickt er diesen impertinenten Menschen nicht einfach eine Legion entgegen?«

»Das hat er getan«, erwiderte Farawyn hart. »Kein einziger dieser glorreichen Legionäre ist mehr am Leben.«

»Was?« Ein Raunen ging durch den Saal, Fassungslosigkeit und Entsetzen schwangen gleichermaßen darin mit.

»Die Streitmacht, die König Elidor entsandt hat, um die Menschen am Rand von Scaria abzufangen, wurde bis auf den letzten Mann vernichtet«, wiederholte Farawyn das Unglaubliche.

»Wie ist das möglich?«

»Das wissen wir noch nicht«, gab Farawyn zu. »Die Lage ist im Augenblick sehr verworren, sodass wir noch nicht genau sagen können, was in Scaria geschehen ist. Nur so viel ist sicher: Das Reich sieht sich einem Angriff ausgesetzt – zum ersten Mal nach vielen Jahrhunderten –, und der König hat uns, die Zauberer, um Unterstützung gebeten. Ich zweifle keinen Augenblick daran, dass wir sie ihm gewähren sollten.«

»Wirklich nicht?« Es war Cysguran, der gesprochen hatte, und aller Augen richteten sich auf ihn. »Müssen wir dem Hilferuf eines Herrschers Folge leisten, der bis vor Kurzem noch nicht einmal geahnt hat, dass wir überhaupt existieren? Der nichts unversucht gelassen hat, um unserem Orden zu schaden?«

»Das ist nicht wahr«, wandte Maeve ein. »Ich bin in Tirgas Lan gewesen, und ich habe Elidor als zwar jungen und entschlossenen, jedoch wohlwollenden Herrscher erlebt. Sein Berater Ardghal ist es gewesen, der gegen uns intrigiert hat.«

»Und wo ist Ardghal jetzt?«

»Sein Aufenthaltsort ist nicht bekannt«, musste die Zauberin zugeben. »Er verschwand in der Nacht, in der die Kunde von der vernichtenden Niederlage überbracht wurde.«

»Ich verstehe.« Über Cysgurans kantiges, von grauem Haar umrahmtes Gesicht glitt ein hämisches Lächeln. »Also wusste sich der

Knabe auf dem Thron nicht anders zu helfen, als sich Hilfe suchend an uns zu wenden.«

»Es gehört von jeher Größe dazu, einen Fehler einzusehen und sein Verhalten zu ändern«, konterte Farawyn.

»Und? Sollen wir seinem Ruf deshalb folgen? Sollen wir die Jahrhunderte der Schmach und der Herabsetzung einfach vergessen, nur weil ein paar Menschen revoltieren?«

»Es sind nicht nur ein paar Menschen, Rat Cysguran«, stellte Farawyn unmissverständlich klar. »Ortwein von Andaril hat das größte Heer in der Geschichte der Ostlande aufgestellt. Doch vermutlich wisst Ihr so gut wie ich, dass ein noch so gut gerüstetes Heer der Menschen keine Aussicht hat, gegen eine Legion von Elfenkriegern zu bestehen. Die Folgerung, dass die Menschen Hilfe hatten, liegt also nahe – und dass es nicht ihr eigener Wille ist, der sie lenkt, sondern der eines Gegners, den wir alle längst besiegt glaubten. Zuerst Ruraks Befreiung. Dann die Ermordung von Vater Semias. Nun die Vernichtung einer Elfenlegion. Wie viele Zeichen benötigt Ihr noch, um zu erkennen, was Schwester Maeve und ich längst erkannt haben?«

Allgemein war Zustimmung zu vernehmen, vom linken wie vom rechten Flügel. Nur Cysguran schien noch immer nicht überzeugt. »Hört auf, den Rat mit Euren pathetischen Reden zu beeinflussen!«, ging er Farawyn an. »Und bildet Euch nicht ein, dass Ihr irgendetwas ohne meine Zustimmung entscheiden könntet! Als neuer Ältester des Rates …«

»Noch seid Ihr nicht gewählt, Rat Cysguran«, brachte ausgerechnet Gervan in Erinnerung. Als Reaktion auf Farawyns Ankündigung, Meisterin Maeve zur Ältesten küren lassen zu wollen, hatten seine Anhänger und er Cysguran als Gegenkandidaten ins Spiel gebracht.

»Aber – Ihr habt zugesagt, für mich zu stimmen«, erklärte Cysguran einigermaßen verblüfft. Ihm war anzusehen, dass er sich verraten vorkam. Schon zum zweiten Mal in seinem Leben …

»Das ist eine gute Idee, Bruder«, pflichtete Farawyn bei. »Wir wollen diese Entscheidung, die die wichtigste in der Geschichte unseres Ordens sein könnte, nicht in die Hände Einzelner legen.

Lasst uns darüber abstimmen, wie wir verfahren und ob wir dem Hilfegesuch des Königs entsprechen sollen.«

»Wenn es darum geht, das Reich zu verteidigen und dem Schwur gerecht zu werden, den wir alle einst geleistet haben«, entgegnete Gervan, »so sollen unsere Zwistigkeiten schweigen, und ich bin bereit, Eurem Antrag zuzustimmen. Aber wer garantiert uns, dass Ihr die Macht, die wir Euch geben, nicht für Euch nutzen werdet? Wenn wir in den Krieg ziehen, so bedeutet dies, dass die Macht des Rates faktisch erloschen ist und die Befehlsgewalt über den Orden beim Ältesten liegt.«

»So ist es«, stimmte Farawyn zu.

»Und Ihr verlangt von uns, dass wir in unserem Vertrauen so weit gehen? Ihr selbst habt gesagt, dass wir in dunklen Zeiten leben ...«

Farawyn nickte. So sehr ihn die kleinlichen Einwürfe seines Gegners schon geärgert hatten – diesmal musste er zustimmen. Auch er selbst wäre wohl nicht bereit gewesen, Gervan derartiges Vertrauen entgegenzubringen, als dass er die Zukunft des Ordens bedenkenlos in seine Hände gelegt hätte.

»Ich mache Euch einen Vorschlag«, erklärte er deshalb. »Ich werde einen Späher aussenden, um uns über das, was in Scaria geschehen ist, einen Überblick zu verschaffen. Unterdessen werde ich selbst nach Tirgas Lan gehen und mit dem König sprechen. Auf diese Weise werden wir Klarheit bekommen. Aber wenn es so ist«, fuhr der Älteste fort, »wenn sich unser Verdacht bestätigen und es tatsächlich der Dunkelelf sein sollte, der hinter all dem steckt – was soll ich dem König dann sagen? Wie viele von Euch sind dafür, dass wir Tirgas Lan unterstützen und das Reich verteidigen helfen?«

»Ihr verlangt eine Entscheidung?«, fragte Cysguran. »Jetzt gleich?«

»So ist es, denn die Zeit drängt.«

»Ihr sprecht große Dinge sehr leichtfertig aus. Immerhin geht es darum, einen Krieg zu beginnen, dessen Ausgang für uns alle unabsehbar ist.«

»Nein«, widersprach Farawyn kopfschüttelnd. »In Wirklichkeit ist dieser Krieg niemals zu Ende gegangen. Wie steht es also, Schwestern und Brüder? Wollt Ihr dem König die Treue halten oder ihm die Gefolgschaft verweigern? Wer ist dafür, dass wir den Schwur einlösen, den wir einst gegeben haben?«

Meisterin Maeve war die Erste, die ihren Zauberstab leuchten ließ. Atgyva und Syolan folgten ihr, und zu Farawyns Erstaunen war auch Gervan unter denen, die sogleich ihre Zustimmung zu seinem Antrag bekundeten. Die Meister Filfyr und Daior und viele andere folgten – die meisten aus Überzeugung, andere, weil der Druck der Gemeinschaft sie dazu zwang. Nur wenige Zauberer verweigerten das Licht ihrer Kristalle, unter ihnen Cysguran.

»Nun, Bruder?«, erkundigte sich Farawyn bei ihm. Die Brust des Ältesten dehnte sich vor Stolz, als er in das Lichtermeer blickte, das ihm aus der Halle entgegenfunkelte. Offenbar waren die Zeiten, in denen Mut und Ehre in Shakara geherrscht hatten, noch nicht unwiderruflich vorüber. »Wollt Ihr Euch uns nicht anschließen?«

Cysguran brauchte nicht lange nachzudenken. »Das kann ich nicht«, erklärte er, »denn diese Entscheidung wird das Ende unseres Ordens herbeiführen. Das wisst Ihr so gut wie ich, Bruder Farawyn.«

Ihre Blicke begegneten sich, und für einen Moment hatte Farawyn den Eindruck, als vermochte der andere geradewegs in seine Seele zu schauen. Er ließ es sich nicht anmerken, aber er erschrak bis ins Mark, denn Cysguran hatte laut ausgesprochen, was er selbst in seinen dunkelsten Visionen gesehen hatte.

Aber was hatte das zu sagen?

Visionen waren Eindrücke, Spiegelbilder einer *möglichen* Zukunft. Was Farawyn gesehen hatte, mochte eintreten oder auch nicht. Getroffene Entscheidungen konnten dazu beitragen, das Gesehene zu verhindern – oder es erst recht heraufbeschwören.

»Es ist beschlossen«, verkündete er knapp und endgültig und stieß seinen Zauberstab auf den steinernen Boden. Der Impuls, der davon ausging, markierte eine Kerbe in der Zeit und brannte sich jedem Ratsmitglied unauslöschlich ins Gedächtnis. Niemand, der an der Sitzung teilgenommen hatte, würde später behaupten können, sich nicht daran zu erinnern. Die Verantwortung lastete nun auf allen Schultern.

Farawyn wartete nicht auf die Reaktionen der anderen Räte. Kurzerhand wandte er sich um und verließ das Podium des Ältesten – er brauchte ein paar Augenblicke für sich allein, um Ordnung in die Wirrnis seiner Gedanken zu bringen.

Er hatte den Ratssaal noch nicht ganz verlassen, als er eilige Schritte hinter sich hörte.

»Bruder Farawyn …!«

Der Älteste brauchte weder sein Gehör noch seine Sehergabe zu bemühen, um zu wissen, dass es Hüterin Atgyva war, die ihn zu sprechen wünschte.

»Ja, Schwester?«, fragte er, noch während er sich umwandte. Es kostete ihn Mühe, nicht ungehalten zu klingen.

»Ich habe alarmierende Neuigkeiten«, presste die Vorsteherin der Bibliothek hervor. Schuldbewusstsein schwang in ihrer Stimme mit, aber auch ein Hauch von Vorwurf.

»Welcher Art?«, wollte Farawyn wissen.

»Jemand ist in den verbotenen Bereich der Bibliothek eingedrungen und hat einen Wissenskristall entwendet. Er enthält unter anderem detaillierte Aufzeichnungen über …«

»Ist es dieser hier?«

Mit einer beiläufigen Bewegung hatte Farawyn unter seine Robe gegriffen und den Kristall hervorgezogen, den er nächtens in seiner Kammer gefunden hatte.

Atgyvas hatte vieles kommen und gehen sehen. Kaum noch etwas konnte die Wissenshüterin von Shakara überraschen, doch in diesem Moment weiteten sich ihre Augen in maßlosem Erstaunen. »J-ja«, stammelte sie nickend. »Bruder, wenn ich gewusst hätte …«

»Ich war es nicht, der den Kristall entwendet hat«, stellte Farawyn klar. »Als Ältester stehe ich nicht über dem Gesetz.«

»Aber wer dann?«, fragte sie, während sie den Kristall entgegennahm und in den Falten ihres eigenen Gewandes verschwinden ließ. »Ich meine, wer würde …?«

Ein Verdacht überkam sie plötzlich, der sie innerlich zusammenfahren ließ. Ihr fragender Blick richtete sich auf Farawyn, der jedoch nichts erwiderte. Auch so war offenkundig, dass sie dasselbe dachten.

»Die Macht der Kristalle möge uns schützen«, flüsterte die Hüterin. Dann wandte sie sich rasch ab und entfernte sich.

12. AM CWYSTU SHA FENDU

Sie drangen immer weiter in das Labyrinth vor, das vor ungezählten Jahrtausenden Drachenfeuer in den massiven Fels gebrannt hatte.

Alannah und Aldur folgten dem Ruf, den die Elfin gehört hatte und der tief aus dem Inneren des Berges gekommen war. Es war kein geordneter Gedanke gewesen, sondern ein Hilfeschrei, panisch und voller Agonie, der sie um das Leben des Freundes bangen ließ.

»Wohin?«, fragte Aldur, als sie an eine Gabelung gelangten.

Alannah folgte ihrem ersten Instinkt. »Dort entlang«, entschied sie, und sie zweigten in den rechten Stollen ab, der von Fackelschein beleuchtet wurde. Das unheimliche Stampfen, das sie begleitete, seit sie ihren Fuß in die Festung gesetzt hatten, schien mit jedem Schritt lauter zu werden.

»Irgendetwas ist dort vorn«, murmelte Aldur. »Ich kann flackerndes Licht am Ende des Stollens erkennen.«

»Wir müssen vorsichtig sein«, flüsterte Alannah.

Die Düsternis des Ortes lastete schwer auf ihrer Seele, was zum einen den Felsmassen geschuldet war, die sich über ihnen türmten, zum anderen aber auch der Allgegenwart des Bösen. Das Wissen, dass Granock irgendwo inmitten dieses dunklen Labyrinths um das Überleben kämpfte und sie womöglich zu spät kommen würden, um ihn zu retten, bedrückte die Elfin noch zusätzlich, und sie fürchtete sich vor dem, was sie in den Tiefen des Berges entdecken mochten.

Die Geräusche nahmen zu.

Zu dem Stampfen gesellte sich heiseres Schnauben und Quietschen, dazu ein metallisches Klirren, das in den empfindlichen Ohren der Elfen schmerzte. Und über allem lag ein Zischen, das so bedrohlich und durchdringend klang, dass man hätte meinen können, die Erbauer der Anlage wären noch immer am Leben. Natürlich war das nicht der Fall, aber was Alannah und Aldur schließlich am Ende des Stollens vorfanden, war kaum weniger bestürzend, als wenn sie auf ein Drachennest gestoßen wären.

Die Höhle, in die der Gang als einer von vielen mündete, war von erschreckender Größe, die tatsächlichen Abmessungen des von Glut und Feuerschein beleuchteten Gewölbes nur zu erahnen. Im Vordergrund loderten unzählige Essen; Zwergenschmiede waren dabei, auf Ambossen große Metallteile mit ihren Hämmern zu bearbeiten. Dahinter ragten riesige, im Bau befindliche Gebilde auf, und man brauchte in der Kriegskunst nicht besonders beschlagen zu sein, um zu erkennen, dass es sich um Belagerungsmaschinen handelte.

Alannah und Aldur sahen Katapulte und Pfeilschleudern, Brustwehren und Schilde und sogar einen Belagerungsturm, der von Zwergen montiert wurde, während Trollsklaven die unförmigen Bauteile herantrugen.

Noch bedrohlicher anzusehen waren jedoch die Vorrichtungen, die sich auf der anderen Seite der Höhle erhoben: trutzige, mit eiserner Panzerung versehene Türme, die zahllose Schießscharten für Bogenschützen aufwiesen und an Windmühlen erinnerten, mit dem Unterschied, dass ihre Flügel aus vier riesigen Klingen bestanden! Das Stampfen, das allenthalben zu hören war, drang aus dem Inneren dieser Gebilde, und es schien dafür verantwortlich zu sein, dass sich die mörderischen Windmühlenflügel drehten, wobei sie für das bedrohliche Zischen sorgten, das die von Ruß und Rauch getränkte Luft erfüllte.

»Was ist das?«, flüsterte Alannah atemlos. Gemeinsam mit Aldur hatte sie sich hinter einen Stapel Fässer geflüchtet, die dem Geruch nach Öl enthielten. Von hier aus hatten sie das Gewölbe im Überblick, ohne selbst dabei gesehen zu werden. »Ist das dunkle Zauberei?«

»Nein«, widersprach Aldur, während eines der riesigen Gebilde Dampf spie und dazu weiter im Takt der Vernichtung stampfte. »Diese Maschinen treibt etwas anderes an. Die Kräfte der Natur wurden hierzu entfesselt.«

»Aber wer tut so etwas? Und aus welchem Grund?«

Der Blick, den Aldur ihr sandte, machte Alannah klar, wie überflüssig ihre Fragen waren. Sie kannten die Antworten bereits. Was sie hier fanden, war nur ein Beweis für das, was sie ohnehin vermutet hatten.

»Granock?«, fragte der Elf stattdessen.

Sie schüttelte den Kopf. »Ich kann nichts mehr hören, diese Geräusche übertönen alles andere.«

»Dann lass uns nach ihm suchen«, erwiderte Aldur, nahm sie an der Hand und zog sie in den benachbarten Stollen.

Sie liefen, so schnell sie konnten.

Hätte man Granock irgendwann geweissagt, dass er sich eines Tages an einem Ork festhalten und froh darüber sein würde, diesen an seiner Seite zu haben, hätte er nur darüber gelacht. Doch während sie gemeinsam durch die dunklen Kavernen Nurmorods flohen, wurde ihm klar, dass Rambok im Augenblick für ihn das war, was einem Freund am nächsten kam, auch wenn es nicht so aussehen mochte.

»Du schwer«, beschied ihm der Unhold schnaufend.

»Was du nicht sagst«, stieß Granock schwer atmend und unter Schmerzen hervor. »Und du stinkst.«

Von der Folterkammer aus waren sie einem wilden Gewirr von Stollen gefolgt. Rambok hatte zwar die ganze Zeit über beteuert, sich genau an den Weg zu erinnern, für Granock jedoch hatte es eher so ausgesehen, als ob der Ork völlig die Orientierung verloren hätte – bis sie auf einen Hauptkorridor gestoßen waren, der breiter war und heller beleuchtet. Allem Anschein nach, dachte Granock, fanden sich Unholde in unterirdischen Gewölben besser zurecht als Menschen, und einmal mehr war er Farawyn dankbar dafür, dass er Rambok am der Expedition hatte teilnehmen lassen.

Sie erreichten eine Treppe, die über große Stufen nach oben führte, dem Tageslicht entgegen. Und Granock, der den gebrochenen Arm unter sein Gewand geschoben hatte und bei jedem Schritt entsetzliche Schmerzen verspürte, hegte die vage Hoffnung, ihr Irrlauf durch die Eingeweide Nurmorods könnte womöglich doch noch glücklich enden. Schon kurz darauf jedoch wurde diese Hoffnung brutal zerstört.

Sie waren noch auf der Treppe, als sie hinter sich das Geklirr von Rüstungen und das Stampfen schwerer Tritte vernahmen.

»*Faihok'hai*«, zischte Rambok entsetzt. »Sie folgen uns!«

Granock fragte nicht erst, woher sein orkischer Begleiter sein Wissen bezog. Er war vollauf damit beschäftigt, eine Stufe nach der anderen zu erklimmen und nicht bei jedem Schritt in lautes Geschrei auszubrechen. Der Schmerz war so überwältigend, dass er ihn mehrmals an den Rand einer Ohnmacht brachte, aber mit eisernem Willen blieb Granock bei Bewusstsein. Wenn er jetzt zusammenbrach, wäre alles vorbei.

Sie hasteten weiter, erklommen Stufe für Stufe, während die Schritte ihrer Verfolger näher kamen. Kurz blickte Granock zurück, konnte weiter unten flackernden Fackelschein und grobschlächtige Gestalten erkennen, die blanke Klingen in ihren Klauen hielten. Er nahm sich zusammen und versuchte, zum ersten Mal nach seiner Flucht aus der Folterkammer einen Zeitzauber zu wirken.

Es gelang.

Die Schritte ihrer Verfolger verstummten jäh, wie gebannt verharrten sie auf den Stufen.

Granock wusste nicht, wie lange der Bann anhalten würde, da er noch immer geschwächt war und nicht seine volle mentale Kraft entfalten konnte. Aber immerhin würde er ihnen ein wenig Vorsprung verschaffen.

Sie erreichten das obere Ende der Treppe und gelangten in einen Felsengang, der um eine enge Biegung führte und daher nicht vollständig einsehbar war. Als sie das höhnische Gelächter hörten, war es bereits zu spät – sie liefen den von einem Zwerg angeführten

Ork-Trupp, der den Gang vor ihnen besetzte, geradewegs in die Arme.

»Sieh an, da sind ja unsere Flüchtlinge«, höhnte der bartlose Hammersohn, während seine grünhäutige Gefolgschaft vor Blutdurst bereits geiferte.

»F-Flüchtlinge?«, fragte Rambok wenig überzeugend. »Der Mensch ist mein Gefangener!«

»Natürlich – und ich bin Rolk der Donnergurgler«, konterte der Zwerg. »Habt ihr wirklich geglaubt, uns mit einem so dämlichen Trick täuschen zu können?«

Als Antwort verfiel Rambok in entsetztes Winseln und murmelte in stockendem Orkisch etwas, das sich wie eine Unschuldsbeteuerung anhörte. Granock hingegen hob den unverletzten Arm und bemühte seine letzten Kräfte, um noch einmal von seiner Gabe Gebrauch zu machen.

Vergeblich.

Der Zeitenbann misslang, die Unholde hörten noch nicht einmal zu geifern auf.

»Schnappt sie euch«, wies ihr kleinwüchsiger Anführer sie an. Die Orks setzten sich stampfend in Bewegung, die schartigen Äxte und Kriegsspeere zum tödlichen Streich erhoben.

Rambok schrie entsetzt, und Granock wich instinktiv zurück, obwohl er wusste, dass es nichts helfen würde. Zwei hünenhafte Krieger, deren grüne Muskelpakete das rostige Geflecht ihrer Kettenhemden fast zu sprengen schienen, hielten auf ihn zu, die Augen vor Blutdurst leuchtend und heisere Kriegsschreie auf den Lippen. Beide holten mit ihren Waffen aus, und Granock bezweifelte nicht, dass ein einziger Streich genügen würde, um ihn in zwei Hälften zu teilen.

In einer hilflosen Abwehrgeste riss er den unverletzten Arm empor, als die Unholde zuschlugen – doch sie kamen nicht dazu, ihr Mordhandwerk auszuüben.

Der Angriff der beiden endete jäh, als sie etwas in den Rücken traf und sie mit urtümlicher Wucht durchbohrte. Einen Augenblick lang standen die Orks wie erstarrt, während ihre Augen glasig wurden. Dann kippten sie leblos nach vorn. In ihren breiten Rücken steckten Schäfte aus Eis!

Noch ehe Granock aufatmen konnte, flammte im Rücken der übrigen Orks und ihres klein geratenen Anführers grelles Feuer auf, das fauchend über sie hinwegstrich.

»In Deckung!«, rief Granock Rambok zu, der nicht recht begriff, was da vor sich ging, und beide flüchteten sich in eine Nische im Fels, während draußen auf dem Gang ein wahrer Feuersturm entbrannte.

Das Geschrei des Zwergs und seiner Mordkumpane war entsetzlich. Im grellen Feuerschein konnte Granock sie umherirren sehen, am ganzen Körper brennend. Lebenden Fackeln gleich, rannten sie im Stollen umher, bis sie endlich zusammenbrachen. So plötzlich, wie das Feuer gekommen war, verlosch es wieder. Zurück blieben nur bitterer Rauch und der grässliche Gestank von verbranntem Fleisch – sowie zwei in lange Mäntel gehüllte Gestalten, die auf dem Gang standen und sich in den sich lichtenden Schwaden umblickten.

»Granock …?«

»Alannah! Aldur!«

Granocks Freude darüber, seine Freunde wiederzusehen, war grenzenlos. Rambok und er lösten sich aus der Nische und wankten auf die beiden zu.

»Granock, da bist du ja! Und Rambok auch! Und ihr seid beide am Leben!«

Alannahs Stimme, deren heller Klang Granock für alle durchstandenen Qualen entschädigte, klang gleichermaßen dankbar wie erleichtert. Er wollte etwas erwidern, wollte sich für die unverhoffte Rettung bedanken, aber er konnte es nicht. Die Stimme versagte ihm angesichts all der Gefühle, die ihn in diesem Augenblick überkamen, aber die Tränen, die ihm in die Augen traten, sagten mehr als Worte.

Doch sie waren nicht außer Gefahr!

Der Zeitbann, den Granock über ihre Verfolger verhängt hatte, war inzwischen erloschen, und wie zuvor waren ihre Schritte zu hören, die sich stampfend näherten. Alannah reagierte prompt und bemühte ein weiteres Mal ihre Fähigkeit, indem sie den rückwärtigen Korridor mit einer Wand aus massivem Eis versiegelte. Dann trat sie auf Granock zu und wollte ihn mit einer Umarmung begrüßen, aber er schrie auf, als sie seinen verletzten Arm berührte.

»Beim großen Sigwyn!«, rief sie, als sie das malträtierte Körperglied erblickte. »Was haben sie dir nur angetan?«

»Gefoltert«, brachte Granock knapp hervor. »Sie wollten wissen, wer uns geschickt hat.«

»Und?«, fragte Aldur statt einer Begrüßung. »Hast du ihnen etwas verraten?«

»Natürlich nicht, und das haben sie mir übel genommen. Hätte Rambok mich nicht befreit …«

»Das hast du getan?« Aldur machte kein Hehl aus seinem Zweifel, während er den Unhold abschätzig musterte.

»*Korr.* Du wohl nicht geglaubt?«

»Nein«, gestand der Elf ungerührt.

Alannah war unterdessen dabei, Granocks Arm auf die Schnelle zu untersuchen. Als Tochter der Ehrwürdigen Gärten war sie in den Grundprinzipien der Heilkunst unterwiesen worden, die sie wiederum mit dem in Einklang gebracht hatte, was sie in Shakara gelernt hatte. Nachdem sie den Bruch kurz in Augenschein genommen hatte, packte sie den Arm und riss daran – und Granock stieß einen gellenden Schrei aus. Schon im nächsten Moment jedoch legte sich der Schmerz wieder. Alannah hatte ihre Gabe benutzt, um den Arm zu betäuben.

»Der Knochen ist jetzt gerade gerichtet«, erklärte sie, während sie einen Streifen aus ihrem Umhang riss, um damit eine Schlinge zu formen. »Meister Tavalian könnte ihn auf der Stelle zusammenwachsen lassen, aber das vermag ich nicht.«

»Das … ist auch nicht nötig«, versicherte Granock. »Es geht schon viel besser.« Er schaute sie dankbar an, und für einen Moment glaubte er, in ihrem Blick nicht nur Erleichterung zu erkennen, sondern ein wenig mehr.

»Lasst uns rasch weitergehen«, drängte Aldur, der sich wachsam an der offenen Seite des Korridors postiert hatte. »Wenn sie zurückkommen, werden es viel mehr von ihnen sein.«

»Ja«, knurrte Granock, während Alannah ihm die Schlinge umlegte, »und sie wissen, wer wir sind.«

»Was?« Aldur fuhr herum. »Ich dachte, du hättest ihnen nichts gesagt?«

»Hab ich auch nicht. Sie wussten es schon vorher.«

»Wie ist das möglich?«, fragte Alannah bestürzt, während sie den Stollen hinabeilten.

»Wie wohl? Natürlich durch Verrat«, knurrte Aldur. »Es muss einen Spion in Shakara geben.«

Alannah nickte. »Also hatte Farawyn recht.«

»Gervan«, war Aldur überzeugt. »Ich hätte den Feigling vernichten sollen, als ich die Gelegenheit dazu hatte.«

»Einen Meister des Ordens offen angreifen?«, fragte Granock. »Ohne einen stichhaltigen Beweis?«

»Was brauchst du noch mehr Beweise? Gehörst du auch zu den Narren, die ihre Augen vor der Wirklichkeit verschließen? Gervan ist der Verräter, daran besteht kein Zweifel. Deshalb hat er versucht, den Rat zu spalten und den Verdacht auf mich zu lenken.«

»Ich weiß nicht.« Alannah schüttelte den Kopf. »Das erscheint mir zu einfach.«

»Das Böse ist einfach, deshalb ist es so überaus wirksam«, stellte Aldur fest. »Wir müssen augenblicklich nach Shakara zurückkehren und Farawyn warnen.«

»Nein«, widersprach Granock, der Mühe hatte, ihm auf den Fersen zu bleiben. Als er strauchelte, kamen Alannah und Rambok ihm zu Hilfe und stützten ihn von beiden Seiten. »Zuerst müssen wir herausfinden, was für ein Ort dies ist und welchem Zweck er dient.«

»Das wissen wir bereits«, versicherte Aldur, ohne sich umzudrehen. »Es ist eine riesige Waffenschmiede.«

»Eine Waffenschmiede?«

»Der Dunkelelf ist zurück und rüstet zum Krieg. Dieser Ort ist dazu da, sein Heer mit neuartigen Waffen zu versorgen, wie sie noch nie in Erdwelt gesehen wurden.«

»Ist das dein Ernst?«

»Allerdings«, bestätigte Alannah gepresst. »Wir haben Belagerungstürme gesehen und riesige Kampfmaschinen, die sich wie von selbst bewegen.«

»Wie von selbst?« Granock begann, die Zusammenhänge zu erahnen. »Allmählich verstehe ich …«

»Was meinst du?«

»Der Zwerg, der mich folterte, sagte, dass er aus seiner Gilde verstoßen worden sei.«

»Und?«

»Die Zwergengilden sind der Tradition verpflichtet. Sie vertrauen auf ihre Kunstfertigkeit und ihrer Hände Arbeit. Der Bau von Maschinen ist ihnen verboten. Wer es dennoch tut, wird aus seiner Gilde ausgestoßen und gilt als vogelfrei.«

»Dann wissen wir jetzt, mit wem wir es hier zu tun haben«, folgerte Aldur. »Margok hat sich der Dienste abtrünniger Zwerge versichert, die für ihn arbeiten.«

»Wie können sie nur?«, fauchte Alannah.

»Zwerge sind für alles zu haben, was wertvoll ist und glänzt. Oder vielleicht«, mutmaßte Aldur, »wollen sie sich auch nur an ihresgleichen rächen.«

»Aber damit beschwören sie ihren eigenen Untergang herauf!«

»Glaubst du denn, das schert sie?« Der Elf lachte auf.

»Aber wie konnte es Margoks Dienern gelingen, diese Waffenschmiede zu errichten?«, fragte Granock.

»Das brauchten sie nicht, er ist schon immer da gewesen. Es ist eine alte Drachenfeste, genau wie Borkavor, und ebenso uneinnehmbar. Vermutlich wurde sie schon im Krieg als Versteck genutzt.«

Granock sandte Alannah einen betroffenen Blick. Sie hatten die Nachricht von der Rückkehr des Dunkelelfen noch nicht ganz verdaut, da erfuhren sie bereits von neuen alarmierenden Vorgängen: Der dunkle Herrscher besaß offenbar nicht nur die Macht, um in die diesseitige Welt zurückzukehren, sondern auch die Mittel, um sie sich zu unterwerfen …

»Es wird also Krieg geben«, folgerte Alannah.

»Allerdings«, bestätigte Granock matt. Daran konnte nun kein Zweifel mehr bestehen.

»Aber wo sind all die Soldaten, die diese Waffen in die Schlacht führen werden?«, fragte die Elfin, während sie weiter den Stollen hinabhasteten.

»Nach denen braucht Margok nicht lange zu suchen«, meinte Aldur, der ihnen vorauseilte. »Schon Rurak ist es mühelos gelungen, Menschen zu finden, die sich gegen Tirgas aufwiegeln lassen.«

»Ja«, sagte Alannah leise, »weil ich ihm den Grund dafür geliefert habe.«

»Nur den Anlass«, verbesserte Aldur. »Die Menschen waren auch schon vorher unzufrieden. Iweins Tod war nur der Tropfen, der das Fass zum Überlaufen brachte, und Rurak hat seinen Teil dazu beigetragen.«

»Aber Fürst Erwein ist tot«, wandte Granock ein, »und sein Nachfolger Ortwein hat sich feige verkrochen. Niemand weiß, wo er sich gegenwärtig aufhält.«

»Wenn es Nacht wird«, war Aldur überzeugt, »kommen auch die magersten Ratten wieder aus ihren Löchern. Außerdem«, fügte er mit einem Seitenblick auf Rambok hinzu, »sind die Menschen nicht die einzigen Feinde des Elfenreichs.«

»Du fürchtest, Margok könnte versuchen, ein Bündnis zwischen Menschen und Orks herbeizuführen?«, fragte Granock.

»Ist dieser Gedanke denn so abwegig?«

»Und ob er das ist!«, schnaubte Granock. »Ein Menschenherrscher von Ehre würde niemals …«

»Auch du hast in der Not die Hilfe eines Unholds angenommen, oder nicht?«, fragte Aldur spitz. »Die Menschen haben ein schlechtes Gedächtnis. Den Treueid gegenüber ihrem König haben sie rasch dahingesagt und ebenso schnell wieder vergessen.«

Granock hätte gern widersprochen, aber er konnte es nicht. Aldur hatte recht. Die Stadtfürsten und Clansherren hatten wiederholt bewiesen, dass ihnen die eigenen Interessen weit mehr am Herzen lagen als jene der Krone. Zudem hatten die Strafexpeditionen, die Elidor als Reaktion auf Ortweins Revolte hatte durchführen lassen, in den Ostlanden für nur noch mehr Unruhe gesorgt. Gut möglich, dass Margok dies für seine Zwecke genutzt hatte.

»Aber das ergibt keinen Sinn«, wandte Alannah ein. »Angenommen, Aldur hätte recht und es gäbe tatsächlich ein vereintes Heer von Orks und Menschen – wie sollte es in den Besitz der Waffen kommen, die hier gefertigt werden? Schließlich sind wir Hunderte von Meilen vom Südreich entfernt …«

»Ist das nicht offensichtlich?«, fragte Aldur, ohne sich umzuwenden.

»Du meinst …?«

»Aber natürlich – es muss eine Kristallpforte geben!«

»Was?« Granock und Alannah schauten einander entsetzt an. Ihr erster Impuls war es, Aldurs Vermutung als Hirngespinst abzutun – aber war sie das wirklich?

»Denkt nach«, forderte der Freund sie auf. »Kein anderer als Margok ist es gewesen, der den Dreistern entdeckt hat, und aus den Chroniken wissen wir, dass er ihn nutzte, um die Wächter unseres Volkes zu täuschen und Erdwelt mit Krieg zu überziehen. Was, wenn er damals noch eine weitere, geheime Verbindung geschaffen hat, die über all die Zeit hinweg unentdeckt geblieben ist?«

Granock wusste nicht, was er darauf erwidern sollte. Aber ihm wurde plötzlich klar, wonach Aldur suchte. »Wir sind nicht auf dem Weg zur Oberfläche, oder?«

»Nein«, gab Aldur unumwunden zu. »Ich will die Kristallpforte finden.«

»Aber wir wissen weder, wo sie ist, noch, wohin sie führt«, gab Alannah zu bedenken. »Vorausgesetzt, es gibt sie tatsächlich.«

»Sie existiert«, war Aldur überzeugt. »Auch Farawyn wusste das. Oder hat es zumindest geahnt.«

»Ausgeschlossen«, lehnte Granock ab.

»Meinst du?« Aldur blickte über die Schulter zurück. »Deine Ergebenheit deinem alten Meister gegenüber in allen Ehren, aber Farawyn weiß mehr, als er uns verraten hat, das steht fest. Ich bin sicher, dass er seit Ruraks Flucht aus Borkavor eine entsprechende Vermutung hatte.«

»Willst du damit sagen, dass auch der Verräter durch eine Kristallpforte entkommen ist?«, fragte Granock.

»Es würde erklären, woher die *neidora* so plötzlich kamen, und ebenso, wie Rurak nach seinem Ausbruch aus der Zelle so plötzlich verschwinden konnte«, wandte Aldur mit bestechender Logik ein. »Glaubt ihr wirklich, dass Farawyn nicht auch auf diesen Gedanken gekommen ist?«

»Wenn es so wäre, hätte er es uns sicher gesagt«, vermutete Granock.

»Denkst du das wirklich?« Aldur schüttelte den Kopf. »Vielleicht hatte er ja auch Angst, dass wir uns seinen Plänen widersetzen könnten, wenn wir davon erfahren hätten.«

»Was für Pläne?«

»Komm schon.« Der Blick, den sein Elfenfreund ihm sandte, hatte etwas Herablassendes. »Glaubst du wirklich, Farawyns einziges Ansinnen ist es, die Einheit des Rates zu erhalten? Farawyn ist nicht das, was ihr in ihm sehen wollt. Er manipuliert den Rat nicht weniger, als Gervan es tut, und er zögert auch nicht, sich über geltendes Recht hinwegzusetzen.«

»Das ist wahr«, räumte Granock ein. »Aber bei allem, was er tut, hat Meister Farawyn stets das Wohl des Ordens und des Reiches im Sinn.«

»Das Wohl?« Aldur lachte bitter auf. »Bist du wirklich so naiv? Was des einen Wohl, ist des anderen Wehe. Die Wahrheit liegt immer im Auge des Betrachters.«

»Schluss ihr beiden, hört auf!«, zischte Alannah. »Habt ihr den Verstand verloren? Statt euch zu streiten, solltet ihr lieber einen Weg nach draußen suchen.«

»Die Kristallpforte ist der beste Weg«, beharrte Aldur. »Wohin auch immer sie führt, sie wird uns zurück ins Reich bringen, und zwar schneller als jedes andere Fortbewegungsmittel. Auf diese Weise werden wir den Rat warnen können, noch bevor Margoks Kampfmaschinen Erdwelt erreichen. Außerdem gibt es noch einen weiteren Grund, die Schlundverbindung zu nutzen.«

»Welchen?«, wollte Alannah wissen.

»Indem wir innerhalb weniger Augenblicke dorthin zurückkehren, wo unsere Reise ihren Anfang nahm, liefern wir den Zweiflern im Hohen Rat auch noch das, wonach wir bislang vergeblich gesucht haben.«

»Nämlich?«, fragte Granock.

Das Grinsen, das Aldur über seine Schulter schickte, war undurchschaubar.

»Einen eindeutigen Beweis«, erwiderte er leise.

13. UNUTHAN NEWITHA

»Farawyn! Bruder!«

Die Erleichterung in Maeves Gesicht war unübersehbar, als der Ratsälteste den Thronsaal von Tirgas Lan betrat. Gemessenen Schrittes und eskortiert von zwei Elfenwächtern, legte er die Entfernung zum Thron zurück, wo nicht nur Maeve auf ihn wartete, sondern auch ein sichtlich nervöser König.

Farawyn sah keinen Grund zu übertriebener Eile. Ein alter Grundsatz des Ordens besagte, dass gerade in Zeiten großer Veränderungen und sich überschlagender Ereignisse ein besonnener Geist gefragt war. Schon seine Entscheidung, sich nach Tirgas Lan zu begeben, barg unvorhersehbare Risiken, denn zweifellos würden Gervan und seine Gefolgsleute seine Abwesenheit zu nutzen versuchen, um mehr Macht im Rat zu gewinnen, und Farawyn war sich nicht sicher, ob Atgyva, die er in Ermangelung eines zweiten Ältesten zu seiner Stellvertreterin ernannt hatte, ihren Ränken lange würde standhalten können. Aber so angespannt die Lage war, bot sie auch eine historische Gelegenheit.

Der Zauberer umging die kreisrunde Öffnung, die inmitten des Thronsaals klaffte und einen Blick auf jene Schätze zuließ, die tief im Herzen der Königsstadt lagerten und die Macht und den Wohlstand Tirgas Lans begründet hatten. Wenn es stimmte, was man ihm berichtet hatte, so war jedoch nicht nur der materielle Besitz in Gefahr, den die elfische Kultur im Lauf von Jahrtausenden zusammengetragen hatte, sondern – und diese Aussicht war ungleich bedrohlicher – auch ihr geistiger. Denn Gemmen und Geschmeide, so prunkvoll sie auch sein mochten, ließen sich ersetzen, Ideale hingegen nicht. Waren sie erst verloren, so war dies der Anfang vom Ende.

Es war ein seltsames Gefühl, nach so langer Zeit wieder in Tirgas Lan zu sein. Farawyn grüßte Maeve, indem er ihr wohlwollend zunickte und ihr zu erkennen gab, dass er sie in keiner Weise für die jüngsten Ereignisse verantwortlich machte. Im Gegenteil – hätte Shakara keinen Beobachter an den königlichen Hof entsandt, hätte er vermutlich erst sehr viel später von den jüngsten Entwicklungen erfahren.

»Seid gegrüßt, Hoheit!«, sagte Farawyn und senkte sowohl das Haupt als auch seinen Zauberstab als Zeichen der Ergebenheit. Es war, wohlgemerkt, nicht jener blassgesichtige Jüngling, der auf dem Thron saß und ihm mit erkennbarer Sorge entgegenblickte, vor dem sich der Zauberer verneigte, sondern die Krone, die auf Elidors Haupt saß und die auch schon Glyndyrs Stirn geziert hatte.

»Seid auch Ihr mir gegrüßt, Ältester Farawyn«, entgegnete der junge König. Die unruhigen Blicke, die er nach beiden Seiten warf, galten seinen Beratern, die es allerdings vorzogen, sich diskret im Hintergrund zu halten. Seit Fürst Ardghals Verschwinden war keiner mehr unter ihnen, der es gewagt hätte, sich mit dem Orden zu messen. »Und habt meinen Dank dafür«, fügte Elidor mit bebender Stimme hinzu, »dass Ihr meinem Ruf so rasch gefolgt seid.«

Farawyn runzelte die Stirn. Nach allem, was ihm berichtet worden war, hatte er jugendlichen Leichtsinn und einen gewissen Hochmut erwartet. Aber Elidor vermittelte weder das eine noch das andere. Ganz offenbar hatte Gawildors Sohn aus den Fehlern der jüngsten Vergangenheit gelernt. Oder er hatte einfach nur begriffen, in welcher Gefahr das Reich schwebte.

»Mein König«, erwiderte der Zauberer deshalb mit größerer Milde, als er es zunächst beabsichtigt hatte, »die Weisen von Tirgas Lan haben von jeher treu zur Krone gestanden, auch wenn unsere Sorge um das Reich oftmals falsch gedeutet wurde.«

»Ich weiß, was damals geschehen ist«, versicherte Elidor. »Und ich bin Euch dankbar, dass Ihr mir nicht nachtragt, was mein Vater einst getan hat.«

Farawyn nickte. Er konnte nicht verhehlen, dass die Worte des Jungen ihm eine gewisse Genugtuung verschafften. Aber er ermahnte sich selbst, denn aus diesem Grund war er nicht nach Tirgas Lan gekommen. »Euer Vater, mein König, war ein guter und nobler Herrscher. Der einzige Fehler, den er beging, war es, jenen sein Ohr zu leihen, die das Reich weniger liebten als er. Sie waren dafür verantwortlich, dass der Thron und der Orden von Shakara sich voneinander entfernten.«

»So war es«, räumte Elidor ein und erweckte zum ersten Mal den Eindruck, die Krone auf seinem Haupt zu Recht zu tragen, »aber so wird es nicht länger sein. Wir werden die Bande erneuern, die einst zwischen Shakara und Tirgas Lan geschlossen wurden, auf dass das Reich bewahrt werde vor inneren wie vor äußeren Feinden.«

»So soll es sein«, entgegnete Farawyn mit der üblichen Formel und senkte abermals das Haupt – diesmal auch, um dem Träger der Krone Respekt zu erweisen. Es bedurfte großen Mutes, für eine Meinung einzustehen, und noch ungleich größeren Mutes, eine falsche Haltung einzugestehen.

»Und nun sagt mir, Hoheit«, forderte Farawyn Elidor auf, »ob es wahr ist, was mir berichtet wurde.«

»Es ist wahr, Meister Farawyn! Die Legion, die wir nach Norden entsandt haben, um die Grenzen zu sichern, wurde vernichtend geschlagen, und das Heer der Menschen befindet sich auf dem Weg nach Süden!« Der Zauberer konnte den Angstschweiß sehen, der in kleinen glänzenden Perlen unter der Elfenkrone hervortrat. »Diesmal«, fügte Elidor heiser hinzu, »sind es nicht nur ein paar Aufständische, sondern eine ganze Streitmacht! Die Ostlande befinden sich in Aufruhr, die Städte haben sich gegen mich erhoben! Ich weiß nicht, was ich tun soll. Fürst Ardghal hat vorausgesagt, dass dies eines Tages geschehen würde.«

»Ardghal«, echote Farawyn. Sein Tonfall verriet Verachtung. »Wo ist er, mein König? Ich sehe Eure Berater, aber den ersten unter ihnen sehe ich nicht.«

»Fürst Ardghal«, sagte Elidor so leise und kleinlaut, als gestehe er ein Vergehen, »ist nicht mehr hier.«

»Was soll das heißen?«, fragte der Zauberer, obwohl er die Antwort bereits kannte.

»Er ist verschwunden – seit jener Nacht, in der wir die Kunde von unserer Niederlage erhielten. Dies ist der Grund, weshalb ich nach Euch schicken ließ, verehrter Meister Farawyn«, fügte Elidor hinzu. »Ich weiß nicht, was ich in dieser Lage tun soll.«

»Ihr habt weise gehandelt, Euer Majestät«, bekräftigte Farawyn, während auch noch der letzte Rest von Missachtung verschwand, den er für den schwachen König gehegt hatte.

In gewisser Weise konnte Elidor nichts für das, was geschehen war. Als sein Vater Gawildor dem weltlichen Leben entsagt und zu den Fernen Gestaden aufgebrochen war, da war er noch ein Knabe gewesen, unwissend und jung. Ein Heer von Beratern, allen voran Ardghal, hatte es daraufhin übernommen, die Regierungsgeschäfte zu lenken, und es hatte nicht wenige gegeben, die behaupteten, der Fürst wäre der wahre Herrscher des Elfenreichs. Über Jahrzehnte hinweg hatte er die Macht in Tirgas Lan kontrolliert, mit einem jungen und willensschwachen König, den er wie eine Puppe hatte tanzen lassen. Und nun war er über Nacht verschwunden …

»Habt Ihr nach Ardghal suchen lassen, mein König?«, wollte Farawyn wissen.

»Natürlich.«

»Auch mit einer lordrichterlichen Vollmacht?«

»Worauf wollt Ihr hinaus?«

»Wir leben in dunklen Zeiten, Majestät«, entgegnete Farawyn leise. »Fürst Ardghal wäre nicht der Erste, der sich im entscheidenden Augenblick als Verräter erweist. Aber er ist nicht unsere größte Sorge.«

»Natürlich«, stimmte Elidor beflissen zu, »unser Augenmerk hat den Menschen zu gelten, die es wagen, gegen die Krone aufzubegehren! Ich werde …«

Er verstummte jäh, als der Marschall das Eintreffen eines weiteren Abgesandten Shakaras meldete – es war der Aspirant Ogan, der Schüler Tavalians, den Farawyn mit einer besonderen Mission betraut hatte.

Ogan, ein junger Elf, der anders als die meisten Abkömmlinge seiner Art nicht schlank und hager, sondern kleinwüchsig und von untersetzter Postur war, kam hastigen Schrittes die Halle herab. Sein rundes Gesicht war puterrot, der Umhang umwehte seine füllige Gestalt. In respektvollem Abstand vor dem Thron blieb er stehen und wusste sichtlich nicht, ob er zuerst dem König oder dem Ältesten seines Ordens Respekt erweisen sollte. Er entschied sich für eine knappe Verbeugung vor Elidor, dann huschte er zu Farawyn, um ihm einige Worte ins Ohr zu flüstern.

»Ältester Farawyn«, ließ sich daraufhin einer der königlichen Berater vernehmen, »hättet Ihr die Güte, uns zu sagen, was dies zu bedeuten hat?«

»Gewiss, meine Freunde«, versicherte Farawyn, »und bitte verzeiht meine Geheimniskrämerei. Ich musste bis zu diesem Augenblick warten, um endgültige Gewissheit zu erhalten.«

»Gewissheit?«, fragte Elidor. »Worüber?«

»Von dem Augenblick an, da ich von der Niederlage Eurer Legion erfuhr«, entgegnete der Zauberer, »hatte ich einen Verdacht. Um diesen Verdacht zu überprüfen, habe ich einen Späher ausgesandt.«

»Einen Späher?«, fragte ein anderer Berater, der den Harnisch und die Robe eines Generals trug und ungläubig auf Ogan deutete. »Ihr meint diesen Jüngling hier?«

»Ganz recht.« Farawyn nickte. »Lasst Euch nicht von seinem unscheinbaren Äußeren täuschen. Er ist dem Orden ein ergebener Diener.«

»Daran zweifle ich nicht. Auch wir haben Späher ausgesandt, die jedoch noch längst nicht zurückgekehrt sind. Wie also kann dieser Jüngling innerhalb von so kurzer Zeit den Weg nach Scaria und von dort nach Tirgas Lan bewältigt haben?«

»Den Weisen stehen Wege offen, die anderen verschlossen sind«, gab Farawyn rätselhaft zur Antwort. Er sah keinen Sinn darin, dem General zu erklären, was ein *draghnad* war – der militärisch nüchterne Sinn eines Soldaten wusste ohnehin nur wenig mit Magie anzufangen. »Doch darum geht es nicht, sondern um das, was jener junge Mann mir mitgeteilt hat.«

»Und das wäre?«, wollte Elidor wissen.

»Majestät, diese Dinge zu erfahren, wird nicht einfach für Euch sein, aber ich versichere Euch, dass die Gefahr gebannt werden kann, wenn wir nur entschlossen genug zusammenstehen.« Farawyn schürzte die Lippen. Er merkte, wie das Gemurmel der Berater und Höflinge verstummte und sich aller Augen auf ihn richteten. Wenn es uneingeschränkte Aufmerksamkeit war, nach der er gesucht hatte – er hatte sie gefunden.

»Die Kunde, die der Aspirant Ogan mir gebracht hat, ist äußerst beunruhigend, denn sie besagt, dass in Scaria keine Schlacht stattgefunden hat, sondern ein blutiges Massaker. Eure Soldaten, Majestät, wurden grausam niedergemetzelt, der Feind hingegen hat kaum nennenswerte Verluste erlitten.«

»Woher wollt Ihr das wissen?«

»Weder wurden entlang des Waldrands die Leichen erschlagener Menschen gefunden noch frisch aufgeschüttete Gräber – dafür die zerfetzten Körper unzähliger Elfenkrieger, über die der Feind mit roher Wildheit hergefallen ist.«

»Ihr wollt sagen, die Menschen hätten unsere Legionäre besiegt, ohne auch nur einen Mann zu verlieren?«

»Nein.« Farawyn schüttelte den Kopf. »Ich habe Euch lediglich mitgeteilt, was mir berichtet wurde. Die Schlußfolgerung, die ich daraus ziehe, ist eine andere – und sie deckt sich mit dem Verdacht, den ich von Beginn an hegte. Die Menschen mögen eine aufstrebende Rasse sein, sie sind jung und voller Tatendrang. Aber weder wären sie in der Lage, eine königliche Legion zu bezwingen, ohne selbst beträchtliche Verluste hinzunehmen, noch wären sie zu einer solch sinnlosen Brutalität fähig.«

»Seid Ihr Euch da auch ganz sicher, was das Letztere betrifft?«, fragte der General.

»Allerdings. Unseren Soldaten dort im Norden ist etwas anderes widerfahren. Nicht die Menschen haben die königliche Legion besiegt, sondern Krieger, die aus einer anderen Zeit stammen und denen die Kämpfer Tirgas Lans nichts entgegenzusetzen hatten – die *neidora*.«

»*Neidora* ...«

Wie ein Echo geisterte das Wort durch die Reihen. Elidor und nicht wenige seiner Hofschranzen starrten Farawyn entsetzt an. Jeder von ihnen wusste, wer die gefürchteten Echsenkrieger waren, auch wenn keiner von ihnen sie je gesehen hatte.

»Aber die *neidora* sind tot«, wandte jemand hilflos ein.

»Das waren sie auch«, räumte Farawyn ein, »doch der abtrünnige Zauberer Rurak und seine Anhänger haben sie in einem verbotenen Ritual wieder zum Leben erweckt, mit dem Blut von zehn Unschuldigen. Schon vor zwei Jahren verbreiteten die Echsenkrieger Furcht und Schrecken – nun scheinen sie zurückgekehrt zu sein. Jedenfalls erklärt das, was Eurer Legion widerfahren ist, mein König.«

»Ihr behauptet also, die Diener des Bösen hätten unsere Legion besiegt, hätten achthundert unserer Kämpfer grausam massakriert?«, verlangte der General zu wissen, dessen soldatisch strenge Gesichtszüge sich in unverhohlener Ablehnung verzerrt hatten. »Ist es das, was Ihr uns glauben machen wollt?«

»Es geht nicht um das, was Ihr glaubt«, verteidigte sich Farawyn, »sondern um das, was tatsächlich geschehen ist. Hier geht es nicht um ein Hirngespinst, General, sondern um eine Bedrohung, die dem Reich erwachsen ist.«

»Oder um einige Zauberer, die ihre schwindende Macht dadurch wiederherstellen wollen, dass sie Angst vor übernatürlichen Gegnern verbreiten und sich selbst als letzten Ausweg darstellen«, konterte der Offizier. »Vielleicht hatte Fürst Ardghal ja recht, was sein Misstrauen gegenüber dem Orden betraf.«

»Fürst Ardghal, General, ist nicht mehr hier«, brachte Farawyn in Erinnerung. »Wo auch immer er sich derzeit aufhalten mag, er hat es vorgezogen, sowohl den König als auch Euch alleinzulassen und Tirgas Lan den Rücken zu kehren – ich hingegen, als oberster Repräsentant meines Ordens, bin just in der Stunde der Bedrohung an Eurer Seite!«

»Und dafür sind wir Euch überaus dankbar, Meister Farawyn«, versicherte Elidor. »Aber sagt, besteht nicht vielleicht die Möglichkeit, dass Ihr Euch irrt?«

Anstatt etwas zu erwidern, nickte Farawyn dem jungen Ogan zu – und dieser griff unter seinen Umhang und zog etwas hervor, das die Anwesenden mit Grauen erfüllte.

Es war eine schuppenbesetzte Klaue, deren Finger lang und mit Krallen besetzt waren. Dennoch sah sie nicht aus wie die eines Tieres, sondern ähnelte auf beunruhigende Art und Weise der Hand eines Elfen …

»Diese Klaue«, verschaffte sich Farawyn über das Raunen hinweg Gehör, das durch die Reihen der Berater und Höflinge ging, »stammt vom Leichnam eines Echsenkriegers – wohlgemerkt der einzige tote *neidor*, der sich auf dem Schlachtfeld auffinden ließ.«

»Soll das heißen, der Feind hat nur einen einzigen Verlust erlitten, wohingegen wir …« Der General geriet ins Stocken. »Wohingegen wir achthundert unserer Legionäre verloren haben?«

»Genau das«, versicherte Farawyn und blickte herausfordernd in die Runde der Versammelten. »Die *neidora* stehen mit einer dunklen Macht im Bunde, und Ihr alle wisst, von wem ich spreche, oder etwa nicht?«

Kaum jemand hielt den Blicken des Zauberers stand. Die Höflinge, Männer wie Frauen, deren Mienen wegen ihrer bunten Gewänder nur noch blasser wirkten, sahen betreten zu Boden, ebenso wie die Berater und die Wachen der königlichen Garde. Sogar der König selbst schaute zur Seite, so als könnte er damit nicht nur Farawyns bohrendem Blick, sondern auch der Antwort auf seine Frage ausweichen.

»Eure Herzen kennen längst die Wahrheit«, sagte der Älteste überzeugt, »dennoch betrügt Ihr Euch weiter mit dem schönen Schein. Aber diese Taktik verfängt nicht länger. Achthundert Elfenkrieger, eine glorreiche Legion, wurden vernichtet, weil sie nicht vorbereitet waren auf das Grauen, das sie erwartete. Eine solche Katastrophe darf sich nicht wiederholen. Deshalb spreche ich, Farawyn, Ältester des Ordens von Shakara, hier und jetzt laut aus, was sonst offenbar niemand wagt: Kein anderer als Margok ist es, der die *neidora* geschickt und die Menschen zum Aufstand bewogen hat. Der Dunkelelf ist zurückgekehrt!«

Hätte ein Blitz in den Thronsaal von Tirgas Lan eingeschlagen und den Boden fünfzig Klafter tief gespalten – die Reaktion wäre nicht heftiger ausgefallen.

Einen endlos scheinenden Augenblick lang herrschte eisiges Schweigen, in dem man das Haar eines *bórias* fallen gehört hätte. Die Blicke der Anwesenden hatten sich erneut auf Farawyn gerichtet. In den meisten Mienen war Entsetzen zu lesen, aber es war auch Misstrauen dabei und brüske Ablehnung.

»Ihr glaubt, dass ich übertreibe?«, fragte Farawyn in die Runde. »Ihr denkt, dass ich mir diese Dinge nur ausgedacht habe, um Machtpolitik zu betreiben? Um den Einfluss Shakaras am Königshof wieder zu vergrößern?«

»Es wäre nicht das erste Mal, dass ...«, begann der General, doch weiter kam er nicht.

Mit einer ausholenden Geste hob Farawyn seinen Zauberstab und stieß ihn zu Boden. Ein ohrenbetäubender Knall war die Folge, der Elfenkristall am Knauf leuchtete blendend hell auf. »Ihr Narren!«, rief der Zauberer. »Wacht endlich auf! Das friedliche Zeitalter, in dem Ihr Euch alle wähnt, ist vorüber, es versank in einem Strom von Blut! Der Angriff der Echsenkrieger auf die königlichen Truppen ist ein unwiderlegbarer Beweis dafür, dass der Dunkelelf wieder am Wirken und dass er ungleich stärker geworden ist, als er es vor zwei Jahren war. Damals war er nur ein Schatten – heute ist er auf dem Weg, so mächtig und gefährlich zu werden wie einst. Natürlich steht es Euch frei, Eure Augen auch weiterhin vor der Wahrheit zu verschließen, aber in diesem Augenblick marschiert das Heer der Menschen am Grenzfluss entlang nach Süden, und Ihr alle wisst, welcher andere Feind hinter den Wällen des Schwarzgebirges lauert. Es ist nicht auszuschließen, dass Menschen und Unholde sich miteinander verbünden werden. Zumindest in dieser Hinsicht hatte Fürst Ardghal recht!«

»Crēunai'y'margok! Crēunai'y'margok ...!«

Schon die bloße Erwähnung der Orks löste Entsetzen unter den Höflingen und Beratern aus – die Vorstellung, Unholde und Menschen könnten gemeinsame Sache machen, brachte sie an den Rand einer Panik. Einzig die Angehörigen des Kriegerstandes schienen ihre erste Überraschung überwunden zu haben; wachsende Entschlossenheit stand in ihren Mienen zu lesen.

»Dies ist nicht die Stunde«, fuhr Farawyn fort, sanfter nun und fast beschwörend, »in der wir uns mit Misstrauen und gegenseitigen Vorwürfen begegnen sollten. Die Geschichte hat uns gelehrt, dass der Dunkelelf nicht unbezwingbar ist. Aber es bedarf unserer gemeinsamen Anstrengung, um das Reich und all das, woran wir glauben und was uns wichtig ist, zu schützen und zu verteidigen. Euer König«, sagte er, auf Elidor deutend, »ist bereit, den Ballast der Vergangenheit hinter sich zu lassen, und Ihr, die Ihr seine Berater und Helfer seid, solltet das ebenfalls tun. In dieser Stunde ist unser aller Entschlossenheit gefragt. Andernfalls haben wir der Macht des Bösen nichts entgegenzusetzen.«

Erneut wurde es still im Thronsaal. Niemand widersprach, der trotzige Zorn war aus den Blicken gewichen.

»Meister Farawyn?«, fragte Elidor leise.

»Ja, mein König?«

»Ihr sagtet, dass wir gegen den Dunkelelfen zusammenstehen müssen.«

»Das ist wahr.«

»Aber welchen Sinn hat das noch?« Verzweiflung sprach aus den Worten des jungen Herrschers. »Wenn eine Handvoll *neidora* in der Lage sind, eine ganze Legion zu vernichten.«

»Die Echsenkrieger sind keine gewöhnlichen Kämpfer, Majestät. Magie hat sie entstehen lassen, und nur Magie kann sie bekämpfen. Wenn Ihr Euch entschließt, die Trägheit aufzugeben, in die Ihr durch Fürst Ardghals Zutun verfallen seid, und Euer Heer zu entsenden, auf dass es den Horden des Bösen entgegenziehe, so werden die Zauberer von Shakara Euch unterstützen und Euch in die Schlacht folgen.«

»Gebt Ihr Euer Wort darauf?«, fragte der General.

»Mein Wort«, bestätigte Farawyn und streckte seine Rechte in Elidors Richtung aus, »sowohl als Weiser als auch als Ältester des Ordens.«

Ein Lächeln huschte über das Gesicht des Königs. Farawyns Zusicherung schien nicht nur seinen Hofstaat, sondern auch ihn zu beruhigen. Auf die ausgestreckte Hand des Zauberers allerdings starrte er mit einiger Verblüffung.

»Schlagt ein, Majestät«, forderte Farawyn ihn auf. »Ein guter Freund, der mir mehr beigebracht hat, als er selbst jemals erahnen wird, pflegt Abmachungen auf diese Weise zu besiegeln. Ein Bündnis von Fleisch und Blut.«

Elidor zögerte, aber als er die Rechte des Zauberers schließlich ergriff, tat er es fest und entschlossen. Ein Rauschen war ringsum zu vernehmen, als die Höflinge in elfischer Art die Handflächen rieben, um ihrer Zustimmung Ausdruck zu verleihen.

»Also ist es besiegelt.« Farawyn nickte. »Und nun lasst uns keine Zeit verlieren, Majestät. Entscheidungen müssen rasch getroffen, ein Aufmarschplan erstellt werden. Der Feind ist uns um viele Tage voraus.«

»Natürlich.« Elidor nickte, und es hatte den Anschein, als wäre der König, den viele nur den Träumer genannt hatten, in dieser Stunde um einige Jahre gereift. »General Tullian!«

»Majestät?« Der Offizier, der Farawyn so erbitterten Widerstand geleistet hatte, trat vor und verbeugte sich.

»Lasst Landkarten in das Observatorium bringen und beruft eine Versammlung der höchsten Offiziere ein. Ich wünsche den gesamten Generalstab zu sprechen, habt Ihr verstanden?«

»Ja, Majestät.« Tullian verbeugte sich erneut und verließ dann den Thronsaal, um die Anweisung auszuführen.

»Folgt mir ins Observatorium, Meister Farawyn«, forderte Elidor, erhob sich vom Thron und kam die Stufen herab. »Dort wollen wir planen, wie wir dem Feind begegnen können.«

»So spricht ein König, Majestät«, erwiderte der Zauberer.

Eskortiert von Wachen der königlichen Garde, wandten sie sich zum Gehen, als Meisterin Maeve zu Farawyn trat.

»Ich danke Euch, Schwester«, sagte er nur. »Ihr habt gut und weise gehandelt.«

»Habt Ihr schon Nachricht von …«

Farawyn schüttelte den Kopf. Er wusste nicht, was den drei Eingeweihten widerfahren war, die sie nach Arun entsendet hatten – nur dass sie längst hätten zurück sein sollen. Die bittere Ironie der

Geschehnisse lag darin, dass ein Beweis für Margoks Wirken nicht länger erforderlich war. Der Dunkelelf hatte ihn selbst geliefert, und Granock, Aldur und Alannah hatten womöglich ihr Leben völlig sinnlos ge…

Er untersagte es sich, den Gedanken zu Ende zu führen.

Wäre es nach ihm gegangen, hätte er allen Pflichten seines Amtes entsagt und wäre selbst aufgebrochen, um in den tiefen Dschungeln Aruns nach den dreien zu suchen. Aber diese Möglichkeit stand ihm nicht offen. Erdwelt brauchte ihn noch dringender als sein ehemaliger Schüler und dessen Freunde.

Es war sein Schicksal.

»Und da ist noch etwas«, fügte Maeve hinzu. »Verzeiht, Bruder, wenn ich Euch zu dieser Stunde damit belästige, aber …«

Sie sprach nicht weiter. Stattdessen trat ihre Schülerin vor, die bislang schweigend dabeigestanden hatte, und kniete mit gesenktem Haupt vor Farawyn und Elidor nieder.

»Verzeiht, Vater«, flüsterte sie, und Tränen benetzten den steinernen Boden. »Ich habe gegen den Kodex verstoßen. Ich habe getan, was einer Aspirantin nicht zusteht.«

»Ich weiß«, sagte Farawyn nur. Maeve hatte ihn schon vorab über Caias Verfehlung berichtet.

»Und – könnt Ihr mir verzeihen?« Sie wagte nicht aufzuschauen.

Farawyn seufzte tief. »Mein Kind«, erwiderte er dann, wobei er sanft über ihr gescheiteltes Haar strich, »in diesen dunklen Zeiten können wir es uns nicht leisten, unseresgleichen zu verdammen. Der Orden verzeiht dir, wenn du selbst es tust. Aber du wirst dich entscheiden müssen. Das Leben einer Aspirantin ist von Entbehrung und Verzicht geprägt, bis zu dem Tag, da sie eine Eingeweihte wird und den *hethfánuthan* beginnt.«

Zum ersten Mal hob Caia ihren Blick. Tränen schwammen in ihren braunen Augen. »Mein ganzes Leben lang«, flüsterte sie, »habe ich mir nichts sehnlicher gewünscht, als eine Zauberin zu werden und dem Orden anzugehören. Dabei habe ich übersehen, dass es auch noch andere Dinge gibt. Dinge, die nicht weniger wichtig sind als die Magie.«

»Dann hast du in Shakara zumindest etwas gelernt«, meinte Farawyn lächelnd.

»Meine Fähigkeit ist nur schwach ausgeprägt. Eine große Zauberin wird wohl niemals aus mir werden. Womöglich schaffe ich es nicht einmal, eine Eingeweihte zu werden.«

»Das weißt du nicht«, entgegnete der Älteste. »Wenn du den Orden verlässt, opferst du viel.«

»Ich weiß, Vater.« Ihr Blick ging in Elidors Richtung, und zum ersten Mal lächelte sie. »Aber ich gewinne noch mehr.«

»Dann gebe ich dir meine Erlaubnis und den Segen des Ordens, mein Kind«, sagte Farawyn und zog sie auf die Beine. »Nicht länger bist du eine Aspirantin, nicht länger dem Kodex der Weisen verpflichtet, aber wahre seine Geheimnisse.«

»Das werde ich.« Sie nickte, und er küsste sie auf die Stirn. Dann nahm er ihre Hand und legte sie in die von Elidor. »Mir will scheinen, mein König«, sagte er dazu, »dass dieser Tag in mehrfacher Hinsicht für Euch von Bedeutung ist. Und nun lasst uns nicht länger säumen. Unsere Feinde versammeln sich, und wir haben schon viel zu lange gewartet – ziehen wir ihnen entgegen!«

14. OGYFA'Y'GELAN

Im Laufschritt hetzten sie durch die Felsengänge, ohne genau zu wissen, in welche Richtung sie sich wenden sollten – bis Granock irgendwann stehen blieb.

»Wartet!«

»Was ist?« Aldur hielt ebenfalls inne und wandte sich zu ihm um. »Brauchst du eine Pause?«

»Nein«, behauptete Granock schwer atmend. »Ich frage mich nur, wo unsere Verfolger geblieben sind.«

»Das stimmt«, pflichtete Alannah ihm bei. »Die Eisbarriere, die ich errichtet habe, ist nicht von unbegrenzter Dauer. Inzwischen sollten sie sie längst eingerissen haben.«

»Und warum gibt es hier unten keine Wächter?«, fügte Granock keuchend hinzu, der sich auf Rambok stützen musste, um nicht zusammenzubrechen. Der Ork ließ es mit leicht säuerlicher Miene über sich ergehen.

»Was weiß ich?«, blaffte Aldur. »Womöglich haben sie nicht genügend Leute, um die ganze Festung nach uns zu durchkämmen, oder …«

»Oder?«, hakte Granock nach.

Aldur überlegte, aber er tat so, als fiele ihm keine andere Möglichkeit ein, und schüttelte den Kopf.

»Oder sie wissen längst, wo wir sind, und bereiten uns einen Hinterhalt«, antwortete Granock an seiner Stelle.

»Und?«, fragte Aldur dagegen. »Was sollen wir deiner Ansicht nach tun? Umkehren?«

»Wir sollten zusehen, dass wir zurück zur Oberfläche kommen und aus dieser verdammten Festung verschwinden.«

»Nichts anderes habe ich vor – aber auf meine Weise.«

»Du scheinst wirklich überzeugt davon zu sein, dass es hier unten eine Kristallpforte gibt«, knurrte Granock. »Obwohl wir bislang keine Spur davon gefunden haben.«

»Allerdings bin ich das. Denk einfach nach. Eine andere Möglichkeit gibt es nicht.«

»Aber wenn du recht hättest, müssten hier unten doch Wachtposten sein. Ich meine, wenn es tatsächlich eine Schlundverbindung gäbe ...«

»Still!«, fiel Alannah ihren Freunden plötzlich ins Wort. »Hört ihr das auch?«

Sie lauschten angestrengt, und zumindest Aldurs feines Elfengehör stellte fest, dass sich zu den unheimlichen Lauten, die fortwährend durch die Festung geisterten, zu dem Zischen und Stampfen und zu den entsetzlichen Schreien, noch ein weiteres Geräusch gesellt hatte. Ein leises Plätschern ...

»Wasser«, sagte er.

»Mich dürft ihr nicht fragen«, stöhnte Granock. »Alles, was ich höre, ist das Rauschen von Blut in meinem Kopf.«

»Es kommt von über uns«, meinte Alannah und hob ihren Zauberstab, dessen Kristall sie genau wie Aldur als Lichtquelle benutzte. Der bläuliche Schein erfasste den glatten Fels der leicht gewölbten Decke und riss ihn aus der Dunkelheit. Unmittelbar darunter verlief eine Konstruktion, die ganz eindeutig nicht auf die ursprünglichen Erbauer Nurmorods zurückging, sondern auf die Zwerge: eine Leitung aus aneinandergefügten Eisenrohren, die die Quelle des plätschernden Geräuschs war.

»Nicht weiter ungewöhnlich«, meinte Granock. »Sie brauchen Wasser für die Herstellung ihres Stahls.«

Unvermittelt löste sich von einer der Fugen, an der die Rohre aneinanderstießen, ein Tropfen. Er fiel geradewegs auf Aldurs Schulter – und hinterließ einen roten Fleck.

»Was, bei Sigwyns Krone ...?«

Der Elf trat zurück und nahm den Boden in Augenschein, wo sich bereits eine dunkle Lache gebildet hatte, die ihnen nur deshalb nicht aufgefallen war, weil sie gegen den dunklen Fels kaum auszumachen war. Vorsichtig streckte Aldur die Hand aus und berührte die Flüssigkeit. Seine Fingerspitzen färbten sich schreiend rot.

Aldur schaute auf und blickte in die betroffenen Gesichter seiner Gefährten. »Das ist kein Wasser«, stellte er fest, während erneut ein grässlicher Schrei durch die Stollen der Festung drang.

Südwestlich des Waldes von Trowna, in einem Gebiet, das »Thurwyns Revier« genannt wurde, weil dort vor langer Zeit König Thurwyn und sein Gefolge zur Falkenjagd ausgeritten waren, lagerte das Heer der Elfen.

Als Lagerplatz hatten sie eine längliche Senke ausgesucht, die nach Westen hin von einem bewaldeten Höhenzug begrenzt wurde. Von diesem aus bot sich ein weiter Ausblick auf das vom Grenzfluss durchzogene Tal, auf dessen anderer Seite die schroffen Ausläufer des Schwarzgebirges dunkel und drohend in den Abendhimmel wuchsen. Davor, ein Stück südlich des großen Felsens, der den Grenzfluss teilte, zeugten unzählige lodernde Feuer von der Gegenwart des feindlichen Heeres.

Anstatt den Wald von Trowna zu durchqueren und sich auf diese Weise der Gefahr eines Angriffs aus dem Hinterhalt auszusetzen, hatten die Menschen ihn in einem Gewaltmarsch umrundet und sich jenseits des Flusses festgesetzt. Sie waren zu weit entfernt, als dass man etwas anderes als die Lichtpunkte ihrer Lagerfeuer hätte erkennen können. Aber der Wind, der von Westen heranstrich, trug leisen Trommelschlag herüber, den Klang des Krieges.

Eine der vier Legionen, die König Elidor in aller Eile aufgeboten hatte – mehr war in der Kürze der Zeit nicht möglich gewesen –, sicherte den Lagerplatz nach Westen, während die anderen nach den ungeschützten Seiten hin Schanzarbeiten vornahmen. Ein Graben wurde ausgehoben und ein Wall aufgeworfen, sodass das Lager notfalls verteidigt werden konnte. Die Zelte, die die Elfenlegionäre zusammen mit ihrem Marschgepäck auf dem Rücken trugen, wurden in konzentrischen Kreisen um einen Mittelpunkt errichtet, den das Zelt des Königs einnahm. Dort, im Licht zahlloser Kerzen, die entzündet worden waren, um nicht nur das Dunkel der hereinbrechenden Nacht zu vertreiben, sondern auch die Furcht aus Elidors Herzen, beriet sich der junge Herrscher des Elfenreichs mit den Befehlshabern seines Heeres – und mit Farawyn, der seinem Versprechen gemäß die Streitmacht begleitet hatte.

Vor ihnen ausgebreitet lag eine der Karten aus dem Observatorium von Tirgas Lan – eine schematische Darstellung des Südreichs, die von den Ausläufern des Schwarzgebirges im Nordwesten bis nach Tirgas Dun im Südosten reichte. Farawyns Befürchtung war es gewesen, dass das feindliche Heer versuchen könnte, zu der Hafenstadt vorzustoßen, um sich Zugang zur See zu verschaffen und die Nachschubwege der Königsstadt abzuriegeln; doch wie es aussah, verfolgte der Feind andere Pläne.

»Ich frage mich, was die Menschen im Schilde führen«, sagte General Tullian, dessen vergoldeter Brustpanzer das Emblem von Tirgas Lan zierte. »Unseren Spähern zufolge sind sie bereits seit ein paar Tagen hier. Warum greifen sie nicht an, statt in aller Ruhe abzuwarten, bis wir unser Lager befestigt haben?«

»Vielleicht warten sie auf etwas«, gab Elidor zu bedenken.

»Mit Verlaub, Euer Majestät, worauf sollten sie warten? Die Menschen haben alles, was sie brauchen, während wir gerade erst dabei sind, unseren Posten zu beziehen. Sie hätten uns längst überrennen können.«

»Vielleicht wollten sie das ja«, wandte Farawyn ein, der am Ende des Kartentischs stand und sich mit beiden Armen darauf stützte. »Aber wir dürfen nicht vergessen, dass in Wahrheit nicht die Menschen das Kommando führen. Ortwein mag wie einst sein Vater davon überzeugt sein, ein großer Anführer zu sein, in Wahrheit ist er jedoch nur Margoks Marionette.«

»Wir kennen Eure Vermutungen, Meister Farawyn«, ergriff ein anderer General das Wort, der auf den Namen Irgon hörte. »Aber für uns macht es keinen Unterschied, welcher Natur unser Feind ist. Wir werden jeden Gegner Tirgas Lans mit aller Entschiedenheit bekämpfen.«

»An Eurer Entschlossenheit zweifle ich nicht, General«, beteuerte Farawyn, »aber dieser Krieg ist anders als jeder, in dem Ihr zuvor gefochten habt. Wenn Ihr Euch fragt, worin der Unterschied zwischen einem gewöhnlichen Gegner besteht und einem, der sich finsterer Mächte bedient, so bittet die Soldaten der fünften Legion um Auskunft.«

Irgon straffte sich, seine Züge gefroren. »Mäßigt Euch, Zauberer. Man erwähnt jene, die für das Reich gefallen sind, nicht leichtfertig und im Spott.«

»Das tue ich nicht, General. Ich wollte Euch nur klarmachen, was es bedeutet, gegen den Dunkelelfen zu kämpfen. Margoks Erinnerung reicht weiter zurück als die jeder anderen Kreatur Erdwelts. Er wurde im Großen Krieg geschlagen und kennt seine Schwächen – und er wird alles daransetzen, seine Fehler von einst nicht zu wiederholen.«

»Und was bedeutet das?«, fragte Tullian.

»Ich denke, dass unser junger König recht hat. Es muss einen Grund dafür geben, dass Margok uns noch nicht angegriffen hat – ebenso wie es einen Grund gibt, weshalb er sich ausgerechnet die Flussgabelung als Lagerplatz ausgesucht hat.«

»Weil die beiden Flüsse einen natürlichen Schutz bilden. Jeder militärische Führer, der halbwegs bei Verstand ist, würde diese Stelle auswählen.«

»Richtig, aber das allein ist es nicht«, beharrte Farawyn. »Die Flussgabelung ist historischer Boden, General. Hier war es, wo einst das Bündnis zwischen Elfen und Drachen geschlossen und durch einen Felsen besiegelt wurde, der fortan den Grenzfluss teilte. Und hier war es, wo im Großen Krieg eine der entscheidenden Schlachten zwischen den Mächten des Lichts und der Finsternis ausgetragen wurde. Die Orks wurden darin vernichtend geschlagen – nicht von ungefähr haben wir auf dem Buthúgolaith, dem Siegstein, ein Denkmal zu Ehren unserer Kämpfer errichtet. Es ist also nur folgerichtig, wenn sich der Dunkelelf ausgerechnet diesen Ort für seine Rückkehr ausgesucht hat. Er will uns damit zu verstehen geben, dass er wieder da ist – und dass er Rache für das nehmen will, was damals geschehen ist.«

»Und weshalb ist er dann noch nicht erschienen?«

»Ich nehme an, dass er auf Verstärkung wartet«, erwiderte der Zauberer, »und zwar von hier.« Er deutete auf die schroffen Kämme des Schwarzgebirges, die auf der Karte eingezeichnet waren. »Die Orks sind Margoks Kreaturen, und wir wissen, dass sie in letzter Zeit wiederholt die Grenze überschritten haben. Weshalb also sollte er nicht auch sie unter sein dunkles Banner gerufen haben?«

»Nach allem, was wir von unseren Kundschaftern wissen, ist Ortweins Heer etwas über dreitausend Kämpfer stark«, fasste Tullian zusammen, »was bedeutet, dass wir ihnen mit unseren vier Legionen an Zahl ebenbürtig und somit an Kampfkraft überlegen sind. Wenn die Menschen jedoch durch Orks verstärkt werden, so könnten sich die Verhältnisse rasch zu unseren Ungunsten verschieben.«

»Von den *neidora* ganz zu schweigen«, fügte Farawyn hinzu. »Margoks Leibwächter haben Eurer Armee schon einmal eine vernichtende Niederlage beigebracht, vergesst das nicht.«

»Und Ihr habt versprochen, uns diese elenden Schimären vom Leib zu halten«, konterte Irgon. »Wo ist die Unterstützung, die Ihr uns zugesagt habt? Wo bleiben Eure Brüder aus Shakara, die uns im Kampf unterstützen wollten?«

»Habt Geduld«, beschwichtigte Farawyn, »sie werden kommen.«

»Wann? Wenn es zu spät ist? Wenn wir alle erschlagen in unserem Blut liegen und der Feind gegen Tirgas Lan marschiert?«

»Einstweilen«, erwiderte der Zauberer, »nehmt meine Anwesenheit und die von Meisterin Maeve als Pfand dafür, dass auch noch andere Ordensangehörige zu uns stoßen werden.«

»Schön und gut, Meister Farawyn – aber Eure Anwesenheit allein wird uns weder die Unholde noch die *neidora* vom Hals schaffen, oder?«

Der Zauberer bemerkte die Aggression, die in Irgons Worten mitschwang, aber er verübelte sie ihm nicht. Es waren nicht Vorbehalte gegenüber dem Orden, die den General so sprechen ließen, sondern die Furcht davor, von einem Feind überrannt zu werden, gegen den Tapferkeit und Mut allein nichts auszurichten vermochten. Zu gern hätte Farawyn ihm gesagt, dass seine Sorge unnötig und die Verstärkung aus Shakara bereits unterwegs war – in Wahrheit jedoch war er sich selbst nicht sicher. Seit sie Tirgas Lan verlassen hatten, hatte er keine Nachricht vom Hohen Rat erhalten.

Er wusste nicht, was dort vor sich ging – hatte Gervan es sich noch einmal anders überlegt und seine Zusage zurückgezogen? Hatte Cysguran die Macht im Rat an sich gebracht und den Beschluss, dem König zu helfen, wieder rückgängig gemacht? Auch wenn Farawyn es nicht offen zugab und der Gedanke ihn an den Rand einer Panik brachte – beides war möglich. Wenn es so war, würde die Katastrophe unausweichlich sein, aber es gab nichts, was Farawyn dagegen unternehmen konnte. Wenn er jetzt das Heerlager verließ und nach Tirgas Lan zurückkehrte, so würde sich dies wie ein Lauffeuer unter den Soldaten verbreiten. Die Nachricht, dass die Zauberer von Shakara an ihrer Seite kämpften, hatte den Männern Mut gemacht; entsprechend verheerend würde es sich auswirken, wenn er sich jetzt scheinbar von ihnen abwandte. Nein – Farawyn hatte keine andere Wahl, als auf dem Platz auszuharren, den ihm das Schicksal zugewiesen hatte.

Elidor, der den Wortwechsel größtenteils schweigend verfolgt hatte, räusperte sich.

»Ja, Hoheit«, fragte Tullian. »Ihr möchtet etwas sagen?«

»Nun«, entgegnete der König, »offen gestanden habe ich mich gefragt, ob es in Anbetracht der Lage nicht angezeigt wäre, eine Gesandtschaft ins Lager der Menschen zu schicken.«

»Ihr wollt verhandeln?«, fragte Irgon.

»Ich will verhindern, dass sinnlos Blut vergossen wird«, berichtigte Elidor. »Möglicherweise finden wir einen Weg, uns mit Fürst Ortwein zu einigen.«

»Dann müsstet Ihr bereit sein, die Einheit des Reiches zu opfern«, stellte Tullian klar. »Mein König, ich kann nicht glauben, dass Ihr so etwas ernsthaft in Erwägung zieht.«

»Ich ziehe alles in Erwägung, was meinem Volk dient und dazu beiträgt, Schaden von ihm abzuwenden, General«, versicherte Elidor mit einem Selbstbewusstsein, das neu war und, so vermutete Farawyn, mit einer gewissen ehemaligen Aspirantin zu tun hatte, deren Gesellschaft der König neuerdings suchte. Vielleicht, dachte er, diente Caia dem Reich an dieser Stelle besser als im Orden. »Wenn wir den Krieg dadurch abwenden können, bin ich bereit, auch hier ein Opfer zu bringen.«

»Und diese Haltung ehrt Euch, Majestät«, versicherte Farawyn. »Wären es nur die Menschen, die dort im Flusstal aufmarschiert sind, würde ich Euch zu diesem Schritt raten – doch mit den Mächten, die hinter ihnen stehen, gibt es kein Verhandeln. Der Dunkelelf will das Elfenreich nicht schwächen, er will es beherrschen, und er wird sich nicht mit ein paar Brocken zufriedengeben, wenn er alles haben kann. Vor dieser Konfrontation gibt es kein Entrinnen – es sei denn, wir finden uns damit ab, geschlagen und vernichtet zu werden und Erdwelt in Dunkelheit versinken zu sehen. Ist es das, was Ihr wollt?«

Elidor schaute ihn aus großen Augen an. Die ohnehin schon blassen Züge des Königs waren kalkweiß geworden. »Sicher nicht«, erwiderte er tonlos. »Ich werde …« Er unterbrach sich, als der Zelteingang plötzlich zurückgeschlagen wurde und ein Offizier eintrat. Seiner waldgrünen Kleidung nach gehörte er zu einem der Spähtrupps, die am frühen Abend ausgeschickt worden waren, um den Feind auszukundschaften.

»Mein König«, stieß er atemlos hervor und verbeugte sich. »Ich bringe Nachrichten von der Front.«

»Von der Front?« Elidor verkrampfte sich sichtlich. Die Sprache des Krieges war noch neu und ungewohnt für ihn, und sie schien ihm nicht zu behagen. »Was gibt es?«

»Orks, Euer Hoheit«, berichtete der Späher knapp. »Sie treffen soeben im Heerlager der Menschen ein – und es sind Tausende!«

15. ARFA CUTHÍUNA

Es war niederschmetternd.

Bis tief ins Innere der feindlichen Festung waren Granock und seine Freunde vorgedrungen, und hatten geglaubt, das Rätsel Nurmorods längst entschlüsselt zu haben. Doch das wahre Geheimnis dieses Ortes, den es nach offizieller Auffassung nicht einmal geben dürfte, schien noch weitaus grässlicher zu sein.

»Das Blut war rot. Menschenblut zweifellos«, flüsterte Alannah, während sie weiter durch den Stollen vordrangen, jetzt noch vorsichtiger und sich wachsam umblickend.

»Damit dürfte ziemlich klar sein, was mit den gefangenen Wildmenschen geschieht, die ihr gesehen habt«, meinte Granock düster. Seine Freunde hatten ihm berichtet, was sie nach seiner Entführung im Wald entdeckt hatten und wie sie schließlich in die Festung gelangt waren, und die Folgerung, dass die Zwerge von Nurmorod die Baumgeister Menschen jagen ließen, um sie anschließend zu töten, war für ihn die einzig schlüssige.

»Zumindest diese Frage wäre also geklärt«, bestätigte Aldur trocken. Das Schicksal der *gytai* schien ihn kaltzulassen. Sein Interesse galt mehr der Lösung des Rätsels.

»Aber was bezwecken die Zwerge damit?«, fragte Alannah. »Welchen Sinn kann es haben, Menschen zuerst lebend einzufangen und sie dann umzubringen?«

»Dem Blut eines Lebewesens wohnen besondere Eigenschaften inne, das solltest du wissen«, beschied ihr Aldur. »Nicht von ungefähr wurden die *neidora* zum Leben erweckt, indem man zehn Unschuldige opferte.«

»Aber wieso ausgerechnet Wildmenschen?«, fragte Granock.

»Womöglich eignet sich Orkblut dafür nicht«, vermutete Aldur mit einem Seitenblick auf Rambok. »Oder aber, es wird in großen Mengen benötigt. Die *gytai* sind in diesen Wäldern so zahlreich wie die Vögel; dennoch wird es niemandem auffallen, wenn sie verschwinden.«

Granock nickte. Was sein Freund sagte, entbehrte nicht einer gewissen Logik – zumindest, wenn man die Maßstäbe des Dunkelelfen anlegte. Aber was war der Zweck all diesen Mordens? Die Antwort, davon war er überzeugt, lag am Ende der Rohrleitung, auf die sie gestoßen waren, und ihnen allen war klar, dass sie diese Antwort finden mussten, ehe sie Nurmorod verließen, auf welchem Weg auch immer.

Von ihren Verfolgern war nach wie vor nichts zu sehen oder zu hören, auch Wachen schien es hier keine zu geben. Der Grund dafür wurde offenbar, als der Boden unvermittelt endete.

Aldur, der wie immer vorausging, stieß einen dumpfen Laut aus, als er plötzlich ins Leere trat.

»Aldur«, schrie Alannah, aber es war zu spät.

Der Elf stürzte nach vorn in die Dunkelheit – und klatschte bäuchlings in eiskaltes Nass.

Panik überkam ihn, aber schon im nächsten Moment merkte Aldur, dass das Becken, in das er gestürzt war, nur etwa Hüfttiefe hatte. Seine Füße fanden den Boden, er stützte sich ab und tauchte sofort wieder auf.

Keuchend kam er an die Oberfläche, den Zauberstab noch immer in der Hand und wütend über das Missgeschick, das ihm unterlaufen war. »Verdammt«, wetterte er, »was …?«

»Da ist etwas!« Granock, der mit Alannah und Rambok an der Abbruchkante stand, deutete auf das dunkle Wasser, mit dem das Becken bis zum Rand gefüllt war, sodass es vom glatten Boden kaum zu unterscheiden war. »Es kommt auf dich zu!«

Aldur fuhr herum, und tatsächlich konnte er mehrere leuchtende Schemen erkennen, die dicht unter der Oberfläche schwammen und pfeilartig auf ihn zuschossen. Der Elf begriff, dass er verschwinden musste. Solange er sich im Wasser aufhielt, konnte er seine Fähigkeit nicht nutzen, ohne sich selbst zu gefährden, also musste er raus, und das so schnell wie möglich!

»Aldur! Rasch!«

Als Alannahs Warnruf gellte, hatte er sich bereits umgewandt. Hals über Kopf stürzte er zum Rand des Beckens, von wo sich ihm die helfenden Hände seiner Gefährten entgegenstreckten. Sein schwimmender Verfolger jedoch holte rasch auf. Den *flasfyn* warf Aldur aufs Trockene, dann ergriff er Granocks und Alannahs Hände und setzte aus dem Becken. Gleichzeitig spürte er, wie etwas seinen linken Fuß packte.

Der Elf warf sich herum, um zu sehen, was es war – und bemerkte den Fisch, der sich in seinen Stiefel verbissen hatte. Das Tier war nur etwa eine Elle lang, und seine weißliche, matt leuchtende Färbung verriet, dass es in völliger Dunkelheit lebte. Entsprechend hatte es keine Augen – das Gebiss, mit dem es augestattet war, war dafür umso mörderischer.

»Verdammt!«, schrie Aldur. »Befreit mich von diesem Ding!«

Alannah reagierte prompt. Ihre Elfenklinge flog sirrend heran, und schon im nächsten Moment flog die hintere Hälfte des Fischs zurück ins Becken. Kaum war der Kadaver im Wasser aufgetroffen, schossen von allen Seiten noch mehr lumineszierende Schemen heran, die sich gierig auf die Beute stürzten. Fast hatte es den Anschein, als beginne das Wasser an der betreffenden Stelle zu kochen, so brodelte und schäumte es, und schon wenige Herzschläge später waren von dem Fisch nur noch ein paar abgenagte Gräten übrig.

»Was, beim großen Kristall, ist das gewesen?«, erkundigte sich Aldur, während er mit zitternden Händen den Kopf des Fischs von seinem Stiefel zerrte und ebenfalls zurück ins Wasser warf. »Fische wie diese habe ich noch nie gesehen!«

»Ich auch nicht«, gab Alannah zu.

»Korr«, pflichtete Rambok bei. »Jetzt wissen, warum keine Wachen. Nicht brauchen.«

»Ganz recht«, stimmte Aldur dem Ork in seltener Einmütigkeit zu, während er sich auf die Beine raffte und den Zauberstab wieder an sich nahm. »Und es bedeutet wohl auch, dass wir uns auf dem richtigen Weg befinden. Wenn sie hier eine Falle gestellt haben, dann heißt das, dass es etwas zu verbergen gibt.«

»Und wie weiter?«, fragte Granock.

»Es muss eine Brücke geben oder einen Mechanismus, der sich …«, begann Granock, als plötzlich frostkalte Luft den Stollen erfüllte. Ein markiges Knacken war zu hören, und im nächsten Moment war die Wasseroberfläche zu Eis erstarrt.

»Bitte sehr«, sagte Alannah nur und machte eine einladende Handbewegung. »Ihr wolltet eine Brücke? Hier ist sie.«

Es war genau so, wie Rurak es vorausgesagt hatte: Zahllos wie die Maden in einem faulenden Kadaver quollen die Orks über den Hügelkamm, der den südöstlichsten Ausläufer des Scharfgebirges markierte, und wie flüssige Gallerte ergossen sie sich in das Tal, wo das Heer der Menschen lagerte.

Von einem Felsblock aus, den er erklommen hatte, verfolgte der Abtrünnige das bizarre Schauspiel. Nach einem Marsch von mehreren Tagen, der sie am Rand des Dämmerwaldes entlang und dann über die ebenso schroffen wie unwirtlichen Grate des Scharfgebirges geführt hatte, waren sie endlich im Südreich angekommen. Der Plan des dunklen Herrschers war kurz davor, sich zu erfüllen.

In einer nicht enden wollenden Kolonne wälzte sich die Streitmacht der Unholde den steilen Hang hinab. Nicht wenige von ihnen stimmten in der Erwartung auf das bevorstehende Schlachten heiseres Gegröle an, andere brüllten ihre Kampfeslust und ihren Blutdurst einfach laut in die Nacht hinaus. Rurak konnte es nur recht sein. Je mehr Angst und Schrecken die Orks verbreiteten, desto besser.

Ein Stück weiter südöstlich, wo sich der Grenzfluss gabelte, hatte das Heer der Menschen sein Lager aufgeschlagen. Sie hielten sich im Schatten des Felsens, der an die große Niederlage erinnerte. Der abtrünnige Zauberer verzog das missgestaltete Gesicht zu einem Grinsen.

Wie begeistert seine Mitbrüder im Rat gewesen waren, als er vor vielen Jahren den Bau eines Denkmals für die Helden von einst angeregt hatte! Als Ratsmitglied Palgyr hatte er sich stets für die Wahrung traditioneller Werte eingesetzt und dafür, dass die Vergangenheit nicht in Vergessenheit geriet. So hatte es niemanden verwundert, als er die Errichtung eines großen Monuments gefordert hatte, das der Nachwelt für alle Zeit den großen Sieg vor Augen führen sollte. Selbst Farawyn und der immer kritische Cethegar hatten eifrig zugestimmt, und so war das Denkmal auf dem Siegfelsen errichtet worden, aus Granit gehauen von einigen der besten Steinmetzen des Zwergenreichs. Dass diese längst von ihren Gilden ausgeschlossen worden waren und in Wahrheit für einen anderen Auftraggeber arbeiteten, hatte niemand je erfahren.

Bis heute …

Rurak konnte nicht anders, als beim Anblick der sich vereinenden Heere in lautes Gelächter auszubrechen. Hoch oben auf dem Felsen stehend, brüllte er seinen Triumph laut hinaus – bis er plötzlich eine Stimme vernahm.

Du bist gekommen …

»Ja, mein Herr und Meister«, versicherte der Zauberer beflissen. »Genau wie Ihr es befohlen habt. Hier sind die Unholde, die Ihr wolltet. Sie gehören Euch.«

Einmal mehr hast du gute Arbeit geleistet, mein Diener. Dies wird nicht vergessen werden, nun, da die Stunde der Rache gekommen ist.

»Endlich«, bestätigte Rurak mit fieberndem Blick.

Die Heere sollen sich vereinen, aber lass die Unholde oberhalb der Gabelung ihr Lager beziehen. Wir wollen nicht, dass sie mit den Menschen aneinandergeraten. Ihr gemeinsamer Zorn soll sich auf unsere Feinde richten.

»Verstanden, Hoheit. Gibt es sonst noch etwas, das Euer niederer Diener für Euch tun kann?«

Ja, Rurak. Teile meinen Kreaturen mit, dass ich mich freue, sie nach all der Zeit zu sehen, die vergangen ist. Offenbar sind sie noch stärker geworden – und noch einfältiger und leichter zu lenken.

»Sie fragen immerzu nach Euch, Hoheit. Wann werdet Ihr Euch ihnen zeigen?«

Schon sehr bald. Sag meinen Kriegern, dass sie sich nicht mehr lange gedulden müssen. Bereits im Morgengrauen greifen wir an, und wenn die Sonne morgen untergeht, wird sie auf eine veränderte Welt blicken.

16. CARTRAL'Y'CRYSALION

Aldur übernahm erneut die Führung, und sie überquerten die gefrorene Fläche, wobei sie sich vorsehen mussten, nicht auszugleiten. Wie sich herausstellte, war das Becken sehr viel länger, als es zunächst den Anschein gehabt hatte – wer versucht hätte, es ohne Zuhilfenahme von Magie zu durchqueren, der wäre lebendigen Leibes gefressen worden.

Der Stollen endete vor einer Tür aus rostigem Metall, die fest verschlossen schien. Darüber verschwand die Deckenleitung im Felsgestein. Aldur blieb stehen. Den Zauberstab kampfbereit in den Händen, wartete er, bis seine Gefährten zu ihm aufgeschlossen hatten.

»Ich nehme an«, flüsterte er, »dass wir hinter dieser Pforte finden werden, wonach wir suchen. Seid ihr bereit?«

Die Gefährten nickten, auch Granock, obwohl ihm nicht danach zumute war. Wenn er sich konzentrierte und arg zusammennahm, konnte er inzwischen wieder den einen oder anderen *tarthan* vortragen. An einen Zeitzauber jedoch war vorerst nicht zu denken.

»Dann los!«

Der Gedankenstoß, den die drei Eingeweihten gemeinsam wirkten, war von solch urtümlicher Kraft, dass er die Türflügel aufsprengte. Krachend flogen sie aus den Angeln, der Weg in die dahinterliegende Kammer war frei.

»Vorwärts!«, rief Aldur.

Das Erste, was sie sahen, waren Schwaden von Dampf, die ihnen aus der Kammer entgegenwehten. Dann spürten sie die feuchte

Hitze und hörten das Brodeln. Granock kam es vor, als wären sie unversehens in einer Küche gelandet. Zu beiden Seiten blubberte und schäumte es in steinernen Becken. Aber es war keine Suppe, die darin kochte, sondern siedend heißes, mineralisches Wasser, das offenbar aus den Tiefen des Berges kam – und das versetzt war mit Menschenblut.

Die Röhre, der Granock und seine Gefährten gefolgt waren, verzweigte sich unterhalb der Decke, sodass zu jedem der in den Fels gehauenen Becken eine eigene Leitung führte, die dieses mit rotem Lebenssaft versorgte. Aber zu welchem Zweck? Was ging an dieser bizarren Stätte vor sich?

Vorsichtig traten die Eingeweihten an eines der Becken. Da nicht daran zu denken war, mit der Hand in das kochend heiße Wasser zu greifen, steckte Aldur kurzerhand das Ende des *flasfyn* hinein und rührte herum. Der Schaum verflüchtigte sich, und die Gefährten konnten einen Blick auf das erhaschen, was sich unter der brodelnden Oberfläche befand.

Es war ein Kristall.

Ein künstlich gezüchteter Kristall, nur eine Handspanne lang, denen nicht unähnlich, die in Shakara verwendet wurden, jedoch von tiefroter Farbe, die fraglos auf die Verwendung von Menschenblut zurückging.

»Also das ist es«, rief Aldur aus. »Darum geht es ihnen in Wirklichkeit!«

»Was meinst du?« Alannah schaute ihn verständnislos an.

»Sie lassen Kristalle wachsen,um sie als Waffen zu verwenden. Das ist das eigentliche Geheimnis von Nurmorod!«

»Kristalle als Waffen?« Alannah schüttelte den Kopf. »Aber das ist unmöglich! Alle existierenden Elfenkristalle stammen vom Annun ab, dem Urkristall, der seine Heimat an den Fernen Gestaden hat. Albon, der Stammvater aller Elfen, hat sie uns einst hinterlassen, und sie sind von *calada* erfüllt, dem Licht des Lebens. Man kann sie nicht als Waffe verwenden!«

»Margok konnte es«, widersprach Aldur. »Im Zuge seiner Experimente hatte er einen Weg gefunden, das Wachstum von Kristallen auf solche Weise zu manipulieren, dass sie sich auch für das

Böse einsetzen lassen, zu Zerstörung und Vernichtung. Der einzige Grund, warum sie damals nicht zum Einsatz kamen, ist der, dass der Krieg zu Ende ging, noch ehe Margoks jüngste Erfindung zur Herstellung gelangen konnte. Wäre es ihm gelungen, hätte der Krieg wohl einen anderen Ausgang genommen.«

»Woher weißt du das alles?«, fragte Alannah verwundert.

»Es existieren alte Aufzeichnungen, die sich des Themas annehmen«, erwiderte Aldur unbestimmt.

»Und wie hast du davon erfahren?«, bohrte Alannah weiter. »Hat Riwanon dir das erzählt?«

»Das eine oder andere«, bestätigte er. »Den Rest habe ich mir auf eigene Faust erschlossen.«

»Auf eigene Faust?« Alannah schaute ihn aus großen Augen an. »Aber dieses Wissen ist verboten.«

»Sie hat recht«, pflichtete Granock ihr bei. »Das alles sind Dinge, von denen du nichts wissen solltest.«

»Verdammt, warum seid ihr nur immer so ängstlich?«, fuhr Aldur sie beide an. »Ihr seid ja noch schlimmer als der Hohe Rat. Habt ihr denn gar nichts gelernt?«

»Was sollten wir denn deiner Ansicht nach gelernt haben?«, wollte Granock wissen.

»Da draußen«, zischte Aldur und deutete in die Richtung, aus der sie gekommen waren, »wird ein Krieg vorbereitet – und nach allem, was wir gesehen haben, wird dieser Krieg mit keinem zu vergleichen sein, der jemals in Erdwelt ausgetragen wurde. Hier geht es nicht um Politik, Granock, nicht um die Hinzugewinnung einzelner Gebiete oder die Erweiterung von Einfluss, sondern es geht um absolute Macht, und das einzige Ziel des Feindes lautet Vernichtung: die Vernichtung unserer Welt, die Vernichtung unserer Freiheit, die Vernichtung von allem, was wir kennen.«

»Schon gut, ich hab's begriffen«, versicherte Granock. »Aber was hat das mit diesen Kristallen zu tun?«

»Überlegt doch: Da alle bisherigen Mittel, den Dunkelelfen zu besiegen, kläglich gescheitert sind, haben wir nur eine Wahl: Wir müssen Margok mit den eigenen Waffen bekämpfen.«

»Was soll das heißen?« Alannah starrte ihn entsetzt an. »Du willst diese … diese Blutkristalle an dich nehmen?«

»Nur einen davon. Wir werden ihn nach Shakara bringen und erforschen. Danach werden wir in der Lage sein, so viele von ihnen herzustellen, wie wir brauchen.«

»Um was zu tun? Margok zu besiegen? Oder selbst zum Dunkelelfen zu werden?«

»Alannah, du verstehst nicht …«

»Nein, Aldur – du bist es, der hier nicht versteht. Margok ist das personifizierte Böse, und er ist ein Meister darin, andere Wesen zu manipulieren und zu missbrauchen. Viele, die glaubten, ihn zu bekämpfen, standen in Wahrheit längst in seinen Diensten!«

»Ich nicht«, sagte Aldur bestimmt. Seine Augen, fand Granock, hatten einen fiebrigen Glanz angenommen, aber vielleicht lag es auch nur an der brodelnden Hitze, die in der Kammer herrschte. »Alles, was ich will, ist Erdwelt und das Reich retten!«

»Indem du dich eines dunklen Zaubers bedienst? Das Blut unschuldiger Menschen haftet an diesen Kristallen, Aldur! Sie sind davon durchdrungen.«

»Vielleicht finden wir einen Weg, sie auf andere Weise herzustellen«, wandte Aldur ein. »Aber wenn wir sie nicht erforschen, werden wir das nie erfahren. Komm schon, Alannah – benutze dein Eis, um einen der Behälter abzukühlen. Dann nehmen wir uns den Kristall und verschwinden, noch ehe …«

»Nein.« Sie schüttelte den Kopf.

»Farawyn würde genauso handeln«, sagte Aldur überzeugt. »Glaubst du, er würde eine Möglichkeit ausschlagen, das Reich vor der sicheren Vernichtung zu bewahren?«

Die Elfin blieb bei ihrer ablehnenden Haltung – Granock hingegen wurde durch Aldurs Worte nachdenklich.

Hätte sein alter Meister es tatsächlich wie Alannah rundweg abgelehnt, die Waffen des Feindes einzusetzen? Selbst dann, wenn der Verzicht darauf womöglich Tausende von Unschuldigen das Leben kostete? Oder hätte Farawyn der Notwendigkeit gehorcht und versucht, die Errungenschaften des Bösen ihrer Natur zum Trotz zum Guten einzusetzen?

Granock wusste es nicht.

Hätte man ihm die Frage in Shakara gestellt und hätte er ausreichend Zeit gehabt, um in der Stille seiner Kammer darüber nachzudenken, wäre er vielleicht zu einem eindeutigen Ergebnis gekommen. In diesem Augenblick jedoch vermochte er nicht zu sagen, welcher von seinen Freunden nun recht hatte, und auch die flehenden Blicke, mit denen Alannah ihn bedachte, änderten daran nichts.

»Möglicherweise liegt Aldur richtig«, gab er zu bedenken. »Womöglich ist es wirklich der einzige Weg …«

»Ich habe recht«, war der Elf überzeugt. »Eine Gelegenheit wie diese bietet sich uns nicht noch einmal. Wenn wir sie nicht ergreifen, sind wir nicht besser als diese Zauderer im Rat!«

»Diese Zauderer«, widersprach Alannah mit bebender Stimme, »sind die weisesten Männer und Frauen von Erdwelt. Willst du behaupten, du wärst klüger als sie?«

»Keineswegs«, wehrte Aldur ab. »Aber nicht sie sind hier, sondern wir, und nicht sie haben zu entscheiden, sondern wir, und aus diesem Grund müssen wir handeln. Verstehst du nicht, dass wir keine andere Wahl haben?«

Sein Blick war streng geworden, sein Tonfall scharf und schneidend. Auch Alannah kam nun ins Zweifeln. »Granock?«, fragte sie.

»Ich denke, wir sollten es tun«, stimmte dieser zu. »Wenn Farawyn der Ansicht sein sollte, dass wir einen Fehler begangen haben, kann er den Kristall noch immer vernichten.«

Ernüchterung zeichnete sich auf ihren Zügen ab. Es war ihr anzusehen, dass sie gegen ihre Überzeugung handelte, aber um ihrer Gefährten willen lenkte sie ein. Noch einen Augenblick zögerte sie, dann senkte sie ihren Zauberstab über das Becken und streckte eine Hand aus. Es kostete sie kaum Mühe, die Temperatur des Wassers mittels des Eises so weit abzusenken, dass Aldur hineingreifen und den Kristall an sich nehmen konnte. Aber auch als er ihn in den Händen hielt und unter seiner Robe verschwinden ließ, machte Alannah kein Hehl daraus, dass sie nicht billigte, was er tat.

Der Elf kümmerte sich nicht darum. »Das war's«, meinte er leichthin. »Nun lasst uns verschwinden.«

»Kammer noch ein Ausgang«, berichtete Rambok, der sich inzwischen umgesehen hatte. »Vielleicht von dort Weg hinaus …«

Sie beschlossen, ihr Glück zu versuchen, und entriegelten die Tür, die sich auf der anderen Seite der Kristallkammer befand. Ein Gang schloss sich an, in den die vier Gefährten rasch hinaushuschten, froh darüber, die Hitze und die stickige Enge hinter sich zu lassen.

Sie kamen jedoch nicht weit.

Granock und Rambok, die diesmal die Vorhut übernommen hatten, fuhren erschrocken zurück, als unmittelbar vor ihnen ein Gitter aus der Decke fiel und ihnen den Weg versperrte.

»Verdammt!«

Abrupt fuhren sie herum und wollten in die andere Richtung fliehen, aber auch hinter Aldur und Alannah ratterte im nächsten Moment ein Fallgitter herab und schlug mit hässlichem Knirschen zu Boden.

Sie waren gefangen!

Aldur schoss die Zornesröte ins Gesicht. »Was ist das?«, rief er wütend.

»Eine Falle«, bemerkte Alannah trocken. »Granocks Vermutung war richtig.«

Aldur knurrte wie ein Raubtier. Die Vorstellung, dass sein menschlicher Freund recht gehabt haben könnte und er unrecht, machte ihn nur noch wütender. »Wie können sie es wagen?«, fauchte er. »Dafür werden sie bezahlen, so wahr ich Aldur bin, des Aldurans Sohn!«

Er fletschte die Zähne und packte seinen Zauberstab fester, entschlossen, seine Haut so teuer wie möglich zu verkaufen, als sich den Gang herab auch schon Schritte näherten. Die Gefährten rotteten sich zusammen. Mutig blickten sie dem Feind entgegen, der jeden Augenblick aus dem Dunkel des Stollens auftauchen würde. Sie rechneten mit Zwergen, mit Orks, vielleicht sogar mit einem Trollwächter – darauf, sich selbst zu begegnen, waren sie allerdings nicht gefasst.

Blankes Entsetzen erfasste Granock, als er sich selbst in die Augen blickte. Für einen Moment war er nicht fähig, zu handeln oder auch nur zu denken.

Dann traf ihn der Betäubungspfeil, und noch ehe er recht begriff, was geschah, verlor er das Bewusstsein.

Das königliche Heerlager war in Aufruhr.

Die Nachricht vom Eintreffen der Unholde hatte sich wie ein Lauffeuer verbreitet, und obwohl Elfenkrieger für ihre Disziplin bekannt waren und dafür, keinen noch so grausamen Gegner zu fürchten, griff wachsende Unsicherheit um sich, die Meisterin Maeve beinahe körperlich fühlen konnte.

Die Tatsache, dass eine ganze Legion am Nordrand von Trowna vernichtet worden war, hatte den Nimbus der Unbesiegbarkeit, mit dem sich das Elfenheer gern umgeben hatte, brutal zerstört. Als es nun auch noch hieß, Orks und Menschen hätten sich gegen das Elfenreich verbündet und würden gemeinsam in die Schlacht ziehen, da drohte die Stimmung gefährlich zu kippen. Farawyn zweifelte nicht, dass Margok dies beabsichtigt hatte. Andere Kreaturen einzuschüchtern und zu verängstigen war auch schon vor Tausenden von Jahren die Taktik des Dunkelelfen gewesen, und sie war oft genug aufgegangen.

Aber nicht dieses Mal.

Waren einige Generäle, unter ihnen auch der wackere Tullian, zuvor noch dafür gewesen, einen Frontalangriff auf das gegnerische Lager durchzuführen und den Feind zu überraschen, war man von dieser Möglichkeit nun abgerückt. Die Gefahr, dass das zahlenmäßig unterlegene Heer der Elfen zwischen Menschen und Orks aufgerieben wurde, war zu groß; vielmehr galt es, die Position am Hügelkamm, die das Tor nach Trowna und damit nach Tirgas Lan bildete, um jeden Preis zu halten und den Ansturm der feindlichen Horden abzuwehren.

Da die Verstärkung eingetroffen war, war es nur noch eine Frage der Zeit, wann Margoks Truppen angreifen würden. Der Generalstab hatte deshalb noch in der Nacht Alarm geben lassen. Die Soldaten wurden geweckt und auf den Hügelkamm geführt, um diesen in den bis zum Morgengrauen verbleibenden Stunden mit zusätzlichen Verteidigungsanlagen zu verstärken.

Die Nacht hallte wider von heiseren Befehlen und vom Geräusch der Äxte, die ein um das andere Mal ins Holz der Bäume geschlagen wurden. Farawyn war klar, dass man dies auch in Margoks Lager hören würde, sodass der Feind gewarnt sein würde, aber darauf kam es nicht mehr an.

Im Morgengrauen, daran hegte der Zauberer nicht den geringsten Zweifel, würden Menschen und Orks gemeinsam zum Sturm auf das Elfenheer ansetzen, und die Soldaten des Reiches mussten dem Angriff um jeden Preis standhalten.

Es ging nicht nur darum, in dieser ersten Schlacht einen Sieg davonzutragen, sondern auch, eine Grenze zu ziehen, ein Zeichen zu setzen, das deutlich machte, dass Erdwelt sich dem Dunkelelfen nicht ohne Gegenwehr unterwerfen würde. Gelang dies nicht, würde Tirgas Lan als Nächstes fallen; der Damm würde brechen und die Flut des Verderbens alles hinfortreißen, was das Elfengeschlecht als wichtig und wahr erachtete. Die Herrschaft der Dunkelheit, die einst unter hohem Blutzoll verhindert worden war, würde anbrechen, und die freien Völker Erdwelts würden ein Dasein in Finsternis und Sklaverei fristen, dem Tod näher als dem Leben.

»Meister Farawyn?«

Der Zauberer war Elidor dankbar dafür, dass er ihn aus seinen düsteren Gedanken riss. Gemeinsam standen sie auf dem Hügelkamm und beobachteten die Schanzarbeiten, die im Licht der Fackeln vonstattengingen.

»Ja, mein König?«

»Da ist etwas, das ich nicht verstehe.«

»Was meint Ihr?«

»Nun«, begann Elidor, der über seiner Tunika ein glitzerndes Kettenhemd und darüber den Harnisch mit dem königlichen Wappen trug. Statt seiner Krone hatte er den Königshelm auf dem Kopf, in dessen polierter Oberfläche sich der Fackelschein hundertfach spiegelte. Der Nachtwind bauschte seinen Umhang und ließ ihn leise flattern. »Die Unholde sind Margoks Kreaturen, richtig?«

»So ist es, mein König«, bestätigte Farawyn. »Der Dunkelelf hat sie einst aus Abkömmlingen unseres Volkes gezüchtet, die sich zu diesem Frevel bereit erklärt haben.«

»Somit verstehe ich, warum sie ihm dienen. Aber was ist mit den Menschen? Ortwein von Andaril begehrt gegen meine Herrschaft auf, weil er sich von mir unterdrückt fühlt …«

»Nicht von Euch persönlich, Majestät, aber von der königlichen Politik. Fürst Ardghals Taktik, die Menschen im Kollektiv für die Verfehlungen von Ortweins Vater zu bestrafen, hat großen Unmut erzeugt.«

»Das ist mir klar – aber glauben die Menschen ernstlich, dass es ihnen unter der Herrschaft des Dunkelelfen besser ergehen wird?«

»Die Menschheit ist noch jung, mein König. Ihre Erinnerung reicht nicht in die Zeit des Großen Krieges zurück. Sie wissen nicht, mit wem sie sich eingelassen haben, und Margok wird es ihnen auch nicht gesagt haben. Wahrscheinlich wähnen sie sich ihm gegenüber im Vorteil. Sie glauben, den Dunkelelfen für ihre Ziele arbeiten zu lassen, dabei sind sie schon längst ein Teil seiner Pläne geworden. Margok hat es von jeher verstanden, sich anderer Kreaturen nach Belieben zu bedienen, sogar als er noch Zauberer in Shakara war. Aus diesem Grund trifft den Orden eine besondere Verantwortung, wenn es um den Dunkelelfen geht.«

Farawyn merkte, wie Elidor ihn von der Seite anschaute, aber er blickte weiter starr geradeaus auf das Tal und das feindliche Lager, das sich in Gestalt ferner Lichter abzeichnete.

»Wenn es so ist, wie Ihr sagt«, begann der junge König leise, »weshalb sind Eure Schwestern und Brüder dann nicht längst eingetroffen, um unsere Truppen zu verstärken?«

»Das werden sie noch«, versicherte Farawyn.

»Glaubt Ihr das wirklich?«

Jetzt wandte der Zauberer doch den Blick und sah dem König, der eineinhalb Köpfe kleiner war als er und zu ihm aufschaute wie ein Novize zu seinem Meister, mitten ins blasse Gesicht. »Ich weiß«, sagte er im Brustton der Überzeugung, »dass es im Orden viele gibt, die nicht zögern werden, Euch im Kampf gegen das Böse beizustehen, mein König.«

»Dann sollten sie sich damit beeilen«, entgegnete Elidor, »denn in wenigen Stunden bricht der neue Tag an, und dann …« Er unterbrach sich, und Farawyn konnte die Furcht sehen und das Grauen, die sich in den Zügen des jungen Herrschers widerspiegelten.

»Denkt an unsere Vorfahren, Hoheit«, sprach er ihm Mut zu. »Vergesst nicht, dass wir hier auf historischem Grund und Boden stehen und Margoks Heer an diesem Ort schon einmal vernichtend geschlagen wurde. Der Buthúgolaith trägt seinen Namen zu Recht, und nicht von ungefähr wurde auf ihm das Denkmal unserer siegreichen Ahnen errichtet, auf das wir uns ewig an ihre Opfer …« Farawyn unterbrach sich.

Die Worte blieben ihm förmlich im Halse stecken, als plötzlich gleißendes Licht über dem Flusstal zu sehen war, eine flackernde energetische Entladung, die unmittelbar über dem feindlichen Heerlager niederging.

»Was ist das?«, fragte Elidor verblüfft.

»Ich bin mir nicht sicher …«

Das Denkmal unserer siegreichen Ahnen …

Wie ein Echo hallten die Worte in Farawyns Bewusstsein nach, und jedes Mal, wenn er sie vernahm, hatte der Zauberer das Gefühl, etwas übersehen zu haben. Erneut flackerte es, und ein Blitz zuckte aus dem nachtschwarzen Himmel und schlug in den Siegstein ein – und plötzlich kam dem Zauberer ein entsetzlicher Verdacht.

Ein Stöhnen entrang sich seiner Kehle, und er wankte, sodass Elidor ihm einen besorgten Blick zuwarf. »Was habt Ihr, Meister Farawyn? Ist Euch nicht wohl?«

Die Gedanken des Ältesten drehten sich im Kreis.

Plötzlich schien alles Sinn zu ergeben, und einmal mehr fragte er sich, wie er hatte so blind sein können.

»Das Denkmal, das auf dem Siegstein errichtet wurde«, ächzte er.

»Was ist damit?«

»Wisst Ihr, wie es entstand?«

»Nicht genau.« Der junge König schüttelte den Kopf. »Es steht dort auf dem Fels, solange ich zurückdenken kann. Aber Fürst Ardghal hat mir einst erzählt, dass es auf Betreiben der Zauberer von Shakara errichtet wurde.«

»Das ist richtig«, bestätigte Farawyn tonlos. »Ein Zauberer namens Palgyr, der vorgab, die Helden der alten Zeit ehren zu wollen, hat sich dafür eingesetzt. Er war es, der den Bau des Denkmals in Auftrag gab und es überwachte.«

Elidor brauchte einen Moment, um zu begreifen, was der Zauberer ihm zu verstehen geben wollte. »Aber Meister Farawyn«, stammelte er dann, »sagtet Ihr nicht, dass Palgyr …«

»Genau das, mein König. Genau das. Und ich beginne zu ahnen, was er damals getan hat.«

BUCH 3

MÉLINA'Y'MARWURAITH
(Die Mühlen des Todes)

1. DYNA TAITHA

»Granock? Kannst du mich hören?«

Wäre es jemand anders gewesen, der ihn rief, wäre Granock vermutlich gar nicht zu sich gekommen.

Sein Schädel war ein einziger pulsierender Schmerz, und seine linke Leibeshälfte mit dem gebrochenen Arm spürte er kaum noch. Übelkeit befiel ihn, sobald sich seine Sinne regten, und am liebsten wäre er sofort wieder in die Bewusstlosigkeit zurückgestürzt. Alannahs sanfte Stimme hinderte ihn jedoch daran.

»Granock …?«

Zögernd blinzelte er, dann war er wach. Sein Blick fokussierte sich, und er sah die Gesichter der beiden Gefährten, die besorgt auf ihn herabblickten – das eine strahlend und schön wie die Morgenröte, das andere hässlich wie die Nacht.

»Alannah«, stieß er heiser hervor. »Rambok …«

»Du lebst«, stellte die Elfin erleichtert fest.

»Ich glaube schon.«

»Sprich nicht. Es dauert eine Weile, bis die Wirkung des Schlafmittels nachlässt.«

»Schlafmittel …?«

Granock stöhnte, als die Erinnerung zu ihm zurückkehrte. Er war die ganze Zeit über das dumpfe Gefühl nicht losgeworden, dass die Zwerge von Nurmorod ihnen eine Falle stellten. Leider hatte er recht behalten …

»Wo ist Aldur?«, fragte er und drehte den Kopf, um sich umzusehen. Er lag auf feuchtem Erdboden, und soweit er es beurteilen konnte, befanden sie sich in einer Art Behausung oder Zelt. Ihre Füße lagen in Ketten, auch ihre Handgelenke waren gefesselt, daher rührte der Schmerz in seinem Arm. Von seinem elfischen Freund allerdings war weit und breit nichts zu sehen.

»Ich weiß es nicht.« Alannah schüttelte den Kopf.

»Was soll das heißen? War er nicht hier?«

Die Elfin verneinte abermals. Dabei traten Tränen in ihre Augen. »Als ich erwachte, war er verschwunden«, berichtete sie leise. »Nur du und Rambok waren hier.«

»Das muss nichts bedeuten. Möglicherweise haben sie ihn in ein anderes Zelt gebracht. Wo sind wir hier überhaupt?«

»In einem Heerlager der Menschen.«

»Ein Heerlager der Menschen?« Granock schaute die Freundin aus großen Augen an. »Demnach sind wir nicht mehr in Nurmorod?«

»Ich glaube nicht.«

»Also – war Aldurs Vermutung richtig? Existierte dort tatsächlich eine Kristallpforte? Und sind wir womöglich hindurchgereist?«

Alannah schüttelte den Kopf. »Ich weiß es nicht. Niemand von uns weiß es, denn wir sind alle ohne Bewusstsein gewesen. Und deshalb haben wir auch keine Ahnung, was mit Aldur geschehen ist. Womöglich«, fügte sie mit brüchiger Stimme hinzu, »hat er die Reise nicht mehr mitgemacht …«

»Unsinn«, widersprach Granock in einem Reflex, aber natürlich musste er zugeben, dass die Möglichkeit bestand. Das Letzte, woran er sich erinnerte, war sein eigener Doppelgänger, der jenseits des Fallgitters aufgetaucht war – ein Baumgeist zweifellos, der sich sein Aussehen …

Granock zuckte zusammen, sein Innerstes verkrampfte sich.

»Was hast du?«, fragte Alannah.

»Wer sagt mir, dass du keine *nev'ra* bist?«

»*Shnorsh*«, maulte Rambok. »Du fängst wieder damit an?«

»Die *nev'rai* können nicht sprechen«, brachte Alannah etwas sanfter in Erinnerung. »Weißt du nicht mehr?«

Granock blieb misstrauisch. »Womöglich haben sie es inzwischen gelernt«, vermutete er hilflos. »Vielleicht bin ich ja nur hier, weil ihr beide mich befragen sollt. Oder mich langsam in den Wahnsinn treiben …«

»Glaubst du das wirklich?«

»Woher soll ich das wissen?«, begehrte Granock auf. »Ich weiß nicht mehr, was ich glauben soll und was nicht!«

»Genau wie ich«, beschied Alannah ihm ruhig. »Also nenne mir einen guten Grund, warum ich dich nicht ebenfalls für einen Doppelgänger halten sollte.«

»Den kann ich dir nicht nennen.«

»Ebenso wenig wie ich«, bestätigte die Elfin. »Aber wenn wir jetzt anfangen, uns gegenseitig zu misstrauen, dann brauchen wir den Kampf gegen den Dunkelelfen erst gar nicht mehr aufzunehmen, denn wenn es unter Freunden kein Vertrauen gibt, ist unsere Welt ohnehin verloren!«

Sie hatte immer lauter gesprochen, bis sich ihre Stimme zuletzt überschlagen hatte. So aufgebracht hatte Granock sie noch niemals erlebt, und es erschreckte ihn, sie so zu sehen. »Bitte verzeih mir«, flüsterte er, »ich bin …«

»… ein Narr«, brachte sie den Satz zu Ende.

»Das war es eigentlich nicht, was ich sagen wollte.«

»Ach nein?«

»Nein.« Er lächelte schwach. »Ich wollte sagen, dass ich nur ein Mensch bin, mit allen Fehlern und Vorzügen, die meinesgleichen nun einmal anhaften.«

»Vorzüge? Welche Vorzüge?«, schnaufte Rambok.

In diesem Moment erhielten sie Gesellschaft.

Der Zelteingang wurde beiseitegeschlagen, herein trat jemand, den sie nur zu gut kannten, auch wenn er sich seit ihrer letzten Begegnung sehr verändert hatte.

Abgrundtiefe Falten durchzogen seine Haut, die wie gegerbtes Leder aussah und von Narben und Schwielen übersät war. Die Augen schienen in den Höhlen zu versinken, ihr stechender Blick jedoch war noch immer derselbe …

»Palgyr!« Granock spuckte den Namen aus wie eine verdorbene Speise.

»Bitte.« Der Zauberer, dessen Züge um ein Äon gealtert schienen, obwohl seit ihrem letzten Zusammentreffen nur zwei Jahre verstrichen waren, schüttelte angewidert das kahle Haupt. »Mein Name ist Rurak, wie ihr sehr wohl wisst.«

»Rurak oder Palgyr, wo ist der Unterschied?«, fauchte Alannah. »Ihr seid ein Verräter!«

»Mir kommen gleich die Tränen«, versicherte der Abtrünnige, dessen Gewand so schwarz war, dass es das spärliche Licht im Zelt noch zu schlucken schien. »Das letzte Mal, als ich euch sah, wart ihr weniger aufsässig.«

»Das letzte Mal waren wir noch Novizen«, knurrte Granock, »jetzt sind wir in die Geheimnisse des Ordens eingeweiht.«

»Und das soll mich beeindrucken?« Der Schurke lachte, wobei sich sein Raubvogelgesicht brutal verzerrte. »Ihr törichten Kinder! Habt ihr eine Ahnung, wie meine Macht und mein Einfluss seit unserer letzten Begegnung gewachsen sind?«

»Wenn schon«, beschied Alannah ihm ungerührt, »Ihr seid nichts weiter als ein gewöhnlicher Verbrecher!«

»Natürlich.« Der abtrünnige Zauberer schüttelte mitleidig den Kopf. »Ich hatte fast vergessen, wie einseitig und naiv ihr seid, das Produkt eurer Meister. Der gute Cethegar war ebenfalls nie in der Lage, das Wesentliche zu sehen.«

»Ihr solltet seinen Namen besser nicht erwähnen«, warnte Alannah.

»Warum nicht? Reißt das etwa alte Wunden auf?« Rurak lachte kurz auf, dann verschwand jede Heiterkeit aus seinem entstellten Gesicht. »Ich werde euch etwas von alten Wunden erzählen: Ihr beide habt dazu beigetragen, dass meine Pläne vereitelt wurden und man mich nach Borkavor steckte, in dieses Loch, das finsterer ist als jede Nacht.«

»Ihr hattet es verdient«, war Alannah überzeugt.

»Unwissende! Was weißt du schon davon, was es bedeutet, seine Zeit in absoluter Finsternis zu verbringen, abgeschieden von der Welt, mit dem Wahnsinn als einzigem Begleiter? Man verliert dabei den Verstand …«

»Offensichtlich«, knurrte Granock.

»Schweig!«, fuhr Rurak ihn an, dass sich seine Stimme überschlug und seine Augen aus ihren tiefen Höhlen zu treten schienen. »Du hast keine Ahnung, was es bedeutet, über einen so langen Zeitraum hinweg eingeschlossen zu sein – du hast ja nicht einmal Dolkons Folter ertragen, sondern gewinselt wie ein kleines Kind!«

»Was?« Granock glaubte nicht recht zu hören. »Ihr wisst, was geschehen ist?«

»Natürlich«, versicherte der Schurke grinsend, »und ich darf dir versichern, dass es mir großes Vergnügen bereitet hat, dir bei deinen Qualen zuzusehen.«

»Die Kristallkugel«, brachte Alannah in Erinnerung, was Granock völlig entfallen war. »Er verfügt über die Fähigkeit, mittels eines präparierten Elfenkristalls weit entfernte Geschehnisse zu sehen ...«

Granock holte scharf Luft – in diesem Augenblick erinnerte er sich an den seltsamen, kugelförmigen Gegenstand, den Thanmar in den Händen gehalten hatte. Der Aufseher von Nurmorod hatte sogar zu seinem Herrn und Meister gesprochen ...

»Ganz recht«, bestätigte Rurak. »Ich wusste zu jeder Zeit, was ihr tut. Euer lächerlicher kleiner Fluchtversuch war von Beginn an zum Scheitern verurteilt.«

»Was Ihr nicht sagt«, konterte Granock. »Wenn es so ist, warum habt Ihr uns dann nicht sofort wieder einfangen lassen?«

»Wir haben es versucht, aber wie ich feststellen konnte, seid ihr in den letzten beiden Jahren einfallsreicher geworden. Also habe ich einfach abgewartet und euch eine Falle gestellt. Mir war klar, dass ihr der Versuchung nicht widerstehen und früher oder später die Kristallkammer aufsuchen würdet. Ich brauchte Thanmar und seine Leute nur anzuweisen, dort auf euch zu warten.«

»Das ist nicht wahr!«

»Oh doch, mein Junge. Ihr mögt manches gelernt und eure Zauberkräfte verfeinert haben – aber ihr seid ebenso leicht zu durchschauen wie jene, die euch all das beigebracht haben. Farawyn war nie sehr gut darin, seine Ziele zu verschleiern, entsprechend leicht ist er zu durchschauen.«

»Farawyn ist ein großer Zauberer«, behauptete Granock.

»Ein großer Zauberer?« Rurak lachte spöttisch auf. »Mein Junge, ich fürchte, du hast keine Ahnung, was wahre Größe bedeutet. Mit deiner Gabe, über die Zeit zu gebieten, könntest du einer der mächtigsten Zauberer werden, die Erdwelt je gesehen hat. Hat Farawyn dir das jemals gesagt?«

Granock schüttelte den Kopf. »Nein.«

»Natürlich nicht. Weil er sich insgeheim vor deiner Fähigkeit fürchtet – ebenso wie vor deiner, Tochter der himmlischen Gärten. In seiner Welt dreht sich alles um Unterdrückung und Kontrolle. Ich hingegen bin frei, das zu tun, was mir beliebt. *Das* ist wahre Macht und Größe!«

»Ihr seid nicht frei, sondern ein Sklave Eurer eigenen Gier und Bosheit«, widersprach Alannah. »Farawyn geht es nicht darum, Macht auszuüben. Er möchte die Welt geordnet sehen und in Frieden …«

»Das ist auch unser Ziel«, behauptete der Abtrünnige, »und wir stehen kurz davor, es zu erreichen. Noch während wir sprechen, bereitet sich das gemeinsame Heer von Menschen und Orks darauf vor, das Elfenreich zu überrennen – nichts und niemand wird es aufhalten können.«

»Menschen und Orks?« Granock schüttelte trotzig den Kopf. »Das ist nicht wahr!«

»Es ist wahr«, versicherte Rurak, »das weißt du genau, denn du kennst die Abgründe der Menschen besser als jeder von uns, nicht wahr? In ihrem Streben nach Macht und Ruhm sind sie einfach zu beeinflussen und schrecken auch nicht davor zurück, sich mit ihren Erzfeinden zu verbünden, wenn es ihren Zwecken dient.«

Granock biss sich auf die Lippen. Er hätte nur zu gern widersprochen, aber er konnte es nicht. Der Zauberer hatte recht, genau wie Aldur damals.

»Wo sind wir?«, fragte Alannah unvermittelt. »Wohin habt Ihr uns bringen lassen?«

Rurak lachte triumphierend. »Wir befinden uns im Tal des Grenzflusses, dort, wo sich das Wasser teilt.«

»Am Siegstein?«, fragte die Elfin verwundert.

»Genau dort – denn das Zeichen des Sieges soll zum Fanal der Niederlage werden. Die Heere sind bereits versammelt, und sie brennen darauf, ihre Klingen in Elfenblut zu tauchen. Wenn der Morgen graut, werden sie den Fluss überschreiten und gegen das lächerliche Aufgebot ziehen, das dieser Grünschnabel Elidor ins Feld geschickt hat.«

»Täuscht Euch nicht«, warnte ihn Granock. »Die Krieger des Elfenreichs werden sich tapfer behaupten.«

»Vielleicht – aber sie werden ebenso verloren sein wie diese Narren, die sich den *neidora* widersetzen wollten.« Der Zauberer sah das Unverständnis, das seine Worte auf den Gesichtern der Gefangenen hervorriefen, und grinste noch breiter. »Ihr wisst wohl noch nichts davon, wie? Eine ganze Legion eurer ach so tapferen Krieger wurde nördlich von Trowna vernichtet. Die Echsenkrieger haben ganze Arbeit geleistet.«

»Unmöglich!« Granock schüttelte den Kopf. »Ihr lügt! Selbst die *neidora* können es nicht mit einer ganzen Legion aufnehmen!«

»Ich gebe zu, dass die Macht des Dunkelelfen wohl ebenfalls ihren Teil dazu beigetragen hat. Aber das Massaker von Trowna hat den Elfen gezeigt, dass sie nicht unbesiegbar sind. Es hat ihnen Angst gemacht, und sie werden feststellen, dass diese Angst nur zu begründet ist. Denn«, fuhr der Abtrünnige fort, »noch während wir sprechen, wird Kriegsgerät herangeschafft, wie Erdwelt es noch nie zuvor gesehen hat. Ihr wisst, wovon ich spreche …«

Alannah antwortete nicht, aber ihren verkrampften Zügen war anzusehen, dass Rurak nur zu Recht hatte. Natürlich erinnerte sie sich an die fremdartigen Kampfmaschinen, die Aldur und sie in Nurmorod gesehen hatten – aber wie sollten sie plötzlich ins Flusstal gelangt sein?

»Ich weiß, was du jetzt denkst«, beschied der Zauberer ihr hämisch. »Du fragst dich, wie all diese Waffen die große Entfernung überbrücken sollen, die zwischen hier und Nurmorod liegt. Dabei hatte ich geglaubt, dass ihr zumindest dieses Rätsel inzwischen gelöst hättet – wie sonst hättet ihr selbst hierhergelangen sollen?«

»Es stimmt also«, schnaubte die Elfin. »Aldurs Vermutung war richtig. Es gibt eine Kristallpforte.«

»Natürlich.« Ruraks Lächeln war voller Genugtuung. »Die Voraussetzung dafür war schon vor langer Zeit geschaffen worden, es musste nur ein Austrittspunkt gefunden werden – und da kam ich ins Spiel. Und es mag euch wundern, dass eure Meister auch ihren Beitrag dazu geleistet haben.«

»Ihr lügt!«, begehrte Granock auf.

»Keineswegs. Sie alle waren der Ansicht, dass es auf dem Siegstein eines Denkmals bedurfte, eines Monuments, das die Nachwelt auf ewig an den Sieg des Lichts über die Finsternis erinnern solle, und so haben sie meinem Antrag bereitwillig zugestimmt.«

»Eurem Antrag?« Granock traute seinen Ohren nicht.

»Es stimmt«, beteuerte Alannah. »Der Bau des steinernen Bildnisses auf dem Buthúgolaith, das Krieger und Zauberer im Augenblick des Triumphs über die Orks zeigt, wurde auf Betreiben von Rat Palgyr errichtet …«

»… der den Bau genutzt hat, um am Siegstein einige Veränderungen vorzunehmen«, fügte Rurak grinsend hinzu.

»Also habt Ihr schon damals für Margok gearbeitet.«

»Sagen wir, ich habe schon damals erkannt, dass der Hohe Rat eine überkommene Institution ist. Es liegt eine gewisse Zwangsläufigkeit darin, dass ihm seine eigene Eitelkeit nun zum Verhängnis wird.«

»Aber warum haben die Zauberer nichts davon bemerkt?«, fragte Granock hilflos. »Wie konnte die Existenz weiterer Kristallpforten verborgen bleiben?«

»Das ist das Beste daran«, beschied ihm der Schurke genüsslich, »denn unsere Schlundverbindung bezieht ihre Energie aus ebenjenen Elfenkristallen, die auch den Dreistern versorgen, sodass es nie einen Anstieg von Kristallenergie gegeben hat, der einen Verdacht hätte erregen können. Anders gewendet, heißt das aber auch, dass die Macht des Dreisterns von Shakara versiegt, sobald unsere Kristallpforte sich öffnet.«

»Aber das bedeutet ja, dass … dass …«

»Ganz recht.« Das Grinsen in Ruraks Gesicht wirkte mehr und mehr wie das eines Totenschädels. »Es bedeutet, dass die Zauberer die Ordensburg nicht verlassen können und dass jeder Ruf nach Hilfe sie zu spät erreichen wird – und deshalb, so fürchte ich, wird dieser Krieg zu Ende und gewonnen sein, noch ehe er richtig begonnen hat.«

Der Verräter brach in dröhnendes Gelächter aus, das wie stinkende Jauche auf die Gefangenen niederging. Granock und Alannah verständigten sich mit einem knappen Blick – und handelten in stillem Einvernehmen.

Ihre Mission war gescheitert, was aus Aldur geworden war, wussten sie nicht, und allem Anschein nach stand der Feind kurz davor, die Heimat zu überrennen.

Alles, was sie tun konnten, war, einen der Urheber des Übels für seine Vergehen zu bestrafen und ihn unschädlich zu machen, hier und jetzt, ganz gleich, was die Folgen sein mochten.

Blitzschnell sprang Granock auf und richtete die unverletzte Hand auf den abtrünnigen Zauberer, wollte ihn erstarren lassen, während Alannah sich darauf vorbereitete, ihn mit einer Lanze aus Eis zu durchbohren – aber weder das eine noch das andere geschah. Beide Eingeweihten hatten das Gefühl, gegen eine unsichtbare Mauer zu rennen. Benommen sanken sie nieder, worüber Rurak nur noch lauter lachen musste.

»Wolltet ihr das wirklich versuchen?«, keifte er. »Habt Ihr wirklich gedacht, dass Ihr mich angreifen könnt? Wisst ihr denn nicht, dass die Gegenwart des Dunkelelfen eure Fähigkeiten unterbindet?«

»D-die Gegenwart des Dunkelelfen?«, stammelte Alannah erschrocken. »Margok ist hier?«

»In unmittelbarer Nähe«, verriet Rurak ihnen genüsslich. »Und falls ihr euch gefragt haben solltet, wo euer übereifriger Elfenfreund steckt – er ist in diesem Augenblick bei ihm …«

Mit offenem Mund, die Augen weit aufgerissen, beobachtete Farawyn, wie sich seine Vermutungen bestätigten.

Immer wieder flackerten in der Ferne Blitze und erhellten sowohl den Siegfelsen mit dem Denkmal darauf als auch die feindlichen Heerlager, und jedes Mal, wenn sie es taten, waren riesige, schemenhafte Gestalten zu erkennen, die aus dem Felsgestein zu wachsen schienen und auf pfeilerartigen Beinen vorwärtsstampften.

Es stimmte also.

Es gab eine verborgene Schlundverbindung, und kein anderer als Rurak hatte sie vor den Augen des Rates am Buthúgolaith installiert. Der Älteste verwünschte sich dafür, dass er selbst einer der ersten gewesen war, die der Errichtung des Denkmals zugestimmt hatten. Wie sehr hatte er nach der Aufdeckung von Ruraks Verschwörung darauf geachtet, nicht noch einmal hinters Licht geführt zu werden – dabei musste er nun feststellen, dass er bereits Jahrzehnte zuvor noch viel schlimmer getäuscht worden war.

Warum, so fragte er sich, hatte er dies nicht vorausgesehen? Was nutzte ihm seine Gabe, wenn sie ihm nicht die wesentlichen Dinge zeigte?

Farawyn war Verstandesmensch genug, um zu wissen, dass er sich mit derlei Überlegungen nicht aufhalten durfte. Es war sinnlos, sich zu fragen, wie es dem Feind gelungen war, eine zweite Schlundverbindung einzurichten. Sie existierte, und es galt zu entscheiden, was nun unternommen werden sollte.

»Meister Farawyn«, hauchte Elidor, der neben ihm stand und eingeschüchtert auf das unheilvolle Schauspiel blickte, das sich in der Ferne abspielte. »Was sind das für Kreaturen, die aus dem Nichts zu kommen scheinen? Welcher dunkle Zauber hat sie zum Leben erweckt?«

»Kein Zauber, Hoheit«, wehrte der Älteste ab. »Jene Kreaturen werden *ilfantodion* genannt, und sie entstammen den schwärzesten Dschungeln Aruns. Sigwyn begegnete ihnen einst auf seiner Fahrt, und auch auf den Schlachtfeldern des Krieges wurden sie eingesetzt.«

»Ich habe von ihnen gehört, sie aber noch nie mit eigenen Augen gesehen.«

»Die wenigsten haben das, Hoheit. Aber in den Chroniken wird berichtet, dass sich die *ilfantodion* auf dem Schlachtfeld in rasende Bestien verwandeln, die jedwedes Hindernis aus dem Weg räumen.«

»Aber … gegen solche Kreaturen können wir nichts ausrichten«, entgegnete der König mit einem bedauernden Blick auf die Schanzungen, die an der Westflanke des Höhenzugs errichtet worden waren und mit ihren Gräben und zugespitzten Pfählen dazu angetan sein mochten, angreifendes Fußvolk oder auch feindliche Reiterei aufzuhalten – aber ganz gewiss keine Monstren von solcher Größe.

»Ich weiß, Hoheit«, stimmte Farawyn zu, »und deshalb müssen wir angreifen.«

»Was?« General Tullian, der ebenfalls dabeistand, schüttelte unwillig das behelmte Haupt. »Was redet ihr da?«

»Ich spreche davon, den Feind zu attackieren, ehe er immer noch mehr Verstärkung erhält«, erklärte der Zauberer. »Jener Fels dort unten ist eine Kristallpforte, General – eine Verbindung an einem weit entfernten Ort, durch die Margoks Armee ohne Unterlass Verstärkung erhalten wird. Die Kampfkolosse sind vermutlich nur der Anfang – wer weiß, was Margok noch alles aufbieten wird, um seiner Armee den Zugang nach Tirgas Lan zu öffnen? Er hatte lange Zeit, um diesen Krieg vorzubereiten.«

»Aber – die Verteidigungsstellungen zu verlassen und sich dem Feind unter diesen Voraussetzungen entgegenzuwerfen, wäre reiner Selbstmord«, prophezeite Tullian zu Elidors sichtlichem Entsetzen. »Einen solchen Angriff würden wir nicht lange durchstehen.«

»Jedenfalls sehr viel länger, als wenn wir abwarten, bis Margoks Heer sich ganz formiert hat«, konterte Farawyn. »Wenn wir ihm noch mehr Zeit geben, wird er unsere Legionen hinwegfegen, als hätte es sie nie gegeben, und das Massaker von Trowna wird nichts sein im Vergleich zu dem, was uns bevorsteht! Wenn wir dem Dunkelelfen die Stirn bieten wollen, dann müssen wir es jetzt tun, andernfalls wird ohnehin alles verloren sein. Also?«

Farawyn schaute den General herausfordernd an, während Elidors Blicke unsicher zwischen beiden hin und her pendelten. Es war dem König anzusehen, dass er Tullians Bedenken teilte, aber die Einwände des Zauberers waren nicht von der Hand zu weisen. So oder so, ein Beschluss musste gefasst werden, und Elidor ahnte, dass ihm dies niemand abnehmen konnte.

Er war der König des Elfenreichs.

Es war seine Entscheidung …

»Mein König?«, fragte Tullian.

Elidor hielt dem prüfenden Blick des Generals stand, und als er sprach, tat er es nicht als der verträumte Jüngling, den ein widriges Schicksal auf den Thron von Tirgas Lan verschlagen hatte, sondern als jemand, der sich seiner Verantwortung bewusst geworden war, als der König von Tirgas Lan. »Ihr habt Meister Farawyn gehört«, sagte er laut und mit fester Stimme. »Unsere einzige Aussicht zu überleben besteht in einem Angriff – also greifen wir an. Der Dunkelelf soll nicht denken, dass wir uns kampflos ergeben, und seine Schergen sollen erfahren, was es heißt, das Elfenreich zum Krieg herauszufordern.«

Das Zögern des Generals währte nur einen kurzen Augenblick. »Zu Befehl, mein König«, bestätigte er dann – und ließ die Kriegstrommeln zum Angriff schlagen.

2. DOTHAINUR

Aldur, hörst du mich? Ich rede mit dir …

Weich und säuselnd drang die Stimme an Aldurs Ohr und kitzelte sein Bewusstsein. Sie weckte Erinnerungen …

Weißt du denn nicht mehr, wer ich bin? Erinnerst du dich nicht mehr an mich?

Er erinnerte sich, aber er konnte nicht antworten. Einerseits, weil er sein Bewusstsein noch nicht ganz wiedererlangt hatte, andererseits, weil eine Stimme im hintersten Winkel seines Verstandes ihm sagte, dass er diese nicht hören durfte. Es war unmöglich …

Du zweifelst an mir?, fragte sie, als könnte sie seine Gedanken lesen. *Nachdem ich alles darangesetzt habe, dich in den Geheimnissen der Magie zu unterrichten? Nachdem ich dir Dinge gezeigt habe, die du ohne mein Zutun für unmöglich gehalten hättest? Ich habe dir alles gegeben, Aldur …*

Ein Stöhnen entrang sich Aldurs trockener Kehle. Er war kurz davor, die Fesseln der Ohnmacht abzustreifen und zu erwachen, aber er tat es nicht aus Furcht, die Stimme könnte verstummen. Womöglich war sie nur eine Täuschung, die ihm die Bewusstlosigkeit vorgaukelte.

»Meisterin«, flüsterte er mit noch immer geschlossenen Augen. »Seid Ihr es?«

Du erinnerst dich also doch, stellte die Stimme zufrieden fest. *Ich glaubte schon, du hättest mich vergessen – mich und alles, was ich für dich getan habe.*

»Wie kommt Ihr darauf?«

Wie ich darauf komme? Warst nicht du es, der sich gegen mich gewandt und mich verraten hat? Der sich auf die Seite meiner Feinde schlug und mich im entscheidenden Moment verlassen hat?

»Ich konnte nicht anders handeln«, widersprach Aldur. »Ihr habt den Orden verraten und alles, woran ich glaube …«

Woran du glaubst? Die Stimme wurde schärfer. *Junger Narr, wäre ich nicht gewesen, so gäbe es nichts, woran du glauben könntest! Dein Vater, dieser blutarme Feigling, hat nie erkannt, was in dir steckt. Ich erst habe dich zu dem gemacht, was du bist – zum mächtigsten Zauberer, den Erdwelt seit langer Zeit hervorgebracht hat.*

»Denkt Ihr das wirklich?«

Wer will sich mit dir messen? Der eitle Farawyn? Dieser Emporkömmling Granock? Oder gar dieser Speichellecker Rurak, der sich wie ein Wurm vor mir am Boden krümmt, weil er sich dadurch noch mehr Macht verspricht? Sie alle können dir nicht das Wasser reichen, Aldur – das ist schon damals so gewesen, und es hat sich nicht geändert.

»Schon damals? Ich verstehe nicht …«

Behaupte nicht, dass du es nicht bemerkt hättest. Sage nicht, dass dir nicht aufgefallen wäre, wie sie dich behandeln. Dass sie dich mit Argwohn und Misstrauen beäugen und nicht selten auch mit Neid. Dass sie alles unternehmen, um deinen Einfluss in Shakara gering zu halten und dafür auch vor Verleumdung und übler Nachrede nicht zurückschrecken …

»Von wem sprecht ihr?«

Vom Hohen Rat natürlich, von dem heuchlerischen Gewürm, das die Geschicke des Ordens lenkt und dabei zerfressen ist von Missgunst und Feigheit. Haben sie etwa nicht versucht, dich in Misskredit zu bringen? Haben sie dich nicht beschuldigt, mit dunklen Mächten zu paktieren?

»Doch, das haben sie.«

Und dennoch stehst du auf ihrer Seite? Dann bist du nicht jener Aldur, der einst mein Novize gewesen ist, denn jener war erfüllt von eisernem Willen und unbeugsamem Stolz.

»Ich bin es«, versicherte Aldur.

Dann beweise es! Zeige mir, dass du nicht einer von ihnen geworden bist und dass noch immer das Herz eines Zauberers in dir schlägt, eines wahren Magiers, der die Geheimnisse der Schöpfung kennt und sie für sich zu nutzen weiß; der nicht zurückschreckt vor dem, was andere als verboten erachten, nur weil sie selbst nicht in der Lage sind, es zu begreifen. Erwache, mein junger Schüler!

Nun erst schlug Aldur die Augen auf.

Zu seiner Verblüffung fand er sich am Boden liegend, in einer Art Zelt, das von Fackelschein beleuchtet wurde, und an Händen und Füßen mit Ketten gefesselt. Vor ihm, im Mittelpunkt des Zeltes, stand eine Sänfte. Die Vorhänge waren verschlossen, gleichwohl konnte man die schemenhaften Umrisse einer Gestalt mit langen Haaren erkennen.

Jetzt erst wurde Aldur bewusst, dass jener Wortwechsel, den er durch die Schleier der Benommenheit wahrgenommen hatte, tatsächlich stattgefunden hatte. Schnell rappelte er sich auf. Die Ketten klirrten.

»Meisterin?«, fragte er leise. »Seid Ihr es wirklich?«

Die Gestalt in der Sänfte regte sich. »Du zweifelst noch immer?«

Aldur erbebte innerlich. Es war die Stimme seiner alten Meisterin, die er hörte. »Ich … sah Riwanon sterben, mit meinen eigenen Augen«, stammelte er hilflos.

»Habe ich dir nicht beigebracht, dass du dich nicht auf das Offensichtliche verlassen sollst, auf den Schein?«

»Es war nicht nur der Schein. Ich habe den Tod meiner Meisterin gefühlt. Das Entsetzen, die Trauer …«

»Ich weiß, mein ehemaliger Schüler – denn wäre es nicht so gewesen, wärst du nicht hier.«

»Und wo bin ich?«, wollte Aldur wissen. Kein einziger Laut drang von außerhalb in das Zelt. Die Stille war so vollkommen, dass er nicht daran zweifelte, dass sie magischen Ursprungs war.

»In Sicherheit.«

»Was bedeutet das? Wo sind meine Freunde?«

»Ich sagte dir schon einmal, dass es falsche Freunde sind. Weißt du noch?«

»Wo sind sie?«, verlangte Aldur dennoch zu wissen.

»Sie sind am Leben.«

»Darf ich sie sehen?«

»Noch nicht. Es gibt noch einige Dinge, die wir zu klären haben, Aldur.«

»Was für Dinge?«

Die Gestalt in der Sänfte schnaubte. »Ist dein Verlangen danach, die kleine Elfin wiederzusehen, denn so groß? Bist du mir untreu geworden?«

»Ich … liebe sie«, beteuerte Aldur stammelnd und fühlte sich schlecht dabei.

»Und liebt sie dich auch?«

»Gewiss.«

»Und du hast keine Furcht, dass ein anderer sie dir wegnehmen könnte? Womöglich jemand, der sich als dein Freund ausgibt? Der sich dein Vertrauen und deine Zuneigung erschlichen hat …«

»So jemanden gibt es nicht«, war Aldur überzeugt.

»Und wenn ich dir das Gegenteil beweisen würde?«

»Das könnt Ihr nicht.«

Die Silhouette ließ ein Lachen vernehmen. »Du hast dich nicht geändert seit der Zeit, als du mein Novize warst, mein junger Ru…«

Aldur holte scharf Luft. Er hatte seinen *essamuin*, seinen geheimen Namen, nur zwei Personen verraten. Die eine war Alannah, die andere war Riwanon gewesen. War es also tatsächlich seine Meisterin, mit der er sprach?

»Was denn, bist du überrascht?«, fragte die Silhouette mit einer Spur von Spott in der Stimme.

»Ein wenig.«

»Weshalb?«

»Weil ich Euch niedersinken sah«, antwortete Aldur, der bei der Erinnerung an die schrecklichen Ereignisse in Margoks finsterer Gruft erschauderte, »durchbohrt von der Klinge, die Farawyn auf Euch schleuderte, und dann …«

»… dann seid ihr getürmt, nicht wahr? Was weiter geschehen ist, hast du nicht gesehen.«

»Nein.«

»Dann lass dir berichten, Aldur, wie ich mich trotz der grässlichen Schmerzen, die mich quälten, über den Boden geschleppt habe, während ich meinen eigenen Gedärmen dabei zusah, wie sie aus mir quollen. In jenen Augenblicken habe ich Farawyn blutige Vergeltung geschworen, und mein Hass hat mir die Kraft gegeben, lange genug am Leben zu bleiben.«

»Lange genug?« Aldur zog die Brauen zusammen. »Wofür?«

»Um jenen Pfuhl zu erreichen, in dessen Tiefen der Geist des Dunkelelfen darauf wartete, mit neuer Lebensenergie erfüllt zu werden, und ihm durch mein unbedeutendes Opfer die Rückkehr zu ermöglichen.«

»Das habt Ihr getan?« Aldur schüttelte den Kopf, wollte nicht aussprechen, was sein Verstand in diesem Moment bereits begriffen hatte. »Aber dann … dann …«

»Ganz recht, mein junger Novize – ich bin es gewesen, die Margok die Rückkehr in diese Welt ermöglicht hat. Meine Energie hat ihn mit neuer Kraft erfüllt, und meine Erinnerungen sind mit ihm verschmolzen. Mit anderen Worten – ich bin Margok!«

Während sie sprach, hatte sich ihr Tonfall verändert, und die sanfte, so vertraute Stimme Riwanons hatte sich mehr und mehr in ihr krasses Gegenteil verkehrt – ein Organ, das kalt war wie Eis und so tief und tödlich wie ein Abgrund.

Entsetzt fuhr Aldur zurück, doch im selben Augenblick schickte sich die geheimnisvolle Gestalt an, die Sänfte zu verlassen. Eine Klauenhand erschien, die den Vorhang zurückschlug, bizarre Formen wurden dahinter erkennbar.

»Riwanon …?«

Der Name seiner Meisterin gefror Aldur auf den Lippen, denn es war nicht Riwanon, die nun die Sänfte verließ – jedenfalls nicht so, wie er sie in Erinnerung hatte.

Die Netzknüpferin war eine Frau von atemberaubender Schönheit gewesen, deren Sinnlichkeit berühmt und deren Einfluss auf das männliche Geschlecht geradezu berüchtigt gewesen waren. Jene Kreatur jedoch, die der Sänfte entstieg, war von grotesker, geradezu abscheulicher Hässlichkeit.

Sie war groß, größer als ein Mensch oder ein durchschnittlicher Elf, und ihr hagerer Wuchs ließ keinen Schluss darauf zu, welchen Geschlechts das Wesen war. Die Haut, die das Gesicht und die

Hände bedeckte, war von schiefergrauer Farbe und von dunklen Adern durchzogen, dabei wirkte sie an vielen Stellen so, als wäre sie nur notdürftig zusammengewachsen und in Wahrheit längst im Zerfall begriffen. Das lange Gesicht mit den hohen Wangenknochen wurde von einem tief liegenden Augenpaar beherrscht, das in roter Glut leuchtete. Schwarzes Haar, das in dünnen Strähnen vom Haupt der Kreatur hing, umrahmte die bizarren Züge. Ihre Hände waren langfingrige Klauen, deren Nägel so lang und spitz wie die eines Raubtiers waren. Bekleidet war sie mit einer Rüstung aus schwarzem Leder, deren unzählige Gurte und Schnallen die Aufgabe zu haben schienen, die zerbrechlich wirkende Physiognomie ob der dunklen Kraft, die sie durchströmte, am Auseinanderfallen zu hindern. Ein pechschwarzer Umhang, den ein widernatürliches Eigenleben zu erfüllen schien, umwölkte die Gestalt wie unheilvoller Nebel. Eine Aura ungeheurer Bedrohung ging von ihr aus, die Aldur wie ein Sog erfasste.

»Margok«, presste er mit Mühe hervor, während er erschrocken zurückzuweichen versuchte, was ihm jedoch nicht gelang. »Ihr seid Margok …!«

»Ich bin Margok«, wiederholte die Kreatur mit ihrer abgrundtiefen Stimme, während sie langsam auf den jungen Elfen zutrat. »Der mächtige Zauberer, der aus dem Grab zurückgekehrt ist, um zu beenden, was er vor Unzeiten begonnen hat. Aber auch ein Teil deiner Meisterin Riwanon ist in mir, Aldur – genug, um über deine Dreistigkeit und deine Verblendung hinwegzusehen.«

»Was wollt Ihr von mir?«

Aldur konnte sich nicht erinnern, jemals zuvor in seinem Leben solches Entsetzen gefühlt zu haben. Er wollte sich abwenden und die Flucht ergreifen, aber er konnte nicht, gerade so, als hätte Granock einen seiner Zeitzauber gewirkt. Mit dem Unterschied, dass er sehr wohl mitbekam, was um ihn herum geschah …

Sein Atem ging stoßweise. Schweiß trat ihm auf die Stirn, während er verzweifelt einen klaren Gedanken zu fassen suchte. Er wusste nicht, wie viel von seiner alten Meisterin in jenem bizarren Wesen steckte, das der Sänfte entstiegen war, aber allein der Gedanke war entsetzlich. Riwanon war bis zu dem Zeitpunkt, da sie sich als Verräterin erwiesen hatte, nicht nur seine Lehrerin gewesen. Er hatte sie auch geliebt, obwohl sie ihm deutlich gesagt hatte, dass sie nicht in der Lage wäre, seine Gefühle zu erwidern. Die Vorstellung, dass ihre Schönheit und ihr verführerisches Wesen in jener grässlichen Gestalt aufgegangen waren, verstörte Aldur zutiefst.

»Von meiner treuen Dienerin Riwanon weiß ich, dass großes Potenzial in dir steckt«, fuhr der Dunkelelf fort, »und ich möchte dich nicht vernichten, ohne dir wenigstens die Möglichkeit gegeben zu haben, deine Fähigkeit in meine Dienste zu stellen.«

»Was?« Aldur traute seinen Ohren nicht.

»Ich weiß, dass du dem Hohen Rat ebenso misstraust, wie ich es einst tat, und du hast recht damit. Im Orden ist kein Platz für einen jungen Mann, der die Geheimnisse der Magie zu erforschen sucht. Du wirst immer an deine Grenzen stoßen und deine Fähigkeiten niemals frei entfalten können. Ich hingegen biete dir an, das zu werden, was du dir am meisten wünschst …«

»Und das wäre?«

»Der größte und mächtigste Zauberer zu werden, den Erdwelt je gesehen hat«, antwortete Margok, worüber Aldur zutiefst erschrak. Es stimmte, dies war das Ziel, dem er sich verschrieben hatte, seit er ein kleiner Junge gewesen und im väterlichen Hain die ersten Schritte auf dem Pfad der Magie getan hatte. Aber aus dem Mund des Dunkelelfen hörte es sich vermessen und anmaßend an.

»Ihr irrt Euch«, behauptete Aldur deshalb, »das will ich nicht«- aber es klang nicht sehr überzeugend.

»Das Schicksal«, fuhr Margok unbeirrt fort, »hat dich mit einer großen und mächtigen Gabe ausgestattet. Beim Orden ist sie verschwendet, denn keiner der altersschwachen Narren dort weiß ihre Vorzüge auch nur annähernd zu schätzen. Ich hingegen werde dir zeigen, was du vermagst – und dich mächtiger machen, als du es dir je erträumt hast …«

Auf dem Hügelgrat waren sie aufmarschiert.

Zuvorderst die schwer gerüsteten Lanzenträger, dicht gefolgt von den Schwertkämpfern, hinter ihnen die Leichtbewaffneten, die

die Angriffslinie überall dort verstärken sollten, wo sie einzubrechen drohte.

Flankiert wurde die Streitmacht von den Bogenschützen, die auf dem linken Flügel Aufstellung genommen hatten, sowie von der Reiterei, die während des Frontalangriffs der Fußsoldaten auf die Menschen eine Attacke auf die Orks vortragen und deren ohnehin nur ansatzweise vorhandene Schlachtordnung zerschlagen sollt. Dies war die Taktik, mit der sie Margoks Heer zu begegnen dachten – für ausgefeiltere Pläne fehlte die Zeit. Nicht militärisches Kalkül hatte den Zeitpunkt des Angriffs festgesetzt, sondern bittere Notwendigkeit.

Elidor, der auf seinem weißen Pferd saß, flankiert von den Zauberern Farawyn und Maeve sowie von seinen Generälen und Leibwächtern, ließ den Blick über die Schlachtreihen schweifen. Es war deutlich zu sehen, wie die Brust des jungen Königs vor Stolz anschwoll.

In der Tat boten die vielen hundert gerüsteten Kämpfer, deren Helme und Brünnen im Licht des Mondes blitzten, einen eindrucksvollen Anblick, der Erinnerungen an Sigwyn und die goldenen Tage des Elfenreichs aufkommen ließ – aber man brauchte nur in Richtung Tal zu sehen, um zu wissen, dass die wunderbare Ordnung nicht lange anhalten würde. Sechs *ilfantodion* hatte die Schlundverbindung schon ausgespuckt, die alle zum Kampf gerüstet und mit Eisenplatten gepanzert waren, bereit, wie eine entfesselte Naturgewalt in die Reihen des Elfenheeres zu brechen, und mit jedem Augenblick, der verstrich, wuchs die Gefahr, dass es noch mehr wurden.

Der Angriff musste jetzt gleich erfolgen, jedes weitere Zögern würde dem Dunkelelfen nur zuarbeiten – auch wenn die erhoffte Verstärkung aus Shakara noch immer nicht eingetroffen war.

Die Verunsicherung der Männer war entsprechend groß, und es gehörte nicht viel dazu, sich vorzustellen, dass ihre Reihen rasch ins Wanken geraten würden. Elidor schien dies zu fühlen, und ohne dass die Zauberer oder die Generäle ihn dazu aufgefordert hätten, lenkte er sein Pferd vor die Reihen seiner Krieger und ergriff das Wort – nicht mit jener dünnen Fistelstimme, mit der er im heimischen Palast zur Laute gesungen hatte, sondern laut und vernehmlich.

»Legionäre!«, rief er in die Nacht, »Kämpfer von Tirgas Lan! Ich weiß, dass Ihr verunsichert seid und dass es manche unter Euch gibt, die sich fürchten, aber das müsst ihr nicht, denn das Gesetz und die Geschichte sind auf unserer Seite. Jene dort«, damit zeigte er Richtung Tal, »sind widerrechtlich in unser Land eingedrungen und bedrohen alles, was wir sind! Dass Menschen und Orks sich miteinander verbündet haben, um dem Elfenreich zu schaden, ist an sich schon abscheulich, doch wir haben allen Grund zu der Annahme, dass sie nicht unser eigentlicher Gegner sind. Das Böse aus alter Zeit, das wir längst ausgerottet glaubten, hat sich erneut erhoben und bedroht unsere Existenz, und es ist an uns, das Reich zu verteidigen. In dieser Schlacht, meine Brüder, geht es um alles oder nichts. Scheitern wir, wird die Welt eine Zeit der Finsternis erleben, also kämpft so erbittert, wie ihr noch nie zuvor gekämpft habt, und denkt daran, dass der Boden, auf dem wir stehen, schon einmal einen bedeutenden Sieg des Elfengeschlechts gesehen hat. Die Könige der alten Zeit schauen auf uns, und sie sind erfüllt von Stolz darüber, dass wir die Flamme, die sie uns einst hinterlassen haben, nicht verlöschen lassen. Und genau wie sie werde auch ich, Elidor, an Eurer Seite kämpfen.«

Damit griff er nach seinem Schwert, zog es aus der Scheide und stieß es lotrecht in die Höhe. »Für das Elfenreich und die Freiheit!«, rief er so laut, dass es den Klang der Kriegstrommeln noch übertönte, und gab damit die Losung aus.

»Für das Elfenreich und die Freiheit!«, echote es tausendfach zurück, dass die kühle Nachtluft zu erzittern schien. Dann kehrte wieder Stille ein, die jedoch nicht länger von Unsicherheit bestimmt, sondern geladen war von Tatendrang und Kampfeslust. Elidor nickte zufrieden, dann lenkte er sein Pferd zum Feldherrenhügel zurück, wo die Zauberer und die Generäle auf ihn warteten.

»Gut gesprochen, Majestät«, anerkannte Farawyn, »aber seid Ihr sicher, dass Ihr das wirklich tun wollt? Ich fürchte, Euer zartes Gemüt könnte dem Grauen auf dem Schlachtfeld nicht gewachsen sein.«

»Ihr müsst nicht kämpfen, Hoheit«, pflichtete auch Tullian bei, der ähnlich zu denken schien. »Bleibt zurück als Zeichen der Hoffnung und des Sieges.«

Elidor blickte von einem zum anderen, dann schüttelte er den Kopf, dass der Helmbusch aus weißem Pferdehaar hin und her flog. »Was die Männer brauchen, General, ist kein Symbol, sondern jede Schwerthand, derer sie habhaft werden können. Fürst Ardghal pflegte stets zu behaupten, dass ein König nur zur Laute greift, um seine eigenen Taten zu besingen«, fügte er grimmig hinzu. »Vielleicht ist es an der Zeit, dass ich mir dieses Recht erwerbe.«

Farawyn und Tullian wechselten einen verwunderten Blick, und einmal mehr konnte der Zauberer dem jungen Herrscher nur Respekt zollen, der in der Stunde der Bewährung über sich hinauszuwachsen schien. Er beschloss dennoch, in der Schlacht ein Auge auf ihn zu haben.

»Wie Ihr wünscht, Majestät«, entgegnete Tullian, »aber bleibt in der Nähe Eurer Leibwächter. Wollt Ihr mir zumindest das versprechen?«

»Wenn es Euch beruhigt, General.« Ein verwegenes Grinsen huschte über Elidors jugendliche Züge, dann klappte er das Helmvisier herab, das dem Antlitz seines Vaters Gawildor nachempfunden war und nur zwei schmale Sehschlitze frei ließ.

Tullian ließ eine Fackel schwenken, und ein Hornsignal erklang.

Der Angriff begann.

Die erste Abteilung, die sich in Bewegung setzte, waren die Bogenschützen, die vorgeschobene Positionen einnehmen und den Feind von dort aus unter Beschuss nehmen sollten, um den eigenen Verbänden das Vorrücken zu erleichtern. Als Nächstes wurden die Lanzenträger in Marsch gesetzt. Schwerfällig kamen die Schlachtreihen in Bewegung. Das Klirren der Rüstungen erfüllte die Nacht, und fast hatte es den Anschein, als ergieße sich eine Kaskade aus schimmerndem Metall auf breiter Front den Hang hinab und ins Tal.

Es war Farawyn klar, dass man das Elfenheer von Weitem nahen sehen würde, dennoch hoffte er, dass der Angriff den Feind unerwartet treffen oder seine Pläne zumindest stören würde – eine Hoffnung, die sich schon kurz darauf zerschlug.

Nachdem die Schwertkämpfer und Leichtbewaffneten unter Irgons Kommando losgestürmt waren, kam auch der Befehl für die Reiterei unter Tullian, die unterstützt wurde vom König und den beiden Zauberern.

»Für das Elfenreich und die Freiheit!«, wiederholte Elidor noch einmal, dann gab er seinem Pferd die Sporen. Der Schimmel aus dem königlichen Gestüt trat wiehernd an und sprengte den Hang hinab, dicht gefolgt von den Leibwächtern. Auch Farawyn trieb sein Pferd an, und es hatte den Anschein, als würden die Hufe des Tieres, das den Zauberer trug, den Boden kaum berühren. Pfeilschnell flog es über die Ebene, den feindlichen Reihen entgegen – als abermals ein Blitz die Nacht erhellte und die Kristallpforte sich öffnete.

Farawyn erwartete, erneut die riesenhaften Formen eines *ilfantodions* zu sehen, die aus dem Nichts heraus erwuchsen, aber er irrte sich.

Kein Kampfkoloss, noch nicht einmal eine lebende Kreatur schob sich aus dem Schlund, sondern ein gigantisches Etwas, das wie eine Windmühle aussah und wie ein Drache Dampf spie.

»Was, bei Albons Licht …«, murmelte der Zauberer erschrocken.

3. GWYR SHA TWAILUTHAN

»Hörst du das?«

Die Kreatur, die der Sänfte entstiegen war, hatte das bizarre Haupt schiefgelegt und schien zu lauschen, und für einen Moment wich die Stille, die über dem Zelt lag, und ließ die Außengeräusche hereindringen.

Aldur hatte das Gefühl, davon erschlagen zu werden.

Er hörte dumpfes Geschrei und heiser gebrüllte Befehle, dazu das Klirren von Waffen und Rüstungen und das Summen energetischer Entladungen. Aus weiter Ferne war zudem Trommelschlag zu hören. Kriegshörner wurden geblasen, und Aldur ging auf, dass es die letzten Augenblicke vor einer Schlacht waren, deren Zeuge er wurde.

»Was geht dort draußen vor sich?«, fragte er. »Wo sind wir überhaupt?«

»Im Tal des Siegsteins, wo der Fluss sich teilt«, lautete die knappe Antwort. »Dort haben sich die feindlichen Heere versammelt, und dort wird es zur Schlacht kommen.«

»Die feindlichen Heere?«

Margok lachte leise. »Menschen und Unholde auf der einen, Elfen auf der anderen Seite.«

»Es gibt ein Bündnis zwischen Orks und Menschen?«

»Genau wie du vermutet hast, nicht wahr? In diesem Augenblick durchqueren sie den Fluss, um sich dem Elfenheer entgegenzustellen. Und sie alle sind der Ansicht, für ihre Sache einzutreten und für ihre eigenen Ziele zu kämpfen – das ist die Kunst dabei.«

»Ihr werdet scheitern«, behauptete Aldur in hilflosem Trotz. »Wenn König Elidor seine Legionen aufgeboten hat ...«

»Sie sind nicht unverwundbar«, fiel ihm der Dunkelelf ins Wort. »Aber das kannst du ja noch nicht wissen. Während du in Nurmorod warst, wurde eine von Elidors Legionen bereits vernichtet. Es hat mir weit weniger Mühe bereitet, als man annehmen sollte, und wenn ich meine Kampfkolosse in die Schlacht werfe und die Mühlen des Todes erst zu mahlen beginnen, wird das glorreiche Elfenheer schon bald der Vergangenheit angehören.«

»Die Mühlen des Todes?«

»Du hast sie in Nurmorod gesehen – Kampfmaschinen, wie es noch keine gab, gebaut nur zu dem einen Zweck, die feindlichen Reihen zu dünnen. Es wird deinen erbärmlichen Freunden dort draußen nichts nützen, dass sie, genau wie ich es vorausgesehen habe, in diesem Augenblick zum Gegenangriff übergehen. Die Schlacht ist schon jetzt entschieden, ihr Ausgang steht fest.«

»Wenn diese Kampfmaschinen hier sind, bedeutet es, dass ich recht hatte«, folgerte Aldur schaudernd. »Es gab tatsächlich eine Kristallpforte in Nurmorod ...«

»Gewiss – und die Tatsache, dass du dies erkannt hast, zeigt mir, dass du mir ähnlicher bist, als du es dir eingestehen willst«, gab der Dunkelelf zur Antwort. Von einem Augenblick zum anderen waren sie wieder von jener drückenden Stille umgeben, die Aldur das Gefühl gab, völlig allein und auf sich gestellt zu sein.

»Ihr irrt Euch«, sagte er so entschlossen, wie er es nur vermochte. »Ich bin keineswegs so wie Ihr.«

»Woher willst du das wissen? Du hast mich nicht gekannt, damals, als ich noch Qoray hieß und ein Eingeweihter war, so wie du jetzt. Genau wie du habe ich danach gestrebt, ein großer Zauberer zu werden und die Geheimnisse der Magie zu ergründen – auch jene, die mir verboten waren.«

»Das unterscheidet uns«, behauptete Aldur. »Mich verlangt es nicht danach, Geheimnisse zu ergründen.«

»Natürlich nicht.« Der Dunkelelf lachte. »Betrüge dich selbst, wenn dir danach ist – mich kannst du nicht täuschen. Ebenso wenig wie deine törichten Freunde dort draußen. Die Mühlen des Todes stehen bereit, sie zu zermalmen.«

Aldur fühlte wachsendes Entsetzen. Nicht nur der abgrundtiefen Bosheit wegen, die Margok verströmte, sondern auch, weil ihm die Ausweglosigkeit der Situation mehr und mehr bewusst wurde. Der Dunkelelf war zurückgekehrt, und er war mächtiger denn je …

»Verstehst du, was ich dir zu sagen versuche?«, erkundigte sich das Monstrum, und ein Lächeln glitt über seine Züge, das Aldur einen schaurigen Moment lang an Riwanon erinnerte. »Das Elfenreich ist schon jetzt geschlagen, seine Vernichtung nur noch eine Frage der Zeit. Aber es besteht kein Grund, dass du mit ihm untergehen solltest. Sage dich von deinen falschen Freunden los und schließe dich mir an, und ich verspreche dir, dass du auf der Seite der Sieger stehen wirst!«

»Das kann ich nicht«, behauptete Aldur und schüttelte heftig den Kopf. »Das darf ich nicht …«

»Warum nicht? Weil du einen Eid geleistet hast? Weil Farawyn es dir verboten hat?« Margok lachte auf. »Eide sind dazu da, um gebrochen zu werden, junger Narr. Und was Farawyn betrifft, so verdient er deine Loyalität nicht – oder glaubst du, er würde dir die Treue halten, wenn die Situation andersherum wäre? Auch der Älteste von Shakara beugt die Regeln, wenn es seinen Zwecken dient, oder nicht?«

»Das stimmt«, kam Aldur nicht umhin zuzugeben. »Aber er würde mich niemals verraten.«

»Bist du dir da wirklich so sicher?« Ein Grinsen spielte um die leblos wirkenden Gesichtszüge. »Lass mich dir etwas zeigen, Aldur …«

Der Dunkelelf hielt für einen Moment inne, und es kam Aldur so vor, als konzentrierte er sich auf etwas. Kurz darauf wurde der Zelteingang geöffnet, und kein anderer als Rurak erschien. Aldur zuckte zusammen, als er den Verräter erblickte, der um Jahrzehnte gealtert, ansonsten jedoch wohlauf zu sein schien.

»Ihr!«, rief er laut und wollte sich in einem jähen Zornesausbruch auf ihn stürzen – als er die Gestalten gewahrte, die hinter dem Zauberer das Zelt betraten.

Alannah.

Granock.

Rambok.

Seine Gefährten lebend anzutreffen, ließ die Wut des Elfen schlagartig verpuffen. Er freute sich sogar, Rambok wiederzusehen, auch wenn er das niemals zugegeben hätte.

»Aldur!«

Alannah wollte zu ihm eilen, um ihn zu umarmen, aber ihre Ketten erlaubten es nicht. Einen Augenblick lang standen sie da und hielten einander an den Händen wie Schiffbrüchige in einem tosenden Sturm, während das höhnische Gelächter Margoks wie eine Welle über ihnen zusammenschlug.

»Rührend, in der Tat!«

Jetzt erst wurden die Neuankömmlinge der dunklen Gestalt gewahr, die im rückwärtigen Teil des Zeltes stand und deren glühendes Augenpaar sie geringschätzig musterte. Granock stieß eine Verwünschung aus, Alannah schlug sich die Hände vors Gesicht, Rambok verfiel in leises Wimmern – denn sie alle wussten sofort, wer vor ihnen stand.

»Worauf wartet ihr?«, fuhr Rurak sie an. »Werft euch vor dem Herrscher in den Staub!«

»Niemals!«, widersprach Alannah – aber schon im nächsten Moment fühlte sie, wie sie von einer unwiderstehlichen Macht niedergedrückt wurde. Sie konnte nicht anders, als die Knie zu beugen und ehrerbietig das Haupt zu senken, ebenso wie ihre Gefährten.

»So ist es gut«, anerkannte Margok mit bedrohlichem Wohlwollen. »Ich weiß höfliche Gäste stets zu schätzen.«

»Unsere Körper könnt ihr brechen«, zischte Alannah, »aber nicht unseren freien Willen.«

»Mein Kind«, eröffnete ihr der Dunkelelf, »ich versichere dir, dass auch das möglich ist. Aber ihr solltet es nicht darauf ankommen lassen, denn ihr habt alle drei mein Interesse geweckt. Eure Fähigkeiten sind überaus beeindruckend, und obwohl ihr meine Gegner gewesen seid und um ein Haar meine Rückkehr verhindert hättet, werde ich euch vor der Vernichtung bewahren – wenn ihr dafür in meine Dienste tretet.«

»Korr«, erklärte Rambok sofort.

»Wer hat dich gefragt, Unhold? Für dich habe ich keine Verwendung. Du wirst die Strafe bekommen, die du verdienst – nach allem, was du getan hast. Die Eingeweihten jedoch …«

»… werden den Schwur, den sie geleistet haben, auf keinen Fall brechen!«, rief Granock, indem er seinen ganzen Mut zusammennahm. Alannahs Beispiel hatte ihn tief beeindruckt, und er wollte nicht zurückstehen, auch wenn es vermutlich das Letzte war, was er in seinem Leben tat. »Farawyn zählt auf uns! Wir werden ihn nicht verraten!«

»Und wenn er euch verraten würde?«

»Das würde er niemals tun«, war Granock überzeugt.

»Rurak?«, wandte sich Margok an den Abtrünnigen.

»Mein Gebieter?«

»Tu, was ich dir befohlen habe …«

Der Ansturm des Elfenheeres war ins Stocken geraten.

Nicht nur die Legionäre, auch ihre Anführer starrten schockiert auf das Gebilde, das sich hoch in den Nachthimmel reckte und sogar die *ilfantodion* an Größe weit übertraf.

Es war schwer zu sagen, was die Kämpfer mehr entsetzte – die riesigen schwertartigen Klingen, die sich wie Windmühlenflügel drehten und die kalte Luft mit wuchtigen Schlägen geißelten, oder die Tatsache, dass das Ding zischend Dampfwolken ausstieß und sich dabei wie von selbst bewegte! Auf großen metallenen Rädern rollend, bewegte es sich Stück für Stück auf die Linien der Angreifer zu, begleitet von Horden lauthals brüllender Orks, die es umtanzten wie einen Götzen. Und während es sich weiterwälzte und immer näher kam, flammte die Kristallpforte ein weiteres Mal auf und entließ einen zweiten Turm, nicht weniger groß und furchteinflößend als der erste.

»Was ist das nur?«, erkundigte sich König Elidor, der sein Pferd an Farawyns Seite gezügelt und Mühe hatte, das nervös tänzelnde Tier in Zaum zu halten.

»Ich wünschte, ich könnte es Euch sagen, Majestät«, entgegnete der Zauberer. »Etwas Vergleichbares habe ich noch nie erblickt, und ich …«

»Meister Farawyn! Schaut!«

Einer von Elidors Leibwächtern hatte gerufen und deutete aufgeregt an der Frontseite eines der Türme empor. Farawyn folgte seinem Fingerzeig, und was er sah, ließ ihm das Blut in den Adern gefrieren.

Nicht nur, dass die riesigen Gebilde heißen Dampf spien und sich wie von Geisterhand bewegten; nicht genug damit, dass sie mit dicken Eisenplatten gepanzert waren und dadurch schier unzerstörbar wirkten. Der Feind hatte sich noch einer anderen Maßnahme bedient, um sie vor gegnerischem Beschuss zu bewahren: Ganz oben auf den Türmen waren je zwei Gefangene angekettet, die als lebende Schutzschilde dienen sollten, und Farawyns Entsetzen war grenzenlos, als er die angesichts der schieren Größe der Maschinen dünn und zerbrechlich wirkenden Gestalten erkannte.

Auf dem einen Turm standen Alannah und Granock.

Auf dem anderen Rambok und Aldur.

Das also war ihnen widerfahren!

Die Erkenntnis traf den Zauberer mit der Wucht eines Axthiebs und hätte ihn fast aus dem Sattel geworfen. Nur mit Mühe hielt er sich aufrecht, während Maeve neben ihm in Tränen ausbrach. Wie oft hatten sie in den letzten Tagen an die drei Eingeweihten gedacht, wie sehr gehofft, dass sie wohlbehalten zurückkehren würden – aber all diese Hoffnungen wurden in diesem Augenblick zunichtegemacht Und, was noch schlimmer war: Die Mission, auf die Farawyn seine jungen Schützlinge entsandt hatte, hatte sich im Nachhinein als völlig sinnlos erwiesen.

»Elfen! Das sind Elfen! Sie halten Elfen gefangen …!«

Wie ein Lauffeuer verbreitete sich die Nachricht, zunächst in der Reiterei, dann auch im Fußvolk, dessen Vormarsch ebenfalls zum Stillstand gekommen war. Von den Offizieren bis hinab zu den niedersten Rängen griff das Entsetzen wie eine Seuche um sich. Der Anblick der Gefangenen, die sich dort oben hilflos in ihren Ketten wanden und die Münder zu lautlosen Schreien geöffnet hatten, erschreckte die Soldaten noch ungleich mehr als jener der Unholde, und Farawyn wusste, dass er etwas unternehmen musste. Einen Augenblick lang überlegte er. Dann traf er eine Entscheidung.

»Bogenschützen!«, befahl er mit lauter Stimme. »Wir brauchen die Bogenschützen!«

»Was habt Ihr vor?«, fragte Elidor.

»Ein Zeichen setzen«, gab Farawyn tonlos zur Antwort.

Er bemerkte den furchtsamen Blick, den Maeve ihm zuwarf, aber er reagierte nicht darauf aus Sorge, ins Zweifeln zu geraten. Der Zauberer wusste, dass kein Elfensoldat seine Waffe erheben würde, solange der Feind ein solch schreckliches Druckmittel in der Hand hatte, und es gab nur einen Weg, es ihm zu nehmen …

Ein Trupp Bogenschützen eilte atemlos heran. »Die Gefangenen!«, rief Farawyn nur und deutete zu den Türmen hinauf. »Sie sind das Ziel! Befreit sie aus ihrer irdischen Gefangenschaft!«

»Nein!«, widersprach Maeve laut. »Das könnt Ihr nicht tun!«

»Glaubt Ihr denn, es fiele mir leicht, Schwester? Wir haben keine andere Wahl, sonst hat der Dunkelelf diese Schlacht gewonnen, noch ehe sie begonnen hat!«

Die Zauberin widersprach nicht. Sie wusste, dass er recht hatte, aber es schien ihr das Herz aus der Brust zu reißen. Farawyn zögerte noch einen Augenblick.

»Schießt!«, wies er dann die Bogenschützen an.

»Aber – die Entfernung ist viel zu weit, Sire! Unsere Pfeile vermögen sie nicht zu überbrücken!«

»Überlasst das mir«, beschied der Zauberer ihnen barsch, und die Soldaten taten, was von ihnen verlangt wurde.

Hastig legten sie Pfeile auf die Sehnen, zogen sie kraftvoll zurück, sodass sich die elfischen Langbogen bis zum Zerreißen spannten – und entließen sie hinaus in die Nacht.

»Tut es nicht, Bruder«, raunte Maeve Farawyn schluchzend zu. »Es ist ein Frevel, an allem, woran wir glauben …«

Doch Farawyn hatte sich entschieden.

In dem Augenblick, da die Pfeile ihre Spitzen senkten und noch lange vor dem feindlichen Heer niederzugehen drohten, ergriff eine unsichtbare Kraft von ihnen Besitz und trug sie weiter. Allen Naturgesetzen zum Trotz überbrückten sie die weite Distanz, und von zielsicherer Hand geführt, bohrten sie sich in die Herzen der unglücklichen Gefangenen.

»Neeein!«, schrie Maeve. »Was habt Ihr nur getan?«

»Was ich tun musste«, erwiderte der Zauberer, ehe er in einer entschlossenen Geste seinen *flasfyn* in die Höhe stieß und seinem Pferd die Sporen gab. »Und nun zum Angriff. Für das Elfenreich und die Freiheit!«

Selbst als die Pfeile schon in der Luft gewesen waren, hatte Granock noch nicht glauben können, dass Farawyn so kaltblütig sein würde. In dem Moment jedoch, als ihre Doppelgänger durchbohrt worden waren, war ihm nichts anderes übrig geblieben, als der Wahrheit ins Auge zu blicken, die sie in Ruraks Kristallkugel gesehen hatten.

Sein alter Meister hatte sie kaltblütig geopfert.

»Nun?«, erkundigte sich die hämische Stimme des Dunkelelfen. »Was habe ich euch gesagt? Farawyn schert sich nicht um euch. Ihm ist gleichgültig, was aus euch wird.«

»Das ist nicht wahr!«, widersprach Granock so verzweifelt, als müsse er sich selbst überzeugen.

»Hast du es nicht soeben mit eigenen Augen gesehen? Dein geliebter Meister hat nicht gezögert, euch zu töten! Und das nach allem, was ihr für ihn getan habt.«

»Das waren wir nicht«, zischte Alannah, »und natürlich hat er den Betrug durchschaut.«

»Glaubt ihr das wirklich?« Margok lachte hämisch, und einmal mehr hatte Granock das Gefühl, dass man nichts vor ihm verbergen konnte. »Ich denke, ihr alle wisst es besser. Farawyn hat euch für seine Ziele eingesetzt, solange ihr ihm nützlich wart, als seine Werkzeuge hat er euch missbraucht. In dem Augenblick jedoch, da er euch hätte helfen sollen, hat er euch schmählich im Stich gelassen.«

»Nein!«, schrie Granock – aber die Wahrheit war, dass der Dunkelelf ihm aus der Seele sprach. Es waren genau die dunklen Gedanken, die Granock tief in seinem Innern hegte, auch wenn er es niemals gewagt hätte, sie laut zu äußern.

»Ihr alle habt es mit eigenen Augen gesehen, warum leugnet ihr es noch länger? Ich kann euren Zorn fühlen, die Wut in eurem Herzen und die Enttäuschung.«

Granock biss sich auf die Lippen. Er schämte sich dafür, es sich einzugestehen, aber auch in dieser Hinsicht hatte Margok recht. Er *war* wütend und er *war* enttäuscht, konnte nicht glauben, dass Farawyn nicht einmal den Versuch unternommen hatte, sie zu befreien. Lag dem Zauberer tatsächlich so wenig an ihnen? Hatte er sie über all die Jahre getäuscht?

»Wenn es nach euren sogenannten Freunden ginge, nach dem Orden, dem ihr die Treue geschworen habt, so wärt ihr jetzt tot«, fuhr der Dunkelelf fort. »Ich jedoch habe euch am Leben gelassen, und ich biete euch weit mehr als das. Straft jene, die euch verraten haben, und schließt euch mir an. Ich, Margok, bin gewillt, euch in meine Reihen aufzunehmen.«

Der Dunkelelf streckte seine rechte Klauenhand nach den Eingeweihten aus, so als wollte er sie packen und an sich ziehen. »Ich weiß genau, wie ihr fühlt, denn ich war einst jung wie ihr. Ich weiß, was es heißt, die Kraft der Magie in seinen Adern zu spüren und vom Hohen Rat beständig in seine Schranken gewiesen zu werden, kleingehalten zu werden von Zauberern, deren Fähigkeiten ungleich geringer und die von Neid zerfressen sind. Ihr wisst doch, wovon ich spreche, nicht wahr?«

»Allerdings«, bestätigte Aldur.

»Nein!«, widersprach Alannah entschieden. »Das wissen wir nicht! Du darfst dich seiner Sichtweise nicht ergeben!«

»Aber er hat recht! Hat der Rat etwa nicht versucht, uns in Misskredit zu bringen? Hat Farawyn uns etwa nicht verraten?«

»Der Hohe Rat ist nicht vollkommen, das stimmt«, räumte die Elfin ein, »aber er setzt sich für die Belange des Reiches ein – dem Dunkelelfen hingegen geht es nur darum, alles zu vernichten, was unsere Welt ausmacht.«

»Wer sagt das?«, fauchte Margok und trat auf sie zu, das furchterregende Haupt drohend gesenkt und die faulig grünen Zähne zu einem Grinsen entblößt. »Hat Farawyn euch das erzählt? Ist es das, was er euch glauben macht? Dass ich alles zerstören will?«

»Das brauchte er nicht«, konterte die Elfin tapfer, während sie gleichzeitig das Gefühl hatte, den Verstand zu verlieren angesichts der tödlichen Kälte, die ihr entgegenschlug. »Ein einziger Blick in die Chroniken genügt, um zu zeigen, wozu ihr fähig seid.«

»Ich«, brüllte der Dunkelelf voller Zorn, »bin die Zukunft! Wer soll das Elfengeschlecht führen? Der Knabe auf dem Königsthron? Die alten Männer und Frauen im Rat? Sie alle werden den Niedergang nicht aufhalten können – ich hingegen kann das Reich zu neuen Horizonten führen!«

»Indem Ihr es unterjocht und eine Schreckensherrschaft errichtet?« Es kostete Alannah ihre ganze Überwindung, nicht vor der Bosheit zu kapitulieren, die von der grässlichen Gestalt ausging. Sie blickte ihr in die glutenden Augen, und für einen Moment fürchtete sie, Margok könnte sie in seinem Zorn zerschmettern. Aber der Dunkelelf beherrschte sich.

»Was Erdwelt mehr als alles andere braucht, ist Erneuerung«, stellte er klar.

»Durch einen Toten?«, schrie Alannah.

»Ich habe mehr Leben in mir, als du es dir vorzustellen vermagst«, versicherte Margok – und noch ehe die Elfin oder einer ihrer Kameraden begriff, was geschah, war der Dunkelelf von dunklem Rauch umhüllt. Dumpfes Hohngelächter erklang, das in weiter Ferne zu verebben schien, und als der Rauch sich wieder auflöste, war Margok verschwunden.

In diesem Augenblick begann jenseits des Flusses die Schlacht.

4. BARWYDOR CYNTA

Als die Lanzenträger der Elfen auf das Heer der Menschen trafen und die Reiterei kurz davor stand, in die Reihen der Unholde zu fahren, nahmen die Mühlen des Todes ihre Arbeit auf.

Die Türme, die vor den heranpreschenden Reitern riesenhaft in die Höhe wuchsen, bewegten sich nicht mehr vorwärts, doch die Kräfte in ihrem Inneren waren längst nicht versiegt. Fauchend entwich Dampf aus metallenen Nüstern, und nicht nur die Flügel drehten sich, sondern die ganze gigantische Konstruktion begann, um ihre Achse zu rotieren.

Mit furchtbarer Wucht gingen die Klingen nieder und erreichten die Krieger, die an vorderster Front stürmten. Messerscharf geschliffener Stahl schnitt ohne auf Widerstand zu treffen durch Pferde und Reiter.

Entsetzt sah Farawyn, wie ein stolzer Elfenkrieger samt seinem Ross halbiert wurde, ein anderes Tier wurde enthauptet und galoppierte noch ein Stück weiter, ehe es zusammenbrach und sein Herr sich beim Sturz aus dem Sattel das Genick brach.

So ging es weiter.

Mit hässlichem Fauchen und im grausamen Rhythmus der Vernichtung, gingen die Klingen ein ums andere Mal nieder und fanden reichlich Nahrung. Zwar versuchten die heranstürmenden Reiter, den mörderischen Windmühlenflügeln auszuweichen, jedoch setzten sich die beiden Türme nun wieder in Bewegung, fuhren mitten in ihre Reihen und säten nach allen Seiten Verderben.

Sie waren wie Klippen, an denen sich die Wellen der Angreifer brachen, in einer Gischt aus Blut und durchtrennten Gliedmaßen. Aber so sehr sie unter den Elfenreitern wüteten – viele von ihnen entgingen der tödlichen Maschinerie, jedoch nur, um schon im nächsten Augenblick auf ein nicht weniger gefährliches Hindernis zu treffen. Die Orks …

In Ermangelung einer organisierten Schlachtordnung drängten sich die Unholde dicht aneinander, getrieben von der Gier nach Blut und Beute. Die Speere, die die heranjagenden Reiter schleuderten, fanden ohne Ausnahme ihr Ziel und kosteten die Orks die ersten Todesopfer. Dann trafen Reiter und Unholde aufeinander, und Elfenklinge und *saparak* kreuzten sich.

Der Lärm war unbeschreiblich, nicht nur das Geklirr der Waffen, die Funken schlagend aufeinandertrafen, sondern auch das Gebrüll der Orks, die allesamt in blutrünstige Raserei verfallen waren. Mit der Wucht ihres Angriffs trieben die Elfen einen Keil in sie hinein. Die einen Unholde wurden von Schwerthieben gefällt, andere kurzerhand niedergeritten. Im nächsten Moment fanden sich die Elfenkrieger inmitten eines blutigen Gemetzels, das in den Reihen der Orks entbrannte – und der König selbst befand sich im Zentrum des Kampfes.

»Für das Elfenreich und die Freiheit!«, führte Elidor den Schlachtruf auf den Lippen, den er selbst ausgegeben hatte, während seine schlanke Klinge abwechselnd nach beiden Seiten fuhr. Ein großer Ork, dem er damit die Kehle durchschnitt, brach gurgelnd zusammen, ein anderer Unhold drosch mit einer Keule nach ihm. Seinen jugendlichen Reflexen gehorchend, riss der König seinen Schild empor und wehrte den Hieb ab, der jedoch so heftig war, dass er das Metall verbeulte und es Elidor vom Arm riss. Der König schrie entsetzt auf, als er seinen Schild davonfliegen sah, und der Ork setzte nach, um ein zweites Mal zuzuschlagen. Dass er nicht dazu kam, lag an dem *tarthan*, der ihn erfasste, fast senkrecht in die Höhe riss und in die Kriegsspeere zweier nachrückender Artgenossen stürzen ließ, die ihn durchbohrten.

»Lasst Vorsicht walten, Majestät«, riet Farawyn dem jungen Herrscher, der unter dem Visier seines Helmes vor Kampfeslust schnaubte. »Ihr dient Euren Männern nicht, indem Ihr Euch erschlagen lasst!«

Elidor bedankte sich, indem er die Klinge kurz vors Gesicht führte, um sich schon im nächsten Moment wieder den Unholden zuzuwenden, die ihn von beiden Seiten bedrängten. Farawyn blieb an seiner Seite und streckte einen weiteren Ork nieder, indem er ihn durch die Luft schleuderte. Dann kam ein Unhold heran, dessen verbeulter Helm erkennen ließ, dass er schon viele Kämpfe ausgetragen und überlebt hatte – und das Grinsen, das die gelben Hauer entblößte, verriet, dass der Ork auch diesen Kampf zu überstehen gedachte.

»Bas dhruurz!«, brüllte er und wollte mit dem *saparak* zustoßen, um den Zauberer aus dem Sattel zu heben. Der Angriff erfolgte so schnell, dass Farawyn keinen weiteren Gedankenstoß wirken konnte. Stattdessen riss er sein Pferd herum und versetzte dem Unhold einen harten Tritt vor die Brust. Der Ork taumelte und schrie erbost auf – und in diesem Moment fuhr das Ende des Zauberstabs in seinen Schlund.

Der Unhold zuckte und röchelte, während die Energie, die aus dem Ende des *flasfyn* zuckte, sein Inneres verzehrte. Rauch quoll ihm aus den Nüstern und aus den Ohren, dann brach er leblos zusammen.

Farawyn riss seinen Zauberstab aus dem leblosen Kadaver und wandte sich abermals um, nur um zu sehen, wie General Tullian in einer Meute grüner Leiber und rostiger Rüstungen unterzugehen drohte.

Der Offizier hatte den Fehler begangen, sich von einer Schar Angreifer vom Pulk der Reiter fortlocken zu lassen und sah sich nun von Orks umzingelt. Farawyn überlegte, sich zu ihm durchzuschlagen, aber dann hätte er Elidor ungeschützt zurücklassen müssen. Er begnügte sich notgedrungen damit, einen *tarthan* zu vollbringen und einige der Angreifer beiseitezufegen. Angesichts der Massen, die auf Tullian einstürmten, war dies jedoch nur ein Tropfen auf den heißen Stein – und im nächsten Moment zuckte ein *saparak* vor, glitt am Harnisch des Generals ab und drang oberhalb davon in seinen Hals.

Blut trat hervor, als die mit Widerhaken versehene Waffe brutal aus der Wunde gerissen wurde, und die Orks jubelten, als Tullian seitwärts aus dem Sattel glitt. Grobe Pranken packten ihn und rissen ihn zu Boden, und einen Atemzug lang war nichts mehr vom Oberbefehlshaber der Elfenarmee zu sehen – bis eine grüne Klaue erschien, die triumphierend ein abgeschlagenes Haupt schwenkte.

Farawyn Innerstes empörte sich ob dieser Barbarei. Auch er griff zum Schwert und spaltete einem unbehelmten Ork den Schädel, dann brachte er wieder den *flasfyn* zum Einsatz und schmetterte eine ganze Reihe von Angreifern zurück, die sich dem König genähert hatten.

»Was soll das?«, beschwerte sich Elidor, der sich als sehr viel geschickterer Streiter erwies, als Farawyn angenommen hatte. »Lasst mich kämpfen!«

»Habt Geduld«, konterte der Zauberer düster, »der Tod kommt noch früh genug« – und obwohl sie ihn den Seher nannten, hatte er keine Ahnung, wie recht er mit dieser Bemerkung behalten sollte.

Denn just in dem Augenblick, als es der elfischen Reiterei gelungen war, die Reihen der Orks zu durchbrechen und ihren ungeordneten Haufen in zwei Teile zu trennen, tauchte hinter ihnen eine zweite Schlachtreihe aus der Dunkelheit auf.

Die *ilfantodion*!

Nachdem sie durch die Kristallpforte gekommen waren, hatten die Tiere den Westfluss durchquert und stampften nun die Uferböschung herauf. Inzwischen waren es noch mehr geworden. Farawyn zählte zehn von ihnen, und er begann zu ahnen, wie sich Königin Rainna einst in der Schlacht von Scaria gefühlt haben musste.

In breiter Front griffen die Monstren aus grauer Vorzeit an, Seite an Seite, sodass sie wie eine Mauer wirkten, die sich auf die Elfen zuwälzte. Ihre Stoßzähne waren furchterregend anzusehen, ebenso wie die pfeilerartigen Beine, die alles unter sich zu zermalmen schienen. Stirn und Rüssel waren gepanzert, auf dem Rücken trugen die Tiere Körbe, in denen Armbrustschützen kauerten – Zwerge, wie Farawyn zu seinem Entsetzen erkannte. Der Zauberer wusste nicht, wie der Dunkelelf sie aufgeboten hatte, aber es waren weitere Gegner, die es zu bekämpfen galt.

Der Anblick der herannahenden Kampfkolosse verfehlte seine Wirkung nicht.

Viele Pferde scheuten, als sie die Gefahr erkannten. Manche brachen zur Seite aus, andere warfen ihre Reiter ab. Und einige Elfenkrieger zügelten ihre Tiere angesichts des nahenden Verderbens, das die Erde erbeben ließ.

Gehetzt schaute sich Farawyn um. Die Attacke der Reiterei hatte an Schwung verloren, das Feld sich aufgefächert; und in diesem Moment erklang noch ein weiterer schauriger Warnruf …

»Die Todesmühlen! Sie kommen zurück!«

Farawyns schneeweißes Streitross wieherte, als er es am Zügel riss. Es bäumte sich auf, und er drehte es auf der Hinterhand herum. Sein Blick fiel auf die Kampfmaschinen, die auf der anderen Seite des Schlachtfelds standen und die sie längst überwunden glaubten, und tatsächlich: Die beiden Türme hatten sich wieder in Bewegung gesetzt!

Mit rotierenden Flügeln rollten sie jetzt in die entgegengesetzte Richtung, der Reiterei hinterdrein und offenbar in der Absicht, sie zwischen sich und den herannahenden *ilfantodion* zu zermalmen. Dass dabei auch Scharen von Orks niedergemetzelt würden, die sich ebenfalls zwischen den Polen der Vernichtung befanden und in heftige Scharmützel verstrickt waren, scherte niemanden. Es war Margoks Art, Krieg zu führen.

Farawyns Blicke flogen hin und her.

Nach den Seiten ausweichen konnten sie nicht. Im Süden tobte der Kampf zwischen den Menschen und dem Fußheer, sodass es dort kein Weiterkommen gab; wichen sie nach Norden aus, gaben sie den Boden preis, den sie eben erst so mühsam erkämpft hatten, und ermöglichten es den Orks, den elfischen Fußkämpfern in die ungeschützte Flanke zu fallen.

Fieberhaft suchte der Zauberer nach einem Ausweg – und kam zu dem Schluss, dass eine der beiden herannahenden Fronten weichen musste. Wenn schon nicht die Todesmühlen, so doch wenigstens die *ilfantodion* …

»Kümmert Euch um Elidor!«, wies er Maeve an, die ihr unruhig schnaubendes Pferd neben seinem gezügelt hatte. Beide Enden ihres flasfyn waren mit dunklem Orkblut besudelt, ebenso wie ihre Robe und der Harnisch, den sie darübertrug.

»Was habt Ihr vor?«

»Etwas ändern«, schnaubte der Älteste, »oder diese Schlacht wird in wenigen Augenblicken zu Ende sein!«

Damit ließ er die Zügel schnalzen und trieb sein Pferd an. Der Hengst schritt kräftig aus und trug seinen Reiter in einer Fontäne von aufgeworfenem Erdreich davon, der Front der Kampfkolosse entgegen.

Es war ein atemberaubender Anblick, den Zauberer einsam und allein auf die heranstampfenden Monstren zureiten zu sehen, den Zauberstab erhoben und mit wehendem Umhang, während sich fern im Osten der neue Tag als zaghafter Lichtschein andeutete – ein Hauch von Hoffnung, der jedoch schwand, je näher Farawyn den *ilfantiodion* kam.

Riesenhaft wuchsen sie vor ihm in die Höhe und verdeckten mit ihren ungeheuren Körpern den grauenden Himmel. In diesem Moment lösten sich die ersten Armbrustbolzen und schwirrten dem Zauberer mit tödlicher Präzision entgegen …

»Tötet sie! Tötet sie alle! Nehmt Rache für Erwein von Andaril!«

Ortweins Kriegsschrei gellte durch das Zwielicht des dämmernden Morgens, während er gleichzeitig sein Schwert niederfahren ließ. Die blutige Klinge bohrte sich tief in die Schulter des Elfenkriegers, der vor ihm am Boden kauerte, verwundet durch einen Pfeil. Der Legionär – dem Aussehen nach ein junger Mann, aber wer vermochte das bei Elfen schon mit Bestimmtheit zu sagen? – riss entsetzt die Augen auf und kippte dann nach vorn auf die blutdurchtränkte Erde.

Schnaubend wie ein Stier und am ganzen Körper bebend vor wilder Kampfeswut, riss Ortwein seine Klinge heraus und fuhr herum. Seinen Schild hatte er längst eingebüßt, stattdessen führte er das Schwert mit beiden Händen. Unentwegt ließ er es kreisen, während überall ringsum ein entsetzliches Gemetzel im Gang war.

Die Schlachtordnung hatte sich aufgelöst. Schon der Pfeilhagel, den die Elfen hatten niedergehen lassen, hatte viele von Ortweins Kämpfern das Leben gekostet. Vor allem unter den Bauern und Leichtbewaffneten, die über keine Schilde verfügten, hatten die Elfenpfeile für erhebliche Verluste gesorgt. Die Gegenwehr von Ortweins Bogenschützen hingegen war an den mandelförmigen Elfenschilden beinahe wirkungslos abgeprallt.

Die Katapulte und Pfeilschleudern, die ihr unheimlicher Befehlshaber auf magische Weise herangeschafft hatte, hatten daraufhin die Arbeit aufgenommen. Die Geschosse waren wie Blitze in die Reihen der Elfen gefahren und hatten viele von ihnen das Leben gekostet – aufgehalten hatte es sie jedoch nicht. Denn kurz darauf waren die beiden Heere aufeinandergetroffen, und viele der Clansmänner und der Söldner aus den Oststädten hatten schon beim ersten Ansturm der elfischen Lanzenträger ein unrühmliches Ende gefunden.

Mit einer Verbissenheit, mit der Ortwein nicht gerechnet hatte, hatte der Feind die tödliche Phalanx vorangetrieben, und erst durch das Eingreifen der gepanzerten Reiterei war es gelungen, sie aufzuhalten. Den Kordon der Angreifer durchbrochen jedoch hatten die Eisbarbaren, die in Ortweins Armee kämpften. In wilde Raserei verfallen und den Tod deshalb nicht fürchtend, hatten sie sich in die Reihen der Elfenkrieger geworfen und mit ihren Keulen und Äxten um sich geschlagen – mit dem Erfolg, dass eine Bresche entstanden war, in die Ortwein und seine Kämpen nachgesetzt waren. Daraufhin war die Schlacht voll entbrannt.

Solange er zu Pferde gekämpft hatte, hatte Ortwein noch einigermaßen die Übersicht behalten. Dann jedoch hatte ein verirrter Pfeil seinen Rappen in den Hals getroffen, und das Tier war unter ihm zusammengebrochen. Den Elfenkrieger, den es halb unter sich begraben hatte, hatte der Fürst von Andaril mit einem gezielten Streich enthauptet. Dann hatte er sich, begleitet von den Kämpfern seiner Leibgarde, in das blutige Getümmel gestürzt. Und während er wie von Sinnen um sich schlug und sah, wie seine Getreuen rings um ihn fielen, musste er an das denken, was Ivor zu ihm gesagt hatte.

Als ihr Anführer ist es deine Pflicht, zuvorderst an sie zu denken. Es steht dir nicht zu, sie nur um deines Ruhmes willen zu opfern …

Wie hatten ihn diese Worte erbost, so sehr, dass er den Dolch gezückt und den Freund für immer zum Schweigen gebracht hatte. Doch nun, inmitten des blutigen Hauens und Stechens, das ringsum vor sich ging, musste Ortwein erkennen, dass Ivor recht gehabt hatte – auch was Rurak betraf.

Der Zauberer hatte in der Tat seine eigenen Pläne verfolgt, und während Ortwein noch davon geträumt hatte, gegen Tirgas Lan zu marschieren und die Elfenstadt zu plündern, hatte ihr unheimlicher Befehlshaber das Heer bereits nach Südwesten geführt, um sich mit den Orks zu verbünden. An vieles hatte Ortwein gedacht, aber gewiss nicht daran, mit Unholden gemeinsame Sache zu machen. Doch der Pakt, den er geschlossen hatte, zwang ihn dazu – und so blieb ihm nur, weiterzukämpfen und zu versuchen, inmitten des wogenden Chaos die Oberhand zu behalten …

Plötzlich fühlte er zwischen den Schulterblättern einen schmerzhaften Stich. Blitzschnell fuhr er herum und hieb die Pike beiseite, die von irgendwo aus dem Getümmel herangezuckt war. Er wollte seine Leibwächter zurechtweisen, die die Aufgabe hatten, ihm den Rücken freizuhalten – aber sie waren nicht mehr da. Alle lagen sie erschlagen in ihrem Blut, und es war an den Söldnern aus Girnag und Taik, den Fürsten Andarils zu verteidigen.

Wie sich die Zeiten änderten …

Mit einem lauten Schrei auf den Lippen, der mehr Verzweiflung denn Kampfesmut zum Ausdruck brachte, drang Ortwein auf die Elfenlegionäre ein, die von der linken Flanke herandrängten. Der Hieb, den er führte, war so heftig, dass er einem der Krieger den Helm vom Kopf riss. Der Elf lebte noch lange genug, um den Hass in Ortweins Augen lodern zu sehen. »Für meinen Vater!«, schrie der Fürst – und stach zu.

Der Elf fiel, und ein weiterer Krieger sprang an seine Stelle, der jedoch nicht wie ein gewöhnlicher Legionär gekleidet war. Seiner aufwendigen Rüstung und dem von Rosshaar gezierten Visierhelm nach handelte es sich um einen hohen Offizier, wenn nicht gar einen General – und Ortwein wusste, dass er ihn töten musste, wenn er die Schlacht gewinnen wollte.

»Du!«, schrie er, als müsste er die Aufmerksamkeit des Kriegers erst noch auf sich ziehen, dann schlug er auch schon auf ihn ein.

Der General, der noch seinen Schild hatte, brachte diesen empor und wehrte den Hieb scheinbar mühelos ab, um dann seinerseits einen Ausfall vorzutragen. Ortwein entging der Klinge, indem er ihr blitzschnell auswich, dann führte er seine eigene Waffe senkrecht empor. Die Stichwunde zwischen seinen Schulterblättern schmerzte dabei, aber er scherte sich nicht darum. Sein einziges Ansinnen war es, den Elfengeneral zu töten und den Feind so eines Anführers zu berauben. Das blutige Morden ging ringsum weiter, begleitet vom Geklirr der Waffen und den Schreien der Sterbenden und Verwundeten, aber Ortwein nahm es nicht mehr wahr. Der Fürst von Andaril hatte nur noch Augen für seinen Gegner, auf den er seinen ganzen Hass und seine Aggression lenkte.

Zwar entging der General seiner Attacke um Haaresbreite, doch sofort setzte Ortwein nach und brachte einen zweiten Hieb an, der so kräftig geführt war, dass er den Elfen ins Wanken brachte. Mit einem dumpfen Aufschrei warf sich Ortwein nach vorn und rempelte ihn an, und der Elfenkrieger stolperte über eine Leiche, die hinter ihm lag und die so mit Blut und Dreck überzogen war, dass man nicht mehr feststellen konnte, auf welcher Seite der Gefallene gekämpft hatte.

Der General stürzte und ging zu Boden. Sofort war Ortwein über ihm, um ihm mit einem Triumphschrei die Klinge in den Hals zu rammen – aber einmal mehr war ihm der Schild des Elfen im Weg. In rascher Folge drosch Ortwein darauf ein, bis das verbeulte Metall am Arm des Generals wertlos geworden war. Mehrmals hintereinander trafen ihre Klingen aufeinander, dann gelang es dem Fürsten von Andaril, eine Finte vorzutragen, die den Elfen dazu brachte, einen entscheidenden Fehler zu begehen.

In der Absicht, seinen Gegner zu durchbohren, stieß er die Klinge empor, doch Ortwein hatte damit gerechnet und wich rechtzeitig aus. In einer fließenden Bewegung fuhr er herum und durchtrennte den Schwertarm des Elfen mit einem einzigen Hieb.

Der General schrie auf, als seine Hand davonflog, die gebogene Elfenklinge noch umklammernd, und ein Blutschwall aus dem Stumpf stürzte, der sein Gewand und seine Rüstung besudelte. Hohnlachend warf sich Ortwein auf ihn, um das Schwert, dessen Spitze nach unten zeigte und das er mit beiden Händen umklammerte, in sein Herz zu rammen. Der Elfenkrieger, der wusste, dass er besiegt war, stieß das Visier seines Helmes auf. Die Blicke der beiden Männer begegneten sich, und für einen Augenblick sah Ortwein die Fassungslosigkeit in den Augen seines Gegners.

»Hochmütiger Bastard«, stieß er zwischen zusammengebissenen Zähnen hervor und wollte erbarmungslos zustoßen, als plötzlich ein Schatten auf ihn fiel und etwas aus der Luft heranschoss.

Ortwein von Andaril begriff nie, was aus dem Halbdunkel heranfegte, ihn mit knochigen Krallen packte und in die Höhe riss. Er schrie, als es senkrecht emporging, und für einen Augenblick genoss er das zweifelhafte Vergnügen, hoch über dem Geschehen zu schweben und auf das wogende Chaos und die im Morgengrauen blitzenden Klingen und Rüstungen zu blicken.

Es war ein Moment der Entrückung, in dem Ortwein nichts anderes hörte als das Geräusch des Windes und seinen eigenen stoßweisen Atem – und in dem er es bitter bereute, den Schwur seines Vaters erneuert zu haben.

Einen Herzschlag später ließen die Krallen ihn los, und Ortwein stürzte zu Boden, dem Schlachtfeld entgegen.

Farawyn hatte nichts mitbekommen von dem, was sich am anderen Ende des Schlachtfeldes ereignete. Mit einem gezielten Gedankenstoß hatte er die Bolzen abgewehrt, die die Zwerge in den Schützenkörben auf ihn abgegeben hatten, und hielt weiter auf die *ilfantodion* zu, ein einsamer Streiter gegen einen übermächtigen Gegner – der jedoch plötzlich Gesellschaft erhielt.

Zwei Reiter waren plötzlich neben ihm, der eine links, der andere rechts, und sein Erstaunen war grenzenlos, als er Meisterin Maeve erkannte – und Elidor …

»Was soll das?«, schrie er.

»Wir begleiten Euch«, verkündete der König entschieden.

»Nein! Kehrt sofort um! Erdwelt braucht Euch lebend!«

»Auf keinen Fall werde ich umkehren«, entgegnete der junge Monarch trotzig. »Ihr habt mir beigebracht, was es bedeutet, König zu sein – ich werde Euch jetzt nicht im Stich lassen!«

Farawyn widersprach nicht länger. Elidors Haltung beeindruckte ihn, und er sagte sich, dass er ganz offenbar den Starrsinn seines Vaters Gawildor geerbt hatte – nur dass er ein sehr viel besserer Herrscher war als dieser …

Gemeinsam jagten sie weiter, bereit, den aussichtslosen Kampf auszutragen. Farawyn konzentrierte sich, um einen weiteren *tarthan* zu wirken, der so stark ausfallen musste, dass er einen der Kampfkolosse aus der Bahn warf – aber der Zauberer bezweifelte ernstlich, ob so etwas überhaupt möglich war.

Jetzt!

Die *ilfantodion* waren bis auf fünfzig Schritte heran. Furchterregend groß ragten sie vor ihnen in die Höhe, und erneut schwirrten Armbrustbolzen durch die Luft, die Maeve abwehrte.

Farawyn konzentrierte sich und entließ einen Gedankenstoß, der so heftig war, dass der Sog, den er entwickelte, das Erdreich emporriss und den Boden durchpflügte. Man konnte sehen, wie er auf die Phalanx der Kampfkolosse zuschoss – um im nächsten Moment beinahe wirkungslos daran zu zerplatzen.

Der Bulle, auf den der Zauberer seine Attacke gerichtet hatte, wankte ein wenig, trampelte jedoch unbeirrt weiter. Noch wenige Herzschläge, dann waren die vierbeinigen Giganten heran.

»Flieht!«, schrie Farawyn seinen beiden Begleitern zu und zügelte abermals sein Pferd. »Kehrt sofort …!«

Das letzte Wort blieb ihm im Hals stecken, als er einen scharfen Einstich in seiner Schulter fühlte.

Ein Pfeil!

In einem Augenblick der Unaufmerksamkeit hatte eines der feindlichen Geschosse die Abwehr durchdrungen und ihn getroffen. Farawyn schrie auf und verlor für einen Moment die Kontrolle über sein Pferd. Angesichts der heranstürmenden Kolosse scheute das Tier und warf ihn ab.

Der Zauberer wusste nicht, wie ihm geschah, als er sich plötzlich auf dem Erdboden liegend wiederfand, der unter den Tritten der *ilfantodion* erzitterte. Entsetzt schaute Farawyn an ihnen empor, sah die gewaltigen Stoßzähne und rechnete damit, im nächsten Moment entweder aufgespießt oder zertrampelt zu werden – als plötzlich eine schwere Erschütterung den Boden durchlief, gegen die das Getrampel der gepanzerten Dickhäuter nur ein leises Flüstern war.

Fast im selben Augenblick nahm Farawyn einen Schatten wahr, der dicht über dem Boden dahinraste, unmittelbar vor den *ilfantodion*. Die Tiere reagierten panisch. Eines von ihnen scheute und richtete sich auf den Hinterbeinen auf, worauf die Insassen des Schützenkorbes schreiend in die Tiefe purzelten, nur um unter den Beinen ihres eigenen Reittiers ein grässliches Ende zu finden. Der Vormarsch der Giganten kam schlagartig ins Stocken. Gleichzeitig durchlief ein neuerlicher Erdstoß den Boden, diesmal noch heftiger als zuvor – und entlang der Flugbahn des Schattens, unmittelbar zwischen Farawyn und den *ilfantodion*, entstand mit einem berstenden Geräusch ein Riss im Boden.

»Was, bei Albons Licht …?«

Verwirrt sah der Zauberer, wie sich der Riss verbreiterte. Der Boden tat sich auf, und ein Graben von mehreren Klaftern Breite entstand. Einer der Kampfkolosse kam ihm zu nahe. Das Erdreich an der Abbruchkante rutschte ab, und das Tier brach mit den Vorderläufen ein. Panisch brüllend ging es nieder, während es seine Reiter von seinem breiten Rücken schüttelte.

Und das Erbeben dauerte an!

Eine schwere Erschütterung nach der anderen ließ den Boden erzittern und immer noch mehr Risse entstehen. Ein weiterer *ilfantodion*, dessen Besatzung noch abzuspringen versuchte, versank in einer Erdspalte, und unter markigem Getöse, welches das panische Trompeten der Tiere übertönte, wurden bis hinüber zum Flussufer ganze Bodenschollen aufgeworfen, die sich übereinanderschoben. Die Schlachtordnung der Kampfkolosse hatte sich längst aufgelöst. Die Tiere rannten wild durcheinander und rammten sich gegenseitig, und wer von den Reitern noch nicht abgeworfen worden war, der bemühte sich verzweifelt, die sich wie von Sinnen gebärdenden Giganten wieder unter Kontrolle zu bringen.

Betroffen schaute Farawyn auf das chaotische Schauspiel, das sich auf der anderen Seite des Grabens abspielte, der sich so unvermittelt gebildet hatte. Erst ganz allmählich dämmerte ihm, dass er gerettet war – und er begriff auch, wem er diese Rettung zu verdanken hatte …

»Bruder! Ist alles in Ordnung mit Euch?«

Maeve und Elidor, die seine Warnung zunächst befolgt hatten, dann aber, als sie gesehen hatten, was den *ilfantodion* widerfuhr, wieder umgekehrt waren, zügelten ihre Rösser unmittelbar vor ihm.

»Es geht schon«, versicherte der Zauberer und raffte sich auf die Beine, worauf er mit einem beherzten Griff den Pfeil aus der Schulter zog. Offenbar war die Spitze mit einem leichten Gift getränkt gewesen, aber seine Selbstheilungskräfte würden damit fertig werden.

»Wie konnte mein Vater nur je an Euch zweifeln, Meister Farawyn?«, fragte Elidor, während er vom Rücken seines Pferdes aus die Kampfkolosse beobachtete – oder vielmehr das, was noch von ihnen übrig war. Zwei hatten sich auf dem Boden gewälzt, um ihre Reiter loszuwerden, und sie dabei zermalmt. Der Rest war zum Fluss geflüchtet. »Ihr seid in der Tat ein mächtiger Zauberer!«

»Ich danke Euch, mein König«, erwiderte Farawyn bescheiden, »aber Euer Lob hat nicht mir zu gelten, sondern denen, die die Rettung brachten.«

»Von wem sprecht Ihr?«

In diesem Augenblick senkte sich erneut jener dunkle Schatten aus dem grauenden Himmel, der soeben an Farawyn vorbeigerast war. Und nun endlich war zu erkennen, worum es sich dabei handelte – um einen *draghnad*.

Unheimlich breitete die untote Kreatur ihre löchrigen Schwingen aus und sank herab. Auf ihrem Rücken saßen zwei von weiten Umhängen umwehte Gestalten, für deren plötzliches Auftauchen Farawyn dem Schicksal von Herzen dankte.

Der eine war Ogan, der junge Aspirant. Der andere war Meister Daior, der über die Fähigkeit verfügte, kraft seines Willens die Erde erbeben zu lassen.

Gewöhnlich brachte er seine Gabe nur zum Einsatz, um Zauberschüler einer Prüfung zu unterziehen. Nun jedoch hatte er sie erstmals als Waffe gebraucht …

»Brüder!«, rief Farawyn hocherfreut aus. »Wie ich mich freue, Euch zu sehen!«

»Die Freude ist auf unserer Seite«, versicherte Ogan und winkte. »Mein Meister Tavalian schickt uns, der Euch herzlich grüßen lässt …«

5. GRAIM'Y'HUTH

Daior und Ogan waren nicht die Einzigen, die dem bedrängten Elfenheer zu Hilfe gekommen waren. Noch drei weitere *draghnada* sanken aus dem Himmel herab, in deren Sätteln die Meister Filfyr, Sunan und Tarana saßen, jeweils zusammen mit ihren Schülern Zenan, Haiwyl und Larna.

Sie alle ließen die Aspiranten absteigen, ehe sie wieder in die Lüfte stiegen, um andernorts in das Schlachtgeschehen einzugreifen. Farawyn konnte nicht anders, als Ogan und seine Gefährten dankbar in die Arme zu schließen.

»Meine guten Kinder!«, rief er dabei. »Das war Rettung in höchster Not!«

»Verzeiht, dass wir nicht schon früher kamen, Vater«, entgegnete Ogan schuldbewusst, »aber die Kristallpforte ließ sich nicht mehr öffnen.«

»Ja«, knurrte der Zauberer nur, »ich habe es geahnt ...«

»Gervan und einige andere stimmten daraufhin dafür, einen Zug von *bóriai* auszurüsten, der nach Süden aufbrechen sollte, aber Meisterin Atgyva war klar, dass dieser viel zu spät eintreffen würde. Also schlug Meister Tavalian vor, die *draghnada* zu benutzen, um die Strecke zu überbrücken.«

»Der gute Tavalian!«, seufzte Farawyn erleichtert, und auch Maeve und Elidor brachten ihre Dankbarkeit zum Ausdruck.

Doch ihnen allen war klar, dass die Schlacht noch nicht gewonnen war ...

»Die Türme!«, rief der junge König und deutete nach den beiden stählernen Ungetümen, die sich noch immer unbeirrt drehten und Dampf spien, während sie auf Orks und Elfen zurollten. Die Bedrohung durch die *ilfantodion* mochte beseitigt sein, die Todesmühlen jedoch mahlten noch immer – und sie hatten die Elfenkrieger, die noch immer in heftige Gefechte mit den Orks verwickelt waren, inzwischen fast erreicht!

»Auf die Pferde!«, rief Farawyn. »Halten wir sie auf!«

Der Zauberer nahm die Zügel seines braven Hengstes, der reumütig zu ihm zurückgekehrt war, und stieg in den Sattel. Die Wunde in seiner Schulter, über der sich sein Umhang dunkel verfärbt hatte, ignorierte er. Ogan und die anderen Aspiranten riefen herrenlose Pferde herbei, von denen es auf dem Schlachtfeld bestürzend viele gab. So ritten sie den beiden Türmen entgegen, an der Seite Elidors, des Königs des Elfenreichs.

Die Anerkennung Farawyns hatte sich der junge Herrscher längst verdient. Das Schwert in der Hand, galoppierte er den Kämpfenden entgegen und stürmte mitten in ihre Reihen. Mit der Klinge nach beiden Seiten dreschend, tötete er mehrere Unholde, unterstützt von Farawyn und Maeve, die einen Gedankenstoß nach dem anderen wirkten. Auf diese Weise gelangten sie näher an die Türme heran, deren Klingenflügel bereits Nahrung fanden.

Ein Elf und ein Ork, die einander so erbittert bekämpften, dass sie das nahende Unheil nicht hatten kommen sehen, wurden die ersten Opfer. Der fauchende Stahl erwischte sie, und von dem, was davonflog, war es unmöglich zu sagen, ob es zum Elfen oder zum Ork gehört hatte. Mit vernichtender Wucht fuhren die Klingenflügel in das Feld der Kämpfenden und sorgten dort für Panik. Orks und Elfen ergriffen gleichermaßen die Flucht, und der Vorteil, den Elidors Reiterei errungen hatte, drohte verloren zu gehen, denn von den Flanken drängten die übrigen Unholde heran.

Die Türme mussten verschwinden, einer nach dem anderen!

»Wir nehmen uns zuerst den linken vor!«, wies Farawyn seine Begleiter an. »Haiwyl!«

Der Aspirant, der seinerzeit zusammen mit Granock und Aldur nach Shakara gekommen war und dessen Gabe darin bestand,

Metall mit Gedankenkraft zu verformen, streckte die Hände aus und wirkte seinen Zauber. Schon im nächsten Moment gerieten die Flügel der rechten Mühle ins Stocken.

Ein metallisches Ächzen war zu vernehmen, als sich der Mechanismus im Inneren gegen den plötzlichen Widerstand stemmte, und immer noch mehr Dampf entwich aus den seitlich angebrachten Öffnungen. Ruckartig drehten sich die Klingen noch ein Stück weiter – dann konnte man beobachten, wie sich eine von ihnen unnatürlich deformierte.

Es knirschte entsetzlich, als der Stahl zurückgebogen wurde, sodass er gegen den Turmaufbau stieß und damit die Drehbewegung blockierte. Die tumbe Maschine arbeitete dennoch weiter – und zerstörte sich damit selbst. Mit lautem Krachen durchbrach der verbogene Stahl die Turmpanzerung und drang in die stampfenden Eingeweide. Der Koloss wankte – und in diesem Augenblick übernahmen Farawyn und die anderen.

»Gedankenstoß – jetzt!«, wies der Zauberer Maeve und die Aspiranten an, und alle bis auf Haiwyl, den der Gebrauch seiner Gabe erschöpft hatte, schlossen sich dem *tarthan* an, den der Älteste ihres Ordens im nächsten Moment verübte.

Die Wucht des Stoßes war entsprechend beträchtlich, und er erwischte den Turm genau in dem Moment, als sich dieser ohnehin gefährlich zur Seite neigte. Der Stahlkoloss wurde hart getroffen und geriet noch ein Stück weiter in Schräglage. Als der Boden unter ihm nachgab, besiegelte das sein Schicksal.

Ächzend und schnaubend schien sich Margoks Todesmaschine noch einen Augenblick lang gegen das Unausweichliche zu wehren – dann kippte sie endgültig und stürzte geradewegs in die Masse der sich dicht aneinanderdrängenden Orks.

Die Unholde hatten bis zuletzt darauf vertraut, dass ihr unförmiges Mordinstrument allen Angriffen trotzen und sich wieder aufrichten würde – ein folgenschwerer Irrtum, der viele von ihnen das Leben kostete. Zwar spritzten sie auseinander wie aufgescheuchtes Federvieh, als der stürzende Turm seinen Schatten auf sie warf, doch kam für viele die Einsicht zu spät. Ein letztes Mal machte die Todesmühle ihrem Namen alle Unehre, als sie Dutzende von Unholden unter sich zerquetschte, ehe sie selbst in einer Eruption von Feuer und Dampf zerbarst.

Trümmerstücke wurden davongeschleudert und sorgten für noch mehr Opfer unter den Orks, und auch mancher Elfenkrieger wurde davon ereilt – dennoch war der Jubel unbeschreiblich, als Elidors Kämpfer das Monstrum niedergehen sahen. Neuen Mutes und noch verbissener als zuvor drangen sie auf die Orks ein, die nun nicht mehr von der einen, dafür aber von der anderen Seite herandrängten, und Farawyn und seine Getreuen wollten sich dem anderen Turm zuwenden – aber wie sie feststellten, war dieser bereits in besten Händen.

Zwei untote Drachen umkreisten das stählerne Monstrum, das sich um seine Achse drehte und Tod und Verderben nach allen Seiten schickte. Auf dem einen *draghnad* saß wiederum Daior, auf dem anderen Sunan, der im nächsten Moment von seiner Gabe regen Gebrauch machte.

Der Ton, der über dem Schlachtfeld erklang, war so durchdringend, dass sich nicht nur viele Elfenkrieger, sondern auch zahllose Unholde die Ohren zuhielten und einen Moment lang nicht mehr fähig waren zu kämpfen. Am heftigsten jedoch wirkte sich Sunans Schrei auf den Turm aus, dessen Konstruktion in Schwingung versetzt wurde. Anfangs waren es nur kleine, kaum wahrnehmbare Bewegungen, schon wenige Augenblicke später jedoch begann der Turm zu wackeln, als bestünde er nicht aus festem Stahl, sondern aus weich gewordenem Wachs. Immer heftiger wurden die Ausschläge, bis sich die ersten Platten der Panzerung lösten und mit Getöse in die Tiefe sausten – und in diesem Augenblick schlug Meister Daior zu und gab dem Ungetüm den Rest.

Seinen *draghnad* dicht über dem Boden lenkend, stieß der Zauberer seinen *flasfyn* herab – und dort, wo der Zauberstab die Erde berührte, entstand einen Lidschlag später ein Riss im Boden. Eine Erschütterung folgte, die viele der Kämpfenden zu Fall brachte – vor allem aber den Kriegsturm, der in dem sich sprunghaft verbreiternden Riss versank.

Sobald die ihrer Stabilität beraubten Klingenflügel auf den Erdboden trafen, zerbarsten sie, die Bruchstücke stoben Funken schlagend davon. Und nach einem entsetzlichen Ächzen, das von Feuer und Rauch begleitet wurde, tat auch diese Maschine ihren letzten zischenden Atemzug.

Das Geschrei, in das sowohl Elfen als auch Orks daraufhin verfielen, war unbeschreiblich. Die Söhne Sigwyns jubelten, weil sie erstmals seit Beginn der Schlacht das Gefühl hatten, dass sie gewinnen konnten; die Unholde brüllten vor Wut.

Zwar drangen sie weiter auf die Elfenkrieger ein, doch hatten ihre Attacken an Wildheit verloren – oder lag es daran, dass Elidors Recken, beflügelt durch die Unterstützung der Zauberer, mit neuer Kraft und frischen Mutes fochten?

Auch der junge König und die Zauberaspiranten brachen in lauten Jubel aus, selbst Farawyn gönnte sich ein triumphierendes Lächeln. Er war sicher, dass die Zerstörung der Türme auch auf der anderen Seite des Schlachtfelds nicht unbemerkt bleiben und womöglich die Wende im Kampfgeschehen bedeuten würde.

Zum ersten Mal nach Jahrhunderten gegenseitiger Entfremdung kämpften Elfenkrieger und Zauberer wieder Seite an Seite, um gemeinsam dem Bösen zu trotzen, das in ihre Welt eingefallen war. Womöglich war es ein historischer Tag, der heraufzog und den Himmel im Osten in Brand gesteckt zu haben schien.

»Das ist der Sieg!«, war Ogan überzeugt, während er vom Rücken seines Pferdes aus auf die nördliche Hälfte des Ork-Heeres deutete. »Seht Ihr das? Die Unholde fliehen! Sie ergreifen vor unseren Kämpfern die Flucht …«

Der untersetzte Zauberschüler unterstrich seine Erleichterung mit einem silberhellen Lachen, das ihm jedoch im nächsten Moment auf den Lippen erstarb.

»Ogan …?«

Farawyn fuhr zu dem Aspiranten herum. Mit weit aufgerissenen Augen und starrem Blick saß Ogan im Sattel. Blut rann aus seinen Mundwinkeln.

»Ogan!«

Farawyn riss sein Pferd herum und wollte zu dem Jungen eilen, aber jede Hilfe kam zu spät. Ogan kippte nach vorn und fiel seitwärts aus dem Sattel. In seinem Rücken steckte ein Pfeil. Und im selben Moment erhob sich vom Siegstein her wüstes Geschrei, und eine Meute gedrungener Gestalten war zu erkennen, die in gebückter Haltung heranstürmten und dabei mehr an Tiere denn an Menschen erinnerten.

Die *neidora* …

»Ogan! Nein!«

Granock sah den Freund leblos aus dem Sattel kippen. Fassungslos starrte er in die Kristallkugel. Eben noch war er Zeuge gewesen, wie die Zauberer von Shakara über Margoks Mordwerkzeuge triumphiert hatten. Nun plötzlich hatte dieser Triumph einen bitteren Beigeschmack bekommen.

Ogan war gefallen, der Elfenjunge, dessen *reghas* darin bestanden hatte, es regnen zu lassen, und der niemandem je etwas zu leide getan hatte. Und alles, was Rurak dazu einfiel, war spöttisch zu lachen.

»Was denn?«, fragte der Zauberer mit hämischem Grinsen, das verriet, dass Ogans Tod ihm Genugtuung verschaffte. »Habt ihr geglaubt, dass wir euch den Sieg überlassen würden? Eure Freunde dort draußen mögen einen kleinen Vorteil errungen haben, die Schlacht hingegen haben sie noch längst nicht gewonnen. Vielleicht hat sich euer dicklicher kleiner Freund einfach ein wenig zu früh gefreut …«

»Dafür werdet Ihr bezahlen!«, konterte Granock. »Ihr alle werdet dafür bezahlen, das schwöre ich Euch!« Hilflos zerrte er an seinen eisernen Fesseln, aber natürlich gaben sie nicht nach. Rurak hingegen lachte nur noch ein wenig lauter.

»Deine Drohungen sind wie das Zischeln einer zahnlosen Schlange, Granock von den Menschen! Was willst du tun? Deine Ketten sprengen? Dich mir zum Kampf stellen? Oder gar dem Dunkelelfen selbst?« Wieder lachte er, doch Granock hörte gar nicht zu.

»Ogan war noch ein halbes Kind«, knurrte er. »Es war ihm noch nicht einmal vergönnt, seine Ausbildung zum Eingeweihten zu beenden …«

»Oh, oh.« Ruraks ohnehin schon von Falten zerfurchtes Gesicht zerknitterte sich noch ein wenig mehr. »Es betrübt mich wirklich, das zu hören. Aber vielleicht hätte er sich einfach aus Dingen heraushalten sollen, die ihn nichts angingen – genau wie du, Mensch! Hast du im Ernst geglaubt, etwas gegen mich oder den Dunkelelfen ausrichten zu können?«

»Befreit mich von diesen Ketten«, forderte Granock ihn auf, »dann werdet Ihr sehen, was ich gegen Euch ausrichten kann!«

»Dein lächerlicher kleiner Zeitzauber wirkt nicht bei allen Kreaturen, das solltest du inzwischen bemerkt haben. Oder willst du es im direkten Schlagabtausch mit mir aufnehmen?« Der Abtrünnige schüttelte das kahle Haupt. »Was seid ihr Menschen nur für eigenartige Kreaturen. Unbekümmert wagt ihr euch hinaus in die Geschichte, ohne auch nur zu ahnen, was euch dort erwartet, und beschwert euch, wenn euer törichter Leichtsinn Opfer fordert. Dort draußen ist Krieg, also was erwartest du?«

»Schwein!«, beschimpfte Granock ihn in seiner eigenen Sprache. »Diesen ganzen Krieg gäbe es nicht, wenn Ihr uns nicht alle verraten hättet!«

»Falsch. Dieser Krieg war unausweichlich. Siehst du nicht, dass das Elfenreich an einem Punkt angekommen ist, wo es nicht mehr weitergeht? Die glorreichen Tage des Reiches, wo sind sie geblieben? Menschen und Zwerge, Orks und Gnomen pochen an seine Pforten und begehren Einlass, und dieser Narr Elidor öffnet ihnen bereitwillig die Pforten. Niedergang ist die Folge. Was Erdwelt braucht, ist Führung, und Margok wird sie uns geben.«

»Er wird sich alles unterwerfen«, verbesserte Alannah, »und alles Schöne und Wunderbare vernichten. Margok ist der Tod allen Lebens, wie wir es verstehen.«

»Vielleicht«, räumte Rurak gelassen ein, »aber ich kann euch trösten, meine jungen Freunde – wenn ihr euch Margok widersetzt, werdet ihr alle nicht mehr lange genug in Erdwelt weilen, um dies mitzuerleben.«

»Mistkerl!« Erneut zerrte Granock an seinen Ketten, dass es nur so klirrte. Dass er dabei entsetzliche Schmerzen litt, war ihm gleichgültig.

»Nur zu, Mensch«, forderte der Zauberer ihn auf, »weiter so. Dein Zorn steht dir gut zu Gesicht ...«

»Mein Zorn wird dein Ende sein, Verräter«, prophezeite Granock, wobei er eine Wut in sich spürte, die alles vorher Dagewesene übertraf. Ohnehin hatte sich seine einstige Abneigung gegen Rurak in Hass verwandelt – Ogans Tod jedoch hatte dafür gesorgt, dass dieser Hass zu einem Monstrum wurde, das in ihm tobte und nach Ausbruch verlangte. Seine Gliedmaßen begannen zu zittern, die Adern an seinen Schläfen schwollen an, während er die Zähne fletschte wie ein Raubtier kurz vor dem Sprung. »Warte nur ...«

»Granock, nicht!«, warnte ihn Alannah. »Siehst du nicht, dass es genau das ist, was er will? Dein Hass wird dich zerstören, gründlicher und endgültiger, als er es jemals könnte!«

»Ja«, stichelte Rurak weiter. »Höre auf die Elfin, denn sie hat mehr Verstand als du. Ohnehin frage ich mich, wie man jemandem wie dir je die Pforte Shakaras öffnen konnte. Andererseits haben wir dir viel zu verdanken ...«

»Was faselt Ihr da?«

»Aber Granock! Hast du dich nie gefragt, wie es Farawyn trotz meines erbitterten Widerstandes gelingen konnte, deine Aufnahme in den Orden durchzusetzen? Ich will es dir sagen: weil er dabei Hilfe hatte! Im Geheimen habe ich seine Pläne unterstützt, denn ich wusste genau, dass du der Schlüssel zur Verwirklichung meiner Pläne warst, jener Splitter, der meinem Mosaik noch zur Vollendung fehlte.«

»Ihr lügt!«, herrschte Granock ihn an.

»Glaubst du?« Rurak schüttelte den Kopf. »Was, wenn ich dir sagen würde, dass Margok diese Situation schon vor langer Zeit vorausgesehen hat? Dass er wusste, dass wir uns hier gegenüberstehen würden?«

»Ich würde Euch für einen verdammten Lügner halten«, presste Granock hervor, obgleich ihn jedes Wort, das der Zauberer sprach, wie ein Peitschenhieb traf. In seiner Wut zerrte er an den eisernen Schellen, dass sie ihm die Handgelenke blutig schnitten.

»Nicht«, versuchte Alannah ihn zu beruhigen. »Siehst du nicht, dass er genau das will?«

»Das ist mir gleichgültig! Wenn es sein eigener Untergang ist, den er herbeiführen will, so soll er ihn haben!«

»Du drohst mir also tatsächlich?« Rurak lachte wieder. »Mein einfältiger Freund, wenn du glaubst, dass du gegen mich bestehen kannst ...« Er machte eine beiläufig wirkende Handbewegung – und die Ketten um Granocks Hand- und Fußgelenke lösten sich und fielen klirrend zu Boden.

»Nein!«, rief Alannah, noch ehe er etwas unternehmen konnte, »tu es nicht, Granock! Greife ihn nicht an!«

»Warum nicht? Ich habe keine Angst vor ihm!«

»Aber er hat Angst vor dir«, wandte die Elfin ein.

»Was soll das heißen?«, fuhr Rurak sie an. »Was redest du da, du Närrin?«

»Es ist wahr. Ihr lügt, wenn Ihr sagt, dass Ihr Granocks Aufnahme in den Orden unterstützt habt. Die Wahrheit ist, dass Ihr ihn fürchtet, weil Ihr ihn nicht berechnen könnt. Aus diesem Grund versucht Ihr, seinen Hass zu schüren, denn auf diese Weise wird er Euch ähnlich.«

»Gewäsch!«

»Es ist die Wahrheit«, beharrte Alannah und wandte sich Granock zu, der schwer atmend neben ihr stand, sich die blutigen Handgelenke reibend. »Willst du wie er werden?«, fragte sie ihn. »Von Hass und Rachsucht zerfressen sein?«

»Nein«, gab Granock zu, auch wenn es ihm schwerfiel. Der Gedanke, seiner Wut freien Lauf zu lassen und sich auf den Abtrünnigen zu stürzen, war weitaus verlockender.

»Aber genau das wird geschehen, wenn du dich jetzt deinem Zorn ergibst. Das ist nicht der Weg, den Farawyn dich gelehrt hat, Granock. Denke daran und vertraue auf das Licht. Farawyn und die Seinen werden den Sieg erringen. Wir müssen ihnen nur vertrauen.«

»Glaubst du das wirklich, Elfin?«, fragte Rurak mit mitleidigem Grinsen.

»Allerdings.«

»Dann kennst du Margok nicht – denn der Dunkelelf ist noch längst nicht am Ende seiner Kräfte. Er wusste, dass wir hier stehen würden, denn aus seiner Sicht ist all dies längst geschehen ...«

Die Echsenkrieger griffen an.

Neun von ihnen waren noch am Leben – und sie alle hatte Margok aufgeboten, um die Zauberer von Shakara unschädlich zu machen.

»Sie kommen!«, rief Farawyn seinen magischen Gefährten zu, die er mithilfe seines Zauberstabs gerufen hatte. Um ihren König zu schützen und sich nach allen Seiten verteidigen zu können, hatten die Zauberer um Elidor einen Kreis gebildet und standen Schulter an Schulter.

Farawyn.

Haiwyl.

Sunan.

Daior.

Filfyr.

Zenan.

Tarana.

Larna.

Maeve.

Neun Kämpfer Shakaras gegen neun Ausgeburten der Finsternis. Das Kräfteverhältnis schien ausgeglichen, aber Farawyn wusste, dass dieser Eindruck täuschen konnte …

»Haltet Euch bereit!«, forderte er seine Getreuen auf. »Lasst sie nahe herankommen und setzt erst dann eure Fähigkeiten ein. Und«, fügte er in Erinnerung an seinen ehemaligen Schüler hinzu, den an seiner Seite zu haben er sich in diesem Augenblick mehr als alles andere wünschte, »setzt den *flasfyn* nicht nur zum Zaubern ein – zur Not ist er auch ein vortrefflicher Prügel!«

Gefasst blickten sie den Angreifern entgegen. Farawyn konnte die Furcht der Aspiranten spüren, zumal sie alle gesehen hatten, was Ogan widerfahren war. Aber sie hielten ihre Stellung, getreu dem Eid, den sie geleistet hatten.

Unter schaurigem Gebrüll schossen die *neidora* heran, reptilienartige Kreaturen mit glühenden Augen. Einige von ihnen rannten auf zwei Beinen, andere katapultierten sich auf allen vieren über den Boden wie Raubtiere, die geifernden Mäuler weit aufgerissen. Pfeile zuckten durch die Luft, die Farawyn abwehrte, sodass sie diesmal kein Ziel fanden.

»Jetzt!«, rief der Zauberer – und der Kampf entbrannte.

Die ersten, die ihre *reghai* zum Einsatz brachten, waren Daior und Tarana. Während der eine erneut seinen Zauberstab in den Boden rammte und damit einen Erdspalt erzeugte, der zwei der Angreifer vorübergehend verschlang, ließ die andere einen Blitz aus heiterem Himmel herabzucken, der einen der *neidora* erfasste, ihn einhüllte und bei lebendigem Leib röstete. Mit einem Stöhnen der Erschöpfung sank die Meisterin nieder – im selben Moment waren die Echsenkrieger heran.

Farawyn senkte den *flasfyn* und schickte dem vordersten Angreifer, der gerade auf ihn hatte zusetzen wollen, einen Gedankenstoß entgegen. Der *tarthan* erwischte die Kreatur mitten in ihrer Flugbahn und schmetterte sie beiseite, einem ihrer Artgenossen entgegen. Der Echsenkrieger stürzte, aber schon im nächsten Moment war er wieder auf den Beinen und stürmte weiter, auf Haiwyl zu.

Der Aspirant sog scharf nach Atem, ehe er ebenfalls einen Stoß anzubringen versuchte, der jedoch nur halbherzig vorgetragen war. Meister Filfyr sprang ihm bei, dessen Fähigkeit, Gelerntes blitzschnell anzuwenden, ihm auch in dieser Situation nützlich war – denn schon hatte er sich auf den Angreifer eingestellt und lieferte sich mit dem *neidor* einen wilden Schlagabtausch, bei dem das magische Holz des *flasfyn* gegen blanken Stahl bestand.

Sunan und Maeve hatten es mit zwei weiteren Angreifern zu tun, die den Kordon der Zauberer umgangen hatten und aus der anderen Richtung angriffen. Farawyns Taktik, sich nach allen Seiten zu verteidigen, zahlte sich bereits aus.

Sunan versetzte die barbarische Sägeklinge, die einer der Angreifer führte, in Schwingung, sodass sie ihm nicht mehr gehorchen wollte. Noch während die brutale, aber einfältige Kreatur über die Gründe nachsann, stieß Sunan zu und durchbohrte ihre Kehle mit dem Ende des *flasfyn*. In einem Schwall dunklen Blutes ging der Echsenkrieger nieder, was seinen Kumpanen jedoch nicht abschreckte, sondern nur noch mehr zu beflügeln schien. In roher Wildheit fiel er über Meisterin Maeve her, und noch ehe diese reagieren konnte, sah sie blanken Stahl auf sich zufliegen, der im fahlen Morgenlicht blitzte.

Verzweifelt versuchte sie, den Angriff abzuwehren, aber der Stoß war mit derartiger Wucht geführt, dass er sich nicht mehr ablenken ließ. Die Klinge des *neidors* fuhr mit derartiger Wucht in Maeves Brust, dass sie im Rücken wieder austrat.

»Neeein!«, Elidor, der hinter ihr stand, fing ihren durchbohrten Körper auf, als der Echsenkrieger seine Waffe wieder herausriss. Schon setzte Maeves Mörder nach, um auch den König zu töten, aber plötzlich hielt er in seiner Bewegung inne und griff sich an den Helm, den er auf seinem schuppigen, haarlosen Schädel trug.

Von einem Augenblick zum anderen verfiel der Krieger in kehliges Gezeter. Seine Waffe ließ er fallen, dafür versuchte er, sich den Helm vom Kopf zu reißen, dessen Eisen sich verformte und zunehmend enger wurde – vergeblich. Sein Schädel platzte wie eine überreife Frucht. Leblos brach der Echsenkrieger zusammen – und Haiwyl hatte erstmals seine Gabe dazu eingesetzt, eine Kreatur zu töten.

Dem Aspiranten blieb keine Zeit, darüber nachzudenken, denn die *neidora*, die zunächst in der Erdspalte versunken waren, hatten sich wieder daraus befreit und griffen zum zweiten Mal an. Haiwyl wollte sich verteidigen, aber er war zu erschöpft dazu – seine Kameraden Zenan und Larna übernahmen es, sich den Echsenkriegern in den Weg zu stellen.

Die Gabe ihrer enormen Schnelligkeit nutzend, setzte Larna den Angreifern entgegen und entwaffnete einen von ihnen, noch ehe dieser wusste, wie ihm geschah. Daraufhin versetzte ihm Zenan einen Fausthieb, in den er seine ganze mentale und physische Kraft steckte – und der den Brustkorb des Echsenkriegers zertrümmerte.

Der *neidor* taumelte röchelnd zurück und stürzte. Sein Kumpan hingegen, der noch größer und kräftiger war als er, stürmte weiter, die mörderische Klinge hoch erhoben. Filfyr stellte sich ihm entgegen, worauf der Echsenmann seine Klinge niederfahren ließ. Der Meister parierte den Schlag mit dem *flasfyn* und stieß den Krieger der Dunkelheit zurück, der jedoch nicht zu Fall kam und sofort wieder angriff. Sein geschuppter Reptilienschwanz peitschte hin und her und versetzte Larna, die ihn aus dem Rücken anzugreifen versuchte, blutige Striemen. Dann hatte er Filfyr erreicht, und diesmal schlug er mit derartiger Härte zu, dass der Zauberstab des Meisters zerbrach. Hellblaue Funken sprühten aus den geborstenen Enden wie Wasser aus einem löchrigen Gefäß, der Elfenkristall wurde stumpf und matt. Filfyr taumelte zurück, um sich vor dem nächsten Hieb des *neidor* in Sicherheit zu bringen. Dabei stolperte er und kam zu Fall, stürzte rücklings zu Boden.

Er sah die grässliche Fratze des Echsenkriegers über sich – dass sie plötzlich wieder aus seinem Blickfeld verschwand, war Haiwyl zu verdanken, der sich schützend vor ihn stellte. Der junge Aspirant konnte sich kaum aufrecht halten, so erschöpft war er noch immer, aber erneut versuchte er, von seiner Gabe Gebrauch zu machen. Man konnte sehen, wie sich der Helm des *neidor* zu verformen begann, worauf die Raserei des Kriegers jedoch nur noch größer wurde. Mit einem heiseren Schnauben sprang er vor, führte die Klinge in einem flachen Bogen und enthauptete Haiwyl mit einem Streich.

6. ROTHGAS

Als Haiwyls Haupt fiel, stieß Rurak einen Freudenschrei aus. Granock, der einmal mehr hilflos hatte zusehen müssen, wie einer seiner Freunde getötet wurde, merkte, wie Tränen in seine Augen schossen. Tränen der Trauer und der Verzweiflung.

Aber auch des Zorns …

»Nun, was ist?«, forderte der Zauberer ihn auf. »Bist du nun endlich bereit, mich anzugreifen? Ist deine Wut groß genug geworden, um deine Feigheit zu übertreffen?«

Granock stand vor ihm, die Fäuste geballt, während Alannah ihn weiter zu beschwichtigen suchte.

»Tu es nicht, Granock!«, redete sie auf ihn ein. »Du hast keine Aussicht, gegen ihn zu gewinnen! Er wird dich töten, hörst du …?«

»Was schert dich das Geschwätz eines Weibes? Was weiß sie von deinem Zorn und deinem Durst nach Rache? Ich stehe vor dir, zum Greifen nahe. Lass deinen Trieben freien Lauf und töte mich«, forderte Rurak ihn auf, »oder erkenne, dass du nichts gegen die Macht des Dunkelelfen ausrichten kannst. Die Entscheidung muss getroffen werden, Granock. Jetzt!«

»Nein!«, widersprach Alannah.

»Höre nicht auf sie!«, rief Rurak triumphierend. »Es stand von Beginn an fest, dass einer von euch den Orden verraten und sich auf die Seite des Dunkelelfen schlagen würde.«

»Was?«, fragte die Elfin entsetzt.

»Wie ich schon sagte – für Margok ist all dies längst geschehen. Er hat vorausgesehen, dass das schwächste Glied der Kette reißen und den Untergang besiegeln wird. Und wir alle wissen, wer das schwächste Glied der Kette ist. Nicht wahr, mein guter Granock …?«

Granock war nicht in der Lage zu antworten. Er stand unter Schock, und seine sich jagenden Gedanken kreisten um die eine Frage: Sprach Rurak die Wahrheit? Verfügte Margok ähnlich wie Farawyn über die Gabe, in die Zukunft zu blicken? Hatte er tatsächlich das Ende des Elfenreichs kommen sehen? Und spielte er, Granock, dabei tatsächlich eine Rolle?

»Das … das ist nicht wahr!«, protestierte Alannah, aber es klang matt und hilflos.

»Es ist wahr«, versicherte der Abtrünnige unbarmherzig. »Auch Granock weiß es, vermutlich besser als jeder von uns. Ihm war immer bewusst, dass kein Zauberer aus ihm werden und er im entscheidenden Moment versagen würde, nicht wahr?«

Granock bebte innerlich. Rurak sprach seine innersten Ängste und Befürchtungen aus. Wie konnte er davon wissen? Wie, wenn nicht wahr war, was er sagte?

Granock hatte das Gefühl, vor Zorn und Frustration zu platzen, und er bereute mehr denn je, in jener schicksalhaften Nacht in Andaril auf Farawyns Vorschlag eingegangen zu sein und ihn nach Shakara begleitet zu haben. Wieso, in aller Welt, hatte sein Meister nicht gesehen, was der Dunkelelf sah? Oder hatte er geglaubt, es verhindern zu können?

Wütend starrte er Rurak an, der lachend vor ihm stand – und in diesem Augenblick war der Wunsch, den Verräter zu vernichten und sein Hohngelächter ein für alle Mal verstummen zu lassen, so überbordend, dass Granock nicht mehr dagegen ankam.

Alannah, die sehen konnte, wie sich seine rechte Hand zur Faust ballte, stieß einen gellenden Warnschrei aus, aber es war zu spät. Entschlossen riss Granock den unverletzten Arm empor, bereit. auf Leben und Tod mit Rurak zu kämpfen – als etwas Unerwartetes geschah.

Aldur, der sich nicht an dem Streit beteiligt hatte und wortlos dabeigestanden war, erwachte plötzlich zu feurigem Leben. In einer Flammeneruption, die an Stärke und Hitze jeden Zauber übertraf, den Aldurans Sohn jemals gewirkt hatte, setzte er sich selbst in Flammen – zur Überraschung Ruraks und zum Entsetzen Alannahs, die in diesem Moment ihren Fehler begriff.

Die ganze Zeit über hatte sie sich um Granock gekümmert, hatte ihre ganze Aufmerksamkeit darauf verwendet, ihn von den dunklen Pfaden fernzuhalten, auf die Rurak ihn locken wollte – doch noch während sie mit dem Zauberer um die Seele des einen Freundes gerungen hatte, hatte sie den anderen verloren!

In einer Eruption, deren Intensität alles bislang Dagewesene übertraf, wurde Aldurans Sohn selbst zur Flamme. Lichterloh brennend stand er im Zelt, dessen Bahnen sofort Feuer fingen. Augenblicke lang schien die Zeit stillzustehen, gab es nichts anderes als die fauchenden Lohen, die Aldur einhüllten und ihn zu verzehren schienen. Alannah und Rambok schrien laut, Granock war wie erstarrt vor Entsetzen – und im nächsten Moment endete die Feuersbrunst so unvermittelt, wie sie begonnen hatte.

Die Flammen erloschen, und Aldur kam wieder zum Vorschein, doch weder war seine Haut verbrannt noch schien er sonstigen Schaden genommen zu haben. Von seinen Kleidern freilich waren nur noch Fetzen übrig, die schwelend an ihm hingen, das Kettenhemd aus Elfensilber hingegen hatte die Hitze unbeschadet überstanden – anders als die Ketten um seine Hand- und Fußgelenke, die orangerot glühten und die zu sprengen ihn kaum noch Mühe kostete.

»Nun, Verräter«, rief Aldur und trat auf Rurak zu, »warum suchst du dir zur Abwechslung nicht einen Gegner, der es mit dir aufnehmen kann?«

Rurak der wie vom Donner gerührt vor ihm stand, blieb ihm eine Antwort schuldig – dafür flog der Eingang des Zeltes auf und mehrere Unholde stürmten herein, die offenbar zur Leibwache des Zauberers gehörten und die der Brand alarmiert hatte. Aldur vernichtete sie mit einem Feuerstoß, der sie alle zur Unkenntlichkeit verbrannte. Beißender Gestank stieg von den schwelenden Kadavern auf.

»Ist das alles, was du aufbieten kannst?«, erkundigte sich der Elf, dessen Blicke nicht weniger zu lodern schienen als die Flammen, die er entfesselte. Seine Stimme klang fremd und unnahbar. »Du enttäuschst mich.«

Der Verräter schien zu begreifen, dass die Konfrontation unausweichlich war. In einer effektheischenden Geste schlug er die weiten Ärmel seines Mantels zurück und senkte den Zauberstab. »Es war ein Fehler, mich herauszufordern, Sohn des Alduran«, gab er bekannt.

»Meinst du?« Aldur lächelte schwach. Im nächsten Moment entließ er einen wahren Feuersturm, der dem dunklen Magier entgegenbrandete, ihn erfasste und davonfegte.

Granock traute seinen Augen nicht, als er Ruraks hagere Gestalt davonfliegen sah, durch die berstende Zeltwand hindurch und in ungeahnte Ferne. Einen Herzschlag später stand das ganze Zelt in Flammen.

»Raus hier!«, wies Aldur seine Gefährten an.

»Aldur!«, rief Alannah, die ihren Blick nicht von ihm wenden konnte, der Feuersbrunst zum Trotz. »Was hast du nur getan? Du hast deinem Zorn freien Lauf gelassen …«

»Ich habe getan, was notwendig war«, beschied ihr der Elf mit fester Stimme. »Und jetzt flieht endlich! Los, worauf wartet ihr?«

Eine der Zeltstangen, an denen die Flammen unnachgiebig nagten, brach ein. Ein Teil des brennenden Dachs stürzte daraufhin herab und begrub die Sänfte des Dunkelelfen unter sich. Granock war klar, dass sie verschwinden mussten, wenn es ihnen nicht ebenso ergehen sollte. Er packte Alannah am Arm und zog sie nach draußen, dicht gefolgt von Rambok. Aldur folgte in größerem Abstand. Er schien weder die Flammen zu fürchten noch die Hitze zu spüren.

Vor dem Zelt herrschte weit weniger Durcheinander, als man hätte annehmen sollen. Das Lager war verlassen, jeder verfügbare Kämpfer in die Schlacht geschickt worden, die auf der anderen Seite des Flusses tobte. Nur einige Wächter, die durch das Feuer aufmerksam geworden waren, eilten heran – Granock setzte sie außer Gefecht, indem er einen Zeitzauber anwandte und sie erstarren ließ. Von Rurak war weit und breit nichts mehr zu sehen.

»Unsere Zauberkräfte sind zurückgekehrt«, stellte Granock fest. »Das bedeutet, dass der Dunkelelf nicht mehr in der Nähe ist. Womöglich hat er die Flucht ergriffen …«

»Nein«, widersprach Aldur kopfschüttelnd, während er sich wachsam umblickte. »Hast du nicht gehört, was Rurak gesagt hat? Margok ist noch längst nicht am Ende seiner Kräfte.«

»Dann sollten wir zum Schlachtfeld eilen und unseren Freunden dort gegen die *neidora* helfen«, schlug Granock vor.

»Nein, du Narr – wir müssen verhindern, dass Margok immer neue Truppen und Kampfmaschinen schicken kann!«

»Es verhindern?« Granock führte es auf die Anspannung des Augenblicks zurück, dass sein Freund ihn einen Narren genannt hatte, und überging es geflissentlich. »Wie können wir das?«

»Die Kristallpforte«, entgegnete Aldur wortkarg und deutete zum nahen Siegfelsen hinüber, der sich an der Flussgabel erhob und von dem aus die Silhouetten der steinernen Statuen auf das Schlachtgeschehen blickten. »Sie muss verschlossen werden!«

»Einverstanden«, erklärte Granock, »aber wie willst du …?«

Statt zu antworten, streckte Aldur die rechte Hand aus und zeigte den Gegenstand, den er damit umklammerte.

Es war der Blutkristall aus Nurmorod.

»Du … du hast ihn noch?«

»Ich trug ihn unter meinem Gewand verborgen. Niemand hat je danach gefragt.«

»Und du glaubst, dass er …?«

»Dieser Kristall«, war Aldur überzeugt, »birgt zerstörerische Kräfte. Sie müssen nur entfesselt werden.«

»Nein!«, widersprach Alannah. »Das darfst du nicht!«

»Warum nicht?«

»Es ist eine Waffe des Bösen …«

»… die uns einen trefflichen Dienst erweisen wird«, brachte der Elf den Satz zu Ende.

»Nein, Aldur! Der Kristall ist gefährlich! Er wird dich verderben …«

»Wie soll er das? Es ist nur ein Ding!«

»Aus dem Arsenal der Finsternis«, bestätigte die Elfin. »Um die ihm innewohnenden Kräfte zu entfesseln, muss ein hoher Preis entrichtet werden …«

»Glaubst du, das wüsste ich nicht? Nur Drachenfeuer oder die Hitze aus dem Inneren der Welt vermag diesem Kristall seine Zerstörungskraft zu entlocken. Oder aber …«

»Nein, Aldur! Denke nicht einmal daran!«

»Es ist unsere einzige Chance!«, hielt Aldur dagegen. »Tun wir es nicht, wird sich die Pforte wieder und wieder öffnen und immer neue Kampfkolosse und Vernichtungsmaschinen in die Welt spucken, bis Margok endlich den Sieg davonträgt! Willst du, dass das Monument des Sieges zum Mahnmal der Niederlage wird?«

Alannah antwortete nicht sofort. »Natürlich nicht«, erwiderte sie schließlich, »aber das Risiko ist zu groß. Vielleicht würden wir manches retten, aber noch mehr zerstören …«

»Woher willst du das wissen? Kannst du neuerdings in die Zukunft sehen wie Farawyn?« Der Spott und die Überheblichkeit in seiner Stimme waren verletzend, aber Alannah ignorierte es ebenso wie vorhin Granock.

»Und was ist mit den *neidora*?«, wollte dieser wissen. »Wenn wir den anderen nicht helfen, werden sie womöglich sterben …«

»Vielleicht«, gab Aldur zu. »Aber ihr Opfer wird nicht vergeblich gewesen sein.«

»So spricht die Dunkelheit«, konterte Alannah.

»Keineswegs – auch Farawyn spricht so«, brachte Granock in Erinnerung. »Oder hast du schon vergessen, dass er auch uns geopfert hat? Aldur hat recht – wenn es eine Chance gibt, Margok zu besiegen, so müssen wir sie ergreifen!«

Bestürzt schaute Alannah ihn an. Sie hatte geglaubt, in Granock einen Verbündeten zu haben, der so dachte und urteilte wie sie, aber nun musste die Elfin erkennen, dass sie sich geirrt hatte, und diese Erkenntnis schmerzte.

Ihr Blick pendelte zwischen den beiden Freunden hin und her, dann starrte sie betreten zu Boden.

»Also gut«, sagte sie leise. »Bringen wir es zu Ende …«

Die Schlachtordnung der Zauberer, mit der sie Schulter an Schulter gegen die angreifenden *neidora* gestanden hatten, hatte sich längst aufgelöst. Der Tod Maeves und zuletzt Haiwyls hatte Lücken entstehen lassen, die nicht geschlossen werden konnten, und so kämpften die Zauberer inzwischen jeder für sich oder in kleine Grüppchen aufgesplittert.

Larna, Filfyr und Zenan fochten auf der einen Seite des Kampfplatzes, Daior, Tarana und Sunan auf der anderen. Farawyn wiederum stand zwischen den beiden Gruppen und versuchte die *neidora* daran zu hindern, sie ganz zu umzingeln.

Vier von Margoks Echsenkriegern hatten sie töten können, der Rest jedoch griff wieder und wieder an, und es zeigte sich, dass die *neidora* bei aller Brutalität und Rohheit sehr wohl in der Lage waren, sich der Taktik eines Gegners anzupassen. So verwickelten sie die Zauberer inzwischen fortwährend in Nahkämpfe, damit Daior und Tarana ihre Fähigkeiten nicht mehr zum Einsatz bringen konnten.

Verantwortlich dafür schien der hünenhafte Echsenkrieger zu sein, der Haiwyl getötet hatte. Er überragte die anderen um Haupteslänge, und aus den heiseren Befehlen, die hin und wieder aus seiner Kehle fuhren, folgerte Farawyn, dass er der Anführer war. Der Zauberer erinnerte sich, das hünenhafte Reptilienwesen schon einmal gesehen zu haben, damals, vor zwei Jahren, als sie auf dem Vorplatz des Tempels von den *neidora* angegriffen worden waren. Der Chronist Nevian berichtete, dass das Oberhaupt der Echsenkrieger einst ein mutiger Elfenritter gewesen war, der Margoks Lügen verfallen und von ihm in eine Kreatur verwandelt worden war, die jeder Beschreibung spottete, in ein Zerrbild seiner selbst. Der Dunkelelf hatte ihm daraufhin den Namen »Dinistrio« gegeben, denn Tod und Zerstörung waren von da an seine Natur.

Dinistrio schien der Kopf der *neidora* zu sein. Ohne seine Führung, davon war Farawyn überzeugt, würden die Echsenkrieger leichter zu bezwingen sein.

Also musste er ihn unschädlich machen …

Einen anderen Echsenkrieger, der ihn gerade hatte angreifen wollen, schleuderte der Zauberer zurück. Dann wirbelte er rasch herum und wandte sich dem Anführer zu, der zwei, drei Schritte von ihm entfernt stand und mit wütenden Hieben auf Filfyr und die Aspiranten eindrang. Obwohl der Echsenmann ihm den Rücken zuwandte, schien er den Angriff dennoch zu bemerken, denn er fuhr mit einem wütenden Aufschrei herum und wehrte Farawyns Zauberstab ab. Seine schmalen Reptilienaugen leuchteten dabei glutrot.

»Dinistrio«, stieß Farawyn hervor. Es hörte sich an wie eine Verwünschung, aber der Echsenkrieger stieß dennoch ein gurgelndes Lachen aus.

»Ich bin Farawyn, Ältester des Ordens von Shakara«, knurrte der Zauberer. »Du hast schon viel zu viel Schaden angerichtet – es wird Zeit, dass du dorthin zurückgehst, wo du hergekommen bist.«

Es war nicht zu erkennen, ob der Anführer der *neidora* ihn verstand. Die Kreatur riss das Maul auf, worauf ihre gespaltene Zunge zu sehen war, und spie dem Zauberer giftigen Speichel entgegen, dem Farawyn nur um Haaresbreite entging. Dann fiel auch schon die Klinge des Echsenkriegers auf ihn nieder.

Die Wucht des Hiebes war unbeschreiblich. Zwar gelang es Farawyn, ihn unter Zuhilfenahme magischer Kräfte zu parieren, jedoch spürte er ihn bis in die Knochen. Und er merkte, dass auch seine Energie allmählich nachließ nach den unzähligen Gedankenstößen, die er vorgetragen, und den Attacken, die er abgewehrt hatte. Dinistrio schien dies zu fühlen, denn kehliges Gelächter entrang sich seinem Echsenschlund, während er seine Klinge mit beiden Klauen schwang. Noch einmal konterte Farawyn den Angriff, dann wich er zurück, und hohnlachend trieb der Krieger der Finsternis den Ältesten von Shakara vor sich her. Der Gedanke, dass sein Gegner ihm womöglich überlegen sein könnte dämmerte Farawyn, aber er verdrängte ihn sogleich wieder und setzte sich stattdessen zur Wehr.

Indem er einen Ausfall machte und den *flasfyn* nach vorn stieß, versetzte er Margoks Diener zugleich einen harten Stoß, den dieser jedoch nicht einmal zu spüren schien. Dafür schwang er die eigene Waffe und hätte wohl Farawyns ungeschützte Seite getroffen, wäre nicht in diesem Moment eine heftige Erschütterung erfolgt, die die Erde erbeben ließ.

Dinistrio wankte und gab dem Hieb dadurch eine andere Richtung, sodass Farawyn ihm mit knapper Not entging. Dankbar für die Hilfe, die Meister Daior ihm hatte zukommen lassen, warf sich der Zauberer nach vorn und griff wieder an, und ein wilder Schlagabtausch setzte ein, bei dem es Farawyn gelang, den Anführer der Echsenkrieger zurückzudrängen. Der Zauberstab, an dessen Ende der Elfenkristall glomm, wirbelte in seiner Rechten und brachte Dinistrio mehrere Wunden bei. Dann jedoch erfolgte ein zweiter Erdstoß, diesmal so heftig, dass Farawyn selbst zu Fall kam – und noch bevor er im zerstampften Morast des Schlachtfelds landete, begriff er, dass dies nicht Bruder Daiors Werk war.

Hoch über ihnen teilten sich die Wolken am morgengrauen Himmel, und ein gleißender Blitz fuhr herab, der in den Siegstein schlug und ihn hell beleuchtete. Farawyn stieß einen entsetzten Laut aus, als er sah, wie sich die Kristallpforte abermals öffnete und vor dem Fels ein gleißender Schlund entstand, der in unendliche Ferne zu führen schien.

Schon im nächsten Augenblick jedoch tauchte aus dem Schlund etwas auf, das grässlicher war als alle Todesmühlen und selbst die *neidora* …

7. DUR DRAGDA

Es war der Dunkelelf selbst!

Zunächst konnte Granock in der Schlundöffnung, die unvermittelt am Fuß des eindrucksvollen Siegesdenkmals erschienen war, nur eine verschwommene Form erkennen. Schon im nächsten Moment jedoch wurden Einzelheiten erkennbar: Ausladende Schwingen, ein schlanker Körper mit langem Schweif, furchterregende Klauen und ein klobiger Schädel, dessen Nüstern heißen Dampf ausspien. Und im Nacken des Untiers saß kein anderer als Margok. Die Augen des Dunkelelfen leuchteten aus der wabernden Unendlichkeit, seine Kriegsaxt hatte er hoch erhoben, bereit, sich mit der ganzen vernichtenden Energie seiner frevlerischen Existenz in das Kampfgeschehen zu stürzen und ihm die entscheidende Wendung zu geben.

Zuerst glaubte Granock, es wäre dem Dunkelelfen gelungen, sich einen lebenden Drachen zu beschaffen, aber das war nicht der Fall. Denn anders als die Kreaturen, die einst Erdwelt bevölkert hatten, war Margoks Reittier nicht aus Fleisch und Blut, sondern eine der vielen Nachäffungen der Natur, die er im Lauf seines Daseins verbrochen hatte – mit Krallen, die nicht gewachsen, sondern geschmiedet waren, Flügeln, die nicht mit ledriger Haut bespannt, sondern Metall waren, und einem Körper, den nicht das Wunder des Lebens, sondern ein stampfender Mechanismus in Gang hielt, ersonnen vom Genie abtrünniger Zwerge und genährt von dunkler Magie.

Diese albtraumhafte Kreatur, ein *dragda* aus Dampf und Stahl, näherte sich durch den Schlund und würde jeden Augenblick sein

Ende erreichen und die Kristallpforte durchbrechen. Granock schauderte beim Gedanken an das Blutbad, das der Stahldrache unter Elidors Mannen anrichten würde.

»Woher kennt er nur all die Geheimnisse?«, entfuhr es ihm, während er entsetzt in die Schlundöffnung starrte, auf die sie im Laufschritt zueilten.

»Sein Name verrät es«, gab Aldur zurück. »Qoray bedeutet der Allwissende …«

Sie näherten sich dem Siegstein, der an die fünfzehn Mannslängen hoch aufragte und auf dem sich das Denkmal der triumphierenden Helden erhob. In der flimmernden Luft davor hatte sich die Öffnung gebildet, umzuckt von Blitzen, die aus der Morgendämmerung niederfuhren. Plötzlich eilten schreiend Wachen herbei, Menschen von der einen, Orks von der anderen Seite.

»Kümmert euch um sie!«, wies Aldur seine Gefährten an, worauf sich Granock den Menschen zuwandte und einen Zeitzauber wirkte. Alannah auf der anderen Seite hatte es mit einem halben Dutzend *faihok'hai* zu tun – grobschlächtige Krieger, deren Kettenhemden über den grünen Muskelbergen fast zu platzen schienen. Der Lärm der Schlacht, an der sie nicht hatten teilnehmen dürfen, hatte die Unholde in helle Raserei versetzt.

Die Elfin schickte ihnen eine Lanze aus Eis entgegen, die den vordersten Ork durchbohrte und zusammenbrechen ließ. Die anderen verfielen daraufhin in nur noch lauteres Gebrüll. Als sie jedoch weiterstürmten, glitten sie auf der spiegelglatten Eisfläche aus, die Alannah über dem Morast hatte entstehen lassen, und fielen übereinander.

Unvermittelt ertönte ein grässlicher, alles durchdringender Schrei und ließ alle zusammenfahren. Selbst auf dem entfernten Schlachtfeld setzten die Kämpfe für einen Moment aus. Der Dunkelelf hatte die Pforte erreicht.

In diesem Moment tat Aldur, was das Schicksal von ihm verlangte.

Am Fuß des Siegfelsens war er niedergefallen, hatte den Blutkristall vor sich auf den Boden gelegt – und tauchte ihn in einen Ausbruch lodernden Feuers, das sich innerhalb eines Atemzuges so verstärkte, dass Granock und Alannah sich abwenden mussten, um nicht zu erblinden. Aldur hingegen starrte mit weit aufgerissenen Augen in die Flamme. Einen beschwörenden Laut auf den Lippen, schien er eins zu werden mit dem Feuer, und während es von außen an dem Blutkristall leckte, drang der Elf mit Gedankenkraft in seine Struktur ein und setzte dort eine Reaktion in Gang, die sich nicht mehr aufhalten ließ, eine Kaskade der Zerstörung.

»Jeeetzt!«, schrie Aldur mit lauter Stimme, die alles andere übertönte – und der Kristall zerbarst.

Aldurs Flamme erlosch, doch der gleißende Schein blieb bestehen, denn längst hatte der Blutkristall die zerstörerische Glut in sich aufgenommen, die ihn einen Lidschlag später mit Urgewalt zerfetzte.

Splitter fegten nach allen Seiten, und Aldur war zu erschöpft, um sie abzuwehren. Die Bruchstücke des Kristalls hätten ihn erfasst und seinen Körper durchschlagen – wären sie nicht in diesem Moment in der Luft verharrt.

»Was bei der Macht der Kristalle …?«

Die Zeit stand still.

Nicht nur der Kristall war im Augenblick der Zerstörung erstarrt, sondern auch der Tunnel, der sich über dem Siegstein geöffnet hatte. Zwar wurde er noch immer von energetischen Entladungen umzuckt, jedoch sehr viel langsamer als zuvor. Die stählerne Schreckgestalt, die Margok auf dem Rücken trug, schlug noch immer mit den Flügeln, jedoch schien sie nicht mehr voranzukommen. Der Dunkelelf war knapp davor gewesen, die Schwelle zu durchbrechen, aber er hatte es noch nicht getan. So war er noch weit entfernt – weit genug für Granock, um einen Zeitzauber zu wirken.

Fassungslos starrte Aldur auf den Freund, der mit erhobener Hand dastand und Kraft seines Willens und seiner magischen Gabe das Rad der Zeit daran hinderte, sich zu drehen.

»Nein!«, schrie der Elf laut, wobei die erstarrte Umgebung seine Stimme dutzendfach zurückwarf. »Das ist mein Augenblick! Meine Heldentat …!«

»Komm schon, du Spinner!«, stieß Granock hervor. »Ich kann es nicht lange aufhalten!«

Er hatte noch nicht zu Ende gesprochen, als Alannah bereits bei Aldur war, ihn am Arm packte und auf die Beine riss. Der Elf konnte nicht anders, als mitzukommen.

Im Laufschritt rannten sie durch das Lager, Rambok hinterher, der bereits die Flucht ergriffen hatte. Auch Granock folgte ihnen, die Zähne zusammengebissen und darum bemüht, dass ihm der Zeitzauber nicht entglitt. Es war der größte und mächtigste Bann, den er je gewirkt hatte, und er hatte keine Ahnung, wie lange er bestehen würde. Nur eines war ihm klar: dass er ihre einzige Chance auf Rettung war …

Sie liefen, so schnell sie konnten – als sie sich dem Fluss näherten, begannen sich die Blitze bereits wieder zu beschleunigen, und ein energiegeladenes Knirschen lag in der Luft. Die Wirkung des Zaubers ließ nach!

Granock konzentrierte sich, rief sich all das ins Gedächtnis zurück, was Farawyn ihm über die Anwendung seines *reghas* beigebracht hatte, und für einen Augenblick gelang es ihm tatsächlich, jene innere Quelle zu finden, aus der Weise Kraft und Hoffnung schöpften. Mit aller Macht zwang er sich dazu, den Bann aufrechtzuerhalten, sich nicht ablenken zu lassen von Schmerz und Angst und all den anderen Empfindungen, die gegen sein Bewusstsein brandeten und es hinfortreißen wollten im Strom der Verzweiflung. Dann jedoch versiegte die Quelle, und die Furcht nahm überhand. Blitze züngelten über den Himmel, und erneut erklang ein durchdringender Schrei.

Da erreichten die Gefährten den Fluss.

Granock sprang, und im selben Augenblick, in dem seine Füße den Boden verließen, verlor er die Kontrolle.

Der Bann löste sich, und Granock tauchte ins Wasser, das ihn mit Dunkelheit und Kälte umfing. Und während die Oberfläche des Flusses zu Eis erstarrte, nahm am Siegfelsen das Verderben seinen Lauf …

Farawyn hielt den Atem an.

Dinistrio stand über ihm, die Axt zum tödlichen Streich erhoben – aber der *neidor* schlug nicht zu. Genau wie der Zauberer starrte auch er auf das Schauspiel, das sich jenseits des Flusses abspielte.

Eben noch hatte es den Anschein gehabt, als wollte der Dunkelelf auf seinem stählernen Reittier durch die Kristallpforte brechen. In diesem Augenblick jedoch flammte am Fuß des Siegsteins eine grelle Stichflamme auf, die sich nach allen Seiten ausbreitete. Die Wucht der Explosion war so groß, dass sie den Felsblock spaltete. Risse durchzogen das Gestein, die Statuen darauf zerbarsten, die Trümmer wurden weit weg geschleudert – und auch die Kristallpforte brach zusammen.

Zwar zuckten noch immer Blitze aus dem Himmel, doch die Tunnelöffnung begann sich zu verformen, und die Gestalt des Dunkelelfen, die eben noch deutlich zu erkennen gewesen war, wurde undeutlich und verschwommen. Erneut erklang ein grässlicher Laut, diesmal allerdings nicht triumphierend wie zuvor, sondern voller Wut, und plötzlich geschah etwas, womit weder Farawyn noch Dinistrio gerechnet hatte.

Kurz hatte es den Anschein, als übergebe sich der Schlund. Alles, was in ihm war, sowohl Margok als auch sein fliegendes Ungetüm, stülpte sich nach außen, um schon einen Lidschlag später zurückgerissen zu werden, und das mit unvorstellbarer Kraft und Geschwindigkeit. Der schaurige Schrei verlor sich in der Unendlichkeit – und mit ihm auch der Dunkelelf.

Der Sog, der dabei entstand, war so groß, dass er nicht nur Felsbrocken und Trümmerstücke mitriss und Teile des feindlichen Lagers, sondern auch die *neidora*. Tentakel aus schwarzem Nebel griffen aus dem kollabierenden Schlund, packten die fünf überlegenden Echsenkrieger und rissen sie hinab zum Fluss – auch Dinistrio, der dabei zornig aufheulte. Sie alle verschwanden in der von Entladungen umtosten Öffnung, die im nächsten Moment vollends zusammenbrach. Von einem Augenblick zum anderen erloschen die Blitze, die Tunnelöffnung verschwand, als hätte es sie nie gegeben – nur der gespaltene Siegstein und die von Trümmern übersäte Senke zeugten von der ungeheuren Zerstörungskraft, die dort eben noch gewütet hatte.

Farawyn brauchte einige Augenblicke, um zu erkennen, dass er gerettet war. Schwerfällig raffte er sich auf die Beine, sah seine Gefährten und König Elidor in einiger Entfernung, den Blick auf den Horizont gerichtet, über dem der neue Tag heraufzog.

Und in diesem Moment ahnte Farawyn, dass dies den Sieg bedeutete …

Borgas schnappte nach Luft, aber die denkwürdige Mischung aus Schweiß und Stahl und frischem Blut, die er zuvor noch so genossen hatte, wollte ihm nicht mehr recht schmecken.

Dass es dem Feind gelungen war, die Herde der Fünfbeiner in die Flucht zu schlagen, damit hätte der Anführer der Orks noch leben können. Auch die Vernichtung der beiden Kampfmaschinen hätte er vielleicht noch weggesteckt, obwohl dabei Dutzende seiner Knochenbrecher in Kuruls dunkle Grube gerissen worden waren. Das Auftauchen der Todbringer jedoch hatte Borgas bis ins verkommene Mark hinein erschreckt.

Auf löchrigen Schwingen waren sie aufgetaucht, genau wie einst in Ruraks Kristallkugel – fliegende Kreaturen, die nur aus Knochen bestanden und deren Reiter Tod und Verderben über die Orks gebracht hatten.

Borgas hatte dennoch weitergekämpft, und als die Leibwächter des dunklen Herrschers aufgetaucht waren, hatte es für einen Augenblick so ausgesehen, als könnte sich das Schlachtenglück noch einmal wenden.

Nun jedoch war alles verloren!

Mit weit aufgerissenem Maul hatte der Häuptling verfolgt, wie das magische Tor zusammengebrochen war, durch das Margok die Elfen hatte angreifen wollen. Was hatten die Orks gejubelt, als sie ihren Herrscher auf der fliegenden Kampfmaschine hatten reiten sehen – und wie blöde hatten sie geglotzt, als er plötzlich verschwunden war!

In diesem Moment hatte sie der Mut verlassen, und selbst Borgas, der das Oberhaupt der Modermark hatte werden wollen und mehr Grund zu kämpfen gehabt hatte als jeder andere Ork, fühlte, wie nackte Furcht in seine Eingeweide fuhr.

»Stehen bleiben! Bleibt gefälligst stehen und stellt euch zum Kampf, ihr verdammten Feiglinge!«, brüllte er, als sich die ersten

Krieger umwandten und vor der heranpreschenden Reiterei der Elfen die Flucht ergriffen, aber es klang halbherzig und wenig entschlossen. Verzweifelt wandte sich Borgas gen Süden, den Menschen zu, doch als er sah, dass die feindlichen Legionen zum letzten Sturm ansetzten, unterstützt von den Todbringern, die auf knöchernen Schwingen herabstießen, da war es um seine Kampfeslust endgültig geschehen.

Der Ork bekam nicht mehr mit, wie die Schlachtreihen der Menschen überrannt und das Banner des Elfenreichs auf den Trümmern des Siegfelsens errichtet wurde – denn zu diesem Zeitpunkt hatte er sich längst seinen fliehenden Artgenossen angeschlossen und hatte nur noch den einen Wunsch, sich zurück in die Modermark zu flüchten und in das Dunkel seiner Höhle.

Der Kampf war verloren.

Die Schlacht war vorbei.

8. DANTHA'Y'ILFANTODON

Zehn Tage waren seit der Schlacht im Flusstal vergangen – genügend Zeit, um die Toten zu begraben und um die Gefallenen zu trauern. Und um jene zu ehren, die beim Kampf gegen Margoks Horden eine herausragende Rolle gespielt hatten.

Eine große Gefahr war abgewendet worden, und jeder der auf dem Schlachtfeld gekämpft hatte, hatte seinen Anteil an dem Sieg, vom einfachen Elfenlegionär bis zum Zaubermeister. Vor allem jedoch war der Triumph über den Dunkelelfen drei Eingeweihten zu verdanken, die im entscheidenden Moment über sich selbst hinausgewachsen waren und Erdwelt gerettet hatten.

Durch die nur halb geschlossene Pforte des Ratssaals konnte Granock hören, wie Farawyn, der vorn auf dem Podest stand, ihre Heldentaten in den höchsten Tönen pries. Ein wenig beschämt blickte er dabei zu Boden, denn er hatte nicht das Gefühl, dieses Lob zu verdienen. Zu viel Schreckliches hatte er gesehen, zu viel Schmerz erduldet und zu viele Ängste durchstanden, als dass er sich als strahlenden Helden hätte sehen können. Seine äußeren Verletzungen und der gebrochene Arm waren dank Meister Tavalians Heilkunst völlig wiederhergestellt; an den inneren Wunden jedoch würde Granock noch eine Weile tragen.

Aldur, der neben ihm stand, das Haupt hoch erhoben, schien sich nicht mit derlei Bedenken abzumühen. Eine spürbare Veränderung war mit ihm vorgegangen, seit sie nach Shakara zurückgekehrt waren. Er war stärker und (falls das noch möglich war) selbstbewusster geworden, aber auch ein wenig unnahbarer, selbst für seine Freunde. Granock führte dies auf die Konfrontation mit dem Dunkelelfen zurück, die den Freund wohl in mancher Hinsicht hatte reifen lassen und über die er auch selbst noch längst nicht hinweg war. Kaum eine Nacht verging, in der Granock nicht von jenen Stunden träumte, die sie in der Gewalt Margoks verbracht hatten, und in der er nicht dessen grässliche Züge vor sich sah – wie musste es da erst Aldur ergehen, der noch ungleich längere Zeit in der Gesellschaft des Dunkelelfen verbracht hatte?

Auch Alannah schien die Geschehnisse, deren Zeugen sie geworden waren, noch nicht überwunden zu haben. Indem sie die Oberfläche des Flusses im rechten Augenblick zu Eis erstarren ließ, hatte sie ihnen allen das Leben gerettet und sie vor den herabprasselnden Gesteinstrümmern bewahrt; ihre Seele jedoch hatte sie damit nicht abzuschirmen vermocht …

Unvermittelt wurde das Tor vor ihnen geöffnet, und man forderte sie auf einzutreten.

Seite an Seite durchschritten sie die Pforte, und als sich diesmal aller Blicke auf sie richteten, taten sie es nicht wie zuletzt voller Missgunst und Argwohn, sondern voller Dankbarkeit und Freude. Granock konnte nicht anders, als Alannah ein Lächeln zuzuwerfen, das diese erwiderte. Da Rambok einen nicht geringen Anteil am Erfolg ihrer Mission gehabt hatte – immerhin hatte er Granock das Leben gerettet –, hatten sie darauf bestanden, dass er sie vor den Hohen Rat begleitete. Sehr wohl schien sich der Ork in seiner grünen Haut allerdings nicht zu fühlen.

»Tretet näher, Eingeweihte!«, forderte Farawyn sie auf. Erst jetzt bemerkte Granock, dass der Älteste nicht allein auf seinem Podium stand. Umrahmt von zweien seiner Leibwächter, stand Elidor, der König des Elfenreichs, dort oben, um die Helden der Schlacht durch seine Anwesenheit zu ehren.

Gemessenen Schrittes gingen die vier Gefährten die Halle hinab, vorbei an den Ratsmitgliedern und unter den steinernen Blicken der Könige. In respektvollem Abstand vor dem Podest des Ältesten blieben sie stehen und verbeugten sich.

»Schwestern und Brüder«, rief Farawyn darauf und blickte feierlich in die Runde, »bevor wir zum eigentlichen Anlass der heutigen

Versammlung kommen und diese Helden ehren, lasst mich Euch etwas erklären. Etwas, das mir bitter notwendig scheint, setzt es doch ein Zeichen der Hoffnung nach diesen für uns so bedrückenden Tagen.«

Aller Aufmerksamkeit richtete sich auf den Ältesten. Selbst Elidor schien von der Abweichung vom Protokoll überrascht.

»In jener dunklen Stunde«, wandte sich Farawyn an Granock und seine Freunde, »als die Todesmühlen erschienen und wir euch dort oben erblickten, da glaubte ich zunächst tatsächlich, dass ihr es wärt, die dort in Ketten geschlagen waren. Aber dann hörte ich eine Stimme in meinem Inneren, die mir versicherte, dass es sich um eine Täuschung handelte, und ich musste plötzlich an etwas denken. Vor zwei Jahren sagte mir mein Novize Granock, dass er während des *prayf*, im Augenblick der größten Gefahr, meine Stimme gehört hätte. Wir wissen aus der Vergangenheit, dass, wenn eine besonders enge Verbindung zwischen einem Meister und seinem Novizen besteht, eine solche Gedankenübertragung auftreten kann, aber zum einen kommt sie nur selten vor und zum anderen hätte ich niemals geglaubt, dass sie zwischen einem Menschen und einem Elfen möglich wäre. Damals glaubte ich daher, dass der gute Granock einer Selbsttäuschung erlegen wäre. In der Nacht, in der Vater Semias ermordet wurde, kam es jedoch zu einem erneuten gedanklichen Kontakt, in dem meine Vision auf Granock übertragen wurde. Von diesem Zeitpunkt an war mir klar, dass das Band zwischen uns um vieles stärker war, als es gewöhnlich zwischen Lehrer und Schüler der Fall ist …«

Granock überlegte – hatte Farawyn recht? Es stimmte, er hatte damals jene Stimme vernommen, und er hatte die Dunkelklinge im Traum gesehen. War es am Ende auch Farawyn gewesen, den er in Dolkons Folterkammer gehört und der ihm zugerufen hatte, Zeit zu gewinnen …?

»In jenem Augenblick auf dem Schlachtfeld«, fuhr Farawyn fort, »als ich jene Stimme in mir vernahm, erinnerte ich mich an diese Dinge – und da wusste ich, dass es nicht unsere Freunde waren, die dort auf den Türmen gefangen gehalten würden, sondern Diener des Dunkelelfen.«

»Ich verstehe«, fiel Granock ihm ins Wort, der sich einmal mehr nicht am Reden hindern konnte, »deshalb also habt Ihr Befehl zum Schießen gegeben …«

»Und weil ich hoffte, dass das Vertrauen, das ich jener inneren Stimme entgegenbrachte, zeigen würde, wie tief unsere Verbindung zueinander ist«, fügte Farawyn nickend hinzu. »Margok ging es darum zu demonstrieren, wie wenig mir an Euch liegt, meine jungen Freunde – unwillentlich hat er damit jedoch das Gegenteil bewiesen.«

Es war eine ebenso überraschende wie anrührende Erklärung, die der Älteste abgegeben hatte, und sie verfehlte ihre Wirkung nicht. Einige Ratsmitglieder zeigten sich sichtlich gerührt, andere tuschelten miteinander, aber nicht einmal Farawyns Gegner widersprachen.

Granock empfand in diesem Augenblick nur Dankbarkeit, Erleichterung darüber, dass der dunkle Schatten, der das Verhältnis zu seinem alten Lehrer getrübt hatte, plötzlich verschwunden war. Denn insgeheim war Granock etwas klar geworden, das er noch vor wenigen Jahren für undenkbar gehalten hatte: Dass in der Gestalt von Meister Farawyn ein Elf zu seinem leuchtenden Vorbild geworden war …

»Der Angriff des Dunkelelfen konnte zurückgeschlagen werden«, fuhr Farawyn mit lauter Stimme fort, »und das nicht nur, weil die Zauberer von Shakara und der König des Elfenreichs zum ersten Mal nach Jahrhunderten der Trennung wieder zusammengestanden haben, zum Wohl des Reiches und unserer Welt; nicht nur, weil Hunderte tapferer Krieger – unter ihnen auch Angehörige dieses Ordens – ihr Leben geopfert haben im erbitterten Kampf gegen Margoks Horden. Sondern vor allem, weil drei Eingeweihte zur rechten Zeit am rechten Ort waren und den Triumph des Bösen verhindern halfen. Nur ihrem mutigen Einsatz ist es zu verdanken, dass wir heute hier stehen. Dafür gebührt ihnen unsere Anerkennung und unser Respekt, und wir verzeihen ihnen gerne, dass sie sich ohne das Wissen und die Zustimmung des Rates und des Ältesten auf eine gefahrvolle Erkundung nach Arun begeben haben.«

Hätte Granock es nicht besser gewusst, hätte nicht einmal er gemerkt, dass sein alter Meister die Unwahrheit sagte – der Rat hatte also nie die wahren Hintergründe der Expedition erfahren. So kam Zustimmung von beiden Flügeln, und selbst erklärte Gegner wie Gervan oder Cysguran rieben eifrig ihre Handflächen aneinander, um ihre Anerkennung auszudrücken.

Granock wusste nicht, wie er darauf reagieren sollte. Einerseits schmeichelte es ihm, dass die Elfenräte ausgerechnet ihm, einem Menschen, den viele noch vor nicht allzu langer Zeit als einen Fremdkörper in Shakara angesehen hatten, Beifall spendeten; andererseits bezweifelte er, dass er ihn verdient hatte. Der einzige wirkliche Beitrag, den er geleistet hatte, hatte im Grunde darin bestanden, seine Haut zu retten – dass er damit auch noch seine Gefährten vor der Vernichtung bewahrt hatte, war mehr ein günstiger Zufall gewesen.

Alannah und Aldur hingegen hatten dem Bösen tatsächlich die Stirn geboten: Die Elfin, indem sie Ruraks Versuchen getrotzt hatte, Granocks Seele in den dunklen Abgrund zu zerren; Aldur, indem er die Waffen des Dunkelelfen gegen ihn selbst gewandt und seinen Sieg damit verhindert hatte.

Während auch Alannah vom Applaus der Räte eher beschämt schien, genoss Aldur ihn in vollen Zügen. Granocks elfischer Freund schien keinen Zweifel daran zu hegen, dass er den Zuspruch und das Lob verdient hatte, und nach allem, was ihm vonseiten der Räte zuletzt an Vorwürfen und Unbill widerfahren war, fand Granock das nur zu verständlich.

Wenn es noch Kritiker im Rat gab und solche, die Aldurs Ambitionen argwöhnisch gegenüberstanden, so waren sie verstummt. Der Glanz seiner Tat ließ alle Schatten verblassen, und es gab nicht wenige, die Aldur als Retter des Elfenreichs bezeichneten und seinen Namen in einem Atemzug mit den Helden der alten Zeit nannten. Auch das ließ sich Aldur scheinbar nur zu gerne gefallen, wenngleich Granock den Eindruck hatte, hinter der Fassade seines Lächelns hin und wieder eine Spur von trotziger Häme zu erkennen.

»Aus diesem Grund, Schwestern und Brüder«, fuhr Farawyn fort, »habe ich heute die Ehre, jene drei Eingeweihten, denen nicht nur unser Orden, sondern auch das Reich und unsere Welt so viel zu verdanken haben, zu vollwertigen Mitgliedern unserer Gemeinschaft zu ernennen. Ihre Bewährungsprobe haben sie mehr als meisterlich bestanden und sich somit das Recht erworben, als Weise in die Chroniken Shakaras aufgenommen zu werden. Ihre Ausbildung zum Zauberer«, fügte der Älteste hinzu, und Granock glaubte, dabei einen gewissen Stolz aus seiner Stimme herauszuhören, »ist beendet.«

Die Gefährten tauschten Blicke. Aldur schien mit nichts anderem gerechnet zu haben, Granock jedoch war überrascht. Er war davon ausgegangen, dass die jüngsten Ereignisse sie ihrem Ziel ein gutes Stück nähergebracht hatten. Aber dass der Rat sie gleich zu Zauberern ernennen würde, kam für ihn unerwartet. Auch Alannah war darauf nicht gefasst gewesen, umso mehr freute sie sich, dass sie zu den jüngsten Ordensmitgliedern gehören würden, denen je der Status eines *dwethan* verliehen worden war.

Erneut gab es Applaus. In überzeugender Mehrheit drückten die Ratsmitglieder ihre Zustimmung aus. Lediglich einige konservative Räte enthielten sich jeglicher Beifallsbekundung.

»Alle drei«, fuhr Farawyn fort, auf die Eingangsformel Bezug nehmend, mit der sie einst als Novizen in Shakara begrüßt worden waren, »haben wir euch in unseren Kreis aufgenommen, haben euch unterwiesen in der Kunst der Magie und euch teilhaben lassen an ihren Geheimnissen. Ihr habt Vollkommenheit erlangt im Umgang mit der Gabe, die euch verliehen wurde, und ihr habt dem Orden, dem Reich und der Krone gedient, dem Eid entsprechend, den ihr geleistet habt.«

»*Vandawen*«, bestätigten Granock, Alannah und Aldur.

»In meiner Eigenschaft als Ältester des Ordens, der die Macht von Shakara repräsentiert, frage ich euch deshalb: Wollt ihr euren Schwestern und Brüdern weiterhin die Treue geloben? Wollt ihr die Traditionen wahren? Wollt ihr eure Fähigkeiten weise und verantwortungsvoll einsetzen und zum Wohle derer, die ihres Schutzes bedürfen? Und wollt ihr dem Reich und seinem König, der hier vor euch steht und dieser feierlichen Zeremonie beiwohnt, auch fürderhin Gefolgschaft schwören?«

Die Eingeweihten brauchten nicht lange zu überlegen. Schon so oft hatten sie den Wortlaut der Ernennung in Gedanken durchexerziert, dass sie ihn auswendig kannten.

»*Taingawen*«, entgegneten sie wie aus einem Munde.

»So komm zu mir, Alannah, Tochter der Ehrwürdigen Gärten«, forderte Farawyn, worauf die Elfin einige Schritte vortrat. Nicht nur Farawyn, sondern auch Elidor stieg daraufhin vom Podest, und drei Diener kamen heran, die mit Leder umwickelte Stangen bei sich trugen – die *flasfyna* der neuen Zauberer …

Alannahs blasse Wangen waren vor Aufregung gerötet, und Granock fand, dass sie wunderschön aussah, wie sie in ihrem schlichten hellblauen Gewand vor dem König und dem Ältesten stand, der zunächst einige leise Worte zu ihr sprach und sie dann aufforderte niederzuknien.

Die Elfin tat, wie ihr geheißen, und Farawyn griff nach dem ersten Stab. »Nachdem du die Prüfungen durchlaufen und dich als würdig erwiesen hast, eine Weise genannt zu werden, soll dein Name nicht länger Alannah lauten. Künftig wirst du Thynia sein, die ›Blume des Eises‹. Unter diesem Namen wirst du in die Chroniken unseres Ordens eingehen. So erhebt Euch, *Meisterin Thynia*, und nehmt Euren *flasfyn* entgegen, das Symbol Eurer Macht und Eurer Weisheit.«

Alannah stand auf, und Farawyn überreichte ihr den Stab, der kunstvoll gewunden und mit einem glitzernden Elfenkristall versehen war. Anders als alle anderen *flasfyna*, die Granock je zu Gesicht bekommen hatte, bestand er jedoch nicht aus Holz, sondern aus einem rätselhaften, weißlich schimmernden Material.

»Es ist *ilfúldur*«, beantwortete Farawyn die unausgesprochene Frage, als Alannah den Zauberstab entgegennahm, »gewonnen aus den Stoßzähnen der *ilfantodion*, die auf dem Schlachtfeld zurückblieben. Nur wenige Weise haben je einen solchen *flasfyn* besessen, aber wir erachteten es als passend und würdig.«

»Er ist wunderschön«, sagte Alannah leise, während sie den Stab in ihren Händen wog, der angenehm leicht und vollendet ausbalanciert zu sein schien. »Ich danke Euch von Herzen.«

»Dankt nicht mir – dankt dem Schicksal dafür, dass es Euch solche Gaben verlieh«, erwiderte Farawyn, und indem sie sich tief verbeugte, trat sie zurück.

»Als Nächstes«, fuhr der Älteste fort, »rufe ich Granock zu mir, den ersten und einzigen Menschen, der je in unsere Reihen aufgenommen wurde und der das in ihn gesetzte Vertrauen mehr als gerechtfertigt hat. Komm zu mir, Junge.«

Mit pochendem Herzen trat Granock vor und hatte das Gefühl, dass sich sein Pulsschlag mit jedem Schritt noch beschleunigte. Was Farawyn genau zu ihm sagte, bekam er kaum mit – er sah nur die Augen des Ältesten, die in unverhohlenem Stolz auf ihn blickten, und das machte ihn glücklich. Wie in Trance sank er nieder, als er dazu aufgefordert wurde, und die nächsten Worte des Ältesten, prägten sich unauslöschlich in sein Gedächtnis ein: »Nachdem du die Prüfungen durchlaufen und dich als würdig erwiesen hast, ein Weiser genannt zu werden«, sprach Farawyn die vertraute Formel, »soll dein Name nicht länger Granock lauten. Künftig wirst du Lhurian heißen, ›der der Zeit gebietet‹. Unter diesem Namen wirst du in die Chroniken unseres Ordens eingehen. So erhebt Euch, *Meister Lhurian*, und nehmt Euren *flasfyn* entgegen, das Symbol Eurer Macht und Eurer Weisheit.«

Seinen Zaubernamen zum ersten Mal zu hören und zu erleben, wie sein ehemaliger Meister ihn nicht mehr auf vertrauliche Weise ansprach, sondern die respektvolle Anrede gebrauchte, überwältigte Granock. In diesem Moment wurde ihm bewusst, wie weit die Strecke war, die er zurückgelegt und die ihn von den dunkelsten Gassen Andarils nach Shakara geführt hatte. Aus einem Dieb, der irgendwann am Galgen geendet wäre, war ein Zauberer geworden – wie unbegreiflich konnte das Leben sein!

Tränen traten Granock in die Augen, aber er wischte sie rasch beiseite und erhob sich, um den *flasfyn* in Empfang zu nehmen. Wie Alannahs war auch seiner aus Elfenbein gefertigt und im oberen Drittel mit einigen Schnitzereien versehen, ansonsten jedoch gerade und schlicht gehalten. Ein Zauberstab pflegte dem Wesen seines Besitzers zu entsprechen, insofern hatte Farawyn, der Granock besser kannte als irgendjemand sonst in Shakara, genau die richtige Wahl getroffen.

Mit einer tiefen Verbeugung trat auch Granock zurück, und Farawyn bedeutete Aldur, sich zu nähern.

Aldurans Sohn kam der Aufforderung nach, die Ehrfurcht seiner Vorgänger ließ er jedoch vermissen. Sowohl seine Haltung als auch sein Gesichtsausdruck verrieten, dass er sich nach allem, was er geleistet hatte, sehr wohl als würdig und wert erachtete, zum Zauberer ernannt zu werden.

»Aldur«, sagte Farawyn zu ihm, während er ihn mit ruhigem Blick betrachtete, »seit zwei Jahren bekleide ich nun dieses Amt, und es sind keine leichten Jahre gewesen. Dennoch sind nur wenige Entscheidungen so schwierig gewesen wie diese.«

»Was für Entscheidungen, Vater? Wovon sprecht Ihr?«

»Deine Ernennung zum Zauberer«, erwiderte Farawyn hart, worauf die Selbstsicherheit in Aldurs Zügen Risse bekam. Verwirrt schaute er zu seinen Freunden hinüber, die dort als vollwertige Ordensmitglieder standen, ihre *flasfyna* in den Händen. Auch Rambok hatte sich ihnen zugesellt, der den Ereignissen staunend beiwohnte.

»Soll das heißen, dass Ihr zögert?«, verlieh Aldur seinen Befürchtungen Ausdruck. »Dass Ihr mir die Ernennung zum Weisen verweigern wollt nach allem, was ich getan habe?«

»Die Ernennung zum Weisen ist kein Anrecht, das man durch große Taten erwirbt«, belehrte ihn der Älteste. »Sie ist vielmehr ein Ausdruck der inneren Reife eines Kandidaten. Was du getan hast, Aldur, war heldenhaft, und hat uns alle vor der sicheren Vernichtung bewahrt – der Geist jedoch, in dem du es getan hast, wirft einen Schatten auf unseren Sieg.«

»Einen Schatten?«

»Du hast verbotene Pfade beschritten. Hast Dinge getan, deren Ausgang du nicht absehen konntest …«

»Und Euch alle damit gerettet!«, rief der junge Elf aus, nicht nur an Farawyn, sondern auch an den König und die Ratsmitglieder gewandt.

»Das bezweifeln wir nicht«, versicherte Farawyn. »Dennoch ist unstrittig, dass du dich dunkler Elemente bedient hast, um den

Dunkelelfen zurückzuschlagen, und diese Tatsache bereitet uns allen große Sorge Aldur, des Aldurans Sohn.«

Von beiden Ratsflügeln kam Zustimmung, und einmal mehr hatte Aldur den Eindruck, mit dem Rücken zur Wand zu stehen und sich verteidigen zu müssen. Er holte tief Luft, um eine flammende Rede zu halten – aber es kam nicht dazu.

»Knie nieder«, verlangte der Älteste.

»Ihr wollt mich zum Zauberer ernennen?«

»Das habe ich vor – auch wenn ich eingestehen muss, dass mir die Entscheidung dazu nicht leichtgefallen ist«, bestätigte Farawyn, während Aldur pflichtschuldig niedersank und den blonden Scheitel senkte.

»Nachdem du die Prüfungen durchlaufen und dich als würdig erwiesen hast, ein Weiser genannt zu werden«, sagte der Älteste daraufhin leiser und nicht ganz so überzeugt wie zuvor, »soll dein Name nicht länger Aldur lauten. Künftig wirst du Rothgan heißen, ›der mit dem Feuer spricht‹. Unter diesem Namen wirst du in die Chroniken unseres Ordens eingehen. So erhebt Euch, *Meister Rothgan*, und nehmt Euren *flasfyn* entgegen, das Symbol Eurer Macht und Eurer Weisheit.«

Aldur stand auf und griff nach dem Zauberstab, der ebenfalls aus *ilfúldur* bestand, aber anders als Alannahs und Granocks mit alten Runenzeichen versehen war; der Kristall am oberen Ende formte eine Spitze, die an einen Speer erinnerte. Stolz wog Aldur ihn in der Hand, eine Woge der Genugtuung durchlief ihn dabei. Dann straffte er sich, und nachdem er eine Verbeugung vor dem Ältesten und dem König angedeutet hatte, fragte er: »Darf ich nun, nachdem ich ein vollwertiges Mitglied des Ordens bin, einige Worte an die Versammlung richten?«

Farawyn machte kein Hehl aus seinem Erstaunen. »Deine Bitte ist ungewöhnlich«, meinte er, »doch ich bin geneigt, deinem Ersuchen zu entsprechen, sofern die verehrten Ratsmitglieder nichts dagegen einzuwenden haben.«

Niemand widersprach, und so wandte sich Aldur den Versammelten zu: »Ich danke Euch, geschätzte Mitglieder des Hohen Rates, für das Vertrauen, das Ihr mir erwiesen habt, obwohl mir einige von Euch noch vor Kurzem mit großem Argwohn gegenübergetreten sind.« Dabei streifte er Rat Gervan mit einem Seitenblick, den dieser jedoch an sich abgleiten ließ.

»Ich weiß«, fuhr Aldur fort, »dass viele von Euch der Ansicht sind, der Dunkelelf wäre am Siegstein bezwungen worden und dass wir nichts mehr von ihm zu befürchten haben, aber das ist ein Irrtum. Margok mag verschwunden sein, aber wir wissen nicht, was mit ihm geschehen ist. Gut möglich, dass er lebt und gerade in diesem Augenblick einen weiteren Schlag gegen uns vorbereitet. Wir müssen deshalb wachsam sein, sowohl gegen innere als auch gegen äußere Feinde.«

»Dessen sind wir uns bewusst, Bruder Rothgan«, sagte Rat Cysguran, »also bitte teilt uns mit, worauf Ihr mit Eurer Ansprache hinauswollt.«

»Ich möchte Euch warnen«, erwiderte Aldur prompt, worauf empörtes Gemurmel einsetzte, »allzu selbstgefällig zu sein und Euch in trügerischer Sicherheit zu wiegen.«

»Für jemanden, der soeben erst den Grad eines Weisen erlangt hat, sprecht Ihr reichlich kühn«, meinte Rat Gervan.

»Findet Ihr? Was, wenn ich Euch sagte, dass Ihr damals recht hattet? Dass es tatsächlich einen feindlichen Spion gibt in Shakara? Und dass er mit großer Wahrscheinlichkeit auch für die Ermordung von Vater Semias verantwortlich war?«, fragte Aldur unverwandt. »Statt ihn jedoch ausfindig zu machen und zum Schweigen zu bringen, habt Ihr Euch in kleinlichen Streitereien ergangen und der Gegenseite damit mehr genützt als geschadet.«

Heftiges Getuschel brach unter den Ratsmitgliedern aus, allenthalben gab es protestierende Zwischenrufe. Nicht nur der Inhalt von Aldurs Worten brachte die Ratsmitglieder auf, sondern auch die Art und Weise, wie er sie vortrug. Selbst Granock fand, dass sein Freund den Bogen überspannte – aber Bescheidenheit war andererseits noch nie die Stärke von Alduran Sohn gewesen …

»Bruder Rothgan«, versuchte Farawyn die Wogen zu glätten, »nutzt seinen neu gewonnenen Status, um uns auf Missstände hinzuweisen, deren wir uns freilich bereits bewusst geworden sind. Wer die richtigen Schlussfolgerungen aus dem zieht, was unsere jungen Freunde aus Nurmorod berichtet haben, der kann zu keinem anderen Ergebnis kommen.«

»Sehr gut, Vater«, anerkannte Aldur. »Wenn Ihr diesen Schritt mit mir gegangen seid, so seid Ihr womöglich bereit, noch einen weiteren zu tun, der sich ebenfalls aus den Geschehnissen von Nurmorod ergibt.«

»Und das wäre?«

»Wir wissen«, antwortete Aldur, halb dem Ältesten, halb den Räten zugewandt, »dass sich der Dunkelelf einer verborgenen Schlundverbindung bedienen wollte, um die Welt wie einst mit Krieg und Chaos zu überziehen. Aber wir wissen auch, dass eine solche Verbindung stets über ein Zentrum und drei Ausgänge verfügt, weswegen wir sie als Dreistern bezeichnen. Wenn Nurmorod das Zentrum bildet und der Siegfelsen eine Kristallpforte barg, so stellt sich also zwangsläufig die Frage, wo sich die anderen Öffnungen befinden.«

»Durchaus nicht«, widersprach Cysguran. »Weshalb sollte es Margok nicht gelungen sein, eine einzelne Verbindung herzustellen? Einen Tunnel gewissermaßen …«

»Weil das unmöglich ist«, erklärte Aldur voller Überzeugung. »Es hängt mit den Kristallen zusammen, die die Energie für die Schlundverbindung liefern. Ähnlich wie ein Kristall immer die gleiche Gestalt annehmen und eine bestimmte Anzahl von Seiten und Kanten hervorbringen wird, muss auch eine Kristallpforte stets über vier Zugänge verfügen. Es ist ein Gesetz der Natur, an dem auch Margok nicht vorbeikommt. Die Frage ist also, wo die beiden anderen Kristallpforten sind. Sie zu finden und endgültig zu verschließen, sollte unser vorrangiges Ziel sein.«

»Was Ihr nicht sagt«, meinte Rat Cysguran und gab sich unbeeindruckt. »Wie ich annehme, habt Ihr bereits Vermutungen angestellt …«

»Allerdings«, versicherte Aldur. »Ich vermute die dritte Pforte in Borkavor, denn das würde erklären, wie es Rurak gelingen konnte, von dort zu entkommen.«

»Und die vierte Pforte?« Nicht Cysguran hatte gefragt, sondern König Elidor.

»Verzeiht, mein König«, entgegnete Aldur, »aber ich bin nicht sicher, ob ich Eure Frage beantworten darf.«

»Weshalb nicht?«

»Weil die Wahrheit vielen hier im Rat nicht gefallen wird«, gab Aldur zurück, was erneut für einige Unruhe sorgte.

»Was den Räten gefällt und was nicht, entscheiden sie selbst«, wies Farawyn ihn zurecht. »Also sprecht, Meister Rothgan, ehe ich Euch das Wort entziehe und Euch wegen Missachtung des Hohen Rates des Saales verweisen lasse.«

»Wie Ihr wünscht«, entgegnete Aldur mit einem Lächeln, das verriet, dass er nichts anderes erwartet hatte. »Ich vermute die vierte Pforte in Crysalion, an den Fernen Gestaden.«

»Was?«

Nicht nur Granock und Alannah schauten einander erschrocken an. Ein Aufschrei der Empörung ging durch die Reihen, so abwegig kam den meisten Ratsmitgliedern vor, was der junge Zauberer sagte. Köpfe wurden geschüttelt, hier und dort lachte jemand spöttisch auf. Farawyn hingegen lachte nicht. Der Blick des Ältesten war prüfend auf Aldur gerichtet, und sobald sich die Aufregung im Saal wieder ein wenig gelegt hatte, forderte er ihn auf, seinen kühnen Gedanken zu begründen.

»In Nurmorod haben wir gesehen, dass der Dunkelelf alles daransetzt, neue Waffen aus Kristallen zu entwickeln«, erläuterte Aldur, »und dass diese Waffen an Zerstörungskraft alles bislang Dagewesene übertreffen. Crysalion, der Palast des Lichts, ist der Hort des Annun, des mächtigsten und ersten aller Kristalle, weswegen ich vermute, dass Margok früher oder später versuchen wird, ihn in seinen Besitz zu bringen. Und darauf sollten wir vorbereitet sein.«

»Wie?«, fragte Rat Gervan.

»Indem wir eine Expedition nach den Fernen Gestaden schicken«, erwiderte Aldur schlicht, »und ich selbst erbiete mich, der Anführer dieser Expedition zu sein.«

»Ihr? So jung und unerfahren, wie Ihr seid? Ihr seid gerade erst ein Meister geworden …«

»Dennoch war ich erfahren genug, Margoks Angriff zurückzuschlagen«, brachte Aldur in Erinnerung. »Das solltet Ihr nicht vergessen.«

»Möglicherweise«, wandte Farawyn ein, »verdient Bruder Rothgans Vorschlag eine ernsthafte Erwägung ...«

»Dass Ihr ihm zustimmen würdet, war abzusehen«, meinte Gervan verdrossen. »Die Frage, die sich mir aufdrängt, ist vielmehr die, weshalb ein noch so junger Zauberer, der den Grad der Reife eben erst erlangt hat, so viel von derlei Dingen weiß.«

»Eine Frage, die überaus berechtigt ist«, stimmte Hüterin Atgyva vom anderen Flügel aus zu und schickte Farawyn einen bedeutsamen Blick.

»Bruder Rothgan«, ergriff dieser für Aldur Partei, »hat in seinen jungen Jahren schon vieles gesehen und der Dunkelheit manches Mal widerstehen müssen. Erfahrungen wie diese gehen an niemandem spurlos vorüber ...«

»Ich spreche nicht von Erfahrungen, Bruder«, beharrte Gervan. »Ich spreche davon, dass Rothgan Einblick in Sachverhalte bekommen zu haben scheint, von denen wir alle wissen, dass sie verboten sind.«

»Und wenn es so wäre?«, fragte Aldur dagegen, noch ehe Farawyn etwas erwidern konnte. »Was seid Ihr doch für Heuchler! Solange dieses verbotene Wissen, vor dem Ihr Euch alle so fürchtet, dazu diente, Euch vor Margok zu retten, habt Ihr es geduldet. Nun jedoch ...«

»Das ist nicht wahr«, beschied Farawyn ihm kühl. »Ich hatte Euch gesagt, dass es mir nicht leichtfiel, mich für Eure Ernennung zum Zauberer zu entscheiden – nichts anderes war der Grund dafür. Wäre es nicht um Räte wie Bruder Cysguran gewesen, die sich für Euch einsetzten ...«

»Cysguran hat sich für mich eingesetzt?« Aldur schickte dem Vorsteher der Kristallgilde einen fragenden Blick.

»In der Tat«, erwiderte dieser und senkte das Haupt mit dem streng zurückgekämmten Haar. »Inzwischen musste ich allerdings erkennen, dass ich mein Vertrauen womöglich zu früh in Euch gesetzt habe, Bruder Rothgan ...«

»Aber nein«, widersprach Aldur, »das habt Ihr gewiss nicht!«

»... weshalb wir Eurem Ersuchen, nach den Fernen Gestaden entsandt zu werden, leider nicht zustimmen können«, brachte Cysguran seinen Satz unbeirrt zu Ende, der nach Maeves Tod zum Sprecher des linken Flügels ernannt worden war.

»Auch wir schließen uns dieser Meinung an«, bekräftigte Rat Gervan. »Wir werden uns Eure Argumente durch den Kopf gehen lassen und sie eingehend prüfen. Im Augenblick sehen wir jedoch keinen Handlungsbedarf, Bruder Rotghan.«

»Keinen Handlungsbedarf – ist das Euer Ernst?« Aldur schaute zweifelnd in die Runde. Als er in den Gesichtern der Ratsmitglieder nichts als Ablehnung las, wandte er sich Hilfe suchend an Farawyn. »Vater, Ihr …«

»Ihr habt die Räte gehört«, beschied ihm der Älteste ohne mit der Wimper zu zucken. »Der Beschluss ist gefasst.«

Aldur nickte.

Er wusste, dass es sinnlos gewesen wäre zu widersprechen. Alles, was er von nun an sagte, würde ihn nur noch mehr ins Unrecht setzen. Er begnügte sich damit, zuerst Farawyn, dann König Elidor und zuletzt seine Gefährten Granock und Alannah mit bedauernden Blicken zu bedenken. Dann wandte er sich um und schickte sich an, den Saal zu verlassen.

»Was tut Ihr da?«, donnerte Farawyn ihm hinterher.

»Ich gehe«, erklärte Aldur überflüssigerweise. »Da mein Rat nicht gefragt ist, ziehe ich mich zurück.«

»Ihr wurdet noch nicht entlassen!«

Aldur blieb stehen und wandte sich um. »Vielleicht nicht«, gab er zu, »aber ich musste gerade an etwas denken, das mein Vater früher stets zu sagen pflegte, in dessen Adern das Blut von Königen fließt, genau wie in den meinen.«

Farawyns Miene zuckte kaum merklich. »Nämlich?«, fragte er.

»Man kann vieles verleugnen, aber nicht sein Herz«, gab Aldur zur Antwort, dann wandte er sich endgültig ab und verließ den Saal, begleitet von den Protestschreien der Abgeordneten.

Granock tat es in der Seele weh, den Freund so davongehen zu sehen. Sein erster Impuls war es, ihm hinterherzulaufen wie schon einmal, und er sandte Farawyn einen fragenden Blick. Der Älteste bedeutete ihm jedoch zurückzubleiben.

Und dieses Mal gehorchte Granock seinem ehemaligen Meister.

9. NAHADA

Es war ein seltsames Gefühl, wieder dort zu sein, wo alles angefangen hatte.

Die Tradition verlangte es, dass ein Zauberer, der den Grad des Weisen erlangt und seinen *flasfyn* erhalten hatte, in den heimatlichen Hain zurückkehrte, um auch den Segen seiner Familie zu bekommen; gewöhnlich wurde dieses Ereignis, *cyfárshaith* genannt, mit einer großen Feier begangen, zu der Angehörige und Freunde eingeladen und der frisch ernannte Zauberer mit Geschenken bedacht wurde.

Aldur hatte auf diese Tradition verzichtet.

In aller Stille war er in den väterlichen Hain zurückgekehrt, um die Nähe seiner Familie zu suchen. Ganz besonders aber sehnte er sich danach, den Mann wiederzusehen, der ihn stets zu Höchstleistungen angespornt und nie einen Zweifel daran gelassen hatte, dass er ihn für fähig hielt, dereinst der größte und mächtigste Zauberer Erdwelts zu werden.

Sein Vater Alduran.

Es hatte eine Zeit gegeben, da hatte sich Aldur vom Ehrgeiz seines Vaters unter Druck gesetzt gefühlt und war darauf erpicht gewesen, seinen eigenen Weg zu gehen und seine eigenen Erfahrungen zu machen. Inzwischen jedoch hatte er eingesehen, dass Alduran nur zu recht gehabt hatte. Er war tatsächlich zu Höherem ausersehen – und er hatte die Erfahrung machen müssen, dass Neid und Missgunst jenen begleiteten, dessen Macht und Kenntnis die der anderen übertrafen. Sein Vater jedoch, davon war Aldur überzeugt, würde ihn verstehen.

Da man ihm untersagt hatte, die Kristallpforte zu benutzen, hatte die Reise in den Süden zwei Wochen gedauert; Alaric, der treue Hengst, den sein Vater ihm am Tag des Abschieds als Geschenk überreicht hatte, hatte ihn getragen.

Es tat gut, wieder zu Hause zu sein.

Die Bäume der Eingangshalle, deren immergrünes Blätterdach sich hoch über ihm zu einem Dach formte, vermittelten Aldur ein Gefühl von Geborgenheit, das er lange nicht verspürt hatte, noch nicht einmal in Alannahs Nähe. Auf seinen Zauberstab aus Elfenbein gestützt, wartete er auf seinen Vater. Wie, so fragte er sich, würde Alduran reagieren, wenn er von all den Dingen erfuhr, die in der Zwischenzeit geschehen waren?

»Sohn! Du bist es wirklich!«

Allein die vertraute Stimme klang in Aldurs Ohren wie ein Willkommensgruß. Freudig eilte er seinem Vater entgegen, der gemessenen Schrittes die Stufen herunterkam.

Alduran hatte sich äußerlich kaum verändert. Noch immer krönte blondes Haar seine hohe Stirn, und seine Züge waren so glatt und jugendlich, wie Aldur ihn in Erinnerung hatte – und ebenso unnahbar. In respektvollem Abstand blieb Aldur vor seinem Vater stehen und verbeugte sich tief.

»Seid gegrüßt, *nahad*«, sagte er. »Ich bin zurückgekehrt.«

»Das bist du«, bestätigte Alduran und trat vor, um ihn auf Wangen und Stirn zu küssen, wie er es am Tag des Abschieds getan hatte. »Und wie ich sehen kann, hast du dein Ziel erreicht. Du bist ein Zauberer geworden.«

»Das bin ich«, bestätigte Aldur und präsentierte stolz den *flasfyn* – von den Vorbehalten des Rates sagte er nichts. »Und zugleich bin ich noch sehr viel mehr als das«, fügte er stattdessen hinzu.

»Noch mehr?« Sein Vater schaute ihn fragend an. »Wie kann jemand noch mehr als ein Weiser werden?«

»So meinte ich es nicht«, beeilte Aldur sich zu versichern. »Es ist nur … Seit meiner Abreise ist so vieles geschehen, hat sich so vieles geändert …«

»Und vieles auch nicht«, fiel Alduran ihm ins Wort und blickte ihm prüfend ins Gesicht. »Dein Ehrgeiz ist noch immer ungebrochen, obwohl du nun erreicht hast, was du immer erreichen wolltest.«

»Manches davon«, schränkte Aldur ein.

Die ohnehin schmalen Augen seines Vaters verengten sich zu Schlitzen, durch die er seinen Sohn prüfend musterte. »Obschon wir uns lange nicht gesehen haben, kann ich sehen, dass dich etwas bedrückt. Was ist es, Sohn? Willst du darüber reden?«

»Es ist der Hohe Rat, *nahad*«, entgegnete Aldur prompt. Er wusste, dass es unhöflich war, so unvermittelt zur Sache zu kommen, und natürlich hätte er damit warten sollen, bis sie Oberflächlichkeiten ausgetauscht, zusammen gespeist und die Familie und die Dienerschaft begrüßt hatten. Aber er sehnte sich so sehr danach, endlich Verständnis und Fürsprache zu erhalten, dass er nicht länger schweigen konnte.

»Der Hohe Rat?« Alduran hob die Brauen.

»Er versteht mich einfach nicht«, erklärte Aldur. »Was immer ich auch tue, was ich auch unternehme – der Rat versteht mich einfach nicht.«

Alduran nickte. »Ich habe mit Bestürzung vom Tod der Ältesten Semias und Cethegar erfahren. Ihr Verlust ist für den Orden ein herber Schlag, und ich kann mir nicht vorstellen, dass Farawyn …«

»Farawyn ist meine geringste Sorge«, versicherte Aldur, der nicht bemerkte, dass sein Vater dabei leicht zusammenzuckte. »Der Rat selbst ist es, der mir mit Argwohn und Misstrauen begegnet, was immer ich auch tue.«

»Ich verstehe.« Alduran nickte. »Und was tust du?«

»Was weißt du von der Schlacht am Siegstein?«, fragte Aldur dagegen.

»Was in unseren Hain gedrungen ist«, entgegnete sein Vater schlicht. »Dass es einen erbitterten Kampf gegeben hat zwischen den königlichen Legionen und den Anhängern des Dunkelelfen, und dass Elidors Truppen siegreich daraus hervorgegangen sind.«

»Das entspricht den Tatsachen«, bestätigte Aldur, »aber dennoch ist es nur die halbe Wahrheit. Denn kein anderer als dein Sohn ist es gewesen, der den Sieg errungen hat.«

»Wirklich?« Wenn Alduran überrascht war, so ließ er es sich nicht anmerken. Kühle Zurückhaltung, die an Ablehnung grenzte, sprach aus seinem Blick.

»Vor dir steht ein Held, Vater«, verkündete Aldur mit vor Stolz geschwellter Brust. »In der Stunde der größten Verzweiflung, als der Dunkelelf das Schlachtgeschehen zu wenden und uns alle zu vernichten drohte …«

»Der Dunkelelf? Demnach sind die Gerüchte also wahr? Margok ist zurückgekehrt?«

»Ja, *nahad* – und ich war in seiner Gewalt. Von Angesicht zu Angesicht habe ich ihm gegenübergestanden und seiner Bosheit und seinem Hass getrotzt, und am Ende bin ich es gewesen, der seine Pläne vereitelt und ihn dorthin zurückgeschickt hat, woher er kam.«

»Dann bist du allerdings ein Held«, gab Alduran unumwunden zu.

»Das bin ich! Doch was tun diese Narren im Rat? Statt mir dankbar zu sein und mir als ihrem Retter zu huldigen, zweifeln sie meine Methoden an! Anstatt mit Ehrungen überhäuft zu werden, muss ich mich rechtfertigen für das, was ich gelernt habe und weiß.«

»Und was weißt du?«

»Mehr als diese alten Männer, die sich den ganzen Tag lang mit Bedenken tragen und sich den Kopf darüber zerbrechen, was geschehen könnte und was nicht. Kaum einer von ihnen ist in der Schlacht dabei gewesen, dazu fehlte ihnen der Mut. Ich hingegen habe an vorderster Front gekämpft und bekam lediglich diesen Stab dafür.«

»Man hat dich zum Zauberer gemacht. Genügt dir das nicht?«

Aldur schnappte nach Luft. Lange genug hatte er seine wirkliche Meinung für sich behalten. Hier nun, in der Gegenwart seines Vaters und des ersten Lehrers, der ihn je in den Wegen der Magie unterwiesen hatte, konnte er endlich frei sprechen.

»Nein, *nahad*«, gestand er, »das genügt mir nicht, denn ich fühle, dass noch so viel mehr in mir ist! Dinge, von denen diese Kleingeister nicht einmal etwas ahnen. Geheimnisse, die sie zu Tode ängstigen würden.«

»Und dich ängstigen sie nicht?«

»Nein, denn ich weiß, dass ich sie kontrollieren kann«, gab Aldur im Brustton der Überzeugung zurück. »Wenn sie nur endlich damit aufhören würden, mich in meinen Möglichkeiten zu beschränken!«

»Du fühlst dich in Shakara eingeschränkt?«

»Schlimmer noch – ich habe das Gefühl, dort langsam zu ersticken! Diese Hohlköpfe und Zauderer mit ihrem Parteigezänk und ihrem ständigen Streit! Ich habe das so satt, *nahad*!«

»Weil du den rechten Weg kennst und weißt, welche Entscheidungen zu treffen wären«, gab sein Vater sich verständig. »Und weil Erdwelt und das Reich ohne den Hohen Rat ungleich besser dran wären, richtig?«

»Das stimmt«, gab Aldur zu. Er hatte gehofft, auf Verständnis zu treffen – dass sein Vater jedoch seinen kühnsten Gedanken Sprache verlieh, übertraf alle Erwartungen. »Woher weißt du …?«

»Woher ich das alles weiß?« Alduran lächelte, aber es lag keine Freude darin. »Weil ich all das schon einmal gehört und weil ich den Ausdruck in deinen Augen schon einmal gesehen habe. Denselben stolzen Glanz. Denselben Hochmut.«

»Hochmut? Aber Vater …«

»In den Augen deiner Mutter konnte ich es ebenfalls erkennen«, fuhr Alduran unnachgiebig fort. »Eitelkeit. Stolz. Und unstillbarer Ehrgeiz …«

»Meine Mutter?« Aldur zuckte mit den Schultern. »Ich weiß nichts über sie. Ihr habt so gut wie nie über sie gesprochen.«

»Aus gutem Grund«, sagte Alduran nur.

»Was soll das heißen? Was ist mit ihr gewesen?« Aldur erinnerte sich, dass seinerzeit auch der Älteste Cethegar eine Anspielung auf seine Mutter hatte fallen lassen, was ihn im Nachhinein ärgerte. »Was verheimlicht ihr mir?«, wollte er deshalb wissen. »Ich habe die Andeutungen satt.«

Sein Vater schien mit der Antwort zu zögern, aber wie jemandem, der sich einen Schritt über den Abgrund hinausgewagt hatte, dämmerte ihm wohl, dass es kein Zurück mehr gab. »Deine Mutter«, begann er deshalb leise, »war eine Zauberin, genau wie du –

und genau wie du verfügte sie über die Gabe des Feuers. Entsprechend groß waren ihr Stolz und ihre Eitelkeit, aber all das sah ich nicht, als ich als junger Novize nach Shakara kam, sondern nur ihre strahlende Schönheit. Vom ersten Augenblick an war ich ihr verfallen.«

»Und?«

»Wir lernten einander kennen und lieben, und nachdem ich meine Ausbildung abgeschlossen hatte, schlossen wir den ewigen Bund. Andere wären nun zufrieden gewesen, aber nicht deine Mutter, denn sie wollte immer noch mehr. Also fing sie an, Regeln zu übertreten und sich mit gefährlichen Dingen zu befassen.«

»Nämlich?«

»Sie las in verbotenen Büchern, die sie aus der Bibliothek entwendete, in der festen Überzeugung, der Hohe Rat wolle ihr etwas vorenthalten – darüber verlor sie den Blick für unsere Werte und Traditionen. Wen verwundert es da, dass sie unseren Bund verriet und eine Beziehung mit einem jungen Zauberer einging, die zwar nur von kurzer Dauer war, jedoch zur Folge hatte, dass sie ein neues Leben empfing …«

Es war so rasch dahingesagt, dass Aldur nicht sofort begriff, dass diese Worte für ihn alles veränderten.

»Was soll das heißen?«, fragte er verblüfft.

»Sie hat mich betrogen«, entgegnete Alduran ausweichend, »und indem sie das tat, hat sie nicht nur mich, sondern den gesamten Orden verraten. Ein Streit entbrannte, an dem sich das Reich entzweite, und sie trug Schuld daran.«

Aldur stand da mit vor Staunen offenem Mund. In all den Jahren, die er zu Hause verbracht und in denen Alduran ihn unterrichtet hatte, hatte er ihm niemals etwas über seine Mutter erzählen wollen. Warum hatte er es nicht dabei bewenden lassen können? Warum brach er ausgerechnet jetzt sein Schweigen?

»Als sie sah, was sie in ihrem Leichtsinn angerichtet hatte«, fuhr Alduran in seinem Bericht fort, »kam sie zu mir und bat mich um Verzeihung. Da ich jung war und von ganzem Herzen an die Ideale glaubte, die wir uns als Zauberer gegeben hatten, vergab ich ihr. Gemeinsam verließen wir den Orden und kehrten Shakara den

Rücken, und so kamen wir hierher, in den Hain meiner Väter, wo sie schließlich einen Jungen zur Welt brachte – dich, Aldur.«

»M-mich?« Aldur war fassungslos.

»Im Austausch für das Leben, das sie gebar, gab sie ihr eigenes – so als hätte sie für die verbotene Saat in ihrem Schoß Sühne üben wollen.«

»Aber … Ihr sagtet immer, meine Mutter hätte bald nach meiner Geburt ein Schiff nach den Fernen Gestaden bestiegen«, wandte Aldur stammelnd ein.

»Das sagte ich, weil ich nicht wollte, dass du die Wahrheit erfährst«, bestätigte Alduran leise. »Doch jetzt muss ich erkennen, dass es unmöglich ist, sie dir vorzuenthalten – denn in den vergangenen zwei Jahren bist du deiner Mutter ähnlicher geworden, als ich es je für möglich gehalten hätte.«

»Was? Aber …?«

»Ich habe alles versucht«, verteidigte sich Alduran, obschon kein Vorwurf erhoben worden war. »Statt dich den Ehrwürdigen Gärten zu übergeben, habe ich dich sofort nach deiner Geburt zu mir genommen und war entschlossen, dich aufzuziehen. Ich habe alles darangesetzt, deine Herkunft aus meinem Herzen zu verdrängen, habe mir eingeredet, dass deine Zukunft in meiner Hand läge, dass ich dir nur lange genug erzählen müsse, dass in deinen Adern das Blut von Königen fließe, um es irgendwann wahr werden zu lassen …«

»Demnach – stimmt es also nicht?«, erkundigte sich Aldur, auch wenn er nicht sicher war, ob er die Antwort wissen wollte.

»Deine Mutter war eine mächtige Zauberin, das steht außer Frage, aber weder war sie von nobler Herkunft noch gehörte sie dem Geschlecht und Hause Sigwyns an.«

»A-aber ich dachte … Ihr sagtet …«

»Ich bin ein Narr gewesen«, erklärte Alduran in ehrlicher Selbsterkenntnis, »denn ich habe geglaubt, dass, wenn ich dir nur genügend Liebe und Vertrauen entgegenbrächte, wenn ich dich teilhaben ließe an meinem Wissen, du dennoch mein wahrhaftiger Erbe werden könntest. An dem Tag, als du den Hain verlassen und dich nach Shakara begeben hast, glaubte ich mich am Ziel dieses innigen Wunsches. Aber wie ich nun erkennen muss, habe ich mich in dir ebenso geirrt, wie ich mich einst in deiner Mutter irrte. Nicht mein Erbe bist du, sondern der ihre.«

»*Nahad*«, wandte Aldur ein, obwohl der Titel im Grunde nicht mehr zutreffend war, »ich wusste nicht …«

»Sei nicht betrübt, denn du kannst nichts für das, was aus dir geworden ist. Ich hätte wissen müssen, dass sich all meine Bemühungen am Ende als vergeblich erweisen, denn man kann vieles verleugnen, aber nicht sein Herz.«

Es schmerzte Aldur, ausgerechnet jene Worte, die er noch vor wenigen Tagen vor dem Hohen Rat angeführt hatte, nun gegen sich verwendet zu finden, aber er erwiderte nichts. Was Alduran ihm enthüllt hatte, brachte sein Weltbild zum Einsturz, nahm ihm die letzten Wahrheiten, an die er sich geklammert hatte. Und unwillkürlich merkte er, wie sich tief in ihm Widerstand regte und Zorn emporstieg …

»Du hättest nicht kommen sollen«, beschied ihm der Mann, den er bis vor wenigen Augenblicken für seinen Vater gehalten hatte, mit bestürzender Kälte. »Ich hätte dich lieber in Erinnerung bewahrt, wie du einst gewesen bist, voller Ideale und Hoffnungen.«

»Hoffnungen?«, echote Aldur unwillig. »Was wisst Ihr von meinen Hoffnungen?«

»Ich weiß, dass du davon geträumt hast, einst der mächtigste Zauberer Erdwelts zu werden.«

»Das ist nicht wahr!«, behauptete Aldur energisch. »Habt Ihr eine Ahnung, wie schwer es gewesen ist, Euren Ansprüchen gerecht zu werden? Ihr seid es gewesen, der stets etwas Größeres in mir gesehen, der mir eingeredet hat, dass ich dazu ausersehen wäre, einen bevorzugten Platz in der Geschichte des Elfengeschlechts einzunehmen!«

»Und?« Alduran schaute ihn durchdringend an. »Willst du mir erzählen, das hätte dir nicht gefallen? Ich habe es in dir gespürt, Aldur, in all den Jahren, den Ehrgeiz deiner Mutter und ihren Hochmut, aber ich hoffte stets, dass mein Einfluss stärker sein würde als der ihre. Dass du lernen würdest, mit der Verantwortung deiner Gabe umzugehen und nicht den Verlockungen der Macht zu erliegen. Leider habe ich mich in dir geirrt. Verzeih einem alten Narren. Und nun geh, Aldur.«

»Was?«

»Verlasse mein Haus und diesen Hain. Es ist besser so.«

»*Nahad,* bitte …«

»Du solltest mich nicht mehr deinen Vater nennen«, beschied Alduran ihm leise. »Am Tag des *anrythan,* als ich dir die Krone der Volljährigkeit überreichte, da hatte ich eine dunkle Ahnung, dass ich den Sohn, den ich aufgezogen hatte, niemals wiedersehen würde. Leider habe ich recht behalten.«

»Ich verstehe.« Aldurs Mund wurde ein schmaler Strich. Seine Kieferknochen mahlten, bis sie schmerzten, brennender Zorn fuhr in seine Eingeweide. Abrupt wandte er sich um und wollte die Halle auf dem schnellsten Weg verlassen. Als Alduran keine Anstalten machte, ihm zu folgen, wandte er sich jedoch noch einmal um. »Wer ist mein Vater?«, wollte er wissen, seine Wut nur mühsam beherrschend.

»Wer?«, echote Alduran nur.

»Ich durchschaue Euch«, erwiderte Aldur mit zornbebender Stimme. »Ich kenne den Grund für Eure Verzweiflung.«

»Sicher nicht.« Sein Ziehvater schüttelte den Kopf.

»Es ist Palgyr, nicht wahr?«, erkundigte sich Aldur unvermittelt. »Bin ich in Wahrheit der Sohn eines Verräters? Ist es das, was Euch Sorge bereitet?«

Alduran hielt seinem prüfenden Blick stand, eine Antwort blieb er schuldig.

»Wollt Ihr mir nicht einmal das verraten? Nachdem Ihr mir alles andere genommen habt?«

Alduran schwieg noch immer. Dass es in seinen Augen feucht schimmerte, bekam Aldur nicht mehr mit, denn er wandte sich wutschnaubend ab und durchschritt die Pforte. Die Stufen zum Garten nahm er in dem festen Vorsatz, niemals in seinem Leben in Aldurans Hain zurückzukehren. Er war gekommen, weil er Trost und Geborgenheit gesucht hatte, doch Alduran war ebenso von Neid und Argwohn zerfressen wie die Angehörigen des Rates.

Wütend durchmaß Aldur den Garten, der soeben zum Leben erwachte. Wie hatte er die Morgenstunden einst geliebt, wenn die ersten Sonnenstrahlen die Blätter benetzten und den Tau glitzern ließen. Jetzt kam es ihm falsch und verlogen vor, ein trügerisches Idyll für jene, die sich der bestehenden Ordnung unterwarfen und nach den Regeln spielten.

Aldur jedoch hatte es satt, sich nach fremden Regeln zu richten, und er war es leid, seine Fähigkeiten und sein Wissen zu verbergen. Er war ein Zauberer, ein vollwertiges Mitglied des Ordens, und als solches würde er in Zukunft auftreten, ob es den Räten nun passte oder nicht. Und auch Aldurans Worte würden daran nichts ändern.

Er erreichte jenen Teil des Hains, in dem die Stallungen der Pferde untergebracht waren. Zwei junge Burschen waren damit beschäftigt, die Ställe zu säubern. Wie er es ihnen bei seiner Ankunft aufgetragen hatte, hatten sie Alaric Zaumzeug und Sattel abgenommen, ihm Futter und Wasser gegeben und sein Fell gestriegelt, sodass es seidig in der Morgensonne glänzte.

»Seid gegrüßt, junger Herr«, sagte der eine der beiden Stallburschen und verbeugte sich. »Sollen wir Euer Pferd wieder satteln?«

Aldur antwortete nicht. Wortlos trat er auf den Hengst zu, der ihn erkannte und ein freudiges Schnauben vernehmen ließ. Unruhig scharrte er mit den Vorderhufen, bereit zum Ausritt. Aldur trat neben ihn, streichelte ihm den Hals und die lange Mähne. Das Pferd war ein Geschenk seines Vaters gewesen, das ihn an sein Zuhause erinnern sollte und an die Verpflichtung, die er seiner Familie gegenüber hatte.

Aldur hatte es geliebt – auch dann noch, als seine Meisterin Riwanon ihm längst die Augen geöffnet und ihn hatte erkennen lassen, dass auch der große Alduran mit Fehlern behaftet war. Wie recht sie damit gehabt hatte, war ihm allerdings erst jetzt aufgegangen.

Wieso nur, fragte er sich, hatte Riwanon ihm nichts über seine Herkunft gesagt? Er war sicher, dass sie davon gewusst hatte, und manche Bemerkung, die sie in ihrer aufreizenden Art hatte fallen lassen, gewann erst jetzt an Bedeutung.

»Wieso nur, Meisterin?«, flüsterte er leise vor sich hin. »Wieso habt Ihr es mir nie gesagt …?«

Noch einmal tätschelte er den Hals des Tieres, während er bereits spürte, wie sich heißer Zorn in ihm zusammenbraute, einem Ungewitter gleich, um sich urplötzlich in einer feurigen Eruption zu entladen.

Der Feuerball, den Aldur entfesselte, hüllte Alaric ein und verzehrte ihn. Der stolze Hengst aus dem Gestüt Sigwyns verging qualvoll – zurück blieben nur schwelende Überreste. Die Stallknechte brachen in Tränen aus angesichts des schrecklichen Anblicks.

Aldur scherte sich nicht darum. Wortlos machte er kehrt und verließ Aldurans Hain für immer.

10. TARÍALAS

Es waren die Wochen nach der Schlacht.

Obwohl die Statuen der Könige in der Ratshalle noch immer mit Trauerflor versehen waren, mit dem man der im Kampf gegen Margok gefallenen Opfer gedachte, und obschon der Verbleib des Dunkelelfen ungewiss war, kehrte allmählich wieder Hoffnung in Shakara ein.

Die eine Hälfte der freien Zeit, die er nun hatte – ein Novize war ihm noch nicht zugeteilt worden –, verbrachte Granock mit Nachdenken: Über sich und die vielen widersprüchlichen Gefühle, die er auf der langen Reise empfunden und die von Leidenschaft und Freude über Todesangst und abgrundtiefen Hass so ziemlich alle Möglichkeiten menschlichen Empfindens ausgelotet hatten; aber auch über die Vergangenheit, über die Geschichte Erdwelts und die Bedrohung, die ihnen daraus erwachsen war – und über die Rolle, die er selbst darin spielte.

Dass ihm gelungen war, was noch kein Mensch vor ihm geschafft hatte und was selbst vielen Elfen versagt blieb, die die Pforte Shakaras durchschritten, konnte er noch immer kaum glauben. Er war ein Zauberer! Kein Novize mehr und kein Aspirant, auch kein Eingeweihter, sondern ein vollwertiges Mitglied des Ordens, das alle drei Prüfungen abgelegt und für wert befunden worden war, einen eigenen *flasfyn* zu besitzen.

Lhurian nannten sie ihn nun …

Der Name war noch immer ungewohnt, aber er gefiel Granock, schon weil er zum Ausdruck brachte, was er empfand: Dass er sein früheres Leben, das er als heimatloser Dieb in den Menschenstädten gefristet hatte, endgültig hinter sich gelassen und seinem Dasein einen Sinn gegeben hatte.

Farawyn hatte einst angekündigt, ihm eine Welt zeigen zu wollen, die größer war als alles, was er sich vorzustellen vermochte – und er hatte recht behalten. In seinem noch jungen Leben hatte Granock Dinge gesehen, die die meisten Menschen niemals und auch viele Elfen nicht zu Gesicht bekamen; und er hatte an Ereignissen teilgenommen, die in die Chroniken Erdwelts eingehen würden. In diesen Tagen kam es Granock so vor, als hätte er seinen Platz in der Geschichte gefunden. Die düsteren Gedanken, die er in der Gefangenschaft Ruraks gehabt hatte, waren verschwunden.

Dass es so war, war vor allem auch Alannah zu verdanken, mit der zusammen er die andere Hälfte seiner freien Zeit verbrachte. Sie trafen sich in der Bibliothek oder im Eisgarten der Festung, wo sie sich stundenlang unterhielten und dabei erkannten, dass ihre Gedanken und ihre Seelen einander ähnlicher waren, als sie es je für möglich gehalten hätten. Granock gewährte der Elfin tiefe Einblicke in die menschliche Gefühlswelt, und Alannah wiederum sah es als ihre Aufgabe an, ihm die oftmals sehr viel distanziertere Sichtweise ihres Volkes näherzubringen. Schon sein Aufenthalt in Shakara hatte viele Vorurteile, die Granock einst gegen die Söhne und Töchter Sigwyns gehegt hatte, dahinschmelzen lassen. Jedoch erst Alannah gelang es, ihm den Zugang zur elfischen Seele zu öffnen.

Bisweilen, wenn ihre Gespräche eine besondere Tiefe erreichten und sie nicht wollten, dass sie von umherstreunenden Koboldsdienern belauscht wurden, die ihre Ohren überall hatten, pflegten sie ihre Unterhaltungen auch in ihren Kammern fortzuführen – so wie an dem Abend, an dem sie nach dem Nachtmahl in Alannahs Quartier zusammensaßen. Ursprünglich hatte die Elfin vorgehabt, Granock aus dem *Darganfaithan* vorzulesen, dem großen Heldenepos über die Herkunft und die Ursprünge ihres Volkes, und ihm ihre ureigensten Gedanken dazu mitzuteilen. Aber es war offensichtlich, dass sie etwas bedrückte, denn die alten Verse gingen ihr längst nicht so fließend über die Lippen wie sonst.

»Was hast du?«, fragte Granock.

Sie lächelte matt. »Du kennst mich inzwischen zu gut. Ich kann nichts mehr vor dir verbergen …«

»Was ist es?«, wollte er wissen.

»Es ist Aldur«, sagte sie leise. »Er wollte gen Süden zum väterlichen Hain, um im Kreis seiner Familie den *cyfárshaith* zu feiern, aber er ist noch immer nicht zurückgekehrt.«

»Ich weiß.« Granock nickte. »Aber du musst bedenken, dass der Weg weit ist. Und sagtest du nicht, dass derlei Feierlichkeiten viele Tage dauern könnten?« Er grinste frech. »Wir sollten froh sein, dass wir keine Familien haben.«

Sie erwiderte das Lächeln nur halbherzig. »Sicher hast du recht«, antwortete sie. »Aber er war so seltsam vor seiner Abreise, und das stimmt mich nachdenklich. Außerdem«, fügte sie leise hinzu, »vermisse ich ihn.«

»Ich vermisse ihn auch«, beteuerte Granock, »und in gewisser Weise auch nicht.«

»Wie meinst du das?«

»Nun – seit er Shakara verlassen hat, verbringen wir viel mehr Zeit zusammen, nicht wahr? Und ich habe das Gefühl, dass uns das beiden guttut.«

»Ja«, sagte sie nur, und rang sich erneut ein Lächeln ab, um dann sofort wieder ernst zu werden. »Granock, da ist etwas, worüber ich mit dir sprechen muss.«

»Das trifft sich gut«, versicherte er, »denn ich muss mit dir auch über etwas sprechen.«

Und ehe sie etwas entgegnen konnte oder er ein weiteres Wort sagte, nahm er, bestärkt durch die Vertrautheit der letzten Tage, seinen ganzen Mut zusammen, beugte sich vor und küsste sie sanft auf den Mund.

»Was … was tust du?« Sie schaute ihn aus großen Augen an. Ihr Blick verriet Überraschung, aber keine Entrüstung.

»Ich liebe dich, Alannah«, erklärte er, »vom ersten Augenblick an. Ich war ein verdammter Narr, dass ich dir das nicht schon viel früher gesagt habe.«

»Aber du bist Aldurs Freund.«

Er legte die Stirn in Falten. Mit mancher Erwiderung hatte er gerechnet, sogar mit brüsker Ablehnung – aber ganz sicher nicht damit. »Was hat das eine denn mit dem anderen zu tun?«, fragte er. »Natürlich ist Aldur mein Freund, ich würde jederzeit mein Leben für ihn einsetzen. Aber das ändert nichts daran, dass ich dich liebe. Aldur war es übrigens, der mir den Weg gewiesen hat, dir meine Gefühle zu offenbaren.«

»Wie das?«, fragte sie, nun doch mit einem Hauch von Bestürzung in der Stimme.

»Weißt du noch, was er vor dem Hohen Rat sagte? ›Man kann vieles verleugnen, aber nicht sein Herz‹ – damit hatte er nur zu recht.«

Die Elfin saß unbewegt auf der Kante ihres Lagers und sagte nichts – was Granock wiederum für eine unausgesprochene Aufforderung hielt. Noch einmal beugte er sich zu ihr und küsste sie. Zuerst zuckte sie zurück, aber dann begegneten sich ihre Lippen weich und warm und voller Leidenschaft.

»Nein, Granock«, flüsterte sie, aber ihre Worte und das, was sie tat, passten nicht zueinander. Ihre Hände strichen sanft und voller Zärtlichkeit über sein Gesicht, und auch er berührte sie, nicht wie ein guter Freund es tat, sondern voller Vertrautheit und Liebe.

»Das ist nicht gut, nicht gut«, hauchte sie – aber die Erregung, die ihre schlanke Gestalt durchlief und sie erbeben ließ, strafte ihre Worte Lügen.

»Nun? Hast du deinem Vater unsere Empfehlung ausgesprochen? Hast du den *cyfárshaith* gefeiert?« Der Blick, mit dem Farawyn Aldur musterte, war streng und überaus kritisch.

»Nein«, gab Aldur wahrheitsgemäß zurück.

»Weshalb nicht?«

»Weil ich nicht den Eindruck hatte, dass es etwas zu feiern gab«, erwiderte der junge Zauberer ausweichend. Ein Teil von ihm wollte dem Ältesten erzählen, was sich im väterlichen Hain zugetragen hatte, aber er tat es nicht. Vielleicht, zu einem späteren Zeitpunkt, wenn sich die Wogen geglättet hatten und er sich über seine eigenen Gefühle klar geworden war. Im Augenblick war alles zu verwirrend.

»Wie recht du hast.« Farawyn nickte. »Dein Auftreten vor dem Hohen Rat hat für erhebliche Unruhe gesorgt.«

»Tut es das nicht immer?«

Der Älteste schürzte die Lippen. »Offenbar«, sagte er, »verwechselst du Selbstsicherheit mit Arroganz. Das steht einem Zauberer schlecht zu Gesicht, Aldur.«

»Rothgan«, verbesserte dieser. »Ich bin kein Novize mehr.«

»Nein, das bist du nicht – dein Verhalten jedoch kann ich trotzdem nicht dulden. Du hast weder mir als dem Ältesten des Ordens noch dem Hohen Rat den gebührenden Respekt erwiesen!« Farawyns Gesichtszüge hatten sich verfärbt, und seine Stimme war laut geworden, was sie nur selten tat. »Woher rührt nur dieser Hochmut, Rothgan, der du dich einst Aldur nanntest?«

Aldur gab sich unbeeindruckt. Er hatte damit gerechnet, nach seiner Rückkehr sofort in die Kanzlei bestellt zu werden. Im Grunde hatte er es sogar darauf angelegt.

»Ich bin jetzt ein Zauberer und damit ein vollwertiges Mitglied dieses Ordens«, erklärte er ohne eine Spur von Reue. »Das bedeutet, dass ich berechtigt bin, an den Ratsmitgliedern Kritik zu üben.«

»Kritik, ja«, räumte der Älteste ein. »Aber es gibt Regeln, an die auch du dich zu halten hast.«

»Soll das heißen, dass ich mich von Gervan und seinen Speichelleckern schulmeistern lassen muss? Keiner von ihnen hat auch nur annähernd so viel für den Orden geleistet wie ich.«

»Das bestreite ich nicht – aber was erwartest du im Gegenzug? Ewige Dankbarkeit? Unterwürfigkeit? Das Leben eines Weisen, Rothgan, besteht darin, anderen zu dienen. Niemand genügt sich selbst, dies ist der Grund, warum wir in einer Gemeinschaft leben. Lass nicht zu, dass der Sieg, den du errungen hast, dein Urteilsvermögen trübt.«

»Das tut er nicht«, versicherte Aldur ruhig. »Im Gegenteil habe ich das Gefühl, die Dinge um vieles klarer zu sehen als früher. Ihr wisst doch, dass ich recht habe, oder nicht? Es muss einen feindlichen Spion in unseren Reihen geben. Und es gibt auch die vierte Pforte, und früher oder später wird der Dunkelelf sie benutzen.«

Farawyn schaute ihm prüfend ins Gesicht. Dabei entkrampften sich seine Züge. Sein Zorn auf Aldur schien nicht unbedingt nachzulassen, aber gemessen an seinen anderen Sorgen nahm er nur eine untergeordnete Rolle ein.

»Es spricht vieles für deine Argumentation, in der Tat«, stimmte er zu.

»Warum habt Ihr das nicht vor dem Hohen Rat gesagt? Warum habt Ihr unseren Standpunkt nicht verteidigt?«

»Weil ich das nicht konnte. Du selbst hast es mit deinen Äußerungen unmöglich gemacht. Außerdem hat die Erfahrung gezeigt, dass bestimmte Dinge besser im Verborgenen geregelt werden, ohne das Wissen des Rates.«

»Soll das heißen« – Aldur traute seinen Ohren nicht –, »dass Ihr mich gegen den Willen des Rates nach Crysalion schicken wollt? An die Fernen Gestade?«

»Nein.« Farawyn schüttelte den Kopf. »Nach allem, was geschehen ist, kann ich das nicht, ohne die Einheit des Ordens aufs Spiel zu setzen. Aber wenn sich ein junger Zauberer – oder auch mehrere – entschließen sollte, auf eigene Faust nach den Fernen Gestaden zu reisen, so steht es nicht in meiner Macht, dies zu verhindern.«

»Ich verstehe …«

»Ich kann dich nicht dazu zwingen, Aldur, und ich würde es auch niemals tun. Aber die jüngsten Ereignisse haben gezeigt, dass der Rat nicht in der Lage ist, auf Bedrohungen angemessen zu reagieren. Nurmorod existiert noch immer. Falls Margok den Zusammenbruch der Kristallpforte überlebt hat – und davon müssen wir ausgehen –, kann er sich dorthin zurückziehen und seine Wunden lecken. Wir dürfen nicht dulden, dass das Böse noch an einem weiteren Ort in Erdwelt Fuß fasst, ganz gleich, was der Rat dazu sagen mag.«

Aldur war verblüfft. Ihm war klar gewesen, dass Farawyn dem Rat kritischer gegenüberstand, als er es aufgrund seines Amtes sein durfte, aber die Deutlichkeit der Worte überraschte selbst ihn. »Ihr verachtet den Rat nicht weniger, als ich es tue.«

»Keineswegs«, wehrte Farawyn ab. »Ich verachte den Rat nicht – ich weiß nur, dass er wie alles auf dieser Welt nicht vollkommen ist. Das ist ein Unterschied, über den du nachdenken solltest.«

»Bin ich damit entlassen?«

»Noch nicht ganz.« Farawyn schüttelte den Kopf. »Eine Frage musst du mir noch beantworten.«

»Nämlich?«

»Zumindest in einer Hinsicht hatte Rat Gervan recht: Woher weißt du all diese Dinge über den Dreistern und die Kristalle? Und woher wusstest du, dass der Blutkristall, den du aus Nurmorod entwendet hattest, unter Hitzeeinwirkung instabil werden und solche Zerstörungskraft entfalten würde?«

»Ich wusste es nicht – es war Eingebung.«

»Eingebung«, echote der Zauberer und nickte langsam. »Du solltest nicht den Fehler begehen, dich zu überschätzen – und du solltest mich nicht unterschätzen. Du hattest von diesen Dingen Kenntnis, weil du darüber gelesen hattest, in Büchern, deren Inhalt dir eigentlich verboten war.«

»Keineswegs, ich ...«

»Das war es, was du damals in der Bibliothek getan hast, nicht wahr? In der Nacht vor eurer Abreise, als Meisterin Atgyva dich überraschte.«

Aldur holte Luft, um weiter alles abzustreiten, aber Farawyns kritischer Blick verriet ihm, dass dies keinen Sinn haben würde. Der Älteste hatte ihn durchschaut, womöglich mithilfe seiner Gabe. Es war also Zeit, das Versteckspiel zu beenden. »Ich wollte nicht, dass Ihr davon erfahrt«, gestand er leise. »Ich wollte Euch nicht damit behelligen, deshalb habe ich versucht, Euch zu täuschen.«

»Das ist dir zunächst auch gelungen«, gab der Zauberer zu. »Du hast damals die Unwahrheit gesagt, nicht wahr? Der Kristall hat dich nicht gerufen.«

»Nein«, gab Aldur zu. »Das habe ich nur gesagt, weil ich wusste, dass es Meisterin Atgyva sanfter stimmen würde. Jeder in Shakara weiß, wie sehr sie sich einen Nachfolger wünscht.«

»Wie hast du die Aufzeichnungen dann gefunden?«

»Riwanon hatte mir davon erzählt. Und Níobe hat mir dabei geholfen, die betreffenden Bücher ausfindig zu machen. Es gibt viel Tratsch unter den Koboldern.«

»Ich weiß«, sagte Farawyn nur. Was er von Aldurs Eigenmächtigkeit hielt, war nicht festzustellen.

»Ich war ehrlich zu Euch. Nun möchte ich, dass Ihr mir eine Frage beantwortet.«

»Nun?« Der Älteste schaute ihn herausfordernd an.

»Ich war der eigentliche Grund, nicht wahr?«, wollte Aldur wissen.

»Der Grund wofür?«

»Damals, in jener Nacht, als Ihr uns zu Euch bestelltet, um uns über Eure geheimen Pläne zu unterrichten, da habt Ihr Meisterin Maeve hinzugezogen.«

»Und?«

»Als Begründung führtet Ihr an, dass Ihr sie zur Ältesten wählen lassen wolltet, aber das war nicht die ganze Wahrheit, oder? Maeve war dabei, um meine Gefühle zu erforschen. Ihr habt mir misstraut, genau wie all die anderen im Rat.«

Farawyn seufzte tief. Was hinter seinen von Falten zerfurchten Zügen vor sich ging, war jedoch nicht zu erkennen. »Mein Junge«, sagte er leise, »wenn ich Dir misstraut hätte, hätte ich dich wohl kaum auf jene Mission entsandt.«

»Aber Ihr habt mir auch nicht Euer ganzes Vertrauen geschenkt.«

»So wenig, wie du mir das deine. Oder hast du schon vergessen, wie du versucht hast, mich zu manipulieren?«

Aldurs Gestalt straffte sich. »Worauf wollt Ihr hinaus?«

»Worauf wohl?« Farawyn schüttelte den Kopf. »Selbst jetzt versuchst du es noch zu leugnen, dabei ist es so offensichtlich. Du warst es, der den Kristall aus der Bibliothek entwendet und ihn mir zugespielt hat. Du und kein anderer!«

Der junge Elf stand wie vom Donner gerührt. »Woher wollt Ihr das wissen?«

»Meine Gabe verleiht mir die Fähigkeit, Dinge zu sehen, die anderen verborgen bleiben, wie du weißt. Und selbst, wenn es nicht so wäre, hätte ich ein ausgemachter Narr sein müssen, um die Zusammenhänge nicht zu durchschauen.«

Aldur presste die Lippen zu einem dünnen Strich zusammen. Ihm war klar, dass es nutzlos gewesen wäre, die Tat zu leugnen, also versuchte er es erst gar nicht. »Wieso«, fragte er mit versagender Stimme, »habt Ihr vor dem Rat nichts gesagt? Wenn Ihr all das wusstet …«

»Ich habe deine guten Absichten erkannt«, entgegnete Farawyn, »und ich habe gehofft, dass du deine Fehler einsehen würdest. Aber ich bin mir nicht sicher, was das betrifft.«

»Es ging mir nie darum, meine eigene Macht oder meinen Ruhm zu mehren, das müsst Ihr mir glauben.«

»Warum hast du den Kristall dann gestohlen?«

»Weil ich wollte, dass Ihr wisst, welche Möglichkeiten die Magie uns bietet, wenn wir es nur wagen, sie ganz auszuschöpfen. Die Macht der Elfenkristalle ist unermesslich. Wir könnten sie nutzen, um unseren Feinden die Stirn zu bieten.«

»Junger Narr«, knurrte Farawyn, »hast du wirklich geglaubt, dass ich diese Möglichkeiten nicht kenne? Dass ich auf einen gemeinen Diebstahl angewiesen bin, um ihrer gewahr zu werden?«

»Ihr kanntet den Inhalt der Schriften bereits?«, fragte Aldur ungläubig.

»Nicht im Detail. Aber ich wusste, wovon sie handeln.«

»Warum habt Ihr dieses Wissen dann nicht genutzt?«

»Sehr einfach, Junge – weil die Frage, die sich stellt, oftmals nicht lautet, ob man etwas tun kann, sondern ob man es tun *sollte*. Wenn du diesen Unterschied nicht verstehst, haben wir dir deinen Zauberstab womöglich zu früh verliehen. Die Magie, von der du gelesen hast, ist verbotene Magie. Wer sie benutzt, wird ihr früher oder später erliegen.«

»Ich nicht«, widersprach Aldur voller Überzeugung. »Ich kann sie kontrollieren!«

»Tatsächlich? So wie Qoray? Auch der Dunkelelf glaubte einst, die verbotene Magie zu beherrschen, aber noch während er sich ihrer zu bedienen glaubte, hat sie sein Innerstes zerfressen und einen Schatten seiner selbst aus ihm gemacht. Tod und Verderben sind seither seine Begleiter.«

»Dann sollten wir uns gegen ihn verteidigen, mit allen Mitteln, die uns zur Verfügung stehen«, beharrte Aldur. »Es wäre töricht, es nicht zu tun.«

»Töricht wäre es, sich auf etwas einzulassen, das man nicht einmal ansatzweise versteht. Nur ein Narr begibt sich auf eine Reise, deren Ziel er nicht kennt.«

»Aber ich würde das verbotene Wissen nur zum Guten benutzen …«

»… und wärst deshalb am meisten gefährdet, denn du durchschaust das Böse nicht. Vermutlich«, nahm Farawyn an, »hat auch Riwanon einst so gedacht wie du. Auch sie konnte nicht absehen, wohin ihre Reise sie führen würde. Ihr Ehrgeiz hat sie ebenso blind gemacht, wie er dich blind macht.«

»Und meine Mutter, nicht wahr?«

Schon einen Lidschlag, nachdem er die Worte ausgesprochen hatte, vermochte Aldur nicht mehr zu sagen, warum er es getan hatte. In seiner Wut und seiner Bedrängnis war es ihm richtig erschienen. Als er sah, was sie in Farawyns Gesicht anrichteten, beglückwünschte er sich innerlich dazu.

»Woher weißt du von deiner Mutter?«, fragte Farawyn nur. Auch noch der letzte Rest von Milde war aus seinen Zügen gewichen, die plötzlich um Jahrhunderte gealtert schienen. »Wer hat dir davon erzählt?«

»Mein Vater«, entgegnete Aldur hart. »Oder sollte ich ihn besser meinen Pflegevater nennen?«

Farawyns Miene wurde bleich. »Alduran«, flüsterte er, »du hast geschworen, es niemals zu verraten …«

»Er hat seinen Schwur gebrochen«, log Aldur, weil es ihm gefiel, den Ältesten plötzlich so betroffen zu sehen. »Aber seid unbesorgt«, fügte er mit gehässigem Grinsen hinzu, »ich werde schweigen wie ein Grab. Schließlich soll niemand erfahren, dass ich Palgyrs illegitimer Spross bin!«

Es war ausgesprochen.

Aldurs grässlichste Befürchtung war zu seiner schärfsten Waffe geworden. Augenblicke lang schien die Zeit in der Kanzlei stillzustehen, starrten sich die beiden nur gegenseitig an.

»Palgyr«, echote Farawyn.

»Entspricht es etwa nicht der Wahrheit?«, fragte Aldur provozierend. »Los doch, gebt es schon zu!«

Farawyn schüttelte traurig den Kopf. »Du junger Narr«, murmelte er betroffen, »wenn es so einfach wäre! Hast du denn bei allem, was geschehen ist, noch immer nicht begriffen, dass ich dein Vater bin?«

Nun war es Aldurs Gesicht, das zum Spiegel heftigster Reaktionen wurde. Das Lächeln bröckelte von seinen Lippen, die zur Schau gestellte Selbstsicherheit schwand, selbst seine Wut verpuffte.

»Nein«, sagte er und schüttelte den Kopf, trotzig wie ein Kind.

»Es ist die Wahrheit«, gestand Farawyn, »bei allem, was mir heilig ist. Deine Mutter war eine Zauberin, bedacht nicht nur mit der Gabe, die du von ihr geerbt hast, sondern auch mit grenzenloser Schönheit und einem Wesen sanft wie der Morgentau. Ich liebte sie von unserer ersten Begegnung an, aber natürlich behielt ich meine Gefühle für mich, denn sie war einem Zauberer namens Alduran versprochen. Als wir beide als Abgesandte Shakaras am königlichen Hof weilten, kamen wir uns dennoch näher.« Der Älteste lachte bitter auf angesichts der Erinnerung. »Ich verstehe dich gut, Junge, denn ich weiß, was es heißt, von verbotenen Früchten zu kosten und dabei ertappt zu werden.«

»Ihr wurdet entdeckt?«

»In der Tat.«

»Von wem?«

Farawyn schnaubte. »Von einem noch jungen, aber höchst ehrgeizigen königlichen Berater, der den Namen Ardghal trug«, erwiderte er dann. »Sein Ziel war es, den Einfluss des Ordens auf die Regierungsgeschäfte zu unterbinden, also nutzte er die Gunst der Stunde, um König Gawildor gegen uns aufzubringen – mit Erfolg. Ich wurde des königlichen Palasts verwiesen, die Verbindungen nach Shakara eingeschränkt.«

»Und meine Mutter?«

»Sie merkte bald, dass sie in jener Nacht, die wir zusammen verbracht hatten, ein Kind empfangen hatte. Dennoch kehrte sie zu

Alduran zurück, der ihr verzieh. Schon wenig später jedoch verlor sie ihr Leben, als sie ihrem Kind das seine schenkte. Vielleicht«, fügte Farawyn leise hinzu, »konnte sie es auch nur nicht ertragen, mit der Schande zu leben.«

Aldur nickte. So abwegig ihm einerseits erschien, was er hörte – Farawyns Angaben deckten sich genau mit denen Aldurans. Auf erschreckende Weise ergab alles Sinn, und von einem Augenblick zum anderen verstand Aldur vieles, was ihm eben noch ein Rätsel gewesen war.

Aldurans Beharrlichkeit und unnachgiebiges Wesen, was die Erziehung seines Sohnes betraf; sein Beharren darauf, dass Aldur stets der beste und tugendhafteste unter den jungen Elfen hatte sein müssen; und schließlich sein erklärtes Ziel, Aldur zum größten und mächtigsten Zauberer zu machen, den Erdwelt je gesehen hatte – all das entsprang letztlich nur dem Wunsch, dem Tod seiner Frau im Nachhinein noch einen Sinn zu geben. Seine Liebe zu ihr musste unendlich groß gewesen sein, dass er ihr die Untreue verziehen hatte – ebenso groß, wie der Druck, dem Aldur in all den Jahren ausgesetzt gewesen war …

»Es ist deine Schuld«, fuhr er Farawyn an. Jeder Respekt, den er einmal vor dem Ältesten des Ordens gehabt haben mochte, war verflogen, und er sah keinen Grund, die Fassade noch länger aufrechtzuerhalten. »Deine Schuld, Bastard!«

»Ich kann deine Wut gut verstehen«, beschwichtigte Farawyn, die Beleidigung einfach überhörend. »Du gibst mir die Schuld an allem, was dir widerfahren ist, und womöglich hast du sogar recht damit. Aber bedenke, Aldur, dass es dein Verlust war, der dich letztlich hierhergeführt hat, ans Ziel deiner Träume. Du bist ein Zauberer geworden.«

»Verdammt!«, schrie Aldur so laut, dass sich seine Stimme überschlug. Seine Hände ballten sich dabei gefährlich. »Warum glaubt jeder von euch, meine Träume zu kennen? Was weißt du schon, alter Mann? Was von dem, das ich durchleben musste?«

»Nichts«, gab Farawyn zu, auf Aldurs Fäuste starrend. »Aber ich weiß, dass du nichts tun solltest, was du im Nachhinein bereuen könntest.«

»Keine Sorge«, konterte Aldur und riss die Fäuste empor, kurz davor, einen vernichtenden Feuerball auf den Ältesten zu werfen. Wie oft, dachte er dabei, hatte er ihn »Vater« genannt, ohne sich der doppelten Bedeutung des Wortes bewusst zu sein! Ebenso oft, wie Farawyn es versäumt hatte, ihm bei diesen unzähligen Gelegenheiten die Wahrheit über seine Herkunft zu enthüllen.

Er kam sich verraten vor und hintergangen, und zumindest jener Teil von ihm, der Farawyn immer misstraut hatte, wollte den Ältesten bestrafen für seine Falschheit und seine Lügen. Augenblicke lang standen sie einander gegenüber, Aldur in Angriffshaltung, der Älteste mit abwehrbereit erhobenen Händen.

Aldur biss die Zähne zusammen und konzentrierte sich, wollte seinen Zorn und seine Frustration in einer feurigen Eruption bündeln und sie seinem Vater entgegenschleudern …

… aber er brachte es nicht über sich.

Stattdessen fuhr er auf dem Absatz herum und stürzte aus der Kanzlei, rannte hinaus auf den Korridor und schlug den Weg zu den Quartieren ein, um Zuflucht bei den einzigen Vertrauten zu suchen, die ihm geblieben waren.

Seinen Freunden.

Es war, als stünden sie unter einem Zauberbann.

Das Verbotene zu tun, sich endlich am Ziel seiner Wünsche zu sehen, versetzte Granock in eine Euphorie, wie er sie nie zuvor gekannt hatte.

Es war nicht zu vergleichen mit dem, was er im Dschungel Aruns erlebt hatte, als ihn Alannahs Ebenbild besucht hatte. Damals war es reine Wollust gewesen, hatten seine körperliche Begierde in Form des Baumgeists Gestalt angenommen. Diesmal jedoch war es, als fänden nicht nur ihre Körper, sondern auch ihre Seelen zueinander.

Den Mund auf ihre bebenden Lippen gepresst, konnte Granock Alannahs schlanke Gestalt fühlen, die sich verlangend an ihn drängte, und wie selbstverständlich glitt seine Hand an ihre Brust und liebkoste ihre weiblichen Formen. Sie erschauderte wohlig unter seiner Berührung und gab ein Seufzen von sich, das seinen tiefsten Sehnsüchten Ausdruck zu verleihen schien.

Seine Lippen wanderten an ihrem schlanken Hals hinab, überzogen ihre alabastergleiche Haut mit unzähligen Küssen. Dann machte er sich an der Verschnürung ihres Kleides zu schaffen, konnte es nicht erwarten, sie endlich so vor sich zu sehen wie bei ihrer allerersten Begegnung, als er ihre vollendeten Formen im Gegenlicht der Kristalle gesehen hatte, einer Vision gleich, einer Verheißung …

»Granock! Liebster Granock …«

Ihre Stimme, die unentwegt seinen Namen flüsterte, klang wie eine Melodie in seinem Ohr, während er ihre Schulter entblößte und sie liebkoste. Sein Verlangen war erwacht und drängte ihn dazu, weiterzumachen und endlich in Wirklichkeit zu erfahren, wovon er stets nur geträumt hatte.

Aber es kam nicht dazu.

Denn Alannah, die sich eben noch weich wie Bienenwachs an ihn geschmiegt hatte, erstarrte plötzlich in seiner Umarmung und verkrampfte sich so, dass er von ihr abließ.

»Was …?«, fragte er sanft, als er das Entsetzen in ihren Augen sah, die nicht auf ihn gerichtet waren, sondern an ihm vorbei zur Tür blickten – und noch ehe Granock sich umwandte, wusste er, dass dort Aldur stand.

»Endlich bist du …«, begann er, aber die Worte blieben ihm im Hals stecken wie Erbrochenes, als er den Elfen erblickte.

Aldur starrte sie beide an, als hätte er sie noch nie zuvor gesehen. Seine Augen lagen dabei so tief und dunkel in ihren Höhlen, dass seine schmalen Gesichtszüge etwas von einem Totenschädel hatten. Kälte schien ihn zu umgeben, eine Aura des Unheimlichen, die auch Alannah fühlte.

»Aldur«, hauchte sie, während sie sich von Granock abwandte und von ihrem Lager erhob.

»In der Tat«, sagte er mit tonloser Stimme, die voller Bitterkeit und Vorwurf war. »So dankst du mir also meine Freundschaft? So das Vertrauen, das ich in dich gesetzt habe? Meine Treue?«

Granocks Blick schwenkte von seinem Freund zu Alannah, die zu seinem Unbehagen schuldbewusst das Haupt senkte.

»Sieh nicht sie an, sieh mich an!«, herrschte Aldur ihn an. »Kaum bin ich nicht hier, vergreifst du dich an meiner Geliebten! Ist es das, was ihr Menschen unter Freundschaft versteht?«

»Deine Geliebte?« Erneut ging Granocks fragender Blick zu Alannah, die es jedoch nicht über sich brachte, ihm in die Augen zu sehen, sondern stumm zu Boden starrte. »Sag, dass das nicht wahr ist …«

»Was denn?«, spottete Aldur. »Willst du behaupten, du hättest es nicht gewusst?«

»Natürlich nicht!« Granocks Blick war noch immer auf Alannah gerichtet. »Warum hast du nicht …?«

»Gib ihr nicht die Schuld für etwas, das du selbst verbrochen hast, Mensch!«, brüllte Aldur. »Es spielt keine Rolle, ob du es wusstest oder nicht – es steht dir nicht zu, deine unwürdigen Finger nach einer Tochter Sigwyns auszustrecken. Oder glaubst du, nur weil Farawyn und der Rest dieser vergreisten Bande dich zum Zauberer ernannt haben, darfst du dir nun alles herausnehmen?«

»N-nein«, versicherte Granock, der sich so übertölpelt vorkam, dass er weder auf die Vorwürfe noch auf die Beschimpfungen angemessen reagieren konnte. Soeben wähnte er sich noch von einer Woge des Glücks getragen, nun hatte er das Gefühl, in einen bodenlosen Abgrund zu stürzen.

»Margok hat es mir gesagt, aber ich wollte es nicht wahrhaben«, zeterte Aldur weiter, dessen Züge sich vor Wut und Eifersucht verzerrten. »Ich glaubte an unsere Freundschaft und daran, dass wir Brüder wären, ungeachtet aller Unterschiede, die uns trennen – was für ein Narr ich doch gewesen bin!«

»Aber ich bin dein Freund«, beeilte sich Granock zu versichern. »Wenn du doch nur …«

»Freundschaft?«, echote der Elf und lachte freudlos auf. »Deinesgleichen weiß nicht, was das ist. Der Krieg hat mir die Augen geöffnet. Ich durchschaue dich jetzt, Granock, und ich kenne deinen Plan. Es ging dir von Anfang an darum, meinen Platz einzunehmen, nicht wahr? Zuerst hast du alles darangesetzt, mir den Vater zu nehmen, mit dem dich so vieles zu verbinden scheint, und nun willst du auch noch Alannah.«

»D-dein Vater?« Granock verstand kein Wort. »Wovon, verdammt noch mal, sprichst du?«

»Ich hätte es wissen müssen. Ich hätte ahnen müssen, dass man einem Menschen nicht trauen darf, aber ich bin blind und töricht gewesen. Zum Glück hast du mir rechtzeitig die Augen geöffnet.«

»Aldur«, ächzte Granock, »ich versichere dir …«

»Schweig«, fuhr der Elf ihn an, »ehe ich mich vergesse!«

»Aber ich …«

Statt noch etwas zu erwidern, hob Aldur beide Hände, bereit, einen Feuerstoß auf Granock zu entlassen, der zu verwirrt und entsetzt war, um sich zu verteidigen.

»Nein!«, schrie Alannah mit Tränen in den Augen und stellte sich schützend vor ihren menschlichen Freund. »Tut das nicht …!«

Einige Atemzüge lang verharrte Aldur unentschlossen. Wild hob und senkte sich seine Brust unter seiner Robe, wütend starrte er Alannah an. »Wie ich sehen kann«, stieß er hervor, »hast du deine Wahl bereits getroffen.«

Damit wandte er sich ab und verließ die Kammer.

In Tränen ausbrechend, eilte Alannah ihm hinterher. Auch Granock folgte, benommen wie nach einem schweren Schlag auf den Kopf.

»Aldur! Aldur …!«

Der Elf blieb auf dem Gang stehen und wandte sich um. Sein Zorn jedoch war ungebrochen. »Was willst du noch, Alannah?«

»Dir sagen, dass ich dich liebe«, antwortete sie leise, mit tränenerstickter Stimme.

Er lachte bitter auf. »Du hast fürwahr eine seltsame Art, mir das zu zeigen!«

»Das wollte ich nicht«, versicherte sie. »Es war nur ein flüchtiger Augenblick …«

»Unsinn!«, schrie Aldur sie an, dass sich seine Stimme überschlug. »Schon die ganze Zeit über ahnte ich, dass du etwas für ihn empfindest. All diese Dinge, die du gesagt hast … Aber du hast es abgestritten, wieder und wieder!«

»Das ist nicht wahr«, beteuerte sie unter Tränen. »Ich wusste bislang nicht, was ich empfinde …«

»Nein?« Abgrundtiefe Bitterkeit sprach aus seiner Stimme. »Wie kommt es dann, dass ich es längst bemerkt habe? Entweder bist du eine Närrin oder eine schlechte Lügnerin, Alannah. Für mich war offensichtlich, dass du ihn liebst.«

»Ebenso wie ich dich liebe«, beteuerte sie.

»Wie kannst du das?« Aldur funkelte Granock, der atemlos dabeistand und nicht wusste, was er sagen sollte, zornig an. »Wir beide sind so unterschiedlich wie die Kräfte, über die wir gebieten, wie also kannst du uns beiden zugetan sein?«

»Ich … ich …« Sie schüttelte den Kopf, wusste nicht, was sie erwidern sollte. »Es tut mir leid, Aldur. Ich wollte dich nicht verletzen – und ich will dich nicht verlieren …«

»Hast du das auch ihm gesagt?«

»Nein.« Sie blickte schuldbewusst zu Boden.

»Dann beweise es«, verlangte er.

»Wie?«

»Komm mit mir«, forderte er sie auf.

»Wohin?«, wollte Granock wissen, der erst jetzt die Sprache wiederfand.

»Wo du sie nicht erreichen kannst, Verräter«, beschied Aldur ihm kalt.

»Du nennst mich einen Verräter?«

»Allerdings – genau wie jene, die das Vertrauen des Königs hintergangen und sich mit den Orks verbündet haben. Du bist wie sie, und vermutlich kannst du noch nicht einmal etwas dafür. Verrat liegt in eurer Natur, ihr könnt wohl nicht anders.«

Granocks Züge hatten sich in eine reglose Fassade verwandelt, an der er Aldurs Worte ohne erkennbare Wirkung abprallen ließ – in seinem Inneren jedoch verletzten sie ihn bis ins Mark. Hätte jener Aldur, den er kurz nach seiner Ankunft in Shakara kennengelernt hatte, sie gesprochen, hätte es ihn nicht weiter verwundert. Sie allerdings aus dem Mund des Freundes zu hören, erschütterte ihn zutiefst.

»Ich dachte, wir wären Brüder«, sagte er leise.

»Das dachte ich auch – aber Brüder verraten einander nicht.«

»Bist du denn aufrichtig zu mir gewesen?«, fragte Granock dagegen. »Ich wusste ja nicht einmal, dass Alannah und du …«

»Weil es dich nichts anging, Mensch!«, herrschte Aldur ihn an. »Dabei hätte ich ahnen müssen, dass du in deinem Neid und deiner Eifersucht genau das haben willst, was mein ist. Wie konnte ich nur jemals annehmen, dass du mir ebenbürtig bist?«, fügte er gehässig hinzu.

»Nein!«, rief Alannah aus, während sie flehend von einem zum anderen blickte. »Bitte nicht! Ich will nicht, dass eure Freundschaft an mir zerbricht!«

»Dich trifft keine Schuld«, war der Elf überzeugt. »Wo keine Freundschaft ist, kann sie auch nicht zerbrechen.«

»So ist es wohl.« Granock straffte sich.

»Für wen von uns wirst du dich also entscheiden?«, wandte sich Aldur ungerührt an Alannah.

»Ich … ich kann nicht …«, stammelte sie.

»Du musst, eine andere Möglichkeit gibt es nicht.« Er streckte die Hand aus. »Komm mit mir, Alannah.«

»Nein«, widersprach Granock. »Ich bitte dich, tu es nicht. Bleib bei mir …«

Eine endlos scheinende Weile lang stand sie zwischen den beiden, wandte sich bald dem einen, dann wieder dem anderen zu, während die Tränen ungehemmt über ihre Wangen rannen.

Schließlich trat sie auf Granock zu.

»Alannah«, flüsterte er und schöpfte jähe Hoffnung – aber der matte Blick ihrer Augen sagte ihm, dass er verloren hatte.

»Es tut mir leid, Granock«, flüsterte sie kaum vernehmbar. »Bitte verzeih mir …«

Ein letztes Mal begegneten sich ihre Blicke, dann wandte sie sich ab und reichte Aldur ihre Hand, der sich wortlos umdrehte und sie fortzog.

»Nein!«, rief Granock, und ein jäher Impuls drängte ihn dazu, von seiner Fähigkeit Gebrauch zu machen und die Zeit anzuhalten – aber ihm war klar, dass auch seine Gabe ihm nicht dabei helfen würde, etwas zu halten, das nicht von Bestand war. So sah er hilflos zu, wie sie den Gang hinab verschwanden.

»Alannah!«, schrie Granock außer sich und konnte die Tränen nicht länger zurückhalten. »Alannah …!«

Aber sein Rufen verhallte unerwidert auf dem Korridor.

Epilog

Die Geräusche waren entsetzlich.

Panisches Heulen und durchdringende Schreie, dann das Schmatzen der Pfähle, die durch mit grüner Haut überzogenes Fleisch und weiche Gedärme getrieben wurden, um schließlich aufgerichtet und entlang der Passstraße aufgereiht zu werden.

Niemand, der an diesem Tag dabei gewesen war, würde diese Laute jemals wieder vergessen.

Die Zwerge nicht, die das Mordhandwerk ohne Federlesens verrichteten.

Die Elfenkrieger nicht, die zur Anhängerschaft des Dunkelelfen gehörten und in ihren dunklen Roben kaum gegen den grauen Fels auszumachen waren.

Und auch Rurak nicht, auf dessen Geheiß das blutige Spektakel vonstattenging.

Aber nach all den anderen Geschehnissen, die sich ins Gedächtnis und in die Züge des abtrünnigen Zauberers eingebrannt hatten – und das im wörtlichen Sinn –, waren die Todesschreie der Orks wie Balsam auf seinen geschundenen, von den Schmerzen der Niederlage getriebenen Geist.

Ungerührt sah er zu, wie ein Pfahl nach dem anderen errichtet wurde, an dessen Ende ein zappelnder und sich wie von Sinnen gebärender Unhold aufgespießt war. Wie viele solcher Pfähle seine Handlanger bereits aufgestellt hatten, vermochte er nicht zu sagen, er hatte längst aufgehört zu zählen. Doch die Tatsache, dass die Zwerge bereits seit dem frühen Morgen bei der Arbeit waren und ein bizarres Spalier gepfählter grüner Körper sich den gesamten Pass bis zur Blutfeste hinaufzog, sprach in dieser Hinsicht Bände.

Der Zauberer hatte sie gewarnt.

Er hatte den Unholden gesagt, dass er, wenn sie sich nicht an ihren Teil der Abmachung halten und bis zum letzten Atemzug kämpfen würden, sich fürchterlich an ihnen rächen würde; dennoch hatten sie sich von ihm abgewandt.

Nachdem die Kristallpforte zusammengebrochen und der Dunkelelf in ferner Unendlichkeit verschwunden war, waren die Orks von panischer Furcht ergriffen worden. Zwar pflegten die Krieger der Modermark herkömmlichen Gegnern, die mit dem Schwert in der Hand kämpften, stets furchtlos entgegenzutreten; Magie und Zauberei hingegen begegneten sie mit Furcht und Argwohn, was womöglich auf ihre Herkunft zurückzuführen war. Diese Urangst gegenüber allem Übernatürlichen hatte schließlich obsiegt und sie reihenweise in die Flucht geschlagen, ihrem Schwur zum Trotz. Und Rurak rächte sich dafür auf seine Weise …

»Nun?«, erkundigte er sich bei dem Ork, der neben ihm auf dem Boden lag, mit rostigen Ketten zu einem Bündel verschnürt. »Ich hatte dir angekündigt, was geschehen würde, wenn ihr den Dunkelelfen verratet. Nun sieh dir an, was der Lohn deiner Feigheit ist, Borgas.« Der Zauberer, dessen von tiefen Falten durchzogene Gesichtshaut an einigen Stellen schwarz verbrannt war und sich an anderen ganz aufgelöst hatte, deutete die Straße hinauf, wo sich der Wald der aufgespießten Leiber erstreckte, bis empor zur Blutfeste, deren Türme sich als Schemen vor der glutroten Dämmerung abzeichneten.

»Der Herrscher der Modermark wolltest du werden«, fuhr Rurak fort, »nun hast du nicht nur dein Ende besiegelt, sondern auch das deines Stammes. Die Sippe der Knochenbrecher wird ausgerottet, niemand wird sich mehr an sie erinnern. So pflegt Margok mit allen zu verfahren, die ihn verraten.«

»Gnade«, flehte der Ork, dessen gelbe Augen vor Panik von dicken schwarzen Adern durchzogen waren. »Ich kann nichts für die Feigheit meiner Krieger, Zauberer! Ich habe versucht, sie aufzuhalten …«

»Eine Weile lang, vielleicht«, räumte Rurak ein, »aber dann hast auch du die Flucht ergriffen und damit den Sieg endgültig aus den Händen gegeben. Als die Orks zu fliehen begannen, brach auch der Widerstand der Menschen zusammen, und sie wurden von den Elfenlegionären überrannt und aufgerieben. Ihr Anführer Ortwein ist tot, ebenso wie die meisten Unterführer. Du hingegen bist noch am Leben, Borgas, und das zeigt mir, dass du deinen Teil der Abmachung nicht erfüllt hast.«

»D-dass ich in Kuruls Grube springe, war nie vereinbart, Zauberer«, gab der Ork zu bedenken, wobei seine kleinen Augen listig zwinkerten. »Womöglich bin ich dir lebend nützlicher als tot ...«

»Du? Mir nützlich?« Rurak schüttelte den Kopf, wobei sich sein Mund vor Verachtung verzerrte. »Du hast es noch immer nicht begriffen. Ob du am Leben bist oder tot, spielt für den Dunkelelfen keine Rolle. Glaubst du im Ernst, ich hätte dich ausgesucht, weil du ein besonders kluges Exemplar deiner Gattung wärst? Oder ein besonders tapferes? Die Wahrheit ist, dass ich auch jeden anderen Häuptling hätte nehmen können, der auch nur annähernd so dumm und so gierig ist wie du. Und das macht dich ersetzbar, Borgas, denn Dummheit und Gier sind unter Deinesgleichen weitverbreitet.«

»Korr«, räumte der Ork ein, dessen Augen immer panischer in ihren Höhlen umherzuckten. Gerade wurde einem seiner *faihok'hai* ein Spieß durch die Innereien getrieben, worauf er in erbärmliches Gegrunze verfiel. »Dennoch solltest du es dir gut überlegen, mich zu töten.«

»Willst du mir drohen?«

»Douk, aber mein Name hat Gewicht in der Modermark. Wenn es darum geht, ein neues Heer aufzustellen ...«

»Dein Name«, beschied ihm der Zauberer, »ist nur noch einen *shnorsh* wert, seit du vom Schlachtfeld geflüchtet bist. Außerdem gibt es jenseits des Dämmerwaldes Orks, die noch nie in ihrem Leben etwas von dir oder den Knochenbrechern gehört haben. Wenn der Dunkelelf ein neues Heer aufstellt – und das wird schon bald geschehen-, wird er sich ihrer bedienen, und eher wird er

Trolle, Gnomen und Warge unter sein Banner rufen, als einer Made wie dir noch einmal zu vertrauen. Wir hatten eine Abmachung, Borgas …«

»Ich habe meinen Teil erfüllt«, beeilte sich der Häuptling zu versichern. »Ich habe dir ein Heer geliefert …«

»Von dieser Abmachung spreche ich nicht«, wehrte Rurak ab. »Ich sagte dir, dass ich, wenn Ihr nicht mit vollem Einsatz für den Dunkelelfen kämpfen würdet, dich und deinen ganzen verkommenen Haufen pfählen lassen würde – und anders als du pflege ich meine Versprechen einzuhalten.«

Grässliches Geschrei erklang, als der Ork, der neben Borgas gelegen hatte, wie er an Klauen und Füßen gefesselt, hochgerissen und aufgespießt wurde – und spätestens jetzt dämmerte dem Häuptling der Knochenbrecher, dass es dem Zauberer nicht darum ging, ihn einzuschüchtern …

»Das könnt ihr nicht tun!«, schrie er. »Ich bin Borgas von den Knochenbrechern, Häuptling der Modermark!«

»Falsch«, beschied Rurak ihm hasserfüllt. »Du hättest der Herrscher der Modermark werden können. In wenigen Augenblicken wirst du allerdings nur noch ein Klumpen grünen Fleisches sein, das den Raben als Futter dient.«

»Aber ich will nicht in Kuruls Grube!«

»Das hättest du überlegen sollen, ehe du den Dunkelelfen verraten hast«, erwiderte der Zauberer hart – und im nächsten Augenblick war es soweit.

Die Zwerge kamen und schleppten den Ork zur Hinrichtungsstätte, wo der sandige Boden bereits von dunklem Blut getränkt war. Borgas schrie, als er den Speer erblickte, dessen Spitze im letzten Licht des Tages leuchtete, und spätestens, als das Eisen mit wuchtigen Hammerschlägen in seinen Leib getrieben wurde, ging ihm auf, dass er mit der falschen Seite paktiert hatte.

Rurak vernahm sein Gebrüll mit grimmiger Genugtuung. Er hatte gehört, dass diejenigen Orks, die seiner Rache entgangen waren und sich in die hintersten Winkel des Schwarzgebirges geflüchtet hatten, ihm einen Beinamen verliehen hatten.

Rurak kro-blor nannten sie ihn.

Rurak den Schlächter.

Der Zauberer war sicher, dass ihm dieser Name bei allen zukünftigen Unternehmungen vorauseilen und es kein Unhold mehr wagen würde, sich seinem Willen zu widersetzen.

Niemals wieder.

ENDE

DIE
ZAUBERER
DAS DUNKLE
FEUER

Personae Magicae

Zauberer

Farawyn	Ältester des Hohen Rates
Gervan	sein Stellvertreter
Lhurian	ehedem Granock, Zaubermeister
Thynia	ehedem Alannah, Zaubermeisterin
Rothgan	ehedem Aldur, Zaubermeister
Syolan	Chronist von Shakara
Cysguran	Sprecher des linken Flügels
Simur	Sprecher des rechten Flügels
Tarana	Meisterin, Botschafterin in Tirgas Lan
Filfyr	Meister, Ratsmitglied
Lonyth	Meister, Ratsmitglied
Atgyva	Bibliothekarin von Shakara
Tavalian	ein heilkundiger Zauberer
Sunan	Zaubermeister
Awyra	Zaubermeisterin
Rurak	abtrünniges Ratsmitglied

Elfen

König Elidor	Herrscher des Elfenreichs
Caia	seine Konkubine
Fürst Ardghal	ehemaliger königlicher Berater

Mangon	Lordrichter von Tirgas Lan
Nimon	Aspirant in Shakara
Una	Aspirantin in Shakara
Eoghan	Aspirant in Shakara
Fürst Narwan	königlicher Berater
Larna	Eingeweihte in Tirgas Lan
Fylon	Schatzmeister von Tirgas Lan
General Irgon	Oberbefehlshaber des Elfenheeres
Párnas	Statthalter von Tirgas Dun
Yaloron	sein Minister
Nyrwag	Befehlshaber der Stadtwache
Cian	Tuchhändler aus Tirgas Dun
Alurys	Hauptmann im Elfenheer
Íomer	Späher der Waldelfen

Menschen

Lady Yrena	Herrin von Andaril
Hinrik	ein Höfling
Gandor	Söldnerführer
Baldrick	Novize in Shakara

Kobolde

Argyll	Diener Farawyns
Ariel	Diener Granocks
Níobe	Dienerin Aldurs
Colm	Diener des Hohen Rates

Zwerge

Runar	Abgesandter des Zwergenkönigs
Thanmar	Anführer der Dunkelzwerge

Orks

Rambok	Botschafter in Shakara, Vorfahr zweier später sehr bekannter Orks

Prolog

Der zweite Krieg der Völker hatte begonnen.

Zuerst war er nur ein ferner Schrecken gewesen, ein Schatten, der auf uns fiel und an dem wir uns nicht störten, so lange die Sonne hoch am Himmel stand. Doch in dunklen Nächten ahnten wir bereits, dass die Geschichte sich ändern würde und umwälzende Ereignisse bevorstanden. Und schließlich versank das Licht am Horizont der Zeit.

Dunkelheit brach über uns herein.

Und mit der Dunkelheit kam die Furcht.

Natürlich gab es auch solche, die diese Entwicklung vorausgesehen hatten. In all den Jahren hatten sie uns gemahnt, hatten vorausgesagt, dass der immerwährende Friede, nach dem wir uns sehnten, nur ein Traum sei und das Erwachen schrecklich würde. Aber die meisten taten diese Warnungen als Hirngespinste ab und entgegneten, dass es besser sei, einen Tag in Frieden zu verbringen, als ein ganzes Leben im Krieg. Ihre Stimmen sind längst verstummt, denn im Zuge der dramatischen Ereignisse, die über uns hereinbrachen, wurde auch dem letzten von uns klar, dass ein neues Zeitalter angebrochen war, in dem wir entweder um unseren Platz in der Geschichte kämpfen oder von ihr verschlungen werden würden.

Die Jahrhunderte währende Ära des Friedens war unwiderruflich zu Ende, ertränkt in Strömen von Blut, und schon bald erschien sie uns nur noch wie ein vager, unwirklicher Traum, dem wir uns hingegeben hatten in der Hoffnung auf eine bessere Welt.

Diese Hoffnung war gescheitert.

Geblieben war der Kampf um das nackte Überleben.

Vier Jahre waren vergangen seit jener schicksalhaften Schlacht im Flusstal, bei der das Böse sich offenbart und der Feind sein wahres Gesicht gezeigt hatte. Margok der Dunkelelf, dessen düstere Taten die Welt schon einmal in einen verheerenden Krieg gestürzt hatten, war zurückgekehrt, schrecklicher und mächtiger als je zuvor, und wie damals waren Tod und Vernichtung sein Gefolge.

Durch Rurak, ein verräterisches Mitglied des Zauberordens, wurde die Rückkehr des Dunkelelfen vorbereitet; durch Riwanon, eine weitere Magierin, die der Finsternis verfiel, wurde sie vollendet. Lange Zeit wirkte Margok im Verborgenen. Nurmorod, eine vergessene Drachenfeste tief im Süden Erdwelts, wurde sein geheimer Schlupfwinkel. Von dort aus bereitete er seinen Krieg gegen das Elfenreich vor – und gegen alles, was lebt.

Mit Ruraks Hilfe wiegelte er die Feinde des Reiches auf, nicht nur die Unholde, die er selbst einst ins Leben gerufen hatte und deren Nachkommen die unwirtlichen Lande jenseits des Schwarzgebirges bewohnen, sondern auch die Menschen, die frei sind in ihrer Entscheidung zwischen Gut und Böse, aber von niederen Trieben beherrscht werden.

Mit ihrer Hilfe formierte er ein Heer, das er mit Waffen ausstattete, wie sie noch niemals in Erdwelt gesehen worden waren, Mordmaschinen, angetrieben von magischer Kraft. Im Flusstal, das vor Urzeiten schon einmal Schauplatz einer Schlacht zwischen den Mächten des Lichts und der Finsternis gewesen war, kam es zur Konfrontation.

Margoks Heer traf auf die Verteidiger des Elfenreichs, die den Invasoren entgegentraten. Doch so tapfer die Legionen König Elidors auch kämpften – der Sieg wäre ihnen nicht vergönnt gewesen, hätten nicht die Weisen von Shakara in den Kampf eingegriffen.

In einer Erneuerung des Bundes, der in alter Zeit zwischen Königen und Zauberern geschlossen worden war, vereinten Elidor, Herrscher des Elfenreichs, und Farawyn, Ältester des Ordens von Shakara, ihre Kräfte, und nur dem Einsatz der Zauberer war es zu verdanken, dass der Ansturm der feindlichen Horden aufgehalten werden konnte. Der eigentliche Sieg jedoch wurde nicht auf dem Schlachtfeld errungen, sondern jenseits der feindlichen Linien, wo sich drei Eingeweihte des Zauberordens in der Gewalt des Dunkelelfen befanden. Indem sie dem Bösen trotzten, gelang es ihnen, Margoks Pläne zu durchkreuzen, und als Gegenleistung ernannten wir sie zu Meistern des Ordens und gaben ihnen Namen, die ihren Fähigkeiten entsprechen.

Aus Alannah, die kraft ihrer Gedanken das frostige Element zu erzeugen vermag, wurde Thynia, Blume des Eises.

Aus Aldur, dem ehrgeizigen Spross des Alduran, dessen Fähigkeit darin besteht, lodernden Flammen zu gebieten, wurde Rothgan, der mit dem Feuer spricht.

Aus Granock schließlich, dem ersten Menschen, der die Pforte Shakaras durchschritten hatte, wurde Lhurian, gemäß seiner Gabe, über die Zeit zu verfügen.

Doch obwohl wir dies taten und ihre Namen fortan mit Dankbarkeit und Respekt aussprachen, blieb ein Gefühl von Unbehagen – denn wir alle ahnten, dass für den Sieg im Flusstal ein hoher Preis entrichtet worden war.

Damals hofften zumindest einige von uns, der Triumph sei endgültig und Margok mitsamt seinen Horden geschlagen worden – heute wissen wir, dass der Kampf am Siegstein nur die erste Schlacht von vielen war, das erste Glied einer Kette der Gewalt, die noch mehr Elend hervorrufen und immer neue Opfern fordern sollte, auch unter den Zauberern.

Und das Morden dauert noch immer an …

Aus der Chronik Syolans des Schreibers
Buch III, Reflexionen

BUCH 1

GYALAS RHYFANA
(Fremdes Land)

1. PELAI GLIAN

In der Nacht des Bruchs

In der Kristallkammer der Ordensburg von Shakara herrschte Schweigen. Wortlose Stille, die eingetreten war, nachdem schmerzliche Wahrheiten ans Licht gekommen waren.

Wahrheiten über Freunde.

Wahrheiten über Liebende.

Wahrheiten über Väter und Söhne …

Alannah empfand das Schweigen als Qual. Unstet wechselte der Blick der Elfin zwischen Farawyn, dem Ältesten des Zauberordens, und ihrem Geliebten Aldur hin und her. Die Spannungen waren deutlich zu spüren, dennoch vermochte Alannah nicht zu sagen, was zwischen ihnen vorgefallen war.

Beide musterten einander mit Blicken, die kälter waren als das sie umgebende Eis der Ordensburg. Farawyns energische Gesichtszüge hatten sich verfinstert, seine dunklen, sonst so wachen Augen waren milchig und trübe. Den Zauberstab aus Lindenholz hielt er wohl nicht nur als Zeichen seines Standes in den Händen – er brauchte ihn, um sich darauf zu stützen.

Aldur stand ihm in unverhohlener Ablehnung gegenüber, das lange blonde Haar zum Schweif gebunden und das kantige Kinn trotzig vorgereckt. Auch er hatte seinen *flasfyn* bei sich, der genau wie Alannahs aus Elfenbein gefertigt war. Erst vor Kurzem hatten sie ihre Zauberstäbe erhalten, zusammen mit ihrer Ernennung zum Meister. Doch die Freude darüber war längst verblasst.

Noch war Alannah schockiert von den Ereignissen, die dazu geführt hatten, dass sie nun hier stand, in der Kammer des *serentir*, und darauf wartete, dass die Kristallpforte sich öffnete. Als Kind der Ehrwürdigen Gärten hatte sie nie damit gerechnet, jemals nach Shakara zu gelangen und eine Magierin zu werden – ebenso wenig wie sie damit gerechnet hatte, die Ordensburg schon so bald zu verlassen.

Und so endgültig …

»Bist du sicher, dass du diesen Schritt wirklich wagen willst?«, fragte Farawyn Aldur. Zwar brach er damit das Schweigen, aber die bedrückende Stimmung blieb bestehen. Beklommen stellte Alannah fest, dass der Älteste nicht als der väterliche Freund zu ihnen sprach, der er ihnen früher stets gewesen war, sondern als ihr Vorgesetzter. Kühl. Abweisend.

Aldurs Antwort fiel entsprechend aus. »Hätte ich mich andernfalls wohl erboten, diese Aufgabe zu übernehmen?«, hielt er dagegen, und die Respektlosigkeit, mit der er es tat, entsetzte Alannah nur noch mehr.

Die Elfin hörte die tiefe Verletztheit, die in den Worten ihres Geliebten schwang, und fragte sich zum ungezählten Mal, was Farawyn ihm angetan haben mochte. Eine Antwort erhielt sie freilich nicht, aber obwohl sie den Grund für Aldurs Verhalten nicht kannte, hatte sie eingewilligt, ihn auf die bevorstehende Mission zu begleiten.

Zum einen, weil sie wusste, dass es notwendig war.

Zum anderen, weil ihr schlechtes Gewissen sie dazu drängte …

»Und wenn eintritt, was du befürchtest?«, erkundigte sich Farawyn prüfend.

»Dann werde ich tun, was nötig ist«, erwiderte Aldur steif. »In den alten Schriften ist von einer Vorrichtung die Rede, die die Fernen Gestade vor fremdem Zugriff schützen soll. Zwei Zauberer werden benötigt, um den *tarian'y'crysalon* in Gang zu setzen – und wir sind zu zweit.«

»Der Kristallschild.« Farawyn nickte. »Wie so oft hast du recht. Dennoch rate ich dir zur Vorsicht. Was du ›alte Schriften‹ nennst, bezeichnen andere als verbotenes Wissen, und das aus gutem Grund.«

»Sollen sie«, konterte Aldur ungerührt. »Wenn der Dunkelelf seine Klauen nach den Fernen Gestaden ausstrecken sollte, werden die Furcht und das Entsetzen so groß sein, dass niemand moralische Erwägungen anstellt. So ist es immer gewesen, nicht wahr? Der Zweck rechtfertigt die Mittel.«

Farawyn gab sich sichtlich Mühe, das anmaßende Lächeln zu übergehen, das sich auf Aldurs blassen Zügen zeigte. Tatsächlich musste er zugeben, dass der junge Zauberer recht hatte. In Stunden der Not wurden die Methoden nicht hinterfragt, auch er selbst hatte sich dieses schlichten Grundsatzes schon öfter bedient. Wenn Margok tatsächlich nach den Fernen Gestaden griff, musste er um jeden Preis abgewehrt werden, oder Chaos und Zerstörung würden auch jenes Eiland erfassen, das für das Elfenvolk sowohl Herkunft als auch Bestimmung war.

»Dennoch«, beharrte der Älteste, »darfst du nie vergessen, dass die Macht, die den Kristallen innewohnt, höchst gefährlich ist.«

»Das werde ich nicht«, versicherte Aldur unwirsch.

Farawyn bedachte zuerst ihn, dann Alannah mit einem prüfenden Blick; schließlich nickte er. »Die Fernen Gestade sind kein Ort, an den sich ein Elf leichtfertig begibt, ohne darauf vorbereitet zu sein. Viele versuchen es, und manche gelangen nie dorthin – ihr beide jedoch seht die Wunder Crysalions noch lange vor eurer Zeit. Möge euer junger und unvorbereiteter Geist ihnen gewachsen sein.«

»Keine Sorge«, erwiderte Aldur im Brustton der Überzeugung, »das ist er gewiss.«

»Gibt es noch etwas, das ihr mir zu sagen habt?« Der Blick des Ältesten richtete sich fragend, fast hoffnungsvoll auf Aldur, der jedoch beharrlich schwieg. »Und du mein Kind?«, wandte er sich dann an Alannah.

»I-ich weiß nicht, Vater …«

»Möchtest du vielleicht noch jemandem etwas ausrichten lassen? Granock vielleicht?«

Die Erwähnung des Namens ließ Alannah wie unter einem Nadelstich zusammenzucken.

Granock …

Die Wunde war so frisch … Noch immer sah sie ihn vor sich, seine ebenmäßigen, von dunklem Haar umrahmten Züge, die für einen Menschen ungewöhnlich gut aussehend waren, seine verzagt blickenden Augen. Und was noch schlimmer war: Sie hörte auch seine Stimme. Voller Verzweiflung hallte sie durch ihre Erinnerung und rief ihren Namen, wieder und wieder …

»Ich denke nicht, dass sie dem Menschen noch etwas zu sagen hat«, entgegnete Aldur an ihrer Stelle, so hart und endgültig, dass sie nicht zu widersprechen wagte.

Farawyns Zögern währte nur einen kurzen Augenblick. »So geht«, sagte er und trat einige Schritte zurück. »Mögen Albons Licht, Glyndyrs Geist und Sigwyns Tatkraft euch begleiten.« Er hob den Zauberstab, worauf die eisfarbenen Kristalle in der Kammer zu leuchten begannen und die Verbindung öffneten. Ein flimmernder Strudel schien in der Luft zu entstehen, der sich immer schneller drehte und schließlich eine Öffnung bildete, ein Tor, das in ungeahnte Ferne zu reichen schien. In diesem Augenblick fassten Alannah und Aldur einander bei den Händen, nickten sich ein letztes Mal zu – und durchschritten die Pforte.

Sie reisten auf des Windes Schwingen.

Der *serentir* war in alter Zeit ins Leben gerufen worden, um große Entfernungen rasch zu überbrücken. König Iliador war es gewesen, der die Zauberer von Shakara um Unterstützung gebeten hatte, da sein Machtgebiet vom Zerfall bedroht war. Eine schnelle Verbindung zwischen den Zentren des Reiches sollte Abhilfe schaffen, worauf ein junger Zauberer namens Qoray den Dreistern erfand: Mit magischer Kraft brachte er Elfenkristalle dazu, Brücken über die Abgründe von Raum und Zeit zu schlagen. Diese Schlundverbindungen erlaubten es, sich im Bruchteil eines Augenblicks von einem Ort zum anderen zu begeben und dabei Entfernungen zu bewältigen, für die man auf herkömmlichem Wege mehrere Wochen benötigt hätte.

In dem Überschwang, der Iliador und seine Zeitgenossen überkam, ahnte freilich niemand, dass Qoray schon bald darauf dem Bösen verfallen, seinen Namen ändern und als Dunkelelf Margok die Kristallpforten nutzen würde, um Erdwelt mit Krieg und Vernichtung zu überziehen.

Seither wurden die magischen Pforten nur noch in Ausnahmefällen wie diesem geöffnet, wo es um das Wohl des Reiches und die Zukunft des gesamten Elfenvolks ging.

Alannah war schon früher mit dem Dreistern gereist, jedoch hatte sie die Passage nie zuvor als so berauschend empfunden.

Ferne Länder, fremde Orte, kleine und große Ereignisse – all das schien an ihr vorbeizuziehen, während sie gleichzeitig das Gefühl hatte, von einer unwiderstehlichen Kraft angesogen zu werden, einem unsichtbaren Mahlstrom, der alle Materie an sich zu raffen schien – um sie schon im nächsten Augenblick wieder auszuspeien.

Alannah fand sich auf beiden Beinen stehend, so als hätte sie die Kristallkammer von Shakara nie verlassen. Als sie jedoch blinzelnd die Augen öffnete, stellte sie fest, dass sie sich an einem gänzlich anderen Ort befand und dass der Dreistern einmal mehr das Unbegreifliche bewerkstelligt hatte.

Die neue Umgebung war überwältigend.

Zwar hatte die Elfin den *Annun* noch nie mit eigenen Augen gesehen, aber sie war überzeugt davon, dass es sich bei dem großen trapezförmigen Gebilde, das unter einer lichtdurchfluteten Kuppel hing und dessen sich nach oben und unten verjüngende Enden in glitzerndes Elfensilber gefasst waren, nur um den legendären Urkristall handeln konnte.

Der Saga nach war in seinem Inneren ein Strahl von *calada* gefangen, dem ersten Lichtschein, dem einst alles Leben entsprungen war, und in der Tat hatte Alannah nie zuvor ein strahlenderes Licht und prachtvollere Helligkeit erblickt. Sie blendete nicht in den Augen wie das grelle Sonnenlicht, sondern war voller Wärme und lebenspendender Güte. Ein Licht wie dieses konnte es an keinem anderen Ort geben, sodass nicht der geringste Zweifel bestand: Der Dreistern hatte sie an die Fernen Gestade getragen!

»Willkommen in Crysalion, Reisende.«

Jetzt erst nahm Alannah wahr, dass sie nicht allein war. Nicht nur Aldur stand neben ihr, sondern auch mehrere Elfen, ergraute

Männer und Frauen, die helle Roben trugen und sich ehrerbietig vor ihnen verneigten. Sie alle waren *tragwythai*, Ewige, wie die Bewohner der Fernen Gestade respektvoll genannt wurden.

Sie befanden sich in einem achteckigen Raum, dessen Wände halb durchsichtig waren, sodass der blaue Himmel zu sehen war. Durch die in die Wände eingelassenen Öffnungen konnte man auf den Balkon blicken, der das Oktogon umgab und jenseits dessen Geländers sich filigran geformte gläserne Türme erhoben, in deren Prismen sich das Licht der einfallenden Morgensonne in allen Regenbogenfarben brach. Es war ein Schauspiel, wie man es sich prächtiger kaum vorstellen konnte.

Crysalion, schoss es Alannah durch den Kopf.

Die Stadt der Kristalle …

»Es ist uns eine Ehre, zwei Weise des Ordens von Shakara im Hort des Lichts zu begrüßen«, sagte einer der Greise, dessen Kinn ein weißer Bart zierte. Er verbeugte sich höflich und nickte ihnen zu, und Alannah hatte den Eindruck, dass seine Gesichtszüge ihr entfernt bekannt waren.

»Die Ehre ist auf unserer Seite«, entgegnete Aldur schneidig, der seine Fassung bereits wiedergewonnen hatte. »Ich bin Meister Rothgan, und dies ist Meisterin Thynia«, stellte er sich und Alannah vor.

»Wir wissen, wer Ihr seid«, entgegnete der Greis und deutete eine Verbeugung an. »Mein Name ist Ylorin.«

»Ylorin?«, fragte Alannah, der plötzlich klar wurde, woher sie das Gesicht des Mannes kannte. »Jener Ylorin, der in den Chroniken Nevians und Aurons Erwähnung findet? Über dessen Taten während des Großen Krieges der Dichter Varsur ein Heldenepos verfasst hat? Dem in den Ehrwürdigen Gärten von Tirgas Lan ein Denkmal gesetzt wurde?«

Ein Lächeln huschte über die faltigen, milde dreinblickenden Züge des Alten. »Es freut mich zu hören, dass die sterbliche Welt die Früchte meines irdischen Daseins nicht vergessen hat. Aber Ihr müsst wissen, dass derlei Verdienste an diesem Ort nicht mehr von Belang sind.«

»Aber Ihr seid es«, beharrte sie.

»Ich *war* es«, verbesserte Ylorin. »Ich war das, was man einen großen Krieger nennt. Ich habe Heere in Schlachten geführt und sie siegreich entschieden, habe unzählige Orks und andere Kreaturen der Dunkelheit erschlagen. Meine wahre Berufung jedoch«, sagte er und machte eine ausladende Handbewegung, die nicht nur das umgebende Oktogon oder die Kristallstadt, sondern die ganze Insel einzuschließen schien, »habe ich erst an diesem Ort gefunden.«

»Das wollen wir Euch gern glauben, ehrwürdiger Ylorin«, entgegnete Aldur. »Dennoch ist es möglich, dass Ihr vielleicht schon bald noch einmal jenes Wissen bemühen müsst, das Ihr Euch in der sterblichen Welt erworben habt.«

»Was meint Ihr damit?«

»Ich meine damit, dass Ihr möglicherweise noch einmal zum Schwert greifen müsst.«

»Zum Schwert?« Ylorin schüttelte den Kopf; in den Gesichtern seiner Begleiter stand Unverständnis zu lesen. »Mein Freund, ich glaube, Ihr habt aufgrund Eurer Jugend noch nicht verstanden, was für ein Ort dies ist. Wir alle, die wir hier leben, haben dem sterblichen Dasein entsagt und unseren Geist der Kontemplation geweiht. Diese Insel ist ein Hort des Friedens. Ein Schwert werdet Ihr hier vergeblich suchen, ebenso wie jemanden, der bereit wäre, es zu führen.«

»Ihr werdet dazu bereit sein müssen«, beharrte Aldur. »Denn wenn sich bewahrheitet, was ich befürchte, so wird der Dunkelelf seine Klauen nach Crysalion ausstrecken, und wir dürfen nicht zulassen, dass er sich des Annun bemächtigt.«

»Der Urkristall in Margoks Händen wäre in der Tat eine Katastrophe«, räumte der Greis ein. »Ich kannte den Dunkelelfen, als er sich noch Qoray nannte, und ich war dabei, als er zu diesem Monstrum wurde. Später habe ich in vielen Schlachten gegen ihn gekämpft und weiß, wozu er fähig ist. Dennoch ist mein Krieg zu Ende, Meister Rothgan. Also vertraut nicht auf meine Hilfe.«

»Und wenn der Dunkelelf kommt?«

»Für diesen Fall haben die Erbauer der Kristallfeste vorgesorgt«, entgegnete Ylorin ruhig.

»Der Kristallschirm wurde nie erprobt«, gab Aldur zu bedenken. »Sollten die Fernen Gestade tatsächlich angegriffen werden, werden Schwester Alannah und ich alles daransetzen, ihn zu errichten und Crysalion so dem Zugriff des Feindes zu entziehen. Aber wenn Margok das Unfassbare tatsächlich wagt, so wäre es in der Geschichte ohne Beispiel, und keiner von uns weiß, was in diesem Fall geschehen wird.«

»Dann lasst uns vertrauen«, sagte Ylorin leise. »Auf das Schicksal – und auf die Kraft der Vorsehung, die Euch hierhergeführt hat.«

»Ehrwürdiger Ylorin – was Meisterin Alannah und mich hergebracht hat, war nicht die Vorsehung, sondern einzig und allein meine Entscheidung, dem Dunkelelfen auch an diesem Ort die Stirn zu bieten. Viele in Shakara waren der Ansicht, dass dies nicht vonnöten sei, aber ich weiß es besser.«

Der Greis musterte Aldur mit einem Blick, der schwer zu deuten war. »Ihr seid hochmütig, Meister Rothgan«, sagte er schließlich. »Stolz und Hochmut stehen einem Weisen schlecht zu Gesicht, und sie passen nicht an einen Ort wie diesen.«

»Findet Ihr?« Aldur zuckte mit keiner Braue. »Solltet Ihr der Ansicht sein, dass ich die Fernen Gestade wieder verlassen sollte? Dass wir Crysalion schutzlos dem Dunkelelfen übergeben sollten, wenn er danach begehrt?«

»Das habe ich nicht gesagt.« Ylorin schüttelte das ergraute Haupt. »Aber es überrascht mich, dass der Orden jemanden wie Euch nach den Fernen Gestaden entsandt hat.«

»Jemanden wie mich?« Aldurs schmale Augen verengten sich noch weiter. »Ihr meint jemanden, der so anmaßend ist wie ich? Dem es an Demut ganz offenbar gebricht? Dessen Weisheit Euch zumindest fraglich erscheint?«

Alannah, die ihren Gefährten gut genug kannte, um zu wissen, dass er kurz davorstand, die Beherrschung zu verlieren, legte ihm beschwichtigend eine Hand auf die Schulter. Aldur jedoch schüttelte sie unwillig ab.

»Das alles sind nicht meine Worte«, entgegnete Ylorin ruhig, dem nicht daran gelegen schien, den jungen Zauberer zu provozieren.

»Aber sie drücken aus, was Ihr denkt, nicht wahr?«, blaffte Aldur. »Nun gut, ich will Euch sagen, weshalb man mich und keinen anderen geschickt hat: weil ich der Einzige bin, der die Gefahr eines Angriffs erkannt hat und Mut genug besitzt, danach zu handeln. Der Rest Eurer sogenannten Weisen gefällt sich darin, die Augen vor der Wirklichkeit zu verschließen und darauf zu hoffen, dass sich alles von allein fügen wird. Sogar unsere Abreise nach Crysalion musste in aller Heimlichkeit erfolgen, weil außer dem Ältesten keiner davon wissen durfte.«

»Zugegebenermaßen fällt es mir nicht leicht, das zu glauben …«

»Dennoch ist es so«, beharrte Aldur, während Alannah zustimmend nickte. »Seit Ihr die sterbliche Welt verlassen habt, ist dort viel geschehen, Ylorin. Die Werte, für die Ihr einst gekämpft habt, haben nicht länger Bestand. Neue Rassen sind aufgetaucht, und das Elfenreich ist im Zerfall begriffen. Um zu überleben, ist der König von Tirgas Lan gezwungen, unsichere Bündnisse zu schließen und sich auf faule Kompromisse einzulassen. Und die Zauberer«, fügte er hinzu, wobei sich seine Mundwinkel vor Abscheu nach unten zogen, »fürchten sich nicht nur vor dem, was sie sind, sondern nehmen neuerdings sogar Menschen in ihren erlauchten Kreis auf!«

»Aldur!«, rief Alannah, der nur zu bewusst war, dass er dabei an Granock dachte.

»Stimmt es etwa nicht?«, fragte er gereizt. »Sage ich etwa nicht die Wahrheit? Wir haben den Menschen die Hand in Freundschaft gereicht, und wie wurde es uns gedankt? Die Menschen haben sich unser Vertrauen erschlichen und lassen keine Gelegenheit ungenutzt, um uns hinterhältig zu betrügen.«

»Das ist nicht wahr«, bestritt Alannah.

»Es ist wahr«, versicherte er, wobei er sie mit einem vernichtenden Blick bedachte. »Auch du solltest das langsam einsehen.«

»Mein Freund«, ließ sich Ylorin leise vernehmen, »seid Ihr sicher, dass Ihr hier seid, um dem Dunkelelfen die Stirn zu bieten? Mir will scheinen, es gibt neben ihm auch innere Dämonen, gegen die Ihr zu kämpfen habt …«

»Darum habt Ihr Euch nicht zu kümmern, alter Mann«, beschied Aldur ihm streng und mit einem Tonfall, der weder ihrem Altersunterschied gerecht wurde noch der Tatsache, dass Ylorin ein gefeierter Held der alten Zeit war.

»Aldur …« Alannah konnte ihre Betroffenheit nicht länger verbergen. »Was ist nur in dich gefahren?«

»Schon gut, mein Kind«, beschwichtigte Ylorin und hob abwehrend die Arme, »ich verüble es Eurem Begleiter nicht. Meine Zeit ist längst zu Ende gegangen, während seine erst begonnen hat. Und dabei erinnert er mich an jemanden, den ich einst gekannt und geschätzt habe. Allerdings ist das ebenso lange her wie meine großen Taten.«

Den sanften Spott, der in der Stimme des Greises lag, überhörte Aldur geflissentlich. Statt etwas zu erwidern, schaute er sich in dem Oktogon um, das sich im höchsten Turm Crysalions befand und von dem aus in der Ferne das Meer zu sehen war. Der Zauberer streifte Ylorins Begleiterschar mit einem flüchtigen Blick, dann wandte er sich dem Annun zu.

»Dies also ist er«, flüsterte er, und zum ersten Mal hatte Alannah den Eindruck, dass er sich ein wenig entspannte. Die Härte wich aus seinen Zügen, und für eine kurze Weile schien er wieder jener überaus begabte und den Wundern des Lebens aufgeschlossene junge Mann zu sein, den sie schätzen und lieben gelernt hatte. Niemals würde sie den Tag vergessen, an dem er ihr seinen *essamuin*, seinen geheimen Namen anvertraut hatte.

Ru…

Noch während sie das Wort in Gedanken aussprach, verhärtete sich seine Miene wieder. Sie vermochte nicht zu sagen, was er dachte, und sie bezweifelte auch, dass er es gewollt hätte. Ganz offensichtlich hatte es mit dem Urkristall zu tun – und ebenso offensichtlich schien er sie nicht an seinen Überlegungen teilhaben lassen zu wollen.

Nicht nach allem, was in Shakara geschehen war, dachte sie beklommen.

Abrupt riss sich Aldur vom Ehrfurcht gebietenden Anblick des Annun los und wandte sich wieder Ylorin zu. »Seid Ihr für die Sicherheit des Kristalls verantwortlich?«

»Was meint Ihr?« Der Greis schaute ihn fragend an.

»Ihr wisst, was ich meine. Ihr scheint das Oberhaupt von Crysalion zu sein. Also müsst Ihr doch auch Verantwortung tragen für …«

»Ihr versteht noch immer nicht, junger Freund«, fiel Ylorin ihm ins Wort. »Verantwortung ist etwas für sterbliche Wesen. Wir, die wir an den Fernen Gestaden leben, sind davon entbunden. Und da es keine Entscheidungen gibt, die getroffen werden müssen, gibt es auch kein Oberhaupt, wie Ihr es versteht. Dies ist ein Ort des Friedens und der Freude, vergesst das nicht.«

»Wenn Margoks Horden die Insel erreichen, wird es die längste Zeit ein Ort des Friedens gewesen sein«, sagte Aldur düster voraus. »Ihr wollt keine Verantwortung? Aber Ihr habt sie bereits! Sie ruht auf Euren Schultern, ob es Euch nun gefällt oder nicht. Denn dieser Kristall«, er deutete auf den Annun, »wurde Euch anvertraut, und es ist Eure Pflicht, ihn mit Eurer Existenz zu beschützen!«

»Aldur«, sagte Alannah erneut, deren Entsetzen mit jedem seiner Worte wuchs.

»D-das können wir nicht«, wehrte Ylorin ab, der nun doch ein wenig in Bedrängnis geriet.

»Dann werden womöglich nicht nur die Fernen Gestade untergehen, sondern die ganze Welt«, prophezeite Aldur, aus dessen stahlblauen Augen unsichtbare Blitze zu schlagen schienen, »und Ihr tragt Schuld daran!«

»Aldur!«

Diesmal schrie Alannah seinen Namen so laut, dass er sie nicht länger ignorieren konnte. Mit einem umwilligen Schnauben fuhr er zu ihr herum. Der Zorn und der gekränkte Stolz in seinen Zügen erschreckten sie.

»Mein Name ist nicht Aldur«, fauchte er sie an, und sie konnte sehen, wie in seinen Handflächen kleine Flammen aufloderten. »Er ist eine Lüge, so wie alles andere. Rothgan ist meine wahre Berufung, denn ich gebiete über das Feuer – und mit dieser Gabe werde ich den Urkristall bewachen. Zusammen mit Euch anderen, wenn ich kann – alleine, wenn ich muss.«

Ihr Quartier befand sich im höchsten Turm Crysalions, unweit der Kammer, die den Annun beherbergte.

Aldur hatte darauf bestanden, damit sie den Urkristall zu jeder Zeit erreichen und ihn mit ihrer Zauberkraft beschützen konnten. Ebenso, wie er darauf bestanden hatte, seine Unterkunft mit Alannah zu teilen.

Unter Ylorin und den anderen Ewigen hatte diese Forderung für Befremden gesorgt, da die Besucher zum einen Ordensangehörige und zum anderen nicht offiziell verbunden waren. Alannah war darüber beschämt gewesen, aber Aldur hatte ihr erklärt, dass die Zeit des Versteckspielens endgültig zu Ende sei. In Shakara mochten beide gezwungen gewesen sein, ihre Zuneigung zueinander geheim zu halten, weil es Schülern nicht erlaubt war, sich zu verbinden. Inzwischen jedoch waren sie zu Meistern ernannt worden und konnten daher tun und lassen, was ihnen beliebte; und soweit es Aldur beziehungsweise Rothgan betraf, so hatte er nicht länger vor, sich durch fremde Regeln einengen zu lassen.

Mit dem Rücken zum Fenster stehend, vom dem aus sich ein atemberaubender Blick auf die glitzernden Türme der Kristallfeste bot, betrachtete Alannah ihren Geliebten, der sich auf das karge Lager gebettet hatte, um zu ruhen.

Ähnlich wie in Shakara gab es auch in Crysalion wenig Annehmlichkeiten für den äußeren Bedarf; das Glück, das jene fanden, die nach den Fernen Gestaden reisten, war immaterieller Natur und betraf die Erfüllung des Geistes, nicht des Körpers. Und soweit Alannah es von Ylorin und den anderen *tragwythai* sagen konnte, hatten sie ihr Glück gefunden …

»Geliebter?«, wandte sie sich vorsichtig an Aldur. Seine Robe hatte er abgelegt und trug nur die graue Tunika, und obwohl er die Augen geschlossen hatte, wusste sie, dass er nicht schlief.

»Ja?«

»Warum sind wir hier?«, stellte Alannah die Frage, die sie am meisten beschäftigte.

»Was sollen diese Worte?« Er schlug die Augen auf und sandte ihr einen verwunderten Blick. »Wir sind hier, weil ich den Verdacht hege, dass der Dunkelelf eine geheime Schlundverbindung nach den Fernen Gestaden unterhält. Und weil wir verhindern müssen, dass ihm der Annun in die Hände fällt.«

»Das meine ich nicht.« Sie schüttelte den Kopf. »Warum die überstürzte Abreise? Was ist heute Abend geschehen?«

Sein Blick wurde eisig, und in seinen kantigen Zügen spiegelten sich Empfindungen, die sie noch nie zuvor darin gesehen hatte und die sie erschreckten. »Ich denke nicht, dass du mir diese Frage stellen solltest. Schließlich weißt du besser als ich, was geschehen ist.«

Sie senkte schuldbewusst den Blick und fragte sich unwillkürlich, ob er ihr jemals verzeihen würde. »Auch davon spreche ich nicht«, erwiderte sie leise. »Ich meine die Reise, die wir unternommen haben. Wir sind an jenen Ort gelangt, von dem andere ihr Leben lang nur träumen. Nur wenigen ist es vergönnt, das Wunder des Annun bereits in so jungen Jahren zu erblicken.«

»Und?«

»Dennoch sehe ich bei dir keine Spur von Ergriffenheit …«

»Wie auch?«, unterbrach er sie spöttisch. »Wir sind schließlich nicht hier, um unser beider Bewusstsein zu erweitern, oder?«

»… oder auch nur Respekt«, fuhr sie unerbittlich fort. »Du beschimpfst die Menschen für ihre Rohheit und dafür, dass sie keine Traditionen haben. In Wahrheit jedoch bist du keinen Deut besser als sie.«

»Nimm das zurück!«, verlangte er.

»Keineswegs. Gegenüber dem Ewigen Ylorin, der ein gefeierter Held unseres Volkes ist, hast du dich hochmütig und anmaßend verhalten. So sehr, dass ich mich für dich geschämt habe, Aldur.«

»Rothgan«, verbesserte er. »Aldur existiert nicht mehr.«

»Diesen Eindruck gewinne ich mehr und mehr«, pflichtete sie ihm bei, während sie zögernd vortrat und sich zu ihm auf die Bettkante setzte. »Was ist mit dir, Geliebter?«, fragte sie sanft. »Was ist in Shakara passiert?«

»Fragst du mich das allen Ernstes?«

»Zwischen Granock und mir ist nichts geschehen«, stellte sie flüsternd klar. »Ich gebe zu, dass ich mich zu ihm hingezogen fühlte, aber es ist nichts vorgefallen, was dich kränken müsste.«

»Wenn du das sagst.«

»Ich spreche die Wahrheit, Geliebter, und ich erwarte, dass auch du ehrlich zu mir bist.«

»Inwiefern?« Er sah sie herausfordernd, fast ein wenig belustigt an.

»Ich möchte wissen, was zwischen dir und Farawyn vorgefallen ist«, eröffnete Alannah rundheraus, worauf das angedeutete Lächeln aus seinem Gesicht verschwand.

»Das brauchst du nicht zu wissen.«

»Ich brauche es nicht zu wissen? Und von mir verlangst du Ehrlichkeit?« Sie schüttelte den Kopf. »Ich bin dir gefolgt, ohne Fragen zu stellen, Geliebter, bis ans Ende der Welt und darüber hinaus. Aber nun verlange ich eine Antwort: Was ist mit Farawyn? Weshalb konntet ihr einander nicht mehr in die Augen sehen?«

»Ich sagte es dir schon, es geht dich nichts an«, fauchte Aldur so feindselig, dass sie sich unwillkürlich bedroht fühlte. »Frage nicht weiter, oder es wird dir leidtun.«

»Du hast dich verändert«, stellte sie fest.

»Wir alle haben uns verändert. Die glücklichen Jahre unserer Jugend sind vorbei. Dort draußen tobt ein Krieg, Thynia, hast du das schon vergessen?«

Sie biss sich auf die Lippen. Sie schätzte es nicht, wenn er sie mit ihrem Zaubernamen ansprach, der sich in ihren Ohren gefühllos und offiziell anhörte, fast wie ein Titel. »Das ist es nicht«, wehrte sie ab. »Was der Krieg und unsere Erfahrungen aus uns gemacht haben, ist eine Sache – hier jedoch geht es um dich, Aldur. Wenn ich mit dir spreche, erkenne ich dich kaum wieder. Wo ist der junge Mann, den ich meinen Liebsten nannte?«

»Dieser junge Mann«, entgegnete er voller Bitterkeit, »war mit Blindheit geschlagen. Doch ihm wurden die Augen geöffnet, und er hat erkannt, was für ein Narr er gewesen ist. Er hat verräterischen Freunden vertraut und auf falsche Lehrer gehört. Er glaubte, einem höheren Ideal zu dienen, dabei war er in Wahrheit nur eine Figur in einem Spiel. Aber damit ist es nun vorbei, hörst du?« Er schüttelte unwirsch den Kopf. »Ich habe die Wahrheit erkannt und sehe die Dinge klarer als je zuvor in meinem Leben. Selbst dich …«

Damit streckte er die Hand aus und berührte sie an der Schulter, nicht tröstend oder freundschaftlich, sondern in unverhohlenem

Verlangen. Schon hatte er den Träger ihrer Tunika abgestreift und ein Stück ihrer makellos weißen Haut entblößt.

»Nein«, hauchte sie und zuckte unwillkürlich zurück. »Bitte nicht.«

»Weshalb nicht?« Er grinste wölfisch. »Ich dachte, der gute Granock hätte dich nicht angefasst?«

»Das hat er auch nicht. Nicht auf diese Weise …«

»Dann sehe ich nicht, weshalb wir nicht …« Abermals wollte er sie berühren, aber sie stand von der Bettkante auf und wich einen Schritt zurück.

»Was soll das?«, fragte er.

»Ich möchte es nicht«, erklärte sie. »Nicht heute. Und nicht auf diese Weise.«

»Also hast du mich doch betrogen.«

»Nein, Geliebter.«

»Dann beweise es!«

»Das muss ich nicht«, verteidigte sie sich kopfschüttelnd, »denn mein Geist und mein Herz gehören dir. Ich habe mich von Granock abgewandt und bin dir an diesen Ort gefolgt, von dem es womöglich keine Rückkehr mehr für uns gibt. Ist das nicht Beweis genug für meine Liebe?«

»Worte, nichts als Worte.« Aldur machte eine wegwerfende Handbewegung. »Du bist genau wie all diese Schwächlinge im Hohen Rat, die immer nur reden, aber niemals Taten zeigen, sich niemals entscheiden.«

»Ich habe mich entschieden – für dich.«

»Dann zeige es mir«, verlangte er und erhob sich von seinem Lager, trat langsam auf sie zu. »Reiße die Zweifel, die mich noch immer quälen, ein für alle Mal aus meiner Brust, hier und jetzt.«

»I-ich …« Sie wich vor ihm zurück, bis sie mit dem Rücken zur kristallenen Wand stand, die sich unter der Wärme ihrer Berührung rötlich verfärbte.

»Ich habe dir meinen *essamuin* genannt«, brachte er ihr in Erinnerung. »Ich habe dich ausgewählt, also verweigere mir nicht, was mir als dein *athan* zusteht.«

»*Ru*…« Alannahs Augen füllten sich mit Tränen. »Bitte nicht. Zwinge mich nicht dazu!«

»Keine Sorge.« Er schüttelte den Kopf. »Wenn du die Frau bist, die du zu sein vorgibst, brauche ich dich nicht zu zwingen, nicht wahr?«

Ein Ausdruck von Unglauben schlich sich auf ihr Gesicht. »Willst du das wirklich?«, flüsterte sie.

»Allerdings«, bestätigte er ohne Zögern.

Sie schaute ihm tief in die Augen, sah die erbarmungslose Härte darin, und zum ersten Mal fragte sie sich, ob sie sich richtig entscheiden hatte, als sie ihm gefolgt war.

Er schien ihre Zweifel zu bemerken, denn leiser Spott verzerrte seine Mundwinkel. Alannah wurde bewusst, dass sie keine andere Möglichkeit hatte. Sie liebte Aldur aufrichtig und wollte ihn nicht verlieren, also würde sie ihm zugestehen müssen, wonach er verlangte. Zumal sie selbst die Schuld daran trug, dass er an ihrer Liebe zweifelte.

Während sie auch den anderen Träger herabzog und ihre Schulter vollends entblößte, verwünschte sie sich für jenen Augenblick der Schwäche, in dem sie Granock ihre Zuneigung gezeigt hatte. Fieberhaft redete sie sich ein, dass alles gut werden würde, wenn sie Aldur nur innig genug ihre Liebe versicherte. Aber in den Blicken, mit denen er sie bedachte, lag weder Hingebung noch Zärtlichkeit, sondern nur rohes Begehren. Der Vergleich mit einem Raubtier, das sein Revier markieren wollte, drängte sich ihr auf, und zum ersten Mal in ihrem Leben schämte sie sich ihrer Nacktheit, als sie die Verschnürung der Tunika löste, den Stoff langsam an sich herabgleiten ließ und sich entblößte.

Sie fröstelte, nicht so sehr, weil sie unbekleidet war, sondern weil sie das Gefühl hatte, als wolle Aldur sie mit Blicken verschlingen. Einen endlos scheinenden Augenblick lang stand er vor ihr und starrte sie an, weidete sich so unverblümt und lüstern am Anblick ihrer nackten Brüste und ihrer unverhüllten Weiblichkeit, dass sie nicht anders konnte, als sie mit den Händen zu bedecken. Ein Grinsen huschte daraufhin über die Gesichtszüge des Elfen, dann trat er auf sie zu, umfasste ihre Handgelenke und presste sie gegen die Wand.

Sie versuchte redlich, seiner Begehrlichkeit mit zarten Liebkosungen zu begegnen, um ihm ihre Zuneigung zu zeigen. Er jedoch schien genau jenen niederen Trieben verfallen, die er stets so verachtet hatte. Fiebrig und heiß wanderten seine Hände über ihren Körper und betasteten ihn, dann zerrte er sie zu Boden und warf sich auf sie.

In dem Moment, als er keuchend in sie eindrang, wurde Alannah schmerzlich bewusst, dass der Elf namens Aldur tatsächlich nicht mehr existierte.

Und in dieser Nacht hörte Rothgan die Stimme zum ersten Mal.

2. CYSGURA DORYS SHAKARA

Vier Jahre später

Die Hand war fest um den Zauberstab geschlossen, der im Licht des Deckenkristalls weißlich schimmerte; die blauen Augen, die nicht schmal waren wie die eines Elfen, sondern ihren menschlichen Besitzer verrieten, starrten matt und blicklos.

Sie hatten vieles gesehen, Freude und Leid, Sieg und Niederlage, Triumph und Verzweiflung. Sie hatten größere Wunder geschaut als je ein Mensch zuvor, aber auch in tiefere Abgründe geblickt; und sie waren Zeuge jener dunklen Stunde gewesen, die in mancher Hinsicht Granocks Leben beendet hatte.

Die Stunde des Abschieds.

Die Stunde des Bruchs.

Du blutest, Meister ...

Granock brauchte den Blick nicht zu heben. Er wusste auch so, wem die Stimme gehörte, die er in seinem Kopf hörte, obwohl die eisige Stille, die in der Kammer herrschte, nicht gestört worden war. Es war kein anderer als Ariel, sein Koboldsdiener, der zu ihm sprach und der sich wie alle Angehörigen seiner Art der Gedankenübertragung bediente, um sich mitzuteilen.

Dein Zauberstab ...

Granock blickte auf den *flasfyn* in seiner Hand und stellte fest, dass tatsächlich ein rotes Rinnsal an dem aus Elfenbein gefertigten Schaft rann. Er hatte die Finger so fest in das glatte Material gekrallt, dass unter den Nägeln Blut hervorgetreten war. Granock scherte sich nicht darum. Im Gegenteil, wenn er den Schmerz gefühlt hatte, so hatte er ihn genossen. Es war einer der vielen Wege, die er gefunden hatte, um sich für seine Verfehlung zu bestrafen.

Er zuckte gleichmütig mit den Schultern und wischte das Blut mit seiner Robe ab. Dass es auf dem grauen Stoff dunkle Flecken hinterließ, scherte ihn ebenso wenig wie die Besorgnis, die sich auf Ariels pausbäckigen Gesichtszügen zeigte. Der Kobold vor ihm, trotz der Kälte barfüßig und in grüne Kleidung gehüllt, die an diesem Ort seltsam fehl am Platz schien, stemmte in gespielter Entrüstung die Ärmchen in die Hüften. In dieser Haltung hatte er Granock früher gern verspottet, weil dieser als Mensch die Geheimnisse der Zauberei zu erforschen trachtete. Doch die Unkenrufe des Kobolds waren längst verstummt. Zum einen, weil Granock gelungen war, was kein anderer Mensch vor ihm geschafft hatte, und er in den Orden der Zauberer aufgenommen worden war; zum anderen, weil er schon lange nicht mehr der einzige Sterbliche war, der durch die geheiligten Hallen Shakaras schritt.

Die Zeiten hatten sich geändert.

Krieg war über Erdwelt gekommen wie eine Seuche, und wie in jedem Konflikt galt es, Verbündete zu suchen, die das Überleben sicherten. Ideale und Prinzipien, so schien es, hatten schon vor langer Zeit ihre Bedeutung verloren und waren der bitteren Notwendigkeit gewichen; Granock jedenfalls hatte den Grund, in diesem Krieg zu kämpfen und sich mit aller Macht dafür einzusetzen, dass die gute Seite triumphierte, vor langer Zeit eingebüßt, an jenem schicksalhaften Tag, der nun fast vier Jahre zurücklag …

Denkst du wieder an sie?

Granock erwiderte nichts. Ariel war der Einzige, dem er je erzählt hatte, was sich damals ereignet hatte – schon deshalb, weil das beständige Abschirmen seiner Gefühle und Gedanken ihn mehr Kraft gekostet hätte, als er aufzubringen in der Lage war. Ein kaum merkliches Nicken war seine einzige Antwort.

Es war nicht deine Schuld, und das weißt du. Ihr alle habt Fehler gemacht. Auch sie …

Granock verzog das Gesicht. Er nahm dankbar zur Kenntnis, dass Ariel ihren Namen nicht erwähnte, aber Granock empfand trotzdem jenen dumpfen Schmerz, der seit vier Jahren sein Begleiter war und der in all der Zeit nicht nachgelassen hatte, sondern immer noch zuzunehmen schien.

Warum bist du hier?, wechselte Ariel das Thema. Der Ausdruck in seinem kleinen blassen Gesicht wechselte von Besorgnis auf Neugier.

»Was soll die Frage?«, hörte Granock sich selbst sagen. Er erschrak über den matten, kraftlosen Klang seiner Stimme, ließ es sich jedoch nicht anmerken.

Warum bist du hier?, wiederholte der Kobold, statt zu antworten.

»Warum wohl? Weil Farawyn es mir befohlen hat. Weil es meine verdammte Pflicht ist, diese unbedarften Idioten in den Wegen der Magie zu unterweisen.«

Unbedarft wie du einst warst, versetzte Ariel mit – jedenfalls kam es Granock so vor – einer Spur Genugtuung.

»Ich habe meine Lektion gelernt«, versicherte Granock düster. »Für Unbedarftheit ist kein Platz mehr.«

Ebenso wenig wie für Wohlwollen. Oder Geduld.

»Was soll das heißen?«

Weißt du, wie die Schüler dich nennen?

»Wie denn?«

Tailyr *– den Schleifer. Die Aspiranten fürchten dich, und selbst die Eingeweihten gehen dir aus dem Weg. Und was die Novizen betrifft ...*

»Meine Aufgabe besteht nicht darin, die Freundschaft dieser Grünschnäbel zu gewinnen«, stellte Granock klar, »sondern sie auf das vorzubereiten, was sie dort draußen in der Welt erwartet – und das ist Krieg, Ariel, ein erbarmungsloser Kampf um das Überleben. Entweder, du stellst dich ihm, oder du hast schon verloren.«

Dennoch brauchten die Schüler dich nicht zu fürchten ...

»Sie sind jung und leicht einzuschüchtern«, verteidigte sich Granock. »Außerdem hat ein wenig Respekt noch niemandem geschadet. Auch ich habe mich einst vor Meister Cethegar gefürchtet.«

Cethegar war hart, das ist wahr, aber er hat es nie an Fürsorge gegenüber seinen Schülern fehlen lassen. Und ist nicht er es gewesen, der dir einst vertraut hat? Der dich gestärkt hat, als es darauf ankam?

Granock hätte gern widersprochen, aber das konnte er nicht. Der gestrenge Zauberer Cethegar, der ihn im Umgang mit dem *flasfyn* unterwiesen hatte, hatte ihn zwar mit unnachgiebiger Härte geschult, seinen Schüler jedoch tatsächlich zu jeder Zeit gerecht behandelt, was sich von Granocks Unterrichtsmethoden nicht unbedingt behaupten ließ …

»Und?«, fragte er gereizt. »Was hat es ihm gebracht? Cethegar ist tot, genau wie Vater Semias, Meisterin Maeve, Haiwyl und so viele andere, die diesem Orden gedient haben.«

Das ist wahr, räumte Ariel ein, *und du solltest ihr Andenken in Ehren halten, statt es zu beflecken.*

»Was fällt dir ein?« Granock, der auf einem schlichten Hocker gekauert hatte, sprang auf. Der Kobold, der ohnehin nur eine Elle maß, schien vor ihm noch weiter zu schrumpfen.

Ich spreche nur aus, was viele denken, Meister, versicherte Ariel gelassen.

»Und das wäre?«

Es heißt, dass du dein Herz verloren hast, damals, bei jener Schlacht im Flusstal – und dass du es seither nicht zurückgewonnen hättest.

Granock ließ ein verächtliches Grunzen vernehmen, aber es klang nicht sehr überzeugend. Er lebte inzwischen lange genug unter Elfen, um zu wissen, dass sie eine Vorliebe für blumige Worte und schwülstige Metaphern hatten. In diesem Fall allerdings traf der Vergleich den Nagel auf den Kopf.

Er hatte in jenen Tagen tatsächlich etwas verloren, das er in all den Jahren nicht wiedergefunden hatte.

Seine Liebe.

Seine Ehre.

Seine Freundschaft …

Sieh dich nur einmal an, Meister, fuhr der Kobold in seiner Rüge fort. *Dein Haar ist lang und ungepflegt, dein Bart wuchert über dein Gesicht, als wolle er es verschlingen. Von deiner Robe ganz zu schweigen. Du bist verwahrlost, im Inneren wie im Äußeren – wie lange, glaubst du, wird der Rat sich das noch gefallen lassen?*

»Ah«, machte Granock. »Darum also geht es dir. Du hast Angst, dass sie mich vor die Tür setzen könnten – und dich gleich mit dazu. Hab keine Sorge. Wenn es das ist, was deinem kleinen Dickschädel Kopfzerbrechen bereitet, dann entlasse ich dich aus meinen Diensten, damit du dir einen neuen Herrn suchen kannst, der deinen Ansprüchen besser gerecht wird.«

Du roher, ungehobelter Klotz von einem Menschen!, ereiferte sich Ariel, wie er es schon lange nicht mehr getan hatte. *Glaubst du wirklich, es ginge mir um mich? Wenn es so wäre, wäre ich Diener des Hohen Rates geblieben und hätte gewiss nicht darum gebeten, einem Menschen dienen zu dürfen. Hast du dich nie gefragt, was mich zu diesem Schritt getrieben hat?*

»Doch«, gestand Granock, »schon unzählige Male. Aber ich finde einfach keine Antwort darauf.«

Dann will ich sie dir geben: Ich glaubte, dass du etwas Besonderes seist. Jemand, der das Vertrauen, das man in ihn setzt, nicht enttäuschen wird. Aber nun sieh dir an, was aus dir geworden ist: ein Schatten deiner selbst, der am ganzen Körper zittert vor Angst!

»Sei vorsichtig mit dem, was du sagst …«

Willst du behaupten, du hättest keine Angst? Der Diener deutete zu der Tür, die den einzigen Zugang der fensterlosen Kammer bildete. *Warum hast du diesen Durchgang dann nicht längst durchschritten? Draußen warten deine Schüler, wie du weißt. Wenn du so unerschrocken bist, wie du behauptest, warum trittst du ihnen dann nicht gegenüber? Warum kostet es dich solche Überwindung?*

Ariels Stimme, so kam es Granock vor, war zuletzt immer lauter geworden, sodass sie in seinem Kopf nachhallte wie der Hammerschlag auf einem Amboss. Mit einer Mischung aus Wut und Verblüffung schaute er auf den Kobold herab, der mit zorngeplusterten Wangen vor ihm stand, und erwog einen Moment lang, etwas zu erwidern. Dann besann er sich jedoch anders, wandte sich ab und stürzte aus der Kammer.

Auf der anderen Seite erwarteten ihn seine Schüler, zwei Novizen und vier Aspiranten, die er in verschiedenen Verteidigungs- und Angriffstechniken unterweisen sollte. Früher, vor dem Krieg, hatte das Kämpfen mit dem *flasfyn* nur einen vergleichsweise geringen Teil der Ausbildung eingenommen. Inzwischen bildete es ihren Hauptbestandteil, was zur Folge hatte, dass viele andere Disziplinen vernachlässigt wurden. Philosophie, Literatur, Kunst und Geschichte – all die Kenntnisse, die einen *dwethan*, einen Weisen in früheren Tagen ausgezeichnet hatten – wurden nur noch in eingeschränktem Maße vermittelt. Auch hier hatten sich die Zeiten geändert …

»… *thysyr!*«, bellte ein junger Elf, den die Schüler zum Sprecher ihres *dysbarth*, ihrer Unterrichtsklasse, gewählt hatten. Die Gespräche verstummten daraufhin augenblicklich, und aller Augen richteten sich auf Granock, der die Schüler seinerseits mit eisigen Blicken musterte.

Die beiden Novizen, die der Gruppe angehörten, waren Menschen. Früher, so dachte Granock grimmig, wäre es undenkbar gewesen, dass Schüler, die den *prayf* noch nicht abgelegt hatten, gemeinsam mit ihren älteren Kameraden unterrichtet wurden. Aber da viele Zaubermeister Shakara verlassen hatten und überall im Reich im Einsatz waren, um gegen den einfallenden Feind zu kämpfen, war dieser Schritt notwendig geworden, ein weiteres Zeichen der Zeit.

»Worum ging es in der letzten Lektion, die ich euch erteilt habe?«, erkundigte sich Granock scharf. Die beiden Menschenjungen, von denen keiner älter als sechzehn Jahre war, blickten zu Boden, als könnten sie so seiner Frage entgehen. Genüsslich rief Granock einen von ihnen auf. »Baldrick?«

Der Angesprochene zuckte zusammen, als hätte ihn ein Schwerthieb getroffen. »Ich, äh …« Sein ganzes Gesicht nahm die Farbe seiner spitzen, von der Kälte geröteten Nase an.

»Nun«, drängte Granock. »Ich warte.«

»M-Meister, bitte verzeiht«, stammelte der Junge, dessen dünnes, flachsblondes Haar den Nordländer verriet.

»Was denn, du kannst dich nicht erinnern? Obwohl es erst gestern gewesen ist? So zollst du mir Aufmerksamkeit?«

»I-ich …« Baldricks Gesichtsfarbe wechselte von Rot auf Grün, und es war ihm anzusehen, dass er sich am liebsten übergeben hätte. »Ich weiß es nicht mehr«, hauchte er, den Blick starr auf den Boden gerichtet.

»Du weißt es nicht mehr?« Granock schaute ihn mitleidlos an. »Was ich dich hier lehre, Baldrick von Suln«, sagte er dann, »sichert in der Welt dort draußen dein Überleben. Wie kannst du erwarten, gegen Unholde oder finsteren Zauber zu bestehen, wenn du es nicht einmal fertigbringst, mir in die Augen zu blicken und dein Versagen einzugestehen?«

»Er fürchtet sich«, sagte jemand an Baldricks Stelle.

»Wer hat das gesagt?«, blaffte Granock, obschon er es sich denken konnte.

Eine junge Elfin, die zu den Aspiranten gehörte, trat einen Schritt vor. Ihr langes blondes Haar war streng zurückgekämmt und wurde von einer silbernen Spange gehalten, und ihre weise blickenden Augen und ihre edlen Gesichtszüge weckten in Granock Erinnerungen, die er lieber nicht ...

»Una«, krächzte er. »Was hast du dich einzumischen?«

»Verzeiht, Meister, aber Baldrick ist erst seit Kurzem hier in Shakara.«

»Und?«

»Das bedeutet, dass er mit den Gebräuchen des Ordens noch nicht vertraut ist«, erklärte die junge Elfin. Dem Aussehen nach schien sie in Baldricks Alter zu sein, aber Granock wusste, dass dieser Eindruck täuschen konnte. Aus ihren Worten sprach die Nachsicht eines langen Lebens, und auch in dieser Hinsicht erinnerte sie ihn nicht zum ersten Mal an jene Frau, die er ...

»Willst du mich belehren?«, fragte er barsch. »Glaubst du, das wüsste ich nicht?«

»Verzeiht, Meister. Euren Zorn zu erregen lag nicht in meiner Absicht«, versicherte sie.

»Denkt ihr, ich wüsste nicht, was es bedeutet, hier zu stehen und Aufnahme in den Orden zu begehren?«, wandte er sich an alle. »Ich war einst ein Schüler genau wie ihr, und genau wie ihr musste ich lernen, mit dem *flasfyn* umzugehen und meine Fähigkeit weise zu gebrauchen. Aber euch muss zu jedem Zeitpunkt bewusst sein, dass außerhalb dieser Mauern ein mörderischer Krieg tobt, in dem ihr keinen Augenblick lang überleben werdet, wenn ihr nicht endlich an euch arbeitet und damit aufhört, verzogene Gören zu sein, die am liebsten in den heimatlichen Hain zurückkriechen würden, aus dem sie zu uns geschickt wurden. Bereust du es bereits, nach Shakara gekommen zu sein, Baldrick?«, fragte er den Novizen, der zu einem zitternden Häufchen Elend zusammengesunken war. »Das ist gut. Je eher du zu zweifeln beginnst, desto besser, denn der Orden kann weder Zweifler noch Schwächlinge brauchen. Wenn irgendjemand von euch der Ansicht ist, dass er von mir ungerecht oder zu hart behandelt wird, dann steht es ihm frei zu gehen. Dort ist die Tür!«

Er deutete auf die Pforte, die aus dem Unterrichtsraum führte, der kreisrund war wie eine Arena und über dem sich eine Decke aus halb durchsichtigem Eis wölbte. Darüber war schemenhaft der dämmernde Himmel der Yngaia zu erkennen.

Der größte Teil der Schüler zog es vor, weiter zu Boden zu starren. Nur einer von ihnen schaute auf und hielt Granocks bohrendem Blick stand.

»Nein«, erklärte er leise.

»Wie war das?«, hakte Granock nach.

»Nein«, wiederholte der Aspirant. »Weder zweifle ich, noch werde ich den Orden freiwillig verlassen. Es ist meine Bestimmung, hier zu sein, mein ureigenes Schicksal.«

Der Name des Aspiranten war Nimon, ein junger Elf, den die Schüler zum Sprecher ihrer Gruppe gewählt hatten. Nimon war von allen am längsten in Shakara, und er machte kein Hehl daraus, dass er im Grunde seines Herzens nichts davon hielt, Menschen in die Ordensburg aufzunehmen.

Damit stand er keineswegs allein.

Auch unter den Zaubermeistern gab es noch immer viele, die Menschen im Orden ablehnten, und die Tatsache, dass es außer Granock noch kein Sterblicher geschafft hatte, den Meistergrad zu erlangen, sprach in dieser Hinsicht Bände. Lange Zeit hatte Granock versucht, diese Haltung zu verstehen, zumal nach dem schändlichen Verrat, den die Menschen am Elfenkönig verübt hatten. Er hatte versucht, mit Großmut darüber hinwegzusehen, wenn ihm jemand mit jener Mischung aus Arroganz und Feindseligkeit begegnete, die Elfen so meisterlich an den Tag zu legen verstanden. Inzwischen konnte er das nicht mehr …

»Dein ureigenes Schicksal?«, hakte er nach. »Du glaubst, nur weil Elfenblut in deinen Adern fließt, hättest du dir bereits das Recht erworben, hier zu sein und in die Reihen der Weisen aufgenommen zu werden? Ist es das, was du mir damit sagen willst, Nimon, des Nydians Sohn?«

»Nein, Meister.« Der junge Elf schüttelte den Kopf. »Ich meinte nur, dass auch Ihr mich nicht davon abhalten werdet, jenes Schicksal zu erfüllen, das mir von der Vorsehung geschenkt wurde, zusammen mit meiner Gabe.«

»Deine Gabe.« Granock schnaubte verächtlich. »Glaubst du, du wärst deshalb etwas Besonderes? Hältst du es für so bedeutend, mit den Tieren sprechen zu können? Sieh dich um, Nimon – alle hier wurden vom Schicksal mit einer Gabe bedacht, und jede davon ist einzigartig.«

»Es kommt aber nicht nur auf die Gabe an, sondern auf die Geisteskraft desjenigen, der sie nutzt«, entgegnete der Aspirant, entschieden zu schneidig für Granocks Geschmack.

»So«, fragte er lauernd, »das bedeutet also, dass du dich deinen Mitschülern überlegen fühlst, richtig?«

»Ich bin, was ich bin«, antwortete der Elf, als erkläre das alles – und Granock spürte unbändige Wut in sich emporbrodeln.

Ein Teil von ihm hätte dem vorlauten Jüngling am liebsten einen *tarthan* versetzt, um ihn von einer Ecke des Saales in die andere zu befördern, während ein anderer ihn erstarren und in den Gärten des Miron ausstellen lassen wollte, um ihn zum Gespött der Novizen zu machen. Nur ein leises, kaum hörbares Flüstern in seinem Kopf plädierte für Vergebung – zweifellos Ariel, der vom Nebenraum aus alles mitverfolgt hatte.

Granocks linke Hand ballte sich zur Faust, während seine Rechte den Zauberstab umklammerte. Er war entschlossen, ein Exempel zu statuieren, hier und jetzt, um den Hochmut des jungen Elfen auszurotten wie ein wucherndes Unkraut.

Was, bei Sigwyns Krone, bildete er sich ein?

Wie kam er dazu, sich wegen seiner Herkunft Dinge anzumaßen, die ihm aufgrund seiner Leistungen noch längst nicht zukamen? Wieso, verdammt, pflegten sich Kerle wie er einfach zu nehmen, was sie haben wollten, und scherten sich einen Dreck darum, was andere dachten oder fühlten?

Dass es in Wahrheit ein anderer war, auf den sein Zorn sich richtete, merkte Granock nicht, und wenn, dann wäre es ihm wohl gleichgültig gewesen. Er hob den Zauberstab, um den vorlauten Jüngling zu bestrafen, und er genoss es, das wachsende Entsetzen in den Augen seiner Schüler zu sehen. Selbst Nimons Selbstsicherheit schien gebrochen, sein Stolz schmolz dahin wie Eis in der Sonne. Dennoch würde es keine Gnade geben.

Nicht dieses Mal …

Granock atmete tief ein und fokussierte sich innerlich, um einen Zeitzauber zu wirken – aber es kam nicht dazu.

Meister Lhurian! Meister Lhurian!

Die Nennung seines Zaubernamens riss ihn aus seiner Konzentration. Ungläubig riss er die Augen auf, um zu sehen, wer so dreist gewesen war. Es war ein ältlich aussehender Kobold, der einen grauen Bart hatte und dessen Kleidung aus Laub zu welken schien. Dennoch kam er in Windeseile auf Granock zu, seiner gebrechlichen Erscheinung zum Trotz.

»Argyll«, sagte Granock, der Farawyns Diener sofort erkannte. »Was gibt es?«

Mein Herr verlangt Euch in der Kanzlei zu sehen, Meister Lhurian. Auf der Stelle!

Granock biss sich auf die Lippen. Er wusste, dass der Ordensälteste nur nach ihm schickte, wenn es wirklich dringend war. Andererseits wollte er die Sache mit Nimon nicht unbereinigt lassen.

»Wir sprechen uns noch«, prophezeite er dem jungen Elfen deshalb düster, dann folgte er dem Kobold, der ihm mit tapsenden Schritten vorausging.

3. SAIARALÚTHIAN NYSAI

Es war kurz nach Einbruch der Dunkelheit, als eine einzelne vermummte Gestalt durch die dunklen Straßen Andarils schlich, der Burg entgegen, deren trutzige Türme sich inmitten der hohen Fachwerkhäuser und verwinkelten Gassen erhoben.

Dass in Andaril überhaupt noch ein Stein auf dem anderen lag, war im Grunde nur einem günstigen Schicksal zu verdanken, das es dem Elfenkönig bislang verwehrt hatte, eine seiner Lektionen gen Nordosten zu schicken, um die als Unruheherd berüchtigte Menschenstadt zu zerstören. Schon zweimal war Andaril der Ausgangspunkt dunkler Verschwörungen gewesen, deren Ziel letztlich die Vernichtung des Elfenreichs gewesen war.

Das erste Mal unter Fürst Erwein von Andaril, der für den Tod seines Sohnes Iwein blutige Rache hatte nehmen wollen und sich deshalb mit den Anhängern des Dunkelelfen verbündet hatte. Das zweite Mal unter seinem Sohn Ortwein, der die Herrschaft über Andaril übernommen hatte und unter dessen Führung sich zahlreiche Städte des Ostens und nicht zuletzt die Clans der Hügellande dem Bündnis Margoks angeschlossen und Krieg gegen das Elfenreich geführt hatte.

In beiden Fällen war die Bedrohung abgewendet worden, aber der mörderische Konflikt ging weiter, und so war es wohl nur eine Frage der Zeit, bis der Elfenkönig sich des Verrats entsinnen würde, den Andaril begangen hatte, und die Menschen dafür bestrafen.

Ohnehin hatte die Stadt, die zusammen mit ihrer Rivalin Sundaril die Pforte zu den Ostlanden bildete, schon bessere Zeiten gesehen; das Handelsembargo, das Tirgas Lan verhängt hatte und das seit fünf Jahren andauerte, hatte deutliche Wirkung gezeigt. Der sagenhafte Reichtum, den die Kaufleute Andarils angehäuft hatten, war vielerorts bitterer Armut gewichen; von den hohen, aus Stein gemauerten Herrschaftshäusern, in deren unteren Stockwerken sich die Handelskontore befanden, waren nicht wenige aufgelassen und dem Verfall preisgegeben worden. Und in den Straßen herrschte der Pöbel, Mord und Totschlag waren an der Tagesordnung. Die Stadt stand am Abgrund, und der Schatten, der nun den Marktplatz überquerte und sich dem Burgtor näherte, wusste dies nur zu genau. Es war der Grund für seine Anwesenheit …

Er hatte sich den beiden Posten am Tor noch nicht bis auf zwanzig Schritte genähert, als diese bereits die Hellebarden senkten. »Losung?«, verlangte einer der beiden zu wissen, deren Gesichter im Fackelschein und unter den mit Nasenschutz versehenen Helmen kaum zu erkennen waren.

»Lionwar«, nannte der Vermummte den Namen des Helden aus grauer Vorzeit, den die Sterblichen in ihren Liedern so gerne besangen – dabei hatte er kaum mehr geleistet, als einen Unhold zu erschlagen. Wie wenig es doch brauchte, um bei den Menschen als Held zu gelten …

Als die Waffen wieder aufgehoben wurden und das Torgitter sich mit metallischem Rasseln öffnete, wurde dem fremden Besucher klar, dass das Losungswort die zwanzig Goldstücke und den mit Edelsteinen besetzten Dolch wert gewesen war, die er dafür bezahlt hatte.

Er vermied es, den Torposten in die Augen zu sehen. Gesenkten Hauptes huschte er an ihnen vorüber, die Kapuze tief ins Gesicht gezogen. Sollten sie ihn ruhig für unterwürfig halten, das war immer noch besser, als wenn sie erkannten, wer er tatsächlich war. Elfen waren in den Ostlanden noch nie willkommen gewesen, seit Beginn des Krieges jedoch schlug ihnen offener Hass entgegen. Und auch die Tatsache, dass sich Andaril bereits seit geraumer Zeit im Kriegsgeschehen neutral verhielt, änderte nichts daran, dass das Leben eines Elfen in diesen Tagen nicht mehr wert war als das eines streunenden Hundes.

Der Vermummte ging am Torhaus vorbei und gelangte in den Innenhof. Indem er so tat, als wüsste er genau, wohin er sich zu wenden hatte, passierte er einige weitere Wachen, die jedoch keine Notiz von ihm nahmen. Wahrscheinlich, dachte er verächtlich, hatten sie billigen Wein getrunken, um sich über das traurige Schicksal hinwegzutrösten, dem nicht nur ihre Stadt, sondern ihr ganzes Volk entgegenging.

Sein Ziel war der große Burgfried, der sich inmitten der Anlage erhob und in dem er den Sitz der Herrin von Andaril vermutete. Genau wie die Umgrenzungsmauern und die Wachtürme war der Burgfried aus grob zurechtgehauenen Steinen gemauert und nicht mit einer Elfenfestung zu vergleichen. Es kam dem fremden Besucher wie bitterer Hohn vor, dass ausgerechnet er sich in an einen solch primitiven Ort schleichen musste, nächtens und vermummt wie ein Dieb.

Eilig huschte er die Stufen zum Tor hinauf und klopfte an die Pforte. Es dauerte einen Moment, bis auf der anderen Seite Schritte zu vernehmen waren und der Sichtschlitz geöffnet wurde. Ein kaltes, von buschigen Brauen überwölbtes Augenpaar erschien, das das Dunkel der Kapuze forschend zu durchdringen suchte.

»Was willst du?«

»Ich muss Fürstin Yrena sprechen«, gab der Besucher bekannt.

»Heute noch?« Die Augen des Hausmeiers funkelten belustigt.

»Allerdings. Die Angelegenheit ist dringend.«

»Was du nicht sagst, Fremder«, knurrte der andere und gähnte demonstrativ. »Die Fürstin hat sich bereits zur Ruhe gelegt. Komm morgen wieder und trag ihr dein Anliegen vor. Und jetzt scher dich weg, hörst du?«

Er schickte sich an, den Schlitz wieder zu verschließen, und der Besucher wusste, dass er seinen letzten Trumpf ausspielen musste. »Warte«, verlangte er und schlug rasch die Kapuze zurück. Die schmalen Augen und spitzen Ohren, die darunter zum Vorschein kamen, genügten, um den Hausmeier zumindest innehalten zu lassen.

»Was, zum Henker …?«, brummte der Alte verblüfft.

»Mein Name ist Ardghal«, stellte der Fremde sich vor. »Ich bin Fürst von elfischem Geblüt und verlange augenblicklich deine Herrin zu sprechen.«

»A-aber sie schläft …«

»Dann wecke sie«, forderte der Elf unnachgiebig. »Denn es geht um nicht mehr und nicht weniger als die Zukunft und das Überleben ihres Volkes.«

»Da bist du ja.«

Farawyn, der wie im Licht eines Kristalls über Berichten gebrütet hatte, die auf dem Tisch vor ihm ausgebreitet lagen, blickte auf. Einmal mehr kam es Granock vor, als wäre der Oberste des Zauberordens in den letzten Monaten gealtert. Natürlich nicht in dem Sinne, wie Menschen älter wurden, sondern einfach dadurch, dass sein *lu*, seine Lebensenergie, sich gemindert hatte infolge der schweren Entscheidungen, die er hatte treffen müssen, und der großen Verantwortung, die auf seinen Schultern lag.

Spontane Sorge um seinen ehemaligen Meister überkam Granock, die jedoch sogleich verflog, als Farawyn ihn aufforderte näher zu treten. Die dunklen Augen des Zauberers musterten ihn streng – sie zumindest schienen seit ihrer ersten Begegnung in Andaril keinen einzigen Tag gealtert zu sein. Sein grauschwarzes Haar und den Bart trug der Älteste anders als früher kurz geschnitten und streng getrimmt, was ihn noch respektgebietender wirken ließ.

»Ihr habt mich gerufen?«

»In der Tat.« Farawyn nickte bedächtig. Es war unmöglich festzustellen, was in seinem Kopf vor sich ging, und Granock hatte es längst aufgegeben, es erraten zu wollen.

»Ich war gerade dabei, einige Schüler zu unterrichten …«

»Ich weiß. Genau darüber wollte ich mit dir sprechen, Junge.«

Junge …

So hatte Farawyn ihn früher oft genannt, und Granock hatte sich eigentlich nie daran gestört. In letzter Zeit jedoch kam es ihm zunehmend unpassend vor. Nicht nur, weil er schon vor geraumer Zeit den Meistergrad erlangt hatte und dem Jugendalter längst entwachsen war, sondern auch, weil das Wort eine Vertrautheit zwischen ihnen vorgaukelte, die nicht länger Bestand hatte …

»Was gibt es?« Granock wappnete sich innerlich. Er ahnte, dass er wenig Schmeichelhaftes zu hören bekommen würde.

»Es gab erneut Beschwerden.«

»Worüber?«

»Über die Methoden deines Unterrichts«, erklärte Farawyn, ohne lange um den heißen Brei herumzureden. »Bruder Sunan hält dich für wenig geeignet, seinen Novizen Baldrick zu unterrichten, obwohl er wie du ein Mensch ist.«

»Das eine hat mit dem anderen nichts zu tun«, stellte Granock klar. »Ob Mensch oder Elf spielt in meinen Augen keine Rolle. Meine Aufgabe ist es, die Schüler auf das vorzubereiten, was sie dort draußen erwartet – und das ist Krieg. Mein Fach ist Kampfkunst, nicht Philosophie.«

»Das behauptet niemand«, konterte Farawyn. »Dennoch ist Sunan der Ansicht, väterliche Güte würde größere Erfolge zeitigen als unnachgiebige Härte.«

»Das anzunehmen steht ihm frei«, hielt Granock dagegen. »Vielleicht liegt es aber auch daran, dass Bruder Sunan den Tod seines Novizen Haiwyl niemals wirklich verwunden hat und deshalb zu notwendiger Strenge einem Schüler gegenüber nicht mehr fähig ist. Habt Ihr darüber schon einmal nachgedacht?«

»Der Gedanke ist mir gekommen.« Farawyn nickte, ohne dass zu erkennen gewesen wäre, was er tatsächlich dachte. »Allerdings ist Sunan nicht der Einzige, der an deinen Methoden zweifelt. Auch Meisterin Awyra hat Bedenken angemeldet. Vor allem, was dein Verhalten gegenüber einem gewissen Aspiranten angeht …«

Granock wusste sofort, wer gemeint war. Bevor er den *prayf* abgelegt und den *safailuthan* beendet hatte, war Nimon Awyras Novize gewesen, und natürlich herrschte zwischen beiden eine enge Verbundenheit. Dass der junge Elf nicht davor zurückschreckte, zu seiner alten Meisterin zu rennen, um sich bei ihr zu beschweren, ließ ihn in Granocks Ansehen nur noch weiter sinken. Er beschloss, ihm bei der nächsten sich bietenden Gelegenheit eine Lektion zu erteilen.

»Schwester Awyras Sorge ist unbegründet«, versicherte er, seine Wut nur mühsam unterdrückend.

»So? Ist sie das?« Farawyn sah ihn herausfordernd an. »Ich würde dir nur zu gern glauben, Junge. Aber die Beschwerden über dich häufen sich, und je mehr es werden, desto deutlicher habe ich das Gefühl, in deinem Verhalten ein gewisses Muster zu erkennen, eine Methode.«

»Meister?« Granock hob fragend die Brauen. Es war schon immer eine Spezialität Farawyns gewesen, die Dinge so zu formulieren, dass er kein Wort verstand.

»Die Schüler fürchten dich«, eröffnete ihm der Älteste. »Sie haben Angst vor dir.«

»Und das ist gut so«, bestätigte Granock, ohne mit der Wimper zu zucken. »Denn das, was ich ihnen beibringe, bereitet sie auf die Wirklichkeit vor, die außerhalb dieser Mauern herrscht – und das ist Krieg, Meister, ein grausames Gemetzel.«

»Und darum geht es dir?«

»Natürlich.« Granock schnaubte. »Worum sollte es mir denn wohl sonst gehen?«

»Nun, möglicherweise darum, deinen unterdrückten Hass auszuleben, deine namenlose Wut auf dich selbst und deinen Neid auf all jene, denen es besser ergangen ist als dir.«

Granock zuckte zusammen. Er schickte Farawyn einen warnenden Blick, der an den Augen des Ältesten jedoch zerschellte wie ein morscher Pfeil an einer eisernen Brünne.

»Und vielleicht«, fuhr Farawyn unbarmherzig fort, »ist der junge Nimon ja auch nur deshalb zur Zielscheibe deines Zorns geworden, weil er dich an jemanden erinnert, den du einst gut kanntest und der dein Freund gewesen ist. Ein Elf, der ebenfalls von vornehmem Blute war …«

»Schweigt!«, fuhr Granock seinen ehemaligen Meister an, lauter und wütender, als er es je für möglich gehalten hätte. »Was wisst Ihr schon von …«

»Von Aldur?«, hakte Farawyn nach.

»Von Freundschaft«, verbesserte Granock.

»Mehr als du ahnst«, gab der Älteste zur Antwort, »und ich weiß auch, was aus ihr werden kann, wenn sie vertrocknet wie ein

Baum, dessen Wurzeln durchsägt wurden.« Er unterbrach sich für einen Moment, und als er endlich fortfuhr, schien es nicht der Ordensälteste zu sein, der sprach, sondern Granocks väterlicher Mentor. »Du hast mir niemals erzählt, was damals geschehen ist«, stellte er fest.

»Das stimmt.« Granock nickte.

»Möchtest du es nachholen?«

»Wozu?« Granock zuckte mit den Schultern. »Es bringt die Vergangenheit nicht zurück.«

»Das nicht«, gab Farawyn zu. »Aber möglicherweise könnte es dich zurückbringen, mein Junge. Ich kann sehen, dass dich etwas quält. Willst du dich mir nicht anvertrauen, so wie du es früher stets getan hast?«

»Früher ist lange her. Ihr vergesst, dass ich nicht mehr Euer Schüler bin.«

»Keineswegs.« Der Älteste schüttelte den Kopf. »Ich verlange von dir nicht, dass du vor mir Rechenschaft ablegst wie ein Novize vor seinem Meister. Was ich dir anbiete, ist meine Freundschaft, Granock.«

»Dafür bin ich Euch dankbar.«

»Aber du willst sie nicht.« Farawyn seufzte. »Du schlägst sie aus und weist mich ab, so wie du jeden abweist, seit Alannah und Aldur Shakara verlassen haben.«

»Das ist nicht wahr!«, widersprach Granock. Bei jedem der genannten Namen war er zusammengezuckt wie unter einem Peitschenhieb. »Ihr wisst, dass das nicht wahr ist …«

»So? Warum, frage ich dich, hast du dann in den vier langen Jahren, die seither vergangen sind, keine neuen Freunde gefunden? Warum meidest du die Gesellschaft deiner Schwestern und Brüdern, wann immer du kannst?«

Granock war verblüfft. Ihm war nicht bewusst gewesen, dass Farawyn ihn derart aufmerksam beobachtete. Auch in Zeiten wie diesen schien dem Auge seines alten Meisters kaum etwas zu entgehen …

»Du widersprichst nicht, das nehme ich als Zeichen der Zustimmung«, fuhr Farawyn fort. »Aus diesem Grund habe ich beschlossen, deine selbstgewählte Einsamkeit zu beenden und dir einen Schüler zur Seite zu stellen, der …«

»Nein!«, sagte Granock so laut und entschieden, dass es von der gewölbten Decke der Kanzlei widerhallte. »Bitte nicht«, fügte er ein wenig leiser hinzu.

»Warum nicht?«, hakte Farawyn nach. »Du bist längst so weit. Viele Ordensmitglieder, die erst nach dir den Meistergrad erlangten, haben sich bereits Novizen gewählt.«

»Aber ich nicht«, widersprach Granock ruhig, aber entschieden. »Es wäre nicht gut.«

»Für wen, mein Junge? Für den Novizen? Oder für dich? Sprechen wir hier in Wahrheit über ein Problem, das nur dich allein betrifft?«

»Ich … ich …« Granock rang nach passenden Worten, aber er fand sie nicht. Er ertrug Farawyns fragenden Blick nicht länger und wandte sich ab. Dies war eine grobe Unhöflichkeit, und er erwartete, dass Farawyn ihn dafür zurechtweisen würde, aber die Rüge blieb aus. Stattdessen erhob sich der Älteste, kam hinter seinem Tisch hervor und trat bedächtig auf Granock zu.

»Hm«, machte er, als er in die erblassten Züge seines ehemaligen Schülers blickte, »wie gut, dass kein anderer sehen kann, was ich in diesem Augenblick sehe. Ich bin sicher, Schwester Awyra und Bruder Sunan würden ihre Schlüsse ziehen.«

»Sollen sie«, murmelte Granock trotzig. »Wenn Ihr der Ansicht seid, dass ich nicht gut genug bin für das Amt, mit dem Ihr mich betraut habt, so nehmt es mir und schickt mich woanders hin.«

»Wie könnte ich das? Deine Aufgabe ist es, diese jungen, unschuldigen Seelen auf den Krieg vorzubereiten, auf das Grauen, das sie dort erwartet – und dieser Aufgabe wirst du in vollem Umfang gerecht. Vielleicht erfüllst du sie sogar besser, als irgendjemand sonst es könnte.«

»Aber sagtet Ihr nicht …?«

»Es geht mir nicht um die Schüler, Lhurian, und auch nicht um das, was andere Ordensmitglieder vielleicht denken. Es geht mir einzig und allein um dich, denn ich fürchte, dass du selbst dabei verkümmerst. Schon jetzt hat deine Seele Schaden genommen.

Von dem unbeschwerten Jüngling, der einst über die Schwelle dieser Festung trat, ist kaum noch etwas übrig.«

»Und das wundert Euch?«

»Glaub mir, mein Junge, ich weiß, wie sehr du leidest.«

»Bei allem Respekt, Meister – ich glaube nicht, dass Ihr nachvollziehen könnt, was ich empfinde.«

»Dennoch möchte ich dir helfen.«

»Wenn Ihr mir helfen wollt, dann lasst mich gehen«, verlangte Granock wie schon unzählige Male zuvor. »Ihr habt recht, wenn Ihr sagt, dass mein Innerstes Schaden genommen hat. Aber Ihr wisst auch, wie es wieder geheilt werden könnte, nicht wahr?«

»Womöglich«, gab Farawyn zu. »Dieser Weg ist dir jedoch verschlossen.«

»Natürlich.« Granock lächelte freudlos. Er hatte keine andere Antwort erwartet. »Weil ich nur ein Mensch bin, nicht wahr? Deshalb darf ich nicht zu den Fernen Gestaden reisen.«

»Die Gestade sind den Söhnen und Töchtern Sigwyns vorbehalten«, bestätigte Farawyn. »Es ist ihr Ursprung und ihre Bestimmung. Alles Leben kommt von dort und mündet eines Tages wieder dorthin, so ist es zu allen Zeiten gewesen.«

»Ja«, räumte Granock schnaubend ein, »erfülltes Leben, das viele Menschenalter in Erdwelt verbracht hat. Aber Alannah und Aldur waren weder alt noch lag ein erfülltes Leben hinter ihnen. Sie waren jung, genau wie ich.«

»Dennoch haben sie sich für die Fernen Gestade entschieden, und es steht dir nicht zu, diesen Schritt in Zweifel zu ziehen. Du solltest dich allmählich an den Gedanken gewöhnen, dass du sie niemals wiedersehen wirst. Keinen von beiden.«

»Aber ich … ich …« Granock rang nach Atem, er hatte das Gefühl, dass ihm etwas die Kehle zuschnürte. Mit wenigen Worten hatte Farawyn ihm den Grund seiner tiefen Verbitterung vor Augen geführt, so deutlich, dass es ihn schauderte. Einmal mehr wurde ihm klar, wie aussichtslos sein Hoffen war – und wie endlos sein Schmerz. Er schloss die Augen, um die Tränen zu ersticken, und spürte, wie sich Farawyns Hand sanft und beruhigend auf seine Schulter legte.

»Mein Junge«, sagte der alte Zauberer leise, »ich weiß nur zu gut, was du empfindest, glaube mir. Auch ich habe einst von verbotenen Früchten gekostet und wurde bitter dafür bestraft. Deshalb weiß ich, dass der einzige Weg, sich nicht in der Vergangenheit zu verlieren, darin besteht, *sie* zu vergessen.«

Granock stutzte ob der eigenwilligen Betonung, die der Älteste dem Wörtchen »sie« zukommen ließ. Er war nicht sicher, ob sich Farawyns Empfehlung tatsächlich auf die Vergangenheit bezog oder ob er vielmehr längst ahnte, was Granock, Alannah und Aldur damals auseinandergebracht hatte.

Hatte Farawyn womöglich in einer seiner Visionen gesehen, wie es zum Zerwürfnis zwischen den Freunden gekommen war?

Die Möglichkeit, dass sein alter Meister ihn womöglich längst durchschaut hatte, war ihm unangenehm, und er straffte sich, um sich seine Bestürzung nicht anmerken zu lassen.

»Das kann ich nicht«, erklärte er steif.

»Dann, so fürchte ich, kann ich dir auch nicht helfen«, entgegnete Farawyn ruhig. Es lag kein Vorwurf in seiner Stimme, nur Bedauern.

»Bin ich damit entlassen?«

Der Älteste nickte, und Granock wandte sich zum Gehen. Dabei wurde ihm klar, dass er soeben Zeuge eines der seltenen Momente gewesen war, in denen Farawyn ihn für einen wenn auch nur kurzen Augenblick in sein Innerstes hatte blicken lassen.

»Junge?«

Granock hatte die versiegelte Tür noch nicht erreicht. Er blieb stehen und wandte sich um. »Ja, Meister?«, fragte er.

»Dir ist klar, dass nichts von dem, was hier gesprochen wurde, nach außen dringen darf? Würden Cysguran und meine anderen Gegner im Rat davon erfahren, würden sie ihr Wissen nutzen, um mir zu schaden.«

»Ich weiß, Meister«, versicherte Granock. »Seid unbesorgt, ich werde nichts verraten. Manchmal allerdings frage ich mich, warum Ihr mich eingeweiht habt. Vielleicht hättet Ihr auch mich über Alannahs und Aldurs Aufenthalt im Unklaren lassen sollen.«

»Vielleicht«, gab Farawyn zu. »Aber ich dachte, ich wäre dir die Wahrheit schuldig. Ich wollte nichts vor dir verheimlichen, da ich dir mehr vertraue als jedem anderen Mitglied dieses Ordens. Ich dachte, es würde es dir einfacher machen.«

Granock stand wie vom Donner gerührt. Es war das erste Mal, dass Farawyn seiner Zuneigung derart offen Ausdruck verlieh. Für gewöhnlich beschränkte sich der Älteste darauf, in Rätseln und Andeutungen zu sprechen und die Neutralität zu wahren, die sein Amt erforderte.

Einen quälenden Moment lang führte Granock einen inneren Kampf, überlegte, ob er Farawyn in sein Geheimnis einweihen und ihm seine Liebe zu Alannah gestehen, ob er ihm offenbaren sollte, dass es nur deshalb zum Bruch zwischen ihm und Aldur gekommen war und dass er allein die Schuld für ihre Entscheidung trug, Shakara zu verlassen.

Er entschied sich dagegen.

Teils aus Furcht vor dem, was sein Meister dann von ihm halten würde. Teils aus Scham.

»Das war ein Irrtum, Meister«, flüsterte er.

»Ja.« Farawyns Stimme klang müde. »Das war es wohl.«

Gesenkten Hauptes kehrte der Älteste hinter seinen Schreibtisch zurück.

Das Gespräch war beendet.

4. GWAHÁRTHANA

Es war eine jener Nächte, in denen der Nebel, der sich allabendlich über dem Fluss sammelte, in zähen Schwaden die Böschung heraufkroch – ein träges Monstrum, das im Mondlicht leuchtete und seine Gestalt fortwährend zu verändern schien, während es sich über Büsche und Felsen wälzte, den elfischen Linien entgegen.

Hauptmann Alurys hatte den wollenen Umhang eng um die Schultern gezogen. Mit zu schmalen Schlitzen verengten Augen spähte er in das milchige Grau, durch das die andere Flussseite und die Ausläufer des Schwarzgebirges nur noch zu erahnen waren. Die Luft war kalt und feucht. Es hatte viel geregnet in den letzten Tagen, sodass sich der Erdboden zu beiden Seiten des Flusses in zähen Morast verwandelt hatte. Die Nässe drang durch die Stiefel und tränkte die Beinkleider, sorgte dafür, dass Waffen und Rüstungen beständig gepflegt werden mussten, um keinen Rost anzusetzen. Und sie nagte an der Moral der Krieger, die entlang des Flusses Wache hielten.

Auch Alurys, dem es als Offizier oblag, den Mut der Legionäre zu stärken, spürte die Ermüdung. Karge Verpflegung, nicht enden wollende Wachschichten, das sich zunehmend verschlechternde Wetter und unablässige Angriffe der Orks hatten den Hauptmann und seine Leute ausgezehrt. Dennoch taten sie, was von ihnen verlangt wurde, und behielten von vorgeschobenem Posten aus den ihnen zugewiesenen Frontabschnitt im Auge.

Seit vier Jahren herrschte nun Krieg zwischen dem Elfenreich und den Unholden – aber wie hatte sich dieser Krieg im Lauf dieser

Zeit verändert! Mit einer großen Schlacht und einem glanzvollen Sieg hatte er begonnen – inzwischen war ein zähes Ringen um Land daraus geworden, ein ständiges Warten und gegenseitiges Belauern.

Wie sehnte sich Alurys danach, dem Feind in offenem Kampf gegenüberzutreten! Wie befreiend wäre es gewesen, ihm am helllichten Tage und auf freiem Feld zu begegnen! Aber die Unholde hatten aus ihrer Niederlage gelernt und seither ein großes Aufeinandertreffen vermieden. Stattdessen begnügten sie sich damit, fortwährend überraschende Ausfälle zu unternehmen. Im Schutz der Dunkelheit pflegten sie über den Fluss zu setzen, vornehmlich in nebligen Nächten wie dieser …

Alurys zuckte zusammen, als er zu seiner Linken ein Geräusch vernahm. Sein wachsamer Blick streifte durch die trüben Schwaden, konnte jedoch nichts ausmachen.

Wieder Geräusche – das Plätschern von Wasser, gefolgt vom Schmatzen großer Füße im Morast.

Sie kamen!

Alurys fühlte, wie sich sein Pulsschlag beschleunigte. Seine Hand fuhr an den Griff der Elfenklinge und zückte sie, während er lautlos aus seiner Stellung trat und die behelfsmäßige Palisadenwand hinabschlich, die entlang des Flusses errichtet worden war.

Seine Leute, die sich hinter den Palisaden verschanzten, hatten die Geräusche ebenfalls gehört und waren vorbereitet. Pfeile lagen auf den Sehnen der Bogen, die Klingen blank polierter Glaiven blitzten im Mondlicht, bereit, sich in die Gedärme angreifender Orks zu wühlen. Ihr Befehl lautete, die Palisaden um jeden Preis zu halten und den Feind keinesfalls durchbrechen zu lassen – und diesen Befehl würden sie bis zum letzten Atemzug ausführen.

Der Hauptmann und seine Männer verständigten sich mit Blicken. Er war immer der Ansicht gewesen, dass der Platz eines Offiziers bei seinen Soldaten war und man ihnen nur abverlangen durfte, was man auch selbst zu geben bereit war. So hatte er sie ausgebildet. Doch auf das, was im nächsten Moment aus den Nebelschleiern brach, hatte auch Alurys seine Männer nicht vorbereiten können.

Es begann mit wütendem Gebrüll, das ein Stück flussabwärts zu hören war.

»Bogenschützen!«, befahl Alurys – aber noch gab es nichts, worauf zu zielen sich gelohnt hätte. Wie eine undurchdringliche Wand stand der Nebel über dem Fluss, während von der linken Flanke bereits Schwerterklirren zu vernehmen war. Dann, plötzlich, waren schemenhafte Umrisse zu erkennen. Die Schützen entließen die Pfeile, die sirrend im milchigen Grau verschwanden.

Einige der Schemen warfen die Arme nach oben und brachen zusammen, die anderen huschten weiter. Alurys hob das Schwert und stellte sich dem ersten Schatten entgegen, der sich aus dem Nebel löste, bereit, jeden Handbreit Boden so teuer wie möglich zu verkaufen – doch wie erschrak der Hauptmann, als er das Antlitz des Orks erblickte!

Alurys war darauf gefasst gewesen, in eine grässliche grüne Fratze zu sehen, die mit mörderischen Hauern bewehrt war und aus deren gelben Augen ihm blanker Hass entgegenschlug. Doch dieses spezielle Haupt ruhte auf einem Körper, zu dem es nicht gehörte! Eine grobe Naht umlief den dicken grünen Hals, auf den der Kopf gesetzt worden war!

Dass Alurys den Frevel, der an der Natur verübt worden war, sofort durchschaute, hatte einen Grund – denn kein anderer als er selbst war es gewesen, der das Haupt des Orks erst vor wenigen Tagen von seinem alten Rumpf getrennt hatte!

Einen Augenblick lang war der Hauptmann wie erstarrt vor Entsetzen. Dann riss er seine Klinge empor, um den Angriff des Unholds abzuwehren – zu spät.

Das Letzte, was er sah, war die schartige Klinge des Ork, die mit Urgewalt herabsauste.

Eine Versammlung war einberufen worden, wie so oft in den letzten Monaten.

Früher, als noch Friede geherrscht hatte unter Erdwelts Völkern, hatte sich die große Halle, in der die Ratsmitglieder zusammentrafen, nur selten gefüllt. In diesen dunklen Zeiten jedoch gab es stets einen neuen Anlass dafür: Die Beobachter, die man ausgesandt hatte, berichteten über den Kriegsverlauf und über die Geschehnisse an den Fronten; Strategien wurden erörtert und Beschlüsse gefasst; und umrahmt von betretenem Schweigen wurden die Namen derjenigen Ordensmitglieder verlesen, die im Kampf gegen die Mächte der Finsternis das letzte Opfer gebracht hatten.

Es war kein anderer als Farawyn, dem diese undankbare Aufgabe zufiel. Zu gern hätte er sie einem anderen überlassen, aber ihm war klar, dass es seine Pflicht war als Ältester des Ordens, und er hasste sich selbst dafür.

»Bevor wir diese Versammlung eröffnen«, begann er mit tonloser Stimme, die von der hohen Decke des Ratssaales widerhallte, »wollen wir zuvorderst die Namen derer hören, die in der vergangenen Woche ihr Leben gegeben haben, um diese unsere Welt vor der Vernichtung zu bewahren. Erweisen wir ihren Namen Respekt und Dankbarkeit, auf dass sie Eingang finden mögen in die Chroniken unseres Ordens und dort Unsterblichkeit erlangen, wenn ihnen ein Dasein in ewiger Freude versagt blieb. Bitte erhebt Euch, Schwestern und Brüder.«

Es hätte der Aufforderung nicht bedurft. Die meisten Mitglieder des Rates waren von Ihren Sitzen aufgestanden, noch während Farawyn gesprochen hatte; dadurch wurde offensichtlich, wie wenige sie geworden waren.

Früher, wenn eine Vollversammlung einberufen worden war, waren die Sitzreihen, die sich zu beiden Seiten des schmalen Mittelgangs erhoben, nahezu vollständig besetzt gewesen. Inzwischen klafften beträchtliche Lücken: Die einen Ratsmitglieder waren im Auftrag des Ordens an weit entfernte Orte geschickt worden, um die Truppen des Königs dort zu unterstützen. Die anderen würden niemals wieder nach Shakara zurückkehren, und ihre Zahl wurde immer größer …

Auf ein Zeichen Farawyns hin, der am Kopfende der Halle auf dem Rednerpodest stand, hoben die Räte ihre Zauberstäbe und ließen die darin eingearbeiteten Kristalle leuchten. Bunter Schein in allen Regenbogenfarben erfüllte daraufhin die Halle und schien ein wenig Mut und Hoffnung zu spenden – bis Farawyn daranging, mit, wie es schien, unendlicher Langsamkeit die Namen der Gefallenen zu verlesen.

»Bruder Egnias, Zaubermeister … Bruder Cymlog, Zaubermeister … Schwester Rhinwyd, Zaubermeisterin … Canolf, Eingeweihter … Elur, Aspirant …«

Während er las, verlosch ein Elfenkristall nach dem anderen. Ihre Farbe verblasste, und ihr Licht verlor sich, bis nichts mehr davon übrig war und nur noch der Schein des großen Kristalls den Ratssaal beleuchtete, der hoch über dem Rednerpult schwebte. Aber es schien, als hätte auch er von seinem Glanz eingebüßt, und selbst die Statuen der alten Könige, die den Saal säumten und das Gewölbe trugen, schienen plötzlich finsterer dreinzublicken als zuvor.

»… Lytha, Novizin … und schließlich Bruder Suiban, Zaubermeister und Mitglied dieses Rates«, schloss Farawyn seinen Bericht, und die Stille, die daraufhin eintrat, war so schwer und drückend, dass sie fast körperlich zu spüren war.

Es dauerte lange, bis Farawyn das Schweigen aufhob und die Räte sich wieder setzten. Die Tatsache, dass einer aus ihrer Mitte gefallen war, erschütterte die Zauberer besonders, denn eines gewaltsamen Todes zu sterben, bedeutete nicht nur, dass das *lu* eines Elfen unwiederbringlich verlosch, sondern auch, dass sein gesammeltes Wissen und seine Weisheit niemals die Fernen Gestade erreichen und dort für die Ewigkeit bewahrt würden. Schon bei einem Novizen bedeutete dies einen unersetzlichen Verlust – bei einem Zauberer des Rates jedoch war er so stark, dass jeder den Schmerz fühlte, unabhängig davon, welche persönlichen Bande er zu Bruder Suiban unterhalten hatte.

Die Namen waren verlesen und von Bruder Syolan ein letztes Mal in die Ordenschronik eingetragen worden. Nun begann die eigentliche Sitzung, und Farawyn erteilte Gervan das Wort, dem stellvertretenden Ältesten, der soeben von einer Reise an die Westfront zurückgekehrt war.

»Trotz aller Verluste und Rückschläge, die wir hinzunehmen hatten, bringe ich aus dem Grenzland gute Nachrichten, Schwestern und Brüder«, begann Gervan seinen Bericht, nachdem er sich aus seinem Sessel erhoben hatte und an das Rednerpult getreten war. »Der Fluss Glanduin, der seit Urzeiten das Elfenreich von den Dunkellanden scheidet, wird auch weiterhin erfolgreich gehalten. Zwar tragen die Unholde immer wieder Angriffe gegen die Legionen vor, die vom Scharfgebirge bis hinab in die Ebenen die Grenze bewachen, aber es ist ihnen bislang nicht gelungen, ihre Reihen zu durchbrechen. Nicht unerheblichen Anteil daran«, fuhr der Zauberer fort, der sein langes Haar im Nacken zusammengebunden trug und dessen schmale Augen einen Einschlag von Purpur aufwiesen, »haben unsere Schwestern und Brüder, die Seite an Seite mit Elidors Recken kämpfen und die Horden der Finsternis ein um das andere Mal zurückschlagen – wenn auch unter hohen Verlusten.«

»Schön und gut, Bruder Gervan«, erhob sich auf der linken Seite die Stimme Cysgurans. Seit dem Tod von Meisterin Maeve, die vor vier Jahren bei der Schlacht im Flusstal gefallen war, bekleidete er das Amt des Sprechers des linken Flügels. Er war bekanntermaßen ein erbitterter Rivale Gervans, und nicht einmal der Krieg hatte daran etwas ändern können … »Aber wenn Ihr schon dabei seid, von den Vorgängen an der westlichen Front zu berichten, so solltet Ihr nicht unerwähnt lassen, dass auch die Gegenseite Verstärkung erhalten hat.«

»Das ist richtig«, gab Gervan unumwunden zu. »Von unseren Spähern wissen wir, dass der Feind neue Truppen aus den Tiefen der Modermark herangeführt hat – nicht nur Orks, die an Wildheit und Brutalität alle bisherigen Schrecken verblassen lassen, sondern auch Trolle, Gnome und anderes Gesindel aus den finstersten Pfründen dieser Welt.«

»Und das ist noch längst nicht alles«, versetzte Cysguran mit einer Genugtuung, die Farawyn erboste. Auch er hatte dem linken Flügel angehört, ehe er zum Ältesten bestimmt worden war, aber mit dem Beginn des Krieges hatten zumindest aus seiner Sicht alle inneren Streitigkeiten des Ordens geendet. Was für einen Sinn hatte es, über philosophische Fragen zu streiten oder die zukünftige Gestaltung des Ordens zu erörtern, wenn es zweifelhaft war, ob es überhaupt eine solche Zukunft gab?

Der Burgfrieden, den Farawyn in Shakara ausgerufen hatte, hatte auch bedingt, dass nicht Cysguran, der als aussichtsreicher

Kandidat auf den Posten gegolten hatte, sondern sein Gegner Gervan zum stellvertretenden Ältesten gekürt worden war. Farawyn war überzeugt davon, dass der Orden nur eine Aussicht auf Erfolg hatte, wenn beide Flügel Hand in Hand arbeiteten, statt sich in kleingeistigem Zwist gegenseitig zu erschöpfen. Doch nicht alle Mitglieder des Hohen Rates teilten diese Meinung …

»Wovon genau sprecht Ihr?«, fragte Farawyn deshalb und stellte sich an die Seite seines Amtsbruders, so als müsste er ihn vor Cysgurans Attacken auch körperlich beschützen.

»Ich spreche von der Wahrheit«, erwiderte der andere und strich sich durch das streng zurückgekämmte graue Haar, ehe er in einer effektheischenden Geste die Arme hob. »Wenn Ihr schon von Unholden sprecht und von immer neuen Ungeheuern, die aus den Tiefen der Westmark herangeführt werden, so habt auch den Mut auszusprechen, dass kein anderer als Rurak ihr Anführer ist, Margoks ergebener Diener und einst Mitglied dieser ehrwürdigen Einrichtung!«

Man konnte sehen, dass die Erwähnung des abtrünnigen Zauberers, der sich einst Palgyr genannt und tatsächlich dem Hohen Rat angehört hatte, in den Mienen einiger Ordensbrüder und -schwestern für Entsetzen sorgte. Farawyn wusste nicht, worauf Cysguran hinauswollte, aber ihm war daran gelegen, nicht noch mehr Angst und Schrecken zu verbreiten, als es ohnehin schon der Fall war. Die Rückkehr Margoks und der Ausbruch des Krieges hatten den Orden nicht zuletzt deshalb so unvorbereitet getroffen, weil die meisten Ratsmitglieder ihre Augen vor der wirklichen Welt verschlossen und sich lieber ihren Studien gewidmet hatten. Noch immer gab es unter ihnen welche, die seiner Politik ablehnend gegenüberstanden und nicht verstehen wollten, weshalb der Orden König Elidor im Kampf um das Reich unterstützte; und Farawyn wollte nicht, dass es noch mehr wurden …

»Rurak wird seit der Schlacht im Flusstal vermisst«, stellte er klar. »Niemand hat ihn seither gesehen.«

»Aber es gibt Gerüchte«, widersprach Cysguran, dessen Gewand das Emblem der Kristallgilde trug, der er vorstand, »und zwar in solcher Häufung, dass sie kaum unwahr sein können. Die Soldaten des Heeres jedenfalls hegen keinen Zweifel daran, dass Rurak noch lebt. Wisst Ihr, wie sie ihn inzwischen nennen? *Gwantegar* – den Todbringer! Und wie es heißt, haben selbst die Unholde ihm den Beinamen ›der Schlächter‹ verliehen, weil er nach der Niederlage im Flusstal Hunderte von ihnen pfählen ließ.«

»Gerüchte, wie Ihr schon sagtet«, wehrte Gervan ab. »Worauf wollt Ihr hinaus?«

»Ich will darauf hinaus, Bruder Gervan, dass Euer Bericht die wichtigsten Tatsachen verschweigt. Ihr sprecht von Hoffnung und militärischen Erfolgen, dabei ist es in Wahrheit so, dass unsere Verluste immer größer und die Übermacht des Feindes immer erdrückender wird! Wie viele von uns haben den Kampf gegen Margoks Horden bereits mit dem Leben bezahlt? Zweihundert? Wir erwähnen ihre Namen ein letztes Mal und erweisen ihnen Respekt, aber auch das kann nicht darüber hinwegtäuschen, dass sie alle ihre Existenz völlig vergeblich geopfert haben!«

»Bruder Cysguran, mäßigt Euch!«, rief Farawyn, und einige Ratsmitglieder wie Syolan und Atgyva protestierten entschieden gegen solch frevlerische Reden.

»Ich soll mich mäßigen? Obschon ich nichts anderes als meine freie Meinung äußere? Ist das in diesem erlauchten Gremium nicht mehr gestattet?«

»Es ist gestattet, solange es nicht die Ehre und die Gefühle der anwesenden Ratsmitglieder verletzt«, schränkte Farawyn ein. »Ihr jedoch habt soeben das Lebenswerk verstorbener Mitbrüder und -schwestern in Zweifel gezogen und damit ihr Andenken gekränkt.«

»Ich kränke ihr Andenken, indem ich die Wahrheit sage? Was ist dann mit Euch, Ältester Farawyn? Eure Reden in Tirgas Lan und am Hofe Elidors haben jenen Ordensbrüdern und -schwestern nicht nur ihre Ehre, sondern das Leben gekostet!«

Farawyn holte tief Luft, während er sich mit dem Handrücken über die Stirn fuhr, um den Schweiß abzuwischen. Unruhe trat auf den Rängen ein, die Ratsmitglieder diskutierten miteinander wie in alten Zeiten – nur dass ihr Gemurmel die Halle längst nicht mehr erfüllte, sondern aufgrund ihrer geringeren Anzahl zu einem schwachen Wispern verkommen war, zum kläglichen Echo eines Zeitalters, das unwiderruflich zu Ende gegangen war.

»Wenn man Euch reden hört, Bruder Cysguran«, ergriff Farawyn wieder das Wort, »könnte man fast glauben, Ihr zieht die Entscheidung des Ordens, sich gegen die Aggressoren zur Wehr zu setzen, in Zweifel!«

»Muss man das nicht nach allem, was geschehen ist? Nach all den Verlusten, die wir erlitten haben? Keiner unserer Mitbrüder und -schwestern, die im Kampf gefallen sind und deren Namen Ihr hier verlesen habt, wird jemals wieder zurückkehren, ganz gleich, was wir beschließen – aber wir können verhindern, dass es zu weiteren Verlusten kommt.«

»Wie wollt Ihr das anstellen?«, erkundigte sich Bruder Simur, der seit Gervans Ernennung zum Ältesten für den rechten Flügel sprach. »Wollt Ihr aus dem Krieg austreten? Den Elfenkönig im Stich lassen, nachdem wir ihm Treue geschworen haben?«

»Der Eid, den wir geleistet haben«, brachte Cysguran in Erinnerung, »gilt zuvorderst dem Reich und erst dann seinen Dienern. Hätte Elidor sich in der Vergangenheit nicht als ein solch schwacher Herrscher erwiesen, müssten wir nicht so teuer dafür bezahlen. Er hat Erdwelt einen schlechten Dienst erwiesen, und es ist nicht einzusehen, weshalb ausgerechnet wir dafür bluten sollten.«

»Was genau schlagt Ihr vor?«, fragte Farawyn spitz. »Wollt Ihr mit Margok verhandeln?«

Das erneut aufbrandende Gemurmel verriet, wie abwegig den meisten Ratsmitgliedern dieser Gedanke erschien. Cysguran jedoch zuckte mit keiner Wimper. »Die ›Weisen‹ nennen wir uns, also sollten wir auch klug und besonnen handeln«, konterte er, »und in dem blutigen Morden der letzten Jahre kann ich weder Klugheit noch Besonnenheit erkennen.«

Nun gab es beipflichtendes Nicken, wenn auch nur vom linken Flügel, was Farawyn geradezu fassungslos machte. Obwohl die Mäßigung der eigenen Empfindungen als eine der Haupttugenden des Ordens galt, hatte er Schwierigkeiten, an sich zu halten. »Dieses Morden, Bruder Cysguran, wurde weder von uns begonnen, noch lag es je in unserer Absicht. Der Krieg wurde uns aufgezwungen, und wir tun lediglich das, was jede Kreatur tun würde, die am Leben bleiben will – wir setzen uns zur Wehr!«

»Aufgezwungen ist das richtige Wort«, stimmte Cysguran zu. »Aber von wem? War es tatsächlich Margok, der uns zu den Waffen gerufen hat? Nein! Ihr habt es getan, Bruder, nachdem Ihr in vorauseilendem Gehorsam dem Träumer auf dem Elfenthron unsere Unterstützung zugesagt habt!«

Wieder gab es Zustimmung, und jedes Händepaar, das beifällig aneinandergerieben wurde, brachte Farawyns Blut noch mehr in Wallung. »Wenn Ihr die Ereignisse der Vergangenheit schon bemühen wollt, Schwestern und Brüder, so solltet Ihr dabei Sorgfalt walten lassen«, schnaubte er. »Vielleicht habt Ihr ja schon vergessen, dass Margok ein Bündnis aus Menschen und Orks geschmiedet hatte und dass ihr vereintes Heer im Begriff war, gegen Tirgas Lan zu marschieren, die Hauptstadt unseres Reiches!«

»Gegen Tirgas Lan«, bestätigte der andere. »Aber hat sich Margok gegen uns gewandt? Hat er seine Horden nach Shakara geschickt?«

»Nein – weil er im Flusstal vernichtend geschlagen wurde! Nur unserem beherzten Eingreifen und unserem gemeinsam errungenen Sieg ist es zu verdanken, dass Erdwelt nicht längst in Trümmern liegt und Margoks dunkles Banner über Shakara weht.« Diesmal war es Farawyn, der Zustimmung erhielt, vor allem von jenen, die an der Schlacht am Siegstein teilgenommen und Zeugen des verlustreichen Kampfes geworden waren.

»Wenn es so ist, wie Ihr sagt, Bruder, wenn es unserem ach so entschlossenen Eingreifen zu verdanken ist, dass Erdwelt vor einem dunklen Schicksal bewahrt wurde – warum werden wir dann noch immer angegriffen? Warum führt Rurak immer neue Horden aus dem Westen heran? Warum kommen auch die Ostgebiete nicht zur Ruhe, sodass wir uns einem Krieg an zwei Fronten ausgesetzt sehen? Ich will es Euch sagen: weil der Sieg vor vier Jahren wertlos gewesen ist! Trotz der hohen Verluste, die wir zu beklagen hatten, ist es Euch nicht gelungen, die Wurzel des Übels zu vernichten.«

»Margok ist uns entkommen, das ist wahr«, räumte Farawyn ein. »Es gab eine Zeit, da wir hofften, sein böser Geist wäre samt des frevlerischen Körpers, dessen er sich bemächtigt hat, vom Kristallschlund verschlungen worden. Aber inzwischen …«

»… mussten wir einsehen, dass der Dunkelelf noch immer am Leben ist«, brachte Cysguran den Satz zu Ende. »Seine Bosheit nährt nach wie vor seine Horden, und sein stinkender Atem verpestet auch weiterhin die Luft. Fraglos hat er sich nach Nurmorod zurückgezogen, in die Drachenfeste, von deren Existenz bis vor wenigen Jahren keiner von uns wusste. Dort hat er seine Wunden geleckt und bereitet womöglich gerade jetzt, in diesem Augenblick, einen neuen Angriff vor.«

»Es wäre möglich«, gab Farawyn zu, ohne eine Miene zu verziehen. Noch immer wusste er nicht, was Cysguran bezweckte. Der Zauberer verstand es vortrefflich, seine Absichten zu tarnen. »In jedem Fall müssen wir auf einen solchen Angriff gefasst und vorbereitet sein.«

»Vorbereitet?« Ein spöttisches Grinsen verzog Cysgurans Gesicht, in das sich an Wangen und Stirn tiefe Falten gegraben hatten. »Bei allem nötigen Respekt, Ältester Farawyn – wisst Ihr auch, was Ihr da sagt? Schon jetzt ist die Lage angespannt, und wir können die beträchtlichen Verluste, die wir erleiden, kaum noch ausgleichen. Die Zauberer von Shakara sind bereits jetzt überall in Erdwelt im Einsatz: Sie helfen dabei, die Grenzen zu verteidigen, sind als Späher tätig und übernehmen diplomatische Missionen, und es gibt Stimmen, die behaupten, dass das Elfenheer ohne unsere Unterstützung den Krieg längst verloren hätte.«

Wieder wurde Zustimmung laut, und nicht nur aus den eigenen Reihen. Cysguran sprach Vorbehalte aus, die viele Zauberer hatten, vor allem jene, die diesen Kampf nie gewollt und ihre Augen bis zuletzt vor der Gefahr verschlossen hatten.

»Das vermag ich nicht zu beurteilen«, schränkte Farawyn deshalb ein. »Wir tun lediglich, was unsere Pflicht ist als ein lebendiger Teil dieser Welt.«

»Nur unsere Pflicht? Ich meine, wir tun weit mehr als das – und sehen uns dennoch in einem aussichtslosen Kampf. Wenn geschieht, was wir befürchten, und der Dunkelelf uns von Süden her angreift, so ist unser Untergang besiegelt, denn eine dritte Front werden wir nicht halten können.«

»Das steht zu befürchten«, kam Farawyn nicht umhin zuzugeben. »Aber was sollten wir Eurer Ansicht nach tun? Wenn Ihr eine Lösung wisst, Bruder Cysguran«, fügte er mit leisem Spott hinzu, »so sagt es frei heraus.«

»Nun«, entgegnete der andere, »selbst ich, der ich kein Krieger bin und nicht viel von Strategie verstehe, weiß, dass es in einem solchen Fall am besten ist, dem Gegner mit einem schnellen Schlag zuvorzukommen, nicht wahr?«

Einige Herzschläge lang war Farawyn so verblüfft, dass er kein Wort hervorbrachte – hatte Cysguran soeben tatsächlich vorgeschlagen, den Krieg noch weiter auszudehnen? Der Älteste verspürte jähe Erleichterung, denn eine solche Forderung war leicht zu entkräften. »Von Strategie mögt Ihr nicht viel verstehen, Bruder«, entgegnete er lächelnd und konnte es sich nicht verkneifen, den anderen seine Überlegenheit spüren zu lassen, »aber selbst Ihr werdet wissen, dass ein Vorstoß nach Süden reiner Selbstmord wäre. Der Dschungel von Arun schützt Nurmorod wie hundert Mauern. Kein Heer kann ihn durchdringen, ohne dabei schreckliche Verluste zu erleiden – der große König Sigwyn hat es einst versucht, und es ist ihm nicht gelungen. Die Schlacht wäre verloren, noch ehe sie überhaupt begonnen hätte!«

Es gab Beifall und zustimmendes Nicken, und Farawyn war sich gewiss, den Disput für sich entschieden zu haben.

»Ihr gebt also zu, dass der Kampf aussichtslos ist?«, fragte Cysguran plötzlich.

»N-nein«, stammelte Farawyn, dem jäh klar wurde, dass er in einen Hinterhalt gelockt worden war. »Ich meine nur, dass …«

»Wie ich schon sagte, Bruder«, fiel sein Gegner ihm ins Wort (und diesmal waren es seine Züge, um die ein überlegenes Lächeln spielte), »ich verstehe anders als Ihr nichts von Strategie, deshalb käme es mir nie in den Sinn, Eure Einschätzung anzuzweifeln. Wir können den Kampf gegen Margok nicht gewinnen. Alles, wozu wir in der Lage sind, ist, unsere Stellung zu behaupten und dabei allmählich auszubluten.«

Allenthalben wurde auf den spärlich besetzten Rängen genickt, wurden Handflächen in stummer Zustimmung aneinandergerieben. Einige Angehörige des linken Flügels ließen sogar die Kristalle ihrer Zauberstäbe leuchten, um zu verdeutlichen, dass Cysguran ihnen geradewegs aus der Seele sprach.

Die beiden Ratsältesten tauschten einen besorgten Blick. Cysguran hatte ihnen eine Falle gestellt, und zumindest Farawyn war blindlings hineingetappt. »Es ist ein Dilemma, in dem wir uns befinden«, versuchte er zu retten, was noch zu retten war. »Das steht außer Frage.«

»Dann sollten wir anfangen, über Möglichkeiten nachzudenken, die uns aus diesem Dilemma führen, findet Ihr nicht?«

»Wovon genau sprecht Ihr, Bruder?«, hakte Gervan nach.

»Nun«, erwiderte Cysguran gelassen, »entweder, wir lassen unsere Vorbehalte hinter uns und verhandeln mit Margok …«

»Niemals!«, rief Farawyn laut, wobei ihm die Zornesröte ins Gesicht schoss. Erschrockene Rufe wurden unter den Ratsmitgliedern laut. »Das steht nicht zur Diskussion! Wie könnt Ihr nur einen solchen Gedanken äußern, Cysguran? Zeigt Ihr jetzt Euer wahres Gesicht?«

»Eine solche Äußerung ist unter Eurer Würde, Farawyn«, hielt der Gescholtene dagegen. »Es stimmt, dass ich einst ein Parteigänger Palgyrs war, aber ich habe mich von ihm abgewandt, als ich von seinen wahren Absichten erfuhr. Und selbst Ihr solltet wissen, dass meine ganze Loyalität diesem Orden gilt und den Werten, für die er steht!«

»Ist das so?«, knurrte Farawyn.

»In der Tat. Außerdem habt Ihr mich meine Überlegungen nicht zu Ende führen lassen. Ich denke keineswegs daran, die Nähe des Dunkelelfen zu suchen und auf seine Verlockungen hereinzufallen!«

»Sondern?«, fragte Farawyn zähneknirschend, dem soeben klar wurde, dass Cysguran ihn ein weiteres Mal vorgeführt hatte. »Was gedenkt Ihr dann zu tun, Bruder?«

»Es gibt noch eine andere Möglichkeit, als Margoks Nähe zu suchen oder dem sicheren Untergang ins Auge zu blicken, und Ihr solltet sie uns nicht länger vorenthalten! Öffnet endlich die Archive und gebt uns Einblick in die verbotenen Bücher!«

»Niemals!«

Es war nicht Farawyn gewesen, der mit lauter Stimme geantwortet hatte, sondern Meisterin Atgyva.

Die *gwarshura* war aufgesprungen, und obschon Cysguran der Sprecher ihres eigenen Flügels war, taxierten ihre eisgrauen Augen ihn mit misstrauischen Blicken. »Niemals«, wiederholte sie noch einmal, gefasster diesmal.

»Hüterin Atgyva«, sagte Cysguran, »wir kennen Euren Standpunkt, was die Geheimnisse des *gwahárthana* betrifft. Aber selbst Ihr müsst zugeben, dass uns dieses Wissen helfen könnte, Margoks Angriffe abzuwehren.«

»Zu welchem Zweck?«, fragte die Bibliothekarin, die sich trotz ihres betagten Äußeren aufrecht hielt und von einem unbeugsamen Willen erfüllt schien. »Um am Ende ebenso zu werden wie der Dunkelelf?«

»Ist es ein Fehler, sich zu verteidigen?«

»Nein.« Atgyva schüttelte das Haupt mit dem kurz geschnittenen schlohweißen Haar. »Solange man dabei nicht auf die Seite der Dunkelheit wechselt.«

Cysguran schürzte die Lippen. Dann nickte er, scheinbar verständnisvoll. »Ich verstehe Euch, Schwester. Es ist Eure Pflicht, über die Wissensschätze von Shakara zu wachen. Zu diesem Zweck wurdet Ihr in die Ordensburg berufen, und alle Anwesenden hier können bezeugen, dass Ihr Eure Aufgabe stets verlässlich und zu aller Zufriedenheit erfüllt habt.«

»Ich danke Euch, Bruder«, erwiderte die Hüterin und deutete eine Verbeugung an.

»Aber, Schwester, Ihr seid auch eine Heuchlerin«, fuhr Cysguran fort, womit er erneut Farawyns Zorn hervorrief.

»Was fällt Euch ein, Mann?«, donnerte der Älteste. »Genügt es nicht, dass Ihr Zwietracht in unsere Reihen sät? Müsst Ihr jetzt auch noch die ältesten und verdientesten Mitglieder unseres Ordens beleidigen?«

»Ich bleibe nur bei der Wahrheit«, beteuerte Cysguran gelassen. »Wir alle wissen, dass jener Sieg, der vor vier Wintern im Flusstal errungen wurde und dem Ihr selbst so große Bedeutung beimesst, niemals errungen worden wäre, hätte nicht einer aus unseren Reihen den Mut besessen, die Bahnen unseres engstirnigen Denkens zu verlassen und auf eigene Faust zu handeln. Ihr wisst, von wem ich spreche.«

»Wir wissen es«, bestätigte Farawyn, der plötzlich das Gefühl hatte, ein Stück Blei liege in seinem Magen. Der Wortwechsel entwickelte sich auf eine Weise, bei der er nur verlieren konnte, egal wie die Sache ausging.

Sein Amtsbruder Gervan schien seine Unsicherheit zu fühlen. »Es ist allgemein bekannt, dass Bruder Rothgan sich damals verbotener Mittel bediente, um die Schlundverbindung zu zerstören und Margok dorthin zurückzutreiben, woher er gekommen war. Jedoch war es ein einmaliges Ereignis, das …«

»Wenn ich mich recht entsinne, seid Ihr selbst es gewesen, der Rothgan damals fragte, woher er sein Wissen über die Blutkristalle hatte«, fiel Cysguran ihm ins Wort. »Und ist Eure Frage jemals beantwortet worden?«

»Nein«, musste Gervan zugeben.

»Nein«, echote Cysguran. »Dabei ist es ein offenes Geheimnis, dass sich Bruder Rothgan verbotener Bücher bedient hat – Bücher aus Eurer Obhut, Hüterin Atgyva! Also redet mir nicht von Euren Aufgaben und Pflichten, wenn Ihr sie bereits einmal so sträflich vernachlässigt habt!«

»Hütet Euch, Bruder!«, rief Farawyn. »Ihr habt nichts in der Hand, um Eure Behauptungen zu beweisen!«

»Bedauerlicherweise«, räumte der andere ein und hob in einer resignierenden Geste die Arme. »Wir könnten Bruder Rothgan fragen, wäre er nicht seltsamerweise aus unserer Mitte verschwunden.«

»Bruder Rothgan und Schwester Thynia haben Shakara verlassen«, brachte Farawyn in Erinnerung. »Es war ihr eigener Wunsch, und es lag weder in meiner noch in Eurer Macht, etwas daran zu ändern. Es steht jedem Weisen frei, sich gegen das Leben in der Gemeinschaft zu entscheiden.«

»Kurz nachdem er zum Meister ernannt wurde?«

Cysguran war anzusehen, dass er Farawyn keinen Glauben schenkte, und für einen Augenblick befürchtete dieser, er könne seinem politischen Gegner ein weiteres Mal auf den Leim gegangen sein. Dann würde er womöglich zugeben müssen, dass sich die beiden Zauberer in Wahrheit auf seinen Vorschlag hin nach den Fernen Gestaden begeben hatten – und dass Aldur und er sich überworfen hatten. Aus Gründen, die Farawyn dem Hohen Rat keinesfalls offenbaren wollte …

Angespannt wartete der Älteste auf die Erwiderung Cysgurans – die in Form eines freudlosen Lachens erfolgte.

»Ein seltsamer Zufall, in der Tat«, tönte der Sprecher des linken Flügels, und Farawyn atmete innerlich auf. Ganz offenbar hatte Cysguran keine Beweise, mit denen er seine versteckten Vorwürfe untermauern konnte, also beschränkte er sich darauf, Zweifel in die Herzen der Ratsmitglieder zu säen.

Zweifel, was Farawyns Führungsqualitäten betraf.

Zweifel, was seine Entscheidungen betraf.

Zweifel, was ihrer aller Zukunft betraf …

»Ihr wisst, dass sich die Zeiten geändert haben«, fügte er an alle gewandt hinzu. »Über Jahrtausende haben wir Zauberer die Geschehnisse in Erdwelt bestimmt. Wir haben Könige stürzen und Reiche untergehen sehen, aber unsere Macht blieb ungebrochen, weil wir es stets verstanden haben, uns den Erfordernissen anzupassen. Farawyn selbst ist es gewesen, der vor einigen Jahren hier an dieser Stelle gestanden und uns alle dazu aufgefordert hat, nicht an der Vergangenheit festzuhalten, sondern uns für eine wahre Zukunft zu öffnen. Diese Forderung wiederhole ich nun, Schwestern und Brüder! Öffnen wir uns neuen Wegen und Möglichkeiten – oder der Orden wird keine Zukunft mehr haben! Lassen wir uns nicht abschrecken von Aberglauben und überkommenen Gesetzen, sondern tun wir das, was für unser Überleben notwendig ist: Öffnen wir die verbotenen Archive und eignen wir uns das Wissen an, das uns lehrt, die Elfenkristalle als Waffen zu gebrauchen, so wie Margok es einst tat. Lasst uns den Dunkelelf mit den eigenen Waffen schlagen, zum Wohl unserer Welt und aller Kreaturen, die darin leben!«

Farawyn schürzte die Lippen, nicht nur vor Abscheu, sondern auch vor widerwilliger Bewunderung. Mit erstaunlicher Beredsamkeit hatte Cysguran seine Niederlage überwunden und mit unfassbarer Dreistigkeit sogar ihn, Farawyn, für seine Pläne vereinnahmt – und die Zustimmung, die in den Mienen zahlreicher Ratsmitglieder zu erkennen war, zeigte, dass er damit mehr Erfolg hatte, als es eigentlich hätte der Fall sein dürfen.

In einem Punkt hatte Cysguran zweifellos recht: Die Zeiten hatten sich geändert.

Der Krieg hatte den Orden in eine Krise gestürzt, die selbst die Weisen kopflos und furchtsam agieren ließ. Farawyn fühlte sich in die Ecke gedrängt. Die Wahl, vor die Cysguran ihn stellte, war jene zwischen Pest und Cholera, wie die Menschen zu sagen pflegten. Weder konnte es mit Margok Verhandlungen geben, noch durfte man riskieren, dass der Orden den Pfad der Dunkelheit beschritt.

Farawyn wusste, dass er dem Rat rasch eine brauchbare Alternative würde anbieten müssen.

Oder der Untergang würde unaufhaltsam sein.

5. HENA PON

Sie schmerzten noch immer.

Die tiefen Wunden, die Rurak vor vier Jahren davongetragen hatte, hatten sich längst geschlossen. Die Narben der Verbrennungen waren jedoch noch immer zu sehen, und wenn in kalten Winternächten klamme Feuchtigkeit in seinen Körper kroch, bekam der abtrünnige Zauberer einen Geschmack davon, was es bedeutete, sterblich und mit menschlichen Gebrechen behaftet zu sein.

Noch schlimmer als der körperliche Schmerz aber war die Schmach, die der Zauberer erfahren hatte, seit er bei seinem dunklen Herrn in Ungnade gefallen war.

Mit bebenden Händen, die wie der Rest seines zerfallenden Körpers von Schwielen und verbrannter Haut überzogen waren, hob er den Kelch und griff nach der Phiole, in der eine grüne Flüssigkeit schwappte. Der Zauberer entkorkte sie mit den Zähnen und goss ihren Inhalt in einen mit Wein gefüllten Zinnkelch, wobei er eine leise Beschwörungsformel murmelte. Der Wein reagierte daraufhin mit der Flüssigkeit. Schaum bildete sich an der Oberfläche, und ein bitterer Geruch stieg auf, der jeder anderen Kreatur Übelkeit verursacht hatte – Rurak jedoch versprach er Erlösung.

Zumindest für eine Weile.

Der Zauberer wartete, bis der Schaum sich aufgelöst hatte, dann setzte er den Kelch an die Lippen und stürzte den Trank so gierig hinab, dass er an seinen Mundwinkeln hinabrann. Angewidert und erleichtert zugleich warf er das leere Gefäß von sich, wischte sich mit dem Handrücken über die entstellte Kinnpartie und wartete auf die ersehnte Wirkung.

Sie trat schließlich ein, aber der Zauberer nahm mit Besorgnis wahr, dass es noch länger dauerte als beim letzten Mal. Wie viel Zeit würde vergehen, bis das Serum ihm keine Linderung mehr verschaffte?

Wochen? Tage? Stunden …?

Seiner elfischen Herkunft gemäß hatte Rurak niemals einen Gedanken an die Endlichkeit seines irdischen Daseins verschwendet. In letzter Zeit jedoch ging ihm immer deutlicher auf, wie zerbrechlich seine Existenz und wie ähnlich er den Sterblichen geworden war. Sein geschundener Körper war dabei, sich aufzulösen, eine Folge des wütenden Angriffs, dem er ausgesetzt gewesen war. Der Name des Feindes, dem er dies zu verdanken hatte, stand ihm so deutlich vor Augen, als wäre er ihm mit glühenden Eisen ins Gedächtnis eingebrannt worden. Jeder Schmerz, der durch seinen gezeichneten Körper jagte, jeder Stich, der in seine morschen Glieder fuhr, erinnerte ihn von Neuem daran.

Aldur …

Im Lauf der Jahre, die seit der Schlacht im Flusstal vergangen waren, hatte er ihn hassen gelernt, den jungen Elfen, der über das Feuer gebot und diese Fähigkeit genutzt hatte, um dem Dunkelelfen an jenem schicksalhaften Tag den schon sicher geglaubten Sieg zu entreißen. Bisweilen kam es Rurak sogar so vor, als wäre sein abgrundtiefer Hass alles, was ihn noch am Leben hielt und seinen geschundenen Leib daran hinderte, sich in seine Bestandteile aufzulösen.

Wenn Rurak in den Spiegel sah, der an einer der Felswände hing, die sein Laboratorium umgaben, so erblickte er eine hagere, zerbrechlich wirkende Gestalt, die nicht mehr viel gemeinsam hatte mit dem stolzen Elfen, der er einst gewesen war. Sein langes Haar und der Bart waren abgesengt worden und nicht wieder nachgewachsen, seine ehemals so respektgebietenden Gesichtszüge glichen einer Trümmerlandschaft, aus deren Mitte die scharf gebogene Nase wie eine Ruine ragte.

Natürlich hatte Rurak jeden nur erdenklichen Zauber angewandt, hatte lichte wie dunkle Magie dazu benutzt, um die Wunden heilen zu lassen und wieder der zu werden, der er einmal gewesen war. Aber gegen die Vernichtungskraft des dunklen Feuers, so hatte er feststellen müssen, half kein Heilzauber. Was Aldur ihm angetan hatte, ließ sich nicht ungeschehen machen, und so war diese entstellte, verwesende Hülle zum Gefängnis für seinen nach Rache dürstenden Geist geworden. Äußerlich wie innerlich hatte er sich weit von den Söhnen Sigwyns entfernt. Geblieben war nur der eisig kalte Glanz seiner Augen, in denen nach wie vor ungezügelter Machthunger glomm.

Rurak brannte nach wie vor darauf, der Erste unter Margoks Dienern zu sein und aus dieser Stellung einen Vorteil zu ziehen, doch die Dinge waren nicht mehr, wie sie vor vier Jahren gewesen waren. Der Dunkle Feldzug hatte begonnen, der Krieg, den vorzubereiten er unter Einsatz seines Lebens geholfen hatte, war im Gang – doch Rurak war weiter denn je davon entfernt, die Früchte seiner unheilvollen Saat zu genießen.

Nach der Niederlage im Flusstal hatte Margok ihn verstoßen und auf die ferne Blutfeste verbannt. Die maßgeblichen Entscheidungen wurden nun an anderen Orten getroffen, während er dazu verurteilt worden war, als niedriger Diener die Überreste von dem zusammenzuflicken, was auf den Schlachtfeldern übrig blieb – und das war oft wenig genug.

Ein gellender Schrei riss den Zauberer aus seinen Gedanken. Er fand sich vor dem Spiegel stehend, beleuchtet vom Schein der Fackeln, die in den Wandhalterungen des Felsengewölbes steckten. Die Regale ringsum waren vollgestopft mit gläsernen Gefäßen, in denen verschiedenfarbige Flüssigkeiten lagerten, aber mit auch allerlei Versatzstücken, die im Lauf der Zeit zusammengekommen waren: Aus einem der Behältnisse starrten gelbe Ork-Augen; in einem anderen schwamm die Klaue eines Unholds, zur Faust geballt, so wie er sie ihm vom Arm getrennt hatte; in weiteren Gefäßen waren schwammig aussehende Innereien eingelegt, in anderen Nasen und Ohren; sogar ein Ork-Gehirn fand sich in der grotesken Sammlung, und in einer Ecke des Gewölbes waren bleiche Schädel zu einer bizarren Pyramide aufgetürmt.

Es waren die Hinterlassenschaften jener, die nicht das zweifelhafte Glück gehabt hatten, Ruraks Laboratorium jemals wieder zu verlassen. Von zwei Gefallenen erhob sich nur einer wieder zum Kampf. Nicht Rurak hatte diese Regel aufgestellt, sondern das Leben, und selbst Margoks Macht vermochte dagegen nichts auszurichten.

Wieder ein Schrei – eine neue Lieferung war eingetroffen!

Ein grimmiges Grinsen huschte über die narbigen Züge des Zauberers, während er zu den steinernen Tischen trat, die die Mitte des Gewölbes einnahmen und um die herum eine tiefe Rinne in den steinernen Boden gemeißelt worden war.

»Rurak den Schlächter« pflegten die Orks ihn inzwischen zu nennen, weil er nach der Niederlage im Flusstal Hunderte von ihnen hatte hinrichten lassen. Der Name passte aber auch zu der neuen Beschäftigung, mit der Margok ihn betraut hatte, und er verschaffte ihm ein wenig Genugtuung. Zumindest die Orks fürchteten ihn also, und wenn es stimmte, was ihm von den Schlachtfeldern zugetragen wurde, so verbreitete sein Name auch unter den Elfenkriegern nach wie vor Angst und Schrecken.

Gwantegar nannten sie ihn in ihrer Sprache, den Todbringer – nicht unpassend für jemanden, dessen Aufgabe neuerdings darin bestand, die Gefallenen von den Schlachtfeldern aufzulesen und sie mit neuem, frevlerischem Leben zu erfüllen. Der Krieg musste weitergehen, so lautete der Befehl. Der Westen des Reiches durfte nicht zur Ruhe kommen, ganz gleich, wie viele Opfer die Angriffe forderten. Nicht nur Orks schickte Margok in die Schlacht, auch Trolle und Gnomen hatte er inzwischen unter seinem Banner versammelt, den Abschaum der Modermark. Und weil all das noch nicht genügte, zwang er selbst die Toten noch einmal in die Schlacht, um wieder und wieder gegen die feindlichen Linien anzurennen.

Ausbluten wollte der Dunkelelf Elidors Truppen lassen, sie entscheidend schwächen für den Angriff, der freilich an ganz anderer Stelle erfolgen würde, zu einer anderen Zeit …

Rurak fletschte die Zähne angesichts der widersprüchlichen Gefühle, die in seiner Brust tobten. Einerseits bewunderte er Margok für dessen kompromisslose Strategie, die das Leben verachtete und den Erfolg über alles stellte; andererseits war er zerfressen von Eifersucht und Neid auf jenen, der ihm die Gunst des Dunkelelfen streitig gemacht und seinen Platz eingenommen, der ihm geraubt hatte, was er sich in all den Jahren mühsam ertrotzt und erarbeitet hatte.

Als die Tür des Gewölbes geräuschvoll aufgestoßen wurde, wandte sich Rurak vom Spiegel ab. Zwei seiner Gnomendiener erschienen, dicht gefolgt von einer Gruppe Orks, deren rostige Kettenhemden und Brünnen über und über mit Blut besudelt waren. Jeder von ihnen schleppte einen Artgenossen, der mehr tot war als lebendig: dunkles Orkblut pulste aus durchtrennten Gliedmaßen, einem hatte man die Brust durchbohrt, einem anderen den Schädel samt Helm gespalten, wieder ein anderer war von Elfenpfeilen gespickt.

Rurak verzog angewidert das Gesicht. Den Gestank, den die Verwundeten verbreiteten, hätte er zur Not noch ausgehalten, aber ihr Gebrüll raubte ihm den letzten Nerv. Wie, in aller Welt, sollte er zufriedenstellende Arbeit leisten, wenn sein Laboratorium widerhallte von andauerndem Geschrei?

Die Orks, die die Gefangenen hereingebracht hatten, wussten um seine Abneigung gegen Lärm und pressten den Verwundeten die Klauen auf die Mäuler. Einem anderen, der sich überhaupt nicht beruhigen wollte, wurde ein Messer in die Kehle gerammt, sodass sein Blut jegliches Gezeter erstickte. Angesichts der zahlreichen Verstümmelungen, die er davongetragen hatte, war sein Körper ohnehin nicht mehr zu gebrauchen.

Mit einem missbilligenden Ausdruck im Gesicht schritt Rurak die Reihe der Verwundeten ab. Der Anblick war elend, nicht einer von ihnen konnte sich mehr aus eigener Kraft auf den Beinen halten. Ruraks Mundwinkel fielen nach unten – nicht etwa aus Anteilnahme, sondern weil er sich fragte, wie er aus diesem Haufen halbtoten Fleisches neue Krieger zusammenflicken sollte.

Zum ungezählten Mal verfluchte er die Arbeit, zu der Margok ihn verdammt hatte, aber wie all die anderen Male zuvor würde er seine Pflicht auch diesmal erfüllen.

»Diesen hier und den da!«, wies er die unverletzten Unholde an, worauf sie die beiden bezeichneten Verwundeten packten, auf die steinernen Sockel zerrten und sie daran festketteten. Über einem der Sockel hingen Elfenkristalle wie Tropfsteine von der Decke, jeder von ihnen schwarz wie die Nacht.

Beide Orks waren halbtot. In der Brust des einen steckten zwei Elfenpfeile, und eine Glaive hatte seinen Unterleib durchbohrt, aber immerhin war er am Stück. Der andere war der mit dem Messer im Hals. Sein malträtierter Körper lag in Todeszuckungen, sodass Rurak sich beeilen musste.

Leise sprach er die Beschwörungsformel, worauf ein Strahl gebündelter Dunkelheit aus den Kristallen brach und den Körper des Sterbenden erfasste. Die unverletzten Orks wichen furchtsam zurück, denn aus Erfahrung wussten sie nur zu gut, was der *pelaidryn thwa* vermochte. Innerhalb von Augenblicken beraubten die Kristalle den Körper des Unholds seiner Flüssigkeit: Sein Fleisch und seine inneren Organe schmolzen wie Wachs in der Sonne, die grüne Haut aber verlor ihre Farbe und wurde grau und runzlig, bis sie schließlich nur noch auf blanken Knochen lag.

Als der schwarze Schein von dem Ork abließ, war nur noch dessen mumifizierter Körper übrig. Sein Blut und seine übrigen Körperflüssigkeiten jedoch sammelten sich in der Rinne im Boden, von wo aus sie in den *gwaythyr* liefen – jene monströse, aus Metall gefertigte Apparatur, die zwischen den Steinsockeln stand und mit ihrer gedrungenen Form und den ledernen Schläuchen, die wie Tentakel aussahen, an einen Kraken erinnerte.

Der Blutsammler war eine weitere von Margoks Erfindungen, und Rurak konnte nicht anders, als dem Dunkelelfen dafür Bewunderung zu zollen. Schon zu den Zeiten, als er noch ein Zauberer und Mitglied des Ordens von Shakara gewesen war, hatte Margok es verstanden, Magie und Wissenschaft auf eine Weise zu verbinden, die es ihm erlaubte, beides auf eine völlig neuartige Weise zu nutzen. Qoray hatten sie ihn deshalb genannt, den »Allwissenden« – zumindest so lange, bis er begonnen hatte, seine Forschungen auch auf verbotene Felder auszudehnen. Die Ergebnisse, die er dabei erzielt hatte, waren jedoch ganz erstaunlich und reichten von der Züchtung bis dahin unbekannter Rassen hin zur Entwicklung neuartiger Waffen.

Der Blutsammler war eine seiner jüngsten Erfindungen. Ursprünglich hatte die Maschine dazu gedient, gefangene Wildmenschen in Arun ihrer Lebensenergie zu berauben und diese für die Herstellung von Blutkristallen herzunehmen. Inzwischen war der Prozess jedoch verfeinert worden und ließ sich nun auch umkehren, sodass die Lebenskraft eines Wesens gesammelt und auf ein anderes übertragen werden konnte. Und nichts anderes hatte Rurak vor.

Der Ork, den er dazu ausgewählt hatte, den lebenspendenden Körpersaft zu empfangen, wand sich vor Schmerzen. Ungerührt riss ihm der Zauberer die Pfeile aus der Brust und versorgte notdürftig die klaffende Wunde – den Rest würde das *lu* seines Artgenossen schaffen.

Rurak wies die Gnomendiener an, den Blutsammler in Gang zu setzen. Beflissen huschten die kleinwüchsigen Wesen, die nackt waren bis auf primitive Lendenschürze und deren grünlich schimmernde Haut an die von Fröschen erinnerte, um die Apparatur herum und legten einige Hebel um. Der Zauberer hatte die Erfahrung gemacht, dass Gnome zwar sehr viel weniger kräftig waren als Orks, dafür aber auch weniger einfältig und leichter zu befehligen.

Mit unheilvollem Wummern erwachte die Maschine zum Leben und sog die Körperflüssigkeit des toten Unholds in sich auf. Rurak konnte die Energie fühlen, die von der Maschine ausging, den Hass und die Aggression. Schon war sie dabei, die Flüssigkeiten in die Schläuche zu pumpen, die in hohle, mit Widerhaken versehene Spitzen ausliefen, welche das Serum abgeben konnten.

Ungerührt griff Rurak nach der ersten Spitze und rammte sie dem Ork in den Brustkorb, dorthin, wo sich sein Herz befand. Der massige Körper des Unholds bäumte sich auf, und wäre er nicht festgekettet gewesen, hätten seine um sich schlagenden Fäuste

Rurak zur Gefahr werden können. Doch die robuste Natur des Orks trotzte dem Schmerz, und Rurak brachte vier weitere Spitzen an, jeweils zwei an Armen und Beinen. Bei jedem Einstich brüllte der Unhold wütend auf – aber sobald das Serum in seinen Körper gelangte, beruhigte er sich wieder.

Sein Gebrüll verstummte, seine Körperkräfte kehrten schlagartig zurück. Und als der *gwaythyr* schließlich seine Arbeit vollendet hatte und die Ketten gelöst wurden, lag in den Augen des Orks wieder jenes mörderische Flackern, das seiner Rasse gemein war, und er war nur von dem einen Wunsch erfüllt, möglichst rasch zur Front zurückzukehren und erneut für Margok in den Kampf zu ziehen, wilder und unerschrockener als je zuvor – denn den Tod fürchtete er nicht mehr.

Zufrieden betrachtete Rurak sein Werk, dann wandte er sich den nächsten Kreaturen zu, die sich stöhnend in ihrem Blut wälzten. Einem der Krieger fehlte der rechte, einem anderen der linke Arm – eine Fügung des Schicksals, wie Rurak fand. »Die Säge«, raunte er seinen Dienern zu.

Er würde seine Aufgabe erfüllen, genau so, wie Margok es ihm befohlen hatte. Er mochte versagt haben, damals vor vier Jahren, aber der Dunkelelf konnte ihm nicht ewig dafür zürnen. Irgendwann würde sich Margok daran entsinnen, wer es gewesen war, der unter Einsatz seines Lebens und selbst über die Qualen Borkavors hinaus seine Rückkehr vorbereitet hatte, und er würde Rurak in allen Ehren rehabilitieren.

Und da es nicht mehr lange dauern würde, bis Ruraks ausgezehrter Körper ebenso zerfiel wie der eines Unholds unter dem *pelaidryn thwa*, hatte der abtrünnige Zauberer einen Plan entwickelt, wie sich dies ein wenig beschleunigen ließ …

6. CEFANOR DORWYS

»Ihr habt mich rufen lassen?«

Granock steckte den Kopf in den Türspalt, den er geöffnet hatte. Die dahinterliegende, von fahlem Kristallschein beleuchtete Kammer war geräumiger als seine eigene, aber ebenso karg möbliert: ein schlichter Tisch und eine karge Schlafstatt, dazu ein Schrank und eine mit einfachen Schnitzereien versehene Truhe, die einst dem Ältesten Semias gehört hatte. Dass Farawyn sie über all die Jahre aufbewahrt hatte, verriet, wie nahe er und Vater Semias einander gestanden hatten – eine Gefühlsseligkeit, die bei Elfen nur selten anzutreffen war. Aber Farawyn war in vielerlei Hinsicht kein typischer Vertreter seiner Art, wie Granock immer wieder festgestellt hatte.

Sein alter Meister kauerte mit angezogenen Beinen auf dem Boden und wandte ihm den Rücken zu. »Komm herein«, forderte er ihn auf, ohne sich umzudrehen, »und verriegle die Tür. Wir wollen ungestört sein.«

Granock tat, was von ihm verlangt wurde. Er trat in die spärlich eingerichtete Kammer, schloss die Tür hinter sich und schob den Riegel vor, der in dem Moment, da Granock ihn berührte, ein seltsames Eigenleben erlangte. Schlagartig schien sich das Metall zu verflüssigen und teilte sich in mehrere glitzernde Adern, die allen Naturgesetzen zum Trotz über das Türblatt krochen und in die Fugen sickerten.

Es war ein *calo-huth*, ein Zauberschloss, das nicht nur den Zugang zur Kammer blockierte, sondern auch dafür sorgte, dass kein

Laut mehr nach draußen drang. Früher waren derlei Vorrichtungen innerhalb der Ordensgemeinschaft verboten gewesen, aber nach dem furchtbaren Ende, das Vater Semias widerfahren war, hatte man die Regeln geändert und zumindest den Ältesten und den Ratsmitgliedern zugestanden, ihre Quartiere bei Bedarf mit einem *calo-huth* zu sichern.

»Danke, dass du gekommen bist«, sagte Farawyn, der noch immer am Boden saß und nicht gewillt schien, seine Meditation zu unterbrechen.

»Das klingt fast, als ob Ihr Euch nicht sicher gewesen wärt«, erwiderte Granock und schlug die Kapuze seines Gewandes zurück. Unwillkürlich fühlte er sich an jene denkwürdige Nacht vor vier Jahren erinnert. Damals war er nicht der Einzige gewesen, den Farawyn zu sich gerufen hatte. Auch Alannah und Aldur waren dabei gewesen. Unendlich lange schien das zurückzuliegen …

Granock spürte einen schmerzhaften Stich im Herzen und zwang seine Gedanken in eine andere Richtung. Er fragte sich, was Farawyn wohl von ihm wollte, als der Älteste seine Übung beendete und sich erhob. Langsam wandte er sich zu seinem Besucher um, und Granock erschrak fast, als er die dunklen Ränder um Farawyns Augen bemerkte. Die Bürde seines Amtes schien ihm zuzusetzen, genau wie damals Vater Semias …

»Nicht ganz«, kam er auf Granocks Frage zurück und setzte ein entschuldigendes Lächeln auf. »Ich hatte in letzter Zeit zunehmend den Eindruck gewonnen, dass …« Er unterbrach sich und biss sich auf die Lippen.

»Dass was?«, fragte Granock nach. So wortkarg hatte er seinen alten Meister noch selten erlebt.

»Nicht so wichtig.« Farawyn winkte ab. »Von Bedeutung ist nur, dass du hier bist. Das allein zählt.«

»Worum geht es?«, wollte Granock wissen. »Um den Novizen, den Ihr mir anvertrauen wollt?«

»Ich wünschte, es wäre so – dann wäre ich wohl um viele Sorgen ärmer.« Erneut lächelte der Älteste, aber es lag keine Spur von Heiterkeit darin. Vielmehr glaubte Granock, Wehmut und eine Spur von Entmutigung zu erkennen.

»Was ist geschehen? Macht Euch der Hohe Rat wieder Kopfzerbrechen?«

Farawyn nickte. »Man hat mich vor eine Wahl gestellt, die ich unmöglich treffen kann, denn wie auch immer ich mich entscheide – unser Untergang wäre die unmittelbare Folge.«

»Das hört sich nicht gut an«, kommentierte Granock trocken. Er hatte sich abgewöhnt, seinen alten Meister nach Einzelheiten zu fragen. Wenn sie von Belang waren, würde Farawyn sie ihm ohnehin offenbaren. Wenn nicht, brauchten sie ihn auch nicht zu kümmern.

»Bedauerlicherweise«, fuhr Farawyn fort, »sehen die anderen Ratsmitglieder, allen voran Bruder Cysguran, die Dinge in einem etwas anderen Licht, was zur Folge hat, dass ich mich um Alternativen bemühen muss.«

»Ich verstehe«, sagte Granock nur. Es überraschte ihn nicht, was er zu hören bekam. Dass Gervan ihm bei der Wahl des stellvertretenden Ältesten vorgezogen worden war, hatte der ehrgeizige Elf nie ganz verwunden. Vermutlich hatte er seinen Einfluss als Vorsteher der Kristallgilde genutzt, um sich Stimmen im Rat zu verschaffen.

»Hast du von den Übergriffen der Orks im Nordwesten gehört?«

Granock nickte. »Wie es heißt, hat es am Fuß des Scharfgebirges neue Kämpfe gegeben. Die Stellungen am Glanduin konnten gehalten werden, aber die Verluste auf Seiten der Elfen sind beträchtlich ...«

»Auch in unseren Reihen«, stimmte Farawyn zu. »Die Lage droht zu kippen, Junge, der Krieg verloren zu gehen. Während wir an unseren Verlusten schwer zu tragen haben, führt der Feind immer neue Truppen aus dem Westen heran. Selbst Trolle und Gnomen marschieren jetzt in seinen Reihen. Unentwegt greift er an und versucht, den Fluss zu überwinden, während die Legionen des Königs auch noch den Menschen im Osten die Stirn bieten müssen. Und wenn sich bewahrheitet, was wir befürchten, so wird aus Arun schon bald ein weiterer Vorstoß erfolgen.«

Granock schaute auf. »Ihr fürchtet, dass Margok in Kürze angreifen könnte?«

»Es ist nur eine Frage der Zeit. Die ständigen Angriffe der Orks und Menschen dienen nur dem einen Zweck, unsere Heere ausbluten zu lassen, damit wir entkräftet und nahezu schutzlos sind, wenn der Dunkelelf zum entscheidenden Schlag ausholt.«

»Was können wir tun?«, fragte Granock. So beklommen hatte er den Ältesten selten erlebt.

»Was wir vor allem brauchen, ist Zeit«, stellte Farawyn klar. »Zeit, um Atem zu schöpfen. Zeit, um unsere Streitmacht neu zu ordnen. Zeit, um unsere Verluste auszugleichen, soweit das möglich ist. Und wir brauchen Entlastung. Einen Krieg an drei Fronten können wir nicht lange durchstehen, das ist gewiss.«

»Habt Ihr einen Plan?«

Farawyn sah ihm tief in die Augen. »Ja«, sagte er dann, »und du spielst eine wichtige Rolle darin. Womöglich«, fügte er hinzu, als er Granocks Befremden bemerkte, »ist dies sogar der Grund, weshalb dich das Schicksal zu uns geschickt hat.«

»Es war nicht das Schicksal«, brachte Granock in Erinnerung. »Ihr seid das gewesen, Meister.«

Farawyn erwiderte nichts darauf, und plötzlich kam Granock der Gedanke, dass der Zauberer, den sie aufgrund seiner Gabe den »Seher« nannten, all diese Dinge womöglich schon vor Langem vorausgeahnt haben könnte. In all der Zeit, die Granock nun unter den Elfen weilte, hatte er viele wundersame Dinge gesehen und erlebt – aber war so etwas möglich?

»Ich möchte, dass du zurück zu den Menschen gehst«, eröffnete Farawyn rundheraus.

»Was?«

»Du wirst zurück zu deinesgleichen gehen«, wiederholte der Älteste, »dorthin, wo deine Reise begonnen hat – nach Andaril.«

»A-aber wieso?«, brachte Granock stammelnd hervor. Sein Gesicht wurde zugleich heiß und kalt. »Ich meine, habe ich irgendetwas getan, das …?«

»Nein.« Farawyn schüttelte das Haupt.

»Wieso wollt Ihr dann, dass ich Shakara verlasse? Ist es wegen Cysguran? Hat er gegen meinesgleichen gehetzt?« Granocks Gedanken überschlugen sich. Als Mensch unter Elfen hatte er es ohnehin nie leicht gehabt – dass Ortwein von Andaril sich mit Margok verbündet und Menschen und Orks gemeinsam gegen das Elfenreich gezogen waren, hatte nicht zur Verbesserung der Lage beigetragen.

Manche Zauberer, unter ihnen auch Cysguran, begegneten ihm seither mit unverhohlenem Misstrauen, und weder seine Ernennung zum Meister noch die Tatsache, dass er längst nicht mehr der einzige Mensch war, der in Shakara weilte, hatten daran etwas ändern können. Nun hatten sich die Skeptiker offenbar durchgesetzt …

»Nichts dergleichen«, wehrte Farawyn ab.

»Dann ist es, weil ich mich Eurem Wunsch, einen Novizen anzunehmen, widersetzt habe?«

»Als ob ich deinen Starrsinn ändern könnte, indem ich dich aus Shakara verbanne.« Der Älteste schnitt eine Grimasse. »Mein Junge, du bist nicht hier, weil ich dich für etwas bestrafen will, sondern weil ich dich um etwas bitten möchte: Du sollst in meinem Auftrag zu den Menschen gehen und mit ihnen über einen Waffenstillstand verhandeln.«

»In Eurem Auftrag? Wie stellt Ihr Euch das vor?«

»Es ist der einzige Schritt, der Sinn ergibt. König Elidor kann ihn jedoch nicht tun, denn er würde vor seinen Generälen als schwach und zu nachgiebig gelten, wenn er mit den Menschen verhandelt. Mir jedoch kann es keiner verbieten.«

»Doch«, gab Granock zu bedenken. »Der Hohe Rat.«

»Ich habe nicht vor, den Hohen Rat in meine Pläne einzuweihen«, eröffnete Farawyn, und Granock begriff, warum er den *calohuth* hatte vorlegen sollen. »All dies ist streng vertraulich, nichts davon darf nach außen dringen. Wenn Rat Cysguran davon erfährt, wird er sein Wissen nutzen, um mich zu vernichten und selbst zum Ältesten ernannt zu werden.«

»Ihr riskiert alles«, stellte Granock fest.

»Nicht wirklich – denn wenn ich es nicht tue, sind wir ohnehin verloren. Ein Waffenstillstand oder, noch besser, ein Bündnis mit den Menschen kann in dieser kritischen Phase des Krieges jedoch den Unterschied zwischen Sieg und Niederlage bedeuten.«

»So hoch schätzt Ihr den Einfluss der Menschen ein?«

»Täte ich es nicht, wärst du nicht hier«, konterte der Seher mit entwaffnender Logik.

»Aber wie stellt Ihr Euch das vor, Meister? Ich meine, nehmen wir einmal an, ich ließe mich auf die Sache ein und reiste in Eurem Auftrag nach Andaril – an wen sollte ich mich wenden? Seit Ortweins Tod sind die Menschen uneins und zersplittert. Einige folgen noch immer Margok, andere führen ihren eigenen Krieg gegen Elidor. Jeder tut, was ihm beliebt.«

»Dennoch gibt es unter ihnen welche, die mehr Einfluss haben als andere. In Andaril lenkt jetzt Ortweins Schwester Yrena die Geschicke der Stadt, und ich weiß aus zuverlässiger Quelle, dass sie nicht noch mehr Blutvergießen will.«

»Aus zuverlässiger Quelle?« Granock schaute den Ältesten fragend an. »Ihr habt es *gesehen*?«

»Man muss nicht unbedingt ein Seher sein, um darauf zu kommen«, wich Farawyn aus. »Seit Lady Yrena an der Macht ist, hat sie keine feindselige Handlung unternommen. Im Gegenteil setzt sie alles daran, sich im Krieg neutral zu verhalten, und Sundaril und einige andere Städte folgen ihrem Beispiel. Könnten wir sie an uns binden, so wäre dies ein erheblicher Vorteil.«

»Schön und gut.« Granock zuckte mit den Schultern. »Aber warum sollte Ortweins Schwester in ein solches Abkommen einwilligen? Immerhin haben wir den Tod ihres Bruders zu verantworten.«

»Ortwein und sie standen sich nicht sehr nahe«, erwiderte Farawyn, »und wäre es nach ihr gegangen, so wäre es niemals zu dem Bündnis mit dem Dunkelelfen gekommen. Wichtiger jedoch ist, dass die Fürstin von Andaril sich in einem ähnlichen Dilemma gefangen sieht wie wir: Sucht sie sich weiterhin neutral zu verhalten, droht sie zwischen den Fronten zerrieben zu werden. Folgt sie dem Pfad, den ihr Vater und ihr Bruder beschritten haben, und verbündet sich mit den Feinden Tirgas Lans, so erwartet sie ebenfalls der sichere Untergang. Sie sehnt eine andere Lösung ebenso herbei, wie wir es tun.«

»Und Ihr denkt, dass ich der Richtige bin, um ihr diese Lösung nahezubringen?« Granock war keineswegs überzeugt.

»Wenn nicht du, wer dann?«, fragte Farawyn dagegen. »Niemand kennt die Sitten und Gebräuche der Menschen besser als du. Hast du nicht selbst jahrelang in Andaril gelebt?«

»*Gelebt* würde ich das nicht gerade nennen«, schränkte Granock ein.

»Jedenfalls kennst du dich dort besser aus als irgendjemand sonst, den ich kenne.«

»Aber ich bin kein Politiker und bin es nie gewesen. Ich vermag es nicht, um den heißen Brei herumzureden, sondern pflege die Dinge direkt beim Namen zu nennen!«

»Und das ist gut so, denn für die verschlungenen Wege der Diplomatie bleibt ohnehin keine Zeit«, versicherte Farawyn. Er trat vor seinen ehemaligen Schüler, legte ihm beide Hände auf die Schultern und blickte ihm direkt ins Gesicht. »Die Menschen vertrauen dir, Junge«, sagte er leise und fast beschwörend. »Du bist einer von ihnen, auch wenn du es in der Zwischenzeit vergessen haben magst.«

»Und Ihr?«, erwiderte Granock. »Vertraut Ihr mir?«

»Ich weiß, dass du dein Bestes geben wirst«, erwiderte Farawyn ausweichend.

»Das war nicht meine Frage.«

»Aber das ist die Antwort, die ich dir gebe«, konterte der Älteste ruhig. »Also, was ist? Wirst du tun, worum ich dich bitte? Ich weiß, ich fordere viel von dir. Aber es gibt keine andere Möglichkeit.«

Granock war erschüttert – nicht so sehr über das, was Farawyn von ihm verlangte, sondern über sich selbst. In früheren Tagen hätte er keinen Augenblick gezögert und seine Hilfe sofort zugesagt. Inzwischen hatte er es damit nicht mehr ganz so eilig, und der Grund dafür war – und dieser Gedanke erschreckte ihn am meisten –, dass ihm das Schicksal Erdwelts in gewisser Weise gleichgültig geworden war.

Welchen Sinn hatte es, diesen Krieg zu beenden, wenn Granock nicht einmal in seinem eigenen Leben Frieden fand? Konnten Menschen und Elfen überhaupt zusammenleben? Mussten beide nicht aufgrund ihrer unterschiedlichen Natur zwangsläufig immer wieder aneinandergeraten …?

»Ich werde es tun«, erklärte Granock schnell, ehe sich seine Überlegungen verfestigen konnten. Farawyns wissendes Lächeln verriet, dass er nichts anderes erwartet hatte, und das ärgerte Granock insgeheim. »Aber ich stelle eine Bedingung«, hörte er sich deshalb selbst hinzufügen.

»Eine Bedingung?« Die Schatten kehrten auf die Züge seines alten Meisters zurück.

»Wenn es mir gelingt, die Menschen von Andaril zum Bündnis zu bewegen, so möchte ich dafür die Erlaubnis bekommen, nach den Fernen Gestaden zu reisen.«

Der Blick mit dem Farawyn ihn bedachte, war unmöglich zu deuten. Überraschung, Abscheu, Ärger, Enttäuschung – von allem schien etwas dabei zu sein. »Du … du nutzt diese Situation für deine persönlichen Ziele? Du versuchst, aus unserer Not einen Vorteil zu ziehen?«

»Auch Ihr verfolgt Eure Pläne, oder nicht?«

»In der Tat«, schnaubte Farawyn, »aber ich tue dies stets zum Besten und zum Wohl des Reiches. Ich dachte, das hättest du verstanden, denn so habe ich es dir beigebracht.«

»Die Zeiten haben sich geändert, Meister.«

»Ja, ich weiß«, knurrte der Älteste und winkte ab. »Kaum jemand versäumt es in diesen Tagen, mich darauf hinzuweisen – dabei nehmt ihr die Veränderung nur zum Vorwand, um euch selbst zu genügen.«

Granocks Kieferknochen mahlten. Farawyns Ablehnung kränkte ihn. Aber der Weg war eingeschlagen, nun musste er ihn auch zu Ende gehen. »Und wie entscheidet Ihr Euch?«, wollte er wissen.

»Wie ich mich entscheide?« Der Blick aus Farawyns dunklen Augen wurde so durchdringend, dass Granock das Gefühl hatte, einen Druck auf seinem Brustkorb zu fühlen. »Das will ich dir gerne mitteilen, Granock von den Menschen. Du sollst wissen, dass mir mehr als alles andere die Wahrhaftigkeit am Herzen liegt und dass ich mich nicht erpressen lasse, weder von dir noch von Rat Cysguran noch von irgendjemandem sonst.«

»Aber ich wollte nicht …«

»Wenn du zu tun bereit bist, worum ich dich bitte, so tue es aus freien Stücken und ohne eine Gegenleistung dafür zu erwarten. So habe ich es dich gelehrt, und so ist es unter den Weisen Brauch. Zumindest daran wird sich nichts ändern, solange ich im Orden etwas zu sagen habe.«

Granock war klar, dass er zu weit gegangen war. Das ohnehin schon belastete Verhältnis zu seinem Meister hatte noch größeren Schaden genommen, und Granock war nicht sicher, ob er jemals wiedergutmachen konnte, was er soeben zerstört hatte. Jäh wurde ihm bewusst, dass der Orden der Zauberer alles war, das ihm geblieben war. In Shakara hatte er gefunden, wonach er sich früher stets gesehnt hatte – eine Heimat. Sollte er das wirklich aufgeben?

Plötzlich kam er sich ichsüchtig und töricht vor. Er errötete und senkte schuldbewusst das Haupt.

»Verzeiht, Meister«, flüsterte er.

»Wirst du es tun?«

»Ich kenne meine Pflicht dem Orden gegenüber«, versicherte Granock. »Also werde ich Eurer Bitte nachkommen.«

»Gut.« Farawyn nickte. Ob er damit zufrieden war, war nicht zu erkennen. »Du wirst Shakara morgen verlassen. Ein *bórias* wird dich durch die Eiswüste tragen. Am Fuß des Scharfgebirges wirst du auf einen Zwergenführer treffen, der dich durch einen der geheimen Stollen zur anderen Seite bringen wird. Von dort geht es weiter nach Andaril.«

»Hm«, machte Granock. Er wusste, dass das Zwergenvolk geheime Gänge unterhielt, die es ihm erlaubten, in vergleichsweise kurzer Zeit von einer Seite des Gebirges auf die andere zu wechseln. Zwar gefiel ihm der Gedanke nicht gerade, tagelang durch einen dunklen Tunnel zu marschieren, jedoch machte ihm etwas anderes noch wesentlich größere Sorgen. »Meine Abwesenheit wird auffallen«, mutmaßte er. »Die Schüler werden mich wohl kaum vermissen. Aber sie werden Fragen stellen.«

»Dessen bin ich mir bewusst. Deshalb wirst du nicht allein gehen. Nimon wird dich begleiten.«

»Nein«, lehnte Granock kategorisch ab. »Das kommt nicht infrage! Ich sagte Euch doch, dass ich keinen Schüler …«

»Nur zur Tarnung«, beschwichtigte Farawyn. »Nimon wird nichts von deinem Auftrag wissen. Ich werde sagen, dass die Reise dem Abschluss seiner Ausbildung dient. Auf diese Weise werden weder er noch der Rat nach weiteren Gründen fragen.«

»Wieso ausgerechnet Nimon?«, fragte Granock mit einer Spur von Verzweiflung. Von allen Schülern, die es in Shakara gab, wollte er den rechthaberischen Aspiranten am allerwenigsten dabeihaben.

»Weil er erst kürzlich darum gebeten hat, die Menschenstädte bereisen zu dürfen. Offenbar hast du ein gewisses Interesse in ihm geweckt.«

»Wie schmeichelhaft.« Granock schnaubte. Die Vorstellung, einen hochnäsigen Elfenbengel ans Bein gebunden zu bekommen, behagte ihm ganz und gar nicht, auch wenn es seiner Tarnung dienlich sein mochte.

»Ich kenne den Grund für deine Vorbehalte«, versicherte Farawyn, der seine verkniffene Miene richtig deutete. »Auch ich fühle mich durch Nimon an Aldur … ich meine, Rothgan erinnert. Das ist schmerzlich, nicht wahr?«

Granocks Züge verhärteten sich. »Bei allem Respekt, Meister, aber ich denke nicht, dass Ihr nachvollziehen könnt, was ich empfinde. Ihr habt mir einen Auftrag erteilt, und ich werde ihn ohne Gegenforderung erfüllen, genau so, wie Ihr es von mir verlangt. Aber mir ist inzwischen klar geworden, dass Aldur damals recht hatte.«

»Womit?«

»Er sagte einmal, dass Ihr Euch ebenso wenig an Regeln halten würdet wie er.« Granock zuckte mit den Achseln. »Scheint wohl in der Familie zu liegen.«

»Was willst du damit sagen?«

Granock bemerkte die Schärfe im Tonfall des Ältesten, hielt sie jedoch für eine Folge der Anspannung, unter der Farawyn stand. »Ich spreche von den Elfen allgemein«, erwiderte er ungerührt. »Ihr seid groß darin, Regeln aufzustellen, und Ihr rühmt Euch, der Wahrheit zu dienen. Aber je länger ich unter Euch weile, desto deutlicher erkenne ich, dass diese Wahrheit häufig im Auge des Betrachters liegt.«

Farawyn schien innerlich aufzuatmen. »Das zu denken steht dir frei, solange du deinen Auftrag nur erfüllst«, erwiderte er dann, ohne auf den Vorwurf einzugehen. »Du wirst dich direkt nach Andaril begeben. Ein Verbindungsmann wird dort auf dich warten, der dich in die Burg einschleusen wird. Danach liegt alles bei dir, Lhurian. Ich weiß, dass du mich nicht enttäuschen wirst.«

Granock hielt seinem prüfenden Blick stand. »Seid Ihr Euch da auch wirklich sicher?«, fragte er.

Und wieder blieb der Seher ihm eine Antwort schuldig.

7. MILWARA NEWITHAI

Der große Thronsaal des Palasts von Tirgas Lan war zum Kriegsraum geworden.

Einst hatte der Widerhall fröhlichen Gesangs und schmetternder Fanfaren die Halle erfüllt. Nun aber herrschte sorgenvolles Schweigen unter der hohen Kuppel, und durch die Fenster drang graues Tageslicht, das den nahen Winter verriet.

König Elidor fröstelte, nicht nur wegen des Gedankens an Schnee und Eis, die schon bald über Erdwelt hereinbrechen würden, sondern auch angesichts der jüngsten Berichte über den Kriegsverlauf.

Inmitten seines Thronsaals, unmittelbar neben der kreisrunden Öffnung, die einen Blick auf die königliche Schatzkammer gestattete, hatte Elidor einen langen Tisch aufstellen lassen, um den er seine Berater und Generäle täglich versammelte, seit der Krieg vor vier Jahren begonnen hatte. Der junge Herrscher konnte selbst kaum glauben, wie schnell die Zeit seither vergangen, wie viele Tage und Wochen er damit zugebracht hatte, über Strategien zu brüten, während ihm in albtraumgeplagten Nächten die Zahlen der Opfer vor Augen standen, die dieser Konflikt bereits gekostet hatte, Seelen, die unwiederbringlich verloren waren und niemals Eingang in die Ewigkeit finden würden.

Ein König des Friedens, der Muße und der Künste hatte Elidor sein wollen. *Breuthyr* hatten sie ihn deshalb genannt, den Träumer, und nach allem, was er seither erlebt und erfahren hatte, konnte Elidor nur sagen, dass sie damit recht gehabt hatten. Doch diese Zeiten waren lange vorbei.

Der König war aus seinem Traum erwacht. Aus dem Poeten war der Krieger geworden, der zum Schwert gegriffen hatte, um sein Reich zu verteidigen und die Aufgabe zu erfüllen, die die Geschichte ihm zugedacht hatte – auch wenn der Ausgang der Kämpfe noch völlig offen war.

Landkarten waren auf der Tischplatte ausgebreitet, und in der Mitte stand ein tönernes Modell, das den westlichen Frontverlauf und die Ausläufer des Schwarzgebirges abbildete. Ein Band aus blau gefärbtem Sand markierte den Verlauf des Flusses, die entlang der Grenze stationierten Legionen wurden durch verrschiedenfarbige Steine repräsentiert, die je nach Truppenstärke unterschiedlich groß waren. Ihnen gegenüber, auf der anderen Seite des Flusses, waren schwarze Kiesel verstreut, so zahlreich, dass sie nicht gezählt werden konnten. Die Horden des Feindes …

Die Männer und Frauen, die um den Tisch versammelt waren, genossen allesamt Elidors Vertrauen. Fürst Narwan war darunter und einige andere königliche Berater, dazu Prinz Runar, der als Botschafter des Zwergenreichs am Hof von Tirgas Lan weilte, sowie Meisterin Tarana als Abgesandte des Ordens von Shakara. Und noch eine junge Frau nahm an den Gesprächen teil, die zumindest eine Zeit lang in Shakara gewesen war und die Geheimnisse der Weisen erforscht hatte: Caia, die Konkubine des Herrschers.

Wäre es nach Elidor gegangen, so hätte er die ehemalige Zauberschülerin längst zu seiner Königin gemacht. Aber Caia hatte ihm unmissverständlich zu verstehen gegeben, dass seine Sorge in diesen Zeiten anderen Dingen zu gelten habe und dass sie erst seine Frau werden wolle, wenn der Krieg gewonnen und das Reich gerettet sei. Elidor wusste nicht, ob es jemals dazu kommen würde, aber ihm war klar, dass sich ein Herrscher keine treuere Gefährtin an seiner Seite wünschen konnte. Ihr Rat bedeutete ihm viel, was sowohl auf Seiten der Höflinge als auch bei den Offizieren anfangs für Misstrauen gesorgt hatte. Inzwischen war ihnen jedoch klar geworden, dass auch Caia nichts als das Wohl des Reiches und seines Herrschers im Sinn hatte.

Die Mienen der Berater waren sorgenvoll, während sie den Ausführungen General Irgons lauschten, des Oberbefehlshabers der elfischen Legionen …

»Soweit wir bislang wissen, konnten sämtliche Angriffe der letzten Tage abgewehrt werden. Lediglich hier« – der General, über dessen linkem Auge eine breite Narbe verlief und der sein glattes schwarzes Haar wie die meisten Offiziere kurz geschnitten und punktgescheitelt trug, deutete auf einen Frontabschnitt, der sich im Nordwesten befand, unweit der Sümpfe, die die Gebirge teilten –, »hat es eine feindliche Einheit geschafft, sich diesseits des Flusses festzusetzen und zumindest zeitweise einen Brückenkopf zu bilden. Indem wir unsere Truppen an dieser Stelle verstärkten, ist es uns allerdings gelungen, sie wieder zurückzudrängen und in das Marschland zu treiben, wo sie aufgerieben wurde.«

»Ein ernst zu nehmender Vorfall«, meinte Fürst Narwan. »Noch vor einem Jahr wäre es undenkbar gewesen, dass die Unholde den Fluss überqueren, und nun häufen sich derlei Ereignisse in besorgniserregender Weise.«

»Das lässt sich nicht bestreiten.« Irgon nickte. »Der Feind greift mit unverminderter Härte an, wohingegen unsere Kräfte allmählich nachlassen. Unsere Krieger sind nach wie vor besser ausgebildet und dem Feind im Zweikampf überlegen, doch haben die langen Kämpfe Spuren hinterlassen. Es gibt kaum einen Soldaten, der noch keine Wunde davongetragen hätte, und wir haben Schwierigkeiten, die Verluste auszugleichen, die wir bei den Kämpfen an der Grenze erleiden.«

»Wie kann das sein?«, erkundigte sich Fylon, der königliche Schatzmeister, mit hochgezogener Braue. »Habt Ihr uns nicht versprochen, unsere Linien würden stehen wie eine Mauer?«

»Das habe ich«, bestätigte Irgon schnaubend, »aber auch eine Mauer kann wanken, Schatzmeister. Und sie kann ganz sicher zum Einsturz gebracht werden, wenn man nur lange genug dagegen anrennt.«

»Was braucht Ihr?«, fragte Elidor, dem klar war, dass sein oberster Feldherr sein Bestes gab. »Mehr Geld, um eine neue Legion aufzustellen?«

Der General schüttelte den Kopf. »Nein, mein König«, sagte er leise. »Und wenn wir alles Gold aus der Schatzkammer von Tirgas Lan aufwenden würden, könnte es uns doch nicht helfen. Um neue Legionen aufzustellen, fehlt es uns an Soldaten. Aus den Hainen des Nordens haben wir sämtliche Männer im wehrfähigen Alter zu den Waffen gerufen, und auch in den Wäldern und im Südreich sind die königlichen Werber unterwegs. Doch es werden immer weniger, während an den Fronten immer mehr von uns fallen. Unser Volk blutet aus, Majestät, und wir können nichts dagegen tun.«

Elidor nickte. Er sandte Caia einen Blick, und wie immer gab der Anblick ihrer anmutigen, von blondem Haar umrahmten Züge ihm Kraft. »Wie steht es mit unseren Verbündeten im Norden?«, wandte er sich dann an Prinz Runar. »Können sie uns Unterstützung gewähren?«

Der Zwerg, dessen stämmige Postur in Fellstiefeln und einer ledernen Rüstung steckte, über die ein dunkelroter Umhang geworfen war, schaute zu Elidor auf. Sein dickes rotes Haar war zu Zöpfen geflochten, und ein struppiger Bart bedeckte die untere Hälfte seines Gesichts, was das Schätzen seines Alters zur unmöglichen Aufgabe machte. »Die Söhne der Steine verstehen die Not des Elfenkönigs wohl, und gerne würden sie ihrem Treueid Folge leisten und ihm zur Hilfe kommen. Jedoch sieht sich das Zwergenreich fortwährenden Angriffen durch die Menschen ausgesetzt, und auch die Gnomen des Scharfgebirges, die von Margok gegen uns aufgebracht wurden, setzen uns zu.«

»Dessen sind wir uns bewusst«, versicherte Elidor. »Wenn es dem Feind jedoch gelingt, unsere Verteidigungslinien zu durchbrechen und den Fluss in großer Zahl zu überschreiten, so wird auch der Kampf des tapferen Zwergenvolks verloren sein. Denn dann werden die Unholde ihm in den Rücken fallen, und niemand kann sich auf lange Sicht an mehreren Fronten behaupten.«

»Das ist wahr.« Der Zwergenprinz, in dessen blauen Augen es unmerklich blitzte, deutete eine Verbeugung an. »Ich werde meinem Vater dem König unverzüglich einen Boten schicken und ihm mitteilen, was Ihr gesagt habt.«

»Bitte tut das.« Elidor nickte, und Runar verbeugte sich abermals und verließ dann den Thronsaal.

»Nur ein Tropfen«, sagte Irgon, nachdem er gegangen war. »Ein Tropfen auf den glühenden Stein.«

»Was schlagt Ihr vor, General?«, wollte Elidor wissen. »Sollen wir einen Angriff vortragen?«

»Einen Angriff?« Irgon deutete auf die vielen Kiesel, die entlang der blauen Sandspur verstreut lagen. »Gegen wen, Hoheit? Nach der Niederlage im Flusstal hat der Feind seine Strategie geändert. Anstatt in großer Zahl aufzumarschieren, unternimmt er meist nur begrenzte Vorstöße, die unsere Legionen wie Nadelstiche treffen, und man weiß nie, wann der nächste Angriff erfolgt. Orks und Gnomen greifen gewöhnlich im Morgennebel oder im Schutz der hereinbrechenden Dunkelheit an. Aber seit auch Trolle und Warge in Margoks Reihen kämpfen, gehen die Attacken selbst in der Nacht weiter.«

»Wie schrecklich«, kommentierte Fylon tonlos.

»Furcht greift unter unseren Truppen wie eine Seuche um sich«, führte Irgon weiter aus. »Noch gelingt es meinen Offizieren, die Disziplin aufrechtzuerhalten, aber wir wissen nicht, wie lange das noch der Fall sein wird. Zumal in Anbetracht der jüngsten Gerüchte.«

»Gerüchte?« Elidor hob die Brauen. »Was für Gerüchte, General?«

»Es ist nichts«, wehrte Irgon kopfschüttelnd ab. »Wahrscheinlich nur ein eingebildeter Nachtmahr, der unter den Soldaten umgeht. Aber es gibt Einzelne, die behaupten, dass …«

»Ja?«

Der General antwortete nicht sofort. Irgon zögerte, und es schien ihn einige Überwindung zu kosten, die nachfolgenden Worte auszusprechen: »Dass Feinde, die sie bereits erschlagen wähnten, ihnen auf dem Schlachtfeld erneut begegnet sind.«

»Was?«, platzte Fürst Narwan heraus.

»Was genau wollt Ihr damit sagen, General?«, wollte Elidor wissen.

»Nichts, Majestät. Ich habe nur wiedergegeben, was ich gehört habe – dass einige unserer Soldaten im Kampf Feinden gegenüberstanden, die sie bereits besiegt hatten.«

»Eine Spukgeschichte, nichts weiter«, sagte Narwan überzeugt. »Jeder weiß, dass Unholde eine zähe Rasse und nur schwer zu töten sind. Das scheint mir die naheliegendste Erklärung für diese Gerüchte zu sein.«

»Naheliegend vielleicht«, räumte Caia ein. »Aber deshalb muss es nicht zwangsläufig die richtige Erklärung sein.«

Elidor wandte sich seiner Geliebten zu. Sie ergriff nur selten das Wort, aber der König hatte die Erfahrung gemacht, dass es sich in solchen Fällen stets lohnte, ihr zuzuhören. »Hast du einen Verdacht?«, fragte er.

»Vielleicht«, entgegnete Caia vorsichtig, und der König kannte den Grund dafür. Als ehemalige Schülerin Shakaras war es seiner Geliebten untersagt, über die Geheimnisse der Weisen zu sprechen. Caia hatte ihr Wort verpfändet, und Elidor wusste, dass sie es niemals gebrochen hätte, noch nicht einmal für ihn – und dies war einer der Gründe dafür, dass er sie so innig liebte.

»Meisterin Tarana«, wandte er sich deshalb an die Abgesandte Shakaras, »wenn es etwas gibt, was Ihr über diese Krieger wisst, so ersuche ich Euch, Euer Schweigen zu brechen und es uns zu sagen. Mir ist klar, dass meine Macht nicht ausreicht, um es Euch zu befehlen, deshalb bitte ich Euch inständig darum.«

Die Blicke aller Anwesenden richteten sich auf die Zauberin, die von kleinem Wuchs und unscheinbarem Äußeren war, in der Schlacht im Flusstal jedoch gezeigt hatte, dass sie tapfer zu kämpfen verstand. Ihr schulterlanges schwarzes Haar war von weißen Strähnen durchzogen, sodass ihr Alter selbst für Elfen unmöglich zu bestimmen war, und ihre Züge waren von ruhiger Schönheit, wie bei so vielen Zauberinnen. Der Blick ihrer waldgrünen Augen streifte zunächst Caia, ehe sie sich Elidor zuwandte.

»Zu viel zu wissen, ist gefährlich«, erklärte die Zauberin, auf deren dunkle Robe ein stilisierter *flasfyn* gestickt war. »Unwissen jedoch ist in diesen Tagen noch weit gefährlicher, also hört gut zu: Ihr alle wisst, dass der Dunkelelf in früher Zeit einst ein Mitglied unseres Ordens war, von allen geachtet und ob seiner Fähigkeiten bewundert. Doch sein Wissensdurst machte vor der dunklen Magie nicht halt, und so kam es, dass er sich in Abgründe begab, aus denen er niemals wieder herausfand. Er verfiel dem Bösen, und indem er verbotenes Wissen nutzte, züchtete er grausame Schimären und rief Kreaturen wie die Orks und die *neidora* ins Leben. Aber der Dunkelelf erlernte auch noch andere verbotene Künste, und er schreckte auch nicht davor zurück, den Tod zu betrügen.«

»Den Tod zu betrügen?«, echote Narwan flüsternd.

»Wir nehmen an, dass ihm dieses Wissen dabei half, die Jahrtausende zu überdauern und schließlich in die Welt zurückzukehren. Aber er könnte es wohl auch dazu benutzen, Kreaturen, deren Leben auf dem Schlachtfeld endete, noch einmal zu frevlerischer Existenz zu verhelfen.«

»Noch einmal?« Elidor starrte sie ungläubig an. »Ihr sprecht von ... von ...«

»Die verbotene Magie bietet Möglichkeiten, Lebewesen ihres *lu* zu berauben und es auf andere Kreaturen zu übertragen. Deshalb könnte es sein, dass Eure Männer durchaus keiner Täuschung erlegen sind, General Irgon, sondern dass sie es tatsächlich mehrmals mit denselben Gegnern zu tun hatten.«

»Mit denselben Gegnern? Ihr meint ... Wiedergänger?« Irgon sprach das grässliche Wort, das wie eine Drohung im Raum geschwebt hatte, laut aus.

»Es wäre möglich«, stimmte Tarana zu.

»Aber wenn das stimmt, dann haben wir es mit einem Heer zu tun, das unbesiegbar ist!«, wandte einer von Irgons Offizieren ein. »Mit Truppen, die niemals versiegen, und Kriegern, die niemals sterben ...«

»Das stimmt nicht ganz«, schränkte die Zauberin ein. »Auch Margok ist nicht in der Lage, Leben zu erschaffen – er kann es nur anderen Kreaturen rauben. Ich nehme an, dass er die verbliebene Energie einiger Verwundeter dazu benutzt, um andere mit neuer Lebenskraft auszustatten.«

»Das heißt, er spielt Schicksal«, folgerte Elidor schaudernd. »Damit macht er sich selbst zum Herrn über Leben und Tod.«

»Das hat er schon immer getan.« Tarana nickte. »Die Jahrtausende, die er im Niemandsland zwischen Existenz und Nichtexistenz verbrachte, haben den Dunkelelfen nicht geläutert. Noch immer betrachtet er die Welt und alles Leben darin als sein Spielzeug, geschaffen nur zu dem einen Zweck, von ihm unterjocht zu werden. Er wird stets das tun, was seinen Zielen nutzt – auch wenn es bedeutet, gegen alle Regeln der Natur und des Kosmos zu verstoßen.«

»Wenn es so ist, wie Ihr sagt«, entgegnete der König, »wenn unser Feind tatsächlich in der Lage ist, den Tod zu betrügen und die Gefallenen von den Schlachtfeldern zurückzuholen, dann brauchen wir die Hilfe unserer Freunde aus Shakara – denn Magie lässt sich nur durch Magie bekämpfen, und Farawyn hat zugesagt, dass die Zauberer zur Stelle sein werden, wenn ich sie brauche.«

»Das hat er«, räumte Tarana ein. »Aber Majestät dürfen nicht vergessen, dass meine Brüder und Schwestern auch ohnedies schon in großer Zahl im Einsatz sind: Sie unterstützen Eure Truppen im Kampf an der Westfront, sind als Späher tätig, bilden Novizen aus und durchkämmen das Reich nach Begabten, um die Verluste auszugleichen, die unsere Gemeinschaft bereits erlitten hat. Mehr Hilfe, so fürchte ich, kann Farawyn Euch zu diesem Zeitpunkt nicht gewähren, zumal auch die Ordensburg selbst Schutz benötigt.«

»Shakara ist weit entfernt«, gab General Irgon zu bedenken. »Wenn ein Ort bedroht ist, dann Tirgas Lan.«

Tarana erwiderte nichts darauf, und Elidor blickte auf das Stundenglas, das neben den Karten auf dem Tisch stand. Unaufhaltsam rieselte der Sand hindurch und machte allen klar, welch flüchtiges Element die Zeit doch war.

Beklommen stellte Elidor fest, dass sie nicht länger auf der Seite des Elfenvolks stand.

Denn nun hatte der Dunkelelf das Heft das Handelns übernommen, und dem König blieb nichts anderes übrig, als zu reagieren, so gut er es vermochte.

Und *solange* er es vermochte …

8. DAI CALÓN'Y'TAITH

In Nurmorod herrschte ewige Dunkelheit.

Dunkelheit, die von der teerigen Schwärze rührte, welche in der tief im Berg gelegenen Drachenfestung herrschte, und die nur ab und an vom unsteten Schein blakender Fackeln durchbrochen wurde. Dunkelheit, die aber auch der abgrundtiefen Bosheit entsprang, von der die fensterlosen Gänge und Stollen erfüllt waren, und die selbst in den entlegensten Winkel der Festung zu dringen schien.

In alter Zeit, als Land und See sich der Fesseln des Eises entledigten und der Urkontinent Anwar zerbrach, um Erdwelt seine heutige Gestalt zu geben, hatten die Drachen Burgen errichtet, die ihnen Schutz und Zuflucht boten. Borkavor im Ostgebirge war eine davon, Nurmorod tief im Süden eine andere. Doch im Zuge der Kriege, welche die *dragdai* untereinander führten, geriet die Festung in Vergessenheit. Über Jahrtausende hinweg waren die Korridore, die das Drachenfeuer einst in den Fels gebrannt hatte, verlassen. Bis ein Zauberer namens Qoray in einer alten Chronik einen Hinweis darauf entdeckte.

Er erzählte niemandem davon und behielt sein Wissen für sich. Erst viel später, nachdem er sich vom Rat der Zauberer losgesagt hatte und aus Qoray Margok geworden war, erklärte er Nurmorod zu seinem geheimen Versteck.

Von hier aus führte er seinen ersten Krieg gegen die Welt, von hier aus bereiteten seine Anhänger seine Rückkehr vor. Und von hier aus hatte er vor vier Wintern zum zweiten Mal versucht, Erdwelt mit einem Sturm der Vernichtung zu überziehen.

Wie lang die Stollen waren, die den Fels durchzogen, wie viele Gewölbe es gab, die sich im Innern des Berges erstreckten und teils von überwältigender Größe waren, wusste niemand genau. Jedoch gab es einen Mittelpunkt, von dem aus sich die Hauptgänge verzweigten, eine riesige Halle, deren Decke und Wände überzogen waren von schwarzgrauer Schlacke, die unter der Hitze des Drachenfeuers geschmolzen und dann wieder erstarrt war und bizarre Formen gebildet hatte. Dort, inmitten dieser grässlichen Galerie, die widerhallte von den Schreien gequälter Kreaturen, schlug das Herz der Finsternis. Hier hielt Margok in jener schrecklichen Gestalt Hof, die dem Dunkelelfen die Rückkehr in die sterbliche Welt ermöglicht hatte.

Dem Aussehen nach hätte niemand zu beurteilen vermocht, welchen Geschlechts das Wesen war, das auf dem aus Schlacke geformten Thron saß. Von hagerem, geradezu knochigem Wuchs und größer als ein Mensch oder ein gewöhnlicher Elf, bot der Dunkelelf an sich schon einen erschreckenden Anblick; verstärkt wurde dieser noch durch die graue, von dunklen Adern durchzogene Haut und die Hände, die in raubtierhafte Klauen ausliefen. Das Antlitz des Dunkelelfen war ebenso schmal wie seine übrige Erscheinung und wurde von langem schwarzen Haar umrahmt, das eine letzte Reminiszenz an jene abtrünnige Zauberin war, die ihren Körper geopfert hatte, um Margoks Geist eine neue Heimat zu bieten. Die Gesichtszüge jedoch hatten nichts mehr von der einstigen Schönheit Riwanons, sondern waren grau und von Narben übersät, und die tief liegenden Augen glommen in tiefem Rot, das von purer Bosheit genährt wurde. Bekleidet war Margok mit einer ledernen, mit unzähligen Gurten versehenen Rüstung, die seinen hageren Körper zusammenzuhalten schien. Dazu umgab ihn ein schwarzer Umhang, den ein ebenso dunkler Wille zu erfüllen schien wie seinen Besitzer.

Wer auch immer sich dem Dunkelelfen näherte, konnte nicht anders, als an der Verderbtheit und dem Hass zu verzweifeln, der ihm entgegenschlug. Beides hatte Margok in den vergangenen Jahrtausenden sorgfältig gepflegt und mit den magischen Fähigkeiten verbunden, die das Schicksal ihm zugedacht hatte. Anders als die übrigen Zauberer hatte er nicht nur ein einzelnes Talent zur Verfügung, sondern besaß die Gabe, tiefe Zusammenhänge zu durchschauen und Magie und Physik in Einklang zu bringen. So war es ihm gelungen, die Gesetze der Natur zu beugen und ihr seinen Willen aufzuzwingen. Nicht nur die Schöpfung hatte er auf diese Weise manipuliert, sondern auch das Gleichgewicht der kosmischen Kräfte, indem er die Kristallpforten öffnete und die Schlundverbindung ermöglichte. Und selbst den Tod hatte der Dunkelelf mehr als einmal getäuscht.

Seine Anhänger, die den Drachenthron umlagerten, hatten sich zu Boden geworfen und hielten furchtsam die Häupter gesenkt. Allesamt trugen sie schwarze Roben, die mit dem Zeichen des Dunkelelfen versehen waren. Es waren Angehörige namhafter und wohlhabender elfischer Häuser, die von Rurak rekrutiert und für die Revolution gewonnen worden waren, weil sie wie so viele im Reich eine Erneuerung herbeisehnten und das Geschlecht Sigwyns in neuem Glanz erstrahlen sehen wollten.

Speichellecker waren sie, einer wie der andere. Sie alle handelten nicht aus Überzeugung, sondern weil sie sich von den veränderten Machtverhältnissen nach Elidors Sturz einen Vorteil versprachen. Margok verachtete sie aus seinem tiefsten, von Hass und Missgunst zerfressenen Inneren. Aber auch er wusste, dass sie ein notwendiges Übel waren.

Die *dynataitha*, wie sie sich selbst nannten, hatten Türen geöffnet, die ohne ihr Zutun verschlossen geblieben wären. Sie hatten es Rurak ermöglicht, in gehobenen Adelskreisen zu verkehren und dort nach neuen Anhängern zu suchen; und ihr Gold war es gewesen, das dem Dunkelelfen den Weg geebnet hatte. Es hatte dafür gesorgt, dass hohe Elfenbeamte weggesehen hatten, wo sie hätten hinsehen müssen, und es hatte abtrünnige Zwergenschmiede gekauft, die ihr geheimes Können fortan für den Margok einsetzten.

Und schließlich waren die *dynataitha* auch dabei gewesen, als die *neidora* wieder zum Leben erweckt worden waren, jene grausamen Echsenkrieger, die damals wie heute Margoks Leibwache stellten.

Die Niederlage im Flusstal hatte einige der Schimären, die das Aussehen von Reptilien hatten, jedoch aufrecht auf zwei Beinen gingen, ihre Existenz gekostet. Fünf von ihnen waren noch am Leben, unter ihnen ihr Anführer Dinistrio, und wie in alter Zeit wichen sie nicht von der Seite ihres finsteren Herrn. Zu beiden Seiten des Throns postiert, standen die *neidora* starr wie Statuen, doch ihren schmalen Echsenaugen entging keine Bewegung, und wer sich dem Dunkelelfen in unlauterer Absicht näherte, der starb eines jähen und grausamen Todes …

Von seinem hohen Sitz aus betrachtete Margok die Landkarten, die seine Anhänger vor ihm ausgebreitet hatten. Die Pläne enthielten Zeichnungen der Stadt Tirgas Lan und ihrer Verteidigungsstellungen, jede davon so reich an Einzelheiten, wie ein Feldherr, der einen Angriff vorbereitete, sie sich nur wünschen konnte. Dennoch war Margok unzufrieden.

»Ist das alles?«, erkundigte er sich mit seiner grässlichen Schattenstimme, die aus den tiefsten Grüften zu dringen schien. »Mehr habt ihr mir nicht zu bieten?«

»Das … ist alles, *narhulan*«, bestätigte einer der Verschwörer stammelnd, ohne den Blick zu heben. »Die Beschaffung dieser Informationen hat etliche unserer Spione das Leben gekostet. Und wir mussten mehr Gold aufwenden als …«

»Das interessiert mich nicht!«, fauchte Margok den Gesichtslosen an, dass dieser unter seiner Robe zu zittern begann. »Was immer ihr für unsere Sache aufwendet, wird sich tausendfach bezahlt machen, also erspart mir euer kleinherziges Gejammer. Oder solltet ihr den Eindruck haben, bislang nicht ausreichend entlohnt worden zu sein?«

Es war sein Zögern, das den Vermummten das Leben kostete. Noch während er auf dem Boden kauerte und nach Worten rang, um seinem finsteren Herrn die Kompliziertheit der Lage zu erklären, gab dieser Dinistrio einen unhörbaren Befehl – und der Echsenkrieger tat, was von ihm verlangt wurde.

Der Verschwörer begriff nie, wie ihm geschah.

Die mörderische Klinge des Echsenkriegers enthauptete ihn mit einem Streich. Noch in den Stoff der Kapuze gehüllt, fiel der Kopf des glücklosen Sektierers zu Boden und rollte an seinen kauernden Mitverschwörern vorbei, eine Blutspur hinterlassend.

»Das wäre also geklärt«, hauchte der Dunkelelf mit einer Stimme wie ein Todeswind. »Gibt es noch jemanden, der der Ansicht ist, ich würde zu viel erwarten?«

Margok und sein reptilienhafter Leibwächter ließen ihre Blicke über die Versammelten schweifen, aber niemand äußerte sich oder wagte es auch nur, den Kopf zu heben.

»Sehr gut«, sagte der Dunkelelf ohne erkennbare Freude. »Ihr wisst nun also, was von euch erwartet wird. Ich brauche weitere Informationen, vor allem genaue Aufzeichnungen über die Truppenstärke des Feindes und seine Verteidigungsanlagen. Habt ihr das verstanden?«

Niemand wagte es, die Frage zu bejahen, aber Margok war überzeugt, dass seine Botschaft angekommen war. »In diesem Kampf, der uns bevorsteht«, fügte er heiser hinzu, »in dieser letzten Schlacht um das Schicksal der Welt bleibt nichts dem Zufall überlassen. Damals, vor vier Jahren, habe ich den Fehler begangen, euch zu sehr zu vertrauen – euch und diesem Scharlatan, der sich Rurak nennt und den ich für sein Versagen in die Blutfeste verbannt habe, weit fort von hier. Dadurch habe ich eine Niederlage erlitten, die mich geschwächt und meine Feinde gestärkt hat. Doch nun ist die Zeit gekommen, um zurückzuschlagen, mächtiger und erbarmungsloser denn je – und dazu brauche ich diese Pläne.«

»Wir verstehen, *narhulan*«, versicherte nun einer der Vermummten kleinlaut, wobei nicht zu erkennen war, welche der am Boden kauernden Gestalten sprach, »und wir werden alles daransetzen, Euren Wünschen nachzukommen.«

»Wünsche?« Der Dunkelelf schüttelte das behaarte Haupt. »Ich spreche keine Wünsche aus, sondern erteile Befehle!«

»… die wir bereitwillig erfüllen werden«, versicherte der andere. »Alles, was wir dazu brauchen, ist noch ein wenig Zeit.«

»Ihr hattet Zeit«, beschied Margok ihm unnachgiebig, »nun nähert sie sich dem Ende, ebenso wie meine Geduld. Denn der Angriff auf Tirgas Lan hat bereits begonnen.«

»E-er hat bereits begonnen?« Der Sprecher enttarnte sich, indem er zusammenzuckte. Er kauerte in der letzten Reihe, einer jener

Sektierer, die erst vor Kurzem dazugestoßen waren. Dinistrio zischelte eine Frage, die Margok mit einem Kopfschütteln verneinte.

Er wollte nicht, dass der Mann bei lebendigem Leibe aufgespießt wurde.

Noch nicht …

»Stellst du mein Vorgehen etwa infrage?«, erkundigte er sich. »Willst du mir das sagen?«

»N-nein, natürlich nicht, Gebieter«, erklärte der Vermummte unterwürfig. »Es ist nur … Ich dachte, die Vorbereitungen würden noch länger dauern.«

»Wie lange wollt ihr denn noch warten?«, fauchte Margok. »Bis Elidors Legionen meine Orks besiegt haben? Bis Tirgas Lan sich mit den Menschen verbündet hat? Bis es den Zauberern gelungen ist, ihre inneren Streitigkeiten beizulegen und geschlossen gegen mich vorzugehen?« Der Dunkelelf leckte sich die Lippen, was ihn wie eine riesige Kröte aussehen ließ. »Ihr elenden Narren, glaubt ihr, nur weil ich hier in Nurmorod weile, wüsste ich nicht, was in der Welt draußen geschieht? Margoks Augen und Ohren sind überall, in Tirgas Lan und selbst in Shakara! Meine Feinde können nichts unternehmen, ohne dass ich davon erfahre – und aus diesem Grund weiß ich, dass ich nicht länger warten darf. Ich muss erneut zuschlagen, unerwartet und mit ganzer Wucht – und wenn die Schlacht geschlagen ist, wird die Niederlage im Flusstal nicht mehr als ein unbedeutender Vorfall gewesen sein, eine Fußnote in der Geschichte, die dann von mir geschrieben wird!«

Mit geballter Faust schlug sich der Dunkelelf vor die lederumgürtete Brust und schaute Beifall heischend umher, aber außer den Echsenkriegern wagte es niemand, seinem Blick zu begegnen. »Ich brauche diese Informationen«, wiederholte er dann mit lauerndem Unterton, »und ich brauche sie rasch. Denn während ihr euch vor mir im Staub wälzt, ist mein Heer bereits unterwegs, um meinen Feinden den Todesstoß zu versetzen …«

»E-euer Heer, Gebieter? Aber ich dachte, unsere Armeen stünden an der Westgrenze des Reiches …«

»Nicht nur Ihr seid dieser Ansicht«, erwiderte Margok, und zum ersten Mal breitete sich ein Lächeln über seine Züge, das allerdings so voller Hinterlist und Falschheit war, dass es wie ein Zähnefletschen wirkte. »Doch während meine Feinde noch damit beschäftigt sind, die Angriffe der Orks abzuwehren, rückt eine neue Streitmacht heran. Leicht abzulenken, wie sie nun einmal sind, werden weder dieser Schwächling Elidor noch diese Narren in Shakara etwas davon ahnen. Und wenn sie meine wahren Pläne durchschauen, wird es zu spät sein.«

9. PERAIG YNA MARAS

Die Luft war eisig kalt, und die See hatte in der Abenddämmerung die Farbe von Schiefer angenommen.

In immergleichem Rhythmus tauchten die Ruder in das Wasser und trieben die *Hethwalas* an – so quälend langsam, dass man den Eindruck gewinnen konnte, die zähen Nebelschwaden, die das Schiff umgaben, wären in Wahrheit riesige Klauen, die es unnachgiebig festhielten.

Die *Hethwalas* war ein stolzer Kauffahrer. Hinter dem steilen Bug, von dessen Spriet Olyras der Fischer als in Holz geschnitzte Galionsfigur grüßte, erhob sich das Vorderkastell, das der Verteidigung des Schiffes diente. Dahinter ragten die beiden Masten auf, deren ehemals rote, von der Sonne jedoch orange gebleichte Segel gerefft waren angesichts der nun schon Tage währenden Flaute. Der Aufbau an Achtern schließlich beherbergte die Unterkünfte der Offiziere sowie des Eigners des Schiffes, Cian von Tirgas Dun.

Der Tuchhändler stand auf dem breiten Achterdeck, in den schweren Mantel gehüllt, der ihn schon auf mancher Fahrt gewärmt und zuverlässig vor Wind und Wetter bewahrt hatte. Gegen den Nebel, dessen klamme Feuchte auch in die kleinste Ritze kroch, bot er jedoch keinen Schutz.

Wie in jedem Frühjahr war Cian aufgebrochen, um in den Städten und Handelsniederlassungen entlang der Küste seine Waren anzubieten – doch die Fahrt hatte sich als kostspieliges Fiasko erwiesen. Nicht nur, dass die *Hethwalas* in zwei schwere Stürme geraten und dabei fast gesunken war. Die Geschäfte waren auch so schlecht gewesen wie nie zuvor, und das lag am Krieg, der im Norden wütete.

Denn die Gerüchte, die kursierten und besagten, dass der Kampf gegen den Dunkelelfen bald auch auf das Südreich übergreifen werde, sorgten dafür, dass auch jenen Elfen, die die Küste und die Inseln bewohnten, der Sinn nach anderen Dingen stand als nach Seide aus Anar oder Brokat aus dem Zwergenreich. In Narnahal hatte Cian noch halbwegs gute Abschlüsse getätigt, auf den übrigen Stationen seiner Reise jedoch hatten die Händler allesamt abgewunken und sich erkundigt, ob er nicht Nahrung, Werkzeuge, Waffen oder andere Gegenstände des täglichen Gebrauchs feilzubieten hätte.

Als Folge davon war der Laderaum der *Hethwalas* noch zur Hälfte gefüllt. Cian würde nichts anderes übrig bleiben, als die unzähligen Stoffballen in sein Kontor in Tirgas Dun zu bringen und das Ende des Krieges herbeizusehnen. Vielleicht, so hoffte er, würden die Elfen sich dann wieder den schöneren Dingen des Lebens zuwenden. Bis dahin jedoch würde ihm nichts anderes übrig bleiben, als seinen ungeliebten Vetter Devan um etwas Geld zu bitten …

»*Nivur ymlain!*«, rief der Ausguck im Krähennest zum ungezählten Mal.

Cian kam es vor wie bitterer Hohn.

Seit zwei Tagen waren sie nun in dieser schier undurchdringlichen Suppe gefangen, die überhaupt kein Ende nehmen wollte. Im Gegenteil schien sich der Nebel immer noch mehr zu verdichten, sodass die Mastspitzen der *Hethwalas* inzwischen kaum noch zu erkennen waren. Zwar war es für die späte Jahreszeit durchaus nicht ungewöhnlich, dass es vor der Küste Nebel gab; in dieser Undurchdringlichkeit hatte Cian ihn jedoch noch nie erlebt, obschon er diese Fahrt seit Jahrzehnten machte. Und ohne, dass er den Grund dafür hätte nennen können, fühlte er eine vage Furcht.

»Kapitän?«, fragte er.

Farnos, der kräftig gebaute Fahrensmann, mit dem zusammen er schon ungezählte Reisen die Küste hinab unternommen hatte, stand nur wenige Schritte von ihm entfernt am Heckruder des Schiffes. Auch seiner jugendlich wirkenden Miene war wachsende Besorgnis anzusehen.

»Ich weiß nicht, Herr«, knurrte er kopfschüttelnd. »Ein Wetter wie dieses ist mir noch nicht untergekommen. Nebel, Nebel und nichts als Nebel, so weit das Auge reicht.«

»Sind wir noch auf Kurs?«

»Das denke ich schon. Wir bewegen uns nur langsam vorwärts und loten in regelmäßigen Abständen die Tiefe – auf diese Weise gehen wir sicher, dass wir uns nicht zu weit von der Küste entfernen. Aber die Sache gefällt mir trotzdem nicht.«

»Was genau meint Ihr?«

Farnos legte den Kopf in den Nacken, schloss für einen Moment die Augen und schnüffelte wie ein Tier, das Witterung aufnahm. »Ich weiß es nicht, Herr«, sagte er dann. »Etwas ist anders an diesem Nebel. Er scheint mir nicht natürlichen Ursprungs zu sein. Nicht ein einziger Windhauch regt sich, und das schon seit Tagen. Und die Luft riecht nach Tod, wenn Ihr mich fragt …«

Cian fragte nicht.

Farnos' Worte hatten ihn erschreckt, denn im Grunde empfand er genauso. Auch Cian hatte den Eindruck, dass die Luft, die so zäh zu sein schien wie Gallerte, von beißendem Verwesungsgeruch durchsetzt war – oder spielten seine Sinne ihm einen Streich?

Plötzlich war ein Geräusch zu vernehmen.

Ein dumpfer, klagender Laut, der unheimlich durch den Nebel drang und plötzlich wieder verebbte.

»Habt Ihr das auch gehört?«, zischte Cian.

»Ja, Herr.«

»Aus welcher Richtung ist das gekommen?«, fragte der Kaufmann und blickte sich unruhig um – doch außer milchigem Weiß, das die *Hethwalas* zu allen Seiten bedrängte und inzwischen auch den Bug verschluckt hatte, war nichts zu sehen.

»Ich weiß es nicht, Herr. Bei diesem Nebel lässt sich das unmöglich sagen …«

Cian nickte, keineswegs beruhigt. Der Nebel gab ihm das Gefühl, vom Rest der Welt abgeschnitten zu sein, und das schon seit

Tagen. Auch den Seeleuten, die an Bord der *Hethwalas* ihren Dienst versahen, erging es so.

Das Geräusch wiederholte sich.

Ein Stöhnen, das geradewegs vom Meeresgrund heraufzudringen schien. Dumpf und heiser drang es durch den Nebel und sorgte dafür, dass sich jedes einzelne Haar auf Cians Haupt aufstellte. Die Seeleute, obschon allesamt altgedient, verfielen in dieselbe ängstliche Unruhe, die auch Cian ergriffen hatte.

»Habt Ihr das gehört?«, scholl es über das neblige Deck, dessen Planken leise knarrten. »So klingt nur Anyris, der Dämon der Tiefe!«

»Nein«, widersprach ein anderer, »es war das Horn Norguds, des Herrn der See ...«

Cian verzog das Gesicht. Es war bekannt, dass die Bewohner der Südküste und der Inseln (und unter ihnen ganz besonders jene, die zur See fuhren) weniger rational veranlagt waren als die Elfengeschlechter des Nordens. Ihre Neigung zum Aberglauben war ausgeprägt, und die Sagen der alten Zeit hatten bei ihnen noch eine tiefere Bedeutung. Der Kaufmann selbst hatte nie besonders viel von diesen eigenartigen Geschichten gehalten – in diesem Moment jedoch erschienen sie ihm seltsam greifbar, und als das grässliche Geräusch ein weiteres Mal erklang, erwartete er fast, dass ein riesiger Dreizack aus der Tiefe der See emporstechen und die *Hethwalas* zerschmettern würde.

Zumindest in einer Hinsicht irrte Cian.

Es war nicht die Spitze eines *tirdanth*, die die graue Oberfläche der See durchbrach, sondern ein riesiger Tentakel!

Dick wie ein Baum und von ledriger Haut überzogen, die vom abperlenden Salzwasser glänzte, stieg der Fangarm an Backbord empor – und noch ehe Cian oder einer seiner Leute begriff, was geschah, schnellte das Ungetüm wie eine Peitsche nach vorn und packte einen der Matrosen.

Der Mann brüllte aus Leibeskräften, als er von unwiderstehlicher Kraft emporgerissen wurde. Die Saugnäpfe, mit denen die Unterseite des Tentakels versehen war, bissen sich an seiner Haut fest, während der Fangarm selbst sich immer enger um ihn wand und ihn schließlich zerquetschte. Das Gezeter des Matrosen verstimmte jäh, dafür schrien seine Kameraden umso lauter, denn weitere Fangarme wuchsen aus dem Wasser. Einen Augenblick lang waren sie im Nebel nur als Schemen zu erkennen, die sich wie Seegras in der Strömung hin und her bewegten – dann setzten auch sie zum Angriff an und rissen weitere Seeleute von Deck.

»Alarm!«, brüllte Kapitän Farnos aus Leibeskräften, während Cian nur dastand und sich mit beiden Händen an die Reling des Achterdecks klammerte. Mit vor Entsetzen weit aufgerissenen Augen verfolgte der Kaufmann, was an Bord seines Schiffes geschah, konnte es jedoch nicht glauben. »Wir werden angegriffen! Feind an Backbord …!«

Während die Seeleute auf Deck ihren ersten Schreck überwanden und zu Äxten und Enterhaken griffen, um die Fangarme abzuwehren, hielten diese weiter blutige Ernte unter den Matrosen. Zwei wurden über das Schanzkleid gezerrt und verschwanden im Nebel, ein weiterer wurde von einem Tentakel erschlagen. Von unter Deck kamen weitere Matrosen herauf, die sich dem Kampf ihrer Kameraden anschlossen. Mit Messern und Äxten hieben sie auf die Fangarme ein, deren dicke Haut jedoch nur selten nachgab. Tat sie es doch, so trat dunkles Blut hervor, das auf die Planken troff und sie glitschig machte.

Auch Cian riss den Dolch heraus, den er in einer goldenen Scheide am Gürtel trug, auch wenn ihm die Größe der Klinge angesichts des ungeheuren Gegners geradezu lächerlich erschien. Der Tuchhändler war drauf und dran, die Treppe zum Hauptdeck hinunterzustürmen und die wertvollen Waren, die im Bauch des Schiffes lagerten, unter Einsatz seines Lebens zu verteidigen, als erneut das grässliche Geräusch erklang, lauter diesmal und so nahe, dass es ihm fast den Verstand raubte.

Fast im selben Augenblick, in dem Kapitän Farnos einen gellenden Schrei ausstieß, fuhr Cian herum – und sah den riesigen dunklen Schemen, der sich aus dem Nebel heranwälzte.

Es war der Bug eines Schiffes!

Senkrecht wie eine Mauer ragte er auf und war mit großen rostigen Metallplatten versehen, die wiederum mit Furcht einflößenden Stacheln bewehrt waren – und er würde die *Hethwalas* in wenigen Augenblicken mittschiffs rammen!

Cian stieß einen Warnruf aus, der freilich ungehört verhallte. Die Seeleute hatten anderes zu tun, und Kapitän Farnos war einen Augenblick lang zu entsetzt, um zu handeln. Als er das Ruder schließlich herumriss, war es bereits zu spät, und im nächsten Moment krachte der eiserne Bug auf den schlanken Rumpf des Handelsschiffes.

Ein Stoß durchlief die *Hethwalas*, der so heftig war, dass er Cian von den Beinen riss. Der Kaufmann schlug zu Boden, hörte Holz splittern und Wasser rauschen. Als er wieder aufblickte, sah er, dass das fremde Schiff die *Hethwalas* förmlich gepfählt hatte!

Die Sporne, mit denen der Bug versehen war, hatten Rumpf und Schanzkleid durchschlagen. Wasser drang in den Laderaum, sodass Cians Schiff mit jedem Augenblick mehr Schlagseite bekam. Und zu den Tentakeln, die noch immer unter den Seeleuten wüteten, gesellten sich grausame Unholde, die wie Eiter aus einem Geschwür über den Bug des fremden Schiffes quollen und mit markerschütterndem Kriegsgebrüll auf dem Deck der *Hethwalas* landeten.

Mit Äxten und grässlich anzusehenden, mit Widerhaken versehenen Spießen drangen sie auf die Matrosen ein, die ihnen nichts entgegenzusetzen hatten. Einer nach dem anderen fiel unter ihren Hieben, Elfenblut und abgetrennte Gliedmaßen übersäten schon im nächsten Moment das Deck.

Cian stand noch immer am Rand des Achterdecks, wie angewurzelt vor Entsetzen. Als der grässliche Ton erneut erklang, erkannte er, dass es tatsächlich eine Art Horn war, das ihn erzeugte. Ein bizarres, aus Knochen gefertigtes Instrument, in das allerdings nicht Norgud stieß, der sagenumwobene Herrscher der Tiefe, sondern ein grobschlächtiger Ork. Die gelben Augen des Unholds spähten in ungestilltem Blutdurst umher – und erfassten Cian.

Als der Kaufmann aus Tirgas Dun begriff, dass der Ork es auf ihn abgesehen hatte, hielt er tapfer seine Stellung am oberen Ende der Treppe und riss seinen Dolch zur Abwehr empor. Die blutige Axt, die im nächsten Moment mit Urgewalt auf ihn herabsauste, scherte sich nicht darum.

10. YMLITH GYWARA

Das Wirtshaus hieß *Zum wilden Keiler*, und Granock fand, dass es seinem Namen alle Ehre machte. Denn in dem spärlich beleuchteten Schenkraum, dessen niedere Decke von dicken, rußgeschwärzten Holzbalken getragen wurde, stank es wie in einem Schweinestall.

Hinter dem Tresen, der aus wenig mehr als ein paar aneinandergereihten Fässern mit morschen Planken darauf bestand, ging der Wirt seiner Arbeit nach – ein glatzköpfiger Kerl, der zugleich auch der Koch zu sein schien. Immer wieder rührte er in einem großen Eisenkessel, der über der Feuerstelle hing und in dem eine streng riechende Flüssigkeit brodelte. An den grob gezimmerten Tischen, die entlang der Seitenwände aufgestellt waren, saßen vierschrötige Gestalten, die das Bier, das ihnen der Wirt auftrug, gierig in sich hineinschütteten. Waldläufer waren darunter, Bauern aus dem Umland und wohl auch einige Kopfgeldjäger. Die meisten vermieden es, von ihren Steinkrügen aufzublicken, als Granock und sein Begleiter eintraten – wahrscheinlich wollten sie nur in Ruhe gelassen werden.

An einem der Tische, die in der Mitte des Raumes standen, saß ein ungemein feister Kerl, seiner vornehmen Kleidung nach ein Kaufmann. In den wurstigen, goldberingten Fingern drehte er eine Hammelkeule, von der er immer wieder abbiss, sodass ihm das Fett über das dreifache Kinn rann. Granock schürzte abschätzig die Lippen. Er war lange nicht mehr in Andaril gewesen, aber gewisse Dinge schienen sich nicht geändert zu haben. Die Armen hungerten noch immer, und die Reichen stopften sich noch immer die Wänste voll.

Ihre Reise hatte Granock und Nimon von Shakara aus quer durch die Eiswüste und unter den Bergen hindurchgeführt. Ein Zwergenführer, der Farawyns Ankündigung gemäß am Fuß des Scharfgebirges auf sie gewartet hatte, hatte sie sicher durch die dunklen Stollen geleitet. Damit die geheimen Stollen der Zwerge auch geheim blieben, waren die Augen Granocks und seines Schützlings die meiste Zeit über verbunden gewesen – angesichts der verwirrenden Vielfalt an Gängen und Schächten, die die Zwerge im Lauf von Jahrtausenden in den Fels gegraben hatten, hielt Granock diese Vorsichtsmaßnahme allerdings für reichlich übertrieben. Sie kennzeichnete das Verhältnis der kleinwüchsigen Söhne und Töchter der Steine den Zauberern gegenüber: Es war von Respekt und Wertschätzung geprägt, aber auch von einem gewissen Misstrauen.

Auf der anderen Seite des Scharfgebirges schließlich waren sie zum Nordfluss marschiert, und zusammen mit einer Ladung Holz waren sie schließlich nach Andaril gelangt, wo sie auf Farawyns Gewährsmann treffen sollten.

Granock trat an einen freien Tisch und bedeutete Nimon mit einem Wink, sich zu setzen. Damit man ihm seine Herkunft nicht sofort ansah, trug der junge Elf die Kapuze seines Mantels tief ins Gesicht gezogen. Dennoch konnte Granock erkennen, wie sich die ebenso spitze wie blasse Nase unter der Kapuze vor Abscheu kräuselte. Er verzichtete darauf, Nimon dafür zur Rede zu stellen, denn zumindest dieses eine Mal konnte er den jungen Elfen gut verstehen. Mehr noch: Angesichts des Gestanks und des Unrats, der überall im Schenkraum umherlag, hatte er das Gefühl, sich für seine Art schämen zu müssen.

Der Wirt kam an ihren Tisch, wobei er die Hände an seine dreckstarrende Schürze rieb. »Guten Abend, Reisende«, sagte er in der Sprache der Westmenschen und verbeugte sich. »Womit kann ich dienen? Ein würziges Bier? Eine warme Mahlzeit? Ein Nachtlager?« In seinen Augen blitzte es schelmisch, und er zwinkerte Nimon vielsagend zu. »Oder vielleicht eine Frau?«

Granock seufzte. Es hatte sich tatsächlich nichts geändert. Für den, der genügend Geld hatte, gab es in Andaril offenbar noch immer alles zu kaufen. »Zwei Bier«, bestellte er leise und deutete nach dem Kessel. »Ist das Zeug genießbar?«

»Das will ich meinen, Reisender«, beteuerte der Wirt beflissen. »Es ist die Spezialität des Hauses.«

»Zwei Teller«, bestätigte Granock. »Und sieh zu, dass auch Fleisch drin ist.«

»Gewiss«, meinte der Wirt ein wenig pikiert und wandte sich ab. Kurz darauf kehrte er mit dem Bier zurück.

»Was ist das?«, erkundigte sich Nimon, wobei er den Steinkrug, den der Wirt vor ihm abgestellt hatte, misstrauisch beäugte.

»Bier«, nannte Granock das Wort, für das es in der Elfensprache keine Entsprechung gab. »Gerstensaft«, versuchte er eine Übersetzung.

»Ich habe davon gehört«, erwiderte der Aspirant und schnupperte an dem Krug, worauf er die Nase abermals rümpfte. »Bitter«, stellte er fest.

»Worauf du dich verlassen kannst«, bestätigte Granock, hob den Krug und nahm ein paar Züge.

Er hatte lange kein Bier mehr getrunken. Elfischer Wein und Nektar hatten ihn fast vergessen lassen, wie streng das Zeug schmeckte. Auch war die berauschende Wirkung wesentlich höher, sodass Granock bereits nach wenigen Schlucken die Wirkung spürte. Dennoch ließ er sich nichts anmerken. »Nun?«, erkundigte er sich bei seinem Begleiter. »Reicht dein Elfenmut aus, um Menschenbier zu trinken?«

Von unter der Kapuze sandte Nimon ihm einen undeutbaren Blick. Dann griff er nach seinem Krug, packte ihn mit beiden Händen und tat es Granock gleich. Als er das Gefäß wieder sinken ließ, schien seine blasse Elfenmiene noch um einiges fahler geworden zu sein. »Und so etwas trinkt Ihr?«, stöhnte er.

»Gelegentlich.« Granock grinste.

Nimon verzog das Gesicht, und obwohl Granock selbst fand, dass das Zeug schauderhaft schmeckte, verspürte er jähen Zorn. Wie so oft, seit sie Shakara verlassen hatten, hätte er den jungen

Elfen am liebsten zurechtgewiesen und ihn für seine Arroganz gescholten. Dass es nicht dazu kam, lag an dem Wirt, der soeben zurückkehrte und ihnen zwei hölzerne Teller kredenzte, die mit einem dicken, rötlich-braunen Brei gefüllt waren.

»Euer Eintopf«, erklärte er dazu nicht ohne Stolz.

»Was ist da drin?«, wollte Granock wissen.

»Eintopf«, wiederholte der Wirt und ging wieder.

Nimon, der die Menschensprache nicht beherrschte, schaute Granock fragend an. »Was hat er gesagt?«

»Guten Appetit«, übersetzte Granock frei.

Nimon griff nach dem Löffel, der in dem Brei steckte, und stocherte lustlos darin herum. »Das kriege ich nicht hinunter«, meinte er dann.

»Was du nicht sagst.« Granock nahm selbst einen Löffel voll und schob ihn sich in den Mund. Beinahe hätte er sich übergeben, so grässlich schmeckte die angebliche Spezialität des Hauses. Aber er wollte, dass der Elf davon aß, und wenn er sie ihm eigenhändig in den Schlund stopfen musste. »Los doch«, forderte er seinen Schützling auf. »Rein damit!«

»Nein.« Nimon schüttelte bestimmt den Kopf.

»Iss schon«, verlangte Granock, dem nicht entgangen war, dass der feiste Kaufmann bereits herüberschaute. »Oder willst du unbedingt Aufsehen erregen?«

Nimon lugte argwöhnisch nach beiden Seiten. Dann überwand er sich und kostete eine Löffelspitze. Noch nie zuvor hatte Granock einen Elfen derart das Gesicht verziehen sehen.

»Komm schon«, meinte er. »So schlimm ist es auch wieder nicht.«

»Es ist sogar noch schlimmer. Was haben Eure Artgenossen da nur reingetan? Rattendärme? Hühnerkot?«

»Nur weiter so.« Granock grinste freudlos. »Für jede dieser Unverschämtheiten wirst du einen weiteren Löffel essen, so wahr du Aspirant bist und ich Meister.«

Der Elf schaute ihn durchdringend an, Wut blitzte aus seinen Augen. Genau wie damals bei Aldur, dachte Granock unwillkürlich.

»Ein Meister mögt Ihr sein«, räumte Nimon ein, »aber Ihr seid auch ein Mensch. Und wenn ich mich hier umblicke, dann beginne ich zu ahnen, warum Ihr so seid, wie Ihr seid.«

»Du kannst von Glück sagen, dass wir nicht auffallen dürfen«, konterte Granock, ohne mit der Wimper zu zucken, »sonst würde ich dir für diese Frechheit hier und jetzt vor all diesen Menschen deinen eingebildeten Hintern versohlen.«

»Das würdet Ihr nicht wagen«, zischte der Aspirant, wobei sich seine Augen zu Schlitzen verengten und seine hohen Wangen vor Empörung röteten. »Vergesst nicht, dass ich Nimon bin, des Nydians Sohn.«

»Hier bist du ein Niemand«, brachte Granock ihm in Erinnerung. »Der Sohn eines Elfenfürsten zu sein, bedeutet in den Ostlanden überhaupt nichts. Dein Name, auf den du dir so viel einbildest, ist hier einen feuchten Kehricht wert.«

Der junge Elf zuckte unter all diesen Verunglimpfungen wie unter Stockhieben zusammen, und Granock ertappte sich dabei, dass es ihm eine gewisse Genugtuung verschaffte.

»Warum, bei Sigwyns Krone, hasst Ihr mich nur so sehr?«, fragte Nimon kopfschüttelnd.

»Ich hasse dich nicht.«

»Tatsächlich nicht? Seit unserer Abreise aus Shakara habt Ihr keine Gelegenheit ausgelassen, um mich zu maßregeln und zu demütigen. Ihr habt mir minderwertige Nahrung zu essen gegeben und mich gezwungen, auf dem nackten Boden zu schlafen! So etwas ist eines Elfen von vornehmem Blut einfach unwürdig.«

»Eines vornehmen Elfen vielleicht, aber nicht eines Zauberers«, hielt Granock dagegen. »Ich hasse dich nicht, Nimon. Aber ich will dir die Augen öffnen für die wirkliche Welt. Du wolltest hierherkommen und die Städte der Menschen besichtigen? Dann schau dich nur um. Hier gibt es keine weißen Mauern und keine vornehmen Paläste, sondern nur elende Hütten und steinerne Festungen, und bis auf wenige Ausnahmen sind die meisten Menschen froh, wenn sie sich ab und an ein solches Bier und ein Gericht wie dieses leisten können. Du hingegen lehnst beides ab, weil dein verwöhnter Gaumen beleidigt ist.«

»Das … ist nicht wahr.«

»Du bist verweichlicht«, lautete Granocks unbarmherziges Fazit. »Ein verzogener Bengel, der trotz der Jahre, die er nun bereits in Shakara lebt, nie begriffen hat, worum es dabei eigentlich geht.«

»Das stimmt nicht!«, protestierte Nimon energisch. »Ich habe große Anlagen!«

»Große Anlagen, in der Tat«, räumte Granock ein, »aber was zählt alle Begabung, wenn man nichts daraus macht? Es geht nicht darum, wessen Namen du trägst, Nimon, des Nydians Sohn, sondern allein um das, was in dir ist, dein Herz und deine …«

Er unterbrach sich, als plötzlich ein dunkler Schatten auf ihren Tisch fiel. Granock schaute auf und sah sich einem grobschlächtigen Hünen gegenüber, der derbe Lederkleidung trug und ein Waldläufer zu sein schien. Sein Haar war so kurz geschoren, dass die Kopfhaut darunter zu sehen war, ein wilder Bart umrahmte sein breites Kinn. Seine Augen loderten in wildem Glanz, Muskelberge erhoben sich auf seinen nackten Armen.

»Ihr da«, knurrte er im eigentümlichen Dialekt der Hügelclans.

»Ja?«, fragte Granock.

»Euer Geschwätz geht mir auf den Geist«, gab der Hüne bekannt.

»Das tut mir leid«, versicherte Granock. »Wir wollten Euch nicht belästigen. Fremder. Nehmt unsere Entschuldigung für …«

»Drauf geschissen«, polterte der Hüne mit vom Alkohol schwerer Zunge – und zog mit einem Ruck Nimons Kapuze zurück.

Der Elf zuckte zusammen. Erschrocken schaute er zu dem Waldläufer auf.

»Dachte ich mir's doch«, knurrte der. »Ein verdammter Elfenbengel. Hab sein elendes Gelispel bis an meinen Tisch gehört. Thithithithi …« Er äffte den Klang der Elfensprache nach, indem er seine fleischige Zunge gegen die gelben Zähne stieß. Einige der Gäste lachten.

»Lass den Jungen in Ruhe«, forderte Granock ihn auf, noch immer freundlich, aber sehr bestimmt.

»Was geht dich das an, hä?« Der Waldläufer schaute ihn feindselig an. »Wer bist du überhaupt, dass du es wagst, hier mit einem verdammten Schlitzauge aufzukreuzen?«

»Wir sind nur Wanderer auf der Durchreise«, erklärte Granock. »Wir wollen keinen Streit.«

»Das hättet ihr euch überlegen sollen, bevor Ihr in mein Lieblingsgasthaus gekommen seid und es mit eurer stinkenden Anwesenheit beschmutzt habt.«

»Beschmutzt?« Granock streifte die Bodendielen, auf denen Knochen, Fischgräten und anderer Unrat verstreut lagen, mit einem Seitenblick. »Ich denke nicht, dass es hier noch etwas zu beschmutzen gab. Also reg dich wieder ab und setz dich zurück an deinen Tisch. Soll ich dir ein Bier spendieren?«

»Nein, verdammt«, knurrte der Hüne und rollte mit den Augen. »Ich will nichts geschenkt von einem verdammten Elfenfreund! Ich will, dass der kleine Bastard von hier verschwindet, und zwar sofort!«

Granock seufzte. Er war lange nicht mehr unter Menschen gewesen, aber ihm war klar, dass sich dieser Streit nicht gütlich würde beilegen lassen. Der Waldläufer hatte zu viel Bier getrunken und suchte ganz offensichtlich Ärger.

»Nein«, erklärte Granock schlicht. »Wir werden erst gehen, wenn wir gegessen haben. Wenn dir unsere Anwesenheit hier nicht gefällt, dann geh doch du.«

»Verstehe.« Der Mann bleckte die Zähne zu einem breiten Grinsen. »Weißt du, irgendwie dachte ich mir, dass du das sagen würdest. Ich hab es mir eigentlich sogar gewünscht …«

Plötzlich kam Bewegung in den Fleischberg. Mit einer Schnelligkeit, die Granock ihm nicht zugetraut hätte, schossen seine Pranken vor, packten Nimon an den Schultern und rissen ihn in die Höhe. Der junge Elf war über diesen Übergriff so entsetzt, dass er keine Gegenwehr leistete. Mit vor Schreck weit aufgerissenen Augen sah er die Faust des Mannes auf sich zufliegen, die ihm die filigranen Gesichtszüge mühelos zu Brei schlagen würde – aber es kam nicht dazu.

Mitten in der Bewegung hielt der Hüne inne. Von einem Augenblick zum anderen stand er unbewegt wie eine Statue, stieren Blickes und den Mund weit aufgerissen.

»Setz dich wieder«, forderte Granock, der blitzschnell von seiner Gabe Gebrauch gemacht und einen Zeitzauber gewirkt hatte,

Nimon auf. Der Aspirant leistete der Aufforderung widerspruchslos Folge.

Im Schenkraum war es still geworden.

Die Gespräche waren verstummt, aller Augen waren auf die beiden Fremden und den erstarrten Hünen gerichtet. Genau das war eingetreten, was Granock eigentlich hatte vermeiden wollen. Nicht nur, dass sie die Aufmerksamkeit der anderen Gäste erregt hatten, auch Nimons Herkunft war enthüllt worden. Granock war klar, dass er ein Exempel statuieren musste, ansonsten würden sie keine Ruhe mehr bekommen.

Langsam stand er auf. Dann hob er mit einer knappen, fast beiläufigen Geste die rechte Hand, konzentrierte sich – und wirkte einen Gedankenstoß, der seinen wehrlosen Gegner erfasste und quer durch den Schenkraum schleuderte, gegen die Eingangstür, die unter seinem Gewicht aufflog, und nach draußen. In ein paar Minuten würde der Kerl mit einem gehörigen Schädelbrummen erwachen und sich vermutlich fragen, wie er dorthin gekommen war.

Die übrigen Gäste starrten Granock an, nun nicht mehr mit Neugier, sondern mit unverhohlener Furcht.

»Ist hier noch jemand der Ansicht, dass wir gehen sollten?«, fragte der Zauberer in die Runde.

Niemand antwortete.

Ein kleinwüchsiger Mann, der die Kleidung eines Bauern trug, schlich vorsichtig zur Tür, um sie wieder zu schließen. Granock nickte ihm dankbar zu, dann setzte er sich wieder, und allmählich wandten sich auch die übrigen Gäste wieder ihren eigenen Belangen zu.

»Alles in Ordnung?«, erkundigte sich Granock bei Nimon.

»J-ja, Meister.« Der Elf, der noch unter dem Schock der Ereignisse stand, nickte eingeschüchtert. »Ihr habt Euch für mich eingesetzt …«

»Natürlich.«

»Das habe ich nicht erwartet.«

»Nein? Du dachtest nicht, dass ich dir helfen würde?«

»Nun, ja … aber … gegen einen Menschen?«

»Der Kerl ist ein Einfaltspinsel«, erklärte Granock, »und ein Schläger obendrein. Er hat es nicht anders verdient.«

Nimon nickte und schien einen Augenblick nachzudenken. Dann griff er, zu Granocks größter Verblüffung, nach dem Löffel und begann zu essen.

Granock unterdessen schaute sich im Schenkraum um. Abgesehen davon, dass sie eine eindrucksvolle Demonstration menschlicher Feindseligkeit erhalten hatten, hatte er noch eine weitere Erkenntnis gewonnen: dass der Gewährsmann, den sie laut Farawyns Angaben im *Wilden Keiler* hatten treffen sollen, nicht hier war. Andernfalls hätte er sich wohl zu erkennen gegeben und wäre ihnen zu Hilfe gekommen.

Auch Granock löffelte seinen Eintopf aus, dann bezahlte er den sichtlich nervös gewordenen Wirt, und sie verließen die Spelunke wieder. Die kühle, nach Herbst riechende Nachtluft, die ihnen von draußen entgegendrang, kam ihnen wie eine Erlösung vor nach all dem Gestank.

»Meister Lhurian?«, fragte Nimon, nachdem sie ein Stück die von spärlichem Fackelschein beleuchtete Gasse hinabgegangen waren, die sich zwischen windschiefen Fachwerkhäusern erstreckte. Granock war erstaunt – bei seinem Zaubernamen hatte der junge Elf ihn bislang nur selten angesprochen.

»Ja?«

»Ich möchte Euch danken.«

»Wofür?«

»Für Eure Hilfe«, erwiderte Nimon leise und, wie es schien, in einem seltenen Anfall von Demut. »Ich hätte niemals geglaubt, dass …«

Weiter kam er nicht.

So unvermittelt, dass niemand damit rechnen konnte, setzte ein ebenso dunkler wie hünenhafter Schatten aus einer Mauernische. Eine blanke Klinge blitzte im Mondlicht auf, die blitzschnell zustach, und ein gellender Schrei erfüllte die Nacht, der aus Nimons Kehle kam.

Granock fuhr herum. Der dunkle Schatten ließ von seinem Begleiter ab und kam auf ihn zu, die blutige Klinge hoch erhoben. »Stirb, Elfenfreund!«

In einem Reflex riss Granock den Zauberstab beidhändig empor und blockte auf diese Weise den Hieb, der seiner Kehle gegolten hatte. Nur wenige Fingerbreit vor seinem Hals stoppte die mörderische Klinge. Granock stieß den Angreifer von sich, wobei er sich auch mentaler Kraft bediente. Der Mann taumelte zurück und stieß gegen eine Hauswand. Dabei fiel das Licht einer Straßenfackel auf sein Gesicht – und Granock erkannte den streitsüchtigen Hünen aus dem Wirtshaus.

»Du?«, fragte er.

»Stirb, du elender Bastard!«, knurrte der Waldläufer und wollte abermals auf ihn zustürzen, das blutige Jagdmesser erhoben. Granock parierte seinem Angriff, noch ehe der Kerl ihn erreichte. Fast hatte es den Anschein, als renne der Hüne gegen eine unsichtbare Mauer, so groß war die Wucht des *tarthan*, in den er geradewegs hineinlief.

Es knirschte, als die Nase des Mannes brach und sich in einen fleischigen Klumpen verwandelte, aus dem grellrotes Blut hervorschoss. Der Kerl taumelte zurück und brach winselnd in die Knie. Das Messer ließ er fallen.

Granock kümmerte sich nicht mehr um ihn. Rasch eilte er zu Nimon, der niedergesunken war und reglos auf dem Boden lag. Granocks Herzschlag wollte aussetzen, als er die dunklen Rinnsale erkannte, die sich in den Fugen des schmutzigen Pflasters ausbreiteten.

»Nimon!«

Er fiel neben seinem Schützling nieder, dessen blasse, sonst so unnahbar wirkenden Züge plötzlich grau und eingefallen wirkten. Der Messerstich des Hünen war in seinen Rücken gedrungen und hatte vermutlich innere Organe verletzt …

»Meister …« Der Elf schaute zu ihm auf. Sein Blick war gebrochen, suchend rollten seine Augen in ihren Höhlen. »Es tut … so weh …«

»Ich weiß, Junge«, versicherte Granock beklommen, der sich einen verdammten Idioten schalt. Hätte er nur besser aufgepasst, wäre dies nicht geschehen.

»I-ich werde sterben«, hauchte Nimon, während dünne Blutfäden aus seinen Mundwinkeln rannen und den Kragen seines Gewandes besudelten. »In einer Stadt der Menschen … ohne jemals die Fernen Gestade zu sehen …«

»Nein, das wirst du nicht«, widersprach Granock entschieden. »Bruder Tavalian wird dich heilen, hörst du? Er vermag vieles …«

»A-aber Tavalian … ist nicht hier«, presste der junge Elf mühsam hervor, »und Ihr … seid ein schlechter Lügner.«

Granock schluckte hart. So viele vermeintliche Schwächen hatte Nimon an ihm bemängelt – nun jedoch hatte er zum ersten Mal ins Schwarze getroffen.

»Das stimmt«, kam er deshalb nicht umhin zuzugeben.

»Meister, ich …«

Der Junge wollte noch etwas sagen, aber es gelang ihm nicht mehr. Er sog scharf nach Luft, und seine Augen weiteten sich, während sich sein zerbrechlich wirkender Körper ein letztes Mal aufbäumte – dann fiel sein Kopf zur Seite.

Und mitten in die Stille, die auf der Gasse eintrat, platzte das heisere Geschrei des Hünen!

Das Gesicht blutig rot, das Messer zum Stoß erhoben, stürmte Nimons Mörder abermals heran, und Granock ließ den Gefühlen, die ihn in diesem Moment durchströmten, freien Lauf.

Es wäre ihm ein Leichtes gewesen, den Hünen einfach aufzuhalten, indem er ihn abermals erstarren ließ, aber das wollte Granock nicht mehr. Enttäuschung, Trauer und unbändige Wut – all das lag in dem Gedankenstoß, den er dem Angreifer entgegenschickte und den er mithilfe des *flasfyn* so bündelte, dass dem Hünen keine Chance blieb.

Der von unsichtbarer Hand geführte Hieb traf den Kerl mit derartiger Wucht am Kinn, dass ihm fast der Kopf von den Schultern gerissen wurde. Das Genick brach mit hässlichem Knacken. Von grundlosem Hass getrieben, rannte der Hüne noch ein, zwei Schritte weiter, ehe sein Körper begriff, dass sein irdisches Dasein zu Ende war.

Seine Beine brachen unter ihm ein, und er schlug bäuchlings zu Boden, der Kopf in groteskem Winkel vom Rumpf abstehend.

Granock würdigte ihn keines weiteren Blickes.

Stattdessen wandte er sich wieder Nimon zu und schloss ihm sanft und fast zärtlich die Augen. Und ohne dass er zu sagen vermocht hätte, was er da eigentlich tat, zog er den leblosen Körper des jungen Elfen an sich.

»Es tut mir leid, Nimon, des Nydians Sohn«, flüsterte er. »Es tut mir leid …«

In diesem Moment war ihm, als hörte er eine Stimme, die aus, so schien es, ferner Vergangenheit zu ihm drang. Und ihm wurde klar, dass Nimon recht gehabt hatte, damals an jenem Tag in Shakara, der in Wirklichkeit nur einige Wochen zurücklag. Es war Granock tatsächlich nicht gelungen, seinen Schüler von der Erfüllung seines Schicksals abzuhalten.

Nimons Voraussage hatte sich erfüllt – wenn auch wohl ganz anders, als er oder irgendjemand sonst es vermutet hatte …

Granock merkte, wie ihm heiße Tränen in die Augen traten, und als die Trauer schließlich aus ihm hervorbrach, galt sie nicht Nimon allein, sondern auch all den anderen Verlusten, die er hatte hinnehmen müssen und die sein Dasein leer und arm gemacht hatten.

Zuerst Vater Cethegar, der sein Leben gegeben hatte, um das seiner Gefährten zu schützen. Dann der Älteste Semias, der in der Geborgenheit Shakaras einem Mordanschlag zum Opfer gefallen war. Schließlich sein Freund Haiwyl, den in der Schlacht im Flusstal ein grausames Ende ereilt hatte. Und Granock ertappte sich dabei, dass er insgeheim auch Aldur und Alannah bereits zu jenen rechnete, die er für immer verloren hatte.

Wie lange er so auf dem Boden gekauert und den Leichnam des Schülers – *seines* Schülers – an sich gedrückt hatte, vermochte er später nicht mehr zu sagen. Er erwachte erst aus seiner Lethargie, als jemand zu ihm trat und sich geräuschvoll räusperte.

Granock schaute auf.

Zu seiner Überraschung war es der dicke Kaufmann aus dem Wirtshaus. Der Kerl mit der Hammelkeule.

»Nun?«, fragte der Feiste und grinste mit noch immer fettglänzenden Backen auf ihn herab. »Wie ich sehen kann, seid Ihr endgültig in Andaril angekommen. Die Stadt der Mörder und Halsabschneider hat Euch gebührend begrüßt.«

»Was faselt Ihr da?«, fragte Granock, dem der Sinn nicht nach geistlosem Geschwätz stand und der in seinem Schmerz allein gelassen werden wollte.

»Ihr seid Lhurian, nicht wahr?«, erkundigte sich der Kaufmann. »Ihr kommt spät, wisst Ihr das?«

Granock, der noch immer zu dem Kaufmann hinaufschaute, sah diesen plötzlich mit anderen Augen. »Ihr … seid … der Mittelsmann, den wir treffen sollten«, stammelte er.

»Ganz recht.« Der Feiste deutete eine Verbeugung an. »Nirdanos von Taik, zu Euren Diensten.«

»Wieso habt Ihr Euch im Wirtshaus nicht zu erkennen gegeben?«, fragte Granock verwundert.

»Und dabei meine Haut riskieren?«, fragte der andere grinsend dagegen. »Nein danke – in diesem Teil der Welt tut man gut daran, sich nicht in Dinge einzumischen, die einen nichts angehen. Mein Auftrag lautet, Euch zu Fürstin Yrena zu bringen, nicht mehr und nicht weniger. Dafür werde ich bezahlt.«

»Ich verstehe«, sagte Granock nur.

Die ohnmächtige Wut, die aus seinem Inneren emporkroch, hätte mühelos ausgereicht, um einen weiteren *tarthan* zu wirken und den selbstsüchtigen Kaufmann kurzerhand zu erschlagen.

Aber er tat es nicht.

Hatte er selbst nicht ebenfalls Schuld daran, dass Nimon nicht mehr am Leben war? Und hatte nicht Farawyn darauf bestanden, dass der Junge ihn begleitete? Trug er nicht ebenfalls einen Teil der Verantwortung? Wo begann Schuld, und wo hörte sie auf? Sie alle waren schuldig, mehr oder weniger.

Und vielleicht war dies ja ihre Strafe …

»Wenn es Euch ernst ist mit Eurem Auftrag, so solltet Ihr mir folgen«, riet Nirdanos. »Der Wachmann, der mir noch einen Gefallen schuldet, wird in Kürze abgelöst.«

»Ich komme«, versicherte Granock grimmig. Ihm war klar, dass er Nimon würde zurücklassen müssen. Nicht nur, dass der Junge einen sinnlosen Tod gestorben war, weit weg von seiner Familie und allem was er kannte – nun würde seine sterbliche Hülle auch noch in fremdem Boden verscharrt werden.

Und während sich Granock die Tränen aus den Augen wischte und sich erhob, wurde ihm klar, dass auch er auf diesem Flecken Erde nicht mehr zu Hause war.

Er war kein Elf, natürlich nicht, und würde es auch niemals werden. Aber eines war sicher – er gehörte auch nicht mehr zu den Menschen.

11. BAIGWITHAN HENA

Párnas hatte es satt.

Der Statthalter von Tirgas Dun war es leid, sich fortwährend Meldungen über Dinge anhören zu müssen, die ihn nicht im Geringsten interessierten und die im Grunde nur einen weiteren Beweis dafür lieferten, dass das Elfenreich im Niedergang begriffen war. Er wollte sich endlich wieder den schönen Dingen des Lebens zuwenden, statt sich ständig die Prahlereien von Elidors Generälen anhören zu müssen. Und er hatte endgültig genug davon, ein um das andere Mal die Stadtkasse öffnen zu müssen, um den Krieg zu finanzieren, der weit weg im Norden geführt wurde, fernab von jeglichen Interessen Tirgas Duns.

»Wohlan also«, meinte er gelangweilt und wedelte auffordernd mit der Rechten, »tragt mir die Nachricht vor. Was begehrt unser guter König Elidor diesmal von uns?«

Sein Minister Yaloron, der stets die undankbare Aufgabe hatte, die Rapporte vorzulesen, die im Abstand weniger Tage aus Tirgas Lan eintrafen, räusperte sich. Dann entrollte er das Pergament, auf das er die Nachricht transkribiert hatte – die originale Mitteilung war in geheimen Zeichen verschlüsselt gewesen und hatte sich an der Kralle einer Brieftaube befunden.

»Elidor, König des Elfenreichs, entbietet Euch seine Grüße, Sire. Er beschwört die Gemeinschaft der Erben Glyndyrs und …«

»Erspart mir die Floskeln, Yaloron«, fiel Párnas ihm ins Wort, »und kommt gleich zur Sache. Wie viel will Elidor diesmal?«

Schamvolle Röte trat dem Minister ins runde Gesicht, die sich bis zu seinem haarlosen Scheitel hinauf fortsetzte. »Die Botschaft berichtet von Erfolgen unserer Legionen an der Ostgrenze«, fasste er den Inhalt knapp zusammen. »Wieder haben die Truppen des Feindes versucht, den Fluss zu überqueren, aber ihre Angriffe wurden beherzt zurückgeschlagen. Im Norden haben die königlichen Legionen außerdem Verstärkung durch Krieger aus dem Zwergenreich erhalten.«

»Recht so«, knurrte Párnas. »Diese schmutzigen kleinen Kerle sitzen förmlich auf dem Gold, das sie aus dem Berg gegraben haben. Es ist nur recht und billig, wenn sie auch ein wenig Einsatz zeigen.«

»Das tun sie, Sire«, versicherte Yaloron beflissen. »Die Zwerge haben im Zuge ihrer Kämpfe gegen die Menschen hohe Verluste hinnehmen müssen. Dennoch halten sie weiter am Bündnis mit dem Reich fest.«

»Wofür wir ihnen wohl dankbar sein sollten.« Párnas winkte seufzend ab. »Was also steht am Ende der Nachricht? Wie viel sollen wir diesmal bezahlen? Genügt es nicht, dass auch wir zahlreiche junge Männer in den Kampf geschickt haben?«

»Nicht annähernd so viele wie die Haine und die anderen Städte des Reiches«, gab Yaloron zu bedenken. »Tirgas Anar beispielsweise hat zweitausend Mann entsandt, und …«

»Ich will nichts davon hören«, gab Párnas bekannt, dessen spitz zulaufende Gesichtszüge ihm unter seinen Dienern den Beinamen *ar-aderyn* eingetragen hatten. Vermutlich war auch die Vorliebe des königlichen Statthalters für alles, was wertvoll war und glänzte, daran nicht ganz unbeteiligt gewesen. »Versucht Ihr etwa, mir ein schlechtes Gewissen zu machen, Yaloron?«

»Nein, Sire. Natürlich nicht.«

»Das möchte ich Euch auch nicht geraten haben.« Der Statthalter, der am offenen Fenster seiner Kanzlei im Palast von Tirgas Dun stand und seinem Untergebenen den Rücken zuwandte, schüttelte unwillig den Kopf. »Wir leisten beileibe schon genug, um diesen unseligen Krieg zu unterstützen, den Elidor so unüberlegt vom Zaun gebrochen hat.«

»Das – äh – ist nicht ganz richtig, Sire«, widersprach Yaloron vorsichtig. Der Blick, den Párnas ihm über die Schulter schickte, ließ ihn zusammenzucken.

»Nicht richtig? Wollt Ihr etwa bestreiten, dass Elidor sich dem Einfluss dieser Unruhestifter aus dem Norden ausgesetzt hat, die sich selbst ›Weise‹ nennen, in Wahrheit jedoch so handeln, als hätten sie jeden Sinn für Vernunft verloren?«

»Nein«, antwortete Yaloron rasch. »Natürlich nicht.«

»Also dann nennt mir die Zahl. Wie viel steht unter dem Strich, den unser geliebter Herrscher am Ende seines Schreibens gezogen hat?«

»Hunderttausend Goldstücke, Sire«, erwiderte der Minister kleinlaut.

»Hunderttausend!«, rief Párnas aus und schien sich am Fensterbrett abstützen zu müssen, um nicht in die Knie zu gehen. »Bei allen Königen der alten Zeit! Bescheidenheit gehört wahrlich nicht zu seinen Vorzügen, nicht wahr?«

»Er schreibt, das Geld soll dazu benutzt werden, um neue Waffen zu schmieden und einen Verteidigungswall entlang des Grenzflusses zu errichten«, fügte Yaloron leise hinzu.

»Soll es das.« Párnas stieß ein helles Pfeifen aus, das weniger nach einer diebischen Elster als nach einem Ferkel klang. »Und warum wendet unser geschätzter Herrscher dann nicht seine eigenen Mittel für den Bau dieser Mauer auf? Mir will scheinen, Tirgas Lan zieht daraus ungleich größeren Nutzen als wir.«

»Die Staatskasse ist bereits leer, Sire.«

»Und was ist mit dem Königsschatz?«

»Ist das Euer Ernst, Sire?«

Párnas pfiff erneut, diesmal voller Verachtung. Jedesmal, wenn er vorschlug, dass Elidor sich des Königsschatzes bedienen solle, um seinen Krieg zu finanzieren, kam irgendwer daher und fing an, von dieser Prophezeiung zu reden, die es angeblich gab – nämlich dass der Tag, an dem jemand Hand an die königlichen Reichtümer legte, die unter dem Thronsaal von Tirgas Lan lagerten, das Ende der Elfenherrschaft bedeuten würde.

Der Statthalter konnte darüber nur den Kopf schütteln. Zum einen, weil sein berechnender Verstand nicht an derlei Voraussagen glaubte. Zum anderen aber auch, weil die Alternativen ihn vor ungleich größere Probleme stellten …

»Woher soll ich hunderttausend Goldstücke nehmen, Yaloron, könnt Ihr mir das sagen?«, lamentierte er, während er weiter aus dem Fenster starrte. Der dichte Nebel, der sich seit einigen Tagen vor der Küste hielt und den Blick auf die See verhüllte, schlug ihm zusätzlich aufs Gemüt. »Unsere Steuereinnahmen sind gesunken, seit dieser elende Krieg begonnen hat. Furcht hält das Reich in den Klauen, und wer sich fürchtet, der erwirbt keine Güter, wie unsere Kaufleute sie anbieten: Schmuckstücke aus Silber und Gold, mit Gemmen versehene Schatullen, Kleider aus Seide und Damast, kunstvolle Wandteppiche und Büsten aus feinstem Marmor – niemand hat einen Sinn für die schönen Dinge des Lebens, wenn andernorts gekämpft und gemordet wird. Aber wenn unsere Kaufleute keinen Gewinn machen, zahlen sie auch keine Steuern, und wenn die Steuern ausbleiben, so bleibt der Stadtsäckel leer. Selbst ein Träumer wie Elidor muss das erkennen!«

»Zweifellos weiß der König um die angespannte Lage«, räumte der Minister ein. »Aber er weiß auch, dass Tirgas Dun über Jahrhunderte hinweg von Frieden und Wohlstand profitiert hat. Die Türme und Kuppeln unserer Stadt erwecken nicht den Eindruck von Armut …«

»Und?«, fragte Párnas kaltschnäuzig. »All das haben wir uns mit großer Beharrlichkeit erarbeitet, und ich sehe nicht ein, weshalb wir es für eine Unternehmung ausgeben sollten, deren Ausgang mehr als fraglich ist.«

»Aber Sire«, wandte Yaloron ein und legte den Kopf schief. »Der Krieg gegen den Dunkelelfen ist weder leichtfertig noch freiwillig begonnen worden, sondern weil das Reich angegriffen wurde. Wir hatten keine andere Wahl, als uns zu verteidigen.«

»Jedenfalls ist es das, was man uns glauben machen will«, schnaubte Párnas, »und als Statthalter des Königs ist es meine Pflicht, diesen törichten Unsinn auch noch vor den Bürgern dieser Stadt zu rechtfertigen. Ich muss ihnen sagen, dass ihre Steuergelder in guten Händen sind – dabei könnten wir sie ebenso gut zu diesem Fenster hinauswerfen.«

Er vollführte eine entsprechende Geste, um zu verdeutlichen, was er meinte. Dabei fiel ihm auf, dass das milchige Grau in der hereinbrechenden Dämmerung noch dichter geworden war. Inzwischen säumte es nicht nur mehr das Hafenbecken und die dort vor Anker liegenden Schiffe, sondern hing auch zwischen den Dächern und Türmen des Statthalterpalastes. »Dieser elende Nebel! Löst er sich denn niemals auf?«

»Nun«, sagte Yaloron leise, »einige Bürger behaupten, dieser Nebel wäre kein gewöhnlicher Nebel …«

»Ach ja?«

»Wie es heißt, werden fünf weitere Handelsschiffe vermisst, die nicht den *arfordyr* heraufgekommen sind.«

Párnas, der seinen Minister gut genug kannte, um zu wissen, dass er auf etwas Bestimmtes hinauswollte, wandte sich seufzend um und schaute ihn herausfordernd an. »Und? Was gedenkt Ihr mir damit zu sagen, mein bester Yaloron?«

»Dass es Gerüchte gibt, Sire. Es gibt Leute, die behaupten, der Nebel wäre von Margok geschickt worden, um …«

»Denkt Ihr, das interessiert mich?«, unterbrach der Statthalter ihn fauchend. »Ihr wisst genau, dass ich nicht an derlei Dinge glaube. Um diese Jahreszeit hat es vor der Küste schon immer Nebel gegeben, und daran wird sich vermutlich auch in Zukunft nichts ändern!«

Wütend drehte er sich wieder zur Fensteröffnung – und musste alle Selbstbeherrschung aufwenden, um sich seine Überraschung nicht anmerken zu lassen. Denn der Nebel hatte sich abermals verdichtet, sodass von den umliegenden Türmen nichts mehr zu erkennen war. Gleichzeitig stieg dem Statthalter ein beißender Geruch in die Nase, der ihn innerlich zusammenfahren ließ.

Fäulnis.

Moder.

Tod …

Schaudernd gestand er sich ein, dass an dieser Nebelbank tatsächlich etwas anders war als an jenen der vergangenen Jahre. Aber er hätte sich lieber die Zunge abgebissen, als dies offen zuzugeben.

»Ihr könnt euch entfernen, Minister«, entließ er Yaloron aus seinem Arbeitszimmer.

»Und – das Geld, Sire?«

Párnas seufzte. »Lasst den Schatzmeister kommen und geht die Bücher durch. Und dann stellt zusammen, was dieser Verschwender von einem König zu benötigen glaubt. Letzten Endes haben wir ja doch keine Wahl, als …«

Er unterbrach sich jäh, als draußen ein gellender Schrei erklang. Unheimlich geisterte er durch den Nebel, und im nächsten Moment war es, als würde er aus Dutzenden von Kehlen beantwortet.

»Was ist da los?«, wollte Párnas wissen.

»I-ich habe keine Ahnung, Sire.« Yaloron zuckte mit den breiten Schultern.

»Dann findet es heraus, Mann«, verlangte der Statthalter, während sich das Geschrei vor seinem Fenster, das direkt vom Hafen zu kommen schien, zu einem bizarren Chor steigerte. »Lasst nach Hauptmann Nyrwag schicken!«

»Ja, Sire!«

Yaloron wandte sich um und wollte hinaus, um den Befehlshaber der Stadtwache zu rufen – als die Tür geöffnet wurde und ihm dieser entgegentrat.

Nyrwag sah elend aus. Seine sonst so kämpferische Miene hatte eine ungesunde Blässe angenommen, die Augen unter dem mit einem Federbusch versehenen Helm starrten in stillem Entsetzen. Da der Hauptmann nicht dafür bekannt war, sich leicht einschüchtern zu lassen, folgerte Yaloron, dass ihm etwas Schreckliches widerfahren sein musste …

»Was gibt es?«, wollte Statthalter Párnas wissen. »Was hat dieses elende Geschrei zu bedeuten?«

»Tod und Untergang, Sire, nicht mehr und nicht weniger«, gab Nyrwag zur Antwort.

»Wovon, beim großen Sigwyn, redet Ihr?«

»Die Schiffe, die wir seit einigen Tagen vermissen … Die Strömung hat sie angetrieben!«

»Und?«

»Es sind Totenschiffe, Sire«, erklärte der Hauptmann schaudernd.

»Was?« Párnas stürzte auf ihn zu.

»Schwelende Überreste und schwimmende Trümmer, Sire … An Bord sind die Leichen der Seeleute, grausam verstümmelt … Die See ist dunkel von ihrem Blut.«

»Beim großen Norgud«, presste Yaloron atemlos hervor, dessen fleischiges Gesicht sich schlagartig grün verfärbte. »Ich hatte recht, Sire. Es ist ein Todesnebel!«

»Unsinn!«, begehrte Párnas auf, dessen nüchterner Verstand sich noch immer weigerte, derlei Dinge zu glauben. Die Furcht, die wie eine Seuche um sich griff, konnte er indes deutlich fühlen. »Dieser Nebel hat nichts damit zu tun!«, behauptete er. »Gebraucht Euren Verstand, Mann! Ein Nebel pflegt niemanden zu verstümmeln!«

»Nein, Sire«, räumte Hauptmann Nyrwag mit bebender Stimme ein, »aber die Kreaturen, die im Schutz dieses Nebels reisen.«

»Wovon redet Ihr?«

Statt zu antworten, hob der Offizier den Gegenstand hoch, den er in der Hand hielt – es war ein Speer von etwa einer Armlänge, dessen blutbesudelte Spitze leicht gekrümmt war und nicht nur eine gefährlich aussehende Schneide, sondern auch einen mörderischen Widerhaken aufwies.

Es war ein *saparak*, die bevorzugte Waffe eines Ork – und in diesem Moment wurde Statthalter Párnas schlagartig bewusst, dass der Krieg auch im Südreich angekommen war.

12. TRAFODÚTHANA

Noch in derselben Nacht gelangte Granock in die Burg von Andaril. Nirdanos der Kaufmann schmuggelte ihn wie er es versprochen hatte an einem der Posten vorbei – einem hageren Kerl mit unzähligen Narben im Gesicht, der so aussah, als wäre er allzeit bereit, seine Wachpflichten für einen Krug Bier zu verraten, und der geflissentlich in die andere Richtung sah, als die nächtlichen Besucher ihn passierten.

Granock hatte die Burg noch nie zuvor betreten. Die Fürsten der Stadt hatten sie errichtet, indem sie Zölle und Steuern erhoben und den Bauern des Umlandes den Zehnten abgepresst hatten, ohne je eine Gegenleistung dafür zu liefern. Früher, als er noch auf der Straße gelebt hatte, war Granock das Bauwerk, das weithin sichtbar aus dem Häusermeer ragte, als der Inbegriff von Macht und Wohlstand erschienen; als er nun den Innenhof betrat, musste er feststellen, dass die Anhäufung grob behauener Steine und klobiger Quader es an Stil und Eleganz nicht einmal mit der einfachsten Elfenbehausung aufnehmen konnte.

Der Grundriss der Burg war denkbar einfach gehalten. Eine Ringmauer, in die zinnenbewehrte Wachtürme eingelassen waren, umgab den trutzigen Burgfried, der sich weithin sichtbar erhob und seit mehr als zweihundert Jahren den Fürsten von Andaril als Wohnstatt diente. Um den Hauptturm gruppierten sich gedrungene Häuser, die die Unterkünfte der Gefolgsleute beherbergten; außerdem gab es Stallungen, ein Vorratslager, einen Brunnen und ein Backhaus, aus dessen schlankem Kamin sich eine dünne Rauchfahne kräuselte.

Nirdanos, der sich bestens auszukennen schien, führte Granock quer über den Innenhof. In einer dunklen Nische unweit des Schweinestalls blieb er stehen und bat Granock zu warten. Er verabschiedete sich mit einem Nicken und verschwand in der Dunkelheit. Augenblicke verstrichen, in denen sich Granock fragte, ob der feiste Kaufmann es sich vielleicht anders überlegt haben mochte, aber dann erschien ein Diener, der das fürstliche Wappen auf seinem Rock trug und Granock aufforderte, ihm zu folgen. Über einen verborgenen Eingang gelangten sie in den Burgfried, und schon kurz darauf fand sich Granock in einer von prasselndem Kaminfeuer beleuchteten Kammer wieder.

Er bezweifelte, dass dies der Ort war, an dem Besucher für gewöhnlich empfangen wurden, dafür war der Raum zu klein und zu wenig prunkvoll. Es gab keine Wappenschilde und keine Teppiche an den Wänden. Eine Truhe und ein schlichter Tisch, auf dem eine mit Wein gefüllte Karaffe und zwei Becher standen, stellten die einzige Einrichtung dar.

Granock wartete.

Obwohl Farawyn alles versucht hatte, ihn Geduld zu lehren, hatte er es darin nie zur Meisterschaft gebracht. Unruhig ging er auf und ab, während er möglichst nicht daran zu denken versuchte, welch große Hoffnungen sein alter Meister in ihn setzte. Entsprechend erleichtert war er, als die Tür geöffnet wurde und er endlich Gesellschaft erhielt.

Es war eine junge Frau, und ihr Anblick verschlug Granock die Sprache.

Er hatte Yrena von Andaril noch nie zuvor gesehen, und seine Abneigung gegen diesen Auftrag war so groß gewesen, dass er auch nicht darüber nachgedacht hatte, wie sie wohl aussehen mochte. Ganz gewiss jedoch hatte er sie sich nicht so vorgestellt.

Sie war schön, wenn auch auf ihre eigene, aparte Weise. Ihre Züge waren ebenmäßig und hatten glücklicherweise nur wenig von ihrem Vater und ihrem Bruder; eine spitze, etwas vorwitzig wirkende Nase sprang aus einem Gesicht, dessen Wangen vielleicht ein wenig zu gerundet waren, und das üppige, von roten Bändern durchzogene schwarze Haar, das ihre Züge umrahmte, unterstrich diesen Eindruck noch. Ihre Augen waren groß und von hellbrauner Farbe, und sie betrachteten ihn auf eine Weise, die er nicht erwartet hatte. Nicht etwa fordernd oder feindselig, sondern, so schien es, mit einer gewissen Dankbarkeit.

Was ihre Kleidung betraf, so kannte Granock die neuesten Gepflogenheiten bei Hofe nicht; aber er war sich ziemlich sicher, dass das scharlachrote Kleid, das ihre Gestalt umfloss, nicht unbedingt für offizielle Anlässe gedacht war. Die Ärmel waren weit geschnitten, an Brust und Hüften jedoch offenbarte der Stoff weibliche Rundungen, die Granocks Aufmerksamkeit ein wenig länger fesselten, als es schicklich war.

Er senkte den Blick. »Lady Yrena«, murmelte er dazu und verbeugte sich.

»Meister Lhurian«, erwiderte sie und lächelte. Es war ein warmherziges, zuvorkommendes Lächeln, das er ebenso wenig erwartet hatte wie ihre anmutige Erscheinung. Dass sie darauf verzichtet hatte, sich von einem ihrer Diener anmelden zu lassen, deutete darauf hin, dass sie ihrem Stand weniger Bedeutung beimaß, als es bei ihrem Bruder der Fall gewesen war. Und die Tatsache, dass sie ihm allein begegnete und auf die Anwesenheit von Wachen verzichtete, verriet ihren Mut. »Ich danke Euch, dass Ihr den weiten Weg nach Andaril auf Euch genommen habt.«

»Und ich danke Euch dafür, dass Ihr mich empfangt«, entgegnete Granock mit der größtmöglichen Eleganz, zu der er sich befähigt fühlte.

»Verzeiht, dass dies zu nächtlicher Stunde geschieht und Ihr Euch wie ein Dieb in die Burg schleichen musstet«, erwiderte sie, »aber es gibt Leute in meinen Reihen, die nicht gerade begeistert wären, wenn sie von diesem Zusammentreffen erführen.«

Sie schaute ihn so unverwandt an, dass er innerlich zusammenzuckte. Da Elfen eine solche Direktheit als plump und bäuerisch ansahen, hatte er fast vergessen, wie wohltuend ein solch ehrlicher Blick sein konnte. Granock ertappte sich dabei, dass er Sympathie für diese Frau empfand, die so ganz anders zu sein schien als …

»Wein?«, erkundigte sie sich und deutete nach der Karaffe auf dem Beistelltisch.

»Nein, danke.« Granock schüttelte den Kopf.

»Weil es Euch untersagt ist, weltlichen Genüssen zu frönen?«

Er lächelte schwach. »Das Einhalten gewisser Regeln gehört zu den Pflichten eines Zauberers, das ist wahr. Aber der Verzicht auf Wein zählt nicht dazu.«

»Verzeiht«, sagte sie, während sie selbst nach einem der Becher griff und sich einschenkte. »Ich wollte Euch nicht in Verlegenheit bringen. Es ist nur so, dass man kaum etwas über Euresgleichen weiß.«

»Das ist so beabsichtigt.« Granocks Lächeln wurde ein wenig breiter. »Wir Zauberer lieben es, uns in Rätsel zu hüllen. Das macht uns schön geheimnisvoll.«

Yrena erwiderte nichts, sondern lächelte nur. Dann hob sie das Gefäß an und trank, während sein Blick an ihren weiblichen Formen empor und wieder herab wanderte. Als sie den Becher wieder senkte, sah er rasch zu Boden.

»Und?«, erkundigte sie sich. »Wie gefällt es Euch, wieder bei den Menschen zu sein? Wie ich hörte, habt Ihr viele Jahre unter Elfen gelebt.«

Selbst Granock, der in Belangen der Diplomatie wenig beschlagen war, wusste, dass dies der passende Zeitpunkt für ein Kompliment über Andaril und die Ostlande gewesen wäre, aber in Anbetracht der jüngsten Ereignisse verzichtete er darauf. »Offen gestanden, Mylady«, knurrte er, »finde ich alles unverändert vor. Auf den Straßen herrscht noch immer das Unrecht, die Reichen beuten die Armen noch immer aus, und Andaril ist noch immer ein stinkendes Dreckloch.«

»Ihr seid sehr direkt«, entgegnete sie, ohne dass zu erkennen gewesen wäre, ob seine Worte sie verletzten.

»Es ist die Art meiner Zunft«, sagte er nur.

»Meister Lhurian«, sagte sie leise, »ich weiß, was geschehen ist. Man hat es mir berichtet, und es tut mir wirklich sehr leid. Bitte denkt nicht, dass mir der Tod Eures Novizen gleichgültig wäre oder …«

»Er war nicht mein Novize«, fiel Granock ihr ins Wort. Er wich ihrem Blick aus und starrte erneut zu Boden. »Er war ein … ein Freund.«

»Umso mehr bedaure ich, was geschehen ist, und ich entschuldige mich im Namen meines Volkes dafür.«

»Ihr entschuldigt Euch?« Granock schaute auf.

»Gewiss – ist das nicht das Mindeste, was ich tun sollte, wenn in meinem Herrschaftsbereich ein solches Unrecht geschieht? Schlimm genug, dass ich es nicht verhindern konnte, aber ich versichere Euch, dass ich alles daransetzen werde, den feigen Mörder …«

»Bemüht Euch nicht«, knurrte Granock. »Der Kerl hat bereits bekommen, was er verdiente.«

»So hoffe ich dennoch, dass Ihr keinen Groll gegen mich hegt, auch wenn ich nichts von alldem wiedergutmachen kann, was geschehen ist.«

Diesmal war er es, der ihr direkt in die Augen blickte, und obschon er nicht mehr daran gewohnt war, menschliche Mienen zu deuten, hatte er nicht den Eindruck, auch nur einen Anklang von Falschheit darin zu finden. Im Gegenteil, Yrenas Anteilnahme schien echt; sie meinte, was sie sagte, und damit war sie ihrem Vater und ihrem Bruder weit voraus.

»Mylady«, erwiderte Granock, »verzeiht meine harschen Worte. Es war der Schmerz, der sie mich wählen ließ. Ich habe keinen Grund, Groll gegen Euch zu hegen.«

»Findet Ihr?« Sie nahm noch einen Schluck Wein, so als müsste sie sich Mut antrinken. »Ist es nicht mein Vater gewesen, der seinen Lehenseid gebrochen und sich mit den Feinden des Königs verbündet hat? Und war es nicht mein Bruder, der eine Armee aufgestellt und sie gegen das Elfenreich in die Schlacht geführt hat? Mir müsst Ihr nichts vorspielen, Meister Lhurian. Viel Unheil ist von Andaril ausgegangen, und sicher habt auch Ihr im Krieg Freunde verloren, Gefährten, die Euch etwas bedeuteten. Mit anderen Worten – Ihr habt jeden nur erdenklichen Grund, Groll gegen mich und diese Stadt zu hegen.«

Granock war gleich in zweifacher Hinsicht verblüfft. Zum einen, weil er nach der langen Zeit unter Elfen nicht mehr daran gewohnt war, dass jemand die Dinge so direkt beim Namen nannte – die meisten Töchter und Söhne Sigwyns erachteten es als Zeichen hoher Kultiviertheit, lange und in rätselhaften Verklausulierungen um den heißen Brei herumzureden. Zum anderen aber auch, weil er nicht erwartet hatte, all dies aus dem Munde der Fürstin von Andaril zu hören.

Ihre Entschuldigung bezog sich nicht nur auf den Tod Nimons, sondern auf alles, was ihr Vater und ihr Bruder in Andarils Namen verbrochen hatten, und er merkte, dass die ohnmächtige Wut, die er zuvor noch empfunden hatte, sich legte und eine Ruhe von ihm Besitz ergriff, wie er sie lange nicht mehr empfunden hatte.

»Ihr habt recht, Mylady«, gab er unumwunden zu, indem er nun seinerseits alle Unaufrichtigkeit fallen ließ. »Ich hätte allen Grund, Euch zu zürnen. Aber mein Verstand sagt mir, dass Ihr weder Euer Vater noch Euer Bruder seid und dass es schließlich einen Grund dafür geben muss, weshalb Ihr um dieses Treffen gebeten habt.«

»Und Euer Herz?«, fragte sie ihn, wobei ihre rehbraunen Augen ihn erneut durchdringend anschauten. »Was sagt Euch Euer Herz, Meister Lhurian?«

Was er tatsächlich empfand, konnte er unmöglich sagen. »In Shakara«, erwiderte er deshalb ausweichend,»bringt man uns bei, nicht auf unser Herz zu hören, sondern den Regeln der Logik zu folgen.«

»Wie bedauerlich«, sagte sie nur, leerte ihren Becher und stellte ihn auf dem Tisch ab. »Und was ist mit Euren Gefühlen? Euren Empfindungen?«

»Wir versuchen, unsere Entscheidungen nicht davon beeinflussen zu lassen«, erklärte Granock.

»Ich verstehe.« Sie nickte. »Dennoch hoffe ich, Euer Herz ebenso zu gewinnen wie Euren Geist, Meister Lhurian.«

»Wie darf ich das verstehen?«

»Wusstet Ihr, dass ich ausdrücklich um Eure Anwesenheit gebeten habe?«

»Ihr habt *was*?« Granock glaubte, nicht recht zu hören.

»Ich habe darum gebeten, dass Ihr und kein anderer nach Andaril entsendet werdet«, erklärte sie. »Und ich bin dem Oberhaupt Eures Ordens dankbar, dass er meiner Bitte entsprochen hat, Meister Lhurian.«

Granock nickte nur und versuchte, sich seine Überraschung nicht anmerken zu lassen. Farawyn hatte kein Wort darüber verloren, dass die Herrin von Andaril um seine persönliche Anwesenheit ersucht hatte. Einerseits sah es dem alten Fuchs ähnlich, sich in Rätsel und Halbwahrheiten zu hüllen; andererseits konnte es auch gut sein, dass Yrena lediglich sein Wohlwollen zu gewinnen suchte.

»Warum?«, wollte er deshalb wissen.

»Was meint Ihr?«

»Warum gerade ich?«

»Könnt Ihr Euch das nicht denken?« Sie lachte auf. »In den Städten und Dörfern entlang der Grenze seid Ihr fast so etwas wie eine Legende. Lhurian, der erste Mensch, dem es gelang, einer von *ihnen* zu werden, ein Zauberer … Viele Geschichten ranken sich um Euch und die Heldentaten, die Ihr während der Schlacht im Flusstal vollbracht habt. Wusstet Ihr das nicht?«

»Nein«, gab Granock zu, den die Vorstellung einigermaßen bestürzte, »das wusste ich tatsächlich nicht. Und von Heldentaten kann keine Rede sein. Den Sieg haben andere errungen.«

»Aber Ihr seid dabei gewesen«, beharrte sie, »und Ihr seid einer von uns. Deshalb wollte ich Euch treffen. Von allen Zauberern werdet Ihr die Not meines Volkes am besten verstehen, davon bin ich überzeugt.«

»Was gibt es da zu verstehen?« Er zuckte mit den Schultern. »Das Haus Andaril hat gemeinsame Sache mit den Feinden Tirgas Lans gemacht und die Strafe dafür erhalten.«

»Das bestreite ich nicht«, versicherte Yrena, und wieder war da diese entwaffnende Offenheit in ihrem Blick. »Aber seit der Niederlage im Flusstal bemüht sich Andaril um Neutralität in diesem mörderischen Konflikt. Dennoch trifft uns der Zorn des Elfenkönigs noch immer mit eiserner Härte. Die Handelsblockade hat schon vor langer Zeit dafür gesorgt, dass unsere Geschäfte zum Erliegen gekommen sind; danach kamen die Strafexpeditionen, bei denen unsere Ernten und Felder vernichtet wurden; und zuletzt der Krieg, der viele Söhne des Landes das Leben gekostet hat. Mein Volk leidet nicht nur Not, Meister Lhurian – es stirbt, wenn ich nichts unternehme.«

»Und was gedenkt Ihr zu tun?«

»Unter meinen Beratern gibt es viele, die den Zustand der Neutralität lieber heute als morgen beenden und wie die Clans und die Söldner gegen das Elfenreich kämpfen wollen.«

»Aber Ihr wollt das nicht«, vermutete Granock.

»Nein – obschon die Notwendigkeit mich bald dazu zwingen könnte. Krieg bedeutet Beute, Beute bedeutet Nahrung, und Nahrung bedeutet Überleben.« Sie schüttelte ihre schwarzen Locken. »Ich kann nicht behaupten, dass mir diese Aussicht besonders gut gefällt, aber womöglich habe ich keine andere Wahl. Es sei denn …«

»… der König bietet Euch einen Waffenstillstand an«, brachte Granock den Satz zu Ende, ohne sich anmerken zu lassen, dass es genau das war, was er Yrena in Farawyns Auftrag anbieten sollte. Den Grund, warum er die Worte seines Meisters für sich behielt, vermochte er selbst nicht genau zu benennen. Es war nur ein Gefühl, dem er folgte, aber dieses Gefühl sagte ihm, dass Yrena von Andaril trotz ihrer zur Schau gestellten Offenheit eine Frau mit Ambitionen war.

»Ihr erratet meine Gedanken, noch bevor ich sie ausspreche.« Sie lächelte wieder. »Ist das eine verborgene Fähigkeit, von der ich nichts weiß? Vermögt Ihr die Gedanken anderer zu durchschauen?«

»Um das zu erraten, war keine Gabe nötig«, antwortete Granock ausweichend. Ein Teil von ihm – und er konnte nicht sagen, wie groß dieser Teil war – fühlte sich zu Yrena hingezogen. Ein anderer Teil riet ihm zur Vorsicht.

»Ich will Euch etwas offenbaren, Lhurian«, sagte sie und trat auf ihn zu, bis sie dicht vor ihm stand und er den Duft ihres Haars riechen konnte. »Etwas, das ich bislang noch niemandem gestanden habe.«

»Und das wäre?«

»Ich habe Angst«, sagte sie leise. Und für einen Augenblick wirkte sie so schwach und verletzlich, dass Granock an sich halten musste, um sie nicht an sich zu ziehen und ihr Trost zu spenden. »Mein Vater und mein Bruder haben versagt«, fuhr sie flüsternd fort. »Sie haben nicht nur diese Stadt, sondern die gesamten Ostlande an den Rand des Abgrunds geführt. Ich bin die Letzte meines Geschlechts, und ich fürchte, dass ich nicht stark genug bin, um den Untergang aufzuhalten. Ich brauche Hilfe, Lhurian, Eure Hilfe – sonst werde ich alles verlieren.«

»Ihr?« Granock hob eine Braue. Der Augenblick, in dem sie ihm schwach und hilflos erschienen war, war schon verstrichen. »Es geht Euch also um den Erhalt Eurer Macht?«

»Gewiss – denn nur mit mir als Herrscherin hat Andaril die Aussicht zu überleben. Der Adel ist von Rachedurst getrieben, nicht wenige meiner Ritter haben sich bereits vom mir losgesagt und kämpfen auf eigene Faust gegen Elidors Legionen, ebenso wie die Clansherren, die ihren eigenen Krieg führen. Was die Ostlande mehr als alles andere brauchen, ist jemand, der das Land in Frieden eint.«

»Ich verstehe. Und an wen habt Ihr daran gedacht, Mylady? An Euch vielleicht?«

Granock konnte den beißenden Unterton nicht ganz aus seiner Stimme heraushalten. Yrena zeigte weder eine Reaktion darauf noch gab sie ihm eine Antwort. Die Herrin von Andaril war schwer zu durchschauen.

»Ich habe etwas für Euch«, erklärte sie unvermittelt, jetzt wieder mit fester Stimme.

»Für mich?« Er schürzte die Lippen. »Was könnte das wohl sein?«

»Ein Geschenk«, erwiderte sie, und das Lächeln, dass sie folgen ließ, empfand er als so aufreizend, dass er für einen Augenblick fürchtete – oder wünschte er es sich insgeheim? –, sie könnte ihm das offerieren, was er sich versagt hatte, seit Alannah aus seinem Leben verschwunden war.

Yrena jedoch wandte sich ab, trat an die Tür und klopfte mehrmals daran, offenbar ein verabredetes Zeichen. Granocks wachsame Sinne mahnten ihn zur Vorsicht. Er umfasste den Zauberstab fester und wappnete sich für einen Angriff – aber nichts dergleichen geschah.

Als sich kurz darauf von draußen Schritte näherten und die Tür geöffnet wurde, erschienen zwar zwei bewaffnete Posten, doch sie führten einen Gefangenen mit, der an Armen und Beinen gefesselt war und dem man einen Sack über den Kopf gezogen hatte.

Sie stellten ihn in die Mitte der Kammer wie ein Möbelstück, und Yrena persönlich übernahm es, ihm den Stoff vom Kopf zu ziehen.

Granock sog scharf nach Luft, als das Gesicht eines Elfen zum Vorschein kam – dessen kantige Züge und stahlblaue Augen er sofort erkannte!

Er war ihm nur einmal begegnet, noch dazu nur flüchtig, dennoch war Granock sicher, keinem anderen als dem Fürsten Ardghal gegenüberzustehen, der oberster Berater am königlichen Hof von Tirgas Lan gewesen war.

Bis er auf geheimnisvolle Weise verschwunden war …

Der Schmerz war allgegenwärtig.

Nicht nur sein Körper war davon durchdrungen, sondern auch sein Bewusstsein. Er nagte daran wie ein Parasit, der seinen Wirt allmählich auffraß.

Dennoch glitt ein Lächeln über Ruraks Züge.

Zufrieden blickte der abtrünnige Zauberer auf die Kristallkugel, die sich soeben wieder eintrübte. Er hatte genug gesehen.

Genug, um zu wissen, dass die Saat, die er ausgebracht hatte, auf fruchtbaren Boden fiel.

Genug, um daran zu glauben, dass sein sorgsam ausgearbeiteter Plan aufgehen würde.

Genug, um zu hoffen, dass das Unrecht, das er erduldet hatte, wiedergutgemacht und er am Ende triumphieren würde.

Der Mensch war nach Andaril zurückgekehrt.

Und das bedeutete Möglichkeiten über Möglichkeiten …

13. GWAVUR

Inzwischen war es längst Tag geworden – Granocks Verhandlungen mit der Herrin von Andaril jedoch dauerten, von einer kurzen Unterbrechung abgesehen, noch immer an.

Irgendwann gegen Morgen waren Diener gekommen, die Honig, Brot und frischen Kräutersud gebracht hatten, und Yrena hatte sich für eine Weile zurückgezogen. Als sie zurückkehrte, hatte sie ihr informelles rotes Gewand gegen ein Kleid aus grünem Samt getauscht, das ihrem Stand mehr entsprach, und anders als zuvor saßen sie sich an dem kleinen Tisch gegenüber, was den Verhandlungen eine offiziellere Note gab. Es nahmen jedoch auch weiterhin keine Berater an der Unterredung teil, und auch das bescheidene Auftreten der Fürstin blieb bestehen.

Je länger die Unterredung wurde, desto vertrauter schienen sie einander zu werden, auch wenn nicht über persönliche Dinge gesprochen wurde. Aber in der Art und Weise, wie Yrena argumentierte und sich für die Belange ihres Volk einsetzte, glaubte Granock, ihr wahres Wesen zu erkennen – selbst wenn ihm manches an ihr noch immer Rätsel aufgab.

»Habt Ihr all das, was Ihr mir erzählt, auch Ardghal offenbart?«, wollte er schließlich wissen.

Yrena lächelte. Der Widerschein der Flammen tanzte über ihr Gesicht. »Nein, Meister Lhurian. Ihm gegenüber habe ich nichts von all diesen Dingen erwähnt. Fürst Ardghal ist vor allen Dingen an einem interessiert – an Fürst Ardghal.«

»Wenn Ihr das sagt.« Granock konnte sich ein Grinsen nicht verkneifen. Der Elfenkönig und seine übrigen Berater hatten weitaus länger gebraucht, um zu dieser schlichten Erkenntnis zu gelangen. Hinter Yrenas anziehendem Äußeren verbarg sich nicht nur ein einfühlsames Wesen, sondern auch ein messerscharfer Verstand. »Weshalb habt Ihr ihn gefangen genommen?«

»Warum hätte ich es nicht tun sollen?«, hielt die Herrin von Andaril dagegen. »Er kam mitten in der Nacht zu mir und verlangte mich zu sprechen.«

»Das tat ich auch«, gab Granock zu bedenken.

»Mit dem Unterschied, dass ich um Euren Besuch gebeten hatte. Ardghal hingegen kam als ungebetener Gast – und so wird er auch behandelt.«

»Seit wann ist er hier?«

»Erst seit wenigen Tagen. Er kam kurz vor Euch.«

»Ein Zufall?«, dachte Granock laut nach und rieb sich das bärtige Kinn.

»Das nehme ich an.«

»Was genau hat Ardghal Euch angeboten?«, wollte Granock wissen.

»Warum habt Ihr ihn das nicht selbst gefragt, als Ihr die Gelegenheit dazu hattet?«, erkundigte sich Yrena. »Ihr habt kein Wort mit ihm gewechselt.«

»Das klingt, als wärt Ihr enttäuscht.«

Sie zuckte mit den Schultern. »Überrascht trifft es besser. Ich hatte geglaubt, Euch mit Ardghals Gefangennahme eine Freude zu machen.«

»Kein Geschöpf sollte über die Unfreiheit eines anderen erfreut sein«, meinte Granock ausweichend.

»Ihr wisst, wie ich es meine. Dass Ardghal vor einigen Jahren vom königlichen Hof geflohen ist, ist allgemein bekannt. Und man hat von Waldelfen gehört, die das Nordreich nach ihm durchkämmen. Das würden sie wohl kaum tun, wenn der König nicht noch eine Rechnung mit ihm zu begleichen hätte. Ich war also der Ansicht, Euch mit Ardghals Gefangennahme einen Dienst zu erweisen.«

»Das habt Ihr vermutlich.« Granock nickte. »Dennoch – oder gerade deswegen – braucht Ardghal nicht zu wissen, wer ich bin. Wir sind uns in Tirgas Lan nur einmal flüchtig begegnet, deshalb bezweifle ich, dass er mich erkannt hat. Für Elfen sehen wir *gywara*, wie sie uns nennen, alle gleich aus.«

»So wie sie für uns«, entgegnete die Fürstin lächelnd. »Ardghal ist mein Geschenk an König Elidor. Er soll ihm als Pfand dafür dienen, dass Andaril seine Haltung geändert hat und nicht länger gegen den Elfenkönig steht.«

Granock nickte. »Ich bin überzeugt, dass sowohl der König als auch der Hohe Rat dies wohlwollend zur Kenntnis nehmen werden. Dennoch wird man fragen, ob die Herrin von Andaril über die Macht verfügt, für alle Menschen zu sprechen.«

»Nein«, gestand Yrena offen, »das tut sie nicht. Zu Lebzeiten meines Bruders haben die Clans und die Söldnerführer sich seiner Führung unterworfen, wenn auch nur aus Gier auf reiche Beute. Inzwischen haben sie sich längst von Andaril abgewandt und führen ihre eigenen Kriege. Für sie vermag ich weder zu sprechen noch irgendwelche Garantien abzugeben, aber ich versichere Euch eines: Sollten wir uns einigen, so wird von Andarils Mauern keine Bedrohung mehr für Tirgas Lan ausgehen. Und ich bin sicher, dass zumindest die anderen Städte unserem Beispiel früher oder später folgen werden.«

»Und was wollt Ihr dafür?«

»Sicherheit«, sagte sie nur. »Ich will, dass die Blockade aufgehoben wird. Und es soll keine Strafexpeditionen mehr geben. Wir haben alle Hände voll damit zu tun, uns gegen unsere eigenen Leute zu verteidigen. Dort draußen gibt es kein Gesetz mehr, Meister Lhurian. Die Starken fallen über die Schwachen her und nehmen sich, was sie haben wollen. Das muss ein Ende haben.«

»Ein nachvollziehbarer Wunsch«, stimmte Granock zu. »Und was hat Ardghal Euch geboten?«

»Was meint Ihr?«

»Ihr habt meine Frage von vorhin noch nicht beantwortet«, brachte Granock lächelnd in Erinnerung.

»Das ist wahr.« Sie nickte und holte tief Luft, strich sich eine Strähne ihres schwarzen Haars aus dem Gesicht. Es schien ihr nicht leichtzufallen, darüber zu sprechen. »Ardghal gab vor, mit mir über die Zukunft meines Volkes sprechen zu wollen, nur deshalb habe ich ihn überhaupt empfangen. Was er mir jedoch zu bieten hatte, war nicht die Zukunft, sondern die Vergangenheit. Er wollte, dass ich dem Pfad meines Bruders folge und wie er in Margoks Dienste trete.«

Granock war nicht überrascht. Nachdem Ardghal vor vier Jahren über Nacht aus Tirgas Lan geflohen war, hatte man nichts mehr von ihm gehört. Aber da der Elfenfürst über einen ausgeprägten Machtinstinkt verfügte, hatte nicht viel dazugehört, sich auszurechnen, dass er sein Glück bei der Gegenseite versuchen würde. Offenbar mit Erfolg.

»Und?«, fragte Granock nur und sah Yrena forschend an.

»Ardghal versprach, dass Andaril sicher sein und Ordnung und Wohlstand zu uns zurückkehren würden, und zunächst war ich tatsächlich geneigt, ihm Glauben zu schenken.«

»Und wieso habt Ihr es dann doch nicht getan?«

»Ist das nicht offenkundig?« Sie beugte sich zu ihm vor. »Er ist ein Elf. Ihr hingegen seid ein Mensch. Ich wollte mein Glück lieber mit Euch versuchen.«

Granock schürzte die Lippen – mit dieser Antwort hatte er nicht gerechnet. Zwar kam sie ihm gelegen, aber sie zeigte, dass auch die Fürstin von Andaril nicht ohne Vorbehalte war.

»Ich habe lange Zeit unter Elfen gelebt«, gab er deshalb zu bedenken.

»Dennoch fließt menschliches Blut in Euren Adern, und ich bin eher geneigt, einem Menschen zu vertrauen, der unter Elfen lebt, als einem Elfen, der mit Menschen paktiert, nur weil es seinen Zwecken dient. Ardghal mag uns Freundschaft vorgaukeln, doch in seinem Innersten verachtet er uns, das konnte ich deutlich spüren. Daran ändert auch sein Gastgeschenk nichts.«

»Ein Gastgeschenk?« Granock wurde hellhörig.

»Eine Kugel aus Elfenkristall«, bestätigte Yrena. »Er gab sie mir, um, wie er sagte …«

»Wo befindet sich diese Kugel jetzt?«, wollte Granock wissen.

»In jener Truhe dort«, erwiderte die Fürstin, nach dem massiven Möbelstück deutend, das neben dem Kamin stand und von dessen Feuer flackernd beleuchtet wurde.

Ohne ein weiteres Wort zu verlieren, sprang Granock auf und näherte sich der Truhe, den Zauberstab beidhändig erhoben.

»Meister Lhurian, was …?«

Mit einer Geste gebot er ihr zu schweigen, während er weiterschlich wie ein Jäger auf der Pirsch, und als gelte es, die Beute zu überraschen, riss er den Deckel der Truhe mit einem Ruck auf. Zu seinem Entsetzen fand er genau das vor, was er vermutet hatte: eine etwa faustgroße Kugel mit glatt geschliffener Oberfläche, die von milchig-grauer Farbe war.

Er hatte Kugeln wie diese schon früher gesehen – und allein die Erinnerung daran ließ den Schmerz der Vergangenheit wie eine verdorbene Speise in ihm emporsteigen.

»Rurak«, rief er aus, »elender Verräter!«

Er packte die Kugel. Sie war schwerer, als er vermutet hatte, dennoch hob er sie hoch und holte aus, sprach eine leise Zauberformel, welche die kristalline Struktur ihrer Stabilität beraubte, und schmetterte die Sphäre mit aller Kraft zu Boden.

Sowohl der Bannspruch als auch die Wucht des Aufpralls zeigten Wirkung – die Kugel zersprang mit hellem Klirren und zerfiel in tausend Splitter.

»Was habt Ihr getan?«, fragte Yrena, die verblüfft aufgesprungen war.

»Was notwendig war«, entgegnete Granock lakonisch. »Ihr habt recht daran getan, Ardghal nicht zu vertrauen, denn sein angebliches Geschenk war der Beweis dafür, dass er in Margoks Diensten stand.«

»Eines solchen Beweises bedurfte ich nicht, Meister Lhurian, denn ich hatte Ardghals Absichten bereits durchschaut, als er sich mein Vertrauen noch zu erschleichen suchte. Aber sagt mir, wie eine Kristallkugel seine Zugehörigkeit zum Feind beweisen kann!«

»Es war keine gewöhnliche Kugel«, erklärte Granock. »Habt Ihr je von Rurak gehört, dem abtrünnigen Zauberer?«

Yrena schien sich innerlich zu verkrampfen. Sie ballte die Fäuste, ihr Blick wurde kalt wie Eis. »Nicht nur das«, antwortete sie leise. »Ich bin ihm auch einmal begegnet. Es war Rurak, der sowohl meinen Vater als auch meinen Bruder dazu überredet hat, sich gegen Elidor zu erheben – und sie damit beide in den Tod geschickt hat.«

»Nicht nur sie.« Granock schüttelte den Kopf. »Auf Ruraks Gewissen lasten viele Leben. Er ist ein Meister der Täuschung und überaus begabt darin, andere für seine Ziele arbeiten zu lassen. Selbst die Weisen von Shakara haben ihn lange Zeit nicht durchschaut, so konnte er die Rückkehr des Dunkelelfen von langer Hand vorbereiten. Geholfen hat ihm dabei seine Fähigkeit, mittels jener Kugeln aus Elfenkristall weit entfernte Orte und Dinge zu sehen, denn so war sein Auge überall – und ist es wohl noch heute.«

»Aber hieß es nicht, der Zauberer wäre in der Schlacht am Siegstein getötet worden?«

»Sein Leichnam wurde nie gefunden«, erwiderte Granock zähneknirschend. »Die einen hielten ihn für tot, andere behaupteten, er wäre noch am Leben. Nun jedoch kennen wir die Wahrheit. Rurak lebt – und er hat Fürst Ardghal für seine eigenen Zwecke arbeiten lassen.«

»Rurak«, wiederholte Yrena. Die Fürstin war bleich geworden, ihre Stimme verblasste zu einem Flüstern. »Dann war er es, der Ardghal zu mir geschickt hat. Der Zauberer hat Andaril also nicht vergessen …«

»Davon ist auszugehen. Vermutlich hat er von Euren Plänen erfahren, mit Elidor Frieden zu schließen, und setzt nun alles daran, sie zu vereiteln.«

»Wie kann er davon wissen?« Sie schüttelte den Kopf. »Ich habe nur mit meinen engsten Vertrauten darüber gesprochen.«

»Das kann schon zu viel gewesen sein. Wie ich bereits sagte, hat Rurak seine Augen und Ohren überall. Er weiß von Eurer Not, zwischen den Feuern zu sitzen, und bietet sich Euch als vermeintlichen Ausweg an.«

»Seid unbesorgt«, versicherte Yrena. »Ich werde die Fehler meines Vaters und meines Bruders nicht wiederholen.«

»Vielleicht nicht.« Granock nickte. »Aber Rurak wäre nicht Rurak, wenn er nicht etwas im Schilde führen würde. Ich muss in Erfahrung bringen, was seine Pläne sind.«

»Wie wollt Ihr das bewerkstelligen?«

»Ardghal«, sagte Granock nur. »Ich muss mit ihm sprechen.«

»Er gehört Euch«, beteuerte die Fürstin. »Aber wolltet Ihr nicht unerkannt bleiben?«

»Das ist vorbei. Rurak hat in die Kugel gesehen. Er weiß längst, dass ich hier bin.« Granock schaute Yrena tief in die Augen. »Die Dinge haben sich geändert, Mylady. Die Neutralität, die Ihr Euch so mühsam erarbeitet habt, hat nicht länger Bestand. Ich fürchte, dass ein Waffenstillstand mit Tirgas Lan nicht mehr ausreichen wird, um Andaril zu schützen. Rurak weiß von Euren Plänen, also werdet Ihr Euch mit dem Gedanken anfreunden müssen, auf Elidors Seite zu kämpfen.«

»Und Ihr?«, fragte sie ihn und schaute ihn herausfordernd an. »Was werdet Ihr tun?«

Granock zuckte mit den Schultern. »Die Antwort auf diese Frage wird Ardghal mir geben.«

Die Zeiten, in denen es dem Statthalter von Tirgas Dun möglich gewesen war, die Realität des Krieges zu leugnen und ihn als die Narretei eines ruhmversessenen Monarchen abzutun, waren unwiderruflich vorbei.

Denn die Wracks von Unholden gekaperter, mit Leichen übersäter Schiffe, die aus dem dichten Nebel aufgetaucht waren, waren nur der Anfang gewesen. Schon am nächsten Morgen berichteten Fischer aus der Umgegend übereinstimmend, sie hätten draußen auf See grässliche Schreie vernommen, und es gab Berichte von Sichtungen riesiger gepanzerter Schiffe, die vor der Küste kreuzten. Alles sprach dafür, dass sich dort draußen im Nebel tatsächlich etwas verbarg, das Tirgas Dun feindlich gesonnen war, und so blieb Statthalter Párnas nichts anderes übrig, als König Elidor um Hilfe zu bitten.

Dahin waren alle Vorbehalte, die Párnas gegen Elidor gehabt hatte, vergessen alle Sparsamkeit. Was, so fragte er sich, nützte eine gut gefüllte Stadtkasse, wenn Tirgas Dun bedroht wurde? Der Statthalter, der bis vor Kurzem noch ein erbitterter Gegner des Krieges gewesen war, zögerte nicht, den Notstand auszurufen und die Organisation der Verteidigung Hauptmann Nyrwag zu übertragen.

Der Kommandant der Stadtwache reagierte in Anbetracht der Lage so besonnen, wie man es nur erwarten konnte. Die der Seeseite zugewandten Wachtürme wurden verstärkt, ebenso die Bollwerke, die die Bucht von Tirgas Dun zu beiden Seiten säumten, während die Hafeneinfahrt selbst von einer riesigen, mit Eisenstacheln bewehrten Kette verschlossen wurde, die dicht unter der Wasseroberfläche verlief. Da die letzte bewaffnete Auseinandersetzung, in die Tirgas Dun verwickelt gewesen war, Jahrhunderte zurücklag, vermochte jedoch niemand zu sagen, ob dieses Hindernis seinen Zweck überhaupt noch erfüllen würde.

Die Posten auf den Wehrgängen und den Türmen der Stadt wurden verdoppelt, was die spärlich besetzte Stadtwache an den Rand dessen brachte, was sie leisten konnte. Im Lauf der letzten Jahre waren insgesamt rund fünfhundert Mann nach Norden geschickt worden, um auf Elidors Ersuchen dessen Legionen zu verstärken. Nun fehlte jeder Einzelne von ihnen, und Párnas hoffte, dass sich der König an diese Schuld erinnern und alsbald Truppen schicken würde. Ebenso, wie er sich wünschte, dass der allgegenwärtige Nebel sich endlich verzog.

Zumindest in dieser Hinsicht erfüllten sich seine Hoffnungen – doch als sich anderntags der Nebel tatsächlich auflöste, da wünschte der Statthalter von Tirgas Dun ihn sich aus tiefstem Herzen zurück.

Der Anblick, der sich ihm bot, als er vom Balkon seines Palasts aufs Meer schaute, war entsetzlich.

Die Kimm war schwarz von Schiffen!

Nicht nur ein paar Dutzend, sondern Hunderte unförmiger, eisengepanzerter Galeeren lagen draußen auf dem Wasser, deren drohende Formen sich endlos aneinanderreihten und den Himmel und die blaue See zerschnitten.

Eine ganze Flotte hatte sich im Schutz des unheimlichen Nebels Tirgas Dun genähert, und angesichts der schwarzen Banner, die über den Schiffen wehten, war es keine Frage, unter wessen Befehl die Streitmacht stand. Woher all die Schiffe stammten, konnte Párnas nur vermuten – vermutlich aus dem tiefsten Arun, wo der Dunkelelf angeblich seinen geheimen Schlupfwinkel unterhielt, aber letzten Endes spielte es keine Rolle. Die Schiffe waren hier, und natürlich blieben sie nicht lange unbemerkt.

Die Nachricht, dass eine feindliche Flotte vor der Küste aufgetaucht war, verbreitete sich wie ein Lauffeuer in Tirgas Dun, und angesichts der drohenden Übermacht des Feindes griff Panik um sich. Man rechnete damit, dass der Feind jeden Augenblick angreifen und die Stadt überfallen würde, aber nichts dergleichen geschah.

Die fremden Schiffe begnügten sich damit, vor der Küste Stellung zu beziehen und zu warten.

Worauf, das wusste niemand.

Nur eines schien sicher: dass es die einstmals so blühende Stadt Tirgas Dun schon bald nicht mehr geben würde, wenn nicht rasch Verstärkung eintraf.

14. NEGYS LARWUNAS

Keine Nachricht von Granock.

Farawyn fühlte Beklommenheit, wenn er daran dachte, dass er noch immer nichts von seinem ehemaligen Schüler gehört hatte. Vor drei Wochen hatte Granock in Nimons Begleitung die Ordensburg verlassen und musste Andaril inzwischen längst erreicht haben – aber wieso gab er keine Nachricht?

Es setzte dem Ältesten zu, nicht zu wissen, wo sich Granock aufhielt und wie es um die Verhandlungen stand, und dies umso mehr, da er seit einigen Nächten von dunklen Visionen geplagt wurde, an deren Ende stets dasselbe geschah: Ein Messer blitzte im Mondlicht auf, und ein gellender Schrei erklang, aber Farawyn vermochte nicht zu sagen, was danach geschah. Alles, was er sah, waren vorbeihuschende Schatten. Eines jedoch war ihm nur zu klar – dass dieser finstere Albdruck mit Granock in Verbindung stand.

War sein einstiger Schüler womöglich nicht mehr am Leben? War er hinterrücks ermordet, war die Rückkehr zu den Menschen ihm zum Verhängnis geworden? In früheren Zeiten hätte Farawyn der bitteren Ironie, die darin gelegen hätte, vielleicht etwas abgewinnen können. Angesichts der jüngsten Entwicklungen jedoch war er nur voller Sorge.

Sorge um Granock.

Sorge um das Reich.

Sorge um seine Pläne …

Der Älteste wartete, bis die Abgeordneten zu beiden Seiten des Ratssaales Platz genommen hatten. Seit der letzten Versammlung hatte ihre Zahl weiter abgenommen; Meisterin Awyra war nach Tirgas Lan entsandt worden, zusammen mit der Eingeweihten Larna und einigen anderen Schülern. Die Gruppe derjenigen Ratsmitglieder, die Farawyns Politik rückhaltlos unterstützten, war dadurch noch kleiner geworden, und Farawyn war sicher, dass Cysguran dies zu seinem Vorteil nutzen würde, wann immer sich die Gelegenheit dazu ergab.

Wenn Farawyn ehrlich zu sich selbst war, musste er sich eingestehen, dass er sich in zunehmendem Maße alleingelassen fühlte, und er ertappte sich dabei, dass er sich nach Granocks Rückkehr sehnte. Was hätte er darum gegeben, seinen ehemaligen Schüler in diesen Tagen an seiner Seite zu wissen.

Ihn – und Aldur.

Die Selbsterkenntnis schmerzte ihn und schickte einen Anflug von Traurigkeit über seine sonst so beherrschte Miene, was andere Ratsmitglieder zu bemerken schienen. Er konnte sehen, wie sich seine Trauer in ihren Zügen spiegelte, und rief sich zur Ordnung. Als Ältester des Rates durfte er keine persönlichen Empfindungen zeigen. Seine Aufgabe war es, neutral zu bleiben, die Ruhe und den Fokus zu bewahren, so wie es in den Leitsätzen der Weisen verlangt wurde.

Inzwischen hatten alle auf ihren Sitzen Platz genommen, und Farawyn eröffnete die Sitzung. »Der Grund für diese Zusammenkunft«, verkündete er, nachdem er die Eingangsformel gesprochen hatte, »liegt in einer neuen Entwicklung, über die uns Schwester Tarana unterrichtet hat.«

Die Erwähnung Taranas sorgte für unruhiges Gemurmel unter den Räten. Jeder wusste, dass die Meisterin als Abgesandte Shakaras an Elidors Hof weilte. Und wenn es von dort Alarmierendes zu berichten gab, so verhieß das nichts Gutes.

»Also rückt schon damit heraus, Bruder«, verlangte Cysguran, ohne dass ihm das Wort erteilt worden wäre. Die Disziplin im Rat hatte seit Ausbruch des Krieges merklich gelitten, und je weniger Ratsmitglieder es wurden, desto deutlicher schien auch sie zu schwinden. »Haltet nicht länger mit der Wahrheit hinter dem Berg und enthüllt uns, was Eure Politik des Krieges und der Eskalation dem Orden an neuem Schaden eingetragen hat!«

»Bruder Cysguran«, rügte Gervan, der neben Farawyn auf dem Podest der Ältesten saß, »weder wurdet Ihr um Euren Kommentar gebeten, noch trägt er auch nur im Ansatz zur Lösung unserer Schwierigkeiten bei.«

»Schwierigkeiten?« Cysguran hob die Brauen. »Ihr gebt also endlich zu, dass wir in Schwierigkeiten stecken? Das wäre immerhin schon ein Zugeständnis!«

Einige Mitglieder des linken Flügels nickten zustimmend. Es schmerzte Farawyn zu sehen, dass auch einige ehemalige Parteifreunde darunter waren. Das Amt des Ältesten, hatte sein Vorgänger Semias ihm einst anvertraut, war ein einsamer Posten …

»Was ist geschehen?«, bohrte Cysguran weiter. »Hat der Feind den Grenzfluss endlich überschritten? Steht er womöglich bereits in Trowna?«

Farawyn konnte sehen, welche Schreckensmienen diese Aussicht unter den Ratsmitgliedern hervorrief. Er atmete tief durch und zwang sich zur Ruhe. Wenn er sich von Cysguran provozieren ließ, würde er ihm damit nur in die Hände spielen. Es hieß, Ruhe zu bewahren.

Wie schon unzählige Male zuvor …

»Keineswegs, Schwestern und Brüder«, widersprach er, um Sachlichkeit bemüht. »Obschon die Truppen des Feindes unablässig versuchen, den Fluss zu überqueren und nach Trowna vorzudringen, ist es ihnen bislang nicht gelungen. Unterstützt von den Kämpfern unseres Ordens, können die Legionen des Königs die Verteidigungslinie halten. Der Feind begnügt sich auch weiterhin damit, rasche Vorstöße zu unternehmen und sich dann wieder zurückzuziehen.«

»Warum auch nicht?«, fragte Cysguran dazwischen. »Im Gegensatz zur königlichen Armee verfügt Margok über einen nicht enden wollenden Vorrat an Kämpfern. Unablässig führt er neue Truppen über das Schwarzgebirge heran, und keiner von uns vermag zu sagen, wie viele Unholde sich in den Tiefen der Modermark noch verbergen.«

»Das ist wahr«, räumte Farawyn ungerührt ein. »Dennoch ist es keine Nachricht über neue Truppenbewegungen, die uns aus Tirgas Lan erreicht hat.«

»Sondern?«

Farawyn ließ sich mit der Antwort Zeit, suchte nach einem Weg, sie so zu formulieren, dass er seinem Gegner nicht unnötig zuarbeitete. »Es wurden Leichen von Orks gefunden«, gab er so sachlich wie möglich bekannt. »Von Orks, die mehr als einmal an einer Schlacht teilgenommen hatten und darin getötet worden waren.«

Unverständnis blickte ihm von den nur spärlich besetzten Rängen des Ratsaals entgegen.

»Was genau versucht Ihr uns damit zu sagen, Bruder?«, erkundigte sich Hüterin Atgyva.

»Diese Orks«, erklärte Farawyn schlicht, »waren allem Anschein nach *anmarwura.*«

»Untot?«, hakte Cysguran nach.

Farawyn nickte. »Alles deutet darauf hin.«

Die Stille in der Halle blieb bestehen, nicht weil sich die Ratsmitglieder auf die alte Disziplin besonnen hätten, sondern weil den meisten vor Entsetzen schlichtweg die Worte fehlten. Panische Blicke wurden getauscht, namenloser Schrecken zeichnete die Gesichter.

»Beruhigt Euch, Schwestern und Brüder«, rief Farawyn ihnen zu. »Sollte diese Nachricht tatsächlich wahr sein, belegt sie im Grunde nur, was wir schon vorher wussten: dass Margok und seine Anhänger verbotenen Künsten frönen und vor keinem Frevel zurückschrecken.«

»In der Tat«, stimmte Cysguran schnaubend zu. »Offenbar ist es ihnen gelungen, selbst den Tod zu betrügen! Glaubt Ihr jetzt immer noch, dass man gegen den Dunkelelfen mit herkömmlichen Mitteln bestehen kann? Dass *glathan* und *flasfyn* ausreichen, um in dem Sturm zu überleben, den Margoks böse Macht entfesselt hat?« Er hatte immer lauter gesprochen, bis sich seine Stimme zuletzt fast überschlagen hatte. Drohend und unheimlich hallte sie durch das Gewölbe, selbst die Statuen der alten Könige schienen darunter zu erzittern.

»Allerdings, das glaube ich«, widersprach sein Erzrivale Gervan ihm entschieden, noch ehe blanke Verzweiflung unter den Ratsmitgliedern um sich greifen konnte. »Denn möglicherweise birgt diese auf den ersten Blick so erschreckende Nachricht auch Hoffnung.«

»Hoffnung?« Cysguran verdrehte die Augen. »Ihr solltet nicht den Fehler begehen, uns zu verhöhnen, Bruder!«

»Das habe ich in keiner Weise vor«, versicherte Gervan und wandte sich vom Rednerpodest aus gleichermaßen an beide Flügel des Rates. »Keiner von uns weiß, was jenseits des Schwarzgebirges liegt«, begann er. »In den Alten Chroniken steht nichts darüber geschrieben, und seit die Orks das Land im Westen bevölkern, hat es kein Elf mehr betreten, der hätte zurückkehren können, um von seinen Entdeckungen zu berichten. Wir haben folglich keine Ahnung, wie viele Unholde es dort gibt. Vielleicht sind sie so zahlreich wie die Sterne am Himmel – vielleicht aber auch nur ein paar Tausend. Könnte die Tatsache, dass Margok die Erschlagenen zum Leben erwecken und erneut in die Schlacht schicken muss, nicht darauf hindeuten, dass seine Vorräte an Truppen allmählich zur Neige gehen?«

Der Einwand war berechtigt, und die meisten Abgeordneten schien er ein wenig zu beruhigen. Nicht so Cysguran, der eine scharfe Erwiderung parat hatte.

»Und wenn es genau das ist, was wir denken sollen?«, fragte er scharf. »Wenn Margok will, dass wir genau diese Schlüsse ziehen und uns in trügerischer Sicherheit wiegen? Was dann, Bruder Gervan?«

Die Blicke der Ratsmitglieder, die sich auf den Vorsteher der Kristallgilde gerichtet hatten, kehrten zu Gervan zurück, der jedoch nichts darauf zu erwidern wusste. Hilfe suchend wandte er sich zu Farawyn um, der Cysgurans Argument aber auch nicht einfach entkräften konnte.

Es stimmte ja, der Dunkelelf hatte sich in der Vergangenheit ungezählte Male als Meister der Täuschung erwiesen. Überhaupt hatte der Erste Krieg sich nur ereignen können, weil es Margok gelungen war, seine wahren Ziele und Absichten über eine lange Zeitspanne zu verheimlichen. Wer also vermochte zu sagen, ob es sich nicht auch hierbei um eine geschickte Finte handelte, die die Feinde des Dunkelelfen zu einer falschen Strategie verleiten sollte?

Farawyn sah sich in einer Zwangslage. Cysgurans Einwand war nicht von der Hand zu weisen. Andererseits war ihm aber auch klar, dass sein Gegner eine Zustimmung seinerseits nutzen würde, um erneut die Öffnung der verbotenen Archive zu fordern. Und angesichts der Betroffenheit, die die anderen Ratsmitglieder zeigten, brauchte der Älteste nicht lange darüber nachzudenken, wie ihre Entscheidung darüber ausfallen würde …

Was sollte er nur erwidern? Würde das Eingeständnis, dass er Granock in geheimer Mission nach Andaril entsandt hatte, um dort über ein Bündnis mit den Menschen zu verhandeln, zur Beruhigung der Lage beitragen? Oder war es genau das Argument, das Cysguran noch fehlte, um seine Glaubwürdigkeit vor dem Rat endgültig zu zerstören?

Fieberhaft dachte der Älteste über eine Lösung nach, als die Pforte des Ratssaals plötzlich geöffnet wurde.

Meister! Hört uns an …!

Zwei unscheinbare kleine Gestalten erschienen in dem Türspalt, der nicht breit genug gewesen wäre, um einen Menschen oder Elfen durchzulassen – Kobolde.

Der eine war Argyll, Farawyns ergebener Diener.

Der andere war Colm, der zum Boten des Hohen Rates ernannt worden war, nachdem sein Vorgänger Ariel Granocks Zauberdiener geworden war.

»Was gibt es?«, fragte Farawyn, dankbar für die Unterbrechung.

Schlechte Neuigkeiten, berichtete Colm, an alle Ratsmitglieder gewandt. *Ein Kurier aus Tirgas Lan ist soeben durch die Kristallpforte gekommen …*

»Durch die Kristallpforte?« Farawyn hob eine Braue. Wenn Tarana und Arwyra dafür eine Schlundverbindung öffneten, musste es dringend sein. »Was ist geschehen?«, wollte er wissen. Seine Erleichterung über die willkommene Störung war bereits verflogen.

Vor der Küste von Tirgas Dun hat es Zwischenfälle gegeben! Mehrere Handelsschiffe sind verschwunden.

»Piraten?«, erkundigte sich Gervan.

Das wurde zuerst vermutet. Aber die Wahrheit ist noch ungleich schlimmer, jammerte der Ratsdiener, ohne dass sich seine Lippen bewegten. Dafür blähten sich seine von Sommersprossen übersäten Wangen vom schnellen Laufen, und der Blütenhut bebte auf seinem runden Kopf. *Vor der Küste Tirgas Duns wurde eine feindliche Flotte gesichtet!*

»Was?«

Nicht nur Rat Cysguran, sondern auch viele andere sprangen auf, manche mit erhobenem Zauberstab.

Eine feindliche Flotte, bestätigte der Kobold zu aller Entsetzen. *Hunderte von Schiffen, Menschen und Orks …*

»Ist diese Nachricht gesichert?«, erkundigte sich Gervan.

Ja, Ältester, bestätigte der Kobold nickend. *König Elidor persönlich hat den Kurier geschickt, zusammen mit der dringenden Bitte um Unterstützung!*

Das machte den Aufruhr perfekt. Einige Ratsmitglieder, die sich der Gefährlichkeit der Lage erst jetzt bewusst zu werden schienen, verfielen in Wehgeschrei, andere begannen laut zu lamentieren. Es war Cysguran, der als Erster die Fassung wiederfand und das allgemeine Entsetzen in Worte kleidete.

»Also ist es geschehen!«, rief er laut. »Der Feind greift uns von Süden an! Glaubt Ihr nun immer noch, Margok wäre am Ende seiner Kräfte, Bruder Gervan? Dass er die Toten aus Notwendigkeit auf die Schlachtfelder zurückruft? Natürlich nicht! Er tut es, weil er seine Kämpfer an einem anderen Ort benötigt. Nun ist unser Untergang nur noch eine Frage der Zeit!«

Die Panik, die die beiden Ältesten zuvor noch mit knapper Not verhindert hatten, brach nun doch aus. Die verbliebenen Ratsmitglieder schrien wild durcheinander, stocherten nach rettenden Gedanken wie Ertrinkende nach etwas, woran sie sich festklammern konnten. Farawyn blickte voller Beklemmung auf das traurige Schauspiel, und zum ungezählten Mal fragte er sich, was aus dem Hohen Rat geworden war.

»Beruhigt Euch, Schwestern und Brüder!«, rief er mit lauter Stimme, die selbst Cysgurans noch übertönte. »Hört mich an! Noch ist nichts verloren!«

»Aber Bruder«, wandte Lonyth ein, ein Meister, dessen Gabe darin bestand, Kraft seiner Gedanken kleine Gegenstände von einem Ort zum anderen zu transferieren. Er hatte sich der Kontemplation verschrieben und ergriff nur selten das Wort, aber nun vermochte auch er nicht mehr an sich zu halten. »Wie könnt Ihr so etwas sagen? Habt nicht Ihr selbst uns immer wieder darauf hingewiesen, wie verderblich eine dritte Kriegsfront wäre? Und hat Bruder Cysguran nicht recht, wenn er sagt, dass die Übermacht des Feindes erdrückend ist?«

»Selbst wenn«, konterte Farawyn, »dürfen wir nicht den Fehler begehen, uns unserer Furcht zu ergeben, sondern müssen Ruhe und Gelassenheit bewahren, so wie es die Tradition unseres Ordens verlangt.«

»Traditionen.« Cysguran lachte spöttisch auf. »Ist das alles, was Euch einfällt angesichts dieser neuen Bedrohung?«

»Keineswegs.« Farawyn schüttelte den Kopf. »Natürlich müssen wir auch Maßnahmen zur Abwehr des Feindes ergreifen. Margok muss aufgehalten werden.«

»Hehre Worte – aber was gedenkt Ihr zu tun? Seht Euch um, Bruder! So viele von uns sind bereits gefallen oder befinden sich an weit entfernten Orten im Einsatz gegen Margoks Horden. Was Ihr seht, ist der letzte Rest dieser einstmals so mächtigen Einrichtung! Wie Ihr es auch dreht und wendet, Ihr müsst einsehen, dass wir am Ende unserer Möglichkeiten angelangt sind. Deshalb«, wandte sich Cysguran Beifall heischend an die Versammelten, »wiederhole ich meine Forderung nach einer Öffnung der geheimen Archive! Nur wenn wir das verbotene Wissen nutzen und die Elfenkristalle als Waffen einsetzen, haben wir eine Chance, den Feind noch abzuwehren. Andernfalls werden wir den Krieg verlieren.«

»Niemals!«, widersprach Atgyva entschieden, die mit verschränkten Armen neben ihrem Flügelsprecher stand und ihm in einer grotesken Verkehrung der Verhältnisse die Stirn bot. »Lieber werde ich kämpfend untergehen, als die Prinzipien unseres Ordens und unserer Magie an die Dunkelheit zu verraten.«

»Das steht Euch frei, Schwester«, gestand Cysguran ihr zu. »Aber ich versichere Euch, dass die meisten Anwesenden anders darüber denken. Zumal wir den bedrohlichsten Aspekt dieses Angriffs noch gar nicht bedacht haben.«

»Nämlich?«, fragte Farawyn.

»Wenn es Margok gelungen ist, eine Kriegsflotte zu versammeln, so steht ihm das Südmeer offen. Und wir alle wissen, was das bedeutet, oder nicht?«

Die Ratsmitglieder tauschten erschrockene Blicke, denn ihnen war sofort klar, worauf Cysguran anspielte. Wenn der Dunkelelf die See kontrollierte, so stand ihm auch der Zugang zu jenem Eiland offen, das die Vergangenheit und die Zukunft des Elfengeschlechts darstellte und mit dem Urkristall Annun seinen größten Schatz beherbergte – die Fernen Gestade!

Die Vorstellung, der Dunkelelf könnte seine Klauen nach der Heimat der Ewigen Seelen ausstrecken, ließ die anwesenden Räte bis ins Mark erschaudern. Ihr Gemurmel versiegte, blankes Entsetzen zeigte sich auf ihren Gesichtern. Und wie ein Raubtier, das sein Opfer sicher in der Falle wusste, holte Cysguran zum entscheidenden Schlag aus.

»Wie nun also, Bruder Farawyn«, rief er dem Ältesten zu. »Teilt Ihr Schwester Atgyvas Ansicht, dass das geheime Wissen auch weiterhin geheim bleiben sollte? Oder wollt Ihr angesichts dieser ungeheuren Bedrohung für unser Volk eine Ausnahme machen und uns die Möglichkeit zugestehen, uns mit der Macht der Kristalle zu verteidigen?«

»Niemals!«, wiederholte Atgyva, deren bleiche Züge sich vor zorniger Erregung gerötet hatten. »Tut es nicht, Bruder, ich beschwöre Euch! Die Kristalle als Waffen zu gebrauchen fordert einen hohen Preis!«

»Und wenn! Welcher Preis könnte höher sein, Schwester, als jenen Ort zu verlieren, den wir unsere Vergangenheit und unsere Zukunft nennen? Wir brauchen diese Waffen, daran kann nun kein Zweifel mehr bestehen! Und wir müssen augenblicklich nach den Fernen Gestaden aufbrechen, ehe Margoks dunkle Magie die Kristallpforten erneut verschließt!«

Diejenigen Ratsmitglieder, die Cysgurans Meinung waren, begnügten sich nicht mehr damit, die Handflächen aneinanderzureiben. Rufe der Zustimmung wurden laut, Zauberstäbe mit leuchtenden Kristallen emporgereckt.

Mit Besorgnis stellte Farawyn fest, dass die Situation kurz davor stand zu entgleiten. Durch seine düsteren Voraussagen hatte Cysguran die meisten Ratsmitglieder auf seine Seite gebracht; nur wenige waren bereit, Hüterin Atgyva auf ihrem Weg eiserner Prinzipien zu folgen. Wenn es um die bloße Existenz ging, schienen auch jene Räte, die sich bis vor Kurzem noch vehement für die Wahrung der alten Werte und Regeln eingesetzt hatten, nichts mehr davon zu halten. Unter dem Eindruck der Bedrohung würden sie demjenigen folgen, der ihnen Rettung versprach – die Folge würde eine Revolte im Zauberrat sein und dessen endgültige Spaltung.

Der Älteste wusste, dass er dies nicht zulassen durfte. Also musste er sein Schweigen brechen.

»Habt keine Sorge, Schwestern und Brüder«, rief er in das Gewirr der Stimmen hinein. »Die Fernen Gestade sind nicht bedroht!«

»Was?« Cysgurans Augen weiteten sich unter seinem streng zurückgekämmten Haar. »Wie könnt Ihr so etwas behaupten?«

»Es ist keine Behauptung«, versicherte Farawyn, »sondern eine Tatsache.«

In der Halle war es still geworden. Die eine Hälfte der Ratsmitglieder starrte Farawyn an, als hätte er den Verstand verloren, die andere, als hätte er vor ihren Augen ein Wunder gewirkt. Lediglich Cysguran schien sich weder der einen noch der anderen Gruppe anschließen zu wollen.

»Woher wollt Ihr das wissen?«, bohrte er nach.

»Vielleicht erinnert Ihr Euch daran, Rat Cysguran, dass vor etwas mehr als vier Wintern unser junger Mitbruder Rothgan hier vor uns stand und uns vor der Gefahr eines Überfalls auf die Fernen Gestade gewarnt hat. Er vermutete, dass der Dunkelelf womöglich eine geheime Schlundöffnung unterhalten und ihn diese geradewegs in den Palast von Crysalion führen könnte. Allerdings habt weder Ihr noch irgendjemand sonst in dieser Halle seinen Worten damals Bedeutung beigemessen.«

Farawyn ließ den Blick unbarmherzig über die lückenhaft besetzten Ränge schweifen. Die meisten Ratsmitglieder wichen ihm aus, nur wenige hielten seinem Augenspiel stand. Cysguran freilich tat so, als wäre er sich keiner Schuld bewusst.

»Ich habe Bruder Rothgans Ersuchen, im Auftrag des Ordens nach den Fernen Gestaden entsandt zu werden, nicht entsprochen, das ist wahr«, gab er zu. »Allerdings nicht, weil ich seine Warnung nicht gehört oder sie nicht ernst genommen hätte, sondern weil ich sein Verhalten für anmaßend und hochmütig befunden habe.«

»Dennoch habt Ihr das Thema niemals wieder zur Sprache gebracht«, hielt Farawyn dagegen, »wohl weil Ihr wie alle anderen in diesem erlauchten Gremium gehofft habt, es würde sich von selbst erledigen. Aber bisweilen, Schwestern und Brüder, erteilt uns die Geschichte Lektionen, über die wir uns nicht einfach hinwegsetzen können.«

»Was wollt Ihr uns damit sagen, Ältester Farawyn?«, fragte Cysguran streng.

»Damit will ich Euch sagen, dass Ihr Euch um die Sicherheit der Fernen Gestade nicht zu sorgen braucht – denn dank Bruder Rothgans Voraussicht befinden sie sich in sicheren Händen.«

Verwundertes Gemurmel setzte wieder ein, selbst der Älteste Gervan machte kein Hehl aus seiner Verblüffung. »Wie? Soll das heißen …?«

»Bruder Rothgan und Schwester Thynia haben den Orden nie verlassen«, erklärte Farawyn rundheraus. »Stattdessen haben sie sich vor vier Jahren nach Crysalion begeben, um über die Fernen Gestade zu wachen.«

Die Verwunderung der Ratsmitglieder schlug in Empörung um, der Cysguran wiederum Ausdruck verlieh: »Soll das heißen, Ihr habt Euch über den Willen des Rates hinweggesetzt?«

»Keineswegs. Es war Bruder Rothgans und Schwester Thynias dringender Wunsch, sich nach den Fernen Gestaden zu begeben, unserem ausdrücklichen Verbot zum Trotz. Ich habe alles versucht, konnte sie jedoch nicht aufhalten.«

»Natürlich nicht«, echote Cysguran sarkastisch. »Sagt, für wie töricht haltet Ihr uns, werter Farawyn? Schon in der Vergangenheit habt Ihr wiederholt eigenmächtig gehandelt und den Rat darüber im Unklaren gelassen. Und auch dieses Mal habt Ihr wichtige Informationen vor uns verborgen und uns bewusst die Unwahrheit gesagt. Glaubt Ihr, wir würden nicht erkennen, dass dies nur ein weiterer Versuch gewesen ist, unser ehrwürdiges Gremium zu hintergehen?«

»Es steht Euch frei, dies zu vermuten, Rat Cysguran«, sagte Farawyn, »aber in Anbetracht der Tatsache, dass Ihr nicht einen einzigen Beweis für diese Vermutung finden werdet, solltet Ihr sie lieber für Euch behalten. Statt Euer Streben darauf zu richten, mein Ansehen vor dem Hohen Rat zu beschädigen, solltet Ihr lieber froh darüber sein, dass Rothgan und Thynia unser Verbot missachtet haben – andernfalls wären die Fernen Gestade jetzt vielleicht schon in der Hand des Feindes!«

»Und wieso sollte es nicht so sein?«, fragte Cysguran. »Was können zwei einzelne Zauberer schon ausrichten gegen eine ganze Streitmacht von Unholden?«

»Alles«, erklärte Atgyva. »Im höchsten Turm Crysalions gibt es eine Vorrichtung, *tarian'y'crysalon* genannt. Es ist ein unsichtbarer Schild, geformt aus der Energie des Annun, der allen Schaden von den Gestaden fernhalten soll. Um ihn zu errichten, sind zwei Meister vonnöten.«

»Aus diesem Grund sind Rothgan und Thynia gemeinsam gereist«, erklärte Farawyn, an die Versammlung gewandt. »Wie nun also, Schwestern und Brüder? Glaubt Ihr immer noch, Ihr wärt unrechtmäßig übervorteilt worden?«

Schweigen war eingetreten. Den Ratsmitgliedern war klar geworden, dass ihr Stolz zwar gekränkt sein mochte, die Fernen Gestade jedoch gerettet waren, was ungleich wichtiger war. Mit einiger Bitterkeit stellte Farawyn fest, dass sich Aldurs Voraussage bewahrheitet hatte: Wenn die Fernen Gestade bedroht waren, würde niemand mehr nach den Mitteln fragen …

»Ihr seht also, dass für die Fernen Gestade gesorgt ist«, fuhr der Älteste fort, »sodass wir uns darauf konzentrieren können, die Südgrenze des Reiches gegen Margoks Flotte zu verteidigen. Die Angriffe der Orks auf die Westgrenze waren offenbar nur ein Ablenkungsmanöver – der Hauptstoß soll von Süden erfolgen, und wir müssen all unsere Kräfte aufbieten, um ihm zu begegnen.«

»Und wie?«, fragte Gervan. Es war schwer zu glauben, dass der stellvertretende Ordensvorsteher einst Farawyns erbittertster Rivale im Rat gewesen war. Inzwischen schien er froh darüber zu sein, dass nicht er es war, der in den Zeiten der Krise die Geschicke Shakaras zu lenken hatte.

»Ich werde unverzüglich nach Tirgas Lan aufbrechen«, kündigte Farawyn an. »König Elidor hat uns um Hilfe gebeten, und wir werden sie ihm nicht verweigern. Nicht in dieser verzweifelten Stunde.« Er blickte vielsagend in die Runde. »Wir alle werden seinem Aufruf folgen«, kündigte er an.

»Wir alle?«, fragte Simur, Sprecher des rechten Flügels.

»So ist es.« Der Älteste nickte. »In dieser entscheidenden Schlacht wird jede Gabe gebraucht. Wenn wir Margoks Horden jetzt nicht aufhalten, werden sie das Südreich überschwemmen, und das wird unser aller Ende sein. Wir haben also gar keine andere Wahl, als uns ihm zum Kampf zu stellen.«

»Aber … wir sind keine Krieger!«

»Nein«, gab Farawyn zu, sich innerlich vor Abscheu schüttelnd über die Feigheit, die ihm entgegenschlug. »Doch auch ein Weiser muss und darf sich verteidigen, wenn er angegriffen wird. Oder wollt Ihr dem König im Augenblick der größten Not Eure Unterstützung verweigern? Wollt Ihr, dass alles zerstört wird, wofür unsere Ahnen und unsere Vorgänger in diesem Rat sich eingesetzt haben? Sollen unsere Schwestern und Brüder, die den Widerstand gegen den Dunkelelfen bereits mit ihrem Leben bezahlt haben, für nichts gestorben sein?«

Betretenes Schweigen war die Antwort. Blicke wurden gesenkt, Kristalle an Zauberstäben wurden stumpf und milchig. Aber niemand widersprach.

»So ist es gut, Schwestern und Brüder«, lobte Farawyn die Seinen. »Nur wenn wir geschlossen zusammenstehen, haben wir überhaupt noch Aussichten.«

»Glaubt Ihr das wirklich?« Cysguran schüttelte den Kopf. »Dann seid Ihr ein Narr, Farawyn. Ihr wisst so gut wie ich, dass dieser Kampf zu Ende ist, noch bevor er begonnen hat.«

»Hätten unsere Vorfahren so gedacht, Bruder, dann wäre die Welt, wie wir sie kennen, schon vor vielen tausend Jahren untergegangen, hinfortgerissen in Chaos und Zerstörung. Doch sie hat überdauert, weil es Männer und Frauen gab, die sich ihrer Verantwortung gestellt und dem Bösen die Stirn geboten haben – genau wie wir.« Der Älteste rechnete mit Widerspruch, aber es blieb weiter still. Sei es, weil die Ratsmitglieder vor Furcht sprachlos waren, oder weil sie die Richtigkeit seiner Argumentation einsahen.

»Bruder Gervan«, wandte er sich darauf an seinen Amtskollegen, »Euch bestimme ich zu meinem Nachfolger, sollte mir etwas zustoßen. Bleibt hier in Shakara, zusammen mit den Novizen, die erst vor Kurzem eingetroffen sind und die ich der Obhut von Meister Lonyth unterstelle. Ich könnte mir niemanden vorstellen, der für diese Aufgabe geeigneter ist.«

»Ich danke Euch, Bruder«, entgegnete Lonyth.

»Auch Schwester Atgyva wird in der Ordensburg bleiben, um über die gesammelten Schätze unseres Wissens zu wachen, ebenso wie Bruder Syolan.«

»Nein, Farawyn«, widersprach der Chronist. Er ließ die Feder sinken und blickte von dem Pergament auf, auf dem er den Hergang der Sitzung festgehalten hatte. »Ich will Euch begleiten!«

»Euer Mut und Eure Tapferkeit sprechen für Euch, Bruder«, entgegnete der Älteste sanft. »Aber es ist wichtig, dass Ihr überlebt, denn wer sollte sonst all diese Dinge festhalten und der Nachwelt davon berichten? Schreibt alles auf, mein Freund – auf diese Weise dient Ihr uns am besten.«

Syolans Kiefer mahlten. Es war ihm anzusehen, dass er am liebsten widersprochen hätte, aber er fügte sich der Entscheidung des Ältesten und nickte.

»Ich werde mich Eurem selbstmörderischen Unternehmen ebenfalls nicht anschließen, Farawyn«, stellte Cysguran klar. »Stattdessen werde ich nach den Fernen Gestaden reisen und dort nach dem Rechten sehen. Ich traue Eurem Zögling Rothgan ebenso wenig, wie ich Euch traue. Und jedem von Euch«, fügte er an die anderen Zauberer gewandt hinzu, »würde ich empfehlen, es mir gleich zu tun, denn der Kristallschirm bietet uns allen Schutz vor Margoks Horden.«

»Nun endlich zeigt Ihr immerhin Euer wahres Gesicht, Bruder«, beschied Farawyn ihm gelassen und nicht ohne eine gewisse Genugtuung. »Wie immer sucht Ihr Euren Vorteil, aber Ihr werdet ihn diesmal nicht finden. Ich untersage Euch, nach Crysalion zu reisen und Euch dort feige zu verkriechen. Stattdessen werdet Ihr an der Seite Eurer Schwestern und Brüder gegen Margok und seine Horden ziehen, so wahr ich hier vor Euch stehe.«

Cysgurans Augen weiteten sich, als wollten sie aus den Höhlen treten. »Wofür haltet Ihr Euch, dass Ihr es wagt, auf diese Weise mit mir zu sprechen?«, schnaubte er. »Für einen Fürsten? Einen König? Hat Euch der Größenwahn nun ereilt wie Sigwyn in seinen letzten Tagen? Glaubt Ihr, Ihr hättet mir etwas zu befehlen?«

»Ja, Bruder, das glaube ich allerdings«, gestand Farawyn unverblümt.

»Mit welchem Recht?«

»Mit dem Recht des Ältesten – und des einzigen Wesens in dieser geheiligten Halle, das Willens und bereit ist, die Verantwortung für so viele Leben auf sich zu nehmen!«

»Glaubt Ihr wirklich, dass Ihr der Einzige seid, der diese Verantwortung tragen kann?« Cysguran schlug sich mit der geballten Faust vor die Brust, dorthin, wo sich die Stickerei des stilisierten Kristalls befand. »Ich bin Cysguran, Sohn des Pergat, Vorsteher der Kristallgilde und mit der Gabe des Schattens betraut! Und ich erkläre hiermit vor Euch allen, dass ich nicht weniger als Farawyn in der Lage bin, die Geschicke des Ordens zu leiten. Folgt nicht ihm, sondern mir, geschätzte Schwestern und Brüder – denn Farawyn führt Euch in einen Kampf, den Ihr nicht gewinnen könnt und von dem Ihr nicht zurückkehren werdet. Ich jedoch führe Euch nach den Fernen Gestaden, wo wir alle Zuflucht finden und uns gegen Margoks Horden leicht verteidigen können.«

»Und die anderen?«, fragte Gervan. »Was ist mit dem König und seinen Getreuen? Was mit den Untertanen, die auf unseren Schutz vertrauen?«

»Nur ein Narr versucht aufzuhalten, was nicht aufgehalten werden kann«, konterte Cysguran ohne Zögern. »Schon dass Ihr fragt, zeigt mir, dass Ihr noch nicht begriffen habt, worum es bei dieser Sache geht – nämlich um das nackte Überleben!«

Die Ratsmitglieder zuckten unter seinen Worten wie unter Peitschenhieben zusammen. Die meisten hatten ihre Plätze auf den Rängen verlassen und waren in der Mitte der Halle zusammengekommen, wo sie sich unter den steinernen Blicken der alten Könige drängten wie ein versprengtes Häuflein Schafe aus Furcht vor dem Wolf. Farawyn konnte sehen, dass die Stimmung endgültig umzuschlagen drohte. Furcht war ein schlechter Berater, so lehrte man bereits die Novizen. Dennoch schienen viele Meister nur allzu geneigt, auf diesen falschen Ratschlag zu hören, all ihren Grundsätzen zum Trotz.

Der Älteste spürte, wie heißer Zorn in seine Eingeweide fuhr. Sein Leben lang hatte er am Hohen Rat festgehalten. In jungen Jahren aus Überzeugung, später wohl nur noch, weil er das Gefühl gehabt hatte, es seinen Vorgängern im Amt schuldig zu sein. Cethegar und vor allem Semias hatten die Einheit des Ordens als das höchste Gut betrachtet, und diesem Ideal hatte auch Farawyn sich unterstellt. Er hatte seine Ordensbrüder und -schwestern manipuliert und ihnen Dinge verheimlicht, und alles nur, damit der Rat nach außen hin nicht als das erschien, wozu er tatsächlich verkommen war: zu einem Haufen greiser Schwätzer, die der Welt entrückt waren und nichts wissen wollten von ihren Nöten. All das hatte Farawyn hingenommen, weil er an die Institution des Rates geglaubt hatte. Nun jedoch hatten sich die Dinge auf einen Punkt hin entwickelt, an dem eine Entscheidung getroffen werden musste.

Für das Reich – *oder* den Orden.

»Also schön, Schwestern und Brüder«, erklärte er mit resignierendem Seufzen. »Ich habe weder die Kraft noch die Zeit, mit jedem von Euch darüber zu diskutieren, ob es sich lohnt, sein Leben für diese Sache einzusetzen. Cysguran hat recht, wenn er sagt, dass es um das nackte Überleben geht – jedoch nicht nur um unseres, Schwestern und Brüder, sondern um das der gesamten Welt! Gewinnt Margok diesen Krieg, so wird Erdwelt in Dunkelheit versinken, und die Sterblichen werden eine Gewaltherrschaft erdulden müssen, wie sie schrecklicher nicht vorstellbar ist. Ihr solltet Euch nicht der Illusion hingeben zu glauben, dass es einen Ort gäbe, wo Ihr euch vor dem Dunkelelfen verstecken könnt. Dennoch ist mir klar, dass Cysgurans Vorschlag weit mehr in Euren Ohren schmeichelt als der meine, und weder kann noch will ich Euch vorschreiben, wie Ihr in dieser Sache zu entscheiden habt. Deshalb fordere ich Euch auf, hier und jetzt über unser aller Schicksal zu entscheiden. Sagt uns, wer in Zukunft die Geschicke des Ordens lenken soll als Euer Ältester und *arwynidan*, denn ein solcher wird in diesen dunklen Zeiten benötigt.«

»Ist das Euer Ernst?«, fragte Atgyva, die damit nicht recht einverstanden schien. »Ihr wollt darüber abstimmen lassen?«

»Das will ich – vorausgesetzt, Rat Cysguran erklärt sich bereit, sich dem Urteil des Rates zu fügen, wie auch immer es ausfallen wird.«

»Das werde ich«, versicherte der Angesprochene, der sich seines Triumphes sicher zu sein schien, »sofern Ihr es genauso haltet.«

»Ihr habt mein Wort darauf«, bestätigte Farawyn. »Also sagt es frei heraus, Schwestern und Brüder – wer von Euch will Bruder Cysguran an die Fernen Gestade folgen und sich dort vor Margok verbergen?«

Ein Zauberkristall leuchtete sofort auf – es war der von Cysguran selbst, der seinen *flasfyn* senkrecht in die Höhe stieß und sich effektheischend umblickte. Doch zu seiner wie zu Farawyns Verblüffung blieb er allein.

»Was ist mit Euch?«, stammelte Cysguran fragend in die Runde. »Warum meldet Ihr Euch nicht? Habt Ihr den Verstand verloren? Ihr wählt Euer sicheres Ende!«

Betroffene, von Sorgenfalten durchfurchte Gesichter waren allenthalben zu sehen – aber nicht ein weiterer leuchtender Kristall gesellte sich zu Cysgurans. Sogar seine eigenen Parteigänger verweigerten ihm die Gefolgschaft.

»Und wer von Euch«, fragte Farawyn weiter, »ist bereit, gemeinsam mit mir in den Kampf gegen Margok zu ziehen und in diese letzte Schlacht, die über das Schicksal Erdwelts entscheidet?«

Es war kein Elf, der sich zuerst meldete.

Farawyns Koboldsdiener Argyll hob ohne Zögern die Hand und machte damit deutlich, um wie viel größer sein kleines Herz gegenüber dem manches Zaubermeisters war.

Rat Gervan folgte seinem Beispiel, dann Simur und einige andere – und nach und nach begannen auch die übrigen Kristalle an den Zauberstäben zu leuchten. Lediglich Atgyva, Lonyth und Syolan enthielten sich ihrer Stimmen, da sie nicht dabei sein würden und ihre Ordensschwestern und -brüder nicht in den Tod schicken wollten. Ein ganzer Schwarm fahler Lichter erhellte schließlich das Gewölbe. Angesichts der schieren Größe der Halle wirkten sie spärlich. Für Farawyn jedoch waren sie ein Fanal der Hoffnung.

Die Brust des Ältesten weitete sich in unverhohlenem Stolz, den er für seine Schwestern und Brüder empfand. Offenbar war doch nicht alles vergeblich gewesen, was seine Vorgänger und er in den vergangenen Jahren getan und geleistet hatten.

»Damit ist es entschieden«, verkündete er ruhig und ließ den Blick über die Versammelten schweifen. »Schaut Euch um, Schwestern und Brüder. Wohin Ihr auch blickt, seht Ihr Helden. Denn wir alle, die wir hier sind, werden uns dem Kampf gegen den Dunkelelfen stellen – gegen eine Streitmacht von Magiern, die größte, die Shakara je verlassen hat.«

»Ja, schaut Euch um«, knurrte Cysguran verdrießlich. »Denn die meisten von denen, die Ihr jetzt seht, werdet Ihr nicht wiedersehen.«

»Rat Cysguran – ich brauche Euch nicht daran zu erinnern, dass Euer Versprechen Euch bindet, oder?«

»Nein, Bruder Farawyn, das braucht Ihr nicht.« Sein Rivale sandte ihm einen vernichtenden Blick. »Dennoch ist die Entscheidung, die Ihr getroffen habt, falsch. Ich hoffe nur, dass ich es noch erleben darf, wenn Euch Euer tragischer Irrtum klar wird!«

Für einen kurzen Moment war es Farawyn, als sähe er vor seinem geistigen Auge von Leichen übersäte Wehrgänge und weiße Mauern, die von Blut besudelt waren, und plötzlich fühlte er Zweifel und Furcht. Aber mit der Kraft des Verstandes wischte er beides beiseite.

»Kehrt nun in Eure Kammern zurück, Schwestern und Brüder, und lasst Eure Diener die Nachricht verbreiten. Jeder Zauberer und jede Zauberin Shakaras wird zu den Waffen gerufen, ebenso wie ihre Schüler, Aspiranten und Eingeweihte. Bewaffnet Euch mit Klingen und Zauberstäben und nehmt Proviant für zwei Wochen mit. Von Eurer Habe jedoch packt nur ein, was unabdingbar notwendig ist. Wir brechen so bald wie möglich auf und werden die Kristallpforte nach Tirgas Lan in mehreren Wellen durchschreiten. Und – Argyll?«

Ja, Meister?, meldete der Diener sich beflissen.

»Lass nach Rambok schicken.«

Jawohl, Meister.

»Der Unhold soll auch mit?«, fragte Cysguran gereizt.

»Ganz recht.« Farawyn nickte. »Obschon er eine Kreatur Margoks ist, hat Rambok viel für uns getan – nicht von ungefähr haben wir ihm in Shakara Zuflucht gewährt. Nun jedoch brauchen wir seine Dienste, denn es ist gut, seine Feinde zu kennen.«

»Macht, was Ihr wollt«, knurrte Cysguran, während er sich wie die übrigen Ratsmitglieder Richtung Tür entfernte, den *flasfyn* in der Hand. »Wenigstens weiß ich jetzt, warum ich Euch nach Tirgas Lan begleite – und wäre es nur, um ein Auge auf den verdammten Unhold zu haben.«

15. PARÁTHANA ESSA

»Nun?«

Mit verschränkten Armen war Granock vor die Zellentür getreten, hinter deren rostigen Gitterstäben ein in graue Lumpen gekleideter Elf auf dem Boden kauerte.

Ardghal schaute auf. Die Ketten, mit denen seine Hand- und Fußgelenke gefesselt waren, klirrten leise dabei.

Wie Granock sehen konnte, hatten sich dunkle Ränder um die Augen des Elfenfürsten gebildet, seine einstmals so edlen und aristokratischen Züge waren von Falten durchzogen. Sein *lu* hatte gelitten, das stand außer Frage, und ihn äußerlich altern lassen. Das herablassende Wesen, das Ardghal in Tirgas Lan an den Tag gelegt und mit dem er den jungen König Elidor über Jahre hinweg eingeschüchtert hatte, schien jedoch noch dasselbe zu sein.

»Muss ich Euch kennen?«, fragte er blasiert und bestätigte damit Granocks anfängliche Vermutung, dass der Elfenfürst mit ihm nichts anzufangen wusste.

»Lhurian, Weiser und Meister des Ordens von Shakara«, stellte sich Granock vor. Er bediente sich der elfischen Hochsprache, die er zwar nicht akzentfrei, jedoch fließend beherrschte.

»Lhurian«, sagte Ardghal nur, ohne sich zu erheben. »Ich habe von Euch gehört. Ihr seid Farawyns Zögling, nicht wahr?«

»Der Älteste Farawyn war mein Lehrer«, bestätigte Granock, während er sich fragte, woher Ardghal sein Wissen bezog. Vermutlich direkt aus Ruraks verräterischem Mund …

»Farawyn, natürlich.« Ardghal lachte freudlos auf. »Menschen zu Weisen ernennen, das sieht ihm ähnlich. Als ob ein Mensch je weise werden könnte.«

»Ihr glaubt nicht daran?«

»Kann ein Wildschwein das Fliegen erlernen?«, hielt der Elf dagegen. »Kann ein Ochse noribische Jamben rezitieren? Ein Wurm bleibt ein Wurm, auch wenn er sich durch heiligen Boden windet.«

Granock zeigte keine Reaktion. Er lebte zu lange unter Sigwyns Söhnen und war zu oft angefeindet worden, als dass Ardghals Sticheleien ihm noch etwas ausgemacht hätten. Sein Interesse galt anderen Dingen.

»Wer hat Euch geschickt?«, erkundigte er sich.

»Das wisst Ihr doch längst, sonst wärt Ihr nicht hier«, war Ardghal überzeugt.

»Allerdings.« Granock nickte. »Ich habe die Kugel gesehen, die ihr Fürstin Yrena gabt. Und ich habe Sie vernichtet.«

»Erwartet Ihr, dass mich das beeindruckt?« Der Elf lächelte müde. »Das Auge hat seinen Zweck längst erfüllt. Dass es früher oder später entdeckt und zerstört werden würde, war zu erwarten. Offen gestanden überrascht es mich, dass es nicht schon früher geschehen ist. Menschen eben.« Ardghals Lächeln dehnte sich zu einem hämischen Grinsen. »Aber das wisst Ihr ja sehr viel besser als ich, nicht wahr?«

Granock fühlte, wie es tief in ihm rumorte. Was ihn seinen guten Vorsätzen zum Trotz aufbrachte, war nicht das, was der abtrünnige Elfenfürst sagte, sondern die Art und Weise, wie er es tat. Verachtung und Geringschätzung steckten darin, als läge er nicht in Ketten.

»Rurak ist also noch am Leben«, stellte Granock fest, ohne sich seine Verärgerung anmerken zu lassen.

»Auch auf diese Frage habt Ihr die Antwort schon bekommen. Hat man Euch nicht beigebracht, dass ein Weiser keine überflüssigen Fragen stellen soll?«

»Was mir beigebracht wurde und was nicht, geht Euch nichts an«, knurrte Granock.

»Was denn? Ihr verliert die Beherrschung? Schon jetzt?« Ardghal schüttelte mitleidig das Haupt. »Ich denke nicht, dass Euer alter Meister mit Euch zufrieden wäre. So hat er es Euch nicht gelehrt.«

»Schweigt!«, fuhr Granock ihn an. »Was wisst Ihr schon von meinem Meister?«

»Manches«, entgegnete der Elf mit listigem Lächeln. »Und ganz sicher mehr als Ihr, werter Lhurian.«

Granock biss sich auf die Unterlippe. Ardghals herablassende Art verstörte ihn. Mit manchem hatte er gerechnet, von unbändigem Hass bis hin zu schierer Verzweiflung, aber ganz sicher nicht mit jener Überlegenheit, die der gefangene Elf nun zur Schau stellte.

»Für Euren Hochmut sehe ich keinen Grund«, sagte er deshalb. »Ihr seid des Verrats und der Zusammenarbeit mit dem Feind überführt, und befindet Euch in Gefangenschaft. Ich an Eurer Stelle …«

»Ihr vergesst, dass ich Yrenas Gefangener bin. Nicht der Eure.«

»Darauf solltet Ihr Euch nicht verlassen«, konterte Granock kopfschüttelnd. »Lady Yrena ist an guten Beziehungen zu Tirgas Lan gelegen. Deshalb wird sie Euch mir ausliefern, wenn ich danach verlange. Und mir, dessen seid versichert, wird es ein Vergnügen sein, Euren Hintern in die Hauptstadt zu schleifen und Euch von Lordrichter Mangon den Prozess machen zu lassen.«

»Wie überaus vulgär Ihr seid.« Ardghal verzog missbilligend das Gesicht. »Aber ich bezweifle nicht, dass Mangon Euren Absichten willfahren würde. Es hat sich vieles verändert in Tirgas Lan …«

»Manches auch nicht«, widersprach Granock. »Verrat ist nach wie vor ein Verbrechen.«

»Verrat?« Ardghal zuckte mit den Schultern. »Ist es das, was Ihr mir vorwerfen wollt? Sind das die Grenzen Eurer Vorstellungskraft? Ihr unterscheidet zwischen Verrätern und treuen Untertanen?«

»Irgendwo muss man ja anfangen«, stieß Granock zwischen fast geschlossenen Zähnen hervor. »Was hat Rurak Euch dafür geboten, dass Ihr in Margoks Dienste tretet? Gold? Edelsteine? Oder einfach nur Macht?«

»Ihr versteht mich nicht.« Der Fürst schüttelte abermals den Kopf. »Wie konntet Ihr den Meistergrad erlangen, wenn Ihr so wenig begreift? Sind Farawyns Ansprüche so tief gesunken?«

»Ich begreife genug, um zu wissen, dass Ihr aus niederen Beweggründen heraus gehandelt habt«, antwortete Granock, der nun doch blanke Wut in sich aufsteigen fühlte. »Ihr habt Tirgas Lan den Rücken gekehrt, als sich Eure Politik als Fehlschlag erwies. Statt für Eure Entscheidungen geradezustehen, habt Ihr Elidor feige im Stich gelassen und Euch dem Feind zugesellt. Und nun arbeitet Ihr offen in seinem Auftrag und bringt die Menschen gegen das Reich auf!«

»Aufgebracht sind die Menschen ohnehin immer, kriegerisch, wie sie nun einmal veranlagt sind«, konterte Ardghal. »Es ging mir lediglich darum, ihre Feindseligkeit einer sinnvollen Verwendung zuzuführen.«

»Sinnvoll? In Margoks Diensten?« Granock lachte bitter auf. »Als ob Ihr nicht wüsstet, wer der Dunkelelf ist und was er vorhat. Als ob Euch nicht klar wäre, dass es unter seiner Herrschaft keine freien Völker gibt, und dass Sklaverei und Zerstörung ihm wie dunkle Schatten folgen.«

»Zumindest was die Wahl blumiger Vergleiche betrifft, scheint Ihr in der Tat viel von Farawyn gelernt zu haben.« Ardghal rümpfte die schmale Nase, was ihn noch blasierter aussehen ließ. »Wollt Ihr Euch wohl die Mühe machen, die Dinge einmal durch meine Augen zu sehen? Natürlich nur, wenn Euer offenkundig begrenzter Verstand dazu in der Lage ist …«

»Und was ist Eure verdammte Sicht der Dinge?«, verlangte Granock zu wissen.

»Als ich Tirgas Lan verließ, hatte ich einen guten Grund dafür«, erklärte der Elf und hob in einer Unschuldsgeste die dürren Arme, an denen die Ketten hingen. »Keineswegs bin ich gegangen, weil ich eine falsche Entscheidung getroffen hatte oder mich meiner Verantwortung entziehen wollte, wie Ihr behauptet. Sondern weil ich eine einfache Feststellung gemacht hatte – dass das Reich dem Untergang geweiht ist, wenn sich nichts ändert. Auf dem Elfenthron sitzt ein Kind! Ein Dichter! Ein Träumer! Was das Reich braucht, sind nicht Oden und Gesänge, sondern Recht und Ordnung!« Er unterbrach sich, und zum ersten Mal hatte Granock den Eindruck, dass der Hochmut aus Ardghals Zügen schwand.

»Als ich ging«, fuhr der Elfenfürst leiser fort, wobei er Granocks Blick auswich und zu Boden starrte, »hatte ich nicht vor, mich Margok anzuschließen, den ich noch vor nicht allzu langer Zeit noch ebenso gehasst habe, wie Ihr es tut. Aber ist es nicht so, dass wir stets die Dinge am meisten hassen, die wir nicht kennen? Von Unrast getrieben, wanderte ich umher, und traf schließlich auf Rurak, der mir die Augen öffnete.«

»Der Verräter öffnete Euch die Augen?«, hakte Granock wenig begeistert nach. »Wofür?«

Ardghal schaute auf und blickte ihm wieder direkt ins Gesicht. »Für die Wahrheit«, erklärte er unumwunden. »Margok ist nicht das, was stets behauptet wird und was seine Feinde in ihm sehen wollen. Er mag ein Zauberer sein und sich verbotenem Wissen verschrieben haben, und womöglich trug er auch Schuld am Ersten Krieg …«

»Womöglich?«, platzte Granock aufgebracht dazwischen.

»… in erster Linie ist er jedoch ein Erneuerer, der die Kraft hat, das Reich wieder zu einen«, brachte der Elf seinen Satz unbeirrt zu Ende. »Er allein kann es zu neuer Größe führen und Erdwelt dauerhaften Frieden schenken. Ist das nichts, wofür ein Kampf lohnt, Meister Lhurian? Wofür nötigenfalls auch ein Verrat lohnt?«

Granock ließ sich mit der Antwort Zeit, wählte jedes seiner Worte sorgfältig. »Nur weil Ihr Ruraks Schmeicheleien und Verlockungen auf den Leim gekrochen seid, muss ich es nicht auch tun«, beschied er dann. »Ihr mögt in König Elidor einen Träumer sehen, und vielleicht ist er das auch einmal gewesen. Aber er hat sich geändert, und ich zweifle nicht daran, dass Euer Verschwinden dazu beigetragen hat. Elidor hat den Bund mit dem Zauberorden erneuert und sich zu einem großen Anführer entwickelt, der das Vertrauen seines Volkes …«

»Ein großer Anführer?« Ardghal lachte gequält auf. »Wollt Ihr Farawyns Marionette ernstlich so bezeichnen?«

»Ihr redet Unfug«, widersprach Granock entschieden. »König Elidor hängt an niemands Fäden. Ihr selbst jedoch solltet Euch überlegen, wer es ist, der Eure Schritte lenkt und Euch Dinge sagen lässt, die keinen Sinn ergeben.«

»Ich wurde manipuliert, das ist wahr«, gab der Elfenfürst zu Granocks Überraschung zu. »Es ist die hohe Kunst der Politik, andere in seinem Sinne agieren zu lassen und ihnen dabei das Gefühl zu geben, in ihrem Interesse zu handeln. Ich selbst habe diese Kunst einst meisterlich beherrscht – nun bin ich zum Objekt des Spiels geworden. Für Rurak sicherlich. Und auch für Margok. Und nicht zuletzt für Yrena, genau wie Ihr, mein Freund.«

»Was soll das heißen?«

»Was hat Sie Euch gesagt?«, wollte Ardghal wissen. »Dass sie mich Euch zum Geschenk macht? Dass sie dem Elfenkönig damit ihre Verbundenheit zeigen will?«

Granock entgegnete nichts, aber seine verblüffte Miene war Antwort genug.

»Das jedenfalls hätte ich an ihrer Stelle getan«, meinte Ardghal und grinste matt. »Macht Euch nichts vor, was Yrena betrifft. Sie ist eine schöne Frau – jedenfalls nach menschlichem Ermessen – und hat einen wachen Verstand. Vor allem aber ist sie die Tochter ihres Vaters und nicht weniger ehrgeizig, als er es gewesen ist.«

»Tut mir den Gefallen und behaltet Euer Gift auf Eurer Seite des Gitters«, bat Granock grimmig. »Ich habe keine Verwendung dafür.«

»Nein? Wollt Ihr mir erzählen, Yrena hätte noch nicht versucht, Euch zu beeinflussen? Dass ihre Erscheinung und ihr sanftmütiges Wesen Euch völlig kaltgelassen hätten?«

»Nun schweigt endlich!«

Ardghal kam seiner Aufforderung nach, und in der Stille, die eintrat, hörte sich Granocks Schnauben an wie das eines wilden Stiers. Fieberhaft versuchte er seine Gedanken zu ordnen, während er sich inständig wünschte, Farawyn hätte ihn nicht für diese Mission ausgewählt. Zum einen wäre Nimon dann noch am Leben, zum anderen brauchte er nicht durch graues Niemandsland zu tappen, in dem nichts so war, wie es schien.

Dabei hätte er eigentlich zufrieden sein können.

Immerhin hatte Ardghal keinen Hehl daraus gemacht, in Margoks Diensten zu stehen, und ihm damit ein Werkzeug an die Hand gegeben, mit dem er Yrena nicht nur zur Neutralität verpflichten, sondern sie zum Kriegseintritt auf Seiten Tirgas Lans bewegen konnte. War folglich nicht er es, der das Heft des Handelns in den Händen hielt?

Aber Granock hatte kein gutes Gefühl dabei. Die Angelegenheit gestaltete sich für seinen Geschmack zu einfach, fast so, als hätte er etwas übersehen – oder hatten Ardghal und seine unbequemen Fragen seinen Verstand benebelt? War vielleicht sogar etwas dran an dem, was der Verräter sagte?

Granock schüttelte den Kopf, so als wollte er alle Bedenken auf einen Schlag loswerden. Er ärgerte sich, dass er Ardghal überhaupt zugehört hatte, und wandte sich zum Gehen.

»Ich hätte Euch nicht aufsuchen sollen«, sagte er. »Ich hätte wissen müssen, dass Ihr mir nichts als Lügen erzählt. Spart sie Euch für den Lordrichter auf – er wird wissen, was davon zu halten ist.« Er drehte sich um und entfernte sich.

»Die Wahrheit liegt stets im Auge des Betrachters«, rief Ardghal ihm hinterher. »Auch Farawyn weiß das, deshalb hat er es über all die Zeit geheim gehalten.«

»Es?« Granock blieb abrupt stehen und wandte sich um. »Wovon sprecht Ihr?«

»Wie ich schon sagte.« In den Augen des Elfen blitzte es listig. »Von der Wahrheit.«

»Worüber?«

»Über manches – zum Beispiel über den Verbleib Eurer Freunde Aldur und Alannah. Oder sollte ich sie besser Rothgan und Thynia nennen …?«

Granock stand wie vom *tarthan* getroffen. Dass Ardghal von seinen Freunden wusste, war eine Sache – schließlich hatte er auch ihn zumindest dem Hörensagen nach gekannt. Dass er jedoch über ihren Aufenthaltsort informiert sein wollte, entsetzte Granock geradezu. »Was genau wisst Ihr?«, hakte er nach.

»Nicht viel.« Ardghal hob in geheuchelter Bescheidenheit die Achseln. »Nur dass sich die beiden dort befinden, wohin ein Elf normalerweise erst nach einem langen und erfüllten Leben gelangt – an den Fernen Gestaden.«

Granocks Miene zeigte keine Regung. Woher, fragte er sich, hatte der Verräter seine Informationen? Schließlich hatte Farawyn es keinem anderen als ihm anvertraut …

»Ihr wusstet es bereits«, deutete Ardghal Granocks verhaltene Reaktion richtig. »Ich muss zugeben, damit habe ich nicht gerechnet.«

»Woher habt Ihr Euer Wissen?«, blaffte Granock. »Spuckt es aus, Mann, oder ich …«

»Mein Wissen worüber?«, fragte der Elfenfürst grinsend dagegen. »Vielleicht über Farawyns Sohn?«

»Was redet Ihr da?« Wieder setzte Granock alles daran, sich seine Verblüffung nicht anmerken zu lassen, aber es gelang ihm auch diesmal nicht. »Farawyn hat keine Nachkommen.«

»Nur einen«, schränkte Ardghal mit genüsslichem Grinsen ein. »Sein Name ist Aldur. Wusstet Ihr das etwa nicht?«

Granock hatte das Gefühl, als würde ihm der Boden unter den Füßen weggezogen. Sein Gesicht wurde heiß, und er stützte sich auf seinen Zauberstab, um nicht zu wanken. »Ihr … Ihr lügt«, stieß er hervor, aber es klang ziemlich hilflos. »Schon wieder …«

»So? Meint Ihr?«

Granock horchte in sich hinein. Er hörte das Blut in seinen Ohren rauschen, aber so sehr er sich auch gegen die angebliche Enthüllung wehrte – er vernahm keinen Widerspruch. Im Gegenteil, vieles schien durch Ardghals ungeheure Behauptung erst Sinn zu ergeben.

Der Streit zwischen Farawyn und Aldur am Tag des Abschieds. Das beharrliche Schweigen des Ältesten, was die Gründe für jenen Streit betraf. Und schließlich Aldurs unbändiger Zorn auf Granock und die seltsamen Andeutungen, die er gemacht hatte …

Granock erinnerte sich, dass sein Freund ihm vorgeworfen hatte, er hätte ihm nicht nur Alannah rauben wollen, sondern auch seinen Vater. Bislang hatte Granock mit diesem Vorwurf nichts anfangen können, weil er geglaubt hatte, er beziehe sich auf den Elfen Alduran, den Aldur stets als seinen Vater angegeben und dem Granock nie persönlich begegnet war. Wenn Ardghal allerdings recht hatte, änderte das alles …

»Du weißt es«, stellte der Elf mit ruhiger Stimme fest. »Du weißt, dass ich die Wahrheit sage, nicht wahr?«

»Und wenn«, stieß Granock hervor. »Wieso erzählt Ihr mir davon?«

»Um Euch zu zeigen, dass auch Farawyn Euch nicht alles sagt. Er manipuliert Euch nicht weniger, als andere es tun, das solltet Ihr nun erkannt haben.«

Granock wankte. Auch Aldur hatte stets behauptet, dass Farawyn nicht jener makellose Held war, als den Granock ihn sehen wollte, dass auch der Älteste von Shakara seine Interessen mit allen Mitteln verfolgte. Granock hatte solche Dinge nie hören wollen – ein Fehler, wie es aussah.

Er spürte, wie sich neue Wut in ihm zusammenballte, die sich nun allerdings nicht mehr gegen Ardghal, sondern auch gegen Farawyn richtete, dem er trotz allem weiter vertraut und der in den Stürmen der vergangenen Jahre sein Fixstern gewesen war, an dem er sich orientiert und ausgerichtet hatte …

»Ich bin nicht dein Feind, Granock von den Menschen. Wenn du auch an meinen Worten zweifelst, zumindest dies solltest du mir glauben.« Granock nahm nur am Rande wahr, dass Ardghal in die vertraute Anrede gewechselt war und ihn mit dem Namen seiner Geburt ansprach. »Ich habe keinen Grund, dich zu belügen. Ich wurde gefangen und bin am Ende meiner Reise angekommen, folglich habe ich nichts mehr zu erwarten. Der einzige Wunsch, den ich noch habe, ist es, zurück nach Hause zu gelangen.«

Granock schwieg, unfähig, etwas zu erwidern. Einen Augenblick lang stand er unentschlossen, dann wandte er sich vom Gitter ab und schritt hastig den Gang hinab, der aus den Kerkern Andarils führte.

16. UNATHANA

Der Tag verstrich mit quälender Langsamkeit.

Wie ein lauerndes Raubtier schien der unheimliche Feind, der draußen auf See Stellung bezogen hatte, weiter auf die passende Gelegenheit zu warten, um zum tödlichen Streich auszuholen.

Párnas, Statthalter von Tirgas Dun, blickte bang nach Süden. Mehrmals hatte er den Eindruck, die feindliche Flotte würde sich nähern, dann wieder glaubte er, in der Ferne Pfeile und Brandgeschosse zu sehen, die in den Himmel stiegen. Aber jedes Mal waren es nur seine angespannten Sinne, die dem Statthalter einen Streich spielten. Der befürchtete Angriff blieb aus, und als sich der Tag schließlich dem Ende neigte und die Dämmerung einsetzte, verwandelte sich der schwarze Streifen am südlichen Horizont in ein Meer von Fackeln, die die See in Brand zu setzen schienen und von der ungeheuren Größe der Kriegsflotte kündeten, die Margok aufgeboten hatte.

Trotz der ständigen Bedrohung waren die Bürger nicht untätig gewesen. So hatten zwei Kolonnen mit Flüchtlingen die Stadt im Lauf des Tages verlassen – Kinder und junge Frauen zumeist, aber auch einige Alte, deren Wissen keinesfalls verloren gehen und die Ewigkeit der Fernen Gestade erreichen sollte. Alle anderen Männer und Frauen im wehrfähigen Alter waren unterdessen zu den Waffen gerufen worden: Kaufleute und Kunsthandwerker, Schenkwirte und Heiler, Dichter und Bildhauer, aber auch Sängerinnen, Musen und Gesellschafterinnen – sie alle waren mit Bogen, Pfeilen, Schilden und Schwertern versehen und in einzelne Gruppen unterteilt worden, die jeweils einen eigenen Mauerabschnitt zu besetzen hatten. Die Verteidigung der Stadt war somit organisiert – allerdings brauchte man kein Hellseher zu sein, um sich auszurechnen, wie der ungleiche Kampf ausgehen würde, wenn Margoks Horden tatsächlich angriffen.

Entsprechend sehnte man das Eintreffen der königlichen Truppen herbei, um die Párnas gebeten und die König Elidor zugesagt hatte, und als die blassrote Sonnenscheibe im Westen versank, fragte sich nicht nur der Statthalter bang, ob dies die Nacht sein würde, in der Tirgas Dun fallen und in Strömen von Blut versinken würde. Kurz vor Einbruch der Dunkelheit jedoch geschah etwas, womit weder er noch sein Minister Yaloron so rasch gerechnet hatten: Die Kristallpforte nach Tirgas Lan öffnete sich zum ersten Mal nach langer Zeit, und einhundert schwer bewaffnete Elfenlegionäre gelangten durch die Verbindung nach Tirgas Dun.

Deren Anführer Hiloras meldete, dass dies nur die Vorhut sei und dass eine ungleich größere Streitmacht von knapp zweitausend Mann in Marsch gesetzt worden sei, die Tirgas Dun schon in einigen Tagen erreichen werde.

Statthalter Párnas und seine Bürger nahmen dies als Zeichen der Hoffnung.

Sie kannten Margoks Pläne nicht.

Einen ganzen Tag lang hatte Granock Yrena von Andaril nicht zu sehen bekommen – die Fürstin, so hieß es, hätte wichtigen Regierungsgeschäften nachzugehen. In Wirklichkeit ging es wohl eher darum, Granock klarzumachen, dass Elidor zwar die bevorzugte Wahl, jedoch nicht der Einzige war, mit dem Andaril sich verbünden konnte. Auf eine schräge Weise war Granock ihr dafür dankbar, denn so hatte er Gelegenheit, in der Stille seines zugewiesenen Quartiers über das nachzudenken, was Ardghal ihm erzählt hatte.

Obwohl er sich immer wieder sagte, dass der abtrünnige Fürst schließlich ein Verräter und ihm somit nicht zu trauen war, hatten seine Worte einen tiefen Eindruck auf Granock hinterlassen. Sollte es wirklich wahr sein?, fragte er sich immer wieder. Sollte Aldur tatsächlich Farawyns Sohn sein?

Je länger Granock darüber nachdachte, desto weniger zweifelte er daran. Zum einen, weil es durchaus Sinn ergab; zum anderen, weil er tief in seinem Innern gespürt hatte, dass sein alter Meister etwas vor ihm verheimlichte. Natürlich war dies Farawyns gutes Recht als Ältester des Ordens, und Granock hätte niemals erwartet, dass sein ehemaliger Lehrer ihn in all seine Geheimnisse einweihte. Aber dies war etwas, das ihn auch anging, schließlich war Aldur sein bester Freund gewesen.

Bis zu jener Nacht …

Mit großem Unbehagen erinnerte er sich an jenen dunklen Zeitpunkt seines Lebens, da es zum Bruch zwischen ihnen gekommen war. Aldur war unglaublich aufgebracht gewesen in jener Nacht. Dass es womöglich deshalb gewesen sein könnte, weil er erst kurz davor die Wahrheit über seine Herkunft erfahren hatte, war Granock zwar nie in den Sinn gekommen, aber natürlich war es möglich.

Warum aber hatte Farawyn seinem Sohn die Wahrheit so lange verschwiegen? Und warum hatte er ausgerechnet in dieser Nacht sein Schweigen gebrochen?

Unzählige Fragen stürmten auf Granock ein, auf die er allesamt keine Antwort fand. Das hielt ihn freilich nicht davon ab, sich darüber den Kopf zu zerbrechen, und er merkte, wie der Unwillen seinem alten Meister gegenüber immer größer wurde. Er entsann sich, dass Aldur einst behauptet hatte, Farawyn wäre ein Meister der Manipulation und würde seine Pläne nicht weniger unnachgiebig verfolgen als diejenigen, die er bekämpfte. Damals hatte Granock diese Anschuldigung brüsk von sich gewiesen, inzwischen jedoch war er sich nicht mehr ganz sicher. In seiner Vorstellung wurde Farawyn ihm immer fremder, und er fühlte sich in zunehmendem Maße von ihm hintergangen.

Benutzt.

Alleingelassen …

Ein Klopfen an seiner Tür riss ihn irgendwann aus seinen düsteren Überlegungen. Es war ein Diener Yrenas, der ihn darüber in Kenntnis setzte, dass ihn die Fürstin zum Abendessen erwarte.

Granock hatte nicht mehr damit gerechnet, Yrena an diesem Tag noch zu begegnen, entsprechend vernachlässigt hatte er sein Äußeres. Aus der Schüssel, die auf einer schmalen Anrichte stand, klatschte er sich eine Handvoll kalten Wassers ins Gesicht, dann warf er rasch seine Robe über und ordnete sein wirres Haar, indem er mehrmals mit den nassen Handflächen darüberstrich. Dann verließ er sein Quartier und folgte dem Diener durch die steinernen Gänge der Burg von Andaril.

Diesmal empfing Yrena ihn in ihrem Privatgemach. Ein Tisch war aufgestellt und für zwei Personen gedeckt worden, Kerzen und ein flackerndes Kaminfeuer verbreiteten warmgelben Schein.

Die Fürstin stand am Kamin, einen Becher mit Wein in der Hand. Sie hatte wieder das rote Kleid an, das sie schon am Vorabend getragen hatte, und wie bei ihrer ersten Begegnung wurde ihr üppiges schwarzes Haar von roten Samtbändern gehalten. Bis auf eine Halskette, deren Anhänger das Wappen von Andaril zierte, hatte sie auf jeden Schmuck verzichtet, was ihre natürliche Schönheit nur noch mehr unterstrich.

»Nun?«, kam sie ohne jede Begrüßung sofort auf den Punkt. »Was hat Ardghal gesagt?«

»Vieles«, erwiderte Granock ausweichend, »und offen gestanden weiß ich nicht, was ich davon glauben soll.«

Sie lachte – kein erzwungenes, gekünsteltes Gelächter, sondern offene, ehrliche Heiterkeit. »Wein?«, fragte sie, den Becher hebend.

»Ein wenig«, stimmte er zu. Der Kopf brummte ihm ohnehin schon vom vielen Nachdenken, da machte etwas Alkohol wohl keinen Unterschied mehr.

Yrena nickte dem Diener zu, der nach der Zinnkaraffe griff, die auf dem Tisch stand, und Granock einschenkte. Er reichte ihm den Becher und entfernte dann die schimmernde Glocke, die über das Essen gebreitet war. Gebratenes Geflügel kam darunter zum Vorschein – Fasan, schätzte Granock –, von dem ein angenehm würziger Duft aufstieg. Der Diener verneigte sich zuerst in Yrenas, dann flüchtig in Granocks Richtung, und verließ das Zimmer. Die Tür schloss er sorgfältig hinter sich.

»Hungrig?«, erkundigte sich die Fürstin.

»Nicht sehr«, behauptete Granock, obwohl ihm das Wasser im Mund zusammenlief. Er wollte sich nicht in eine unvorteilhafte Verhandlungsposition bringen. »Ich halte mich an den Wein.«

»Eine gute Wahl«, entgegnete sie lächelnd, gab ihren Platz am Kamin auf und trat auf ihn zu. »Worauf wollen wir trinken?«

»Auf den Waffenstillstand«, gab Granock ohne Zögern zur Antwort. »Und vielleicht noch mehr.«

»Auf den Waffenstillstand«, wiederholte sie. »Und vielleicht noch mehr …«

Sie prosteten einander zu und tranken, und anders als das Bier, das Granock in der Spelunke getrunken und das seinen Widerwillen erregt hatte, schmeckte ihm der Wein ganz ausgezeichnet. Er war aus späten Trauben gemacht und schmeckte entsprechend süß, und er half, die tristen Gedanken zu vertreiben, die Granocks Gemüt verdunkelten.

»Eines habe ich immerhin aus Ardghal herausgebracht«, eröffnete er. »Er hat zugegeben, in Ruraks Diensten zu stehen. Damit haben wir einerseits einen handfesten Beweis dafür, dass der Verräter noch am Leben ist …«

»… und wissen andererseits, dass er es war, der Ardghal zu mir geschickt hat«, führte Yrena den Satz zu Ende. Dann verfinsterten sich ihre Züge, auf die der Schein der Flammen unstete Schatten warf. »Das beeinträchtigt meine Pläne«, gestand sie offen. »Ich hatte gehofft, nach dem Tod meines Bruders wäre Andaril aus Ruraks Blickfeld gerückt. Dieser Zauberer hat nichts als Leid über uns gebracht. Seine falschen Versprechungen sind schuld daran, dass mein Vater und mein Bruder tot sind. Er hat Andaril an den Rand des Abgrunds gedrängt und lässt noch immer nicht davon ab.«

»Ich denke, es gibt eine Lösung«, meinte Granock.

»Ich weiß, was Ihr mir jetzt vorschlagen werdet.« Sie nahm einen Schluck Wein. »Ihr werdet sagen, dass es an der Zeit ist, sich für eine Seite zu entscheiden. Dass ich nicht nur einen Waffenstillstand mit König Elidor schließen, sondern mich mit ihm verbünden sollte.«

»Ein solches Abkommen wäre zu beiderseitigem Vorteil«, stimmte Granock zu. »Im Augenblick unterhalten die königlichen Truppen noch eine ganze Legion an der Grenze zur Westmark aus Furcht, die großen Städte könnten ihre Neutralität aufgeben und erneut auf der Seite des Dunkelelfen in den Kampf eintreten. Durch ein Bündnis zwischen Euch und Tirgas Lan könnten sie andernorts eingesetzt werden. Im Gegenzug würde Elidor Euch Hilfe zusichern, falls Ihr angegriffen werdet.«

»Hilfe?« Yrena schaute ihn unverwandt an. »Wodurch denn? Durch ein Heer, das ohnehin schon am Ende seiner Kräfte ist? Ich fürchte, werter Lhurian, König Elidor verspricht mir etwas, das er nicht halten kann.«

»Er wird es nach Kräften versuchen«, versicherte Granock – mehr konnte er um der Wahrheit willen nicht sagen. Obschon er wusste, wie dringend sich Farawyn ein Bündnis mit Andaril wünschte, brachte er es nicht über sich, Yrena dafür zu belügen. Und er ertappte sich dabei, dass sein erwachtes Misstrauen dem Ordensältesten gegenüber dabei eine nicht unwesentliche Rolle spielte.

»Das genügt mir nicht«, erklärte Yrena leise. »Wenn ich mich mit Elidor verbünde und meine Truppen für ihn ins Feld entsende, bleibt Andaril selbst schutzlos zurück – und ich habe viele Feinde, Lhurian. In den Hügellanden herrscht Chaos. Unter den Stämmen sind blutige Fehden ausgebrochen, seit Tirgas Lan dort nicht mehr für Ordnung sorgt. Viele der Clans stehen auf Seiten Margoks, außerdem die Oststädte, die Söldner angeworben haben. Girnag und Taik blicken schon lange voller Neid auf Andaril. Wenn ihnen zu Ohren kommt, dass ich für Elidor bin, werden sie mich angreifen.«

»Davon ist auszugehen«, gab Granock zu – vermutlich war es sogar das, was Farawyn mit dem Bündnis bezweckte, denn dadurch wurden die königlichen Truppen im Osten entlastet.

»Und wer garantiert mir, dass Andaril dem Ansturm standhalten wird?«, fragte Yrena. »Noch dazu mit einer verringerten Besatzung?«

»Niemand«, gab Granock zu.

»Niemand«, echote sie. »Wenigstens seid Ihr ehrlich.«

»Ehrlichkeit gehört zu den Grundtugenden eines Zauberers, wie Ihr wisst.«

»Das meine ich nicht.« Sie schüttelte den Kopf. »Ich schätze Euch nicht nur für das Amt, das Ihr bekleidet, Meister Lhurian, und für das, was Ihr erreicht habt, sondern auch als den Mann, der Ihr von Geburt an seid. Ritterlichkeit kann nicht durch Ausbildung vermittelt werden. Man besitzt sie entweder von Geburt an oder wird sie nie erlangen. Ihr jedoch tragt sie in Euch, das habe ich schon bei unserer ersten Begegnung erkannt.«

Ein wenig verblüfft nahm Granock zur Kenntnis, dass ihr Tonfall eine andere Färbung angenommen hatte. Auch der Blick, mit dem sie ihn über den Rand ihres Bechers ansah, während sie einen weiteren Schluck Wein nahm, hatte sich verändert.

Granock war sich nicht sicher, wie er dies deuten sollte. Er war kein besonderer Kenner, was Frauen betraf, und weder die häufigen Besuche im Freudenhaus, die er sich in jungen Jahren gegönnt hatte, noch seine heimliche Liebe zu Alannah oder die selbstgewählte Einsamkeit der letzten Jahre hatten daran etwas ändern können …

»Ich danke Euch«, erwiderte er stammelnd. Er merkte, wie er errötete, und kam sich vor wie ein Narr.

Yrena lachte leise. Sie trat an den Tisch, stellte den Becher ab und griff nach einem Messer. Mit fachkundigem Blick suchte sie sich ein Stück Fleisch aus und schnitt es ab.

Mit einer Mischung aus Neugier und eigenartiger Faszination beobachtete Granock, wie sie davon abbiss und es langsam kaute. Yrena sprach etwas in ihm an, das er längst verloren geglaubt hatte, eine Freude an einfachen Dingen, die ihm in Shakara fast abhandengekommen war. Bei den Zauberern hatte alles stets bedeutungsvoll und von tiefem Sinn erfüllt zu sein. Essen diente nur der Nahrungsaufnahme, das sinnliche Erlebnis, das Menschen daraus machen konnten, war ihnen fremd.

»Und Ihr habt wirklich keinen Hunger?«, erkundigte sich die Fürstin zwischen dem Bissen Fleisch und einem weiteren Schluck Wein.

»Nein«, blieb Granock bei seiner Ablehnung, obwohl alles ihn dazu drängte zuzugreifen. Hätte er es getan, wäre er sich auf seltsame Weise wie ein Verräter vorgekommen.

»Ihr wisst nicht, was Ihr verpasst«, entgegnete sie mit einem einladenden Lächeln. »Ich bin der Ansicht, dass man etwas stets zuerst versuchen sollte, ehe man es ablehnt.«

»Etwas zu versuchen, ohne über die Folgen nachzudenken, birgt gewisse Risiken«, gab Granock zu bedenken.

»Das ist wahr«, gestand sie zu und sandte ihm einen Blick, den man als aufreizend verstehen konnte. »Deshalb solltet Ihr Euch alles gut ansehen, ehe Ihr zugreift.«

»Fürstin Yrena …« Granock suchte nach passenden Worten. Die Art und Weise, wie sich diese Unterredung entwickelte, behagte ihm nicht. »Worüber genau sprechen wir hier?«

»Ich weiß es nicht. Sagt Ihr es mir, Meister Lhurian.«

Er seufzte. Obwohl er kein Diplomat war und das Herumreden um den heißen Brei ihm nicht lag, hatte er sein Bestes versucht. Nun jedoch wählte er klare Worte: »Yrena, im Lauf der Gespräche, die wir miteinander führten, habe ich den Eindruck gewonnen, dass Ihr anders seid als Euer Vater und Euer Bruder. Deshalb bitte ich Euch, auch jetzt nicht mit mir zu spielen.«

»Ihr glaubt, ich spiele?« Das Lächeln verschwand aus ihren Zügen. »Dann irrt Ihr Euch, Meister Lhurian, denn ich tue nur das, was wohl jede Herrscherin in meiner Lage tun würde.«

»Nämlich?«

»Wollt Ihr oder könnt Ihr mich nicht verstehen? Ich habe eine Wahl zu treffen, die ich nicht treffen kann. Fürst Ardghal oder Ihr – für mein Volk ist es stets die falsche Wahl.«

»Ihr erwägt Ardghals Vorschlag noch immer?«, fragte Granock verblüfft. »Ich dachte, Ihr wollt ihn König Elidor als Zeichen Eures guten Willens übergeben …«

»Darf ich das denn?«, fragte sie, und er konnte die Verzweiflung hören, die in ihrer Stimme mitschwang.

»Ardghal arbeitet für Rurak«, wandte Granock ein, »und Rurak versteht sich wie kaum ein Zweiter darauf, die geheimen Wünsche anderer zu erkennen. Bei Eurem Vater war es Machtgier, bei

Eurem Bruder Rachedurst und das Verlangen nach Geltung. Bei Euch ist es die Sorge um Euer Volk, die er sich zunutze machen will – aber er hat vergessen zu erwähnen, dass ein Bündnis mit Margok Andaril in den sicheren Untergang reißen wird.«

»Auch ein Bündnis mit Elidor könnte unseren Untergang bedeuten«, konterte sie. »Daher kann ich mich weder für den einen noch für den anderen Vorschlag entscheiden.«

»Weiter die Neutralität zu wahren, ist nicht weniger gefährlich«, gab Granock zu bedenken. »Früher oder später werdet Ihr zwischen die Fronten geraten und vernichtet werden.«

»Das weiß ich.«

»Und?«

»Es gibt noch eine andere Möglichkeit«, erklärte sie und schaute ihn so herausfordernd an, dass er Mühe hatte, ihrem Blick standzuhalten.

»Lady Yrena«, begann Granock schwerfällig, »trotz des Amts, mit dem man mich betraut hat, bin ich nur ein einfacher Mann und verstehe nicht sehr viel von Politik. Aber ich weiß, dass es zu keinem guten Ende führt, wenn …«

Die Fürstin lachte nur, lauter und heiterer, als er es aus ihrem Mund für möglich gehalten hätte. »Meister Lhurian, daran ist nichts, was schwer zu verstehen wäre. So sehr ich auch versucht habe, nach dem Tod meines Bruders die Regierungsgeschäfte zu führen und die Macht meiner Familie in Andaril zu behaupten, ist sie dennoch stetig geschwunden. Wisst Ihr, warum?«

»Sagt es mir.«

»Weil ich eine Frau bin«, eröffnete sie, »und es selbst unter meinen engsten Vertrauten nicht wenige Männer gibt, die nicht das geringste Verlangen danach verspüren, sich von mir Befehle erteilen zu lassen. Seit mir das fürstliche Szepter übergeben wurde, werde ich ständig angefeindet. Etliche meiner Leute hassen Elidor, und es gehört nicht viel dazu, sich auszumalen, was geschehen wird, wenn ich mich für ein Bündnis mit ihm entscheide und die Stadt daraufhin angegriffen wird. Es wird damit enden, dass mein Haupt auf eine Lanze gespießt und durch die Straßen getragen wird – und Andaril schließlich doch auf der Seite des Dunkelelfen endet. Was also wäre gewonnen?«

»Nichts«, gab Granock zu, beeindruckt von der Klarheit ihrer Worte.

»Wenn«, setzte Yrena ihre Ausführungen fort, »ich mich hingegen mit einem Mann verbinde, der für Elidors Treue bürgt, weil er gleichermaßen für die Menschen wie für das Elfenreich steht, und der auf beiden Seiten Ansehen genießt, dann lägen die Dinge völlig anders.«

»Ich verstehe. Und an wen habt Ihr dabei gedacht?«, fragte Granock steif, obwohl er sich die Antwort denken konnte.

»An Euch natürlich.« Sie lachte erneut. »Ihr seid nicht wirklich so einfältig, wie Ihr Euch gebt, oder?«

»Fürstin Yrena«, sagte Granock, ohne auf die Frage einzugehen, »ich fühle mich durch Eure Überlegungen sehr geehrt, muss Euch jedoch mitteilen, dass eine Lösung, wie Ihr sie vorschlagt, nicht möglich ist.«

»Warum nicht?«

»Weil es einem Weisen verboten ist, sich mit einem Außenstehenden zu verbinden.«

»Auch dann nicht, wenn er damit womöglich Tausende von Elfen und Menschen das Leben rettet?« Sie hob die schmalen Brauen, die sich über ihren fragenden Augen wölbten. »Ich weiß, dass es schon Ausnahmen gab. Wie es heißt, hat sich der König selbst eine Tochter Shakaras zur Gefährtin gewählt.«

»Das ist wahr«, kam Granock nicht umhin zuzugeben, während er fieberhaft nach einem anderen Ausweg suchte, um Yrenas Ersuchen abzulehnen, ohne sie vor den Kopf zu stoßen. »Allerdings handelte es sich bei ihr um eine Schülerin, die den Meistergrad noch nicht erlangt hatte …«

»Wie auch immer – ich habe lange darüber nachgedacht, und es ist die einzige Lösung«, versicherte die Fürstin. »Gemeinsam wären wir in der Lage, der Westmark wieder Frieden zu geben. Sundaril würde sich uns anschließen, und mit einiger Wahrscheinlichkeit auch die anderen Städte. Wir könnten die Stämme einen, und Ihr könntet vielleicht sogar König werden …«

»… und Ihr Königin«, fügte Granock hinzu, der plötzlich an das denken musste, was Ardghal in seiner Zelle gesagt hatte – dass auch Yrena ihn benutzte und ihre eigenen Ziele verfolgte. »Ist es das, was Ihr wollt?«

»Was ist falsch daran, seinem Volk Frieden und Sicherheit zu schenken?«, hielt sie dagegen.

»Alles, wenn es auf Kosten Tirgas Lans geschieht.«

»Elidor wird davon ebenso großen Nutzen haben wie wir Menschen, das wisst Ihr genau«, konterte sie. »Was also ist es, das Euch in Wahrheit davon abhält, diesen Schritt um unser aller Rettung willen zu wählen?«

»Ich … ich …« Granock wusste nicht, was er erwidern sollte. Auf eine solche Wendung war er nicht vorbereitet gewesen. Er fühlte sich in die Enge gedrängt, klammerte sich mit aller Kraft an seinen Zauberstab. Aber gegen die Art von Magie, die Yrena von Andaril wirkte, half auch der *flasfyn* nicht.

»Wie ist ihr Name?«, fragte sie unvermittelt. Jedes Drängen war aus ihrer Stimme gewichen, sie hörte sich sanft, fast zärtlich an. »Wollt Ihr ihn mir nennen?«

»Was?«

Yrena lächelte wehmütig. »Mein Vater und mein Bruder waren nie sehr gut darin, Menschen einzuschätzen – wäre es anders gewesen, so wäre Andaril viel erspart geblieben. Ich jedoch habe diese Gabe von meiner Mutter geerbt, deshalb weiß ich, dass Ihr alles unternehmen würdet, um Leben zu retten und diesen Krieg zu beenden, Meister Lhurian. Was Euch indes daran hindert, ist nicht Euer Verstand, sondern Euer Herz. Also frage ich Euch noch einmal, und ich bitte Euch, mir die Wahrheit zu sagen: Wer ist sie? Womöglich eine Zauberin …?«

Granock starrte sie fassungslos an. Für einen Augenblick schienen sich ihre Züge zu verändern und die einer gewissen Elfin anzunehmen, die sich entschlossen hatte, ihm den Rücken zu kehren und einen weit, weit entfernten Ort aufzusuchen. Obwohl sie äußerlich so verschieden waren, wie sie es nur sein konnten, waren Yrena und Alannah sich auch in mancher Hinsicht ähnlich, auf eine Art und Weise, die schmerzte – und Granock fragte sich, ob Farawyn dies gewusst hatte.

Obwohl er seinem alten Meister nie gesagt hatte, was er für Alannah empfand, hegte er den Verdacht, dass Farawyn es längst herausgefunden hatte. Womöglich hatte er es geahnt oder gar in einer seiner Visionen gesehen, und indem er ihn nach Andaril geschickt hatte, hatte er Granock bewusst manipuliert. Hatte der alte Fuchs gar geplant, dass sein ehemaliger Schüler und Yrena zusammenfinden sollten?

Offenbar entschlossen, sein Zögern zu beenden, leerte Yrena ihren Becher und stellte ihn energisch auf dem Tisch ab. »Kommt, Meister Lhurian«, forderte sie Granock dann auf. »Nehmt Euch, was ich Euch so bereitwillig in Aussicht gestellt habe.« Obwohl ihre Aufforderung nichts an Deutlichkeit zu wünschen übrig ließ, griff sie an das rote Band, das ihr Haar zusammenhielt, und löste es. Wallend fielen die schwarzen Locken auf ihre Schultern und umrahmten ihre Züge auf einladende Weise.

»Yrena, ich ...«

»Gefalle ich Euch etwa nicht?«

»Darum geht es nicht«, versuchte Granock ein wenig hilflos klarzustellen, während er sich gleichzeitig der Tatsache bewusst wurde, dass er sie anstarrte. Das rote Kleid, ihre weiblichen Formen, das offene Haar – all das sandte Signale, deren Wirkung er sich nicht ganz entziehen konnte.

»Worum geht es dann, Granock?«, erkundigte sie sich sanft. »Das ist doch Euer wahrer Name nicht wahr?«

Granock nickte nur, während sie in den Rücken ihres Kleides griff und die Verschnürung löste. Er hielt den Atem an, als der rote Stoff an ihr herabglitt und ihre Brüste entblößte, die sich ihm in jugendlicher Straffheit entgegenreckten – und wie ein Vulkan, der nach Jahrhunderte währender Ruhe wieder auszubrechen verlangte, erwachte die Begehrlichkeit des Zauberers.

Es war kein gewollter Vorgang. Schon eher war es so, dass Granock jenen unterbewussten Kräften, die er über eine so lange Zeitspanne hinweg geleugnet hatte, nichts entgegenzusetzen hatte. Als er Yrena sah, ihre Anmut und ihre Schönheit, das Lächeln in ihrem Gesicht, konnte er nicht anders, als seinem Verlangen nachzugeben.

Wie in Trance machte er einen Schritt auf sie zu, und sie nahm ihn an der Hand und führte ihn in den rückwärtigen Teil der Kammer, wo es einen von einem Vorhang verschlossenen Durchgang gab. Sie betätigte eine Kordel, worauf sich der Vorhang öffnete und den Blick auf das Schlafgemach der Fürstin freigab. Auch hier brannte ein Kaminfeuer. Es verbreitete wohlige Wärme und beleuchtete das große, mit einem Baldachin versehene Bett der Fürstin mit unstetem Schein.

Mit einem verführerischen Lächeln zog Yrena Granock zum Bett. Der Widerschein des Feuers beleuchtete ihren Busen und ihren Bauch, und als noch der letzte Rest von Stoff zu Boden glitt, auch das Ziel seines Begehrens.

Granock dachte nicht länger nach. Seine Hände verselbstständigten sich und gingen auf Wanderschaft, aber er nahm sich nicht die Zeit, ihren Körper zu erforschen, sondern lenkte sie beharrlich dorthin, wo er Yrenas Erregung am schnellsten zu entfachen hoffte. Er roch ihr Haar und den betörenden Blütenduft, in den sie sich gehüllt hatte, und hätte am liebsten in ihre Pfirsichhaut gebissen. Er liebkoste ihren Hals und den Ansatz ihrer Brüste, nicht sanft und zurückhaltend, wie einst bei Alannah, sondern drängend und voller Begehren.

Yrena schien es recht zu sein. Sie half ihm dabei, sich seiner Robe zu entledigen und der Tunika, die er darunter trug. Dann drang er in sie ein, wieder und wieder, mit einer Heftigkeit, als wolle er sich und sie für das bestrafen, was sie taten. Schließlich schlang sie ihre Beine um ihn und hielt ihn fest, und fast im selben Moment, in dem seine Bemühungen ihre Erfüllung fanden, wurde Granock bewusst, was aus ihm geworden war. Er fühlte Yrenas Umklammerung um seine Hüften, spürte ihren stoßweisen Atem – und begriff, dass er etwas getan hatte, das er niemals hatte tun wollen.

Erneut musste er an Ardghals Worte denken. Yrena hatte ihn manipuliert, genau wie Farawyn. Jeder um ihn herum schien seine eigenen Ziele zu verfolgen, bei denen er nur das Mittel zum Zweck war, aber er würde nicht länger nach ihren Regeln spielen.

Und tief in seinem Inneren traf Granock eine Entscheidung.

17. GWALA

Granock wartete, bis Yrena eingeschlafen war.

Er beobachtete sie, wie sie neben ihm im Bett lag, über ihrem nackten Körper eine Decke aus Fell, die sich unter ihren Atemzügen gleichmäßig hob und senkte. Ihr schwarzes Haar wallte über das Kissen und umrahmte ihr markantes Gesicht.

Wenn er sie so betrachtete, fiel es ihm schwer zu glauben, dass sie ihn tatsächlich nur benutzt haben sollte. Sie hatte sich ihm hingegeben, mit all ihrer Leidenschaft, auf eine Art und Weise, wie es gewöhnlich nur Liebende vermochten. Dennoch war es nicht ehrlich, nicht wahrhaftig gewesen – oder?

Granock fühlte sich elend. Sein Gewissen quälte ihn, weil er seiner Begierde nachgegeben hatte, während er gleichzeitig von tiefer Bitterkeit erfüllt war. Yrena hatte kein Hehl daraus gemacht, dass sie ihre Pläne mit ihm hatte – war sie tatsächlich der Ansicht gewesen, ihre körperlichen Reize könnten ihn dazu bewegen, seinem Dasein als Zauberer zu entsagen und an ihrer Seite ein Königreich zu regieren?

All dies war anrührend und verletztend zugleich, und es verwirrte seine Gedanken in einer Weise, die ihm unerträglich war. Granock war nie ein großer Denker gewesen – selbst die unzähligen Lektionen, die ihm in Shakara erteilt worden waren, hatten daran nichts ändern können. Er stellte lieber Fragen, statt sie sich selbst zu beantworten, und er handelte lieber, als Überlegungen anzustellen. Deshalb wusste er, dass er gehen musste. Je eher, desto besser.

Er strich Yrena eine Strähne ihres schwarzen Haars aus dem Gesicht und küsste sie zum Abschied sanft auf die Stirn. Dann schwang er sich lautlos aus dem Bett, schlüpfte in seine Tunika und zog die Meisterrobe über. Auch holte er sich seinen Zauberstab zurück, den er vorhin im Eifer der Leidenschaft einfach von sich geworfen hatte – schon dies ein Frevel, für den es weder eine Rechtfertigung noch eine Entschuldigung gab.

Auf leisen Sohlen schlich Granock zur Tür und öffnete sie. Es kostete ihn kaum Mühe, die beiden Soldaten, die vor dem Gemach ihrer Herrin Wache hielten, mit einem Zeitzauber zu betäuben – wenn sie in einigen Augenblicken wieder zu sich kamen, würden sie sich an nichts erinnern und nicht wissen, dass er in Windeseile an ihnen vorbeigehuscht war.

Dem Entschluss folgend, den er gefasst hatte, wandte Granock seine Schritte in Richtung Kerker. Er hatte sich den Weg, der in die untersten Gewölbe der Festung von Andaril führte, genau eingeprägt, und als er das Gittertor erreichte, wirkte er auch dort einen Zauber, der die Wachsoldaten mitten in ihrer Bewegung innehalten und die Zeit um sie herum erstarren ließ.

Der Kerkermeister war ein feister Kerl, der an die Wand gelehnt auf einem grob gezimmerten Hocker saß. Auch ohne den Einsatz von Magie hätte er wohl kaum mitbekommen, was um ihn herum geschah, denn er schlief tief und fest. Granock ging zu ihm, löste den Gürtel um seine Hüften und griff nach den Schlüsseln zu den Kerkerzellen. Dann eilte er den dunklen, nur von spärlichem Fackelschein beleuchteten Gang hinab.

Sein Orientierungssinn war von jeher ausgeprägt gewesen, sodass er Ardghals Zelle ohne Schwierigkeiten wiederfand. Der Elf lag nicht auf der aus morschem Holz gefertigten Pritsche, die sich von der Wand klappen ließ, sondern saß aufrecht auf dem Boden. Und obschon er die Augen geschlossen hatte, bezweifelte Granock, dass er schlief …

»Ardghal?«

Die Art und Weise, wie der Elf die Augen aufschlug, verriet Granock, dass seine Vermutung richtig gewesen war. Er nahm aber auch nicht an, dass der Verräter meditiert hatte, wie Zauberer es zu tun pflegten, um Körper und Geist zu erfrischen. Wahrscheinlich hatte Ardghal die Stille der Nacht nur dazu genutzt, um über weitere Intrigen nachzudenken, die er zu spinnen gedachte …

»Meister Lhurian«, sagte er in unverhohlenem Spott. Dass ein Mensch den Grad eines Zaubermeisters erlangt haben sollte, schien er noch immer absurd zu finden. »Was kann ich zu dieser nächtlichen Stunde für Euch tun?«

»Erspart mir Euer falsches Geschwätz«, knurrte Granock barsch. »Beantwortet mir lieber meine Fragen.«

»Bitte sehr«, entgegnete der Elf mit müdem Lächeln. »Wie es aussieht, bin ich wohl nicht in der Lage, Euch dieses Ansinnen abzuschlagen, nicht wahr?«

Granock rieb sich das Kinn. Noch einmal überlegte er, ob er es tatsächlich tun sollte, dann endlich überwand er sich: »Als ich am Nachmittag bei Euch war, da sagtet Ihr etwas.«

Ardghal zuckte mit den schmalen Schultern. »Ich habe viel gesagt. Etwas präziser werdet Ihr schon werden müssen, fürchte ich.«

»Ihr sagtet, dass auch Yrena ihre eigenen Pläne verfolge«, stieß Granock hervor.

»Ach?« Er hob die Brauen. »Habt Ihr es inzwischen auch schon erkannt? Hat sie Euch Eure Reize etwa ebenso bereitwillig offeriert wie mir?« Granock schluckte sichtbar, was Ardghal auflachen ließ. »Ich nehme an, das heißt ja«, meinte der Elf mit einem Grinsen, für das Granock ihm am liebsten die Nase gebrochen hätte.

War das möglich? Hatte Yrena auch den Elfen zu betören versucht? Oder behauptete er dies nur, um seinen Rivalen zu provozieren? Granock wusste es nicht, und ihm war auch klar, dass er die Wahrheit nicht aus dem Verräter herausbekommen würde. Ardghal mochte keine Zauberkraft besitzen und hinter Gittern gefangen sein – dennoch hatte Granock das Gefühl, dass der Elf ihm überlegen war, und das ärgerte ihn.

»Und?«, hakte Ardghal nach. »Hat Yrena von Euch bekommen, was sie wollte?«

»Was zwischen der Fürstin und mir ist, geht Euch einen Dreck an«, beschied Granock ihm grob. »Sagt mir lieber, was Ihr gemeint habt, als Ihr heute vom Ende Eurer Reise spracht. Ihr sagtet, der einzige Wunsch, den Ihr noch hättet, wäre es, zurück nach Hause zu gelangen …«

»Das ist wahr.«

»Wo ist dieses Zuhause? Und ich rate Euch, Mann, keine Spiele mit mir zu treiben!«

»Wo mein Zuhause ist, wollt Ihr wissen?« Ardghal erhob sich und trat zu ihm an das Gitter. Selbst in dem abgerissenen Häftlingsgewand, das er trug, strahlte er Würde und eine gefährliche Gerissenheit aus, fast wie ein Raubtier, das gefangen war. Granock wusste, dass er sich vorsehen musste. »Natürlich dort, wo das Zuhause aller Söhne von Sigwyn zu suchen ist – an den Fernen Gestaden!«

Granock tat einen tiefen Zug von der feuchten, nach Moder riechenden Kerkerluft.

Genau diese Antwort hatte er insgeheim erwartet.

»Wenn ich diesen Schlüssel nähme«, erwiderte er, den Bund hochhaltend, den er dem Kerkermeister abgenommen hatte, »und Euch aus dieser Zelle befreite – wäret Ihr dann bereit, mich mitzunehmen?«

»Wohin?«, fragte Ardghal.

»Nach Hause«, antwortete Granock nur.

Der Elf schaute ihn an, als hätte er den Verstand verloren. »Ist das Euer Ernst? Genügt es Euch denn nicht, dass Ihr Euch an den Geheimnissen der Weisen vergriffen habt? Ihr seid schließlich nur ein Mensch …«

»Ich bin es nicht, der hinter diesen Gitterstäben gefangen ist, Fürst«, knurrte Granock, der nicht in der Stimmung war, sich verhöhnen zu lassen. »Willigt ein oder lasst es bleiben, aber entscheidet Euch verdammt noch mal schnell.«

Ardghal sah ihn unverwandt an. »Ihr wollt also nach den Fernen Gestaden reisen?«

»Ganz recht.«

»Um was zu tun?«

»Das geht Euch nichts an. Ich habe meine Gründe, das muss Euch genügen.«

»Und wenn es das nicht tut?«

»Dann werdet Ihr in dieser elenden Zelle versauern, bis ich zurückkomme, um Euch nach Tirgas Lan zu schleifen und an König Elidor zu übergeben«, versprach Granock.

»Weiß die Fürstin von Eurem Vorhaben?«

»Auch das geht Euch nichts an.«

»Sie weiß es also nicht.« Ardghal nickte wissend. »Das dachte ich mir. Was wird sie wohl sagen, wenn sie erfährt, dass Ihr plötzlich verschwunden seid? Und dass Ihr den Gefangenen befreit und mitgenommen habt?«

Granock biss sich so fest auf die Lippen, dass sie bluteten. Das war in der Tat die Schwachstelle seines Plans. Er vermochte nicht vorauszusagen, was Yrena unternehmen würde, wenn sie seines Verrats gewahr wurde – denn als nichts anderes würde sie sein Verhalten deuten. Vielleicht würde sie trotzdem versuchen, sich mit Elidor zu verbünden, vielleicht auch die Nähe des Dunkelelfen suchen. Das Bestürzende daran war, dass es Granock nicht wirklich interessierte.

Vom Augenblick seiner Abreise aus Shakara an war er manipuliert worden – zuerst von Farawyn, der ihm weder gesagt hatte, dass Yrena nach ihm verlangt hatte, noch dass Aldur in Wahrheit sein Sohn war; später dann von der Fürstin selbst, die gehofft hatte, ihre Träume von einer Einigung der Ostlande und einem Königreich der Menschen mit Granocks Hilfe zu verwirklichen. Aber sie beide hatten ihre Rechnung ohne den Wirt gemacht, denn Granock war nicht gewillt, sich wie eine Spielfigur beim *gem'y'twara* nach Belieben umherschieben zu lassen. Für ihn galt es, sein persönliches Glück gegen das Wohl von Tirgas Lan abzuwägen – und Granock fand, dass die Waagschale in letzter Zeit viel zu sehr nach einer Seite gehangen hatte.

Wenn Farawyn ihm nicht gestatten wollte, nach den Fernen Gestaden zu reisen, musste er es eben auf eigene Faust tun. Und eine Gelegenheit wie diese bot sich so rasch nicht wieder. Ardghal mochte ein Windhund sein, ein Lügner und Verräter – aber er barg auch die Möglichkeit, Alannah wiederzusehen, und diese Aussicht war für Granock verlockender als alles andere.

»Nun denn«, meinte Ardghal mit der ihm eigenen Blasiertheit, »wie es aussieht, habe ich wohl nichts zu verlieren. Befreit mich also aus dieser unerfreulichen Stätte, und ich werde sehen, was ich für Euch tun kann.«

»Ihr werdet mehr als das tun«, mahnte Granock. »Ich will zu den Fernen Gestaden, und Ihr werdet mich dorthin bringen. Tut Ihr es nicht, wird es Euch leidtun, Fürst Ardghal – denn dann wirke ich einen Zauber, der Euch sämtliche Knochen im Leib brechen wird, habt Ihr verstanden?«

Der Blick, den er durch die Gitterstäbe schickte, war so vernichtend, dass die Novizen in Shakara schreiend Reißaus genommen hätten. Ardghal hielt ihm ohne erkennbare Regung stand. »Natürlich«, sagte er nur.

Mehr konnte Granock im Augenblick nicht verlangen.

Er nahm den Schlüssel und öffnete die Gittertür, um sie hinter Ardghal sogleich wieder zu verschließen. Auf diese Weise würden Yrena und ihre Wachen eine Zeit lang zu rätseln haben, wie dem Gefangenen so ohne Weiteres die Flucht gelungen sein konnte. Vor allem, da der ahnungslose Kerkermeister den Schlüssel scheinbar unangetastet an seinem Gürtel wiederfinden würde …

Granock packte den hageren Elfen, der ihn an Größe um einen Kopf überragte, an der Schulterpartie seines Gewandes und zerrte ihn unsanft durch die Gänge, hinauf zum Innenhof der Burg. Wann immer sie in die Nähe von Wachen gelangten, wirkte Granock einen Zeitzauber, der es ihnen ermöglichte, ungesehen zu entkommen, hinaus in die Dunkelheit und Kälte einer mondlosen Herbstnacht.

Die Nächte waren endlos.

Schon am hellen Tage war die Bedrohung, die wie das Richtschwert eines Henkers über Tirgas Dun schwebte, kaum zu ertragen. An jedem Abend jedoch, wenn die Sonne im Westen versank, fragten die Bürger der Stadt sich bang, ob die Unholde diesmal angreifen würden, und die Furcht schlich durch die Gassen wie ein hungriger Wolf auf der Suche nach Beute.

Kaum jemand in Tirgas Dun fand Schlaf in diesen Nächten. Erschöpft, aber viel zu verängstigt, um Ruhe zu finden, wachten die Bürger bis zum Tagesanbruch und sehnten das Eintreffen der königlichen Truppen herbei. Zwar waren inzwischen rund zweihundert Krieger durch die Kristallpforte gekommen, der Rest aber war noch einige Tagesmärsche von der Stadt entfernt, und es war fraglich, ob er noch rechtzeitig eintreffen würde.

Dennoch blieb den Bürgern von Tirgas Dun nichts weiter übrig, als auszuharren.

Nacht für Nacht stellten sie sich ihrer Furcht und starrten hinaus auf die See, wo die Lichter der feindlichen Schiffe wie eine ferne Feuersbrunst zu sehen waren.

Doch als die Sonne zum fünften Mal heraufzog, hatte sich etwas verändert. Wie bei jedem Tagesanbruch verblassten die Fackeln in der Dämmerung – von den feindlichen Schiffen jedoch war nichts mehr zu sehen. Gerade so, als ob sie nur eine Täuschung gewesen wären und sich plötzlich aufgelöst hätten.

Was war geschehen?

Helnor, einer jener Krieger, die durch den Kristallschlund gekommen waren, wurde von Statthalter Párnas beauftragt, Nachforschungen über den Verbleib der Schiffe anzustellen.

An Bord eines Nachens, der von sechs Ruderern angetrieben wurde, fuhr er hinaus auf die See, die an diesem Morgen glatt schien wie geschliffenes Glas. Nebelschwaden zogen von Südosten heran, die diesmal jedoch natürlichen Ursprungs zu sein schienen, und fast lautlos glitt der Nachen auf jene Stelle zu, wo sich die feindliche Flotte befunden hatte.

Angst bemächtigte sich der Ruderer, die am liebsten umkehren wollten, und es war die Spitze von Helnors Schwert, die sie eines Besseren belehrte. Unbeirrt trieb der Krieger die Furchtsamen an, bis sie schließlich auf die Schiffe des Feindes stießen – oder besser das, was von ihnen geblieben war.

Die Nebelschleier teilten sich, und grob gezimmerte Flöße wurden sichtbar, nicht nur ein paar wenige, sondern Hunderte. Zusammengebunden, damit die Strömung sie nicht auseinandertrieb, schwammen sie im Wasser und trugen hohe Masten, an denen die Überreste abgebrannter Fackeln befestigt waren.

In diesem Augenblick begriff Helnor, des Galdors Sohn, dass sie alle getäuscht worden waren.

18. TROBWYN DORWA

Das Wiedersehen zwischen dem Elfenkönig und dem Seher verlief herzlich, aber ohne Überschwang, denn dazu bestand kein Anlass.

Hatte Farawyn in Tirgas Lan noch vor einigen Jahren als Unruhestifter und potenzieller Gegner gegolten, was vor allem dem Einfluss Fürst Ardghals zuzuschreiben gewesen war, war er für viele am Hof und in den Straßen der Stadt inzwischen etwas wie ein Symbol des Widerstands gegen den Dunkelelfen geworden. König Elidor im Gegenzug hatten viele – und nicht zuletzt Farawyn – für einen weltfremden Träumer gehalten, der bereitwillig alles tat, was seine Berater ihm einredeten. Aber auch dies hatte sich seit der schicksalhaften Schlacht im Flusstal grundlegend gewandelt.

Als der Elfenkönig und der Älteste von Shakara im Thronsaal von Tirgas Lan zusammentrafen und sich zur Begrüßung die Hände reichten, erneuerten sie damit auch das Bündnis, das vor vier Jahren geschlossen worden war.

Das Bündnis zwischen Macht und Magie.

Jugend und Alter.

Kraft und Weisheit.

Die Nachricht, dass nicht nur Farawyn selbst dem Ruf des Königs folgen und nach Tirgas Lan kommen würde, sondern auch knapp zweihundert Zaubermeister, Eingeweihte und Aspiranten, die alle helfen würden, die Südgrenze des Reiches zu verteidigen, hatte sich wie ein Lauffeuer verbreitet, und nach den anfänglichen Schrecken schöpften nicht nur der König, sondern auch viele seiner Getreuen wieder Hoffnung.

Sie verloren keine Zeit mit dem Austausch von Höflichkeiten. Nachdem sie ein paar Worte miteinander gewechselt hatten, bat Farawyn den König, ihm die gegenwärtige militärische Lage zu schildern, und sie versammelten sich um den großen Kartentisch: Auf der einen Seite Elidor und seine Generäle und Berater, auf der anderen Farawyn und diejenigen Zauberer, die nach Tirgas Lan gekommen waren und dem Hohen Rat angehörten. Darüber hinaus nahm Rambok der Ork an der Unterredung teil – jener Unhold, der bei den dramatischen Ereignissen im Tempel Margoks eine wichtige Rolle gespielt hatte und seither bei den Zauberern Asyl genoss. Auch wenn längst nicht alle Weise Shakaras ihm dieses Privileg gerne zugestanden …

»Wie Ihr sehen könnt, ehrwürdiger Farawyn«, erklärte General Irgon, Elidors oberster Feldherr, »befinden wir uns in der Tat in einer heiklen Situation: Von Westen her greifen die Orks mit unverminderter Härte an, während die Ostlande nach wie vor in Aufruhr sind. Zwar verhalten sich einige Städte der Menschen neutral, andere aber haben sich zusammen mit den Hügelclans Margok angeschlossen und halten unsere Besatzungsmacht im Osten in Atem. Wir haben in unseren Freunden aus dem Zwergenreich wertvolle und treue Verbündete« – damit nickte er dem Zwerg zu, der in voller Rüstung neben ihm stand und den man Farawyn als Prinz Runan vorgestellt hatte, einen der zwölf Söhne des Zwergenkönigs –, »doch vermögen auch sie die Wildheit der Menschen nicht gänzlich in Zaum zu halten, sodass unsere Kämpfer auch hier gebunden sind und ständig in Scharmützel verwickelt werden.«

»Hm«, machte Farawyn und zog damit die Aufmerksamkeit aller Anwesenden auf sich. »Was die Menschenstädte betrifft, so wird sich vielleicht schon bald etwas ergeben, das uns Entlastung verschafft. Aber es wäre noch zu früh, um schon Genaueres darüber verlauten zu lassen.«

Der Älteste merkte, wie Cysguran, der ein Stück weiter unten am Tisch stand, ihn mit einem argwöhnischen Blick bedachte. Ganz offenkundig fragte er sich, was das für ein geheimer Plan sein mochte, den Farawyn gefasst hatte. Und der Gedanke, es nicht zu wissen, schien ihm nicht zu behagen …

»Das ist bedauerlich«, meinte Irgon, »denn eine Entlastung im Osten wäre dringend erforderlich. Wäre sie rechtzeitig erfolgt, hätten wir womöglich nicht tun müssen, wozu wir gezwungen waren.«

»Wovon sprecht Ihr?«, wollte Simur wissen, Sprecher des rechten Flügels.

»Er meint, dass wir gezwungen waren, General Lavan und die Erste Legion Richtung Küste in Marsch zu setzen«, gab König Elidor an Irgons Stelle die Antwort.

»Was?« Farawyn konnte sein Erschrecken nicht ganz verbergen. »Ihr habt die Königslegion abgezogen, Hoheit?«

»In der Tat. Die ersten zweihundert Mann haben wir mit Meisterin Taranas Hilfe durch die Kristallpforte geschickt. Den Rest haben wir auf dem Landweg in Marsch gesetzt. Da sie in den südlichen Wäldern stationiert waren, können Lavans Truppen Tirgas Dun innerhalb weniger Tage erreichen.«

»Aber die Erste Legion ist die Schutzmacht Tirgas Lans, schon seit Sigwyns Tagen ...«

»Dessen bin ich mir bewusst, mein Freund«, entgegnete der Monarch, in dessen vornehm blasse Züge sich tiefe Sorgenfalten eingegraben hatten, die seiner Jugend zu widersprechen schienen. »Dennoch blieb mir nichts anderes übrig.«

»Zur ersten Legion werden seit jeher die besten Krieger des Reiches berufen«, fügte die anmutige, zerbrechlich wirkende Gestalt an seiner Seite erklärend hinzu. »Ihre Aufgabe war und ist es, den König zu beschützen – und das tun sie am besten dort, wo die Grenzen des Reiches bedroht sind.«

Farawyn kam nicht umhin, milde zu lächeln. Caias magische Fähigkeiten mochten nie besonders ausgeprägt gewesen sein, aber ihr Herz und ihr Verstand waren im Einklang. Elidor hatte gut daran getan, sie zu seiner Gefährtin zu machen, denn sie war einer Königin würdig, und wären die Zeiten andere gewesen, hätte die Krone vermutlich längst auf ihrem Haupt geruht.

»Aufgrund dieser Maßnahme«, setzte General Irgon seine Ausführungen fort und deutete auf die mit verschiedenfarbigen Markierungen versehene Karte auf dem Tisch, »ist es uns gelungen, fast zweitausend Mann zu Tirgas Duns Verteidigung zu entsenden. Das sollte genügen, um die Südgrenze zu halten.«

»Ich verstehe«, meinte Farawyn, ohne dass zu erkennen war, ob er Irgons Meinung teilte. »Ich frage mich nur …«

»Ja?«, wollte Elidor wissen.

»Ich frage mich, warum Margok die Flotte nicht sofort angreifen ließ«, eröffnete der Zauberer. »Immerhin musste er damit rechnen, dass Ihr Verstärkung schickt …«

»Womöglich wollte er auf weitere Schiffe warten«, gab Fürst Narwan, der königliche Berater, zu bedenken.

»Möglicherweise.« Farawyn nickte, doch seine Gesichtszüge entspannten sich nicht. Stattdessen wandte er sich fragend an Rambok, der mit dem kahlen grünen Schädel und der mageren Gestalt, an der eine schmutzige Robe hing, unter all den Würdenträgern des Elfenreichs seltsam fehl am Platz wirkte. »Was denkst du, Freund Rambok?«

Die Augen aller Anwesenden richteten sich auf den Unhold, worauf er mit den Klauenfingern unruhig an den unzähligen Talismanen herumzunesteln begann, die um seinen dürren Hals baumelten. »Orks kämpfen, ihnen gleich«, entgegnete er in holprigem Elfisch, das er im Verlauf der vergangenen vier Jahre erlernt hatte, obschon seine Zunge kaum in der Lage war, die melodiösen Laute zu formen. Entsprechend schwer war sein Akzent. »Wenn Blut gerochen und in *saobh* verfallen, nicht darum scheren, ob allein oder viele. Aber Margok klug. Denkt eine Sache und tut etwas anderes …«

»Was soll das heißen?«, blaffte Cysguran. »Müssen wir unsere Zeit mit dem geistlosen Geschwätz eines Unholds verschwenden?« Den entrüsteten Mienen einiger Offiziere war anzusehen, dass sie die Meinung des Zauberers teilten. Farawyn jedoch ließ sich nicht beirren.

»Rambok ist nur aus einem Grund hier – um uns dabei zu helfen, unseren Feind besser zu verstehen. Und ich teile seine Ansicht. Vielleicht ist der Angriff auf Tirgas Dun tatsächlich nur ein Ablenkungsmanöver, und der eigentliche Vorstoß erfolgt an anderer Stelle.«

»Oder wir sollen genau das denken«, hielt Cysguran dagegen. »Vielleicht will uns der Dunkelelf ja auch zu falschen Schlüssen verleiten, und dieser da« – er deutete anklagend auf Rambok, der darüber noch ein Stück kleiner zu werden schien –, »ist ihm ein willkommenes Werkzeug.«

»Rambok ist auf meinen Wunsch hier«, stellte Farawyn klar. »Er hat wiederholt bewiesen, auf wessen Seite er steht.«

»Allerdings – auf seiner eigenen. Hätte er die Gelegenheit, sich selbst zu retten, indem er uns alle verrät, würde er keinen Augenblick zögern, es zu tun.«

»Auch viele Elfen würden sich so verhalten, Rat Cysguran«, meinte Farawyn. »Oder muss ich Euch daran erinnern, wie schwach der Geist mitunter ist?«

»Was soll all das Gerede?«, platzte General Irgon dazwischen. »Verzeiht, ehrwürdige Meister! Ich weiß, dass sich die Weisen von Shakara darin gefallen, die Dinge lange und von allen Seiten zu betrachten. In diesem Fall allerdings war und ist rasches Handeln erforderlich.«

»Das bezweifeln wir nicht«, versicherte Farawyn. »Dennoch muss es unser vorrangigstes Ziel sein, die Pläne des Dunkelelfen zu durchschauen. Andernfalls werden wir nichts weiter sein als …«

Der Älteste unterbrach sich, als ein junger Offizier im Harnisch der königlichen Garde den Thronsaal betrat, zu General Irgon eilte und ihm einige Worte ins Ohr flüsterte. Irgons Reaktion war deutlich zu entnehmen, dass es keine guten Nachrichten waren. Seine Gesichtszüge versteinerten, sein Blick wurde leer.

»General, was ist mit Euch?«, wollte Elidor wissen.

»Majestät, wir haben soeben Nachricht aus Tirgas Dun erhalten«, antwortete Irgon mit tonloser Stimme. »Die feindliche Flotte …«

»Was ist mit ihr? Hat sie angegriffen?«

»Nein, Hoheit. Sie ist über Nacht abgezogen.«

»Was?« Ein Aufschrei des Erstaunens ging am Tisch reihum.

»Bei Sonnenaufgang waren die Schiffe verschwunden«, bekräftigte der General.

»Aber … wie ist das möglich?«

»Die feindlichen Galeeren hatten Fackeln an Bord, die die ganze Nacht über brannten und ihre Position markierten. Erst bei Tagesanbruch stellte sich heraus …«

»… dass es Attrappen waren«, brachte Farawyn den Satz schnaubend zu Ende.

»Woher wisst Ihr …?«

»Ich beginne allmählich, Margoks Täuschungen zu durchschauen«, entgegnete der Zauberer düster. »Bedauerlicherweise wieder einmal zu spät.«

»Aber was hat das zu bedeuten?«, fragte Caia. »Wohin sind all diese Schiffe verschwunden?«

»Ist das nicht offensichtlich?« Farawyn deutete auf die Karte. »Ich denke, sie sind in westlicher Richtung abgezogen.«

»Mit welchem Ziel?«

»Dem Gylafon«, entgegnete der Älteste von Shakara und deutete auf die Stelle, wo der westliche Ausläufer des Grenzflusses ins Meer mündete. »Wenn sie den Fluss hinauffahren, gelangen sie geradewegs …«

»… nach Trowna, wo sie sich mit den übrigen Ork-Truppen vereinen können«, ergänzte Elidor atemlos.

»Nicht nur das«, erwiderte Farawyn und deutete auf jenen Bereich der Karte, der das Gebiet nördlich von Thurwyns Revier abbildete. »Ich vermute, dass sie ihre großen Schiffe an dieser Stelle aufgeben und kleinere Boote besetzen werden, um die Nebenflüsse hinaufzufahren.«

»Die Nebenflüsse?«, hakte Elidor flüsternd nach, »aber das bringt sie ja in die Reichweite von …«

»… Tirgas Lan«, vervollständigte Farawyn, »und ich nehme an, dass es genau das ist, was der Dunkelelf bezweckt hat.«

»Aber das ergibt keinen Sinn«, wandte General Irgon ein. »Margok hatte alle Mittel, um Tirgas Dun anzugreifen und zu zerstören. Warum hat er es nicht getan?«

»Weil er wollte, dass man das Heer des Bösen kommen sieht«, antwortete Farawyn tonlos, der den Plan des Dunkelelfen nun ausgebreitet vor sich sah. »Auf diese Weise machte er Panik und Furcht zu seinen Verbündeten. In seinem Auftrag sorgten sie dafür, dass die Königslegion aus Trowna abgezogen und nach Tirgas Dun geschickt wurde …«

»… und so ist Tirgas Lan nun ohne Schutz«, folgerte Elidor, dessen Gesicht leichenblass geworden war. »Wir sind in eine Falle gelockt worden!«

»Ja, Majestät«, bestätigte Farawyn leise. »Ich fürchte, so ist es.«

Einen Augenblick starrte Elidor blicklos vor sich hin. Dann wandte er sich an Irgon: »General, senden Sie sofort eine Nachricht an die Erste Legion! Sie soll umgehend nach Tirgas Lan beordert werden.«

»Jawohl, mein König.« Der Offizier senkte den Blick. »Ich fürchte nur, dass unsere Männer nicht mehr rechtzeitig eintreffen werden.«

»Das steht zu befürchten«, pflichtete Farawyn bei, »immerhin werden Eure Legionäre selbst bei günstigsten Marschbedingungen fünf Tage brauchen, bis sie Tirgas Lan erreichen. In Anbetracht des bevorstehenden Wintereinbruchs könnten es sogar noch mehr werden.«

»Was ist mit der Kristallpforte?«, erkundigte sich Fürst Narwan. »Könnte man nicht …?«

»Die nächste erreichbare Pforte befindet sich in Tirgas Dun«, gab Farawyn zu bedenken. »Sie aufzusuchen würde beinahe ebenso viel Zeit benötigen, wie auf direktem Wege zurück nach Tirgas Lan zu marschieren. Zudem wissen wir, dass der Dunkelelf die Wirkung der Schlundverbindungen beeinflussen kann. Wenn wir sichergehen wollen, bleibt also nur der Landweg. Der Feind hingegen ist uns um eine Nacht voraus, und der Dunkelelf wird seine Krieger zum Äußersten antreiben. Während Eure Männer gerade einen Gewaltmarsch hinter sich haben und entsprechend erschöpft sein werden, sind Margoks Kreaturen ausgeruht, und die Gier nach Blut verleiht ihnen noch zusätzliche Kräfte. Meiner Einschätzung nach kann ihre Vorhut Tirgas Lan bereits in vier Tagen erreicht haben.«

»Dann werden wir kämpfen müssen«, folgerte der König grimmig. Er ballte die filigranen, im Lautenspiel geschulten Hände zu Fäusten und stützte sich damit auf die Tischplatte. »Entsendet augenblicklich Boten in alle Himmelsrichtungen. Sagt den Kommandanten meiner Legionen …«

»Eure Legionen sind allesamt in Kämpfe an den Grenzen verstrickt, Hoheit«, brachte General Irgon in Erinnerung. »Wenn wir sie von dort abziehen, riskieren wir, dass der Damm unserer Verteidigung bricht – dann wäre Tirgas Lan ohnehin zum Untergang verurteilt.«

»Aber es muss doch noch jemanden geben, der uns in unserem Kampf unterstützen kann!« Ein Hauch von Verzweiflung schwang in Elidors Stimme mit; Hilfe suchend schaute er sich um, bis sein Blick an Prinz Runan haften blieb. »Mein Freund, ich weiß, dass ich Euch schon zu viel abverlangt habe, aber in dieser unserer dunkelsten Stunde …«

»Das Volk der Steine versteht Eure Not, und ich bin sicher, dass Euch mein Vater seine Unterstützung nicht verweigern wird«, versicherte der Zwerg ohne Zögern und schlug sich mit der Pranke vor die ledergepanzerte Brust. »Aber auch die wackersten Äxte vermögen nichts gegen eine erdrückende Übermacht, zumal unsere Reihen bereits geschwächt sind.«

»Rettung kann nur die Erste Legion bringen, Hoheit«, war Farawyn überzeugt, »deshalb müssen wir um jeden Preis durchhalten, bis sie in Tirgas Lan eintrifft. Es ist ein verzweifelter Kampf um das Überleben, denn wenn die Hauptstadt fällt, fällt auch das Reich. Nun«, fügte der Zauberer mit unheilvoller Stimme hinzu, »geht es um alles.«

Elidor nickte. Für einen Moment hatte es den Anschein, als breche der junge König in Panik aus, aber dann hatte er sich wieder unter Kontrolle und blickte dem Schicksal gefasst ins Auge. »Werdet Ihr bei uns bleiben?«, wandte er sich fragend an Farawyn.

»Ja, mein König«, erwiderte der Älteste ohne Zögern. »Wir sind gekommen, um Euch im Kampf gegen die Dunkelheit beizustehen; ob in Tirgas Dun oder hier, ist nicht von Bedeutung.«

»Ich danke Euch, *nahad*«, entgegnete der König und verbeugte sich tief. Dann wandte er sich seinen Generälen zu, um die Verteidigungsvorbereitungen zu treffen, während Farawyn zu Cysguran blickte.

»Auf ein Wort, Bruder«, raunte er ihm halblaut zu.

»Was wollt Ihr? Habt Ihr noch nicht alles erreicht? Die Welt versinkt in Blut und Chaos, seid Ihr nun zufrieden?«

Farawyn überhörte den Vorwurf, der fraglos nackter Furcht geschuldet war. »Was, so frage ich Euch, ist zuerst da gewesen«, flüsterte er statt einer geharnischten Erwiderung seinem Rivalen zu, »der Vogel oder das Ei?«

»Was soll das heißen?« Cysguran starrte ihn fassungslos an. »Findet Ihr den Zeitpunkt nicht reichlich unpassend für einen dialektischen Diskurs?«

»Ganz im Gegenteil«, widersprach der Älteste und wurde deutlicher: »Die Frage, die sich stellt ist, ob der Dunkelelf von Anfang an vorhatte, Tirgas Lan anzugreifen, oder ob er sich erst dafür entschieden hat, nachdem er vom Abrücken der Königslegion erfuhr.«

»Wie?« Cysgurans hohe Stirn legte sich in Falten. »Aber gerade sagtet Ihr doch, dass …«

»Ich weiß, was ich gesagt habe, Bruder«, versicherte Farawyn, »aber als Weise ist es unsere Pflicht, alle infrage kommenden Möglichkeiten abzuwägen. Vielleicht hatte Margok in Wirklichkeit ja vor, Tirgas Dun anzugreifen und sich auf diese Weise Zugang zum Reich zu verschaffen. Dann jedoch erfuhr er, dass die Erste Legion die Hauptstadt verlassen hatte, und er änderte seinen Sinn. Könnte das nicht sein?«

»Gewiss, Bruder«, stimmte Cysguran zögernd zu, den der Gedanke sichtlich zu beunruhigen schien. »Aber von wem könnte er davon erfahren haben?«

»Sehr einfach, Bruder«, beschied Farawyn ihm leise, »von dem Verräter, der nach all den Jahren noch immer in unseren Reihen weilt und nun erneut zugeschlagen hat.«

BUCH 2

TWARA TAITHA
(Die dunkle Königin)

1. CYRRAITH

Mit einem kleinen Segler waren sie dem Nordfluss bis zur Mündung des *dwaímaras* gefolgt, hatten bei Nacht und strömendem Regen die von Piraten verseuchte Möwenbucht passiert und waren dann der Südküste der östlichen See gefolgt. Unweit der Pforte von Arun, wo die riesigen steinernen Statuen von König Sigwyn und seiner Gemahlin Liadin gen Osten blickten, der zu erobern ihnen nicht vergönnt gewesen war, waren sie schließlich an Land gegangen, inmitten schroffer und zerklüfteter Felsen, gegen die das Meer rauschend brandete.

In einem der von Menschen besiedelten Fischerdörfer, die die Südküste der Ostsee säumten und als Unruheherde verschrien waren, weil sie mit den Piraten zu paktieren pflegten, erwarben sie Pferde und Proviant und setzten ihre Reise gen Süden fort. Dabei trafen sie wiederholt auf Patrouillen des Elfenkönigs, der hier nicht weniger als zwei Legionen stationiert hatte, um den ständigen Angriffen der Seeräuber zu begegnen und sie daran zu hindern, ins östliche Trowna einzufallen und die Haine der Waldelfen zu plündern.

Dank des Status, den er als Zaubermeister innehatte, stellte es für Granock kein Problem dar, die Kontrollen zu passieren – der Hinweis, dass er im Auftrag des Hohen Rates reise, genügte, um die Legionäre in Ehrfurcht erstarren zu lassen. Um den Elfen, der Granock begleitete, kümmerten sie sich nicht. Keiner von ihnen erkannte Ardghal, und selbst wenn sie es getan hätten, hätte es wohl niemand gewagt, sie aufzuhalten.

Unbehelligt erreichten die Reisenden Narnahal, die elfische Enklave am Rande der Zivilisation, und fanden die Stadt in hellem Aufruhr. Wie sie erfuhren, war eine Flotte feindlicher Schiffe vor der Küste aufgetaucht, die nicht nur Tirgas Dun, sondern auch alle anderen Städte entlang des *arfordyr* in Angst und Schrecken versetzt hatte. Granock war klar, dass sich damit bewahrheitet hatte, was Farawyn stets befürchtet hatte – dass die fortwährenden Attacken auf die Ost- und Westgrenze des Reiches in Wahrheit nur Scheinangriffe gewesen waren und der eigentliche Schlag des Dunkelelfen an anderer Stelle erfolgen würde. Er zögerte und erwog, nach Andaril zurückzukehren, um Yrena nun mit aller Macht dazu zu bewegen, auf der Seite des Elfenkönigs in den Krieg einzutreten und Elidor auf diese Weise zu unterstützen – aber er entschied sich dagegen.

Er hatte genug getan, um dem Reich zu dienen und es vor Schaden zu bewahren. Er hatte Verzicht und Geduld geübt, hatte über Jahre hinweg seine Pflicht über seine persönlichen Empfindungen gestellt, ohne dass er je eine Anerkennung oder auch nur ein wenig Respekt dafür bekommen hätte. Im Gegenteil hatte Farawyn ihm wichtige Wahrheiten verschwiegen und ihn nach seinem Gutdünken zu beeinflussen versucht – aber damit war es vorbei. Granock war der Ansicht, dass nun er selbst an der Reihe war, und die Entscheidung dafür kostete ihn weit weniger Überwindung, als es aufgrund seiner Ausbildung und des Eides, den er geleistet hatte, eigentlich hätte der Fall sein müssen. Er erschrak darüber, wenn auch nur kurz; dann waren Ardghal und er bereits auf dem Weg zur Küste, nachdem sie die Pferde gewechselt und frischen Proviant gefasst hatten.

In den unzähligen Ansiedlungen entlang des *arfordyr* ein Schiff aufzutreiben, das seetüchtig war und in der Lage, die Passage zu den Fernen Gestaden zu meistern, war nicht weiter schwierig – eine Mannschaft anzuheuern, stellte Granock schon vor sehr viel größere Probleme. Gerüchte von einem geheimnisvollen Todesnebel machten die Runde, von Kauffahrern, die darin verschwunden und niemals wieder aufgetaucht seien, und so fand sich niemand, der bereit gewesen wäre, mit ihnen in See zu stechen.

An Bord einer winzigen Jolle, die von zwei Mann besetzt und bedient werden konnte, traten der Zauberer und sein Führer schließlich die Überfahrt zu den Fernen Gestaden an – fraglos kein würdiges Fortbewegungsmittel, aber immerhin eines, das klein genug war, um nicht aufzufallen.

Wie lange die Überfahrt dauerte, wusste Granock später nicht mehr zu sagen. Bleierne Müdigkeit bemächtigte sich seiner, sodass er immer wieder einschlief, während Ardghal das Boot mit traumwandlerischer Sicherheit durch die Wellen steuerte. Auf die Frage, woher er den genauen Kurs wisse, antwortete der Elf mit überlegenem Lächeln: »Die Reise zu den Fernen Gestaden ist nicht so sehr eine Reise des Körpers, als vielmehr eine Suche der Seele. Aus diesem Grund kennen alle Söhne und Töchter Sigwyns den Weg – und aus dem nämlichen Grund wird deinesgleichen niemals zu den Gestaden finden.«

Tag und Nacht wechselten in, so kam es Granock vor, willkürlicher Reihenfolge. Je länger die Passage dauerte, desto mehr kam ihm sein Zeitgefühl abhanden, was er nicht zuletzt dem Nebel zuschrieb, der irgendwann aufgezogen war und den kleinen Segler umhüllte. Natürlich hatte Granock sogleich an die Gerüchte gedacht, von denen sie gehört hatten und an den angeblichen Todesnebel vor der Küste, aber Ardghal verspottete ihn für seine Unkenntnis und versicherte ihm, dass dies der *nivur tragwytha*, der »Ewige Nebel«, sei und der beste Beweis dafür, dass sie sich auf dem rechten Weg befänden – und er sollte recht behalten.

Als der Nebel sich Tags darauf endlich auflöste und durch die sich lichtenden Schwaden der Palast von Crysalion sichtbar wurde, fern und sphärenhaft wie eine Erscheinung, da wusste Granock, dass er den Anblick niemals in seinem Leben vergessen würde.

Crysalion war der Ursprung.

Die Zukunft.

Sein Schicksal.

Hoch und erhaben ragten die Kristalltürme des Palastes über den Klippenfelsen auf, größer und prächtiger als alles, was Granock je zuvor in seinem Leben gesehen hatte. Die weißen Mauern von Tirgas Lan verblassten dagegen, und selbst die Insel, die sich jenseits des Palastes erhob, verblasste beinahe zur Nebensächlichkeit angesicht dieses monumentalen Bauwerks, das den Gesetzen der Natur nicht unterworfen schien. Trotz seiner enormen Größe und seiner unzähligen Türme und Kuppeln ruhte es offenbar auf einem verhältnismäßig schmalen Fundament, dem es gleichsam entwachsen schien. Der Vergleich mit einem riesigen Baum drängte sich Granock auf, und er ertappte sich dabei, dass er tief beeindruckt war.

So lange Zeit hatte er Groll gegen diesen Ort gehegt, hatte ihm die Schuld dafür gegeben, dass er von seiner großen Liebe getrennt worden war (was zwar nicht der Wahrheit entsprach, ihm aber ein wenig Trost verschafft hatte), dass er niemals angenommen hätte, auch nur ansatzweise etwas wie Ehrfurcht oder Ergriffenheit zu empfinden. Beides war jedoch der Fall.

Granock konnte nicht anders, als sich im Bug des Bootes zu erheben, in dem er gekauert hatte, und in einer respektvollen Geste den Zauberstab zu senken. Der Kristall, der darin eingearbeitet war, schien die Nähe jener Urkraft zu bemerken, die nicht nur ihn, sondern auch alle anderen Elfenkristalle erfüllte, und begann in sattem Blau zu leuchten.

»Ja, Mensch«, rief Ardghal ihm von der Ruderducht aus zu. »Sieh es dir an und verzweifle daran – denn zu etwas wie diesem wird dein Volk niemals in der Lage sein!«

Sein verletzter Stolz drängte Granock zu einem Widerspruch, aber es wäre lächerlich gewesen. Selbst er bezweifelte, dass die Menschen in ihrer Rohheit und Brutalität jemals etwas so Wunderbares würden erschaffen können – und vermutlich war das auch der Grund dafür, dass ihnen der Zugang nach den Fernen Gestaden wohl auf immer verschlossen bleiben würde. Er jedoch war hier, als Erster seiner Art – auch wenn er nicht vorhatte zu bleiben.

Auf dieselbe Weise, wie er den Weg über das Meer gefunden hatte, strebte Ardghal einen Platz an, wo die Jolle anlanden konnte. Es war ein schmaler Felsspalt, der sich zwischen den fast senkrecht aufragenden Klippen öffnete, und einen Augenblick fürchtete Granock, sie könnten von einer Woge erfasst und an den Felsen zerschmettert werden. Doch das Boot passierte den Spalt unbehelligt und gelangte auf diese Weise in eine geschützte Bucht, von deren Kiesstrand sich ein schmaler Pfad am grauen Gestein emporwand.

Knirschend lief die Jolle auf Grund. Als Granock aus dem Boot sprang und seine Füße zum ersten Mal den für die Elfen so bedeutungsvollen Boden berührten, da hatte er mit einem Mal das Gefühl, ein – wenn auch nur winziger – Teil von etwas Großem, Bedeutendem zu sein und sich seiner Rolle im kosmischen Spiel der Kräfte bewusst zu werden. Schon einen Herzschlag später jedoch war dieser Eindruck wieder verflogen. Granock zog das Boot vollends an Land und half Ardghal dabei, das Segel zu reffen. Dann griff er nach seinem Zauberstab, und sie begaben sich auf den Weg nach Crysalion.

Die Stufen, die vor undenklich langer Zeit in den Fels gehauen worden waren, waren glatt geschliffen von den Schritten all derer, die hier entlanggegangen waren. In engen Windungen führten sie an den steilen Klippen empor, die diese Seite der Insel säumten und über denen der Palast von Crysalion thronte.

Noch immer hatte sich Granock von dem Anblick des stolzen Bauwerks nicht erholt, und er brannte darauf, es aus der Nähe zu betrachten – mit noch viel größerer Ungeduld jedoch sehnte er sein Wiedersehen mit Alannah herbei.

Wie würde es sein, ihr wiederzubegegnen nach all den Jahren? Zürnte sie ihm noch wegen der Dinge, die damals geschehen waren, oder hatte sie ihm vergeben? Und vor allem: teilte sie seine Zuneigung noch?

Die letzte Frage erschreckte den jungen Zauberer.

Er selbst hatte Alannah in all der Zeit nicht vergessen, und seine Gefühle für sie waren immer noch dieselben wie am Tag des überstürzten Abschieds. Ob sie ebenso empfand, war mehr als fraglich. Immerhin hatte sie sich damals nicht für ihn, sondern für Aldur entschieden – welches Recht hatte er also, unvermittelt aufzutauchen und alte Wunden aufzureißen?

Granock fühlte sich plötzlich elend, und je weiter sie den Pfad hinaufstiegen, desto schlimmer wurde es. Er hatte seinen Willen durchgesetzt und war nach den Fernen Gestaden gereist, um Gewissheit zu bekommen und endlich Ruhe zu finden – aber was, wenn der Schmerz dadurch nur noch größer wurde? Wenn er Alannah sah und zu der Erkenntnis gelangte, dass er vier weitere Jahre ohne sie nicht ertragen würde? Und was würde geschehen, wenn er Aldur begegnete? Vier Jahre lang war ihm die sagenumwobene Heimat der Elfen als das lohnendste Ziel auf Erden erschienen – nun hatte er plötzlich Zweifel.

Von den schmalen Felseinschnitten aus, durch die der Pfad verlief, bot sich den Wanderern immer wieder ein flüchtiger Blick auf den Palast; erst als sie die Klippenfelsen ganz erklommen hatten, bekamen sie ihn ganz zu sehen – und Granock begriff, dass etwas mit dem Bauwerk nicht stimmte!

Nach allem, was er gehört hatte, bestand es ganz aus Kristall und hätte entsprechend von Licht durchdrungen sein müssen, aber das war nicht der Fall. Im Gegenteil wirkten Mauern und Türme schmutzig und grau und waren von dunklen Adern durchzogen wie schmelzendes Eis am Ende des Winters.

Auch Ardghal hatte es bemerkt, und es war das erste Mal, dass Granock den sonst so scharfzüngigen Fürsten sprachlos erlebte. Selbst im Kerker von Andaril hatte der Verräter weiter sein Gift verspritzt und seine Intrigen gesponnen. Nun jedoch schienen auch ihm die Worte zu fehlen.

»Bei … bei allen Mächten Crysalions«, war alles, was er stammelnd hervorbrachte. »Was ist hier geschehen?«

»Die Festung scheint beschädigt«, kommentierte Granock betroffen. Angesichts des Spotts, mit dem Ardghal ihn noch vorhin übergossen hatte, hätte er auch Häme empfinden können, aber tatsächlich fühlte er nur Bedauern. Und wachsende Sorge …

»Beschädigt?« Ardghal bedachte ihn mit einem Seitenblick. »Der Palast von Crysalion ist keine Ansammlung von Steinen, die die Arbeit grober Hände aus dem Fels gerissen und wieder zusammengefügt hat. Der Hort der Kristalle ist aus der Kraft des Annun erwachsen und von ihr durchdrungen. Er ist auf gewisse Weise lebendig! Wenn er sein Licht verloren hat, so muss es dafür eine Ursache geben.«

»Eine Ursache?« Granock konnte sein Erschrecken nicht verbergen.

»Ihr habt mir nie gesagt, weshalb Ihr nach den Fernen Gestaden reisen wolltet, Meister Lhurian«, sagte Ardghal lauernd. Wie immer, wenn er Granocks Zaubernamen aussprach, hörte es sich spöttisch an.

»Nein«, bestätigte Granock, »und daran wird sich auch nichts ändern. Eure Aufgabe ist es, mich zum Palast zu führen. Sobald Ihr Euren Teil der Abmachung erfüllt habt, gebe ich Euch frei, und Ihr könnt gehen, wohin es Euch beliebt.«

»Und was werdet Ihr dann tun?«

»Das geht Euch nichts an.«

»Natürlich nicht.« Ardghal lächelte schwach. »Und wenn ich Euch sage, dass Ihr Euch besser vorsehen solltet?«

»Inwiefern?«

»Ich gehe nicht davon aus, dass Euer menschliches Empfinden in der Lage ist zu spüren, was ich spüre – wenn es so wäre, würdet Ihr merken, dass etwas an diesem Ort nicht stimmt. Der Annun, dessen Schwingungen die Insel zu einem Ort des Friedens und der Harmonie machen, ist verstummt.«

»Und?«

»Wäre ich an Eurer Stelle, würde ich versuchen, den Grund dafür herauszufinden«, entgegnete der Elf rätselhaft. »Habt Ihr je daran gedacht, dass sich das Spiel der Mächte auch auf diesen Ort ausgewirkt haben könnte?«

»Was meint Ihr?«

»Nun – was, wenn der Krieg, der unsere Welt entzweit, auch auf die Fernen Gestade übergegriffen hat?«

Granock schluckte sichtbar. Genau das war es gewesen, was Farawyn befürchtet hatte; aus diesem Grund hatte er Aldur und Alannah überhaupt gehen lassen. Aber wenn es so war, wenn Margok tatsächlich nach den Fernen Gestaden gegriffen hatte, weshalb hatte Shakara dann nie etwas davon erfahren? Und was war aus seinen Freunden geworden?

Als Ardghal die Sorgenfalten sah, die Granocks Stirn verfinsterten, beging er den Fehler, leise zu lachen. Die Hand des jungen

Zauberers schoss auf ihn zu, packte ihn am Kragen seines Gewandes und riss ihn zu sich heran.

»Was wisst Ihr?«, fauchte er ihn an.

»W-wovon … sprecht … Ihr …?« Der Elf hatte Mühe, die Worte hervorzubekommen, denn Granocks Griff ließ ihn kaum atmen.

»Ich spreche von den dunklen Andeutungen, in die Ihr Euch hüllt, von Eurem unheilvollen Gerede! Haltet Ihr mich für einen solchen Narren? Ihr arbeitet für den Dunkelelfen, also sagt mir gefälligst, was hier vor sich geht, oder ich werde Euch zur Salzsäule erstarren lassen und von dieser Klippe stürzen!« Um seine Worte zu verdeutlichen, drehte er Ardghal so, dass dessen Oberkörper über dem Abgrund schwebte, der jenseits der Klippen klaffte. Das Rauschen der Brandung und das Kreischen der Möwen drangen aus der Tiefe herauf.

»Nein!«, krächzte der Verräter entsetzt. »Tut das nicht, ich bitte Euch!«

»Dann macht gefälligst das Maul auf, Mann«, drängte Granock. »Was ist hier geschehen?«

»Ich weiß es nicht!«

»Lügner!«

»Ich … schwöre es! Ihr habt recht … ich stand auf Seiten Margoks … aber nur als sein kleiner Diener … weiß nichts über seine Pläne.«

Granock, dessen blaue Augen in wildem Zorn funkelten, überlegte. Ein Teil von ihm hätte den Elfen am liebsten in die Tiefe gestürzt, aber sein Verstand sagte ihm, dass Ardghal die Wahrheit sprach. Nicht von ungefähr war es Margok wiederholt gelungen, den König und selbst den Hohen Rat zu täuschen. Er war ein Meister darin, seine wahren Absichten zu verschleiern, und weihte niemanden in seine Pläne ein – am wenigsten einen Speichellecker vom Schlage Ardghals, der vom Königshof geflohen war und bei ihm Unterschlupf gesucht hatte. Er war nur einer der vielen willigen Helfer, derer sich der Dunkelelf bediente.

Granock fletschte die Zähne wie ein Raubtier, dann riss er Ardghal herum und stieß ihn von sich. Der Elf geriet ins Straucheln und kam zu Fall, schlug sich das Kinn am schroffen Gestein blutig.

»Kennt Ihr den Weg ins Innere?«, fragte Granock mitleidlos.

Ardghal nickte, während er sich das Blut mit dem Ärmel abwischte. »Natürlich«, erklärte er pikiert. »Jeder von uns kennt ihn. Er ist in den Gesängen Lindragels beschrieben.«

»Dann singt, Fürst Ardghal«, forderte Granock ihn auf. »Ich höre Euch gerne zu.«

Argwohn und Vorsicht waren gleichermaßen in den Zügen des Elfen zu lesen. Zum ersten Mal hatte Granock den Eindruck, dass Ardghal sich vor ihm fürchtete, und er ertappte sich dabei, dass ihm dies grimmige Genugtuung verschaffte, obwohl es den Grundsätzen des Ordens widersprach.

Ardghal raffte sich wieder auf die Beine und übernahm erneut die Führung. Die Kristallfestung ragte nun unmittelbar vor ihnen auf, und angesichts der ungeheuren Größe des Bauwerks, überkam Granock ein Gefühl von Verlorenheit. Während sich rechts von ihnen das Meer erstreckte, über dem milchig und grau der Ewige Nebel lag, grenzte zur linken Seite dichter Baumbewuchs an den Fuß der Felsen, der sich nach Süden hin scheinbar endlos fortsetzte. Granock bemerkte Kiefern und Eichen, aber auch Bäume, die er noch nie zuvor gesehen hatte, noch nicht einmal in den dunklen Dschungeln Aruns. Dazwischen waren steinerne Gebäude zu erkennen, die mit ihren Säulen und Kuppeln alle Merkmale elfischer Baukunst aufwiesen.

Es waren Haine, wie die Elfen des Festlands sie zu bewohnen pflegten, aber selbst von seinem hohen Aussichtspunkt aus konnte Granock sehen, dass sie in schlechtem Zustand waren. Schlinggewächse wucherten an Säulen und Bogen empor, Dächer waren teilweise eingebrochen; und die Bäume, die die Elfengärtner sonst kunstfertig zu beschneiden und in die ausgefallensten Formen zu bringen pflegten, waren allesamt ausgeschossen und verwahrlost. Zweifellos war schon lange kein Elf mehr an diesen Orten gewesen – aber wo waren sie alle? Granock konnte nicht behaupten, dass ihm die Sache gefiel. Er packte den Zauberstab mit beiden Händen und folgte Ardghal mit festem Schritt.

Der Elf schien tatsächlich genau zu wissen, wohin er sich zu wenden hatte. Zielstrebig folgte er zunächst dem Verlauf der Klippen, ehe sie auf eine Straße stießen, die sich in engen Serpentinen vom Wald heraufwand. Sie folgten ihr ein Stück weit den von Geröll übersäten Anhang hinauf, über dem sich die Kristallfestung erhob. Dann verließ Ardghal plötzlich den Weg.

»He«, rief Granock, »was tut Ihr?«

»Ihr wollt ins Innere, oder nicht?« Über die Schulter warf ihm der Elf einen fragenden Blick zu. Eine innere Stimme mahnte Granock zur Vorsicht. Er vermochte den Grund dafür nicht genau zu benennen, aber je näher sie der Festung kamen, desto schwächer fühlte er sich. Gerade so, als nage etwas an seiner Zauberkraft. Und so sehr er sich auch bemühte, er konnte nichts von der vertrauten Präsenz erspüren, die Alannah einst umgeben hatte.

Er nickte zögernd und folgte Ardghal zu etwas, das er zunächst für einen Felsspalt hielt. Erst als er näher kam, erkannte er, dass es in Wahrheit die Mündung eines Stollens war, der ins Innere des Berges zu führen schien – und damit auch in die Festung, die darauf thronte.

»Ist das der Eingang?«, fragte Granock zweifelnd.

»Einer von vielen«, gab Ardghal ausweichend zur Antwort.

»Unbewacht und unverschlossen?«

»Meister Lhurian, dies sind die Fernen Gestade, ein Ort des Friedens und der Freude. Schlösser und Wachen sind hier nicht vonnöten, habt Ihr das schon vergessen?«

Granock verzog das Gesicht. Natürlich hatte der Elf recht, aber nach allem, was sich in Erdwelt ereignet hatte, fiel es ihm schwer zu glauben, dass dieser Ort davon völlig unberührt sein sollte. Zumal sie ja gesehen hatten, dass auch die Gestade offenbar nicht frei von Makeln waren …

»Also schön«, erklärte er sich einverstanden und senkte drohend den Zauberstab. »Ihr geht voran.«

»Bitte sehr, wenn Ihr es wünscht.«

Ohne Zögern verschwand Ardghal in der Öffnung, Granock blieb dicht hinter ihm.

Schummriges Dunkel empfing sie, und Granock ließ den Kristall am Ende des Elfenbeinstabes leuchten. Der blaue Schein vertrieb die Dunkelheit und ließ einen schmalen Gang erkennen, der schnurgerade durch den Fels verlief. Zu seiner Verblüffung stellte Granock fest, dass ihnen vom Ende blasses Tageslicht entgegendrang, sowie ein kühler Luftzug, der nach Salz und Seetang roch – und nach Tod.

Der Zauberer schreckte zurück. Er hatte den grässlichen Odem der Verwesung schon früher gerochen, an diesem Ort allerdings hatte er am wenigsten damit gerechnet. Er wusste nicht, ob Ardghal, der unbeirrt weiterging, es ebenfalls gewahrte, aber der Palast von Crysalion war von Tod durchdrungen. Granock verspürte jähe Furcht um Alannah, aber auch um Aldur, was ihm klarmachte, dass er den Elfen trotz allem, was gewesen war, noch immer als seinen Freund betrachtete. In den vergangenen vier Jahren hatte er wenn auch vergeblich versucht, Aldur zu hassen, weil er gehofft hatte, dass sein Schmerz und seine Schuldgefühle dadurch nachlassen würden. Auch seine Härte Nimon gegenüber, das wusste er jetzt, war letztlich nichts anderes als eine Folge dieses Versuchs gewesen …

Der Gedanke, dass seine Freunde an diesen Ort gekommen waren, um ihn gegen die Macht der Finsternis zu verteidigen, dass sie für das Reich ihr Leben eingesetzt und womöglich verloren hatten, während er sich in Selbstmitleid gesuhlt hatte wie ein Frischling im Schlamm, war ihm unerträglich und drückte mit jedem Schritt, den er sich weiterwagte, noch mehr auf seine Seele.

Endlich erreichten sie das Ende des Felsengangs, und einmal mehr wurde Granock von tiefer Ergriffenheit erfasst: Der Stollen mündete auf eine von gewundenen Säulen gestützte Galerie, die einen weiten Felsenkessel umlief, an dessen Innenwand sie sich spiralförmig emporschraubte. Unterhalb davon fiel das Gestein in dunkle, ungeahnte Tiefen ab, nach oben hin war der Kessel offen, sodass der weißgraue Himmel darüber zu sehen war. Rings um den Krater jedoch erhoben sich unzählige Türme und atemberaubende Kuppeln, die allesamt aus rußgeschwärztem Glas zu bestehen schienen – und Granock begriff, dass sie im Inneren der Kristallfestung angelangt waren.

Der Berg, auf dem sich der Palast erhob, war in Wahrheit ein Vulkan, dessen Glut freilich längst erloschen war. Granock vermutete, dass die Wärme aus dem Inneren der Erde das Wachstum der Kristalle begünstigt hatte, und so war durch magischen Einfluss Crysalion entstanden. Kühne Brückenkonstruktionen spannten sich über dem abgrundtiefen Kessel und verbanden eine Seite der Galerie mit der anderen; entlang der Kraterwände erhoben sich kristallene Bauten mit filigranen Türmen und Erkern. Der Anblick war dazu angetan, Granock mit höchstem Staunen zu erfüllen, doch plötzlich erblickte er etwas, das ihn alle Ergriffenheit vergessen ließ, denn es passte zu diesem Ort wie ein Haufen Dung auf ein Tablett aus Elfensilber.

Orks!

Granock traute seinen Augen nicht, als er die Unholde auf der gegenüberliegenden Seite des Kessels entdeckte, nicht nur ein paar wenige, sondern eine ganze Abteilung, die mit Äxten und Speeren bewaffnet war und in tumbem Gleichschritt marschierte. Ihnen voran schritt ein Elfenkrieger, der einen geschlossenen Helm und eine schwarze Lederrüstung trug – zweifellos ein *dun'ras*, wie die Unterführer in Margoks Heer genannt wurden.

Damit war bewiesen, was Granock bislang nur befürchtet hatte – das Böse weilte in Crysalion!

Das erklärte die verlassene Küste und die aufgegebenen Haine, und es lieferte einen Grund dafür, dass der Glanz des Annun verblasst war; außerdem machte es klar, woher der beißende Gestank rührte, der Granock sofort aufgefallen war, denn der Geruch von Moder und Verwesung pflegte den Unholden anzuhaften wie eine schlechte Gewohnheit. Zwei Dinge allerdings erklärte das Auftauchen der Orks nicht – nämlich woher sie kamen und was aus Alannah und Aldur geworden war …

Granock fühlte Panik in sich aufsteigen. Instinktiv zuckte er in den Stollenausgang zurück. Ardghal zog er kurzerhand mit. »Ein Laut«, schärfte er ihm ein, während er ihn gegen die Felswand drückte, »und Ihr seid des Todes!«

Der Verräter nickte krampfhaft, und sie warteten im Halbdunkel des Stollens ab. Den Kristall an seinem *flasfyn* hatte Granock längst verblassen lassen und stattdessen einen Verdunkelungszauber gewirkt, der sie fremden Blicken nicht ganz entziehen konnte, aber zusätzlich tarnte.

So warteten sie ab, während sie hören konnten, wie sich das Getrampel der Unholde näherte.

Granocks Gedanken jagten einander.

Ganz offenbar hatten Farawyns Befürchtungen sich bewahrheitet: Margoks Horden waren an den Fernen Gestaden gelandet und hatten sich ihrer bemächtigt. Aber wieso wusste man in Shakara nichts davon? Weshalb hatte Erdwelt nie etwas von dieser Katastrophe erfahren?

Die Orks und ihr Anführer waren fast heran. Granock konnte ihre Schatten sehen, die den Boden der Galerie heraufkrochen – und im nächsten Moment waren auch ihre unheimlichen Besitzer zur Stelle. Mit der Linken presste Granock Ardghal an die Wand, mit der Rechten hielt er den Zauberstab, um sich nötigenfalls verteidigen zu können.

Dann überstürzten sich die Ereignisse.

Als Granock den Anführer des Trupps erblickte, fiel ihm sofort die Waffe auf, die er in seinen Händen hielt – kein Speer, sondern ein weißlich schimmernder Stab, der gewunden und an der Spitze mit einem schimmernden Kristall versehen war. Es war ein Zauberstab, noch dazu einer, den Granock aus Tausenden herausgekannt hätte, denn er war aus *ilfúldur* gefertigt wie sein eigener – und er gehörte Alannah!

Granock sog scharf nach Luft.

Einen Augenblick lang war er zu entsetzt, um auf Ardghal zu achten, der die Unachtsamkeit nutzte und sich seinem Griff entwand. »Hilfe!«, schrie der Elf laut, ehe Granocks Bann ihn erstarren ließ – aber es war bereits zu spät.

Die Orks drehten die klobigen Schädel, und die an spärliches Licht gewohnten Augen der Unholde entdeckten ihn ohne Mühe. Granock sprang vor, den Zauberstab beidhändig erhoben, und brachte einen Gedankenstoß an, der die vordersten beiden Krieger erfasste und zurücktaumeln ließ. Sie stießen mit ihren nachdrängenden Artgenossen zusammen, worauf eine wilde Keilerei entstand, die Granock kurzerhand beendete, indem er einen weiteren Zeitzauber wirkte. Die Orks verharrten als das ungeordnete Knäuel, zu dem sie verschmolzen waren – ihr behelmter Anführer jedoch blieb von der Wirkung des Zaubers unberührt.

In seine schwarze Rüstung gehüllt und Alannahs Zauberstab in der Hand, trat er auf Granock zu, der eine Verteidigungsposition eingenommen hatte und breitbeinig im Stollen stand, den *flasfyn* lotrecht in seiner Rechten haltend und den linken Arm ausgestreckt.

»Halt!«, fuhr er den *dun'ras* an, von dem durch die Sehschlitze des Helmes nur die Augen zu sehen waren. »Woher hast du diesen Zauberstab? Sprich, oder ich werde dich …«

Der andere wollte den *flasfyn* heben, doch Granock kam ihm zuvor. Er schickte einen *tarthan* auf den Weg, der sich wie ein Fausthieb in die Magengrube des Gegners senken sollte, doch dieser reagierte blitzschnell und wehrte den Gedankenstoß mit einer beiläufig wirkenden Parade ab. Der Stab aus Elfenbein wirbelte in der Hand des Helmträgers herum, wobei der Kristall an seinem Ende zu leuchten begann und einen purpurfarbenen Halbkreis beschrieb. Auch Granock ging zum Gegenangriff über und trug einen erneuten Zeitzauber vor, der jedoch zu seinem Entsetzen erneut ohne Wirkung blieb. Wer auch immer sich unter dem Helm verbarg, trug den *flasfyn* nicht nur zur Zier …

Mit einem Sprung setzte der *dun'ras* heran, das untere Ende des Stabes auf Granocks Brust gerichtet. Wären seine Reflexe nicht derart geschult gewesen, hätte der *flasfyn* Granock zweifellos durchbohrt. So pendelte er reaktionsschnell zurück, und der Angriff verfehlte ihn um Haaresbreite – und Granock nutzte die ungünstige Position, in die sich sein Gegner gebracht hatte. Gegen Magie mochte der Kerl mit dem Helm gefeit sein, aber es gab auch andere Mittel, jemanden zu Fall zu bringen …

Den eigenen Zauberstab als Stütze zweckentfremdend, wirbelte Granock herum, riss ein Bein in die Höhe und empfing den Angreifer mit einem harten Tritt. Ein pfeifendes Geräusch erklang, als die

Luft aus den Lungen des *dun'ras* wich. Er klappte nach vorn und taumelte, und indem er die linke Hand zur Faust ballte, brachte Granock einen *tarthan* an. Margoks Handlanger wurde voll getroffen und gegen die Felswand geschleudert. Vermutlich bewahrte ihn nur sein lederner Harnisch davor, sich sämtliche Rippen zu brechen. Der Helm jedoch wurde ihm beim Aufprall vom Kopf gerissen und landete mit metallischem Klang auf dem Boden.

Darunter kam weißblondes Haar zum Vorschein, das nun seines Halts beraubt war und wallend auf die gepanzerten Schultern fiel – und mit einem Aufschrei des Entsetzens erkannte Granock, gegen wen er auf Leben und Tod gekämpft hatte.

»Alannah!«

Seine Lippen formten ihren Namen; er konnte nicht glauben, sie tatsächlich vor sich zu sehen, unversehrt nach so langer Zeit, aber in der Rüstung des Feindes.

»Was, in aller Welt …?«

Weiter kam er nicht.

In der Hitze des Augenblicks hatte er nicht bemerkt, dass der Zeitbann, den er über die Orks verhängt hatte, erloschen war. Und als es ihm schließlich klar wurde, geschah es in Form eines Axtblatts, das niederging und ihn mit der flachen Seite am Hinterkopf traf.

Schreiender, alles hinfortreißender Schmerz war die Folge. Unbewegt stand Granock da und starrte Alannah an, die seinen Blick ungerührt erwiderte.

Dann brach er zusammen.

2. BREUTHANA GWYRA

Es war ein seltsames Gefühl, den geweihten Boden zu betreten. Farawyn hatte nicht den Eindruck, dieses Privilegs würdig oder auch nur darauf vorbereitet zu sein. Dennoch war er hier. Er roch die salzige Luft, spürte den Wind in seinem Haar und hörte das Rauschen der Brandung. Und er sah jenes riesige, wundersame Gebilde, das jenseits der Strandklippen aufragte und die Insel weithin sichtbar überragte.

Crysalion!

Obschon Farawyn noch nie zuvor an den Fernen Gestaden gewesen war und den Palast der Kristalle somit nur aus den Gesängen Lindragels und den Schilderungen der Alten Chroniken kannte, hatte er ihn sich genau so vorgestellt: Ein riesiges Gebilde, das dem Urkristall entsprungen und im Lauf von Jahrtausenden geformt worden war. Myriaden von Zinnen und Türmen reckten sich in den azurblauen Himmel, in denen sich das Licht der Sonne in allen Regenbogenfarben brach, bis hinauf zur höchsten Spitze, wo sich der Annun befand.

Stolz erfüllte den Ältesten von Shakara angesichts dieses Anblicks, der die Größe und Erhabenheit des Goldenen Zeitalters erahnen ließ – doch dann geschah etwas Unerwartetes: Wind kam auf, der das Meer aufpeitschte und Farawyns Robe blähte. Wolken zogen von Westen heran und schoben sich vor die Sonne, und im selben Augenblick, da das Licht des Regenbogens über Crysalion verblasste, begann sich der Palast dramatisch zu verändern.

Die kristallenen Mauern und Türme wurden plötzlich stumpf, so als hätte etwas ihre innerste Struktur zerstört. Der Vergleich mit einer welkenden Blüte drängte sich Farawyn auf, und während er noch darüber nachsann, was vor sich ging, beobachtete er, wie sich die ersten filigranen Turmgebilde auflösten und vor seinen Augen in Splitter zerfielen.

»Nein!«, rief der Seher entsetzt und hob den Zauberstab, aber seine Kräfte reichten nicht aus, um den Zerstörungsprozess aufzuhalten, der in Gang gesetzt worden war.

Immer weitere Teile des Palasts wurden davon erfasst, immer größer die Trümmer, die sich von Mauern und Erkern lösten und über die Klippen in die tosende See stürzten; und schließlich neigten sich ganze Türme gleich riesigen Bäumen, an die die Axt gelegt worden war.

»Neeein …!«

Farawyns Schrei verhallte ungehört im Getöse. Tränen schossen ihm in die Augen, während er zusah, wie der Stolz und Ursprung des Elfenvolks zugrunde ging. Immer größer wurde das Ausmaß der Zerstörung, bis schließlich auch der Annun in Trümmer fiel.

Farawyns Entsetzen war grenzenlos. Der *flasfyn* entwand sich seinem Griff und fiel zu Boden, er selbst brach in die Knie und schirmte sein Haupt mit den Armen, so als müsse er sich vor den herabprasselnden Kristallsplittern schützen. Unfähig, das Schreckliche noch länger anzusehen, schloss er die Augen.

»Wie konnte das nur geschehen?«, fragte er sich kopfschüttelnd wieder und wieder. »Wie, bei allen Kräften der Schöpfung, konnte das nur geschehen …?«

»Da fragt Ihr noch?«

Die Stimme kam von unmittelbar neben ihm.

Farawyn zuckte zusammen und riss die Augen auf, starrte verblüfft auf die Gestalt, die unbemerkt zu ihm getreten war. Sie trug eine lange Robe, deren Kapuze tief ins Gesicht gezogen war, sodass ihre Züge nicht zu erkennen waren. Dennoch hatte der Seher den Eindruck, die Stimme zu kennen.

»Verrat hat dies bewirkt, Bruder Farawyn«, erklärte der Vermummte schlicht. »Mein Verrat, der Euer aller Untergang bedeuten wird.«

»W-wer seid Ihr?«, stieß der Älteste hervor, vor Entsetzen kaum in der Lage, einen klaren Gedanken zu fassen.

Der Vermummte blickte auf ihn herab, sein Gesicht war in der Schwärze der Kapuze jedoch noch immer nicht zu erkennen. »Das wisst Ihr noch nicht?«, fragte er – und mit einem leisen Lachen griff er nach der Haube, um sie zurückzuschlagen …

»Meister Farawyn! Meister Farawyn …!«

Hart und schneidend drang die Stimme an sein Ohr. Jäh wurde Farawyn klar, dass sie von außerhalb seiner Welt kam, und sie drohte ihn in die Wirklichkeit zurückzureißen.

»Nein!«, rief er entsetzt. »Wartet!«

Aber es war zu spät.

Der Vermummte, der kurz davorgestanden hatte, ihm seine Identität zu enthüllen, löste sich in graue Rauchschwaden auf, ebenso wie das Meer, die Klippen und der einstürzende Palast. Das Erwachen riss sie hinfort, und Farawyn machte die Augen auf – nur um sich in seinem Quartier im Palast von Tirgas Lan wiederzufinden, aufrecht auf seinem Lager sitzend und schweißgebadet.

Dem spärlichen Licht nach zu urteilen, das durch die schmalen Fenster fiel, war es früher Morgen – und Farawyn war nicht allein. Kein anderer als Cysguran stand am Fußende des Bettes. Er war es gewesen, der seinen Schlaf gestört und ihn geweckt hatte, im denkbar ungünstigsten Augenblick.

»Was habt Ihr, Bruder?«, erkundigte sich Cysguran mit offenbar ehrlicher Besorgnis. »Ihr seht aus, als hätte Euch etwas zu Tode erschreckt!«

»Das … hat es auch«, bestätigte der Älteste, der noch ganz unter dem Eindruck der Traumbilder stand. Die Art und Weise, wie sie sich ihm dargeboten hatten, die Eindringlichkeit, mit der sie ihm noch immer vor Augen standen, sagte ihm, dass sie mehr als nur die Widerspiegelung seiner verborgenen Ängste und Befürchtungen gewesen waren.

Farawyn hatte eine Vision gehabt.

Er hatte das Ende Crysalions erlebt, und er war kurz davor gewesen zu erfahren, wer der Verräter in den Reihen des Ordens war. Schon vor vier Jahren hatte dieser zugeschlagen, als Farawyns Vorgänger Semias hinterrücks in seiner Kammer ermordet worden war. Danach war es still um ihn geworden, und alle Bemühungen, ihn zu entlarven, waren ergebnislos geblieben.

Bis heute …

»Nicht viel hätte gefehlt«, murmelte Farawyn leise, der nicht fassen konnte, dass ihm die Gelegenheit entgangen war. »Nicht viel, und ich hätte sein Gesicht gesehen …«

»Von wem sprecht Ihr, Bruder?«

»Ich spreche von …« Farawyn verstummte. Erst jetzt kam er vollends zu sich, und entsprechend verwundert war er über Cysgurans Anwesenheit. »Was tut Ihr hier, Bruder?«, wollte er wissen. »Wo ist Argyll?«

»Wo Euer Koboldsdiener ist, würde mich auch interessieren«, gestand Cysguran. »Als ich eintraf, war er nirgendwo zu sehen, und die Tür Eurer Kammer war unverschlossen.«

»Unverschlossen?« Farawyn blickte verständnislos in Richtung Tür. Er war sicher, den Riegel vorgelegt zu haben – kein gewöhnliches Schloss, sondern ein *calo-huth*, der selbst übernatürlichen Angriffen zu trotzen verstand. Doch der Riegel war offen, ebenso wie die Tür – wie war das möglich?

»Ihr tätet gut daran, Euch einen neuen Diener zu wählen«, war Cysguran überzeugt. »Argyll mag einst ein nützlicher Helfer gewesen sein, aber er ist alt geworden, und sein Gedächtnis ist ebenso welk wie die Blütenkappe auf seinem Kopf.«

Farawyn erwiderte nichts darauf. Es stimmte, sein Diener hatte an seiner Art gemessen ein gesegnetes Alter erreicht, andererseits hatte er ihm noch nie Anlass zur Unzufriedenheit gegeben. Im Gegenteil hatte er sogar dringend ersucht, ihn nach Tirgas Lan begleiten zu dürfen und nicht wie die meisten anderen Koboldsdiener in Shakara zu bleiben …

»Ich werde mich zu gegebener Zeit darum kümmern«, entschied der Älteste, der nur sein Untergewand trug, dennoch aber die ganze Würde seines Amtes ausstrahlte. Sein Blick, der inzwischen ganz im Hier und Jetzt angekommen war, richtete sich auf Cysguran.

»Was führt Euch zu mir, Bruder?«

»Nichts weiter«, versicherte der andere. »Eigentlich wollte ich Euch nur etwas ausrichten lassen, aber dann fand ich Eure Kammer unverschlossen und …«

»Was wolltet Ihr mir ausrichten lassen?«

»Dass die letzte Welle von Zauberern durch die Kristallpforte gekommen ist. Nunmehr ist die Ordensburg fast vollständig geräumt. Nur noch drei Meister, einige unerfahrene Novizen und die Kobolde befinden sich dort.«

»Gut.« Farawyn nickte. »Bruder«, sagte er dann, »ich weiß, dass Ihr mit meiner Entscheidung noch immer nicht einverstanden seid, aber …«

»Wie heißt es in den Abhandlungen Royans? ›Zeit ist die unbegreiflichste aller Kräfte. Sie vermag mehr zu bewegen als selbst der mächtigste Wind und macht bisweilen selbst Narren weise.‹ Ich fürchte, Bruder«, fügte Cysguran halblaut hinzu, »dass ich ein solcher Narr gewesen bin.«

»Inwiefern?«

»Indem ich nicht sehen wollte, dass Ihr nur das Wohl des Reiches und das Überleben unseres Volks im Sinn habt«, gab Farawyns einst so scharfzüngiger Gegner zur Antwort. »Und indem ich nicht erkannte, dass mächtige Zauberer in diesen unruhigen Zeiten zusammenstehen müssen«, fügte er hinzu und deutete eine Verbeugung an. »Wollt Ihr mir meine Engstirnigkeit verzeihen, Bruder?«

»Ich kann nicht verzeihen, wo nichts zu verzeihen ist, mein Freund«, entgegnete Farawyn ohne Zögern und reichte ihm die Hand – eine menschliche Geste freilich, die ihm jedoch nicht zuletzt durch seinen Schüler Granock selbstverständlich geworden war. Cysguran ergriff sie, und während sie einander tief in die Augen blickten, begruben die beiden Zauberer ihre Feindschaft.

»Wollt Ihr mir nun verraten, was Euch vorhin widerfuhr?«, erkundigte sich Cysguran schließlich.

»Ich hatte eine Vision«, erklärte Farawyn.

»Wovon? Den Ausgang des Krieges?«

»Das will ich nicht hoffen«, erwiderte der Älteste ausweichend, wobei ihm wieder das Bild des in Scherben sinkenden Palastes vor

Augen stand. Die Natur seiner Visionen bedingte es, dass sie ihm eine mögliche Version der Zukunft zeigten. Was er gesehen hatte, würde sich vielleicht bewahrheiten, vielleicht auch nicht. Es hing von den Entscheidungen ab, die getroffen wurden, und Farawyn hoffte, dass er richtig entscheiden würde – oder würde er die Katastrophe durch sein Zutun erst in Gang setzen? Es war dieser Zwiespalt, der seine Gabe zur Bürde machte. Aber er hatte gelernt, damit zu leben.

»Was habt Ihr dann gesehen?«, drängte Cysguran. »Bitte, Bruder, lasst mich teilhaben an Eurem Wissen!«

»Es ist kein Wissen«, verbesserte Farawyn, »nur eine Ahnung von dem, was vielleicht einst sein könnte. Aber für einen Herzschlag hatte ich die Gelegenheit ...«

»Ja?«

Farawyn schaute dem anderen fest ins Gesicht. »Ich habe den Verräter gesehen«, erklärte er.

»Den Verräter?«

»Ganz recht. Er stand so dicht neben mir, dass ich ihn hätte berühren können.«

»Habt Ihr ihn erkannt?«

»Ich war kurz davor«, gestand der Älteste. »Aber dann erwachte ich, und die Vision ging verloren.«

»Dann wisst Ihr also nicht, wer es ist?«

»Nein.« Farawyn schüttelte den Kopf. »Aber ich hatte das Gefühl, ihn gut zu kennen.«

»Hegt Ihr einen Verdacht?«

»In der Tat«, bestätigte der Älteste. »Und ich bin froh, dass ich mich dazu entschieden habe, den Betreffenden auf diese vielleicht letzte Reise mitzunehmen, denn so kann ich ihn im Auge behalten, bis er sich selbst entlarvt.«

Cysguran nickte. »Ich weiß, wen Ihr meint. Und ich erinnere mich, Euch gesagt zu haben, dass der Unhold gefährlich ist. Hier scheint zur Ausnahme Euch ein Fehler unterlaufen zu sein, Bruder.«

»Ja«, stimmte Farawyn bereitwillig zu. »Es scheint so.«

3. DWAI CYFAILA

Das Erwachen war fürchterlich.

Wie lange Granock ohne Bewusstsein gewesen war, vermochte er nicht zu beurteilen, aber in dem Moment, da er erwachte, wünschte er sich sogleich wieder zurück.

Sein ganzer Körper schien nur noch aus Schmerz zu bestehen, angefangen von seinem Hinterkopf, wo ihn der Hieb des Ork getroffen hatte, bis in die letzte Zehenspitze. Selbst das Aufschlagen der Lider bereitete ihm einige Qual, und obwohl nur spärlicher Lichtschein in sein Gefängnis drang, dauerte es eine Weile, bis sich seine Augen daran gewöhnt hatten.

In sich zusammengesunken kauerte Granock auf kaltem Steinboden, mit nichts als seiner Tunika bekleidet. Seine Robe hatte man ihm genommen, ebenso wie den Zauberstab, und seine Hand- und Fußgelenke lagen in eisernen Ketten, die bei jeder Bewegung leise klirrten. Ganz allmählich fokussierte sich sein Blick, sodass er seine Umgebung wahrnehmen konnte – ein finsteres, feuchtes Kerkerloch, dessen einziger Ausgang von einer Gittertür verschlossen wurde.

Eingesperrt wie ein Tier, schoss es ihm durch den Kopf, und er rekapitulierte die Ereignisse, die ihn in diese missliche Lage gebracht hatten. Zunächst klafften einige Lücken in seinen Erinnerungen, sodass er Mühe hatte, sie zusammenzufügen, aber allmählich gelang es ihm. Der Palast der Kristalle, die Orks, der Überfall, seine Flucht – nach und nach erinnerte er sich. Und natürlich entsann er sich auch an das Gesicht, das ihm so vertraut und so fremd zugleich gewesen war.

»Alannah …«

Er sprach ihren Namen flüsternd aus, fast wie eine Beschwörung, während er zu verstehen versuchte, was geschehen war. Sie war es gewesen, ohne jeden Zweifel, aber ihr Blick war so ohne Erkennen, so ohne jede Spur von Zuneigung gewesen, als wohnte ein fremder Geist in ihrem Körper. Was war nur mit ihr geschehen? Warum stand sie auf der Seite des Feindes?

Der Gedanke war so unerträglich, dass er Granocks Schmerzen noch verstärkte. Stöhnend sank er an der Kerkerwand herab und wand sich am Boden, während Verzweiflung sein Herz zerfraß wie ein blutgieriges Monstrum. Was, so fragte er sich immer wieder, war in den vergangenen vier Jahren passiert? In was für einen Albtraum war er geraten?

Seine verbliebenen Kräfte zusammennehmend, raffte er sich auf die Beine, wankte zum Gitter und rüttelte daran. »He, ihr da draußen!«, schrie er dazu. »Hört ihr mich? Könnt ihr mich hören, verdammt noch mal?«

Seine Stimme verhallte auf dem Gang, ohne dass eine Reaktion oder auch nur eine Erwiderung erfolgte. Granock versuchte es noch einmal. Als sein Rufen erneut wirkungslos blieb, kehrte er zurück auf seinen Platz am Boden, wo er niedersank und sich die Haare raufte.

Unzählige Fragen bestürmten ihn, und die Antworten, die er sich zu geben versuchte, verwirrten ihn nur noch mehr. Als die Erschöpfung ihn schließlich übermannte und er aufs Neue in die Bewusstlosigkeit zurückfiel, folgten seine Ängste und Befürchtungen ihm wie ein Schatten.

Als er die Augen wieder aufschlug, fühlte er sich weder erholt noch ausgeruht. Etwas hatte ihn geweckt, das von außerhalb seiner Traumwelt an sein Ohr gedrungen war.

Eine Stimme!

Er fuhr hoch und schaute zur Tür, nur um festzustellen, dass er nicht mehr allein war.

Jemand war zu ihm in die Zelle getreten. Jemand, der hochgewachsen war und eine schwarze Magierrobe trug – und dessen schmale, asketisch wirkende Gesichtszüge von langem blondem Haar umrahmt wurden. Ein schmales Augenpaar schien Granock aus fernster Vergangenheit anzustarren …

»Aldur!«

Granock war außer sich.

Wäre er nicht zu erschöpft dazu gewesen, wäre er aufgesprungen, um den Freund zu begrüßen. So begnügte er sich damit, ihn aus großen Augen anzusehen und in einer Mischung aus Ehrerbietung und Dankbarkeit die gefesselten Hände zu heben. Für einen Augenblick war die Freude über das unverhoffte Wiedersehen so groß, dass sie den Schmerz und den Zorn und selbst die bittere Gegenwart verdrängte.

Wie oft in den zurückliegenden vier Jahren hatte sich Granock gewünscht, Aldur gegenüberzutreten und ihm alles zu erklären, sich zu rechtfertigen für die Dinge, die geschehen waren, und um sein Verständnis zu werben. Nun, da der verloren geglaubte Freund vor ihm stand, brachte er kaum ein Wort hervor. »Aldur, Aldur«, hauchte er nur immer wieder.

»Rothgan«, verbesserte der andere mit einer Kälte, die Granock erschaudern ließ. So sehr er sich freute, die Stimme des Freundes zu hören – sie hatte sich verändert. Oder spielte seine Erinnerung ihm nur einen Streich?

»Natürlich«, bestätigte er nickend. »Du bist am Leben, Freund. Dafür danke ich dem Schicksal!«

»Danke ihm nicht zu früh«, beschied Aldur-Rothgan ihm ohne erkennbare Regung. Er unternahm keine Anstalten, sich zu ihm hinabzubücken oder ihn zu begrüßen. »Rurak hatte recht. In jeder Hinsicht.«

»Rurak?« Granock stutzte, und fast kam es ihm vor, als erwache er erst jetzt wirklich. »Wovon sprichst du?«

»Er hat geahnt, dass es deiner menschlichen Natur zuwiderlaufen würde, dich mit etwas abzufinden. Ihm war von Beginn an klar, dass du irgendwann hier auftauchen würdest, ganz einfach weil dein schwaches Wesen dich dazu zwingt.«

»Rurak?«, hakte Granock noch einmal nach. »Was hast du mit dem Verräter zu schaffen?«

»Was dich betrifft, hat er die Wahrheit gesagt«, erwiderte Rothgan nur. »Er sagte, er wüsste einen Weg, dich an diesen Ort zu locken und dich damit meiner Rache zuzuführen. Und wie du siehst, ist es ihm gelungen.«

»Mich an diesen Ort locken? Rache?« Granock wiederholte die Worte, ohne ihren Inhalt wirklich zu begreifen. Sein erschöpfter Verstand hatte Mühe, mit der Entwicklung der Dinge Schritt zu halten.

»Gewiss. Es bedurfte nur eines geeigneten Köders, um dich an die Fernen Gestade zu locken. Menschen verhalten sich wie Hunde. Man braucht ihnen bloß einen Knochen hinzuwerfen, und schon beißen sie zu.«

»Es war alles geplant?« Erst ganz allmählich begriff Granock, was der andere ihm zu sagen versuchte. »Ich *sollte* hierherkommen?«

»Was dachtest du? Dass du dich frei dazu entschieden hättest?« Er lachte auf. »Wahrscheinlich hattest du sogar ein schlechtes Gewissen deswegen, wie es bei euch Menschen üblich ist. Ändern werdet ihr euch dennoch nie.«

»Du lügst«, sagte Granock, wobei es mehr ein Wunsch war als eine Feststellung.

»Natürlich.« Rothgan nickte. »Auch das ist typisch für euch Menschen. Ihr seid nicht nur Narren, sondern auch unfähig, euch eure Narrheit einzugestehen. Was, wenn ich es dir beweisen würde? Was, wenn ich dir zeigte, dass du nur eine Figur in einem Spiel gewesen bist?«

»Wie willst du das anstellen?«

Aldur-Rothgan lachte kehlig. Dann klatschte er in die Hände und trat zur Seite, und durch die offene Zellentür kam – Granock traute seinen Augen nicht – kein anderer als Fürst Ardghal, springlebendig und mit einem breiten Grinsen im Gesicht. Da wurde ihm klar, dass er in Andaril tatsächlich in die Falle gelockt worden war. Und das Perfide daran war, dass Rothgan sogar Farawyn zu seinem Komplizen gemacht hatte.

Das Ausmaß seiner Bestürzung spiegelte sich in Granocks Gesicht wider, was Rothgan amüsierte. »Du solltest dich sehen, Mensch. Das bist du. Nicht mehr.«

»Yrena?«, fragte Granock.

Ardghal schüttelte den Kopf. »Nur eine willige Spielfigur, genau wie Ihr, großer Meister Lhurian.«

Granock ertrug den Anblick seiner triumphierenden Feinde nicht. Er vergrub das Gesicht in den Händen, wobei ihn die klirrenden Ketten bei jeder Bewegung an seine Torheit erinnerten. Um die Vergangenheit endgültig hinter sich zu lassen, war er nach den Fernen Gestaden aufgebrochen – nun hatte sie ihn erst recht eingeholt. Granock hatte sein Leben ins Reine bringen wollen und damit nur Schaden angerichtet. Er hatte Farawyns Vertrauen missbraucht und Yrena vor den Kopf gestoßen und damit vermutlich das Bündnis mit den Menschen vereitelt.

Was für ein Narr war er gewesen …

»Was hast du nur getan?«, fragte er und schaute an dem Elfen empor, der ihn einst als seinen Bruder bezeichnet hatte. »Was, bei Sigwyns Söhnen, hast du nur getan?«

»Das will ich dir sagen, *cyfail*«, entgegnete Aldur, wobei er das elfische Wort für »Freund« in einer Weise aussprach, als müsse er sich dabei übergeben. »Ich habe die Augen geöffnet. Und ich habe erkannt, dass ich von Lügnern und Heuchlern umgeben war, von Feinden, mein ganzes Leben lang!«

»Das ist nicht wahr!«

»Du wagst es zu widersprechen? Willst du abstreiten, dass du unsere Freundschaft verraten hast? Dass du mich hintergangen und betrogen hast?«

»Ich wusste nichts von dem, was Alannah und dich verband«, beteuerte Granock.

»Was soll das heißen, du wusstest nicht, was uns verband? Glaubst du denn, dir kommt zu, was einem Sohne Sigwyns zusteht, Mensch? Glaubst du, eine Elfin von edlem Geblüt könnte auch nur in Erwägung ziehen, sich mit einem Wurm wie dir einzulassen? Wie konntest du nur jemals so vermessen sein?«

Aldurs Stimme war immer lauter geworden, seine blauen Augen leuchteten in fiebrigem Glanz. Granock sah so viel Hass darin, dass es ihn schauderte. Ein Teil von ihm hatte gehofft, dass die Zeit zumindest einige der Wunden geheilt hatte, die ihre eigene

Dummheit und Unvorsicht geschlagen hatte, aber das war wohl ein weiterer Irrtum gewesen. Ihm wurde klar, dass Aldur ihm niemals vergeben würde, weder in diesem noch in einem anderen Leben.

»Ja«, sagte er deshalb leise und voller Bitterkeit, »du hast recht. Wie konnte ich nur so vermessen sein?«

»Du stinkst, Mensch«, fuhr Aldur ihn an. »Wenn ich nur daran denke, dass ich dich einst meinen Bruder nannte, so möchte ich vor Scham vergehen. Verflucht sei der Tag, an dem du deinen verräterischen Fuß auf die Schwelle von Shakara gesetzt und alles entweiht hast, das mir je etwas bedeutet hat. Was immer dort geschehen ist, ist deine Schuld, Mensch!«

»Wovon sprichst du?«, wollte Granock wissen. »Trage ich die Verantwortung dafür, dass der Hohe Rat schwach und das Elfentum im Niedergang begriffen ist? Ist es mein Verschulden, dass dein wirklicher Vater dich verleugnet und zurückgewiesen hat?«

Aldur wankte wie unter einem Schwertstreich. Granock konnte sehen, wie er die Fäuste ballte und heiße Glut zwischen seinen Fingern glomm, und einen Moment lang rechnete er damit, dass sein Rivale die Beherrschung verlieren und von seinem *reghas* Gebrauch machen würde, um ihn bei lebendigem Leib zu rösten – geschwächt, wie er war, wäre Granock ihm hilflos ausgeliefert. Aber Rothgan tat es nicht – wohl weil er entschied, dass das Leben in diesem Fall eine schlimmere Bestrafung war als der Tod.

»Es ist wahr«, bestätigte er mit bebender Stimme. »Kein anderer als Farawyn, der Oberste der versammelten Heuchler und Zauderer von Shakara, ist mein leiblicher Vater. Hat dich das überrascht?«

»Ein wenig«, gab Granock zu.

»Ihn wohl auch – so sehr, dass er sich nicht dazu durchdringen konnte, mir die Wahrheit zu sagen. Hätte Alduran nicht versehentlich sein Schweigen gebrochen, hätte ich es vermutlich nie erfahren. Sie alle hatten sich gegen mich verschworen, jeder Einzelne von ihnen. Bewusst haben sie mir die Wahrheit vorenthalten, um mich zu schützen, wie sie behauptet haben – in Wirklichkeit jedoch fürchteten sie sich vor meinen Fähigkeiten. Ihnen allen war klar, dass ich ein größerer und mächtigerer Zauberer werden könnte, als sie es jemals waren, und das hat ihre kleinlichen Gemüter in Angst und Schrecken versetzt.« Aldur grinste stolz. »Zu Recht, wie man nun sieht.«

»Allerdings.« Granock nickte. »Was ist nur aus dir geworden?«

»Was aus mir werden musste. Was Farawyn vermutlich von Beginn an in seinen Visionen gesehen hat und was er zu verhindern trachtete. Und indem er es versuchte, hat er die Katastrophe erst heraufbeschworen. Klein halten wollte er mich, mich leugnen und mich übergehen – nun jedoch bin ich mächtiger, als er es jemals werden wird, denn ich herrsche über die Fernen Gestade und halte die Vergangenheit und die Zukunft des Elfenvolks in meinen Händen!« Er machte eine ausholende Geste. »All das hier gehört mir, Mensch, mir ganz allein und niemandem sonst.«

»Ich verstehe.« Allmählich begriff Granock die Zusammenhänge. »Deshalb wolltest du damals nach den Fernen Gestaden geschickt werden, nicht wahr? Du hattest niemals vor, sie Margoks Zugriff zu entziehen.«

»Anfangs doch«, schränkte Aldur ein. »Zu Beginn war ich tatsächlich töricht genug zu glauben, der Rat würde irgendwann mein Genie erkennen und ihm Tribut zollen. Aber dein Verrat und der Farawyns haben mir klargemacht, dass es dazu wohl niemals kommen würde, also entschied ich mich, meine eigenen Pläne zu verfolgen. Ich habe erkannt, dass es ein ungleich größeres Ziel gibt, als dem Rat und seinen Speichelleckern zu willfahren, also habe ich entsprechend gehandelt.«

»Du hast dich mit Margok verbündet«, flüsterte Granock, der nicht fassen konnte, dass er sich noch vor Kurzem um seinen einstigen Freund gesorgt und sich schwere Vorwürfe gemacht hatte. »Du bist ein Diener des Bösen geworden.«

»Sehe ich für dich aus wie ein Diener?«, fragte Aldur-Rothgan grinsend. »Vergiss nicht, dass ich wie ein König über diese Insel herrsche!«

»Dennoch bist du Margoks Büttel«, beharrte Granock, »und du bist ein Verräter. Statt dem Dunkelelfen den Zugang zu den Fernen Gestaden zu verwehren, hast du ihn bereitwillig geöffnet …«

»… und bin damit zum Herrn der Fernen Gestade geworden. Hier endlich kommen meine Fähigkeiten zur wahren Entfaltung, denn hier legt mir niemand Steine in den Weg.«

»Offensichtlich«, presste Granock trocken hervor, der seinem einstigen Freund mit wachsendem Entsetzen zuhörte. Nicht nur, dass Aldur alles verraten hatte, woran sie einst geglaubt hatten, und sich mit Margok verbündet hatte – er schien dabei auch den Verstand verloren zu haben.

»Und wer hat gesagt«, fuhr Rothgan mit vor Habgier verzerrten Zügen fort, »dass ich damit zufrieden bin, Margoks ergebener Diener zu sein? Irgendwann wird auch die Zeit des Dunkelelfen zu Ende gehen, und dann werde ich, Rothgan, seine Nachfolge übernehmen!«

Nun war Granock endgültig überzeugt, was Aldurs Geisteszustand betraf. »Du hast den Verstand verloren«, stellte er fest.

»Glaubst du?« Der andere lachte auf. »Und wenn ich dir sagte, dass es Gemeinsamkeiten zwischen uns gibt? Dass ich ebenso wenig Furcht davor empfinde, die Macht der Kristalle zu entfesseln, wie einst Qoray? Auch er hat sich gegen den Hohen Rat gestellt, genau wie ich. Und wie er«, fügte Rothgan hinzu und breitete die Arme aus, dass sich die weiten Ärmel seines Gewandes wie die Flügel eines Drachen entfalteten, »kann ich es jederzeit mit diesen Narren aufnehmen!«

Das höhnische Gelächter, in das er verfiel, ergoss sich wie Jauche über Granock. Angewidert verzog dieser das Gesicht und ballte die Fäuste, dass die Ketten klirrten. In all den Jahren, die seit ihrer Trennung verstrichen waren, hatte er niemals Zorn auf Aldur verspürt, obwohl im Grunde er es gewesen war, der ihn hintergangen und ihm seine Zuneigung zu Alannah verheimlicht hatte. Granocks eigenes Schuldbewusstsein und sein Schmerz über den Verlust hatten alle anderen Gefühle bei Weitem überwogen – nun jedoch hegte er zum ersten Mal Groll gegen seinen einstigen Ordensbruder.

Rothgan schien es zu bemerken, denn sein Gelächter verebbte jäh. »Was nun?«, fragte er. »Willst du mich angreifen?«

»Der Gedanke kam mir in den Sinn«, knurrte Granock.

»Nur zu, wenn deine primitive Natur dich dazu drängt. Du wirst allerdings feststellen, dass es vergeblich ist. Die Ketten, die du trägst, sind einem *anmeltith* unterworfen, der deine Zauberkräfte neutralisiert. In diesem Augenblick, Granock, bist du nichts weiter als ein Mensch. Erschütternd, nicht wahr?«

Er lachte erneut, und Granock, der tatsächlich fühlen konnte, dass die Fesseln seine magischen Kräfte schwächten, wusste nichts anderes zu tun, als in hilfloser Verzweiflung an ihnen zu zerren, was natürlich sinnlos war und Rothgans Heiterkeit nur noch mehr entfachte.

Wütend brüllte Granock auf. »Was hast du mit Alannah gemacht?«, wollte er wissen, aber Rothgan lachte nur einfach weiter, und Ardghal fiel in sein Gelächter mit ein.

Gemeinsam wandten sie sich zum Gehen und verließen die Kerkerzelle, erst auf der Schwelle blieb Granocks einstmals bester Freund noch einmal stehen und drehte sich zu ihm um. Der Irrsinn war aus seinen Zügen verschwunden, und kurz hatte Granock den Eindruck, zumindest einen Schatten Aldurs zu erblicken.

»Du hättest nicht kommen sollen«, beschied er ihm ruhig und ohne eine Spur von Häme, »denn nun wird dich meine Rache treffen – und sie wird tödlich sein.«

4. DGELANA DAISHVELANOR

Die Narben waren noch immer da, und sein malträtierter Körper war nach wie vor im Begriff zu zerfallen – Ruraks Geist jedoch war von neuer, böser Kraft erfüllt.

Auch die Schmerzen verspürte er noch immer, aber anders als zuvor brauchte er kein Serum mehr, um sie zu ertragen. Seine jüngst hinzugewonnenen Kräfte befähigten ihn dazu, und sie erinnerten ihn auf wohltuende Weise daran, dass er noch am Leben war – auch wenn andere ihn schon abgeschrieben haben mochten.

Die Pläne, die der abtrünnige Zauberer heimlich geschmiedet, die Intrigen, die er von seinem fernen Exil aus gesponnen hatte, wirkten im Verborgenen. Er brauchte nur abzuwarten, und bald schon würde er wieder der einzige Günstling des Dunkelelfen sein, auch wenn dieser von allem noch nicht das Geringste ahnte.

Seinem Befehl gemäß, hatte Rurak eine Gruppe *anmarvora* über das Schwarzgebirge gen Osten geführt – Ork-Krieger, die er selbst den Klauen des Todes entrissen und sie für das Schlachtfeld zurechtgeflickt hatte, zusammen mit weiteren Unholden sowie einer Horde grobschlächtiger Bergtrolle, die nur durch eiserne Ketten daran gehindert wurden, mit ihren Pranken alles Lebendige zu zermalmen. Sie hatten Anweisung erhalten, sich ein Stück südlich der großen Furt am Fluss zu sammeln, wo sie auf Margoks Hauptstreitmacht warten und sich mit ihr vereinen sollten.

Und sie kam …

Obwohl Rurak infolge der Verbannung, die er ihm hatte angedeihen lassen, jeden Grund gehabt hätte, Margok zu zürnen, war er voll des Staunens und der Bewunderung, als er die Galeeren erblickte – unförmige, metallgepanzerte Gebilde mit einem stumpfen, stachelbewehrten Bug und einem Kastell am Heck. Das Deck quoll über vor blutdurstigen, bis an die Hauer bewaffneten Unholden, die der Dunkelelf aus jenen unbekannten Pfründen herangeführt hatte, die westlich der Modersee lagen und die nur als *thugyas* bekannt war – als Düsterland. Kein Elf wusste, was sich jenseits dieser Grenze befand, anders als Margok, der es schon vor langer Zeit herausgefunden und jene Gegend zur Heimat jener Rasse gemacht hatte, die er selbst ins Leben gerufen hatte – der Orks.

Unbeobachtet von den Augen der Welt hatte der Dunkelelf Schiffe bauen lassen, eine riesige Kriegsflotte, um die Fernen Gestade zu erobern. Nachdem dieses Ziel erreicht worden war (wenn auch ganz anders, als Margok es erwartet hatte), hatte er einen Teil seiner Seestreitmacht wieder abgezogen und gegen das Elfenreich geschickt, wo sie den endgültigen Sieg gegen Elidor erringen sollte.

Die Zeichen dafür standen nicht schlecht.

Ruraks Hilfstruppen eingerechnet, hatte Margok rund zwölftausend Krieger unter Waffen, während der Feind ihnen weit unterlegen war. Die Grenzlegionen hatten alle Hände voll zu tun, die fortwährenden Angriffe abzuwehren, die auch während der letzten Tage nicht nachgelassen hatten, und wenn das Ablenkungsmanöver seinen Zweck erfüllt hatte, würde die Königslegion von Tirgas Lan abgezogen und Richtung Tirgas Dun in Marsch gesetzt worden sein.

Margoks ursprüngliche sterbliche Existenz mochte weit hinter ihm liegen, aber es hatte eine Zeit gegeben, da er ein Wesen aus Fleisch und Blut gewesen und zum Rat der Zauberer gehört hatte. Folglich wusste er, wie seine Feinde dachten, und dieses Wissen verschaffte ihm einen Vorteil. Wie ein Spieler beim *gem'y'twara* brachte er seine Figuren in die strategisch günstigste Position und würde schon bald zum endgültigen Schlag ausholen. Rurak konnte nicht anders, als ihn dafür zu verehren.

Vom Rücken des Wargs aus, der ihn den langen Weg von der Blutfeste bis zum Ufer des Glanduin getragen hatte, ließ der Zauberer seinen Blick über das Flusstal schweifen. Auf der anderen

Seite, ganz im Süden, erstreckte sich Thurwyns Revier, wo das Heer des Dunkelelfen vor vier Jahren eine demütigende Niederlage erlitten hatte. Zur Linken jedoch, jenseits der dichten Wälder von Trowna, lag Tirgas Lan, die Hauptstadt des Reiches – und der Schauplatz von Margoks größtem Triumph.

Die ersten Schiffe waren bereits angelandet. Anker wurden geworfen, und als übergäben die vollgestopften Mägen der Galeeren sich, ergossen sich unzählige schwer bewaffneter Unholde aus ihrem Inneren und stapften an Land. Ruraks eigene Leute, die sich noch auf dieser Flussseite befanden, begrüßten sie mit lautem Gebrüll und schlugen in freudiger Erwartung von Blut und Beute mit den Pranken auf ihre Schilde. Der Warg, auf dessen Rücken er saß, warf den Kopf in den Nacken und verfiel in schauriges Heulen, das nicht nur von seinen Artgenossen im Heer der Orks beantwortet wurde, sondern auch von unzähligen Wölfen beiderseits des Flusses, ein schauriger Klang, der womöglich bis nach Tirgas Lan zu hören war.

Rurak grinste in unverhohlenem Stolz, und plötzlich vernahm er, zum ersten Mal nach langer Zeit, wieder die Stimme seines unheimlichen Herrn in seinem Inneren.

Nun, mein Diener?, grollte Margok.

»Zu Euren Diensten, Gebieter«, erklärte Rurak beflissen. »Ich habe das Heer der Untoten zum Fluss geführt, genau wie Ihr es wünschtet.«

Gut so. Ich will, dass jene, in denen noch Leben ist, sich an den Toten ein Beispiel nehmen. Nicht Furcht soll ihre Schritte lenken, nicht die Sorge um die eigene Existenz, sondern nur der Wille, für mich zu kämpfen und zu sterben.

»Das werden sie, Gebieter«, versicherte der Zauberer. »Rechnet Ihr denn mit bedeutendem Widerstand?«

Nein. Inzwischen weiß ich, dass mein Plan aufgegangen ist. Dieser Narr Elidor hat die Königslegion zur Verteidigung von Tirags Dun entsandt, damit ist seine Hauptstadt ohne Schutz. Und die Truppen, die den Grenzfluss im Norden verteidigen, sind nicht schnell und nicht zahlreich genug, um uns aufzuhalten. Wir werden schon vor den Mauern Tirgas Lans stehen, während sie sich noch fragen, was geschehen ist.

»So steht Eurem endgültigen Sieg nichts mehr im Wege, mein Gebieter.«

Das möchte ich gerne denken – doch ich wähnte mich bereits früher am Ziel meiner Pläne und musste erkennen, dass ich etwas übersehen hatte, eine Winzigkeit, die meiner Aufmerksamkeit entgangen war.

»Nicht dieses Mal«, versicherte Rurak. »Die Fernen Gestade befinden sich bereits in Eurer Gewalt, und es ist nur noch eine Frage der Zeit, bis sich Euch auch das restliche Elfenreich unterwerfen wird.«

Das will ich hoffen – und du solltest zusehen, mein Diener, dass du nicht wieder versagst.

»Seid unbesorgt, Meister. Dieses Mal werdet Ihr keinen Grund haben, an mir oder meiner Loyalität zu zweifeln. Im Gegenteil werdet Ihr erkennen, dass Ihr nie einen ergebeneren und fähigeren Diener hattet als mich.«

Wir werden sehen – denn ich übertrage dir den Oberbefehl über das Heer.

»M-mir, Gebieter?« Ruraks Überraschung war ehrlich. Mit manchem hatte er gerechnet, aber ganz sicher nicht damit.

Genau so ist es.

»Aber ich dachte, dass Meister Rothgan …«

Rothgan ist mit anderen Dingen befasst. Er wird zu uns stoßen, sobald die Situation es ihm erlaubt.

»Ich verstehe«, gab Rurak zur Antwort, und musste alle Beherrschung aufbringen, um sich seine Genugtuung nicht anmerken zu lassen. Offenbar zeitigten seine Bemühungen sehr viel rascher Wirkung, als er es sich erhofft hatte.

Bis zu Rothgans Eintreffen wird es dir obliegen, mir über die Fortschritte bei der Eroberung Tirgas Lans zu berichten und den dun'rai *meine Befehle weiterzugeben.*

»Das will ich gerne tun, Gebieter. Aber ich bitte Euch zu bedenken, dass die *dun'rai* mich nicht mehr achten nach allem, was geschehen ist …«

Sie werden dich achten, versicherte Margok nur. *Wie lautet doch gleich der Name, den die Elfen dir gegeben haben?*

»Gwantegar«, gab Rurak zur Antwort.

Der Todbringer … wie passend, befand der Dunkelelf. *Unter diesem Namen werden sie dich respektieren und dich fürchten, wenn du als mein Diener und Stellvertreter das Heer nach Osten führst.*

»Ihr werdet nicht selbst an dem Angriff teilnehmen?«

Noch nicht, war alles, was Margok darauf erwiderte. Dann wurde es still, und Rurak fühlte, dass der Schatten des Dunkelelfen nicht länger auf ihm lag.

Er atmete innerlich auf und straffte seine hinfällige Gestalt im Sattel des Wargs. Das Tier schien die Veränderung zu spüren und stieß erneut ein gellendes Heulen aus, das hundertfach beantwortet wurde.

Wenn Rurak jetzt noch Schmerzen litt, so fühlte er sie nicht mehr. War er vor wenigen Wochen noch ein niederer Handlanger des Dunkelelfen gewesen, hatte er sich nun wieder zurückgekämpft in die vorderste Reihe seiner Diener – und er hatte nicht vor, sich noch einmal von dort vertreiben zu lassen.

Bis zu Rothgans Eintreffen, hatte Margok gesagt.

Nun, dachte Rurak mit einem wölfischen Grinsen, das seinem Reittier zur Ehre gereicht hätte, mit etwas Glück würde es dazu niemals kommen.

Kein anderer als er war es gewesen, der Ardghal nach Andaril geschickt und dafür gesorgt hatte, dass der Mensch Granock zu den Fernen Gestaden gelangte, auf dass Rothgan abgelenkt und mit anderen Dingen beschäftigt wäre als damit, ihm die Früchte seiner zahllosen Mühen zu entreißen. Und nun, da er in seine alte Machtposition zurückgekehrt war, würde Rurak sie sich auch nicht mehr nehmen lassen …

»Gwantegar!«

Der aufgeregte Ruf eines Unterführers riss ihn aus den Gedanken. Ein Elfenkrieger, der die schwarze Rüstung eines *dun'ras* trug, kam hastig den Hang herauf. An seiner unterwürfigen Haltung und dem Namen, den er wie einen Ehrentitel gebrauchte, konnte Rurak erkennen, dass der Dunkelelf sein Versprechen bereits wahr gemacht hatte.

Die *dun'rai* respektierten ihn.

Und sie schienen ihn auch zu fürchten.

»Was gibt es?«, erkundigte sich der Zauberer großmütig.

»Einer unserer Stoßtrupps ist im Wald auf feindliche Späher gestoßen«, erstattete der Elfenkrieger Bericht.

»Ich nehme an, diese Späher haben die Begegnung nicht überlebt«, mutmaßte Rurak grinsend.

»Die wenigsten von ihnen«, stimmte der *dun'ras* zu, »der Rest wurde gefangen genommen. Wollt Ihr sie verhören?«

Rurak überlegte einen Moment. »Nein«, meinte er dann. »Aber wir sollten die Gelegenheit nutzen, um unseren Freunden in Tirgas Lan einen Gruß zu übermitteln.«

5. LONGA'Y'MARWURAITH

Innerhalb weniger Tage hatte sich Tirgas Lan verändert.

Die Hauptstadt des Elfenreichs, einst ein Hort kultureller Blüte und froher Künste, war zum Kriegsschauplatz geworden. Das Gelächter in den Gassen war verstummt, ebenso wie die Lautenklänge, die selbst in diesen dunklen Zeiten noch ab und an zu hören gewesen waren. Furcht herrschte in den Straßen, und die Bewohner bereiteten sich auf das vor, was schon in Kürze über sie hereinbrechen würde.

Zerstörung.

Gewalt.

Tod.

Farawyn hatte erwogen, Frauen, Kinder und Greise aus der Stadt bringen zu lassen, aber wohin sollten sie sich wenden? In diesen unruhigen Tagen boten die Haine von Trowna keinen Schutz, nicht nur der Orks wegen, die von Westen herandrängten, sondern auch wegen der Menschen, die marodierend durch die Lande zogen. Und wenn eine der Grenzbefestigungen fiel, würden die Flüchtlinge dem Feind ohnehin schutzlos ausgeliefert sein.

Auch wenn es dem Ältesten nicht behagte – die Mauern von Tirgas Lan boten für die Schwachen noch den zuverlässigsten Schutz, obschon sie schon bald den heftigsten Angriffen ihrer Geschichte ausgesetzt sein würden.

Die Nachrichten, die die Späher brachten, gaben Anlass zu größter Sorge: Nicht weniger als zweihundert Schiffe waren den Gylafon heraufgekommen – zumeist schwere gepanzerte Galeeren, bis unter den Rand mit blutrünstigen Orks beladen. Dazu kamen Segelschiffe, die von Menschen bemannt wurden – Glücksritter, Söldner und Piraten, die sich dem Dunkelelfen aus purer Gier nach Beute angeschlossen hatten und nicht ahnten, dass sie damit den Untergang ihrer Welt heraufbeschworen. Oder vielleicht, dachte Farawyn bitter, scherten sie sich auch nicht darum.

Daifarníalas hatte Euriel, der Dichter des größten elfischen Heldenliedes, jene ferne Zeit genannt, in denen den Sterblichen ihre Welt gleichgültig geworden und sie in ihrer Habgier und ihrer Ichsucht ihr eigenes Ende herbeiführen würden. Farawyn hatte dies stets für die Erfindung eines Poeten gehalten und bezweifelt, dass eine solche Zeit je kommen würde. Inzwischen jedoch fragte er sich, ob im *Darganfaithan* nicht mehr Wahrheit steckte als in allen seinen Visionen.

Noch immer musste er an seinen Traum denken, an den Untergang Crysalions und den Verräter, dessen Identität sich ihm um ein Haar offenbart hatte. Aber inmitten der hektischen Betriebsamkeit, die in Tirgas Lan herrschte, und der unzähligen Aufgaben, die es zu bewältigen gab, fand er keine Zeit, den Traumbildern weiter nachzuspüren. Es gab Dringlicheres zu erledigen.

Der Feind war im Anmarsch.

Da Tirgas Lan im Grunde aus zwei Teilen bestand, nämlich der von einer Ringmauer umgebenen Stadt sowie dem Palast, der in der Mitte des Häusermeers aufragte und seinerseits über eine geschlossene Ummauerung verfügte, war die Strategie der Verteidigung vorgegeben: Man würde so lange wie möglich versuchen, den Feind an den Außenmauern abzuwehren, wobei sowohl Farawyn als auch Elidors Generälen klar war, dass das Große Tor im Süden einen Schwachpunkt darstellte und folglich den heftigsten Angriffen ausgesetzt sein würde.

Entsprechend setzte man alles daran, das Tor zu verstärken und mit zusätzlichen Verteidigungsvorrichtungen zu versehen. Pechnasen wurden über den Zinnen angebracht, von denen aus glühendes Verderben auf die Angreifer herabgegossen werden konnte. Die Pforte selbst wurde durch dicke Pfeiler verbarrikadiert, außerdem wurde die Außenseite mit Tierfellen beschlagen, die durchnässt wurden, damit sie Schutz vor Brandpfeilen boten.

Auch die Mauern wurden verstärkt, soweit es die knappe Zeit erlaubte: Die Wehrgänge wurden überdacht und ebenfalls mit Brandschutz versehen, Katapulte und Pfeilschleudern in Stellung gebracht, wobei es an Soldaten mangelte, die in der Lage waren, sie zu bedienen. In Anbetracht der Tatsache, dass die Erste Legion von der Hauptstadt abgezogen worden war, um Tirgas Dun zu verteidigen, blieb nichts anderes, als Zivilisten zu den Waffen zu rufen und unter dem Banner des Königs zu versammeln. Poeten und Schreiber, Bildhauer und Sänger, die nie zuvor eine Klinge in ihren Händen gehalten hatten, sollten sich gegen blutrünstige Orks verteidigen und die Mauern der Stadt behaupten, bis General Lavan und die Königslegion zurückkehrten. Farawyns Schätzung nach würde dies erst in einigen Tagen der Fall sein, wohingegen Margoks Horden die Stadt schon bald erreichen würden, vermutlich im Morgengrauen.

Prinz Runan hatte Wort gehalten und seinen Vater um Unterstützung gebeten, der daraufhin dreihundert schwer gepanzerte Zwergenkrieger geschickt hatte: eine Geste tiefer Freundschaft und Bündnistreue, zumal keiner der Krieger, die nach Tirgas Lan gekommen waren, damit rechnete, die Stadt jemals wieder lebend zu verlassen. In Anbetracht der schätzungsweise zehntausend Orks, die sich auf den Schiffen verbargen und womöglich noch Verstärkung erhalten würden durch jene aus der Modermark, war es allerdings nur ein Tropfen auf den heißen Stein. Die Hoffnungen nicht nur der Bürger, sondern auch König Elidors und seiner Berater ruhten in diesen Tagen auf niemand anderem als den Zauberern.

Am Fenster seines Quartiers im Palast von Tirgas Lan stehend, blickte Farawyn auf die leeren Straßen hinab. Greise, Kinder und all jene, die aus irgendeinem Grund nicht in der Lage waren, sich zu verteidigen, waren in die Ewigen Gärten verbracht worden, die zum Palast gehörten und eine zusätzliche Ummauerung besaßen. Alle anderen waren zum Waffendienst verpflichtet worden, selbst die Frauen und die Töchter der Ehrwürdigen Gärten. Es beschämte Farawyn, dass Schönheit und Anmut in diesen Tagen unter rasselnden Ketten und eisernen Brünnen verschwanden, aber ihm war klar, dass keine der Frauen von Tirgas Lan freiwillig darauf verzichtet hätte, ihren Beitrag zum Überleben ihres Volkes zu leisten – denn genau darum ging es.

Wenn Tirgas Lan fiel, so fiel das ganze Elfenreich, und Margok wusste das. Der dunkle Herrscher wollte sich ganz Erdwelt untertan machen und alle Sterblichen unter sein Joch zwingen. Seine Anhänger mochte er mit falschen Versprechungen täuschen, die ein neues Reich und eine bessere Welt versprachen – Farawyn wusste es besser. Wenn Margok den Sieg davontrug, so brach eine Zeit der Finsternis an, in der Tyrannei und Willkür herrschten und das Blut Unschuldiger den Boden tränkte. Die Furcht vor dem Dunkelelfen und seinen Schergen würde alles Leben ersticken, und schon bald würde sich niemand mehr daran erinnern, wie es gewesen war, ein freies und fühlendes Wesen zu sein.

Farawyn wand sich vor Grauen angesichts dieser unerträglichen Vorstellung. Aber genau so würde es kommen, wenn den Horden des Bösen nicht Einhalt geboten wurde. Vor den Mauern Tirgas Lans würde die Entscheidung fallen über Niederlage oder Sieg, Tod oder Überleben.

Der Älteste von Shakara hatte seine Zauberer und ihre Schüler auf die gesamte Stadt verteilt, wo sie mit ihren speziellen Fähigkeiten helfen sollten, die Verteidigung vorzubereiten. Zauberer wie Meister Zenan, dessen Gabe darin bestand, seine Körperkräfte in extremer Weise zu konzentrieren und so enorme Gewichte zu heben, oder wie Meister Asgafanor, der die Fähigkeit mentaler Kinese besaß, waren dabei besonders nützliche Helfer. Aber auch die übrigen Weisen gaben ihr Bestes, um die Bewohner Tirgas Lans zu unterstützen. Vielfach legten sie mit Hand an, wenn es darum ging, Bollwerke zu verstärken oder Brandpfeile mit Pech zu tränken; oder sie nahmen sich wie Bruder Tavalian und Schwester Tarana der Schwachen und Verzweifelten an und sprachen ihnen Trost zu.

Von den Rivalitäten und dem gegenseitigen Misstrauen, das noch vor wenigen Jahren das Verhältnis zwischen dem Zauberorden und Tirgas Lan bestimmt hatte, war nichts mehr zu spüren.

Man arbeitete zusammen, als hätte man nie etwas anderes getan – das Traurige daran war, dass die Einsicht hierzu erst im Angesicht des drohenden Untergangs erfolgt war.

Wenn Farawyn die Augen schloss, so hatte er eine schreckliche Vision, allerdings nicht von der Art, wie seine Gabe sie ihm ab und an vermittelte. Was er vor sich sah, war vielmehr die Folge seiner Befürchtungen und Ängste. Er sah die Straßen Tirgas Lans, aber sie waren nicht mehr leer, sondern von Horden plündernder Unholde bevölkert, deren Klingen blutbesudelt waren; die Häuser der Stadt mit ihren Säulen, Kuppeln und Balkonen standen in Flammen und über allem stand ein blutroter Mond …

Zum ungezählten Mal an diesem Tag fragte sich Farawyn, ob er es tun sollte.

Sollte er entgegen Atgyvas Anraten doch das verbotene Wissen bemühen und Elfenkristalle als Waffen einsetzen, wie Cysguran es forderte? Zweifellos hätte er damit das Kräfteverhältnis zwischen Angreifern und Verteidigern ausgleichen können, aber was, wenn er und die Seinen unter den Einfluss der verdorbenen Kristalle gerieten? Würde dann nicht alles vergeblich gewesen sein? Und war es womöglich dieser Schritt, zu dem Margok ihn drängen wollte?

Entschieden schüttelte der Älteste das Haupt.

Noch war es nicht so weit.

Noch war er nicht gewillt, diese letzte, verzweifelte Maßnahme zu ergreifen. Noch gab es Hoffnung, auch wenn dem grässlichen Feind mit Magie allein nicht beizukommen war.

Was Tirgas Lan brauchte, um dem Ansturm der Unholde standzuhalten, war ein Wunder.

6. GYRTHARO DESHRAN

Wie lange er nun schon in dem kalten und feuchten Kerkerloch hockte, war für Granock unmöglich so sagen.

Anfangs hatte er noch mitzuzählen versucht und sein Schlafbedürfnis als Orientierung genommen. Aber bald schon war ihm auch dafür jede Empfindung abhandengekommen, und er gewann den Eindruck, dass sein Aufenthalt in diesem dunklen Gefängnis einer einzigen mondlosen Nacht glich.

Es gab keine Fenster nach draußen und nur eine Tür, durch die hin und wieder blakender Fackelschein fiel, nämlich dann, wenn Rothgans grobschlächtige Schergen ihm zu trinken oder zu essen brachten – fauliges Wasser und schimmeliges Brot, das Granock bislang nicht angerührt hatte. Entsprechend schwach und kraftlos fühlte er sich, und er bezweifelte, dass er von seinen Zauberkräften hätte Gebrauch machen können, selbst wenn die magischen Fesseln ihn nicht daran gehindert hätten.

Je länger seine Gefangenschaft dauerte und je mehr Gelegenheit Granock hatte, über alles nachzudenken, desto klarer wurden ihm die Zusammenhänge – und das, obwohl ihm diesmal niemand die Antworten gab.

Deshalb also war niemals Kunde von den Fernen Gestaden in Shakara eingetroffen, deshalb hatte niemand je von der Eroberung der Insel durch Margoks Horden erfahren: Der Zauberer, den Farawyn entsandt hatte, damit er Crysalion bewache und die Kristallpforte hüte, hatte sich mit dem Dunkelelfen verbündet. Aldur-Rothgan, sein eigener Sohn, war ein Verräter!

Wenn er zurückdachte, wenn er sich an den jungen, vielversprechenden Novizen erinnerte, der Aldur einst gewesen war, so konnte Granock es noch immer nicht glauben. Selbst in jenen Tagen, da sie noch keine Freunde gewesen waren und der Elf nichts unversucht gelassen hatte, ihn aus Shakara zu vertreiben, hatte er ihn im Stillen bewundert – für seine Willensstärke, seine innere Kraft und seine magische Begabung. Dass all dies dem Bösen anheimgefallen sein sollte, war kaum vorstellbar. Dennoch war es so, und Granock selbst trug zumindest einen Teil der Schuld daran.

Wie bereute er, was damals geschehen war! Wie viele Male wünschte er sich, seine Fähigkeit dazu benutzen zu können, um das Rad der Zeit nicht nur anzuhalten, sondern es zurückzudrehen zu jenem schicksalhaften Tag, an dem das Verderben seinen Lauf genommen hatte. Aber natürlich war das nicht möglich, und so blieb ihm nur, sich mit der Strafe abzufinden, die man ihm zugedacht hatte.

Zum ungezählten Mal fiel er in unruhigen Schlaf, aus dem er erwachte, als jemand gegen die Zellentür drosch. Er schlug die Augen auf, nur um in Rothgans hämisch grinsende Gesichtszüge zu blicken, die durch die Gitterstäbe starrten.

»Was willst du?«, ächzte Granock. Seine Stimme hörte sich dünn und krächzend an, eine Folge des Wasserentzugs. »Dich an meinem Anblick weiden?«

»Daran ist nichts Erbauliches«, widersprach Rothgan. »Je länger du in diesem Loch vegetierst, desto mehr ähnelst du einem Tier.«

Granock zwang sich zu einem schiefen Grinsen. »Dann hol mich doch einfach hier raus.«

»Den Humor der Menschen habe ich noch nie verstanden. Eure eigenartige Neigung dazu, selbst im Angesicht eures Untergangs noch Scherze zu treiben …«

»Wir sind eben verschieden«, knurrte Granock.

»Du sagst das, als ob du stolz darauf wärst.«

»Warum nicht?« Granock nickte. »Immerhin bin ich kein Verräter wie du.«

»Nein?« Ein listiges Grinsen huschte über das Gesicht des Elfen. »Warum bist du dann hier? Wir wissen beide, dass es nicht Farawyns Auftrag war, der dich an die Fernen Gestade geführt hat, sondern die blanke Ichsucht. Mir war immer klar, dass deine Loyalität für den Orden vorgegaukelt war, denn du bist nur ein Mensch. Deshalb war es so einfach, dich hierherzulocken.«

»Ich bin nur ein Mensch«, räumte Granock ein, »aber immerhin habe ich nicht meine ganze Rasse verraten.«

»Du glaubst, ich hätte das Elfenvolk verraten?« Rothgan lachte auf. »Du irrst dich. Mein Verrat gilt nur dem Orden und seinen Heuchlern. Was ich getan habe, tat ich zum Wohl und zum Besten meines Volkes, denn unter Margoks und meiner Herrschaft wird es eine neue Blüte erleben, gegen die selbst der Glanz des Goldenen Zeitalters verblassen wird.«

»Bescheidenheit ist noch nie deine Stärke gewesen«, versetzte Granock.

»Du hältst mich für vermessen? Glaubst du denn, Farawyn träumt von etwas anderem als von der Macht?«

»Allerdings«, behauptete Granock trotzig.

»Dann bist du ein Narr! Ich habe es dir einmal gesagt, und ich sage es dir wieder: Dein alter Meister ist nicht der, den du zu kennen glaubst. Hinter der Fassade aus Verlogenheit und Täuschung, die er mit Bedacht errichtet hat, verbirgt sich ein anderer Farawyn.«

»Du redest Unsinn!«

»Findest du? Willst du mir erzählen, du hättest noch nie an ihm gezweifelt? Dass er noch nie versucht hätte, dich zu täuschen? Glaub mir, ich kenne ihn besser als du, denn ich bin schließlich sein ungeliebter Sohn!«

Ein Lachen, das in seiner Falschheit und Arglist an den Dunkelelfen selbst erinnerte, drang aus Rothgans Kehle und ließ Granock bis ins Mark erschaudern. Dennoch musste er zugeben, dass er die Vorwürfe gegen Farawyn nicht mehr ganz so haltlos fand wie noch vor vier Jahren.

»Ich würde mich liebend gern noch länger mit dir unterhalten, mein alter Freund«, log Rothgan hämisch, »aber ich fürchte, dies ist unsere letzte Begegnung. Denn nun werde ich dich der Obhut meiner dunklen Königin überlassen, und ihr Zorn ist ebenso berüchtigt wie endgültig. *Farwyl, cyfail*«, fügte er wie in alten Zeiten hinzu, jedoch mit einem Blick, der Granock eisige Schauer über den Rücken jagte – und zum ersten Mal gesellte sich zu seiner Enttäuschung und seinem Schmerz nackte Furcht.

Rothgan wandte sich ab und verschwand; statt seiner erschienen fünf kleinwüchsige, gedrungene Gestalten hinter dem Gitter, alle samt mit abgesengtem Haar und entstellt wie jene, auf die Granock in Nurmorod getroffen war. Wie er später erfahren hatte, handelte es sich um Zwerge, die sich verbotenem Handwerk verschrieben hatten und dafür von ihren Gilden verstoßen worden waren. Der Dunkelelf hatte sie bereitwillig aufgenommen, samt ihrer frevlerischen Künste, die in der Schlacht am Siegstein unzählige Opfer gefordert hatten.

Die Zwerge öffneten die Tür und kamen in die Zelle. Während vier von ihnen zurückblieben und ihn mit kurzen Speeren in Schach hielten, trat einer vor und löste seine Fesseln. Zwar war Granock nun des Banns beraubt, der seine magischen Kräfte blockiert hatte, jedoch hatte er in Nurmorod noch eine weitere Erfahrung machen müssen, derer er sich nun schmerzlich entsann – nämlich dass die *dwarvai twaithai*, die Dunkelzwerge, wie sie sich nannten, gegen seine Zaubergabe gefeit waren.

Im Augenblick allerdings wäre er dazu ohnehin zu schwach gewesen. Er leistete keinen Widerstand, als sie ihn packten und mitschleppten. Bereitwillig folgte er ihnen durch die niedrige Zellentür und hinaus auf den Gang, auch wenn seine von der Kälte klammen Glieder ihm kaum gehorchen wollten. Auf dem Korridor, der in den dunklen Fels der Insel gehauen war und auf den zahllose Kerkertüren mündeten, wurden sie erwartet. Von einer schlanken, in eine schwarze Lederrüstung gehüllten Gestalt, die ihnen schweigend entgegenblickte.

Zuerst konnte Granock ihr Gesicht nicht sehen, weil das Licht der Fackeln ihn blendete, und nur ihren Schattenriss erkennen ließ. Dann jedoch kam er näher, und als der Feuerschein auf ihr Antlitz fiel, erkannte er, dass es niemand anders als Alannah war.

Die Nacht war hereingebrochen.

Dichte Wolken hatten sich am Himmel zusammengezogen, und der eisige Wind, der von Nordwesten heranwehte, ließ vermuten, dass sie den ersten Schnee des Jahres bringen würden.

Schwärzeste Dunkelheit lag über Tirgas Lan, die nur von den Fackeln durchbrochen wurde, die auf den Türmen und Wehrgängen der Stadt aufgepflanzt worden waren. Dennoch schlief niemand in dieser Nacht, denn seit dem späten Abend waren die Trommeln des Feindes zu hören, dumpf und bedrohlich, von wilder Rohheit und immer näher kommend. Farawyn wusste, dass es genau das war, was die Orks damit bezweckten, dass sie die Verteidiger einschüchtern und sie daran hindern wollten sich auszuruhen. Aber auch er fand keinen inneren Frieden, seit der erste Trommelschlag erklungen war.

Zusammen mit den Meistern Filfyr und Daior stand er auf dem Wehrgang über dem Großen Tor und spähte nach Westen, wo sich der Wald von Trowna erstreckte und er die Angreifer wusste, irgendwo unter den Wipfeln der Bäume verborgen.

Die Kundschafter, die sie ausgeschickt hatten und von denen nur ein paar wenige zurückgekehrt waren, hatten berichtet, dass Margoks Krieger genau das getan hatten, was befürchtet worden war: Aus den Planken ihrer Schiffe hatten sie sich behelfsmäßige Flöße gezimmert, auf denen sie die Zuflüsse des Glanduin hinaufgefahren waren, mitten hinein in das Herz von Trowna. Den Rest der Strecke hatten sie zu Fuß zurückgelegt – schnaubend und stampfend, eine Schneise der Verwüstung hinterlassend. Noch war in der Schwärze der Nacht nichts von ihnen zu sehen, aber der Wind, der über die Mauern blies, trug bereits den Geruch des Todes heran.

»Mögen unsere Vorfahren uns beistehen«, flüsterte König Elidor, der sich den Zauberern zugesellt hatte. Bei ihm waren Caia und General Irgon sowie die königlichen Leibwächter. Der Fackelschein beleuchtete das Gesicht des Königs, in dem sich Furcht und Sorge gleichermaßen spiegelten.

»Unsere Ahnen haben zu ihrer Zeit Großes geleistet, Majestät«, entgegnete der General, »aber in diesem Fall werden sie uns nicht helfen können. Alles, was diesen Feind aufhalten kann, ist blanker Stahl.«

»Und die Kraft der Magie«, fügte Meister Daior hinzu, der schon an der Schlacht im Flusstal teilgenommen und seither an vielen Orten gegen die Schergen des Dunkelelfen gekämpft hatte.

»Und das wird ausreichen?«, fragte Elidor.

»Wir werden sehen, Hoheit«, entgegnete Farawyn – was er tatsächlich dachte, behielt er lieber für sich.

Es war offenkundig, dass der Wintereinbruch kurz bevorstand. Wenn es zu Schneefällen kam, würde dies das Vorankommen der Ersten Legion noch zusätzlich hemmen. Ohnehin würde es noch mindestens zwei Tage dauern, bis das Ersatzheer eintraf. Eine geradezu unendlich lange Zeitspanne in Anbetracht der feindlichen Übermacht, die die Trommeln ankündigten.

Schweigen trat auf dem Wehrgang ein, und alle lauschten dem gleichförmigen Klang, der durch die Nacht hallte und die Tiere vertrieb. Kreischend flatterten Vögel aus den Bäumen auf und verschwanden in der Dunkelheit, Hasen und Rotwild brachen aus dem Unterholz und ergriffen panisch die Flucht vor dem nahenden Verderben. Und plötzlich erschienen am Waldrand auch die schemenhaften Gestalten mehrerer Reiter …

»Da kommen sie!«, rief einer der Turmposten, und die Befehle der Kommandanten gellten durch die Nacht. Armbrüste wurden gespannt und Bogensehnen zurückgezogen, um dem Feind ein gebührendes Willkommen zu bereiten. Aber es waren keine Orks, die sich unten auf der Lichtung zeigten …

Farawyn, der seine Augen zu schmalen Schlitzen verengt hatte, um in der Dunkelheit besser sehen zu können, beugte sich über die Zinnen. Noch hatten die Reiter – es waren acht – den Lichtkreis der Feuer nicht erreicht, sodass sie nicht genau zu erkennen waren. Aber die steife Haltung, mit der sie in den Sätteln saßen, und das unruhige Schnauben der Pferde verhießen nichts Gutes.

Unruhig setzten die Tiere einen Huf vor den anderen und näherten sich dem Tor mit träger Langsamkeit – und endlich sah Farawyn den Grund dafür: Die Reiter auf ihren Rücken waren allesamt enthauptet worden!

An der grünen Kleidung erkannte Farawyn, dass es Späher waren, die sie ausgesandt hatten, Waldelfen aus den nördlichen Hainen, die jeden Baum und jeden Stein in Trowna kannten – vor der Barbarei des Feindes hatte ihre Ortskenntnis sie jedoch nicht retten können.

Die Unholde hatten ihnen die Köpfe abgeschlagen und sie danach wieder auf ihre Pferde gesetzt. Derbe Stricke, mit denen sie an Steigbügeln und Sattelknäufen festgebunden waren, hinderten die Leichen daran, aus den Sätteln zu kippen. Noch grausiger jedoch war die Staffage, die man ihnen in die Hände gegeben hatte, denn jeder der kopflosen Reiter hielt eine Lanze, auf deren Spitze das dazugehörige Haupt steckte.

Es war ein bizarrer Anblick, der seine Wirkung nicht verfehlte. Überall auf den umliegenden Türmen und Mauern waren Schreie zu vernehmen, manche aus Empörung, die meisten vor Entsetzen. Da das Fallgitter herabgelassen und das Tor verschlossen war, hielten die Pferde in ihrem ohnehin zögerlichen Lauf inne und begannen, auf der Wiese vor der Mauer zu grasen – ein seltsam friedliches Bild, das in krassem Gegensatz zu der grässlichen Last stand, die die Tiere trugen.

»Das Licht des Annun stehe uns bei«, flüsterte Farawyn. Der Älteste hatte viel gesehen, aber der Anblick der Gefallenen, die auf solch schreckliche Weise geschändet worden waren, erschütterte selbst ihn, und er hatte Mühe, die Tränen zurückzuhalten. Auch die anderen beiden Zauberer waren sichtlich erschüttert. General Irgon hatte die Fäuste geballt und flüsterte lautlose Verwünschungen, Caia hatte ihr Gesicht an Elidors Schulter vergraben.

»Bei allen Herrschern der Goldenen Zeit«, flüsterte der König. »Mit was für einem Feind haben wir es hier nur zu tun?«

»Mit einem, der keine Gnade kennt, Majestät«, antwortete Farawyn tonlos. »Sollte jemand daran noch einen Zweifel gehegt haben, wurde er nun eines Besseren belehrt.«

»Wir wollen hinausgehen und die Unglücklichen hereinholen«, schlug Elidor vor, »um ihnen wenigstens im Tode die Ehre zukommen zu lassen, die ihnen im Leben nicht widerfuhr.«

»Nein«, lehnte Farawyn ab. »Das Tor darf nicht geöffnet werden, Hoheit. Womöglich ist es genau das, was der Feind von uns erwartet.«

»Aber …« Der König rang nicht nur nach Worten, sondern auch mit den Tränen. »Es muss doch irgendetwas geben, das wir …«

Der Älteste von Shakara schüttelte den Kopf, und Elidor widersprach nicht. Ihre Sorge hatte nicht den Toten zu gelten, sondern den Lebenden.

»Was wird nun geschehen?«, erkundigte sich Caia tonlos.

»Rambok?«, gab Farawyn die Frage an den Ork weiter, der ein Stück abseits im Schatten einer Zinne kauerte und das Eintreffen seiner Artgenossen nicht weniger zu fürchten schien als jeder Elf in Tirgas Lan.

»Iomash achgal«, erklärte er in seiner eigenen Sprache, ehe er ins elfische Idiom wechselte, das er nur brüchig beherrschte. »Wollen Angst zu machen. Krieger ohne Mut nicht kämpfen, das wissen. Verbreiten Schrecken, noch ehe hier.«

»Und wann werden sie eintreffen?«

Der Ork legte den Kopf in den Nacken, hielt den Rüssel in den Wind und schnüffelte. »Bald«, entgegnete er rätselhaft. »Bei Anbruch von Tag. Dann Blut fließen …«

»Wir werden ihnen einen Empfang bereiten, den sie so rasch nicht vergessen werden«, kündigte General Irgon grimmig an. »Wer auch immer sich auf dieser Lichtung zeigt, wird von einem Elfenpfeil durchbohrt werden.«

Farawyn widersprach nicht, wenngleich er Zweifel hegte. Auch er nahm an, dass die feindliche Streitmacht spätestens im Morgengrauen die Hauptstadt des Elfenreichs erreichen würde. Dann würde die letzte Schlacht um das Schicksal Erdwelts unter denkbar schlechten Voraussetzungen beginnen.

Ein Wunder hatte der Älteste von Shakara herbeigesehnt.

Oder wenigstens die Illusion davon.

7. TWAILUTHAN

Seine »dunkle Königin« hatte Aldur-Rothgan sie genannt, und Granock hatte nicht lange gebraucht, um dahinterzukommen, weshalb dies so war.

Die Dunkelzwerge hatten ihn in ein fensterloses, nur vom Schein einer Esse beleuchtetes Gewölbe geführt, wo sie ihn seiner Kleidung beraubt und ihm Fußschellen angelegt hatten. Sodann hatten sie ihn mittels eines sorgsam konstruierten Flaschenzugs mit den Füßen voran zur Gewölbedecke hinaufgezogen, sodass er dort hing wie ein Tier, das man erlegt und an den Hinterläufen aufgehängt hatte.

Alannah – oder vielmehr die seelenlose Hülle, zu der die Elfin verkommen zu sein schien – hatte dem Treiben ihrer Schergen wortlos beigewohnt. Weder hatte sie den Versuch unternommen einzuschreiten, noch hatte Granock auch nur eine Spur von Mitgefühl oder Bedauern in ihrem Gesicht gesehen, das bleich gepudert war, während die Lippen schwarz geschminkt waren, ebenso wie die Augen, deren Blick so kalt war wie Eis. Was, bei allen Elementen, war mit ihr geschehen? Was hatte Aldur ihr angetan?

Dass der ehrgeizige junge Zauberer, den er einst seinen Freund genannt hatte, dem Bösen verfallen und sich Margok angeschlossen haben sollte, war für Granock schwer zu verkraften, aber es entbehrte nicht der Logik, denn bei allem Licht, das Aldur in sich getragen hatte, war da von jeher auch viel Schatten gewesen. Obwohl Granock tief in seinem Inneren die schreckliche Vermutung hegte, dass er es gewesen sein könnte, der Aldur dazu bewogen hatte, sich der dunklen Magie zuzuwenden, sagte ihm sein Verstand, dass ihr Streit um Alannah letztlich wohl nur der Höhepunkt einer Entwicklung gewesen war, die schon sehr viel früher ihren Anfang genommen hatte.

Nicht so bei Alannah!

Anders als Granock hatte sie niemals Groll gegen den Rat und die Ältesten gehegt, sondern war dankbar gewesen für die neue Heimat, die der Orden von Shakara ihr, der verstoßenen Tochter der Ehrwürdigen Gärten, gegeben hatte. Schaudernd dachte Granock an ihr gemeinsames Abenteuer in Nurmorod, wo Aldur den gefährlichen Plan entwickelt hatte, Margok mit den eigenen Waffen zu schlagen. Er selbst war nicht abgeneigt gewesen, seiner Argumentation zu folgen – Alannah jedoch hatte entschieden widersprochen und mit dem Mut und der Weisheit einer wahren Zauberin um ihrer beider Seelen gekämpft. Ihre eigene schien sie dabei verloren zu haben …

»Alannah!«, rief Granock zum ungezählten Mal, während er kopfüber von der Decke hing, gleich einem rohen Stück Fleisch. »Alannah, erkennst du mich nicht? Ich bin es, Granock!«

Es war nicht nur so, dass sie nicht zu wissen schien, wer er war. In ihren Augen, die einst voller Milde und Zuneigung geblickt hatten, stand unverhohlene Ablehnung zu lesen, die sich zu verstärken schien, je öfter er ihren Namen rief.

»Alannah! Bei dem Schwur, den du geleistet hast …!«

»Schweig!«, fuhr sie ihn an.

Es war das erste Mal, dass er sie sprechen hörte, und er erschrak darüber, wie grausam und gefühlskalt sich ihre Stimme anhörte. Vermutlich, so nahm er an, stand sie unter einem Zauberbann, der es ihren finsteren Befehlshabern ermöglichte, über sie zu gebieten. Da Margok und seine Anhänger vor dunkler Magie nicht zurückschreckten, stand ihnen ein ganzes Arsenal an Zaubersprüchen zu Gebote, die kein ehrbarer Weiser jemals eingesetzt hätte, und natürlich wusste Granock auch kein Mittel dagegen.

Der Gedanke, Alannah zu befreien und sie nach Shakara zu Meister Tavalian zu bringen, rauschte durch seinen Kopf, zusammen mit dem Blut, das infolge der hängenden Position in seinem

Haupt zusammenlief und ihm das Denken erschwerte. Seine Adern schwollen an, und er hatte das Gefühl, als wolle sein Schädel bersten. Alannah und ihre Schergen jedoch hatten gerade erst angefangen.

Aldur, oder vielmehr Rothgan, hatte angekündigt, sich an ihm rächen zu wollen, und er hatte die Frau, die sie beide liebten, zum Werkzeug seiner Rache gemacht.

Durch eine herrische Handbewegung, die ihrem einst so sanftmütigen Wesen spottete, wies sie einen ihrer kleinwüchsigen, an Körper und Seele entstellten Helfer an, ihr ein glühendes Eisen zu bringen. Der Dunkelzwerg, ein buckliger Kerl mit einem breiten Grinsen in seinem narbigen Gesicht, trat an die Esse und zog eines der Brandeisen heraus. Die Spitze glomm in orangeroter Glut, und Granock fühlte sich lebhafter an Nurmorod erinnert, als es ihm recht sein konnte.

Damals, als der sadistische Zwerg Dolkon ihn gefoltert und einer Befragung unterzogen hatte, hatte Granock Alannah inständig herbeigesehnt. Dass er nun ihr Gefangener war und sie Dolkons Werk fortsetzte, war eine geradezu lächerliche Ironie. Er lachte bitter auf, als sie das Gluteisen vor seinem Gesicht schwenkte, und versuchte, es mit einem Gedankenstoß abzuwehren – vergeblich. Infolge des Blutstaus, der in seinem Schädel pulsierte, konnte er sich nicht genug konzentrieren, um einen Zeitzauber oder auch nur einen *tarthan* zu wirken – und einen Lidschlag später presste sie ihm das Eisen an die Brust.

Granock stöhnte auf. Beißender Geruch stieg auf, der ihm den Atem raubte. Entsetzt starrte er an sich empor auf die schwelende Wunde. Er versuchte eine Konzentrationsübung, um seine innere Mitte zu finden und den Schmerz daran zu hindern, von ihm Besitz zu ergreifen, aber auch dazu war er nicht mehr in der Lage.

»Verdammt!«, rief er aus und ballte wütend die nach unten hängenden Fäuste, was Alannah ein Grinsen entlockte – das Zerrbild jenes wunderbaren Lächelns, das ihn einst an ihr so verzaubert hatte. »Was soll das?«, brüllte er. »Ich werde euch nichts verraten, gleich was ihr mir antut!«

»Ich weiß«, beschied sie ihm knapp.

»Du weißt es? Warum quälst du mich dann?«

»Um dich zu bestrafen.«

»Warum?«

»Weil der Gebieter es so verlangt«, lautete die ebenso knappe wie erschöpfende Antwort.

»Dein Gebieter?«, stieß Granock hervor. »Wer soll das sein? Margok? Oder Rothgan?«

Als Antwort brachte sie ihm eine zweite Brandwunde bei, dicht neben der ersten. Granock hatte das Gefühl, als vergingen ihm alle Sinne vor Schmerz, aber zu seinem eigenen Entsetzen blieb er bei Bewusstsein. Sie schien sehr genau zu wissen, was sie tat. Offenbar hatte sie einige Übung darin.

»Es steht dir nicht zu, den Namen des Dunkelelfen auszusprechen«, beschied sie ihm ruhig.

»Ach nein?« Wieder lachte er auf. »Was willst du tun? Mich weiter foltern?«

Diesmal berührte ihn das Gluteisen am linken Oberarm. Es zischte, und der Gestank von verbranntem Blut kroch in Granocks Nase und verursachte ihm Übelkeit. Sein Pulsschlag beschleunigte sich, und kalter Schweiß trat ihm auf die Stirn, und schließlich verlor er auch die Kontrolle über seine Furcht. Wie ein wucherndes Geschwür breitete sie sich in ihm aus und drohte ihn zu verschlingen, und als sich das Eisen zum vierten Mal in sein Fleisch fraß, riss sie ihn hinfort.

Es war früher Morgen.

Zaghaft, so als fürchte sie sich, auf den neuen Tag herabzublicken, war die Sonne heraufgezogen und tauchte den östlichen Horizont in blutrote Farbe, was von den Schamanen der westlichen Stämme als gutes und vielversprechendes Omen gewertet wurde.

Die ganze Nacht über waren sie marschiert. Weder Dunkelheit noch Kälte hatten sie aufhalten können. Unermüdlich waren sie dem Klang der Kriegstrommeln gefolgt, getrieben von ihrer Gier nach Blut und Beute, und als endlich das erste Tageslicht durch die dichten Blätterkronen drang, hatte sich ihre Kampfeslust bereits in einen wilden Rausch gesteigert. Trotz des anstrengenden Marsches, der hinter ihnen lag, beschleunigten sich ihre Schritte.

Der Rhythmus der Trommeln steigerte sich, von wilden, unmenschlichen Schreien begleitet, und als die Orks endlich den Waldrand erreichten und die weißen Mauern und Türme von Tirgas Lan vor sich aufragen sahen, da entlud sich ihre nur mühsam zurückgehaltene Zerstörungswut in markerschütterndem Gebrüll, das die kalte Morgenluft erbeben ließ. Das Heer des Bösen hatte die Hauptstadt des Elfenreichs erreicht!

Die Unholde jubelten.

Zu Hunderten stürmten sie aus dem Wald und auf die Lichtung, die sich um die strahlend weiße Stadt zog. Im Nu hatten sie einen weiten Halbkreis gebildet, der sich von Westen her wie eine riesige Klaue um den Mauerkreis legte und ihn zerquetschen zu wollen schien. Heulend und brüllend rannten sie, die Hauer gefletscht, ihre Äxte und Kampfspieße schwenkend, getrieben vom nunmehr hämmernden Stakkato der Trommeln und begleitet vom Klirren ihrer Kettenhemden und Rüstungen.

Die wenigsten von ihnen hatten je die Modermark verlassen; die dunklen Höhlen, die trostlosen Sumpfgebiete und die tiefen Wälder von Düsterland waren alles, das ihre eitrigen, blutunterlaufenen Augen je gesehen hatten, und alles, was sich jenseits der schroffen Gipfel des Schwarzgebirges befand, war für sie kaum mehr gewesen als eine ferne, unwirkliche Ahnung. Als sie jedoch in diesem Augenblick die Schönheit Tirgas Lans erblickten, das strahlende Weiß der Mauern, die wunderbare Regelmäßigkeit der Architektur und die Kühnheit, mit der sich unzählige Türme in den Morgenhimmel reckten, da begriffen sie, dass man ihnen all dies vorenthalten hatte, und ihre Lust darauf, es zu vernichten, es in Rauch und Trümmer zu legen und das makellose Weiß mit schreiend rotem Blut zu beflecken, steigerte sich ins Unermessliche.

Und dies umso mehr, da die Türme und Wehrgänge der Stadt nicht besetzt zu sein schienen!

Wohin die Verteidiger der Stadt verschwunden sein mochten, darüber dachten die Orks nicht nach. Ohnehin war Denken nicht ihre Stärke, zumal, wenn sie in *saobh*, den berüchtigten Blutrausch, verfallen waren. Alles, was ihre auf Zerstörung ausgerichteten Sinne wahrnahmen, waren die Mauern, die es zu erstürmen galt, und sie führten die behelfsmäßigen Leitern heran, die sie aus gefällten Bäumen gebaut hatten, die man von ihren Ästen befreit und mit Tritten versehen hatte.

Inzwischen hatten sich die vordersten Krieger der Mauer bis auf hundert Schritte genähert. Riesenhaft wuchs sie vor ihnen empor, höher als alles, was sie je gesehen hatten, aber noch immer waren die Zinnen unbesetzt – bis plötzlich ein helles Hornsignal erklang.

In diesem Moment hatte es den Anschein, als würden selbst die Mauersteine lebendig. Denn was eben noch verwaist und von seinen Bewohnern verlassen gewirkt hatte, war schlagartig voller Verteidiger, und anders, als man den Orks eingeredet hatte, waren es nicht nur ein paar versprengte Schwächlinge, denen man Waffen in die Hand gedrückt hatte, sondern schwer gepanzerte, bis an die Zähne bewaffnete Krieger, deren blank polierte Harnische und Helme im frühen Tageslicht blitzten, ebenso wie die Klingen ihrer Schwerter und Glaiven, die nur darauf zu warten schienen, sich in die Gedärme eines Unholds zu wühlen.

Und es wurden immer mehr!

Die meisten Orks waren weder des Zählens noch des sonstigen Umgangs mit Zahlen mächtig, aber auch ihnen ging auf, dass die Verteidiger *iomash* waren, und dass sich ihre Zahl mit jedem Atemzug, der verstrich, nahezu verdoppelte. Schon schienen die Mauern überzuquellen vor Elfenkriegern, die zum Äußersten entschlossen waren, und dabei war noch nicht einmal abzusehen, wie viele Kämpfer sich noch im Inneren der Stadt aufhielten!

Andere Kreaturen hätten ihr Ansinnen, die Mauern zu erstürmen, angesichts dieses Anblicks wohl schon aufgegeben, die Orks jedoch, angestachelt sowohl von ihrer eigenen Blutgier als auch von der Furcht vor ihrem Anführer, rannten immer noch weiter – als sich der Himmel plötzlich verfinsterte!

Instinktiv starrten sie hinauf und sahen von jenseits der Mauern Unmengen von Pfeilen aufsteigen, Schwärmen von Raubvögeln gleich, die für einen Augenblick hoch in der Luft zu verharren schienen, um dann ihre Spitzen zu senken und mit vernichtender Wucht auf die Unholde herabzustoßen.

Die Wirkung war verheerend.

Die vorderste Reihe der stürmenden Krieger wurde förmlich niedergemäht. Mit Pfeilen gespickt, sanken sie zu Boden und wurden zum Hindernis für ihre nachstürmenden Kumpane, die über sie stürzten und zu Fall kamen, sodass der Sturmlauf ins Stocken geriet. Lautes Triumphgeschrei hob auf den Mauern an, und zum ersten Mal dämmerte den Unholden, dass dieser Tag womöglich nicht mit der Vernichtung des Feindes, sondern mit ihrer eigenen enden könnte.

Zwar versuchten einige von ihnen, die Leitern anzulegen und daran emporzusteigen, aber die Versuche waren halbherzig und wurden von ihren Feinden im Keim erstickt. Die Orks brüllten aus Leibeskräften, als die Leitern von den Verteidigern umgestoßen wurden. Kopfüber stürzten die Unholde in die Tiefe, ehe sie sich beim Aufprall auf den hart gefrorenen Boden das Genick brachen.

Hohngelächter drang jetzt von den Mauern herab, gefolgt von einer weiteren Phalanx Pfeile, und noch ehe sie den höchsten Punkt ihrer Flugbahn erreicht hatten, ergriffen die Ersten von ihnen die Flucht. Blut war geflossen und ihr *saobh* war verpufft wie Gas aus dem Gedärm eines Stinkfischs, und so wie sie sich zunächst gegenseitig an ihrem Hass und ihrer Zerstörungswut berauscht hatten, griff nun Panik um sich.

Hätten die *dun'rai*, die auf Wargen ritten und ihnen folgten, um sie peitschenschwingend in die Schlacht zu treiben, ihnen entschieden Einhalt geboten, wäre der Rückzug vielleicht noch aufzuhalten gewesen. Doch die Elfenkrieger waren kaum weniger entsetzt über die unerwartete Entwicklung der Dinge und verspürten keinerlei Lust, vor den Mauern Tirgas Lans wie ihre grünhäutige Gefolgschaft ein blutiges Massaker zu erleiden, und so unternahmen sie nichts, um den jähen Rückzug aufzuhalten, der schon im nächsten Moment zur wilden, unkontrollierten Flucht geriet.

Die Warge scheuten und schlugen mit ihren Vorderläufen um sich, was einige Orks das Leben kostete. Peitschen knallten und versuchten vergeblich, die Tiere wieder zur Räson zu bringen, während die Unholde Hals über Kopf von der Lichtung rannten. Selbst als der Schutz des Waldes sie längst umfing und sie nicht mehr fürchten mussten, von einem Elfenpfeil ereilt zu werden, liefen sie von ihren Instinkten getrieben weiter, sodass sie nicht nur an ihre nachfolgenden Artgenossen gerieten, sondern auch an einige Trolle.

Die Schlachtordnung, die bis zu diesem Zeitpunkt zumindest noch im Ansatz bestanden hatte, löste sich damit vollends auf, und den *dun'rai* wurde klar, dass die Eroberung Tirgas Lans sehr viel schwieriger werden würde, als man es sie glauben gemacht hatte. Die Informationen, die man ihnen bezüglich der Stärke des Feindes gegeben hatte, waren falsch gewesen.

Rurak musste umgehend davon erfahren.

Granock war von dunkler Nacht umfangen.

Irgendwann, nachdem sie sein nacktes Fleisch mit einem Dutzend schwärender, dampfender Wunden versehen hatte, hatte sie von ihm abgelassen. Sein Bewusstsein hatte zu diesem Zeitpunkt nur noch an einem seidenen Faden gehangen – gerissen war er jedoch nicht, und so schwebte Granock im finsteren Niemandsland verzweifelter Agonie.

Noch immer hing er von der Kerkerdecke, so als ob sie vorhätte, ihn bis in alle Ewigkeit dort hängen zu lassen, und vermutlich war das auch so; selbst als er zuletzt dem Schmerz nachgegeben und seine Qualen laut hinausgeschrien hatte, hatte Alannah nicht eine Spur von Mitgefühl gezeigt. Dennoch war er nicht in der Lage, sie zu hassen oder auch nur Abneigung gegen sie zu empfinden. Wenn es jemanden gab, der Schuld trug an ihrer Veränderung, der das Monstrum erschaffen hatte, das aus ihr geworden war, dann war es Aldur. Er und niemand sonst trug dafür die Verantwortung, er, der sich aus Machtgier und Geltungssucht dem Bösen verschrieben hatte.

War Granock anfangs noch bereit gewesen, wenigstens einen Teil der Schuld auf sich zu nehmen, so wurde dieser Teil angesichts der Qualen, die er litt, immer geringer.

Infolge der hängenden Position spürte er seine Beine kaum noch, Blut rann von seinen Fußgelenken herab, wo sich die Eisenschellen tief eingeschnitten hatten. Die Brandwunden schmerzten, ebenso wie sein Magen, der sich übergeben hatte, bis nichts mehr darin gewesen war. Aber das alles war nichts gegen das, was die Schwerkraft mit ihm anstellte.

Die nach unten drängenden Körpersäfte sorgten dafür, dass er seine Arme kaum noch heben konnte, und sein Kopf fühlte sich an, als wäre er auf Kürbisgröße angeschwollen. Das Rauschen in seinen Ohren war so laut, dass es alles andere übertönte, und er hatte den Eindruck, als wollten seine Augen aus ihren Höhlen quellen, sobald er sie öffnete. Krampfhaft hielt er sie geschlossen, als könnte er der grausamen Wirklichkeit auf diese Weise entfliehen.

Seine Zunge war zu einem fleischigen Etwas angeschwollen, was das Sprechen erschwerte – aber was hätte er auch zu sagen gehabt? Alannah hatte ihm unmissverständlich klargemacht, dass seine Feinde nichts von ihm in Erfahrung bringen wollten. Nur eines erwarteten sie von ihm: dass er möglichst qualvoll starb. Dies war die Rache, die Rothgan-Aldur ihm zugedacht hatte, und es gab kein Entkommen.

Sein nackter Körper war von kaltem Schweiß überzogen, und er fror erbärmlich. Vermutlich, dachte er in einem der lichteren Momente, war es das Wundfieber, das bereits nach ihm griff und das ihn elend zugrunde richten würde, wenn Alannah und ihre Folterknechte es nicht taten.

Wehmütig dachte er an die Zeit zurück, da sie Novizen in Shakara gewesen waren … Wie einfach die Dinge damals gelegen und wie unschuldig sie alle gewesen waren. Aber die Zeiten hatten sich geändert, nicht nur für Erdwelt, sondern für jeden einzelnen von ihnen. Welch ein Narr war er gewesen, dies zu leugnen!

Was hatte er erwartet?

Dass Aldur ihm vergeben würde?

Dass Alannah ihren Entschluss von damals rückgängig machen, ihm ihre Liebe gestehen und zusammen mit ihm nach Erdwelt zurückkehren würde?

Granock bereute es zutiefst, Farawyns Verbot missachtet zu haben und nach den Fernen Gestaden gereist zu sein, und dies nicht so sehr um seiner selbst willen. Seine eigentliche Mission, die Menschenstädte im Kampf gegen Margok als Verbündete zu gewinnen, hatte er verraten. Und so war es nicht nur seine Existenz, die er der Vernichtung preisgegeben hatte, sondern auch die vieler anderer … das Leben Unschuldiger, die hätten überleben können, wenn die Kämpfer Andarils ihnen rechtzeitig zur Hilfe gekommen wären.

Er jedoch war aus bloßer Selbstsucht in die Falle getappt, die seine Feinde ihm gestellt hatten, und alles, was ihm blieb, war das Warten auf sein Ende.

8. PESHUR SHA MATHAUTHAN

»Was?«

Fassungslos hatte Rurak dem Bericht der Unterführer gelauscht. Vier von ihnen waren Elfen, *dun'rai*, Anhänger des Kults, den er einst selbst gegründet hatte, um Margoks Geist ins Leben zurückzuholen. Die anderen waren Unholde, Orks aus der hintersten Modermark. Für den abtrünnigen Zauberer machte das jedoch keinen Unterschied, denn alle hatten versagt.

»Damit konnten wir nicht rechnen«, beteuerte *dun'ras* Hazar, ein kahlköpfiger Elf aus Tirgas Dun, den Rurak seinerzeit angeworben hatte, weil er über beträchtlichen Reichtum verfügte. Inzwischen war er zu einem Hemmnis geworden, zu einem Klotz am Bein, mit dem sich der Zauberer nicht länger abmühen wollte. »Es hieß, Tirgas Lan sei nur spärlich besetzt, Gwantegar. Aber dort auf den Mauern waren wenigstens zehntausend Mann versammelt.«

»*Korr*«, stimmten die Orks schnaubend zu.

»Zehntausend Mann also«, wiederholte Rurak gefährlich ruhig, während er in dem Zelt auf und ab ging, das seine Gnomendiener für ihn errichtet hatten. Das Gehen bereitete ihm Schmerzen, und er musste den Zauberstab als Stock benutzen. Aber sein ohnmächtiger Zorn hinderte ihn daran, sich zu setzen.

»So ist es«, stimmte ein anderer *dun'ras* zu, der nicht weniger feige und einfältig zu sein schien als Hazar. »Wir müssen dies umgehend dem Gebieter berichten. Der Angriff auf Tirgas Lan muss abgebrochen werden.«

»Abgebrochen«, echote der Zauberer noch einmal, während er auf seinen *flasfyn* gestützt die Versammelten umkreiste. Er machte den Eindruck einer Giftschlange kurz vor dem tödlichen Biss. »Sagt«, fuhr er lauernd fort, »ist euch nicht der Gedanke gekommen, dass der Dunkelelf euch beobachtet haben könnte? Dass er bereits informiert sein könnte über den katastrophalen Angriff und euer schändliches Versagen?«

»Versagen?«, empörte sich Hazar. »Bei allem Respekt, Gwantegar, Ihr wart nicht dabei! Ihr habt sie nicht auf den Wehrgängen gesehen, Hunderte gespannter Bogen und Tausende von Glaiven, die in der Morgensonne blitzten!«

»Nein, das habe ich nicht«, gab Rurak zu, mit einem dünnen Knochenfinger auf seine Stirn deutend. »Aber anders als Ihr, Hazar, pflege ich meinen Verstand zu gebrauchen, und dieser sagt mir, dass Elidor unmöglich zehntausend Krieger zusammengezogen haben kann. Dazu müsste er über sämtliche Legionen des Südreichs verfügen, und wir wissen aus zuverlässiger Quelle, dass dies nicht der Fall ist.«

»Aber wie …?«, stieß der *dun'ras* verblüfft hervor.

»Wie wohl? Durch Zauberei!«, fuhr Rurak ihn an. »Ihr verkommenen Idioten habt euch vorführen lassen!«

»Uns vorführen lassen?« Hazar schüttelte verwirrt das kahle Haupt. »Aber all diese Soldaten …«

»… waren eine Täuschung! Eine Illusion, nichts weiter – und Ihr seid darauf hereingefallen.«

»Eine Illusion?« Die Blicke Hazars und der anderen Unterführer spiegelten blankes Unverständnis. »Wer könnte so etwas bewirken?«

»Wer wohl? Das Hunla-Kollektiv!«, platzte der Zauberer heraus. »Sieben Frauen aus dem Nordreich, jede von ihnen mit derselben Gabe bedacht, aber keine davon stark genug, sie allein einzusetzen. Zusammen jedoch sind sie in der Lage, einen der mächtigsten Zauber zu wirken, der sich vorstellen lässt – nämlich aus dem Nichts heraus den Anschein von Materie entstehen zu lassen und so den Eindruck von Wesen und Dingen zu erwecken, die es nicht wirklich gibt.«

»Soll das heißen, dass … dass all diese Soldaten in Wahrheit nicht existiert haben?«, fragte Hazar ungläubig.

»Genau das.«

»A-aber die Pfeile, die sie auf uns geschossen haben, waren tödlich …«

»Ein paar davon, natürlich, denn diese sind wirklich gewesen«, schnaubte der Zauberer unwillig. »Der Rest jedoch war Teil einer Illusion, die nur den Zweck hatte, euch einzuschüchtern und den Angriff ins Stocken zu bringen – und eurer unsäglichen Dummheit wegen wurde dieses Ziel in vollem Umfang erreicht. Ist es das, was Ihr dem Gebieter melden wollt, *dun'ras* Hazar?«

»Nein, natürlich nicht«, versicherte der Gescholtene kleinlaut, während das von Brandwunden entstellte Gesicht des Zauberers unmittelbar vor seinem schwebte. »Ich hätte nur niemals angenommen, dass …«

»Was?«, fiel Rurak ihm ins Wort. »Dass die Gegenseite Widerstand leisten würde?« Er lachte bitter auf. »Gebt Euch keinen Illusionen hin. König Elidor hat die Zauberer von Shakara um Hilfe gebeten, und dieser elende Farawyn wird nichts unversucht lassen, um vom Elfenreich zu retten, was noch davon übrig ist. Er war schon immer ein Idealist, ein Seher, ein Visionär – und dies sind höchst gefährliche Eigenschaften. Farawyn ist unser erbitterter Feind und wird uns bis zum letzten Atemzug Widerstand leisten! Habt Ihr das verstanden? Geht das in eure einfältigen Schädel?«

Seine Stimme überschlug sich und hörte sich wie das Kreischen eines Raubvogels an, und zumindest Hazar dämmerte in diesem Augenblick, dass ihr Versagen vor den Mauern Tirgas Lans Opfer fordern würde …

»Gwantegar, ich …«

»Was wollt Ihr mir mitteilen, *dun'ras*? Dass Ihr bedauert, was geschehen ist? Dass Ihr Euch in Zukunft bessern wollt? Dass Euer Versagen eine einmalige Verfehlung gewesen ist, die sich nicht wiederholen wird?«

»Genau das.« Der Unterführer schien erleichtert.

»Das dachte ich mir«, knurrte Rurak, dem die Argumente nicht zuletzt deshalb so vertraut waren, weil er sie vor nicht allzu langer

Zeit selbst vorgebracht hatte, als es um seinen eigenen Hals gegangen war. »Aber Euch muss klar sein, dass dies genau die Sorte feiger Ausreden ist, die ich nicht gelten lasse. Ihr hattet Eure Möglichkeit, Euch zu beweisen, Hazar, nun werden andere an Eure Stelle treten.«

»U-und ich?«, erkundigte sich der Elf zaghaft.

Rurak genoss es, ihn einen quälenden Augenblick lang über seine Zukunft im Unklaren zu lassen. Dann straffte er sich, hob den gewundenen Zauberstab, dessen oberes Ende die Form eines Totenschädels hatte, und sprach eine leise Beschwörungsformel. Daraufhin begannen die Augen des Schädels, in die kleine Kristalle eingesetzt waren, in unheilvollem Grün zu leuchten, und noch während Hazar voller Unverständnis daraufstarrte, schlugen knisternde Blitze daraus hervor, die geradewegs in seine Augen stachen. Der *dun'ras* schrie auf. In einem Reflex schloss er die Lider, aber die vernichtenden Entladungen fraßen sich geradewegs hindurch, kochten seine Augäpfel und bohrten sich weiter in sein Gehirn.

Mit furchtsamen Blicken beobachteten die anderen *dun'rai* und sogar die Unholde, was mit dem Unterführer geschah. Die Blitze aus dem Kristall rösteten ihn und ließen erst von ihm ab, als aus *dun'ras* Hazar ein schwelender Haufen verkohlten Fleisches geworden war, auf den Rurak voller Genugtuung hinabblickte. Wie wohltuend es war, seine Macht wieder uneingeschränkt ausüben zu können, wieder Herr über Leben und Tod zu sein, ohne dass er jemandem Rechenschaft schuldig war.

»Ist hier noch jemand, der mich um Nachsicht bitten möchte?«, fragte er in die Runde der Versammelten. »Oder wollt Ihr lieber zu Euren Leuten zurückkehren und ihnen klarmachen, dass Gwantegar dies mit jedem von ihnen machen wird, wenn sie sich noch einmal als so feige erweisen wie an diesem Morgen?«

Die Unterführer brauchten nicht lange zu überlegen. Die *dun'rai* verbeugten sich tief, die Orks warfen sich gar zu Boden. Zwar widerstrebte es ihrem tumben Wesen, sich führen und Vorschriften machen zu lassen, aber ihr Überlebensinstinkt war ausgeprägt genug, um sich nicht bei lebendigem Leibe kochen zu lassen.

»Ich sehe, wir sind uns einig«, sagte Rurak. »Und nun packt euch und kehrt dorthin zurück, wo ihr längst sein solltet, und macht Tirgas Lan dem Erdboden gleich!«

Er hatte auf das Ende gewartet, aber es war nicht gekommen. Wer ihn hingegen in seiner Kerkerzelle besuchte, war Alannah.

Mit verschwimmendem Blick sah Granock sie eintreten, in ihre Rüstung aus schwarzem Leder gekleidet und in einen schwarzen Umhang gehüllt, eine Herrscherin der Dunkelheit. Anders als bei ihrem letzten Besuch allerdings war sie allein, zumindest war keiner ihrer zwergenhaften Begleiter zu sehen.

»Warum … bist du hier?«, stieß Granock hervor. Wegen des fetten Kloßes, zu dem seine Zunge angeschwollen war, bereitete ihm das Sprechen immer größere Mühe. »Willst du dich … an meinem Unglück weiden? Hat Rothgan … dich geschickt …?«

Sie antwortete nicht, sondern musterte ihn nur. Offenbar, sagte sich Granock hatte etwas in ihm ihre Neugier geweckt, auch wenn sie sich nicht an ihn erinnerte. Sie sah ihn an, wie man eine Statue oder eine Skulptur betrachtet, interessiert, aber ohne jede Anteilnahme.

»Hilf mir«, unternahm Granock einen letzten verzweifelten Versuch, an die Frau zu appellieren, die sie einst gewesen war. »Hilf mir, Alannah …«

»Warum sollte ich das tun?«

»Weil wir uns kennen«, erwiderte er leise, fast flüsternd. »Weil es eine Zeit gab, da wir einander geliebt haben …«

»Liebe?« Sie lachte auf. »Du lügst.«

»Ich wünschte, es wäre so«, hauchte er heiser. Seine Schläfen pulsierten, ihm war speiübel, und seine Augäpfel vermittelten ihm den Eindruck, sogleich platzen zu wollen. Es würde nicht mehr lange dauern, bis er das Bewusstsein verlor. Wenn er etwas unternehmen wollte, dann musste er es jetzt tun, auf der Stelle …

Was hatte er zu verlieren?

»Komm näher …«, krächzte er.

»Wozu?«

»Muss dir etwas … sagen …«

Ihr Blick verriet Befremden. Der Gedanke an körperliche Nähe schien ihr ebenso abhandengekommen zu sein wie Gnade oder Mitgefühl. Das, dachte Granock bitter, war also die neue Zukunft, die der Dunkelelf seinen Anhängern versprach, die bessere Welt. Gefühle schienen darin ausgelöscht zu sein, und alle Wesen, selbst die sanftmütigsten, würden nur noch das tun, was ihr finsterer Herrscher ihnen befahl. War es das, was Aldur gewollt hatte? War dies das wiedergeborene Elfenreich? Die Rückkehr des Goldenen Zeitalters?

Granock lachte keuchend auf, was das Interesse der Dunklen Königin zu wecken schien. »Was willst du?«, zischte sie noch einmal feindselig, während sie langsam näher kam.

»Muss dir … etwas sagen«, wiederholte Granock, während sein gepeinigter Geist sich bereits konzentrierte.

Dazu, das große Ganze zu erfassen, war er nicht mehr in der Lage. Er hatte keine Ahnung, weshalb sie zu ihm gekommen war, ob sie Pflichtbewusstsein oder das genaue Gegenteil davon zu ihm getrieben hatte. Aber in dem Augenblick, da Granock erkannt hatte, dass sie allein war und ohne Begleitung ihrer kleinwüchsigen Schergen, da war ihm klar gewesen, dass er handeln würde.

Mit verschwimmenden Blicken sah er sie näher kommen, und er richtete seine ganze verbliebene Kraft darauf, einen letzten, verzweifelten Zauber zu wirken. Nicht, um sein Leben, sondern um seine Erinnerungen zu retten, um noch einmal das wärmende Licht der Sonne auf seinem Gesicht spüren und das Leben zu kosten, wie es einst gewesen war.

Es kostete ihn seine ganze Überwindung und buchstäblich seine letzte Kraft – aber in dem Augenblick, da sie in seine Reichweite kam, verhängte er den Zeitenbann.

Er nahm an, dass es der letzte Zauber war, den er in seinem Leben wirken würde, und er legte all seine verbliebene Leidenschaft, sein ganzes Können und seine ganze Verzweiflung hinein – dennoch war er fast überrascht, als die dunkle Königin plötzlich innehielt und in ihrer Bewegung verharrte.

»A-Alannah«, hauchte er.

Kopfüber von der Decke baumelnd, hob er die zentnerschweren Hände, deren Finger so aufgedunsen waren, dass er sie kaum rühren konnte. Es war schmerzhaft und erforderte eine Menge Überwindung, aber es gelang ihm, sie nach Alannah auszustrecken, ihr Gesicht zu umfassen und sie an sich heranzuziehen. Einen endlos scheinenden Augenblick lang sah er das bleiche, gleichgültige Antlitz der Elfin vor sich schweben, ihre dunkel umrandeten Augen, die dünnen, rabenschwarz bemalten Lippen … dann nahmen sie, zumindest in seiner Vorstellung, wieder die alte rosige Färbung an, und er öffnete den Mund und presste den seinen darauf.

Die Zeit schien auch für ihn stillzustehen.

Oben und unten, Licht und Dunkelheit, Leben und Tod – die Begriffe der sterblichen Welt schienen keine Gültigkeit mehr zu haben, genau wie damals in jenem glückseligen Moment, der Urzeiten zurückzuliegen schien, als ihre Herzen eins gewesen und Granocks Glück für einen Augenblick vollkommen gewesen war, kurz bevor das Unheil seinen Lauf genommen hatte …

Granock hielt den Bann aufrecht, so lange er es vermochte. Mit aller Kraft klammerte er sich daran, so als wäre es nicht nur die Gegenwart, sondern auch die Vergangenheit, die ihm zu entgleiten drohte und die er für immer verlieren konnte.

Obwohl der Schmerz noch zunahm und er das Gefühl hatte, als wollten seine pulsierenden Schläfen bersten, hielt er mit aller Gewalt daran fest. Aber so sehr er sich auch bemühte, so sehr jede einzelne Faser in ihm sich danach sehnte, dieser tristen, tödlichen Gegenwart zu entfliehen, so genau wusste er auch, dass sich die Zeit nicht betrügen ließ. Granock verausgabte sich, konzentrierte sich so lange, bis ihm die Sinne vor Anstrengung zu schwinden drohten.

Dann erlosch der Bann.

9. EFFRUTHAN

Mit einem gellenden Aufschrei prallte Alannah von Granock zurück.

Wegen der dunklen und hellen Flecke, die vor seinen Augen tanzten, konnte er nicht erkennen, was mit ihr vor sich ging, aber ihre Körperhaltung verriet, dass sich etwas verändert hatte. Nicht länger schien sie von jenem unnachgiebigen, tödlichen Hochmut erfüllt, der ihre einstmals so zarte Gestalt gestrafft und sie fremd und unnahbar hatte erscheinen lassen; nicht länger waren ihre Bewegungen beherrscht und wie von einem fremden Willen gesteuert, sondern willkürlich und planlos.

Fast menschlich …

Granock wusste nicht, was er davon zu halten hatte. Den Zauber zu wirken, hatte ihn seine ganze verbliebene Energie gekostet, der Kuss, jedes wohlwollende Gefühl, zu dem er noch in der Lage gewesen war. Kraft- und nahezu leblos hing er nun in den Fesseln, ein unbeseeltes Stück Fleisch, das kurz davor war, der Ohnmacht anheimzufallen. Die Augen fielen ihm zu – aber etwas hielt Granock davon ab, sich dem Vergessen zu ergeben, gleich wie es ihn lockte. Der letzte Funke freien Willens, der noch in ihm glomm und der sich weigerte zu verlöschen.

»Granock …?«

Er hörte, wie sie seinen Namen flüsterte, und es klang anders als zuvor. Weicher und mitfühlender, aber auch fragend und verwirrt. Sollte sich etwas geändert, sollte der Zauber etwas *bewirkt* haben …?

Schon der Gedanke kam Granock wie ein Wagnis vor. Es wäre eine maßlose Übertreibung gewesen, ihn als wenn auch nur schwache Hoffnung zu bezeichnen, zumal sie schon im nächsten Augenblick im Keim erstickt wurde.

Schritte wurden von außerhalb der Zelle hörbar, und obwohl sie nur wie von fern an Granocks betäubtes Bewusstsein drangen, war ihm klar, dass es Wachen waren, die von Alannahs Schrei alarmiert worden waren. Schon einen Atemzug später bestätigte sich sein Verdacht. Aufgebracht stürmten sie in das Gewölbe, grimmigen Blickes und mit mörderischen Äxten bewaffnet.

Dunkelzwerge.

Jene Wesen, denen sein Zeitzauber nichts anzuhaben vermochte, selbst wenn er dazu noch in der Lage gewesen wäre. Granock merkte, wie nun auch der letzte Rest von Überlebenswillen von ihm wich. Er hatte es versucht, hatte alles gegeben, aber nun waren sowohl seine Kraft als auch seine Möglichkeiten erschöpft, und es blieb ihm nichts, als sich der Vernichtung anheimzugeben.

Seine Hände, die zu Fäusten geballt gewesen waren, entkrampften sich, und er ließ die Arme nach unten baumeln, während er wie aus weiter Ferne die rauen Stimmen von Rothgans Schergen hörte …

»Herrin, ist alles in Ordnung mit Euch?«

»Seid unbesorgt, es geht mir gut.«

»Seid Ihr sicher? Wir hörten einen Schrei …«

»Seid unbesorgt.«

»Warum habt Ihr uns nicht gesagt, dass Ihr den Gefangenen sehen wollt?«

»Glaubt Ihr denn, ich wäre Euch Rechenschaft schuldig?«

»Nein, Königin. Aber der Gebieter hat uns aufgetragen, Euch keinesfalls allein in den Kerker gehen zu lassen. Wir befolgen nur unsere Befehle.«

»Ich weiß«, hörte Granock Alannah erwidern, und der verebbende Klang ihrer Stimme zeigte ihm an, dass sie wohl das Letzte sein würde, was er auf Erden vernahm.

Stattdessen erklang plötzlich ein knirschendes Geräusch, das ihm entfernt bekannt vorkam, ohne dass er sich tatsächlich daran erinnerte, gefolgt von einem hässlichen Schmatzen und dem Klirren von Eisen. Gleichzeitig fühlte Granock eisige Kälte. Er nahm an, dass es die Gegenwart des Todes war, die ihn frösteln ließ, aber dann stellte er fest, dass es in seiner Zelle still geworden war. Kein Wort war mehr zu vernehmen. Die Zwergenwächter schwiegen, ebenso wie Alannah; nur das eigenartige Knacken war noch da.

Granock wollte die Augen öffnen, aber es gelang ihm nicht. Zu weit hatte ihn der Rachen der Ohnmacht bereits verschlungen, als dass er noch ohne Weiteres herausgefunden hätte. Mit dem letzten Rest freien Willens, der ihm noch verblieben war, zwang er sich dazu. Zögernd blinzelte er – und sah Blut, in dem sich der Fackelschein spiegelte!

Aus seiner verdrehten Perspektive schien es die Decke des Gewölbes zu überziehen, und für einen Augenblick fragte sich sein erschöpfter Geist, weshalb es dort oben haften blieb, statt auf ihn herabzustürzen. Dann erst begriff er, dass es in Wirklichkeit der Boden war, auf dem sich der grellrote Körpersaft gesammelt hatte – und zu seiner Verblüffung stellte er fest, dass es das Blut der Zwergenwächter war.

Alle fünf standen sie vor ihm, in Reglosigkeit erstarrt, so als hätte er einen Bann über sie verhängt. Aber es war kein Zeitzauber, der die Dunkelzwerge hatte verharren lassen. Ihre Gesichter waren bleich, die Blicke leer und gebrochen, die Münder zu stummen Schreien aufgerissen, die Waffen lagen auf dem blutbesudelten Boden. In ihren Brustkörben jedoch klafften hässliche Wunden, die von fünf Speeren rührten, die sie in den Rücken getroffen und durchbohrt hatten – Speere, die nicht aus Holz und Eisen bestanden, sondern aus schimmerndem Eis!

Obwohl Granock das Gefühl hatte, er müsste verstehen, was geschehen war, dauerte es noch einen Moment, bis er tatsächlich begriff. In dieser Zeit zersplitterten die Eisspeere mit hellem Knacken, und die Wächter brachen zusammen, blieben reglos in ihrem Blut liegen. Hinter ihnen stand Alannah, die Hände noch immer zu dem tödlichen Zauber erhoben, den sie gewirkt hatte.

Nicht nur ihre Haltung hatte sich verändert; Granock konnte sehen, dass auch jene unnachgiebige Härte aus ihrem Gesicht gewichen war, die ihn so an ihr erschreckt hatte. Blankes Entsetzen spiegelte sich in ihrer Miene, während sie auf Granock starrte, so als erblicke sie ihn erst jetzt tatsächlich.

»Alannah …«, stieß Granock mühsam hervor. Die Stimme versagte ihm fast dabei, und erneut drohte er in den dunklen Abgrund der Ohnmacht zu kippen. Er versuchte, sich daran zu hindern, aber es gelang ihm nicht ganz. Als er die Augen wieder öffnete, hing er nicht länger kopfüber von der Decke. Jemand hatte ihn heruntergelassen, ihn von den Fesseln befreit und seine nackte, frierende Gestalt in einen Umhang aus schwarzem Stoff gehüllt. Auf dem nackten Steinboden liegend, kam er wieder zu sich und fragte sich, ob er wachte oder träumte. War er etwa bereits gestorben und war dies die nächste, bessere Welt?

Das unverminderte Rauschen in seinem Kopf und das Hämmern in seinen Schläfen belehrten ihn eines Besseren. Er war nicht tot, so viel stand fest – aber was, in aller Welt, war geschehen? Er befand sich in einem Gewölbe mit niederer Felsendecke. Eine Fackel sorgte für spärliches Licht …

»Granock?«

Alannahs Gesicht erschien plötzlich über seinem, und er begriff, dass sie es gewesen war, die ihn aus seiner elenden Gefangenschaft befreit und von seinen Fesseln erlöst hatte. Eine Woge der Dankbarkeit durchflutete ihn, trotz all der grässlichen Dinge, die sie ihm angetan hatte. Ihr Gesicht war jetzt wieder so strahlend und schön, wie er es in Erinnerung hatte, aber auch traurig. Sie hatte geweint. Gezackte graue Linien verliefen überall dort über ihr Gesicht, wo die Tränen den Puder verwischt hatten, auch an den Lippen, wo unter dem tristen Schwarz wieder lebendiges Rot zum Vorschein gekommen war. Der Anblick erinnerte Granock an einen öffentlichen *cinu'ras*, der sich nach erfolgtem Vortrag vor aller Augen die Schminke aus dem Gesicht wischte und damit deutlich machte, dass er aus der Rolle, die er verkörpert hatte, wieder ins wirkliche Leben wechselte. Auch Alannah, so schien es, war eine andere gewesen.

Vier lange Jahre …

»*Shumai*«, hauchte er nur. »Schön, dich zu sehen.«

Sie wollte antworten, aber sie konnte nicht. Ein erneuter Schwall von Tränen erstickte ihre Stimme und rann so ungehemmt über ihre Wangen, dass er auch noch den letzten Rest von Schminke fortnahm. Mit jeder Träne, die sie vergoss, schien die Elfin ihrem alten Selbst näherzukommen.

Zumindest äußerlich …

»Was habe ich nur getan?«, flüsterte sie schließlich. »Was habe ich nur getan …?«

»Was auch immer es war … es scheint … vorbei zu sein«, knurrte Granock, dem das Sprechen schwerfiel. Er versuchte den Kopf zu heben, aber es gelang ihm kaum. Seine Nackenmuskeln waren verkrampft, und ihm war sterbenselend. Seine Beine, in denen kaum noch Blut gewesen war, konnte er zwar wieder fühlen, sie aber nicht bewegen.

Sie nickte betreten und schaute an sich herab, betrachtete die lederne Rüstung, die sie trug, mit großem Befremden. »Ich erinnere mich an alles«, stellte sie fest. »Aber es ist, als blicke ich durch rußgeschwärztes Glas. Alles ist dunkel und verschwommen …«

»Was ist passiert?«, wollte er wissen. In seinem Kopf hämmerten Tausende winziger Zwerge, und sein Magen, der sich vollständig entleert hatte, drückte nach oben und schien seinen Platz erst wieder finden zu müssen. Sein Pulsschlag ging rasch und, so kam es ihm vor, unregelmäßig, sodass ihm immer wieder schwarz vor Augen wurde.

»Was passiert ist?« Sie sah ihm direkt in die Augen, und der Schmerz und die Trauer darin erschütterten ihn. Am liebsten hätte er sich aufgerichtet und sie in seine Arme geschlossen, hätte ihr gesagt, dass sie sich nicht zu sorgen brauche und alles gut werden würde. Aber zum einen war er dazu nicht in der Lage, und zum anderen glaubte er selbst nicht daran … »Warum bist du gekommen?«, flüsterte sie so leise, dass er sie kaum hören konnte. »Dies ist kein Ort für dich.«

»Weil ich … ein Mensch bin?«

»Nein.« Sie schüttelte traurig den Kopf. »Weil er verflucht ist. Aus dem Hort des Lichts ist ein Pfuhl der Finsternis geworden. Und ich habe dazu beigetragen …«

»Wie?«, wollte Granock wissen. »Was ist geschehen?«

Alannah schüttelte langsam den Kopf. »Erinnerst du dich?«, hauchte sie dazu. »Erinnerst du dich an das, was wir einst waren? Was wir sein wollten?«

Er nickte zaghaft.

»So hättest du uns in Erinnerung behalten sollen, Granock. Und nicht als das, was aus uns geworden ist.«

»Was ist geschehen?«, verlangte er noch einmal zu wissen, und irgendwie gelang es ihm, den rechten Arm zu heben und ihren zu packen. »Du musst es mir verraten, Alannah«, ächzte er beschwörend. »Du musst!«

Die Elfin starrte ihn an, und ihm wurde klar, dass es Scham war, die sie am Sprechen hinderte. Schließlich schien ihr Blick durch ihn hindurchzugehen und in weite Ferne zu reichen, in eine schmerzliche Vergangenheit …

»Weißt du noch?«, wisperte sie. »An jenem Abend, da wir uns das letzte Mal begegneten?«

»Ich habe es nicht vergessen«, beteuerte Granock, was eine maßlose Untertreibung war. In Wahrheit hatte es in all den Jahren kaum einen Tag gegeben, da ihn die Erinnerung an jene Nacht nicht verfolgt hatte.

»Damals habe ich eine Entscheidung getroffen, gegen das Licht und für die Finsternis. Du, Granock, warst das Licht«, fügte Alannah traurig hinzu, und für einen kurzen Moment kehrte ihr Blick aus der Vergangenheit zurück, um ihn mit einem Ausdruck maßlosen Bedauerns zu bedenken, »Aldur war die Finsternis. Ich glaube, er hatte es von Anfang an geplant.«

»Was, Alannah? Was hatte Aldur geplant?«

»Den Verrat«, sagte sie nur. »Das Bündnis mit Margok.«

Granock spürte einen schmerzhaften Stich, der nicht von den Folgen der Folter rührte. Was er gesehen und erlebt hatte, hatte keinen anderen Schluss zugelassen als den, dass sein Freund und Ordensbruder der Macht des Bösen verfallen war. Aus Alannahs Mund zu erfahren, dass er sich Margok aus freien Stücken und sogar vorsätzlich zugewandt haben sollte, machte es jedoch noch schrecklicher.

»Noch in derselben Nacht, in dem unsere Freundschaft zerbrach«, fuhr sie leise fort, »haben Aldur und ich Shakara verlassen. Er sagte, er würde nach den Fernen Gestaden reisen, um sie vor Margoks Zugriff zu schützen, und so folgte ich ihm. Zum einen, weil ich ihn aufrichtig liebte. Zum anderen, weil ich ihn nach allem, was geschehen war, meiner unbedingten Treue versichern wollte.«

»Ich verstehe«, knurrte Granock. In gewisser Weise war es also seine Zudringlichkeit gewesen, die Alannah aus Shakara vertrieben hatte …

»Obwohl es dem Beschluss des Hohen Rates widersprach, ließ Farawyn uns ziehen – wohl weil er wusste, dass Aldurs Sorge, der Dunkelelf könnte sich Crysalions bemächtigen wollen, nicht unbegründet war. Also passierten wir in jener Nacht die Kristallpforte und gelangten hierher – doch schon im Augenblick unserer Ankunft war es, als ginge mit Aldur eine Veränderung vor sich. In mancher Hinsicht schien er nicht mehr er selbst zu sein«, hauchte Alannah mit tonloser Stimme, »oder vielleicht hat er auch erst hier zu seinem wahren Selbst gefunden.«

Granock konnte den Schmerz in ihren Augen sehen. Natürlich fragte er sich, was Aldur ihr angetan haben mochte, aber sie schien nicht darüber sprechen zu wollen, und er fragte nicht danach. Vielleicht, sagte er sich, würde sie irgendwann ihr Schweigen brechen.

»Es war, als wäre in jener Nacht etwas zerbrochen worden, eine unsichtbare Kette, die ihn bis dahin davon abgehalten hatte, das zu tun, was seiner Neigung entsprach. Dieser Fesseln ledig, wurde Aldur zum Verräter.«

Erneut erschütterte es Granock, derart harte Worte aus ihrem Munde zu hören. Immerhin hatte sie Aldur einst aufrecht geliebt. Sie hatte sich seinetwegen von Granock abgewandt und war ihm ans buchstäbliche Ende der Welt gefolgt …

»Wie sich herausstellte, war Aldurs Verdacht nur zu berechtigt«, setzte Alannah ihren Bericht fort. »Eines Morgens teilte sich der Nebel, und ohne Vorwarnung erschien eine riesige Kriegsflotte vor der Küste der Gestade. Hunderte von Schiffen, Segler und Galeeren. Bemannt waren sie mit Menschen, zumeist Piraten aus dem *dwaímaras*, aber auch mit Orks aus den hintersten Winkeln der Modermark – mir war nie klar gewesen, wie zahlreich sie sind. Und noch eine weitere Kreatur der Finsternis hatte der Dunkelelf unter sein Banner gerufen – einen Kraken aus den Tiefen der See.«

»Und?«, fragte Granock schaudernd, den die Vorstellung, dass all diese Dinge geschehen waren, ohne dass Tirgas Lan oder der Hohe Rat irgendetwas davon mitbekommen hatten, bis ins Mark erschütterte. »Was habt ihr getan?«

»Das, was man von uns erwartete. Weswegen man uns nach Crysalion geschickt hat«, gab sie zurück. »Wir suchten den höchsten Turm von Crysalion auf, um die Macht des Annun zu entfesseln und den Kristallschirm zu errichten, der es jeder feindlichen Macht verwehrt hätte, ihren Fuß auf den geheiligten Boden zu setzen. Aber es kam niemals dazu.« Niedergeschlagen senkte sie den Blick, und es dauerte einen Moment, bis sie sich überwinden konnte, weiterzusprechen. »Ich hätte es bemerken müssen. Von dem Augenblick an, da die fremden Schiffe am Horizont auftauchten. Rothgan zeigte nicht die geringste Regung. Ich glaubte, es läge daran, dass er als Einziger von uns fest mit einem Angriff Margoks gerechnet hatte. Aber das war nur die halbe Wahrheit. Er *wusste*, was geschehen würde. Und er hat uns alle verraten.«

»Wie?«, wollte Granock nun wissen. »Was genau ist vorgefallen?«

Erneut wurde Alannahs Blick seltsam glasig, während die Ereignisse der Vergangenheit vor ihrem geistigen Auge abliefen. »Ich drängte ihn dazu, rasch zu handeln und unsere Kräfte zu vereinen, um den Kristallschirm zu errichten, aber er zögerte. Und plötzlich war in seinem Gesicht etwas, das ich bis dahin nie dort gesehen hatte. Dieses Lächeln, diese Grausamkeit …«

Sie schauderte ob der Erinnerung, und Granock griff nach ihrer Hand. »Es ist gut«, redete er ihr zu. »Was ist dann geschehen?«

»Eine Kristallpforte wurde geöffnet, und dann ergossen sich Dutzende von Orks in die Turmkammer.«

»Also hatte Aldur recht«, folgerte Granock bestürzt. »Es gab tatsächlich eine vierte Schlundverbindung – und sie führt auf die Fernen Gestade.«

»So ist es.« Alannah nickte. »Fast gleichzeitig entlud sich ein Blitz, der in den Turm einschlug und den Annun traf, worauf sich ein Splitter aus dem Kristall löste. Daraufhin erlosch das Licht von *calada* und mit ihm auch unsere Hoffnung, den Angriff abwehren zu können. Der Kristallschirm wurde nicht errichtet, und die Horden des Bösen stürmten den Palast. Ich versuchte, sie aufzuhalten, aber dann wurde ich niedergeschlagen und verlor das Bewusstsein. Das Letzte, was ich hörte«, fügte die Elfin düster hinzu, »war Rothgans triumphierendes Gelächter.«

»Und dann?«

Alannah verzog die Mundwinkel zu einem traurigen Lächeln. Tränen standen ihr in den Augen. »Als ich erwachte, war die Welt nicht mehr die, die sie gewesen war. Die Schergen des Dunkelelfen hatten die Insel besetzt und die Ewigen versklavt, ein unvorstellbares Sakrileg. Der heilige Boden war entweiht worden, das Licht von *calada* erloschen – und ich selbst …« Sie unterbrach sich, als sich die Tränen wiederum Bahn brachen.

»Was war mit dir?«, fragte Granock sanft. Trotz der tobenden Zwerge in seinem Kopf gelang es ihm, sich zur Hälfte aufzurichten und ihr über das in Unordnung geratene Haar zu streichen. »Sag es mir, Alannah …«

»Ich selbst scherte mich nicht darum«, eröffnete sie ihm und schaute ihn dabei herausfordernd an. »Ich sah, was um mich herum vor sich ging, und ich wusste, was geschehen war, aber es war mir gleichgültig geworden. Ich hatte nur den einen Wunsch, Margok zu dienen und seinem Günstling Rothgan zu willfahren – in jeder nur denkbaren Hinsicht.«

Granock schloss die Augen. Ihm war nur zu klar, was sie meinte, und er musste an sich halten, um vor Wut und ohnmächtigem Zorn nicht laut zu schreien.

Alannah hatte Aldur geliebt.

Sie hatte sich für ihn entschieden und war ihm bedingungslos gefolgt – er jedoch hatte sie mit der Hilfe seines neuen Herrn einem Zauberbann unterworfen und sie zu seiner Gefangenen gemacht. Seine Königin mochte er sie nennen, in Wahrheit allerdings war sie nichts als seine Sklavin gewesen, vier lange Jahre.

Das Wissen, dass all diese Dinge geschehen waren, während er sich in Shakara vor schlechtem Gewissen und aus Sehnsucht nach Alannah verzehrt hatte, brachte Granock fast um den Verstand. Wie oft hatte er Farawyn gebeten, ihm die Passage zu den Fernen Gestaden zu ermöglichen, wie häufig sich in Gedanken ausgemalt, wie es sein würde, wenn sie einander wiederbegegneten. So hatte er es sich ganz sicher nicht vorgestellt – aber wenigstens begriff er jetzt die Zusammenhänge.

Deshalb also hatte man in Shakara nichts von diesen dramatischen Entwicklungen erfahren. Aldur, der als Farawyns inoffizieller Gesandter in Crysalion weilte, hatte dem Ältesten übermittelt, dass alles in bester Ordnung sei; und der Hohe Rat wiederum, der von allem nichts wusste, hatte nicht nachgefragt. Dabei waren die Fernen Gestade schon längst in der Hand des Feindes gewesen ...

»War der Dunkelelf auch hier?«

»Nein.« Sie schüttelte den Kopf. »Ich nehme an, dass er Crysalion nicht zu betreten wagt ... noch nicht. Aber er spricht zu Rothgan in seinen Gedanken.«

»Du meinst – wie ein Kobold?«

»Ja und Nein. Die Art, wie seine Worte übermittelt werden, mag ähnlich sein, aber Rothgan und der Dunkelelf sind einander viel näher, als ein Kobold und sein Herr es jemals sein werden. Ein Kobold ist nur ein Diener – Rothgan jedoch ist zugleich Margoks Günstling und Schüler. Der Dunkelelf hat ihn zum Herrscher der Insel ernannt und ihn damit beauftragt, einen Feldzug gegen das Festland vorzubereiten. Fast ein ganzes Jahr haben die Vorbereitungen angedauert, dann stach die Flotte erneut in See. Nur eine kleine Besatzungsmacht blieb zurück, um Crysalion zu behaupten und die Ewigen Seelen zu unterjochen.«

»Wann ist das gewesen?«, wollte Granock wissen.

»Vor wenigen Tagen.«

»Das kann nicht sein.« Er schüttelte den Kopf. »Als ich die Küste erreichte, hatte Margoks Kriegsflotte sie bereits erreicht. Die Elfen dort zitterten vor Angst.«

»Ich kann nur sagen, was ich weiß«, entgegnete Alannah. »Jedenfalls bedeutet es, dass Margoks Plan aufgegangen ist.« Sie vergrub ihr Gesicht in den Händen, so als könnte sie seine fragenden Blicke nicht länger ertragen. »Es tut mir leid, Granock«, flüsterte sie. »Es tut mir unendlich leid …«

Er fragte nicht nach, was genau sie meinte. Ob sich ihre Reue auf Aldurs Verrat und die Eroberung Crysalions bezog, für die sie sich zumindest zum Teil verantwortlich zu fühlen schien. Oder ob sie bedauerte, sich in jener Nacht in Shakara nicht für ihn statt für Aldur entschieden zu haben.

Granock spürte, wie aller Zorn, den er jemals auf sie empfunden haben mochte, sich in Nichts auflöste. Trotz allem, was gewesen war, empfand er immer noch viel für sie, und er verspürte den unwiderstehlichen Drang, seinen Arm um sie zu legen und sie zu trösten, was er schließlich auch tat. Für die Anstrengung, die es ihn kostete, belohnte sie ihn mit einem zaghaften Lächeln.

»Alles wird gut«, murmelte er. Es war platt und unbeholfen, aber etwas Besseres fiel ihm nicht ein.

»Kannst du mir jemals vergeben? Kann *ich* mir jemals vergeben? Ich habe schreckliche Dinge getan, und ich erinnere mich an jede Einzelheit …«

»Das bist nicht du gewesen«, redete er ihr zu, »sondern Margoks dunkle Macht. Margok hat dich mit einem Bann belegt …«

»… den du gebrochen hast«, vervollständigte sie.

»Nein.« Er schüttelte entschieden den Kopf. »Ich habe dich nur an das zu erinnern versucht, was einst gewesen war. Den Bann hast du selbst gebrochen. Das Gute in dir ist stärker als jeder Zauber, den Rothgan wirken konnte. Deshalb bist du aus diesem Albtraum erwacht, Alannah.«

»Glaubst du das wirklich?« Zögernd hob sie den Blick und schaute ihn verzweifelt an. »Aber ich kann nicht ungeschehen machen, was passiert ist.«

»Nein«, gab er zu. »Aber du kannst mir dabei helfen, es wieder in Ordnung zu bringen. Rothgans Macht muss gebrochen werden.«

»Ich gebe dir recht«, stimmte die Elfin zu. »Aber wie willst du das bewerkstelligen? Dank des *holt'ras* ist Rothgan nahezu unbesiegbar.«

»Holt'ras?« Granock hatte dieses Wort der Elfensprache noch nie zuvor gehört.

»Der Splitter, der sich am Tag der Invasion aus dem Annun gelöst hat«, erklärte Alannah. »Rothgan trägt ihn immer bei sich. Er bildet die Grundlage seiner Macht, denn er benutzt ihn, um seine Zauberkraft um ein Vielfaches zu verstärken.«

Granock nickte. Schon in Shakara hatte sich Aldur intensiv mit Kristallkunde befasst und dabei auch vor dem Studium verbotener Künste nicht zurückgeschreckt. »Wenn er diesen Kristallsplitter als magischen Verstärker benutzt«, folgerte er, »dann bedeutet das umgekehrt auch, dass er ohne den Splitter weniger mächtig ist. Wenn es uns also gelingt, ihn davon zu trennen, können wir ihn entmachten …«

»… und damit Rurak in die Hände spielen«, vervollständigte Alannah.

»Rurak?« Granock hob die Brauen. »Was hat er damit zu tun?«

»Der Abtrünnige ist Rothgans erklärter Feind und Rivale im Kampf um Margoks Gunst«, erklärte die Elfin. »Wenn wir Rothgan vernichten, helfen wir ihm. Womöglich war das sogar sein Plan, von Anfang an.«

»Du meinst, Ardghal arbeitete in Wahrheit nicht für Rothgan, sondern für Rurak?«

»Die Pläne jener, die der Dunkelheit verfallen sind, sind schwer zu durchschauen. List und Täuschung bestimmen ihr Handeln. Alles ist möglich.«

»Alles«, echote Granock – und erkannte einmal mehr, wie töricht er gewesen war.

Da hatte er tatsächlich geglaubt, zum ersten Mal in seinem Leben eine Entscheidung um seiner selbst willen zu treffen, sich aus dem Schatten fremder Herren zu lösen und niemandem Rechenschaft zu schulden als seinem eigenen Gewissen – und nun stellte sich heraus, dass er gleich mehrfach hintergangen worden war. *Sie alle* waren hintergangen und Teil eines ungeheuren Komplotts geworden.

Alannah war von Rothgan manipuliert worden, Rothgan von Rurak, Yrena von Ardghal und Granock selbst von allen zusammen. Der wahre Meister der Lüge jedoch war kein anderer als der Dunkelelf. Er stand hinter allem, seinen Plänen hatten sie alle zugearbeitet, willentlich oder unwillentlich und ganz gleich, ob sie sich für Opfer oder Täter hielten.

Je deutlicher Granock das ganze Ausmaß der Täuschung aufging, desto mehr wuchs sein Widerstand, und mit all den Kräften, die er gesammelt hatte, seit Alannah ihn aus seiner Kerkerhaft befreit hatte, sträubte er sich dagegen, ein weiteres Mal zum Werkzeug der Intrigen zu werden …

»Nein«, verkündete er entschieden. »Wir werden nicht tun, was Rurak von uns verlangt.«

»Haben wir eine andere Wahl?«

Granock erwiderte Alannahs fragenden Blick. »Vielleicht ja. Wir beide kennen Aldur, und wir wissen nur zu gut, dass einst auch Gutes in ihm war.«

»Einst«, räumte sie ein. »Seither ist viel geschehen.«

»Wenn es uns gelingt, ihn daran zu erinnern«, beharrte Granock, »werden wir ihn der Macht des Dunkelelfen vielleicht entreißen können. Somit wären nicht nur die Pläne des Dunkelelfen, sondern auch jene von Rurak vereitelt – und Aldur könnte gerettet werden.«

»Das denkst du, weil du ihn nicht so gut kennst wie ich«, entgegnete Alannah, und einmal mehr fragte sich Granock, was er ihr angetan haben mochte. »Rothgan hat Dinge getan, die unaussprechlich sind. Er hat alle Regeln des Ordens gebrochen und sich mit dem Feind verbündet. Er hat grässliche Frevel an den Ewigen begangen und damit am Vermächtnis unseres Volkes. Und er hat sich den verbotenen Künsten zugewandt und ist darüber ein anderer geworden.«

»Ich weiß«, stimmte Granock zu, der sich schaudernd an ihre Unterredung erinnerte. »Aber ich weiß auch, was ihn dazu getrieben hat.«

»Du … du denkst, dass uns die Schuld an seiner Verwandlung trifft?«, fragte Alannah leise.

»Uns – und Farawyn. Er hätte Aldur die Wahrheit über seine Abstammung nicht verheimlichen sollen.«

»Du weißt davon?« Die Elfin starrte ihn verwundert an.

»Von Ardghal«, bestätigte Granock. »Und ich bin sicher, dass er sein Wissen von Rurak bezog. Offenbar ging es von Anfang an nur darum, mich zu Ruraks Werkzeug zu machen – aber ich habe nicht vor, nach seiner Pfeife zu tanzen.«

»Du willst tanzen?« Alannahs Blick verriet, dass sie an seinem Verstand zweifelte.

»Nur eine Redensart der Menschen«, versicherte Granock, der schon manches Mal die Erfahrung hatte machen müssen, dass sich nicht alles ins Elfische übersetzen ließ. »Sie bedeutet, dass ich versuchen will, meinen eigenen Weg zu finden, statt mich von anderen vorführen zu lassen. Aber dazu brauche ich Hilfe, Alannah. Deine Hilfe …«

»Was kann ich tun?« Sie schaute ihn aus ihren schmalen tränengeröteten Augen an, und ihre blasse, von grauen Schlieren überzogene Miene erinnerte ihn an gesprungenes Glas. Rothgans dunkle Königin war aus ihrem Zauberbann erwacht – und soweit Granock es beurteilen konnte, war sie mehr und mehr dabei, wieder sie selbst zu werden.

Er musste lächeln. »Das Wichtigste hast du bereits getan«, erwiderte er, während er sich vollends aufzuraffen versuchte, aber es gelang ihm nicht.

Sobald er sich auf die Beine ziehen wollte, gaben diese nach und sackten unter ihm zusammen, sodass er nicht vom Boden hochkam. Erst als Alannah ihn stützte, gelang es ihm. Wackelig stand er vor ihr, froh darüber, überhaupt noch am Leben zu sein – und wild entschlossen, es seinen Feinden heimzuzahlen.

»Ich werde kämpfen«, verkündete er, »und du, Alannah, wirst erneut jene Wahl treffen müssen, die du schon einmal getroffen hast. Für wen entscheidest du dich – für Aldur oder für mich?«

Die Elfin zögerte keinen Augenblick. »Die Antwort habe ich dir bereits gegeben«, entgegnete sie, »und mehr noch als alles andere bedauere ich, dass ich sie dir nicht schon damals gegeben habe.«

Granock nickte dankbar und fühlte eine innere Genugtuung, die ihn für manches entschädigte.

»Das hier wirst du brauchen«, fügte sie hinzu, griff hinter sich und reichte ihm seinen Zauberstab. Der darin eingelassene Kristall glomm auf, als Granock das Elfenbein berührte, und eine Woge neuer Kraft durchströmte ihn. Der *flasfyn* bündelte die Selbstheilungskräfte, über die jeder Zauberer von Shakara verfügte, und vertrieb zumindest einen Teil der Schmerzen. Von seiner ursprünglichen Form war Granock jedoch noch weit entfernt.

»Wo ist Rothgan?«, wollte er dennoch wissen.

»Ich denke, ich weiß es«, entgegnete Alannah, ergriff ihrerseits den Zauberstab und ging ihm voraus.

Farawyn hatte gewusst, dass die Wirkung des Wunders nicht lange anhalten würde.

Es hatte nur dem einen Zweck gedient, den Ansturm des Feindes zu stoppen und ihnen ein wenig Zeit zu verschaffen, wertvolle Stunden, in denen die Soldaten des Königs Tirgas Lan wiederum ein wenig näher kommen würden. Damit, dass sich der Feind so rasch von seinem Schrecken erholen und wieder angreifen könnte, hatte der Älteste von Shakara jedoch nicht gerechnet.

Die Hunla hatten ihre Sache gut gemacht. Nicht einmal Farawyn wusste, wie die sieben Zauberinnen, die allesamt einem alten Magiergeschlecht entsprangen, ihre Kräfte vereinten, ebenso wenig, wie er sich ihre Gabe selbst erklären konnte. Einfache Blendzauber zu wirken, die in eingeschränktem Umfang funktionierten und schlichte Gemüter überzeugen konnten, war eine Sache; Illusionen von gigantischen Ausmaßen zu erzeugen, die so real wirkten, dass sie selbst für in der Magie Beschlagene nicht von der Wirklichkeit zu unterscheiden waren, war etwas völlig anderes. Bislang hatte die verblüffende Gabe der Hunla vor allem in der Zauberausbildung Verwendung gefunden, wenn es darum gegangen war, im Zuge des *prayf* einen Drachen zu erzeugen oder den Eisriesen Ymir auftauchen zu lassen. Auf den Mauern Tirgas Lans hatte das Kollektiv seine Fähigkeiten erstmals zu Kriegszwecken und unter Gefahr für Leib und Leben einsetzen müssen – und hatte Farawyns Erwartungen noch übertroffen.

Just in dem Augenblick, als die Horden des Feindes auf die Lichtung gestürmt waren – Scharen von Orks und Gnomen, die von abtrünnigen Elfen angeführt wurden –, waren auf den Türmen und Mauern buchstäblich Tausende von Kriegern aufgetaucht, Elfenlegionäre mit blitzenden Helmen und in schimmernden Rüstungen, die nur darauf zu warten schienen, die Angreifer zu zerfetzen. Die Wirkung hatte nicht auf sich warten lassen. Die Attacke war tatsächlich ins Stocken geraten, und beflügelt von den Pfeilen wirklicher Bogenschützen, die ihre Geschosse über die Zinnen geschickt hatten, waren die Unholde Hals über Kopf geflüchtet – wenn auch nicht für lange.

Denn schon wenige Stunden nach der Zurückschlagung des Angriffs teilte sich das Unterholz jenseits der Lichtung erneut, und der Feind kehrte auf das Schlachtfeld zurück. Viel eher als erwartet und noch zahlreicher als befürchtet. Offenbar hatte man das Täuschungsmanöver durchschaut!

Die Vorhut bildeten diesmal Trolle – grobschlächtige Wesen von der Größe dreier ausgewachsener Männer, die zwar mehr oder minder aufrecht auf zwei Beinen gingen, mit einem Tier jedoch mehr gemein hatten als mit einer vernunftbegabten Kreatur. Ihr Hirn, das in einem ziemlich kleinen Kopf Platz fand, vermochte die riesigen, breitschultrigen, aber auf kurzen Beinen ruhenden Körper kaum zu lenken. Die Folge waren schwerfällige, ungelenke Bewegungen und langsame Reaktionen, was Trolle jedoch nicht daran hinderte, im Kampf zu furchtbaren Gegnern zu werden.

Von niedersten Instinkten getrieben, stürmten Margoks riesenhafte Diener auf das Große Tor zu, das Farawyn und die Seinen besetzt hielten. Der Zauberer zählte über hundert von ihnen. Die klobigen Schädel hatten sie angriffslustig vorgereckt, in ihren langen, kraftstrotzenden Armen hielten sie Felsbrocken und grobe Keulen, die sie wild durch die Luft schwenkten. Dazu schnaubten und grunzten sie wie ein ganzer Koben Schweine, und der Gestank, den der kalte Wind herübertrug, verriet dem Ältesten von Shakara, dass sie auch so rochen.

Furcht griff auf den Wehrgängen um sich, und das nicht nur unter den Hilfstruppen, die in aller Eile ausgehoben worden waren, unter den Hofbeamten und Sängern, den Dienern und Mägden, von denen die meisten nie zuvor in ihrem Leben eine Waffe in den Händen gehalten hatten. Die Größe der Trolle und die blinde Zerstörungswut, die aus ihren Augen sprach, erschreckten selbst gestandene Kämpfer.

»Bogenschützen!«, gellte König Elidors Stimme weithin hörbar über die Mauern. »Jetzt!«

Ein flirrendes Geräusch war zu vernehmen, als die Schützen die Sehnen schnellen ließen. In hohem Bogen flogen die Pfeile davon, in großer Anzahl, aber bei Weitem nicht so zahlreich, wie die Illusion der Hunla es vorgegaukelt hatte.

Viele der Geschosse trafen ihr Ziel, bohrten sich in Brust und Schultern der Trolle, ohne jedoch deren graubraune, an gegerbtes Leder erinnernde Haut ganz zu durchdringen. Unbeeindruckt von den Nadelstichen rannten die Unholde weiter auf das Stadttor zu. Einige von ihnen schleuderten die Felsbrocken, die sie bei sich trugen, worauf diese wie Geschosse in die Pforte und das umgebende Mauerwerk einschlugen. Dann hatten die Trolle das Tor erreicht.

Es war ein grotesker Anblick zu sehen, wie sie sich in blinder Wut gegen die steinernen, mit Runenzeichen versehenen Türflügel warfen und mit ihren Keulen darauf einschlugen. Zwar war nicht zu erwarten, dass das durch Magie gehärtete Gestein sofort nachgeben würde, aber die Erschütterungen waren bis hinauf auf den Wehrgang zu spüren – und Farawyn beschloss, dass es Zeit war zu handeln.

»*Tarthian!*«, gellte sein Befehl mit Donnerstimme, worauf einige der Trolle von den Hieben riesiger, unsichtbarer Fäuste getroffen zu werden schienen. Einige wankten und kamen zu Fall, andere wurden am Fuß der Pforte niedergeschmettert, wieder andere von magischer Kraft gepackt und zurückgeschleudert.

Während sie ihre *flasfyna* dazu benutzten, die mentalen Fähigkeiten zu bündeln, wirkten die Zauberer von Shakara einen Gedankenstoß nach dem anderen. Unter Donnergrollen taten sich Risse im Boden auf, die hier und dort einen der Unholde verschlangen. Dies war das Werk von Meister Daior, der seine Fähigkeit, die Erde erbeben zu lassen, jedoch nicht ganz zur Entfaltung bringen konnte, wollte er nicht die Fundamente gefährden, auf denen Tor und Mauern ruhten.

Auch die Männer an den Pfeilschleudern auf den Türmen nahmen ihre Arbeit auf. Mit grimmiger Genugtuung nahm Farawyn zur Kenntnis, wie mehrere Angreifer von den armdicken Geschossen ereilt und förmlich gepfählt wurden – aber während die Attacke der Trolle ins Stocken geriet, rollte vom Waldrand her bereits die nächste Welle von Feinden heran.

Es waren Orks, und anders als bei ihrem letzten Angriff hatten sie vorgesorgt und aus Holz und Baumrinde primitive Brustwehren gefertigt, die sie vor sich hertrugen. Mit dumpfem Prasseln bohrten sich die Pfeile der Verteidiger hinein, richteten jedoch keinen Schaden an.

»Brandpfeile!«, wies einer der Hauptleute die Schützen an, während Farawyn und seine Zauberer auf ihre Weise gegen die Hindernisse vorgingen. Mit gezielten Gedankenstößen rissen sie sie beiseite, woraufhin die Unholde, die sich dahinter verbargen, den Geschossen der Bogenschützen nahezu schutzlos ausgeliefert waren. Nicht wenige der Angreifer fanden auf diese Weise ein unrühmliches Ende, aber ihre bloße Anzahl sorgte dafür, dass auch diese Taktik schon bald versagte. Immer mehr Orks drängten aus den Wäldern, lauthals brüllend und mit dampfenden Nüstern, und es dauerte nicht lange, da war die Lichtung rings um die Stadt schwarz von ihnen. Der Hauptangriff erfolgte von Südwesten, aber immer mehr Unholde drängten auch aus dem Norden heran, so als wollten sie die Verteidiger in den Zangengriff nehmen. Farawyn bezweifelte allerdings, dass die Intelligenz der Orks ausreichte, um einen solchen Plan zu verfolgen – das Sagen in Margoks Armee hatten vermutlich andere. Und als im Gefolge der Unholde Warge auf die Lichtung sprangen, in deren Sätteln schwarz gepanzerte Elfenkrieger saßen, da wurde dem Ältesten auch klar, wer diese anderen waren.

Dun'rai.

Krieger des Dunkelelfen.

Farawyn verabscheute sie besonders, denn sie kämpften nicht nur für das Chaos, sondern waren auch zu Verrätern an ihrer eigenen Rasse geworden. Obwohl sie fraglos wussten, was der Dunkelelf schon einmal verbrochen hatte, hatten sie sich ihm angeschlossen, gewissenlose Opportunisten, die sich weder um das Wohl ihres Volkes scherten noch um das der Welt, in der sie lebten. Ihre Gesichter verbargen sie unter Helmen mit geschlossenen Visieren – entseelte Kreaturen, deren Denken nur um sie selbst kreiste.

Von den Wargreitern unbarmherzig angetrieben, stürmten die Orks – Farawyn schätzte, dass es an die zweitausend waren – auf die Mauern zu, während die Trolle weiter mit unverminderter Wucht gegen das Tor anrannten. Zwar gelang es Farawyn, zwei der Kreaturen unschädlich zu machen, indem er einen mit Brandpfeilen gespickten und wild um sich schlagenden Ork auf sie warf, jedoch fiel auch das kaum ins Gewicht. Unbarmherzig prasselten die Keulenschläge auf die Torflügel ein, während die Orks erneut behelfsmäßige Leitern herantrugen und ihre mit Widerhaken versehenen Speere warfen. Viele der Geschosse gingen fehl oder waren zu kurz geschleudert, andere jedoch fanden ihr Ziel und schlugen grässliche Wunden. Allenthalben gingen Verteidiger, die von einem *saparak* getroffen worden waren, blutüberströmt nieder, und auch der Letzte auf den Wehrgängen begriff, dass dies ein Kampf auf Leben und Tod war.

»Es werden immer mehr von ihnen!«, rief Elidor, der nur wenige Armlängen von Farawyn entfernt an den Zinnen stand. Wiederholt hatte der Älteste dem König geraten, im Palast zu bleiben, wo es zumindest im Augenblick noch sicher war. Aber Elidor hatte darauf bestanden, seinen Beitrag zur Verteidigung der Stadt zu erbringen und von seinen Untertanen nichts zu verlangen, was er nicht selbst zu leisten bereit war.

»Lasst sie herankommen!«, stieß Farawyn zwischen zusammengebissenen Zähnen hervor, nicht so sehr an den König gewandt, als vielmehr an die anderen Zauberer, die er auf dem Tor und den umliegenden Mauern verteilt hatte. Die Bogenschützen auf den Wehrgängen gaben weiter ihr Bestes und schossen jetzt mit Brandpfeilen auf die Angreifer, aber auch sie vermochten den Ansturm nicht aufzuhalten. Solches zu bewirken, war nur den Weisen von Shakara möglich …

Farawyn wartete ab, bis sich die Unholde und ihre verräterischen Anführer der Mauer bis auf fünfzig Schritte genähert hatten. Dann senkte er den *flasfyn* und wirkte einen Gedankenstoß. Der Reiter eines der Warge wurde daraufhin rücklings aus dem Sattel gerissen, und zwar mit derartiger Wucht, dass er sich in der Luft überschlug. Beim Aufprall auf den Boden brach sich der *dun'ras* das Genick – und als wäre dies das verabredete Zeichen, schlugen auch die anderen Zauberer zu.

Grelle Blitze fauchten urplötzlich aus dem Himmel, als Meisterin Tarana ihre Gabe entfesselte. Die Entladungen zuckten in die Reihen der Orks und rösteten sie dutzendweise. Auch Daior machte erneut von seiner Gabe Gebrauch und brachte die Erde zum Beben, worauf sich drüben am Waldrand der Boden öffnete und einen ganzen Pulk schreiender Unholde verschlang. Andere Orks hingegen wurden von unsichtbarer Kraft gepackt und in die Luft gehoben, als Meisterin Awyra und einige andere die Überlegenheit des Geistes über die Materie demonstrierten.

Filfyr und die Eingeweihten, die Farawyn auf den Türmen postiert hatte, wirkten weiter Gedankenstöße oder halfen, die Geschosse der Pfeilwerfer sicher ins Ziel zu lenken. Zwei weitere Trolle wurden auf diese Weise durchbohrt, ein Warg samt Reiter aufgespießt. Und diejenigen Verteidiger, die weder über Pfeil und Bogen noch über magische Kräfte verfügten, gingen dazu über, Steine von den Zinnen zu werfen und flüssiges Pech auszuschütten, das die Bogenschützen anschließend in Brand setzten. Dies zeigte Wirkung.

Die Trolle, die das Tor bearbeitet hatten, verschwanden hinter einem Vorhang aus Feuer und Rauch, von dem beißender Gestank zu den Zinnen aufstieg. Kaum hatte er sich gelegt, sah man vor dem Tor bizarre Gestalten einen grotesken Tanz vollführen. Das brennende Pech, das auf ihrer Haut klebte, ließ sich nicht einfach abschütteln, und so rannten die Unholde schreiend und lichterloh brennend durcheinander oder wälzten sich am Boden, um die Flammen zu ersticken. Dabei kamen sie den nachdrängenden Orks ins Gehege, und ein schreckliches Durcheinander brach vor dem Tor aus, das die Verteidiger noch weiter schürten.

Gleich mehrere Orks wurden emporgerissen und flogen ihren Kumpanen als lebende Geschosse entgegen; Gesteinsbrocken schlugen in die Reihen der Angreifer und zerschmetterten sie. Doch all diese Maßnahmen, all die Unholde, die grausame Tode starben, waren nur Tropfen auf einem fast glühenden Stein, und Farawyn wünschte sich sehnlich, Aldur, Alannah und Granock an seiner Seite zu haben, deren *reghai* in diesem Augenblick von unschätzbarem Wert gewesen wären. Aber sie waren nicht hier. Tirgas Lan musste mit dem auskommen, was es hatte – jedenfalls so lange, bis die Königslegion eintraf.

Inzwischen hatten die ersten Orks die Mauer erreicht und versuchten, ihre Leitern anzulegen – ein mörderisches Unterfangen. Die Ersten gingen in einem Hagel von Pfeilen und Steinen nieder, die nächsten wurden von Gedankenstößen erfasst und in hohem Bogen davongeschleudert. Dann jedoch gelang es einigen, und sie machten sich daran, die Mauern Tirgas Lans zu erklimmen.

Am westlichen Mauerabschnitt wurden erneut Kessel mit Pech ausgeschüttet, das sich über die Unholde ergoss. Die Orks schrien entsetzlich, als die glühend heiße Flüssigkeit sie erfasste und in die Tiefe riss. Einige brachen sich beim Aufprall das Genick, andere versuchten noch, auf allen vieren fortzukriechen. Aber die Feuersbrunst, die schon im nächsten Moment über sie hereinbrach und am Fuß der Mauer ein flammendes Inferno entfesselte, holte sie ein und verzehrte sie.

Dunkler Rauch quoll empor und hüllte die Wehrgänge ein, und der beißende Gestank von Teer und verbranntem Fleisch tränkte die kalte Herbstluft. Die grausame Wirklichkeit des Krieges hatte die weißen Mauern von Tirgas Lan erreicht, und während Farawyn einen *tarthan* übte, um eine Leiter umzustoßen, wurde ihm schmerzlich bewusst, dass sie sich den Feind nicht ewig vom Leib halten konnten. Egal, wie viele Orks sie töteten – irgendwann würde ihre ungeheure Anzahl dafür sorgen, dass sie die Mauern überwanden, und wenn das geschah, war Tirgas Lan dem Untergang geweiht.

Alles, was sie tun konnten, war weiterkämpfen und durchhalten, bis die Königslegion eintraf.

Farawyn hoffte nur, dass dies bald der Fall sein würde …

10. UNUTHAN'Y'CYFAILA

Rothgan, der einst Aldur hieß, wähnte sich am Ziel seiner Träume.

Nicht genug damit, dass er der Kontrolle durch den Hohen Rat entflohen war, dass er einem neuen Meister diente und von diesem zum Herrscher über die Fernen Gestade ernannt worden war – nun hatte er auch noch Gelegenheit erhalten, sich an seinem Erzfeind zu rächen.

Granock …

Wie ein giftiger Stachel saß die Erinnerung in seinem Fleisch und quälte ihn, sobald er an ihn dachte. Wie hatte sich der Mensch nur erdreisten können, ihn zu hintergehen? Wie hatte er sich nur jemals anmaßen können, einem Elfen ebenbürtig zu sein? Und was hatte er sich nur eingebildet, hierherzukommen, in seinen Machtbereich, und ihn herauszufordern?

Rothgan grinste matt.

Er hatte viel erreicht in den vergangenen Monaten, aber er hatte stets bedauert, dass er Granock nicht getötet hatte, damals in jener Nacht, die Urzeiten zurückzuliegen schien. Nun jedoch hatte er endlich Gelegenheit erhalten, dieses Versäumnis nachzuholen – und um seine Rache vollkommen zu machen, würde der Mensch nicht durch seine, sondern durch Thynias Hand sterben. Auf diese Weise würden sie beide für den Verrat büßen, den sie damals begangen und den er ihnen nie verziehen hatte, obschon die Zauberin ihm in all der Zeit eine willfährige Gespielin gewesen war.

Darüber, dass es eines Zauberbanns aus den Abgründen des *gwahárthana* bedurft hatte, um dies zu bewerkstelligen, sah Rothgan großmütig hinweg. Selbst an den Fernen Gestaden konnte nicht alles vollkommen sein. In dieser Hinsicht hatten die Schriften der alten Zeit sich wohl geirrt.

Der Zauberer lachte lautlos in sich hinein, während er die Reihen der unzähligen, in achteckigen Waben gestapelten Kristalle abschritt, die in der Bibliothek von Crysalion lagerten. Es war das Wissen von Jahrtausenden, dank der Magie der Kristalle für alle Ewigkeit aufbewahrt – und es gehörte Rothgan ganz allein. Anders als in Shakara, wo Meisterin Atgyva eifersüchtig über die Schätze der Vergangenheit wachte, standen sie ihm hier uneingeschränkt zur Verfügung, und zusammen mit jenem dunklen Wissen, das Margok ihm angedeihen ließ, ergab sich für ihn die Chance, mehr zu lernen und zu wissen, als jeder andere Magier vor ihm. Mehr als seine alte Meisterin Riwanon. Mehr als Farawyn und der gestrenge Cethegar. Womöglich sogar mehr als selbst der ehrgeizige Qoray.

Wissbegier erfüllte Rothgan, jener nicht unähnlich, die er empfunden hatte, als er vor langer Zeit nach Shakara gekommen war. Anders als damals jedoch, als er nichts als ein unerfahrener Novize gewesen war und darauf gebrannt hatte, die Zusammenhänge des Kosmos zu begreifen, war sein Interesse inzwischen darauf ausgerichtet, seine eigene Macht zu mehren. Die Fernen Gestade gehörten ihm bereits – und wer vermochte zu sagen, ob ihm nicht einst noch sehr viel mehr gehören würde …?

»Hoheit?«

Ungehalten darüber, aus seinen süßen Tagträumen gerissen zu werden, fuhr Rothgan herum. »Was gibt es?«

Es war Ardghal, der einstige Berater des Königs, nicht aufrecht auf den Beinen stehend, sondern auf den Knien kauernd und den Blick zum Boden gerichtet, so wie Rothgan es von allen verlangte, die sich ihm ungefragt näherten.

»Verzeiht die Störung, Hoheit«, sagte der Elfenfürst, ohne zu ihm aufzusehen. »Aber ich wollte Euch fragen …«

»Was?«, fauchte Rothgan ungeduldig.

»… ob Ihr mit meinen Diensten zufrieden gewesen seid.«

»Ob ich mit deinen Diensten zufrieden gewesen bin?« Rothgan verzog das Gesicht zu einem spöttischen Lächeln. Wie schnell sich das Blatt wenden konnte. Wären sie einander noch vor nicht allzu langer Zeit begegnet, so wäre er nur ein Eingeweihter des Zauberordens, Ardghal jedoch die rechte Hand von König Elidor und, wie manche behauptet hatten, der heimliche Regent von Tirgas Lan gewesen. Nun jedoch war seine Macht geschwunden, und die Tatsache, dass er vor ihm im Staub lag, machte Rothgan nur allzu klar, dass der entmachtete Berater alles tun würde, um sie zurückzuerlangen.

»Ich habe getan, was Ihr mir aufgetragen hattet. Ich habe den Menschen zu Euch gebracht.«

»Das hast du.« Rothgan nickte. »Und nun erwartest du wohl deine Belohnung dafür?«

»Nun.« Zum ersten Mal riskierte der Elfenfürst einen Blick nach oben. »Wäre das nicht angemessen?«

»Angemessen? Ich werde dir sagen, was angemessen wäre, Ardghal.« Er streckte die Hand aus und öffnete sie, woraufhin sich eine züngelnde Flamme darauf bildete. Rothgans Miene verzog sich dabei zu einem grausamen Grinsen. »Ich sollte dich mit diesem Feuer einhüllen und dich davon verzehren lassen. *Das* wäre angemessen.«

Ardghals Augen weiteten sich. »Nachdem ich so viel für Euch getan habe?«

»Für mich?« Rothgan lachte freudlos auf. »Glaubst du, ich wüsste nicht, für wen du in Wirklichkeit arbeitest? Dass Rurak den Menschen zu mir geschickt hat, um meine Macht zu schwächen?«

»Nun, ich …« Für einen Augenblick verlor der abtrünnige Berater die Kontrolle über seine sonst so beherrschten Züge. Sein Mund klappte auf und zu, ohne dass ihm ein Wort über die Lippen gekommen wäre, und sein Augenspiel verriet nackte Furcht. »Ich weiß nicht …«

»Versuche nicht erst, es zu leugnen. Ich kenne Rurak, und ich kenne deinesgleichen. Um wieder zu Macht und Ansehen zu gelangen, würdest du alles tun …«

»Aber nicht doch, Herr«, widersprach Ardghal in einer völligen Verkehrung der alten Verhältnisse. Am Hof von Tirgas Lan hatten andere vor ihm gezittert – nun war er es, der auf den Knien lag und um sein Leben fürchtete.

»… und das gefällt mir«, erklärte Rothgan unvermittelt.

»E-es gefällt Euch?«

»Es gefällt mir, weil es dich zu einer berechenbaren Größe macht, Ardghal. Beim König magst du in Ungnade gefallen sein, aber tief in deinem Inneren bist du davon überzeugt, dass dein Platz nach wie vor ganz oben ist. Aus diesem Grund bist du zum Verräter geworden – und wer diesen Schritt einmal vollzogen hat, wird es auch wieder tun.«

»Was meint Ihr damit, Sire?«

»Komm, komm, Ardghal«, tönte Rothgan gönnerhaft, »so schwer von Begriff bist du nicht – andernfalls hättest du es wohl kaum geschafft, der Erste unter Elidors Beratern zu werden. Du weißt genau, was ich meine.«

»Ihr meint, dass ich in Eure Dienste treten soll«, sagte der Verräter leise.

»Nein, mein Freund – ich denke, dass Ihr gar keine andere Wahl habt, als mein Diener zu werden. Andernfalls werdet Ihr es bitter bereuen, je auch nur den Gedanken gehegt zu haben, mich zu hintergehen – denn dann werde ich meine Diener anweisen, euch bei lebendigem Leibe die Gedärme herauszureißen, worauf ich sie vor Euren erlauchten Augen verbrennen werde …«

Ardghal schluckte sichtbar. Dem bestürzten Ausdruck in seinem Gesicht war zu entnehmen, dass er keinen Zweifel daran hegte, dass der Zauberer seine Drohung wahr machen würde, und natürlich tat er das, wozu sein ausgeprägter Überlebensinstinkt ihm riet … »Ich verstehe, Hoheit«, sagte er nur und senkte das Haupt so tief, dass die Stirn fast den Boden berührte. »Verfügt über mich, wie es euch beliebt.«

Rothgan lachte nur. »Du pflegst deine Loyalitäten rasch zu wechseln.«

»Ich diene dem, der die Macht hat«, entgegnete Ardghal diplomatisch.

»Natürlich – denn auf diese Weise bist du stets auf der Seite des Siegers, nicht wahr?« Rothgan nickte. »Aber ich warne dich,

Ardghal. Noch einmal werde ich dir einen Verrat nicht verzeihen. Solltest du dich also entschließen, dich von mir abzuwenden, so wie du dich von Elidor und nun von Rurak abgewandt hast, wäre dies dein sicheres Ende.«

»Seid unbesorgt, Hoheit. Ich werde Euch folgen. In den Tod, wenn ich muss – und sogar darüber hinaus.«

Rothgan lachte höhnisch ob dieser Versicherung. »Ich nehme dich beim Wort, Fürst Ardghal«, entgegnete er, »und ersetze deinen wertlos gewordenen Titel durch einen, der in der Welt von Morgen Klang und Gewicht haben wird, denn er verbreitet Furcht und Schrecken. Steh auf, *dun'ras* Ardghal.«

»D-dun'ras?« Der Elf schaute unsicher an seinem neuen Herrn empor. »Ihr ernennt mich zu Eurem Unterführer?«

»Zu einem von vielen. Du bist mir lebend nützlicher als tot.«

»Eine weise Entscheidung, Hoheit«, beteuerte der ehemalige königliche Berater, von dessen einstiger Würde nicht viel geblieben war. Zögernd raffte er sich auf die Beine, wobei er immer wieder furchtsam nach Rothgans Händen spähte, die auf Verlangen ihres Besitzers Glut und Feuer schleudern konnten.

»Du wirst zu Rurak zurückkehren und künftig als mein Ohr und Auge auf seiner Blutfeste dienen.«

»Als Euer, Spion, Hoheit?«

»Ganz recht.«

»Das ist gefährlich …«

»Nicht annähernd so gefährlich, wie meinen Zorn herauszufordern«, versetzte der Zauberer und blies Rauch aus seiner Nase wie ein schnaubender Drache. Das Entsetzen, das er damit auf Ardghals Zügen hervorrief, amüsierte ihn. »Und nun geh mir aus den Augen, *dun'ras*, ehe du die Luft an diesem ehrwürdigen Ort vollends mit dem Gestank deiner Feigheit verpestest. Geht zurück zu diesem Intriganten Rurak und sag ihm, dass sein Plan misslungen ist und ich den Menschen habe töten lassen. Und dann …«

»Bist du nicht ein wenig voreilig, Aldur?«

Blitzschnell fuhr Rothgan herum. Nicht Ardghals ölige Stimme hatte diese Frage gestellt, sondern eine andere, die voller Bitterkeit war und deren barbarischen Akzent er nur zu gut kannte …

Granock!

Rothgan stieß ein feindseliges Zischen aus, als er den Erzfeind erblickte, der im Eingang der Bibliothek stand, aufrecht und mit dem *flasfyn* in der Hand. Befremdlicherweise war er in die lederne Rüstung eines *dun'ras* gehüllt, die er wohl gestohlen und die ihm die sichere Passage durch die Gänge Crysalions ermöglicht hatte.

»Du!«, stieß Rothgan überrascht und zugleich voller Hass hervor. »Wie bist du aus dem Kerker entkommen?«

»Ich habe ihn befreit«, sagte eine zweite Gestalt, die aus dem dahinterliegenden Korridor unter den Türbogen trat – und heißer Schmerz fuhr wie ein glühendes Eisen durch Rothgans Eingeweide, als er erkannte, dass es Alannah war.

»Es ist vorbei«, sagte sie nur. »Margoks Bann ist erloschen …«

Íomer hatte kein gutes Gefühl.

Der Anführer des Waldelfen-Spähtrupps erstarrte in seiner Bewegung. Reglos, so als wäre er mit den ihn umgebenden Bäumen verschmolzen, verharrte er und griff mit allen seinen Sinnen um sich – und jeder Einzelne signalisierte Gefahr.

Íomer sah die Vögel, die verschreckt über den Bäumen kreisten, hörte dumpfes Stampfen und grässliches Gezeter. Und er roch den Gestank des Todes, von Fäulnis und Verwesung, der die Luft giftig durchsetzte.

Mit einem fragenden Blick wandte er sich an seine Untergebenen, die wie er waldgrüne Kleidung trugen und mit Pfeil und Bogen bewaffnet waren. Ihre Kapuzen hatten sie hochgeschlagen, damit ihr helles Haar und ihre bleichen Gesichter sie nicht verrieten.

»Orks«, flüsterte einer von ihnen überflüssigerweise – auch so war nur zu klar gewesen, wer jenen scheußlichen Odem verströmte.

Íomer merkte, wie sich sein Magen verkrampfte. Nicht so sehr der Orks wegen – als Veteran der Grenzfeldzüge und der Schlacht am Siegstein war er daran gewöhnt, Margoks fürchterlichen Kreaturen ins Auge zu blicken. Aber wenn die Unholde so weit nach Osten vorgedrungen waren, bedeutete dies, dass sie Tirgas Lan bereits nahezu eingeschlossen haben mussten, und diese Aussicht war beängstigend.

»Also war General Lavans Vermutung richtig«, folgerte Alai, einer aus seiner Schar. »Der Feind hat die Abwesenheit der Ersten Legion genutzt, um Tirgas Lan einzukesseln. Es wird schwer sein, den Gürtel der Belagerer zu durchdringen.«

»Dennoch müssen wir es versuchen – oder die Königsstadt ist verloren«, entgegnete Íomer grimmig. Mit einem Wink seiner behandschuhten Rechten bedeutete er seinen Leuten, ihm zu folgen, und so anmutig und natürlich, als wären sie selbst ein Teil des Waldes, huschten die acht Späher weiter durch das Unterholz, wobei ihre ledernen Stiefel nicht den leisesten Laut verursachten.

Weit brauchten sie nicht zu gehen.

Das Stampfen und Zetern verstärkte sich, und das feindselige Grunzen gesellte sich hinzu, das Elfenohren als die orkische Sprache wahrzunehmen pflegten. Íomer fühlte, wie sich sein Herzschlag beschleunigte. Ihm war klar, dass auch der kleinste Fehler oder die geringste Unaufmerksamkeit ihre Entdeckung bedeuten konnte. Und wenn das geschah, würden sie nicht nur einen grausamen Tod sterben, sondern der Feind würde auch vom Herannahen der Ersten Legion erfahren …

Mit einem weiteren Handzeichen bedeutete Íomer seinen Leuten, zurückzubleiben. Nur Alai nickte er zu, und sie nahmen ihre Bogen auf den Rücken und ließen sich nieder. Dann drangen sie vorsichtig weiter vor. Unter großen Farnblättern hindurch glitten sie über das nasskalte Moos und näherten sich dem Feind – und endlich konnten sie ihn sehen.

Es waren Unholde, Massen von ihnen, die sich auf einer künstlich gerodeten Lichtung versammelt hatten. Grün und fett fläzten sie auf achtlos getöteten Bäumen, unterhielten sich mit ihren grunzenden Lauten und lachten dabei laut und derb. Da noch nicht allzu viel Unrat am Boden verstreut lag, nahm Íomer an, dass sie noch nicht allzu lange hier lagerten. Vermutlich sammelten sie sich und hatten noch keinen Angriffsbefehl erhalten, aber mit jedem Augenblick schienen es mehr von ihnen zu werden.

Íomer und sein Begleiter wechselten einen düsteren Blick. Wenn General Lavan angreifen und den Kordon der Belagerer durchbrechen wollte, musste er es rasch tun, so bald wie möglich …

So lautlos, wie sie sich angeschlichen hatten, zogen sie sich wieder ins Unterholz zurück. Sie hatten genug gesehen. Die hohen Türme von Tirgas Lan, die jenseits des feindlichen Lagers wie eine Verheißung über die Baumwipfel spähten, waren plötzlich in unerreichbare Ferne gerückt.

Die beiden Späher schlossen zu ihren Kameraden auf, und gemeinsam zogen sie sich weiter zurück, um Lavan Bericht zu erstatten. Íomer zweifelte nicht daran, dass sich der General zu einem raschen Vorstoß entscheiden würde, so lange noch Zeit dazu war. Jedenfalls war es das, wozu er dem Befehlshaber der Ersten Legion raten würde.

Je weiter sich die Waldelfen vom Lager der Orks entfernten, desto rascher kamen sie voran. Schließlich beschleunigten sie ihre Schritte und begannen zu laufen, wobei ihre Füße den Boden kaum zu berühren schienen. Sich lautlos fortzubewegen, im Fluss der Natur, wie es unter ihresgleichen hieß, bereitete den in Trownas Hainen Geborenen keine Schwierigkeit, weswegen sie häufig in Spähtrupps dienten. Es war eine wichtige und verantwortungsvolle Aufgabe und obendrein sehr gefährlich, denn längst nicht alle Kundschafter, die ausgeschickt wurden, kehrten auch wohlbehalten zurück …

Nachdem sie ein gutes Stück zurückgelegt hatten, blieb Alai, der die Vorhut bildete, unvermittelt stehen.

»Hört ihr das auch?«, flüsterte er.

Der gesamte Trupp verharrte. Íomer und die anderen lauschten angestrengt.

Nichts.

Nicht das leiseste Geräusch …

»Wir müssten die vorderste Abteilung längst erreicht haben oder sie zumindest hören können«, stellte Nial fest, ein weiterer von Íomers Männern.

Der Anführer des Spähtrupps nahm den Bogen von der Schulter und legte mit einer geübten Bewegung einen Pfeil auf. Er wartete, bis seine Leute es ihm gleichgetan hatten, dann bedeutete er ihnen, ihm zu folgen. Vorbei an knorrigen Eichen und einigen Felsen erreichten sie die Straße, die sich östlich der Waldelfenhaine durch Trowna wand. Im fahlen Tageslicht, das durch das spärliche Blätterdach fiel, lag die erste Biegung vor ihnen.

Spätestens hier, so hoffte Íomer, würden sie auf Wachtposten stoßen …

»Rhyth«, hauchte er das Losungswort in die grüne Stille.

Er erhielt keine Antwort.

Nichts regte sich in den immergrünen Büschen, die zu beiden Seiten der von Laub übersäten Straße wuchsen, und auch jenseits der Biegung schien niemand zu sein.

Die Späher tauschten vorsichtige Blicke, und in diesem Augenblick strich kalter Herbstwind durch die Bäume, der noch mehr Blätter zu Boden fallen ließ – und scheußlichen Blutgeruch in die Nasen Íomers und seiner Leute trug.

Elfenblut!

Die Krieger schnappten nach Luft, dann rissen sie die Bogen hoch und spannten die Sehnen. Die Waffen schussbereit erhoben, stürzten sie die Straße hinab. Jenseits der Biegung offenbarte sich ihnen die grausame Wahrheit.

In ihrer Abwesenheit hatte es ein Massaker gegeben.

Die Straße und das Unterholz zu beiden Seiten waren von Leichen übersät, von den leblosen Körpern unzähliger Elfenkrieger. Die Art, wie sie kreuz und quer übereinanderlagen und noch im Tod ihre Klingen umklammerten, ließ vermuten, dass sie sich bis zum letzten Atemzug gewehrt hatten. Aber wer immer ihr Gegner gewesen war, hatte ihnen keinen Ausweg gelassen.

Iómer und seine Leute wurden von Grauen gepackt. Keiner von ihnen brachte ein Wort hervor, wie in Trance ließen sie die Bogen sinken und liefen die Straße hinab. Wohin sie auch traten, war Blut, elfischer Lebenssaft, der das Laub schreiend färbte und sich überall dort, wo der Waldboden gefroren war, in großen Lachen sammelte.

Vergeblich suchten die Späher nach einem Lebenszeichen, der Tod hatte sorgfältig Ernte gehalten auf diesem Acker. Erschüttert starrte Íomer auf die Wunden, die die Gefallenen davongetragen hatten. Die wenigsten von ihnen schienen einem gewöhnlichen Kampf entsprungen – abgerissene Gliedmaßen, samt ihren Helmen zerschmetterte Köpfe und Brustkörbe, die aussahen, als wären sie von einem Raubtier zerfetzt worden, waren eher die Regel denn die Ausnahme. Dennoch stand außer Frage, dass es keine Tiere gewesen waren, auf die die Vorhut der Königslegion getroffen wäre. Denn entlang des Weges waren einige Elfenspeere in den Boden gerammt worden, auf denen die Köpfe ihrer ehemaligen Besitzer staken. Kein Tier, dachte Íomer beklommen, war zu solcher Barbarei fähig …

»Seht!« Nial war niedergekniet. Zwischen zwei Leichenbergen schien er etwas entdeckt zu haben.

Íomer ging zu ihm und sah die Spur, die sich im vom warmen Blut aufgeweichten Boden abzeichnete. Es war ein Fußabdruck, aber er stammte weder von einem Menschen noch von einem Ork. Sie war zu klein für einen Troll und zu groß für einen Gnom, und obschon sich die Kreatur aufrecht auf zwei Beinen bewegt zu haben schien, sah ihre Fährte wie die der *coracdai* aus, die in den Sümpfen und Dschungeln Anars ihr Unwesen trieben.

»Weißt du, was das ist, Iómer?«, erkundigte sich Alai.

Der Anführer des Spähtrupps nickte. »Ich weiß es«, sagte er gepresst, während er innerlich in Panik geriet. »Und ich fürchte, wir kommen zu spät.«

»Zu spät wofür?«

»Zu spät für alles«, entgegnete Íomer verzweifelt. Er erhob sich und begann zu laufen, die Straße hinab zur nächsten Biegung, wobei er über die unzähligen Leichen hinwegsetzen musste. Waldelfen, Bogenschützen, Lanzenträger – alle lagen sie in ihrem Blut, und ihre weit aufgerissenen Augen kündeten von dem namenlosen Schrecken, dem sie entgegengeblickt hatten. Auch die Anführer fand Íomer – die Offiziere waren ebenso abgeschlachtet worden wie ihre Gefolgsleute und wie die Pferde, auf denen sie geritten waren. Aus den Kadavern der Tiere waren auch große Brocken Fleisch gerissen worden, so als hätte sich jemand daran gütlich getan und seinen Hunger gestillt.

»Íomer, warte …«

Alai und die anderen hatten Mühe, zu ihm aufzuschließen, aber er scherte sich nicht darum. Seine Panik trieb ihn weiter, die von Leichen übersäte Straße hinab. Er wollte Gewissheit …

… und er bekam sie.

Íomer blieb wie angewurzelt stehen, als er die nächste Biegung hinter sich ließ. Dort, wo er auf das Hauptkontingent hätte treffen, wo stolze Legionäre Schild an Schild hätten stehen und darauf warten sollen, zur Befreiung von Tirgas Lan zu eilen, lagen weitere Leichen.

Zu Hunderten.

Die Männer waren gefallen, so wie sie gestanden hatten, als ob eine zerstörerische, alles vernichtende Naturgewalt über sie hereingebrochen wäre. Auch sie hatten erkennbar Widerstand geleistet, aber er war ebenso fruchtlos geblieben wie bei der Vorhut. Und wie zuvor gab es auch hier nur Opfer, aber keine Täter. Von den Angreifern, die dieses grausame Werk vollführt hatten, war offenbar kein einziger auf dem Feld zurückgeblieben, und das weckte bei Íomer Erinnerungen, die er eigentlich längst verdrängt hatte …

Atemlos, unfähig, ein Wort zu sagen oder auch nur einen klaren Gedanken zu fassen, setzte er einen Fuß vor den anderen und wandelte die blutgetränkte Straße hinab. Er kam sich vor wie in einem Albtraum, aber eine unnachgiebige Stimme tief in seinem Inneren sagte ihm, dass dies die Wirklichkeit war und es kein Erwachen aus ihr gab.

Während die anderen Späher, die ihm mit etwas Abstand folgten und die nicht weniger bestürzt und ergriffen waren als er, noch immer rätselten, wer zu einer solchen Untat fähig sein mochte, war es Íomer längst klar geworden.

Der Vorfall, an den er sich erinnert fühlte, hatte sich vor etwas mehr als vier Jahren zugetragen. Damals war eine ganze Grenzlegion bis auf den letzten Mann vernichtet worden. Während die Gegenseite kaum nennenswerte Verluste hinzunehmen hatte, hatte Íomer bei dem Massaker beinahe seine ganze Familie verloren, seinen Vater und seine drei Brüder. Und die Namen der Kreaturen, die für diese Bluttat verantwortlich waren, hatte sich unauslöschlich in sein Gedächtnis eingebrannt …

»Hilfe …«

Der Kundschafter fuhr herum. Was er gehört hatte, war nicht mehr als ein hauchdünnes Flüstern gewesen, aber sein geschultes Gehör hatte es dennoch vernommen. Wachsam schaute er sich um – und wenn er geglaubt hatte, dass es inmitten dieser grauenvollen Szenerie keine Steigerung von Grausamkeit und Barbarei mehr geben konnte, so wurde er eines Besseren belehrt …

»General!«, schrie Íomer, als er den Oberbefehlshaber der Ersten Legion erblickte – oder vielmehr das, was der grässliche Feind von ihm übrig gelassen hatte.

Von zwei Speeren durchbohrt, die unterhalb des Schlüsselbeins durch beide Schultern getrieben und dann in einen Baum gerammt worden waren, wurde der General in stehender Position gehalten – und das, obwohl kaum noch Leben in ihm war. Er hatte Unmengen von Blut verloren, das seine Kleider und seine Rüstung besudelt und sich zu seinen Füßen gesammelt hatte, und die Entschlossenheit, die früher aus seinen kantigen, von silbergrauem Haar umrahmten Gesichtszügen gesprochen hatte, war blankem Entsetzen gewichen. Irrsinn blickte aus seinen Augen, die wild in ihren Höhlen rollten und Íomer vergeblich zu fixieren suchten.

»Späher«, röchelte er.

»Ja, mein General?« Íomer ging zu ihm. Aus der Nähe sah er die unzähligen Schnittwunden, die man Lavan beigebracht hatte, jedoch wohl nur, um ihn zu quälen. Getötet hatte man ihn absichtlich nicht, damit er den Untergang seiner Legion bis zum Ende mit ansehen musste …

»Meldung«, verlangte Lavan, wobei Blut aus seinen Mundwinkeln rann. Sein Kinn sackte auf die Brust, aber er biss die Zähne zusammen und hob den Kopf wieder.

»Der Feind hat Tirgas Lan erreicht, mein General«, erstattete Íomer wahrheitsgemäß Bericht, schon weil er nicht wusste, was er sonst hätte sagen sollen angesichts all des Grauens. »Sie haben Tirgas Lan eingekreist.«

»Dann müssen wir … angreifen«, hauchte Lavan mit ersterbender Stimme. »Gebt den Bericht an … die Hauptleute weiter. Gilduin und Saior … sollen sich um die Aufstellung kümmern … Bogenschützen und Leichtbewaffnete zuerst … dann die Legionäre … die Reiterei zuletzt …«

Íomer starrte ihn erschüttert an. Offenbar war der Anblick der massenhaft dahingeschlachteten Soldaten zu viel für Lavans Verstand gewesen. Er schien sich an einen Ort geflüchtet zu haben, wo er sicher war vor der bitteren Realität und all die grässlichen Dinge nicht geschehen waren. Ein Ort, dachte Íomer beklommen, der dem Tod näher war als dem Leben.

Seine Leute hatten inzwischen zu ihm aufgeschlossen. Auch sie waren entsetzt über den Anblick, der sich ihnen bot, aber sie ließen sich nichts anmerken.

»Spähtrupp … vollzählig?«, erkundigte sich Lavan.

»Ja, mein General.« Íomer nickte. »Keine Verluste.«

»Das ist gut.« Die Gesichtszüge des Generals entspannten sich, und trotz seines elenden Zustands brachte er ein Lächeln zustande. Schmerz schien er nicht mehr zu fühlen, dazu war er bereits zu weit vom Diesseits entfernt. »Jeder Kommandant … sollte immer versuchen … seine Soldaten … wohlbehalten nach Hause …«

Es war ihm nicht vergönnt, den Satz zu Ende zu sprechen. Wieder fiel sein Kopf nach vorn, aber diesmal hob er ihn nicht mehr. Die Gestalt des Generals entkrampfte sich, dann hing sie schlaff und leblos an den beiden Speeren.

»Nehmt ihn ab«, knurrte Íomer.

Alai und Nial griffen jeder nach einem Speer und zogen ihn aus dem Holz. Daraufhin brach die leblose Gestalt des Generals zusammen. Und erst jetzt, da Íomer sich bückte, um dem Oberbefehlshaber seiner Legion stellvertretend für alle anderen Gefallenen die letzte Ehre zu erweisen, sahen seine Leute und er die albtraumhafte Schreckgestalt, die mit dem Gesicht nach unten zu Lavans Füßen lag.

Sie trug eine dunkle Rüstung, doch ungleich schrecklicher anzusehen waren die grünen Schuppen, die reptiliengleich Arme und Hinterkopf überzogen – und der Furcht einflößende Schweif, der bis hinab zu den Beinen reichte. Die Kreatur lebte nicht mehr. Ein elfisches Breitschwert steckte in ihrem Rücken, das ihre frevlerische Existenz ganz offenbar beendet hatte, und es erfüllte Íomer und seine Männer mit grimmiger Genugtuung zu sehen, dass es die Klinge von General Lavan war.

Íomer trat vor, stieß den leblosen Körper mit dem Fuß an und drehte ihn herum. Von Grauen geschüttelt, blickten die Späher in die grünen, schuppenbedeckten Züge einer Kreatur, die halb Elf und halb Echse zu sein schien.

»Bei Glyndyrs Krone«, entfuhr es Alai. »Was für eine Kreatur ist dies?«

»Ein *neidor*«, antwortete Íomer, dessen düstere Vermutung sich bestätigt hatte. »Ein Echsenkrieger.«

»Ich habe von ihnen gehört«, sagte ein anderer aus seinem Trupp. »Es heißt, der Dunkelelf hätte sie gezüchtet ...«

»Sie sind das, was herauskommt, wenn man Elfenblut mit dem von Tieren mischt«, erklärte Íomer schaudernd. »Es heißt, dass Margok die *neidora* ins Leben rief, indem er seine Seele der Dunkelheit verschrieb. Deshalb ist es ihm nie wieder gelungen, Kreaturen wie diese zu züchten. Die *neidora* sind sein Meisterstück – und zugleich ist er mit ihnen an seine Grenzen gestoßen.«

»Was vermögen sie?«, fragte Alai flüsternd.

Íomer holte tief Luft. »Vor einigen Jahren«, erwiderte er dann, »ist an der Nordgrenze von Trowna eine königliche Legion verschwunden. Die Gründe dafür wurden nie offengelegt, aber natürlich gab es Gerüchte. Die einen behaupteten, es wäre zu einer Auseinandersetzung mit den Orks gekommen, andere sprechen von einem Überfall der Menschen. Wieder andere jedoch glauben, dass dunkle Mächte dabei im Spiel waren, und dass jene Legionäre das Opfer von seltsamen Wesen wurden, grauenhaften Mischwesen aus Elf und Tier ...«

»... den *neidora*«, brachte Alai den Gedanken zu Ende.

»Genau das«, bestätigte Íomer nur.

Dann wurde es totenstill im Wald.

Wie versteinert blickten die Kundschafter auf die leblose Kreatur, die vor ihnen lag, während die Bedeutung dessen, was ihr Anführer gesagt hatte, langsam in ihr Bewusstsein einsickerte. Wenn

Íomer recht hatte – und dafür schien alles zu sprechen –, hatte Margok neben all den Unholden, die er unter sein Banner gerufen hatte, auch nahezu unbesiegbare Echsenkrieger in seinen Reihen, Kreaturen, denen es offenbar gelungen war, eine ganze Elfenlegion aufzureiben.

Und sie hatten es nicht zum ersten Mal getan …

»Was machen wir jetzt?«, fragte Nial irgendwann in die bleierne Stille. Es war nicht die Frage eines Soldaten an seinen Kommandanten, sondern eher die eines verschreckten Kindes an seinen Vater. Furcht ging unter den sonst so beherzten Spähern um, Verzagtheit löste die Trauer ab.

Íomer lachte freudlos auf. »Als euer Anführer sollte ich wohl sagen, dass wir um jeden Preis versuchen müssen, nach Tirgas Lan zu gelangen und dem König und den Seinen im Kampf gegen die Krieger der Dunkelheit beizustehen. Allerdings werden wir es nicht schaffen, bis dorthin vorzudringen. Seht euch nur um! Wir sind alles, was von der Königslegion geblieben ist, und wir haben nicht die geringste Aussicht, den Gürtel der Angreifer zu durchdringen und Tirgas Lan zu erreichen. Deshalb kann ich euch ebenso gut befehlen, euch in alle Winde zu zerstreuen und euch irgendwo zu verstecken.«

»Wo?«, fragte Nial zaghaft.

»Wo immer ihr auf das Ende der Welt warten wollt«, entgegnete Íomer hart. »Womöglich gelingt es dem einen oder anderen von euch ja, sich zum Hain seiner Väter durchzuschlagen. Wenn nicht, so wünsche ich euch, dass ihr einen anderen Ort findet, an dem Frieden herrscht – jedenfalls so lange, bis …«

»Sprich nicht weiter«, fiel Alai ihm ins Wort. »Keiner von uns wird gehen. Wir alle haben einen feierlichen Eid geleistet und dem König Treue geschworen, und wir werden nicht …«

Der Waldelf unterbrach sich plötzlich, und seine Miene gefror zu einer Maske blanken Entsetzens. Íomer wollte fragen, was los wäre, als er merkte, dass Alais Blick nicht ihm galt, sondern an ihm vorbei ins Unterholz zielte.

Alarmiert fuhr er herum – um sich einer entsetzlichen Kreatur gegenüberzustehen, wie nur die Vorstellung eines dem Wahnsinn verfallenen Zauberers sie hervorbringen konnte.

Es war ein *neidor* – und anders als der, der zu ihren Füßen am Boden lag, war er am Leben.

Die Echsenkreatur, die eine mörderisch aussehende Doppelaxt in den Klauen hielt, deren beide Blätter blutbesudelt waren, legte den Kopf schief. Sie war noch größer und furchterregender als das Exemplar, das Lavan getötet hatte, und starrte die Kundschafter aus glühenden Augen an. Dabei fletschte sie die mörderischen Fänge, so als grinse sie.

Für einen Augenblick, der Íomer und den übrigen Überlebenden der Ersten Legion wie eine Ewigkeit erschien, blieb alles ruhig. Dann griff der *neidor* an.

Mit ausgreifenden Schritten katapultierte sich der Echsenkrieger auf Íomer und seine Leute zu und verfiel in kehliges Gebrüll. Die Waldelfen schrien und ließen die Pfeile von den Sehnen schnellen, aber die Kreatur bewegte sich so schnell, dass keines der Geschosse sein Ziel fand.

Im nächsten Moment war der *neidor* heran. Die Schreie verstummten jäh, und schon einen Augenblick später war die gespenstische Stille in den Wald von Trowna zurückgekehrt.

11. ROTHGAS TAITHA

Die Zeit in der alten Bibliothek von Crysalion schien stillzustehen.

Zwischen den wabenförmigen Regalen, in denen unzählige Buchkristalle aufbewahrt wurden, standen die einstigen Freunde sich gegenüber – doch von der Zuneigung, die sie füreinander empfunden haben mochten, war nichts geblieben.

»Verräterin«, fuhr Rothgan Alannah an. »Wie konntest du nur? Du bist meine Gemahlin! Meine Königin!«

»Nicht deine Königin, sondern deine Sklavin bin ich gewesen«, verbesserte Alannah mit bebender Stimme. »Schon an dem Tag, da ich dir nach den Fernen Gestade folgte, wurde mir klar, dass ich einen Fehler begangen hatte, nur fehlte es mir am nötigen Mut, ihn zu berichtigen. Nun endlich bekomme ich Gelegenheit dazu – und diesmal werde ich Margoks Zauber nicht verfallen! Mir wurden die Augen geöffnet, Aldur! Ich habe deinen Verrat erkannt! Und ich weiß, was du mir angetan hast!«

Rothgans ebenso schmalen wie unbewegten Gesichtszügen war keine Gefühlsregung zu entnehmen. Wenn er überrascht war, so zeigte er es nicht, oder vielleicht war er auch nur nicht bereit, seinen Feinden diesen Triumph zu gönnen. Schon als Novize in Shakara hatte er diese Kunst meisterlich beherrscht, und vielleicht, dachte Granock bitter, waren ihm Gefühlsregungen inzwischen auch ganz abhandengekommen …

»Demnach hat der Bannspruch seine Wirkung eingebüßt«, stellte der Abtrünnige lediglich an Alannah gewandt fest. Granocks Anwesenheit schien er schlicht ignorieren zu wollen.

»Das hat er«, bestätigte sie grimmig, während sie näher auf ihn zutrat, den *flasfyn* halb zur Abwehr erhoben.

»Wie hast du es bewerkstelligt?«, wollte Rothgan wissen. »Welcher Zauber hat dies bewirkt?«

»Kein Zauber.« Sie schüttelte den Kopf. »Granock hat mich lediglich an das erinnert, was ich einst gewesen bin – und was ich wieder sein möchte.«

Rothgan lachte laut. Es war nicht das Lachen von jemandem, der überrumpelt worden und darob verunsichert war, sondern von jemandem, der sich seiner Bosheit und der damit verbundenen Stärke noch immer voll bewusst war. »Du möchtest zurück?«, fragte er lauernd. »Du möchtest wieder werden, was du einst warst?«

»Genau das.«

Rothgan lachte nur noch lauter, so abweisend und höhnisch, dass Granock blanker Zorn in die Adern schoss. »Bist du wirklich so dumm?«, tönte er. »Gleich was du dir wünschen magst, für dich gibt es keinen Weg zurück, Königin der Dunkelheit!«

»Nenn sie nicht so!«, rief Granock wütend.

»Warum nicht? Das ist ihr Titel, und du darfst mir glauben, dass sie ihn zu Recht trägt.« Erneut ließ Rothgan schallendes Gelächter vernehmen, dann wandte er sich wieder Alannah zu. »Wie konntest du nur glauben, dass du dich einfach von mir lossagen könntest? Du und ich, wir sind auf ewig miteinander verbunden durch einen Schwur, den wir geleistet haben …«

»Was immer ich dir geschworen haben mag, es ist ohne Bedeutung«, stellte Alannah klar, »denn ich war nicht ich selbst, als ich die Worte sprach. Einen anderen Schwur hingegen habe ich sehr viel früher und in vollem Bewusstsein geleistet – den Eid von Shakara!«

»Und du denkst, du brauchtest dich nur daran zu erinnern, und alles wäre wie früher?« Rothgan schüttelte den Kopf. »Wenn du dich schon erinnerst, dann erinnere dich an alles, Alannah. Zusammen mit mir hast du über die Fernen Gestade geherrscht, und es kommt nicht von ungefähr, dass sie dich die ›dunkle Königin‹ nennen. Du hast Dinge getan, die unaussprechlich sind. Hast du deinem menschlichen Verehrer auch davon erzählt? Vielleicht solltest du das tun – oder soll ich das für dich übernehmen?«

Granock sah, wie Alannah erschrak, und er wusste, dass er eingreifen musste. Zum einen, um Rothgans unheilvollem Treiben ein Ende zu setzen. Zum anderen aber auch, weil er nicht wissen wollte, was die Frau, die er liebte, getan hatte, als sie unter dem Bann des Bösen stand …

»Es spielt keine Rolle, Verräter!«, rief er. »Was auch immer Alannah getan haben mag, es war nicht ihr freier Wille, der sie dazu trieb. Du jedoch hast dich aus freien Stücken für die dunkle Seite entschieden. Aus Ehrgeiz und Machthunger bist du Margoks Diener geworden. Du bist für alles verantwortlich!«

»Und?« Geringschätzung sprach aus Rothgans Blick. »Was willst du tun? Dich an mir rächen?«

»Das würde ich gerne, glaub mir«, versetzte Granock, während er mit erhobenem Zauberstab auf seinen Rivalen zutrat und dabei genau auf dessen Hände achtete, die zu jeder Zeit ein loderndes Inferno zu entfesseln vermochten. »Aber das wäre nicht mein Weg, sondern der deine, Rothgan. Außerdem bin ich es leid, mich fortwährend zum Werkzeug anderer machen zu lassen. Wenn ich dich töte, arbeite ich Rurak damit nur in die Hände. Aber vermutlich weißt du das.«

»Vermutlich«, entgegnete Rothgan feixend. »Als ob du in der Lage wärst, mich zu töten!«

»Alleine wohl nicht«, räumte Granock ein. »Aber vergiss nicht, dass wir zu zweit sind.«

»Du glaubst, meine Königin würde ihre Hand gegen mich erheben?« Obschon Verachtung aus seinen Worten sprach, war Rothgan zurückgewichen und stand nun mit dem Rücken zu den Waben. Die Kristalle darin begannen matt zu leuchten, als er sie berührte, ein Zeichen der Zauberkraft, die ihn durchfloss, und die sich vermutlich steigerte, je zorniger er wurde. Nicht innere Ruhe und Kontemplation, sondern Wut und Aggression waren die Quellen, aus denen der Dunkelelf seine magische Macht nährte. Und Rothgan war schon immer ein gelehriger Schüler gewesen …

»Das würde ich«, bestätigte Alannah ohne Zögern und richtete das Ende des *flasfyn* auf ihn. »Zwinge mich nicht, es dir zu beweisen, Aldur.«

»Aldur und immer wieder Aldur!«, schrie er. »Warum nennst du mich noch immer so?«

»Weil es dein wahres Ich ist, deine wirkliche Berufung«, gab Granock zur Antwort. »Du hast es lediglich vergessen!«

»Und du willst mich daran erinnern? Ausgerechnet du?«

»Allerdings«, stimmte Granock zu, »denn ich habe jenen Aldur gut gekannt. Er war mein Kampfgefährte. Mein Freund. Mein Bruder …«

»Schweig, Mensch!«, fuhr Rothgan ihn an. »Erkennst du immer noch nicht den Frevel, der in diesen Worten liegt? Wir beide hätten einander niemals in Shakara begegnen dürfen! Es war ein Verrat an unserer Geschichte und an allem, was den Angehörigen des Elfengeschlechts etwas wert sein sollte.«

»Jetzt sprichst du wie einst Palgyr«, konterte Granock. »Dabei dachte ich, wir wären anders.«

»Das sind wir auch. Ich bin ein Elf, die Krone der Schöpfung, und du nur ein Mensch. Wir können niemals zueinanderfinden.«

»Das ist es, was Margok dich glauben lässt«, erwiderte Alannah beschwörend, »denn er weiß genau, dass sein Ende besiegelt ist, wenn Elfen und Menschen lernen, ihren Streit zu beenden und ihn gemeinsam zu bekämpfen. Gemeinsam jedoch können wir Erdwelt dauerhaft Frieden geben. Das war Farawyns Vision.«

»Farawyn.« Rothgan lachte bitter auf. »Der alte Hexenmeister hat tatsächlich eine Vision – aber sie ist anderer Natur, als ihr in eurer Naivität und Einfalt vermutet. Er trachtet nicht weniger danach, sich Erdwelts Krone aufs Haupt zu setzen, als Margok es tut.«

»Unsinn!«, begehrte Granock auf.

»Glaubst du wirklich?« Rothgan grinste, und seine schmalen, knochigen Züge erinnerten an einen Totenschädel. »Und wenn ich dir sagte, dass es das ist, was Farawyn von Beginn an vorhatte? Dass er Menschen und Elfen nur aus diesem einen Grund zu vereinen trachtete?«

»Dann würde ich denken, dass dein Zorn auf Farawyn und die Kränkung, die du erfahren haben magst, dein Urteilsvermögen getrübt haben«, entgegnete Granock.

Rothgan zuckte zusammen und ließ damit zum ersten Mal eine wahre Regung erkennen. »Die Kränkung, die ich erfahren habe? Was weißt du darüber, törichter Mensch? Ich wurde getäuscht und hinters Licht geführt, von allen, denen ich je vertraut habe. Vom Hohen Rat, von Farawyn – selbst von euch, die ich meine Freunde nannte!«

»Das ist nicht wahr!«, widersprach Alannah.

»Nein?« Rothgan lachte auf. »Schon allein die Tatsache, dass ihr hier seid, den *flasfyn* in der Hand, beweist mir, dass ihr lügt. Oder wollt ihr bestreiten, gekommen zu sein, um gegen mich zu kämpfen?«

»Nicht, wenn es sich vermeiden lässt«, widersprach Granock.

»Wir wollen dich nicht bekämpfen«, fügte Alannah hinzu. »Was wir dir bieten, damals wie heute, ist unsere Freundschaft.«

»Eure Freundschaft?« Erneut schien der Abtrünnige für einen flüchtigen Augenblick innezuhalten – einen Augenblick, in dem der junge, vielversprechende Zauberer mit den Namen Aldur einen Lidschlag lang die Hoheit über jenes finstere Wesen zu gewinnen schien, das Margok aus ihm gemacht hatte.

»Ja«, bekräftigte Granock und ließ, um seinen Worten zusätzliche Glaubwürdigkeit zu verleihen, den Zauberstab sinken. Die freie rechte Hand öffnete er und streckte sie dem Verräter entgegen. »Komm mit uns«, forderte er ihn auf.

»Mit euch?« Rothgan schaute ihn zweifelnd an. »Wohin?«

»Nach Shakara«, erwiderte Granock ohne Zögern. »Dort kann man dir helfen. Farawyn kann es.«

»Ausgerechnet?« Rothgan kicherte höhnisch, und was immer von Aldur für einen kurzen Moment hindurchgeblitzt hatte, verlor sich hinter einem bösen Grinsen. »Etwas Besseres hast du mir nicht zu bieten, Mensch?«

»Freiheit«, antwortete Granock ohne Zögern.

»Ist das dein Ernst?« Rothgan breitete demonstrativ die Arme aus. »Ich bin König über ein ganzes Reich! Welche Freiheit kannst du mir bieten, die ich noch nicht habe?«

»Die Freiheit zu entscheiden. Selbst zu denken und zu fühlen. Widerstand zu leisten, wenn es nötig ist. Als Margoks willfähriger Diener sind dir all diese Dinge verwehrt.«

»Ich und willfährig?«, begehrte Rothgan auf. »Du hast noch immer nicht erkannt, wie mächtig ich geworden bin! Ich herrsche über ein ganzes Reich, Mensch, und es ist mir gleichgültig, welche Regeln und Gesetze hier einst geherrscht haben mögen, denn nun habe ich das Sagen, ich bin das Gesetz! Nicht länger werde ich von alten Greisen zurückgehalten, deren Vorstellungskraft an ihrer eigenen Unfähigkeit scheitert, nicht länger von Zauderern und Feiglingen unterdrückt, die meine Fähigkeiten nicht zu schätzen wissen. Der Dunkelelf«, fügte er mit leuchtenden Augen und sich überschlagender Stimme hinzu, »hat mich von all diesen Fesseln befreit.«

»Margok ist nicht dein Freund«, machte Granock klar. »Der Dunkelelf benutzt dich, wie er alle benutzt – und er wird dich fallen lassen, wenn du für ihn wertlos geworden bist!«

»Das wird niemals geschehen, denn Margok besitzt meine uneingeschränkte Loyalität – und zwar so lange, bis der Krieg gewonnen und die lächerliche Bande von Heuchlern und Scharlatanen aus Tirgas Lan und aus Shakara vertrieben wurde! Das ist Freiheit, versteht ihr? Das und nichts anderes, ihr elenden Narren!«

Vor den mit Kristallen gefüllten Waben stehend, hatte Rothgan die Arme emporgeworfen und die Fäuste geballt, so als wolle er seinen Worten mit theatralischen Gesten Nachdruck verleihen. Granock jedoch kannte den Elfen gut genug, um zu wissen, dass er selten etwas ohne Hintergedanken tat und niemals etwas ohne Grund. Deshalb wappnete er sich innerlich für die Auseinandersetzung. Weder wollte er sie führen noch fühlte er sich körperlich oder mental in der Lage dazu – aber wenn es nötig war, war er dazu bereit …

»Nun«, knurrte er, »dann hast du ja offenbar bekommen, was du immer wolltest, nicht wahr?«

»In der Tat«, bestätigte Rothgan.

Sie standen nur noch wenige Schritte voneinander entfernt, und die Blicke, mit denen sie einander taxierten, machten deutlich, dass die Konfrontation unausweichlich war.

»Wie konnte ich nur jemals einen solchen Fehler begehen?«, fragte der Elf kopfschüttelnd. »Wie konnte ich dir nur jemals vertrauen?«

»Dasselbe frage ich mich auch«, gestand Granock offen. »Wie es aussieht, haben wir zumindest das gemeinsam.«

»Also werden wir kämpfen«, kündigte Rothgan an, mit einem Grinsen, das keinen Zweifel am Ausgang des Duells aufkommen lassen wollte, »so wie wir es längst hätten tun sollen. So wie es Elfen und Menschen bestimmt ist.«

»Nein!«, widersprach Alannah. »Das ist nicht wahr! Selbst der Dunkelelf hat Menschen zu Verbündeten!«

»Er bedient sich ihrer, weil sie sich ebenso wie die Orks und die Gnomen nicht ihrer selbst gewahr sind. Weil sie ebenso blind und töricht durch die Welt gehen und ebenso einfach zu lenken sind.«

»Und dennoch fürchtest du uns«, war Granock überzeugt.

»Glaubst du das wirklich?«

»Andernfalls stünden wir uns wohl kaum hier gegenüber – und du wärst auch nicht so versessen darauf gewesen, mich herzulocken und zu vernichten. Denn tief in dir, Aldur, des Farawyns Sohn, weißt du, dass die Menschen den Elfen ebenbürtig sind, vielleicht noch nicht jetzt, aber irgendwann, und dass Erdwelt dann ihnen gehören wird. Das ist die Angst, die dich nicht loslässt und die in Wahrheit hinter allem steht. Dein Vater ist ein Menschenfreund. Der beste Freund, den du in deinem ganzen Leben hattest, ist ein Mensch gewesen. Und die Frau, die du mit einem Zauberbann blenden musstest, damit sie bei dir bleibt, liebt in Wahrheit einen Menschen …«

»*Genug!*«

Rothgan brüllte das Wort so laut, dass das Gewölbe zu erbeben schien, und zu Granocks und Alannahs Entsetzen schoss eine Stichflamme aus seinem Schlund wie bei einem Drachen aus dunkler Vorzeit. Schon während Granock sprach, hatten sich die Augen des Elfen mehr und mehr geweitet, und seine Hände hatten sich zu Fäusten geballt, bis Rauch daraus hervorgedrungen war. In Form züngelnder Flammen spie Rothgan nun all seinen Hass auf Granock, der entsetzt zurückwich.

»Aldur!«, rief Alannah aus.

»Das ist nicht mein Name, Weib!«, brüllte er, während auch unter seiner schwarzen Robe dichter Rauch hervorzuquellen begann. »Aldurans Sohn hat nie existiert, so wie auch Farawyns Sohn nicht existiert. Ich bin Rothgan, der über das Feuer gebietet, der mächtigste Zauberer Erdwelts und Margoks rechte Hand!«

»Du bist wahnsinnig«, war alles, was die Elfin darauf erwiderte – und Rothgan verfiel in ein Gelächter, das so von Bosheit und Rachsucht durchdrungen war, dass es den letzten Rest von Güte, der noch in ihm verblieben sein mochte, vernichtete. Und als seine Robe in Flammen aufging und ihn auch äußerlich in eine Kreatur des Schreckens verwandelte, verfiel der einstmals vielversprechendste Schüler von Shakara endgültig dem Bösen.

Alannah stieß einen heiseren Schrei aus. »Vorsicht!«, brüllte Granock, und sie wichen beide vor dem Flammenwesen zurück, zu dem ihr Freund geworden war. Lodernd wie eine Fackel stand er vor ihnen, am ganzen Körper brennend, und verfiel in hysterisches Gelächter.

Granock hob unwillkürlich den Zauberstab, den er mit beiden Händen umklammerte, obwohl er ernstlich bezweifelte, dass er in der Lage sein würde, den Kräften seines Gegners zu widerstehen. Rothgans magische Begabung war von jeher außergewöhnlich gewesen – unter Margoks Ägide jedoch hatte er gelernt, sie vollends zu entfesseln.

Und war zu einem Monstrum geworden ...

Noch immer wie erstarrt vor Entsetzen, nahm Granock aus dem Augenwinkel heraus eine Bewegung wahr. Sein Kopf flog herum, und zu seiner Verblüffung sah er keinen anderen als Ardghal heranstürzen! Woher der verräterische Elfenfürst kam, konnte sich Granock nicht erklären – vermutlich war er die ganze Zeit über bereits hier gewesen und hatte sich versteckt gehalten. Nun setzte er hervor, um seinem Auftraggeber beizuspringen, in seiner erhobenen Rechten einen Dolch mit gebogener Klinge. Nur wenige Schritte trennten ihn von Alannahs ungeschütztem Rücken – und die Elfin war so entsetzt über das, was mit Rothgan geschah, dass sie ihn nicht kommen sah.

»Nein!«

Granock schrie so laut, dass es das Brausen der Flammen übertönte – und die Furcht, die er um Alannah verspürte, reichte aus, um einen Zauber zu wirken.

Ardghal erstarrte inmitten seiner Bewegung, den einen Fuß weit vor den anderen gesetzt. Da er sich bereits nach vorn geworfen und das ganze Gewicht in den tödlichen Stoß gelegt hatte, verlor seine im Augenblick gefangene Gestalt das Gleichgewicht und stürzte. Hart schlug er auf dem Boden auf, wobei sich die Haltung seines Körpers nicht veränderte. Lediglich der Dolch entwand sich seinem Griff und fiel klirrend auf den steinernen Boden – ansonsten blieb der Verräter so starr wie eine Spielfigur, die beim *gem'y'twara* von der höchsten Ebene gefallen war.

Alannah, die die Gefahr erst jetzt erkannte, fuhr herum – und in diesem Augenblick schleuderte Rothgan-Aldur eine erste Feuerlohe. Granock, der bereits auf dem Weg zu Alannah gewesen war, um Ardghal notfalls auch mit körperlicher Gewalt abzuwehren, warf sich nach vorn und ergriff sie, riss sie von den Beinen und zerrte sie zu Boden – während das Feuer heiß und vernichtend über sie hinwegzüngelte und die Regale erfasste.

Die Kristalle darin zersprangen mit hellem Klirren, Scherben flogen nach allen Seiten. Granock spürte, wie ihn etwas an der Stirn traf und es warm und feucht an seiner Schläfe herabrann. Er biss die Zähne zusammen, seinen schmerzenden Gliedern und ausgezehrten Kräften zum Trotz, und richtete sich wieder auf.

Aldur stand vor ihm. Die Flammen hatten sich auf seine Arme zurückgezogen. Seine Robe und die lederne Rüstung, die er darunter getragen hatte, hingen in schwelenden Fetzen. Die Haut, die hier und dort hervorschaute, war schwarz verbrannt, trotz der magischen Kraft, die Rothgan durchdrang. Den Schmerz jedoch schien er nicht zu fühlen. »Wie steht es?«, erkundigte er sich. »Wollt ihr euch nicht wehren?«

Granock spuckte aus, sein Speichel war blutig. Schwerfällig raffte er sich auf und wankte Rothgan entgegen.

»Weißt du«, grinste dieser aus seinem rußgeschwärzten Gesicht. »Eigentlich habe ich die ganze Zeit über nur darauf gewartet.«

»Dann hat dein Warten jetzt ein Ende«, entgegnete Granock und richtete sich vollständig auf, wobei er den Zauberstab zur Hilfe nehmen musste.

Und das Duell der einstigen Freunde nahm seinen Lauf.

12. BAIWUTHAN TA MARWURAITH

Rothgan brannte – und das im zweifachen Sinn.

Nicht nur das Äußere des Elfen war in heller Feuersbrunst entflammt, über die er wie kein Zweiter zu gebieten vermochte, auch sein Inneres war lichterloh entzündet, angefacht von heißer Rachsucht und der Glut des Hasses.

Einst, als er noch Aldur geheißen und der festen Überzeugung gewesen war, der Spross eines Edlen namens Alduran zu sein, hatte er die Macht in sich gefühlt, sie jedoch nicht wirklich nutzen können. Er hatte die Kraft der Flammen willentlich entfesselt und sie auch hier und dort zum Einsatz gebracht, doch inzwischen tat er weit mehr, als über das lodernde Element zu gebieten.

Das Feuer umgab ihn nicht nur, es war auch in ihm.

Er *war* das Feuer …

Die Erkenntnis, dass nun endlich geschehen war, was Margok ihm in Aussicht gestellt und wonach er sich insgeheim die ganze Zeit über gesehnt hatte, erfüllte ihn mit Euphorie und ließ ihn den Schmerz vergessen, den er andernfalls gewiss empfunden hätte. Was zählte verbrannte Haut? Was ein entstelltes Äußeres? Als einer der wenigen Magier, denen dies je gelungen war, war er eins geworden mit der Gabe, die ihm verliehen war. Es bestand kein Unterschied mehr zwischen den Flammen und dem, der darüber gebot.

Rothgan, der Herr des Feuers, war selbst zur Flamme geworden. Das Hochgefühl, das er empfand, ließ sich mit nichts vergleichen, was er je zuvor gefühlt hatte, weder mit den fleischlichen Freuden, die Alannah oder scine einstige Meisterin Riwanon ihm bereitet hatten, noch mit dem Stolz und der Bestätigung, die er in seltenen Augenblicken als Zauberer von Shakara empfunden hatte.

In diesem Moment war Rothgan überzeugt davon, Erfüllung erlangt und den Gipfel sterblicher Existenz erklommen zu haben – entsprechend laut und dröhnend war das Gelächter, das er seinen Feinden entgegenschleuderte. Wie Maden würde er sie zerquetschen, davon war er überzeugt, nun, da er alles erreicht hatte, was ein Zauberer je erreichen konnte – und in gewisser Weise hatten sie ihm sogar dazu verholfen.

Er lachte weiter, als er sah, wie sich der Mensch vor ihm aufbaute, um sich ihm zum Kampf zu stellen – eine kraftlose, blutleere Kreatur, die Mühe hatte, sich auf den Beinen zu halten, und die er mühelos zerschmettern würde, nachdem er ihr ein für alle Mal seine Überlegenheit demonstriert hatte. Mit einem gellenden Schrei breitete er die Arme aus und entließ zwei flammende Feuerbälle aus seinen Händen, die den verhassten Menschen flackernd umtosten, ehe sie in die Regalwand hinter ihm einschlugen.

Die Bücher barsten, als die zerstörerischen Flammen unter sie fuhren, und mit jedem Kristall, der unter hellem Klirren zersprang, ging wertvolles Wissen verloren, die gesammelte Weisheit vergangener Jahrtausende.

Rothgan vermeinte, Alannah vor Entsetzen laut schreien zu hören, aber er scherte sich nicht darum. Soweit es ihn betraf, hatte er kein Interesse daran, die Erinnerung an die Vergangenheit zu bewahren. Zum einen deshalb, weil er den Inhalt der Bücher längst studiert und davon verinnerlicht hatte, was ihm nutzbringend erschienen war; zum anderen aber auch, weil er es satt hatte, die Vergangenheit über sein Leben bestimmen zu lassen. Allein die Gegenwart war es, die für ihn von Bedeutung war.

Jetzt, in diesem Augenblick, an diesem Tag, der seinen größten Triumph sehen würde, den endgültigen Sieg über die Verräter, die ihn schändlich hintergangen hatten.

Kein Blick zurück.

Keine Reue, kein Bedauern.

So hatte Margok es ihn gelehrt.

Die Vergangenheit und alles, was zu ihr gehörte, würden in Flammen aufgehen.

Nichts würde übrig bleiben …

Rauch und Qualm drangen zwischen seinen Handflächen hervor, und als er sie voneinander löste, den glitzernden Gegenstand nunmehr in seiner Rechten haltend, bildete sich dazwischen einen orangeroter Glutball, der sich sprunghaft vergrößerte, je weiter er seine Arme ausbreitete.

Es war der *pêl'y'rothgas*.

Das Werkzeug der Vernichtung …

Rothgan wartete ab, bis die Kugel einen Durchmesser von acht Ellen erreicht hatte, dann sandte er einen *tarthan* aus und stieß sie von sich – und so als bestünde sie nicht nur aus Glut und Feuer, sondern aus fester Materie, wälzte sie sich den Korridor hinab und verbreitete feurige Zerstörung.

Die Feuerwalze kam auf ihn zu!

Von der Felsnische aus, in die er sich geflüchtet hatte, sah Granock lediglich den Widerschein der Flammen, aber er spürte die Hitze und konnte hören, wie der Glutball der Vernichtung sich brausend näherte.

Schweiß trat ihm auf die Stirn, und er roch den bitteren Odem von Ruß und Rauch. Auch Granock zweifelte inzwischen nicht mehr daran, dass Rothgan den Verstand verloren hatte. Zugleich erschreckte es ihn, wie stark sein einstiger Freund geworden war. All die erstaunlichen und bewundernswerten Tugenden, die Aldur einst besessen hatte, schienen aufgegangen zu sein in seinem Hass und seinem Willen zur Vernichtung, genau wie einst bei Margok. Der Versuch, ihn zur Aufgabe und zur Rückkehr nach Shakara zu bewegen, war kläglich fehlgeschlagen, und Granock hatte einsehen müssen, dass es zu spät war, um ihn zu retten.

Rothgan hatte sich an den Dunkelelfen verloren wie seine Meisterin Riwanon vor ihm, und nun galt es Widerstand zu leisten mit den letzten Mitteln, die noch verblieben waren.

Auch wenn sie dabei wohl nur verlieren konnten …

Granock atmete tief ein, sog die sengend heiße Luft in die Lungen. Nur noch zehn Schritte war der Feuerball von seinem Versteck entfernt, die Wände begannen bereits, sich zu erwärmen. Noch länger durfte er nicht warten, oder er würde bei lebendigem Leib geröstet werden …

»Alannah! Jetzt!«, brüllte er – und der Kampf der Elemente begann.

Unvermittelt zuckten Rothgans Feuerwalze blaue Eisspeere entgegen, in deren schimmernder Oberfläche sich das Licht der Flammen brach – bis sie sich einen Herzschlag später hineinbohrten. Das Zischen des Eises, das im Bruchteil eines Augenblicks schmolz und verdampfte, erfüllte das Gewölbe, und obschon der Feuerball weiterrollte, verstärkte sich auch der blaue Frost, der sich ihm entgegenstellte.

Atemlos beobachtete Granock, der sich ein Stück aus seiner Nische vorgewagt hatte, wie neuerliche Eislanzen den Korridor herabstachen und sich sprunghaft in ihrem Volumen ausdehnten, sodass innerhalb eines Lidschlags eine Wand aus massivem Eis den Gang zwischen den Regalen versperrte.

Einen Augenblick lang war das Lodern der Flammenkugel durch den blauen Frost nur noch gedämpft wahrzunehmen, dann traf Feuer auf Eis. Ein fürchterliches Zischen war die Folge, Risse bildeten sich in der Wand, die Alannah kraft weiterer Eisladungen immer noch weiter verstärkte – und weißer Dampf quoll nach allen Seiten und begrub die Bibliothek unter sich.

Dumpfes Grollen war zu vernehmen, und hier und dort flackerte es orangerot wie bei einem Wetterleuchten. Dann erklang ein markiges Krachen, und die Eiswand, die Alannah mithilfe ihrer Gabe errichtet hatte, gab nach und brach zusammen. Gleichzeitig erlosch der Glutball – ein erster Erfolg im Kampf gegen Rothgan, wenngleich Granock überzeugt war, dass die nächste Feuerwalze nicht lange auf sich warten lassen würde.

Er löste sich aus seinem Versteck, und durch den Dampf, der so dicht war, dass Granock die Hand buchstäblich nicht vor seinen Augen sehen konnte, bewegte er sich den Gang hinab in Alannahs

Richtung. Die Feuchte in der heißen Luft war so drückend und schwer, dass er nach Atem rang. Unwillkürlich musste Granock an die Wäschereien von Andaril denken, auf deren Höfen er sich als kleiner Junge herumgetrieben hatte, weil die Waschweiber bisweilen Mitleid mit ihm gehabt und ihm ab und zu einen Brocken Brot oder einen Apfel zugeworfen hatten …

»Granock! Ich bin hier …«

Alannahs flüsternde Stimme riss ihn in die Wirklichkeit zurück. Verblüfft stellte er fest, dass er für einen Moment tatsächlich geglaubt hatte, noch ein Kind zu sein, das in den Straßen Andarils aufwuchs – die Hitze und die schlechte Luft mochten dafür verantwortlich sein, und vermutlich hatte auch sein mitgenommener Zustand dazu beigetragen.

»Alannah …«

Kraftlos hauchte er ihren Namen. Aus den weißen Schleiern vor ihm löste sich eine schlanke Gestalt und fasste ihn am Arm. Er war erleichtert, als er die vertrauten Züge der Elfin unmittelbar vor sich auftauchen sah. Indem sie den Zeigefinger auf die Lippen legte, gebot sie ihm zu schweigen und zog ihn fort, noch tiefer in die dampfenden Schwaden hinein.

Hinter einem Regal suchten sie Zuflucht. Durch die Waben, die in unterschiedlicher Höhe mit bislang noch unbeschädigten Kristallen gefüllt waren, spähte Granock den Korridor hinab. Gleichwohl er nichts sehen konnte als milchiges Grau, in dem es hier und dort orangerot flackerte, wusste er, dass irgendwo dort ihr Erzfeind lauerte, ihr Bruder von einst, dessen erklärtes Ziel es war, sie zu töten …

Das Brausen der Feuerwalze war verstummt, aber noch immer schwelten hier und dort Brände. Ihr fortwährendes Knistern und das Zischen des verdampfenden Eises bildeten den unheimlichen Hintergrund für das Gelächter, das plötzlich erklang.

»Das hast du gut gemacht, Alannah«, tönte Rothgans Stimme durch Dampf und Qualm hindurch. »Wer hätte geglaubt, dass dein Zauber in der Lage sein würde, dem meinen zu widerstehen? Aber wie lange wirst du mir die Stirn bieten können? Wie viele Eiswälle wirst du errichten können?«

Granocks Fäuste ballten sich um den Schaft des Zauberstabs. So viel Verachtung schwang in Rothgans Worten mit, dass es ihn schauderte. Wenn er sich jemals gefragt hatte, was das Böse in einer Kreatur bewirken konnte – hier war die Antwort …

»Ich kenne dich«, fuhr Rothgan fort, »und daher weiß ich, was du vermagst. Der Zauber hat dich Kraft gekostet. Wie viele davon wirst du wirken können, ehe du erschöpft niedersinkst? Schon jetzt spürst du, wie deine Kräfte ermatten. Ist es nicht so …?«

Granock merkte, wie Alannah neben ihm unruhig wurde. Sehen konnte er sie kaum, aber er hörte ihren beschleunigten Atem und fühlte die Furcht, die von ihr ausging. Und wenn er sie fühlen konnte, würde sie vermutlich auch Rothgan nicht verborgen bleiben, der ihr Gefährte gewesen war …

»Ich hingegen«, drang es aus den sich allmählich lichtenden Schwaden, »habe gerade erst angefangen, euch meine Macht und Überlegenheit zu demonstrieren!«

Um seinen Worten Taten folgen zu lassen, ließ er seine Hände wiederum zu lodernden Fackeln werden – und Granock und Alannah konnten ihn im Dampfnebel ausmachen. Er hatte die Stelle passiert, wo der Feuerball auf das Eis getroffen war, war jedoch noch ein Stück weit entfernt. Und auch wenn er ihre Furcht zu spüren schien, ihr Versteck hatte er wohl noch nicht ausgemacht …

»Weiter Widerstand zu leisten ist sinnlos, Alannah! Willst du wirklich an der Seite eines Verräters sterben? Eines nichtswürdigen Menschen? Einmal bist du meinem Feuer entgangen, ein zweites Mal wird es dir nicht gelingen. Noch ist Zeit! Sage dich von Granock los und kehre zu mir zurück, der ich dein Gemahl und dein König bin!«

Granock wandte den Blick. Er sah Alannah jetzt neben sich kauern, die Beine an sich gezogen und umklammernd wie ein Kind und am ganzen Körper zitternd. Genau wie er fürchtete sie sich davor, in den Flammen des Dunkelfeuers eines qualvollen Todes zu sterben – aber der Gedanke, ihr Leben weiter an Rothgans Seite zu verbringen und erneut zu seiner Kreatur zu werden, schien sie noch ungleich mehr zu ängstigen.

»Los doch, worauf wartest du«, schrie Rothgan in die Stille. Es war der Schrei einer gequälten Seele, voller Schmerz und Einsamkeit. Granock hielt den Atem an. Gerne hätte er seinem alten Freund geholfen, aber es war nicht mehr möglich. Die Entscheidung darüber war längst gefallen, und nicht er hatte sie getroffen.

Inzwischen war Rothgan nur noch wenige Schritte von ihnen entfernt. Das Regal, hinter das Granock und Alannah sich geflüchtet hatten, bildete das einzige Hindernis zwischen ihnen, und das war spärlich genug. Schon das leiseste Geräusch würde genügen, um sie zu verraten – was dann geschehen würde, war Granock nur zu klar. Zaghaft holte er Luft, während er Rothgan weiter herankommen ließ.

Es blieb nur dieser eine Versuch.

Wenn er misslang, waren sie verloren, denn Alannahs Kraft würde tatsächlich nicht ausreichen, um Rothgans vernichtende Feuersbrunst ein weiteres Mal aufzuhalten.

Mithilfe seines Zauberstabs wollte sich Granock aufrichten, wobei er das Gefühl hatte, dass jedes einzelne Glied seines malträtierten Körpers schmerzte. Plötzlich stieß er mit dem Ellbogen gegen ein Buch, das lose in seiner Wabe gelegen hatte. Der Kristall löste sich und fiel klirrend zu Boden. Granock zuckte zusammen und schaute auf – nur um sich Rothgan gegenüberzusehen, der die letzte Distanz im Sprung überwunden hatte und nun mit lodernden Händen vor ihm stand. Sein Gesicht war zu einem bösen Grinsen verzerrt, und Granock hätte nicht zu sagen vermocht, ob seine zu Schlitzen verengten Augen lediglich den Feuerschein reflektierten oder ob sie selbst in unheimlicher Glut leuchteten.

»Sieh an – hier bist du«, sagte der Abtrünnige nur. »Hier also begegnen wir uns zum letzten Mal, *mein Freund*.«

»Sieht … ganz so aus«, bestätigte Granock nur, der dem Schmerz nachgab und stöhnend auf den Boden zurücksank.

»Wo ist Alannah?«, fragte Rothgan, sich in den Dunstschwaden umblickend.

»Ich … weiß es nicht.« Granock schüttelte den Kopf.

»So wirst du also doch allein sterben«, versetzte der Elf mit unverhohlener Genugtuung. »Das verdiente Schicksal eines Verräters.«

»Du musst es ja wissen«, konterte Granock und schaute an ihm empor, schaudernd ob der Schreckgestalt, zu der Rothgan geworden war. Dieser jedoch lachte nur, und ausgehend von den Handflächen griffen die Flammen erneut auf seinen Körper über. Fauchend krochen sie die Arme hinauf und erfassten seinen Rumpf, machten ihn erneut zur lebenden Fackel, die hohnlachend vor Granock stand. Ein Beben durchlief das Gewölbe, und ein grässliches Zischen war zu vernehmen, und Granock wartete darauf, dass sich Rothgans magische Macht in einem vernichtenden Feuerstrahl bündeln und aus seinen Händen hervorschießen würde.

Gleich, jeden Augenblick …

»Nein, Ru! Tu es nicht!«

Alannahs Stimme war so klar und silberhell, dass sie das Fauchen der Flammen übertönte. Die Nennung seines *essamuin*, seines Geheimnamens, ließ Rothgan innehalten und sich halb nach der Elfin umdrehen – und Granock wusste, dass seine Gelegenheit gekommen war.

Die einzige, die er hatte …

Die ganze Zeit über hatte er seine Kräfte gesammelt, hatte darauf verzichtet, einen Gedankenstoß zu üben oder sich auf sonst eine Art gegen Rothgan zu verteidigen. Er hatte seinen Körper geschont und jeden einzelnen Augenblick genutzt, um seinen Geist zu regenerieren, so gut es eben ging. Nun jedoch half kein Warten mehr.

Der Moment der Entscheidung war gekommen.

Indem er alle mentale Kraft sammelte und sie innerhalb eines Lidschlags wieder entließ, versuchte er einen Zeitbann zu wirken. Weder war er so gezielt noch so präzise wie die Zauber, die man ihn zu wirken gelehrt hatte, und einen Atemzug lang sah es so aus, als pralle er wirkungslos an seinem Gegner ab. Doch noch während Rothgan zu ihm herumfuhr, um ihn mit der Macht seiner Flammen zu zerstören, wurden seine Bewegungen plötzlich langsamer – und dann hielt er ganz darin inne, verharrte wie eine der Königsstatuen, die die Ratshalle von Shakara säumten, groß und schrecklich anzusehen, aber zur Reglosigkeit verurteilt.

Die Flammen waren ebenso erstarrt, eingefroren in ihrer Bewegung, jedoch nicht in ihrer Wirkung. Granock bezweifelte allerdings, dass sie Rothgan großen Schaden zufügten, zumal die Wirkung des Banns nicht lange anhalten würde. Zu geschwächt war er selbst, zu übermächtig die magische Kraft des Elfen. Schon glaubte Granock zu erkennen, wie die Wirkung des Zaubers nachließ und das Feuer, das Rothgan umgab, hier und dort wieder zu züngeln begann. »Alannah!«, brüllte er, und er vermochte nicht zu sagen, ob es die Erschöpfung war, die Hitze oder Trauer, die ihm Tränen in die Augen trieb.

Einen endlos scheinenden Augenblick lang geschah nichts, und Granock überkam der flüchtige Verdacht, Alannah könnte es sich anders überlegt und von dem Plan zurückgeschreckt sein, den sie in ihrer Verzweiflung gefasst hatten.

Als Rothgan jedoch ein Zucken durchlief und plötzlich etwas mit urtümlicher Wucht durch seinen Brustkorb brach, wusste Granock, dass Alannah Wort gehalten hatte.

Es war die Spitze einer Eislanze.

Während Granock Rothgan abgelenkt hatte, war die Elfin davongeschlichen und unbemerkt in seinen Rücken gelangt, und genau wie damals, als sie ihrer Gabe zum ersten Mal gewahr geworden war, hatte sie sie als Waffe eingesetzt.

Das Eis, das die Elfin geworfen hatte, schmolz augenblicklich, und es trat kein Blut aus, da die Hitze des Feuers die Gefäße sogleich wieder versiegelte. Aber die Wunde war geschlagen, und sie sorgte dafür, dass das Feuer auch ins Innere von Rothgans Körper drang.

Einen Atemzug lang schien die Zeit stillzustehen, dann hörte Granocks Zeitbann zu wirken auf – und erst jetzt schien sich Rothgan der furchtbaren Verletzung bewusst zu werden, die er erlitten hatte. Das Feuer, das er kraft seiner Gedanken hervorgerufen hatte, erlosch, und mit ungläubig geweiteten Augen sah er an sich herab und auf die Öffnung in seinem Brustkorb, aus der dunkler Rauch wölkte. Seine geschwärzten Züge verzerrten sich dabei vor Schmerz und Entsetzen.

»Was … habt ihr … getan …?«

Er hob den Blick und starrte Granock fassungslos an. Dann kippte er nach vorn und brach zusammen. Alannah stand nur wenige Schritte hinter ihm, den *flasfyn* noch erhoben.

In ihrem Gesicht, das weiß war wie Schnee, spiegelte sich namenloser Schrecken, ihre Augen waren von Tränen gerötet. Granock konnte nur erahnen, was in ihr vorgehen musste. Gemeinsam waren sie in Shakara gewesen und hatten die Wege der Magie beschritten, gemeinsam hatten sie gegen die Feinde des Reiches gekämpft und so viele Gefahren überstanden – und nun hatte sie ihr *reghas*, ihre vom Schicksal verliehene Gabe dazu benutzt, den Mann zu töten, den sie von ganzem Herzen geliebt und für den sie sich einst entschieden hatte.

Granock empfand nicht eine Spur von Genugtuung, im Gegenteil. Wäre es ihm möglich gewesen, hätte er alles gegeben, um rückgängig zu machen, was seither geschehen war – selbst wenn es bedeutet hätte, Alannah an Aldur zu verlieren. Auch er war, das wusste er jetzt, ein selbstsüchtiger Narr gewesen, und dies war das Ergebnis.

Schaudernd blickte er auf Rothgan, der sich vor ihnen am Boden wand, von Brandwunden entstellt und schwer verwundet. Seine magische Kraft schien zusammen mit dem Dunkelfeuer verloschen zu sein. Zwischen zusammengebissenen Zähnen stieß er leise Verwünschungen hervor, während er sich sterbend hin und her wälzte, und plötzlich entwand sich seiner Hand etwas, das wie eine große, glitzernde Glasscherbe aussah.

Der Splitter des Annun!

Rasch trat Granock vor und bückte sich, wollte das Artefakt an sich nehmen, das für Rothgans überirdische Kräfte verantwortlich gewesen war – doch die rußgeschwärzte Hand des Verwundeten zuckte vor und umklammerte den Splitter, als hinge sein Leben davon ab.

»Nein!«, zischte er und starrte Granock dabei aus blutunterlaufenen Augen an. »Du sollst ihn nicht bekommen! Nicht du … unwürdiger … verräterischer …«

Granock hielt seinem vernichtenden Blick stand. Er biss die Zähne zusammen, entledigte sich aller Skrupel und riss dem Sterbenden den Kristallsplitter aus der Hand. Dann erhob er sich und humpelte, geschwächt wie er war, zu Alannah, die noch immer unbewegt stand und mit den Tränen rang.

»Aldur«, flüsterte sie, während sie auf das sich windende Bündel starrte, das einst ihr Geliebter gewesen war. »Wie konnte es nur so weit kommen …?«

»Wir müssen verschwinden«, schärfte Granock ihr ein. »Fort von hier, so rasch wie möglich!«

»Aber – wir können ihn nicht hier liegen lassen! Er wird sterben …«

»Ja«, sagte Granock nur.

»Aber …« Sie verstummte, als durch den Korridor hektische Tritte und das Grunzen herannahender Orks heraufdrangen. Das Beben, das Rothgans Zaubermacht entfesselt hatte, war nicht unbemerkt geblieben. Oder vielleicht hatten die Unholde auch gewittert, dass ihr Anführer in Gefahr war. Alannah wusste, dass Granock Recht hatte. Sie mussten fliehen, wenn nicht alles vergeblich gewesen sein sollte …

Sie sandte Rothgan einen Abschiedsblick, den dieser zu bemerken schien, denn er wälzte sich zu ihr herum und starrte sie aus seinen entstellten Gesichtszügen an. »Du hast meinen *essamuin* verraten«, flüsterte er. »Einem Fremden …«

»Ich weiß«, erwiderte sie tonlos. »Bitte verzeih mir.«

Ein Zischen drang aus seiner Kehle, das mehr an eine Schlange denn an einen Elfen erinnerte. »Hilf mir, Alannah«, krächzte er dann und streckte ihr verlangend seine Rechte entgegen. »Hilf mir …«

Granock konnte sehen, wie sie innerlich rang. Sie hatte Rothgan geliebt, sogar mehr als ihn, aber da waren auch die fürchterlichen Dinge, die er ihr angetan hatte …

»Los jetzt«, drängte er, während das Grunzen der Orks immer lauter wurde. »Wir müssen gehen!«

»Hilf mir«, wiederholte Rothgan drängend. »Um unser beider Liebe willen …«

»Liebe?«, erwiderte sie und schüttelte traurig den Kopf. »Du hast schon vor langer Zeit vergessen, was das ist.«

Damit wandte sie sich ab, und Granock packte sie am Arm und zog sie den Korridor hinab davon, hinein in das schützende Halbdunkel.

»Alannah!«, rief Rothgan ihnen hinterher, indem er seine letzten verblieben Kräfte zusammennahm, »Alannah …!«

Aber diesmal war es sein Rufen, das unerwidert verhallte, auch wenn Granock fühlen konnte, wie schwer dies Allannah fiel, trotz allem, was Rothgan ihr angetan hatte. Sie ging nur langsam und wie in Trance. Erst als Rothgans Schreie hinter ihnen zurückfielen, schien der unsichtbare Bann von ihr abzufallen. Sie beschleunigten ihre Schritte, und Alannah übernahm die Führung.

Durch einen schmalen Gang, der sich an das Archivgewölbe anschloss, verließen sie die Bibliothek und erreichten eine Treppe, die sich in engen Windungen emporschraubte, zurück in jene Bereiche des Palasts, die sich über dem Vulkanberg erhoben. Durch die durchscheinenden Wände drang Tageslicht in den Schacht und gab den Flüchtlingen das Gefühl, ins Leben zurückzukehren. Ihre Verfolger hörten sie nicht mehr, dennoch war Eile geboten. Wenn die Unholde erst mitbekamen, was geschehen war, würden sie Alarm geben, und dann würde es überall vor Wachen wimmeln.

Rein körperlich hätte Granock ihnen nichts mehr entgegenzusetzen gehabt. Sich an seinen Zauberstab klammernd, quälte er sich Stufe für Stufe empor, wobei Alannah ihn noch zusätzlich stützen musste. Die lange Haft und die Folter zeigten nun endgültig Wirkung, dennoch war er weit davon entfernt aufzugeben. Nicht nachdem sie Rothgan besiegt und Alannah sich endlich zu ihm bekannt hatte – auch wenn sie ihre Zweifel zu haben schien …

»Was haben wir nur getan, Granock?«, flüsterte sie immer wieder. »Was haben wir nur getan?«

»Was wir tun mussten«, presste Granock atemlos hervor. »Wir hatten keine andere Wahl.«

»Wenn Margok erfährt, dass wir seinen obersten Diener getötet haben, wird seine Rache schrecklich sein.«

»Deshalb müssen wir … so rasch wie möglich … nach Tirgas Lan. König Elidor muss … Flotte schicken … Befreiung der Fernen Gestade …«

»Aber die Überfahrt dauert lange!«

Keuchend blieb Granock auf den Stufen stehen. Er fühlte sich wie ein Greis, seine Glieder schmerzten und waren träge und er rang nach Atem. Dennoch huschte ein Grinsen über seine ausgemergelten Gesichtszüge. »Ich habe nicht vor, mit dem Schiff zu reisen, Alannah«, stellte er klar.

»Doch wie …?«

»Durch die Kristallpforte«, sagte er nur. »Auf demselben Wege, auf dem Ihr damals hierhergekommen seid.«

»Die Pforte?« Alannah schaute ihn entgeistert an. »Aber ich habe sie noch nie geöffnet …«

»Ich ebenfalls nicht.«

»Und wenn unsere Kraft dazu nicht ausreicht? Wir sind nicht so mächtig wie Farawyn oder Rothgan, und wir sind beide zusätzlich geschwächt.«

»Richtig«, räumte Granock ein, »aber wir haben dies hier.« Er hob den Gegenstand empor, den er in seiner Linken hielt und der im einfallenden Tageslicht glitzerte.

Es war der Splitter des Annun.

»Alannah! Alannah …!«

Rothgan schrie den Namen seiner Geliebten – auch dann noch, als sein Bewusstsein sich bereits einzutrüben und er zu ahnen begann, dass seine irdische Existenz sich dem Ende näherte. Und zu seiner unbändigen Wut, in der er sich weigerte anzuerkennen, dass seine Feinde stärker gewesen waren und ihn bezwungen hatten, gesellte sich wachsende Verzweiflung.

Der Elf, der einst der vielversprechendste Schüler Shakaras gewesen war, hatte in seinem noch jungen Leben viele Momente der Einsamkeit erlebt.

Damals, als er Aldurans Hain verlassen hatte und nach Shakara aufgebrochen war; als seine Meisterin Riwanon gestorben war, niedergestreckt von Farawyn Hand; als Alduran sich von ihm losgesagt und ausgerechnet der verhasste Farawyn sich als sein Vater herausgestellt hatte; und schließlich, als Alannahs und Granocks Verrat ihm offenbar geworden war.

Doch noch niemals zuvor hatte er sich so einsam und verlassen gefühlt wie in diesem Augenblick, und auch das Wissen, dass er Margoks Günstling und von diesem zum Herrscher über ein Inselreich ernannt worden war, vermochte daran nichts zu ändern. Im Angesicht des Todes schienen plötzlich andere Werte zu gelten.

»Alannah!«, schrie er noch einmal und dann, verzweifelt und mit brüchiger Stimme: »Vater! Wo bist du …?«

Die Orkwachen, die inzwischen eingetroffen waren und in heller Aufregung um ihn herumrannten, nahm er kaum wahr. Grunzend und blökend sprachen sie miteinander, konnten sich das Bild der Zerstörung, das sich ihnen bot, nicht erklären und handelten entsprechend kopflos. Bis eine Stimme erklang, die klar und messerscharf Anweisungen erteilte.

Die Unholde stürmten trampelnd davon, und Rothgan, der mit dem Gesicht nach unten auf dem Boden lag und das Gefühl hatte, vor Schmerz zu vergehen, spürte plötzlich, wie ihn jemand am Rücken berührte.

»Hoheit! Hoheit …!«

Er brauchte einen Moment, um die Stimme von Fürst Ardghal zu erkennen. Von Ardghal der Made, dem mehrfachen Verräter, dessen er sich bedienen wollte, um sich Ruraks zu entledigen. Diese Pläne waren allerdings in weite Ferne gerückt …

Ardghal packte ihn und drehte ihn auf den Rücken. Angesichts der Verbrennungen und der schwelenden Wunde, die in Rothgans Brustkorb klaffte, gab der Elfenfürst einen nur mühsam unterdrückten Schrei von sich.

»Wer hat Euch das angetan, mein Gebieter?«, fragte Ardghal, dessen Züge Rothgan nur noch wie durch dichte Schleier wahrzunehmen vermochte.

»Meine … Königin«, presste er mühsam zwischen bebenden Lippen hervor. Seine Stimme war nur noch ein schwacher Widerhall, vom nahen Tod gezeichnet.

»So müsst Ihr Euch an ihr rächen«, sagte Ardghal nur.

Rothgan lachte freudlos auf, schmeckte Blut in seinem Rachen. »Mich rächen«, gurgelte er. »Werde sterben, nichts weiter …«

»Nein, Gebieter, das werdet Ihr nicht«, verkündete Ardghal entschlossen. »Margoks Macht wird Euch am Leben halten, und Ihr werdet Eure Rache bekommen – nicht jetzt und nicht heute, aber eines fernen Tages.«

»Eines … fernen Tages …«, echote Rothgan mit ersterbender Stimme, »werde … mich rächen … schwöre … es …«

Sein Kopf kippte zurück, und er stürzte in den bodenlosen Abgrund der Ohnmacht. Und noch während er fiel, hatte er eine Vision, genau wie sein Vater Farawyn. Eine Ahnung von Dingen, die kommen würden …

Einst, so hörte er eine Stimme sagen, würde auf die Insel zurückkehren, was verloren gegangen war.

Und an diesem Tag, der noch in weiter Ferne lag, würde ein Zeitalter enden und ein neues beginnen.

13. LHUR SAFAILAN

Nur wenige Stunden, nachdem der Angriff der Orks auf die Mauern von Tirgas Lan unter hohen Verlusten zurückgeschlagen worden war, griffen die Unholde erneut an.

Und diesmal hatten sie ihre Taktik geändert.

Nicht länger bestürmten Margoks Horden das Große Tor, vor dem ihr Angriff unter brennendem Pech und prasselnden Steinschlägen gescheitert war, sondern die umliegenden Mauern – und sie taten es in einer solchen Anzahl und Streuung, dass unmöglich alle Wehrgänge gleich stark besetzt und verteidigt werden konnten.

Leitern kamen nur noch vereinzelt zum Einsatz – die Orks waren auf eine sehr viel erfolgreichere Methode verfallen, die weißen Wälle Tirgas Lans zu erklimmen: Kurzerhand schleuderten sie ihre *saparak'hai*, an deren stumpfen Enden Seile befestigt waren. Verfingen sich die Geschosse mit ihren Widerhaken zwischen den Zinnen, so begannen die Unholde im nächsten Moment, todesmutig daran emporzuklettern, an der senkrecht aufragenden Mauerwand hinauf.

Die ersten Seile hatten die Verteidiger noch mühelos kappen können, sodass die Angreifer ihren nachdrängenden Kumpanen entgegengestürzt und von ihren Speeren aufgespießt worden waren. Da dieser Prozess jedoch sehr viel zeitraubender war als das Umwerfen einer Leiter, hatte es nicht lange gedauert, bis zum ersten Mal die grüne, mit Hauern bewehrte Fratze eines Orks jenseits der Zinnen aufgetaucht war.

Diesem einen Unhold war das Glück nicht treu geblieben – Elidor persönlich hatte sein Schwert kreisen lassen und den Angreifer enthauptet, worauf dessen kopfloser Torso in der Tiefe verschwunden war. Doch im Rhythmus des Herzschlags waren noch mehr grüne Fratzen über den Wehrgängen erschienen, und ein fürchterlicher Nahkampf war entbrannt, der noch immer andauerte.

Wohin Farawyn auch blickte – überall auf den Wehrgängen wurde gefochten. Obschon sie der Blutgier und den rohen Körperkräften der Orks kaum etwas entgegenzusetzen hatten, boten die Männer und Frauen von Tirgas Lan ihnen dennoch die Stirn und kämpften mit dem verzweifelten Mute derer, die nichts zu verlieren und alles zu gewinnen hatten, unterstützt von den Soldaten der Stadtwache, den königlichen Leibwächtern, den Kämpfern des Zwergenreichs und den Zauberern von Shakara. Unterschiede gab es nicht mehr: Dem Beispiel ihres Königs folgend, fochten Elfen vornehmen Geblüts Seite an Seite mit Dienern und Stallknechten. Soldaten und Dichter, Händler und Eingeweihte, Hofbeamte und Zaubermeister – der Krieg hatte sie einander gleich gemacht. Alle teilten dieselben Ängste und denselben Willen zu überleben. Und wenn der Schwertstreich des Feindes sie traf, so starben sie denselben blutigen Tod.

Das Sterben, das rings auf den Türmen und Wehrgängen vonstattenging, war entsetzlich. Farawyn sah, wie einem jungen Elfen, der mit mutigem Beispiel vorangegangen war, die Schwerthand abgetrennt wurde, ehe ein weiterer Hieb ihn fällte. Ein Zwergenkrieger, dessen Axt furchtbar unter den Angreifern gewütet hatte, wurde hinterrücks erstochen, ein Soldat der Palastwache mit derartiger Wucht durchbohrt, dass die blutige Schneide des *saparak* in seinem Rücken wieder austrat, sich aufgrund der Widerhaken jedoch nicht mehr herausziehen ließ. Der Ork, der ihn getötet hatte, verfiel in wütendes Gebrüll und schüttelte die Waffe wie von Sinnen, sodass der Gefallene einen bizarren Tanz vollführte, zum Erschrecken seiner Kameraden. Furchtsam wichen sie zurück, und Farawyn erkannte, dass er einschreiten musste, andernfalls würde der nur mit Mühe gehaltene Damm an dieser Stelle brechen.

Kurzerhand griff er nach einem herrenlosen Speer und schleuderte ihn. Willenskraft lenkte das Geschoss ins Ziel, und so brach der tobende Unhold mit durchbohrter Kehle zusammen. Die nächsten Orks, die über die Zinnen springen und ihm nachsetzen wollten, schleuderte der Älteste von Shakara mit einem *tarthan* von der Mauer – dann wurde das Getümmel so dicht, dass er keinen Zauber mehr anbringen konnte, ohne dabei fürchten zu müssen, auch die Verteidiger zu treffen.

Stattdessen gesellte er sich zu Elidor, der wie einst in der Schlacht am Flusstal aufrecht und erhobenen Hauptes kämpfte, Schulter an Schulter mit General Irgon und den Angehörigen der Leibwache. Sein Mut kostete ihn fast das Leben, als die Axt eines Unholds heranzuckte und seinen Hals nur um Haaresbreite verfehlte. Der Ork grunzte wütend und brachte einen zweiten Schlag an, der jedoch vom Schild des Königs abglitt. Mit einem Kampfschrei warf sich Elidor nach vorn und brachte den Unhold zu Fall, der daraufhin den Stahl der Königsklinge zu schmecken bekam – in Elidors Rücken jedoch erhob sich schon die nächste Gefahr.

Es waren Gnome, ein halbes Dutzend, die Margok nun ebenfalls in die Schlacht zu werfen schien. Die halbnackten grünhäutigen Kreaturen, die mit den Orks gewöhnlich in tiefer Feindschaft lebten, sich nun aber mit ihnen verbündet hatten, waren mit kurzen Klingen und leichten Speeren bewaffnet, die sie auf den König schleudern wollten. Dass es nicht dazu kam, lag an Caia, die neben ihrem Geliebten auftauchte und die kreischenden Kreaturen mit einem Gedankenstoß von den Zinnen fegte. Farawyn nickte ihr anerkennend zu. Dass es ihr nach ihrem Austritt aus dem Orden eigentlich verboten war, Zauber gleichwelcher Art zu üben, war nicht mehr von Belang.

Das Gemetzel setzte sich fort, und je mehr Angreifer von außen über die Mauern drängten, desto erbitterter wurde es. Das Klirren der Schwerter und *saparak'hai* erfüllte die Luft, dazu das Heulen der Warge und die Schreie der Verwundeten, und über allem lag der Gestank der Unholde und der Geruch von Blut.

Aus dem Augenwinkel nahm Farawyn eine Bewegung wahr. Er fuhr herum und sah gerade noch das schartige Blatt einer Axt heranfliegen. Seine Reaktion erfolgte mit übersinnlichen Reflexen: Blitzartig zuckte er zurück und riss seinen *flasfyn* empor, dessen von magischer Kraft durchdrungenes Holz der Gewalt des Angriffs standhielt und die Axt nur wenige Fingerbreit vor seinem Gesicht stoppte. Einen endlos scheinenden Moment lang starrten Zauberer und Ork sich über ihre gekreuzten Waffen hinweg an. Farawyn sah sein Spiegelbild in den eitrig gelben Augen und roch den fauligen Atem des Unholds – und stieß ihn angewidert zurück.

Der Ork, ein grobschlächtiger Hüne, der Farawyn um zwei Köpfe überragte, war auf diesen Ausbruch roher Kraft nicht gefasst und geriet ins Taumeln. Mit zusammengebissenen Zähnen riss Farawyn sein Schwert aus dem Gürtel und stieß zu, rammte die Klinge tief ins dunkle Herz seines überraschten Gegners – was ihm um ein Haar zum Verhängnis wurde.

Denn noch während er dabei war, seine blutige Klinge aus dem Kadaver zu ziehen, erschien ein weiterer Unhold, ein furchterregendes Exemplar, in dessen langes, zu einem Schopf gebundenes Haar ein Elfenschädel eingeflochten war, der auf seinem hässlichen Haupt thronte.

»Dhruurz!«, brüllte der Unhold das orkische Wort für »Zauberer« und wollte zustoßen – als ein Schwall dunklen Blutes über seine wulstigen Lippen schoss. Er verdrehte die Augen und ging nieder. Hinter ihm tauchte die grinsende Miene eines kahlköpfigen, sehr viel schmächtigeren Orks auf, den Farawyn nur zu gut kannte. In den Klauenhänden hielt er zwei blutige Dolche, die er seinem Artgenossen dorthin gerammt hatte, wo sich bei Menschen und Elfen die Nieren befanden.

»Rambok!«, rief der Zauberer dankbar aus, überrascht darüber, den Unhold an vorderster Front anzutreffen. Doch so rasch wie er erschienen war, verschwand der Ork auch schon wieder im Getümmel. Wenigstens um ihn brauchte sich Farawyn nicht zu sorgen. Der Schamane hatte sich schon in der Vergangenheit als Überlebenskünstler erwiesen. Womöglich würde er der Einzige sein, der diese Schlacht überstand …

Der Ork, den Rambok niedergestreckt hatte, rollte seitlich vom Wehrgang und stürzte in den Innenhof, wo Bewaffnete aus der

Etappe heraneilten, um die Kämpfenden auf den Wehrgängen zu entlasten, auch Zwergenkrieger aus Prinz Runans Gefolge waren dabei. Angesichts der ungeheuren Massen von Angreifern, die sich außerhalb der Mauern heranwälzten, waren es jedoch verschwindend wenige, und die Befürchtung, die der Zauberer schon die ganze Zeit über gehegt hatte, wenn auch nur insgeheim, drängte sich ihm nun unwillkürlich auf: dass der erhoffte Entsatz durch die Erste Legion nicht zu spät, sondern überhaupt nicht kommen würde!

So lange wie möglich hatten die Bürger und Soldaten von Tirgas Lan ausgeharrt, hatten ihr Leben und ihre Stadt unter hohem Blutzoll verteidigt und ihre ganze Hoffnung darauf gesetzt, dass die Königslegion eintreffen und ihnen die ersehnte Rettung bringen würde. Inzwischen jedoch müsste zumindest die Vorhut der ersehnten Verstärkung die Stadt erreicht haben, und je länger sie ausblieb, desto unwahrscheinlicher wurde, dass sie überhaupt noch kam.

Farawyns heimliche Befürchtung, General Lavan und die Seinen könnten in einen Hinterhalt des Feindes geraten sein, wollte nicht länger schweigen. Mit jedem Elfenkämpfer, der erschlagen von den Mauern fiel, brachte sie sich deutlicher zu Bewusstsein, und anders als in seinen Visionen, die stets nur eine *mögliche* Zukunft voraussagten, wuchs in Farawyn die Überzeugung, dass dieser Tage nicht nur den Fall und die Eroberung Tirgas Lans sehen würde, sondern auch das Ende der Königsherrschaft und den Beginn eines Zeitalters der Dunkelheit. Die Pläne Margoks waren aufgegangen, die seiner Gegner gescheitert …

So zwangsläufig ihm die Folgerung erschien, so sehr wehrte sich der Zauberer dagegen. Er hatte die Irrationalität der Menschen, ihre Eigenschaft, oftmals selbst entgegen jeder Wahrscheinlichkeit nicht aufzugeben, stets bewundert – nun ließ er selbst alle elfische Vernunft fahren und warf sich erneut in den Kampf, das *glathan* in der einen und den *flasfyn* in der anderen Hand. Es mochte keine Logik darin liegen und keine Aussicht auf Erfolg, aber es schien ihm das einzig Richtige zu sein, der Macht des Bösen Widerstand zu leisten bis zum Ende – auch wenn dieses Ende unmittelbar bevorzustehen schien.

Mit einem Kampfschrei ließ er die Klinge kreisen und fällte einen Ork, der sich mit blutiger Axt auf zwei junge Elfen hatte stürzen wollen, die das Erwachsenenalter eben erst erreicht hatten. Dann stieß er mit dem Zauberstab zu und durchbohrte einen weiteren Unhold, noch ehe dieser überhaupt begriff, was geschah. Gurgelnd brach der grünhäutige Koloss zusammen, und Farawyn sah sich Seite an Seite mit Elidor und seinen Getreuen, die einen verzweifelten Kampf fochten und die Mauer zu behaupten suchten.

Wieder schwappte eine Welle von Angreifern über die Zinnen, Orks, Gnomen und einige verwahrlost aussehende Menschen, die sich unter heiserem Gebrüll auf die Verteidiger stürzten. Ein Soldat der Stadtwache wurde enthauptet, ein weiterer von einem Rudel grünhäutiger Angreifer zu Boden gerissen, die nicht nur ihre Dolche, sondern auch ihre Zähne in sein Fleisch gruben. Farawyn wollte ihm zur Hilfe eilen, aber ein Orkkrieger versperrte ihm den Weg und ging zum Angriff über.

Ein erbitterter Schlagabtausch setzte ein, als die beiden miteinander fochten. Den Hieb, den der Unhold anbrachte, wehrte Farawyn ab, in dem er Schwert und *flasfyn* kreuzte und die feindliche Klinge damit abfing. Dann stieß er seinen Gegner zurück und griff seinerseits an, aber der Schwertstreich glitt am hölzernen, grob zusammengezimmerten Schild des Orks ab, der mit dem noch blutigen Kopfhaar eines bedauernswerten Opfers verziert war. Die Wut über diese Barbarei ließ den Zauberer seine Zurückhaltung vergessen. Mit einem wilden Schrei setzte er nach, täuschte einen Angriff mit dem Zauberstab vor. Der Unhold fiel darauf herein und hob den Schild, worauf Farawyn mit dem Schwert zustieß. Schmatzend fraß sich der Elfenstahl in die Eingeweide des Orks, der in grässliches Geschrei verfiel. Mit dem Fuß stieß Farawyn ihn von sich und wandte sich erneut Elidor und den Seinen zu – nur um zu sehen, wie Caia von einem Pfeil getroffen wurde!

Woher das Geschoss gekommen war, war nicht festzustellen. Mit furchtbarer Wucht bohrte sich der lodernde Schaft in ihre linke Schulter und riss sie zu Boden.

»Neeein!«, gellte Elidors entsetzter Schrei.

Im Affekt fuhr der König herum, um seiner Geliebten zur Hilfe zu eilen – dass er damit seinem Gegner, einem bärtigen Westmenschen, der einen blutigen Zweihänder führte, den ungeschützten Rücken zuwandte, schien ihm gleichgültig zu sein. Rücksichtslos suchte der Feind seinen Vorteil und wollte zustoßen, doch Farawyn kam ihm zuvor und schmetterte ihn mit dem *flasfyn* nieder.

»Hoheit! Nehmt Euch in acht!«

Die Warnung des Zauberers aber kam zu spät. Gleich zwei Orks gleichzeitig warfen sich auf Elidor, dessen einzige Sorge Caia galt. Mit einem erstickten Schrei ging der König zu Boden, und jene, die in seiner unmittelbaren Nähe gekämpft hatten, wichen erschrocken zurück, weil sie glaubten, der König wäre im Kampf gefallen.

Eine Bresche in der Linie der Verteidiger entstand, und schneller, als Farawyn oder irgendjemand sonst sie schließen konnte, drängten die Angreifer nach. Eine ganze Schar von Menschen und Orks stieg einer Flutwelle gleich über die Mauer. Mit ausgebreiteten Armen stellte sich der Zauberer ihnen entgegen, schleuderte einige von ihnen zurück – aber dann waren sie schon heran, und Farawyn ahnte, dass das Ende gekommen war.

Er wich zurück und stieß gegen die anderen Verteidiger, die Mühe hatten, sich auf dem Wehrgang zu halten. Entsetzte Schreie waren zu vernehmen, als einige in den Innenhof stürzten, von Elidor und Caia war nichts mehr zu sehen. Gehetzt blickte sich Farawyn um, doch wohin er auch sah, waren nur noch grüne Leiber, hasslodernde Augen und blutiger Stahl.

Der Zauberer schwang das Schwert, um sich Luft zu verschaffen, doch der Hieb prallte wirkungslos an Schilden und Harnischen ab. »Schwestern und Brüder!«, brüllte der Älteste lauthals. »Helft mir …!« – aber sein Ruf wurde vom Gebrüll der Angreifer erstickt. Dann waren die Gegner heran.

Etwas traf Farawyn am Kopf, und er spürte heftigen Schmerz, dennoch hielt er sich aufrecht. Sich auf den *flasfyn* stützend, wandte er sich in die Richtung, aus der der Hieb gekommen sein musste – und erblickte einen Ork, dessen *saparak* fast gleichzeitig vorzuckte.

Die Erkenntnis, dass die blutbesudelte Fratze des Unholds das Letzte war, was er in seinem Leben zu sehen bekommen würde, durchzuckte Farawyn, zusammen mit dem Bedauern darüber, dass seine Mission gescheitert war und er den Untergang nicht hatte verhindern können. Er wartete auf den Schmerz, darauf, dass der mit Widerhaken versehene Stahl ihn durchbohrte.

Von einem Augenblick zum anderen aber war die grässliche Gestalt aus seinem Blickfeld verschwunden, und mit ihr auch die tödliche Bedrohung.

Verblüfft rang der Zauberer nach Atem und schaute sich um. Er stellte fest, dass nicht nur sein Gegner, sondern auch alle anderen Angreifer von der Mauer verschwunden waren. Nur noch die Verteidiger waren übrig, die meisten von ihnen blutend und verwundet, und ihre Blicke verrieten, dass sie ebenso überrascht und ratlos waren wie Farawyn. Da erst hörte der Älteste die wütenden Schreie, die von jenseits der Zinnen heraufdrangen, und er schaute hinab und sah Menschen und Orks davonrennen, zurück in den schützenden Wald. Die Lichtung davor war mit den leblosen Körpern unzähliger Erschlagener übersät.

Farawyn schüttelte ungläubig den Kopf. Ganz offenbar war der Angriff zurückgeschlagen worden – aber wie bei allen Königen der alten Zeit …?

Einer jähen Ahnung gehorchend, wandte sich der Zauberer um. Ein Aufschrei völliger Fassungslosigkeit entfuhr ihm, als er zwei Gestalten vor sich sah, mit deren Auftauchen er nicht in seinen kühnsten Träumen gerechnet hätte.

Die eine war Granock.

Die andere Alannah.

Und in diesem Augenblick wurde dem Ältesten von Shakara klar, dass er erstmals selbst das Opfer eines von seinem ehemaligen Schüler verhängten Zeitbanns geworden war.

BUCH 3

(LITHAIRT PANWARA)

(Die vierte Pforte)

1. NYS SYN DIWETH

Nun? Hast du verstanden, was ich dir sage?

Rurak war nicht in der Lage zu antworten.

Wie immer hatte die Stimme seines Herrn und Meisters ihn ereilt, als er am wenigsten damit gerechnet hatte. Gerade war er in das Feldherrenzelt zurückgekehrt, das seine Gnomendiener auf einer Waldlichtung errichtet hatten. Ursprünglich hatte es einem der *dun'rai* gehört, aber es war größer als sein eigenes, und so hatte der Zauberer beschlossen, dass es von nun an ihm gehörte. Als neuem Oberbefehlshaber des dunklen Heeres stand ihm dies fraglos zu, zumal der ehemalige Bewohner des Zeltes nicht mehr unter den Lebenden weilte. Rurak hatte ihn hinrichten lassen, zusammen mit zwei weiteren Unterführern und einem halben Dutzend Ork-Häuptlingen. Nachdem er sie bei lebendigem Leib von Trollen hatte vierteilen lassen, hatte er befohlen, ihre Überreste aufzuhängen und der Verwesung zu überlassen – auf diese Weise würden alle sehen, was es bedeutete, Feigheit vor dem Feind zu zeigen und sich zurückzuziehen, noch ehe der Sieg errungen war.

Es war der zweite Rückschlag in Folge, den das Heer des Dunkelelfen unter Ruraks Führung hatte hinnehmen müssen – dennoch hatte Margok ihn nicht dafür zur Rechenschaft gezogen. Denn an einem weit entfernten Ort war etwas geschehen, das seine Aufmerksamkeit noch mehr in Anspruch nahm …

»N-natürlich habe ich verstanden, Gebieter«, versicherte der Zauberer, wobei er sich Mühe gab, seinen innerlichen Triumph zu verbergen. »Rothgan ist geschlagen.«

Er hat den Fehler gemacht, seine Feinde zu unterschätzen.

»Offensichtlich«, sagte Rurak nur, die Genugtuung, die er empfand, geschickt verbergend. Zwar war Margok nicht körperlich anwesend, doch die alleinige Präsenz seines Bewusstseins war einschüchternd genug. Und natürlich fürchtete der Zauberer, sein finsterer Gebieter könnte erahnen, dass er keineswegs so ahnungslos war, wie er sich gab … »Wie konnte das nur geschehen?«

Ich weiß es noch nicht. Die Lage an den Fernen Gestaden ist unklar und verworren. Aber es hat den Anschein, als hätte einmal mehr dieser Mensch die Hände im Spiel gehabt …

»Lhurian«, half Rurak aus.

Ganz recht. Die Frage ist, wie er nach Crysalion gelangen konnte. Er ist schließlich nur ein Mensch und kennt die geheimen Pfade nicht.

»Wer weiß?« Obschon der andere ihn nicht sehen konnte, zuckte Rurak mit den Schultern. »Dieser Mensch ist voller Überraschungen, wie Ihr wisst …«

In der Tat – genau wie du, mein Diener.

»Was meint Ihr damit, Exzellenz?«

Rurak. Sein eigener Name hallte wie das Knurren eines Raubtiers durch sein Bewusstsein. *Du solltest nicht den Fehler begehen, mich zu unterschätzen. Das haben andere vor dir getan, und keiner von ihnen ist mehr am Leben.*

Dem Zauberer wurde heiß und kalt zugleich. Er ahnte, dass sein Intrigenspiel durchschaut worden war, aber seine verschlagene Natur drängte ihn weiter zum Leugnen. »Wovon genau sprecht Ihr, mein Gebieter?«

Ich spreche davon, dass dieser Mensch Hilfe erhalten hat – und zwar durch dich.

»Durch mich?«

Ich kenne dich lange und gut genug, um zu wissen, dass Falschheit und Rachsucht deine hervorstechendsten Eigenschaften sind, Rurak. Das macht dich für mich zu einem so nützlichen Diener …

»Danke, Euer Gnaden.«

… aber ein Diener, der seinen eigenen Herrn betrügt, ist nichts wert, das sollte dir klar sein. Du warst von Anfang an gegen Rothgan und hast ihm seine Position geneidet. Aus diesem Grund hast du den Menschen

nach den Fernen Gestaden entsandt, damit er Rothgan für dich schwächen oder ganz aus dem Weg räumen soll. War es nicht so?

»Nun, ich …«

Willst du es noch immer leugnen?

Das Gebrüll seines Gebieters ließ Rurak bis ins Mark erzittern und signalisierte ihm, dass es an der Zeit war, die Strategie zu ändern.

»Nein, Exzellenz«, verkündete er mit einer Überzeugung, die ihn selbst überraschte. »Ich gestehe, dafür gesorgt zu haben, dass der Mensch Granock an die Fernen Gestade gelangte, denn durch den Spion, den ich in Shakara unterhielt, wusste ich um seine Rivalität mit Rothgan und seine Schwäche für die Zauberin Alannah. Aber ich habe dies nicht um meinetwillen getan, sondern um Euretwillen.«

Was soll das heißen?

»Dass ich zu jeder Zeit treu zu Euch gestanden habe, mein Gebieter. Ich kenne Rothgan schon seit Langem. Sein Ehrgeiz und sein Machthunger übertreffen seine magischen Kräfte noch bei Weitem, was angesichts seiner Herkunft nicht weiter verwunderlich ist …«

Und?

»Ich weiß aus zuverlässiger Quelle, dass Rothgan nicht vorhatte, sich mit den Fernen Gestaden zu begnügen. Weder wollte er dort bleiben, noch wollte er länger Euer Diener sein. Ihm stand der Sinn nach mehr, Majestät – selbst wenn es bedeutet hätte, sich gegen Euch zu verschwören. Aus diesem Grund – und nur aus diesem Grund – habe ich ihn beseitigen lassen, indem ich mich eines alten Feindes bediente.«

Deine Zunge ist ebenso spitz wie schnell, Rurak, das ist schon immer so gewesen. Aber welchen Beweis hast du für deine Behauptung?

»Meine uneingeschränkte Loyalität, Gebieter«, entgegnete der Zauberer ohne Zögern und verbeugte sich abermals, was ihm grässliche Schmerzen verursachte. »Ich habe euch schon zu Zeiten gedient, als Rothgan sich noch Aldur nannte und ein Diener des Lichts gewesen ist …«

… und es war eine Schmach für dich, als ich dich nach der verlorenen Schlacht im Flusstal in die Blutfeste verbannte. Dort hast du auf Rache

gesonnen und nach einer Gelegenheit, es deinem Rivalen heimzuzahlen. Ist nicht er es gewesen, der dich in diese abstoßende Kreatur verwandelt hat? Willst du behaupten, du empfändest keine Genugtuung über seine Niederlage? Dass sein Untergang nicht zugleich auch dein Triumph ist?

»Das bestreite ich nicht, Gebieter«, gestand Rurak offen, »aber der Tag, an dem Ihr mich und nicht Rothgan zum Oberbefehlshaber Eures Heeres ernanntet, war auch für Euch ein Tag des Triumphs.«

Du spendest dir Lob, das dir nicht zukommt. Noch hast du Tirgas Lan nicht erobert …

»Noch nicht«, gab Rurak zu, »dennoch kann ich Euch versichern, dass es nur noch eine Frage von Stunden ist. Noch vor Tagesanbruch wird Tirgas Lan fallen.«

Was macht dich so überzeugt?

»Die Tatsache, dass es innerhalb der Stadtmauern einen Verräter gibt«, antwortete Rurak ohne Zögern. »Sobald sich die Möglichkeit dazu ergibt, wird er öffnen, was unseren Truppen bislang verschlossen blieb, und dann werden sich Ströme von Orks und Trollen in die Königsstadt ergießen und sie einer Sturmflut gleich hinfortreißen. Glaubt Ihr, auch Rothgan hätte solches vermocht?«

Es lag einige Provokation in der Frage, und als Margok für eine Weile nicht antwortete, beschlich Rurak die Befürchtung, er könnte sein Glück einmal zu oft herausgefordert haben. Als er jedoch das dunkle, grollende Gelächter seines Herrschers vernahm, wusste er, dass er gewonnen hatte.

Zumindest dieses Mal …

Du bist falsch, Rurak, und von Bosheit durchdrungen – und genau das schätze ich an dir. Im Kampf gegen deinen Rivalen hast du dich als der Stärkere erwiesen, genau wie ich es erwartet hatte. Allerdings hat es lange gedauert, bis du dir darüber klar geworden bist.

»Erwartet?« Rurak horcht auf. »Ihr meint, Ihr habt …?«

Ich wusste um die Feindschaft zwischen Rothgan und dir. Ebenso, wie ich wusste, dass wer immer aus Eurem Kampf als Sieger hervorgehen sollte, meine rechte Hand und Stellvertreter sein würde. Rothgan war der Schwächere von euch, also gebührt dir der Preis des Siegers.

»Ich danke Euch, Exzellenz«, war alles, was Rurak hervorbrachte. Die Vorstellung, dass sein finsterer Gebieter sein Spiel von Anfang an durchschaut haben könnte, entsetzte ihn – auch wenn er insgeheim daran zweifelte.

Aber – Rurak?

»Ja, Gebieter?«

Solltest du jemals auf den Gedanken kommen, auch mich hintergehen zu wollen, so wird dich mein Zauberbann treffen – und weder auf dieser Welt noch auf einer anderen wirst du dich dann noch retten können.

»Ich verstehe«, flüsterte Rurak – und zumindest daran zweifelte er keinen Augenblick.

2. YMGAINGARUTHIAN

Im zum Kriegsraum umfunktionierten Thronsaal von Tirgas Lan war es so still geworden, dass man eine Nadel fallen gehört hätte. Die Blicke der königlichen Berater, der Zauberer und Generäle, die Elidor um den großen Kartentisch versammelt hatte, waren auf die beiden Gestalten gerichtet, die am unteren Ende des Tisches standen, die Häupter ehrerbietig gesenkt.

Unverhofft waren sie in Tirgas Lan aufgetaucht und hatten der Schlacht im letzten Augenblick eine Wendung gegeben, und innerhalb der wenigen Stunden, die seit der Zurückschlagung des Angriffs vergangen waren, kannte jedermann in Tirgas Lan ihre Namen und sprach sie mit Ehrfurcht und Respekt aus.

Lhurian und Thynia!

Aus Granocks Sicht freilich stellte sich der Sachverhalt ein wenig profaner dar: Mithilfe des Kristallsplitters hatten sie die Pforte von Crysalion geöffnet und die Schlundverbindung durchschritten. Doch sie waren kaum in Tirgas Lan angekommen, als ihnen auch schon klar geworden war, dass die Dinge dort nicht so waren, wie sie hätten sein sollen.

Die beiden Zaubermeister, die die Pforte bewachten, hatten ihnen vom Angriff der Orks auf die Stadt berichtet, und Granock und Alannah waren sofort zu den Mauern geeilt, um den Verteidigern in ihrem Kampf beizustehen … und sie waren gerade noch rechtzeitig gekommen.

Indem er sowohl den *flasfyn* als auch den Kristallsplitter des Annun dazu benutzt hatte, einen mächtigen Zeitzauber zu wirken, hatte Granock das Kampfgeschehen auf der Südmauer und über dem Großen Tor erstarren lassen. Im nächsten Moment waren Alannah und diejenigen Elfenkrieger, die von dem Zeitenbann nicht betroffen waren, über die wehrlosen Orks hergefallen und hatten sie mit blankem Stahl durchbohrt oder kurzerhand von den Zinnen gestürzt. Anschließend hatte die Elfin von ihrer Gabe Gebrauch gemacht und die Außenmauer mit Eis überzogen, sodass das Gestein keinen Halt mehr bot und keiner mehr daran emporklettern konnte.

Als Farawyn und die anderen Verteidiger, die bereits in arger Bedrängnis gewesen waren, wieder aus dem Zeitbann erwachten, war der Feind bereits vertrieben und der Angriff, der um ein Haar mit der Eroberung Tirgas Lans geendet hätte, abgewehrt worden. Aber zum einen war allen im Thronsaal Versammelten klar, dass der nächste Angriff nicht lange auf sich warten lassen würde, und zum anderen waren die Nachrichten, die Granock und Alannah gebracht hatten, kaum weniger alarmierend.

»Die Fernen Gestade«, brach König Elidor mit bebender Stimme das entsetzte Schweigen, das eingetreten war, »wurden vom Feind erobert?« Der Herrscher des Elfenreichs trug Verbände am Kopf und beiden Armen, hatte jedoch keine lebensgefährlichen Verletzungen davon getragen – und das verdankte er nur den beiden Zauberern.

»Ja, Hoheit«, bestätigte Granock, der ebenfalls in den Genuss von Meister Tavalians Heilkünsten gekommen war und sich seither viel besser fühlte. »Crysalion, der Hort der Kristalle, befindet sich in der Hand des Feindes. Nur mit Mühe ist es uns gelungen, von dort zu entkommen.«

»Crysalion, Hort der Kristalle«, echote es bestürzt reihum. Nicht nur Narwan und die anderen Berater, sondern auch Irgon und seine Offiziere waren zutiefst besorgt über diese unerwartete Entwicklung. Niemand jedoch war davon auch nur annähernd so betroffen wie Farawyn.

Der Älteste des Ordens von Shakara, der an Elidors Seite am oberen Ende des Tisches stand, schien plötzlich um Jahrzehnte gealtert. Er atmete in kurzen, stoßweisen Zügen und klammerte sich beidhändig an seinen Zauberstab, so als fürchte er, den Boden unter den Füßen zu verlieren. Den Grund dafür glaubte Granock zu kennen – sein alter Meister ahnte wohl bereits, was sich an den Fernen Gestaden zugetragen hatte.

»Aber wie ist das möglich?«, fragte Caia, die den König auf der anderen Seite flankierte. Sie trug den linken Arm in einer Schlinge, nachdem Tavalian den vergifteten Gnomenpfeil aus der Schulter entfernt und die Wunde mittels magischer Heilkraft gesäubert hatte. »Wie kann der Hort der Kristalle der Macht des Bösen so einfach unterliegen?«

»Durch Verrat«, sagte Granock unbarmherzig und konnte sehen, wie Farawyn zusammenzuckte. »Ich schäme mich, es zu bekennen, aber es ist ein Angehöriger unseres Ordens gewesen, der dieses schändliche Unrecht begangen hat: Rothgan, einst Aldur genannt, der nach den Fernen Gestaden aufbrach unter dem Vorwand, sie vor dem Feind schützen zu wollen – und sie ihm dann kampflos preisgab.«

Die Erwähnung des Namens sorgte für Unruhe. Jeder wusste, dass Rothgan der junge Zauberer gewesen war, der in der Schlacht am Siegstein die entscheidende Wende herbeigeführt und Margoks Angriff fast im Alleingang zurückgeschlagen hatte. Er war ein Held, ein lebendes Denkmal …

»Unmöglich!«, rief Irgon deshalb, und seine Stellvertreter schüttelten entschieden die Köpfe.

»Das kann nicht sein!«, widersprach auch Caia. »Aldur war der beste und edelste von uns allen! Er würde niemals etwas tun, was dem Reich oder dem Orden schaden könnte!«

»Wenn du das glaubst«, sagte Alannah bitter, »dann kennst du ihn nicht gut genug. Es gab eine Zeit, da Aldur tatsächlich die Hoffnung des Ordens war, vielleicht sogar von ganz *amber*. Aber wo viel Licht ist, ist auch viel Schatten, und unser Bruder hat sich für die Dunkelheit entschieden.«

»Das will ich einfach nicht glauben«, wandte Elidor ein.

»Eure Loyalität ehrt Euch, Majestät«, versicherte Granock. »Aber Rothgan verdient sie nicht. Er hat sich gegen uns alle gewandt, selbst dann noch, als wir ihm anboten, sich uns wieder anzuschließen und der Macht des Bösen zu entsagen.«

»Was … ist mit ihm?«, meldete Farawyn sich zum ersten Mal zu Wort. Granock konnte nicht annähernd ermessen, wie schrecklich es für seinen alten Meister wohl sein musste, all diese Dinge zu hören. Aber er empfand andererseits auch kein Mitleid … »Ist er tot?«

»Ja, *nahad*«, erwiderte Alannah traurig und verbeugte sich tief – nicht so sehr vor dem Ältesten ihres Ordens, sondern vor dem Vater des Mannes, den sie mit ihrem Eis durchbohrt hatte. Schon einmal hatte sie das Leben eines Sohnes ausgelöscht. Damals war es im Affekt geschehen, und sie war sich ihrer Fähigkeiten noch nicht bewusst gewesen; die Last, die auf ihrem Gewissen ruhte, war dennoch dieselbe.

»Wir hatten keine Wahl«, fügte Granock erklärend und fast entschuldigend hinzu. »Es gab nur ihn oder uns.«

Farawyn nickte und starrte einen Augenblick lang blicklos vor sich hin. Was hinter seiner von Falten zerfurchten Stirn vor sich ging, konnte Granock nur vermuten. Trauer, Enttäuschung, Selbstvorwürfe und ohnmächtige Wut, vermutlich war von allem etwas dabei.

Schon im nächsten Moment jedoch straffte sich der Älteste und schaute den beiden fest entgegen. »Dann habt ihr richtig gehandelt«, sagte er nur. »Wir alle sind euch zu großem Dank verpflichtet.«

»In der Tat«, stimmte Cysguran zu, der ebenfalls an der Beratung teilnahm, sich bislang aber auffällig zurückgehalten hatte – und das, obwohl es ein Leichtes gewesen wäre, nun über Farawyn herzufallen und ihm seine falsche Beurteilung der Lage vorzuhalten. Nie zuvor hatte sich eine solche Gelegenheit geboten, Farawyn zu schaden und seinen Einfluss nachhaltig zu schwächen. Doch Cysguran ergriff sie nicht, sodass sich Granock unwillkürlich fragte, weshalb dies so war.

»Die Meister haben recht«, pflichtete nun auch Elidor bei. »Für das, was Ihr getan habt, können wir Euch beiden nicht genug danken. Wenn Ihr den Verräter nicht besiegt und rechtzeitig von den Fernen Gestaden zurückgekehrt wärt, würde nun schon Margoks dunkles Banner über dieser Kuppel wehen.«

»Dankt uns nicht zu früh, Majestät«, wehrte Granock ab. »Rothgan mag bezwungen sein, aber die Fernen Gestade werden nach wie vor von den Schergen des Dunkelelfen besetzt gehalten.«

»Dann werden wir eine Flotte ausrüsten und sie zurückerobern«, kündigte der Elfenkönig entschlossen an. »Zuerst jedoch müssen wir jene Feinde abwehren, die diese Stadt zu erobern trachten – und es sind Tausende von ihnen.«

Er erteilte Irgon das Wort, der daraufhin in knappen Sätzen die Lage schilderte. Von den an den Reichsgrenzen stationierten Legionen bekam man nur noch sporadisch Nachricht, weil kaum noch Boten die Wälder passieren konnten, ohne vom Feind abgefangen zu werden. Aus dem wenigen, das man erfahren hatte, schloss man, dass die Angriffe am Grenzfluss sowie in den Ostlanden mit unverminderter Härte weitergingen, sodass die Armeen von dort nicht abgezogen werden konnten. Und was die Erste Legion betraf, so gab es noch immer keine Spur von ihr. »Wir müssen wohl damit rechnen«, schloss der General seinen Bericht, »dass unseren Soldaten etwas zugestoßen ist.«

»Etwas zugestoßen?« Über den Tisch hinweg warf Cysguran ihm einen fragenden Blick zu. »Drückt Euch gefälligst etwas klarer aus, Mann!«

»Unsere Leute könnten in einen Hinterhalt gelockt worden sein«, führte Irgon bereitwillig aus. »Es wäre nicht das erste Mal, wie Ihr wisst.«

»Aber ganz sicher das letzte Mal, dass Ihr darüber das Kommando führt«, ätzte der Zauberer und wandte sich an Elidor. »Hoheit, was sagt Ihr dazu? Sollte die Königslegion tatsächlich vernichtet worden sein, ist dies in erster Linie …«

»… meinem Fehlurteil zuzuschreiben«, fiel Elidor ihm ins Wort. »Ich war es, der entschieden hat, die Erste Legion von Tirgas Lan abzuziehen und an die Küste zu entsenden. Wollt Ihr mich deshalb auch entlassen, Zaubermeister?«

Cysgurans Mund klappte mehrmals auf und zu, ohne dass ihm ein Laut über die Lippen kam. Schließlich schwieg er und starrte auf die Tischplatte, wo das Modell der westlichen Grenzregion durch eine schematische Darstellung Tirgas Lans ersetzt worden war. Kleine, aus Holz geschnitzte Klötze standen für Häuser, Mauern und Türme, weiße und schwarze Kiesel repräsentierten die Kämpfer beider Seiten. Und die Tatsache, dass die weißen Steine einzeln verteilt waren, während man die schwarzen schaufelweise ausgeschüttet hatte, machte nur zu deutlich, wie es um das Kräfteverhältnis zwischen Angreifern und Verteidigern bestellt war.

»Die feindlichen Attacken«, fuhr Irgon endlich fort, »haben sich bislang auf das Große Tor und die Westseite der Stadt konzentriert. Wir müssen aber davon ausgehen, dass Margoks Truppen Tirgas Lan mittlerweile umzingelt und einen geschlossenen Belagerungsgürtel errichtet haben. Das bedeutet, dass der nächste Angriff aus jeder Himmelsrichtung erfolgen kann. Und wir haben nicht Kämpfer genug, um alle Mauern in gleicher Stärke zu besetzen.«

»Nun«, meinte Cysguran, »vielleicht wäre es unter diesen Voraussetzungen angezeigt, den äußeren Mauerring aufzugeben und sich in den Palast zurückzuziehen, der kleiner ist und sich leichter verteidigen lässt.«

»Und den Unholden die Stadt unserer Ahnen überlassen? Die Geburtsstätte des Elfenreichs?« Elidor schüttelte kategorisch den Kopf. »Niemals, Zaubermeister. Das kommt nicht infrage.«

»Seid Ihr sicher, Hoheit?«, fragte Farawyn. »Rat Cysgurans Vorschlag mag radikal erscheinen, aber in Anbetracht der Lage …«

»Ich habe Nein gesagt!«, wiederholte Elidor aufgebracht und sehr viel lauter, als es dem Ältesten von Shakara gegenüber angemessen gewesen wäre.

Jener Farawyn, den Granock einst gekannt und bewundert hatte, hätte dies nicht unerwidert auf sich sitzen lassen. An diesem Tag, zu dieser für ihn so erschütternden Stunde, nahm es der Zauberer jedoch widerspruchslos hin. »Wie Ihr wünscht, Hoheit«, sagte er nur.

»Ich möchte, dass Ihr die Pläne zur Verteidigung der Stadt erweitert«, wandte sich Elidor an die Generäle. »Tut dafür was nötig ist. Was auch geschieht, wir werden die Mauern Tirgas Lans nicht widerstandslos preisgeben.«

»Verstanden, Hoheit.«

»Seht zu, dass Stadtwache und Bürgerwehr sich je einen Mauerabschnitt teilen. Und Ihr, Meister Farawyn, verteilt Eure Zauberer über die ganze Stadt. Auf diese Weise sollten wir den Angriffen noch eine Zeit lang trotzen können.«

»Und dann, Hoheit?«, fragte Alannah leise.

»Wir werden sehen«, entgegnete Elidor, die Fäuste geballt und die Brauen zusammengezogen, trotzig wie ein Kind. Es war offensichtlich, dass der König nicht wirklich eine Strategie verfolgte. Sein einziges Ansinnen schien es zu sein, das festzuhalten, was ihm von seinem Vater Gawildor überlassen worden war, und es notfalls bis zum letzten Atemzug zu verteidigen. »Ihr habt Eure Befehle«, schnaubte er und wollte die Versammlung auflösen, als Granock noch einmal das Wort ergriff.

»Und – wenn es eine Wahl gäbe?«

»Wie?« Elidors halb tadelnder, halb hoffender Blick richtete sich auf ihn, und auch die übrigen Anwesenden schauten ihn fragend an. »Was meint Ihr damit, Meister Lhurian?«

»Dies hier«, erklärte Granock und zog den Kristall aus Crysalion unter seiner Robe hervor, »könnte uns helfen, unsere Feinde zu besiegen!«

»Was ist das?«, wollte Farawyn wissen. Die Augen hatte er kritisch verengt.

»Es ist ein Splitter«, erläuterte Alannah. »Ein Splitter vom Annun, dem Licht Crysalions!«

»Splitter … Annun … Crysalion …«

Wie ein Echo gingen die Worte reihum. Alle Anwesenden kannten den Urkristall, in dem der Überlieferung nach das Licht von *calada* bewahrt wurde, nur vom Hörensagen und waren überrascht, ein Bruchstück davon plötzlich zum Greifen nahe vor sich zu haben. Jedoch nur die Zauberer konnten ermessen, was für eine immense Kraftquelle der unscheinbare Splitter von der Größe einer Handspanne bergen mochte.

»Woher habt Ihr ihn?«, wollte Cysguran wissen.

»An dem Tag«, erwiderte Alannah leise, »als die Flotte des Feindes vor den Fernen Gestaden auftauchte, verdunkelte sich der Himmel über Crysalion, und ein Blitz zuckte herab, der in die Turmkammer einschlug und den Annun erfasste. Dabei löste sich dieser Splitter, und es war nicht mehr möglich, den Kristallschirm zu errichten, sodass die Gestade dem Ansturm der Unholde schutzlos ausgeliefert waren. Den Splitter jedoch nahm Rothgan an sich, und er bildete die Grundlage einer Schreckensherrschaft, die er über die fernen Gestade errichtete. Die Kraft, die ihm innewohnt, ist unermesslich. Nur mit der Hilfe des Splitters konnten wir die Kristallpforte öffnen und nach Tirgas Lan gelangen – und ohne ihn wäre es uns ganz sicher nicht gelungen, den Angriff der Orks abzuwehren, erschöpft und geschwächt, wie wir waren.«

»Ihr habt den Splitter also gegen den Feind eingesetzt?«, erkundigte sich Farawyn.

»Nur um unsere eigenen Kräfte zu verstärken«, schränkte Granock ein. »War das ein Fehler?«

»Vermutlich«, brummte der Älteste.

»Aber hätten wir es nicht getan, wäre Tirgas Lan gestern von den Unholden überrannt worden und wir stünden bereits nicht mehr hier, um dieses Gespräch zu führen.«

»Damit hat er recht«, pflichtete Cysguran Granock bei. »Wie Ihr Euch sicher entsinnen werdet, Bruder Farawyn, versuche ich Euch schon seit Längerem zu überzeugen, die Kristalle als Waffe einzusetzen. Der Annun jedoch ist nicht irgendein Kristall, sondern ihrer aller Ursprung! Nicht auszudenken, welche Zerstörungskraft ihm innewohnt ...«

»... und welche Gefahren«, fügte Farawyn hinzu. »Habt Ihr nicht gehört, was Thynia gesagt hat? Der Splitter bildete die Grundlage von Rothgans Herrschaft! Und was hat er ihm am Ende eingetragen? Tod und Untergang!«

»Unser Bruder hat sich von Margok korrumpieren lassen, nicht aber von der Macht des Kristalls«, widersprach Cysguran. »Wie anders wollt Ihr Euch erklären, dass es jenen beiden Unerschrockenen hier« – damit deutete er auf Granock und Alannah – »gelingen konnte, den Splitter zur Verteidigung Tirgas Lans einzusetzen und den feindlichen Angriff zurückzuschlagen?«

»Ich kann es Euch nicht erklären, Bruder«, gab Farawyn zu. »Aber ich weiß, dass für alles ein Preis zu entrichten ist.«

»Verzeiht, wenn ich Euren Disput unterbreche, Ihr Weisen«, rief Elidor dazwischen, »aber darf ich Euren Worten entnehmen, dass es möglich wäre, diesem Kristall hier Kräfte zu entlocken, die

Tirgas Lan vor der Eroberung und Vernichtung durch den Feind bewahren könnten?«

»Ganz ohne Zweifel, mein König«, sagte Cysguran überzeugt.

Elidor drehte den Kopf zu Farawyn, der neben ihm stand. »Und wie denkt Ihr darüber, Ältester?«

Vornüber auf die Tischplatte gestützt, starrte Farawyn düster vor sich hin. »Mein König«, sagte er dann, jedes Wort betonend, »es steht außer Frage, dass einem Splitter des Annun sagenhafte Macht innewohnt – Macht, die zum Guten verwendet werden kann, aber auch zum Bösen. Andere Kreaturen in großer Zahl zu vernichten, selbst wenn es in äußerster Not geschieht, ist jedoch immer ein Werk des Bösen. Den Splitter als Waffe zu verwenden, wird daher Folgen haben.«

»Welcher Art?«

»Das vermag ich nicht vorherzusagen, mein König«, entgegnete der Älteste und schaute auf, um Elidor einen unheilvollen Blick zuzuwerfen. »Aber derjenige, der die Macht des Kristalls entfesselt, ist Anfechtungen ausgesetzt, die sich mit nichts vergleichen lassen. Verlockungen der Allmacht, wie ihnen kein Sterblicher zu widerstehen vermag. Rothgan jedenfalls konnte es nicht.«

»Weil er die dunkle Saat bereits in sich trug«, war Elidor überzeugt. »Doch es besteht die Hoffnung, dass jemand, der starken Willens ist und ein reines Gewissen hat, den Verlockungen des Splitters zu widerstehen und Tirgas Lan zu retten vermag.«

»Das denke ich auch, mein König«, bestätigte Cysguran und blickte Beifall heischend in die Runde, »und ich habe den Mut, mich dieser schwierigen Aufgabe zu stellen. Gebt mir den Kristall, Bruder Lhurian, und ich versichere Euch, dass ich alles daransetzen werde, die dunklen Horden zurückzuschlagen und den Glanz und Ruhm der Elfenkrone wiederherzustellen!«

Verlangend streckte er die Hand nach dem Splitter aus, sein Blick schien Granock dabei fast zu durchbohren. Dennoch zögerte dieser.

»Was ist?«, drängte Cysguran. »Zweifelt Ihr etwa an meinen Fähigkeiten? Oder an meiner Lauterkeit?«

»Natürlich nicht«, antwortete Elidor, noch ehe Granock etwas erwidern konnte, »aber ich denke, wir alle können uns keinen geeigneteren und zuverlässigeren Hüter des Kristalls vorstellen als Meister Farawyn. Nicht wahr?«

Beifälliges Gemurmel war reihum zu vernehmen, auch Granock und Alannah stimmten erleichtert zu. Der Gedanke, den Kristallsplitter an Cysguran zu übergeben, hatte keinem von ihnen besonders gefallen. Farawyn jedoch reagierte mit Bestürzung. »Bitte Majestät«, murmelte er kopfschüttelnd, »verlangt das nicht von mir.«

»Ich wünschte, es gäbe einen anderen Weg«, entgegnete der König, »aber ich sehe ihn nicht. Wenn nicht verloren gehen soll, wofür wir alle gekämpft und wofür so viele ihr Leben gelassen haben, ist der Kristall unsere einzige Hoffnung. Deshalb bitte ich Euch nicht nur, ich *befehle* Euch, diese Verantwortung um Eures Königs und des Reiches willen auf Euch zu nehmen, dem Eid gemäß, den Ihr geleistet habt.«

Farawyn zuckte sichtlich zusammen. Hilfe suchend ließ er den Blick über die Versammelten schweifen, auf seinen Ordensbrüdern und -schwestern ruhte er jeweils etwas länger. »Was sagt Ihr dazu?«, wandte er sich an sie. »Ihr kennt die alten Schriften und Prophezeiungen ebenso gut wie ich und wisst, wozu dies führen kann. Was ist gewonnen, wenn wir den einen Tyrannen besiegen und dafür einen neuen gewinnen?«

Niemand antwortete. Die anwesenden Meister, unter ihnen Sunan, Awyra und Tavalian, schlugen ihre Blicke betreten zu Boden. Keiner von ihnen war bereit, aufgrund einer bloßen Befürchtung – und wäre sie noch so begründet – ihrer aller Existenz zu opfern.

»Nun gut«, sagte Farawyn mit einem Seufzen, das aus seinem tiefsten Inneren zu kommen schien, »wenn Ihr es alle wünscht und wenn es der Befehl meines Königs ist, so werde ich mich beugen. Nicht um meinetwillen oder des Ruhmes wegen, sondern um die vielen Seelen zu retten, die andernfalls im Sturm verloren gehen. Gib mir den Splitter, Sohn«, forderte er Granock auf. »Du hast die Bürde lange genug getragen.«

Granock nickte, dankbar dafür, das Artefakt loszuwerden, das ihm nun noch bedrohlicher erschien als zuvor. In Alannahs Begleitung umrundete er den Tisch, trat zu Farawyn und übergab ihm das glitzernde Bruchstück des Annun. Der Zauberer nahm es mit Bedacht entgegen und wog es prüfend in seiner Hand.

»Es ist leicht«, stellte er fest, »und doch liegt das Schicksal des ganzen Reiches darin. Ich werde mich nun zurückziehen und das Wesen des Kristalls erforschen.«

»Unsere guten Wünsche begleiten Euch, ehrwürdiger Farawyn«, beteuerte Elidor. »und ich bitte Euch inständig, Euch zu beeilen.«

»Habt Dank, Majestät.« Der Älteste deutete eine Verbeugung an und wollte die Versammlung verlassen, als Alannah vortrat.

»Nahad?«

»Ja, mein Kind?«

»Da ist etwas, das Ihr wissen solltet. Über das, was an den Fernen Gestaden geschehen ist.«

»Hat es etwas mit dem Splitter des Annun zu tun?«

Die Elfin senkte den Blick wie eine Novizin, die bei einem unerlaubten Zauber ertappt worden war. »Nein. Nur mit der Rolle, die ich dabei gespielt habe. Ich habe versagt …«

»Wir alle haben versagt, mein Kind«, erwiderte Farawyn leise, »ansonsten wären wir nicht hier.«

Damit nickte der Älteste und wandte sich ab, verließ den Thronsaal schleppenden Schrittes – ein gebrochener Mann, der nichts mehr mit dem vor Autorität und Selbstvertrauen berstenden Oberhaupt des Zauberordens gemein zu haben schien, als das Granock und Alannah ihn in Erinnerung hatten.

Granock war entsetzt darüber, aber er wusste nicht, was er tun sollte – bis ihn ein harter Rippenstoß Alannahs traf.

»Folge ihm«, raunte die Elfin ihm zu. »Geh mit ihm.«

»Aber – er hat nicht gesagt, dass er meine Gesellschaft wünscht«, erwiderte Granock unbeholfen.

»Dennoch braucht er dich«, versicherte Alannah mit einer Stimme, die keinen Widerspruch zuließ. »Als du sein Schüler warst, ist er für dich da gewesen. Nun braucht er deine Hilfe, also geh zu ihm. *Jetzt!*«

Granocks Zögern währte nur einen Augenblick. Dann folgte er dem Rat der klugen Elfin, wie schon so oft zuvor.

3. ASGURAN SHA ATHRO

»Meister?«

Zaghaft klopfte Granock an die Tür von Farawyns Quartier. Einfach die Klinke zu drücken wagte er nicht, vermutlich war der Zugang ohnehin durch einen Zauberbann versiegelt.

»Meister, ich bin es! Lhurian …«

Von drinnen kam keine Antwort, genau wie vorhin auf dem Korridor. Granock hatte seinem alten Lehrer hinterhergerufen und ihn gebeten, auf ihn zu warten. Aber Farawyn hatte so getan, als höre er ihn nicht, und war einfach weitergegangen. Die Botschaft war an sich unmissverständlich – der Älteste von Shakara wollte allein gelassen werden. Allein mit der Trauer um seinen Sohn, allein mit der Aufgabe, mit der man ihn betraut hatte und die selbst für ihn zu groß zu sein schien. Dennoch verspürte Granock das dringende Bedürfnis, mit ihm zu sprechen.

Und nicht nur, weil Alannah es gesagt hatte …

»Meister«, versuchte Granock es noch einmal. »Bitte redet mit mir. Ich weiß, was geschehen ist …«

Diesmal waren knarrende Schritte zu vernehmen.

»Was weißt du?«, fragte Farawyn grollend durch die Tür.

Granock blickte sich auf dem Gang um. Niemand war zu sehen, aber dennoch senkte er die Stimme. »Ich weiß, was Aldur und Euch verband«, sagte er dann, gerade laut genug, dass Farawyn ihn verstehen konnte.

Es dauerte einen Moment, dann wurde der Riegel zurückgezogen, und die Tür schwang auf. Farawyn hatte sie nicht selbst geöffnet, sondern sich eines Zaubers bemächtigt, um es zu tun. Unwillkürlich fragte sich Granock, wo Argyll steckte, Farawyns Diener – war der Älteste auch von ihm verlassen worden?

Granock trat ein, worauf die Tür hinter ihm ins Schloss fiel. Das Knirschen des Eichenholzes verriet, dass sie magisch versiegelt wurde.

Farawyn stand vor dem offenen Kamin, in dem ein allmählich verlöschendes Feuer schwelte. Der Zauberer stand gebückt wie ein Greis, in seinen Händen hielt er den Splitter des Annun.

»Woher weißt du es?«, fragte der Zauberer wie beiläufig, während er weiter das Artefakt betrachtete.

»Von Fürst Ardghal«, erwiderte Granock wahrheitsgemäß – und brachte den Ältesten dazu aufzublicken.

»Ardghal?«

»So ist es.« Granock nickte langsam, und plötzlich hatte er das Gefühl, Farawyn eine Erklärung schuldig zu sein. Vor Elidor und seinen Beratern hatte er lediglich berichtet, wie er von Rothgans Schergen gefangen genommen und gefoltert worden war, wie Alannah ihn befreit hatte und wie sie gemeinsam gegen Rothgan gekämpft hatten. Er war jedoch äußerst vage geblieben, was seine Reise zu den Fernen Gestaden betraf, und angesichts der erschreckenden Neuigkeiten, die Alannah und er zu berichten gehabt hatten, hatte auch niemand danach gefragt. Nun allerdings schien die Zeit für die Wahrheit gekommen.

Granock stieß ein Seufzen aus, und ohne, dass Farawyn ihn dazu aufgefordert hätte, ließ er sich auf einem Schemel nieder und vergrub das Gesicht in den Händen. »Ich habe versagt, Meister«, hauchte er.

»In welcher Hinsicht?«

»In so ziemlich jeder«, gestand Granock zerknirscht. »Habt Ihr gehört, wie sie uns nennen? Helden! Dabei habe ich kaum etwas Heldenhaftes getan, im Gegenteil. Ich war unachtsam und habe damit Nimons Tod verschuldet! Und ich war ungehorsam, Meister! Ich habe den Posten, auf den Ihr mich geschickt hattet, unerlaubt verlassen.«

»Warum?«, fragte Farawyn mit einer solchen Ruhe, dass es Granock beinahe aufbrachte.

»Ich sagte Euch doch schon, dass Ardghal mich eingeweiht hat. Ich weiß alles, Meister! Ich habe von Euren Intrigen erfahren und dass Ihr mich mit Yrena von Andaril verkuppeln wolltet!«

»Verkuppeln?« Der Älteste hob die Brauen, und Granock war nicht sicher, ob er das richtige Wort der Elfensprache gewählt hatte, um auszudrücken, was er meinte. Aber Farawyn schien ihn genau zu verstehen. »So habe ich es nie betrachtet.«

»Wie dann?«, fragte Granock schnaubend. »Wie könnte man es denn sonst betrachten, Meister?«

»Du warst einsam«, erwiderte Farawyn, »und du warst unglücklich, und auch, wenn du dich mir nie offenbartest, kannte ich den Grund dafür.«

»Wirklich?«

Der Anflug eines Lächelns huschte über Farawyns Gesicht. »Auch ich bin einst jung gewesen, mein Freund«, sagte er, »und genau wie du habe ich geliebt und verloren. Aber anders als du hatte ich niemanden, der mir zur rechten Zeit den Weg gewiesen hat. Wäre es anders gewesen, so wäre vieles, das uns in diesen Tagen Kummer und Sorge bereitet, vielleicht nie geschehen.«

Granock legte den Kopf schief. Farawyns ausgeprägte Eigenheit, sich in Rätseln zu ergehen, hatte ihm schon als Novize Kopfzerbrechen bereitet und ihn oftmals ahnungslos zurückgelassen. Diesmal jedoch ergaben die Andeutungen durchaus Sinn.

»Ihr sprecht von Aldur, nicht wahr?«, fragte er. Der Unwille, den er für einen Moment gefühlt hatte, legte sich aus Respekt vor dem Verlust, den sein alter Meister erlitten hatte – durch Granocks Zutun …

Farawyn nickte nachdenklich. »Ich wusste immer, dass der Tag kommen würde, da er über die Schwelle Shakaras treten und Aufnahme in den Orden der Zauberer erbitten würde. Es gab eine Zeit, da habe ich diesen Tag herbeigesehnt, aber je näher er rückte, desto mehr habe ich ihn gefürchtet. Denn schließlich wusste ich um das hochmütige Erbe seiner Mutter.«

»Wer war sie?«, wollte Granock wissen. Er hatte die Frage noch nicht ganz ausgesprochen, als er sie bereits bereute. War er zu weit gegangen? Stand es ihm zu, den Ältesten von Shakara so etwas zu fragen? Aber dieses eine Mal war Farawyn offenbar geneigt, seine Geheimnisse mit ihm zu teilen.

»Eine junge Zauberin von vornehmem Geblüt«, entgegnete er ohne Zögern. »Klug und wunderschön und mit der Gabe des Feuers betraut.«

»Genau wie Aldur«, flüsterte Granock.

»Sie stand hoch über mir, aber in meiner Jugend und meiner Leichtfertigkeit scherte ich mich nicht darum. Es kümmerte mich nicht, dass sie bereits einem anderen versprochen war, und ihr wiederum war jeder Anlass willkommen, um gegen die Regeln und Gesetze des Ordens zu verstoßen, die sie als einengend und willkürlich empfand. Ich bin sicher, sie hätte alles getan, um dagegen aufzubegehren«, vermutete der Älteste. »Damals freilich glaubte ich, es wäre ihre Liebe zu mir, die sie dazu bewog.«

Granock nickte. Auch Aldur hatte den Orden und den Hohen Rat in zunehmendem Maße als ungebührliche Einschränkung wahrgenommen. So manches begann damit klar zu werden …

»Als Aldur nach Shakara kam«, fuhr Farawyn traurig fort, »war ich beeindruckt von den Fähigkeiten, die er schon damals an den Tag legte. Und obschon ich um seine Herkunft wusste und trotz aller Vorbehalte, die ich deshalb gegen ihn hegte, war ich dennoch von eitlem Stolz erfüllt, für den ich heute größere Scham empfinde als für viele andere Fehler, die ich in meinem Leben begangen habe.« Gedankenverloren betrachtete der Älteste den Kristallsplitter in seinen Händen, so als breche sich nicht nur der flackernde Widerschein des Feuers, sondern auch die Vergangenheit darin. »Dieses Mal wollte ich alles richtig machen«, gestand er niedergeschlagen und den Tränen nahe. »Ich wollte meine Fehler von damals wiedergutmachen – und habe gerade deshalb falsch entschieden.«

»Was meint Ihr damit, Meister?«

»Da Aldur seine Mutter nie kennengelernt hat, glaubte ich, es wäre gut, wenn sich eine Zaubermeisterin seiner annehmen und mäßigend auf ihn einwirken würde. Ich sagte dies den Ältesten, und sie teilten meine Ansicht. Niemand von uns ahnte, dass Meisterin Riwanon, auf die die Entscheidung fiel, eine Verräterin war und in Wahrheit für Margok arbeitete. Dadurch wurde alles nur noch schlimmer.«

»Wussten Vater Semias und Vater Cethegar um Aldurs wahre Herkunft?«, fragte Granock.

»Ja.« Farawyn nickte und schloss die Augen, als der Schmerz für einen Augenblick überbordend zu werden schien. »Semias ist es gewesen, der mir riet, meine Liebe zu vergessen und die Vernunft über meine Leidenschaft zu stellen. Bedauerlicherweise habe ich nicht auf ihn gehört. Kummer und Leid sind die Folge.«

»Aber Ihr konntet doch nicht wissen, was geschehen würde!«, wandte Granock ein.

Als Farawyn die Augen wieder öffnete, waren sie von Tränen gerötet. »Wenn man über die Gabe der Weitsicht verfügt, so kann man manches zumindest erahnen«, sagte er tonlos. »Aber ich habe die Augen davor verschlossen.«

»Weil Ihr Aldur wie einen Sohn geliebt habt«, brachte Granock in Erinnerung. »Eure Zuneigung hat Eure Einschätzung getrübt. Ist das nicht nur zu …?«

Er biss sich auf die Lippen.

»Menschlich« war das Wort, das er hatte sagen wollen, aber er war sich nicht sicher, ob Farawyn es als Beleidigung auffassen würde. Der Älteste jedoch schien auch so zu verstehen, was er meinte.

»Ja«, flüsterte er. »Das ist es wohl.«

»Wusste sonst noch jemand, dass Ihr Aldurs Vater seid?«

»Nein.« Farawyn schüttelte den Kopf. »Zumindest glaubte ich das. Aber unsere Feinde waren sich wohl darüber im Klaren und haben ihr Wissen gegen mich verwendet.«

»Warum habt Ihr Aldur nicht die Wahrheit gesagt?«

»Das wollte ich«, versicherte der Älteste, »aber wann wäre der geeignete Zeitpunkt dafür gewesen? Bei seiner Aufnahme in den Orden? Nachdem er den *prayf* bestanden hatte? Nach unserer Rückkehr aus Arun? Nachdem er zum Eingeweihten ernannt worden war? Ich habe die ganze Zeit über auf eine passende Gelegenheit gewartet, sie jedoch nicht gefunden. Ich wollte Aldur weder ermutigen noch einschüchtern, also wartete ich weiter ab und beobachtete, wie sich seine Fähigkeiten entwickelten. Dabei sah ich manches, was mir nicht gefiel, aber ich wischte alle Bedenken beiseite. Schließlich jedoch, nachdem Aldur den Meistergrad erlangt hatte, konnte ich nicht länger schweigen. Ich stellte ihn zur Rede und enthüllte ihm das Geheimnis seiner Herkunft – was daraufhin geschehen ist, weißt du besser als ich.« Mit dem Handrücken wischte sich der Zauberer die Tränen aus dem Gesicht, ein Anblick, der Granock zutiefst erschütterte. »Nicht du hast versagt, Junge, sondern ich«, fügte er flüsternd hinzu. »Ich habe Aldur verloren.«

»Ihr glaubt, was passiert ist, wäre Eure Schuld?«, fragte Granock ungläubig.

»Wessen Schuld soll es sonst gewesen sein?«

»Nun, ich bestreite nicht, dass Ihr Euren Teil dazu beigetragen habt«, gab Granock zu. »Aber sagtet Ihr nicht selbst, dass Aldur viel von seiner Mutter hatte? Und ich weiß, dass Alduran, in dem er stets seinen Vater sah, viel von ihm verlangt und ihn äußerst streng erzogen hat.«

»Weil er das Beste in ihm hervorbringen und sein dunkles Erbe unterdrücken wollte«, bestätigte Farawyn. »Ihn trifft am allerwenigsten Schuld.«

»Und Meisterin Riwanon? Es steht doch außer Frage, dass sie Aldur mit ihren bösen Gedanken vergiftet hat!«

»Vielleicht – aber eine Saat, mein Junge, kann nur aufgehen, wo sie auf fruchtbaren Boden fällt.«

»Und nicht zuletzt«, fügte Granock leise hinzu, »waren da auch Alannah und ich. Aldur fühlte sich von uns verraten, sein Zorn war grenzenlos. Er war zerfressen von Eifersucht – und das, obwohl sie sich für ihn entschieden hatte.«

»Aldur hatte viele Gründe, andere zu hassen – vor allem aber hasste er sich selbst. Er wollte stets der Erste, stets der Beste, stets der Größte von allen sein. Er hat sich nie so angenommen, wie er selbst gewesen ist, als ein unvollkommenes, mit Fehlern behaftetes Wesen.«

»Das war wohl auch der Grund dafür, dass er uns Menschen derart gehasst hat«, folgerte Granock traurig. »denn es gibt wohl kaum eine unvollkommenere Rasse. Aldur wollte viel mehr erreichen als das. Er war der beste von uns. Und ich vermisse ihn, Meister«, fügte er flüsternd hinzu, während sich auch seine Augen mit Tränen füllten. »Er fehlt mir.«

»Auch ich vermisse ihn«, sagte Farawyn gefasst, »aber es wäre falsch, würde man behaupten, dass Rothgan erst zuletzt zu dem wurde, was er war. Er trug diese Fähigkeit zum Bösen schon immer in sich, und trotz aller väterlichen Liebe, die ich für ihn empfunden haben mag und noch immer empfinde, kann ich dir nicht zustimmen. Aldur war nicht der beste. Er ist es nie gewesen.«

»Was meint Ihr?«

Der Älteste seufzte. »Es fällt mir nicht leicht, dies offen auszusprechen – aber ist die Wahrheit einer Lüge nicht immer vorzuziehen? Auch wenn sie schmerzen mag?«

»Verzeiht, Meister«, wandte Granock ein, der sich einmal mehr vorkam wie ein Idiot. »Ich fürchte, ich weiß nicht, was Ihr meint.«

»Natürlich nicht.« Farawyn lächelte wehmütig. »Die Wahrheit ist, dass Aldur seine Kräfte stets überschätzt hat. Er war ein begabter Novize und hatte alle Anlagen, ein großer Zauberer zu werden – aber inzwischen glaube ich, dass er vor allem ein Meister der Täuschung gewesen ist.«

»Wie kommt Ihr darauf?«

»Unter Riwanons Anleitung begann er schon früh, in verbotenen Büchern zu lesen und jene Bereiche der Magie zu erkunden, die uns aus gutem Grund verschlossen sind. Und ich glaube, dass ein guter Teil seiner Macht und seines Zaubers darauf beruhte, jene verbotenen Quellen zu nutzen.«

»So wie die Kristalle, die in seinen Händen zu Waffen wurden«, folgerte Granock.

»Genau das. In Wahrheit war es nicht seine Stärke, sondern die der Kristalle, aber er war so eingenommen von dem Bild, das er selbst von sich hatte, dass er blind wurde für die Wirklichkeit. Doch in dieser Wirklichkeit gab es längst einen anderen Zauberer, der sich trotz mancher Mängel als sehr viel stärker erwiesen hatte als er und dessen Begabung nicht weniger groß war als seine – mit dem Unterschied, dass Herz und Verstand bei dieser Person im rechten Verhältnis zueinander stehen.«

»Damit mögt Ihr recht haben«, stimmte Granock zu. »Ich war auch stets der Ansicht, dass Alannah …«

»Alannah hatte eine große Begabung, aber ihre zeitweilige Hinwendung zur dunklen Seite hat dafür gesorgt, dass sie niemals die sein wird, die sie hätte werden können«, widersprach Farawyn. »Nicht von ihr spreche ich, Dummkopf, sondern von dir!«

»Von mir?« Granock sprang auf und deutete fassungslos auf seine Brust. »Ihr nennt mich einen Dummkopf und behauptet im selben Atemzug, dass ich ein ebenso großer Zauberer wie Rothgan werden könnte?«

»Nein, Lhurian – größer noch als er. Aldur wusste das; aus diesem Grund hat er dich anfangs bekämpft wie einen Feind. Und auch später, als ihr Freunde und Brüder wart, sind sein Neid und seine Eifersucht nie ganz erloschen. Was zwischen dir und Alannah gewesen ist, hat seine Gefühle nur ans Licht gebracht.«

»Nein!«, widersprach Granock und presste kurz die Hände auf die Ohren, um zu demonstrieren, dass er so etwas nicht hören wollte. »Wie könnt Ihr so etwas nur behaupten? Ich habe versagt, Meister! Ich habe an Euch gezweifelt! Ich habe um meiner bloßen Begierde willen meine Pflicht vernachlässigt …«

»… und damit ein noch größeres Unglück verhindert«, fiel der Älteste ihm ins Wort. »Dich trifft keine Schuld, glaub mir. Willst du wissen, was Aldur in Margoks Klauen getrieben hat? Was ihm in jener Nacht fast das Herz zerriss?«

»Was, Meister?«

Im Schein des Kaminfeuers standen sie einander gegenüber, und eine Pause entstand, in der nur das Prasseln der Flammen zu hören war.

»In Wirklichkeit«, begann Farawyn schließlich zögernd, so als spräche er gegen seinen eigenen Willen, »ist es nicht die späte Enthüllung seiner Herkunft gewesen, sondern die Tatsache, dass du mir in all der Zeit mehr ein Sohn gewesen bist, als Aldur es jemals war.«

»Nein, Meister! Bitte sagt so etwas nicht!«

»Es ist die Wahrheit«, beharrte Farawyn. »Tief in dir weißt du, dass es so ist.«

Granock wollte erneut widersprechen, aber er konnte es nicht. Wenn er ehrlich zu sich selbst war, musste er sich eingestehen, dass auch er in Farawyn den Vater gefunden hatte, den er selbst nie gehabt hatte. Es erklärte die Zuneigung, die er seinem Meister gegenüber stets empfunden hatte und die tiefe Loyalität – aber auch die gegenseitige Verletzlichkeit …

»Aldur wusste es«, flüsterte er. »Er hat es mir vorgeworfen, damals, in jener Nacht des Streits.«

»Und er hatte recht damit«, war Farawyn überzeugt. »Schon als ich dir das erste Mal begegnete, spürte ich deine innere Stärke und war beeindruckt von deiner Fähigkeit.«

»Davon war nicht viel zu bemerken«, stellte Granock fest.

»Meine lange Suche nach einem Menschen mit magischer Begabung fand in dir gleichzeitig ihren Abschluss und Höhepunkt«, fuhr der Zauberer unbeirrt fort, »und sie bestätigte meine Behauptung, dass die Menschen den Elfen eines Tages ebenbürtig sein könnten. Also nahm ich dich mit nach Shakara, um meinen Gegnern dort zu beweisen, dass meine Vermutungen richtig wären. In meinem eigenen Interesse hatte ich dein Wohl vor Augen – aber ich merkte bald, dass du für mich mehr warst als ein gewöhnlicher Schüler, denn ich sah in dir manches von dem jungen Mann, der ich selbst einst gewesen war, wohingegen ich in Aldur nichts von mir fand. Während ich dich also gewissermaßen an Sohnes statt annahm, habe ich ihn vernachlässigt und mit Nichtbeachtung gestraft – und wir alle kennen das Ergebnis.«

Wieder trat Stille ein. Granock wusste nicht, was er erwidern sollte. Niemals zuvor hatte sein Meister ihm derart tiefen Einblick in sein Innerstes gewährt, und niemals zuvor hatte sich Granock ihm so verbunden gefühlt. Aller Zorn, den er gegen ihn gehegt haben mochte, war erloschen.

»Ich bedauere, dich nach Andaril geschickt zu haben, Junge«, gestand Farawyn leise. »Über deinen Kopf hinweg zu entscheiden, was mit dir geschehen soll, war nicht recht. Verzeih einem alten Narren, der an dir wiedergutmachen wollte, was er selbst an Versäumnissen begangen hatte.«

»Da ist nichts zu verzeihen, Meister«, erwiderte Granock. »Denn ich habe Euch Eure guten Absichten schlecht gedankt. Ich habe den Auftrag, den Ihr mir erteilt habt, vernachlässigt und auf diese Weise verschuldet, dass das Bündnis mit den Menschen nicht zustande gekommen ist. Stattdessen«, fügte er leiser hinzu, »habe ich meine eigenen selbstsüchtigen Ziele verfolgt …«

»… und die Fernen Gestade damit von einem Tyrannen befreit, der sich ihrer unrechtmäßig bemächtigt hatte«, fügte Farawyn hinzu. »Die Welt, in der wir leben, ist kompliziert geworden, junger Freund. Wer vermag noch zu sagen, was richtig ist und was falsch, wenn die Grenzen zwischen Gut und Böse so rasch verwischen? Aus guten Absichten mag Böses entspringen, und böse Taten mögen der guten Sache zum Sieg verhelfen. Wo endet die Wahrheit, und wo beginnt die Täuschung? Wo die Rettung und wo das Verderben? Selbst ich vermag es nicht mehr zu durchschauen – wie also willst du es verstehen, der du um so vieles jünger und unerfahrener bist als ich?«

Farawyn hielt den Kristallsplitter hoch, und Granock begriff, dass der Älteste zuletzt nicht mehr über ihn, sondern über das Artefakt gesprochen hatte.

»Kann der Kristall uns helfen?«, fragte er leise.

»Ich weiß es nicht, Junge, aber es wäre möglich. Immerhin ist es ein Splitter des Annun.«

»Was genau ist der Annun?«

»Ich wünschte, das könnte ich dir sagen – vielleicht wäre es dann einfacher, seine Geheimnisse zu durchschauen. In einer alten Inschrift, die nur zum Teil erhalten ist, ist davon die Rede, dass der Annun einst von den Sternen zu uns gekommen ist.«

»Von den Sternen?« Granock hob die Brauen.

»Von einer Welt, die außerhalb unseres Kosmos und unseres Begreifens liegt«, erläuterte Farawyn rätselhaft. »Vielleicht ist das der Grund dafür, dass Kristalle die Fähigkeit haben, die Kräfte der Natur und der Magie zu bündeln und zu beherrschen. Und genau jene Macht kann durch dunklen Zauber missbraucht werden, sodass ein Kristall zur tödlichen Waffe wird. Und wenn schon ein gewöhnlicher Kristall zu einem fürchterlichen Mordwerkzeug zu werden vermag, was wird dann erst aus einem Splitter des Urkristalls? Und was aus dem, der sich dieses verbotenen Zaubers bedient? Wie verzweifelt müssen wir sein, um all diese Dinge ernstlich zu erwägen?«

»Was genau befürchtet Ihr, Meister?«

»Dass die Macht, die mir der Kristallsplitter verleiht, mir die Seele rauben und ich das Gute aus den Augen verlieren könnte – so wie mein eigen Fleisch und Blut es getan hat.«

»Ihr habt Angst, wie Rothgan zu werden?« Der Gedanke erschien Granock geradezu absurd. »Ihr glaubt, dass es das war, was mit ihm geschehen ist? Dass der Missbrauch der Kristalle ihn verändert hat?«

Farawyn nickte bedächtig.

»Aber sagtet Ihr nicht, dass Aldur von jeher hochmütig gewesen sei? Dass das Erbe seiner Mutter und der schlechte Einfluss seiner Lehrerin ihn verdorben hätten?«

»Das sagte ich – aber vielleicht möchte ich das auch nur glauben, um mir nicht eingestehen zu müssen, in welch große Gefahr ich mich begebe. Denn eines scheint mir offenkundig: Dass Rothgan nach der Schlacht am Siegstein nicht mehr derselbe gewesen ist.«

Granock nickte. So sehr es ihm widerstrebte, er konnte Farawyns Beobachtung nur bestätigen. Bis zu jenem Tag, an dem es im Flusstal zur ersten großen Auseinandersetzung zwischen Elfen auf der einen und Orks und Menschen auf der anderen Seite gekommen war, war Aldur hochmütig gewesen und bisweilen auch anmaßend, aber dennoch dem Orden und der lichten Magie zugehörig; nachdem er jedoch die Blutkristalle des Feindes benutzt hatte, hatte er sich verändert …

»Und was wollt Ihr nun tun, Meister?«, fragte Granock und schaute dem alten Zauberer dabei prüfend in die Augen.

Farawyn lächelte matt. »König Elidor hat mir befohlen, den Kristallssplitter zur Verteidigung Tirgas Lans zu verwenden, also habe ich wohl keine andere Wahl. Allerdings werde ich versuchen, einen Weg zu finden, den Splitter des Annun einzusetzen, ohne dabei seiner Macht zu verfallen – auch wenn es mir wohl kaum gelingen wird.«

»Es muss, Meister«, beharrte Granock, »andernfalls werden viele Unschuldige innerhalb dieser Mauern ihr Leben verlieren!«

»Unschuldig?« Farawyn blickte ihm lange ins Gesicht, dann schüttelte er resignierend den Kopf. »Unschuldig ist keiner von uns, mein Junge. Das Volk der Elfen hat seine Unschuld schon vor langer Zeit verloren – in dem Augenblick, da es die Fernen Gestade verließ und seinen Fuß auf Erdwelt setzte.«

4. BRATHAN YNA LITHAIRT

Die Trommeln hatten wieder zu schlagen begonnen, wild und drängend hallte ihr Klang durch die Nacht.

Granock bezweifelte, dass er einem anderen Zweck diente als dem, die Furcht der Verteidiger anzustacheln und sie davon abzuhalten, den Schlaf zu bekommen, den sie für den bevorstehenden Kampf so dringend brauchten. Orks waren naturgemäß keine musikalische Rasse; das Knacken brechender Knochen und das Geschrei eines sterbenden Feindes waren ihnen die liebste Melodie, und die Menschen in ihrem Gefolge waren kaum besser, was Granock tief beschämte.

Den ganzen Tag über war es zu weiteren Angriffen auf die Mauern und das Große Tor gekommen, jedoch waren sie weniger massiert gewesen als tags zuvor. Statt in einer einzigen großen Horde zu stürmen, hatte der Feind es vorgezogen, nur vereinzelte Vorstöße zu unternehmen, die bald an der Ostmauer, dann wieder von Norden oder Süden her erfolgt waren, gerade so, als halte er seine Hauptstreitmacht bewusst zurück und warte auf irgendetwas. Natürlich wurde im Kreis von König Elidor und seinen Beratern, zu denen nunmehr auch Granock und Alannah gehörten, heftig darüber spekuliert, was dies wohl sein mochte.

Während Irgon davon überzeugt war, dass der Feind Belagerungstürme bauen würde, um die Mauern einzunehmen, schien Farawyn etwas anderes zu vermuten, aber er führte seinen Verdacht nicht genauer aus, wohl weil er niemanden ängstigen wollte. Auch so war die Lage angespannt genug, und wenn die den Tag über erfolgten Angriffe auch nicht mit voller Härte erfolgt waren, hatten sie dennoch Opfer gekostet.

Meister Filfyr war gefallen, und mit ihm zwei Eingeweihte, die versucht hatten, den Vorstoß einer Meute Orks im Alleingang aufzuhalten. Dazu war Rat Simur, der Sprecher des rechten Flügels, von einem Speer getroffen worden, dessen Spitze vergiftet gewesen war. Zwar unternahm Meister Tavalian alles, um sein Leben zu retten, aber die Wunde war tief und auch der größte Heilzauber nicht allmächtig. Von den fast fünfzig Elfenkämpfern, die den Tag über ihr Leben gelassen hatten, ganz zu schweigen. Sie alle, Zauberer, Soldaten und Bürger, hatten sich geopfert, um den Untergang Tirgas Lans hinauszuzögern – doch die Hoffnung, dass die Erste Legion zurückkehren und die Stadt verteidigen würde, war immer mehr geschwunden.

Farawyn nahm an, dass die Königslegion in einen Hinterhalt geraten und vernichtet worden war. Vermutlich hatte auch das zu Margoks Plan gehört, und er war vollständig aufgegangen. Abgesehen von den Kämpfern, die der Zwergenkönig zur Verteidigung Tirgas Lans geschickt hatte, waren König Elidor und die Seinen damit völlig auf sich gestellt. Die Grenzlegionen waren allerorten in heftige Kämpfe verstrickt, und die einzigen möglichen Verbündeten, die Menschen von Andaril, würden ebenfalls nicht kommen.

Und das, daran konnte es nicht den geringsten Zweifel geben, war Granocks Schuld …

Ein sanftes Klopfen an die Tür seines Quartiers riss Granock aus seinen düsteren Gedanken. Er verließ den Platz am Fenster, von wo aus er in die mondbeschienene Nacht hinausgeblickt hatte, auf die von Fackeln beleuchtete Stadt und den Wald, der sich jenseits davon nur noch als dunkles Band erahnen ließ, trat zur Tür und öffnete sie einen Spalt.

Auf dem Korridor stand eine schlanke, in eine azurblaue Robe gehüllte Gestalt. Das blasse Gesicht unter der Kapuze war von Strapaze gezeichnet, aber es war schön und anmutig wie eh und je.

»Darf ich hereinkommen?«, fragte Alannah.

»Natürlich.« Er öffnete die Tür ganz, und sie trat ein und schlug die Kapuze zurück. Ihr langes blondes Haar war offen und fiel lose auf ihre Schultern. »Was ist?«, wollte Granock wissen. »Kannst du nicht schlafen?«

»Nein«, gestand sie und ging an ihm vorbei zum Fenster, durch das nach wie vor dumpfer Trommelschlag hereindrang. »Diese Trommeln wecken Erinnerungen, weißt du.«

»Ich verstehe.«

»Was hat Farawyn gesagt?«, wollte sie wissen und wandte sich zu ihm um. Ihr Blick ließ ihn erbeben. Es war derselbe, mit dem ihn auch die Dunkle Königin in Crysalion betrachtet hatte. Und doch auch wieder nicht …

»Dass er nicht weiß, was er tun soll«, erwiderte Granock wahrheitsgemäß. »Und dass es in diesem Krieg längst keine Unschuldigen mehr gibt.«

»Das ist wahr«, stimmte sie zu, und im Lichtschein des Kaminfeuers sah Granock in ihren Augen Tränen blitzen. »Es sind nicht die Trommeln der Orks, die mich nicht ruhen lassen«, gestand sie flüsternd. »Es ist die Erinnerung an das, was ich getan habe. Aldur hatte recht, Granock. Ich habe Dinge getan, die unaussprechlich sind. Ich habe getötet, gequält und gefoltert …«

»Das bist nicht du gewesen«, brachte er in Erinnerung – und das nicht nur, um sie zu trösten. Er ertappte sich auch zum wiederholten Mal dabei, dass er nicht wirklich hören wollte, was genau sie getan und wer sie gewesen war. Was er mit eigenen Augen gesehen und am eigenen Leib verspürt hatte, genügte ihm.

»Aber ich kann mich daran entsinnen, an jede Einzelheit«, erwiderte sie, »und diese Erinnerung lässt mich nicht zur Ruhe kommen. All diese Dunkelheit, all dies Böse … ich habe es tatsächlich getan. Also muss es die ganze Zeit über in mir gewesen sein, oder nicht?«

»Nein«, widersprach er entschieden, »ganz gewiss nicht. So etwas darfst du nicht einmal denken!«

»Meine Gabe«, fuhr sie flüsternd fort, dabei auf ihre Hände starrend, »hat so vielen den Tod gebracht. Schon an dem Tag, da ich sie entdeckte …«

»Du konntest nichts dafür«, schärfte Granock ihr ein.

»Wirklich nicht?« Tränen lösten sich aus ihren Augen und suchten sich einen Weg über ihre zarten Wangen. »Dennoch habe ich es getan, mit diesen Händen …«

»… die auch viel Gutes bewirkt haben«, wandte Granock ein. »Andernfalls hätten wir Rothgan nicht besiegen und den Ansturm des Feindes auf Tirgas Lan nicht zurückhalten können.«

»Das bestreite ich nicht – aber ich vermag das eine nicht vom anderen zu trennen.«

»Du musst aber!«

»Warum?« Sie schaute ihn unverwandt an. »Hast du Angst, dass deine Liebe Schaden nehmen könnte?«

Granock stand wie vom Donner gerührt – zum einen, weil es vermutlich genau das war, was er befürchtete. In all den Jahren, in denen er von Alannah getrennt gewesen, in denen er ihre Rückkehr herbeigesehnt und sich trotz ihrer Entscheidung für Aldur nach ihr verzehrt hatte, war sie ihm als das reinste, überirdischste Wesen erschienen, das es nur geben konnte. Die Wirklichkeit freilich hatte ihn eines Besseren belehrt, und nun plagte ihn insgeheim die Furcht, Alannah könnte noch tiefer fallen.

Zum anderen war Granock aber auch verblüfft, weil der Elfin erstmals seit ihrer Rückkehr das Wort *cariad* über die Lippen gekommen war.

Liebe.

Granock hatte sie nicht bedrängt. Weder hatte er sie nach ihren Gefühlen gefragt, noch hatte er ihr die seinen gestanden, seit sie aus ihrem Finstertraum erwacht war. Das Wort jedoch aus ihrem Mund zu hören, vertrieb alle Befürchtungen und selbst die Sorge über die Gefahr, in der sie alle schwebten, und über den nächsten Angriff.

Ein Morgen mochte es nicht geben.

Aber es gab das Hier und Jetzt.

»Meine Liebe zu dir, Alannah, wird niemals Schaden nehmen«, erklärte er. Er konnte die Erleichterung in ihren Augen sehen und das sanfte Lächeln um ihre Mundwinkel, und er hielt es nicht mehr aus.

Mit zwei, drei Schritten war er bei ihr, zog sie an sich und küsste sie auf den Mund, vielleicht etwas zu hart und verlangend, aber sie wehrte sich nicht. Im Gegenteil erwiderte sie seine Liebkosung, und während er ihren warmen, weichen Körper in seinen Armen hielt, war es plötzlich wieder wie damals in der Nacht des Abschieds.

Alannah suchte die körperliche Nähe nicht weniger als er. Nach all der Dunkelheit, die hinter ihr lag, und angesichts der Unsicherheit und Ängste, die sie erfüllten, schien sie sich nach etwas Vertrautem zu sehnen, nach der Wärme und Nähe einer geliebten Person – und Granock war mehr als bereit, sie ihr zu geben. Er half ihr dabei, die Verschnürung ihrer Robe zu öffnen und sich ihrer zu entledigen. Darunter trug sie nur ein dünnes Untergewand, durch den dünnen weißen Seidenstoff waren ihre Brüste zu sehen. Granock berührte sie, zuerst nur zögernd, so als befürchte er, sie könnte sich als Trugbild erweisen und plötzlich in Luft auflösen. Sie wehrte sich nicht dagegen, sondern ermutigte ihn noch, indem sie sanft lächelte, worauf Granock die Träger der Tunika von ihren weißen Schultern streifte und sie langsam an ihr herabgleiten ließ. Seine Augen konnten sich nicht sattsehen an ihrer makellosen Haut, und endlich konnte er betrachten, was er sich bislang nur in seinen Vorstellungen ausgemalt hatte. Schließlich fiel der Stoff zu Boden, und Alannah stand in ihrer unverhüllten Schönheit vor ihm, so wie er sie zuletzt nur am Tag ihrer Aufnahme in den Orden gesehen hatte, im Gegenlicht des großen Kristalls von Shakara. Und genau wie damals weckte der Anblick sein Begehren.

Granock legte die Hände um ihre nackten Hüften, dann zog er sie sanft, aber bestimmt an sich heran. Er hatte keine Ahnung, wie Elfen das zu tun pflegten, was sie so schlicht als *rhiw* bezeichneten, aber er hatte nicht den Eindruck, dass sein Vorgehen ihr missfiel. Alannah schmiegte sich an ihn und presste ihren Körper gegen seine Männlichkeit, die prompt darauf reagierte, und für einen Augenblick hatten beide das Gefühl, als wäre alles, was sich seit ihrer Trennung ereignet hatte, nicht wirklich geschehen, sondern nur ein dunkler Albtraum gewesen. Dann löste Alannah die Schulterverschnürung seiner Tunika und zog sie an ihm herab, und die Narben der Brandwunden kamen zum Vorschein, die Schultern und Brust übersäten und die sie selbst ihm beigebracht hatte.

Entsetzt prallte sie zurück, Tränen schossen ihr in die Augen, als sie das Werk ihrer Zerstörung aus der Nähe sah. »Was habe ich nur getan, Geliebter? Kannst du mir das jemals verzeihen?«

Granock schaute sie durchdringend an. Er hatte so lange auf diesen Augenblick gewartet, sich so sehr danach gesehnt, dass sie ihn so nannte, dass er nun, da er sich am Ziel seiner Träume sah, nicht wollte, dass etwas zwischen ihnen stand. Kein Schmerz, den er erduldet, kein Leid, das sie ihm zugefügt, und keine Furcht, die er tief im Inneren hegen mochte.

»Ich habe dir bereits verziehen«, flüsterte er und wollte sie küssen, aber sie wich ihm aus und begann stattdessen, die Narben, die sie ihm zugefügt hatte, mit ihren Lippen zu liebkosen. Da die Haut darüber dank Meister Tavalians Heilkunst weitgehend wiederhergestellt, jedoch noch dünn und empfindlich war, schmerzte es ein wenig, aber von allen Qualen, die sie ihm bereitet haben mochte, war diese bei Weitem die süßeste.

Die Elfin fuhr mit ihren Zärtlichkeiten fort und befreite ihn schließlich ganz von seinen Kleidern. Wie ein Schlinggewächs wuchs sie an ihm empor, und als er schließlich in sie eindrang, geschah es rasch und verlangend, die Vereinigung zweier Körper, die zueinanderwollten und lange darauf gewartet hatten. Erst später, als sie sich auf dem Lager seines Quartiers noch einmal liebten, nahm sich Granock Zeit dafür, jeden Fingerbreit ihres Körpers zu erkunden und mit Liebkosungen zu versehen, und als sie diesmal zueinanderfanden, wurden auch ihre Seelen eins, genau wie damals in der Nacht des Abschieds – und vielleicht zum letzten Mal in ihrem Leben, zwei verirrte Lichter im Dunkel der Nacht.

Keiner von beiden wusste, was die Zukunft bringen würde – dieser Moment jedoch gehörte ihnen, ein letzter Augenblick der Ruhe vor dem großen Sturm.

Irgendwann hatte es zu schneien begonnen.

Schon seit einigen Tagen hatten die Wolken, die der Wind von Norden herantrieb, Schneefall verheißen. Doch sie entluden sich erst in dieser Nacht, nachdem sie den Mond verschlungen und die Nacht in tiefste Schwärze gestürzt hatten.

Meister Nyras gefiel das nicht.

Die Augen zu Schlitzen verengt, um besser sehen zu können, stand der Zauberer auf dem Wehrgang über dem Großen Tor und spähte hinaus in die Finsternis, die jenseits der Mauern von Tirgas Lan herrschte. Zwar war es seine besondere Gabe, auch im Dunkeln sehen zu können – bei Tageslicht musste er seine Augen daher mit einer Binde schirmen –, aber die weißen Flocken, die durch die kalte Luft flirrten, beeinträchtigen seine Sicht. Und da war dieses quälende Gefühl von drohendem Unheil …

Natürlich konnte es auch nur Einbildung sein, eine Folge des Trommelklangs, der schon die ganze Nacht über zu hören war. »Tod! Tod! Tod!«, schien jeder einzelne Schlag zu rufen, sodass auch das Herz eines Weisen davon nicht unberührt blieb.

»Meldung«, verlangte Nyras, der den Oberbefehl über die Torwache innehatte, zum ungezählten Mal in dieser Nacht. Der wachhabende Offizier, der Kontakt zu den einzelnen Posten hielt, fragte nach, ob etwas aufgefallen wäre. Die Antwort blieb auch diesmal dieselbe.

»Keine besonderen Vorkommnisse.«

Alles war ruhig.

Zu ruhig, wie Nyras fand.

Er war noch nicht lange Meister, erst seit einem Jahr, und gehörte zu jenen, die im Zuge des Krieges rascher durch die Ausbildung geschleust worden waren als andere Generationen zuvor; im selben Umfang, wie die Kämpfe an der Front Opfer forderten, hatte man versucht, neue Zauberer auszubilden, was freilich nicht gelungen war, und so war die Zahl der Meister im Lauf der letzten Jahre beständig gesunken.

Einerseits war Nyras stolz darauf, dass ihm gelungen war, was noch nie zuvor jemand aus seinem Hain geschafft hatte, nämlich in Shakara aufgenommen worden zu sein und den Grad eines Meisters erlangt zu haben. Andererseits wurde er das Gefühl nicht los, dass ihm eine Ehre zuteil geworden war, die er noch nicht verdiente, und dass die Verantwortung, die man ihm in der Folge übertragen hatte, zu groß für ihn war.

Erstmals seit Beginn des Angriffs auf Tirgas Lan waren die Türme und Wehrgänge in dieser Nacht nicht voll besetzt. Da die den Tag über erfolgten Attacken erfolgreich abgewehrt worden waren, ein neuerlicher Großangriff jedoch fraglos bevorstand, hatten der König und seine Berater beschlossen, Mauerposten abzuziehen und möglichst vielen Kämpfern Gelegenheit zu geben, sich auszuruhen, soweit es in Anbetracht des steten Trommelklangs überhaupt möglich war.

An ihrer Stelle sollten Zauberer die Stadt bewachen, die ihre Müdigkeit besser zu meistern verstanden, und Tarana hatte Schichten eingeteilt. Aufgrund seiner Gabe war Nyras zusammen mit Meister Daior zum Großen Tor geschickt worden, doch der heftige Schneefall sorgte dafür, dass seine Fähigkeit kaum zum Tragen kam. Die kalte Luft ließ seine Augen tränen, und er wischte sie sich zum ungezählten Mal – als er mit einem Mal auf der Lichtung etwas zu erkennen glaubte.

War dort jenseits der tanzenden Flocken nicht etwas gewesen? Eine gedrungene Gestalt, die kurz aufgesprungen war und sich dann wieder in den Morast geworfen hatte?

Nyras fokussierte seinen Blick, um die Stelle näher zu betrachten. Fast gleichzeitig vernahm er unmittelbar neben sich ein Geräusch. In der Annahme, es wäre der Hauptmann der Wache, wandte er sich um – und schnappte keuchend nach Luft, als sich etwas heiß und tödlich in sein Herz fraß.

Der Zauberer schaute an sich herab, sah die Dunkelklinge in seiner Brust stecken und brach zusammen. Der Dolch jedoch entwickelte daraufhin ein geheimnisvolles Eigenleben. Mit einem Ruck löste er sich aus der Wunde, flog wie von Geisterhand geführt weiter und verschwand in dem schmalen Durchgang, der in die linke Turmkammer führte.

Dort war der Mechanismus untergebracht, der den einen Flügel des gewaltigen steinernen Tores bewegte – ein kühne Anordnung zahlloser Zahnräder, die exakt ineinandergriffen und die Bewegung einer von nur zwei Mann zu bedienenden Winde auf den Torflügel übertrugen. Die gleiche Konstruktion befand sich auch im Turm auf der anderen Seite der Pforte.

Zwei Soldaten und ein Angehöriger der Bürgerwehr hielten in der Turmkammer Wache. Als einer von ihnen den allen Naturgesetzen zum Trotz in der Luft schwebenden Dolch erblickte, riss er den Mund zu einem Warnschrei auf, der seine Kehle jedoch nie verließ. Blitzschnell jagte die Klinge vor und fuhr in den Hals des Mannes, worauf er nur ein dumpfes Gurgeln zustande brachte. Als die Klinge wieder herausfuhr, brach der Wachsoldat in einem Blutschwall zusammen. Die anderen beiden, die ihm zur Hilfe kommen wollten, griffen nach ihren Schwertern, aber auch sie kamen nicht dazu, Gegenwehr zu leisten.

»Haltet ein«, schärfte eine Stimme ihnen ein, die geradewegs aus dem Nichts zu kommen schien. »Jeder Widerstand wäre zwecklos, und ihr wollt leben!«

Ein Ruck ging durch die beiden, ihre Augen wurden plötzlich blicklos und leer. »Wir wollen leben«, echoten sie im monotonen Tonfall eines Schlafwandlers.

»Öffnet das Tor«, verlangte die Stimme aus dem Nirgendwo.

»Wir öffnen das Tor«, bestätigten sie – und der Soldat und der Bürger traten an die Winde und betätigten sie. Ein Rasseln und Knirschen erklang, als die steinernen Zahnräder sich zu drehen begannen und ein Ächzen aus der Tiefe des Bauwerks verriet, dass das Große Tor im Begriff war, sich zu öffnen.

Ratternd hob sich das Fallgitter, und das riesige Türblatt stemmte sich mit unwiderstehlicher Kraft gegen die Balken, mit denen es verbarrikadiert worden war. Ein Krachen und Splittern war die Folge, worauf hektisches Geschrei von unten heraufdrang. Die beiden Torwächter jedoch, von der Macht des *dailánwath* umfangen, setzten unbeirrt ihre Arbeit fort.

»Verdammt, Ihr Narren! Was tut Ihr da?«

Meister Daior platzte in die Turmkammer. Entsetzt starrte er auf die beiden Torwachen, und am ausdruckslosen Blick ihrer Augen erkannte er, dass übernatürliche Kräfte im Spiel waren – den Dolch allerdings, der unscheinbar am Boden lag, übersah er. Als er kurzerhand den *flasfyn* hob, um die unter fremdem Einfluss stehenden Wächter zurückzuschmettern und an ihrer Wahnsinnstat zu hindern, stieß die Dunkelklinge empor und jagte auf den Zauberer zu.

Daior sah sie kommen, doch sein Reaktionsvermögen reichte nicht aus, um die Waffe abzuwehren, die noch dazu von böser

Kraft durchdrungen und gegen Schutzzauber aller Art gefeit war. Er riss den Zauberstab zur Deckung empor, doch der Dolch, von unsichtbarer Hand geführt, tauchte darunter hinweg und stach unbarmherzig zu.

Der Zauberer gab einen erstickten Schrei von sich, als sich der verfluchte Stahl in seinen Bauch bohrte, nur um sofort zurückzufahren und sich in einer zweiten Attacke auf seine Kehle zu stürzen, die er mit einem glatten Schnitt durchtrennte. Blut quoll hervor, und der Zauberer, der kraft seiner Gabe die Erde zum Beben und Gebäude zum Einsturz gebracht hatte, ging sterbend nieder, während von draußen bereits Kampflärm zu hören war.

Orks, die sich im Schutz der Dunkelheit herangepirscht hatten, waren plötzlich aufgesprungen und hatten sich durch den entstandenen Torspalt gezwängt. Die wenigen, noch dazu übermüdeten Posten, die zur Bewachung abgestellt waren, hatten ihnen nichts entgegenzusetzen. Sie wurden ebenso wie jene massakriert, die zwischen den Türmen auf dem Wehrgang Wache hielten. Überrumpelt, wie sie waren, boten sie den Unholden eine leichte Beute, die ihnen mit ihren *saparak'hai* die Kehlen durchschnitten und sie von den Zinnen warfen, noch ehe sie einen Alarmruf ausstoßen konnten.

Dann war auch aus dem anderen Turm das Rasseln von Ketten und das Knirschen des Mechanismus zu hören, und der rechte Torflügel schwang ebenfalls auf – und plötzlich wurde die Finsternis jenseits der Mauern lebendig. Hunderte von Orks, Gnomen und Menschen mit geschwärzten Gesichtern setzten unter fürchterlichem Gebrüll aus dem Dunkel und stürmten durch das nunmehr weit offen stehende Tor in die Stadt. Mit blanken Klingen und lodernder Mordlust in den Augen fielen sie über die Verteidiger her – während jener, dessen unsichtbare Hand die Klinge geführt und dem Feind den Zugang nach Tirgas Lan geöffnet hatte, in den Schatten der Nacht verschwand.

Verrat hatte bewirkt, was die rohe Kraft der Trolle und die Hinterlist der Orks bislang nicht vermocht hatten.

Das Tor zum Herzen des Elfenreichs stand offen.

5. DINAS LYSGAS

Mit einem Ruck fuhr Granock aus dem Schlaf.

Für einen Augenblick glaubte er, dass die entsetzten Schreie, die er hörte, und der Widerschein der Flammen, die über die Zimmerwand irrlichterten, nur Traumbilder wären – aber dann wurde ihm klar, dass er die Augen bereits offen hatte und dass dies kein Traum war, sondern die bittere Wirklichkeit!

Mit einem Satz sprang er aus dem Bett und eilte nackt, wie er war, zum Fenster. Durch das hauchdünne Kristallglas blickte er hinaus in die Nacht und fand seine ärgsten Befürchtungen bestätigt.

Tirgas Lan stand in Flammen! Und das Gebrüll, das durch die Straßen und Gassen drang und bis in den Palast zu hören war, stammte von Horden mordlüsterner Orks!

»Was ist geschehen?« Alannah war ebenfalls erwacht und ans Fenster geeilt, nur mit ihrer Tunika bekleidet. Entsetzt starrten beide auf das unheimliche Schauspiel, das sich ihnen darbot, auf die unzähligen Feuer der Zerstörung, die die Nacht erhellten, und lauschten dem schaurigen Chor, zu dem Kampfgebrüll, Todesschreie und das Geklirr der Waffen sich vermischten.

»Der Feind ist in die Stadt eingedrungen«, stellte die Elfin beklommen fest. »Tirgas Lan wird fallen!«

»Nicht, so lange ich atmen kann«, widersprach Granock grimmig, wandte sich vom Fenster ab und schlüpfte hastig in seine Kleider. In aller Eile zog er sich die Tunika über. Auf die Robe verzichtete er und legte dafür einen Harnisch an. Dann schlüpfte er in seine Stiefel, griff nach dem Zauberstab – und war für den Kampf gerüstet.

Alannah warf rasch ihre Robe über und eilte in ihr Quartier, um ihren *flasfyn* zu holen. Als sie wieder mit Granock zusammentraf, kam Caia ihnen auf dem Korridor entgegen. Die ehemalige Zauberschülerin hatte die Schulter noch immer verbunden. Entsetzen stand ihr in die zarten Züge geschrieben.

»Caia! Was ist geschehen?«

»Das wisst Ihr nicht?« Die junge Elfin schüttelte den Kopf, Tränen der Verzweiflung in den Augen. »Das Große Tor ist gefallen, Ströme von Orks ergießen sich in die Stadt. Und auch von Menschen«, fügte sie mit Rücksicht auf Granock ein wenig leiser hinzu. »Sie brandschatzen und töten alles, was sich ihnen in den Weg stellt.«

»Das werden sie bitter bereuen«, kündigte Granock wütend an. »Ich werde diesen verdammten Bastarden …«

»Nein«, widersprach Caia und berührte ihn beschwichtigend am Arm. »Unsere Sorge hat vor allem unseren Leuten zu gelten, die noch außerhalb des Palastes sind. Wir müssen den Feind aufhalten und dafür sorgen, dass sie sich zurückziehen können.«

»Dann haben wir wohl Glück«, bemerkte Granock trocken. »Denn jemanden aufzuhalten ist sozusagen meine besondere Begabung …«

In den Straßen von Tirgas Lan war der Kampf in vollem Gang.

Da sich die Angreifer, sobald sie das Große Tor passierten, auffächerten und nicht nur nach Norden vorstießen, sondern sich auch auf die westlichen und östlichen Stadtgebiete verteilten, kamen sie rasch voran, denn die wenigsten Häuser waren noch bewohnt. Wo sie jedoch auf Elfen trafen, fielen die Unholde mordend und plündernd über sie her, und es dauerte nicht lange, bis die ersten Häuser der Südstadt in Flammen standen. Niemand hatte damit gerechnet, dass das Große Tor, das in den vergangenen Tagen allen Angriffen getrotzt hatte, in dieser Nacht fallen würde, und so machte in Windeseile ein Wort die Runde, das die ohnehin kaum noch vorhandene Moral der Verteidiger noch zusätzlich schwächte …

Verrat!

Wer es von den Mauer- und Turmbesatzungen nicht geschafft hatte, sich rechtzeitig zurückzuziehen, der war inzwischen eingeschlossen. Wütend schossen die Angreifer Speere und Pfeile ab, die von allen Seiten und so dicht auf die Verteidiger einprasselten, dass sie keine Deckung mehr fanden. Zwar gaben die Zauberer auf den Wehrgängen ihr Bestes, die Geschosse mit Gedankenstößen abzuwehren, aber schließlich ermatteten ihre Kräfte, und immer mehr Pfeile fanden ihr Ziel.

Unter gellendem Geschrei stürzten Getroffene von den Mauern und in die Masse der nachdrängenden Unholde. Mit Fackeln und Äxten bewaffnete Orks fielen schreiend über sie her, beraubten sie ihrer Waffen und Rüstungen und nicht selten auch ihres Schopfes, sodass an zahlreichen Gürteln schon bald Fetzen blutiger Kopfhaut hingen. Auch die Zauberer und Aspiranten, die an der Seite ihrer weltlichen Verbündeten kämpften, fielen einer nach dem anderen dem Blutdurst der Angreifer zum Opfer. Meisterin Awyra starb auf diese Weise, ebenso die Eingeweihte Larna, die nicht einmal ihre Gabe der Schnelligkeit vor den Pfeilen der Unholde bewahren konnte.

Nur auf der Hauptstraße, die vom Großen Tor zum Königspalast führte, stießen die Eindringlinge auf halbwegs organisierten Widerstand. Jedem Elfenkrieger, der dort kämpfte, war klar, dass alles verloren war, wenn der Königspalast fiel, und so fochten sie trotz ihrer Minderzahl mit derart grimmiger Verbissenheit, dass sich der Angriff der Unholde nach wenigen hundert Schritten festfraß.

Nicht unerheblichen Anteil daran hatten die Zaubermeister Zenan und Asgafanor, die die angreifenden Orks mit Gedankenstößen abwehrten und von ihren *reghai* Gebrauch machten: Asgafanor, indem er Unholde mit bloßem Willen hochhob und sie auf die nachfolgende Meute warf; Zenan, indem er seine überirdischen Kräfte einsetzte, um den Angreifern große Gesteinsbrocken entgegenzuschleudern, die er zuvor aus einer Brunnenmauer gerissen hatte.

Die Geschosse brachen in die Reihen der völlig ungeordnet stürmenden Angreifer. Mehrere Menschen, offenbar Piraten aus dem *dwaímaras*, wurden förmlich davon niedergemäht, ein Ork im Laufen enthauptet. Doch angesichts der Massen, die weiter durch das Tor drängten, würde ihr Ansturm auf Dauer nicht aufzuhalten sein. Nicht nur, dass die Angreifer in der Überzahl und den Elfenkämpfern an Rohheit und Stärke weit überlegen waren, sie waren auch ausgeruht und bei Kräften, während die Verteidiger ausgezehrt waren von den bereits seit Tagen währenden Kämpfen und den durchwachten Nächten. Viele von ihnen, selbst die ausgebildeten Soldaten, fielen unter den *saparak'hai* der Orks; allenthalben sah Zenan um sich herum Elfen sterben. Der Zaubermeister half, wo er konnte, aber es war offensichtlich, dass die Linie der Verteidiger bald nachgeben würde – zumal in diesem Augenblick eine Horde Trolle das Stadttor passierte!

Die acht riesigen Unholde gebärdeten sich wie von Sinnen, der Kampflärm und der Blutgeruch hatte sie zu rasenden Bestien gemacht. Wie Bluthunde wurden sie von den Ketten gelassen und stürmten die Straße herauf. Wer sich auf Seiten der Angreifer nicht rechtzeitig flüchtete, wurde kurzerhand über den Haufen gerannt. Die Verteidiger schrien, als sie die Kolosse auf ihren kurzen Beinen heranrasen sahen, die klobigen Schädel gesenkt und die Zähne gefletscht, die Klauen an den langen Armen zu tödlichen Fäusten geballt. Zenan und Asgafanor wussten, dass sie sich der Bedrohung entgegenstellen mussten, oder alles würde verloren sein …

Asgafanor sandte einen *tarthan* aus, der den vordersten Troll erfasste. Der Koloss schien gegen ein unsichtbares Hindernis zu laufen. Blut spritzte, und die Zähne brachen ihm aus dem Maul, aber die Trägheit seiner Masse war so groß, dass er trotzdem weiterrannte. Auf stampfenden Beinen setzte er heran – als ihm diese plötzlich unter dem Körper weggezogen wurden. Der Troll schrie laut, als er vom Boden abhob, wenn auch nur für einen kurzen Augenblick, gerade lange genug, um seinen massigen Oberkörper nach hinten kippen zu lassen. Als er wieder auf dem Straßenpflaster ankam, tat er es mit dem Hinterkopf zuerst, und das mit derartiger Wucht, dass sein Schädel platzte und sein Hirn hervorquoll. Der nachfolgende Troll fiel über ihn, ehe auch er von Asgafanors mentalen Kräften emporgerissen und gegen die Fassade eines angrenzenden Hauses geschleudert wurde.

Wie ein riesiges zappelndes Geschoss durchschlug der Troll die Säulen eines Vordachs, das daraufhin über ihm zusammenbrach und ihn unter einer Steinlawine begrub. Asgafanor stieß einen Triumphschrei aus und wollte sich dem nächsten Gegner zuwenden – doch dieser hatte ihn bereits erreicht. Mit einem Fausthieb, der nicht nur den Zauberer, sondern auch zwei Elfenkämpfer erfasste, wischte er die Verteidiger beiseite, als wären sie wertloses Spielzeug.

Zenan schrie entsetzt, als er seinen Ordensbruder leblos an der Mauer niedersinken sah, gegen die er mit voller Wucht geschleudert worden war. Sein Zorn und seine Trauer entluden sich in einem Gedankenstoß, der den Troll am Kinn traf und seinen Schädel so heftig zurückriss, dass es ihm das Genick brach. Schon im nächsten Moment jedoch war der nächste Unhold zur Stelle, und noch ehe der Zauberer es verhindern konnte, hatte die Pranke des Trolls ihn gepackt und emporgerissen.

Einen Augenblick lang hatte Zenan das Gefühl, als würde die Klaue, die wie ein Schraubstock um seine Hüften lag, ihn zerquetschen. Keuchend rang er nach Luft und versuchte trotz der unmittelbaren Lebensgefahr seinen inneren Fokus zu finden. In Anbetracht der Tatsache, dass der Troll gerade ausholte, um ihn in hohem Bogen davonzuschleudern, war das alles andere als einfach – doch unter Aufbietung seiner Gabe brachte der Zauberer seine immense Körperkraft zum Einsatz.

Der Troll schrie gequält auf, als Zenan einen seiner Klauenfinger zurückbog und ihn brach. Instinktiv ließ der Unhold los, und der Zauberer landete auf dem harten Pflaster. Geschmeidig rollte er sich ab und stand sofort wieder auf den Beinen. Die andere Pranke flog heran, um ihn zu erschlagen, aber er bekam sie zu fassen und riss daran, sodass der Troll zu Fall kam. Kaum lag er auf dem Boden, sprang Zenan in sein Genick, umfasste seinen Schädel mit beiden Armen und riss ihn herum, und in einem Ausbruch rohester Gewalt, der allem widersprach, wofür der Orden und seine Zauberer stets gestanden hatten, gelang es ihm, der Kreatur das Genick zu brechen. Es knackte hässlich, dann brach der Troll leblos zusammen, wobei er den Zauberer halb unter sich begrub.

Zenan hatte sich kaum von ihm befreit, als er merkte, wie ein dunkler Schatten auf ihn fiel. Sein Blick flog nach oben, und zu seinem Entsetzen sah er das riesige, weit aufgerissene Maul eines weiteren Trolls über sich schweben. Der Pestatem, der ihm entgegenschlug, raubte ihm für einen Moment die Besinnung und machte ihn unfähig zu handeln.

Der Troll wollte zuschnappen und ihm den Kopf vom Rumpf beißen – als er plötzlich in seiner Bewegung erstarrte. Und einen Lidschlag später durchstieß ein Speer aus glitzerndem Eis die Brust der Kreatur.

»Zum Angriff!«

An der Spitze einer Schar von etwa fünfzig Elfenkämpfern und Aspiranten stürmten Granock und Alannah die Hauptstraße hinab – ein verzweifelter Ausfall, um jenen zur Hilfe zu kommen, die der Überraschungsangriff des Feindes in arge Bedrängnis gebracht hatte.

Die Schreie der entsetzten Verteidiger waren weithin zu hören. Solange ihre beiden Anführer den rasenden Trollen noch Einhalt geboten, hatten sie noch weitergekämpft – der Tod von Meister Asgafanor jedoch hatte sie in Panik versetzt und die Ersten von ihnen die Flucht ergreifen lassen. Wie ein Damm, der unter anbrandenden Flutwellen zu brechen drohte, wichen die Männer und Frauen zurück – gerade in dem Moment, als Granock und seine Leute bei ihnen angelangten.

Mittels eines Zeitbanns hatte Granock den Troll erstarren lassen, der Bruder Zenan angriff, und Alannah hatte die Gunst des Augenblicks genutzt, um eine Eislanze zu werfen. Mit durchbohrter Brust und ungläubig aufgerissenen Augen schlug der Unhold zu Boden, und Zenan kam frei, doch weder Granock noch Alannah hatten Zeit, sich um ihn zu kümmern. Noch drei weitere Trolle waren verblieben, ganz abgesehen von den Hunderten Orks und Menschenkriegern, die die Straße heraufdrängten. Es galt, eine Verteidigung zu stabilisieren, die bereits in Auflösung begriffen war. Denn wohin Granock auch sah, blickte er in schreckgeweitete Augen und angstvolle Mienen.

»Halt!«, brüllte er mit lauter Stimme. »Bleibt hier! Kämpft, verdammt noch mal!«

Das Waffengeklirr und das Gebrüll der Trolle verschluckten seine Worte. Die Verteidiger wichen weiter zurück, während die Orks und ihre Verbündeten mit unverminderter Gewalt nachdrängten. Granock hob seinen *flasfyn*, konzentrierte sich und wirkte einen zweiten Zeitzauber, der zwar auch einige Elfen erfasste, den Ansturm der Aggressoren jedoch zumindest für einige Augenblicke ins Stocken brachte.

Alannah schleuderte einen Speer aus Eis, der einen weiteren Troll pfählte, und auch Zenan tötete eine der Kreaturen, indem er ihr wie zuvor das Genick brach. Die Aspiranten setzten Gedankenstöße gegen die vordersten Reihen der Orks ein und schoben sie den nachdrängenden Angreifern entgegen. Diese waren von dem Zeitbann nicht betroffen und konnten sich nicht erklären, was vorn geschah. Von ihrem tumben Wesen dazu genötigt, immer weiterzulaufen, reagierten sie mit wütendem Gebrüll auf das plötzliche Hindernis.

Granock konnte den Bann nicht lange aufrechterhalten. Der Wille zur Zerstörung, der die Angreifer erfüllte, war zu stark. Da für sie nur ein Lidschlag verstrichen war, wollten sie einfach weiterstürmen, doch die wenigsten befanden sich noch dort, wo sie eben gewesen waren, und so rannten sie wild durcheinander, und ein wütendes Hauen und Stechen setzte unter ihnen ein. Einzig der letzte verbliebene Troll schien genau zu wissen, wohin sein Weg zu führen hatte. Mit geballten Fäusten stampfte er über die Kadaver seiner Artgenossen hinweg auf die Verteidiger zu. Granock stand ihm am nächsten.

Er verzichtete darauf, einen bloßen Gedankenstoß zu üben, der den Koloss wohl nicht weiter beeindruckt hätte. Im Laufschritt stürmte er ihm entgegen, den *flasfyn* in der einen und das Schwert in der anderen Hand – und schleuderte die Klinge mit der Spitze voraus wie einen Speer.

Ein gezielter *tarthan* half dabei, das Geschoss ins Ziel zu lenken – das linke Auge der Kreatur, das mit einem hässlichen Geräusch zerplatzte. Zornig brüllte der Troll auf und tastete nach dem Fremdkörper, der in seiner Augenhöhle stak. Dabei trampelte er wild um sich und zermalmte mehrere Menschen, die ihm zu nahe kamen. Dann jedoch war Granock bei ihm und rammte ihm aus nächster Nähe das stumpfe Ende des *flasfyn* in den Leib.

Nur für einen kurzen Augenblick bot die hornige Haut des Unholds dem Zauberstab Widerstand. Dann fraß sich das Elfenbein hindurch, und Granock ließ tödliche Energie ins Innere des Trolls fließen. Der Koloss brüllte auf und starb einen grausamen Tod – doch kaum lag er am Boden, stiegen die nachfolgenden Orks bereits über ihn hinweg und setzten den Angriff fort.

Granock kam gerade noch dazu, sein Schwert zurückzuholen, dann war er auch schon in einen heftigen Schlagabtausch mit einem Ork verwickelt, der seiner hünenhaften Statur und seiner reich verzierten Rüstung nach ein Häuptling sein musste. Der Helm des Unholds hatte ein Visier, sodass nur die untere Hälfte seines Gesichts zu sehen war. Das faulige Gebiss hatte er zu einem breiten Grinsen gefletscht, während er einen riesigen Kriegshammer schwang. Pfeifend ging der Totschläger nieder. Granock wich ihm blitzschnell aus, wobei er seinerseits mit dem Schwert zustieß.

Die Klinge berührte den Ork, durchdrang sein Kettenhemd jedoch nicht. Den Zauberstab als Achse benutzend, wirbelte Granock herum – und das keinen Augenblick zu früh. Schon raste der Hammer erneut heran. Die Schwertklinge flog empor, konnte der Wucht des Angriffs jedoch nicht standhalten. Sie zerbrach mit dumpfem Klang, und Granock wurde hart getroffen.

Er hörte seine Knochen knacken und ließ den Zauberstab fallen. Für einen Moment war er benommen vor Schmerz. Dann ließ er sich, einem jähen Instinkt gehorchend, zu Boden fallen – und spürte einen scharfen Luftzug, als der Kriegshammer seinen Kopf nur um Haaresbreite verfehlte.

Granock warf sich herum und wollte sich aus der Reichweite seines Gegners wälzen, aber er stieß gegen ein Hindernis. Es waren die Leichen mehrerer Kämpfer, die so dicht übereinanderlagen, dass es unmöglich war zu sagen, wer zu welcher Seite gehört hatte. Granock wollte auf die Füße kommen, aber er glitt auf dem vom

Blut glitschigen Boden aus. Schon hörte er das gurgelnde Gelächter des Unholds über sich und suchte nach seinem Zauberstab, der nur wenige Schritte von ihm entfernt lag. Breitbeinig stand der Ork-Häuptling über ihm, den Totschläger zum finalen Streich erhoben. In seiner Not trat Granock gegen die metallenen Beinschienen des Unholds und verstärkte den Tritt mit einem *tarthan*. Daraufhin verlor der Ork die Beine unter den Füßen und ging nieder. Hart schlug er auf und rang keuchend nach Atem, stieß wütend das Visier auf – und zum ersten Mal konnte Granock das Gesicht seines Gegners sehen.

Es bestand buchstäblich aus zwei Hälften, einer oberen und einer unteren, die von zwei verschiedenen Orks zu stammen schienen und in der Mitte durch eine hässliche Naht verbunden waren. Wie überhaupt der ganze Unhold aus verschiedenen Teilen zusammengefügt schien – seine Arme waren unterschiedlich lang und die Beine von abweichender Stärke! Und seine kleinen Augen blickten so leer und ausdruckslos, als hätten sie Kuruls dunkle Grube bereits einmal von innen gesehen.

Der Ork war ein *anmarvor*.

Ein Untoter!

Entsetzt prallte Granock zurück. Dabei stieß er gegen einen Gegenstand, der auf dem blutigen Pflaster lag – ein *saparak*. Kurzerhand griff der Zauberer nach der Ork-Waffe, und ohne noch einen Augenblick zu zögern, trieb er das Ding mit der Spitze voran in den ungeschützten Hals des Unholds, um ihn dorthin zurückzuschicken, wo er vermutlich längst hätte sein sollen.

Die Todeszuckungen des Orks bekam er nicht mehr mit. Keuchend raffte er sich auf die Beine, legte die wenigen Schritte zu seinem Zauberstab zurück und nahm ihn wieder an sich. Erst dann sah er sich um und versuchte, sich einen Überblick zu verschaffen.

Zu seinem Entsetzen musste er feststellen, dass sich die Lage weiter zugespitzt hatte.

6. CIMATH

Die Zauberaspiranten und Elfenkämpfer, die unter Granocks und Alannahs Führung den Ausfall gewagt hatten, leisteten den Angreifern nach wie vor beherzten Widerstand. Das Eintreffen der Verstärkung hatte die Moral der Kämpfer zunächst gestärkt und sie von ihrer Flucht abgehalten. Doch die Feindesmassen, die die Hauptstraße heraufdrängten, nahmen immer noch zu.

Ein dunkles Meer aus Rüstungen, blanken Waffen und hassverzerrten Fratzen wogte vom Großen Tor bis zu dem behelfsmäßigen Wall, den Meister Zenan errichtet hatte, indem er die Kadaver der getöteten Trolle aufeinandergeworfen hatte. Zum Vorteil der Verteidiger war die Straße nicht breit genug, um den Feind in voller Breite aufmarschieren zu lassen – der Druck, mit dem Margoks Krieger anrannten, war den Gesetzen der Natur gemäß dafür umso größer.

Unablässig versuchten Orks, den Wall der Kadaver zu erklimmen. Solange sie noch Pfeile gehabt hatten, war es den Elfenkriegern gelungen, sie auf Distanz zu halten. Nachdem jedoch das letzte Geschoss auf den Weg gebracht worden war, war der blutige Nahkampf in vollem Umfang entbrannt.

Oben auf dem Wall stehend, schleuderte Alannah Eisblitze, die reihenweise Gegner erschlugen, und überzog die Straße mit glattem Frost, sodass sie weniger rasch vorankamen. Der nach wie vor ungeminderte Schneefall begünstigte dies zunächst, aber dann kamen die Orks auf die Idee, kurzerhand über ihre ausgeglittenen Kumpane hinwegzusteigen und sie als festen Tritt zu benutzen.

Mancher Unhold mochte dabei den Tod finden, aber angesichts der schieren Masse und des Blutrauschs, in den die Angreifer verfallen waren, scherte sich niemand darum. Ihre Waffen schwenkend und dabei wie von Sinnen brüllend, versuchten die nächsten Angreifer den Wall zu überwinden – und erstarrten plötzlich in ihrer Bewegung.

Den Vorteil seiner Gabe rücksichtslos nutzend, ließ Granock das Schwert kreisen, das er vom Schlachtfeld aufgelesen hatte, und enthauptete einen Angreifer. Einem zweiten stieß er die Klinge bis zum Heft in die Brust – als dieser aus dem Zeitbann erwachte. Röchelnd und mit den Armen rudernd stürzte der Ork zurück, und Granock gab ihm einen Gedankenstoß mit auf den Weg, sodass er seine nachfolgenden Artgenossen gleich mit von den Beinen riss – und Alannah überzog sie mit einer Schicht aus tödlich kaltem Eis.

Granock nickte ihr dankbar zu, aber schon war die nächste Welle von Angreifern heran. Speere wurden geschleudert, und ein Aspirant, der auf den Namen Eras hörte, wurde von einem der mörderischen Geschosse durchbohrt. Die junge Elfin neben ihm schrie entsetzt auf, dann wurde sie von einem Feindespfeil ereilt – und damit entstand eine Lücke, die sich nicht mehr rechtzeitig schließen ließ.

Zwar versuchte Granock, einen weiteren Zeitzauber zu wirken, aber er war zu geschwächt, als dass dieser von großer Wirkung gewesen wäre. Die den Wall erstürmenden Orks schienen lediglich für einen kurzen Moment von unsichtbaren Händen festgehalten zu werden. Dann war der Bann gebrochen, und wie Wasser, das durch eine leckgeschlagene Stelle drang, quollen die Angreifer über das Hindernis. Zenan stellte sich ihnen entgegen, breitbeinig und mit einer riesigen Doppelaxt in den Händen, die er einem gefallenen Ork abgenommen hatte. Mit furchtbarer Wucht ließ er die Waffe kreisen und zerschmetterte Schädel und Knochen – aber auch das vermochte den Dammbruch nicht mehr zu verhindern.

Die jungen Elfenkrieger, in deren Reihen die Unholde wie ein Unwetter fuhren, leisteten kaum noch Widerstand. Als die Ersten unter den Hieben von Äxten und *saparak'hai* fielen, wichen die übrigen zurück – und Granock erkannte, dass der Kampf um die Hauptstraße verloren war.

»Rückzug!«, brüllte er aus Leibeskräften, hoffend, dass ihr aussichtsloser Kampf möglichst vielen Elfen, die sich noch in der Stadt aufgehalten hatten, die Flucht in den Palast ermöglicht hatte. »Los doch! Lauft!«

Auf diesen Befehl hatten die Elfenkämpfer nur gewartet. Von Furcht getrieben, fuhren sie herum und begannen zu laufen. Nicht wenige von ihnen ließen die Waffen fallen; nur die älteren, erfahreneren Soldaten leisteten hier und dort noch Widerstand, um ihren Rückzug zu decken.

Granock hielt die Stellung, bis sich die Aspiranten vom Wall zurückgezogen hatten, zu denen auch einige aus seinem *dysbarth* gehörten. Nun konnten sie einsetzen, was er sie gelehrt hatte, und vermutlich hatten sie inzwischen längst erkannt, dass jede Härte, die er dabei an den Tag gelegt hatte, nichts gewesen war gemessen an der grausamen Realität des Krieges. Alannah versuchte, einen Schild aus Eis zu errichten, um die flüchtenden Zauberschüler vor Pfeilen und Wurfgeschossen zu schützen, aber er zerschellte unter den Axthieben der Orks.

»Flieh, Alannah!«, rief Granock seiner Gefährtin zu.

Erst auf seinen Befehl hin gab sie ihren Posten auf der rechten Seite des Walls auf. Granock brachte einen letzten Gedankenstoß an, um ihr den Weg freizuräumen. Dann wandte auch er sich zur Flucht, gemeinsam mit Meister Zenan, der sich bis zuletzt auf der linken Flanke behauptet hatte.

Nun gab es kein Halten mehr. Wie Eiter aus einem aufgeplatzten Geschwür ergossen sich die Orks die Strasse hinab, ein Pulk aus stinkenden grünen Leibern, begleitet von ohrenbetäubendem Gebrüll.

Im Laufen wandten sich die Zauberer um und verübten Gedankenstöße, um die Verfolger auf Distanz zu halten, aber es gelang nur teilweise. Hier und dort kam ein Menschenkrieger oder ein Unhold zu Fall, aber ihre nachstürmenden Kumpane trampelten einfach über sie hinweg. Der Vergleich mit einer in Panik geratenen, blökenden Herde Vieh drängte sich Granock auf. Das also war die Streitmacht des glorreichen neuen Elfenreichs, das Aldur beschworen hatte!

Die drei Zaubermeister schlossen zu ihren Schützlingen auf, von denen viele verwundet und entsprechend langsam waren. Einen Soldaten, in dessen Bein eine abgebrochene Speerspitze steckte und der kaum noch laufen konnte, hob Zenan kurzerhand hoch und lud ihn sich auf die Schulter. So rannten sie weiter, den Mauern des Palasts entgegen, der, durch den dichten Schneefall nur schemenhaft zu erkennen, am Ende der Straße aufragte, Zuflucht und Schutz verheißend – und noch in weiter Ferne.

Das Flirren von Pfeilen war zu hören, und Granock wirkte instinktiv einen Gedankenstoß. Einige der todbringenden Geschosse konnte er damit abwehren, andere landeten wirkungslos auf dem schneebedeckten Straßenpflaster. Wieder andere jedoch fanden ihr Ziel.

Immer wieder warfen flüchtende Elfenkämpfer die Arme hoch und brachen zusammen, einen schwarzen Orkpfeil im Rücken. Ihre Kameraden versuchten, die Getroffenen weiterzuschleppen, aber es war ebenso mühsam wie zwecklos. Die Horde der Verfolger holte auf, und als wäre das noch nicht genug, musste Granock plötzlich feststellen, dass ihnen der Weg abgeschnitten wurde!

»Verdammt, was …?«

Es waren diejenigen Angreifer, die sich nach dem Eindringen in die Stadt nach Osten und Westen gewandt hatten. In weiten Bogen hatten sie den Wall der Verteidiger umgangen und waren auf diese Weise in ihren Rücken gelangt.

Die Flucht der Elfenkrieger – nach Granocks Schätzung mochten es noch an die hundertfünfzig sein – fand ein jähes Ende. Wie angewurzelt blieben sie stehen und starrten panisch auf die Orks, die aus den Seitengassen quollen. Jäh dämmerte ihnen, dass sie eingeschlossen waren. Vorn und hinten durch den blutrünstigen Feind, zu beiden Seiten von den Häusern Tirgas Lans.

Granock erwog für einen Augenblick, sich in den leer stehenden Gebäuden zu verschanzen, um den Unholden und ihren menschlichen Verbündeten möglichst lange Widerstand leisten zu können –

das Schicksal der Elfenkämpfer würde dort jedoch ebenso besiegelt sein, wie wenn sie sich dem Feind auf offener Straße stellten. Ihre einzige Aussicht auf Überleben bestand darin, einen Vorstoß zu wagen und zu versuchen, den gegnerischen Kordon zu durchbrechen, der sie vom Palast trennte. Vermutlich, so nahm Granock an, würde dieser Versuch blutig scheitern, aber er barg ihre letzte Chance …

»Vorwärts!«, befahl er deshalb mit lauter Stimme, die er durch den Kristall seines Zauberstabs noch verstärkte. »Weiter auf den Palast zu! Los doch, worauf wartet ihr? Kämpft um euer Leben! Kämpft, verdammt noch mal …!«

Die Elfen, von denen sich viele ihrer Waffen und Schilde entledigt hatten, als sie sich zur Flucht wandten, warfen ihm verängstigte Blicke zu, aber Granock kannte kein Erbarmen. Statt seine Kraft gegen die sie verfolgenden Orks einzusetzen, die sie fast eingeholt hatten, versetzte er seinen eigenen Leuten einen Gedankenstoß und riss sie damit aus ihrer Lethargie. Die Elfen setzten sich wieder in Bewegung, liefen in die Richtung, die er ihnen bedeutete. Zenan setzte sich an ihre Spitze, während Granock zurückblieb, um die nachrückende Streitmacht aufzuhalten.

Und er war nicht allein …

»Nein!«, widersprach er entschieden, als sich Alannah an seine Seite stellte. »Du nicht! Geh mit den anderen!«

»Mein Platz ist hier«, erwiderte sie nur.

»Geh!«, rief Granock, der nicht um sein Leben, dafür aber umso mehr um das ihre fürchtete. »Ich befehle es dir!«

»Das kannst du nicht«, widersprach sie, und einen Herzschlag lang begegneten sich ihre Blicke – ehe es an beiden Enden des Pulks zum Zusammenprall mit dem Feind kam.

Die erste Reihe der wütend heransetzenden Angreifer prallte zurück oder wurde von messerscharfem Eis durchbohrt, aber schon die zweite Welle fiel mit blanken Waffen über die beiden Zauberer her. Granock und Alannah kämpften Rücken an Rücken, und sie setzten ihre Gaben so wirksam ein, wie sie es nur vermochten, wandten einen *tarthan* nach dem anderen an und schlugen mit ihren *flasfyna* um sich. Dennoch konnten sie nicht verhindern, dass feindliche Krieger an ihnen vorbeigelangten und den flüchtenden Elfen in den Rücken fielen.

Wer von diesen noch eine Waffe hatte, setzte sich damit zur Wehr, und auch die Aspiranten kämpften verbissen. Vor dem Stahl der Angreifer konnten jedoch auch ihre magischen Kräfte sie nicht schützen. Granock sah junge Männer und Frauen sterben, die er noch vor nicht allzu langer Zeit den Umgang mit dem Zauberstab gelehrt hatte. Und der abweisenden Härte zum Trotz, die er dabei an den Tag gelegt hatte, war ihm, als stürbe mit jedem seiner Schüler, der fiel, auch ein Teil von ihm.

Gehetzt blickte er zur anderen Seite des Pulks, nur um zu sehen, dass sich die Spitze mit Meister Zenan in den Reihen der Orks festgerannt hatte und schwer bedrängt wurde. Das Geschrei der Verwundeten und das Geklirr der Waffen dröhnten entsetzlich zwischen den Häuserfronten, und Granock ahnte, dass dies das Ende war. Er merkte, wie seine Kräfte ermatteten; fast wie in seinen ersten Tagen in Shakara setzte er den *flasfyn* schließlich als gemeinen Knüppel ein und erschlug einen Ork, der ihn mit dem *saparak* aufschlitzen wollte. Dann spürte er plötzlich einen heißen Stich an seinem linken Arm. Ein Schwertstreich hatte seine Robe zerfetzt und war ins Fleisch gedrungen. Der Schnitt war nicht tief, aber er tat höllisch weh, und vermutlich war die Klinge vergiftet …

Der Zauberer teilte wilde Hiebe aus, um sich inmitten des Getümmels ein wenig Luft zu verschaffen. Dabei merkte er, dass Alannah nicht mehr hinter ihm war. Ein Rudel Orks hatte sie abgedrängt. In seiner wachsenden Verzweiflung schrie Granock ihren Namen, während er weiter um sich schlug, entschlossen, wenn schon nicht sein eigenes, so doch zumindest ihr Leben zu retten.

»Alannah …!«

Er warf sich gegen einen Ork, der ihm im Weg stand, und brachte ihn zu Fall. Sofort wollte er weiter, um seiner Geliebten zur Hilfe zu eilen, aber grobe Klauen packten ihn und hielten ihn fest. Granock trat und schlug um sich, wirkte hier und dort noch einen kraftlosen Zauber – ausrichten konnte er damit jedoch nichts mehr. Verzweifelt sah er, wie Alannah inmitten grüner Leiber und blutbesudelter Klingen verschwand. Er brüllte ihren Namen noch lauter, wissend, dass sie auch das nicht mehr retten konnte …

… als er plötzlich ein helles Klappern hörte, den Hufschlag von Pferden auf Pflastersteinen. Und aus dem Augenwinkel nahm er wahr, wie die wogende Menge der Orks auseinanderspritzte und etwas sich mit blitzenden Klingen Bahn brach.

Hilfe nahte!

Mit einer raschen Drehung entwand sich Granock dem Griff seines überraschten Häschers und schlug mit dem Zauberstab zu. Mit verbeultem Helm, unter dem dunkles Blut hervorquoll, ging der Unhold nieder – aber zu Granocks Überraschung drängte kein weiterer Gegner nach.

Der Feind hatte inzwischen andere Sorgen, die auf großen Pferden mit langen Mähnen ritten, schwere Rüstungen und Helme trugen und lange Breitschwerter führten, mit denen sie fürchterlich um sich hieben. Eine blutige Bresche schlagend, stießen die Reiter geradewegs dorthin vor, wo der Feind Granocks versprengten Haufen von allen Seiten bedrängte – und die Orks und ihre menschlichen Verbündeten waren davon so überrascht, dass sie von ihren Opfern abließen und zurückwichen. Auch Alannah kam auf diese Weise frei. Granock hastete augenblicklich zu ihr und stellte erleichtert fest, dass sie unverletzt war.

Genau wie die Elfin hatte auch er zunächst angenommen, dass die fremden Paladine, deren geschlossene Helmvisiere die Gesichter darunter nicht erkennen ließen, aus dem Palast gekommen waren, aber das Tor war nach wie vor geschlossen. Folglich mussten die Reiter also von außerhalb in die Stadt gelangt sein, vermutlich durch das Osttor, und Granocks erster Gedanke galt der Königslegion.

War Farawyns Sorge also unbegründet gewesen? Hatten Lavans Soldaten es doch noch geschafft, Tirgas Lan zu erreichen? Aber weder die Rüstungen noch die Schilde der Reiter waren elfischer Herkunft – und plötzlich erkannte Granock das gelbe Banner von Andaril, das an einer Lanze flatterte.

Es waren Menschen!

Todesmutig, so als durchquerten sie lediglich eine Furt und nicht ein wogendes Meer waffenstarrender Feinde, bahnten sich die Reiter einen Weg zum Zentrum des Kampfes. Die Klingen ihrer Schwerter gingen wuchtig nieder, und wer von den Feinden getroffen wurde und fiel, der wurde unter den Hufen der an Brust und Stirn gepanzerten Pferde zerstampft. Die Tiere wieherten und stiegen hier und dort, doch sie schienen an das Kampfgetümmel gewohnt und schreckten weder vor den Unholden selbst noch vor dem Geruch des Todes zurück, den sie verbreiteten.

Die Orks, die auf eine solche Wendung nicht gefasst gewesen waren, reagierten zunächst mit Bestürzung, dann mit rasender Wut. Doch zu diesem Zeitpunkt hatte ein Teil der fremden Reiter – Granock schätzte, dass es an die vierhundert waren – bereits einen schützenden Kreis um die überlebenden Elfen gezogen und behauptete ihn mit blanker Klinge. Der Rest der Behelmten sprengte Richtung Palast und bahnte eine Schneise durch die hier weniger dicht stehenden Unholde, sodass eine Gasse entstand, durch die Granock und die Seinen fliehen konnten. Die Zauberer halfen auf ihre Weise, in dem sie die Reiter mit gezielten Gedankenstößen gegen feindliche Geschosse schirmten, und kaum stand der rettende Ausweg offen, gab Granock heiser den Befehl zum Abzug.

Es war kein Kampf im herkömmlichen Sinn gewesen, der auf der Hauptstraße von Tirgas Lan getobt hatte, kein Kräftemessen zwischen gleichwertigen Gegnern, sondern ein elendes Gemetzel; folglich wurde es auch kein geordneter Rückzug, sondern eine verzweifelte Flucht. Jene, die das Glück hatten, noch aus eigener Kraft aufrecht zu stehen, stützten und trugen jene, die dazu nicht mehr in der Lage waren. Auch Granock lud sich einen verwundeten Elfenjungen auf die Schulter, die blutende Wunde an seinem Arm ignorierte er schlicht. Im Vergleich zu dem, was andere erlitten hatten, war es nur ein Kratzer.

Hals über Kopf liefen, humpelten und schleppten sich die geschlagenen Elfen an den Reitern vorbei, die die Flanken sicherten, und hielten auf den Palast zu, dessen Tor sich knirschend öffnete. Das Fallgitter hob sich, und mit der letzten verbliebenen Kraft flüchteten sich die Überlebenden in die schützenden Mauern, wo sie erschöpft niedersanken. Auch Granock, Zenan und Alannah erreichten schließlich das Tor, zusammen mit den Aspiranten, die so tapfer gekämpft hatten.

Die Reiter der Menschen folgten ihnen auf dem Fuß, zuvorderst jene, die den Kampfplatz gesichert und die vorgeschobenste Position eingenommen hatten, dann die übrigen. Nacheinander rissen sie ihre Pferde herum und jagten jeweils zu zweit die Gasse hinab, die sich auflöste wie eine Naht, aus der der Faden gezogen wurde.

Natürlich wollten die Orks sich rächen. Sie brannten nach wie vor darauf, ihre Klingen in Elfenblut zu baden und den Königspalast einzunehmen; folglich stürmten sie den Reitern unter wütendem Geschrei hinterher. Doch kaum hatte der letzte der Paladine das Tor passiert, rasselte das Fallgitter wuchtig herab und trennte Verteidiger und Angreifer, und das sich schließende Tor hielt die Speere ab, die in Massen geschleudert wurden.

Von den Zinnen setzte nun, da die Bogenschützen nicht mehr fürchten mussten, die eigenen Leute zu treffen, heftiger Pfeilbeschuss ein, der die Kampfeslust der Unholde zusätzlich dämpfte. Und als Tröge mit kochendem Wasser ausgegossen wurden, das brühend heiß auf jene niederging, die sich mit einem Rammbock am Tor zu schaffen machen wollten, besannen sich die Angreifer endgültig eines Besseren. Unter wütendem Geheul zogen sie sich zurück, und obwohl nicht der geringste Zweifel daran bestehen konnte, dass sie zurückkehren würden, gönnte sich Granock, der rasch die Zinnen erklommen hatte, um sich einen Überblick zu verschaffen, ein erleichtertes Aufatmen.

Außerhalb der Mauern war es, als wären alle Dämme gebrochen – die Masse der sich wütend zurückziehenden Unholde vereinigte sich mit jenen, die nach wie vor die Hauptstraße entlangdrängten, und es hatte den Anschein, als wäre Tirgas Lan von einer Flut aus grünen Leibern, blutigem Stahl und hassverzerrten Fratzen überschwemmt worden. Der Palast jedoch ragte wie eine einsame Klippe daraus hervor, seine Mauern verhießen sicheren Schutz.

Noch …

Granock verließ den Wehrgang wieder, um nach Alannah zu sehen, die er erneut aus den Augen verloren hatte. Er traf auf einige der Aspiranten und sprach ihnen Trost und anerkennende Worte zu, während er weiter nach seiner Gefährtin Ausschau hielt. Er fand sie weder unter all den Verwundeten noch unter jenen, die herangeeilt waren, um ihnen zu helfen. Dafür traf sein Blick einen der Menschenreiter, der aufrecht auf einem schneeweißen Pferd saß und durch das Helmvisier zu ihm herüberschaute. Da seine Rüstung aufwendiger gearbeitet war als die der übrigen und er einen weiten Umhang trug, folgerte Granock, dass es sich um den Anführer der Kämpfer handeln musste, die seinen Leuten und ihm in höchster Not beigestanden hatten.

Er hob die Hand zum Gruß und trat auf den Reiter zu, um sich für die unerwartete Hilfe zu bedanken. Kaum hatte er den Fremden jedoch erreicht, stieß dieser das Visier auf, und Granock schnappte überrascht nach Luft, als er in die vertrauten Züge Yrenas von Andaril blickte.

»Was …?«

»Seid gegrüßt, Meister Lhurian«, sagte sie nur. Ihre Stimme blieb dabei völlig ruhig, und ihre rehbraunen Augen verrieten keine Regung.

Granock fühlte sich schlagartig elend. Reue, Bedauern und tiefe Beschämung, aber auch Erleichterung und große Dankbarkeit – all das empfand er zugleich und wusste nicht, wie er es in Worte fassen sollte. Also blieb er stumm und starrte die Fürstin an, als wäre sie eine Traumgestalt, die sich jeden Augenblick in Luft auflösen würde.

»Nun?«, fragte sie, während sie aus dem Sattel stieg und ihn dabei weiter unverwandt anschaute. »Habt Ihr mir nichts zu sagen, Lhurian?«

Granock stand völlig reglos. Noch einige Augenblicke lang rang er nach Worten. Dann brach er wortlos in die Knie und senkte das Haupt.

Yrena deutete die Geste richtig. »Steh auf«, sagte sie leise und berührte ihn sanft an der Schulter, »ich habe dir längst verziehen.«

Er erhob sich, überwältigt von der Macht des Augenblicks. Er hatte ohnehin nicht damit gerechnet, Yrena von Andaril noch einmal in seinem Leben wiederzusehen. Ganz gewiss aber nicht unter solchen Voraussetzungen. Es war so unwirklich, als hätten die Hunla einen ihrer berüchtigten Zauber gewirkt – nur dass dieser aus Fleisch und Blut war …

»So sehen wir uns also wieder«, sagte Yrena und nahm den Helm ab, unter dem ihr dunkles Haar voll und üppig hervorquoll. Ihr Kettenpanzer und ihr Waffenrock waren blutbesudelt, ebenso wie die Schienen, die sie an Beinen und Unterarmen trug, was verriet, dass sie ebenfalls gekämpft hatte.

»Ich kann es nicht glauben«, stammelte Granock unbeholfen.

»Offensichtlich«, sagte sie nur. Ihr Lächeln war so, wie er es in Erinnerung hatte. Die Zuneigung allerdings war aus ihren Gesichtszügen gewichen, und das konnte Granock ihr beim besten Willen nicht verdenken.

»Wie kommt Ihr hierher?«, fragte er, nachdem er seine erste Überraschung verwunden hatte.

»Zu Pferd«, entgegnete sie schlagfertig, »habt Ihr es nicht bemerkt? Die Orks, die den östlichen Teil der Stadt belagern, hielten uns für Menschen, mit denen sie verbündet sind. Auf diese Weise konnten wir sie überlisten und zum Osttor durchbrechen, zum Glück für Euch und Eure …«

»Davon spreche ich nicht«, fiel Granock ihr ins Wort. Er merkte, wie sein verletzter Arm schmerzte, und er wusste, dass er zu Meister Tavalian gehen musste, um sich ein Gegengift verabreichen zu lassen, aber vorher wollte er eine Antwort. »Ich meine, ich bin Euch dankbar, von ganzem Herzen … Aber weshalb seid Ihr nach Tirgas Lan gekommen?«

»Ihr meint, nach allem, was vorgefallen ist? Nach allem, was Ihr mir angetan habt?« Ihre Worte waren ebenso hart wie offen, aber er konnte keine Spur von Bitterkeit in ihrer Stimme erkennen. Yrena zeigte mehr Größe, als er es jemals vermocht hätte. Beschämt nickte Granock nur.

»Das will ich Euch sagen«, erwiderte sie. »Ein junger Zauberer, der als Abgesandter Shakaras nach Andaril kam, um mich zur

Schließung eines Bündnisses mit dem Elfenkönig zu überreden, hat mich davon überzeugt, dass es zum Besten Erdwelts ist, wenn Menschen und Elfen in diesem Kampf zusammenstehen. Und was Erdwelt dient, dient auch Andaril.«

»Aber ich …«

»Was immer Ihr später getan habt, Meister Lhurian«, fuhr sie ungerührt fort, »hat nichts an der Richtigkeit Eurer Worte geändert.« Leiser fügte sie hinzu: »Du hast mir klargemacht, wozu wir Menschen fähig sind. In jeder Hinsicht.«

»Ich verstehe«, sagte er nur – und kam sich dabei vor wie ein ausgemachter Narr. Dass er nicht verstand, was in den Köpfen von Elfen vor sich ging, war eine Sache. Nun jedoch musste er sich eingestehen, dass er auch nicht die geringste Ahnung von Menschen hatte. Weder war Yrena so naiv und beeinflussbar, wie er es zunächst angenommen hatte, noch war sie das berechnende Monstrum, als das Ardghal sie dargestellt hatte. Ihr Eintreffen in Tirgas Lan bewies deutlich, dass die Fürstin von Andaril Licht und Dunkelheit wohl zu unterscheiden wusste, womöglich sogar besser als …

»Granock! Granock!«

Er fuhr herum, als jemand laut seinen Namen rief.

Es war Alannah.

Sie rannte auf ihn zu, Tränen in den Augen und blankes Entsetzen in ihren Zügen. »Granock …!«

»Was gibt es?«, wollte er wissen.

»König Elidor«, presste die Elfin atemlos hervor.

»Was ist mit ihm?«

»Er … er liegt schwer verwundet …«

7. TWAR SHA DWETHAN

Woher das Geschoss gekommen war, das den König getroffen hatte, wusste niemand zu sagen, und es spielte auch keine Rolle mehr. Von den Zinnen des königlichen Palasts aus hatte Elidor die Bogenschützen befehligt und den Rückzug der Flüchtlinge gedeckt, hatte selbst zum Schwert gegriffen, als einzelne Unholde versucht hatten, die Palastmauern zu erklimmen – und dabei hatte ihn der Speer ereilt.

Ihrer Bauart nach stammte die Waffe, die mit derartiger Wucht geschleudert worden war, dass sie seinen Brustpanzer durchstoßen hatte, aus dem Besitz eines Menschen. Aber ihre Spitze war ebenso mit Gift getränkt wie die eines Orks oder eines anderen Unholds, und gegen dieses Gift gab es kaum eine Maßnahme, da es geradewegs in sein Herz gedrungen war.

Man hatte den verwundeten König in sein Schlafgemach im Palast gebracht und in sein Bett gelegt. Einst war dies für ihn ein Ort des privaten Rückzugs gewesen, den außer dem König und seiner Konkubine nur seine Leibdiener sowie seine engsten Vertrauten hatten betreten dürfen. Nun wimmelte es dort von Heilern und Zauberern sowie von beflissenen Dienern, die alles daransetzten, ihrem darniederliegenden Herrscher zu helfen. Elidors Berater und Generäle waren ebenfalls zugegen; sie hofften verzweifelt darauf, dass sich die Lage bessern und ein Heilmittel gefunden würde. Aber auch sie konnten nichts anderes tun, als hilflos dabei zuzusehen, wie das Herz von Tirgas Lan langsamer und langsamer schlug.

Schließlich gaben die Wundärzte ihre Bemühungen auf, und auch Meister Tavalian und Meisterin Tarana, die bis zuletzt um das Leben des Königs rangen, mussten irgendwann erkennen, dass bereits zu viel Gift in Elidors Körper gedrungen war. Da er kein Weiser und nicht mit den Prinzipien der Selbstheilung vertraut war, würde ihn auch Zauberkraft nicht mehr vor dem Tod bewahren können. Es war nur noch eine Frage der Zeit, wann der König des Elfenreichs diese Welt verlassen würde.

Bedrückte Stimmung breitete sich aus.

Elidors Leibdiener standen mit bekümmerten Mienen am Kopfende des Bettes, während Caia an der Seite ihres Geliebten kauerte und ihm die schweißnasse Stirn mit einem feuchten Tuch tupfte. Farawyn stand bei ihr, die Arme vor der Brust verschränkt. Nachdem der Älteste von Shakara von Elidors Verwundung erfahren hatte, war er sofort herbeigeeilt. Granock erkannte jedoch keine Bestürzung in seinen Zügen. War Farawyn auf diese Entwicklung besser vorbereitet gewesen als sie alle? Hatte er sie in seinen Visionen vorausgesehen?

Granock selbst und die übrigen Angehörigen des Kriegsrats, unter ihnen auch Alannah und Cysguran, standen ein wenig abseits, zusammen mit General Irgon und den königlichen Beratern. Auch Prinz Runan als Abgesandter des Zwergenreichs war anwesend, ebenso wie die Fürstin von Andaril, deren beherztes Eingreifen vielen das Leben gerettet hatte.

»Du bist uns wirklich zur Hilfe gekommen«, sagte Granock mit gedämpfter Stimme zu ihr. So erleichtert er über Yrenas Auftauchen gewesen war, so sehr beschämte es ihn noch immer.

Die Fürstin, die nach wie vor ihre blutbesudelte Rüstung trug, schaute ihn herausfordernd an. »Ich habe gehört, dass Tirgas Lan in Bedrängnis ist«, erklärte sie, »und als Oberhaupt von Andaril sah ich keine bessere Gelegenheit als diese, um dem König meine Loyalität zu beweisen.«

»Aber nun ist Andaril ohne Schutz«, wandte er ein.

»Das ist wahr«, bejahte sie, und ein säuerliches Lächeln spielte dabei um ihre Züge. »Aber genau darum geht es bei einer Entscheidung, nicht wahr? Man ist für eine Sache und gegen eine andere.

Man kann«, fügte sie mit einem bedeutsamen Seitenblick auf Alannah hinzu, »nicht alles haben. Aber das weißt du ja zweifellos, oder nicht?«

»Du hättest nicht kommen sollen«, sagte Granock leise, den Seitenhieb ignorierend. »Tirgas Lan ist dem Untergang geweiht. Dies ist ein Kampf auf verlorenem Posten.«

»Worum sorgst du dich?«, fragte sie. »Um mein Wohlergehen? Um dein eigenes?« Sie schüttelte den Kopf. »Ich fürchte, es ist zu spät, um darüber nachzudenken. Auch du hast dich entschieden, nicht wahr?«

»Yrena, ich …«

»Nein«, sagte sie mit einer Entschlossenheit, die zumindest ansatzweise ahnen ließ, wie sehr sein Vertrauensbruch und seine überstürzte Abreise aus Andaril sie verletzt haben mussten. »Ich will keine Entschuldigung hören. Jeder von uns hat versucht, den anderen zu benutzen, also sind wir uns nichts schuldig geblieben. Aber ich hatte damals recht, oder?«, fügte sie mit einem weiteren Seitenblick auf Alannah hinzu. »Es gab diese unerfüllte Liebe, nicht wahr?«

Granock schluckte sichtbar. Er hätte am liebsten widersprochen und alles abgestritten, aber ihm war klar, dass er Yrena zumindest diese Wahrheit schuldig war. Deshalb nickte er langsam. »Ja«, bestätigte er zögernd. »Du hattest recht.«

Sie reagierte anders, als er es erwartet hatte, nämlich mit einem Lächeln, aus dem ein wenig Trost zu sprechen schien. Sie nickte Alannah, die von ihrer in der Menschensprache geführten Unterhaltung kaum etwas verstanden hatte, zu und schien noch etwas sagen zu wollen, als ein heiserer Schrei die betretene Ruhe im Schlafgemach zerriss.

Es war Elidor.

Der Todeskampf des Königs trat in die letzte Phase. Noch einmal bäumte sich der hagere Körper des Elfenherrschers auf, wehrte sich mit aller Macht gegen das Gift, das inzwischen ganz von ihm Besitz ergriffen hatte. Sein Atem ging stoßweise, die Haut war aschfahl, die Augen blutunterlaufen und rot gerändert, das Haar hing in schweißnassen Strähnen. Zitternd tastete seine

Hand nach Caias. Als er sie fand, schien er sich ein wenig zu beruhigen.

»Meine Getreuen«, hauchte er in die entstandene Stille, worauf sich alle Anwesenden um sein Lager versammelten. Die Gesichtszüge des Königs waren vom nahen Tod gezeichnet, und Alannah, die vor einigen Jahren an Elidors Hof geweilt und ihn als dem Leben aufgeschlossenen, an Kunst und Muse interessierten jungen Mann kennengelernt hatte, rang mit den Tränen. »Werde nicht mehr lange … auf dieser Welt … verlasse euch … in dunkler Stunde …«

»Wir sind vorbereitet, Majestät«, versicherte Fürst Narwan. »Ihr habt uns stets gut und verlässlich geführt.«

»Nein«, widersprach Elidor und schüttelte trotz seines geschwächten Zustands den Kopf, »habe ich nicht … Reich von meinem Vater Gawildor übergeben … schützen und erhalten … viele Fehler gemacht … ein junger Narr …«

»Wir alle haben Fehler gemacht, Hoheit«, sagte Farawyn, der direkt neben Caia stand, die noch immer am Bett ihres Liebsten kauerte, »und ein Narr seid Ihr ganz sicher nie gewesen. Ihr habt nur versucht, dem Schönen in der Welt den Vorzug vor dem Hässlichen zu geben.«

»Aber ich habe … schändlich versagt …«

»Noch ist Tirgas Lan nicht untergegangen«, widersprach der Älteste mit ruhiger Stimme, »und dazu habt Ihr entschieden beigetragen. Und selbst wenn wir diesen Krieg verlieren sollten, wäre es angesichts einer solchen Übermacht keine Schande zu versagen.«

»Darf … keinesfalls geschehen … Elfenvolk muss weiterleben … hört Ihr? Hört Ihr mich …?« Die geröteten Augen weit aufgerissen, versuchte Elidor sich aufzurichten, aber es gelang ihm nicht einmal, als Caia auf der einen und ein Leibdiener auf der anderen Seite ihn dabei stützten. Hustenkrämpfe schüttelten ihn, und das Gift schien ihm grässliche Schmerzen zu bereiten. Stöhnend sank der König auf sein Lager zurück.

»Wir werden um das Überleben kämpfen, Majestät«, versicherte General Irgon, die eine Hand am Schwertgriff, die andere zum Schwur erhoben. »Bis zum letzten Atemzug.«

»Ich ... weiß, General«, versicherte Elidor. »Aber das Volk ... braucht Führung ... wenn es überleben soll ...«

»Sorgt Euch nicht darum, Hoheit«, legte Farawyn ihm nahe. Elidor jedoch war entschlossen, seine Gedanken zu äußern, ganz gleich, wie viel Kraft es ihn kosten mochte.

»Hinterlasse keinen Erben ... neuer König ...«

»Darum werden wir uns kümmern, wenn die Gefahr gebannt ist«, versicherte Narwan. »Die Fürsten werden darüber entscheiden, wer ...«

»Nein«, lehnte Elidor ab, seinem gebrechlichen Zustand zum Trotz mit einer Bestimmtheit, die keinen Widerspruch duldete. »Werde meinen Nachfolger ... selbst bestimmen.«

»Ich bedaure sehr, Majestät«, wandte Narwan stammelnd ein, »aber das ist nicht möglich. Wenn ein Monarch von uns geht, ohne einen Erben zu hinterlassen, so ist es die Aufgabe des Kronrats ...«

»Es sei denn, es herrscht Krieg«, fiel General Irgon ihm ins Wort. »In diesem Fall obliegt es dem Herrscher selbst, seine Nachfolge zu regeln, damit das Reich im Kampf gegen seine Feinde nicht ohne Führung sei.«

Narwan blickte nervös zu den anderen Beratern, die ihm nickend zu verstehen gaben, dass das Gesetz tatsächlich eine solche Regelung vorsah. Sie war wohl aus den Erfahrungen des Ersten Krieges heraus eingeführt worden, hatte in der jahrtausendelangen Geschichte des Reiches jedoch noch niemals Anwendung gefunden.

Bis heute ...

»Wer, Hoheit?«, erkundigte sich Fürst Narwan, nachdem er die erste Überraschung verwunden hatte. »Wer soll Euer Nachfolger auf dem Thron von Tirgas Lan werden? Wer soll künftig die Elfenkrone tragen?«

Elidors Antwort fiel knapp aus.

Sie bestand nur aus einem Wort.

»Farawyn.«

Atemlose Stille trat ein. So sehr sich alle danach sehnten, dass die Führung des Reiches in diesen unsicheren Zeiten in die Hände eines ebenso starken wie weisen Herrschers überging, so überrascht waren sie auch. Noch nie hatte ein Angehöriger des Ordens von Shakara auf dem Alabasterthron gesessen. Im Gegenteil, die Trennung von Zauberei und Regierungsgewalt war über Jahrtausende hinweg ein fester Grundsatz gewesen, den zuletzt Elidors Vater mit eiserner Härte durchgesetzt hatte – und den sein Sohn nun kurzerhand über den Haufen warf.

Niemand wollte sich dem Gedanken ganz verschließen, aber natürlich gab es Zweifel, und selbst Granock war nicht frei davon. Nur einer schien über diese Entwicklung kaum überrascht zu sein, obschon sie ihn am meisten betraf.

Farawyn selbst …

»Seid Ihr sicher, dass Ihr das wollt, Hoheit?«, fragte er so, als hätte er mit nichts anderem gerechnet. War das der Fall? Hatten seine Visionen ihn womöglich schon vor langer Zeit über diese Dinge in Kenntnis gesetzt?

»Bin … sicher«, bestätigte Elidor mit zaghaftem Nicken, und seine Stimme verblasste zu einem Flüstern, sodass Farawyn an seinem Bett niedersank und sich dicht über ihn beugen musste, um noch etwas zu verstehen. »Versprecht mir …«, hauchte der sterbende König.

»Was soll ich Euch versprechen, Hoheit?«

»Dass Ihr das Reich bewahren … für seine Einheit sorgen … das Volk retten …«

»Ich werde mein Bestes geben«, versprach Farawyn, worauf der König zufrieden nickte – und dann in die letzten Todeszuckungen verfiel.

Caia hielt die eine, Farawyn die andere Hand, als der Herrscher von Tirgas Lan schließlich sein Leben aushauchte. Mehrmals warf Elidor das Haupt hin und her, so als könne er noch keine Ruhe finden, dann endlich entkrampfte sich sein gepeinigter Körper, und er lag still.

Farawyn schloss ihm die Augen, und Caia, deren Tränen sich nun ungehemmt Bahn brachen, sank weinend am Totenlager ihres Geliebten nieder.

Elidor, König des Elfenreichs, war tot.

Farawyn erhob sich, nun doch sichtlich erschüttert. Respektvoll senkte er das Haupt und hielt eine stille Andacht für den Herrscher

Tirgas Lans, der trotz seiner Jugend und Unerfahrenheit über sich hinausgewachsen und dem Reich ein guter und gerechter König gewesen war, und dessen Geist niemals Eingang in die Versammlung der Ewigen Seelen finden würde. Unwiederbringlich war er verloren, wie so viele in diesen Tagen, ein entsetzlicher Verlust.

Beklommenes Schweigen hatte sich über das Schlafgemach gesenkt, nur Caias Schluchzen war zu hören. Die Trauer war allgegenwärtig und beinahe körperlich zu greifen, dennoch wussten alle, dass sie sich ihr nicht lange ergeben durften. Denn der grausame Feind stand noch immer vor den Toren und begehrte Einlass.

»In den alten Zeiten«, brach Farawyn deshalb das Schweigen, »war es Sitte, eine Frist von zehn Tagen zu wahren, um das Andenken des verstorbenen Königs zu ehren. Erst dann wurde sein Nachfolger ins Königsamt eingeführt. Auch unser guter König Elidor hätte diese Ehrung verdient, meine Freunde, aber wir alle wissen, dass die Zeiten nicht dazu angetan sind. Wer also soll Euer neuer Anführer sein, nun, da Elidor von uns gegangen ist? Wer soll Euch führen in diesem letzten Kampf?«

»Elidor hat Euch zu seinem Nachfolger bestimmt, Ältester Farawyn«, brachte Irgon in Erinnerung.

»Ich weiß, General, und wenn das Volk es so will, werde ich mich dieser Verantwortung nicht entziehen«, versicherte der Zauberer. »Aber Ihr alle wisst, dass dies einen Wandel bedeuten würde, einen grundlegenden Wechsel in der Geschichte unseres Volkes, und ich werde ihn nicht vollziehen, wenn welche unter Euch sind, die Zweifel an mir hegen. Elidor wollte, dass ich Euch führe, und das kann und werde ich tun – aber ich muss alle geschlossen hinter mir wissen!«

Einmal mehr konnte Granock seinen alten Meister nur für dessen Klugheit und Schläue bewundern. Als Ältester von Shakara hatte Farawyn die Erfahrung gemacht, wie schwierig es war, etwas zu führen, das jederzeit auseinanderzufallen drohte. Angesichts der ungeheuren Bedrohung war es jedoch notwendig, alle Parteien vereint zu wissen und jede Rivalität von vornherein im Keim zu ersticken. Dies und nichts anderes war der Grund für sein scheinbares Zögern, sich Elidors Wunsch zu beugen – und es erfüllte seinen Zweck.

Die anwesenden Offiziere wie auch die Zauberer und die königlichen Berater verständigten sich mit Blicken. »Wir alle«, verkündete Irgon sodann, »wüssten niemanden sonst, der sowohl die Weisheit als auch die Stärke besitzt, das Reich in diesem Kampf zu führen.« Damit umfasste er sein Schwert, zog es aus der Scheide und hob die Klinge zum Gruß. »Heil dir, Farawyn, König des Elfenreichs!«

Die übrigen Generäle taten es ihm gleich und grüßten ebenfalls mit ihren Klingen, und auch die Berater und Ordensmitglieder stimmten in den Chor mit ein, indem sie Farawyn als Herrscher anriefen und die Wahl ihres verstorbenen Königs damit bestätigten: »Heil dir, Farawyn, König des Elfenreichs!«

Farawyn nickte nur.

Kein Lächeln war auf seinen Zügen zu sehen, keine Spur des Triumphs – aber auch keine Überraschung, sodass sich Granock endgültig sicher war, dass sein alter Meister all dies bereits vorausgesehen hatte. Oder vielleicht hatte es ihm auch sein messerscharfer Verstand verraten, mit dem sein ehemaliger Novize noch nie hatte Schritt halten können. Dennoch blieb ein schaler Beigeschmack, und Granock konnte nicht verhindern, dass er in diesem feierlichen Moment, der voller Trauer, aber auch voller Hoffnung hätte sein müssen, vor allem an Aldur denken musste, der ihm immer wieder gesagt hatte, dass Farawyns erklärtes Ziel die Elfenkrone sei.

Natürlich hatte Granock solche Vorwürfe stets weit von sich gewiesen, aber in dieser historischen Stunde, da Farawyn als neuer König des Elfenreichs angerufen wurde und erstmals in der Geschichte Erdwelts ein Zauberer den Thron von Tirgas Lan bestieg, da konnte er nicht anders, als sich Rothgans warnender Worte zu erinnern.

»Farawyn«, hatte dieser gesagt, »trachtet nicht weniger danach, sich Erdwelts Krone aufs Haupt zu setzen, als Margok es tut.«

8. EILÍALAS'Y'BRATHYRA

Einmal mehr hatte Rurak in die Kristallkugel geblickt – und war tief erschrocken über das, was er gesehen hatte.

Auf dem Thron sitzend, den er sich hatte errichten lassen und den die aufgespießten Häupter zahlloser erschlagener Feinde zierten, drehte der abtrünnige Zauberer die Kugel in seinen Händen. Längst hatte sie sich wieder eingetrübt, doch die Bilder standen ihm noch deutlich vor Augen. Und obwohl ein großer Sieg errungen worden war und der König der Elfen nicht mehr unter den Lebenden weilte, sorgte Rurak sich.

Der erste Schritt zur Eroberung Tirgas Lans war getan. Das Große Tor war gefallen, die Stadt selbst von den Horden des Dunkelelfen eingenommen worden. Der größte Teil Tirgas Lans befand sich damit bereits in seinen Händen. Das eigentliche Herzstück der Stadt jedoch, der Palast des Königs, der sich inmitten des Häusermeers erhob und dessen hohe Zinnen und Türme höhnisch herübergrüßten, war noch nicht erobert worden. Tausende von Verteidigern hatten darin Zuflucht gesucht, und auch wenn ihr Oberhaupt nicht mehr am Leben war, waren sie wohl noch längst nicht besiegt. Denn in ihrem Besitz befand sich etwas, von dem Rurak erst jetzt erfahren hatte.

»Sie haben den Kristallsplitter«, murmelte der Zauberer missmutig vor sich hin. »Sie haben den verdammten Kristallsplitter …«

Sein Unmut darüber war so groß, dass er die Kugel am liebsten von sich geschleudert hätte. Sein Plan war so sorgfältig durchdacht und ausgereift gewesen.

Er hatte Ardghal nach Andaril geschickt und auf diese Weise dafür gesorgt, dass der Mensch Granock – oder Lhurian, wie sie ihn jetzt nannten – nach den Fernen Gestaden gereist war und den Kampf gegen Rothgan aufgenommen hatte.

Wäre da nicht der Informant gewesen, den Rurak in Shakara unterhielt, so hätte er vermutlich nie von der Rivalität der beiden um die schöne Alannah erfahren – so jedoch hatte sie den willkommenen Anlass geboten, um die beiden gegeneinander auszuspielen. Tatsächlich hatte ihre Konfrontation dafür gesorgt, dass Rurak in Margoks Gunst wieder aufgestiegen war. Doch wie sich nun herausstellte, waren die Dinge einmal mehr dabei, ein gefährliches Eigenleben zu entwickeln – und wieder war es der Mensch Granock, der Ruraks Kreise störte.

Genau wie damals in Arun.

Und wie bei der Schlacht am Siegstein.

Ein drittes Mal durfte es nicht dazu kommen!

Trotz der Erfolge, die er als Oberbefehlshaber von Margoks Heer errungen hatte, sah Rurak seinen Ruhm schwinden. Wenn der Dunkelelf erfuhr, dass ein Splitter des Annun in die Hände des Feindes gelangt war, würde sein Zorn unermesslich sein. Noch dazu, wo er genau wusste, auf wessen Betreiben der Mensch nach Crysalion gelangt war.

Nur zwei Dinge konnte Rurak tun, um diese verderbliche, für ihn fraglos tödlich endende Entwicklung aufzuhalten: Zum einen musste er Margok die Existenz des Kristallsplitters um jeden Preis verheimlichen; zum anderen musste es sein Ziel sein, das Artefakt so rasch wie möglich in seinen Besitz zu bringen.

Leise stöhnend rutschte Rurak von der Sitzfläche des Throns. Sich auf seinen Zauberstab stützend, raffte er sich auf die schmerzenden Knochen. Nicht, dass seine Beschwerden auch nur einen Deut nachgelassen hätten, seit er die Blutfeste verlassen hatte – aber mit der Aussicht, in Margoks Gunst wieder ganz oben zu stehen, ließen sie sich leichter ertragen. Und die Tatsache, dass der Urheber dieser Schmerzen seine gerechte Strafe bekommen hatte, tat ein Übriges dazu.

Die Gnomen, die er zu seinen Leibdienern ernannt hatte und die um den Thron schwirrten wie Fliegen um einen Haufen Dung, spritzten quiekend auseinander, als ihr für seine Unduldsamkeit bekanntes Oberhaupt sich in Bewegung setzte. Auch die Orks, die zu beiden Seiten des Throns sowie an der Tür Wache hielten, warfen einander nervöse Blicke zu. Der Zauberer ignorierte sie, so gut er es vermochte. Zu dieser Zeit, in dieser Situation, waren sie ein notwendiges Übel. Aber natürlich waren sie nur niedere Diener, und die Vorstellung, dass er noch vor nicht allzu langer Zeit seine Tage damit verbracht hatte, eigentlich schon tote Unholde wieder zusammenzuflicken, ließ ihn im Nachhinein erschaudern.

Den *flasfyn* als Stock benutzend, schleppte er sich zu der Tür, die von der von Säulen getragenen Halle hinaus auf einen Balkon führte, von dem sich der westliche Teil Tirgas Lans gut überblicken ließ. Es war einer der Gründe dafür, warum er ausgerechnet dieses Haus zu seinem Feldherrensitz gemacht hatte; ein anderer war, dass es von den Horden der Orks, Trolle und Gnomen, die in die Stadt eingefallen und wie eine Sturmflut darüber hinweggebrandet waren, weniger in Mitleidenschaft gezogen worden war als andere Häuser. Noch vor Kurzem mochte es einem reichen Kaufmann oder einem Hofbeamten gehört haben – nun war es sein Domizil. Jedenfalls so lange, bis er im Palast von Tirgas Lan eine passendere Bleibe fand …

Durch einen mit filigranen Bildhauereien verzierten, an seinem höchsten Punkt mit einer steinernen Rose versehenen Spitzbogen trat der Zauberer ins Freie.

Die Dunkelheit und Kälte einer kalten Winternacht empfingen ihn, die, obwohl sich Mond und Sterne hinter dichten Wolken verbargen, von unzähligen Lichtern durchbrochen wurde – Brände, die in geplünderten Häusern loderten, und Freudenfeuer, die die Orks entzündet hatten, und um die sie im dumpfen Takt der Trommeln schreiend und grölend tanzten, um ihren Sieg zu feiern. Trunken waren sie, nicht nur vom Blut, das sie gesoffen, sondern auch von den Untaten, die sie begangen hatten, und von den Feuern stieg der ekelerregende Geruch von verbranntem Elfenfleisch auf.

Trotz des leisen Grauens, das selbst ihn befiel, fühlte Rurak grimmige Genugtuung. Es ließ sich nicht leugnen, dass das dunkle Zeitalter angebrochen war – und er würde alles dafür tun, dass es so rasch nicht wieder endete. Über die Siegesfeuer und die brennenden Häuser hinweg schweifte sein Blick zum Palast von Crysalion, der wie eine einsame Klippe aus dem Meer der Zerstörung ragte.

Noch jedenfalls …

Denn schon bei Tagesanbruch würden die Wellen des Todes erneut gegen seine Fundamente branden.

Ruraks Blick wanderte an den glatten Mauern und hohen Zinnen empor bis zu den Türmen, die sich in den schwarzen Nachthimmel reckten und auf deren Spitzen und Kronen noch immer die Farben Tirags Lans und des Elfenreichs wehten, eine Provokation in Ruraks Augen. Und irgendwo hinter diesen Mauern, in einem dieser Türme, befand sich der Kristallsplitter, dessen Macht groß genug war, um über Sieg oder Niederlage zu entscheiden.

Rurak musste ihn haben.

Er würde seinen Spion anweisen, das Artefakt an sich zu nehmen und zu ihm zu bringen.

Noch in dieser Nacht.

»Ihr habt mich rufen lassen?«

Granock war in Farawyns Gemach eingetreten, und wie bei seinem letzten Besuch hatte sich die Tür wie von selbst hinter ihm geschlossen, allerdings ohne sich magisch zu versiegeln. Ihm fiel auf, dass er Argyll, den Koboldsdiener des Ältesten, noch immer nicht zu Gesicht bekommen hatte, obschon es hieß, er hätte seinen Meister nach Tirgas Lan begleitet.

»Ja, mein Junge.«

Anders als bei ihrer Unterredung am Vortag brannte kein Feuer im Kamin, trotz der Kälte des frühen Morgens. Der fahle Lichtschein, der durch das hohe Fenster fiel, spendete die einzige spärliche Beleuchtung, so als hätte Elidors Tod nicht nur jeden Funken Hoffnung, sondern auch jede wärmende Flamme in Tirgas Lan erstickt. Granock fror erbärmlich in seiner Robe, nicht nur der niedrigen Temperaturen wegen, sondern auch wegen des Schocks, den der Tod des Königs hinterlassen hatte.

Farawyn saß hinter dem schmalen Eichentisch, das Gesicht in den Händen vergraben. Vor ihm lag der Splitter des Annun, stumpf und grau, so als hätte er jeden Glanz verloren.

»Komm her, Junge«, forderte der Älteste ihn auf, und Farawyn trat an den Tisch. »Ich habe dich nie gefragt, wie es an den Fernen Gestaden gewesen ist.«

Die Frage kam unerwartet. Granock legte die Stirn in Falten. »Was genau meint Ihr, Meister?«

Farawyn schaute zu ihm auf, und Granock erschrak fast über die tiefen Furchen, die sich in das Gesicht des Zauberers eingegraben hatten. Im Unterschied zu allen anderen in Tirgas Lan schien er keine Tränen über Elidors Tod vergossen zu haben; die Hoffnungslosigkeit, die aus seinen müden, vom Schlafmangel geröteten Augen sprach, war jedoch noch schlimmer als alle Trauer.

»Wie war es, gegen einen Freund zu kämpfen?«, erkundigte sich der Älteste leise. »Was hast du dabei empfunden?«

Granock biss sich auf die Lippen. Er war sich nicht sicher, worauf sein alter Meister hinauswollte, und hätte ihn am liebsten danach gefragt, wie er es früher stets getan hatte. Ein Gefühl sagte ihm jedoch, dass es klüger war, einfach zu antworten. »Es war entsetzlich«, gestand er stockend. »Nie zuvor in meinem Leben habe ich etwas Schlimmeres getan. Obwohl Aldur – ich meine Rothgan – uns all diese Dinge angetan hat, war es, als würde ein Teil von mir getötet.«

Farawyn nickte, als hätte er nichts anderes erwartet. »Würdest du es wieder tun?«, fragte er dann.

Granock merkte, dass sich das Gespräch in eine Richtung entwickelte, die er nicht einschlagen wollte. »Nun«, hörte er sich vorsichtig sagen, »ich nehme an, dass, wenn die Situation ähnlich wäre und ich keine andere Wahl hätte …«

»Ja?«

»… dass ich es dann wieder tun würde«, erklärte Granock ein wenig fester. »Warum wollt Ihr das wissen?«

Statt zu antworten, schaute Farawyn ihn nur prüfend an. Dann erhob er sich langsam. »Ich habe einen Fehler begangen«, erklärte er dazu. »Ich habe abgewartet und das Unausweichliche aufgeschoben, und wir wurden bitter dafür bestraft. Hätte ich den Splitter des Annun eingesetzt, wäre das Große Tor nicht gefallen. Dann wäre Tirgas Lan nicht in der Hand des Feindes, und König Elidor wäre noch am Leben.«

»Das wisst Ihr nicht, Meister«, widersprach Granock. »Außerdem, habt Ihr nicht gesagt, dass der Einsatz des Splitters ein unkalkulierbares Risiko darstellt? Dass wir dabei Gefahr laufen, zu verlieren, indem wir siegen?«

»In der Tat«, bestätigte Farawyn und kam um den Tisch herum auf Granock zu. Den Kristallsplitter ließ er fast achtlos auf der Tischplatte liegen. »Deshalb muss es mein Ansinnen sein, das Risiko zu beschränken, statt nach einer Möglichkeit zu suchen, es ganz zu vermeiden.«

»Aber Ihr seid an König Elidors Befehl nicht mehr gebunden. Den Splitter einzusetzen oder nicht, liegt nunmehr in Eurem Ermessen.«

»Tut es das?« Farawyn seufzte. »Du hast recht, die Dinge haben sich geändert. Das Schicksal des Elfenvolks liegt nun in meinen Händen, und deshalb bleibt mir keine andere Wahl, als den Kristallsplitter einzusetzen, wenn ich nicht den Untergang unseres ganzen Volkes in Kauf nehmen will.«

»Aber – sagtet Ihr nicht, dass Ihr genau das tun wolltet, wenn Ihr zu entscheiden hättet?«

»Das sagte ich. Aber ein junger Zauberer, der offenbar klüger ist als ich, erinnerte mich an meine Verantwortung gegenüber den Unschuldigen. Und nun, da sie tatsächlich auf mir lastet, kann ich all diese Leben nicht einfach wegwerfen.«

»Dann habt Ihr eine Möglichkeit gefunden, dem Einfluss des Kristalls zu entgehen?«, fragte Granock hoffnungsvoll.

»Nein.«

»Was wollt Ihr dann tun? Was, wenn die Macht des Kristalls Euch zum Werkzeug des Bösen werden lässt, genau wie Aldur?«

»Aus diesem Grund habe ich dich rufen lassen, Lhurian«, erwiderte Farawyn und sah ihm dabei tief in die Augen. »Ich brauche jemanden, der über mich und meine Taten wacht. Der mich bei dem, was ich tue, genau beobachtet.«

»Ich verstehe – und an wen habt Ihr dabei gedacht?«

»An dich, mein ehemaliger Schüler«, entgegnete Farawyn rundheraus. »Fühlst du dich dieser Aufgabe gewachsen?«

»Wenn ich Euch dadurch helfen kann, natürlich«, bestätigte Granock ohne Zögern. »Was genau verlangt Ihr von mir?«

»Du sollst über mich wachen und mich beobachten.«

»Ihr meint, wie ein Lehrer über seinen Schüler?«, fragte Granock, fast ein wenig belustigt über diese Verdrehung der Verhältnisse. »Und es Euch mitteilen, wenn ich an Euch eine Veränderung zum Bösen feststelle?«

»Das könntest du, denn Ehrlichkeit gehört von jeher zu deinen hervorstechendsten Tugenden«, stimmte Farawyn zu. »Allein, ich würde dir nicht glauben, denn die Wirkung des Kristalls würde meine Augen blind machen und meine Ohren taub für die Wahrheit. Solltest du feststellen, dass mich der Kristall verdorben hat, so wirst du dafür sorgen, dass er seinen Einfluss nicht weiter auf mich ausüben kann.«

»Wie? Indem ich ihn zerstöre?«

»Der Kristall selbst ist es nicht, von dem Böses ausgeht, Lhurian, vergiss das nicht. Mein alleiniger Wille ist es, der dies bewirkt.«

»Aber wie soll ich dann …? Ich meine …«

Der Älteste erwiderte nichts, sondern begnügte sich damit, seinem ehemaligen Schüler fest in die Augen zu sehen – und Granock dämmerte die schreckliche Wahrheit.

»Ihr … Ihr erwartet von mir«, ächzte er, während er kreidebleich wurde und sich sein Magen krampfhaft zusammenzog, »dass ich … dass ich Euch …?«

»Du hast eine solche Tat schon einmal begangen, und du würdest es wieder tun«, erinnerte Farawyn ihn unbarmherzig an seine Worte von vorhin.

»Aber ich … ich …« Vergeblich suchte Granock nach Ausflüchten. Es gab keine, wenngleich es ihm unmöglich schien zu tun, was sein Meister von ihm verlangte. Von Schaudern geschüttelt, ließ er den Kopf sinken. »Ich verstehe«, flüsterte er.

»Und?«, verlangte Farawyn zu wissen.

Granock zögerte. Plötzlich kam ihm ein Gedanke. »Habt Ihr … habt Ihr es *gesehen*?«, fragte er und blickte zaghaft auf. »Ich meine, in Euren Visionen, da seht Ihr doch die Zukunft, nicht wahr? Wisst Ihr, was dort geschehen wird? Habt Ihr gesehen, dass ich … ich meine, dass Ihr von meiner Hand …«

Granock biss sich auf die Lippen. Er brachte es nicht über sich, das Undenkbare auszusprechen. Genau genommen begriff er ja noch nicht einmal, was hier überhaupt vor sich ging. Erlebte er all dies wirklich, oder war es nur eine Täuschung, ein dunkler Traum?

Er musste an Alannah denken und an sein Versagen in Andaril; an Yrena, die er bitter enttäuscht hatte; an all die Freunde, die er an den Krieg verloren hatte, und an die vielen unschuldigen Leben, die es zu schützen galt – und ihm wurde klar, dass er gar keine Wahl hatte. Er konnte nicht anders, als Farawyns Vorschlag zuzustimmen – auch wenn er selbst kaum glauben konnte, was er tat.

Seine rechte Hand zitterte, als er sie dem Ältesten entgegenstreckte, um den Bund zwischen ihnen auf Menschenart zu besiegeln. Einen Augenblick lang starrte Farawyn ihn nur an. Rührung, Dankbarkeit und Anerkennung spiegelten sich gleichermaßen in seinen Zügen. »Sohn«, sagte er dann, und ohne Granocks ausgestreckte Rechte zu beachten, fasste er ihn an den Schultern und zog ihn an sich heran, umarmte ihn so herzlich er es nur vermochte. Und trotz der Beklemmung, die er fühlte, hatte Granock den Eindruck, dass sie einander noch nie so nahe gewesen waren wie in diesem Augenblick.

Er währte nur kurz.

Denn einen Lidschlag später überschlugen sich die Ereignisse, so schnell und unvermittelt, dass zumindest Granock ihnen mit den Augen kaum folgen konnte.

Er selbst hatte das verräterische Aufleuchten des Kristallsplitters gar nicht wahrgenommen – Farawyn jedoch schien in gewisser Weise nur darauf gewartet zu haben.

»Nun endlich!«, rief der Älteste aus, und noch ehe er begriff, was geschah, wurde Granock von seinem einstigen Meister hart gestoßen. Er taumelte und ging nieder. Farawyn jedoch wirkte mit einer Schnelligkeit, die seinem Alter und seinem erschöpften Äußeren spottete, einen Zauber.

Es war ein *tarthan*, ein Gedankenstoß – aber Granock konnte beim besten Willen nicht erkennen, wem er gelten sollte. Der Impuls schien geradewegs ins Leere zu gehen, bis plötzlich ein Stöhnen zu vernehmen war und der Stuhl, auf dem Farawyn vorhin gesessen hatte, geräuschvoll zu Bruch ging. Allerdings nicht, weil er ebenfalls von der Gewalt des Zaubers erfasst worden wäre, sondern weil etwas hart und unsanft auf ihm gelandet war.

Oder vielmehr *jemand* …

Granock traute seinen Augen nicht, als inmitten leerer Luft eine schemenhafte Gestalt erkennbar wurde, die aussah, als wäre sie von gesprungenem Glas überzogen. Blitzschnell schoss sie vom Boden hoch und bewegte sich blitzschnell auf den Tisch zu, wo noch immer der Kristall lag.

»Keinen Schritt weiter!«, rief Farawyn mit lauter Stimme, doch die Gestalt kam der Aufforderung nicht nach. Sie streckte ihre Hand – oder was immer es war – nach dem Kristallsplitter aus, und Farawyn, der sein Schwert gezogen hatte, hieb zu.

All das war innerhalb eines Atemzugs geschehen, sodass Granock kaum mitbekommen hatte, was geschah. Er begriff erst, als eine abgetrennte, blutige Hand auf dem Tisch lag. Ein gellender Schrei erklang dazu, und Granock wurde bewusst, dass er die Stimme kannte.

Der Schemen hatte Mühe, sich auf den Beinen zu halten. Er wankte hin und her, während aus dem Nichts Elfenblut pulsierte, ein grotesker Anblick. Dann verdichtete sich die Gestalt und gewann deutlichere Konturen. Eine hagere Gestalt in einer weiten Robe wurde sichtbar, dazu faltige Gesichtszüge und streng zurückgekämmtes Haar …

»Cysguran!«

Farawyn rief den Namen, während der verblüffte Granock noch immer darüber rätselte, woher er die Stimme kannte. Und tatsächlich: Der Schemen, dessen schmerzverzerrte Züge jetzt deutlich hervortraten, war kein anderer als Farawyns Rivale!

Granock sprang auf wie von einer Tarantel gestochen. Er hielt den Atem an, während seine Blicke zwischen den beiden Zaubermeistern hin und her pendelten. Er erinnerte sich, dass Cysgurans *reghas* darin bestand, nahtlos mit der Umgebung zu verschmelzen und auf diese Weise unsichtbar zu werden – aber weshalb hatte er diese Fähigkeit gegen Farawyn eingesetzt?

»Habt Ihr wirklich geglaubt, dass Ihr mich noch einmal täuschen könntet?«, donnerte der Älteste, das Schwert noch in der Hand. »Dass ich so einfach zulassen würde, dass Ihr den Kristallsplitter stehlt?«

Cysguran erwiderte nichts darauf. Schwer atmend stand er vor dem Ältesten, auf den Tisch gestützt und den blutigen Stumpf an sich pressend – und wirkte plötzlich einen *tarthan*.

Der Gedankenimpuls traf Granock wie ein Fausthieb und schickte ihn erneut zu Boden, nicht jedoch Farawyn, der damit gerechnet zu haben schien. Mit einer fast beiläufig wirkenden Geste wischte der Älteste den Stoß beiseite und ließ ihn ins Leere gehen. Kurz darauf jedoch wurde Cysguran von einem nicht minder harten Hieb getroffen und zu Boden geschmettert. Und noch ehe er sich wieder erheben konnte, traf ihn ein Zeitbann.

Cysguran erstarrte, das Gesicht eine schmerzverzerrte Fratze. Farawyn nickte Granock in grimmiger Anerkennung zu. Dann trat er zu seinem hilflos am Boden liegenden Gegner, setzte ihm die Schwertspitze an die Kehle und wartete ab, bis die Wirkung des Banns nachließ.

»Könnt Ihr mich hören?«, fragte er nur, und Granock erschrak über die Kälte in der Stimme des Zauberers.

Cysguran nickte krampfhaft. Das Sprechen schien ihm schwerzufallen.

»Seid Ihr überrascht?«, fragte Farawyn.

Der andere antwortete nicht. Er schien damit beschäftigt, seine Selbstheilungskräfte einzusetzen, um die Blutung zu stillen und den Schmerz unter Kontrolle zu halten.

»Ich habe es geahnt, wisst Ihr«, erklärte Farawyn, »aber ich wollte es nicht wahrhaben, sagte mir immer wieder, dass es zu einfach wäre. Schließlich wart Ihr einst Palgyrs Anhänger, und es lag nahe, Euch zu verdächtigen. Aber genau das war Eure Strategie, nicht wahr? Ihr wusstet, dass das Ideal der Vergebung es uns verbieten würde, Euch erneut der Zusammenarbeit mit dem Feind zu bezichtigen.«

»Der Zusammenarbeit mit dem Feind?«, fragte Granock, der noch immer nicht verstand.

»Er ist ein Spion Margoks«, erklärte Farawyn, ohne mit der Wimper zu zucken. »Uns gegenüber hat er beteuert, sich von Rurak losgesagt zu haben; in Wirklichkeit hat er ihm all die Jahre weiter gedient. Kein anderer als er ist der Verräter, den wir in unseren Reihen hatten. Er war es, der dem Feind die Stadttore geöffnet hat!«

Granock schaute erschrocken auf Cysguran. Er hatte den eitlen und selbstsüchtigen Zaubermeister nie besonders gemocht, aber diese Wendung entsetzte ihn. Ebenso wie die zwangsläufige Folgerung, die sich daraus ergab. »Dann … war er es auch, der Vater Semias ermordet hat?«

»In der Tat – und zahllose andere, die seines Verrats wegen sterben mussten. Nicht wahr, *Bruder*?«

Cysgurans Mundwinkel fielen in demonstrativer Abscheu nach unten. »Was fragt Ihr, wenn Ihr die Antworten schon kennt?«

»Nun wird alles offenbar«, fuhr Farawyn fort. »Deswegen wolltet Ihr, dass sich alle Zauberer nach den Fernen Gestaden begeben. Ihr wusstet, dass sie sich bereits in der Hand des Feindes befanden, und wolltet uns alle in die Falle locken.«

»Beinahe wäre es mir geglückt.«

»Beinahe«, stimmte der Älteste zu, »aber nun seid Ihr derjenige, der in die Falle gegangen ist.«

»Woher habt Ihr es gewusst?«, wollte Cysguran wissen.

»Von Argyll, meinem treuen Diener«, erklärte Farawyn mit tonloser Stimme, »denn inzwischen habe ich ihn gefunden – oder besser das, was Euer tödlicher Zauber von ihm übrig gelassen hat. Ihr sagtet mir, dass mein Kobolddiener nicht auf seinem Posten wäre, in Wirklichkeit habt Ihr ihn getötet. Und ihr seid in jener Nacht in meiner Kammer gewesen, um auch mich zu ermorden. Nicht Ihr habt mich geweckt, sondern mein treuer Argyll mit den letzten Gedanken, die er auf dieser Welt hatte.«

»Bedauerlicherweise«, knurrte der Verräter. »Andernfalls würdet Ihr jetzt nicht mehr hier stehen.«

»Seither«, fuhr Farawyn unbeirrt fort, »habe ich Euch im Auge behalten. Ich wusste, dass es keinen Zweck haben würde, Euch öffentlich anzuklagen, zumal ich nicht wollte, dass ein neuerlicher Streit den Orden in diesen Tagen spaltet.«

»Ich dachte, Ihr würdet den Unhold verdächtigen.«

»Warum sollte ich? Rambok mag eine andere Hautfarbe haben, aber anders als Ihr trachtet er mir nicht nach dem Leben, sondern hat es mir unlängst im Kampf gerettet. Ich sagte dies nur, um Euch in Sicherheit zu wiegen, denn mir war klar, dass Ihr Euch früher oder später verraten würdet. Also habe ich den Köder ausgelegt und abgewartet.«

Cysguran biss sich auf die dünnen Lippen, als ihm klar wurde, dass er einen entscheidenden Fehler begangen und seinen Gegner unterschätzt hatte. Auch Granock wurde erst jetzt bewusst, was für eine zusätzliche Bürde der Älteste von Shakara in den letzten Tagen getragen hatte. Farawyn war klar gewesen, dass er den Verräter stellen musste, und er hatte den wertvollsten Köder eingesetzt, den er gehabt hatte – den Splitter des Annun. Nun dämmerte Granock auch, weshalb Farawyn darauf verzichtet hatte, die Tür seines Gemachs magisch zu versiegeln …

»Es gab eine Zeit, da hatte ich gehofft, Euch benutzen zu können, um der Gegenseite gezielt falsche Informationen zukommen zu lassen«, sagte der Älteste, während er die Schwertspitze noch immer an Cysgurans Kehle hielt. »Aber das ist nun nicht mehr möglich.«

»Weshalb nicht?«, erkundigte sich der Abtrünnige. »Ich könnte es sehr wohl tun.«

»Und jene verraten, derentwegen Ihr uns verraten habt?« Farawyn schüttelte den Kopf. »Nicht einmal Ihr selbst würdet Euch so weit vertrauen. Mit den Entscheidungen, die Ihr getroffen habt, habt Ihr Eure Existenz verwirkt, Cysguran. So sehr ich es mir auch wünschte, Ihr könnt nicht am Leben bleiben. Denn zum einen habt

Ihr erfahren, was außer mir und meinem ehemaligen Schüler niemand je erfahren darf. Zum anderen ist das Auslöschen Eurer Existenz die einzige Gewähr dafür, dass Ihr keinen weiteren Schaden anrichtet.«

»Was Ihr nicht sagt. Wollt Ihr mir etwa drohen, Farawyn? Ich weiß, wie viel Euch das Gesetz bedeutet – und es besagt, dass kein Sohn Sigwyns getötet werden darf, gleich was sein Vergehen gewesen sein mag.«

»Das ist wahr«, gestand Farawyn leise und mit unüberhörbarer Trauer in der Stimme, »aber wir leben in Zeiten des Krieges. Unter Waffen pflegen die Gesetze bisweilen zu schweigen. Und bei allem, was Ihr getan habt, solltet nicht ausgerechnet Ihr Euch auf das Gesetz berufen.«

Granock konnte sehen, wie der Älteste den Schwertgriff noch entschlossener umfasste. »Meister!«, rief er warnend.

»Da seht ihr es, Farawyn«, versetzte Cysguran genüsslich. »Selbst Euer Zögling, obschon nur ein Mensch, will Euch davon abhalten, einen solchen Frevel zu begehen.«

»Ja«, bestätigte Farawyn leise, »denn in seiner Jugend hat er eines noch nicht erkannt.«

»Und das wäre?«, wollte der Verräter wissen.

»Dass wir den Menschen ähnlicher sind, als Ihr alle es Euch eingestehen wollt«, erwiderte der Zauberer, und indem er nur für einen kurzen Moment die Augen schloss, wirkte er einen Gedankenstoß, der auf die kurze Distanz verheerend war.

Mit vor Entsetzen geweiteten Augen sah Granock, wie der Brustkorb des wehrlos am Boden liegenden Cysguran wie von einer riesigen unsichtbaren Faust zerquetscht wurde. Es gab ein hässliches Knacken, Blutschwälle drangen dem Verräter aus Mund und Nase. Dann fiel sein Kopf zur Seite, und es war vorbei.

»Meister!«

Von Grauen geschüttelt, starrte Granock auf den entsetzlich zugerichteten Leichnam und das Blut, das sich über den Boden ausbreitete und in die Fugen zwischen den marmornen Fliesen rann. Fassungslos versuchte er zu begreifen, dass Farawyn, der Älteste des Zauberordens, soeben einen Wehrlosen getötet hatte, dem

Elfengesetz und dem Kodex von Shakara zum Trotz. Natürlich mochte es Gründe dafür gegeben haben, aber …

Granock zuckte zusammen, als jemand mit den Fäusten gegen die Tür des Gemachs schlug.

»Meister Farawyn! Meister Farawyn …!«

Der Zauberer, der bislang unbewegt über Cysgurans Leichnam gestanden hatte und erst jetzt wieder zu sich zu kommen schien, gerade so als erwache er aus einem Traum, schaute auf. Der Blick, mit dem er Granock bedachte, war unmöglich zu deuten.

»Ja?«, fragte er nur.

Die Tür wurde geöffnet, und ein Bote im Wappenrock des königlichen Hofs trat ein. Natürlich fiel sein Blick sofort auf den Leichnam am Boden, und dem panischen Ausdruck in seinem Gesicht war zu entnehmen, dass er nicht wusste, wie er darauf reagieren sollte.

»Was gibt es?«, wollte Farawyn von ihm wissen.

»General Irgon wünscht Euch umgehend zu sprechen, Sire«, stammelte der Bote und verbeugte sich. »Offenbar führt der Feind etwas im Schilde …«

9. DAI TANTHAIARU

Begleitet von unstetem Fackelschein stiegen sie steile Stufen hinab, die sie tief unter den Palast von Tirgas Lan führten.

General Irgon ging voraus, Farawyn und Granock folgten, dazu Alannah und Meisterin Tarana sowie einige Offiziere. Der Bote hatte nicht gesagt, was genau es war, das der Feind angeblich plante, und Granock konnte es sich auch beim besten Willen nicht ausmalen. Sein alter Meister hingegen schien bereits eine Vermutung zu hegen. Granock konnte die Sorgenfalten auf Farawyns Stirn deutlich sehen.

Sie erreichten das Ende der Treppen und durchschritten dunkle Kavernen, die von gewaltigen gemauerten Säulen von zehn oder zwölf Schritten Durchmesser getragen wurden.

»Dies«, erklärte Farawyn dazu, »sind die Pfeiler, auf denen der Palast ruht, die Fundamente unseres Reichs.«

Granock nickte beeindruckt und ließ den Kristall seines Zauberstabs leuchten, aber auch er vermochte die Dunkelheit in dem Kellergewölbe nicht ganz zu vertreiben, sodass die Decke über ihnen nicht zu erkennen war. Dem kühlen Luftzug und dem Hall ihrer Stimmen nach, mussten die Säulen allerdings ziemlich hoch sein, ein weiteres Meisterwerk elfischer Baukunst.

Ihr Marsch endete vor einer Felswand, die die Kaverne zu einer Seite hin begrenzte. Granock schaute sich um, konnte jedoch nichts Auffälliges oder gar Bedrohliches entdecken.

»Was …?«, wollte er Farawyn fragen – aber der deutete nur stumm auf den Boden, wo sich eine Wasserpfütze befand.

Granock verstand nicht sofort; abgesehen davon, dass das Wasser abgestanden war und stank, schien ihm auch diese Pfütze nicht besonders gefährlich zu sein. Aber dann begriff er, dass Farawyn gar nicht die Pfütze selbst gemeint hatte, sondern die kleinen konzentrischen Kreise, die sich in regelmäßigen Abständen auf der Oberfläche bildeten, ehe sie sich vergrößerten und schließlich verebbten. Im Fackelschein waren sie deutlich zu sehen.

Wieder.

Wieder.

Und wieder …

»Meine Wachen haben es auf einem ihrer Rundgänge entdeckt«, erklärte General Irgon dazu.

»Dann solltet Ihr die beiden befördern, General«, erwiderte Farawyn. »Denn es gehört nicht nur ein gutes Auge, sondern auch eine Menge Verstand dazu, die Bedrohung zu erkennen.«

»Wieso?«, fragte Granock, auch auf die Gefahr hin, damit einzugestehen, dass es ihm an Letzterem gebrach, »was haben diese Kreise zu bedeuten?«

»Sie entstehen durch Erschütterungen im Fels«, erläuterte Farawyn bereitwillig. »Jemand ist dabei, einen Stollen in Erdreich und Gestein zu graben.«

»Jemand?«, fragte Alannah. »Ihr meint …?«

»Genau das.« Irgon nickte grimmig. »Offenbar wollen Margoks Horden sich auf diese Weise Zugang zum Palast verschaffen.«

»Das denke ich nicht.« Farawyn trat vor, legte die Handfläche auf den Fels und schloss für einen Moment die Augen, wobei offenblieb, ob er die Erschütterungen erspüren wollte oder auf eine Vision wartete wie seinerzeit im Kerker von Borkavor. »Ein Tunnel, wie breit er auch immer sein mag, gewährt stets nur einer begrenzten Anzahl von Kriegern Zugang. Er kann nur schwer verteidigt, dafür aber umso leichter zerstört werden.«

»Was vermutet Ihr dann?«, wollte Meisterin Tarana wissen.

»Ich denke«, antwortete Farawyn und ließ seinen Blick an den Fundamenten emporwandern, bis er sich in der Dunkelheit verlor, »dass sie die Mauern zum Einsturz bringen wollen. Dann hätten sie mit uns leichtes Spiel.«

»Die Mauern zum Einsturz?« Irgon und seine Obristen tauschten betroffene Blicke. Auch Granock fand den Gedanken alles andere als erheiternd. »Ihr meint, der Feind will den Palast unterminieren, so wie Zwerge es zu tun pflegen?«

»Ja und Nein. Zwerge pflegen Stollen anzulegen und mit Holz abzustützen. Anschließend verbrennen sie die Stützen, und der einstürzende Stollen bringt das darüberliegende Gebäude zu Fall. Ein solches Vorgehen hätte bei diesen Mauern jedoch keinen Erfolg, denn ihre Fundamente reichen tiefer in die Erde als die irgendeines anderen Bauwerks.«

»Aber was haben sie dann vor?«, fragte Granock.

Farawyn seufzte. »Ich fürchte, dass sie die zerstörerische Kraft der Blutkristalle nutzen werden. Bislang haben sie es nicht getan, obwohl wir wissen, dass sie sich noch immer in ihrem Besitz befinden.«

Granock und Alannah nickten. Damals in Arun waren Aldur und sie in der alten Drachenfestung Nurmorod auf die Blutkristalle gestoßen – Elfenkristalle, die man mit dem Lebenssaft unschuldiger Menschen verdorben und nur zu dem einen Zweck gezüchtet hatte, Tod und Vernichtung zu verbreiten.

Granock wusste, dass sie unter großer Hitze schreckliche Zerstörungskraft zu entfesseln vermochten – wenn dies in einem Stollen nahe der Kaverne geschah, konnte das die Pfeiler Tirgas Lans tatsächlich zerstören! Der Palast und die ihn umgebenden Mauern würden einstürzen, und was dann geschah, wollte sich Granock lieber gar nicht ausmalen, der bloße Gedanke war erschreckend genug. So also, sagte er sich, fügten sich also die einzelnen Steine in das Mosaik. Hatte Margok all diese Dinge von Anfang an geplant? Hatte er immer gewusst, dass der Kampf um Tirgas Lan auf diese Weise entschieden würde …?

»Was können wir tun, Hoheit?«, fragte Irgon Farawyn.

Der zum König erwählte Zauberer überlegte kurz und wandte sich dann wieder Granock zu: »Könntest du eine solche Explosion aufhalten? Ich weiß, du hast es schon einmal getan …«

Auch das stimmte – während der Schlacht im Flusstal hatte Granock sich und seinen Freunden das Leben gerettet, indem er seine Gabe benutzt und die vernichtende Wirkung für einige entscheidende Augenblicke hinausgezögert hatte. Aber würde es ein zweites Mal gelingen? »Ich bezweifle es«, gestand Granock ehrlich. »Damals hat es sich nur um einen einzigen Blutkristall gehandelt, und die Wirkung meines Zaubers war dennoch nur von kurzer Dauer. Wenn es diesmal mehr von ihnen sind oder sie an verschiedenen Orten gezündet werden …«

»Und wenn wir den Splitter des Annun dazu benutzen, deine Kraft zu verstärken?«, wandte Alannah ein.

»Dann wäre ich vielleicht in der Lage, die Katastrophe ein wenig länger hinauszuzögern, keinesfalls aber lange genug, um die Mauern zu verstärken oder unsere Leute vom entsprechenden Abschnitt abzuziehen«, erwiderte Granock kopfschüttelnd. »Die einzige Art, einen Angriff dieser Art abzuwenden, ist, es erst gar nicht dazu kommen zu lassen.«

»Was meinst du?« Farawyn hob eine Braue.

»Jemand müsste den Palast im Schutz der Dunkelheit verlassen, den Eingang des Stollens suchen und ihn zerstören.«

»Das ist eine sehr gute Idee«, stimmte Irgon zu. »Ich werde einen Trupp von Freiwilligen zusammenstellen, der …«

»Nehmt es mir nicht übel, General«, wandte Granock ein, »aber ich glaube nicht, dass diese Aufgabe von herkömmlichen Kämpfern bewältigt werden kann.«

»An wen hast du gedacht?«, wollte Farawyn wissen, obschon er sich die Antwort bereits denken konnte.

»Zauberer sollten gehen«, erklärte Granock nur. »Und ich werde sie anführen.«

»Du?« Farawyn musterte ihn mit einem stummen Blick. »Ist dir klar, worauf du dich einlässt, Junge?«

»Natürlich«, erwiderte Granock ohne Zögern, auch wenn es eine glatte Lüge war. Wie konnte er auch nur annähernd ermessen, welch große Verantwortung er sich in diesem Moment auflud? Er, der als Dieb auf den Straßen Andarils aufgewachsen war, wollte das Elfenreich vor dem sicheren Untergang retten! War das mutig? Lächerlich? Vermessen? Oder alles zusammen? Granock wusste es nicht, er hoffte nur auf eine rasche Entscheidung, ehe er es sich anders überlegte.

Farawyn schaute ihm prüfend ins Gesicht. Dann nickte er bedächtig. »Also gut, Lhurian. Ich lege das Schicksal Tirgas Lans in deine Hände.«

»Und in die meinen«, fügte Alannah unerschrocken hinzu, »denn ich werde dich begleiten.«

»Nein.« Granock schüttelte entschieden den Kopf. »Das kommt nicht infrage.«

»Warum nicht? Weil es zu gefährlich ist?« Sie lächelte schwach. »Du solltest mich besser kennen.«

»Aber ich … ich …« Granock suchte nach den passenden Worten. Er wollte ihr sagen, dass er sich um sie sorgte, dass er sie nach allem, was geschehen war, nicht noch einmal verlieren wollte, aber sie schien all das bereits zu wissen.

»Würdest du mich allein gehen lassen?«, fragte sie nur.

Granock schüttelte resignierend den Kopf.

»Das wäre also entschieden«, folgerte Farawyn. »Wer soll noch zu eurem Stoßtrupp gehören?«

»Rambok, denn er kennt die Schliche der Unholde«, erklärte Granock ohne Zögern. »Und gebt mir nur eine Handvoll Aspiranten aus meinem *dysbarth*.«

»Deine Schüler?« Farawyn schaute ihn zweifelnd an. »Ausgerechnet?«

»Vertraut mir, Meister«, bat Granock, »sie werden Euch nicht enttäuschen – und wenn doch, haben das Reich und der Orden und alles, wofür sie stehen, ohnehin keine Zukunft mehr, oder?«

»Nein«, stimmte Farawyn kopfschüttelnd zu, »das haben sie nicht. Dennoch hoffe ich, dass ihr nicht versagen werdet.«

»Ich weiß, Meister«, erwiderte Granock nur.

Er hatte einen neuen Auftrag bekommen.

Eine zweite Chance.

Und diesmal wollte er weder sich selbst noch irgendjemanden sonst enttäuschen.

Nun, mein Diener?

Die Stimme, die wie immer unvermittelt und aus dem Nichts zu ihm sprach, ließ Rurak einmal mehr erschaudern – obwohl der abtrünnige Zauberer diesmal fest damit gerechnet hatte, dass Margok mit ihm in Verbindung treten würde.

Mehr noch, er hatte darauf gewartet …

»Der Sieg gehört uns, Gebieter«, entgegnete er Beifall heischend.

Uns?, fragte Margok nur.

»Euch«, verbesserte sich Rurak augenblicklich. »Der Plan, den ich gefasst habe, ist aufgegangen. Das Große Tor ist gefallen, Tirgas Lan befindet sich in unserer Gewalt.«

Auch der Palast?

Rurak verzog das Gesicht. Es war nicht einfach, dem Dunkelelfen einen Erfolg als etwas anderes als bloße Pflichterfüllung zu verkaufen. Eigentlich hatte er die Gelegenheit nutzen wollen, um Margok zu erläutern, wie klug dieser daran getan hatte, sich von Rothgan abzuwenden und ihn zum Oberbefehlshaber seines Heeres zu machen. Doch der dunkle Herrscher schien nicht gewillt, sich das Eigenlob des Zauberers anzuhören.

»Nein«, kam Rurak daher nicht umhin zuzugeben, »der Palast noch nicht. Aber es ist nur noch eine Frage der Zeit, bis auch er fallen wird, Hoheit.«

Margok antwortete nicht, sondern ließ nur ein dumpfes Grollen vernehmen, sodass sich der Zauberer genötigt sah, in seiner Erklärung fortzufahren: »Der Plan, den ich entwickelt habe, wird die Mauern des Palasts nicht nur erzittern lassen, sondern sie endgültig zum Einsturz bringen«, beteuerte er. »Ich lasse Eure Pioniere einen Stollen graben, der tief unter ihre Bollwerke führt und den ich mit magischer Kraft zum Einsturz bringen werde. Danach …«

Und du glaubst, dass unsere Feinde dies nicht bemerken werden?, fiel Margok ihm ins Wort. *Dass sie keine Maßnahmen ergreifen werden, um es zu verhindern? Du hast schon einmal den Fehler begangen, Farawyn zu unterschätzen …*

Rurak zuckte innerlich zusammen. Es war schwer zu sagen, was ihn mehr kränkte – den Namen seines Erzfeindes zu hören oder die Tatsache, dass der Dunkelelf seiner Strategie ganz offenbar misstraute.

»Ich weiß, mein Gebieter«, beteuerte er. »Aber diesmal wird Farawyn uns nicht aufhalten, das schwöre ich Euch. Der Spion, den wir in seinen Reihen unterhalten …«

Cysguran ist tot, sagte Margok kalt.

»Was?«

Ich habe ihn wiederholt gerufen, aber er antwortet nicht mehr. Offenbar wurde sein Spiel durchschaut.

Rurak nickte. Mit der Öffnung des Großen Tores hatte der Spion seine Schuldigkeit getan, folglich war es nur von untergeordneter Bedeutung, ob Cysguran noch unter den Lebenden weilte oder nicht. Allerdings erklärte es, weshalb Margok ihm trotz seiner unbestreitbaren Erfolge mit Misstrauen begegnete. Oder hatte der Dunkelelf gar Kenntnis erlangt von der Existenz des …?

Rurak hütete sich davor, den Gedanken zu Ende zu bringen, und schirmte sein Innerstes gegen den Blick des unsichtbaren Auges, das drohend über ihm schwebte.

»Dies ist ein Verlust, aber ohne Bedeutung«, erwiderte er schließlich. »Cysguran war ein nützlicher Diener, aber wir brauchen ihn nicht mehr.«

Das ist wahr. Doch sein Tod beweist, dass Farawyn noch immer auf der Hut ist. Er wird alles daransetzen, deinen Plan, die Palastmauern zum Einsturz zu bringen, zu verhindern – und das ist gut so.

»Es – ist gut so?«, fragte Rurak ungläubig.

Ja, mein Diener. Denn dadurch werden unsere Feinde abgelenkt sein, und ich werde leichtes Spiel mit ihnen haben.

»Ihr, mein Gebieter?« Die Augen des Zauberers weiteten sich voller Unglauben, während er allein in seiner Kammer stand und sich augenscheinlich nur mit leerer Luft unterhielt. »Soll das heißen, dass … dass …?«

Die Zeit für meine Rückkehr ist reif, sagte Margok. Unendliche Genugtuung schien in seiner abgrundtiefen Stimme mitzuschwingen. *Nach Jahrtausenden des Wartens kann ich meinen Feinden endlich offen gegenübertreten. Wie sehr habe ich diesen Augenblick herbeigesehnt!*

»Und haltet Ihr ihn wirklich für gekommen?«, fragte Rurak, den der Gedanke, dass sein Herr und Meister persönlich nach Tirgas Lan kommen wollte, plötzlich erschreckte.

Ohne jeden Zweifel, entgegnete Margok mit einer Überzeugung, der sich zu widersetzen ein tödlicher Fehler gewesen wäre. *Der Dunkelelf wird dann in den Kampf eingreifen, wenn der Feind es am wenigsten erwartet, und die Stadt der Könige zerschmettern …*

10. ODAN DYTH

Der Klang der Schaufeln und Spitzhacken, die sich unablässig in Gestein und Erdreich gruben, war Musik in Thanmars Ohren.

Zugegeben, es war eine ziemlich schräge Melodie, die von den Wänden des dunklen, nur spärlich beleuchteten Stollens widerhallte. Aber eine, die Thanmar an das erinnerte, was er einst gewesen war, was er verloren hatte und was ihm genommen worden war – was er zurückgewinnen wollte.

Der Herzschlag des abtrünnigen Zwergs, in dessen Gesicht eine knollenförmige Nase wucherte und dessen Schädel zu beiden Seiten seiner Kopfhaut beraubt worden war, sodass in der Mitte nur ein schmaler Kamm von Haaren geblieben war, den Borsten eines Keilers nicht unähnlich, beschleunigte sich mit jedem Handbreit, den sich seine Leute weiter durch die Dunkelheit wühlten. Nicht mehr lange, und sie würden den Stollen bis weit unter die feindlichen Mauern getrieben haben. Und der Gedanke an die Zerstörung, die all die Arbeit der Dunkelzwerge dann anrichten würde, ließ ihren Anführer bereits jetzt frohlocken.

Er selbst war es gewesen, der Rurak den Vorschlag gemacht hatte, die Festung des Feindes zu unterminieren und die Stollen anschließend zum Einsturz zu bringen, indem man die Stützbalken in Brand setzte – auf diese Weise waren in alter Zeit viele Zwergenfestungen angegriffen und letztlich auch vernichtet worden. Der Schlächter hatte sich Thanmars Plan angehört und dann das getan, was er wie kaum ein Zweiter verstand – ihn so verändert, dass er ihn beim Dunkelelfen als seine eigene Entwicklung vorstellen und sich damit empfehlen konnte.

Thanmar trug es mit Fassung.

Zum einen diente er lange genug in Margoks Heer, um zu wissen, dass es bisweilen besser war, den Kopf unten zu behalten, wollte man ihn nicht verlieren. Zum anderen trug Rurak damit auch die Verantwortung, falls der Angriff fehlschlagen sollte – aber danach sah es nicht aus.

Unterstützt von einer Horde Orks, die wie von Sinnen auf das Gestein einschlugen, hatten Thanmar und seine Leute den Stollen bereits weit vorangetrieben – und das, obwohl der Boden von Trowna in der Tiefe von hartem Fels durchsetzt war. Wann immer die Gräber auf weiches Erdreich stießen, wühlten sie sich wie Maulwürfe hindurch; trafen sie auf Gestein, so gebrauchten sie die Hämmer und Spitzhacken mit derartiger Verbissenheit, dass sie kaum weniger rasch vorankamen.

Nur selten setzte der ehemalige Aufseher von Nurmorod das Leder ein, das am Gürtel seines mit Kettengeflecht verstärkten Mantels hing – der Hass und der Blutdurst, den Orks wie Dunkelzwerge in sich brodeln fühlten, trieb sie nachhaltiger an, als jeder Peitschenhieb es vermocht hätte. Sie alle brannten darauf, auch noch die letzte Bastion des Feindes zu überwinden und den Elfenpalast in Feuer und Blut versinken zu sehen. Die Unholde, weil es ihrer tumben, auf Zerstörung ausgerichteten Natur entsprach; die Zwerge, weil dann alles Unrecht, das man ihnen angetan hatte, gerächt sein würde.

Elfisches Gesetz war es gewesen, das sie aus ihrer angestammten Heimat vertrieben und sie zu Geächteten gemacht hatte; ein Gesetz, dem sich der Zwergenkönig untertänig gebeugt und das die Hinwendung zu bestimmten Kunstfertigkeiten verboten hatte. Thanmar und die Seinen hatten sich nicht daran gehalten und waren von ihren Gilden dafür hart bestraft worden. Unter den Anhängern Margoks jedoch hatten sie Zuflucht gefunden und eine neue Bestimmung, die sich nun bald erfüllen würde.

Im flackernden Schein der Grubenlampen beobachtete der Aufseher, wie eine neue Schicht von Gräbern anrückte, um dem

Untergrund ein weiteres Stück abzutrotzen. Andere Zwerge waren damit beschäftigt, das losgeschlagene Geröll einzusammeln und in bereitstehende Tröge zu schaufeln, die wiederum von bulligen Orks nach draußen getragen wurden. Die Aussicht auf baldige Beute und Ströme von Blut ließ die Unholde sogar ihre angeborene Abneigung gegen körperliche Arbeit vergessen.

Wie die Bauteile eines gut geschmierten, riesigen Räderwerks griffen die einzelnen Arbeitsgänge ineinander, organisiert von jener Präzision, für die Zwerge so berühmt wie berüchtigt waren. Unablässig wuchs der Stollen weiter, bis weit unter den feindlichen Palast, wo er den Kampf um Tirgas Lan schon bald beenden würde.

Zumindest war das Thanmars Überzeugung.

Hätte der Dunkelzwerg die Gabe besessen, das massive Gestein mit Blicken zu durchdringen, wäre er sich seiner Sache wohl weniger sicher gewesen.

Denn dort im Fels, in einem Hohlraum, der vor undenklich langer Zeit verschlossen worden war, verbarg sich etwas, das vom lärmenden Hammerschlag in seiner Ruhe gestört wurde.

Durch einen geheimen Tunnelgang, der von der nördlichen Mauer zu einem unweit entfernten Stallgebäude führte und von dem es hieß, er wäre in alter Zeit von Königin Liadin angelegt worden, damit sie sich heimlich mit ihrem Liebhaber treffen konnte, gelangte Granocks Trupp aus dem Palast.

Neben ihm selbst und Alannah gehörten sieben Aspiranten dem Stoßtrupp an, die allesamt aus seinem *dysbarth* stammten und von denen einige schon vor den Toren des Palasts gefochten hatten, unter ihnen auch Una und Eoghan. Von der offenen Verachtung, mit der Letzterer Granock in früheren Tagen begegnet war, war nichts geblieben. Genau wie alle anderen hatte auch er erkannt, dass das Elfenvolk es sich in diesen Tagen nicht mehr leisten konnte, in der Wahl seiner Verbündeten wählerisch zu sein. Und dass es nicht die Herkunft war, die über den Wert eines Wesens entschied, sondern die Gesinnung. Entsprechend hatte er auch nichts dagegen einzuwenden, dass fünf von Yrenas Paladinen den

Stoßtrupp als Eskorte begleiteten, die weniger erschöpft waren als Irgons Männer; und natürlich Rambok.

Es hatte eine Zeit gegeben, da hatte Granock dem Ork zutiefst misstraut, und obschon Rambok ihm inzwischen mehrfach das Leben gerettet hatte, vermochte er noch immer nicht zu sagen, was genau hinter den verkniffenen grünen Gesichtszügen mit den Schweinsäuglein vor sich ging. Eines jedoch stand fest: Granock war niemals zuvor jemandem begegnet, dessen Überlebensinstinkt so ausgeprägt gewesen war wie der des Schamanen, und da er bei seinesgleichen weder auf Gnade noch auf Verständnis hoffen konnte, würde er alles unternehmen, um dabei zu helfen, Margoks Horden zurückzuschlagen.

Granock öffnete die hölzerne Falltür einen Spalt weit und warf einen Blick hinaus.

Das Erste, was er wahrnahm, war beißender Verwesungsgeruch. Dann sah er, dass der Boden des Stallgebäudes von Blut überzogen war, das in der Kälte der Nacht gefroren war und dunkel schimmerte. Und inmitten der grausigen Eisfläche lagen die Kadaver unzähliger Pferde, die von den Orks aus purer Blutgier abgeschlachtet worden waren. Einige der Tiere waren grässlich verstümmelt, anderen war der Bauch aufgeschlitzt und die Innereien herausgerissen worden – und das aus bloßem Vergnügen daran, andere Kreaturen zu quälen.

Schaudernd wartete Granock ab, ob sich etwas regte. Als alles still blieb, öffnete er die Luke vollends und stieg lautlos aus dem Schacht. Alannah folgte ihm, dann die Menschenkrieger, die sich nach allen Seiten verteilten, um den Zauberern Schutz zu geben. Als Nächstes kamen die Aspiranten, zuletzt Rambok, der sich in vornehmer Zurückhaltung übte. Es war dem Ork anzusehen, dass er alles darum gegeben hätte, jetzt an einem anderen Ort zu sein. Aber Granock war sicher, dass er seine Pflicht dennoch erfüllen würde.

In gebückter Haltung huschten Granock und Alannah zu einem der glaslosen Fenster, durch die das graue Licht der Morgendämmerung fiel, und spähten vorsichtig hinaus.

In der Nacht hatte es weiter geschneit. Ein weißer Mantel überzog Häuser und Straßen und selbst die Leichen der Erschlagenen, sodass die Stadt trotz der heftigen Kämpfe, die in der Nacht getobt hatten, ein trügerisches Bild des Friedens bot. Nur hier und dort loderten Fackeln, deren Lichtschein schmutzig gelb durch den Nebel schimmerte, der zäh zwischen den Gebäuden hing. Feindliche Krieger waren nicht zu sehen – zu hören waren sie jedoch allemal: Kreischende Schreie und dumpfes Gebrüll hallten durch die Schwaden, ohne dass man hätte feststellen können, woher genau sie kamen.

»Gesang der *faihok'hai*«, knurrte Rambok, der neben Granock auftauchte und ebenfalls einen Blick riskierte. »Krieger der Orks allesamt *saobh*. Wollen Blut fließen sehen.«

»Als ob noch nicht genug Blut geflossen wäre«, zischte Alannah entrüstet.

Rambok bedachte sie mit einem undeutbaren Blick. »Du Orks schlecht kennen. *Saobh* gerade erst angefangen.«

Granock griff unter seine Robe und holte die Zeichnung hervor, die er auf der Grundlage des Modells angefertigt hatte, das im Thronsaal stand. Zu sehen waren die Nordmauer und ein Teil des Palasts sowie die angrenzenden Stadthäuser mit den dazwischen verlaufenden Gassen. Wenn Farawyns Vermutung richtig war, so musste der Stollen des Feindes sich unweit von hier befinden – und mit ihm auch sein Eingang …

»Also los«, raunte er seinen Leuten zu. »Wir gehen hintereinander. Tretet jeweils in die Fußstapfen eures Vordermanns. Und seid so leise, wie ihr nur könnt!«

Er blickte nacheinander in die Gesichter seiner Aspiranten, und zum ersten Mal fiel ihm auf, wie unglaublich jung sie aussahen, selbst für Elfen. Ihre Augen allerdings waren vom Grauen gezeichnet, das sie gesehen hatten und das sie wohl niemals wieder vergessen würden. Granock nickte ihnen aufmunternd zu, dann schlich er zum Stalltor, das halb offen stand, und huschte hinaus.

Der frisch gefallene Schnee dämpfte seine Schritte, aber er barg auch Nachteile – zum einen deutlich sichtbare Spuren, zum anderen reflektierte er das Licht der Dämmerung, sodass es heller war, als es Granock und seinen Leuten recht sein konnte. Dennoch scherten sie sich nicht darum. Sie mussten den Eingang des feindlichen Stollens finden – taten sie es nicht, war ohnehin alles verloren.

Im Laufschritt huschte Granock zum nächsten Gebäude und duckte sich in dessen Schutz. Zwei der Paladine, die ihre Rüstungen zurückgelassen hatten, damit sie sich leichter und schneller bewegen konnten, und nur ihre Schwerter bei sich trugen, folgten ihm. Dann kamen Alannah und die Aspiranten, zuletzt Rambok mit den verbliebenen Kriegern.

Lautlos verharrten sie im Schutz eines Vordachs, und die Elfen lauschten hinaus in den kalten Morgen – als Una plötzlich zusammenzuckte.

»Ich höre etwas«, flüsterte sie.

»Ich ebenso«, stimmte Alannah zu.

»Hammerschläge«, bestätigte Eoghan, dessen feines Gehör das Geräusch ebenfalls ausgemacht hatte.

»Welche Richtung?«, wollte Granock wissen.

Alannah bückte sich, fegte den gefrorenen Schnee beiseite und legte die Hände flach auf den Boden. Dabei schloss sie die Augen und konzentrierte sich. Einen bangen Moment lang fragte sich Granock, ob es möglich war, die Erschütterungen, die von den Hammerschlägen herrührten, über eine solche Entfernung hinweg zu spüren. Natürlich, er hatte Elfen erstaunliche Dinge tun sehen, und die Erfahrung hatte ihn gelehrt, dass gerade Alannah in der Lage war …

»Diese Richtung«, verkündete sie unvermittelt und deutete eine schmale Gasse hinab, deren Häuser zu beiden Seiten geplündert worden waren. Die Fensterscheiben waren zu Bruch gegangen und die Wände mit Blut beschmiert.

»Bist du sicher?«

Der Blick, mit dem sie Granock bedachte, war Antwort genug. Er nickte entschlossen und bedeutete sowohl den Paladinen als auch den Aspiranten, sich für den Kampf bereitzuhalten. Er selbst wechselte den Zauberstab in die linke Hand und zog mit der Rechten das Schwert. Alannah tat es ihm gleich, ebenso wie die Zauberschüler, die leichte, gebogene Elfenklingen mitführten. Dann setzten sie sich erneut in Bewegung, die Gasse hinab, die Alannah ihnen bedeutet hatte.

Der Anblick der geplünderten Gebäude hatte etwas Beklemmendes. Wie die leeren Augenhöhlen ausgebleichter Schädel schienen die dunklen Fensteröffnungen auf sie zu starren. Trümmer der Einrichtung übersäten die Gasse, über die sich wiederum der Schnee gebreitet hatte, und hier und dort waren unter der weißen Decke auch die Leichen jener zu erahnen, die dem Blutdurst der Eroberer zum Opfer gefallen waren.

Una gab einen halb erstickten Schrei von sich, als ihr aus Eis und Firn die erstarrte Miene eines gefallenen Elfenkriegers entgegenblickte. Granock warnte sie mit einem strengen Blick. Sie bewegten sich auf feindlichem Territorium. Wenn sie vorzeitig entdeckt wurden, würde es ihnen nicht besser ergehen als jenen, die unter dem Schnee begraben lagen …

Als sie das Ende der Gasse fast erreicht hatten, hob Granock den Arm. Der Trupp verharrte reglos.

Zusammen mit Alannah und dem Kommandanten der Menschenkrieger wagte er sich noch ein Stück vor und spähte hinaus. Die Gasse mündete auf den Vorplatz eines kreisrunden Gebäudes, das noch vor wenigen Tagen ein *cinurain* gewesen war, ein Ort der Musen und der Heiterkeit, an dem sich Dichter und Sänger begegnet waren und gemeinsam in ihren Künsten gewetteifert hatten. Die fröhlichen Lieder freilich waren verstummt – dafür konnte nun auch Granock ganz deutlich den Klang der Hämmer und Spitzhacken hören. Kein Zweifel, sie hatten den Stolleneingang gefunden.

Granock verzog grimmig das Gesicht. Zwischen den Säulen, die den *cinurain* umgaben und das kuppelförmige Dach trugen, waren zwei Dutzend Orkwachen postiert. Schemenhaft waren ihre bedrohlichem Umrisse im Nebel zu erkennen und die gelben Augen, die wachsam in die Dämmerung starrten.

»Seid ihr bereit?«, flüsterte Granock.

Alannah und der Anführer der Paladine, ein erfahrener Kämpfer namens Cynolf, nickten – und Granock wirkte einen Zeitbann. Dem Augenschein nach blieb alles unverändert – die Hammerschläge dröhnten weiter, während die Wachen nach wie vor unbewegt zwischen den Säulen standen. Jedoch hatten die Zauberer und ihre Gefährten nichts mehr von ihnen zu befürchten.

Vorerst …

»Mir nach«, zischte Granock und rannte los, aus der Deckung, die die Gasse ihnen gegeben hatte, hinaus auf die freie Fläche. Die anderen folgten ihm mit wehenden Umhängen, deren graue Farbe sie mit dem Nebel verschmelzen ließ. Dann hatten sie den Musentempel auch schon erreicht.

Das Portal, das von zwei hünenhaften, im Zeitbann erstarrten Orks versperrt wurde, räumte Alannah kurzerhand, indem sie die beiden mit einem Gedankenstoß beiseite fegte. Rasch drang der Stoßtrupp zum eigentlichen Eingang vor, wo weitere Unholde postiert waren. Auch sie waren noch in Starre gefangen, jedoch deutete das Zucken in ihren Augen an, dass der Bann nicht mehr lange andauern würde. Zwar gab Granock alles, um die Wirkung so lange wie möglich aufrechtzuerhalten, aber der Blutdurst, der die Orks erfüllte, war so roh und unbändig, dass er ihm nicht länger Einhalt zu gebieten vermochte.

Die Wachen kamen zu sich – gerade rechtzeitig, um die Breitschwerter heranfahren zu sehen, die einen Lidschlag später in ihre Kehlen fuhren und sie röchelnd niedersinken ließen.Gleichzeitig jedoch erwachten auch die übrigen Wächter aus ihrer Lethargie und setzten heran, um die Eindringlinge aufzuhalten. Die meisten von ihnen endeten mit gebrochenem Genick, als die Aspiranten von ihren Gedankenkräften Gebrauch machten, ein paar wurden von Eislanzen durchbohrt, wieder anderen wurden die Schädel von messerscharfen Klingen gespalten. Der Kampf war ebenso kurz wie heftig. Dann stand der Zugang zum *cinurain* offen!

Rasch setzten Granock und die Seinen hindurch, ohne zu wissen, was sie jenseits der Pforte erwarten würde – und erlebten eine böse Überraschung.

Der marmorne Boden im Inneren des *cinurain* war mit brutaler Gewalt aufgerissen worden, und inmitten des weiten Runds, in dessen Wandnischen Büsten Lindragels, Euriels und anderer alter Sangesmeister aufgestellt waren, klaffte ein dunkles Loch, das in ungeahnte Tiefen zu reichen schien. Staub quoll daraus hervor und das Hämmern der Werkzeuge – umgeben jedoch war es von wenigstens drei Dutzend bis an die Zähne bewaffneter Orks, die sich den Eindringlingen mit gefletschten Zähnen und blanken Klingen zuwandten.

»Shnorsh«, schnaubte Rambok leise.

Meisterin Tarana konnte die Bedrohung fühlen, aber sie vermochte nicht zu sagen, was die Ursache war.

Bezog sich ihre Empfindung auf eine konkrete Gefahr? Oder war sie nur eine Reflexion dessen, was sie gesehen und erlebt hatte, eine Folge der Trauer und der Verzweiflung, die sich seit König Elidors Tod über alle Elfen gesenkt hatte?

Wachsam stand die Zauberin in der Kristallkammer von Tirgas Lan, den *flasfyn* mit beiden Händen umklammernd. Die grauen Strähnen, die ihr schwarzes Haar durchzogen, hatten sich seit Beginn des Angriffs auf Tirgas Lan stetig vermehrt, und der Blick ihrer waldgrünen Augen hatte seine Jugendlichkeit verloren. Beides waren untrügliche Anzeichen dafür, dass ihr *lu*, ihre Lebensenergie, nachgelassen hatte. Es wich aus ihr wie Wasser aus einem leckgeschlagenen Gefäß, eine Folge der zahllosen Schrecken, denen die Meisterin ausgesetzt gewesen war und vor denen keine Meditation zu schützen vermochte.

Taranas Augen verengten sich zu Schlitzen, während sie prüfend auf die achteckige, steinerne Fläche blickte, die die Mitte der Kammer einnahm und über der ein leuchtender Elfenkristall schwebte. Von Beginn des Konflikts an war es Farawyns Sorge gewesen, Margok, der immerhin der Entdecker der Schlundverbindungen gewesen war, könnte sich die Kristallpforte zunutze machen, um sich Zugang zum Palast zu verschaffen – aus diesem Grund hatte der Älteste sie mit einer Vielzahl von Bannsprüchen versiegelt und ließ sie bei Tag und Nacht von Ordensmitgliedern bewachen.

Doch so lange sie die Plattform auch beobachtete, alles blieb unverändert. Weder änderte der Kristall seine Farbe oder die Kraft seines Leuchtens, noch bildeten sich in der Luft jene charakteristischen Wirbel, die das Öffnen der Schlundverbindung ankündigten. Der Eindruck unmittelbarer Gefahr jedoch blieb bestehen.

Ganz deutlich konnte die Zauberin das Böse fühlen, nicht nur mehr außerhalb der Palastmauern, sondern in unmittelbarer Nähe.

Gerade so, als ob etwas – oder auch jemand – dabei wäre, sich Zugang zum Palast zu verschaffen und die Barrieren zu durchbrechen, die die Weisen so sorgsam errichtet hatten.

Aber wie war das möglich?

Welchen anderen Zugang als diesen konnten die Schergen des Bösen nach Tirgas Lan gefunden haben?

Fieberhaft dachte Meisterin Tarana darüber nach – und plötzlich wurde ihr klar, dass sie alle einem folgenschweren Irrtum erlegen waren.

Ein dumpfes Rauschen lag plötzlich in der Luft, das den Thronsaal von Tirgas Lan erfüllte und den Boden erzittern ließ. Auch der Kartentisch, auf dem das Modell der Stadt errichtet war, begann zu beben, und die verschiedenfarbigen Kiesel, die die feindlichen Heere darstellten, entwickelten ein Eigenleben und begannen über den Tisch zu wandern.

Die vier Elfenwächter, die den Thronsaal bewachten, tauschten betroffene Blicke.

Was ging hier vor sich?

Das Beben verstärkte sich, ebenso wie das unheimliche Geräusch. Kieselsteine fielen vom Tisch, und die Mauern und Türme des Stadtmodells kippten um. Ein Omen der Katastrophe, die über Tirgas Lan hereinbrechen würde?

Die Soldaten standen unentschlossen, wussten nicht, wie sie reagieren sollten – als aus der kreisrunden Öffnung, die in der Mitte des Thronsaals klaffte und den Blick auf die darunterliegende königliche Schatzkammer öffnete, plötzlich ein durchdringender Schrei ertönte.

Nun kam Bewegung in die Soldaten. Die hölzernen Schäfte ihrer Glaiven beidhändig umklammernd, rannten sie auf die Öffnung zu und starrten hinab. Was sie sahen, erfüllte sie mit tiefstem Entsetzen.

Denn inmitten der unermesslichen Reichtümer des Königsschatzes, so als hätten Silber und Gold und funkelnde Gemmen sich auf rätselhafte Weise verflüssigt, hatte sich ein Strudel gebildet, ein Wirbel, der sich immer schneller drehte.

»Was ist das?«, brüllte einer der Wächter gegen das Rauschen, das sich verstärkte, je schneller der Wirbel rotierte. Eine Antwort bekam er nicht. Keiner der Soldaten wusste, was dies zu bedeuten hatte, und die Panik, die sich ihrer bemächtigte, verhinderte jeden klaren Gedanken.

Das Rauschen wuchs sich zu einem Dröhnen aus, das schwer in der Luft lag und auf das empfindliche Gehör der Elfen schlug. Schon ließ der Erste von ihnen die Waffe fallen, um beide Hände auf die Ohren zu pressen – den Schmerz, den das Geräusch auslöste, vermochte er damit jedoch nicht fernzuhalten.

Auch die übrigen Wächter bekamen ihn zu spüren. Einer nach dem anderen sank nieder und begann laut zu schreien, doch das dröhnende Geräusch verschluckte ihre Stimmen. Und in diesem Moment begannen sich aus der verzerrten Wirklichkeit des Wirbels die ersten greifbaren Formen herauszubilden.

Es waren fürchterliche Kreaturen.

Vier an der Zahl, mit grässlichen, nach vorn gewölbten Echsenhäuptern und hin und her peitschenden Schwänzen. Der Strudel spie sie aus, und mithilfe ihrer Krallen kletterten sie mühelos an der Schachtwand der Schatzkammer empor, überstiegen die Ummauerung und gelangten so in den Thronsaal.

Mit den Wächtern, die kaum noch zur Gegenwehr fähig waren, hatten sie leichtes Spiel. Blutüberströmt sanken die Elfenkrieger nieder, während die Echsen sich wieder dem Strudel zuwandten und sich in Erwartung ihres Anführers untertänig verbeugten.

Die Zeit für Margoks Rückkehr war gekommen.

11. FLAS SHA MARWURAITH

Granock und Alannah warteten nicht erst ab, bis die Orks ihnen entgegenstürmten, sondern gingen sofort zum Angriff über.

Der Zeitzauber, den Granock wirkte, erfasste zwar nicht alle Unholde, jedoch die gesamte linke Flanke, sodass diese Krieger in Untätigkeit erstarrten und vorübergehend keine Bedrohung mehr darstellten. Den Orks auf der anderen Seite schlug aus Alannahs zarten Händen eisiges Verderben entgegen, das einige kurzerhand durchbohrte und andere mit einer dicken Eisschicht überzog, die sie elend zugrunde gehen ließ. Die Aspiranten, allen voran Una und Eoghan, griffen ebenfalls an und wirkten mehrere Gedankenstöße, die die Krieger von den Beinen rissen und sie in die klaffende Öffnung stürzen ließen, aus der sie nicht wieder auftauchten.

»Vorwärts!«, brüllte Granock, und die Schwertkämpfer aus Andaril fielen über die in unendlicher Langsamkeit gefangenen Orks her. Es war kein gerechter Kampf, wie sich Granock widerstrebend eingestand, aber wann in diesem mörderischen Krieg hatte die Gegenseite je Gnade gezeigt? Die Orks fielen unter den Klingen der Paladine, und selbst, als die Ersten von ihnen aus dem Zeitbann erwachten, blieb ihnen kaum eine Möglichkeit zur Gegenwehr.

Die verbliebenen Unholde rotteten sich zu einem versprengten Haufen zusammen, den die Zauberer dank magischer Kräfte jedoch wieder auseinanderrissen. Und als schließlich nur noch eine Handvoll Orks übrig war, wagte sich selbst Rambok vor und brachte seinen Dolch zum Einsatz.

»*Faihok*«, fuhr er einen seiner Artgenossen an, der mit durchschnittener Kehle niedersank, »merke dir, dass niemals anlegen mit Rambok dem Schamanen!«

Der Weg war frei. Schmale Leitern führten in die dunkle Grube, die der Feind gegraben hatte, um den Palast von Tirgas Lan zu unterminieren.

»Cynolf«, wies Granock den Anführer der Paladine an, »Ihr bleibt mit Euren Männern hier und bewacht den Zugang. Haltet uns um jeden Preis den Rücken frei.«

»Verstanden, Zaubermeister«, entgegnete der Mann aus Andaril und nickte. Seine Leute und er beraubten einige der gefallenen Orks ihrer Schilde und postierten sich schützend um die Grube, während Granock und die Aspiranten bereits hinabstiegen.

Sie hatten den Grund noch nicht erreicht, als dort zwei Dunkelzwerge auftauchten. Beide trugen Tragekörbe auf dem Rücken, die mit Geröll und Erdreich gefüllt waren und das Doppelte ihres eigenen Körpergewichts wiegen mochten. Als sie die Eindringlinge auf den Leitern bemerkten, wollten sie schreiend Alarm geben, aber es kam nicht dazu. Der eine wurde von messerscharfem Eis durchbohrt, ehe er auch nur einen Laut herausbrachte, der andere wurde von einem unsichtbaren Hieb getroffen, geriet ins Taumeln und stürzte, sodass sich der Inhalt seines Korbs über ihn ergoss.

Granock übersprang die letzten Sprossen der Leiter und landete weich federnd auf dem Grund des Schachts, unmittelbar vor der Mündung eines Stollens, der ihm drohend und dunkel entgegenblickte. Er brachte den Kristall seines Zauberstabs zum Leuchten und trat unerschrocken hinein. Alannah und die anderen folgten ihm, die Waffen abwehrbereit erhoben.

»Hörst du das?«, fragte die Elfin flüsternd. »Es ist plötzlich totenstill ...«

Granock schürzte die Lippen. Alannah hatte recht. Die Geräusche der Werkzeuge hatten ausgesetzt – was hatte das zu bedeuten? Ahnte man, dass Eindringlinge im Stollen waren? Oder hatte der Feind seine Arbeit bereits beendet und stand kurz davor, das Vernichtungswerk zu vollenden?

Unwillkürlich beschleunigten sie ihre Schritte. Wie lange der Stollen war, ließ sich nur schwer schätzen. In zwei sanften Biegungen wand er sich bis tief unter den Palast, und Granock kam nicht umhin, die Arbeit des Feindes zu bewundern. Der Stollen war ein meisterliches Beispiel zwergischer Bergbaukunst. Innerhalb kürzester Zeit war es Margoks kleinwüchsigen Helfern gelungen, einen geräumigen Gang von zehn Ellen Breite und sechs Ellen Höhe durch den Untergrund von Trowna zu treiben, dessen Decke durch hölzerne Balken gesichert wurde. Vermutlich, so nahm Granock an, waren dafür zahlreiche Kreaturen zu Tode geschunden worden, wie es der lebensverachtenden Natur des Dunkelelfen entsprach. Aber die Leistung war dennoch erstaunlich – auch wenn ihr einziger Zweck die Zerstörung Tirgas Lans war.

Schwacher Lichtschein drang plötzlich den Stollen herauf. Die Kristalle an den Zauberstäben verblassten, und im Schutz des Halbdunkels huschten die Eindringlinge weiter. Je heller der Schein der Grubenlampen wurde, desto vorsichtiger bewegten sie sich und erreichten schließlich das Ende des Stollens.

Der Anblick, der sich ihnen bot, war ebenso überraschend wie überwältigend, denn der Felsengang hörte nicht einfach auf, sondern mündete in eine geräumige Höhle von vielleicht zwanzig Schritten Durchmesser. Darin drängten sich mit Hämmern und Spitzhacken bewehrte Orks und Dunkelzwerge, die miteinander in heftigen Disput verstrickt zu sein schienen.

Was, so fragte sich Granock, ging hier vor sich?

Ihrer regelmäßigen Kuppelform nach zu urteilen war die Höhle nicht natürlichen Ursprungs, sondern dem Untergrund in zäher Arbeit abgerungen worden. Hatten die Dunkelzwerge etwa auch das in so kurzer Zeit bewerkstelligt? Granock konnte es sich kaum vorstellen, zumal die Felswände seltsam glatt waren, beinahe wie damals in Borkavor …

Der Gedanke erschreckte ihn, und obwohl er den Grund dafür nicht benennen konnte, merkte er, wie auch Alannah neben ihm sich verkrampfte.

»Dies ist kein guter Ort«, flüsterte sie leise.

»Was meinst du?«

»Die Zwerge sind beim Graben auf diese Höhle gestoßen. Hier ist seit Jahrtausenden niemand gewesen.«

Granock nickte. Das war eine mögliche Erklärung für die Aufregung der kleinen Kerle und ihrer grünhäutigen Helfer, und es lieferte auch den Grund dafür, dass die Werkzeuge plötzlich verstummt waren. Aber es änderte nichts an der Mission, die sie zu erfüllen hatten.

»Das interessiert mich nicht«, erklärte er. »Unser Auftrag ist es, den Stollen zu zerstören. Kannst du die Burschen dort unschädlich machen?«

Alannah zögerte. Ihr Blick wirkte plötzlich abwesend, und sie schien mit ihren Gedanken woanders zu weilen.

»Kannst du es oder kannst du es nicht?«, wollte Granock wissen, der schon drauf und dran war, hinauszustürmen und die Dunkelzwerge, die gegen seinen Zeitzauber unempfindlich waren, mit blanker Klinge anzugreifen.

Alannah nickte und schien wie aus einem Traum zu erwachen. Was es gewesen war, das sie so in Bann geschlagen hatte, wusste er nicht, und es war ihm auch gleich. Er wollte nur den Auftrag zu Ende bringen, den Farawyn ihnen erteilt hatte und von dem das Überleben Tirgas Lans abhing.

Die Elfin konzentrierte sich und hob die Hände, wandte sich der Höhle zu, wo Orks und Zwerge sich noch immer nicht beruhigt hatten. Granock wartete darauf, dass glitzernde Pfeile aus Alannahs Händen schießen und sich in der Luft als blaues Eis manifestieren würden. Aber noch bevor die Elfin dazu kam, von ihrer Gabe Gebrauch zu machen, verfielen die Aspiranten plötzlich in aufgeregtes Geschrei.

Granock fuhr herum – und sah sich einer ganzen Meute mit Äxten bewaffneter Dunkelzwerge gegenüber, die den Gang herunterkamen. Und kein anderer als Rurak war ihr Anführer.

Tarana war auf dem Weg.

Entgegen des Befehls, den sie erhalten hatte, hatte die Meisterin ihren Posten verlassen. So schnell ihre kurzen Beine sie trugen, hastete sie die Stufen hinab, die sich von der Kristallkammer zum Thronsaal wanden, in der verzweifelten Hoffnung, dass ihr Verdacht sich als unwahr erweisen möge – aber was, wenn sie recht hatte?

Als bei der Schlacht im Flusstal die Heere des Lichts und der Finsternis erstmals aufeinandergetroffen waren, hatte sich der Dunkelelf einer geheimen Schlundverbindung bedient, um seine Kampfmaschinen und am Ende gar sich selbst über weite Entfernungen hinweg zu transportieren. Da aufgrund unveränderbarer Naturgesetze feststand, dass eine solche Verbindung stets einen Mittelpunkt und drei Ausgänge besitzen musste – deshalb wurde sie häufig auch Dreistern genannt – hatte man geglaubt, die geheimen Pforten genau zu kennen.

Das Zentrum vermutete man in der vergessenen Drachenfeste Nurmorod, die Margok zu seiner Waffenschmiede gemacht und von der aus er seinen Feldzug begonnen hatte.

Die zweite Pforte befand sich am Siegstein im Flusstal, wohin der Dunkelelf das Elfenheer bewusst gelockt hatte, um es zu vernichten.

Die dritte Pforte führte, wie sich inzwischen herausgestellt hatte, geradewegs an die Fernen Gestade, in den Palast von Crysalion.

Die vierte Pforte schließlich hatte man in Borkavor vermutet, von wo Margok den Verräter Rurak scheinbar mühelos befreit hatte.

Aber was, wenn dies ein Irrtum gewesen war?

Was, wenn es Margok gelungen war, seinen Diener auf andere Weise zu befreien und wenn die vierte Pforte in Wahrheit nicht in ungeahnte Ferne, sondern geradewegs hierherführte, in den Palast von Tirgas Lan? Würden die magischen Barrieren, die die Zauberer um den Thronsaal errichtet hatten, ausreichen, um das Eindringen des Bösen zu verhindern? Würden die Wächter in der Lage sein, einer solchen Bedrohung zu begegnen?

Tarana bezweifelte es, zumal infolge des frenetischen Rauschens, das ihr aus der Tiefe entgegendrang und mit nichts zu vergleichen war, das sie je zuvor vernommen hatte. Dazu war ein Beben zu verspüren, das sich mit jeder Stufe noch zu verstärken schien. Die Meisterin konnte nur hoffen, dass sie nicht die Einzige war, die es bemerkt hatte.

Endlich erreichte sie das Ende der Treppe und stieß die Tür auf, die in den Thronsaal führte. Was sie sah, erfüllte sie mit Entsetzen:

Die Wächter lagen erschlagen in ihrem Blut, an ihrer Stelle kauerten vier scheußlich anzusehende Kreaturen um die Öffnung zur Schatzkammer. Und aus der Tiefe drangen grässliche Geräusche, ein Kreischen und Heulen, das nahelegte, dass etwas Schreckliches im Begriff war, sich zu ereignen.

Tarana zögerte keinen Augenblick.

Obschon sie allein war, trat sie den Kreaturen entschieden entgegen, die mehr an Echsen denn an Elfen erinnerten, obwohl sie genau das einst gewesen waren. Es waren die *neidora*, Margoks berüchtigte Leibwächter – und wo sie waren, war meist auch ihr dunkler Herrscher nicht weit.

Den Zauberstab wie einen Speer in den Händen haltend, ließ die Zauberin einen gezackten, blau leuchtenden Blitz aus der Kristallspitze schlagen, der einen der Echsenkrieger erfasste. Der *neidor* sprang auf und verfiel in wilde Zuckungen, als die Energie des Blitzes ihn auffraß. Als schwelender Kadaver fiel er zu Boden, worauf seine Kumpane in wütendes Zischen verfielen und zum Gegenangriff übergingen.

Zwei von ihnen schleuderte Tarana mit einem Gedankenstoß zurück, der dritte setzte mit einem weiten Sprung heran, die Zähne gefletscht und die Klauen gespreizt, um die Zauberin zu zerfleischen. Indem sie erneut von ihrer Gabe Gebrauch machte, warf sie einen weiteren Blitz, der die Echsenkreatur aus der Luft pflückte und sie unsanft zu Boden holte. Der *neidor* wand sich im Todeskampf, während knisternde Entladungen über seinen Körper huschten und sein frevlerisches Dasein beendeten.

Tarana fuhr herum. Nach ihrer Rechnung waren noch zwei Gegner übrig, aber nur einer von ihnen war zu sehen. Der Echsenkrieger, ein besonders scheußlich anzusehendes Exemplar, aus dessen langem Maul klebriger Geifer troff, kauerte am Rand der Öffnung und starrte der Zauberin hasserfüllt entgegen.

Tarana atmete tief durch und sammelte sich innerlich. Sie musste Alarm geben, musste Farawyn und die anderen wissen lassen, dass der Feind geradewegs ins Herz von Tirgas Lan vorgedrungen war. Aber wie sollte sie …?

Mehr Zeit zum Nachdenken hatte sie nicht. Der *neidor* kam näher, nicht mit einem weiten Satz wie sein glückloser Vorgänger, sondern vorsichtig, mit angriffslustig vorgerecktem Haupt. »Du hättest nicht hierherkommen sollen, Kreatur des Bösen«, rief Tarana ihm entgegen, »denn hier endet deine Existenz! Bist du bereit, für Margok zu sterben?«

Der Echsenkrieger entblößte sein mörderisches Gebiss zu einem bizarren Grinsen und hob seine blutige Axt – in diesem Moment nahm Tarana aus dem Augenwinkel eine Bewegung wahr.

Der andere Echsenkrieger!

Blitzartig fuhr sie herum und sah den *neidor* geradewegs auf sich zukommen, eine Axt in der einen, eine gebogene Klinge in der anderen Klaue und die Reptilienaugen glühend vor Mordlust. Dieser *neidor* war größer und kräftiger als die anderen. Dinistrio, ihr grausamer Anführer!

Die Zauberin kam nicht dazu, Gegenwehr zu leisten. Sie duckte sich rasch, damit sie dem mit mörderischer Wucht geführten Axtblatt entging. Dennoch gelang es dem Angreifer, ihr einen Stoß zu versetzen, der sie taumeln ließ und zu Fall brachte. Der *flasfyn* entwand sich ihrem Griff und rollte über den Boden davon.

Dinistrio, der lachend über ihr stand, wollte erneut zuschlagen, doch sie stieß ihn mit einem *tarthan* zurück. Das Gewicht der schweren Axt brachte ihn aus dem Gleichgewicht, und der Echsenkrieger wankte. Tarana nutzte die Gunst des Augenblicks, um über den Boden auf ihren *flasfyn* zuzukriechen – doch ihre Rechte erreichte den Zauberstab nie.

Denn in dem Augenblick, in dem sie danach griff, ging ein weiteres Axtblatt nieder und durchtrennte ihren Unterarm mit furchtbarer Wucht. Der andere verbliebene *neidor* – ihn hatte sie völlig vergessen!

Hohnlachend stand die grausame Kreatur über ihr und schüttete ihren Spott über sie aus, allerdings nicht sehr lange. Ihre Wut, ihre Furcht und ihren Schmerz in einer einzigen energetischen Entladung bündelnd, entsandte Tarana einen vernichtenden Blitz auf ihren Peiniger, der ihn aus nächster Nähe traf und seinen Brustkorb trotz des eisernen Panzers, den er trug, auseinanderriss.

Der Rachen der Kreatur blieb offen stehen, ihre Augen starrten in purem Unverständnis. Dunkler Rauch quoll aus der schwärenden Wunde und wurde zu einer wehenden Fahne, als die Kreatur leblos von den Beinen kippte.

Tarana unterdessen hatte nach ihrem *flasfyn* gegriffen und wollte sich auf die Beine raffen. Den Zauberstab mit der Linken umklammernd, setzte die Zauberin alles daran, sich daran emporzuziehen, aber es gelang ihr nicht. Zu geschwächt war sie, zu groß der Schmerz trotz aller Selbstheilungskräfte, die sie verzweifelt anzuwenden suchte. Blut stürzte unaufhörlich aus dem Stumpf, den die Magierin an ihre Robe presste, während sie sich verzweifelt einzureden versuchte, dass der Körper nichts als eine Hülle war und der Geist der Materie zu jeder Zeit überlegen.

Sie merkte, wie ein dunkler Schatten auf sie fiel, und schaute auf. Dinistrio stand über ihr, seine beiden Waffen erhoben. Das Leuchten, das aus den kalten Augen des Echsenkriegers drang, war so grausam und voller Bosheit, dass sie erschauderte. Wie, so fragte sie sich, sollte das Licht jemals über solches Dunkel triumphieren?

In unendlicher Langsamkeit sah sie, wie es in Dinistrios Augen zuckte und die Klinge auf die Zauberin herabstieß, die schwer verwundet und entkräftet auf dem Boden kauerte – und in einem letzten, verzweifelten Willensakt stieß sie den *flasfyn* fast senkrecht empor, nur einen Lidschlag bevor das Schwert des Echsenkriegers sie ereilte.

Dinistrio hatte mit Gegenwehr nicht mehr gerechnet. Der Zauberstab, an dessen Spitze der Elfenkristall aufglomm, fraß sich unterhalb des Brustpanzers in den ungeschützten Bauch der Kreatur und entfaltete seine verderbliche Wirkung. Gleichzeitig spürte Tarana den vergifteten Stahl, der ihr in die Brust gefahren war und ihr Herz durchbohrt hatte.

Mit ersterbendem Blick schaute die kleinwüchsige Zauberin zu dem Echsenkrieger auf, und einen endlos scheinenden Moment starrten sie einander an, während sie in tödlicher Umarmung gefangen waren. Dann, plötzlich, zerplatzten Dinistrios Reptilienaugen wie überreife Früchte, und einen Herzschlag später dehnte sich sein grüner Echsenleib, blies sich auf wie ein verstopftes Gedärm und barst mit einem hässlich knirschenden Geräusch.

Hautschuppen, Fleischfetzen, Bruchstücke von Rippen und dunkler Lebenssaft klatschten in einem bizarren Regen nieder, während die Überreste von dem, was einst Margoks oberster Leibwächter gewesen war, zu einer grünen Masse zusammensank. Tarana, die noch immer auf dem Boden kauerte, und blutbesudelt war, wandte vor Abscheu den Blick. Sie unternahm nicht erst den Versuch, das Schwert herauszuziehen, das in ihrer Brust stak und ihr mit jedem Atemzug ein Stück Lebensenergie entriss. Ihr einziges Streben war darauf gerichtet, ihre Schwestern und Brüder zu warnen, nur darauf kam es noch an.

Denn während die Zauberin und die *neidora* gekämpft hatten, hatte sich das Kreischen aus der Tiefe immer noch verstärkt. Wind kam auf, der wie ein Sturm durch den Thronsaal peitschte und nicht nur die Fahnen und Standarten von den Wänden riss, sondern auch das Modell Tirgas Lans vom Tisch fegte, so als wolle er eine Vorausschau geben auf die Dinge, die da kamen. Entsetzt blickte Tarana zum Schacht – und erblickte voller Entsetzen die albtraumhafte Kreatur, die aus der Tiefe emporkam. Schnaubend und mit rasselnden Schwingen stieg sie über den Rand der Öffnung, gelenkt vom Willen des grässlichen Reiters, der in ihrem Nacken saß und eine riesige Kriegsaxt erhoben hielt, die von Dunkelfeuer umlodert wurde.

Margok!

Tarana ächzte entsetzt, wobei ihr Blut aus den Mundwinkeln rann. Sie wusste, dass ihr irdisches Dasein zu Ende war, doch sie wollte nicht vergehen, ohne ihre Freunde gewarnt zu haben. Mit der letzten Kraft, die sie noch aufbringen konnte, entließ die Meisterin einen Blitz aus ihren Händen, der jedoch nicht dem Dunkelelfen galt, gegen den sie ohnehin wehrlos war. Stattdessen zuckte die Entladung zur Kuppeldecke des Thronsaals empor und durchschlug diese, um als gleißendes Leuchtfeuer in die Dämmerung zu steigen.

Und mit einem lauten Donnerschlag, der Tirgas Lan in den Grundfesten zu erschüttern schien, starb die Zauberin.

Der letzte Gedanke, den ihr Bewusstsein formte, ehe es erlosch, galt Farawyn.

12. GYRTHARO URA

»Da sind sie! Vernichtet sie!«, keifte Rurak mit heiserer Stimme, als sie die Eindringlinge gewahrten – und die Dunkelzwerge gingen sofort zum Angriff über.

Sie trugen schwere Panzerung und waren bis an die fauligen Zähne bewaffnet. Und die blutglänzenden Schneiden ihrer Äxte verrieten deutlich, was den Paladinen aus Andaril widerfahren war, die den Stolleneingang bewacht hatten.

»Tarthian!«, rief Alannah, und die Aspiranten schickten den Angreifern einen gemeinsamen Gedankenstoß entgegen, der sie wie gegen ein unsichtbares Hindernis anrennen ließ. Einige der Zwergenkämpfer kamen zu Fall und landeten auf dem Rücken, zappelnd wie große Käfer. Andere wankten nur kurz und setzten die Attacke fort. Die Distanz war zu kurz, als dass Alannah ihre Gabe hätte zum Einsatz bringen können, und auch Granocks *reghas* war nutzlos. Was blieb, war nur der Kampf Mann gegen Mann.

Mit dem Schwert in der einen und dem *flasfyn* in der anderen Hand stellte sich Granock den Angreifern. Dem ersten Zwerg, der in die Reichweite seiner Klinge kam, brachte er eine klaffende Wunde bei, doch seine nachrückenden Kumpane ließen sich davon nicht beeindrucken. Ihre Äxte zum Streich erhoben, trafen sie auf die Aspiranten, und ein blutiges Handgemenge entbrannte, das die Zauberschüler nur verlieren konnten. Entsetzt sah Granock, wie einer von ihnen blutüberströmt zu Boden ging. Una und ein weiterer Aspirant schleuderten den Zwerg zurück und versuchten, sich ihrer Haut mit blanker Klinge zu erwehren, aber der rohen Stärke der Dunkelzwerge hatten sie nichts entgegenzusetzen. Dazu eilten von der anderen Seite des Stollens nun auch noch die Gräber heran, Orks und Zwerge gleichermaßen, um sich mit Hämmern und Spitzhacken auf die Eindringlinge zu stürzen. Alannah empfing sie mit einer Kaskade aus Eis, die zwei der Orks pfählte. Der Rest zeigte sich davon jedoch unbeeindruckt.

Granocks Blicke flogen hin und her – sein versprengtes Häuflein von Zauberschülern stand Rücken an Rücken gegen eine hoffnungslose Überzahl, und es lag nicht in seiner Macht, die Angreifer aufzuhalten. Widerstrebend musste er sich eingestehen, dass ihre Mission kläglich gescheitert war. Nur eines konnte er tun – den Mann bestrafen, der all dies Unheil zu verantworten, der den Orden verraten und sich mit dem Feind verbündet hatte, der für den Tod so vieler Unschuldiger verantwortlich war und der Margoks Rückkehr erst ermöglicht hatte …

»Rurak!«

Zornentbrannt schrie er den Namen des Verräters, und indem er gleich drei Zwerge auf einmal beiseite fegte, sprang er auf den Zauberer zu. Rurak – oder Palgyr, wie er sich einst als Mitglied des Zauberrats genannt hatte – war kaum mehr wiederzuerkennen. Unzählige Narben überzogen sein von Brandwunden entstelltes Gesicht, das kalte Augenpaar darin jedoch war noch immer dasselbe.

Granock wollte einen weiteren *tarthan* wirken und Rurak damit treffen, doch der Verräter wehrte den Angriff mühelos ab. »Sieh an«, spottete er, »sein Instinkt hat den Dunkelelfen also nicht getrogen. Er ahnte, dass ihr versuchen würdet, meine Pläne zu durchkreuzen – aber ich hätte nicht gedacht, dass Meister Lhurian persönlich erscheinen würde. Welch unverhoffte Ehre!«

»Spar dir das Gequatsche«, beschied Granock ihm in der Menschensprache – und schleuderte sein Schwert.

Der blitzende Stahl überschlug sich in der Luft und hielt geradewegs auf Ruraks Kehle zu, doch der Abtrünnige reagierte einmal mehr mit erstaunenswerter Schnelle und warf das tödliche Geschoss aus seiner Flugbahn.

Granock wartete nicht erst ab, bis das Schwert klirrend auf dem Boden gelandet war. Mit einem heiseren Kampfschrei auf den Lippen ging er zum Nahkampf über.

In atemberaubend rascher Folge prallten die Zauberstäbe der beiden Gegner aufeinander, während Entladungen sich gegenseitig abstoßender Energie aus den Elfenkristallen schlugen. Granock vermochte nicht zu sagen, was es war, das den mehr tot als lebendig aussehenden Verräter noch atmen ließ – Zauberkraft oder Bosheit oder eine Mischung von beidem. Aber Rurak kämpfte mit einer Kraft und Verbissenheit, die seinem entstellten Äußeren zutiefst widersprachen, und als Granock hart an der Schulter getroffen und zu Boden geschmettert wurde, dämmerte ihm, dass er seinen Gegner unterschätzt hatte.

»Heute, Meister Lhurian«, geiferte Rurak auf ihn herab, »wirst du etwas lernen, das dir bislang noch fremd geblieben ist. Du wirst einsehen, dass die dunkle Magie der lichten zu jeder Zeit überlegen ist!«

»Niemals«, widersprach Granock trotzig – und riss den *flasfyn* empor, um den Todesstoß abzuwehren, den Rurak ihm versetzen wollte. Mit vernichtender Wucht ging der Zauberstab des Verräters nieder, und es kostete Granock alle Mühe, den Schlag zu blocken. Über die gekreuzten Stöcke hinweg starrten die beiden Zauberer einander an, während sie sich gegenseitig einen Vorteil abzutrotzen suchten.

»Nun, mein Junge?«, verlangte der Verräter zu wissen. »Dämmert dir, dass du dir den falschen Gegner ausgesucht hast?«

Granock erwiderte nichts, er brauchte seinen Atem, um sich zu verteidigen. Mit übermenschlicher Kraft drückte Rurak ihn nieder, das hassverzerrte, von Brandnarben entstellte Gesicht des abtrünnigen Zauberers schwebte unmittelbar über ihm. Gleichzeitig merkte Granock, wie seine Körperkräfte ihn verließen, gerade so, als würde sein Gegner sie ihm entziehen und dadurch selbst an Stärke gewinnen …

»Nun?«, höhnte er. »Wie gefällt es dir, der Unterlegene zu sein, törichter Mensch?«

Das Elfenbein seines *flasfyn* mit beiden Händen umklammernd, sank Granock zu Boden. Vergeblich versuchte er, sich seines Gegners mit einem Gedankenstoß zu entledigen. Der *tarthan* verpuffte so wirkungslos, dass Rurak ihn nicht einmal zu bemerken schien. Der Zauberer verfiel in kehliges Gelächter, und Granock dämmerte die Einsicht, dass dies womöglich das Letzte war, was er auf Erden zu hören bekommen würde.

Indem er all seine verbliebene Kraft zusammennahm, bäumte er sich noch einmal auf und versuchte, seinen Gegner von sich zu stoßen. Rurak, der damit nicht gerechnet hatte, wich für einen kurzen Moment zurück, den Granock nutzte, um sich blitzschnell herumzuwerfen und davonzuwälzen.

Den *flasfyn* in der Hand, raffte er sich wieder auf die Beine, schwankend angesichts der verlorenen Kräfte, die sein Gegner ihm abgetrotzt hatte. Mit verschwimmenden Blicken schaute er sich nach Rurak um – als dessen Zauberstab ihn wie ein Blitz aus heiterem Himmel traf.

Der Schmerz war so überwältigend, dass Granock glaubte, die Sinne würden ihm vergehen.

Ausgehend von seiner Brust, wo der *flasfyn* des Verräters ihn berührte, überzog ein heftiges Brennen seinen Körper, so als wäre ihm die Haut in Fetzen vom Leib gerissen worden. Er schrie auf und kam zu Fall, der Zauberstab entwand sich seinem Griff – und so lag er auf dem Boden, betäubt von Schmerz und unfähig sich zu bewegen, und erwartete sein Ende …

Margok triumphierte.

Auf den Schwingen des Stahldrachen, den dunkle Magie und die Kunstfertigkeit der Zwerge ins Leben gerufen hatten, hatte der Dunkelelf die geheime Kristallpforte durchquert, die ihn von Nurmorod ins Herz des Elfenreichs geführt hatte.

Nach Jahrtausenden, in denen sein Geist gefangen gewesen war im Niemandsland des Vergessens und er zu einem Schatten des einst so mächtigen Zauberers verblasst war, hatte er nun endgültig in die Welt der Sterblichen zurückgefunden. Nicht nur mehr als hinter vorgehaltener Hand geflüstertes Gerücht; nicht nur mehr als schaurige Kunde, die die Völker Erdwelts in Angst und Schrecken versetzte; nicht nur mehr als körperlose Stimme, die seine Anhänger dazu brachte, genau das zu tun, was er wollte; nicht nur mehr als unheimliche Schreckgestalt, die dem Tod näher war als dem Leben – sondern wirklich und höchstselbst, um sich das zurückzuholen, was ihm vor undenklich langer Zeit entrissen worden war.

Die absolute Macht …

Während sein mechanisches Reittier, dessen äußere Form einem Drachen der alten Zeit nachempfunden war, dessen schimmernde Metallhülle jedoch mehr einem schwer gepanzerten Krieger glich, die Flügel ausbreitete und unter Rasseln und Stampfen in die Kuppel des Thronsaals hinaufstieg, brach der Dunkelelf in irrsinniges Gelächter aus. Der Verlust der *neidora* ärgerte ihn, aber es war nur ein Nadelstich, der letztlich ohne Bedeutung bleiben würde. In der neuen Weltordnung, die Margok errichten wollte, würde er keiner Leibwächter mehr bedürfen. Denn darin würde es keine Kreaturen mehr geben, deren Absichten und Gedanken gefährlich oder auch nur unabhängig genug waren, um sich gegen ihn zu richten.

Selbstständiges Denken, freie Entfaltung, eigenes Empfinden – all diese Dinge, die den Kern der Revolte in sich trugen, würde es unter seiner Herrschaft nicht mehr geben. Die Völker Erdwelts, zumindest jene, die nicht den Fehler begangen hatten, sich ihm zu widersetzen, würden weiterexistieren, aber nur noch seine, Margoks Gedanken, würden ihr Handeln bestimmen.

Mithilfe der Elfenkristalle, deren Geheimnis er schon vor langer Zeit erforscht hatte, würde er in die Köpfe seiner Untertanen blicken können und auch den leisesten Anklang von Ungehorsam im Keim ersticken. Es würde das Ende allen Zwists bedeuten und den Beginn einer neuen Zeitrechnung.

Der Ära des Dunkelelfen …

Margok riss an den Zügeln seines mechanischen Reittiers, worauf weißer Dampf aus dessen Nüstern stieg. Die stählernen Flügel geißelten die Luft mit wuchtigen Schlägen, und die künstliche Kreatur wollte sich zur Kuppel emporschwingen, durch deren zerstörte Decke fahles Tageslicht hereindrang – als plötzlich die Tür des Thronsaals aufgestoßen wurde. Auf der Schwelle stand ein einzelner Mann, dessen weite Robe seine hagere Gestalt umflatterte.

Graue Strähnen durchzogen sein dunkles Haar, der Blick seiner dunklen Augen jedoch war fest und unerschrocken, so als hätte er bereits damit gerechnet, dem personifizierten Schrecken ins Auge zu blicken.

»Zurück, Ausgeburt des Bösen!«, brüllte er in der Elfensprache und stieß den Zauberstab empor, dessen Kristall matt leuchtete – eine erbärmliche Funzel angesichts der lodernden Axt in Margoks Klauen.

Obschon der Dunkelelf dem lächerlichen Alten nie persönlich begegnet war, wusste er, um wen es sich handelte, denn er hatte ihn wiederholt in Ruraks Kristallkugeln gesehen. Sein Name war Farawyn, und er gefiel sich nicht nur in der anmaßenden Rolle des Ältesten von Shakara, sondern behauptete auch noch von sich, die Gabe der Prophetie zu besitzen.

Margok lachte nur, und mit einer Kopfbewegung, die fast beiläufig wirkte, brachte er einen Gedankenstoß auf den Weg, der den Alten vor die Brust traf und ihn von den Beinen riss. »Du«, donnerte er dazu, »willst mir befehlen? Ausgerechnet du? Weißt du denn nicht, wer du bist?«

Mit einfältiger Beharrlichkeit raffte sich der Zauberer wieder auf die Beine, wobei er seinen *flasfyn* als Stütze benutzen musste.

»Alter Mann«, höhnte Margok von seinem hohen Sitz herab, »die ganze Zeit über hast du versucht, meine Rückkehr zu verhindern – doch wie du siehst, ist es dir nicht gelungen!«

Farawyn schickte sich an, einen *tarthan* zu wirken, doch der Dunkelelf ließ den Gedankenstoß mühelos von sich abgleiten. Er rächte sich, indem er den Ordensvorsteher von Shakara abermals zu Boden schmetterte. Diesmal so heftig, dass der Alte Schwierigkeiten hatte, wieder auf die Beine zu kommen.

»Hast du wirklich geglaubt, mir widerstehen zu können?«, rief Margok über das Rasseln und Schnauben des Stahldrachen hinweg. »Weißt du denn nicht, dass ich schon gegen deine Ahnen gekämpft habe und dass auch sie mir unterlegen sind? Und dass einer von ihnen mein ergebenster Diener gewesen ist?«

Dies zeigte Wirkung.

Genüsslich nahm der Dunkelelf zur Kenntnis, dass Farawyn unter seinen Worten beinahe ebenso zusammenzuckte wie unter der Wucht der Gedankenstöße. Die Geschichte seiner Familie war ihm also bekannt. Und vermutlich wusste er auch, was sie hervorgebracht hatte …

»Sein Name war Curran«, fuhr Margok fort, »und als ich daranging, die nutzlosen Verbote und Gesetze des Ordens zu missachten und eine neue Art von Kreaturen ins Leben zu rufen, da wollte er der Erste sein …«

»Wir alle wissen, was du getan hast, Margok«, rief Farawyn zurück, während er schwankend wieder auf die Beine kam, kein mächtiger Zauberer, sondern allenfalls noch ein Zerrbild davon. »Curran war verblendet. Er ist auf deine Lügen hereingefallen, so wie viele andere!«

»Dennoch wurde er der erste Vertreter meiner neuen Rasse, der erste Ork«, ätzte der Dunkelelf. »Hasst du mich deswegen so sehr, dass du glaubst, mich besiegen zu können? Glaubst du, ich wüsste nicht, wer du bist und was dich antreibt? Nichts entgeht mir, Farawyn, des Currans Spross!«

»Rede, was du willst!«, schrie Farawyn. »Die Vergangenheit hat keine Macht über mich!«

»Denkst du das wirklich?« Margok lachte kehlig. »Im Gegenteil, du Narr! Die Vergangenheit ist alles, was dem Orden und dem ach so stolzen Volk der Elfen noch geblieben ist – und sie ist auf dem besten Weg dazu, euch einzuholen!«

Damit hob er die Axt und riss an den Zügeln, um den Stahldrachen hinabfahren zu lassen und den anmaßenden Zauberer endlich zum Schweigen zu bringen – doch anders als er erwartet hatte, wich Farawyn weder zurück noch zeigte er Furcht.

»Die Vergangenheit ist dein Ursprung, Dunkelelf, und deine größte Schwäche«, rief er laut. »Du solltest dich lieber um die Gegenwart kümmern!«

»Warum?«, fragte Margok belustigt.

Farawyn antwortete nicht. Dafür zog er unter seiner Robe einen schmalen glitzernden Gegenstand hervor, der in seiner Hand grell zu leuchten begann.

Der Dunkelelf erkannte ihn sofort.

Es war ein Splitter des Annun.

13. DOTHAINUR'Y'DRAGDAI

»Woher hast du das?«, fragte Margok vom Rücken seines bizarren Reittieres herab, das unablässig mit den Flügeln schlug, um sich in der Luft zu behaupten. Mit grimmiger Befriedigung nahm Farawyn zur Kenntnis, dass ein Anflug von Überraschung in der Stimme des Dunkelelfen mitschwang.

Der Älteste vermochte nicht genau zu sagen, was ihn in den Thronsaal gerufen hatte. War es der Hilferuf gewesen, den Schwester Tarana mit letzter Kraft ausgesandt hatte? Oder hatte er die Bedrohung selbst gespürt? Hatte er sie in einer seiner Visionen vorausgesehen, womöglich schon vor langer Zeit?

Farawyn merkte, wie ihm sein Verstand zu entgleiten drohte. Mit aller Kraft schirmte er sein Bewusstsein gegen die Bosheit, die von Margok ausging. Unzählige Male hatte er sich gefragt, wie es sein musste, der personifizierten Schlechtigkeit zu begegnen. Nun erfuhr er es am eigenen Leibe, und ihm wurde klar, weshalb so viele Margoks Bann erlagen. Blanker Wahnsinn nagte am Verstande dessen, der dem Dunkelelfen gegenübertrat, abgrundtiefe Angst wollte ihn verzehren …

»Sieh an«, rief er dennoch trotzig, während er den Kristallsplitter weiter erhoben hielt, »offenbar weißt du doch nicht alles, Qoray!«

»Qoray?« Die Gestalt auf dem Stahldrachen schüttelte unwillig den Kopf. Farawyn schauderte bei dem Gedanken, dass es der einst so vollendete Körper Riwanons war, einer Schwester des Zauberordens, der Margoks Geist beherbergte. Zwar war unter der schwarzen Rüstung, die der Dunkelelf trug, und infolge der dunklen Magie, die ihn durchdrang, nicht mehr viel davon zu erkennen; die schlanken, fast weiblichen Formen fielen jedoch auf und ließen den Dunkelelfen noch unheimlicher erscheinen, als er es ohnehin schon war. Schiefergraue, von dunklen Adern durchzogene Haut überzog die Hände und das Gesicht, aus dem ein rot glühendes Augenpaar starrte. Pechschwarzes Haar umloderte sein Haupt wie dunkles Feuer, und die Dunkelaxt in seiner Hand und der weite Umhang, die ihn wie Nebel umwallte, ließen keinen Zweifel daran, welch frevlerischer Mächte er sich bediente. »Willst du närrische Spiele mit mir treiben, alter Mann? Versuchst du, mich herauszufordern?«

»Keineswegs.« Farawyn schüttelte den Kopf. »Ich versuche dich nur an das zu erinnern, was du einst gewesen bist und was du wieder sein wirst – ein sterbliches Wesen.«

»Sterblich? Ich?« Margok lachte nur. »Du weißt nicht, was du da sagst. Ich habe schon existiert, als du noch nicht einmal ein Gedanke gewesen bist, und ich werde noch existieren, wenn dich die Welt längst vergessen hat. Ich habe die Jahrtausende überdauert, obwohl ich für tot gehalten wurde und meine Feinde zu triumphieren glaubten – doch nun bin ich zurückgekehrt und stärker als je zuvor.«

»Nicht stärker als die Kraft des Annun«, konterte Farawyn.

»Was willst du tun, alter Mann?«, tönte Margok. »Den Kristallsplitter als Waffe gegen mich gebrauchen? Du bist doch gar nicht in der Lage, seine Kräfte zu entfesseln!«

»Kannst du dir da so sicher sein?«, fragte der Zauberer.

»Um das zu tun, ist mehr vonnöten, als du zu geben bereit bist, alter Mann«, war der Dunkelelf ihm höhnisch. »Du müsstest dafür Dinge tun, die für dich unvorstellbar sind. Du müsstest Regeln brechen, müsstest alles verraten, das zu bewahren du geschworen hast, und verbotenen Künsten frönen …«

»Und?«

»Du würdest lieber untergehen, als das zu tun«, war Margok überzeugt. Er schien seinem Reittier einen lautlosen Befehl zu geben, denn plötzlich hörte der stählerne Drache auf, mit den Flügeln zu schlagen. Stattdessen legte er sie an wie ein Raubvogel, der eine Beute gesichtet hatte – und stieß auf Farawyn herab.

Der Älteste von Shakara wusste, dass dies der Augenblick der Entscheidung war. Jener Moment, in dem er entweder sterben würde, aufrecht und den Prinzipien des Ordens treu – oder dem Feind die Stirn bieten und kämpfen, mit allen Mitteln, die ihm verblieben waren …

»Stirb, elender Mensch!«

Unfähig, sich zu bewegen, lag Granock auf dem Boden. Ruraks Hieb hatte ihn entwaffnet und so geschwächt, dass er nichts tun konnte, als mit weit aufgerissenen Augen auf sein Ende zu warten. Triumphierend stand der Verräter über ihm, bereit, ihm mit dem Zauberstab den Rest zu geben.

»Du hast meine Pläne die längste Zeit durchkreuzt!«, keifte er. »Nun erst, am Ende deines jämmerlichen Daseins, begreifst du, dass das ein schwerer Fehler gewesen ist!«

Namenloser Hass verzerrte die entstellten Gesichtszüge des Zauberers, als er den *flasfyn* senkte. Die smaragdgrünen Kristalle im Totenschädel des Kopfstücks begannen grell zu leuchten, und Granock fühlte, wie seine Eingeweide und inneren Organe wie von einer unsichtbaren Klaue gepackt zu werden und plötzlich Ausbruch aus seinem Körper zu suchen schienen. Der Druck gegen seine Rippen war ungeheuer, der Schmerz unbeschreiblich, und einige Herzschläge lang glaubte Granock tatsächlich, er würde zerplatzen. Doch dann geschah etwas, womit weder er noch Rurak noch irgendjemand sonst im Stollen gerechnet hatten.

In seiner Pein nahm Granock das Fauchen und das entsetzte Geschrei kaum wahr, das aus der Felsenhöhle drang, und er bekam auch nicht mit, wie die steinernen Bodenplatten barsten und etwas aus der Tiefe kam, das einen riesigen Schädel hatte und einen langen Schweif, der unablässig hin und her peitschte – obschon er wie die ganze Kreatur nur aus bleichen, von einem blauen Schimmern umgebenen Knochen bestand. Dass etwas nicht stimmte, wurde Granock erst klar, als Rurak mit dem Todesstoß zögerte, sich umwandte …

… und einen gellenden Schrei ausstieß!

Dann überschlugen sich die Ereignisse. Etwas, das bläulich leuchtete und so groß war, dass es den ganzen Stollen ausfüllte, kam den Felsengang herab und wischte mit atemberaubender Geschwindigkeit an ihm vorbei. Dabei packte es den noch immer aus Leibeskräften brüllenden Rurak und riss ihn mit. Einen Lidschlag später waren beide um die Stollenbiegung verschwunden.

»Was, zum Henker, war das?«, stieß Granock entsetzt hervor. Alles, was er gesehen hatte, waren ein mörderisches Gebiss und und ledrige Flügel gewesen, und für einen kurzen Augenblick hatte ihn der kalte Hauch des Todes gestreift.

»Der Dragnadh«, erklärte Alannah, die atemlos neben ihm auftauchte. Ihre Robe und die Schneide ihrer Elfenklinge waren blutbesudelt, aber sie selbst schien unverletzt. »Bist du in Ordnung?«

Granock nickte. Der Zauberbann, der ihn am Boden gehalten hatte, hatte mit Ruraks Verschwinden augenblicklich ausgesetzt, ebenso wie der Griff um seine Eingeweide. Schwerfällig raffte er sich auf die Beine. »*Dragnadh?* Du meinst, eines von diesen untoten Drachenviechern?« Er erinnerte sich an die Skelette, die von unheimlichem Leben erfüllt waren und die ihnen wiederholt als Reittiere gedient hatten.

»Nein.« Die Elfin schüttelte den Kopf. »Ich spreche nicht von irgendeinem, sondern von *dem* Dragnadh. Wie es heißt, war während des Ersten Krieges Tirgas Lan die einzige der Goldenen Städte, die nicht vernichtet wurden. Zu verdanken war dies dem Drachenwächter der Stadt, der Margoks Horden erfolgreich fernhielt – bis er vom Dunkelelfen erschlagen wurde. Aber die Legende sagt, dass der Dragnadh tief unter den Mauern Tirgas Lans ruht und dass er selbst aus dem Tode zurückkommen wird, um seinen Kampf gegen das Böse fortzusetzen.«

»Eine Legende?«

»Jedenfalls dachten das alle«, bestätigte Alannah. »Die Grabkammer existierte jedoch wirklich – und der Dragnadh scheint ebenfalls zu existieren.«

Granock war fassungslos. Nach all den Rückschlägen, die sie hatten hinnehmen müssen, konnte er kaum glauben, dass ihnen das

Glück auf so unverhoffte Weise zur Hilfe gekommen sein sollte. Aber Alannahs Geschichte erklärte immerhin, weshalb die Wände der Höhle ebenso glatt beschaffen waren wie jene der einstigen Drachenfeste Borkavor … »Soll das heißen, dass … dass dieses Ding tatsächlich auf unserer Seite steht?«, fragte er vorsichtig.

Vom Ende des Tunnels her flackerte lodernder Feuerschein, dazu waren die grässlichen Schreie von Zwergen und Orks zu hören, die bei lebendigem Leib geröstet wurden.

»Offensichtlich«, sagte Alannah trocken.

Granock wandte sich nach seinen Schülern um. Zwei von ihnen waren gefallen, zwei weitere im Kampf verwundet worden. Aber alle hatten sich tapfer bewährt und dem Feind bis zuletzt die Stirn geboten, und obwohl ihm derlei Gefühle gewöhnlich fremd waren, kam Granock nicht umhin, stolz auf sie zu sein.

»Dann lasst uns tun, wozu wir gekommen sind«, forderte er mit fester Stimme. »Zerstören wir den verdammten Stollen und sorgen wir dafür, dass er keinen Schaden mehr anrichten kann!«

14. DAIL

Im letzten Augenblick warf sich Farawyn zu Boden und wich dem Angriff aus. Gleichzeitig wirkte er einen Gedankenstoß.

Der Stahldrache, dessen metallene Klauen nach ihm hatten greifen wollen, verfehlte ihn daraufhin um Haaresbreite und zog scharf über ihn hinweg. Farawyn konnte den eisigen Luftzug spüren und den Pestatem des Dunkelelfen.

Er warf sich herum und konnte sehen, wie der Stahldrache fünfzig Schritte hinter ihm zur Landung kam. Die künstliche Kreatur schlug mit den Flügeln, ihr Schwanz peitschte wild hin und her, geradeso wie bei ihrem Vorbild. Margok war von jeher ein Meister darin gewesen, die Natur nachzuäffen, von den Orks bis zu den *neidora*. Der stählerne Drache jedoch, erfüllt von dunkler Magie, war sein jüngstes Hexenwerk.

Schwankend kam Farawyn auf die Beine, den Kristallsplitter in der einen, den Zauberstab aus Lindenholz in der anderen Hand. Er wartete nicht ab, bis Margok einen neuerlichen Angriff gegen ihn vortrug, sondern konzentrierte sich und wirkte einen *tarthan*, der für jede Kreatur Erdwelts tödlich gewesen wäre.

Der Dunkelelf reagierte mit beängstigender Gelassenheit.

Nur eine beiläufige Bewegung mit der Dunkelaxt kostete es ihn, den Angriff abzuwehren, in den Farawyn all seine Zauberkraft gelegt hatte. Der Gedankenstoß glitt von ihm ab und verging wirkungslos.

»Ist das alles?«, höhnte Margok von seinem schnaubenden Reittier herab, das sein metallenes Haupt gesenkt hatte wie ein wilder Stier. »Mehr hast du nicht zu bieten?«

Farawyn bebte innerlich. Nicht nur, dass der Dunkelelf die Stärke Qorays und Riwanons in sich vereinte, er hatte auch Jahrtausende Zeit gehabt, seine Kräfte zu regenerieren. Der Älteste hingegen hatte einen Kampf nach dem anderen ausgetragen, und er war müde.

Unendlich müde …

»Gib es auf«, forderte der Dunkelelf ihn auf. »Du weißt, dass dein Widerstand gegen mich zwecklos ist, warum lässt du es also nicht? Du hast nichts mehr zu gewinnen, alter Mann – aber unendlich viel zu verlieren.«

»Genau wie du«, konterte Farawyn – und benutzte den Splitter des Annun dazu, seine Zauberkraft zu verstärken. Als er diesmal einen *tarthan* wirkte, verdichtete sich dieser zu einem gleißenden Blitz, der aus dem Kristall stach und Margok entgegenzuckte.

Der Dunkelelf richtete sich im Sattel auf, hob die Axt und parierte den mörderischen Angriff. Der Blitz zersprang in Myriaden winziger Entladungen, ohne erkennbaren Schaden anzurichten. Aber diesmal schien es ihn ungleich mehr Kraft gekostet zu haben, die Attacke abzuwehren.

Kurz hatte es den Anschein, als wanke Margok im Sattel – und Farawyn brachte sofort einen weiteren Blitzstrahl auf den Weg.

Diesmal jedoch war der Dunkelelf schneller.

Mit einer Gewandtheit, die in Widerspruch zu seiner Masse und seinem enormen Gewicht zu stehen schien, sprang der Stahldrache auf und schwang sich wieder in die Lüfte – der Blitz verfehlte ihn und schlug in die Wand. Den Naturgesetzen spottend, stieg die riesige Kreatur erneut zur Kuppel auf, und ihr Reiter verfiel in spöttisches Gelächter, als zwei weitere Attacken Farawyns ins Leere gingen.

Wie eine riesige aufgeschreckte Fledermaus flatterte der künstliche Drache unter der Kuppel umher, flog bald hierhin und bald dorthin, ohne dass ein Muster erkennbar und seine Bewegungen vorauszuberechnen gewesen wären.

Der Älteste besann sich.

So konnte er den Dunkelelfen nicht bekämpfen! Er musste näher an ihn herankommen – aber wie sollte er das zustande bringen?

Er hatte den Gedanken noch nicht zu Ende gebracht, als das stählerne Untier erneut die Flügel anlegte und mit weit aufgerissenem Rachen auf ihn herabfuhr. Margok auf seinem Rücken schwang die Axt und sprach eine Reihe von Bannflüchen aus, deren Wirkung Farawyn sofort zu spüren bekam.

Als packe ihn eine unsichtbare Klaue und halte ihn fest, war er plötzlich nicht mehr in der Lage, sich zu bewegen! Wie zur Salzsäule erstarrt, musste er verharren und zusehen, wie das Ungetüm und sein finsterer Reiter auf ihn zukamen, während er gleichzeitig spürte, wie die Präsenz des Dunkelelfen an seinen Kräften nagte, als würde er zur Ader gelassen.

Farawyn setzte alles daran, sich davon zu befreien, und es gelang ihm, den Bann seines Gegners wenigstens so weit zu lösen, dass er den Zauberstab heben konnte – dann waren der Dunkelelf und sein grässlich schnaubendes Reittier auch schon heran!

Unfähig auszuweichen, biss Farawyn die Zähne zusammen – und schleuderte den *flasfyn* wie einen Speer. Der Elfenkristall an der Spitze glomm auf und traf den Stahldrachen vor die Brust, durchschlug die Panzerung mit magischer Kraft.

Schmerz schien die mechanische Kreatur nicht zu empfinden, aber es entwich heißer Dampf aus der Wunde, der zu Margok aufstieg und ihm einen Augenblick lang die Sicht raubte. Er heulte auf vor Wut, und Farawyn spürte, wie der Griff des Dunkelelfen sich weiter lockerte.

Der Zauberer nutzte dies, um dem Bann vollends zu entkommen. Bäuchlings warf er sich hinter die Ummauerung, die die Öffnung zur Schatzkammer umlief; dort aber, wo er eben noch gestanden hatte, pflügten die klingenscharfen Klauen des Stahldrachen durch die Luft.

Farawyn stöhnte leise. Die Aktion hatte ihn Kraft gekostet, und zum Aufatmen bestand kein Grund. Sein *flasfyn* steckte noch immer in der Brust des stählernen Ungeheuers. Alles, was ihm geblieben war, war der Splitter des Annun, den er fest umklammert hielt – und der Dunkelelf hatte sein bizarres Reittier bereits wieder herumgerissen, um sich in einem weiteren Anflug auf seinen Gegner zu stürzen.

Atemlos sah Farawyn, wie der Stahldrache die metallenen Flügel ausbreitete und einen Herzschlag lang unter der hohen Kuppel des Thronsaals zu verharren schien. Dann stieß er erneut herab – und diesmal gab es keinen *flasfyn* mehr, den der Zauberer werfen konnte.

Der Dunkelelf war unerreichbar für ihn.

Durch das Portal des Musentempels gelangten Granock, Alannah und die Aspiranten zurück ins Freie, verfolgt von grauem Staub und infernalischem Getöse. Mithilfe ihrer mentalen Fähigkeiten hatten sie die Stützbalken von der Decke gerissen, sodass der Stollen der Dunkelzwerge unter der Last des darüberliegenden Erdreichs eingebrochen war.

Der Auftrag war damit erfüllt – aber zu ihrer Überraschung fanden die beiden Zaubermeister und die Aspiranten die Stadt völlig verändert vor!

Der Nebel hatte sich gelichtet, dafür lag nun dichter Rauch über den Gassen. Hier und dort lagen die verkohlten Überreste von Orks, und von der Palastmauer drang lautes Geschrei.

»Was ist da los?«, wollte Una wissen.

»Finden wir es heraus«, knurrte Granock, und sie stürmten die Gasse hinab, die sie vorhin heraufgeschlichen waren. Zwei Gnomen, denen sie unterwegs begegneten, stand das Entsetzen in die grünen Gesichter geschrieben. Granock fegte sie mit einem *tarthan* beiseite und rannte weiter bis zum Stall.

Ursprünglich hatte er vorgehabt, erneut Liadins Geheimgang zu nehmen und auf diese Weise ungesehen zurück in den Palast zu gelangen, doch das war nicht mehr nötig. Der Kampf um Tirgas Lan war erneut in aller Offenheit entbrannt, aber diesmal tobte er außerhalb des Palasts, und es waren nicht die Elfen, die in Bedrängnis waren.

Fassungslos starrten Granock und seine Begleiter auf Dutzende von lichterloh brennenden Orks, die sich schreiend am Boden wälzten, um die Flammen zu ersticken. Enorme Hitze hatte den Schnee rings um den Palast geschmolzen, und eine dunkle Brandspur führte an der Mauer entlang Richtung Süden.

»Kommt«, forderte Granock seine Gefährten auf, und sie folgten der Spur der Vernichtung, die sich um den halben Palast herumzog. Auch einige Gebäude waren in Brand geraten, Orks rannten schreiend und in wilder Panik umher.

Granock streckte einen von ihnen nieder, ein zweiter wurde von Alannahs Eis durchbohrt. Etwas musste die Unholde so erschreckt haben, dass sie kaum noch in der Lage waren, Widerstand zu leisten, und als die Zauberer den Westturm passierten, sahen sie deutlich, was das war.

Der Dragnadh!

Granock traute seinen Augen nicht, als er die knöcherne Kreatur aus dem grauen Himmel herabstürzen sah, mit ihren löchrigen Schwingen schlagend und im nächsten Augenblick loderndes Feuer speiend. Woher die Flammen kamen, war unerklärlich, denn zwischen den Rippen der Kreatur befand sich nichts als leere Luft, und ihr Rachen bestand aus wenig mehr als aneinandergefügten Wirbelknochen. Die Flammen, die aus seinem Schlund stachen, waren jedoch so echt und so vernichtend, wie sie es nur sein konnten.

Mit verheerender Wirkung gingen sie auf die Orks und Menschen nieder, die sich im Schutz der Stadthäuser angepirscht und nur darauf gewartet hatten, dass der Stollen einstürzen und die Westmauer zu Fall bringen würde. Tödliches Verderben hatten sie den Verteidigern von Tirgas Lan bringen wollen – nun brach es über sie selbst herein.

Es war schwer zu sagen, wie viele feindliche Krieger sich auf den Straßen und dem Vorplatz drängten – es mochten an die zweitausend sein. Sie standen dicht gedrängt und boten dem Dragnadh ein leichtes Ziel, der in diesem Augenblick wieder herabstieß und grelle Feuerlohen spie.

Chaos brach aus, das seinesgleichen suchte: Orks, Gnomen und Menschen rannten schreiend durcheinander, die einen lichterloh brennend, die anderen im verzweifelten Bemühen, sich in Sicherheit zu bringen. Vergeblich suchten sie, sich mit ihren Schilden gegen die Flammen zu schirmen – die Hitze, die von den weiß glühenden Pflastersteinen zurückprallte, setzte sie dennoch in Brand.

Einige flüchteten sich in die angrenzenden Häuser, die vor dem Dragnadh jedoch ebenfalls keinen Schutz boten – der untote Drache, der wie eine entfesselte Naturgewalt über den Feind herfiel, setzte auch sie in Flammen. Der Anblick war entsetzlich, das Geschrei unbeschreiblich, und fast hatte es den Anschein, als wolle der Drachenwächter sein Zerstörungswerk erst dann beenden, wenn halb Tirgas Lan in Schutt und Asche läge.

Plötzlich jedoch schien er sich anders zu besinnen, stieg hoch in die von Rauch durchsetzte Morgenluft und drehte dann zum Palast hin ab. Einen Lidschlag später war er zwischen den Türmen verschwunden.

»Was hat er vor?«, fragte Alannah.

»Ich weiß es nicht«, erwiderte Granock grimmig und hob seinen *flasfyn*, »aber ich weiß, was *ich* vorhabe. Der Feind ist geschwächt. Das ist unsere Chance, ihn zu schlagen. Jetzt!«

Alannah kam nicht mehr dazu, etwas zu erwidern – denn wie um Granocks Worte zu bestätigen, öffnete sich plötzlich das Westtor des Palasts, und das Fallgitter glitt ratternd in die Höhe. Dahinter erschienen die Paladine Andarils, in voller Rüstung und hoch zu Pferd, sowie elfische Lanzenreiter, deren Helme und Brünnen im Licht des neuen Tages blitzten.

Ihre Rosse schnaubten und scharrten unruhig mit den Hufen, bis ihre Herren ihnen endlich die Sporen gaben. Unter ohrenbetäubendem Donner jagten die Tiere zum Tor hinaus, geradewegs auf die Reihen der verschreckten Feinde zu. Auch von Norden und Süden setzten Reiter heran, und durch das Westtor drängte Fußvolk nach. Offenbar hatte Farawyn die Gunst der Stunde erkannt und wollte die unverhoffte Hilfe durch den Drachenwächter nutzen, um den Feind in einem überraschenden Ausfall zu schlagen und aus Tirgas Lan zu vertreiben – angesichts der zahlenmäßigen Unterlegenheit der Verteidiger noch immer ein Wagnis, aber das Auftauchen des Dragnadh hatte den Kämpfern Tirgas Lans neuen Mut gegeben.

Nicht länger hatten sie das Gefühl, von der Geschichte vergessen und von ihren Ahnen im Stich gelassen worden zu sein. Der Drachenwächter hatte ihnen gezeigt, dass die gerechte Sache noch immer siegen konnte – und diese Hoffnung ließ sie erbitterter fechten als je zuvor.

Aber wo war Farawyn?

Granock entdeckte Irgon und Yrena unter den Reitern, seinen alten Meister jedoch sah er nicht. Sollte Farawyn es vorgezogen haben, als neu gewählter König innerhalb der Palastmauern zu bleiben und andere an seiner Stelle kämpfen zu lassen? Granock konnte es sich kaum vorstellen.

Und noch jemanden vermisste er, schon seit sie den Stollen verlassen hatten.

Rambok.

Seit dem Auftauchen des Dragnadh war der Ork spurlos verschwunden, aber Granock sorgte sich dennoch nicht um ihn. Denn wenn er etwas sicher wusste, dann dass der kauzige Schamane für sich allein sorgen konnte.

Die Reiter aus Andaril waren heran!

In keilförmiger Formation bohrten sie sich in die Masse der Feinde, und ihre Schwerter säten neues Verderben. Gleichzeitig gingen Schwärme von Pfeilen auf die Unholde nieder, und kurz darauf erreichte auch das Fußvolk die Krieger des Dunkelelfen.

Unter wildem Kampfgebrüll, die Zauberstäbe schwenkend, schlossen sich Granock, Alannah und die Aspiranten ihnen an und stürzten sich auf die Angreifer.

Die Entscheidungsschlacht hatte begonnen.

15. HUTH'Y'CRYSALON

Farawyn lief, so schnell er konnte.

Eine weitere Attacke des Dunkelelfen hatte der Zauberer überstanden, indem er sich abermals in den Schutz der Steinmauer geflüchtet hatte, die die Schachtöffnung zur königlichen Schatzkammer umgab. Dann jedoch hatte Margok die Taktik geändert. Wie ein riesiger Raubvogel schwebte der Stahldrache nun über ihm, während gleißende Entladungen aus der Hand des Dunkelelfen stachen, die so dicht neben Farawyn einschlugen, dass sie ihn aus der Deckung zwangen.

Den Splitter des Annun an sich pressend wie einen wertvollen Schatz, raffte er sich auf und rannte, so schnell seine Beine ihn trugen, vom höhnischen Gelächter des Dunkelelfen verfolgt. »Ist das alles, was du vermagst, großer Farawyn? Vor mir davonzulaufen? War es das, was du von der Zukunft gesehen hast?«

Schwer atmend flüchtete sich Farawyn hinter eine der Säulen, die den Thronsaal säumten. Er wusste, dass der Dunkelelf ihn nur herausfordern wollte – aber er hatte tatsächlich eine Vision gehabt, in der ein riesiges fliegendes Untier vorgekommen war. Mit dem Unterschied, dass es in seiner Version auf seiner Seite gestanden hatte. Der Älteste hatte dies im übertragenen Sinn als gutes Omen gedeutet, und war damit offenbar ziemlich falschgelegen …

Sich mit dem Rücken an die Säule pressend, konnte er nicht sehen, was sein Gegner tat. Er hörte nur das mechanische Rasseln der Schwingen, das sich rasch näherte – dann traf etwas die Säule mit vernichtender Härte. Es war die Axt des Dunkelelfen, der im Vorbeiflug zuhieb. Sprünge durchzogen plötzlich das Gestein, und der Marmor, der Jahrtausenden getrotzt hatte, ging zu Bruch.

Farawyn blieb nichts, als abermals zu fliehen, in den Schutz des nächsten Pfeilers, hinter dem Margok ihn jedoch sofort wieder hervortrieb, und dann quer durch den Thronsaal, sodass sich der Älteste von Shakara wie ein wildes Tier fühlte, auf das erbarmungslos Jagd gemacht wurde.

Im Laufen wandte er sich um und übte einen *tarthan*, den er mit dem Kristall zu verstärken suchte, aber Margok ließ sein Reittier zur Seite ausbrechen und entging dem Angriff abermals. Er revanchierte sich mit tödlichen Blitzen, die Farawyn unter Zuhilfenahme des Kristalls abwehrte. Dann jedoch ging der Stahldrache wieder zum Sturzflug über – und diesmal gab es weit und breit keine Deckung, hinter die sich Farawyn flüchten konnte. Vergeblich suchte er nach einem Ausweg, aber alles, was er sah, waren der weit aufgerissene stählerne Schlund und Margoks hassverzerrte Fratze. Das Haar des Dunkelelfen umwehte seine bizarren Gesichtszüge, der Mantel flatterte um seine hagere Gestalt, während er die Axt hoch erhoben hielt, bereit, seinen Gegner zu zerschmettern.

In seiner Verzweiflung riss Farawyn den Kristallsplitter hoch und sprach eine beschwörende Formel – und seine Vision bewahrheitete sich auf eine Weise, die der Älteste nicht für möglich gehalten hätte.

Denn über dem Durchbruch der Kuppel erschien plötzlich ein dunkler Schatten, und noch ehe Margok begriff, was geschah, tauchte eine zweite monströse Kreatur auf, nicht weniger unwahrscheinlich als der Stahldrache – ein *dragnadh*!

Als der Dunkelelf das scheinbar nur aus Knochen bestehende Tier erblickte, das von einem unheimlichen Leuchten umgeben war, stieß er einen Schrei aus. »Du«, brüllte er außer sich vor Zorn. »Nicht du! Ich habe dich bereits besiegt …!«

Farawyn begriff.

Dieser untote Drache war jener Wächter, der im Ersten Krieg auf der Seite des Königs gestanden und den Margok im Duell getötet hatte! Wie es hieß, hatte der Drache bittere Rache geschworen, selbst über den Tod hinaus – und dieser Schwur schien sich nun zu bewahrheiten!

Farawyn wusste nicht, was genau den Drachen gerufen hatte. War es die Präsenz des Dunkelelfen gewesen oder der Kristallsplitter? Der Älteste sann nicht darüber nach, sondern nutzte die Gelegenheit, die ihm das Schicksal bot, und rief den Namen des Drachen, wie er in Nevians Geschichte des Großen Krieges überliefert wurde.

»Acenor!«

Er benutzte den Kristallsplitter, um seine Stimme zu verstärken, sodass sie klar und hell bis in den letzten Winkel des Thronsaals drang.

Und der Dragnadh hörte seinen Ruf!

Während der Dunkelelf sein Reittier wutentbrannt zur Kuppeldecke hinstoßen ließ, um den Gegner von einst endgültig zu vernichten, wich der Dragnadh ihm geschickt aus. Der untote Drache streckte Hals und Körper, und indem er die Flügel eng anlegte, gelang es ihm, unter der Flugbahn seines mechanischen Gegners hindurchzutauchen. Kaum war er an ihm vorbei, drehte er sein Schädelhaupt und riss den Rachen auf – und ein lodernder Feuerstrahl brach daraus hervor, der Margok und sein Reittier für einen Augenblick einhüllte. Ein grässliches Heulen war zu vernehmen, dann brach der Stahldrache aus dem Feuerball hervor. Sein metallener Panzer war rußgeschwärzt, ansonsten schien er unversehrt zu sein, ebenso wie sein Reiter, dem das Drachenfeuer offenbar nichts anzuhaben vermochte.

Inzwischen war der Dragnadh bereits auf dem Boden des Thronsaals gelandet, unmittelbar vor Farawyn. Der Zauberer war beeindruckt. Der Drachenwächter überragte jene Kreaturen, auf denen Granock, Aldur, Alannah und er aus Arun geflohen waren und die sie später nach Borkavor getragen hatten, fast um das Doppelte. Zu seinen Lebzeiten musste Acenor ein wahrer Koloss gewesen sein, der Stolz seiner Rasse, wenn schon seine von einem uralten Zauber am Leben gehaltenen Knochen einen so denkwürdigen Anblick boten.

»Ich bin Farawyn, König von Tirgas Lan und Ältester des Ordens der Weisen von Shakara«, stellte sich der Zauberer vor. »Wir haben denselben Feind, Acenor – lass ihn uns gemeinsam bekämpfen!«

Die leeren Augenhöhlen des Drachenschädels starrten ihn an, sodass einen Moment lang nicht zu erkennen war, ob der Dragnadh verstanden hatte. Dann jedoch senkte die Kreatur das Haupt und beugte die knöchernen Vorderläufe, sodass Farawyn aufsteigen und in sein Genick klettern konnte.

Der Zauberer kam der Aufforderung ohne Zögern nach. Er hatte kaum Platz genommen, als er ein helles Zischen vernahm – der Stahldrache fegte erneut heran, und Margok auf seinem Rücken schwenkte die Kriegsaxt.

»Bring mich nahe an ihn heran«, schärfte Farawyn dem Dragnadh ein. »Kannst du das?«

Der Drachenwächter mochte nicht in der Lage sein zu antworten – verstanden hatte er jedenfalls. Mit einem weiten Satz sprang er in die Luft und breitete die Flügel aus, gerade in dem Moment, als sein stählerner Rivale heranschoss, den Schlund weit aufgerissen und die Klauen ausgestreckt. Der Dragnadh, der keineswegs kleiner, aber weniger schwerfällig war, wich im letzten Moment aus und ließ den Angriff ins Leere gehen. Es krachte metallisch, als der Stahldrache gegen die Säulen prallte, von denen eine weitere zu Bruch ging. Aber sofort riss Margok sein Reittier wieder herum.

Farawyn fühlte, wie die Luft aus seinen Lungen gepresst wurde, als der Dragnadh in die Weite der Kuppel hinaufstieg. Margok folgte ihm ohne Zögern. In rasender Wut lenkte der Dunkelelf den Stahldrachen steil hinauf. Dabei beugte er sich seitlich aus dem Sattel und schwenkte die Axt, um den Schädel des Dragnadh zu zerschmettern. Farawyn versuchte, die Flugbahn des metallenen Ungeheuers mit einem Gedankenstoß zu beeinflussen, was ihm jedoch nicht gelang. Im nächsten Moment war der Dunkelelf schon heran – und der Dragnadh spie Feuer.

Mit der Axt wehrte Margok die Flammen ab, dann gerieten die beiden ungleichen Drachen auch schon aneinander. Auf rauschenden Schwingen schoss der Dragnadh in den Thronsaal hinab, beschrieb eine Kurve und jagte erneut hinauf. Dort standen sie einander in der Luft gegenüber – Farawyn und der Dragnadh auf der einen Seite, Margok und der Stahldrache auf der anderen, zwei Paladinen gleich, die beim Turnier zum Kampf gegeneinander antraten.

Glorreiche Vergangenheit gegen düstere Zukunft.

Lichte Zauberei gegen dunkle Magie.

Natur gegen Maschinerie.

Leben gegen Tod …

Mit einer Hand hielt sich Farawyn am knochigen Hals des Dragnadh fest, mit der anderen umklammerte er den Kristallsplitter, der seine einzige verbliebene Waffe war. Das Feuer des untoten Drachen, so verderblich es sein mochte, hatte sich gegen Margok als nutzlos erwiesen – es blieb also nichts außer der Macht des Annun. Sie allein vermochte Erdwelt jetzt noch zu retten – oder war es bereits zu spät?

»Nun wirst du sterben, Farawyn!«, schrie Margok über das Rasseln und Zischen seines Reittiers hinweg und schwenkte einmal mehr die wuchtige Axt.

Farawyn erwiderte nichts darauf. »Nah an ihn heran, hörst du?«, schärfte er dem Dragnadh stattdessen noch einmal ein »Für das Elfenreich und Tirgas Lan«, rief Farawyn laut – und die Kreatur machte einen Satz nach vorn und warf sich dem Feind entgegen.

Der Dunkelelf sah ihn kommen – und triumphierte innerlich.

War dies der Zauberer, vor dem sich Rurak so gefürchtet, der ihre Pläne ein ums andere Mal durchkreuzt hatte?

Lächerlich.

Zwar kannte jener Teil von ihm, der einst eine unbedeutende Zauberin namens Riwanon gewesen war, den Ältesten von Shakara sehr viel besser, als Margok es tat. Aber bislang hatte Farawyn noch keine der Eigenschaften gezeigt, mit denen ihre Erinnerungen ihn beschrieben. Weder hatte er klug und besonnen gehandelt, noch hatte er jene Entschlossenheit an den Tag gelegt, für die Riwanon ihn einst bewundert hatte.

Als Margok den Kristallsplitter in den Händen seines Feindes erblickt hatte, war er für einen Moment erstaunt gewesen. Wie, so hatte er sich gefragt, gelangte das Bruchstück des Annun in Farawyns Hände? Natürlich hatte er sich denken können, dass es durch den Menschen Granock nach Erdwelt gekommen war, und er konnte sich nicht vorstellen, dass Rurak, auf dessen Betreiben hin all dies geschehen war, nichts davon gewusst haben sollte. Um den Verräter würde er sich später kümmern – nun galt seine ganze Aufmerksamkeit Farawyn. Auch wenn es nur noch eine Frage von Augenblicken war, bis der angeblich so mächtige Zauberer besiegt sein würde.

Denn wie sich herausgestellt hatte, wusste dieser mit dem Kristallsplitter nichts anzufangen! Er benutzte ihn, um seine eigene Zauberkraft zu verstärken, aber von den zerstörerischen Kräften, die dem Annun innewohnten, schien er nichts zu wissen oder nichts wissen zu wollen, vielleicht auch beides – und dadurch war er für Margok ein leichtes Opfer.

Dass Acenor seinen Schwur von einst wahr gemacht hatte und aus dem Totenreich zurückgekehrt war, spielte keine Rolle mehr. Denn in kürzester Zeit würde der Splitter des Annun Margok gehören – und der Dunkelelf hatte anders als Farawyn keine Scheu, die Macht des Annun rücksichtslos einzusetzen …

Auf dem Rücken des Stahldrachens sitzend, die Axt in der Klauenhand, stieß Margok einen kreischenden Kampfschrei aus, während sein Gegner auf ihn zuflog. Erst im letzten Moment trieb er sein eigenes Reittier an, um der mit dem Mut der Verzweiflung vorgetragenen Attacke auszuweichen, auf diese Weise neben Farawyn zu gelangen und ihn mit einem einzigen gezielten Streich zu enthaupten – aber es kam anders.

Denn als der Stahldrache vorsprang, änderte der Dragnadh abrupt seine Flugrichtung und brach nach oben aus. Mit zwei, drei kräftigen Flügelschlägen stieg er zur Kuppel empor und hielt der Öffnung entgegen, durch die er hereingekommen war.

Er wollte entkommen!

»Neeein!«, brüllte Margok in jähem Zorn und riss sein Flugtier ebenfalls nach oben. Der Stahldrache zischte und rasselte, stieß eine Dampfwolke aus, die ihn senkrecht emporzukatapultieren schien. Farawyn und der Dragnadh hatten den Zenit der Kuppel inzwischen bereits erreicht. Indem er sich mit den knöchernen Krallen an den Abbruchrand der Öffnung klammerte, gelang es dem untoten Drachen, hinauszuschlüpfen. Dann war er auch schon verschwunden, und über dem Durchbruch war nichts als grauer Himmel zu sehen.

»Nein!«, schrie Margok. »Du kannst mir nicht entkommen! Du darfst mir nicht entkommen ...!«

Wütend schleuderte er einen Gedankenstoß, der erneut von solcher Dichte war, dass er sich als greller Blitz manifestierte. Die Entladung schlug zur Kuppeldecke hinauf, riss weitere Gesteinsbrocken heraus und vergrößerte auf diese Weise die Öffnung. Da der Stahldrache weniger beweglich war als sein knöchernes Ebenbild, hatte er Schwierigkeiten, sich hindurchzuzwängen. Sich mit den Krallen der Vorderläufe an den Rand klammernd, schlug er mit den Flügeln, deren Spannweite jedoch zu groß war, um ihn passieren zu lassen. Funken stoben, als Metall über Gestein schrammte. Einzelne Brocken lösten sich und fielen in die Tiefe, wo sie zerbarsten.

In seiner Wut hieb Margok mit der Axt um sich, um den Durchbruch noch zu verbreitern, und endlich gelang es dem stählernen Monstrum, einen Flügel hindurchzustrecken und mit dem Rest seines massigen Körpers nachzukommen.

Margok brüllte seinen Triumph laut hinaus, als sein Reittier endlich die Kuppel erklomm. Kalte Morgenluft umfing ihn, und ein weiter grauer Himmel spannte sich über ihm, den er augenblicklich nach Farawyn und dem Dragnadh absuchte.

Er fand sie nicht – dafür spürte der Dunkelelf plötzlich einen stechenden Schmerz, der seinen Körper bis in die letzte Pore durchdrang und ihn zerreißen zu wollen schien. Und jäh wurde ihm klar, dass er etwas übersehen hatte ...

Farawyn hatte gewartet.

Der Zauberer hatte keinen Zweifel daran gehegt, dass Margok ihm in seiner Raserei folgen und die Entscheidung suchen würde, nachdem er sich als der Überlegene wähnte. Also hatte er ihm eine Falle gestellt – und der Dunkelelf war hineingetappt.

Der Dragnadh hatte den Durchbruch der Kuppel noch nicht ganz passiert, da war Farawyn schon von seinem Rücken gesprungen und hatte sich am Rand der Öffnung auf die Lauer gelegt, den Kristallsplitter umklammernd wie einen Dolch.

Auch der Drachenwächter, der den Plan des Zauberers intuitiv verstanden zu haben schien, hatte sich verborgen gehalten. Seine knöchernen Klauen in das weiße Gestein gekrallt, klammerte er sich an die Außenseite der Kuppel, sodass er von innen nicht mehr gesehen werden konnte. Auf diese Weise war Margok zu der Annahme verleitet worden, seine vermeintlich leichten Opfer hätten ihr Heil in der Flucht gesucht. Natürlich war er ihnen gefolgt, hatte sich mit brutaler Gewalt einen Weg gebahnt – doch just in dem Augenblick, als sich sein mechanisches Reittier durch die aufgebrochene Kuppel zwängte und der Dunkelelf oberhalb der Kuppel erschien, hatte ihn sein Schicksal ereilt.

Ohne Zögern war Farawyn vom Rand der Öffnung auf den Stahldrachen gesprungen und hatte mit aller Kraft zugestoßen – und der Splitter des Annun, bedingt durch die magische Energie, die der Zauberer ihm zukommen ließ, war grell aufgeflammt und hatte sich mit vernichtender Wucht in Margoks Brust gebohrt. Dort steckte er noch immer, den Körper des Dunkelelfen auf groteske Weise von innen beleuchtend, während Farawyn ihn weiter umklammert hielt und spüren konnte, wie der Kristall Margoks dunkle Macht zersetzte. Wenn es noch etwas wie ein Herz gab, das in der Brust des Dunkelelfen schlug, so hatte der Zauberer es geradewegs durchbohrt.

Die Zeit schien stillzustehen.

Aus weit geöffneten Augen, deren rote Glut bereits nachgelassen hatte, starrte Margok Farawyn an. Seine Klauenhand hob die Axt, die er noch immer umklammerte, aber er war nicht mehr in der Lage, sie einzusetzen.

Die Waffe entrang sich seinem Griff, traf lärmend und Funken schlagend auf den Rumpf des Stahldrachen und verschwand in der Tiefe. Daraufhin versuchte der Dunkelelf, die bloßen Klauen einzusetzen, aber auch das gelang ihm nicht mehr. Auch sein Reittier, das von seinem dunklen Willen beherrscht worden war, schien plötzlich alle Kraft eingebüßt zu haben.

»Qoray, der du dich Margok nennst«, rief Farawyn mit lauter Stimme, die das Zischen des stählernen Scheusals übertönte. »Mit der Macht des Annun verbanne ich dich …«

»Neeeein!«, kreischte der Dunkelelf und spie Farawyn seinen Pestatem entgegen.

»… verbanne ich dich aus dieser Welt«, wiederholte der Zauberer unter äußerster Willensanstrengung. »Dort sollst du bleiben, bis eine Macht erwächst, die groß genug ist, um dich endgültig zu vernichten!«

»Das wird … niemals geschehen!«, keifte Margok hasserfüllt. In seinen Augen flackerte es, die schwarzen Adern in seinem Gesicht waren bis kurz vor dem Zerplatzen angeschwollen.

»Es wird geschehen«, versicherte Farawyn ungerührt. »Dein Körper wird dir genommen, auf dass dein Geist keine Zuflucht mehr finde. Dein Geist aber wird in die Tiefen von Tirgas Lan gebannt, und die Stadt und das Land um sie herum sollen verflucht sein bis zum Tag der Befreiung. Ein verbotener Ort, ein Gefängnis für dich und deine dunklen Pläne – *moir na-evailys, moir faran crysalon!*«

Die Glutaugen des Dunkelelfen weiteten sich, als er die alten, der lichten Magie verbotenen Worte aus dem Mund des Ältesten von Shakara hörte. Sie zwangen dem Kristall den Willen seines Besitzers auf und brachten ihn dazu, auch Kräfte zu verstärken, die der Natur und den Gesetzen des Kosmos zuwiderliefen – so wie den Bann, den Farawyn verhängt hatte.

Kaum hatte der Zauberer zu Ende gesprochen, brach ein blauer Lichtstrahl aus der Kuppel, der aus dem Thronsaal und der darunterliegenden Schatzkammer senkrecht emporzustechen schien, dessen Ursprung jedoch in Wahrheit sehr viel tiefer lag, im Inneren Erdwelts. Der Dunkelelf, der wusste, dass dieser Schein seinen Geist gefangen nehmen und in sein dunkles Gefängnis hinabziehen würde, verfiel in wütendes Heulen, konnte jedoch nichts dagegen ausrichten.

Mit einem Ruck riss Farawyn den Kristallsplitter aus der Wunde und sprang vom Rücken der Stahlbestie, worauf sowohl diese als auch ihr Reiter von dem Lichtstrahl eingehüllt wurden. Vergeblich ruderte Margok mit den Armen und versuchte, sich davon zu befreien – der blaue Schein hielt ihn fest umfangen, und mit einem grimmigen Nicken bedeutete Farawyn dem Dragnadh, das Zerstörungswerk zu vollenden.

Feuriger Atem schlug aus dem Maul des Untiers, und die Flammen erfassten Margok. Nun, da seine Macht gebrochen war, vermochte sich der Dunkelelf nicht mehr gegen das Drachenfeuer zu wehren, und es verzehrte seinen Körper. Seine lederne Rüstung, sein hinfälliges Fleisch und seine Knochen verbrannten in feuriger Glut, sodass nichts als Asche blieb – und sein unsichtbarer Geist, der von der Macht des Lichts angesogen und in tiefste Tiefen verbannt wurde.

Das Feuer verlosch, und mit noch immer weit aufgerissenem Kiefer stürzte sich der Dragnadh auf sein mechanisches Gegenstück. Die künstliche Kreatur hatte sich in der Kuppelöffnung verkeilt und war ohne den Willen ihres Reiters nicht mehr zur Gegenwehr fähig. Die Klauen des Dragnadh rissen ihr das Haupt von den Schultern, worauf zischend Dampf aus dem Inneren der Maschine entwich, und indem er seine ganze Masse zum Einsatz brachte, warf sich der Drachenwächter auf sie und riss sie in die Tiefe.

In tödlicher Umklammerung stürzten beide durch die Öffnung und verschwanden in dem blauen Licht, das in dem Moment verlosch, als beide unten aufschlugen. Erschüttert starrte Farawyn durch die offene Kuppeldecke hinab, doch nirgendwo waren Knochen des Dragnadh oder Teile des Stahldrachens zu entdecken. Die Tiefen von Tirgas Lan hatten sie aufgenommen, so wie sie Margoks Geist aufgenommen hatten. So unvermittelt, wie er aufgetaucht war, war der Drachenwächter wieder verschwunden. Seinen jahrtausendealten Schwur jedoch hatte er eingelöst.

Erst jetzt merkte Farawyn, wie seine Kräfte ihn verließen. Erschöpft sank er am Rand der Öffnung nieder. Eisiger Wind zerrte an ihm, der lautes Geschrei herantrug.

Der Zauberer wandte sich um, und von seinem hohen Blickpunkt aus sah er, wie in den Straßen Tirgas Lans gefochten wurde – und wie die Schergen des Bösen die Flucht ergriffen!

Ob es an den erbittert kämpfenden Elfenkriegern lag oder daran, dass die Unholde ihr finsteres Oberhaupt verloren hatten und nicht länger von Margoks Willen beherrscht wurden, war unmöglich zu sagen. Aber die Orks, Menschen und Gnome, die die Königsstadt bedrängt und um ein Haar zu Fall gebracht hätten, befanden sich auf dem Rückzug!

Nur hier und dort leisteten sie noch Widerstand, die meisten aber hasteten schreiend und heulend vor Wut die Gassen hinab, verfolgt von den Pfeilen der Verteidiger. Zahllose Unholde fielen, doch aufgrund ihrer schieren Menge gab es auch viele, die das Große Tor erreichten und Hals über Kopf hinausdrängten, um sich in den Schutz des Waldes von Trowna zu flüchten.

Den Splitter des Annun noch immer in der zitternden Hand, gönnte sich Farawyn der Zauberer ein erstes Aufatmen seit ungezählten Tagen.

Die Schlacht um Tirgas Lan war geschlagen.

Rurak lag mit dem Gesicht nach unten auf dem rußgeschwärzten Boden eines ausgebrannten Hauses.

Was auch immer ihn gepackt und davongerissen hatte, hatte ihn irgendwann wieder losgelassen. Er war hart gestürzt und hatte sich hierhergeschleppt, bäuchlings kriechend wie eine Schlange. Dann waren ihm die Sinne geschwunden, und er hatte für eine Weile das Bewusstsein verloren.

Der abtrünnige Zauberer hatte keine Ahnung, wie viel Zeit verstrichen war. Aus weiter Ferne drangen Geschrei und das Klirren von Waffen an sein Ohr, aber er wusste nicht, was es zu bedeuten hatte. Hatten seine Truppen den Sieg davongetragen? Oder waren sie in die Flucht geschlagen worden?

Der Gedanke erschreckte Rurak nicht so, wie er es hätte tun sollen. Der Kampf um Tirgas Lan war ihm gleichgültig geworden angesichts seines eigenen elenden Zustands. Der Zauberer spürte seine Beine nicht mehr, weil der Aufprall ihm das Rückgrat gebrochen hatte. Noch nicht einmal auf den Rücken drehen konnte er sich, seine Kraft reichte dazu nicht mehr aus. Wüste Verwünschungen murmelnd, wälzte sich Rurak hin und her, hilflos wie ein Fisch auf dem Trockenen, und schließlich rief er seinen finsteren Herrn um Hilfe an.

»Margok, mein Gebieter!«, ächzte er. »Dunkler Herrscher, kommt und rettet Euren ergebenen Diener!«

Keuchend verstummte der Verräter und lauschte in sich hinein, aber alles was er hörte, war das Rauschen seines eigenen Blutes in seinem Kopf.

Der Dunkelelf blieb stumm.

»Gebieter«, versuchte Rurak es noch einmal, während er sich am Boden wand wie ein Wurm. »Ich weiß, dass ich Euch enttäuscht habe. Aber wenn Ihr mich rettet, werde ich alles daransetzen, meine Fehler wiedergutzumachen. Ich schwöre es Euch, Meister! Bei meinem Leben ...!«

Er hörte ein geräuschvolles Schnauben, das ganz aus der Nähe kam, und hob den Kopf. Umdrehen konnte er sich nicht, aber er fühlte, dass im Halbdunkel der Ruine jemand hinter ihm stand. »Seid Ihr das, Meister?«

»Nein«, antwortete eine krächzende Stimme in schlechtem Elfisch. »Ich bin es.«

»Wer?«, fragte der Zauberer ächzend.

»Rambok.«

Schritte näherten sich, und ein Paar krummer grüner Beine tauchte vor Rurak auf, der fragend emporblickte. Die hässlich grüne Fratze eines kahlköpfigen Orks kam in sein Blickfeld.

»Du dich erinnerst?«, wollte er wissen.

»Sollte ich?«

»Rambok mein Name«, stellte der Unhold sich abermals vor. »Einst ich Schamane in Borgas' Stamm – bis du kommen und mir alles genommen. Du Rambok zerstören ...«

Rurak nickte. Es war nicht so, dass er sich an irgendwelche Einzelheiten erinnert hätte. Aber die Worte des Orks lösten etwas wie ein schwaches Echo in seinen Gedanken aus, einen vagen Widerhall von Dingen, die einst gewesen sein mochten ...

»Und?«, fragte er nur.

»Rambok immer gewusst, dass eines Tages wiedersehen«, erklärte der Ork und griff an seinen Gürtel, um einen rostigen Dolch zu zücken. »Zeit kommen für Rache.«

»Rache?«, erkundigte sich der Zauberer panisch, während er sich verzweifelt hin und her warf und auf die blutbefleckte Klinge starrte. »Was hast du vor?«

Aber Rambok lachte nur.

16. LITHAIRT CALUN

Die Kolonne, die Tirgas Lan verließ und durch das Große Tor gen Süden zog, war lang.

Männer und Frauen, Kinder und Greise, Soldaten und Bürger, Verwundete und solche, die das Glück gehabt hatten, die Schlacht unversehrt zu überstehen – sie alle reihten sich in den Zug der Flüchtlinge. Nur wenige hatten ein Pferd, auf dem sie reiten konnten; die meisten trugen die wenige Habe, die sie hatten retten können, auf dem Rücken, andere hatten sich selbst vor einachsige Fuhrwerke gespannt, auf die sie all das geladen hatten, was von der einstigen Pracht Tirgas Lans geblieben war. Granock wurde das Gefühl nicht los, auf ein geschlagenes Volk zu blicken – dabei war ein großer Sieg errungen worden.

Der Geist des Dunkelelfen war bezwungen und seine Horden in alle Winde zerstreut worden, aber es lag kein Triumph in diesem Sieg. Zu schwer wogen die Verluste. Zu grauenvoll waren die Dinge, die geschehen waren, zu groß das Werk der Zerstörung, das die Schergen des Bösen in Tirgas Lan hinterlassen hatten, zu schrecklich ihre Gräueltaten. Fünf Tage lang hatten die Scheiterhaufen gebrannt, in denen die Leichen der Gefallenen den Flammen übergeben worden waren. Der beißende Geruch des Todes hing noch immer in den Straßen, dunkle Rußwolken ballten sich über den Häusern, und selbst der Schnee, der sich über die Stadt und den Wald von Trowna gebreitet hatte, konnte das Ausmaß des Grauens nicht überdecken. Und obschon der Königspalast erfolgreich verteidigt und der Feind aus Tirgas Lan vertrieben worden war, wurde die Stadt nun geräumt, was den Sieg doppelt bitter machte.

Dennoch hatte niemand widersprochen, als Farawyn seine Entscheidung verkündet hatte, die ehrwürdige Hauptstadt des Elfenreichs, um die so hart und erbittert gerungen worden war, aufzugeben und ihr den Rücken zu kehren. Denn nach allem, was geschehen war, war der Boden, auf dem Tirgas Lan stand, von Bosheit durchdrungen. Nicht nur des Blutes wegen, das die Erde tränkte, und der vielen Unschuldigen, die sinnlos dahingemordet worden waren, sondern vor allem wegen des Dunkelelfen, dessen Geist in die Tiefen der Stadt gebannt worden war, gefolgt vom Dragnadh, dessen ruheloser Geist weiter über ihn wachen würde.

Zusammen mit den Letzten, die noch in Tirgas Lan weilten, war auch Granock in der Hauptstadt des Elfenreichs geblieben, um bei den Vorbereitungen zu helfen, die getroffen werden mussten. Nun jedoch war die Stunde des Aufbruchs gekommen, der Augenblick des Abschieds …

Gemeinsam standen sie auf dem Balkon des Königsgemachs und schauten dem Strom der Flüchtlinge zu, der sich im letzten Licht des Tages zum südlichen Stadttor hinauswand, um sich schließlich im üppigen Grün von Trowna zu verlieren: Farawyn, in dessen von Falten zerfurchten Gesichtszügen Granock die Wehmut sehen konnte; Caia, die sich dafür eingesetzt hatte, dass ihr Geliebter Elidor nicht in Tirgas Lan seine letzte Ruhestätte fand, sondern dass sein Leichnam ebenfalls fortgebracht wurde; General Irgon, dessen Tapferkeit und Weitsicht entscheidend zum Sieg beigetragen hatten; Zenan, der als einer der wenigen Zaubermeister den Kampf um Tirgas Lan überlebt hatte; der Zwergenprinz Runar, dessen Treue zum Bündnis mit dem Elfenkönig noch in vielen Jahren gerühmt und besungen würde; Yrena von Andaril, deren beherztes und selbstloses Eingreifen in schwerer Stunde die Rettung gebracht hatte; und schließlich Alannah, für die die Schlacht gegen Margok ungleich mehr gewesen war als der Kampf um das Überleben, denn sie war im Herzen der Dunkelheit gewesen und wusste besser als jeder andere, wovor Erdwelt bewahrt worden war. Der Schein der untergehenden Sonne beleuchtete ihr Gesicht, das von den Schrecken überstandener Gefahren gezeichnet war. Alannah war still geworden und nachdenklich, ganz anders als bei ihrer ersten Begegnung, als sie noch Novizen gewesen waren, jung und voller Unschuld.

Aber damit stand sie nicht allein.

Sie alle hatten bei diesem Kampf etwas verloren, das sie wohl niemals wiederfinden würden …

»Und Ihr seid sicher, dass Ihr die Elfenkrone nicht doch an Euch nehmen wollt?«, wandte sich Caia unvermittelt an Farawyn. »Ich bin sicher, Elidor hätte es so gewollt.«

»Ich weiß, mein Kind«, versicherte der Zauberer. »Aber ich erachte mich nicht als würdig, mein Haupt mit der Zier der alten Könige zu schmücken. Und es ist auch nicht das Reich von Tirgas Lan, über das ich befehlen werde. Also lassen wir die Ehre demjenigen, dem sie gebührt.«

»Und wer soll das sein?«, fragte Granock keck. »Ich meine, Ihr sagtet doch, dass Ihr das Große Tor mit einem Bannspruch versiegeln werdet und dass es niemanden gibt, der dieses Siegel zu brechen vermag.«

»Niemanden, der am Leben ist«, entgegnete Farawyn, und ein eigenartiges Lächeln spielte dabei um seine Züge, wie so oft in den letzten Tagen.

Überhaupt hatte Granock den Eindruck, dass sein alter Meister nicht mehr der war, der ihn damals in Andaril aufgespürt und nach Shakara mitgenommen und der entgegen aller Widerstände durchgesetzt hatte, dass ein Mensch in die Geheimnisse der Weisen eingeführt wurde. Auch Farawyn hatte sich verändert, und Granock konnte nur hoffen, dass es an den Erfahrungen des Krieges lag und der noch ungewohnten Verantwortung, die nunmehr auf seinen Schultern ruhte, und nicht etwa daran, dass sein alter Meister angesichts der Bedrängnis alle Vorsicht hatte fahren lassen und den Splitter des Annun als tödliche Waffe eingesetzt hatte.

»Wo genau ist die Elfenkrone?«, wollte Granock wissen.

»Verborgen, wo nur der sie finden kann, der dazu würdig ist«, entgegnete Farawyn rätselhaft – und war zumindest in dieser Hinsicht wieder ganz der Alte.

»Ich wünschte nur, wir hätten den Königsschatz mit uns nehmen können«, meinte Irgon. »In unserer neuen Heimat wäre uns das Gold von Nutzen gewesen.«

»Das Gold ist korrumpiert von der Macht des Bösen«, entgegnete Farawyn, »so wie der Thronsaal, der Palast und die ganze Stadt. Dennoch liegt es gut behütet, nicht nur von der Kuppel und den Säulen, die Bruder Zenan dank seiner Gabe wiederhergestellt hat, sondern auch von lichtem Zauber, der das Böse daran hindert, sein Gefängnis zu verlassen.«

»Dann … dann werden wir also niemals nach Tirgas Lan zurückkehren?«, fragte Alannah traurig. »Als verstoßene Tochter der Ehrwürdigen Gärten habe ich schon einmal die Heimat verloren. Nun geschieht es zum zweiten Mal.«

Farawyn wandte den Blick und bedachte sie mit einem langen, undeutbaren Blick. »Tausend Jahre lang«, erwiderte er dann ausweichend, »wird keines Elfen Fuß die Königsstadt betreten, bis eines Tages wieder die Hoffnung einkehrt in Tirgas Lan.«

»Hoffnung? Durch wen?«

»Durch jemanden, in dessen Adern königliches Blut fließt«, eröffnete der Zauberer, und es war offensichtlich, dass nicht der König aus ihm sprach, sondern der Seher. »Nur er wird in der Lage sein, das Tor zu öffnen, und nur er kann den Bann brechen, der nicht nur Tirgas Lan, sondern ganz Trowna erfassen wird, denn nur er kennt das geheime Wort.«

»Das geheime Wort?«, fragte Alannah. »Also ein Zauberspruch?«

»Nicht ganz. Schon eher etwas, das dem schlichten Geist unseres Freundes Rambok entsprungen sein könnte.«

»Wenn man vom Ork spricht«, knurrte Irgon. »Wo ist der Halunke überhaupt?«

»Ich weiß es nicht.« Granock schüttelte den Kopf. »Seit dem Kampf im Stollen habe ich ihn nicht mehr gesehen.«

»Niemand hat das«, erwiderte Farawyn ohne jedes Erstaunen, »und ich denke auch nicht, dass wir ihn jemals wieder zu Gesicht bekommen werden. Er hat bekommen, was er wollte.«

»Nämlich?«, fragte Granock.

»Wonach wir uns alle sehnen – eine Bestimmung«, eröffnete Farawyn, und wieder war da dieses seltsame Lächeln.

Inzwischen war die Sonne im Westen nur noch als gezackter Halbkreis über den Bäumen zu sehen. Der neue Tag, so hatte der Zauberer angekündigt, würde über einer verlassenen Stadt heraufziehen.

Ein letztes Mal blickten die auf dem Balkon Versammelten auf das, was über Jahrtausende hinweg das Zentrum des Elfenreichs gewesen war, schauten auf die Dächer und Türme Tirgas Lans. Es war ein ergreifender Moment, und Granock, der den größten Teil seines Lebens ein Einzelgänger gewesen war, ertappte sich dabei, dass er sich denen, die neben ihm standen und diesen Augenblick mit ihm teilten, in tiefer Freundschaft verbunden fühlte. Obschon er nie eine Heimat gehabt hatte, und sich weder der Welt der Menschen noch der der Elfen ganz zugehörig fühlte, hatte er sich hier zu Hause gefühlt. Trauer überkam ihn. Eine Träne löste sich aus seinem Augenwinkel und rann über seine Wange, und er schämte sich nicht dafür.

Eine Hand tastete nach seiner und ergriff sie, und er wusste, dass sie Alannah gehörte.

17. CARON'Y'FARAWYN

Nur wenige Wochen später, im ersten Mond des Neuen Jahres, wurde Farawyn, Zauberer und Ältester des Ordens von Shakara, zum neuen König des Elfenreichs gekrönt.

Es war keine feierliche Zeremonie, wie Granock erwartet hatte, sondern eine nüchterne Amtshandlung.

Der Hofadel – oder vielmehr das, was noch davon übrig war – versammelte sich in der großen Halle von Tirgas Dun, wo unter dem Vorsitz des dortigen Statthalters Párnas die Krönung vollzogen wurde. Es war ein schlichter Akt, der ohne große Worte und Gesten auskam; lediglich die Namen der bisherigen Elfenkönige wurden verlesen, von Glyndyr dem Prächtigen über Parthalon und Sigwyn bis zu Gawildor und dessen Sohn Elidor, auf die schließlich Farawyn folgte, und schon jetzt stand fest, dass er den Beinamen »der Seher« erhalten würde.

Yaloron, der oberste Minister Tirgas Duns, war es, der ihm den Silberreif aufs Haupt setzte, der in Ermangelung der echten Elfenkrone in Zukunft die Stirn des Herrschers kränzen würde. Im Anschluss daran nahm Farawyn die Huldigung des Adels und der Generäle entgegen, die ihm und dem Reich Treue schworen. Auch Granock trat vor den Thron und senkte das Haupt, wenngleich es ihm seltsam unwirklich vorkam, dass ausgerechnet sein alter Meister fortan als König über das Elfenreich regieren sollte. Andererseits konnte er sich niemanden vorstellen, der besser dafür geeignet sein sollte, das Reich aus Asche und Zerstörung wieder zurück ins Licht zu führen.

Auch Alannah und die übrigen Ordensmitglieder, die sich in der Halle von Tirgas Dun versammelt hatten, schworen dem neuen König Treue, und es erschütterte Granock zu sehen, wie wenige sie waren. Die Namen der Meister, Eingeweihten, Aspiranten und Novizen, die ihr Leben im Kampf um die Freiheit gegeben hatten, waren Legion, und wann immer Granock ihre Namen hörte, tauchten ihre Gesichter vor seinem geistigen Auge auf, und unendliche Trauer erfüllte ihn.

Cethegar.

Semias.

Haiwyl.

Ogan.

Filfyr.

Awyra.

Larna.

Asgafanor.

Nyras.

Simur.

Sunan.

Die Hunla.

Daior.

Nimon.

Eoghan.

Und zuletzt Meisterin Tarana …

Sie alle hatten nicht nur ihr Leben, sondern ihre gesamte Existenz geopfert, damit das Reich und damit ganz Erdwelt eine Zukunft hatte und den Völkern Freiheit beschert war. Niemand würde je in der Lage sein zu ermessen, welche Opfer sie gebracht hatten, und nach all dem Blut, dem Leid und dem Elend, das er gesehen hatte, kam Granock nicht umhin, sich zu fragen, ob es das wirklich wert gewesen war.

An der Seite des neu errichteten Alabasterthrons stehend, auf dem der frisch gekrönte König saß, wartete er ab, bis Farawyn alle Huldigungen entgegengenommen hatte. Dann kehrte Schweigen ein, und die Augen der Versammelten, in denen sich sowohl die überstandenen Schrecken als auch die Hoffnung auf eine bessere

Zukunft spiegelten, richteten sich erwartungsvoll auf den neuen Herrscher. Eine ganze Weile lang hielt Farawyn ihren Blicken stand. Schließlich stand er auf und erhob zum ersten Mal als offizielles Oberhaupt des Elfenreichs seine Stimme.

»Freunde«, sagte er, die traditionelle Anrede »Untertanen« vermeidend, »vor Euch steht Farawyn, einst Ältester des Ordens von Shakara, nunmehr durch Euren Willen König. Auf meinem Haupt ruht nicht die Krone, die schon das Haupt Sigwyns schmückte, sondern ein schlichter Kranz aus Silber, der Euch und mich zu jeder Zeit daran erinnern soll, dass sich vieles in Erdwelt geändert hat – und dass sich noch mehr wird ändern müssen, wenn nicht die Nachwelt jenen hohen Preis entrichten soll, den auch wir bezahlen mussten. Aus diesem Grund erlasse ich, Farawyn, König des Elfenreichs, folgende Gesetze …«

Nicht nur der Statthalter und die Angehörigen des Ministerrats von Tirgas Dun, auch die königlichen Hofbeamten und Generäle runzelten die Stirn, ebenso wie die wenigen verbliebenen Zauberer. Hier und dort gab es sogar unruhiges Getuschel. Granock, der nicht wusste, was dies zu bedeuten hatte, schaute Alannah fragend an.

»Dies entspricht nicht dem Protokoll«, vertraute ihm die Elfin daraufhin flüsternd an. »Es ist unüblich, dass der Elfenherrscher schon am Tag seiner Krönung Gesetze erlässt.«

Granock nickte, und wieder musste er an den geheimen Auftrag denken, den sein alter Meister ihm erteilt hatte und von dem außer ihm selbst niemand wissen durfte, nicht einmal Alannah. Handelte Farawyn lediglich aufgrund bitterer Notwendigkeit? Oder war er bereits dabei, sich auf eine Weise zu verändern, die dem Reich zum Nachteil gereichen würde …?

»So hört denn meine Beschlüsse«, fuhr Farawyn mit fester Stimme fort, ohne auch nur im Geringsten auf die Reaktion des Hofstaats einzugehen. »Zum zweiten Mal in unserer langen Geschichte ist Tirgas Lan zum Kriegsschauplatz geworden, zum Schlachtfeld, auf dem die Streiter des Lichts und der Finsternis einander begegneten, und nur unter großen Opfern und durch das Eingreifen eines Verbündeten, mit dem niemand von uns gerechnet hat, ist es uns gelungen, die Bedrohung abzuwehren. Ohne die Hilfe des Dragnadh jedoch wären wir unrettbar verloren gewesen und unser Kampf gescheitert.«

Die Anwesenden nickten – zumindest dies war nur zu wahr. Das Auftauchen des Drachenwächters hatte der Schlacht um Tirgas Lan im letzten Moment die entscheidende Wendung gegeben. Aber worauf wollte Farawyn hinaus?

»Wir sind uns also einig«, fuhr der König fort, wobei er einen prüfenden Blick über die Versammelten schweifen ließ, »dass Tirgas Lan niemals wieder zum Schlachtfeld werden darf. Margoks Geist ist dort gebannt, und solange wir nicht in der Lage sind, ihn endgültig zu vernichten, darf keiner die Königsstadt betreten. Ich erkläre sie daher zum verbotenen Gebiet, ebenso wie den sie umgebenden Wald. Verderben wird denjenigen ereilen, der dieses königliche Verbot missachtet.«

»Und Ihr glaubt, das wird genügen, um einen weiteren Krieg zu verhindern, Majestät?«, fragte Fürst Narwan vorsichtig.

»Keineswegs.« Farawyn schüttelte das gekrönte Haupt. »Wir müssen vernichten, was Erdwelt bereits zweimal in blutige Kriege gestürzt hat und das kosmische Gleichgewicht gefährdet. Ich ordne daher die Zerstörung des größten Teils der Elfenkristalle an, die sich außerhalb Crysalions befinden.«

Granock hörte, wie Alannah neben ihm scharf nach Luft sog. »Aber *nahad* …«

»Der Vater existiert nicht mehr«, wies Farawyn sie ruhig zurecht. »Wenn du etwas zu sagen hast, Meisterin Thynia, so richte deine Worte an den König.«

»Wie Ihr wünscht, Hoheit«, entgegnete die Elfin ohne Zögern. »Dann frage ich Euch, wie Ihr eine solche Entscheidung treffen könnt. Die Elfenkristalle sind alles, was wir haben. Sie sind die Vergangenheit und die Zukunft unseres Volkes …«

»… und hätten dennoch um ein Haar unseren Untergang bewirkt«, fügte Farawyn hinzu und seufzte, wobei er sich durch das ergraute Haar strich. »Ich wünschte, es gäbe eine andere Lösung als diese, aber ich sehe sie nicht. Die Vergangenheit hat wiederholt gezeigt, dass wir die Macht der Kristalle nicht wirklich zu kontrollieren vermögen. Zu groß sind die Verlockungen, denen die Sterblichen durch sie ausgesetzt sind, zu beträchtlich die Möglichkeiten, die sich aus ihnen ergeben.«

»Bedeutet das, dass Ihr auch die Kristallpforten zerstören wollt?«, fragte Zenan.

»Wenn es in meiner Macht läge, so würde ich es tun«, versicherte Farawyn entschlossen, »aber da wir nicht wissen, was genau die Verbindungen erzeugt, bleibt uns wohl nur, die Kristalle zu zerstören, die ihnen Energie spenden – und darauf zu hoffen, dass niemals andere Kraftquellen entdeckt werden, um die Pforten zu öffnen, seien sie nun mentaler oder materieller Natur. Zweimal haben die Kristallpforten Verderben über Erdwelt gebracht, meine Freunde – kein drittes Mal.«

Der Zauberer sagte dies mit derartiger Entschlossenheit, dass sich kein Widerspruch regte. Die Anwesenden senkten die Häupter. Niemandem gefiel, dass Farawyn Errungenschaften preisgeben wollte, die am Aufstieg und der Größe des Elfenvolks maßgeblich beteiligt gewesen waren. Aber keiner stellte seine Argumentation infrage.

»Da Tirgas Lan, die Stadt unserer Väter, uns nicht mehr offensteht«, fuhr Farawyn leiser und mit tonloser Stimme fort, »bestimme ich Tirgas Dun zur neuen Hauptstadt des Reiches.«

»Die Stadt gehört Euch, Majestät«, versicherte Statthalter Párnas und verbeugte sich.

»Das ist sehr großzügig von Euch, Statthalter«, erwiderte Farawyn, »aber ich brauche Eure Unterstützung. Ihr kennt diese Stadt und die Küste sehr viel besser, als ich es tue. Nur gemeinsam können wir sie regieren und zum Mittelpunkt eines neuen Reiches machen, von dem Ordnung und Frieden ausgehen.«

»Sehr wohl, Majestät«, versicherte Párnas geschmeichelt und verbeugte sich noch ein wenig tiefer.

»Eine neue Zeitrechnung hat begonnen, meine Freunde«, sagte Farawyn. »Dinge sind eingetreten, die ich schon vor langer Zeit vorausgesehen habe. Das Reich, wie es einst war, existiert nicht mehr. Die Grenzen sind in Bewegung geraten, und die glorreichen Legionen, die diesen Kontinent einst beherrschten, mussten hohen

Blutzoll entrichten. Der Kampf gegen Margok hat uns unsere ganze Kraft gekostet, folglich werden wir in Zukunft der Hilfe anderer bedürfen. Fürstin Yrena?«

»Ja?« Die Herrscherin von Andaril, die in Begleitung ihrer Ritter bei Narwan und den Hofbeamten stand, trat vor. Sie trug dasselbe Kleid aus grünem Samt, das sie auch damals getragen hatte, und der Anblick ihres hübschen Gesichts und ihres kunstvoll geflochtenen schwarzen Haars versetzte Granock einen schmerzhaften Stich. »Was kann ich für Euch tun, Majestät?«

»Ihr habt schon mehr getan, als wir erwarten konnten«, entgegnete Farawyn mit dankbarem Lächeln. »Das Volk der Elfen wird ewig in Eurer Schuld stehen, Lady Yrena, deshalb lasst mich nun etwas für Euch tun: Kehrt nach Andaril zurück und verkündet in den Ostlanden, dass der neue Herrscher des Elfenreichs eine Amnestie für die Menschen erlassen hat. Eine Amnestie, die nicht nur jene betrifft, die im Krieg gegen den Dunkelelfen auf Tirgas Lans Seite standen, sondern auch jene, die gegen uns waren.«

»Majestät!«, rief Irgon entrüstet.

»Habt Ihr etwas einzuwenden, General?«

»Allerdings, Hoheit! Wie könnt Ihr denen vergeben, die sich mit den Mächten des Bösen verbündet und gegen das Reich gestellt haben? Habt Ihr vergessen, wie viele von uns sie getötet haben?«

»Viel Blut ist geflossen, das ist nur zu wahr«, stimmte Farawyn zu, »und allzu oft war es das von Unschuldigen. Aber sollen wir unsere Trauer und unseren Schmerz über unsere Zukunft bestimmen lassen? Ist es das, was wir aus diesem Krieg gelernt haben?«

»Wenn wir etwas gelernt haben sollten, dann dass man den Dienern des Bösen niemals die Hand reichen darf«, konterte Irgon, »oder noch größeres Verderben wird die Folge sein.«

»Worauf wollt Ihr Eure unnachgiebige Haltung gründen, General?«, hakte Farawyn nach. »Auf den Ruhm vergangener Tage? Auf die Stärke eines Heeres, das wir nicht mehr haben?« Er schüttelte den Kopf. »Nein, mein tapferer Freund. Auch auf unserer Seite wurden Fehler begangen, die sich bitter gerächt haben. Sie niemals zu wiederholen, muss unser oberstes Ziel sein. Nur gemeinsam können wir Erdwelt wieder Sicherheit und dauerhaften Frieden geben, deshalb wollen wir den Menschen die Hand zur Versöhnung reichen und sie fortan nicht mehr als Untertanen, sondern als Freunde und Verbündete sehen.«

»Ich danke Euch, Majestät«, entgegnete Yrena und senkte ehrerbietig das Haupt. »Die Menschen von Andaril nehmen Euer Angebot mit Freuden an.«

»Dankt mir nicht, Fürstin«, entgegnete der König. »Denn Ihr«, fügte er hinzu, wobei er Granock mit einem Seitenblick streifte, »seid schon unsere treue Freundin gewesen, als wir noch eine Feindin in Euch wähnten.«

»Und die Orks?«, fragte Irgon aufgebracht. »Schlagt Ihr vor, dass wir auch ihnen die Hand zum Frieden reichen?«

»Nein«, wehrte Farawyn ab, »aber es hat genug Blutvergießen gegeben. Ohne Margoks Führung werden seine Kreaturen es nicht mehr wagen, ihr angestammtes Gebiet zu verlassen und den Grenzfluss zu überschreiten. Das Schwarzgebirge wird für alle Zeit als Grenze zwischen den Unholden und dem Reich festgeschrieben. Außerdem werde ich Spürtrupps aussenden, die nach Margoks ruchlosen Anhängern, den *dun'rai* und den Dunkelzwergen, suchen und sie ihrer gerechten Bestrafung zuführen sollen. Euch und Euren Legionären jedoch, General, fällt eine andere Aufgabe zu.«

»Mein König?«, fragte Irgon.

»Hiermit beauftrage ich Euch mit dem Ausrüsten einer Kriegsflotte, die alsbald zu den Fernen Gestaden aufbrechen und sie von Unholden befreien soll«, eröffnete Farawyn. »Die Ehre und die Reinheit Crysalions müssen wiederhergestellt werden.«

»Zu Befehl, mein König.«

»Nehmt nur Freiwillige mit Euch«, fügte Farawyn hinzu, »denn die Belohnung für ihre treuen Dienste wird es sein, lange vor ihrer Zeit das Eiland unserer Vorfahren zu erblicken und, wenn es erst von Feinden gesäubert ist, für immer dort zu verbleiben. Es ist der gerechte Lohn für ihre Opfer.«

»Gilt dieses Angebot auch für mich?«, wollte Irgon wissen.

»Für Euch und für jeden, der bereit ist, sein Leben im Dienste Crysalions zu wagen«, bestätigte Farawyn. »Denkt Ihr, dass sich genügend Krieger finden werden?«

»Daran zweifle ich nicht, Hoheit«, bestätigte der General, und das Leuchten in seinen Augen verriet die Dankbarkeit, die er in diesem Augenblick für den König empfand.

Erneut gab es Gemurmel unter den Versammelten, aber diesmal konnte Granock weder Argwohn noch Unwillen ausmachen – die Stimmung war zu Farawyns Gunsten umgeschlagen. Nicht alle Angehörigen des Hofstaats, des Militärs und des Ministerrats von Tirgas Lan mochten die Ansichten ihres neuen Herrschers teilen, aber zum ersten Mal nach Jahren der Furcht und der Verzweiflung hatten sie das Gefühl, dass das Leben weiterging und tatsächlich etwas wie Ordnung ins Reich zurückgekehrt war. Fraglos hatte der Krieg Spuren hinterlassen, und womöglich gab es Wunden, die niemals ganz verheilen würden. Aber Farawyn hatte auch deutlich gemacht, dass er seinen Blick nach vorn richten wollte, auf die Zukunft.

»Und nun, meine Freunde«, wandte er sich an die Hofbeamten und Soldaten, »bitte ich Euch, mich allein zu lassen mit den Schwestern und Brüdern des Ordens. Wie Ihr alle wisst, war ich Ältester von Shakara, ehe ich Euer König wurde, und in dieser Eigenschaft habe ich noch eine letzte Aufgabe zu erfüllen.«

»Mein König.«

General Irgon verbeugte sich, ehe er die Halle verließ, ebenso wie Narwan und die anderen Fürsten. Auch Statthalter Párnas und die Minister erwiesen ihrem neuen Herrscher Respekt, ehe sie sich zum Gehen wandten. Als Letzte verließen Runan und Yrena den Thronsaal, jeweils begleitet von ihrem Gefolge. Als die Fürstin von Andaril an Granock vorbeischritt, begegneten sich ihre Blicke, und der Zauberer fragte sich, ob sie wohl zueinandergefunden hätten, in einer anderen Welt und zu einer anderen Zeit.

Dann war sie schon an ihm vorbei, und die großen Türflügel der Halle schlossen sich hinter ihr und ihren Leuten. Zurück blieben nur Granock, Alannah, Tavalian, Zenan, Una und einige andere Meister und Aspiranten – im ganzen dreizehn Männer und Frauen. Zusammen mit den wenigen Zauberern, die an den Grenzen im Einsatz gewesen waren und den Krieg überlebt hatten, und mit jenen, die in Shakara verblieben waren, verkörperten sie alles, was von der einstmals stolzen Gemeinschaft der Weisen geblieben war, ein verschwindend geringes Häufchen angesichts der Macht und Größe, die der Orden einst besessen hatte. Womöglich, dachte Granock beklommen, hatten die Zauberer von allen Völkern und Gruppen Erdwelts die größten Verluste zu beklagen …

»Meine Kinder«, sagte Farawyn, der offenbar nicht in seiner Eigenschaft als König zu ihnen sprechen wollte, sondern zum letzten Mal als Vorsteher des Ordens. Stöhnend, so als würden seine Beine unter der Last seiner Verantwortung weich werden, ließ er sich wieder auf den Thron nieder. »Ihr alle wisst, was nun folgt, nicht wahr?«

Granock spürte, wie sich sein Magen verkrampfte. Natürlich hatte es Gerüchte gegeben in den letzten Tagen, aber er hätte niemals geglaubt, dass es wirklich dazu kommen würde. Alannahs vielsagender Blick traf ihn. *Sie* zumindest hatte keinen Zweifel daran gehegt, dass Farawyn tun würde, was allenthalben behauptet wurde …

»Nach allem, was geschehen ist«, sagte der Älteste leise, »kann ich nicht anders, als hiermit endgültig und unwiderruflich die Auflösung des Ordens der Weisen von Shakara zu beschließen.«

Hätte Granock einen seiner Zeitzauber verhängt, wäre die Wirkung kaum anders ausgefallen. Die Ordensmitglieder standen unbewegt, eisiges Schweigen herrschte.

»Bitte nicht«, flüsterte Alannah, die als Erste die Sprache wiederfand. Tränen glänzten in ihren Augen. »Tut das nicht. Der Orden ist alles, was wir haben.«

»Ich kann nicht anders, mein Kind«, entgegnete Farawyn, »weder als König noch als Ältester.«

»Warum?«, fragte Granock in einem Anflug von Trotz. »Der Orden ist unsere Zuflucht, unsere Heimat …«

»… und dennoch hat er nichts als Schrecken über die Welt gebracht«, fügte Farawyn hinzu. »Seht Euch doch nur um! Wie viele von uns sind noch am Leben? Was ist geblieben von unseren hohen Idealen der Einheit und Weisheit?«

»Der Krieg hat uns hart getroffen, das ist wahr«, räumte Tavalian ein. »Aber wir werden wieder erstarken!«

»Und dann?« Farawyn schaute ihn durchdringend an. »Was dann, Bruder? Wie lange wird es dauern, bis das Studium der alten Geheimnisse einen neuen Qoray hervorbringt? Einen neuen Rurak? Eine neue Riwanon? Oder einen neuen Rothgan«, setzte er leiser und mit Bitterkeit in der Stimme fort. »Glaubt mir, meine Freunde, ich weiß, wovon ich spreche. Früher oder später wird es immer jemanden geben, der den Verlockungen der Macht erliegt, die die Zauberei uns verleiht, und er wird das geheime Wissen nutzen, um Tod und Vernichtung über die Welt zu bringen, wieder und wieder. Dies muss ein Ende haben!«

Granock biss sich auf die Lippen. Zu gern hätte er seinem alten Meister widersprochen, aber er konnte es nicht.

Es stimmte ja, die Vorgenannten waren alle Zauberer des Ordens gewesen, und je bedeutender ihre Fähigkeit und je größer ihre Begabung gewesen war, desto tiefer waren sie gefallen. Er selbst hatte erlebt, wie aus seinem Freund Aldur der Verräter Rothgan geworden war – wer konnte garantieren, dass dies nicht wieder geschehen würde? Farawyns Schritt war folgerichtig, wenngleich es eine bittere Ironie war, dass ausgerechnet er, der wie kaum ein Zweiter für den Erhalt und die Zukunft des Ordens gekämpft hatte, nun dessen Auflösung beschloss.

Oder vielleicht, dachte Granock beklommen, war es in Wirklichkeit ja auch andersherum gewesen. Vielleicht hatte Farawyns seherische Gabe ihm dies schon vor langer Zeit vorausgesagt, und womöglich war das der Grund dafür, dass er sich so vehement für eine Erneuerung des Ordens eingesetzt hatte: um zu verhindern, was zu tun er nun im Begriff war.

Der Gedanke verwirrte Granock, und er blickte betreten zu Boden. In einer unwillkürlichen Geste legte er den Arm um Alannah, so als fürchtete er, auch sie könnte ihm genommen werden.

»Shakara bleibt als Ort der Einkehr und der Kontemplation erhalten«, fuhr Farawyn fort, »der Orden jedoch soll nicht länger existieren, er hat zu viel Leid über die Welt gebracht. In Vergessenheit muss geraten, was wir über das Wesen des Kosmos gelernt haben, unser Wissen in alle Winde zerstreut.«

»Wie wollt Ihr das beginnen?«, fragte Zenan.

»Indem wir den *ángovor* aussprechen«, eröffnete Farawyn ohne Zögern.

»Den *ángovor*?« Granock glaubte, nicht recht zu hören. In all den Jahren, die seither verstrichen waren, hatte er nie vergessen, was sein Meister ihm einst über den *ángovor* erzählt hatte: Es handelte sich um einen Bannspruch, der den Betroffenen seiner Erinnerung beraubte und nicht von ungefähr als *anmeltith* galt, als verbotener Zauber, der nur mit Zustimmung des Rates Anwendung finden durfte. Den Rat allerdings gab es nicht mehr, und so oblag es dem Ältesten, darüber zu entscheiden.

»Nein, Bruder«, sagte Tavalian der Heiler leise, »tut das nicht. Zwingt uns nicht dazu.«

»Das werde ich nicht, alter Freund«, versicherte Farawyn. »Kein Meister wird dem *ángovor* ausgesetzt werden, es sei denn, er würde mich ausdrücklich darum bitten. Aber wir alle müssen einen feierlichen Eid schwören, niemals wieder von unseren *reghai* und unserem Wissen Gebrauch zu machen. Unsere Schüler jedoch«, fügte er hinzu, wobei er Una und die verbliebenen Aspiranten mit einem milden Lächeln bedachte, »werden mit dem Bann des Vergessens belegt, damit sie ein neues Leben beginnen können, fern von Shakara und unbelastet von der Vergangenheit. Auch Caia, die einst eine der unseren war.«

»Und wenn wir das nicht möchten?«, fragte Una leise.

»Ich fürchte, mein Kind, dass es längst nicht mehr um das geht, was wir möchten. Die Geschichte hat uns überholt, und wir müssen alles tun, um mit ihr Schritt zu halten.« Er nickte ihr wohlwollend zu. »Ich weiß deine Loyalität zu schätzen, Una, aber du dienst dem Orden am besten, wenn du dich dieser letzten Weisung fügst. Euch alle, Schwestern und Brüder«, fügte er an die Versammelten gewandt hinzu, »bitte ich, Euch meiner Weisung zu fügen. Verlasst Tirgas Dun und zerstreut euch in alle Winde. Lebt als gewöhnliche Sterbliche, auf dass euer Wissen gehütet werde und sich niemandem offenbare.«

Granock senkte den Blick.

Ihm gefiel nicht, was sein alter Meister beschloss. Wofür hatten sie so hart und erbittert gekämpft, wenn Farawyn all dies nun wegwarf? Wofür waren so viele von ihnen gestorben? Aber wie zuvor sagte ihm eine innere Stimme, dass es nur seine Ichsucht und seine eigenen Ängste waren, die an der Vergangenheit festhalten und sich der Veränderung verschließen wollten. In Wahrheit, das wusste er, hatte der Seher nur zu Recht. Bei allem, was geschehen war, waren die Zauberer stets die Wurzel des Übels gewesen. Der hohe Anspruch, den die Weisen von Shakara stets an sich selbst und ihr Verständnis von Wahrhaftigkeit gestellt hatten, verlangte es, dass sie sich auch dieser Wahrheit stellten …

»Für dich jedoch«, setzte Farawyn seiner Rede überraschend hinzu, »habe ich eine besondere Aufgabe, mein Kind.«

Granock brauchte einen Moment, um zu begreifen, dass Alannah gemeint war. Die Elfin verkrampfte sich in seiner Umarmung, und er ließ von ihr ab.

»Ja, mein König?«, fragte sie.

»Ein Weiser«, eröffnete Farawyn ihr, »muss nach Shakara zurückkehren, um die Ordensburg zu hüten.«

»Aus welchem Grund?«, fragte Granock, dem dieser Gedanke ganz und gar nicht behagte. »Sagtet Ihr nicht, dass die Bibliothek vernichtet werden soll?«

»Keineswegs – nur die Kristalle, die das geheime Wissen des Ordens gespeichert haben. Was einst auf Papier geschrieben wurde, von den Alten Chroniken bis hin zu den Gesängen Lindragels, muss der Nachwelt erhalten werden. Willst du diese Aufgabe übernehmen, Thynia?«

»Ich …« Alannah zögerte, aber ihre Miene sprach Bände. Zu seiner Bestürzung konnte Granock sehen, welche Begeisterung die Vorstellung, nach Shakara zurückzukehren, darin auslöste.

»Kommt nicht Meisterin Atgyva diese Aufgabe zu?«, fragte er schnell.

»Atgyva ist alt«, sagte Farawyn. »Ihr ganzes Leben lang hat sie die Wissensschätze Shakaras gehütet. Sie sehnt sich danach, ihre Reise nach den Fernen Gestaden anzutreten. Alles, was sie braucht, ist eine würdige Nachfolgerin.«

»Und dabei habt Ihr an mich gedacht?« Alannah schüttelte den Kopf. »Das kann nicht sein. Ich habe versagt, in mehr als einer Hinsicht. Ich verdiene es nicht, den Orden in dieser Weise zu vertreten.«

»Einen Orden wird es nicht mehr geben«, brachte Farawyn in Erinnerung. »Entschließt du dich, die Aufgabe zu übernehmen, die ich dir übertragen möchte, so wirst du als Priesterin von Shakara die Vergangenheit bewahren und das Geheimnis von Tirgas Lan hüten – die Wahrheit über den Zauberorden und seine Rolle im Zweiten Krieg jedoch wird aus den Geschichtsbüchern getilgt werden und niemals in den Chroniken erscheinen.«

»Also werde ich die Hüterin einer Lüge sein.«

»Du wirst über jene Wahrheit wachen, die die Sterblichen verstehen – bis zu jenem Tag, da wieder Hoffnung nach Erdwelt zurückkehrt und Elfen wie Menschen bereit sein werden, sich der Vergangenheit zu stellen.«

»Ihr scheint überzeugt, dass dieser Tag kommen wird.«

»Das bin ich, mein Kind«, versicherte Farawyn, und wieder einmal schien der Seher zu sprechen, »und ich möchte, dass du dabei bist und ihn erlebst, stellvertretend für uns alle.«

Alannah nickte. Ihr war anzusehen, wie sehr die Vorstellung ihr gefiel. Ein Leuchten lag in ihren Augen, das Granock noch nie darin gesehen hatte, weder in Rothgans Gegenwart noch in seiner eigenen. Noch nicht einmal, als ihre Körper zueinandergefunden und sich vereint hatten …

»Darf Lhurian mich nach Shakara begleiten?«, stellte sie die Frage, vor der er sich insgeheim schon die ganze Zeit über fürchtete, weil er die Antwort ahnte.

»Nein, mein Kind.« Farawyn schüttelte den Kopf. »Das Amt der Hüterin bedingt es, dass du dich ihm allein stellen musst. Es ist der Preis, um in der Weisheit Erfüllung zu finden.«

»Dann bedauere ich, Euer Angebot ausschlagen zu müssen, mein König«, entgegnete die Elfin ohne Zögern.

»Bist du sicher?«

»Ja, mein König.« Sie bedachte Granock mit einem Lächeln und ergriff seine Hand. »Ich habe viel zu lange gebraucht, um diese Entscheidung zu treffen. Ich kann und werde sie nicht widerrufen.«

Farawyn nickte. Seiner unbewegten Miene war nicht zu entnehmen, ob er Alannahs Entscheidung billigte oder nicht. »Wie du willst, mein Kind«, sagte er. »So muss ich nach einer anderen Nachfolgerin für Atgyva suchen.«

»Ich danke Euch für Euer Verständnis, Majestät«, entgegnete Alannah und verbeugte sich. »Bin ich damit entlassen?«

»Das bist du. Ihr alle seid entlassen, meine Freunde. Trefft Eure Vorbereitungen für den Aufbruch. Ihr müsst Tirgas Dun innerhalb von drei Tagen verlassen.«

Schüler wie Meister verbeugten sich und wandten sich zum Gehen. Alannah wollte Granock mit nach draußen ziehen, aber er blieb stehen – soweit es ihn betraf, war längst noch nicht alles geklärt. Ihre Blicke trafen sich, und sie gab ihm einen flüchtigen Kuss auf die Wange, der ihn wie ein Frühlingshauch streifte. Dann war sie fort, zusammen mit den anderen. Nur Granock blieb zurück, die Arme vor der Brust verschränkt und das Kinn trotzig vorgereckt.

»Du hast mir noch etwas zu sagen?«, fragte Farawyn davon unbeeindruckt.

»Allerdings habe ich das«, bestätigte Granock. »Wie konntet Ihr nur?«

»Was meinst du?«

»Wie konntet Ihr Alannah nur ein solches Angebot unterbreiten? Ihr wisst, wie sehr ich sie liebe!«

»Allerdings.«

»Und dennoch lockt Ihr sie nach Shakara? Allein?«

»So will es das Gesetz.«

»Blödsinn!«, begehrte Granock auf. »Versteckt Euch nicht hinter dem Gesetz! Wenn Ihr der Ansicht seid, dass ich für Alannah nicht gut genug bin, so sagt es frei heraus.«

»Darum geht es nicht.«

»Nein?« Granock bebte innerlich vor Zorn, nur mühsam konnte er sich beherrschen. »Habt Ihr eine Ahnung, wie lange ich auf ihre Rückkehr gewartet habe? Könnt Ihr ermessen, wie sehr ich gelitten habe und wie groß meine Liebe zu ihr ist?«

»Nein«, gab Farawyn gelassen zu. »Aber weil du sie so sehr liebst, wirst du sie gehen lassen.«

»Unsinn!« Granock schüttelte den Kopf. »Wieso sollte ich? Sie hat sich bereits entschieden! Ihr habt es selbst gehört!«

»Wenn es so ist, weshalb erhitzt diese Sache dann so sehr dein Gemüt?«, wollte Farawyn wissen.

»Das will ich Euch sagen – weil Ihr Euch schon wieder ungefragt in mein Leben mischt! Wann endlich werdet Ihr begreifen, dass ich nicht mehr Euer Novize bin?«

»Das habe ich längst begriffen«, versicherte Farawyn. »Nicht du stehst in meiner, ich stehe in deiner Schuld, Junge, denn du hast mehr getan und geleistet, als ich je von dir verlangen konnte, und meine kühnsten Erwartungen noch weit übertroffen. Und weil das so ist, weißt du auch, was Alannah in Wahrheit fühlt und denkt, nicht wahr?«

Granocks Lippen bebten vor mühsam zurückgehaltener Wut, aber er erwiderte nichts.

»Dein Zorn«, fuhr Farawyn ruhig fort, »hat in Wahrheit nur einen Grund. Tief in deinem Herzen weißt du genau, dass du Alannah niemals wirst glücklich machen können.«

»Das … ist nicht wahr …«

»Sie wird bei dir bleiben, natürlich, schon weil sie dich nicht noch einmal enttäuschen will. Aber hast du ihr Gesicht gesehen, als sie von ihrer Aufgabe in Shakara erfuhr? Alannah ist eine Elfin von vornehmem Geblüt, Lhurian, eine Tochter der Ehrwürdigen Gärten. Sie sehnt sich danach, einem höheren Ideal zu dienen und Teil von etwas Bedeutendem zu sein.«

»Soweit es mich betrifft«, entgegnete Granock bitter, »ist sie Teil von etwas Bedeutendem.«

»Sie wird bei dir bleiben, wenn du es wünschst, ihre Loyalität und ihre Dankbarkeit zwingen sie dazu. Und sicher würde sie ihre Bestimmung an deiner Seite für einige Zeit vergessen. Du bist jedoch ein Mensch. Deine Begabungen mögen außergewöhnlich sein, aber auch du kannst die Zeit nicht für immer aufhalten, und irgendwann wird sie ihren Tribut von dir fordern. Du wirst altern und schließlich sterben, während Alannah jung und schön bleiben wird – willst du ihr dies wirklich antun?«

Granock atmete tief ein und aus. Diese Gedanken waren ihm nicht neu. In der Zeit, nachdem Alannah ihn verlassen hatte, hatte er sich damit zu trösten versucht, hatte sich eingeredet, dass es besser für beide wäre, wenn sie einander nicht mehr begegneten. Seine Zuneigung hatte am Ende jedoch obsiegt – oder war es ihm in Wahrheit nur darum gegangen, zurückzubekommen, was man ihm genommen hatte?

Hatte er in Wahrheit nur beweisen wollen, dass ein Mensch einem Elfen ebenbürtig war? Natürlich, er liebte Alannah, vom Augenblick ihrer ersten Begegnung an. Aber gab ihm dies das Recht, über ihr Leben zu bestimmen?

So sehr Granock mit Farawyns Worten haderte, mit einem hatte sein alter Meister ganz sicher recht: Ganz gleich, wie sehr er sie liebte, er würde es niemals schaffen, Alannah auf Dauer glücklich zu machen. Natürlich würde er alles daransetzen, und vermutlich würde es ihm für eine Weile gelingen. Irgendwann jedoch würde seine menschliche Natur ihn verraten.

Wenn er also darauf bestand, dass sie bei ihm blieb, obschon er wusste, wie unglücklich es sie auf Dauer machen würde, was unterschied ihn dann von Rothgan?

Die Frage traf Granock bis ins Mark.

Eine endlos scheinende Weile lang stand er nur da und überlegte. Schließlich rang er sich zu einer Entscheidung durch, wobei er das Gefühl hatte, dass sie schon von Anfang an festgestanden hatte.

»Also gut, alter Mann«, erwiderte er leise. »Ich gebe Alannah frei.«

»Ich weiß«, sagte Farawyn nur.

»Was soll das heißen?«

»Ich habe nie daran gezweifelt, mein Junge. Denn deine Liebe zu ihr ist größer, als meine zu Aldurs Mutter es je gewesen ist. Ich wollte um jeden Preis festhalten, was nicht gehalten werden konnte, und habe verloren. Du jedoch hast den besseren Weg gewählt – und wirst am Ende gewinnen.«

»Glaubt Ihr?« Granock lächelte schwach, und obwohl er es um jeden Preis hatte unterdrücken wollen, rannen Tränen über sein Gesicht. »Sie fehlt mir, Meister. Bereits jetzt.«

»Ich weiß, Junge.« Farawyn nickte. »Aber du musst das nicht durchleiden. Es bedarf nur eines Zaubers, und die Vergangenheit wird keine Macht mehr über dich haben. Der *ángovor* wird deine Erinnerungen an Alannah beseitigen.«

»So bliebe mir nichts mehr von ihr«, folgerte Granock.

»Nein – aber auch keine Trauer. Kein Schmerz.«

Granock nickte, und einen Moment lang erwog er Farawyns Angebot. Dann huschte ein freudloses Grinsen über seine Züge. »Ein guter Versuch, mein König.«

»Was meinst du?«

»Würdet Ihr mir die Erinnerung nehmen, so würde ich mich auch nicht mehr an den Pakt erinnern, den wir geschlossen haben, richtig?«

»Das ist wahr.«

»Und somit könnte ich auch nicht mehr über Euch wachen, wie Ihr es von mir verlangt habt.«

»Nein«, gab Farawyn zu. »Das könntest du nicht.«

»Dann behalte ich meine Erinnerungen, die guten wie die schlechten«, eröffnete Granock, »denn sie sind es, die einen Menschen letztlich ausmachen, nicht wahr?«

»Vielleicht«, räumte Farawyn ein, und dieses Mal glaubte Granock, im Lächeln seines Meister unverhohlene Bewunderung zu erkennen. »Wohin wirst du dich wenden?«

»Was gilt es Euch?«, fragte Granock dagegen. »Weit genug weg, um Eurer Herrschaft zu entgehen. Aber nah genug, um Euch zu jeder Zeit zu beobachten und Eure Schritte zu verfolgen.«

»So werden wir uns wiedersehen?«

»Ich hoffe es nicht, Meister«, erwiderte Granock, ehe er sich zum Gehen wandte und den Thronsaal verließ, um niemals zurückzukehren. »Ich hoffe es nicht.«

18. ÁNGOVOR

Es war schwer vorstellbar, dass die große Halle von Shakara einst vor Leben pulsiert, dass die Angehörigen des Zauberrates sich dort versammelt und einander erbitterte Dispute geliefert hatten. Die Stimmen der Ratsmitglieder waren verstummt, hinfortgeweht vom Sturm der Geschichte, und die steinernen Mienen der alten Könige starrten in die kalte Leere, die sich zwischen dem Eingangstor und dem Podium der Ältesten erstreckte. Die Sitzreihen der Räte waren verwaist, nur unter dem großen Kristall, der am Kopfende der Halle schwebte, hatten sich vier Gestalten versammelt, die einsam und verloren wirkten angesichts der schieren Größe, die sie umgab.

»So sind wir also hier«, sagte Farawyn, »die Letzten des Ordens von Shakara, um zu Ende zu bringen, was unsere Vorfahren einst begonnen haben.«

Die anderen – Alannah, die eine weite weiße Robe trug, und Meister Lonyth, der während des Kampfs um Tirgas Lan mit den Novizen in der Ordensburg geblieben war – schauten den ehemaligen Ältesten und jetzigen König beklommen an. Beiden war klar, dass sie einen historischen Moment erlebten. Auch Bruder Syolan war zugegen. Als Chronist von Shakara hatte er gewissenhaft über alle wichtigen Vorkommnisse im Rat Buch geführt; nun wurde er Zeuge der letzten Augenblicke des Zauberordens.

Zusammen mit Farawyn war Alannah nach Shakara gekommen, um ihr neues Amt als Hüterin der Eisfestung anzutreten; ihr Gefolge aus Elfenwächtern und -dienern, das ihr zu Gebote stehen würde, wartete vor den Toren der Halle. Rat Gervan und Schwester Atgyva, die während des Krieges ebenfalls in Shakara geblieben waren, hatten die Ordensburg bereits verlassen. Der eine, um sich Farawyns Weisung gemäß zurückzuziehen und ein Leben im selbstgewählten Exil zu verbringen; die andere, um nach Süden zu gehen und sich jenen anzuschließen, die nach den Fernen Gestaden ziehen und sie von der Herrschaft der Unholde befreien wollten. Beide waren sichtlich erleichtert gewesen, von der Verantwortung ihrer Ämter entbunden zu sein – für Alannah begann sie gerade erst …

»Könnt Ihr tun, worum ich Euch gebeten habe, Bruder Lonyth?«, erkundigte sich Farawyn bei dem unscheinbaren Zauberer, dessen Gabe darin bestand, Materie kraft seiner Gedanken von einem Ort zum anderen zu bewegen.

»Das denke ich, Va…« Lonyth unterbrach sich und räusperte sich unruhig. »Ich meine, mein König.«

»Dann tut es«, forderte Farawyn ihn auf und reichte ihm den Gegenstand, den er bislang unter seiner Robe verborgen hatte.

Es war der Splitter des Annun.

»Die Speicherkristalle müssen zerstört werden, auf dass sie kein Unheil mehr anrichten können«, erklärte er leise dazu. »Dieser jedoch soll erhalten bleiben, denn er wurde nicht von Elfen erschaffen, sondern hat schon immer bestanden, und wir wissen nicht, welche Folgen seine Zerstörung hätte. Deshalb verbergen wir ihn hier, tief im ewigen Eis, und hoffen, dass wir seiner Kräfte niemals wieder bedürfen. Tut, worum ich Euch gebeten habe, Bruder.«

Mit nach oben gedrehten Handflächen nahm Lonyth den Kristallsplitter entgegen. Dann schloss er die Augen und schien in sich zu versinken – und unter den staunenden Blicken seiner Gefährten wurde der Splitter des Annun durchsichtig. Für einen kurzen Moment waren noch seine Konturen zu erkennen, dann war er verschwunden.

Unwillkürlich schaute Alannah zu dem großen Kristall hinauf, der unter der gewölbten Hallendecke schwebte und mattes Licht verbreitete. Es war schwer vorstellbar, dass sich der Splitter nun in seinem Inneren befinden sollte, aber genau so war es. Kraft seiner

Gabe hatte Lonyth ihn dorthin versetzt, ohne dass auch nur der kleinste Makel an dem großen Kristall entstanden war.

Das vollkommene Versteck …

»Ich danke Euch, Bruder«, sagte Farawyn und legte dem anderen anerkennend die Hand auf die Schulter. »Geht nun und blickt nicht zurück. Lebt wohl.«

»Lebt wohl, mein König«, erwiderte der Zauberer bekümmert. Dann wandte er sich ab und verließ die Ratshalle.

»Auch Ihr könnt gehen, Syolan«, wandte sich Farawyn an den Schreiber, »denn Eure Dienste werden nicht mehr benötigt. Die Welt darf niemals erfahren, was hier geschah.«

»Ich werde meine Aufzeichnungen zu Ende bringen«, entgegnete der Schreiber, »aber niemand in Erdwelt wird sie jemals lesen.«

»Ich danke Euch – sowohl für Eure treuen Dienste als auch für das Opfer, das Ihr bringt. Geht auch Ihr nun, mein Freund, und schaut auch Ihr nicht zurück.«

»Mein König.«

Der Schreiber verbeugte sich und wollte sich abwenden, aber Farawyn zog ihn an sich heran und umarmte ihn wie einen leiblichen Bruder. Dann verließ auch Syolan die Halle, und nur noch Alannah war übrig, deren Augen im Licht des großen Kristalls feucht glänzten.

»Was hast du, mein Kind?«

»Es ist nichts, mein König.« Alannah lächelte schwach und wischte sich die Träne aus dem Augenwinkel. »Der Abschied von alten Freunden macht mich traurig.«

»Abschied zu nehmen ist stets traurig«, meinte Farawyn. »Ist es – wegen Granock?«

Sie nickte kaum merklich. »Er hat sich nicht einmal von mir verabschiedet. Er ist einfach gegangen.«

»Nicht, um dich zu verletzen«, gab Farawyn zu bedenken. »Sondern um Euch beiden Schmerz zu ersparen.«

»Es vergeht kein Augenblick, da ich nicht an ihn denke. Ich meine, ich fühle mich hier in Shakara geborgen, und mein Geist findet Ruhe nach allem, was gewesen ist, aber …« Sie verstummte, als die Stimme ihr versagte und ihre Tränen sich ungehemmt Bahn brachen.

»… aber du kannst ihn nicht vergessen«, brachte Farawyn den Satz seufzend zu Ende.

Wieder nickte sie, und er konnte ihren Schmerz deutlich fühlen, schon deshalb, weil er selbst ganz ähnlich empfand. Der eigenwillige junge Mensch, den er einst in den Gassen Andarils aufgelesen hatte, war im Lauf der Zeit wie ein Sohn für ihn geworden – und wie einen Sohn vermisste er ihn nun.

»Sieh mich an, mein Kind«, forderte er Alannah auf.

Sie schaute zu ihm auf, und er nahm ihr zartes Gesicht in die Hände und sah ihr tief in die Augen.

»Was tut Ihr?«, wollte sie wissen, aber er antwortete nicht. Stattdessen konzentrierte er sich, und indem er jene alte Formel sprach, die er in den letzten Tagen so oft angewandt hatte, nahm er ihr den Schmerz.

Alannah schloss die Augen.

Sie wankte und schien für einen Moment das Bewusstsein verlieren zu wollen. Dann öffnete sie die Augen wieder. Aber der Blick, mit dem sie Farawyn bedachte, war nicht mehr derselbe.

Der zum König gekrönte Zauberer ließ von ihr ab und trat einen Schritt zurück, wobei sie ihn von Kopf bis Fuß musterte.

»Wer … wer seid Ihr?«, fragte sie ihn.

»Nur ein Besucher, der durch diese ehrwürdigen Hallen wandelt«, antwortete er. »Nicht mehr und nicht weniger.«

Verwundert blickte sie sich um, schaute an den Statuen der Könige empor und starrte staunend auf den großen Kristall. »Ehrwürdige Hallen?«, wiederholte sie. »Wo bin ich?«

»Im Tempel von Shakara«, erwiderte Farawyn ohne Zögern. »Dies ist Euer Reich, Priesterin Alannah. Von nun an bis zu dem Tag, an dem sich alles ändert.«

Das Erste, was Rurak wahrnahm, als er erwachte, waren vertraute Gerüche.

Der Gestank von altem Blut.

Der beißende Odem der Verwesung.

Der faulige Atem von Gnomen.

Er wollte die Augen aufschlagen, aber es gelang ihm nicht sofort, und unwillkürlich fragte er sich, was geschehen sein mochte. Das Letzte, woran er sich erinnerte, war Schmerz … heißer, quälender Schmerz, der in seine Eingeweide gefahren war, als der Dolch des Orks ihn durchbohrt hatte, nicht nur einmal, sondern mehrmals hintereinander. Der Unhold hatte seinem Hass und seiner Rachsucht freien Lauf gelassen, und Rurak entsann sich des höhnischen Gelächters, das er dabei von sich gegeben hatte.

Dann jedoch war es in immer weitere Ferne gerückt, und der Zauberer, der einst als Margoks oberster Diener über ganz Erdwelt hatte herrschen wollen, war zu der wenig erbaulichen Einsicht gelangt, dass seine Pläne gescheitert waren und es ganz offenbar seine Bestimmung war, in einer schäbigen Ruine zu verbluten, erstochen von einem tumben Ork.

Warum aber war er noch am Leben?

Warum konnte er atmen und nahm Gerüche wahr, die ihm noch dazu seltsam vertraut erschienen?

Erneut wollte er die Augen aufschlagen und brachte diesmal ein Blinzeln zustande.

»Ihr kommt zu Euch. Endlich«, sagte eine krächzende Stimme neben ihm, die er verstand, obschon sie sich einer fremden Sprache bediente.

»Wo … bin …?«

Rurak erschrak.

Nicht so sehr, weil sich seine Stimme elend und kraftlos anhörte, sondern weil sie *anders* klang, als er es in Erinnerung hatte. Was war geschehen?

Er wollte hochfahren, aber eine feuchte, klebrige Hand fasste ihn an der Schulter und drückte ihn mit sanfter Gewalt zurück. Erst jetzt nahm er wahr, dass er auf dem Rücken lag, auf etwas, das hart war und kalt, nackter Stein …

Die Vorstellung weckte unangenehme Erinnerungen, und indem er seinen ganzen Willen zusammennahm, öffnete er schließlich doch die Augen. Der Schein zahlreicher Fackeln, die in Wandhalterungen steckten und für flackernde Beleuchtung sorgten, blendete ihn. Doch er gewöhnte sich rasch daran, und seine Umgebung nahm Konturen an.

Er erkannte eine gewölbte, aus groben Steinen gemauerte Decke sowie an den Wänden Regale, die wie ein schauriges Panoptikum anmuteten. Die abgetrennten Körperteile unzähliger Orks wurden darin in großen gläsernen Behältern aufbewahrt – Rurak sah Klauen und Häupter, aber auch herrenlose Augen, die in milchiger Flüssigkeit schwappten und ihn fragend anzustarren schienen. Die Erkenntnis, wo er sich befand, durchzuckte ihn wie ein Blitzschlag.

In der Blutfeste!

In der Kammer des Todes …

Ein beunruhigender Verdacht stieg in ihm auf, und er drehte den Kopf zur Seite – nur um sich selbst zu erblicken!

Seiner Kleidung entblößt, lag er auf einem steinernen Tisch und regte sich nicht! Sein zerschmetterter, von unzähligen Narben und Stichwunden übersäter Körper war blutleer und leblos, und als wäre das noch nicht übel genug, klaffte dort, wo sich die Schädeldecke hätte befinden sollen, auch noch ein hässliches Loch! Daneben stand ein Gnomendiener, ein Grinsen in seinem grünen Gesicht und eine blutige Säge in den Klauen …

»Nein!«, brüllte Rurak entsetzt mit jener Stimme, die ihm so gänzlich unbekannt war. Was für einen Albtraum durchlebte er hier? War es die Wirklichkeit? Oder lag er in Wahrheit im Sterben und das Wundfieber plagte ihn?

»Es gab keine andere Möglichkeit«, brachte sich die Stimme in Erinnerung, die er schon vorher gehört hatte. Rurak warf den Kopf herum und schaute in ein weiteres hässlich grünes Gesicht, aus dem ihm ein eitriges Augenpaar entgegenblickte.

Ein Gnom.

Einer seiner Diener …

»Verzeiht, Herr«, krächzte die kleinwüchsige Kreatur und deutete eine Verbeugung an. »Als wir Euch fanden, wart Ihr fast verblutet und dem Tod näher als dem Leben. Aber wir sagten uns, dass es noch eine Möglichkeit geben müsste, Euch zu retten. Also nahmen wir Euch mit uns …«

»Ihr nahmt mich mit?« Rurak starrte in purem Unverständnis. »Und Tirgas Lan?«

»Verloren«, sagte der Gnom nur.

»Was faselst du da?«

»Der Dragnadh ist zurückgekehrt und hat uns in die Flucht geschlagen.«

»Und Margok?«

Der Diener schüttelte nur den Kopf und überließ es der Phantasie des Zauberers, sich auszumalen, was genau geschehen war.

»Der Dragnadh«, echote Rurak flüsternd und erinnerte sich an die unheimliche Kreatur, die ihn gepackt und hinfortgerissen hatte. Das also war es gewesen …

»Das Heer des Dunkelelfen wurde zurückgeschlagen und hat sich in alle Winde zerstreut«, fuhr der Gnom beklommen fort. »Nur wenigen gelang die Flucht.«

»Dann sollte ich euch kleinen Bastarden wohl dankbar sein«, keuchte der Zauberer, während er feststellte, dass er Arme und Beine wieder bewegen konnte. Er richtete sich halb auf dem Steinsockel auf und betrachtete seinen neuen Körper und seine Hände. Erst dann dämmerte ihm die hässliche Erkenntnis …

»Ich bin … ein Mensch!«, ächzte er.

»Wir hatten keine andere Wahl«, entgegnete der Diener. »Euer alter Körper war bereits den Weg alles Sterblichen gegangen …«

»Und da habt Ihr mein Gehirn in den zerbrechlichen Leib eines Menschen verpflanzt?«, schrie der Zauberer, dass es von der Gewölbedecke widerhallte.

»Es war nicht unsere Entscheidung, sondern Eure«, verteidigte sich der Gnom, der schützend seine dünnen Arme emporgerissen hatte. »Hätte Euer dunkler Wille uns nicht dabei unterstützt, wäre die Übertragung niemals gelungen.«

Rurak schnaubte. So abwegig ihm der Gedanke erschien, im Körper eines Menschen gefangen zu sein, und so sehr sich sein Innerstes gegen eine solche Demütigung sträubte – der Diener hatte recht. Die Gnomen hatten ihm bei zahllosen Operationen assistiert, in denen er aus halbtoten Orks lebende Kämpfer gemacht hatte, sodass sie die Handgriffe kannten und wussten, was zu tun war; aber natürlich hatten sie nicht die magische Kraft, die nötig war, um den Blutsammler zu bedienen und das *lu* eines Wesens auf einen neuen Körper zu übertragen.

Dies musste er fraglos selbst getan haben, wenn auch unbewusst. Sein eiserner Wille zu überleben …

Erneut schaute er an sich herab.

Wie zerbrechlich dieser neue Körper war und welch erbärmlicher Gestank von ihm ausging! Aber andererseits war er jung und kräftig. Rurak interessierte es nicht, wer der Mensch gewesen war. Sein Körper, so unvollkommen er sein mochte, barg die Chance, sich wieder frei zu bewegen, unbehelligt von jenen quälenden Schmerzen, die ihm wie ein Schatten gefolgt waren. Und wenn dieser Körper irgendwann gealtert war, würde er sein Bewusstsein in einen neuen übertragen – Menschen gab es in Erdwelt schließlich mehr als genug.

Auf diese Weise konnte er Jahrzehnte, wenn nicht Jahrhunderte überdauern und in all dieser Zeit auf Rache sinnen. Und irgendwann, davon war der Verräter überzeugt, würde sich die Gelegenheit dazu ergeben.

Der Elf namens Palgyr, der sich gegen den Zauberrat verschworen und sich dunklen Mächten verschrieben hatte, mochte aufgehört haben zu existieren – Rurak der Schlächter jedoch war noch am Leben.

In einem neuen Körper blieb sein Name erhalten, ebenso wie der finstere Wille, der ihn antrieb.

Epilog

So endet die Ära der Zauberer, und es beginnt, was ich das dunkle Zeitalter nennen möchte, denn verloschen ist der Glanz von Sigwyns Tagen.

Von Tirgas Dun aus, der Stadt am *arfordyr*, lenkt Farawyn der Seher die Geschicke des Elfenvolks, doch das Reich, das Erdwelt einte, ist vergangen, hinfortgeweht vom Sturm der Geschichte. Im Bestreben, aus der Vergangenheit zu lernen und zu verhindern, dass sie sich noch einmal wiederholt, ist Farawyns Streben darauf gerichtet, jene zu bestrafen, die mit Margok paktiert haben.

Während ich diese Worte schreibe, durchkämmen Waldelfen die Nordlande und die Westmark auf der Suche nach Anhängern des Dunkelelfen, die nach der Schlacht um Tirgas Lan geflohen sind. Manche *dun'rai*, so heißt es, wurden von ihrem finsteren Herren in den Wegen verbotener Magie unterwiesen und standen kurz davor, Zauberer zu werden – sie verfolgt der König mit besonderer Härte und lässt sie hinrichten, wo auch immer er ihrer habhaft werden kann.

Zugleich wird in diesen Tagen eine Kriegsflotte ausgerüstet, um die Fernen Gestade von den Schergen des Bösen zu befreien. Irgon selbst ist ihr Befehlshaber, sein Stellvertreter ein junger Offizier, der aufgrund seiner Tapferkeit in der Schlacht um Tirags Lan ausgezeichnet und in den Stand eines Obristen erhoben wurde.

Sein Name ist Ruuhl.

Von Shakara ist nichts geblieben als die Festung selbst, die eine große Vergangenheit birgt, und in der Alannah, die trotz ihrer Verfehlungen stets die anmutigste und reinste unter uns gewesen ist, über das Erbe des Ordens wachen wird.

Der Rest von uns, die wenigen, die den Kampf gegen Margok überlebt haben, hat sich in alle Winde zerstreut, Novizen wie Eingeweihte, Aspiranten wie Meister. Der Orden der Zauberer existiert nicht mehr, und es erfüllt mich mit tiefer Trauer, dass ich dieses letzte Kapitel in der Chronik Shakaras im Bewusstsein beende, dass es niemals gelesen werden wird.

Der Kampf, den wir führten, wird in Vergessenheit geraten, so wie die Opfer, die wir gebracht haben.

Bald, schon sehr bald …

Ich bringe diese letzten Sätze in der Abgeschiedenheit meines Exils zu Papier, nicht um der Nachwelt willen, sondern damit ich nach Jahren des Krieges und des Konflikts endlich inneren Frieden finde. Die Vergangenheit festzuhalten, war meine Aufgabe, doch die Sterblichen haben sich als unfähig erwiesen, aus ihr zu lernen. Sollten diese Bücher, die ich an einem sicheren Ort verbergen werde, dereinst gefunden werden, so hoffe ich, dass man mit Milde und Nachsicht auf das blicken wird, was wir waren und was wir getan haben.

Und ich beende dieses Werk in der vagen Hoffnung, dass sich Farawyns Prophezeiung einst erfüllen und das Elfenreich sich erneuern wird.

Eines fernen Tages.

Aus der Chronik Syolans des Schreibers
Buch III, Schlusswort

Nachwort

So endet also die Geschichte des Zweiten Krieges, und das Epos der Zauberer ist zu Ende erzählt – fast, möchte man hinzufügen, denn natürlich wissen all jene, die die »Orks«-Trilogie gelesen haben, dass die Ereignisse von Tirgas Lan noch ein dramatisches Nachspiel haben, als zwei Unholde namens Balbok und Rammar rund tausend Jahre später …

Aber das ist eine andere Geschichte.

Wie all die Male zuvor hat auch dieser Ausflug nach Erdwelt mir wieder große Freude bereitet, und ich danke all jenen, die mich dabei begleitet haben: Carsten Polzin von Piper Fantasy, meiner Lektorin Angela Küpper, meinem Agenten Peter Molden und Zeichner Daniel Ernle, der die Karte Erdwelts wiederum auf den neuesten Stand gebracht hat. Danken möchte ich auch den Komponisten James Horner und Alan Silvestri, deren phantastische Klänge die Entstehung nicht nur dieses Romans, sondern der ganzen Trilogie begleitet und mir geholfen haben, mich in die magischen Gefilde Erdwelts hineinzuversetzen. Ich danke meiner wunderbaren Familie und ganz besonders meiner kleinen Tochter, die mich die Welt mit anderen Augen sehen lässt. Und ich danke Ihnen und Euch, meinen Lesern, für die zu schreiben ein Privileg ist und einfach großen Spaß macht.

In Mails und Zuschriften, die mich in letzter Zeit erreichten, wurde ich häufig gefragt, wie es nach Abschluss der »Zauberer«-Trilogie weitergehen wird. Mit etwas ganz Neuem? Mit einem anderen Abenteuer, das in Erdwelt spielt? Oder werden gar Balbok und Rammar ihre wilde Rückkehr feiern?

Die Antwort ist, dass ich mich nach sechs Romanen Erdwelt danach sehne, meine Leser in eine neue Fantasy-Welt zu entführen, die im Lauf der letzten Jahre in meiner Vorstellung Gestalt angenommen hat und danach verlangt, endlich realisiert zu werden.

Aber eine Rückkehr nach Erdwelt ist fest geplant.

Versprochen …

Michael Peinkofer
Frühsommer 2010

Anhang A
Anmerkungen zu elfischer Sprache und Grammatik

Die Elfensprache ist die zentrale Hochsprache Erdwelts und – neben dem Orkischen und der Sprache der Westmenschen, die am weitesten verbreitete. Da die Kultur der Elfen von ihren mythischen Anfängen an eine Schriftkultur gewesen ist, hat sich das Elfische in einer weitgehend unveränderten Form bis in die Regierungszeit Corwyns I. und dem *farwyla* der Elfen aus Erdwelt weitgehend unverändert erhalten.

Die Elfensprache besticht durch ihren logischen Aufbau und die Klarheit ihrer Regeln, Ausnahmen finden sich nur vereinzelt und erst in der Spätzeit des Reichs, die mit der Regierung Farawyns und dem Reich von Tirgas Dun beginnt. Dennoch kann nachfolgend nur ein grober Abriss der wichtigsten Grundregeln elfischer Satzbildung gegeben werden, wie sie sich u.a. in Bloythans Standardwerk *Tafuraith* (»Elfenzunge«) findet.

Substantive

Das Elfische verfügt über eine Vielzahl unterschiedlich endender Substantive, die stets nach ihrem natürlichen Geschlecht bestimmt sind und häufig aufgrund einer reichen Auswahl an sinnstiftenden Suffixen gebildet werden. So bedeutet die angehängte Silbe *-ian* beispielsweise »Herr des …« (Beispiel *Lhurian* – Herr der Zeit), während die Endung 'ras eine Eigenschaft auszudrücken pflegt. Die an den Wortstamm eines Verbs angehängte Silbe *-yr* hingegen drückt den Ausübenden einer Tätigkeit aus, während die Endung

-than die Tätigkeit selbst bezeichnet. Aus *breuthu* »träumen« wird so *breuthyr* »der Träumer«, und aus *baigwithu* »bedrohen« wird *baigwithan* »die Bedrohung«.

Der Plural wird allgemein durch Anhängen des Buchstabens *-a* gebildet: codan – der Baum, codana – die Bäume. Substantiven, die bereits auf *-a* enden, wird ein *-i* angefügt, um die Mehrzahl auszudrücken: *fahila* – das Blatt, *fahilai* – die Blätter. Weitere Ausnahmen bilden die Substantivendungen *-an* (Plural *-ian*) und *-on* (Plural *-ion*) sowie alle Wörter, die auf *-s* auslauten. Hier wird ein *-i* anstelle des *-s* eingesetzt, um die Mehrzahl auszudrücken: *tirgas* – die Stadt, *tirgai* – die Städte.

Die Deklination der Substantive erfolgt nach folgendem Schema, das gleichlautend auch für die Pluralform gilt:

Nominativ	*reghas*	die Gabe
Genitiv	*'y'reghas*	der Gabe
Dativ	*reghas-ta*	der Gabe
Akkusativ	*reghas-tan*	die Gabe

Eine Besonderheit des Elfischen ist der sog. Lokativ, der nach Voranstellung von Präpositionen Anwendung findet. In den allermeisten Fällen ist er gleichlautend wie der Nominativ. Eine verbreitete Ausnahme bildet das Wort *tanthaiar* (»Tiefe«) wegen seiner Herleitung aus der alten Drachensprache; der Lokativ lautet hier *tanthaiaru*.

Verben

Ihrer langen und reichen geschichtlichen Entwicklung gemäß kennt die elfische Hochsprache eine Vielzahl teils sehr spezifischer Verben. Die Infinitiv-Endung sämtlicher elfischer Verben ist ein dem Wortstamm angehängtes *-u*, das die Identifizierung desselbigen sehr einfach macht. Konjugiert werden Tätigkeitswörter durch Anhängen verschiedener Silben, wie nachfolgend am Beispiel des Verbs *faru* (»machen, tun«) erläutert wird:

1. Person Singular	*far-a*	ich mache
2. Person Singular	*far-ain*	du machst
3. Person Singular	*far-an*	er macht

1. Person Plural	*far-awen*	wir machen
2. Person Plural	*far-anai*	ihr macht
3. Person Plural	*far-anor*	sie machen

Im Lauf der Sprachentwicklung hat sich, auch unter Einwirkung anderer Sprachen wie jener der Drachen oder der Zwerge, eine geringe Anzahl unregelmäßiger Verben herausgebildet. Die Konjugation des wohl bekanntesten Vertreters dieser Gattung, des Wortes *bodu* (»sein«), gestaltet sich wie folgt:

1. Person Singular	*dwa*	ich bin
2. Person Singular	*dwain*	du bist
3. Person Singular	*dwan*	er ist
1. Person Plural	*bodan*	wir sind
2. Person Plural	*bodawen*	ihr seid
3. Person Plural	*bodanai*	sie sind

Das Partizip Präsens wird durch Anfügen der Silbe *-as* an den Stamm gebildet, das Partizip Perfekt Passiv durch Anhängen der Silbe *-un*. Bei *bodu* lauten die beiden Formen *dwas* bzw. *dwun*. Eine substantivische oder adjektivische Verwendung des Partizips ist im Elfischen gebräuchlich, z. B. *aimlathas* »der Kämpfende« oder *cuthíun*, was »verborgen« oder »versteckt« bedeutet.

Die Bildung der Vergangenheitsform betreffend, unterscheidet das Elfische, vor allem die Hochsprache Trownas und der südlichen Haine, diverse Formen der Vergangenheit, wobei deutliche Unterschiede zwischen Literatur und gesprochener Sprache bestehen. Eine vergleichsweise einfache Methode, um eine zurückliegende Tätigkeit auszudrücken, ist die Verbindung des Verbs *vandu* »haben« mit dem Partizip Perfekt Passiv, z. B. *vanda cinun* »ich habe gesungen«. Die ständige Verwendung dieser Form wird von nativen Sprechern des Elfischen zwar als unbeholfen und gelegentlich auch als Zeichen von Unbildung gedeutet, wird jedoch durchweg verstanden und kann Neulingen im Umgang mit der Elfensprache daher nur empfohlen werden.

Eine Bejahung bzw. Verneinung wird im Elfischen durch ein an die konjugierte Verbform angehängtes *-n* (nach Vokalen) bzw. *-an* (nach Konsonanten) ausgedrückt, z. B. *faran* »ich mache nicht« oder *bodanan* »wir sind nicht«. Die Bejahung oder Verneinung einer Frage erfolgt in der Regel, in dem das konjugierte Verb in der ersten Person in Bejahung oder Verneinung wiederholt wird, z. B. *Dwain parur? – Dwa.* »Bist du bereit?« – »Ja.« Oder auch *Vandanai fendu? – Vandawen-an.* »Habt ihr gefunden?« – »Nein.«

Die Befehlsform eines Verbs wird im Elfischen durch Anfügen der Silbe *-ur* an den Wortstamm gebildet – *Ar-aragur lithairtan*! bedeutet folglich »Öffne das Tor!«

Adjektive

Sowohl reine Adjektive als auch solche, die als Partizipien aus Verben gebildet werden, enden im Elfischen auf -a und werden dem dazugehörigen Substantiv entsprechend mitdekliniert und – je nach Betonung – vorn oder hintangestellt. Die Steigerungsform wird durch die angehängte Endung *-alara* ausgedrückt, der Superlativ durch *-alisa*: *mavura* »groß« – *mavurálara* »größer« – *marvurálisa* »am größten«.

Besitzanzeigen werden im Elfischen weder durch Adjektive noch durch Possessivpronomen ausgedrückt, sondern lediglich durch Voranstellen der Silbe na- an das entsprechende Substantiv. So wird aus *cefail* »Pferd« *na-cefail* – »mein Pferd«.

Zahlwörter

Von ihrer frühesten Entwicklung an, die bis weit in die Zeit vor der ersten Landnahme zurückreicht, war die Elfensprache von großer Exaktheit geprägt, was sich nicht nur in ihrer klaren Strukturierung niederschlägt, sondern auch in der Elfischen Vorliebe für Zahlwörter und ihnen innewohnende Wortspiele und Rätsel. So finden sich bereits in den Gesängen Lindragels, des ältesten überlieferten Epos, zahlreiche Zahlrätsel, die sich bis in die Regierungszeit Farawyns des Sehers erhalten haben, jedoch zu kompliziert sind, als dass sie Nicht-Elfen erklärt werden könnten. Außenstehende sollten sich mit dem Erlernen der elfischen Zahlwörter begnügen:

Null	*dim*	zwanzig	*dwaitheg*
eins	*yn*	dreißig	*tirtheg*
zwei	*dwai*	vierzig	*pantheg*
drei	*tir*	fünfzig	*pumtheg*
vier	*panwar*	sechzig	*sitheg*
fünf	*pum*	siebzig	*saitheg*
sechs	*siv*	achtzig	*waitheg*
sieben	*saith*	neunzig	*natheg*
acht	*waith*	hundert	*(yu-)cynt*
neun	*narn*	tausend	*(yu-)myl*
zehn	*(yu-)theg*		

Tradition

Jedem Menschen, der das Erlernen des Elfischen anstrebt, sollte klar sein, dass er es mit einem Idiom zu tun hat, das – neben den Regeln der Grammatik – vor allem von einer jahrtausendealten Tradition geprägt ist. Obschon es Unterschiede zwischen gesprochener und geschriebener Sprache gibt, ist die Literatur in der elfischen Sprache allgegenwärtig. Zitate von Klassikern wie den Gesängen Lindragels, der Geschichte Nevians, der Chronik Tyclans oder auch von Euriels *Darganfaithan* sind im Gespräch nicht nur erwünscht sondern gelten, anders als in den Menschensprachen, wo sie meist nur Aufschluss über den Bildungsstand des Sprechers geben sollen, als unverzichtbarer Bestandteil einer gepflegten Konversation. Die Kenntnis dieser Werke, deren Umfang auf Papier übertragen mehrere hunderttausend Seiten umfasst, ist für jemanden, der sich der Erlernung des Elfischen verschrieben hat, im Grunde also unerlässlich. Da die wenigsten Menschen jedoch in der Lage sein werden, so viel (Lebens-)Zeit zum Erlernen einer Sprache aufzubringen, werden sie sich wohl damit begnügen müssen *rhyfan'rai* zu bleiben – Fremde, die zwar die Worte erlernen, denen sich die Geheimnisse der Elfensprache und ihrer uralten Tradition wohl niemals ganz erschließen werden, und die Zeit ihres Lebens niemals aufhören werden, Fragen zu stellen und nach Antworten zu suchen. Genau, wie Lhurian es einst tat.

Anhang B
Lexikon Elfisch-Deutsch

adan	Flügel
ádana	geflügelt
aderyn	Vogel
afon	Fluss
agaras	Schnitt, Einschnitt
ai	nach
ai'…'ma	dieser
aimlathu	kämpfen
aith	Elfisch (Sprache)
alaric	Schwan
am	über, (einen Sachverhalt) betreffend
amber	Erdwelt
amwelthu	besuchen
amwelthyr	Besucher
an	nein, nicht
anadálthyr	»Atmer«
anádalu	atmen
angan	Mangel, Not
anghénvil	Unhold
ángovor	Vergessen (Bann)
angóvoru	vergessen
anmarvor	untoter Krieger
anmarwa	unsterblich
anmarwura	untot
anmeltith	verbotener Bannspruch

anrythan	Ehre, auch: Ehrerweisung
anturaith	Abenteuer
anwyla	schön
ar-aderyn	Silbervogel (Elster)
ar-aragu	öffnen
ar-aragyr	(Pforten-)Öffner
arf	Waffe
arfordir	Küste
arfordyr	Südküste des Reiches
argaifys	Krise, Gefahr
argura	verloren
arian	Silber, Geld
arswyth	Schrecken
arwen	fertig, auch: Genug!
arwen-hun	allein
arwidan	Zeichen
arwynidan	Anführer
asbryd	Geist
asgafana	leicht
asgur	Schule, Ausbildung
asguran	Schüler
atgyf	Erinnerung
athro	Meister, Lehrer
áthrothan	Lehre
athu	versprechen
áthysthan	Ausbildung, Erziehung
áthysu	lehren, unterrichten
áthysyr	Lehrer
awyr	Luft
baigwithan	Bedrohung
baigwithu	(be-)drohen
baiwu	leben
baiwuthan	Leben
barn	Schmutz, Dreck
barwydor	Schlacht
bashgan	Junge, auch: Diener

blain	vor (Ort)
blothyn	Blume, Blüte
bodu	sein
bór	Bär
bórias	Eisbär
brathan	Verrat
brathu	verraten
brathyr	Verräter
breuthan	Traum
breuthu	träumen
breuthyr	Träumer
brunta	schmutzig
bur	Magen
buthúgolaith	Sieg
buthúgolu	siegreich
bysgéthena	Gebäck
cacena	Kuchen
calo	Schloss, Riegel
calón	Herz
calu	(ab-)schließen
caras	Kern, auch: innerster Bereich des Kerkers von Borkavor
cariad	Liebe
caron	Krone
carryg	Stein
carryg-fin	Grenzstein
cartral	Heim, Hort
casnog	Hass
cefail	Pferd
cefanor	hinter
celfaídyd	Kunst
celfaídydian	Künstler
cenfigena	Neid
cerac	Wut, Zorn
cerasa	wütend, zornig
cerwyd'ras	Wanderer

cerwydru	wandern
cethad	Wand, Mauer
cimath	Hilfe
cimathu	helfen
cinu	singen
cinu'ras / cinu'ra	Sänger / Sängerin
cinuthan	Lied, Gesang
cnawyd	Fleisch
codan	Baum
codana	Wald
codíalas	Sonnenaufgang
coracda	Krokodil
cranu	beben
cranuthan	Beben, Erschütterung
crēu	erschaffen
crēun	Geschöpf, Kreatur
crēuna	Kreatur
crēuna'y'margok	Ork (wörtl. »Margoks Kreatur«)
crēuthan	Erschaffung, Schöpfung
crysalon	Kristall
cuthíu	verbergen
cuthuna	das Verborgene
cwysta	Suche, Frage
cwysta'ras	Suchender
cwystu	suchen
cyfail	Freund
cyfárshaith	Begrüßung
cylell	Messer
cyn	(be-)vor
cyngaras	Rat, Ratsrunde
cynlun	Plan, Vorhaben
cynta	Erster, Erste
cyrraith	Ankunft
cyrru	ankommen, eintreffen
cysgur	Schatten
cysyltaith	Verbindung

dacthan	Flucht
dai	in
daifarnialas	Urteilsspruch
daifodur	Zukunft
dail	Rache, Rachsucht
dailánwath	Einfluss, Beeinflussung
daínacu	fliehen
dainys	nachts
daiórgryn	Erdbeben
daisaimyg	Vorstellungskraft, Einbildung
daishvelu	zurückkehren
dalu	fangen, gefangen nehmen
daluthan	Gefangennahme, Haft
damwan	Unfall
danth	Zahn
darganfaithan	Entdeckung
darganfodu	entdecken
darthan	Anfang, Beginn
daru	anfangen, beginnen
derwyn	Eiche
deshru	beginnen
dgelan	Feind
díffroa	ernst, ernsthaft
diffrofur	Ernst
dígydaid	Zufall
dim	nichts
dinas	Stadt
dinistrio	Zerstörung
diogala	wohlbehalten, sicher
diweth	Ende (zeitlich), auch im übertragenen Sinn
dorwa	böse
dorwathan	Bosheit, das Böse
dorwy	durch
dorwys	Tür, Zugang
dorys	über (örtlich)

dothainur	Rückkehr
dragda	Drache
dragnadh	untoter Drache
dufanor	Tiefe, auch: tiefe Schlucht, Abgrund
dun	Besitz
dun'ras	Besitzer, auch: Herr (Titel)
dur	Stahl
dwaímaras	Ostsee
dwaira	östlich, ost-
dwáirafon	Ostfluss
dwairan	Osten
dwar	Wasser
dwarva	Zwerg
dweth	weise
dwetha	Weisheit
dwethan	Weiser, Zauberer
dwethana	Zauberin
dyna	Elf
dyr	Süden
dyrfraida	vollendet, vollkommen
dysbarth	(Unterrichts-)Klasse
dysbarthan	Übertragung, Zeremonie der Speicherung von Wissen in Kristalle
dysbarthu	übergeben, übertragen
dysgu	lernen
dyth	Tag
effru	erwachen
effruthan	Erwachen, Erweckung
eilíalas	Augenblick, Moment
eriod	immer, niemals
érshaila	schrecklich
essa	geheim
essamuin	Geheimname (unter Vertrauten)
essathan	Geheimnis
evailys	Wille

fad	Weg
fahila	Blatt
fal	wie (Vergleich)
faru	geben, machen
farun	(bestehend, gemacht) aus
farwyl!	Lebewohl!
farwyla	Abschied
farwylu	sich verabschieden, Lebewohl sagen
fendu	finden
filu	können
fin	Grenze
flas	Blitz
flasfyn	Zauberstab
fyn	Stab
gaer	Wort
gaffro	Bock
gaida	mit
galar	Trauer
glaru	trauern
galwalas	Ruf, Berufung
ganeth	Mädchen
garu	gehen
garuthan	(Fort-)Gang, auch: Bezeichnung für den zweiten und praktischen Teil der Ausbildung zum Zauberer
gem	Spiel
gem'y'twara	»Spiel der Könige«
glain	Tal
glan	Ufer, Küste
glarn	Regen
glathan	Schwert
glathian	Schwertkämpfer
glathu	fechten
glian	Gestade
gobaith	Hoffnung

gorfénnur	Vergangenheit
gorwal	Horizont
graim	Gewalt, (zerstörerische) Kraft
graima	gewalttätig, zerstörerisch
gwaharth	Verbot
gwahárthana	verbotenes (magisches) Wissen
gwaharthu	verbieten
gwaila	schlecht, schäbig
gwair	Heu
gwaith	Blut
gwal	Irrtum, Fehler
gwarshu	wachen, hüten
gwarshura	Hüterin
gwasanaith	Diener
gwasanaithu	dienen
gwavur	Dämmerung
gwyr	Wahrheit
gwyra	wahr
gyalas	Land
gyburthaith	Wissen
gydian	Seher
gydu	sehen
gyla	westlich, west-
gylafon	Westfluss
gylan	Möwe
gylan	Westen
gynt	Wind
gyrtharo	Kampf, Scharmützel
gystas	Gast
gyta	wild
gytai	Wildmenschen
gywar	Mensch
gywara	menschlich
gywarthan	Menschlichkeit
ha'ur	Sonne
halas	Vater

hanas	Geschichte, Erzählung
hanasu	(zur Unterhaltung) erzählen
hanasu'ras	Geschichtenerzähler
haul	Recht
hena	alt
hethfanu	fliegen
hethfánuthan	Flug; Bezeichnung für den dritten und abschließenden Teil der Ausbildung zum Zauberer
hethwalas	Frieden
holt'ras	Splitter
holtu	spalten, splittern
hunlef	Albtraum
huth	Zauber, Magie
ías	Eis
ilais	Stimme
ilfantodon	Elefant
ilfúldur	Elfenbein
labhur	(Fremd-)Sprache
lafanor	Klinge
laiffro	Buch
laigalas	Auge
laigurena	Ratte
laima	schwerwiegend, weitreichend
larn	Hand
larwun	Alarm, Notsignal
larwunu	alarmieren
leidor	Dieb
levalas	Mond
lhur	Zeit
lithairt	Pforte, Tor
lofruthaieth	Mord
long	Schiff
lu	(positive) Kraft, Energie
lyn	Eid, Schwur
lynca	glücklich, vom Glück gelenkt

lysgu	brennen
lysguthan	Brand
machluth	Sonnenuntergang
maeva	Empfindung, Gefühl
mainidan	Berg
mainídian	Gebirge
mainidian minogai	Scharfgebirge
mainídian'y'codíalas	Ostgebirge (»Gebirge des Sonnenaufgangs«)
maivu	fühlen
maivuthan	Gefühl
maras	Meer
marthwail	Hammer
marvent	Friedhof
marwu	sterben
marwura	tot
marwuraith	Tod
marwuraitha	tödlich
mathau	vergeben
mathauthan	Vergebung
mavura	groß
mélin	Mühle
meltith	Fluch
menter	Handel
menterian	Händler
métel	Metall
milwar	Soldat, auch: Legionär
minoga	scharf, spitz
moir	derart, so
mola	kahl
muin	Name
nadh	nicht mehr
nahad	Mein Vater (respektvolle Anrede)
negésidan	Bote
negys	Botschaft
neidor	Reptil

nev'ras	Gestaltwandler, Wechselbalg
nevithu	ändern, wechseln
newitha	neu
nivur	Nebel
nothu	nackt
nys	Nacht
nysa	nächtlich
odan	unter (Ort)
ogyf	Höhle
ou	aus, von … her, von
paisgodyn	Fisch
paisgodyn'ras	Fischer
pal	Kugel, Ball
paráthan	Vorbereitung
paráthu	vorbereiten
parur	bereit
parura	Bereitschaft
pavysal	Gewicht
pêl	Ball
pela	weit (entfernt), fern
pelai glian	die Fernen Gestade
pelaidryn	Strahl
pena	Ende (örtlich)
penambar	Ende der Welt
pentherfad	Entscheidung
pentherfadu	entscheiden
pentheru	nachdenken, erwägen
peraig	Gefahr
peraiga	gefährlich
peshur	Sünde
plaigu	biegen
pon	Schmerz
prayf	Prüfung
prys	Preis
rain	Netz
reghas	Geschenk, Gabe

rhiw	Geschlechtsakt
rhulan	Herrscher
rhulu	herrschen, befehlen
rhyfal	Krieg
rhyfal'ras	Krieger
rhyfan'ras	Fremder
rhyfana	fremd-(artig)
rothgas	Feuersbrunst, Feuer
ryth	Freiheit
rythan	Befreiung
rythu	befreien
safailu	(still-) stehen
safailuthan	Stand, auch: Bezeichnung für den theoretischen Teil der Ausbildung zum Zauberer
saiaralu	sprechen
saiaraluthan	Gespräch
saith	Pfeil
saithyr	Bogenschütze
serena	Stern
serentir	Dreistern
sgruth	Sturm-(wind)
sha	und
shumai!	Guten Tag!
simu	wissen, lernen
siwerwa	bitter
sun	Ton, Klang
sunu	klingen
swaidog	Offizier
swaraiu	spielen
syndoth	Überraschung
ta	oder
tafur	Zunge
tailu	schinden, quälen, auch milit. drillen, schleifen
tailyr	Schleifer

taingu	schwören
taith	Dunkelheit
taitha	dunkel
tampyla	Tempel
tanthaiar	Untergrund, Tiefe
taras	Donner
tarílalas	Bruch, Zerwürfnis
tarian	Schild
tarian'y'crysalon	Kristallschild
tarthan	Schlag, Stoß
taru	schlagen, treffen
tavalian	Heiler
tavalu	beruhigen, auch: heilen
taválwalas	Stille
thu	Schwarz, Schwärze
thugyas	Düsterland
thwa	schwarz
thynia	Eisblume
thynu	blühen
tingan	Schicksal
tirdanth	Dreizack, sagenumwobene Waffe Norguds
tirgas	Festung, befestigte Stadt
trafodu	verhandeln
trafodúthan	Verhandlung
tragwytha	ewig
tragwythur	Ewigkeit
tro	Biegung
trobwyn	Wendepunkt, (unerwartete) Wendung
trowna	geschützt, sicher
tryasal	Versuchung
tu	dick, fett
tubur	Fettwanst
tur	Turm
twailu	täuschen, betrügen

twailuthan	Täuschung
twar	König
ucyngaras	der Hohe Rat
una	einig
unu	einigen, vereinen
unuthan	Bündnis, Einheit, Vereinigung
ur	Spur, Fährte
ura	Letzter, Letzte
usha	hoch
vandu	haben
ymadawaith	Aufbruch
ymadu	aufbrechen, abreisen
ymarfa	Übung
ymarfu	üben
ymgaingaru	beraten
ymgaingaruthan	Beratung
ymlain	voraus
ymlith	unter (Menge)
ymosuriad	Angriff
yna	auf, bei, an
yngaia	»Nurwinter«, Ewiges Eis
ynig	einzig, nur
ynur	zurück
ys	wenn, falls

ORDENSBURG
VON SHAKARA
WEISSE
WÜSTE
EISBARBAREN
NORDWALL
FALKENJOCH
NORD
SÜMPFE
ZWERGE
DÜSTER LAND
RURAKS
FESTUNG
TORGAS
EINGEWEIDE
FURT
MODER-
SEE
DÄMMER
WALD
BOLBOUG
EBENE
VON
SCARIA
CODANA
TROWNA
MODERMARK
FURT
SCHWARZGEBIRGE
GRENZFLUSS
GLANDUIN
TIRGAS
LAN
THORWYNS
REVIER
SÜDLANDE
TIRGAS DUN
GYLAFON
Erdwelt
W

EISMEER
BORKAVOR
MAINIDIAN Y CODIALAS
TAIK
GIRNAG
SULN
WESTMARK
SMARAGDSEE
HAMMERMOOR
SMARAGD WALD
ÖDNIS
URQUAT
SUQAT
OLFAR
TIRGAS ANAR
DWAIMARAS
PFEILER DES TODES
NARNAHAL
CARRYG-FIN
ARUN
CETHAD MAVUR
STEPPE
STADEN
CARRYG
DSCHUNGEL VON ARUN
TEMPEL MARGOKS

PIPER

Alexey Pehov
Schattenwanderer

Die Chroniken von Siala 1.
Aus dem Russischen von Christiane Pöhlmann. 560 Seiten

Nach Jahrhunderten des Friedens ist der namenlose Schrecken erwacht. Eine riesige Armee formiert sich in den Öden Landen. Tausende Giganten, Oger und Kreaturen des Todes finden sich zusammen – erstmals unter dem gemeinsamen schwarzen Banner; erstmals vereint im Sturm auf die Stadt Awendum. Es sei denn, der Schattenwanderer und Meisterdieb Garrett kann sie aufhalten. Von der verbotenen Zone Awendums, der Heimat der lebenden Toten, führt Garretts Weg bis ans Ende der Welt. An der Seite einer Elfenprinzessin und der unerbittlichsten Krieger des Königreichs zieht der Schattenwanderer in einen Kampf, der ebenso aussichtslos wie unausweichlich ist. Es ist ein Kampf, der die Geschichte der Helden neu schreiben wird.

01/1879/01/R

PIPER

Markus Heitz

Die Legenden der Albae

Gerechter Zorn. 592 Seiten. Klappenbroschur

Die Albae sind gefährlich, grausam und scheuen keinen Krieg. Ihre Feinde fürchten sie, und ihre Sklaven folgen ihnen bedingungslos. Doch die dunklen Geschöpfe bergen ungeahnte Geheimnisse – und ihre Macht ist nicht grenzenlos. Das Reich der Albae ist bedroht, und die ungleichen Krieger Sinthoras und Caphalor erhalten den Auftrag, einen mächtigen Dämon für ihr Volk zu gewinnen. Doch schnell stellt sich heraus, dass jeder der Albae eigene Pläne verfolgt. Der Kampf um Ehre, Leidenschaft und Macht bringt sie in höchste Gefahr – und das Schicksal ihres Volkes steht auf dem Spiel …

»Vollgepackt mit einer guten Prise Dunkelheit und dem bösartigen Charme der Albae. Dark Fantasy im besten Sinne des Wortes.«
Nautilus

01/1785/01/R